中华传世诗选

（一）两汉魏晋南北朝诗卷

黄瑞云　注评

长江出版传媒
湖北人民出版社

图书在版编目(CIP)数据

中华传世诗选/黄瑞云注评.
武汉:湖北人民出版社,2018.10
ISBN 978-7-216-09464-1
Ⅰ.中… Ⅱ.黄… Ⅲ.古典诗歌—诗集—中国 Ⅳ.I222
中国版本图书馆CIP数据核字(2018)第095663号

责任编辑:邹桂芬
施先稳
熊昕绘
杨　猛
高承秀
封面设计:汪　汉
责任校对:范承勇
责任印制:王铁兵

出版发行: 湖北人民出版社 **地址:**武汉市雄楚大道268号
印刷:湖北新华印务有限公司 **邮编:**430070
开本:880毫米×1230毫米 1/32 **印张:**108.375
字数:2708千字 **插页:**25
版次:2018年10月第1版 **印次:**2019年10月第2次印刷
书号:ISBN 978-7-216-09464-1 **定价:**380.00元(全五卷)

本社网址:http://www.hbpp.com.cn
本社旗舰店:http://hbrmcbs.tmall.com
读者服务部电话:027-87679656
投诉举报电话:027-87679757
(图书如出现印装质量问题,由本社负责调换)

黄瑞云

黄瑞云（1932— ），别号黄黄山，教授，湖南娄底人。1958 年毕业于武汉大学中文系；先后在湖北工农中学、湖北教育学院、华中师范大学、湖北师范大学任教。系中国作家协会会员。著有《老子本原》《庄子本原》《论语本原》《诗苑英华》《词苑英华》《历代抒情小赋选》《历代绝妙词三百首》《中国历代寓言选》等。参与主编《历代辞赋总汇》（任副主编）。文学创作有《长梦潇湘夜雨楼诗词集》《溪流集》《快活的答里·坎曼尔》《月是故乡明——黄瑞云散文选》《黄瑞云寓言》等。

凡例

一、本书于2002年初版，原名《诗苑英华》，出版后听取广大读者的意见和建议作了重大修订。修订稿选录自汉至清诗凡3989首（断句亦按一首计算），分两汉魏晋南北朝、唐代、宋金、元明与清代五卷。

二、每卷之前有专文评述此一段诗歌概况，合之即一部中国五七言简明诗史。

三、作者系有小传，简述其生平及作品内容风貌。

四、本书使用简化字。但根据实际需要，采用若干异体字和繁体字。古代人名地名，按照惯例，使用原字，笔画已简化者照简。地名必要时用括号注出今名。古字特有的含义，为避免词义混淆，简化后的新字不含有原训诂者，仍用原字。如“穀”又训“善也、禄也”不简作“谷”、“幾”又训“幾微、幾兆”不简作“几”、饶馀之“馀”不作“余”、繐帐之“繐”不作“穗”等。习惯上通用现代汉字工具书也承认相通的字，不强求一律。如作副词的“唯”与“惟”，任其通用；连绵词的不同形态，如“旁皇”亦即“彷徨”、“仓皇”同于“苍黄”等，不强行统一。有些字如“鬓”与“发”、“绕”与“遶”、“迴”与“回”等，在一些诗词叶韵中两者同时出现，词义相混，故书中仍用繁体。

五、数字除公元纪年使用阿拉伯数字外，概用汉字，使文字尽可能统一。

六、选篇字句有异文者择善而从，一般不出校。较为突出如异文并佳或有特殊情况者在注中加以说明。

七、注释要在辨析难词，解释典故。凡典故成语尽可能引用出处原文，原文过长者则节引或转述。少数诗句不易通晓者略加疏解，一般不作串讲，力求简明扼要。

八、僻难字以汉语拼音注音。联绵词注音意在表示其双声叠韵关系。由于语音变易，拼音未能表出其双声抑或叠韵者加注反切。

九、部分作品后附有星评，评说因诗而异，不拘一格。

两汉魏晋南北朝诗概观

一、汉诗从楚歌唱起

孟子曰："王者之迹熄而《诗》亡。"不管后人对"王者之迹熄"如何理解[①]，孟子的话确实反映了"《诗》亡"这一事实。《礼记·王制》曰："天子五年一巡狩"，"命太师陈诗以观民风"。《汉书·食货志》亦云："孟春之月，群居者将散，行人振木铎徇于路以采诗，献之太师，比其音律，以闻于天子。"这些记载虽为后起，但西周采诗的制度必为事实。《国语·周语上》谓"天子听政，使公卿至于列士献诗"，也不会全属子虚。至于诗的应用，春秋时代，演奏诗歌以祀神灵，以享宾客，赋诗作为外交辞令，引诗论列人物是非，《左传》《国语》所载，不胜枚举。《汉书·艺文志》云："古者诸侯卿大夫交接邻国，以微言相感，当揖让之时，必称诗以谕其志，盖以别贤不肖而观盛衰焉。"到了战国时代，所有这一切都成为过去。战乱纷纭，干戈扰攘，统治者已顾不上采风听政。策士谋臣，奔走于各国诸侯之间，他们需要的是明白地剖析形势，陈述利害，没有人再断章取义地引用诗句来委婉地表达志意了。儒家大师如孟子、荀子等人，尽管他们名高天下，在宣扬他们的政治主张时也鼓吹《诗》《书》，但没有一国的统治者真正信用他们。而法家大力反对《诗》《书》，置之于六虱五蠹之列，他们却往往取得成功。战国的天下大局是以儒家的失败法家的胜利告终的，《诗》《书》也就相应地处于困境。战国时代，如果把奇文郁起的《楚辞》另当别论，诗坛是寂寞的，除了零零散散为数无多的一些歌谣之外，风雅是确乎寝熄了。

盖先秦时代，诗歌尚处于自发的阶段，没有独立的诗人，只有率意的歌唱，如果没有官方的采集和应用，诗自然就“亡”了。秦火之后，诗坛更成为一片焦土。因之自战国以至嬴秦，近三个世纪，中国诗史出现了一个巨大的断层，只有兵车的轰响，战马的嘶鸣，诸子的高谈阔论，策士们的诡辩危辞，却很难听到歌声。汉高祖统一天下，建立了一个空前强大而稳定的王朝，诗坛将怎样复苏，诗歌将如何发展，是历史提出的一个全新的课题，似乎一切都得重新开始。

汉朝是以楚人为主体的政权。故汉初虽然政治上继承了秦的体制，而文化方面却突出地激荡着楚国的馀波。原于楚国的道家哲学为汉初统治者所信奉，西汉的子书最初出现而成就最大的是道家的《淮南鸿烈》。楚辞是汉人酷爱的艺术，并发展成为汉赋。汉初诗歌尚未找到自己的形式，如此人们只好用楚歌来充塞岑寂的诗坛。无论失败的英雄，功成的皇帝，忧悲的王子，败北的将军和失意的文士，乃至远沦异国的公主，莫不用楚歌来抒发自己的感慨、悲哀和幽愤。往往短短的篇章，表现出深沉的悲怆，千百年后读来，也使人魂悸魄动。“若为我楚舞，我为若楚歌”，成为汉初最为流行的艺术。

西汉精湛的楚歌，并不只有通常选录的几篇。诗歌史上许多托名先秦作者的楚歌或者形似楚歌的作品，只有《楚狂接舆歌》《沧浪歌》等少数篇章真见于先秦，而且是真正的楚歌[②]。其他有名的作品多不出自先秦的典籍。如虞舜《南风歌》见于《孔子家语》（此歌虽首见于《尸子》，然《尸子》系后人辑本，未必存战国尸佼之旧）[③]，伯夷、叔齐《采薇歌》见于《史记》[④]，《徐人歌》见于《新序》[⑤]，《越人歌》见于《说苑》[⑥]，孔子《获麟歌》见于《孔丛子》[⑦]，荆轲《易水歌》见于《战国策·燕策》，《战国策》也到汉初才写定[⑧]。这些优秀的作品均出于汉人的记录，其实未必不是汉人的创作，也就未尝不可以算作汉代的诗歌。这些作品，本事不出于楚地，主人也并非楚产，而其形制却似楚歌。盖汉人都娴习楚韵，故他们造作先秦故事中歌辞，大多采用楚歌体制。《史记·伯夷列传》中《采薇歌》的形成很能给我们以启发。《吕氏春秋·季冬纪·诚廉篇》云：昔周之将兴也，伯夷、叔齐相谓曰："昔者神农氏之有天下也，时祀尽敬而不祈福也；其于人也，忠信尽治而无求焉。乐正与为正，乐治与为治。不以人之坏自成也，不以人之庳自高也。今周见殷之僻乱也，而遽为之正与治。""以此绍殷，是以乱易暴也。""今天下暗，周德衰矣，与其并乎周以漫吾身也，不若避之以洁吾行。"二子北行，至首阳之下而饿焉。《采薇歌》中"以乱易暴"、"神农虞夏"等词语即出于此，作者采其词语，用其旨意，写成了楚歌。由此可见，《采薇歌》的歌辞很可能是汉人的制作。有些故事即使原来有歌辞，汉人也可能改写成楚歌的形式。《汉书·沟洫志》里有一首《邺民歌》，为我们提供了典型的例证。此歌始见于《吕氏春秋·先识览·乐成篇》，歌辞是："邺有圣令，时为史公。决漳水，灌邺旁。终古斥卤，生之稻粱。"是先秦中原地区具有代表性的歌谣。一到汉人手里，即写成了"邺有贤令兮为史公，决漳水兮灌邺旁，终古斥卤兮生稻粱"，成为惟妙惟肖的楚歌了。

终有汉之世，楚歌的创作迄未绝迹，但佳作极少。而伪托古人的作品，制作尤多。在《韩诗外传》《列女传》《吴越春秋》《孔丛子》等书中，都有楚歌体的作品。特别是《琴操》中的操引歌辞，更大多采用楚歌的形式。但往往内容陈腐，文辞拙劣。楚歌终于唱到了尽头，汉代诗坛真正的繁茂局面，要由原自民间的乐府来开辟了。

二、"孝武立乐府而采歌谣"

乐府是音乐机关的名称。在汉代，由乐府制作、采集、演奏的作品称为“歌诗”，后人把这些作品亦称为乐府[9]。乐府乃由音乐机关的名称转而为诗歌体裁之名。

《汉书·礼乐志》云：至武帝“乃立乐府，采诗夜诵，有赵代秦楚之讴。以李延年为协律都尉，多举司马相如等数十人造为诗赋，略论律吕，以合八音之调，作十九章之歌”。《艺文志》亦云：“自孝武立乐府而采歌谣，于是有赵代之讴，秦楚之风。皆感于哀乐，缘事而发，亦可以观风俗，知厚薄云。”然乐府之立，并不始于武帝。《史记·乐书》云：“高祖崩，令沛得以四时歌舞宗庙。孝惠、孝文、孝景无所增更，于乐府习常肄旧而已。”《汉书·礼乐志》云：“高祖乐楚声，故《房中乐》，楚声也。孝惠二年，使乐府令夏侯宽备其箫管，更名曰《安世乐》。”可知乐府之制，汉初即已有之，大概当时只是“习常肄旧”而已。至武帝，始扩大规模。对后世影响极大的举措在于采集歌谣。采诗以观民风之制，也是古已有之。周代行人采诗，献之太师比其音律以闻于天子，有史可据，其成绩则有十五国风在。汉武帝恢复这一制度，使民间歌谣得以采集，在中国诗歌发展史上具有里程碑式的意义。今存汉代乐府除《安世房中歌》外，都产生于武帝以后。友人黄纪华先生考证，《安世房中歌》也作于武帝时代[10]。黄说如能成立，则现存汉乐府无一而非武帝以后的作品。

自武帝以后，乐府采风，成为定制。“遣使者巡行风俗”，“问以谣言，民所疾苦”的话，累见于载籍。西汉之末，虽有哀帝诏罢乐府的插曲，然采风之制，并未因此断绝。汉平帝元始四年春，王莽擅权，“遣大司徒司直陈崇等八人分行天下，览观风俗”。明年秋，“风俗使者八人还，言天下风俗齐同，诈为郡国造歌谣，颂功德，凡三万言”（《汉书·王莽传》）。虽然采风的内容已变质，王莽是需要人们为他歌功颂德，伪造民谣，但说明这种制度还是存在的。东汉一代，采集风谣的记载，《后汉书》中，历历可数。如《循吏列传》，谓“光武长于民间，颇达情伪”，“广求民瘼，观纳风谣，故能内外匪懈，百姓宽息”。《李郃传》记“和帝即位，分遣使者，皆微服单行，各至州县，观采风谣”。今《乐府诗集》中《雁门太守行》即明著所颂王涣为汉和帝时。这是汉代民间乐府惟一有准确年代可考的作品。至于以谣言陟降官吏的记载，更屡见不鲜。是知采风之制，虽真伪有别，目的或异，终有汉之世，从未中断。

遗憾的是汉代没有一部完整的乐府总集保存下来，到班固写《艺文志》，汉乐府原于民间者仅存一百五十七篇[11]。班氏只存了数字，未录篇目。东汉有多少乐府作品，我们更无法探其渊奥。魏晋时代的乐府机关仍然演奏汉代的乐府，使汉乐府得以部分地保留下来。齐梁沈约修《宋书》，把这些作品录入《乐志》。然自魏晋以迄唐末，虽有陈释智匠《古今乐录》、唐吴兢《乐府古题要解》之类的书出现，汉代乐府仍没有完整的辑录。直至北宋郭茂倩才把前代的乐府诗辑录成《乐府诗集》一书——郭茂倩诚为乐府之功臣，其功绩可比周太师之于《诗经》——《乐府诗集》收集了当时所能见到的汉代乐府。其中郊庙歌辞只有《汉郊祀歌》十九章（实二十章）、《安世房中歌》十七章和一篇《灵芝歌》。鼓吹歌辞则有《汉铙歌》十八曲。绝大部分来自民间的乐府精华都在相和歌辞和杂曲歌辞中，作品总计不过四十七篇[12]。除此之外，见于舞曲歌辞和杂歌谣辞的佳作就不多了。加上其他书中可见的作品，现存出自民间的汉乐府总共也不过六十篇。就是这批为数不多的作品，确立了汉乐府在中国诗歌史上的地位，足可与周诗楚辞蝉联媲美，垂耀千秋。

汉乐府分两个截然不同的类型。一为统治阶级制作的篇什，一为采自人民大众的歌谣。两者不是一墙一壁的分隔，简直是天堑不能飞渡，无论内容形式都判若天壤。

属于统治阶级的汉代乐府，现存作品不多，如前所述，主要有郊庙歌辞中的《汉郊祀歌》十九章（实二十章）、《安世房中歌》十七章和一篇《灵芝歌》。这些作品，或用于郊庙祭祀，或用于宫廷飨宴，形制上模仿雅颂，语言艰涩，貌若丰赡而实肤廓，形似典雅而实枯干。郊庙作品作为一种文学现象，一种历史资料，当然有其研究的价值。而作为艺术作品，已不能激荡人的感情，没有多大审美意义了。

《铙歌》的情况则较为复杂。《乐府诗集》解题云："鼓吹曲，一曰短箫铙歌。"引刘瓛《定军礼》云："鼓吹未知其始也，汉班壹雄朔野而有之矣。"《汉书·叙传》于此叙述更为具体："始皇之末，班壹避地于楼烦，致马牛羊数千群。值汉初定，与民无禁，当孝惠高后时以财雄边，出入弋猎，旌旗鼓吹。"可知鼓吹铙歌来于胡地，与郊庙歌辞来源不同。——这个"以财雄边"的班壹就是《汉书》作者班彪、班固父子的先祖，而鼓吹曲竟由他使用而流传下来——解题又引蔡邕《礼乐志》："汉乐四品，其四曰短箫铙歌，军乐也。"则鼓吹铙歌与郊庙歌辞用途亦异。今存《铙歌》，内容庞杂，可以视为军乐者并不多。考查它们的内容，或纪巡幸，或乐飨宴，或颂武功，或写田猎，大多用以对统治者歌功颂德，自然属于统治阶级的乐章。其中有些作品，语言涩讷，难以诵读，甚至有完全无法句读者。《铙歌》中有几篇特殊的作品却是民间歌谣。《战城南》反映残酷的战斗，哀悼死亡的战士。《巫山高》写"远道之人心思归"的惆怅，《有所思》《上邪》表现执著的爱情。《雉子班》这篇寓言作品更是弱小者悲惨的呼号。这些只能是人民群众的作品，更与军乐无涉。如果在金鼓迭起，铿锵镗鞳，"山陵为之震动，川谷为之荡波"的军乐声中，高唱起"战城南，死郭北，野死不葬乌可食"，是不可想象的。这五篇应归入民间乐府之列。

前面已经提到，民间乐府基本上都在相和歌辞和杂曲歌辞中。古诗中有少数作品，特别是《上山采蘼芜》《四座且莫喧》《十五从军征》等，与乐府没有区别，也属于民间乐府。这些作品是汉乐府的精华，汉代诗歌艺术的代表。就其反映民间疾苦和风格自然质朴而论，辉煌的唐诗宋词也未必能与之相比。

“民间乐府”这个称谓并不科学。民间无所谓乐府。为了与统治阶级制作的郊祀燕飨之类的歌诗相区别，我们姑且把乐府中采自民间的歌谣称之为民间乐府。民间乐府能在广阔的范围内深刻地反映社会人民的生活。汉高祖提三尺剑马上取天下，建立空前统一的汉朝。二百三十年之后，光武帝继之而起，使两汉政权长达四百馀年，为先秦以后所少见。这个朝代的气派和威势，为司马相如子虚上林之所歌咏，班固、张衡两都二京之所颂扬，而两汉人民的生活如何，繁浩的史籍没有留下太多的记录，恰好是民间乐府给我们提供了当时社会生活的片断，使我们至今仍能听到当时人民的声音。《妇病行》中长病连年的病妇临终向丈夫嘱咐的遗言，至今读之犹使人酸鼻。《孤儿行》反映的是家庭矛盾，失去了父母的孤儿受到兄嫂的虐待，惨酷之状，令人同情。《战城南》描绘出残酷战斗的战场惨象，《十五从军征》中刻画了年迈归来的征人的凄怆，都令人不忍卒读。正是这种民不聊生的现实，才出现了《东门行》所描绘的劳动人民铤而走险的场面。这些语无数句、字不满百的短章，揭示了社会底层的生活，倾吐了匹夫匹妇的悲哀。这种现实，在辉煌一代的汉代大赋中看不到一点印迹。而在班固、范晔的书中虽偶有概括的反映，也绝无形象的写真，其感受也有旁观肤切不可同日而语的差别。这就使汉乐府吉光片羽弥足珍贵。

在民间乐府中有一批寓言诗，是反映社会民瘼同样绝妙的作品。它们和先秦或者希腊典型的寓言并不相同。古典寓言总是通过拟人化的角色，来揭示真理，总结教训，或者讽刺丑恶。汉乐府的寓言诗，继承《豳风·鸱鸮》的传统，逼真地摹写生活。《雉子班》无疑是弱者的呼号。《乌生》是对无端罹难者无可奈何的安慰。看到《艳歌何尝行》中双白鹄的境况，会使我们立即想到人生路上患难夫妻的悲剧。《蛱蝶行》中的小蛱蝶是如此的天真，它被衔在大燕子的口中，仍然只感到面前所见的新奇，丝毫没有意识到自己即将成为雏燕的食物。《枯鱼过河泣》的枯鱼，由于不慎已经悔之无及，但它却关心自己的同类，叮嘱它们千万慎重。这些寓言诗，设想无不新奇，用心无不忠厚，诗中摹写拟人角色的生活极为真实，又能使读者立即想到人间同样的悲剧。

反映爱情婚姻生活的作品，在汉代民间乐府中占有一定的比重。《铙歌》中《有所思》《上邪》是两篇奇妙的作品。前者刻画痴情女子发现情人变心因而彻夜不眠的苦闷，后者则表述可能还是那个女子生死不渝的誓言。一开始便大声愤呼："闻君有他心，拉杂摧烧之。摧烧之，当风扬其灰。从今以往，勿复相思，相思与君绝。"而后又作出决断："山无陵，江水为竭，冬雷震震，夏雨雪，天地合，乃敢与君绝！"强烈的语言所表达的感情，有如山洪涌起，火山爆发，其势不可阻挡。关于婚姻问题的作品，大多反映封建社会妇女的可悲命运。被丈夫遗弃的女子，在采蘼芜的山下偶然碰上了故夫。"长跪问故夫：'新人复何如？'"故夫的回答令人吃惊："新人虽言好，未若故人姝。颜色类相似，手爪不相如。"因为"新人工织缣，故人工织素。织缣日一匹，织素五丈馀。将缣来比素，新人不如故"。(《上山采蘼芜》）对故人新人的评价，完全取决于她们劳动的水平，"妻子"不过是一名变相的奴隶。这位"故人"态度娴雅，语言平静，内心该是多么凄楚。我们仔细一想，那位"新人"的命运也不会比她好多少，从"故夫"的回答已经透露了消息。同一内容在《孔雀东南飞》中表现得更为淋漓尽致。"鸡鸣入机织，夜夜不得息。三日断五匹，大人故嫌迟。"这是刘兰芝被休弃的原因，哪怕只是表面的原因。《太平御览》卷八百二十六收录有一首《古艳歌》："孔雀东飞，苦寒无衣。为君作妻，中心恻悲。夜夜织作，不得下机。三日载疋，尚言吾迟！"作者把刘兰芝被休弃归结为她的劳作未能满足焦母的要求，尽管它只是表面的原因，但毕竟说明了汉代一般妇女受奴役的地位。《白头吟》《怨歌行》反映的是上层妇女的生活，她们也许不要为“织作迟”感到彷徨，她们担心的是失掉喜新厌旧的丈夫的宠爱。《白头吟》的主人比较决断，“闻君有两意，故来相决绝”。她固然由于未得“一心人”而悲哀，但她并不俯首悲泣，而是毅然“决绝”。《怨歌行》的女子却温和得多，她生恐自己像秋来的团扇那样被弃置，但她无可奈何，只能等待命运的安排，完全符合儒家“怨而不怒”的诗教。汉乐府中的妇女，忠厚、真挚、执著，与清商曲中极尽艳丽风流的南朝妇女完全异趣，也与横吹曲中勇敢刚健，敢于横戈马上的北朝女子迥不相同。

余冠英先生在《乐府诗选》中一再提到叙事诗多是汉乐府的一大特色。抒情诗宜于主观倾吐，叙事诗利于客观叙述，汉代民间乐府充分发挥了叙事诗的特长。除《孔雀东南飞》之外，汉乐府一般都只有短短的几句，它们却能游刃有馀地叙事。短诗叙事的诀窍，在于截取生活的横断面，用极其精炼的人物语言，来塑造人物的形象，刻画人物的心理。把长久的时间和广阔的空间浓缩成几个简洁的镜头。“妇病连年累岁，传呼丈人前一言。当言未及得言，不知泪下一何翩翩。‘属累君两三孤子，莫我儿饥且寒。有过慎莫笪笞。行当折摇，思复念之！’”（《妇病行》）寥寥几句话，我们可以设想，这位妇女在连年累岁的病魔下过的是什么日子。在她即将离开人世的时候，她来不及为自己的盛年早逝而悲伤，对自己的丈夫也来不及说任何眷恋的话，惟一挂念的是几个苦命的孩子。她的要求越低就越是酸楚，因为她不可能有别的要求。“属累君”三字极其深刻，平淡无奇，却倍加沉痛。这位病妇的遗嘱，吐出了千千万万苦难妇女的酸辛，千百年后读来犹令人震颤。诗到此立即中断，把病妇死去的内容全部省掉了，读者自可想见。诗后的乱辞，写丈夫面对的悲惨局面和他的悲伤。这一段叙述，可以看出他们原是恩爱的夫妻，现在妻子死了，丈夫也陷入了绝境。

《东门行》是一篇情节更为曲折的叙事诗：

出东门，不顾归。来入门，怅欲悲。
盎中无斗米储，还视桁上无悬衣。
拔剑出门去，儿母牵衣啼：
“他家但愿富贵，贱妾与君共餔糜。
共餔糜，上用仓浪天故，下为黄口小儿。
今时清廉，难犯教言，君复自爱莫为非！”
今时清廉，难犯教言，君复自爱莫为非！”
“行！吾去为迟！”“平慎行，望君归！”

这幕悲剧，刻画了两个鲜明的性格。丈夫为生活所逼，被迫铤而走险。但他不是没有矛盾的。他去了，又回来，进门来看到家中的凄凉景象，他感到悲怆，感到愤懑。“盎中无斗米储，还视桁上无悬衣”，衣食无着，怎样生存？“拔剑出门去”，“拔剑”二字写出了主人公愤怒的程度，如闻其声，如见其神。其实在这个时候拔剑，无非是鼓励自己作出决断。但他的妻子害怕，宁可忍饥挨饿，不愿丈夫前去冒险，她担心“黄口小儿”的安全。有些解说者认为这位妇女胆小怕事，缺乏反抗性，甚至说她维护封建统治。这未免脱离实际，哪个善良的人真正愿意去冒杀身灭族的危险？“今时清廉，难犯教言，君复自爱莫为非！”这准确地反映了这位善良妇女的恐惧心理，也恰好说明了统治者镇压劳动人民的可怕。“清廉”也是一种委婉的说法，“难犯教言”才是它的实质。“行，吾去为迟！”是丈夫的决断。“平慎行，望君归！”是妻子的叮嘱。两个人物的性格非常鲜明，但它们又是统一的，是生活极其真实的反映。诗人没有出面说一句话，整个场面都是客观地表现出来的。这对夫妇他们一生过得怎样，后来的命运如何，作者都没有交代，给读者留有无限想象的空间。

民间乐府发展到了东汉，叙事诗的词汇更加丰富了，有了着意的描写。《陌上桑》是其中的代表作。《陌上桑》是汉乐府中惟一的喜剧作品。作者描写了美丽而泼辣的民间女子罗敷，并批判了那个愚不可及的五马使君。作品用“日出东南隅，照我秦氏楼”起兴，以烘托罗敷生活的环境。对罗敷的用具衣着进行正面描写，又用旁观者的感受进行侧面衬托，充分表现了罗敷的美丽，然后进入戏剧性的场面。戏剧一开始，诗就全用对话组成。罗敷的语言尖锐，泼辣，风趣。她大事夸张地夸耀她那并不存在的夫婿是全诗的高潮，对使君进行揶揄奚落。罗敷的不可侮的精神跃然纸上。对使君的尴尬，作者不着一字，读者自可想见。

汉代民间乐府积累了几百年的经验，终于酝成了伟大的叙事长诗《孔雀东南飞》或者叫《古诗为焦仲卿妻作》。和汉乐府所有的叙事短章不同，《孔雀东南飞》是一首空前规模的叙事长诗，叙述了一个相当长的情节复杂的完整故事，乐府叙事的所有技巧在这部长诗中得到充分的发挥。刘兰芝的成长过程，高度概括在第十三、十四、十五、十六、十七几句诗中，之后立即进入全诗的矛盾。全诗主要由对话组成，故事的发展变化往往只用几句话进行交代。人物的个性，刘兰芝的刚烈而深情，焦仲卿的怯弱而深情，都通过对话表现出来。兰芝刚烈中有细腻，她告别仲卿时，情意绵绵，被迫答应改嫁时，向仲卿说明原委，入情入理，无限温存。仲卿怯弱中有果决，他敢于抵触阿母，同兰芝告别时充满温馨，而后毅然殉情。有些评论家歌颂兰芝而批判仲卿，其实仲卿在悲剧中是同样光辉的，他完成了历史让他扮演的角色。汉代没有戏剧，而《孔雀东南飞》场景分明，人物语言的个性尤为突出，具有戏剧的雏形。诗的浪漫主义结尾，具前所未有后亦罕见的创造性，给人以无限遐想，越剧《梁山伯与祝英台》显然受到它的启发。中国的五七言诗魏晋以后抒情诗成为美的大江，美的大海，叙事诗往往只是若干孤岛。汉乐府的这一传统未能很好地继承并发扬，致使《孔雀东南飞》成为叙事诗中的珠穆朗玛，是它的光荣，也是它的不幸，它“前不见古人，后不见来者”，成为一座其高无比却四顾彷徨的孤峰。

风格自然质朴，语言平易通俗，是汉代民间乐府总的艺术特色。作者们无意为诗，他们并没有想到名垂万古，流藻垂芬，只是“饥者歌其食，劳者歌其事”，“感于哀乐，缘事而发”，是真情的吐露，是率意的歌唱，所以保持着自然的本色。诗一般没有名句可摘，但大多整体精粹浑成。语言畅达，无任何雕凿的痕迹。“江南可采莲，莲叶何田田”、“人生不满百，常怀千岁忧”、“少壮不努力，老大徒伤悲”，仿佛就是现代汉语。民间乐府也有些诗句读不懂，不是由于它们太深奥，太文言，而是由于太通俗，太白话，它们使用了当时的口语，有的还掺杂了一些声词，所以现在读来就有些扞格难通了。

所谓民间乐府，是说这些作品来自民间，是和统治者的庙堂乐府相对而言的，它们并不都是劳动人民的作品。如《长歌行》教育人们珍惜时光，及时努力，《君子行》劝诫人们行为谨慎，防患未然，带有儒家的说教。《折杨柳行》更是儒家的政治诗。诗都写得相当精采。《豫章行》《艳歌行·南山石嵬嵬》写深山的大木，被砍伐用作宫殿的梁栋，不得全其天年，宣扬道家的思想。诗用寓言的形式很有特色。诸如此类的诗，显然出自文人之手，非一般寻常巷陌之作。再如《雁门太守行》歌颂东汉和帝时洛阳令王涣，具有功德碑的性质，显亦为上层文士所为。有了这些作品，使得汉乐府内容更为丰富，思想亦更深微，与那些直接模写社会生产的作品同时并存而相得益彰。

自然，民间乐府也有它的不足。其中有少数篇章鼓吹及时行乐、追慕神仙之类的内容消极的作品。另外，直接揭露官府贪暴虐民害物的作品并不多，直接指向最高统治者的更绝对没有。这无疑与官府的采摭有关，尖锐的作品肯定都被删掉了。有幸的是，某些统治者——不会只有一个王莽——强奸民意，粉饰太平，为他们歌功颂德而伪造的歌谣，在民间乐府中一篇也没有保留，这是汉代民间乐府的光荣。任何艺术，可以容纳粗糙的作品，但不能容忍庸俗的渣滓，而掺入虚伪之作更是一种耻辱。

明代胡应麟说："汉乐府采摭闾阎，非由润色，然质而不俚，浅而能深，近而能远，天下至文靡以过之。后世言诗，断自两汉，宜也。"（《诗薮》）近人萧涤非先生说："民间乐府之于两汉，一如诗、骚之于周、楚。其文学价值之高，以及于后世影响之大，皆足以追配《诗经》《楚辞》，鼎足而三。"（《汉魏六朝乐府文学史》）这些论断都很精辟。如果把建安文学纳入曹魏的范畴，则汉代没有知名的杰出的诗人，而出自民间作者的乐府诗却大放其光焰。现存汉代民间乐府，出于西汉者少，产于东汉者多。从形式上看，句式参差不齐者多为西汉作品，句式整齐的五言体多为东汉之作。辛延年《羽林郎》、宋子侯《董娇娆》，是东汉乐府作者留有姓名者。其实还有不少五言作品，也是当时文士所作。人们先是模仿乐府、制作新篇，然后逐步转变诗的机制，用以抒写自己的心曲；如此从乐府的土壤里滋长出一种全新的诗体：东汉古诗。

三、古诗，从乐府脱胎出来

诗与歌是人与生俱来的需要，就像鸟需要啼鸣、兽需要号叫一样。人谁都追求生活的幸福，而其实永远在挣扎。人遭受鞭笞就必然叫喊——人生最大的痛苦莫过于遭受鞭笞而不许叫喊或不能叫喊——生活天天都在对人进行鞭笞，如此人生就需要歌唱。"大凡物不得其平也则鸣"，"诗穷而后工"，这些格言，说穿了无非是这一残酷的现实。诗总是先来自民间，然后转入文人。我花了较大的篇幅来叙述汉代的民间乐府，汉代的文人是怎样探索他们自己的路呢？汉初人们娴习楚歌，于此楚歌在西汉之初的诗苑中支撑了一段时间。也有些人去模仿雅颂。韦孟的《讽谏诗》、韦玄成的《自劾诗》《戒子孙诗》是其中的代表。《安世房中歌》也以四言为主，其基本的格调仍然是雅颂。尽管他们都煞费苦心，也不无创造，但基本上都是说教或者歌颂，与真艺术没有多少缘分。即使到了东汉，也仍有人模拟楚歌。但除了梁鸿的《五噫》、张衡的《四愁》有所创新以外，模拟的楚歌大多恹恹无生气。楚歌唱到了尽头，雅颂更毫无出路，人们终于从新鲜的民间乐府找到了柳暗花明的境界，他们模仿乐府，创作新声，开辟了一个新的天地。

一种民间艺术，特别是民间诗歌，到了文人手里，就会把它程式化，定型化。任何艺术，在其发展过程中是必须程式化定型化的（只有到这种艺术没落时，过分的程式、定型，才成为一种桎梏）。东汉后期，文人们把民间乐府逐步定型成为五言的形式，并最终创造成五言古诗。当然，我们很难为五言诗的出现和成形划定一个绝对的界限。《汉书·外戚传》所载戚夫人《舂歌》、李延年《佳人歌》已杂用五言。《汉书·五行志》所载成帝时民谣《邪径败良田》已全是五言[13]。班固的《咏史》被认为是现存知名文人最早的五言诗。但它们或者只是杂有五言，或者是在民谣中偶一出现，班固的诗还是最初的尝试，只有东汉后期古诗的出现，五言诗才臻于成熟。它们的杰出的代表就是辑入《文选》的“古诗十九首”和“李陵苏武”的别诗。

古诗脱胎于民间乐府，与乐府仍有着千丝万缕的联系。乐府中如《饮马长城窟行》《怨诗行》《伤歌行》等，与古诗并无多大差别。而十九首中《驱车上东门》《冉冉孤生竹》又见于乐府杂曲歌辞。《生年不满百》则系摘取乐府《西门行》中词句组合而成。十九首中袭取乐府词句更比比皆是。尽管如此，古诗毕竟是一种新的诗体，它脱出了乐府的母体，获得了独立的“诗格”。民间乐府的作者多是一般群众，作品或经过多人辗转修订；古诗出自文人之手。民间乐府多用口语，一般不用典故（文人仿作自当例外）；古诗更注重词藻，较多地使用典故和古籍中词汇。一个最大的区别，在于民间乐府多是客观叙事，而古诗则是主观抒情。古诗中的主人公大多是诗人自我，即或是塑造的人物形象，诗也仍取主观抒情的方式。在民间乐府中，诗中形象大多是姿态各异的社会人物；到了古诗里面，往往只看到诗人在踽踽独行了。其中比重很大的思妇诗，也是思妇们在自思自叹。乐府演奏他人，古诗表现自我。这是中国诗歌由自发走向自觉的重大变化。古诗的作者大都佚名了，埋没了不少杰出诗人的姓名。到了建安，诗人们就决断地在自己的作品上署上大名，他们要“骋我径寸翰，流藻垂华芬”了。诗歌创作从此走向了自觉的阶段。

古诗十九首的基调，可以借它本身的一句诗：“音响一何悲！”十九首是一曲曲人生的悲歌。诗的作者大多是东汉末年流浪异乡，特别是羁留首都洛阳，坎坷不得志的知识分子。在他们的吟叹中，充满了人生失意的悲哀。“人生天地间，忽如远行客！”“人生寄一世，奄忽若飚尘！”“人生非金石，岂能长寿考！”这样感慨伤怀的诗句，反复出现在前后的篇章里。东汉末年朝廷政治腐败，对广大人民进行残酷的剥削，宦官之害，党锢之祸，交相为难；特别是卖官鬻爵风行，行事理政无公正可言。古诗中那种人生无常的感慨，实质上是那些下层知识分子找不到出路的苦闷，是“贫士失职而志不平”的愤懑。试看十九首中有如此之多涉及洛阳的作品，而作者们又如此落魄，就足以判断他们的身份。大汉王朝的都城，在他们的眼里，要么只看到统治者巍峨的第宅和宫阙：“长衢罗夹巷，王侯多第宅。两宫遥相望，双阙百馀尺。”要么只看到荒凉的坟墓：“出郭门直视，但见丘与坟。古墓犁为田，松柏摧为薪。”这无异是东汉王朝没落的象征。用这些诗句对比唐人“云里帝城双凤阙，雨中春树万人家”对都城的歌咏，繁盛和衰颓判然纸上。诗人们感到人生无常，或者唱起“所遇无故物，焉得不速老。盛衰各有时，立身苦不早”的忧伤之句，或者发出“何不策高足，先据要路津。无为守贫贱，轗轲长苦辛”的愤激之辞。而更多的是鼓吹及时行乐：“为乐当及时，何能待来兹?”“不如饮美酒，被服纨与素。”正是因为现时不乐，才有及时行乐的呼喊，其实他们是永远乐不起来的。近日电视中经常听到一首歌，其中有几句是：“岁月不留人间，人生多少忧伤，何不潇洒走一回！”好像是给古诗十九首下了一个总的注脚。正是因为人们活得不“潇洒”，才有“潇洒”的呼号，哪怕“一回”也罢。前代许多评论家都注意到古诗十九首的平婉温柔，其实它的骨子里倒是极其激烈的，只是外表平淡而已。这种平淡，似乎象征着东汉末年暴风雨前的沉闷。十九首昭示给人们的不是这个时代的安宁，而恰好是一场巨大的风暴即将来到。

十九首的另一个重大主题就是思妇对远人的怀念。思妇怀人，与游子的流浪异乡，是同一现实的两个方面。这些思妇的哀伤，无一例外都是丈夫远在他乡，多时不见归来，她们长年默默地等待，苦苦地相思。

行行重行行，与君生别离。相去万馀里，各在天一涯。
道路阻且长，会面安可期！胡马依北风，越鸟巢南枝。
相去日已远，衣带日已缓。浮云蔽白日，游子不顾返。
思君令人老，岁月忽已晚。弃捐勿复道，努力加餐饭。

这篇作品在十九首的思妇诗里具有代表性，回环反复，说不尽自己的相思。对远方的丈夫久不归来，未免心怀疑虑，但遣词非常含蓄。“思君令人老，岁月忽已晚”，惟恐年华老去，青春消逝，使她多么痛苦。但最后却表示，君弃捐我可勿复道，我但愿君努力加餐。忠厚温柔，是十九首中思妇共同的性格特点。《冉冉孤生竹》中，新婚之后，丈夫即远走他乡，妻子感到自己多么孤弱。“思君令人老，轩车来何迟！”美妙的年华在思念中度过，她深恐青春如草木零落，丈夫却迟迟不见回来。最后她只是表示：“君亮执高节，贱妾亦何为！”《凛凛岁云暮》里，年终岁暮，妻子牵挂着远方的亲人寒冷无衣。她在梦里见到丈夫的容辉，醒来感到无限的惆怅。《孟冬寒气至》中思妇在寒冬之夜里想望丈夫，想到几年前曾接到他的来书而感到安慰。他如《涉江采芙蓉》《庭中有奇树》《客从远方来》《明月何皎皎》，或写思妇怀人，或写游子思乡，都具有同样的格调，无不以淡远平和的诗句，写缠绵悱恻的情怀。“深衷浅貌，短语长情。”十九首中的这些思妇，她们饱受了离别相思的愁苦，孤零寂寞的悲哀。她们永远在盼望，永远在期待。但她们始终怨而不怒，忠厚和平；而且端庄凝重，沉静安娴，永远像兰蕙一样芬芳。与南朝乐府中“宿昔不梳头，丝发被两肩。婉伸郎膝上，何处不可怜”那种女性形象，属于两个完全不同的世界。

平淡自然、浑涵蕴藉，是古诗十九首独有的艺术风格。清人黄子云给“平淡”下了一个定义：“理明句顺，气敛神藏，是谓平淡。”可知平淡决不是浅露率易，其内涵必须极其深厚。所以黄子云接着又说：“如十九首岂非平淡乎，苟非绚烂之致，未易到此。”（《野鸿诗的》）十九首承汉代民间乐府之后，深得民间乐府诚挚真纯的精髓，用流畅自如的语言，写他们切身的感受，因之由民间乐府的朴质变而为古诗的平淡，自是水到渠成的事；加以古诗的作者们沉浸深渐于汉代温柔敦厚的诗教，因之温柔敦厚的精神，甚至较《诗经》本身更为深切。古诗中不是没有慷慨愤激的情绪，但它们被妥帖地“理顺”在气敛神藏的诗句中间，所以人们不感到其激烈。明胡应麟说："诗之难，其十九首乎？畜神奇于温厚，寓感怆于和平，意愈浅愈深，词愈近愈远，篇不可句摘，句不可字求。"是真得十九首的神理。作者有不可抑制的感情需要抒发，但并无意于为诗，所以他们的作品，如山溪水响，柳林莺唱，极浑厚自然之致。胡应麟又说："古诗短诗如十九首，长诗如《孔雀东南飞》，皆不假雕琢，工极天然，百代而下，无有继者。"（《诗薮》）试看陆机拟作，也还称为名作，然遍露雕琢痕迹，一看便知作者在刻意为诗；与十九首原作比较，自有真赝纯疵之别。汉人还没有把自然景物作为描绘对象的风习，偶涉时令风物，只是随其所见，触景生情，自然融情入景，因之明月清风，鸣虫啼鸟，与乎一草一木，尽都染上人物感情的色彩。"回风动地起，秋草萋以绿"、"晨风怀苦心，蟋蟀伤局促"、"白杨多悲风，萧萧愁杀人"，所见所闻，无不悲凉凄紧。即使是阳春烟景，在诗人眼中，也是"四顾何茫茫，东风摇百草"，变得凄怆了。客观的自然景物，都染浸人物主观的情感；亦即所有心怀抑郁的人物，都被置身于悲剧的氛围。故作品浑融一体，成为一首首凄悲的乐曲。

与十九首风格极为相似，其成就也足可比肩的是《文选》所录"李陵苏武"的别诗。"李陵苏武"诗不可能是西汉李陵少卿、苏武子卿的作品，据逯钦立先生的意见，这些诗是东汉末年一个也叫李陵的人所作，归之汉武帝时的骑都尉李陵是历史的误会，连及苏武更是误会而又误会。

古诗十九首纯是主体言情，无相互赠酬，而"李陵"诗全是赠别送行之作，是中国五言诗中第一批赠送诗。这在当时是极大的创造，为诗歌开辟了一个重要的领域。"黯然销魂者，惟别而已矣！"离情别意，最足以使人意夺神骇，骨惊心折。汉代没有像后世那样用诗作为应酬的习惯，因而最初这批赠别诗没有虚与委蛇的痕迹，情感都发自内心，语言亦极其平易。

良时不再至，离别在须臾。屏营衢路侧，执手野踟蹰。
仰视浮云驰，奄忽互相逾。风波一失所，各在天一隅。
长当从此别，且复立斯须。欲因晨风发，送子以贱躯。

诗仅仅描绘了一幅送别的图景，诗人极善于把周围的环境与离别的心情融为一体，把送者与行者之间深厚的感情表达得淋漓尽致。“良时不再至”，使人会想到他们之间曾经有过许多“良时”，他们的情感在往日的“良时”中建立起来，因而“离别在须臾”才更加难舍难分。诗刻画不忍离别的心情极为细腻。他们衢路踟蹰，仰视天上浮云飞动，都衬托出他们离别的彷徨。而一旦风波失所，从此天各一方，安得不肝肠断裂。

别诗基本上都是这一格调。诗都只写了一个离别的场景，但都反映了长久的情谊。“嘉会难再遇，三载为千秋”，即“良时不再至”的扩展。三载嘉会，如过千秋，极言嘉会之可贵，于今离别在即，自然特别伤神。别诗很少写景，往往一两句点出，就给送别安排了一个令人永不忘怀的背景。风格浑厚自然，语言明白畅达，别诗和十九首一致。但别诗的基调，不像十九首那样凄悲。尽管送别的时候情意缠绵，但结尾往往表现出一种积极精神。“安知非日月，弦望自有时。努力崇明德，皓首以为期。”这是对朋友的鼓励，情深意重。“努力爱春华，莫忘欢乐时。生当复来归，死当长相思。”这是对妻子的叮嘱，语短情长。写人生长恨，不失温柔敦厚之旨，叙别离情意，却无消沉凄厉之音；自是典型的汉诗，非后人所能企及。

综括前文所述，风雅寝声之后，中国的诗歌出现了战国之世的断层，汉诗是在废弛的诗苑中重新萌发出来的，是诗史上一个新的起点。楚歌在西汉前期支撑了一段时间，最精妙的楚歌不出于先秦的楚国而在汉代。到汉武帝兴乐府，采集各地的巷陌歌谣，如此民间乐府成为汉代诗艺的代表。汉乐府是汉代的国风，无论成就和影响都不在十五国风之下。到了东汉，文人们由仿作乐府，逐步形成独立诗作，并最终形成东汉的古诗。古诗的出现，标志着中国诗歌自发的阶段将要结束，自觉的阶段即将到来。一种新型的诗体从此占领了中国的诗坛。五七言诗的发源，“断自两汉，宜也”。

汉诗的作者大多佚其名姓，古诗十九首、“李陵”别诗的作者实在是杰出的诗人。尽管量不很大，其诗艺的成就却不在曹植、陶渊明之下。而《孔雀东南飞》的作者更是伟大的诗人，他树立起这座叙事诗的高峰，永远高矗于诗国的丛山峻岭之间，一览众山皆小。

《汉书·艺文志》谓汉世巷陌歌谣，“皆感于哀乐，缘事而发”。这结论适合于除庙堂乐府之外的全部汉诗。汉人不刻意为诗，所以自然质朴，浑厚真淳，成为汉诗总的风格特色。

一场农民大起义的风暴，荡涤了中原万里，摧毁了腐朽的东汉政权。诗坛也将进入一个全新的阶段。乐府和古诗滋养而成的诗体已经成熟，一代诗人已经结束俏利，准备跨鞍上马，驰骋疆场了。曹孟德出来了，横槊高唱，领袖群流，高筑起建安的诗坛，五七言诗乃在乱离瘼矣遍地烽烟的中华大地上涌现了第一个高潮。

四、五言腾跃，魏晋六朝的诗苑

五言诗的成熟，为建安诗歌提供了理想的载体。建安，虽是东汉最后一个皇帝的年号，但政治实体已属曹魏，所以文学史把建安文学纳入魏国的范畴。这是一个苦难的时代，镇压了黄巾大起义之后，出现了大规模的军阀混战，使整个中原土地荒凉，民生凋敝。“白骨露于野，千里无鸡鸣。”丧乱往往是文艺创作的沃土，痛苦的现实给诗人们提供了大量的题材，也激发了他们创作的思绪。一个旧的政权崩溃了，思想上短时间会得到一定的解放。儒术独尊，党锢之祸，今古文之争，都随着两汉的倾颓而告终结。时代虽然艰难，思想倒暂时轻松了许多。曹操父子酷爱文学，率先垂范，也是建安文学发展的重要因素。一个没有创作自由的国度，统治者的好恶有时具有决定性的作用。秦始皇时代就不可能有什么文学，连百家争鸣也突然万喙息响。《文心雕龙·时序篇》说："自献帝播迁，文学蓬转，建安之末，区宇方辑。魏武以相王之尊，雅爱诗章；文帝以副君之重，妙善辞赋；陈思以公子之豪，下笔琳琅。并体貌英逸，故俊才云蒸。""观其时文，雅好慷慨，良由世积乱离，风衰俗怨，并志深而笔长，故梗概而多气也。"这是对建安文学最好的概括。

据钟嵘说，建安诗人，"盖将百计"，现在知名的作者，主要有曹氏父子、建安七子和女诗人蔡琰。建安群星的斗座无疑是曹操。这位雄才大略的政治家、军事家，不仅是这个文学集团的首领，而且也是创作的主帅。他的优秀的诗作，慷慨悲凉，沉雄俊爽，是这个丧乱的时代最洪大的声音。论其气魄襟怀，即其天才的儿子曹子建亦未足与比肩。《诗品》把曹操列于下品，自是齐梁偏见。

曹植的创作分前后两期。前期在建安时代，除《送应氏》等少数诗篇以外，诗风实与建安七子有异。后期进入黄初、太和，题材大多围绕个人境遇，忧谗畏讥，郁抑愤懑，与前期情调迥异。去建安之浑厚，入黄初之华丽，发魏国之正响，启六代之先声，这就是曹子建。

魏晋时代，玄风昌炽。经过改造了的老庄哲学，称曰玄学，笼罩了整整一个时代。一向被冷落的老庄，正始之后即行时起来。王弼注《老子》，向秀、郭象注《庄子》，玄谈之风嗡然而起。玄学并侵入儒家阵地，王弼释《周易》，何晏解《论语》，都向儒家典籍渗入玄理。阮籍作《孔子诔》，称其"考混元于无形，本造化于太初"，孔子俨然成了老子。任何时代，人们都需要一种哲学来支撑自己。玄学的兴起，其背景是非常复杂的。统治者需要一种精神鸦片来麻醉人民，特别是文学之士；而一般文士，或者用以作为消极避世的借口，或者用以作为反抗世俗藐视礼教的武器，或者两个方面兼而有之。玄风的泛滥，对魏晋文学产生了极大的影响。

《文心雕龙·明诗篇》说："正始明道，诗杂仙心。何晏之徒，率多浮浅。"刘彦和肯定读过许多"诗杂仙心"的作品，但流传到现在，何晏之徒的作品极少，也就无从究竟。以阮籍、嵇康为代表的竹林名士，都酷爱老庄，不拘礼法，以放旷闻名。就诗而论，阮嗣宗是其中的主角。他在当时以"发言玄远"闻名，写过《达庄论》《大人先生传》等名作。到了西晋，文士们仍"远慕老庄之齐物，近嘉阮生之放旷"，竟然把他和老庄远近并提。然而阮氏《咏怀》八十二首并非"诗杂仙心"的作品。虽然颜延之说他"文多隐避"，"难以情测"，钟嵘也说他"厥旨渊放，归趣难求"，我们从他的诗里却分明看到阮嗣宗一颗愤激然而诚挚的心。建安诗人把他们的笔扫向广阔的社会现实，阮嗣宗却抒写自己的内心世界，这是两个时期诗风最大的不同。步兵处魏晋之际，司马氏集团阴险凶残，建安时代那种开朗风气荡然无存，所以他不得不用隐避曲折的笔调，来写他的忧时之闵，忧生之嗟，然其用心诚悫，并不是不可捉摸的。

较阮籍略早的诗人应璩，所作《百一诗》以规勉讽刺为其特色，颇具幽默意味，不受玄风影响。可惜《百一诗》所存无几，使其作品尚存，未必不可以同阮籍比肩并驾。

就像西晋出现过短暂的平稳一样，西晋诗坛也有过短暂的腾跃。所谓"三张二陆两潘一左"，名噪一时。人才之众，作品之盛，成为建安以后第二个高潮。刘彦和《文心雕龙·明诗篇》说："晋世群才，稍入轻绮，张潘左陆，比肩诗衢。采缛于正始，力柔于建安。"评价相当正确。不过张潘左陆，走的并非同一路数。左思《咏史》，张协《杂诗》，风力遒劲，同阮籍《咏怀》一脉相承，也都是自抒怀抱。潘岳、陆机，还可以加上张华，走的是曹子建华丽一路，但缺乏曹子建的劲健，谓之“轻绮”，对他们才合适。潘陆在南朝，得到很高的称誉，钟嵘擢之于上品，称之为“陆才如海，潘才如江”，沈约也谓“降及元康，潘陆特秀”，实在是因为他们适合齐梁风气的缘故。

司马氏以阴谋取天下，政权建立以后，就把那些阴谋诡计，残忍手段，用在自己家里了。贾后之祸，八王之乱，使这个政权元气很快销蚀。晋初文人，也大多在晋室诸王的倾轧中作了牺牲。自永康到元嘉，不到十年，京洛诗人，差不多扫地以尽，而且大多死于非命。

晋室南渡之际，刘琨在并州艰难奋战，郭璞则远走江南，华夏诗坛，就只有他们两位在支撑残局。刘越石面对国破家亡的惨剧，从贵介公子酣宴欢游、玄谈放浪的生活中清醒过来，激扬蹈厉，成为卓越的抗敌志士，诗风也因而改变，悲歌慷慨，直可以上跻建安。可惜他只剩下寥寥三篇作品，凄凉地振响着北国苍茫险巇的山谷。郭景纯假游仙之名，写隐逸之实，抒其幽忧坎壈的怀抱。《诗品》谓郭景纯“始变永嘉平淡之体，故称中兴第一”。当时整个中原铁骑纵横，山河板荡，广大人民陷于水深火热之中，作为“中兴第一”的诗人，竟然只是高唱着“高蹈风尘外，长揖谢夷齐”，实在是这个时代的悲哀。值得一提的是郭璞把诗人的视线引向了山林岩壑，给诗坛透出了为时尚远的山水诗的信息。《世说新语·文学篇》引有他的“林无静树，川无停流”，仿佛一场山雨将临先行到达的微风，预示着山水诗即将产生。

南渡无诗，所以东晋前期诗坛寂寞，只有枯涩的玄言诗泛滥成灾。南朝的评论家对这一时期的诗风有精审的评述。钟嵘说：“永嘉时，贵黄、老，稍尚虚谈，于时篇什，理过其辞，淡乎寡味。爰及江表，微波尚传，孙绰、许询、桓、庾诸公诗，皆平典似《道德论》，建安风力尽矣！”（《诗品序》）沈约说：“有晋中兴，玄风独振。为学穷于柱下，博物止乎七篇。驰骋文辞，义单乎此。自建武暨乎义熙，历载将百，虽缀响联辞，波属云委，莫不寄言上德，托意玄珠，遒丽之辞，无闻焉尔。”（《谢灵运传论》）这种诗风源于魏代，流波所及，于晋尤烈。士大夫于国家困厄生灵涂炭之际，沉溺于醉生梦死的生活，鄙薄实务，崇尚虚无，以诘诎聱牙的词语，作幽微晦涩的玄言。这些玄言诗人的作品，理所当然地被历史的洪流所淘汰，留存下来的已寥寥无几。

在玄言诗还风涛未尽的时候，陶渊明却在浔阳江畔的柴桑境内，辛勤地耕耘着他的诗的“园田”，浇灌着艺苑的茂树繁花。就像陶渊明回避污秽的官场一样，他与当时沉浊的诗坛也没有多少联系，近乎默默无闻。刘彦和、沈休文论晋宋诗歌嬗变，竟然没有提及陶渊明。钟嵘仅列之于中品，只许他“古今隐逸诗人之宗”。其实陶渊明之在魏晋六朝，无异庐山之在汉南赣北，是挺秀于一切冈峦之上的高峰。当诗坛上玄风弥漫之际，他独以省净朴素的语言，写村庄田野的风光，平淡自然而韵味隽永，开辟了一个全新的境界，在整个诗史上也是独树一帜的。

《文心雕龙·明诗篇》说：“宋初文咏，体有因革，庄老告退，而山水方滋。”简要地表述了晋宋诗歌的演变。从庄老到山水，无疑是一个极大的飞跃。然而两者之间，实有着内在的渊源。玄言诗人从清幽峭丽的山水中得到启迪，以山水寓玄理，借自然造化的灵境，寄人生宇宙之遐思。玄言诗的代表人物孙绰写了《天台山赋》，描绘了崇山幽邃，峻岭峥嵘，赤城霞起，瀑布飞流的奇观，而归结到“游览既周，体静心闲”、“浑万象以冥观，兀同体于自然”。这篇作品既是名山赋的代表，又是玄言赋的典型，在玄言和山水之间架起了桥梁。本帙选有王羲之的《兰亭集诗》：“三春启群品，寄畅在所因。仰望碧天际，俯磐渌水滨。寥朗无涯观，寓目理自陈。大矣造化功，万殊莫不均。群籁虽参差，适我无非新。”此诗自仍属玄言诗之列，但已不是艰深莫测的格言，而把整个格局放在灿灿的阳光下面。诗人自写其内心领会，诗句也颇耐咀嚼。“寓目理自陈”，“适我无非新”，其感受亦颇真切。面对明丽的春光，表现出怡然自得的心境，两者契合得相当自然，与硬塞老庄“平典似《道德论》”的作品迥不相同，可以看作玄言诗向山水诗发展的界石。自此之后，有不少诗人注目于山水风光。据诸书所载，殷仲文、谢混是其中突出的代表。《宋书·谢灵运传论》说：“仲文始革孙、许之风，叔源大变太元之气。”诗风逐渐改变，自然风物不断袭入诗人的笔下。到晋朝结束，江南闽越秀丽的山川已准备好茂树丛林，急流飞瀑，等待着大诗人谢灵运大驾光临。

在谢灵运之前，还没有一个诗人如此全力扑在山水上。灵运以其深厚的学植，精湛的诗艺，把江南的绿水青山，高岩深壑，空旷的沙岸，皎洁的秋月，与乎池塘春草，园柳鸣禽，白云幽石，茂竹青松，一一摄入笔底。“大必笼天海，细不遗草树”，使祖国东南的大好河山，第一次谱入大型的诗的乐章。由于谢灵运是首次全面地开发这片疆土，缺乏足够的前车可资借鉴。他采取正面雕镂的方式，极力进行刻画，未免累于繁富，结构也往往过于板滞。他绘的是金碧山水，辉煌璀璨，却缺乏清远隽逸的情致。而且灵运诗仍带着玄言的馀气，要待下一代诗人出来，玄气才能洗刷干净。

谢灵运比陶渊明小二十岁，晚十六年去世，并世同时四十二年之久。然而两位大诗人并不相知，分别在祖国的山河大地上发掘出一个美的世界。谢灵运的浓艳繁缛自不足与陶渊明的自然朴素相比，但功业还是巨大的。

与灵运同时的颜延之，为诗体裁绮密，对偶工整，在当时亦颇有名气。然其诗语言梗塞，苦不顺畅。鲍照称其诗“铺锦列秀”，“雕缋满眼”。所谓元嘉三大诗人，颜延之实不足与鲍谢鼎足。

刘宋一代可与谢灵运抗衡的诗人只有鲍照。然鲍明远与谢灵运有极大的不同。谢灵运出身世家大族，祖上权倾天下，即使在晋亡之后他也不失高位。他的牢骚在于“自谓才能宜参权要”，然不被重用，故常怀愤愤。他不得行时，仍高踞于众生之上，啸傲于山水之中。鲍明远出身寒素，而才华盖世。钟嵘“嗟其才秀人微，故取湮当代”。他的心底有着满腔火焰，对社会不平极为愤慨。故发为歌咏，豪宕感激，近乎狂呼怒吼，把读者引向一个飘风骤雨，山崩海啸的境界。鲍照乐府是南朝最响亮的声音。他不依傍前人，自铸伟词，其作品语言之豪迈，气魄之雄伟，六朝其他诗人的乐府拟作都不能与之相埒。鲍照还是六朝主要的七言诗作手。王夫之说：“七言之制，断以明远为祖。”“前虽有作者，正荒忽中鸟径耳。柞棫初拔，即开夷庚，明远于此，实已范围千古，故七言不自明远来，皆荑稗而已。”（《古诗评选》卷一）明远之后，七言诗遂渐有作者。

诗到南齐，声律得到自觉的运用，这是诗由古体发展到近体的关键。《诗品序》曰：“齐有王元长者，尝谓余云：‘宫商与二仪俱生，自古词人不知之……唯见范晔、谢庄颇识之耳。尝欲进《知音论》，未就。’王元长创其首，谢朓、沈约扬其波。”《南齐书·陆厥传》云：“永明末盛为文章，吴兴沈约、陈郡谢朓、琅玡王融，以气类相推毂。汝南周颙善识声韵。约等文皆用宫商，以平上去入为四声，以此制韵，不可增减，世呼为永明体。”四声的发现，声律的运用，是一个漫长的过程。历代诗人在创作中，自觉不自觉地摸索语言声韵的规律。自晋代以来，佛经的翻译，引进印度的语音知识，使文人学者逐渐懂得语音的分析。到了齐代，水到渠成，经过王融、谢朓、沈约等的努力，声韵才成为可以掌握的规律。故使声韵铿锵，低昂互节，玲玲如振玉，累累如贯珠，成为“永明体”诗的重要特色。

永明体诗以谢朓为主，王融、沈约、范云、柳恽等为辅，他们一度围绕在齐竟陵王萧子良的周围，成为一个文学集团。诗人们相互切磋，往来唱酬，使得齐诗除“总杂”的江淹诗以外，具有大体统一的格调。永明诗人吸取了晋宋诗人特别是谢灵运的经验和教训，描摹风光景物，融注自身的情感性灵，而抒怀写抱，也往往通过自然的画面表现出来。他们的作品，大多语言流畅，音韵谐调，风格清新俊爽，给人以一种天朗气清，惠风和畅的感觉。

梁诗沿着齐诗发展下来，诗人们可以分作三个类型。一是永明体的延续。老诗人沈约及范云、柳恽等人，入梁以后歌唱了将近十年。后起的年轻诗人何逊也属这个流派，他是齐梁诗人中谢朓以后有力的后续。二是异军突起的吴均，诗以通畅明白著称，在齐梁间独辟营垒，被称为“吴均体”。南朝诗人把笔伸向广阔的社会的，前有鲍照，后有吴均，然鲍明远诗矫健苍劲，慷慨激昂，而吴均趋于平淡。三是萧衍父子和梁代徐庾等人组成的宫廷文人。

萧梁是一个充满矛盾的时代。梁武帝统治的四十八年，是南朝相对安定的时日，而酿成后来的祸乱也最为惨剧，终至不可收拾。倡言色相空无的佛教在梁代恶性泛滥，统治者的奢靡淫逸却也达于极际。文学极为发达，产生了《文心雕龙》《诗品》两大论著，文学理论的建树前无古人，后世也少有其匹。萧统完成了不朽的文学总集《文选》，成为总结前此创作的巨著。诗歌创作也很热闹，然而成绩并不突出。萧衍和他的儿子萧统、萧纲、萧绎，都酷爱文学，亦不乏才情。但他们意志消沉，生活糜烂，表现在文学上就是制作轻靡浮艳的诗歌。萧纲、萧绎的“宫体诗”，徐陵、庾信的“徐庾体”，实质并无差别，基本上都围绕着宫廷嬉游酣宴的生活，语言俊丽而内容轻薄。他们除少数乐府仿作尚清新可诵外，没有突出的佳作。东晋的玄言诗晦涩枯干，梁陈的宫体诗轻浮虚弱，是六朝诗文中最灰暗的段落。只是宫体诗人的作品讲习声律，语言清顺，对仗工致，继永明体之后，又为近体诗的发展推进了一步。

梁代的诗风延续到陈代。谢朓一派的继承者陈代只有阴铿，成绩亦属平平。宫廷诗人则大有人存，其中江总较为有名。江总两篇七言古诗已有初唐风味。他晚年入隋，写有几首精警的小诗真挚可读，那是糜烂的宫廷梦醒以后的作品。隋文帝开皇九年，隋将韩擒虎攻下建康，玉树凋零，后庭花落，金粉南朝宣告结束，绮靡的梁陈歌诗也唱到了它的终点。

让我们的视线移向苍茫的北国。西晋沦亡以后，广阔的中原大地，陷入了少数民族统治者的铁蹄之下，战乱频仍，生灵涂炭，汉魏故地的文化破坏殆尽。两百年间，艺苑荒凉，只有鼓角横吹的歌声在草原山野里飘荡。《木兰诗》，一曲英雄女子的颂歌，可以压倒全部北朝诗作。直到北魏后期，才有为数不多的诗人逐渐出现。温子升、邢子才，在北朝颇有名气，然成绩平平。有趣的是北朝的作品，一样具有南朝轻绮的风格。只有斛律金一曲高歌震响北国的原野，“中州万古英雄气，也到阴山敕勒川”，使所有的文人歌咏相形见绌。尔后南方的文士流寓北方，才改变了北国诗坛的状况。萧悫、王褒，都带来了佳作。但只有庾子山来到，北国的天空才升起了诗的巨星。

庾子山，梁室的宫廷诗人，面对着春灯华烛，唱一曲荡子鸳鸯，使其永在南朝，无非是另一个徐陵。侯景之乱，江陵之陷，使他突然失掉了那个柔歌曼舞、酒绿灯红的乐园，被迫羁留遥远的北国。他在北方，感慨平生，思怀乡国，诗风为之一变。他在忧思苦闷之中，发挥出卓越的才华，写出了大量诗艺精湛而感情深挚的作品。他的抒情小诗，明白如话，清新隽永，在整个六朝无人可比，即使唐人也会为之咨嗟。《拟咏怀》二十七首，远承阮籍，而风格内容，完全自家面貌。“庾信平生最萧瑟，暮年诗赋动江关。”流寓生涯，使庾子山成为北方惟一杰出的诗人，也是结束六朝战绩辉煌的殿军。

南北统一，短暂的隋朝只是唐朝的序幕，还来不及产生自己的诗人，只好由成绩并不太大的杨素、薛道衡、虞世基来聊以自慰。

他们以寥寥几篇诗来填补空白，却也写得相当坚实，就像岁尽冬残的梅花，预报着春的消息，诗国的阳春即将来到。

自汉献帝初平元年（190）董卓焚毁洛阳，中原残破，曹孟德以《薤露》《蒿里》两曲慷慨苍凉的悲歌，开启建安诗歌的前奏；到隋炀帝大业十四年（618）自陈入隋的诗人虞世基在江都遇害，南北朝诗坛谢幕。四百年间，是中国诗史上一个重要阶段。四百年诗的长河里，一浪接着一浪，每一个波段节奏鲜明，拓开了诗的各个领域，诗人们亮出了各自的风格。依次读魏晋六朝诗，如从高山大岭走向丘陵平野，开头只见重岩叠嶂，维石岩岩，飞瀑激湍，砯岩转石，使人动魄惊心；然后渐入平川，田畴绿野，柳暗花明，亦足以赏心悦目。

五、歌咏，从此走向自觉

中国诗的源头极其辽远，早自西周至春秋时代就出现了三百篇那样规模巨大的诗歌总集。然而，为什么在总结《诗》《书》的大师孔子之后，风雅反而寝声了呢？原因当然是复杂的，但与从先秦到汉代统治者的思想观念和相应的政策有重大关系。法家反对《诗》《书》，它在完成统一大业之后禁绝《诗》《书》，对文学的发展是一个重大的打击。儒家崇尚《诗》《书》，但它强调《诗》《书》的功用，作为推行政教的工具，对诗的发展同样起了严重的阻碍作用。强调功用有其合理的因素，但必须有一定的限度，尤不能扭曲诗义去硬派用场。孔子谓“诗可以兴，可以观，可以群，可以怨……多识于鸟兽草木之名”，他的诗论固也涉及诗可以表达感情，但强调功用的目的是明显的。诗本情感的产物，但《诗》三百得以保存却是靠了统治者的功用目的。首先是为了享受，诗是乐师用作乐章而整理保存下来的。其次是用于交际。《左传》中大量的行人说诗，把诗作为外交手段，这种风气延续几百年之久。再是用于说教，孟子、荀子以及其他儒家典籍大量引诗，都是为了说教，往往断章取义，甚至歪曲诗意。汉代经学家解释《诗经》，不是把它作为艺术的文学，而是作为说教的资料。汉昭帝时，龚遂谏昌邑王刘贺说："愿王内自揆度，大王诵《诗》三百五篇，人事浃，王道备，王之所行中诗一篇何等也？"这话可以看出汉代统治者学诗的目的。《毛诗序》集汉代儒家诗论之大成。这篇杂凑而成的文字，内容相当混乱。《诗序》云："诗者，志之所之也。在心为志，发言为诗。情动于中而形于言，言之不足故嗟叹之，嗟叹之不足故咏歌之，咏歌之不足，不知手之舞之，足之蹈之也。"这诗论原于《虞书》"诗言志"之说，它解释诗歌舞蹈的原由相当精湛，特别是以"情"释"志"更极其高明。但它接着将《乐记》"声音之道与政通"的理论加以引申，得出"先王以是经夫妇，成孝敬，厚人伦，美教化，移风俗"的结论，把"诗教"全用于政教，夸大诗的作用，扭歪诗的实质。汉末郑玄笺《诗》，极力以政教释《诗》。郑氏解释《诗》六义说："风，言圣贤治道之遗化也。赋之言铺，直铺陈今之政教善恶。比，见今之失，不敢斥言，取比类以言之。兴，见今之美，嫌于媚谀，取善事以谕劝之。雅，正也，言今之正者以为后世法。颂之言诵也，容也，诵今之德广以美之。"（《周礼·大师》注）经这位大师解释，所谓诗全是政教的表述，诗人的情性自然就不再存在。孟子说，"王者之迹熄而诗亡"，我们可以仿造说，"政教之缚紧而诗亡"。把诗神缚在政教的宝座上，诗也就没有了。所以在汉朝，朝廷之上，文苑之林，没有诗的地位。如或有之，也只有《郊祀歌》《安世房中歌》之类的庙堂文字，那不是诗神的业务；诗神如此转入地下，到群氓百姓中去寻找知音。所以有汉一代，只有乐府民歌闪射着光辉。一种新型的诗，在风雅中断五六百年之后，到东汉后期，才从乐府民歌的土壤中滋生出来，这就是东汉古诗。古代的诗从四言的岑寂，经历几百年的劫数之后，才又以五言的面貌重新复活。

当然，从广义说，楚辞汉赋都可以纳入诗的范畴。但，一则按中国古代文学的分野，辞赋别是一家。炎汉之世，“王扬枚马之徒，辞赋竞爽而吟咏靡闻”，钟嵘就把辞赋放在吟咏之外。再则楚辞的奇迹只是一个短暂的阳春，一到汉朝，它立即分化，正统的楚辞只知道模拟屈原，丧失了生命力；派生的汉赋，主要用于“润色鸿业”，与吟咏性情的诗分道扬镳，直到东汉后期，这种局面才逐渐改变。

到了建安，对诗的认识发生了惊天动地的变化。曹丕在《典论·论文》中庄严宣布：“盖文章，经国之大业，不朽之盛事。年寿有时而尽，荣乐止乎其身，二者必至之常期，未若文章之无穷。”这是中国古代重要的文学宣言，第一次把文学提到如此崇高的地位。虽然曹丕所谓文章包括其他文体，但曹丕曾说，当年邺下欢聚之日，“每至觞酌流行，丝竹并奏，酒酣耳热，仰而赋诗”（《与吴质书》），可见诗实处于主要地位。认为诗具有如此崇高的价值，并非曹丕天才独运，而是文学发展到这一阶段人们必有的认识。后来钟嵘也说：“照烛三才，晖丽万有，灵祇待之以致飨，幽微藉之以昭告，动天地，感鬼神，莫近于诗。”（《诗品序》）话虽未免玄虚，但认为诗具有重大价值是明显的。正是这种观念的变化，使得魏晋六朝文学，特别是诗，成为自觉的文学。

因此，魏晋六朝，从建安开始，中国文学，主要是诗，进入了一个新的时代，即自觉的时代。

诗，只有成为自觉的艺术，才会出现“独立”的诗人。这是一个民族的文学成熟的表现。正如只有产生了伟大的哲学家、思想家，才标志着一个民族在精神上已经成熟一样。任何民族，如果没有若干文化的巨星在历史上闪耀光辉，那个民族的历史将是一片黑暗。周代的诗，汉代的乐府民歌，绝大部分是群众性的作品，它们的作者并没有把它当作不平常的事业。“饥者歌其食，劳者歌其事”，是自发的歌唱，不是自觉的创作。隆盛如西汉，文明已如此发达，司马迁仍感叹“文史星历，近乎卜祝之间，固主上所戏弄，倡优所畜，流俗之所轻也”(《报任安书》)。西汉著名的赋家们往往因“为赋乃俳，见视如倡”而深怀悔恨。所以扬子云晚年称赋为“童子雕虫小技”，“壮夫不为也”。至于诗人，更名不见经传，连“倡优所畜”的资格也没有。所以汉代大量自发的诗作因而湮灭，没有谁以独立的诗人见称于世。古诗十九首和所谓苏李诗的作者，其诗艺较之建安七子有过之而无不及。但他们刚刚走到诗歌自觉时代的门口，无缘进入它的门庭；他们为五言诗的成熟作出了伟大的贡献，历史却无情地埋没了他们的姓名。汉末的诗人只有走进了建安时代的大门，才仿佛到诗神殿上注了册，他们作为“独立”诗人的大名才为历史所承认而永垂不朽。所谓“独立”，是指诗人自身和社会都把诗当作一种事业。曹子建志在“戮力上国，流惠下民，建永世之业，流金石之功”(《与杨德祖书》)。当这一目标无法达到时，他就要“骋我径寸翰，流藻垂华芬”。倘若他不认为文藻华芬同样是永世之业，金石之功，何须艰苦经营去骋其寸翰呢！不可想象，如果陶渊明不理解自己创作的价值，在辞官归隐以后，环堵萧然，箪瓢屡空，而仍能那样恬然自安。谢灵运自恃宰辅之才，又有园林山水之乐，却不辞劳苦，惨淡经营，写他的山水诗。无疑他也是认识到他的字斟句酌的诗篇，是可以同他祖上谢安、谢玄不朽的功业媲美的。所有这些情况，都只有到了魏晋才有可能。

惟其成为自觉的文学，所以魏晋六朝诗人的作品，才有各自独立的个性，在他们的优秀作品里，跳动着诗人的心，袒露出诗人充沛的情感。

艺术的文学是生活的反映。诗，特别是抒情诗，是通过诗人主观的感受来反映生活的，是通过诗所表现的情感来传达时代的脉搏的。因此，没有个性，没有诗人的情感，就不成其为诗。乐府中的郊庙歌辞、燕射歌辞，之所以不能振动读者的心弦，就在于他们没有个性，没有情感，缺乏诗的特质。到了魏晋六朝，人们不再理会汉代经师的说教，摆脱政教的羁绊，对诗的价值有了新的认识。试听南朝诗论家的论述。沈约说："民禀天地之灵，含五常之德，刚柔迭用，喜愠分情。夫志动于中，则歌咏外发。"（《谢灵运传论》）萧统说："诗者，盖志之所之也，情动于中而形于言。"（《文选序》）钟嵘说："气之动物，物之感人，故摇荡性情，形诸舞咏。"（《诗品序》）刘勰说："在心为志，发言为诗，舒文载实，其在兹乎！""人禀七情，应物斯感，感物吟志，莫非自然。"（《明诗篇》）表面上看，这些论述，都原于《虞书》《乐记》和《诗序》，没有丝毫违背圣教。关键在于他们只取其情动于中而形于言的精神，扬弃其阐扬政教的观念，对诗的理解就有了质的变化。如从泥潦中滤出清水而滤掉污泥，清水自不同于泥潦。

惟其如此，所以魏晋六朝的诗人，乃能驰骋自如地抒发感情，使各自的作品具有独特的个性。建安诗人，面对社会的丧乱，"慷慨以任气，磊落以使才"，他们只是抒发自己的感受，自能感动读者。曹子建忧谗畏讥的苦闷，阮嗣宗"常恐罹谤遇祸"的忧愤，潘岳缠绵悱恻的爱情，陆机羁栖道路的感受，左思对"世胄蹑高位，英俊沉下僚"的愤慨，刘琨英雄失路哀音无次的悲歌，陶渊明对田园生活的热爱，谢灵运对自然山水的契悟，鲍明远抗议社会不平的奋呼，谢朓、范云、何逊等人在他们描绘的情景交融的画面上所表现的思情，庾子山对故国故乡不能自已的怀念，无不表现出独特的个性，深厚的感情。

不能否认《诗》三百和汉乐府的伟大价值，《诗经》风雅和乐府民歌中的优秀作品，当然也具有作者的个性和情感。他们与自觉的文学、独立的诗人作品之不同在于，前者是分散的，而后者是集中的；前者是群众的创作，后者是个人心灵的流露。诗人用大量的系列的作品显示出来的个性，深刻细致地表达的情感，是群众性的作品所不能相比的。

《虞书》云："诗言志。"孔子曰："思无邪。"言志，谓诗所以表达情感。无邪，言情必须健康纯正。曹丕加了一条审美要求，叫做"诗赋欲丽"。诗必须是美的，不美就不成其为诗。言志，无邪，欲丽，构成完整的中国古典诗论。在言志、无邪的前提下，"诗赋欲丽"是一个至高无上的审美原则。后来沈约在《谢灵运传论》再加以总结："至于建安，曹氏基命，二祖陈王，咸蓄盛藻，甫乃以情纬文，以文被质。"虽然沈氏说的只是建安，但"以情纬文，以文被质"，是对曹丕提出的原则更为完整的概括。

诗赋欲丽的审美原则，笼罩了整个魏晋六朝文学，特别是诗歌。我们有理由认为，它实在是诗艺的永恒的原则。

抒情诗是诗人抒发自己主观的情感，因而诗的美首先是情感美。深刻的思想，高尚的情操，诸如对祖国人民的热爱，对人生理想的追求，友谊，爱情，被一切崇高的、善良的事物所激发的情感，艺术地表现在诗里面，都是美的，并将引起读者的共鸣，激发他们相应的思想和情操。前面曾简略地叙述了魏晋六朝杰出的诗人作品里所表现的个性和情感，壮志高怀，深情美操，它们所展示的美是无庸赘言的。需要说明的是，有些诗人的作品，写的纯系个人的境遇和心思，为什么也能给人以美感。如曹子建在魏文帝、明帝两朝受到猜忌，使他有志不得伸展，因而在诗里表现出极大的愤懑。特别是阮嗣宗，全部作品都是抒写自己的怀抱，忧时闵乱，愤世嫉俗，发泄其穷途恸哭的深忧和悲愤。左太冲的《咏史》，张景阳的杂诗，实际上也是同类的作品。尔后鲍明远表现得更为突出。愤社会之不平，伤志士之不遇，成为历代诗人作品中常见的主题。诸如此类深悲重愤之作，能否说它们也表现了情感的美？回答当然是肯定的。人生活在社会里，人们的感情总有其相通之处。诗人表述的感情都是个别的，特殊的，然而又都具有普遍性。只要所表现的感情是健康的，真挚的，就能感动读者，“人人仿佛若自其口出”。诗人所表现的痛苦、忧愤，往往是对阴暗丑恶的憎恨。烛照阴暗者就是光明，抗拒丑恶者即为美善，光明美善的声音自能动人心魄。这就是曹子建、阮嗣宗、左太冲以及后来许多类似他们的作品所以感人的原因。

建安十二年秋天，曹孟德北征乌桓，出卢龙塞，登碣石山，遥望大海，写下了四言名篇《观沧海》。这是中国第一篇描绘自然雄姿的名作。作品描绘了洪波涌起的大海，也表现了诗人开阔的胸怀和宏伟的气魄。曹孟德无意中揭示了一个秘密，通过自然风光的画面能够展现诗人的情怀。然而曹操之后一百多年间，除了零星的回声外没有引起太多的响应。到了东晋后期，诗人们才逐渐认识到自然山水的美。直到陶渊明、谢灵运出，才以他们横绝古今的大手笔，以空前未有的热情，描绘祖国的河山，攫取自然的美质。陶渊明描绘朴素而优美的田园景色表现其淡泊的心境，谢灵运刻画繁茂而密丽的山水风光寄寓其放逸的情怀。他们发掘出一个取之不尽用之不竭的美的宝库，从此中国诗歌就和自然的美结下了因缘。“诗赋欲丽”，往往和自然的美联在一起，诗人们把自己的情怀思绪和美丽的山光水色、夜月夕阳融成一体。鲍照、谢朓、沈约、范云、吴均、何逊、阴铿、庾信，所有南北朝杰出的诗人的诗里，无不有着美丽的山水画图，也使后人受用无穷。

诗的美必须通过诗的语言美表现出来。东汉末年五言诗定型以后，建安以来的诗人就在语言上进行探索，发掘并运用语言的美。一字一句都经过锤炼，散句逐步参入对偶。魏晋诗人大多又是赋家，他们把赋的骈语加以提炼融进诗里。曹植和太康诗人的作品已有大量的对句，南朝宋谢灵运、颜延之的诗里更发展到前所未有的水平。“俪采百字之偶，争价一句之奇；情必极貌以写物，辞必穷力而追新。”刘彦和《文心雕龙·明诗篇》的这段话准确地反映了当时诗坛的风尚。齐永明中，四声的运用使诗的语言音律跃进一个新的阶段。乃使“宫羽相变，低昂互节，若前有浮声，则后须切响。一篇之内，音韵尽殊；两句之中，轻重悉异”。古朴的宽对发展成为平仄偕调音韵铿锵的律对。语言上的这一变化是南朝有异于魏晋诗的重要方面。经过梁陈诗人的努力，律诗已经呼之欲出。刘熙载说：“庾子山《燕歌行》开唐初七古，《乌夜啼》开唐七律，其他体为唐五绝、五律、五排所本者，尤不可胜举。”（《诗概》）庾子山走到了另一个诗的黄金时代的门口，越过这个门限，近体之花就千红万紫妖娆竞艳了。

钟嵘在《诗品序》中写道：“若乃春风春鸟，秋月秋蝉，夏云暑雨，冬月祁寒，斯四候之感诸诗者也。嘉会寄诗以亲，离群托诗以怨。至于楚臣去境，汉妾辞宫，或骨横朔野，魂逐飞蓬，或负戈外戍，杀气雄边；塞客衣单，孀闺泪尽；或士有解佩出朝，一去忘反，女有扬蛾入宠，再盼倾国；凡斯种种，感荡心灵，非陈诗何以展其义？非长歌何以骋其情？故曰：‘诗可以群，可以怨。’使穷贱易安，幽居靡闷，莫尚于诗矣。”这段话形象地表述了六朝人对诗的认识。人们的心灵为生活万象所感荡，惟有诗可以“骋其情”，“展其义”，明确地申述了诗是抒发感情的艺术，相当彻底地解脱汉儒政教观念的束缚，这是文学自觉的关键，独立的标志，诗不再是政教的奴仆。它还表述了魏晋六朝诗人所开拓的诗的广阔的领域，突出地说明了诗在当时人们的精神世界所占的地位。而它本身优美的文辞，典范地表现了“诗赋欲丽”的审美原则。

六、莫太相信陈子昂、李太白的话

唐代杰出的诗人陈子昂以恢复“汉魏风骨”为己任。他在《修竹篇序》中宣称：“文章道弊五百年矣，汉魏风骨，晋宋莫传。”“仆尝暇时观齐梁间诗，采丽竞繁而兴寄都绝，每以永叹。思古人，常恐逶迤颓靡，风雅不作，以耿耿也。”这段话常被文学史家引用。陈子昂要改变梁陈以来的文风，提倡汉魏风骨，这篇序文吹响了盛唐的号角，功绩不可磨灭。但他用“道弊”两个字推翻整个两晋南北朝文学，把陶渊明、谢灵运、鲍明远、谢玄晖、庾子山这些卓越的诗人全部抹杀，无疑是错误的。千岩竞秀，万壑争流的两晋南北朝文学，是汉魏的继承发展而不是衰颓。唐代诗人正是在魏晋六朝诗人开辟的田地里耕耘，并且获得丰收，绝对不能否定前代开拓者的功绩，如果没有两晋南北朝文学，中国的诗史是不可想象的。

李太白也曾高唱：“自从建安来，绮丽不足珍。”我们千万不要痴信这位伟大诗人的浪漫主义声明。建安以来的诗风并不都是“绮丽”，绮丽的诗歌也未必都“不足珍”。听李白的豪言，似乎他对建安以后的诗文极其轻视，其实完全不然，他对六朝十分珍爱，学习极为努力。李白“三拟文选”的传说不是完全无据，集中现存拟《恨赋》，即亦步亦趋地模拟江淹。试看李白的全部诗歌，他对自建安至梁陈诗人的作品，无不一一揣摩。五古之学大谢，乐府之学鲍照，古风之原阮籍、左思，近体之溯谢朓、庾信，都是显而易见的。李白本人确乎陵越千古，但系群峰簇拥的极顶，不是平地崛起的孤峰。没有魏晋六朝诗人的创造，李太白也不存在。忠厚的杜少陵说话就朴实多了，处处流露出对前代诗人的钦仰：“清新庾开府，俊逸鲍参军”；“焉得思如陶谢手，令渠述作与同游”；“孰知二谢将能事，颇学阴何苦用心”；如此等等，不一而足。尽管他对齐梁诗理所当然地有所批判，但对谢朓、沈约、范云、何逊、阴铿、庾信等极为崇敬。没有魏晋六朝的诗歌，也就不会有唐代的诗歌。魏晋六朝诗是中国五七言诗万里长江的蜀水荆江，也许没有下游波澜壮阔的风光，但绝不缺乏奔流湍急的奇观。

诚然，魏晋六朝诗确也有它的不足。

就诗体而论，叙事诗很少，而且缺乏名篇。汉乐府有不少精彩的叙事诗，建安时代还出现了《孔雀东南飞》《悲愤诗》这样规模宏伟的叙事之作，南北朝惟一较长的叙事诗《木兰辞》也产生于民间，诗人们没有继承叙事诗这一传统，全都集中精力去写抒情诗。这种情况一直延续下来，中国的叙事诗不发达，成了一个抒情诗的海洋。

就创作方法而论，浪漫主义相当薄弱。纵或有之，也只体现在诸如阮籍咏怀、郭璞游仙、鲍照乐府之类的短篇作品中，是寥落的星点，没有汇成璀璨的星河。像屈原《离骚》那种想象飞腾的杰构，在魏晋六朝的五七言诗中近乎绝迹，唐宋也未能振起。魏晋人崇尚老庄，然而庄子汪洋恣肆诡谲莫测的文风却未曾继承。玄言诗人习于枯涩的韵语，没有力气去发挥想象。许多杰出的诗人，也都在琢句磨词上绞尽脑汁，未能展开想象的翅膀飞向艺术的云空。更为严重的是，魏晋以来崇尚清谈，士大夫意志消沉。避世退隐的思想，在两晋南朝的作品里，真真假假，随处可见。而热衷利禄者实大有人在，真正具有壮烈的事业雄心的人又并不多。桓温曾说："遂使神州陆沉，百年丘虚，王夷甫诸人不得不任其责！"偌大一个锦绣神州，遭受如此蹂躏尚无人痛惜，诗里面的寂寞也就无足为奇。四百年间，祸乱相寻，民族矛盾如此严重，人民世世代代受到战争的困扰，统治者的压榨，然而诗人们却少有反映。像刘琨那样的愤呼，鲍照那样的咆哮，流寓北国的庾信那样的哀惋歌吟，简直屈指可数。《文心雕龙·明诗篇》说："江左篇制，溺乎玄风，嗤笑徇务之志，崇盛忘机之谈。"《时序篇》说："自中朝贵玄，江左称盛，因谈馀气，流成文体。是以世极迍邅，而辞意夷泰。诗必柱下之旨归，赋乃漆园之义疏。"由此可见玄风影响之一斑。"世极迍邅，而辞意夷泰"，刘彦和说得貌似平和，实不啻含泣痛斥。降及梁陈，可以说"世极迍邅，而辞意靡丽"。不少诗人依违于权门势要之间，他们的诗格和人格一样地卑污，实在是这个时代的悲剧。《世说新语·言语篇》

云:"过江诸人，每至美日，辄相邀新亭，藉卉饮宴。周侯中座而叹曰:'风景不殊，正自有山河之异!'皆相视流泪。唯王丞相愀然变色曰:'当共戮力王室，克复神州，何至作楚囚相对!'"这是东晋南朝难得一见的文字，而在诗中连这种周顗式的新亭热泪，王导式的座上豪言，也难以找到。甚至江左南朝的乐府民歌也是一片旖旎绵软之声，儿女情多，风云气少，听不到汉代乐府民歌那种深刻反映社会生活的声音。决不是东晋南朝的歌手都只唱情歌，肯定是收录者筛落的结果。正如徐陵的《玉台新咏》，收录的多为轻靡之作，绝不能认为汉魏以来的诗人都只有这样的"新咏"。

当然我们也应该考虑到，魏晋六朝对诗人们也是一个苦难的时代。政权更替频繁，统治者内部倾轧，诗人们往往成为无谓的牺牲品。试看嵇康惨死，张华遇害，潘岳被杀，陆机殒命，刘越石殉身幽蓟，郭景纯屈死江南，谢灵运广州弃市，鲍明远荆州遇难，谢混、殷仲文、王融、谢朓之徒并死于非命，于此可见在政治倾轧的时代，诗人们的命运何等悲惨[14]。由此也可以理解，陶渊明所以潜心归隐的真正原因所在。我们常常慨叹李太白、杜子美的飘零颠沛，同情苏东坡、黄山谷的窜逐流离，惋惜陆放翁、辛弃疾的投闲置散，宁知魏晋六朝诗人连那样的遭遇也求之不得。诗人们之所以回避现实，这未尝不是一个原因。

七、南北朝的乐府新声

最后我们来讨论一下南北朝的民间乐府。

自汉室倾颓，曹魏继统，乐府不再采风。三曹陈王，建安群彦，以至西晋诸家，或但取旧题而写时事，或竞造新声以抒胸臆。故自黄初至西晋，百年之间，民间乐府，阒寂无闻。晋室南渡以后，至于宋齐，乃有南朝乐府的兴起。北方虽战乱频仍，无有宁日，而民间歌唱，并未息响，如此北朝乐府乃能震铄中原。“艳曲兴于南朝，胡音生于北俗”，南北朝的民间乐府，无论风格内容，都与两汉乐府完全异趋，时代不同，歌诗亦异。

前面已经谈过，“民间乐府”这个词并不科学，民间无所谓乐府。对于汉代乐府，为了与统治阶级制作的郊祀燕飨之类的歌诗相区别，因此把乐府中采自民间的歌谣姑且称之为民间乐府。对于南北朝乐府，我们还要用这个不很准确的名词来和文人仿作和创造的乐府相区别。《乐府诗集》卷四十四清商曲辞解题云：

> 清商乐，一曰清乐。清乐者，九代之遗声，其始即相和三调是也，并汉魏以来旧曲。其辞皆古调及魏三祖所作。自晋朝播迁，其音分散。苻坚灭凉得之，传于前后二秦。及宋武定关中，因而入南，不复存于内地。自时已后，南朝文物号为最盛。民谣国俗，亦世有新声……后魏孝文讨淮汉，宣武定寿春，收其声伎，得江左所传中原旧曲，《明君》《圣主》《公莫》《白鸠》之属，及江南吴歌，荆楚西声，总谓之清商乐。至于殿庭飨宴，则兼奏之。遭梁陈亡乱，存者盖寡。及隋平陈得之，文帝善其节奏，曰：“此华夏正声也。”乃微更损益，去其哀怨，考而补之，以新定律吕，更造乐器，因于太常置清商署以管之，谓之清乐。（注：相和三调，指平调、清调和瑟调。）

郭茂倩在此详述清商的渊源及南北转移的来龙去脉，然此乃音乐史家研究的课题，我们现在读清商曲的歌词，看不出与汉世相和三调有多少关联的痕迹。清商曲辞绝大部分是情歌，歌中直接出场的是没命地歌情唱爱的女子，间接可见的是钟情抑或薄情的男人，而绝没有任何圣主明君，一派移情荡志的歌唱，实在谈不上什么华夏之正声。

现存南朝民间乐府基本上都在《乐府诗集》中的清商曲辞，主要有《吴声歌》三百二十六首和《西曲歌》一百四十二曲，加上《神弦歌》十八曲（神弦歌为祀神歌，所祀并不是天地山川而是杂神，即所谓“淫祀”）。另有少数作品著录于杂曲歌辞和杂歌谣辞，其中包括杂曲歌辞中的南朝名作《西洲曲》。

《吴声歌》产生于以南朝首都建业为中心的吴地。《晋书·乐志》云：“吴歌杂曲，并出江南。东晋以来，稍有增益。其始皆徒歌，既而被之管弦。盖自永嘉渡江之后，下及梁陈，咸都建业，吴声歌曲起于此也。”关于《吴声歌》产生的时间和地域，说得极为清楚。《西曲》则出于荆楚，西曲之“西”，是相对吴地而言的。《古今乐录》云：“按《西曲歌》出荆、郢、樊、邓之间，而其声节送和与吴歌亦异，故［依］其方俗而谓之西曲。”今西曲有《石城乐》（石城在今湖北钟祥）、《襄阳乐》、《江陵乐》、《寻阳乐》、《寿阳乐》（寿阳在今安徽寿县）。歌中涉及的地点，除上列诸地外，还有巴陵、樊、邓、楚山、西塞等等，都在今湖北至安徽、江西沿江一带。西曲中亦涉及建业、白门、三洲、三山、板桥等地。“闻欢下扬州”、“人言扬州乐”之语，屡见于西曲；而吴歌中亦有“江陵去扬州，三千三百里”之句。南朝扬州治建业，即今江苏南京市。可知南朝民间乐府全产生于长江流域，清商曲辞亦即吴楚之歌。

南朝民间乐府大多是清丽的五言小诗，形制短小，与汉乐府之或长或短、或齐或散的体裁大不相同，其内容差不多都是情歌，主人公绝大多数是年青女子，用通俗流丽的语言，并大量使用谐音双关的修辞，歌咏她们炽热的爱情，无论是相会的欢悦，离别的相思，风前月下的幽会，甚至帐帷之内的私语，无不尽情倾吐，肆意歌唱，缠绵悱恻，摇荡心魂。那些妩媚的楚女吴侬，大胆泼辣，佻达风流，具有突出的南国水乡的风情，与汉乐府中温厚诚朴的女性形象完全异趣。由汉乐府之质朴真淳变而为南朝乐府的轻绮靡丽，其间差别，正如北国至于吴楚，相悬岂止千里。

长江流域，自襄邓江陵至建业扬州，是南朝政治上你争我夺的地域，也是商人们络绎交驰的水道，沿江商业发达，城市繁荣，如此倡优女乐亦随之风起。决定现存南朝乐府的特点，还有一个根本的原因，就是社会风气的改变，统治者和富商巨贾爱好这些清歌丽唱。梁代裴子野《宋略》谓当时“王侯将相，歌伎填室，鸿商富贾，舞女成群。竞相夸大，互有争夺，如恐不及，莫为禁令”。《南史·循吏列传》谓刘宋之世，“凡百户之乡，有市之邑，歌谣舞蹈，触处成群”；萧齐时代，“都邑之盛，士女昌逸，歌声舞节，炫服华妆，桃花渌水之间，秋月春风之下，无往非适”。这就是南朝乐府产生的社会环境。清商曲辞之所以全是情歌，是由于收集者只选录这一类歌曲，摈弃其他内容特别是反映乱离民瘼的歌谣，绝不是东晋南朝只有缠绵欢爱之歌，而无民间疾苦之声。

南朝民间乐府，论其价值自然不如汉代乐府，但它是乐府中一个重要的阶段，其中有不少优秀的作品，塑造了大量情深意密的女性形象。我国古代浩如烟海的诗歌，大多脱不了愤激慷慨忧愁幽思的情调，南朝民间乐府却是开朗的，欢乐的。这也是一大特色，在诗史上别开生面。我们固然欣赏昆仑华岳的巍峨，太行王屋的险峻，但看一看南国的平远青山，小桥流水，也同样使人神怡心旷。文学史家论述南齐周颙、沈约、王融、谢朓等人发现并运用四声，是促使近体诗产生发展的关键，其实南朝民间乐府，更是律诗绝句的直接渊源。清商曲辞中许多作品，有些就是精美的五言绝句。南朝文人的许多小诗，是唐代律绝的前奏，而它们本身正是从民间乐府脱胎出来的。

北朝民间乐府基本上收在梁鼓角横吹曲，今存作品凡二十二题六十七曲（包括《木兰诗》）。二十二题有些实际上是重复的，如《折杨柳歌辞》与《折杨柳枝辞》应属同一乐歌,《陇头歌辞》与《陇头流水歌》也必是同一来源。鼓角横吹之外,还有少数作品收在杂歌谣辞。

北朝民间乐府数量虽然不多,但其题材内容远较南朝广泛,情况也较为复杂。有由少数民族歌辞翻译的,所谓“我是虏家儿,不解汉儿歌”,则其原作必是“虏歌”无疑。自然多数还是汉歌。还有少数是汉代流传下来的。如《紫骝马歌辞》中就夹有汉代古诗《十五从军征》。《陇头歌辞》也可能是汉代旧曲。也有受南朝影响而形似南朝民歌者。就其整体而言,都产生于黄河流域,甚有远及大漠边陲者。

北朝乐府总的风格较为质朴明健,不似南朝的靡丽轻佻。如《企喻歌》之“男儿欲作健,结伴不须多。鹞子经天飞,群雀两向波”,《琅邪王歌辞》之“新买五尺刀,悬著中梁柱。一日三摩挲,剧于十五女”,《折杨柳歌辞》之“健儿须快马,快马须健儿。跸跋黄尘下,然后别雄雌”,都表现北人刚强尚武的精神。即使是抒写羁旅离别的作品,也表现出豪雄俊爽的气概。集中有不少反映战争和一般社会生活的作品,与南朝专录情歌的清商曲辞迥不相同。涉及爱情婚姻的作品也占有相当的比重。“驱羊入谷,白羊在前。老女不嫁,蹋地呼天”,“侧侧力力,念君无极。枕郎左臂,随郎转侧”(《地驱歌乐辞》)这样粗豪的女性形象,较之南朝柔情似水的女子也大不一样。北朝的作品大多数较为浅俗粗犷,艺术水平差逊南朝。但其中有沉郁苍凉的《陇头歌辞》,有高昂雄浑的《敕勒歌》,特别是有歌咏女子英豪的叙事名篇《木兰诗》。这三篇作品,却是南朝乐府所无法比拟的,即在整个中国诗史上也是不朽的名作。

我们完全有理由断定,南朝乐府是梁武帝时代辑录的。《乐府诗集》清商曲辞中的《子夜歌》《子夜四时歌》《上声歌》,均署为“晋宋齐辞”,可知这些作品出于东晋宋齐,而无梁陈之作,其为梁代所辑自无可疑。

《南史·徐勉传》曰:“普通末,武帝自算择后宫吴声、西曲女妓各一部,并华少,赍勉。”吴歌西曲为清商曲辞亦即南朝乐府的主体,可见清商曲辞已全部成为梁武帝宫中的女乐。南朝民间乐府为梁代所辑,是由于梁武帝萧衍父子酷爱的结果。梁武帝在位四十八年,是南朝相对承平的时日,有条件收辑和整理民间歌曲。梁武帝位居九五,又笃信佛教,却专写情歌,是绝妙的南朝特产。今《乐府诗集》中萧衍的作品即有三十八首,实际还不止此数,《子夜歌》《子夜四时歌》等歌辞中还可能混有他的作品。梁简文帝萧纲、梁元帝萧绎的拟作也不少。他们仿作情歌而后加以改造,移入宫闱,如此有宫体诗的出现。两者的关系虽如此密切,然二者却有质的不同。民间歌谣自然清丽,宫体作品轻荡淫靡,有如民间淑女之与深宫女乐青楼歌妓,前者虽荆钗布裙而纯朴天真,后者纵艳抹浓妆却空虚苍白。

清商曲辞的整理辑录者中有一个重要人物王金珠。清商曲辞即使不全是王金珠所整理,她也一定是重要的参与者。陈释智匠《古今乐录》曰:“吴声十曲,一曰《子夜》,二曰《上柱》,三曰《凤将雏》,四曰《上声》,五曰《欢闻》,六曰《欢闻变》,七曰《前溪》,八曰《阿子》,九曰《丁督护》,十曰《团扇郎》,并梁所用曲。《凤将雏》以上三曲,古有歌,自汉至梁不改,今不传。《上声》以下七曲,内人包明月制舞《前溪》一曲,馀并王金珠所制也。”王金珠,生平不详。《古今乐录》谓包明月是内人,王金珠也应是内人。内人是宫中女伎艺人。王金珠当是内人中的领头人物。此人制曲如此之多,无疑为梁代杰出的音乐家。今存王金珠本人作品,有《子夜四时歌》八首,《子夜变歌》一首,《上声歌》一首,《欢闻歌》一首,《欢闻变歌》一首,《丁督护歌》一首,《团扇郎》一首,凡十四首之多。但其中竟有八首《玉台新咏》均作梁武帝诗,另有一首作宋孝武帝诗。这些作品或者为梁武帝所作，经王金珠制曲演唱，或者本王金珠所作，梁武帝据为已有。不管哪种情况都说明王金珠和梁武帝的特殊关系。统治者沉湎声色，纵情女乐，酷爱情歌，不关心国难民瘼，如此乐府所辑就只有风流艳曲欢爱情歌了。

北朝民间乐府也是梁人所辑。鼓角横吹曲中有《雍台》一曲，今梁武帝有《雍台》一首，虽系宫体，然用的是北曲。《隋书·音乐志》谓陈"后主嗣位，耽荒于酒，视朝之外，多在宴筵。尤重声乐，遣宫女习北方箫鼓，谓之代北，酒酣则奏之"。陈宫习"北方箫鼓"，北乐必早已南来，不然陈宫就无从习之，可知梁代必已习北方乐曲。鼓角横曲之所以冠以"梁"字，正是由梁人研习辑录的明证。

注释：

①《孟子·离娄上》："孟子曰：'王者之迹熄而《诗》亡，《诗》亡然后《春秋》作。'"赵岐注："王者，谓圣王也。太平道衰，王迹止熄，颂声不作，故《诗》亡。《春秋》拨乱，作于衰世也。"孙爽疏："孟子言自周之王者风化之迹熄灭而《诗》亡，歌咏于是乎衰亡。歌咏既已衰亡，然后《春秋》褒贬之书于是乎作。"这是传统的解释，"王者之迹熄"谓圣王之道衰亡，歌咏于是止熄。《说文》丌部："丌，古之遒人，以木铎记诗言。"朱骏声《说文通训定声》："《孟子》'王者之迹熄而《诗》亡'，'迹'即'丌'之误。"程树德《说文稽古篇》："此论甚确。考《左传》引《夏书》曰：'遒人以木铎徇于路'。杜注：'遒人，行人之官也。木铎，木舌金铃。徇于路，求歌谣之言。'"朱程之说，则"王者之迹熄"谓采诗之官废，故《诗》亡。赵孙之说，含有对"王者"的尊崇。如果去掉这一因素，理解为整个政治气候的变化，政治措施的改变，包括采诗之官废，似较单指采诗之官废这一具体措施的改变，更符合孟子的原意。

②《论语·微子》："楚狂接舆歌而过孔子，曰：'凤兮凤兮，何德之衰！往者不可谏，来者犹可追。已而已而，今之从政者殆而！'孔子下，欲与之言，趋而避之，不得与之言。"接舆，楚国之隐者。曹之升《四书摭馀说》谓"接舆"为接孔子之舆者，并非人名。谏，改正。不可谏，犹言不可追回。犹可追，还

来得及。已而，犹言算了。从政者，指当时的统治者。殆，危险，险恶。此歌又见于《庄子·人间世》，内容更为丰富，是取《论语》所载而再创造者。《孟子·离娄上》："有孺子歌曰：'沧浪之水清兮，可以濯我缨！沧浪之水浊兮，可以濯我足！'"濯，洗。缨，系冠的带子。歌又见于《楚辞·渔父》，惟"我"作"吾"。《文子》亦载其辞，曰："混混之水浊，可以濯吾足乎。泠泠之水清，可以濯吾缨乎。"

③ 王肃《孔子家语·辨乐篇》："昔者舜弹五弦之琴，造南风之诗。其诗曰：'南风之薰兮，可以解吾民之愠兮！南风之时兮，可以阜吾民之财兮！'"薰，温润清舒。愠，愤懑。时，善也。阜，丰增，丰富。《礼记·乐记》："昔者，舜作五弦之琴以歌南风。"郑氏注："其辞未闻也。"郑氏之所未闻，王肃何从得之。《史记·乐书》照录《乐记》原文。索隐云："此诗之辞出《尸子》及《家语》。"今本《尸子·绰子篇》云："舜曰：南风之薰兮，可以解吾民之愠兮！"止此二句。《尸子》原书早佚，今本为后人辑录。《南风歌》全文只见于《孔子家语》，未知所本。王肃（195—256），字子雍，三国魏经学家。魏司空王朗之子，官中领军，加散骑常侍。王肃治学与郑玄对立。其外孙司马炎篡魏建晋，故"王学"在西晋极受尊荣，所注《书》《诗》《三礼》《左传》《论语》及其父王朗所作《易传》皆列于学官，立博士。今所注诸书，皆亡佚，唯伪造《孔子家语》独存。

④《史记·伯夷列传》："伯夷、叔齐，孤竹君之二子也。往归西伯，而西伯已死，武王载木主，东伐商纣。伯夷、叔齐叩马而谏曰：'父死不葬，爰及干戈，可谓孝乎？以臣弑君，可谓仁乎？'武王已平殷乱，天下宗周，而伯夷、叔齐耻之，义不食周粟，隐于首阳山，采薇而食之。乃饿且死，作歌。其辞曰：'登彼西山兮，采其薇矣。以暴易暴兮，不知其非矣。神农虞夏忽焉没兮，我安适归矣。于嗟徂兮，命之衰矣！'薇，蕨类植物，其嫩苗可食。以暴易暴，《北堂书钞》卷一百六、《太平御览》卷五百七十并引作"以乱易暴"。神农虞夏，概指古代圣王。于嗟，同"吁嗟"。《史记》索隐："于嗟，嗟叹之辞也。徂者，往也，死也。言已今日饿死，亦是运命衰薄，不遇大道之时，至幽忧而死。"

⑤ 延陵季子，即吴季札，吴王寿梦之子，王诸樊之弟，多次推让王位，封于延陵，称延陵季子。《史记·吴太伯世家》：吴王诸樊四年（前557）季子聘于晋。"北过徐君。徐君好季札剑，口弗敢言。季札心知之，为使上国，未献。还至徐，徐君已死，于是乃解其宝剑，系之徐君冢树而去。从者曰：'徐君已死，尚谁予乎？'季子曰：'不然，始吾心已许矣，岂以死倍吾心哉！'"刘向《新序·节士篇》："延陵季子将聘晋，带宝剑以过徐君。徐君观剑不言而心欲之，季子未献也，然其心已许之。使反而徐君已死。季子于是以剑带徐君墓树

而去。徐人为之歌曰：'延陵季子兮不忘故，脱千金之剑兮带丘墓！'"脱，解下。带，用带系住。《艺文类聚》卷三四所引无二"兮"字，"不忘故"作"不忘故旧"，"带丘墓"作"挂丘树"；《太平御览》卷四百六十五引作"带丘树"，似更佳。刘向（约前77—前6），字子政，西汉沛（今江苏沛县）人。汉成帝时任光禄大夫，终中垒校尉，曾整理校定汉初收集的先秦典籍，并将书目编成《别录》，为中国目录学之祖。班固即据《别录》加以增补编为《汉书·艺文志》。刘向原有集，已佚，明人辑有《刘中垒集》。另有《新序》《说苑》《列女传》等，今存。

⑥《说苑·善说篇》："鄂君子皙之泛舟于新波之中也，越人拥楫而歌。歌曰：'今夕何夕兮搴洲中流，今日何日兮得与王子同舟？蒙羞被好兮不訾诟耻，心几烦而不绝兮知得王子。山有木兮木有枝，心说君兮君不知！'"搴洲，应从《艺文类聚》卷七十一作"搴舟"。

⑦ 获麟事见《春秋》哀公十四年（前841）："十有四年春，西狩获麟。"《左传》："（哀公）十四年，春，西狩于大野。叔孙氏之车子鉏商获麟。以为不祥，以赐虞人。仲尼观之，曰：'麟也。'然后取之。"无作歌事。歌见于《孔丛子·记问篇》：叔孙氏之车子鉏商樵于野而获麟焉。众莫之识，以为不祥，弃之五父之衢。夫子往观焉。泣曰："予之于人也，犹麟之于兽也。麟出而死，吾道穷矣！"乃歌曰："唐虞世兮麟凤游，今非其时来何求？麟兮麟兮我心忧！"求，《论语摘衰圣》作"由"，于义为胜。《孔丛子》讬为秦末儒生孔鲋所编，后人亦疑为王肃伪造。

⑧《战国策·燕策三》："荆轲为燕太子丹赴秦刺秦王。太子和宾客知其事者，皆白衣冠以送之。至易水上，既祖，取道。高渐离击筑，荆轲和而歌，为变徵之声，士皆垂泪涕泣。又前而为歌曰：'风萧萧兮易水寒，壮士一去兮不复还！'"歌辞仅有两句，在先秦古歌中最为精粹，慷慨悲壮，后世亦少有能及之者。司马迁以其全文录入《史记·刺客列传》。据《战国策》行文语气，似歌系荆轲自唱，若为送者所唱，则更为适合。陶渊明《咏荆轲》诗云："饮饯易水上，四座列群英。渐离击悲筑，宋意唱高声。萧萧哀风逝，澹澹寒波生。商音更流涕，羽奏壮士惊。心知去不归，且有后世名。"按，《淮南子·泰族》："荆轲西刺秦王，高渐离、宋意为击筑而歌于易水之上，闻者莫不瞋目裂眦，髮植穿冠。"《燕丹子》所记略同。似渊明以此为据，理解为宋意悲歌送别，其见最为卓越。

⑨ 萧涤非据《宋书》卷五十一："（鲍照）尝为古乐府，文甚遒丽。"又同书卷一百："（沈林）子所著诗、赋、赞、三言、箴、祭文、乐府、表、笺、书、记、白事、启事、论老子，一百二十一首。"以乐府与诗赋等并列，沈鲍乃刘宋

初人，因推定以乐府名诗，当始于晋宋之际。见萧著《汉魏六朝乐府文学史》。然自魏晋以来，文人制作，乐府与徒诗界限分明，则“乐府”名诗，当早于晋宋之际。

⑩ 黄纪华《汉房中祠乐的作者时代辨》，刊于《湖北师院学报》1985 年第 3 期。文中有关古代注家的意见和著录情况极可注意。一、《史记·乐书》“至今上即位，作十九章”，一般认为此十九章即《汉郊祀歌》十九章，司马贞索隐云：“《礼乐志·安世房中乐》有十九章。”（今作十七章，当系分章不同）是司马贞认为十九章即《安世房中歌》。今上，指汉武帝。二、《汉书·礼乐志·安世房中歌》“吾易久远，烛明四极”，晋灼注：“易，疆易也。久，固也。武帝自言扩境广远安固也。”是晋灼以《安世房中歌》为武帝时作品。三、《汉书·艺文志》著录汉代诗歌，高祖时仅录《高祖歌诗》二篇，没有《安世房中歌》。四、《乐府诗集》卷八虽照录《汉书·礼乐志》“汉《房中祠乐》，高祖唐山夫人所作”，然卷一《郊庙歌辞》题解又明著“武帝时，诏司马相如等造《郊祀歌》十九章，五郊互奏之。又作《安世歌》十七章，荐之宗庙”。似郭茂倩在此处亦以《安世房中歌》为武帝时作。按，黄纪华之说论据充分，可作的论。

⑪《汉书·艺文志》所载来自民间的歌诗，计有吴楚汝南歌诗十五篇、燕代讴雁门云中陇西歌诗九篇、邯郸河间歌诗四篇、淮南歌诗四篇、齐郑歌诗四篇、左冯翊秦歌诗三篇、京兆尹秦歌诗五篇、河东蒲反歌诗一篇、杂各有主名歌诗十篇、杂歌诗九篇、雒阳歌诗四篇、河南周歌诗七篇、周谣歌诗七十五篇、周歌诗二篇、南郡歌诗五篇。总计一百五十七篇。凡此一百五十七篇所自来地域，为西汉诸郡国，范围几及当时中国全部，足证汉武采诗之必为事实。

⑫《乐府诗集·相和歌辞》汉代古辞计有：《箜篌引》（即《公无渡河》，见于李贺《箜篌引》题解）《江南》《东光》《薤露》《蒿里》《鸡鸣》《乌生》《平陵东》《陌上桑》，以上相和曲；《王子乔》，以上吟叹曲；《长歌行》三首、《猛虎行》（见于魏文帝《猛虎行》题解）《君子行》，以上平调曲；《豫章行》《董逃行》《相逢行》《长安有狭邪行》《善哉行》，以上清调曲；《陇西行》《步出夏门行》《折杨柳行》《西门行》《东门行》《饮马长城窟行》《上留田行》（见于魏文帝《上留田行》解题）《妇病行》《孤儿行》《雁门太守行》《艳歌何尝行》《艳歌行》二首，以上瑟调曲；《白头吟》《怨诗行》，以上楚调曲；《满歌行》，以上大曲。班婕妤《怨歌行》（楚调曲）亦疑为古辞。凡三十七篇。

杂曲歌辞中古辞有《蛱蝶行》《驱车上东门行》（古诗十九首之一）《伤歌行》《悲歌行》《前缓声歌》《东飞伯劳歌》《西洲曲》《长干曲》《焦仲卿妻》《枯鱼过河泣》《冉冉孤生竹行》（古诗十九首之一）《阿那瓌》《乐府·行胡从何方》，凡十三篇。

⑬《邪径败良田》:“邪径败良田，谗口乱善人。桂树华不实，黄雀巢其颠。故为人所羡，今为人所怜。”

⑭ 魏晋南北朝选入本帙的诗人，被杀害者除嵇康、张华、潘岳、陆机、刘琨、郭璞、谢灵运、鲍照、谢混、殷仲文、王融、谢朓外，他如何晏、石崇、陆云、曹摅、谢世基、袁淑、吴迈远、江洪、萧纲、萧绎、温子昇、裴让之、薛道衡、王胄、虞世基、杨广，都以杀身告终。诗人们命运之惨，在中国古代历史上实为罕见，在世界古代史上也可能绝无仅有。

目　录

两汉诗

魏诗

晋诗

宋 诗

齐诗

梁诗

陈　诗

北朝诗

隋　诗

南朝乐府

北朝乐府

中华传世诗选

两汉魏晋南北朝诗卷

两汉诗

项　籍

项籍（前 232—前 202），字羽，下相（今江苏宿迁西南）人。楚将项燕之后。秦末随叔父项梁起兵反秦，骁勇善战。项梁死后，羽统率全军，成为反秦主力。灭秦以后，自立为西楚霸王，重新分封诸侯。与汉王刘邦争天下，屡败汉军，然终于战败。汉五年垓下之战，被汉军所困，羽突围，至乌江自杀。年仅三十一岁。

垓下歌①

力拔山兮气盖世，时不利兮骓不逝②。
骓不逝兮可奈何！虞兮虞兮奈若何③？

①《史记·项羽本纪》：项王军壁垓下，兵少食尽，汉军及诸侯兵围之数重。夜闻汉军四面皆楚歌，项羽乃大惊曰："汉已尽得楚乎，是何楚人之多也！"项王则夜起，饮帐中。有美人名虞，常幸从。骏马名骓，常骑之。于是项王乃悲歌慷慨，自为歌云云。歌数阕，美人和之。项王泣数行下，左右皆泣，莫能仰视。遂上马溃围南出。平明，汉军乃觉，追至乌江，羽死战力尽，遂自刎。

②骓（zhuī），马名，苍白杂毛曰骓。

③虞，项羽爱姬之名。美人一诀，震撼千秋。其人却仅此一见。若，你，即指虞姬。

★"虞兮虞兮奈若何"，大有江山易掷，美人难别之概，风云盖世的英雄亦何妨儿女情长，此其所以为项王也。

《史记》正义引《楚汉春秋》载虞姬和诗云："汉兵已略地，四方楚歌声。大王意气尽，贱妾何聊生！"此系后人伪托，诗倒是不错的。近有人推此诗为五言绝句之祖，其写作时间尚难确定，未免"祖"得太草率。

刘 邦

刘邦（前256—前195），即汉高祖，沛县丰邑（今江苏丰县）人。曾为泗上亭长。秦末起兵，最先攻入咸阳。项羽分封诸侯，刘邦为汉王。后击败项羽，统一天下，建立汉朝。在位十二年，卒年六十二岁。

大风歌①

大风起兮云飞扬，
威加海内兮归故乡；
安得猛士兮守四方！

①《史记·高祖本纪》：十二年（前195）十月，高祖已击布军会甄，布走，令别将追之。高祖还归，过沛，留，置酒沛宫，悉召故人父老子弟纵酒。发沛中儿，得百二十人，教之歌。酒酣，高祖击筑，自为歌诗云云，令儿皆和习之。高祖乃起舞，慷慨伤怀，泣数行下。刘邦回长安，六个月后即去世。

★“刘项原来不读书”，然同是秦汉之际的英杰。他们的两篇作品，一是英雄末路的悲歌，一是威加海内的豪唱，并奇雄奔放，气魄宏伟，无独有偶，成为汉代诗歌的先声；汉世楚歌，竟未有与之鼎足者。

《夏书》云：“民惟邦本，本固邦宁。”孔子曰：“为政以德，譬如北辰，居其所而众星拱之。”刘季可完全没有这些观念，一心想到的是“安得猛士兮守四方”，开口便露出草莽英雄面目。清人黄任诗云：“当时何不怜功狗，留取韩彭守四方？”给刘邦的问题提出了幽默有趣的反问。

大风起兮云飞扬，《文选·杂歌》李善注：“风起云飞，以喻群凶竞逐而天下乱也。”李周翰注：“风喻已，云喻乱也。”日本渡边昭氏《文选集注》引陆善经曰：“风起，喻初起事时；云飞扬，喻从臣。”这句歌词应该说相当不错，刘邦即景抒情，唱出来表现了一种宏伟的气势。经这些迂夫子几顿敲打，便诗味索然。

刘 彻

刘彻（前 156—前 87），即汉武帝，继景帝即位，在位五十四年。卒年七十。武帝是历史上有名的君主，在位期间，巩固中央集权，消灭割据势力，反击匈奴南侵，安定西南，文治武功都有突出的成就。武帝好辞赋，又兴乐府采集民歌，对汉代文学的发展颇有影响。

秋风辞[①]

秋风起兮白云飞，草木黄落兮雁南归。
兰有秀兮菊有芳，怀佳人兮不能忘[②]。
泛楼船兮济汾河，横中流兮扬素波[③]。
萧鼓鸣兮发棹歌，欢乐极兮哀情多。
少壮几时兮奈老何！

①《文选》卷四十五："上行幸河东，祠后土，顾视帝京欣然，中流与群臣饮燕，上欢甚，乃自作《秋风辞》。"《乐府诗集》卷八十四引《汉武故事》，所纪略同。按《汉书·武帝纪》三次记武帝幸河东，祀后土，皆在三月，无有在秋日者。史有失载，此歌不知作于何年。

②秀，花。诗中秀与芳互文备义。

③汾河，源出山西省宁武县管涔山，西南流至河津县注入黄河。

★汉代皇帝所作歌诗，除高祖《大风歌》自然发唱以外，唯有武帝所作可观。武帝《秋风辞》终有汉之世无有继者，至魏文帝《燕歌行》出乃可嗣响。

李延年

李延年（？—前87），中山（今河北定州）人。故为倡，坐法腐刑，给事狗监中。善歌，为新变声，所造诗谓之新声曲。女弟李夫人得幸汉武帝，延年从而贵幸，为协律都尉。由此骄恣，李夫人死后被诛。

佳人歌①

北方有佳人，绝世而独立。
一顾倾人城，再顾倾人国。
宁不知倾城与倾国，佳人难再得！

①《汉书·外戚传》：李延年性知音，善歌舞，武帝爱之。延年侍上坐，起舞，歌云云。上叹息曰："善！世岂有此人乎！"平阳主因言延年有女弟。上召见之，实妙丽善舞，由此得幸。

★倾城倾国，造语甚为奇特，遂成为后世小说中描写美人常用的词语。十七世纪法国戏剧家拉辛在他的名著《昂朵马格》中，写到特洛伊战争最危难之时，城里的老人在特洛伊城上议论引发这场浩劫的祸根海伦时非常愤恨，不料海伦突然出现在他们面前。老人们看到这位绝世美人时十分惊讶，感叹道："她的美呀，可以使十万兵船下海！"这句有趣的台词，差可与"一顾倾人城，再顾倾人国"媲美。

刘细君

刘细君，汉景帝孙江都王刘建之女，武帝元封（前110—前105）中，作为公主嫁与西域乌孙昆莫猎骄靡，昆莫以为右夫人。公主至其国，岁时一再与昆莫会。昆莫年老，语言不通，公主悲愁，自为作歌云云。后昆莫死，武帝诏细君从胡俗，复妻昆莫孙岑陬军须靡①。见《汉书·西域传》。

悲愁歌

吾家嫁我兮天一方，远托异国兮乌孙王①。
穹庐为室兮旃为墙，以肉为食兮酪为浆②。
居常土思兮心内伤，愿为黄鹄兮归故乡③！

①乌孙，西域国名，地在今新疆西北伊犁河一带。昆莫，乌孙最高统治者称号，犹国王。猎骄靡为昆莫之名。岑陬，乌孙官号。军须靡为岑陬之名。

②穹庐，毡帐。旃，通“毡”。酪，奶酪。

③土思，故土之思。

★异国风光，断肠乡思，写特定环境中特定心情，字字真切，遂成千古绝唱。

杨恽

杨恽（？—前54），字子幼，华阴（今陕西华阴）人，汉昭帝丞相杨敞之子，司马迁外孙。汉宣帝地节四年（前66）告发霍氏家族谋反，封平通侯，迁中郎将。恽轻财好义，廉洁无私，而性严刻，多结怨于朝廷。太仆戴长乐告发恽“妄引亡国以诽谤当世”，免为庶人。恽既失爵位，家居治产业，以财自娱。友人孙会宗以书谏戒之，杨恽答书，书中大发牢骚。又被人告发，廷尉以恽大逆无道，腰斩。

田彼南山诗①

田彼南山，芜秽不治②。
种一顷豆，落而为萁③。
人生行乐耳，须富贵何时④！

①诗即录自《报孙会宗书》。书中云：臣之得罪，已三年矣。田家作苦，岁时伏腊，亨羊炰羔，斗酒自劳。家本秦也，能为秦声。妇赵女也，雅善鼓瑟。奴婢歌者数人，酒后耳热，仰天拊缶而呼乌乌。其诗曰云云。

②田，耕作。芜秽，荒芜。

③萁，豆秆。治田芜秽，种豆得萁，实喻自己忠勤国事而不得好报。

④须，等待。

★这首诗并没有多高的艺术性，但作者的表达方式相当别致。“田彼南山”四句，就是信中所谓的“田家作苦”。其实杨子幼既非“田家”，更不会“作苦”，这是纯粹牢骚话。耕作如此糟糕，却来一句“人生行乐耳”，何乐之有！无非是说明我如此倒霉，可我仍然“行乐”，充分表现司马迁这位桀骜不驯的外孙狂放的性格，难怪他会因此得祸。不过话说回来，如果作为一个公民（中国封建社会没有这个概念，所以说“如果”）发点牢骚实在不算大罪，而竟然招致杀身之祸，这就是封建旧中国的国情！怎能不令人抚卷唏嘘。

梁 鸿

梁鸿，字伯鸾，扶风平陵（今陕西咸阳西北）人，幼遭丧乱，家贫而尚节介。曾牧豕上林苑中，后与妻孟光隐居霸陵山中。因东出关，过京师，作《五噫》之歌。汉章帝（76—88 年在位）闻而非之，求鸿不得。鸿乃易姓运期，名耀，字侯光，避居齐鲁之间。后去适吴，依大家皋伯通，为人赁舂。卒，葬于吴要离冢畔。见《后汉书·逸民列传》。

五噫歌①

陟彼北芒兮，噫②！
顾览帝京兮，噫③！
宫室崔嵬兮，噫④！
民之劬劳兮，噫⑤！
辽辽未央兮，噫⑥！

①五噫歌，据《后汉书·逸民列传》。《乐府诗集》属杂歌谣辞。
②陟，登。北芒，一作北邙，在洛阳城北。噫，叹词。
③帝京，指东汉都城洛阳。
④崔嵬，高大貌。
⑤民，《后汉书》作“人”，此从《诗纪》。劬劳，劳苦。
⑥辽辽，远貌。未央，未有穷尽。言人民劳苦未有尽期。

★几声长噫，响彻千秋。

班 固

班固（32—92），字孟坚，扶风安陵（今陕西咸阳东北）人。初，为完成其父班彪所著《史记后传》，被人告发私自改作国史，下狱，弟班超上书力辩得释。明帝召见，除兰台令史，典校秘书，奉诏完成其父所著书，历二十馀年修成《汉书》。善作赋，有《两都赋》等名作，并著有《白虎通义》。和帝永元元年（89）从大将军窦宪征匈奴，为中护军。窦宪破匈奴，登燕然山。班固为作《燕然山铭》，刻石纪功。后窦宪因擅权被杀，固亦被捕，死于狱中，年六十一。见《后汉书·班彪列传》。后人辑有《班兰台集》。

咏史①

三王德弥薄，惟后用肉刑②。
太仓令有罪，就递长安城③。
自恨身无子，困急独茕茕④。
小女痛父言，死者不可生。
上书诣阙下，思古歌鸡鸣。
忧心摧折裂，晨风扬激声⑤。
圣汉孝文帝，恻然感至情⑥。
百男何愦愦，不如一缇萦⑦。

①咏史，见《史记·仓公传》正义。《仓公传》："太仓公者，齐太仓长，临菑人也，姓淳于氏，名意。""文帝四年，人上书言意，以刑罪当传西之长安。意有五女，随而泣。意怒，骂曰：'生子不生男，缓急无可使者！'于是少女缇

萦伤父之言，乃随父西。上书曰：‘妾父为吏，齐中称其廉平。今坐法当刑。妾切痛死者不能复生，而刑者不能复续，虽欲改过自新，其道莫由，终不可得。妾愿入身为官婢，以赎父刑罪，使得改行自新也。’书闻，上悲其意，此岁中亦除肉刑法。”班固诗即咏其事。

②三王，夏禹、商汤、周文王、武王，此代指夏商周三代。弥，久也，远也。句意谓三代之德已相距遥远，久而浇薄。

③递，指驿车。《文选》卷三十六王融《策秀才文》注引作“逮”，逮捕。

④茕茕，孤立无援之貌。

⑤鸡鸣，《诗·齐风》篇名。晨风，鸟名，此《诗·秦风》篇名。《鸡鸣》诗序云：“鸡鸣，思贤妃也。”《晨风》诗序云：“晨风，刺康公也。忘穆公之业，始弃其贤臣焉。”按，《鸡鸣》诗原意与“思贤妃”无关，《晨风》诗原意与“弃其贤臣”无涉；而缇萦事又与“思贤妃”、“弃其贤臣”之类更无瓜葛。《文选·策秀才文》李善注：“《列女传》曰：‘缇萦歌《鸡鸣》《晨风》之诗。’然《鸡鸣》，齐诗，冀夫人及君早起而视朝。《晨风》，秦诗，言未见君而心忧也。”《史记·仓公传》并无缇萦阙下歌《鸡鸣》《晨风》事，班固录缇萦事人《汉书·刑法志》亦无缇萦歌此二诗事。是知班固诗中缇萦歌《鸡鸣》《晨风》诗，原于刘向《列女传》。《列女传》造此情节本为蛇足，班固用入诗中亦属不伦。李善知缇萦事与“思贤妃”、“弃其贤臣”等无关，乃不用诗序，勉强为之解释，谓歌《鸡鸣》者，“冀夫人及君早起而视朝”；歌《晨风》者，“言未见君而心忧也”（因诗中有“未见君子，忧心钦钦”等句，故云）。李善之意，谓缇萦歌此二诗表示她未见到君时的忧心，希望君早起视朝。

⑥至情，《策秀才文》注引作“至诚”，似更确。

⑦愦愦，昏懦貌。

★钟嵘《诗品·总论》：“自王扬枚马之徒，词赋竞爽，而吟咏靡闻。”“东京二百载中，惟有班固《咏史》，质木无文。”尔后文学史上或以《咏史》为中国古代完整的五言诗的首创。各种诗体皆源于民间，由句式参差的民歌发展而为句式整齐的五言诗亦不例外。西汉时期民间早已有完整的五言作品，《汉书·五行志》所载成帝时歌谣《邪径败良田》即其一例。因之班固《咏史》只是著名文士试作五言诗现存较早的作品。毕竟还在尝试阶段，“质木无文”也就不足为怪。

张 衡

张衡（78—139），字平子，河南南阳西鄂（今南阳石桥镇）人。和帝永元中，举孝廉不行，连辟公府不就。善作赋，与班固并称“班张”。拟班固《两都》，作《二京赋》《南都赋》，精思傅会，十年乃成。尤精天文阴阳历算，作浑天仪与候风地动仪，著《灵宪》。于安帝、顺帝朝两为太史令。后迁侍中。顺帝永和初出为河间相。永和四年卒，年六十二。据《后汉书·张衡传》。后人辑有《张河间集》。

四愁诗①

我所思兮在泰山，欲往从之梁父艰②。
侧身东望涕沾翰③。
美人赠我金错刀，何以报之英琼瑶④。
路远莫致倚逍遥，何为怀忧心烦劳⑤？

我所思兮在桂林，欲往从之湘水深⑥。
侧身南望涕沾襟。
美人赠我金琅玕，何以报之双玉盘⑦。
路远莫致倚惆怅，何为怀忧心烦伤？

我所思兮在汉阳，欲往从之陇阪长⑧。
侧身北望涕沾裳。

美人赠我貂襜褕，何以报之明月珠⑨。
路远莫致倚踟蹰，何为怀忧心烦纡⑩？

我所思兮在雁门，欲往从之雪雰雰⑪。
侧身北望涕沾巾⑫。
美人赠我锦绣段，何以报之青玉案⑬。
路远莫致倚增叹，何为怀忧心烦惋⑭？

① 四愁诗，见《文选》卷二十九、《玉台新咏》卷九。《文选》诗前有编者所加序文，谓张衡不乐久处机密，阳嘉中，出为河间相。“时天下渐弊，郁郁不得志，为《四愁诗》。依屈原以美人为君子，以珍宝为仁义，以水深雪雰为小人。思以道术相报，贻于时君，而惧谗邪不得以通。”

②梁父，泰山下小山名。

③涕，泪。翰，袻之借字，衣袖。《广雅》：“袻褋，袖也。”简称之为袻。《博雅》：“袊，袖也。”“袊”，通“袻”。《文选》此诗吕延济注：“翰，衣襟也。”吕注非是。此诗四段，每段第三句分别是涕沾翰，涕沾襟，涕沾裳，涕沾巾；解“翰”为“衣襟”，则与第二段“涕沾襟”犯重。

④金错刀，王莽时钱币名，作刀形，以金错其文曰：“一刀平五千。”见《汉书·食货志》。一说，为镶有金饰刀名。英，玉光泽貌。琼瑶，美玉。

⑤倚，读如“河水清且涟猗”之猗，语气助词。逍遥，彷徨貌。烦劳，犹烦恼。劳，忧也。

⑥桂林，秦郡名，即汉郁林郡，治布山，今广西贵县。

⑦琅玕，似玉美石。

⑧汉阳，东汉明帝改天水郡为汉阳郡，治冀县，在今甘肃甘谷县南。陇阪，即陇山，在陕西陇县西北。

⑨襜褕（chān yú），直襟单衣。《史记·武安传》：“元朔三年，武安侯坐衣襜褕入宫，不敬。”索隐：“谓非正朝衣，若妇人服也。”

⑩ 烦纡，烦闷。

⑪ 雁门，东汉雁门郡在今山西代县西北。

⑫ 巾，佩巾。

⑬ 青玉案，青玉制贵重食器。案，承杯箸之盘。

⑭ 惋，怅恨。

★天下虽大，而无所投足，情意虽深，而难以为报。无限人生感慨，岂止“惧谗邪”而已哉！

辛延年

辛延年，生平不详。见《玉台新咏》卷一。

羽林郎①

昔有霍家奴，姓冯名子都②。
依倚将军势，调笑酒家胡③。
胡姬年十五，春日独当垆④。
长裾连理带，广袖合欢襦⑤。
头上蓝田玉，耳后大秦珠⑥。
两鬟何窈窕，一世良所无⑦。
一鬟五百万，两鬟千万馀。
不意金吾子，娉婷过我庐⑧。
银鞍何煜爚，翠盖空踟蹰⑨。
就我求清酒，丝绳提玉壶。
就我求珍肴，金盘脍鲤鱼。
贻我青铜镜，结我红罗裾。
不惜红罗裂，何论轻贱躯⑩。
男儿爱后妇，女子重前夫⑪。
人生有新故，贵贱不相踰。
多谢金吾子，私爱徒区区⑫。

①羽林郎，见《玉台新咏》卷一，《乐府诗集》卷六十三属杂曲歌辞。《汉

书·百官公卿表上》:“羽林掌送从，次期门，武帝太初元年初置，名曰建章营骑，后更名羽林骑。”颜师古注:“羽林，亦宿卫之官，言其如羽之疾，如林之多也。一说，羽所以为王者羽翼也。”《后汉书·百官志二》:“羽林中郎将，比二千石。本注曰：主羽林郎。羽林郎，比三百石。本注曰：无员。掌宿卫侍从。常选汉阳、陇西、安定、北地、上郡、西河凡六郡良家补。”注引蔡质《汉仪》曰:“羽林郎百二十八人，无常员。”

②霍家，指霍光家。霍光于西汉昭帝时任大司马大将军。奴,《乐府诗集》作“姝”，非是。冯子都为霍光监奴，多为不法。东汉和帝时，外戚窦宪为大将军，北伐匈奴有功，封冠军侯。声势煊赫，一门骄横，弟窦景尤甚。“奴客缇骑依倚形势，侵凌小人，强夺财货，篡取罪人，妻略妇女。”见《后汉书·窦融列传》。朱乾《乐府正义》谓辛延年《羽林郎》系借霍家奴讽窦景事。

③酒家胡，酒家胡女，即下句胡姬。汉代通西域，西域少数民族多有入内地经商者。

④垆，放酒坛的土墩。

⑤裾，前襟。襦，短袄。

⑥蓝田，山名，在陕西蓝田县东，出美玉。大秦，汉代用以称罗马帝国。

⑦鬟，妇女的环形髮髻，诗中包括鬟上的珠宝首饰。窈窕（yǎo tiǎo），美好貌。

⑧金吾子，执金吾，羽林骑中高级军官。冯子都为霍家监奴，并非执金吾，此用作泛称。又，窦景曾任执金吾，朱乾即谓此暗寓窦氏。娉婷（pīng tíng），美好貌，此指其着意装饰。“不意金吾子”以下全用胡姬语气。

⑨煜爚（yù yuè），光彩貌。翠盖，鸟羽装饰的车盖，代指车。空，徒，白白地。踟蹰（chí chú），徘徊不前貌。

⑩ 何论轻贱躯，哪能说轻贱躯，意谓不要以为轻贱乃可侮辱。

⑪ “男儿爱后妇，女子重前夫”，二句造语失当，金吾子调戏妇女，不是前夫后妇的关系。

⑫ 多谢，郑重奉告。区区，殷勤貌。

★此诗模仿《陌上桑》，为东汉文人仿作乐府典型之作。

宋子侯

宋子侯，生平不详。见《玉台新咏》卷一。

董娇娆①

洛阳城东路，桃李生路旁。
花花自相对，叶叶自相当。
春风东北起，花叶正低昂②。
不知谁家子，提笼行采桑。
纤手折其枝，花落何飘飖。
“请谢彼姝子：何为见损伤③？”
“高秋八九月，白露变为霜。
终年会飘堕，安得久馨香④。”
“秋时自零落，春月复芬芳。
何如盛年去，欢爱永相忘⑤？”
吾欲竟此曲，此曲愁人肠。
归来酌美酒，挟瑟上高堂⑥。

①董娇娆，见《玉台新咏》卷一。《乐府诗集》卷七十三属杂曲歌辞，娆，作饶。董娇娆，当是女子之名演变而成为曲名。

②“洛阳城东路”六句，为青春女子的出场安排一个花朵艳丽的环境。

③请谢，犹请问，语气较委婉。两句花质问女子。

④“高秋”四句，女子对花的答辞。

⑤“秋时”四句，花对女子的回敬。何如，原作“何时”，此从《艺文类

聚》卷八十八。

⑥“吾欲竟此曲”四句，或以为是女子听到花回敬后引起的感伤。非是。此诗人的结语。这样理解更好，让女子们保持其天真。

★《董娇娆》是东汉文人仿作乐府可与辛延年《羽林郎》齐名之作。《羽林郎》揭露无赖而歌颂胡姬，《董娇娆》写年华易逝盛年不再，然表现得极为生动，让花与美人对话，妙趣横生。

秦 嘉

秦嘉，字士会，陇西（今甘肃临洮县南）人。桓帝时，为郡上计吏，入洛，除黄门郎，病卒于津乡亭。

赠妇诗三首[1]

（一）

人生譬朝露，居世多屯蹇[2]。
忧艰常早至，欢会常苦晚。
念当奉时役，去尔日遥远。
遣车迎子还，空往复空返。
省书情凄怆，临食不能饭。
独坐空房中，谁与相劝勉？
长夜不能眠，伏枕独展转。
忧来如寻环，匪席不可卷[3]。

（二）

皇灵无私亲，为善荷天禄[4]。
伤我与尔身，少小罹茕独[5]。
既得结大义，欢乐若不足[6]。
念当远离别，思面叙款曲[7]。
河广无舟梁，道近隔丘陆。

临路怀惆怅，中驾正踯躅[8]。
浮云起高山，悲风激深谷。
良马不回鞍，轻车不转毂[9]。
针药可屡进，愁思难为数。
贞士笃终始，恩义不可属[10]。

（三）

肃肃仆夫征，锵锵扬和铃[11]。
清晨当引迈，束带待鸡鸣[12]。
顾看空室中，仿佛想姿形。
一别怀万恨，起坐为不宁。
何用叙我心，遗思致款诚[13]。
宝钗好耀首，明镜可鉴形。
芳香去垢秽，素琴有清声。
诗人感木瓜，乃欲答瑶琼[14]。
愧彼赠我厚，惭此往物轻[15]。
虽知未足报，贵用叙我情。

①赠妇诗，见《玉台新咏》卷一。诗前序云："秦嘉，字士会，陇西人也。为郡上掾。其妻徐淑，寝疾还家。不获面别，赠诗云尔。"《诗品》称秦嘉为"汉上计"，知《玉台》"上掾"为"上计"之误。

②屯蹇，《周易》二卦名，均言艰难困苦，不顺利。

③寻环，一作"循环"。环系圆形，往复回旋，无有尽头。匪席不可卷，《诗·邶风·柏舟》："我心匪席，不可卷也。"

④皇灵，神灵。荷，蒙受。禄，福。

⑤罹，遭受。茕独，孤独。

⑥若，如此。一作"苦"。

⑦思面，《玉台》作"思念"，此从《文选·谢灵运〈酬从弟惠连〉》注引。

⑧中驾，言车驾在中路。踯躅（zhí zhú），行不进貌。

⑨不回鞍，不转毂，都是说车马不会回转以改变前行的方向。既照应前文“中驾正踯躅”，表示远役势在必行。又关照后文“恩义不可属”，比喻爱情不会改变。

⑩属，读如《汉书·淮南厉王传》“大王欲属国为布衣”之“属”，弃也。

⑪肃肃，疾速貌。《诗·召南·小星》：“肃肃宵征。”

⑫引迈，起程上路。

⑬遗思，指给妻信、诗和礼品，即下述宝钗、明镜、芳香（指香料）、素琴。

⑭“诗人”二句，《诗·卫风·木瓜》：“投我以木瓜，报之以琼琚”、“投我以木桃，报之以琼瑶”。

⑮愧彼赠我厚，知徐淑一定有物品为秦嘉赠行，秦嘉乃以宝钗等物回报。也暗喻妻徐淑情意深重。

★秦嘉赠妇诗结构严谨，刻画真切，却又如道家常，自然亲切。秦氏五言，除此三首之外，《文选》卷二十三《七哀》诗注引《答妇诗》“哀人易为感”一句，卷二十六《赴洛道中》诗注引“过辞二亲墓，振策陟长衢”二句，又《河阳县》诗注引“岩石郁嵯峨”一句。所引诗句都凝炼深挚，有建安风。秦嘉实在是汉代五言诗走向成熟的重要诗人，诗作成就当不在“古诗十九首”与“李陵苏武诗”之下，可惜其诗作多已散失。

徐 淑

徐淑，秦嘉之妻。

答秦嘉诗

妾身兮不令，婴疾兮来归[①]。
沉滞兮家门，历时兮不差[②]。
旷废兮侍觐，情敬兮有违[③]。
君今兮奉命，远适兮京师。
悠悠兮离别，无因兮叙怀。
瞻望兮踊跃，伫立兮徘徊[④]。
思君兮感结，梦想兮容晖。
君发兮引迈，去我兮日乖。
恨无兮羽翼，高飞兮相追。
长吟兮永叹，泪下兮沾衣。

①不令，不好。婴疾，患病。
②差，同“瘥”，病愈。
③侍觐，侍奉，会聚。
④踊跃，兴奋之貌。

★句中虽嵌有“兮”字，实是用口语写的四言诗。试去掉“兮”字，韵味更足。诗朴实而诚挚，亦不失为佳作。

朱 穆

朱穆（100—165），字公叔，南阳宛（今河南南阳）人。桓帝时曾为冀州刺史，后征拜尚书。朱穆性刚直，曾切谏梁冀，反对宦官擅权。《后汉书》有传。

与刘伯宗绝交诗[①]

北山有鸱，不洁其翼[②]。飞不正向，寝不定息。
饥则木揽，饱则泥伏[③]。饕餮贪污，臭腐是食[④]。
填肠满膆，嗜欲无极。长鸣呼凤，谓凤无德。
凤之所趣，与子异域[⑤]。永从此诀，各自努力！

①朱穆旧友刘伯宗“贵为二千石”，恃势骄慢，朱穆作诗与之绝交。诗见《后汉书》本传注。穆另有《与刘伯宗绝交书》。

②鸱，鸱鸮，即猫头鹰，古人认为是恶鸟。

③揽，攫取。木揽，登木攫取小鸟。

④饕餮（tāo tiè），传说中的恶兽名，贪食者的代称。

⑤趣，通“趋”，趋向。

★汉代文人一直在寻找诗的形式，他们或者模仿楚歌，或者仿造《诗经》。朱穆此诗也是仿诗之作，但他不剿取艰涩的雅颂，而改用当时的口语，所以平易可诵。诗用寓言的形式，但过于浅露呆板，与乐府寓言诗的生动活泼，还是不能相比。

蔡邕

蔡邕（132—192），字伯喈，陈留圉（今河南杞县）人。灵帝建宁三年，辟司徒乔玄府，出补河平长，召拜郎中，校书东观，迁议郎。邕以经籍文字多谬，奏求正定六经文字。邕乃自书丹于碑，刻立于太学门外，是为熹平石经。光和元年，因上书议朝政得罪，几被杀害，后流放朔方。遇赦后，又遭宦官陷害，亡命江海十馀年。董卓专权，辟为侍御史，转持书御史，迁尚书。献帝初平元年，拜左中郎将，从献帝迁长安。董卓被诛，王允收邕付廷尉治罪，遂死狱中，年六十一。《后汉书》有传。后人辑有《蔡中郎集》。

翠鸟

庭陬有若榴，绿叶含丹荣①。
翠鸟时来集，振翼修形容②。
回顾生碧色，动摇扬缥青③。
幸脱虞人机，得亲君子庭④。
驯心托君素，雌雄保百龄⑤。

①陬，角落。若榴，木名。丹荣，红花。
②集，栖止。形容，《艺文类聚》卷九十二作“容形”。
③缥青，淡青色。
④虞人，掌管山林田猎的官。机，指捕鸟器。
⑤素，真诚。

★《翠鸟》系寓言诗，必有所寄托。光和元年，蔡邕因议朝政得罪，几

被杀害。后与家属迁徙朔方，其仇家又使人沿途追杀，幸得善人保护，得免于死。后“亡命江海，远迹吴会，往来依太山羊氏，积十二年在吴”。诗所感遇，必与其遭际有关。此诗结体谨严，描绘生动，炼字炼句，颇具匠心，然不免雕琢痕迹。诗作于炎汉末季，试着秾装，初呈艳质，已微露魏晋诗消息。其女即著名女诗人蔡文姬。

郦　炎

郦炎（150—177），字文胜，范阳（今河北定兴县南固城镇）人。有文才，能音律，言论给捷。灵帝时，州郡辟命，皆不就。后风病慌忽，妻始产而惊死，妻家讼之，收系狱。炎病不能理对，灵帝熹平六年死于狱中，年二十八。见《后汉书·郦炎传》。

大道夷且长①

大道夷且长，窘路狭且促。
修翼无卑栖，远趾不步局②。
舒吾陵霄羽，奋此千里足。
超迈绝尘驱，倏忽谁能逐③。
贤愚岂常类，禀性在清浊。
富贵有人籍，贫贱无天录④。
通塞苟由己，志士不相卜⑤。
陈平敖里社，韩信钓河曲。
终居天下宰，食此万钟禄⑥。
德音流千载，功名重山岳⑦。

①郦炎诗二首，见《后汉书·郦炎传》，原无题目，《广文选》标为《见志诗》。

②修，长也。修翼，即下文之“陵霄羽”。无卑栖，不栖于低矮之树。趾，足。远趾，即下文之“千里足”。局，促也。不步局，不行于局促狭窄之地。

③超迈，快速前进。倏忽，疾速。

④籍、录同义，载于典籍名录，引申为关注重视之意。天录，李贤注："富贵者为人所载于典籍也，贫贱者不载于天录。天录，谓若萧曹名见于图书。"

⑤通，通达。塞，滞塞。卜，占卜。李贤注："言通塞苟若由己，则志士不须相卜也。"

⑥陈平，汉高祖谋臣。陈平少时，"里中社，平为宰，分肉食甚均。父老曰：'善，陈孺子之为宰！'平曰：'嗟乎，使平得宰天下，亦如是肉矣！'"后陈平佐汉高祖，数出奇计，有功，封曲逆侯，惠帝六年为左丞相，文帝时为丞相。见《史记·陈丞相世家》。韩信，汉初大将。韩信少贫，钓于淮阴城下。后汉高祖拜为大将，有大功，先后为齐王、楚王。见《史记·淮阴侯列传》。"平为宰"之宰，为杀牲分割之意，引申为处理、治理之意，"宰天下"之宰用后一义。钟，大斛四斗曰钟。

⑦德音，犹令名。

灵芝生河洲

灵芝生河洲，动摇困洪波①。
兰荣一何晚，严霜瘁其柯②。
哀哉二芳草，不植太山阿③。
文质道所贵，遭时用有嘉④。
绛灌临衡宰，谓谊崇浮华。
贤才抑不用，远投荆南沙⑤。
抱玉乘龙骥，不逢乐与和⑥。
安得孔仲尼，为世陈四科⑦！

①困，原作"因"，此从《太平御览》卷五十六。

②荣，开花。"兰荣"句，《艺文类聚》卷八十一引作"秋兰荣何晚"。瘁，枯萎，此动词。

③太山，即大山，非指东岳。

④文，外在的文采。质，内在的本质。《论语·雍也》："子曰：'质胜文则野，文胜质则史。文质彬彬，然后君子。'"嘉，善也。二句意谓文质并茂为道所贵，遭遇其时善者才得任用。

⑤绛，绛侯周勃。灌，颍阴侯灌婴。谊，贾谊。贾谊为汉文帝任用，时年

二十馀。每诏令议下，诸老先生不能言，贾生尽为之对，人人各如其意所出。孝文帝说之，超迁，一岁中至太中大夫。“议以为贾生任公卿之位，绛灌、东阳侯冯敬之属尽害之，乃短贾生曰：‘洛阳之人，年少初学，专欲擅权，纷乱诸事。’于是天子后亦疏之，不用其议，乃以贾生为长沙王太傅。”见《史记·屈原贾生列传》。

⑥龙骥，骏马。乐，伯乐，春秋秦穆公时人，以善相马闻名。见《淮南子·道应》。和，卞和，春秋时楚人，曾于荆山下得宝玉，后楚王以为和氏璧。见《韩非子·和氏》。

⑦四科，《论语·述而》：“子以四教：文、行、忠、信。”《先进》：“德行：颜渊、闵子骞、冉伯牛、仲弓。言语：宰我、子贡。政事：冉有、子路。文学：子游、子夏。”两者所述不同，都可以谓之四科，似后者更切。

★郦炎诗二首，为后世咏怀感寓之滥觞。

赵 壹

赵壹，字元叔，汉阳西县（今甘肃天水西南）人。传称其恃才倨傲，为乡党所摈，后屡抵罪，几至死，友人救得免。灵帝光和元年（179）举郡上计，至京师。后州郡争致礼命，十辟公府，并不就，终于家。见《后汉书·赵壹传》。

秦客诗①

河清不可俟，人命不可延②。
顺风激靡草，富贵者称贤③。
文籍虽满腹，不如一囊钱。
伊优北堂上，抗脏倚门边④。

①赵壹著《刺世疾邪赋》，赋后托秦客、鲁生，各赋一诗。见《后汉书》本传。

②河清，喻盛世。古人传说，盛世则黄河清。《左传》襄公八年："周诗有之：俟河之清，人寿几何！"

③激，劲吹。靡草，细弱之草。

④伊优，逢迎谄媚之徒。抗脏，刚正不阿之人。李贤注："伊优，屈曲佞媚之貌。抗脏，高亢婞直之貌也。佞媚者见亲，故升堂；婞直者见弃，故倚门。"

鲁生歌

势家多所宜，欬唾自成珠①。
被褐怀金玉，兰蕙化为刍②。

贤者虽独悟，所困在群愚。
且各守尔分，勿复空驰驱。
哀哉复哀哉，此是命矣乎！

①“势家”二句，谓世俗之见，凡有势之家总是正确，哪怕欬唾也被当成珠。

②被，同“披”。褐，粗布衣。被褐，代指贫寒之士。珠玉，喻道德才华。《老子》第七十章：“知我者希，则我者贵，是以圣人被褐怀玉。”兰蕙，两种香草。刍，草料。《离骚》：“兰芷变而不芳兮，荃蕙化而为茅。”

★赵壹与古诗十九首作者应同时。他们的诗作同是汉代衰颓之世的声音，然十九首抑郁悲歌，赵壹诗却是愤呼怒喝。

乐 府

汉代乐府，是中国乐府诗的第一阶段——尔后还有魏晋六朝乐府和唐代乐府。《乐府诗集》中汉代乐府除有主名者外皆称为"古辞"。现存作品虽不多，然极其珍贵。特别是其中来自民间的部分，"皆感于哀乐，缘事而发"，为诗歌反映社会生活，倾吐人民心声，树立了楷模。汉乐府是中国五七言诗的源头。由汉乐府发展为东汉后期的古诗，随后就出现了五言诗的第一个高潮建安诗歌。

战城南①

战城南，死郭北②，野死不葬乌可食。
为我谓乌：且为客豪③。
野死谅不葬，腐肉安能去子逃。
水深激激，蒲苇冥冥。
枭骑战斗死，驽马徘徊鸣④。
梁筑室，何以南，何以北⑤。
禾黍不获君何食？愿为忠臣安可得⑥？
思子良臣，良臣诚可思。
朝行出攻，暮不夜归。

①战城南，《乐府诗集》卷十六属鼓吹曲辞汉铙歌十八曲之一。

②战城南，死郭北，两句互文备义。

③我，诗人自指。客，指战死者。豪，通"嚎"，亦通"号"，号鸣以示吊唁。

④激激，水清澈貌。冥冥，幽暗之貌。枭（xiāo），骁勇。驽马，劣马，此指受伤的马。

⑤梁字为“声词”，即演奏时表声的字，无义，汉乐府中每多有之。

⑥君，指统治者。忠臣，与下文良臣均指战死者。

★《战城南》写战场惨象甚为逼真，屈原《国殇》之后，此为仅见。“为我谓乌”一段，造语极奇。后世拟作，唯李太白《战城南》可以嗣响，且内涵更为丰富。

诗中有些句子颇难疏通。诗作者似为统治者“筑室”的劳工。他们哀悼战斗而死的战士，而他们自己南奔北走，无法从事生产，欲生不得，欲死无门，纵愿为战死的忠臣亦不可得。

有所思①

有所思，乃在大海南。
何用问遗君，双珠玳瑁簪，用玉绍缭之②。
闻君有他心，拉杂摧烧之。摧烧之，当风扬其灰。
从今以往，勿复相思，相思与君绝。
鸡鸣狗吠，兄嫂当知之。
妃呼豨，秋风肃肃晨风飔，东方须臾高知之③。

①有所思，汉铙歌十八曲之一。

②问、遗（wèi），二字同义，赠送。绍缭，缠绕，装饰。

③妃呼豨，叹息声。肃肃，风声。晨风，鸟名，天亮之前啼鸣。须臾（xū yú），极短的时间，此处犹言过一会儿。高，皓之借字，发亮。东方皓，即天亮。

★此情诗。女子闻其所爱“有他心”，发誓与之断绝相思。于深秋之夕，通夜未曾入睡，心烦意乱，然始终拿不定主意，又恐兄嫂知道。窗外晨风飞鸣，她希望天亮之后或许能想个明白。“闻君有他心，拉杂摧烧之。摧烧之，当风扬其灰！从今以往，勿复相思，相思与君绝！”她如此愤恨，

如此激烈，恰好说明她不可能与之断绝。

上　邪[①]

上邪，我欲与君相知，长命无绝衰[②]！

山无陵，江水为竭[③]，冬雷震震，夏雨雪，天地合，乃敢与君绝！

①上邪，汉铙歌十八曲之一。上邪，犹天啊。

②相知，犹相爱。

③陵，指峰岭。竭，枯干。

★此首可与《有所思》合读。《有所思》中，主人公心烦意乱，欲与所爱断绝，但下不了决心。此首表现其强烈的爱情，欲要相思断绝，除非山陵夷平，江水枯竭，冬雷夏雪，天地合一；其情之坚贞，爱之执著，较之厉山带河，有过之而无不及。

雉子班[①]

雉子，班如此[②]！
之于雉梁，无以吾翁孺，雉子[③]！
知得雉子高蜚止[④]。
黄鹄飞，之以千里王可思[⑤]。
雄来飞从雌，视子趋一雉[⑥]。
雉子！车大驾马滕，被王送行所中[⑦]！
尧羊蜚从王孙行[⑧]。

①雉子班，汉铙歌十八曲之一。

②雉，野鸡。班，通“斑”，指雉子羽毛斑纹。此句是母雉对雉子的赞赏。

③之，前往。雉梁，雉活动的山梁。吾，“遌”之借字，遇见。翁孺，老翁和小孩。此母雉对外出雉子的叮嘱，要雉子小心，不要碰上老翁或小孩。从

雉的立场看，人都是可怕的，无论老小都不能遇着。

④知得雉子高蜚止，听到有人捕得雉子，母雉立即高飞赶去。蜚，通“飞”。止，通“之”，前往。

⑤黄鹄，一种鸷鸟。之以千里，犹言一飞千里。王，旺，健旺，指其矫健善飞。此句写母雉的心理，深恨自己能力太差，像黄鹄一飞千里实在值得羡慕。因为它是鸟，所以它心目中的强者只能是鸟。

⑥“雄来飞从雌”二句，雄雉听到雌雉飞追雉子，也飞来一道追寻，以图救援。

⑦滕，通“腾”，指马行疾速。王，通“往”。被送往行所中，指被捕的雉子正被送往统治者的“行所”。《古乐府》卷二无“被”字，似更顺。

⑧尧羊，通“翱翔”。王孙，指猎雉者。此句写母雉看到雉子被捕送往行所中，它无可奈何，只能在空中飞行跟踪。

★此诗句式参差不齐，不利诵读。然写雉一家的遭遇，极为生动。母雉对雉子的美丽非常赞赏，叮嘱它外出要极为小心，不要被人捕捉。得知雉子被人捕获，母雉迅速的行动和焦急的心情，跃然可见。然而它无可奈何，“尧羊蜚从王孙行”，诗到此即止，它们最后的命运可想而知。诗中三呼“雉子”，其感情色彩各不相同。

公无渡河①

公无渡河，公竟渡河！堕河而死，将奈公何！

①公无渡河，一名“箜篌引”，《乐府诗集》卷二十六相和歌辞相和四引之一。《古今乐录》曰：“张永《技录》相和有四引，一曰箜篌，二曰商引，三曰徵（zhǐ）引，四曰羽引。”本篇见于唐李贺《箜篌引》题解。题解引崔豹《古今注》曰：“《箜篌引》者，朝鲜津卒霍里子高妻丽玉所作也。子高晨起刺船，有一白首狂夫，被髪提壶，乱流而渡，其妻随而止之，不及，遂堕河而死。於是援箜篌而歌曰：‘公无渡河，公竟渡河！堕河而死，将奈公何！’声甚悽怆，曲终亦投河而死。子高还，以语丽玉。丽玉伤之，乃引箜篌而写其声，闻者莫不堕泪饮泣。丽玉以其曲传邻女丽容，名曰《箜篌引》。”乱流，横渡也。箜篌，弦乐器名。老人之妻在恸哭之际，援箜篌而歌似违背常情，“公无渡河”四句应是老人之妻哀号之辞，由丽玉“引箜篌而写其声”，乃名为《箜篌引》。

★歌辞仅四句十六个字，却有具体的情节，表述了这一悲剧性事件的过程，仿佛听到老人之妻呼天抢地的悲号，无怪乎“闻者莫不堕泪饮泣”！

江　南[①]

江南可采莲，莲叶何田田[②]。
鱼戏莲叶间。
鱼戏莲叶东，鱼戏莲叶西，
鱼戏莲叶南，鱼戏莲叶北[③]。

①江南，始见于《宋书·乐志》，《乐府诗集》属相和歌辞相和曲。《乐府诗集》凡汉代乐府则标为“古辞”（梁鼓角横吹角中古辞为北朝乐府，杂曲歌辞中古辞十三：九篇为汉乐府，四篇为东晋南北朝乐府）。古辞有三种情况：一、只标“古辞”，当为汉诗原貌。二、注为“魏晋乐所奏”或“晋乐所奏”，则系经魏晋演奏时已有所修订者，汉代本辞已佚。三、注为“晋乐所奏”，后面附有本辞。本辞通常较为古朴简约，魏晋乐所奏者则较原作丰满；然间亦有本辞简洁，而魏晋乐所奏较为拖沓冗杂者。本帙所录，系本辞抑或魏晋乐所奏，均随篇说明。《江南》注为“魏晋乐所奏”，则非汉代本辞。

②何，犹呵，声辞无义。田田，莲叶整齐浮动之貌。

③东南西北，为演奏时应和之词。

薤　露[①]

薤上露，何易晞[②]！
露晞明朝更复落，人死一去何时归！

①薤露，《乐府诗集》卷二十七属相和歌辞相和曲。题解引崔豹《古今注》：“《薤露》《蒿里》，泣丧歌也。本出自田横门人。横自杀，门人伤之，为作悲歌。言人命奄忽，如薤上之露，易晞灭也。亦谓人死魂魄归于蒿里。至汉武帝时，李延年分为二曲，《薤露》送王公贵人，《蒿里》送士大夫庶人。使挽柩者歌之，亦谓之挽歌。”《古今注》解释《薤露》《蒿里》为泣丧歌、挽歌，甚是，然谓出自田横门人，未知所据。

②薤（xiè），草本植物，即藠头。晞（xī），晒干。露本易干，薤叶光滑，露水容易掉落，自然更易晒干，喻人生短促。

蒿 里[1]

蒿里谁家地，聚敛魂魄无贤愚。
鬼伯一何相催促，人命不得少踟蹰[2]。

①蒿里，《乐府诗集》卷二十七属相和歌辞相和曲。《薤露》解题谓“蒿里，山名，在泰山南”。此说疑非是。蒿里即枯荒之地，指坟墓。由下文“蒿里谁家地”，可知其非山名。

②鬼伯，鬼王，死神。少，稍微。踟蹰，迟留。

乌 生[1]

乌生八九子，端坐秦氏桂树间。唶我[2]！
秦氏家有游遨荡子，工用睢阳强，苏合弹[3]。
左手持强弹两丸，出入乌东西。唶我！
一丸即发中乌身，乌死魂魄飞扬上天。
阿母生乌子时，乃在南山岩石间。唶我！
人民安知乌子处，蹊径窈窕安从通[4]？
白鹿乃在上林西苑中，射工尚复得白鹿脯。唶我！
黄鹄摩天极高飞，后宫尚复得烹煮之。
鲤鱼乃在洛水深渊中，钓钩尚得鲤鱼口。唶我！
人民生各各有寿命，死生何须复道前后！

①乌生，《乐府诗集》卷二十八属相和歌辞相和曲。注为“魏晋乐所奏”，则非汉代本辞。

②唶我，象声词，乌鸣叫声。

③工用，善于用。睢阳，古县名，秦置，今河南商丘。强，弹弓。苏合，西域产的一种香料。苏合弹，用苏合香和泥或其他材料制的弹丸。

④蹊径，小路。窈窕，幽深貌。逋，原作“通”，“通”字不叶韵，当为“逋”字之误，“逋”又“捕”之音借。《乐府诗集》卷四十六《读曲歌》“逋发不可料”，《古乐府》误作“通发”，误与此同。

★诗中五用“唶我”错杂其间。“唶我”是鸟叫声。全诗都是一只鸟（不是乌本身）的叙述。乌被射杀的过程，是这只鸟之所见。“阿母生乌子时，乃在南山岩石间。唶我！人民安知乌子处，蹊径窈窕安从逋”，是假定语气。谓当时乌母生乌子时，如在深山岩石间，人们就无从进去捕杀。不幸“端坐秦氏桂树间”乃被秦氏家荡子射杀。下文“白鹿、黄鹄、鲤鱼”六句是对上述感慨加以慰解。言白鹿在上林西苑，黄鹄能摩天高飞，鲤鱼在洛水深涧，然都不免于死。结论是死生有命，“人民生各各有寿命，死生何须复道前后”，带有宿命论的色彩。

诗仅用几声“唶我”即点明全诗都是鸟语。在演奏时，“唶我”起了调整音节的作用。诗中“唶我”的安排，不是内容的间隔，而是配合乐曲的节奏。每隔四句即插一声“唶我”，而不管前后语意是否适于中断。诗的构想匪夷所思，出人意表。以往注家将五处“唶我”字皆属下句，仍理解“我”为第一人称代词，则无法讲通。

陌上桑[①]

日出东南隅，照我秦氏楼。
秦氏有好女，自名为罗敷[②]。
罗敷喜蚕桑，采桑城南隅。
青丝为笼系，桂枝为笼钩。
头上倭堕髻，耳中明月珠[③]。
缃绮为下裙，紫绮为上襦[④]。
行者见罗敷，下担捋髭须。
少年见罗敷，脱帽著帩头[⑤]。
耕者忘其犁，锄者忘其锄。
来归相怨怒，但坐观罗敷。（一解）[⑥]

使君从南来，五马立踟蹰[7]。
使君遣吏往，问是谁家姝[8]。
“秦氏有好女，自名为罗敷。”
“罗敷年几何？”
“二十尚不足，十五颇有馀。”
“使君谢罗敷，宁可共载不[9]？”
罗敷前致词：“使君一何愚[10]！
使君自有妇，罗敷自有夫[11]。”（二解）

“东方千馀骑，夫婿居上头。
何用识夫婿？白马从骊驹[12]。
青丝系马尾，黄金络马头。
腰中鹿卢剑，可直千万馀[13]。
十五府小吏，二十朝大夫。
三十侍中郎，四十专城居[14]。
为人洁白皙，鬑鬑颇有须[15]。
盈盈公府步，冉冉府中趋[16]。
坐中数千人，皆言夫婿殊。”

①陌上桑，始见于《宋书·乐志》，题作《艳歌罗敷行》，《玉台新咏》卷一题作《日出东南隅行》，《乐府诗集》卷二十八属相和歌辞相和曲。注为“魏晋乐所奏”，则非汉代本辞。崔豹《古今注》：“陌上桑者，出秦氏女子，邯郸人，有女名罗敷。”

②自名，犹本是名。秦氏，罗敷，汉诗中常见。左延年《秦女休行》：“秦氏有好女，自名为女休。”《孔雀东南飞》：“东家有贤女，自名秦罗敷。”

③倭堕（wǒ duò）髻，东汉时妇女的一种髪式，其髻偏向一边，呈欲堕之状，一名堕马髻。《后汉书·梁统传》：梁冀妻孙寿“色美而善为妖态，作愁眉、啼妆、堕马髻。”注引《风俗通》：“堕马髻者，侧在一边。”“始自冀家所为，

京师翕然皆仿效之。”据此，则可知《陌上桑》作于东汉后期。

④缃绮，浅黄色有花纹的丝织品。襦，短袄。

⑤著，整理。帩（qiào），束髮用的纱巾。捋髭须，着帩头，都是一种情不自禁的动作。

⑥但坐，只因。解，乐府特有术语，《乐府诗集》相和歌辞解题：“凡诸调歌辞，并以一章为一解。《古今乐录》曰：‘伧歌以一句为一解，中国以一章为一解。’王僧虔曰：‘古曰章，今曰解。’”

⑦使君，东汉对太守、刺史的称呼。五马，闻人倓《古诗笺》：汉制“太守驷马而已，其有加秩中二千石，乃右骖，故以五马为太守美称”。

⑧姝，美女。

⑨谢，谦词，犹言致意。宁可，犹其可，是否可以。

⑩一何，犹何其、何等。

⑪ 自有，犹言自当有。二句意谓你有你的妻子，我有我的丈夫，是就其本分而言，并非指实使君已有妇，罗敷已有夫。

⑫ 骊驹，毛色深黑小马。

⑬ 鹿卢，同“辘轳”，剑把用玉饰成辘轳形。《汉书·隽不疑传》：“古长剑首以玉作井鹿卢形。”

⑭ 侍中郎，皇帝侍从。汉制，在侍中原职上加的荣衔。专城居，太守一类专城而居的大官。

⑮ 鬑鬑（lián），须长貌。

⑯ 盈盈，风姿美貌。冉冉，悠闲之貌。

★《陌上桑》是汉代民间乐府中唯一喜剧性名作。与一般乐府叙事诗的质直不同，《陌上桑》颇注重文采，女主人公罗敷是乐府诗中除刘兰芝外最为丰满的妇女形象。开篇“日出东南隅，照我秦氏楼”为罗敷的出场布置了一个光辉的背景。“青丝为笼系”以下六句正面描写罗敷的服饰，“行者见罗敷”以下八句从侧面表现了罗敷的美丽。后两解充分表现了罗敷刚强、泼辣、风趣，不为势利所动的性格。夸夫婿一段是全诗的高潮。罗敷夸耀其夫婿，全是虚拟，既不是已然的事实，也不是罗敷的理想，仅仅是一种俏皮的回答，是罗敷对无赖使君的揶揄奚落。她的连珠炮式的夸耀之词，会使使君尴尬不堪。诗明说“秦氏有好女”，并不是谁的夫人。如果罗敷一个“二十尚不足，十五颇有馀”的年轻女子，嫁个“四十专城居”的丈夫，那只是一个小妾，有什么值得夸耀的！再说她也不会提篮采桑。如把

罗敷调侃之辞当作事实，真以为是罗敷夸耀她的夫婿，就未免大杀风景。

长歌行①

青青园中葵，朝露待日晞②。
阳春布德泽，万物生光辉。
常恐秋节至，焜黄华叶衰③。
百川东到海，何时复西归？
少壮不努力，老大徒伤悲。

①长歌行，《乐府诗集》卷三十属相和歌辞平调曲。又见《文选》卷二十七。行，乐府体裁之名。《宋书·乐志》："汉魏之世，歌咏杂兴，而诗之流乃有八名：曰行，曰引，曰歌，曰谣，曰吟，曰咏，曰怨，曰叹，皆诗人六义之馀也。至其协声律，播金石，而总谓之曲。"

②晞（xī），晒干。

③焜黄，枯黄。华，通"花"。

猛虎行①

饥不从猛虎食，暮不从野雀栖。
野雀安无巢，游子为谁骄②？

①本篇见于《乐府诗集》卷三十一相和歌辞平调曲魏文帝《猛虎行》解题。

②"野雀"二句，萧涤非曰："末二语托为野雀反唇相讥之词。犹言我野雀岂无巢哉，若尔天涯游子，则真无家矣，尚骄谁乎？骄字根上'不从'字来。"

★"饥不从猛虎食，暮不从野雀栖"，志节可取。陆机《猛虎行》"渴不饮盗泉水，热不息恶木枝"，全仿古辞，然真赝可辨，巧拙判然。

君子行①

君子防未然，不处嫌疑间②。

瓜田不纳履，李下不正冠③。
嫂叔不亲授，长幼不比肩④。
劳谦得其柄，和光甚独难⑤。
周公下白屋，吐哺不及餐。
一沐三握髪，后世称圣贤⑥。

①君子行，《乐府诗集》卷三十二属相和歌辞平调曲。

②防未然，预防祸患尚未成为事实之前。

③纳履，穿鞋。经瓜田不弯腰穿鞋，以免人误以为摘瓜。过李下不举手正冠，以免人误以为摘李。纳履正冠都是小事，此用作防患避嫌的比喻，后来乃有“瓜田李下，自避嫌疑”的成语。

④不亲授，彼此手不接触。《孟子·离娄上》：“男女授受不亲，礼也。”比肩，并肩。长幼应有先后，不比肩，以免失礼。

⑤劳，忧也，此指保持警惕。谦，谦虚。《易·谦》：“劳谦，君子有终，吉。”《系辞下》：“谦，德之柄也。”得，通“德”。得其柄，即“德之柄”。劳谦得其柄，谓劳谦乃能把握住德。和光，《老子》第五十六章：“和其光，同其尘。”光与尘是对立的，道家主张，处世要不露锋芒，随俗浮沉，光则和其光，尘则同其尘，以不引起他人防范。与《渔父歌》清斯濯缨，浊斯濯足含意相通。二句谓思想上保持警惕谦虚，则得德之柄，而和光同尘甚为不易，也就得特别注意。

⑥周公，即周公姬旦，周文王子，武王弟，武王死后辅佐成王，为古代杰出政治家。《史记·鲁周公世家》：周公戒成王曰：“我一沐三握髪，一饭三吐哺，起以待士，犹恐失天下之贤人。”《汉书·萧望之传》：“周公相成王，躬吐握之礼，致白屋之意。”颜师古注：“周公摄政，一沐三握髪，一饭三吐哺，以接天下之士。白屋，谓白盖之屋，以茅覆之，贱人所居。”曹植《豫章行》“周公下白屋，天下称其贤”，即原于《君子行》。

豫章行①

白杨初生时，乃在豫章山。
上叶摩青云，下根通黄泉。

凉秋八九月，山客持斧斤。
我□何皎皎，梯落□□□[②]。
根株已断绝，颠倒岩石间。
大匠持斧绳，锯墨齐两端[③]。
一驱四五里，枝叶自相捐[④]。
□□□□□，会为舟船蟠[⑤]。
身在洛阳宫，根在豫章山[⑥]。
多谢枝与叶，何时复相连？
吾生百年□，自□□□俱。
何意万人巧，使我离根株！

①豫章行，《乐府诗集》卷三十四属相和歌辞清调曲。注为“晋乐所奏”，则非本辞。豫章，汉郡名，治南昌（今江西南昌），辖境今江西省。

②空字原缺，下同。“我□”疑为“我叶”。皎皎，当指树叶闪光。梯落，犹言接连不断地飘落。后三字疑为“何纷纷”。

③绳，墨线。木匠锯木砍木时，在原木上弹上墨线，然后据墨线锯齐砍正。下句“锯墨齐两端”即此意。

④捐，离弃。

⑤蟠，通“盘”，亦通“般”，搬运。木头拖到河岸，然后用船运走。

⑥洛阳，东汉都城。身在洛阳宫，可知此诗为东汉之作。

★白杨自伤材大为人所用，致使枝叶披离，根株断绝，此庄子所谓“山木自寇”之意。

诗中缺字，四库全书本均为之补“全”。不知何据。七、八两句作“我心何皎皎，梯落枝叶倾”，第十五句作“弃捐勿复道”，二十一、二十二句作“吾生百年事，自与浮云俱”。所补字句拙劣，前后文意不相连属。

相逢行[①]

相逢狭路间，道隘不容车。

不知何年少，夹毂问君家[②]。
君家诚易知，易知复难忘。
黄金为君门，白玉为君堂。
堂上置樽酒，作使邯郸倡[③]。
中庭生桂树，华灯何煌煌。
兄弟两三人，中子为侍郎[④]。
五日一来归，道上自生光。
黄金络马头，观者盈道傍。
入门时左顾，但见双鸳鸯[⑤]。
鸳鸯七十二，罗列自成行。
音声何噰噰，鹤鸣东西厢。
大妇织绮罗，中妇织流黄[⑥]。
小妇无所为，挟瑟上高堂。
丈人且安坐，调丝方未央[⑦]。

①相逢行，《乐府诗集》卷三十四属相和歌辞清调曲。解题云："一曰《相逢狭路间行》，亦曰《长安有狭邪行》。"《玉台新咏》卷一即名《相逢狭路间》。本篇注为"晋乐所奏"。其本辞见《乐府诗集》卷三十五，曰《长安有狭邪行》，详见该篇。又，《乐府诗集》卷二十八《鸡鸣》诗中有若干诗句与《相逢行》亦相同。盖民间乐府作者无专主，并不排斥彼此袭用。

②不知何年少，《玉台新咏》作"如何两少年"。毂（gǔ），车轮中车轴贯入的圆木，此代指车。

③作使，犹役使。倡，歌妓。

④为侍郎，《玉台新咏》作"侍中郎"。

⑤左，实为左右，言"左"以该右。双，"双双"的省语。

⑥流黄，黄中间紫的绢。

⑦丈人，汉代诗文中"丈人"有时指公婆，《论衡·气寿篇》："尊翁妪为丈人。"《孔雀东南飞》"大人故嫌迟"，一作"丈人故嫌迟"。有时指丈夫，《妇病行》"传呼丈人前一言"即指丈夫。此应指丈夫，《长安有狭邪行》此句作"丈夫且徐徐"。且，正。未央，未尽。方未央，一作"未遽央"。

长安有狭邪行[①]

长安有狭邪，狭邪不容车。
适逢两少年，挟毂问君家。
君家新市傍，易知复难忘[②]。
大子二千石，中子孝廉郎[③]。
小子无官职，衣冠仕洛阳[④]。
三子俱入室，室中自生光。
大妇织绮纻，中妇织流黄[⑤]。
小妇无所为，挟瑟上高堂。
丈夫且徐徐，调弦讵未央[⑥]。

①长安有狭邪行，《乐府诗集》卷三十五属相和歌辞清调曲。此篇即《相逢行》的古辞。《相逢行》为晋乐所奏，有所润色，内容较为丰满，然古辞整凑，三子交代清楚，故并录之。狭邪，小街曲巷。

②新市，东汉洛阳区名。后文有“衣冠仕洛阳”，知此诗必作于东汉。

③二千石，汉代郡守俸禄月二千石，故用作太守刺史的代称。孝廉郎，孝廉是汉代选拔官吏的科目之一，由各郡国举荐。举孝廉者往往被任为郎，故称孝廉郎，在东汉为仕进必由之路。

④仕，事也。小子虽无官职，由于出身豪门，故也能混迹京城。

⑤绮纻，一作“绮罗”。

⑥讵，通“遽”。调弦讵未央，与《相逢行》“调丝未遽央”意同，即弹奏正在进行，不会很快结束。

★《相逢行》《长安有狭邪行》貌似赞扬“君家”富贵，实则揭露其奢侈淫乐。妙在作者不着一字，读者自能感知。

由于诗中有大子、中子、小子，大妇、中妇、小妇，因此注家往往将三子三妇相配，以为三妇都是儿媳。这是误解。三妇应是“君”的妻妾。其理由如次：一、《相逢行》《长安有狭邪行》（两者是本辞与晋乐所奏的关系，是一篇作品的两种形式）矛头所指是一个对象：君。全诗都是围绕“君”

的，写“君”家第宅的豪奢，子息的贵显，妻妾的侈靡。《长安有狭邪行》最便于分析：“长安有狭邪”六句引入君家，“大子二千石”六句写君家三子的豪贵，“大妇织绮纻”六句写君家妻妾的活动。二、如果三妇都是儿媳，则小妇“挟瑟上高堂”供公公取乐，不合情理。《相逢行》中“丈人”应指丈夫，《长安有狭邪行》中明说是“丈夫”可证。三、南朝诗人的拟作，有一些确实不好判断三妇是儿媳还是妻妾，但有一些是清楚的。如萧统《相逢行》：“长子饰青紫，中子任以赀，小子始总角，方作啼弄儿。”“大妇成贝锦，中妇饰粉絻，小妇独无事，理曲步檐垂。”那小子还是一个总角“啼弄儿”，他不可能有一位“理曲”的小妇。庾肩吾《长安有狭邪行》：“长子登麟阁，次子侍龙楼，少子无高位，聊从金马游。”“大妇襞云裘，中妇卷罗帱，少妇多妖艳，花钿系石榴。夫君且安坐，欢娱方未周。”明说是欢娱“夫君”，三妇无疑是“君”的妻妾。四、《乐府诗集》有二十多首《三妇艳》诗。《三妇艳》是《相逢行》《长安有狭邪行》中最后一段分离出来的。每一首都是说大妇中妇劳作，小妇则妖冶娇羞，供“丈夫”、“良人”娱乐。她们当然只可能是妻妾，不可能是儿媳。五、所有这些《相逢行》《长安有狭邪行》《三妇艳》诗中的三妇都是不平等的，无例外都是大妇中妇从事劳作，小妇则妖娇作乐。如果三者是儿媳就不可理解，而是妻妾则符合实情。古代妇女没有地位，一般贵族妇女年长色衰时也得参加劳动，小妇自然年轻貌美，只供丈夫玩弄娱乐即可。

陇西行[①]

邪径过空庐，好人常独居[②]。
卒得神仙道，上与天相扶[③]。
过谒王父母，乃在太山隅[④]。
离天四五里，道逢赤松俱[⑤]。
揽辔为我御，将吾上天游[⑥]。
天上何所有，历历种白榆[⑦]。
桂树夹道生，青龙对道隅[⑧]。

凤凰鸣啾啾，一母将九雏⑨。
顾视世间人，为乐甚独殊。
好妇出迎客，颜色正敷愉⑩。
伸腰再拜跪，问客平安不。
请客北堂上，坐客毡氍毹⑪。
清白各异樽，酒上正华疏⑫。
酌酒持与客，客言主人持。
却略再拜跪，然后持一杯。
谈笑未及竟，左顾敕中厨⑬。
促令办粗饭，慎莫使稽留⑭。
废礼送客出，盈盈府中趋⑮。
送客亦不远，足不过门枢⑯。
取妇得如此，齐姜亦不如⑰。
健妇持门户，胜一大丈夫⑱。

①陇西行，见《玉台新咏》卷一，《乐府诗集》卷三十七属相和歌辞瑟调曲，并无“邪径过空庐”至“将吾上天游”十句。此十句据《乐府诗集》同卷《步出夏门行》补上，详见星评。陇西，郡名，战国秦置，以地在陇山以西得名，治狄道（今甘肃临洮南），汉代因之，辖境屡有变动。三国魏移治襄武，即今甘肃陇西县。

②邪径，小路。好人，善人。

③相扶，犹相将。上与天相扶，有与天共其长久之意。

④王父母，即祖父母，此泛指祖先。太山，即东岳泰山。古人以为人死魂归太山（参见《怨诗行》注），今已成仙，故可以过太山谒祖先魂灵。

⑤赤松，即赤松子，传说中仙人。《史记·留侯世家》张良“愿弃人间事，欲从赤松子游耳”。

⑥将，引领。下文“一母将九雏”将字同。

⑦历历，分明貌，亦整齐貌。白榆，树名，亦星名。

⑧青龙，星名，即东方七宿。此指大道两旁的青龙雕刻。《步出夏门行》作“青龙对伏趺”。趺，碑下的石座。

⑨凤凰，星名，即鹑火。诗中白榆、青龙、凤凰，并由星名而联想到天上的景象。

⑩敷愉，和悦貌。

⑪氍毹（qú yú），毛毯，毛织坐褥。

⑫清，清酒。白，浊酒。古代酒不蒸馏，澄清者为清酒，连糟者为浊酒。华疏，酒中糟米浮动之貌。

⑬未及竟，尚未完。左顾，犹回头。勑，使令，叮嘱。

⑭稽留，迟延。

⑮盈盈，风姿美貌。

⑯门枢，门扇的转轴，借指门户。

⑰齐姜，周代齐侯姜姓，姜女多与中原诸侯联婚。齐姜成为高贵美女的代称。《诗·陈风·衡门》："岂其取妻，必齐之姜。"

⑱胜一大丈夫，《乐府诗集》作"一胜一丈夫"，《古乐府》作"亦胜一丈夫"。

★《乐府诗集》卷三十七《陇西行》自"天上何所有"开篇，无"邪径过空庐"至"将吾上天游"十句。题解云："一曰《步出夏门行》。"同卷《步出夏门行》古辞云："邪径过空庐，好人常独居。卒得神仙道，上与天相扶。过谒王父母，乃在太山隅。离天四五里，道逢赤松俱。揽辔为我御，将吾上天游。天上何所有，历历种白榆。桂树夹道生，青龙对伏趺。"篇末四句与《陇西行》开篇四句相同，且与"凤凰鸣啾啾，一母将九雏"四句文意连贯。可知《陇西行》与《步出夏门行》实同一作品的分割。

然"好人得道"一段，又与下一段文意不相联贯。"邪径过空庐"至"一母将九雏"十六句，言好人得神仙道，得与上天游。"好妇出迎客"至"胜一大丈夫"十六句，写好妇热情待客，迎送有礼。前后内容毫不相关，中间用"顾视世间人，为乐甚独殊"二句勉强连接。

步出夏门行①

行行重行行，白日薄西山②。

①见《文选》卷二十四曹植《赠徐干诗》注。又见卷二十七王粲《从军诗》注，唯首句作“行行复行行”。

②薄，迫近。

★此诗只剩下两句，未见全篇，实在可惜。然即此两句，未尝不可以当完整的作品读。试想旅行者行行又行行，“路漫漫其修远兮”，如今日薄西山，目的地又在何方！人生的旅程究竟有多长，前景又复如何，实令人不胜震悼。诗虽只有两句，却给读者留下了无穷的悬念。

折杨柳行①

默默施行违，厥罚随事来②。
末喜杀龙逢，桀放于鸣条③。（一解）
祖伊言不用，纣头悬白旄④。
指鹿用为马，胡亥以丧躯⑤。（二解）
夫差临命绝，乃云负子胥⑥。
戎王纳女乐，以亡其由余⑦。
璧马祸及虢，二国俱为墟⑧。（三解）
三夫成市虎，慈母投机趋⑨。
卞和之刖足，接舆归草庐⑩。（四解）

①折杨柳行，《乐府诗集》卷三十七属相和歌辞瑟调曲。

②施行，所作所为。违，违反正常准则。厥罚随事来，其惩罚随之而来。首二句为全篇总纲。

③末喜，一作妺喜，传为夏桀宠妃。《国语·晋语一》：“昔夏桀伐有施，有施人以妺喜女焉。妺喜有宠，于是乎与伊尹比而亡夏。”龙逢，即关龙逢，夏之忠臣。据传夏桀惑于妺喜而杀关龙逢。《荀子·解蔽篇》：“桀蔽于妺喜斯观而不知关龙逢，以惑其心而乱其行。”《吕氏春秋·慎大览》：“桀为无道，暴戾顽贪……贤良郁怨，杀彼龙逢，以服群凶。”《史记·外戚世家》：“桀之放也以妺喜。”又，《夏本纪》：“汤遂率兵以伐夏桀。桀走鸣条，遂放而死。”

④祖伊，商纣王臣。据传纣王暴虐，祖伊谏，不听，曰：“我生不有命在

天乎！”祖伊反，曰：“纣不可谏矣。”后周武王率诸侯伐纣，斩纣头，悬之白旗。见《史记·殷本纪》。旄，竿顶用旄牛尾为饰的旗。

⑤胡亥，即秦二世。二世用赵高为丞相，杀李斯，罪章邯。“赵高欲为乱，恐群臣不听，乃先设验。持鹿献于二世，曰：‘马也。’二世笑曰：‘丞相误邪，谓鹿为马？’问左右，左右或默，或言马以阿顺赵高，或言鹿。高阴中言鹿者以法。后群臣皆畏高。”时天下反秦，赵高乃以兵攻望夷宫殿，逼二世自杀。随后刘邦、项羽先后入咸阳，秦亡。见《史记·秦始皇本纪》。用，以也。

⑥夫差，春秋时吴国君。夫差败越王勾践后，许勾践行成（即许其投降讲和），伍子胥谏阻，夫差不听。后夫差赐子胥死。夫差二十三年（前473），越王勾践伐吴，大败夫差。夫差临死，曰：“吾悔不用子胥之言，自令陷此！”遂自刭而死。见《史记·吴太伯世家》。

⑦戎王，春秋时西戎国君。由余，其先为晋人，亡入戎。戎王使由余使秦。秦穆公见由余贤，欲得之。因用内史廖计，以女乐遗戎王，以夺其志，并疏间由余。戎王受女乐而悦之，由余数谏不听，遂去而降秦。穆公三十七年（前623）用由余谋伐戎王，开地千里，遂霸西戎。见《史记·秦本纪》。

⑧二国，虞国与虢国。晋献公十九年（前658），用荀息计，以屈产之乘、垂棘之璧遗虞公，假道于虞以伐虢。宫之奇谏虞公，虞公不听，与晋师伐虢。献公二十二年（前655），晋复假道于虞以灭虢，晋师还，并灭虞国。事见《左传》僖公二年、僖公五年，《史记·晋世家》。墟，丘墟，谓其国已亡，城郭为墟。

⑨三夫成市虎，市上不可能有虎，只要有三人谎报市上有虎，听者就会信以为真。《战国策·魏策》：“夫市之无虎明矣，然而三人言而成虎。”《淮南子·说山》“三人成市虎”，高诱注：“三人从市中来，皆言市中有虎，市非虎处，而人信以为有虎，故曰三人成市虎。”慈母投机趋，《战国策·秦策二》：“昔者曾子处费，费人有与曾子同名族者而杀人。人告曾子母曰：‘曾参杀人。’曾子之母曰：‘吾子不杀人。’织自若。有顷焉，人又曰：‘曾参杀人。’其母尚织自若也。顷之，一人又告之曰：‘曾参杀人。’其母惧，投杼逾墙而走。夫以曾参之贤与母之信也，而三人疑之，则慈母不能信也。”三人成虎，曾参杀人，两则寓言均谓谣言可怕。

⑩卞和，春秋时楚国人。卞和得玉璞于荆山，献之楚厉王。厉王使玉人相之，玉人曰：“石也。”厉王以卞和欺诳，刖其左足。厉王死，武王即位。和又献之武王。玉人又曰：“石也。”武王死，文王即位，和乃抱其璞而哭，三日三夜，泣尽而继之以血。王使人问之，曰：“吾非悲刖也，悲夫宝而题之以石，贞士而名之曰诳，此吾所以悲也。”王乃使玉人理其璞而得宝焉，遂命曰和氏之

璧。见《韩非子·和氏》。之，乃也，竟也。按：卞和献玉，韩非系据传说成文。楚无厉王。武王称王在周平王三十一年（前740）。武王在位五十一年，文王即位在周庄王八年（前689）。卞和三献，历时不可能如此之久。此事见于他说者多有异同。史事难于考实，并无伤其内容。接舆，传为春秋末楚国贤人。《论语·微子》：“楚狂接舆歌而过孔子，曰：‘凤兮凤兮，何德之衰！往者不可谏，来者犹可追。已而已而，今之从政者殆而！’孔子下，欲与之言。趋而辟之，不得与之言。”故事又见《庄子·人间世》。卞和与接舆不同时，相距约两百年。诗意谓贤士受到迫害，则其他贤士乃避诸草野。

★诗意谓忠言不用，乱国必亡；谗邪可畏，贤士潜藏。此乃儒家政治诗，通篇用典实，自系文人制作，与其他民间乐府截然不同；内容可取，亦不妨有此一体也。

西门行[①]

出西门，步念之[②]。
今日不作乐，当待何时？（一解）
夫为乐，为乐当及时。
何能坐愁怫郁，当复待来兹[③]？（二解）
饮醇酒，炙肥牛。
请呼心所欢，可用解愁忧。（三解）
人生不满百，常怀千岁忧。
昼短苦夜长，何不秉烛游！（四解）
自非仙人王子乔，计会寿命难与期[④]。
自非仙人王子乔，计会寿命难与期。（五解）
人寿非金石，年命安可期。
贪财爱惜费，但为后世嗤[⑤]。（六解）

①西门行，《乐府诗集》卷三十七属相和歌辞瑟调曲。注为“晋乐所奏”。其本辞云：“出西门，步念之，今日不作乐，当待何时？逮为乐，逮为乐，当及时。何能愁怫郁，当复待来兹？酿美酒，炙肥牛，请呼心所欢，可用解忧愁。

人生不满百，常怀千岁忧。昼短苦夜长，何不秉烛游。游行去去如云除，弊车羸马为自储。”辞皆鼓吹及时行乐之意。

②步，犹步步。步念之，即步步念之，时时念之。

③怫郁（fù yù），忧懑不畅。当，犹何当，何须。来兹，《吕氏春秋·任地》“今兹美禾，来兹美麦”，高诱注：“兹，年也。”此处用作明日、将来之意。当复待来兹，承“为乐当及时”句而来，谓为乐当及时，何须复待将来。

④王子乔，传为古仙人。《文选·古诗十九首》“仙人王子乔”，李善注：“《列仙传》云：王子乔者，太子晋也，道人浮丘公接以上嵩高山。”太子晋，传为周灵王太子。计会，估计，算计。难与期，难与期望长寿。

⑤嗤，耻笑。

东门行[①]

出东门，不顾归。来入门，怅欲悲。
盎中无斗米储，还视桁上无悬衣[②]。（一解）
拔剑出门去，儿母牵衣啼[③]：
“他家但愿富贵，贱妾与君共餔糜[④]。（二解）
共餔糜，上用仓浪天故，下为黄口小儿[⑤]。
今时清廉，难犯教言，君复自爱莫为非！（三解）
今时清廉，难犯教言，君复自爱莫为非[⑥]！”
“行！吾去为迟！”“平慎行，望君归[⑦]！”（四解）

①东门行，《乐府诗集》卷三十七属相和歌辞瑟调曲。注为“晋乐所奏”。其本辞云：“出东门，不顾归。来入门，怅欲悲。盎中无斗米储，还视架上无悬衣。拔剑出门去，舍中儿母牵衣啼：‘他家但愿富贵，贱妾与君共餔糜。上用仓浪天故，下当用此黄口儿，今非！’‘咄！行！吾去为迟！白髮时下难久居！’”

②盎（àng），口小腹大的瓦罐。桁（hàng），衣架。

③拔剑出门去，主人公因穷困不堪，被迫铤而走险。儿母，原作“儿女”，此据本辞改。

④“他家但愿富贵”以下十一句是妻子劝阻丈夫的话。餔糜，喝粥。

⑤用，与下句“为”互文，为了，即要考虑，要想到。仓浪，同“沧浪”，指天的颜色。仓浪天，犹苍天。黄口小儿，小孩子。

⑥教言，统治者的法律教令。复，还是。

⑦“行，吾去为迟”，是丈夫拒绝妻子劝阻决定前去的话。“平慎行，望君归”，是妻子对丈夫的嘱咐。

★《东门行》是直接反映劳动人民穷困不堪被迫铤而走险的作品，整个诗史上很可能是唯一的一篇。诗只一百零四个字，仅仅描述了一幕生活的场景，反映的内容却极为丰富。我们可以设想这对夫妇如何生活，其饥寒交迫自不待言，还需想到他们未来的命运，犯了“教言”会有怎样的结局。由一个场景看到了他们一家的境况，还可以想见那个衰落不堪的社会。剧中两个人物的对话，具有鲜明的个性，如闻其声，如见其人。千古一曲《东门行》，人间多少辛酸泪！其在诗史上的价值，杜子美“三吏”“三别”未必能与之相比。

饮马长城窟行①

青青河畔草，绵绵思远道②。
远道不可思，宿昔梦见之③。
梦见在我旁，忽觉在他乡。
他乡各异县，展转不相见。
枯桑知天风，海水知天寒④？
入门各自媚，谁肯相为言⑤。
客从远方来，遗我双鲤鱼⑥。
呼儿烹鲤鱼，中有尺素书⑦。
长跪读素书，书中竟何如？
上言加餐饭，下言长相忆⑧。

①饮马长城窟行，《乐府诗集》卷三十八属相和歌辞瑟调曲。《文选》卷二十七作古辞，《玉台新咏》卷一作蔡邕诗。《乐府诗集》解题云：“《饮马长城窟行》，言征戍之客至于长城而饮其马，妇人思念其勤劳，故作是曲也。”题解所云，指本题原意，此诗无征戍之客长城饮马内容。《乐府解题》曰：“古词，

伤良人游荡不归。”得此诗之旨。

②绵绵，连续不断貌。

③宿昔，通“夙夕”，昨夜。

④“枯桑”二句：风，与下句“寒”字互文，风亦寒也。知，不知也。萧涤非曰：“二句正言若反，犹云枯桑岂知天风？海水岂知天寒？以喻人情浅薄，莫知我艰也。”

⑤媚，爱。

⑥遗（wèi），送。双鲤鱼，即信函。古人书信装入鱼形木函，一盖一底，故称双鲤鱼。下文“烹”是因信为鱼形的幽默用词。

⑦儿，童仆。

⑧ 加餐饭，《玉台新咏》作“加餐食”；食，与下句“忆”叶韵。

妇病行①

妇病连年累岁，传呼丈人前一言。
当言未及得言，不知泪下一何翩翩②。
“属累君两三孤子，莫我儿饥且寒。
有过慎莫笪笞。行当折摇，思复念之③！”
乱曰④：
抱时无衣，襦复无裡。
闭门塞牖，舍孤儿到市⑤。
道逢亲交，泣坐不能起，从乞求与孤买饵⑥。
对交啼泣，泪不可止。“我欲不悲伤不能已。”
探怀中钱持授交。入门见孤儿，啼索其母抱。
徘徊空舍中，行复尔耳，弃置勿复道⑦！

①妇病行，《乐府诗集》卷三十八属相和歌辞瑟调曲。

②翩翩，连续不断之貌。

③笪（dá）笞（chī），抽打。折摇，通“折夭”。“行当折摇”二句，谓自己即将死去，望你想到我的话。

④乱，乐曲最后一章，原于楚辞。“乱曰”部分写妻子死后，丈夫悲惨的

境况。

⑤闭门塞牖，是防止小孩跑出，也防止野兽袭入。舍，离开。

⑥亲交，好友，汉时常语。《善哉行》："亲交在门，饥不及餐。"

⑦"行复尔耳"二句，谓情况（惨）到这种地步，放开不去说吧。是惨痛至极无可奈何的话。

★《妇病行》前段写病妇临终对丈夫的嘱咐，后段写丈夫抚孤念母的酸辛。诗中饱含着无数贫贱夫妻的血泪与悲哀。

孤儿行[①]

孤儿生，孤儿遇生，命独当苦！
父母在时，乘坚车，驾驷马。
父母已去，兄嫂令我行贾[②]。
南到九江，东到齐与鲁[③]。
腊月来归，不敢自言苦。
头多虮虱，面目多尘［土］[④]。
大兄言办饭，大嫂言视马。
上高堂，行取殿下堂，孤儿泪下如雨[⑤]。
使我朝行汲，暮得水来归。
手为错，足下无菲[⑥]。
怆怆履霜，中多蒺藜。
拔断蒺藜肠肉中，怆欲悲[⑦]。
泪下渫渫，清涕累累。
冬无複襦，夏无单衣。
居生不乐，不如早去，下从地下黄泉。
春气动，草萌芽。
三月蚕桑，六月收瓜。
将是瓜车，来到还家。

瓜车反覆，助我者少，啖瓜者多。
愿还我蒂，兄与嫂严[⑧]。
独且急归，当兴校计[⑨]。
乱曰：
里中一何譊譊[⑩]！
愿欲寄尺书，将与地下父母，兄嫂难与久居！

①孤儿行，《乐府诗集》卷三十八属相和歌辞瑟调曲。《孤儿行》反映一种家庭矛盾，父母双亡，年幼的儿子受到兄嫂的虐待。

②行贾（gǔ），外出经商。

③九江，郡名，西汉治寿春（今安徽寿县），东汉治阴陵（今安徽定远县境）。齐，西汉置齐郡，治临淄（今山东临淄）。鲁，鲁国治鲁县（今山东曲阜）。

④多尘［土］，原无“土”字，补入与“苦、马”等叶韵，以便诵读。

⑤行，随即。取，通“趣”，亦通“趋”，急走。大兄言办饭，故上高堂；大嫂又言视马，故随即急走下堂。

⑥错，“皵”之借字，皲裂。菲，草鞋。

⑦蒺藜，一种草本植物。肠，“掌”之借字，此专指脚掌。肠肉，即脚掌中肉。蒺藜多刺，经霜后枯脆易断，刺入脚掌肉中，折断即不易挑出来。

⑧愿，希望。还蒂是为了计数，以证明收了多少瓜，只是被人抢吃了。

⑨兴，会。校计，计较。

⑩譊譊，吵骂声。此句紧承“当兴校计”，大概瓜车翻倒事立即传到了兄嫂处，孤儿尚未到家，即已听到吵骂声。此句写出了孤儿的紧张心理。

艳歌何尝行[①]

飞来双白鹄，乃从西北来[②]。
十十五五，罗列成行。（一解）
妻卒被病，行不能相随[③]。
五里一反顾，六里一徘徊[④]。（二解）
“吾欲衔汝去，口噤不能开[⑤]。

吾欲负汝去，毛羽何摧颓[⑥]。”（三解）

乐哉新相知，忧来生别离[⑦]。

踌躇顾群侣，泪下不自知[⑧]。（四解）

趋[⑨]：

念与君离别，气结不能言。

各各重自爱，远道归还难。

妾当守空房，闭门下重关[⑩]。

若生当相见，亡者会黄泉[⑪]。

今日乐相乐，延年万岁期[⑫]。

①艳歌何尝行，《乐府诗集》卷三十九属相和歌辞瑟调曲。解题曰："一曰《飞鹄行》。"又引《古今乐录》曰："王僧虔《技录》云：'《艳歌何尝行》，歌文帝《何尝》《古白鹄》二篇。'"——本篇云"飞来双白鹄"，题应为《双白鹄》或《飞鹄行》。《玉台新咏》卷一录本篇即题为《双白鹄》。因乐府《何尝行》与《双白鹄》并奏，二者遂混而为一（《何尝行》由魏文帝诗首句为"何尝快，独无忧"得名，与《双白鹄》原本无涉。两者可以各自独立）。"艳"是乐府音乐术语。《相和歌辞》解题云："而大曲又有艳，有趋，有乱……艳在曲之前，趋与乱在曲之后，亦犹吴声西曲前有和后有送也。"本篇演奏时必放在他曲之前，故曰《艳歌何尝行》。

②白鹄，即天鹅。

③妻，指雌鹄。诗是雄鹄语气。卒，通"猝"，忽然。被，遭受，患。

④"五里"二句，雌鹄患病，不能飞行，落到地上，雄鹄在天空反复徘徊，冀图救助。

⑤吾，雄鹄自指。汝，指雌鹄。"吾欲"四句雄鹄对雌鹄说话。噤，口闭也，此指口张不开那么大。

⑥摧颓，摧伤颓败。

⑦相知，《诗·桧风·隰有苌楚》"乐子之无知"，郑玄笺："知，匹也。"相知，犹相配、相爱。

⑧踌躇（chú chóu），指徘徊。群侣，指前面飞行的白鹄。

⑨趋，原注："念与下为趋。"趋是乐府音乐术语，在主曲之后。"念与君

离别”以下为趋，与前四解内容不同，乃思妇怀念远人之诗。《玉台新咏》所录《双白鹄》无此段。

⑩关，持门的横木，门闩。“各各重自爱”，是思妇同丈夫的约誓，委婉地希望丈夫自爱。“妾当守空房，闭门下重关”，则表示本身的自爱。

⑪者，通“则”。

⑫“今日乐相乐”二句，合乐时所加，与正文内容无涉。

★《玉台新咏》卷一《双白鹄》云：“飞来双白鹄，乃从西北来。十十将五五，罗列行不齐。忽然卒（卒，当作妻）被病，飞不能相随。五里一反顾，六里一徘徊。‘吾欲衔汝去，口噤不能开。吾欲负汝去，羽毛日摧颓！’乐哉新相知，忧来长别离。峙嶓顾群侣，泪落纵横垂。今日乐相乐，延年万岁期！”《玉台》所录，较《乐府诗集》更为精警。

艳歌行①

翩翩堂前燕，冬藏夏来见。
兄弟两三人，流宕在他县②。
故衣谁当补，新衣谁当绽？
赖得贤主人，览取为吾组③。
夫婿从门来，斜柯西北眄④。
语卿且勿眄，水清石自见⑤。
石见何累累，远行不如归。

①艳歌行，《乐府诗集》卷三十九属相和歌辞瑟调曲。又见《玉台新咏》卷一。艳是乐府术语，大曲之前所歌曰艳歌。解题引王僧虔《技录》，有《艳歌双鸿行》《艳歌福钟行》《艳歌罗敷行》（即《陌上桑》）。此直云“艳歌行”，乃以乐名代作题目。

②流宕，即流荡、流浪。

③贤主人，指女房东。览，通“揽”。揽取，拿取。组（zhàn），缝补。

④夫婿，指女房东的丈夫。从门来，从门外来。斜柯，叠韵联绵词，歪斜之意。眄，斜视。此夫婿因猜疑而采取不友好态度。

⑤卿，指夫婿。

艳歌行①

南山石嵬嵬，松柏何离离②。
上枝拂青云，中心十数围③。
洛阳发中梁，松树窃自悲④。
斧锯截是松，松树东西摧。
特作四轮车，载至洛阳宫⑤。
观者莫不叹，问是何山材。
谁能刻镂此？公输与鲁班⑥。
被之用丹漆，薰用苏合香。
本自南山松，今为宫殿梁！

①艳歌行，《乐府诗集》卷三十九同题第二篇。

②南山，终南山。嵬嵬，高貌。松柏，篇中只写松，连类及柏，复词偏义。离离，茂盛貌。

③围，两手掌伸开，拇指相抵，两中指尖距离为一围，约长三十厘米。十数围指树干横断面的周长。十数围则圆周长达三米多。如此大树，古代或亦有之。

④洛阳发中梁，洛阳建造宫殿发树为中梁。窃，暗自。

⑤特作四轮车，特作四轮车载运大树（由此知古人运送大树的方法）。

⑥公输，即公输般，春秋时鲁国巧匠。般，一作班。《孟子·离娄上》“公输子之巧”，赵岐注：“公输子鲁班，鲁之巧人也，或以为鲁昭公之子。”其事迹散见于《墨子·公输》《礼记·檀弓》《战国策·宋策》等书。公输与鲁班，实为一人，重言之也。《汉书·叙传》“班输榷巧于斧斤”，颜师古注：“班输即鲁公输班也。一说，班，鲁班也，与公输氏为二人，皆有巧艺也。”此句又见古诗《四座且莫喧》篇。

★材大为用，松树所悲，与《豫章行》同一旨意。

白头吟[①]

皑如山上雪，皎若云间月[②]。
闻君有两意，故来相决绝。
今日斗酒会，明旦沟水头。
躞蹀御沟上，沟水东西流[③]。
凄凄复凄凄，嫁娶不须啼[④]。
愿得一心人，白头不相离。
竹竿何嫋嫋，鱼尾何簁簁[⑤]。
男儿重意气，何用钱刀为[⑥]。

①白头吟，《乐府诗集》卷四十一属相和歌辞楚调曲。《宋书·乐志》："凡乐章古词，今之存者，并汉世街陌谣讴，《江南可采莲》《乌生》《十五》《白头吟》之属是也。"《玉台新咏》卷一以《白头吟》为古乐府六首之一，题为《皑如山上雪》。吟，乐府体裁之名，参见《长歌行》注。《西京杂记》载"司马相如将聘茂陵人女为妻，其妻卓文君作《白头吟》以自绝"，并未载《白头吟》辞。宋末黄鹤注此诗，始以本篇为卓文君辞，后冯惟讷《诗纪》因袭其误。本篇系《白头吟》本辞，词句洗练。《乐府诗集》录有"晋乐所奏"，词句拖沓，远不如本辞简洁。

②"皑如山上雪"二句，以白雪皎月起兴，象征女主人公自身的皎洁。

③躞蹀（xiè dié），小步徘徊貌。沟水东西流，喻夫妻离散。

④嫁娶不须啼，女子出嫁因离母家而哭泣。此就嫁者说，不涉娶者，"嫁娶"复词偏义。

⑤嫋嫋（niǎo），柔弱貌。簁簁（shāi），通"漇漇"，鱼尾濡湿之貌。钓鱼为男女求偶的隐语，象其情意相投。

⑥意气，情义。钱刀，钱币，汉代钱币作刀形，故称钱刀。句意谓女子对于男儿，重在情义，而不在他是否富有。

怨诗行[①]

天德悠且长，人命一何促[②]。

百年未几时，奄若风吹烛[③]。
嘉宾难再遇，人命不可续。
齐度游四方，各系太山录[④]。
人间乐未央，忽然归东岳[⑤]。
当须荡中情，游心恣所欲[⑥]。

①怨诗行，《乐府诗集》卷四十一属相和歌辞楚调曲。

②天德，天之道，指宇宙自然。悠，久。促，短促。

③奄，奄忽，迅速。

④齐度，同样。太山，即东岳泰山。《乐府诗集》卷四十一陆机《泰山吟》题解引《乐府解题》曰："人死，精魄归于泰山。"汉代以为人死魂归泰山，故生前即已入泰山名录。各，疑当作"名"。

⑤未央，未尽。东岳，即太山。忽然归东岳，意即忽然死去。

⑥"当须"二句，谓人生短促，命不可延，这种现实必然会激荡内心情感，因而只有及时游乐，恣心所欲。

怨歌行[①]

新裂齐纨素，鲜洁如霜雪[②]。
裁为合欢扇，团团似明月[③]。
出入君怀袖，动摇微风发。
常恐秋节至，凉飙夺炎热[④]。
弃捐箧笥中，恩情中道绝。

①怨歌行，《乐府诗集》卷四十二属相和歌辞楚调曲。又见《文选》卷二十七、《玉台新咏》卷一，并谓汉班婕妤作。《玉台》序云："昔汉成帝班婕妤失宠，供养于长信宫，乃作赋自伤，并为怨诗一首。"序为徐陵所加。本篇是否出于班姬，古来疑信不一。陆机《婕妤怨》云："寄情在玉阶，托意惟团扇。"钟嵘《诗品》云："婕妤团扇短章，辞旨清捷，怨深文绮。"此以诗为班氏所作。《文心雕龙·明诗篇》云："至成帝品录三百馀篇，朝章国采，亦云周备。而辞人遗翰，莫见五言，所以李陵、班婕妤见疑于后代也。"此疑诗非班氏所为。近世疑者更多，按此诗为成熟的五言古诗，为东汉人作品。班婕妤，汉

成帝左曹越骑都尉班况之女，为汉成帝婕妤，贤慧有文才，颇为成帝宠幸。后赵飞燕姊妹入宫，班婕妤失宠，恐久见危，因求供奉太后长信宫，作赋自伤悼。见《汉书·外戚传》。班婕妤兄弟班稺，稺生班彪，彪子即《汉书》作者班固，故班婕妤为班彪姑母，班固祖姑。

②鲜洁，《文选》作“皎洁”。

③合欢，一种图案，常为男女欢好的象征。

④飙，《玉台》作“风”。

★《怨歌行》咏团扇诗，实为古代以色事人的贵族妇女的写照。诗语言明净，喻意含蓄，怨而不怒，汉诗典范。

蛱蝶行[①]

蛱蝶之遨游东园。奈何卒逢三月养子燕，接我苜蓿间[②]。
持之我入紫深宫中，行缠之傅欂栌间[③]。
雀来燕燕子见衔脯来，摇头鼓翼何轩奴轩[④]！

①蛱蝶行，《乐府诗集》卷六十一属杂曲歌辞。蛱，原作“蜨”，即蝶之本字，见《说文》。此据《初学记》卷三改。

②之，语中助词，无义。诗中三“之”字均同。卒，通“猝”，突然。苜蓿，一种草本植物。

③行缠，飞行围绕。傅，迫近。欂栌，屋中斗拱。

④雀来燕燕，象声词，雏燕见母燕衔脯来时的喧闹声。脯，食物。轩奴轩，即轩轩，高举貌。奴，表声助词，犹现代词“啰”。

★《蛱蝶行》是汉乐府中可与《雉子班》媲美之作。全诗内容全是被捕蛱蝶的感受。它猝不及防，无端受祸。然这只小蛱蝶非常天真，它平静地观察被捕后见到的景象，丝毫未曾想到自己可悲的命运。诗写到小蛱蝶见到雏燕摇头鼓翼即止，这是它被吞食之前最后看到的场面，接着它就没命了。想象极为奇妙。描写小燕子迎食时的状态亦非常逼真。

伤歌行[①]

昭昭素明月，辉光烛我床[②]。
忧人不能寐，耿耿夜何长[③]。
微风吹闺闼，罗帷自飘扬。
揽衣曳长带，屣履下高堂[④]。
东西安所之，徘徊以彷徨。
春鸟翻南飞，翩翩独翱翔[⑤]。
悲声命俦匹，哀鸣伤我肠[⑥]。
感物怀所思，泣涕忽沾裳。
伫立吐高吟，舒愤诉穹苍。

①伤歌行，此闺情诗。《乐府诗集》卷六十二属杂曲歌辞。又见《文选》卷二十七。《玉台新咏》卷二作魏明帝诗，应从《文选》作古乐府。

②明月，《文选》作“月明”。烛，照。

③耿耿，不安貌。

④揽，提起。曳，拖着。屣履，靸着鞋子。

⑤翻，一作“向”。翩翩，鸟飞轻快之貌。

⑥命俦匹，指鸟招呼伴侣。

悲歌行[①]

悲歌可以当泣，远望可以当归。
思念故乡，郁郁累累[②]。
欲归家无人，欲渡河无船。
心思不能言，肠中车轮转。

①悲歌行，《乐府诗集》卷六十二属杂曲歌辞。

②郁郁，忧愁貌。累累，失意貌。

枯鱼过河泣①

枯鱼过河泣，何时悔复及②。
作书与鲂鱮，相教慎出入③。

①枯鱼过河泣，《乐府诗集》卷七十四属杂曲歌辞。

②过，经过。

③鲂鱮，两种鱼名，此作为各种鱼的代称。

★枯鱼自己遭受灾难，后悔莫及，却关心它的群体，教它们千万小心出入。诗人设想极为奇妙，情意忠厚之至。

咄唶歌①

枣下何攒攒，荣华各有时②。
枣欲初赤时，人从四边来。
枣适今日赐，谁当仰视之③？

①咄唶歌，见《乐府诗集》卷七十四梁简文帝《枣下何攒攒》题解。又见《文选·笙赋》注。咄唶，叹息声。

②攒攒，聚貌。

③适，设若。赐，尽也。

★简单一喻，写尽世态人情。

古　歌①

秋风萧萧愁杀人，出亦愁，入亦愁。
座中何人谁不怀忧，令我白头。
胡地多飙风，树木何修修②！
离家日趋远，衣带日趋缓③。

心思不能言，肠中车轮转。

①古歌，据《选诗拾遗》《古诗类苑》卷四十五。《太平御览》卷二十五作古乐府歌。

②飙风，大风，狂风。修修，犹“萧萧”，风吹树叶声，亦萧瑟之状。

③趋，向。离家日益远，因思家而瘦损，故衣带日益缓。

艳歌[①]

今日乐相乐，相从步天衢[②]。
天公出美酒，河伯出鲤鱼[③]。
青龙前铺席，白虎持榼壶[④]。
南斗工鼓瑟，北斗吹笙竽[⑤]。
姮娥垂明珰，织女奉瑛琚[⑥]。
苍霞扬东讴，清风流西歈[⑦]。
垂露成帏幄，奔星扶轮舆[⑧]。

①艳歌，据《选诗拾遗》《古诗类苑》卷三十三。《太平御览》卷五百三十九作古艳诗。

②衢，四通八达的道路。天衢，犹言天路。

③天公，犹上帝。河伯，河神。

④青龙，二十八宿中东方七宿，即角、亢、氐、房、心、尾、箕，组成龙象。席，坐席。白虎，二十八宿中西方七宿，即奎、娄、胃、昴、毕、觜、参，组成虎象。壶，酒器。

⑤南斗，二十八宿中南方玄武七宿中的斗宿，由六颗星组成，与北斗相对，称为南斗。北斗，即北斗七星，在地球北部。

⑥姮娥，月亮中女神。珰，古代妇女的耳饰，由珠玉制成。织女，星名，在天河西岸。传为天帝孙女，故又称天孙。瑛琚，美玉。

⑦讴、歈，都是歌。《楚辞·招魂》：“吴歈蔡讴。”

⑧帏幄，帏帐。扶，护持。轮舆，车。

★牢笼宇宙为一大欢宴，设想之奇，胆大包天。人生罗网实在太密，也不妨让想象潇洒地驰骋一回，请读者莫作游仙诗看。

古诗八首

此所谓古诗，专指东汉五言古诗。其中有与乐府相混者，如《上山采蘼芜》《四座且莫喧》《十五从军征》等，而大多与乐府风格有别，以《古诗十九首》最为典型。可以明显地看出民间乐府发展为五言诗的轨迹。古诗出现，一种新的诗体宣告成熟，随后出现了建安诗歌的高潮，更绵延而为魏晋六朝以五言为主的诗歌。

古诗八首是十九首以外较为突出作品的汇辑。

上山采蘼芜[①]

上山采蘼芜，下山逢故夫[②]。
长跪问故夫："新人复何如？"
"新人虽言好，未若故人姝[③]。
颜色类相似，手爪不相如。"
"新人从门入，故人从阁去[④]！"
"新人工织缣，故人工织素[⑤]。
织缣日一匹，织素五丈馀。
将缣来比素，新人不如故。"

①《玉台新咏》卷一古诗八首之一。《合璧事类》作古乐府。(《玉台》古诗八首，有四首在《文选》古诗十九首之中，馀四首均选入本帙。)

②蘼芜，香草名。

③姝，好也。

④"新人"二句，弃妇插叙当年往事。

⑤缣，黄绢。素，白绢。

四坐且莫喧[①]

四坐且莫喧，愿听歌一言。
请说铜炉器，崔嵬象南山[②]。
上枝以松柏，下根据铜盘[③]。
雕文各异类，离娄自相联[④]。
谁能为此器，公输与鲁班[⑤]。
朱火然其中，青烟飏其间。
从风入君怀，四坐莫不叹。
香风难久居，空令蕙草摧[⑥]！

①《玉台新咏》卷一古诗八首之六。《初学记》卷二十五作古诗咏香炉诗。《合璧事类》外集卷四十一作古乐府。

②铜炉器，《合璧事类》作“铜香炉”。崔嵬，高峻貌。

③以，《经词衍释》：“以，犹如也，犹若也。”一作“似”。

④离娄，刻镂。香炉盖上雕花镂空，香烟即从空隙中冒出。

⑤公输与鲁班，此语又见《艳歌行·南山石嵬嵬》篇，详该诗注。

⑥居，停驻。蕙草，香草。香炉中烧香草以取香气。诗谓香风难以长久停留，徒焚毁许多香草。——“从风入君怀，四坐莫不叹”，然而“香风难久居，空令蕙草摧”，委婉地比喻情爱难以持久之意。

悲与亲友别[①]

悲与亲友别，气结不能言。
赠子以自爱，道远会见难[②]。
人生无几时，颠沛在其间。
念子弃我去，新心有所欢。
结志青云上，何时复来还？

①《玉台新咏》卷一古诗八首之七。亲友，亲爱之友，此必为情人，诗是女子之辞。

②自爱，送者自言，意谓无物可以相赠，惟以自我珍惜相送，暗示此心不变之意。诗开篇四句与乐府《艳歌何尝行》趋辞“念与君离别”四句大体相同而微有别。

穆穆清风至[①]

穆穆清风至，吹我罗裳裾[②]。
青袍似春草，长条随风舒[③]。
朝登津梁上，褰裳望所思[④]。
安得抱柱信，皎日以为期[⑤]。

①《玉台新咏》卷一古诗八首之八。

②穆穆，清和貌。罗裳，罗裙。裾，前襟。

③“青袍”二句，女子因清风吹起罗裙，而想起当日送行情景，行人的青袍，有似眼前的春草。

④津梁，河桥。褰裳，提起罗裙。所思，谓所思之男子。

⑤抱柱信，《史记·苏秦列传》：“信如尾生，与女子期如梁下，女子不来，水至不去，抱柱而死。”皎日，白日。《诗·王风·大车》：“榖则异室，死则同穴。谓予不信，有如皎日。”谓生如异室，死也要同穴。谓予不信，有此皎日可以为证。古诗用此语，仍存原诗含意。谓安得所思有尾生一样的抱柱信。如有此深情，则即使分离，我也至死相待，有此皎日可以为证。诗意表达相当曲折。

★五代牛希济词“记得绿罗裙，处处怜芳草”，即自“春袍似春草，长条随风舒”脱胎，只是调换了对象。

兰若生春阳[①]

兰若生春阳，涉冬犹盛滋[②]。
愿言追昔爱，情款感四时[③]。

美人在云端，天路隔无期[④]。
夜光照玄阴，长叹恋所思[⑤]。
谁谓我无忧，积念发狂痴[⑥]。

①《玉台新咏》卷一录枚乘《杂诗九首》，其中八首属古诗十九首，惟《兰若生春阳》一首不在十九首中。诗为东汉作品，非枚乘之作；参见古诗十九首注。枚乘（？—前140），字叔，西汉辞赋家。初为吴王濞郎中，后为梁孝王客。汉武帝即位，以安车蒲轮征入京，死于途中。名作有《七发》。

②兰若，两种香草，兰草与杜若。盛滋，茂盛生长。兰若生于春阳，涉冬犹生长茂盛；二句用以起兴，亦象征爱情之历久不衰。

③愿言，心想，希望。"言"字助词。情款，犹情深。款，诚挚。

④美人，指所思之人，此为男性。云端、天路，皆言相隔甚远。

⑤夜光，月亮。玄阴，幽暗。

⑥积念，积久的思念。

十五从军征[①]

十五从军征，八十始得归。
道逢乡里人，"家中有阿谁？"
"遥看是君家！"松柏冢累累[②]！
兔从狗窦入，雉从梁上飞。
中庭生旅谷，井上生旅葵[③]。
舂谷持作饭，采葵持作羹[④]。
羹饭一时熟，不知贻阿谁！
出门东向看，泪落沾我衣[⑤]。

①十五从军征，《乐府诗集》卷二十五横吹曲辞梁鼓角横吹曲《紫骝马歌辞》中的一段。《紫骝马歌辞》前八句云："烧火烧野田，野鸭飞上天。童男娶寡妇，壮女笑杀人。高高山头树，风吹叶落去。一去数千里，何当还故处。"下接"十五从军征"，前后内容不相衔接。《古今乐录》曰："'十五从军征'以下是古诗。"《古诗类苑》卷七十七作古诗，无"烧火烧野田"以下八句。沈德潜

《古诗源》列入汉诗，从之。

②看，《古诗类苑》作“望”，似更好。

③旅谷，野生谷子。旅葵，野生葵菜。

④舂，《古诗类苑》作“烹”。“舂”字好。

⑤看，《古诗类苑》作“望”。

★十五从军，八十归来。君家何在，荒冢累累。故园荒废，顾影伶仃。人生到此，天理宁论！《十五从军征》是与《东门行》《妇病行》同为汉诗中令人魂悸魄动心折骨惊之作，后世惟杜子美《垂老别》《无家别》差可比拟。

汉代叙事诗中常常让主人公突然自己出面，而全诗仍谐调自如，不觉唐突。如本诗“出门东向看，泪落沾我衣”，一个“我”字即特别动人，感情倍觉真切。

新树兰蕙葩[1]

新树兰蕙葩，杂用杜蘅草[2]。
终朝采其华，日暮不盈抱[3]。
采之欲遗谁？所思在远道。
馨香易销歇，繁华会枯槁[4]。
怅望欲何言，临风送怀抱。

①见《古诗类苑》卷七十七。

②树，栽培。兰蕙，两种香草。《尔雅翼》：“一干一花而香有馀者兰，一干数花而香不足者蕙。”葩，花。杜蘅，亦香草名。

③华，通“花”。

④馨香，芳香。

步出城东门[1]

步出城东门，遥望江南路。
前日风雪中，故人从此去。

我欲渡河水，河水深无梁[2]。

愿为双黄鹄，高飞还故乡。

①见《古诗类苑》卷八十四。

②梁，桥。

古诗十九首

古诗十九首，见《文选》卷二十九，为一组东汉古诗。按，西晋陆机拟古诗,今存十二首,其中有十一首诗题为十九首诗中十一首诗的首句，可知十九首为一组，魏晋时代即已形成，并非昭明所汇辑。其中八首,《玉台新咏》卷一作西汉枚乘诗[①]。钟嵘《诗品·总论》云:“古诗眇邈，人世难详。推其文体，固是炎汉之制，非衰周之倡也。”刘勰《文心雕龙·明诗》也说:“古诗佳丽，或称枚叔。其《孤竹》一篇，则傅毅之词[②]。比采而推，两汉之作乎。”他们都笼统地推定古诗出于两汉，而不断其具体时间。然钟嵘又云:“自王杨枚马之徒，词赋竟爽，而吟咏靡闻。”刘勰也说:“至成帝品录三百馀篇，朝章国采，亦云周备，而辞人遗翰，莫见五言，所以李陵、班婕妤见疑于后代也。”可见他们实际上都否定十九首为西汉之作。《文选》李善注云:“并云古诗，盖不知作者，或云枚叔，疑不能明也。诗云‘驱车上东门’，又云‘游戏宛与洛’，此则词兼东都，非尽是乘明矣。”李善采取存疑的态度，却明确地指出了“词兼东都”的证据。——按,《古诗十九首》为东汉之作，而且是东汉后期之作。西汉时代还没有如此成熟、如此定型的五言诗。钟嵘、刘勰都说西汉之时，“吟咏靡闻”，“莫见五言”。其中《冉冉孤生竹》篇，刘勰确认为傅毅之词。他既已认定西汉成帝之时“莫见五言”，就不应该说“比类而推，两汉之作乎”，而应该说“比类而推，东汉之作乎”。十九首的地域多涉东都洛阳。《青青陵上柏》篇作者“游戏宛与洛”，诗中描述了洛阳王侯第宅两宫双阙的情景。《驱车上东门》篇写到了洛阳上东门。这些李善注已经提到，而十九首没有涉及西京的任何痕迹。据十九首所涉内容和艺术风格，特别是和东汉乐府的渊源，可以确定为东汉后期的作品。

①《玉台新咏》归之枚乘的古诗九首，其中八首收入古诗十九首，惟《兰若生春阳》一首不在十九首中。《玉台新咏》所录诗作极为混乱，不足为据。

②傅毅（约42—约90），字武仲，东汉扶风茂陵人。章帝时为兰台令史，与班固、贾逵等同校内府藏书。和帝永元初，车骑将军窦宪请为记室。及宪为大将军，以毅为司马。《后汉书》有传。

行行重行行[①]

行行重行行，与君生别离。
相去万馀里，各在天一涯[②]。
道路阻且长，会面安可期[③]。
胡马依北风，越鸟巢南枝[④]。
相去日已远，衣带日已缓[⑤]。
浮云蔽白日，游子不顾返[⑥]。
思君令人老，岁月忽已晚[⑦]。
弃捐勿复道，努力加餐饭[⑧]。

①《玉台新咏》作枚乘杂诗九首之三。

②相去，犹相距。涯，方也。

③阻，险也。《诗·秦风·蒹葭》："溯洄从之，道阻且长。"安可期，原作"安可知"，此从敦煌残卷。

④依，恋也。《玉台新咏》作"嘶"。李善注引《韩诗外传》："代马依北风，飞鸟栖故巢，皆不忘本之谓也。"《盐铁论·未通》篇："故代马依北风，飞鸟翔故巢，莫不哀其生。"

⑤已，通"以"。《古乐府歌》："离家日趋远，衣带日趋缓。"

⑥顾，念也。陆贾《新语》："邪臣之蔽贤，犹浮云之障日月。"《古杨柳行》："谗邪害公正，浮云蔽白日。"诗中用以喻男子或有所阻。游子，在外流荡的人。汉诗中妇女称远游丈夫为游子，或旅人自指，与后世游子多相对父母而言者不同。

⑦岁月忽已晚，既指一年将暮，又暗喻年华消逝。

⑧捐，亦弃也。二句谓君捐弃我且勿复道，我但愿君努力加餐。

★此思妇怀念远方游子之诗，回环反复，不能自已。末二句尤具深意，自己被遗弃该是何等悲愤，而仍愿丈夫努力加餐，保重身体。此所谓温柔敦厚，怨而不怒者也。全诗浑然一体，婉转深切，东汉古诗中名作。

青青河畔草①

青青河畔草，郁郁园中柳②。
盈盈楼上女，皎皎当窗牖③。
娥娥红粉妆，纤纤出素手④。
昔为倡家女，今为荡子妇⑤。
荡子行不归，空床难独守。

①《玉台新咏》作枚乘杂诗九首之五。
②郁郁，茂盛貌。
③盈盈，美好貌。
④娥娥，《方言》："秦晋之间，美貌谓之娥。"
⑤倡家女，歌妓。荡子，犹游子。

★本篇一连六句皆用叠词，仍不失自然，为历来评论家所赏识。十九首大多平婉含蓄，惟此首稍觉率露。

青青陵上柏

青青陵上柏，磊磊涧中石①。
人生天地间，忽如远行客②。
斗酒相娱乐，聊厚不为薄③。
驱车策驽马，游戏宛与洛④。
洛中何郁郁，冠带自相索⑤。
长衢罗夹巷，王侯多第宅⑥。

两宫遥相望，双阙百馀尺⑦。
极宴娱心意，戚戚何所迫⑧。

①陵，高山。磊磊，石攒聚之貌。

②忽，速貌。

③聊，且。斗酒本薄，聊以为厚。

④策，马鞭，此动词。驽马，迟钝的马。宛，东汉南阳郡治（今河南南阳）。南阳为光武故乡，故东汉以南阳郡治宛为南都。洛，今河南洛阳，东汉首都。诗实写洛，连带及宛。游戏宛与洛，足证诗为东汉作品。

⑤郁郁，繁盛貌。冠带，代指高官大宦。索，求也。冠带自相索，谓达官贵人互相来往。

⑥衢，四达之道，指大街。

⑦两宫，东汉洛阳南北两宫。阙，宫门前的望楼，又谓之观。

⑧戚戚，忧思貌。迫，急迫。

★此失意之士对社会现实的不平之鸣。前八句写自己，惟其失意，才感到人生无常，斗酒相娱，聊以自慰。“洛中何郁郁”以下八句写统治集团的奢侈淫逸，突出其冠带的往来，第宅的豪奢和宫阙的巍峨。结尾二句亦就王侯冠带说，谓汝辈极乐足以娱心意，然戚戚惶惶，究何所迫。诗人已预感到东汉末年，统治者虽貌似烜赫，实际上却忧戚不安，风暴即将来临。

今日良宴会

今日良宴会，欢乐难具陈①。
弹筝奋逸响，新声妙入神②。
令德唱高言，识曲听其真。
齐心同所愿，含意俱未申③。
人生寄一世，奄忽若飙尘④。
何不策高足，先据要路津⑤。
无为守穷贱，轗轲长苦辛⑥！

①难具陈，难以一一陈述。

②逸响，优美的音乐。

③“齐心”二句，谓听者觉得令德的高言，说出了大家的心愿，人人都在意中，只是未能说出。

④奄忽，急遽。飙（biāo）尘，狂风卷起尘土。《艺文类聚》卷三十九引作“飘尘”。

⑤高足，良马。先据要路津，先据重要位置。

⑥无为，不要。轗轲（kǎn kě），车行颠簸不平，喻失意、不幸。《广韵》：“车行不利曰轗轲，故人不得志亦谓之轗轲。”

★“人生寄一世”以下六句，即令德所唱“高言”。此坎壈不平者的愤激之词。

西北有高楼①

西北有高楼，上与浮云齐。
交疏结绮窗，阿阁三重阶②。
上有弦歌声，音响一何悲。
谁能为此曲，无乃杞梁妻③？
清商随风发，中曲正徘徊④。
一弹再三叹，慷慨有馀哀⑤。
不惜歌者苦，但伤知音稀。
愿为双鸣鹤，奋翅起高飞⑥。

①《玉台新咏》作枚乘杂诗九首之一。

②交疏，交错刻镂。绮，有花纹的丝织品。绮窗，指刻有花纹的窗户。阿阁，有四面曲檐的楼阁。三重阶，指楼阁有三层曲檐。

③无乃，莫不是。杞梁妻，《列女传》：“杞梁之妻无子，内外皆无五属之亲，既无所归，乃枕其夫之尸于城下而哭。内诚动人，道路过者莫不为之挥涕，十日而城为之崩。”《琴操》：“杞梁妻叹者，齐邑杞梁殖之妻所作也。殖死，妻叹曰：‘上则无父，中则无夫，下则无子，将何以立吾节，亦死而已！’援琴而鼓之，曲终，遂自投淄水而死。”

④商，五音之一。清商，泛指清婉悠扬的音乐。中曲，曲中。徘徊，指乐声萦回往复。

⑤慷慨，感情激越。馀，饶也。馀哀，犹深悲。

⑥鸣鹤，《玉台新咏》作“鸿鹄”。

★高楼歌者弹出了慷慨的哀响，也扣响了楼下听者的心弦。伤高楼歌者的知音稀，即以为只有自己是知音。是知音而无由相见，也就是伤自己的知音稀。痛惜他人的心苦，正是诉自己的孤凄。

涉江采芙蓉①

涉江采芙蓉，兰泽多芳草②。
采之欲遗谁，所思在远道③。
还顾望旧乡，长路漫浩浩④。
同心而离居，忧伤以终老。

①《玉台新咏》作枚乘杂诗九首之四。

②芙蓉，荷花。兰泽，泽之美称。与“兰渚”、“兰皋”之类同。“采”字直贯下句，采荷花亦采芳草。

③“采之”二句，又见《新树兰蕙葩》篇。遗（wèi），赠送。

④漫，远貌。浩浩，广大貌，此亦遥远之貌。

★词汇意境，原于楚辞，然自是情诗。此诗与《新树兰蕙葩》格调与构思都相同；惟《新树兰蕙葩》系思妇念远人，此篇则游子思故乡，两者正相对。

明月皎夜光

明月皎夜光，促织鸣东壁①。
玉衡指孟秋，众星何历历②。
白露沾野草，时节忽复易。

秋蝉鸣树间，玄鸟逝安适[3]。
昔我同门友，高举振六翮[4]。
不念携手好，弃我如遗迹[5]。
南箕北有斗，牵牛不负轭[6]。
良无盘石固，虚名复何益[7]！

①促织，蟋蟀。

②玉衡指孟秋，原作“玉衡指孟冬”，据诗意改。说详星评。历历，明貌。

③玄鸟，燕子。孟秋之月，寒蝉鸣。仲秋之月，玄鸟归。见《礼记·月令》。

④翮（hé），鸟翅上的翎羽。六翮，代指翅膀。高举振六翮，展翅高飞，喻身处高位。

⑤迹，脚印。《国语·楚语下》：“（楚）灵王不顾其民，一国弃之，如遗迹焉。”携手，《诗·邶风·北风》：“惠而好我，携手同行。”“惠而好我，携手同归。”“不念”二句，谓同门友不念往昔携手相好的情谊，如今弃我如同遗迹。

⑥“南箕”二句，语本《诗·小雅·大东》：“维南有箕，不可以簸扬。维北有斗，不可以挹酒浆。”“睆彼牵牛，不可以服箱。”南箕、北斗、牵牛，并星名。箱，车箱。服箱，即拉车。轭，拉车或耕地时套在牛颈上的弯木。负轭，亦即拉车或耕田。南箕北有斗，即含有原典中箕不簸扬、斗不挹酒的意思，与牛不负轭，都谓虚有其名，诗中用以喻空有“同门”之名而没有相携的情谊。

⑦良，信也，诚也。盘石，大石。句意谓同门友没有坚实的感情，徒有同门的虚名是无益的。

★“玉衡指孟冬”当作“玉衡指孟秋”。

前人以古诗十九首出于西汉者，除一些含糊的判断外，惟一的内证就是诗中有“玉衡指孟冬”一句。人们对这句诗作过许多研究，但实际上并未能证明它必出于西汉。

北斗七星中第五星曰衡，即玉衡，第七星曰杓。由第五星至第七星组成斗柄。北斗在它的位置上旋转，每个月斗柄指向不同的方位。夏历正月建寅，二月建卯，三月建辰，四月建巳，五月建午，六月建未，七月建申，八月建酉，九月建戌，十月建亥，十一月建子，十二月建丑。古人又把周天划成十二宫，与月建配合。北斗玉衡（即斗柄，又曰招摇）指向哪一宫即哪一月。如正月建寅，斗柄即指寅。故观察斗柄所指的方位，即知道当时是什么月分。玉衡指孟冬，即斗柄指亥，时为夏历孟冬十月。——然诗云："促织鸣东壁"，"白露沾野草"，"秋蝉鸣树间，玄鸟逝安适"，全是秋天物候，与"玉衡指孟冬"不符。

《文选·古诗十九首》李善注："《春秋运斗枢》曰：'北斗七星，第五曰玉衡。'《淮南子》曰：'孟秋之月，招摇指申。'然上云促织，下云秋蝉，明是汉之孟冬，非夏之孟冬矣。《汉书》曰：'高祖十月至霸上，故以十月为岁首。'汉之孟冬，今之七月矣。"汉高祖以十月为岁首，到武帝太初元年才改用夏历，以正月为岁首。李善以为太初之前，十月为岁首，故太初之前的孟冬，即太初之后的七月。按照李善的解释，"玉衡指孟冬"的孟冬实际是夏历七月。之所以称为"孟冬"，因为用的太初之前的历法，也就足证诗作于太初之前，也与"或称枚叔"的年代相符。"孟冬"既是夏历七月，写的是秋天的物候也就合符时令。后世注家认定《古诗十九首》出于西汉者，就是根据李善对这句诗的解释。

然而李善的解释是错误的。无论十月为岁首还是正月为岁首，只是岁首的月分不同，并不能改变春夏秋冬四季的前后。因为春夏秋冬是由立春、雨水等二十四节气，即由自然气候的变化决定的，并不受岁首人为地变易的影响。我们来查一下《汉书》中的纪年可以充分说明这一点。试看《高帝纪》：

"元年冬十月，五星聚于东井，沛公至霸上。"注引如淳曰："高祖十月至霸上，故因秦以十月为岁首。"

"二月，羽自立为西楚霸王。"

"夏四月，诸侯罢戏下，各就国。"

"五月，汉王引兵从故道出袭雍。"

"九月，汉王遣将军薛欧、王吸出武关。"

"二年冬十月，项羽使九江王布杀义帝于郴。"

"春正月，羽击田荣城阳。"

"夏四月，田荣弟横立荣子广为齐王。"

"秋八月，汉王如荥阳。"

"三年冬十月，韩信、张耳东下井陉击赵。"

“夏四月，项羽围汉荥阳。”

“秋七月，有星孛于大角。”

这里只录了高帝前三年的纪年记事，其他年代纪时方式完全相同。汉高祖以十月为岁首，仅仅是纪年从十月开始起算，不仅没有因改变岁首而改动春夏秋冬的实际时间，连月分也没有改动。纪年中每年岁首都称为“冬十月”，并没有改称“春正月”。而纪年中的“春正月、夏四月、秋七月”，仍和夏历完全相同。直到汉武帝时代也仍然如此。自建元、元光、元朔、元狩、元鼎、元封，岁首都称为“冬十月”，也不称为“春正月”。武帝从太初开始，改以正月为岁首。然太初元年岁首仍在“冬十月”，真正以正月为岁首在太初二年，从此岁首即称为“春正月”。因此根本不存在“汉之孟冬，今之七月”的事实，孟冬仍然在建亥之月，即夏历十月，太初之前如此，太初之后也如此。

李善注所说可能是唐代人的共同看法，因为《汉书·高帝纪》“春正月”颜师古注云：“凡此诸月号，皆太初正历之后，记事者追改之，非当时本称也。以十月为岁首，即谓十月为正月。今此真正月，当时谓之四月耳。他皆类此。”这与李善之说相同。也就是说，《高帝纪》中的“元年冬十月、二月、夏四月、五月”之类是后人改的。颜师古注是颜师古的理解，即使颜师古之说有据，原文也只可能是“元年正月、五月、七月、八月”等等，而绝不可能是“元年春正月、夏五月、秋七月、秋八月”等。因为月分的序数可以人为地改变，春夏秋冬自然时令是不可改变的；如前所述，四季是由自然节气决定的，无法人为改变。假定当初的十月可能称为正月，也绝不可能称为“春”正月，因为时令仍然是冬天，所谓“月改春移”之说绝对是错误的。正如我们现代用的阳历，二月才立春，但一月二月三月只能称为第一季度，不能称为春季，春季应是阳历二月三月四月。由此可知，诗中“玉衡指孟冬”，孟冬不可能是太初以后的七月，而只可能是十月。李善的解释不正确，也就不能证明诗作于太初之前。

近人对诗中“玉衡指孟冬”写的是秋天物候也有不少曲说。如金克木、马茂元并谓天空的十二宫，与四季配合，“孟冬代表星空中的亥宫，并非实指十月的时令”。“仲秋八月，玉衡夜半指酉，但现在已过了夜半的两三个时辰，玉衡渐渐移向西北，经戌宫指向亥宫了。因此，‘玉衡指孟冬’，是从星空的流转说明秋夜已深”（见马茂元《古诗十九首初探》）。此说极其错误，决不可信。玉衡在每个月所指的方位是固定的，其角度偏转是逐渐进行的，每月只指一宫，绝不是一夜之间流转数宫。如果不相对固定，一夜之间流转数宫，则用玉衡所指来定时令就没有任何意义了。再者，金马二公认为十二宫除子丑寅卯之类的名称以外，同样有孟春孟夏孟秋孟冬之类的名称，他们并没有提供可信的根据。

几十年前，俞平伯也曾解释此句。旁引陆机拟作“招摇西北指”句，招摇是斗柄的别名。“招摇西北指”与“玉衡指孟冬”同义。据《淮南子·天文》，斗柄所指，西北是夏历九月十月之交的方位，正西北则是立冬的方位。诗说“玉衡指孟冬”，当作于夏历九月立冬以后。俞氏之意，谓九月自然还有秋令物候；而其时又已立冬，故可称为“孟冬”（见朱自清《古诗十九首释》）。

这是为了将诗称“孟冬”而诗中所写是秋令物候两者加以牵合。然而牵合毕竟是牵合，并不能真正解决两者的矛盾。孟春、孟夏、孟秋、孟冬之类的名称，从来只用于它们通常所指的那个月。孟春即正月，孟夏即四月，孟秋即七月，孟冬即十月，并不从哪个具体的节气到来的日子算起。比方，如果九月二十五日立冬，孟冬只指十月，而不从九月二十五日算起。同样的道理，如果十月十一立冬，孟冬也泛指十月，并不因十月前十天尚未立冬就算在孟冬之外。此其一。其二，既是孟冬，哪怕是九月立冬，也不会有秋令物候。《礼记·月令》：孟秋之月，“凉风至，白露降，寒蝉鸣”。仲秋之月，“鸿雁来，玄鸟归”。曹丕《燕歌行》：“秋风萧瑟天气凉”，“群燕辞归雁南翔”。这是古人的记载。我们从现实观察也大体如此。中原地区“秋蝉鸣树间，玄鸟逝安适”，决不会拖到立冬以后。何况句中明白点出了“秋”字。

还有人说，陶渊明《九日闲居》诗也有“往燕无遗影”之句，与“玄鸟逝安适”句意相近，因此如果九月立冬而仍见燕归并非不可能。此论也是错误的。陶诗“九日”在九月上旬，即使九月立冬也必在九月下旬，两者相隔一个节气。关键还在于陶诗“往燕无遗影”是说南归的燕子已去得没踪影了，古诗“玄鸟将安适”是问燕子将去向何方，两者有“早已离去”和“将要离去”的差异。怎么能混为一谈呢！何况陶渊明家在江西，与中原地区相距千里。江南地暖，北地风寒，陶渊明家乡的燕子可能比北方离去较晚，因此更不能用陶诗证明北方九月立冬以后尚见燕归。

上述分析，辨正了前人所谓诗中“玉衡指孟冬”实指夏历七月的错误，孟冬只可能是夏历十月；也就不能用这句诗作为“十九首”出于西汉的证据。也辨正了今人所谓“孟冬”可能指夏历九月立冬以后因此仍可能有秋天物候的曲说，夏历九月不能称为孟冬。

现在的问题是，诗明说“玉衡指孟冬”，而全篇写的却是秋天物候，究竟是什么缘故？

排除了各种曲解，就只剩下一种可能，即这句诗错了一个字，“玉衡指孟冬”当作“玉衡指孟秋”。

第一。诗中“促织鸣东壁”、“白露沾野草”、“秋蝉鸣树间，玄鸟适安逝”，全是孟秋物候，与《礼记·月令》谓孟秋之月“凉风至，白露降，寒蝉鸣”完全一致。

第二，“秋蝉鸣树间”句中已点明“秋”令，却又说玉衡所指已是“孟冬”；一首诗中，写同一时令，既说是“秋”，又说是“冬”，必有一错。用全诗所写物候判断，“孟冬”应是“孟秋”之误，而“秋蝉”绝不会是“冬蝉”之误。

第三，诗中有“南箕北有斗，牵牛不负轭”二句，尽管是用典，且系用作比喻，但必与当时所见天象一致。而且这两句与前文“众星何历历”相呼应，斗箕牛女同时使人感到“历历”明烂，必在天汉横空之际，其时正是孟秋七月。古人诗中凡涉天汉横空咏牵牛织女者，必在七月孟秋，无有例外。

第四，十九首之十七《孟冬寒气至》篇，说其时“寒气至”，“北风惨”，确是冬日景象；而《明月皎夜光》篇同样说是孟冬，其时却“秋蝉鸣”，“玄鸟逝”，纯是秋天物候。一组诗中，两篇作品，同写孟冬，时令物候不应如此不同。如果后一篇写的是“孟秋”，两者各适其所适，这种矛盾就不存在了。

从诗中所写地上物候、天空星象，两诗对比，都说明《明月皎夜光》篇写的不是孟冬，而是孟秋。由此推断“玉衡指孟冬”当作“玉衡指孟秋”，理由应该是充分的。

冉冉孤生竹[①]

冉冉孤生竹，结根泰山阿[②]。
与君为新婚，兔丝附女萝[③]。
兔丝生有时，夫妇会有宜[④]。
千里远结婚，悠悠隔山陂[⑤]。
思君令人老，轩车来何迟[⑥]！
伤彼兰蕙花，含英扬光辉[⑦]。
过时而不采，将随秋草萎。
君亮执高节，贱妾亦何为[⑧]！

①《玉台新咏》卷一古诗八首之三。《乐府诗集》卷七十四属杂曲歌辞。《文心雕龙·明诗》谓为傅毅之词。

②冉冉，柔弱貌。泰山，通太山，亦即大山。阿，山之曲处。李善注："竹结根于山阿，喻妇人托身于君子也。"

③兔丝、女萝，两种蔓生植物。兔丝附女萝，喻夫妇结合，女萝比丈夫，兔丝女子自比。李白诗"君为女萝草，妾作兔丝华"即原于此。

④"兔丝生有时"二句，紧承"兔丝附女萝"而来。女萝常年生长，兔丝春生秋萎，女子自比兔丝，故兔丝生有时，谓夫妇应及时会聚，不要负却年华。夫妇会有宜，犹言夫妻欢爱自有最佳时期。

⑤千里远结婚，实为结婚又分别千里。悠悠，远也。

⑥轩车，有阑干的车。

⑦英，花。

⑧亮，信，诚也。"君亮"二句，意谓君诚能守高节，贱妾还能怎样呢。此聊以自慰之词。

★这是十九首中的"新婚别"，写青春少妇婚后对远别丈夫的相思。孤生竹结根于大山，兔丝而附身于女萝，显出自身的孤弱。"伤彼兰蕙花"四句，亦即惟草木零落，恐美人迟暮之意。

"与君为新婚，兔丝附女萝"，这个经典性的修辞，常被后代诗人用作夫妇和谐结合相亲相爱的比喻。菟丝在夏天初生之时外形与女萝有点相似，极其柔嫩，色彩青翠而略带黄色。它总缠在别的植物身上，生长速度极快，往往抢在寄主的上方夺取阳光，而且很快就铺开一大片。一到深秋完全变成黄色，坚韧得像铜丝一样，将它的寄主牢牢缠死。农民如果在黄豆地里发现了一小棵菟丝苗，会把小苗子连同周围的黄豆苗一起刨掉掩埋，因为只要留一点儿菟丝苗即可能将整块地的黄豆苗全部缠死，造成颗粒无收。假定菟丝真的和女萝生长在一起，女萝必被缠死无疑。古代诗人对菟丝的生长习性缺乏认识，把菟丝女萝作为夫妇亲爱和谐的比喻是不恰当的，特附带说明。当然这并不影响我们对这句诗的理解。

庭中有奇树①

庭中有奇树，绿叶发华滋②。
攀条折其荣，将以遗所思③。
馨香盈怀袖，路远莫致之。
此物何足贵，但感别经时。

①《玉台新咏》作枚乘九首之七。
②华滋，茂盛之意。
③荣，花。所思，思妇指其远人。

★此可与《新树兰蕙葩》《涉江采芙蓉》合读，因物起兴，表现手法，三诗均相同。

迢迢牵牛星①

迢迢牵牛星，皎皎河汉女②。
纤纤擢素手，札札弄机杼③。
终日不成章，泣涕零如雨④。
河汉清且浅，相去复几许。

盈盈一水间，脉脉不得语[⑤]。

①《玉台新咏》作枚乘杂诗九首之一。

②迢迢，远貌。皎皎，明貌。牵牛、织女，二星名。牵牛星在天河之西，织女星在天河之东。《诗·小雅·大东》：“跂彼织女，终日七襄。”“虽则七襄，不成报章。”“睆彼牵牛，不以服箱。”牵牛，织女，只是两颗象形的星名。牵牛尚是一头被牵的牛。至东汉，牵牛才转为牵牛郎，并发展为牵牛织女相爱的故事。《文选·洛神赋》注引曹植《九咏》注：“牵牛为夫，织女为妇，织女牵牛之星各处一旁，七月七日乃得一会。”梁代宗懔《荆楚岁时记》，谓织女为天帝孙女，长年织造云锦，嫁与河西牛郎后，织乃中断。天帝怒，责令与牛郎分离，隔天河相望，每年七月七日始得一会。故事在东汉必已出现，本诗即咏其事。

③擢，举也。《玉烛宝典》作“濯”。札札，机杼声。杼，织布梭。

④不成章，语本《大东》“虽则七襄，不成报章”。报章，往复成章。零，落也。《诗·邶风·燕燕》：“瞻望弗及，泣涕如雨。”

⑤盈盈，水清浅貌。一水，亦指天河。脉脉，含情相视貌。

★此诗史上第一篇牛郎织女诗。开头牵牛织女并出，诗实际只写织女对牵牛的怀念。织女在诗中是一位深情的劳动妇女，诗只是把人间的思妇搬到了天上。

回车驾言迈

回车驾言迈，悠悠涉长道[①]。
四顾何茫茫，东风摇百草。
所遇无故物，焉得不速老。
盛衰各有时，立身苦不早。
人生非金石，岂能长寿考。
奄忽随物化，荣名以为宝[②]。

①回，转也。回车，转动车轮，驱车前进。《太平御览》卷一九五引作“驱车”。言，助词无义。迈，行也。《诗·邶风·泉水》：“还车言迈，遄臻

于卫。”“驾言出游，以写我忧。”此句《艺文类聚》卷二十七引作“驱车远行役”。悠悠，远貌。

②奄忽，急速。随物化，指死亡。荣名，荣誉声名。

★叹人生无常，苦立身不早，亦失意者的悲哀。

东城高且长①

东城高且长，逶迤自相属②。
回风动地起，秋草萋已绿③。
四时更变化，岁暮一何速④。
晨风怀苦心，蟋蟀伤局促⑤。
荡涤放情志，何为自结束⑥。
燕赵多佳人，美者颜如玉⑦。
被服罗裳衣，当户理清曲⑧。
音响一何悲，弦急知柱促⑨。
驰情整中带，沉吟聊踯躅⑩。
思为双飞燕，衔泥巢君屋⑪。

①《玉台新咏》作枚乘杂诗九首之二。

②东城，洛阳东城。逶迤，曲折绵长貌。属，连也。

③萋，通“凄”。已，通“以”。

④更，更替。

⑤“晨风”二句：《诗·秦风·晨风》：“鴥彼晨风，郁彼北林。未见君子，忧心钦钦。”鴥，疾飞貌。晨风，鸟名。钦钦，忧不忘之貌。《诗·唐风·蟋蟀》：“蟋蟀在堂，岁聿其暮。今我不乐，日月其除。”局促，犹紧促，紧迫。傅毅《舞赋》：“伤蟋蟀之局促。”

⑥荡涤，清除，谓清除忧思和顾虑。放情志，放开情怀。何为自结束，何必自我拘束。

⑦燕赵多佳人，指京城中来自燕赵的佳人，非指远在燕赵的佳人。颜如玉，言其颜色甚美。

⑧被服，穿着。裳衣，上服曰衣，下服曰裳。理，调理，演奏。清曲，清婉的乐曲。

⑨柱，弦乐器上支弦的码子，一柱支一弦。促，紧促，弦紧则声音清越。

⑩中带，李善注："中衣带，整带欲将从之。"《玉台新咏》一作"巾带"。驰情整中带是一种下意识动作，与《陌上桑》"脱帽著帩头"类似。踯躅（zhí zhú），徘徊不前之貌。

⑪君，指佳人。

★流落京郊，托身无地，感时令的变迁，伤自身之落魄，乃欲放其情志，托于游冶。失意者的苦闷悲哀，与《西北有高楼》同一心境。

驱车上东门①

驱车上东门，遥望郭北墓②。
白杨何萧萧，松柏夹广路③。
下有陈死人，杳杳即长暮④。
潜寐黄泉下，千载永不寤。
浩浩阴阳移，年命如朝露⑤。
人生忽如寄，寿无金石固。
万岁更相送，圣贤莫能度⑥。
服食求神仙，多为药所误。
不如饮美酒，被服纨与素。

①《乐府诗集》卷六十一属杂曲歌辞，题作《驱车上东门行》。

②上东门，《文选·阮籍〈咏怀〉》诗注引《河南郡图经》："东有三门，最北头曰上东门。"汉河南郡治在洛阳。郭北墓，指洛阳城北北邙山，东汉王侯卿相多葬于此，后遂成为洛阳公墓。

③"白杨"二句：李善注引《白虎通》："庶人无坟，树以杨柳。"又引仲长子《昌言》："古之葬者，松柏梧桐，以识其坟也。"萧萧，风吹树叶声。

④陈，久也。杳杳，幽暗貌。即，就也。长暮，犹长夜，喻死亡。陆机《叹逝赋》以大暮喻死亡，用意相同。

⑤浩浩，水流无边际之貌。此处取其无边际之意。阴阳，指时间。李善注

引《神农本草》："春夏为阳，秋冬为阴。"

⑥圣贤，《乐府诗集》作"贤圣"。

去者日以疏

去者日以疏，生者日以亲①。
出郭门直视，但见丘与坟②。
古墓犁为田，松柏摧为薪。
白杨多悲风，萧萧愁杀人③。
思还故里闾，欲归道无因④。

①生，一作"来"。

②"出郭"二句，与前篇"驱车上东门，遥望郭北墓"意同，当亦在同一地点。郭门者，上东门之郭门也。

③松柏白杨，并墓畔所种。参见前篇。

④故里闾，犹故乡。古民人聚居之地，五家为邻，二十五家为里。闾，里门。道无因，莫知道之所由，这里暗含着各种原因，虽欲归而不可能。

生年不满百

生年不满百，常怀千岁忧。
昼短苦夜长，何不秉烛游①。
为乐当及时，何能待来兹②？
愚者爱惜费，但为后世嗤③。
仙人王子乔，难可与等期④。

①"生年不满百"四句，全用乐府《西门行》中四句，惟"生年"《西门行》作"人生"。

②"为乐当及时，何能待来兹"，亦用《西门行》"为乐当及时"、"当复待来兹"二句。

③"愚者爱惜费，但为后世嗤"，《西门行》作"贪财爱惜费，但为后世嗤"。

④“仙人王子乔，难可与等期”，即缩改《西门行》中“自非仙人王子乔，计会寿命难与期”二句。

★此诗系由乐府《西门行》拆零改装，较之《西门行》集中凝炼，然不如《西门行》丰满繁茂。

凛凛岁云暮[①]

凛凛岁云暮，蝼蛄夕鸣悲[②]。
凉风率已厉，游子寒无衣[③]。
锦衾遗洛浦，同袍与我违[④]。
独宿累长夜，梦想见容辉。
良人惟古欢，枉驾惠前绥[⑤]。
愿得常巧笑，携手同车归[⑥]。
既来不须臾，又不处重闱[⑦]。
亮无晨风翼，焉能凌风飞[⑧]。
眄睐以适意，引领遥相睎[⑨]。
徙倚怀感伤，垂涕沾双扉[⑩]。

①《玉台新咏》卷一古诗八首之二。

②凛凛，寒凉貌。云，助词，犹将也。蝼蛄，虫名。

③率，犹猝也，状其迅猛。已，通“以”。厉，猛烈。游子，指其远方的丈夫。

④“锦衾”二句：锦衾，锦被。洛浦，洛水之滨。传伏羲氏之女，死于洛水，称宓妃。又传宓妃曾与后羿有私情。《楚辞·天问》：“帝降夷羿，革孽夏民。胡射夫河伯，而妻彼洛嫔？”王逸注：“洛嫔，水神，谓宓妃也。”张衡《思玄赋》：“召洛浦之宓妃。”曹植《洛神赋》：“黄初三年，余朝京师，还济洛川。古人有言，斯水之神，名曰宓妃。感宋玉对楚王神女之事，遂作斯赋。”同袍，指其丈夫。由于丈夫久出不归，怀疑其或有新欢。然纯系疑虑，故遣词委婉。

⑤良人，丈夫。惟，念。古，故。古欢，犹旧欢。枉，屈。绥，挽人上车的绳索。男子亲迎时，以车绥授与新人，引她上车。《礼记·昏义》：“婿出，御

妇车，而婿授绥，御轮三周。”李善注：“良人念昔之欢爱，故枉驾而迎己，惠以前绥，欲令升车也。”此梦中见丈夫来迎，重现当年亲迎的场景。

⑥“愿得”二句：《诗·卫风·硕人》：“巧笑倩兮，美目盼兮。”又，《诗·邶风·北风》：“惠而好我，携手同归。”此二句梦中良人对她表示的情爱。

⑦须臾（xū yú），极短的时间。重闱，犹言深闺。“既来”二句，仍写梦中景象。既来不一会儿，又不肯同处闺中，原来是南柯一梦。

⑧亮，通“谅”，想到。晨风，鸟名，鹯也。梦醒之后，想到丈夫无鸷鸟羽翼，不可能凌风飞来。

⑨眄睐，眺望。睎，望也。

⑩徙倚（xǐ yǐ），徘徊。垂涕，垂泪。倚门以望，故涕沾双扉。

★此思妇诗，写思妇情思，刻画极为细腻。由岁暮风凉，想到游子无衣。游子久客不归，未免产生疑虑。思念既久，夜深乃梦见容辉，重现当年亲迎场景。然而来不须臾，又不肯同处闺中，醒来方知是梦。想到丈夫远在他乡，不可能凌风归来，因而不胜怅惘！徙倚感伤。诗随着思维逻辑，层次井然，人物的复杂心理，跃然纸上，自是思妇诗中名作。

孟冬寒气至①

孟冬寒气至，北风何惨慄②。
愁多知夜长，仰观众星列。
三五明月满，四五詹兔缺③。
客从远方来，遗我一书札④。
上言长相思，下言久离别。
置书怀袖中，三岁字不灭。
一心抱区区，惧君不识察⑤。

①《玉台新咏》卷一古诗八首之四。

②孟冬，夏历十月。至，甚也。

③三五，十五日月满。四五，二十日月缺。詹兔，詹为“蟾”之借字，《玉台新咏》即作“蟾兔”。传月中有蟾蜍和玉兔，因代指月。明月满而又缺，缺而又满，言时光流逝迅速。

④札，木简。古人书信写在木简上。“客从远方来”以下六句是回忆三年前的往事，丈夫曾托人寄来书札，使她永不忘怀。

⑤区区，区区挚爱之心。《广雅》：“区区，爱也。”

★《饮马长城窟行》云：“客从远方来，遗我双鲤鱼。呼儿烹鲤鱼，中有尺素书。长跪读素书，书中竟何如：上言加餐饭，下言长相忆。”此写正在思念之时，忽有客带来家书。《孟冬寒气至》云：“客从远方来，遗我一书札。上言长相思，下言久离别。置书怀袖中，三岁字不灭。”此回忆三年之前，丈夫曾捎回书札。两者似是同一故事，亦颇耐人寻味。

客从远方来①

客从远方来，遗我一端绮②。
相去万馀里，故人心尚尔。
文綵双鸳鸯，裁以合欢被③。
著以长相思，缘以结不解④。
以胶投漆中，谁能别离此⑤。

①《玉台新咏》卷一古诗八首之五。

②绮，有花纹的丝绢。

③合欢，一种象征和合的图案。

④著，郑玄《仪礼注》：“著，谓充之以絮也。”被中著以丝绵，“丝”与“思”谐音。著以长相思，以喻相思绵绵之意。缘，缝边。缝缘与姻缘之“缘”同字。缘以结不解，以喻姻缘固结不解。两句中用字都极其巧妙地谐音双关。

⑤胶漆相投，喻两情投合，不可分离。《后汉书·独行列传》记陈重、雷义交谊极深，乡里为之语曰：“胶漆自谓坚，不如雷与陈。”陈重雷义为顺帝时人。诗中“以胶投漆中”即使不是用陈雷歌谣中的成语，也是当时通常的比喻，知此诗之产生大致在桓灵时代。

明月何皎皎①

明月何皎皎，照我罗床帏。

忧愁不能寐，揽衣起徘徊[②]。
客行虽云乐，不如早旋归。
出户独彷徨，愁思当告谁？
引领还入房，泪下沾裳衣。

①《玉台新咏》作枚乘杂诗九首之九。
②“明月何皎皎”四句，与乐府《伤歌行》开头数句大体相同。

★此游子怀乡之作，与《孟冬寒气至》正相对。

古诗十九首多抒发个人身世之感，不管是游子思乡，抑或思妇怀人，都反映了东汉后期落魄知识分子人生失意的愤懑和忧伤。由诗中洛中、东城、上东门、郭北墓，以及洛浦等地名，可知十九首所涉地域，是以东都洛阳为中心的。

古诗内容虽与民间乐府多有联系，袭用乐府词语更比比皆是。但民间乐府形式多样，反映的内容极为广泛，而古诗内容比较狭窄，体裁基本定型。纯粹的民间乐府多用口语，古诗却用了大量的成语典故。是古诗脱胎于民间乐府而形成的一种新的诗体。

“李陵”

《文选》卷二十九录“李陵”《与苏武》诗三首。“李陵”诗除此之外，《古文苑》卷四录有八首，其中有两首只存残句。散见于《北堂书钞》《文选》注中“李陵”断句尚有五段十句。《隋书·经籍志》著录《汉骑都尉李陵集》二卷，惜书已佚。可知“李陵”诗散失甚多。——然所有“李陵”诗所涉内容与汉武帝时骑都尉李陵身世不符。颜延之《庭诰》云：“逮李陵众作，总杂不类，元是假托，非尽陵制。”刘勰《文心雕龙·明诗》篇亦云成帝时品录西汉作品，“辞人遗翰，莫见五言，所以李陵班婕妤见疑于后代”。是知六朝时即已有人怀疑“李陵”诗并非西汉李陵所作。今观所有“李陵”诗题旨内容、修辞用语，并与东汉古诗相近，而与西汉格调不同。诗歌体制，受时代制约，西汉时代，尚无如此成熟的五言古诗。西汉李陵今存别苏武歌一首，见于《汉书·苏武传》写李陵送别苏武时，歌曰：“径万里兮度沙漠，为君将兮奋匈奴。路穷绝兮矢刃摧，士众灭兮名已隤。老母已死，虽欲报恩将安归！”此真西汉李陵之作，与《文选》“李陵”诗风格绝然不类。逯钦立据《古今同姓名录》，谓后汉亦有李陵其人，非只西京李少卿也。《文选》《古文苑》等所录“李陵”诗，作者或许为后汉李陵，而决非武帝时之骑都尉李陵。

注：西汉李陵（？—前74），字少卿，陇西成纪（今甘肃静宁西南）人，名将李广之孙，武帝时为骑都尉。天汉二年，率步卒五千出击匈奴，兵败投降。昭帝元平元年死于匈奴。李陵降匈奴后，时苏武被羁留匈奴在北海牧羊，李陵曾奉单于命几度劝苏武投降，为苏武所拒绝。昭帝即位，匈奴与汉和亲，苏武得还。李陵置酒贺武，曰：“异域之人，一别长绝！”因起舞而歌，歌曰“径万里兮”云云。见《汉书·李广传》。

良时不再至[1]

良时不再至，离别在须臾。
屏营衢路侧，执手野踟蹰[2]。
仰视浮云驰，奄忽互相逾[3]。
风波一失所，各在天一隅。
长当从此别，且复立斯须[4]。
欲因晨风发，送子以贱躯[5]。

①良时不再至，与下二篇，并据《文选》卷二十九。原题《与苏武》，因实与苏武无关，故并以首句为题，同十九首例。

②屏营（bǐng yíng），叠韵联绵词，不安貌。衢路，大路。踟蹰（chí chú），驻足彷徨貌。因不忍别，故执手踟蹰。

③奄忽，迅速。逾，越过。天上白云飘忽，互相逾越，见其迅速飘移，更加激荡别离情绪。

④斯须，犹须臾，一会儿。

⑤“欲因晨风发”二句，李善注：“晨风，早风。言欲因风发而已乘之以送子也。”李说疑非。汉诗中凡写思情别意，表示愿为飞鸟以从之的诗句甚多，“晨风”皆指鸟名晨风者。《尔雅》：“晨风，鹯也。”《凛凛岁云暮》篇云：“亮无晨风翼，焉得凌风飞。”谓想你不会有晨风之翼，安能凌风飞来。此二句则谓多么想因晨风高举，亲自送君远去。《广雅·释诂》：“发，举也。”作出发讲亦通。句意与“苏武”诗“愿为双黄鹄，送子俱远飞”略同。李诗“晨风”，苏诗“黄鹄”，并系鸟名。

嘉会难再遇

嘉会难再遇，三载为千秋[1]。
临河濯长缨，念子怅悠悠[2]。
远望悲风至，对酒不能酬。
行人怀往路，何以慰我愁。

独有盈觞酒，与子结绸缪③。

①嘉会，指前此相聚的美好时光。为，如也。三载嘉会，如过千秋，极言欢聚之可贵。

②“临河”二句，李善注：“夫冠缨，仕子之所服，濯之以远游。今因远游而感逝川，故增别念也。”怅，惆怅伤怀。悠悠，忧思貌。

③绸缪（chóu móu），犹缠绵，指缠绵之情。

携手上河梁

携手上河梁，游子暮何之①。
徘徊蹊路侧，悢悢不能辞②。
行人难久留，各言长相思。
安知非日月，弦望自有时③。
努力崇明德，皓首以为期④。

①河梁，河桥。何之，何往。

②悢悢，悲伤之貌。《文选·嵇康〈与山巨源绝交书〉》：“顾此悢悢，如何可言！”李善注引《广雅》：“悢悢，悲也。”辞，说话。不能辞，因过于伤怀而不能说话。即所谓临歧无语。能，一作“得”。

③弦望，刘熙《释名》：“弦，月半之名也。其形一旁曲，一旁直，若张弓弛弦也。望，月满之名也。月大十六日，小十五日，日在东，月在西，遥相望也。”弦时日月相违，望时日月相望，喻人有时别离，有时也可能会合。“安知”二字为揣测之词，意谓现时分手，说不定后会有期。

④“努力”二句，勉励各自努力，加强修养，皓首为期，冀图后会。

烁烁三星列①

烁烁三星列，拳拳月初生②。
寒凉应节至，蟋蟀夜悲鸣。
晨风动乔木，枝叶日夜零③。
游子暮思归，塞耳不能听④。

远望正萧条，百里无人声。
豺狼鸣后园，虎豹步前庭⑤。
远处天一隅，困苦独零丁。
亲人随风散，历历如流星⑥。
三萍离不结，思心独屏营⑦。
愿得萱草枝，以解饥渴情⑧。

①烁烁三星列，据《古文苑》卷四。

②烁烁（shuò），明貌。三星，古籍称三星者有参宿三星，二十八宿中白虎七宿之一。心宿三星，二十八宿中青龙七宿的第五宿。河鼓三星，即牵牛星，属牛宿。此疑指河鼓三星。拳拳，《广韵》："奉持之貌。"此处形容月亮缓缓上升之貌。

③晨风，此处指早风。昧旦曰晨，指天将亮时。零，飘零，零落。

④暮，夜也。

⑤前庭，《古文苑》作"客庭"，此从《广文选》卷十。

⑥历历，分明貌，此处犹言一个一个。

⑦三萍，未详。或曰：三，犹散也。三萍，分散的浮萍。句意谓亲人散如浮萍。屏营，犹彷徨。

⑧萱草，传为忘忧草。《诗·卫风·伯兮》："焉得谖草，言树之背。"毛传："谖草，令人忘忧。"谖，一本作萱。解，解除。饥渴情，指忧如饥渴之情。

★《古文苑》所录"李陵"诗完篇六首，以此为最。诗写社会凋零之状，游子流宕之悲，怵目惊心。"远望正萧条，百里无人声。豺狼鸣后园，虎豹步前庭"，社会残破至此，世安得不乱，国安得不亡！"李陵"何人，笔力乃沉雄至此，仲宣公干无以过也。"李陵"残句"红尘蔽天地，白日何冥冥"，亦甚为精警，惜佚其全篇。

“苏武”

《文选》卷二十九录“苏武”诗四首，无题目，全是别诗。“苏武”诗除此之外，《古文苑》卷四尚有两首。——然诗并非苏武所作。《隋书·经籍志》只有李陵集而无苏武集；宋齐人凡称举模拟古人诗，亦只有拟李陵而无有拟苏武者；钟嵘《诗品》亦只评李陵而没有苏武；《文选》《古文苑》所传“苏武”诗，他书多有引作“李陵”诗者。如《文选》“骨肉缘枝叶”篇，《初学记》卷十八、《太平御览》卷四百八十九并作李陵赠苏武诗。《古文苑》“双凫俱北飞”篇，《白帖》卷二十九引第一句作李陵诗，《太平御览》卷四百八十九、卷九百十九并引作李陵赠苏武诗。逯钦立先生据此断定所有“苏武诗”并出《李陵集》(见《先秦汉魏晋南北朝诗》李陵录别诗释题)。其说确凿可据，可知“苏武诗”断非苏武所作。且苏武作为被赠对象亦不可能，诸书诸注谓为“赠苏武”者也全属错讹。诗著为苏武所作，始见于《文选》，或齐梁时人误以李陵为西汉李陵，由李陵又误及苏武。诗与苏武无关，所以仍标“苏武”者，为便读者辨识来源而已。

注：苏武（？—前60），字子卿，杜陵（今陕西西安东南）人。汉武帝天汉元年（前100）出使匈奴，被扣留，匈奴威胁利诱，欲其投降，武坚贞不屈，被迁至北海（今贝加尔湖）牧羊，凡十九年。昭帝即位，汉与匈奴和好，始元六年（前81）苏武得以回国。见《汉书·李广苏建传》。自汉至宋齐典籍无有称苏武为诗人者，亦无苏武诗。苏武诗四首始见于《文选》。

骨肉缘枝叶①

骨肉缘枝叶，结交亦相因②。

四海皆兄弟，谁为行路人[③]。
况我连枝树，与子同一身。
昔为鸳与鸯，今为参与辰[④]。
昔者常相近，邈若胡与秦[⑤]。
惟念当离别，恩情日以新。
鹿鸣思野草，可以喻嘉宾[⑥]。
我有一樽酒，欲以赠远人。
愿子留斟酌，叙此平生亲[⑦]。

①骨肉缘枝叶，与下三篇，并据《文选》卷二十九。此送别兄弟。

②骨肉，喻兄弟。缘，因也，犹也，如同。结交，彼此关联。因，依也。

③“四海”句，语本《论语·颜渊》：“四海之内，皆兄弟也。”

④鸳鸯，鸟名，雌雄情笃，止则相偶，飞则成双。常用以喻夫妻，此喻兄弟。参（shēn）辰，同参商，二星名。参宿为白虎七宿之一，在天寰西部。商即心宿为青龙七宿之一，在天寰东边。二星相距遥远，此出彼落，因而不得相见。

⑤邈，远隔。胡与秦，喻相去甚远。今为参与辰，邈若胡与秦，都是言今后将会如此远隔，难得相会。

⑥鹿鸣，《诗·小雅》篇名。诗云：“呦呦鹿鸣，食野之苹。我有嘉宾，鼓瑟吹笙。”

⑦斟酌，执壶注酒以供饮用。此“斟酌”一词本义。

黄鹄一远别[①]

黄鹄一远别，千里顾徘徊。
胡马失其群，思心常依依。
何况双飞龙，羽翼临当乖[②]。
幸有弦歌曲，可以喻中怀[③]。
请为游子吟，泠泠一何悲[④]。
丝竹厉清声，慷慨有馀哀[⑤]。

长歌正激烈，中心怆以摧[⑥]。
欲展清商曲，念子不能归[⑦]。
俯仰内伤心，泪下不可挥。
愿为双黄鹄，送子俱远飞。

①此送别朋友。
②双飞龙，李善注：“喻己及朋友也。”乖，违，别离。
③喻，表达。中怀，内心。
④泠泠，声音清越之貌。
⑤厉，烈，谓清烈也。此用作动词。馀哀，深哀。
⑥摧，伤也。
⑦清商曲，乐曲名，其声清越。归，回还。

结髮为夫妻[①]

结髮为夫妻，恩爱两不疑。
欢娱在今夕，燕婉及良时[②]。
征夫怀往路，起视夜何其[③]。
参辰皆已没，去去从此辞[④]。
行役在战场，相见未有期。
握手一长叹，泪为生别滋[⑤]。
努力爱春华，莫忘欢乐时。
生当复来归，死当长相思。

①此征夫别征妇之诗。结髮，古人结髮，表示成年，成年乃可结婚。李善注：“结髮，始成人也，谓男年二十，女年十五时，取笄冠为义也。”

②燕婉（yàn wǎn），欢爱。

③夜何其，夜深已到何时。其，助词。语本《诗·小雅·庭燎》“夜如何其，夜未央”。

④参辰，此代指所有的星辰。参辰皆已没，言天将晓。与“今为参与辰”句所指与用意均不同。

⑤滋，多。

烛烛晨明月[①]

烛烛晨明月，馥馥我兰芳[②]。
芬馨良夜发，随风闻我堂。
征夫怀远路，游子恋故乡[③]。
寒冬十二月，晨起践严霜。
俯观江汉流，仰视浮云翔。
良友远离别，各在天一方[④]。
山海隔中州，相去悠且长。
嘉会难两遇，欢乐殊未央[⑤]。
愿君崇令德，随时爱景光。

①此亦送朋友之诗。

②烛烛，明貌。馥馥，香貌。“我”疑当作“秋”。

③征夫、游子，指同一对象。

④江汉，长江汉水，送别之地当在今湖北境内。古诗所涉地域多在中原地区，这是唯一明涉湖北的诗句。送别之地“俯观江汉流”，亦可证诗与苏武无关。“俯观”四句，李善注：“江汉流不息，浮云去靡依，以喻良友各在一方，播迁而无所托。”

⑤未央，未尽。

“孔融”

《古文苑》卷四录“孔融”杂诗二首。其一“岩岩钟山首”，《文选》卷三十七曹植《七启》注、卷四十三孙楚《为石仲容与孙皓书》注、卷四十四陈琳《为袁绍檄豫州》注、卷五十三陆机《辨亡论》注，并引作李陵诗。逯钦立先生谓此亦出于《李陵集》。其二“远送新行客”，《文镜秘府》引或曰：“五言之作，召南行露，已有滥觞，汉武帝时屡见全什，非本李少卿也。少卿以殇子为宗，文体未备，意悲辞切，若偶中音响，十九首之流也。”逯钦立据此亦归之李陵。逯说虽持之有据，然此二诗之朴质，与李陵他诗之清隽，风格迥异，似非出自一人。颜延之不云乎，“李陵众作，总杂不类，元是假托，非尽陵制”，其或然也。

注：孔融（153—208），字文举，鲁国（今山东曲阜）人，孔子二十世孙。曾为北海相。刘备表为青州刺史，建安元年，为袁谭所攻，城陷出奔。征为将作大匠，迁少府，以忤曹操免。后复为太中大夫。秉性刚直，放言无忌惮，为曹操所恶。建安十三年诬以罪名，被害。年五十六。《后汉书》有传。孔融虽与刘桢、王粲、陈琳、阮瑀、徐干、应玚称为建安七子，然孔融较六子为长，且不受曹氏羁束。孔融也不以诗名。

远送新行客

远送新行客，岁暮乃来归。
入门望爱子，妻妾向人悲。
闻子不可见，日已潜光辉[①]。
“孤坟在西北，常念君来迟。”
褰裳上墟丘，但见蒿与薇[②]。

白骨归黄泉，肌体乘尘飞。
生时不识父，死后知我谁！
孤魂游穷暮，飘飘安所依。
人生图嗣息，尔死我念追。
俯仰内伤心，不觉泪沾衣。
人生自有命，但恨生日希③。

①日已潜光辉，以日没喻儿已死。
②褰，揭起。墟丘，坟墓。
③希，少。“人生”二句，谓人死生有命，但恨儿生之日太短。

古诗为焦仲卿妻作[①]

汉末建安中，庐江府小吏焦仲卿妻刘氏，为仲卿母所遣，自誓不嫁。其家逼之，乃没水而死。仲卿闻之，亦自缢于庭树。时人伤之，为诗云尔[②]。

孔雀东南飞，五里一徘徊。
“十三能织素，十四学裁衣，
十五弹箜篌，十六诵诗书[③]。
十七为君妇，心中常苦悲。
君既为府吏，守节情不移。
贱妾留空房，相见常日稀。
鸡鸣入机织，夜夜不得息。
三日断五匹，大人故嫌迟[④]。
非为织作迟，君家妇难为[⑤]。
妾不堪驱使，徒留无所施[⑥]。
便可白公姥，及时相遣归[⑦]。”

府吏得闻之，堂上启阿母[⑧]：
“儿以薄禄相，幸复得此妇[⑨]。
结发同枕席，黄泉共为友。
共事二三年，始尔未为久。
女行无偏斜，何意致不厚[⑩]？”
阿母谓府吏：“何乃太区区！

此妇无礼节，举动自专由[11]。
吾意久怀忿，汝岂得自由[12]！
东家有贤女，自名秦罗敷[13]。
可怜体无比，阿母为汝求。
便可速遣之，遣去慎莫留[14]！”
府吏长跪告：“伏惟启阿母[15]：
今若遣此妇，终老不复取[16]！”
阿母得闻之，搥床便大怒[17]：
“小子无所畏，何敢助妇语！
吾已失恩义，会不相从许！”

府吏默无声，再拜还入户。
举言谓新妇，哽咽不能语。
“吾自不驱卿，逼迫有阿母。
卿但暂还家，吾今且报府。
不久当归还，还必相迎取。
以此下心意，慎勿违吾语[18]。”
新妇谓府吏：“勿复重纷纭[19]！
往昔初阳岁，谢家来贵门。
奉事循公姥，进止敢自专[20]！
昼夜勤作息，伶俜萦苦辛[21]。
谓言无罪过，供养卒大恩。
仍更被驱遣，何言复来还！
妾有绣腰襦，葳蕤自生光[22]。
红罗复斗帐，四角垂香囊[23]。
箱帘六七十，绿碧青丝绳[24]。
物物各自异，种种在其中。

人贱物亦鄙，不足迎后人。
留待作遗施，于今无会因。
时时为安慰，久久莫相忘！”

鸡鸣外欲曙，新妇起严妆[25]。
著我绣裌裙，事事四五通。
足下蹑丝履，头上玳瑁光。
腰若流纨素，耳著明月珰[26]。
指如削葱根，口如含朱丹。
纤纤作细步，精妙世无双[27]。
上堂谢阿母，母听去不止[28]。
“昔作女儿时，生小出野里。
本自无教训，兼愧贵家子。
受母钱帛多，不堪母驱使。
今日还家去，念母劳家里[29]。”
却与小姑别，泪落连珠子。
“新妇初来时，小姑始扶床。
今日被驱遣，小姑如我长[30]。
勤心养公姥，好自相扶将。
初七及下九，嬉戏莫相忘[31]！”
出门登车去，涕落百馀行。

府吏马在前，新妇车在后。
隐隐何甸甸，俱会大道口[32]。
下马入车中，低头共耳语：
“誓不相隔卿，且暂还家去，
吾今且赴府。

不久当还归，誓天不相负。”
新妇谓府吏：“感君区区怀[33]。
君既若见录，不久望君来。
君当作盘石，妾当作蒲苇；
蒲苇纫如丝，盘石无转移[34]。
我有亲父兄，性行暴如雷[35]。
恐不任我意，逆以煎我怀[36]。”
举手长劳劳，二情同依依[37]。

入门上家堂，进退无颜仪。
阿母大拊掌：“不图子自归[38]！
十三教汝织，十四能裁衣，
十五弹箜篌，十六知礼仪。
十七遣汝嫁，谓言无誓违[39]。
汝今何罪过，不迎而自归？”
“兰芝惭阿母，儿实无罪过[40]！”
阿母大悲摧[41]。

还家十馀日，县令遣媒来。
云有第三郎，窈窕世无双。
年始十八九，便言多令才[42]。
阿母谓阿女：“汝可去应之。”
阿女含泪答：“兰芝初还时，
府吏见丁宁，结誓不别离。
今日违情义，恐此事非奇。
自可断来信，徐徐更谓之[43]。”
阿母白媒人：

“贫贱有此女，始适还家门。
不堪吏人妇，岂合令郎君！
幸可广问讯，不得便相许[44]。”

媒人去数日，寻遣丞请还[45]。
说有兰家女，承籍有宦官[46]。
云有第五郎，娇逸未有婚。
遣丞为媒人，主簿通语言[47]。
直说太守家，有此令郎君。
“既欲结大义，故遣来贵门[48]。”
阿母谢媒人：
“女子先有誓，老姥岂敢言[49]。”
阿兄得闻之，怅然心中烦[50]。
举言谓阿妹：“作计何不量[51]！
先嫁得府吏，后嫁得郎君；
否泰如天地，足以荣汝身[52]。
不嫁义郎体，其往欲何云[53]！”
兰芝仰头答：“理实如兄言。
谢家事夫婿，中道还兄门。
处分适兄意，那得自任专。
虽与府吏要，渠会永无缘[54]。
登即相许和，便可作婚姻！”

媒人下床去，诺诺复尔尔。
还部白府君[55]：
“下官奉使命，言谈大有缘。”
府君得闻之，心中大欢喜。

视历复开书，“便利此月内[56]，
六合正相应，良吉三十日[57]。
今已二十七，卿可去成婚[58]。”
交语速装束，络绎如浮云[59]。
青雀白鹄舫，四角龙子幡，
婀娜随风转[60]。
金车玉作轮，踯躅青骢马，
流苏金镂鞍[61]。
赍钱三百万，皆用青丝穿。
杂彩三百疋，交用市鲑珍[62]。
从人四五百，郁郁登郡门[63]。

阿母谓阿女：
“适得府君书，明日来迎汝。
何不作衣裳，莫令事不举。”
阿女默无声，手巾掩口啼[64]，
泪落便如泻。
移我琉璃榻，出置前窗下[65]。
左手持刀尺，右手执绫罗。
朝成绣裌裙，晚成单罗衫。
晻晻日欲暝，愁思出门啼[66]。
府吏闻此变，因求假暂归。
未至二三里，摧藏马悲哀[67]。
新妇识马声，蹑履相逢迎。
怅然遥相望，知是故人来。
举手拍马鞍，嗟叹使心伤。
“自君别我后，人事不可量。

果不如先愿，又非君所详。
我有亲父母，逼迫兼弟兄。
以我应他人，君还何所望[68]？”
府吏谓新妇：“贺卿得高迁！
盘石方且厚，可以卒千年[69]。
蒲苇一时纫，便作旦夕间。
卿当日胜贵，吾独向黄泉！”
新妇谓府吏：“何意出此言！
同是被逼迫，君尔妾亦然。
黄泉下相见，勿违今日言[70]！”
执手分道去，各各还家门。
生人作死别，恨恨那可论！
念与世间辞，千万不复全[71]。

府吏还家去，上堂拜阿母：
“今日大风寒，寒风摧树木，
严霜结庭兰。
儿今日冥冥，令母在后单[72]。
故作不良计，勿复怨鬼神[73]。
命如南山石，四体康且直[74]！”
阿母得闻之，零泪应声落。
“汝是大家子，仕宦于台阁[75]。
慎勿为妇死，贵贱情何薄[76]。
东家有贤女，窈窕艳城郭。
阿母为汝求，便复在旦夕。”
府吏再拜还，
长叹空房中，作计乃尔立[77]。

转头向户里，渐见愁煎迫[78]。
其日牛马嘶，新妇入青庐[79]。
晻晻黄昏后，寂寞人定初。
“我命绝今日，魂去尸长留[80]！”
揽裙脱丝履，举身赴清池。
府吏闻此事，心知长别离。
徘徊庭树下，自挂东南枝。

两家求合葬，合葬华山傍[81]。
东西植松柏，左右种梧桐。
枝枝相覆盖，叶叶相交通。
中有双飞鸟，自名为鸳鸯。
仰头相向鸣，夜夜达五更。
行人驻足听，寡妇起彷徨。
多谢后世人，戒之慎勿忘[82]！

①据《玉台新咏》卷一。《乐府诗集》卷七十三属杂曲歌辞，题为《焦仲卿妻》。文学史上常用首句称之为《孔雀东南飞》。

②建安，汉献帝年号。建安诗人，政治上已属曹魏。此篇为民间作品，故仍纳入汉诗。庐江，汉郡名，郡治在今安徽庐江县西，汉末徙今安徽潜山县。遣，驱遣，即休弃。序文为后人所加。

③素，白色丝绢。箜篌，弦乐器名。

④断，把织好的丝绢截断，从机上取下，每一截即成一疋。匹，同“疋”。大人，指焦母。冯惟讷《诗纪》注：一作“丈人”。故，特意找岔。

⑤非为，不只是。由“非为”二句，知焦母厌弃兰芝实另有更深层的原因，使兰芝感到“君家妇难为”。

⑥妾不堪驱使，不要理解我受不了阿母的驱使，而是说我不中用，不足以供阿母驱使，说的是反话。徒留无所施，白留在这儿没有用。

⑦公姥，公婆。读全诗可知，仲卿已无父，“公姥”复词偏义。从兰芝谈话可知，婆媳争吵已久。显然是焦母早有遣归兰芝的话，兰芝才叫仲卿“及时

相遣归”。这是负气的话，同时也是希望仲卿能扭转局面。

⑧“得闻之”的“得”是语气助词。得闻之，犹言一听到。启，禀告。

⑨薄禄相，薄禄的骨相，亦即没福的相。谓自己命中无福，幸得此妇已不容易。

⑩偏斜，不正当。不厚，不厚待，不喜欢。

⑪ 区区，小貌。意谓怎么如此小器，连这样一个女人也把她当回事。“无礼节”，“自专由”是焦母加给兰芝的真正罪状，不只是“织作迟”而已。焦母专横，把儿媳视为奴隶，而兰芝性刚，也不能忍受侮辱，是她们婆媳的矛盾所在。

⑫“久怀忿”，可知焦母早已决驱遣兰芝。自由，自己作主。“汝岂得自由”，说明焦母对仲卿亦甚专制，故仲卿无法改变局面。

⑬ 自名秦罗敷，自以为像秦罗敷一样。自名，自己这样看待。此句与《陌上桑》中“自名秦罗敷”词语相同，含意有别。

⑭ 便，立即就，系命令语气。留，义同《陇西行》“慎莫使稽留”的稽留，迟延之意。意谓立即遣走，慎莫迟延。

⑮ 伏惟，发语时的谦词。伏，俯伏。惟，思。此处表示特别郑重。

⑯ 取，同“娶”。

⑰ 床，坐具。

⑱ 下，安下心。

⑲ 纷纭，烦扰之意。

⑳ 循，依从。公姥，兰芝有姥无公，此复词偏义。进止，犹行动。敢自专，岂敢自专。

㉑ 作，劳作。“作息”复词偏义。伶俜，孤独貌。萦，萦绕。“奉事循公姥，进止敢自专”，即反驳焦母说她“此妇无礼节，举动自专由”。“昼夜勤作息，伶俜萦苦辛”系重申自己“鸡鸣入机织，夜夜不得息”。

㉒ 绣腰襦，绣花短袄。葳蕤，花叶繁茂之貌，此指所绣花样。

㉓ 复斗帐，形如覆斗的罗帐。

㉔ 箱帘，同“箱奁”。二句《太平御览》引作“交文象牙箧，宛转青丝绳”。交文象牙，以交文象牙作为装饰。箧，篾织箱笼。宛转青丝绳，用青丝绳回环系住。

㉕ 严妆，郑重梳妆。

㉖ 纨素，细绢。腰若流纨素，语本《登徒子好色赋》“腰如束素”。流，取其流荡飘动之意。明月珰，明月珠制的耳饰。

㉗“著我绣袂裙”以下十句，即写兰芝“严妆”，显示兰芝的美丽，也是表

现兰芝不屈服的性格。

㉘母听去不止，阿母任其离去，即毫不回心转意。此句一本作“阿母怒不止”。

㉙“昔作女儿时”以下八句，兰芝向焦母告别之语。“昔作女儿时，生小出野里。本自无教训，兼愧贵家子”，谓自己出身微贱，又无教训，同贵家子相配实在有愧。此全系反话，实深含刺意。“受母钱帛多，不堪母驱使”，揭穿了问题的部分实质。“今日还家去，念母劳家里”，态度不亢不卑，有礼有节。这段话貌似谦恭，而实尖锐。

㉚“小姑始扶床，今日被驱遣”，《乐府诗集》无此二句。注家或谓兰芝来焦家“共事二三年”，小姑即由“始扶床”长到“如我长”，她不应长得如此之快。疑此二句后人妄增。按，有此二句好，论诗不可过于拘泥。如无此二句，只作“新妇初来时，小姑如我长”语气不顺，而且提到这一点没有意义。只有将“初来时”和“今日”对比，才使她不胜感慨悲伤。

㉛初七、下九，必是当时习俗，妇女嬉游之日。兰芝向阿母告别的话，句句语含刺意，而告别小姑，勤勤恳恳，感慨伤怀。

㉜隐隐，通“轞轞”，甸甸，都是车行进之貌。

㉝区区，犹拳拳。区区怀，真心相爱的情怀。

㉞“君当作盘石”四句：盘石，大石。纫，通“韧”。兰芝希望仲卿坚如盘石，永不变易。蒲苇一喻，既表示自己有强烈的韧性，又暗示力度有限。

㉟父兄，从全诗看，兰芝已无父，此亦复词偏义。

㊱逆，违逆，指违逆兰芝的心愿。煎，折磨，使痛苦。

㊲劳劳，忧伤之貌。依依，留恋不舍之貌。

㊳拊掌，拍掌。大拊掌，既惊且急时的行动。不图，不料想。

㊴谓言，对你说。誓，谨也；谨，严也。过谨过严即为固执。无誓违，无誓无违，无固执，无违拗。

㊵“兰芝”二句，兰芝自言“兰芝惭对阿母，然儿实无罪过”。兰芝被遣，回家难以说明，故回答阿母，语极简略。

㊶悲摧，悲伤。

㊷便言，善于言辞。

㊸徐徐更谓之，慢慢再说吧。兰芝采取推延之策，期望仲卿能尽快迎她。

㊹“贫贱有此女”六句阿母回答媒人，不敢直接违抗，故亦委婉推却。

㊺寻，不久。寻遣丞请还，事后不久，县令差遣县丞请事于太守后回县。

㊻兰家女，疑当作“刘家女”或“兰芝女”。

㊼“遣丞”二句，太守遣县丞为媒人，这话由府里主簿传达。上文“说有

兰家女”以下六句，是县丞转述太守的意思，也就是主簿所通的语言（这一段叙述不够清楚顺畅）。

㊽既欲，已经决定要。结大义，指结亲。县丞来刘家说亲原委，读者自可想见，故全部省略，只点明结论：“既欲结大义，故遣来贵门。”措词似甚客气，实际不容推却。

㊾老姥，刘母自称。“岂敢言”三字，显出无可奈何之状。

㊿怅然，此处为气恼之貌。

51作计，考虑，决定主意。何不量，何不估量，亦即何以不比较府吏、郎君的高下。

52否泰，坏与好，倒霉与行时。谓先嫁得微末小吏是倒霉，后高攀太守郎君是幸运，两者好坏如天地相悬。阿兄全从势利考虑。诗中刘兄同焦母是同一类型。

53其往，犹言今后。“不嫁”二句，谓现在不嫁与太守郎君，今后该怎么说。

54要，约定。渠，他，指仲卿。

55诺诺、尔尔，应诺之辞。白，禀告。

56视历、开书，互文，查阅历书，选择吉日。便利，适宜。便利此月内，适宜的日子就在此月内，亦即下文的“良吉三十日”。

57六合，《南齐书·礼志》：“五行说十二辰为六合，月建与日辰相合也。”是月分与日子相配的择吉方式，具体算法未详。

58“便利此月内”以下五句，太守择定吉日，指示县丞去办理婚事。

59交语速装束，向各处传话赶快筹办婚事。络绎，接连不断。

60青雀白鹄舫，青雀舫，白鹄舫，都指华丽的船。船象鸟形，船头多有不同的鸟的头像，即以名船。龙子幡，画有龙的旗幡。婀娜，飘动貌。三句写水上。

61金车玉作轮，极言车的华贵。踯躅，缓步行进貌。青骢马，青白杂色的马。流苏，丝织的缨子。三句写陆行。

62赍（jī），携带。交用，原作“交广”，此据《古乐府》《诗纪》改。钱三百万，彩三百疋，交用以市山珍海味。

63郁郁，盛貌。“交语速装束”以下十四句，极写迎亲车船之盛，钱物之丰，人从之众，既表现太守家的威风气势，不可抗拒，更突出兰芝不慕富贵，不畏强暴。两者形成鲜明的对比，加浓了悲剧的气氛。

64手巾，结构同《公羊传》庄公十三年“曹子手剑而从之”、《史记·楚世家》“庄王自手旗左右麾军”之“手剑、手旗”、“手”是动词。手巾掩口啼，拿起丝帕掩口而啼。

⑥5榻，一种家具。琉璃榻，镶有琉璃的榻。将榻移置窗下是为了便于裁衣。

⑥6晻晻（yǎn），昏暗貌。暝，日落，天黑。

⑥7摧藏（cuī cáng），双声联绵词，惨伤貌。

⑥8人事不可量，人事估计不到。果不如先愿应前面“我有亲父兄，性行暴如雷。恐不任我意，逆以煎我怀”。又非君所详，回家以后县令太守先后求婚非仲卿所知。“我有”二句：诗中兰芝无父，亦无弟，“父母、兄弟”均复词偏义。“自君别我后”以下八句，兰芝向仲卿解释，情辞恳切。

⑥9方且厚，方则不易翻转，厚则沉重不易动摇。卒，尽。

⑦0“何意出此言”以下五句，兰芝说明许嫁真相，并约定共同以死殉情。

⑦1“念与世间辞”二句，想到即将辞别人世，保全已万不可能。千万不复全，不要理解为主观上千万不要再保全，而是客观上千万不可能再保全，因为情况绝无逆转的可能。

⑦2冥冥，走向黑暗，喻将死去。

⑦3“故作不良计”二句，谓造成如此后果，是阿母故作不良之计（指驱遣兰芝），因此不要埋怨鬼神。

⑦4康，健康。直，犹今言硬朗。“命如南山石”二句，仲卿以祝颂的形式表示愤慨。犹言我死后，你自己健康地活吧。仲卿忠厚，在阿母前一贯怯懦，今决定死去，故不再顾忌，措辞愤激。

⑦5台阁，指尚书台。焦钟卿不过是庐江府中小吏，焦母竟称他“仕宦于台阁”。此与过去保甲长也自命政府大员类似。

⑦6贵贱情何薄，谓你身份高贵，兰芝贫贱，贵贱之间，所谓感情，何其薄也，不值得为她殉情。焦母出身封建下层小官小吏家庭，专横狂妄，而实浅薄愚昧，竟称仲卿身为大家子，仕宦于台阁，自命高贵，卑视兰芝。诗中焦母语言，完全符合她的身份。

⑦7作计乃尔立，主意就这样决定，指决计自尽。

⑦8渐，义同《列子·力命篇》“七日大渐”之渐，遽也。大难临头，急遽地为愁所煎迫。

⑦9牛马嘶，指迎亲队伍已近。青庐，青布搭成的篷帐，当时举行婚礼的地方。

⑧0尸长留，含有你们来迎亲只能得到我尸体的意思。

⑧1华山，必为庐江郡内山名，非指西岳华山。

⑧2多谢，谨奉告。戒之，引为鉴戒。全诗长三百五十七句，仅最后两句由诗人出面说话，给读者以无限深思。

★《古诗为焦仲卿作》凡一千七百八十五字，写焦仲卿、刘兰芝爱情悲剧，缠绵哀婉，悲壮沉郁，不仅为有汉第一名作，且是中国诗史上第一故事长诗，后世作者莫之与京。谨置于本帙卷末，作为汉诗压卷。

《古诗为焦仲卿妻作》一诗，今存古籍中首见于《玉台新咏》，诗前小序谓故事与诗都出于汉末建安中，近人多有怀疑。古直《汉诗辨证》、王越《孔雀东南飞年代考》、萧涤非《汉魏六朝乐府文学史》等有所辨正。按，小序谓诗出于汉末建安中应可信实。兹综合诸家之说，参以己意，对诸多疑难，解释如下。

一、诗云“足下蹑丝履”，丝履是六朝时物，非建安所有。按，曹操《内诫令》云：“前于江陵得杂彩丝履，以与家约，当著尽此履，不得效作也。”知曹操曾蹑丝履。一九七三年长沙马王堆出土汉墓中，已发现丝履实物。是丝履不仅汉末有，早在西汉即已有之。

二、诗云“新妇入青庐”，段成式《酉阳杂俎》云：“北朝婚礼，青布幔为屋，在内门外，谓之青庐，于此交拜迎妇。”青庐既为北朝婚俗，则非建安所有。按，《酉阳杂俎》所录，原于《聘北道记》，“北朝婚礼”原作“北方婚俗”，所谓“北朝”为“北方”之误，不得谓出于北朝。《世说新语·诡谲》载：“魏武少时尝与袁绍好为游侠，观人新婚，因潜入主人园中，夜叫呼‘有偷儿贼’，青庐中人皆出观。”是汉代即有青庐婚俗甚明。

三、诗云“入门上高堂，进退无颜仪。阿母大拊掌，不图子自归”，“仪”字由歌入支，始于魏文帝，此非汉韵。按，魏文帝曹丕生于汉灵帝中平四年（187），受汉献帝禅位时三十四岁，其生活年代跨越整个建安时期，称帝七年即去世，是标准的建安时人，其诗歌用韵自然与《焦仲卿妻》相同。且蔡邕《济北崔君夫人诔》云：“世丧母仪，宗殒宪师。哀哀孝子，靡所瞻依。”“仪”字由歌入支，早在魏文之前。

四、诗云“小子无所畏”、“下官奉使命”，“小子、下官”为六朝口语，不得出于建安人口。按，“小子”一词，自《尚书》《诗经》《左传》《论语》即已多次出现。《后汉书·班超传》“小子安知壮士志哉”，此汉人用语。“下官”，亦汉代即已有之。《汉书·贾谊传》“君主斥罢软不胜任者，不谓罢软，曰下官不职”，是西汉即有此词。

五、诗云"交广市鲑珍"，交州分置广州始于吴永安七年（264），建安时尚无广州。按，元古克明《古乐府》"交广"作"交用"。逯钦立说：作"交用"是。"赍钱三百万，皆用青丝穿。杂彩三百疋，交用市鲑珍"，钱三百万，彩三百疋，都是货币，交用已购买山珍海味。后人不解杂彩亦为货币，故妄改为"交广"。逯说极是。"杂彩三百疋，交广市鲑珍"，两句文意不相联贯，作"交用市鲑珍"即文意贯通。且太守二十七日决定三十日迎亲，势不可能远至交州广州以市鲑珍。

六，序言"汉末建安中"，显系后人口气。按，序系后人所加，自用后人口气。序中明言"时人伤之，为诗云尔"，加序者已说明诗系建安当时人所作。

近孝感师专（现更名为湖北工程学院）孙续恩先生来信更提供一重要证据。孙先生说：《史记·刺客列传》"家丈人召使前击筑"，索隐引韦昭云："古者名男为丈夫，尊妇妪为丈人。故《汉书·宣元六王传》所云丈人，谓淮阳宪王外王母，即张博母也。故古诗云'三日断五疋，丈人故言迟'是也。"所引古诗，即《焦仲卿妻》。只诗句作"大人故嫌迟"。然冯惟讷《诗纪》谓"大人"一作"丈人"，《艺文类聚》卷三十二"嫌"即作"言"，与韦昭所引正同。韦昭为三国吴人，已称《焦仲卿妻》为古诗，则诗作于建安，殆无疑义。

中华传世诗选

魏诗

两汉魏晋南北朝诗卷

曹 操

曹操（155—220），字孟德，沛国谯（今安徽亳州）人。父曹嵩为桓帝宦官曹腾养子，先世社会地位不高，“莫能审其出生始末”。二十举孝廉，灵帝朝以“能明古学”任议郎，后征为都尉，迁典军校尉，参与镇压黄巾。献帝初平元年（190），关东诸侯起兵讨伐董卓，操召募五千人入讨董联军。后收编黄巾三十馀万，遂成为逐鹿中原群雄之一。后迎献帝于许昌，挟天子以令诸侯，逐一消灭北方各地军阀，官至丞相，封魏王。建安二十五年去世，年六十六。子曹丕夺取汉室皇位，尊之为魏武帝。有辑本《魏武帝集》。

曹孟德是汉魏之际杰出的政治家与军事家，好刑名法术之学，用人唯才，厉行法治，于安定中原，政绩卓著；又是建安文学领袖，“以相王之尊，雅爱诗章”（《文心雕龙·时序》），并网罗当时文士，使邺下文坛，俊才云蒸。曹操本人创作亦颇有成就。其散文简切明畅而又恣肆纵横，无所阻滞。诗作全用乐府旧题，述时事，抒怀抱，颇多悲凉之句。其佳作语言质朴，形象鲜明，气魄雄伟，感情充沛。平生戎马倥偬，南征北战，乃横槊赋诗之枭杰，非伏案苦吟之文士。前人谓其诗“如幽燕老将，气韵沉雄”（敖陶孙《诗评》），又曰“沉雄俊爽，时露霸气”（沈德潜《古诗源》），颇能道出曹诗特色。通常将曹操与建安七子等人纳入魏诗范畴，然建安为汉献帝年号，建安七子并在献帝“禅位”之前去世，且曹操之死即汉祚之终；故“建安风骨”实汉代诗歌之终结，魏晋诗歌之开端，而曹操正是结束汉音振发魏响的盟主。

薤露行[①]

唯汉廿二世，所任诚不良[②]。
沐猴而冠带，知小而谋强[③]。
犹豫不敢断，因狩执君王[④]。
白虹为贯日，己亦先受殃[⑤]。
贼臣持国柄，杀主灭宇京[⑥]。
荡覆帝基业，宗庙以燔丧[⑦]。
播越西迁移，号泣而且行[⑧]。
瞻彼洛阳郭，微子为哀伤[⑨]。

①《薤（xiè）露行》与下篇《蒿里行》，《乐府诗集》属相和歌辞相和曲。崔豹《古今注》："薤露、蒿里，并丧歌也。"薤露"言人命奄忽，如薤上之露，易晞灭也"。曹操用以写时事。行，《史记·司马相如列传》"为鼓一再行"，索隐："行者，曲也。此言'鼓一再行'，谓一两曲。"后成为乐府、古诗体裁之名。灵帝中平六年即少帝光熹元年（189），大将军何进密召董卓进京，拟除宦官。谋泄，宦官张让、段珪等杀何进。虎贲中郎将袁绍杀诸宦者，张、段乃劫少帝与陈留王走小平津。九月，董卓废少帝，立陈留王，是为献帝。初平元年（190），董卓胁献帝西迁长安，焚毁洛阳，驱京师百姓入关。操诗即纪其事。

②唯，语首助词。廿二世，《宋书·乐志》作"二十二世"，"二十"字当作"廿"。两汉自高祖刘邦至灵帝刘弘凡二十二世。所任，指何进，灵帝何皇后异母兄，中平元年为大将军。

③沐猴，猕猴。《史记·项羽本纪》：人或说项羽都于关中。项羽欲东归，曰："富贵不归故乡，如衣绣夜行，谁知之者！"说者曰："人言楚人沐猴而冠耳，果然！"知，同"智"。知小而谋强，智力小而谋划大事。《易·系辞下》："知小而谋大，力小而任重，鲜不及矣。"

④犹豫，迟疑不决。狩，天子出巡。少帝实被胁迫，讳言之耳。执君王，指张让、段珪挟少帝走小平津。

⑤白虹为贯日，古人以白虹贯日主有大凶。己亦先受殃，指何进被张让、段珪杀害。

⑥贼臣，指董卓。中平六年（189）九月，董卓杀何太后，自为太尉。十一

月又自为相国。杀主，指初平元年董卓杀少帝。灭宇京，指焚毁京师洛阳。

⑦荡覆，荡平颠覆。燔（fán）丧，焚毁消灭。

⑧播越，迁徙。初平元年（190）二月，董卓胁献帝西迁长安。

⑨微子，商纣王之兄。《尚书大传》载商亡之后，微子过殷故墟，见宫室毁坏，都生禾黍，伤而作《麦秀之歌》(《史记》谓为箕子所作）。诗中作者自喻。

蒿里行①

关东有义士，兴兵讨群凶②。
初期会盟津，乃心在咸阳③。
军合力不齐，踌躇而雁行④。
势利使人争，嗣还自相戕⑤。
淮南弟称号，刻玺于北方⑥。
铠甲生虮虱，万姓以死亡⑦。
白骨露于野，千里无鸡鸣。
生民百遗一，念之断人肠！

①蒿里，郭茂倩注："蒿里，山名，在泰山南。"谓人死魂魄归于蒿里。按，蒿里即荒凉之里，并非山名。献帝初平元年（190）春，关东州郡起兵讨伐董卓，推渤海太守袁绍为盟主。董卓挟献帝西迁长安，盟军各怀异心，观望不前，旋又自相火并，为汉末大混战之始。曹操以薤露哀君国，蒿里伤臣民。

②关东，函谷关以东。义士，指讨董盟军。群凶，指董卓集团。

③初期，本来期望。盟津，孟津，今河南孟津县东北，孟县西南。当时盟军曾驻于此。孟津系周武王伐纣盟会诸侯之地。《尚书·泰誓》："惟十有三年春，大会于孟津。"此句既系纪实，又是用典。咸阳，秦故都，在今陕西咸阳市东。此代指长安。

④踌躇，犹豫不前。雁行，如雁列阵成行。踌躇而雁行，即雁行而踌躇，谓诸侯军各列行阵，然踌躇不前。《三国志·武帝纪》："卓兵强，绍等莫敢先进。""诸军兵十馀万，日置酒高会，不图进取。"

⑤"势利"二句，谓关东诸军争势夺利，自相残杀。嗣还（xuán），随后不久。戕（qiāng），残杀。

⑥淮南弟称号，指建安二年（197）袁术在寿春称帝。淮南，今安徽寿县。淮南弟，旧注谓袁术为袁绍从弟。然诗中称之，实属不伦。弟之为言但也，乃也。弟称号，犹乃称号。刻玺于北方，指初平二年（191）袁绍谋废献帝，立幽州牧刘虞。《三国志·武帝纪》裴松之注引《献帝起居注》："公上言：'大将军邺侯袁绍，前与冀州牧韩馥，立故大司马刘虞，刻作金玺。'"玺，皇帝印。二句谓或刻玺于北方，或称帝于淮南。

⑦铠甲，战士护身铁甲。虮，虱卵。

★建安诗颇能反映时代面貌，而以曹操《薤露》《蒿里》为最。钟惺《古诗归》称之为"汉末实录，真诗史也"，可谓定评。

短歌行[①]

对酒当歌，人生几何[②]！譬如朝露，去日苦多。
慨当以慷，忧思难忘[③]。何以解忧，惟有杜康[④]。
青青子衿，悠悠我心[⑤]。但为君故，沉吟至今。
呦呦鹿鸣，食野之苹。我有嘉宾，鼓瑟吹笙[⑥]。
明明如月，何时可掇？忧从中来，不可断绝[⑦]。
越陌度阡，枉用相存。契阔谈讌，心念旧恩[⑧]。
月明星稀，乌鹊南飞。绕树三匝，何枝可依[⑨]？
山不厌高，水不厌深；周公吐哺，天下归心[⑩]。

①《短歌行》，《乐府诗集》属相和歌辞平调曲。

②"对酒"与"当歌"并列，当，犹对也。张正见《对酒》诗"当歌对玉酒"义同。

③慨当以慷，犹当慨而慷。拆用"慷慨"，又为叶韵而倒置。凡感情激烈都可谓之慷慨。

④杜康，传为酒之发明者，此代指酒。

⑤衿，衣领。青衿，传为周代学子服装。《诗·郑风·青衿》："青青子衿，悠悠我心。纵我不往，子宁不嗣音。"此用其成句，以"青青子衿"代指贤才。悠悠，长貌。四句写思念贤才。

⑥"呦呦鹿鸣"四句全用《诗·小雅·鹿鸣》首章成句。呦呦，鹿鸣声。

苹，草名。以鹿鸣相呼起兴。嘉宾，指贤才。四句谓贤才欲来则热烈接待。

⑦掇，摘取。“明明如月”四句，明月以喻贤才。月不可摘取，喻贤才极不易得。故忧从中来，不可断绝。

⑧陌、阡，均田间小路，南北曰阡，东西曰陌。枉，屈驾。用，以。存，访问。契阔（契，苦结切；阔，苦括切），词出《诗·邶风·击鼓》“死生契阔”，《韩诗》解作“约束”；诗中用作聚会之意。契阔谈讌，犹相聚谈讌。讌，同“宴”。恩，情。

⑨匝（zā），周。“月明星稀”四句，写景兼有寓意，喻乱世贤才需有所依托。

⑩“山不厌高”四句：厌，满足。语本《管子·形势解》：“海不辞水，故能成其大；山不辞土石，故能成其高；明主不厌人，故能成其众。”周公吐哺，《韩诗外传》卷三第三十一章载周公曰：“吾文王之子，武王之弟，成王之叔父也，又相天下，吾于天下亦不轻矣。然一沐三握髮，一饭三吐哺，犹恐失天下之士。”哺，咀嚼之食物。吐哺，食物在口中咀嚼，有贤者来，来不及吞咽，吐其哺而接待之。极言爱贤重士之意。周公，曹操引以自喻。

★曹操《短歌行》，叹人生短促，亟欲建功立业，故思贤若渴。而又居高临下，以周公自命，自信天下可以归心，写出枭雄本色。遣词造句亦得心应手，或直用成句，或自铸伟词，信手拈来而自然奏拍，诗中即的然有一曹操。

苦寒行[①]

北上太行山，艰哉何巍巍[②]！
羊肠坂诘屈，车轮为之摧[③]。
树木何萧瑟，北风声正悲[④]。
熊罴对我蹲，虎豹夹路啼。
谿谷少人民，雪落何霏霏！
延颈长叹息，远行多所怀。
我心何怫郁，思欲一东归[⑤]。
水深桥梁绝，中路正徘徊。

迷惑失故路，薄暮无宿栖。
行行日已远，人马同时饥。
担囊行取薪，斧冰持作糜[6]。
悲彼东山诗，悠悠使我哀[7]。

①《苦寒行》,《乐府诗集》属相和歌辞清调曲。郭茂倩引《乐府解题》:“晋乐奏魏武帝北上篇，备言冰雪谿谷之苦。其后或谓之‘北上行’，盖因武帝辞而拟之也。”《三国志・武帝纪》:“初，袁绍以甥高干领并州牧。公之拔邺，干降，遂以为刺史。干闻公讨乌丸，乃以州叛，执上党太守，举兵守壶关口。遣乐进、李典击之。干还守壶关城。(建安)十一年春正月，公征干。”“围壶关，三月拔之。”诗当作于此行。

②太行山，斜亘于山西高原与河北平原间，东北西南走向，北起拒马河谷，南至晋豫边界黄河沿岸，西缓东陡。受河流切割，多横谷，为东西交通孔道。何，古诗中此类形容词之前“何”字皆助词，无实义，但含有咨嗟语气。巍巍，高峻貌。

③羊肠坂，太行山坂道，盘曲如羊肠，故名。坂，斜坡。诘屈，盘旋纡曲。

④萧瑟，风声。

⑤怫郁(fú yù)，郁闷气愤。一，即。

⑥斧，砍。糜，粥。

⑦《东山》,《诗・豳风》篇名，写士卒于归途思念家人。诗序:“《东山》，周公东征也。周公东征，三年而归，劳归士。大夫美之，故作是诗也。”悠悠，深长貌。

却东西门行[1]

鸿雁出塞北，乃在无人乡。
举翅万馀里，行止自成行。
冬节食南稻，春日复北翔。
田中有转蓬，随风远飘扬[2]。
长与故根绝，万岁不相当[3]。
奈何此征夫，安得去四方[4]！

戎马不解鞍，铠甲不离旁。
冉冉老将至，何时返故乡[⑤]！
神龙藏深渊，猛虎步高冈[⑥]；
狐死归首丘，故乡安可忘[⑦]！

①《却东西门行》，《乐府诗集》属相和歌辞瑟调曲。乐府有《东门行》《西门行》。余冠英谓东西门疑合上述两种曲调，故名。曹操作为《却东西门行》，陆机有《顺东西门行》，却与顺正相反，当为音乐术语（《三曹诗选》）。

②蓬，草木植物，菊科，茎高尺许，叶颇似柳叶，秋日开黄花。秋后常被风连根拔起，四处飘转，故称转蓬。

③相当，相遇。“鸿雁”六句，写鸿雁终能北返。“田中”四句，写转蓬长离本根。从正反两面衬托征人久戍不归。

④去，《广雅·释诂》：“行也。”安得去四方，即安能总是奔走四方，反诘之辞。

⑤冉冉，渐进之貌。

⑥渊，原作“泉”，唐人避高祖李渊讳改，应作“渊”。虎，原作“兽”，唐人避太祖李虎讳改，应作“虎”。

⑦狐死归首丘，《楚辞·哀郢》：“鸟飞返故乡兮，狐死必首丘。”首，始也，本也。首丘，犹故丘。龙藏深渊，虎步高冈，狐死首丘，均不忘故处之意。

观沧海[①]

东临碣石，以观沧海[②]。水何澹澹，山岛竦峙[③]。
树木丛生，百草丰茂。秋风萧瑟，洪波涌起。
日月之行，若出其中；星汉灿烂，若出其里[④]。
幸甚至哉，歌以咏志[⑤]。

①《观沧海》与《龟虽寿》，为《步出夏门行》中两解，皆可独立成篇。《步出夏门行》，《乐府诗集》属相和歌辞瑟调曲，建安十二年（207）曹操北征乌丸，七月出卢龙塞，东临碣石。

②碣石，山名，在今河北昌黎县。沧海，指渤海。

③澹澹，水波动荡貌。

④星汉，天河。灿烂，光明貌。

⑤“幸甚至哉”二句，合乐时所加，与正文内容无涉。

★《观沧海》为中国第一篇歌咏自然风光名作，自亦第一篇咏海名作。中国诗史上歌咏山水之诗甚多，而咏海之作甚少。间或有之，亦多慨沧海之无穷，叹自身之渺小，且多以瀛洲仙岛之类凑合其间。魏武此篇，纯用白描，而气势磅礴，写出大海之壮观，亦表现诗人胸怀之博大；似随手拈来，竟毫不费力。

龟虽寿

神龟虽寿，犹有竟时[①]；腾蛇乘雾，终为土灰[②]。
老骥伏枥，志在千里；烈士暮年，壮心不已[③]。
盈缩之期，不但在天；养怡之福，可得永年[④]。
幸甚至哉，歌以咏志！

①神龟，《庄子·秋水》：“楚有神龟，死已三千岁矣。”竟时，终极之时。

②腾蛇，传说中神蛇。《荀子·劝学篇》：“腾蛇无足而飞。”《韩非子·难势》：“飞龙乘云，腾蛇游雾。”

③老骥，集作“骥老”，此从《晋书·王敦传》与《乐府诗集》。骥，骏马。枥，马棚。烈士，壮烈有大志之士。

④盈缩，犹长短。盈缩之期，寿命长短。养怡，保养怡和。永年，长寿。

★《晋书·王敦传》：王敦“每酒后辄咏魏武帝乐府歌曰：‘老骥伏枥，志在千里；烈士暮年，壮心不已！’以如意打唾壶为节，壶边尽缺”。此四句表现出诗人老当益壮的豪情，自是千秋名句。

阮瑀

阮瑀（？—212）字元瑜，陈留尉氏（今河南尉氏）人，建安七子之一，为曹操司空军谋祭酒，管记室。建安十七年卒。曹丕称“友人阮元瑜早亡”，死时当甚年轻，其子阮籍方两岁。

驾出北郭门行[①]

驾出北郭门，马樊不肯驰[②]。
下车步踟蹰，仰折枯杨枝[③]。
顾闻丘林中，噭噭有悲啼[④]。
借问啼者出，“何为乃如斯？”
“亲母舍我殁，后母憎孤儿。
饥寒无衣食，举动鞭捶施。
骨消肌肉尽，体若枯树皮。
藏我空室中，父还不能知。
上冢察故处，存亡永别离。
亲母何可见！泪下声正嘶。
弃我于此间，穷厄岂有赀[⑤]？”
传告后代人，以此为明规[⑥]。

①驾出北郭门行，《乐府诗集》属杂曲歌辞，此以首句为题。
②驾，驾车。樊，马滞留不行。
③踟蹰，来回走动。
④噭噭，哭声。

⑤赀，同“訾”，限也。穷厄岂有赀，言穷厄岂有尽期。

⑥规，鉴戒。

七 哀[①]

丁年难再遇，富贵不重来[②]。
良时忽一过，身体为土灰[③]。
冥冥九泉室，漫漫长夜台[④]。
身尽气力索。精魂靡所能[⑤]。
佳肴设不御，旨酒盈觞杯[⑥]。
出圹望故乡，但见蒿与莱[⑦]。

①七哀，吴兢《乐府古题要解》：“七哀起于汉末。”阮瑀而外，王粲、曹植、张载并有《七哀》诗。诗题当由汉代“七”体演化而来。揣其原始，当由七首组成，今均不全。本篇见《艺文类聚》三十四，系残篇。

②丁年，壮年。

③良时，美好的时光，此实指生命之时。身体为土灰，谓身死化为尘土。

④冥冥，幽暗貌。漫漫，悠长貌。九泉室、长夜台，并指坟墓。

⑤索，尽。精魂，灵魂。靡，无。二句谓，人死之后，身体不存在，灵魂也无所能。能，《广文选》作“廻”，则句意谓灵魂也不再回还。

⑥不御，不进，不使用。旨酒，美酒。二句谓人死了，即使设有佳肴也不再享用，美酒也仍在酒杯里。

⑦圹，墓穴。蒿与莱，皆野草。二句谓灵魂从墓穴出来一望，但见遍地都是野草。

★诗人感叹人生短促，“丁年难再遇，富贵不重来”；进入坟墓，则一切皆了。作者本心是叫人珍惜生命，但表现得相当灰暗。诗系残篇，或未尽全篇旨意。

杂 诗[①]

临川多悲风，秋日苦清凉[②]。

客子易为戚，感此用哀伤[③]。
揽衣起踯躅，上观心与房[④]。
三星守故次，明月未收光[⑤]。
鸡鸣当何时，朝晨尚未央[⑥]。
还坐长叹息，忧忧安可忘！

①本篇《艺文类聚》三十四亦作“七哀”，此从《诗纪》，作“杂诗”。

②秋日，全诗皆写秋夜，此句似也应作“秋夜”。

③客子，流浪在外的人。

④踯躅（zhí zhú），徘徊踱步。心与房，二星名，并在东方。

⑤三星，《诗·唐风·绸缪》：“绸缪束薪，三星在天。”毛传三星指参星，郑玄谓指心宿三星。次，位置。二句谓三星仍守着原来的位置，明月也没有落下。

⑥未央，未尽，此处谓远没有到时候。

★本诗也是残篇，但内容相对完整。愁人夜长，“三星守故次，明月未收光”，恍惚时光都没有动。那种盼望天明的心理，表现得相当真切。

王　粲

王粲（177—217），字仲宣，山阳高平（今山东邹城西南）人。建安七子之一。曾祖王龚，汉顺帝时为太尉。祖王畅，汉灵帝时为司空。粲幼有才名，为蔡邕所称许。邕尝宴客，闻粲至，倒屣迎之。客见其年幼短小，一座尽惊。邕曰："此王公孙也，有异才，吾不如也。"随汉献帝西迁长安，遭董卓之乱，避乱荆州依刘表十五年。曹操南征，粲劝刘琮投降，曹操辟为丞相掾，赐爵关内侯；迁军谋祭酒，进侍中。建安二十一年（216），从征东吴，明年病卒于道，年四十一。王粲为贵介公子，遭乱流离，诗赋多悲凉慷慨，刘勰誉为"七子之冠冕"，与曹植并称"曹王"。方东树称其《七哀》诗"苍凉悲慨，才力豪健，陈思而下，一人而已"（《昭昧詹言》）。有辑本《王粲集》。

七哀三首①

西京乱无象

西京乱无象，豺虎方遘患②。
复弃中国去，远身适荆蛮③。
亲戚对我悲，朋友相追攀。
出门无所见，白骨蔽平原。
路有饥妇人，抱子弃草间。
顾闻号泣声，挥涕独不还。
"未知身死处，何能两相完！"

驱马弃之去，不忍听此言。
南登霸陵岸，回首望长安④。
悟彼《下泉》人，喟然伤心肝⑤！

①王粲《七哀》三首，非同时之作。初平元年（190）春，关东州郡联兵讨伐董卓，董卓挟献帝西迁长安。初平三年（192）王允等杀董卓，卓部曲将李傕、郭汜、樊稠、张济作乱，攻陷长安。王粲乃离长安赴荆州避乱。“西京乱无象”一首即离京后作，时王粲十六岁。

②西京，即长安。乱无象，指国家混乱无道。语本《左传》襄公九年：“国乱无象，不可知也。”豺虎，指李傕、郭汜等。遘患，造成灾祸。

③中国，指中原地区。适，往。荆蛮，指荆州。荆州牧刘表为王粲祖父王畅学生，故王粲前往依附。

④霸陵，汉文帝陵墓，在今陕西长安县东。岸，高地。

⑤悟，领悟。《下泉》，《诗·曹风》篇名。诗序谓“《下泉》，思治也。曹人疾共公侵刻，下民不得其所，忧而思明王贤伯也”。诗首章云：“冽彼下泉，浸彼苞稂。忾我寤叹，念彼周京。”悟彼《下泉》人，谓见丧乱惨象，领悟到《下泉》作者之意。喟（kuì）然，叹息貌。

荆蛮非我乡①

荆蛮非我乡，何为久滞淫②！
方舟溯大江，日暮愁我心③。
山冈有馀映，岩阿增重阴④。
狐狸驰赴穴，飞鸟翔故林。
流波激清响，猴猿临岸吟。
迅风拂裳袂，白露沾衣襟。
独夜不能寐，摄衣起抚琴⑤。
丝桐感人情，为我发悲音⑥。
羁旅无终极，忧思壮难任⑦。

①此留滞荆州思乡之作，与《登楼赋》作意相同。

②滞淫，犹淹留。
③方舟，并舟。溯，逆江而上。
④馀映，馀光。岩阿，山岩曲处。
⑤摄，整理。
⑥丝桐，即琴，桐木为琴，丝绳为弦。
⑦羁旅，羁栖客旅。终极，尽头。壮，盛，很。难任，难以禁受。

边城使心悲[①]

边城使心悲，昔吾亲更之[②]。
冰雪截肌肤，风飘无止期。
百里不见人，草木谁当迟[③]？
登城望亭燧，翩翩飞戍旗[④]。
行者不顾返，出门与家辞。
子弟多俘虏，哭泣无已时。
天下尽乐土，何为久留兹[⑤]？
蓼虫不知辛，去来勿与谘[⑥]。

①此首写边城生活。
②更，经历。
③迟，治。
④亭燧，边境烽火亭，有警则举火为号。翩翩，翻飞飘动之貌。
⑤兹，此，指边境。
⑥蓼，草本植物，味辛辣，又名辣蓼。蓼虫，蓼上之虫。因习食辣蓼，故不知辛。《楚辞·七谏》："蓼虫不知徙乎葵菜。"喻边地人民，习其寒苦，故可久留不去。去来，离去，来字助词无义。

★本诗状边城风物，颇为真切。然仲宣贵介公子，似不理解留守边地何等重要，亦不知边地人民何等苦辛，竟称之为"蓼虫不知辛"，自属荒谬。

从军行[①]

悠悠涉荒路，靡靡我心愁[②]。
四望无烟火，但见林与丘。
城郭生榛棘，蹊径无所由[③]。
萑蒲竟广泽，葭苇夹长流[④]。
日夕凉风发，翩翩漂吾舟。
寒蝉在树鸣，鹳鹄摩天游[⑤]。
客子多悲伤，泪下不可收。
朝入谯郡界，旷然消人忧[⑥]。
鸡鸣达四境，黍稷盈原畴。
馆宅充廛里，女士满庄馗[⑦]。
自非贤圣国，谁能享斯休[⑧]。
诗人美乐土，虽客犹愿留[⑨]。

①《从军行》，《乐府诗集》属相和歌辞平调曲。郭茂倩引《乐府解题》：“从军行，皆军旅辛苦之辞。”王粲从军行五首，前四首写跟随曹操出征情事，歌颂曹操之神武。此第五首，前半写旅途忧思，后半写谯郡安乐，亦歌颂曹操之作。

②悠悠，远貌。靡靡，忧貌。

③榛棘，丛树荆棘。

④萑（huán），芦类植物，嫩苗曰萑，长成曰蒹（《文选》作藿，影宋本《艺文类聚》作萑，从之）。蒲，水生植物，可以制席。竟，尽，谓长满。葭苇，草木植物，即芦苇。古以初生曰葭，未秀曰芦，长成曰苇。

⑤鹳，鸟名，大型涉禽。鹄，鸟名，即天鹅。

⑥谯郡，今安徽亳州，曹操家乡。旷然，开朗貌。

⑦廛里，居民住地。女士，女与男。一作“士女”。庄馗，道路。馗（kuí），五臣本《文选》作“馗”，音义并同。（“馗”字古籍中仅见于此，似应读逎 qiú，姑存疑。）

⑧休，美，乐。贤圣，一作“圣贤”。

⑨乐土，《诗·魏风·硕鼠》：“逝将去女，适彼乐土。”郑玄笺：“乐土，有德之国也。”

★诗分前后两段，内容情调都不同。单有前段，即写至“泪下不可收”断，不失为佳作。

建安七年曹操军于谯，令曰：“吾起义兵，为天下除暴乱。旧土人民，死丧略尽，国中终日行，不见所识，使吾凄怆伤怀。其举义兵以来，将士绝无后者，求其亲戚以后之，授土田，官给耕牛，置学师以教之。”至王粲作此诗时，谯郡已“鸡鸣达四境，黍稷盈原畴。馆宅充廛里，女士满庄馗”。“政策兑现”，恢复之速，颇为可观。

陈 琳

陈琳（？—217），字孔璋，广陵射阳（今江苏宝应东北）人。初为何进主簿，因反对何进召外官入京，亡奔冀州依袁绍。尝为袁绍作檄讨曹操，甚为有名。及袁绍败，归曹操。操问："卿昔为本初移书，但可罪状孤而已，恶恶止其身，何乃上及父祖邪？"琳谢罪曰："箭在弦上，不得不发。"操以为军谋祭酒，管记室，徙门下督。建安二十二年，京师大疫，陈琳与徐干、应玚、刘桢同时病逝。建安七子至此无一存者。陈琳存诗仅四首。

饮马长城窟行[①]

饮马长城窟，水寒伤马骨。
往谓长城吏："慎莫稽留太原卒[②]！"
"官作自有程，举筑谐汝声[③]！"
"男儿宁当格斗死，何能怫郁筑长城[④]！"
长城何连连，连连三千里。
边城多健少，内舍多寡妇[⑤]。
作书与内舍："便嫁莫留住！
善事新姑嫜，时时念我故夫子[⑥]！"
报书往边地："君今出语一何鄙[⑦]！"
"身在祸难中，何为稽留他家子？
生男慎勿举，生女哺用脯。
君独不见长城下，死人骸骨相撑拄[⑧]！"

“结髮行事君，慊慊心意关。
明知边地苦，贱妾何能久自全⑨！”

①《饮马长城窟行》，《乐府诗集》属相和歌辞瑟调曲。陈琳此篇写筑长城者之苦。《水经·河水注》引杨泉《物理论》：“秦始皇使蒙恬筑长城，死者相属。民歌曰：‘生男慎勿举，生女哺用脯，不见长城下，尸骸相撑拄！’”陈琳全用于诗中，或全诗本由民歌改作。

②往谓长城吏，主语为筑城卒。“慎莫”句为筑城卒恳求长城吏语。乞求及时放归，莫要稽留。

③程，规定期限。筑，杵。“官作”二句为筑城吏向求者呵斥。

④“男儿”二句，筑城卒愤语。

⑤寡妇，戍卒之妻。丈夫远戍，长期独居，故亦称寡妇。

⑥“便嫁”三句，筑城卒与妻书中语。姑嫜，公婆。故夫子，原丈夫。

⑦鄙，浅薄。一何，古诗中“一何”为程度副词，含有咨嗟语气，犹言“多么”。

⑧身在祸难中，指长期修筑长城。他家子，他家女儿，指其妻。举，指抚养。脯，肉干。

⑨“结髮”四句，妻复答。结髮，古时男年二十束发而冠，女年十五取笄结髮，以示成年。慊慊，关切之貌。关，牵挂。

★为千古长城修筑者留一血泪记录，应刻上长城，与长城永垂不朽。此诗同时又是爱情诗。丈夫身在祸难中，不愿妻子为自己贻误终身。妻子怜惜丈夫边地受苦，不肯自身独全。没有缠绵的词语，没有婉恋的倾诉，却表现了坚贞不渝的爱情。

刘　桢

刘桢（？—217），字公干，东平（今山东宁阳北）人，为曹操丞相掾属。建安七子之一。七子中唯桢以诗见称。曹丕谓桢“其五言诗之善者，妙绝时人”。与曹植并称“曹刘”。钟嵘谓“曹刘殆文章之圣”。《诗品》云：“桢诗其源出于古诗，仗气爱奇，动多振绝，真骨凌霜，高风跨俗。但气过其文，雕润恨少。然自陈思以下，桢称独步。”建安二十二年病卒。存诗仅十五首。

赠从弟二首①

亭亭山上松

亭亭山上松，瑟瑟谷中风②。
风声一何盛，松枝一何劲！
冰霜正惨悽，终岁常端正。
岂不罹凝寒，松柏有本性③。

①从（zòng）弟，堂弟。

②亭亭，耸立貌。

③罹，遭受。凝寒，严寒。松，前只言松，后言松柏，连类而及；诗只咏松，非咏松柏。

凤凰集南岳

凤凰集南岳，徘徊孤竹根①。

于心有不厌，奋翅凌紫氛[②]。
岂不常勤苦，羞与黄雀群。
何时当来仪，将须圣明君[③]。

①凤凰，传说中神鸟。《山海经·南山经》："丹穴之山有鸟焉，其状如鹤，五采而文，名曰凤。"集，栖。岳，高山。孤，特也。孤竹，犹言高竹，茂竹。《诗·大雅·卷阿》郑玄笺："凤凰之性，非梧桐不栖，非竹实不食。"

②不厌，不满足，言不满足于凡俗。奋翅，振翅高飞。凌，上。紫氛，谓天空。

③仪，来归。《书·益稷》："凤凰来仪。"须，待。《论语·子罕》孔氏注："圣人出，则凤凰至。"

★注家多谓刘桢《赠从弟诗》，以松柏凤凰喻其从弟，言其本性坚贞，志向远大。非是。诗盖以松之劲挺，凤之高洁，立为典范，谓为人当如此。为勉励之辞，非赞誉之意。作勉励语，旨意深厚，若用为赞誉，则颇近谀媚。

徐 干

徐干（171—217），字伟长，北海（今山东潍坊西南）人。建安七子之一。有《中论》二卷，为当时所推重。建安二十二（217）年病卒。诗仅存四首。

室 思[1]

沉阴结愁忧，愁忧为谁兴？
念与君相别，各在天一方。
良会未有期，中心摧且伤。
不聊忧餐食，慊慊常饥空[2]。
端坐而无为，仿佛君容光[3]。

峨峨高山首，悠悠万里道。
君去日已远，郁结令人老。
人生一世间，忽若暮春草。
时不可再得，何为自愁恼！
每诵昔鸿恩，贱躯焉足保[4]！

浮云何洋洋，愿因通我词[5]。
飘飖不可寄，徙倚徒相思[6]。
人离皆复会，君独无返期。
自君之出矣，明镜暗不治。

思君如流水，何有穷已时！

惨惨时节尽，兰叶凋复零。
喟然长叹息，君期慰我情[7]？
展转不能寐，长夜何绵绵[8]。
蹑履起出户，仰观三星连[9]。
自恨志不遂，泣涕如涌泉[10]。

思君见巾栉，以益我劳勤[11]。
安得鸿鸾羽，觏此心中人[12]。
诚心亮不遂，搔首立悁悁[13]。
何言一不见，复会无因缘。
故如比目鱼，今隔如参辰[14]。

人靡不有初，想君能终之[15]。
别来历年岁，旧恩何可期？
重新而忘故，君子所尤讥。
寄身虽在远，岂忘君须臾[16]。
既厚不为薄，想君时见思[17]。

①室思，犹闺情。

②聊，且略之词。不聊，犹且不。慊慊，空虚不满足之貌。

③仿佛，犹想象。

④诵，念。鸿恩，深厚情意。

⑤洋洋，广远盛大貌。《楚辞·思美人》“愿寄言于浮云兮”，为“浮云”二句所本。

⑥徙倚，徘徊留连貌。徒，空。

⑦期，通“其”。

⑧展转，翻转不安。

⑨三星，指参宿。《诗·唐风·绸缪》："绸缪束薪，三星在天。今夕何夕，见此良人？"此乐新婚之诗，故联想及之。

⑩ 遂，达。

⑪ 巾栉，手巾与梳，洗沐用品。益，增加。劳勤，忧思。

⑫ 觏，见。

⑬ 亮，通"谅"，料想。悁悁（juān），忧貌。

⑭ 故，往日。比目鱼，鱼名，即鲽。比，并。古人以为比目鱼只一目，需雌雄相并始能游行，故常用以喻夫妇和合。参辰，二星名。辰指商星。参在西，商在东，此出彼没，永不相见。古诗："昔为鸳与鸯，今为参与辰。"

⑮ 靡，莫。《诗·大雅·荡》："靡不有初，鲜克有终。"谓人之为善，莫不有开始而少有终者。诗用其语，希望所爱能不忘故旧，始终如一。

⑯ 寄身，《韵补》作"妾身"。须臾，片刻。

⑰ 想，希望。

应 场

应场（？—217），字德琏，汝南（今河南项城西）人。建安七子之一。曹操辟为丞相掾，转平原侯庶子，后又为五官中郎将文学。建安二十二年（217）病卒。存诗六首。

别诗二首

朝云浮四海

朝云浮四海，日暮归故山①。
行役怀旧土，悲思不能言。
悠悠涉千里，未知何时旋！

①“朝云”二句：北方天气，日夜温差甚大。早上太阳出来，高山上积雪蒸发，成为云雾，浮上天空；夜间寒冷，云气又凝聚山头。二句写的即这种景象。但“浮四海”是夸大之词。

浩浩长河水

浩浩长河水，九折东北流。
晨夜赴沧海，海流亦何抽①？
远适万里道，归来未有由②。
临河累太息，五内怀伤忧③。

①海流，海水。抽，去。海流亦何抽，与《楚辞·天问》“东流不溢，熟

知其故”略同。

②由，犹机会。

③五内，五脏，内心。

★《别诗》二首，均录自《艺文类聚》二十九。语言流畅，旨意深沉，但都系断句，非是全篇，极为可惜。

蔡琰

蔡琰，字文姬，陈留圉（今河南杞县西南）人。汉末学者蔡邕之女。《后汉书·董祀妻传》谓文姬博学有才辩，又妙于音律。适河东卫仲道，夫亡无子，归宁于家。兴平中（195）天下丧乱，被胡兵虏掠，“没于南匈奴左贤王”。身陷匈奴十二年，生二子。曹操遣使以金璧赎归，重嫁同郡董祀。后董祀为屯田都尉，犯法当死。文姬哀请曹操原宥，得到赦免。曹操询问文姬家藏典籍，文姬曰：“昔亡父赐书四千许卷，流离涂炭，罔有存者，今所诵忆，裁四百馀篇耳。”曹操要派书吏跟随书写，文姬辞谢，只乞给纸笔，凭记忆缮写进呈，文无遗误。

悲愤诗①

汉季失权柄，董卓乱天常②。
志欲图篡弑，先害诸贤良③。
逼迫迁旧邦，拥主以自强④。
海内兴义师，欲共讨不祥⑤。
卓众来东下，金甲耀日光⑥。
平土人脆弱，来兵皆胡羌⑦。
猎野围城邑，所向悉破亡。
斩截无孑遗，尸骸相撑拒⑧。
马边悬人头，马后载妇女。
长驱西入关，迥路险且阻⑨。

还顾邈冥冥，肝脾为烂腐[10]。
所略有万计，不得令屯聚。
或有骨肉俱，欲言不敢语。
失意幾微间，辄言“毙降虏[11]！
要当以亭刃，我曹不活汝[12]。”
岂复惜性命，不堪其詈骂。
或便加棰杖，毒痛参并下[13]。
旦则号泣行，夜则悲吟坐。
欲死不能得，欲生无一可。
彼苍者何辜，乃遭此厄祸[14]！

边荒与华异，人俗少义理[15]。
处所多霜雪，胡风春夏起。
翩翩吹我衣，肃肃入我耳。
感时念父母，哀叹无穷已。
有客从外来，闻之常欢喜。
迎问其消息，辄复非乡里。
邂逅徼时愿，骨肉来迎己[16]。
己得自解免，当复弃儿子。
天属缀人心，念别无会期[17]。
存亡永乖隔，不忍与之辞。
儿前抱我颈，问“母欲何之？
人言母当去，岂复有还时？
阿母常仁恻，今何更不慈？
我尚未成人，奈何不顾思？”
见此崩五内，恍惚生狂痴[18]。
号泣手抚摩，当发复回疑。

兼有同时辈，相送告离别。
慕我独得归，哀叫声摧裂。
马为立踟蹰，车为不转辙。
观者皆歔欷，行路亦呜咽[19]。

去去割情恋，遄征日遐迈[20]。
悠悠三千里，何时复交会？
念我出腹子，胸臆为摧败。
既至家人尽，又复无中外[21]。
城郭为山林，庭宇生荆艾。
白骨不知谁，纵横莫覆盖。
出门无人声，豺狼号且吠。
茕茕对孤景，怛咤糜肝肺[22]。
登高远眺望，魂神忽飞逝。
奄若寿命尽，旁人相宽大。
为复强视息，虽生何聊赖[23]！
托命于新人，竭心自勖励[24]。
流离成鄙贱，常恐复捐废。
人生几何时，怀忧终年岁！

①《后汉书》本传谓琰“感伤乱离，追怀悲愤，作诗二章”。一为五言，即此篇。

②董卓，字仲颖，本凉州豪强，灵帝时为并州刺史，参与镇压黄巾。光熹元年（189），应何进召入洛阳。废少帝，立献帝，杀何太后，自为相国，专断朝政。初平元年（190），关东州郡联兵讨伐，乃挟献帝西迁长安。初平三年（192），为王允设谋诛杀。天常，天之常道，天理之常。

③篡弑，弑君篡位。先害诸贤良，指董卓杀丁原、伍琼、周珌、袁隗等。

④“逼迫”二句，指董卓挟献帝君臣西迁长安。旧邦，即指长安。

⑤“海内”二句，指初平元年（190）关东州郡讨伐董卓。

⑥卓众来东下，董卓伏诛后，卓部曲将李傕、郭汜等作乱，摧毁长安。初平三年（192），李郭出兵关东，大掠陈留、颍川诸县。蔡琰即于此时被虏。

⑦胡羌，董卓所部多有胡羌。

⑧孑遗，残存者。《诗·大雅·云汉》："周馀黎民，靡有孑遗。"

⑨西入关，西入函谷关。迥，远。

⑩邈冥冥，渺远迷茫。

⑪幾微，细微，细小。毙降虏，犹言该死囚徒。

⑫亭刃，顿刀子，即以刀刺杀。

⑬毒痛，犹惨痛。

⑭彼苍者，指天。《诗·秦风·黄鸟》："彼苍者天。"何辜，何罪。此呼天之辞，犹言彼苍者天！我独何辜？厄，灾。——自开篇至"乃遭此厄祸"四十句，叙遭祸原由及被虏途中苦楚。

⑮边荒，边远荒凉之地，指南匈奴，地在河东平阳（今山西临汾县境）。

⑯邂逅（xiè hòu，邂，下解切；逅，下遘切），不期而遇，此谓未曾料到。徼，侥幸。骨肉，故国亲人。

⑰天属，天然骨肉之间的联系，父母子女之类。《庄子·山木》："林回弃千金之璧，负赤子而趋。""彼以利合，此以天属也。夫以利合者，迫穷祸患害相弃也。以天属者，迫穷祸患害相收也。"彼，指千金之璧。此，指赤子。缀，连，系。

⑱五内，五脏。崩五内，犹言崩裂肝肠。恍惚（huǎng hū），指精神慌乱。

⑲歔欷（xū xī），悲泣抽噎。——自"边荒与华异"至"行路亦呜咽"四十句，叙在南匈奴生活及被赎时与儿子分别的惨痛心情。

⑳遄（chuán）征，疾行。日遐迈，日以遥远。

㉑中外，中，指舅父子女；外，指姑母子女。实概指里外亲属。

㉒茕茕（qióng），孤独貌。景，同"影"。怛咤（dá zhà），惊痛。糜，烂。

㉓奄若，迅疾。宽大，宽慰。视息，生活。聊赖，依靠。无聊赖，指精神痛苦，无所依托。四句言旁人相宽慰，谓人生倏忽即尽（不应如此自苦），然复欲强活，自觉虽生而无所聊赖。

㉔托命于新人，指重嫁董祀。勖励，勉励。——自"去去割情恋"至终篇二十八句叙归来以后境况与心情。

★《悲愤诗》与《孔雀东南飞》为建安时代两大叙事诗，前者叙述时代乱离，个人遭遇，后者反映社会悲剧，其价值各有千秋。文姬诗叙丧乱系亲身经历，有切肤刻骨之痛，既是诗传，又是诗史，故较之曹操、王粲之

作更为深刻。然诗中实有讳而不叙者。如文姬何以转入南匈奴，在边荒有何种遭际，在匈奴十二年生二子，与伊人情谊如何，诗中皆略而不叙。《后汉书》谓文姬“没于南匈奴左贤王”，左贤王在匈奴地位仅次于单于，而且往往为单于的继承者，如果文姬真成了左贤王妃妾，还生了二子，而可以“用金璧赎还”，甚为可疑。文姬在匈奴的生活，诗中字里行间，或亦可窥其迹影。如“人俗少义理”，可想见其遭受何等屈辱；“去去割情恋”，依依未必只是胡儿；“流离成鄙贱”，更蕴含有无限隐痛。文姬旷世才人，悲愤一篇，垂耀千古；然以淑女之身，遭流离之厄，当其援翰构思，何等艰难！人生自不可有此等遭遇，诗史却幸而有此等诗篇。

《后汉书》记文姬“作诗二章”，另一篇为骚体。其辞曰：

嗟薄祜兮遭世患，宗族殄兮门户单。
身执略兮入西关，历险阻兮之羌蛮。
山谷眇兮路曼曼，眷东顾兮但悲叹。
冥当寝兮不能安，饥当食兮不能餐。
常流涕兮眦不干，薄志节兮念死难，
虽苟活兮无形颜。
惟彼方兮远阳精，阴气凝兮雪夏零。
沙漠壅兮尘冥冥，有草木兮春不荣。
人似禽兮食臭腥，言兜离兮状窈停。
岁聿暮兮时迈征，夜悠长兮禁门扃。
不能寐兮起屏营，登胡殿兮临广庭。
玄云合兮翳月星，北风厉兮肃泠泠。
胡笳动兮边马鸣，孤雁归兮声嘤嘤。
乐人兴兮弹琴筝，音相和兮悲且清。
心吐思兮匈愤盈，欲舒气兮恐彼惊，
含哀咽兮涕沾颈。
家既迎兮当归宁，临长路兮捐所生。
儿呼母兮号失声，我掩耳兮不忍听。
追持我兮走茕茕，顿复起兮毁颜形。

还顾之兮破人情，心怛绝兮死复生。

诗中宗族殄，谓家门败落。琰父蔡邕受董卓牵连，于献帝初平三年（192）死于狱中。冥，指黑夜。眦，眼眶。远阳精，李贤注："北方近阴远阳。"阴气凝，阴气凝聚，天气寒冷。言兜离，李贤注："兜离，匈奴言语之貌。"状窈停，详语意当指容貌丑陋。岁聿暮，即岁暮，"聿"字语助。《诗·唐风·蟋蟀》："蟋蟀在堂，岁聿其暮。"时迈征，谓时光过得很快。《诗·小雅·小宛》："我日斯迈，而月斯征。"注："迈、征，皆行也。"屏营，彷徨惊恐之貌。

文姬没于南匈奴，地在今山西平阳，并未远至沙漠。文姬作为俘虏在异国被迫从人，五言《悲愤诗》中完全回避，而骚体诗中"薄志节""苟活"等语，皆有违文姬心理。篇中"禁门""胡殿"之类的词语，五言《悲愤诗》中亦绝无影迹，似迎合"没于匈奴左贤王"而云然。"胡笳动兮边马鸣"，更似袭用晋以后人伪托的李陵答苏武书"胡笳互动，牧马悲鸣"。因之骚体悲愤诗不太可能为蔡琰所作。至于宋郭茂倩《乐府诗集·琴曲歌辞》所收蔡琰《胡笳十八拍》后朱熹又录入《楚辞后语》者，则系唐人创作，绝非文姬作品。拙作《〈胡笳十八拍〉的作者问题》一文中有详尽的论断，兹不赘述。

曹　丕

曹丕（187—226），字子桓，曹操次子。做太子时即为邺下文人首领。建安二十五年（220）废汉献帝即位，在位七年，即魏文帝。曹丕政治上不如曹操雄才大略，其文学创作亦不如乃父气魄襟怀。存诗约四十首，以抒写男女爱情及个人心绪擅长，语言朴素，具有乐府民歌风味。有辑本《魏文帝集》。

丹霞蔽日行[1]

丹霞蔽日，采虹垂天。谷水潺潺，木落翩翩[2]。
孤禽失群，悲鸣云间。月盈则冲，华不再繁[3]。
古来有之，嗟我何言！

①《丹霞蔽日行》，《乐府诗集》属相和歌辞瑟调曲。
②谷水，溪水。潺潺，水流貌，亦流水声。木落，木叶。翩翩，翻飞貌。
③盈，满。冲，虚，此指月缺。华，同“花”。

★“丹霞蔽日，采虹垂天”，虽辉煌绚丽，而为时甚暂。“谷水潺潺”，逝者不返；“木落翩翩”，荣者必枯。“孤禽失群，悲鸣云间”，意外悲剧或不可免。“月盈则冲”，物满必将亏损；“华不再繁”，花落不再繁华。以自然之现象，明变化之常理；其警悟人生，自在言外。王夫之曰：“读子桓乐府，即如引人于张乐之野，泠风善月，人世陵嚣之气，淘汰俱尽。古人所贵于乐者，将无在此！”姜斋所论，惟此等诗可以当之。

月重轮行[1]

三辰垂光，照临四海[2]。
焕哉何煌煌，悠悠与天地久长[3]。
愚见目前，圣睹万年。
明暗相绝，何可胜言！

①《月重轮行》，《乐府诗集》属相和歌辞瑟调曲。崔豹《古今注》：“日重光，月重轮，群臣为汉明帝作也。明帝为太子，乐人作歌诗四章，以赞太子之德。一曰日重光，二曰月重轮，三曰星重辉，四曰海重润。汉末丧乱，后二章亡。旧说云：‘天子之德，光明如日，规轮如月，众辉如星，沾润如海。太子比德，故云重也。’”轮，圆。

②三辰，日月星。《左传》桓公二年：“三辰旂旗，昭其明也。”杜预注：“三辰，日月星也。画于旂旗，象天之明。”

③焕，明也。煌煌，光明貌。悠悠，长也。

苦哉行[1]

上山采薇，薄暮苦饥[2]。谿谷多风，霜露沾衣。
野雉群雊，猿猴相追[3]。还望故乡，郁何垒垒[4]。
高山有崖，林木有枝[5]；忧来无方，人莫之知。
人生如寄，多忧何为？今我不乐，岁月如驰[6]。
汤汤川流，中有行舟[7]；随波转薄，有似客游[8]。
策我良马，被我轻裘；载驰载驱，聊以忘忧[9]。

①《苦哉行》，《宋书·乐志》《文选》《乐府诗集》并作“善哉行”，六臣本《文选》注：“五臣作《苦哉行》。”《艺文类聚》四十一亦作《苦哉行》。《苦哉行》切合诗篇内容。诗写客游思乡之情而兼有人生之忧。又，本篇《乐府诗集》作魏武帝词，误，当以《宋书·乐志》为是。

②薇，草本植物，嫩苗可食。《诗·小雅》有《采薇》篇。薄暮，傍晚。

③雉，鸟名，即野鸡。雊，雉鸣声。猿猴，《文选》作“猴猿”，此从《乐

府诗集》。

④还望，回顾。郁，茂密，指下文高山林木。何，语气助词。垒垒，层层重叠。

⑤“高山有崖，林木有枝”，《艺文类聚》作“高山有林，崖木有枝”，疑本当作“高山有林，林木有枝”。语本刘向《说苑·越人歌》：“山有木兮木有枝，心悦君兮君不知。”“木有枝”与“莫有知”谐音。

⑥“今我不乐”，用《诗·唐风·蟋蟀》成句。

⑦汤汤（shāng），大水急流貌。

⑧转薄，飘流回转。《文选》作“回转”，此从《乐府诗集》。

⑨“载驰载驱”，用《诗·鄘风·载驰》成句。

善哉行

有美一人，婉如清扬。妍姿巧笑，和媚心肠①。
知音识曲，善为乐方。哀弦微妙，清气含芳②。
流郑激楚，度宫中商。感心动耳，绮丽难忘③。
离鸟夕宿，在彼中洲。延颈鼓翼，悲鸣相求④。
眷然顾之，使我心愁。嗟尔昔人，何以忘忧⑤！

①“有美”二句，《诗·郑风·野有蔓草》：“有美一人，婉如清扬。”婉如，美好貌。毛传：“清扬，眉目之间婉然美也。”妍姿，美好的姿容。巧笑，美好的笑貌。《诗·卫风·硕人》：“巧笑倩兮，美目盼兮。”和媚心肠，和顺美好的心肠。

②乐方，音乐的法度。“善为乐方”谓其精通音律。哀弦，哀婉的弦声。

③流郑激楚，流宕郑声，激扬楚乐。宫、商，五音中的两音，代指音律。度宫中商，意即合于音律。绮丽，此指美妙的音乐。

④离鸟，分离独处的鸟。中洲，即洲中。“离鸟”四句，以离居的鸟比拟自己对“有美一人”的相思之情。

⑤眷然，眷恋貌。顾之，回顾，回想。“嗟尔”二句，谓不知从前的人（对待这种相思之苦）何以忘忧。

燕歌行二首[①]

其　一

秋风萧瑟天气凉，草木摇落露为霜[②]，
群燕辞归雁南翔。
念君客游思断肠，慊慊思归恋故乡，
君何淹留寄他方[③]？
贱妾茕茕守空房，忧来思君不敢忘，
不觉泪下沾衣裳。
援琴鸣弦发清商，短歌微吟不能长[④]，
明月皎皎照我床。
星汉西流夜未央，牵牛织女遥相望，
尔独何辜限河梁[⑤]？

①《燕歌行》，《乐府诗集》属相和歌辞平调曲。郭茂倩引《乐府解题》："晋乐奏魏文帝《秋风》《别日》二曲，言时序迁换，行役不归，妇人怨旷无所诉也。"又引《广题》："燕，地名也，言良人从役于燕，而为此曲。"曹丕《燕歌行》为现存最早成熟而完整的七言诗。

②萧瑟，秋风声。摇落，凋零。《楚辞·九辩》："悲哉秋之为气也！萧瑟兮草木摇落而变衰！"露为霜，《诗·秦风·蒹葭》："蒹葭苍苍，白露为霜。所谓伊人，在水一方。"

③慊慊，内心空虚之貌。淹留，久留。

④清商，曲调名。

⑤皎皎，明貌。古诗："明月何皎皎，照我罗床帏。"央，尽。夜未央，夜已深而未尽。《诗·小雅·庭燎》："夜如何其？夜未央。"牵牛织女，二星座名。牵牛星在银河南，织女星在银河北。俗传牵牛织女为夫妇，每年七月七日始得一会。何辜，何罪，何故。限，相隔。河，指天河。梁，桥。河梁，因河而及梁，此处偏取"河"义。

其 二

别日何易会日难，山川悠远路漫漫①。
郁陶思君未敢言，寄声浮云往不还②。
涕零雨面毁容颜，谁能怀忧独不叹③。
展诗清歌聊自宽，乐往哀来摧肺肝。
耿耿伏枕不能眠，披衣出户步东西。
仰看星月观云间，飞鸧晨鸣声可怜，
留连顾怀不能存④。

①漫漫，长貌。

②郁陶（yù yáo），忧思郁积貌。《孟子·万章》："象曰：'郁陶思君尔！'"《楚辞·九辩》："岂不郁陶而思君兮，君之门以九重！"声，音讯。寄声浮云往不还，欲寄音讯于浮云，但浮云往而不还。《楚辞·思美人》："愿寄言于浮云兮，遇丰隆而不将。"寄声，一作"寄书"。

③涕零，泪落。雨（yù），如雨落。独，犹。

④鸧，鸟名，大如鹤，青苍色或灰色。顾怀，思念。存，省察。

杂 诗

漫漫秋夜长，烈烈北风凉。
展转不能寐，披衣起彷徨①。
彷徨忽已久，白露沾我裳。
俯视清水波，仰看明月光。
天汉回西流，三五正纵横②。
草虫鸣何悲，孤雁独南翔。
郁郁多悲思，绵绵思故乡。
愿飞安得翼，欲济河无梁。
向风长叹息，断绝我中肠。

①彷徨，犹徘徊。

②三五，指星。《诗·召南·小星》："嘒彼小星，三五在东。"毛传谓指心星与噣星："三心五噣，四时更见。"朱熹谓泛指星："三五，言其稀。"曹诗系泛指群星。

于清河见挽船士新婚与妻别①

与君结新婚，宿昔当别离②。
凉风动秋草，蟋蟀鸣相随。
冽冽寒蝉吟，蝉吟抱枯枝。
枯枝时飞扬，身体忽迁移③。
不悲身迁移，但惜岁月驰。
岁月无穷极，会合安可知！
愿为双黄鹄，比翼戏清池④。

①《艺文类聚》二十九作徐干诗，此从《玉台新咏》。清河，淇水支流，出河南内黄县。挽船士，拉纤夫。

②宿昔，同"夙夕"，早晚。当，将。

③蝉抱枯枝，枯枝飞扬，身忽迁移，写实而具有比喻义。枯枝喻夫，蝉喻妻自身，全篇都用妻语气。

④"愿为"二句：黄鹄，鹄即天鹅，色白，古诗中屡见黄鹄，或古有色黄者。古诗："愿为双鸿鹄，奋翅起高飞。"《文选·苏子卿诗》："愿为双黄鹄，送子俱远飞。"

见挽船士兄弟辞别①

郁郁河边树，青青野田草。
合我故乡客，将适万里道②。
妻子牵衣袂，落泪沾怀抱③。
还拊幼童子，顾托兄与嫂④。

辞诀未及终，严驾一何早[5]。

负笮引文舟，饥渴常不饱[6]。

谁令尔贫贱，咨嗟何所道[7]！

①本篇《乐府诗集》作谢灵运《折杨柳枝行》。逯钦立谓“其思想情调、语言风格皆不类”，“今依《书钞》《初学记》《白帖》等作魏文帝诗”。诗写挽船士同妻子兄弟辞别，与兄弟辞，重在将幼童子“顾托兄与嫂”。此与前篇所述为另一家。

②合，《诗纪》作舍，此从《乐府诗集》。注家多取“舍”字，以“合”字为误。非是，家人不得称“客”。“合”是随同之意。故乡客，当是商贾。此挽船士随同乡商贾挽船远行。“合”字不误。

③落，《乐府诗集》，作“收”，系“拉”字之误。此从《初学记》。既“沾怀抱”，则以“落”字为当。

④还，回顾。拊，抚。

⑤严，紧张整治。驾，指驾船。

⑥笮（zuó），同“筰”，竹制纤索。负笮，背纤。引，牵行。

⑦尔，挽船士自指。末二句挽船士愤慨之言。

曹 植

曹植（192—232），字子建，曹操第四子，曹丕同母弟。少有才华，为曹操所钟爱，曾拟立为太子。但他“任性而行，不自雕励，饮酒不节”，致失爱于乃父，然由此遭受曹丕猜忌。曹丕即位以后，即予严密监视，迭加打击，杀其羽翼丁仪、丁廙，并借故贬其爵位。在曹丕、曹叡两朝，曹植忧谗畏讥，迁逐奔流，越二十年，终郁郁以卒，年仅四十一岁。有《曹子建集》。

曹植是建安、黄初间杰出诗人。其作品前后两期截然不同：前期多写其诗酒宴游生活，感情豪迈奔放，部分作品为时代灾难留有印记。后期作品几乎全系抒发其谗逐迁流之愤慨，壮志未伸的苦闷，情调深沉凄苦。六朝时代对曹植诗评价极高。据传谢灵运尝谓“天下才共一石，曹子建独得八斗”。钟嵘称“陈思之于文章也，譬人伦之有周孔，鳞羽之有龙凤”。赞扬夸誉，无以复加。然曹植诗实有其不足，题材大多限于个人樊囿，反映现实深度甚至不如曹操与王粲。同整个建安诗歌一样，其诗脱胎于汉代乐府与古诗，在语言提炼、修辞运用诸方面，确有较大发扬。“词采华茂”，为其诗艺突出特点。子建一出，遂开始改变建安时代之质朴刚健，导引出魏晋六朝华丽诗风。

箜篌引①

置酒高殿上，亲交从我游。
中厨办丰膳，烹羊宰肥牛。
秦筝何慷慨，齐瑟和且柔②。

阳阿奏奇舞，京洛出名讴[③]。
乐饮过三爵，缓带倾庶羞[④]。
主称千金寿，宾奉万年酬[⑤]。
久要不可忘，薄终义所尤[⑥]。
谦谦君子德，磬折欲何求[⑦]。
惊风飘白日，光景驰西流[⑧]。
盛时不可再，百年忽我遒[⑨]。
生存华屋处，零落归山丘[⑩]。
先民谁不死，知命复何忧！

①《箜篌引》，《乐府诗集》题作《野田黄雀行》，属相和歌辞瑟调曲。此从《文选》。《宋书·乐志》："《空侯引》亦用此曲。"箜篌（kōng hóu），弦乐器名，体曲而长，二十三弦。引，乐曲体裁之一，有序奏之意，后在乐府题中与"行"实无区别。

②筝，弦乐器名，古筝五弦，据传秦蒙恬改为十二弦，故称秦筝。慷慨（kāng kǎi），此指声音激昂，与下文"齐瑟和且柔"相应。瑟，弦乐器名，有五十弦、二十五弦多种。战国齐瑟最有名，故称齐瑟。

③阳阿，乐曲名。宋玉《对楚王问》："其为阳阿薤露，国中属而和者数百人。"《淮南子·俶真》"足蹀阳阿之舞"，注："阳阿，古之名倡。"又以为舞女之名。《汉书·孝成赵皇后传》："及壮，属阳阿主家，学歌舞，号曰飞燕。"师古注："阳阿，平原之县也。"今山西凤台。诗中与"京洛"相对，似用为地名。京洛，即洛京，亦即洛阳。讴，歌。

④爵，杯。缓带，解带。倾，谓大量吞食。庶羞，多种肴馔。

⑤称，上，举。寿，表示敬意，此指以千金赠客。奉，上。酬，答谢。

⑥久要，旧约。《论语·宪问》："久要不忘平生之言。"薄终，即有始无终。义，道义。尤，谴责。

⑦谦谦，卑谦貌。《易·谦》："谦谦君子，卑以自牧。"磬，石制乐器，形作折腰状。磬折，躬身如磬，为谦恭之状。欲何求，即无所求，谓君子谦恭并非有求于人。

⑧惊风，疾风。光景，指白日。

⑨遒，迫近。

⑩ 处，居处。零落，谓死亡。

★此诗所写，为酣歌宴饮，进而论及交谊，论及人生。谓为人须始终如一，不能厚始薄终；谦虚为君子之德，非欲有求于人；盛时不可再得，知命可以无忧。暗示人生只要无所愧怍，则亦无须遗憾。

名都篇①

名都多妖女，京洛出少年②。
宝剑值千金，被服丽且鲜。
斗鸡东郊道，走马长楸间。
驰骋未能半，双兔过我前③。
揽弓捷鸣镝，长驱上南山④。
左挽因右发，一纵两禽连⑤。
馀巧未及展，仰手接飞鸢⑥。
观者咸称善，众工归我妍⑦。
归来宴平乐，美酒斗十千⑧。
脍鲤臇胎鰕，寒鳖炙熊蹯⑨。
鸣俦啸匹侣，列坐竟长筵⑩。
连翩击鞠壤，巧捷惟万端⑪。
白日西南驰，光景不可攀。
云散还城邑，清晨复来还⑫。

①《名都篇》，《乐府诗集》属杂曲歌辞。郭茂倩注："名都者，邯郸、临淄之类也。以刺时人骑射之妙、游骋之乐，而无忧国之心也。"以开头二字名篇，曹植诗称"篇"者都如此。

②妖女，美女，指乐伎。少年，特指豪纵年少。

③我，代少年自指。下同。

④揽，插，指搭上箭。鸣镝，响箭。

⑤左挽，左手挽弓。右发，右手放箭。纵，放，指放箭。两禽，即双兔。《白虎通·田猎》："禽者何？鸟兽之总名，明为人所禽制也。"

⑥接，指迎射。鸾，鹞鹰。

⑦众工，众射手。归我妍，称许我之技巧。

⑧平乐，观名，汉明帝时建，在洛阳西门外。

⑨臇（juǎn），少汁肉羹。此系动词，即以胎鰕为羹。胎鰕，有子鲐鱼（鰕是鱼名，不是虾子。）。寒鳖，酱渍鳖。一作“炮鳖”。熊蹯（fán），熊掌。

⑩ 鸣俦啸匹侣，呼俦唤类。侣，一作“旅”。

⑪ 连翩，连续不断。击鞠壤，击鞠与击壤。鞠，毛球。壤，木制，一头宽，一头尖，击时一块放置三四十步外，以另一块抛掷击之，击中者胜。

⑫ 云散，如云散去。

美女篇①

美女妖且闲，采桑歧路间②。
柔条纷冉冉，落叶何翩翩。
攘袖见素手，皓腕约金环③。
头上金雀钗，腰佩翠琅玕④。
明珠交玉体，珊瑚间木难⑤。
罗衣何飘飘，轻裾随风还。
顾盼遗光采，长啸气若兰。
行徒用息驾，休者以忘餐⑥。
借问女安居，乃在城南端。
青楼临大路，高门结重关。
容华耀朝日，谁不希令颜⑦。
媒氏何所营，玉帛不时安⑧？
佳人慕高义，求贤良独难⑨。
众人徒嗷嗷，安知彼所欢⑩。
盛年处房室，中夜起长叹。

①《美女篇》，《乐府诗集》属杂曲歌辞。郭茂倩注：“美女者，以喻君子。言君子有美行，愿得明君而事之。若不遇时，虽见征求，终不屈也。”

②妖，艳丽。闲，闲雅，文静。

③攘袖，卷袖。约，缠束。

④金雀钗，雀形金钗。琅玕，美石似玉者。

⑤“明珠交玉体”与“珊瑚间木难”相对，“体”当为“䩦”字。玉䩦，首饰之名。木难，珠名。两句中，明珠、玉䩦、珊瑚、木难、四者平列。《文选》李善注引《南越志》：“木难，金翅鸟沫所成碧色珠也。”

⑥行徒，行路之人。休者，休息之人。二句仿乐府《陌上桑》“行者见罗敷，下担捋髭须。少年见罗敷，脱帽著帩头。耕者忘其犁，锄者忘其锄”。

⑦容华耀朝日，容光焕发，若朝日之光耀。《文选·神女赋》：“耀乎若白日初出照屋梁。”希，羡慕。令，美。

⑧玉帛，指聘礼。不时，不及时。安，定，指聘定。

⑨高义，高尚之士。

⑩嗷嗷，叫嚷。欢，一作“观”。

★《美女篇》前半模仿《陌上桑》，华丽过之而失其浑朴。诗中形象颇不统一：前者活跃于桑间，尚见其活泼；后者已进入深室，只觉其怨旷。盖前半模仿《陌上桑》，美人尚留有罗敷气息，后半已全是曹子建化身。

白马篇①

白马饰金羁，连翩西北驰②。
借问谁家子，幽并游侠儿③。
少小去乡邑，扬声沙漠垂④。
宿昔秉良弓，楛矢何参差⑤。
控弦破左的，右发摧月支⑥。
仰手接飞猱，俯身散马蹄⑦。
狡捷过猴猿，勇剽若豹螭⑧。
边城多警急，胡虏数迁移。
羽檄从北来，厉马登高堤⑨。
长驱蹈匈奴，左顾陵鲜卑⑩。
寄身锋刃端，性命安可怀？

父母且不顾，何言子与妻！
名编壮士籍，不得中顾私。
捐躯赴国难，视死忽如归[11]。

①《白马篇》，《乐府诗集》属杂曲歌辞。郭茂倩注：“白马者，见乘白马而为此曲。言人当立功立事，尽力为国，不可念私也。”本篇歌颂游侠儿能“捐躯赴国难”，亦所以寄托自身理想。

②羁，笼头。连翩（lián piān），连续貌。

③幽并（bīng），二州名。幽州在今河北北部，并州在今山西北部。

④垂，边远地区。

⑤秉，持。楛（kǔ），木名，可作箭杆。矢，箭。参差（cēn cī），不齐貌。

⑥的，射帖中心，自亦代指箭靶。月支，汉代西域国名，亦射帖之名。古代训练士卒，以外敌形象作射帖，久之遂为射帖名称。

⑦接，近射。猱，动物名，猿类。散，摧毁。马蹄，李善注为射帖之名。“控弦”四句，分别写其左射、右射、仰手上射、俯身回射。一说，接，接战，指搏击。散，放开。散马蹄，纵马奔驰。“控弦”二句谓其善射，“仰手”句谓其善搏击，“俯身”句谓其善御马。

⑧螭（chī），猛兽之名。

⑨羽檄，军用文书。《汉书·高祖纪》“吾以羽檄征天下兵”，颜师古注：“檄者，以木简为书，长尺二寸，用征召也。其有急事，则加鸟羽插之，示速疾也。”厉（良薛切），同“勒”。

⑩蹈、陵，均冲锋陷阵之意。匈奴、鲜卑，汉代北方民族名。

⑪忽，即。

鰕䱇篇[1]

鰕䱇游潢潦，不知江海流[2]。
燕雀戏藩柴，安识鸿鹄游[3]。
世士此诚明，大德固无俦[4]。
驾言登五岳，然后小陵丘[5]。
俯视上路人，势利惟是谋[6]。
高念翼皇家，远怀柔九州[7]。

抚剑而雷音，猛气纵横浮[⑧]。
泛泊徒嗷嗷，谁知壮士忧[⑨]！

①《鰕䱇篇》，《乐府诗集》属相和歌平调曲。郭茂倩引《乐府解题》："曹植拟《长歌行》为《鰕䱇》。"

②鰕䱇（xiā shàn），两种小鱼。潢潦，小积水池。

③燕雀，两种小鸟。藩柴，篱笆栅栏。鸿鹄，两种能高飞远举的大鸟。《史记·陈涉世家》："陈涉太息曰：'嗟乎，燕雀安知鸿鹄之志哉！'"

④世士，即世事，指鰕䱇不知江海之大，燕雀不识鸿鹄之志。士，通"事"。此诚明，这是明明白白的。大德，指大德之人。固无俦，本来就无与俦比。

⑤驾言，乘车。言，助词。五岳，代指大山。陵丘，小山，土丘。《孟子·尽心上》："孔子登东山而小鲁，登泰山而小天下。"诗用其意。

⑥势利惟是谋，即惟势利是谋。

⑦高念，高远的思想。翼，辅佐。远怀，远大的怀抱。柔，安抚。

⑧抚剑，按剑。而，通"如"。雷音，雷霆之声。《庄子·说剑》："此剑一用，如雷霆之震也。四封之内，无不宾服而听从君命者矣。"猛气，威猛之气。

⑨泛泊，指世俗漂荡之人。徒嗷嗷，犹言空叫喊。壮士，壮烈之士。诗人以壮士自命。

浮萍篇[①]

浮萍寄清水，随风东西流。
结髮辞严亲，来为君子仇[②]。
恪勤在朝夕，无端获罪尤[③]。
在昔蒙恩惠，和乐如瑟琴[④]。
何意今摧颓，旷若商与参[⑤]。
茱萸自有芳，不若桂与兰[⑥]。
新人虽可爱，无若故所欢。
行云有返期，君恩傥中还[⑦]。
慊慊仰天叹，愁心将何愬？

日月不恒处，人生忽如寓。
悲风来入怀，泪下如垂露。
发箧造裳衣，裁缝纨与素[⑧]。

①《浮萍篇》，《乐府诗集》作《蒲生行浮萍篇》，属相和歌辞清调曲。诗以“浮萍”起兴，实为咏弃妇之诗。弃妇无端获罪，仍望丈夫回心转意，恢复旧日恩情；或亦诗人自喻讽君之作。浮萍，植物名，浮生水面，故名。

②结髮，古代男子年二十冠，女子年十五笄，均结髮以示成年，可以婚配。严亲，尊亲，指父母。仇，匹偶。《诗·周南·关雎》：“窈窕淑女，君子好逑。”仇，通“逑”。

③恪勤，恭敬勤劳。罪尤，罪过。

④如瑟琴，谓夫妇融洽，如琴瑟之和谐。《诗·小雅·棠棣》：“妻子好合，如鼓瑟琴。”

⑤摧颓（cuī tuí），失意。旷，远。商，参，二星名，商星在东，参星在西，此出彼落，两不相见。

⑥茱萸（zhū yú），植物名，又名越椒，有浓烈香味。自，固。芳，香。

⑦倘，或。

⑧发箧，开箱。纨，白色细绢，素，白色生绢。“发箧”二句，对良人怀有希望，虽慊慊愁叹，犹冀其恩情中还，故仍为裁制新衣。裳衣，一作“新衣”。

★曹子建诗是汉乐府的继承和发展。即如此篇，明显有《焦仲卿妻》与《上山采蘼芜》的痕迹。

七　哀[①]

明月照高楼，流光正徘徊。
上有愁思妇，悲叹有馀哀[②]。
借问叹者谁，言是客子妻[③]。
君行逾十年，孤妾常独栖[④]。
君若清路尘，妾若浊水泥；
浮沉各异势，会合何时谐[⑤]？

愿为西南风，长逝入君怀。
君怀良不开，贱妾当何依[6]？

①《七哀》，参见阮瑀《七哀》诗注。本篇《乐府诗集》作《怨诗行》。《古今乐录》："怨诗行歌东阿王一篇。"

②馀，饶多。馀哀，深哀。

③客子，一作"宕子"，均指久客外乡者。

④逾，超过。

⑤"君若"四句：尘、泥本为一物，喻夫妇本同一体。今君若轻清之尘，上浮空际；妾若重浊之泥，下沉水底。浮沉异势，故会合无期。谐，和调。

⑥良，诚。当，将。

★子建诗中，《七哀》与十九首风格最相近。

薤露行[1]

天地无穷极，阴阳转相因[2]。
人居一世间，忽若风吹尘[3]。
愿得展功勤，输力于明君[4]。
怀此王佐才，慷慨独不群[5]。
鳞介尊神龙，走兽宗骐驎[6]。
虫兽犹知德，何况于士人！
孔氏删《诗》《书》，王业灿已分[7]。
骋我径寸翰，流藻垂华芬[8]！

①《薤露行》，参见曹操同题诗注。曹植用以述志，谓人生短暂，须及时建功立业，如或不成，亦当以文章垂名后世。

②阴阳转相因，指日月运行，四时循环。

③"人居"二句，本古诗"人生寄一世，飘忽若飚尘"。忽，迅疾。

④展功勤，施其勤劳。《说文》："功，以劳定国也。"输力，运用其能力。曹植《求自试表》："欲逞其才力，输能于明君。"

⑤王佐才，辅佐王者之才。慷慨，悲壮激烈。独，特。

⑥鳞介，水族生物，鱼虾龟鳖之类。蔡邕《太原郭林宗碑》：“望形表而影附，聆嘉声而响和者，犹百川之归巨海，鳞介之宗龟龙也。”骐驎，传说中仁兽。

⑦孔氏删《诗》《书》，《史记·孔子世家》：“孔子之时，周室微而礼乐废，《诗》《书》缺。追迹三代之礼，序书传，上纪唐虞，下至秦缪，编次其事。”又，“古者诗三千馀篇，及至孔子，去其重”。“三百五篇孔子皆弦歌之，以求合韶武雅颂之音”。《尚书序》：孔子“讨论坟典，断自唐虞以下讫于周，芟夷烦乱，剪裁浮辞，举其宏纲，撮其机要，足以垂世立教。典谟训诰誓命之文，凡百篇”。王业，帝王之事。灿，明。

⑧骋，驰骋，指运用。翰，笔。流，流传。藻，指文辞。华芬，华美芬香，喻诗文之义理与艺术。

★曹子建《与杨德祖书》云：“吾虽德薄，位为蕃侯，犹庶几戮力上国，流惠下民，建永世之业，流金石之功，岂徒以翰墨为勋绩，辞赋为君子哉！若吾志未果，吾道不行，则将采庶官之实录，辩时俗之得失，定仁义之衷，成一家之言。”书中所述，即《薤露》之旨。

送应氏二首①

步登北邙坂，遥望洛阳山②。
洛阳何寂寞，宫室尽烧焚。
垣墙皆顿擗，荆棘上参天③。
不见旧耆老，但观新少年。
侧足无行径，荒畴不复田④。
游子久不归，不识陌与阡。
中野何萧条，千里无人烟。
念我平常居，气结不能言⑤！

其　二

清时难屡得，嘉会不可常。
天地无终极，人命若朝霜。
愿得展燕婉，我友之朔方[⑥]。
亲昵并集送，置酒此河阳[⑦]。
中馈岂独薄，宾饮不尽觞[⑧]？
爱至望苦深，岂不愧中肠[⑨]！
山川阻且远，别促会日长[⑩]。
愿为比翼鸟，施翮起高翔[⑪]。

①应氏，应玚、应璩兄弟。建安十七年（211），曹植封平原侯，应玚为平原侯庶子。曹植随父曹操西征马超，于洛阳送别应氏兄弟。诗其一写洛阳之荒废，其二抒离别之情思。

②北邙，山名，在洛阳城东北。坂，山坡。

③顿擗，塌坏崩裂。

④侧，置放。侧足，指行路。田，耕种。

⑤我，承上“游子”言，当为代应氏设词，非作者自指。平常居，一作“平生亲”。

⑥展，表达。燕婉（yàn wǎn），和爱之情。之，往。朔方，郡名，在今内蒙古黄河以南地区。

⑦河阳，河之北。

⑧馈，食物。中馈，本谓妇女主持饮食之事，此指厨房所办饯行酒食。

⑨爱至望苦深，爱之至则期望苦深。此言应氏于诗人期望苦深。

⑩阻，险。促，至。别促会日长，分别至相会之日长。

⑪ 施翮，展翅。“愿为”二句，仿古诗“愿为双鸿鹄，奋翅起高飞”。

★洛阳为东汉都城，即所谓东都。班固、张衡赋中都极叙其繁华盛况。初平元年（190），董卓焚毁洛阳，至曹子建到此送别应氏，历时已二十一年，都城尚如此荒凉！诗亦可作诗史读。

吁嗟篇[①]

吁嗟此转蓬，居世何独然[②]？
长去本根逝，夙夜无休闲。
东西经七陌，南北越九阡[③]。
卒遇回风起，吹我入云间[④]。
自谓终天路，忽然下沉渊。
惊飚接我出，故归彼中田[⑤]？
当南而更北，谓东而反西。
宕宕当何依，忽亡而忽存[⑥]。
飘飖周八泽，连翩历五山[⑦]。
流转无恒处，谁知吾苦艰！
愿为中林草，秋随野火燔[⑧]。
糜灭岂不痛，愿与根荄连[⑨]。

①《吁嗟篇》，《乐府诗集》属相和歌辞清调曲。郭茂倩引《乐府解题》："曹植拟《苦寒行》为《吁嗟》。"诗以首句"吁嗟"二字名篇，实为咏转蓬之作，借转蓬之"流转无恒处"寄寓自身迁逐的苦艰与悲愤。

②转蓬，飘转之蓬草。参见曹操《却东西门行》注。居世，处世。然，如此。

③陌，阡，田间小路，此泛指道路。参见曹操《短歌行》注。

④卒，同"猝"，突然。

⑤惊飚（biāo），狂风。故，同顾，犹岂。中田，田中。

⑥宕宕，同荡荡。

⑦飘飖，飘飞不定。八泽、五山，皆泛指。

⑧燔，焚烧。

⑨荄，草根。

★曹操《却东西门行》云"田中有转蓬，随风远飘扬。长与故根绝，万岁不相当"。子建《吁嗟》之篇，实由此四句扩展而来。《乐府解题》谓

"曹植拟《苦寒行》为《吁嗟》"，疑《苦寒行》为《却东西门行》之误。然孟德之行，为征夫感叹；子建之篇，为自己吁嗟。子建于文帝、明帝之世，遭受忌刻，迁移不定。"十一年中而三徙都，常汲汲无欢"（本传）。"近且婚媾不通，兄弟乖绝，吉凶之问塞，庆吊之礼废；恩纪之违甚于路人，隔阂之异殊于胡越"（《求存问亲戚疏》）。故有长去本根之恨，流转无恒之叹。

怨诗行①

为君既不易，为臣良独难。
忠信事不显，乃有见疑患②。
周公佐成王，《金縢》功不刊③。
推心辅王室，二叔反流言。
待罪居东国，泣涕常流连④。
皇灵大动变，震雷风且寒⑤。
拔树偃秋稼，天威不可干⑥。
素服开金縢，感悟求其端⑦。
公旦事既显，成王乃哀叹⑧。
吾欲竟此曲，此曲悲且长。
今日乐相乐，别后莫相忘⑨。

①《怨诗行》，《乐府诗集》作《怨歌行》，属相和歌楚调曲。本篇《乐府解题》作古辞，《北堂书钞》作魏文帝诗，《艺文类聚》《文章正宗》与《乐府诗集》作曹植诗，揣诗内容，作曹植诗是。

②"忠信"二句，谓当忠信之事尚不显为人知，乃有见疑的忧患。

③金縢，《尚书》篇名。记周武王患病，周公乃设坛祷告太王、王季、文王，请以自身为质，代替武王去死，武王果然病愈。史官将祝词写在典册上，封存在金属封口的柜子里。这就是《金縢》篇名的意思。后武王去世，成王即位年幼，推心辅佐，摄政代行王事。管叔、蔡叔等散布流言，说周公将不利于成王，意谓周公将夺取王位。之后管叔、蔡叔伙同商纣王之子武庚作乱。周公东征，"诛管叔，杀武庚，放蔡叔"。以微子启代殷后，国于宋。当流言传布之时，天威震动，发雷电大风，大树被拔起，禾稼皆倒伏。成王素服打开《金

縢》，了解到周公的忠诚，乃至于感动泣下。参见《尚书·金縢》《史记·周本纪》《鲁周公世家》。本篇“周公佐成王”至“成王乃哀叹”十四句即写这段历史。不刊，不可消除，不可磨没。

④待罪居东国，当流言传布之时，周公避居东国。东国，指洛阳或鲁国。泣涕常流连，涕泪连连下淌。

⑤皇灵，皇天的威灵。二句谓流言引起对周公的怀疑，皇天震怒，乃发震雷大风。

⑥偃，倒伏，压伏。不可干，不可干犯。

⑦求其端，求其原因。

⑧事既显，事情得到彰显。与开头“事不显”呼应。

⑨“吾欲”以下四句，乐府歌辞曲终常用的套语。

★诗一开头即说“为君既不易，为臣良独难”，合君臣双方并言之。其实说君的一方只是陪衬，感叹的全是为臣之难，而有功之臣则尤其为难。全诗内容都是述说周公故事。上距曹子建一千四五百年的周公旦早已进入圣人的行列，用得着诗人如此激烈地为他鸣不平吗？无非是借周公旦的酒杯，浇自己心头的块垒。“待罪居东国，泣涕常流连”，明明是曹子建的境况。“为臣良独难”，凡是有大功于君国的人都会有这种感受。谢安石在淝水之战中挽救了晋室的危亡，到晋孝武帝末年，司马道子执政，安石也遭到忌刻，如此德高望重的人也感到不安，以致在一次侍孝武帝宴饮，听桓伊抚筝时歌唱曹子建这首《怨诗行》，不禁感情激动，“泣下沾衿”（见《晋书·桓伊传》）。诗的感染力由此可见一斑。

当墙欲高行[1]

龙欲升天须浮云，人之仕进待中人[2]。
众口可以铄金，谗言三至，慈母不亲[3]。
愦愦俗间，不辨伪真[4]。
愿欲披心自说陈，君门以九重，道远河无津[5]。

①当墙欲高行，《乐府诗集》属杂曲歌词。

②中人，中介之人，指君王左右贵幸之人。“龙欲”句是比喻，“人之”句

是本意。

③众口可以铄金，《国语·周语下》“故谚曰：众心成城，众口铄金”，韦昭注：“铄，销也。众口所毁，虽金石犹可销也。”“谗言”二句：《战国策·秦策二》：“昔者曾子处费，费人有与曾子同名族者而杀人。人告曾子母曰：‘曾参杀人！’曾子之母曰：‘吾子不杀人。’织自若。有顷焉，人又曰：‘曾参杀人！’其母尚织自若也。顷之，一人又告之曰：‘曾参杀人！’其母惧，投杼逾墙而走。夫以曾参之贤与母之信也，而三人疑之，则慈母不能信也。”

④愦愦，昏乱貌。

⑤披心，披开心胸，即推诚相见。自说陈，自己陈说。君门以九重，谓君王之门太深，难以进入。宋玉《九辩》：“岂不郁陶而思君兮，君之门以九重。”津，渡口。也可以理解为津梁；河无津，谓河无津梁可以渡过。

野田黄雀行[①]

高树多悲风，海水扬其波[②]。
利剑不在掌，结友何须多！
不见篱间雀，见鹞自投罗[③]。
罗家见雀喜，少年见雀悲。
拔剑捎罗网，黄雀得飞飞[④]。
飞飞摩苍天，来下谢少年。

①野田黄雀行，《乐府诗集》属相和歌辞瑟调曲。

②“高树”二句以树高多风，海大扬波起兴，喻名高才大者易于招致风波。

③见鹞自投罗，为逃避鹞鹰而误投罗网。

④捎，拨开。

★曹子建遭乃兄曹丕忌刻，凡所亲近，多被清除。子建自恨无力援救，诗即由此而发。投罗之雀喻被害友朋。利剑不在掌为其现实，有剑之少年为其理想。

泰山梁甫行[①]

八方各异气，千里殊风雨。
剧哉边海民，寄身于草墅[②]。
妻子象禽兽，行止依林阻[③]。
柴门何萧条，狐兔翔我宇[④]。

①《泰山梁甫行》，《乐府诗集》属相和歌辞楚调曲。梁甫为泰山下山名，亦作梁父。

②剧，艰难。草墅，草野。

③林阻，山林险阻之地。

④翔，遨游，随意来去。

杂诗六首[①]

高台多悲风，朝日照北林。
之子在万里，江湖迥且深[②]。
方舟安可极，离思故难任[③]。
孤雁飞南游，过庭长哀吟。
翘思慕远人，愿欲托遗音[④]。
形影忽不见，翩翩伤我心！

①曹植《杂诗》，《文选》选入六篇，即本帙所录。六篇非同时之作，彼此内容亦无关联。其一为怀人之作。

②之子，指所思之人。

③离思故难任，离别之思本难禁受。

④翘思，翘首而思。愿欲托遗音，希望托飞雁传递音讯。

其　二

转蓬离本根，飘飖随长风[①]。

何意回飚举，吹我入云中②。
高高上无极，天路安可穷！
类此游客子，捐躯远从戎。
毛褐不掩形，薇藿常不充③。
去去莫复道，沉忧令人老。

①以转蓬为喻，写从戎客子之苦。

②回飚，旋风。举，起。

③毛褐，粗毛布衣。薇藿，两种野菜。充，饱。

★此又一《吁嗟篇》。惟《吁嗟篇》只写喻体，此篇后半写出被喻内容。与曹操《却东西门行》亦一脉相承。然老瞒诗苍凉慷慨，子建之作抑郁深沉；风格情调，判然有别。

其　三①

西北有织妇，绮缟何缤纷②！
明晨秉机杼，日昃不成文③。
太息终长夜，悲啸入青云。
妾身守空闺，良人行从军④。
自期三年归，今已历九春⑤。
飞鸟绕树翔，嗷嗷鸣索群⑥。
愿为南流景，驰光照我君⑦。

①其三为闺情诗。

②绮缟，绢之有花纹者。缤纷，繁盛貌。

③明晨，清晨。机，织布机。杼，梭。日昃，午后。古诗："迢迢牵牛星，皎皎河汉女。纤纤擢素手，扎扎弄机杼。终日不成章，泣涕泪如雨。"曹植实受此诗影响。然古诗写织女，子建自写织妇。

④良人，丈夫。

⑤九春，李善注："一岁三春，故以三年为九春，言已过期也。"一说，九

春，即九年。

⑥嗷嗷，鸟鸣声。

⑦南，与开头“西北”照应。古代从军多向西北，魏敌在东南，故诗中从军南向。景，日光。

其　四①

南国有佳人，容华若桃李。
朝游江北岸，夕宿潇湘沚。
时俗薄朱颜，谁为发皓齿②？
俯仰岁将暮，荣耀难久恃③。

①其四伤佳人空有才艺而不为世俗所重，与《美女篇》诗旨略同。

②朱颜，美色。谁为，为谁。发皓齿，指开口歌唱。

③俯仰，一俯一仰之间，喻为时甚短暂。荣耀，光辉灿烂，照应桃李，亦指佳人。

其　五①

仆夫早严驾，吾行将远游②。
远游欲何之？吴国为我仇③。
将骋万里途，东路安足由④。
江介多悲风，淮泗驰急流⑤。
愿欲一轻济，惜哉无方舟⑥。
闲居非吾志，甘心赴国忧。

①其五为述志诗，表达其“甘心赴国忧”之志，更含有未能如愿之愤懑。

②严驾，整治车驾。吾行将远游，一作“吾将远行游”。

③吴国，即孙吴。

④东路，东南之路。由，行。曹植首封鄄城王，鄄城在今山东省西南。黄初四年，曹植朝洛阳，复自洛阳回鄄城时赠白马王彪诗云“怨彼东路长”，与诗中“东路安足由”意颇相近。“将骋”二句，言自愿驰骋万里，赴征吴之路，

东路安足由哉。

⑤江介，江间。淮泗，淮水与泗水。泗水在山东省中部，在济宁市东南注入运河。然古泗水循今运河南下，经徐州市东循废黄河东南流，直至今清江市注入淮水，全长一千多里，故往往淮泗并称。

⑥无方舟，喻无权柄。

其　六[①]

飞观百馀尺，临牖御棂轩[②]。
远望周千里，朝夕见平原。
烈士多悲心，小人媮自闲[③]。
国仇亮不塞，甘心思丧元[④]。
拊剑西南望，思欲赴泰山[⑤]。
弦急悲声发，聆我慷慨言。

①其六与前篇旨意略同。亦写其甘心为国而壮志不遂之愤慨。

②观，即阙，宫门两边望楼。《尔雅·释宫》："观为之阙。"牖，窗。御，凭。棂轩，栏干（棂，栏干。轩，栏杆上横板）。

③媮，同"偷"，苟且。

④亮，诚。塞，杜绝。丧元，丢头。《孟子·滕文公》："志士不忘在沟壑，勇士不忘丧其元。"

⑤西南望，西指蜀，南指吴。赴泰山，犹言赴死，与《白马篇》"视死忽如归"意同。汉魏时人有人死魂归于泰山之说。《乐府诗集》有《泰山吟》。《乐府解题》曰："《泰山吟》，言人死精魄归于泰山。"诗云："梁甫亦有馆，蒿里亦有亭。幽涂延万鬼，神房集百灵。"古乐府《怨诗行》："齐度游四方，各系太山录。人间乐未央，忽焉归东岳。"应璩《百一诗》："年命在桑榆，东岳与我期。"刘桢《赠五官中郎将》："常恐游岱宗，不复见故人。"

赠白马王彪[①]

黄初四年五月[②]，白马王、任城王[③]与余俱朝京师，会节气[④]。到洛阳，任城王薨。至七月，与白马王还国。后有司以二王归藩[⑤]，道路宜异宿止。意毒恨之[⑥]。盖以大别在数日，是用自剖，与王辞焉，愤而成篇。

谒帝承明庐，逝将归旧疆[7]。
清晨发皇邑，日夕过首阳[8]。
伊洛广且深，欲济川无梁[9]。
汎舟越洪涛，怨彼东路长[10]。
顾瞻恋城阙，引领情内伤。

□□□□□，□□□□□[11]。
太谷何寥廓，山树郁苍苍[12]。
霖雨泥我途，流潦浩纵横[13]。
中逵绝无轨，改辙登高冈[14]。
修坂造云日，我马玄以黄[15]。

玄黄犹能进，我思郁以纡。
郁纡将何念？亲爱在离居[16]。
本图相与偕，中更不克俱[17]。
鸱枭鸣衡轭，豺狼当路衢[18]。
苍蝇间白黑，谗巧令亲疏[19]。
欲还绝无蹊，揽辔止踟蹰[20]。

踟蹰亦何留，相思无终极。
秋风发微凉，寒蝉鸣我侧。
原野何萧条，白日忽西匿。
归鸟赴乔林，翩翩厉羽翼[21]。
孤兽走索群，衔草不遑食。
感物伤我怀，抚心长太息[22]。

太息将何为，天命与我违。
奈何念同生，一往形不归㉓！
孤魂翔故域，灵柩寄京师。
存者忽复过，亡没身自衰㉔。
人生处一世，去若朝露晞㉕。
年在桑榆间，影响不能追㉖。
自顾非金石，咄唶令心悲㉗。

心悲动我神，弃置莫复陈。
丈夫志四海，万里犹比邻。
恩爱苟不亏，在远分日亲㉘。
何必同衾帱，然后展殷勤㉙。
忧思成疾疢，无乃儿女仁㉚。
仓卒骨肉情，能不怀苦辛㉛！

苦辛何虑思？天命信可疑。
虚无求列仙，松子久吾欺㉜。
变故在斯须，百年谁能持㉝？
离别永无会，执手将何时？
王其爱玉体，俱享黄髮期㉞。
收泪即长路，援笔从此辞㉟！

①白马王彪，字朱虎，曹植异母弟。历封弋阳王、吴王、白马王、楚王。齐王嘉平元年（249），兖州刺史令狐愚、太尉王凌谋迎彪都许昌，廷尉请征彪治罪，彪自杀。据《魏志》本传，曹彪黄初三年封弋阳王，同年徙封吴王，七年徙封白马。然本诗黄初四年作，序称白马，则白马之封在是年晋京之前，《魏志》有误。

②五月，集作正月，此从《文选》。《三国志 · 魏书 · 文帝纪》：黄初三年“十一月辛丑，行幸宛”，四年“三月丙申，行自宛还洛阳宫”，诸王来朝不可能在正月，故以五月为是。

③任城王，名彰，字子文，曹植同母兄，善骑射，有勇略。建安二十三（218）年，率军北伐乌丸。黄初三年封任城王。四年六月朝京师，暴卒于洛阳。《世说新语 · 尤悔》：“魏文帝忌弟任城王骁壮，因在卞太后阁共围棋，并啖枣。文帝以毒置诸枣蒂中，自选可食者而进。王弗悟，遂杂进之。既中毒，太后索水救之。帝预敕左右毁瓶罐。太后徒跣趋井，无以汲。须臾遂卒。”所述或系传闻，然任城王或确系非正常死亡。

④会节气，一年二十四节气，魏有朝四节之制，是年六月二十四日立秋，依制需在立秋前十八日迎气，诸王来朝。

⑤“后有司”句：有司，指监国使者。《魏志》本传注引《魏氏春秋》：“植及白马王彪还国，欲同路东归，以叙隔阔之思，而监国使者不听，植髪愤告离而作诗。”本传：“黄初二年，监国谒者灌均希指，奏‘植醉酒悖慢，劫胁使者’。有司请治罪，帝以太后故，贬爵安乡侯。其年改封鄄城侯，三年立为鄄城王。”诗中有司，或仍是灌均。

⑥毒恨，犹痛恨。

⑦承明庐，长安汉宫有承明庐，在石渠阁外。魏洛阳亦有承明庐。陆机《洛阳记》曰：“吾尝怪‘谒帝承明庐’，问张公。张公云：‘魏明帝在建始殿朝会，皆由承明门，然直庐在承明门侧。’”（应璩《百一诗》李善注引）

⑧首阳，山名，在洛阳东北二十里。

⑨伊洛，二水名。伊水出熊耳山，东北流至偃师注入洛水。洛水出陕西冢岭山，东流至河南巩县注入黄河。诗中实指洛水。

⑩东路，自洛阳东向鄄城之路。——以上第一章，写离京师，渡洛水，顾瞻依恋。任城卒于六月十七日，事出仓卒，必多疑虑。下文写及霖雨泥途，是年六月，京师大雨。可知六月会节气之后，即离京东行。

⑪ 此处疑脱漏二句。本章仅八句，于全诗各章为特短，似不称。又，除本章外，各章首尾珠联（顶针），本章不应有异。此处应有二句，其开头必有“内伤”或“情伤”二字。

⑫ 太谷，谷名，亦关名，在洛阳东南五十里，汉灵帝时置。寥廓，空旷貌。

⑬“霖雨”二句：《魏志 · 文帝纪》：“是月（黄初四年六月）大雨，伊洛溢流，杀人民，坏庐舍。”潦，雨后积流。

⑭ 中逵，大路上。“中逵”二句，即因流潦纵横，车无法行驶，故改辙而

登高冈。

⑮ 修坂，斜坡。造，到达。玄以黄，即玄黄。《诗·周南·卷耳》："陟彼高冈，我马玄黄。"《尔雅·释诂》："玄黄，病也。"（玄，胡涓切；黄，胡光切）——以上第二章，写霖雨泥途，行路艰难。

⑯ 郁纡（yù yū），忧思郁结貌。

⑰ 俱，偕同。

⑱ 鸱枭，鸟名，即猫头鹰，据传食母，以其鸣声尖厉，古人以为不祥之鸟，以喻恶人。《诗·大雅·瞻卯》："懿厥哲妇，为枭为鸱。"贾谊《吊屈原赋》："鸾凤伏窜兮，鸱枭翱翔。"衡轭，车辕前端横木，用以套牛马颈者。衢，大路。《尔雅·释宫》："四达谓之衢。""鸱枭"二句喻小人当道。

⑲ "苍蝇"二句，谓苍蝇变乱黑白，谗佞挑拨是非。《诗·小雅·青蝇》："营营青蝇，止于樊。"郑玄笺："蝇之为虫，污白使黑，污黑使白。"

⑳ 欲还绝无蹊，欲回返京师向君王诉说，已绝无蹊径。揽辔，手持马缰。踟蹰，徘徊不进之貌。——以上第三章，写兄弟被迫分离，怨小人播弄是非，谗间骨肉。

㉑ 乔林，乔木之林。翩翩，飞貌。厉，奋。

㉒ 太息，长叹。

㉓ 同生，同胞兄弟，指任城王曹彰。一往，谓其已死。

㉔ "存者忽复过，亡没身自衰"，刘履《选诗补注》谓"存者"与"亡没"应互掉，言死者已矣，存者也难久保。

㉕ 晞，晒干。

㉖ 桑榆，二星名，在西方。李善注："日在桑榆，以喻人之将老。"影响，光与声。年华流逝，纵光与声亦无法追及。

㉗咄唶（duō jiè），惊叹声。——以上第五章，伤任城王之暴死，为自己前途忧惧。貌似感叹人生，实有无限愤懑。

㉘分，情。

㉙同衾帱，共用被帐，指一起生活。展，示。殷勤，情意。

㉚疢疢（chèn），病。儿女，女子。仁，犹情。

㉛仓卒（cāng cù），匆促，谓仓卒之间，生离死别。骨肉情，兄弟之情。苦辛，此指心头之苦。——以上第六章，勉为宽慰曹彪，然又不能自已。

㉜列仙，诸仙。松子，赤松子，古仙人名。《史记·留侯世家》："愿弃人间事，欲从赤松子游耳。"《列仙传》："赤松子者，神农时雨师也。服水玉，教神农，能入火不烧。至昆仑山上，常止西王母石室中，随风雨上下。"

㉝斯须，犹须臾，片刻。变故在斯须，顷刻之间即可能发生变故，如任城

王之暴卒。持，保。

㉞黄髪，高寿之征，人老则发黄。

㉟即，就，上。——以上第七章，写辛苦之怀，并与曹彪诀别。

曹 叡

曹叡（204—239），字元仲，曹丕长子。建安八年（203），曹操破袁绍，入邺，纳绍子袁熙妻甄氏匹曹丕，翌年生叡。曹操死后，曹丕称帝，黄初三年（222）封叡为平原王。是年，曹丕赐甄夫人死。黄初七年（226），曹丕病笃，立叡为太子，丕死即帝位，是为明帝。在位十三年。曹操、曹丕、曹叡称魏“三祖”。

长歌行①

静夜不能寐，耳听众禽鸣②。
大城育狐兔，高墉多鸟声③。
坏宇何寥廓，宿屋邪草生④。
中心感时物，抚剑下前庭。
翔佯于阶际，景星一何明⑤。
仰首观灵宿，北辰奋休荣⑥。
哀彼失群燕，丧偶独茕茕。
单心谁与侣？造房孰与成？
徒然喟有和，悲惨伤人情⑦。
余情偏易感，怀往增愤盈⑧。
吐吟音不彻，泣涕沾罗缨！

①长歌行，《乐府诗集》属相和歌辞平调曲。

②众禽，指鸟兽，即下文狐兔与鸟。《尔雅·释鸟》：“二足而羽谓之禽，四足而毛谓之兽。”《说文·内部》：“禽，走兽总名。”是鸟和兽都叫禽。

③墉，城墙。

④坏宇，崩坏的屋宇。宿屋，旧屋。邪草，杂草。

⑤翔佯（xiáng yáng），徘徊彷徨。景，大。

⑥灵宿，星名，即灵星，又名天田星，主稼穑。汉代令郡国立灵星祠，岁时祭祀以祈年。北辰，星名，即北极星。奋，发，放。休荣，指明亮之光焰。两句上下互省，仰首既观灵宿也观北辰；而灵宿与北辰并奋休荣。

⑦“徒然”二句：徒然，空貌。喟之为言未也。和，声相应也。徒然未有和者，故悲惨而伤人情。

⑧怀往，伤怀往事。愤盈，犹愤懑。

左延年

左延年，生平不详。《晋书·乐志》谓其人黄初中“以新声被宠”。

从军行

苦哉边地人，一岁三从军①。
三子到敦煌，二子诣陇西②。
五子远斗去，五妇皆怀身③。

①三，多次。

②敦煌，郡名，汉元鼎六年分酒泉郡置，治敦煌，今甘肃敦煌市。陇西，郡名，战国秦置，因在陇山之西而得名，治狄道，今甘肃临洮县；三国魏移治襄武，今甘肃陇西县南。

③怀身，怀孕。

何 晏

何晏（190—249），字平叔，南阳宛（今河南南阳）人。本何进孙，母尹氏曹操掠为夫人，晏得附为操养子；又尚公主，因进而为操女婿。晏与王弼、夏侯玄均以谈老庄知名，为魏晋玄谈滥觞。晏在曹丕、曹叡父子两朝并不见信用，后曹爽执政，用为侍中尚书。嘉平元年，司马懿杀曹爽，并杀何晏。

拟 古

鸿鹄比翼游，群飞戏太清①。
常恐夭网罗，忧祸一旦并②。
岂若集五湖，顺流唼浮萍③。
逍遥放志意，何为怵惕惊④！

①鸿，雁。鹄，天鹅。太清，太空。
②夭，犹遭。网罗，捕鸟网。
③集，栖止。五湖，泛指湖泊。唼，鱼鸟水中吞食曰唼。
④逍遥，自在浮游。放，纵任。怵惕，恐惧。

★《文心雕龙·明诗篇》："及正始明道，诗杂仙心，何晏之徒，率多浮浅。"所谓"诗杂仙心"，肯定是当日侈谈玄理的歌咏，何晏竟是其中的代表人物。这种"浮浅"之作一篇也没有留下。现存何晏诗仅有《拟古》两首，"鸿鹄"篇为其中之一。此诗倒颇为现实，不杂一点"仙心"。何晏党于曹爽，又是曹室姻亲，司马氏势盛，常虑危机，诗中忧惧之情，溢于言表。

应璩

应璩（190—252），字休琏，建安诗人应玚之弟。魏明帝时历官散骑常侍，齐王时迁侍中。为大将军曹爽长史，作《百一诗》以讽。后复为侍中，典著作。嘉平四年卒。休琏《百一诗》，据传多达一百数十篇，仅《文选》存一完篇，《诗纪》蒐辑逸诗亦仅有三篇。逯钦立广泛搜求残篇零句，得二十则。或标杂诗，或曰新诗，逯氏以为都属《百一》。其诗大多为讽谕格言，在建安至魏代诗坛实独具一格。

百一诗二首[①]

下流不可处

下流不可处，君子慎厥初[②]。
名高不宿著，易用受侵诬[③]。
前者隳官去，有人适我闾[④]。
田家无所有，酌醴焚枯鱼[⑤]。
问我"何功德，三入承明庐[⑥]。
所占于此土，是谓仁智居[⑦]？
文章不经国，筐箧无尺书[⑧]；
用等称才学，往往见叹誉[⑨]？"
避席跪自陈："贱子实空虚[⑩]！"
宋人遇周客，惭愧靡所如[⑪]！

①“百一”之名，或谓诗百有一篇，或谓百言为一篇，皆牵强为解。李善注引李充《翰林论》：“据百一诗序云：‘时或谓曹爽曰：公今闻周公巍巍之名，安知百虑有一失乎？’百一之名，盖兴于此也。”据此，则所谓百一者，百虑而一得也。然“下流不可处”一篇，为讽世之作，非为曹爽作也。

②下流，低下地位，不利处境，众恶所归之处。《论语·子张》：“纣之不善，不如是之甚也。是以君子恶居下流，天下之恶皆归焉。”杨恽《报孙会宗书》：“下流之人，众毁所归。”厥，其。

③宿，早。侵诬，毁伤诬陷。二句谓人如不早著高名，则易受毁伤诬陷；亦即下流不可处之意。

④𪊲官，失官。适，至。闾，居屋。

⑤醴，甜酒。焚，煎。二句谓有客来访，虽甚贫寒仍殷勤招待。

⑥问我，客人责问我。“何功德”以下八句来人责问之辞。承明庐，魏晋时洛阳宫门外官署。参见曹植《赠白马王彪》诗注。璩初为侍郎，又为常侍，又为侍中，故云三入。

⑦占，隐也。指失官后居住之地。二句问汝今所居之地，是谓仁智之所居乎？

⑧经国，经理国家。筐箧，竹箱。尺书，指书简。

⑨等，魏晋时用“等”为“何等”之意。李善注：“言文章既不经国，筐箧又无尺书，乃用何等而称才学，往往而见誉？问者之辞也。”

⑩避席，古人席地而坐，表示敬意或惶恐则起而避席。贱子，诗人自称。

⑪“宋人”二句：《阙子》：“宋之愚人，得燕石于梧台之侧，藏之以为大宝。周客闻而观之。主人斋七日，端冕玄服以发宝，革匮十重，缇巾十袭。客见之，俯而掩口，胡卢而笑曰：‘此特燕石也，其与瓦甓不殊。’”宋人，诗人自喻。周客，喻来人。如，往。靡所如，犹言无地自容。诗人回答，只“贱子实空虚”一句，更无他言。“宋人”二句，叙述之语，貌似惶恐，实含刺意。

★旧注谓此诗为应璩自诲之作，极误。全篇都是说明“下流不可处”。人一旦失势，处于不利地位，则毁伤指斥者无恶不归。来人之全面指责，即因我“𪊲官”处下所致。为讽世愤激之语，非自诲策励之辞。刘彦和谓其“独立不惧，辞谲义贞”，的而有当。

细微可不慎[1]

细微可不慎，堤溃自蚁穴。
腠理蚤从事，安复劳针石[2]。
哲人睹未形，愚夫暗明白[3]；
曲突不见宾，焦烂为上客[4]。
思愿献良规，江海倘不逆[5]。
狂言虽寡善，犹有如鸡跖；
鸡跖食不已，齐王为肥泽[6]。

①本篇《诗纪》标作《杂诗》，逯钦立编入《百一诗》，从之。

②“细微”四句：《韩非子·喻老》：“天下之难事必作于易，天下之大事必作于细。”“故曰：图难于其易也，为大于其细也。千丈之堤以蝼蚁之穴溃，百尺之室以突隙之烟焚。”“扁鹊见蔡桓公，立有间，扁鹊曰：‘君有疾在腠理，不治将恐深。’桓侯曰：‘寡人无疾。’扁鹊出。桓侯曰：‘医之好治不病以为功！’居十日，扁鹊复见，曰：‘君之病在肌肤，不治将益深。’桓侯不应。扁鹊出，桓侯又不悦。居十日，扁鹊复见，曰：‘君之病在肠胃，不治将益深。’桓侯又不应。扁鹊出，桓侯又不悦。居十日，扁鹊望桓侯而还走。桓侯故使人问之。扁鹊曰：‘疾在腠理，汤熨之所及也；在肌肤，针石之所及也；在肠胃，火齐之所及也；在骨髓，司命之所属，无奈何也。今在骨髓，臣是以无请也。’居五日，桓侯体痛。使人索扁鹊，已逃秦矣。桓侯遂死。”“故曰：圣人蚤从事焉。”腠理，肌肉纹理，指皮肤。蚤，通“早”。针石，古代磨石为针，故称针石。慎其细微，防患未然，为全篇之旨。

③哲人，明哲之人。睹未形，睹于未形，即尚未现形即已看清。暗明白，暗于明白，即事已明白仍然不知。

④“曲突”二句：《汉书·霍光传》：“客有过主人者，见其灶直突，旁有积薪。客谓主人，更为曲突，远徙其薪，不者且有火患。主人嘿然不应。俄而家果失火，邻里共救之，幸而得息。于是杀牛置酒，谢其邻人，灼烂者在于上行，馀各以功次坐，而不录言曲突者。人谓主人曰：‘乡使听客之言，不费牛酒，终亡火患。今论功而请宾，曲突徙薪亡恩泽，焦头烂额为上客耶？’主人乃寤而请之。”曲突，弯曲烟囱，使不致冒出火花，导致失火。此指建议曲突者。宾，礼请。焦烂，指因救火而焦头烂额之人。

⑤规，规诫。倘，或。逆，违，拒绝。《史记·李斯列传》："太山不让土壤，故能成其大；河海不择细流，故能就其深；王者不却众庶，故能明其德。"二句谓思欲献其良规，冀能听取，如江海之不逆细流。

⑥狂言，指规诫之言。鸡跖，鸡足踵。《吕氏春秋》："善学者若齐王之食鸡也，必食其跖数千而后足。"肥泽，肌肉丰润。"狂言"四句，谓规诫之言虽小，若广泛听取，必然有益；如鸡跖甚微，多食之乃能肥泽。

★此诗讽谕之意甚明，正所谓百虑而一得也。又《百一》其二云："室广致凝阴，台高来积阳。奈何季世人，侈靡在宫墙。饰巧无穷极，土木被朱光。征求倾四海，雅意犹未康！"揭露统治者奢靡无度，为建安、黄初诗中所罕见，惜非完篇。应璩之卒，后乃兄应玚三十五年，必较高寿，阅历宏富，故诗较应玚之作内涵深刻。

阮　籍

阮籍（210—263），字嗣宗，陈留尉氏（今河南尉氏）人，建安诗人阮瑀之子，生两岁而孤。籍博览群籍，尤好老庄，为竹林七贤首领。《晋书》本传谓其“本有济世志，属魏晋之际，天下多故，名士少有全者，籍由是不与世事，遂酣饮为常”。他蔑视礼教，不受传统束缚，有许多桀异表现。尝登广武，观楚汉战处，叹曰：“时无英雄，使竖子成名！”又“时率意独驾，不由径路，车迹所穷，辄痛哭而反”。司马氏当政，籍虚与委蛇，为太傅司马懿、大司马司马师从事中郎，正元初封关内侯，历散骑常侍、东平相。闻步兵厨营人善酿，有贮酒三百斛，乃求为步兵校尉，故世称阮步兵。景元四年（263）卒，年五十四。有辑本《阮步兵集》。

嗣宗改变建安以来风习，不拟作乐府，专写徒诗；其力作为《咏怀》八十二首。阮诗紧扣时代，却不直叙时事，更绝无“怜风月，狎池苑，述恩荣，叙酣宴”之作，而以全力自抒怀抱。人生险巇，世路艰难，时代之悲，兴亡之感，乃至生命无常，天道幽邈，一概发之于诗。时当魏晋易代之际，统治者极其凶残，诗人文士，动辄得咎，故嗣宗不得不隐约其辞。《文选》李善注引颜延年曰：“嗣宗身仕乱朝，常恐罹谤遇祸，因兹发咏，故每有忧生之嗟。虽志在刺讥，而文多隐避，百代之下，难以情测。”延年所论，是最知嗣宗亦最知嗣宗诗者。钟嵘亦谓其诗“颇多感慨之词，厥旨渊放，归趣难求”。然嗣宗诗极有思致，发于常理，并非不可捉摸；读者试平心静气，自可体会。往昔注家，多爱勾玄索隐，将诗中词句，一一附会魏事，不仅使诗味索然，而且人言言殊。此注家作茧，非嗣宗之过。嗣宗之作，深于仲宣子建，后来潘岳、陆机之辈，更莫能望其项背。下启左思、张协、陶渊明、庾子山，以至唐代陈子昂《感遇》、李太白《古风》，并一脉相承，其源远固流长也。

咏怀二十四首[①]

夜中不能寐

夜中不能寐，起坐弹鸣琴。
薄帷鉴明月，清风吹我襟[②]。
孤鸿号外野，朔鸟鸣北林[③]。
徘徊将何见，忧思独伤心。

①《晋书》本传："籍能属文，初不留思，作《咏怀诗》八十馀首，为世所重。"今存八十二首。《咏怀》是其诗作总题，非一时之所作。选录二十四首。"夜中不能寐"篇原列第一。

②帷，帐。鉴，照。

③朔鸟，犹《灼灼西隤日》篇中寒鸟。朔，一作翔。吴淇曰："鸟不夜翔，曰翔鸟，正以月明故。"（转引自黄节《咏怀诗》注，下同）按，吴说非，明著"北林"，自以"朔鸟"为是。

★一片凄凉景象，有惶惶不可终宵之感。彷徨失路，不啻穷途恸哭。

嘉树下成蹊[①]

嘉树下成蹊，东园桃与李[②]。
秋风吹飞藿，零落从此始[③]。
繁华有憔悴，堂上生荆杞[④]。
驱马舍之去，去上西山趾[⑤]。
一身不自保，何况恋妻子！
凝霜被野草，岁暮亦云已[⑥]。

①本篇原列第三。

②嘉，美。嘉树，指桃李。蹊，路。《史记·李将军列传》："桃李不言，下自成蹊。"

③藿，豆叶。

④繁华有憔悴，犹言盛极必衰。嘉树成蹊，繁华之日；秋风飞藿，憔悴之时。《文子》："有荣华者，必有憔悴。"班固《答宾戏》："朝为荣华，夕为憔悴。"荆杞，两种灌木。堂上，昔日繁华之地；生荆杞，而今憔悴。

⑤西山，即首阳山，伯夷、叔齐采薇之地。《史记·伯夷列传》："武王已平殷乱，天下宗周，而伯夷、叔齐耻之，义不食周粟，隐于首阳山，采薇而食之。及饿且死，作歌。其辞曰：'登彼西山兮，采其薇矣。'"趾，指山麓。去上西山趾，言舍却繁荣是非之地，追慕夷齐高隐之境。

⑥已，止也，至也。凝霜被野草之时，则岁暮亦将至矣。

★自汉末群雄争战，洛阳长安，相继化为灰烬，"垣墙皆顿擗，荆棘上参天"。至曹魏之末，又复斗角勾心，杀伐不已；今日王侯第宅，明日即为废墟，所谓"繁华有憔悴，堂上生荆杞"者也，至使嗣宗如此忧惧！

平生少年时[①]

平生少年时，轻薄好弦歌[②]。
西游咸阳中，赵李相经过[③]。
娱乐未终极，白日忽蹉跎[④]。
驱马忽来归，反顾望三河[⑤]。
黄金百镒尽，资用常苦多[⑥]。
北临太行道，失路将如何[⑦]！

①本篇原列第五。

②轻薄，轻浮不守礼法。

③咸阳，秦都城。赵李，李善引颜延年曰："赵，汉成帝赵后飞燕也。李，武帝李夫人也。并以善歌妙舞，幸于二帝也。"以赵飞燕、李夫人皆出身歌伎，故以赵李为歌伎之代称。

④蹉跎（cuō tuó），颠蹶，此指光阴消逝。

⑤三河，秦三川郡（郡治今荥阳东北）辖河东、河南、河北（河内），称三河。阮籍故乡尉氏属三川郡。

⑥镒，二十四两为一镒。资用，财货用费。资用常苦多，财货用费苦于太多（与下句注中“吾用多”含意不同）。

⑦“北临”二句：《战国策·魏策》：季良曰：“今者臣来，见人于太行，方北面而持其驾，告臣曰：‘我欲之楚。’臣曰：‘君之楚，将奚以北面？’曰：‘吾马良！’臣曰：‘马虽良，此非楚之路也！’曰：‘吾用多！’臣曰：‘用虽多，此非楚之路也！’曰：‘吾御者善！’此数者愈善而离楚愈远耳。”二句之意，谓欲有所追求而蹉跎岁月，如北行失路，将如之何！

昔闻东陵瓜[①]

昔闻东陵瓜，近在青门外[②]。
连畛距阡陌，子母相钩带[③]。
五色曜朝日，嘉宾四面会[④]。
膏火自煎熬，多财为患害[⑤]。
布衣可终身，宠禄岂足赖[⑥]！

①本篇原列第六。

②东陵瓜，《史记·萧相国世家》：“召平者，故秦东陵侯。秦破，为布衣。贫，种瓜于长安城东。瓜美，故时俗谓之东陵瓜。”青门，汉代长安城东面南第一门霸城门，门色青，俗称青门。

③畛，指田地。《诗·周颂·载芟》“徂隰徂畛”，郑玄笺：“隰，谓新发田也；畛，谓旧田有径路者。”距，越过，指覆盖。阡陌，田间小路。子母，指大小瓜。钩带，串连。“连畛”二句谓相连田地，瓜藤连阡陌一起覆盖，大小瓜成串钩连。

④五色，形容瓜色泽之美。《述异记》：“吴桓王时，会稽生五色瓜。”

⑤膏，油脂。《庄子·人间世》：“山木自寇也，膏火自煎也。”“膏火”二句，言财多为患，如膏火自煎。

⑥布衣，布衣为平民之服，故代指平民。宠禄，皇帝恩宠，享受爵禄。赖，凭恃。布衣幸可终身，宠禄不足依恃，为全诗之旨。曹魏末年，司马氏当政，统治者之间斗争残酷，士大夫多罹其灾。嗣宗有见于此，故深为感慨。

灼灼西隤日[①]

灼灼西隤日，馀光照我衣[②]。
回风吹四壁，寒鸟相因依[③]。
周周尚衔羽，蛩蛩亦念饥[④]。
如何当路子，磬折忘所归[⑤]？
岂为夸与名，憔悴使心悲[⑥]！
宁与燕雀翔，不随黄鹄飞[⑦]；
黄鹄游四海，中路将安归？

①本篇原列第八。

②灼灼，光明貌。隤，下落。

③相因依，相亲相倚。

④周周，传说中鸟名。《韩非子·说林》："鸟有周周者，重首而屈尾，将欲饮于河则必颠，乃衔其羽而饮之。"衔羽，指后者衔前者之羽，相互援助，依次饮水。蛩蛩，又名邛邛岠虚，传说中兽名。《尔雅·释地》："西方有比肩兽焉，与蛩蛩岠虚比，为蛩蛩岠虚啮甘草，即有难，蛩蛩岠虚负而走。其名谓之蟨。"据传，蛩蛩岠虚前足高，后足短，便于走，不便于啮草。蟨前足短，后足高，便于啮草，不便于走。故相互依存为生，蟨啮草共食而蛩蛩岠虚负之走。念饥，考虑如何充饥，指与蟨相依（"念饥"与"衔羽"相对，或另有含义，姑存疑）。

⑤当路子，当权居官者。磬折，谦恭之状，谓谄媚以求恩宠。参见曹植《箜篌引》注。忘所归，忘其归宿，即不顾后果。"回风"以下句意，谓鸟兽尚知所以求生存之道，如何当路者却只知钻营进取而忘其归宿。又，寒鸟因依，周周蛩蛩亦相互依存，暗示当路者却攻讦他人以求荣宠。

⑥夸与名，虚荣与名誉。《吕氏春秋·本生》："古之人有不肯富贵者，由重生故也，非夸以名也。"高诱注："夸，虚也。"以，同与（原作"夸誉名"，此从五臣本《文选》。《驱车出门去》篇"征行安所如，背弃夸与名"，同用《本生篇》语，二者应相同。若作"夸誉名"，则"夸"是动词，夸耀之意）。

⑦燕雀，小鸟，隐而不显，或可免祸。黄鹄，大鸟，目标巨大，故易罹灾，虽高游四海，而中路无归。喻意与何晏《拟古》略同。

湛湛长江水[①]

湛湛长江水，上有枫树林。
皋兰被径路，青骊逝骎骎[②]。
远望令人悲，春气感我心。
三楚多秀士，朝云进荒淫[③]。
朱华振芬芳，高蔡相追寻[④]。
一为黄雀哀，泪下谁能禁[⑤]！

①本篇原列第十一。

②皋兰，水边兰草。被，覆盖。青骊，黑马。逝，奔驰。骎骎（qīn），马急驰貌。《楚辞·招魂》："青骊结驷兮齐千乘。""皋兰被径兮斯路渐，湛湛江水兮上有枫，目极千里兮伤春心，魂兮归来哀江南。"前六句全由招魂句脱出，写出一片春光，而颇为暗淡，为后文衬托。

③三楚，泛指楚国。古三楚之说甚多，不必拘泥。秀士，才秀之士，如宋玉、景差等。朝云，宋玉《高唐赋》写楚王游高唐，梦遇巫山神女，自言"妾在巫山之阳，高丘之阻。旦为朝云，暮为行雨；朝朝暮暮，阳台之下"。

④朱华，红花。曹植《公宴诗》"朱华冒绿池"指荷花。振，散发。高蔡，楚地名，见下注。

⑤一为黄雀哀，《战国策·楚策》记庄辛谓楚襄王曰："君王左州侯，右夏侯，辇从鄢陵君与寿陵君，专淫逸侈靡，不顾国政，郢都必危矣！""王独不见夫蜻蛉乎？六足四翼，飞翔乎天地之间，俯啄蚊虻而食之，仰承甘露而饮之，自以为无患，与人无争也。不知夫五尺童子，方将调饴胶丝，加己乎四仞之上，而下为蝼蚁食也。夫蜻蛉其小者也，黄雀因是以。俯噣白粒，仰栖茂树，鼓翅奋翼，自以为无患，与人无争也。不知夫公子王孙，左挟弹，右摄丸，将加己乎十仞之上，以其类为招，昼游乎茂树，夕调乎酸咸，倏忽之间，坠于公子之手。""蔡灵侯之事因是以。南游乎高陂，北陵乎巫山，饮茹溪之流，食湘波之鱼，左抱幼妾，右拥嬖女，与之驰骋乎高蔡之中，而不以国家为事。不知夫子发方受命乎灵王，系已以朱丝而见之也。蔡灵侯之事其小者也，君王之事因是以。左州侯、右夏侯，辇从鄢陵君与寿陵君，饭封禄之粟，而载方府之金，与之驰骋乎云梦之中，而不以天下国家为事。不知夫穰侯方受命乎秦王，填黾塞之内，而投已乎黾塞之外。"后六句谓三楚虽多秀士，却只导引君王陷于荒淫，

嬉游无度，一旦如黄雀之哀，已悔之无及。

★本篇托咏楚史以刺魏事，指斥魏主亲幸之臣，不能匡辅，导引荒淫，将为他人所乘。刘履《选诗补注》："按《通鉴》，正元元年，魏主芳幸平乐观。大将军司马师以其荒淫无度，亵近倡优，乃废为齐王，迁之河内，群臣送者皆为流涕。嗣宗此诗，其亦哀齐王之废乎？"刘说较近于理。其他解说，颇多附会。然诗作无疑针对魏事，可就其全局理解，无需一一指实。

昔年十四五①

昔年十四五，志尚好诗书②。
被褐怀珠玉，颜闵相与期③。
开轩临四野，登高望所思④。
丘墓蔽山冈，万代同一时⑤。
千秋万秋后，荣名安所之⑥？
乃悟羡门子，噭噭今自嗤⑦。

①本篇原列第十五。

②志尚，犹志向。《论语·为政》："子曰：'吾十有五而志于学。'"

③被，穿着。褐，粗布衣。珠玉，喻道德修养。《老子》："是以圣人被褐怀玉。"颜闵，颜回、闵损，均孔子高足。期，期待。

④轩，长廊有窗者谓之轩，长廊上窗户亦谓之轩，此即指窗。所思，指古之圣哲，如颜、闵等。

⑤丘墓，坟墓。《方言》："冢大者曰丘。"时，犹言期限。《释名·释天》："时，期也，物之生死，各应节期而止也。"

⑥荣名，荣耀声名。安，何。

⑦羡门子，古仙人名。宋玉《高唐赋》："有方之士，羡门高谿。"《史记·秦始皇本纪》："始皇之碣石，使燕人卢生求羡门、高誓。"噭噭（jiào），呼声，指为追求而呼叫。嗤，笑。昔年志在诗书，相期颜闵。然自古圣贤，尽归丘墓，千秋之后，荣名何在？乃悟羡门遗弃世尘之意，往日噭噭者，今但自嗤笑耳。

徘徊蓬池上[1]

徘徊蓬池上，还顾望大梁[2]。
绿水扬洪波，旷野莽茫茫[3]。
走兽交横驰，飞鸟相随翔。
是时鹑火中，日月正相望[4]。
朔风厉严寒，阴气下微霜[5]。
羁旅无俦匹，俯仰怀哀伤[6]。
小人计其功，君子道其常[7]。
岂惜终憔悴，咏言著斯章[8]。

①本篇原列第十六。

②蓬池，《汉书·地理志》："河南开封县东北有蓬池。"大梁，战国魏都城，今河南开封。

③莽，草。《方言》："草，南楚之间谓之莽。"莽茫茫，荒草无涯貌。《楚辞·悲回风》："莽芒芒之无仪。"王逸注："草木弥望。"

④鹑火，南方朱鸟七宿中，其三柳宿，其四星宿，其五张宿，合称鹑火。鹑火中，鹑火位南方正中，为夏历九、十月之交。《左传》僖公五年："晋侯围上阳，问于卜偃曰：'吾其济乎？'对曰：'克之。'公曰：'何时？'对曰：'……其九月、十月之交乎！丙子旦，日在尾，月在策，鹑火中，必是时也。'"日月正相望，指十五日。《书·召诰》"惟二月既望"，伪孔传："十五日，日月相望也。"

⑤朔风，北风。厉，猛。二句写严寒逼近，也喻政治气氛危恶。

⑥羁旅，寄迹在外。俦匹，伴侣。二句写自身孤独，故心怀哀伤。

⑦"小人"二句：功，利害得失。常，正常规范。《荀子·天论篇》："君子道其常，小人计其功。"此用《荀子》成句，为叶韵倒置。

⑧岂惜终憔悴，不苟且于乱世，终憔悴亦所不惜。

★大梁为战国魏都，音同曹魏之魏，其哀曹魏之意甚明。诗写奸臣当道，政局危殆，而已"羁旅"无俦，故心怀哀伤。然自守常道，决不苟且，纵憔悴以终，亦在所不惜。

独坐空堂上[①]

独坐空堂上，谁可与亲者[②]？
出门临永路，不见行车马[③]。
登高望九州，悠悠分旷野[④]。
孤鸟西北飞，离兽东南下。
日暮思亲友，晤言用自写[⑤]。

①本篇原列第十七。

②亲，六臣本《文选》作“欢”。

③临，向。永路，长路。

④九州，古分中国为九州，此泛指天下。悠悠，远貌。

⑤晤，通“悟”，觉也，醒悟之意。言，助词。写，除。谓除其愁思。《诗·邶风·泉水》：“驾言出游，以写我忧。”毛传：“写，除也。”“日暮”二句，自觉无限孤独，故思念亲友，然自悟此身处境，唯有自己排遣忧思（晤言，注家或用《诗·陈风·东门之池》“彼美淑姬，可与晤言”之“晤言”为解。郑玄笺：“晤，对也。”晤言，即相对共话。谓日暮思念亲友，希望相对共话以消我忧思。解此诗固亦勉强可通，然《西方有美人》篇“悦怿未交接，晤言用感伤”，明言“未交接”，则“晤言”非对面共话之意甚明，故不取）。

于心怀寸阴[①]

于心怀寸阴，羲阳将欲冥[②]。
挥袂抚长剑，仰观浮云征[③]。
云间有玄鹤，抗志扬哀声[④]。
一飞冲青天，旷世不再鸣[⑤]。
岂与鹑鷃游，连翩戏中庭[⑥]？

①本篇原列第二十一。

②怀，惜。寸阴，短暂光阴，言其宝贵。《淮南子·原道》：“圣人不贵尺之璧而重寸之阴。”羲阳，太阳。一作“羲和”。冥，昏暗，指日暮。

③袂，衣袖。征，行。

④玄鹤，《楚辞·九叹》“听玄鹤之晨鸣”，王逸注：“玄鹤，俊鸟也。君有德则来，无德则去，若鸾凤矣。”抗志，犹言高尚其志。一作“抗首”，举首。

⑤“一飞”二句，旷世，犹绝世，永世。《史记·滑稽列传》：淳于髡说齐王曰：“国中有大鸟，止王之庭三年不飞又不鸣，王知此鸟何也？”王曰：“此鸟不飞则已，一飞冲天；不鸣则已，一鸣惊人。”

⑥鹑鷃，两种小鸟。《楚辞·九怀》：“凤皇不翔兮鹑鷃飞扬。”王逸注：“小人得志，作威福也。”连翩，接连而飞。“云间”以下六句，写玄鹤哀鸣，高飞远举，决不与鹑鷃为伍。喻时代黑暗，奸人得志，正直之士宁超然高举，不肯与小人同流合污。

★《晋书·阮籍传》载：“籍本有济世志，属魏晋之际，天下多故，名士少有全者，籍由是不与世事，遂酣饮为常。文帝初欲为武帝求婚于籍，籍醉六十日，不得言而止。钟会数以时事问之，欲因其可否而致之罪，皆以酣醉获免。”《世说新语·德行》载：“晋文王称阮嗣宗至慎，每与之言，言皆玄远，未尝臧否人物。”诸多记载，所谓“旷世不再鸣”，即是嗣宗统一回答。

驾言发魏都①

驾言发魏都，南向望吹台②。
箫管有遗音，梁王安在哉③！
战士食糟糠，贤者处蒿莱④。
歌舞曲未终，秦兵已复来⑤。
夹林非吾有，朱宫生尘埃⑥。
军败华阳下，身竟为土灰⑦！

①本篇原列第三十一。

②驾言，驾车。言，助词。《诗·邶风·泉水》：“驾言出游。”魏都，即大梁，今河南开封。吹台，战国时魏王宴游之所。遗址在今开封东南。又名繁台、范台。《战国策·魏策》：“梁王魏婴觞诸侯于范台。酒酣，请鲁君举觞。鲁君兴，避席择言曰：‘……今主君之尊，仪狄之酒也。主君之味，易牙之调也。

左白台而右闾须，南威之美也。前夹林而后兰台，强台之乐也。有一如此，足以亡其国。今主君兼此四者，可无戒与？'"魏婴即梁惠王（前369—前319在位），《史记》作魏莹。

③箫管有遗音，箫管仿佛犹有遗音，即曾几何时之意。梁王即魏王。梁惠王迁都于梁，因亦称梁国。

④糟糠，酒糟与糠皮。蒿莱，蒿与藜，两种草本植物，此代指草野之中。

⑤秦兵已复来，魏国后期，不断受秦军困扰，地日益削，魏王假三年（前225），终为秦所灭。

⑥夹林，魏王游乐之所，见前注。吾，代指魏。朱宫，魏宫。

⑦军败华阳下：华阳，地名。《史记·秦本纪》：秦昭襄王"三十三年，客卿胡阳攻魏卷、蔡阳、长社，取之；击芒卯华阳，破之，斩首十五万"。秦昭襄王三十三年，为魏安釐（xī）王四年（前273）。竟，终结，指死亡。曹操《步出夏门行》："神龟虽寿，犹有竟时；腾蛇乘雾，终为土灰。"

★诗写魏王耽于游乐而荒于国境，不恤战士，冷落贤才，如此强敌得乘隙而入，终致兵败身灭，魏国丘墟。此以战国魏之教训作曹氏魏之鉴戒。诗中涉及若干魏史，如魏婴宴饮吹台、安釐兵败华阳之类。然魏婴与安釐相距百年之久。诗盖以魏史为影，实概而言之，于史事不可拘泥，"梁王"亦不必定指魏婴。此可与善诗者道，不可与索隐家言。

朝阳不再盛①

朝阳不再盛，白日忽西幽。
去此若俯仰，如何似九秋②！
人生若尘露，天道邈悠悠③。
齐景升牛山，涕泗纷交流④；
孔圣临长川，惜逝忽若浮⑤。
去者余不及，来者吾不留⑥。
愿登太华山，上与松子游⑦。
渔父知世患，乘流泛轻舟⑧。

①本篇原列第三十二。

②去此，指“朝阳不再盛，白日忽西幽”。二句谓光阴俯仰即逝，如何谓似“九秋”。此由《诗·王风·采葛》“一日不见，如三秋兮”联想而来。盖思人者觉时间迟缓，惜时者觉光阴迅疾。

③邈，远，谓其渺茫。悠悠，远貌。

④“齐景”二句:《晏子春秋》:“景公游于牛山，北临其国城而流涕曰：‘若何滂滂去此而死乎？’”

⑤“孔圣”二句:《论语·子罕》:“子在川上曰：‘逝者如斯夫，不舍昼夜！’”

⑥“去者”二句，谓逝去者我不能追赶，逼来者亦无法留住，无论去者来者都必然迅速消逝。《楚辞·远游》:“往者余弗及兮，来者吾不闻。”

⑦太华山，即华山，在陕西渭南市南。松子，即赤松子，古仙人名。参见曹植《赠白马王彪》诗注。曹操《秋胡行》:“愿登太华山，神人共远游。”“世言伯阳，殊不知老。赤松王乔，亦云得道。”

⑧“渔父”二句：楚辞渔父写屈原放逐，行吟泽畔，渔父见而问之。屈原曰：“举世皆浊我独清，众人皆醉我独醒，是以见放！”渔父曰：“圣人不凝滞于物，而能与世推移。世人皆浊，何不淈其泥而扬其波？众人皆醉，何不铺其糟而歠其醨？何故深思高举，自令放为？”屈原不以为然。渔父莞尔而笑，鼓枻而去。

一日复一夕[①]

一日复一夕，一夕复一朝。
颜色改平常，精神自损消。
胸中怀汤火，变化故相招[②]。
万事无穷极，知谋苦不饶[③]。
但恐须臾间，魂气随风飘[④]。
终身履薄冰，谁知我心焦[⑤]！

①本篇原列第三十三。

②汤，沸水。胸中怀汤火，犹言忧心如焚。变化故相招，谓变化自来相招，无法估计。

③饶，多。

④须臾（xū yú），时间短暂。须臾间，突然之间。魂气随风飘，指猝然死

去。此犹曹子建所谓“变故在斯须”。

⑤履，践。履薄冰，言极其危惧。《诗·小雅·小旻》：“战战兢兢，如临深渊，如履薄冰。”心焦，内心焦急忧虑。

★阮嗣宗有忧时之患，忧生之嗟。读此诗知其平日何等恐惧焦虑，何异于度日如年！所谓“嗣宗至慎，言皆玄远”，宁知此中有多少隐痛。

世务何缤纷①

世务何缤纷，人道苦不遑②。
壮年以时逝，朝露待太阳③。
愿揽羲和辔，白日不移光④。
天阶路殊绝，云汉邈无梁⑤。
濯发旸谷滨，远游昆岳傍⑥。
登彼列仙岨，采此秋兰芳⑦。
时路乌足争，太极可翱翔⑧。

①本篇原列第三十五。

②缤纷，乱貌，言变化多端。《楚辞·离骚》：“时缤纷其变易兮，又何可以淹留！”遑，暇。人道不遑，言无法应付世务变化。

③“壮年”二句：言壮岁光阴逝去，如朝露之待太阳，为期不久。

④揽，挽住。羲和，日御。“愿揽”二句，谓愿挽住羲和之马缰，使白日留驻。《楚辞·离骚》：“吾令羲和弭节兮，望崦嵫而勿迫。”

⑤天阶，上天之梯。云汉，天河。邈，远。梁，桥。

⑥濯，洗沐。旸谷，日所出处。《淮南子·天文》：“日出于旸谷。”一作汤谷。《楚辞·天问》：“日出汤谷，次于蒙汜。”《楚辞·远游》：“朝濯发于汤谷兮，夕晞余身兮九阳。”昆岳，昆仑山，传为神仙所居之地。

⑦岨（jū），戴土石山，此泛指山。采此秋兰芳，语本《离骚》“纫秋兰以为佩”。

⑧时路，犹世路，指权势地位。乌，何。太极，原指宇宙初生浑沌之气，此犹言神仙境界，理想彼岸。翱翔，遨游。

★远游昆岳，太极翱翔，只是自作解脱语。世务缤纷，无力与争，方是全篇真意。陈祚明曰："此首甚明，利剑不在掌也。志有必争，而委之乌足争。"可谓识者。

炎光延万里[①]

炎光延万里，洪川荡湍濑[②]。
弯弓挂扶桑，长剑倚天外[③]。
泰山成砥砺，黄河为裳带[④]。
视彼庄周子，荣枯何足赖？
捐身弃中野，乌鸢为患害[⑤]。
岂若雄杰士，功名从此大[⑥]！

①本篇原列第三十八。

②炎光，日光。洪川，大江。湍濑，水流沙上为濑，急濑曰湍；此泛指急流。

③"弯弓"二句：扶桑，传为日所出处神木。《楚辞·离骚》："饮余马于咸池兮，总余辔乎扶桑。"宋玉《大言赋》："方地为车，圆天为盖，长剑耿耿倚天外。"

④"泰山"二句：砥砺，磨石。《史记·高祖功臣年表序》："使河如带，泰山若厉，国以永宁，爰及苗裔。"

⑤"视彼"四句：《庄子·列御寇》："庄子将死，弟子欲厚葬之。庄子曰：'吾以天地为棺椁，以日月为连璧，星辰为珠玑，万物为赍送，吾葬具岂不备耶？何以加此？'弟子曰：'吾恐乌鸢之食夫子也。'庄子曰：'在上为乌鸢食，在下为蝼蚁食，夺彼与此，何其偏也？'"赖，恃。捐，弃。诗意谓视彼庄周，或荣或枯，都无可依恃，终必弃彼中野，为乌鸢所食。

⑥雄杰士，为诗人理想之化身。功名，功业声名。从此大，犹如此大。开首六句并写雄杰士，至此方点出。"炎光延万里，洪川荡湍濑"，为雄杰士活动之环境；"弯弓挂扶桑，长剑倚天外"，状雄杰士力量之宏伟；"泰山成砥砺，黄河为裳带"，言雄杰士生存之久长。

壮士何慷慨[①]

壮士何慷慨，志欲威八荒[②]。
驱车远行役，受命念自忘[③]。
良弓挟乌号，明甲有精光[④]。
临难不顾生，身死魂飞扬。
岂为全躯士，效命争战场[⑤]。
忠为百世荣，义使令名彰。
垂声谢后世，气节故有常[⑥]。

①本篇原列第三十九。

②八荒，八方极远之地。

③远，远赴。念，指私念。

④乌号，弓名。《淮南子·原道训》："射者扜乌号之弓。"明甲，铠甲有光泽者。曹植《上先帝赐铠表》："先帝赐臣铠，黑光、明光各一领。"

⑤全躯士，只知保全自己，不顾公家急难之人。司马迁《报任安书》称武帝一些朝臣为"全躯保妻子之臣"。二句谓壮士"效命争战场"，"岂为全躯士"！颠倒读句意自明。

⑥垂声，流传声誉于后世。谢，敬告。气节故有常，人之气节，本有常则，不因生死而有变化。

王业须良辅[①]

王业须良辅，建功俟英雄[②]。
元凯康哉美，多士颂声隆[③]。
阴阳有舛错，日月不常融[④]。
天时有否泰，人事多盈冲[⑤]。
园绮遁南岳，伯阳隐西戎[⑥]。
保身念道真，宠耀焉足崇[⑦]。
人谁不善始，尠能克厥终[⑧]。

休哉上世士，万载垂清风[9]。

①本篇原列第四十二。

②王业，帝王之业。须，待。良辅，优秀辅佐。建功，建立功业。俟，待。

③元凯，《左传》文公十八年："昔高阳氏有才子八人"，"天下之民谓之八凯"。"高辛氏有才子八人"，"天下之民谓之八元"。康，和也，谓协和一致。

④舛错，交互错杂。融，明朗。

⑤否泰，易两卦名。否，不顺；泰，顺。盈，满；冲，虚。"天时"二句，谓天时有顺有不顺，人事有满亦有虚，言变化无常。

⑥园绮，秦末东园公、角里先生、绮里季、夏黄公隐居商山，称为四皓。见《史记·留侯世家》。举园绮，实概指四人。《高士传》："四皓见秦政虐，乃退入蓝田山而作歌。""乃共入商洛，隐地肺山，以待天下定。及秦败，汉高闻而征之，不至，深自匿终南山，不能屈。"遁，隐居。南岳，即南山。伯阳，即老子。《史记·老子列传》："老子者，姓李氏，名耳，字聃，周守藏室之史也。""老子修道德，其学以自隐无名为务。居周久之，见周之衰，乃遂去"，"莫知其所终"。《神仙传》谓老子字伯阳。曹丕《折杨柳枝行》："老聃适西戎，于今竟不还。"

⑦保身念道真，《庄子·让王》："道之真以治身。"治，修治。修身亦所以保身。宠耀，荣宠光耀。焉，何。崇，重。二句谓道之真在于保身，宠耀并不足重。

⑧"人谁"二句：尠，通"鲜"。克，胜。厥，其。《诗·大雅·荡》："靡不有初，鲜克有终。"《史记·乐毅列传》："善始者不必善终。"诗谓人之操节，多可以善始，却少有能善终。

⑨休，美。上世士，如园绮，伯阳。万载垂清风，谓能永垂其清风大节。

★此诗谓如逢盛世，则建功立业，如元凯之美。然天时否泰，人事盈冲，世事变幻无常。不得其时，则须如园绮、伯阳，毅然隐退，不以恩宠为荣。然善始者多，克终者少，唯有上世之士，能万古垂其清节。

鸿鹄相随飞[1]

鸿鹄相随飞，飞飞适荒裔[2]。
双翮凌长风，须臾万里逝[3]。

朝餐琅玕实，夕宿丹山际[④]。
抗身青云中，网罗孰能制[⑤]！
岂与乡曲士，携手共言誓[⑥]！

①本篇原列第四十三。

②适，至。荒裔，边远之地。

③翮，翅羽，此代指翅。

④琅玕，传说中珠树。《荀子·正论篇》："犀象以为树，琅玕、龙兹、华觐以为实。"《艺文类聚》引《庄子》曰："南方有鸟，其名为凤，所居积石千里，天为生食，其树名琼枝，高百仞，以璆琳琅玕为实。"（今本《庄子》无此段文字）丹山，丹穴之山，神话中名山。《山海经·南山经》："丹穴之山，其上多金玉，丹水出焉，而南流注于渤海。有鸟焉，其状如鸡，五采而文，名曰凤凰。"

⑤抗身，举身，此指飞起。

⑥乡曲士，无知俗士。言誓，言语相约。《左传》成公十三年："言誓未就，景公即世。"乡曲之士，可以率尔言誓，其实未能坚守，往往望风而靡。诗谓当如鸿鹄高飞，以避网罗，不要轻信乡曲之士，以免受祸。

鸴鸠飞桑榆[①]

鸴鸠飞桑榆，海鸟运天池[②]。
岂不识宏大，羽翼不相宜[③]。
招摇安可翔，不若栖树枝[④]。
下集蓬艾间，上游园圃篱[⑤]。
但尔亦自足，用子为追随[⑥]？

①本篇原列第四十六。

②鸴（xué）鸠，小鸟名。海鸟，指大鹏。运，行。天池，指大海。《庄子·逍遥游》："北溟有鱼，其名为鲲。鲲之大不知其几千里也。化而为鸟，其名为鹏，鹏之背不知其几千里也。怒而飞，其翼若垂天之云。是鸟也，海运则将徙于南冥。南冥者，天池也。""鹏之徙于南冥也，水击三千里，抟扶摇而上者九万里，去以六月息者也。""蜩与鸴鸠笑之曰：'我决起而飞，抢榆枋，时

则不至，而控于地而已矣，奚以之九万里而南为？’”

③宜，通“仪”，匹也。《文选·谢瞻〈于安城答灵运诗〉》李善注引即作“仪”。《诗·大雅·烝民》“我仪图之”毛传：“仪，宜也。”《汉书·地理志》“伯益能仪百物”，仪，并通“宜”。羽翼不相仪，鸴鸠自谓羽翼不足与大鹏相比。

④招摇安可翔，谓只能在树枝上招摇而已，安可凌空高翔。黄节谓“招摇”疑当作“扶摇”。扶摇，暴风。谓羽翼短小，暴风中安可飞翔。其说可供参考。

⑤“下集”二句，语本《逍遥游》，斥鴳笑大鹏曰：“彼且奚适也！我腾跃而上，不过数仞而下，翱翔蓬蒿之间，此亦飞之至也；而彼且奚适也！”

⑥尔，如此。用子为追随，反诘句，即何用追随汝。子，指海鸟，亦即大鹏。

★此与上篇《鸿鹄相随飞》喻意相反：鸿鹄篇言欲高凌长风，逝游万里；而此篇却宁愿栖于树枝，集于蓬艾。前者为理想之寄托，可以飞驰想象；后者为现实之归依，只能自足幽隐。所取形象虽大小悬殊，喻意亦逝隐迥异，其忧生远害之意则相同。

危冠切浮云[①]

危冠切浮云，长剑出天外[②]。
细故何足患，高度跨一世[③]。
非子为我御，逍遥游荒裔[④]。
顾谢西王母，吾将从此逝[⑤]。
岂与蓬户士，弹琴诵言誓[⑥]！

①本篇原列第五十八。

②危冠，高冠。《楚辞·涉江》：“带长铗之陆离兮，冠切云之崔巍。”“长剑”句，参见《炎光延万里》篇注。

③细故，小事，指俗务。患，忧。贾谊《鹏鸟赋》：“细故蒂芥，何足以疑！”高度，犹高步，远征。

④非子，人名，古之善御马者。《史记·秦本纪》：“非子居犬丘，好马及畜，善养息之。犬丘人言之周孝王，孝王召使主马于汧谓之间，马大蕃息。”逍遥，犹翱翔。荒裔，遥远边陲之地。

⑤谢，告。西王母，女神名。《山海经·海内北经》："西王母梯几而戴胜杖。其南有三青鸟，为西王母取食。"《穆天子传》："吉日甲子，天子宾于西王母。"逝，远去。

⑥蓬户士，俗士。末二句与《鸿鹄相随飞》篇"岂与乡曲士，携手共言誓"意同。

★本篇与《鸿鹄相随飞》篇旨意略同。鸿鹄篇以鸿鹄为喻，托为寓言，本篇直以危冠长剑形象出现。二篇都系表现其理想，直欲脱出樊笼，远涉荒裔。作豪纵之想，实苦闷之征。

儒者通六艺①

儒者通六艺，立志不可干②。
违礼不为动，非法不肯言③。
渴饮清泉流，饥食并一箪④。
岁时无以祀，衣服常苦寒⑤。
屣履咏南风，缊袍笑华轩⑥。
信道守诗书，义不受一餐⑦。
烈烈褒贬辞，老氏用长叹⑧。

①本篇原列第六十。

②六艺，《史记·孔子世家》："孔子以诗书礼乐教，弟子盖三千焉，身通六艺者七十有二人。""中国言六艺者，折中于夫子。"《汉书》颜师古注："六艺，六经也。"六经，即《诗》《书》《礼》《乐》《易》《春秋》。干，犯。

③"违礼"二句：《论语·颜渊》："颜渊问仁。子曰：'克己复礼为仁。'""颜渊曰：'请问其目。'子曰：'非礼勿视，非礼勿听，非礼勿言，非礼勿动。'"《孝经》："非先王之法言不敢言。"上下句"礼、法"互文。

④并，共也。一作"甘"。箪，盛饭之圆形竹器。并一箪，总共才一箪，谓别无物。《论语·雍也》："子曰：'贤哉回也！一箪食，一瓢饮，在陋巷，人不堪其忧，回也不改其乐。贤哉回也！'"

⑤祀，祭。

⑥屣（xǐ）履，穿鞋而拔不上鞋跟，即趿着鞋，随意之状。《南风》，传为

舜所作歌名。《礼记·乐记》："舜作五弦之琴，以歌《南风》。"缊袍，旧袍。《论语·子罕》："子曰：'衣敝缊袍，与衣狐貉者立，而不耻者，其由也与！'"由，仲由，字子路。华轩，华美之车。

⑦"信道"二句，谓笃信诗书，义不受他人一餐之馈。

⑧烈烈，激烈貌，鲜明貌。褒，赞扬、肯定。贬，贬斥、否定。如孔子作《春秋》，于春秋人、事，均有所论列，存褒寓贬。老氏，老子。老子否定儒者，固而长叹。《史记·老子列传》："孔子适周，将问礼于老子。老子曰：'子所言者，其人与骨皆已朽矣，独其言在耳。'"《庄子·天运》："孔子见老聃而语仁义。老聃曰：'夫播糠眯目，则天地四方易位矣。蚊虻噆肤，则通昔不寐矣。夫仁义憯然乃愦吾心，乱莫大焉。吾子使天下无失其朴，吾子亦放风而动，总德而立矣。'"又，"孔子谓老聃曰：'丘治《诗》《书》《礼》《乐》《易》《春秋》六经，自以为久矣，孰知其故矣。以奸者七十二君，论先王之道而明周召之迹，一君无所钩用。甚矣夫人之难说也，道之难明邪？'老子曰：'幸矣，子之不遇治世之君也。夫六经，先王之陈迹也，岂其所以迹哉！今子之所言犹迹也，夫迹履之所出，而迹岂履哉？'"此道家所传老子否定儒家之言。诗前十三句均叙儒者，末以老氏一声长叹予以否定。

★沈德潜曰："儒者守义，老氏守雌，道既不同，宜闻言而长叹。魏晋人崇尚老庄。然此诗言各从其志，无进退两家意。"沈说非是。魏晋之际，崇尚老庄，阮籍更"以庄周为模则"。本诗用绝大部分篇写儒者之卓越高绝，结尾用老氏一声"长叹"予以否定，其进老退儒之意极为明显。诗结构亦极为独特。下一篇"洪生资制度"，对儒生的批判，与本篇内涵一致，文辞结构也相同。对儒生的非议，实际是对现实的否定。至于阮籍未必真否定儒家，又当别论。

洪生资制度①

洪生资制度，被服正有常②。
尊卑设次序，事物齐纪纲③。
容饰整颜色，磬折执珪璋④。
堂上置玄酒，室中盛稻粱⑤。
外厉贞素谈，户内灭芬芳⑥。

放口从衷出，复说道义方[⑦]。
委曲周旋仪，姿态愁我肠[⑧]。

①本篇原列第六十七。

②洪生，指儒生。扬雄《羽猎赋》："于是乎鸿生钜儒，俄轩冕，杂衣裳，修唐典，匡雅颂，揖让于前。"洪生，即鸿生。资，凭借。制度，指古代礼乐制度。被服，衣服。有常，有正式规定。《礼记·缁衣》："衣服不贰，从容有常。"

③"尊卑"二句，谓尊卑设一定次序，事物齐一定规范。《史记·礼书》："尊卑贵贱之序"，"事有宜适，物有节文"。纪纲，规章制度。

④容饰，谓仪态服饰。《史记·孔子世家》："晏婴曰：'周室既衰，礼乐缺有间。今孔子盛容饰，繁登降之礼，趋详之节，累世不能殚其学，当年不能究其礼。'"磬折，折腰如磬，恭敬之状。珪璋，礼用玉器之名。《仪礼·聘礼》："宾袭执圭……聘于夫人用璋。"

⑤玄酒，祭礼用水。《礼记·礼运》"玄酒在室"，郑玄注："玄酒，谓水也。"稻粱，玄祭祀用食品。《荀子·礼论篇》："飨尚玄尊而用酒醴，先黍稷而后稻粱。"

⑥厉，作色。贞素谈，纯正言谈。芬芳，喻美行。"外厉"二句，谓在外作色大唱高调，而内实无美行可言。

⑦放口，放肆说话，指随意之时。衷，内心。复说，之后又说，指审慎之时。"放口"二句，谓随意言谈，倒出自内心；而后说道义之方，反见虚伪。

⑧委曲周旋，指揖让周旋，矫揉作态。全诗均写虚伪儒生丑态，末句更直接表示厌恶，无怪本传谓"礼法之士，疾之若仇"也。

林中有奇鸟[①]

林中有奇鸟，自言是凤凰[②]。
清朝饮醴泉，日夕栖山冈[③]。
高鸣彻九州，延颈望八荒。
适逢商风起，羽翼自摧藏[④]。
一去昆仑西，何时复回翔？
但恨处非位，怆悢使心伤[⑤]！

①本篇原列第七十九。

②凤凰，传为祥瑞之鸟。《大戴礼·易本命》："有羽之虫三百六十，而凤凰为之长。"

③醴泉，甘美之泉。《礼记·礼运》："天降膏露，地出醴泉。"

④商风，秋风。摧藏，摧折残伤。

⑤怆悢（chuàng liàng），悲伤貌。"但恨"二句，谓凤凰处非其位，未能展其仁智，只能洁身远引，故怆悢而使心伤。凤凰系诗人自喻其有志难伸之恨。

出门望佳人①

出门望佳人，佳人岂在兹②？
三山招松乔，万世谁与期③？
存亡有长短，慷慨将焉知④？
忽忽朝日颓，行行将何之⑤？
不见季秋草，摧折在今时⑥！

①本篇原列第八十。

②佳人，美人，为其理想之寄托。

③三山，指海上三神山。《史记·秦始皇本纪》："海中有三神山，名曰蓬莱、方丈、瀛洲。"松乔，赤松子、王子乔，均仙人名。《列仙传》："赤松子者，神农时雨师。""王子乔者，周灵王太子晋也。好吹笙，作凤鸣。游伊洛之间，道士浮丘公接以上嵩高山。"后于缑山乘白鹤驻山头数日，举手谢时人而去。

④存亡，一作"存日"。焉知，谁知。

⑤忽忽，急剧貌。颓，落。

⑥季秋，九月，深秋。

★佳人既不在此，松乔又不可期，生命忽忽易尽，行行将安所之？势必如季秋之草，凋零摧折即在今时：有志未伸，写出平生无限悲怆！

嵇康

嵇康（223—262），字叔夜，谯郡铚（今安徽濉溪西南）人。其妻为曹操子沛穆王曹林孙女。因联婚魏室，政治上与司马氏对立。康爱好老庄，藐视周孔名教，为竹林七贤首领，当时颇有名望。为人悍直任性，遇事慷慨激烈。山涛为选曹郎，举康自代，康作《与山巨源绝交书》，为魏晋散文名作。康家贫，尝与向秀打铁。钟会过访，康打铁不辍。会临走时，康问："何所闻而来？何所见而去？"会答："闻所闻而来，见所见而去！"以此结怨。东平吕安服康高致，每一相思，辄千里命驾。后吕安为兄吕巽诬告，连累嵇康。钟会并摘引《与山巨源绝交书》中"非汤武而薄周孔"句，以"言论放荡，非毁典谟，帝王者所不宜容"，将他杀害。临刑有三千太学生请愿营救，要求以他为师，昭、会不许。康自知不免，乃顾视日影，索琴弹之，曰："昔袁孝尼尝从吾学《广陵散》，吾每靳固之，《广陵散》于今绝矣！"遂遇害，时年四十。康曾为中散大夫，后世称为嵇中散。有《嵇中散集》。嵇康存诗五十馀首，其诗颇具独创性，新颖清隽，以四言诗见长。四言诗自《诗经》以后，作者寥寥。建安以来虽续有所作，唯曹操成就最著。及至嵇康，又泛起波澜，为四言诗最后一振。后世虽仍有作者，然少有佳作。

赠兄秀才入军六首[①]

我友焉之

我友焉之，隔兹山梁[②]。谁谓河广，一苇可航[③]。

徒恨永离，逝彼路长④。瞻望弗及，徙倚彷徨⑤。

①嵇康四言赠兄秀才入军诗共十八首，有些前后有联系，有些不相关联。诗述思念之情，为寄赠之作。秀才，李善注引刘义庆《集林》：“嵇熹，字公穆，举秀才。”“我友焉之”篇原列第八。

②我友，指嵇熹。全诗所叙，似朋友之谊，非兄弟之情。焉之，何往。山梁，山脊。《诗纪》作“山冈”。

③苇，芦苇，指芦苇束为浮筏。航，渡。《诗·卫风·河广》：“谁谓河广，一苇杭之。”杭，通“航”。

④永，长。逝，往。连上二句，谓河广犹可渡越，路长难以追及。

⑤瞻望弗及，用《诗·邶风·燕燕》成句。徙倚，犹徘徊。

良马既闲①

良马既闲，丽服有晖②。左揽繁弱，右接忘归③。
风驰电逝，蹑景追飞④。凌厉中原，顾盼生姿⑤。

①本篇原列第九。

②闲，熟练。谓骑术娴熟。晖，光采。

③繁弱，弓名。忘归，箭名。《荀子·性恶篇》：“繁弱钜黍，古之良弓。”《新序》：“楚王载繁弱之弓，忘归之矢，以射兕于云梦。”

④蹑，蹈，指追赶。景，同“影”，指下文飞鸟之影。飞，飞鸟。

⑤凌厉，奋进前行。顾，回顾。盼，望。本篇写秀才驰骋骑射之雄姿。

携我好仇①

携我好仇，载我轻车②。南凌长阜，北厉清渠③。
仰落惊鸿，俯引渊鱼④。盘于游田，其乐只且⑤！

①本篇原列第十。《文选》与上篇合作一篇，非是。

②好仇，爱侣。《诗·周南·关雎》：“窈窕淑女，君子好逑。”仇，通“逑”。载我轻车，即载于我轻车。诗中“我”，代秀才自指。

③“南凌”二句：李善注：“凌，乘也。厉，度也。”实即拆用“凌厉”一词。

④“仰落”二句：上句写射，下句写钓。隐括张衡《归田赋》如下六句：“仰飞纤缴，俯钓长流。触矢而毙，贪饵吞钩。落云间之逸禽，悬渊沉之魦鰡。”

⑤盘，乐。游田，嬉游田猎。只且，助词。张衡《西京赋》：“盘于游畋，其乐只且！”畋，同“田”。本篇写盘游之乐，实亦表现其豪纵风貌。

轻车迅迈①

轻车迅迈，息彼长林②。春木载荣，布叶垂阴。
习习谷风，吹我素琴；交交黄鸟，顾俦弄音③。
感悟驰情，思我所钦④。心之忧矣，永啸长吟⑤。

①本篇原列第十二。

②迅迈，疾驰。

③习习谷风，用《诗·邶风·谷风》成句。毛传：“习习，和舒貌。东风谓之谷风。”交交黄鸟，用《诗·秦风·黄鸟》成句。交交，鸟鸣声。古歌：“黄鸟鸣相追，咬咬弄好音。”交交，同“咬咬”。俦，朋。

④所钦，所钦慕之人，指嵇熹。我，诗人自指。

⑤心之忧矣，《诗·魏风·园有桃》：“心之忧矣，我歌且谣。”永啸长吟，杜笃《连珠》：“能离光明之显，长吟永啸。”本篇写对嵇熹思念之殷。

浩浩洪流①

浩浩洪流，带我邦畿②。萋萋绿林，奋荣扬晖③。
鱼龙瀺灂，山鸟群飞④。驾言出游，日夕忘归⑤。
思我良朋，如渴如饥⑥。愿言不获，怆矣其悲⑦。

①本篇原列第十三。

②浩浩，水广大貌。带，围绕。邦畿，国境。

③萋萋，茂盛貌。奋，发，犹言怒放。荣，花。扬，发出。晖，光。

④瀺灂（chán zhuó 瀺，士减切；灂，士角切），出没之貌。鱼龙瀺灂，承“浩浩洪流”二句；山鸟群飞，承“萋萋绿林”二句。

⑤驾，驾车。言，助词。《诗·邶风·泉水》：“驾言出游，以写我忧。”

⑥如渴如饥，谓思念之切。曹植《责躬》诗：“迟奉圣颜，如渴如饥。”

⑦愿，希望。获，得。李善注引张衡诗：“愿言不获，终然永思。”怆，凄

悲貌。曹植《责躬》诗："心之云慕，怆矣其悲。"本篇题旨与上篇同。

息徒兰圃[①]

息徒兰圃，秣马华山[②]。流磻平皋，垂纶长川[③]。
目送归鸿，手挥五弦[④]。俯仰自得，游心太玄[⑤]。
嘉彼钓叟，得鱼忘筌[⑥]。郢人逝矣，谁与尽言[⑦]。

①本篇原列第十四。

②息，休息。徒，指从人。兰圃，兰蕙之圃。秣，喂养。华山，华茂之山，非指西岳。

③磻（bō），丝绳系于箭上曰缴，缴上系小石曰磻。鸟中箭后受牵累，不致带箭飞走。皋，草泽地。纶，钓丝。上句写射，下句写钓。

④挥，弹。五弦，指五弦琴。

⑤太玄，大道。

⑥嘉，赞赏。筌，捕鱼竹笼。《庄子·外物》："筌者所以在鱼，得鱼而忘筌。""言者所以在意，得意而忘言。"得鱼忘筌，喻得意忘言。谓嵇熹"俯仰自得，游心太玄"，得其深隐之旨，自可遗其形迹，无需言道。

⑦郢，战国楚都，今湖北荆州。逝，往。《庄子·徐无鬼》："庄子送葬，过惠子之墓，顾谓从者曰：'郢人垩墁其鼻端，若蝇翼，使匠石斫之。匠石运斤成风，听而斫之。尽垩而鼻不伤。郢人立不失容。宋元君闻之，召匠石曰："尝试为寡人为之！"匠石曰："臣则尝能斫之。虽然，臣之质死久矣！"自夫子之死也，吾无以为质矣！吾无与言之矣！'"庄子之意，谓惠子已死，无与为言者。诗中谓嵇熹"游心太玄"，得意而忘言，然世间亦无与为言者。本篇写嵇熹虽弋钓川原，然实心游大道。诗人实借颂扬嵇熹而自抒怀抱。

古意二首[①]

双鸾匿景曜

双鸾匿景曜，戢翼太山崖[②]。
抗首漱朝露，晞阳振羽仪[③]。
长鸣戏云中，时下息兰池。

自谓绝尘埃，终始永不亏[④]。
何意世多艰，虞人来我维[⑤]。
云网塞四区，高罗正参差[⑥]。
奋迅势不便，六翮无所施[⑦]。
隐姿就长缨，卒为时所羁[⑧]。
单雄翩独逝，哀吟伤生离[⑨]。
徘徊恋俦侣，慷慨高山陂[⑩]。

①本篇《诗纪》作《赠兄秀才入军诗》，置于四言赠秀才十八首之后。本集作五言《赠秀才入军》，注“一本作《古意》”。本诗体裁、内容、风格均与四言赠秀才诗不类，故从一本。

②鸾，传说中灵鸟。《说文》：“鸾，亦神灵之精也。赤色，五采，鸡形，鸣中五音。”匿，隐藏。景曜，光辉。戢，收敛。翼，翅。太山，大山。二句写双鸾隐其光曜，敛翼大山之崖。

③抗首，举首。晞阳，晒太阳。

④亏，失。

⑤虞人，掌管山泽田猎之官，此即指猎人。维，捕系。

⑥云网，入云之网，极言其大。高罗，巨网。参差，高下不一，指到处张设。

⑦翮，翅羽。六翮，指双翅。施，伸展，指飞开。

⑧隐姿，幽隐之姿，指雌鸾。就长缨，谓被长缨系住。卒，终。时，是也，指网罗。羁，束缚。

⑨雄，《初学记》作“雌”。翩独逝，单独飞走。

⑩俦侣，伴侣，指被捕之雌鸾。慷慨，凡感情激烈皆曰慷慨，此指其悲愤。

★此寓言诗，以鸾鸟之被祸，喻时势险恶，纵幽隐高超之士亦在所不免。显为司马氏之阴险危恶而发。叔夜本人后来命运即是如此。

鸟尽良弓藏[①]

鸟尽良弓藏，谋极身必危[②]。
吉凶虽在己，世路多崄巇[③]。

安得反初服，抱玉宝六奇④。
逍遥游太清，携手长相随⑤。

①此八句原与前者合为一篇，两者内容各自独立，故分出单列。本诗似为赠人之作，言世路崄巇，谋极必危，劝其辞官归隐。

②“鸟尽”二句，言鸟尽则良弓无所用，谋成则功臣身必危。《史记·越王勾践世家》：范蠡遗大夫种书：“飞鸟尽，良弓藏；狡兔死，走狗烹。可与共患难，不可与共乐。子可以去！”《淮阴侯列传》记韩信死时亦曰：“狡兔死，良狗烹；高鸟尽，良弓藏；敌国破，谋臣亡，天下已定，我固当烹！”极，尽。

③崄巇（xiǎn xī），险阻高峻，常喻人世险恶。

④反初服，辞去官职，重著平民服装。亦即辞官归隐。《楚辞·离骚》：“进不入以离尤兮，退将复修吾初服。”抱玉，喻怀抱道德才华。宝，珍重。此指珍藏。六奇，汉陈平运其智谋，为汉高祖六出奇计。宝六奇，即珍惜智谋，不要使用。

⑤太清，太空，喻自由适志之所。

修　夜①

修夜家无为，独步光庭侧②。
仰首看天衢，流光曜八极③。
抚心悼季世，遥念大道逼④。
飘飘当路士，悠悠进自棘⑤。
得失自己来，荣辱相蚕食⑥。
朱紫虽玄黄，太素贵无色⑦。
渊淡体至道，色化同消息⑧。

①原作“五言诗三首”，此其二，以首句开头二字为题。

②修夜，长夜。家，疑当作“寂”。

③天衢：天路，此指天河；天河横亘，有如大道。曜，照。八极，八方极远之地，犹言宇内。

④悼，伤。季世，末世，亦即乱世。大道，自然无为之道。逼，凌替。

⑤飘飘当路士，左右逢源、动摇不定之人。悠悠，周流貌，指四处奔走。

进，如《离骚》“众皆竞进”之进，钻营。棘，荆棘。自棘，自入棘丛。又，棘，迫也；自棘，犹言自寻绝路。

⑥自，由。蚕食，蚕食桑叶，喻逐渐侵吞。“得失”二句，谓得失由己而来，荣辱相互侵渐，亦即得之中失已开始，荣之中辱已浸入。

⑦朱紫，古代高官服色多用朱紫，故以代指高官厚禄。玄黄，黑色与黄色，代指采色。太素，本指构成宇宙之自然元气。班固《白虎通·天地》：“始起之天，始起先有太初，后有太始，形兆既成，名曰太素。”代指自然大道。虽，鲁迅谓“疑当作杂”。鲁说非，“虽”字不误。朱紫指具体服色，玄黄引申为光辉、光彩之义。句意谓朱紫之服虽有光彩，但自然太素贵于无色。喻高官厚禄虽然光耀，但不如平民安舒；因前者往往招灾，后者或可免祸。

⑧渊淡，虚静淡泊。至道，大道。色，物也。色化，物化，自然变化。同消息，与大道同消同息。

★魏晋之际仕途险恶，许多士人极力钻营，进于高位，结果往往杀身灭族。“飘飘当路士，悠悠进自棘。得失自己来，荣辱相蚕食”，感慨极为深沉。叔夜此等诗实与阮籍《咏怀》同一机杼。然诗末所谓“太素”“至道”，已露玄言端倪。

中华传世诗选

晋诗

两汉魏晋南北朝诗卷

傅 玄

傅玄（218—278），字休奕，泥阳（今陕西铜川市耀州区）人。少孤贫，博学能文，举秀才，除郎中。

司马炎代魏前，以玄为散骑都尉，并为谏官，迁侍中。泰始四年（268）以后，为御史中丞，迁太仆，转司隶校尉。玄仕魏晋两代，在朝有刚直声。咸宁四年卒，年六十一。曾撰《魏书》，著《傅子》内外篇，并精于音乐，诗以乐府较有特色。所写有关自然天象之诗，此类题材他人很少涉及。

玄子傅咸，字长虞，亦能诗，但无佳作。傅咸集经作《七经诗》，是第一个集句为组诗者。《七经诗》今存六经，即集《孝经》《论语》《毛诗》《周易》《周官》《左传》。如集《论语》：“守死善道，磨而不磷。直哉史鱼，可谓大臣！见危授命，能致其身。”其二：“克己复礼，学优则仕。富贵在天，为仁由己。以道事君，死而后已！”集《周易》：“卑以自牧，谦而益光。进德修业，既有典常。晖光日新，照于四方。小人勿用，君子道长。”

短歌行①

长安高城，层楼亭亭②。干云四起，上贯天庭③。
蜉蝣何整，行如军征④？蟋蟀何感，中夜哀鸣⑤？
蚍蜉愉乐，粲粲其荣⑥。寤寐念之，谁知我情？
昔君视我，如掌中珠。何意一朝，弃我沟渠！
昔君与我，如影如形。何意一去，心如流星！
昔君与我，两心相结。何意今日，忽然两绝⑦！

①《短歌行》，见曹操诗注。傅玄所写为闺情诗。

②层楼，高楼。亭亭，高耸貌。

③干云，上干青云。

④蜉蝣，虫名，体细狭，长二三分，四翅，腹部末端有二长尾须。成虫寿命仅数小时，夏日傍晚常成群飞舞。《诗·曹风》有《蜉蝣》篇。《大戴礼·夏小正》："蜉蝣朝生而暮死。"

⑤蟋蟀，虫名，又名促织，雄虫能两翅摩擦发声，夏末秋初随处可以听到。《诗·唐风》有《蟋蟀》篇。

⑥蚍蜉，虫名，蚂蚁之一种。粲粲，鲜明貌。蚍蜉成虫长翅为白色。

⑦前十二句因地起兴，因物感怀；后十二句直诉衷情。沈德潜曰："后三段笔力甚横。"（《古诗源》）

杂诗

志士惜日短，愁人知夜长。
摄衣步前庭，仰观南雁翔。
玄景随形运，流响归空房①。
清风何飘飖，微月出西方。
繁星依青天，列宿自成行。
蝉鸣高树间，野鸟号东厢②。
纤云时仿佛，渥露沾我裳③。
良时无停影，北斗忽低昂④。
常恐寒节至，凝气结为霜。
落叶随风摧，一绝如流光。

①景，通"影"。玄影，黑影，即上句翔雁之影。

②东厢，东边。乐府《相逢狭路间》："音声何雍雍，鹤鸣东西厢。"厢，《文选》作"箱"，义同。

③渥露，浓露。

④影，光。无停影，谓光阴飞逝，无有稍停。北斗忽低昂，指北斗星随季节转动斗柄，即斗转星移之意。

豫章行苦相篇①

苦相身为女，卑陋难具陈②。
男儿当门户，堕地自生神。
雄心志四海，万里望风尘。
女育无欣爱，不为家所珍。
长大逃深室，藏头羞见人。
垂泪适他乡，忽如雨绝云③。
低头和颜色，素齿结朱唇。
跪拜无复数，婢妾如严宾。
情合同云汉，葵藿仰阳春④。
心乖甚水火，百恶集其身⑤。
玉颜随年变，丈夫多好新。
昔为形与影，今为胡与秦⑥。
胡秦时相见，一绝逾参辰⑦。

①《豫章行》，《乐府诗集》属相和歌辞清调曲。苦相，苦命相。诗写妇女命运之苦，在封建社会极有普遍意义。

②卑陋，被轻贱。具，一作“再”。

③适，出嫁。

④云汉，银河。“情合”二句，谓夫妻情好之时，如牛郎织女之会于银河，女子仰赖丈夫如葵藿之倾向太阳。

⑤乖，违。“心乖”二句，谓丈夫心变以后，不能相容，甚于水火，如此百恶集于女子之身。

⑥胡与秦，胡在塞外，秦在关中，言相距甚远。

⑦逾，过。参辰，二星名，参西辰东，此出彼没，永不相见。参见徐干《室思》诗注。“胡秦”二句，谓远隔胡秦，犹有时相见，而夫妻一绝，过于参辰。

西长安行[①]

所思兮何在？乃在西长安。
何用存问妾？香橙双珠环[②]。
何用重存问？羽爵玉琅玕[③]。
今我兮闻君，更有兮异心。
香亦不可烧，环亦不可沉；
香烧日有歇，环沉日自深[④]！

①《西长安行》为闺情诗。此篇模仿汉铙歌《有所思》。

②存问，慰问。橙（dēng），毛织衣带。带上贮有香料。

③羽爵，饮酒之器，作雀形，刻有头尾羽翼。琅玕，美石似玉者。

④有，犹会也。歇，销尽。“香亦不可烧”上疑脱漏内容为烧其香、沉其环两句。盖闻君有异心，愤而拟烧其香，沉其环。然转念一想，香不可烧，环不可沉；因香烧会销歇，环沉不再来，留此纪念，犹冀所思回心转意。

车遥遥[①]

车遥遥兮马洋洋[②]，追思君兮不可忘。
君安游兮西入秦，愿为影兮随君身。
君在阴兮影不见，君依光兮妾所愿[③]。

①《车遥遥》，《乐府诗集》属杂曲歌辞，作梁车縠诗，此从《玉台新咏》。

②遥遥，言远去。洋洋，舒缓漫游之貌。

③“君在阴兮”二句，谓愿君长在光明，使我得以相随，即望勿遗弃之意。

昔思君

昔君与我兮形影潜结，今君与我兮云飞雨绝[①]！
昔君与我兮音响相和，今君与我兮落叶去柯[②]！

昔君与我兮金石无亏，今君与我兮星灭光离[3]！

①潜结，紧密结合。云飞雨绝，即《苦相篇》“忽如雨绝云”之意。
②音响，声与回声。柯，枝。叶喻弃妇，柯喻丈夫。
③亏，损。金石无亏，言极坚实。

天行篇[1]

天行一何健，日月无亭踪[2]！
百川皆赴海，三辰回泰蒙[3]。

①天行篇与以下四篇皆断句，非完篇；但内容都相对完整。
②天行，天体运行。《易·乾》：“天行健，君子以自强不息。”亭，原作高，因形近而误。据诗意改，亭，同“停”。踪，迹。
③三辰，指日月星。泰蒙，《易》二卦名。泰，乾下坤上，“天地交，泰。”蒙，坎下艮上，“山下出泉，蒙。”诗中泰谓光明顺畅，蒙谓蒙昧昏暗。三辰回泰蒙，谓三辰使宇宙明暗反复，日夜交潜，永恒不息。

众星诗

朗月并众星，日出擅其明[1]。
冬寒地为裂，春和草木荣[2]。
阳德虽普济，非阴亦不成[3]。

①擅，专。
②荣，茂盛。
③“阳德”二句：阳，指春夏，白日，暖和。阴，指秋冬，黑夜，寒冷。谓大自然必须阴阳相济，寒暑交替，不会亦不可单有一面；此以自然变化明相反相成之理。

惊雷歌

惊雷奋兮震万里[1]，威陵宇宙兮动四海，六合不维兮谁能理[2]！

①奋，指震响。震，震动。

②六合，天地四方，即指宇宙。维，维系。句意谓惊雷如此猛烈，似欲震垮天地，倘六合不维谁能治理。极言雷声之猛。

炎旱[1]

炎旱历三时，天运失其道[2]。
河中飞尘起，野田无生草。
一餐重丘山，哀哀以终老[3]。
君无半粒储，形影不相保[4]。

①炎旱，录自《太平御览》四百八十六，以首句开头二字为题。

②三时，三季。天运，自然运行。道，正常规律。

③一餐重丘山，谓粮食极其艰贵。哀哀，原作“哀之”，“之”字因叠字符号而误。

④形影不相保，谓死亡。

苦雨

徂暑未一旬，重阴翳朝霞[1]。
厥初月离毕，积日遂滂沱[2]。
屯云结不解，长雷周四阿[3]。
霖雨如倒井，黄潦起洪波[4]。
湍流激墙隅，门庭若决河。
炊爨不复举，灶中生蛙虾[5]。

①徂暑，进入暑夏。《诗·小雅·四月》：“六月徂暑。”翳，遮蔽。

②厥初，其初。毕，星座名，二十八宿之一。古人以为月离于毕，则多雨。《书·洪范》：“月之从星，则以风雨。”伪孔传：“月经于箕，则多风；离于

毕，则多雨。”《诗·小雅·渐渐之石》：“月离于毕，俾滂沱矣。”滂沱（pāng tuó），大雨貌。

③雷，一作“溜”。

④潦，下雨积水。

⑤炊爨，烧火做饭。举，进行。

张 华

张华（232—300），字茂先，范阳方城（今河北固安县西南）人。少贫苦，以牧羊为生。勤于学业，善为文辞，所作《鷦鷯赋》为阮籍所叹赏，由此知名，为魏长史兼中书郎。晋武帝代魏，拜黄门侍郎，封关内侯，以谋伐吴功封广武侯。惠帝即位，为太子少傅。后以诛楚王首谋，进侍中中书监，封壮武郡公。张华有政治才能，在晋初颇负名望，晋室吏治及礼仪宪章，皆为华所损益，诏诰亦多所草拟。又以博物多识著称，家藏极富，著《博物志》十卷。永康元年，为赵王司马伦所杀。年六十九。张华存诗三十二首，有辑本《张司空集》。其诗富于辞采，少有变化，情诗较为有名。《诗品》谓"其体华艳，兴托不奇，巧用文字，务为妍冶。虽名高曩代，而疏亮之士，犹恨其儿女情多，风云气少"。

轻薄篇①

末世多轻薄，骄代好浮华②。
志意既放逸，赀财亦丰奢③。
被服极纤丽，肴膳尽柔嘉。
童仆馀粱肉，婢妾蹈绫罗④。
文轩树羽盖，乘马鸣玉珂⑤。
横簪刻玳瑁，长鞭错象牙⑥。
足下金鑮履，手中双莫邪⑦。
宾从焕络绎，侍御何芬葩⑧。

朝与金张期，暮宿许史家[9]。
甲第面长街，朱门赫嵯峨[10]。
苍梧竹叶青，宜城九醖醝[11]。
浮醪随觞转，素蚁自跳波[12]。
美女兴齐赵，妍唱出西巴[13]。
一顾倾城国，千金宁足多[14]。
北里献奇舞，大陵奏名歌[15]。
新声逾激楚，妙妓绝阳阿[16]。
玄鹤降浮云，鳣鱼跃中河[17]。
墨翟且停车，展季犹咨嗟[18]。
淳于前行酒，雍门坐相和[19]。
孟公结重关，宾客不得蹉[20]。
三雅来何迟，耳热眼中花[21]。
盘案互交错，坐席咸喧哗。
簪珥咸堕落，冠冕皆倾邪[22]。
酣饮终日夜，明灯继朝霞。
绝缨尚不尤，安能复顾他[23]。
留连弥信宿，此欢难可过[24]。
人生若浮寄，年时忽蹉跎[25]。
促促朝露期，荣乐遽几何？
念此肠中悲，涕下自滂沱[26]。
但畏执法吏，礼防且切磋[27]。

①《轻薄篇》，《乐府诗集》属杂曲歌辞。《乐府解题》：“轻薄篇，言乘肥马，衣轻裘，驰逐经过为乐。与《少年行》同意。”

②末世，犹衰世。轻薄，轻浮放荡。骄代，骄奢之世。浮华，浮浪奢靡。

③志意，思想情调。放逸，放荡淫逸。——前四句概括全篇，诗写贵游浪荡子弟之浮华轻薄，放逸丰奢。

④馀，饶，多。蹈，踩踏。

⑤文轩，华丽有彩饰之车。羽盖，羽饰车盖。玉珂，玉饰马勒；或以贝为之，色白似玉，振动有声。

⑥“横簪”二句，横簪由玳瑁刻镂，长鞭用象牙装饰。

⑦金鑮履，履上贴有金箔。莫邪，剑名，传为春秋时吴国干将、莫邪夫妇所铸二剑，剑亦名干将、莫邪。

⑧络绎，连续不断。芬葩，盛多貌。

⑨金张：汉金日磾家，自武帝至平帝，七世为内侍。张汤后代，于宣帝、元帝朝为侍中、中常侍者十馀人。《汉书·金日磾传赞》：“七世内侍，何其盛也。”《张汤传赞》：“功臣之世，唯有金氏、张氏亲近贵宠，比于外戚。”许史：汉宣帝皇后许家，皇后父许广汉为平恩侯，广汉弟舜为博望侯，延寿为乐成侯；祖母史家后代，史高为乐陵侯，史玄为平台侯，高子史丹为武阳侯。后因以“金张”“许史”为世族显贵之代称。

⑩甲第，大宅院。《史记·孝武本纪》“赐列侯甲第”，集解：“有甲乙第次，故曰第。”嵯峨（cuó é，嵯，昨何切；峨，五何切），高峻貌。

⑪ 苍梧，今广西梧州。宜城，今湖北宜城。竹叶青、九醖醝，并名酒。

⑫ 醪，带糟之酒。素蚁，指酒中浮糟。古代酒未蒸馏，故有浮糟。

⑬ 齐赵，二国名。齐都临淄，赵都邯郸，女乐出名。唱，通“倡”。妍唱，美丽歌伎。曹植《娱宾赋》：“办中厨之丰膳兮，作齐郑之妍倡。”西巴，巴郡。

⑭ 一顾倾城国，语本《汉书·外戚传》李延年歌：“北方有佳人，绝世而独立，一顾倾人城，再顾倾人国；宁不知倾城与倾国，佳人难再得！”形容女色之美，一顾可倾城国，千金岂足为多。

⑮ 北里，当为地名，亦舞名。《史记·殷本纪》：“纣使师涓作新淫声，北里之舞，靡靡之乐。”大陵，地名，在今山西文水县东北。《史记·赵世家》：“王游大陵，他日，王梦见处女鼓琴而歌。”

⑯ 逾，超过。激楚，曲名。《楚辞·招魂》：“激楚之结，独秀先些！”绝，犹逾。阳阿，舞女之名。《淮南子·俶真》“足蹀阳阿之舞”，高诱注：“阳阿，古之名倡。”参见曹植《箜篌引》注。

⑰ “玄鹤”二句，言音乐之妙，使鱼鸟亦为之感动。《韩非子·十过》，记师旷为晋平公奏清徵之乐。“一奏之，有玄鹤二八道南方来，集于郎门之垝；再奏之而列；三奏之，延颈而鸣，舒翼而舞，音中宫商之声，声闻于天。”鱏（xún）鱼，即鲟鱼。《说文》：“传曰：伯牙鼓琴，鱏鱼出听。”《荀子·劝学篇》：“瓠巴鼓瑟而流鱼出听，伯牙鼓琴而六马仰秣。”

⑱ “墨翟”二句：《淮南子·说山》：“墨子非乐，不入朝歌之邑。”《史

记·邹阳列传》："邑号朝歌而墨子回车。"展季（柳下惠）不好女色。《诗·小雅·巷伯》毛传："子何不若柳下惠然，妪不逮门之女，国人不称其乱。"（妪，以身体温暖别人。不逮门，不及入门，即在外面）言歌舞之妙，非乐之墨翟亦因而停车，不好色之展季亦为之嗟叹。

⑲ 淳于，指淳于髡，战国时齐人，以滑稽与善饮著名。见《史记·滑稽列传》。雍门，指雍门周，战国时齐人，曾为孟尝君鼓琴，孟尝君为之涕泣。见刘向《说苑》。

⑳ 孟公，西汉陈遵，字孟公，善饮好客。"每大饮，宾客满堂，辄关门，取客车辖投井中，虽有急，终不得去。"见《汉书·陈遵传》。结重关，即闭重门。蹉，过。

㉑ 三雅，《太平御览》引曹丕《典论》：刘表有酒爵三，"大曰伯雅，次曰仲雅，小曰季雅；伯受七升，仲受六升，季受五升。"

㉒ 簪，插髮长针。珥，耳饰。

㉓ 绝缨，传楚庄王与群臣夜饮。灯烛灭，有人引美人之衣，美人绝其冠缨以告王，命促上火，欲得绝缨之人。王不从，命左右曰："今日与寡人饮，不绝缨者不欢。"人人皆绝缨而后上火，尽欢而罢。后二年，楚与晋战，有将奋死赴敌，卒胜晋国。王问之，对曰："臣乃夜绝缨者也。"见刘向《说苑·复恩》。尤，罪责。

㉔ 弥，总是。信宿，再宿。——主体四十八句，铺陈贵族浪荡子弟骄奢淫逸的生活。

㉕ 蹉跎（cuō tuó），指光阴消逝。

㉖ 滂沱，泪急下貌。

㉗礼防，礼制约束。切磋，指商量考虑。——"人生若浮寄"八句，写轻薄子弟心理状态。此辈空虚颓放，觉人生短促，须尽情行乐。但畏官吏，才要稍加考虑遵守礼防。

★《宋书·五行志》："晋惠帝元康中，贵游子弟相与为散发倮身之饮，对弄婢妾。逆之者伤好，非之者负讥。"此当时贵族子弟奢靡放浪生活之概述。《晋书·贾谧传》："负其骄宠，奢侈逾度，室宇崇僭，器服珍丽，歌僮舞女，选极一时。开合延宾，海内辐凑，贵游豪戚及浮竞之徒，莫不尽礼事之。"此则贵戚子弟中突出典型。张华诗则为此辈轻薄奢靡提供生动画面，其价值自不言而喻。惜文字拖沓，篇幅冗赘，揭发限于铺陈，批判甚为肤廓，结尾尤缺乏气力。

情诗二首[①]

清风动帷帘

清风动帷帘，晨月照幽房。
佳人处遐远，兰室无容光[②]。
襟怀拥虚景，轻衾覆空床[③]。
居欢惜夜促，在戚怨宵长[④]。
抚枕独啸叹，感慨心内伤。

①张华情诗五首，作夫妇赠答之辞。“清风动帷帘”原列第四，妇赠夫。
②佳人，指夫。
③虚景，一作“灵景”，均系想象佳人形影。景，同“影”。
④戚，悲寂。

游目四野外[①]

游目四野外，逍遥独延伫[②]。
兰蕙缘清渠，繁华荫绿渚[③]。
佳人不在兹，取此欲谁与[④]？
巢居知风寒，穴处识阴雨[⑤]。
不曾远离别，安知慕俦侣[⑥]！

①本篇原列第五，夫赠妇。
②逍遥，犹徘徊。延伫，久立以待。
③繁华，即兰蕙之繁花。华，同“花”。
④佳人，指妻。此，指兰蕙花。与，赠送。
⑤“巢居”二句，巢居之鸟，因树高故先知风寒；穴处之物，因地低故易识阴雨。言亲临其境，体会才深，以喻下文离别而后知思念之苦。
⑥慕，思念。俦侣，伴侣。

潘 岳

潘岳（247—300），字安仁，荥阳中牟（今河南中牟）人。以姿仪丰美著称，才名也甚大。武帝时举秀才为郎，迁太尉贾充掾，兼虎贲中郎将，出为河阳令，转怀县令，并有政绩。入补尚书度支郎。惠帝时，太傅杨骏引为主簿。杨骏诛，为贾后所恶，岳险遭不测，被除名。后选为长安令。寻为著作郎，转散骑常侍，迁给事黄门侍郎。永康元年，赵王司马伦辅政，孙秀诬岳与石崇谋奉淮南王司马允、齐王司马冏为乱，被杀害，年五十四。潘岳与陆机齐名，并称“潘陆”。岳赋作成就颇高，《文选》所录达八篇之多，数量居入选赋家之首。存诗仅十八首。有辑本《潘黄门集》。岳有才情，诗赋中常标举高格，反复还归退隐之意。实醉心利禄，倾倒权门，与石崇等谄事贾谧，甚至拜其车尘，人品实属卑劣。诗作藻翰丰富而缺乏内蕴，颇嫌装作。陈祚明谓其“笔端繁冗，不能裁节”（《采菽堂古诗选》）。沈德潜亦曰：“潘陆诗如剪綵为花，绝少生韵。”（《古诗源》）然所作顾内悼亡之作，感情真挚，为潘诗中精萃。

河阳县作[①]

日夕阴云起，登城望洪河[②]。
川气冒山岭，惊湍激岩阿。
归雁映兰诗，游鱼动圆波[③]。
鸣蝉厉寒音，时菊耀秋华[④]。
引领望京室，南路在伐柯[⑤]。
大夏缅无觌，崇芒郁嵯峨[⑥]。

总总都邑人，扰扰俗化讹[⑦]。
依水类浮萍，寄松似悬萝[⑧]。
朱博纠舒慢，楚风被琅玡[⑨]。
曲蓬何以直，托身依丛麻。
黔黎竟何常，政成在民和[⑩]。
位同单父邑，愧无子贱歌[⑪]。
岂敢陋微官，但恐忝所荷[⑫]。

①河阳，古县名，汉置，属河内郡，明废。故地在今河南孟州市。潘岳任河阳县令在武帝太康三年，时年三十六。诗原二首，此其二。

②洪河，大河，此实指黄河。

③涛（zhǐ），通“沚”，洲，渚。

④厉，奋，指高唱。

⑤京室，指洛阳。伐柯，《诗·豳风·伐柯》：“伐柯伐柯，其则不远。”此即取其“不远”之意。洛阳在河南西南，隔黄河相望（柯，树枝，亦指树枝所作斧柄。诗句原意谓砍树枝作斧柄，取标准甚易，砍树所用之斧柄即其标准，故曰不远。此与潘诗用意毫不相涉。如此用典，最为拙劣）。

⑥大夏，城门名，洛阳城北门，魏明帝所造。缅，远。觌（dí），见。崇，高。崇芒，指北邙山，在洛阳城北，去大夏门不到一里。——以上十二句写登城所见。由望京室而联想到自身职责，引入后一段。

⑦总总，众多貌。《楚辞·九歌·大司命》：“纷总总兮九州，何寿夭兮在予。”都邑，城邑。扰扰，纷乱貌。俗化，犹言风气。讹，浇薄。

⑧“依水”二句，喻民众风气在于官府政令；民众之于官府，如萍之依水，萝之附松。曹植《杂诗》：“寄松为女萝，依水如浮萍。”诗句源于曹植，喻意与曹诗无涉。

⑨朱博，字子元，杜陵人。汉成帝时为琅玡太守。“齐郡舒缓养名，博新视事，右曹掾史皆移病卧。”即新守上任，掾属故意怠慢，皆称病不视事。朱博新置官吏，罢斥诸舒缓怠慢者，令白巾走出府门。视事数年，改变郡中风气，“掾史礼节如楚赵吏”。见《汉书·朱博传》。纠，纠正。舒慢，拖沓怠惰。诗意谓为官只要果敢明断，可以改变颓风。

⑩蓬，草名。《荀子·劝学篇》：“蓬生麻中，不扶而直。”黔黎，百姓。常，固定规范。和，顺。“曲蓬”二句是比喻，“黔黎”二句是正意。诗意谓蓬本弯

曲，托生麻中，亦随之而直。百姓风气本无定则，官府可以使之改变，为官成政在于使民和顺。

⑪ 单父，春秋鲁邑，地在今山东单县。子贱，孔子弟子宓不齐，字子贱，曾为单父宰。《吕氏春秋·察贤》："宓子贱治单父，弹鸣琴，身不下堂而单父治。巫马期以星出以星入，日夜不居以身亲之而单父亦治。巫马期问其故于宓子。宓子曰：'我之谓任人，子之谓任力。任力者故劳，任人者故逸。'"潘岳亦为县令，故曰"位同单父邑"。

⑫ 陋，轻视。忝所荷，有辱所负职责。——"总总都邑人"以下十四句言志，写身为县宰之怀抱。

在怀县作①

春秋代迁逝，四运纷可喜②。
宠辱易不惊，恋本难为思③。
我来冰未泮，时暑忽隆炽④。
感此还期淹，叹彼年往驶⑤。
登城望郊甸，游目历朝寺⑥。
小国寡民务，终日寂无事⑦。
白水过庭激，绿槐夹门植。
信美非吾土，只搅怀归志⑧。
眷然顾巩洛，山川邈离异⑨。
愿言旋旧乡，畏此简书忌⑩。
祗奉社稷守，恪居处职司⑪。

①怀县，本战国魏邑，秦置县，为河内郡治。唐贞观元年并入武陟县。地在今河南武陟县西南。潘岳转怀县令在太康七年，时年四十，诗作于是年夏。《在怀县作》原二首，此其二。

② "春秋"二句，谓四季交替迁移。四运，四季运行。

③ "宠辱"二句：宠，荣宠，晋升为官。辱，受辱，贬斥迁移。《老子》："宠辱若惊，贵大患若身。何谓宠辱若惊？宠为上，辱为下，得之若惊，失之若惊，是谓宠辱若惊。"恋本，怀恋故乡，即下文"怀归志"。为，行，犹言实

现。自言不愿作官，但愿还乡，故云宠辱不惊容易，怀恋故乡的思情却难（改变）。开首四句,《文选》属之前一首，胡克家考异已订正。

④泮，消融。冰未泮，冬末春初。时暑，夏天。隆炽，指已入盛夏。

⑤淹，阻滞。驶，驰走，流逝。

⑥郊甸，郊野。朝寺，官署。《风俗通》："今尚书御史所止，皆曰寺也。"

⑦国，城。小国，此指小县，即怀县。寡，少。民务，民众事务。"小国寡民"出《老子》，诗中"民务"连读，与《老子》原意不同。

⑧信，诚。王粲《登楼赋》："虽信美而非吾土兮，曾何足以少留。"（信，诚，确实）搅，搅乱。

⑨眷然，怀恋貌。顾，回望。巩，巩县，今属河南。洛，洛阳。李善注："巩洛，岳父坟茔所在。"邈，远。

⑩简书，古代文书，书于竹简，称简书，此指朝廷策命文书。《诗·小雅·出车》："岂不怀归，畏此简书。"毛传："简书，戒命也。邻国有急，以简书相告，则奔命救之。"朱熹引或曰："策命临遣之词也。"忌，警戒。

⑪ 祗（zhī），敬。奉，供事。社稷，土神与谷神。土地谷物为古代立国之基，历代王朝建国必立社稷坛，故以社稷为国家代称。社稷守，即国家官守。恪，恭敬。职司，职守。《左传》襄公二十三年："敬恭朝夕，恪居官次。"

内顾诗二首①

静居怀所欢，登城望四泽②。
春草郁青青，桑柘何奕奕③。
芳林振朱荣，绿水激素石。
初征冰未泮，忽然衫絺绤④。
漫漫三千里，迢迢远行客⑤。
驰情恋朱颜，寸阴过盈尺⑥。
夜愁极清晨，朝悲终日夕。
山川信悠永，愿言良弗获。
引领讯归云，沉思不可释⑦。

①内，妻。顾，念。内顾，思念妻子。《汉书·杨仆传》"失期内顾"，颜师古注："言思念妻妾也。"潘岳妻杨氏，荆州刺史东武伯杨肇之女。安仁有《离

合诗》，射其六字为“思杨容姬难堪”，是其妻名容。安仁甚得岳父欢心，与内兄弟杨潭（字道元）、杨韶（字公嗣）亦有深交。杨氏父子殁后，潘岳作《怀旧赋》以伤之。赋序云：“余十二而获见于父友东武戴侯杨君，始见知名，遂申之以婚姻。而道元、公嗣，亦隆世亲之爱。”岳与其妻感情甚笃，故其内顾悼亡诸作，情意深致，为集中上乘。

②所欢，所爱。四泽，四面水泽。

③郁，茂盛。奕奕，美盛貌。

④初征，开始外出。袗（zhěn），单衣，此动词，单穿。《玉台新咏》作“振”，此从《诗纪》。絺（chī），细葛布。绤（xì），粗葛布。均夏衣材料。《论语·乡党》：“当暑，袗絺绤。”

⑤漫漫，迢迢，均远貌。

⑥朱颜，红颜，指其妻。“寸阴”句，因怀念而觉时间甚长，一寸光阴似过一尺。

⑦讯归云，托音讯于归云。语本《楚辞·思美人》“愿寄言于浮云”。释，消除。

其　二

独悲安所慕，人生若朝露①。
绵邈寄绝域，眷恋想平素②。
尔情既来追，我心亦还顾。
形体隔不达，精爽交中路③。
不见山上松，隆冬不易故？
不见陵涧柏，岁寒守一度④？
无谓希见疏，在远分弥固⑤。

①慕，思。

②绵邈，犹遥远。绝域，极远之地。

③精爽，魂灵。中路，路中。“尔情”四句，谓尔情来追，我心还顾，虽形体相隔不能达到，精魂却可交于路中。潘岳为其姨妹所作《寡妇赋》云：“睎形影于几筵兮，驰精爽于丘墓。”

④一度，犹一贯，谓始终如一。

⑤分，情。弥，盖。固，坚。

悼亡诗三首①

荏苒冬春谢，寒暑忽流易②。
之子归穷泉，重壤永幽隔③。
私怀谁克从？淹留亦何益④！
僶俛恭朝命，回心反初役⑤。
望庐思其人，入室想所历。
帏屏无仿佛，翰墨有馀迹⑥。
流芳未及歇，遗挂犹在壁⑦。
怅怳如或存，回惶忡惊惕⑧。
如彼翰林鸟，双栖一朝只⑨；
如彼游川鱼，比目中路析⑩。
春风缘隙来，晨霤承檐滴⑪。
寝息何时忘，沉忧日盈积。
庶几有时衰，庄缶犹可击⑫。

①悼亡，悼念亡妻。此诗史上第一组悼亡诗，后世“悼亡”成为专用词。

②荏苒（rěn rǎn），时光推移流逝之貌。谢，去。流易，流逝变易。二句谓光阴消逝，忽忽一年。

③之子，指妻。穷泉，深泉，谓地下。重，深。重壤，亦指地下。幽隔，深深隔绝。

④私怀，自己怀思之情。谁克从，即克从谁，能向谁表达。《文选·神女赋》：“情独私怀，谁者可语？”淹留，谓淹留于家。

⑤僶俛（mǐn miǎn），勉强。恭，敬从。朝命，朝廷之命。回心，转念。反初役，回原任官职。因妻亡回家，现守丧期满，只有回还赴任。

⑥帏，帏帐。屏，屏风。仿佛（fǎng fú），影像，指亡妻形影。暗用汉武帝设帏帐，张灯烛，见李夫人形影故事，参见其二“独无李氏灵”注。翰墨，笔墨，指书画文字。

⑦流芳，犹馀香。遗挂，即遗像。《寡妇赋》“上瞻兮遗像，下临兮泉壤”，

知晋代已有遗像。流芳言其气味，遗挂谓其形容。

⑧怅怳（chàng huǎng），犹恍惚。回惶（huí huáng），惊疑貌。扬雄《甘泉赋》："徒回回以惶惶兮，魂眇眇而昏乱。"忡，忧。惊惕，惊惧。"望庐"以下八句徘徊虚室，触景伤情。

⑨翰，飞。翰林鸟，飞林之鸟。

⑩比目，比目并行之鱼。参见徐干《室思》诗注。析，分开。

⑪ 缘，沿。隙，指窗牖之隙。霤，屋檐流水。

⑫ 庶几，侥幸，强作希望之词。庄，庄子，名周。缶，瓦盆。《庄子·至乐》："庄子妻死，惠子吊之，庄子则方箕踞鼓盆而歌。惠子曰：'与人居，长子老身，死不哭亦足矣，又鼓盆而歌，不已甚乎？'庄子曰：'不然。是其始死也，我独何能无概。然察其始，而本无生；非徒无生也，而本无形；非徒无形也，而本无气。杂乎芒芴之间，变而有气，气变而有形，形变而有生；今又变而之死，是相与为春秋冬夏四时行也。人且偃然寝于巨室，而我噭噭然随而哭之，自以为不通乎命，故止也。'"庄子原意为生死自然，无需哀乐。潘诗之意，谓但愿巨痛深悲，时久或可稍衰，犹可歌以怀思，不致如此痛苦。

其　二

皎皎窗中月，照我室南端。
清商应秋至，溽暑随节阑①。
凛凛凉风升，始觉夏衾单②。
岂曰无重纩，谁与同岁寒③！
岁寒无与同，朗月何胧胧④！
展转眄枕席，长簟竟床空⑤。
床空委清尘，室虚来悲风。
独无李氏灵，仿佛睹尔容⑥！
抚衾长叹息，不觉泪沾胸。
沾胸安能已，悲怀从中起。
寝兴目存形，遗音犹在耳⑦。
上惭东门吴，下愧蒙庄子⑧。
赋诗欲言志，此志难具纪⑨。

命也可奈何，长戚自令鄙⑩。

①清商，五音中商音主秋，故秋风为商风，亦称清商。溽，湿。溽暑，夏日湿润暑热，故称溽暑。节，季节。阑，残尽。

②凛凛，寒凉之貌。衾，被。

③纩，细绵。

④胧胧，明貌。

⑤眄，视。

⑥李氏，汉武帝时方士李少翁。《汉书·外戚传》：汉武帝李夫人卒，上思念不已。“方士齐人少翁言能致其神。乃夜张灯烛，设帷帐，陈酒肉，而令上居他帐，遥望好女如李夫人之貌，还幄坐而步。又不得就视，上愈益相思悲戚。”少翁，《史记·外戚世家》索隐引《汉书》作李少翁，《桓子新论》作李少君。睹，见。

⑦寝，睡。兴，起。

⑧东门吴，姓东门，名吴。《战国策·秦策》：“梁人有东门吴者，其子死而不忧。其相室曰：‘公之爱子也，天下无有，今子死不忧，何也？’东门吴曰：‘吾尝无子，无子之时不忧；今子死，乃既与无子时同也。臣奚忧焉！’”蒙庄子，庄子蒙人，故称。东门吴子死不忧，蒙庄子妻死而歌，愧无二子之达观。

⑨志，心情。具纪，具体陈述。

⑩长戚，长怀悲戚。鄙，不通达，无法解脱。

其　三

曜灵运天机，四节代迁逝①。
凄凄朝露凝，烈烈夕风厉。
奈何悼淑俪，仪容永潜翳②。
念此如昨日，谁知已卒岁！
改服从朝政，哀心寄私制③。
茵帱张故房，朔望临尔祭④。
尔祭讵几时，朔望忽复尽⑤。
衾裳一毁撤，千载不复引⑥。
亹亹期月周，戚戚弥相愍⑦。

悲怀感物来，泣涕应情陨[8]。
驾言陟东阜，望坟思纡轸[9]。
徘徊墟墓间，欲去复不忍。
徘徊不忍去，徙倚步踟蹰[10]。
落叶委埏侧，枯荄带坟隅[11]。
孤魂独茕茕，安知灵与无[12]。
投心遵朝命，挥涕强就车。
谁谓帝宫远，路极悲有馀[13]。

①曜灵，太阳。天机，即指天。“曜灵”二句，谓太阳运转天寰，四节交替迁移。《寡妇赋》“曜灵晔而遄迈兮，四节运而推移”，与此意同。

②淑俪，犹佳偶。潜翳，隐没。

③改服，改丧服为常服。古代夫为妻服丧一年。私制，指为妻服丧。

④茵，褥。帱，帐。此指灵床，如曹操《遗令》所谓“于台堂上安六尺床，施繐帐”。朔，初一。望，十五。朔望临尔祭，每逢朔望，哭而祭之。此回顾守丧期间事。

⑤朔望忽复尽，指十二个朔望忽然都尽。

⑥引，陈。

⑦亹亹（wěi），指时光迅速流逝。《楚辞·九辩》：“时亹亹而过中。”期月，周年。《论语·子路》“苟有用我者，期月而已可也”，邢昺疏：“期月，周月也，谓周一年十二月也。”此指一年丧服期。周，满。戚戚，悲哀。弥，愈。愍，忧伤。

⑧陨，落。“茵帱”以下十句，写一年服丧，朔望致祭，服丧期满，撤除灵帐，觉愈益悲伤。

⑨陟，登。阜，山冈。纡轸，郁结隐痛。

⑩徙倚，流连之貌。踟蹰，来往徘徊。

⑪埏（yán），墓道。荄，根。

⑫茕茕，孤独貌。安知灵与无，不知有灵无灵。

⑬“谁谓”二句，言谁谓京师路远，路尽悲尚有馀。即路有尽而悲无穷。

杨氏七哀诗[①]

漼如叶落树，邈若雨绝天[②]。
雨绝有归云，叶落何时连[③]！
山气冒冈岭，长风鼓松柏。
堂虚闻鸟声，室暗如日夕。
昼愁奄逮昏，夜思忽终昔[④]。
展转独悲穷，泣下沾枕席。
人居天地间，飘若远行客[⑤]。
先后讵能几，谁能弊金石[⑥]？

①此亦哀悼其妻杨氏。

②漼（cuī），涕泪齐下貌。邈，远也。"邈若"仿傅玄《豫章行》"忽如雨绝云"。

③连，连接，指叶重新接上枝头。

④奄，迟。逮，至。昔，通"夕"。"昼愁"二句，谓白昼愁苦，觉迟迟才到昏暮；夜间陷入沉思，又觉忽然终夕（照句中词语只能如此诠释，然应是愁人知夜长，"夜思忽终昔"似不合常情。又，为避免用两"夕"字，故此句借用"昔"字，实诗中疵病）。

⑤飘，忽。"人居"二句，袭用古诗"人生天地间，忽如远行客"。

⑥弊，败坏。金石不易弊坏，意谓人不能与之相比。

★录潘岳诗仅数首，其中词语、意象、句法，相同者复见叠出，有些诗句甚至不够通畅，谁谓潘才如江！

石 崇

石崇（249—300），字季伦，渤海南皮（今河北南皮）人。大司马石苞之子，以伐吴功封安乡县侯。惠帝时为荆州刺史，后拜太仆，出为征虏将军，监徐州军事，镇下邳。崇贪鄙无行检，在荆州时，公然抢劫客商，得赀财，成为晋代著名豪富。筑别馆于河阳金谷涧中。“财产丰积，室宇宏丽。后房数百，皆曳纨绣，珥金翠。丝竹尽当时之选，庖膳充水陆之珍。”与贵戚王恺、羊琇之徒斗富，靡奢无度。又谄事贾谧，贾谧诛后免官。永康元年，赵王司马伦专权，伦党孙秀欲夺石崇爱姬绿珠，崇不与。秀遂诬崇与潘岳等谋与淮南王允、齐王冏为乱，与潘岳同日被杀，年五十二。

王明君辞并序①

王明君者，本是王昭君，以触文帝讳，改之②。匈奴盛，请婚于汉，元帝以后宫良家子明君配焉。昔公主嫁乌孙，令琵琶马上作乐，以慰其道路之思。其送明君，亦必尔也③。其造新之曲，多哀怨之声，故叙之于纸云尔④。

我本汉家子，将适单于庭。
辞诀未及终，前驱已抗旌⑤。
仆御涕流离，辕马为悲鸣⑥。
哀郁伤五内，泣泪沾朱缨。
行行日已远，遂造匈奴城⑦。
延我于穹庐，加我阏氏名⑧。

殊类非所安，虽贵非所荣[⑨]。
父子见凌辱，对之惭且惊[⑩]。
杀身良不易，默默以苟生。
苟生亦何聊，积思常愤盈[⑪]。
愿假飞鸿翼，乘之以遐征[⑫]。
飞鸿不我顾，伫立以屏营[⑬]。
昔为匣中玉，今为粪上英[⑭]。
朝华不足欢，甘与秋草并。
传语后世人，远嫁难为情。

①王明君辞，《乐府诗集》属相和歌辞吟叹曲。王明君，即王昭君，名樯（后世写作嫱），南郡秭归人（昭君故里今属湖北兴山县）。汉元帝宫人。竟宁元年，匈奴呼韩邪单于来朝，自言愿婿汉以自亲，元帝“赐待诏掖庭王樯为阏氏”，以结和亲。并改年号为竟宁。昭君入匈奴，号宁胡阏氏。生一子。呼韩邪死，长子雕陶莫皋立，号复株絫若鞮单于，复妻昭君，生二女。卒葬于匈奴，今内蒙呼和浩特市南有昭君墓。事见《汉书·元帝纪》《匈奴传》《后汉书·南匈奴传》。石崇所见，当为《汉书》。《西京杂记》谓元帝使画工图宫人像，宫人多赂画工，昭君自恃容貌，独不肯与，画工乃丑图之。后匈奴求美人为阏氏，帝以昭君行。及去召见，貌为后宫第一。帝悔之，为重信于外国，不复更人，乃杀画工毛延寿等。故事晚出，似石崇所未知，故诗中无所涉及。历代咏昭君之作多不胜举，以石崇本篇为最早。

②文帝，即司马昭，讳“昭”字，故改昭君为明君。由此知“明君”之称亦始自石崇本篇，后世更称之为明妃。序称因避晋文帝司马昭讳，故改称昭君为明君，然序文本身已犯文帝讳。疑序文为后人所加。

③乌孙，汉西域诸国之一，地在今新疆伊犁河流域。《汉书·西域传》：汉武帝时，乌孙献马，愿得尚汉公主。元封中，遣江都王建女细君为公主以妻焉。乌孙王昆莫以为右夫人。昆莫年老，语言不通，公主悲愁，自为作歌曰：“吾家嫁我兮天一方，远托异国兮乌孙王。穹庐为室兮毡为墙，以肉为食兮酪为浆。居常土思兮心内伤，愿为黄鹄兮归故乡。”石崇诗实受细君歌影响。王昭君马上弹琵琶，作琵琶曲，后世咏昭君辞中屡见。实即始于本篇，系石崇想象之辞，未必与王樯有关。

④“其造新之曲”，由此知本诗为石崇家演奏新曲所作歌辞。叙之于纸，即

写成诗。

⑤抗旌，举旌旗出发。

⑥流离，泪下貌。

⑦行行日已远，用曹丕《善哉行》成句。造，到达。

⑧延，迎，接待。穹庐，漠北圆形篷帐，今俗称蒙古包。阏氏（yān zhī），匈奴单于妻之称号。《史记·匈奴传》索隐："阏氏，匈奴皇后号也。"

⑨殊类，犹异类。

⑩父子见凌辱，即见凌辱于父子，指呼韩邪单于死后，其子复粲株鞮若单于复妻昭君。

⑪ 聊，依赖。思，幽怨。愤盈，犹愤懑。

⑫ 遐征，远行。

⑬ 屏营（bīng yíng），犹彷徨。

⑭ 英，花。

★石崇《王明君辞》，平铺直叙，诗艺平平。他的贡献在于最先歌咏王昭君故事，引发后来许多咏昭君的名作。连王昭君"马上琵琶"都是石崇的推想，后世凡昭君故事也总有琵琶的音响。

陆 机

陆机（261—303），字士衡，吴郡（今上海市松江区）人。祖陆逊，吴丞相。父陆抗，吴大司马。少有才名，吴亡后退居读书十年。太康末与弟云同入洛阳，为张华所器重，太傅杨骏辟为祭酒。赵王司马伦引为相国参军，伦败被收，后遇赦。成都王司马颖以机参大将军军事，为平原内史。惠帝太安二年，司马颖讨长沙王司马乂，以机为后将军，河北大都督，督兵二十馀万。战败，宦人孟玖与将军牵秀谮其有异志，被杀害，年四十三。陆机存诗一百零四首，在太康诗人中存诗最多。有《陆士衡集》。士衡诗尚繁缛，词翰华美，多模拟之作，不无为文而造情之嫌。东晋南朝，于陆机、潘岳评许极高。孙绰称“潘文烂若披绵，无处不善；陆文若排沙简金，往往见宝。”（《世说新语·文学》，《诗品》谓为谢混语）钟嵘甚至谓“陆才如海，潘才如江”。盖亦时代使然。其实就晋代而论，潘陆自在左思、刘琨以下，至与陶渊明、谢灵运，更如小巫之见大巫。若潘与陆较，则士衡宏阔，安仁浅狭，距非敌手。

赴洛道中二首[①]

总辔登长路，呜咽辞密亲[②]。
借问子何之，世网婴我身[③]。
永叹遵北渚，遗思结南津[④]。
行行遂已远，野途旷无人。
山泽纷纡馀，林薄杳阡眠[⑤]。
虎啸深谷底，鸡鸣高树颠[⑥]。

哀风中夜流，孤兽更我前。
悲情触物感，沉思郁缠绵⑦。
伫立望故乡，顾影凄自怜。

①此陆机太康末年赴洛阳途中所作。

②总，束，攥。辔，马缰。密亲，近亲。

③婴，缠绕。

④永叹，长叹。遵，沿。遗思，留恋之情。津，渡。

⑤纷，盛多。纡馀（yū yú），曲折延伸貌。林薄，丛生林木。杳，幽深。阡眠（qiān mián），同“芊绵”，茂盛繁密之貌。

⑥鸡，此指野鸟。汉乐府《鸡鸣》：“鸡鸣高树颠，狗吠深宫中。”

⑦郁，蕴结。缠绵（chán mián），情意流连貌。

其　二

远游越山川，山川修且广。
振策陟崇丘，案辔遵平莽①。
夕息抱影寐，朝徂衔思往②。
顿辔倚高岩，侧听悲风响。
清露坠素辉，明月一何朗。
抚枕不能寐，振衣独长想③。

①振策，挥鞭。陟，登。崇丘，高丘。案辔，按住马缰，使马慢行。平莽，平原草地。

②寐，句末用字似不应重出，疑此当作“眠”。徂，行。衔思，犹含悲。

③振衣，抖动衣服；忧思不寐，故披衣又起。

★陆机《赴洛道中》为最早述行纪旅之诗。士衡于破国之馀，闭户读书达十年之久，终不甘寂寞，与弟陆云联袂入洛。方其远离吴会，总辔长途，悲情触物，沉思缠绵，实不无前路彷徨之感。其后进入洛阳，名动京师，从此依违倾轧于晋室诸王之间，终致杀身之祸。倘使士衡不负其才望，瘗迹吴中，甘千里之莼羹，快华亭之鹤唳，得失为何如哉！

赠从兄车骑[①]

孤兽思故薮，离鸟悲旧林[②]。
翩翩游宦子，辛苦难为心[③]。
仿佛谷水阳，婉娈昆山阴[④]。
营魄怀兹土，精爽若飞沉[⑤]。
寤寐靡安豫，愿言思所钦[⑥]。
感彼归途艰，使我怨慕深[⑦]。
安得忘归草，言树背与衿[⑧]。
斯言岂虚作，思鸟有悲音。

①从兄，《文选》李善注："集云：陆士光。"

②薮，草泽。

③翩翩，劳苦奔波之貌。难，一作"谁"。

④"仿佛"二句：陆广微《吴地记》："海盐县东北二百里有长谷，昔陆逊、陆凯居此。谷东二十里有昆山，父祖葬焉。"婉娈（wǎn luán），缠绵思念之貌。水北曰阳，山北曰阴。

⑤营魄，《老子》："（载）营魄抱一，能无离乎？"河上公注："营魄，犹魂魄也。"精爽，灵魂，与"营魄"实同义。

⑥寤寐，醒之时与睡之时。《诗·周南·关雎》："求之不得，寤寐思服。"愿言，思念貌。所钦，指从兄。嵇康《赠秀才诗》："思我所钦。"

⑦怨慕，犹思慕也。《孟子·万章上》："万章问曰：'舜往于田，号泣于旻天，何为其号泣也？'孟子曰：'怨慕也。'"

⑧"安得"二句，仿《诗·卫风·伯兮》"焉得谖草，言树之背"。谖，忘忧草。《伯兮》中"背"为堂之北。忘归草，一作"忘忧草"。衿，李善注："犹前也。"背与衿，堂后与堂前。

为顾彦先赠妇［往返］二首[①]

辞家远行游，悠悠三千里。
京洛多风尘，素衣化为缁[②]！

循身悼忧苦，感念同怀子[3]。
隆思乱心曲，沉欢滞不起[4]。
欢沉难克兴，心乱谁为理？
愿假归鸿翼，翻飞浙江汜[5]。

①顾彦先，顾荣，字彦先，吴（今江苏苏州）人。祖顾雍，吴丞相；父顾穆，宜都太守。荣弱冠仕吴。吴亡后，与陆机兄弟同入洛阳，时人号为“三俊”。仕晋官至散骑常侍。陆云有《为顾彦先赠妇往返四首》，陆机本诗二首，其一赠妇，其二妇答，题中亦应有“往返”二字，据以补入。据诗意，知顾荣虽入洛，其妇犹在吴。本传言永兴元年冬，张方据洛阳，劫惠帝至长安，征荣散骑常侍，以世乱不应，遂还吴。永嘉元年春，参与平陈敏之乱，事平，又还吴。征拜侍中，行至彭城，见京师祸乱将作，遂轻舟还吴。盖其家始终在吴也。自后即事元帝于江东。

②缁，黑色。

③循，拊也。《文选》、本集并作“修”，《玉台》作“循”，悼忧与修身无涉，作“循”是。同怀子，指妻。

④隆思，犹深思、长想。沉，没。沉欢，即丧失欢乐。

⑤浙江，曲折之江。浙，《群书校补》作“游”，较“浙”字为优。汜（sì），水分出复入曰汜，水边亦曰汜，二义并通。

其　二

东南有思妇，长叹充幽闼[1]。
借问叹何为？佳人渺天末[2]。
游宦久不归，山川修且阔。
形影参商乖，音息旷不达[3]。
离合非有常，譬彼弦与筈[4]。
愿保金石躯，慰妾长饥渴[5]！

①充，满。幽闼，犹深闺。

②佳人，指夫。渺，远。

③参商，见傅玄《豫章行》注。乖，违离。音息，音讯。旷，久。

④筈（kuò），箭之末端。箭靠弦，一发即去。

⑤饥渴，谓思念之深，如同饥渴。

拟迢迢牵牛星[①]

昭昭清汉晖，粲粲光天步[②]。
牵牛西北回，织女东南顾[③]。
华容一何冶，挥手如振素[④]。
怨彼河无梁，悲此年岁暮[⑤]。
跂彼无良缘，睆焉不得度[⑥]。
引领望大川，双涕如沾露。

①本篇与下一篇并拟古诗。陆机拟古诗今存十二首，拟诗题除《兰若生春阳》一首外并《古诗十九首》诗中首句，可知十九首在魏晋即已基本定型。

②昭昭，明也。清汉，天河；《玉台》作“天汉”。粲粲，亦明也。步，行。

③“牵牛”二句：回，顾。牵牛在天河南，故西北回；织女在天河西，故东南顾。

④华容，犹美貌。冶，美。素，白绢。

⑤河，指天河。梁，桥。

⑥跂，踮脚，实含跂望之意。睆（huǎn），瞪目望貌。“无良缘”亦即“不得度”，互见其义，并就双方言之。二句语本《诗·小雅·大东》：“跂彼织女，终日七襄。”“睆彼牵牛，不以服箱。”唯《大东》只写织女、牵牛二星，并无二者相爱故事，“牵牛”尚是牛；古诗《迢迢牵牛星》则写二者爱情，“牵牛”已演为牛郎。

拟明月何皎皎

安寝北堂上，明月入我牖[①]。
照之有馀辉，揽之不盈手[②]。
凉风绕曲房，寒蝉鸣高柳。
踟蹰感节物，我行永已久。

游宦会无成，离思难常守。

①牖，窗。

②馀辉，盛辉。

短歌行

置酒高堂，悲歌临觞[①]。人寿几何，逝如朝霜。
时无重至，华不再阳[②]。蘋以春晖，兰以秋芳。
来日苦短，去日苦长。今我不乐，蟋蟀在房[③]。
乐以会兴，悲以别章。岂曰无感，忧为子忘[④]。
我酒既旨，我肴既臧[⑤]。短歌有咏，长夜无荒[⑥]。

①觞，酒杯。

②阳，艳。一作扬，开放。此二字常通。

③“今我”二句，语本《诗·唐风·蟋蟀》：“蟋蟀在堂，岁聿其莫；今我不乐，日月其除。”

④“乐以”二句，谓欢乐由相会兴起，悲伤因离别而章显。子，指所爱，似为朋友。

⑤旨，美。臧，佳。语仿《诗·小雅·頍弁》：“尔酒既旨，尔肴既嘉。”

⑥荒，乱。《诗·唐风·蟋蟀》：“好乐无荒。”诗前半写人生短促，应及时行乐；后半写与所欢会合宴饮之乐。

苦寒行

北游幽朔城，凉野多险艰[①]。
俯入穷谷底，仰陟高山盘。
凝冰结重涧，积雪被长峦。
阴云兴岩侧，悲风鸣树端。
不睹白日景，但闻寒鸟喧[②]。
猛虎凭林啸，玄猿临岸叹。

夕宿乔木下，惨怆恒鲜欢。
渴饮坚冰浆，饥食零露餐。
离思固已久，寤寐莫与言。
剧哉行役人，慊慊恒苦寒[3]。

①幽，幽州，汉武帝所置十三刺史部之一，治蓟州（今北京），辖今河北北部、辽宁与朝鲜北部。朔，朔方，汉郡名，治朔方（今内蒙杭锦旗北），辖境相当今河套西北及后套。

②嚾（huān），叫。一作“喧”。

③剧，惨。慊慊，内心空虚之貌。

门有车马客行[1]

门有车马客，驾言发故乡。
“念君久不归，濡迹涉江湘[2]。”
投袂赴门途，揽衣不及裳[3]。
拊膺携客泣，掩泪叙温凉。
借问邦族间，恻怆论存亡。
亲友多零落，旧齿皆凋丧。
市朝互迁易，城阙或丘荒。
坟垄日月多，松柏郁芒芒！
天道信崇替，人生安得长[4]！
慷慨惟平生，俯仰独悲伤[5]！

①《门有车马客行》，《乐府诗集》属相和歌辞瑟调曲。此篇写门有车马客，惊起问讯，乃来自故乡，道及市朝迁谢，亲友凋丧，不觉悲怆无限。

②濡，浸渍。江湘，今湖南湖北地。士衡行迹不涉江湘，此系泛指外乡之意。“念君”二句述来客语，未及多说，即被主人热烈欢迎所打断。

③“投袂”二句：袂，袖。投袂，古人袖长，投袂而起，言其急速。门途，门前路。急于迎客，揽衣不及裳，亦急遽之状。

④崇替，兴废。

⑤惟，想。

★陆机乐府多系拟作，内容大作泛泛，与曹操写社会丧乱、曹植抒内怀愤懑者，不可同日而语。如《从军行》南陟五岭、北戍长城，其泛叙之状甚明。惟此篇或较真实，不无宗国故乡之思。

君子有所思行①

命驾登北山，延伫望城郭②。
廛里一何盛，街巷纷漠漠③。
甲第崇高闼，洞房结阿阁④。
曲池何湛湛，清川带华薄⑤。
邃宇列绮窗，兰室接罗幕⑥。
淑貌色斯升，哀音承颜作⑦。
人生诚行迈，容华随年落⑧。
善哉膏粱士，营生奥且博⑨。
宴安消灵根，鸩毒不可恪⑩。
无以肉食资，取笑葵与藿⑪。

①《君子有所思行》，《乐府诗集》属杂曲歌辞。《乐府解题》："君子有所思行，晋陆机云'命驾登北山'，宋鲍照云'西上登雀台'，梁沈约云'晨策终南首'，皆言雕室丽色，不足为久欢，宴安鸠毒，满盈所宜敬忌。"

②北山，此当指洛阳北邙山，登此可望洛阳城郭。延伫，久立以望。

③廛里，居民住宅。纷，多貌。漠漠，密布之貌。

④甲第，豪贵第宅。崇，高耸，高闼，高门。洞房，深邃内室。阿阁，楼阁四面有檐者。

⑤湛湛，水深而清貌。华，茂盛。薄，丛生草木。

⑥邃宇，犹深宅。绮窗，花格窗户。罗幕，丝织帷幕。

⑦"淑貌"二句，谓美人因颜色而升，哀音亦因颜衰而作。淑，美。升，指受宠。

⑧“人生”二句，谓人生诚如过客，容华随年岁而衰。行迈，走过。古诗：“人生天地间，忽如远行客。”

⑨膏粱士，富贵子弟。《国语·晋语》“夫膏粱之性难正也”，注：“膏，肉之肥者；粱，食之精者。言食肥美者，率多骄放，其性难正。”营生，养生。此指过分追求。奥且博，奇而且多。

⑩宴安，安逸，奢侈享受。灵根，生命。鸩，有毒鸟，传以鸩羽浸酒，饮之立死。恪，敬，此指过分追求。《左传》闵公元年：管敬仲言于齐侯曰：“宴安鸩毒，不可怀也。”杜预注：“以宴安比之鸩毒也。”

⑪“无以”二句，无以肉食之资取笑葵藿，谓无以宴安轻视清贫。葵藿均为野菜，贫者所食。

驾言出北阙行[①]

驾言出北阙，踯躅遵山陵[②]。
长松何郁郁，丘墓互相承[③]。
念昔徂殁子，悠悠不可胜[④]。
安寝重冥庐，天壤莫能兴[⑤]。
人生何期促，忽如朝露凝[⑥]。
辛苦百年间，戚戚如履冰[⑦]。
仁智亦何补，迁化有明征[⑧]。
求仙鲜克仙，太虚安可凌[⑨]。
良会罄美服，对酒宴同声[⑩]。

①《驾言出北阙行》，《乐府诗集》属杂曲歌辞。

②驾言，乘车。“言”字助词无义。北阙，即指京师，此当指洛阳。踯躅（zhí zhú），徘徊前行之貌。遵，沿着。

③郁郁，茂盛貌。互相承，相接。指坟墓拥挤，一座接一座。

④徂殁子，死亡的人。悠悠，周流貌，接连不断之貌。胜，尽。

⑤重冥庐，深深的坟墓中。天壤，天地。兴，起。天壤莫能兴，再不能在天地之间站起来。

⑥促，急促，短促。

⑦百年间，指一生。戚戚，忧惧貌。履冰，《诗·小雅·小旻》：“战战兢

兢，如临深渊，如履薄冰。”

⑧迁化，迁移变化，实指死。《汉书·李夫人传》：“忽迁化而不反兮，魄放逸以飞扬。”明征，明显的验证。二句谓人生毫无意义，即使是仁智也无补于事，都要死亡就是明证。

⑨鲜（xiǎn），少。克，能。太虚，天上，神仙所居之处。凌，登。

⑩良会，美好的聚会，指良朋相聚。罄，尽。同声，志趣相同的好友。

★洛阳城北的北邙山，自东汉以来即成为历代京城要人的墓地。前篇《君子有所思行》是从山上回望洛阳城郭，感到人生行迈，容华易落；本篇由看到山上累累荒冢产生更深的人生感慨。诗与古诗十九首中《驱车上东门》同一主题，诗的结构也完全相同，实际是该诗的拟作。与别的拟作不同的是，作者毕竟有亲身的体验。

东吴亡国之后，陆机与弟陆云在江南读书十年，之后耐不住了，兄弟双双北上洛阳，在京师豪贵之间很风光了一阵子。但京城并非好待的地方，司马氏朝廷勾心斗角，矛盾重重。陆机不是没有感触。“辛苦百年间，戚戚如履冰”，并不完全是人生遽促的感言，而是有真真实实的感受。同机云兄弟前前后后进入洛阳的东吴隽士如顾荣、张翰等人看到了危机，以各种借口回返江南。陆机兄弟却留恋权位，并深深地卷入了八王之乱的漩涡，最终送掉了性命，临终感到华亭鹤唳不得复闻而深为悲叹。他也成了“徂殁子”，他的尸骨还未必能进入北邙山麓。

陆　云

陆云（262—303），字士龙，少与兄陆机齐名，称为“二陆”。随机入洛，成都王司马颖表为清河内史。大安二年，与机同时遇害。陆云诗作多用四言，模仿《诗经》，成功之作甚少。

答张士然[①]

行迈越长川，飘飖冒风尘。
通波激江渚，悲风薄丘榛[②]。
修路无穷迹，井邑自相循[③]。
百城各异俗，千室非良邻[④]。
旧欢难假合，风土岂虚亲[⑤]。
感念桑梓域，仿佛眼中人[⑥]。
靡靡日夜远，眷眷怀苦辛[⑦]。

①张士然，李善注引《续晋阳秋》：“张悛，字士然，少以文章与陆机友善。”揣诗意，张亦江东人，为二陆旧友。

②江渚，《文选》作“枉渚”，似非。“枉渚”出《楚辞》，为地名，非陆氏所经之地。

③井邑，居民聚居之地。《周礼・地官・小司徒》：“九夫为井，四井为邑，四邑为丘，四丘为甸，四甸为县，四县为都。”循，从。相循，相连接。

④千室非良邻，《草堂诗笺》引作“千里是良邻”，似更佳。

⑤旧欢，旧友。假，暂也。难假合，短暂相会亦甚难。风土，指故乡风土之情。

⑥桑梓，《诗・小雅・小弁》：“惟桑与梓，必恭敬止。”桑梓为住宅旁常栽

树木，后因以“桑梓”代指故乡。

⑦靡靡，行貌。眷眷，怀思之貌。

左 思

左思（250？—305？），字太冲，齐国临淄（今山东淄博市临淄区北）人。晋代重门阀，左思出身寒门，加以“貌寝口讷”，不善张扬，平生不甚得意，为官止于秘书郎。《诗品》称太康诗人有“三张二陆两潘一左”，论成就，“一左”在西晋首屈一指。与陆机繁缛、潘岳绵软相反，左诗格调高亢，笔力劲挺。钟嵘称陶渊明“协左思风力”，左思风力与建安风骨一脉相承。其《咏史》八首，实借古人情事，抒内心愤懑，鸣社会不平，与阮籍《咏怀》同一机杼而辞旨更为明畅。其《娇女》诗白描直述，率露天真，又别具一格。左思曾筹思十年，尽其心力作《三都赋》，被张华誉为“班张之流”，使陆机为之搁笔，京师豪贵竞相传写，洛阳为之纸贵。可惜此等大赋铺陈板滞，价值实为有限。倘使左思不争此声誉，以全力作五言，其成就或更为壮观。

咏史八首

弱冠弄柔翰，卓荦观群书①。
著论准《过秦》，作赋拟《子虚》②。
边城苦鸣镝，羽檄飞京都③。
虽非甲胄士，畴昔览《穰苴》④。
长啸激清风，志若无东吴⑤。
铅刀贵一割，梦想骋良图⑥。
左眄澄江湘，右盼定羌胡⑦。

功成不受爵，长揖归田庐[⑧]。

①弱冠，《礼记·曲礼》："人生十年曰幼，学。二十曰弱，冠。"故常称二十岁为弱冠，自亦可大略言之。柔翰，毛笔。卓荦（zhuó luò），杰出貌。

②《过秦》，贾谊所作《过秦论》，汉代论著名篇。《子虚》，司马相如所作《子虚赋》，汉赋代表作品。

③鸣镝，响箭，供报警用。羽檄，军用文书，上插羽毛，以示紧急。参见曹植《白马篇》注。二句谓边城告急，有外敌入侵。

④甲胄，铠甲与头盔。甲胄士，将士。《穰苴》，穰苴本春秋齐人，姓田氏，为齐景公将，败晋燕之师。见《史记·司马穰苴列传》。后齐威王追论古者司马兵法而附穰苴于其中，称《司马穰苴兵法》。诗中《穰苴》即代指兵法。

⑤东吴，指孙吴。孙吴之亡在武帝咸宁六年（280），诗之作当在此之前。

⑥"铅刀"句：铅刀质软，不利于切割，然亦可以一割。喻才能虽小，亦可效力。《后汉书·班超传》："昔魏绛列国大夫，尚能和辑诸戎，况臣奉大汉之威，而无铅刀一割之用乎！"范晔《后汉书》虽后出，晋代必自有汉史。又，"铅刀一割"或系汉魏以来俗语。骋，施展。

⑦澄，清。江湘，指南方之敌。羌胡，指北来之寇。

⑧功成不受爵，暗用鲁仲连事，参见其三。

★第一篇全是述志，无关咏史。文可以著论作赋，武可以安边定国，而又不贪高位，功成身退，虚构出理想生平，为古代士人追求模式，尤其使李太白心醉。"功成不受爵，长揖归田庐"，太白曾反复模仿。

其　二

郁郁涧底松，离离山上苗[①]。
以彼径寸茎，荫此百尺条。
世胄蹑高位，英俊沉下僚[②]。
地势使之然，由来非一朝。
金张藉旧业，七叶珥汉貂[③]；
冯公岂不伟，白首不见招[④]！

①郁郁，茂盛貌。离离，草叶下垂貌。苗，指草。

②世胄，世家子弟。胄，帝王或贵族的后裔。蹑，登上。

③金张，指汉代金日磾、张汤家族。参见张华《轻薄篇》注。七叶，七世。珥，插。貂，貂尾，古代用为帽饰。李善注引魏董巴《舆服志》："侍中，中常侍，冠武弁，貂尾为饰。"

④冯公，即冯唐，汉文帝时为中郎署长。文帝辇过，问唐曰："父老，何自为郎？"见《史记·冯唐列传》。李善注引荀悦《汉纪》："冯唐白首，屈于郎署。"伟，桀出。招，召见，重用之意。

★前篇驰骋想象，天马行空，功圆果满；本篇坠入现实，令人气蹶。

其　三

吾希段干木，偃息藩魏君[①]；
吾慕鲁仲连，谈笑却秦军[②]。
当世贵不羁，遭难能解纷[③]。
功成耻受赏，高节卓不群[④]。
临组不肯绁，对珪宁肯分[⑤]！
连玺耀前庭，比之犹浮云[⑥]。

①希，向慕。段干木，姓段干，名木；一说，姓段，名干木。战国魏人，为魏文侯所礼敬。《吕氏春秋·期贤》："魏文侯过段干木之闾而轼之。其仆曰：'君胡为轼？'曰：'此非段干木之闾欤？段干木盖贤者也，吾安敢不轼？且吾闻段干木未尝肯以己易寡人也，吾安敢骄之？段干木光乎德，寡人光乎地；段干木富乎义，寡人富乎财。'其仆曰：'然则君何不相之？'于是君请相之，段干木不肯受。则君乃致禄百万而时往馆之。""居无几何，秦兴兵欲攻魏。司马唐谏秦君曰：'段干木贤者也，而魏礼之，天下莫不闻，无乃不可加兵乎？'秦君以为然，乃按兵，辍，不敢攻之。"班固《幽通赋》："木偃息以藩魏。"偃息，安卧。藩，护卫。

②慕，钦仰。鲁仲连，战国齐人。"好奇伟俶傥之画策，而不肯仕宦任职，好持高节。"赵孝成王九年，秦军围赵，鲁仲连在赵，斥责魏将军辛垣衍帝秦之说，使赵不帝秦。秦将闻之，为却军五十里。后平原君欲封鲁仲连不受；平原君又以千金为寿，鲁仲连笑曰："所贵于天下之士者，为人排患难解纷乱而无

取也。”后二十馀年，田单围燕将于聊城，岁馀不下，鲁仲连为书与燕将。燕将得书，泣三日自杀。后田单“归而言鲁连，欲爵之，鲁连逃隐于海上”。见《战国策·赵策》与《史记·鲁仲连传》。却，退。

③当世，犹处世。不羁，不受约束。指段干木不任魏相。《孟子·滕文公下》：魏文侯过段干木，“段干木逾垣而避之”。遭难，遭遇危难。解纷，解除纷乱。指鲁仲连却秦军。

④耻，一作“不”。卓，卓越，杰出。

⑤组，丝织绶带，用以系印。绁（xiè），系。不肯绁，指段干木不挂相印。珪，瑞玉，上圆下方。封爵则锡珪，分珪即受爵。宁肯分，即不肯分，指鲁仲连不受爵。

⑥玺，印。比之犹浮云，用《论语·述而》孔子语：“不义而富且贵，于我如浮云。”“连玺”二句，谓世间当官受爵者甚众，段干木、鲁仲连比之如浮云。

其　四

济济京城内，赫赫王侯居①。
冠盖荫四術，朱轮竞长衢②。
朝集金张馆，暮宿许史庐③。
南邻击钟磬，北里吹笙竽。
寂寂扬子宅，门无卿相舆④。
寥寥空宇内，所讲在玄虚⑤。
言论准宣尼，辞赋拟相如⑥。
悠悠百世后，英名擅八区⑦。

①济济，美盛貌。赫赫，显盛貌。

②冠盖，冠冕车盖，指显贵舆服。荫，遮蔽。術，道途。朱轮，朱漆车轮。竟，尽，指占满。衢，大路。《文选》张铣注：“術、衢，皆道也。”

③金张、许史，代指世族显贵。张华《轻薄篇》：“朝与金张期，暮宿许史家。”参见该诗注。

④扬子，指扬雄，字子云，蜀郡成都人，汉代学者并赋家。舆，车。《汉书·扬雄传》谓其“清静无为，少私寡欲，不汲汲于富贵，不戚戚于贫贱，不

修廉隅以徼名当世。家产不过十金，乏无儋石之储，晏如也”。

⑤玄虚，玄妙虚无之道。扬雄仿《周易》作《太玄》。

⑥宣尼，即孔子，汉平帝追谥孔子为褒成宣尼公。“言论”句，指扬雄仿《论语》作《法言》。相如，司马相如，汉代大赋家。“辞赋”句，指扬雄作赋学司马相如。本传谓“蜀有司马相如，作赋甚弘丽温雅，雄心壮之，每作赋，常拟之以为式”。

⑦悠悠，长久。擅，专，据有。八区，指整个天下。

其五

皓天舒白日，灵景曜神州①。
列宅紫宫里，飞宇若云浮②。
峨峨高门内，蔼蔼皆王侯③。
自非攀龙客，何为欻来游④？
被褐出阊阖，高步追许由⑤。
振衣千仞冈，濯足万里流⑥！

①皓天，即昊天。《尔雅·释天》“夏为昊天”，郭璞注：“言气皓旰。”晧，即“皓”之本字，见《说文》段注。是“昊、晧、皓”三字并通，大也，高也，明也。舒，放。灵景，灵光，指日光。曜，照。神州，指中国。李善注引傅玄《三都赋》：“白日舒灵于天。”

②紫宫，星座名，即紫微宫，为中垣十五星。列宅紫宫，极言宫殿之高，上耸天庭。紫微又象征皇帝，乃与皇都双关。飞宇，飞檐。

③峨峨，高貌。蔼蔼，盛貌。

④攀龙客，指干谒王侯以求功名利禄者。扬雄《法言》：“攀龙鳞，附凤翼，巽以扬之。”欻，忽。

⑤被，穿着。褐，粗布衣，平民所服。《老子》：“圣人被褐怀玉。”《孔子家语·三恕》：“子路问于孔子曰：‘有人于此，被褐而怀玉，何如？’子曰：‘国无道，隐之可也；国有道，则衮冕而执玉。’”阊阖（chāng hé），《楚辞·离骚》：“吾令帝阍开关兮，倚阊阖而望予。”王逸注：“阊阖，天门也。”李善注：“《晋宫阙名》曰：洛阳阊阖门，西向。”此指后者，然亦与天门双关。许由，传为尧时隐士。尧让天下于许由，许由不受，逃遁耕于颍水之阳，箕山之下，见《庄子》与《高士传》。

⑥振衣，抖衣以去衣上灰尘。仞，长度单位，八尺为仞。濯，洗。流，河水。李善注引王粲《七释》：“濯身乎沧浪，振衣乎高岳。”

★“振衣千仞冈，濯足万里流”，有晋一代诗中豪语。

其　六

荆轲饮燕市，酒酣气益震。
高歌和渐离，谓若旁无人[①]。
虽无壮士节，与世亦殊伦[②]。
高眄邈四海，豪右何足陈[③]！
贵者虽自贵，视之若埃尘；
贱者虽自贱，重之若千钧[④]。

①荆轲，战国卫人，豪侠之士。受燕太子丹礼遇，为太子丹报仇，入秦刺秦王，不中，被杀。《史记·刺客列传》：“荆轲既至燕，爱燕之狗屠及善击筑者高渐离。荆轲嗜酒，日与狗屠及高渐离饮于燕市。酒酣以往，高渐离击筑，荆轲和而歌于市中。相乐也，已而相泣，旁若无人者。”酣，酒兴正浓。震，一作振。

②节，志操。殊伦，不同于常人。

③眄，视。邈，通“藐”，小看。豪右，古以右为上，故称豪门贵族为豪右。陈，陈述，称道。

④钧，重量单位，一钧三十斤。

其　七

主父宦不达，骨肉还相薄[①]。
买臣困樵采，伉俪不安宅[②]。
陈平无产业，归来翳负郭[③]。
长卿还成都，壁立何寥廓[④]！
四贤岂不伟，遗烈光篇籍[⑤]。
当其未遇时，忧在填沟壑。

英雄有屯邅，由来自古昔⑥。
何世无奇才，遗之在草泽！

①主父，指主父偃，复姓主父，名偃，临淄人。汉武帝元光初上书言事，任郎中，一年之内四迁官，至大中大夫，后任齐王相。《史记·平津侯主父列传》："主父曰：'吾结髮游学四十馀年，身不得遂。亲不以为子，昆弟不收，宾客弃我，我厄日久矣！'"骨肉，喻至亲，如父母兄弟。薄，轻视。

②买臣，即朱买臣，字翁子，吴县人。出身寒苦，汉武帝时为中大夫侍中，后任会稽太守，官至主爵都尉。《汉书·朱买臣传》："家贫，好读书，不治产业。常艾薪樵，卖以给食。担束薪行且诵书。其妻亦负戴相随，数止买臣毋讴歌道中，买臣愈益疾歌。妻羞之，求去。买臣笑曰：'我年五十当富贵，今已四十馀矣。女苦日久，待我富贵，报女功。'妻恚怒曰：'如公等终饿死沟中耳，何能富贵！'买臣不能留，即听去。"伉俪，配偶，此指其妻。

③陈平，阳武人，初从项羽，后归刘邦，为汉初重要谋臣，封曲逆侯，官至右丞相。《史记·陈丞相世家》载：陈平少时家贫，好读书，不视家生产。"家乃负郭穷巷，以弊席为门"。翳，蔽。郭，外城。翳负郭，以背靠城墙破屋蔽身。

④长卿，即司马相如，字长卿，蜀郡成都人，汉代大赋家。《史记·司马相如列传》载：司马相如客临邛，以琴挑卓王孙女卓文君。"文君夜亡奔相如，相如乃与驰归成都，家居徒四壁立。"索隐："徒，空也。家空无资储。但有四壁而已。"寥廓，空虚貌。

⑤四贤：指主父偃、朱买臣、陈平、司马相如。遗烈，所留光辉。篇籍，史册。

⑥屯邅（zhūn zhān），难行之貌，喻境遇艰难。《易·屯》："屯如邅如。"疏："屯是屯难，邅是邅回。"

其　八

习习笼中鸟，举翮触四隅①。
落落穷巷士，抱影守空庐②。
出门无通路，枳棘塞中途③。
计策弃不收，块若枯池鱼④。
外望无寸禄，内顾无斗储。

亲戚还相蔑，朋友日夜疏[5]。
苏秦北游说，李斯西上书[6]。
俯仰生荣华，咄嗟复彫枯[7]。
饮河期满腹，贵足不愿馀；
巢林栖一枝，可为达士模[8]。

①习习，屡飞之貌。翮，翅羽。举翮，即展翅。

②落落，疏寂貌。

③枳棘，两种有刺灌木。

④块，孤身独处貌。

⑤蔑，蔑视。

⑥苏秦，战国洛阳人。先以连横说秦，不被用，复回洛阳。“归至家，妻不下紝，嫂不为炊，父母不与言。”苏秦乃苦读《太公阴符》，之后以合纵说燕、赵等六国，佩六国相印。后在齐被刺杀。见《史记·苏秦列传》。李斯，战国楚上蔡人。西至秦国，适秦逐客，李斯乃上书秦王，谏逐客。秦王乃除逐客之令，复李斯官。后李斯佐秦始皇并兼天下，官至丞相。终为赵高所杀。见《史记·李斯列传》。

⑦俯仰，一俯一仰之间。咄嗟，嗟叹发声。并喻为时甚暂。彫枯，凋落枯萎。二句谓苏秦、李斯，俯仰之间得到荣华富贵，而咄嗟之际又遭杀身之祸。

⑧“饮河”四句，语本《庄子·逍遥游》：“鷦鷯巢于深林，不过一枝；偃鼠饮河，不过满腹。”期，求。达士，旷达之士。模，楷模。意谓须安于本分，不要作过分追求。

★“咏史”之名，始于班固；咏史之作，建安多有。而成组咏史，对后世影响最大者，则推左思。然太冲咏史，实系抒怀，意不在史也。沈德潜曰：“太冲咏史，不必专咏一人，专咏一事，咏古人而己之性情俱见。此千古绝唱也，后世惟明远、太白能之。”又曰：“太冲胸次高旷，而笔力又复雄迈，陶冶汉魏，自制伟词，故是一代作手，岂潘陆辈所能比埒！”（《古诗源》）黄子玄曰：“太冲祖述汉魏，而修词造句，全不沿袭一句。落落写来，自成大家。视潘陆诸人，何足数哉！”（《野鸿诗的》）沈黄所论，都能一定左诗价值。

招 隐[①]

杖策招隐士，荒涂横古今[②]。
岩穴无结构，丘中有鸣琴[③]。
白雪停阴冈，丹葩耀阳林[④]。
石泉漱琼瑶，纤鳞或浮沉[⑤]。
非必丝与竹，山水有清音[⑥]。
何事待啸歌，灌木自悲吟[⑦]。
秋菊兼糇粮，幽兰间重襟[⑧]。
踌躇足力烦，聊欲投吾簪[⑨]。

①《楚辞》有淮南小山《招隐士》，旨在招隐逸之士出山，陆机、左思《招隐》，意在招人归隐，与淮南旨意相反。左思《招隐》二首，此其一。此实为歌颂隐居之诗。

②策，小树枝。荒，芜。涂，道路。

③结构，指房屋。

④阴，山之北。丹葩，红花。阳，山之南。

⑤琼瑶，美玉，此指山石。纤鳞，小鱼。

⑥非，一作“何”。

⑦灌木，木丛生也。犹言丛林，与今但指矮树丛者异。灌，本字作“櫂”，音同。“非必”四句，谓山水林木，自然成音。

⑧糇，食。间，犹置，插上。

⑨踌躇，犹徘徊，此指徘徊世路，踌躇仕途。烦，劳倦。聊，且。投簪，犹言挂冠，即弃官归隐。前十四句均写幽隐之美，末两句自叹踌躇道路，足力烦劳，表示亦欲归隐。

★“荒涂横古今”，笔力矫健；“山水有清音”，造语深致：并晋诗名句。

杂诗

秋风何冽冽，白露为朝霜①。
柔条旦夕劲，绿叶日夜黄②。
明月出云崖，皦皦流素光③。
披轩临前庭，嗷嗷晨雁翔④。
高志局四海，块然守空堂⑤。
壮齿不恒居，岁暮常慨慷⑥。

①冽冽，寒凉貌。“白露”句本《诗·秦风·蒹葭》：“蒹葭苍苍，白露为霜。”

②劲，变硬。

③皦皦，明亮貌。

④披，开。轩，窗。嗷嗷，雁鸣声。《诗·小雅·鸿雁》：“鸿雁于飞，哀鸣嗷嗷。”

⑤局，促。局四海，以四海为促。块然，孤独貌。

⑥壮齿，壮年。不恒居，不安定，常羁旅外乡。岁暮，与晚年双关。

娇女

吾家有娇女，皎皎颇白皙①。
小字为纨素，口齿自清历②。
鬓发覆广额，双耳似连璧③。
明朝弄梳台，黛眉类扫迹④。
浓朱衍丹唇，黄吻澜漫赤⑤。
娇语若连琐，忿速乃明憘⑥。
握笔利彤管，篆刻未期益⑦。
执书爱绨素，诵习矜所获⑧。
其姊字蕙芳，面目灿如画⑨。

轻妆喜楼边，临镜忘纺绩。
举觯拟京兆，立的成复易[⑩]。
玩弄眉颊间，剧兼机杼役[⑪]。
从容好赵舞，延袖象飞翮[⑫]。
上下弦柱际，文史辄卷襞[⑬]。
顾眄屏风画，如见已指擿。
丹青日尘暗，明义为隐赜[⑭]。
驰骛翔园林，果下皆生摘[⑮]。
红葩掇紫蒂，萍实骤抵掷[⑯]。
贪华风雨中，倏忽数百适[⑰]。
务蹑霜雪戏，重綦常累积[⑱]。
并心注肴馔，端坐理盘槅[⑲]。
翰墨戢函案，相与数离逖[⑳]。
动为鑪钲屈，屣履任之适[㉑]。
心为茶荈据，吹嘘对鼎[㉒]。
脂腻漫白袖，烟薰染阿锡[㉓]。
衣破皆重施，难与沉水碧[㉔]。
任其孺子意，羞受长者责。
瞥闻当与杖，掩泪俱向壁[㉕]。

①皎皎，洁白貌。白皙，皮肤白净。

②小，小女儿。纨素，小女之名。清历，清脆分明。

③璧，玉器，形圆，中有小孔。诗中连璧谓两耳如璧相连，左右各半璧。

④明朝，清晨。黛，画眉用膏，墨绿色。

⑤衎，敷。黄吻，黄口。澜漫，淋漓貌。类扫迹，衎丹唇，澜漫赤，均写小女孩随意涂抹。

⑥连琐，玉制小连环，动即声音清脆细碎。忿速，恼急。𢣉（huò 呼麦切），《广韵》：“𢣉𢣉，辩快出音谱。”明𢣉，大声快语之貌。

⑦利，贪。彤管，红笔管。篆刻，谓写字。益，进益。“握笔”二句，谓

爱笔只是贪玩，并不期望练字。

⑧绨，厚绢。素，白色丝绢。古代书写于绨素。矜，夸耀。“执书”二句，谓翻书只是喜爱绨素，偶能诵习即向人夸耀。——以上十六句写小女纨素。

⑨蕙芳，左思长女之名。灿，明丽。

⑩觯（zhì），酒器，杯属。此用以盛画眉用料。京兆，汉宣帝时张敞为京兆尹。“为妇画眉，长安中传张京兆眉怃。”见《汉书·张敞传》。诗中“京兆”即作为画眉代称。拟京兆，即拟画眉。的，女子额上装饰，用朱色点染。成复易，成而又易。

⑪剧，快速。兼，倍。机杼，纺织机。二句谓化妆在眉颊间反复涂抹，快速倍于纺织。

⑫从容，舒缓貌。延袖，伸袖。翮，翅羽，即指鸟翅，展开双袖即像鸟翅。

⑬柱，琴瑟上支弦零件。襞（bì），摺叠。“上下”二句，谓拨弄琴瑟，将文史随意卷叠。

⑭顾眄，反复观看。指擿（tí），批评指点。丹青，指屏风画。隐赜（zé），晦暗不清。“顾眄”四句，谓观看屏风上画，隐约可见即加指责。其实画为灰尘暗晦，明义已隐晦难见。——“其姊”以下十六句，写长女蕙芳。

⑮驰骛，快跑。

⑯红葩，红花。掇，摘取。紫蒂（dì），紫色花蒂。萍实，一种水生植物果实。骤，立即。抵（zhǐ）掷，投掷。

⑰贪华，犹贪欢，贪玩。华，疑为“哗”之借字。哗，讙也，欢也。《太平御览》八百六十七作“贪走”，似更确。倏忽（shū hū），迅疾貌，亦以言时间之短。一作“眒忽”，义同。适，往。

⑱蹑，踏。綦，履迹。重綦常累积，小孩来往奔跑，霜雪上履迹重叠积累。

⑲并心，犹全神。肴馔，肉食品。槅，通“核”，果。盘槅，果盘。

⑳翰墨，书画。戢，收藏。函，封套，用以装书画。案，几案。一作“闲案”。数，速。离逖，远离。

㉑鑪钲，两种敲打乐器。屈，余冠英先生谓“疑当作出。儿童听到门外有鑪钲之声因而奔出。鑪钲当是卖小食者所敲”（《汉魏六朝诗注》）。屣履，拖鞋。适，往。

㉒荈（chuǎn），晚采茶。“荼荈”一作“荼菽”。荼，一种野菜；菽，豆类。据，安坐。鼎鑪（lì），均烹饪之器。

㉓阿锡，一作“阿緆”，锡、緆二字通。阿，细缯。緆，细布。

㉔ 衣破，一作“衣被”。重施，似指多层补绽。碧，清，此指洗清。因补绽过厚，故难以沉水洗净。

㉕ 瞥，见。——“驰骛”以下二十四句，合写二女。

★太冲《娇女诗》，无教训语，无袒护语，纯作客观描写，写出女儿娇真憨态；毫无《咏史》诗中沉忧愤懑痕迹，纯乎慈父心肠，跃然纸上，一片天真。（《玉台》《御览》《诗纪》所录，文字多有差异，解释因而不同；个别词语意思不明。）

张载

张载，字孟阳，安平（今河北安平）人。太康初，入蜀省父，作《剑阁铭》，以此知名。官著作郎，迁弘农太守。长沙王司马乂请为记室，拜中书侍郎。因见世事方乱，遂弃官家居。载与弟张协、张亢并有文名，称为“三张”。明人辑有《张孟阳集》。

七哀

北邙何垒垒，高陵有四五①。
借问谁家坟，皆云汉世主②。
恭文遥相望，原陵郁膴膴③。
季世丧乱起，贼盗如豺虎④。
毁壤过一抔，便房启幽户⑤。
珠柙离玉体，珍宝见剽虏⑥。
园寝化为墟，周墉无遗堵⑦。
蒙茏荆棘生，蹊径登童竖⑧。
狐兔窟其中，芜秽不复扫。
颓垄并垦发，萌隶营农圃⑨。
昔为万乘君，今为丘中土。
感彼雍门言，凄怆哀往古⑩！

①北邙，山名，在洛阳城北，汉魏以来即为洛阳茔葬之地。垒垒，重叠堆积之貌。陵，墓。

②汉世主，指东汉诸帝，多葬洛阳城外。

③恭文，恭陵为汉安帝陵，在洛阳东北二十七里，文陵为汉灵帝陵，在洛阳西北二十里。原陵，光武帝陵，在洛阳城东十五里。郁，草木茂盛貌。膴膴（wǔ），肥美貌。

④季世，末世，此指东汉末年。

⑤毁壤，指毁坏坟墓。一抔，一捧，指一捧土。《史记·张释之列传》：有人盗高庙坐前玉环，张释之奏当弃市。文帝大怒，欲族灭之。释之免冠顿首谢曰："今盗宗庙器而族之，有如万分之一，假令愚民取长陵一抔土，陛下何以加其法乎？"长陵，汉高祖陵。便房，墓室。幽户，幽闭之坟墓。便房启幽户，即启便房幽户。二句谓帝王陵墓之被毁坏，远过于"取长陵一抔土"，而是翻掘整个墓室。汉末董卓之乱，尽发汉室诸陵，掠其珍宝。

⑥珠柙，即金镂玉衣。柙，同"匣"。李善注引《西京杂记》："汉帝及王侯送死，皆珠襦玉匣。""玉匣，形如铠甲，连以金镂。"玉体，指帝王尸骨。剽虏，劫掠。李善注引曹丕《典论》："丧乱以来，汉氏诸陵，无不发掘，至乃烧取玉柙金镂，体骨并尽。"

⑦园，陵园。寝，汉代陵园中有寝便殿。墟，废址。周墉，围墙。无遗堵，不留剩一堵墙。墙一丈曰版，五版曰堵。

⑧蒙茏，草木茂盛貌。

⑨颓，崩塌。垄，坟。垦发，开垦耕种。萌隶，百姓。

⑩雍门，即雍门周。李善注引《桓子新论》："雍门周以琴见孟尝君曰：'臣窃悲千秋万岁后，坟墓生荆棘，狐兔穴其中，樵儿牧竖踯躅而歌其上，行人见之凄怆：孟尝君之尊贵，如何成此乎？'孟尝君喟然叹息，泪下承睫。"孟阳《七哀》，叹汉室诸陵之毁坏，哀人生富贵之无常，诗中语句，实多受雍门语启发。

★东汉末年，天下大乱。汉献帝初平元年（190），董卓焚毁洛阳，盗贼乘机掠夺，京师破坏无馀。曹子建《送应氏》曾记其"垣墙皆顿擗，荆棘上参天"，"中野何萧条，千里无人烟"的惨象。到张孟阳写此诗，为时已过百年，洛阳犹是"园寝化为墟，周墉无遗堵"，"狐兔窟其中，芜秽不复扫"。破坏之惨，何可想象！

张　协

张协（？—307以后），字景阳，张载弟。官至中书侍郎，转河间内史。在郡清简寡欲，于时天下纷乱，乃弃绝世务，屏居草泽。永嘉初，征为黄门侍郎，称疾不就。“三张”兄弟，协最知名。《诗品》称其诗“文体华净，少病累，又巧构形似之言。雄于潘岳，靡于太冲，风流调达，实旷代之高手”。其《杂诗》十首与左思《咏史》，并承阮籍《咏怀》遗绪。然左诗处处闪耀其战斗光焰，协诗往往流露出退缩心情；左诗劲挺斩截，协诗结尾多见玄言端倪：二人同时并驾，后先固有差距。有辑本《张景阳集》。

杂诗十首

秋夜凉风起，清气荡暄浊①。
蜻蛚吟阶下，飞蛾拂明烛②。
君子从远役，佳人守茕独③。
离居几何时，钻燧忽改木④。
房栊无行迹，庭草萋以绿⑤。
青苔依空墙，蜘蛛网四屋⑥。
感物多所怀，沉忧结心曲⑦。

①荡，荡涤，消除。暄浊，闷热混浊。
②蜻蛚，即蟋蟀。
③君子，指丈夫。佳人，指妻子，茕独，孤独。此托为思妇怀远之诗。
④钻燧，钻木取火。改木，不同季节钻不同之木取火。李善注引《邹子》：

“春取榆柳之火，夏取枣杏之火，季夏取桑柘之火，秋取柞楢之火，冬取槐檀之火。”

⑤房栊，房室。萋，草盛貌。

⑥四屋，屋之四壁。

⑦沉忧，深忧。心曲，心之深处。

其二

大火流坤维，白日驰西陆[①]。
浮阳映翠林，回飚扇绿竹[②]。
飞雨洒朝兰，轻露栖丛菊。
龙蛰暄气凝，天高万物肃[③]。
弱条不重结，芳蕤岂再馥[④]。
人生瀛海内，忽如鸟过目[⑤]。
川上之叹逝，前修以自勖[⑥]。

①大火，星名，即心宿，夏历五月黄昏出现于南天，六月以后偏西向下，《诗·豳风·七月》所谓“七月流火”是也。坤维，西南方。《易》坤卦为西南之卦，故代指西南。西陆，秋天。《太平御览》卷二四引《易通统图》：“日行西方白道曰西陆。”李善注引《续汉书》：“日行西陆谓之秋。”陆，道。二句均言时令已入秋天。

②阳，日。飚，风。

③蛰（zhé），藏伏。《易·系辞》下有“龙蛇之蛰”，此处龙蛰即隐括“龙蛇之蛰”，谓时入秋天，生物开始蛰伏。暄气，暑气。凝，止。肃，缩。

④弱条，嫩木之枝。《文子》：“冬冰可折，夏条可结。”夏天柔条可结，入秋木老，故不可再结。蕤，草木花下垂之貌，此即指花。馥，香。

⑤瀛海，战国齐人邹衍，谓“中国名曰赤县神州”。“中国外如赤县神州者九，乃所谓九州也。于是有裨海环之，人民禽兽莫能相通者，如一区中者，乃为一州。如此者九，乃有大瀛海环其外，天地之际焉。”见《史记·孟子荀卿列传》。人生瀛海内，即人生世上。忽，迅疾，短暂。

⑥“川上”二句，用孔子语。《论语·子罕》：“子在川上曰：‘逝者如斯夫，不舍昼夜！’”修，贤哲。前修，指孔子。勖，勉励。

其 三

金风扇素节，丹霞启阴期[①]。
腾云似涌烟，密雨如散丝。
寒花发黄采，秋草含绿滋。
闲居玩万物，离群恋所思。
案无萧氏牍，庭无贡公綦[②]。
高尚遗王侯，道积自成基[③]。
至人不婴物，馀风足染时[④]。

①金风，秋风。素节，秋节。丹霞，秋日彩霞。阴期，寒冷之时。

②“案无”二句：案，几案。萧氏，指萧育。牍，书版，此即书信。贡公，指贡禹。綦，履迹。汉王吉，字子阳，与贡禹为友，世称“王阳在位，贡禹弹冠”。见《汉书·王吉贡禹传》。萧望之之子萧育与朱博为友，著闻当世。往者有王阳贡禹，故长安语曰：“萧朱结绶，王贡弹冠。”见《汉书·萧望之传》。诗意谓既无人投书，也无人来往，世与我而相遗之意。

③高尚遗王侯：《易·蛊》：“上九，不事王侯，高尚其事。”道积自成基：《文子》：“积道德者，天与之，地助之。”李善注引《庄子》曰：“无为而治，谓之道基。”（今本《庄子》无此语）句意谓修积道德而树根基。

④至人，道家谓得道德之最高境界者。《庄子·田子方》：“得至美而游乎至乐，谓之至人。”《天下》：“不离于真，谓之至人。”婴，羁束。不婴物，犹不累于外物。《庄子·徐无鬼》：“南伯子綦曰：‘吾与之乘天地之诚，而不以物与之相婴。’”馀风，犹遗风。染，感染，影响。

其 四

朝霞迎白日，丹气临旸谷[①]。
翳翳结繁云，森森散雨足[②]。
轻风摧劲草，凝霜竦高木。
密叶日夜疏，丛林森如束。
畴昔叹时迟，晚节悲年促[③]。

岁暮怀百忧，将从季主卜[④]。

①丹气，亦即朝霞。旸谷，日出之所。参见阮籍《咏怀》其十四注。

②翳翳，阴晦貌。森森，盛多貌。雨足，指雨丝。

③畴昔，从前，指少壮时。晚节，晚年。促，急。

④季主，人名，即司马季主。《史记·日者列传》："司马季主者，楚人也，卜于长安东市。"宋忠、贾谊曾从其问卜。

其　五

昔我资章甫，聊以适诸越。
行行入幽荒，瓯骆从祝发。
穷年非所用，此货将安设[①]！
瓴甋夸玙璠，鱼目笑明月[②]。
不见郢中歌，能否居然别：
阳春无和者，巴人皆下节[③]！
流俗多昏迷，此理谁能察[④]？

①"昔我"六句，用《庄子·逍遥游》："宋人资章甫而适诸越，越人断发文身，无所用之。"资，贩运。章甫，殷代冠名。宋为殷后，故宋人亦冠章甫。适，往。越，古代民族名，散居于闽越等地，称百越。瓯骆，百越之一，见《史记·南越列传》。祝发，断发。从祝发，犹言自来祝发。穷年，一年到头。设，用。此从越人断发文身，不用章甫，喻怀才抱德，于流俗无所用之。

②瓴甋（líng dì），砖名。玙璠（yú fán），宝石名。明月，珠名。

③"不见"四句：宋玉《对楚王问》："客有歌于郢中者，其始曰《下里巴人》，国中属而和者数千人；其为《阳阿薤露》，国中属而和者数百人；其为《阳春白雪》，国中属而和者不过数十人。""是其曲弥高，其和弥寡。"不见，犹言君不见，是问语。郢中，在今湖北钟祥。一说，楚都在郢，今湖北江陵，郢中应即指楚都。郢中歌，即指下文《阳春》与《巴人》。能否，能与不能。居然别，分明有别。下节，击节。四句连读，谓君不见郢中歌唱之状，歌《阳春》则无和者，唱《巴人》则皆击节，能与不能，分明有别。

④流俗多昏迷，即众人皆醉，举世皆浊之意。察，了解，懂得。

其　六

朝登鲁阳关，狭路峭且深[①]。
流涧万馀丈，围木数千寻[②]。
咆虎响穷山，鸣鹤聒空林。
凄风为我啸，百籁坐自吟[③]。
感物多思情，在险易常心。
朅来戒不虞，挺辔越飞岑[④]。
王阳驱九折，周文走岑崟[⑤]。
经阻贵勿迟，此理著来今[⑥]。

①鲁阳关，关名，战国名鲁关，汉称鲁阳关。故址在今河南鲁山县西南、南召县东北。峭，陡峭。

②寻，长度单位，一寻八尺。

③百籁，各种声音。籁本箫声，《庄子·齐物论》用以指自然之声。为，坐相对，坐亦为也。自，犹我。

④朅来，去来。戒，戒备。虞，意料。不虞，意外之灾。《易·萃》："君子以除戎器，戒不虞。"挺辔，拉紧马缰。飞岑，险峰。

⑤王阳，即王吉，见其三注。《汉书·王尊传》："（尊）迁益州刺史。先是，琅琊王阳为益州刺史，行部至邛郲九折阪，叹曰：'奉先人遗体，奈何数行此险！'后以病去。及尊为刺史，至其阪，问吏曰：'此非王阳所畏道邪？'吏对曰：'是。'尊叱其驭曰：'驱之！王阳为孝子，王尊为忠臣！'"诗中王阳驱九折，谓驱而去之。周文，指周文王。岑崟（cén yín），高山险峻貌，此即指险峻之高山。《公羊传》僖公三十二年："百里子与蹇叔子送其子而戒之曰：'尔即死，必殽之嵚岩，是文王之所避风雨者也。'"何休注："其处险阻隘，势一人可要百，故文王过之驱驰，常若避风雨。"诗即用何休注意，何注实系误解（原意应为在岩下躲避风雨，何休解作不敢在岩下停留，驱驰疾走，如同逃避风雨）。

⑥经阻贵勿迟，谓经历险阻，须尽快离开，如王阳之驱九折，周文之走岑崟。著来今，自古至今都如此。

其 七

此乡非吾地，此郭非吾城。
羁旅无定心，翩翩如悬旌①。
出睹军马阵，入闻鞞鼓声②。
常惧羽檄飞，神武一朝征③。
长铗鸣鞘中，烽火烈边亭④。
舍我衡门衣，更被缦胡缨⑤。
畴昔怀微志，帷幕窃所经⑥。
何必操干戈，堂上有奇兵⑦。
折冲樽俎间，制胜在两楹⑧。
巧迟不足称，拙速乃垂名⑨。

①翩翩，飘摇之貌。旌，旗之一种。翩翩如悬旌，喻心神不定。《战国策·楚策》一：楚王曰："寡人卧不安席，食不甘味，心摇摇如悬旌，而无所终薄。"

②阵，一作"尘"。鞞鼓，军用大鼓。

③"常惧"二句，谓常恐羽檄征兵，朝廷出师征伐。羽檄，军用紧急文书。参见曹植《白马篇》注。

④长铗，长剑。鞘，剑套。烈，燃起。一作"列"。

⑤衡门，横木为门，简陋房屋，贫者所居。衣，李善本《文选》作"依"。依，安也；义亦可通。然与下缨相对，似以"衣"为是。缦胡缨，简朴坚实之帽带。《庄子·说剑》："吾王所好剑士，皆蓬头突鬓，垂缦胡之缨。"

⑥帷幕，帷帐。经，筹划。二句谓往昔有微志，窃欲筹划于帷幄，不愿操戈于战场。

⑦"何必"二句，谓克敌制胜，不在于手操干戈，而在谋于庙堂。《吕氏春秋·召类》载：士尹池为楚使于宋，宋司城子罕宴于堂上。对答之间，士尹池见司城子罕谦恭待下，体察民情。归楚以后，楚欲攻宋，士尹池以宋国"其主贤，其相仁；贤者能得民，仁者能用人"，不可以攻。楚因不攻宋。孔子闻之曰："夫修之于庙堂之上，而折冲乎千里之外者，其司城子罕之谓乎！"

⑧折冲，击退敌方之冲车，亦即挫败敌军。樽，酒器。俎，置肴馔之几。樽俎间，代指宴饮。制胜，取胜。楹，柱。两楹，即殿堂中间。二句谓宴饮之

间，殿堂之上，即可制胜强敌。《晏子春秋·内篇杂上第五》载：晋平公欲伐齐，使范昭往观焉。齐景公觞之。范昭欲得景公之樽，晏子不与。范昭欲奏成周之乐，太师不调。范昭归告平公曰："齐未可伐也。臣欲试其君，而晏子识之；臣欲犯其礼，而太师知之。"于是辍伐齐谋。仲尼闻之曰："善哉！不出樽俎之间，而折冲于千里之外，晏子之谓也！"《汉书·杜邺传》："昔文侯寤大雁之献而父子益亲，陈平共一饭之簺而将相加欢；所接虽在楹阶俎豆之间，其于为国折冲压难，岂不远哉！"

⑨巧迟，谓战斗虽巧而见功迟。拙速，筹谋似拙而取效速。垂名，传名后世。《孙子》："兵闻拙速，未睹巧之久也。"

其　八

述职投边城，羁束戎旅间①。
下车如昨日，望舒四五圆②。
借问此何时？蝴蝶飞南园。
流波恋旧浦，行云归故山。
闽越衣文蛇，胡马愿度燕③。
风土安所习，由来有固然。

①述职，履行职责。

②望舒，传为月御，即代指月。《楚辞·离骚》"前望舒使先驱"，王逸注："望舒，月御。"

③闽越衣文蛇，即文蛇衣闽越，与下句参差相对。衣，同依，恋也。文蛇，一种蛇名，产于闽越。古诗"胡马依北风，越鸟巢南枝"。意与此同。

其　九

结宇穷冈曲，耦耕幽薮阴①。
荒庭寂以闲，幽岫峭且深②。
凄风起东谷，有渰兴南岑③。
虽无箕毕期，肤寸自成霖④。
泽雉登垄雊，寒猿拥条吟⑤。

溪壑无人迹，荒楚郁萧森⑥。
投耒循岸垂，时闻樵采音⑦。
重基可拟志，回渊可比心⑧。
养真尚无为，道胜贵陆沉⑨。
游思竹素园，寄辞翰墨林⑩。

①结宇，营建居屋。穷冈，犹荒山。幽薮，幽深薮泽。

②幽岫，深谷。

③渰，云兴貌，此代指云。《诗·小雅·大田》："有渰萋萋，兴雨祁祁。"

④箕毕期，谓风雨征兆。《书·洪范》："月之从星，则以风以雨。"伪孔传："月经于箕，则多风；离于毕，则多雨。"箕、毕，二星座名。肤寸，谓云层不厚。霖，雨。《公羊传》僖公三十一年："触石而出，肤寸而合，不崇朝遍雨乎天下者，唯泰山尔。"何休注："侧手为肤。"

⑤雉，野鸡。垄，山丘。雊，雉鸣声。条，树枝。

⑥楚，灌木丛。

⑦耒，一种农具。岸垂，岩边。

⑧重基，高山。李善注引《春秋运斗枢》："山者地基。"又引《顾子》："登高使人意遐，临深使人志清。"

⑨养真，养其真性，即修道。尚，崇重。无为，任其自然，为老庄哲学中重要范畴。道胜，修道达于胜境。陆沉，无水而沉没，喻隐居不为世见。《庄子·则阳》："方且与世违，而心不屑与之俱，是陆沉者也。"郭象注："人中隐者，譬无水而沉也。"

⑩竹素，竹简与白绢，犹竹帛。古人书写于竹简与绢帛，故用以代指书史。李善注引《风俗通》："刘向为孝成皇帝典校书籍，皆先书竹，为易刊定，可缮写者以上素也。今东观书，竹素也。"《三国志·吴书·陆凯传》："功德洋溢，名流竹素。"翰墨，笔墨，亦代指书史。二句言寄情书史，与曹植"骋我径寸翰，流藻垂华芬"意同。

其　十

墨蜧跃重渊，商羊舞野庭①，
飞廉应南箕，丰隆迎号屏②。
云根临八极，雨足洒四溟③。

霖沥过二旬，散漫亚九龄④。
阶下伏泉涌，堂上水衣生⑤。
洪潦浩方割，人怀昏垫情⑥。
沉液漱陈根，绿叶腐秋茎⑦。
里无曲突烟，路无行轮声⑧。
环堵自颓毁，垣间不隐形⑨。
尺烬重寻桂，红粒贵瑶琼⑩。
君子守固穷，在约不爽贞⑪。
虽荣田方赠，惭为沟壑名⑫。
取志於陵子，比足黔娄生⑬。

①墨蜧（yì），一作“黑蜧”，传为神蛇，能兴云雨。《淮南子·齐俗》：“牺牛粹毛，宜于庙牲，其于以致雨，不若黑蜧。”高诱注：“黑蜧，神蛇也。潜于神渊，能兴云雨。”重渊，深渊。商羊，传为鸟名，起舞则雨下。《说苑·辨物》：“齐有飞鸟，一足，来下止于殿前，舒翅而跳。齐侯大怪之，又使聘问孔子。孔子曰：‘此名商羊。急告民，趣治沟渠，天将大雨。’于是如之，天果大雨。诸国皆水，齐独以安。”《孔子家语辨证》所记略同而更详。王充《论衡·变动》：“商羊者，知雨之物也；天且雨，屈其一足起舞矣。”

②飞廉，风神。《楚辞·离骚》“后飞廉使奔属”，王逸注：“飞廉，风伯也。”箕，星座名。月经于箕，则多风。见其九注。丰隆，云神。《离骚》“吾令丰隆乘云兮”，王逸注：“丰隆，云师也。”号屏，雨神。《楚辞·天问》：“屏号起雨，何以兴之？”王逸注：“屏，屏翳也，雨师名也。号，呼也。兴，起也。言雨师号呼，则云起而雨下。”屏号，诗中为叶韵作“号屏”。

③八极，八方极远之地。《淮南子·地形训》：“八纮之外有八极。”“八极之云，是雨天下。”四溟，四海。

④“霖沥”二句：大雨霖沥，已过二旬；水流散漫，亚乎九龄。亚，压，过。郑玄《诗谱》：“尧之时，洪水九年，万国不粒。”

⑤水衣，青苔。

⑥洪潦，大水。浩，水大貌。割，害。昏垫，陷溺，指陷于大水，迷惘无所适从。《书·尧典》：“汤汤洪水方割，荡荡怀山襄陵，浩浩滔天。”《益稷》：“洪水滔天，浩浩怀山襄陵，下民昏垫。”

⑦沉液，积水。漱，冲荡。绿叶腐秋茎，即腐秋茎绿叶。

⑧曲突，烟囱。

⑨环堵，墙壁。垣，墙。闾，门。不隐形，因墙垣颓毁，不能掩蔽身体。

⑩烬，紫薪。重，昂贵。粒，粮食。红粒，因腐败而发红。瑶琼，美玉。二句谓物价昂贵，生活艰难，一尺之薪贵于一寻之桂，红腐之粟亦贵于美玉。《战国策·楚策》："楚国食贵于玉，薪贵于桂。"

⑪"君子"二句，谓君子乃能固守穷困，窘厄之际也能守正不差。《论语·卫灵公》："在陈绝粮，从者病，莫能兴，子路愠，见曰：'君子亦有穷乎？'子曰：'君子固穷，小人穷斯滥矣。'"约，窘厄，穷困。爽，差。贞，正。

⑫田方，即田子方，战国魏人。《说苑》："子思居于卫，缊袍无表，二旬九食。田子方闻之，使人遗狐白之裘，恐其不受，因谓之曰：'吾假人，遂忘之；吾与人也，如弃之。'"子思辞曰："伋闻之，妄与不如遗弃物于沟壑，伋虽贫也，不忍以身为沟壑，是以不敢当。"卒不肯受。二句谓即使有人馈赠，不愿有损清德而不肯受。

⑬於（wū）陵子，即陈仲子，战国齐人，以兄之禄为不义而不食，以兄之室为不义而不居，身织屦妻辟纑以为生。《孟子·滕文公下》："匡章曰：'陈仲子岂不诚廉士哉！居於陵，三日不食，耳无闻，目无见也。井上有李，螬食实者过半矣，匍匐往，将食之，三咽，然后耳有闻，目有见。'"黔娄生，亦齐人，家贫，不求仕进，齐鲁之君聘赐，皆不受。《列女传》：黔娄生死，曾子吊之，曰："先生之终也！何以为谥？"妻曰："以康为谥。"曾子曰："先生在时，食不充虚，衣不盖形"，"何乐于此而谥为康乎"？妻曰："昔先生君尝欲授之政，以为国相辞而不为，是有馀贵也；君尝赐之粟三十钟，先生辞而不受，是有馀富也。""其谥为康，不亦宜乎？"

★前段写霖雨为患，甚为真切，颇有忧虞天下之概，较之傅玄《苦雨》诗似更进一筹。"君子守固穷"以下六句，写其虽穷困而不伤清德之意。

曹摅

曹摅（？—308），字颜远，谯国谯（今安徽亳州）人。补临淄令，入为尚书郎，转洛阳令，所在有善政。齐王司马冏辅政，摅与左思俱为记室督（《左思传》谓思“辞疾不就”），转中书侍郎。长沙王司马乂以为骠骑司马。惠帝末，起为襄城太守。永嘉二年，与流人王逌战于郦县，兵败死之。

感旧

富贵他人合，贫贱亲戚离。
廉蔺门易轨，田窦相夺移①。
晨风集茂林，栖鸟去枯枝②。
今我唯困蒙，群士所背驰③。
乡人敦懿义，济济荫光仪④。
对宾诵有客，举觞咏露斯⑤。
临乐何所叹，素丝与路歧⑥。

①廉蔺，廉颇、蔺相如，并战国赵名臣。轨，车轨，代指车。《史记·廉颇蔺相如列传》：“廉颇之免长平归也，失势之时，故客尽去。及复用为将，客又复至。廉颇曰：‘客退矣！’客曰：‘吁！君何见之晚也！夫天下以市道交：君有势，我则从君；君无势则去。此固其理也，有何怨乎！’”无廉蔺之门相互易轨之事，作者就势行文，不可拘泥。田窦，田蚡与窦婴，并汉武帝外戚。窦婴为汉文帝窦皇后之侄，以功封魏其侯。田蚡为汉景帝王皇后同母弟。《史记·魏其武安列传》载：魏其为大将军时，田蚡为诸郎，侍奉魏其跪起如子侄。后田蚡日益贵幸，封武安侯。武安“以王太后故，亲幸，数言事多效，天下吏士趋

势利者，皆去魏其归武安”。后武安侯为丞相，“天下士、郡国诸侯愈益附武安”。“魏其失窦太后，益疏不用，无势，诸客稍稍自引而怠傲。”

②晨风，鸟名。

③困蒙，困于蒙昧，实取困穷之义。《易·蒙》：“困蒙，吝。”

④敦，重。懿，美。懿义，犹高谊。济济，盛多貌。荫，蔽，亦言其多。光仪，光彩仪态。人情逐势，而乡人重义，不因我困厄而背离，本诗即为此而作。诗题“感旧”即感念旧友。

⑤有客，《诗·周颂》篇名。诗云：“有客有客，亦白其马。有萋有且，敦琢其旅。有客宿宿，有客信信。言授之絷，以絷其马。”露斯，指《诗·小雅·湛露》篇。诗云：“湛湛露斯，匪阳不晞。厌厌夜饮，不醉无归。”

⑥乐，音乐。《礼记·曲礼上》：“执绋不笑，临乐不叹。”《淮南子·说林》：“杨子见逵路而哭之，为其可以南可以北；墨子见练丝而泣之，为其可以黄可以黑。”素丝路歧，喻人情之易于变化。阮籍《咏怀》其二十：“杨朱泣歧路，墨子悲染丝。”王彪之《与诸兄弟方山别诗》：“丝染墨悲叹，路歧杨感悼。”

王讚

王讚，字正长，义阳（今河南新野）人。西晋太康中为太子舍人，惠帝时拜侍中。永嘉中为陈留内史，加散骑侍郎。

杂诗

朔风动秋草，边马有归心。
胡宁久分析，靡靡忽至今[①]？
王事离我志，殊隔过商参[②]。
昔往仓庚鸣，今来蟋蟀吟。
人情怀旧乡，客鸟思故林。
师涓久不奏，谁能宣我心[③]！

①胡宁，犹何乃。分析，分别。靡靡，行进之貌。《诗·王风·黍离》："行迈靡靡，中心摇摇。"

②王事，为王服役。离，违。离我志，犹违我情。殊隔，遥远分隔。商参，二星名，一东一西，此出彼没，永不相见。参见徐干《室思》诗注。

③师涓，春秋卫国乐师，善鼓琴。见《韩非子·十过》。此代指琴，谓唯有琴能宣其情思。

刘 琨

刘琨（271—318），字越石，中山魏昌（今河北定州南）人，晋室南渡之际的爱国志士与抗敌英雄。年二十六，为司隶从事，历尚书郎、从事中郎，转司徒左长史。光熙元年（305）统诸军迎惠帝于长安，以功封广武侯。怀帝永嘉元年（307）出为并州刺史，加振威将军，领匈奴中郎将。数与刘聪作战。后为刘聪所败，父母俱遇害，更加切志复仇，然屈于力弱，未获克捷。愍帝建兴二年（314）加大将军，都督并州；三年，拜司空，都督并、幽、蓟三州军事。建兴四年，晋愍帝出降刘曜，西晋灭亡。刘琨上表劝元帝在江东立国，复加太尉。琨与段匹磾联盟，约以共戴晋室。建武二年，为段匹磾所害，年仅四十八岁。

刘琨出身贵介公子，年青时以雄豪著称，与石崇、欧阳建、陆机、陆云等追游酣宴，浮华放浪，文咏颇为当时所许。中年饱经丧乱，有国破家亡之痛；颠连边塞，抚慰伤残，力图恢复，备极艰危。故发为诗歌，苍凉悲壮，为建安以后所未有。琨与卢谌书云："昔在少壮，未尝检括。远慕老庄之齐物，近嘉阮生之放旷，怪厚薄何从而生，哀乐何由而至。自顷辀张，困于逆乱，国破家亡，亲友凋残。负杖行吟，则百忧俱至；块然独坐，则哀悲两集。时复相与举觞对膝，破涕为笑，排终身之积惨，求数刻之暂欢。譬由疾疢弥年，而欲一丸销之，其可得乎？""然后知聃周之为虚诞，嗣宗之为妄作。"此为其一己思想之反思，亦是对魏晋玄谈的批判。刘琨诗大多散佚，存诗仅三首，论其格调，清刚挺拔，足可以雄盖当时，而直跻建安。元遗山论诗绝句，谓"可惜并州刘越石，不教横槊建安中"，以越石方之建安诸彦。沈德潜谓"越石英雄失路，万绪悲凉，故其诗随意倾吐，哀音无次，读者乌得于语句间求之”，是极为确切之论。

扶风歌①

朝发广莫门，暮宿丹水山②。
左手弯繁弱，右手挥龙渊③。
顾瞻望宫阙，俯仰御飞轩④。
据鞍长叹息，泪下如流泉。
系马长松下，发鞍高岳头⑤。
烈烈悲风起，泠泠涧水流⑥。
挥手长相谢，哽咽不能言。
浮云为我结，飞鸟为我旋。
去家日以远，安知存与亡！
慷慨穷林中，抱膝独摧藏⑦。
麋鹿游我前，猿猴戏我侧。
资粮既乏尽，薇蕨安可食！
揽辔命徒侣，吟啸绝岩中。
君子道微矣，夫子固有穷⑧。
惟昔李骞期，寄在匈奴庭。
忠信反获罪，汉武不见明⑨。
我欲竟此曲，此曲悲且长。
弃置勿重陈，重陈令心伤。

①《扶风歌》，《乐府诗集》属杂曲歌辞。此永嘉元年（307）刘琨出任并州刺史时所作。《晋书》本传谓“并土饥荒，百姓随腾南下，馀户不满二万，寇贼纵横，道路断塞。琨募得千馀人，转斗至晋阳。府寺焚毁，僵尸蔽地。其有存者，饥羸无复人色，荆棘成林，豺狼满道。琨剪除荆棘，收葬枯骸，造府朝，

建市狱。寇盗互来掩袭，恒以城门为战场。百姓负盾以耕，属鞬而耨。琨抚循劳徕，甚得物情”。诗写自洛阳赴晋阳沿途见闻感触。时晋室朝廷不振，越石处境艰危，故诗中满怀忧愤。扶风，郡名，郡治在今陕西泾阳县。诗题与内容无涉。

②广莫门，晋洛阳城北门。丹水山，即丹朱岭，丹水发源于此。在今山西高平县北。

③繁弱，弓名。《左传》定公四年：“分鲁公以大路、大旂、夏后氏之璜，封父之繁弱。”《荀子·性恶篇》：“繁弱钜黍，古之良弓。”龙渊，剑名，传春秋时楚王使风胡子因吴王请欧冶子干将铸剑。二人凿茨山，泄其溪，取铁英，作三剑：一曰龙渊，二曰泰阿，三曰工布。见《越绝书·越绝外传·记宝剑》。

④顾瞻，回首瞻望。俯仰，驾车前进时一俯一仰。御，驾驭。飞轩，飞驰之车。

⑤发，起。发鞍，卸下马鞍。发，一作“废”，一作“歇”。按，《太平御览》卷五十六引湛方生诗“发鞍踞平陆，秣马青山阿”。“发鞍”为晋人常语，“发”字不误。

⑥烈烈，风声。《乐府诗集》作“冽冽”，寒凉貌。泠泠，水声，亦清凉之貌。

⑦摧藏，犹凄怆。

⑧“君子”二句：微，衰。夫子固有穷，用孔子语，见张协《杂诗》其十注。

⑨“惟昔”四句：惟，想到。李，指李陵。名将李广之孙。汉武帝天汉二年秋，率步卒五千人，出居延北千馀里，欲以分匈奴兵。匈奴单于以兵八万围击陵军。陵战败投降。汉武帝闻陵降匈奴，族陵母妻子。见《史记·李将军列传》。愆，过。愆期，谓出征匈奴，过期不归。按，李陵降北，实有亏大节。司马迁因李陵获罪，故在《报任安书》中为李陵回护，言陵“有国士之风”，“出万死不顾一生之计”，“身虽陷败，彼观其意，且欲得其当而报于汉”。刘琨谓李陵“忠信反获罪”，即原于司马迁之说。

★越石《扶风》一曲，所谓慷慨悲歌者也，魏武以来所仅有。然魏武横槊到处，所向克捷，有总揽天下之雄心；诗中虽历言哀痛，而内涵实沉郁苍劲。越石处倾危之际，孤军奋战，前路艰虞；故诗中未免忧伤。琨出任并州，在路上书云：“九月末得发，道险山峻，胡寇塞路，辄以少击众，冒险而进。顿伏艰危，辛苦备尝，即日达壶口关。臣自涉州疆，目睹困乏，

流移四散，十不存二，携老扶弱，不绝于路。及其在者，鬻卖妻子，生相捐弃，死亡委危，白骨横野，哀呼之声，感伤和气。群胡数万，周匝四山，动足遇掠，开目睹寇。唯有壶关，可得告籴。而此二道，九州之险，数人当路，则百夫不敢进，公私往返，没丧者多。婴守穷城，不得薪采。耕牛既尽，又乏田器。以臣愚短，当此至难，忧如循环，不遑寝食。”此等文字，读之酸鼻，宜与《扶风歌》合读，当更能理解越石哀伤慷慨之深。

重赠卢谌[①]

握中有悬璧，本是荆山璆[②]。
惟彼太公望，昔在渭滨叟[③]。
邓生何感激，千里来相求[④]。
白登幸曲逆，鸿门赖留侯[⑤]。
重耳任五贤，小白相射钩[⑥]；
苟能隆二伯，安问党与雠[⑦]。
中夜抚枕叹，想与数子游[⑧]。
吾衰久矣夫，何其不梦周[⑨]？
谁云圣达节，知命故不忧[⑩]？
宣尼悲获麟，西狩涕孔丘[⑪]。
功业未及建，夕阳忽西流。
时哉不我与，去乎若云浮[⑫]。
朱实陨劲风，繁英落素秋[⑬]。
狭路倾华盖，骇驷摧双辀[⑭]。
何意百炼钢，化为绕指柔[⑮]！

①卢谌（285—351），字子谅，范阳人。永嘉七年，谌随父卢志投奔刘琨。琨为司空，以谌为主薄，转从事中郎。琨败，随琨投段匹磾。匹磾害刘琨，谌流寓北方，于永和六年为冉闵所害。《晋书·刘琨传》：“琨之去晋阳也，虑及危亡而大耻不雪，亦知夷狄难以义伏，冀输写至诚，侥幸万一。每见将佐，发

言慷慨，悲其道穷，欲率部曲死于贼垒。斯谋未果，竟为匹磾所拘。自知必死，神色怡如也，为五言诗赠其别驾卢谌。”则此诗实为刘琨绝笔。

②悬璧，美玉悬黎所制之璧。《战国策 · 秦策》：“梁有悬黎，楚有和璞”，“而为天下名器”。璆（qiú），玉。荆山，在今湖北南漳县西。楚卞和得璞玉于荆山，制以为璧，称和氏璧。见《韩非子 · 和氏》。诗将两者合一。悬璧以喻贤才，意谓有贤才乃可图大业。故后文历举明君用贤故事，并云“中夜抚枕叹，想与数子游”，实叹未能与吕望、邓生等贤共事，以致大业不成。

③惟，思。太公望，即吕尚。《史记 · 齐太公世家》：吕尚年老穷困，钓于渭滨。周文王出猎遇之，与语大悦，曰：“吾太公望子久矣！”因号太公望，立以为师。后吕尚辅佐周武王，灭亡商纣，建立周王朝。

④邓生，东汉邓禹，字仲华，南阳人。刘秀为大司马，安辑河北，禹自南阳北上，渡黄河至邺城投奔。见《东观汉记》。

⑤白登，山名，在山西大同东。汉七年，高祖出击匈奴，至平城，被匈奴围于白登山，用陈平计得脱。见《史记 · 高祖本纪》。曲逆，即陈平，封曲逆侯。鸿门，地名，在今陕西临潼县东。汉元年十月，刘邦军至霸上，秦子婴出降。十一月，项羽入关，至新丰鸿门，欲击刘邦。刘邦与项羽会于鸿门。范增欲杀刘邦，赖张良谋划得脱。见《史记 · 项羽本纪》《高祖本纪》。留侯，即张良。

⑥重耳，晋文公名。晋献公嬖骊姬，杀世子申生，公子重耳出亡，在外十九年，后借秦穆公之力还晋，立为晋侯，是为文公。文公任用狐偃、赵衰、颠颉、魏武子、司空季子等“五贤”，成为霸主。见《史记 · 晋世家》。小白，齐桓公名。射钩，指管仲。齐国内乱，公子纠奔鲁，管仲傅之；公子小白奔莒，鲍叔傅之。鲁发兵送公子纠回齐，使管仲将兵拦截小白，射中小白带钩。小白终先入立为齐君，是为桓公。桓公逼鲁杀公子纠，而用鲍叔谋，不记前仇，任管仲为相，亦成为霸主。见《史记 · 齐太公世家》。

⑦苟，诚。隆，兴。伯，同霸。二霸，即齐桓公、晋文公。党，指晋文公五臣。雠，指管仲，与桓公有射钩之仇。二句谓只要能兴霸业，无论是党是仇，唯贤是用。

⑧中夜，夜深。数子，指前述吕尚至管仲诸人。晋室南渡之际，内有王室倾轧，外有强敌交侵，往往今日为党，明日成仇。刘琨处境危窘，诗中历举古人，实自抒宿志。原拟无分仇党，唯贤是举，冀其戮力国事，共图恢复。其用心实极为深挚。

⑨“吾衰”二句：周，周公。《论语 · 述而》：“子曰：‘甚矣吾衰也，久矣吾不复梦见周公！’”此叹息自己力量衰微。

⑩圣达节，谓圣人有通达之节。《左传》成公十五年，曹子臧曰："前志有之曰：圣达节，次守节，下失节。""知命"句，用《易·系辞》："乐天知命故不忧。""谁云圣达节，知命故不忧"，谓圣人并非知命不忧，故下文即述孔子悲麟。

⑪宣尼，即孔子，汉平帝追谥孔子为褒成宣尼公。狩，冬猎。鲁哀公十四年，西狩获麟。孔子曰："吾道穷矣！"见《春秋》与《史记·孔子世家》。孔子以时为乱世，麟不当出，今出而被获，兆己之道已穷，故为之悲泣。刘琨用之，亦以悲自身之危困。

⑫与，待。"功业"四句，伤大功不成，岁月已逝。

⑬朱实，红色果实。陨，落。英，花。

⑭华盖，华丽车盖，代指车。骇驷，惊马。辀，车辕。狭路翻车，惊马折辕，喻自身遭遇困厄。时"为匹磾所拘，自知必死"。

⑮"何意"二句，言何意身如百炼之钢，而今成为绕指之柔，陷人掌握，无可如何。

★此诗前半历举古代用贤故事以自述本志，叹息未能与贤者共事以成大业。后半叹自身倾败，处境危殆。由于《晋书》有"琨诗托意非常，摅畅幽愤，远想张陈，感鸿门白登之事，用以激谌"等语，李善《文选注》亦谓"悬黎以为璧，以喻谌也"；后世注家遂并谓此诗为激励卢谌之作，实与诗意不符。卢谌答前二句谓"隋宝产汉滨，摛此夜光真。不待卞和显，自为命世珍"（见《艺文类聚》三十一），借刘诗原典以赞美刘琨，谓刘本人即是命世奇才。悬璧非美卢谌，谌不曾有误。《晋书》又谓"谌本无奇略，以常词酬和，殊乖琨心"。后世亦展转因袭，指摘卢谌。卢答诗全貌已不可见，是否常词无从得知。《野客丛书》录有六句云："谁言日向暮，桑榆犹启晨；谁言繁菜实，振藻耀芳春。百炼或致屈，绕指所以伸。"此答刘诗后段，为劝勉之语，措词亦不失允当。刘琨遇害以后，卢谌投奔段末波。后段末使于江左，卢谌即与崔悦等上表元帝，理刘琨始末，辞甚哀切。元帝即致吊祭，加刘琨侍中太尉；使刘琨志节，得伸张于当代，流垂于后世。卢谌后羁留北方二十馀年，不得南渡，官于石氏，恒以为辱，每谓诸子曰："吾身没之后，但称晋司空从事中郎尔！"司空，即刘琨。其怀思晋室，景仰刘琨，始终不渝；其人品未可厚非。

郭 璞

郭璞（276—324），字景纯，河东闻喜（今山西闻喜县）人。永嘉末，中原丧乱，璞避地东南，司徒王导甚重之，使参军事。与温峤、庾亮并有布衣之好。元帝镇建康，多所咨询。大兴初（318）为著作佐郎，迁尚书郎，以母忧去职。明帝初（323），王敦起为记室参军。敦谋逆，命璞卜筮，璞谓“无成”，“明公起事，必祸不久”。王敦大怒，即收被害，年四十九。及王敦平，追赠弘农太守。有辑本《郭弘农集》。

郭景纯好经术，善辞赋，博洽多闻，好古文奇字阴阳历算卜筮之术；遍注《尔雅》《方言》《山海经》《穆天子传》《楚辞》等书；所著《江赋》，与木华《海赋》并为文学史上写江海名作。诗以五言《游仙》闻名。然景纯游仙，或歌颂隐逸，或自抒怀抱，非真为游仙。钟嵘谓其“文体相辉，彪炳可玩，始变永嘉平淡之体，故称中兴第一”，评价甚高。盖刘琨而后，东晋前期诗坛无人，故郭景纯勉强支撑局面，然堂庑实甚窄狭。当时整个中原，铁骑纵横，山河板荡，广大人民陷于水深火热，作为“中兴第一”的诗人，竟然只是高唱着“高蹈风尘外，长啸谢夷齐”，实在是这个时代的悲哀！钟氏又云：“但游仙之作，词多慷慨，乖远玄宗。其云‘奈何虎豹姿’，又云‘戢翼栖榛梗’，乃是坎壈咏怀，非列仙之趣也。”钟氏所批评者，正是郭诗价值所在。所引二句，均今本《游仙》所无，内容似较现存作品更为激烈丰赡，可知《游仙诗》佚失者甚多。

游仙九首[1]

京华豪侠窟

京华豪侠窟，山林隐遁栖[2]。
朱门何足荣，未若托蓬藜[3]。
临源挹清波，陵冈掇丹荑[4]。
灵谿可潜盘，安事登云梯[5]。
漆园有傲吏，莱氏有逸妻[6]。
进则保龙见，退为触藩羝[7]。
高蹈风尘外，长揖谢夷齐[8]。

①郭璞《游仙》诗今存完篇十首。另有断句九则，见于《艺文类聚》等书。

②京华，京师繁华之地。豪侠，原作“游侠”，此从《艺文类聚》卷七十八。此处豪侠犹言豪强，指世俗豪贵。窟，据有，居住。隐遁，隐居避世之士。栖，栖息。

③朱门，豪贵所居。荣，显耀。藜，字原作“莱”，当是“藜”字之误。“藜”字与“栖、荑、梯、羝、齐”叶韵，属古音脂部。其六“高浪驾蓬莱”，“莱”字与“灾、台、杯、颐、垓、骇”叶韵，属古音之部。托蓬藜，寄身草野，亦即隐遁。“朱门”句上承“京华豪侠窟”，“未若”句上承“山林隐遁栖”；朱门即豪侠窟，蓬藜亦即山林。下文“临源”二句即托蓬藜之趣。

④源，《韵补》作“泉”，其字当作“渊”，唐人避高祖李渊讳改为“泉”，后人又改为“源”。挹，斟。掇，采。丹荑，初生之赤芝草。李善注引《本草经》：“赤芝，亦名丹芝，食之延年。”又注：“凡草之初生，通名曰荑，故曰丹荑。”

⑤灵谿，犹言幽谷。《吕氏春秋·察微》：“若高山之与深谿。”高诱注：“有水曰涧，无水曰谿。”潜盘，隐居盘桓。登云梯，犹言致身青云，即出仕追求高官要职。

⑥傲吏，指庄周，尝为漆园吏。楚威王闻庄周贤，使使厚币迎之。庄周曰：“子亟去，无污我！我宁游戏污渎之中自快，无为有国者所羁。终身不仕，以快吾志焉。”见《史记·老子韩非列传》。莱氏，老莱子。逸妻，高逸之妻。《列

女传》载老莱子耕于蒙山之阳，楚王请出仕，老莱子许诺。其妻曰："先生食人酒肉，受人官禄，为人所制也，能免于患乎！妾不能为人所制！"投其畚而去，老莱子乃随而隐居。

⑦"进则"二句：保，藏。龙见，《易·乾》："九二，见龙在田，利见大人。"触藩羝，《易·大壮》："上六，羝羊触藩，不能退，不能遂。"藩，篱。羝，公羊。诗中进退，与通常进谓出仕退指隐居恰好相反，谓进于隐逸，则如藏龙在田，全其正道；退居仕宦，则如触藩之羝，失去自由。

⑧风尘，尘世。谢，敬告。夷齐，伯夷、叔齐，商代孤竹君之二子，让国出逃，商亡后耻食周粟，隐居首阳山，采薇而食。参见阮籍《咏怀》其二注。长揖谢夷齐，谓欲与夷齐为伍，高蹈于风尘之外。

★全篇实歌颂隐逸，蔑视朱门，无追慕神仙之意。

青谿千馀仞

青谿千馀仞，中有一道士①。
云生梁栋间，风出窗户里。
借问此何谁？云是鬼谷子②。
翘迹企颍阳，临河思洗耳③。
阊阖西南来，潜波涣鳞起④。
灵妃顾我笑，粲然启玉齿⑤。
蹇修时不存，要之将谁使⑥！

①青谿，庾仲雍《荆州记》，临沮县有青谿山。此实系泛指。道士，有道之士。本篇歌唱"道士"之生活与理想。

②鬼谷子，《史记·苏秦张仪列传》，谓苏秦"东事师于齐，而习之于鬼谷先生"。集解引徐广曰："颍川阳城有鬼谷，盖是其人所居，因为号。"诗人假托其人。

③翘迹，举足，踮起脚跟。企，仰慕。颍阳，指许由，据传许由隐于颍水之阳。李善注引《琴操》："尧大许由之志，禅为天子。由以其言不善，乃临河而洗其耳。"

④阊阖，风名，即西风。《淮南子·天文》："凉风至四十五日，阊阖风至。"《史记·律书》："阊阖风居西方。"涣，水上波动之貌。《易·涣》："风行水上，

涣。”鳞，波纹如鳞。

⑤灵妃，李善注：“宓妃也。”粲然，微笑貌。

⑥蹇修，《楚辞·离骚》：“吾令丰隆乘云兮，求宓妃之所在。解佩纕以结言兮，吾令蹇修以为理。”王逸注：“古贤蹇修，为媒理也。”要，求。后四句全由《离骚》来。灵妃为理想之象征。企慕灵妃而不得蹇修，与屈原以求宓妃喻追求理想之意正同。

翡翠戏兰苕

翡翠戏兰苕，容色更相鲜①。
绿萝结高林，蒙茏盖一山②。
中有冥寂士，静啸抚清弦③。
放情凌霄外，嚼蕊挹飞泉④。
赤松临上游，驾鸿乘紫烟⑤。
左挹浮丘袖，右拍洪崖肩⑥。
借问蜉蝣辈，宁知龟鹤年⑦！

①翡翠，鸟名，羽毛翠绿有光泽，极美丽，常立于溪旁草木枝条上窥伺鱼虾。翡翠与兰苕，交相辉映。

②萝，藤蔓植物。蒙茏，茂密貌。前四句以自然环境，衬托冥寂士之高逸。

③冥寂士，静修之士，即上篇之道士。静，闲。本篇歌颂冥寂士生活高逸，直可与神仙为伍。

④放情，纵情。蕊，花。李善注引曹丕《典论》：“饥食琼蕊，渴饮飞泉。”

⑤赤松，即赤松子，传为古仙人。参见曹植《赠白马王彪》诗注。

⑥浮丘，即浮丘公，传为古仙人。李善注引《列仙传》：“浮丘公接王子乔以上嵩高山。”洪崖，即洪崖先生，传为古仙人。李善注引《列仙传》：“卫叔卿与数人博。其子度曰：‘向与博者为谁？’叔卿曰：“是洪崖先生。’”

⑦蜉蝣，虫名，朝生而暮死。参见傅玄《短歌行》注。龟鹤，均长寿动物。“借问”二句，喻世俗浅陋之辈，安知高逸之士，非独言生命之短长。

六龙安可顿

六龙安可顿，运流有代谢①。

时变感人思，已秋复愿夏。
淮海变微禽，吾生独不化[②]。
虽欲腾丹谿，云螭非我驾[③]。
愧无鲁阳德，回日向三舍[④]。
临川哀年迈，抚心独悲吒[⑤]。

①六龙，驾日之龙。《楚辞》刘向《九叹》："贯鸿濛以东朅兮，维六龙于扶桑。"李善注引王逸曰："结我车辔于扶桑以留日，幸得延年寿也。"（今本《楚辞章句》无此注语）顿，停住。运流有代谢，谓日月四时运行流转，有代有谢，如昼夜交替，春去秋来之类。

②"淮海"二句：《国语·晋语》九：赵简子叹曰："雀入于海为蛤，雉入于淮为蜃，鼋鼍鱼鳖，莫不能化，唯人不能，哀夫！"

③腾，飞腾。丹谿，传说中国名。螭，传为无角之龙。非，不。李善注引曹丕《典论》："夫生之必死，成之必败。然而惑者望乘风云，冀与螭龙共驾，适不死之国。国即丹谿，其人蜉蝣列缺，翱翔倒景；然死者相袭，丘垄相望，逝者莫反，潜者莫形，足以觉也。""虽欲"二句，言虽欲飞腾丹谿，然云螭不为我驾。意谓纵有不死之国，亦无从到达；其实即是谓求不死之国决不可能。

④鲁阳，即鲁阳文子，楚平王孙司马子期之子。楚称王后，其守县大夫皆称公，故称鲁阳公。见《国语·楚语》。《淮南子·览冥》："鲁阳公与韩搆难，战酣，日暮，援戈而撝之，日为之反三舍。"二十八宿，一宿为一舍，日反三舍，即日后退三宿。二句言光阴消逝，无力挽回。

⑤临川哀年迈，用《论语·述而》"子在川上曰：'逝者如斯夫'"语。悲吒，悲叹。

★叹息年光流逝，为全篇旨意。张协云，"川上之叹逝，前修以自勖"，以孔子川上之叹为勖励之词，真得孔子之意。郭诗云，"临川哀年迈，抚心独悲吒"，则是景纯自道，与孔子原意乖违。

逸翮思拂霄

逸翮思拂霄，迅足羡远游[①]。
清源无增澜，安得运吞舟[②]。

珪璋虽特达，明月难暗投③。
潜颖怨青阳，陵苕哀素秋④。
悲来恻丹心，零泪缘缨流⑤。

①逸，迅疾。翮（hé），翅羽。逸翮，犹健翼。拂霄，高拂云霄。迅足，犹健足。羡，希冀。"逸翮"二句，喻才智之士思有所作为。

②增，大。吞舟，指吞舟之鱼。《韩诗外传》："吞舟之鱼，不居潜泽；度量之士，不居污世。"清流而无大波，则无法游吞舟之鱼；喻限于力量，有志难伸。

③珪璋，玉器名，古代诸侯用于朝聘。特达，单独进献；璧玉等需加帛以进，唯珪璋可以单独进献。《礼记·聘义》："珪璋特达，德也。"明月，珠名。《汉书·邹阳传》：邹阳狱中上书曰："明月之珠，夜光之璧，以暗投人于道，众莫不按剑相眄者。""珪璋"二句，交互备义。言珪璋虽可特达，然亦需有进献之机；明月虽为至宝，然不可暗投于人。喻人纵有高才大智，苟无机缘，亦无从施展。

④潜，阴暗低处。颖，禾穗，此代指植物苗。青阳，春日。陵，山丘高处。苕，草名，此代指草。素秋，犹清秋。潜阴之颖，怨青阳照临太迟；陵高之苕，哀秋风吹拂太早。喻幸运恨其来晚，厄运伤其来速。

⑤恻，伤。零，落。缨，帽带。

★此篇全用比喻。言怀才抱德，苟无机缘，有志亦难以伸展。其中慨叹，颇深悲愤；旧注仍以游仙解之，殊乖作意。

杂县寓鲁门

杂县寓鲁门，风暖将为灾①。
吞舟涌海底，高浪驾蓬莱。
神仙排云出，但见金银台②。
陵阳挹丹溜，容成挥玉杯③。
姮娥扬妙音，洪崖颔其颐④。
升降随长烟，飘飖戏九垓⑤。
奇龄迈五龙，千岁方婴孩⑥。

燕昭无灵气，汉武非仙才⑦。

①杂县（xuán），海鸟名。《国语·鲁语》：“海鸟曰爰居，止于鲁东门之外三日。”“展禽曰：‘今兹海其有灾乎？夫广川之鸟兽，恒知而避其灾也。’是岁也，海多大风，冬暖。”贾逵注：“爰居，杂县也。”首二句写海上风起，引出下文，谓风起盖巨鱼涌浪腾驾蓬莱。

②“吞舟”四句：吞舟，吞舟之鱼，已见上篇。蓬莱，海上仙山名。《史记·封禅书》：“自威、宣、燕昭使人入海，求蓬莱、方丈、瀛洲。此三神山者，其传在勃海中。”“诸仙人及不死之药皆在焉。其物禽兽尽白，而黄金银为宫阙。未至，望之如云。”四句谓巨鱼腾浪海底，以高浪腾驾蓬莱；如此神仙排云而出，但见山上尽金银楼台。排云而出之神仙，即下文之陵阳、容成、姮娥、洪崖之属。

③陵阳，陵阳子明，传为古仙人。李善注引《列仙传》：“陵阳子明者，銍乡人也，好钓鱼。于涎溪钓得白鱼，肠中有书，教子明服食之法。子明遂上黄山，采五石脂服之。三年，龙来迎去。”丹溜，犹丹液，即指玉石脂。容成，容成公，传为古仙人。李善注引《列仙传》：“容成公者，自称黄帝师，见于周穆王，能善补导之事，髪白复黑，齿落复生。”挥，以手挥之。玉杯，《神仙传》：“茅君学道于齐，不见使人，金案玉杯，自来人前。”

④姮娥，即嫦娥，月神。《淮南子·览冥》：“羿请不死之药于西王母，姮娥窃以奔月。”洪崖，古仙人，见前篇注。颔（hàn），《广雅》：“动也。”颐，下巴。《列子·汤问篇》：“巧夫颔其颐，则歌合律。”二句谓姮娥妙声歌唱，洪崖晃动下巴以击节。

⑤“升降”句，李善注引《列仙传》：“宁封子者，黄帝时人也。积火自烧，而随烟上下。”“飘飖”句，《淮南子·道应》：卢敖游于北海，见一士，卢敖与语，欲与共游北阴。若士笑曰：“吾与汗漫期于九垓之外，吾不可以久驻。”九垓，九天。二句谓诸神仙随长烟而升降，飘摇游于九垓。

⑥奇龄，谓高寿。迈，超越。五龙，李善注引《遁甲开山图》荣氏解曰：“五龙，皇后君也。昆弟五人，皆人面而龙身。长曰角龙，木仙也。次曰徵（zhǐ）龙，火仙也。次曰商龙，金仙也。次曰羽龙，水仙也。次曰宫龙，土仙也。父与诸子，同登仙。”千岁方婴孩，寿至千岁尚是婴孩。

⑦“燕昭”二句：燕昭王、汉武帝都曾求神仙，然都无成果。《汉武内传》：“西王母曰：‘刘彻好道，然神慢形秽，虽当语之以至道，殆恐非仙才也。’”本篇幻想海上神仙之自由，而指斥统治者求仙系妄想。

旸谷吐灵曜

旸谷吐灵曜，扶桑森千丈①。
朱霞升东山，朝日何晃朗②。
回风流曲櫺，幽室发逸响③。
悠然心永怀，眇尔自遐想④。
仰思举云翼，延首矫玉掌⑤。
啸傲遗世罗，纵情任独往⑥。
明道虽若昧，其中有妙象⑦。
希贤宜厉德，羡鱼当结网⑧。

①旸谷，日出之所，又名汤谷。灵曜，太阳。扶桑，神木，日出其下。《淮南子·天文》："日出于旸谷，浴于咸池，拂于扶桑，是谓晨明。"

②朱霞，红霞。晃朗，光明貌。

③曲櫺，曲折的有阑干的长廊。逸响，清响。

④悠然，长远貌。永怀，犹长想。眇尔，深远貌。遐想，远想，超越现实之想。

⑤云翼，升云之翼。延首，犹引领。矫，举。玉掌，如玉之掌。

⑥遗世罗，遗尘世之网罗。"仰思"以下四句即是遐想。"啸傲遗世罗，纵情任独往"，全诗旨意所在。

⑦"明道"二句:《老子》:"明道若昧，进道若退。"又，"道之为物，惟恍惟惚。惚兮恍兮，其中有象"。明道虽似若昏昧，然其中自有奇妙之象，并非不可捉摸。

⑧希，冀。厉，磨厉，修养。冀望为贤，宜磨厉自身德行。羡鱼结网，用《汉书·董仲舒传》中语:"临渊羡鱼，不如退而结网。"羡鱼结网，喻"希贤宜厉德"。

采药游名山

采药游名山，将以救年颓①。
呼吸玉滋液，妙气盈胸怀②。

登仙抚龙驷，迅驾乘奔雷[③]。
鳞裳逐电曜，云盖随风回[④]。
手顿羲和辔，足蹈阊阖开[⑤]。
东海犹蹄涔，昆仑若蚁堆[⑥]。
遐邈冥茫中，俯视令人哀[⑦]！

①颓，衰。
②玉滋液，石髓灵液。
③龙驷，龙所驾车。
④鳞裳，鳞状衣裳。电曜，电闪。云盖，如云车盖。回，回转。
⑤顿，通“扽”，抖动。羲和，日御。蹈，踏。阊阖，天门。
⑥蹄涔（cén），牛马蹄迹内积水。蚁堆，蚂蚁堆。
⑦遐邈，遥远。冥茫中，昏暗迷茫之中，指尘世。俯视，向下望。

吐纳致真和[①]

吐纳致真和，一朝忽灵蜕[②]。
飘然凌太清，眇尔景长灭[③]。
纵酒蒙汜滨，结驾寻木末[④]。
翘手攀金梯，飞步登玉阙[⑤]。
左顾拥方目，右眷极朱髮[⑥]。
四渎流如泪，五岳罗若垤[⑦]。
寻我青云友，永与时人绝[⑧]。

①本篇由三则断句拼接而成。“吐纳”以下四句见《韵补》，“纵酒”以下六句与“四渎”以下四句并出《艺文类聚》卷七十八。三则用一韵，相连后文意连贯。

②吐纳，呼吸，道家养生之法。《庄子·刻意》：“吹呴呼吸，吐故纳新。”致，达到，取得。真和，真元和气。灵，神奇。蜕，蜕化。

③凌太清，上天。《楚辞》刘向《九叹》：“譬若王乔之乘云兮，载赤霄而凌太清。”景长灭，《淮南子·天文》：“日中无景，呼而无响，盖天地之中也。”

景，同“影”。全在光中，故影长灭。

④蒙汜，日没之处。《楚辞·天问》：“出自汤谷，次于蒙汜。”王逸注：“暮入西极蒙水之涯。”结驾，系马。寻木，神木名。《山海经·海外北经》：“寻木长千里，在拘缨南。生河上西北。”此拟为蒙汜之木，犹汤谷之有扶桑。

⑤翘手，举手。金梯、玉阙，并天宫建设。

⑥方目、朱髪，均怪异之象，指遐方极远之地。其出处不详。眷，顾，回望。

⑦四渎，《尔雅·释水》：“江淮河济为四渎。四渎者，发源注海者也。”渎，河川。五岳，东岳泰山，西岳华山，北岳恒山，南岳衡山，中岳嵩山，并称五岳。罗，罗列。垤（dié），蚂蚁堆。

⑧青云友，仙友。

★本篇与上篇略同。幻想登天神游的境界，颇有气势。其造境源于《离骚》。李贺《梦天》诗实受其启发。

幽思篇断句

林无静树，川无停流！

★《世说新语·文学》：“郭景纯诗云：‘林无静树，川无停流！’阮孚云：‘泓峥萧瑟，实不可言。每读此文，辄觉神超形越。’”刘孝标注：“诗，璞《幽思篇》者。”原是一首四言诗，由刘注知诗题是《幽思篇》。“林无静树，川无停流”，世间万物，无不在“不舍昼夜”地运动。诗表现一种哲理，而取物自然，形象生动，较之一般“平典似道德论”的玄言之作要高明得多。阮孚“每读此文，辄觉神超形越”，评价如此之高，使其全诗尚在，其价值甚或超过景纯《游仙》诸作。可惜仅存此两句，实在是极大的遗憾。

阮孚，《世说新语·雅量》刘孝标注引《晋阳秋》：“阮孚，字遥集，陈留人，咸第二子也。少有智调，而无儁异。累迁侍中，吏部尚书，广州刺史。”

杨 方

杨方，字公回，会稽（今浙江绍兴）人。司徒王导辟为掾，转东安太守，迁司徒参军事，补高梁太守，以年老弃郡归。曾著《五经钩沉》，更撰《吴越春秋》。

合欢诗二首[①]

虎啸谷风起，龙骧景云浮[②]。
同声好相应，同气自相求[③]。
我情与子亲，譬如影追躯[④]。
食共同根穗，饮共连理杯[⑤]，
衣共双丝绢，寝共无缝裯[⑥]。
居愿接膝坐，行愿携手趋。
子静我不动，子游我不留。
齐彼同心鸟，譬此比目鱼[⑦]。
情至断金石，胶漆未为牢。
但愿长无别，合形作一躯。
生为并身物，死为同棺灰。
秦氏自言至，我情不可俦[⑧]。

①《合欢诗》，《乐府诗集》属杂曲歌辞。二首拟为夫妻相赠，夫妇欢爱，故称合欢。

②“虎啸”二句：骧，腾跃。景云，祥云。《易·乾·文言》：“云从龙，风从虎。”《春秋元命苞》：“猛虎啸，谷风起。”《楚辞·七谏·哀命》：“虎啸而

谷风至兮，龙举而景云往。”此以风虎云龙起兴，喻夫妇之相从。

③“同声”二句，言声气相投，则感情深笃。《易·乾·文言》：“同声相应，同气相求。”孔颖达疏：“同声相应者，若弹宫而宫应，弹角而角动是也。同气相求者，若天欲雨而础柱润是也。此二者，声气相感也。”同声，即声音频率相同。

④我情与子亲：此为夫赠妇之诗。我，夫自指；子，指其妻（见后）。

⑤同根穗，一株多穗，如麦穗三歧之类。连理，连理木，异根树木，枝干连生。连理杯，连理木所制之杯。

⑥裯，被。

⑦比目鱼，见徐干《室思》诗注。

⑧秦氏，指秦嘉，字士会，陇西人，汉桓帝时，为郡上计吏，与妻徐淑感情甚笃，有赠妇徐淑诗。俦，比。秦氏自言情至，我情更非秦氏可比。以秦氏为比，此夫赠妇。

其　二

磁石引长针，阳燧下炎烟①。
宫商声相和，心同自相亲②。
我情与子合，亦如影随身。
寝共织成被，絮用同功绵③。
暑摇比翼扇，寒坐并肩毡。
子笑我心哂，子感我无欢。
来与子共迹，去与子同尘。
齐彼蛩蛩兽，举动不相捐④。
惟愿长无别，合形作一身。
生有同室好，死成并棺民。
徐氏自言至，我情不可陈⑤。

①磁石，即磁铁。指南针上磁石吸引铁针以定方向。阳燧，古代利用凹面铜镜集聚阳光取火的用具。《礼记·内则》：“左佩……金燧。”郑氏注：“金燧可取火于日。”阳燧面向日光，以可燃之物置于日光焦点，少顷即冒烟燃烧，故曰“下炎烟”。两句皆比喻夫妇互相吸引爱恋。

②宫商，五音中之二音。宫商相和，比喻两心相亲。

③絮，塞也。絮用同功绵，塞在被里用同样的丝绵。

④蛩蛩（qióng），古代传说中兽名。据传蛩蛩与距虚互相依存，永不相离。相捐，相弃。

⑤徐氏，指秦嘉妻徐淑。徐淑有答秦嘉诗。陈，陈述，表述。徐氏自言情至，我情之深更难以表达。以徐氏为比，为妇赠夫。

佚 名

同声歌[①]

邂逅承际会，得充君后房[②]。
情好新交接，恐慄若探汤。
不才勉自竭，贱妾职所当。
绸缪主中馈，奉礼助蒸尝[③]。
思为莞蒻席，在下蔽匡床；
愿为罗衾帱，在上卫风霜[④]。
洒扫清枕席，鞮芬以狄香[⑤]。
重户结金扃，高下华灯光。
衣解巾粉御，列图陈枕张[⑥]。
素女为我师，仪态盈万方。
众夫所希见，天老教轩皇[⑦]。
乐莫斯夜乐，没齿焉可忘[⑧]。

①同声歌，见《玉台新咏》卷一著录张衡《同声歌》一首。《乐府诗集》卷七十六杂曲歌辞。也说“《同声歌》，汉张衡所作也”。然此歌断非张衡所作，也非汉诗。详见星评。

②邂逅（xiè hòu 邂，下解切；逅，下遘切），偶然相遇。际会，遇合。一作“际遇”。

③绸缪（chóu móu），殷勤。主中馈，主持饮食之事。一说，妇女带结亦谓之绸缪。《后汉书·张敞传》：“进退则鸣玉佩，内饰则结绸缪。”句意谓衣带结束以主中馈，亦通。蒸尝，秋祭曰蒸，冬祭曰尝，此泛指祭祀。

④莞蒻席，即蒲席。“思为莞蒻席”四句，设想新颖。陶渊明《闲情赋》“愿在莞而为席，安弱体于三秋”等句即原于此。

⑤鞮芬以狄香，《礼记·王制》“西方曰狄鞮”。狄鞮，本指西域少数民族语言的翻译者，因代指西域。鞮芬、狄香，是同一物，即来自西域的迷迭香。以，与也。指同一物而重言之。汉乐府中有此句法。如乐府《艳歌行》“谁能刻镂此，公输与鲁班”、古诗《四坐且莫喧》“谁能为此器，公输与鲁班”，公输亦即鲁班。

⑥御，进也。“列图”句，班婕妤《自悼赋》有“陈女图以镜监兮”句，知汉代于妇女之妆饰仪范有图列作为“镜监”。

⑦素女，神话中女神。《楚辞·九怀·昭世》：“闻素女兮微歌。”天老，《后汉书·张衡传》“方将师天老而友地典”，注引《帝王纪》：“黄帝以风后配上台，天老配中台，五圣配下台，谓之三公。”《列子·黄帝篇》：黄帝梦游华胥氏之国，“黄帝既寤，怡然自得，召天老、力牧，太山稽，告之”。此并以天老为黄帝之臣，与诗中天老似非一人。吴骞《拜经楼诗话》引《虫获轩笔记》谓“天姥教轩皇”，今本姥作老，非是。则古本有作天姥者。若作天姥，当是女神。姥、老可通，天姥亦可称为天老。《汉书·艺文志》房中八家有《天老杂子阴道》二十五卷、《黄帝三王养阳方》二十卷。书中或有“天老教轩皇”内容，且必为房中之术。《抱朴子·极言》黄帝“论道养则资（《太平御览》作质）玄素二女”，《玉房秘诀》“黄帝问素女玄女采女阴阳之事”，与《同声歌》“天老教轩皇”必出于同一来源。

⑧没齿，犹没世，终生。“重户结金扃”以下十句，都言夫妻房中生活之乐。张衡《七辩》“假明兰灯，指图观列，蝉绵宜愧，夭绍纡折，此女色之丽也”，梁徐陵《答周处士书》“优游俯仰，极素女之经文；升降盈虚，尽轩皇之图艺”，与《同声歌》可以互参。

★《同声歌》著为张衡所作，见于《玉台新咏》。然《文选》不见选录，《诗品》未与品评；《文心雕龙·明诗》提到张衡《怨篇》而不及《同声》。班固、秦嘉、郦炎、赵壹之作，并为诸书所著录，《同声歌》如此成熟，若为张衡所作，而诸书无有影迹，殆不可解。且《同声歌》风格，稍入轻绮，与张衡《怨诗》《四愁》极不相同，与汉代古诗也绝然不类。《玉台》所著，每多传讹。《同声歌》不可能是汉诗。晋傅玄《何当行》云：“同声自相应，同心自相知。外合不由中，虽固终必离。”又，杨方《合欢诗》云：“同声好相应，同气自相求。我请与子亲，比如影追躯。”都与《同声

歌》风格近似，其复叠句式与杨方诗更为相似。疑本系杨方之作，然无本可据，只能作佚名诗对待，选录置杨方之后。

谢 尚

谢尚（308—357），字仁祖，原籍陈郡阳夏（今河南太康）。袭父爵咸亭侯，补给事黄门侍郎，出为建武将军，历阳太守。晋穆帝永和中，官至尚书仆射，进号镇西将军，镇寿阳。升平元年卒，年五十。尚善音乐，博综技艺；在官颇有政绩。

大道曲[①]

青阳二三月，柳青桃复红[②]。
车马不相识，音落黄埃中[③]。

①《大道曲》，《乐府诗集》属杂曲歌辞。《乐府广题》："谢尚为镇西将军，尝著紫罗襦，据胡床，在市中佛国门楼上弹琵琶，作大道曲，市人不知是三公也。"

②青阳，春阳。

③音，指所弹琵琶之音。黄埃，犹言红尘。

★"车马不相识，音落黄埃中"，既是写实，又有超越红尘境界之意。下面纷纷扰扰，我自悠然不顾。

王羲之

王羲之（303—361），字逸少，琅邪临沂（今山东临沂）人，居会稽山阴。司徒王导之侄。起家秘书郎，历征西将军庾亮参军，迁长史，拜宁远将军，江州刺史。召为侍中、吏部尚书，皆不就。后官右军将军，会稽内史，世称王右军。升平五年卒，年五十九。羲之少从叔父王廙学、后又从卫夫人学书，草隶真行，皆能博采众长，自成一家，有“书圣”之称。

兰亭集诗①

三春启群品，寄畅在所因②。
仰望碧天际，俯磐渌水滨③。
寥朗无涯观，寓目理自陈④。
大矣造化功，万殊莫不均⑤。
群籁虽参差，适我无非新⑥。

①兰亭，在浙江绍兴西南兰渚上。晋穆帝永和九年（353）三月三日王羲之同谢安等四十一人修禊于此，为一时盛会。与会人多作诗。羲之作《兰亭集序》，文辞清隽，为有晋散文名作。并以行书书写，为希世奇珍，被誉为“天下第一行书”。唐太宗酷爱王羲之书法，死后竟以《兰亭集序》为之殉葬。今传兰亭帖为唐冯承素、虞世南、褚遂良等临摹本。

②三春，即春天，孟春、仲春、季春。兰亭会于三月三日，已入季春。群品，犹言万物。寄畅，寄其欢畅之情。所因，犹所据，指春光。《兰亭集序》中“天朗气清，惠风和畅，仰观宇宙之大，俯察品类之盛，所以游目骋怀，足以极视听之娱，信可乐也”，可为“三春”二句注脚。

③磐，通“盘”，盘游。一作“瞰”。

④寥朗，空阔而清朗。一作“寥阒”，寥阔而静寂。无涯，无边。观，景象。寓目，入目，看到。寓目理自陈，谓客观景物入人眼目，其物理亦自然呈现。

⑤造化，创造化育，即大自然。万殊，犹万物。殊，谓各有其特性。莫不均，无不均匀，如阳光普照，雨露遍施之类。

⑥群籁，犹万籁。籁，本义为箫，亦指箫声；《庄子·齐物论》用以指各种自然之音；此处更引申为各种自然景象；包括声音与物象。参差，不齐，谓其繁多。适，安适，适足。谓万籁虽参差纷繁，安适于我则无不新鲜。盖主观情绪与客观景物契合，则感到无不新颖。

★东晋后期，玄言诗开始消亡，山水诗即已萌发。逸少此诗虽仍有玄言遗迹，然语言清顺，诗意欣荣，正可作诗史上“玄言告退，而山水方滋”的界石。

孙绰

孙绰（314—371），字兴公，冯翊太守孙楚之孙。原籍太原中都（今山西平遥西南），家于会稽。除著作佐郎，袭爵长乐侯。补章安令，转永嘉太守，迁散骑常侍，领著作郎，转廷尉卿。绰善文辞，所作《天台山赋》为东晋赋山名作，初成，以示友人范荣期曰："卿试掷地，当作金石声也。"

孙绰与许询，为东晋玄言诗代表作者，诗品称其诗"理过其辞，淡乎寡味"。许询诗今仅存零星断句，全貌已不可见。孙绰诗则尚多存者。如《与庾冰诗》："浩浩元化，五运迭送。昏明相错，否泰时用。数钟大过，乾象摧栋。惠怀凌构，神銮不控。"《赠谢安诗》："缅哉冥古，邈矣上皇。夷明太素，结纽灵纲。不有其一，二理曷彰？幽源散流，玄风吐芳。"此等诗不只是淡乎寡味，直诘屈幽晦至不可读。然其所作《情人碧玉歌》却格调迥异。歌云："碧玉小家女，不敢攀贵德。感郎千金意，惭无倾城色。""碧玉破瓜时，郎为情颠倒。感郎不羞赧，回身就郎抱。"（《玉台新咏》）不仅明白如话，而且轻艳绝人。晋代士大夫一面侈谈玄理，一面又追求淫佚。孙绰诗之两极，正士大夫生活两极之如实反映。

秋日

萧瑟仲秋日，飂唳风云高①。
山居感时变，远咏兴长谣②。
疏林积凉气，虚岫结凝霄③。
湛露洒庭林，密叶辞荣条④。

抚菌悲先落，攀松羡后凋[5]。
垂纶在林野，交情远市朝[6]。
澹然古怀心，濠上岂伊遥[7]。

①萧瑟，凄清貌。仲秋，夏历八月。日，一作“月”。飂唳（liáo lì），迅疾貌。

②远咏，《诗纪》作“远客”，此从《太平御览》卷二十五。全诗均写山居，无涉远客。

③虚岫，空谷。霄，云。

④湛露，浓露。荣，繁茂。条，树枝。

⑤菌，朝菌，木槿花，朝开夕萎。《庄子·逍遥游》：“朝菌不知晦朔。”潘岳《朝菌赋序》：“朝菌者，时人以为蕣华，庄生以为朝菌，其物向晨而结，绝日而殒。”后凋，《论语·子罕》：“子曰：‘岁寒然后知松柏之后凋也。’”

⑥纶，钓丝。垂纶，即垂钓。远，疏远。

⑦澹然，清静淡泊。古怀心，即怀古心。濠上，濠水之上。《庄子·秋水》：“庄子与惠子游于濠梁之上。庄子曰：‘儵鱼出游从容，是鱼之乐也。’惠子曰：‘子非鱼，安知鱼之乐？’庄子曰：‘子非我，安知我不知鱼之乐？’”岂伊遥，言并不遥远。伊，助词。

★孙绰是玄言诗的代表作手，其《天台山赋》却是“玄言”向“山水”发展的赋作。此《秋日》亦稍露山水端倪，然远不如王羲之诗清顺爽朗。

苏　彦

苏彦，东晋孝武帝时（372—396在位）为北中郎参军。

西陵观潮[①]

洪涛奔逸势，骇浪驾丘山。
訇隐振宇宙，漰磕津云连[②]。

①西陵，渡口之名，在浙江萧山区西，春秋时越范蠡筑城于此，六朝时为西陵戍，为观浙江潮名胜。诗颇有气势，录自《艺文类聚》卷九，系断句，惜非完篇。

②訇隐，巨大声响。枚乘《七发》："訇隐匈磕，轧盘涌裔，原不可当。"漰磕（pēng kē），波涛相激。津，天汉，即银河。津云连，即上连云汉。

顾恺之

顾恺之（345？—409），字长康，小字虎头，晋陵无锡（今江苏无锡）人。尝为桓温大司马参军，甚见亲昵。后又为殷仲堪参军。恺之为晋代大画家，图写特妙，谢安“以为有苍生以来未之有也”。亦善吟咏，“自谓得先贤风制”。桓温死，恺之拜其墓，赋诗云：“山崩溟海竭，鱼鸟将何依！”惜不存完篇。尝至会稽，人问会稽山川之状，答云：“千岩竞秀，万壑争流，草木蒙茏，若云兴霞蔚。”佳句精警，直可抵吴均山水小札。

神情诗①

春水满四泽，夏云多奇峰，
秋月扬明辉，冬岭秀孤松②。

①此诗又见《陶渊明集》，非是。神情，指四时景物之神情。
②秀，挺立。

殷仲文

殷仲文（？—407），字仲文，陈郡长平（今河南西华县东北）人。会稽王司马道子引为骠骑参军，转谘议参军，后又为司马元显征虏长史，左迁新安太守。仲文系桓玄姊丈，然并不交密。及桓玄举兵陷建康，仲文弃郡投奔，桓玄以为谘议参军。桓玄为刘裕所败，仲文随玄西走。至巴陵，奉穆帝何皇后、安僖王皇后投奔刘裕，为镇军长史，转尚书。迁东阳太守，意殊不平。义熙三年被杀。玄言诗颓风振荡，兴味萧然，乃于模写自然中探求出路，故东晋后朝，山水之作逐渐萌发。《宋书·谢灵运传》谓“仲文始革孙许之风，叔源大变太玄之气”。现存殷仲文完诗仅一篇，谢叔源诗亦止两首，或其所作已散佚殆尽。仲文一篇即所录《南州桓公九井作》，语言格拗，且阿谀桓玄，风格卑下。谢叔源录《游西池》虽较殷诗为优，然亦不过尔尔。以其开辟新风，于诗史上有其价值，故均以之入选。

南州桓公九井作①

四运虽鳞次，理化各有准②。
独有清秋日，能使高兴尽③。
景气多明远，风物自凄紧④。
爽籁警幽律，哀壑叩虚牝⑤。
岁寒无早秀，浮荣甘夙陨⑥。
何以标贞脆？薄言寄松菌⑦。
哲匠感萧晨，肃此尘外轸⑧。

广筵散泛爱，逸爵纡胜引⑨。
伊余乐好仁，惑祛吝亦泯⑩。
猥首阿衡朝，将贻匈奴哂⑪。

①南州，今安徽当涂县。《水经注》："淮南郡之于湖县南，所谓姑孰，即南州矣。"桓公，即桓玄，字敬道，桓温之子，袭父爵为南郡公。安帝时为江州刺史，都督荆江等八州军事，据江陵。元兴元年，举兵东下，攻入建康，迫安帝禅位，建国号楚。刘裕等起兵讨玄，兵败被执，斩于江陵。《晋书》本传：元兴元年，玄入京师，自署太尉，出居姑孰。"遂大筑城府，台馆山池，莫不壮丽。"九井，山名。李善注引庾仲雍《江图》："姑孰至直渎十里，东通丹阳湖，南有铜山，一名九井山，山有九井，井与江通。"

②四运，四季。鳞次，喻循序进行。理，指自然之理。化，变化。准，标帜，特点，如春和夏暑秋肃冬寒之类。

③清秋，桓玄于元兴元年三月攻入京师，二年秋八月，自号相国，称楚王。诗中有"阿衡朝"之类，则此"清秋"当为元兴二年九月。明年五月，玄即败死。兴，兴致，情趣。

④明远，谓天朗气清，一望寥阔。风物自凄紧。凄，清。紧，草木紧肃。

⑤爽，清爽。籁，自然音响，此指秋声。警，起。幽，清幽，律，音律。叩，敲响。虚牝，空穴。《大戴礼》："丘陵为牡，谿谷为牝。"（"虚牝"本即空谷，上有"哀壑"，壑即山谷，则句中虚牝为谷中空穴。）

⑥秀，草实。浮荣，浮花。夙殒，早落。"爽籁"四句承风物"凄紧"：爽籁发出幽音，哀壑鸣响空穴，写风"凄"；岁寒已无早实，浮花甘于夙殒，写物"紧"。

⑦标，标帜，标示。贞，坚贞。脆，柔弱。薄言，助词。松菌，松为坚贞之木，菌为脆弱之花。参见孙绰《秋日》诗注。

⑧哲匠，明哲大师，此用以阿谀桓玄。萧晨，指秋晨。肃，戒饰。尘外，尘俗之外。轸，车箱底部横木，代指车。二句谓趁秋晨治车出游。

⑨泛爱，广泛之爱。《论语·学而》："泛爱众，而亲仁。"逸，美。爵，杯。纡，屈。胜引，李善注："胜友也。引，犹进也。良友所以进己，故通呼曰胜引。"

⑩伊，助词。仁，亦指桓玄。祛，去也。吝，鄙吝之心。泯，灭。《后汉书·黄宪传》："陈蕃周举常相谓曰：'时月之间不见黄生，则鄙吝之萌复存乎心。'"二句谓余乐于好仁，得事桓玄，有惑即祛，鄙吝之心亦皆泯灭。

⑪猥，辱，谦词。首，指居于上位。阿衡，商代官名。《书·太甲上》："惟嗣王不惠于阿衡。"传："阿，倚。衡，平。"孔颖达疏："伊尹，汤倚而取平，故以为官名。"《诗·商颂·长发》："实维阿衡，实左右商王。"后用以代指宰辅，诗中指桓玄。时桓玄已称楚王，故用"朝"字。将贻匈奴哂，犹言取笑外国。《汉书·车千秋传》载：车千秋无学术才能，上书武帝讼卫太子冤，武帝有所感悟，旬月之间即进宰相封侯。"后汉使者至匈奴，单于问曰：'闻汉新拜丞相，何用得之？'使者曰：'以上书言事故。'单于曰：'苟如此，汉置丞相，非用贤也，妄一男子上书即得之矣'"。末二句谦言自己无能，将取笑于人。

谢 混

谢混（？—412），字叔源，小字益寿，祖籍陈郡阳夏（今河南太康），晋代名相谢安之孙，尚孝武帝晋陵公主。官至中领军，尚书左仆射。义熙八年九月，以党于刘毅，为刘裕所杀。谢混为谢灵运从叔，对灵运极为赏识。今存谢混之作绝少，然开拓之功，不可泯灭。

游西池[①]

悟彼蟋蟀唱，信此劳者歌[②]。
有来岂不疾，良游常蹉跎[③]。
逍遥越城肆，愿言屡经过[④]。
回阡被陵阙，高台眺飞霞[⑤]。
惠风荡繁囿，白云屯曾阿[⑥]。
景昃鸣禽集，水木湛清华[⑦]。
褰裳顺兰沚，徙倚引芳柯[⑧]。
美人愆岁月，迟暮独如何[⑨]！
无为牵所思，南荣戒其多[⑩]。

①此诗《文选》作谢叔源诗，当无误。《艺文类聚》卷二十八摘“逍遥”以下六句、“褰裳”以下四句，作宋谢瞻游西池诗，疑非是。西池，在丹阳县。

②悟，解悟。《诗·唐风·蟋蟀》：“蟋蟀在堂，岁聿其莫。今我不乐，日月其除。”劳者歌，《韩诗外传》：“饥者歌其食，劳者歌其事。”二句谓悟彼《诗·唐风·蟋蟀》之唱，信为劳者之歌。

③有来，指时光之来。陆云《岁暮赋》：“年有来而弃予，时无算而非我。”蹉跎，虚度，耽误。

④逍遥，自在貌。愿，希望。言，助词。二句言逍遥以越城肆，外出游览，诚愿经常如此经过。

⑤回阡，回环道路。被，围绕。陵阙，丘陵、城阙。

⑥繁，茂。囿，园囿。阿，高山曲处。曾阿，犹言深壑。

⑦景昃，太阳偏西。水木湛清华，谓池沼林木，湛然清丽。湛，澄清。

⑧褰，用手提起。徙倚，徘徊貌，此指缓步前进。引，拉。柯，树枝。“褰裳”句写涉水，“徙倚”句写登山。

⑨“美人”二句，语本《离骚》“惟草木之零落兮，恐美人之迟暮”。美人，常指所思之人，然此系泛指，犹言人，也包括自己。愆，耽误，虚度。迟暮，指年老。二句谓人生如虚度岁月，至老大将如之何。此因秋光景物而想到人生。

⑩南荣，人名。《庄子·庚桑楚》：庚桑楚谓南荣趎曰：“全汝形，抱汝生，无使汝思虑营营。”前“美人”二句言人生应无愆误岁月，迟暮则无可如何。末二句又反加警戒，谓无用多牵思虑，庄子书曾诫人无思虑营营。所思，谓所思之事。

★“回阡被陵阙，高台眺飞霞。惠风荡繁囿，白云屯曾阿。景昃鸣禽集，水木湛清华”，已透出灵运诗气息。

吴隐之

吴隐之（？—413），字处默，濮阳鄄城（今山东鄄城）人，魏吴质六世孙。初为辅国功曹，转参征虏军事，迁晋陵太守。入为中书侍郎，累官至左卫将军，出为广州刺史。以清俭廉洁闻名。义熙九年卒。

酌贪泉赋诗[①]

古人云此水，一歃怀千金[②]。
试使夷齐饮，终当不易心[③]。

①贪泉，在今广东南海县西北。《晋书·吴隐之传》："广州包带山海，珍异所出，一箧之宝，可资数世。""故前后刺史皆多黩货。""隆安中，以隐之为龙骧将军，广州刺史。""未至州二十里，地名石门，有水曰贪泉，饮者怀无厌之欲。隐之既至"，"乃至泉所，酌而饮之，因赋诗"。据《安帝纪》，隐之为广州刺史在晋安帝元兴元年（402）二月。

②歃（shà），饮。一作"饮"。

③夷齐，伯夷、叔齐，参见阮籍《咏怀》其二注。《孟子·万章下》："闻伯夷之风者，顽夫廉，懦夫有立志。"又称"伯夷，圣之清者也"。毛奇龄《四书賸言》谓"顽夫廉"应是"贪夫廉"。

湛方生

湛方生，曾为卫军谘议参军。所录三诗，秀朗俊逸，明丽如画，实开南朝山水诗先河，惜都非完篇，其散佚之作必然更多，殊为可惜。

帆入南湖[1]

彭蠡纪三江，庐岳主众阜[2]。
白沙净川路，青松蔚岩首[3]。
此水何时流？此山何年有？
人运互推迁，兹器独长久[4]。
悠悠宇宙中，古今迭先后[5]。

①本篇与下篇均录自《艺文类聚》卷二十七，二诗当为前后之作。都系节录，并非完篇，然文意完整，可独立成篇。帆代指船。南湖，此指鄱阳湖。

②彭蠡，即鄱阳湖。纪，统纪。三江，指江西境内修水、赣江、抚河、信江、鄱河等水。“三”与下句“众”对举，多也。庐岳，庐山。主，统率。

③净，澄净。蔚，蔚然长青。

④人运，人事运行。互，交替。人运推迁，如个人生死、王朝兴灭之类。兹器，指彭蠡庐岳等胜水名山。

⑤悠悠，久远。迭，更替。

还都帆[1]

高岳万丈峻，长湖千里清[2]。

白沙穷年洁，林松冬夏青。
水无暂停流，木有千载贞[③]。
寤言赋新诗，忽忘羁旅情[④]。

①都，指东晋首都建康，今南京。

②高岳，指庐山。长湖，指彭蠡。

③贞，坚，劲挺。

④寤言，醒悟，指有所领悟。言，助语。

★于水流山峙中感受到永恒之伟大。

天晴

屏翳寝神辔，飞廉收灵扇[①]。
青天莹如镜，凝津平如研[②]。
落帆修江渚，悠悠极长眄[③]。
清气朗山壑，千里遥相见[④]。

①屏翳，云神。《楚辞·九歌·云中君》注："云神，丰隆也；一曰屏翳。"寝，止息，收。辔，马缰。飞廉，风神。《离骚》"后飞廉使奔属"注："飞廉，风伯也。"灵扇，风神扇风之具。云神收住马缰，风神收起灵扇。二句谓云开风静，天空晴朗。

②莹，明净。津，天汉，此当下指大江。研，同"砚"。

③落帆，停泊。修江，长江。长眄，远眺。

④朗，清明，此处是动词，犹言荡净。

帛道猷

帛道猷，本姓冯，山阴（今浙江绍兴）人。生公弟子，居若耶山。晋宋佛学发达，出有不少名僧，如支遁、鸠罗摩什、慧远等，且都能诗。然释者诗大多阐扬佛理，为另一类玄言诗。下选帛道猷诗，语言干净，描绘明彻，不失为佳作。有此造诣，所作必不少，惜存诗仅此一首。

陵峰采药触兴为诗

连峰数千里，修林带平津①。
云过远山翳，风至梗荒榛②。
茅茨隐不见，鸡鸣知有人③。
闲步践其径，处处见遗薪。
始知百代下，故有上皇民④。

①修，长。平津，大道。

②翳，遮蔽。梗，阻。榛，丛木。梗荒榛，为荒榛所梗阻。"连峰数千里"写远处高处，"修林带平津"写近处低处；云过远山承"连峰"句，风梗荒榛承"修林"句。

③茅茨，茅草屋。

④故，仍。上皇民，上古之民。谓隐处深山，不与世接，如远古之人；与陶渊明自谓是"羲皇上人"意同。

★此诗见于《高僧传·道壹传》，谓"猷与道壹有讲经之遇，后与一书，因赠诗云"。然诗通体完整，确系陵峰采药触兴为诗，而非为赠酬作

者。当系帛道猷以所作诗寄道壹，而并非赠道壹诗中断句。

东晋高僧多有文化素养，常与文士来往。文士也多语佛理，如此玄言乃与禅意交融。僧寺多在名山胜水之间，故高僧所作诗往往借山水景光表达禅意，他们的作品也就成为玄言诗过渡到山水诗的桥梁。如支遁《四月八日赞佛诗》云："三春迭云谢，首夏含朱明。禅祥令日泰，朗朗玄夕清。"《咏禅思道人诗》云："云岑竦大荒，落落英岊布。迥壑伫兰泉，秀岭攒嘉树。蔚荟微游禽，峥嵘绝蹊路。中有冲希子，端坐摹太素。"释慧远《庐山》诗云："崇岩吐清气，幽岫栖神迹。希声奏群籁，响出山溜滴。有客独冥游，径然忘所适。挥手抚云门，灵关足安辟。"摘录数句，仿佛是谢灵运的作品。但其全篇终系阐扬佛理，过于奥涩，远不如帛道猷诗明净自然。

陶渊明

陶渊明（365—427），字元亮，一说名潜，字渊明，世称靖节先生，浔阳柴桑（今江西九江西南）人。曾祖陶侃，晋大司马。祖陶茂，武昌太守。“渊明少有高趣，博学，善属文，颖脱不群，任真自得。”“亲老家贫，起为州祭酒，不堪吏职，少日，自解归。”（萧统《陶渊明传》）后为镇军、建威参军，均为时甚短。义熙元年（405）八月，为彭泽令，在官八十馀日，即自免去职。赋《归去来兮辞》，自后不再出仕，困守田园二十馀年。宋元嘉四年卒，年六十三。有《靖节先生集》。

陶渊明是有晋唯一大诗人。晋诗之最有特色者，一左思，二刘琨，三陶渊明。左思内容太窄，刘琨存诗太少，最能睥睨当世，影响后代者只有渊明。然在南朝于渊明评价不高，钟嵘只列之入中品，刘勰所论不及渊明。昭明可谓渊明知己，然陶诗录入《文选》者也才八篇，与谢灵运四十二篇相距悬殊。盖晋诗自潘陆而后，以华丽取胜；殆及东晋，玄言泛滥，又以幽隐为宗；晋宋易代之际，谢灵运、颜延之诗雕镂繁富，磅礴天下；陶渊明自然朴素之作，所谓“文体省净，殆无长语”（钟嵘语）者，乃不为世人所重。爰及唐宋，陶诗乃大受推崇，成为一派诗风之祖。陶渊明以其冲淡清远之笔，写田园生活，墟里风光，为诗歌开辟一全新境界。其诗“质而实绮，癯而实腴”（苏轼语），平淡自然而蕴藉深厚；在东晋诗苑无异于满原污浊中一注清流。陶渊明人品与诗品最为难得者在于其真。其被迫出仕，则云“直为亲旧故，未忍言索居”；其幸得归来，则云“久在樊笼里，复得返自然”；其辛苦田间，则云“田家岂不苦，弗获辞此难”；其迫于乞食，则云“行行至斯里，叩门拙言辞”。渊明描摹自然，均系照眼前实景，逼真描绘；吐露心曲，亦只照内心所感，如实倾吐。即如弃官归隐一事，潘陆诗中，亦连篇累牍，喋喋不休，究其实都向往权门，攀附之唯恐不及。唯独渊明所写，的是内心真意，乃至亲操耒耜，戮力田间。然陶渊明并非真是桃源中人，其耿耿世务，虽垂老而不衰。一而曰，“猛志逸少海，骞翮思远翥”；再而曰，“岁月掷人去，有志不获骋”。如此心曲，亦均一一吐露。单此一著，有晋诗人即无有其匹。

停云四章

停云，思亲友也。樽酒新醪，园列初荣，愿言不从，叹息弥襟[①]。

霭霭停云，濛濛时雨[②]。八表同昏，平路伊阻[③]。
静寄东轩，春醪独抚[④]。良朋悠邈，搔首延伫[⑤]。

停云霭霭，时雨濛濛。八表同昏，平陆成江。
有酒有酒，闲饮东窗[⑥]。愿言怀人，舟车靡从[⑦]。

东园之树，枝条再荣[⑧]。竞用新好，以怡余情[⑨]。
人亦有言，日月于征[⑩]。安得促席，说彼平生[⑪]！

翩翩飞鸟，息我庭柯[⑫]。敛翮闲止，好声相和[⑬]。
岂无他人，念子实多。愿言不获，抱恨如何[⑭]！

①亲友，亲密之友，亦即良朋。樽，酒器。醪（láo），带糟甜酒，今亦称醪糟。初荣，新花。愿，思。言，助词。《诗·邶风·终风》：“愿言则怀。”此言“愿言”即含“则怀”之意。弥襟，犹言满怀。

②霭霭，云盛貌。濛濛，雨下迷蒙之貌。《诗·豳风·东山》：“零雨其濛。”

郑玄笺："道遇雨濛濛然。"

③八表，八方。伊阻，阻塞。伊，助词。

④轩，长廊之有窗者。抚，持。

⑤悠邈，遥远。延伫，久立。

⑥窗，即东轩之窗，与上章"轩"互文。

⑦靡从，未能相从，无法相从。

⑧再，又。荣，茂。

⑨新好，指东园春树之新枝新叶。怡，乐。

⑩于征，运行。于，助词。日月于征，日月运行，谓光阴迅速。《书·秦誓》："我心之忧，日月逾迈。"

⑪ 促席，坐近。古人席地而坐，坐近则促席。

⑫ 翩翩，飞貌。柯，树枝。

⑬ 敛翮，收敛翅膀。闲止，闲静。止，助词。好声相和，以群鸟之好声相和衬己之良朋不至而感到孤寂。《诗·小雅·伐木》："伐木丁丁，鸟鸣嘤嘤。""嘤其鸣矣，求其友声。相彼鸟矣，犹求友声；矧伊人矣，不求友生！"

⑭ 愿言不获，犹思而不得。

庚子岁五月中从都还阻风于规林二首①

行行循归路，计日望旧居。
一欣侍温颜，再喜见友于②。
鼓棹路崎曲，指景限西隅③。
江山岂不险，归子念前途④。
凯风负我心，戢枻守穷湖⑤。
高莽眇无界，夏木独森疏⑥。
谁言客舟远，近瞻百里馀。
延目识南岭，空叹将焉如⑦！

①庚子岁，晋安帝隆安四年（400），渊明三十六岁。由《辛丑岁七月赴假还江陵夜行涂口诗》，证渊明曾为桓玄僚佐，参见该诗注。庚子岁五月从都还，必系奉桓玄命使都，至此西还。诗云"计日望旧居"，知渊明从都还先回柴桑探家，而后还江陵。规林，地名，其地已可以望见庐山。

②温颜，慈母之颜。侍温颜，谓回家省母。友于，兄弟，指其从弟敬远。《书·君陈》："惟孝友于兄弟。"用歇后法称兄弟为"友于"。《后汉书·史弼传》："陛下隆于友于，不忍遏绝。"曹植《求通亲亲表》："今之否隔，友于同忧。"

③鼓棹，打桨。路，取道，经过。崎，通"碕"。碕曲，曲折岩岸。景，日光，指晚阳。

④归子，归人，诗人自指。

⑤凯风，南风。《诗·邶风·凯风》："凯风自南。"凯风负我心，指风阻舟行，不得速归。戢枻（yì），收桨，因阻风停泊。守穷湖，古代船小，江行遇风即进入连江湖泊以避之。

⑥高莽，深草。眇，同杳。眇无界，茫茫无际。森疏，繁茂无际。

⑦延目，放目远望。南岭，指庐山。焉如，如何往，因风阻无法出发。

其　二

自古叹行役，我今始知之[①]。
山川一何旷，巽坎难与期[②]。
崩浪聒天响，长风无息时。
久游恋所生，如何淹在兹[③]！
静念园林好，人间良可辞[④]。
当年讵有几，纵心复何疑[⑤]！

①行役，行旅差役。

②旷，旷远，空阔。巽坎，风与水。《易·说卦》："巽为风，坎为水。"难与期，难以预计。

③所生，指故乡。淹，久留。兹，此。

④人间，与园林相对，指官宦场中。

⑤当年，壮年。讵有几，能有多少。纵心，纵情称意。

辛丑岁七月赴假还江陵夜行涂口[①]

闲居三十载，遂与尘事冥[②]。
诗书敦宿好，林园无世情[③]。

如何舍此去，遥遥至西荆？
叩枻新秋月，临流别友生[4]。
凉风起将夕，夜景湛虚明[5]：
昭昭天宇阔，皛皛川上平[6]。
怀役不遑寐，中宵尚孤征[7]。
商歌非吾事，依依在耦耕[8]。
投冠旋旧墟，不为好爵萦[9]。
养真衡茅下，庶以善自名[10]。

①辛丑岁，晋安帝隆安五年（401），渊明三十七岁。赴假，假满赴任。据叶梦得、朱自清等考证，渊明于隆安三、四年仕于荆州刺史桓玄。朱自清曰："叶梦得谓荆州刺史自隆安三年桓玄袭杀殷仲堪即代其任，至于篡，未授别人。渊明之行在五年，疑其尝为玄追仕也。古谱从陶（澍）说而释'赴假'为'急假'，辗转引证以成其说，然其笺陶，引世说'陆机赴假还洛'以明'赴假'之义。此文见《自新篇》，云'陆机赴假还洛，辎重甚盛'，此宁类'急假'耶？抑机吴人，若云假还，何得向洛耶？足知'赴假'当即今言销假意。"（《陶渊明年谱中之诸问题》）江陵，今湖北荆州。涂口，本集作"涂中"，此从《文选》。《舆地纪胜》六十六鄂州涂口注："在江夏南，水路五十里，一名金口，陶潜有涂口诗。"金口今在武汉市西三十里，两岸山岩紧束，形势险要。

②三十载，渊明是年已三十七岁。孩提之时，不宜谓之"与尘事冥"，故概而言之曰闲居三十载。又，渊明于"向立"之年曾"起为州祭酒"，但"少日"即归，故诗中亦略不言及。诗中年代，不可过于拘泥。遂，乃。一作"远"，似更切。尘事，世俗事务。冥，冥漠，隔绝。

③敦，厚，重。世情，追名逐利之类。

④叩枻，打桨。叩枻新秋月，在新秋月下打桨开船。友生，朋友。《诗·小雅·棠棣》："虽有兄弟，不如友生。"

⑤将夕，傍晚。夜景，指月亮。湛，澄澈。虚明，空明，既指天空，又指江水，即下文昭昭天宇，皛皛川平。

⑥昭昭，明貌。皛皛（jiǎo），皎洁貌。

⑦怀役，心念官家差役。不遑，不暇，不能。寐，睡。中宵，夜间。孤征，独自远行。

⑧商歌，《淮南子·道应》："宁戚商歌车下，而桓公慨然而悟。"因以商歌

代指干谒求官行为。依依，留恋貌。耦耕，并耕。《论语·微子》：“长沮、桀溺耦而耕。”此泛指归农耕种。

⑨投冠，丢掉官帽，指辞官去职。旋旧墟，回归旧居。好爵，高官厚禄。萦，缠绕，羁绊。《咏贫士》：“好爵吾不萦。”

⑩养真，修养真性。衡茅，衡门茅舍。庶，庶几。名，命也。以善自名，自命为善。

癸卯岁始春怀古田舍二首[①]

在昔闻南亩，当年竟未践。
屡空既有人，春兴岂自免[②]？
夙晨装吾驾，启涂情已缅[③]。
鸟哢欢新节，冷风送馀善[④]。
寒草被荒蹊，地为罕人远[⑤]。
是以植杖翁，悠然不复返[⑥]。
即理愧通识，所保讵乃浅[⑦]？

①癸卯岁，晋安帝元兴二年（403），渊明三十九岁。怀古田舍，即于田舍中怀古。

②屡空，经常贫穷。《论语·先进》：“子曰：‘回也其庶乎，屡空。’”《史记·伯夷列传》：“回也屡空，糟糠不厌。”春兴，指春耕。

③启涂，上路出发。缅，远。

④鸟哢，鸟鸣。冷风，清风。二句一作“鸟弄新节令，风送馀寒善”。

⑤被，覆盖。蹊，小径。罕人远，因人少而觉其远。

⑥植杖翁，《论语·微子》：“子路从而后，遇丈人，以杖荷蓧。子路问曰：‘子见夫子乎？’丈人曰：‘四体不勤，五谷不分，孰为夫子？’植其杖而芸。”悠然，自适之貌。

⑦即理，就植杖翁之理，指隐居不仕。通识，远识。所保，所保全者。讵，岂。隐居不仕，既保其身，又保其操节，故云：“所保讵乃浅。”《后汉书·逸民传》：“庞公者，南郡襄阳人也。居岘山之南，未尝入城府，夫妻相敬如宾。荆州刺史刘表数延请，不能屈。乃就候之，谓曰：‘夫保存一身，孰若保全天下乎？’庞公笑曰：‘鸿鹄巢于高林之上，暮而得所栖；鼋鼍穴于深渊之下，夕而

得所宿。夫趣舍行止，亦人之巢穴也。且各得其栖宿而已，天下非所保也。'”（陶渊明自不及读范晔《后汉书》，然范书本集“众家《后汉书》”而作，庞公事必所熟谙。）“愧通识”之主语为我，“所保”之主语为彼。二句谓，就植杖翁隐居不仕之理，我有愧于通识，彼所保之理岂乃浅乎？

其 二

先师有遗训，忧道不忧贫①。
瞻望邈难逮，转欲志长勤②。
秉耒欢时务，解颜劝农人③。
平畴交远风，良苗亦怀新④。
虽未量岁功，即事多所欣⑤。
耕种有时息，行者无问津⑥。
日入相与归，壶浆劳近邻⑦。
长吟掩柴门，聊为陇亩民。

①先师，指孔子。《论语·卫灵公》：“子曰：‘君子谋道不谋食。耕也，馁在其中矣；学也，禄在其中矣。君子忧道不忧贫。'”

②邈，远，高。逮，及。长勤，指耕种。《左传》宣公十二年：“民生在勤，勤则不匮。”“瞻望”二句，谓孔子之训高远难以达到，转而立志于耕种。

③耒，农具名。时务，指春耕。解颜，开颜。

④畴，田地。良苗，此指麦苗。

⑤量，计。岁功，一年收成。即事，指劳动与风光景物。

⑥津，渡。问津，问渡。《论语·微子》：“长沮、桀溺耦而耕，孔子过之，使子路问津焉。”行者无问津，意即当世无忧世之贤士前来问路。

⑦壶浆，指酒。劳，慰问。

★沈德潜曰：“昔人问《诗经》何句最佳，或答曰：‘杨柳依依。’此一时兴到之言，然亦实自名句。倘有人问陶公何句最佳，愚答云：‘平畴交远风，良苗亦怀新。’亦一时兴到也。”（《古诗源》）此二句极平易，又极奇妙。陶渊明善于将自然人格化，赋予自然以情性而不著痕迹。平畴交于远风，麦苗也满怀春意。下一“交”字“怀”字，遂使诗人愉悦之情，染

上平畴绿野。

癸卯岁十二月中作与从弟敬远[①]

寝迹衡门下，邈与世相绝[②]。
顾盼莫谁知，荆扉昼常闭[③]。
凄凄岁暮风，翳翳经日雪[④]。
倾耳无希声，在目皓已洁[⑤]。
劲风侵襟袖，箪瓢谢屡设[⑥]。
萧索空宇中，了无一可悦。
历览千载书，时时见遗烈[⑦]。
高操非所攀，谬得固穷节[⑧]。
平津苟不由，栖迟讵为拙[⑨]。
寄意一言外，兹契谁能别[⑩]。

①从弟敬远，渊明有《祭从弟敬远文》，时“岁在辛亥，月惟仲秋”，即晋安帝义熙七年八月。敬远“年甫过立，奄与世辞”，知去世时年方三十。自义熙七年（411）逆推三十，知敬远生于孝武帝太元七年（382），小渊明十七岁。祭文又云：“惟我与尔，匪但亲友，父则同生，母则从母。”是敬远于渊明既是从弟，又是表弟。陶澍注引《豫章书》：“孟嘉以二女妻陶侃子茂之二子，一生渊明，一生敬远，是敬远之母为先生从母也。”

②寝迹，隐没行踪。衡门，横木为门，简陋居屋。邈，远。

③荆扉昼长闭，与《归去来辞》“门虽设而常关”意同。

④凄凄，寒凉貌。翳翳，遮蔽貌。

⑤希声，极细微之声。在目，凡目光所及，即无处不是。已，通“以”。大雪汪汪直下，闻到细微之声，倾耳听之，又若有若无。一眼望去，尽是茫茫大雪，既白又洁。

⑥箪，竹制食器。瓢，木制饮器。《论语·雍也》：“子曰：‘贤哉回也！一箪食，一瓢饮，在陋巷，人不堪其忧，回也不改其乐。’”虽设而无物可盛，故曰谢屡设。即《五柳先生传》“箪瓢屡空”之意。

⑦烈，光烈非常之人。

⑧谬得，胡乱得到。固穷节，清贫自守之节，用孔子“君子固穷”语。

⑨平津，犹坦途，指“固穷节”。苟，倘。不由，不走。栖迟，指隐遁。拙，朴拙，与“巧佞”相反，是褒词。

⑩契，体会。别，分辨，认识。

★沈德潜云：“（咏雪诗）愚于汉人得两语，曰‘前日风雪中，故人从此去’；于晋人得两语，曰‘倾耳无希声，在目皓已洁’；于宋人得一语，曰‘明月照积雪’；为千古咏雪之式。”（宋，南朝宋。明月照积雪，谢灵运句。）

始作镇军参军经曲阿作[①]

弱龄寄事外，委怀在琴书[②]。
被褐欣自得，屡空常晏如[③]。
时来苟冥会，宛辔憩通衢[④]。
投策命晨装，暂与园田疏[⑤]。
眇眇孤舟逝，绵绵归思纡[⑥]。
我行岂不遥，登降千里馀。
目倦川途异，心念山泽居。
望云惭高鸟，临水愧游鱼。
真想初在襟，谁谓形迹拘[⑦]！
聊且凭化迁，终返班生庐[⑧]。

①镇军参军，即镇军将军参军。晋安帝元兴三年甲辰（404），刘裕率军讨桓玄，收复建康，行镇军将军，镇京口。京口在晋陵丹徒县（今江苏镇江市东南），曲阿即晋陵曲阿县（今江苏丹阳县）。是年渊明四十岁。

②弱龄，年少之时。事，世事。委怀，犹专心。“弱龄”二句，与《辛丑岁七月赴假还江陵夜行涂口》开首四句略同。

③被褐，穿粗布衣。《老子》：“圣人被褐怀玉。”屡空，即箪瓢屡空，食用困乏。晏如，安然。《五柳先生传》：“短褐穿结，箪瓢屡空，晏如也。”

④时来，时机来到。苟，诚。冥会，自然暗合。宛，屈。宛辔，犹屈驾。

憩，息。通衢，大路。李善注：“言屈长往之驾，息于通衢之中。通衢，喻仕路也。”

⑤投策，犹弃杖。

⑥眇眇，辽远貌。绵绵，长不绝之貌。李善注：“绵绵，细微之思难断绝也。”

⑦真想，保真之想，指隐居保全真朴。《淮南子·氾论》：“全性保真，不以物累形。”初，一开始，犹言从来。在襟，在心怀。形迹拘，为形迹所拘，即《归去来辞》所谓“心为形役”。

⑧凭化迁，听任自然迁转。即《归去来辞》“聊乘化以归尽”。班生，班固。班固《幽通赋》：“终保已而贻则，里上仁之所庐。”返班生庐，即返回故居。末二句上下翻转读，其意自明：“终返班生庐，聊且凭化迁。”谓回返旧居，凭任自然，无须蹭蹬仕途。

归园田居五首[①]

少无适俗韵，性本爱丘山[②]。
误落尘网中，一去十三年[③]。
羁鸟恋旧林，池鱼思故渊[④]。
开荒南野际，守拙归园田[⑤]。
方宅十馀亩，草屋八九间[⑥]。
榆柳荫后檐，桃李罗堂前。
暧暧远人村，依依墟里烟[⑦]。
狗吠深巷中，鸡鸣桑树颠[⑧]。
户庭无尘杂，虚室有馀闲[⑨]。
久在樊笼里，复得返自然[⑩]！

①晋安帝义熙元年乙巳（405）八月，渊明为彭泽令，十一月即弃官归里，作《归去来兮辞》。其序云：“余家贫，耕植不足以自给。”“家叔以余贫苦，遂见用为小邑。于时风波未静，心惮远役。彭泽去家百里，公田之利，足以为酒，故便求之。及少日，眷然有归欤之情。何则？质性自然，非矫励所得。”“寻程氏妹丧于武昌，情在骏奔，自免去职。仲秋至冬，在官八十馀日。因事顺心，命篇曰《归去来兮》。乙巳十一月也。”时渊明四十一岁，自后不再出仕。《归

园田居》五首，作于义熙二年丙午（406）。园田，犹田园。

②适俗，适应世俗。韵，气韵，情调。

③落尘网，落入红尘罗网，喻自己出仕为官。十三年，一本误作“三十年”。渊明自太元十八年（393）起为江州祭酒，至义熙元年（405）为十三年。必系俗人误解诗意，妄加改动。

④羁鸟，羁留笼中之鸟。池鱼，陷入池中之鱼。

⑤守拙，守其朴拙。

⑥方，读如《诗·召南·鹊巢》“维鹊有巢，维鸠方之”之方，占有。《广雅·释诂》：“方，有也。”十馀亩，古亩较今亩小。《晋书·吴隐之传》：“数亩小宅，内外茅屋六间。”

⑦暧暧，深隐之貌。依依，留恋貌，此指其缓缓上升之貌。

⑧“狗吠”二句，语本汉乐府《鸡鸣》篇：“鸡鸣高树颠，狗吠深宫中。”改易数字而境界迥异。

⑨虚室，空室。馀，饶多也。馀闲，多暇。

⑩樊笼，关笼，关鸟之笼，喻官府。

★此渊明代表作。率尔写来，毫不着力，写宁静田园，千古一篇而已，后世拟之者莫有得其仿佛。

其　二

野外罕人事，穷巷寡轮鞅①。
白日掩荆扉，虚室绝尘想②。
时复墟里人，披草共来往。
相见无杂言，但道桑麻长。
桑麻日以长，我土日以广。
常恐霜霰至，零落同草莽③！

①鞅，驾车时套在马颈上皮带。轮鞅，代指车马。

②荆扉，柴门。尘想，世俗之想。

③霰（xiàn），雪珠。草莽，泛指野草。

★“常恐霜霰至，零落同草莽！”外似只道桑麻，实暗喻人生。渊明淡

于仕宦，却热爱生活，笔锋所及，处处流露出把握现实、充实人生之意。

其　三

种豆南山下，草盛豆苗稀[①]。
晨兴理荒秽，带月荷锄归。
道狭草木长，夕露沾我衣。
衣沾不足惜，但使愿无违。

①种豆南山，杨恽《报孙会宗书》："田彼南山，芜秽不治。种一顷豆，落而为萁。"

其　四

久去山泽游，浪莽林野娱[①]。
试携子侄辈，披榛步荒墟。
徘徊丘垅间，依依昔人居。
井灶有遗处，桑竹残朽株。
借问采薪者，此人皆焉如？
薪者向我言，死殁无复馀。
一世异朝市，此语真不虚[②]。
人生似幻化，终当归空无[③]。

①浪莽，放逸之貌。

②一世异朝市，古诗《步出夏门行》："市朝人异，千岁墓平。"

③人生似幻化，《列子·周穆王篇》："有生之气，有形之状，尽幻也。"《淮南子·精神》："化者，复归于无形也。"

其　五

怅恨独策还，崎岖历榛曲[①]。
山涧清且浅，遇以濯我足。

漉我新熟酒，只鸡招近局[②]。
日入室中暗，荆薪代明烛。
欢来苦夕短，已复至天旭[③]。

①怅恨，怀思失意之貌。策，扶杖。崎岖，高低不平。榛曲，丛林山曲。

②漉，以布滤酒。只鸡，整只鸡。二句犹《桃花源记》所谓“设酒杀鸡作食”。近局，近邻。

③天旭，天亮。

读《山海经》[①]

孟夏草木长，绕屋树扶疏[②]。
众鸟欣有托，吾亦爱吾庐。
既耕亦已种，时还读我书。
穷巷隔深辙，颇回故人车[③]。
欢然酌春酒，摘我园中蔬。
微雨从东来，好风与之俱。
泛览周王传，流观山海图[④]。
俯仰终宇宙，不乐复如何！

①《山海经》，书名，托为夏禹、伯益作，实战国时人所作。多记山川风物怪异，保有大量远古神话传说材料，晋有郭璞注。《读山海经》诗十三首，此其一，有组诗序言性质。

②孟夏，四月。扶疏，枝叶繁茂而错落有致。

③隔，绝。辙，车轮碾迹。车辙多，乃常有贵人来访。如《史记·陈丞相世家》：“至其家，乃负郭穷巷，以席为门，然门外多长者车辙。”隔深辙，即无贵人来访。

④周王传，即《穆天子传》。晋武帝太康二年，汲郡人不准（人名）盗发魏襄王墓，得此书。郭璞注本称《周王游行记》。记周穆王西巡狩及游畋事。山海图，《山海经》插有图像。

和郭主簿[1]

蔼蔼堂前林，中夏贮清阴[2]。
凯风因时来，回飚开我襟[3]。
息交游闲业，卧起弄书琴[4]。
园蔬有馀滋，旧谷犹储今[5]。
营己良有极，过足非所钦[6]。
舂秫作美酒，酒熟吾自斟[7]。
弱子戏我侧，学语未成音。
此事真复乐，聊用忘华簪[8]。
遥遥望白云，怀古一何深。

①郭主簿，生平不详。诗二首，此其一。
②蔼蔼，繁盛貌。
③凯风，南风。飚，风。
④息交，不事交游。游闲业，即下文“弄书琴”。
⑤馀，饶也。滋，多也。
⑥营己，经营一己生活。良，诚。极，限度。钦，求。
⑦秫，黏稻。
⑧华簪，华美髮簪，富贵者所用。

和刘柴桑[1]

山泽久见招，胡事乃踌躇[2]？
直为亲旧故，未忍言索居[3]。
良辰入奇怀，挈杖还西庐[4]。
荒涂无归人，时时见废墟。
茅茨已就治，新畴复应畬[5]。
谷风转凄薄，春醪解饥劬[6]。

弱女虽非男，慰情聊胜无[⑦]。
栖栖世中事，岁月共相疏[⑧]。
耕织称其用，过此奚所须。
去去百年外，身名同翳如[⑨]！

①刘柴桑，《隋书·经籍志》有《柴桑令刘遗民集》五卷，知刘柴桑即刘遗民。刘程之，字仲思，彭城人，曾为柴桑令，后隐居庐山西林，自号遗民。萧统《陶渊明传》称周续之、刘遗民与陶渊明为浔阳三隐。唐释元康《肇论疏》引慧远所作传，谓刘遗民于桓玄东下后入庐山隐居，居十二年卒。桓玄起兵于元兴元年（402），次年篡位。诗作于刘遗民归隐后三数年以后。此诗通篇为刘遗民设辞，非渊明自叙。

②山泽，山林川泽。踌躇，犹疑貌。首二句诗人问。

③直，乃。索居，离群独居。“直为”二句代刘答。

④良辰，佳日，指归隐之日。奇怀，犹高怀。挈，持。西庐，指庐西林庐舍。“良辰”二句仍紧承上文，决定归隐之日终入其胸怀，乃挈杖回返西庐。

⑤茅茨，茅屋。治，整。畴，田地。畬（yú），开垦，治理。《说文》：“畬，三岁治田也。”此泛指治理。

⑥谷风，东风。《诗·邶风·谷风》：“习习谷风，以阴以雨。”凄薄，寒凉貌。春醪，春酒。劬，劳。

⑦“弱女”二句，疑系刘遗民诗中以有女无男为憾，故渊明给以宽慰。惜刘诗已不可见。

⑧栖栖，急遽不安之貌。疏，希少。“栖栖”二句，言世间人事栖遑，然光阴迅速，彼此岁月都同样希少。

⑨翳如，湮没。如，助词。

移居二首[①]

昔欲居南村，非为卜其宅[②]；
闻多素心人，乐与数晨夕。
怀此颇有年，今日从兹役[③]。
弊庐何必广，取足蔽床席。
邻曲时时来，抗言谈在昔[④]。

奇文共欣赏，疑义相与析。

①义熙四年戊申（408）六月陶渊明柴桑里旧居失火，义熙六年庚戌（410）移居南里，亦即栗里。时渊明四十六岁。

②卜其宅，卜宅之吉凶。

③兹役，此次劳役，指搬家。

④抗言，高谈，热烈谈论。在昔，往事。

其　二

春秋多佳日，登高赋新诗。
过门更相呼，有酒斟酌之。
农务各自归，闲暇辄相思。
相思则披衣，言笑无厌时。
此理将不胜，无为忽去兹[①]。
衣食当须纪，力耕不吾欺[②]。

①将，岂。胜，强，好。

②纪，料理。

庚戌岁九月中于西田获早稻[①]

人生归有道，衣食固其端[②]。
孰是都不营，而以求自安[③]？
开春理常业，岁功聊可观。
晨出肆微勤，日入负耒还[④]。
山中饶霜露，风气亦先寒。
田家岂不苦，弗获辞此难。
四体诚乃疲，庶无异患干[⑤]。
盥濯息檐下，斗酒散襟颜[⑥]。

遥遥沮溺心，千载乃相关[7]。
但愿长如此，躬耕非所叹。

①庚戌岁，晋安帝义熙六年（410），时渊明四十六岁。
②“人生”二句，言生计所归，自有常道，而衣食固为首要。
③孰，谁。是，指衣食。
④肆，尽。勤，劳。
⑤四体，指手足。异患，特殊灾祸。干，犯。
⑥盥濯，洗沐。散襟颜，散心开颜。
⑦沮溺，长沮、桀溺。参见《辛丑岁七月赴假还江陵夜行涂口》诗注。

★“日入负耒还”与“带月荷锄归”，事无不同，诗境却异。“日入”，日乃与人远隔；“带月”，月则与人亲近。后者物与我契合，故境界特美。

试夷考魏晋以来诗人遭遇，曹植迁移道路，阮籍恸哭穷途，嵇康惨死，张华冤杀，潘岳殒身，机、云灭族，刘琨殉身北国，郭璞屈死南冈，然后知“四体诚乃疲，庶无异患干”之句中真谛，亦然后知陶渊明之所以眷眷于归隐田园也。

赠羊长史

左军羊长史，衔使秦川，作此与之[1]。

愚生三季后，慨然念黄虞[2]。
得知千载上，正赖古人书[3]。
贤圣留馀迹，事事在中都[4]。
岂忘游心目，关河不可逾[5]。
九域甫已一，逝将理舟舆[6]。
闻君当先迈，负疴不获俱[7]。
路若经商山，为我少踌躇。

多谢绮与角，精爽今何如[⑧]。
紫芝谁复采，深谷久应芜[⑨]。
驷马无贳患，贫贱有交娱[⑩]。
清谣结心曲，人乖运见疏[⑪]。
拥怀累代下，言尽意不舒[⑫]。

①义熙十三年丁巳（417），太尉刘裕北伐姚秦，克长安，执姚泓送京师。左将军朱龄石遣长史羊松龄往关中称贺，渊明作诗送行。是年渊明五十三岁。秦川，关中一带，实指长安。

②三季，夏商周三代。黄虞，黄帝与虞舜，代指古代。

③赖，依靠。

④中都，中州京都，指长安洛阳。

⑤游心目，纵目赏心。逾，越。南北割据，不可逾越。

⑥九域，九州。甫，始。一，统一。理舟舆，整治车船。二句谓一旦南北统一，定要整治车船前往。

⑦迈，行。疴，病。

⑧“路若”四句：商山，在今陕西商县境。少，稍。踌躇，徘徊，此指停留。多谢，多多致意。秦末汉初，东园公、绮里季、夏黄公、角里先生，隐居商山，称为四皓。参见阮籍《咏怀》其十七注。绮与角，即代指四皓。精爽，犹精神。

⑨“紫芝”二句：紫芝，菌名，木耳之一种，可食用，亦可入药。《古今乐录》：“四皓隐居，高祖聘之，不出。作歌曰：漠漠高山，深谷逶迤。晔晔紫芝，可以疗饥。唐虞世远，吾将安归，驷马高盖，其忧甚大。富贵而畏人兮，不若贫贱之肆志。”（按，此实后人拟作。）芜，荒。圣贤遗迹多在中州，九域统一即欲往游。然而对北行使者，即嘱其问商山精爽。盖分裂割据，丧乱未已，生存之计，仍在隐居也。

⑩驷马，高车驷马，代指高官。贳，宽缓，免除。无贳患，不免祸患。交娱，连结不尽之乐。

⑪ 清谣，指四皓之歌。乖，违。运，时运。二句谓古人（四皓）既已乖违，不可得见，而时运又复疏弃，唯有四皓清谣结于心曲。

⑫ 拥怀，怀抱思慕之心。舒，展。言尽意不舒，犹言尽而意不尽。

怨诗楚调示庞主簿邓侍中[①]

天道幽且远，鬼神茫昧然[②]。
结髪念善事，僶俛六九年[③]。
弱冠逢世阻，始室丧其偏[④]。
炎火屡焚如，螟蜮恣中田[⑤]。
风雨纵横至，收敛不盈廛[⑥]。
夏日长抱饥，寒夜无被眠。
造夕思鸡鸣，及晨愿乌迁[⑦]。
在己亦何怨，离忧凄目前[⑧]。
吁嗟身后名，于我若浮烟[⑨]。
慷慨独悲歌，锺期信为贤[⑩]。

①《怨诗》，《乐府诗集》属相和歌辞楚调曲。庞主簿，《宋书·裴松之传》："分遣大使巡行天下"，"主簿庞遵使南兖州"。《晋书·陶潜传》："其乡亲张野及周旋人羊松龄、庞遵等或有酒邀之。"知庞主簿即庞遵。遵，字通之。邓侍中，不详。诗中称"僶俛六九年"，知作于五十四岁，时晋安帝义熙十四年戊午（418）。是年，征陶渊明著作郎，不就。冬十二月，刘裕杀晋安帝，立司马德文，是为恭帝，改元元熙。

②幽，暧而不明。茫昧，渺茫幽昧。

③结髪，束髪，指少年时。僶俛，谨慎勤勉。

④弱冠，二十岁。阻，难。渊明二十岁在晋孝武帝太元九年甲申（384）。前一年三月，江西大水，平地五丈。八月，前秦苻坚大军南侵，淝水大战。始室，三十岁。《礼记·曲礼》："三十而有室，始理男事。"丧其偏，指丧妻。《诗·小雅·鸿雁》毛传："偏丧曰寡。"丧夫丧妻均可曰偏丧。

⑤炎火，喻大旱烈日。焚如，燃烧。如，助词。螟蜮，两种水稻害虫。恣，肆。《诗·小雅·大田》："去其冥螣，及其蟊贼，无害我田穉，田祖有神，秉畀炎火。"毛传："食心曰螟，食叶曰螣，食根曰蟊，食节曰贼。""炎火，盛阳也。"

⑥收敛，指庄稼收获。《诗·魏风·伐檀》毛传："一夫之居曰廛。"不盈廛，谓田地收入不足常年一廛所收。

⑦造夕，到晚上。思鸡鸣，即盼天亮。乌，古代传说谓太阳中有三足乌，此代指太阳。愿乌迁，即望天晚。

⑧离忧，遭忧。凄，悲。

⑨吁嗟，叹词。

⑩锺期，即锺子期，春秋时伯牙之知音。《列子·汤问篇》：“伯牙善鼓琴，锺子期善听。伯牙鼓琴，志在高山，锺子期曰：‘善哉，峨峨兮若泰山！’志在流水，锺子期曰：‘善哉，洋洋兮若江河！’”“伯牙游于泰山之阴，卒逢暴雨，止于岩下，心悲，乃援琴而鼓之。初为霖雨之操，更造崩山之音。曲每奏，锺子期辄穷其趣。”亦见《吕氏春秋·本味》。信，诚。锺期信为贤，实叹自己无知音。

杂诗二首①

白日沦西阿

白日沦西阿，素月出东岭②。
遥遥万里辉，荡荡空中景③。
风来入房户，夜中枕席冷。
气变悟时易，不眠知夕永④。
欲言无予和，挥杯劝孤影⑤。
日月掷人去，有志不获骋⑥。
念此怀悲凄，终晓不能静。

①《杂诗》共十二首，选二首。“白日沦西阿”篇原列第二。

②沦，落。阿，山曲。一作“河”。

③荡荡，广大貌。景，月光。

④时易，时节变换。夕永，夜长。

⑤无予和，无和予者。挥杯劝孤影，李白诗“举杯邀明月，对月成三人”即由此脱胎。

⑥掷，抛。骋，驰骋，施展。

★“白日沦西阿，素月出东岭。遥遥万里辉，荡荡空中景”，写黄昏满

月，极得其自然神韵。

忆我少壮时[①]

忆我少壮时，无乐自欣豫[②]。
猛志逸四海，骞翮思远翥[③]。
荏苒岁月颓，此心稍已去[④]。
值欢无复娱，每每多忧虑[⑤]。
气力渐衰损，转觉日不如。
壑舟无须臾，引我不得住[⑥]。
前途当几许，未知止泊处[⑦]。
古人惜寸阴，念此使人惧[⑧]。

①本篇原列第五。

②欣豫，高兴愉悦。句意谓纵无欢乐之事亦自愉悦。

③逸，超越。骞翮，展翅。远翥，高飞。

④荏苒（rěn rǎn），渐进貌。颓，消逝。

⑤值欢无复娱，纵逢欢乐之事亦不再觉愉快，与“无乐自欣豫”适相反。

⑥壑舟，《庄子·大宗师》：“夫藏舟于壑，藏山于泽，谓之固矣。然而夜半有力者负之而走，昧者不知也。”须臾，片刻。住，停留。此以壑舟喻生命之舟，迅速消逝。

⑦“前途”二句，仍以舟为喻，故云未知止泊处。当，犹尚。

⑧古人惜寸阴，《淮南子·原道训》：“圣人不贵尺之璧，而重寸之阴，时难得而易失也。”《晋书·陶侃传》：陶侃常语人曰：“大禹圣者，乃惜寸阴，至于众人，当惜分阴。岂可逸游荒醉，生无益于时，死无闻于后，是自弃也。”惧，警惕。

饮酒八首[①]

余闲居寡欢，兼比夜已长，偶有名酒，无夕不饮；顾影独尽，忽焉复醉。既醉之后，辄题数句自娱。纸墨遂多，辞无诠次，聊命故人书之，以为欢笑尔。

衰荣无定在[②]

衰荣无定在，彼此更共之[③]。
邵生瓜田中，宁似东陵时[④]？
寒暑有代谢，人道每如兹[⑤]。
达人解其会，逝将不复疑[⑥]。
忽与一觞酒，日夕欢相持[⑦]。

①《饮酒》诗二十首，选录八首。

②本篇原列第一。

③无定，不固定。彼此，指衰与荣。更，交替。

④邵生，即召平，秦东陵侯，秦亡后于长安城东种瓜为生。参见阮籍《咏怀·昔闻东陵瓜》。

⑤“寒暑”二句，谓自然寒暑有代谢，人道亦往往如此。

⑥达人，通达之人。会，理。逝将，助词，含有决断语气。《诗·魏风·硕鼠》：“逝将去女。”

⑦忽，速。

道丧向千载[①]

道丧向千载，人人惜其情[②]。
有酒不肯饮，但顾世间名。
所以贵我身，岂不在一生？
一生复能几，倏如流电惊[③]。
鼎鼎百年内，持此欲何成[④]？

①本篇原列第三。

②向，近。惜其情，吝惜人之所好，即下文之“世间名”。

③倏（shū），速。

④鼎鼎，扰攘貌。一作“订订”，逗遛之貌。《广韵》引《字林》：“订，逗遛也。”此，指世间名。

结庐在人境[①]

结庐在人境，而无车马喧[②]。
问君何能尔，心远地自偏[③]。
采菊东篱下，悠然见南山[④]。
山气日夕佳，飞鸟相与还。
此中有真意，欲辨已忘言[⑤]。

①本篇原列第五。

②无车马喧，因无官宦来往，故无车马喧声。

③“心远”句，心不热衷于仕宦，同仕宦之人无干，则地自僻静。

④悠然，超远貌。南山，当指庐山。

⑤真意，道家所谓真意，含有对宇宙人生之领悟，极难用其他词语加以表述，故下文云“欲辨已忘言”。《庄子·渔父》：“真者，所以受于天也，自然不可易也。故圣人法天贵真，不拘于俗。”辨，认识，辨析。忘言，无法用言语表达。《庄子·外物》：“言者所以在意，得意而忘言。”

★“采菊东篱下，悠然见南山。山气日夕佳，飞鸟相与还。”读此等诗句，亦有“此中有真意，欲辨已忘言”之感，与齐梁名句可以分析者完全异趣，其妙处无法以言语表达。注家或以采菊为用作药物，更谓南山为长寿象征，如此解释，大煞风景，诗固不可与迂腐论也。

秋菊有佳色[①]

秋菊有佳色，浥露掇其英[②]。
泛此忘忧物，远我遗世情[③]。
一觞虽独进，杯尽壶自倾。
日入群动息，归鸟趋林鸣[④]。
啸傲东轩下，聊复得此生[⑤]。

①本篇原列第七。

②浥露，沾带露水。掇，摘取。英，花。

③泛，泡浸。忘忧物，指酒。远，加远。

④群动，各种物类活动。

⑤啸傲，傲然歌啸。

清晨闻叩门[①]

清晨闻叩门，倒裳往自开[②]。
问子为谁欤？田父有好怀[③]。
壶浆远见候，疑我与时乖[④]。
“蓝缕茅檐下，未足为高栖[⑤]。
一世皆尚同，愿君汩其泥[⑥]。”
“深感父老言，禀气寡所谐[⑦]。
纡辔诚可学，违己讵非迷[⑧]！
且共欢此饮，吾驾不可回[⑨]！”

①本篇原列第九。

②倒裳，来不及穿好，表示急遽。

③好怀，犹美意。

④见候，给予问候。乖，违也，背也。与时乖，与时世乖违，即与时相背，不合时宜。

⑤蓝缕（lán lǚ），衣服破烂貌。高栖，高隐。

⑥同，同于世俗。《论语·子路》：“子曰：‘君子和而不同，小人同而不和。’”汩（gǔ），淈。汩其泥，搅起泥浆。《楚辞·渔父》：“屈原曰：‘举世皆浊我独清，众人皆醉我独醒，是以见放！’渔父曰：‘圣人不凝滞于物，而能与世推移。世人皆浊，何不淈其泥而扬其波？众人皆醉，何不餔其糟而歠其酾？’”“蓝缕”以下四句为田父劝勉之语。

⑦禀气，自然禀赋，天生本性。寡，少。谐，合。

⑧纡辔，拉转马缰，犹回车。喻改变方向，由栖隐改为出仕。违己，违背自己本心。讵，岂。迷，惑。

⑨吾驾不可回，与纡辔正相反。“深感”以下六句，渊明答田父之语。诗为答复有人劝其出仕而作。“吾驾不可回”，斩钉截铁，自是彭泽归来以后语。

《宋书》本传谓“义熙末征著作郎，不就”，或即其事。

故人赏我趣[①]

故人赏我趣，挈壶相与至[②]。
班荆坐松下，数斟已复醉[③]。
父老杂乱言，觞酌失行次。
不觉知有我，安知物为贵[④]。
悠悠迷所留，酒中有深味[⑤]。

①本篇原列第十四。

②挈，提。

③班，铺。荆，落叶灌木名。《左传》襄公二十六年：“班荆相与食，而复言故。”

④“不觉”二句：不觉有我，自然更不觉有物。所写固是醉态，实道家达观之极致。即《庄子·逍遥游》所谓“至人无己”。

⑤悠悠，安舒之貌，恍惚之状。迷所留，犹言忘却身在何处。留，一作“之”。

少年罕人事[①]

少年罕人事，游好在六经[②]。
行行向不惑，淹留遂无成[③]。
竟抱固穷节，饥寒饱所更[④]。
敝庐交悲风，荒草没前庭。
披褐守长夜，晨鸡不肯鸣。
孟公不在兹，终以翳吾情[⑤]。

①本篇原列第十六。

②六经，六部儒家经典，即《诗》《书》《易》《礼》《乐》《春秋》。

③行行，此指生命的进展。不惑，四十岁。《论语·为政》“四十而不惑”，故以不惑代指四十。此回顾当年“四十无闻”，非作诗之时。按，晋安帝义熙

元年（405）渊明为彭泽令，仅八十馀日即弃官归去。是年渊明刚过四十。回首当年，自觉淹留无所成就。淹留，停滞。《楚辞·九辩》："蹇淹留而无成。"

④竟抱，始终保持。固穷节，固守清贫不肯为非。用孔子"君子固穷"语。更，经受。

⑤孟公，东汉刘龚，字孟公，长安人。见《后汉书·苏竟传》。《高士传》："张仲蔚者，平陵人"，"隐身不仕"，"善属文，好诗赋，常居平素，所处蓬蒿没人"。"时人莫识，惟刘龚知之。"翳，隐蔽。此以仲蔚自比，言世无刘孟公，自无知我者。我终只有隐我心志，无可与言。《咏贫士》其六云："仲蔚爱穷居，绕宅生蒿蓬。翳然绝交情，赋诗颇能工。举世无知者，止有一刘龚。"可参看。

羲农去我久[①]

羲农去我久，举世少复真[②]。
汲汲鲁中叟，弥缝使其淳[③]。
凤鸟虽不至，礼乐暂得新[④]。
洙泗辍微响，漂流逮狂秦[⑤]。
《诗》《书》复何罪，一朝成灰尘[⑥]。
区区诸老翁，为事诚殷勤[⑦]。
如何绝世下，六籍无一亲[⑧]！
终日驰车走，不见所问津[⑨]。
若复不快饮，空负头上巾[⑩]。
但恨多谬误，君当恕醉人。

①本篇原列第二十。

②羲农，伏羲神农。代指上古淳朴之世。真，淳朴自然。

③汲汲，急切貌。鲁中叟，指孔子。弥缝，弥补缝合。"汲汲"二句，谓孔子四出奔走，希图弥补衰败，使世复归淳朴。

④凤鸟，传为祥瑞之鸟。《论语·子罕》："子曰：'凤鸟不至，河不出图，吾已矣夫！'"礼乐暂得新，谓孔子恢复先代礼乐。《论语·八佾》："子曰：'夏礼，吾能言之，杞不足征也；殷礼，吾能言之，宋不足征也。'"《子罕》："子曰：'吾自卫反鲁，然后乐正，雅颂各得其所。'"

⑤洙泗，二水名，在今山东曲阜县北。孔子设教于洙泗之间。《礼记·檀

弓》："曾子谓子夏曰：'吾与汝事夫子于洙泗之间。'"辍，止。微响，犹微言，精妙之言。《汉书·艺文志》："昔仲尼没而微言绝，七十子丧而大义乖。"漂流，谓时代混乱流荡。逮，至。狂秦，狂暴之秦。

⑥"《诗》《书》"二句，指秦始皇焚毁儒家典籍。始皇三十三年，纳李斯议，"史官非秦纪皆烧之。非博士官所职，天下敢有藏《诗》《书》百家语者，悉诣守、尉杂烧之。有敢偶语《诗》《书》者弃市"。见《史记·秦始皇本纪》。

⑦区区，犹拳拳，勤谨之貌。诸老翁，注家多谓指汉代经师。为事诚殷勤，指他们传授经典。

⑧绝世下，谓汉世既绝之后。六籍无一亲，指魏晋人崇尚老庄，轻视儒学。干宝《晋纪·总论》："学者以老庄为师而黜六经。"

⑨"终日"二句：亦用《论语·微子》"长沮、桀溺耦而耕，孔子过之，使子路问津"事。诗人自比长沮、桀溺，谓终日见世人驰车奔走，钻营利禄，而不见有如孔子者问津，意即无人探求治世之道。《癸卯岁始春怀古田舍》其二"耕种有时息，行者无问津"，与此意同。

⑩"若复"二句，若不快饮，空负头上儒巾。此貌此达观，实属无可奈何。既戴儒巾，当积极过问世务；世事既不可为，则只有饮酒，总比"终日驰车走"者差胜。注家多引《宋书·隐逸传》，谓陶渊明"取头上葛巾漉酒，毕，还复著之"。本传所载，已属荒诞，据以解诗，殊杀风景。

拟古六首①

仲春遘时雨

仲春遘时雨，始雷发东隅②。
众蛰各潜骇，草木纵横舒③。
翩翩新来燕，双双入我庐④。
先巢故尚在，相将还旧居⑤：
"自从分别来，门庭日荒芜。
我心固匪石，君情定何如⑥？"

①《拟古》九首，其九有"忽值山河改"之句，显系感晋宋易代而发。诗当作于刘宋永初元、二年间（420、421），渊明五十六七岁。"仲春遘时雨"篇原列第三。

②仲春，二月。遘，逢。东隅，东方。

③蛰，潜伏。众蛰，包括冬眠虫蚁与草木。潜骇，于潜伏中惊醒。舒，伸展。

④翩翩，飞貌。新来燕，新回来之燕。

⑤相将，相偕，相携。旧居，指燕子旧巢。

⑥“自从分别”四句，设想雌燕向雄燕所说情话。分别，指去年深秋南归。诗人设想燕子归时向两处分飞，今年重会。门庭，指其旧巢。我心匪石，用《诗·邶风·柏舟》“我心匪石，不可转也”句，谓爱情坚定不移。君，指雄燕。定，究竟。

★本篇写春天节令变换，春雷震响，时雨蒙蒙，草木舒发，燕子来归，生活气息极为浓烈。后段拟燕子情话，尤具幽默情趣。注家多解作闺情诗，则落入俗套，必使渊明地下慨叹。

迢迢百尺楼[①]

迢迢百尺楼，分明望四荒[②]。
暮作归云宅，朝为飞鸟堂[③]。
山河满目中，平原独茫茫[④]。
古时功名士，慷慨争此场[⑤]；
一旦百岁后，相与还北邙[⑥]。
松柏为人伐，高坟互低昂[⑦]。
颓基无遗主，游魂在何方[⑧]？
荣华诚足贵，亦复可怜伤！

①本篇原列第四。

②迢迢，高貌。四荒，四方遥远之地。

③“暮作”二句，写高楼无人居住荒废之状。

④茫茫，无垠貌。

⑤慷慨，激烈。此场，指满目山河、茫茫平原。

⑥百岁后，即死后。北邙，山名，在洛阳城东北，汉魏以来即为墓葬地，此即代指墓葬。

⑦低昂，或低或高。今日旧坟塌陷，明日又起新坟，故曰互低昂。
⑧颓基，崩塌之墓基。

东方有一士[①]

东方有一士，被服常不完。
三旬九遇食，十年著一冠[②]。
辛勤无此比，常有好容颜。
我欲观其人，晨去越河关。
青松夹路生，白云宿檐端。
知我故来意，取琴为我弹：
上弦警别鹤，下弦操孤鸾[③]。
愿留就君住，从今至岁寒[④]。

①本篇原列第五。所写东方士实即诗人自身写照。

②“三旬”句用《说苑·立节》：“子思居卫，贫甚，三旬而九食。”著，戴。

③别鹤、孤鸾，琴曲名。

④“岁寒”之义双关，既指岁暮，又喻坚持晚节。暗用《论语·子罕》“岁寒，然后知松柏之后凋也”语意。

日暮天无云[①]

日暮天无云，春风扇微和。
佳人美清夜，达曙酣且歌[②]。
歌竟长叹息，持此感人多：
皎皎云间月，灼灼叶中华[③]；
岂无一时好，不久当如何？

①本篇原列第七。
②美，爱。酣，欢畅。
③皎皎，明亮洁白貌。灼灼，花光灿烂貌。华，花。

少时壮且厉[①]

少时壮且厉，抚剑独行游[②]。
谁言行游近，张掖至幽州[③]。
饥食首阳薇，渴饮易水流[④]。
不见相知人，惟见古时丘[⑤]。
路边两高坟，伯牙与庄周[⑥]。
此士难再得，吾行欲何求[⑦]！

①本篇原列第八。

②厉，烈。

③张掖，郡名，今属甘肃。幽州，州名，今北京一带。一西一东，极言其远。

④首阳，山名，又名雷首山，在今山西永济县南。薇，植物名，嫩苗可食。传伯夷、叔齐耻食周粟，隐居首阳山，采薇而食。参见阮籍《咏怀》其二注。易水，大清河上源支流，发源于河北易县，有北中南三支，汇合后流入南拒马河。战国荆轲入秦，燕太子丹易水饯别。详见后《咏荆轲》诗注。

⑤丘，指坟墓。

⑥伯牙，春秋时人，善鼓琴。《吕氏春秋·本味》：“伯牙鼓琴，锺子期听之。方鼓琴而志在太山。锺子期曰：‘善哉乎鼓琴，巍巍乎若太山！’少选之间，而志在流水。锺子期又曰：‘善哉乎鼓琴，汤汤乎若流水！’锺子期死，伯牙破琴绝弦，终身不复鼓琴，以为世无足复为鼓琴者。”亦见《列子·汤问》。参见《怨诗楚调示庞主簿邓侍中》诗注。庄周，战国蒙人。《庄子·徐无鬼》：“庄子送葬，过惠子之墓。顾谓从者曰：‘郢人垩慢其鼻端，若蝇翼，使匠石斫之。匠石运斤成风，听而斫之，尽垩而鼻不伤。郢人立不失容。宋元君闻之，召匠石曰：“尝试为寡人为之！”匠石曰：“臣则尝能斫之。虽然，臣之质死久矣！”自夫子之死也，吾无与为质矣，吾无与言之矣！’”

⑦此士，指伯牙、庄周。伯牙、庄周并能知人，并有知己。渊明恨世无知者，故曰：“此士难再得，吾行欲何求！”

种桑长江边[1]

种桑长江边，三年望当采。
枝条始欲茂，忽值山河改[2]。
柯叶自摧折，根株浮沧海。
春蚕既无食，寒衣欲谁待？
本不植高原，今日复何悔！

①本篇原列第九。
②始，才。值，逢，遇。

★此诗以种桑长江之滨，根基薄弱，到遭摧折为喻，哀晋室之亡，殆无疑义。逯钦立引傅咸《桑树赋》序："世祖（晋武帝）昔为中垒将军，于直庐种桑一株，迄今三十馀年，其茂盛不衰。"赋云："惟皇晋之基命，爰于斯而发祥。"谓诗本此义而伸言东晋。联系合理。东晋偏安江左，朝纲不振，王室衰微，强臣跋扈，至刘裕崛起，终移晋祚，故有"本不植高原，今日复何悔"之叹。凡寓言影喻之作，只宜整体取义，无需一一泥合。注家于诗中词句，琐考史实，强行牵合，如是言人人殊，实无必要。

乞食

饥来驱我去，不知竟何之。
行行至斯里，叩门拙言辞。
主人解余意，遗赠岂虚来[1]。
谈谐终日夕，觞至辄倾杯。
情欣新知欢，言咏遂赋诗。
感子漂母惠，愧我非韩才[2]。
衔戢知何谢，冥报以相贻[3]。

①岂虚来，一作“副虚期”。

②“感子”二句：韩信少时贫苦，钓于淮阴城下。一漂母见韩信饥，给予饭食。后韩信佐汉高祖定天下，汉五年，封楚王。惠，恩。“信至国，召所从食漂母，赐千金。”见《史记·淮阴侯列传》。

③衔戢，于主人恩惠，衔之于口，藏之于心。戢，藏。冥报，死后报答于幽冥。相贻，相赠，此指报答。

咏荆轲[①]

燕丹善养士，志在报强嬴。
招集百夫良，岁暮得荆卿[②]。
君子死知己，提剑出燕京。
素骥鸣广陌，慷慨送我行。
雄髮指危冠，猛气冲长缨。
饮饯易水上，四座列群英。
渐离击悲筑，宋意唱高声。
萧萧哀风逝，淡淡寒波生。
商音更流涕，羽奏壮士惊。
心知去不归，且有后世名[③]。
登车何时顾，飞盖入秦庭。
凌厉越万里，逶迤过千城[④]。
图穷事自至，豪主正怔营[⑤]。
惜哉剑术疏，奇功遂不成。
其人虽已没，千载有馀情。

①荆轲，战国末卫人，好读书击剑。游于燕，爱燕之屠狗及善击筑者高渐离。时燕太子丹切志欲报秦仇，谋刺秦王政，乃善待荆轲。荆轲入秦，刺秦王不中，被杀害。见《史记·刺客列传》。参见左思《咏史》其六。建安诗人阮瑀亦有咏荆轲诗，渊明之作，后来居上。

②百夫良，百夫中之最雄俊者。一说，一人可当百夫者。指燕太子丹所养

豪士刺客。

③“君子”以下十六句，写荆轲入秦，燕太子丹等于易水饯别。燕京，今北京。素骥，白马。广陌，大道。危冠。高冠。筑，乐器名。商、羽为五音中之二音。《史记·刺客列传》：荆轲入秦，“太子及宾客知其事者，皆白衣冠以送之。至易水之上，既祖，取道，高渐离击筑，荆轲和而歌，为变徵之声，士皆垂泪涕泣。又前而为歌曰：‘风萧萧兮易水寒，壮士一去兮不复还！’复为羽声慷慨，士皆瞋目，髮尽上指冠。于是荆轲就车而去，终已不顾”。宋意，燕人。《淮南子·泰族训》：“荆轲西刺秦王，高渐离、宋意为击筑而歌于易水之上，闻者莫不瞋目裂眦，髮植穿冠。”且，犹将也。“心知”二句，谓心知此去不会活着归来，但将有后世之名。

④凌厉，奋迅貌。逶迤，曲折前行。

⑤“图穷”二句：荆轲至秦，以燕督亢地图献秦王。“秦王发图，图穷而匕首见。因左手把秦王之袖，而右手持匕首揕之。未至身，秦王惊，自引而起，袖绝。”“荆轲逐秦王，秦王环柱而走。群臣皆愕，卒起不意，尽失其度。”秦王拔剑断荆轲左股。荆轲以匕首擿秦王，不中。荆轲遂被杀。见《史记·刺客列传》。正，即。怔营，惊惶貌。

桃花源诗并记

晋太元中[①]，武陵人捕鱼为业[②]。缘溪行，忘路之远近。忽逢桃花林，夹岸数百步，中无杂树。芳草鲜美，落英缤纷。渔人甚异之。复前行，欲穷其林。林尽水源，便得一山。山有小口，仿佛若有光。便舍船，从口入。初极狭，才通人；复行数十步，豁然开朗，土地平旷，屋舍俨然[③]，有良田美池桑竹之属。阡陌交通，鸡犬相闻。其中往来种作男女，衣著悉如外人。黄髮垂髫[④]，并怡然自乐。见渔人，乃大惊，问所从来。具答之。便要还家，设酒杀鸡作食。村中闻有此人，咸来问讯，自云“先世避秦时乱，率妻子邑人来此绝境[⑤]，不复出焉，遂与外人间隔。”问“今是何世？”乃不知有汉，无论魏晋。此人一一为具言，所闻皆叹惋。余人各复延至其家，皆出酒食。停数日，辞去。此中人语云：“不足为外人道也！”既出，得其船，便扶向路，处处志之[⑥]。及郡下，诣太守，说如此。太守即遣人随其往，寻向所志，遂迷，不复得路。南阳刘子骥，高尚士也，闻之，欣然规往，未果，寻病终。后遂无问津者⑦。

嬴氏乱天纪，贤者避其世⑧。
黄绮之商山，伊人亦云逝⑨。
往迹浸复湮，来径遂荒废⑩。
相命肆农耕，日入从所憩⑪。
桑竹垂馀荫，菽稷随时艺⑫。
春蚕收长丝，秋熟靡王税⑬。
荒路暧交通，鸡犬互鸣吠。
俎豆犹古法，衣裳无新制⑭。
童孺纵行歌，斑白欢游诣⑮。
草荣识节和，木衰知风厉。
虽无纪历志，四时自成岁⑯。
怡然有馀乐，于何劳智慧。
奇踪隐五百，一朝敞神界⑰。
淳薄既异源，旋复还幽蔽⑱。
借问游方士，焉测尘嚣外⑲！
愿言蹑轻风，高举寻吾契⑳。

①太元，晋孝武帝年号，凡二十一年（376—396）。记中称“晋”，则作于晋亡之后。假定“太元中”为太元十年（385），下距宋永初元年（420）仅三十五年。

②武陵，今湖南常德。

③俨然，齐整之貌。

④黄髮，老人；人老则髮黄。垂髫，垂髮，指小孩。

⑤绝境，与世隔绝之境。

⑥扶向路，沿原来之路。志，留下标志。

⑦南阳刘子骥，《晋书·刘驎之传》："刘驎之，字子骥"，"南阳人。虚退寡欲，不修仪操，人莫之知；好游山泽，志存遁逸"。规往，计划前往。未果，未实现。寻，不久。问津，问渡，此指探问桃花源。

⑧嬴氏，秦王姓嬴，此指秦始皇嬴政。乱天纪，悖乱天时。语本《书·胤征》"俶扰天纪"。纪，纲纪，秩序。

⑨黄绮，夏黄公与绮里季，代指商山四皓。参见《赠羊长史》诗注。伊人，指桃花源中人。逝，逃遁。

⑩往迹，前往桃花源之迹。浸，渐。湮，灭。

⑪ 相命，相互督促。肆，致力。憩，休息。

⑫ 艺，种植。

⑬ 靡，无。

⑭ 俎豆，祭祀用两种礼器，代指祭祀礼仪。无新制，亦即循古法。

⑮ 童孺，儿童。纵，任情。斑白，花白头发，指老人。

⑯ 纪历志，历书。

⑰ 奇踪，奇迹，指桃源隐居。五百，自秦统一至晋太元中已六百年，"五百"约而言之。一朝敞神界，指被渔人发现。神，奇。

⑱ "淳薄"二句，谓桃花源淳厚，世间浇薄。根本不同，故刚敞开又复幽蔽；即"遂迷不复得路"。

⑲ 游方士，游于方内之士，即世俗之人。《庄子·大宗师》："孔子曰：'彼游方之外者也，而丘游方之内者也。'"方，犹域，尘世。尘嚣，尘土喧嚣，指俗世。尘嚣外，即方之外，世俗之外。

⑳ 愿言，希望，但愿。蹑，踏，乘。蹑轻风，犹《庄子·逍遥游》所谓"御风而行，泠然善也"。契，契合。吾契，指桃源中人。

★桃花源事或系根据传闻，加以美化。古代人民稀少，山林幽邃，避乱人民筚路蓝缕，进入深山，遂与外人间隔，并非绝无可能。汉末田畴"入徐无山中，营深险平敞地而居，躬耕以养父母。百姓归之，数年间至五千馀家"，即其一例（见《三国志·田畴传》）。陶渊明在《拟古》其二中予以歌颂。然桃花源之要不在此，武陵渔人有否如此奇遇亦无关重要。要在于桃花源乃诗人理想之体现，希望所寄托。自汉末群雄割据，历三国两晋二百年间，朝廷倾轧，战乱频仍；迄于晋末，有加无已。乱离民众，孰不若适彼乐土。故渊明之愿望，实亦广大人民之愿望。再扩而伸之，历代王朝，有几日太平安静！"乱世长而化世少"，安乐难而祸患多。人民当乱

世，“踢高天，蹐厚地，犹恐有镇压之祸也。逮至清世，则复入于矫枉过正之检。老者耄矣，不能及宽饶之俗；少者方壮，将复困于衰乱之时”（仲长统语）。世代相传，祸乱相续，苦海苍生，又孰不欲适彼乐国！是以渊明桃花源之作出，世外桃源即成为理想世界之代称，千古人民所遐望，此决非偶然。或谓世外桃源绝不存在，此无非诗人之假想，中国式乌托邦。固然如此。但诗人能表达此理，即已可矣，何必一定要其存在？提出问题，展示理想，即此已为难能，不宜更有苛求。

陶渊明以田园诗名世。或问渊明生活之东晋农村，是否真如此安宁幽静？苟非如此，则诗人岂非粉饰美化封建社会？答曰：安宁幽静诚无，美化粉饰则非。渊明笔下之农村，既有“暧暧远人村，依依墟里烟；狗吠深巷中，鸡鸣桑树颠”，又有“风雨纵横至，收敛不盈廛；夏日长抱饥，寒夜无被眠”，二者不可分割。自然之美与生活之恶，统一于同一环境。更何况《归园田居》所描绘之安宁幽静，无非是有意与倾轧污秽之官场社会相对；换言之，亦同样是理想境界。园田居即不用渔人发现之桃花源，桃花源即蒙上传奇纱幕之园田居：两者是同一世界，同一诗人理想之彼岸。

拟挽歌辞二首①

有生必有死，早终非命促。
昨暮同为人，今旦在鬼录。
魂气散何之，枯形寄空木②。
娇儿索父啼，良友抚我哭。
得失不复知，是非安能觉。
千秋万岁后，谁知荣与辱。
但恨在世时，饮酒不得足！

①《挽歌辞》，《乐府诗集》属相和歌辞相和曲。挽歌为丧歌，传为挽丧车者所唱，故曰挽歌，词多哀悼之意。陶渊明挽歌为自制丧歌。《自祭文》曰：“岁惟丁卯，律中无射。天寒夜长，风气萧索。鸿雁于征，草木黄落。陶子将辞逆旅之馆，永归于本宅。”丁卯为宋文帝元嘉四年（427），时陶渊明六十三

岁。律中无射即九月。挽歌当为同时之作。两月之后，诗人即与世长辞。挽歌共三首，录一、三两篇。

②空木，指棺材。

其 二

荒草何茫茫，白杨亦萧萧。
严霜九月中，送我出远郊。
四面无人居，高坟正嶕峣①。
马为仰天鸣，风为自萧条②。
幽室一以闭，千年不复朝③。
千年不复朝，贤达无奈何！
向来相送人，各自还其家。
亲戚或馀悲，他人亦已歌④。
死去何所道，托体同山阿！

①嶕峣（jiāo yáo），高耸貌。
②自，我。萧条，凄清。
③幽室，指圹穴。朝，开。
④亦，又。

★其一故自作旷达，末恨饮酒不得足，以幽默出之，旷达而不无情致。其二描绘坟地荒凉景象，设想他人生活情态。“活人忙着活人的事，死者做着悠长的梦”，诗人感慨，实对人生无限依恋。

中华传世诗选

两汉魏晋南北朝诗卷

宋诗

谢世基

谢世基（？—426），宋领军将军谢晦之侄。谢晦于宋少帝刘义符朝与徐羡之、傅亮共同辅政。后少帝被废，时晦为辅军将军、荆史刺史。元嘉三年，宋文帝杀徐羡之、傅亮，谢晦在荆州举兵对抗，失败被杀，谢世基等亦被杀戮。谢晦死时年三十七，世基当甚年轻。

临终连句①

伟哉横海鳞，壮矣垂天翼②。
一旦失风水，翻为蝼蚁食③！

①《宋书·谢晦传》：世基，绚之子也。有才气，临死为连句诗云云。晦续之曰“功遂侔昔人，保退无智力，既涉太行险，斯路信难陟”。南朝连句系各作四句，四句可以独立成篇。

②“伟哉”二句：鳞，鱼。此用《庄子·逍遥游》：“北溟有鱼，其名为鲲，鲲之大，不知其几千里也。化而为鸟，其名为鹏。鹏之背，不知其几千里也。怒而飞，其翼若垂天之云。”

③“一旦”二句，贾谊《吊屈原赋》：“彼寻常之污渎兮。岂能容夫吞舟之巨鱼？横江湖之鳣鲸兮，固将制于蝼蚁！”

谢灵运

谢灵运（385—433），小名客儿，后世常称谢客。祖籍陈郡阳夏（今河南太康县），实为会稽始宁（今浙江上虞县）人，东晋名将谢玄之孙，袭封康乐公。晋亡之前，曾两度出仕，都坐事免职。刘裕代晋，降爵为侯，为散骑常侍，转太子左卫律。永初三年（422），出为永嘉太守，在郡不理政事，才及一年即挂冠。元嘉三年（426），宋文帝刘义隆召谢灵运晋京，为秘书监，迁侍中。两年以后又辞官。回家游山玩水，“寻山陟岭，必造幽峻，岩嶂千重，莫不备尽”（《宋书》本传）。灵运又大事产业，与地方官迕，被迫晋京待命。元嘉七年（430），出任临川内史。依然在郡游放，不恤民事，为监察官弹劾，并因抗拒逮捕成为叛逆，被流放广州，随后在广州弃市，年四十九。原有集，已散佚，明人辑有《谢康乐集》。

东晋玄言诗，原于士大夫纵酒谈玄风气，其诗作“理过其辞，淡乎寡味”（《诗品》序），缺乏艺术生命力。至义熙间，殷仲文、谢混以及湛方生等人，起而改变玄风，以模写山水取代玄言，如此萌发出山水诗。但他们成就有限。到刘宋之初，山水诗才灼然光大。《文心雕龙·明诗篇》谓“宋初文咏，体有因革，庄老告退，而山水方滋”。谢灵运即为其中主帅。灵运学问渊博，功力深厚，集中全力摹写山水，将诗歌题材向自然领域大力扩展，蔚然成为大家，在诗史上辟出一全新世界，其功业诚不可泯灭，然当时山水诗尚在发展初期，诗人面对此广阔天地，尚不知如何措手。谢灵运乃用汉魏两晋作赋之法以作诗，铺陈排比，骈骊连翩，正面描绘山形水态，却缺乏个性，未能融情入景，且仍带有玄言馀气。汤惠休谓

“颜诗如镂彩错金”，诚非虚语；谢诗如“芙蓉出水”，则未免过言。灵运诗不乏清俊自然之好句，却少有省净隽永之名篇。晋宋之际，陶渊明田园诗与谢灵运山水诗后先相继，两者为密尔近邻，然终属不同领域。“暧暧远人村，依依墟里烟”，所写为墟里村庄，现实生活；“白云抱幽石，绿筱媚清涟”，所写乃水石云树，自然风物。模写对象不同本无关于诗艺优劣，然渊明之自然优美，非灵运之雕琢刻镂所可比拟；虽双峰并峙而相悬高下。

邻里相送至方山①

祇役出皇邑，相期憩瓯越②。
解缆及流潮，怀旧不能发③。
析析就衰林，皎皎明秋月④。
含情易为盈，遇物难可歇⑤。
积疴谢生虑，寡欲罕所阙⑥。
资此永幽栖，岂伊年岁别⑦！
各勉日新志，音尘慰寂蔑⑧。

①方山，在江苏江宁县南五十里。《丹阳记》：“山形方如印，故曰方山，亦名天印山。”永初三年壬戌（422）五月，宋武帝去世，少帝即位，是年七月，出灵运为永嘉太守。此诗为谢灵运离建业赴永嘉于方山告别亲友时作。是年灵运三十八岁。

②祇（zhī），敬。祇役，奉命赴役。皇邑，京城。指刘宋首都建康（今南京市）。憩（qì），休息。瓯越，指永嘉郡，今浙江温州，其地汉属东瓯，亦称东越。

③缆，系船缆绳。及，趁。怀旧，怀恋邻里旧友。

④析析，风吹木声。皎皎，光洁貌。

⑤盈，满。物，指衰林秋月。二句谓含怀旧之情，容易觉胸中充满哀伤；遇衰林秋月，伤感之情更难以止歇。

⑥积疴，长年患病。谢，绝。生虑，生活谋虑。罕，少。二句谓长年患病，

也就屏绝生活追求；欲望本来就少，更不觉有何不足。

⑦资此，借此，指出守永嘉。幽栖，幽居栖息。岂伊，岂惟。二句谓我将借此隐居，岂只是一年半载分别。

⑧勉，勉励。日新，日益上进。《礼记·大学》："日日新，又日新。"《易·大畜》："日新其德。"音尘，音讯。寂蔑，犹寂寞。

过始宁墅①

束髮怀耿介，逐物遂推迁②。
违志似如昨，二纪及兹年③。
淄磷谢清旷，疲苶惭贞坚④。
拙疾相倚薄，还得静者便⑤。
剖竹守沧海，枉帆过旧山⑥。
山行穷登顿，水涉尽洄沿⑦。
岩峭岭稠叠，洲萦渚连绵⑧。
白云抱幽石，绿篠媚清涟⑨。
葺宇临洄江，筑观基层颠⑩。
挥手告乡曲，三载期归旋⑪。
且为树枌槚，无令孤愿言⑫。

①始宁墅，谢灵运在始宁（今浙江上虞县东南）东山别墅。《宋书·谢灵运传》："灵运父祖并葬始宁县，并有故宅及墅。"此永初三年秋，灵运赴永嘉过始宁时作。

②束髮，古代男童束髮为髻，因以代指童年。耿介，守正不阿之操节。逐物，追逐世俗名利。推迁，变化迁移。

③违志，即违背耿介之志。二纪，十二年为一纪，二纪为二十四年。据《初去郡》"牵丝及元兴，解龟在景平"，知灵运于晋安帝元兴初（402）出仕，至永初三年（422），首尾二十一年，"二纪"概而言之。

④淄磷，喻意志薄弱。《论语·阳货》："子曰：'不曰坚乎，磨而不磷；不曰白乎，涅而不缁。'"磷，薄。涅，污染。缁，黑。谢，与下句"惭"互文，亦惭愧之意。清旷，清高疏旷之人。疲苶（nié），疲软困倦貌。《庄子·齐物

论》："茶然疲役而不知其所归。"贞坚，贞坚之士。

⑤拙疾，心愚拙而身疾病。相倚薄，相互依附。还，反。静者，淡于世务之士。《老子》："归根曰静，是谓复命。"

⑥剖竹，即受任为官。汉制太守赴郡，以竹为符信，剖分为二，一半付郡守，一半留朝廷。守沧海，指为永嘉太守，因永嘉临海故云。枉，曲绕。帆，代指船。旧山，指始宁。

⑦登顿，上山与下山。洄，逆流而上。沿，顺流而下。

⑧峭，险峻陡峭。稠叠，密密层层。萦，旋绕。连绵不断。

⑨篠（xiǎo），细竹。清涟，清波。《诗·魏风·伐檀》："河水清且涟漪。"

⑩葺，修治。"葺宇"与"筑观"互文，修筑屋宇台观。基，立。层颠，高山峰顶。

⑪ 乡曲，乡邻。

⑫ 树，植。枌檟，榆树楸树。孤，辜负。愿言，愿望。言，助词。

七里濑①

羁心积秋晨，晨积展游眺②。
孤客伤逝湍，徒旅苦奔峭③。
石浅水潺湲，日落山照曜④。
荒林纷沃若，哀禽相叫啸⑤。
遭物悼迁斥，存期得要妙⑥。
既秉上皇心，岂屑末代诮⑦？
目睹严子濑，想属任公钓⑧。
谁谓古今殊，异代可同调⑨。

①七里濑（lài），在浙江桐庐富春江上，又名富春渚，其下数里为严陵滩。水流沙上为濑。此灵运赴永嘉道富春时作。

②羁心，羁旅愁思。积，聚集。句意谓羁旅之情积于秋晨。展，申展。游眺，游赏眺望。

③逝湍，奔逝之急流。《论语·子罕》："子在川上曰：'逝者如斯夫，不舍昼夜！'"诗隐用其意。奔，崩落。奔峭，谓江岸陡峭若崩。

④潺湲（chán yuán），水流貌。日落，日光下照。照曜，日光闪耀貌。

⑤纷，多。沃若，繁茂之貌。

⑥遭物，遇到旅途艰险事物。悼，伤。迁斥，迁移贬谪。《谢灵运传》："少帝即位，权在大臣。灵运构扇异同，非毁执政，司徒徐羡之等患之，出为永嘉太守。"知灵运出守永嘉，实受朝臣排斥。存，想。期，希冀。要妙，精微玄妙之道。《老子》："不贵其师，不爱其资，虽智大迷。是谓要妙。"

⑦秉，持。上皇，上古帝王。上古人们生活简朴，恬淡寡欲；上皇心，即恬淡之心。屑，顾。末代，衰乱之世。诮，讥诮。

⑧严子濑，即严陵滩，东汉严光隐居垂钓之地。严光，字子陵，会稽余姚人，少与刘秀同游学，刘秀即帝位，即光武帝，征为谏议大夫，光不肯受，隐居富春江畔，渔钓以终。想属，联想。任公钓，《庄子·外物》载任公子以长绳大钩，用五十犍牛为饵，钓于东海，垂钓一年，得大鱼，自淛河（浙江）以东，苍梧以北，人人得以饱食。此以任公钓喻放浪自由的生活。

⑨调，音调，喻志愿。同调，相同志趣。

郡东山望溟海①

开春献初岁，白日出悠悠；
荡志将愉乐，瞰海庶忘忧②。
策马步兰皋，绁控息椒丘③。
采蕙遵大薄，搴若履长洲④；
白花皜阳林，紫翘晔春流⑤。
非徒不弭忘，览物情弥遒⑥。
萱苏始无慰，寂寞终可求⑦。

①郡，即永嘉郡。东山，一名华盖山，在永嘉县东。据《永初三年七月十六日之郡初发都》及本传"在郡一周，称疾去职"语，知灵运在永嘉为永初三年秋至景平元年秋。则此诗必作于景平元年癸亥（423）年初，时灵运三十九岁。

②献，进，至。初岁，年初。悠悠，闲舒貌。荡志，排遣心情。瞰海，此指山上望海。《楚辞·九章·思美人》："开春发岁兮，白日出之悠悠。吾将荡志而愉乐兮，遵江夏以娱忧。"

③策马，以鞭赶马。步，徐行。皋，水边地。绁（xiè），系。控，"鞚"之借字，马勒。《楚辞·离骚》："步余马于兰皋兮，驰椒丘且焉止息。"

④蕙，香草名，亦称蕙兰。遵，沿。薄，草木丛生之地。搴，采。若，香草名，即杜若。履，徒步。《楚辞·九章·思美人》："揽大薄之芳茝兮，搴长洲之宿莽。"《九歌·湘君》："采芳洲兮杜若，将以遗兮下女。"

⑤皜，洁白闪光。阳林，南向之林。紫翘，紫色花。晔，光华耀目。"白花"句承"采蕙遵大薄"，白花即蕙兰之花；"紫翘"句承"搴若履长洲"，紫翘即杜若之花。

⑥非徒，非但。弭，止息。不弭忘，指不忘忧。《诗·小雅·沔水》："心之忧矣，不可弭忘。"览物，指上述香草。情弥遒，心情愈加迫切。

⑦萱苏，萱草，古人称为忘忧草。《诗·卫风·伯兮》："焉得谖草，言树之背。"谖，同萱。寂寞，谓默处山林。二句谓萱草从来不足以致慰，最终唯有寂寞乃可求。

登池上楼①

潜虬媚幽姿，飞鸿响远音②。
薄霄愧云浮，栖川怍渊沉③。
进德智所拙，退耕力不任④。
徇禄反穷海，卧疴对空林⑤。
衾枕昧节候，褰开暂窥临⑥。
倾耳聆波澜，举目眺岖嵚⑦。
初景革绪风，新阳改故阴⑧。
池塘生春草，园柳变鸣禽⑨。
祁祁伤豳歌，萋萋感楚吟⑩。
索居易永久，离群难处心⑪。
持操岂独古，无闷征在今⑫。

①池上楼，在永嘉郡。池，后称谢公池。《太平寰宇记》："谢公池，在温州西北三里，积谷山东，池塘生春草即此处。"诗作于景平元年（423）初春。

②虬，有角龙。潜虬，潜藏之虬。媚，爱惜。鸿，大雁。

③薄，迫近。霄，云霄。云浮，指飞鸿。怍，愧。渊沉，指潜虬。第三句承第二句，第四句承第一句。《文选》李善注："虬以深潜而保真。鸿以高飞而

远害；今已婴俗网，故有愧虬鸿也。”

④进德，造就德业。《易·乾·文言》：“君子进德修业，欲及时也。”智所拙，智所不能。退耕，退隐归耕。力不任，力不胜任。

⑤徇禄，追求俸禄。指做官。反，回到。穷海，指永嘉。卧疴，卧病。

⑥昧，忘却。节候，时令气候。褰，揭开。一本无“衾枕”二句。

⑦聆，听。眺，望。岖嵚，山高峻貌，此代指高山。

⑧初景，与下句“新阳”均指初春阳光。革，除。绪风，冬馀寒风。故阴，冬天阴冷。

⑨塘，堤。古代水池，圆者曰池，方者曰塘。诗中“池塘”即释为贮水池塘，原亦可通，然与“园柳”相对，则以训“堤”为是。变，动也，犹言活跃，喧闹。馀详星评。

⑩祁祁，多貌。《诗·豳风·七月》：“春日迟迟，采蘩祁祁。”萋萋，草盛貌。《楚辞·招隐士》：“王孙游兮不归，春草生兮萋萋。”

⑪ 索居，寂寞独居。

⑫ 持操，坚持操守。无闷，《易·乾·文言》：“龙德而隐者也，不易乎世，不成乎名，遁世无闷。”谓隐遁于世者无所忧闷。征，证实。末二句言“遁世无闷”者不独古人，证之于今亦有之，意谓自己亦有此操守。

★《登池上楼》为谢诗代表作。全诗三段，议论式牢骚开头，然后描绘景物，终了带表态式玄言结尾：严谨然而板拙，此谢诗典型结构。一韵到底，对偶始终，造语奇丽，刻画细致。《文心雕龙·明诗篇》谓宋初文咏“俪采百字之偶，争价一句之奇；情必极貌以写物，辞必穷力而追新”，本诗即其典例（一本无“衾枕昧节候，褰开暂窥临”二句，诗恰一百字）。

锺嵘《诗品》引《谢氏家录》：“谢康乐每对惠连，辄得佳语。后在永嘉西堂，思诗竟日不就，寤寐间忽见惠连，即成‘池塘生春草’。故常云：‘此语有神助，非我语也。’”此属诗家传闻佳话。历代注家都对此五字赞赏不迭。吴可《学诗》诗云：“春草池塘一句子，惊天动地至今传。”元遗山《论诗绝句》亦云：“池塘春草谢家春，万古千秋五字新。”诗句实亦平常，只因灵运诗过于雕琢，而此五字得之自然，所以特别突出。鲍明远谓“谢诗如初发芙蓉，自然可爱”，惟此类诗句足以当之。

“池塘”一联，古来都称道“池塘生春草”，而忽视“园柳变鸣禽”。盖注家训“变”为变换、改变之意；意谓时令变了，园柳上的鸣禽也随之变换。这样理解，诗句显得别扭拙劣。故均不提及。按，“变”应训“动也”。《国语·楚语上》“故变而不勤”，韦昭注：“变，动也。”《礼记·檀弓上》“不可以变”，郑玄注：“变，动也。”在句中犹言活跃、喧闹；池塘长出了春草，园柳喧闹着鸣禽，状满园春色，盎然可爱。如此理解，则作意全出。

游南亭[①]

时竟夕澄霁，云归日西驰[②]。
密林含馀清，远峰隐半规[③]。
久痗昏垫苦，旅馆眺郊歧[④]。
泽兰渐被径，芙蓉始发池[⑤]。
未厌青春好，已睹朱明移[⑥]。
戚戚感物叹，星星白鬓垂[⑦]。
药饵情所止，衰疾忽在斯[⑧]。
逝将候秋水，息景偃旧崖[⑨]。
我志谁与亮，赏心惟良知[⑩]。

①南亭，在永嘉境。诗作于景平元年（423）初夏。

②时竟，逯钦立《先秦汉魏晋南北朝诗》注：“按李善注《文选》竟应作雨。”逯说非。“时”应作雨。竟，终也。雨竟即雨止。“雨竟”与“云归”，两者相对。“雨竟”二句，谓雨后暮天澄碧，云归晚日西驰。

③馀清，雨后清凉之气。规，圆，此指太阳。远峰隐半规，谓山衔落日，只剩半圆。

④痗，病。此作动词，犹言厌恶。昏垫，迷惘沉溺。《书·益稷》：“洪水滔天，浩浩怀山襄陵，下民昏垫。”本谓困于水灾，此指苦于淫雨。旅馆，临时停驻。郊歧，郊外道路。

⑤被径，覆盖道路。《楚辞·招魂》：“皋兰被径兮斯路渐。”芙蓉，荷花。《招魂》：“芙蓉始发，杂芰荷些！”

⑥厌，满足。青春，春天。好，美。《楚辞·大招》：“青春受谢，白日昭只！”朱明，夏日。《尔雅·释天》：“夏为朱明。”

⑦戚戚，忧思貌。星星，指白鬓。《文选》李善注引左思《白鬓赋》：“星

星白鬓，生于鬓垂。”

⑧药饵，当作“乐饵”。《老子》：“乐与饵，过客止。”诗正用此语。谓音乐与食物乃人情之所止；此以喻平庸生活。

⑨候，待。秋水，《庄子·秋水》有“秋水时至，百川灌河”之语，此代指秋天。景，同影。影随其形，故息影亦即息形。偃，藏。旧崖，犹旧山。二句表示将弃官归隐，一待秋来，将息影藏身于旧山之崖。

⑩我志，即弃官归隐之志。亮，信，犹言理解。赏心，会我心意。良知，良友。

游赤石进帆海①

首夏犹清和，芳草亦未歇。
水宿淹晨暮，阴霞屡兴没②。
周览倦瀛壖，况乃陵穷髮③。
川后时安流，天吴静不发④。
扬帆采石华，挂席拾海月⑤。
溟涨无端倪，虚舟有超越⑥。
仲连轻齐组，子牟眷魏阙⑦。
矜名道不足，适己物可忽⑧。
请附任公言，终然谢夭伐⑨。

①赤石，灵运《游名山志》：“永宁、安固二县中路东南便是赤石，又枕海。”永宁，今浙江永嘉县。安固，今浙江瑞安县。帆海，赤石东海域之名。宋郑缉之《永嘉郡记》：“帆游山，地昔为海，多过舟，故山以帆名。”其地即谢诗中之帆海，晋宋之际尚为海。诗作于景平元年（423）初夏。

②水宿，水上生活，谓日夜在舟中。淹，久留。阴霞，即霞。晚霞灭则夜色来，黑夜尽则朝霞起，故曰“阴霞屡兴没”，即“淹晨暮”所见。

③周览，周遍游览。瀛壖，大海岸边。陵，横渡。穷髮，《庄子·逍遥游》：“穷髮之北，有冥海者，天池也。”原意为极北不毛之地，此代指遥远海域。二句谓既游遍海岸，又远越海中。

④川后，波神。天吴，水伯。《山海经·海外东经》：“朝阳之谷，神曰天吴，是为水伯。”《大荒东经》：“有神人八首，人面虎身，十尾，名曰天吴。”

《楚辞·九歌·湘君》："沛吾乘兮桂舟，令沅湘兮无波，使江水兮安流。"曹植《洛神赋》："川后静波。"二句谓海上风平浪静。

⑤石华，介壳类动物，生于近海岩石上，肉可食。海月，介壳类动物，一名窗贝，肉可食，贝壳可作装饰品。《太平御览》卷九四三引《临海水土物志》："海月大如镜，白色正圆。"郭璞《江赋》："玉珧海月，土肉石华。"

⑥溟涨，海涛。无端倪，浩渺无涯。虚舟，犹轻舟。超越，渡越。

⑦仲连，即鲁仲连，战国齐人。齐田单围燕将于聊城，岁馀不下。仲连为书射入城中，说以利害，燕将自杀。"田单遂屠聊城。归而言鲁连，欲爵之，鲁连逃，隐于海上。"参见左思《咏史》其三注。组，系印之绶带，代指爵禄。子牟，魏公子名牟。封于中山，称中山公子牟。眷，顾念。魏阙，宫门外阙门，代指朝廷。《庄子·让王》："中山公子牟谓詹子曰：'身在江海之上，心居乎魏阙之下，奈何！'"

⑧矜名，夸耀虚名。适己，适于自己本性。物，外物，包括名利享受。忽，忽视。二句谓矜夸虚名，于道为不足，如公子牟眷念魏阙。惟适于本性者，于外物乃可忽视，如鲁仲连不受齐组。

⑨附，依从。任公，即大公任。《庄子·山木》："孔子围于陈蔡之间，七日不火食。大公任往吊之。"曰："昔吾闻之大成之人曰：自伐者无功，功成者堕，名成者亏。孰能去功与名，而还与众人，道流而不明居，得行而不名处，纯纯常常，乃比于狂。削迹捐势，不为功名。是故无责于人，人亦无责焉。至人不闻，子何喜哉！"谢，辞谢，意即避免。夭伐，夭折被祸。二句谓请附于任公之言，乃可避免夭折被祸。

登江中孤屿[①]

江南倦历览，江北旷周旋[②]。
怀新道转迥，寻异景不延[③]。
乱流趋正绝，孤屿媚中川[④]。
云日相晖映，空水共澄鲜[⑤]。
表灵物莫赏，蕴真谁为传[⑥]。
想象昆山姿，缅邈区中缘[⑦]。
始信安期术，得尽养生年[⑧]。

①孤屿，在今温州市南四十里永嘉江（瓯江）中，今仍称为孤屿，即因此诗得名。

②历览，游历观赏。旷，旷废。周旋，此亦指游历。

③迥，远。景，时光。延，长。二句谓心怀寻求新境，觉道路甚远；探寻奇异景观，恨时光易逝。

④正，中。绝，险。乱流，犹急流。媚，美，显示其美。二句谓渡越急流趋向河中阻绝之处，发现孤屿媚于中川。馀详星评。

⑤空水，天空与江水。澄鲜，清澈明净。

⑥表，显灵。灵，灵秀。蕴，藏。真，仙真。二句谓孤屿显露之灵秀风光无人欣赏，所蕴藏之仙真谁为传颂。

⑦昆山，昆仑山。缅邈，遥远。二句谓孤屿尚无人赏识，可以想见，昆仑与尘缘自更为遥远。

⑧安期，即安期生，传说中仙人。《列仙传》："安期生，琅玡阜乡人，自言千岁。"安期术，即神仙养生之术。《庄子·养生主》"可以养亲，可以尽年"，郭象注："养生非求过分，盖全理尽年而已。"

★"乱流趋正绝"，语本《尔雅·释水》"正绝流曰乱"，郭璞注："直横渡也。《书》曰：乱于河。"揣《尔雅》原文与郭注之意，"正绝"与"乱"为同一概念，皆截流横渡之义。然以此义释"乱流趋正绝"，则诗句为不辞。诗中对句，"乱流、孤屿"；"趋"与"媚"；"正绝、中川"，皆两两相对。乱流，犹急流。正，中也。绝，险阻。故释句意为渡越急流趋向河中险阻之处。盖谢客虽拆用"正绝流曰乱"，而词义已非《尔雅》原意。然如此用典，实为修辞败笔。五臣本《文选》此二句作"乱流趋孤屿，孤屿媚中川"。疑五臣本编者已觉原句不辞，故改"正绝"为"孤屿"。

行田登海口盘屿山[①]

羁苦孰云慰？观海藉朝风[②]。
莫辨洪波极，谁知大壑东[③]？
依稀采菱曲，仿佛含颦容[④]。
遨游碧沙渚，游衍丹山峰[⑤]。

①行田，巡视农田，晋宋间习语。王羲之与谢安书："比当与安石东游山海，并行田视地利，颐养闲暇。"盘屿山，在乐清县西南五十里，滨海，其下为盘石卫。

②羁苦，羁旅之苦。孰云慰，何以为慰。首句问，次句答。

③洪波，指海上大波。极，边际，大壑，大海。《庄子·天地》："谆芒将东之大壑，适遇苑风于东海之滨。苑风曰：'子将奚之？'曰：'将之大壑。'曰：'奚为焉？'曰：'夫大壑之为物也，注焉而不满，酌焉而不竭，吾将游焉。'"大壑东，即东大壑，亦即东海。

④依稀，此处意为隐约听到。采菱曲，歌曲名。《楚辞·招魂》："涉江采菱，发扬荷些！"仿佛，此处意为似乎看见。颦，蹙眉。《庄子·天运》："西施病心而颦其里。"含颦容，美女蹙眉所现之美态，代指美女。

⑤遨，亦游也。《诗·邶风·柏舟》："以遨以游。"游衍，遨游自恣。《诗·大雅·板》："及尔游衍。"丹山，霞彩辉映之海上仙山。"依稀"四句，因遥望大海而幻想海上仙真，似依稀听到其采菱之曲，仿佛看到其含颦之容，望见其遨游碧海，游衍丹峰。

斋中读书①

昔余游京华，未尝废丘壑②。
矧乃归山川，心迹双寂寞③。
虚馆绝诤讼，空庭来鸟雀④。
卧疾丰暇豫，翰墨时间作⑤。
怀抱观古今，寝食展戏谑⑥。
既笑沮溺苦，又哂子云阁⑦；
执戟亦已疲，耕稼岂云乐⑧？
万事难并欢，达生幸可托⑨。

①斋，永嘉郡斋。景平元年（423）作于永嘉。

②京华，晋宋首都建康，今南京市。

③矧，况。归山川，谓离京赴永嘉。心，心愿。迹，行动。心迹双寂寞，谓仍在官守，心愿未能实现，行动亦不自在。

④虚馆，犹空衙。绝诤讼，无诉讼案件。因无诉讼，故来鸟雀。《鬻子》：

“禹治天下，朝廷之间可以罗雀。”二句写无为而治。

⑤丰，多。暇，闲。豫，乐。翰墨，笔墨，谓写作诗文。

⑥怀抱，谓思想活动。寝食，指日常生活。展，进行。戏谑，娱乐玩笑。

⑦沮溺，长沮、桀溺，春秋时隐者。《论语·微子》：“长沮、桀溺耦而耕，孔子过之，使子路问津焉。”哂，笑。子云，即扬雄，字子云，蜀成都人，西汉末学者与辞赋家。《汉书》有传。阁，“恪”之借字，敬也，勤也，谓扬雄为郎司事勤敬。扬雄校书天禄阁，曾因惧王莽将收己，乃从阁上自投下，几死。京师因有“惟寂寞，自投阁”之语。注家或以“又哂子云阁”指雄投阁事。非是。子云投阁而曰“子云阁”，不辞。此“阁”与下句“执戟亦云疲”之“疲”相应，其非指投阁事甚明。

⑧执戟，曹植与杨修书称“扬子云先朝执戟之臣耳”，扬雄曾为郎，执戟，故云。疲，劳。潘岳《夏侯常侍诔》：“执戟疲扬，长沙投贾。”“执戟亦云疲”承“又哂子云阁”，谓扬雄供职勤苦；“耕稼岂云乐”承“既笑沮溺苦”，谓沮溺耕稼辛劳。阁则必疲，苦即不乐。

⑨并欢，与前文“心迹”照应：心既舒畅而迹又不疲。达生，通达地对待人生，不累于世务。《庄子·达生》：“达生之情者，不务生之所无以为。”陆德明《释文》：“生之所无以为者，分外物也。”二句谓世间万事，“心迹”难以并欢，唯“达生之情者”，可以托命。

初去郡①

彭薛裁知耻，贡龚未遗荣②；
或可优贪竞，岂足称达生③！
伊余秉微尚，拙讷谢浮名④。
庐园当栖岩，卑位代躬耕⑤。
顾己虽自许，心迹犹未并⑥。
无庸方周任，有疾像长卿⑦；
毕娶类尚子，薄游似邴生⑧。
恭承古人意，促装反柴荆⑨。
牵丝及元兴，解龟在景平⑩。
负心二十载，于今废将迎⑪。

理棹遄还期，遵渚骛修坰[12]。
溯溪终水涉，登岭始山行。
野旷沙岸净，天高秋月明。
憩石挹飞泉，攀林搴落英[13]。
战胜臞者肥，鉴止流归停[14]。
即此羲唐化，获我击壤情[15]。

①郡，即永嘉郡。本传谓“在郡一周，称疾去职”。“灵运父祖并葬始宁县，并有故宅及墅。遂移籍会稽，修营别业，傍山带江，尽幽居之美”，“有终焉之志”。此诗即作于景平元年（423）秋离永嘉时，是年灵运三十九岁。

②彭薛：彭，彭宣，字子佩，淮阳阳夏人。汉哀帝时迁御史大夫，转大司空，封长平侯。平帝即位，王莽专权，遂上书乞骸骨，归乡里。薛，薛广德，字长卿，沛国相人，汉元帝时为御史大夫。永光元年以岁恶民流，乞骸骨东归沛。见《汉书·隽疏于薛平彭传》。裁，仅。班固《汉书·叙传》谓“广德当宣（薛广德、平当、彭宣），近于知耻。”贡龚：贡，贡禹，字少翁，琅玡人，汉元帝时征为谏大夫，迁光禄大夫。上书乞归乡里，不许。数言事，皆听。后为御史大夫，数月卒，时年已八十馀。龚，原作“公”，“龚”字之音误。灵运诗重对偶，“贡龚”与“彭薛”相对。龚胜，字君宾，楚人，数出仕，皆以病去官。汉哀帝征为谏大夫。出为渤海太守，积六月免归。复征为光禄大夫。数上书乞骸骨。哀帝崩，平帝即位，王莽秉政，始归老于乡里。见《汉书·王贡两龚鲍传》。未遗荣，贡禹乞骸骨，未果，终以御史大夫卒，龚胜至王莽秉政始归乡里，都未能遗落荣华。

③贪竞，贪婪竞进。《楚辞·离骚》：“众皆竞进以贪婪兮，冯不厌乎求索。”达生，见前诗注。“或可”二句，谓彭薛贡龚等人，或优于贪婪竞进之人，尚不足以称为达生之士。

④伊，惟。秉，持。微尚，低微操守。拙讷，朴拙笨讷。谢，愧。浮名，虚名。

⑤“庐园”二句，谓本应庐园以栖岩穴，然犹卑位以代躬耕，指仍在做官。

⑥并，合。心迹犹未并，心想退隐岩穴，而行迹仍在做官，思想与行动尚未统一。

⑦无庸，无用，无能为力。方，仿效。周任，人名。《论语·季氏》：“周任有言曰：‘陈力就列，不能者止。’”谓能施展才力乃任官职，不能发挥作用即停止。句意谓无能为力，即应仿效周任，弃官归去。方，《文选》作“妨”。

按，此四句并列，“方、像、类、似”，义均相同，当以“方”为是。疾，病。长卿，即司马相如，字长卿。《汉书·司马相如传》：相如有消渴疾，“常称病闲居，不慕官爵”。

⑧毕娶，完成子女婚娶。尚子，即尚长，一作向长，字子平，河内朝歌人，隐居不仕。“男女娶嫁既毕，敕断家事勿相关。”见《后汉书·逸民列传》。薄游，不久滞于外。邴生，即邴曼容，汉平帝时琅玡人。“养志自修，为官不肯过六百石，辄自免去。”见《汉书·王贡两龚鲍传》。

⑨恭，敬。承，继。古人，指前述周任、长卿、尚子、邴生。促装，收拾行装。反，回。柴荆，指旧居。

⑩牵丝，古人做官以丝绶系印，牵丝即出仕。元兴，晋安帝年号。灵运于元兴初（402）为琅玡王大司马行军参军。解龟，古官印有龟纽，解龟即解印去职。景平，刘宋少帝年号，仅一年，即公元四二三年。

⑪ 负心，违背心意。二十载，自元兴初至景平元年，凡二十一年，二十载。概而言之。将，送。废将迎，不再送迎，指不再从事官场应酬。

⑫ 棹，桨。理棹即驾船。遄，疾。骛，急驰。修垧，远郊。《尔雅·释地》：“野外谓之林，林外谓之垧。”

⑬ 憩，止息。搴，采取。落英，落花。

⑭ 战胜，思想斗争取得胜利。臞，瘦。《韩非子·喻老》：“子夏见曾子。曾子曰：‘何肥也？’对曰：‘战胜，故肥也。’曾子曰：‘何谓也？’子夏曰：‘吾入见先王之义则荣之，出见富贵之乐又荣之，两者战于胸中，未知胜负，故臞。今先王之义胜，故肥。’”鉴止，照容于静止之水。《文子》：“人莫鉴于流潦而鉴于止水，以其保心而不外荡也。”流，流荡。停，安定。句意谓鉴于止水，使流荡之心归于安定。

⑮ 羲唐，伏羲与唐尧，二者皆传为古帝王。击壤，传为古代一种投掷游戏。壤，木制，前广后锐，玩戏时，先投一壤于远处，后以手中壤投击之，击中者胜。据传尧时有老人击壤歌曰：“日出而作，日入而息，凿井而饮。耕田而食，帝力何有于我哉！”见《群书治要》卷十一引《帝王世纪》。

★“野旷沙岸净，天高秋月明”，写秋景如画，亦表现其开阔心情，灵运诗中佳句。

石壁精舍还湖中作①

昏旦变气候，山水含清晖。

清晖能娱人，游子憺忘归[②]。
出谷日尚早，入舟阳已微[③]。
林壑敛暝色，云霞收夕霏。
芰荷迭映蔚，蒲稗相因依[④]。
披拂趋南径，愉悦偃东扉[⑤]。
虑澹物自轻，意惬理无违[⑥]。
寄言摄生客，试用此道推[⑦]。

①石壁精舍，在始宁墅附近。灵运有《石壁立招提精舍诗》。《名山志》："巫湖三面悉高山，枕水渚，山溪涧凡有五处。南第一谷，今在所谓石壁精舍。"湖，指巫湖。

②娱，乐。憺，安。《楚辞·九歌·东君》："羌声色兮娱人，观者憺兮忘归。"

③阳，日。微，昏暮。

④芰，菱。迭映蔚（yù），层层映照。蒲稗，菖蒲与稗草。相因依，互相依倚。

⑤披拂，拨开草木。偃，息。

⑥虑澹，思虑淡泊。物，外物，名利之类。意惬，内心满足。二句谓思虑淡泊则外物自轻，内心惬意觉物理与我无违。

⑦摄生客，探求养生之道之人。

南楼中望所迟客[①]

杳杳日西颓，漫漫长路迫[②]。
登楼为谁思？临江迟来客。
与我别所期，期在三五夕[③]。
圆景早已满，佳人殊未适[④]。
即事怨睽携，感物方凄戚[⑤]。
孟夏非长夜，晦明如岁隔[⑥]。
瑶华未堪折，兰苕已屡摘[⑦]。

路阻莫赠问，云何慰离析[⑧]！

搔首访行人，引领冀良觌[⑨]。

①南楼，始宁墅中楼名。灵运《游名山志》：“始宁又北转一汀，七里，直至舍下园南门楼。自南楼百许步，对横山。”迟，候，期待。

②杳杳，深远冥漠之貌。颓，落。漫漫，远貌。

③三五夕，十五之夜。

④圆景，指满月。未适，未来。

⑤暌携，隔离。方，正。凄戚，悲愁。暌，一作“睽”，通用字。

⑥孟夏，初夏。晦，黑夜。明，天亮。晦明，即一夜。《楚辞·九章·抽思》：“望孟夏之短夜兮，何晦明之若岁？”

⑦瑶华，疏麻之白花。疏麻，植物名，花香。《楚辞·九歌·大司命》：“折疏麻兮瑶华，将以遗兮离居。”兰苕，兰蕙花茎。《楚辞·九歌·山鬼》：“被石兰兮带杜蘅，折芳馨兮遗所思。”

⑧阻，险。赠问，赠送。离析，离分。

⑨引领，伸颈远望。冀，希望。良觌（dí），欢然相会。

庐陵王墓下作[①]

晓月发云阳，落日次朱方[②]。

含凄泛广川，洒泪眺连冈。

眷言怀君子，沉痛切中肠[③]。

道消结愤懑，运开申悲凉[④]。

神期恒若存，德音初不忘[⑤]。

徂谢易永久，松柏森已行[⑥]。

延州协心许，楚老惜兰芳[⑦]；

解剑竟何及，抚坟徒自伤。

平生疑若人，通蔽互相妨[⑧]。

理感深情恸，定非识所将[⑨]。

脆促良可哀，夭枉特兼常[⑩]。

一随往化灭，安用空名扬⑪。
举声泣已洒，长叹不成章⑫！

①庐陵王，即刘义真（407—424），宋武帝刘裕次子，永初元年封庐陵王。永初三年，武帝去世，少帝刘义符即位。后大臣徐羡之等谋废少帝，但又不愿刘义真继位，乃利用少帝与义真不协，于景平二年正月，废义真为庶人，徙新安郡。同年六月，徐羡之遣人杀于徙所，年十八。后徐羡之等杀少帝。文帝即位，追复庐陵王封号。元嘉三年正月，杀徐羡之、傅亮，召灵运进京为秘书监。初，庐陵王爱文义，与谢灵运、颜延之交好，周旋异常，允得志之日，以灵运、延之为宰相。至此有人谗灵运曾谋立庐陵王，文帝遂迁逐灵运。后以其无罪，又复追回，至曲阿，过丹阳。至京，文帝问南行曾作何诗，灵运答以“有《过庐陵王墓下作》一篇”。时文帝元嘉三年丙寅（426），灵运四十三岁。

②云阳，今江苏丹阳，秦置曲阿县，三国吴改名云阳。晋时又改为曲阿。次，到达。朱方，今江苏丹徒县。

③眷言，思念，怀念。言，虚词。君子，指庐陵王。切，深入；一作“结”，郁积。

④道消，正道消亡，指景平二年庐陵王被杀。《易·否》：“小人道长，君子道消。”运开，时运开泰，指文帝即位，为庐陵王昭雪。申，舒散。悲凉，犹悲凄。

⑤神期，犹神明。恒，常。存，《文选》作“在”。德音，善言。初，始也。此以始该终，初不忘，犹言始终不忘。《诗·郑风·有女同车》：“彼美孟姜，德音不忘。”

⑥徂谢，死亡。森，繁茂。曹植《寡妇诗》：“高坟郁兮巍巍，松柏森兮成行。”

⑦“延州”句：延州，即延陵，指春秋吴公子季札，封于延陵，称延陵季子。季札西聘于晋，路过徐君。徐君心爱其剑而不言，季札知之，因出聘而未献，然心许之。还至徐，徐君已死。季札解剑挂徐君墓树而去。见《史记·吴太伯世家》。此句喻己心许庐陵。“楚老”句：西汉末龚胜拒受王莽聘，绝食而死。有老父来吊，曰：“嗟乎！薰以香自烧，膏以明自销。龚生竟夭天年，非吾徒也！”见《汉书·王贡两龚鲍传》。此句伤庐陵之亡。

⑧若人，指庐陵王。《论语·公冶长》：“子谓子贱：‘君子哉若人！’”通，言其通达高明；蔽，言其蔽塞不明。妨，妨害。不通，才不致遭受忌恨；不蔽，则不致死于阴谋。故曰“通蔽互相妨”。表面似既褒又贬，实则全系颂扬。因坦诚无所防范，才蔽于阴谋。

⑨理感，谓其感于事理。情恸，谓其恸于亲情。故其受祸，非识见之所能免。将，去也。此二句即为“蔽”开脱。

⑩脆促，脆弱、仓促，谓其短命。夭枉，夭折，屈死。兼，倍，犹言过于。夭枉特兼常，谓其屈死惨剧，过于常例。

⑪往化，谓死亡。空名扬，指元嘉三年，复庐陵王封号，追赠侍中、大将军。

⑫泣，泪。洒，一作“沥”。

★谢灵运于刘义真有知己之感，悼庐陵亦所以自抒愤懑，故其情辞哀切，凄惋动人。他因同庐陵王关系亲近受谗害，而当宋文帝问曾作何诗时，径答以“有《过庐陵王墓下作》一首”，亦可见诗人傲岸之一斑。

入东道路诗[①]

整驾辞金门，命旅惟诘朝[②]。
怀居顾归云，指途泝行飚[③]。
属值清明节，荣华感和韶[④]。
陵隰繁绿杞，墟囿粲红桃。
鷕鷕翚方雊，纤纤麦垂苗[⑤]。
隐轸邑里密，缅邈江海辽[⑥]。
满目皆古事，心赏贵所高[⑦]：
鲁连谢千金，延州权去朝[⑧]。
行路既经见，愿言寄吟谣[⑨]。

①入东，东归会稽。《宋书》本传：灵运就职秘书监，自以名辈才能，应参时政。初被召，即以此自许。文帝唯以文义见接。灵运意不平，多称疾不朝直。文帝讽令自解，灵运乃上表陈疾，上赐假东归会稽。是岁元嘉五年戊辰（428），时灵运四十四岁。

②整驾，整治车马。金门，汉宫金马门，此代指宋都建康。旅，仆。诘朝，明旦，明朝。

③怀居，怀念故居。顾，望。泝，同“溯”，迎着。行飚，道路风尘。

④荣华，指草木繁茂。和韶，和煦春光。

⑤陵，高丘。隰，低地。墟，村落。囿，园。粲，明艳。鷕鷕（yǎo），野鸡叫声。翚（huī），五彩野鸡。雊（gòu），野鸡鸣叫。《诗·邶风·匏有苦叶》："有鷕雉鸣。"毛传："鷕，雌雉声也。"纤纤，苗秀之貌。

⑥隐轸（yǐn zhěn 隐，于忍切；轸，止忍切），盛密貌。邑里，指居民区域。缅邈（miǎn miǎo），遥远貌。辽，远。

⑦所高，贤者，指鲁连、季札等。

⑧鲁连，即鲁仲连。赵孝成王时，秦军围赵邯郸，魏使新垣衍请帝秦。鲁仲连面折新垣衍，使不帝秦。秦将为却军五十里。事平之后，赵平原君欲封鲁连，鲁连不受。平原君又以千金为寿，鲁连笑曰："所贵于天下之士者，为人排患释难解纷乱而无取也。"参见左思《咏史》其三与灵运《游赤石进帆海》诗注。谢，辞。延州，指吴公子季札，封于延陵，曰延陵季子。吴王寿梦季子。寿梦以季札贤，欲立之，季札让以为不可。寿梦卒，乃立长子诸樊。诸樊卒，遗命传位于弟馀祭，欲依次相传，必致国于季札，季札让位逃去。见《史记·吴太伯世家》。权，且。

⑨既经见，指既见到山林美景，又想见古贤操节。愿言，希望。言，助词。

夜宿石门①

朝搴苑中兰，畏彼霜下歇②；
暝还云际宿，弄此石上月。
鸟鸣识夜栖，木落知风发。
异音同至听，殊响俱清越③。
妙物莫为赏，芳醑谁与伐④？
美人竟不来，阳阿徒晞髪⑤！

①石门，山名，在今嵊县嵝山南。灵运《游名山志》："石门溯水上入两山口，两边山壁，右边石岩，下临涧水。"诗题一作《石门岩上宿》。

②搴，拔取。苑，苑囿。兰，木兰。《楚辞·离骚》："朝搴阰之木兰兮。"歇，凋谢。

③异音，殊响，均指鸟鸣风发。至听，极美之音乐。清越，清亮悠扬。

④妙物，指美好风光。莫为赏，无人共赏。芳醑，美酒。伐，赞赏。

⑤阳阿，山南曰阳，山曲曰阿。晞，晒干。《楚辞·九歌·少司命》："与

女沐兮咸池，晞女髮兮阳之阿。望美人兮未来，临风怳兮浩歌。”诗用其意。

从斤竹涧越岭溪行①

猿鸣诚知曙，谷幽光未显。
岩下云方合，花上露犹泫②。
逶迤傍隈隩，迢递陟陉岘③。
过涧既厉急，登栈亦陵缅④。
川渚屡径复，乘流玩回转⑤。
蘋萍泛沉深，菰蒲冒清浅⑥。
企石挹飞泉，攀林摘叶卷⑦。
想见山阿人，薜萝若在眼⑧。
握兰勤徒结，折麻心莫展⑨。
情用赏为美，事昧竟谁辨⑩。
观此遗物虑，一悟得所遣⑪。

①斤竹涧，在今浙江乐清县东。灵运《游名山志》：“神子溪南山，与七里山分流，去斤竹涧数里。”

②泫，露重欲滴貌。

③逶迤（wēi yí），曲折绵延貌。隈隩（ào），山曲。迢递（tiáo dì 迢，徒聊切；递，徒礼切），高远貌。陟，登。陉岘（xíng xiàn），连山断处叫陉，岭小而高曰岘。

④厉，揭起衣裳涉水。急，指急流。栈，山岩间架木为路。陵，登越。缅，远，此指远峰。

⑤径，直。复，回曲。乘流，随着水流。

⑥泛沉深，飘浮在深水之上。冒清浅，覆盖于清流浅处。

⑦企石，站立石上。挹，酌。叶卷，未展开之新叶。

⑧山阿，山曲。山阿人，喻所思之人。薜萝，薜荔与女萝。《楚辞·九歌·山鬼》：“若有人兮山之阿，被薜荔兮带女萝。”

⑨勤，思念。勤徒结，思念之情徒然郁结于心。麻，疏麻，一种香草。《楚辞·九歌·大司命》：“折疏麻兮瑶华，将以遗兮离居。”

⑩“情用”二句，《文选》李善注：“言事无高玩，而情之所赏即以为美；此理幽昧，谁能分别乎？”

⑪此，指山水美景。遗物虑，抛却世务思虑。一悟，一旦悟此。得所遣，得所以排遣忧思之法。

酬从弟惠连[1]

寝瘵谢人徒，灭迹入云峰[2]。
岩壑寓耳目，欢爱隔音容[3]。
永绝赏心望，长怀莫与同[4]。
末路值令弟，开颜披心胸[5]。

心胸既云披，意得咸在斯[6]。
凌涧寻我室，散帙问所知[7]。
夕虑晓月流，朝忌曛日驰[8]。
悟对无厌歇，聚散成分离[9]。

分离别西川，回景归东山[10]。
别时悲已甚，别后情更延[11]。
倾想迟嘉音，果枉济江篇[12]。
辛勤风波事，款曲洲渚言[13]。

洲渚既淹时，风波子行迟[14]。
务协华京想，讵存空谷期[15]？
犹复惠来章，祇足搅余思[16]。
傥若果归言，共陶暮春时[17]。

暮春虽未交，仲春善游遨[18]。

山桃发红萼，野蕨渐紫苞[19]。
嘤鸣已悦豫，幽居犹郁陶[20]。
梦寐伫归舟，释我吝与劳[21]。

①从弟惠连，谢惠连，灵运族弟。参见惠连小传。赠酬二诗均为五章。景平元年（423）灵运去永嘉，至会稽，携惠连回始宁。元嘉三年（426）被征为侍中。元嘉五年（428）免官，东还与族弟惠连等以文章赏会，共为山泽之游。惠连于元嘉七年任彭城王法曹参军，别灵运赴京师当在元嘉六年己巳（429）仲春。惠连至西陵遇风，作诗寄灵运，灵运酬此诗。时灵运四十五岁，惠连三十三岁。

②寝瘵（zhài），卧病。谢，谢绝。灭迹，隐其形迹，不与人接。《太玄经》："老子行则灭迹，立则隐形。"

③寓耳目，指游赏。

④永绝，犹久违。

⑤末路，犹后来。值，逢。令弟，犹贤弟，指惠连。披心胸，袒露心胸。竭诚相待。——首章写未见惠连时之怀想，既见惠连时之高兴。

⑥意得，心意所得。咸，都。

⑦帙（zhì），布帛所制书套。散帙，打开书套。

⑧曛，昏暮。

⑨聚散，聚而又散。——次章写同惠连相聚之乐，可惜又中道分离。

⑩景，同"影"。影随身，回影亦即转身。

⑪ 延，长。

⑫ 迟，期待。嘉音，好音。枉，犹言辱蒙惠赠。济江篇，指惠连献诗。

⑬ 曲，殷勤叙述。——三章叙别后思念之情，并写收到惠连西陵遇风所寄诗。

⑭ 淹，滞留。

⑮ 务，务求，一意追求。协，和，犹适合。华京，即京华，指首都建康。讵，岂。存，念。空谷，指山林。《诗·小雅·白驹》："皎皎白驹，在彼空谷。"二句谓惠连只求适合京华之想，是否尚存回返山林之期。

⑯ 祇，适。"犹复"二句，言寄来诗章，适足以乱我情思。

⑰ 陶，乐。——四章写收到诗之后心情，希望尚能归来。

⑱ 未交，未到。善，好。

⑲ 萼，花。蕨，草木植物，嫩芽可食。渐，逐渐长出。紫苞，指蕨之紫色

芽苞。

⑳嘤鸣，一作“鸣嘤”，鸟嘤嘤鸣叫。《诗·小雅·伐木》：“嘤其鸣矣，求其友声。相彼鸟矣，犹求友声；矧伊人矣，不求友生！”郁陶（yù yáo），忧思貌。《孟子·万章上》：“郁陶思君尔。”

㉑伫，伫望。释，解除。吝，鄙吝之心。《后汉书·黄宪传》：“陈蕃、周举常相谓曰：‘时月之间不见黄生，则鄙吝之萌复存乎心。’”劳，忧思。——末章希望惠连能归来共赏春光。按，第二年谢惠连为彭城王法曹参军，之后谢灵运出为临川内史，未几即弃市广州，惠连亦相继谢世。弟兄分手，竟成永诀！

答惠连

怀人行千里，我劳盈十旬[①]。
别时花灼灼，别后叶蓁蓁[②]。

①怀人，为惠连设想。劳，忧思。十旬，百日。

②灼灼，花明貌。蓁蓁，叶盛貌。花灼灼，春天景象；叶蓁蓁，入夏风光。此为断句，全诗不存。

初发石首城[①]

白圭尚可磨，斯言易为缁[②]。
虽抱中孚爻，犹劳贝锦诗[③]。
寸心若不亮，微命察如丝[④]。
日月垂光景，成贷遂兼兹[⑤]。
出宿薄京畿，晨装抟曾飔[⑥]。
重经平生别，再与朋知辞[⑦]。
故山日以远，风波岂还时！
苕苕万里帆，茫茫终何之[⑧]？
游当罗浮行，息必庐霍期[⑨]。
越海陵三山，游湘历九嶷[⑩]。
钦圣若旦暮，怀贤亦凄其[⑪]。

皎皎明发心，不为岁寒欺⑫。

①石首城，即石头城，在今南京市西南。《文选》李善注引伏韬《北征》："石头城，建康西界临江城也，是曰京师。"元嘉五年，灵运东归始宁，大事产业，与会稽太守孟𫖮相连。孟𫖮"因灵运横恣，百姓惊扰，乃表其异志，发兵自防，露板上言。灵运驰赴京都，诣阙上表"。"太祖知其见诬，不罪也。不欲使东归，以为临川内史。"诗即离京赴任时作。临川，今江西抚州市。灵运为临川内史在元嘉八年。由篇末"不为岁寒欺"句推断，初发石首在元嘉七年（430）岁暮，时灵运四十六岁。灵运此去临川，"在郡游放，不异永嘉，为有司所纠"。一年之后即被收系，徙赴广州，元嘉十年于广州弃市。

②"白圭"二句，《诗·大雅·抑》："白圭之玷，尚可磨也。斯言之玷，不可为也。"白圭，瑞玉。玷，缺。原意谓白圭玷缺尚可磨平，语言不慎即不可收拾。诗中"斯言"指谗人诬陷之言。缁，黑，喻诬陷。

③中孚，《易》卦名，兑下巽上。爻，《易》每卦六爻，皆有爻词。此指中孚初九爻词："初九，虞吉，有它不燕。象曰：初九虞吉，志未变也。"王弼注："虞，犹专也。"诗取中心专一，情志未变之意。劳，忧。贝锦，面上绣贝之丝织品。《诗·小雅·巷伯》："萋兮菲兮，成是贝锦。"郑玄笺："喻谗人集作己过以成于罪，犹女工之集采色以成锦文。"首四句针对孟𫖮诬奏而言。谓白圭之玷尚可磨平，而谗言构陷极可与人抹黑。自己虽心怀忠贞，仍忧谗人诬害。

④亮，信。察，想。"寸心"二句，谓自己如不蒙文帝信任，则微命想来已如单丝，一触即断。

⑤日月，喻文帝。成贷，成全施予。《老子》："夫唯道，善贷且成。"王弼注："贷之非唯供其乏而已，一贷之则足以永终其德。"兹，此，指为临川内史。二句谓皇帝垂日月之光，不仅成全施予，不加罪愆，还使为一州之任。

⑥出宿，《诗·邶风·泉水》："出宿于泲。"薄，至。京畿，京师近郊。晨装，清晨整装出发。抟（tuán），迎击，搏击。曾飔，大风。"抟曾飔"与《入东道路诗》"泝行飚"同义。

⑦"重经"二句，永初三年（422），灵运出为永嘉太守，作有《永初三年七月十六日之郡初发都》与《邻里相送至方山诗》，此又一次出官远郡，故云"重经平生别，再与朋知辞"。

⑧苕苕，同"迢迢"，远貌。茫茫，辽远无际涯之貌。终，竟。何之，何往。

⑨罗浮，山名，在广东博罗县境。庐，庐山，在江西九江市南。霍，霍山，又名天柱山，在安徽霍山县南。

⑩三山，海上三神山，传为蓬莱、方丈、瀛洲。湘，湘江，在湖南省境。九嶷，又作九疑，山名，在湖南宁远县境。罗浮、庐霍、三山、九嶷，灵运去临川，并不都经过这些地方。地名只是信手拈来，表示南方遥远之地。

⑪钦圣，仰慕圣人。圣指虞舜，舜葬于九嶷。《史记·五帝本纪》："（舜）南巡狩，崩于苍梧之野，葬于江南九疑，是为零陵。"《楚辞·离骚》："济沅湘以南征兮，就重华而陈词。"旦暮，早晚。《庄子·齐物论》："是其言也，其名为吊诡。万世之后而一遇大圣，知其解者，是旦暮遇之也。"句意谓钦慕圣人，虽相隔千载，如在旦暮。怀贤，怀想贤人。贤，指屈原。屈原曾遭谗放逐，自沉汨罗。凄其，犹凄然。"钦圣、怀贤"承上"游湘历九嶷"。

⑫皎皎，光洁貌。明发心，光明磊落之心。《诗·小雅·小宛》："明发不寐，有怀二人。"《小宛》"明发"指宵夜至天明，诗中兼有光明磊落之意，双关二义。岁寒亦二义双关，既指岁暮天寒，又喻谗人危恶。"欺"字甚妙。

入彭蠡湖口①

客游倦水宿，风潮难具论②：
洲岛骤回合，圻岸屡崩奔③。
乘月听哀狖，浥露馥芳荪④。
春晚绿野秀，岩高白云屯。
千念集日夜，万感盈朝昏。
攀岩照石镜，牵叶入松门⑤。
三江事多往，九派理空存⑥。
灵物吝珍怪，异人秘精魂⑦。
金膏灭明光，水碧缀流温⑧。
徒作千里曲，弦绝念弥敦⑨。

①彭蠡湖，即江西鄱阳湖。彭蠡湖口，湖与长江交接处。此诗当系灵运自京赴临川途经彭蠡湖口时作。诗中有"春晚绿野秀"句，则其时已届元嘉八年辛未（431）春暮。

②水宿，水上生活，灵运自建康乘舟溯江西上。具论，一一陈说。

③骤，急剧。圻，同碕。碕岸，曲岸。"洲岛"二句，谓风潮在洲岛间急剧回环，波涛沿曲岸不断奔腾。

④狖（yòu），猿之一种。浥，湿；此动词，浥露犹冒着露水。馥，香；此动词，闻。芳荪，香草。

⑤石镜，山名，因山上有石光亮如镜得名。李善注引张僧鉴《浔阳记》："石镜山，东有一圆石，悬岩明净，照人见形。"松门，李善注引顾野王《舆地志》："自入湖三百三十里，穷于松门，东西四十里，青松遍于两岸。"

⑥三江，《书 · 禹贡》："三江既入。"郑玄注："三江分于彭蠡，为三孔，东入海。"九派，九条支流。郭璞《江赋》："流九派乎浔阳。"《禹贡》："九江孔殷。""三江"二句，谓三江史迹已成往事，九派地理亦空存名义。

⑦吝，惜。秘，闭。"灵物"二句，谓江湖必有灵物异人，但灵物吝其珍怪，异人秘其精魂，皆不可探求。

⑧金膏，仙药。《穆天子传》："河伯示汝黄金之膏。"水碧，水中碧玉，即水晶。《山海经 · 东山经》："（耿山）无草木，多水碧。"缀，通"辍"，止息。流温，李善注："水玉温润也。"金膏灭其明光，水玉息其温润。此二句承"灵物吝珍怪"；因吝，故明光温润灭息。

⑨徒作，空作。千里曲，曲名，必为怀人之曲，由下文"念"字可知。念，思念。弥敦，愈甚。徒作千里怀人之曲，弦绝而思念之情愈甚。此二句承"异人秘精魂"；因秘，故思之而不可见。

★"白云抱幽石，绿篠媚清涟"、"云日相辉映，空水共澄辉"、"野旷沙岸净，天高秋月明"、"春晚绿野秀，岩高白云屯"，灵运诗中佳句。陶谢诗并有佳句可摘；陶句淡雅，谢句浓烈，并与齐梁佳句清丽者异。

岁 暮

殷忧不能寐，苦此夜难颓①。
明月照积雪，朔风劲且哀②。
运往无淹物，年逝觉易催③。

①殷忧，深忧。颓，衰，尽。

②朔风，北风。劲，猛烈。

③运，时运，时光。淹物，停留之物。年逝，年光流逝。易，一作已。催，促迫。《楚辞 · 九章 · 悲回风》："岁曶曶其若颓兮，时亦冉冉而将至。"

★此系断句，然意象完整。诗明净流畅，在谢诗中实属罕见，“明月照积雪”尤为名句。皎然《诗式》：“客有问予：‘谢公“池塘生春草”、“明月照积雪”二句，优劣奚若？’予曰：‘“池塘生春草”，情在言外；“明月照积雪”，旨冥句中。风力虽齐，取兴各别。’”

东阳溪中赠答二首①

可怜谁家妇，缘流洗素足。
明月在云间，迢迢不可得②！

可怜谁家郎，缘流乘素舸③。
但问情若为，月就云中堕④。

①东阳溪，即东阳江，又称双溪，流经浙江金华县。此谢灵运学民歌体。

②“明月”二句，以明月比女子。曹操《短歌行》“明明如月，何时可掇？”取喻相似。其一男赠女，女在溪边。

③舸，船。

④若为，如何。就，自。其二女答男，男在船上。

★谢灵运之有《东阳溪中赠答》，如孙绰之有《情人碧玉歌》；牡丹芍药之外，不妨有幽兰一蕊。

谢惠连

谢惠连（397—433），祖籍阳夏（今河南太康），谢方明之子，谢灵运族弟，年幼聪颖，甚为灵运赏识；与灵运、谢朓并称三谢。曾为彭城王刘义康法曹参军。元嘉十年卒，年三十七。原有集，已佚，后人辑有《谢法曹集》。惠连诗风格略近灵运而稍为轻绮。亦善赋，所著《雪赋》为六朝小赋名作。

西陵阻风献康乐[1]

我行指孟春，春仲尚未发[2]。
趣途远有期，念离情无歇[3]。
成装候良辰，漾舟陶嘉月[4]。
瞻途意少悰，还顾情多阙[5]。

哲兄感仳别，相送越坰林[6]。
饮饯野亭馆，分袂澄湖阴[7]。
凄凄留子言，眷眷浮客心[8]。
回塘隐舻栧，远望绝形音[9]。

靡靡即长路，戚戚抱遥悲[10]。
悲遥但自弭，路长当语谁[11]？
行行道转远，去去情弥迟[12]。
昨发浦阳汭，今宿浙江湄[13]。

屯云蔽曾岭，惊风涌飞流[14]。
零雨润坟泽，落雪洒林丘[15]。
浮氛晦崖巘，积素惑原畴[16]。
曲汜薄停旅，通川绝行舟[17]。

临津不得济，伫楫阻风波[18]。
萧条洲渚际，气色少谐和。
西瞻兴游叹，东睇起凄歌。
积愤成疢痗，无萱将如何[19]！

①宋文帝元嘉六年（429）二月惠连别灵运，由水路赴京师，至西陵为风雪所阻，作诗寄灵运。西陵，在今浙江萧山县西北，初名固陵，六朝时称为西陵，五代吴越改称西兴。地当钱塘江渡口，隔岸与杭州相对，又为浙东运河起点。

②孟春，正月。春仲，二月。

③趣，同“趋”，向也。

④成装，准备行装。漾，水波摇动，此动词，漾舟，犹泛舟。陶，乐。嘉，吉，美。《楚辞·九怀》：“陶嘉月兮总驾，搴玉英兮自修。”

⑤悰，乐也。——首章写准备行装赴京，恋恋不忍离别。

⑥哲兄，指灵运。仳别，离别。坰林，郊野。《尔雅·释地》：“野外谓之林，林外谓之坰。”

⑦分袂，分手。澄湖，灵运始宁墅畔有巫湖。阴，水之南。

⑧留子，送者，指灵运。眷眷，留恋貌。浮客，行客，诗人自指。

⑨塘，堤地。回塘，堤岸回转。舻，船头。枻，桨。此处舻枻即指船——二章写灵运湖阳送别情景。

⑩靡靡，犹迟迟，因留恋而迟缓。戚戚，凄悲貌。

⑪ 弭，止也。自弭，自我控制。

⑫ 迟，徐，缓。情弥迟，感情更加留恋。

⑬ 浦阳，水名。《水经注》：“浦阳江水，导源乌伤县，而经上虞县。”汭，水曲处。浙江，即钱塘江。湄，水边。——三章写别后旅途凄切，舟行到达西陵。

⑭ 屯，聚积。曾，高。

⑮ 零，落。零雨通常指小雨。《诗·豳风·东山》：“我来自东，零雨其濛。”坟，高地。

⑯ 浮氛，水雾。巘（yǎn），山峰。积素，积雪。惑，迷。

⑰ 曲汜（sì），河湾。薄，通“泊”，停泊。——四章描绘雨雪交加行旅不通的景象。

⑱ 津，渡口。伫，停。楫，桨。

⑲ 愤，忧。疚痗，病。萱，忘忧草。《诗·卫风·伯兮》：“焉得谖草，言树之背。愿言思伯，使我心痗。”谖，韩诗作萱。——五章写阻风西陵孤零惆怅的心绪。

秋 怀

平生无志意，少小婴忧患①。
如何乘苦心，矧复值秋晏②！
皎皎天月明，奕奕河宿烂③。
萧瑟含风蝉，寥唳度云雁。
寒商动清闺，孤灯暧幽幔④。
耿介繁虑积，展转长宵半⑤。
夷险难豫谋，倚伏昧前算⑥。
虽好相如达，不同长卿慢⑦。
颇悦郑生偃，无取白衣宦⑧。
未知古人心，且从性所玩。
宾至可命觞，朋来当染翰⑨。
高台骤登践，清波时陵乱⑩。
颓魄不再圆，倾羲无两旦⑪。
金石终销毁，丹青暂彫焕⑫。
各勉玄髮欢，无贻白首叹⑬。
因歌遂成赋，聊用布亲串⑭。

①志意，犹志气。婴，缠绕，引申为遭受。

②乘，用也。乘苦心，犹用苦心，怀苦心。矧（shěn），况。秋晏，秋晚。

③皎皎，奕奕，并明貌。河，天河。宿，星。

④寒商，秋风。古人以五音与四时相配，秋为商声，故称秋风为商风。暧，昏暗貌。

⑤耿介，正直貌，然此与“耿耿”相同，心中不宁帖之貌。繁虑，许多思虑。长宵，长夜。

⑥夷险，平夷与险恶。谋，谋算，考虑。倚伏，犹祸福。语本《老子》第五十八章“祸兮福之所倚，福兮祸之所伏”。昧前算，即难预谋。

⑦“虽好”二句：司马相如，字长卿，西汉辞赋家。达，通达。慢，傲慢。通达则不拘小节，宽厚而不计细微。傲慢则玩世不恭，容易藐视他人。两者容易混同，实有质的差别。句意原于嵇康《高士传·司马长卿赞》：“长卿慢世，越礼自放。犊鼻居市，不耻其状。托疾避患，蔑比卿相。乃至仕人，超然莫尚。”（《文选》李善注引）据《汉书》相如本传，司马相如客临邛，以琴挑临邛富人卓王孙女文君，文君夜奔相如，王孙以为耻。文君与相如归成都，家贫无以为生。乃之临邛，买酒舍，文君当垆，相如身著犊鼻裈，与庸保杂作，涤器于市中。迫使卓王孙分与财富。后相如为汉武帝赏识，上《子虚》《上林》赋，武帝以为郎。后拜中郎将，使通西南，于开发西南颇有建树。相如仕宦，“未尝肯与公卿国家之事，常称疾闲居，不慕官爵”。综观相如一生行事，可谓“达”而不“慢”，《高士传赞》语未当。

⑧“颇悦”二句：郑生，指东汉郑均。均，字仲虞，东平任城人。束修安贫，恭节谨饬，常称病家居，不应州郡辟召。汉章帝建初六年，公车特征，再迁尚书。后以病乞骸骨，拜议郎，告归。元和二年，章帝东巡过任城，幸均舍，敕赐尚书禄终身，时人号为白衣尚书。见《后汉书·郑均传》。偃，息也，谓隐居偃息不愿仕宦。

⑨觞，酒杯。命觞，喝酒。翰，笔。染翰，濡笔写作诗文。

⑩骤，速，此用作经常之意。清波，指河流。一作“清浅”。此与“高台”相对，应以“清波”为是。陵乱，渡越急流。参见谢灵运《登江中孤屿》诗注。

⑪ 颓魄，缺月。倾羲，落日。旦，明。两句意谓此刻已缺之月不再圆，今天已落之日无两旦，即时光一过不再重来；非谓今后也月不再圆，日无两旦，因明日即非今日矣。

⑫ 丹青，图画。彫焕，辉煌明烂。二句意谓金石也终必销毁，图画也只是暂时明烂。有生必有灭，一切都终归消亡。

⑬ 玄鬓，黑鬓，指青春年华。贻，留。白首，指垂老之年。

⑭ 聊，且。布，传布。亲串，亲近友朋。串（guàn），通“惯”，习也。

★《秋怀》逯钦立认为是谢灵运诗。其言曰：“此诗当为灵运所作，盖误入惠连集中。诗发端谓‘少小离忧患’，指亲丧大故。据《宋书》，惠连父方明元嘉三年卒，年四十七。惠连元嘉十年卒，年三十七。则方明卒时，惠连年已三十，不得言‘少小离忧患’。据《晋书》谢玄传、《宋书》谢灵运传，晋太元十三年，祖玄卒，灵运年四岁，灵运父奂又早玄卒。是灵运孩提丧父，与此‘少小离忧患’合也。又诗言‘夷险难预谋，倚伏昧前算’、‘颇悦郑生偃，无取白衣宦’，与灵运出处合。‘虽好相如达，不同长卿慢’与灵运性格合，而皆与惠连不侔。”（见《先秦汉魏晋南北朝诗·谢惠连〈秋怀诗〉》逯按）逯钦立的主要根据是只有父亲早死才能说‘少小离忧患’，可能看得太绝对。“忧患”一词并无只有父亲早死才能使用的规定。惠连少小之时有不有别的遭际我们并不完全了解，诗人自有他自己的感受，谁也不能不允许他有“忧患”之感。至于诗句表现出作者的“出处”“性格”更难作出绝对的判断。如“虽好相如达，不同长卿慢”与谢灵运的性格就未必相合，甚至完全不合，这位老兄实在够不通达而且傲慢得可观，怎么能说和他性格相合呢。《诗品》作者锺嵘上距二谢年代不过几十年，他著录《秋怀》为谢惠连之作；因此如果别无佐证，一千五百多年之后剥夺谢惠连的创作权是不妥当的。

捣　衣①

衡纪无淹度，晷运倏如催②。
白露滋园菊，秋风落庭槐。
肃肃莎鸡羽，烈烈寒螀啼③。
夕阳结空幕，宵月皓中闺。
美人戒裳服，端饰相招携④。
簪玉出北房，鸣金步南阶⑤。
檐高砧响发，楹长杵声哀⑥。
微芳起两袖，轻汗染双题⑦。

纨素既已成，君子行未归[⑧]。
裁用笥中刀，缝为万里衣。
盈箧自余手，幽缄俟君开[⑨]。
腰带准畴昔，不知今是非[⑩]。

①捣衣，捣洗绢帛等衣料。将绢帛之类衣料置于砧臼等捣衣器中，两妇女执杵相对捣击，晾干后用以裁制衣裳。杜甫《捣衣》诗仇注引《字林》："直舂曰捣。古人捣衣，两女子对立，执一杵如舂米然。今易作卧杵，对坐捣之，取其便也。"惠连此诗，具体描述了捣衣的情景。后用木杵捣洗衣裳，亦曰捣衣。

②衡，北斗北星第五星，即玉衡。北斗第七星曰杓。由第五星至第七星组成斗柄。北斗旋转，每个月指向不同的方向。古人把周天划成十二宫，与月建配合，北斗玉衡指向哪一宫即哪一月。因此玉衡可以记月。淹，停留。度，过。晷（guǐ），日影。运，行。倏，迅速。二句谓时光过得迅速。

③肃肃、烈烈，并虫鸣声。莎鸡，蟋蟀。寒螀，蝉的一种。

④戒，整饬。端饰，端庄打扮。

⑤簪玉，头上插着玉簪。鸣金，手上响着金环。

⑥砧，捣衣时的垫板。杵，捣衣的木棒。楹，柱。檐高楹长，均言庭院之深。

⑦题，额。双题，谓前额两边。此实为与"两袖"相对而用"双"字。

⑧君子，指丈夫。

⑨笥、箧，并竹器，即竹箱。幽缄，紧紧扎束。古人箱箧用绳子缚紧。

⑩畴昔，从前。句意谓腰带的大小以从前为准，不知现在是否适合。

★惠连诗就整体而言，自不如灵运深厚沉博，然单篇未必逊于灵运，而较灵运清畅。《诗品》谓"小谢才思高捷，恨其兰玉夙凋，故长辔未骋。《秋怀》《捣衣》之作，虽复灵运锐思，亦何以加焉"。品评可谓的当。何焯《义门读书记》谓其"一往清绮，而不乏真味"，所论亦确。

"腰带准畴昔，不知今是非"，措词委婉而别有情意。袁子才《随园诗话》记其女弟子寄衣诗有"郎腰侬抱惯，大小不需量"句，则未免低俗。

颜延之

颜延之（384—456），字延年，琅琊临沂（今山东临沂）人。少孤贫，好读书，曾为豫章公刘裕世子刘义符中军行参军。刘裕代晋，补太子舍人，迁始安太守，终金紫光禄大夫。宋孝武帝孝建三年卒，年七十三。延之在当时声望颇高，与谢灵运并称“颜谢”。但颜诗堆砌词藻，伤于镂刻，词涩意隔，思情往往不畅。原有集，已散佚，明人辑有《颜光禄集》。

北使洛[①]

改服饬徒旅，首路跼险艰[②]。
振楫发吴洲，秣马陵楚山[③]。
途出梁宋郊，道由周郑间[④]。
前登阳城路，日夕望三川[⑤]。
在昔辍期运，经始阔圣贤[⑥]。
伊洛绝津济，台馆无尺椽[⑦]。
宫陛多巢穴，城阙生云烟[⑧]。
王猷升八表，嗟行方暮年[⑨]。
阴风振凉野，飞雪瞀穷天[⑩]。
临途未及引，置酒惨无言[⑪]。
隐闵徒御悲，威迟良马烦[⑫]。
游役去芳时，归来屡徂愆[⑬]。
蓬心既已矣，飞薄殊亦然[⑭]。

①颜延之为豫章公刘裕世子刘义符中军行参军。晋安帝义熙十二年丙辰（416）刘裕北伐，收复洛阳。十二月，晋安帝封刘裕为宋公。遣延之到洛阳庆贺"殊命"。诗即作于赴洛之行。时延之三十二岁。

②改服，改常服为行装。饬，戒饬。徒旅，使随行仆御。首路，起程上路。跼，曲。《诗·小雅·正月》："谓天盖高，不敢不跼；谓地盖厚，不敢不蹐。"蹐，小步行走。后世"跼蹐"连文，因而跼亦有蹐义，犹言走上、踏上。艰，一本作难。

③振楫，摇桨，亦即架船。吴洲，泛指吴地。秣马，喂马。楚山，泛指楚地。

④梁，战国梁在今河南开封。西汉改砀郡为梁国，治睢阳，今河南商丘。诗中梁宋并称，则梁应指开封，因周代宋国也。周，东周都城在今河南洛阳。郑，春秋郑在今河南新郑。

⑤阳城，在今河南登封东南。三川，李善注："应劭曰：'三川，今河南郡。'韦昭曰：'有河、洛、伊，故曰三川也。'"诗中实指黄河、洛水、伊水。

⑥在昔，往昔，此指西晋末年。辍，止，中断。期运，犹时运，气数。期运中辍，指异族侵凌，致使晋室南迁。经始，本经营始造之意，语本《诗·大雅·灵台》"经始灵台"句，诗中用作经营统治之意。阔，违离。圣贤，指汉族统治者。阔圣贤，谓中原沦于异族。

⑦伊洛，伊水与洛水。一作"伊瀔"，瀔亦水名。绝，断。津，渡。椽，屋顶支架瓦片之木条。二句谓渡口不通，台馆毁坏。

⑧宫陛，泛指宫殿。陛，宫殿台阶。巢穴，指野兽巢穴。

⑨王猷，王道。八表，犹八荒，指边远之地。此句谓刘裕北伐，使王道被于八荒。暮年，指岁暮；延之使洛在是年十二月。

⑩阴风，寒风。瞀，昏蒙。穷天，指冬日天空。《吕氏春秋·季冬纪》："是月也，日穷于次，月穷于纪。"

⑪引，进。

⑫隐闵，忧伤。徒御，挽车与驾车人员。威迟，犹逶迤，指道路曲折绵延。烦，疲劳。曹植《洛神赋》："车殆马烦。"

⑬游役，行役在外。去芳时，犹违芳时。徂，往。愆，误。归来屡徂愆，《文选》李善注："言当归来，而更数有所往而愆本期。"屡徂愆，意甚梗塞，李注亦颇牵强。"徂愆"疑当作"徂迁"，迁移、变迁之意，言当归来而屡有变迁。陆机《饮马长城窟行》"戎车无停轨，旌旆屡徂迁"，当为所本。或曰"徂"当作"阻"，句意言当归来而屡被阻滞贻误。

⑭ 蓬心，愚钝之心。语本《庄子·逍遥游》“夫子犹有蓬之心也夫”。飞薄，指蓬草飞转翻跌。喻飘流无定。

还至梁城作[①]

眇默轨路长，憔悴征戍勤[②]。
昔迈先徂师，今来后归军[③]。
振策睠东路，倾侧不及群[④]。
息徒顾将夕，极望梁陈分[⑤]。
故国多乔木，空城凝寒云[⑥]。
丘垄填郛郭，铭志灭无文[⑦]。
木石扃幽闼，黍苗延高坟[⑧]。
惟彼雍门子，吁嗟孟尝君[⑨]。
愚贱同堙灭，尊贵谁独闻？
曷为久游客，忧念坐自殷[⑩]？

①此诗即作于使洛南还途经梁城时。

②眇默，远貌。语本《楚辞·悲回风》“登石峦以远望兮，路眇眇之默默”。轨，车迹。轨路，亦即路。憔悴，忧苦貌。语本《楚辞·渔父》“颜色憔悴”。勤，苦。

③迈，行。徂，往。二句谓昔来时军队先往，今回来军队后归，时刘裕尚未回师。

④振策，挥鞭驱马。睠，望。倾侧，犹顾盼。

⑤息徒，休息徒众。嵇康《送秀才入军》“息徒兰圃”。极望，远望。陈，周代陈国都于宛丘，今河南淮阳，国境在今河南东部和安徽西北。

⑥故国，此指中原地区。

⑦丘垄，坟墓。郛（fú）郭，外城，此处犹言城郭。铭志，指坟上的墓铭墓志。

⑧扃，门闩，此处为封蔽之义。闼，门。此处幽闼当指墓门。苗，特指禾苗。黍苗，此指野生禾黍。延，蔓延，铺满。

⑨惟，思，念。雍门子，即雍门周，战国齐人。尝以琴见孟尝君。孟尝君曰：“先生鼓琴亦能令文悲乎？”雍门周曰：“臣窃悲千秋万岁后，坟墓生荆棘，

狐兔穴其中，樵儿牧竖踯躅而歌其上。行人见之凄怆，曰：孟尝君之尊贵乃如是乎！”引琴而鼓之，孟尝君为之唏嘘涕下。见《桓子新论》。

⑩曷为，何为。久游客，诗人自指。殷，深。坐自殷，因自深。

★《南史·颜延之传》：延之“为宋武帝豫章公世子中军行参军。及武帝北伐，有宋公之授，府遣延之庆殊命。行至洛阳，周视故宫室，凄然咏《黍离篇》。道中作诗二首，为谢晦、傅亮所赏”。二诗即《北使洛》与《还至梁城作》。自晋室南渡，黄河流域，饱经战乱，已历百年。颜延之北访河洛，见中原残破，城郭荒凉，因而无限感慨。“伊洛绝津济，台馆无尺椽。宫陛多巢穴，城阙生云烟”，“故国多乔木，空城凝寒云。丘垄填郛郭，铭志灭无文”，所写见闻真切，感情亦颇凄怆，所谓黍离之悲也。使延之更具匠心，是不难写成可与曹操《蒿里》、王粲《七哀》、曹植《送应氏》媲美之作。但延之造语艰涩，意象不够显豁，结尾尤为乏力，故终逊一筹。

五君咏[①]

阮步兵[②]

阮公虽沦迹，识密鉴亦洞[③]。
沉醉自埋照，寓辞类托讽[④]。
长啸若怀人，越礼自惊众[⑤]。
物故不可论，途穷能无恸[⑥]！

①《宋书·颜延之传》：颜延之领步兵校尉，好酒放诞，不能取容当世。见刘湛、殷景仁专当要任，意甚不平。刘湛言于彭城王刘义康，出颜延之为永嘉太守。延之甚怨愤，乃作《五君咏》。其时当在元嘉六七年间（429—430），延之四十六七岁。五君均晋初竹林七贤中人。《晋书·嵇康传》载：嵇康与阮籍、山涛、向秀、刘伶、籍兄子阮咸、王戎，游于竹林，称竹林七贤。七贤中山涛、王戎后均贵显，故延之只咏五人。

②阮步兵，即阮籍，曾为步兵校尉。参见阮氏小传。

③沦迹，隐晦其形迹。《晋书·阮籍传》：“籍本有济世志，属魏晋之际，天下多故，名士少有全者，籍由是不与世事，遂酣饮为常。”此即所谓“沦迹”。

识密，识见缜密。鉴，照，引申为观察。洞，深刻。

④埋照，敛藏光焰，犹言韬光。寓词类托讽，指所作《咏怀诗》。《文选·咏怀诗》注引颜延之曰："嗣宗身仕乱朝，常恐离谤遇祸，因兹发咏，故每有忧生之嗟。虽志在讥刺，而文多隐避，百代之下，难以情测。"

⑤长啸，蹙口发声，魏晋时一种音乐性口技。《三国志·魏志·阮籍传》裴松之注引《魏氏春秋》："籍少时尝游苏门山。有隐者，莫知姓名。籍从与谈太古无为之道，及论五帝三王之义，苏门生萧然曾不经听。籍乃对之长啸，清韵响亮。苏门生逌尔而笑。籍既降，苏门生亦啸，若鸾凤之音焉。"越礼，不拘礼俗。《晋书·阮籍传》：阮籍"不拘礼教"。"籍嫂尝归宁，籍相见与别。或讥之，籍曰：'礼岂为我设邪！'邻家少妇有美色，当垆沽酒。籍尝诣饮，醉便卧其侧。籍既不自嫌，其夫察之，亦不疑也。兵家女有才色，未嫁而死。籍不识其父兄，径往哭之，尽哀而还。其外坦荡而内淳至，皆此类也。"

⑥物故，犹言世事。阮籍生当乱世，以为世事不可论，故"发言玄远，口不臧否人物。"途穷，路途尽处。能无，岂能无。恸，恸哭。《世说新语》刘孝标注引《魏氏春秋》："（阮籍）时率意独驾，不由径路，车迹所穷，辄恸哭而反。"

嵇中散[①]

中散不偶世，本自餐霞人[②]。
形解验默仙，吐论知凝神[③]。
立俗迕流议，寻山洽隐沦[④]。
鸾翮有时铩，龙性谁能驯[⑤]！

①嵇中散，即嵇康，曾为中散大夫。参见嵇氏小传。

②不偶世，不合世俗。李善注引《晋阳秋》："嵇康性不偶俗。"餐霞人，即仙人。《楚辞·远游》："餐六气而饮沆瀣兮，漱正阳而含朝霞。"

③形解，犹尸解，即解脱形体而成仙。验，已经证实。默仙，默然成仙。李善注引顾恺之《嵇康赞》："南海太守鲍靓，通灵士也。东海徐宁师之。宁夜闻静室有琴声，怪其妙而问焉。靓曰：'嵇叔夜。'宁曰：'嵇临命东市，何得在兹？'靓曰：'叔夜迹示终，而实尸解。'"《桓子新论》："圣人皆形解仙去，言死，示民有终。"吐论，发表议论，指其著述。凝神，言其精神修养达到凝神专一。《庄子·逍遥游》："藐姑射之山有神人居焉，其神凝。"李善注引孙绰《嵇中散传》："嵇康作《养生论》，入洛，京师谓之神人。"

④立俗，犹处世。迕，逆，违背。流议，流俗议论。嵇康《与山巨源绝交书》中“非汤武而薄周孔”，违忤流俗。洽，合，指融洽相处。隐沦，隐士。

⑤翮（hé），翅羽。铩（shā），摧残毛羽。李善注引《嵇康别传》：“康美音气，好容色，龙章凤姿，天质自然。”驯，驯服。二句谓身可以残毁，性不可驯服。

刘参军①

刘伶善闭关，怀情灭闻见②。
钟鼓不足欢，荣色岂能眩③。
韬精日沉饮，谁知非荒宴④。
颂酒虽短章，深衷自此见⑤。

①刘参军，即刘伶，字伯伦。沛国（今安徽濉西县西北）人。曾为建威参军，故称刘参军。《晋书》本传谓其“放情肆志，常以细宇宙齐万物为心。澹默少言，不妄交游，与阮籍、嵇康相遇，欣然神解，携手入林”。

②闭关，拴上门闩，即关门，比喻控制情欲主见，使不外露。语本《老子》“善闭者无关键而不可开”。怀情灭闻见，内怀情义而外无闻见。李善注：“言道德内充，情欲俱闭；既无外累，故闻见皆灭。”

③钟鼓，喻音乐。荣色，犹美色，概喻各种世俗诱惑。眩，惑。李善注：“夫钟鼓以悦耳，荣色以悦目。今闻见既灭，声色俱丧，故鼓钟不足以为欢，岂荣色之能眩也！”

④韬，藏。韬精，犹韬光，掩藏光焰。沉饮，沉湎饮酒。荒宴，嬉荒饮宴。《晋书》本传，谓刘伶好饮。“常乘鹿车，携一壶酒，使人荷锸而随之，谓曰：‘死便埋我’。”“伶虽陶兀昏放，而机应不差。”刘伶生于乱世，常多忧患，故以饮酒为事，外似昏放，内实清醒，并非嬉荒沉溺。

⑤颂酒，《晋书》本传：刘伶“未尝措意文翰，惟著《酒德颂》一篇。其辞曰：‘有大人先生，以天地为一朝，万期为须臾，日月为扃牖，八荒为庭衢。行无辙迹，居无室庐，幕天席地，纵意所如。止则操卮执觚，动则挈榼提壶，惟酒是务，焉知其馀。有贵介公子、搢绅处士，闻吾风声，议其所以，乃奋袂攘襟，怒目切齿，陈说礼法，是非锋起。先生于是方捧罂承槽，衔杯漱醪，奋髯箕踞，枕麹藉糟，无思无虑，其乐陶陶。兀然而醉，恍尔而醒。静听不闻雷霆之声，熟视不睹泰山之形。不觉寒暑之切肌，利欲之感情。俯观万物，扰扰焉若江海之载浮萍。二豪侍侧焉，如蜾蠃之与螟蛉！’”深衷，深刻内涵。刘伶

此文，实用以对抗世俗礼法。

阮始平[①]

仲容青云器，实禀生民秀[②]。
达音何用深，识微在金奏[③]。
郭奕已心醉，山公非虚觏[④]。
屡荐不入官，一麾乃出守[⑤]。

①阮始平，即阮咸，字仲容，阮籍之侄，曾官始平太守，故称阮始平。《晋书》本传谓“咸任达不拘，与叔父籍为竹林之游，当世礼法者讥其所为”。

②青云器，谓其器宇不凡。李善注：“青云，高远也。”禀，领受，指天赋。生民，人。秀，美。

③达音，精通音乐。识微，识见深微。金奏，指钟鼓之乐。《晋书》本传：“咸妙解音律，善弹琵琶。”“荀勖每与咸论音律，自以为远不及也。”李善注引傅畅《晋诸公赞》曰：“中护军长史阮咸唱议，‘荀勖所造乐，声高则悲，亡国之音哀以思，今声不合雅，惧非德政中和之善，必古今长短之所致’。后掘地得古铜尺，岁久欲腐坏。以此尺度于勖今尺，短四分。时人明咸为解。”

④“郭奕”二句：《晋书》本传：“太原郭奕高爽有识量，知名于时，少所推先，见咸心醉，不觉叹焉。”山公，即山涛。《晋书》本传：“山涛举咸典选，曰：‘阮咸贞素寡欲，深识清浊，万物不能移。若在官人之职，必绝于时。’”晋武帝以咸耽酒浮虚，遂不用。”觏（gǒu），见。

⑤屡荐，多次荐举。李善注引曹嘉之《晋纪》：“山涛举咸为吏部郎，三上，武帝不能用。”“一麾”一句：《晋书》本传：“荀勖每与咸论音律，自以为远不及也，疾之，出补始平太守。”李善注：“麾，指麾也，言为勖所指麾也。”

向常侍[①]

向秀甘淡薄，深心托豪素[②]。
探道好渊玄，观书鄙章句[③]。
交吕既鸿轩，攀嵇亦凤举[④]。
流连河里游，恻怆山阳赋[⑤]。

①向常侍，即向秀（227？—272），字子期，河内怀（今河南武陟县西南）人，官至黄门侍郎、散骑常侍，故称向常侍。《晋书》本传谓其“在朝不任职，容迹而已”。盖向秀鄙恶司马氏而又无法抗拒，故虚与委蛇。

②豪，通“毫”。毫素，笔与帛，代指著述。

③渊玄，深远玄妙。鄙，轻视。章句，指烦琐训诂。向秀注《庄子》，重在分析玄理，不事章句训诂。《世说新语·文学》：“初，注《庄子》者数十家，莫能究其旨要。向秀于旧注外为解义，妙析奇致，大畅玄风。”

④“交吕”二句：吕，吕安。嵇，嵇康。向秀与嵇康、吕安为友。《晋书》本传：“康善锻，秀为之佐，相对欣然，旁若无人。又共吕安灌园于山阳。”鸿轩，犹鸿飞。上下两句拆用“轩举”一词。轩举，高飞。

⑤流连，徘徊眷恋。河里，即河内。李善注引《魏氏春秋》：“康寓居河内之山阳县，与河内向秀相友善，游于竹林。”恻怆，悲恻凄怆。山阳赋，即《思旧赋》。嵇康、吕安被司马昭杀害，后向秀过嵇康山阳旧居，作《思旧赋》以抒其思念之情。

★《五君咏》，以组诗分咏一组人物，为延之创举。歌咏五君，实寄寓作者自身愤懑，故辞意激扬，感情深挚，颇能表述五君个性。但涉事过于泥着，造语又嫌硬涩，因而缺乏足够的艺术感染力。

袁淑

袁淑（408—453）字阳源，陈郡阳夏（今河南太康）人。元嘉中为司徒祭酒，以疾免官。元嘉二十六年，累迁尚书吏部郎，转御史中丞，迁太子左卫率。元嘉三十年，太子刘劭欲为篡弑，淑不从，遂被杀，年四十六。原有集，已佚，后人辑有《袁阳源集》。

效古

讯此倦游士，本家自辽东①。
昔隶李将军，十载事西戎②。
结车高阙下，极望见云中③。
四面各千里，纵横起严风。
寒燠岂如节，霜雨多异同④。
夕寐北河阴，梦还甘泉宫⑤。
勤役未云已，壮年徒为空⑥。
乃知古时人，所以悲转蓬⑦。

①讯，问。倦游士，观全诗，实指从军服役之士。诗第一句发问，第二句以下全作倦游士的自述。辽东，郡名，战国燕置，秦汉因之，治襄平（今辽阳），辖境今辽宁大凌河以东地区。

②李将军，通常称汉武帝时名将李广为李将军。然下文“结车高阙下”用卫青、李息典，则李将军似指李息。诗中形象系虚构，无需指实。西戎，《诗·秦风·小戎》序：“备其兵甲，以讨西戎。”诗中用以指匈奴。

③结车，集结兵车。高阙，《汉书·武帝纪》：元朔二年，“遣将军卫青、李息出云中，至高阙”。师古曰：“（高阙），山名也，一曰塞名也，在朔方之北。”

极望，极目远望。云中，郡名，战国燕置，秦汉因之，地在今内蒙古境。

④燠，热。二句谓边境气候与中原节气不相应。

⑤北河，河名。水南曰阴。甘泉宫，汉宫名。

⑥已，止。未云已，示有尽期。

⑦转蓬，北方沙漠中蓬草，秋后连根拔起，随风旋转。曹植《吁嗟篇》："吁嗟此转蓬，居世何独然。长去本根逝，宿夜无休闲。"又，《杂诗》："转蓬离本根，飘飖随长风。""类此客游子，损躯远从戎。"

王 微

王微（415—453），字景玄，祖籍琅琊临沂（今山东临沂）。晋元帝宰相王导五世孙。少好学，善属文，工书。除南平王刘铄右军谘议参军，江湛举为吏部郎，微素无宦情，并陈疾不就。宋文帝元嘉三十年卒，年三十九。

杂 诗

思妇临高台，长想凭华轩①。
弄弦不成曲，哀歌送苦言。
箕帚留江介，良人处雁门②。
讵忆无衣苦，但知狐白温③。
日暗牛羊下，野雀满空园④。
孟冬寒风起，东壁正中昏⑤。
朱火独照人，抱景自愁怨⑥。
谁知心曲乱，所思不可论⑦。

①轩，台上栏杆。

②箕帚，撮箕和扫帚，都是扫地用的器具。《国语·吴语》："勾践请盟，一介嫡女，执箕帚以晐姓于王宫。"勾践表示谦卑，谓以嫡女献给吴王仅执箕帚以供洒扫而已，此以箕帚指思妇自我。江介，江边，指南方。良人，思妇称其丈夫。雁门，郡名，在今山西北部。

③讵，岂。二句化用曹植《赠丁仪诗》"狐白足御冬，焉念无衣客"。

④"日暗"句，化用《诗·王风·君子于役》"日之夕矣，牛羊下来"。

⑤壁，星名，二十八宿之一。《礼记·月令》：仲冬之月，"昏东壁中"。即

仲冬之时，壁宿黄昏出现天东正中。

⑥朱火，烛。

⑦心曲，内心。论，伦也，即条理。所思不可条理。亦即“心曲乱”。

鲍 照

鲍照（414？—466），字明远，东海（今山东郯城北）人，家居建业。出身贫贱，少有文思。以文辞受知于临川王刘义庆，迁秣陵令，宋文帝以为中书舍人。宋孝武帝大明五年（461）临海王刘子顼镇荆州，照为前军参军，掌书记之任。宋明帝太始二年，荆州长史孔道存举兵响应晋安王刘子勋，子勋败，子顼赐死，时年十一岁。荆州兵乱，照为乱军所杀。有《鲍参军集》。

与鲍明远同时而稍前之谢灵运、颜延之并以徒诗知名，鲍照力作却在乐府。鲍照乐府造语劲挺，操调险急，发怀才不遇之牢骚，抒社会不平之愤懑，诗风对后世影响颇大。鲍照徒诗也未免雕琢，然仍较颜谢流畅。谢、颜、鲍为刘宋三大诗人，延之实不足与鼎立，故后来只称“鲍谢”。鲍照赋与散文成就亦颇高，前者以《芜城赋》最为有名，后者以《登大雷岸与妹书》为人称赏。

代东门行[1]

伤禽恶弦惊，倦客恶离声[2]。
离声断客情，宾御皆涕零[3]。
涕零心断绝，将去复还诀[4]。
一息不相知，何况异乡别[5]！
遥遥征驾远，杳杳白日晚[6]。
居人掩闺卧，行子中夜饭[7]。
野风吹秋木，行子心肠断。

食梅常苦酸，衣葛常苦寒[⑧]。
丝竹徒满坐，忧人不解颜[⑨]。
长歌欲自慰，弥起长恨端[⑩]。

①代，犹拟作，仿作。《东门行》，《乐府诗集》属相和歌瑟调曲。郭茂倩引《乐府解题》：“古词曰‘出东门，不顾归。来入门，怅欲悲’，言士有贫不安其居者，拔剑将去，妻子牵衣留之，愿共铺糜，不求富贵；且曰今时清廉，不可为非也。若宋鲍照‘伤禽恶弦惊’，但伤离别而已。”

②伤禽，受伤之鸟。恶，惧怕。《战国策·楚策》：“更羸与魏王处京台之下，仰见飞鸟，更羸谓魏王曰：‘臣为王引弓虚发而下鸟。’魏王曰：‘然则射可至此乎？’更羸曰：‘可。’有间，雁从东方来，更羸以虚发而下之。魏王曰：‘然则射可至此乎？’更羸曰：‘此孽也。’王曰：‘先生何以知之？’对曰：‘其飞徐而鸣悲。飞徐者，故疮痛也；鸣悲者，久失群也。故疮未息而惊心未去也，闻弦音引而高飞，故疮陨也。’”倦客，倦游之人。离声，离歌之声。

③宾御，宾客与侍从。涕零，泪落。

④“将去”句，谓将去又复回头告别。诀，别。

⑤“一息”二句：息，呼吸。一息，犹片刻。谓片刻分离犹且伤怀，何况异乡长别。

⑥征驾，行车。杳杳，深暗貌。白日，《文选》作“落日”。

⑦中夜，夜间。《艺文类聚》作“中野”，野外。饭，用餐。

⑧葛，葛布。食梅苦酸，衣葛苦寒，谓有此经验方有此体会，喻有离别而后知离情别恨。下文“忧人不解颜”即此意。

⑨丝竹，弦乐与管乐，泛指音乐。解颜，开颜，指欢笑。

⑩弥，益，更。

代放歌行[①]

蓼虫避葵堇，习苦不言非[②]；
小人自龌龊，安知旷士怀[③]。
鸡鸣洛城里，禁门平旦开[④]。
冠盖纵横至，车骑四方来[⑤]。
素带曳长飚，华缨结远埃[⑥]。

日中安能止，钟鸣犹未归[7]。
夷世不可逢，贤君信爱才[8]。
明虑自天断，不受外嫌猜[9]。
一言分珪爵，片善辞草莱[10]。
岂伊白璧赐，将起黄金台[11]。
今君有何疾，临路独迟回[12]？

①《放歌行》，《乐府诗集》属相和歌辞瑟调曲。本篇系揭露官宦场中奔走钻营诸丑态。

②蓼，草名，味辛辣，又名辣蓼。蓼虫，长于蓼上之虫。葵堇，两种草本植物，皆可食，味甘，蓼虫习于辛辣，故反而避开葵堇。东方朔《七谏》："蓼虫不知徙乎葵菜。"王粲《七哀》："蓼虫不知辛，去来勿与咨。"

③龌龊（wò chuò），局狭浅陋之貌。旷，明也。旷士，高明之士。

④洛城，洛阳，泛指京城。刘宋都于建业，此诗讽刺京师官宦，故托言洛阳以避忌讳。禁门，京师之门，天子所居，门设禁卫，故曰禁门。平旦，黎明。"鸡鸣"以下八句，写京师官宦奔竞钻营之状。

⑤冠盖，冠冕与车盖，代指达官贵人。

⑥曳，牵引。飚，风。华缨，丝织帽带。

⑦钟鸣，指夜晚钟鸣之时。

⑧夷世，太平盛世。信，诚。"夷世"以下八句歌颂当朝，全是反语，实深含讽刺。

⑨明虑，英明思虑。天，指君上。

⑩一言，指善言。珪，瑞玉，上圆下方，官爵符信。《左传》哀公十四年："司马牛致其邑与珪焉。"杜预注："珪，守邑符信。"草莱，草野。"一言"二句，谓一言之善即赐珪爵，片善可取即被录用。

⑪伊，助词。白璧赐，《史记·虞卿列传》：虞卿"说赵孝成王，一见，赐黄金百镒，白璧一双"。黄金台，李善注《上谷图经》："黄金台，易水东南十八里，燕昭王置千金于台上，以延天下之士。"按，《史记·燕召公世家》只言昭王为郭隗筑宫而师事之，不言筑台。汉末孔融《论盛孝章书》有"昭王筑台以尊郭隗"之语。称为黄金台，今存典籍中始见于鲍照此诗。后世即用为典实。

⑫迟回，犹疑貌。

★本诗全篇都系讽刺，诗中用语应从反面看。“鸡鸣”以下八句写京师官宦奔竞钻营之状，此易辨识。“夷世”以下八句，亦貌似颂扬，实尽嘲弄揶揄之能事。即如结尾“今君有何疾，临路独迟回”，亦是诗人反语。如以后段为仕宦中人正面歌颂当朝并诘问为何不与竞逐，则全无讽刺锋芒，便觉诗味索然，显迕诗人作意。

代陈思王《京洛篇》①

凤楼十二重，四户八绮窗②。
绣桷金莲花，桂柱玉盘龙③。
珠帘无隔露，罗幌不胜风④。
宝帐三千所，为尔一朝容⑤。
扬芬紫烟上，垂綵绿云中⑥。
春吹回白日，霜歌落塞鸿。
但惧秋尘起，盛爱逐衰蓬⑦。
坐视青苔满，卧对锦筵空。
琴瑟纵横散，舞衣不复缝。
古来共歇薄，君意岂独浓⑧。
惟见双黄鹄，千里一相从⑨。

①《京洛篇》，《乐府诗集》作《煌煌京洛行》，属相和歌辞瑟调曲。陈思王，即曹植。然现存植集无《京洛篇》，有《名都篇》，首二句云“名都多妖女，京洛出少年”，或即所指。又，曹丕有《煌煌京洛行》。郭茂倩引《乐府诗题》：“晋乐奏文帝‘夭夭圆桃，无子空长’，言虚美者多败。又有韩信高鸟尽，良弓藏；子房保身全名，苏秦倾侧卖主；陈轸忠而有谋，楚怀不纳；郭生古之雅人，燕昭臣之；吴起智小谋大；及鲁仲连高士不受千金等语。若宋鲍照‘凤楼十二重’、梁戴嵩‘欲知佳丽地’，始则盛称京洛之美，终称君恩歇薄，有怨旷沉沦之叹。”鲍诗有似宫词，写女子备极恩宠，然统治者往往盛爱不终，故心怀忧惧，恐君恩歇薄而被离弃。

②凤楼，即凤凰楼，晋宫阙名。见《太平御览》。十二重，极言其高。绮

窗，有镂花窗户。

③桷，方椽。

④珠帘，缀珠为帘。

⑤三千所，《玉台新咏》作“三千万”。尔，指女子。

⑥扬，散发。芬，香。綵，五色丝绸。

⑦蓬，草名，菊科，秋后干枯，往往连根拔起，随风飘转。“但惧”二句，谓恐色衰爱弛，如秋风尘起，衰蓬枯寂。

⑧共，《玉台新咏》作“皆”。歇薄，谓宠幸不终，恩歇爱薄。君，指统治者。

⑨鹄（hú），鸟名，即天鹅。“惟见”二句，谓惟有天上黄鹄，始终恩爱不绝，千里相从。一相从，犹言永相从，一直相从。《文选》苏子卿诗：“愿为双黄鹄，送子俱远飞。”

代《白头吟》①

直如朱丝绳，清如玉壶冰②。
何惭宿昔意，猜恨坐相仍③。
人情贱恩旧，世议逐衰兴④。
毫髮一为瑕，丘山不可胜⑤。
食苗实硕鼠，点白信苍蝇⑥。
凫鹄远成美，薪刍前见陵⑦。
申黜褒女进，班去赵姬升；
周王日沦惑，汉帝益嗟称⑧。
心赏犹难恃，貌恭岂易凭⑨。
古来共如此，非君独抚膺⑩。

①《白头吟》，《乐府诗集》属相和歌辞楚调曲。郭茂倩引《乐府解题》：“古辞云：‘皑如山上雪，皎若云间月。’又云：‘愿得一心人，白头不相离。’始言良人有两意，故来与之相决绝。次言别于沟水之上，叙其本情。终言男儿重意气，何用于钱刀。若宋鲍照‘直如朱丝绳’、陈张正见‘平生怀直道’、唐虞世南‘气如幽径兰’，皆自伤清直芳馥，而遭铄金玷玉之谤，君恩以薄，与古文近焉。”又引一说：“白头吟疾人相知，以新间旧，不能至于白首，故以为

名。”

②朱丝绳，琴瑟上丝制弦线。

③宿昔，犹往日。宿昔意，即往日之直与清。猜恨，忌恨。坐，遂，乃。相仍，相因，谓不断发生。

④“人情”二句，谓人情爱新，恩旧则贱。时世议论，视人之兴衰而异，兴则颂扬，衰则贬斥。世议，《玉台新咏》作“世义”，《乐府诗集》作“世路”。

⑤瑕，玉上之疵，泛指疵病。“毫髪”二句，毫髮甚轻，丘山甚重。谓一有毫髮之疵，即似比丘山还重，即攻其一点，全盘否定。

⑥“食苗”句，用《诗·魏风·硕鼠》：“硕鼠硕鼠，无食我苗！三岁贯女，莫我肯劳。”“点白”句，用《诗·小雅·青蝇》：“营营青蝇，止于樊。岂弟君子，无信谗言。”郑玄笺：“蝇之为虫，污白使黑，污黑使白，喻佞人变乱善恶也。”点，《文选》作“玷”。信，诚。二句谓佞人谗毁，使正直者受害。

⑦凫，水鸟。鹄，天鹅。《韩诗外传》：“田饶事鲁哀公而不见察，田饶谓哀公曰：‘夫鸡，头戴冠，文也；足有距，武也；见敌敢斗，勇也；有食相呼，仁也；夜不失时，信也。鸡有五德，君犹日瀹而食之者，以其所从来近也。夫黄鹄一举千里，出君园池，食君鱼鳖，啄君稻粱，无此五者而贵之，以其所从来远也。故臣将去君，黄鹄举矣！’”（瀹，通“瀹”。《玉篇》：“瀹，煮也。”）薪刍，柴草。《文子》：“虚无因循，常后而不先。譬若积薪，后者处上也。”《史记·汲黯列传》：“（汲黯）见上，前言曰：‘陛下用群臣，如积薪耳，后来者居上。’”积薪者先积者在下，后置者反而在上。陵，侵，辱。“凫鹄”二句，谓凫鹄远飞者所以成美，薪刍先积者反见侵陵；喻人远去者或见赞扬，长期效力者常被陵辱。

⑧申，申后。黜，废。褒女，褒姒。周幽王嬖爱褒姒，遂废申后，以褒姒为后。后为犬戎所杀，西周以亡。见《史记·周本纪》。班，班倢伃。赵姬，赵飞燕。班倢伃幸于汉成帝，后赵飞燕姊妹夺宠，班倢伃乃求共奉太后于长信宫。见《汉书·外戚传》。周王，即周幽王。沦惑，沉沦迷惑。汉帝，即汉成帝。嗟称，嗟叹称赏。谓周幽王于褒姒日益沦惑，汉成帝对赵姬愈加叹赏。

⑨“心赏”二句，谓中心赏识犹不足恃，外貌恭顺岂足为凭。

⑩君，指直者清者，实即诗人自指。抚膺，以手抚膺，叹息之貌，即用作叹息之意。

代《东武吟》①

主人且勿喧，贱子歌一言②。

仆本寒乡士，出身蒙汉恩。
始随张校尉，召募到河源[③]；
后逐李轻车，追虏出塞垣[④]。
密途亘万里，宁岁犹七奔[⑤]。
肌力尽鞍甲，心思历凉温[⑥]。
将军既下世，部曲亦罕存[⑦]。
时事一朝异，孤绩谁复论[⑧]！
少壮辞家去，穷老还入门。
腰镰刈葵藿，倚杖牧鸡豚[⑨]。
昔如鞲上鹰，今似槛中猿[⑩]。
徒结千载恨，空负百年怨[⑪]。
弃席思君幄，疲马恋君轩。
愿垂晋主惠，不愧田子魂[⑫]。

①《东武吟》，《乐府诗集》属相和歌辞楚调曲。郭茂倩引《乐府解题》："鲍照云'主人且勿喧'，沈约云'天德深且旷'，伤时移事异，荣华徂谢也。"东武，地名，汉有东武郡，地在今山东省高密、诸城境。本篇托为汉代一名老军述其暮年困况，控诉统治者于有功不赏，篇中充溢愤恨之情。

②喧，喧哗。贱子，老人自称。

③张校尉，指张骞。张骞，西汉成固（今陕西城固县）人，多次出使西域。又曾为校尉，从大将军卫青击匈奴。召募，应召募从军。河源，黄河发源之地。《汉书·张骞传》有"汉使穷河源"之语，班氏赞语亦云："自张骞使大夏之后也，穷河源。"穷河源为张骞去世以后事，诗人用典不尽泥史实。

④逐，追随。李轻车，指李蔡，李广从弟，汉武帝元朔中为轻车将军，击匈奴右贤王有功，封乐安侯。见《汉书·李广传》。出，《文选》作"穷"。似更佳。塞垣，指边塞。

⑤密途，近路。亘，连贯。宁岁，安宁年月。七奔，多次奔命。《左传》成公七年："吴始伐楚，子重、子反于是乎一岁七奔命。"二句写奔走辛劳，纵是近路亦连亘万里，即使宁岁犹多番奔命。

⑥心思，精神上。历凉温，经历人间冷暖。旧解凉温为寒暑，于义稍逊。

⑦下世，去世。部曲，部下将士。《汉书·李广传》颜注引《续汉书·百

官志》："将军领军皆有部曲，大将军营五部，部校尉一人。部下有曲，曲有军侯一人。"知部曲原为汉代编制之名。

⑧孤绩，独有之功绩，一作"孤愤"。

⑨腰，插于腰间。刈，割。豚，小猪。

⑩韝（gōu），臂衣，皮制，打猎时套于手臂以立猎鹰。槛，兽栏。

⑪结，郁积。负，担负。

⑫"弃席"四句：《韩非子·外储说》："文公反国，至河，令笾豆捐之，席蓐捐之，手足胼胝、面目黧黑者后之。咎犯闻之而夜哭。公曰：'寡人出亡二十年，今乃得反国，咎犯闻之不喜而哭，意不欲寡人反国耶？'犯对曰：'笾豆所以食也，席蓐所以卧也，而君捐之；手足胼胝、面目黧黑，劳有功者也，而君后之。今臣有与在后，中不胜其哀，故哭。'"文公乃止。幄，篷帐。《韩诗外传》："昔者田子方出，见老马于道，喟然有志焉，以问于御者曰：'此何马也？'曰：'故公家畜也，罢而不为用，故出放也。'田子方曰：'少尽其力而老弃其身，仁者不为也。'束帛而赎之。"田子方，战国魏人。轩，车。不，无。魂，灵，即精神。弃席思君之幄，老马恋君之轩；愿主上能如文公不弃旧席之恩惠，而无愧田子怜惜老马之精神。旧注训"魂"为"云"，以为虚词，甚误。

代《出自蓟北门行》①

羽檄起边亭，烽火入咸阳②。
征骑屯广武，分兵救朔方③。
严秋筋竿劲，虏阵精且强④。
天子按剑怒，使者遥相望。
雁行缘石径，鱼贯度飞梁⑤。
箫鼓流汉思，旌甲被胡霜⑥。
疾风冲塞起，沙砾自飘扬。
马毛缩如猬，角弓不可张⑦。
时危见臣节，世乱识忠良。
投躯报明主，身死为国殇⑧。

①《出自蓟北门行》，《乐府诗集》属杂曲歌辞。题出自曹植《艳歌行》：

“出自蓟北门，遥望胡地桑。”郭茂倩引《乐府解题》：“出自蓟北门行，其致与从军行同。而兼言燕蓟风物及突骑勇悍之状。若鲍照‘羽檄起边亭’，备叙征战苦辛之意。”按，鲍诗实写北方发生边警，朝廷遣师御敌；诗中备叙边疆风物，并明壮士报国决心。蓟，故燕国，今北京市。

②羽檄，紧急军用文书，上插鸟羽，以示疾速。参见曹植《白马篇》注。边亭，边塞亭障。烽火。边防告警烽火。咸阳，秦都城，在今陕西咸阳县东，此代指京城。

③征骑（jì），征召骑兵。本集作“征师”，此从《文选》。屯，驻防。广武，县名，故城在今山西代县西。朔方，郡名，在今内蒙古境黄河以南地区。

④严秋，肃杀之秋日。筋竿，指弓箭。

⑤雁行，如雁之行列。缘，沿。鱼贯，如鱼之连贯。梁，桥。

⑥箫鼓，军乐。句谓箫鼓传达出征人情思。被，覆盖。

⑦猬，刺猬。角弓，用角装饰之弓。天寒，故马毛蜷缩如猬，角弓亦不可张开。

⑧国觞，为国牺牲曰国殇。

拟《行路难》八首[1]

奉君金卮之美酒

奉君金卮之美酒，玳瑁玉匣之雕琴，
七彩芙蓉之羽帐，九华蒲萄之锦衾[2]。
红颜零落岁将暮，寒光宛转时欲沉[3]。
愿君裁悲且减思，听我抵节行路吟[4]。
不见柏梁铜雀上，宁闻古时清吹音[5]？

①《行路难》,《乐府诗集》属杂曲歌辞。郭茂倩引《乐府解题》：“行路难备言世路艰难及离别悲伤之意，多以‘君不见’为首。”《晋书·袁瓌传》：“旧歌有行路难曲，辞颇疏质，山松（瓌曾孙，东晋末人）好之，乃文其辞句，婉其节制，每因酣醉纵歌之，听者莫不流涕。”袁山松作今不传，现以鲍照之作为最早。鲍照拟《行路难》十八首（或作十九首，非是），多诉社会不平，亦写人生之恨。其十八云：“丈夫四十强而仕，余当二十弱冠辰。”若然，则组诗作时年仅二十。选录八首。“奉君”篇原列第一，有序诗性质。

②奉，奉献。卮，酒器。玳瑁（dài mào），一种海龟，其甲壳可作装饰品。七彩芙蓉，九华蒲萄，均花纹图案。羽帐，帐上饰有翠羽。

③红颜，指年少之时。零落，喻衰老。

④裁悲且减思，抑制悲伤，减少思虑。抵（zhǐ）节，击节。

⑤柏梁，汉武帝所建台名。《汉书·武帝纪》："元鼎二年春起柏梁台。"铜雀，魏武帝所建台名，在邺城西北。宁，岂。清吹（chuì），指音乐。

洛阳名工铸为金博山[①]

洛阳名工铸为金博山，千斫复万镂，
上刻秦女携手仙[②]。
承君清夜之欢娱，列置帏里明烛前。
外发龙鳞之丹彩，内含兰芬之紫烟[③]。
如今君心一朝异，对此长叹终百年[④]！

①本篇原列第二，此假为弃妇之词。

②博山，香炉名，炉盖雕镂成重叠山形，常刻羽人走兽等形象。斫（zhuó），砍，雕刻。秦女，传为秦穆公女弄玉，善吹箫，嫁萧史。穆公为筑凤台。后弄玉跨凤，萧史乘龙，吹箫仙去。见《列仙传》。

③龙鳞之丹彩，指香炉外形重叠如龙鳞，光彩焕发。兰芬，本集作"麝芬"，此从《乐府诗集》。

④"如今"二句，谓往日共对香炉，清夜欢娱，如今君心变异，故对此长叹。

璇闺玉墀上椒阁[①]

璇闺玉墀上椒阁，文窗绣户垂罗幕[②]。
中有一人字金兰，被服纤罗蕴芳藿[③]。
春燕差池风散梅，开帏对影弄春爵[④]。
含歌揽涕恒抱愁，人生几时得为乐[⑤]？
宁作野中之双凫，不愿云间之别鹤[⑥]。

①本篇原列第三，此拟为闺怨诗。

②璇，美石。墀，阶上地。椒阁，阁内以花椒涂壁，取其香气。二句写所住闺阁之华美。

③金兰，疑为当时常用之女性美名。蕴，积聚。藿，香草名。

④差池，不齐貌，此指双燕上下翻飞。散，吹开。影，日光。

⑤恒抱愁，《玉台新咏》作“不能言”。

⑥“宁作”二句，谓宁愿贫贱而双栖，不愿富贵而独处。别鹤，独鹤。

泻水置平地[①]

泻水置平地，各自东西南北流[②]。
人生亦有命，安能行叹复坐愁！
酌酒以自宽，举杯断绝歌路难[③]。
心非木石岂无感，吞声踯躅不敢言[④]。

①本篇原列第四，写其人生失意之感。

②“泻水”二句：泻水置地，水流无定，喻人生随其所处位置而各不相同，命运不能自己控制，实叹自己身世卑微。鲍照自云“北州衰沦，身地孤贱”（《侍郎上疏》）。《诗品》“嗟其才秀人微，故取湮当代”。知鲍氏固因地位低卑而受压抑。

③“举杯断绝歌路难”意似不顺。“行路难”不宜简作“路难”。《艺文类聚》卷三十引“歌”下有“行”字。此句疑应作“举杯断歌行路难”。

④吞声，声欲发而又止。踯躅（zhí zhú），犹疑貌。

对案不能食[①]

对案不能食，拔剑击柱长叹息[②]。
丈夫生世会几时，安能蹀躞垂羽翼[③]？
弃置罢官去，还家自休息。
朝出与亲辞，暮还在亲侧；
弄儿床前戏，看妇机中织。
自古圣贤尽贫贱，何况我辈孤且直[④]！

①本篇原列第六，写其有志难伸之愤慨。《南史》载鲍照曾云："千载上有英才异士沉没而不闻者，安可数哉！大丈夫岂可遂蕴智能，使兰艾不辨，终日碌碌与燕雀相随乎！"可与此参看。

②案，放食器小几，又通"碗"。

③会，能。《乐府诗集》即作能。蹀躞（dié xiè），小步行走，局促之貌。

④孤，谓出身孤寒。直，谓秉性耿直。

中庭五株桃[①]

中庭五株桃，一株先作花。
阳春夭冶二三月，从风簸荡落西家。
西家思妇见悲惋，零落沾衣抚心叹。
初我送君出户时，何意淹留节回换[②]？
床席生尘明镜垢，纤腰瘦削发蓬乱。
人生不得恒称意，惆怅徙倚至夜半[③]。

①本篇原列第八，拟为思妇之辞。

②意，原作"言"，《玉台新咏》注一作"意"，此从一作。何意，何曾料想。

③恒，一作"长"。惆怅（chóu chàng），失意貌。徙倚（xǐ yǐ），徘徊不安貌。

剉蘖染黄丝[①]

剉蘖染黄丝，黄丝历乱不可治[②]。
昔我与君始相值，尔时自谓可君意[③]。
结带与我言，死生好恶不相置[④]。
今日见我颜色衰，意中索莫与先异[⑤]。
还君金钗玳瑁簪，不忍见之益愁思。

①本篇原列第九，此亦拟弃妇诗。

②刈，割取。蘖，即黄蘖，亦即黄柏，供药用，古代可能用作染料。历乱，犹撩乱、杂乱。此以黄丝起兴；丝之历乱不可治，兴思情紊乱不能自持。治，《玉台新咏》注一作“持”。“丝”与“思”谐音，“治”与“持”谐音。

③值，逢。

④好恶，好歹。置，弃。

⑤意中索莫，感情冷漠。

君不见少壮从军去①

君不见少壮从军去，白首流离不得还。
故乡窅窅日夜隔，音尘断绝阻河关②。
朔风萧条白云飞，胡笳哀急边气寒。
听此愁人兮奈何，登山远望得留颜③。
将死胡马迹，能见妻子难④。
男儿生世轗轲欲何道，绵忧摧抑起长叹⑤！

①本篇原列第十四，拟边塞征人怨辞。

②窅窅（yǎo），遥远。音尘，音讯。

③愁人兮奈何，《楚辞·九歌·大司命》：“愁人兮奈何，愿若今兮无亏。”此用其成句。得留颜，岂得留颜。内怀愁苦，登山远望岂能留驻容颜使不衰老。

④迹，蹄。能，原作“宁”，此从《百三名家集》。妻子，妻与子。

⑤轗轲，同“坎坷”，道路不平，喻人生艰难。绵忧，绵长之忧思。摧抑，摧伤抑郁。

★行路难者，人生道路之难也。鲍照《行路难》十八首，或拟为征人思妇之辞，曲喻人生之愁情忧思；或直抒胸臆，“泻水置平地”、“对案不能食”等篇，径是狂呼怒叫，慷慨悲歌，不能自已，最能袒露作者个性。“男儿生世轗轲欲何道，绵忧摧抑起长叹”，可以概括十八首作意。魏晋六朝为五言诗全盛时期，七言起于汉代，建安而后乃有完篇。晋宋虽偶有作者，唯明远可以名家。十八首诗艺纯熟，运用自如，为魏晋南北朝最佳七言组诗，实七言诗史上里程碑之作。

梅花落①

中庭杂树多，偏为梅咨嗟②。
“问君何独然？”“念其霜中能作花③，
露中能作实，摇荡春风媚春日。
念尔零落逐寒风，徒有霜华无霜质④。”

①《梅花落》，《乐府诗集》属横吹曲辞。郭茂倩注：“《梅花落》，本笛中曲也。按唐大角曲亦有《大单于》《小单于》《大梅花》《小梅花》等曲，今其声犹有存者。”此诗歌颂梅花不畏寒冷，赞美其坚贞品质。

②咨嗟，赞叹。

③“问君”句，杂树问。君，指诗人。

④“念其”以下五句，诗人回答。前三句写梅。其，即指梅。谓其冬日霜中作花，春后露中作实，终能摇荡春风媚春日。媚，悦。（以“摇荡”之类词语写梅，南朝如此。如吴均《梅花》诗：“梅性本轻荡，世人相陵贱。故作负霜花，欲使绮罗见。”与唐以后专写梅之坚贞者异。）后二句写杂树，尔，即指杂树。霜，取其美洁之意。华，同“花”。有霜花无霜质，犹言有美色而无美质。

夜坐吟①

冬夜沉沉夜坐吟，含情未发已知心②。
霜入幕，风度林。朱灯灭，朱颜寻③。
体君歌，逐君音；不贵声，贵意深。

①《夜坐吟》，《乐府诗集》属杂曲歌辞。郭茂倩注：“夜坐吟，鲍照所作也。其辞曰‘冬夜沉沉夜坐吟’，言听歌逐音，因音托意也。”此为情诗，诗用听者口吻。

②沉沉，深貌。

③寻，揣度以求，犹想象。“朱灯”二句，谓朱灯虽灭，听其歌声，朱颜犹可想见。

赠傅都曹别[①]

轻鸿戏江潭，孤雁集洲沚[②]。
邂逅两相亲，缘念共无已[③]。
风雨好东西，一隔顿万里[④]。
追忆栖宿时，声容满心耳[⑤]。
落日川渚寒，愁云绕天起。
短翮不能翔，徘徊烟雾里[⑥]。

①都曹，官名。《宋书·百官志》：“都官尚书领都官、水部、库部、功部四曹。”傅都曹，其人不详。

②“轻鸿”二句，以轻鸿喻傅，孤雁自喻。全诗都以鸿雁为喻。潭，水边。集，栖止。沚，小洲。

③邂逅，不期而遇。缘念，系念。

④“风雨”句：好（hào），喜好。《书·洪范》：“星有好风，星有好雨。”传：“箕星好风，毕星好雨。”箕是东方木宿，毕是西方金宿。句意谓风好从箕星向东，雨好从毕星向西，喻彼此分飞。“一隔”句：隔，分隔。顿，遽。句意谓一分别即相距万里。

⑤栖宿时，即首二句戏江潭、集洲沚之时。声容，声音容貌。

⑥翮，翅羽。“短翮”二句，谦言力弱不能远翔，徘徊烟雾而已。

发后渚[①]

江上气早寒，仲秋始霜雪[②]。
从军乏衣粮，方冬与家别。
萧条背乡心，凄怆清渚发。
凉埃晦平皋，飞潮隐修樾[③]。
孤光独徘徊，空烟视升灭[④]。
途随前峰远，意逐后云结[⑤]。
华志分驰年，韶颜惨惊节[⑥]。

推琴三起叹，声为君断绝⑦。

①后渚，洲渚之名，在建业城外。

②始，即。

③埃，尘。皋，水边地。飞潮，指浪花。修樾，犹长林。“凉埃”二句写江上望远方景象。

④孤光，此指落日。空烟视升灭，谓烟徐徐上升逐渐消失。

⑤“途随”二句，谓道路因望见前峰而见其遥远，心绪因回顾后云而郁结。

⑥华志，犹美志。分，消散。韶颜，青春容颜。“华志”二句，谓美好志愿消散于奔驰岁月，青春容颜惨伤于惊心节序。

⑦君，黄节谓为诗人自指。

咏　史①

五都矜财雄，三川养声利②。
百金不市死，明经有高位③。
京城十二衢，飞甍各鳞次④。
仕子飘华缨，游客竦轻辔⑤。
明星晨未晞，轩盖已云至⑥。
宾御纷飒沓，鞍马光照地⑦。
寒暑在一时，繁华及春媚⑧。
君平独寂寞，身世两相弃⑨。

①诗以汉代为背景，故称咏史，实揭露宋代现实。

②五都，汉代以洛阳、邯郸、临淄、宛、成都为五都。矜，夸耀。三川，秦郡名，治荥阳，其地有河、洛、伊三水，故名。养声利，滋养追名逐利。

③“百金”二句：百金，指富豪。家有百金，即有罪亦不死于市。《史记·越王句践世家》：“千金之子，不死于市。”明经，通经学。汉代以明经术者为博士。明远鄙章句之学，故以明经与富豪并列。

④衢，大道。飞甍，高耸之屋脊。鳞次，如鱼鳞密布。

⑤仕子，为官者。飘，飘动。缨，帽带。竦，高峙。辔，马缰。

⑥明星，启明星。晞，天刚破亮。《诗·齐风·东方未明》：“东方未晞。”

明星晨未晞，谓明星尚在，晨光尚未绽亮。《文选》作“明星晨未稀”，稀，晞之借字。轩，车。轩盖，各种车盖，指达官车驾。云至，如云而至。

⑦宾御，宾客与侍从。飒沓（sà tà），众盛貌。

⑧“寒暑”二句：寒喻衰败，暑喻繁华，寒暑重在暑。媚，美。谓繁华短暂，故应抓住春光美好之时（尽量享受）。语含讽刺。

⑨君平，即严君平，西汉成帝时人，卜筮于成都市，日阅数人，得百钱足以自养，即闭肆下帘而授《老子》。见《汉书·王吉传》。身世两相弃，《文选》李善注：“言身弃世而不仕，世弃身而不任。”语本《庄子·达生》“夫欲免为形者，莫如弃世，弃世则无累”。李白《古风》“君平既弃世，世亦弃君平”，即由“身世两相弃”句脱胎，又可为此句诠释。

★鲍明远《咏史》，源于左思，与左作“济济京城内”篇尤为相近；而下启太白，太白《古风》“咸阳二三月”、“一百四十年”等篇，主题结构，都与鲍诗一脉相承。

拟古六首①

十五讽诗书

十五讽诗书，篇翰靡不通②。
弱冠参多士，飞步游秦宫③。
侧睹君子论，预见古人风④。
两说穷舌端，五车摧笔锋⑤。
羞当白壁贶，耻受聊城功⑥。
晚节从世务，乘障远和戎⑦。
解佩袭犀渠，卷帙奉卢弓⑧。
始愿力不及，安知今所终⑨！

①拟古，摹拟古诗。实借拟古之名以抒怀写抱。共八首，选录六首。“十五讽诗书”篇原列第二。

②讽，诵读。《论语·为政》：“子曰：‘吾十有五而志于学。’”阮籍《咏怀》：“昔年十四五，志尚好书诗。”翰，笔。笔翰，泛指文辞。靡，无。

③弱冠，二十岁。参，谒。飞步，犹健步。秦宫，泛指京城。

④侧睹，从旁窥得。预见，随他人得见。均谦词。司马迁《报任安书》：“仆虽罢驽，亦尝侧闻长者之遗风矣。”

⑤两说，用鲁仲连事。鲁仲连一说魏使新垣衍，使赵不帝秦，秦将为退军五十里。再说指以书与燕将，迫使燕将自杀，助田单下聊城。参见左思《咏史》其三注。舌端，谓舌辩机锋。《韩诗外传》：“避文士之笔端，避武士之锋端，避辩士之舌端。”五车，谓学值丰富。《庄子·天下》：“惠施多方，其书五车。”

⑥当，任，承受。贶，赐。楚襄王曾以黄金千斤、白璧百双聘庄子，欲以为相，庄子不受。见《韩诗外传》。鲁仲连射书下聊城，后田单欲爵之，仲连不受，逃隐于海上。见《史记·鲁仲连列传》。“羞当白璧贶”承“五车摧笔锋”，“五车”本《天下》篇述惠施语，诗移用于庄子。“耻受聊城功”承“两说穷舌端”。“两说”四句，谓以两说之辩才穷辩士之舌端而耻受封赏，以五车之学植摧文士之笔锋而羞承礼聘。

⑦晚节，晚年。从，随。乘，守。障，边塞城堡。二句谓晚年参预世务，驻守边塞，以和邻族。

⑧佩，玉佩，文士饰物。袭，取，用。犀渠，以犀皮所制盾牌。《国语·吴语》：“奉文犀之渠。”韦昭注：“文犀之渠，谓盾也。文犀，犀之有文理者。”帙（zhì），书衣，即装书布套。奉，用。卢弓，黑色弓名。《尚书·文侯之命》：平王锡晋侯“卢弓一，卢矢百”。“解佩”二句：解下玉佩而受犀盾，卷起书衣而用卢弓，谓弃文就武。

⑨始愿，犹初志，指讽诗书，通篇翰，睹君子之论，见古人之风。二句谓欲从初志，力所不及，今弃文就武，安知所终。

★以拟古为词，诗中塑造者固有诗人影子，抒诗人怀抱，然终是艺术形象，诗中所述不能泥着史实。

幽并重骑射①

幽并重骑射，少年好驰逐②。
毡带佩双鞬，象弧插雕服③。
兽肥春草短，飞鞚越平陆④。
朝游雁门上，暮还楼烦宿⑤。
石梁有馀劲，惊雀无全目⑥。

汉虏方未和，边城屡翻覆。
留我一白羽，将以分虎竹[⑦]。

①本篇原列第三。歌颂幽并豪侠，亦寄寓诗人欲立功报国之志。

②幽，幽州，今河北北部。并，并州，今山西境。曹植《白马篇》："白马饰金羁，连翩西北驰。借问谁家子？幽并游侠儿。"

③毡带，皮带。鞬（jiān），盛弓和箭的皮袋。《说文·革部》："鞬，所以戢弓矢。"《广韵·元部》："鞬，马上盛弓矢器。"象弧，象牙装饰之弓。雕服，雕绘箭囊。象弧插雕服，谓双鞬中既插象弓，又放箭囊。

④鞚，马勒。

⑤雁门，山名，在今山西代县西北。楼烦，县名，汉属雁门郡。

⑥"石梁"句，《阙子》："宋景公使弓工为弓，九年来见。公曰：'为弓亦迟！'对曰：'臣不得见公矣！'曰：'臣之精尽于弓矣！'献弓而归，三日而死。公张弓登台，东西（当作向）而射，矢逾孟霜之山，集彭城之东，其馀力逸劲，饮羽于石梁。""惊雀"句，李善注引《帝王世纪》："帝羿有穷氏与吴贺北游，贺使羿射雀，羿曰：'生之乎？杀之乎？'贺曰：'射其左目。'羿引弓射之，误中右目。羿抑首而愧，终身不忘。故羿之善射，至今称之。"

⑦白羽，箭名。虎竹，李善注引《汉旧议》："郡国铜虎符三，竹使符五也。"均汉代发给郡国之符信。符分两半，右留京师，左给郡国。分虎竹，即为郡国守将，以卫边疆。

凿井北陵隈[①]

凿井北陵隈，百丈不及泉[②]。
生事本澜漫，何用独精坚[③]！
幼壮重寸阴，衰暮反轻年[④]。
放驾息朝歌，提爵止中山[⑤]。
日夕登城隅，周回视洛川。
街衢积冻草，城郭宿寒烟。
繁华悉何在？宫阙久崩填[⑥]。
空谤齐景非，徒称夷齐贤[⑦]！

①本篇原列第四，写少壮时爱惜时间，专攻学问，然徒然自苦，故年老反放志行乐。慨于往昔繁华，尽皆荒废，贤愚同归于尽，觉“谤’与“称”都无意义。诗人愤激之辞。

②北陵，地名。《尔雅·释地》：“北陵西隃，雁门是也。”郭璞注：“即雁门山也。”“凿井”二句谓徒劳无益。

③澜漫，散漫无边。精坚，精工坚定。“生事”二句，谓人间事本散漫无边，何必如此认真。

④重寸阴，言爱惜时光。轻年，轻度年月。反，一作“及”。

⑤驾，车。朝歌，纣都，在今河南淇县。《淮南子·说山》：“墨子非乐，不入朝歌之邑。”《汉书·邹阳传》：“邑号朝歌，墨子回车。”诗反用其意，欲放驾以息于朝歌。爵，酒器。中山，古国名，在今河北省定县，以善酿闻名。“放驾”二句，言尽情行乐之意。

⑥“日夕”以下六句，写往日繁华之地，而今都荒凉颓败。崩填，宫殿崩坏，池井填塞。一说，填，通“颠”，坠也。“崩填”并列，犹言崩塌。

⑦齐景，齐景公，春秋时齐国国君（前7—前90年在位）。《史记》载“景公好治宫室，聚狗马，奢侈，厚赋重刑”。夷齐，伯夷、叔齐。《论语·季氏》：“齐景公有马千驷，死之日，民无德而称焉；伯夷、叔齐饿于首阳之下，民到于今称之。”诗反其意，谓贤愚同归于尽，谤与称都属徒然。

束薪幽篁里①

束薪幽篁里，刈黍寒涧阴②。
朔风伤我肌，号鸟惊思心。
岁暮井赋讫，程课相追寻③。
田租送函谷，兽稿输上林④。
河渭冰未开，关陇雪正深⑤。
笞击官有罚，呵辱吏见侵⑥。
不谓乘轩意，伏枥还至今⑦！

①本篇原列第六。

②束，缚。薪，柴。幽篁，幽深之竹林。刈，割。阴，深处。

③井赋，田租。《周礼·地官司徒·小司徒》：“乃经土地而井，牧其田野。九夫为井。四井为邑，四邑为丘，四丘为甸，四甸为县，四县为都，以任地事

而令贡赋。”讫，完。程课，各种税收。追寻，相继而来。

④函谷，关名，秦置，今河南灵宝县西南，汉徙新安。兽稿，喂兽禾秆。输，运送。上林，苑名，秦置，汉武帝又加以增广，为皇帝射猎之所，故址在今陕西长安县南。

⑤河渭，黄河渭水。关陇，函谷陇山。

⑥笞击，鞭打。呵辱，呵责辱骂。官有罚，即“笞击”；吏见侵，即“呵辱”。

⑦不谓，不意，不料想。轩，车。乘轩，喻登上仕途。枥，马槽。伏枥，喻沉僚下位。二句谓不意早年壮志，而至今犹沉沦不得伸展。

★本篇亦设言古贫寒之士，劳动艰辛，赋税繁重，官吏凶悍，有志不得伸展。明远《侍郎报满辞阁疏》：“身弱涓甃，地幽井谷。本应守业，垦畛剿芿，牧鸡圈豕，以给征赋。而幼性猖狂，固顽慕勇；释担受书，废耕学文。”明远出身孤寒，其自身经历，即为本诗基础。

河畔草未黄①

河畔草未黄，胡雁已矫翼②。
秋蛩扶户吟，寒妇成夜织③。
去岁征人还，流传旧相识④。
闻君上陇时，东望久叹息⑤。
宿昔改衣带，旦暮异容色⑥。
念此忧如何，夜长愁更多⑦。
明镜尘匣中，瑶琴生网罗⑧。

①本篇原列第七，拟为思妇之辞。

②矫翼，展翅高飞。

③蛩（qióng），虫名，即蟋蟀。扶，傍。成夜，终夜。

④征人，指其他征人。二句谓去岁有征人归来，流传与君旧曾相识。

⑤君，指其夫。上陇，登上陇山。陇山，在今陕西陇县西北。二句暗用《陇头歌》“陇头流水，鸣声幽咽。遥望秦川，肝肠断绝”诗意。

⑥宿昔，犹早晚。改衣带，因消瘦而衣带变松。旦暮，一作“朝旦”。异容色，改变容颜。二句想象其丈夫因思归而憔悴之状。

⑦愁更多，一作“忧向多”。

⑧尘，生尘，尘封。瑶，美玉。瑶琴，极言琴之精美。网罗，指蛛网。二句谓思念愁苦，懒于梳洗，无心抚琴，故明镜尘封匣中，瑶琴织满蛛网。

蜀汉多奇山①

蜀汉多奇山，仰望与云平。
阴崖积夏雪，阳谷散秋荣②。
朝朝见云归，夜夜闻猿鸣。
忧人本自悲，孤客易伤情。
临堂设樽酒，留酌思平生③。
石以坚为性，君勿惭素诚④。

①本篇原列第八，写见异乡景物而自伤流落，末又以坚贞自励。

②散，此指开放。荣，花。阴崖则夏亦积雪，阳谷则秋犹放花。

③留酌，慢慢酌。

④君，诗人自指。素诚，犹素志，指平生坚贞之志。

学刘公干体三首①

曀曀寒野雾

曀曀寒野雾，苍苍阴山柏②。
树迥雾萦集，山寒野风急③。
岁物尽沦伤，孤贞为谁立？
赖树自能贞，不计迹幽涩④。

①刘公干，即建安诗人刘桢。此效其《赠从弟诗》。诗共五首，选录三篇，“曀曀寒野雾”篇原列第二，歌颂柏之坚贞。

②曀曀，阴晦貌。《诗·邶风·终风》：“曀曀其阴。”苍苍，茂盛、青翠。阴山，犹深山。

③迥，远，指其地空旷。

④树，指柏树。迹，《说文》，“步处也”。此指生长于其地。幽涩，幽僻艰危之地。“岁物”二句向柏树发问：岁暮物尽沦伤，汝孤贞为谁立？“赖树”二句柏树回答：赖树自能坚贞，不计处幽僻艰危之地。

胡风吹朔雪[①]

胡风吹朔雪，千里度龙山[②]。
集君瑶台上，飞舞两楹前。
兹辰自为美，当避艳阳天[③]。
艳阳桃李节，皎洁不成妍。

①本篇原列第三。全诗以朔雪为喻。朔雪能在严寒中显耀其美，一入阳春即失其妍丽。

②龙山，李善注谓指逴龙山，引《楚辞·大招》“北有寒山，逴龙赩只”，王逸注：“逴龙，山名也。”

③兹辰，犹今日，指寒冬。集作“兹晨”，此从《文选》。

白日正中时[①]

白日正中时，天下共明光。
北园有细草，当昼正含霜[②]。
乖荣顿如此，何用独芬芳[③]？
抽琴为尔歌，弦断不成章。

①本篇原列第五。

②“北园”二句：北则背阳。细草处北园，虽白日亦不见光明。此愤于社会不平之语。鲍照身地卑微，故有此慨叹。

③乖，乖违。荣，繁华，繁茂。顿，犹言至于。二句意谓细草乖违繁茂一至如此，又何用独自芬芳！

梦归乡[①]

衔泪出郭门，抚剑无人逵[②]。
沙风暗塞起，离心眷乡畿[③]。
夜分就孤枕，梦想暂言归[④]。
孀妇当户叹，缫丝复鸣机[⑤]。
慊款论久别，相将还绮帏[⑥]。
历历檐下凉，胧胧帐里辉[⑦]。
刈兰争芬芳，采菊竞葳蕤[⑧]。
开奁夺香苏，探袖解缨徽[⑨]。
梦中长路近，觉后大江违[⑩]。
惊起空叹息，恍惚神魂飞。
白水漫浩浩，高山壮巍巍[⑪]。
波澜异往复，风霜改荣衰[⑫]。
此土非吾土，慷慨当告谁[⑬]？

①梦归乡，《玉台新咏》作“梦还”。

②逵，大路。

③塞，一作“空”。眷，思念。畿，京郊。此乡畿泛指家乡，或其家本在京畿。

④言归，言，助词。语本《诗·周南·葛覃》“言告言归”。

⑤孀妇，通常指寡妇，此指独居之妇，即指其妻。“孀妇”以下十句，梦中情事。

⑥慊款，情挚之貌。相将，犹相携。帏，帐。绮帏，有花纹之丝织帏帐。一作“闱”，内室。

⑦历历，分明貌。胧胧，微明之貌。上句“凉”与下句“辉”交互备义，凉辉，指月光。

⑧葳蕤，茂盛貌。“刈兰、采菊”二句为夫妻亲昵隐语。

⑨奁，盛梳妆品匣子。香苏，《方言》：“苏芬莽，草也。江淮南楚之间曰苏，自关而西曰草。”此指香草所制香料。缨徽，妇女用香囊。嵇康《琴赋》：

“新衣翠粲，缨徽流芳。”

⑩梦，一作“寐”。违，相隔。“梦中”以下十句，梦醒后感叹。

⑪ 漫，涨溢。浩浩，水盛大貌。壮，指山耸立。巍巍，高峻貌。

⑫ “波澜”二句，波澜则往异于复，风霜则荣变为衰。

⑬ “此土”二句，用王粲《登楼赋》“虽信美而非吾土兮”句意。由“觉后大江违”与“此土非吾土”句意揣之，疑诗即作于荆州，乡畿则指建业。诗作未几，明远即遇难，永不得重返乡畿！

汤惠休

汤惠休，字茂远，本为僧，宋孝武帝命还俗，官至扬州从事史。

怨诗行①

明月照高楼，含君千里光②。
巷中情思满，断绝孤妾肠。
悲风荡帷帐，瑶翠坐自伤③。
妾心依天末，思与浮云长④。
啸歌视秋草，幽叶岂再扬？
暮兰不待岁，离华能几芳⑤？
愿作张女引，流悲绕君堂⑥。
君堂严且秘，绝调徒飞扬！

①《怨诗行》，《乐府诗集》属相和歌辞楚调曲，本篇为思妇之诗。

②“明月”二句，本曹植《怨诗行》“明月照高楼，流光正徘徊”。含君千里光，明月普天同照，故亦包含着照君千里之光。

③瑶翠，美玉翠华，喻青春年华。坐，徒。

④依，依恋，思念。天末，天边，指远方。

⑤离华，落花。

⑥《张女引》，古曲名。潘岳《笙赋》：“辍张女之哀弹，流广陵之名散。”

陆　凯

陆凯，字智君，代（今河北蔚县东）人。曾任正平太守，在郡七年，称良吏。

折梅寄范晔[①]

折梅逢驿使，寄与陇头人[②]。
江南无所有，聊寄一枝春。

①《太平御览》卷四〇九引《荆州记》："陆凯与范晔为友，江南寄梅花一枝，诣长安与晔，兼赠诗云。"唐汝谔《古诗解》谓"晔为江南人，陆凯代北人，当是范赠陆耳。"

②梅，《太平御览》《诗纪》并作"花"，《事类赋》引作"梅"，以"梅"字为确。驿使，传递官府文书者。

★整篇力量，全在"一枝春"上。只此未经人道，遂成千古名句。

鲍令晖

鲍令晖，鲍照妹。《诗品》称“令晖歌诗，往往崭绝清巧，拟古尤胜，唯《百愿》淫矣。照尝答孝武云：‘臣妹才自亚于左芬，臣才不及太冲耳。’”（上句当作“臣妹才不亚于左芬”，方与下句语气相符）存诗仅七篇。均抒情之作。六朝女诗人，鲍令晖实首屈一指。其《百愿诗》今不传，《诗品》斥之为“淫”，为情诗无疑。正因被斥为“淫”，故被选录者扬弃。以所存诗作推之，亡佚诚为可惜。

题书后寄行人①

自君之出矣，临轩不解颜②。
砧杵夜不发，高门昼恒关③。
帐中流熠耀，庭前华紫兰④。
杨枯识节异，鸿来知客寒⑤。
游用暮冬尽，除春待君还⑥。

①书，信。行人，指丈夫。

②轩，有窗槛小室，此即指窗。解颜，开颜。

③砧杵，捣衣之具。

④帐，帷帐。熠耀，萤火。《诗·豳风·东山》：“熠耀宵行。”华，动词，花开放。

⑤杨枯，杨柳叶落。鸿来，鸿雁北来。时令由秋入冬，故“识节异”，“知客寒”。

⑥除春，开春。“游用”二句，谓外游暮冬将尽，开春即待君还。《乐府诗

集》作“游取暮春尽，馀思待君还”，此从《玉台新咏》。

寄行人

桂吐两三枝，兰开四五叶[①]。
是时君不归，春风徒笑妾。

①桂，此指春桂，夏历二三月开花，色黄，花朵较秋桂为大。

古意赠今人[①]

寒乡无异服，衣毡代文练[②]。
日月望君归，年年不解綖[③]。
荆扬春早和，幽冀犹霜霰[④]；
北寒妾已知，南心君不见[⑤]。
谁为道苦辛？寄情双飞燕。
形迫杼煎丝，颜落风催电[⑥]。
容华一朝尽，惟馀心不变[⑦]！

①今人，当指丈夫。《乐府诗集》作吴迈远《秋风曲》，此从《玉台新咏》。

②文练，有花纹之熟丝织品。

③日月，疑当作“日日”。綖，冠上装饰。不解綖，谓总是严妆等待丈夫归来。（然《广韵》綖，以然切，平声仙韵，于韵不合。按，梁简文帝《采莲曲》“叶滑不留綖，心忙无假薰”，綖字用作仄声，可知此字六朝亦读去声线韵，私箭切。《艺文类聚》卷四十二作“年年不解线”，线与綖，异体通用。）

④荆扬，荆州扬州，指南方。幽冀，幽州冀州，指北方。

⑤北寒，君所在北方气候寒冷。南心，我在南方思念心切。

⑥“形迫”二句，谓焦灼不安，如杼之迫丝；容华落尽，如风之催电。

⑦尽，一作“改”。

代葛沙门妻郭小玉作[①]

明月何皎皎，垂幌照罗茵[②]。
若共相思夜，知同忧怨晨。
芳华岂矜貌，霜露不怜人。
君非青云逝，飘迹事咸秦[③]。
妾持一生泪，经秋复度春！

①葛沙门、郭小玉，生平不详。诗原二首，此其一。

②皎皎，明貌。幌，窗帷。茵，床席。

③青云逝，喻高居显位。飘迹，犹浪迹。咸秦，亦陕西南部。二句谓君并非高登显宦，而是浪迹咸秦。意即如此分离，甚为不值。

吴迈远

吴迈远（？—474），曾任江州从事，好为篇章。宋明帝闻而召之。及见，曰："此人联缀之外，无所复有。"好自夸而嗤鄙他人，每作诗得称意语，辄掷地呼曰："曹子建何足数哉！"宋后废帝元徽二年，坐桂阳之乱诛死。现存作品约十篇，多为情诗，语言明净，思亦深挚。

飞来双白鹄①

可怜双白鹄，双双绝尘氛。
连翩弄光景，交颈游青云②。
逢罗复逢缴，雌雄一旦分③。
哀声流海曲，孤叫出江渍④。
岂不慕前侣，为尔不及群⑤。
步步一零泪，千里犹待君。
乐哉新相知，悲来生别离⑥。
持此百年命，共逐寸阴移⑦。
譬如空山草，零落心自知。

①《飞来双白鹄》，《乐府诗集》属相和歌辞瑟调曲。古辞有《艳歌何尝行》，吴诗为仿作，并以其首句"飞来双白鹄"为题。白鹄，鸟名，即天鹅。

②连翩，相随飞翔。

③罗，捕鸟网。缴（zhuó），带丝绳之箭。雌雄一旦分，指一只已被罗网捕捉或射伤被擒。

④江渍，江边。

⑤“岂不”二句，谓其他白鹄已飞，此鹄为被害的伴侣逗留而不及跟随鹄群。

⑥“乐哉”二句，语本《楚辞·九歌·少司命》：“悲莫悲兮生别离，乐莫乐兮新相知。”来，助词。《玉台新咏》作“矣”。

⑦“持此”二句：因情侣被害，极度悲伤而觉日子难挨，将持此百年之命，逐寸阴而熬过。语极沉痛。寸阴，指时间短。

长相思①

晨有行路客，依依造门端。
人马风尘色，知从河塞还②。
时我有同栖，结宦游邯郸③。
将不异客子，分饥复共寒④？
烦君尺帛书，寸心从此殚⑤：
“遣妾长憔悴，岂复歌笑颜⑥！
檐隐千霜树，庭枯十载兰⑦。
经春不举袖，秋落宁复看⑧？”
一见愿道意：“君门已九关⑨。
虞卿弃相印，担簦为同欢⑩。
闺阴欲早霜，何事空盘桓⑪？”

①《长相思》，《乐府诗集》属杂曲歌辞，多为闺怨诗。本篇写女子托行客寄书与远游丈夫之辞。

②河塞，《艺文类聚》卷四十二引作“关塞”，此系泛指。揣诗意与下文“邯郸”实指一地。

③同栖，指丈夫。结宦，谓与来客一道游宦。邯郸，在今河北南部。

④将不，犹将无，六朝时口语，莫不之意。异，与也。客子，指来客。“将不”二句，谓丈夫莫不与来客分饥复共寒。盖来客不愿多言远方艰辛，故下此揣度之辞。

⑤殚，尽。“烦君”二句，谓来客返回邯郸之时，烦带尺帛之书与我同栖，

寸心全尽于此。

⑥遣，使。一作“道”。“遣妾”以下六句，即尺帛书中语。

⑦隐，此与下文“枯”同义，亦枯老之意。霜，量词。千霜，犹千年。唐李白《上安州裴长史书》“憩迹于此，至移三霜焉”；贾岛《旅次朔方》“客舍并州已十霜，归心日夜向咸阳”，“霜”字用法相同。

⑧不举袖，谓不举手摘花。落，零落。宁，岂。“经春”二句，谓经春不举手摘花，到秋来零落，岂复可看。喻盛年不欢聚，衰老则已无益。

⑨“一见愿道意”以下五句，托客子面陈之言。君门已九关，谓君之门槛重重，深不可入。语本《楚辞·九辩》：“岂不郁陶而思君兮，君之门以九重。猛犬唁唁而迎吠兮，关梁闭而难通。”又，《招魂》：“君无上天些，虎豹九关，啄害下人些！”

⑩虞卿，战国游说之士，赵孝成王用为上卿。魏相魏齐为秦所逼，亡走赵，匿平原君所。秦昭王诱平原君入秦，逼取魏齐之头，平原君不肯。秦昭王发书逼赵王，赵王以兵围平原君家索魏齐。魏齐夜出奔，见虞卿。虞卿解相印，与魏齐一起出亡。见《史记·虞卿列传》。担簦，《史记》谓虞卿“履蹻担簦”，簦，有柄笠，类似后世雨伞。因丈夫游宦邯郸，邯郸为赵故都，故用赵相虞卿事。

⑪盘桓，犹疑貌。“虞卿”四句，谓虞卿为“同欢”，可以弃相印，君更应早归。况闺阴早霜，年华将逝，君为何尚空自盘桓？

长别离①

生离不可闻，况复长相思。
如何与君别，当我盛年时？
蕙华每摇荡，妾心空自持②。
荣乏草木欢，悴极霜露悲。
富贵貌难变，贫贱颜易衰。
持此断君肠，君亦宜自疑③：
淮阴有逸将，折翮谢翻飞④；
楚有扛鼎士，出门不得归⑤。
正为隆准公，仗剑入紫薇⑥。
君才定何如，白日下争辉⑦？

①《长别离》,《乐府诗集》属杂曲歌辞，亦闺怨诗。本篇写女子叹夫妇别离，末段以古代失败英雄事例，劝其夫无需追逐功名。

②蕙，香草名。空，一作“长”。

③疑，度也，犹言考虑。

④逸，超越寻常。逸将，指韩信，信，淮阴人，帮助刘邦定天下，封淮阴侯。后被杀。见《史记·淮阴侯列传》。翮，翅羽。谢，告别。折翮谢高飞，折断了翅膀，再不能高飞；喻韩信被害，再无任何能为。

⑤扛鼎士，指项羽，项羽力能扛鼎，为灭秦主力，后与刘邦争天下，兵败自杀。见《史记·项羽本纪》。

⑥隆准，高鼻。隆准公，指汉高祖刘邦。《史记·高祖本纪》谓刘邦“隆准而龙颜”。紫薇，星座名，象帝王所居。《七略》:“王者师天地，体天而行，是以明堂之制，内有太室，象紫薇宫。”入紫薇，言即位为帝。“正为”二句，谓韩信、项羽战斗经营，恰恰为刘邦即帝位提供条件。

⑦“君才”二句，谓韩信、项羽尚且如此，君才何如，竟要在白日下争辉。

★吴迈远《长相思》《长别离》，不独写离别相思之苦，并谓仕途险巇，世事不可为，思深一等，非一般闺怨。韩信、项羽，只为刘邦提供条件，君才何如，乃欲于白日下争辉，宋齐之际，帝座转易频繁，此等诗句更饶有深意。

中华传世诗选

两汉魏晋南北朝诗卷

齐诗

张 融

张融（444—497）字思光，吴郡（今江苏苏州）人。仕宋为新安王参军，出为封溪令，改仪曹郎。齐高帝萧道成即位，累迁司徒兼右长史。齐明帝建武四年卒，年五十四。

别 诗

白云山上尽，清风松下歇。
欲识离人悲，孤台见明月。

王俭

王俭（452—489），字仲宝，祖籍琅琊临沂（今山东临沂）。晋元帝宰相王导六世孙，宋侍中王僧绰之子。宋孝武帝时袭爵豫宁县侯。宋明帝选尚阳羡公主，拜驸马都尉。始官秘书郎、太子舍人，迁秘书丞，萧道成建齐，多所参谋。建元元年，封南昌县公。累迁侍中、尚书令。永明七年卒，年三十八。谥文宪。曾依刘歆《七略》作《七志》四十卷，为南朝重要图书目录，惜已亡佚。原有集已佚，明人辑有《王文宪集》。

春日家园①

徙倚未云暮，阳光忽已收②。
羲和无停晷，壮士岂淹留③？
冉冉老将至，功名竟不修。
稷契匡虞夏，伊吕翼商周④。
抚躬谢先哲，解绂归山丘⑤。

①据《艺文类聚》卷六十五。

②徙绮，徘徊貌，此指光阴逐渐迁移。

③羲和，神话中日御，因代指日。晷，日影。

④稷，即后稷；曾为尧舜农师，教民稼穑，为周始祖。见《史记·周本纪》。契，曾佐夏禹治水有功，封于商，为商始祖。见《史记·商本纪》。匡，匡正。虞夏，虞舜夏禹。伊，伊尹，曾佐汤攻灭夏桀。见《史记·商本纪》。吕，吕尚，即姜子牙，周初为太师，佐周武王灭纣，封于齐，为姜齐始祖。见《史记·齐太公世家》。翼，辅佐。

⑤抚躬谢，《太平广记》作“抚亡愧”。绂，系印丝带。解绂，即解印，亦即弃官。《太平广记》作“敛衽”。

后园饯从兄豫章

兹夕竟何夕，念别开曾轩[①]。
光风转兰蕙，流月泛虚园[②]。

①曾，高。轩，有窗槛的长廊或房子。

②转，翻转。兰蕙，香草名，一干一花而香有馀者兰，一干数花而香不足者蕙。泛，洒满。虚园，空园。在月光下显得空旷，非真空无物。

王 融

王融（467—493），字元长，祖籍琅琊临沂（今山东临沂），晋宰相王导七世孙。举秀才，迁太子舍人，历丹阳丞、中书郎，倡北伐之议。竟陵王萧子良招揽文士，融与沈约、范云、任昉等并被罗致门下[①]。王融年轻，特为赏识，拜宁朔将军。永明十一年秋，齐武帝疾笃，融欲拥立萧子良。后郁林王萧昭业即位，恨王融党于子良，下狱赐死，年仅二十七岁。

①竟陵王萧子良为齐武帝次子，爱好文学。《梁书·武帝本纪》："竟陵王子良开西邸，招文学。高祖与沈约、谢朓、王融、萧琛、范云、任昉、陆倕等并游焉，号曰八友。"高祖，即梁武帝萧衍。

巫山高[①]

想象巫山高，薄暮阳台曲[②]。
烟云乍卷舒，猿鸟时断续[③]。
彼美如可期，寤言纷在瞩[④]。
怃然坐相思，秋风下庭绿[⑤]。

①巫山高，《乐府诗集》卷十七属鼓吹曲辞。巫山，在今四川、湖北两省界，有巫山十二峰峙立大江两岸，神女峰尤为奇丽。宋玉《高唐赋》，写楚王游高唐，梦遇巫山神女，神女自言"妾在巫山之阳，高丘之阻。旦为朝云，暮为行雨；朝朝暮暮，阳台之下"。本篇即写对神女之思慕。

②想象，一作"仿佛"；仿佛亦想象之意。薄暮，傍晚。

③烟云，原作"烟霞"，此从《乐府诗集》。乍卷舒，乍卷乍舒。时断续，时断时续。

④彼美，指巫山神女。期，待。寤言，本《诗·卫风·考槃》：“独寐寤言，永矢弗谖。”寤，本指睡醒，此由寤而及寐，包括睡时及醒时。瞩，望。纷在瞩，犹言总在盼望。

⑤怃然，茫然自失之貌。坐，徒。下，凋伤。

古意二首[①]

游禽暮知返，行人独不归。
坐销芳草气，空度明月辉。
嚬容入朝镜，思泪点春衣[②]。
巫山彩云没，淇上绿条稀[③]。
待君竟不至，秋雁双双飞。

①《古意》二首，并思妇之诗。

②嚬容，戚容，愁容。

③巫山，见前《巫山高》注。淇，水名，发源河南林县，古淇水南流至今汲县淇门镇入黄河，今为卫河支流。《诗·卫风·淇奥》：“瞻彼淇奥，绿竹猗猗。”彩云没，绿条稀，均喻年华消逝。

其　二

霜气下孟津，秋风度函谷[①]。
念君凄以寒，当轩卷罗縠[②]。
纤手废裁缝，曲鬓罢膏沐[③]。
千里不相闻，寸心郁纷蕴[④]。
况复飞萤夜，木叶乱纷纷！

①孟津，津渡名，在今河南孟县南。函谷，关名，古函谷关在今河南灵宝县南，东自崤山，西至潼津，为中原入秦要道，汉武帝时关移至新安。

②罗，轻软丝织品。縠，绉纱。卷罗縠是准备裁制寒衣。

③纤手废裁缝，或因相思愁苦，或因寒冷，乃废裁缝。李白《子夜冬歌》“素手抽针冷，那堪把剪刀”，意思相近。曲鬓罢膏沐，因丈夫不在，无心修饰。

《诗·卫风·伯兮》:“自伯之冬,首如飞蓬;岂无膏沐,谁适为容?”

④郁,忧闷。纷蕴,乱貌,谓心绪紊乱。一作“氤氲”,疑当作“絪缊”。

萧谘议西上夜集[1]

徘徊将所爱,惜别在河梁[2]。
衿袖三春隔,江山千里长[3]。
寸心无远近,边地有风霜[4]。
勉哉勤岁暮,敬矣事容光。
山中殊未怿,杜若空自芳[5]。

①萧谘议,即萧衍,亦即后来“位登九五”的梁武帝。但当时和王融同是“竟陵八友”的文友。齐武帝永明八年(490),随郡王萧子隆为镇西将军、荆州刺史,萧衍为谘议参军,相随西上,友朋为之饯行,赋诗送别。

②将,送。梁,桥。古诗:“携手上河梁,游子暮何之!”

③衿,同襟。三春,即春日。为与下句千里相对,故称“三春”。人在一起,则衿袖相连,如今分别则襟袖远隔。

④寸心,犹人心。“寸心”二句,谓中心相爱,无论远近,唯边地风霜,是所系念。前四句写而今送别,“寸心”句以下写别后怀思。

⑤怿,欢悦。杜若,香草名。山中殊未怿,言所爱既别,山中殊为不乐。语本《楚辞·九歌·山鬼》“山中人兮芳杜若”。二句望其早归之意。

★王融颇有才华,常与谢朓唱和,风格也与谢朓相近;使其生命不被扼杀,则齐诗不致让玄晖独步。

谢 朓

谢朓（464—499），字玄晖。陈郡阳夏（今河南太康）人。出身谢氏大族，称为小谢，以别于谢灵运。少有文名。齐随郡王萧子隆镇荆州，以为文学，未几还都。历宣城太守，终尚书吏部郎。齐东昏侯永元元年，始安王萧遥光谋篡位，欲引谢朓为心腹，朓不从，遥光反诬朓，下狱被害，年仅三十六岁。有《谢宣城集》。

齐武帝永明间（483—493），诗坛风气变化，诗称“永明体”，风格清新流畅，讲究声律对仗，多为抒情写景小诗，是诗歌由古体走向近体之重要阶段。谢朓为永明主要作手，也是南北朝诗由“俊逸鲍参军”到“清新庾开府”之间杰出诗人。其诗以描写山水景物最为出色，既有大谢观察细致、刻画逼真之长，而无其雕镂板滞之短。所作俊朗秀逸，情景交融。尝谓“好诗圆美流转如弹丸”，此正可以形容玄晖本人之作。诗中名句迭出，颇为后人称赏。

游东田①

戚戚苦无悰，携手共行乐②。
寻云陟累榭，随山望菌阁③。
远树暧阡阡，生烟纷漠漠④。
鱼戏新荷动，鸟散馀花落。
不对芳春酒，还望青山郭⑤。

①东田，在建业钟山东。李善注：“朓有庄在钟山东，游还作。”《南史·齐郁林王纪》：“先是，文惠太子立楼馆于钟山下，号曰东田。太子屡游幸之。”又

《明帝纪》：建武二年“冬十月癸卯，诏罢东田，毁兴光楼。”又，《沈约传》：“立宅东田，瞩望郊阜，尝为《郊居赋》以序其事。”是东田为齐梁时贵幸游赏之所。

②戚戚，忧貌。《文选》作“蹙蹙”。悰，乐。曹丕《折杨柳行》：“端居苦无悰。”

③陟，登。累，重叠，菌，香木名，称菌桂。此用为华美之意。《楚辞》王褒《九怀》：“菌阁兮蕙楼。”

④暖，深隐。阡阡，同“芊芊”，茂盛貌。纷，多而散乱。漠漠，散布之貌。

⑤青山郭，傍青山之城郭。《文选》李善注：“言野昭旷，取乐非一，若不对兹春酒，还则望彼春山。”

★“远树暖阡阡，生烟纷漠漠”，陶诗佳境。“鱼戏新荷动，鸟散馀花落”，小谢新声。

离　夜①

玉绳隐高树，斜汉耿层台②。
离堂华烛尽，别幌清琴哀。
翻潮尚知恨，客思渺难裁③。
山川不可尽，况乃故人杯④！

①王融、虞炎、刘绘、江孝嗣、王常侍、范云、沈约等并有《饯谢文学离夜》诗，诸诗称谢文学，则其时谢朓为随郡王萧子隆文学。萧子隆为荆州刺史在齐武帝永明八年庚午（490）。此诗当为离京赴荆州于友朋秋夜饯行席上所作。时谢朓二十七岁。

②玉绳，星名。《春秋元命苞》：“玉衡北两星为玉绳星。”亦泛指星。斜汉，银河。耿，明。层台，高台。

③翻潮，指江上翻涌的浪涛。潮，本集作“浪”，此从《文选》。渺，深远。裁，抑制。

④乃，犹当也，对也。“山川”二句，谓前路山川无尽，已颇伤神，况对故人别酒，更何以堪！

入朝曲[①]

江南佳丽地，金陵帝王州[②]。
逶迤带渌水，迢递起朱楼[③]。
飞甍夹驰道，垂杨荫御沟[④]。
凝笳翼高盖，叠鼓送华辀[⑤]。
献纳云台表，功名良可收[⑥]。

①《入朝曲》，齐永明八年谢朓奉随郡王教，于荆州道中作随王鼓吹曲十首之一，《乐府诗集》属鼓吹曲辞。

②金陵，今南京市，本楚金陵邑，秦曰秣陵，三国吴改称建业，晋太康元年，分淮水以北为建业，并改名建邺。建兴初为避愍帝司马邺讳改称建康，后为东晋首都；晋亡以后，“建康”、“建业”并用，《南史》中多称建业，宋齐梁陈均都于此。

③逶迤（wēi yí），曲折绵延之貌。带，如带绕。迢递（tiáo dì 迢，徒聊切；递，徒礼切），高貌。

④甍（méng），屋脊。飞甍，指屋脊高耸突出。驰道，驰马大道；汉代有天子专用驰道，此泛指京师大道。荫，遮。御沟，流经皇宫河道。

⑤凝，李善注：“徐引声谓之凝。”笳，管乐器名。翼，辅翼，此谓随车而行。叠鼓，李善注：“小击鼓谓之叠。”辀，车辕，代指车。

⑥献纳，建言以供采纳。班固《两都赋序》：“朝夕论思，日月献纳。”云台，汉宫中台名，汉明帝图画功臣三十二人于此。云台表，云台上。良，诚。

暂使下都夜发新林至京邑赠西府同僚[①]

大江流日夜，客心悲未央[②]。
徒念关山近，终知返路长。
秋河曙耿耿，寒渚夜苍苍[③]。
引领见京室，宫雉正相望[④]。
金波丽鳷鹊，玉绳低建章[⑤]。

驱车鼎门外，思见昭丘阳⑥。
驰晖不可接，何况隔两乡⑦。
风云有鸟路，江汉限无梁⑧。
常恐鹰隼击，时菊委严霜⑨。
寄言罻罗者，寥廓已高翔⑩！

①《南齐书·谢朓传》：朓为齐随郡王萧子隆文学。“子隆在荆州，好辞赋，数集僚友，朓以文才，尤被赏爱。”“长史王秀之以朓年轻相动，密以启闻。”齐武帝因敕谢朓还都。时当在永明九年辛未（491），谢朓在荆州约及一年，时年二十八岁。下都，指京师建业。新林，浦名，在南京市西南。西府，指荆州。

②大江，长江。未央，未已。

③秋河，秋夜银河。曙，亮。耿耿，光明貌。苍苍，深貌。

④引，伸。潘岳《河阳县》诗：“引领望京室。”雉，城墙面积单位。《左传》隐公元年“都城过百雉”，杜预注：“方丈曰堵，三堵曰雉；一雉之墙长三丈，高一丈。”亦代指城墙。宫雉，宫墙。

⑤金波，月光。《汉书·郊祀志》：“月穆穆以金波。”丽，照。鳷鹊，汉宫观名，在长安甘泉宫外，武帝建元中建。见《三辅黄图》。玉绳，星名，亦泛指星。参见《离夜》诗注。低，低垂。建章，汉宫名，武帝太初元年建，在未央宫西。见《汉书·武帝纪》与《郊祀志》。故址在今陕西长安县西。诗以汉代宫观代指建业宫殿。

⑥鼎门，李善注引《帝王世纪》：“春秋，成王定鼎于郏鄏，其南门名定鼎门，盖九鼎所从入也。”此代指建业城南门。昭丘，楚昭王墓，在荆州城西。王粲《登楼赋》：“西接昭丘。”昭丘阳，昭丘之南。《方言》：“冢大者为丘，丘南曰阳。”此代指荆州。

⑦驰晖，指阳光。两乡，指建业与荆州。二句谓朝阳尚不可即到荆州，何况人相隔两地。诗写夜发新林至京邑已天晓，故联及朝阳。

⑧风云，指天上。鸟路，鸟飞之路。梁，桥。二句谓天空有鸟路可通，江汉之限却无梁可达。

⑨鹰隼，两种鸷鸟。二句言忧谗畏讥之心，如鸟恐鹰隼，菊畏严霜。

⑩罻罗，捕鸟网。罻罗者，喻设计谗害者。寥廓，空旷貌。寥廓已高翔，即已高翔于寥廓。此句暗用《韩诗外传》田饶说鲁哀公语。田饶谓黄鹄所以贵者，以其远也。“故臣将去君，黄鹄举矣！”参见鲍照《代白头吟》注。“驱车”以下六句写其对僚友相思之意；“常恐”以下四句述其对谗人愤恨之情。

★“大江流日夜”，只五字便觉思情无限。后世惟东坡词“大江东去”四字可比，然境界完全不同。“大江流日夜”突出时间上绵延无尽，思绪深沉；“大江东去”显示空间上所向空阔，气势雄横。“秋河曙耿耿，寒渚夜苍苍。引领见京室，宫雉正相望。金波丽鳷鹊，玉绳低建章”，写秋江夜望景色，非亲身经历不能道，画工亦无所投笔。

新亭渚别范零陵云①

洞庭张乐地，潇湘帝子游②。
云去苍梧野，水还江汉流③。
停骖我怅望，辍棹子夷犹④。
广平听方籍，茂陵将见求⑤。
心事俱已矣，江上徒离忧⑥！

①新亭渚，在今南京市西南。范零陵云，范云于宋武帝永明十年壬申（492）使魏，还迁零陵郡内史。时范云四十二岁，谢朓二十九岁。

②洞庭，湖名，在湖南北部。《庄子·天运》：“帝张咸池之乐于洞庭之野。”《庄子》原文“洞庭之野”犹言广漠之野，非指湖南之洞庭，后世诗人用典，径指洞庭湖。潇湘，水名，在湖南省境。潇水至零陵县境流入湘水，称潇湘。帝子，《楚辞·九歌·湘夫人》：“帝子降兮北渚。”王逸注：“帝子，谓尧女也。言尧二女娥皇女英，随舜不反，没于湘水之渚。”

③苍梧，山名，即九嶷山，据传舜葬于苍梧之野。见《礼记·檀弓上》。地在今湖南宁远县境。水还江汉流，湖南水均注洞庭入长江。

④骖，古驾车用四马，旁两马曰骖。停骖，即停车。怅望（chàng wàng），同怅惘，忧伤失意之貌。辍，停止。棹，桨。辍棹，即停船。夷犹（yí yóu），犹豫不前。送者停车，行者辍棹，均不忍分离。

⑤广平，汉郡名，在今河北永年县东南。郑袤，字林叔，尝为广平太守，“以德化为先，善作条教，郡中爱之。征拜侍中，百姓恋慕，涕泣路隅”。见《晋书·郑袤传》。听，声名。藉，甚。茂陵，汉武帝陵，在今陕西兴平县境。司马相如晚年以病免，家居茂陵，武帝派人前往求书。及至，相如已死。见《汉书·司马相如传》。二句言范云将如广平太守郑袤声名藉盛，而己期望如司马

相如见求所著。

⑥徒离忧，用《楚辞·九歌·山鬼》“思公子兮徒离忧”句中成语。离忧，原意为遭忧之意，此与离别之忧双关。

和徐都曹出新亭渚①

宛洛佳遨游，春色满皇州②。
结轸青郊路，迥瞰苍江流③。
日华川上动，风光草际浮。
桃李成蹊径，桑榆荫道周④。
东都已俶载，言归望绿畴⑤。

①徐都曹，即徐勉，徐有《昧旦出新亭渚》诗。《南史·徐勉传》：“徐勉，字修仁，东海郯人也。”“迁临海王西中郎田曹行参军，俄徙署都曹。”按，齐文惠太子第三子萧昭秀永明十一年（493）十一月封临海王，隆昌元年（494）为荆州刺史，延兴元年（494）征为车骑将军，建武二年（495）改封巴陵王。则徐勉为临海王都曹必在隆昌元年亦即延兴元年。此诗作于是年春，时谢朓三十一岁。

②宛（yuān），汉南阳郡有宛县，东汉成为南都。洛，洛阳，东汉都城。古诗：“驱车策驽马，游戏宛与洛。”此代指建业。皇州，亦指首都。

③轸，车箱底部横木，代指车。结轸，驾车。迥瞰，犹远眺。迥，本集作“回”，《草堂诗馀》作“俯”，此从《文选》。

④蹊，路。桃李成蹊径，《史记·李将军列传》：“谚曰：桃李不言，下自成蹊。”桃李果熟，摘者往来，故下自成蹊。道周，道旁。二句写暮春景象。

⑤东都，东汉称洛阳为东都，此代指建业。俶，始。载，事，指农事。《诗·小雅·大田》：“以我覃耜，俶载南亩。”又，《周颂·载芟》：“有略其耜，俶载南亩。”言归，犹归来。言，助词。畴，田。

直中书省①

紫殿肃阴阴，彤庭赫弘敞②。
风动万年枝，日华承露掌③。

玲珑结绮钱，深沉映朱网④。
红药当阶翻，苍苔依砌上⑤。
兹言翔凤池，鸣珮多清响⑥。
信美非吾室，中园思偃仰⑦。
朋情以郁陶，春物方骀荡⑧。
安得凌风翰，聊恣山泉赏⑨。

①直中书省，在中书省当值。齐郁林王隆昌元年（494），萧鸾辅政，以谢朓为骠骑谘议，掌中书诏诰，转中书郎。诗作于是年春日。时年三十一。

②紫殿、彤庭，都指宫殿。彤，朱红色。肃，肃穆。赫，显赫。弘敞，宏大宽敞。

③万年枝，即冬青树，也可以指古老高大的树，此当指后者。华，光，此动词，照耀。承露掌，汉武帝于建章宫神明台作承露盘，立铜仙人舒掌以接甘露。《汉武故事》："建章宫承露盘高二十丈，大七围，以铜为之，上有仙人掌承露，和玉屑饮之。"或南朝亦有类似的设施。

④玲珑，剔透空明，指窗户。绮钱、朱网，都是宫殿的窗饰。《文选》李善注引《东宫旧事》曰："窗有四面，绫绮连钱。"唐吕延济注："绮钱、朱网，并言宫殿之饰也。"

⑤红药，花名，即芍药。苍苔，绿苔。

⑥凤池，即凤凰池，禁苑中池沼。魏晋南北朝设中书省于禁苑，掌管机要，称中书省为凤凰池。鸣珮，袍服上佩玉发出的声响。《礼记·玉藻》："君子在车则闻鸾和之声，行则鸣佩玉。"

⑦信，诚。信美非吾室，句仿王粲《登楼赋》"虽信美而非吾土。"中园，园中。偃仰，俯仰，犹言随意活动。二句意谓中书省诚美，却不是我可居之地。心中郁闷，希望在园中随意活动。

⑧朋，群也，引申为积聚之意。朋情，积聚在心头的情结。郁陶，忧思抑郁。骀荡，舒缓荡漾。

⑨翰，鸟羽；此动词，高飞之意。凌风翰，凌风高飞。二句谓安得像鸟一样凌风高飞，且去肆意地听听山泉的流响。

★诗十六句，用了整整十句来描述"紫殿""彤庭"的富丽堂皇，绮靡华茂。如此富贵繁华之地，诗人却突然笔锋一转，"信美非吾室"。面对

骀荡的春光，诗人却如此忧虞抑郁，“安得凌风翰，聊恣山泉赏”。原来谢朓任中书郎之日，正是齐宫内斗极端危恶之时。永明十一年（493）齐武帝驾崩，皇太孙郁林王萧昭业即位，改元隆昌。阴谋家萧鸾专权。隆昌元年七月，萧鸾杀掉郁林王，另立其弟萧昭文，改元延兴。不到三个月，萧鸾夺取皇位，就是齐明帝，改元建武。一年之间，“即位”的皇帝就有三个，年号也改了三次。萧鸾为了巩固自己的地位，大开杀戒。齐皇室的子孙大多成了冤鬼，许多文武大臣也多被害。在如此危恶的环境里，诗人怎得不“战战兢兢，如履薄冰”！诗人当时的职责是“掌中书诏诰”，用皇太后名义前后两次发布废掉两个皇帝的诏令，可能就出自他的手笔。《直中书省》不是谢朓最具代表性诗作，却是最能反映诗人郁陶忧惧的篇章。此后不久，谢朓即出为宣城太守。不管是怎样出去的，反正他暂时脱出了那个“信美”然而危恶的禁地。

观朝雨诗

朔风吹飞雨，萧条江上来。
既洒百常观，复集九成台①。
空濛如薄雾，散漫似轻埃。
平明振衣坐，重门犹未开②。
耳目暂无扰，怀古信悠哉③。
戢翼希骧首，乘流畏曝鳃④。
动息无兼遂，歧路多徘徊⑤。
方同战胜者，去剪北山莱⑥。

①百常观，张协《七命》：“表以百常之阙。”《尔雅·释宫》：“观谓之阙。”九成台，《吕氏春秋·季夏纪》：“有娀氏有二佚女，为之九成之台。”二句泛指雨洒遍各处台观。

②平明，天刚亮时。振衣坐，正衣危坐，严谨之貌。重门，宫殿之门。二句写黎明准备进宫上朝。

③悠哉，思远貌。

④戢翼，收敛翅膀。成公绥《慰情赋》："惟潜龙之勿用，戢鳞翼以匿影。"骧首，指龙。邹阳《上吴王书》："蛟龙骧首奋翼，则浮云出流，雾雨咸集。"曝鳃，《三秦记》："河津，一名龙门。两旁有山，水陆不通，龟鱼莫能上。江海大鱼，薄集龙门下，上则为龙，不得上，曝鳃水次也。"二句言世路艰难险恶，希望像潜龙一样戢翼匿影，以求自安；而恐如乘流之鱼，曝鳃于龙门之下。

⑤动息，犹出处。兼遂，两者都顺遂。句意谓动息出处不能两遂，故歧路徘徊。

⑥方，将也。战胜者，《韩非子·喻老》："子夏见曾子。曾子曰：'何肥也？'对曰：'战胜故肥也。'曾子曰：'何谓也？'子夏曰：'吾入见先王之义则荣之，出见富贵之乐又荣之。两者战于胸中，未知胜负，故臞。今先王之义胜，故肥。'"子夏原意谓在"先王之义"与"富贵之乐"的心理矛盾中，义获得胜利。谢诗谓出仕与退隐的矛盾中，退隐的思想获得胜利。谢朓平生热衷仕途，"战胜"云云，只是做诗而已。莱，草名。《诗·小雅·南山有台》："南山有台，北山有莱。"

京路夜发

扰扰整夜装，肃肃戒徂两①。
晓星正寥落，晨光复泱漭②。
犹沾馀露团，稍见朝霞上③。
故乡邈已迥，山川修且广④。
文奏方盈前，怀人去心赏⑤。
敕躬每跼蹐，瞻恩惟震荡⑥。
行矣倦路长，无由税归鞅⑦。

①扰扰，纷乱。肃肃，疾速。戒，备。徂，往。两，通"辆"，车。戒徂两，即备行车。

②寥落，稀少貌。泱漭（yǎng mǎng），宽阔而昏暗之貌。

③团，同"漙"，露珠滚动之貌。《诗·郑风·野有蔓草》："野有蔓草，零露漙兮。"毛传："漙漙然盛多也。"

④邈，迥，远也。班固《燕然山铭》："迥其邈兮亘地界。"修，长，远。陆机《赴洛道中》："远游越山川，山川修且广。"

⑤文奏，文书奏牍。

⑥敕躬，整饬己身。《孝经钩命决》："敕躬未济。"《汉书·孔光传》："敕躬自约，总正万事。"跼蹐：跼，弯腰曲身。蹐，小步行路。小心戒惧之貌。语本《诗·小雅·正月》："谓天盖高，不敢不跼；谓地盖厚，不敢不蹐。"瞻恩，顾瞻恩德。震荡，亦戒惧之貌。《楚辞·九辩》："心怵惕而震荡兮，何所忧之多方。"

⑦"行矣"句，仿陆机《赠弟诗》"行矣怨路长"。无由，没有理由，没有办法。税，解。鞅，系马颈以负轭驾车之皮带，代指车。税归鞅，解卸归家车驾，即不再事行旅。与"戒徂两"相对。

之宣城郡出新林浦向板桥[①]

江路西南永，归流东北骛[②]。
天际识归舟，云中辨江树。
旅思倦摇摇，孤游昔已屡[③]。
既欢怀禄情，复协沧州趣[④]。
嚣尘自兹隔，赏心于此遇[⑤]。
虽无玄豹姿，终隐南山雾[⑥]。

①之宣城郡，据朓本传："高宗辅政，以朓为骠骑谘议"，"转中书郎，出为宣城太守，以选复为中书郎。建武四年，出为晋安王镇北谘议"。按，高宗即西昌侯萧鸾，"辅政"在郁林王隆昌元年（494）。是年七月，萧鸾杀郁林王，立海陵王，改元延兴。十月，又废海陵王，萧鸾即位，是为明帝，改元建武。谢朓为宣城太守当在建武二年乙亥（495），时年三十二岁。宣城郡，今安徽宣城县。新林浦，见前诗注。板桥，浦名，在新林浦南。《水经注》："江水经三山，又幽浦出焉，水上南北结浮桥渡水，故曰板桥浦。江又北经新林浦。"

②永，长。骛，奔驰。诗人由建业去宣城向西南江路漫长，大江经建业归大海往东北水流迅速；暗寓江流顺畅，而自己客路艰难之意。

③摇摇，精神恍惚貌。

④欢，喜。怀禄，想作官。杨恽《报孙会宗书》："怀禄贪势，不能自退。"协，合。沧州，同"沧洲"，水边洲渚；诗中犹言江湖远处。"既欢"二句，仿谢灵运《富春渚诗》"久露干禄情，始果远游诺"。

⑤嚣尘，噪烦尘杂，指京城污浊。

⑥“虽无”二句:《列女传·贤明》:“(陶)答子治陶三年，名誉不兴，家富三倍。其妻数谏不用。居五年，从车百乘归休，宗人击牛而贺之。其妻独抱儿而泣。姑怒曰:‘何其不祥也!’”“妇曰:‘妾闻南山有玄豹，雾雨七日而不下食，何也?欲以泽其毛而成文章也，故藏而远害。犬彘不择食以肥其身，坐而须死耳。今夫子治陶，家富国贫，君不敬，民不戴，败亡之征见矣!愿与少子俱脱。’处期年，答子之家果以盗诛。”虽无玄豹之姿，终隐南山之雾。喻己虽无高行，此去宣城，总算远隔嚣尘，可以幽栖避害。隆昌、延兴、建武间，齐皇室变易频繁，杀戮惨毒，谢朓虽似为明帝信用，然终觉在朝危恶，故其出任宣城，有隔嚣远害之感。

★王夫之曰:“语有全不及情而情自无限者，心目为政，不恃外物故也。‘天际识归舟，云中辨江树’，隐然一含情凝眺之人，呼之欲出。从此写景，乃为活景。”(《古诗评选》)船山单就两句进行评论，置之全篇，并不的确。我意船山读此诗时，心中已想到柳永词“想佳人妆楼颙望，误几回天际识归舟”，是以云尔。然柳词虽摄入谢句，语意并不相同。柳词中“天际识归舟”，自有佳人在妆楼颙望。谢诗中“天际识归舟”，是在船上远望来舟。诗只是写江天远景，固能状江光如画，然与“含情凝眺”者并不相同。

晚登三山还望京邑①

灞涘望长安，河阳视京县②。
白日丽飞甍，参差皆可见③。
馀霞散成绮，澄江净如练④。
喧鸟覆春洲，杂英满芳甸⑤。
去矣方滞淫，怀哉罢欢宴⑥。
佳期怅何许，泪下如流霰⑦。
有情知望乡，谁能鬒不变⑧?

①三山，在今南京市西南长江南岸，上有三峰，南北相接。自南京溯江西行，先新林浦，次板桥浦，再次为三山。

②灞涘，灞水岸边。灞水，源出陕西蓝田县，流经长安。王粲《七哀》:

“南登霸陵岸，回首望长安。”河阳，县名，在今河南孟县西。京县，指京师。潘岳《河阳县》诗：“引领望京室，南路在伐柯。”二句以王粲霸岸望长安，潘岳河阳望洛邑，喻己于三山回望京师。

③丽，照耀。飞甍，飞举之屋脊。

④馀霞，晚霞。绮，锦缎。澄，明沏。净，原作“静”，李白《金陵城西楼月下吟》引作“净”，似更佳，故从之。练，白绢。

⑤杂英，杂花。甸，郊野。

⑥方，且。滞淫，淹留。怀哉，怀恋。《诗·王风·扬之水》：“怀哉怀哉，曷月予还归哉！”二句写回望京师依恋之情，去矣又且此停留，怀哉因而罢欢宴。

⑦佳期，指回京之期。何许，犹何时。霰（xiàn），雪珠。《楚辞·哀郢》：“望长楸而叹息兮，涕淫淫而若霰。”

⑧鬒，黑髪。

★李白《金陵城西楼月下吟》：“金陵夜寂凉风发，独上高楼望吴越。白云映水摇空城，白露如珠滴秋月。月下沉吟久不归，古来相接眼中稀。解道澄江净如练，令人长忆谢玄晖。”太白于玄晖名句虽极倾倒，然太白所见并非玄晖笔下景象。玄晖描绘者为晚景，太白所见者乃月色。“馀霞散成绮，澄江净如练。”状晚日照大江景色，极为瑰丽；较之太白移用后一句于江上月光者实更为优美。

王世贞《艺苑卮言》：“谢山人（榛）谓玄晖‘澄江净如练’，‘澄、净’二字意重，欲改为‘秋江净如练’。余不敢以为然，盖江澄乃净耳。”王说极是，下一“澄”字，全江皆活。“岩高白云屯”，大谢诗品；“杂英满芳甸”，小谢诗格。沈德潜云：“康乐每板拙，玄晖多清俊。然诗品终在康乐下，能清不能厚也。”沈氏指出大、小谢风格差异，甚为有见。我谓大谢诗灵运深厚，小谢诗玄晖焕发，各有千秋。

宣城郡内登望

借问下车日，匪直望舒圆①。
寒城一以眺，平楚正苍然②。
山积陵阳阻，溪流春谷泉③。

威纡距遥甸，巉喦带远天④。
切切阴风暮，桑柘起寒烟⑤。
怅望心已极，惝恍魂屡迁⑥。
结髮倦为旅，平生早事边⑦。
谁规鼎食盛？宁要狐白鲜⑧？
方弃汝南诺，言税辽东田⑨。

①下车日，到任之时。匪直，不只。望舒，月亮。二句言借问下车已几日，已不止一度月圆，则已过一月。张协《杂诗》："下车如昨日，望舒四五圆。"

②楚，丛木。平楚，远望丛树齐平，故曰平楚。苍然，葱郁貌。

③陵阳，山名，传为陵阳子明得仙之地，在宣城县境。阻，险，此即指险峻之山。春谷，县名，《汉书·地理志》丹阳郡有春谷县。又水名。《水经注》："江连春谷县，北又合春谷水。"诗中为泉名。

④威纡，李善注："威夷纡馀，流长之貌。"距，去；李善注："至也。"甸，远郊。巉喦（chán yán），高峻貌。"威纡距遥甸"承"溪流春谷泉"，"巉喦带远天"承"山积陵阳阻"。

⑤切切，寒凉貌。

⑥怅望，同怅惘，忧貌。惝恍（chǎng huǎng），失意貌。

⑦结髮，束髮，古代成童束髮，故用以称年轻之时。

⑧规，谋求。鼎食，列鼎而食，公侯之所享用。宁，岂。要，求。狐白，狐腋下白毛最为珍贵，狐白即以狐腋皮毛所制之裘。《礼记·玉藻》："士不衣狐白。"《史记·孟尝君列传》："孟尝君有一狐白裘，直千金，天下无双。"

⑨方，将。汝南诺：《汉书·范滂传》："范滂，字孟博，汝南征羌人也。""太守宗资先闻其名，请署功曹，委任政事。"《文选》李善注引《续汉书》："汝南太守南阳宗资，任用范滂。时人谣曰：'汝南太守范孟博，南阳宗资主画诺。'"谓政事决于范滂，太守画诺而已。税，租赁。辽东田，《三国志·管宁传》："管宁，字幼安，北海朱虚人也。""天下大乱，闻公孙度令行于海外，遂与原及平原王烈等至于辽东。""方弃"二句言愿弃官归隐之意。谓方将弃去仅为画诺之太守职务，遁走远方以税田耕种。

高斋视事①

馀雪映青山，寒雾开白日。
暧暧江村见，离离海树出②。
披衣就清盥，凭轩方秉笔③。
列俎归单味，连驾止容膝④。
空为大国忧，纷诡谅非一⑤。
安得扫蓬径，锁吾愁与疾⑥。

①高斋，指宣城郡署。

②暧暧，犹隐隐。见（xiàn），显现。离离，分明貌。二句即“寒雾开白日”的具体描述。由于寒雾，故江村隐约显现；之后白日大明，故海树分明可见。

③清盥，盥洗。秉笔，执笔开始办公。

④俎，放置菜肴的器具。单味，犹一味，明用菜肴甚少。连驾，相连的多部车驾。容膝，两膝放得下，指一辆小车，仅能坐下去。《韩诗外传》卷九：“今如结驷列骑，所安不过容膝；食方丈于前，所甘不过一肉。”

⑤纷诡，纷繁复杂的阴谋诡计。谅，确实。非一，言其多。其时齐明帝夺得帝位，大肆杀戮宗室朝臣。诗人知道朝廷斗争极其激烈惨剧，但自己无能为力，空为国家忧虑。

⑥蓬径，蓬居小径，代指隐居之地。锁，疑当作“销”，销除。疾，病也；亦痛也，患也。愁与疾，也可以理解为忧愁与伤痛，疾亦忧也；也可以理解忧愁的心绪和病疾的身体。

★友人储庭焕曰：“连驾止容膝”之“驾”，通“架”，指居屋。《淮南子·本经》“大构驾”，《文选》注“驾”作“架”。《史通·断限》“思欲凌驾前作”，浦起龙通释：“驾，一作架。”是“驾、架”相通之证。《文选·沈约〈钟山诗应西阳王教〉》“结架山之足”，吕向注：“架，造庐也。”架，代指庐舍。小谢诗谓庐舍相连，止求容膝而已。陶渊明《归去来兮辞》：“倚南窗以寄傲，审容膝之易安。”容膝正对住居而言。按，储说虽有见，论证亦充分。但玄晖诗句源于《韩诗外传》，释“驾”为车乘应不误。

落日怅望

昧旦多纷喧，日晏未遑舍[①]。
落日馀清阴，高枕东窗下。
寒槐渐如束，秋菊行当把。
借问此何时？凉风怀朔马[②]。
已伤慕归客，复思离居者[③]。
情嗜幸非多，案牍偏为寡[④]。
既乏琅玡政，方憩洛阳社[⑤]。

①昧旦，黎明。纷喧，纷扰喧嚣。谓事务烦杂。未遑，无暇。舍，止。

②“借问”二句，仿张协《杂诗》“借问此何时？蝴蝶飞南园”。朔马，北方所产之马。凉风怀朔马，实即“朔马怀凉风”，与古诗“胡马依北风”相近；但作意不同。古诗谓胡马不忘故土之意，谢诗只是表示时令已入凉秋。

③慕归客，思归客，谓自己。离居者，指亲友。

④情嗜，爱好，嗜欲。案牍，公事文书。

⑤琅玡政，《后汉书·张宗传》：宗字诸君，南阳鲁阳人。建武十六年，“琅玡北海盗贼复起，宗督二郡兵讨之。乃设方略，明购赏，皆悉破散”。“后迁琅玡相，其政好严猛，敢杀伐”。方，《广雅·释诂三》：“方，类也。”犹言如同。憩，息。洛阳社，《晋书·董京传》：“董京，字威辇，不知何郡人也。初，与陇西计吏俱至洛阳，被髮而行，逍遥吟咏，常宿白社中。”白社，地名，在今洛阳市东。“既令”二句，谓自己为政清简，没有张宗治琅玡之政，如同董京憩洛阳之社。

郡内高斋闲望答吕法曹[①]

结构何迢递，旷望极高深[②]。
窗中列远岫，庭际俯乔林[③]。
日出众鸟散，山暝孤猿吟[④]。
已有池上酌，复此风中琴[⑤]。

非君美无度，孰为劳寸心[⑥]。
惠而能好我，问以瑶华音[⑦]：
若遗金门步，见就玉山岑[⑧]。

①郡，李善注："郡是宣城郡。"斋，屋舍，此指书楼。吕法曹，吕僧珍，字元瑜。永明八年，齐随郡王萧子隆出为荆州刺史，僧珍为法曹从之镇。

②结构，结连构架，即指高斋。迢递，高貌。旷，空，远。

③岫，峰峦。乔，高，亦深也。"窗中"句写望"高"，"庭际"句写望"深"。

④散，指鸟飞开。瞑，昏暮。

⑤酌，酌酒。琴，弹琴。

⑥美无度，美至极，言情意极深。用《诗·魏风·汾沮洳》"彼其之子，美无度"成句，然用意不同。"非君"二句，谓非君情意极深，谁肯劳心念我。

⑦惠，爱。《诗·邶风·北风》："惠而好我，携手同行。"瑶华音，喻美言。问，读如《诗·郑风·女曰鸡鸣》"杂佩以问之"之"问"，贻赠也。二句谓惠而能好我，则我赠以瑶华音。

⑧遗，移也。金门，汉京师宦者署有金马门，东方朔、主父偃等皆曾待诏于此，简称金门。扬雄《解嘲》："与群贤同行，历金门上玉堂有日矣。"玉山，神话中山名，喻隐逸之山林。《山海经·西山经》："玉山，是西王母所居也。"《穆天子传》中"群玉之山"，郭璞谓即《山海经》之玉山。岑，山小而高，此泛指山峰。二句即所赠之美言：言若能移金门之步履，即可上玉山之高岑；意谓若能离京师富贵之地，即可至山林隐逸之居。

怀故人

芳洲有杜若，可以赠佳期[①]。
望望忽超远，何由见所思[②]！
行行未千里，山川已间之[③]。
离居方岁月，故人不在兹！
清风动帘夜，孤月照窗时。
安得同携手，酌酒赋新诗！

①杜若，香草句，一名杜衡。《楚辞·九歌·湘君》："采芳洲兮杜若，将以遗兮下女。"

②忽，远貌。超远，遥远。《楚辞·九歌·国殇》："平原忽兮路超远。"一作"平原路兮忽超远。"

③行行，本集作"我行"，此从《诗纪》。间，分隔。

别王丞僧孺①

首夏实清和，馀春满郊甸②。
花树杂为锦，月池皎如练。
如何当此时，别离言与宴③。
留杂已郁纡，行舟亦遥衍④。
非君不见思，所思悲不见。

①王僧孺，字僧孺，东海郯人，仕齐为太学博士，钱唐令，梁天监中为南海太守，再迁御史中丞。《艺文类聚》卷二十九作谢朓诗，《古文苑》卷九不署作者。

②首夏，初夏。郊甸，郊野。

③言，助词无义。

④留杂，送行的人众。郁纡，忧思貌。遥衍，远也。

和刘西曹望海台①

沧波不可望，望极与天平。
往往孤山映，处处春云生②。
差池远雁没，飒沓群凫惊③。
嚣尘及簿领，弃舍出重城④。
临川徒可羡，结网庶时营⑤？

①《艺文类聚》引作《望海》。《南齐书》本传："建武四年（497）出为晋安王镇北谘议，南东海太守，行南徐州事。"诗当作于此时，时谢朓三十四岁。

②往往，犹处处。

③差池（cēn chí），不齐貌。飒沓（sà tà），杂乱貌。

④簿领，指繁琐文牍。

⑤“临川”二句：《汉书·董仲舒传》：“临渊羡鱼，不如退而结网。”徒，空。庶时营，犹几时营。喻退隐江海，诚可企羡，然不知何时遂愿。唐孟浩然《临洞庭上张丞相》“坐观垂钓者，徒有羡鱼情”，用典相同，取意则异。

和江丞北戍琅玡城①

春城丽白日，阿阁跨层楼②。
苍江忽渺渺，驱马复悠悠③。
京洛多尘雾，淮济未安流④。
岂不思抚剑，惜哉无轻舟⑤。
夫君良自勉，岁暮勿淹留⑥。

①江丞，即江孝嗣，江有《北戍琅玡城诗》。戍，守。琅玡，秦汉琅玡郡在今山东胶南诸城一带，东晋尽失淮河以北地，大兴三年于江南侨置琅玡郡，治金城（今江苏句容县北），刘宋改为南琅玡郡，东齐移治于白下（今南京市北），陈废。南朝所称琅玡指此。

②丽，照耀。阿阁，楼阁四面有檐者。古诗：“交疏结绮窗，阿阁三重阶。”层楼，高楼。

③忽，远。渺渺，水辽阔貌。悠悠，闲适之貌。

④京洛，谢朓诗中多以京洛代指建业，然此处实指长安与洛阳。多尘雾，谓为北魏所统治。淮济，淮水与济水。淮水发源河南桐柏山，东经安徽江苏入洪泽湖，古淮水下游横断江苏入海，宋代黄河夺淮，淮水下游乃与运河合流，南流注入长江。济水与长江、淮河、黄河并称四渎，源出河南济源县王屋山，其故道本过黄河而南，东流至山东，与黄河并行入海。后下游为黄河所夺，惟上游尚存。未安流，喻未能平靖。

⑤抚剑，犹按剑。曹植《杂诗》：“抚剑西南望，思欲赴太山。”无轻舟喻无实力。曹植《杂诗》：“愿欲一轻济，惜哉无方舟。”“岂不思抚剑”承上“京洛多尘雾”，“惜哉无轻舟”承上“淮济未安流”。抚剑以清尘雾，乘舟以安乱流，惜未能也。

⑥夫君，指江丞。淹留，滞留。

和王中丞闻琴

凉风吹月露，圆景动清阴①。
蕙气入怀抱，闻君此夜琴②。
萧瑟满林听，轻鸣响涧音③。
无为澹容与，蹉跎江海心④！

①圆景（yǐng），月亮。清阴，清凉的树阴。因月光移动，树阴亦随之移易，故曰动清阴。

②“蕙气”二句：蕙气，香气。闻君此夜琴声，觉蕙气入于怀抱。此即所谓“通感”。

③萧瑟，秋风声，此指琴声。听，声。二句写琴声。时或急弹，如满林萧瑟之响；时或轻拨，如潺湲涧水之声。

④澹，动荡貌。容与（容，余封切；与，余吕切），起伏貌。澹然容与，此状琴声之起伏悠扬。蹉跎（cuō tuó），颠连困顿。“无为”二句，对琴声而言，谓无为此悠扬起伏之声，因此声震荡我蹉跎江海之心。

秋 夜

秋夜促织鸣，南邻捣衣急①。
思君隔九重，夜夜空伫立②。
北窗轻幔垂，西户月光入③。
何知白露下，坐视阶前湿④。
谁能长分居，秋尽冬复及⑤！

①促织，蟋蟀。

②九重，极言其远。

③轻幔，指窗帘。北窗重轻幔以挡北风，西户则让月光进入。

④“何知”二句谓夜坐已久，不知白露下湿阶前。

⑤复及，又来。二句谓谁能长久分离，秋尽又复冬来。此闺情诗，思妇夜坐思念良人。

同谢谘议铜雀台[①]

繐帷飘井榦，樽酒若平生[②]。
郁郁西陵树，讵闻歌吹声[③]？
芳襟染泪迹，婵媛空复情[④]。
玉座犹寂寞，况乃妾身轻[⑤]！

①同，和作。谢谘议，谢璟，谢朓从侄。铜雀台，台名，建安十五年曹操所建，楼颠铸大铜雀，舒翼奋尾，势若飞动，故名铜雀。故址在今河北临漳县西南。建安二十五年，曹操去世。临终遗令："吾婢妾与伎人皆勤苦，使著铜雀台，善待之。于台堂上安六尺床，施繐帐，朝晡上脯糒之属。月旦十五日，自朝至午，辄向帐中作伎乐。汝等时时登铜雀台，望吾西陵墓田。"《铜雀台》，一曰《铜雀伎》，《乐府诗集》属相和歌辞平调曲，存录近三十首，皆咏魏武伎人故事；以小谢此篇为最。

②繐，细而疏麻布，古常用作丧服。繐帷，灵帐，即设在柩前或灵前帐幕。井榦，本井上围栏，汉武帝建井榦楼，因亦指楼台；此即指铜雀台。《汉书·郊祀志》："主神明台井榦楼，高五十丈。"颜师古注："井榦楼，积木而高，为楼若井榦之形也。"

③郁郁，茂盛而深貌。西陵，曹操陵墓。讵，岂。

④婵媛（chán yuán），眷恋之貌。《楚辞·离骚》："女须之婵媛兮。"《哀郢》："心婵媛而伤怀兮。"一作"婵娟"，美貌。皆代指伎人。

⑤玉座，犹御座。玉座寂寞，指魏武帝已死。二句谓君王尚且逝去，况我轻贱之身更不足道；实深哀之词。

同王主簿有所思[①]

佳期期未归，望望下鸣机[②]。
徘徊东陌上，月出行人稀。

①王主簿，另有《赠王主簿诗》二首、《和王主簿季哲怨情诗》。《有所思》，《乐府诗集》属鼓吹曲辞。

②佳期，美好之时，常指相约欢会之时。期，待。望望，思念貌，亦失意

貌。

玉阶怨①

夕殿下珠帘，流萤飞复息②。
长夜缝罗衣，思君此何极！

①《玉阶怨》，《乐府诗集》属相和歌辞楚调曲，为闺情诗。

②殿，居屋，非指宫殿。《列女传·楚庄王樊姬》“姬下殿”，王照圆《补注》：“古人所居通谓之殿。”

王孙游①

绿草蔓如丝，杂树红英发②。
无论君不归，君归芳已歇③！

①《王孙游》，《乐府诗集》属杂曲歌辞。《楚辞·招隐士》：“王孙游兮不归，春草生兮萋萋。”题意本此。

②蔓，滋长，蔓生。英，花。

③芳已歇，春芳消歇，亦暗喻年华已逝。

★谢玄晖五言小诗，含蓄婉致，唐代最佳五绝无以过之；南北六朝唯庾信小诗可与媲美，而风格迥异。

孔稚珪

孙稚珪（447—501），字德璋，会稽山阴（今浙江绍兴）人。齐高帝萧道成为骠骑，以为记室参军。建武初出为南康太守，永元初迁太子詹事、散骑常侍。

游太平山①

石险天貌分，林交日容缺②。
阴涧落春荣，寒岩留夏雪③。

①太平山，在今绍兴县东南八十里。
②“石险”二句，写山高遮天蔽日。
③春荣，春花。

江　洪

江洪，《南史·王僧孺传》后附《江洪传》：“江洪，济阳人。竟陵王子良尝夜集学士，刻烛为诗。”“江洪等共打铜钵立韵，响灭则诗成，皆有可观。”《吴均传》后又附《江洪传》：“济阳江洪，工属文，为建阳令，坐事死。”

胡笳曲二首①

藏器欲邀时，年来不相让②。
红颜征戍儿，白首边城将。

①《胡笳曲》，《乐府诗集》属琴曲歌辞。笳，管乐器，源于北方少数民族，故称胡笳。

②“藏器”句，《易·系辞下》：“君子藏器于身，待时而动。”邀，期求。

其　二

落日惨无光，临河独饮马。
颸飓夕风高，联翩飞雁下①。

①颸飓（sè jù），风吹貌。联翩，鸟飞前后相接之貌。

虞羲

虞羲，《南史·王僧孺传》后附《虞羲传》：“虞羲，字士光，会稽馀姚人，盛有才藻，卒于晋安王侍郎。”晋安王萧子懋死于齐延兴元年甲戌（494），则虞羲之卒不后于是年。然《文选》李善注引《虞羲集序》云：“羲，字子阳，会稽人也。七岁能属文，后始安王引为侍郎，寻兼建安征虏府主簿功曹，又兼记室参军。天监中卒。”据此，则虞羲晚年已入梁代。

咏霍将军北伐①

拥旄为汉将，汗马出长城②。
长城地势险，万里与云平。
凉秋八九月，虏骑入幽并③。
飞狐白日晚，瀚海愁云生④。
羽书时断绝，刁斗昼夜惊⑤。
乘墉挥宝剑，蔽日引高旍⑥。
云屯七萃士，鱼丽六郡兵⑦。
胡笳关下思，羌笛陇头鸣。
骨都先自詟，日逐次亡精⑧。
玉门罢斥堠，甲第始修营⑨。
位登万庾积，功立百行成⑩。
天长地自久，人道有亏盈。
未穷激楚乐，已见高台倾⑪。

当令麟阁上，千载有雄名⑫。

①霍将军，汉武帝名将霍去病，大将军卫青之甥，河东平阳人。年十八为侍中，善骑射。曾六次率军出击匈奴，涉沙漠，远至狼居胥山。封冠军侯，为骠骑将军。元狩六年（前117）卒，年仅二十四岁。

②旄，旄牛尾，此指以旄为饰之旌旗。

③虏，指匈奴。幽并，幽州与并州。参见鲍照《幽并重骑射》诗注。

④飞狐，关名，在今河北涞源县北跨蔚县界。瀚海，匈奴境内海名。《史记·匈奴列传》："骠骑封于狼居胥山，禅姑衍，临瀚海而还。"集解引如淳曰："瀚海，北海名。"愁云，一本作"愁阴"。

⑤羽书，军用文书，上插羽毛，以示疾速。刁斗，军用器皿，铜制，容一斗，日间用作炊具，夜击以为信号。

⑥乘墉，登城。旍，旌。

⑦云屯，如云屯聚。七萃士，七支精萃部队。《穆天子传》："赐七萃之士战。"鱼丽，本军阵之名。《左传》桓公五年："祭仲足左拒，原繁、高渠弥以中军奉公，为鱼丽之阵。"此泛指行军布阵。六郡，指汉代西北六郡。《汉书·赵充国传》："始为骑士，以六郡良家子善骑射，补羽林。"颜师古注："陇西、天水、安定、北地、上郡、西河是也。"

⑧骨都、日逐，匈奴有骨都侯、日逐王，见《汉书·匈奴传》。詟，通慑，畏却。亡精，犹言失魂落魄。

⑨玉门，关名，在甘肃敦煌县西。此泛指边境。斥堠，窥伺敌情之土堡，亦指侦探人员。罢斥堠，即战争已平息。甲第，甲等第宅，亦泛指第宅。《史记·卫将军骠骑列传》："天子为治第，令骠骑视之。对曰：'匈奴未灭，何以家为也？'"

⑩庾，容量单位，亦容器名，十六斗为一庾。位登万庾积，谓其封侯。

⑪激楚，古乐曲之名。《楚辞·招魂》："宫庭震惊，发激楚些！"此泛指音乐。高台倾，喻死去。《桓子新论·琴道》："雍门周说孟尝君曰：'千秋万岁后，高台既已倾，曲池又已平！'"

⑫麟阁，即麒麟阁，在未央宫内，汉武帝时建。汉宣帝甘露三年，画功臣霍光等十一人图像于其上，以表彰其功德。霍去病异母弟霍光名列第一。见《汉书·苏武传》。按霍去病元狩六年去世，下距甘露三年已六十七年，麒麟阁上并未图其像，故诗中用"当"。

中华传世诗选

梁诗

两汉魏晋南北朝诗卷

江 淹

江淹（444—505），字文通，济阳考城（今河南民权东北）人。仕宋，任建平王刘景素南徐州镇军参军，黜为建安吴兴令，萧道成辅政，召为尚书驾部郎。“齐受禅”，为豫章王萧嶷记室参军，拜中书侍郎，历尚书左丞，出为宣城太守，迁秘书监、侍中、卫尉卿。梁武帝至新林，“淹微服来奔”，为散骑常侍，迁金紫光禄大夫，封醴陵侯。天监四年卒，年六十二。江淹历仕三朝，依违于朝廷权要之间，故虽朝代迁变，而官位愈高，人品实属庸庸。有《江醴陵集》。

《诗品》称“文通诗体总杂，善于模拟”。今存江淹诗一百馀首，模拟之作近五十篇。可称古今模拟诗人之祖。其模拟之作，或面貌酷似，然形似而终难神肖。其自作伤于刻镂，矫饰过甚，自不足以感人。文通诗艺平平，然其《别》《恨》二赋，语言流丽，体制独特，为六朝名作。

望荆山[①]

奉义至江汉，始知楚塞长[②]。
南关绕桐柏，西岳出鲁阳[③]。
寒郊无留影，秋日悬清光。
悲风挠重林，云霞肃川涨[④]。
岁晏君如何，零泪沾衣裳。
玉柱空掩露，金樽坐含霜[⑤]。
一闻苦寒奏，再使艳歌伤[⑥]。

①荆山，在湖北南漳县西。然观全诗，系泛指荆楚之山，非特指一山。此宋后废帝元徽间随建平王刘景素赴荆州时作。

②奉义，犹奉命。义，本集作“谒”，《艺文类聚》作“诏”，此从《文选》。江汉，楚塞，并泛指荆州地区。

③桐柏，山名，在河南桐柏县与湖北枣阳、随县边界。岳，高峻的大山。本集作“途”，此从《文选》。鲁阳，山名，亦关名，在今河南鲁山县。

④挠，扰。肃，李善注：“寒也。”涨（zhǎng），水大之貌。

⑤玉柱，琴上支弦小柱，代指琴。樽，酒器。

⑥苦寒，艳歌，均乐府曲名。

游黄蘖山①

长望竟何极？闽云连越边。
南州饶奇怪，赤县多灵仙②。
金峰各亏日，铜石共临天③。
阳岫照鸾采，阴谿喷龙泉④。
残机千代木，廧崒万古烟⑤。
禽鸣丹壁上，猿啸青崖间。
秦皇慕隐沦，汉武愿长年⑥。
皆负雄豪威，弃剑为名山⑦。
况我葵藿志，松术横眼前⑧。
所若同远好，临风载悠然⑨。

①黄蘖（niè）山，在福建福清县西。此江淹贬为建安吴兴令时作。

②南州，泛指南方。奇怪，奇异之怪；此偏正结构，与下句“灵仙”相对。赤县，即中国。《史记·孟子荀卿列传》：“中国名曰赤县神州。”

③金峰、铜石，并指山之石峰，日色照耀，其色如金如铜。亏日，遮蔽日光。

④阳岫、阴谿，山南曰阳，山北曰阴；然此“阳岫、阴谿”并系互文，非分指南北。岫，峰峦。鸾，鸟名，此泛指山鸟。采，木名，此泛指林木。鸾采，犹言鸟林，与下句“龙泉”相对。

⑤残杌（wù），老死树桩。廧，通“墙”，此指山岩。崒（cuì），聚。二句谓深山中残留有千代古木，山岩上凝聚着万古烟云。

⑥“秦皇”二句，谓秦始皇、汉武帝都曾追慕神仙，求长生不老。（句中“慕隐沦”与“愿长年”是一个意思，皆求长生不老之意。）

⑦弃剑，江淹《恨赋》曰：“秦帝按剑，诸侯西驰。”按剑，谓逞其雄威，灭亡六国诸侯；弃剑，谓弃其雄威，求归名山。为名山，即上文“慕隐沦”“愿长年”之意。

⑧葵藿，两种野菜。葵藿志，即归隐山林之志。松术，《北史·由吾道荣传》：“道荣隐于琅玡山中，辟穀饵松术茯苓，求长生之秘。”可知古人以服食松术可以长生。（松术，一作“松木”，非是。）

⑨若，善。所若，犹所善、所欲。同远好，慕隐沦，为名山。载，犹乃也。悠然，自得之貌。

★细加体味，刻画亦颇瑰丽。然斧凿太甚，涂饰太过，以致艰涩枯燥，了无诗味。录此一篇，以备一格。

咏美人春游

江南二月春，东风转绿蘋。
不知谁家子，看花桃李津[①]。
白雪凝琼貌，明珠点绛唇[②]。
行人咸息驾，争拟洛川神[③]。

①津，渡。然古“津途”常连用，故津亦指道路。

②琼貌，玉貌。明珠，珠唇。点绛唇，后世用为词曲之名，即源于此。

③行人咸息驾，仿汉乐府《陌上桑》“行者见罗敷，下担捋髭须”与曹植《美女篇》“行徒用息驾”句。拟，比之于。洛川神，曹植《洛神赋》中洛神。

征　怨[①]

荡子从军久，凤楼箫管闲[②]。
独枕凋云鬓，孤灯损玉颜。

何日边尘净，庭前征马还[3]？

①征怨，即征妇怨。

②荡子，外游男子，此指征人。

③“何日”二句，太白“何日平胡虏，良人罢远征”脱胎于此。

古离别[1]

远与君别者，乃至雁门关[2]。
黄云蔽千里，游子何时还[3]？
送君如昨日，檐前露已团[4]。
不惜蕙草晚，所悲道里寒。
君在天一涯，妾身长别离[5]。
愿一见颜色，不异琼树枝[6]。
菟丝与水萍，所寄终不移[7]。

①古离别，一作“古别离”。江淹有《杂体》诗三十首，并模拟之作；自汉魏古诗至魏晋宋诸名家，一一拟作。其自序云：“五言之兴，谅非迴古。但关西邺下，既已罕同；河外江南，颇为异法。故玄黄经纬之辨，金碧浮沉之珠，仆以为亦各具美，兼善而已。今作三十首诗，效其文体。虽不足品藻渊流，庶亦无乖商榷云耳。”盖欲综合诸体，兼收并蓄。刘熙载曰：江文通“虽长于杂拟，于古人苍壮之作，亦能肖吻，究非其本色耳”。选录三首，此其一，拟汉代古诗。

②雁门关，在今山西代县北雁门山上，为古戍守重地。

③“黄云”二句，仿古诗“浮云蔽白日，游子不顾反”。

④团，通“漙”，露浓之貌。《诗·郑风·野有蔓草》：“野有蔓草，零露漙兮。”

⑤“君在”二句，原于古诗“行行重行行，与君生别离。相去万馀里，各在天一涯”。

⑥琼树枝，玉树之枝，言其珍贵。《古文苑·李陵别诗》：“思得琼树枝，以解长饥渴。”

⑦菟丝，草本植物，常寄生于其他植物上。曹植《杂诗》：“寄松为女萝，依水如浮萍。”

刘太尉伤乱[①]

皇晋遘阳九，天下横氛雾[②]。
秦赵值薄蚀，幽并逢虎据[③]。
伊余荷宠灵，感激殉驰骛[④]。
虽无六奇术，冀与张韩遇[⑤]。
宁戚扣角歌，桓公遭乃举[⑥]。
荀息冒险难，实以忠贞故[⑦]。
空令日月逝，愧无古人度。
饮马出城壕，北望沙漠路。
千里何萧条，白日隐寒树。
投袂既愤懑，抚枕怀百虑。
功名惜未立，玄髪已改素。
时哉苟有会，治乱惟冥数[⑧]。

①此杂体诗之十五。刘太尉，即刘琨。

②遘，遭遇。阳九，厄运。古代术数家以四千六百一十七岁为一元，入元一百零六岁，内有灾年九，谓之阳九。见《汉书·律历志》。曹植《汉二世优劣论》："值阳九无妄之世，遭炎光厄运之会。"刘琨《答卢谌诗》："厄运初遘，阳爻在六。""哀我皇晋，痛心在目。"横，充塞，氛雾，喻祸乱。此指西晋末年祸乱相寻。

③秦赵幽并，统指北方。薄蚀，日月相食。《吕氏春秋·明理》："其月有薄蚀。"注："薄，迫也。日月激会相掩，名为薄蚀。"虎据，如虎占踞。"秦赵"二句，指刘聪、石勒、姚泓等割据北方。

④荷宠灵，谓蒙国恩。刘琨《劝进表》自云"荷宠三世"。殉，不惜生命以追求之。驰骛，奔走。

⑤六奇术，陈平佐汉高祖，曾六出奇计。见《史记·陈丞相世家》。冀，希望。张韩，张良、韩信。遇，相当。

⑥"宁戚"二句，春秋时宁戚扣牛角而歌，齐桓公闻之，举以为大田之官。见《淮南子·主术》。

⑦“荀息”二句，春秋时荀息受晋献公命辅佐奚齐。“公疾，召之曰：‘其若之何？’对曰：‘臣竭其股肱之力，加之以忠贞。其济，君之灵也；不济，则以死继之’”。见《左传》僖公九年。

⑧时，时运。会，际会。冥数，犹言天命，远数。

★刘越石现存诗仅三篇，代表作为《扶风歌》，歌中历述征途艰险；于国破家亡之际，有义无反顾之慨。江淹拟作，重在恩宠功名，治乱付之冥数。其思想境界，与越石不可同日而语。

陶征君田居①

种苗在东皋，苗生满阡陌②。
虽有荷锄倦，浊酒聊自适③。
日暮巾柴车，路暗光已夕④。
归人望烟火，稚子候檐隙。
问君亦何为，百年会有役⑤。
但愿桑麻成，蚕月得纺绩⑥。
素心正如此，开径望三益⑦。

①此杂体诗之二十二。陶征君，即陶渊明。

②阡陌，本田间小路，南北曰阡，东西曰陌，此即指田地。

③“虽有”二句，本陶潜《归田园居》其三“晨兴理荒秽，带月荷锄归”。《己酉岁九月九日》：“何以称我情，浊酒聊自适。”又，《饮酒》之十九：“虽欲挥手归，浊酒聊自持。”

④巾柴车，有帷幕之车。

⑤役，事。

⑥“但愿”二句：桑麻成，本陶渊明《归园田居》其二：“相见无杂言，但道桑麻长。”蚕月，《诗·豳风·七月》：“蚕月条桑，取彼斧斨。”原指夏历三月，诗中则指蚕丝纺绩之月。

⑦素心，本心。三益，好友。《论语·季氏》“孔子曰：‘益者三友，损者三友。友直，友谅，友多闻，益矣。’”

效阮公诗六首[1]

岁暮怀感伤

岁暮怀感伤，中夕弄清琴[2]。
戾戾曙风急，团团明月阴[3]。
孤云出北山，宿鸟惊东林。
谁谓人道广，忧慨自相寻。
宁知霜雪后，独见松竹心！

①阮公，阮籍。此效阮籍《咏怀诗》。诗共十五首，选录六首。本篇原列第一。

②中夕，夜半。阮籍《咏怀》其一：“夜中不能寐，起坐弹鸣琴。”

③戾戾，劲疾之貌。

十年学读书[1]

十年学读书，颜华尚美好。
不逐世间人，斗鸡东郊道[2]。
富贵如浮云，金玉不为宝[3]。
一旦鹈鴂鸣，严霜被劲草[4]。
志气多感失，泪下沾怀抱。

①本篇原列第二。

②“斗鸡”句，本曹植《名都篇》：“斗鸡东郊道，走马长楸间。”

③“富贵”句，本《论语·述而》：“子曰：‘不义而富且贵，于我如浮云。’”“金玉”句，《左传》襄公十五年：“宋人或得玉，献诸子罕。子罕弗受。献玉者曰：‘以示玉人，玉人以为宝也，故敢献之。’子罕曰：‘我以不贪为宝，尔以玉为宝。若以与我，皆丧宝也；不若人有其宝。’”

④鹈鴂，候鸟，即杜鹃。《楚辞·离骚》：“恐鹈鴂之先鸣兮，使夫百草为之不芳。”

白露淹庭树[1]

白露淹庭树，秋风吹罗衣[2]。
忠信主不合，辞意将诉谁[3]？
独坐东轩下，鸡鸣夜已晞[4]。
总驾命宾仆，遵路起旋归[5]。
天命谁能见，人踪信可疑[6]。

①本篇原列第三。

②淹，浸渍。

③“忠信”句，言忠信而与主不合，即不被信用。

④晞，天明。

⑤总驾，准备车驾。

⑥“天命”二句，言天命幽昧不可见，而人事亦复可疑，即人心难测之意。

昔余登大梁[1]

昔余登大梁，西南望洪河[2]。
时寒原野旷，风急霜露多。
仲冬正惨切，日月少精华。
落叶纵横起，飞鸟时相过。
搔首广川阴，怀归思如何。
常愿返初服，闲步颍水阿[3]。

①本篇原列第八。

②大梁，战国魏惠王迁都于此，今河南开封市西北。洪河，大河。阮籍《咏怀》其十六：“徘徊蓬池上，还顾望大梁。渌水扬洪波，旷野莽茫茫。”其二十五：“昔余游大梁，登于黄华颠。”

③返初服，即弃官归隐，重做平民。《楚辞·离骚》：“退将复修吾初服。”颍水，源出河南登封县西南，东南流入淮水。传尧欲传位于许由，许由逃隐于颍水之滨。见皇甫谧《高士传》。阿，水流曲处。

宵月辉西极[①]

宵月辉西极，女圭映东海[②]。
佳丽多异色，芬葩有奇采[③]。
绮缟非无情，光阴命谁待[④]？
不与风雨变，长共山川在。
人道则不然，消散随风改[⑤]！

①本篇原列第九。

②宵月，夜月。女圭，亦指月。圭，玉器名，上圆下方，形如半月，故以喻月。《别赋》："秋月如圭。"女圭，未详；或指圭之短者，犹城上矮墙之称女墙，圭唯短者方似半月。"宵月"二句，犹言昨夕宵月辉西极，今夜女圭映东海，言其永恒之意。

③佳丽，佳山丽水。芬葩，草木香花。

④绮，有花纹丝织品。缟，白色丝绢。此喻月光。

⑤"人道"二句：诗由月光而联及整个自然世界，光阴迅速，自然永存，而人道则不然，曾几何时，即随风消散。

少年学击剑[①]

少年学击剑，从师至幽州[②]。
燕赵兵马地，唯见古时丘。
登城望山水，平原独悠悠[③]。
寒暑有往来，功名安可留[④]！

①本篇原列第十。

②"少年"二句：阮籍《咏怀》其六十一："少年学击剑，妙伎过曲城。"陶渊明《拟古》："少时壮且厉，抚剑独行游。谁言行游近，张掖至幽州。"师，军。幽州，今河北北部。

③悠悠，辽远貌。

④"寒暑"二句：诗谓燕赵英雄争战之地，而今唯见古时丘垅。寒来暑往，岁月纷驰，安可为功名而在此淹留！

沈 约

沈约（441—513），字休文，吴兴武康（今浙江德清武康境）人。仕宋为征西记室参军。入齐为太子家令，事文惠太子，又从竟陵王萧子良游；除吏部郎，出为东阳太守，征为五兵尚书。齐末与范云等附翼梁武帝萧衍，武帝“受禅”，为尚书仆射，封建昌县侯。天监十二年卒，年七十三，谥曰隐。明人辑有《沈隐侯集》。

永明体诗创作巨擘为谢朓，理论倡导则为沈约。《南史·陆厥传》：“(永明）时盛为文章，吴兴沈约、陈郡谢朓、琅邪王融以气类相推毂。汝南周颙善识声韵。约等文皆用宫商，将平上去入四声，以此制韵。”“五字之中，音韵悉异，两句之内，角徵不同，不可增减，世呼为‘永明体’。”沈约《宋书·谢灵运传论》云：“夫五色相宣，八音协畅，由乎玄黄律吕，各适物宜。欲使宫羽相变，低昂互节，若前有浮声，则后须切响；一简之内，音韵尽殊，两句之中，轻重悉异。妙达此旨，始可言文。”“自骚人以来，多历年代，虽文体稍精，而此秘未睹。至于高言妙句，音韵天成，皆暗与理合，匪由思至。”“世之知音者，有以得之，知此言之非谬。如曰不然，请待来哲。”四声之发现并运用于创作，使诗歌语言音响由自然运用进到掌握其规律，是古体诗发展为近体之关键，是诗歌史上之重要里程，沈约与有力焉。沈约本人创作趋于柔靡，内容亦不甚充实，且多奉和应制之作。有少数作品亦清丽可诵。沈约是学者、诗人、历史学家，所著《宋书》尚存。

临高台[1]

高台不可望，望远使人愁[2]。
连山无断绝，河水复悠悠[3]。
所思竟何在？洛阳南陌头[4]。
可望不可见，何用解人忧！

①《临高台》，《乐府诗集》属鼓吹曲辞。

②不可望，《艺文类聚》作“不望远”。

③悠悠，遥远貌。复悠悠，与上句“无断绝”，总谓山川遥远之意。

④竟，《乐府诗集》作“暧”。《诗·邶风·静女》：“爱而不见。”暧、爱，并通“薆”，隐蔽。

夜夜曲[1]

河汉纵且横，北斗横复直[2]。
星汉空如此，宁知心有忆！
孤灯暧不明，寒机晓犹织[3]。
零泪向谁道，鸡鸣徒叹息[4]。

①《夜夜曲》，《乐府诗集》属杂曲歌辞。郭茂倩注：“《夜夜曲》，梁沈约所作也。梁乐府解题曰：‘夜夜曲，伤独处也。’”此闺怨之诗。

②“河汉”二句，河横斗转，言夜已很深。

③暧，昏暗。

④零，落。

别范安成[1]

生平少年日，分手易前期[2]；
及尔同衰暮，非复别离时[3]。
勿言一樽酒，明日难重持[4]。

梦中不识路，何以慰相思⑤！

①范安成，《南史·范岫传》：范岫（？—507），字懋宾，济阳考城人，颜延之外孙。“仕齐为太子家令。文惠太子之在东宫，沈约之徒以文才见引，岫亦预焉。”永明中，出为安成内史。

②易，轻易视之。前期，后会之期。二句谓年轻之时，分别之际，轻易看待后会之期，以为不久即可相见。

③衰暮，谓年老。“及尔”二句，谓衰老之年，应该相聚，不宜再有别离。按，作诗时沈约尚不到五十，范岫似更年轻，古人即以为衰暮。

④“勿言”二句：勿言樽酒微薄，明日亦难以重持。

⑤“梦中”二句，李善注引《韩非子》：“六国时，张敏与高惠二人为友，每相思不能得见，敏便于梦中往寻，但行至半道，即迷不知路，遂回。如此者三。”今本《韩非子》无此文。

饯谢文学离夜①

汉池水如带，巫山云似盖②。
澥汩背吴潮，潺湲横楚濑③。
一望沮漳水，宁思江海会④。
以我径寸心，从君千里外。

①谢文学，即谢朓。此齐武帝永明八年（490），谢朓离京赴荆州别筵上作。参见谢朓《离夜》。

②汉池，汉水。《左传》僖公四年，楚屈完对齐桓公：“楚国方城以为城，汉水以为池。”巫山，为四川与湖北交界山脉。

③澥汩（jié gǔ），水流激荡貌。潺湲（chán yuán），水流貌。枚乘《七发》：“澥汩潺湲。披扬流洒。”濑，湍流。背吴潮，横楚濑，谓离吴赴楚。

④沮漳水，沮水出湖北保康县西南，漳水源湖北南漳县，二水至当阳县合流为沮漳水，南流至江陵入长江。二句谓君到荆州，一望沮漳之水，岂复思江海之会。

早发定山[①]

夙龄爱远壑，晚莅见奇山[②]。
标峰彩虹外，置岭白云间。
倾壁忽斜竖，绝顶复孤圆[③]。
归海流漫漫，出浦水溅溅[④]。
野棠开未落，山樱发欲燃。
忘归属兰杜，怀禄寄芳荃[⑤]。
眷言采三秀，徘徊望九仙[⑥]。

①定山，在今浙江富阳县境。《南史·沈约传》："隆昌元年（494），除吏部郎，出为东阳太守。"诗即离京赴东阳途中过定山作，时沈约五十四岁。

②夙龄，早年。莅，临，到此。

③标，举，挺出。标峰在彩虹之外，置岭于白云之间；倾壁又忽斜竖，绝顶复现孤圆。四句写山形。

④漫漫，水盛大貌。溅溅，水疾流貌。"归海"二句，写山下水势。

⑤杜，杜蘅，香草名。荃，亦香草，并见《楚辞》。怀禄寄芳荃，与谢朓"既欢怀禄情，复协沧洲趣"句意近，谓既可以怀禄为官，又可以寄情芳草。

⑥眷言，怀思貌。三秀，《楚辞·九歌·山鬼》"采三秀兮山间"，王逸注："三秀，谓芝草也。"九仙，李善注引《列仙传》："涓子者，齐人，好饵术，至三百年乃见于齐，后授伯阳九仙法。"末二句由奇山而联及芝草神仙之法。

新安江至清，浅深见底，贻京邑同好[①]

眷言访舟客，兹川信可珍。
洞澈随深浅，皎镜无冬春[②]。
千仞写乔树，百丈见游鳞[③]。
沧浪有时浊，清济涸无津[④]；
岂若乘斯去，俯映石磷磷[⑤]。
纷吾隔嚣滓，宁假濯衣巾[⑥]。

愿以潺湲水，沾君缨上尘⑦。

①《艺文类聚》《文苑英华》题并作《渡新安江贻京邑同好》。新安江，源出江西婺源县西北率山，东流经休宁、歙县和浙江省境至建德合兰溪水东北流为浙江。此亦沈约隆昌元年赴东阳途中渡新安江作。

②洞澈，透明清澈。皎镜，明净。

③乔，高。鳞，鱼。二句谓千仞乔树写影于江底，百丈深潭可看见游鱼。“洞澈”以下四句极写江水至清，浅深见底。

④“沧浪”句：《孟子·离离》引孺子歌：“沧浪之水清兮，可以濯我缨；沧浪之水浊兮，可以濯吾足。”亦见《楚辞·渔父》。旧说以沧浪为水名。“清济”句：济水源出河南王屋山，其故道过黄河而南，东流入山东省境，与黄河并行入海。《战国策·燕策》：“齐有清济浊河。”《后汉书·郡国志》：“温，苏子所都，济水出，王莽时大旱，遂枯绝。”涸，枯竭。津，水。

⑤斯，指新安江。磷磷，水清石见之貌。《诗·唐风·扬之水》：“扬之水，白石磷磷。”

⑥纷，多貌，引申为远。嚣滓，喧嚣滓秽，指京师。

⑦沾，浸润，此用为浇洗之意。沾君缨上尘，用《沧浪歌》清水可以濯缨之意。“纷吾”以下四句，谓我已远隔嚣滓，无需洗濯衣巾，愿以清清之水，洗诸君缨上之尘；谐语而有警戒之意。

伤谢朓

吏部信才杰，文锋振奇响①。
调与金石谐，思逐风云上②。
岂言陵霜质，忽随人事往！
尺璧尔何冤，一旦同丘壤③！

①吏部，谢朓终尚书吏部郎。文锋，文章笔锋。沈约尝称谢朓，谓“二百年来无此诗也”，见谢朓本传。

②金石，钟磬之类。调与金石谐，言其音韵铿锵；思逐风云上，谓其才思高超。沈约《宋书·谢灵运传》称屈原、宋玉、贾谊、相如等“英辞润金石，高义薄云天”，与此二句意近。

③尺璧，径尺之璧。何冤，犹何其冤，何等冤枉。径尺之璧，竟同丘壤，

喻谢朓蒙冤被害。谢朓于永元元年（499）为萧遥光冤杀，参见谢朓传。

石塘濑听猿

嗷嗷夜猿鸣，溶溶晨雾合①。
不知声远近，惟见山重沓。
既欢东岭唱，复伫西岩答。

①嗷嗷（jiào），猿鸣声。溶溶，弥漫之貌。

★古诗中涉猿啼者甚多，纯写猿啼者名作仅此一首。诗写猿啼者多写其悲啸，唯此诗写其欢唱，只觉重山晨雾中一片猿声。

范 云

范云（451—503），字彦龙，南乡舞阴（今河南泌阳）人。仕宋为郢州西曹书佐，转法曹参军。齐高帝建元初，为竟陵王萧子良主簿，迁尚书殿中郎，历零陵内史，始兴内史、迁广州刺史。后与沈约同事梁武帝，迁散骑常侍、吏部尚书，封霄城县侯，迁尚书右仆射。梁武帝天监二年卒，年五十三。范云诗自然流丽，《诗品》称其“清便宛转，如流风回雪”，风格与谢朓相近。

赠张徐州稷[1]

田家樵采去，薄暮方来归。
还闻稚子说：“有客款柴扉[2]。
傧从皆珠玳，裘马悉轻肥[3]。
轩盖照墟落，传瑞生光辉[4]。”
疑是徐方牧，既是复疑非[5]。
思旧昔言有，此道今已微。
物情弃疵贱，何独顾衡闱[6]？
恨不具鸡黍，得与故人挥[7]。
怀情徒草草，泪下空霏霏[8]。
寄书云间雁，为我西北飞[9]。

①张徐州稷，张稷，字公乔，吴郡人，齐明帝时为北徐州刺史。见《梁书·张稷传》。

②款，叩，敲。柴扉，柴门。

③傧，前导者；从，后随者，均随从人员。珠玳，珍珠玳瑁，指身上装饰。《史记·春申君列传》："赵平原君使人于春申君，春申君舍之于上宫。赵使欲夸楚，为玳瑁簪，刀剑室以珠玉饰之，请命春申君客。春申君客三千馀人，其上客皆蹑珠履以见赵使，赵使大惭。"裘马悉轻肥，裘则轻，马则肥。《论语·雍也》："赤之适齐也，乘肥马，衣轻裘。"

④轩盖，车上伞盖，实指车。传瑞，符节。"有客"以下五句，稚子所述。

⑤方牧，一方之牧，指刺史、州长。

⑥物情，人情。疵，病，过失。疵贱，地位卑微者。衡闱，衡门，横木为门，贫贱之室。

⑦鸡黍，李善注引谢承《后汉书》："山阳范式，字巨卿，与汝南张元伯为友。春别京师，以秋为期，至九月十五日，杀鸡作黍。二亲笑曰：'山阳去此几千里，何必至。'元伯曰：'巨卿信士，不失期者。'言未绝而巨卿至。"范晔《后汉书》亦载其事，无"杀鸡作黍"句。张元伯，即张劭。挥，挥觞饮酒。

⑧草草，劳心貌。《诗·小雅·巷伯》："劳人草草。"霏霏，泪下之貌。

⑨寄书云间雁，汉苏武使匈奴，坚贞不屈，匈奴使至北海牧羊。后汉求苏武，谓单于"天子射上林中，得雁，足有系帛书，言武等在某泽中"。单于惊谢，苏武得还。见《汉书·苏武传》。诗题为"赠"，实系张徐州来访不遇，范云寄诗致意。诗语言平实而感情真挚。

渡黄河①

河流迅且浊，汤汤不可陵②。
桧楫难为榜，松舟才自胜③。
空庭偃旧木，荒畴馀故塍④。
不睹行人迹，但见狐兔兴。
寄言河上老，此水何当澄⑤？

①《南史·范云传》：范云于齐武帝永明十年（492）使魏，此必为使魏时所作。

②迅，急。汤汤（shāng shāng），大水急流貌。陵，渡越。

③楫，桨。榜，桨，此动词，划桨。才自胜，勉强胜任。

④偃，横卧。塍，田埂。

⑤澄，清。古人认为太平时代则黄河清，问此水何时清，即谓天下何时太

平。

★诗写黄河流域荒凉残破之状，可与颜延之《北使洛》《还至梁城作》合读。

效古

寒沙四面平，飞雪千里惊。
风断阴山树，雾失交河城[①]。
朝驱左贤阵，夜薄休屠营[②]。
昔事前军幕，今逐嫖姚兵[③]。
失道刑既重，迟留法未轻[④]。
所赖今天子，汉道日休明。

①阴山，今河套以北大漠以南诸山的统称。交河，汉代车师前国首府。《汉书·西域传》："车师前国，王治交河城。河水分流绕城下，故号交河。"在今新疆吐鲁番西北。诗中阴山交河两地相距甚远，只作边境的代称，皆非实指。

②左贤，匈奴贵族封号，有左贤王、右贤王。《汉书·李广传》，元狩三年，李广将四千骑出右北平击左贤王阵。休屠，汉武威郡有休屠县，原匈奴休屠王都，此即指休屠王。《汉书·霍去病传》，元狩二年为骠骑将军，将万骑出陇西，收休屠祭天金人。

③前军，前将军之省，李广曾为前将军。嫖姚，霍去病曾为票姚校尉。嫖姚，同"票姚"，字应作票鹞，劲疾之貌。

④"失道"二句：元狩四年，李广从大将军卫青击匈奴，为前将军。大将军不欲李广当单于，令与右将军赵食其合军出东道。迷失道，后大将军。大将军责问，李广自杀。右将军独下吏，当死，赎为庶人。诗以汉事为影，写边境生活，于典实不可拘泥。

之零陵郡次新亭[①]

江干远树浮，天末孤烟起[②]。
江天自如合，烟树还相似。

沧流未可源，高帆去何已[3]！

①《南史·范云传》：范云于永明十年（492）使魏，使还，再迁零陵内史。时年四十二岁。零陵郡，郡治在今湖南零陵县。参见谢朓《新亭渚别范零陵云》诗。

②江干，江岸。

③未可源，未可穷其源。去何已，一去何时已。均言江长路远。

别 诗[1]

洛阳城东西，长作经时别[2]。
昔去雪如花，今来花似雪。

①此与何逊联句之作，四句可独立成篇。何集作《范广州宅联句》。何联云："濛濛夕烟起，奄奄残晖灭。非君爱满堂，宁我安车辙。"范云为广州刺史在齐永元元年（499），时年四十九。

②经时，何逊集作"经年"。古诗十九首："但感别经时。"

★东坡《少年游》词："去年相送，馀杭门外，飞雪似扬花。今年春尽，杨花似雪，犹不见还家。"即从"昔去雪如花，今来花似雪"中化出。范诗自然，坡词更为宛转细腻。

送 别

东风柳线长，送郎上河梁[1]。
未尽樽前酒，妾泪已千行。
不愁书难寄，但恐鬓将霜。
望怀白首约，江上早归航[2]！

①梁，桥。《文选》李少卿与苏武诗："携手上河梁，游子暮何之？"

②怀，记住。

闺思

春草醉如烟，深闺人独眠。
积恨颜将老，相思心欲燃。
几回明月夜，飞梦到郎边。

咏寒松

修条拂层汉，密叶障天浔[①]。
凌风知劲节，负雪见贞心。

①修条，长树。层，高。浔，天空深处。层汉，天浔，并指天河。

曹景宗

曹景宗（457—508），字子震，新野（今河南新野）人。仕齐，累官竟陵太守。梁武帝起兵，景宗率众来从，除郢州刺史，封竟陵县侯。天监六年，大败魏师于锺离，进爵为公，拜侍中、领军将军。天监七年，迁江州刺史，赴任卒于道，年五十二。

华光殿侍宴赋诗①

去时儿女悲，归来笳鼓竞②。
借问行路人，何如霍去病③？

①《南史·曹景宗传》：天监六年，景宗败魏师于锺离。“帝于华光殿宴饮联句，令左仆射沈约赋韵。景宗不得韵，意色不平，启求赋诗。帝曰：‘卿伎能甚多，人才英拔，何必止在一诗。’景宗已醉，求作不已，诏令约赋韵。时韵已尽，唯馀‘竞、病’二字。景宗便操笔，斯须而成。其辞曰‘去时儿女悲，归来笳鼓竞。借问行路人，何如霍去病’。帝叹不已，约及朝贤惊嗟竟日。”

②笳鼓竞，谓笳鼓竞相喧奏。竞，争逐。

③霍去病，汉代名将。参见虞羲《咏霍将军北伐诗》。

★曹景宗此诗，韵险窄而词平易，貌诙谐而实豪迈，的是好诗。

刘　峻

刘峻（462—521），字孝标，平原（今山东平原）人。父刘珽为宋始兴内史。峻生期月，母携还家乡。宋明帝泰始初年（465），其家乡为北魏占领，时峻年八岁，被人劫掠至中山，中山富人刘实以束帛赎出，教以书学。后又被北魏远徙至桑干。峻勤奋苦学，精通书史。齐武帝永明中，奔还江南。齐明帝建武中，为豫州府刑狱。梁初，安成王萧秀引为荆州户曹参军。以疾去职，遂居东阳之紫岩山。梁武帝普通二年卒，年六十。

自江州还入石头①

鼓枻浮大川，延睇洛城观②。
洛城何郁郁，杳与云霄半③。
前望苍龙门，斜瞻白鹤馆④。
槐垂御沟道，柳缀金堤岸⑤。
迅马晨风趋，轻舆流水散⑥。
高歌梁尘下，絙瑟荆禽乱⑦。
我思江海游，曾无朝市玩⑧。
忽寄灵台宿，空轸及关叹⑨。
仲子入南楚，伯鸾出东汉⑩。
何能栖树枝，取毙王孙弹⑪！

①江州，今江西九江。石头，即石头城，亦即都城建康，今江苏南京。
②鼓枻，即打桨，荡船。延睇，遥望。洛城，指建康，齐梁诗人常以洛阳

代指京城。洛城观，京城的宫观。

③郁郁，深邃之貌。杳，远，此用作高远之意。

④前望，向前面望。斜瞻，向旁边看。

⑤御沟、金堤，从宫中流出的河道与河堤。——前八句写从江上进入建康看到的景象。

⑥“迅马”二句：快马在晨风中奔跑，轻车像流水般飞驰。散，言其多而散乱。

⑦“高歌”句，言歌声甚大，梁尘因震动而飞下。刘向《别录》：“鲁人虞公发声清晨，歌动梁尘。”緪瑟，《文选·马融〈长笛赋〉》“緪瑟促柱”，刘良注：“緪瑟，急县也。”荆，木名，此泛指林木。“緪瑟”句，言乐声喧嚣，林中飞鸟，因受惊而乱飞。——“迅马”以下四句，写京城官宦奢侈享乐醉生梦死的生活。

⑧“我思”二句，言自己只想寄身江海，不愿在京城享玩。

⑨忽，忽然，此有偶然之意。灵台，西周台名，代指建康台馆。轸，伤也。及关叹，《文选·赵景真〈与嵇茂齐书〉》：“昔李叟入秦，及关而叹；梁生适越，登岳长谣。”李叟，即老子。此取其“及关而叹”，实与老子无关。二句言自己偶宿京城，不堪忍受统治者的奢靡腐败，却无能为力，望关兴叹。

⑩仲子入南楚，《史记·吴太伯世家》：“吴太伯，太伯弟仲雍，皆周太王之子，而王季历之兄也。季历贤，而有圣子昌，太王欲立季历以及昌，于是太伯、仲雍二人乃奔荆蛮，文身断髮，示不可用。”诗中仲子，似指仲雍，不慕富贵，而奔南楚。然太伯故事，应以太伯为主，此言仲子，因下句有“伯鸾”，故用“仲子”与之相对。伯鸾出东汉，《后汉书·梁鸿传》：梁鸿，字伯鸾，扶风平陵人。与妻孟光“共入霸陵山中，以耕织为业。咏诗书，弹琴以自娱”。“因出东关，过京师，作《五噫之歌》。”“有顷，又去适吴。”二句以仲子、伯鸾为榜样，表达其不乐仕进，愿归隐山林之意。

⑪“何能”二句：《战国策·楚策四》：“黄雀因是以。俯噣白粒，仰栖茂树，鼓翅奋翼，自以为无患，与人无争也。不知夫公子王孙，左挟弹，右摄丸，将加己乎十仞之上，以其类为招。昼游乎茂树，夕调乎酸咸。倏忽之间，坠于公子之手。”二句极言在统治集团的倾轧中身处官场的危险。以雀为喻，他不能如黄雀一样，栖于树枝上，“取毙王孙弹”。

★刘孝标勤奋好学，耽于书史，齐永明中，竟陵王萧子良博招文学之士，孝标“因人求为子良国职”，为吏部尚书徐孝嗣所阻，因而未能进入萧子良的文学集团。他在齐代只做过短时间的豫州刑狱。梁武帝天监七年

（508）安成王引为荆州户曹参军，“复以疾去”，为时可能更短。自后不再出仕。刘孝标生当齐梁易代之际，统治者之间斗争激烈，许多文人如王融、谢朓等人都在统治者内部倾轧中死于非命。刘孝标对此有清醒的认识，加以为人“率性而动，不能随众浮沉”，更不能适应官场。所以他诗中说：“何能栖树枝，取毙王孙弹！”这确是由衷之言，因为他看到“取毙王孙弹”的“雀子”已经够多了。南朝高唱归隐山林的人比比皆是，真正愿意归隐而且采取了行动的人前有陶渊明，后就要算刘孝标了。陶渊明彭泽归来家居二十馀年，成为历史上首屈一指的田园诗人。刘孝标不以诗名，他在山居十多年的时间里，注释《世说新语》，使这部独具一格的大著因他的注释而更加丰富，原著与注释两者相得而益彰，对中国文学作出了巨大的贡献。

出 塞①

蓟门秋气清，飞将出长城②。
绝漠衝风急，交河夜月明③。
陷敌摐金鼓，摧锋扬旆旌④。
去去无终极，日暮动边声⑤。

①出塞，《乐府诗乐》属横吹曲辞。

②蓟门，今北京境。飞将，汉代名将李广，匈奴称之为“汉之飞将军”。

③绝漠，渡越沙漠，亦用以指极远的沙漠；此指后者，与“交河”相对。衝风，猛烈的风。交河，地名，在今新疆吐鲁番西北。河水分流绕城下，故名。交河城为西汉车师前国首府。交河与蓟门相距甚远，诗中皆用以代指边塞。

④陷敌，破敌，攻陷敌人。摐，撞击。摧锋，摧败敌锋。旆旌，旌旗。

⑤去去无终极，前进不止，实指要彻底胜利。

★齐梁时代不存在“出塞”的问题，故这一类诗极少。偶尔有之，只是缘题目做诗，在笔下满足一下诗人的出塞梦。孝标此诗气势凌厉，在南朝诗中甚为少见。

柳 恽

柳恽（465—517），字文畅，河东解（今山西临猗西南）人。齐竟陵王萧子良引为法曹参军，累迁太子洗马，除骠骑从事中郎。梁武帝天监元年，除长史兼侍中。二年，出为吴兴太守。六年，征为散骑常侍。八年，为广州刺史，征为秘书监；复为吴兴太守，为政清静。天监十六年卒，年五十三。柳恽多才艺。善琴棋，曾与沈约等共定新律。诗亦清丽，惜多不传。

江南曲①

汀洲采白蘋，日暖江南春。
洞庭有归客，潇湘逢故人②。
故人何不返，春花复应晚③。
不道新知乐，只言行路远④。

①《江南曲》，《乐府诗集》属相和歌辞。此闺情诗，全篇均作思妇口吻。

②洞庭、潇湘，均指湖南。参见谢朓《新亭渚别范零陵云》诗注。“洞庭”二句，谓有客自湖南归来，自言在潇湘曾见其故人。

③“故人”二句，思妇问归客之辞。

④“不道”二句，述归客答辞。

捣衣曲①

行役滞风波，游人淹不归。
亭皋木叶下，陇首秋云飞②。

寒园夕鸟集，思牖草虫悲。
嗟衣当春服，安见御冬衣。

①捣衣，用小杵捣洗制衣布帛。参见谢惠连《捣衣》诗注。捣衣诗均思妇之辞。

②亭，平。皋，水边地。陇首，本指陇山，此泛指高山。

★“亭皋”二语为柳诗名句。《南史》本传谓恽“少工篇什，为诗云‘亭皋木叶下，陇首秋云飞’。琅玡王融见而称赏，因书斋壁及所执白团扇”。宋张耒摄首句入所作《风流子》词云：“木叶亭皋下，重阳近，又是捣衣秋。”只五字便是一幅秋风落木图。

吴 均

吴均（469—520），字叔庠，吴兴故鄣（今浙江安吉县西北）人。出身寒素，梁天监初，柳恽为吴兴太守，召为主簿。历建安王萧伟记室，补国侍郎，除奉朝请。普通元年卒，年五十二。明人辑有《吴朝请集》。

梁初诗人如江淹、沈约、范云等，皆历仕三朝，其创作盛期都在齐代，至吴均、何逊，方是确实的梁代诗人。宋齐以来诗坛主将，大谢繁缛，鲍照豪雄，小谢清俊，而吴均诗平淡自然，往往明白如话，却颇具个性，且较为关切社会现实。其诗无名句可摘，但通体完整，语言明净，当时号为“吴均体”。其从军边塞之作，略近鲍照，而骨力不如。吴均散文亦有成就。其描绘山水景物之小札，如《与朱元思书》《与施从事书》等，都颇有诗意。吴均也是历史作家，著有《后汉书注》《齐春秋》。因《齐春秋》直书梁武帝为齐明帝佐命之臣，触犯忌讳，致被禁毁。又曾撰写通史，惜未能完成，其书亦不传。

前有浊樽酒①

前有浊樽酒，忧思乱纷纷。
少年重意气，学剑不学文②。
忽值胡关静，匈奴遂两分③。
天山已半出，龙城无片云④。
汉世平如此，何用李将军⑤！

①本诗原题《战城南》。《诗纪》注："此与下篇《艺文》失题，列《战城南》后，《英华》遂以为题。"兹以首句为题。

②少年，《诗纪》作"小来"，注：一作"少年"。此从《艺文类聚》。意气，意志勇气。

③匈奴遂两分：汉宣帝时，匈奴呼韩邪单于与郅支单于对抗。甘露二年，呼韩邪单于降汉。见《汉书·匈奴传》。东汉初，匈奴内讧。建武二十三年，呼韩邪单于长孙比率南边四五万人内附。二十四年，比自立，仍称呼韩邪单于。匈奴遂分为南北两部。见《后汉书·南匈奴传》。

④天山，在今新疆境；古亦称祁连山为天山。半出云，谓天空明净。龙城，又称龙庭，匈奴祭天、大会诸部之地。《汉书·匈奴传》："五月，大会龙城，祭其先、天地、鬼神。"汉武帝元光六年，"将军卫青出上谷，至龙城，得胡首虏七百人"。天山半出，龙城无云，均谓边境平静。

⑤李将军，指汉名将李广，骁勇善战，然无功不得封侯，后从大将军卫青击匈奴，因失道受责，被迫自杀。见《史记·李将军列传》。

★处南朝而道"汉世平如此，何用李将军"，不啻新亭哭泣！陆游诗云"志士凄凉闲处老"，心境似之。

入 关①

羽檄起边庭，烽火乱如萤②。
是时张博望，夜赴交河城③。
马头要落日，剑尾掣流星④。
君恩未得报，何论身命倾！

①《入关》，《乐府诗集》属横吹曲辞。

②羽檄，紧急军用文书。参见曹植《白马篇》注。

③张博望，张骞，西汉汉中城固（今陕西城固）人。建元二年出使月支，经匈奴，被扣留十馀年，逃回后，从大将军卫青出击匈奴，有功，封博望侯。后又出使西域，使西北诸国通于汉。见《汉书·张骞传》。交河城，西汉车师前国首府。《汉书·西域传》："车师前国，王治交河城。河水分流绕城下，故号交河。"地在今新疆吐鲁番城西。此泛指边境。

④要，迎。掣，闪动。

从军行[①]

男儿亦可怜，立功在北边。
阵头横却月，马腹带连钱[②]。
怀戈发垅坻，乘冻至辽川[③]。
微诚君不爱，终自直如弦[④]！

①《从军行》，《乐府诗集》属相和歌辞平调曲。郭茂倩引《乐府解题》："从军行皆军旅辛苦之辞。"

②却月，将落之月，半月。连钱，马障泥上装饰。《世说新语·术解》：王济"尝乘一马，著连钱障泥"。

③垅坻，即垅山，绵亘于陕西垅县至甘肃平凉一带。冻，冰。辽川，辽河，东南向流贯辽宁全省。垅在西，辽在东，二句言东征西讨之意。

④爱，爱惜，赏识。直如弦，喻其忠诚耿直。东汉顺帝时京都童谣："直如弦，死道边；曲如钩，反封侯。"见《后汉书·五行志》。

胡无人行[①]

剑头利如芒，恒持照眼光。
铁骑追骁虏，金羁讨黠羌[②]。
高秋八九月，胡地早风霜。
男儿不惜死，破胆与君尝。

①《胡无人行》，《乐府诗集》属相和歌辞瑟调曲。

②骁，勇捷。羁，马勒。"金羁"与上文"铁骑"互文。黠，狡猾。

边城将

仆本边城将，驰射灵关下[①]。
箭衔雁门石，气振武安瓦[②]。
勋轻赏废丘，名高拜横野[③]。

留书应凿楹，传功须勒社[④]。
徒倾七尺命，酬恩终自寡！

①灵关，《汉书·地理志》：灵关道属越嶲郡。地在今四川芦山县南。此泛指边关。

②"箭衔"句，《史记·李将军列传》："广出猎，见草中石，以为虎而射之，中石没镞，视之石也。因复更射之，终不能复入石矣。"李广曾为雁门太守。"气振"句，《史记·廉颇蔺相如列传》载：赵惠文王二十九年，秦伐韩，赵奢救之。秦军军武安西。"秦军鼓噪勒兵，武安屋瓦尽振"，赵奢纵兵击之，大破秦军。

③废丘，地名，即犬丘，周懿王所都，秦改名为废丘。汉元年，项羽立章邯为雍王，都废丘。见《史记·项羽本纪》。地在今陕西兴平县境。横野，官名。《史记·卫将军骠骑列传》附韩说传："将军韩说，……元鼎六年，以待诏为横海将军，击东越有功，为按道侯。"又，东汉王常，字颜卿，颍川舞阳人，以功封山桑侯。建武七年，光武"使使者持玺书，即拜常为横野大将军，位次与诸将绝席"。见《后汉书·王常传》。

④留书应凿楹：楹，柱。《晏子春秋·杂下》："晏子病将死，凿楹纳书焉。谓其妻曰：'楹语也，子壮而视之。'"谓凿楹藏之，以传之久远。传功须勒社：勒，治也，犹言建立。社，祠庙。《史记·栾布传》：栾布"孝文时为燕相，至将军"。"吴楚反时，以军功封俞侯，复为燕相。燕齐之间皆为栾布立社，号曰栾公社。"

赠别新林[①]

仆本幽并儿，抱剑事边陲[②]。
风乱青丝络，雾染黄金羁[③]。
天子既无赏，公卿竟不知。
去去归去来，还倾鹦鹉杯[④]。
气为故交绝，心为新知开[⑤]。
但令寸心是，何须铜雀台[⑥]！

①赠别新林，题目与诗内容不合。《诗纪》注："一作江潭怨。"此与乐府

创作相似，诗中“仆”与《边城将》中所称一样，为艺术形象，非诗人自指。

②幽并儿，幽并为燕赵之地，居民以勇悍著称，幽并儿即指豪侠之士。参见曹植《白马篇》“幽并游侠儿”注。

③络，马笼头。羁，马勒。

④归去来，陶渊明为彭泽令，八十馀日即自免去职，作《归去来兮辞》。来，语气词。鹦鹉杯，用鹦鹉螺所作酒杯。

⑤绝，尽。“气为”二句，谓意气心情向友朋尽情倾吐。

⑥铜雀台，曹操所建台名。参见谢朓《咏铜雀台》。“但令”二句，谓只要于心无愧，无需富贵荣华。

春　咏①

春从何处来，拂水复惊梅。
云障青琐闼，风吹承露台②。
美人隔千里，罗帏闭不开。
无由得共语，空对相思杯。

①春咏，《玉台新咏》注：“一作春怨。”

②青琐，宫门上所刻青色图纹。闼，宫门。承露台，汉武帝于神明台上作承露盘，立铜仙人舒掌以接甘露，以为饮之可以延年。青琐闼，承露台，并泛指宫殿楼台。

★题为春咏，实为春日怀人之诗。怀想千里之外的“美人”，为何又同“云障青琐闼，风吹承露台”联系起来？吴均出身寒素，沉潜下僚，所谓怀人，实际是曲折地表现其怀才不遇的情愫，希望有一位“美人”得以“共语”平生。吴均诗明白如话，其实亦别有深意。

陌上桑①

嫋嫋陌上桑，荫陌复垂塘②。
长条映白日，细叶隐鹂黄。
蚕饥妾复思，拭泪且提筐。

故人宁知此，离恨煎人肠。

①《陌上桑》，《乐府诗集》属相和歌辞相和曲。汉乐府《陌上桑》，写秦氏女子罗敷采桑城南隅，使君欲与同载，罗敷盛夸其夫以拒之，吴均所作为闺情诗。

②嫋嫋，枝条柔弱貌。陌，小路。塘，堤。

采莲曲[①]

锦带杂花钿，罗衣垂绿川[②]。
问子今何去，出采江南莲。
辽西三千里，欲寄无因缘[③]。
愿君早旋返，及此荷花鲜[④]。

①《采莲曲》，《乐府诗集》属清商曲辞。郭茂倩引《古今乐录》："梁天监十一年冬，武帝改西曲，制江南上云乐十四曲，江南弄七曲。"其三曰采莲曲。

②花钿，妇女首饰，即花钗。此句实谓腰垂锦带，头饰花钿。

③辽西，秦汉郡名，辖境在今河北辽西乐亭一带。此泛指边境。因缘，机会。

④荷花鲜，既是眼前景物，实喻自身青春美貌。

答柳恽[①]

清晨发陇西，日暮飞狐谷[②]。
秋月照层岭，寒风扫高木。
雾露夜侵衣，关山晓催轴[③]。
君去欲何之，参差间原陆[④]？
一见终无缘，怀悲空满目？

①柳恽有《赠吴均诗》三首，此吴均答诗。

②陇西，秦汉郡名，辖境今甘肃东南部，郡治在今陇西县。飞狐谷，即飞狐关，在今河北涞源县北跨蔚县界，柳诗其三有"夕宿飞狐关，晨登积砾坂"

句，故吴诗云此。陇西飞狐，远隔数千里，无法朝发夕至。此泛用古代地名，并非实践其地。

③轴，代指车。

④原，高原。陆，平陆。间原陆，原陆相间。

赠杜容成①

一燕海上来，一燕高堂息②。
一朝相逢遇，依然旧相识。
问我“来何迟？山川几纡直③？”
答言“海路长，风多飞无力。”
“昔别缝罗衣，春风初入帏；
今来夏欲晚，桑扈薄树飞④。”

①《玉台新咏》注：“一作咏双燕。”《诗纪》注：“帝王集作简文帝咏燕。”

②“一燕”二句，全诗都以双燕为喻。海上燕自比，高堂燕喻杜。

③山川，《玉台》作“关山”。纡直，曲直。

④桑扈，鸟名。《玉台》作“桑蛾”。薄，傍。

酬别诗

故人杯酒别，天清明月亮。
露下寒葭中，风起秋江上①。
衣染潺湲泣，棹犯参差浪②。
匕首直千金，七宝雕华装③。
生离何用表，赖此持相饷④。

①葭，芦苇。

②潺湲（chán yuán），泪流貌。泣，泪。棹，桨。犯，指摇动。参差（cēn cī），形容起伏不定之貌。

③匕首，短剑。七宝，多种宝饰。装，《文苑英华》注侧亮切，则读如壮，

去声。庾信《从驾观讲武》“高尘拥贝装”，倪璠注引张晏曰：“装，囊也。”七宝雕华装，用七宝雕饰的精致的囊，疑为盛匕首的匣子，如剑匣之类，故可用七宝雕饰。

④何用表，用什么来表达心意。此，指匕首。饷，赠送。

赠王桂阳

松生数寸时，遂为草所没。
未见笼云心，谁知负霜骨①。
弱幹可摧残，纤茎易凌忽②。
何当数千尺，为君覆明月③！

①笼云，笼聚云气。负霜，承受风霜。

②凌忽，欺凌轻忽。

③何当，犹何日。

★左思《咏史》其二“郁郁涧底松，离离山上苗，以彼径寸茎，荫此百尺条”，于吴诗实有所启发。赠人诗，却全用比喻。“弱幹”“纤茎”，只要稍加培植，是可以“数千尺”的；其望人援手之意，实甚明白。

咏宝剑

我有一宝剑，出自昆吾溪①。
照人如照水，切玉如切泥。
锷边霜凛凛，匣上风凄凄②。
寄语张公子，何当来见携③？

①有，犹为也。馀详星评。昆吾，山名。《山海经·中山经》：“昆吾之山，其上多赤铜。”郭璞注：“此山出名铜，色赤如火。以之作刃，切玉如割泥也。”又，矿石之名。司马相如《子虚赋》“琳珉琨珸”，《史记》司马贞索隐：“司马彪曰：‘石之次玉者。’按《河图》云：‘流州多积石，名昆吾石，练之成铁，以作剑，光明昭如水精。’”

②锷，剑锋。匣，剑函。

③张公子，张华。晋初，张华见斗牛之间常有紫气，以问豫章人雷焕。焕曰："宝剑之精，上彻于天耳。"因问曰："在何郡？"焕曰："在豫章丰城。"华因补焕为丰城令。焕到县，掘狱屋基，入地四丈馀，得一石匣，光气非常，中有双剑，并刻题，一曰龙泉，一曰太阿。焕以一剑送张华，留一剑自佩。见《晋书·张华传》。

★首句"有"字，按常义理解，句意亦顺畅。然此当训作"为"。为，乃也，是也。句意谓我是一宝剑。"我"是宝剑本身，而非持有者。全诗皆宝剑自身发出呼吁，宝剑自己"寄语张公子，何当来见携"。这比宝剑夜深长啸，更让人惊诧，更令人震撼。

主人池前鹤

本是乘轩者，为君阶下禽①。
摧藏多好貌，清唳有奇音②。
稻粱惠既重，华池遇亦深。
怀恩未忍去，非无江海心。

①轩，一种曲辕有幡的车，卿大夫才有资格乘坐。《左传》闵公二年："卫懿公好鹤，鹤有乘轩者。"

②摧藏，摧伤。清唳，清越的鸣声。

★本有"乘轩"的资质，奈何竟为"阶下"之禽。"摧藏"多好的容貌，徒有"清唳"的奇音。然毕竟有稻粱之"惠"，华池之"遇"，故"怀恩"未忍离去，胸中并非没有飞腾江海之雄心。全诗亦由鹤自我表白。以鹤自喻，其无可奈何之状，想见诗人心情何等矛盾，又何等抑郁。

山中杂诗

山际见来烟，竹中窥落日。
鸟向檐上飞，云从窗里出。

咏慈姥矶石上松[①]

根为石所蟠，枝为风所碎。
赖我有贞心，终凌细草辈[②]！

①慈姥矶，在安徽当涂县北江岸。
②我，松自称。全诗皆松自诉平生。

★小诗与《赠王桂阳》诗合读，更可见诗人深意。

何　逊

何逊（？—518），字仲言，东海郯（今山东郯城）人，宋御史中丞何承天曾孙。八岁能诗，弱冠举秀才，为范云所赏识，结为忘年交。梁天监中，为建安王萧伟水曹参军，随府迁江州；还为安成王萧秀安西参军，兼尚书水部郎。天监十六年，除庐陵王萧续记室，复随府至江州，未几卒。有《何水部集》。

何逊与吴均并世同时，而风华各异。吴均以平淡自然取胜，自成一体；何逊则仍缘谢朓、范云一脉相承，以俊朗秀逸见长。何集中颇多名句，情词宛转，气韵清雄，南朝作手中仅次于小谢，在当时已使沈、范心折，后来更为少陵赞赏。

酬范记室云①

林密户稍阴，草滋阶欲暗②。
风光蕊上轻，日色花中乱③。
相思不独欢，伫立空为叹。
清谈莫共理，繁文徒可玩④。
高唱子自轻，继音予可惮⑤。

①范记室云，范云时为竟陵王萧子良记室参军。范有《贻何秀才诗》，此何答诗。

②滋，盛也，蕃也。

③“风光”二句，仿谢朓《和徐都曹出新亭渚》“日华川上动，风光草际浮”句。

④理，论。“清谈”二句赞美范云，谓清谈莫与共理，繁文我徒可玩。

⑤高唱，指范云赠诗。继音，指答诗。惮，惧。

日夕出富阳浦口和朗公[①]

客心愁日暮，徙倚空望归[②]。
山烟涵树色，江水映霞晖。
独鹤凌风逝，双凫出浪飞[③]。
故乡千馀里，兹夕寒无衣。

①富阳，今浙江富阳县，富春江流贯县境。朗公，僧名。
②徙倚，犹徘徊。
③风，《诗纪》作“空”，此从《艺文类聚》。本集作“烟”，误。

从镇江州与游故别[①]

历稔共追随，一旦辞群匹[②]。
复如东注水，未有西归日。
夜雨滴空阶，晓灯暗离室。
相悲各罢酒，何时更促膝[③]？

①梁天监中，何逊为建安王萧伟水曹参军，此随建安王赴江州时作。游故，犹故游。诗题一作《临行与故游夜别》，此从《艺文类聚》卷二十九。

②稔（rěn），谷熟。谷一年一熟，故一稔即一年。历稔，历年。群匹，犹群侣、朋俦。

③更，再。原作“同”，注：“一作更。”此从一作。

与胡兴安夜别

居人行转轼，客子暂维舟[①]。
念此一筵笑，分为两地愁。
露湿寒塘草，月映清淮流[②]。

方抱新离恨，独守故园秋。

①居人，送者，指自己。行，将。轼，车前横木，代指车。转轼，即回车。客子，指胡兴安。维舟，系船。二句谓即将分别。

②塘，堤。

入西塞示南府同僚[①]

露清晓风冷，天曙江光爽[②]。
薄云岩际出，初月波中上[③]。
黯黯连嶂阴，骚骚急沫响[④]。
回槎急碍浪，群飞争戏广[⑤]。
伊余本羁客，重睽复心赏[⑥]。
望乡虽一路，怀归成二想[⑦]。
在昔爱名山，自知欢独往。
情游乃落魄，得性随怡养[⑧]。
年事以蹉跎，生平任浩荡[⑨]。
方还让夷路，谁知羡鱼网[⑩]！

①西塞，山名，在今湖北黄石市东长江南岸，孤峰插入江中，势颇雄伟。南府，指江州建安王府。

②光，原作“晃”，《诗纪》注：“一作光。”此从一作。“江光”与“晓风”相对。

③初月，此指下弦之月，黎明前初月始出，其时为夏历月末。

④黯黯，昏暗。骚骚，急水声。沫，此指水波。

⑤飞，指飞鸟。首八句写黎明时江上光景。

⑥伊，助词。羁客，羁旅之客。睽，违。“伊余”二句，谓余本羁旅之客，虽重违本意，却心赏美景。

⑦“望乡”二句：既怀归，又怀南府，故云“成二想”。两者来路相同，故云“一路”。

⑧落魄，困穷失意。怡养，怡和保养。二句谓称情而游，固困穷失意；然

得其本性，亦随之保养怡和。

⑨以，同“已”。蹉跎，谓光阴虚度。浩荡，本水广阔之貌；此用为飘荡之意。

⑩夷，《玉篇》：“明也。”明犹贤也。让夷路，即让贤路。羡鱼网，《汉书·董仲舒传》：“临渊羡鱼，不如退而结网。”喻留恋官禄。二句谓自恨未能退隐，方将让开贤路，谁知又恋官禄。

与苏九德别

宿昔梦颜色，咫尺思言偃①。
何况杳来期，各在天一面②！
踟躇暂举酒，倏忽不相见③。
春草似青袍，秋月如团扇④。
三五出重云，当知我忆君；
萋萋若被径，怀抱不相闻⑤。

①宿昔，同夙夕，犹早晚。咫尺，谓相距甚近。偃（yàn），“晏”之借字。言晏，言笑欢乐。《诗·卫风·氓》：“总角之宴，言笑晏晏。”

②杳，远。来期，将来后会之期。“宿昔”四句，谓咫尺之间，宿昔不见，犹且思念；何况长期远隔，离情自可想见。

③踟躇，犹徘徊。倏忽，犹顷刻。

④“春草”句，《古诗》：“青袍似春草，长条随风舒。”“秋月”句，汉乐府《怨诗行》：“裁为合欢扇，团团似明月。”

⑤三五，十五夜圆月。萋萋，草盛貌，此即代指春草。被径，覆盖道路。《楚辞·招魂》：“皋兰被径兮路斯渐。”怀抱不相闻，我之怀抱，尔不相闻。“三五”二句，承上“秋月如团扇”；“萋萋”二句承上“春草似青袍”。

扬州法曹梅花盛开①

兔园标物序，警时最是梅②。
衔霜当路发，映雪拟寒开③。
枝横却月观，花绕凌风台④。

朝洒长门泣，夕驻临邛杯[⑤]。
应知早飘落，故逐上春来[⑥]。

①诗题一作“咏早梅”。杜甫《裴迪登州东亭送客逢早梅相忆见寄》“东阁官梅动诗兴，还如何逊在扬州”，即指本诗而言。清江昉《何水部集》注：“逊为建安王水曹，王刺扬州，逊廨舍有梅花一株，日吟咏其下，赋诗云云。后居洛思之，再请其任，抵扬州，花方盛开，逊对花徬徨，终日不能去。”法曹，司法官署之名。

②兔园，汉梁孝王所筑园名，又称梁园，故址在今河南商丘县。谢惠连《雪赋》：“岁将暮，时既昏，寒风积，愁云繁。梁王不悦，游于兔园。”标物序，标识时节变迁。

③拟，揣度。谓梅花不畏寒冷，度严寒将至即盛开。

④却月，将落之月。“枝横”二句，即却月枝横观，凌风花绕台；上句写静景，下句状动态。注家或解“却月、凌风”为台观之名，非是。

⑤长门，汉宫名。汉武帝陈皇后失宠，退居长门宫，据传司马相如为作《长门赋》。临邛，汉蜀郡县名。司马相如饮临邛卓王孙家，王孙女卓文君夜奔相如。驻，停。朝洒长门之泪，夕驻临邛之杯；谓梅花开放，能引起怨女悲思，文人兴致。

⑥应，因。逐，赶。上春，早春。

赠诸游旧[①]

弱操不能植，薄伎竟无依[②]。
浅智今已矣，令名安可希[③]。
扰扰从役倦，屑屑身事微[④]。
少壮轻年月，迟暮惜光辉[⑤]。
一途今未是，万绪昨如非[⑥]。
新知虽已乐，旧爱尽睽违[⑦]。
望乡空引领，极目泪沾衣[⑧]。
旅客长憔悴，春物自芳菲：
岸花临水发，江燕绕樯飞[⑨]。

无由下征帆，独与暮潮归[⑩]。

①游旧，旧游。此江上寄赠诸友，述其征途羁旅之思。

②弱，孱弱。操，操守。植，树立。伎，才艺。二句谓操持孱弱，不能树立；才能微薄，无可凭依。实怀才失意之感。

③矣，通“已”，尽。上“已”字时间副词，下“矣（已）”字动词，为避免两“已”字，故借用“矣”字。令名，美名。希，冀。二句谓浅智终已用尽，令名安可希冀。

④扰扰，纷乱貌。从役，指游宦出仕。倦，厌倦。屑屑，琐碎。身事微，身所从事者甚微。

⑤迟暮，指年华老大。光辉，光阴。

⑥一途，指仕途。绪，思绪。如，乃。

⑦睽违，分隔乖离。

⑧引领，伸颈远望。极目，亦远望之意。

⑨樯，桅杆，亦代指帆。

⑩无由，无法。下征帆，落下征帆。二句谓无由落下征帆，不再前进，独与暮潮归去，会晤旧游。

学　古[①]

长安美少年，羽骑暮连翩[②]。
玉羁玛瑙勒，金络珊瑚鞭[③]。
阵云横塞起，赤日下城圆。
追兵待都护，烽火望祁连[④]。
虎落夜方寝，鱼丽晓复前[⑤]。
平生不可定，空信苍浪天[⑥]！

①《学古》，《乐府诗集》作《长安少年行》，属杂曲歌辞。

②羽骑，飞骑。

③勒，嚼口。

④都护，官名。汉置西域都护。祁连，山名，在甘肃西南与青海界。汉代今新疆天山亦称祁连。

⑤虎落，遮护营寨围栏，军行宿营以备敌防兽。《六韬·军用》：“山林野居，结虎落、柴营。”鱼丽，本军阵之名，见《左传》桓公五年，此指列队出发。

⑥苍浪天，犹苍天。乐府《东门行》：“上用苍浪天故，下当用此黄口儿。”诗写从军之士，满怀豪气，远涉边疆，然前途未卜，只能听天由命。

七　夕①

仙车驻七襄，凤驾出天潢②。
月映九微火，风吹百和香③。
来欢暂巧笑，还泪已沾裳。
依稀如洛汭，倏忽似高唐④。
别离未得语，河汉渐汤汤⑤。

①七夕，夏历七月七日夜。民间传说，牵牛织女为夫妇。牵牛星在天河东，织女星在天河西，隔河相对，每年七夕始得一会。文选《洛神赋》李善注引曹植《九咏》注：“牵牛为夫，织女为妇，织女牵牛之星各处河鼓之旁，七月七日乃得一会。”

②七襄，《诗·小雅·大东》：“跂彼织女，终日七襄。”“虽则七襄，不成报章。”七襄之义未详，诗中即指织女。潢，池。天潢，指天河。

③九微火，灯名。《汉武内传》：“七月七日，设座大殿上，以紫罗荐地，燔百木之香，燃九光九微之灯，以待王母。”百和香，香名，由多种香料配制。《汉武内传》：“至七月七日，乃修除宫掖之内。”“燔百和之香，张云锦之帐。”

④汭，河流曲处。洛汭，洛水曲处。依稀如洛汭，此用曹植《洛神赋》故事。赋写诗人于洛水边遇洛神，两情相洽，然须臾即逝。高唐，传为云梦泽中宫观之名。《文选·宋玉〈高唐赋〉》李善引《汉书》注曰：“云梦中高唐之台。”《高唐赋》写楚王游高唐，梦遇巫山神女，神女自言：“妾在巫山之阳，高丘之阻，旦为朝云，暮为行雨；朝朝暮暮，阳台之下。”

⑤河汉，即天河。汤汤（shāng），水急流貌，此用作水声。

慈姥矶①

暮烟起遥岸，斜日照安流。

一同心赏夕，暂解去乡忧②。
野岸平沙合，连山远雾浮。
客悲不自已，江上望归舟③。

①慈姥矶，在安徽当涂县北。诗写友人相送至矶下停泊，次日送者舟归，因而有作。

②“一同”二句，谓与送者共赏一宵，暂解离乡之忧。

③归舟，指送者返回之舟。

★“夜雨滴空阶，晓灯暗离室”、“露湿寒塘草，月映清淮流”、“薄云岩际出，初月波中上”、“岸花临水发，江燕绕樯飞”、“野岸平沙合，连山远雾浮”，均清新可诵。齐梁诗多名句可摘者，一玄晖，一仲言；玄晖为南朝秀语，仲言则径是唐人佳句。杜少陵名句“薄云岩际宿，孤月浪中翻”（《宿江边阁》）、“远岸秋沙白，连山晚照红”（《秋野》），即由仲言诗翻出。

望新月似同羁①

初宿长淮上，破镜出云明②。
今夕千馀里，双蛾映水生③。
的的与沙静，滟滟逐波轻④。
望乡皆下泪，非我独伤情。

①似，通“示”。同羁，同旅。

②长淮，淮水。破镜，指新月。

③千馀里，指千里长淮。蛾，蛾眉新月。映照水中，故有双蛾。

④的的，明貌。静，“净”之借字。滟滟，水光闪动貌。

行经范仆射故宅①

旅葵应蔓井，荒藤已上扉②。
寂寂空郊暮，无复车马归③。

潋滟故池水，苍茫落日晖[④]。
遗爱终何极，行路尽沾衣[⑤]。

①范仆射，即范云，终尚书右仆射，范云于何逊有知己之恩。

②旅葵，野生葵菜。古诗《十五从军征》：“中庭生旅谷，井上生旅葵。”蔓，蔓延。扉，门。

③寂寂，《文苑英华》作“寂寞”。

④潋滟（liàn yàn），水波荡漾之貌。

⑤遗爱终何极，《诗纪》注：“一作阒寂今如此。”行路，《艺文类聚》作“行客”。尽，原作“独”，此从《文苑英华》。

边城思

柳黄未吐叶，水绿半含苔。
春色边城动，客思故乡来。

闺 怨

闺阁行人断，房栊月影斜[①]。
谁知北窗下，犹对后庭花[②]！

①房栊，窗户。

②“谁知”二句，《玉台新咏》作“谁能北窗下，独对后园花”。此从《何水部集》。

相 送[①]

客心已百念，孤游重千里[②]。
江暗雨欲来，浪白风初起。

①题曰“相送”，揣诗意，似为留别之作。

②百念，百感交集。重，更。

陶弘景

陶弘景（456—536），字通明，丹阳秣陵（今南京市境）人。齐高帝萧道成作相，引为诸王侍读，除奉朝请。永明十年（492）上表辞禄，隐居勾曲山，自号华阳隐居。梁武帝屡加礼聘，不肯出。大同二年卒，年八十一，诏赠大中大夫，谥曰贞白先生。

诏问山中何所有赋诗以答[1]

山中何所有？岭上多白云。
只可自怡悦，不堪持赠君。

①此为答齐高帝萧道成诏作。

和约法师临友人[1]

我有数行泪，不落十馀年。
今日为君尽，并洒秋风前。

①约法师，即慧约，字德素，齐梁时名僧。临，哭吊。《诗纪》注：《历代吟谱》谓此为慧约哭范荀诗。

王 籍

王籍（？—547），字文海，祖籍琅玡临沂（今山东临沂市），晋元帝宰相王导六世孙，齐骁骑将军王僧佑之子。仕齐为馀姚令、钱塘令，并有善政。梁天监中，为湘东王谘议参军，还为中散大夫。太清元年湘东王镇荆州，以籍为谘议参军带作唐（故城在今湖南安乡县北）令，以小邑寡事，郁郁以卒。《南史》本传云："籍好学有才气，为诗慕谢灵运，至其合也殆无愧色。时人咸谓康乐之有王籍，如仲尼之有丘明，老聃之有严周。"可知王籍曾被时人目为灵运后继，惜存诗太少。其诗有好句，然根柢气象，自不能与康乐同日而语。

入若耶溪①

艅艎何泛泛，空水共悠悠②。
阴霞生远岫，阳景逐回流③。
蝉噪林逾静，鸟鸣山更幽。
此地动归念，长年悲倦游。

①若耶溪，在今浙江绍兴市若耶山下。

②艅艎，或作余皇，舟名。泛泛，舟行顺畅之貌。悠悠，远貌。空水共悠悠，由大谢"空水共澄鲜"句化出。

③阳景，日光。

★《梁书·王籍传》谓："（籍）除轻车湘东王谘议参军，随府会稽。郡境有云门天柱山，籍尝游之，或累月不反。至若耶溪赋诗，其略云：'蝉噪林逾静，鸟鸣山更幽。’当时以为文外独绝。”此两句写一种特定的境界，诗人独特的感觉，当晴朗的夏日，独步青林绿树间，听一两声蝉儿悠闲地鸣叫，确有“蝉噪林愈静”的感觉。“鸟鸣山更幽”也是如此。在幽静的山林中，听一声鸟叫，会感到特别幽静。然这两句诗所描述的情况，两者不能并存。若蝉鸟同时鸣噪，则既不静亦不幽。又，“鸟鸣山更幽”，须是鸣声清丽如杜鹃黄鹂之属才有，若遇乌鸦聒噪，山是不会更幽的。宋王安石好翻前人陈案以争胜，其《钟山即事》诗云：“茅檐相对坐终日，一鸟不鸣山更幽。”因鸟鸣而觉山更幽，才别有境界。本来就一鸟不鸣，有何更幽之可言！翻此种案，真所谓弄巧反拙。

萧 衍

萧衍（464—549），字叔达，小字练儿，南兰陵中都里（今江苏常州市西北）人。齐竟陵王萧子良开西邸，招揽文学之士，萧衍与沈约、谢朓、王融、萧琛、范云、任昉、陆倕并受礼遇，称竟陵八友。在齐明帝、东昏、和帝朝均任要职，官至尚书、骠骑大将军，都督中外诸军事，晋封梁王。和帝中兴二年（502）"受禅"，是为梁武帝，在位四十八年，为南朝在位最久得年最高而结局却甚惨的皇帝。太清三年，为叛将侯景围困，饿死台城，年八十六。

梁武帝是极为独特的南朝产物，他是将军而兼诗人，做皇帝却痴迷佛教。其人伪善而残暴，几次舍身，却压榨人民，又招纳叛逆，致酿成侯景之乱，梁室亦随之倾颓。但梁武帝相当博学，著作多达七百馀卷。梁氏父子并爱文学，招揽文士，宫廷内外，形成风气。梁武帝本人诗作，或用以阐扬佛理，为玄言馀响；或用以写宫廷生活，开宫体先河。但可取之作甚少。他喜爱南方民歌，亦有仿作，致使一些民歌混入集中。

临高台①

高台半行云，望望高不极②。
草树无参差，山河同一色③。
仿佛洛阳道，道远难别识。
玉阶故情人，情来共相忆。

①《临高台》，《乐府诗集》属鼓吹曲辞，作简文帝诗，此从《玉台新咏》。

②半行云，犹半入云，极言其高。

③无参差，自高台望远，一派青青，故混同一色，无不齐之感。

子夜春歌二首[①]

阶上香入怀，庭中花照眼。
春心郁如此，情来不可限[②]。

花坞蝶双飞，柳堤鸟百舌[③]。
不见佳人来，徒劳心断绝。

①《子夜四时歌》，《乐府诗集》属清商曲辞。《唐书·乐志》："子夜歌者，晋曲也。晋有女子名子夜，造此声，声过哀苦。"后人又造《子夜四时歌》。此为梁武帝《子夜春歌》之一。《乐府诗集》属王金珠作，此从《玉台新咏》。

②郁，一作一。

③第二首据《诗纪》卷六十四，《乐府诗集》不载。

子夜冬歌二首[①]

果欲结金兰，但看松柏林[②]：
经霜不堕地，岁寒无异心。

一年漏将尽，万里人未归[③]。
君志固有在，妾躯乃无依[④]！

①此梁武帝《子夜冬歌》之三。

②金兰，《易·系辞上》："二人同心，其利断金；同心之言，其臭如兰。"后因以金兰喻情爱极深或友情极笃。

③第二首据《诗纪》卷六十四，《乐府诗集》不载。漏，计时漏壶。漏将尽，即时已尽。唐戴叔伦《除夜宿石头驿》："一年将尽夜，万里未归人。"即源于此二句。

④志，情。固，义同《左传》桓公五年"蔡卫不枝，固将先奔"之固，犹

言必定。固有在，必有所在，揣度之辞。此思妇待丈夫年终漏尽尚未归来，乃疑夫情意另有所寄，因而觉自身无所依托。

刘孝绰

刘孝绰（481—539），彭城安上里（今江苏徐州境内）人，幼聪慧能文，舅王融深赏异之，并为前辈沈约、任昉、范云等所赏识。梁天监初为著作郎，迁尚书水部郎。历官平南安成王记室、太子洗马、尚书金部郎、太子仆等职，除安西湘东王谘议参军，迁尚书吏部郎，除秘书监。梁武帝大同五年卒，年五十九。

铜雀妓①

雀台三五日，弦吹似佳期②。
况复西陵晚，松风吹繐帷③。
危弦断复续，妾心伤此时④。
谁言留客袂，还掩望陵悲⑤。

①铜雀，曹操所筑台名。参见谢朓《同谢谘议铜雀台》诗注。

②三五日，阴历每月十五。弦，《艺文类聚》卷三十四、《乐府诗集》卷三十一作歌。此从《文苑英华》卷二百四，下同。

③况复，《艺文类聚》《乐府诗集》作定对。西陵，曹操陵墓。吹繐帷，《艺文类聚》《乐府诗集》作飘素帷。繐帷，灵帐。

④复续，《艺文类聚》《乐府诗集》作更接。妾心伤，《艺文类聚》《乐府诗集》作心伤于。

⑤还，《艺文类聚》《乐府诗集》作翻。

古意送沈宏[①]

燕赵多佳丽，白日照红妆。
荡子十年别，罗衣双带长[②]。
春楼怨难守，玉阶空自伤。
对此归飞燕，衔泥绕曲房。
差池入绮幕，上下傍雕梁[③]。
故居犹可念，故人安可忘！
相思昏望绝，宿昔梦容光[④]。
魂交忽在御，转侧定他乡[⑤]。
徒然顾枕席，谁与同衣裳？
空使兰膏夜，炯炯对繁霜[⑥]！

①题为赠送，实为思妇诗。

②双带长，因身体消瘦，因而双带日长。

③差池（cēn chí），常用以形容双燕上下翻飞之状。《诗·邶风·燕燕》："燕燕于飞，差池其羽。"

④宿昔，即宿夕，犹言昨夜。

⑤御，交接。定，犹竟也。二句言思妇梦中，恍惚与丈夫相聚。转侧之间，发现丈夫竟在他乡。

⑥兰膏，指烛。炯炯，犹"耿耿"，心情不安之貌。

庾肩吾

庾肩吾（487—552？），字子慎，南阳新野（今河南新野）人。简文帝为晋安王，肩吾为常侍；王为太子，肩吾兼东宫通事舍人，除安西湘东王录事参军，迁太子率更令、中庶子；简文即位，进度支尚书。侯景之乱，肩吾逃至江陵，后历江州刺史，领义阳太守，封武康县侯。

肩吾为简文湘东文学侍臣，诗多为侍宴奉和之作。

赋得有所思[①]

佳期竟不归，春日坐芳菲[②]。
拂匣看离扇，开箱见别衣。
井梧生未合，宫槐卷复稀[③]。
不及衔泥燕，从来相逐飞。

①赋得，诗人集会或应制，分题赋诗曰赋得，诗题多用乐府旧题，咏物或摘取古人成句。唐代之试帖诗，题目多取古人成句，诗题往往亦冠以“赋得”二字。本篇《乐府诗集》作有所思，属鼓吹曲辞。

②坐，徒。

③“井梧”二句，似谓时令变化甚快。“生未合”“卷复稀”，具体含意不详。

乱后行经吴邮亭[①]

邮亭一回望，风尘千里昏。

青袍异春草，白马即吴门[②]。
獯戎鲠伊洛，杂种乱镮辕[③]。
辇道同关塞，王城似太原[④]。
休明鼎尚重，秉礼国犹存[⑤]。
殷牖爻虽赜，尧城吏转尊[⑥]。
泣血悲东走，横戈念北奔。
方凭七庙略，誓雪五陵冤[⑦]。
人事今如此，天道共谁论！

①邮亭，《诗纪》注："御亭，吴大帝所建在晋陵。今作邮，误也。"吴大帝，即孙权。晋陵，今江苏武进县。此大宝元年（550），侯景据建业，肩吾东奔途中所作。

②青袍，《古诗》"青袍似春草"，诗用其语。白马，《孔子家语》："颜渊与孔子俱上泰山，东南望吴昌门外。孔子见白马，引颜渊指之：'若见吴昌门乎？'颜渊曰：'见之，有系练之状。'"诗中用语本此。《梁书·侯景传》："普通中童谣曰：'青丝白马寿阳来。'"后景乘白马，青丝为辔，欲以应谣。二句写侯景入建业，叛军所著青衣异于春草，叛将所乘白马同于吴门。吴门，喻京城。

③獯戎，周代北方种族名，亦称獯鬻、猃狁，汉称匈奴。鲠，阻。伊洛，伊水洛水，并在河南。镮辕，山名，在河南偃师巩县南。此以獯戎、杂种指侯景，伊洛镮辕喻建康。

④辇道，京中天子行车之道。太原，西周与猃狁交战之地。《诗·小雅·六月》："薄伐猃狁，至于太原。"二句谓京师成为战场。

⑤休，美。鼎尚重，《左传》宣公三年：楚庄王代陆浑之戎，遂至于雒，问鼎之轻重。周使王孙满对曰："在德不在鼎。""周德虽衰，天命未改。鼎之轻重，未可问也。"秉礼，《左传》闵公元年：齐桓公问大夫仲孙湫："鲁可取乎？"仲孙对曰："不可，犹秉周礼。周礼所以本也。臣闻之，国将亡，本必先颠而后枝叶从之。鲁不弃周礼，未可动也。"二句谓梁德未衰，尚有可为。

⑥牖，通"羑（yǒu）"。殷之羑里，商纣王曾幽周文王于此。见《史记·周本纪》。爻，易之卦画曰爻，爻所以明天道，此即代指天道。虽，通唯，独也，竟也。赜（zé），幽隐。尧城，传尧曾被囚。见《竹书纪年》。此以喻台城。吏，狱吏。《史记·绛侯世家》：绛侯周勃曾下狱，曰："吾尝将百万军，然安知狱

吏之贵乎！”二句谓梁武帝台城受困，觉天道竟如此幽微，小人转而得势。

⑦七庙，天子七庙。七庙略，即朝廷决定之谋略。五陵，西汉长陵、安陵、阳陵、茂陵、昭陵称为五陵。此用以代指梁室祖陵。王室倾危，则祖陵蒙冤，故须昭雪。

★庾肩吾宫廷唱酬，作为柔靡之辞，实由乱离逼迫，方有此痛切篇章。又复堆垒典故，梗涩可厌。宫廷诗人遇此重大题材，搜书袋而外似无所施其伎。

咏长信宫中草①

委翠似知节，含芳如有情②。
全由履迹少，并欲上阶生③。

①长信，汉宫名。《三辅黄图·长信宫》：“长信宫，汉太后常居之。后宫在西，秋之象也。秋主信，故宫殿皆以长信、长秋为名。”《汉书·外戚传》：班倢伃失宠，恐赵飞燕姊妹谗害，“求供养太后长信宫”。

②委翠，赋予青翠的色彩，指春天草长。含芳，含有香气。

③履迹，鞋踩出的踪迹。

★无人来到，阶上草生，反映冷宫的落寞，也就反映出失宠后妃的凄凉。

裴子野

裴子野（469—530），字幾原，河东闻喜（今山西闻喜）人。梁武帝天监中，除右军安成王萧秀参军，出为诸暨令；征拜著作郎，迁中书侍郎。大通元年（527）转鸿胪卿，寻领步兵校尉。中大通二年卒，年六十二。子野出身文史世家。曾祖裴松之曾为《三国志》作注，祖父裴骃作《史记集解》。子野曾撰《宋略》二十卷，已佚。又欲撰《齐梁春秋》，未成而卒。原有集，已散佚。

答张贞成皋诗①

匈奴时未灭，连年被甲兵②。
明君思将帅，方听鼓鼙声③。
吾生淴逸翮，抚剑起徂征④。
非徒慕辛季，聊欲逞良平⑤。
出车既方轨，绝幕且横行⑥。
岂伊长缨系，行见黄河清⑦。
虽令懦夫勇，念别犹有情⑧。
感子盈编赠，握玩以为荣⑨。
跂予振旅凯，含毫备勒铭⑩。

①张贞成皋，其人不详。《文苑英华》作张真威皋。

②匈奴，古代北方少数民族，汉代成为北方严重边患。诗中用以代指北魏。被，遭受。甲兵，代指战争。

③鼓鼙声，战鼓声。

④恣，恣肆。逸，放纵。翮，鸟翼。恣逸翮，犹言要恣肆高飞。徂征，前往征讨。《书·大禹谟》："惟时有苗弗率，汝徂征。"二句谓我生要恣肆高飞，抚剑而起，率军征伐。

⑤徒，空。慕，追慕。辛季，剧辛、苏秦。剧辛，赵人，燕王招贤，剧辛至燕，与乐毅等一道辅佐燕昭王强大燕国，报齐国之仇。苏秦，字季子，游说六国，合纵抗秦。聊，且。逞，施展。良平，张良、陈平，汉高祖重要谋臣。剧辛、苏秦都是游说之士，在战国之世虽都曾大显身手，但剧辛后来在燕王喜时率军伐赵，失败被杀。苏秦于燕易王时佯为得罪于燕，亡走入齐，实为燕害齐，在齐国被杀。而张良、陈平为汉高祖谋划取得成功，为建立汉王朝重要功臣。故诗谓不空慕辛季的游说，而要施展良平的智谋。

⑥方轨，本意是两车并行。《史记·苏秦列传》："车不得方轨，骑不得比行。"此反其意，谓出车即要并行，引申为并力前进之意。绝幕，通"绝漠"，指北方大漠。横行，犹言纵横驰骋。《史记·季布列传》，樊哙曰："臣愿得十万众，横行匈奴中。"

⑦长缨系，《汉书·终军传》，终军欲使南越，自请"愿受长缨，必羁南越王而致之阙下"。行见，即可看到。黄河清，古人以黄河水清则圣人出而天下太平。二句意谓岂只是打败敌人，更要治平天下。

⑧懦夫勇，使懦怯之人勇敢起来。《孟子·万章下》："故闻伯夷之风者，顽夫廉，懦夫有立志。"

⑨感子盈编赠，指张贞成皋赠诗。

⑩跂，跂望，踮起脚期望。振旅，整顿部队。《书·大禹谟》："班师振旅。"凯，奏凯，胜利归来。毫，笔。勒铭，东汉窦宪北伐匈奴得胜，登燕然山，命班固作《燕然山铭》，勒石纪功。二句谓你可以跂望我整顿部队奏凯归来，含笔准备勒铭纪功。

★裴子野现存诗连残缺者在内也只有三篇，《答张贞成皋》是其中最为完整的一篇。诗作背景很不清楚，内容是一位出征的将军对朋友赠诗所作的回答。然裴子野尽管年轻时任过参军，年老时领过步兵校尉，然而他是个典型的文人，并无领兵出征的记录，恐怕也没这个本事。赠诗者张贞成皋或张真威皋也不知何许人也。然而这首诗在南朝诗史上却有着特殊的价值。南朝孱弱，长期笼罩在北方敌国的阴影之下，所以诗歌也少有刚健的作品。而裴子野这首诗却笔力强劲，英气勃发，大有揽辔澄清的气概，充满了胜利在握的信心。如此雄篇，在整个南朝是极其罕见的篇章。

萧统

萧统（501—531），即昭明太子，字德施，梁武帝长子。昭明接引才俊，酷爱文章；徐陵、庾信并出其门。藏书至三万馀卷，著述亦甚丰富。所集《文选》，为楚汉至宋齐文学精华巨著，对后世有极大影响，伟绩丰功，千古不磨。中大同三年逝世，年仅三十一岁。惟其早死，得免于侯景之厄。

有所思[①]

佳人远于隔，乃在天一方[②]。
望望江山阻，悠悠道路长。
别前秋叶落，别后春花芳。
雷叹一声响，雨泪忽成行[③]。
怅望情无极，引领心自伤[④]。

①有所思，《乐府诗集》属鼓吹曲辞。本篇《玉台新咏》作庾肩吾诗，《乐府诗集》与宋本《昭明集》并作昭明。

②佳人，原作“公子”，《玉台》注“一作佳人”，此从一作。此闺情诗。佳人，指男方。远于隔，即远隔。于，助词。

③雷叹，此形容词似不甚当，叹而若雷，未免吓人。

④引领，伸颈远望。引领心自伤，《乐府诗集》与本集并作“倾心还自伤”，此从《文苑英华》。

长相思[①]

相思无终极，长夜起叹息。
徒见貌婵娟，宁知心有忆[②]。
寸心无所因，愿附归飞翼[③]。

①长相思，《乐府诗集》属杂曲歌辞。

②徒见，空见。婵娟，美好貌。宁知，岂知，有谁知道之意。此女子自言，徒见自己容貌美丽，有谁知道我心中思念之情。

③因，依傍，寄托。归飞翼，设想所思之人像飞鸟一样归来。

★梁武帝有八个儿子，昭明不到两岁就做了皇太子，三十一岁就去世了。他的七个兄弟，有两个做了皇帝，还有一个也在巴蜀自称天子，但在梁末大乱中没有一个得到善终，子孙靡有孑遗。昭明早死实在是他的幸运。昭明识鉴甚高，选文极为精当，其自作诗歌，仍属纤秾浮艳，脱不出时代风气的局限。

萧 纲

萧纲（503—551），字世缵，梁武帝第三子，封晋安王，历兖、荆、南徐、雍、益五州刺史。昭明卒后立为太子。太清三年（549）即位，是为简文帝。时朝廷由侯景控制，在位年馀即被杀。简文与其弟湘东王萧绎倡为轻浮艳丽之词，写宫廷糜烂之习，世号为“宫体”，格调低卑。然简文兄弟，实有才气，诗亦间有清丽之作。使为文人，或不无成就，乃为王为帝，实其不幸。

美女篇①

佳丽尽关情，风流最有名。
约黄能效月，裁金巧作星②。
粉光胜玉靓，衫薄拟蝉轻③。
密态随流脸，娇歌逐软声。
朱颜半已醉，微笑隐香屏④。

①《美女篇》，《乐府诗集》卷六十三属杂曲歌辞。

②约黄，妇女在鬓角涂饰微黄。效月，作半月之形。裁金，亦是额际装饰。作星，贴饰作星状。

③靓，艳丽。蝉，指蝉翅。

④隐，倚也。

★纯从外貌描写妇女之美，为梁陈宫体典型作品，录此一篇以示一斑。“娇歌逐软声”是宫体总的诗格。

和湘东王横吹曲折杨柳[①]

杨柳乱成丝，攀折上春时。
叶密鸟飞碍，风轻花落迟。
城高短箫发，林空画角悲。
曲中无别意，并是为相思。

①《折杨柳》，《乐府诗集》属横吹曲辞。郭茂倩引《唐书·乐志》："梁乐府有胡吹歌云：'上马不捉鞭，反拗杨柳枝。下马吹横笛，愁杀行客儿。'此歌辞元出北国，即鼓角横吹曲折杨柳枝是也。"本篇《乐府诗集》作柳恽诗，此从《玉台新咏》。

经琵琶峡[①]

由来历山川，此地独回邅[②]。
百岭相纡蔽，千崖共隐天[③]。
横峰时碍水，断岸或通川。
还瞻已迷向，直去复疑前。
夕波照孤月，山枝敛夜烟。
此时愁绪密，[思归]魂九迁[④]。

①琵琶峡，《方舆胜览》："琵琶峡在巫山对蜀江之南，形如琵琶。"
②回邅，迂回曲折。
③纡蔽，层层遮蔽。
④魂，魂梦，思情。九迁，多次往返。《楚辞·九章·抽思》："惟郢路之辽远兮，魂一夕而九逝。"句首二字缺漏，拟补"思归"二字以便诵读。

金闺思二首

游子久不返，妾身当何依？

日移孤影动，羞睹燕双飞。

自君之别矣，不复染膏脂①。
南风送归雁，聊以寄相思。

①不复染膏脂，因丈夫不在，无心修饰。《诗·卫风·伯兮》："自伯之东，首如飞蓬。岂无膏沐，谁适为容。"诗用其意。

夜望单飞雁

天霜河白夜星稀，一雁声嘶何处归。
早知半路应相失，不如从来本独飞。

萧 绎

萧绎（508—554），字世诚，梁武帝第七子。初封湘东王，出为使持节都督荆州刺史、镇西将军。侯景叛乱，遣王僧辩讨灭之，承圣元年（552），即位于江陵，即梁元帝。承圣四年，西魏破江陵，元帝投降，为西魏所封梁王萧詧所杀。（詧，萧统之子。）

折杨柳

巫山巫峡长，垂柳复垂杨。
同心且同折，故人怀故乡。
山似莲花艳，流如明月光①。
寒夜猿声彻，游子泪沾裳②。

①流，水。

②“寒夜”二句，用《水经·江水注》所引渔者歌“巴东三峡巫峡长，猿啼三声泪沾裳”句意。

关山月①

朝望清波道，夜上白登台②。
月中含桂树，流影自徘徊③。
寒沙逐风起，春花犯雪开。
夜长无与语，衣单谁为裁！

①《关山月》，《乐府诗集》属横吹曲辞。郭茂倩引《乐府解题》：“关山

月，伤离别也。”本篇为征人思妇之辞。

②清波道，其地不详。白登台，山西大同市东有白登山，山有白登台，汉七年匈奴冒顿单于围困汉高祖于此。

③影，光。

车 彀

车彀，生平不详。

陇头水①

陇头征人别，陇水流声咽。
只为识君恩，甘心从苦节。
雪冻弓弦断，风鼓旗竿折。
独有孤雄剑，龙泉字不灭②。

①《陇头水》，《乐府诗集》属横吹曲辞，多写征人道路苦辛。源于汉乐府《陇头流水歌辞》：“陇头流水，流离四下。念吾一身，飘然旷野。”“陇头流水，鸣声呜咽。遥望秦川，心肝断绝。”郭茂倩引《通典》：“天水郡有大阪，名曰陇坻，亦曰陇山，即汉陇关也。”又引《三秦纪》：“其阪九回，上者七日乃越。上有清水四注下，所谓陇头水也。”

②龙泉，剑名。参见吴均《咏宝剑诗》注。

汤僧济

汤僧济，生平不详。《太平御览》卷七百十八作梁阳济。

渫井得金钗[①]

昔日倡家女，摘花露井边[②]。
插花还自插，照井还自怜。
窥窥终不已，笑笑自成妍。
宝钗于此落，从来非一年。
翠羽成泥去，金色尚如先[③]。
此人今何在，此物今空传。

①渫井，即淘井，清除井内污积。
②倡家女，以歌舞为艺的女子。
③翠羽，指金钗上的绿色羽状装饰。

★题材甚为独特。内容只是淘井发现一枝金钗。诗中倡家女在井边摘花照井，这位佳人过于自我欣赏，头上金钗无意中掉入井中；这些情节全是诗人的想象。

刘令娴

刘令娴，彭城（今江苏徐州）人，梁祕书监刘孝绰（481—539）之妹，晋安内史徐悱之妻。为梁代有名才女。梁武帝普通五年（524）徐悱病故，丧还京师，令娴为文哀祭，辞甚凄怆。

和婕妤怨①

日落应门闭，愁思百端生。
况复昭阳近，风传歌吹声②。
宠移终不恨，谗枉太无情。
只言争分理，非妒舞腰轻。

①婕妤，即班婕妤，班况之女，班彪之姑，为汉成帝婕妤，以贤惠著称。后赵飞燕姊妹得宠，诬告许皇后与班婕妤“挟媚道，祝诅后宫”，许皇后因此被废。考问班婕妤，婕妤对曰：“修正尚未蒙福，为邪欲以何望。使鬼神有知，不受不臣之愬；如其无知，愬之何益？故不为也。”婕妤仍担心飞燕姊妹妒害，自请供养太后长信宫。乐府《怨歌行》“新裂齐纨素”篇传为班婕妤所作，本篇即拟为班婕妤之辞。

②昭阳，汉宫名。汉成帝宠幸赵飞燕姊妹，飞燕妹赵昭仪即居昭阳宫。

★刘令娴笔下的这个班婕妤，她只要求“争分理”，而不在于“失宠”，对飞燕姊妹的“舞腰”不屑一顾。历来咏班婕妤者多矣，刘令娴才真不失为婕妤知己。

卫敬瑜妻王氏

王氏，《南史·孝义传》记，王氏霸城王整之之姊，嫁为卫敬瑜妻。年十六而夫亡，双方父母都要她再嫁，王氏不肯，“乃截耳置盘中为誓”。于夫墓前植树数百株。雍州刺史西昌侯藻“嘉其美节，乃起楼于门，题曰贞义卫妇之闾”。

孤　燕①

昔年无偶去，今春犹独归。
故人恩义重，不忍复双飞。

①《孝义传》记，王氏“所住户有燕巢，常双飞来去，后忽孤飞。女感其偏栖，乃以缕系脚为志。后岁此燕果复更来，犹带前缕。女复为诗”。缕，丝线。

陈诗

两汉魏晋南北朝诗卷

阴铿

阴铿，字子坚，祖籍武威姑臧（今甘肃武威）。为梁湘东王萧绎法曹参军，陈天嘉（560—566）中为始兴王陈伯茂中录事参军，累迁晋陵太守。阴诗善于刻画景物，明丽清新。杜甫《解闷》云："颇学阴何苦用心"，后世遂以"阴何"并称，其实何早于阴，二人并不同时。（何，何逊）

广陵岸送北使[①]

行人引去节，送客舣归舻[②]。
即是观涛处，仍为郊赠衢[③]。
汀洲浪已息，邗江路不纡[④]。
亭嘶背枥马，樯啭向风乌。
海上春云杂，天际晚帆孤。
离舟对零雨，别渚望飞凫。
定知能下泪，非但一杨朱[⑤]！

①广陵，今江苏扬州。北使，北朝使者。《文苑英华》作"远使"。

②行人，即使者。节，使臣符节。舣，将船拢岸，亦即停泊。舻，船头，代指船。

③观涛处，枚乘《七发》："观涛乎广陵之曲江。"古代大江下游江面广阔，曲江深入广陵城外，故广陵可以观潮。唐李颀《送刘星》诗云："扬州郭里暮潮生。"李绅《入扬州郭诗序》云："潮水旧通扬州郭内，大历以后，潮信不通。"仍，乃也。衢，大道。

④邗（hán）江，即邗沟，扬州北至淮安入淮河段运河。《左传》哀公九年：

“秋，吴城邗沟，通江淮。”纡，曲。

⑤杨朱，战国时魏人。《淮南子·说林》：“杨子见歧路而哭之，为其可以南，可以北。”原与别离无关，此借用于临歧送别。

★“海上春云杂，天际晚帆孤”，诗中秀句。李白“孤帆远影碧空尽，唯见长江天际流”，或受第二句启发。

江津送刘光禄不及①

依然临送渚，长望倚河津②。
鼓声随听绝，帆势与云邻③。
泊处空馀鸟，离亭已散人。
林寒正下叶，钓晚欲收纶④。
如何相背远，江汉与城闉⑤！

①津，渡。
②依然，依恋貌。
③鼓声，指刘开船之鼓声。二句写船已远去，走送不及。
④下叶，落叶。纶，钓丝。
⑤闉（yīn），城外曲城的重门，此泛指城门。江汉，行人去向。城闉，送者归途。

★全篇每一联都突出离人已去走送不及这一内涵，在送别诗中别具一格。

和傅郎岁暮还湘州①

苍茫岁欲晚，辛苦客方行。
大江静犹浪，扁舟独且征。
棠枯绛叶尽，芦冻白花轻②。
戍人寒不望，沙禽迥未惊。

湘波各深浅，空轸念归情[3]。

①傅郎，傅縡（zài），陈时官至秘书监、右卫将军兼中书通事舍人，掌诏诰。湘州，今湖南省。

②绛叶，红叶。尽，《文苑英华》作“落”。芦，芦苇。

③轸（zhěn），伤。“湘波”二句，谓同此湘波深浅，君行我滞，空伤怀归之情。

开善寺[1]

鹫岭春光遍，王城野望通[2]。
登临情不极，萧散趣无穷[3]。
莺随入户树，花逐下山风。
栋里归云白，窗外落晖红。
古石何年卧？枯树几春空？
淹留惜未及，幽桂在芳丛[4]。

①开善寺，在南京钟山，梁武帝天监十四年建，为南朝名刹。

②鹫岭，即灵鹫山，在中印度，释迦如来曾讲《法华经》于此，为佛家圣地；此代指钟山。王城，京师，即建业。

③情不极，犹言情无限。萧散，闲逸之貌。

④“淹留”二句：淹留，久留。《楚辞·招隐士》：“桂树丛生兮山之幽，偃蹇连蜷兮枝相缭。山气巃嵸兮石嵯峨，谿谷崭岩兮水曾波。猿狖群啸兮虎豹嗥，攀援桂枝兮聊淹留。”二句谓幽桂芳丛，惜未能久留。

晚出新亭[1]

大江一浩荡，离悲足几重。
潮落犹如盖，云昏不作峰[2]。
远戍唯闻鼓，寒山但见松。
九十方称半，归途讵有踪[3]！

①新亭，新亭渚，在今南京市西南，南朝人离建业溯江西上常首泊于此。

②潮落犹如盖，枚乘《七发》：“江上逆流，海水上潮。”“衍溢漂疾，波涌而涛起。其始起也，洪淋淋焉，若白鹭之下翔；其少进也，浩浩溰溰，如素车白马帷盖之张。”

③“九十”二句：《战国策·秦策》：“行百里者半九十。”二句意谓行百里者，九十才称一半，今旅途才开始，归途更无从谈起。

五洲夜发[1]

夜江雾里阔，新月迥中明。
溜船唯识火，惊凫但听声[2]。
劳者时歌榜，愁人数问更[3]。

①五洲，在今湖北浠水县兰溪西大江中。
②溜船，船顺流而下。
③劳者，指水手。榜，桨，此指榜人歌，即船夫曲。

渡青草湖[1]

洞庭春溜满，平湖锦帆张[2]。
沅水桃花色，湘流杜若香[3]。
穴去茅山远，江连巫峡长[4]。
带天澄迥碧，映日动浮光[5]。
行舟逗远树，度鸟息危樯[6]。
滔滔不可测，一苇讵能航[7]！

①青草湖，洞庭湖靠岳阳、湘阴部分古称青草湖，古人诗中青草湖常用作洞庭别名。

②春溜，春水。

③沅、湘，湖南二水名，注入洞庭湖。桃花色，陶渊明所写《桃花源记》，桃花源在武陵，武陵沅水所经，故联想及之。杜若，香草名。《楚辞·九歌·湘

君》："采芳洲兮杜若。"《湘夫人》："搴汀洲兮杜若。"

④茅山，即勾曲山，在江苏句容县东南，山有华阳洞，据传汉代茅盈、茅固、茅衷兄弟在此修道，故又称茅山。诗人设想，洞庭有穴通茅山，或当地有此传说。远，原作"近"，此从《文苑英华》。

⑤迥，远。一本即作"远"。

⑥逗，停留。远望行舟如静止于远树之间。

⑦滔滔，水盛之貌。讵，岂。《诗·卫风·河广》："谁谓河广，一苇杭之。"杭，通"航"。此反其意。谓洞庭波涛广阔，难以航渡。

徐 陵

徐陵（507—583），字孝穆，东海郯（今山东郯城北）人。父徐摛，梁代诗人，与庾肩吾齐名。陵仕梁，为通直散骑常侍，出使北朝。陈武帝代梁，历散骑常侍、御史中丞，迁吏部尚书。宣帝即位，封建昌县侯，为尚书右仆射。陈后主至德元年卒，年七十七。其一生几纵贯梁陈两代，魏晋六朝名诗人中最为高寿。有《徐孝穆集》。

徐陵在梁陈甚有文名，年青时与庾信并为皇太子萧纲东宫抄撰学士，所作艳词称“徐庾体”。此类诗当时作者甚众，徐庾亦无非庸中佼佼。徐陵后在陈朝官运亨通，诗艺无大发展，只少数篇章简洁明净，不失为佳作。而庾信流寓北方，诗风为之一变，成就远在徐陵之上。徐陵编《玉台新咏》，集艳诗之大成。所作《玉台新咏序》，以词藻华丽著称。

出自蓟北门行[①]

蓟北聊长望，黄昏心独愁。
燕山对古刹，代郡隐城楼[②]。
屡战桥恒断，长冰堑不流[③]。
天云如地阵，汉月带胡秋[④]。
渍土泥函谷，挼绳缚凉州[⑤]。
平生燕颔相，会自得封侯[⑥]？

①《出自蓟北门行》，写边塞征战之诗，参见鲍照《代出自蓟北门行》。
②燕山，在河北平原北侧。本集作“燕然”，此从《文苑英华》一作。燕

然，山名，即今蒙古杭爱山。代郡，秦汉郡名，辖境在今河北、山西北部，治代县（今河北蔚县西南）。

③堑（qiàn），濠沟，此即指河。

④天云如地阵，谓天上行云如地上军阵。按，地阵，原作“蛇阵”，注：“蛇，一作地。”此从一作。上句天与地相对，下句汉与胡相对。（蛇阵，即常山蛇阵。《孙子·九地篇》：“故善用兵，譬如率然。率然者，常山之蛇也。击其首则尾至，击其尾则首至，击其中则首尾俱至。”）

⑤渍（zì），浸润。泥，泥封。函谷，关名，古函谷关在今河南灵宝县东北，汉武帝时徙置新安。《后汉书·隗嚣传》：王元说隗嚣曰：“元请以一丸泥为大王东封函谷关，此万世一时也。”谓函关险隘，若一丸泥即可封住。挼，搓。凉州，在今甘肃省境，汉治陇县，三国魏移治姑臧（今武威）；此代指外敌。《汉书·终军传》：“愿受长缨，必羁南越王而致之阙下。”诗暗用其事。

⑥“平生”二句：燕颔相，《后汉书·班超传》：“生燕颔虎颈，飞而食肉，此万里侯相也。”后定西域诸国，为西域都护，封定远侯。颔（hàn），下巴。末句“会自得封侯”应理解为疑问语气，自信之际而出以疑虑，更切合人物心理，亦与前文“黄昏心独愁”照应。

关山月二首

关山三五月，客子忆秦川①。
思妇高楼上，当窗应未眠。
星旗映疏勒，云阵上祁连②。
战气今如此，从军复几年！

①三五月，阴历十五夜月。秦川，秦中平原，今陕西南部。

②星旗，旗星。《史记·天官书》：“房心东北曲十二星曰旗。”疏勒，河名，在今甘肃西部。云阵，如阵之云。祁连，山名，在今甘肃西南。星旗云阵，既写自然现象，又与战争关连；故下文云“战气今如此”。

其　二

月出柳城东，微云掩复通①。
苍茫萦白晕，萧瑟带长风②。

羌兵烧上郡，胡骑猎云中③。
将军拥节起，战士夜鸣弓④。

①柳城，汉县名，治所在今辽宁朝阳南。此泛指边城。

②萦，绕。白晕，空中云气受光线折射而形成之绕月光圈。古人认为月晕则生风，故下句云“萧瑟带长风”。

③上郡、云中，并秦汉郡名，地在今内蒙古境。

④节，符节，朝廷与将军作为凭证之信物。

别毛永嘉①

愿子厉风规，归来振羽仪②。
嗟余今老病，此别空长离。
白马君来哭，黄泉我讵知③？
徒劳脱宝剑，空挂垅头枝④。

①毛永嘉，毛喜，字伯武，荥阳阳武人，陈后主至德元年（583）授永嘉内史。徐陵年长，诗中具规厉之意。时徐已七十七岁，既老且病，知后会无期，故诗后半辞极凄苦。送别未久，徐即下世。

②愿，希望。厉，砥砺。风规，风操气节。羽仪，羽翼。嵇康《赠秀才诗》：“双鸾匿景曜，戢翼太山崖。抗首嗽朝露，晞阳振羽仪。”振羽仪，振翅高飞，此以喻大显身手。

③“白马”二句，用东汉范式、张劭事。《后汉书·范式传》：“范式字巨卿，山阳金乡人也。少游太学，为诸生，与汝南张劭为友。”后张劭卒，范式梦张劭来见，曰：“巨卿，吾以某日死，当以尔时葬，永归黄泉。子未我忘，岂能相及？”临葬，柩不肯进。“遂停柩，移时，乃见有素车白马号哭而来，其母望之曰：‘是必范巨卿也！’”“式因执拂而引，柩于是乃前。”黄泉，犹言地下。讵，岂。

④“徒劳”二句，用季札挂剑故事。《史记·吴太伯世家》：“季札之初使，北过徐君。徐君好季札剑，口弗敢言。季札心知之，为使上国未献。还至徐，徐君已死。于是乃解其宝剑，系之徐君冢树而去。”垅，坟墓。

陈 昭

陈昭，义兴（今江苏宜兴）人，陈庆之长子。庆之在梁以军封永兴侯，卒后由昭嗣位。何胥有《哭陈昭诗》，可知二人同时。由聘齐（北齐）诗，知其曾仕于陈。存诗仅两首。

明君词①

跨鞍今永诀，垂泪别亲宾。
汉地随行尽，胡关逐望新。
交河拥塞雾，陇首暗沙尘②。
唯有孤明月，犹能远送人。

①明君，即王昭君，名嫱，南郡秭归人（昭君故里今在湖北兴山），汉元帝宫人，竟宁元年远嫁匈奴。参见晋石崇《王明君辞》注。石崇为避司马昭讳，改王昭君为王明君。本篇《文苑英华》作阴铿诗，题为《昭君怨》，此从《乐府诗集》。

②交河，西汉车师前国首府，在今新疆吐鲁番西北。陇首，指陇山，在今甘肃省境。交河陇首，都距明君去向甚远，此用以泛指边塞。

聘齐经孟尝君墓①

薛城观旧迹，征马屡徘徊②。
盛德今何在，唯馀长夜台③。
苍茫空垄路，憔悴古松栽④。
悲随白杨起，泪想雍门来⑤。

泉户无关吏，鸡鸣谁为开[6]？

①聘齐，陈昭所聘之齐为北齐，而地亦古齐国地。孟尝君，姓田名文，袭父靖郭君田婴封爵，为薛公，孟尝君是其谥号。孟尝君以养士闻名，门下食客多至数千人。见《史记·孟尝君列传》。

②薛，孟尝君封地，地在今山东滕县南。

③长夜台，即坟墓。

④垄路，墓道。

⑤白杨，古代墓地多栽白杨。陶渊明《挽歌辞》："荒草何茫茫，白杨亦萧萧。"雍门，即雍门周，齐人。刘向《说苑·善说》："雍门周以琴见孟尝君。孟尝君曰：'先生鼓琴亦能令文悲乎？'对曰：'臣窃为足下有所悲。千秋万岁之后，宗庙必不血食，高台既已坏，曲池既已渐，坟墓生荆棘，婴儿竖子樵采者，踯躅其足而歌其上。曰：孟尝君之尊贵，乃若是乎！'雍门周引琴而鼓之，徐动宫徵，挥角羽，初终以成曲。于此孟尝君涕泣增哀，下而就之曰：'先生之鼓琴，令文立若破国亡邑之人也。'"

⑥泉户，地下葬身之所。鸡鸣，齐湣王二十五年，孟尝君入秦，被囚。后得以逃出。秦昭王后悔出孟尝君，使人驰传追之。孟尝君夜半至函谷关，关法鸡鸣而后开关出客。客有能作鸡鸣者，鸡鸣关开，孟尝君得以出关。见《孟尝君传》。诗人谓黄泉无关吏，即使鸡鸣，谁能放他出来。造语甚为幽默。

★陈昭诗仅存两首，而皆清畅隽永，无梁陈诗柔靡色彩。所作必佚失甚多，殊为可惜。

何 胥

何胥，陈后主时为太常令。

被使出关[①]

出关登垅坂，回首望秦川[②]。
绛水通西晋，机桥指北燕[③]。
奔流下激石，古木上参天。
莺啼落春后，雁度在秋前。
平生屡此别，肠断自催年。

①被使，何时被使，使往何处，均不详。

②垅坂，陇山。秦川，秦中平原。

③绛水，源出山西绛县绛山，经曲沃入浍水。机桥，未详，疑为桥名。诗中诸地相距甚远，都非实指。

韦 鼎

韦鼎(514—593),字超盛,祖籍京兆杜陵(今陕西西安东南)。仕梁,为湘东王法曹参军,累迁中书侍郎。入陈,拜黄门侍郎。太建中,聘于北周,还加散骑常侍,为太府卿。陈亡入隋,授仪同三司。开皇十三年除光州刺史,寻追入京,卒于长安,年七十九。

长安听百舌①

万里风烟异,一鸟忽相惊:
那能对远客,还作故乡声!

①此出使北周时作于长安。百舌,鸟名,鸣声宛转,清脆悦耳。

江 总

江总（519—594），字总持，祖籍济阳考城（今河南民权东北）。仕梁，官至太子中舍人。侯景之乱，出亡会稽，辗转至广州，流寓岭南积岁。陈文帝天嘉四年（563），以中书侍郎征还建业。历太子詹事、太常卿等官。后主即位，历祠部尚书、尚书仆射，授尚书令。陈亡入隋，为上开府。隋开皇十四年卒于江都，年七十六。江总是南朝宫体诗主要作手之一。谄事陈后主，虽位当权宰，然不持政务；日与后主游宴后庭，与陈暄、孔范、王瑗等十馀人，当时谓之狎客。君臣昏乱，至于灭亡。集中多为应和浮艳之作。晚年经乱以后，有少数诗篇内容较为充实。有辑本《江令君集》。

杂 曲①

行行春径蘼芜绿，织素那复解琴心②。
乍惬南阶悲绿草，谁堪东陌怨黄金③。
红颜素月俱三五，夫婿何在今追虏④。
关山陇月春雪冰，谁见人啼花照户⑤！

①杂曲，此思妇之辞。

②蘼芜，草名。素，白绢。古诗《上山采蘼芜》："上山采蘼芜，下山逢故夫。长跪问故夫：新人复何知？""新人工织缣，故人工织素。"琴心，以琴达意。《史记·司马相如列传》：司马相如至临邛，是时卓王孙女文君新寡，好音，相如乃"以琴心挑之"。文君夜亡奔相如。诗中反用其意，谓笃于情爱，只会辛勤织素，任门外蘼芜长绿，不会为他人琴心所动。

③乍，暂，刚刚。惬，惬意。黄金，指早春淡黄杨柳。

④红颜素月俱三五：红颜三五，为十五韶龄；素月三五，为十五圆月。

⑤春雪冰，一作“春雪深”。“关山”二句，谓夫婿在边疆，唯有冷月春冰，哪得见故园思妇悲啼，春花照户。

闺怨篇

寂寂青楼大道边，纷纷白雪绮窗前。
池上鸳鸯不独自，帐中苏合还空然[1]。
屏风有意障明月，灯火无情照独眠。
辽西水冻春应少，蓟北鸿来路几千[2]？
愿君关山及早度，念妾桃李片时妍[3]。

①鸳鸯，鸟名，羽毛美丽，以雌雄成对活动，常不分离，因而作为爱情象征。自，在。苏合，植物名，提取其胶制成香料，称苏合香，作室内薰香用。

②辽西，秦汉郡名。辽西、蓟北，均在今河北北部。

③桃李，喻青春美色。妍，美。片时妍，极言青春易逝。

陇头水

陇头万里外，天崖四面绝。
人将蓬共转，水与啼俱咽[1]。
惊湍自涌沸，古树多摧折。
传闻博望侯，辛苦持汉节[2]。

①将，和。蓬，草名。参见曹植《吁嗟篇》。水与啼俱咽，暗用《陇头歌辞》“陇头流水，鸣声呜咽”句意。

②博望侯，即张骞。参见吴均《入关》诗注。辛苦持，《乐府诗集》作“苦辛提”，此从《文苑英华》。节，使臣持节。

折杨柳

万里音尘绝，千条杨柳结[1]。

不悟倡园花，遥同天岭雪[②]。
春心自浩荡，春树聊攀折[③]。
共此依依情，无奈年年别[④]！

①音尘，音信，消息。

②倡园，未详，必为思妇所居之地。倡园花，指柳絮。天岭，似指天山，实泛指边塞。一作“羌岭”。二句意谓，南方柳絮飞扬，而北国犹雪花飞洒。没想到园中的柳絮，与遥远边塞的雪花同时飞舞；由此及彼，衬出两地相距的遥远。

③浩荡，春心摇荡不能自制之貌。春树，即指杨柳。

④共此依依情，紧承上“春心”“春树”二句。“依依”于人则恋恋之意，于树则轻柔之貌；人树双关，故曰“共此依依情”。

并州羊肠坂[①]

三春别帝乡，五月度羊肠[②]。
本畏车轮折，翻嗟马骨伤。
惊风起朔雁，落照尽胡桑。
关山定何许？徒御惨悲凉[③]。

①并州，州名。汉置并州，其地当今内蒙、山西北部、河北西北部。东汉并入冀州。曹魏复置，地约当今山西汾水中游地区。羊肠坂，太行山坂道，盘曲如羊肠，故名。其地有二，一在今山西平顺县东南，一在山西晋城县。

②帝乡，指隋都长安。

③定，犹究竟。定何许，犹言究竟还有多远。徒御，仆役车夫。

哭鲁广达[①]

黄泉虽抱恨，白日自留名[②]。
悲君感义死，不作负恩生[③]！

①《南史·鲁广达传》：鲁广达，字遍览，梁末从王僧辩讨侯景，加员外散

骑常侍。陈武帝即位，授东海太守，封中宿县侯。陈后主至德二年为侍中，改封绥越郡公。随军下建业，兵败被擒。祯明三年（589），依例入隋。广达追怆陈朝沦覆，遘疾不疗，寻以愤慨卒。尚书令江总扶柩恸哭，乃命笔题其棺头，为诗云云。按，时江总已七十一岁高龄，未几亦离长安南归扬州。

②黄泉，地下，指死后。白日，喻人世。

③“悲君”二句：江总于陈亡之后，入隋为上开府，其内心亦不无亡国之恨，故诗中谓广达感义而死，不作负恩而生，实吐露其内怀惭疚之意。

于长安归还扬州九月九日行薇山亭赋韵①

心逐南云去，身随北雁来。
故园篱下菊，今日为谁开？

①此江总晚年南归扬州途经薇山亭所作。

★此诗本集作“心逐南云逝，形随北雁来。故乡篱下菊，今日几花开？”此从《诗纪》所引《升庵诗话》一作，远较本集为佳。

南还寻草市宅①

红颜辞巩洛，白首入轘辕②。
乘春行故里，徐步采芳荪③。
径毁悲求仲，林残忆巨源④。
见桐犹识井，看柳尚知门⑤。
花落空难遍，莺啼静易喧。
无人访语默，何处叙寒温？
百年独如此，伤心岂复论！

①此入隋后南归建业作。草市，江故宅所在。

②巩洛，巩县、洛阳，均在河南。轘辕（huán yuán），山名，在今河南偃师县东南，登封县西北。诗中均用以代指建业。

③荪，香草名。

④径，指三径。求仲，人名，两汉时人。《三辅决录》："蒋诩归乡里，荆棘塞门，舍中有三径，不出，唯求仲、羊仲从之游。"林，指竹林。巨源，即山涛，晋初竹林七贤之一。"径毁"二句，见径毁而悲求仲，睹林残而忆巨源。求仲、巨源，喻往日旧游。

⑤见桐犹识井，本魏明帝曹叡《猛虎行》"双桐生空井"。看柳尚知门，本陶渊明《五柳先生传》"宅边有五柳树"。

★"莺啼静易喧"与王籍"蝉噪林逾静"，貌似相反，其实一样，均写静境。空巷莺啼，似觉其喧，愈见其静。

明庆寺①

十五诗书日，六十轩冕年②；
名山极历览，胜地殊流连③。
幽崖耸绝壁，洞穴泻飞泉。
金河知证果，石室乃安禅④。
夜梵闻三界，朝香彻九天⑤。
山阶步皎月，涧户听凉蝉。
市朝沾草露，淮海作桑田⑥。
何言望钟岭，更复切秦川⑦！

①明庆寺，据诗意，寺当在建业钟山下。此江总晚年回江南再游明庆寺作。

②"十五"两句：据江总生平推算，江总十五为梁武帝中大通五年（533），时总依舅父平光侯萧励读书。"家传赐书数千卷，总昼夜寻读，未尝辍手。"诗所谓"诗书日"也。六十为陈宣帝太建十年（578），时为太子中庶子，迁左民尚书，转太子詹事。诗所谓"轩冕年"也。两句概述往日在南朝经历。十五、六十，均系概而言之，包括其年时前后。

③"名山"二名，紧承上文，谓十五诗书之日，六十轩冕之年，均曾历览名山，流连胜地。

④金河，佛家以指恒河。王僧孺《礼佛文》："究香城之妙理，穷金河之奥说。"此指晚照中之大江。证果，佛家谓精修悟道为证果。安禅，佛家修炼之法，屏息打坐，谓之安禅，亦即入定。

⑤梵，梵声，诵经之声。三界，佛教将众生所在世界分为欲界、色界、无色界，谓之三界。九天，极言天之高。

⑥市朝，极写此日重来之感受。淮海，当作“沧海”。城郭荒凉，市朝都沾草露；王朝迁变，沧海化作桑田。江氏历梁陈隋三代，饱览兴亡，故良多感慨。

⑦钟岭，即钟山。切，念。秦川，秦中平原，此代指长安，隋都所在。江总入隋后为上开府，不久即离京南下。二句谓何言望此钟岭而更念长安。盖饱历沧桑，不愿再入京师。何，一作“永”，长也。言，助词。则意谓长望钟岭，岂再念长安。

徐德言

徐德言，陈太子舍人。

破镜诗[①]

镜与人俱去，镜归人不归。
无复姮娥影，空留明月辉[②]！

①《万花谷》卷十五引《古今诗话》：陈太子舍人徐德言，尚叔宝妹乐昌公主。陈政衰，谓妻曰："国破必入权豪家，倘情缘未断，尚冀相见。"乃破一镜，人分其半，约他日以正月望日卖于都市。及陈亡，其妻果为杨越公（杨素）得之。德言流离辛苦，仅能至京。遂以正月望日访于都市。有老苍头卖半照者，大高其价，人皆笑之。德言直引至其居，出半照以合之。乃题诗云云。公主得诗，悲泣不食。素因诘之。公主以实对。于是召德言至，还其妻。后归江南终老云。故事又见孟棨《本事诗》。

②姮娥，月神，传为后羿之妻。羿请不死之药于西王母，姮娥窃以奔月。见《淮南子·览冥》。姮，本作恒，为避汉文帝讳，改称常娥。因圆镜似月，而联及姮娥，代指其妻。

★故事甚为感人，诗亦深切真挚。

中华传世诗选

北朝诗

两汉魏晋南北朝诗卷

刘昶

刘昶（435—498），字休道，宋文帝第九子，封义阳王，位中书令。前废帝刘子业即位，以为徐州刺史，疑昶有异志，昶乃于魏和平六年（465）奔魏。魏献文帝拜为侍中、征南将军，封丹阳王。后更为孝文帝所礼重，使持节都督吴越彭楚诸军事，开府镇徐州。太和二十一年卒，年六十二。

断句①

白云满鄣来，黄尘半天起②。
关山四面绝，故乡几千里！

①《南史》本传：刘昶奔魏唯携妾一人，作丈夫服骑马自随，在道慷慨为断句云云。因把姬手南望恸哭，左右莫不哀哽。

②鄣，城堡，长城。

温子昇

温子昇（495—547），字鹏举，自云太原人，晋大将军温峤之后，祖温恭之避难入魏，家于冤句（今山东菏泽西南）。子昇仕于北魏。初为广阳王元渊客。孝明帝熙平初（516），补御史。历朝请、南主客郎中。元颢入洛，以为中书舍人。孝庄帝还宫，复为舍人，迁散骑常侍、中军大将军。高澄引为大将军谘议参军。武定五年，元瑾、荀济等谋杀高澄，事发，高澄疑子昇预谋，下晋阳狱，饿死，年五十三。温子昇在北朝甚有文名，尝撰《韩陵山寺碑》，为庾信所推重。明人辑有《温侍读集》。

捣衣诗①

长安城中秋夜长，佳人锦石捣流黄②。
香杵纹砧知近远，传声递响何凄凉③。
七夕长河烂，中秋明月光④。
蠮螉塞边绝候雁，鸳鸯楼上望天狼⑤。

①捣衣，捣洗丝帛之类衣料。参见南朝宋谢惠连《捣衣》诗注。

②长安，此泛指京城。温子昇仕魏，都城为洛阳。孝静帝迁都于邺，成为东魏。流黄，黄色丝绢。

③杵，捣衣的木棒。砧，受捣的砧石。

④七夕，阴历七月七日。长河，天河。烂，明亮。中秋，阴历八月十五日。七夕为牛女之期，中秋有团圆之月，皆足以引起相思。

⑤蠮螉（yē wēng），土蜂。蠮螉塞，即居庸关。言塞上筑城堡御敌，如土蜂之掇土为房以自保，故名。绝候雁，言雁已南归，未能传来书信，暗用鸿雁

传书典故。天狼，星名。《楚辞·九歌·东君》："举长矢兮射天狼。"洪兴祖补注引《晋书·天文志》："狼一星在东井南，为野将，主侵掠。"常喻侵略者，望天狼为示愤恨之意，由于外敌侵扰，使征人不得回乡。

裴让之

裴让之（？—550），字士礼，河东闻喜（今山西闻喜）人。东魏天平中举秀才，迁主客郎中，历中书舍人、散骑常侍。北齐高洋“受禅”，封宁都县男，除清河太守，未几即被罪赐死。

从北征[①]

沙漠胡尘起，关山烽燧惊。
皇威奋武略，上将总神兵。
高台朔风驶，绝野寒云生。
匈奴定远近，壮士欲横行[②]！

①北征，北齐文宣帝高洋曾多次北讨契丹、突厥、蠕蠕。

②定，疑问副词，犹言究竟。匈奴究竟有多远多近，意即不管有多近，壮士均欲横行。《史记·季布列传》：上将军樊哙曰：“臣愿得十万众，横行匈奴中。”

邢 邵

邢邵（496—？），字子才，河间鄚（今河北任丘北）人。仕魏为卫将军、国子祭酒，入齐历骠骑将军、西兖州刺史，入为中书令，除太常卿兼中书监，摄国子祭酒，授特进。邵为北朝神灭论者，尝谓“神之在人，犹光之在烛；烛尽则光穷，人死则神灭”（《北齐书·杜弼传》）。在魏齐之际，邵文名籍甚，与温子昇并称“温邢”；温死之后，又与魏收并称“邢魏”。

思公子[①]

绮罗日减带，桃李无颜色[②]。
思君君未归，归来岂相识！

①《思公子》，《乐府诗集》属杂曲歌辞。《楚辞·九歌·山鬼》：“风飒飒兮木萧萧，思公子兮徒离忧。”题意本此。

②“绮罗”句，因相思而消瘦，故“日减带”。桃李无颜色，喻红颜减色。

★作意略同谢朓《王孙游》，无其婉致。

郑公超

郑公超，北齐后主时为奉朝请，待诏文林馆，与祖珽等同撰《御览》。

送庾羽骑抱①

旧宅青山远，归路白云深。
迟暮难为别，摇落更伤心②。
空城落日影，迥地浮云阴。
送君自有泪，不假听猿吟。

①庾羽骑抱，即庾抱，润州江宁人，隋文帝时为延州参军，入调吏部，为元德太子学士。隋末为陇西公（李建成）府记室，迁太子舍人。羽骑，羽林军中骑兵。

②迟暮，谓年老。《楚辞·离骚》："日月忽其不淹兮，恐美人之迟暮。"摇落，凋零。《楚辞·九辩》："悲哉秋之为气也。萧瑟兮草木摇落而变衰。"

荀仲举

荀仲举，字士高，颍川（今河南许昌）人。仕梁为南沙令，后至北齐，入文林馆，出为义宁太守。

铜雀台[①]

高台秋色晚，直望已凄然。
况复归风便，松声入断弦[②]！
泪逐梁尘下，心随团扇捐[③]。
谁堪三五夜，空对月光圆[④]！

①铜雀台，曹操所建台名。参见谢朓《咏铜雀台诗》。

②“况复”二句，曹操遗令，他死后让婢妾居铜雀台上，月旦十五日向帐中作伎乐。诗意谓常因风起，陵墓松声吹入断弦。断弦喻恩情中绝。

③团扇，古乐府《怨歌行》：“新裂齐纨素，鲜洁如霜雪。裁为合欢扇，团团似明月。出入君怀袖，动摇微风发。常恐秋节至，凉飚夺炎热。弃捐箧笥中，恩情中道绝。”此诗传为班倢伃所作。捐，弃。

④三五夜，阴历十五夜。

祖珽

祖珽（？—572？），字孝征，范阳遒（今河北涞水县西北）人。起家秘书郎，历尚书仪曹郎中。其人多才艺，而品格卑下，好弄阴谋。在北齐高欢、高洋、高演诸朝，虽时有起伏，而终获高位。高湛即位，拜中书侍郎。又以权谋劝高湛禅位太子高纬。高纬即位，极受宠信。晚年双目失明，除海州刺史，入为银青光禄大夫、秘书监，加开府仪同三司。拜尚书左仆射，加特进。武平中出为北徐州刺史，卒。

从北征①

翠旗临塞道，灵鼓出桑干②。
祁山敛雰雾，瀚海息波澜③。
戍亭秋雨急，关门朔气寒。
方系单于颈，歌舞入长安。

①此与裴让之诗必为同时所作。

②翠旗，用翠羽为饰之旗。灵鼓，鼓名。《周礼·地官·鼓人》：“以灵鼓鼓社祭。”注：“灵鼓，六面鼓也。”桑干，水名，源出山西马邑县桑干山，东流入河北，下流注入大清河（今称永定河）。

③祁山，即祁连山，纵贯甘肃西南边界。瀚海，海名。《史记·匈奴传》，汉骠骑将军出代二千馀里，“封于狼居胥山，禅姑衍，临瀚海而还”。集解引如淳曰：“瀚海，北海名。”或谓即今内蒙古呼伦湖、贝尔湖。又，沙漠亦称瀚海。诗中地名，均泛称边塞，非指实地。

望 海

登高临巨壑，不知千万里[①]。
云岛相连接，风潮无极已。
时看远鸿度，乍见惊鸥起。
无待送将归，自然伤客子[②]。

①巨壑，即海。

②送将归，送人归去，语本《楚辞·九辩》“憭慄兮若在远行，登山临水兮送将归”。二句谓无待送别，亦令人自然伤怀。

萧 悫

萧悫，字仁祖，兰陵（今江苏武进县西北）人。梁宗室上黄侯萧晔之子。北齐文宣帝天保中入齐，后为太子洗马。后主高纬时，为齐州录事参军。待诏文林馆。后入隋。

秋 思[1]

清波收潦日，华林鸣籁初[2]。
芙蓉露下落，杨柳月中疏[3]。
燕帏缃绮被，赵带流黄裾[4]。
相思阻音信，结梦感离居。

①秋思，此为思妇之诗。

②潦（lǎo），雨后积水。《楚辞·九辩》："寂寥兮收潦而水清。"华林，繁茂之树林。籁，自然之声，此指秋声。

③芙蓉，即荷花。

④燕帏，燕地之帏。缃绮，浅黄色花纹丝织品。赵带，赵地之带。流黄，黄色丝绢。裾，襟。

★"芙蓉露下落，杨柳月中疏"二句极为有名，颜之推《颜氏家训·文章篇》、《北齐书·古道子传》、皮日休《孟亭记》、尤袤《全唐诗话》、许顗《许彦周诗话》、朱熹《朱子语录》、李东阳《麓堂诗话》，都赞赏不迭。南朝诗名句极多，北朝诗得此一联已属难得。然此诗有句无篇，全诗实甚平平。

王 褒

王褒（512？—575？），字子渊[①]，琅琊临沂（今山东临沂）人。仕梁，历吏部尚书、左仆射。荆州破，入北周，授车骑大将军，封石泉县子。周明帝宇文毓即位，笃好文学，褒与庾信才名最高，特受优待，加开府仪同三司。武帝宇文邕时为太子少保，迁少司空，出为宜州刺史。建德中卒，年六十四。明人辑有《王司空集》。

①王褒本字子渊，唐人避高祖李渊讳，故《北史》谓“字子深”。

渡河北[①]

秋风吹木叶，还似洞庭波[②]。
常山临代郡，亭障绕黄河[③]。
心悲异方乐，肠断陇头歌。
薄暮驱征马，失道北山阿[④]。

①河，指黄河。

②木叶，落叶。《楚辞·九歌·湘夫人》：“洞庭波兮木叶下。”二句谓木叶秋风，有似故国。

③常山，汉关名，在今河北唐县。代郡，在今河北蔚县东北。亭障，长城堡砦。

④陇头歌，属乐府横吹曲。参见车瞉《陇头水》。阿，山边，山曲。

始发宿亭

送人亭上别，被马枥中嘶[1]。
漠漠村烟起，离离岭树齐[2]。
落星侵晓没，残月半山低[3]。

①被马，已备鞍鞯之马，因即将出发，故马备鞍鞯。
②漠漠，弥漫之貌。离离，繁茂之貌。
③此句以下似有缺文。

庾　信

庾信（513—581），字子山，祖籍南阳新野（今河南新野），八世祖庾滔随晋元帝南渡，官至散骑常侍，封遂昌侯，迁居南郡江陵（今湖北江陵县）。父庾肩吾，为梁太子中庶子，掌书记，与徐摛齐名。庾信“幼而俊迈，聪敏绝伦，博览群书，尤善《春秋左氏传》”（《北史》本传）。十五岁为梁昭明太子东宫讲读，极有可能参与了编撰《文选》。后又与徐陵并为皇太子萧纲东宫抄撰学士，诗酒唱酬，撰作浮艳歌诗，称“徐庾体”。此等诗多涉宫廷生活，词采华茂而内容贫乏；但子山所作仍自有特色。太清二年（549），侯景叛乱，梁简文帝命庾信率宫中文武千馀人拒守朱雀航。台城陷后，子山逃奔江陵。元帝即位，除御史中丞，转右卫将军，封武康县侯。承圣三年（554），奉命聘于西魏。未及南归，江陵已被魏军攻陷，梁亡，子山因此流寓北方。

子山在长安，颇受北朝礼敬。在西魏官至车骑大将军；入周，迁骠骑大将军，开府仪同三司，进爵义城县侯。但子山感慨平生，思怀乡国，居常悲愤不已。子山卒于隋文帝开皇元年，终年六十九岁。子山之卒，颇具象征意义，时南北对峙即将结束，子山创作亦给南北朝文学作出辉煌总结。所作诗赋均自成一家，《哀江南赋》震铄千古，《小园》《枯树》，也都真挚感人。后期诗作，风格清新流丽，感情深挚沉郁。不少诗作对仗工整，韵律铿锵，开唐律之先声。五言小诗，语言平易而内含深厚，虽唐代大家五绝佳作亦无以过之。有《庾子山集》。

奉和泛江①

春江下白帝，画舸向黄牛②。
锦缆回沙碛，兰桡避荻洲③。
湿花随水泛，空巢逐树流。
建平船柿下，荆门战舰浮④。
岸社多乔木，山城足迥楼⑤。
日落江风静，龙吟迴上游⑥。

①此系和简文帝萧纲《泛舟横大江》诗。简文帝诗见《乐府诗集》卷三十八。

②白帝，城名，在今重庆奉节东。《后汉书·郡国志》："公孙述据蜀，自称白帝，号鱼复为白帝城。"画舸，装饰华丽之船。黄牛，峡名，在湖北宜昌西。桑钦《水经》："江水又东经黄牛山。"郦道元注："下有滩，名曰黄牛滩。南岸重岭叠起，最外高岩间有石，如人负刀牵牛，人黑牛黄，成就分明。"

③锦缆，缆绳美称。沙碛（qì），此指沙滩。兰桡，木兰船桨。

④建平，郡名，三国吴置，其地当在今四川东、湖北西部。船柿（fèi），修船砍下之废木片。《晋书·王濬传》："武帝谋伐吴，诏濬修舟舰……濬造船于蜀，其木柿蔽江而下。吴建平太守吾彦取流柿以呈孙皓，曰：'晋必有攻吴之计，宜增建平兵。建平不下，终不敢渡。'皓不从。"荆门，即南津关，三峡东口，在湖北宜昌市西。

⑤乔木，高树。《文苑英华》作"乔树"。足，犹多。迥，远，亦高也；本集作"迴"，此从《初学记》。

⑥龙吟，指简文原作。迴，原作"迥"，此从一本。

昭君辞应诏①

敛眉光禄塞，还望夫人城②。
片片红颜落，双双泪眼生③。
冰河牵马渡，雪路抱鞍行。
胡风入骨冷，夜月照心明。

方调琴上曲，变入胡笳声[4]。

①《昭君辞》《玉台新咏》《乐府诗集》并作《明君词》。应诏，奉皇帝命作。梁简文帝有《明君词》，见《乐府诗集》卷二十九。昭君，即王檣（后多写作嫱），字昭君，汉南郡秭归（今湖北秭归县，昭君故里今属兴山县）人。元帝时被选入宫，竟宁元年，出嫁匈奴呼韩邪单于。参见石崇《王明君辞》注。

②光禄塞，地名，在今内蒙古包头市北。《汉书·匈奴传》：呼韩邪单于朝天子于甘泉宫。“留月馀，遣归国，单于自请留居光禄塞下”。夫人城，城名，即范夫人城，在今内蒙古南部。《汉书·匈奴传》：汉武帝征和二年，贰师将军出塞，虏兵坏败，“汉兵乘胜追北，至范夫人城”。还望，《文苑英华》《乐府诗集》作“遥望”。

③红颜，《文苑英华》作“红妆”。

④“方调”二句：琴为中原乐器，笳为胡地乐器。昭君出塞，故调琴上曲入胡笳声。据传昭君作胡笳曲。参见石崇《王昭君》注。变入，一作“变作”。

侠客行[1]

侠客重连镳，金鞍被桂条[2]。
细尘障路起，惊花乱眼飘[3]。
酒醺人半醉，汗湿马全骄[4]。
归鞍畏日晚，争路上河桥。

①此诗原列《画屏风诗》二十五篇之首，《文苑英华》作《侠客行》，从之。

②镳（biāo），马勒。连镳，并驾同行。被，同“披”。桂条，良马名。梁元帝《答齐国双马书》：“名重桂条，形图柳谷。”桂条、柳谷，并良马产地，借作马名。

③障，犹遮。“细尘”二句，谓侠客连镳驰逐，使细尘扬起壅蔽道路，花片纷飞，乱人眼目。

④骄，马健壮欢腾之貌。

杏 花

春色方盈野，枝枝绽翠英。
依稀映村坞，烂漫开山城[①]。
好折待宾客，金盘衬红琼[②]。

①坞，村庄外围矮墙。村坞泛指村落。
②琼，玉。红琼，即指杏花。宾客，《艺文类聚》作“宾侣”。

★此现存最早之杏花诗，纯用白描，写出杏花春意盎然。“好折待宾客，金盘衬红琼”，这两句不要更好。

咏画屏风诗二首[①]

捣衣明月下，静夜秋风飘。
锦石平砧面，莲房接杵腰[②]。
急节迎秋韵，新声入手调。
寒衣须及早，将寄霍嫖姚[③]。

①屏风，室内障蔽用装制，上常有画饰。子山《咏画屏风诗》二十五首，随画赋诗，所作格律工整，已接近唐代五律。选录二首。本篇原列第十一，所绘为月下捣衣图。

②锦石，捣衣砧石。莲房，莲蓬，此指杵一头所刻莲蓬状。《乐府诗集·清商曲辞·青阳度》：“碧玉捣衣砧，七宝金莲杵。”

③霍嫖姚，汉武帝时名将霍去病，拜嫖姚将军。此代指远方征人。

其 二[①]

今朝好风日，园苑足芳菲。
竹动蝉争散，莲摇鱼暂飞[②]。
面红新著酒，风晚细吹衣[③]。

跂石多时望，莲船始复归。

①本篇原列第二十三，所画为望莲船图。
②暂飞，迅速游走。
③晚，缓。风晚，犹风轻。

行途赋得四更应诏

四更天欲曙，落月垂关下。
深谷暗藏人，攲松横碍马[1]。

①攲（qī），倾斜。

春　望

春望上春台，春窗四面开[1]。
落花何假拂，风吹会并来。

①上春台，《老子》：“众人熙熙，如享太牢，如春登台。”

秋　日

苍茫望落景，羁旅对穷秋[1]。
赖有南园菊，残花足解愁。

①苍茫，旷远迷茫之貌。落景，落日。羁，寄。旅，客。羁旅，滞留外乡。

送卫王南征[1]

望水初横阵，移营寇未降。
风尘马足起，先暗广陵江[2]！

①卫王，《周书·文诸子传》：卫剌王宇文直，字豆罗突，文帝宇文泰第六子，武帝宇文邕同母弟。“天和中，陈湘州刺史华皎举州来附，诏直督绥德公陆通、大将军田弘、权景宣、元定等兵赴援，与陈将淳于量、吴明彻等战于沌口，直军不利，元定遂投江南，直坐免官。”宇文直“南征”唯此一次，然其时直为卫国公，尚未进爵为王，诗题疑后来所定。

②广陵，今江苏扬州市。枚乘《七发》：“观涛乎广陵之曲江。”古代大江逼近广陵，江面广阔，故广陵可以观潮。

奉和平邺应诏[①]

天策引神兵，风飞扫邺城[②]。
阵云千里散，黄河一代清[③]。

①平邺，北周建德六年（577），周武帝宇文邕率军破邺，灭北齐。见《周书·武帝纪》。邺，北齐都城，在今河北临漳县。

②策，马鞭。天策，指皇帝所用之鞭。首二句谓齐武帝挥军入邺。

③阵云，如阵之云。《史记·天官书》：“阵云如立垣。”“黄河”句，据传时代升平则黄河清。《拾遗记》：“黄河千年一清，至圣之君以为大瑞。”

★《送卫王南征》《奉和平邺应诏》，此为在北朝应酬之诗，与乡国之思情调迥异，笔力劲挺，寥寥数语而颇有气势，于此可见子山功力。

别周尚书弘正[①]

扶风石桥北，函谷故关前[②]。
此中一分手，相逢知几年！
黄鹄一反顾，徘徊应怆然[③]。
自知悲不已，徒劳减瑟弦[④]。

①周弘正，字思行，汝南安成人。梁元帝时为左户尚书。西魏破江陵，弘正遁归建业。太平元年，任都官尚书。入陈，官至尚书右仆射。见《南史·周朗传》附《周弘正传》。周弘正以周武成二年（陈文帝天嘉元年）至长安，保定二年（陈天嘉三年）还陈，子山赠别，当在其时。周尚书，一作“周处士”，

非；周处士为周弘正弟周弘让。

②扶风，《汉书·地理志》：“右扶风渭城，故咸阳。”三国魏以右扶风改扶风郡，治槐里（在今陕西兴平东南）。石桥，指渭水桥。一作“天柱”。函谷，关名。扶风函谷，相距甚远，此指长安送别之地。

③黄鹄，鸟名。《晋书·乐志》：“《淮南王篇》云：‘愿为双黄鹄，还故乡；还故乡，入故里。徘徊故乡，苦身不已。繁歌奇舞无不泰，徘徊桑梓游天外。’”黄鹄反顾，徘徊怆然，即取眷恋故乡之意。

④瑟，弦乐器名。减瑟弦，《汉书·郊祀志》：“泰帝使素女鼓五十弦瑟。瑟悲，帝禁不止，故破其瑟为二十五弦。”二句谓悲伤不已，不忍闻瑟，即减其弦亦属徒劳。

重别周尚书①

阳关万里道，不见一人归②。
唯有河边雁，秋来南向飞③。

①周尚书，即周弘正。

②阳关，在甘肃敦煌县西，为古代通西域重要关隘。此代指北方。不见一人归，指流寓北方士人不得南归。

③河，黄河，秋雁南飞，喻周尚书南回故国，伤己不得与之同行。

寄王琳①

玉关道路远，金陵信使疏②。
独下千行泪，开君万里书！

①王琳，字子珩，会稽山阴人，为梁将，平侯景之乱，功第一。元帝忌琳部甚盛，又得众心，故出之岭外，授广州刺史。及为西魏围逼，乃征琳赴援，除湘州刺史。琳师次长沙，知魏已破江陵，立梁王詧，乃为元帝举哀，三军缟素。遣别将侯平率舟师攻詧，并传檄诸方，为进取之计。陈武帝既杀王僧辩，立敬帝，以侍中司空征琳，琳不受命。乃大营战舰，将图义举。陈武帝受梁“禅”，遣将侯安都讨琳。琳逆战于沌口，禽侯安都等。移湘州军府于郢城，以抗陈师。军败，为陈将吴明彻所杀。见《南史·王琳传》。

②玉关，玉门关，在甘肃敦煌县西，此代指北方。金陵，即今南京，梁国都。

★王琳为梁室忠臣，子山心系故国，故两心相通。未说来书所道何事，不说而今欲寄何言，寥寥二十字，中间自有千言万语，亦胜似千言万语。

寄徐陵

故人倘思我，及此平生时；
莫待山阳路，空闻吹笛悲①！

①山阳，在今河南修武县。向秀与嵇康交好，嵇康不满司马氏擅权，被司马昭杀害。后向秀经嵇康山阳旧居，闻邻人吹笛，发声寥亮，感念旧友，为之作《思旧赋》。诗意谓及我生时念我，莫待我死后闻笛而悲。

和侃法师三绝①

秦关望楚路，灞岸想江潭②。
几人应泪落，看君马向南③！

客游经岁月，羁旅故情多。
近学衡阳雁，秋分俱渡河④。

回首河堤望，眷眷嗟离绝⑤。
谁言旧国人，到在他乡别⑥！

①一作《和侃法师别诗》。侃法师，南朝流寓北方僧人，后又得南归者。

②秦关、灞岸，代指长安，子山滞留之地。楚路、江潭，并指故国，法师所向之方。

③泪落，《艺文类聚》作“落泪”。

④衡阳，衡山之阳。衡山在湖南，据传北雁南飞，至此而止。渡河，渡越

黄河南归。此首就侃法师说。

⑤眷眷，留恋貌。嗟，叹。

⑥旧国人，送者别者并南朝人。到，倒，反。

代人伤往

杂树本唯金谷苑，诸花旧满洛阳城[1]。
正是古来歌舞处，今日看时无地行[2]。

①“杂树”句：金谷苑，指晋石崇金谷园，在河阳金谷涧中，以豪华奢靡著称。石崇《思归引》：“河阳别业，百木几于万株。”“诸花”句：《玉台新咏》宋子侯《董娇娆》诗：“洛阳城东路，桃李生路傍。枝枝自相对，叶叶自相当。”又，潘岳为河阳令，满县皆栽桃花。

②无地行，谓荒芜至极，荆榛满路，故无地可行。此诗谓代人之作，实子山自写兴亡感慨。

★子山《春赋》“河阳一县都是花，金谷从来满园树”，与此诗首二句相似。然《春赋》状当时茂盛，《伤往》写往日繁华。

拟咏怀十首[1]

步兵未饮酒

步兵未饮酒，中散未弹琴[2]。
索索无真气，昏昏有俗心[3]。
涸鲋常思水，惊飞每失林[4]。
风云能变色，松竹且悲吟[5]。
由来不得意，何必往长岑[6]。

①阮籍《咏怀》八十二首，抒写其人生感慨。颜延之谓“阮籍在晋文代常虑祸患，故发此咏”。庾信拟作二十七首，抒其流寓之感，乡国之思，极其沉痛。然阮作古朴，尚存建安遗绪，庾诗流丽，格调已近唐声。二十七首非一时

之作，集合而成，但基调一致，内容并无有机联系。选十首。“步兵未饮酒”篇原列第一。

②步兵，即阮籍，曾为步兵校尉。性嗜酒，借以遗落世事。中散，即嵇康，尝为中散大夫，善弹琴。

③索索，寂寞无生气之貌。真气，本原之气，超尘拔俗之气。昏昏，昏愦之貌。前四句谓处境艰危，未能饮酒弹琴，遗落世事，而困于尘俗，无可奈何。

④涸，水干。鲋，鲫鱼。《庄子·外物》：庄周曰：“周昨来，有中道而呼者，周顾视车辙中，有鲋鱼焉，周问之曰：‘鲋鱼来，子何为者邪？’对曰：‘我东海之波臣也，君岂有斗升之水而活我哉？’周曰：‘诺！我且南游吴越之王，激西江之水而迎子，可乎？’鲋鱼忿然作色曰：‘吾失我常与，我无所处，吾得斗升之水然活耳。君乃言此，曾不如早索我于枯鱼之肆！’”惊飞，受惊之鸟。每，总。二句言己处丧乱之后，如涸辙之鱼，受惊之鸟。

⑤能，乃也。

⑥长岑，汉代县名，属乐浪郡，其地在辽东。东汉崔骃，性耿直，为窦宪掾属。“宪擅权骄恣，骃数谏之。及出击匈奴，道路愈多不法。骃为主簿，前后奏记数十，指切长短。宪不能容，稍疏之，因察骃高第，出为长岑长。骃自以远去，不得意，遂不之官而归。永元四年卒于家。”末二句言身在长安已不得意，又何须远往长岑。

俎豆非所习①

俎豆非所习，帷幄复无谋②。
不言班定远，应为万里侯③。
燕客思辽水，秦人望陇头④。
倡家遭强聘，质子值仍留⑤。
自怜才智尽，空伤年鬓秋！

①本篇原列第三。

②俎豆，两者均祭祀载牲礼器，代指祭祀礼仪。《论语·卫灵公》：“卫灵公问陈于孔子。孔子对曰：‘俎豆之事，则尝闻之矣，军旅之事，未之学也。’”帷幄，帐幕，特指军帐，因而代指军事谋略。《汉书·张良传》：“运筹帷幄中，决胜千里外，子房功也。”

③班定远，即班超。超，字仲升，扶风平陵人。随兄班固至洛阳，为官佣

书。后投笔从戎，出使西域，建奇功，封定远侯。见《后汉书·班超传》。前四句言自己本乏才能，既未能娴习礼仪，又不能谋谟军务，更不用谈如班定远封侯万里。

④辽水，即辽河。西辽河北源出内蒙古白岔山，南源出河北平泉县光头山。燕辽地接，辽水亦指燕地。陇头，指陇山。《秦州记》："陇山东西百八十里。登山顶，东望秦川四五百里，极目泯然。山东人行役升此而顾瞻者，莫不悲思。"乐府《陇头歌》："陇头流水，鸣声呜咽。遥望秦川，肝肠断绝。"燕客则思辽水，秦人则望陇头，均言游子怀乡之意。

⑤倡家，伎女（歌舞艺人）。质子，春秋战国时两国相交，以子为质，称质子。值，遭。仍，久。倡家而被强聘，质子竟被久留，喻己出使北方而被强留。

楚材称晋用①

楚材称晋用，秦臣即赵冠②。
离宫延子产，羁旅接陈完③。
寓卫非所寓，安齐独未安④。
雪泣悲去鲁，凄然忆相韩⑤。
惟彼穷途恸，知余行路难⑥。

①本篇原列第四。

②"楚材"句：《左传》襄公二十六年："虽楚有材，晋实用之。"杜预注："言楚士臣多在晋。"称，适。"秦臣"句：《后汉书·舆服志》："武冠，一曰武弁大冠，诸武官服之。侍中、中常侍加黄金铛，附蝉为文，貂尾为饰，谓之赵惠文冠。胡广说曰：赵武灵王效胡服，以金铛饰首，前插貂尾，为贵职。秦灭赵，以其君冠赐近臣。"即，就（指戴上）。

③"离宫"句，《左传》襄公三十一年载：郑子产相郑伯如晋，晋国接待不周。"子产使尽坏其馆之垣而纳车马焉"。晋侯自知礼亏，"见郑伯有加礼，厚其宴好而归之。乃筑诸侯之馆"。"羁旅"句，《左传》庄公二十七年载：陈公子完奔齐，齐桓公使为卿，陈完自以"羁旅之臣"，不敢接受。羁旅，犹寄寓。二句写自己为魏周所留用。

④"寓卫"句：《诗·邶风·式微序》："黎侯寓于卫，其臣劝以归也。"郑玄笺："黎侯为狄人所逐，弃其国而寄于卫。卫处之以二邑，因安之，可以归

而不归，故其臣劝之。”“安齐”句：晋公子重耳出亡至齐，齐桓公以女妻之，有安居之意。重耳从亡之臣以为不可，设计使之去齐。见《左传》僖公二十三年。独，偏。二句谓已流寓北方，非所安也。

⑤雪泣，拭泪。《孟子·万章下》：孔子“去鲁，曰：‘迟迟吾行也，去父母国之道也。’”此句喻已远离父母之邦。凄然，悲貌。秦张良以五世相韩，韩为秦所灭，良悉以家财求客刺秦王，为韩报仇。见《史记·留侯世家》。子山父庾肩吾仕于梁，故以张良先世相韩为喻。

⑥穷途，路断，无路可走。恸，悲伤痛哭。阮籍常率意独驾，不由径路，车迹所穷，辄痛哭而返。参见《阮籍传》。二句谓惟彼穷途恸哭者，知余处境之难。

★庾子山好拼凑典故，诗中如子产如晋，陈完入齐，所谓黎侯寓卫，重耳安齐，都与子山流寓完全不类，比拟实属不伦。

畴昔国士遇①

畴昔国士遇，生平知己恩②。
直言珠可吐，宁知炭欲吞③。
一顾重尺璧，千金轻一言④。
悲伤刘孺子，凄怆史皇孙⑤。
无因同武骑，归守霸陵园⑥。

①本篇原列第六。

②畴昔，从前。国士，国内杰出之士。《史记·刺客列传》载：豫让，晋人，先事范氏、中行氏。范氏、中行氏为智伯所灭，乃事智伯。及智伯为赵襄子所灭，豫让坚志为智伯报仇，屡刺赵襄子。赵襄子曰：“子不尝事范、中行氏乎？智伯尽灭之，而子不为报仇，而反委质臣于智伯。智伯亦已死矣，而子独何以为之报仇之深也？”豫让曰：“臣事范、中行氏，范、中行氏皆众人遇我，我故众人报之。至于智伯，国士遇我，我故国士报之。”

③直，但；此处犹言岂但、非独。珠可吐，《淮南子·览冥》“随侯之珠”，高诱注：“随侯见大蛇伤断，以药傅之。后蛇于江中衔大珠以报之，因曰随侯之珠。”宁知，岂知。炭欲吞，豫让为智伯报仇，曾漆身为厉，吞炭为哑，使形状不可辨。首四句言往昔梁以国士遇我，知己之恩难忘，岂但欲衔珠为之报

恩，亦且欲吞炭毁容为之报仇。

④尺璧，径尺之璧。《史记·季布列传》："楚人谚曰：'得黄金百斤，不如得季布一诺。'"一顾重于尺璧，言梁待己之恩甚厚；千金轻于一言，谓己报恩之诺郑重。

⑤刘孺子，汉宣帝玄孙刘婴。元始五年，王莽鸩杀汉平帝，奉刘婴为帝，号孺子，时年两岁，由王莽统摄朝政。三年后王莽篡位，废刘婴为安定公。见《汉书·王莽传》。史皇孙，汉武帝孙，戾太子刘据之子刘进，即宣帝之父。元狩元年，刘据立为太子，纳史良娣，生史皇孙。征和二年遭巫蛊之祸，太子被逼致死，史良娣、史皇孙等皆遇害。见《汉书·武五子传》与《宣帝纪》。两句喻梁末内乱外侵，祸败交加，梁室子孙多死于非命。

⑥武骑，指司马相如。相如汉景帝时为武骑常侍，武帝时拜孝文园令。见《汉书·司马相如传》。孝文帝葬霸陵，霸陵园即孝文园。二句谓自己流寓外乡，虽若同司马相如一样归守梁室园陵，亦不可能。

榆关断音信①

榆关断音信，汉使绝经过②。
胡笳落泪曲，羌笛断肠歌③。
纤腰减束素，别泪损横波④。
恨心终不歇，红颜无复多⑤。
枯木期填海，青山望断河⑥！

①本篇原列第七。

②榆关，古关名。在今陕西榆林东；此代指北方。汉使，代指南朝使者。

③胡笳、羌笛，并胡地乐器。

④纤腰，细腰。素，精白绢。宋玉《登徒子好色赋》："腰如束素。"横波，眼睛流转如水波，因以代指眼睛。傅毅《舞赋》："目流涕而横波。"二句谓腰因忧悲而消瘦，眼因流泪而伤神。

⑤红颜，喻盛年。"恨心"二句，谓家国之恨，始终不歇，而红颜老去，盛年无多。

⑥枯木填海，用精卫故事。《山海经·北山经》："发鸠之山，其上多枯木，有鸟焉，其状如乌，文首，白喙，赤足，名曰精卫，其鸣自詨。是炎帝之少女，名曰女娃。女娃游于东海，溺而不反，故为精卫，常衔西山之木石以填于东

海。”二句谓心怀故国，矢志不移，如欲以枯木填湮东海，期望青山遮断河流，一切都属徒劳。

★此首实为王昭君辞。诗中形象是王昭君，而非庾子山。“纤腰减束素，别泪损横波。恨心终不歇，红颜无复多”，这些诗句，都是对王昭君的描绘，词语也与《昭君辞应诏》诗中“片片红颜落，双双泪眼生”一致。若理解为诗人抒写自己，则未免嫌于不伦。子山借昭君以抒写自身的境遇与心曲，形象毕竟是王昭君。

悲歌渡易水①

悲歌渡易水，弭节出阳关；
李陵从此去，荆卿不复还②。
故人形影灭，音书两俱绝。
遥看塞北云，悬想关山雪③。
游子河梁上，应将苏武别④！

①本篇原列第十。

②“悲歌”四句：易水，原作“辽水”，倪璠注：“一作易水，一作燕水。”此从一作。战国时荆轲入秦欲刺秦王，燕太子丹饯之易水之上。荆轲歌曰：“风萧萧兮易水寒，壮士一去兮不复还！”参见左思《咏史》其六与陶渊明《咏荆轲》诗注。弭节，按节徐行。阳关，见前《重别周尚书》诗注。李陵，字少卿，汉名将李广之孙，武帝天汉二年率步卒五千人，出塞与匈奴作战。战败投降，不得归汉。见《汉书·李广苏建传》。第一句用荆轲事，第二句用李陵事。李陵入塞不经过阳关，此用以代指边塞。第三句承第二句，第四句承第一句。四句用以喻己远离故国，不得南归。

③关山，一作“天山”。

④苏武，字子卿，汉武帝天汉元年出使匈奴，被扣留匈奴十九年，坚贞不屈。时李陵降到匈奴。昭帝始元五年，匈奴与汉和亲，苏武得以归国，李陵为置酒送别。陵起舞作歌，“泣下数行，因与武诀”。见《汉书·李广苏建传》。《文选》李陵《与苏武诗》：“携手上河梁，游子暮何之？”此诗传为李陵送别苏武之作，故子山用之。将，同，与。末二句谓不得南归，纵有南朝来使，亦只能与之诀别。

摇落秋为气[①]

摇落秋为气，凄凉多怨情[②]。
啼枯湘水竹，哭坏杞梁城[③]。
天亡遭愤战，日蹙值愁兵[④]。
直虹朝映垒，长星夜落营[⑤]。
楚歌饶恨曲，南风多死声[⑥]。
眼前一杯酒，谁论身后名[⑦]！

①本篇原列第十一。

②摇落，凋残零落。宋玉《九辩》："悲哉秋之为气也，萧瑟兮草木摇落而变衰。"

③啼枯湘水竹，张华《博物志》："尧之二女，舜之二妃，曰湘夫人，舜崩，二妃啼，以涕挥竹，竹尽斑。"《述异记》："湘水去岸三十里许，有相思宫、望帝台。昔舜南巡，而葬于苍梧之野。尧之二女娥皇女英追之不及，相与恸哭，泪下沾竹，竹文为之斑斑然。"哭坏杞梁城，《列女传》："杞梁妻，齐杞梁殖之妻也。齐庄公袭莒，殖战而死……杞梁之妻无子，内外皆无五属之亲，乃枕其夫之尸于城下而哭……城为之崩。"二句写梁国灭亡，悲剧不断发生。《哀江南赋》"城崩杞妇之哭，竹染湘妃之泪"，亦用此二典。

④天亡，天使之亡。秦末，楚项羽起兵江东，成为亡秦主力，所向披靡，因自号西楚霸王。后与刘邦争天下，战败，谓其部属曰："吾起兵至今八岁矣，身七十馀战，所当者破，所击者伏，未尝败北，遂霸有天下。然今卒败于此！此天之亡我，非战之罪也！"见《史记·项羽本纪》。蹙，迫。《诗·大雅·召旻》："今也日蹙国百里。"谓国土日削百里。子山用"日蹙"亦含有国土日削之意。愤战、愁兵，令人愤恨忧愁之战事。值，亦遭也。二句写江陵之败，乃天之亡我，致国土日蹙。

⑤"直虹"二句：《晋书·天文志》："虹头尾至地，流血之象。"垒，营垒。又，"蜀后主建兴十三年，诸葛亮帅大众伐魏，屯于渭南。有长星赤而芒角，自东北西南流，投亮营。三投再还，往大还小。占曰：'两军相当，有大流星来走军上及坠军中者，皆破败之征也。'九月，亮卒于军，焚营而退。群帅交怨，多相诛残"。直虹映垒，长星落营，皆败亡征象。

⑥"楚歌"句，《史记·项羽本纪》：楚项羽被围垓下，"夜闻汉军四面皆

楚歌，项王乃大惊，曰：‘汉皆已得楚乎，是何楚人之多也！’”饶，多。“南风”句，《左传》襄公十八年：“晋人闻有楚师。师旷曰：‘不害。吾骤歌北风，又歌南风，南风不竞，多死声，楚必无功。’”二句亦喻梁国败亡。

⑦“眼前”二句：《世说新语·任诞》：“张季鹰纵任不拘，时人号为江东步兵。或谓之曰：‘卿乃可纵适一时，独不为身后名耶？’答曰：‘使我有身后名，不如即时一杯酒。’”张季鹰，即张翰。此子山自觉无可奈何之语。

日晚荒城上①

日晚荒城上，苍茫馀落晖。
都护楼兰返，将军疏勒归②。
马有风尘气，人多关塞衣。
阵云平不动，秋蓬卷欲飞③。
闻道楼船战，今年不解围④。

①本篇原列第十七。

②都护，汉官名。汉宣帝置西域都护，司边防事。楼兰，汉西域诸国之一，故城在今新疆罗布泊西。昭帝时傅介子为平乐监，时楼兰数反覆，霍光遣傅介子与士卒赍金币，至楼兰，楼兰王与介子饮，介子令壮士二人刺杀王，持王首而还。见《汉书·傅介子传》。疏勒，汉西域诸国之一，故治在今新疆喀什市。汉明帝永平中耿恭为戊己校尉，引兵据疏勒城，匈奴攻城，城中食尽困穷，馀数十人，坚守不降。汉遣军迎归。见《后汉书·耿恭传》。前四句写日晚荒城上，时见北朝将帅胜利归来。

③阵云，如阵之云。蓬，草名，生北方，秋日常连根拔起，随风旋转。二句写北方秋景。

④楼船，有柁楼之战船，南方水战用之。梁承圣三年秋，江陵被西魏军围困，“今年不解围”或指其事。诗前八句写北朝军将时获胜利，末二句遥想南方故国却遭受围困，因而无限忧伤。

在死犹可忍①

在死犹可忍，为辱岂不宽；
古人持此性，遂有不能安②。

其面虽可热，其心长自寒[③]。
匣中取明镜，披图自照看：
幸无侵饿理，差有犯兵栏[④]。
拥节时驱传，乘亭不据鞍[⑤]。
代郡蓬初转，辽阳桑欲干[⑥]。
秋云粉絮结，白露水银团[⑦]。
一思探禹穴，无用鏖皋兰[⑧]。

①本篇原列第二十。

②“在死”四句，谓死犹可忍，受辱自可宽容。然古人有执著于宁死不受辱之性者，遂有不能安然。

③“其面”二句，热喻欢欣，寒喻悲戚。言己面似有欢欣，内心实长怀悲戚。

④图，指相面图籍。理，纹，此指面纹。侵饿理，受饿而死之面纹。《史记·绛侯周勃世家》载：周亚夫为河内守，许负为其相面，指其口曰：“有从理入口，此饿死法也。”后以功封条侯，然终饿死。栏，亦指纹理。犯兵栏，遭兵刃而死之纹理。干宝《搜神记》：“（魏舒）尝诣野王，主人妻夜产。俄而闻车马之声，相问曰：‘男也？女也？’曰：‘男书之，十五以兵死。’”“后十五载，诣主人，问所生儿何在，曰：‘因条桑，为斧伤而死。’”“匣中”四句，言取镜自照，披图自看，虽无饿死之理，却有犯兵之纹。言外之意，谓当自死行阵。

⑤节，使臣符节。传，传车，使者之车。《汉书·司马相如传》：“（司马）相如为中郎将，建节往使，副使者王然于、壶充国、吕越人，驰四乘之传，因巴蜀吏币物以赂西南夷。至蜀。”拥符节，驱传车，谓为使臣。子山于梁武帝大同十一年“聘于东魏”，梁元帝承圣三年，“聘于西魏，属大军南讨，遂留长安”。亭，路上供行人食宿之所。乘亭，车辆停于驿站。据鞍，骑马。《后汉书·马援传》：马援年六十二，犹自请击武陵五溪蛮夷。“帝愍其老，未许之。援自请曰：‘臣尚能披甲上马。’帝令试之，援据鞍顾眄，以示可用。”“拥节”二句，谓自己时为使节，而未能为将军率军征战。

⑥代郡，郡名，秦置，地在今河北蔚县一带。辽阳，北魏辽阳在今山西左权县。干，枯。北地气寒，秋冬桑树枯干（代郡有桑干县，子山此语疑由“桑干”二字引发而来）。“代郡”二句写北方秋冬光景萧索。

⑦“秋云”二句，言秋云如粉絮结，白露若水银团。

⑧“一思”二句：《史记·太史公自序》：司马迁自述“二十而南游江淮，探禹穴”。张晏曰：“禹巡狩，至会稽而崩，因葬焉。上有孔穴，民间云禹入此。”鏖（áo），激烈战斗。《汉书·霍去病传》：“霍去病战陇西，有功，过焉支山千馀里，合短兵鏖皋兰下。”师古曰：“皋兰，山名。鏖，谓苦击而多杀也。”末二句自叹思一游南国，然已无法率军征战。

萧条亭障远[1]

萧条亭障远，悽惨风尘多[2]。
关门临白狄，城影入黄河[3]。
秋风别苏武，寒水送荆轲[4]。
谁言气盖世，晨起帐中歌[5]。

①本篇原列第二十六。

②萧条，萧索冷落。亭障，亭堠城堡。

③白狄，春秋时狄族之一支，此泛指北方少数民族。

④别苏武，参见前“游子河梁上”注。别苏武，原作“苏武别”，非，此从《艺文类聚》。送荆轲，参见前“燕客思辽水”注。二句自言陷身北国，不得南归，只能时送别故国使臣。

⑤“谁言”二句：《史记·项羽本纪》：“项羽军壁垓下，兵少食尽，汉军及诸侯兵围之数重。夜闻汉军四面皆楚歌。项王乃大惊，曰：‘汉皆已得楚乎！是何楚人之多也！’项王则夜起，饮帐中。有美人名虞，常幸从。骏驹骓，常骑之。于是项王乃悲歌慷慨，自为诗曰：‘力拔山兮气盖世，时不利兮骓不逝。骓不逝兮奈若何！虞兮虞兮奈若何！’歌数阕，美人和之。项王泣数行下，左右皆泣，莫能仰视。”子山自以处境艰危，无能为力，纵英雄盖世，亦只能悲歌而已。庾氏用典，用时仅取字面，与典中人物无涉，否则自拟项羽，未免不伦。

★《拟咏怀》为庾子山后期代表之作，抒发其家国之思，流寓之感，低回反复，至于再三，思想深沉凄切，语言清丽流畅，风格实独树一帜。然好堆砌典故，甚或牵强不伦，实严重疵病。题曰《拟咏怀》，其源于阮籍《咏怀》无疑。然未免纤秾馀习，不若嗣宗之浑厚，与左思《咏史》亦不相类。

故后来陈子昂、张九龄《感遇》，李太白《古风》，仍效法嗣宗、太冲，而不步子山后尘。

颜之推

颜之推（531—590以后），字介，琅玡临沂（今山东临沂）人。初为梁湘东王常侍，湘东王（梁元帝）即位，为散骑常侍。江陵为西魏所破，奔北齐，官至黄门侍郎，平原太守。北齐又为周所灭，乃入周，为御史上士。隋开皇中，太子召为学士，以疾卒。所著《颜氏家训》为北朝名著，以儒家思想为立身治家之道。

古意①

十五好诗书，二十弹冠仕②。
楚王赐颜色，出入章华里③。
作赋凌屈原，读书夸左史④。
数从明月宴，或侍朝云祀⑤。
登山摘紫芝，泛江采绿芷。
歌舞未终曲，风尘暗天起。
吴师破九龙，秦兵割千里⑥。
狐兔穴宗庙，霜露沾朝市⑦。
璧入邯郸宫，剑去襄城水⑧。
未获殉陵墓，独生良足耻⑨。
悯悯思旧都，恻恻怀君子⑩。
白髪窥明镜，忧伤没馀齿⑪！

①古意，此哀梁元帝之亡。颜之推初仕梁元帝，梁亡奔齐。自以受元帝知

遇，梁亡未能殉节而深怀愧怍。此与庾子山《咏怀》同一作意。

②弹冠仕，弹去冠上灰尘以入仕。《汉书·王吉传》："吉与贡禹为友，世称'王阳在位，贡禹弹冠'。"王吉，字子阳故又称王阳。

③楚王，喻梁元帝；元帝即位江陵，为楚故地。以楚喻梁，下文亦全用楚国典故。章华，春秋楚灵王所建台名。

④左史，楚左史倚相，《左传》昭公十二年楚灵王谓其能读三坟五典八索九丘之书。

⑤明月宴，梁元帝在江陵建有明月楼。朝云祀，宋玉《高唐赋》，言楚王游高唐，梦见一妇人，自言"妾巫山之神女也。朝为行云，暮为行雨，朝朝暮暮，阳台之下"。旦而视，如言，故为立庙，号曰朝云。

⑥吴师破九龙，《史记·楚世家》载：楚昭王十年，吴师伐楚，楚大败，吴兵入郢。《淮南子·泰族》：阖闾伐楚，"破九龙之钟"。注："楚为九龙之虡（jù）以县钟也。"秦兵割千里：楚自怀王以后，常受秦军威逼，失地千里。顷襄王十九年，秦伐楚，楚军败，割上庸汉北地予秦。二十年，秦将白起拔楚西陵。二十一年，白起拔郢，烧楚先王陵墓。二句喻西魏攻下江陵，灭梁。

⑦"狐兔"二句，言江陵破后，宗庙毁坏，朝市荒凉。

⑧璧入邯郸宫：邯郸，赵都。楚和氏璧，后为赵惠文王所得。见《史记·廉颇蔺相如列传》。剑去襄城水：晋初雷焕在丰城得二剑，以其一进张华，其一自用。后张华遇害，剑飞入襄城水中。二句言梁室灭亡，宝物散落。

⑨"未获"二句，言自己未能为梁室殉节，苟且独生，深以为耻。

⑩悯悯，忧貌。旧都，指江陵。君子，指梁元帝。

⑪没馀齿，终馀年。

中华传世诗选

两汉魏晋南北朝诗卷

隋诗

卢思道

卢思道（535—586），字子行，范阳（今河北涿州）人。曾从学于邢邵，北齐时官给事黄门侍郎。周武帝平齐，授仪同三司，迁武阳太守。入隋，为散骑侍郎。开皇六年卒，年五十二。有辑本《卢武阳集》。

从军行

朔方烽火照甘泉，长安飞将出祁连[①]。
犀渠玉剑良家子，白马金羁侠少年[②]。
平明偃月屯右地，薄暮鱼丽逐左贤[③]。
谷中石虎经衔箭，山上金人曾祭天[④]。
天涯一去无穷已，蓟门迢递三千里[⑤]。
朝见马岭黄沙合，夕望龙城阵云起[⑥]。
庭中奇树已堪攀，塞外征人殊未还[⑦]。
白雪初下天山外，浮云直上五原间[⑧]。
关山万里不可越，谁能坐对芳菲月。
流水本自断人肠，坚冰旧来伤马骨[⑨]。
边庭节物与华异，冬霰秋霜春不歇。
长风萧萧渡水来，归雁连连映天没。
从军行，军行万里出龙庭。
单于渭桥今已拜，将军何处觅功名[⑩]！

①朔方，北方；又汉郡名，在今内蒙古境。甘泉，汉宫名，在今陕西淳化县甘泉山上。《史记·匈奴列传》：汉文帝后元三年，“胡骑入代句注边，烽火通于甘泉长安”。长安，西汉都城。飞将，汉李广称为飞将军，此泛指汉将。祁连，山名，纵贯甘肃西部与青海东北，主峰在酒泉南。诗中亦系泛指。

②犀渠，盾名。羁，马络头。

③平明，天亮。偃月，半月，此指偃月阵。屯，驻。右地，西部地区。鱼丽，军阵之名。见《左传》桓公五年。左贤，左贤王，匈奴首领，其地位仅次于单于。

④石虎，虎形之石。汉李广尝出猎，“见草中石，以为虎而射之。中石没镞，视之石也”。见《史记·李将军列传》。金人，匈奴祭天用神象。霍去病曾“收休屠祭天金人”。见《史记·卫将军骠骑列传》。

⑤蓟门，即蓟丘，今北京市。迢递（tiáo dì，迢，徒聊切；递，徒礼切），遥远。

⑥马岭，山名，亦关名，在今山西太原县境。龙城，匈奴祭天之地，又称龙庭。

⑦奇树，美树。古诗：“庭中有奇树，春来发华滋。攀条折其荣，将以遗所思。”

⑧天山，汉代称今祁连山为天山。五原，塞名，在今内蒙古境。

⑨“流水”句，用《陇头歌》“陇头流水，鸣声呜咽；遥望秦川，心肝断绝”句意。“坚冰”句，用陈琳《饮马长城窟》“水寒伤马骨”句意。

⑩单于渭桥今已拜，谓单于来降。《汉书·宣帝纪》：甘露三年正月，匈奴呼韩邪单于来朝。“上登渭桥，咸称万岁。”

杨 素

杨素（？—606），字处道，弘农华阴（今陕西华阴）人。仕周，以平齐功加上开府，封安成县公。杨坚为丞相，素深相结纳。坚即位，加上柱国，拜御史大夫。隋灭陈，素率水军下三峡，平定江南，封越国公，累官尚书右仆射，掌朝政。杨广篡位，多用杨素谋。大业初，迁尚书令，拜太师，改封楚国公。大业二年卒。

出 塞①

汉虏未和亲，忧国不忧身。
握手河梁上，穷涯北海滨②。
据鞍独怀古，慷慨感良臣③。
历览多旧迹，风日惨愁人。
荒塞空千里，孤城绝四邻。
树寒偏易古，草衰恒不春。
交河明月夜，阴山苦雾晨④。
雁飞南入汉，水流西咽秦。
风霜久行役，河朔备艰辛⑤。
薄暮边声起，空飞胡骑尘。

①出塞，乐府属横吹曲辞。杨素此题二首，此首《乐府诗集》失收。薛道衡、虞世基并有和作。

②握手河梁上，用古诗“携手上河梁，游子暮何之？”句意。《文选》谓为李少卿与苏武诗。北海，匈奴曾徙苏武北海上牧羊，此用其词。

③良臣，乐府《战城南》：“思子良臣，良臣诚可思。朝出行攻，暮不夜归。”

④交河，西汉车师前国首府。《汉书·西域传》：“车师前国，王治交河城。河水分流绕城下，故号交河。”在今新疆吐鲁番西北。阴山，今河套以北、大漠以南诸山，古统称阴山。诗中泛指边塞。

⑤河朔，泛指黄河以北地区。

★杨素《出塞》与薛、虞和作，已具唐人边塞诗气象。

山斋独坐赠薛内史①

居山四望阻，风云竟朝夕。
深溪横古树，空岩卧幽石。
日出远岫明，鸟散空林寂。
兰庭动幽气，竹室生虚白②。
落花入户飞，细草当阶积。
桂酒徒盈樽，故人不在席。
日暮山之幽，临风望羽客③。

①薛内史，即薛道衡，隋初为内史舍人。

②幽气，幽香。虚白，《庄子·人间世》：“虚室生白，吉祥止止。”释文：“司马（彪）云：室，喻心；心能空虚，则纯白独生也。”常用以喻心境清静。

③山之幽，山之深处。淮南小山《招隐士》：“桂树丛生兮山之幽。”羽客，《汉书·郊祀志》“五利将军亦衣羽衣”注：“羽衣，以鸟羽为衣，取其神仙飞翔之意也，因称道士或神仙为羽客。”诗中犹言高人，指薛内史。

薛道衡

薛道衡（540—609），字玄卿，河东汾阴（今山西荣河县东北）人。仕北齐历司州兵曹从事、太尉主薄、中书侍郎。与卢思道、李德林齐名友善。齐亡，周武帝宇文邕引为御史二命士，历陵州、邛州刺史。隋初为内史舍人，兼散骑常侍。开皇八年伐陈，拜淮南道行台尚书吏部郎。还，除吏部侍郎，加上仪同三司。进上开府。炀帝即位，转播州刺史，入为司隶大夫。为炀帝所忌，大业五年被害，年七十。明人辑有《薛司隶集》。

出塞①

边庭烽火惊，插羽夜征兵②。
少昊腾金气，文昌动将星③。
长驱鞮汗北，直指夫人城④。
绝漠三秋暮，穷阴万里生。
寒夜哀笳曲，霜天断雁声。
连旗下鹿塞，叠鼓向龙庭⑤。
妖云坠虏阵，晕月绕胡营。
左贤皆顿颡，单于已系缨⑥。
绁马登玄阙，钩鲲临北溟⑦。
当知霍骠骑，高第起西京⑧。

①此和杨素之作，原二首，此其二。
②插羽，即羽书，军用文书插羽毛以示紧急。

③少昊，司秋之神。《礼记·月令》：“孟秋之月，其帝少昊。”古人以水火金木与四季配合，秋季属金，金气亦即秋风。腾，犹言扬起。又，金为兵象，故腾金气，暗喻战争烽起。文昌，星座名，共六星，其中一、二为武将之象。《史记·天官书》：“斗魁戴匡六星曰文昌宫，一曰上将，二曰次将。”

④鞮汗，地名，所在不详。夫人城，即范夫人城。汉武帝征和三年贰师将军李广利出塞至范夫人城。见《汉书·匈奴传》。参见庾信《昭君辞》注。鞮汗北，夫人城，并泛指边塞。

⑤鹿塞，即鸡鹿塞。汉宣帝甘露三年匈奴呼韩邪单于来朝。汉遣长乐卫尉高昌侯董忠等“将骑万六千，又发边郡士马以千数，送单于出朔方鸡鹿塞”。见《汉书·匈奴传》。龙庭，匈奴单于祭天地鬼神之所。班固《封燕然山铭》：“蹑冒顿之区落，焚老上之龙庭。”

⑥左贤，左贤王，匈奴首领，其地位仅次于单于。顿颡，磕头，求饶之意。单于，匈奴最高首领。系，以长绳系颈，即归罪投降。

⑦绁（xiè）马，犹勒马。《楚辞·离骚》：“登阆风而绁马。”玄阙，山名。《淮南子·道应》：“卢敖游乎北海，经乎太阴、入乎玄阙，至于蒙谷之上。”注：“玄阙，北方之山也。”（按，《文选》吴质《答东阿王书》“历玄阙，排金门，升玉堂”，李善注引《三辅旧事》：“未央宫北有玄武阙。”若以玄阙为宫阙之名，亦勉可通。然与下文“北溟”相对，则仍以山名为是。）鲲，大鱼名。《庄子·逍遥游》：“北溟有鱼，其名为鲲。鲲之大不知其几千里也。”又，《庄子·外物》记任公子垂大钓钩于东海，得大鱼波荡千里。“钩鲲”即暗用其事。“绁马”二句，言功成势大，可以控御山海之意。

⑧霍骠骑，即霍去病。霍去病为汉代名将，曾六度出击匈奴，远涉沙漠，有大功于国。汉武帝欲为治第，对曰：“匈奴未灭，无以家为也。”西京，长安。“当知”二句，谓杨素大功已成，可以起第西京。

昔昔盐[①]

垂柳覆金堤，蘼芜叶复齐。
水溢芙蓉沼，花飞桃李蹊。
采桑秦氏女，织锦窦家妻[②]。
关山别荡子，风月守空闺[③]。
恒敛千金笑，长垂双玉啼[④]。
盘龙随镜隐，彩凤逐帷低[⑤]。

惊魂同夜鹊，倦寝忆晨鸡[⑥]。
暗牖悬蛛网，空梁落燕泥。
前年过代北，今岁往辽西。
一去无消息，哪能惜马蹄[⑦]！

①昔昔盐，《乐府诗集》属近代曲辞。昔昔，同夕夕。盐，犹艳。为闺情诗。

②采桑秦氏女，古乐府《陌上桑》："秦氏有好女，自名为罗敷。罗敷喜养蚕，采桑城南隅。"织锦窦家妻，《晋书·列女传》："窦滔妻苏氏，始平人也，名蕙，字若兰，善属文。滔，苻坚时为秦州刺史，被徙流沙。苏氏思之，织锦为回文旋图诗以赠滔，宛转循环以读之，词甚凄惋，凡八百四十字。"唐武则天《苏氏织锦回文记》，谓蕙年十六，嫁秦州刺史窦滔。后滔为安南将军，携宠妾赵阳台赴襄阳镇守，去后断绝音信。蕙悲伤思念，因织五采锦作回文璇玑图诗寄滔。文词凄惋，滔为感动，因和好如初。与《晋书》说异。

③荡子，游子。

④双玉，南朝人以玉箸代指眼泪，双玉即两行眼泪。

⑤盘龙，铜镜背面雕饰。随镜隐，镜因不用而闲置匣中。彩凤，帷帐上花纹。逐帷低，帷帐长垂故低。

⑥惊魂，原作"飞魂"。唐赵嘏《昔昔盐》二十首，每首以本篇各句为题，其十三作"惊魂同夜鹊"。又，本诗误入《才调集》，作刘长卿诗，亦作"惊魂"，从之。夜鹊，同曹操《短歌行》"月明星稀，乌鹊南飞，绕树三匝，何枝可依"句意。

⑦哪能惜马蹄，言哪能惜马蹄而不归来，用苏伯玉《盘中诗》"何惜马蹄归不数"句意（数，速也）。

★隋代五言古诗，承庾信五言句法，连翩对偶，薛道衡《出塞》《昔昔盐》尤为突出，已极似唐人排律，只是粘连不似唐律严密。

"空梁落燕泥"，为薛诗名句，据传，"炀帝善属文，不若人出其右，薛道衡由此得罪。后因是诛之，曰：'更能作"空梁落燕泥"否？'"（《刘氏传记》）薛道衡被杀，不会如此简单，但由此亦可见这句诗当时传诵之广。

夏晚

流火稍西倾，夕影遍曾城①。
高天澄远色，秋气入蝉声。

①流火，《诗·豳风·七月》："七月流火。"火，星名，即心宿，夏历六月出现于南方天空，七月黄昏时逐渐西降。流火稍西倾，即写七月黄昏。夕影，夕阳。曾城，高城。

人日思归①

入春才七日，离家已二年②。
人归落雁后，思发在花前。

①人日，阴历正月初七。此隋开皇元年薛道衡聘陈在江南作。

②二年，谓首尾二年。

★刘悚《隋唐嘉话》："薛道衡聘陈，为人日诗云：'入春才七日，离家已二年。'南人嗤之，曰：'是底言！谁为此虏解作诗！'及云'人归落雁后，思发在花前'，乃喜曰：'名下固无虚士！'"

王　胄

王胄（558—613），字承基，琅玡临沂（今山东临沂）人。仕陈，历太子舍人、东阳王文学。入隋，晋王杨广引为学士，大业初为著作佐郎。以文词为炀帝所重。从征辽东，进授朝散大夫。与礼部尚书杨玄感交好。大业九年，杨玄感败，胄亡江左，为吏捕得，坐诛，时年五十六。

赋得雁送别周员外戍岭表

旅雁别衡阳，天寒关路长。
行断由惊箭，声嘶为犯霜。
罹缴无人悯，能鸣反自伤①。
何如侣泛泛，刷羽戏方塘②！

①罹，遭受，一作“罗”。缴（zhuó），系在箭上的小丝绳，此即指系有丝绳的箭。“能鸣”句，《庄子·山木》：“（庄子）舍于故人之家，故人喜，命竖子杀雁而烹之。竖子请曰：‘其一能鸣，其一不能鸣，请奚杀？’主人曰：‘杀不能鸣者。’”此反其意。然仅取其词面，意谓雁以能鸣，故为猎雁者所注意而被杀。

②泛泛，漂浮貌。《楚辞·卜居》：“将泛泛若水中之凫乎？”此即以“泛泛”代指水中之凫。诗意谓超然高举的鸿雁，常罹飞箭矰缴的灾难，何如与平凡的凫鸭为侣“刷羽戏方塘”而安然无事。周员外戍岭表，必系因罪遣戍，诗句貌似批评劝诫，实质上是同情赞扬。

燕歌行残句

庭草无人随意绿。

★残句见《太平御览》五百九十一引《国朝传记》。岑参“庭树不知人去尽，春来还发旧时花”，同一境界。

虞世基

虞世基（？—618），字懋世，会稽馀姚（今浙江余姚）人。仕陈，历尚书左丞。陈灭，入隋为通直郎，拜内史舍人。炀帝即位，迁内史侍郎。晚年迎合炀帝，唯诺取容，不敢忤意。义宁二年，宇文化及杀炀帝于江都，世基亦被害。其弟虞世南（558—638），字伯施，卓有清才，为唐初名诗人。

出 塞[①]

上将三略远，元戎九命尊[②]。
缅怀古人节，思酬明主恩。
山西多勇气，塞北有游魂[③]。
扬桴上陇坂，勒骑下平原。
誓将绝沙漠，悠然去玉门[④]。
轻赍不遑舍，惊策骛戎轩[⑤]。
懔懔边风急，萧萧征马烦[⑥]。
雪暗天山道，冰塞交河源。
雾峰黯无色，霜旗冻不翻。
耿介倚长剑，日落风尘昏[⑦]。

①此和杨素之作，原二首，此其二。

②三略，古兵书名。《文选》魏李萧远（康）《运命论》："张良受黄石之符，诵三略之说。"《隋书·经籍志》著录有黄石公《三略》，已佚。此用为谋略之意。元戎，主帅。九命，周代官爵分九级，称九命，上公九命为伯，最尊。

参见《周礼·春官·典命》《礼记·王制》。

③勇气，指勇悍之士。《文苑英华》作“虏气”。游魂，游荡之盗寇。《北史·源贺传》：“今勍游魂于北，狡贼负崄于南。”

④桴，鼓槌。扬桴，即击鼓。勒骑，勒马。绝，度越。“扬桴”四句，即杨素《出塞》其一“横行万里外”之意。

⑤赍（jī），行装。轻赍，犹轻装。不遑舍，无暇休息。惊，迅速。策，鞭策。骛，驰。戎轩，兵车。

⑥懔懔，同“凛凛”，严寒貌。萧萧，马啸声。《诗·小雅·车攻》：“萧萧马鸣，悠悠旆旌。”烦，劳。曹植《洛神赋》：“车殆马烦。”

⑦耿介（耿，古幸切；介，古拜切），慷慨貌。《古文苑·宋玉〈大言赋〉》：“长剑耿耿倚天外。”耿耿《艺文类聚》引作“耿介”。

入 关

陇云低不散，黄河咽复流。

关山多道里，相接几重愁！

杨 广

杨广（569—618），即隋炀帝。文帝次子，以阴谋夺太子位，仁寿四年即位。在位时对外用兵，挑起战祸，国内大兴土木，筑西苑，造离宫四十馀所，开运河，筑长城，赋役繁重，民不聊生，各地农民起义，前后相接。大业十二年南巡江都，沉湎酒色。十四年为禁军将领宇文化及缢杀，年五十。杨广为荒淫君主，生活腐化，诗伤于靡丽。然亦颇有才艺，作小诗清新可诵。其《观海》诗“浮天迥无岸”为写海名句，惜全诗不称。

春江花月夜①

暮江平不动，春花满正开。
流波将月去，潮水带星来②。

①《春江花月夜》，《乐府诗集》属清商曲辞吴声歌曲。《旧唐书·音乐志》谓《春江花月夜》为陈后主作，然陈作今不存。

②将，送。二句写水流下去，而后潮又涌上来。“将月去”与“带星来”，互文。

锦石捣流黄①

汉使出燕然，愁闺夜不眠②。
易制残灯下，鸣砧秋月前③。

①《锦石捣流黄》，《乐府诗集》属杂曲歌辞。此思妇之辞。锦石，捣衣石。

流黄，黄色丝织品。

②燕然，山名，即今内蒙古境杭爱山，东汉窦宪击匈奴，登山勒石纪功于此。

③易，治也。制，《说文》，“裁也”；此名词。易制，缝衣。鸣砧，即捣衣。

断 句

寒鸦飞数点，流水绕孤村。
斜阳欲落处，一望黯消魂。

★断句录自《笔麈》。“寒鸦飞数点，流水绕孤村”，唐人名句无以过之。宋秦观名作《满庭芳》词中“斜阳外，寒鸦数点，流水绕孤村”即出于此。

明馀庆

明馀庆，平原鬲（今山东平原县西北）人，官至司门郎，隋越王杨侗称制，为国子祭酒。

从军行

三边烽乱惊，十万且横行①。
风卷常山阵，笳喧细柳营②。
剑花寒不落，弓月晓逾明。
会取河西地，持作朔方城③。

①三边，指汉代幽、并、凉三州，并在边境。《后汉书·鲜卑传》：“灵帝立，幽并凉三州缘边诸郡，无岁不被鲜卑寇抄、杀略不可胜数。”此泛指边境。十万且横行，汉初上将军樊哙尝言：“臣愿得十万众，横行匈奴中。”见《史记·季布传》。

②常山阵，战阵之名，首尾呼应如常山之蛇。《孙子·九地篇》：“故善用兵，譬如率然。率然者，常山之蛇也，击其首则尾至，击其尾则首至，击其中则首尾俱至。”细柳营，汉文帝时将军周亚夫军细柳（今陕西咸阳之南），以纪律严明著称。见《史记·绛侯周勃世家》。

③河西，指黄河以西地区。朔方城，《诗·小雅·出车》：“天子命我，城彼朔方。”其地在今宁夏境。

★诗写得颇有气势，足可与唐人边塞诗名作媲美。体制除末句稍有差异外，已是近于成熟的五言律诗。会取河西地，原作“会取淮南地”，惟《诗纪》注淮南“一作河西”，此从一作。有些注家认为，明馀庆是隋代诗人，隋朝要征讨的陈正在南方，因此应以“淮南”为是。其实不然。作乐府诗

者往往是用旧题作诗，不一定为现实政治服务。本诗一开头就说“三边烽乱惊”，矛头是指向北方的。“会取朔方地”同样指向北方，首尾一致。如果是“烽乱”三边，出征却向“淮南”，那可是南辕北辙。卢思道、杨素、薛道衡等更是主要的隋代诗人。他们写的《从军行》《出塞》等乐府旧题作品，无例外都针对朔方烽火。虏骑胡尘，没有谁为伐陈服务。因此明馀庆诗中的“淮南”是错的，得亏《诗纪》“一作”保持了原貌。

刘梦予

刘梦予，生平不详。

送别秦王学士江益[①]

百年风月意，一旦死生分。
客心还送客，悲我复悲君！

①江益，江总长子，仕陈历中书黄门侍郎；入隋，为秦王杨俊文学。

佚 名

送 别

杨柳青青著地垂，杨花漫漫搅天飞。
柳条折尽花飞尽，借问行人归不归？

★诗见《古诗类苑》卷七十一。崔琼《东虚记》："此诗作于大业末年。实指炀帝巡游无度，缙绅痒悦已甚，下逮闾阎，而佞人曲士，播弄威福，欺君上以取荣贵，上二句尽之。又谓民财穷窘，至是方有《五子之歌》之忧，而望其返国也。"此等解说，貌似提高了诗的思想内涵，实肆意穿凿，将一首风格清新旨意明畅的优秀之作，解释得诗味索然，实无异对好诗的虐杀。诗题也与内容不符，此怀人诗，并非送别。说诗作于大业末年，未必有据。诗颇似中晚唐风格，然无从查考，姑系于此。

中华传世诗选

两汉魏晋南北朝诗卷

南朝乐府

南朝乐府为晋宋齐之世长江流域的民歌，多为情歌，大都属于《乐府诗集》清商曲辞中的吴声歌、西曲歌和神弦歌，另有少数收入杂曲歌辞和杂歌谣辞。本书选录作品，偏重典雅浑厚之作，但对南北朝源于民间乐府不能如此要求，只能雅则从其雅，俗则从其俗，作为特例处理。

子夜歌十四首[①]

落日出前门，瞻瞩见子度。
冶容多姿鬓，芳香已盈路[②]。

芳是香所为，冶容不敢当。
天不夺人愿，故使侬见郎[③]。

宿昔不梳头，丝发披两肩。
婉伸郎膝上，何处不可怜[④]！

始欲识郎时，两心望如一。
理丝入残机，何悟不成匹[⑤]。

今夕已欢别，合会在何时？
明灯照空局，悠然未有棋[⑥]。

高山种芙蓉，复经黄檗坞。
果得一莲时，流离婴辛苦[⑦]。

郎为傍人取，负侬非一事。

擿门不安横，无复相关意[8]。

年少当及时，蹉跎日就老。
若不信侬语，但看霜下草[9]。

谁能思不歌，谁能饥不食。
日冥当户倚，惆怅底不忆[10]。

气清明月朗，夜与君共嬉。
郎歌妙意曲，侬亦吐芳词。

夜长不得眠，明月何灼灼。
想闻欢唤声，虚应空中诺[11]。

我念欢的的，子行由豫情。
雾露隐芙蓉，见莲不分明[12]。

侬作北辰星，千年无转移。
欢行白日心，朝东暮还西[13]。

怜欢好情怀，移居作乡里。
桐树生门前，出门见梧子[14]。

①子夜歌，属吴声歌曲。凡四十二首，录十四首。《旧唐书·音乐志》："《子夜歌》者，晋曲也。晋有女子名子夜，造此声，声过哀苦。"今存《子夜歌》全是情歌，欢愉泼辣，无哀苦之音。《乐府诗集》署为"晋宋齐辞"，知系长期收录，为梁代所辑。

②瞻瞩，远远看到。子，指女子。度，走过。冶容，美貌。

③侬，吴地女子自称。“落日”一首为男赞美女，“芳是”一首为女子回答。

④宿昔，犹早晚。婉伸，犹婉转。可怜，可爱。

⑤何悟，哪里想到。匹，由布匹之匹双关匹偶之匹。

⑥已，通“与”。欢，爱，女子称情人为欢，犹后世称之为爱。局，棋局。悠然，忧思貌。棋，与“期”谐音双关。此首又见《读曲歌》唯首句作“执手已欢别”。

⑦芙蓉，即荷花，与“夫容”双关。黄檗（bò），木名，树皮入药，味苦。莲，与怜爱之“怜”谐音。流离，转徙奔走。婴，遭受。南朝民歌中芙蓉指水芙蓉，即荷花。高山非种芙蓉之地，芙蓉而种在高山，欲得莲子自不可能；故后两句云：“果得一莲时，流离婴辛苦。”“高山”二字或亦有误，姑如此解释。《读曲歌》中有一首与此基本相同，作“种莲长江边，藕生黄檗浦。必得莲子时，流离婴辛苦”。

⑧摛（chī），舒张。横，指门闩、门扛。关，由关门的关谐关心关切之关。

⑨蹉跎（cuō tuó），颠连不前，喻虚度光阴。霜下草，草本青葱，一经霜下，便会枯萎；喻时光一过，便青春老去。

⑩日冥，日暮。惆怅（chóu chàng），失意貌。底，哪能。

⑪ 灼灼，明亮貌。“想闻”二句，幻想爱人呼唤之声，情不自禁地凭空应诺。

⑫ 的的，真真实实。由豫，通“犹豫”。雾露，复词偏义，实只指雾，“露”字连类而及。芙蓉，谐“夫容”。莲，与“怜”双关。此首又见《读曲歌》，字句小异，作“侬心常慊慊，欢行由豫情。雾露隐芙蓉，见莲讵分明”。讵，岂也。

⑬ 北辰星，即北极星。北极星在地球北极正上方，从地球上看似乎永不移动。女子自言我如北极星，永不变心，而郎如白日，朝东暮西。

⑭ 桐树，指梧桐。梧子，梧桐子，与“吾子”谐音双关。

子夜四时歌十二首[①]

春　歌

春林花多媚，春鸟意多哀[②]。
春风复多情，吹我罗裳开。

梅花落已尽，柳花随风散。
叹我当春年，无人相要唤。

朝日照北林，初花锦绣色。
谁能春不思，独在机中织③？

自从别欢后，叹音不绝响。
黄檗向春生，苦心随日长④。

夏　歌

田蚕事已毕，思妇犹苦身。
当暑理絺服，持寄与行人⑤。

朝登凉台上，夕宿兰池里。
乘月采芙蓉，夜夜得莲子⑥。

昔别春风起，今还夏云浮。
路遥日月促，非是我淹留。

青荷盖绿水，芙蓉葩红鲜。
郎见欲采我，我心欲怀莲。

秋　歌

开窗秋月光，灭烛解罗裳。
含笑帷幌里，举体兰蕙香。

秋风入窗里，罗帐起飘飏。

仰头看秋月，寄情千里光。

冬　歌

渊冰厚三尺，素雪覆千里。
我心如松柏，君情复何似？

白雪停阴冈，丹华耀阳林。
何必丝与竹，山水有清音。

①子夜四时歌，《乐府诗集》署为“晋宋齐辞”，凡七十五首，录十二首。

②哀，南朝民歌中哀谓其婉转动人，非哀伤哀痛之意。

③朝日照北林，《乐府诗集》作“明月照桂林”；春不思，作“不相思”。此均从《玉台新咏》卷十。

④苦心，由黄檗的苦心谐相思的苦心。

⑤絺（chī），细葛布。

⑥莲子，谐“怜子”。

大子夜歌二首①

歌谣数百种，子夜最可怜。
慷慨吐清音，明转出天然②。

丝竹发清响，假器扬清音③。
不知歌谣妙，声势出口心④。

①大，赞美，此赞美《子夜歌》之歌。凡二首。《公羊传》隐公七年：“执之，则其言伐之何？大之也。曷为大之？不与夷狄之执中国也。”又，哀公十四年：“薪采者，则微者也，曷为以狩言之？大之也。曷为大之？为获麟大之也。”《公羊传》僖公十五年：“季氏之孚则微者，其称夷伯何？大之也。曷为大之？天戒之，故大之也。”《论语·公冶长》邢昺疏：“宓不齐为单父宰，有才智，仁爱百姓，故孔子大之。”“大之”，即赞美之。《荀子·天论篇》“大天而思之”，大

天，犹言尊崇天，颂扬天。郭璞《游仙诗》“临河思洗耳”李善注引《琴操》：“尧大许由之志，禅为天子。”大，皆赞美、崇敬之意。大子夜歌，即赞美子夜歌。

②可怜，可爱。慷慨，凡感情激动都谓之慷慨。

③假，借。假器，凭借乐器，即上句之“丝竹”。

④“丝竹”一首，即嵇康“丝不如竹，竹不如肉”之意。

欢闻变歌[①]

锲臂饮清血，牛羊持祭天。
没命成灰土，终不罢相怜。

①欢闻变歌，属吴声歌曲。凡六首，录一首。

前溪歌二首[①]

忧思出门倚，逢郎前溪度。
莫作流水心，引新都舍故。

黄葛结蒙笼，生在洛溪边[②]。
花落逐水去，何当顺流还[③]，
还亦不复鲜。

①前溪歌，属吴声歌曲。凡七首，录二首。《宋书·乐志》：“《前溪歌》者，晋车骑将军沈充所制。”前溪，溪名，亦村名。胡仔《苕溪渔隐》：“湖州德清县南前溪村，则南朝习乐之处，今尚有数百家习音乐，江南声伎多自此出，所谓舞出前溪者也。”

②黄葛，植物名。结，聚结，盘结。蒙笼，草木茂密貌。

③“花落”二句，《玉台新咏》作“花落逐水去，何见逐流还”，后无“还亦不复鲜”一句。

★《乐府诗集》录内人包明月《前溪歌》云：“当曙与未曙，百鸟啼窗前。独眠抱被叹：忆我怀中侬，单情何时双！”与“黄葛结蒙笼”篇都是五

句。前者直接表白，后者纯用比喻，两者内容可以媲美。

丁督护歌三首①

督护初征时，侬亦恶闻许。
愿作石尤风，四面断行旅②。

闻欢去北征，相送直渎浦③。
只有泪可出，无复情可吐。

黄河流无极，洛阳数千里。
辘轲戎旅间，何由见欢子④。

①丁督护歌，属吴声歌曲。《宋书·乐志》："《督护歌》者，彭城内史徐逵之为鲁轨所杀，宋高祖使府内直督护丁旿收敛殡埋之。逵之妻，高祖长女也。呼旿至阁下，自问殓送之事。每问辄叹息曰：'丁督护！'其声哀切。后人因其声广其曲焉。"《宋志》叙述某歌来源，凡有作者可据者都加以注明，《督护歌》则只云"后人因其声广其曲焉"，并未注明为谁所作。《玉台新咏》却以"督护初征时"、"黄河流无极"二首作宋武帝刘骏诗。《旧唐书·音乐志》亦谓"丁督护，晋宋间曲也，今歌是宋武帝所制"。《乐府诗集》则以"督护初征时"、"闻欢去北征"为宋武帝所作，以"黄河流无极"为梁王金珠所造。诸书所注作者不一，此从《宋志》，以为民间作品。

②初征时，《玉台新咏》作"上征去"。恶闻许，不愿闻。"许"字助词无义。石尤风，逆风。据传石氏嫁尤郎，尤为商远行，石氏阻之不从。尤久不归，妻思念致病，临终叹曰："吾恨不能阻其行，以至于此。今凡有商旅远行，吾当作大风为天下妇人阻之！"故称顶头逆风为石尤风。见宋洪迈《容斋诗话》卷四、元伊世珍《琅嬛记》引《江湖纪闻》，其传说晋宋间必已有之。

③直渎浦，浦名，其地未详。

④辘轲，车行不平貌；此用作辛苦奔走之意。戎旅，军旅。欢，爱也；欢子，犹今言爱人。

★"只有泪可出，无复情可吐"、"平时积攒千般事，到得相逢一语无"，

写离合悲欢情深至极处，有异曲同工之妙。

碧玉歌二首[①]

碧玉小家女，不敢攀贵德。
感郎千金意，惭无倾城色。

碧玉破瓜时，郎为情颠倒。
感郎不羞赧，回身就郎抱[②]。

①碧玉歌，属吴声歌曲。凡五首，录二首。《乐府诗集》引《乐苑》：“《碧玉歌》者，宋汝南王所作也。碧玉，汝南王妾名，以宠爱之甚，所以歌之。”然宋无汝南王，晋有汝南王。史不载碧玉嫁汝南王事，《乐苑》所云，当系传说。然梁陈诗人多咏其事，如梁元帝《采莲曲》云：“碧玉小家女，来嫁汝南王。”庾信《结客少年场》云：“定知刘碧玉，偷嫁汝南王。”本帙所录二首，《玉台新咏》并作孙绰《情人碧玉歌》。

②破瓜时，“瓜”字拆破似“二八”二字。破瓜时即十六岁。《通俗篇·妇女》：“宋谢幼槃词‘破瓜年纪小腰身’，按俗以女子破身为破瓜，非也。瓜字破之为二八字，言其二八十六耳。”不羞赧，一作“不羞郎”。

长乐佳[①]

红罗复斗帐，四角垂朱珰，
玉枕龙须席，郎眠何处床[②]？

①长乐佳，属吴声歌曲。凡八首，选一首。

②龙须席，龙须草织席。

懊侬歌二首[①]

江陵去扬州，三千三百里[②]。
已行一千三，所有二千在。

我有一所欢，安在深阁里。
桐树不结花，何由得梧子？

①懊侬歌，属吴声歌曲。凡十四首，录二首。《古今乐录》谓《懊侬歌》“丝布涩难缝”一首为西晋石崇妾绿珠所作，馀皆东晋隆安间民谣。懊，烦恼。懊侬，使侬烦恼。唐温庭筠有《懊恼曲》，或“懊侬”本作“懊恼”。

② 扬州，三国吴所置扬州，治建业，今江苏南京。南朝乐府中扬州均指此地。

华山畿四首①

相送劳劳渚，长江不应满，
是侬泪成许②！

奈何许，天下人何限，
慊慊只为汝③！

啼相忆，泪如刻漏水，
昼夜流不息。

夜相思，风吹窗帘动，
言是所欢来④。

①华山畿，属吴声歌曲。凡二十五首，录四首。《古今乐录》：“《华山畿》者，宋少帝时《懊恼》一曲，亦变曲也。少帝时，南徐一士子，从华山畿往云阳，见客舍有女子十八九，悦之无因，遂感心疾。母问其故，具以启母。母为至华山寻访，见女具说闻感之因。脱蔽膝令母密置其席下卧之，当已。少日果差。忽举席见蔽膝而抱持，遂吞食而死。气欲绝，谓母曰：‘葬时车载从华山度。’母从其意。比至女门，牛不肯前，打拍不动，女曰：‘且待须臾。’妆点

沐浴，既而出。歌曰：‘华山畿，君既为侬死，独活为谁施！欢若见怜时，棺木为侬开！’棺应声开，女透入棺，家人叩打，无如之何。乃合葬，呼曰神女冢。”此系传说，今存作品除第一首即女所歌者外，其他各首为一般情歌，与故事无联系。

②劳劳渚，在南京市南。许，如此。

③慊慊，思念若有所失之貌。

④言，“疑”之借字。

★“长江不应满，是侬泪成许”，关汉卿《单刀会》“这不是江水，[是]二十年流不尽的英雄血”，柔刚有别，思路相似。“风吹窗帘动，言是所欢来”，《西厢记》“隔墙花影动，疑是玉人来”即由此脱胎。

读曲歌七首①

柳树得春风，一低复一昂。
谁能空相忆，独眠度三阳②。

折杨柳，百鸟园林啼，
道欢不离口。

逋髮不可料，憔悴为谁睹③。
欲知相忆时，但看裙带缓几许。

怜欢敢唤名，念欢不呼字④。
连唤欢复欢，两誓不相弃。

打杀长鸣鸡，弹去乌臼鸟。
愿得连冥不复曙，一年都一晓。

下帷掩灯烛，明月照帐中。
无油何所苦，但使天明侬⑤。

一夕就郎宿，通夜语不息。
黄檗万里路，道苦真无极⑥。

①读曲歌，属吴声歌曲。凡八十九首，录七首。《宋书·乐志》：“《读曲歌》者，民间为彭城王义康所作也。”《古今乐录》：“《读曲歌》者，元嘉十七年袁后崩，百官不敢作声歌，或因酒燕，止窃声读曲细吟而已，以此为名。”按刘义康被徙，亦元嘉十七年。今存《读曲歌》，与二事都未必有关。《玉台新咏》卷十录“柳树得春风”一首，题为《独曲》，则读曲者，独曲也。

②三阳，三春。

③逋髮，披髮。料，理。

④不呼字，古人有名有字，一般平辈叫人不能叫名，只能称字，以示尊重。由于情人欢爱，故敢于呼名。

⑤掩，息灭。油，与因由之“由”谐音双关。

⑥道苦，以道远苦谐道说苦。无极，无尽。

★“逋髮不可料，憔悴为谁睹”，与《诗·卫风·伯兮》“自伯之东，首如飞蓬。岂无膏沐，谁适为容”，用意全同。“欲知相忆时，但看裙带缓几许”，唐武则天“不信比来常下泪，开箱验取石榴裙”、李白“不信妾肠断，归来看取明镜前”，意境似之。

白石郎①

积石如玉，列松如翠。郎艳独绝，世无其二。

①白石郎，神弦歌十一曲之五。凡二曲。此其二。其一云：“白石郎，临江居，前导江伯后从鱼。”为男性神。

青溪小姑曲[①]

开门白水，侧近桥梁。小姑所居，独处无郎。

①青溪小姑曲，神弦歌十一曲之六，凡一曲。干宝《搜神记》："广陵蒋子文，尝为秣陵尉，因击贼，伤而死，吴孙权时封中都侯，立庙钟山。"《异苑》："青溪小姑，蒋侯第三妹也。"《江宁府志》："青溪，发源钟山，吴赤乌中，凿东渠名青溪，通城北堑以泄后湖水，其流九曲，达于秦淮。"

石城乐二首[①]

布帆百馀幅，环环在江津[②]。
执手双泪落，何时见欢还。

闻欢远行去，相送方山亭。
风吹黄檗藩，恶闻苦篱声[③]。

①石城乐（yuè），属西曲歌。凡五曲，选二曲。《旧唐书·音乐志》："《石城乐》者，宋臧质所作也。石城在竟陵。质尝为竟陵郡，于城上眺瞩，见群少年歌谣通畅，因作此曲。"石城，在今湖北钟祥。

②环环，回环来往。江津，江岸；此指江边送别之处。

③藩，篱笆。苦篱，《乐府诗集》作"苦离"，此从《全宋诗》。此以黄檗藩之"苦篱声"谐送别之"苦离声"。

乌夜啼二首[①]

可怜乌臼鸟，强言知天曙。
无故三更啼，欢子冒暗去。

远望千里烟，隐当在欢家。
欲飞无两翅，当奈独思何！

①乌夜啼，属西曲歌。凡八曲，录二曲。《旧唐书·音乐志》：“《乌夜啼》者，宋临川王义庆作也。元嘉十七年，徙彭城王义康于豫章。义庆时为江州，至镇，相见而哭。文帝闻而怪之，征还，宅大惧。伎妾夜闻乌夜啼声，扣斋阁云：‘明日应有赦。’其年更为南兖州刺史，因此作歌……今所传歌辞，似非义庆本旨。”《教坊记》亦载其事，略有异同。今存《乌夜啼》全是情歌，与刘义庆无关。

莫愁乐二首[①]

莫愁在何处，莫愁石城西。
艇子打两桨，催送莫愁来。

闻欢下扬州，相送楚山头[②]。
探手抱腰看，江水断不流。

①莫愁乐，属西曲歌。凡二曲。《旧唐书·音乐志》：“《莫愁乐》者，出于石城乐。石城有女子名莫愁，善歌谣，石城乐和中复有忘愁声，因有此歌。”石城在今湖北钟祥，有莫愁湖。后人误以石城为石头城。如周邦彦《西河·金陵怀古》词云：“断崖树，犹倒倚，莫愁艇子曾系。”后遂以莫愁为金陵人，故今南京亦有莫愁湖，且喧宾夺主，较之石城莫愁更为有名。

②扬州，今南京市。参见《懊侬歌》注。下扬州而相送楚山，正证明“莫愁石城西”为湖北之石城，非建业之石头城。

估客乐二首[①]

郎作十里行，侬作九里送。
拔侬头上钗，与郎资路用。

有信数寄书，无信心相忆[②]。
莫作瓶落井，一去无消息。

①估客乐，属西曲歌。《古今乐录》：“《估客乐》者，齐武帝之所制也。帝布衣时，尝游樊邓，登祚以后，追忆往事而作歌。使乐府令刘瑶管弦被之教习，卒遂无成。有人启释宝月善解音律，帝使奏之，旬日之中，便就谐合……宝月又上两曲。”《乐府诗集》即以“郎作十里行”、“有信数寄书”两曲为释宝月作。然《玉台新咏》卷十录“有信数寄书”一首为《西曲歌》五首之一，并无作者，则此二首未必即释宝月之作。

②信，使者，传书人。信与书有别，人言为信，写于纸帛者为书。有信数寄书，谓有信使来往则望数寄书。

襄阳乐[①]

朝发襄阳城，暮至大堤宿。
大堤诸女儿，花艳惊郎目。

①襄阳乐，属西曲歌。凡九曲，录一曲。《古今乐录》：“《襄阳乐》者，宋隋王诞之所作也。诞始为襄阳郡，元嘉二十六年仍为雍州刺史，夜闻诸女歌谣，因而作之，所以歌和中有‘襄阳来夜乐’之语也。”《乐府诗集》谓“又有《大堤曲》，亦出于此。”

三洲歌二首[①]

送欢板桥弯，相待三山头。
遥见千幅帆，知是逐风流[②]。

风流不暂停，三山隐行舟。
愿作比目鱼，随欢千里游[③]。

①三洲歌，属西曲歌。凡三曲，录二曲。《旧唐书·音乐志》：“《三洲》，商人歌也。”《古今乐录》：“《三洲歌》者，商客数游巴陵三江口往还，因共作此歌。”然歌中板桥、三山并在今南京市长江南岸，则诗实写于建业。

②风流，词义谐音双关。

③比目鱼，《尔雅·释地》：“东方有比目鱼焉，不比不行，其名谓之鲽。”旧时解释，谓比目鱼只一目，须雌雄两两相并始能游行，故常用以比喻恩爱夫

妇或情侣。徐干《室思》："故如比目鱼，今隔如参辰。"按，旧说实误，鲽类鱼有二目，两两并游，只是生物习性。

采桑度三首[①]

蚕生春三月，春蚕正含绿。
女儿采春桑，歌吹当春曲。

春月采桑时，林下与欢俱。
养蚕不满百，那得罗绣襦。

采桑盛阳月，绿叶何翩翩。
攀条上树表，牵坏紫罗裙。

①采桑度，属西曲歌。凡七曲，录三曲。《旧唐书·音乐志》："采桑度，梁时作。"

青阳度[①]

碧玉捣衣砧，七宝金莲杵。
高举徐徐下，轻捣只为汝。

①青阳度，属西曲歌，凡三曲，录一曲。《古今乐录》："《青阳度》，倚歌。凡倚歌，悉用铃鼓，无弦有吹。"按，此首实男女情爱生活隐语。

那呵滩二首[①]

闻欢下扬州，相送江津湾。
愿得篙橹折，交郎到头还[②]。

篙折当更觅，橹折当更安。

各自是官人，那得到头还？

①那呵滩，属西曲歌。凡六曲，录二曲。《古今乐录》：“那呵滩……多叙江陵及扬州事。那呵，盖滩名也。”

②交，通“教”，使。

孟珠三首①

阳春二三月，草与水同色。
攀条摘香花，言是欢气息②。

扬州石榴花，摘插双襟中。
葳蕤当忆我，莫持艳他侬③。

望欢四五年，实情将懊恼。
愿得无人处，回身与郎抱。

①孟珠，一曰《丹阳孟珠歌》，属西曲歌。凡十曲，录三曲。孟珠，未详。其一云，“人言孟珠富，信实金满堂”，似是地名或人名。

②言，“疑”之借字。

③葳蕤，草木茂盛貌，此形容花美貌。侬，通常女子自称，此指第三者，他侬，犹言另一个她。

作蚕丝①

春蚕不应老，昼夜常怀丝。
何惜微躯尽，缠绵自有时②。

①作蚕丝，属西曲歌。凡四曲，录一曲。

②怀丝，与“怀思”谐音。缠绵，丝之“缠绵”与情之“缠绵”双关。

杨叛儿[①]

暂出白门前，杨柳可藏乌[②]。
欢作沉水香，侬作博山炉[③]。

①杨叛儿，属西曲歌。凡八曲，录一曲。《旧唐书·音乐志》：“《杨叛儿》，本童谣歌也。齐隆昌时，女巫之子曰杨旻，少时随母入内，及长，为何后宠。童谣云：‘杨婆儿，共戏来所欢。’语讹，遂成杨叛儿。”此首又见吴声歌曲《读曲歌》。

②白门，六朝时建康城正南门宣阳门称白门。

③沉水香，又名沉香，瑞香科，常绿乔木，心材为著名薰香料，产于印度泰国等地。博山炉，香炉名。炉盖雕镂成山形，中焚香料以取香气。燃香时将沉香燃于博山炉内，用作男欢女爱的隐喻。

★李白《杨叛儿》将西曲歌原作衍为八句：“君歌杨叛儿，妾饮新丰酒。何许最关人？乌啼白门柳。乌啼隐杨花，君醉留妾家。博山炉中沉香火，双烟一气凌紫霞。”——“乌啼隐杨花”是比喻，“君醉留妾家”是正意。“博山炉中”二句，作为隐语之意极为传神。

长干曲[①]

逆浪故相邀，菱舟不怕摇。
妾家扬子住，便弄广陵潮[②]。

①长干曲，《乐府诗集》卷七十二篇杂曲歌辞，作古辞。刘逵《吴都赋注》：“建业南五里有山冈，其间平地，吏民杂居，号长干。中有大长干、小长干，皆相连。”地在今南京市南。

②扬子，津渡之名，在今江苏邗江南，有扬子桥。原在长江北岸，由此南渡镇江。唐以后江滨积沙，今离江已远，但仍通运河。广陵，今江苏扬州。古代长江濒近广陵，故广陵可以观潮。

西洲曲[1]

忆梅下西洲，折梅寄江北。
单衫杏子红，双鬓鸦雏色。
西洲在何处，两桨桥头渡。
日暮伯劳飞，风吹乌臼树[2]。
树下即门前，门中露翠钿[3]。
开门郎不至，出门采红莲。
采莲南塘秋，莲花过人头。
低头弄莲子，莲子青如水。
置莲怀袖中，莲心彻底红。
忆郎郎不至，仰首望飞鸿。
鸿飞满西洲，望郎上青楼。
楼高望不见，尽日阑干头。
阑干十二曲，垂手明如玉。
卷帘天自高，海水摇空绿。
海水梦悠悠，君愁我亦愁。
南风知我意，吹梦到西洲。

①西洲曲，《玉台新咏》卷五作江淹诗，实与江诗风格不类。《乐府诗集》卷七十二属杂曲歌辞，作古辞，从之。陈胤倩、王士贞《古诗选》作晋诗。温庭筠《西洲曲》云："西洲风色好，遥见武昌楼。"西洲当在今湖北鄂城附近。

②伯劳，鸟名，终年留居我国长江流域及华南地区。乌臼树，木名，今名油子树，木子树，落叶乔木，秋季叶红，颇美观，子可榨油。

③翠钿，翠玉制的首饰。

★"忆梅下西洲，折梅寄江北"，时在初春；"日暮伯劳飞，风吹乌臼树"，已是夏日；"采莲南塘秋"，时已新秋；"鸿飞满西洲"，则已入深秋。

通过景物的描写，表现时令的变化，亦衬托人物的心理。诗写一个女子对情人的怀念，每四句或两句换韵，用接字钩句联接，用西洲起，西洲结，纡徐婉转，情意缠绵，若断若续，摇曳生姿，为南国民间乐府最优美的作品。《子夜》《读曲》之类的清商小曲大多生动泼辣，《西洲曲》较为蕴藉含蓄。

苏小小歌[①]

妾乘油壁车，郎骑青骢马[②]。
何处结同心，西陵松柏下。

①苏小小歌，一曰《钱塘苏小小歌》。《乐府诗集》卷八十五属杂歌谣辞。《乐府广题》："苏小小，钱塘名倡也，盖南齐时人。西陵在钱塘江之西，歌云'西陵松柏下'是也。"

②"妾乘"二句，《乐府诗集》作"我乘油壁车，郎乘青骢马"，此从《玉台新咏》卷十。

河中之水歌[①]

河中之水向东流，洛阳女儿名莫愁[②]。
莫愁十三能织绮，十四采桑南陌头。
十五嫁为卢家妇，十六生儿字阿侯。
卢家兰室桂为梁，中有郁金苏合香[③]。
头上金钗十二行，足下丝履五文章[④]。
珊瑚挂镜烂生光，平头奴子提履箱[⑤]。
人生富贵何所望，恨不嫁与东家王[⑥]！

①本篇《玉台新咏》卷九、《艺文类聚》卷四十三并作古辞。《乐府诗集》卷八十五杂歌谣辞作梁武帝诗。《玉台新咏》编者徐陵和梁武并世同时四十馀年，他不以歌为梁武所作，故应系古辞。

②莫愁，西曲歌《莫愁乐》中莫愁为石城女子。《乐府诗集》卷四十八引《旧唐书·音乐志》："莫愁乐者，出于石城乐。石城有女子名莫愁，善歌谣。"

又引《乐府解题》："古歌亦有莫愁，洛阳女，与此不同。"由于本篇云"洛阳女儿名莫愁"，"十五嫁为卢家妇"，如此有了洛阳莫愁，卢家少妇，后来歌咏者常将两者混用。友人储庭焕曰："《河中之水歌》是南朝作品，歌中洛阳是作为首都的代称，即代指建业，洛阳女儿与石城莫愁所涉地域并无不同；故石城女子与洛阳女儿是同一个莫愁。"储君之说，甚为有见，可供参考。

③郁金、苏合，并香草名，用作香料。

④五文章，纵横交午的花纹。五，通"午"，纵横交错。

⑤平头，头巾之名。

⑥嫁与，一作"早嫁"。东家王，唐上官仪《和太尉戏赠高阳公》诗："南国自然胜掌上，东家复是忆王昌。"崔颢《古意》诗："十五嫁王昌，盈盈出画堂。"元稹《筝》诗："莫愁私地爱王昌，夜夜筝声怨隔樯。"李商隐《代应》诗："本来银汉是红墙，隔得卢家白玉堂。谁与王昌报消息，尽知三十六鸳鸯。"韩偓《昼寝》诗："何必苦劳魂与梦，王昌只在此墙东。"可知唐人并以东家王为王昌。《襄阳耆旧传》："王昌，字公伯，为东平伯散骑，早卒。妇任城王曹子文女。"莫愁王昌情恋本事不详，此中或有一个被历史淹没了的爱情故事。王昌是否即字公伯的东平伯散骑亦不可知。末二句表现莫愁的遗恨，自言平生何所望于富贵，但恨不早嫁与东家王耳。

东飞伯劳歌①

东飞伯劳西飞燕，黄姑织女时相见②。
谁家女儿对门居，开颜发艳照里闾③。
南窗北牖挂明光，罗帷绮箔脂粉香④。
女儿年几十五六，窈窕无双颜如玉。
三春已暮花从风，空留可怜与谁同？

①本篇《玉台新咏》卷九、《艺文类聚》卷四十三、《乐府诗集》卷六十八杂曲歌辞并作古辞。《文苑英华》卷二百六作梁武帝诗，非是。

②黄姑，星名，即河鼓，亦即牵牛，在银河南。织女，星名，在银河北。二句是比兴，言彼此常相见而不相往来。

③开颜发艳，一作"开华发色"。

④南窗北牖，即彼此"对门居"。挂明光，一作"桂月光"。

中华传世诗选

两汉魏晋南北朝诗卷

北朝乐府

北朝乐府大都收入《乐府诗集》中梁鼓角横吹曲，少数作品收入杂歌谣辞。

企喻歌[1]

男儿欲作健，结伴不须多。
鹞子经天飞，群雀两向波[2]。

①企喻歌，凡四曲，录一曲。企喻，疑为音译，其义未详。《乐府诗集》卷二十五属梁鼓角横吹曲，北朝乐府大多著录于此，后文凡据此者不再注。

②鹞子，一种鸷鸟。两向波，向两边分飞逃避。

琅琊王歌辞[1]

新买五尺刀，悬著中梁柱。
一日三摩挲，剧于十五女[2]。

①琅琊王歌辞，凡八曲，录一曲。

②剧，甚于，过于。剧于十五女，甚于对十五女的爱抚。

折杨柳歌辞三首[1]

上马不捉鞭，反折杨柳枝。
蹀坐吹长笛，愁杀行客儿[2]。

遥看孟津河，杨柳郁婆娑。
我是虏家儿，不解汉儿歌。

健儿须快马，快马须健儿。

趴跋黄尘下，然后别雄雌[3]。

①折杨柳歌辞，凡五曲，录三曲。另有《折杨柳枝歌》四曲。

②蹀（dié）坐，箕踞而坐。《折杨柳枝歌》第一曲与此基本相同，唯“反折”作“反拗”，“蹀坐”作“下马。”

③趴跋（bì bó），马蹄声。雄雌，犹高低。

陇头歌辞三首[1]

陇头流水，流离山下。念吾一身，飘然旷野[2]。

朝发欣城，暮宿陇头。寒不能语，舌卷入喉。

陇头流水，鸣声幽咽。遥望秦川，心肝断绝[3]。

①陇头歌辞，凡三曲。陇头，在陕西陇县西北。《太平御览》卷五百七十二引辛氏《三秦记》：“陇西关右，其阪纡回，不知高几里，欲上者七日乃越，高处可容百馀家。上有清水四注流下。俗歌曰：‘陇头流水，鸣声幽咽。遥望秦川，心肝断绝。’”

②流离山下，沈德潜《古诗源》作“流离四下”。念吾一身，《古诗源》作“念我行役”。又，《古诗源》所录，下多“登高望远，涕零双堕”二句，未详所本。

③秦川，秦中平原。心肝断绝，《古诗源》作“肝肠断绝”。

★《乐府诗集》汉横吹曲有《陇头》，却无古辞。北朝乐府大多通俗粗犷，《陇头歌辞》却沉郁典雅，与北朝俗曲风格不同。故沈德潜以之为汉诗，近人余冠英亦疑为汉魏旧辞，然皆未有确证。

梁鼓角横吹曲另有《陇头流水歌辞》三曲，其一与《陇头歌辞》第一曲同，唯“流离山下”作“流离西下”（“西下”疑“四下”之误）。其二云：“西上陇阪，羊肠九回。山高谷深，不觉脚酸。”其三仅存两句：“手攀弱枝，足逾弱泥。”两者必系同一来源，流传变异而有所不同。

木兰诗①

唧唧复唧唧，木兰当户织。
不闻机杼声，唯闻女叹息②。
问女何所思？问女何所忆？
“女亦无所思，女亦无所忆。
昨夜见军帖，可汗大点兵③。
军书十二卷，卷卷有爷名。
阿爷无大儿，木兰无长兄。
愿为市鞍马，从此替爷征。”

东市买骏马，西市买鞍鞯，
南市买辔头，北市买长鞭。
旦辞爷娘去，暮宿黄河边④。
不闻爷娘唤女声，但闻黄河流水鸣溅溅！
旦辞黄河去，暮至黑山头⑤。
不闻爷娘唤女声，但闻燕山胡马鸣啾啾！

万里赴戎机，关山度若飞。
朔气传金柝，寒光照铁衣⑥。
将军百战死，壮士十年归⑦。
归来见天子，天子坐明堂⑧。
策勋十二转，赏赐百千强⑨。
可汗问所欲，“木兰不用尚书郎。
愿借明驼千里足，送儿还故乡⑩。”

爷娘闻女来，出郭相扶将。
阿姊闻妹来，当户理红妆。
小弟闻姐来，磨刀霍霍向猪羊。
开我东阁门，坐我西间床⑪。
脱我战时袍，著我旧时裳。
当窗理云鬓，对镜帖花黄⑫。
出门看伙伴，伙伴皆惊惶。
同行十二年，不知木兰是女郎。
雄兔脚扑朔，雌兔眼迷离⑬。
双兔傍地走，安能辨我是雄雌。

①《木兰诗》是梁鼓角横吹曲中最长的一篇，与其他各篇风格都不同。木兰，女子名，其生平本篇而外无所考。或谓木兰姓花，或谓木兰为双姓，皆想当然，并无根据。《乐府诗集》附有“浙江西道观察使兼御史中丞韦元甫续”篇，与本篇优劣不可比拟。

②唧唧复唧唧，机杼声。诗谓先闻木兰机杼声，后忽不闻机杼声而闻女叹息。

③军帖，征兵文书。可汗（kè hán），古代柔然、突厥、回纥、蒙古等族最高统治者的称号，三世纪时鲜卑已有此称。东晋安帝元兴元年、北魏拓拔珪天兴五年（402），柔然首领社崘“自号丘豆伐可汗。丘豆伐犹魏言驾驭开张也。可汗犹魏言皇帝也”。此为见诸记载的最高统治者称可汗之始。见《魏书·蠕蠕传》。

④旦，一作“朝”。

⑤至，一作“宿”。

⑥金柝，铜制刁斗，白天用作炊具，晚上用以打更。

⑦将军、壮士，互文，或百战死，或十年归。

⑧明堂，最高统治者听政的殿堂。

⑨策勋，记功授奖。军功加一等，官爵赏赐亦加一等，谓之一转。十二转，谓其军功极高。

⑩明驼，驼之美称。段成式《酉阳杂俎》：“明驼千里足，谓驼卧腹不贴地，屈足漏明，故曰明驼。”此句一作“愿驰千里足”。

⑪ 西间，一作“西阁”。

⑫ 帖花黄，六朝时妇女以花黄贴于额上作为装饰，南北皆然。

⑬ 扑朔（扑，蒲角切；朔，所角切），跳跃扑腾貌。迷离，眯目貌。二句互文，雌亦脚扑朔，雄亦眼迷离，雌雄无异。

★《木兰诗》是继《孔雀东南飞》之后乐府诗中叙事杰作，其形象之突出，影响之深远，后世无有鼎足者。

《木兰诗》作者极善剪裁，精炼至极却又不避回环复叠。木兰一声叹息，引出全部故事。“东市买骏马，西市买鞍鞯，南市买辔头，北市买长鞭”，仅有东西南北四方，写尽出征时之匆促纷纭。“旦辞爷娘去，暮宿黄河边”、“旦辞黄河去，暮至黑山头”，两用旦辞暮宿，其紧急行军之状亦表述无遗。“不闻爷娘唤女声，但闻黄河流水鸣溅溅”、“不闻爷娘唤女声，但闻燕山胡马鸣啾啾”，刻画出无限女儿心绪。重复“不闻爷娘唤女声”，倍觉缠绵。第二句若换作“不闻黄河流水声”，便兴味索然。“愿借明驼千里足，送儿还故乡”，一个“儿”字亦点出女儿身份。爷娘阿姊阿弟闻其归来一段，寥寥数语，即极尽全家无比欢欣。此等文字，即后世大诗人亦将为之搁笔。篇不过六十二句，遂使木兰女子，名垂万古。全诗语言明转天然，唐代韦元甫续篇做作雕饰，与古辞不啻相悬天壤。

敕勒歌 ①

敕勒川，阴山下②。
天似穹庐，笼盖四野③。
天苍苍，野茫茫，
风吹草低见牛羊。

①敕勒歌，《乐府诗集》属杂歌谣辞。郭茂倩引《乐府广题》：“北齐神武（高欢）攻周玉壁，士卒死者十四五。神武恚愤，疾发。周王下令曰：‘高欢鼠子，亲犯玉壁。剑弩一发，元凶自毙！’神武闻之，勉坐以安士众。悉引诸贵，使斛律金唱《敕勒》，神武自和之。”事见《北史·齐本纪》，时在东魏孝静帝武定四年（546）十月。斛律金时年五十八岁。

②敕勒川，泛指敕勒部游牧草原，地在今内蒙古土默特旗一带。阴山，在内蒙古境。

③穹庐，北方草原常用毡帐，俗称蒙古包。

★《乐府诗集》谓《敕勒歌》本鲜卑语，系翻译作品。高欢“使斛律金唱《敕勒》”，歌当系民间作品。《敕勒歌》状北国草原苍茫景象，极为真切。其歌雄浑高亢，明朗劲健，在北朝乐府中如暗夜长空一发震雷闪电，使人竦然而起，诸多文士绮靡悱恻之作，不能与之同日而语。

高欢于士卒死亡过半艰难困厄之际，使斛律金唱《敕勒》，即可以激厉士众，足见其感人之深。斛律金（488—567），字阿六敦，朔州敕勒部人。不识文字，本名敦，苦其难署，改名为金，从其便易，犹以为难。然骁勇善战，历仕高欢、高洋、高演、高湛、高纬三代五朝，封咸阳郡王，位至左丞相。天统三年卒，年八十。斛律金北齐名将，身经百战，竟以一曲高歌，名垂史册。

中华传世诗选

（三）宋金诗卷

黄瑞云　注评

长江出版传媒
湖北人民出版社

善学唐者莫过于宋

——宋诗简述，兼说金诗

一、宋初诗坛，从王禹偁到西昆体

光焰万丈的唐诗随着李唐王朝的衰亡也终于唱到了尽头，残唐五代诗坛萎弱，再也听不到开元、天宝至元和、长庆间那种高亢的声音了。后周显德七年（960），陈桥兵变，赵匡胤黄袍加身，轻易地登上了皇帝的宝座，用十几年的时间，收拾了分裂割据的局面，没有经过多少激烈的战斗，就马马虎虎地组建了一个中国历史上继汉唐以后较为久长的王朝。诗坛的复苏可没有那么简易。北宋初期的诗歌，从宋太祖开国（960），中历太宗、真宗两朝，一直在一条曲折的小径上徘徊。到仁宗天圣八年（1030）以后，宋诗才开始繁荣，时间花费了整整七十年。

宋初有一群诗人，上承晚唐诗风，格局狭小，气韵低沉，像大潮之后，一个又一个的洪涛已经过去，只有馀波还在荡漾。徐铉、杨徽之、王周、柳开、魏野、潘阆等人，算是其中较为突出的了，间或有几首小诗清新可诵。还有所谓九僧者，也曾成一小小的气候。他们的集子在当时就不很流传，其成就也就微不足道①。直到王禹偁出来，诗坛才稍有起色。

王禹偁主要活动于太宗时代。他对当时诗道萎靡的状况深为不满，尝谓："可怜诗道日已替，风骚委地何人收！"（《还扬州许书记家集》）感叹中也不无自许之意。他在《赠朱严》中说："谁怜所好还同我，韩柳文章李杜诗。"诗文都是正宗学唐的。论诗风，他同李白关系不大，而是着意追踪杜甫和白居易，尤其是后者。他自称："本与乐天为后进，敢期子美是前身？"王诗清顺明畅，对劳动人民也较为关切，这些都和白居易相近。他学习民歌而写的《畲田调》，明显地可以看到白居易和刘禹锡的影响。王禹偁在宋代首开风气，他的诗作是唐诗的馀波，而为宋诗的序幕。

王禹偁于宋真宗咸平四年（1001）去世，其时欧阳修、梅尧臣、苏舜钦等人都还没有出生，而西昆的主角杨亿、刘筠、钱惟演相继进入馆阁，他们煽起的西昆体风靡一时，但宋诗的繁荣却还要走一段崎岖的道路。

宋真宗时翰林学士户部郎中知制诰杨亿，将他和刘筠、钱惟演等十七人唱和的近体诗编成《西昆酬唱集》②。诗仅二百八十四首，其中五分之四为杨、刘、钱三人所作。这些人全是馆阁要员，影响很大，所以他们能雄踞诗坛，势倾朝野。西昆诗题材内容狭窄，大多歌咏历史故事，抒写夜直宴游，以及模仿李商隐的无题有感之类。他们师法的路子很窄，只把李商隐作为崇奉的偶像，窃取李商隐的词汇，仿造李商隐的句式。《古今诗话》记述了一个有趣的笑话：西昆诗人"多窃取义山语。尝御赐百官宴，优人有装为义山者，衣服败裂，告人曰：'为诸馆职挦扯至此！'闻者大噱"。其实他们只得李商隐的皮毛，并未得李商隐的精髓。李商隐有大量清畅明净之作，并不都艰涩隐晦。即使他的艰涩隐晦的作品，内容也是充实的。而西昆之作大多饾饤词汇，堆砌典故，而内容空泛，往往反复唱酬，有同游戏。即使是他们的内容较为实在的作品也都艰深拗涩，缺乏诗味。《瀛奎律髓》卷三有纪昀评云："昆体宗法义山，其实义山别有立命安身之处，杨刘但则其字句耳。"这评论是正确的。

论者以北宋的西昆体有类初唐的宫廷诗，其实两者极不相同。初唐宫廷诗用华丽的篇章，为统治者歌功颂德，内容固不足多取。但他们锻炼了诗的体裁，促进了律诗的成熟；而西昆体没有这种作用。初唐宫廷诗明白晓畅，西昆体却晦涩格讷。特别是初唐宫廷诗后期的代表人物杜审言、宋之问、沈佺期等人，当他们被迫离开宫廷以后，都写出了相当精湛的优秀诗篇；西昆诗人即使离开馆阁，写的作品算得上好诗的也寥寥。当然，存在总有某种合理性，西昆体谨严典雅的风格，对于结束晚唐诗的浮浅，具有一定的整饬作用。

就在西昆体昌炽之日，也有不少有识之士起来反对，穆修、尹洙、石介等人就是激烈的批评者。石介在《怪说》一文中说："今杨亿穷妍极态，缀风月，弄花草，淫巧侈丽，浮华纂组，刓锼圣人之经，破碎圣人之言，离析圣人之意，蠹伤圣人之道。"抨击是激烈而尖锐的。但他们是散文家，而且成就不算太大。他们搬出"圣人"来对付西昆也不能解决问题。在当时的诗坛上，也有一些作者是不向昆风靡伏的，林逋就是代表性的人物。当杨亿等馆阁唱酬之日，林和靖却以清新朴实的语言，淡远邃美的风格，在杭州美丽的湖山胜境，独辟自己的园苑。这是一个北宋的隐逸诗人，一个北宋的王绩。他以咏梅佳句"疏影横斜水清浅，暗香浮动月黄昏"、"雪后园林才半树，水边篱落忽横枝"闻名。只是他这些好句，并没有凑足完篇，集中完美的作品实在太少，其影响也就十分有限。

不过我们不用着急，西昆的雾霾毕竟不是太大，杨亿刘筠等人一个个垂垂老矣，年青的欧阳修正从江西风尘北上，有宋一代繁花似锦的诗苑阳春即将来到。

二、隆宋，欧王苏黄时代

宋仁宗天圣八年（1030）是北宋文苑具有分界意义的一年。这一年欧阳修二十四岁，进士及第。没过多久，刘筠去世。四年之后（1034），欧阳修被召试学士院，同年，钱惟演去世。这些事件，象征性地标志着两个时期的交替。自天圣八年开始，历仁宗、英宗、神宗、哲宗四代，下至宋徽宗政和四年（1114），苏门四学士的最后一名张耒下世，前后凡八十五年，是北宋诗坛的鼎盛时期。不独诗也，也是宋文、宋词最辉煌的时代。这个时期拥有北宋四大诗人欧阳修、王安石、苏轼和黄庭坚。四大诗人中欧阳修长王安石十四岁，王安石早苏轼十六岁，苏轼大黄庭坚八岁，大体上是四个阶梯。不过四个阶梯中，欧阳修处于宗师的地位，其它三位都是他的后辈，诗歌活动也正可以分为前后两段：前三十多年欧阳修盟主文坛；后四十年苏东坡率领他的大军纵横驰骋。

欧王苏黄时代在整个中国文学史上都是辉煌的，只有盛唐超过了这个时代，中唐则差可比拟，除此没有别的时代可以与之相埒。

欧阳修历仕仁宗英宗神宗三朝，官至枢密副使、参知政事，早年支持范仲淹庆历新政，晚年与王安石政见相左，以太子少师致仕。宋仁宗英宗朝为宋代社会相对稳定之时，值文坛复苏之世，欧阳修以其超逸的才华，崇高的地位，特别是卓越的创作实绩，成为当时的文坛领袖，散文诗词均成为有宋第一代大家。欧阳修学识渊博，于前人兼收并蓄，尤得力于韩愈。他一上文坛，即高张韩愈的旗帜，对西昆体进行扫荡。他在《记旧本韩文后》一文中，说他年少时得唐《昌黎先生文集》，见其言深厚而雄博，但未能悉究其义，徒见其浩然无涯，后面接着说：

> 是时天下学者，杨刘之作，号为时文，能者取科第，擅名声，以夸荣当世，未尝有道韩文者。予亦方举进士，以礼部诗赋为事。年十有七，试于州，为有司所黜。因取所藏韩氏之文复阅之，则喟然叹曰："学者当至于是而止尔！"因怪时人之不道，而顾己亦未暇学，徒时时独念于予心：以谓方从进士干禄以养亲，苟得禄矣，当尽力于斯

文，以偿其素志。后七年，举进士及第，官于洛阳，而尹师鲁之徒皆在，遂相与作为古文。因出所藏《昌黎集》而补缀之，求人家所有旧本而校定之。其后天下学者亦渐趋于古，而韩文遂行于世。至于今，盖三十馀年矣，学者非韩不学也，可谓盛矣。

从这一段叙述可以看出欧阳修对韩愈的倾倒，并交代了自己的渊源所自，从中也可以看到韩愈对宋人的巨大影响。欧阳修文章得力于韩愈如此之深，然风格迥异于韩愈。韩文汪洋恣肆，气势磅礴；欧文舒徐婉转，而气骨自浑涵其中。欧阳修的诗敷腴温润，自然流丽。苏轼谓其诗似李白[③]，其实亦得力于韩愈者多，然变韩愈之劲健而为平易，其以文为诗则更为过之，开隆宋一代风气。古人评论亦间有注意及此，如刘熙载《艺概》云："东坡谓欧阳公论大道似韩愈，诗赋似李白。然试以欧诗观之，虽曰似李，其刻意形容处，实于韩为逼近耳。"刘氏之说，可谓独具只眼。

在欧阳修周围有一大群诗人，其中梅尧臣苏舜钦更为杰出。由于欧阳修极力推崇苏梅二子，甚至说他们"视我犹后辈"，加以苏梅都过早去世，以至许多评论家都把他们作为欧阳修的先导。清叶燮说"开宋诗一代之面目者，始于梅尧臣苏舜钦二人"（《原诗·外篇下》）。宋荦说他们"挽杨刘之颓波，导欧苏之前驱"（《苏子美文集序》）。这些论断并不正确，欧阳修与二人同时，梅尧臣比欧阳修只大五岁，苏舜钦比欧阳修还小一岁，而且欧阳修成名比梅苏都早。梅尧臣苏舜钦是欧阳修的羽翼而不是他的前驱，甚至他们的得名当世正是欧阳修激扬的结果。

梅尧臣苏舜钦扫除西昆体之积弊，主张明道致用，似较欧阳修更为激烈。梅尧臣抨击当时诗风，有道是"迩来道颇丧，有作皆言空。烟云写形象，葩卉咏青红。人事极谀谄，引古称辩雄。经营唯切偶，荣利因被蒙。遂使世上人，只曰一艺充”（《答韩三子华韩五持国韩六玉汝见赠述诗》）。他自己的创作则明确提出要以雅颂美刺作为楷模。苏舜钦则认为诗应“警时鼓众”，“致于用而已”（《石曼卿诗集序》）。梅苏诗内容自不如欧阳修广阔，但亦有他们独特的方面。梅尧臣有较多关心民瘼的作品，《田家》《小村》之类的诗作，写得真实而有感情。苏舜钦关注国防边事的作品，在北宋较为突出。《庆州败》一类的诗，对于边防虚弱，军将无能，致使国家蒙受耻辱，愤激之情，溢于言表。他在《吾闻》诗中写到自己，“予生虽儒家，气欲吞逆羯。斯时不见用，感叹肠胃热。昼卧书册中，梦过玉关阙”。这是北宋一代难以听到的声音。欧阳修在他的《六一诗话》中对梅苏二家诗的风格有简捷的评论：“圣俞子美，齐名于一时，而二家诗体特异。子美笔力豪隽，以超迈横绝为奇。圣俞覃思精微，以深远闲淡为意。各极其长，虽善论者不能优劣也。”梅尧臣诗追求闲远平淡，其佳作确能给人一种自然幽趣。他曾说：“诗家虽率意，造语亦难，若意新语工，得前人所未道者，斯为善也。必能状难写之景如在目前，含不尽之意见于言外，然后为至。”④ 这实在是千古名言，但他自己也未能做到。平淡必须是语言平易而内蕴深厚，而绝不是平庸枯淡，可惜梅都官恰好有许多平庸枯淡之作。苏舜钦诗豪雄奔放，他个性刚烈，创作也就是发其愤懑于诗歌。但不少作品粗犷率露，而且散文化的倾向非常严重，有些诗句简直就是将散文硬压成五七言句子，因而生硬别扭，缺乏诗味。他们的成就远不如稍后的王安石。

王安石是杰出的政治家，在神宗朝两任宰相，主持了历史上著名的变法改革。他是散文大师，文章以议论见长，具有政治家的谨严和深刻。其诗名为文名所掩，其实王安石的诗也是北宋一大家。王安石的七古名篇，很少有纯粹的抒情写景之作，大多楔入精辟的议论。由于他见解独到，蕴涵深厚，因而并不枯燥。两首《明妃曲》就因为惊世骇俗的议论，成为一宗诗坛公案，争论历千年而不辍。或者加以挞伐，或者为之回护，其实都无必要，只是因为他的见解不同凡响而已。他的近体诗有许多名作。律诗属对工整，律度精严，颇得力于杜甫。特别是他的七言绝句，更独树一帜，以大手笔写小诗，格调高远，或咏叹古昔而独具诗人卓见，或模写自然而自见作者胸襟。严羽《沧浪诗话》称："公绝句最高，其得意处高出苏黄之上。"严羽这话是有分寸的，"高出苏黄之上"的是"其得意处"。就七绝的总的成就论，东坡还是可与比肩的。只是两家风格不同，东坡清雄而安石沉郁。叶梦得《石林诗话》云："安石少以意气自许，故诗语惟其所向，不复更为涵蓄。后从宋次道尽假唐人诗集博观而约取，晚年始悟深婉不迫之趣。"诗风的改变并不全是读书的结果，但这段话说到安石前后期风格的不同是符合实际的。

由于苏轼的活力和杰出的才华，加以神宗朝许多著名的诗人政治上大多与王安石相左，苏轼也就自然地成了文坛领袖。嘉祐二年（1057）苏轼一试礼部即为欧阳修所赏识而名动京师。在四十多年官宦和创作生涯中，他的起落几乎牵动天下人的心，历史上赢得这样地位的诗人是极少的。他极有才华，《宋史》本传谓东坡尝自言"作文如行云流水，初无定质，但常行于所当行，止于所不可不止"，因而嘻笑怒骂皆可以书而诵之。宋何薳《春渚纪闻》亦记载东坡曾说，"某平生无快意事，惟作文章，意之所到，则笔力曲折，无不尽意，自谓世间乐事无逾此者"。这大概确实是他的真实感受。苏轼的诗文词赋在宋代都首屈一指。诗可称第一大家，文与欧阳修王安石鼎足，词为豪放派大师，与南宋辛弃疾并称"苏辛"，赋作他人少有其比。其作品无不汪洋恣肆，驰骋自如。他的诗歌，题材内容最为广阔，而有统一的清雄奔放的风格，具有李太白的豪纵，白居易的平易。和许多诗人一样，苏轼的佳作多是奔走道路上写的，而在斥逐贬谪时更写了许多卓越的作品。宋朝文人在研讨国家大政时用儒家，而对险恶的官场倾轧、坎坷的人生遭际就走入道家或禅学，这在苏轼身上最为突出。道家的旷达，禅学的机锋，和诗人个性的豪放，结合在一起，就凝成了苏轼作品特有的风格。苏轼诗诸体兼备，七古、七律、七绝尤多名作。晚年花了很大功夫来钻研陶渊明，“饱吃惠州饭，细和渊明诗”，但和陶未必是他诗作中成功之作。王十朋注苏诗序云：“东坡先生之英才绝识，卓冠一世。平生斟酌经传，贯穿子史，下至小说杂记，佛经道书，古诗方言，莫不毕究，故虽天地之造化，古今之兴替，风俗之消长，与夫山川草木禽兽鳞介昆虫之属，亦皆洞其机而贯其妙，积而为胸中之文，不啻如长江大河，汪洋闳肆，变化万状。则凡波澜于一吟一咏之间者，讵可以一二人之学而窥其涯涘哉！”这评价自然到了极点。但苏轼亦有不少草率之作，奔放有馀而凝炼不足，有些甚至流于浮滑，使事信手拈来，亦有不尽恰当之处。正因为这些出自苏轼，影响也就更加不好。

在苏门四学士中，黄庭坚的成就越过了其他学士而与苏轼并驾，称为“苏黄”。然而黄庭坚没有苏轼幸运，他是历史上大诗人中争议最多的一个。推崇者把他尊到了祖师的地位，斥责者说他是“剽窃之黠者”（王若虚语），否定得一文不值，有些文学史提到他仅仅是为了批判他。然而，单是争议如此之大，就说明他非同小可。平心论之，黄庭坚不失为自成一家的大诗人，他出入苏门，却不受苏诗笼罩。他心仪杜甫，却仍具自己的面目。黄庭坚创作严谨，感情真挚，作诗考究章法句法，篇篇经过认真锤炼。读苏轼诗要放声歌唱，读黄庭坚诗须细加品味。黄庭坚的七古长篇，结构都很讲究。七言律诗可与王安石相比，但他的对仗更为奇崛。“桃李春风一杯酒，江湖夜雨十年灯”、“黄流不解涴明月，绿树为我生凉秋”，一联之间上下两句，往往造出两个相距甚远的境界，而都美不胜收。

论者们一提到黄庭坚，立即抓住他说过的“无一字无来处”，“点铁成金”，“脱胎换骨”大做文章[⑤]，好像这是黄庭坚诗法的全部内容，而且是他赦免不了的罪过。“无一字无来处”，理论上甚为不妥，而事实上更不可能，黄庭坚诗也并非如此。至于“点铁成金”，“脱胎换骨”，也无需抓住不放，只要使用恰当，也未尝不可。而且黄庭坚诗中这种作法并不太多，甚至不比苏轼多。当然黄庭坚诗确有缺点，喜欢避熟就生，过于深折硬涩，故意造些拗句。但他毕竟有不少凝炼而明净的作品。如果说苏轼诗里蕴涵着道家意味，黄庭坚则有更多的禅学。禅家修养使黄庭坚能冷静地面对艰险和危难，并且体现在诗里，使激越的感情出以深婉平和。但有时掩抑过甚，变得枯淡索然，可谓得失参半。

黄庭坚秦观晁补之张耒，合称“苏门四学士”；加上陈师道，陈造称之为“秦黄晁张陈，众星罗霜天”。他们都游于苏门，诗作却各有自己的风格。出于一门，并不定于一尊。秦观是北宋可与柳永比肩的婉约派词人，其诗大多清新婉丽。由于元好问《论诗绝句》写过“有情芍药含春泪，无力蔷薇卧晚枝。拈出退之山石句，始知渠是女郎诗”，如此秦诗柔弱，是“女郎诗”，成了对秦观的定评。是女郎诗也没有什么不好，只是用两句诗来定终身，未免以点概面，是一种并不科学的批评。如果换两句诗，比如“正是山川秋入梦，可堪风雨夜连天”，他何尝柔弱，何尝像娇娆女郎？秦观不仅写了不少健朗的作品，甚至还写了一组相当硬涩的《田家诗》，他是苏门成就颇大的诗人。晁补之也是词人，其诗作自认为有如鸡肋，食之无肉，弃之可惜，因名为《鸡肋集》。我们可不能因此就真以为他非常之差，其实他的诗作亦颇可观。“胸中正可吞云梦，盏里何妨对圣贤。有意清秋入衡霍，为君无尽写江天”，这样的诗还是很有气势的。张耒诗清新秀丽，读他的好诗，真有明丽如春的感觉，绝句尤称作手，王安石苏东坡之外，又自别开生面，但集中有不少诗过于草率。陈师道在当时得重名，后人常把他同黄庭坚连在一起，其实两公是不能相提并论的。苏门的诗人大多挥洒自如，陈师道却是一位苦吟诗人，黄山谷称之为“闭门觅句陈无已”，那种搜索枯肠“觅”出来的作品，他作得艰难，别人读起来也很吃力。他为人忠厚，因之诗也朴实，感情诚挚，但好诗不是很多。读他的集子令人沮丧，不只是语言干涩，更在于境界不高。诗必须注重美质，即使忧伤愤激也必须雅致，嬉笑怒骂也必须高尚。后山集中叹老嗟卑的篇章，衰疾可怜的词句，随处可见。《杨花》诗云：“后山何所恨，独处不祈怜。”写这样的句子实际上就很有点可怜。

宋哲宗元祐之初，司马光为相，前此被变质了的新派排斥贬逐的人得一一召回朝廷。苏东坡、黄山谷、秦少游、晁补之、张耒，三孔兄弟，大画家李公麟等，一时俊彦，云集京师。这是苏门的一段盛会，致使元祐成为有宋诗坛的极盛，清代同光体诗人称之为中国诗史上“三元”之一，认为元祐是继唐代开元、元和之后的第三个高潮[6]。但曾几何时，新派再次当权，元祐诸人又纷遭贬逐，从此星流云散，再未得相聚。哲宗元符三年（1100），“少游醉卧古藤下”；徽宗建中靖国元年（1101），“东坡道人又沉泉”；下一年，陈师道病逝于京邸；又三年，黄山谷贬死在宜州；又五年，晁补之病卒；再又四年，张耒去世，十多年间，元祐群星全部殒落。突然之间，万喙息响，诗坛寂寞。其间还发生了一场小小的“文化革命”：蔡京、何执中为相，凡元祐党人一概废斥，官吏升迁还需申报是否与元祐党人有关。他们对元祐诗人如此憎恨，甚至从此不准士人读史作诗。何执中还制为条令：“诸士庶传习诗赋者杖一百！”[7]谢谢二位相公，他们的科条，恰好给我为宋诗于此处分期划了一条界线。

三、江西派与南渡前后的诗坛

南渡前后三十年间，是北宋诗风向南宋诗风转化的时期。这个时期从宋徽宗政和三年（1113）陈与义中进士开始——下一年元祐诗星中最后一颗张耒去世，成为两个时期交接的标志——中经靖康巨变，宋室南迁，到绍兴十三年（1143）陆游赴临安应试为止。之所以把北宋之末南宋之初划为一段，是因为活动于其间的大体上是一代人，而以陈与义为代表。前乎此，为北宋元祐诗人的世界；后乎此，为南宋三大诗人的时代。这期间重大的文学现象是江西派的膨胀和由国家巨变引发诗风的巨变。黄山谷本人并没有宣称什么派，只是由于追随他的人多，在他逝世之后逐渐成了气候，后来吕本中作《江西诗社宗派图》，以黄山谷为祖，列陈师道以下二十五人，“以为法嗣，谓其源流皆出豫章也。”可知宗派成员是吕本中指派的，黄山谷和他的诗友陈师道等并不知情。后来人们又将吕本中本人补入。到了元初，方回又将陈与义和曾幾补上，并倡“一祖三宗”之说，以杜甫为祖，黄山谷陈师道陈与义为宗[⑧]。时黄山谷、陈师道已过世一百五十多年。吕本中揭出一个江西派，当然不是毫无根据，其时效法黄山谷成为风气，宗派图中多数人受山谷影响是事实，所以被南宋人所承认。

江西派的出现并不是值得嘉许的事。北宋后期，苏东坡的影响远比黄山谷大。大概因为天马行空的东坡诗，超逸绝尘，人们瞠乎其后，难以追踪，所以崇拜者虽多，却没有成为什么派。山谷的诗，讲究篇章的结构，句子的变化，要求“无一字无来处”，看起来很难，实际上却比较有法可循，所以追随效法的人越来越多，以至形成风气。但是追随者没有祖师的功力，片面地从形式上追求，恰好得其糟粕而遗其精髓，以致每下愈况，到后来乃流于枯干晦涩，甚至剽窃拼凑。试看江西派中并没有几个成就可观的诗人，就可知这种仿效之无益。其中陈师道晁冲之本来就不该派入，韩驹徐俯当时就表示反对，而陈与义曾幾被拉扯进来，连原来宗派的排榜者吕本中都不知道。而除他们之外就没有什么有斤两的人了，有些成员甚至连一首诗也没有留传下来。然而江西派的诗风竟弥漫于北宋后期，绵延至于南宋，甚至陆放翁范成大杨万里都多少受其影响，再经元代方回等人鼓吹，馀波所及远至明清。

江西派的诗风，受到当时和后世许多人的反对，派内的人晚年也表示异议。金王若虚抨击江西派不遗馀力，连黄山谷也一并否定，有道是“已觉祖师低一着，纷纷嗣法更何人！”他的批评有失公允，江西派的出现，黄山谷有关联而无责任，正如远隔三百多年的杜甫也被方回拉来作祖，杜少陵自没有任何过失。山谷本人是不该否定的。元遗山诗云：“论诗宁下涪翁拜，未作江西社里人。”这种态度就较为公正⑨。

一场天崩地塌的变故，惊破了统治者的迷梦：靖康二年（1127）金人攻破汴京，掳徽钦二帝北去，整个中原相继沦陷，广大人民流离失所，“掰钗破镜分飞”，无数个家庭被都无情地破碎。诗人们不管是江西派还是非江西派，都不可能悠闲地吟咏了，许多人随着逃难的人群纷纷南下。时代的屯蹇，往往激发起文艺新的活力。在国破家亡流离迁徙的道途中，诗人们拿起笔来，无论是凄楚悲吟，还是慷慨奋呼，都不可能去讲求什么“无一字无来处”，或者是什么“脱胎换骨”之类。原本成绩平平的汪藻王庭珪，而今都写出了动人的篇章。与江西派确有瓜葛的吕本中曾幾，也都摆脱了束缚，越上了新的台阶。女词人李清照伶仃孤苦，流落天涯，她的词笔也告别了“中州盛日”的旎旖春情，谱出了哀婉凄凉的悲歌，也写出了若干沉郁苍凉的诗句。被迫流寓北方的朱弁，用沉痛的诗章，抒写了他思怀故国的幽愤。理学家刘子翚更用清新流丽的绝句，写下了靖康之难那一页亡国痛史。世积乱离，风衰俗怨，诗苑词坛，无不经历了一番血与火的洗礼。在这济济跄跄的诗人群体中，成就最为辉煌的是也曾被后人推入江西派的陈与义。

陈简斋是在元祐群星沉寂之后登上诗坛的。他以《墨梅》绝句为徽宗所赏识而一鸣惊人，中断了蔡京何执中发动的那场短暂的“文化大革命”。他早期的诗确有黄山谷的影响，就以《墨梅》诗而论，造语也比较拗折。在政和宣和的十几年间，他的成绩并不突出。靖康之难后，陈与义告别了黄山谷而直奔杜甫。他避地襄汉，辗转湖湘，眼看着国家不可收拾，人民流离失所，自己也在丧乱中奔亡。飘泊江湖，颠连道路，望中关塞，客里风霜，这时的陈与义身境和心境，都和当年杜甫十分相似，他和杜诗的基调也就自然合拍。他把国家的命运，人民的遭遇，和自身无法舒展的愤懑，通通写进诗里，风格苍凉沉郁，寄托遥深。他的好诗都是乱离中的产物。刘克庄《后村诗话》云：“元祐后诗人迭起，……要之不出苏黄二体而已。及简斋出，始以老杜为师。建炎以后避地湖峤，行万里路，诗益奇壮，……造次不忘忧爱，以简严扫繁缛，以雄浑代尖巧，第其品格，故当在诸家之上。”这一段话，对陈简斋作了准确的评价。

四、陆范杨三足鼎立，南宋诗的高潮

南宋诗歌的高潮，在陆游范成大杨万里三大诗人创作的时代，自陆游于高宗绍兴十三年（1143）临安应试，到陆于宋宁宗嘉定三年（1210）去世，近七十年。

陆游生于宋徽宗宣和七年（1125），范成大生于钦宗靖康元年（1126），杨万里生于靖康二年（1127），他们相约结伴而来，三者之间都以一岁之差形成三个阶梯，那顺序恰好是他们在诗史上的地位。他们的年龄只有一岁之差，论诗歌成就却是相距甚远的。当三位诗人呱呱堕地之日起，面对的就是这个灾难深重的世界，在襁褓中听到的就是笳鼓的悲鸣，人民的哀号，和前辈们忠义的愤呼。三位诗人在年青时都经历过刻苦的学习，具有深厚的根底。有趣的是他们都和江西派沾点儿关系，陆游曾向曾幾学诗，杨万里说他曾学过“江西诸君子”，而范成大中年的许多诗作一直留有江西的痕迹。后来他们又都能脱出江西派的羁绊，在广泛学习的基础上形成自己的风格。他们都由进士出身（尽管陆游受秦桧的阻挠，后来是由孝宗赐的）；又基本上都在地方官路上奔波，遍览了祖国的山河，也经受尽道途的困顿，晚年又都有一段乡村闲居的生活。这些经历，使他们懂得了在社会和大自然中锻炼才华和进行创作的诗家三昧。陆放翁“工夫在诗外”的名言，何尝不是他们共同的体会。三位诗人是知心好友，始终相互推崇，互相鼓励，文人相轻在他们之间是不存在的。同时他们又筑起各自的营垒，树起各自的大旗，以迥不相同的诗风垂范于后世。

古代大诗人的创作，似乎可分为两类：一类是题材包罗万象，诗作诸体兼备，如李白、杜甫、苏轼；一类是以一个方面特别突出，如陶渊明、谢灵运。陆、范、杨三大诗人属于后者，尽管他们的作品都题材丰富，内容广泛，但各自有一个当家的方面，在他们独特的营垒面前，后人望而却步。

陆放翁是三家中最为杰出的一位。他的作品题材广泛，各体兼备，无论描写风光景物，抒发羁旅情怀，与乎咏怀古迹，畅叙幽情，都有许多名作，但使他永垂不朽，甚至是前无古人后无来者的，是他号呼抗击外敌恢复中原的爱国诗篇。在他长达六十年的创作生涯里，自髫龄以至耄耋，无论是在朝廷上谔谔诤言，还是在僻远的乡间闲居劳作，始终以抗战为念，梦寐不忘恢复。特别是他在蜀中南郡八年戎旅生活中，上马挥戈，下马草檄，谈方略，献计谋，有过实地从戎的体验。楼船夜雪，铁马秋风，他多么希望能够亲自驰骋疆场，杀敌报国。“遗民忍死望恢复，几处今宵垂泪痕”，“遗民泪尽胡尘里，南望王师又一年”，他的心始终和沦陷区的人民系在一起。然而日复一日，年复一年，他的壮志未能实现，“志士凄凉闲处老”，“此生谁料，心在天山，身老沧洲！”直到他以八十六岁的高龄辞别这个世界的时候，仍谆谆嘱咐他的儿子：“王师北定中原日，家祭无忘告乃翁！”除了恢复祖国以外，平生没有任何的希冀，也没有任何的遗憾。

较之陆游，范成大杨万里的境域就要窄得多。范成大在大半生的仕宦生涯中，水驿山程，秋风夜雨，写了许多纪行寄慨的作品。他还比较关心社会生活，注目人民的困苦，也写了一些好诗。但奠定他在诗史上地位的，无过于七十二首《北行绝句》，六十篇《田园杂兴》。孝宗乾道六年（1170），范成大北使金国，他把沿途所见所闻，所感所受，用绝句形式抒写出来。旧京风物，故土人民，使诗人无限感慨，诗也写得历练深沉。比《北行绝句》对后世影响更大的是他的田园诗。田园诗其实并不只六十篇《杂兴》，还包括他同类题材的篇章。田园诗创始于陶渊明，后世仿作历代不衰。然而实际上陶渊明仍然是一家独鸣，那些仿效者写的大多是隐逸诗，山林诗，而不是田园诗。山林隐逸与田园生活，其概念内涵都是迥不相同的。只有到了范成大，才有了真正的田园诗。范成大写作《田园杂兴》已到了晚年，诗艺已经炉火纯青，心里不存在任何的古人，笔下不需要陈旧的词汇，他只是把生活的场景如实地记录下来就成为佳作。因此他的田园诗清新朴实，平易自然。范成大的田园诗，无论题材内容、体裁风格都与陶渊明迥不相同。他丝毫没有仿效陶渊明，而文学史上恰好只有他才是陶渊明之后歌咏田园成就最大的诗人。范诗和陶诗还有一个根本的不同，陶渊明写的是他自己的生活，诗人就在诗里，而范成大写的是农民的生活，诗人站在诗外。他们都生活在农村里，所站的位置，所取的角度是不一样的。

杨万里文思敏捷，诗作极多，题材涉及的范围也颇广阔，总的成就较之范成大又要下一个档次。孝宗淳熙十六年（1189）杨万里为金国贺正旦使接伴使，过大江到盱眙接伴金使，写了几首感慨国家陵替的诗，是诚斋集中关涉南宋政局最为深切的作品。但即使是这些诗较之陆游的作品，其深度分量，也有驽骀骐骥之别。杨万里的拿手好戏是模写风光景物的小诗。一山一水，一草一木，以至小鱼小鸟，都捕捉入他的笔下，活泼清新，别有情趣。和范成大一样，杨万里也以七绝小诗见长。但两家的兴趣不同，风格亦异。范成大模写的是一幕一幕的场景，杨万里摄取的是一个一个的镜头；范成大的是民俗风情画，杨万里的是惠崇式的风景小品；范成大写的是人，杨万里几乎全注目于自然景物。捕捉这种生动的小镜头，杨万里确实是古今无两，他就凭这一手绝活得以勉勉强强跻身大诗人的行列。

陆放翁表现的是那个时代的第一主题，关注国家民族的大计，加以感情激越，气势充畅，因而他的诗境界开阔，气魄宏伟。他的七古长篇，如大河奔泻，岱岳巍峙，七言律诗属对工整而自然明畅，致使刘后村惊叹“天下好对偶被放翁用尽”。他的诗藻绘丰腴而语言平易，绝无晦涩格讷之作。范成大杨万里都是七言小诗的圣手，范诗平淡沉着，杨诗活泼流荡。当然，他们也有所不足，三人共同的欠缺是都写得太多了，太多就未免粗滥。陆游自壮年至于迟暮，几乎无日不写诗，集中题目一样，结构相同，词句重复的现象，实在太多，有些生活琐事也不值得一写。如果他不自豪其“六十年间万首诗”，大胆地将作品删掉一半，丝毫无损于他的伟大。杨万里总结他学诗的经历，说他学江西派，学陈后山，学王安石，转而学晚唐绝句，后来若有所悟，“步后园，登古城，采撷杞菊，攀翻花竹，万象毕来，献余诗材”（《荆溪集》自序）。这一方面说明了他转益多师而后又师法自然的过程，另一方面也反映出他对诗材的获得过于轻易。他的诗作诚新颖活泼，但信手拈来，致使集中有大量草率甚至油滑之作。旧时唱本中常见的开头，“月子弯弯照九州，几家欢乐几家愁。愁杀人来关月事，得休休处且休休”，竟然也是杨诚斋先生《竹枝歌》里的诗句。范成大早年的作品，虽说细密工致，但没有多少名作，用笔费劲而并不酣畅，壮年以后才较为驰骋自如。

讨论过三大诗人之后，有必要交代南宋诗史上的两宗疑案，即尤袤和萧德藻的诗艺。尤延之在南宋声名籍籍，致与三大诗人并驾而居其首，谓之“尤杨范陆”。萧千岩也颇有名，杨万里有“尤萧范陆四诗翁”之句。杨序萧诗，谓“近世诗人，若范石湖之清新，尤梁溪之平淡，陆放翁之敷腴，萧千岩之工致，皆余所畏也”。然而现存尤萧二氏之作，碌碌无奇。或者是他们当日浪得虚名，或者是他们的佳作尽皆亡佚，后人无从追索。疑案最终还是疑案，我的选著也就无法给他们一席地位，只能忍心让他们在冥冥中去伤悼自己的命运。

五、江湖派，从姜夔到刘克庄

自宁宗嘉定三年（1210）陆游去世之后到理宗景定五年（1264），凡五十四年，是江湖派的世界。

用陆游卒年作为界线，把江湖派放在一起，是为了叙述的方便。实际上前期江湖派诗人同三大诗人有很长一段交叉的时间，姜夔只比陆游小三十岁，他们并世达五十多年，刘过甚至比陆游还早四年去世。

江湖派，顾名思义，是他们大多身处江湖，多是小官小吏，或者就是平民。江湖派不像江西派那样有共同的宗主，有大体一致的诗法，他们师法的对象各不相同，但多数人尊用晚唐。他们反对江西派“资书以为诗”，却走向另一极端，“捐书以为诗”。首开江湖派风气的人，其实就是杨万里。杨万里从江西的营垒里冲了出来，把江西的尘垢洗刷干净，他的信手拈来的小诗已是江湖派的先声。杨万里《读笠泽丛书》诗云：“笠泽诗名千载香，一回一读断人肠。晚唐异味同谁赏，近日诗人轻晚唐。”他吹起的尊尚晚唐的号子，很快就在江南大地引起巨大的反响。

前期杰出的江湖派诗人有姜夔和刘过。

姜白石是南宋婉约派最大的词人，成就之高，可以上追柳永、秦观。其诗的造诣，在孝宗光宗宁宗之世，陆游范成大杨万里之外，只有他可以敬陪末座，称之为“陆范杨姜”也不为太过。白石是一名风流清客，其诗作题材范围狭窄，目光所及离不开个人身世，对于邦国衰颓，生民困苦，似乎不甚萦怀。“平生最识江湖味”，确是他一生遭际的写照；“小红低唱我吹箫”，则可以作他的诗品。他也以小诗擅场，风格清新婉丽，自成一家，语言平易流丽、炼字精切而不着痕迹。“天寒远挂一行雁，三十六峰生玉壶”，那画幅静中有动，“挂”字“生”字出神入化。他的《昔游》诗，用平实的语言，写昔游的经历，极为真切传神。在他的诗里，似乎一切静谧，听不到乱离哀怨的声音。但他在风雪中驰骋过无边原野之后，面对长天旷野，忽然来两句“徘徊望神州，沉叹英雄寡”，恍惚是那个时代的一声长叹。刘改之是豪放派词人，很得辛稼轩的赏识，他诗的造诣也不下于词。刘改之和白石不同，很关切国家的命运。他痛感山河破碎，所作诗词感情激越。其诗近放翁但无其深厚，词学稼轩而少其沉着。“便当击楫中流誓，莫使鞭为祖逖先”（《上金陵章侍郎》），“胡尘只隔淮河在，谁为长驱一扫空”（《题高远亭》），这些忠愤之情溢于言表的诗句，很像是放翁诗的回响。锋芒所向，甚至直指最高统治者："西湖真水真山好，吾君亦岂忘中原？"（《望幸金陵》）连陆放翁也没有如此尖锐的诗句。改之以口语入诗，语言明白如话，但锤炼不够，许多作品过于粗糙。

和姜、刘大体同时而略后的有一个四灵派，是江湖派一个小小的分支。所谓四灵，即徐照字灵晖，徐玑字灵渊，翁卷字灵舒，赵师秀字灵秀，都是永嘉人，因而称为"永嘉四灵"。他们以姚合、贾岛为崇奉的偶像。赵师秀曾选姚贾二家诗为《二妙集》，作为他们模仿的范本。还选过刘长卿等七十六家诗为《众妙集》，他们的"众妙"之中竟然没有杜甫，真使人莫名其"妙"。这是一个苦吟派，显然是贾岛基因的遗传。四灵派偏重五言律诗，所作大多为五律。翁卷《寄葛天民》诗称"传来五字好，吟了半年馀"。赵师秀说："一篇幸止四十字，更增一字，吾未如之何矣！"（刘克庄《野谷集》序）他们写得如此艰苦，然而却没有什么像样的佳作。他们不关心世务，"有口不须谈世务，无机惟合卧山林"（翁卷《行药作》），成了他们的信条。因而他们的作品境界狭窄，内容贫乏。徐照有一首《不寐》诗，写自己家境的艰难，自己质问道："何致贫如此？"[10] 我们倒恰好可以移用来请教他们的诗艺：何致贫如此？他们有一些即景小诗，清新秀丽，确有一点儿"灵"气，算是他们集中的佳作。

和四灵同时而稍后的戴复古，是江湖派中较为杰出的诗人。他一生浪迹江湖，游踪几及江淮万里。和四灵派相反，戴复古主张丰蓄厚积，他是认真读书的。戴复古效法的对象和四灵不同，他推崇陈子昂和杜甫。其《论诗十绝》有云："飘零忧国杜陵老，感寓伤时陈子昂。近日不闻秋鹤唳，乱蝉无数噪斜阳。"他对当时浮泛诗风的不满可以概见。戴复古曾向陆游学诗，也学了放翁关心国家命运的精神。集中颇有一些有感于山河破碎时局危殆的作品，对人民的悲惨境况也颇为关注。和其它江湖派一样，戴复古也写了不少敷衍应酬之作。他似乎笔力不够，有不少诗，开头不坏，却往往草草收场。戴复古较刘克庄年长，但他长寿，和刘克庄并世达六十年之久。他对这位年轻的诗友极为钦佩，在后期江湖派中也只有刘克庄走到了他的前列。

宋宁宗之世，钱塘书商陈起也颇能诗。他和许多江湖诗人交往，并把他们的诗刊印成集，名曰《江湖集》[11]，刘克庄的《南岳稿》也收入在内。“江湖派”之名显系《江湖集》刊行之后才正式传开的。嘉定十七年（1224）宁宗死去，丞相史弥远玩弄阴谋，废置宁宗属意的皇子济王赵竑而另立赵昀，是为理宗，引起朝野的非议。宝庆元年（1225）陈起将刘子翚的名句“夜月池台王傅宅，春风杨柳太师桥”改易为“秋雨梧桐皇子府，春风杨柳相公桥”，以讥诮史弥远。诗句迅速传开，并误传为敖陶孙所作。这事无疑为史弥远所疾恨。阿谀的言官希意承旨，连刘克庄《落梅》诗中“东风谬掌花权柄，却忌孤高不主张”一并揭发，以“讪谤当国”论罪。史弥远因此兴起了宋代又一次重大文字狱，《江湖集》雕版被劈掉，陈起遭受黥刑并被流配远州，敖陶孙被迫逃亡，刘克庄遭到废逐。史弥远并诏令禁止士大夫作诗。直到八年之后史弥远死去，“诗禁”才得解除[12]。“诗禁”一词倒也给历史上添加了一个新的名词概念，不能不算是一个“贡献”。

刘克庄以《落梅》诗得罪，也以《落梅》诗得名，后村先生由此誉满江湖。后村年青时得与四灵相并，也反对江西派，诗学晚唐体，自称“苦吟不脱晚唐诗”。后来他发现江西派“资书以为诗失之腐”，而晚唐体“捐书以为诗失之野”（《韩隐君诗序》）。因亦在诗中大量使用典故，讲究对偶，集中也有不少浮泛浅陋之作，有些用典也嫌拙劣。因此古今的评论者对他颇多非议，有的人把他攻击得体无完肤。评价诗人，应以其优秀作品为准，而不应以其低次之作为据。即使是沙里淘金，也应该认真淘洗。南宋偏安江左，时间一久，长安父老，新亭风景，士大夫们也渐渐淡漠。刘克庄却始终系念着西北神州，单是这一点就值得赞扬。“神州只在阑干北，度度来时怕上楼”，“青齐父老应流涕，何日鸾旗驻路旁”这是陆放翁一生呼喊的主题，刘克庄是江湖派里的陆放翁。他反映劳动人民生活的歌行，有似唐人张籍的新题乐府，也是其它江湖派诗中难以看到的作品。刘后村也是南宋后期杰出的词人，是辛稼轩之后豪放派词的有力后续。

宋理宗之世，戴石屏刘后村之外，再没有杰出的诗人。江湖派是一个松散的群体，他们人数众多，除了上面介绍的几位之外，还有许多人，一般成就都不大，但总起来就形成了一个时代的风气。本帖选了相当多的江湖派诗人的作品，每人一两首，可以说首首清丽可喜。但全部读完之后，就会感到，这些作品缺乏隆宋时期那种雄浑的力量，有如精致的盆景，不是巍峨的大山。江湖派诗风弥漫于宋宁宗、理宗时代，到刘克庄去世之时，宋王朝已笼罩在蒙古大军南进的阴影之下，诗风也又一次变化，留给有宋最后这个时期的诗歌，既无隆宋的高华，也非江湖的清丽，而尽是哀伤或者慷慨的悲歌。

六、宋末，亡国痛史，抗敌悲歌

宋末诗坛从度宗咸淳元年（1265）开始，其结束应算到遗民诗人的代表人物林景熙于元武宗至大三年（1310）去世，凡四十五年。度宗即位已是元世祖忽必烈至元二年。是年八月，蒙古大军已进至庐州安庆，江防告急。十二年之后临安陷落，再过四年陆秀夫负帝昺在崖山投海。所以这个时期的诗人，全是抵抗元朝蒙古统治的志士或遗民。本帖把参与了抗争后来被害或归隐的遗民属之宋代，入元时年龄尚幼而后来仍坚持遗民立场者纳入元朝。

又一次天崩地塌，而且这一次比一百五十年前更惨。怯弱而腐败的赵宋王朝终于连半壁山河也未能守住，最后太皇太后、皇太后、皇帝陛下，连同无数的帝子皇孙、嫔妃姬妾通通作了俘虏。但是，南国的英雄志士并没有辜负这片土地的哺育之恩，他们奋起反抗，演出了一幕又一幕可歌可泣的悲剧。一个王朝的覆灭，有如此之多的豪杰奔赴疆场，有如此之多的诗人坚持大节，这是以前任何一个时代都不曾有过的。

宋末杰出的诗人，每一位都有非同一般的经历，可以说都经受了剑与火的考验。从他们的诗里喷薄出满腔的忠愤之气，体现着这个民族顽强坚毅的精神，固不能完全以工拙论。这里只能拈出几个特别突出的人物来，按其年辈，加以简述。

第一个是严羽。严沧浪追慕盛唐，他的诗论将在下一节稍加提及。他尊唐抑宋，自己的创作就着意模仿唐人。他生活的年代早于谢枋得等人，因而没有参与抗元斗争。但他在乱离中写的作品，有真实的内容，深切的思虑，颇能反映那个时代的面貌，成为宋末抗敌诗歌的先声。

其次是谢枋得。谢叠山是一名抗敌志士。德祐二年（1276），他在信州起兵抗元，失败以后，流亡建阳，坚决抗拒元朝的征聘，并最终付出了自己的生命。他留下的佳作并不多，但极为精粹。《庆全庵桃花》《武夷山中》等诗，貌似平夷而意蕴深厚。

第三是文天祥。文信国是历史上著名的抗元将领。状元宰相，勤王尽义，八个字可以概括他的平生。早年诗作，成就庸庸。一旦国家危难，他拂袖而起，敢于以疲弱之众犯虎狼之师，屡败屡战，百折不挠。他的诗是他艰苦卓绝的经历的记录，是他披肝沥胆的正气的倾吐，宝鼎万钧，劲松千丈。“人生自古谁无死，留取丹心照汗青”，是他留给后人最为宝贵的教言。

第四是汪元量。元师灭宋，掳三宫北去，汪水云以一名宫廷琴师的身份，扈从北行。一曲哀弦，弹响了千里征途的酸楚，也弹响了一个时代的悲哀。对君主的无上的忠诚，是一种封建的观念，但在特定的时刻，就成为爱国精神的表现。当宗国倾颓之际，君上危难之时，始终如一，不改初衷，是何其难得的品格。汪水云与亡宋故主和嫔妃们的交往，在同为俘虏之日，升华成了一种患难与共的友情。他的《醉歌》《湖州歌》，以清丽凄惋的诗行，记录了又一部亡国的痛史。

最后一位是林景熙。在宋亡之前，林霁山并没有崭露头角，他不过是一名礼部的小官；宋亡之后，他又隐处山林，无声无息。然而他实在是遗民诗人中杰出的代表。他诗学杜甫，有颇为深厚的工力。时代不同了，他的诗不可能像陆放翁那样豪雄奔放，但他是陆放翁的崇拜者，从陆放翁那里获得精神力量。他的作品深厚坚实，沉郁顿挫，哀伤而无凄苦之状，忧抑而无寒伧之色。他虽穷伏深山，精神原自充实，故诗中仍勃郁着满腔英气。

其他作者，如郑思肖、谢皋羽等人，虽不以诗名，间有所作，精神亦自感人。

至大三年（1310），林霁山在平阳去世。“天地寂寥山雨歇”，有宋三百年噌吰镗鞳的诗歌，到此唱完了最后一曲。

七、善学唐者莫过于宋

宋诗是中国五、七言诗继唐代之后的第二个高潮，其成就为后来的元明清三代所无法越过，欧阳永叔、苏东坡、黄山谷、陆放翁这样的大诗人以后也未能产生。但就在宋诗还未曾唱完之时，宋本朝人就开始对宋诗加以抨击。张戒在《岁寒堂诗话》中批评苏轼“以议论为诗”，指责黄庭坚“补缀奇字”，“只知用字押韵之为诗”。刘克庄在《竹溪集序》中抨击更为激烈，说宋代“文人多，诗人少。三百年间虽人各有集，集各有诗，诗各自为体；或尚理致，或负材力，或逞辨博，少者千篇，多至万首，要皆经义策论之有韵者尔，非诗也”。有趣的是，这些话最适用于他本人。稍后于刘克庄的严羽，批评得更为系统。严羽所作《沧浪诗话》，是宋代诸多诗话中成就最大，能够自成体系的一家，然而他是以否定宋诗为基调的。严羽论诗，推崇盛唐，谓：“盛唐诸人惟在兴趣，羚羊挂角，无迹可求。故其妙处，透彻玲珑，不可凑泊，如空中之音，相中之色，水中之月，镜中之象，言有尽而意无穷。近代诸公乃作奇特解会，遂以文字为诗，以才学为诗，以议论为诗。夫岂不工，终非古人之诗也。盖于一唱三叹之音有所歉焉。”论及宋诗，他说国初诸公学习唐人，“至东坡山谷，始自出己意以为诗，唐人之风变矣”。这是宋人对宋诗最集中的批评。

严羽对宋诗采取否定的评价，流波所及，影响甚大。到元末明初，复古之热兴起，宋诗就遭到了厄运。豫章诗派的刘崧，“以一言断绝宋代，曰宋绝无诗”[13]。闽中十子林鸿、高棅等人更力主盛唐，也都否定宋诗。随后七子派起来，倡言“文必秦汉，诗必盛唐”，对宋诗近乎一笔抹杀。明末清初，论争激烈，宋诗仍受冷遇。直到吴之振吕留良辑《宋诗钞》，厉鹗编《宋诗纪事》，宋诗才得到翻身，清人如此出现了宋诗派。但宋诗的声誉仍时有反复。清末同光体诗人肯定宋诗，陈衍选《宋诗精华录》，给予宋诗以充分的评价。然而直到近代，两位大人物仍对宋诗持否定态度：文学家鲁迅说：“一切好诗，到唐已被做完。”自然就没有宋人的事了。政治家毛泽东说：“宋人多数不懂诗是要用形象思维的，一反唐人规律，所以味同嚼蜡。”[14]

其实诗并未被唐人做完，后人还是有得做的。宋诗较唐诗味可能淡一点，还不至如同嚼蜡。诚然，就总体而论，宋诗不如唐诗，缺乏唐诗那种醇厚的韵味，浑然一体的境界，语言的音乐美也远远不如。但宋人开辟了另一个园苑，创作了风格迥不同于唐代的诗歌。游过了峨嵋以后，到了青城，仍然会惊叹那里峰峦的秀雅，林壑的幽深，我们没有必要厚彼薄此的。下面我们对唐宋两个时代的诗歌稍加比较。

唐代自太宗贞观至玄宗开元、天宝有过一百多年国运昌明的时代，国力之强盛在当时的世界是独一无二的，社会富饶，秩序安定。“九州道路无豺虎，远行不劳吉日出”，“百馀年间未灾变，叔孙礼乐萧何律”（杜甫《忆昔》）。国运开泰，人们的思想也就开朗，特别是给予知识分子以一种大展身手的希望。试看盛唐时代有多少诗人在他们的作品里表现了建功立业的梦想，即使到了中唐，国势已经下坡，人们的精神仍保持着一定的势头。宋朝人可没有那种幸运。国力孱弱，自始至终受到北方强敌的威胁。即使在太宗、真宗的盛世，朝廷也没有舒展过。“幽燕不照中天月，丰沛空歌海内风。赵普元无四方志，澶渊堪笑百年功！”两百多年之后的遗民诗人刘因在《白沟》诗里，仍对北宋的怯弱发出如此深沉的感叹。所以宋代诗人一生下来就没有盛唐时代那样明朗开阔的生存环境，相应的也就缺乏唐代人那种健旺开朗的精神面貌。我们不喜欢唐代前期那些歌功颂德的宫廷诗，但那时毕竟还有点颂头，如果出现在宋代就显得滑稽了。唐宋诗中都有大量的纪行诗，水驿山程，霜天月夜，最易动人情怀。仔细品味，就会发现两个时代的差别。唐代特别是盛唐，诗人们大多有一段漫游的生活，他们往往怀着一种信念走向远方，旗亭风月，裘马清狂，即使在旅途也自有一种豪兴。宋朝的行旅，大多是赴试京城或者赴任州县，前者还好一点，后者则无不有仕路奔波之感，如果是迁逐流亡或者乱离奔走就更加凄楚。因此不同时代的纪行诗作，蕴涵在里面的精神风貌也大不一样。再如唐代的边塞诗，大多豪气纵横，表现出一种建功立业积极向上的精神，宋朝的边塞，失败连着沮丧，沮丧连着失败，诗人们也就再没有创作出唐代那种豪迈的边塞诗了。

唐代统治者比较开明，唐代诗人也就比较自由，涉及朝廷宫禁之类的诗歌，都无所禁忌。洪迈《容斋随笔》就说“唐诗无讳避”。“唐人歌诗，其于先世及当时事，直辞咏寄，略无避隐。至宫禁嬖昵，非外间所应知者，皆反复极言，而上之人亦不以为罪”。在宋代却不行，洪氏因而感叹“今人不敢尔也”。唐代基本上没有文字狱，这种“新”事物也是宋代才有的。苏轼乌台诗案，刘克庄梅花诗案，陈起江湖诗案，都是有名的例子；那些文化警犬们已懂得怎么上纲上线，谁如果被扣上一顶“讪谤”朝政的帽子，就会罪无旁贷。不过得公正地说，宋代的文字狱并不严酷，比起后代，譬如明清，宋代还是相当宽松的。宋代许多诗人，在贬谪途中还写了那么多诗歌，如果生活在后世文字狱暴兴的时代，他们首要考虑的是能否保住首领，而不在于要不要吐露心声。

唐宋两代诗人的成分也有所不同。盛唐时代的诗人很少有大官，如李太白孟浩然没有做过官，杜甫也没有官过几天，而且小得可怜，王维虽然做官，很有点“大隐于朝”的味道，王昌龄不过一个县团级，高适岑参在他们作为“诗人”的阶段地位都很低，中唐时候当大官的才多起来。北宋的大诗人基本上都是大官，晏殊欧阳修王安石都是朝廷大臣，苏轼黄庭坚秦观等人地位低一点，大部分时间也都还在官任上。南宋三大诗人官阶也不算太小。只有江湖派诗人大多“身处江湖”。所处地位不同，同国家政治的关系就大异。盛唐诗人很少直接卷入政治斗争。李太白入永王璘幕无非是为自己找一个机会，并无意干预政争。宋代大诗人无不卷入政治倾轧，他们参政议政，极为积极。欧阳修支持范仲淹庆历新政，王安石主持熙宁变法，苏轼及其诗友们基本上都是新法的反对者。随着朝廷政局的变化，元祐诗人们几起几落。南宋出现了抗敌还是求和的长期斗争，诗人们大多是坚决主战的。这些政治纷争，全部在他们的作品里反映出来。宋诗中体现的情感，出现的议论，无不与他们卷入政治有直接的关系。

更为重要的是诗风的转变。任何事物都不是一成不变的，宋代的诗风不同于唐代，实际上唐代各个时期也是不同的。中唐就大异于盛唐。宋代大诗人大多推崇杜甫，其实对宋诗影响最大的是韩愈，可以说韩诗是宋诗的源头。前文引用了欧阳修自述他得力于韩愈的体会和韩愈在当时的巨大影响。其实重要的还不在于谁来提倡，更在于诗风的自然承接。宋诗语言风格最突出的特点"以文为诗"，"以议论为诗"，即始于韩愈。韩愈喜用拗句，音律节奏不因袭盛唐的陈规，对宋诗也有很大的影响。前代诗论家也有人注意到这一点。叶燮《原诗·内篇》云："韩愈为唐诗之一大变，其力大，其思雄，崛起特为鼻祖。宋之苏、梅、欧、苏、王、黄，皆愈为之发其端，可谓极盛。"赵翼《瓯北诗话》卷五也说："以文为诗，自昌黎始，至东坡益大放厥词，别开生面，成一代之大观。"这些论述，至为的当。特别是叶燮赵翼都不把"以文为诗""以议论为诗"当作缺点而当作特点，这是他们高明之处。任何特点，发挥得当就是优点，追求过分就成为缺点。

宋诗的题材内容比唐诗更为丰富，发掘得更为深入。这可以从两个方面看：一是时代提供了新的内容。由于诗人们卷入政治斗争，对国计民生的议论就多，反映人民生活的题材往往和政治挂起勾来。靖康之难以后，整个南宋一代，都面临外敌的威胁，爱国的主题就突现出来，致使陆放翁成为空前的爱国诗人，像陈与义刘子翚文天祥汪元量林景熙那样的诗作，是唐代所没有的。金代元好问有同样的作品，从时间上说，与南宋正在同一纬度；另一方面是诗本身的发展。唐人未写的题材，宋人去写，唐人写过的题材，宋人发掘得更深，是很自然的，未必是诗人有意为之。宋诗不回避细小事物，许多唐人不写的东西，宋人都可以写，鸟兽虫鱼，各种生活用品，劳动工具，无不可以写入诗里。也有某些东西，唐诗发达而宋代甚为欠缺的。如前面提到的边塞诗，宋人远不如唐人，那是由于国家的形势不一样。再如爱情诗，宋代极不发达，有那么几首也是写给可怜的妻子的，不是写给脉脉相思的恋人的，诚挚或可嘉，而风情则差逊。那是因文体变化发展的结果，宋人涉及爱情的内容绝大部分用词来表现，诗把这个席位让给长短句了。李清照写了那么多或者情意缠绵，或者凄清哀婉的爱情词，而在诗里一句也没有。宋朝人正襟危坐来写诗，一到酒筵歌席，女爱男欢，他们就只唱曲子了。读欧阳修的诗，以为他永远是那样垂绅正笏，凛然不可侵犯；一读他的词，才知道另有一个风流倜傥的欧阳永叔，正在粉黛丛中，“寸寸柔肠，盈盈粉泪”，唱得如醉如痴。

在艺术表现方面，宋人有很大的发展。宋人用典，远比唐人为多。注宋人诗，比注唐人要难得多。特别是苏、黄的作品，他们博览群书，识多见广，又喜欢炫才逞博，搜罗奇字，暗用僻典。用韵方面，也喜欢猎奇竞胜，有时还故用险韵。“尖叉”二字，极不好押，苏东坡偏要逞能，连用多次。欧阳修《六一诗话》记载，有个叫许洞的进士，约九僧作诗，规定不准用“山、水、风、云、竹、石、花、草、雪、霜、星、日、禽、鸟”等字，九僧只好搁笔。欧阳修自己也出过这样的诗令。他在颍州约客作雪诗，规定诗中不准出现“玉、月、梨、梅、絮、白、舞、鹅、鹤、银”等字。某一题材，如果老搬用那些现成的词语，就会成为套话，当然不好；但反过来一概不许用通常有联系的字，那就矫枉过正，成为一种争奇斗狠的游戏。苏东坡称之为“百战不许持寸铁”，而他自己正喜欢这样的战斗。宋人的对偶比唐人更为精巧。唐人只求属对工整而韵味深厚，宋人却有许多讲究。如句中暗用典故。王安石《书湖阴先生壁》诗“一水护田将绿绕，两山排闼送青来”，只是一般的写景，注释家却发现诗中“护田”“排闼”来自《史记》《汉书》，是以史对史，以汉人语对汉人语。苏轼《雪后书北台壁》诗“冻合玉楼寒起粟，光摇银海眩生花”，王十朋注引赵彦材说，这联对句曾使王安石惊叹不已。一般读者只看到诗中描绘楼台如玉台，形容原泽如银海，王安石却知道其中语本道书。据说道家以双肩为玉楼，故下接“寒起粟”，以眼睛为银海，故下云“眩生花”。我们惊叹他们学问的渊博，也钦佩他们用事的精巧，但这种对偶用事实在太艰深。有的句法也很奇特。如东坡《太守徐君猷通守孟亨之皆不饮酒以诗戏之》诗中“公独未知其趣尔，臣今时复一中之”，巧用典故，又纯用散文句式，显得幽默风趣。陆放翁《夜泊水村》诗中“一身报国有万死，双鬓逢人无再青”，故用拗句。各种特殊的句式，在宋人诗中，变化无穷，不胜枚举。

唐宋诗艺术风格的差异，非常明显却颇难缕述。缪钺先生《论宋诗》有一段精彩的论述，本身也很有诗意：“唐诗以韵胜，故浑雅，而贵蕴酝藉空灵；宋诗以意胜，故精能，而贵深折透辟。唐诗之美在情辞，故丰腴；宋诗之美在气骨，故瘦劲。唐诗如芍药海棠，秾华繁采；宋诗如寒梅秋菊，幽韵冷香。唐诗如啖荔枝，一颗入口，则甘芳盈颊；宋诗如食橄榄，初觉生涩，而回味隽永。譬诸修园林，唐诗则如叠石凿池，筑亭辟馆；宋诗则如亭馆之中，饰以绮疏雕槛，水石之侧，植以异卉名葩。譬诸游山水，唐诗则如高峰远望，意气浩然；宋诗则如曲涧寻幽，情境冷峭。唐诗之弊在肤廓平滑，宋诗之弊在生涩枯淡。”缪公论中多用比喻，极为精妙，但倘不亲读两代诗体味，这些比喻也难以理解。

当年严羽指责宋诗“非古人之诗”，变“唐人之风”，宁不知这正是宋诗的价值所在。如果宋人写的都是“古人之诗”，“唐人之风”，宋诗的地位也就没有了。就以严羽本人为例，由于他崇尚唐诗，在他的作品里，就到处碰到唐人的词语，读起来总感到似曾相识。而在宋代大诗人的作品里就没有这种现象。即使是据说主张

"无一字无来处"的黄山谷，他的诗作也是自铸伟词，自成风格。宋人学唐诗的成就，恰好就在于它不似唐诗，而开辟了一种新境，登上了另一高峰。缪钺先生有一句名言，"善学唐者莫过于宋"，正是这个道理。

八、不能忽视金诗

自北宋末年，女真在东北崛起，如此中原大地上出现了两个对立的政权。与之同步，文学也出现了南北辉映的两支队伍。由于女真原来文化落后，文学的起步自然要艰难得多。他们是在立国以后，吸取了汉族的文化，才迅速发展起来的。他们占领了中原，也占领了中原的文化；也可以说，他们征服了中原，中原的文化又征服了他们。有金一代，文学特别是诗歌取得了相当可观的成绩。文学史家不能忽视金诗的成就，因此我们讨论过宋诗之后有必要兼论金诗的发展历程，宋室南渡之后，金诗是与南宋诗歌齐头并进的。女真原生活在我国东北，千百年来，艰苦经营于白山黑水之间，至五代之际逐步强大。公元 1115 年（宋徽宗政和五年）太祖完颜旻建立金国。九年以后，太宗完颜晟继位，于 1125 年（宋徽宗宣和七年）灭亡辽国，第二年攻下汴京，旋覆亡北宋。于是金统治了中原地区，长期与南宋对抗。到 1234 年（南宋理宗端平元年）被灭于元，凡有国一百二十年。

通常把金源文学分为三个时期。自太祖开国到海陵朝为前期，凡四十五年。从大定、明昌到贞祐南渡为中期，凡五十四年。南渡到哀宗亡国直至元好问等遗民去世为后期，约四十馀载。三个时期，年代界划和诗风差别都非常分明。

九、借才异代的金国前期

金源建国之初，表现出极大的活力，十数年间，灭辽下汴，统一北方，大军到处，所向披靡。然而文化却仍然落后，只有矛戟的铮铮，弓弦的鸣响，却听不到多少歌声。金水河边涌出了无数的猛士，却没有一名歌手。清人庄仲方在《金文雅》序中说："金初无文字也，自太祖得辽人韩昉而始言文。太宗入汴州，取经籍图书，宋宇文虚中、张斛、蔡松年、高士谈辈后先归之，而文字煨兴，然犹借才异代也。"这话准确地反映了金代前期的实际。

金初杰出的诗人基本上都是宋人，但他们的来源各不相同。宇文虚中于宋高宗建炎二年（1128）以资政殿大学士出使金国，金太宗爱其才艺，加以官爵，与韩昉等人共掌词命。虚中在金颇受尊宠，累官翰林学士知制诰兼太常卿，封河内郡开国公。他的这种处境，与庾信之在北朝很相类似，虽身居高位而心怀故国，加上出仕异族有失臣节的悔恨，也沉重地压在他的心上。所以他有许多诗写得非常沉痛。其《在金日作三首》云："南冠终日囚军府，北雁何时到上林？""传闻已筑西河馆，自许能肥北海羊。"《己酉书怀》诗云："生死已从前世定，是非留与后人传。孤臣不为沉湘恨，怅望三韩别有天。"这些诗句充分表露了他的矛盾心情。他未能像庾信那样敷衍到底，终于被金人杀害。吴激的情况和宇文虚中大体相同，也是使金被留的，仕为翰林待制。吴激同家乡旧国有着深厚的关系，他是宋臣吴栻的儿子，王履道的外孙，妇翁是著名书画家米芾。这种渊源使他对宗国特别牵肠挂肚，一缕剪不断的情丝永远萦绕着故国的河山。他的诗语言明净，善于刻画风光景物来寄寓情怀。吴激还是有名的词人，一阕《人月圆》使所有留金的宋人都为之垂泪。这首小词是金词首屈一指的名作。

高士谈、刘著属于另一种类型。高士谈于宋宣和末任忻州户曹，忻州失陷后入仕于金，为翰林直学士。这种任职实出于无奈，故他在诗里流露出强烈的故国之思。其《题禹庙》诗云："可怜风雨胼胝苦，后世山河属外人。"对北宋的灭亡有无穷的遗憾。《不眠》诗云："乱离惊昨梦，漂泊念平生。泪眼依南斗，难忘去国情。"怀恋之情，悲苦之思，充溢于字里行间。高士谈后来和宇文虚中同时被害，不会是偶然的，决不是如传记所云因宇文虚中一言，泄漏了他家藏图书而已。刘著也是由宋入金的，在金仕宦颇不得意。其《至日》诗云："乱离南国忽经年，一线愁添未死前。心折灵台候云物，眼看东海变桑田。燕巢幕上终非计，雉畜樊中政可怜。安得绝云行九万，却骑鲸背上青天。"金初入据中原，朝廷军政大权都由金国贵族掌握。这些权臣贵胄，对汉族知识分子既歧视又忌恨，所以刘著乃有"燕巢幕上，雉畜樊中"的愤懑与忧伤。

特殊的历史环境，造成特殊的文学现象。这些金代前期诗坛的代表，他们身登金国的朝廷，而心却长系着淮水那边白云之下的故国。他们都不乏才华，尤多幽思，如此用怊怅愀怆的诗什，写忧悲悒郁的愁肠，使千百年后人们读来仍然哀惋感人。我们敬佩元遗山的器度和识见，元本人是忠于金室的，但他在所编《中州集》里并没有忽略这一大批对金国怀有二心的诗人，而且给予了很高的评价。

张斛和蔡松年是第三种类型，尽管心头也有郁闷，但他们是乐事新朝的。张斛仕宋为武陵守，后在金官秘书省著作郎。他有一些描绘江南山水的诗写得不错，但有些学者认为他也和吴激等人一样地思怀宋国则是一种误解。张斛本渔阳人，他诗里的"故山、故国"并非指的南朝。蔡松年是典型的降顺之臣，北宋末随其父蔡靖以燕山府降金。熙宗朝都元帅宗弼（就是《说岳》故事里被塑造为岳飞对手的金兀术）连年伐宋，蔡松年以行台刑部郎中总军中六部事，因此得到宗弼的引进，并得以和野心勃勃的海陵王完颜亮相善。仕金的宋人大多具有两重人格，而以蔡松年为甚，他和别人的心理也有很大不同。他一方面极力巴结宗弼，同时又感到“自要尘网中，低眉受机械”。完颜亮凶残狂悖，许多大臣都被杀害，蔡松年却能够逶迤其间，并得以青云直上。其《淮南道中》诗云：“吾年过五十，所过知前非。颜鬓日苍苍，老境行相追。桔槔听俯仰，随人欲何为！归计勿悠悠，出处吾自知。”蔡松年五十之岁，当完颜亮贞元四年（1156），时为参知政事。他“自知”些什么？又“知非”为何物？明年蔡松年晋尚书右丞，又过两年官至右丞相，是宋人仕金的最高官位，他何尝有过任何的“归计”？《金史》言“海陵谋伐宋，以松年家世仕宋，故亟擢显位以耸南人观听”。他于正隆四年（1159）去世。金前期的诗人就以这一头引诱南人的带头羊死去而告一段落。

一〇、诗坛“大定”，并不“明昌”

正隆六年（1161），正当完颜亮进驻瓜洲，试图跨越长江天堑、妄想“立马吴山”的时候，金国后院火起，他的堂兄弟完颜雍即位于辽阳，年号大定，是为世宗。完颜亮旋即为部下所杀，这一代凶横就此告终。金世宗是有金一代持重守成的皇帝。他采取了一系列措施安定大局，随后又同宋议和，使南北双方得到几十年的和平相峙。世宗在位二十九年，他去世后，皇太孙完颜璟继位，年号明昌，是为章宗。金代没有真正昌明的盛世，只有大定明昌使北方得到四十多年相对的平静。大定明昌的诗坛正是这种社会环境的产物，和政治上平静相应的是文学上的平庸。诗人不少，但成就平平，其代表人物是蔡珪和党怀英。

金人萧贡曾说：“国初文士，如宇文太学、蔡丞相、吴深州之等，不可不谓之豪杰之士，然皆宋儒，难以国朝文派论之；故断自正甫为正传之宗，党竹溪次之，礼部闲闲公又次之。”元好问在《中州集》里引了这段话之后说：“天下迄今无异议云。”也就是说这是当时的公论，元好问本人也同意。

蔡珪是蔡松年的儿子。完颜亮天德三年（1151）中进士以后不赴选调，却杜门读书。蔡松年作为降顺之臣，他得小心翼翼；而蔡正甫已是丞相公子，自然宽绰多了。他尽可以诗酒自娱，过着“琴里忘忧尽日弹，百忧俱息夜初阑。青灯把卷逢真味，绿酒倾尊破薄寒”（《秋日和张温仲韵》）的生活。蔡珪学问渊博，于金石文字颇有研究，但作为一代正宗的诗人，其诗歌成就却不能令人首肯。他既无前期诗人的故国之思，又无后期作者的伤时之感，其诗多囿于生活琐事，内容空虚，集中找不出若何有分量的作品。由于蔡氏存诗仅四十六首，是否曾有佳作湮没，我们已无从得知。

党怀英继之而起，其诗学东坡，虽有明显的模仿痕迹，但毕竟还表现出作者本人的秀颖之气，若干作品尚清新可诵，但佳作不多。党怀英年青时与济南辛弃疾师事亳社刘岩老（瞻）。后辛稼轩飞骑南渡，铁马金戈，毅然以恢复中原自任，虽壮志不遂，在文学上却成就了千秋伟业。党怀英安处北方，成就庸庸。其《鹧鸪天》词下片云：“天外事，两悠悠，不应也作可怜愁。开帘放入窥窗月，且尽新凉睡美休。”这种作品与大声镗鞳、小声清越的稼轩词相比，真不啻虎啸龙吟之与秋蛩寒蚱。

蔡珪党怀英当日声名籍籍，其秘诀就在于他们迎合朝廷的需要，为统治者铭功颂德。蔡珪《葵花》诗云：“小智区区能卫足，孤忠耿耿只倾心。”准确地描绘了他们自身的形象。他们的主要工力，在于用典雅的文字，为皇帝草拟制诰，其高望宏声亦由此得来。章宗明昌四年（1193），皇叔永蹈伏诛。党怀英为拟诏云：“天下一家，讵可窥于神器；公族三宥，卒莫逭于常刑。非忘本根骨肉之情，盖为宗社安危之计。亦由凉德，有失睦亲。乃于间岁之中，连致逆谋之起。恩以义掩，至于重典之亟行；天高听卑，殆非此心之得已。兴言及此，惋叹奚穷！”把一场内部血腥的残杀，说得如此堂皇活脱。论文字技巧，不妨说精妙绝伦；论艺术精神，则可以说毫无价值。他们的才华，就在这种宫廷台阁的应酬文字上作无谓的消耗。人们往往挡不住荣名地位的诱惑，宁不知正是荣名地位坑害了多少的智士才人！

金代诗歌的发展，有如东去大江的风景：其上游有奇险的峡谷，其下游有浩瀚的洪涛，中间一段却平淡无奇。当然，决不是说这一时期就毫无佳作，其中刘瞻、刘迎、周昂、王庭筠等都有诗可录。特别值得一提的是刘迎。刘迎的名气远不如蔡、党，然而他实在是大定时期的重要作手，其诗作较多地反映了社会现实，七言歌行在当时较为突出。

一一、赋到沧桑句便工

金代后期，漠北的蒙古族勃然兴起。自卫绍王大安三年（1211）成吉思汗首次犯边，从此成为金国的威胁。西北河山，相继沦陷。金宣宗顶不住蒙古的压力，于贞祐二年（1214）迁都于汴，史称“贞祐南渡”，金王朝从此走向衰微。宣宗又采取了错误的政策，南开宋衅，西结夏兵，使自己腹背受敌。二十年之后，即到金哀宗朝，终为蒙宋联军所灭。

金后期诗人面临的现实，和以往完全不同。这时期的诗人有两个类型，我们得分别加以叙述。尽管两者并非对立的派别，但诗风确有很大的差异。

一个类型是大定明昌延续下来的诗人，以赵秉文为中心，其中著名的角色有杨云翼、王若虚、李纯甫等人。

赵秉文是金代的重要诗人。他历仕五朝，官至六卿，自大安三年（1087）党怀英去世后盟主文坛近四十年。金代后期许多诗人，包括元好问在内都出自他的门下。赵秉文的创作实绩亦有可观。元好问《闲闲公墓铭》里说他："七言长诗笔势纵放，不拘一律。律诗壮丽，小诗精绝，多以近体为之。至五言，则沉郁顿挫似阮嗣宗，真淳古淡似陶渊明。以它文较之，或不近也。"这当然不无夸誉之词，但他毕竟写出了不少佳作。赵秉文的创作走的仍然是蔡珪、党怀英的路子。他生活的后期，金源社会已满目疮痍，外面强敌压境，内部政治腐败，国家已岌岌可危，赵秉文却仍在他的闲闲堂里逍遥自在。"所贵心无事，心安身自安。低头拾红叶，仰面看青山。朝听新泉响，暮送飞鸟还。清晨了人事，过午掩柴关。高非出天外，低不堕尘寰。花落鸟声寂，我处动静间。"（《闲闲堂》）天下已干戈扰攘，民不聊生，诗人却如此"闲闲"，实在荒庸得令人难以设想！赵秉文存诗近六百首，以留连光景之作为多。其中拟和陶渊明的作品有近四十首，和韦应物的也不少。在兵荒马乱中把陶渊明拉过来，扯过去，陶渊明地下有灵肯定非常狼狈。这样的作品绝对谈不上陶渊明的真淳，而只有赵秉文的麻木。和赵秉文"代掌文柄"的杨云翼，其创作成就远不如赵。声名与杨云翼亦差可比拟的王若虚，其理论建树过于创作成就。

在这群诗人中有一个较为独特的就是李纯甫。金源诗尚平易，李屏山却追求险怪。他的七言古诗较有特色。刘祁《归潜志》云："李屏山教后学为文欲自成一家，每曰：当别转一路，勿随人脚跟。故多喜奇怪。然其文亦不出庄左柳苏，诗不出卢仝李贺。晚甚爱杨万里诗，曰：活泼刺底，人难及也。"追求自成一家并不错，但李屏山往往勉强装作，就未免有失自然。屏山诗的风格和赵秉文不同，回避现实的态度却不相上下。其《偶得》一诗云："包裹青衫已十年，聪明更觉不如前。簿书丛里先抽手，鼓角场中少息肩。瓯底剩储元亮粟，叉头高挂老坡钱。会须着我屏山下，了却平生不问天。”字里行间固不无牢骚，但毕竟是非常消极的。诗最足以说明李屏山的人生态度，也表现了与之同类型作者的颓靡诗风和逃避现实的麻木状态。

另一类诗人和赵秉文等人大不相同。他们生活的时间虽和前一类人交错，但年辈大多较赵秉文杨云翼为晚，地位也较赵、杨为低。“干戈扰扰遍中州”，他们已没有一个可以“闲闲”的角落。他们亲历乱离的痛苦，目睹山河的破碎，命运迫使他们在颠沛流离的道途上唱起时代的哀歌，倾诉人民的苦难。如赵元的《修城去》，记录了劳动人民被迫修补城垣而沥尽膏脂的苦况。由于统治者的腐朽，付去的全是无益的辛劳，诗人由此发出了“君不见得一李勣贤长城，莫道人间无李勣”的慨叹。冯延登的《郾城道中》描绘了遭到破坏的村落的荒凉，秦略的《谷靡靡》刻画了农民运送官粮的艰辛，王元粹《西山避乱三首》以亲身经历述说出流亡的痛苦，而宋九嘉的《途中书事》、雷琯的《商歌十章》更绘出了人间凄惨的流民图。他如麻九畴、辛愿、李俊民、李汾、麻革等，都以各具风格的篇章，描绘了残破中原的图景，写出了乱离人们的心曲。在这一大群作者中，成就最为辉煌，贡献最为卓越，对后世影响最大的无疑是金诗的殿军大诗人遗山先生元好问。

元好问在编完《中州集》后题的绝句中说：“邺下曹刘气尽豪，江东诸谢韵尤高。若从华实评诗品，未便吴侬得锦袍。”他的结论显然带有宗国的感情，金国诗歌虽也可观，但总的成就是不如南宋的。在元好问之前，没有一个诗人可以同南方的范成大、杨万里、陆放翁一较高低。北国的词人较之辛弃疾更是莫能望其项背。而当元好问步入诗坛之日，南国的巨星都已陨落。只有这时候，这一领“锦袍”才可以披在元好问的肩上了。

元好问，字裕之，太原秀容（今山西忻州）人，他在年青的时候即已崭露头角，以《箕山》《元鲁县琴台》等诗得到赵秉文的赏识而名动京师；当时他的诗即已有自己的风格，比较地关心民瘼，注目苍生。好问二十五岁那年，贞祐南渡，国家已只剩下半壁河山的半壁，兵连祸结，国脉如缕。二十年间，元好问或流亡道路，或僻处乡间，其后在哀宗朝短暂地做过三任县令，再在朝担任过左司都事的小官，这种经历使他得以广泛地了解满目疮痍的社会。他在《八月并州雁》《寄赵宜之》《虎害》《驱猪行》《宛丘叹》等诗中描述了劳动人民生活的悲惨，揭露了统治者政治的黑暗。“大城满豺虎，小城空雀鼠。可怜河朔州，人掘草根官煮弩。”这就是当时北国中原的现实。好问四十五岁之时，蔡州陷落，金国覆亡，诗人从此成为亡国的遗民。在这期间，元好问写了大量的作品，翔实地记录了金亡前后的悲惨历程，淋漓尽致地表达了诗人无限的悲愤，成为金元易代之际血泪斑斑的诗史。《岐阳三首》《壬辰十二月车驾东狩后即事五首》《俳体雪香亭杂咏十五首》《癸巳四月二十九日出京》《癸巳五月三日北渡三首》《续小娘歌十首》，是这时期的代表作。“岐阳西望无来信，陇水东流闻哭声。”“精卫有冤填瀚海，包胥无泪哭秦庭。”“秋风不用吹华髮，沧海横流要此身！”这样的诗句，读者可以从中感受到诗人心的颤动，血的沸腾。赵瓯北诗云：“国家不幸诗家幸，赋到沧桑句便工。”灾难造就了诗人，蒙古人的长枪大戟摧毁了完颜王朝的城阙，却促成了诗人元好问竖起自己不朽的丰碑。

元好问的诗诸体兼备，五言古诗，七言绝句并有许多名作，七言律诗尤所擅长，其反映金亡前后的诗篇大多是七律。元好问生长河朔，挟幽并豪侠之气，又值金源亡国，宗社丘墟，故发而为诗，悲歌慷慨，有不求工而自工者。然此亦并非全面，好问功力极深，于前人诗艺，兼收并蓄，故其诗歌风格，豪雄俊爽与沉郁顿挫同时并具，馥郁纤秾同豪雄悲壮兼而有之，卓然成一代大家。元好问的诗歌评论亦成就斐然。《论诗三十首》是继杜甫论诗绝句之后的大型组诗，其诗论崇尚刚健自然，反对绮靡造作。好问作此组诗之时，年仅二十八岁，然其识见深微独到，影响极其深远。后代仿造之作，规模或有过之，然对历代诗人评判之精审，于诗歌艺术持论之坚实，似尚无人可比。

一二、北宋诗发展的北翼

金在政治上与南宋对抗，而诗歌创作则南北争辉。有金一代诗艺，也紧承北宋而来。北宋诗发展而为南北两翼，北翼虽不如南翼劲健，但总算还差可飞翔。北宋欧阳修苏轼黄山谷对金诗都有影响，而以东坡为最。如果从字面上看，在金诗中出现最多的古代诗人，一是陶渊明，二是苏东坡。然陶渊明的出现，主要是那些身居高位的诗人感到无聊，或者是身居下僚的诗人碰到烦恼，需要在陶渊明那里去寻找安慰，并不影响到诗歌创作的实质。而东坡则完全两样，苏东坡清雄明畅的诗风成为金源诗人创作的楷模。试看《全金诗》中“次东坡韵”、“和东坡诗”、“集东坡句”所在多有；而仿效东坡句法，袭取东坡词汇，更随处可见。从金代初期历大定、明昌直至金末，苏东坡的影子到处可以碰到。清代评论家认为元好问也直承东坡。翁方纲《读元遗山诗》甚至说：“遗山接眉山，浩乎波涛翻。”这话也不无道理，只是元遗山“翻”起的波涛没有苏东坡那样的浩瀚。当然，现实的教育比任何前人的影响都大，金元易代之际，地覆天翻，于此麻革、李汾、元好问等的歌唱，沉郁苍凉，梗概多气，扫净前人的踪迹，完全是他们自己的“作品”了。

自西晋南北朝到五代十国，直至契丹西夏，少数民族在北方建立的政权，往往使南方望而生畏。然提到诗歌创造，他们就只能怅望南云，莫可奈何了。所以南方的文士，如王褒庾信，一到北方，便成为至宝。唯独金源，诗歌的造诣并不少弱，乃至骎骎乎可以与南宋抗衡，这是以往任何一个少数民族割据政权都无法比拟的。

我们要感谢元好问，好问于金亡之后经过近二十年的辛勤劳动，苦心孤诣，收集有金一代的文献，编成《壬辰杂编》和《中州集》两部大著。《壬辰杂编》虽已亡佚，但它为元代撰写《金史》提供了材料。而《中州集》则保存了金代的诗歌。尽管由于“兵火散亡，计所存者，才什一耳”，但毕竟使我们可以窥见金诗的概貌。清代郭元釪在《中州集》的基础上，加上王寂、赵秉文、王若虚、李俊民、元好问、段氏兄弟等的集子和《河汾诸老诗集》中的作品，收辑佚编，补缀遗漏，编成《全金诗》，使我们现在能看到金诗三百五十八家五千五百四十四首。如果没有元好问的努力，那么金亡之前的许多诗篇都会湮没，那些诗人就只能在九泉之下长恨绵绵。单是这个方面，我们也应该充分评价元好问的功绩。

注释：

① 九僧，司马光《温公续诗话》谓为剑南希昼，金华保暹，南越文兆，天台行肇，沃州简长，贵城惟凤，淮南惠崇，江南宇昭，峨嵋怀古。欧阳修《六一诗话》谓“九僧诗集，今不复传”。司马光曾见其集，谓“其美者亦止于世人所称数联耳”。其中惠崇是有名的画家，其画作为王安石、苏轼、黄庭坚所赞赏。

② “西昆”之名来源于《穆天子传》卷二：“天子北征东还，乃循黑水，癸巳，至于群玉之山，……先王之所谓策府。”注：“言往古帝王以为藏书册之府。”杨亿以他们酬唱的秘阁犹传说中的玉山策府，又传玉山策府在昆仑之西，因取名西昆。

③ 苏轼《六一居士集叙》：“欧阳子论大道似韩愈，论事似陆贽，记事似司马迁，诗赋似李白。此非余言也，天下之言也。”

④ 魏庆之《诗人玉屑》卷六引《金陵语录》。

⑤ 这三个词组，一出于黄庭坚《答洪驹父书》：“老杜作诗，退之作文，无一字无来处，盖后人读书少，故谓韩、杜自作此语耳。古之能为文章者，真能陶冶万物，虽取古人之陈言入于翰墨，如灵丹一粒，点铁成金也。”一出于惠洪《冷斋夜话》卷一：“山谷云：诗意无穷，而人之才有限。以有限之才，追无穷之意，虽渊明、少陵不得工也。然不易其意而造其语，谓之换骨法；窥入其意而形容之，谓之夺胎法。”

⑥“三元”之说出于清末同光体诗人陈衍《石遗室诗话》卷一：“余谓诗莫盛于三元：上元开元，中元元和，下元元祐。”三元说似甚精辟，但并不科学。盛唐不只是开元，还需包括天宝和至德、乾元，中唐不只是元和，此前此后还长达数十年，宋诗的极盛也不能只以元祐为准。如果从历史发展上看，建安时代和晋、宋之际的诗歌同样是“盛”的。而且这还只限于五、七言诗，更不能说整个中国的“诗莫盛于三元”。

⑦ 叶梦得《避暑录话》：“政和间，大臣有不能为诗者，因建言，诗为元祐学术，不可行。……何丞相伯通适领修敕令，因为科云：‘诸士庶传习诗赋者杖一百。’”又，《容斋四笔》：“自崇宁以来，时相不许士大夫读史作诗，何清源至于修入令式，……政和后，稍复为之，而陈去非遂以《墨梅》绝句擢置馆阁。”何丞相，即何执中，字伯通，卒后封清源郡王。何氏系阿谀庸人，徽宗大观、政和间与蔡京并相。其时真正当权者是蔡京。

⑧ 胡仔《苕溪渔隐丛话》载江西诗派以黄庭坚为祖，下二十五人为陈师道、潘大临、谢逸、洪刍、饶节、僧祖可、徐俯、洪朋、林梅修、洪炎、汪革、李錞、韩驹、李彭、晁冲之、江端本、杨符、谢薖、夏倪、林敏功、潘大观、何颉、王直方、僧善权、高荷。其中洪刍、洪朋、洪炎、徐俯为山谷外甥。赵彦卫《云麓漫钞》所录，无江端本，有江端友；无何颉，而补入吕本中。并云：“议者谓陈无己为诗高古，使其不死，未必甘为宗派。若徐师川则固尝不平曰：‘吾乃居行间乎？’韩子苍云：‘我自学古人。’均父（夏倪）又以在下为耻。不知居仁当时果以优劣铨次，而姑记姓名，而纷纷如此。”其中何颉潘大观无诗传世。元代方回《瀛奎律髓》又将曾幾、陈与义补入。《律髓》卷十六陈简斋《道中寒食》诗批语：“简斋诗即老杜诗也。予平生持所见，以老杜为祖，老杜同时诸人皆可伯仲。宋以后，山谷一也，后山二也，简斋为三，吕居仁为四，曾茶山为五，其它与茶山伯仲亦有之。此诗之正脉也。”卷二十六陈简斋《清明》诗批语：“呜呼，古今诗人，当以老杜、山谷、后山、简斋四家，为一祖三宗，馀可与配享者有数焉。”据《文献通考》，江西派诗多达一百三十七卷，续派十三卷。

⑨ 王若虚句见其《山谷于诗，每与东坡相抗，门人亲党，遂有言文首东

坡，论诗右山谷之语，今之学者亦多以为然。漫赋四诗为商略之云》诗。元好问句见其《论诗绝句》。

⑩ 徐照《不寐》诗全文："拥衾多不寐，吟思被愁分。雪气冲帘入，鸿声带雨闻，儿饥因废学，亲没未营坟。何致贫如此，肝肠痛莫云。"

⑪ 陈起所刻原有《江湖集》《江湖前集》《江湖后集》《江湖续集》《中兴江湖集》。皆散佚，清人从《永乐大典》中辑有《江湖小集》九十五卷、《江湖后集》二十四卷。

⑫《江湖集》狱见《瀛奎律髓》。史弥远本拟重罪刘克庄，议下大理鞫治，后听郑清之言中止。郑清之是史弥远废立的同谋，他知道如穷治刘克庄等，其阴谋愈益显扬，故淡化这一事件，刘克庄因得以不死。

⑬ 叶盛《水东日记》卷二十六引。

⑭ 鲁迅语见《致杨霁云》，毛泽东语见《致陈毅信》。

目录

宋诗

附：辽诗

金诗

中华传世诗选

宋金诗卷

宋诗

徐 铉

徐铉（916—991），字鼎臣，扬州广陵（今江苏扬州）人。历仕南唐三主，官至吏部尚书右仆射。宋师下江南，曾奉后主命出使汴京，后又随后主归宋，在宋官至左散骑常侍。宋太宗淳化二年卒，年七十六。徐铉与弟徐锴都是著名文字学家，称大小二徐。曾与句中正订正《说文解字》，新补十九字于正文，又以经典相承时俗通用而为《说文》所不载者四百零二字附于正文后。有《骑省集》。

又听霓裳羽衣曲送陈君①

清商一曲远人行，桃叶津头月正明②。
此是开元太平曲，莫教偏作别离声。

①霓裳羽衣曲，唐玄宗所制舞曲名。
②桃叶津，即桃叶渡，在南京秦淮河畔，传为王献之送妾桃叶处。

杨徽之

杨徽之（921—1000），字仲猷，建州浦城（今福建浦城）人。周世宗显德二年乙卯（955）进士。入宋，除著作佐郎，知全州。太宗太平兴国初，转库部员外郎，判南曹，与李昉等编辑《文苑英华》。真宗时历官礼部侍郎、枢密直学士兼秘书监。咸平二年（999）任翰林侍读学士，明年卒，年八十。

寒食寄郑起侍郎[①]

清明时节出郊原，寂寂山城柳映门。
水隔淡烟修竹寺，路经疏雨落花村。
天寒酒薄难成醉，地迥楼高易断魂[②]。
回首故山千里外，别离心绪向谁言！

① 寒食，农历清明前一日或二日，习俗不举火，谓之寒食。《荆楚岁时记》："去冬至一百五日，即有疾风甚雨，谓之寒食。"郑起，字孟隆，周恭帝时官至殿中侍御史，后归宋。

② 断魂，惆怅伤情。传为杜牧《清明》诗："清明时节雨纷纷，路上行人欲断魂。"

王　周

王周，《全唐诗》卷七百六十五系传云："登进士第，曾官巴蜀。"诗一卷，歌咏自金陵至巴蜀沿江风物，盖江南人而官于巴蜀。系五代人而入宋者，晚年已入太宗时代①。

① 胡震亨《唐音统签》注："唐、宋《艺文志》并无其人，惟《文献通考》载入唐人集目中。今考《峡船诗序》引陆鲁望《茶具诗》，其人盖在鲁望之后。而诗题纪年有戊寅、己卯两岁，近则梁之贞明，远则宋之太平兴国也。自注地名有汉阳军、兴国军，为宋郡号，殆五代人而入宋者。"按王周《齿落》诗有"己卯至庚辰"句，齿落之年当在五十以上，如为后梁贞明己卯（919），入宋时已年近百岁，无有百岁老人而奔走道路者，则己卯为太平兴国四年（979）无疑。其人当生于后唐明宗天成四年（929）前后，入宋时三十左右。又，诗中涉及兴国军，兴国军太平兴国三年（978）改永兴军置，时王周约五十左右，过兴国自当在太平兴国三年以后。

宿疏陂驿①

秋染棠梨叶半红，荆州东望草平空。
谁知孤宦天涯意，微雨萧萧古驿中。

① 驿，驿站，古代供官府传递文书者或来往官吏中途往宿、补给、换马的处所。疏陂驿当在湖北荆州境。

无　题

梨花如雪已相迷，更被惊乌半夜啼。
帘卷玉楼人寂寂，一钩新月未沉西。

柳　开

柳开（946—999），字仲涂，大名（今河北大名）人。初慕韩愈、柳宗元为古文，名肩愈，字希元。宋太宗开宝六年癸酉（973）进士，历官环，邠、曹、代、忻、沧六州刺史，终如京使。柳开是宋代古文的先导人物，存诗仅四首。有《河东集》。

塞上曲

鸣髇直上一千尺，天静无风声更干①。
碧眼胡儿三百骑，尽提金勒向云看②。

① 鸣髇（xiāo），字亦作“骹”，亦作“髇”，即响箭。声更干，声更响亮清晰。

② 金勒，马勒的美称。

★直写即景，描绘如画。

张 咏

张咏（946—1015），字复之，濮州鄄城（今山东鄄城）人。宋太宗太平兴国五年庚辰（980）进士，知崇阳县，历太常博士，枢密直学士，出知益州。真宗咸平初，入拜给事中，改御史中丞，知杭州，再知益州，并有治绩，进礼部尚书，出知陈州。大中祥符八年卒，年七十。咏自号乖崖子，有《乖崖集》。

劝酒惜别

春日迟迟辗碧空，绿杨红杏描春色。
人生年少不再来，莫把青春枉抛掷。
思之可不令人惊，中有万恨千愁并[①]。
今日就花始畅饮，座中行客酸离情。
我欲为君舞长剑，剑歌苦悲人苦厌。
我欲为君弹瑶琴，淳风死去无回心。
不如转海为饮花为幄，赢取青春片时乐。
明朝匹马嘶春风，洛阳花发胭脂红。
车驰马走狂似沸，家家帐幕临晴空。
天子盛明君正少，勿恨功名苦不早。
富贵有时偷闲强欢笑，莫与离忧贾生老[②]。

①并（bìng），同时来到。

②离忧，遭忧，此处有自寻烦恼之意。贾生，即贾谊。贾谊二十馀岁即受知于汉文帝，一岁之中超迁至太中大夫，为故老大臣所忌，出为长沙王太

傅，贾生意不自得。后岁馀召回，复为梁怀王太傅。梁怀王坠马死，贾生亦忧伤抑郁以卒，年仅三十三岁。见《史记·贾生列传》。

新市驿别郭同年[①]

驿亭门外叙分携，酒尽扬鞭泪湿衣[②]。
莫讶临歧再回首，江山重叠故人稀[③]。

① 新市驿，在今湖北京山县境。
② 分携，分手，离别。
③ 江山重叠，犹言山重水复，形容道路艰难。

郑文宝

郑文宝（952—1012），字仲贤，汀州宁化（今福建宁化）人。初师事徐铉，仕南唐为校书郎。宋太宗太平兴国八年癸未（983）进士，历官陕西转运使、兵部员外郎。

柳枝词[①]

亭亭画舸系春潭，直到行人酒半酣。
不管烟波与风雨，载将离恨过江南。

① 本篇胡仔《苕溪渔隐丛话》前集卷二十四、后集卷三十五、何溪汶《竹庄诗话》卷十七，吴曾《能改斋漫录》卷十六并作张耒诗。杨慎《升庵诗话·唐诗人郑仲贤》条："余弟未庵慥，字用能，酒边诵一绝句云云，'兄以为何人诗？'余曰：'按《宋文鉴》，则张文潜诗也。'未庵取《草堂诗馀》、周美成《尉迟杯》注云：'唐郑仲贤诗。'余因叹唐之诗人，姓名隐而不传者何限！或张文潜爱而书之，遂以为文潜之作耳。"按，郑仲贤生于后周广顺二年（952），自南唐入宋时年二十四，宋太宗太平兴国八年（983）进士，系宋人，不得谓之唐人。

★《柳枝词》清新可诵，实受韦庄《古离别》启发。韦诗云："晴烟漠漠柳毵毵，不那离情酒半酣。更把玉鞭云外指，断肠春色是江南。"周邦彦将诗句折装入《尉迟杯》词上片："无情画舸，都不管，烟波隔前浦。等行人醉拥重衾，载将离恨归去。"到明代仿作尤多。参见明诗陆娟《代父送人之新安》诗星评。

王禹偁

王禹偁（954—1001），字元之，济州巨野（今山东巨野）人。宋太宗太平兴国八年癸未（983）进士，历官右拾遗、左司谏。淳化二年（991），庐州妖尼道安诬讼徐铉，禹偁请论道安罪，贬商州团练副使。累迁翰林学士，贬滁州，移扬州。真宗即位，召知制诰。咸平二年（999）出知黄州，徙蕲州。咸平四年卒，年四十八。禹偁诗学杜甫和白居易，所作语言明净，内容充实，力学唐人而开宋诗序幕。有《小畜集》。

乌啄疮驴诗

商山老乌何惨酷，喙长于钉利于镞[1]。
拾虫啄卵从尔为，安得残我负疮畜！
我从去岁谪商於，行李惟存一蹇驴[2]。
来登秦岭又巉岩，为我驮背百卷书[3]。
穿皮露脊痕连腹，半年治疗将平复。
老乌昨日忽下来，啄破旧疮取新肉。
驴号仆叫乌已飞，劘嘴振毛坐吾屋[4]。
我驴我仆奈尔何，悔不挟弹更张罗。
赖是商山多鸷鸟，便问邻家借秋鹞。
铁尔拳兮钩尔爪，折乌颈兮食乌脑[5]。
岂惟取尔饥肠饱，亦与疮驴复仇了[6]。

① 商山，在今陕西商县东。喙，鸟嘴。

② 商於（wū），在今陕西商县至河南淅川一带，战国时秦地。张仪欺楚怀王，谓楚若绝齐，则秦愿献商於之地六百里，即其地。宋太宗淳化二年（991）九月王禹偁谪商州团练副使。蹇驴，病弱的驴。

③ 秦岭，广义的秦岭指西起甘肃青海边境横贯陕西延伸至河南中部的山脉，此指狭义的秦岭即陕西境内的终南山。巉岩，山险峻貌。

④ 劘（mó），通“磨”。

⑤ 铁尔拳兮钩尔爪，尔，指鹞，意即挥尔铁拳，使尔钩爪。折乌颈，食乌脑。

⑥ “岂惟”二句：取，《玉篇》，“资也”。谓岂只是供尔饱了饥肠，也为疮驴报了仇。

★诗只是斥责老乌，实亦发自身内心之愤懑，并进而反映出诗人对欺善作恶者的疾恨。

寒　食[①]

今年寒食在商山，山里风光亦可怜[②]。
稚子就花拈蛱蝶，人家依树系秋千。
郊原晓绿初经雨，巷陌春阴乍禁烟。
副使官闲莫惆怅，酒钱犹有撰碑钱[③]。

① 寒食，见杨徽之《寒食寄郑起侍郎》诗注。淳化三年（992）作于商州。

② 可怜，可爱。

③ 惆怅（chóu chàng），失意貌。

★“酒钱犹有撰碑钱”，撰碑钱，撰写碑文的酬劳。固不无自嘲自弄兼泄愤懑之意，就诗而论，却是一个无力的结句。诗不宜用过于独、过于偏的事物（专咏自当例外）。苏轼《初到黄州》诗云：“自笑平生为口忙，老来事业转荒唐。长江绕郭知鱼美，好竹连山觉笋香。逐客不妨员外置，诗人例作水曹郎。只惭无补丝毫事，尚费官家压酒囊！”结尾正有元之此

诗同样的遗憾。

村 行[①]

马穿山径菊初黄，信马悠悠野兴长。
万壑有声含晚籁，数峰无语立斜阳[②]。
棠梨叶落胭脂色，荞麦花开白雪香。
何事吟馀忽惆怅，村桥原树似吾乡。

① 此亦淳化三年（992）谪居商州时所作。

② 晚籁，山壑中晚风吹起时发出的声音。

日长简仲咸[①]

日长何计到黄昏，郡僻官闲昼掩门。
子美集开诗世界，伯阳书见道根源[②]。
风飘北院花千片，月上东楼酒一樽[③]。
不是同年来主郡，此心牢落共谁论[④]。

① 简，书简；此动词。仲咸，冯伉，字仲咸，与王禹偁同榜进士，故称同年。

② 子美，即杜甫，唐代大诗人。伯阳，指老子。按，《史记·老子列传》并无老子字伯阳之说。张守节正义引《神仙传》谓老子“姓李氏，名耳，字伯阳”，并不可信，后世却因此称老子为伯阳。

③“风飘”二句，字面上对仗似乎工整，结构实有瑕疵。“风飘”“花千片”是主谓宾结构；“月上”与“酒一樽”却是两件事，后者不是前者的宾语。

④ 主郡，王禹偁谪商州时冯伉为商州刺史。集中涉仲咸诗有多首。牢落，孤寂无所寄托之貌。

★“子美”二句是王禹偁律句名对，前者表示自己的诗艺追求，后者说明其修养依归。“子美集开诗世界”尤是对杜诗的极高推崇，造语亦精警醒豁，发前人之所未发。

春居杂兴

两株桃杏映篱斜，妆点商山副使家[①]。
何事春风容不得，和莺吹折数枝花。

① 商山副使，一作“商州副使”，诗人自指。

★诗后二句与杜甫《绝句漫兴九首》之二“恰似春风相欺得，夜来吹折数枝花”词语相似。禹偁另有诗题云：“前赋村居杂兴二首，间半岁不复省视，因长男嘉祐读《杜工部集》，见语意颇有相类者，咨于予，且意予窃之也。予喜而作诗，聊以自贺。”诗中有“本与乐天为后进，敢期子美是前身”之句。王禹偁不是有意窃之，但杜甫诗他自然是熟悉的，碰上了适当的境界，创作时的潜意识发挥了作用，因而与杜诗仍然是有关的。由于发现自己的诗句与杜甫相似，竟使诗人如此高兴。这倒不说明王禹偁是杜子美后身，而恰好说明杜子美之不可逾越。

畬田调四首[①] 并序

上洛郡南六百里，属邑有丰阳、上津[②]，皆深山穷谷，不通辙迹。其民刀耕火种，大底先斫山田，虽悬崖绝岭，树木尽仆，俟其干且燥，乃行火焉。火尚炽，即以种播之。然后酿黍稷，烹鸡豚，先约曰某家某日有事于畬田，虽数百里如期而集，鉏斧随焉。至则行酒啖炙，鼓噪而作，盖劚而掩其土也[③]。劚毕则生，不复耘矣。援桴者[④]，有勉励督课之语，若歌曲然。且其俗更互力田，人人自勉。仆爱其有义，作《畬田》五首，以侑其气[⑤]。亦欲采诗官闻之，传于执政者。苟择良二千石暨贤百里，使化天下之民如斯民之义，庶乎污莱尽辟矣[⑥]。其词则取乎俚，盖欲山民之易晓也。

大家齐力劚孱颜，耳听田歌手莫闲[⑦]。

各愿种成千百索，豆箕禾穗满青山[⑧]。

杀尽鸡豚唤劚畲，由来递互作生涯。
莫言火种无多利，林树明年似乱麻[⑨]。

穀声猎猎酒醺醺，斫上高山入乱云。
自种自收还自足，不知尧舜是吾君[⑩]。

北山种了种南山，相助力耕岂有偏。
愿得人间皆似我，也应四海少荒田。

① 畲（shē）田，用火焚荒的方式种地。杜甫、刘禹锡诗中都涉及畲田，本诗序文即详述其具体情况。按，畲，为耕垦三年的田。

② 上洛郡，今陕西商县，此亦王禹偁淳化二年（991）贬商州时作。丰阳，今陕西山阳。上津，今湖北郧西县上津镇。

③ 劚（zhǔ，古读入声，陟玉切），一种农具，诗中是动词，用劚刨地。

④ 桴，本是鼓槌，此疑为一种木棒，为简单的乐器。援桴，即敲打木棒以助劳动。下云“有勉励督课之语，若歌曲然”，则敲击时并有歌唱。

⑤ 五首，选录四首，侑，佐助。

⑥ 二千石，即太守，太守之禄二千石。百里，即县令，县辖地百里。污莱尽辟，词面谓荒芜之地尽得开垦，实暗喻国家得以治理。

⑦ 孱颜，通“巉岩”，高峻貌，此指高峻的山地。

⑧ 索，原注：“山田不知畎亩，但以百尺绳量之。曰某家今年种得若干索，以为田数。”

⑨ “林树”句，原注：“种穀之明年，自然生木，山民获济。”

⑩ “自种”二句，即《帝王世纪·击壤歌》“日出而作，日入而息，凿井而饮，耕田而食，帝力何有于我哉”之意，反映的是一种原始的自然经济。

寇 准

寇准（961—1023），字平仲，华州下邽（今陕西渭南下邽镇）人。宋太宗太平兴国五年庚辰（980）进士。太宗淳化五年（994）除参知政事。真宗景德元年（1004）辽兵大入，准力排众议，促真宗亲征，进驻澶渊，与辽订立澶渊之盟。后为王钦若所谗罢相。天禧三年（1019）复相，封莱国公。又受丁谓排挤，出知相州，徙安州，贬道州司马。乾兴元年（1022）再贬雷州司户参军。仁宗天圣元年（1023）徙衡州，卒，年六十三。仁宗追赠中书令，谥忠愍。有《寇忠愍公诗集》。

春日登楼怀归

高楼聊引望，杳杳一川平①。
野水无人渡，孤舟尽日横②。
荒村生断霭，古寺语流莺。
旧业遥清渭，沉思忽自惊③。

①杳杳，深远貌。
②“野水”二句，化用韦应物《滁州西涧》诗“野渡无人舟自横”句。
③遥，一作“通”。清渭，寇准故乡华州下邽，在渭水北岸。

★“野水无人渡，孤舟尽日横”，使其首创，不失为名句。为其化用陈句，未免减价。

江南春[1]

波渺渺，柳依依。

孤村芳草远，斜日杏花飞。

江南春尽离肠远，蘋满汀洲人未归。

① 本篇《花草粹编》卷一引温公诗话作《江南春》词。

其　二[1]

杳杳烟波隔千里，白蘋香散东风起。

日落汀洲一望时，柔情不断如春水。

① 此诗为《江南春》之二。题下原注："追思柳恽汀洲之咏，尚有馀妍，因书一绝。"《古今词统》卷一作《夜度娘》词。柳恽"汀洲之咏"，指柳作《江南曲》，首二句云："汀洲采白蘋，日暖江南春。"

★寇莱公秉性刚直，功业彪炳，而竟作如此柔丽感伤之诗。南宋胡仔《苕溪渔隐丛话》云："忠愍诗思凄惋，盖富于情者。如《江南春》云云。观此语意，疑若优柔无断者。至其端委庙堂，决澶渊之策，其气锐然奋仁者之勇，全与此诗意不相类，盖人之难知也如此。"其实在北宋当时即不被理解，致议论纷然。故其婿王曙为之辩解，谓此"乃暮年迁谪流落不归之意"，后人亦多从其说，谓寇准贬迁失意之时，故诗作感伤凄丽。这种议论和辩解都无必要。秉性刚毅的政治家，丝毫不排斥他又是柔情似水的诗人。"广平铁石，赋心偏爱梅花"，寇莱公何独不然！

书河上亭壁[1]

岸阔樯稀波渺茫，独凭危槛思何长[2]。

萧萧远树疏林外，一半秋山带夕阳。

① 此诗原题甚长，具有序引性质。题云："予顷从穰下，移莅河阳；洎出中书，复领分陕。惟兹二镇，俯接洛阳，皆山河襟带之地也。每凭高极望，思以诗句状其物景，久而方成四绝句，书于河上亭壁。"四首分咏四时景物，此写秋景。穰，即邓州，今河南邓县。中书，指中书省。分陕，相传周初周公、召公分陕而治，周公治陕以东，召公治陕以西。见《公羊传》隐公五年。诗中用指陕州。"顷从穰下，移莅河阳"，指准于宋太宗至道二年（996）由参知政事，罢知邓州，真宗咸平元年（998）徙河阳。"洎出中书，复领分陕"，指景德二年（1005）官中书侍郎，翌年罢为刑部尚书，知陕州。二镇，即指河阳与陕州。

② 樯，桅杆。危槛，高高的栏杆。

夏　日

离心杳杳思迟迟，深院无人柳自垂。
日暮长廊闻燕语，轻寒微雨麦秋时。

林　逋

林逋（968—1028），字君复，钱塘（今浙江杭州）人。年青时放游江淮间，后归杭州，刻志不仕，结庐西湖之孤山，足不迹城市者二十年。终身不娶，种梅养鹤，称为梅妻鹤子。宋仁宗天圣六年卒，年六十一，赐谥和靖先生。宋真宗之世，西昆体的浓雾正笼罩着北国的诗坛，林和靖却在美丽的西子湖边独辟自己的园地。他以咏梅诗闻名，他的作品也正是宋诗万紫千红到来之前，早梅先放一枝春。有《林和靖先生诗集》。

山园小梅

众芳摇落独暄妍，占尽风情向小园①。
疏影横斜水清浅，暗香浮动月黄昏。
霜禽欲下先偷眼，粉蝶如知合断魂。
幸有微吟可相狎，不须檀板共金尊②。

① 暄妍，鲜丽。风情，风流情韵。
② 狎（xiá），亲近。檀板，檀木做的拍板，歌唱时用以击节。

★“疏影横斜水清浅，暗香浮动月黄昏”为咏梅名句，欧阳修称之前世未有此句，司马光谓其曲尽梅之体态，南宋姜夔用其词语制“暗香”“疏影”词调。据明李日华《紫桃轩杂缀》卷四，谓此二句实袭用南唐江为“竹影横斜水清浅，桂香浮动月黄昏”诗句，仅换动两个字，竟成为咏梅名句。朱彝尊《题李秀才琪枝画梅》诗云：“平生冷笑林君复，活剥江为两句诗。画到影疏香暗处，始知一字可称师。”是朱氏也认为

林逋袭用江为诗句，只是赞赏他每句动一字换得很妙。然《全唐诗》江为诗无此二语。

和靖另有《梅花》诗云："吟怀长恨负芳时，为见梅花辄入诗。雪后园林才半树，水边篱落忽横枝。人怜红艳多应俗，天与清香似有私。堪笑胡雏亦风味，解将声调角中吹。"其中"雪后园林"一联，为黄山谷所激赏。《宋诗钞》传论谓："欧阳文忠爱其咏梅花诗'疏影横斜'一联，谓前世未有此句。黄涪翁则以'雪后园林'二语为胜之。盖一取神韵，一取意趣，皆为杰句。然知欧阳之所赏者多，知涪翁之所赏者少也。"王士禛《渔洋诗话》亦云："梅诗无过坡公'竹外一枝斜更好'七字，及'雪后园林才半树，水边篱落忽横枝'。高季迪'雪满山中高士卧，月明林下美人来'亦是俗格。""雪后园林"一联句诚新颖，然全诗平平。

自作寿堂因书一绝以志之①

湖上青山对结庐，坟前修竹亦萧疏。
茂陵他日求遗稿，犹喜曾无封禅书②。

① 寿堂，生前预作坟茔，即所谓生圹。此诗原书于和靖自作寿堂壁上，原题"先生临终之岁自作寿堂因书一绝以志之"，是和靖逝世之前明志之作，诗题系后人所加。

② 茂陵，汉武帝陵墓，武帝在时即修建。司马相如晚年居于茂陵。封禅，古代帝王于泰山上筑坛以祭天，报天之功，曰封。于泰山下小山梁父除地，报地之功，曰禅。《史记·司马相如列传》：司马相如病居茂陵，已死，武帝命人求书，其妻曰："长卿未死时，为一卷书，曰有使者来求书，奏之，无他书。"其书言封禅事，后武帝封泰山，禅梁父。司马相如死后犹奏封禅书，毕竟系谄谀汉武帝。就在和靖同时，还有现实版的"封禅书"，其时均州参军许洞于路谒宋真宗，奏请封禅。和靖所谓"犹喜曾无封禅书"，系讽刺许洞之流的谄谀行径。但更为重要的还在于，表示自己至死不求荣于统治者。

詹茂光妻

詹茂光妻，宋仁宗天圣中，礼部郎中孙冕序《三英集》言三英者，刘元载妻，詹茂光妻，赵晟母。其人当在北宋前期。

寄 远

锦江江上探春回，销尽寒冰落尽梅。
争得儿夫似春色，一年一度一归来？

★李调元《蜀雅》载明末诗人李实《春闺曲》云："碧玉堂前柳絮飞，白狼河北信音稀。征夫不及营巢燕，岁岁春风一度归。"诗意差可与詹妻诗媲美。李实，字如石，四川遂宁人。明思宗崇祯十六年癸未（1643）进士，官江苏吴县令。未几明亡，即寓居苏州。卒于清圣祖康熙中，年已八十。

杨亿

杨亿（974—1020），字大年，建州浦城（今福建浦城）人。宋太宗淳化中，命试翰林，赐进士第。真宗朝，历官知制诰，天禧中拜工部侍郎、翰林学士，兼史馆修撰，卒赠礼部尚书，谥曰文。杨亿与刘筠、钱惟演等，均官居高位，以诗相倡和，在高官大宦中蔚为风气，号西昆体。该体在宋真宗朝盛极一时，直至欧阳修率领的队伍出来，才被彻底扫荡。

汉武①

蓬莱银阙浪漫漫，弱水回风欲到难②。
光照竹宫劳夜拜，露漙金掌费朝餐③。
力通青海求龙种，死讳文成食马肝④。
待诏先生齿编贝，那教索米向长安⑤？

① 汉武，汉武帝刘彻（前156—前87，前140—前87在位），西汉第五代皇帝，文治武功，多有建树，为西汉一朝英主。晚年迷信方士，求神仙，妄图长生不死，颇多荒诞故事。此诗即讽刺武帝求神仙，厚待方术之士，而薄待贤良。

② 蓬莱银阙，《史记·封禅书》："蓬莱、方丈、瀛洲，此三神山者，其传在渤海中，去人不远。患且至，则船风引而去。盖尝有至者，诸仙人及不死之药皆在焉。其物禽兽尽白，而黄金银为宫阙。"武帝曾"遣方士入海求蓬莱安期生之属"。弱水，《十洲记》：凤麟洲在西海，"洲四面有弱水绕之，鸿毛不浮，不可越也。"二句意谓神仙杳茫，难以求到。

③ 竹宫，汉武帝在甘泉宫中用竹作的神宫。《汉书·礼乐志》：武帝尝在甘泉宫祀神，"夜常有神光如流星止集祠坛，天子自竹宫而望拜，百官侍祠者

数百人皆肃然动心焉”。漙（tuán），露多貌，此处是动词，凝聚。金掌，汉武帝尝立金人承露盘，作铜柱，上立铜仙人舒掌擎盘以承仙露，以为和玉屑饮之，可以延年。费，抵充。张衡《西京赋》：“立修茎之仙掌，承云表之清露。屑琼蕊以朝餐，必性命之可度。”

④“力通青海”句：武帝尝得乌孙好马，名曰天马。及得大宛汗血马，益壮，因更乌孙马曰西极，名大宛马曰天马。后又拜李广利为贰师将军，伐大宛取善马。见《史记·大宛列传》及《汉书·李广利传》。《汉书·礼乐志》：太初四年（前101）诛宛王获马，作《天马歌》，歌词有“天马徕，从西极”、“天马徕，龙之媒”句。按，武帝伐大宛取良马，不涉青海地，亦不称为龙种。《北史·吐谷浑传》载青海良马号为龙神，《隋书·炀帝纪》亦载大业五年（609）置马牧于青海以求龙种，杨诗移用之于汉武帝。“死讳文成”句：齐人少翁以鬼神方骗汉武帝，武帝封为文成将军。后少翁以帛书喂入牛腹中，然后言牛腹中有奇。杀牛出帛书，武帝识其手书，遂诛杀文成。但武帝仍迷信神仙方士，因言“文成食马肝死耳”。见《史记·孝武本纪》。讳，掩饰。食马肝死，当时以为马肝有毒，食可死人，故武帝以为饰词。

⑤待诏先生，指东方朔。齿编贝，牙齿像编排的贝壳一样整齐洁白。《汉书·东方朔传》：东方朔给汉武帝上书，作自我介绍，其中有“目若悬珠，齿若编贝”语。武帝使“待诏公车，奉禄薄，未得省见”。朔不满，遂恐吓武帝的侏儒。武帝责问，朔曰：“朱儒长三尺馀，奉一囊粟，钱二百四十。臣朔长九尺馀，亦奉一囊粟，钱二百四十。朱儒饱欲死，臣朔饥欲死。臣言可用，幸异其礼；不可用，罢之，无令但索长安米。”杨亿为翰林学士时，俸禄不多，亦有所不满，其请外调表云：“虚忝甘泉之从臣，终作莫敖之馁鬼。从者之病莫兴，方朔之饥欲死。”正可与诗末二句参读。

★宋真宗迷信符瑞，京师四裔，纷纷附会天象，虚呈祥瑞。大中祥符元年（1008）遂有“天书”降临，真宗因此改元；四年，东封泰山。杨亿、刘筠等并作《汉武》诗，借古喻今，以示微讽。故此等诗，算是《西昆集》中现实性较强的作品。然如此格讷，亦使读者却步。

钱惟演

钱惟演（977—1034），字希圣，吴越王钱俶之子。归宋，累迁翰林学士、枢密使，罢为镇国军节度观察留后，改保大军节度使，知河阳。入朝，加同中书门下平章事。卒谥曰思，改谥文僖。

始皇①

天极周环百二都，六王钟鐻接流苏②。
金椎漫筑甘泉道，匕首还随督亢图③。
已觉副车惊博浪，更携连弩望蓬壶④。
不将寸土封诸子，刘项由来是匹夫⑤。

① 始皇，秦始皇帝嬴政（前259—前210，前246—前210在位），战国时秦国君主，后统一中国，建立秦王朝，自称始皇帝。但为政暴虐，实行专制统治，广大人民痛苦不堪。死后仅三年，秦王朝即被推翻。

② 天极，星座名。《史记·天官书》："天极紫宫后十七星绝汉抵营室，曰阁道。"（十七星连成一线渡越天河，直抵营室星座，称为阁道。）始皇三十五年"营作朝宫渭南上林苑中。先作前殿阿房。东西五百步，南北五十丈，上可以坐万人，下可以建万丈旗。周驰为阁道，自殿下直抵南山。表南山之颠以为阙。为复道，自阿房渡渭，属之咸阳，以象天极阁道绝汉抵营室也"。百二都，即指咸阳。《史记·高祖本纪》田肯称"秦，形胜之国，带河山之险，悬隔千里，持戟百万，秦得百二焉"。集解引苏林曰："秦地险固，二万人足当诸侯百万人也。"日本泷川资言《史记会注考证》引顾炎武说："古人谓倍为二，秦得百二，言百倍也。"六王，指齐、楚、燕、韩、赵、魏六国。钟鐻（jù），两种铜铸乐器。流苏，下垂的穗子，此指皇帝的冕旒。二句谓秦拥有险

固的山河，用天极阁道环绕咸阳并灭亡六国，使六国的礼器来到秦王的面前。

③“金椎”句：金椎，铁槌。秦始皇二十九年东游，“至阳武博浪沙中，为盗所惊。”（此实张良为韩报仇，得力士，狙击始皇博浪沙中，误中副车，始皇得以不死。见《史记·留侯世家》）漫筑，空筑。秦始皇令咸阳之旁二百里内宫观二百七十复道甬道相连，始皇所至，有言其处者罪死。“始皇幸梁山宫，从山上见丞相车骑众，弗善也。中人或告丞相。丞相后损车骑，始皇怒曰：‘此中人泄吾语！’案问莫服。当是时，诏捕诸时在旁者，皆杀之。”甘泉，秦宫名，在今陕西淳化甘泉山中。此以甘泉道概指秦宫甬道。句意谓秦始皇空筑如此之长的甬道，仍免不了受到金椎的狙击。“匕首”句：燕太子丹为报秦仇，遣荆轲刺秦王。太子丹得赵人徐夫人（姓徐名夫人）匕首，焠以毒药。荆轲带燕督亢地图入秦，诈称献与秦王。秦王发图，图穷而匕首见。荆轲持匕首刺秦王，不中，被杀。见《史记·刺客列传》。句意谓六国仇视秦王，乃有献地而匕首随之之事。

④副车惊博浪，见前注。博浪沙，在今河南原阳县境。连弩射蓬壶，始皇命方士徐市（fú）入海求神药，数岁不得，费多恐谴，乃诈曰：“蓬莱药可得，然常为大鲛鱼所苦，故不得至。愿请善射与俱，见则以连弩射之。”始皇“乃令入海者赍捕巨鱼具，而自以连弩候大鱼出射之。”（引文故实，除另注明者外，均见《史记·秦始皇本纪》。）

⑤刘项，刘邦项羽。二句仿唐章碣《焚书坑》诗“坑灰未冷山东乱，刘项原来不读书”句。

★西昆体诗堆砌典故，饾饤词汇，貌似丰腴而实枯涩。录此两篇，以示一斑。

范仲淹

范仲淹（989—1052），字希文，苏州吴县（今江苏吴县）人。宋真宗大中祥符八年乙卯（1015）进士。仁宗宝元三年（1040）任陕西经略安抚招讨副使兼知延州，抵御西夏。庆历三年（1043）任参知政事，与富弼、欧阳修等推行新政，为夏竦等中伤，出为陕西四路宣抚使。皇祐四年（1052）赴颍州途中病逝，年六十四，谥文正。范仲淹为北宋名臣，尝言“士当先天下之忧而忧，后天下之乐而乐”，以此闻名。散文有名作《岳阳楼记》，词作不多而颇豪壮。有《范文正公集》。

江上渔者

江上往来人，但爱鲈鱼美。
君看一叶舟，出没风波里。

钓台诗①

汉包六合网英豪，一个冥鸿惜羽毛②。
世祖功臣三十六，云台争似钓台高③。

① 钓台，此指东汉严光垂钓处，地在今浙江桐庐县富春江北岸。严光，字子陵，会稽馀姚人。少与刘秀（光武帝）同游学。刘秀称帝，光变姓名隐遁。光武派人访得，征召到洛阳，授谏议大夫，不受，退隐于桐庐富春山。见《后汉书·隐逸传》。

② 汉，指东汉王朝。六合，上下四方，指整个天下。网，网罗。冥鸿，

高飞的鸿雁，喻严光。二句谓东汉王朝网罗了天下英豪，而严光却保持高洁，不受笼络。

③ 世祖，即光武帝。云台，东汉洛阳宫中台名。《后汉书·马武传论》："永平中，显宗（汉明帝）追感前世功臣，乃图画二十八将于南宫云台。其外又有王常、李通、窦融、卓茂，合三十二人。"按，图画功臣者是汉明帝，非世祖时事。又，图画功臣只三十二人，没有三十六人。云台争似钓台高，意谓光武功臣还不如严光高尚。

★宋僧文莹《湘山野录》卷中："范文正公谪睦州，过严陵祠下。会吴俗岁祀，里巫迎神，但歌《满江红》有'桐江好，烟漠漠；波似染，山如削。绕严陵滩畔，鹭飞鱼跃'之句。公曰：'吾不善音律，撰一绝送神。'曰'汉包六合'云云，吴俗至今歌之。"所引"桐江好"六句出柳永《满江红》词。

张 俞

张俞，字少愚，益州郫县（今四川郫县）人。文彦博治蜀，为筑室于青城山白云溪，因号白云先生。有《白云集》。

蚕 妇

昨日入城市，归来泪满巾。
遍身罗绮者，不是养蚕人。

张 先

张先（990—1078），字子野，湖州乌程（今浙江吴兴）人。宋仁宗天圣八年庚午（1030）进士。晏殊知永兴军，辟为通判，官至都官郎中。宋神宗元丰元年卒，年八十九。张子野享高年，故上与晏殊并世，下得与苏轼同游，与梅尧臣、欧阳修、王安石并有交谊。子野是北宋有名词人，为欧阳修所称许。有《张子野词》。

题西溪无相院①

积水涵虚上下清，几家门静岸痕平②。
浮萍破处见山影，小艇归时闻草声。
入郭僧寻尘里去，过桥人似鉴中行。
已凭暂雨添秋色，莫放修芦碍月生。

① 诗题又作《华州西溪》。

② 涵虚，涵浸空虚。孟浩然《望洞庭湖赠张丞相》诗：“八月湖水平，涵虚混太清。”

★“浮萍破处见山影，小艇归时闻草声”，刻画细致真切，为东坡所激赏。子野作词善用“影”字，“云破月来花弄影”，“无数杨花过无影”，皆为名句，此诗中“浮萍破处见山影”亦差可媲美。

晏　殊

晏殊（991—1055），字同叔，抚州临川（今江西抚州）人。宋真宗时以神童荐，与进士千馀人并试廷中，真宗嘉赏，赐同进士出身。擢秘书省正字。仁宗庆历中官至集贤殿学士，同中书门下平章事，兼枢密使。殊爱重贤才，范仲淹、韩琦、富弼皆所进用，为一代名臣。后降工部尚书，知颍州、陈州、许州，稍复至户部尚书，以观文殿大学士知永兴军，徙河南府。仁宗至和二年卒，年六十五。晏殊词承南唐遗绪，风格清绮婉丽，为北宋初期大家，与欧阳修并称“晏欧”。其诗当西昆酬唱之后，而风格明净自然，不似西昆之枯干晦涩。原有集，据传其诗过万篇，已散佚，清人辑有《晏元献遗文》。

无　题①

油壁香车不再逢，峡云无迹任西东②。
梨花院落溶溶月，柳絮池塘淡淡风。
几日寂寥伤酒后，一番萧瑟禁烟中③。
鱼书欲寄何由达，水远山长处处同④。

① 诗题一作“寓意”。“无题”始于李商隐，用以写爱情诗或假托爱情的政治诗。

② 油壁香车，妇女坐的小车。峡云，《文选·高唐赋》写楚王梦遇巫山神女，神女自言“旦为朝云，暮为行雨，朝朝暮暮，阳台之下”。此代指情人。

③ 禁烟，古代寒食节禁烟火。

④ 鱼书，书信。古乐府《饮马长城窟行》：“客从远方来，遗我双鲤鱼。

呼儿烹鲤鱼，中有尺素书。”晏殊《蝶恋花》词“欲寄彩笺兼尺素，山长水阔知何处”，与诗末二句意同。

★开头两句写有所遇，却瞬息即逝。结尾两句写欲寄书，却水远山长。中间四句写自身抑郁无聊的生活。然题旨却未免迷离。不妨理解为一种象征手法，有所追求，却远莫能及，令人无限惆怅。

示张寺丞王校勘①

上巳清明假未开，小园幽径独徘徊②。
春寒不定班班雨，宿醉难禁滟滟杯③。
无可奈何花落去，似曾相识燕归来。
游梁赋客多风味，莫惜青钱万选才④。

① 张寺丞，张亢，为大理寺丞。王校勘，王琪，任馆阁校勘。

② 上巳，古代以阴历三月上旬巳日为上巳，魏晋以后定三月三日为上巳，一作“元巳”。清明，二十四节气中春天第五个节气，时在阳历四月五日前后。上巳清明，时届暮春，正春和景明，风光明媚，为踏青游春节日。

③ 班班雨，雨骤落之状。滟滟杯，酒满溢之貌。

④ 梁，梁园，西汉梁孝王刘武园名，名兔园，亦称梁苑。梁孝王喜宾客，好辞赋，著名赋家司马相如、邹阳、枚乘，皆曾客于梁园。此以梁国赋客代指张寺丞王校勘。多风味，犹言富有才情。青钱，即青铜钱。《新唐书·张荐传》：“员外郎员半千数为公卿称‘（张）鷟文辞犹青铜钱，万选万中’。”后因以“青钱万选”喻文辞杰出。莫惜青钱万选才，意在嘱张王莫惜才华，及时多作佳诗。理解为及时建立功业，亦无不可。

★晏元献《浣溪沙》词云：“一曲新词酒一杯，去年天气旧亭台，夕阳西下几时回？　　无可奈何花落去，似曾相识燕归来，小园香径独徘徊。”词后半阕三句均引入诗里，只一字有别。张宗橚《词林纪事》卷三云：“细玩‘无可奈何’一联，情致缠绵，音调谐婉，的是倚声家语。若作七律，未免软弱矣。”

王　琪

王琪，字君玉，华阳（今四川成都）人。曾为江都尉，其诗为晏元献赏识，因置馆职。历官知制诰，加枢密直学士。

题扬州大明寺壁①

水调隋宫曲，当年亦九成②。
哀音已亡国，废沼尚留名。
仪凤终陈迹，鸣蛙只沸声。
凄凉不可问，落日下芜城③。

① 胡仔《渔隐丛话》后集卷二十引《复斋漫录》："晏元献赴杭州，道过维扬，憩大明寺。瞑目徐行，使侍史读壁间诗板，戒其勿言爵里姓氏，终篇者无几。又俾诵一诗'水调隋宫曲'云云。徐问之，江都尉王琪诗也。召至，同饭。饭已，又同步池上。时春晚，已有落花。晏云：'每得句，书墙壁间，或弥年未尝强对，且如"无可奈何花落去"，至今未能对也。'王应声曰：'似曾相识燕归来。'自此辟置馆职，遂跻侍从矣。"诗题为选者所加。

② 水调，据传隋炀帝开运河，曾制《水调歌》。隋宫，隋炀帝游江都所居宫殿，大明寺为当年隋宫遗址。九成，乐曲一段为一成，九成犹九阕、九章。

③ 芜城，即扬州，以鲍照《芜城赋》得名。

★此诗《宋诗纪事》题作《题扬州九曲池》，词语小有不同。"水调隋宫曲"作"越调谁家曲"，"终陈迹"作"终沉影"，"下芜城"作"背芜城"。

石延年

石延年（994—1041），字曼卿，其先幽州人，自家宋城（今河南商丘）。屡举不第。曾知金乡县，通判海州。后为秘阁校理，迁太子中允。仁宗康定二年卒，年四十八。其诗为欧阳修所赏识。有《石曼卿诗集》。

金乡张氏园亭①

亭馆连城敌谢家，四时园色斗明霞②。
窗迎西渭封侯竹，地接东陵隐士瓜③。
乐意相关禽对语，生香不断树交花④。
纵游会约无留事，醉待参横月落斜⑤。

① 金乡，今山东金乡。《宋诗纪事》卷十引晁补之《鸡肋集》："曼卿以天圣四年来令金乡，故诗为此邑人作者，如《题张氏园亭》诗云'乐意相关禽对语，生香不断树交花'，尤为佳句也。"

② 谢家，东晋大族，有谢安、谢石、谢玄等名人。

③ 西渭封侯竹，《史记·货殖列传》："渭川千亩竹，其人与千户侯等。"东陵隐士瓜，秦末召平封东陵侯，秦亡后于长安城东种瓜。按，如此用典，并无深意，实为费词。

④ "乐意"二句，仿杜牧《街西长句》："游骑偶同人斗酒，名园相倚杏交花。"

⑤ 无留事，无事牵挂。参，即参星。参横月落，言夜已深。

古　松

直气森森耻屈盘，铁衣生涩紫鳞干。
影摇千尺龙蛇动，声撼半天风雨寒。
苍藓静缘离石上，丝萝高附入云端。
报言帝室抡材者，便作明堂一柱看①。

①抡，择取，指采伐木料。明堂，古代天子宣明政教之所，凡朝会、祭祀及庆赏大典，皆在其地举行。

★七律二首为石曼卿代表作，当时极为有名。然前一首唯“乐意相关”一联较为生色，《古松》一首则以“影摇千尺”二句颇具气势，而全诗实甚平平，觉作者运笔时十分吃力，如孱弱汉子挑千斤重担，虽勉力前行而步步艰难。

南　朝①

南朝人物尽清贤，不是风流即放言。
三百年间却堪笑，绝无人可定中原②。

①南朝，东晋与宋、齐、梁、陈。

②三百年间，自晋元帝南渡至陈后主降隋，凡二百七十三年，三百年概而言之。二百七十三年间，前有桓温，后有刘裕，两度北伐，都未能平定中原；中间淝水之战，谢家军大败苻坚。除此无有北进中原者。

★咏史诗唐李商隐最为擅长。李义山善于抓住史实中滑稽荒谬的细则来揭示主题，给人以深刻的感受。石曼卿从大处着墨，为南朝三百年“清贤”人物作一定评，亦自有其特色。

曾公亮

曾公亮（999—1078），字明仲，泉州晋江（今福建晋江）人。宋仁宗天圣二年甲子（1024）进士。嘉祐中，拜吏部侍郎，同中书门下平章事。神宗熙宁二年（1069）进昭文馆大学士，封鲁国公，旋以太傅致仕。元丰元年卒，年八十。

宿甘露僧舍①

枕中云气千峰近，床底松声万壑哀。
要看银山拍天浪，开窗放入大江来。

① 甘露僧舍，即甘露寺，在镇江北固山上，始建于唐文宗大和年间，宋真宗大中祥符年间重建。

石 介

石介（1005—1045），字守道，人称徂徕先生，兖州奉符（今山东泰安东南）人。宋仁宗天圣八年庚午（1030）进士。官至太子中允，直集贤院。石介推崇韩愈，主张道统、文统合一，反对西昆体。有《徂徕集》。

泥溪驿中作①

山驿萧条酒倦倾，嘉陵相背去无情②。
临流不忍轻相别，吟听潺湲坐到明③。

①泥溪驿，嘉陵江畔驿站。原注："嘉陵江自大散关与予相别，二十馀程至泥溪，偕予去，因有是作。"

②嘉陵，水名，在四川省东部，源出陕西省凤县东北西南流至重庆市注入长江。

③潺湲，水流貌，亦水流声。

梅尧臣

梅尧臣（1002—1060），字圣俞，宣城（今安徽宣城）人。少以父荫补太庙斋郎，历建德、襄城县令。宋仁宗皇祐三年（1051），以大臣举荐召试，赐进士出身，时年已五十。仁宗嘉祐初，为国子监直讲，累官至尚书屯田都官员外郎。嘉祐五年卒，年五十九。梅尧臣和苏舜钦是北宋前期力矫西昆之弊的重要诗人，极为欧阳修所称许。欧阳修"诗穷而后工"的名言就是针对梅尧臣说的。有《宛陵先生集》。

田家语

庚辰诏书：凡民三丁籍一，立校与长，号弓箭手，用备不虞[①]。主司欲以多媚上，急责郡吏，郡吏畏不敢辨，遂以属县令。互搜民口，虽老幼不得免。上下愁怨，天雨淫淫，岂助圣上抚育之意邪？因录田家之言，次以为文[②]，以俟采诗者云。

谁道田家乐，春税秋未足。
里胥扣我门，日夕苦煎促[③]。
盛夏流潦多，白水高于屋。
水既害我菽，蝗又食我粟。
前月诏书来，生齿复板录[④]。
三丁籍一壮，恶使操弓韣[⑤]。
州符今又严，老吏持鞭扑[⑥]。

搜索稚与艾，唯存跛无目[7]。
田庐敢怨嗟，父子各悲哭。
南亩焉可事，买箭卖牛犊。
愁气变久雨，铛缶空无粥[8]。
盲跛不能耕，死亡在迟速。
我闻诚所惭，徒尔叨君禄。
却咏归去来，刈薪向深谷[9]。

①庚辰诏书：《续资治通鉴》卷四十三载宋仁宗康定元年庚辰（1040）六月甲辰诏："陕西、河北、河东、京东西等路，量州县户口，籍民为乡弓手强壮，以备盗贼。"籍，户籍，名册，引申为登册，再申而为征调。三丁籍一，三个男丁中征调一个。不虞，不测，意外。时梅尧臣为襄城县令，为直录现实之作。

②辨，通"辩"。淫淫，雨大貌。次以为文，编写为诗。

③里胥，乡里小官。

④生齿，犹生口、人口。板录，登记。

⑤恶，强迫。弓韣（dú），弓套。

⑥州符，州府文书。鞭扑，鞭子、木棍，都是刑具。

⑦稚与艾，小孩与老人。《礼记·曲礼上》："五十曰艾。"跛无目，跛子与瞎子。

⑧铛（chēng），平底锅。缶（fǒu），瓦罐。

⑨却咏归去来，陶渊明弃官归隐，作《归去来辞》。此谓亦欲弃官归去。归去来，即归去，"来"为语气词。

汝坟贫女[1]

时再点弓手，老幼俱集，大雨甚寒，道死者百馀人，自壤河至昆阳老牛陂，僵尸相藉。

汝坟贫家女，行哭音凄怆。
自言有老父，孤独无丁壮。
郡吏来何暴，县官不敢抗。

督遣勿稽留，龙钟去携杖[②]。
勤勤嘱四邻，幸愿相依傍[③]。
适闻闾里归，问讯疑犹强[④]。
果然寒雨中，僵死壤河上[⑤]。
弱质无以托，横尸无以葬。
生女不如男，虽存何所当[⑥]。
拊膺呼苍天，生死将奈向[⑦]！

① 汝坟，汝水边。坟，水边高地。此与《田家语》为姊妹篇。

② 龙钟，老态。

③ “勤勤”二句，贫女殷勤拜托同行的邻人，希望关照老父。

④ “适闻”二句，贫女闻邻居有人归来，想去询问老父消息，疑有凶闻，但还是勉强问了。

⑤ 壤河，疑为河名。

⑥ 当（dàng），用。

⑦ 拊膺，捶胸。生死将奈向，是生是死，将何所向。

悼亡二首[①]

结发为夫妇，于今十七年。
相看犹不足，何况是长捐[②]。
我鬓已多白，此身宁久全。
终当与同穴，未死泪涟涟。

每出身如梦，逢人强意多。
归来仍寂寞，欲语向谁何。
窗冷孤萤入，宵长一雁过。
世间无最苦，精爽此销磨[③]。

① 悼亡，哀悼亡妻。梅尧臣妻谢氏，为谢涛女，谢绛妹，夫妻穷困潦倒

而感情甚笃。庆历四年（1044），梅乘舟返汴，七月七日，谢病逝于高邮，困窭不能归葬，乃葬于润州。集中有多首怀念谢氏的诗，皆深挚感人。

②捐，弃。

③精爽，精神，生命力。

鲁山山行①

适与野情惬，千山高复低②。
好峰随处改，幽径独行迷。
霜落熊升树，林空鹿饮溪。
人家在何许，云外一声鸡。

①鲁山，在河南鲁山县境。

②惬，谐调。

小　村

淮阔洲多忽有村，棘篱疏败漫为门①。
寒鸡得食自呼伴，老叟无衣犹抱孙。
野艇鸟翘唯断缆，枯桑水啮只危根②。
嗟哉生计一如此，谬入王民版籍论③。

①漫，随便。

②野艇鸟翘，无人的小船像鸟喙翘起。水啮，被水冲刷侵蚀。

③版籍，户口册。

田　家

南山尝种豆，碎荚落风雨①。
空收一束萁，无物充煎釜②。

①“南山”二句，汉杨恽《报孙会宗书》：“田彼南山，芜秽不治。种一

顷豆，落而为箕。”

②箕，豆秸。

陶者

陶尽门前土，屋上无片瓦。
十指不沾泥，鳞鳞居大厦。

苏舜钦

苏舜钦（1008—1048），字子美，祖籍梓州铜山（今四川中江），移居开封。从父荫补太庙斋郎，调荥阳尉。宋仁宗景祐元年甲戌（1034）进士，任光禄寺主簿，迁大理评事。以范仲淹荐，召试集贤校理，监进奏院。舜钦刚直，论议侵权贵，为人所忌，被借故劾免，废居苏州沧浪亭。庆历八年（1048）复官湖州长史，是年冬即病逝于湖州，年仅四十一岁。苏舜钦与梅尧臣并称“苏梅”，梅诗平淡，苏诗雄健，两人风格不同，而并有名当世。有《苏学士文集》。

城南感怀呈永叔[①]

春阳泛野动，春阴与天低。
远林气蔼蔼，长道风依依[②]。
览物虽暂适，感怀翻然移。
所见既可骇，所闻良可悲。
去年水后旱，田亩不及犁。
冬温晚得雪，宿麦生者稀。
前去固无望，即日已苦饥。
老稚满田野，斫掘寻凫茈[③]。
此物近亦尽，卷耳共所资[④]。
昔云能驱风，充腹理不疑。
今乃有毒厉，肠胃生疮痍。
十有七八死，当路横其尸。
犬彘咋其骨，乌鸢啄其皮。

胡为残良民，令此鸟兽肥。
天岂意如此，泱荡莫可知⑤。
高位厌粱肉，坐论搀云霓⑥。
岂无富人术，使之长熙熙⑦。
我今饥伶俜，悯此复自思⑧。
自济既不暇，将复奈尔为。
愁愤徒满胸，嵘竑不能齐⑨。

① 永叔，即欧阳修。
② 蔼蔼（ǎi），盛貌。依依，柔和貌。
③ 凫茈（cí），荸荠。茈，原作"芘"，当为形误。
④ 卷耳，草名，供药用，饥民于无可奈何之际亦取以为食。
⑤ 泱荡，深广无边之貌。
⑥ 厌，饱足。搀（chán），刺。
⑦ 熙熙，乐貌。
⑧ 饥，一作"饿"。伶俜，孤单貌，此处为瘦貌。
⑨ 嵘竑（róng hóng），山高峻貌，此用以形容心情愤激。

哭曼卿①

去年春雨开百花，与君相会欢无涯。
高歌长吟插花饮，醉倒不去眠君家。
今年恸哭来致奠，忍欲出送攀魂车②。
春晖照眼一如昨，花已破蕾兰生芽。
唯君颜色不复见，精魂飘忽随朝霞。
归来悲痛不能食，壁上遗墨如栖鸦。
呜呼死生遂相隔，使我双泪风中斜。

① 曼卿，即石延年，仁宗康定二年（1041）去世。
② 魂车，灵车。

★于平易中见深情。

中秋夜吴江亭上对月怀前宰张子野及寄君谟蔡大[①]

独坐对月心悠悠，故人不见使我愁。
古今共传惜今夕，况在松江亭上头。
可怜节物会人意，十日阴雨此夜收。
不惟人间惜此月，天亦有意于中秋。
长空无瑕露表里，拂拂渐上寒光流[②]。
江平万顷正碧色，上下清澈双璧浮[③]。
自视直欲见筋脉，无所逃避鱼龙忧。
不疑身世在地上，只恐槎去触斗牛[④]。
景情境胜反不足，叹息此际无交游。
心魂冷烈晓不寝，勉为笔此传中州[⑤]。

① 吴江，即吴淞江，又称松江，源出太湖，东北流经吴江、吴县入海。吴江亭，即垂虹亭。吴江上有垂虹桥，东西长百馀丈，七十二孔，垂虹亭即在垂虹桥上，称为三吴绝景。张子野，即张先，曾为吴江令。君谟蔡大，蔡襄，字君谟，莆田（今福建莆田）人，官至端明殿学士，宋代著名书法家。仁宗康定元年（1040）张先任吴江县丞，改建江边如归亭。蔡襄于亭壁题词云：“苏州吴江之滨，有亭曰如归者，隘坏不可居。康定元年冬十日，知县事秘书丞张先治而大之，以称其名。既成，记工作之始，以示于后。”见《中吴纪闻》。仁宗庆历五年（1045）苏舜钦被诬陷，削职为民，避居苏州。诗作于庆历六年中秋。

② 拂拂，通常用作风吹草动貌，此用于月光，仿佛月光渐上亦有拂拂之声。

③ 双璧，指空中水底上下两轮明月。

④ 槎，木筏。张华《博物志》载旧说天河与海通。有海边居民，见年年八月，海上有浮槎去来不失期。此人发奇想，立阁槎上，多赍粮，乘槎去。久之，芒忽不觉昼夜。至一处，有城郭状。遥望宫中有织女，另一丈夫牵年饮水边。此人竟不上岸，随复返海边，不失期。其后至蜀郡访严君平。君平曰：“某年月日，有客星犯牵牛宿。”计算年月，即此人到天河时。

⑤ 冷烈（lěng liè），激动貌。笔此，书此，指写此诗。中州，时张先、蔡

襄并在汴京。

★苏子美此等诗导源于韩愈，句法近乎散文，极力追求逼真而独特的表现方式，真正开创宋诗风格。其佳处由此开始，其缺陷亦肇见端倪。“自视直欲见筋脉”，此等诗句，确是未经人道，然终嫌缺乏诗味。

夏 意

别院深深夏簟清，石榴开遍透帘明。
树荫满地日当午，梦觉流莺时一声。

淮中晚泊犊头

春阴垂野草青青，时有幽花一树明。
晚泊孤舟古祠下，满川风雨看潮生。

★《淮中晚泊犊头》是苏子美的名作，然每读此诗，韦应物的《滁州西涧》就会在眼前晃动。刘克庄《后村诗话》谓此诗“极似韦苏州”，陈衍《宋诗精华录》甚至说较之韦苏州“气势过之”。其实“过之”谈不上，而“极似”恰好成为它的牵累。“时有幽花一树明”与“上有黄鹂深树鸣”总脱不了瓜葛，而苏子美在风雨舟中看到刚涨起的潮水，也似乎仍是韦应物看到的那一场晚来急雨带来的“春潮”。

初晴游沧浪亭①

夜雨连明春水生，娇云浓暖弄阴晴。
帘虚日薄花竹静，时有乳鸠相对鸣。

① 沧浪亭，在苏州城内，原为五代时吴越广陵王钱元璙花园，苏子美废居苏州时以四万钱买得，加以修葺，以为休憩留连之所，并作有《沧浪亭记》。

欧阳修

欧阳修（1007—1072），字永叔，庐陵（今江西吉安）人。宋仁宗天圣八年庚午（1030）进士，充西京留守推官。景祐元年（1034）召试学士院，为馆阁校勘。景祐三年（1036）范仲淹贬饶州，欧阳修因谏官高若讷诋诮范仲淹，移书高氏，贬夷陵令，徙乾德。宝元二年（1039）起复旧官，转太子中允。庆历元年（1041）改集贤校理，明年通判滑州。庆历三年（1043）以太常卿知谏院。庆历五年（1045），范仲淹、杜衍、富弼、韩琦并罢，欧阳修上书谏诤，贬知滁州，徙扬州、颍州。皇祐二年（1050）改知应天府兼南京留守司事。其后在京历史馆修撰、右谏议大夫、判秘书省，兼龙图阁学士，权知开封府，拜礼部侍郎，枢密副使。嘉祐六年（1061）为参知政事，八年转户部侍郎加金紫光禄大夫。是年三月，仁宗暴卒，议立英宗。英宗治平四年（1067）出知亳州，徙青州、蔡州，神宗熙宁四年（1071）以观文殿学士太子少师致仕。明年闰七月病逝于汝阴，年六十六。

欧阳修为仁宗、英宗朝文坛盟主，散文、诗词都为一代宗师。其散文上可同韩愈、柳宗元比肩，下足与王安石、苏轼鼎足。而王、苏并得欧阳修援引而得名当世。其诗境界开阔，题材多样，风格自然疏畅，开有宋一代风气。欧词承五代遗风，尤近于冯延巳，为婉约派大师。有《欧阳文忠集》。

初至夷陵答苏子美见寄①

三峡倚岧峣，同迁地最遥②。

物华虽可爱，乡思独无聊。
江水流青嶂，猿声在碧霄。
野篁抽夏笋，丛桔长春条。
未腊梅先发，经霜叶不凋。
江云愁蔽日，山雾晦连朝。
斫谷争收漆，梯林斗摘椒。
巴賨船贾集，蛮市酒旗招[③]。
时节同荆俗，民风载楚谣。
俚歌成调笑，摖鬼聚喧嚣[④]。
得罪宜投裔，包羞分折腰[⑤]。
光阴催晏岁，牢落惨惊飚[⑥]。
白发新年出，朱颜异域销。
县楼朝见虎，官舍夜闻鸮[⑦]。
寄信无秋雁，思归望斗杓[⑧]。
须知千里梦，长绕洛川桥。

① 宋仁宗景祐三年（1036）五月，欧阳修贬峡州夷陵（今湖北宜昌）令。此十月到达夷陵后答苏子美诗。时欧阳修三十岁。

② 岧峣（tiáo yáo），高峻貌，代指高山。同，一作“南”。

③ 巴賨，《风俗通》：“巴有賨人，剽勇。”

④ 摖（qì）鬼，原注：“夷陵之俗多淫奔，又好祠祭。每遇祠祭时，里民数百，共馂其馀。里语谓之摖鬼。因此多成斗讼。”祭祀之后聚饮。此系当时俚俗，聚饮时必杂有别的活动，至发展为斗殴。

⑤ 投裔，投奔远方。包羞，承受羞辱。分（fèn），应。折腰，弯腰行礼，含有屈身事人之意。

⑥ 牢落，犹寥落，孤寂之貌。惊飚，惊风。

⑦ 鸮，猫头鹰。夜间叫声尖厉，古人以为不祥之鸟。

⑧ 斗杓（biāo），即斗柄，代指北斗。杜甫《秋兴》诗：“夔府孤城落日斜，每依北斗望京华。”

水谷夜行寄子美圣俞[1]

寒鸡号荒林，山壁月倒挂。
披衣起视夜，揽辔念行迈[2]。
我来夏云初，素节今已届[3]。
高河泻长空，势落九州外[4]。
微风动凉襟，晓色清馀睡[5]。
緬怀京师友，文酒邈高会[6]。
其间苏与梅，二子可畏爱[7]。
篇章富纵横，声价相磨盖[8]。
子美气尤雄，万窍号一噫[9]。
有时肆颠狂，醉墨洒滂沛[10]。
势如千里马，已发不可杀[11]。
盈前尽珠玑，一一难柬汰[12]。
梅翁事清切，石齿漱寒濑。
作诗三十年，视我犹后辈。
文词愈清新，心意虽老大[13]。
譬如妖韶女，老自有馀态[14]。
近诗尤古硬，咀嚼苦难嘬[15]。
初如食橄榄，真味久愈在[16]。
苏豪以气轹，举世徒惊骇[17]。
梅穷独我知，古货今难卖[18]。
二子双凤凰，百鸟之嘉瑞。
云烟一翱翔，羽翮一摧铩[19]。
安得相从游，终日鸣哕哕[20]。
问胡苦思之，对酒把新蟹[21]。

① 宋仁宗庆历四年（1044）四月，欧阳修奉命巡视河东，诗即作于巡视途中。水谷，水谷口，在今河北顺平县西北。子美，即苏舜钦。圣俞，即梅尧臣。是年，苏舜钦由范仲淹荐，以集贤校理进奏院，梅尧臣解湖州监税任，至开封待调，并在京师。

② 视夜，看看夜色，判断已到什么时候。《诗·郑风·鸡鸣》："子兴视夜，明星有烂。"辔，马缰。行迈，行进。《诗·王风·黍离》："行迈靡靡，中心摇摇。"

③ 素节，秋节。

④ 高河，天河。

⑤ 晓色清馀睡，一作"晓色清馀暖"。暖，昏暗。

⑥ 缅怀，远念。邈，远，此与高同义，一作"邀"。

⑦ 可畏爱，既可畏又可爱。《左传》文公七年："酆舒问于贾季曰：'赵衰、赵盾孰贤？'对曰：'赵衰，冬日之日也。赵盾，夏日之日也。'"杜预注："冬日可爱，夏日可畏。"

⑧ 相磨盖，相磨相盖，即高下难分。

⑨ 万窍号一噫，《庄子·齐物论》："夫大块噫气，其名为风，是唯无作，作则万窍怒号。"原意是说，大风一起，各种孔穴都发出呼号。诗借以形容苏诗的气势。

⑩ 滂沛，同"滂湃"，气势盛大貌。

⑪ 势，一作"譬"。杀，止住。

⑫ 珠玑，圆者谓之珠，不圆者谓之玑。柬汰，拣择删汰。"子美气尤雄"八句评苏诗。

⑬ 虽，一作"难"。

⑭ 妖韶，同"妖娆"，艳丽妖媚。

⑮ 古硬，一作"古淡"。

⑯ "梅翁事清切"十二句评梅诗。

⑰ 气轹，气势凌轹。徒，一作"尽"。

⑱ 今难卖，一作"今谁买"四句对比苏梅诗风。并谓二子均不为世所重，唯我独赏。

⑲ 摧铩，羽毛摧残。

⑳ 哕哕，凤凰鸣声。

㉑ 问胡，一作"相问"。对酒把新蟹，一作"把酒对新蟹"。

★苏舜钦、梅尧臣为欧阳修平生最好诗友，欧阳修对他们其人其诗都有极高的评价，集中与苏梅唱酬之作特多。本篇对苏梅诗风格的不同作了

准确的评论。欧阳修在《六一诗话》中曾提及此诗："圣俞、子美齐名于一时，而二家诗体特异。子美笔力豪俊，以超迈横绝为奇；圣俞覃思精微，以深远闲淡为意。各极其长，虽善论者不能优劣也。余尝于《水谷夜行》诗略道其一二云云。语虽非工，谓粗得其仿佛，然不能优劣之也。"与此诗正可互参。

游琅琊山[①]

南山一尺雪，雪尽山苍然[②]。
涧谷深自暖，梅花应已繁。
使君厌骑从，车马留山前[③]。
行歌招野叟，共步青林间。
长松得高荫，盘石堪醉眠。
止乐听山鸟，携琴写幽泉。
爱之欲忘返，但苦世路牵。
归时始觉远，明月高峰巅。

① 琅琊山，在滁州城西南。欧阳修《醉翁亭记》："环滁皆山也。其西南诸峰林壑尤美，望之蔚然而深秀者，琅琊也。"诗人于宋仁宗庆历五年（1045）八月贬滁州，诗作于庆历六年（1046）初春。

② 雪尽山苍然，雪融化后露出青苍的山峰。

③ 使君，诗人自称。

幽谷晚饮[①]

一径入蒙密，已闻流水声。
行穿翠筱尽，忽见青山横[②]。
山势抱幽谷，谷泉含石泓[③]。
旁生嘉树林，上有好鸟鸣。
鸟语谷中静，树凉泉影清。

露蝉已嘒嘒，风溜特泠泠[4]。
渴心不待饮，醉耳倾还醒。
嘉我二三友，偶同丘壑情。
环流席高荫，置酒当峥嵘[5]。
是时新雨馀，日落山更明。
山色已可爱，泉声难久听。
安得白玉琴，写以朱丝绳[6]。

① 幽谷，在滁州丰山。《丰乐亭记》："修既治滁之明年，夏，始饮滁水而甘。问诸滁人，得于州南百步之近。其上则丰山，耸然而特立；下则幽谷，窈然而深藏。中有清泉，滃然而仰出。"诗作于庆历六年（1046）。

② 翠筱（xiǎo），绿竹。

③ 石泓（hóng），石罅流出的水。

④ 嘒嘒（huì），蝉鸣声。泠泠，流水声。

⑤ 环流，环绕流水。席高荫，坐于高树下。

⑥ 朱丝绳，指琴弦。写以朱丝绳，即以琴弹出心意。

幽谷泉[1]

踏石弄泉流，寻源入幽谷。
泉旁野人家，四面深篁竹。
溉稻满春畴，鸣渠绕茅屋。
生长饮甘泉，荫泉栽美木。
潺湲无春冬，日夜响山曲。
自言今白首，未惯逢朱毂。
顾我应可怪，每来听不足。

① 庆历六年（1046）作于滁州。

★苏东坡言柳子厚《渔翁》诗后二句不要亦可，我谓欧阳永叔此诗"自言今白首"以下四句删去更佳。

晚步绿阴园遂登凝翠亭[①]

余春去已远，绿水涵新塘[②]。
渐爱树阴密，初迎蕙风凉。
高亭可四望，绕郭青山长。
野色晚更好，岚曛共微茫[③]。
幽怀不可写，雅咏同谁觞。
明月如慰我，开轩送清光。

① 绿阴园、凝翠亭，并在滁州，庆历六年（1046）作。
② 涵，溉满。
③ 岚，山间云气。曛，落日馀光。

送唐秀才归永州[①]

京师英豪域，车马日纷纷。
唐生万里客，一影随一身。
出无车与马，但踏车马尘[②]。
日食不自饱，读书依主人。
夜夜客枕梦，北风吹孤云。
翩然动归思，旦夕来扣门。
终年少人识，逆旅惟我亲。
来学愧道瞢，赠归惭橐贫[③]。
勉之期不止，多获由力耘[④]。
指家大岭北，重湖浩无垠[⑤]。
飞雁不可到，书来安得频！

① 秀才，优秀之才。唐初考试有秀才科，后废止。宋代秀才用作无官职无科名读书人的泛称，明清才用以专称府县的生员。永州，今湖南零陵。诗题

一作“送唐生”。

②“出无”二句，暗用杜甫《奉赠韦左丞丈》诗“朝扣富儿门，暮随肥马尘”句意。

③瞢（méng），昏昧，糊涂。道瞢，谓学识浅薄，修养不高，自谦之词。橐，囊。

④多获由力耘，努力耕耘，收获自多。此用作比喻，犹勤苦学习，自然有成。

⑤大岭，指五岭，永州在五岭之北。重湖，指洞庭。

送胡学士知湖州①

武平天下才，四十滞铅椠②。
忽乘使君舟，归榜不可缆③。
都门春渐动，柳色绿将暗。
挂帆千里风，水阔江滟滟。
吴兴水精宫，楼阁在寒鉴④。
桔柚秋苞繁，乌程春瓮酽⑤。
清淡越客醉，屡舞吴娘艳。
寄诗毋惮频，以慰离居念。

①诗题一作“送胡宿武平学士”。胡宿，字武平，常州晋陵人。登第为扬子尉，以荐为馆阁校勘，进集贤校理，通判宣州，知湖州。见《宋史·胡宿传》。湖州，今浙江湖州。

②铅椠（qiàn），铅粉笔和写字木板，古代书写工具。《西京杂记》卷三：“扬子云好事，常怀铅提椠，从诸计吏，访殊方绝域四方之语，以为裨补輶轩所载。”后用以代指著述或校雠。四十滞铅椠，指胡宿长时间任馆阁校勘。

③使君，宋代称州郡守为使君。榜，桨，代指船。缆，挽住。韩愈《秋怀》诗：“有如乘风船，一纵不可缆。”

④吴兴，即湖州。水精宫，吴兴北临太湖，城内河流四达，楼阁与水天辉映，如水精宫，下文“寒鉴”即指湖水。

⑤苞繁，果实繁密。乌程，湖州县名，以酿酒著名，因亦为酒名。酽（yàn），酒味醇厚。

晚泊岳阳[①]

卧闻岳阳城里钟，系舟岳阳城下树。
正见空江明月来，云水苍茫失江路。
夜深江月弄清辉，水上人歌月下归。
一阕长歌听不尽，轻舟短楫去如飞。

①此宋仁宗景祐三年（1036）欧阳修贬峡州夷陵令路过岳阳时作。

春日西湖寄谢法曹歌[①]

西湖春色归，春水绿于染[②]。
群芳烂不收，东风落如糁[③]。
参军春思乱如云，白髮题诗愁送春。
遥知湖上一樽酒，能忆天涯万里人。
万里思春尚有情，忽逢春至客心惊。
雪消门外千山绿，花发江边二月晴。
少年把酒逢春色，今日逢春头已白。
异乡物态与人殊，惟有东风旧相识。

①仁宗景祐四年（1037）作于夷陵。欧阳修《六一诗话》："闽人有谢伯初者，字景山，当天圣、景祐间，以诗知名，余谪夷陵时，景山方为许州法曹，以韵见寄，颇多佳句。有云：'长官衫色江波绿，学士文华蜀锦张。'余答云：'参军春思乱如云，白髮题诗愁送春。'盖景山诗有'多情未老已白髮，野思到春如乱云'之句，故余以此戏之也。"原注："西湖者，许昌胜地也。"

②染，青色染料。

③糁（sǎn），饭粒。唐宋诗词以散粒状物为糁，常指花片。韩愈《送无本师归范阳》诗："始见洛阳春，桃枝缀红糁。"周邦彦《大酺》词："红糁铺地，门外荆桃如菽。"

啼鸟[1]

穷山候至阳气生，百物如与时节争[2]。
官居荒凉草树密，撩乱红紫开繁英。
花深叶暗耀朝日，一暖众鸟皆嘤鸣[3]。
鸟言我岂解尔意，绵蛮但爱声可听[4]。
南窗睡多春正美，百舌未晓催天明。
黄鹂颜色已可爱，舌端哑咤如娇婴[5]。
竹林静啼青竹笋，深处不见惟闻声。
陂田绕郭白水满，戴胜谷谷催春耕[6]。
谁谓鸣鸠拙无用，雄雌各自知阴晴。
雨声萧萧泥滑滑，草深苔绿无人行[7]。
独有花上提葫芦，劝我沽酒花前倾。
其馀百种各嘲哳，异乡殊俗难知名[8]。
我遭谗口身落此，每闻巧舌宜可憎[9]。
春到山城苦寂寞，把酒常恨无娉婷[10]。
花开鸟语辄自醉，醉与花鸟为交朋[11]。
花能嫣然顾我笑，鸟劝我饮非无情。
身闲酒美惜光景，唯恐鸟散花飘零。
可笑灵均楚泽畔，离骚憔悴愁独醒[12]。

① 庆历六年（1046）春作于滁州。

② 候，节候，时令。

③ 嘤鸣，《诗・小雅・伐木》："伐木丁丁，鸟鸣嘤嘤。""嘤其鸣矣，求其友声。"

④ 绵蛮，鸟鸣声。《诗・小雅・绵蛮》："绵蛮黄鸟，止于丘阿。"此以下十四句，每二句咏一种鸟，依次咏百舌、黄鹂、青竹笋、戴胜、斑鸠、泥滑滑、提葫芦。

⑤ 哑咤（yà zhà），鸟鸣声。

⑥ 戴胜，即布谷鸟。胜是一种妇女首饰，此鸟头上羽毛如戴胜，故名。

⑦ 泥滑滑，即竹鸡，其声似云“泥滑滑”，故名。

⑧ 嘲哳，鸟鸣声。

⑨ 我遭谗口，指遭受谗人诬陷。庆历五年（1045），谏官钱明逸等诬陷欧阳修，虽经“监勘”无罪，欧阳修仍谪滁州。

⑩ 娉婷（pīng tíng），女子娇美貌，代指美女，此处指美女歌唱。

⑪ 花开，一作“花间”。

⑫ 灵均，即屈原。《离骚》：“名余曰正则兮，字余曰灵均。”《史记·屈原列传》谓屈原“忧愁幽思而作《离骚》。离骚者，犹离忧也”。又，屈原放逐，“至于江滨，被髪行吟泽畔，颜色憔悴，形容枯槁，渔父见而问之曰：‘子非三闾大夫与，何故至于此？’屈原曰：‘举世混浊而我独清，众人皆醉而我独醒，是以见放！’”表面上谓“可笑灵均”，实为愤激之辞。

新霜二首[①]

天云惨惨秋阴薄，卧听北风鸣屋角。
平明惊鸟四散飞，一夜新霜群木落。
南山郁郁旧可爱，千仞巉岩如刻削[②]。
林枯山瘦失颜色，我意岂能无寂寞。
衰颜得酒犹强发，可醉岂须嫌酒浊。
泉傍菊花方烂漫，短日寒辉相照灼。
无情木石尚须老，有酒主人何不乐！

荒城草树多阴暗，日夕霜云意浓淡。
长淮渐落见洲渚，野潦初清收潋滟[③]。
兰枯蕙死谁复吊，残菊篱根争艳艳。
青松守节见临危，正色凛凛不可犯。
芭蕉芰荷不足数，狼藉徒能污池槛。
时行收敛岁将穷，冰雪严凝从此渐。
咿呦儿女感时节，爱惜朱颜屡窥鉴。
惟有壮士独悲歌，拂拭尘埃磨古剑。

① 庆历六年（1046）作于滁州。
② 巉岩（chán yán），石山高峻貌。
③ 潋滟（liàn yàn），水满波光闪动之貌。

奉使道中作[①]

客梦方在家，角声已催晓。
匆匆行人起，共怨角声早。
马蹄终日践冰霜，未到思回空断肠。
少贪梦里还家乐，早起前山路正长。

① 奉使，宋仁宗至和二年（1055）冬，欧阳修奉命使契丹，诗作于途中。

吴学士石屏歌[①]

晨光入林众鸟惊，腷膊群飞鸦乱鸣[②]。
穿林四散投空去，黄口巢中饥待哺。
雌者下啄雄高盘，雄雌相呼飞复还。
空林无人鸟声乐，古木参天枝屈蟠。
下有怪石横树间，烟埋草没苔藓斑[③]。
借问此景谁图写，乃是吴家石屏者。
虢工刳山取山骨，朝镵暮斫非一日。
万象皆从石中出[④]。
吾嗟人愚不见天地造化之初难，乃云万物生自然[⑤]。
岂知镌镵刻画丑与妍，千状万态不可殚，
神愁鬼泣昼夜不得闲[⑥]。
不然安得巧工妙手惫精竭思不可到，
若无若有缥缈生云烟。
鬼神功成天地惜，藏在虢山深处石。
惟人有心无不获，天地虽神藏不得[⑦]。

又疑鬼神好胜憎吾侪，欲极奇怪穷吾才，
乃传张生自西来[8]。
吴家学士见且咍，醉点紫毫淋墨煤[9]。
君才自与鬼神斗，嗟我老矣安能陪。

① 题下原注："一作和张生鸦树屏，一无和字。"诗作于仁宗嘉祐元年（1056）。吴学士，吴奎，字长文，潍州北海人，时官翰林学士。

② 腷膊（bì bó），飞鸟扑翅声。

③ 横树间，一作"横其间"。开头十二句描写石屏上自然纹理形成的图象。

④ 虢工，虢州工匠。虢州，今河南灵宝。刳（kū），挖掘。山骨，指石。镵（chán），刺，掘。斫（zhuó），砍削；一作"琢"。万象，指石屏上的各种景象。

⑤ 造化，一作"造物"。

⑥ 镌（juàn），琢，凿。殚，尽。昼夜，一作"日夜"。

⑦ "惟人"二句，一作"乃知人为天地贼，天公有物藏不得"。

⑧ 乃，一作"故"。传，命令。张生，即自虢州携来石屏者。

⑨ 咍（hāi），欢欣。

明妃曲和王介甫[1]

胡人以鞍马为家，射猎为俗。
泉甘草美无常处，鸟惊兽骇争驰逐[2]。
谁将汉女嫁呼韩，风沙无情貌如玉。
身行不遇中国人，马上自作思归曲。
推手为琵却手琶，边人共听亦咨嗟。
玉颜流落死天涯，琵琶却传来汉家[3]。
汉宫争按新声谱，遗恨已深声更苦。
纤纤女手生洞房，学得琵琶不下堂。
不识黄云出塞路，岂知此声能断肠。

① 本篇与下篇《再和明妃曲》并作于仁宗嘉祐四年（1059）。明妃，即王昭君，晋时避司马昭讳，改称王明君，亦称明妃。《后汉书·南匈奴传》："昭君字嫱，南郡人也。初，元帝时以良家子选入掖庭。时呼韩邪来朝，帝敕以宫女五人赐之。昭君入宫数岁，不得见御，积悲怨，乃请掖庭令求行。呼韩邪临辞大会，帝召五女以示之。昭君丰容靓饰，光明汉宫，顾景徘徊，竦动左右。帝见大惊，意欲留之，而难于失信，遂与匈奴。"昭君远嫁匈奴，为呼韩邪单于稽侯珊之阏氏。时在汉元帝竟宁元年（前33）。呼韩邪死，又从胡俗，再嫁呼韩邪大阏氏长子复株累单于雕陶莫皋。王介甫《明妃曲》，见王氏诗选。

② "胡人"四句：胡人，指匈奴。《汉书·晁错传》："胡人食肉饮酪，衣皮毛，非有城郭田宅之归居，如飞鸟走兽于广野，美草甘水则止，草尽水竭则移。"

③ "推手"四句：《释名·释乐器》："琵琶本出于胡中，马上所鼓也。推手前曰琵，引手却曰琶，象其鼓时，因以为名也。"晋石崇《王明君辞序》："王明君者，本是王昭君，以触文帝讳故改之。匈奴盛，请婚于汉，元帝以后宫良家子明君配焉。昔公主嫁乌孙，令琵琶马上作乐，以慰其道路之思，其送明君亦必尔也。"王昭君马上弹琵琶作思归曲即原于石崇本篇，本系石崇想象之辞，后世即以为昭君事。

再和明妃曲

汉宫有佳人，天子初未识。
一朝随汉使，远嫁单于国。
绝色天下无，一失难再得。
虽能杀画工，于事竟何益[①]？
耳目所及尚如此，万里安能制夷狄？
汉计诚已拙，女色难自夸。
明妃去时泪，洒向枝上花。
狂风日暮起，飘泊落谁家！
红颜胜人多薄命，莫怨春风当自嗟。

① "汉宫有佳人"八句：《西京杂记》："元帝后宫既多，不得常见，乃使画工图其形，案图召幸之，诸宫人皆赂画工，多者十万，少者亦不减五万。独王嫱自恃容貌，不肯与。工人乃丑图之，遂不得见。后匈奴入朝，求美人为阏

氏，于是上案图以昭君行。及去召见，貌为后宫第一，善应对，举止娴雅。帝悔之，而名籍已定，方重信于外国，故不复更人。乃穷案其事，画工皆弃市，籍其家资皆巨万。画工有杜陵毛延寿，为人形，丑好老少必得其真。同日弃市。”按，此系传说，后世即据以为典实。

★叶梦得《石林诗话》卷中，载有欧阳修之子欧阳棐转述乃父论及自己几篇得意之作，有云：“吾诗《庐山高》今人莫能为，惟太白能之。《明妃曲》后篇，太白不能为，惟杜子美能之。至于前篇，则子美亦不能为，惟吾能之也。”后之论者以为这三篇诗并非上乘，以至清人洪亮吉谓“欧公善诗而不善评诗”。近世注家，亦多据以为说。——其实，这些说法都成问题。笔记小说所记是否可靠值得怀疑，欧阳棐是否说过或者所说是否真出于乃父都很难说。欧阳永叔平生谦谨，何至说出如此肤廓而又夸诞的话。文学作品各具个性，即使一般作者的作品，他人也无法写出，因之谁写得出谁写不出都属无稽。至于这三篇作品，《庐山高》杂用骚体，造语驳杂，虽为梅尧臣所倾倒，确实并非欧公力作。至于两篇《明妃曲》，语言平易畅达，辞旨舒徐宛转而颇具新意，不失为集中佳作，未可倏尔轻诋。

上方阁①

闻钟渡寒水，共步寻云嶂。
还随孤鸟下，却望层林上。
清梵远犹闻，日暮空山响。

① 上方阁，僧寺名。此为《游龙门分题十五首》之一。仁宗天圣九年（1031），欧阳修为西京留守推官，诗作于明道元年（1032）。

伊川独游①

东郊渐微绿，驱马忻独往。
梅繁野渡晴，泉落春山响。
身闲爱物外，趣远谐心赏②。
归路逐樵歌，落日寒川上。

① 伊川，源出河南熊耳山，东北流经嵩县、伊阳、洛阳、偃师，注入洛水。此与下二首并明道元年（1032）作于洛阳。时充西京留守推官。

② 物外，尘俗之外。谐，契合。

雨后独行洛北

北阙望南山，明岚杂紫烟[①]。
归云向嵩岭，残雨过伊川[②]。
树绕芳堤外，桥横落照前。
依依半荒苑，行处独闻蝉。

① 阙，宫门前的望楼。洛阳为唐代东京，北宋称西京，自有宫阙。

② 嵩岭，嵩山，在洛阳南。“归云”二句，句法仿唐许浑《秋日赴阙题潼关驿楼》“残云归太华，疏雨过中条”。

秋郊晓行

寒郊桑柘稀，秋色晓依依。
野烧侵河断，山鸦向日飞[①]。
行歌采樵去，荷锸刈田归[②]。
秫酒家家熟，相邀白竹扉[③]。

① 野烧，野火。

② “行歌”二句，意即采樵者行歌去，刈田者荷锸归。锸，铁锹。

③ 秫（shú）酒，高粱酒，一作“村酒”。扉，门。

秋　怀[①]

节物岂不好，秋怀何黯然[②]。
西风酒旗市，细雨菊花天。
感事悲双鬓，包羞食万钱[③]。
鹿车终自驾，归去颍东田[④]。

① 英宗治平二年（1065）作于汴京。

② 黯然，伤神貌。

③ 感事，有感于时事。包羞，承受耻辱。《易·否》："包羞，位不当也。"食万钱，用《晋书·何曾传》"日食万钱"词语，此为韦应物"邑有流亡愧俸钱"之意。

④ 鹿车，语本《晋书·刘伶传》"尝乘鹿车"句，鹿车终自驾，意即归隐。颍东田，欧阳修于仁宗皇祐元年（1049）知颍州，爱颍州西湖风光优美，买田置屋，作归老之计。熙宁四年（1071）以太子少师致仕，终归居于此。

题杜祁公祠堂

余昔留守南都，得与杜祁公唱和，诗有答公见赠二十韵之卒章云："报国如乖愿，归耕宁买田。期无辱知己，肯逐利名迁？"逮今二十有二年，祁公捐馆亦十有五年矣，而余始蒙恩得遂退休之请。追怀平昔，不胜感涕，辄为短句，置公祠堂①。

掩涕发陈编，追思二十年②。
门生今白首，墓木已苍烟。
"报国如乖愿，归耕宁买田。"
此言今始践，知不愧黄泉。

① 此神宗熙宁四年（1071），欧阳修以太子少师致仕后追怀故相杜衍之作。杜衍（978—1057），字世昌，山阴（今浙江绍兴）人。宋真宗大中祥符元年（1008）进士，历官御史中丞，拜枢密使，仁宗庆历四年（1044）授同平章事，与晏殊、韩琦、富弼、范仲淹同时执政。衍婿苏舜钦被劾除名，杜衍旋亦罢相。皇祐三年（1051）欧阳修知应天府（即宋州）兼南京留守司事，有《答太傅相公见赠长韵》。乖愿，违背自己的愿望，即不能实现理想。期，期待，希望。肯，岂肯。杜衍于嘉祐二年去世。捐馆，捐弃馆舍，即去世。

② 二十年，序云二十二年，此取其整数。

黄溪夜泊[①]

楚人自古登临恨，暂到愁肠已九回[②]。
万树苍烟三峡暗，满川明月一猿哀。
非乡况复惊残岁，慰客偏宜把酒杯。
行见江山且吟咏，不因迁谪岂能来。

① 欧阳修景祐三年（1036）贬夷陵令，十月到官，诗作于是年“残岁”。黄溪，在夷陵。诗系《夷陵九咏》之六。

② “楚人”二句，宋玉《九辩》：“悲哉秋之为气也？萧瑟兮草木摇落而变衰。憭栗兮若在远行，登山临水兮送将归。”柳宗元《登柳州城楼寄漳汀封连四州刺史》诗：“岭树重遮千里目，江流曲似九迴肠。”

★前段四句极为精警，后段平平，结语“行见江山且吟咏，不因迁谪岂能来”，和王禹偁《听泉》诗结句“平生诗句多山水，谪宦谁知是胜游”，同样嫌于浅露，较之东坡“九死南荒吾不恨，兹游奇绝冠平生”，稍逊一筹。

戏答元珍[①]

春风疑不到天涯，二月山城未见花。
残雪压枝犹有橘，冻雷惊笋欲抽芽。
夜闻归雁生乡思，病入新年感物华。
曾是洛阳花下客，野芳虽晚不须嗟[②]。

① 景祐四年（1037）二月作于夷陵。丁宝臣，字符珍，时为峡州判官。
② “曾是”句，欧阳修于天圣八年（1030）举进士后，充西京留守推官。

再至西都[①]

伊川不到十年间，鱼鸟今应怪我还[②]。

浪得浮名销壮节，羞将白髮见青山。
野花向客开如笑，芳草留人意自闲。
却到谢公题壁处，向风清泪独潺潺[3]。

①此仁宗庆历四年（1044）四月，欧阳修奉命巡视河东途经洛阳时作。西都，即指洛阳。诗题一作“寄谢希深”，非是。谢绛，字希深，曾任河南府通判，已于宝元二年（1039）去世。诗末二句即怀念谢绛，自非寄赠之作。

②“伊川”句，欧阳修于景祐元年（1034）曾为西京留守推官，至此恰为十年。

③“却到”二句，一作“行至谢公题壁处，临风清泪落潺潺”。

招许主客[1]

欲将何物招嘉客，惟有新秋一味凉。
静扫黄庭宽百亩，少容明月放清光[2]。
楼头破鉴看将满，瓮面浮蛆拨已香[3]。
更约多为诗准备，共防梅老敌难当[4]。

①主客，官名，即主客郎中。仁宗庆历八年（1048）闰正月欧阳修自滁州徙知扬州。诗即作于扬州。

②宽，拓宽，一作“开”。少，稍。放，一作“吐”。

③破鉴，指未圆的月亮。浮蛆，指酒中浮起的米糟，古代酒不蒸馏，酿成后澄清即为清酒；下沉的米糟间有浮起。

④梅老，梅圣俞。

★前段四句颇有情致，后半平平，结尾尤凑合。欧公律诗往往缺乏后劲。

赠王介甫[1]

翰林风月三千首，吏部文章二百年[2]。
老去自怜心尚在，后来谁与子争先。

朱门歌舞争新态，绿绮尘埃试拂弦[③]。
常恨闻名不相识，相逢樽酒盍留连[④]？

① 仁宗至和二年（1056）作。王介甫，即王安石。王安石小欧阳修十五岁，时年三十五，欧阳修年已五十。诗对王安石评许甚高。

② 翰林，指李白，唐玄宗天宝初曾供奉翰林，后世称为李翰林。吏部，指韩愈，曾为吏部侍郎，世称韩吏部。并以喻王安石。

③ 绿绮，琴名。晋傅玄《琴赋序》："楚王有琴曰绕梁，司马相如有绿绮，蔡邕有焦尾，皆名器也。"二句谓朱门豪贵但知歌舞，以争新态，王安石则不随俗流，自高格调。

④ 盍，何不。

★王安石《奉酬永叔见赠》诗云："欲传道义心犹壮，强学文章力已穷。他日若能窥孟子，终身何敢望韩公。抠衣最出诸生后，倒屣常倾广坐中。只恐虚名因此得，嘉篇为贶岂宜蒙。"赠诗与和作末二句都平弱乏力，宋人七律往往如此，即大家亦未免此憾。

唐崇徽公主手痕和韩内侍[①]

故乡飞鸟尚啁啾，何况悲笳出塞愁。
青冢埋魂知不返，翠崖遗迹为谁留[②]。
玉颜自古为身累，肉食何人与国谋[③]。
行路至今空叹息，岩花野草自春秋。

① 崇徽公主，仆固怀恩女，唐代宗大历四年（769）五月出降回鹘可汗。据传公主西行至阴地关，以手掌托石壁，石壁上即留有手痕。阴地关，一名汾水关，即今山西灵石汾河东岸南关。唐李山甫有《阴地关崇徽公主手迹》诗。此嘉祐四年（1059）作于京师。

② 青冢，汉王昭君远嫁匈奴，死葬丰州（今内蒙呼和浩特），据传冬日塞草枯黄，昭君墓草独青，称为青冢。诗意谓崇徽公主明知既已远嫁，必无返期。

③ 肉食，指统治者。语本《左传》庄公十年，曹刿曰："肉食者鄙，未能

远谋。”

★朱文公《语录》云：“玉颜自古为身累，肉食何人与国谋。以诗言之，第一等诗；以议论言之，第一等议论也。”

唐代诗人李山甫《阴地关崇徽公主手迹》诗云：“一拓纤痕更不收，翠微苍藓几经秋。谁陈帝子和番策，我是男儿为国羞。寒雨洗来香已尽，澹烟笼着恨长留。可怜汾水知人意，旁与吞声未忍休。”又作《代崇徽公主意》七绝云：“金钗坠地鬟堆云，自别昭阳帝岂闻。遣妾一身安社稷，不知何处用将军！”诗均有特色，欧阳公或受其影响。“遣妾一身”二句亦足与“玉颜自古”一联匹敌。李山甫，唐懿宗咸通时人，屡举不第，后流寓河朔，为魏博节度使幕府从事。

自菩提步月归广化寺[①]

春岩瀑泉响，夜久山已寂。
明月净松林，千峰同一色。

① 菩提，寺名，与广化寺均在洛阳龙门。此亦《游龙门分题十五首》之一，明道元年（1032）作。参见《上方阁》诗注。

画眉鸟[①]

百啭千声随意移，山花红紫树高低。
始知锁向金笼听，不及林间自在啼。

① 诗题一作“郡斋闻百舌”。此与下《田家》诗并庆历七年（1047）作于滁州。

田　家

绿桑高下映平川，赛罢田神笑语喧。
林外鸣鸠春雨歇，屋头初日杏花繁。

别　滁[①]

花光浓烂柳轻明，酌酒花前送我行。
我亦只如常日醉，莫教弦管作离声[②]。

① 庆历八年（1048）闰正月欧阳修由滁州徙知扬州。在滁州凡两年，此离别滁州时作。

② “我亦”二句，仿武元衡《酬裴起居西亭留赠》诗“况是池塘风雨夜，不堪丝管尽离声”而稍反其意。只，一作“且”。

行次寿州寄内[①]

紫金山下水长流，尝记当年此共游[②]。
今夜南风吹客梦，清淮明月照孤舟。

① 皇祐元年（1049）元月，欧阳修由扬州徙知颍州（今安徽阜阳），此沿淮赴颍，途经寿州（今安徽凤台）时作。内，妻。

② 紫金山，在今凤台和寿县间，濒临淮河。当年此共游，当指庆历五年（1045）贬滁州时，与夫人薛氏同过寿州。

★“今夜南风吹客梦，清淮明月照孤舟”不自言孤寂，而孤寂之情宛在；不自说怀思，而怀思之意自见。

鹭　鸶[①]

激石滩声如战鼓，翻天浪色似银山。
滩惊浪打风兼雨，独立亭亭意愈闲[②]。

① 鹭鸶，水鸟名，常漫步水边捕食鱼虾。

② 亭亭，从容独立之貌。

文彦博

文彦博（1006—1097），字宽夫，汾州介休（今山西介休）人。宋仁宗天圣五年丁卯（1027）进士。历枢密副使、参知政事，同中书门下平章事，封潞国公。神宗初，因反对王安石变法，出判河阳。司马光复相后，为平章军国重事。哲宗元祐五年（1090），以太师致仕。有《潞公集》。

雪中枢密蔡谏议借示范宽雪景图①

梁园深雪里，更看范宽山②。
迥出关荆外，如游嵩少间③。
云愁万木老，渔罢一蓑还④。
此景堪延客，拥炉倾小蛮⑤。

①枢密蔡谏议，蔡挺，宋神宗熙宁五年（1072）为枢密副使。范宽，一名中立，字仲立，宋代著名山水画家，尤善画雪景，有《雪林》《寒林》《袁安卧雪》《武关雪》《关山雪》等名作传世。

②梁园，汉梁孝王园名，故址在今河南商丘东，此代指汴京（魏惠王都城大梁在今开封，汉代梁国都城在今商丘，古人诗词中两者常相混）。

③关，关同，五代后梁长安人。荆，荆浩，五代后梁沁水人。并著名山水画家，关同从学于荆浩，有青出于蓝之誉。嵩，嵩山。少，少室山。

④“云愁”二句，范宽画中景物。

⑤小蛮，原注：“白乐天云：酒榼也。”白居易《夜招晦叔》诗：“高调秦筝一两弄，小花蛮榼二三升。”疑小蛮乃小花蛮榼的简化，酒器之名。如此用词造句，颇嫌凑合。

张方平

张方平（1007—1091），字安道，自号乐全居士，南京（即应天府，今河南商丘）人。举茂才异等，为校书郎，知昆山县。又中贤良方正，选迁著作佐郎，通判睦州。历仕仁宗、英宗、神宗、哲宗四朝，官至参知政事，加太子太保。

题歌风台①

落魄刘郎作帝归，樽前感慨大风诗。
淮阴反接英彭族，更欲多求猛士为②！

① 歌风台，在刘邦故乡沛县，今属江苏，汉十二年高祖刘邦自淮南击英布，回归沛，悉召故人父老，置酒沛宫，酒酣自为歌诗曰："大风起兮云飞扬，威加海内兮归故乡，安得猛士兮守四方！"见《史记·高祖本纪》。后人于其地筑歌风台。

② 淮阴，指淮阴侯韩信。英彭，英布、彭越，并汉初名将，后皆被杀。反接，反绑两手。族，灭三族。"反接"与"族"互文。为，疑问助词。

★叶梦得《石林诗话》卷中："张文定安道未第时，贫甚，衣食殆不给，然意气豪举，未尝稍贬。与刘潜、李冠、石曼卿往来山东诸郡，任气使酒，见者皆倾下之。沛县有汉高祖庙并歌风台，前后题诗人甚多，无不推颂功德，独安道《高祖庙诗》曰：'纵酒疏狂不治生，中阳有土不归耕。偶因乱世成功业，更向翁前与仲争。'又《歌风台》云云。盖自少已不凡矣。"中阳，刘邦故乡中阳里。

韩　琦

韩琦（1008—1075），字稚圭，相州安阳（今河南安阳）人。宋仁宗天圣五年丁卯（1027）进士。任右司谏，刚直敢言。宝元三年（1040）出任陕西安抚使，与范仲淹共同防御西夏，时称韩范。西夏和成，入为枢密副使。嘉祐中官同中书平章事。英宗立，封魏国公。神宗即位，出知相州。历仕三朝，为北宋名臣。有《安阳集》。

九日水阁①

池馆隳摧古榭荒，此延嘉客会重阳。
虽惭老圃秋容淡，且看寒花晚节香。
酒味已醇新过热，蟹黄先实不须霜②。
年来饮兴衰难强，漫有高吟力尚狂。

①九日，阴历九月九日重阳节。
②热，一作“熟”。

★“虽惭老圃秋容淡，且看寒花晚节香”，以议论并描写出之，为写菊名句，惜全诗不称。

赵　抃

赵抃（1008—1084），字阅道，号知非子，衢州西安（今浙江衢州）人。宋仁宗景祐元年甲戌（1034）进士。官殿中侍御史，弹劾不避权贵，京师号“铁面御史”。历知杭州、青州、成都。神宗时擢参知政事，与王安石议政不合，再出知成都，卒谥清献。有《清献集》。

次韵孔宪蓬莱阁①

山巅危构傍蓬莱，水阁风长此快哉。
天地涵容百川入，晨昏浮动两潮来。
遥思坐上游观远，愈觉胸中度量开。
忆我去年曾望海，杭州东向亦楼台②。

①孔宪，即孔延之，字长源，新喻（今江西新余）人，新喻三孔之父。曾以尚书司封郎中知越州军事、浙东兵马铃辖。宪，是一种尊称。蓬莱阁，在绍兴卧龙山上，五代吴越王钱镠建。

②“杭州”句，原注：“杭望海楼。”按，在杭州凤凰山上钱塘江西岸。

李觏

李觏（1009—1059），字泰伯，南城（今江西南城）人。举茂才异等不中，以教授养亲。宋仁宗皇祐初，范仲淹荐试太学助教。仁宗嘉祐中，召为海门主簿、太学说书。嘉祐四年卒，年五十一。有《盱江集》。

乡思

人言落日是天涯，望极天涯不见家。
已恨碧山相阻隔，碧山还被暮云遮。

忆钱塘江

昔年乘醉举归帆，隐隐前山日半衔。
好是满江涵返照，水仙齐着淡红衫。

读《长恨辞》①

蜀道如天夜雨淫，乱铃声里倍沾襟②。
当时更有军中死，自是君王不动心。

① 长恨辞，指白居易《长恨歌》。

② “蜀道”二句，《乐府诗集》卷八十引《明皇杂录》：“帝幸蜀，南入斜谷，属霖雨弥旬，于栈道雨中闻铃声，与山相应。帝既悼念贵妃，因采其声为

《雨霖铃》曲以寄恨焉。”此用其意。

★清袁枚《读长恨歌》诗云：“莫唱当年长恨歌，人间亦自有银河。石壕村里夫妻别，泪比长生殿上多。”与李觏立意相同，诗艺亦相颉颃。

黄 庶

黄庶（1012—1058），字亚父，号青社，洪州分宁（今江西修水）人。宋仁宗庆历二年壬午（1042）进士。官大理寺丞，知康州。仁宗嘉祐三年八月卒于州署，年四十七[①]。有《伐檀集》。亚父是黄山谷之父，山谷诗风与乃父有密切关系。其《怪石》诗云："山鬼水怪着薜荔，天禄辟邪眠莓苔。钩帘坐对心语口，曾见汉唐池馆来。"仿佛就是山谷的古绝，设想不可谓不奇，思维不可谓不深，然瘦硬拗折，实在也是一个"怪石"。

① 黄庶生卒与仕历，据笔者家藏《黄氏家谱》。

元伯示清水泊之什因和酬[①]

十年不踏故溪上，有时梦去千里游。
每思鱼行鉴中见，青衫手版如仇雠[②]。
秋风鲈肥美无价，莫怪张翰不可留[③]。
前日诵君清水吟，胸中突起百尺愁。
儿牵女婴走尘土，百年一半如弃投[④]。
清风明月无界畔，白首愿作山中侯[⑤]。
君诗写出渔者意，老景一片在目眸。
清泉钓舟未入手，聊可观诵忘吾忧。

① 元伯，黄庶友人。清水泊，在今山东益都境。
② 鉴，镜，喻澄清的溪水。青衫，低级官员所服。手版，即笏，官员上

朝或谒见上司手执手版，背面记事以备忘。句意谓厌倦官场生活。

③ 张翰，字季鹰，西晋初吴郡吴人。辟齐王司马冏东曹掾，在洛阳见秋风起，因思吴中菰菜莼羹鲈鱼脍，曰：“人生贵得适志，何能羁宦千里以要名爵！”遂命驾而归。见《晋书·张翰传》。

④ 婴，抱也。儿牵女婴，即牵儿带女。

⑤ 无界畔，犹言无边无涯。山中侯，指隐士。

★全诗将友人的清水泊诗和自己思归之情紧相关合，构思缜密；无论语言结体都开山谷七言古风的先导。

探 春

雪里犹能醉落梅，好营杯具待春来。
东风便试新刀尺，万叶千花一手裁①。

①“东风”二句，由贺知章《咏柳》诗“碧玉妆成一树高，万条垂下绿丝绦。不知细叶谁裁出，二月春风似剪刀”脱胎。

陶弼

陶弼（1015—1078），字商翁，永州（今湖南祁阳）人。以功授阳朔主簿，历官知邕州、东上阁门使、康州团练使。有《陶邕州集》。

碧湘门①

城中烟树绿波漫，几万楼台树影间。
天阔鸟行疑没草，地卑江势欲沉山②。

① 碧湘门，长沙城西门。
② 鸟行（háng），鸟飞的行列。

文 同

文同（1018—1079），字与可，梓州永泰（今四川盐亭）人。宋仁宗皇祐元年己丑（1034）进士。历官邛州、洋州，并有政绩。元丰初出知湖州，明年卒于陈州宛丘驿，年六十二。文同是北宋著名画家，尤善画竹，教其表弟苏轼，谓“画竹必先得成竹于胸中”，成为画家名言。有《丹渊集》。

新晴山月

高松漏疏月，落影如画地。
徘徊爱其下，夜久不能寐。
怯风池荷卷，病雨山果坠①。
谁伴予苦吟，满林啼络纬②。

①“怯风”二句，谓池荷怯风故叶卷，山果病雨故坠地。
②络纬，虫名，又名络纬娘、纺织娘。

★此诗又见林之奇《拙斋集》。林之奇，字少颖，福建侯官（今福建侯官）人。宋高宗绍兴二十一年（1151）进士。为长汀尉，召为校书郎，终朝奉郎。

司马光

司马光（1019—1086），字君实，陕州夏县（今山西夏县）涑水乡人，世称涑水先生。宋仁宗宝元二年己卯（1039）进士。仁宗末任天章阁待制兼侍讲，知谏院。英宗时进龙图阁直学士。神宗即位，擢翰林学士，反对王安石变法，出知永兴军，旋判西京御史台。居洛阳十五年，撰《资治通鉴》，书成，加资政殿学士。哲宗即位，拜尚书左仆射兼门下侍郎，主持朝政，废除新法。为相八月即病死，年六十八。赠太师、温国公，谥文正。有《司马文正公文集》。

南园饮罢留宿，诘朝呈鲜于子骏，范尧夫、彝叟兄弟①

园僻青春深，衣寒积雨阕②。
中宵酒力散，卧对满窗月。
旁观万象寂，远听群动绝③。
只疑玉壶冰，未足比明洁④。

① 南园，司马光洛阳府第的花园。诘朝，第二天。鲜于子骏，鲜于侁，字子骏，阆中（今四川阆中）人。范尧夫、彝叟兄弟，范仲淹次子范纯仁，字尧夫，三子范纯礼，字彝叟。

② 阕，止也。句意谓久雨虽停，尚觉衣寒（造语不甚顺畅）。

③ 万象，一切景象。群动，各种动态。后一句原于陶渊明《饮酒》诗“日入群动息”。

④ 玉壶冰，清彻明洁的象征。鲍照《代白头吟》：“直如朱丝绳，清如玉

壶冰。”诗意谓南园夜境较玉壶冰更为明洁。

别长安[①]

暂来还复去，梦里到长安。
可惜终南色，临行子细看[②]。

① 长安，今陕西西安，为汉唐故都。
② 终南，终南山，在西安南。

居洛初夏作

四月清和雨乍晴，南山当户转分明[①]。
更无柳絮因风起，唯有葵花向日倾。

① 四月清和，语本谢朓《别王丞僧儒》诗“首夏实清和”。

刘敞

刘敞（1019—1068），字原父，号公是，临江新喻（今江西新喻）人。宋仁宗庆历六年丙戌（1046）进士。累官知制诰，拜翰林学士，改集贤院学士，判南京御史台。有《公是集》。

微雨登城

雨映寒空半有无，重楼闲上倚城隅。
浅深山色高低树，一片江南水墨图。

刘攽

刘攽（bān，又读 bīn 1023—1089），字贡父，号公非。仁宗庆历六年丙戌（1046）与兄敞同榜进士。历秘书少监，出知蔡州，官至中书舍人。曾同司马光修《资治通鉴》，分任汉代部分。有《彭城集》《公非集》。

雨后池上

一雨池塘水面平，淡磨明镜照檐楹。
东风忽起垂杨舞，更作荷心万点声。

咏史

自古边功缘底事，多因嬖幸欲封侯。
不如直与黄金印，惜取沙场万髑髅。

★唐人曹松诗云："凭君莫话封侯事，一将功成万骨枯！"刘贡父却更深入一层，封侯不惜万骨枯者，不是一般的将军，而竟是嬖幸，自更为可恨。但持论虽精辟，却并不全面，并非所有边功都是如此。

杨　蟠

杨蟠（约1017—1106），字公济，章安（今浙江临海境）人。一说钱塘人。仁宗庆历六年丙戌（1046）进士。任密、和二州推官，后知温州寿州。尝与苏轼唱和。

陪润州裴如晦学士游金山回作[①]

世上蓬莱第几洲，长云漠漠鸟飞愁[②]。
海山乱点当轩出，江水中分绕槛流。
天远楼台横北固，夜深灯火见扬州[③]。
回船却望金陵月，独倚牙旗坐浪头[④]。

①裴如晦，名煜，时知润州（今江苏镇江）。金山，在镇江北大江中，上有金山寺、中冷泉等名胜。清末江岸泥沙淤积，金山乃与南岸相连。

②蓬莱，传说中的海上神山，此喻金山。

③天远，《后山诗话》引诗作“天末”。北固，山名，在镇江北长江南岸，山形险要。扬州，在长江北，与镇江遥遥相对。

④金陵，即南京。牙旗，张衡《东征赋》“牙旗缤纷”，薛综注：“兵书曰：牙旗者，将军之旗。谓古者天子出，建大牙旗。竿上以象牙饰之，故云牙旗。”后泛指将帅军前大旗。浪，一作“上”。

★“天远楼台横北固，夜深灯火见扬州”，典重，工整，境界宽阔，气势纵横，为状金山最佳联语，绝不可移置他处。《后山诗话》引王平甫语竟讥为“庄宅牙人语也，解量四至”，实属偏见。

曾 巩

曾巩（1019—1083），字子固，南丰（今江西南丰）人。仁宗嘉祐二年丁酉（1057）进士，调太平军司法参军，召为集贤校理，出知福州、明州。神宗朝官至中书舍人。元丰六年卒，年六十五。曾巩是北宋著名散文家，明代唐顺之、茅坤甚至以之入唐宋八大家之列。宋人有“恨子固不能作诗”之语（见惠洪《冷斋夜话》引彭渊才语），多人为之抱不平。方回《瀛奎律髓》卷十六谓“子固诗一扫昆体，所谓饾饤刻划咸无之。平实清健，自为一家”。“平实清健”则是矣，“自为一家”则不够。其七言绝句，有若干首颇有王安石风味，与王安石自不足比肩。有《元丰类稿》。

西 楼

海浪如云去却回，北风吹起数声雷。
朱楼四面钩疏箔，卧看千山急雨来[①]。

①箔，帘子。

城 南

雨过横塘水满堤，乱山高下路东西。
一番桃李花开尽，惟有青青草色齐。

王安石

王安石（1021—1086），字介甫，抚州临川（今江西抚州）人。宋仁宗庆历二年壬午（1042）进士，签书淮南判官，知鄞县，通判舒州，知常州，提点江东刑狱。嘉祐五年（1060），入为三司度支判官，直集贤院，知制诰。以母忧去。英宗之世，屡召不赴。神宗立，命知江宁府，召为翰林兼侍讲。熙宁二年（1069），拜参知政事，四年，同中书门下平章事。主持了历史上最为有名的变法维新。熙宁七年（1074）出知江宁府。八年，复同中书门下平章事，进尚书左仆射。九年十月罢。元丰元年（1078）封舒国公。三年改封荆国公。晚年家居钟山，哲宗元祐元年卒，年六十六。

王安石是杰出的政治家，其诗文也是有宋大家。散文与欧阳修、苏轼齐名，风格峻峭严谨，尤长于议论。其诗内容充实，诸体兼备，早年矜才夸博，好在诗中发议论，用典故，稍改欧阳修、梅尧臣以来淡远平易的诗风，晚年亦趋于简淡。有《王临川全集》。

纯甫出释惠崇画要予作诗[①]

画史纷纷何足数，惠崇晚出吾最许[②]。
旱云六月涨林莽，移我翛然堕洲渚[③]。
黄芦低摧雪翳土，凫雁静立将俦侣[④]。
往时所历今在眼，沙平水澹西江浦[⑤]。
暮气沉舟暗鱼罟，欹眠呕轧如闻橹[⑥]。
颇疑道人三昧力，异域山川能断取[⑦]。

方诸承水调幻药，洒落生绡变寒暑⑧。
金坡巨然山数堵，粉墨空多真漫与⑨。
濠梁崔白亦善画，曾见桃花净初吐⑩。
酒酣弄笔起春风，便恐飘零作红雨⑪。
流莺踏枝婉欲语，蜜蜂掇蕊随翅股⑫。
一时二子皆绝艺，裘马穿羸久羁旅⑬。
华堂岂惜万黄金，苦道今人不如古⑭。

① 纯甫，安石幼弟安上，字纯甫。释惠崇，建阳人，北宋著名画家。郭若虚《图画见闻志》："建阳僧慧崇工画鹅、鸭、鹭鸶，尤工小景，善为寒汀远渚，潇洒虚旷之象，人所难到也。"惠崇为北宋著名九僧之一。《九僧诗集》今不传。现存作品诗艺均不高，而惠崇画则为王安石、苏轼、黄庭坚所激赏。

② 画史，犹画家、善画者。《庄子·田子方》："宋元君将画图，众史皆至，受揖而立，舐笔和墨，在外者半。有一史后至者，儃儃然不趋，受揖不立，因之舍。公使人视之，则解衣般礴羸。君曰：可矣，是真画者也。"许，推许。

③ 涨，弥漫。林莽，林木深邃。翛然，自在貌，此处犹言不知不觉。

④ 黄芦，枯黄的芦苇。低摧，枯叶纷披。雪，指芦苇花。翳，遮蔽。将俦侣，携带伴侣。

⑤ 西江，一作"江西"。浦，水边。

⑥ 罟（gǔ），网。欹眠，斜躺着。呕轧，橹声。闻橹，一作"鸣橹"。

⑦ 道人，指惠崇。三昧，佛教名词，止息杂虑、一心专注之意。借指神奇的诀窍。李肇《唐国史补》："长沙僧怀素好草书，自言得草圣三昧。"

⑧ 方诸，月下承取露水的器皿。远古用大蛤壳，后用铜盘。《淮南子·天文》："方诸见月，则津而为水。"高诱注："方诸，阴燧，大蛤也。熟摩令热，月盛时以向月则水生，以铜盘受之。"幻药，据传为用以调和颜色的药物，画成之后或能昼见夜隐，或能夜见昼隐。宋叶庭珪《海录碎事》卷十四《百工医技·幻药》："太宗时，江南李主献画牛，昼则啮草栏外，夜则归卧栏中，莫晓其理。僧赞宁曰：此幻药所置。南海倭国有蚌泪，和色着物，昼隐夜见；沃焦山有石，磨色染物，昼见夜隐。事见《海外记》。"生绡，未经漂洗的丝织品。变寒暑，谓画艺高超，寒暑景物，能随意表现。安石此诗所咏为惠崇画册，非咏单幅画。如"旱云六月"为夏景，"黄芦低摧"则入晚秋。可知"变寒暑"谓其可随意画出寒天或暑夏景物，非谓同一画面可变寒变暑。

⑨ 金坡，代指翰林院。李壁《王荆文公诗笺注》：“按唐制，翰林院在右银台门内，开元时又置学士院，在翰林院之南，始改供奉为学士。至德后随上所在而迁；驾在大内，则明福门置院；驾在兴庆宫，则金明门内置院。德宗时又移院于金銮坡上。今诗云金坡，本此。”巨然，南唐时僧，亦著名画家，善山水，居江宁开元寺。李煜降宋，随至汴京，居开宝寺。画学董源，称“前有荆关，后有董巨”。山数堵，指巨然在翰林院画的数堵壁画。李壁注引《金坡遗事》：“玉堂后北壁两堵董羽画水，正北一壁吴僧巨然画山水，皆有远思，一时绝笔也。”漫与，犹随意。惠崇所画为工致小景，巨然所作为山水壁画，风格自不相类。——以上十六句，赞许惠崇画艺。后二句以巨然反衬惠崇。

⑩ 濠梁，今安徽凤阳。崔白，字子西，濠梁人，仁宗时补画院学艺，善山水翎毛。

⑪ 红雨，指飘落的桃花。李贺《将进酒》诗：“桃花乱落如红雨。”

⑫ 掇，采。——以上六句由惠崇带出崔白，咏叹崔白画艺。

⑬ 二子，指惠崇、崔白。穿，洞裂破败。羸，病弱。裘马穿羸，裘则破败，马则羸弱，此写其穷困潦倒。

⑭ 华堂，代指豪贵。苦道，犹硬说。——结末四句合写二子，感叹惠、崔不为当世所重。

桃源行①

望夷宫中鹿为马，秦人半死长城下②。
避秦不独商山翁，亦有桃源种桃者③。
此来种桃经几春，采花食实枝为薪。
儿孙生长与世隔，虽有父子无君臣。
渔郎漾舟迷远近，花间相见惊相问。
世上那知古有秦，山中岂料今为晋。
闻道长安吹战尘，春风回首一沾巾④。
重华一去宁复得，天下纷纷经几秦⑤！

① 桃源，晋陶渊明《桃花源记》写晋太元中有武陵渔人误入桃花源，其中“土地平旷，屋舍俨然，有良田美池桑竹之属。阡陌交通，鸡犬相闻。其中往来种作，男女衣着，悉如外人。黄髮垂髫，并怡然自乐”。“自云先世避秦

时乱，率妻子邑人，来此绝境，不复出焉，遂与外人间隔。问今是何世，不知有汉，无论魏晋”。后桃花源就成为人们向往的理想境界，为历代诗人所歌咏。

② 望夷宫，秦宫名。鹿为马，秦二世三年（前 207）八月，“赵高欲为乱，恐群臣不听，乃先设验，持鹿献于二世，曰：‘马也。’二世笑曰：‘丞相误耶，谓鹿为马？’问左右，左右或默，或言马以阿顺赵高，或言鹿。高因阴中诸言鹿者以法。后群臣皆畏高。”见《史记·秦始皇本纪》。指鹿为马，说明秦廷政治混乱，权臣横暴。秦人半死长城下，言秦筑长城，徭役繁重，民不聊生。

③ 商山翁，即商山四皓。秦末东园公、甪里先生、绮里季、夏黄公，因避乱逃入山中。后刘邦欲废易太子刘盈，太子用张良谋，卑辞厚礼，迎此四人。刘邦因此以为太子羽翼已成，不再废易。按，《史记·留侯世家》《汉书·张良传》都只言四人逃匿山中，不言在商山，也无四皓之称。颜师古注乃云：“四人者，所谓商山四皓也。”种桃者，《桃花源记》谓桃花源里避乱秦人耕种为生，与世隔绝，种桃原于韩愈《桃源图》诗“种桃处处惟开花，川原近远蒸红霞”句。

④ 长安，汉都长安，后世往往以长安代指首都。

⑤ 重华，即虞舜，古人以之为理想的君主。经几秦，谓如暴秦一样的乱世不断出现。“闻道”四句，言桃花源中人从渔人口中得知秦亡以后，天下仍战乱不断，因而无限感慨。

明妃曲二首①

明妃初出汉宫时，泪湿春风鬓脚垂。
低徊顾影无颜色，尚得君王不自持。
归来却怪丹青手，入眼平生几曾有。
意态由来画不成，当时枉杀毛延寿②。
一去心知更不归，可怜着尽汉宫衣。
寄声欲问塞南事，只有年年鸿雁飞。
家人万里传消息，好在毡城莫相忆③。
君不见咫尺长门闭阿娇，人生失意无南北④！

明妃初嫁与胡儿，毡车百两皆胡姬。

含情欲语独无处，传与琵琶心自知。
黄金捍拨春风手，弹看飞鸿劝胡酒[⑤]。
汉宫侍女暗垂泪，沙上行人却回首：
“汉恩自浅胡自深，人生乐在相知心[⑥]。”
可怜青冢已芜没，尚有哀弦留至今[⑦]！

① 明妃曲，参见欧阳修《明妃曲和王介甫》《再和明妃曲》二诗注。

② 意态，神情风度。

③ 家人万里，昭君为汉南郡秭归人，昭君故里今属湖北兴山县。

④ 阿娇，即汉武帝陈皇后，武帝姑长公主女。武帝立为太子，长公主与有力焉，娶阿娇为妃，及帝即位，立为皇后。后卫子夫得宠，陈皇后退居长门宫。见《汉书·外戚传》。

⑤ 劝，进也。

⑥ “汉恩自浅”二句，为沙上行人劝慰的话。前一首“好在毡城”三句，为家人传语，表现手法相同。

⑦ 青冢，王昭君墓，在今内蒙古呼和浩特。据传秋冬塞草枯黄，昭君墓草独青，故称青冢。

杜甫画像

吾观少陵诗，谓与元气侔[①]。
力能排天斡九地，壮颜毅色不可求[②]。
浩荡八极中，生物岂不稠[③]。
丑妍巨细千万殊，竟莫见以何雕锼[④]？
惜哉命之穷，颠倒不见收。
青衫老更斥，饿走半九州[⑤]。
瘦妻僵前子仆后，攘攘盗贼森戈矛。
吟哦当此时，不废朝廷忧。
常愿天子圣，大臣各伊周[⑥]。
宁令吾庐独破受冻死，不忍四海寒飕飕[⑦]。

伤屯悼屈止一身，嗟时之人我所羞[8]。
所以见公画，再拜涕泗流。
惟公之心古亦少，愿起公死从之游。

① 元气，宇宙元始之气。《汉书·律历志》“太极元气，函三为一”，孟康曰：“元气始起于子，未分之时，天地人混合为一。”诗中犹言自然的伟力。侔，等同。

② 斡，旋转。

③ 浩荡，广阔无边之貌。八极，八方极远之地。《淮南子·地形》：“天地之间，九州八极。”稠，多。

④ 竟，尽。雕锼，雕刻。“丑妍巨细”二句，意谓世间万物，丑妍巨细，千类万状，诗人并不可全部见到，不知何以能雕镂塑造。

⑤ 青衫，唐宗时代卑微的官吏服青衫。斥，弃逐。

⑥ 伊周，伊尹、周公。

⑦ “宁令”二句，杜甫《茅屋为秋风所破歌》云：“安得广厦千万间，大庇天下寒士俱欢颜，风雨不动安如山。呜呼何时眼前突兀见此屋，吾庐独破受冻死亦足！”王诗用其意。飕飗（sōu liú），寒貌。一作“飕飕”。

⑧ 屯，艰难。屈，委屈。

★王安石赞许杜甫，专从其忧国忧民着笔，而不单以诗论，自是王介甫识力高处，不愧为少陵知己。然诗中“竟莫见以何雕锼”、“嗟时之人我所羞”，词句梗涩杆格，几至不可诵读。此种败笔，宋人诗中往往有之，非只安石独有也。

即 事

径暖草如积，山晴花更繁。
纵横一川水，高下数家村。
静憩鸡鸣午，荒寻犬吠昏。
归来向人说，疑是武陵源[1]。

① 武陵源，即桃花源，参见《桃源行》注。

葛溪驿[①]

缺月昏昏漏未央，一灯明灭照秋床[②]。
病身最觉风露早，归梦不知山水长。
坐感岁时歌慷慨，起看天地色凄凉。
鸣蝉更乱行人耳，正抱疏桐叶半黄。

① 葛溪，在江西弋阳，驿在葛溪水畔。
② 漏，古代以漏壶滴水计时。未央，未尽。漏未央，即夜深尚未天明。

示长安君[①]

少年离别意非轻，老去相逢亦怆情。
草草杯盘供笑语，昏昏灯火话平生。
自怜湖海三年隔，又作尘沙万里行[②]。
欲问后期何日是，寄书应见雁南征。

① 长安君，王安石大妹，名文淑，工部侍郎张奎妻，封长安县君。
② 又作尘沙万里行，宋仁宗嘉祐五年（1060）王安石奉命使辽，尘沙万里疑即指此行。

思王逢原三首[①]

布衣阡陌动成群，卓荦高才独见君[②]。
杞梓豫章蟠绝壑，骐骥騕褭跨浮云[③]。
行藏已许终身共，生死那知半路分[④]。
便恐世间无妙质，鼻端从此罢挥斤[⑤]。

蓬蒿今日想纷披，冢上秋风又一吹。
妙质不为平世得，微言唯有故人知[⑥]。

庐山南堕当书案，湓水东来入酒卮[⑦]。
陈迹可怜随手尽，欲欢无复似当时。

百年相望济时功，岁路何知向此穷[⑧]。
鹰隼奋飞凰羽短，骐骥埋没马群空[⑨]。
中郎旧业无儿付，康子高才有妇同[⑩]。
想见江南原上墓，树枝零落纸钱风[⑪]。

① 王逢原，即王令，为王安石至交。宋仁宗嘉祐四年（1059）去世，年仅二十八岁。

② 布衣，平民，一般人。阡陌，本指田间小路，南北曰阡，东西曰陌。此泛指道路。卓荦，超绝，杰出。

③ 杞、梓、豫、章，并珍贵木名。骐骥、騕褭（yǎo niǎo），并良马之名。此以珍木良马喻隽异奇才。

④ 行藏，用世与退隐。

⑤ "便恐"二句：《庄子·徐无鬼》：庄子送葬，过惠子之墓，顾谓从者曰："郢人垩漫其鼻端，若蝇翼，使匠石斫之，匠石运斤成风，听而斫之，尽垩而鼻不伤。郢人立不失容。宋元君闻之，召匠石曰：'尝试为寡人为之。'匠石曰：'臣则尝能斫之，虽然臣之质死久矣！'自夫子之死也，吾无以为质矣，吾无与言之矣！"质，承受刀斧的垫木，在《庄子》中，引申为搭挡，配合的对手。王诗中"妙质"，又与美妙的资质一义相关。斤，斧。二句意谓，自王逢原死，世间恐不再有志同道合能与之相配的战友了。

⑥ 妙质，此处只有奇妙的资质一义。平世，犹言明时。微言，精微的言论。

⑦ 庐山，在江西北部，北滨长江，南临鄱阳。湓水，江西北部水名，在九江市西注入长江。嘉祐三年（1058），王安石提点江东刑狱时，曾在鄱阳与王逢原相会，庐山、湓水即当时共游之处。第二年王令即去世。

⑧ 岁路，指寿命。

⑨ 鹰隼，鸷鸟，喻凶横奸佞。凰，凤凰，喻贤良之士。马群空，语本韩愈《送温处士赴河阳军序》"伯东一过冀北之野而马群遂空"，取义不同。此联小有疵病，鹰隼奋飞，凤凰羽短，两者相互对立；骐骥埋没，马群也就空虚，两者为因与果。上下句中两者关系不同，对偶不够完美。

⑩ "中郎"句：汉末蔡邕曾任中郎将，无子，有女蔡琰，博学能文。王令亦无子，有遗腹女，后嫁吴师礼。"康子"句：战国时齐隐士黔娄，其妻贤慧，共

守贫困。黔娄死，曾子往吊，问黔妻："何以为谥?"对曰："先生以康为谥。"曾子曰："唯斯人也而有斯妇!"见《古列女传》。王令妻为王安石姨妹，亦颇贤慧。

⑪ 江南原上墓，王令葬于武进薛村。

★王逢原较王介甫年轻十一岁，是介甫平生期许最高的挚友。他英年早逝，介甫有诗多首为之哀悼。唯斯人也而有斯友，实王逢原一生极不幸中之一幸。悼王逢原，即仿王逢原豪纵句法，哀悼诗中实为少见。

金陵怀古①

霸祖孤身取二江，子孙多以百城降②。
豪华尽出成功后，逸乐安知与祸双。
东府旧基留佛刹，后庭馀唱落船窗③。
黍离麦秀从来事，且置兴亡近酒缸④。

① 金陵，战国楚威王七年（前 333）灭越置金陵邑，秦始皇三十七年（前 210）改称秣陵；东汉建安十七年（212）孙权自京口徙治于此，改名建业；吴黄龙元年（229）自武昌迁都至此；晋武帝太康元年（280）复改称秣陵；三年分淮水（秦淮）南为秣陵，北为建业，并改业为邺；晋愍帝建兴元年（313）为避愍帝司马邺讳改称建康。东晋王导尝言："建康，古之金陵。"后世仍用金陵作为南京的别称。三国吴、东晋、南朝宋、齐、梁、陈并都于此，史称六朝。五代时南唐亦都于此。

② 霸祖，指六朝的建立者，他们大多没有深厚的基础。二江，江东江西。长江自安徽境内到南京一段自西南向东北流，故有江东、江西之别，此地域大体为六朝统治地区。六朝每个王朝都不长，往往建国不久统治者即腐化堕落，随后即国破家亡。

③ 东府，即东城府，东晋时筑，故址在今南京通济门附近，临秦淮河。东晋简文帝宰相会稽王司马道子府第所在，南朝宰相府第亦多在此。其故址后为齐安寺。后庭犹唱，陈后主奢侈腐败，荒于国政，曾作有艳曲《玉树后庭花》。杜牧《泊秦淮》诗云："商女不知亡国恨，隔江犹唱后庭花。"

④ 黍离，《诗·王风·黍离序》云："黍离，闵宗周也。周大夫行役至于宗周，过故宗庙宫室，尽为禾黍。闵周室之颠覆，彷徨不忍去，而作是诗也。"

宗周，指西周都城镐京。麦秀，《史记·宋微子世家》写周武王灭商后，封箕子于朝鲜。“其后箕子朝周，过故殷虚，感宫室毁坏，生禾黍。箕子伤之，欲哭则不可，欲泣为其近妇人，乃作麦秀之诗。以歌咏之，其诗曰……殷民闻之，皆为流涕”。

再题南涧楼

北山云漠漠，南涧水悠悠。
去此非吾愿，临分更上楼。

★唐张乔《九华楼晴望》诗云：“一夜江潭风雨后，九华晴望倚天秋。重来此地知何日，欲别殷勤更上楼。”诗意与介甫诗颇相似，未知介甫亦借鉴否。

秣陵道中口占

经世才难就，田园路欲迷。
殷勤将白髮，下马照清溪。

凤凰山

驱马信所适，落日望九州。
青山满天地，何往为吾丘？

题西太一宫壁二首①

柳叶鸣蜩绿暗，荷花落日红酣②。
三十六陂春水，白头想见江南③。

三十年前此地，父兄持我东西④。
今日重来白首，欲寻旧迹都迷。

① 西太一宫，故址在今河南开封市西八角镇，宋仁宗天圣中建。

②蜩，蝉。二句一作“草色浮云漠漠，树阴落日潭潭”。

③三十六陂，在开封，宋神宗元丰二年（1079），导洛通汴，引古索河为源，注房家、黄家、孟家三陂及三十六陂。见《宋史·河渠志》。

④“三十年前”二句：此地，一作“此路”。宋仁宗景祐二年（1035）安石随父王益至汴京，至宋神宗熙宁元年（1068）作此诗，已三十二年，“三十年前”，概而言之。

★六言绝句较之五七言绝更难作，因而名作极少。荆公此二首却极为有名，据传东坡见之乃曰：“此老，野狐精也！”二诗东坡、山谷并有和作。东坡和作题为《西太一见王荆公旧诗偶次其韵二首》。其一云：“秋早川原净丽，雨馀风日清酣。从此归耕剑外，何人送我池南！”其二云：“但有樽中若下，何须墓上征西？闻道乌衣巷口，而今烟草萋迷！”（若下，酒名）山谷诗题为《次韵王荆公题西太一宫壁》。其一云：“风急啼乌未了，雨来战蚁方酣。真是真非安在，人间北看成南。”其二云：“晚风池莲香度，晓日宫槐影西。白下长干梦到，青门紫曲尘迷。”

登飞来峰①

飞来山上千层塔，闻说鸡鸣见日升。
不畏浮云遮望眼，自缘身在最高层。

①飞来峰，在杭州灵隐山东南，因山峰突兀，传为天外飞来者。一说，杭州飞来峰不够高，此指越州（今浙江绍兴）飞来山，山上有塔，因又名塔山，王诗所咏为此山。

★东坡诗云，“不见庐山真面目，只缘身在此山中”，云缭雾绕，令人悬想万端。介甫诗云，“不畏浮云遮望眼，自缘身在最高层”，登高极目，使人一望开阔。境界虽殊而各极其妙，直可作两家诗格看。

乌江亭①

百战疲劳壮士哀，中原一败势难回。

江东子弟今虽在，肯为君王卷土来[2]？

① 乌江亭，在今安徽和县东北。汉五年（前 202）项羽垓下战败，突围南下。至乌江，乌江亭长檥船待，谓项王曰："江东虽小，地方千里，数十万人，亦足王也；愿大王急渡。"项王笑曰："天之亡我，我何渡为！且籍与江东子弟八千人渡江而西，今无一人还，纵江东父兄怜而王我，我何面目见之！"乃以所骑马赠乌江亭长，徒步与汉军死战后自杀。见《史记·项羽本纪》。

② 肯，岂肯。

★唐杜牧《题乌江亭》诗："胜败兵家事不期，包羞忍耻是男儿。江东子弟多才俊，卷土重来未可知。"杜牧之以诗人的情怀，为项羽惋惜，认为项羽应该渡江，说不定还可以卷土重来。王安石以政治家的睿智，认为项羽卷土重来是不可能的。揆诸当时的形势，王安石的判断可能更为准确。

夜 直[1]

金炉香尽漏声残，剪剪轻风阵阵寒[2]。
春色恼人眠不得，月移花影上栏杆。

① 夜直，夜间值宿。直，通"值"。熙宁元年（1068）王安石在京为翰林学士。按当时制度，翰林学士每夜一人轮值。

② 金炉，铜香炉。漏，古代滴水计时之器，叫漏壶。漏声，即漏壶滴水之声。剪剪，轻风吹拂之貌。

元 日[1]

爆竹声中一岁除，东风送暖入屠苏[2]。
千门万户曈曈日，总把新桃换旧符[3]。

① 元日，阴历正月初一，今称春节。

② 爆竹声中一岁除，谓爆竹声中一年开始。（馀详星评）屠苏，酒名，古代风俗于元日饮屠苏酒。见梁宗懔《荆楚岁时记》。

③ 曈曈（tóng），初日光明貌。新桃换旧符，古代传说东海度朔山有大桃

树，下有神荼、郁垒二神，能食百鬼。故俗于阴历元旦用桃木版画二神悬于门户，以驱邪祟，称为桃符。见《荆楚岁时记》。后改用纸画二神贴于门户，仍称桃符。王安石将“桃符”二字拆开使用，互文备义，实即新桃符换旧桃符。

★王安石《元日》诗写出了新年到来的气象，故颇为有名。“爆竹声中一岁除”，后世春联中常袭用写作“爆竹声中除旧岁”，然与王安石原句已有所不同。“除”字有二义。《诗·唐风·蟋蟀》“蟋蟀在堂，岁聿其莫。今我不乐，日月其除”，毛传：“除，去也。”“除”为除去之义。《诗·小雅·小明》“昔我往矣，日月方除。曷云其还，岁聿云莫”，毛传：“除，除陈生新也。”“除”为开始之义。王安石写的是“元日”诗，用后一义，“爆竹声中一岁除”，谓爆竹声中新的一年开始。“爆竹声中除旧岁”，“除”字转用前一义，谓爆竹声中旧的一年已经过去。“除”字何以既有开始之义，又有除去之义？盖“除”本义为阶除（台阶）。阶除的每一级，都是一级过去，又一级开始，故有除去与开始二义。

孟　子①

沉魄浮魂不可招，遗编一读想风标②。
何妨举世嫌迂阔，故有斯人慰寂寥③。

① 孟子，姓孟名轲（前372—前289），战国时代邹国（今山东邹城）人，儒家学派孔子之后的代表人物。著有《孟子》七编，是儒家的重要经典。

② 沉魄浮魂，逝去的灵魂。李商隐《祭令狐相公文》：“圣有夫子，廉有伯夷；浮魂沉魄，公其与之。”不可招，已经逝去，无法招魂。遗编，指《孟子》。风标，风度标格。

③ 迂阔，迂腐不切实际。《史记·孟子列传》：“孟子游事齐宣王，宣王不能用；适梁，梁惠王不果所言。则见以为迂远而阔于事情。”故，通“固”；故有，犹言毕竟有。斯人，指孟子。

★《续资治通鉴长编》载：治平四年（1067）九月戊戌，召安石为翰林学士。神宗谓吴奎曰：“安石真翰林学士也。”奎曰：“安石文行，实高出于人。”神宗曰：“当事如何？”奎曰：“恐迂阔。”神宗弗信，卒召用

之。王安石虽得到神宗的信任，阻力是非常之大的，认为他“迂阔”远不只一个吴奎。可知“何妨举世嫌迂阔”，实有诗人切身的感受。

泊船瓜洲[①]

京口瓜洲一水间，钟山只隔数重山[②]。
春风又绿江南岸，明月何时照我还？

①瓜洲，在今江苏邗江县南，运河于此注入长江。宋神宗熙宁八年（1075）王安石第二次拜相，自江宁北上，舟次瓜洲时作。

②京口，今江苏镇江，与江北瓜洲相对。钟山，在南京城东。

★《泊船瓜洲》为王介甫得意之作，他在其它诗中一再提到，要在“春风又绿江南岸”这一警句，更在“绿”这一诗眼。洪迈《容斋笔记》载吴中有士人藏有王介甫此诗原稿，稿上“初云‘又到江南岸’，圈去‘到’字，注曰‘不好’。改为‘过’，复圈去而改为‘入’，旋改为‘满’。凡是十许字，始定为‘绿’”。这一记载有不真实之处。诗人自己修改稿子，而加注“不好”是不合情理的。此字的改易也不可能多达十许字，“满”字即已属不通。但王安石留有原稿，改过多次是可能的。其实“绿”字这种用法唐人早已用过。李白《侍从宜春苑》诗“东风已绿瀛洲草”、丘为《题农父庐舍》诗“东风何时至，已绿湖上山”，即其例。但王安石修改时未必想到，而且他这句诗，较之李白、丘为写的更为精警。

六　年[①]

六年湖海老侵寻，千里归来一寸心[②]。
西望国门搔短髮，九天宫阙五云深[③]！

①六年，以开头二字为题。王安石熙宁九年（1076）罢相回江宁，时过六年，诗当写于元丰五年（1082）。

②侵寻，渐渐发展。句意谓退居江湖已过六年，觉得自己日渐衰老。

③西望国门，谓遥望汴京。九天宫阙，指京师宫殿。五云，五色祥云。

★魏公子牟"身在江海之上，心居乎魏阙之下"；王介甫退处江湖，于九天宫阙亦迄未忘情。

南浦

南浦东风二月时，物华撩我有新诗。
含风鸭绿粼粼起，弄日鹅黄袅袅垂①。

①鸭绿，深绿色的水。李白《襄阳歌》："遥看汉水鸭头绿。"粼粼，水波荡动之貌。鹅黄，嫩黄色的柳丝。袅袅，纤长柔美貌。

木末

木末北山烟冉冉，草根南涧水泠泠①。
缲成白雪桑重绿，割尽黄云稻正青②。

①木末，树颠。北山，指钟山。冉冉，渐渐之貌。泠泠，形容水声清越。二句谓北山树颠上云烟冉冉，南涧草根下流水泠泠。

②白雪，指雪白的蚕丝。黄云，喻金黄的麦子。二句谓蚕丝已经缫完桑树又重新长绿，麦子已经收割水稻长得正青；农村夏五月的景象。

江上

江北秋阴一半开，晚云含雨却低回。
青山缭绕疑无路，忽见千帆隐映来。

★"青山"二句，较之陆放翁"山重水复疑无路，柳暗花明又一村"未必逊色。

北山

北山输绿涨横陂，直堑回塘滟滟时①。

细数落花因坐久，缓寻芳草得归迟。

①绿，指绿水。陂，池塘。句意谓北山流下水来使池塘涨满。堑，壕沟。滟滟，水光闪动之貌。

独　卧

茅檐午影转悠悠，门闭青苔水乱流。
百啭黄鹂看不见，海棠无数出墙头。

北陂杏花

一陂春水绕花身，花影妖娆各占春[①]。
纵被春风吹作雪，绝胜南陌碾成尘。

①陂（bēi），池塘。

钟山即事

涧水无声绕竹流，竹西花草弄春柔。
茅檐相对坐终日，一鸟不鸣山更幽。

★南朝梁王籍《入若耶溪》诗云："蝉噪林逾静，鸟鸣山更幽。"王安石偏要翻说"一鸟不鸣山更幽"。也许是本来常有鸟啼的山林，此刻却一鸟不鸣，故尔诗人有独特的感觉。

九　日[①]

九日无欢可得追，飘然随意历山陂。
蒋陵西曲风烟澹，也有黄花一两枝[②]。

①九日，阴历九月九日，即重阳节。

② 蒋陵，今南京钟山，介甫晚年家居于此。

送和甫至龙安，微雨，因寄吴氏女子[1]

荒烟凉雨助人愁，泪染衣巾不自知。
除却春风沙际绿，一如看汝过江时[2]。

① 和甫，安石弟安礼，字和甫。龙安，津渡名，在江宁城西。吴氏女子，王安石长女，嫁吴安持。

② 春风，一作“东风”。

★“看汝”选本或误作“送汝”，所谓差之毫厘失以千里者。诗人上回送女至此，因送和甫而想到当时情景。“看汝”者，伫立江边望其过江，其依依之情自在其中，改作“送汝”则甚平淡。

书湖阴先生壁[1]

茅檐长扫静无苔，花木成畦手自栽。
一水护田将绿绕，两山排闼送青来。

① 湖阴先生，杨德逢外号，王介甫居金陵时邻居。

★排闼，推门闯入。《史记·樊哙列传》载黥布反时，高祖刘邦病不见群臣，“群臣绛、灌等莫敢入，十馀日，哙乃排闼直入，大臣随之”。王安石活用词语，谓青山亦将排门而入。叶梦得《石林诗话》、曾季狸《艇斋诗话》谓“护田”一词，亦由《汉书·西域传》“轮台、渠犁皆有田卒数百人，置使者校尉领护”而来，师古注谓之“统领保护营田之事也”。因谓“护田”、“排闼”系以史对史、以汉人语对汉人语，作为王安石灵活修辞的典型词列。

光宅寺[①]

齐安孤起宋兴前，光宅相仍一水边[②]。
蜂分蚁争今不见，故窠遗垤尚依然[③]。

①题下原注：“光宅寺，梁武帝宅也。其北齐安，隔淮，齐武帝宅也。宋兴又在其北。”意谓光宅寺为梁武帝萧衍故宅，其北边齐安寺，相隔秦淮河，为齐武帝萧道成故宅。宋兴寺还在其北。宋兴寺为宋武帝刘裕故宅。介甫另有《光宅寺》《题齐安寺山亭》《光宅》等诗。

②相仍，犹言相连。

③分，亦争也。窠，指蜂巢。垤，徒结切，音迭；又直质切，音侄。蚁冢。

★金陵为南朝故都，刘裕、萧道成、萧衍，还有陈霸先，都在这里你争我夺，建立短命的王朝。其故宅后多成为僧寺，至宋时尚在。王介甫用“蜂分蚁争”、“故窠遗垤”为喻，对他们表示高度的藐视。

题张司业诗[①]

苏州司业诗名老，乐府皆言妙入神。
看似寻常最奇崛，成如容易却艰辛。

①张司业，唐代诗人张籍，原籍吴郡（今苏州），曾为国子司业，故诗称苏州司业。所作乐府诗语言平易畅达而内涵丰富深刻。

郑 獬

郑獬（1022—1073），字毅夫，安州安陆（今湖北安陆）人。宋仁宗皇祐五年癸巳（1053）进士。神宗朝为翰林学士，与王安石不合，出知杭州，徙青州，提举鸿庆宫。宋神宗熙宁六年卒，年五十二。有《郧溪集》。

采凫茨[①]

朝携一筐出，暮携一筐归。
十指欲流血，且急眼前饥。
官仓岂无粟，粒粒藏珠玑[②]。
一粒不出仓，仓中群鼠肥[③]。

① 凫茨，一种野生植物，即荸荠。
② 珠玑，珠圆者曰珠，不圆者曰玑。
③ “一粒”二句，唐曹邺《官仓鼠》诗云：“官仓老鼠大如斗，见人开仓亦不走。健儿无粮百姓饥，谁遣朝朝入君口！”

春 尽

春尽行人未到家，春风应怪在天涯。
夜来过岭忽闻雨，今日满溪俱是花。
前树未回疑路断，后山才转便云遮。
野间绝少尘埃污，惟有清泉漾白沙[①]。

①野，《郧溪集》作“夜”，钱锺书据句意改，今从之。

蠡口绝句[1]

千重越甲夜城围，战罢君王醉不知[2]。
若论沼吴功第一，黄金只合铸西施[3]。

①蠡口，在江苏吴江太湖畔。《宋诗纪事》引《庚溪诗话》：“吴门蠡口，濒太湖，乃范蠡自此乘扁舟泛五湖也。郑毅夫诗云云。”据传越灭吴后，范蠡偕西施出吴江泛五湖去，诗即咏范蠡西施事。

②“千重”二句：越王勾践欲报吴仇，乃献苎萝山美女西施于吴王夫差。夫差宠幸西施，荒于政事，越王得乘隙灭吴。按，此实系传说，见于《吴越春秋》《越绝书》《吴地记》等书。在先秦典籍中，西施为古代美人的典型，而与吴越斗争藐不相干。参见唐王维《西施咏》注。《左传》哀公二十年：“十一月，越围吴。”二十二年，“冬十一月丁卯，越灭吴。请使吴王居甬东，辞曰：‘孤老矣，焉能事君！’乃缢。”灭吴之役，历时三年，“战罢君王醉不知”，系诗人想象。

③“若论”二句：沼，《左传》哀公元年，伍员谏吴王夫差不许越成，夫差不听。伍员退而告人曰：“越十年生聚，十年教训，二十年之外，吴其为沼乎？”“沼吴”之“沼”用作动词，使吴为沼。一作“破”。《吴越春秋》：范蠡佐越王句践灭吴之后，“乃乘扁舟出三江入五湖，人莫知其所适”。“越王乃使良工铸金象范蠡之形，置之坐侧，朝夕论政”。诗意谓，夫差之败，在于受西施蛊惑，故论功应居第一。此用于作诗不失为谈资，构思亦巧妙，然所谓西施惑吴，历史上并无其事。如果西施真有其人，说她似乎是越国派到吴国的奸细，对她可是极大的冤屈。

王　令

王令（1032—1059），字逢原，广陵（今江苏扬州）人。王安石赴召，道经淮南，王令赋《南山之田》诗往见之。安石大喜，“期其材可与共功业于天下”，以此订交，并介其姨妹与王令为妻。令伟节高行，特立于时。嘉祐四年卒，年仅二十八岁。王令诗学韩、孟、卢仝，气势宏伟，想象恢奇，然未免粗率。其《梦蝗》一诗，对“人食人”的社会现实，揭露得淋漓尽致。有《广陵先生文集》。

读老杜诗集

气吞风雅妙无伦，碌碌当年不见珍①。
自是古贤因发愤，非关诗道可穷人②。
镌镵物象三千首，照耀乾坤四百春③。
寂寞有名身后事，惟馀孤冢耒江滨④。

① 风雅，代指《诗经》，此外又代指前此古典诗歌。无伦，无与伦比。元稹《唐检校工部员外郎杜君墓志铭》：“至于子美，盖所谓上薄风雅，下该沈宋，言夺苏李，气吞曹刘，掩颜谢之孤高，杂徐庾之流丽，尽得古人之体势，而兼文人之所独专矣。”碌碌，平庸之貌。句意谓杜甫气吞风雅，无与伦比，而在当时却被视为碌碌平庸，不被珍重。

② “自是”句：司马迁《报任少卿书》：“诗三百篇，大抵圣贤发愤之所为作也。”“非关”句：欧阳修《梅圣俞诗集序》：“予谓世谓诗人少达而多穷”，“非诗之能穷人，殆穷者而后工也”。

③ 镌镵（juān chān），雕刻。三千首，约而言之，杜诗现存一千四百馀

首。四百春，自杜甫至王令约四百年。

④“寂寞”句，用杜甫《梦李白》诗“千秋万岁名，寂寞身后事”句意。孤冢耒江滨：唐代宗大历五年（770），杜甫流落湖南，拟往郴州依其舅氏崔伟，行至耒阳，卒于耒水舟中，当时草草葬于江边。四十三年之后，其孙杜嗣业始迁葬于河南偃师首阳山下。孤冢耒江滨，指其遗圹，或当时人尊敬杜甫，耒江滨仍存其虚墓。

暑旱苦热

清风无力屠得热，落日着翅飞上山[①]。
人固已惧江海竭，天岂不惜河汉干。
昆仑之高有积雪，蓬莱之远常遗寒。
不能手提天下往，何忍身去游其间。

①屠，杀住。

送 春

三月残花落更开，小檐日日燕飞来。
子规夜半犹啼血，不信东风唤不回。

张舜民

张舜民，字芸叟，自号浮休居士，又号矴斋，邠州（今陕西彬县）人。治平二年（1065）进士，元祐初除监察御史。徽宗朝，以龙图阁待制知定州。坐元祐党，贬商州。张舜民为陈师道姊夫，与苏轼亦友好。有《画墁集》。

村　居①

水绕陂田竹绕篱，榆钱落尽槿花稀。
夕阳牛背无人卧，带得寒鸦两两归。

① 此诗不见于《画墁集》，胡仔《苕溪渔隐丛话》后集卷三十引《复斋漫录》属之张舜民，张邦基《墨斋漫录》作舒亶诗。

★在范石湖田园乐府前先唱一曲。唐人诗中写牛多泛，画面点缀而已。宋人写牛则备极百态，本帙选有数首。张舜民本篇与南宋雷震《村晚》尤有特色。

苏 轼

苏轼（1037—1101）①，字子瞻，一字和仲，眉州眉山（今四川眉山）人。宋仁宗嘉祐二年丁酉（1057）进士，调福昌主簿，除大理评事，签书凤翔府判官。宋神宗熙宁二年（1069），权开封府推官。四年，出为杭州通判，历知密州、徐州、湖州。元丰二年（1079），因乌台诗案系狱，谪为黄州团练副使②。在黄州五年，筑室东坡，自号东坡居士。移常州。哲宗立，复朝奉郎，知登州，召为礼部郎中，累迁翰林学士兼侍读，拜龙图阁学士。元祐四年（1089），出知杭州。召为吏部尚书，改翰林承旨，出知颍州、扬州。绍圣初，哲宗亲政，新党蔡京、章惇用事，打击元祐旧臣。御史论苏轼掌内外制日所作词命讥刺先朝，贬宁远军节度副使，惠州安置。居三年，又贬琼州别驾，居儋耳。徽宗立，移廉州，改舒州团练副使，徙永州。赦还，提举玉局观。建中靖国元年，卒于常州，年六十五。

苏轼是有宋一代伟大的文学家，继欧阳修之后，盟主文坛近三十年。其散文与欧阳修、王安石鼎足，成就或越欧、王而过之。其词与南宋辛弃疾并称“苏辛”，为豪放派大师。其诗与黄庭坚并称“苏黄”，然成就与影响都远过于黄。苏诗气象恢宏开阔，风格清雄奔放。他能把心之所想，眼之所见，信手拈来即为佳作，大大突破了前人的樊篱，为后来的诗人开辟了广阔的路数。然有时过于率易，新奇飞动有馀，而浑厚沉着不足；用事、用典也有不够严谨之处，亦成为苏诗一病。有《东坡七集》。

①《宋史》本传以苏轼生于宋仁宗景祐三年（1036），卒于宋徽宗建中靖国元年（1101），年六十六。苏轼生日为景祐三年十二月十九日，已是公元

一〇三七年一月八日。

② 宋神宗元丰二年（1079），苏轼知湖州。是年七月，太子中允权监察御史何大正、舒亶，谏议大夫李定，摘取苏所作诗词，深文周纳，以为讪谤朝政——如舒亶奏称："陛下发钱本以业贫民，则曰：'赢得儿童语音好，一年强半在城中。'陛下明法以课群吏，则曰：'读书万卷不读律，致君尧舜知无术。'陛下兴水利，则曰：'造物若知明主意，应教斥卤变桑田。'陛下议盐铁，则曰：'岂是闻韶解忘味，迩来三月食无盐。'"——就以这些文字罪名。奉旨送御史台勘问。八月自湖州解送京城御史台狱。狱司必欲置之死地，煅炼久之不能决。轼弟苏辙请以所赐爵赎罪。十二月得旨，责检校尚书水部员外郎，黄州团练副使，本州安置。《汉书·朱博传》："是时御史府吏舍百馀区井水皆竭。又其府中列柏树，常有野乌数千栖宿其上，晨去暮来，号曰朝夕乌。"后因称御史台为乌台。苏轼因诗获罪，系御史台狱，因称乌台诗案。

江上看山①

船上看山如走马，倏忽过去数百群②。
前山槎牙忽变态，后岭杂沓如惊奔③。
仰看微径斜缭绕，上有行人高缥缈。
舟中举手欲与言，孤帆南去如飞鸟。

① 宋仁宗嘉祐四年（1059）苏轼兄弟随父苏洵出峡前往汴京，诗即作于峡中。时年二十三岁。

② 倏忽，迅疾之貌。杜甫《前出塞》："隔河见胡骑，倏忽数百群。"

③ 槎牙，撑住不齐貌。杂沓，纷乱貌。

大雪独留尉氏，有客入驿，呼与饮，至醉，诘旦客南去，竟不知其谁①

古驿无人雪满庭，有客冒雪来自北。
纷纷笠上已盈寸，下马登堂面苍黑。
苦寒有酒能不饮，见之何必问相识。
我酌徐徐不满觥，看客倒尽不留湿②。

千门昼闭行路绝，相与笑语不知夕。
醉中不复问姓名，上马忽去横短策[3]。

①尉氏，今属河南。嘉祐五年（1060）过尉氏作。
②觥（gōng），酒器，湿，似指酒器中最后一点酒。
③策，马鞭。

★漫不经心，毫不着意，主客豪情跃然纸上。此客有幸，然颇粗疏，竟不知所与共饮者为一代文豪。

辛丑十一月十九日，既与子由别于郑州西门之外，马上赋诗一篇寄之[1]

不饮胡为醉兀兀，此心已逐归鞍发。
归人犹自念庭闱，今我何以慰寂寞[2]。
登高回首坡陇隔，但见乌帽出复没。
苦寒念尔衣裘薄，独骑瘦马踏残月。
路人行歌居人乐，童仆怪我苦凄恻。
亦知人生要有别，但恐岁月去飘忽。
寒灯相对记畴昔，夜雨何时听萧瑟[3]。
君知此意不可忘，慎勿苦爱高官职。

①辛丑，嘉祐六年（1061）。是年苏轼授凤翔判官，其弟苏辙送至郑州。此郑州别后之作。时苏轼二十五岁，苏辙二十三岁。

②归人，指苏辙。念庭闱，时轼父在汴京被命修礼书。

③畴昔，即往昔，“畴”是发声词。夜雨，原注：“尝有夜雨对床之言，故云尔。”白居易《雨中招张司业宿》诗：“能来同宿否，听雨对床眠。”又，韦应物《示全真元常》诗：“宁知风雪夜，复此对床眠。”“风雪夜”后人引用常作“风雨夜”。苏轼极赏此二句，诗中屡用。萧瑟，雨声。

石苍舒醉墨堂[①]

人生识字忧患始，姓名粗记可以休[②]。
何用草书夸神速，开卷惝怳令人愁[③]。
我尝好之每自笑，君有此病何能瘳[④]。
自言其中有至乐，适意无异逍遥游[⑤]。
近者作堂名醉墨，如饮美酒销百忧。
乃知柳子语不妄，病嗜土炭如珍羞[⑥]。
君于此艺亦云至，堆墙败笔如山丘[⑦]。
兴来一挥百纸尽，骏马倏忽踏九州[⑧]。
我书意造本无法，点画信手烦推求[⑨]！
胡为议论独见假，只字片纸皆藏收[⑩]。
不减钟张君自足，下方罗赵我亦优[⑪]。
不须临池更苦学，完取绢素充衾裯[⑫]。

① 石苍舒，字才美，长安人，书法家。其堂名“醉墨”。诗作于熙宁二年（1068），时东坡由凤翔调回京师，是年三十二岁。

② “姓名”句：《史记·项羽本纪》：“项籍少时，学书不成，去；学剑，又不成。项梁怒之，籍曰：‘书足记名姓而已，剑一人敌，不足学，学万人敌。’”

③ 惝怳，失意貌。惝怳令人愁，实际是令人惊讶之意。

④ 瘳（chōu），病愈。

⑤ 至乐，最大的快乐。逍遥游，自由自在，畅快地游乐。“至乐”，“逍遥游”，皆《庄子》篇名，诗只取其词义，与原文内容无关。

⑥ 柳子，柳宗元。病嗜土炭，柳宗元《报崔黯秀才论为文书》：“凡人好辞工书，皆病癖也。”“吾尝见病心腹人，有思啖土炭嗜酸咸者，不得则大戚。”

⑦ 败笔如山丘，唐李肇《国史补》：“长沙僧怀素，好草书，自言得草圣三昧。弃笔堆积，埋于山下，号曰笔冢。”

⑧ “骏马”句，形容石苍舒作草书的气势。

⑨“我书”句，谓我随意造作，点画皆信手写来，何必烦君着意推求。

⑩“胡为”二句：胡为，何为。议论，指自己对书法的论述。独见假，偏偏被你作为（书法理论）的根据。假，凭借，引申为根据。

⑪钟张，钟繇与张芝。皆汉末大书家。钟繇（151–230），字元常，颍川人。汉末举孝廉，官至侍中、尚书仆射，封东武亭侯。入魏，进大傅，封定陵侯。见《三国志 · 魏书 · 钟繇传》。钟繇工正、隶、行、草，被称为“秦汉以来一人而已”。张芝（？—约192），字伯英，原籍敦煌酒泉，父徙家弘农华阴。善草书，被称为“草圣”。罗赵，罗叔景与赵元嗣，与张芝同时书家。张芝自称“上比崔杜不足，下方罗赵有馀”。崔杜，指东汉章帝时书家崔瑗、崔寔与杜度。并见《晋书 · 卫瓘传》。按，张伯英所谓“上比崔杜不足”是陪衬，“下方罗赵有馀”是正意，实际自以远过于罗赵。东坡“不减钟张君自足”是恭维石苍舒，“下方罗赵我亦优”实甚为自负。“罗赵”代指当时东坡认为一般的书家。

⑫临池，据传张芝“临池学书，池水尽黑”。绢素，魏晋书家常用材料。衾裯，被褥。二句意谓不须苦学书法，与其用绢素作书不如全用来作被褥。

★本篇是东坡论书名作。书法追求自由境界，不故作雕镂艰涩。全诗多用否定恢谐语气，谦词实涵容着自负，自是东坡风格。

欧阳少师令赋所蓄石屏[①]

何人遗公石屏风，上有水墨希微踪[②]。
不画长林与巨植，独画峨嵋山西雪岭上
万岁不长之孤松。
崖崩涧绝可望不可到，孤烟落日相溟濛[③]。
含风偃蹇得真态，刻画始信天有工[④]。
我恐毕宏韦偃死葬虢山下，骨可朽烂心难穷[⑤]。
神机巧思无所发，化为烟霏沦石中。
古来画师非俗士，摹写物象略与诗人同。
愿公作诗慰不遇，无使二子含愤泣幽宫[⑥]。

①欧阳少师，即欧阳修。宋神宗熙宁四年（1071）欧阳修以太子少师致

仕。是年六月，东坡出为杭州通判，九月过颍州，谒欧阳，诗即作于此时。时欧阳修六十五岁，苏轼三十五岁。

② 遗（wèi），馈送。希微，若隐若现，石屏风上自然纹理，如水墨画。

③ 溟濛，迷濛之貌。

④ 偃蹇，夭矫屈曲之貌。

⑤ 毕宏，河南偃师人。韦偃，长安人。并唐开元时代有名画家，尤善画松。杜甫《戏为韦偃为双松图歌》："天下几人画古松，毕宏已老韦偃少。"

⑥ 不遇，即指不遇于世的毕、韦二子。幽宫，犹言地下。

游金山寺①

我家江水初发源，宦游直送江入海。
闻道潮头一丈高，天寒尚有沙痕在。
中泠南畔石盘陀，古来出没随涛波②。
试登绝顶望乡国，江南江北青山多。
羁愁畏晚寻归楫，山僧苦留看落日。
微风万倾靴纹细，断霞半空鱼尾赤。
是时江月初生魄，二更月落天深黑③。
江心似有炬火明，飞焰照山栖鸟惊。
怅然归卧心莫识，非鬼非人竟何物④。
江山如此不归山，江神见怪警我顽⑤。
我谢江神岂得已，有田不归如江水⑥！

① 金山寺，在今江苏镇江，金山峙立江中，寺在山上，神宗熙宁四年（1071）苏东坡赴杭州通判任，十一月三日游金山。

② 中泠，泉名。盘陀，同"盘薄""陂陀"，石大貌。出没随涛波，水涨石没入水中，水落石露出水上。

③ 魄，月始生或将灭时的微光，此指前者，指初三夜的月。《礼记·乡饮酒礼》："月三日而成魄。"

④ 原注："是夜所见如此。"

⑤ 警，警示，一作"惊"。

⑥有田不归如江水，是设誓之词。《左传》僖公十二年：晋公子重耳谓咎犯曰："所不与舅氏同心者，有如白水！"有如白水，犹言有此白水为证，意即决与舅氏同心。《晋书·祖逖传》：祖逖渡江，中流击楫而誓曰："祖逖不能清中原而复济者，有如大江！"有如大江，犹言有此大江为证，意即不能清中原则决不复济。如江水，即"有如江水"，亦即有此江水为证。

孙莘老求墨妙亭诗[①]

兰亭茧纸入昭陵，世间遗迹犹龙腾[②]。
颜公变法出新意，细筋入骨如秋鹰[③]。
徐家父子亦秀绝，字外出力中藏棱[④]。
峄山传刻典刑在，千载笔法留阳冰[⑤]。
杜陵评书贵瘦硬，此论未公吾不凭[⑥]。
短长肥瘦各有态，玉环飞燕谁敢憎[⑦]。
吴兴太守真好古，购买断缺挥缣缯[⑧]。
龟趺入座螭隐壁，空斋昼静闻登登[⑨]。
奇迹散出走吴越，胜事传说夸友朋[⑩]。
书来乞诗要自写，为把栗尾书溪藤[⑪]。
后来视今犹视昔，过眼百年如风灯[⑫]。
他年刘郎忆贺监，还道同时须服膺[⑬]。

①孙觉，字莘老。高邮（今属江苏）人。熙宁四年（1071）为湖州太守。熙宁五年（1072）二月，于吴兴府第中建墨妙亭，藏古碑刻法帖。

②兰亭，在今浙江绍兴县西南。东晋穆帝永和九年（353）三月，谢安与诸文士四十一人修禊于此，饮酒赋诗，王羲之作《兰亭集序》，其书法为旷世名作。茧纸，晋宋时的一种纸。唐太宗使人取得《兰亭集序》，命赵模、冯承素、诸葛贞等临摹传世，兰亭真本于太宗死后从葬昭陵。龙腾，喻书法气势飞动。梁武帝评王羲之书法，谓"字势雄居，如龙跃天门，虎卧凤阁"。

③颜公，颜真卿，唐代大书法家。细筋入骨，指其书法刚健有力。卫夫人《笔阵图》云："善笔力者多骨，不善笔力者多肉。"又云："多骨微肉者，谓之筋书。"

④ 徐家父子，徐峤之、徐浩父子，并唐代大书法家，徐浩尤为有名。

⑤ 峄山传刻，秦始皇二十八年东巡至峄山，刻石纪功，丞相李斯篆书，为小篆名作。刑，通“型”。阳冰，李阳冰，唐代著名篆书大师。

⑥ 杜陵，即杜甫。杜甫《八分小篆歌》：“书贵瘦硬方通神。”

⑦ 玉环，杨玉环，唐玄宗妃，以肥美著称。飞燕，赵飞燕，汉成帝后。据传其体瘦身轻，掌上可舞。

⑧ 吴兴，即湖州。断缺，指残碑断石。缣缯，丝织品，古代用以作为货币。

⑨ 龟趺，碑座。螭，据传为蛟龙一类的动物，此指碑上的螭纹。登登，拓碑的声音。

⑩“奇迹”二句，谓墨妙亭碑刻拓本流传于吴越。

⑪ 栗尾，笔名。溪藤，宋代浙江剡溪所产纸名。

⑫“后来”二句，王羲之《兰亭集序》：“后之视今，亦犹今之视昔。”

⑬ 刘郎，唐代诗人刘禹锡。贺监，唐代诗人兼书法家贺知章，曾为秘书监。服膺，放在心上。刘禹锡《洛中寺北楼见贺监草书题诗》：“高楼贺监昔曾登，壁上笔踪龙虎腾。中国书流尚皇象，北朝文士重徐陵。偶因独见空惊目，恨不同时便伏膺。唯恐尘埃转磨灭，再三珍重嘱山僧。”伏，通“服”。

法惠寺横翠阁①

朝见吴山横，暮见吴山纵②。
吴山故多态，转侧为君容。
幽人起朱阁，空洞更无物。
惟有千步冈，东西作帘额③。
春来故国归无期，人言秋悲春更悲。
已泛平湖思濯锦，更看横翠忆峨眉④。
雕栏能得几时好，不独凭栏人易老。
百年兴废更堪哀，悬知草莽化池台⑤。
游人寻我旧游处，但觅吴山横处来。

① 法惠寺，在杭州西湖，吴越王钱俶所建，原名兴庆寺，宋英宗治平四年（1067）改名法惠寺。熙宁六年（1073）作于杭州。

② 吴山，咸淳《临安志》：“吴山在城中，吴人祠子胥山上，因名胥山。”

③ 千步冈，即指吴山。东西，指山势自东至西。东西作帘额，从阁内看，东西横亘的山有如帘额。

④ 濯锦，锦江，在成都市南。峨眉，山名，四川名山。

⑤ 草莽化池台，实即池台化草莽。与《惜花》诗“古寺没蒿莱”意同。

惜　花[1]

吉祥寺中锦千堆，前年赏花真盛哉[2]。
道人劝我清明来，腰鼓百面如春雷。
打彻凉州花自开[3]。
沙河塘上插花回，醉倒不觉吴儿咍[4]。
岂知如今双鬓摧，城西古寺没蒿莱。
有僧闭门手自栽，千枝万叶巧剪裁。
就中一丛何所似，马瑙盘盛金缕杯。
而我食菜方清斋，对花不饮花应猜[5]。
夜来雨雹如李梅，红残绿暗吁可哀[6]。

① 宋神宗熙宁七年（1074）苏轼徙知密州，此诗熙宁八年（1075）春于密州作。时年三十九岁。

② 吉祥寺，在杭州。原注：“钱塘花最盛处。”

③ 凉州，乐曲名。据传唐玄宗见内庭柳杏将吐，取羯鼓击一曲《春光好》，柳杏皆为开拆。

④ 沙河塘，在杭州城南，南通钱塘江。咍（hāi），嗤笑。前七句回忆昔年在杭州吉祥寺赏花盛况。

⑤ 猜，疑。

⑥ 诗后原注：“钱塘吉祥寺花为第一。壬子清明，赏会最盛，金盘彩篮以献于座者五十三人。夜归沙河塘上，观者如山，尔后无复继也。今年诸家园圃花亦极盛。而龙兴僧房一丛亦奇。但衰病牢落，自无以发兴耳。昨日雨雹，知此花之存者有几？可为叹息也。”壬子，熙宁五年（1072）。

月夜与客饮杏花下[①]

杏花飞帘散馀春，明月入户寻幽人。
褰衣步月踏花影，炯如流水涵青蘋[②]。
花间置酒清香发，争挽长条落香雪[③]。
山城酒薄不堪饮，劝君且吸杯中月。
洞箫声断月明中，惟忧月落酒杯空。
明朝卷地春风恶，但见绿叶栖残红。

① 熙宁十年（1077）苏轼自密州移徐州，此诗元丰二年（1079）作于徐州。时年四十三岁。

② 褰衣，提衣。炯，清亮。涵，涵容。青蘋，水草名，叶片浮于水面，此用以喻花影。

③ 挽，拉。香雪，指杏花。

舟中夜起[①]

微风萧萧吹菰蒲，开门看雨月满湖[②]。
舟人水鸟两同梦，大鱼惊窜如奔狐。
夜深人物不相管，我独形影相嬉娱[③]。
暗潮生渚吊寒蚓，落月挂柳看悬蛛[④]。
此生忽忽忧患里，清境过眼能须臾[⑤]。
鸡鸣钟动百鸟散，船头击鼓还相呼。

① 宋神宗元丰二年（1079）春，苏轼移知湖州，此自徐州赴湖州途中作。

② “微风”二句，听微风吹菰蒲，疑是雨声，开门一看，月乃满湖。

③ 人物，人与物。

④ 吊，伤吊，此用作怜悯之意。潮涨时，水浸入土中，蚯蚓被迫爬出来。

⑤ 忽忽，匆遽貌。能，乃也，犹言如此。须臾，犹片刻。

寓居定惠院之东，杂花满山，有海棠一株，土人不知贵也[①]

江城地瘴蕃草木，只有名花苦幽独[②]。
嫣然一笑竹篱间，桃李漫山总粗俗[③]。
也知造物有深意，故遣佳人在空谷[④]。
自然富贵出天姿，不待金盘荐华屋[⑤]。
朱唇得酒晕生脸，翠袖卷纱红映肉[⑥]。
林深雾暗晓光迟，日暖风轻春睡足[⑦]。
雨中有泪亦凄怆，月下无人更清淑[⑧]。
先生食饱无一事，散步逍遥自扪腹[⑨]。
不问人家与僧舍，拄杖敲门看修竹。
忽逢绝艳照衰朽，叹息无言揩病目[⑩]。
陋邦何处得此花，无乃好事移西蜀[⑪]。
寸根千里不易致，衔子飞来定鸿鹄[⑫]。
天涯流落俱可念，为饮一樽歌此曲[⑬]。
明朝酒醒还独来，雪落纷纷那忍触[⑭]！

① 定惠院，在黄州城东，元丰三年（1080），东坡到黄州后定居于此。时年四十四岁。《东坡志林》："黄竹定惠院东小山上有海棠一株，特繁茂，每岁开时，必为置酒。"诗是到黄州后初访海棠时作。

② 江城，指黄州。瘴，此指水气。蕃，旺盛生长。

③ 嫣然，笑美貌。

④ 造物，大自然。佳人在空谷，杜甫《佳人》诗："绝代有佳人，幽居在空谷。"此以海棠花拟佳人。

⑤ 富贵，此处用如华贵。荐，进献。

⑥ "朱唇"二句，以佳人之美，拟海棠之美。

⑦ 春睡足，《明皇杂录》："上登沉香亭，召妃子，时卯，酒未醒，侍从扶掖而至。上乃笑曰：'岂是妃子醉耶？海棠春睡未足耳。'"诗以花拟人，反

用其意。

⑧ 清淑，清秀美好。

⑨ 先生，诗人自称。

⑩ 绝艳，指海棠。

⑪ 陋邦，指黄州。“无乃”句，莫不是好事者从西蜀移来。蜀中海棠名贵，有“香海棠国”之称。

⑫ “寸根”二句，谓西蜀海棠哪怕是一寸根千里移来亦不易，一定是鸿鹄衔海棠种子飞来。

⑬ 天涯流落，白居易《琵琶行》谓自己与商妇“同是天涯沦落人”，此就诗人与海棠言之。

⑭ 雪落纷纷，指到明朝海棠纷纷花落。

★写海棠以花拟人，是人是花，融而为一，致不可分辨，描写极为精彩。海棠未必西蜀独美，黄州海棠未必自西蜀移来，写此一节，无非是将自己与海棠同是“天涯流落”联系起来，抒发自己遭到贬谪的心曲。

自兴国往筠，宿石田驿南二十五里野人舍[①]

溪上青山三百叠，快马轻衫来一抹。
倚山修竹有人家，横道清泉知我渴。
芒鞋竹杖自轻软，蒲荐松床亦香滑[②]。
夜深风露满中庭，惟见孤萤自开阖[③]。

① 兴国，太平兴国三年（978）改永兴军为兴国军，治永兴，今湖北阳新县。筠，筠州，今江西高安。元丰七年（1084），东坡自黄州移汝州。弟苏辙监筠州酒税，东坡南来看望。石田驿，在兴国治南。时苏轼年四十八，苏辙四十六岁。

② 芒鞋，草鞋。芒鞋竹杖自轻软，芒鞋则软，竹杖则轻。蒲荐，蒲席。蒲荐松床亦香滑，蒲荐则滑，松床则香。对仗工整，词语参差，句法外似平常而实独特。

③ 中庭，庭中。开阖，指萤光一亮一暗。

★“夜深风露满中庭，惟见孤萤自开阖”，只是写实，客夜孤独寂寞

之状，读之使人如身临其境。

书王定国所藏烟江叠嶂图[①]

江上愁心千叠山，浮空积翠如云烟[②]。
山耶云耶远莫知，烟空云散山依然。
但见两崖苍苍暗绝谷，中有百道飞来泉。
萦林络石隐复见，下赴谷口为奔川。
川平山开林麓断，小桥野店依山前。
行人稍度乔木外，渔舟一叶江吞天。
使君何从得此本，点缀毫末分清妍。
不知人间何处有此境，径欲往买二顷田[③]。
君不见武昌樊口幽绝处，东坡先生留五年[④]。
春风摇江天漠漠，暮云卷雨山娟娟[⑤]。
丹枫翻鸦伴水宿，长松落雪惊醉眠[⑥]。
桃花流水在人世，武陵岂必皆神仙[⑦]。
江山清空我尘土，虽有去路寻无缘[⑧]。
还君此画三叹息，山中故人应有招我归来篇[⑨]。

① 王定国，名巩，大名（今河北大名）人。题下原注："王晋卿画。"王诜，字晋卿，太原人，尚宋英宗女蜀国公主。北宋有名画家，师法唐代画家李成，善金碧山水，亦能作淡墨平远小景。此诗宋哲宗元祐三年（1088）作，时东坡在京任翰林学士知制诰。时年五十二岁。

② 江上愁心，唐张说有《江上愁心赋》，此用其词语。

③ 二顷田，苏秦尝言："且使我有雒阳负郭田二顷，吾岂能佩六国相印乎！"见《史记·苏秦列传》。苏秦意谓使其当年有二顷田得以营生，就不致于奔走天下以求官职。诗借用其词，亦暗含有使我有二顷田就不致奔走天下倾轧官场之意。——以上十六句正面写王定国所藏烟江叠嶂图。

④ 武昌，今湖北鄂城。樊口，在鄂城西。留五年，东坡于元丰二年（1079）十二月贬黄州团练副使，明年正月到黄州，元丰七年（1084）四月移

汝州，凡五年。其实东坡所居地在黄州，与武昌（鄂城）隔江相对。

⑤ 漠漠，旷远貌。娟娟，秀美貌。

⑥ 丹枫翻鸦，形容枫叶翻动。长松落雪，形容松花飞落。——“君不见”以下六句回忆武昌樊口幽绝处，以实地作为烟江叠嶂图的陪衬。

⑦ “桃花”二句，用陶渊明桃花源故事。

⑧ “江山”二句，言江山清空如仙境，而我乃尘土凡人，虽有去路而寻访无缘。

⑨ “山中故人”句，楚辞淮南小山有《招隐士》辞，然是招隐士出来，此借用其词，谓招我归隐。——末六句以感慨作结。“还君此画”句收结到画上。

司马君实独乐园①

青山在屋上，流水在屋下。
中有五亩园，花竹秀而野。
花香袭杖履，竹色侵盏斝②。
樽酒乐馀春，棋局消长夏。
洛阳古多士，风俗尤尔雅③。
先生卧不出，冠盖倾洛社④。
虽云与众乐，中有独乐者⑤。
才全德不形，所贵知我寡⑥。
先生独何事，四海望陶冶⑦。
儿童诵君实，走卒知司马。
持此欲安归，造物不我舍⑧。
名声逐吾辈，此病天所赭⑨。
抚掌笑先生，年来效喑哑。

① 司马君实，即司马光。神宗熙宁三年（1070）司马光因反对新法，出知永兴军，次年退居洛阳，筑独乐园。熙宁十年（1077）四月，苏轼知徐州，司马光寄来《独乐园记》，轼为作此诗。时司马光年五十九，苏轼四十一岁。

② 斝（jiǎ），酒器。

③ 尔雅，犹言有古风，存正道。

④ 冠盖，衣冠车盖，代指士大夫。洛社，白居易晚年居洛阳，结洛社，此处借用。

⑤ “虽云”二句:《孟子·梁惠王下》提出“独乐乐，不若与众乐乐”。司马光为儒家者流，筑园却偏名独乐，表示其不随流俗的执拗态度，而在当时则表示对新法的抗拒。

⑥ 才全德不形，语出《庄子·德充符》。才，通“材”，犹言质性、本性。才全，谓质性全备，不受外物的损害。形，显露。德不形，德不显露出来。所贵知我寡，出《老子》七十章“知我者希，则我者贵”。原文两句话是平列的，意谓理解我的很少，效法我的尤为难得。则，效法也。苏轼用王弼注，把两者理解为承接关系，以“则”为连接词，以“贵”为贵重之意，谓知我者少则我更为可贵。所贵知我者寡，表示为一种不随流俗的人格。

⑦ 四海，犹言天下。陶冶，陶铸冶炼，引申为施行教化。

⑧ 造物，大自然，此处即下句的“天”。舍，放弃。

⑨ 赭，红色。古代罪人着赭色。天所赭，犹言天给判了罪，永远逃不脱声名追逐，亦即“造物不我舍”。

★苏轼是司马光的崇拜者，他们政治观点一致，故诗对司马光作了高度歌颂，其景仰之情甚至超过了对欧阳修的崇敬。他们的政治是非让历史学家去评论，我们只认为诗是写得好的，平实而严谨，并不乏幽默的笔调，无论写景、抒情都饱蘸着感情，为苏集中上乘之作。

又送郑户曹①

水绕彭城楼，山围戏马台②。
古来豪杰地，千载有馀哀。
隆准飞上天，重瞳亦成灰③。
白门下吕布，大星陨临淮④。
尚想刘德舆，置酒此徘徊⑤。
尔来苦寂寞，废圃多苍苔。
河从百步响，山到九里回⑥。
山水自相激，夜声转风雷。

荡荡清河壖，黄楼我所开[7]。
秋月堕城角，春风摇酒杯。
迟君为座客，新诗出琼瑰。
楼成君已去，人事故多乖。
他年君倦游，白首赋归来。
登楼一长啸，使君安在哉！

①元丰元年（1078）作于徐州。郑户曹，郑汉，字彦能，徐州彭城人，时奉调大名司户参军。

②彭城楼，据传徐州为古代彭祖所都，故称彭城。戏马台，西楚霸王项羽都于彭城，戏马台传为项羽戏马之所。

③隆准，据传汉高祖刘邦隆准，即高鼻子。楚汉相争时刘邦曾与项羽大战彭城。飞上天，谓其虽即帝位亦已死去。重瞳，据传项羽重瞳，眼中有两个瞳仁。

④“白门”句，汉末吕布据徐州，为曹操所擒，缢杀于白门楼。下，动词，攻下，打下。大星，指唐李光弼，平安史之乱有功，封临淮郡王，镇徐州。大星殒落，谓李光弼卒。代宗广德二年（764），李光弼卒于徐州。

⑤刘德舆，即宋武帝刘裕，字德舆，祖籍徐州。晋安帝义熙十二年（416），刘裕北伐，次彭城，加领徐州刺史。曾于重九日引宾佐登戏马台，饮酒赋诗，作者百馀人，谢灵运诗最工。

⑥百步响，徐州东泗水上有百步洪。九里，山名，皆徐州附近名胜。

⑦壖（ruán），河边贮水低地。黄楼，苏轼在徐州所筑楼名。苏辙《黄楼赋》：“熙宁十年秋七月乙丑，河决于澶渊……水及彭城下。余兄子瞻适为彭城守，……庐于城上，调急夫发禁卒以从事，令民无得窃出避水。以身帅之，与城存亡。故大水至而民不溃……水既去，而民愈亲，于是即城之东门为大楼焉，垩以黄土，曰土实胜水。徐人相劝成之。”（垩，涂刷。）

寒食雨二首[1]

自我来黄州，已过三寒食。
年年欲惜春，春去不容惜。
今年又苦雨，两月秋萧瑟[2]。

卧闻海棠花，泥污燕脂雪。
暗中偷负去，夜半真有力[③]。
何殊病少年，病起头已白。

春江欲入户，雨势来不已。
小屋如渔舟，濛濛水云里。
空庖煮寒菜，破灶烧湿苇。
那知是寒食，但见乌衔纸。
君门深九重，坟墓在万里[④]。
也拟哭途穷，死灰吹不起[⑤]。

①元丰二年（1079）三月，权监察御史何大正，上章弹劾苏轼："愚弄朝廷，妄自尊大。又一有水旱之灾，盗贼之变，轼必倡言归咎新法，喜动颜色。"七月，权监察里行舒亶、国子博士李宜之、权御史中丞李定，摘取苏轼诗句，无限上纲，连章纠弹。苏轼因此被逮捕到京，八月入御史台狱。这就是有名的乌台诗案。十二月被释放，贬黄州团练副使。此诗元丰五年（1082）作于黄州。时年四十六岁。

②秋萧瑟，如秋萧瑟。

③"暗中"二句，《庄子·大宗师》："藏舟于壑，藏山于泽，谓之固矣。然夜半有力者负之而走，昧者不知也。"诗中借用，喻海棠花谢，似为夜半有力者偷负而去。

④"君门"句，宋玉《九辩》："岂不郁陶而思君兮，君之门以九重。"

⑤哭途穷，三国魏阮籍"常率意独驾，不由径路，车迹所穷，辄恸哭而反"。见《晋书·阮籍传》。死灰，《庄子·齐物论》："形固可使如槁木，而心固可使如死灰乎？"句意谓也拟作阮籍穷途之哭，然已心如死灰，吹亦不起。

荆州三首[①]

游人出三峡，楚地尽平川。
北客随南贾，吴樯间蜀船。
江侵平野断，风卷白沙旋。

欲问兴亡意，重城自古坚。

朱槛城东角，高王此望沙②。
江山非一国，峰火畏三巴③。
战骨沦秋草，危楼倚断霞。
百年豪杰尽，扰扰见鱼虾④。

柳门京国道，驱马及春阳⑤。
野火烧枯草，东风动绿芒。
北行连许邓，南去极衡湘⑥。
楚境横天下，怀王信弱王⑦。

①宋仁宗嘉祐四年（1059）苏轼出峡进京过荆州作。荆州，在今湖北省境，其地有楚纪南城，为先秦楚国故都。

②槛，城楼上栏杆。高王，高季兴于后梁开平二年（908）为荆南节度使，末帝时封渤海王，后唐庄宗同光二年（924）封南平王。子高从诲嗣封父爵。晋高祖石敬瑭立。遣学士陶縠为生辰国信使，从诲设宴望沙楼，大陈战舰。见《五代史·南平世家》。

③“江山”句，五代时南汉、闽、蜀皆称帝，高从诲所向皆称臣，故曰“江山非一国”。三巴，汉末刘璋改巴郡为永宁、固陵、巴三郡，后又改为巴、巴东、巴西，称为三巴。此泛指巴鄂边境。

④“百年”二句：宋太祖乾德元年（960）高从诲子高继冲奉表归宋，至东坡作此诗时已一百三十馀年，“百年”概而言之。五代时江南各地，先后有杨行密据扬州、徐知诰（即李昪）据金陵、钱镠据杭州、马殷据长沙、王审知据闽、刘龑据广州、王建、孟知祥先后据蜀、高季兴据荆州，并称王称帝，至宋初已全部扫灭。扰扰见鱼虾，词面上似只写江国安定，也包含着对这些割据者的高度藐视。

⑤柳门，荆州城东门，亦即修门。

⑥许，许州，今河南许昌。邓，邓州，今河南南阳。衡，湖南衡山。湘，湖南湘水。

⑦怀王，战国时楚国君主。楚为春秋战国时强国，至怀王失策，屡败于

秦，楚国从此衰落。

南康望湖亭[①]

八月渡长湖，萧条万象疏。
秋风片帆急，暮霭一山孤。
许国心犹在，康时术已虚[②]。
岷峨家万里，投老得归无[③]。

① 南康，北宋南康军治星子，即今江西星子县。湖，指鄱阳湖。哲宗绍圣元年（1094）苏轼贬谪惠州，此南行过南康时作。时年五十八岁。

② 康时，即匡时，宋人避太祖赵匡胤讳改“匡”为“康”。匡，正也。

③ 岷，岷山（一说指青城山）；峨，峨嵋山。代指西蜀，东坡家乡。

和子由渑池怀旧[①]

人生到处知何似，应似飞鸿踏雪泥。
泥上偶然留指爪，鸿飞那复计东西。
老僧已死成新塔，坏壁无由见旧题[②]。
往日崎岖还记否，路长人困蹇驴嘶[③]。

① 宋仁宗嘉祐六年（1061）作，时苏轼为凤翔判官。渑池，县名，今属河南。

② “老僧”二句：苏轼兄弟往年过渑池，曾留宿县中僧寺，受到寺僧奉闲接待，曾题诗壁上。至此奉闲已死。塔，僧人死后建塔藏其遗骨或骨灰。

③ 原注：“往岁马死于二陵，骑驴至渑池。”二陵，《左传》僖公三十二年：秦师伐郑，蹇叔之子与师，哭而送之曰：“晋人御师必于崤。崤有二陵焉：其南陵夏后皋之墓也，其北陵文王之所辟风雨也。必死是间，余收尔骨焉！”后因以二陵代指崤山。

★“雪泥鸿爪”是有名的人生比喻，使后人无不为之倾倒。然此诗后四句衔接不密，结构颇嫌松散。

石鼻城①

平时战国今无在，陌上征夫自不闲。
北客初来试新险，蜀人从此送残山。
独穿暗月朦胧里，愁渡奔河苍茫间。
渐入西南风景变，道边修竹水潺潺。

① 石鼻城，在今陕西宝鸡市东，三国时诸葛亮曾围郝昭于此。仁宗嘉祐七年（1062），苏轼奉命至宝鸡、虢、郿、盩厔四县减决囚禁，诗作于其时。

题宝鸡县斯飞阁①

西南归路远萧条，倚槛魂飞不可招。
野阔牛羊同雁鹜，天长草树接云霄。
昏昏水气浮山麓，泛泛春风弄麦苗。
谁使爱官轻去国，此身无计老渔樵！

① 宝鸡，今属陕西。斯飞阁，故址在县治西南。诗作于嘉祐八年（1063）春。

出颍口初见淮山，是日至寿州①

我行日夜向江海，枫叶芦花秋兴长。
长淮忽迷天远近，青山久与船低昂。
寿州已见白石塔，短棹未转黄茅冈。
波平风软望不到，故人久立烟苍茫。

① 熙宁四年（1071）苏轼出为杭州通判，沿颍水东下，十月过寿州。寿州，今安徽寿县。《施注苏诗》卷三："东坡尝纵笔书此诗，且题云：予年三十六赴杭倅，过寿作此诗。今五十九南迁至虔，烟雨凄然，颇有当年气象也。"

有美堂暴雨①

游人脚底一声雷，满座顽云拨不开。
天外黑风吹海立，浙东飞雨过江来。
十分潋滟金樽凸，千杖敲铿羯鼓催②。
唤起谪仙泉洒面，倒倾鲛室泻琼瑰③。

① 有美堂，在杭州。嘉祐二年（1057），梅挚出守杭州，宋仁宗以诗送行，有“地有吴山美，东南第一州”之句。梅挚至杭，因作有美堂于吴山，欧阳修为作《有美堂记》。诗作于神宗熙宁六年（1073），时东坡通判杭州。

② 羯鼓，鼓名，南北朝时自西域传入，盛行于唐代。

③ 谪仙，即李白，贺知章曾称李白为天上谪仙人。《旧唐书·李白传》：“白既嗜酒，日与饮徒醉于酒肆。玄宗度曲，欲造乐府新词，亟召白，白已卧于酒肆矣。召入，以水洒面，即令秉笔，顷之成十馀章。”鲛室，《述异记》：“南海中有鲛人，流泪皆为珠。”琼瑰，美玉。倒倾鲛室泻琼瑰，实写水珠蹦跳的景象，又喻李白将写出绝妙的诗章。本诗清雄奔放，然末二句，突然扯到谪仙泉洒面，实甚勉强。

侄安节远来，夜坐二首①

南来不觉岁峥嵘，坐拨寒灰听雨声②。
遮眼文书原不读，伴人灯火亦多情。
嗟予潦倒无归日，令汝蹉跎已半生。
免使韩公悲世事，白头还对短灯檠③。

心衰面改瘦峥嵘，相见惟应识旧声。
永夜思家在何处，残年知汝远来情。
畏人默坐成痴钝，问旧惊呼半死生。
梦断酒醒山雨绝，笑看饥鼠上灯檠。

① 安节，东坡堂侄。元丰四年（1081），安节出峡至黄州探望东坡，诗作

于是年冬日。

② 峥嵘，高峻貌，引申为严峻之意，此处字面指年终岁末，亦暗寓严寒险恶的双关意义。第二首“峥嵘”，用以形容瘦削。

③ 韩公，韩愈。韩愈《短灯檠歌》：“长檠八尺空自长，短檠二尺便且光。黄帘绿幕朱户闭，风露气入秋堂凉。裁衣寄远泪眼暗，搔头频挑移近床。太学儒生东鲁客，二十辞家来射策。夜书细字缀语言，两目眵昏头雪白。此时提携当案前，看书到晓那能眠。一朝富贵还自恣，长檠高张照朱翠。吁嗟世事无不然，墙角君看短檠弃。”灯檠，灯柱。

★在武大读书时，偶与胡芝湘先生谈论苏诗。尔时年幼无知，因言对苏诗并不喜好。先生说：“读东坡诗需要一定的人生经历，慢慢地咀嚼，才能体会到其中韵味。”岁月峥嵘，一晃竟过去了四十馀年，而今读东坡此等诗，才真能领会到先生指教的深意。先生已于一九九八年下世，思之不胜怆然。

二月三日点灯会客[①]

江上东风浪接天，苦寒无赖破春妍。
试开云梦羔儿酒，快泻钱塘药玉船[②]。
蚕市光阴非故国，马行灯火记当年[③]。
冷烟湿雪梅花在，留得新春作上元。

① 元丰六年（1083）作于黄州。

② 药玉船，一种酒杯，产于杭州。

③“蚕市”句，《和子由蚕市》诗云：“蜀人衣食常苦艰，蜀人游乐不知还。千人耕种万人食，一年辛苦一春闲。闲时尚以蚕为市，共忘辛苦逐欣欢。”“忆昔与子皆童丱，年年废书走市观。市人争夸斗巧智，野人喑哑遭欺谩。诗来使我感旧事，不悲去国悲流年。”可为此句注脚。“马行”句，马行在汴京东北隅，为京师繁华之处。前一句怀念故乡，后一句怀思京国。

次韵蒋颖叔[①]

月明惊鹊未安枝，一棹飘然影自随[②]。

江上秋风无限浪，枕中春梦不多时[③]。
琼林花草闻前语，罨画溪山指后期[④]。
岂敢便为鸡黍约，玉堂金殿要论思[⑤]。

① 蒋颖叔，蒋之奇，字颖叔，宜兴人。嘉祐二年（1057）与东坡同榜进士。元丰七年（1084）颖叔为江淮等路发运副使，居官真州。秋，东坡自金陵去扬州，途经真州，会见蒋颖叔，诗作于其时。

② 月明惊鹊，曹操《短歌行》："月明星稀，乌鹊南飞。绕树三匝，何枝可依。"一棹飘然，时东坡乘船东行。

③ "江上秋风"句，白居易《江南遇天宝乐叟》诗："秋风江上浪无限，暮雨舟中酒一樽。"枕中春梦，唐沈既济《枕中记》，写卢生在邯郸旅舍，时店主正煮黄粱。卢生藉吕翁授枕一卧，梦中历尽富贵荣华，醒来黄粱尚未煮熟。因悟人生富贵不过是一场幻梦。

④ 琼林，指琼林苑。宋代进士试后，皇帝赐新科进士宴于琼林苑，称琼林宴。罨（yǎn）画，彩色的画。罨画溪山，常用以指美丽如画的溪山。诗中指具体的地方，即阳羡。江苏宜兴有圻溪，风景秀丽，称罨画溪。宜兴古称阳羡，隋代改为义兴，宋代避太宗讳改名宜兴，沿用至今。"琼林"二句东坡自注："蒋诗记及第时琼林苑宴坐中所言，且约同卜居阳羡。"

⑤ 鸡黍约，杀鸡作黍，与朋友相约。南朝梁范云《赠张徐州稷》诗："恨不具鸡黍，得与故人挥。"孟浩然《过故人庄》诗："故人具鸡黍，邀我至田家。"（《后汉书·独行传》：金乡范式少游太学，与汝南张劭为友。二人并告归乡里。范式约两年后过访张劭。到期，张劭白母设馔候之。母曰："二年之别，千里结言，尔何相信之审邪？"劭曰："巨卿信士，必不乖违。"至其日，巨卿果到。鸡黍约，注家多引范式张劭事为解，然故事中并无"鸡黍"内容。）玉堂，指翰林院。金殿，指朝廷。论思，议论思考，指研讨国政。二句谓现在还不敢与颖叔订鸡黍之约，因颖叔前程远大，朝廷要与之议论国是。

六月二十日夜渡海[①]

参横斗转欲三更，苦雨终风也解晴[②]。
云散月明谁点缀，天容海色本澄清[③]。
空馀鲁叟乘桴意，粗识轩辕奏乐声[④]。
九死南荒吾不恨，兹游奇绝冠平生[⑤]。

① 苏轼于绍圣元年（1094）贬谪惠州，四年再贬琼州别驾，居儋耳，地在今海南岛西北境。元符三年（1100）五月移廉州安置，此是年六月渡海时作。时年六十四岁。

② 参（shēn），二十八宿之一，白虎七宿的最末一宿，有星七颗。斗，指北斗七星。终风，《诗·邶风·终风》“终风且暴”，毛传：“终日风为终风。”

③ “云散”句，《世说新语·言语》：“司马太傅斋中夜坐，于时天月明净，都无纤翳，太傅叹以为佳。谢景重在坐，答曰：‘意谓乃不如微云点缀。’太傅因戏谢曰：‘卿居心不净，乃复强欲滓秽太清耶！’”太傅，即司马道子。谢景重，即谢重。

④ 鲁叟，指孔子。《论语·公冶长》：“子曰：‘道不行，乘桴浮于海，从我者其由与！’”桴，木筏。轩辕，即黄帝。《庄子·天运》载北门成问于黄帝曰：“帝张咸池之乐于洞庭之野，吾始闻之惧，复闻之怠，卒闻之而惑，荡荡默默，乃不自得。”黄帝对咸池之乐作了深微的解释，要在说明，其乐与自然谐调，与大道契合，故闻之能随物变化，遗却生死，而与道俱。粗识轩辕奏乐声，表面指海上的涛声，亦暗寓从海涛声中领悟人生之意。

⑤ 九死，谓经历生死的磨折。《楚辞·离骚》：“亦余心之所善兮，虽九死其犹未悔。”

★东坡自绍圣元年（1094）贬惠州，至此已过去了七年，再贬儋耳也已四个年头。现在又移往廉州，渡海北向，既没有颠危回首的悲哀，更不抱猝然解脱的奢望，表现出极其坦然的心境。诗前四句，似是纯粹客观地刻画眼前的景物，而无一不是自身生活的写照，却丝毫不露痕迹。后四句正面写出内心的感受，充分地表现了东坡超然豁达的人生态度，对险恶的境遇和卑劣的政敌表示高度的藐视。这首七律，艺术高超，内蕴深厚，是东坡后期最优秀的作品之一。

六月二十七日望湖楼醉书二首①

黑云翻墨未遮山，白雨跳珠乱入船②。
卷地风来忽吹散，望湖楼下水如天。

放生鱼鳖逐人来，无主荷花到处开③。
水枕能令山俯仰，风船解与月徘徊④。

① 望湖楼，在杭州西湖畔，五代时吴越王钱俶所建。熙宁五年（1071）作于杭州。

② 跳珠，指如珠的水花。

③ 放生鱼鳖，宋真宗天禧四年（1020），太子太保判杭州王钦若奏请以西湖为放生池，禁捕鱼鳖，为皇帝祈福。仁宗时沈遘任杭州知州，也禁捕西湖鱼鳖。

④ “水枕”二句：枕卧船上，水簸动船，感到山也随之俯仰。风摇动船，看到月也随之徘徊。

望海楼晚景二首[①]

海上涛头一线来，楼前指顾雪成堆。
从今潮上君须上，更看银山二十回。

青山断处塔层层，隔岸人家唤欲应。
江上秋风晚来急，为传钟鼓到西兴[②]。

① 望海楼，在杭州凤凰山上，钱塘江西岸。

② 西兴，即西陵，在浙江萧山县西北钱塘江畔，与望海楼隔钱塘江相对。

唐道人言天目山上俯视雷雨，每大雷电，但闻云中如婴儿声，殊不闻雷震也[①]

已外浮名更外身，区区雷电若为神[②]？
山头只作婴儿看，无限人间失箸人[③]！

① 天目山，在浙江省西北部，奇峰陡峭，为浙西名山。

② 外浮名，置身于浮名之外。外身，置心于形骸之外。犹庄子所谓“吾闻道矣”，“三日后能外天”，“七日而后能外物”，“九日而后能外生”。见《庄子·大宗师》。区区，小貌，微不足道。若为神，何为神奇，算什么神奇。

③ 箸，筷子。失箸人，《三国志·蜀书·先主传》：“曹公从容谓先主曰：‘今天下英雄，唯使君与操尔。本初之徒，不足数也。’先主方食，失匕箸。”

注引《华阳国志》："于时正当雷震，备因谓操曰：'圣人云迅雷风烈必变，良有以也。一震之威，乃可至于此也！'"按，曹操说刘备是英雄，刘备大吃一惊，手中匕箸掉落地下。当时恰好一声巨雷震响，刘备借口说是因雷震受惊使匕箸掉落，以掩饰自己的惊慌。人间失箸人，代指争夺权势的统治者。——诗意谓区区雷鸣电震，对于闻道之人，算不了什么；而多少人间的统治者哪怕是一点小小的震动都会使他们惊慌失措。

饮湖上初晴后雨①

水光潋滟晴方好，山色空濛雨亦奇②。
欲把西湖比西子，淡妆浓抹总相宜③。

① 宋神宗熙宁六年（1073），作于杭州。

② 潋滟，波光闪动之貌。又水满之貌。空濛，雨雾迷濛之貌。

③ 西子，春秋越国美人西施。淡妆，与"晴方好"相应；浓抹，与"雨亦奇"配合。

★西湖风景之美自不待言，晴方好，雨亦奇，然亦诗人胸襟，无往而不自得，因无往而不美也。

西湖本与西子无涉，由于东坡把西湖比西子，如此西湖就有西子湖之称。东坡对这个比喻自己也很得意，故在《次韵马忠玉》诗中云，"只有西湖似西子，故应宛转为君容"，不惜再用一次。

山　村①

竹篱茅屋趁溪斜，春入山村处处花。
无象太平还有象，孤烟起处是人家。

① 熙宁六年（1073）作于杭州。

陌上花

游九仙山，闻里中儿歌陌上花。父老云：吴越王妃每岁春必归临安。王以书遗妃曰：“陌上花开，可缓缓归矣！”吴人用其语为歌，含思宛转，听之凄然，而其词鄙野，为易之云[1]。

陌上花开蝴蝶飞，江山犹是昔人非。
遗民几度垂垂老，游女长歌缓缓归。

① 九仙山，今福建福州市旧城东南有九仙山，然此九仙山应在临安附近。吴越，五代十国之一。唐末钱镠为镇海节度使，据有江浙，自称吴越王，历五主后降于宋。东坡原注：“吴越王妃以开宝九年随王入朝。”则此吴越王是钱镠孙钱俶。临安，今杭州临安县，东距杭州百馀里。

别东武流杯[1]

莫笑官居如传舍，故应人世等浮云。
百年父老知谁在，惟有双松识使君。

① 东武，汉县名。隋代改名诸城，唐宋为密州州治。流杯，亭名。苏轼熙宁七年（1074）知密州，熙宁十年（1077）移徐州，此为别密州时所作。

东栏梨花[1]

梨花淡白柳深青，柳絮飞时花满城。
惆怅东栏一株雪，人生看得几清明。

① 此《和孔密州五绝》之一。孔密州，即孔宗翰，字周翰。神宗熙宁九年（1076），东坡罢密州任，孔宗翰继任。明年四月东坡到徐州，诗即作于徐州。

右答李公择[1]

暮云收尽溢清寒，银汉无声转玉盘。
此生此夜不长好，明月明年何处看。

①熙宁十年（1077）八月作于徐州。

虔州八境图二首[①]

涛头寂寞打城还，章贡台前暮霭寒[②]。
倦客登临无限思，孤云落日是长安。

白鹊楼前翠作堆，萦云岭路若为开？
故人应在千山外，不寄梅花远信来。

①原有序云：南康八境图者，太守孔君所作也。君既作石城，即其城上楼观台榭之所见而作是图也。东望七闽，南望五岭，览群山之参差，俛章贡之奔流，云烟出没，草木蕃丽，邑屋相望，鸡犬之声相闻。观此图也，可以茫然而思，粲然而笑，慨然而叹矣。苏子曰："此南康之一境也，何从而八乎，所自观之者异也。且子不见夫日乎，其旦如盘，其中如珠，其夕如破璧，此岂三日也哉？苟知夫境之为八者，则凡寒暑、朝夕、雨旸、晦冥之异，坐作、行立、哀乐、喜怒之接于吾目而感于吾心者，有不可胜数者矣，岂特八乎！如知夫八之出乎一也，则夫四海之外，诙诡谲怪，《禹贡》之所书，邹衍之所谈，相如之所赋，虽至千万，未有不一者也。后之君子，必将有感于斯焉。乃作诗八章，题之图上。"虔州，治赣县，今江西赣州。南康，即虔州。与《南康望湖亭》之南康南北异地。孔君，孔元翰，时为虔州太守。石城，孔元翰所筑。章贡，章水与贡水，至赣州汇合而为赣水。诗作于元丰元年（1078），时苏轼守徐州。

②涛头寂寞打城还，化用刘禹锡《石头城》"潮打空城寂寞回"，因孔所筑叫石城而联及。

梅花二首[①]

春来幽谷水潺潺，的皪梅花草棘间[②]。
一夜东风吹石裂，半随飞雪度关山[③]。

何人把酒慰深幽，开自无聊落更愁[④]。

幸有清溪三百曲，不辞相送到黄州⑤。

①元丰三年（1080）正月赴黄州途中作。

②的皪，鲜明貌。

③吹石裂，形容风力强劲。欧阳修《山斋绝句》："正当年少惜花时，日日东风吹石裂。""半随"句，主语是梅花。

④慰深幽，慰深山幽谷的梅花。无聊，无所依赖，此用作无意绪之意。

⑤三百曲，谓溪流蜿蜒曲折。一说，曲为乐曲之曲。二句谓长长的清溪流水，发出清泠的水声，如奏着三百乐曲相送到黄州。

南堂①

扫地焚香闭阁眠，簟纹如水帐如烟②。
客来梦觉知何处，挂起西窗浪接天③。

①南堂，在黄州，元丰六年（1083）谪于黄州时作。此诗误收入秦观《淮海集》，题作《无题》。

②簟纹如水，谓簟席花纹如水纹，也状其清凉。帐如烟，形容帐纱柔薄如烟。

③"客来"二句，谓客来从梦中醒觉，一时不知身在何处，由于窗帘挂起，只见窗外浪接天际。

题西林壁①

横看成岭侧成峰，远近高低各不同②。
不识庐山真面目，只缘身在此山中。

①西林，庐山西林寺。元丰七年（1084）由黄州移汝州团练副使，四月离黄州东下，自九江去兴国访子由，因游庐山。

②各不同，一本作"总不同"。

★面对雄山胜水，造化伟观，即使大家也无从措手。东坡独以议论出之，遂成绝唱。

惠崇春江晓景[①]

竹外桃花三两枝，春江水暖鸭先知。
蒌蒿满地芦芽短，正是河豚欲上时[②]。

①惠崇，见王安石《纯甫出释惠崇画要予作诗》注。诗作于宋神宗元丰八年（1085）。

②河豚，一名江猪，长江中常见。河豚肉味鲜美，然其内脏及卵巢有剧毒。梅尧臣《河豚》诗云："春洲生荻芽，春岸飞杨花。河豚于此时，贵不数鱼虾。"范成大《田园杂兴》也说"荻芽抽笋河豚上"。据说河豚肉宜与蒌蒿、芦笋同煮，东坡写画面蒌蒿、芦芽而联想到河豚欲上。然实甚勉强，河豚潜游于大江，气压低时冒出水面呼吸，一冒即沉，不可能出现在小景画面；若作为时令标志亦不典型，与"正是橙黄橘绿时"之令人立即可以想起冬令景物者不同。

书李世南所画秋景[①]

野水参差落涨痕，疏林欹侧出霜根[②]。
扁舟一棹归何处，家在江南黄叶村。

①李世南，字唐臣，安肃（今河北徐水）人，明经及第，官大理寺丞，工画山水。诗作于哲宗元祐二年（1087），时东坡在京任翰林学士知制诰。

②侧，一作"倒"。

赠刘景文[①]

荷尽已无擎雨盖，菊残犹有傲霜枝。
一年好景君须记，最是橙黄桔绿时。

①刘景文，名季孙，河南祥符人。东坡于哲宗元祐四年（1089）出守杭州，时刘景文为两浙兵马都监驻杭，过从甚密。诗作于元祐五年（1090）

初冬。

食荔枝[①]

罗浮山下四时春，卢橘杨梅次第新[②]。

日啖荔枝三百颗，不辞长作岭南人。

① 绍圣元年（1094），东坡贬惠州（今广东惠阳），诗作于绍圣三年（1096）。

② 罗浮山，在广东省境。卢橘，即枇杷。

澄迈驿通潮阁[①]

馀生欲老海南村，帝遣巫阳招我魂[②]。

杳杳天低鹘没处，青山一发是中原。

① 澄迈驿，在海南澄迈县境。通潮阁，在澄迈驿西。元符三年（1100）正月哲宗去世，徽宗即位，大赦天下，东坡仍以琼州别驾廉州安置。六月，行赴廉州，宿澄迈驿，诗作于此时。明年即建中靖国元年（1101）七月，诗人即在常州去世。

② 帝遣巫阳招我魂，《楚辞·招魂》："帝告巫阳曰：有人在下，我欲辅之。魂魄离散，汝筮予之。"帝，天帝。巫阳，巫名。句意似指遇赦，造语颇嫌凑合。

苏 辙

苏辙（1039—1112），字子由，一字同叔，宋仁宗嘉祐二年丁酉（1057）与兄苏轼同榜进士。官至尚书右丞、门下侍郎。徽宗政和二年卒，年七十四。有《栾城集》。

逍遥堂会宿[①]

逍遥堂后千寻木，长送中宵风雨声。
误喜对床寻旧约，不知漂泊在彭城。

① 逍遥堂，在徐州。原诗有小引云："辙幼从子瞻读书，未尝一日相舍。既壮，将宦游四方，读韦苏州诗至'宁知风雨夜，复此对床眠'，恻然感之，乃相约早退，为闲居之乐。故子瞻始为凤翔幕府，留诗为别曰：'夜雨何时听萧瑟？'其后子瞻通守馀杭，复移守胶西，而辙滞留于淮阳、济南，不见者七年。熙宁十年二月，始复会于澶濮之间，相从来徐留百馀日，时宿于逍遥堂。追感前约，为二小诗记之。"小诗其二云："秋来东阁凉如水，客去山公醉似泥。困卧北窗呼不起，风吹松竹雨凄凄。"按，韦应物《示全真元常》诗句今本作"宁知风雪夜，复此对床眠"，苏氏兄弟均引作"风雨对床"，或本有作"风雨"者。

僧道潜

僧道潜（1043—1102），号参寥子，俗姓何，名昙潜，哲宗赐号妙聪大师，杭州於潜（今浙江临安）人。与苏轼、秦观友好。轼谪居黄州，曾千里相访，同游庐山。轼知杭州，唱酬尤多。轼贬岭南，道潜坐诗语讽刺，命还俗。徽宗建中靖国元年（1101），诏复祝发，明年即去世，年六十。有《参寥子诗集》。

秋　江

赤叶枫林落酒旗，白沙洲渚夕阳微。
数声柔橹苍茫外，何处江村人夜归。

临平道中①

风蒲猎猎弄春柔，欲立蜻蜓不自由。
五月临平山下路，藕花无数满汀洲。

①临平，山名，在浙江馀杭西北。

江上秋夜

雨暗沧江晚未晴，井梧翻叶动秋声。
楼头夜半风吹断，月在浮云浅处明。

僧仲殊

僧仲殊（？—1104？）字师利，俗姓张氏，名挥。安州（今湖北安陆）人。尝与乡荐，其妻以药毒之，遂弃家为僧。居杭州吴山宝月寺。工诗，善长短句，尤好作艳词。与东坡交厚。

润　州①

北固楼前一笛风，断云飞出建昌宫②。
江南二月多芳草，春在濛濛细雨中。

① 润州，今江苏镇江。

② 北固楼，镇江名胜。《读史方舆纪要》：“北固山在镇江城北一里，下临长江，三面滨水，回岭斗绝，势最险固。晋蔡谟起楼其上以贮军实，谢安复营葺之，即所谓北固楼，亦曰北固亭。大同十年，武帝改名北顾。”建昌宫，未详，自当在镇江。

★这首七绝被认为是一首颇具禅意的诗。一切都表现出一种自在的境界，在不知不觉中春天来到，到处充满生机。罗大经《鹤林玉露》录有某尼《悟道》诗云：“镇日寻春不见春，芒鞋踏破岭头云。归来笑拈梅花嗅，春在枝头已十分。”诗亦有特色，但打着“悟道”的望旗，就太率露，使人觉得是禅偈而有损诗意，“寻春”云云也有这种嫌疑。袁枚《随园诗话》卷十一录此诗，末二句作“归来偶过梅花下，春在枝头已十分”，较罗大经所录有三字不同，而神情顿异。“归来笑拈梅花嗅”，毕竟是有意求之，而“归来偶过梅花下”，则全属自然顿悟。“偶过梅花下”与“春在枝头”也更为契合。

孔平仲

孔平仲，字毅父，临江新喻（今江西新余）人。宋英宗治平二年乙巳（1065）进士，吕公著荐为秘书丞、集贤校理，出为江东转运判官，提点京西刑狱。宋哲宗绍圣中，以元祐党人屡谪韶州、惠州、英州。徽宗召为户部、金部郎中，提举永兴路刑狱，帅鄜延、环庆。因党论再起而罢。平仲与兄文仲字经父、武仲字常父并有文名，同苏轼兄弟合称“二苏三孔”。有《朝散集》。

早　行[①]

客兴谓已旦，出视见落月。
瘦马入荒陂，霜花重如雪。
海风吹万里，两耳冻几脱。
岁晏已苦寒，近北尤凛冽。
况当清晓行，遡此原野阔。
笠飞带绕颈，指强不得结[②]。
农家烟火微，炙手粗可热。
岂能迂我留，而就苟且活。
仰头视四宇，夜气亦渐豁。
苦心待正昼，白日想不阙。

①《宋诗钞》注：“此篇《文鉴》所载称经父诗。据孔氏遗稿，乃毅父作，遗稿毅父亲笔，当以为是。”

②强（jiàng），僵硬。句同杜甫《赴奉先咏怀》诗“霜严衣带断，指直不能结”。

月　夜

平生最好月，况此秋夜阑[①]。
长风送荡漾，浩露洗团团。
仰头视虚空，光采如可餐。
星辰敛芒角，河汉收波澜。
更无微云翳，挂此白玉盘[②]。
六合静皎皎，万木凉珊珊[③]。
为尔废昏卧，徘徊更漏残。
更登高处望，历历见湖山。
爽气集冰雪，清心生羽翰。
便欲御泠然，因之游广寒[④]。
一临天池水，沐浴随飞仙[⑤]。

① 夜阑，夜深。

② 翳，遮蔽。

③ 六合，上下四方，此指太空。皎皎，明貌。珊珊，指树叶发出的微声。

④ 御泠然，御风而行。《庄子·逍遥游》："夫列子御风而行，泠然善也。"泠然，轻妙之貌，此处即指代风。广寒，传说中月宫之名。

⑤ 天池，《逍遥游》中谓"南溟者，天池也"，此借用其词，幻想为天上之池。

西　轩[①]

新作朱门向水开，虽临行路少尘埃。
久藏胜境因人发，尽放青山入坐来。
树影转檐棋未散，荷香飘枕梦初回。
晚年事事皆疏懒，赖得闲官养不才。

① 西轩，西向有窗槛的小室。

晓 行

枕上杜鹃啼，匆匆早起时。
出门天未晓，月在杏花枝。

禾 熟

百里西风禾黍香，鸣泉落窦谷登场。
老牛粗了耕耘债，啮草坡头卧夕阳。

★鸣泉落窦，窦是孔穴，指泉水直落下来冲出的窪洞，秋天水细，直落深窪，发出特有的声响。诗人当系即景而写入诗里。然此四字于全诗颇不协调，形成累赘。此诗误收入清初画家恽格《瓯香馆集》，当是恽氏用以题画，后人因收入其集中。“鸣泉落窦”恽集作“寒沟水落”，大概恽寿平也觉四字别扭而改以平易的词语。

王 雱

王雱（1044—1076），字元泽，王安石之子。性敏悟，年未二十即举进士，历官太子中允、崇政殿说书、天章阁待制兼侍讲、龙图阁直学士。神宗熙宁九年卒，年仅三十三岁。

绝 句

一双燕子语帘前，病客无聊尽日眠。
开遍杏花人不到，满庭春雨绿如烟。

黄庭坚

黄庭坚（1045—1105），字鲁直，洪州分宁（今江西修水）人。宋英宗治平四年丁未（1067）进士，调叶县尉。神宗熙宁五年（1072）除北京（今河北大名）国子监教授。元丰三年（1080）改知吉州太和县。路过舒州，游三祖山山谷寺石牛洞，爱其地清幽，因自号山谷道人。六年移监德州德平镇。元丰八年（1085），哲宗即位，召为秘书省校书郎。元祐元年（1086）十月任《神宗实录》检讨官、集贤校理。二年，除著作佐郎。绍圣二年（1095），以修《神宗实录》失实贬官涪州别驾黔州安置，因自号涪翁。元符元年（1098）又移戎州。元符三年，徽宗即位，起复宣德郎。建中靖国元年（1101），改知舒州，自请求知太平州。在州仅九天，罢勾管洪州玉隆观，旋又以“幸灾谤国”罪除名，羁管宜州（今广西宜山）。崇宁四年九月卒于宜州，年六十一。

山谷与秦观、晁补之、张耒，称为“苏门四学士”，然诗与东坡并称“苏黄”，是宋代尊崇杜甫成就最大的诗人。创作极为严谨，风格凝重坚实，讲究章法句法。但锻炼过分，又好用僻典，故有些作品显得生硬甚至晦涩。北宋后期以至南宋，在诗界备受推崇，模仿者很多。吕本中作“江西诗社宗派图”，即以山谷为宗主。有《山谷内集》《外集》《别集》。

咏伯时画太初所获大宛虎脊天马图[①]

笔端哪有此，千里在胸中[②]。
四蹄雷电去，一顾马群空[③]。

谁能乘此物，超俗驾长风。
逸材归辔勒，岁在执徐同④。

①伯时，李公麟（1049—1106），字伯时，号龙眠居士，舒州舒城（今安徽舒城）人，官至朝奉郎。北宋大画家，尤善画马。元祐初官京师，东坡、山谷题其所作画诗甚多。此诗与下一篇并作于元祐三年（1088），是岁东坡知贡举，山谷与李公麟皆为其属。太初所获大宛虎脊天马，汉武帝太初四年（前101）贰师将军李广利伐大宛，斩大宛王，获汗血马。《汉书·礼乐志》载《天马歌》云："天马徕，出泉水，虎脊两，化若鬼。"应劭曰："马毛色如虎脊者有两也。"

②千里，指千里马。

③"四蹄"句，杜甫《画马赞》："四蹄雷电，一日千里。"去，《韵会》"疾走也"，此取其疾义（"疾走"之义，其音读驱，诗中仍读去声）。"一顾"句，韩愈《送温处士赴河阳序》："伯乐一过冀北之野，而马群遂空。"

④逸材，俊逸之材，指骏马。辔勒，马缰和勒口。逸材归辔勒，词面意谓当年骏马归于辔勒，诗中暗喻而今骏马被李公麟纳入画中。执徐，《尔雅·释天》："岁在辰曰执徐。"汉武帝太初四年获大宛马岁在戊辰，元祐三年李公麟画大宛马亦岁在戊辰，故曰"岁在执徐同"。

题竹石牧牛①

子瞻画丛竹怪石，伯时增前坡牧儿骑牛，甚有意态，戏咏。

野次小峥嵘，幽篁相倚绿②。
阿童三尺箠，御此老觳觫③。
"石吾甚爱之，勿遣牛砺角④。
牛砺角尚可，牛斗残我竹。"

①牧，牧童。

②野次，野外。峥嵘，峻峭貌，常代指高山，此代指石，故称小峥嵘。幽篁，茂密的竹。

③ 箠，鞭子。觳觫（hù sù），《孟子·梁惠王上》：“吾不忍其觳觫，若无罪而就死地。”本指牛恐惧颤抖之貌，此即代指牛。

④“石吾甚爱之”四句是对画中牧童说的。砺，磨。韩愈《石鼓歌》：“牧童敲火牛砺角。”

★此诗前四句只是将画面进行一般的描绘，四句分写“石、竹、牧、牛”。后四句用嘱咐牧儿的口气，表现出对竹石的爱惜，并将竹石和牧牛巧妙地联系起来，构思颇具匠心。“峥嵘”“觳觫”一类词语的用法，“石吾甚爱之，勿遣牛砺角”一类的散文句式，其艺术风格在山谷作品中有一定的代表性。

听崇德君鼓琴①

月明江静寂寥中，大家敛袂抚孤桐②。
古人已矣古乐在，仿佛雅颂之遗风③。
妙手不易得，善听良独难④。
犹如优昙华，时一出世间⑤。
两忘琴意与己意，乃似不着十指弹⑥。
禅心默默三渊静，幽谷清风淡相应⑦。
丝声谁道不如竹，我已忘言得真性⑧。
罢琴窗外月沉江，万籁俱空七弦定⑨。

① 崇德君，李常（公择）之妹，朝议大夫王之才妻，山谷姨母，善琴，亦善书画。诗作于宋神宗熙宁四年（1071）。

② 大家（gū），东汉班昭，扶风人，班彪之女，嫁同郡曹世叔，世叔早卒。昭博学高才，兄班固著《汉书》，其八表及《天文志》未及竟而卒，汉和帝诏昭就东观藏书阁续成之。帝数召入宫，令皇后诸贵人师事之，号曰大家。见《后汉书·列女传》。此代指崇德君。敛袂，整理衣袖。古人衣袖大，弹琴时需适当扎起。抚孤桐，弹琴。《尚书·禹贡》“峄阳孤桐”传：“孤，特也。峄山之阳特生桐，中琴瑟。”

③ 雅颂，《诗经》中“雅、颂”原皆配乐演奏。

④ 妙手，指弹琴者。善听，指听琴者，犹知音。二句仿曹植《怨歌行》

“为君既不易，为臣良独难”。

⑤ 优昙华，即优昙钵花，梵语音译。《法华经》：“如此妙法，诸佛如来，时乃说之。如优昙钵花，时一现耳。”佛以优昙钵花喻佛法之妙，花不常现，见之领悟亦不易。用以比喻“妙手不易得，善听良独难”。

⑥ 两忘琴意与己意，谓琴与人融为一体，物我两忘。

⑦ 禅心默默，佛家排除杂念静默一心的境界。三渊，《庄子·应帝王》：“鲵桓之审为渊，止水之审为渊，流水之审为渊。渊有九名，此处三焉。”审，通“沈”，深水。渊，深潭。二句谓演奏出神入化，达到一种渊静的精神境界，若幽谷清风淡然相应。

⑧“丝声”句，东晋桓温尝问孟嘉：“听伎，丝不如竹，竹不如肉，何也?”嘉曰：“渐近自然。”见《世说新语·识鉴》刘孝标注引《孟嘉别传》。此反用其意。忘言，《庄子·外物》：“筌者所以在鱼，得鱼而忘筌；蹄者所以在兔，得兔而忘蹄；言者所以在意，得意而忘言。”得意忘言，谓领悟了真理的内蕴，无需也无法用语言表达。此指陶融于美妙的琴声，得其真意而难以言传。

⑨ 万籁，指各种自然音响，此指夜深寂静。七弦，指琴。定，停也，亦静也。末二句与开头二句呼应。

上大蒙笼①

黄雾冥冥小石门，苔衣草路无人迹②。
苦竹参天大石门，虎迒兔蹊聊倚息③。
阴风搜林山鬼啸，千丈寒藤绕崩石。
清风源里有人家，牛羊在山亦桑麻④。
向来陆梁嫚官府，试呼使前问其故⑤。
衣冠汉仪民父子，吏曹扰之至如此⑥。
“穷乡有米无食盐，今日有盐无米食⑦。
但愿官清不爱钱，长养儿孙听驱使⑧。”

① 元丰五年（1082）山谷知太和县时作。大蒙笼，太和县山区地名。

② 冥冥，昏暗迷蒙之貌。小石门，与下句大石门，均上大蒙笼路上地名。

③ 迒（háng），兽迹。

④ 清风源，指深山里面。“牛羊”句，谓山家亦养牛羊，亦种桑麻。

⑤陆梁，犹强梁，强悍。熡，轻慢，由疑惧而生的抗拒情绪。

⑥衣冠汉仪，《后汉书·光武纪》：光武行司隶校尉，至洛阳，“老吏或垂涕曰：‘不图今日复见汉官威仪！’”此处借用，谓山民亦普通百姓，衣冠仪礼，并非横蛮无礼。之所以疑惧官府，是官吏搔扰压迫之故。

⑦今日有盐无米食，史容注谓当作“今日有盐无食米”。

⑧后四句转述山民语。

送范德孺知庆州①

乃翁知国如知兵，塞垣草木识威名②。
敌人开户玩处女，掩耳不及惊雷霆③。
平生端有活国计，百不一试薶九京④。
阿兄两持庆州节，十载麒麟地上行⑤。
潭潭大度如卧虎，边头耕桑长儿女⑥。
折冲千里虽有馀，论道经邦政要渠⑦。
妙年出补父兄处，公自才力应时须⑧。
春风旌旗拥万夫，幕下诸将思草枯⑨。
智名勇功不入眼，可用折箠笞强胡⑩。

①范纯粹，字德孺，范仲淹第四子，宋神宗元丰八年（1085）八月知庆州。庆州，今甘肃庆阳县，北宋时防御西夏前沿。

②乃翁，指范仲淹。宋仁宗宝元三年（1040），西夏赵元昊攻延州，仲淹自请守鄜延，徙知庆州，又为环庆路经略安抚使。曾决策取横山，收复灵武，迫使元昊请和。庆历三年（1043）任参知政事。句意谓范仲淹既能统率军队，又能治理国家。草木识威名，《旧唐书·张万福传》：“德宗以万福为濠州刺史，召见谓曰：‘先帝改卿名正者，所以褒卿也，朕以为江淮草木亦知卿威名。’”

③“敌人”二句，《孙子兵法·九地篇》：“始如处女，敌人开户。后如脱兔，敌不及拒。”又，《军事篇》：“动如雷霆。”《六韬·军势篇》：“迅雷不及掩耳，迅电不及瞑目。”二句谓范仲淹用兵颇有策略，善于麻痹敌人，使敌人以为弱如处女，而行动起来又如迅雷不及掩耳。

④薶，同“埋”。百不一试，柳宗元《唐故衡州刺史东平吕君诔》：“万不试而一出焉，犹为当世甚重。若使幸得出其什二三，则巍然为伟人，与世

无穷，其可涯也！”九京，春秋时晋国卿大夫墓地。《礼记 · 檀弓下》：晋献文子（赵武）言“武也得歌于斯，哭于斯，聚国族于斯，是从先大夫于九京也”。此即指坟墓。此言范仲淹已去世。

⑤ 阿兄，指范仲淹次子范纯粹之兄范纯仁。纯仁于熙宁七年（1074）、元丰八年（1085）两知庆州。持节，隋唐刺史例加使节。杜甫《骢马行》：“肯使骐驎地上行。”

⑥ 潭潭，深广大度之貌。边头，边境上。长儿女，使儿女成长。

⑦ 折冲，拒敌。《吕氏春秋 · 召类》：“夫修之于庙堂之上，而折冲乎千里之外者，其司城子罕之谓乎？”《晏子春秋》：仲尼曰：“善哉，不出樽俎之间而折冲千里之外，晏子之谓也。”论道经邦，研究治道，经理国家。《尚书 · 周官》：“立太师、太傅、太保，兹惟三公，论道经邦，燮理阴阳。”渠，他。

⑧ 须，需要。

⑨ 思草枯，草枯利于养马，马肥利于作战。

⑩ “智名勇功”二句：《孙子 · 形篇》：“故善战者之胜也，无智名，无勇功。”孙子主张在战略上取胜，不战而屈人之兵，不以智名勇功为目的。箠，马鞭。笞，鞭打。折箠笞强胡，谓使敌人自然畏服，有事折箠笞打以示惩戒即可，不用严刑峻法。《后汉书 · 邓禹传》：光武征禹还，敕曰：“赤眉无穀，自当来东。吾折箠笞之，非诸将忧也；无得复妄进兵。”

★范氏父子三人先后出知庆州。诗十八句，分咏三人，每人六句，平均分配。歌颂之辞，都与所颂对象相称。前后都用平声韵。中段六句，前二句与上段同韵，后二句与下段同韵；中间插用“虎女”二韵以有所变化。山谷诗极讲结构，本篇即为典型。

次韵子瞻题郭熙画秋山①

黄州逐客未赐环，江南江北饱看山②。
玉堂卧对郭熙画，发兴已在青林间③。
郭熙官画但荒远，短纸曲折开秋晚④。
江村烟外雨脚明，归雁行边馀叠巘⑤。
坐思黄柑洞庭霜，恨身不如雁随阳⑥。

熙今头白有眼力，尚能弄笔映窗光。
画取江南好风日，慰此将老镜中髪。
但熙肯画宽作程，十日五日一水石[⑦]。

①子瞻，即苏轼。郭熙，字淳夫，河阳温（今河南温县）人。熙宁初为御书院艺学，工画山水寒林。画秋山，指郭熙《秋山平远图》。苏轼原作题为《郭熙画秋山平远》。此诗元祐二年（1087）作于汴京，山谷时为秘书省校书郎，东坡为翰林学士。

②黄州逐客，苏轼于元丰二年（1079）贬谪黄州。环，与“还”同音，赐环即赐还。《荀子·大略》：“绝人以玦，反绝为环。”《礼记·曲礼》孔颖达疏：“大夫士三谏而不从，出在竟上。大夫则待放三年，听于君命。若与环则还，与玦便去。”首二句追述黄州时事。未赐环，即未赐还之时。

③玉堂，宋太宗曾飞白书“玉堂之署”赐翰林学士苏易简，后因以玉堂指翰林院。时苏轼为翰林学士，故得在玉堂观画。《蔡宽夫诗话》：“今玉堂中屏，乃待诏郭熙所作《春江晓景》。禁中、官局多熙笔迹，而此屏独深妙，意若欲追配前人者。苏儋州尝赋诗云：‘玉堂昼掩春日闲，中有郭熙画青山。’今遂为玉堂一佳物也。”发兴已在青林间，谓见画而引发游兴。

④前此四句写东坡前在黄州看山，后在翰林院看郭熙所画春景；此句才写郭熙画《秋山平远图》。官画，郭画官为待诏，故所画称为官画。

⑤巘（yǎn），大山边上有小山。叠巘，层叠的峰峦。

⑥“坐思”句，王羲之《奉桔帖》：“奉桔三百颗，霜未降，未可多得。”韦应物《答郑骑曹奉桔绝句》：“书后欲题三百颗，洞庭更待满林霜。”雁随阳，暮秋则雁南飞。

⑦但，只要。宽作程，宽缓程期。“十日”句，杜甫《戏题王宰画山水图歌》：“十日画一水，五日画一石。能事不受相促迫，王宰始肯留真迹。”

武昌松风阁[①]

依山筑阁见平川，夜阑箕斗插屋椽[②]。
我来名之意适然。
老松魁梧数百年，斧斤所赦今参天。
风鸣娲皇五十弦，洗耳不须菩萨泉[③]。

嘉二三子甚好贤，力贫买酒醉此筵。
夜雨鸣廊到晓悬，相看不归卧僧毡。
泉枯石燥复潺湲，山川光辉为我妍。
野僧旱饥不能饘，晓见寒溪有炊烟④。
东坡道人已沉泉，张侯何时到眼前⑤。
钓台惊涛可昼眠，怡亭看篆蛟龙缠⑥。
安得此身脱拘挛，舟载诸友长周旋⑦。

① 武昌，今湖北鄂州。松风阁，在鄂州西山，山谷所名。山谷于绍圣二年（1095）贬涪州别驾黔州安置，后又移戎州。元符三年（1100）正月，哲宗去世，钦圣太后以端王承大位，即徽宗，章惇罢相，绍圣间贬斥老臣被逐步召回，山谷亦起复为宣德郎，监鄂州酒税。建中靖国元年（1101）出峡，三月命知舒州，山谷自请知太平州。崇宁元年（1102）六月赴太平州，仅九天即罢，山谷复回鄂州寓居。诗即作于是年九月。

② 夜阑，夜深。箕斗，二星座名。

③ 娲皇，女娲氏，古代神话人物。五十弦，古瑟五十弦。《史记·封禅书》："太帝使素女鼓五十弦瑟。"娲皇五十弦，出处未详。洗耳，皇甫谧《高士传》：尧让天下于许由，"由于此遁耕于中岳颍水之阳，箕山之下，终身无经天下色。尧又召为九州长，由不欲闻之，洗耳于颍水滨。"洗耳是不愿听污秽之言。菩萨泉，西山上泉名。二句写风入松的声音。

④ 饘，粥。寒溪，西山下溪名。

⑤ 东坡道人已沉泉，东坡已于先一年即建中靖国元年死于常州。张侯，张耒。崇宁元年，张耒知颍州，闻东坡去世，为举哀，被言官所劾，贬房州别驾黄州安置。黄州与鄂州隔江相对。

⑥ 钓台，在西山北。怡亭，在鄂州北江中小岛上，中有李阳冰篆书《怡亭铭》。蛟龙缠，谓书法如蛟龙盘绕屈曲。杜甫《观薛稷少保书画壁》诗："郁郁三大字，蛟龙岌相缠。"

⑦ 拘挛，拘束，羁绊。周旋，交游来往。

书摩崖碑后①

春风吹船著浯溪，扶藜上读中兴碑②。

平生半世看墨本，摩挲石刻鬓成丝。
明皇不作苞桑计，颠倒四海由禄儿③。
九庙不守乘舆西，万官已作乌择栖④。
抚军监国太子事，何乃趣取大物为⑤。
事有至难天幸尔，上皇跼蹐还京师⑥。
内间张后色可否，外间李父颐指挥⑦。
南内凄凉几苟活，高将军去事尤危⑧。
臣结春秋二三策，臣甫杜鹃再拜诗⑨。
安知忠臣痛至骨，世上但赏琼琚词。
同来野僧六七辈，亦有文士相追随。
断崖苍藓对立久，涑雨为洗前朝悲⑩。

①摩崖碑，在湖南永州祁阳县浯溪北岸，刻元结所作《大唐中兴颂》，叙安禄山作乱及唐肃宗“中兴”事，颜真卿书。摩，同“磨”。徽宗崇宁三年（1104）山谷贬宜州，三月过永州，观浯溪摩崖。

②浯溪，在祁阳县西南，溪名元结所命。藜，藜杖。

③苞桑，《易·否》：“其亡其亡，系于苞桑。”孔颖达疏：“苞，本也。凡物系于桑之苞本则牢固也。”苞桑计，即巩固根本之大计。苞，一作“包”。颠倒四海，指安禄山之乱。元稹《连昌宫词》：“禄山宫里养作儿，虢国门前闹如市。弄权宰相不记名，依稀记得杨与李。庙谟颠倒四海摇，五十年来作疮痏。”安禄山，营州柳城胡人，甚得玄宗信任，任平卢、范阳节度使，进骠骑大将军。杨贵妃有宠，安禄山请为贵妃养儿，玄宗许之，封柳城郡公，进东平郡王，兼河东节度使。天宝十四载（755），安禄山反于范阳，连陷河北诸郡，洛阳、长安也相继陷落，差点倾覆李唐王朝。

④九庙，玄宗开元十年（722）以后太庙凡九室。九庙不守，指天宝十五载（756）六月潼关失守。玄宗奔蜀，长安旋亦失陷。乘舆，皇帝车驾，乌择栖，指长安许多官员投降安禄山。一说，指朝廷大臣向灵武依肃宗而背上皇。乌，似当作“鸟”。《左传》哀公十一年：“鸟则择木。”

⑤“抚军”二句：《左传》闵公二年：“冢子，君行则守，有守则从。从曰抚军，守曰监国，古之制也。”天宝十五载，玄宗逃出长安，行至马嵬，父老请留太子讨贼，玄宗许之。太子李亨治兵于朔方，七月即位灵武，遥尊玄宗为太上皇。见《旧唐书·肃宗纪》。趣取，急取，立即取。大物，指皇帝大位。

诗谓抚军监国，是太子分内的事，不应立即夺取皇帝宝座。

⑥“事有至难”二句：元结《大唐中兴颂》：“事有至难，宗庙再安。”上皇，指玄宗。跼蹐，拘谨之貌，亦畏缩恐惧之貌。语本《诗·小雅·正月》：“谓天盖高，不敢不局；谓地盖厚，不敢不蹐。”至德二载（757）冬，玄宗自蜀还长安。

⑦“内间”二句：玄宗回京后，肃宗受张后和宦官李辅国钳制，监视并控制玄宗。李辅国，肃宗宦官。至德二载，封郕国公，中贵人不敢呼其官，但呼五郎，宰相李揆执弟子之礼，称为五父。见《旧唐书·宦官传》。

⑧南内，即兴庆宫，本玄宗居藩时旧宅，自蜀归来以后复居于此。高将军，即高力士，玄宗倚仗的宦官，为右监门卫将军，加骠骑大将军。李辅国诬上皇有异谋，矫诏迁上皇于西内，高力士被长流巫州。见《旧唐书·宦官传》。

⑨臣结，即元结，字次山，肃宗时为道州（今湖南宁远）刺史，关心人民生活，曾作《春陵行》《贼退示官吏》诗，为杜甫所称赏。春秋，《山谷内集》作“春陵”，任渊注：“一本作春秋，非是。”宋曾季貍《艇斋诗话》云：“山谷《中兴颂》诗‘臣结春秋二三策’，所谓春秋二三策者，言元结颂用《春秋》之法。其首云：‘天宝十四载安禄山陷洛阳，明年陷长安，天子幸蜀，太子即位于灵武。’以上四句，即《春秋》书法也。”可知曾氏所见即作“春秋”。宋袁文《瓮牖闲评》云：“任渊解黄太史诗，改《摩崖碑后》诗‘臣结春秋二三策’一句作‘臣结春陵二三策’，引元次山《春陵行》为言。此固一说也。然余亲见太史写此诗于摩崖碑后者作‘臣结春秋二三策’，讵容改耶！”二三策，《孟子·尽心下》：“吾于《武成》，取二三策而已矣。”策，竹简，古人用简策记事。诗意谓元结《中兴颂》用春秋书法，亦有二三策可取。臣甫，即杜甫。杜甫《杜鹃》诗：“我见常再拜，重是古帝魂。”杜甫诗多系心君国，此举《杜鹃》诗以概其全。

⑩涷，《尔雅·释天》：“暴雨谓之涷。”《楚辞·九歌·大司命》：“令飘风兮先驱，使涷两兮洗尘。”王逸注：“暴雨为涷雨。”令字作“涷”，非“冻”字。

★山谷《书摩岩碑》亦极有名，后世观摩岩而续作者甚伙，大多申山谷之意，而并就山谷诗赞颂之。山谷以肃宗趁玄宗西走即位灵武为非，谓“抚军监国太子事，何乃趣取大物为”。清末陈衍却别有说，其所作《咏史》诗云：“浯溪中兴颂，未尝有微词。何谓痛至骨？山谷妄刺讥。监国谁与守？抚军孰与随？本非太子事，万旟与千麾！大物不趣取，豪俊谁与

归？”玄宗入蜀，已意志消沉，中原万里，已非唐有。陈氏之意，以为肃宗不即帝位，诸军难以统率，则既不能监国，也无法抚军。揆诸当日情势，陈氏之说，亦不为无见。

摩诘画①

丹青王右辖，诗句妙九州②。
物外常独往，人间无所求③。
袖手南山雨，辋川桑柘秋④。
胸中有佳处，泾渭看同流⑤。

① 摩诘，王维，字摩诘，唐代大诗人与大画家。诗作于元丰六年（1083）。

② 右辖，王维曾官尚书右丞，世称王右丞，右辖即右丞的美称。辖，车轮旁拴定车轴的零件。又星名。《晋书·天文志》：“辖星傅轸两旁，主王侯。左辖为王者同姓，右辖为异姓。”

③ 物外，尘世之外。独往，《庄子·在宥》：“出入六合，游乎九州，独往独来，是谓独有。”王维《终南别业》诗：“兴来每独往，胜事空自知。”

④ 南山，终南山。王维《终南别业》诗：“中年颇好道，晚家南山陲。”辋川，水名，在陕西蓝田县南，源出秦岭，北流入灞水。王维晚年得辋川宋之问蓝田别墅，建辋川别业，并有辋川图。

⑤ 泾渭，二水名，泾水为渭水支流。《诗·邶风·谷风》“泾以渭浊”孔颖达疏：“言泾水以有渭水清，故见泾水浊。”王勃《上刘右相书》：“夫岂知世终异数，泾浊同流。”泾渭看同流，比喻隐者遗情物外，泯灭人间是非善恶。泾渭并在陕西，距蓝田不远，便于联及。

徐孺子祠堂①

乔木幽人三亩宅，生刍一束向谁论②。
藤萝得意干云日，箫鼓何心进酒樽③。
白屋可能无孺子，黄堂不是欠陈蕃④？
古人冷淡今人笑，湖水年年到旧痕！

① 此诗外集编入熙宁元年（1068）。时山谷任汝州叶县尉。徐孺子，《后汉书·徐稺传》："徐稺，字孺子，豫章南昌人。家贫，常自耕稼，非其力不食。恭俭义让，所居服其德。屡辟公府不起。时陈蕃为太守，以礼请署功曹，稺不免之，既谒而退。蕃在郡不接宾客，唯稺来特设一榻，去则悬之。后举有道，家拜太原太守，皆不就。"南昌城外有徐孺子宅，徐孺子墓。曾巩为洪州太守，就其宅建祠堂，并撰《徐孺子祠堂记》。

② 生刍，青草。《徐稺传》：郭林宗之母死，"稺往吊之，置生刍一束于庐前而去。众怪，不知其故。林宗曰：'此必南州高士徐孺子也。诗不云乎，生刍一束，其人如玉，吾无德以堪之。'"

③ 藤萝，指蔓生植物，此当指紫藤，常附生于乔木之上。箫鼓，指祭祀演奏音乐。何心，犹言凭何用意。谓祭祀者对所祭神灵未必了解。

④ 白屋，茅草屋，普通百姓的住居。可能，岂能。黄堂，太守厅堂。范成大《吴郡志》卷六："黄堂，《郡国志》：在鸡陂之侧，春申君子假君之殿也，后太守居之。以数失火，涂以雄黄，遂名黄堂，即今太守正厅是也。今天下郡治皆名黄堂，昉此。"不是，是不是。前一句是反诘，是说民间不是没有"徐孺子"。后一句是质疑，意谓统治者中是不是少了一些"陈蕃"。此就徐、陈故事，感叹贤士不易被发现尊重，而又对徐、陈双方都作了赞扬。

郭明甫作西斋于颍尾请予赋诗①

食贫自以官为业，闻说西斋意凛然②。
万卷藏书宜子弟，十年种木长风烟③。
未尝终日不思颍，想见先生多好贤。
安得雍容一樽酒，女郎台下水如天④。

① 郭明甫，汝阳（今河南汝南）人，曾任推官。颍尾，颍水入淮处，在安徽颍上县东南。宋英宗治平四年（1067）山谷登进士第，调汝南叶县尉。此诗神宗熙宁四年（1071）作于叶县。

② 食贫，犹言受穷。《诗·卫风·氓》："自我徂尔，三岁食贫。"凛然，钦敬之貌。

③ 十年种木，语本《管子·权修》："十年之计，莫如树木；终身之计，莫如树人。"十年种木，固写西斋之风光优美，联系上句，实亦暗寓树人之意。

④ 雍容，闲雅之貌。女郎台，在颍州汝阴（今安徽阜阳）西北，据传鲁

昭侯娶胡女为夫人，筑台于此。

过平舆怀李子先时在并州[1]

前日幽人佐吏曹，我行堤草认青袍[2]。
心随汝水春波动，兴与并门夜月高[3]。
世上岂无千里马，人中难得九方皋[4]。
酒船渔网归来是，花落故溪深一篙。

① 平舆，今河南平舆。李子先，未详。并州，今山西太原。此诗神宗熙宁四年（1071）作于叶县。

② 幽人，指李子先。吏曹，低级官吏。此句实谓前日送幽人往并州佐吏曹。堤草认青袍，古诗："青袍似春草，长条随风舒。"

③ 汝水，今河南北汝河。并门，指并州。

④ 九方皋，春秋时善相马者。《列子·说符篇》载：伯乐荐九方皋为秦穆公求千里马。三个月后，九方皋找到好马，回告穆公，所得为黄色牝马。穆公使人牵来，却是一匹黑色牡马。穆公责问伯乐，说你荐的人连马的毛色、雌雄都分不清楚。伯乐曰："皋之所观，天机也。得其精而忘其粗，在其内而忘其外；见其所见，不见其所不见；视其所视，而遗其所不视。"其马果天下之良马。韩愈《杂说》："世有伯乐，然后有千里马，千里马常有而伯乐不常有。呜呼！其真无马耶？其真不知马也！"按，此联与"白屋可能无孺子？黄堂不是欠陈蕃"作意相同。

次韵裴仲谋同年[1]

交盖春风汝水边，客床相对卧僧毡[2]。
舞阳去叶才百里，贱子与公俱少年[3]。
白髪齐生如有种，青山好去坐无钱[4]。
烟沙篁竹江南岸，输与鸬鹚取次眠[5]。

① 裴纶，字仲谋。同年，同榜登科谓之同年。此诗外集编于熙宁二年（1069），时山谷为叶县尉，裴仲谋为舞阳尉。然诗中有"白髪齐生"之语，熙

宁二年山谷才二十五岁，不至有白髪齐生，当为后来次裴仲谋者，非当时之作。

② 交盖，车盖相交，谓相互来往。

③ 舞阳，今河南舞阳。叶，今河南叶县。前四句回忆年青时事。

④ 坐，因。

⑤ 取次，随意，自由自在。

汴岸置酒赠黄十七[①]

吾宗端居丛百忧，长歌劝之肯出游[②]？
黄流不解涴明月，碧树为我生凉秋[③]。
初平群羊置莫问，叔度千顷醉即休[④]。
谁倚柁楼吹玉笛，斗杓寒挂屋山头[⑤]。

① 汴岸，汴河岸。黄十七，黄介，字幾复，洪州西山（今江西新建）人。宋神宗熙宁九年（1076）进士。元丰三年（1080）山谷自北京改知吉州太和县，自汴京南下，诗即作于此时。

② 吾宗，我的同宗，指黄幾复。端居，平居。肯，肯不肯。

③ 涴（wò），污染。“黄流”二句，喻一种坚贞的操守，淡泊的襟怀。

④ 初平，皇初平，传为汉丹溪人，年十五，上山牧羊，遇道士召至金华山石室中。四十馀年之后，其兄寻觅至山，问羊何在，羊皆已化为石。初平叱之，石复化为羊群。见《艺文类聚》卷九十四引《神仙传》。皇初平又作黄初平。叔度，汉黄宪，汝南镇阳人，有高行，甚得时人称许。郭泰谓“叔度汪汪若千顷陂，澄之不清，淆之不浊，不可量也”。见《后汉书·黄宪传》。“初平”二句，谓修养宏深，襟怀高远，则诸事无不可淡然处之。

⑤ 柁，同“舵”。斗杓（biāo），北斗柄。

次元明韵寄子由[①]

半世交亲随逝水，几人图画入凌烟[②]？
春风春雨花经眼，江北江南水拍天。
欲解铜章行问道，定知石友许忘年[③]。
脊令各有思归恨，日月相催雪满颠[④]。

①元明，山谷兄黄大临，字符明。兄弟极友爱，集中涉元明诗甚多。子由，东坡弟苏辙，字子由。元明有《寄子由》诗，此次其韵，亦寄子由。山谷元丰三年（1080）知太和县，此诗元丰四年作于太和，时苏辙监筠州（今江西高安）酒税。

②凌烟，唐太宗贞观十七年（643）建凌烟阁，图画功臣二十四人于阁上以纪其功。然庾信《周柱国大将军纥干弘神道碑》云："天子画凌烟之阁，言念旧臣。"可知北周即有凌烟阁的创建。

③铜章，汉代县令佩铜印。时山谷为知县。石友，坚如金石之友。潘岳《金谷集作诗》："投分寄石友，白首同所归。"按，潘诗寄石崇，"石友"谐音双关。忘年，忘年之交。按，苏辙比山谷年长六岁。

④脊令，水鸟之名。《诗·小雅·棠棣》："脊令在原，兄弟急难。"脊令失所，则飞鸣求其同类。后因以"脊令"喻兄弟。此处包括苏氏兄弟与黄氏兄弟。雪满颠，白髮满头。是年东坡四十五岁，子由四十三岁，元明不过四十左右，山谷才三十七岁，都还不至于满头白髮。"雪满颠"系夸大之词。

登快阁①

痴儿了却公家事，快阁东西倚晚晴②。
落木千山天远大，澄江一道月分明。
朱弦已为佳人绝，青眼聊因美酒横③。
万里归舟弄长笛，此心吾与白鸥盟④。

①快阁，在太和县东赣江岸畔。元丰五年（1082）作于太和。

②痴儿，《晋书·傅咸传》："（夏侯）骏弟济素与咸善，与咸书曰：'江海之流混混，故能成其深广也。天下大器非可稍了，而相观每事欲了。生子痴，了官事，官事未易了也。了事正作痴，复为快耳。'"宋祁《到郡有诏仍修唐书》诗："吾党成章今小子，官中了事是痴儿。"此山谷自称。

③朱弦，《礼记·乐记》："清庙之瑟，朱弦而疏越，一唱而三叹，有遗音者矣。"《吕氏春秋·本味》："伯牙鼓琴，钟子期听之。方鼓琴而志在太山，钟子期曰：'善哉乎鼓琴，巍巍乎若太山！'少选之间，而志在流水，钟子期又曰：'善哉乎鼓琴，汤汤乎若流水！'钟子期死，伯牙破琴绝弦，终身不复鼓琴，以为世无足复为鼓琴者。"山谷怀李德素亦云："古来绝朱弦，盖为知音者。"青眼，《晋书·阮籍传》："籍又能为青白眼。嵇喜来吊，籍作白眼。

喜弟康闻之，乃赍酒挟琴造焉，籍大悦，乃见青眼。”

④ 与白鸥盟，《列子·黄帝篇》：“海上之人有好鸥鸟者，每旦之海上，从鸥鸟游，鸥鸟之至者百数而不止。其父曰：‘吾闻鸥鸟皆从汝游，汝取来吾玩之。’明日之海上，鸥鸟舞而不下也。”

★张戒《岁寒堂诗话》：“落木千山天远大，澄江一道月分明，此但以远大、分明之语为奇，而究其实乃小儿语也。”此论最为无理，平常词语使用恰到好处，可以发挥独特的表现力。远大、分明，都是极普通词语，为其与“落木千山、澄江一道”配搭，就特显其境界之宽阔。张戒竟讥为“小儿语也”，未免为真小儿语也。方东树《昭昧詹言》谓：“此所谓寓单行之气于排偶之中者。姚先生（鼐）云‘能移太白歌行于律诗’。”姚方之说，乃能得此诗特色，其在山谷七律中最为上乘。

宿广惠寺①

鸦啼残照下层城，僧舍初寒夜气清②。
风乱竹枝垂地影，霜干桐叶落阶声③。
不遑将母伤今日，无以为家笑此生④。
都下苦无书信到，数行归雁月边横⑤！

① 元丰六年（1083）山谷由太和调监德州德平镇（今山东临邑县北德平），此赴德平途中宿广惠寺作。广惠寺，其地不详。

② 层城，高城。

③ 霜干桐叶，霜冻使之枯干的梧桐叶。

④ 不遑将母，《诗·小雅·四牡》：“王事靡盬，不遑将母。”毛传：“遑，暇。将，养也。”不得时间奉养母亲。无以为家，《战国策·齐策四》：齐人冯谖客于孟尝君，弹其剑铗，歌曰：“长铗归来乎，无以为家！”孟尝君问：“冯公有亲乎？”对曰：“有老母。”孟尝君使人给其食用，无使乏。为家，亦养家之意。黄山谷官于太和，移官德平，皆只身赴任，老母与家人皆留在京城，故有“不遑将母”、“无以为家”的忧伤（无以为家，《齐策》中指老母，黄诗中兼指家人）。

⑤ 都下，京城。数行归雁，既是写景写实，又与盼雁传书联系。

寄黄幾复[①]

我居北海君南海，寄雁传书谢不能[②]。
桃李春风一杯酒，江湖夜雨十年灯[③]。
持家但有四立壁，治病不蕲三折肱[④]。
想得读书头已白，隔溪猿哭瘴烟藤。

① 原注：“乙丑年德平镇作。”乙丑为元丰八年（1085），时黄介为广州四会县令。

② “我居”二字：《左传》僖公四年：齐桓公帅军伐楚，楚成王遣使质问：“君处北海，寡人处南海，唯是风马牛不相及也。”诗借用其词，德平在齐境，四会在岭南。

③ “桃李”二句，写黄幾复潇洒的生活。

④ 四立壁，言其贫穷。《汉书·司马相如传》谓相如“家徒四壁立”。蕲，求，希望。《左传》定公十三年：“三折肱知为良医。”诗翻用其意，谓不愿为能治病而三折其肱。两句皆谓任其自在之意。

和答元明黔南赠别[①]

万里相看忘逆旅，三声清泪落离觞[②]。
朝云往日攀天梦，夜雨何时对榻凉[③]。
急雪脊令相并影，惊风鸿雁不成行[④]。
归舟天际常回首，从此频书慰断肠[⑤]。

① 宋哲宗绍圣二年（1095），山谷以“修史失实”罪贬涪州别驾，黔州安置。元明直送至黔州，山谷在《书萍乡县厅壁》一文中记此行经过：“元明自陈留出尉氏、许昌，渡汉沔，略江陵，上夔峡，过一百八盘，涉四十八渡，送余安置于摩围山之下。淹留数月，不忍别，士大夫共慰勉之，乃肯行，掩泪握手，为万里无相见期之别。”

② 忘逆旅，忘记身在客中。逆旅，客舍。三声清泪，用古乐府《巴东三峡歌》“巴东三峡巫峡长，猿啼三声泪沾裳”句意。

③“朝云”句，喻往日欲置身朝廷的梦想，如朝云消散。“夜雨”句，参见苏辙《逍遥堂会宿》诗注。

④脊令，喻兄弟。参见《次元明韵寄子由》诗注。鸿雁，亦以喻兄弟。《礼记·王制》：“父之齿随行，兄之齿雁行。”

⑤归舟天际，语本谢朓《之宣城出新林浦向板桥》诗“天际识归舟，云中辨江树”。

新喻道中寄元明用觞字韵①

中年畏病不举酒，孤负东来数百觞。
唤客煎茶山店远，看人获稻午风凉②。
但知家里俱无恙，不用书来细作行③。
一百八盘携手上，至今犹梦绕羊肠④。

①新喻，今江西新余。宋徽宗建中靖国元年（1101），山谷出峡，四月至荆州。次年，崇宁元年正月，发荆州，归洪州分宁，四月，往萍乡省视元明，时元明为萍乡令。留十五日别去，至江州与家人相会。此诗乃别后东行过新喻时作。

②获，通“穫”。

③无恙，古代常用问候语，无疾无忧之意。不用书来细作行，杜甫《别常征君》：“各逐萍流转，来书细作行。”

④一百八盘，哲宗绍圣二年（1095），山谷贬谪去黔州的险道，当时元明一直送山谷到达当头，共历道途险峻。羊肠，喻崎岖曲折的山路。曹操《苦寒行》：“羊肠坂诘屈，车轮为之摧。”

湖口人李正臣蓄异石九峰，东坡先生名曰壶中九华，并为作诗。后八年自海外归湖口，石已为好事者所取，乃和前篇以为笑，实建中靖国元年四月十六日。明年当崇宁之元年五月二十日，庭坚系舟湖口，李正臣持此诗来。石既不可复见，东坡亦下世矣！感叹不足，因次前韵①

有人夜半持山去，顿觉浮岚暖翠空②。
试问安排华屋处，何如零落乱云中③？
能回赵壁人何在？已入南柯梦不通④！
赖有霜钟难席卷，袖椎来听响玲珑⑤。

① 湖口，在江西北部，当鄱阳湖入长江处。宋哲宗绍圣元年（1094）七月，苏轼南迁，过湖口，作《壶中九华》诗，引曰："湖口人李正臣蓄异石九峰，玲珑宛转若窗棂然。予欲以百金买之，与仇池石为偶，方南迁未暇也。名之曰壶中九华，且以诗纪之。"诗曰："清溪电转失云峰，梦里犹惊翠扫空。五岭莫愁千嶂外，九华今在一壶中。天池水落层层见，玉女窗明处处通。念我仇池太孤绝，百金归买碧玲珑。"壶中，《神仙传》载，壶公在市上卖药，悬一壶，每日入后即跳入壶中。费长房见之，亦随之跳入，见壶中别有天地。九华，山名，在安徽青阳县，原名九子山，李白见山如九朵莲花，更名为九华山。东坡因奇石小而有九峰，故名为壶中九华。后八年，即徽宗建中靖国元年（1101），东坡遇赦北归，再过湖口，石已被他人取去，乃和前韵以自解。是年七月，东坡即卒于常州。明年即崇宁元年（1102）五月，山谷自萍乡至江州，与家人相会，诗即作于此时。

② "有人"句：《庄子·大宗师》："夫藏舟于壑，藏山于泽，谓之固矣，然而夜半有力者负之而走，昧者不知也。"此言九华石已为他人取去。九华已失，故浮岚暖翠为空。

③ 华屋，华丽的居屋。曹植《箜篌引》："生存华屋处，零落归山丘。"

④ 能回赵璧，战国时赵得楚和氏璧，秦昭王诈许以十五城换璧。蔺相如奉璧至秦，以智胜秦王，完璧归赵。见《史记·廉颇蔺相如列传》。南柯，唐李公佐《南柯记》，记淳于棼梦入槐安国，被招为驸马，历尽富贵荣华，又遭劫难，醒来才知为一梦，槐安国乃槐树南枝下蚁穴。后以南柯代指梦境，此又

以入梦代指死去。二句实伤悼东坡去世。

⑤“赖有霜钟”二句：东坡有《石钟山记》。石钟山，在湖口，唐李渤得山上双石，扣之有声，以为石钟由此得名。元丰七年（1084）六月，东坡泛舟夜访石钟，乃知山下皆石穴，微风鼓浪，水石相搏，声如洪钟，石钟实由此得名。大概当地人仍有扣石以听其声音者，故诗有袖椎来听之语。诗写九华，实为怀念东坡；袖椎扣石，亦悼唁东坡之意。

★建中靖国元年，东坡在常州去世，天下惊悼，他的友朋自更为伤痛，张耒在颍州闻讯，乃至痛哭失声。山谷与东坡情谊极为深厚，此诗实即悼念东坡。山谷有很深的禅学修养，对待险夷生死，皆能淡然处之，故诗中少有愤激哀伤的诗句，当然只是将深沉的情感掩藏在平淡的诗句之中。此诗即颇为典型。“能回赵璧人何在？已入南柯梦不通！”实质上是很沉痛的，但表面上仍似平淡。末二句袖椎听石，也仍是悼念之意，但掩敛太过，未免平得无力，淡得乏味。

宜阳别元明用觞字韵①

霜须八十期同老，酌我仙人九醞觴②。
明月湾头松老大，永思堂下草荒凉③。
千林风雨莺求友，万里云天雁断行④。
别夜不眠听鼠啮，非关春茗搅枯肠⑤。

①宜阳，即宜州，今广西宜山。崇宁三年（1104）夏，山谷到达宜州。十二月二十七日，元明自永州来宜探望，共度春节。四年春元月六日，山谷于十八里津饯别元明，诗即作于此时。兄弟分襟，从此未能再会。是年九月山谷即卒于宜州。

②霜须，白须。九醞，酒名，传为多次重酿的酒。山谷自注：“术者言吾兄弟皆寿八十，近得重醞法甚妙。”

③明月湾，永思堂，并在山谷家乡分宁双井。

④莺求友，《诗·小雅·伐木》：“嚶其鸣矣，求其友声。相彼鸟矣，犹求友声；矧伊人矣，不求友生。”雁断行，喻兄弟分离。

⑤啮（niè），咬。茗，茶。弟兄离别之夜，情实惨凄，诗偏以平静语气

出之。此亦山谷淡语写浓情惯例。然用之过甚，未免枯干。春茗枯肠，形象亦嫌不美。

题郑防画夹[①]

惠崇烟雨归雁，坐我潇湘洞庭[②]。
欲唤扁舟归去，故人言是丹青。

① 郑防，其人不详。画夹，画册。哲宗元祐二年（1087）诗，时山谷在京为著作佐郎。

② 惠崇，九僧之一，北宋著名画家。见王安石《纯甫出释惠崇画要予作诗》注。

夜发分宁寄杜涧叟[①]

阳关一曲水东流，灯火旌阳一钓舟[②]。
我自只如常日醉，满川风月替人愁[③]。

① 分宁，今江西修水，山谷故乡。杜涧叟，杜槃，字涧叟。元丰六年（1083），山谷自太和移监德州德平镇，曾回家乡，此离家赴任时作。

② 阳关，在甘肃敦煌西。王维《送元二使安西》诗："劝君更尽一杯酒，西出阳关无故人。"阳关一曲指此，诗中代指别歌。旌阳，山名，在分宁县东，山谷离乡时在此登舟东去。一钓舟，指杜涧叟之舟。此告别之后，回望旌阳。

③ "我自"二句，仿张谓《送卢举使河源》诗："长路关山何日尽，满堂丝竹为君愁。"欧阳修《别滁》诗亦云："我亦只如常日醉，莫教弦管作离声。"

题子瞻枯木[①]

折冲儒墨阵堂堂，书入颜杨鸿雁行[②]。
胸中元自有丘壑，故作老木蟠风霜[③]。

① 元祐三年（1088）诗，时与东坡并在京师。

② 折冲，原意为折返敌人的战车，即抵御敌人，此处为驰骋之意。儒墨，代指各种学派。句意谓东坡驰骋于各家学派之间，言其学识渊博。阵堂堂，阵容强大。语本《孙子·军争篇》“勿击堂堂之阵”。此句一作“文章日月与争光”。颜杨，指唐代书法家颜真卿和后周书法家杨凝式。鸿雁行（háng），指同一行列。语本《晋书·王羲之传》王羲之语“我书比钟繇当抗行，比张芝草书犹当雁行也”。

③ “胸中”句，宋人以画家作画之前已先有所画对象在胸中，苏轼谓文与可画竹，“必先得成竹于胸中”。《宣和画谱》谓“落笔则胸中丘壑尽在眼前”。老木蟠风霜，老木蟠曲于风霜之中。

题阳关图[①]

断肠声里无形影，画出无声亦断肠[②]。
想得阳关更西路，北风低草见牛羊[③]。

① 阳关，西汉置，故址在今甘肃敦煌西南，在古玉门关之南。自汉至唐，由河西走廊入西域，出玉门关者为北道，出阳关者为南道。王维《送元二使西安》诗有“劝君更尽一杯酒，西出阳关无故人”之句，故诗又曰“阳关曲”。《阳关图》据诗意必系阳关送别图。山谷《书伯时阳关图草后》：“元祐初作此诗，题伯时所作阳关图。”知此图为李公麟所作；李公麟字伯时。

② 断肠声，即指阳关曲，为送别之歌。二句意谓，令人肠断的送别歌声中没有形影，画中听不见歌声却亦令人断肠。

③ “北风”句，化用北朝乐府《敕勒歌》“风吹草低见牛羊”句。见（xiàn），现出。

★《敕勒歌》“风吹草低见牛羊”歌咏的是北国草原风光。西域固也有大草原，在天山北路；“阳关更西路”却是塔克拉玛干大沙漠，离“北风低草见牛羊”的草原极为遥远。黄山谷没有到过西北，他只是“想得”而已。但诗还是精彩。

竹枝词二首[①]

撑崖拄谷蝮蛇愁，入箐攀天猿掉头[②]。

鬼门关外莫言远，五十三驿是皇州[③]！

浮云一百八盘萦，落日四十八渡明[④]。
鬼门关外莫言远，四海一家皆弟兄[⑤]！

①宋哲宗绍圣二年（1095），山谷贬谪黔州，词作于黔州途中。原有跋云："古乐府有'巴东三峡巫峡长，猿啼三声泪沾裳'。但以抑怨之音和为数叠。惜其声今不传。余自荆州上峡入黔中，备尝山川险阻，因作二叠与巴娘，令以《竹枝》歌之。绍圣二年四月甲申。"

②"撑崖"二句，极言蜀道之险。蝮蛇，一种毒蛇。箐（qiàn），大竹林，亦泛指竹木深林。李白《蜀道难》："猿猱欲度愁攀援。"

③鬼门关，在峡州，其地险绝。驿，即驿站，古代在重要通道上设置的馆舍。《寰宇记》："黔州东北至东京三千八百六十五里。"五十三驿当有所据。

④一百八盘、四十八渡，皆峡州至黔中路段地名。陆游《入蜀记》巫山县："隔江南陵山极高大，有路如线，盘曲至绝顶，谓之一百八盘。"曹学佺《蜀中名胜记·黔中县》："四十八渡水在治西二十里，发源栅山，溪水折流四十八湾，夹于两岸之间。"参见《和答元明黔南赠别》诗注。

⑤"四海"句，语本《论语·颜渊》子夏曰"四海之内皆兄弟也"。

★学民歌即有民歌韵味，然又迥不同于一般民间歌唱。山谷秉性倔强，然其倔强决不睁眉怒目，往往以平和忠厚出之，二词即为典型。

病起荆江亭即事二首[①]

翰墨场中老伏波，菩提坊里病维摩[②]。
近人积水无鸥鹭，时有归牛浮鼻过。

①建中靖国元年（1101）四月，山谷出峡后到达江陵，卧病荆江亭。诗原十首，只此第一首为即事写景，馀九首为议论时政或怀念友朋。

②伏波，东汉初名将马援，曾为伏波将军。菩提，佛教名词 Bodhi 的音译，指豁然开朗的顿悟境界，亦泛指佛家。维摩，即维摩诘（Ǎimalakīrti），毘耶离城的大乘居士，和释迦牟尼同时，善于应机化导，尝称病，与释迦遣来

问病的舍利佛和文殊师利论难，宣扬大乘教义。山谷以翰墨场中的伏波自任，他重禅学，故又自比维摩。

其　二[①]

闭门觅句陈无己，对客挥毫秦少游[②]。
正字不知温饱未，西风吹泪古藤州[③]！

① 原作十首其八。

② 陈无己，即陈师道，字无己。陈师道诗思迟缓，以苦思著称，故谓其“闭门觅句”。秦少游，即秦观，字少游。少游诗思敏捷，故称其“对客挥毫”。

③ 正字，陈师道官秘书省正字。是年陈师道四十九岁，生活仍甚穷困，故山谷说不知其温饱未。藤州，今广西藤县。秦少游于哲宗绍圣元年（1094）坐党籍，出为杭州通判，旋贬监处州酒税，复削籍徙郴州，继编管横州，再徙雷州。元符三年（1101）哲宗去世，徽宗即位，少游遇赦北还，至藤州逝世，时年五十三岁。山谷作此诗时，已是少游过世一年以后，故山谷为之哀悼。

★此仿杜甫《存殁口号》，一首小诗中怀念存殁友人各一。存者念陈无己，殁者悼秦少游。山谷于友朋情谊甚深，故诗中极为伤感。

雨中登岳阳楼望君山[①]

投荒万死鬓毛斑，生出瞿塘滟滪关[②]。
未到江南先一笑，岳阳楼上对君山[③]。

① 崇宁元年（1102）正月，山谷离荆州东下，经岳阳。岳阳楼，在湖南岳阳城西门洞庭湖滨，正对湖上君山。

② 投荒万死，指绍圣二年（1095）贬官涪州别驾，黔州安置，其后又移戎州。是年山谷已五十七岁，故云鬓毛斑。瞿塘，三峡第一峡。滟滪，即滟滪堆，为瞿塘峡口石堆，江流至此极为险急。现滟滪堆已被炸掉。

③ 江南，岳阳在长江以南，诗中江南当专指山谷家乡江南路。此时江南路已分为东西二路，山谷家乡属江南西路，今江西省即由江南西路一名的延续。

鄂州南楼书事[①]

四顾山光接水光，凭栏十里芰荷香。
清风明月无人管，并作南楼一味凉。

① 宋徽宗崇宁元年（1102）六月，山谷领太平州事，到官九日即罢，九月至鄂州（今湖北武昌）。诗作于崇宁二年六月。

寄贺方回[①]

少游醉卧古藤下，谁与愁眉唱一杯[②]？
解作江南断肠句，只今惟有贺方回[③]。

① 贺方回，即贺铸。崇宁二年（1103）寄自鄂州。

② 少游，即秦观。秦观于徽宗绍圣元年（1094）贬处州，绍圣三年徙郴州，后又贬横州、雷州。元符三年（1100）被赦北还，卒于藤州。少游《好事近·梦中作》词云："醉卧古藤阴下，了不知南北。"醉卧古藤下，即用少游词语。唱一杯，似压缩晏殊《浣溪沙》词"一曲新词酒一杯"句，然未免扞格。

③ "解作"二句：贺铸《横塘路》词云："碧云冉冉蘅皋暮，彩笔新题断肠句。"二句仿李白《金陵城西月下吟》："解道澄江净如练，令人长忆谢玄晖。"

★本篇寄友人诗，实仍仿杜甫《存殁口号》，所寄友人贺方回为存者，殁者为秦少游。参见前《病起荆江亭即事二首·其二》。

秦　观

秦观（1049—1100），字少游，又字太虚，扬州高邮（今江苏高邮）人。少豪隽慷慨，溢于文词。举进士不中，盛气好奇，读兵家书。见苏轼于徐州，作《黄楼赋》，苏轼以为有屈宋才。介其诗于王安石，安石亦谓清丽似鲍谢。宋神宗元丰八年乙丑（1085）登第，调定海主簿、蔡州教授。哲宗元祐初，苏轼荐于朝，除太学博士，兼国史馆编修。绍圣初，坐党籍，出为杭州通判，贬监处州酒税。复削籍，徙郴州，继编管横州，又徙雷州。徽宗立，复宣德郎，放还，归至藤州卒，年五十二。秦少游是北宋婉约派词人的杰出代表，其成就只有柳永可与相比。其诗作清新婉丽，是苏门除黄山谷以外成就较大的作者。有《淮海集》。

赠女冠畅师①

瞳人剪水腰如束，一幅乌纱裹寒玉②。
飘然自有姑射姿，回首粉黛皆尘俗③。
雾阁云窗人莫窥，门前车马任东西。
礼罢晓坛春日静，落红满地乳鸦啼。

① 女冠畅师，姓畅的女道士。

② 瞳人，指眼睛。剪水，白居易《咏筝》诗：“双眸剪秋水，十指剥青葱。”腰如束，形容腰肢苗条。《文选·宋玉〈登徒子好色赋〉》：“腰如束素，齿如含贝。”寒玉，喻清俊的容貌。贯休《题淮南惠照寺律师院》诗：“仪冠凝寒玉。”

③ 飘然，一作“超然”。姑射，《庄子·逍遥游》：“藐姑射之山，有神人

居焉，肌肤若冰雪，绰约若处子。”姑射原为传说中山名，因神人居此，故代指神仙，特指女神。粉黛，妇女化妆品，代指美女。白居易《长恨歌》：“回头一笑百媚生，六宫粉黛无颜色。”

次韵太守向公登楼眺望①

庖烟起处认孤村，天气清寒不见痕②。
车网湖边梅溅泪，壶公祠畔月销魂③。
封疆尽是春秋国，庙食多怀将相恩④。
试问李斯长叹后，谁牵黄犬出东门⑤？

① 哲宗元祐二年（1087）秦观任蔡州教授时作。蔡州，今河南汝南。太守向公，向宗回，字子发，元祐初知蔡州。

② 庖烟，炊烟。

③ 车网湖，壶公祠，并蔡州名胜。

④ 封疆，疆界，此处犹言境内。春秋国，蔡州春秋时为蔡国，沈国亦在附近。

⑤ 李斯，战国末上蔡人，曾辅佐秦始皇统一中国，为丞相，后被二世和赵高杀害。临刑，谓其中子曰：“吾欲与若复牵黄犬俱出上蔡东门逐狡兔，岂可得乎！”见《史记·李斯列传》。因在蔡州，故联及李斯。李斯临刑，悲叹自己不能复牵黄犬出上蔡东门逐狡兔；但而今又谁愿牵黄犬出东门？意谓大多仍只追逐功名，而不愿安居林下。

九月八日夜大风雨寄王定国①

长年身外事都捐，节物惊心一怅然②。
正是山川秋入梦，可堪风雨夜连天！
桐梢摵摵增凄断，灯烬飞飞落小圆③。
湔洗此情须痛饮，明朝试就酒中仙④。

① 王定国，见苏轼《书王定国所藏烟江叠嶂图》诗注。

② 身外事，犹身外之物，荣名利欲之类。捐，弃。

③ 摵摵（shè），通“槭”，树枝叶落萧瑟之貌。潘岳《秋兴赋》“庭树槭以洒落”，李善注：“槭，枝空之貌。”

④ 湔洗，洗涤，消除。就，追随。酒中仙，杜甫《饮中八仙歌》写李白“自称臣是酒中仙”。

★诗似豪雄而实沉郁。“正是山川秋入梦，可堪风雨夜连天”，对偶甚见工力，为少游名句。惜结尾二句少逊。

泗州东城晚望①

渺渺孤城白水环，舳舻人语夕霏间②。
林梢一抹青如画，应是淮流转处山。

① 泗州，宋代州城在今江苏盱眙西北淮水西岸，清康熙十九年（1680）陷入洪泽湖，寄治盱眙。

② 舳舻，船舵与船头，代指船。

春　日

一夕轻雷落万丝，霁光浮瓦碧参差。
有情芍药含春泪，无力蔷薇卧晓枝。

★诗写春日细雨园林景象，描写细腻传神。元遗山诗云：“有情芍药含春泪，无力蔷薇卧晚枝。拈出退之山石名，始知渠是女郎诗。”女郎诗亦未尝不可，不必家家都是“山石荦确”，少游也并非首首都是“有情芍药”，不宜以偏概全。

秋　日

霜落邗沟积水清，寒星无数傍船明①。
菰蒲深处疑无地，忽有人家笑语声。

① 邗沟，江苏扬州南北的漕河。诗题虽作“秋日”，内容实为秋日邗沟晚泊，故有“寒星无数傍船明”。

还自广陵

天寒水鸟自相依，十百为群戏落晖。
过尽行人都不起，忽闻冰响一齐飞。

米 芾

米芾（1051—1107），一名黻，字元章，太原人，徙居襄阳（今湖北襄阳）。以太常博士出知无为军，召为书画博士，擢礼部员外郎，出知淮阳军。徽宗大观元年卒，年五十七。米芾为北宋著名书画家，其书法与苏轼、黄庭坚、蔡襄并称北宋四大家，称“苏黄米蔡”。其子米友仁亦著名画家，父子合称大小米。

垂虹亭①

断云一叶洞庭帆，玉破鲈鱼金破柑②。
好作新诗继桑苎，垂虹秋色满东南③。

① 垂虹亭，在江苏吴江垂虹桥上。
② 断云，喻帆。洞庭，太湖有洞庭山，此即指太湖。
③ 桑苎，唐陆羽号桑苎翁，曾隐居湖州苕溪。或陆羽有涉吴江、苕溪等地诗作，故米诗云“继桑苎”。然今未见陆诗。继，一作“寄”。一说，桑苎代指家乡，与“桑梓”代指家乡意同。

★苏舜钦《望太湖》诗有“笠泽鲈肥人脍玉，洞庭柑熟客分金”句，米元章浓缩而成“玉破鲈鱼金破柑”。其《将之苕溪戏作呈诸友》诗又分而为“缕玉鲈堆案，团金橘满洲”。

李唐

李唐（约1050—1127以后），字晞古，河阳三城（今河南孟县）人。著名画家。徽宗朝入画院，高宗南渡，李唐亦流亡至临安，以成忠郎衔任画院待诏，时已年近八十。所作山水雄奇劲拔；兼工人物，尤以画牛著称。其画风为刘松年、马远、夏圭、萧照等所师法，开南宋一代画派。存世作品有《万壑松风》《清溪渔隐》等。

题画

云里烟村雨里滩，看之容易作之难。
早知不入时人眼，多买胭脂画牡丹。

★“看之容易作之难”，是深知个中艰苦者。凡事莫不如此，非独画也。“早知”二句，抒发胸中愤懑，抨击社会颓风，更非说画而已。

此诗传写本作“看来容易画来难，雨里村庄雾里山。早知不入时人眼，多买胭脂画牡丹”。首二句有较大的不同，而更为明畅。

贺 铸

贺铸（1052—1125），字方回，号庆湖遗老，卫州（今河南汲县）人，宋太祖贺皇后五代族孙。神宗熙宁中以恩授右班殿直，监军器库门。曾任泗州、太平州通判等职，晚年退居苏杭。其词当时颇有名。有《庆湖遗老集》。

秦淮夜泊①

官柳动春条，秦淮生暮潮。
楼台见新月，灯火上双桥。
隔岸开朱箔，临风弄紫箫②。
谁怜远游子，心旆正摇摇③。

① 秦淮，今南京秦淮河。

② 朱箔（bó），窗帘。二句写隔岸楼台窗口有人临风吹箫。揣诗意，吹箫者系女子。

③ 远游子，诗人自指。心旆，犹心旌，指摇荡的心神。《战国策·楚策一》："心摇摇如悬旌。"杜牧《送裴坦判官往舒州》诗："我心悬旆正摇摇。"

陈师道

陈师道（1053—1102），字无己，又字履常，号后山居士，彭城（今江苏徐州）人。苏轼荐为徐州教授，除太常博士。后以苏氏私党，罢移颍州，又换彭泽，以母忧辞官。哲宗元符中除秘书省正字，徽宗崇宁元年卒，年五十。陈师道初受业于曾巩，后倾倒于黄庭坚，诗风亦为之一变。其诗感情真挚，但语言较干涩。他在当时颇有名气，黄庭坚谓“其诗深得老杜之法，今之诗人不能当也”，系过誉之词。元代方回倡江西诗派“一祖三宗”之说，以陈师道为三宗之一，实属不伦，陈师道固不可望黄庭坚，亦未必能比陈与义。有《后山集》。

妾薄命二首①

主家十二楼，一身当三千②。
古来妾薄命，事主不尽年。
起舞为主寿，相送南阳阡③。
忍着主衣裳，为人作春妍？
有声当彻天，有泪当彻泉④。
死者恐无知，妾身长可怜。

叶落风不起，山空花自红。
捐世不待老，惠妾无其终。
一死尚可忍，百岁何当穷。

天地岂不宽，妾身自不容。
死者如有知，杀身以相从⑤。
向来歌舞地，夜雨鸣寒蛩⑥。

①妾薄命，乐府旧题《乐府诗集》属杂曲歌辞。后山自注："为曾南丰作。"曾南丰，即曾巩。后山年十六谒曾南丰，为南丰所赏识，因相从受业，终身感戴。神宗元丰六年（1083）南丰逝世，后山作有挽诗，又以此二首悼念他。

②主家十二楼，述主家第宅之豪华。一身当三千，谓己身受宠之专注，语本白居易《长恨歌》"后宫佳丽三千人，三千宠爱在一身"。

③寿，祝寿。南阳阡，指墓道。《汉书·游侠传》：原涉父死，"大治冢舍，周阁重门，……立表署曰南阳阡"。二句意谓，方起舞为夫君祝寿，而夫君旋即去世，欢乐未毕而哀痛即来。

④"有声"二句，谓哀声当上彻于天，血泪当下彻黄泉。

⑤"死者"二句，谓倘死而有知，恨不得杀身以相从。

⑥蛩（qióng），蟋蟀。

★古代多以男女喻君臣，已觉卑屈，后山用以喻师生，更属不伦。然作一般乐府诗读，不失为佳作。注一"为曾南丰作"，便觉大杀风景。

别三子①

夫妇死同穴，父子贫贱离②。
天下宁有此？昔闻今见之。
母前三子后，熟视不得追。
嗟乎胡不仁，使我至于斯！
有女初束发，已知生离悲。
枕我不肯起，畏我从此辞③。
大儿学语言，拜揖未胜衣。
唤"爷我欲去"，此语那可思。
小儿襁褓间，抱负有母慈。
汝哭犹在耳，我怀人得知！

①陈后山家贫，岳丈郭槩官西川提刑，接陈妻及其儿女入川。题为“别三子”，实亦别妻。

②“夫妇”句，《诗·王风·大车》：“穀则异室，死则同穴。”穀，生也。“穀则”之则，如也。谓生如异室，死则同穴。陈诗实谓夫妇分离，只有死以同穴了。语言表达不甚明畅。

③辞，别离。

示三子①

去远即相忘，归近不可忍。
儿女已在眼，眉目略不省。
喜极不得语，泪尽方一哂。
了知不是梦，忽忽心未稳。

①示，视也，犹见也。诗写见到三个儿女的喜悦心情，与“别三子”正相应。

怀　远①

海外三年谪，天南万里行。
生前只为累，身后更须名②？
未有平安报，空怀故旧情。
斯人有如此，无复泪纵横。

①怀远，此怀念东坡而作，东坡于哲宗绍圣三年（1094）贬惠州，四年再贬琼州。

②生前只为累，即生前为声名所累。东坡《十二月二十八日蒙恩责授检校水部员外郎黄州团练副使复用前韵》诗：“平生文字为吾累，此去声名不厌低。”此即用其意。身后更须名，意即不须名。《晋书·张翰传》：“使我有身后名，不如即时一杯酒。”李白《行路难》：“且乐生前一杯酒，何须身后千载名。”

野望

山开两岸柳，水绕数家村。
地势倾崖口，风涛啮石根。
平林霜着色，沙岸水留痕。
剩寄还乡泣，难招去国魂。

登彭祖楼①

城上危楼江上城，风流千载擅佳名。
水兼汴泗浮天阔，山入青齐焕眼明②。
乔木下泉馀故国，黄鹂白鸟解人情③。
须知壮士多秋思，不露文章世已惊④。

① 彭祖楼，即彭城楼。

② 汴，汴水，古代汴水经徐州注入泗水。泗，泗水，古代泗水经徐州东流入淮河。到金代汴、泗均为黄河所夺。青齐，青州、齐州，并在今山东省境。焕，照。

③ 乔木，语本《孟子·梁惠王下》“所谓故国者，非谓有乔木之谓也，有世臣之谓也”。下泉，即流泉，语本《诗·曹风·下泉》。然诗中与曹无关。

④ “不露”句：杜甫《古柏行》：“大厦如倾要梁栋，万牛回首丘山重。不露文章世已惊，未辞剪伐谁能送？”后山用杜陵成句。文章，用之于树木指繁花茂叶，用之于人指外在的表现。

舟中

恶风横江江卷浪，黄流湍猛风用壮。
疾如万骑千里来，气压三江五湖上。
岸上空荒火夜明，舟中起坐待残更。
少年行路今头白，不尽还家去国情。

十七日观潮

漫漫平沙走白虹，瑶台失手玉杯空[①]。
晴天摇动清江底，晚日浮沉急浪中。

① 白虹，指潮头卷起的浪花。“瑶台”句，设想潮来是天上瑶台倾倒了玉杯。

绝　句

书当快意读易尽，客有可人期不来。
世事相违每如此，好怀百岁几回开！

晁补之

晁补之（1053—1110），字无咎，济州钜野（今山东巨野）人。年十七，从父官杭州，著《七述》，言钱塘山川风物之丽。时东坡为杭州通判，本拟作赋，见补之作乃搁笔，由此知名。元丰进士，调北京（今河北大名）国子监教授。元祐初，为太学正，除秘书省正字，迁校书郎，以秘阁校理通判扬州。坐修《神宗实录》失实，降通判亳州，又贬监处州、信州酒税。徽宗立，召为著作郎，拜礼部郎中，出知河中府，徙湖州、密州、果州。还家葺归来园，自号归来子。大观末，出党籍，起知达州，改泗州。大观四年卒，年五十八。补之善词，其诗自以如鸡肋，食之无所得，弃之觉可惜，因名曰《鸡肋集》。

赠文潜甥杨克一学文与可画竹求诗[①]

与可画竹时，胸中有成竹[②]。
经营似春雨，滋长地中绿。
兴来雷出土，万箨起崖谷[③]。
君今似与可，神会久已熟。
吾观古管葛，王霸在心曲[④]。
遭时见毫髮，便可惊世俗[⑤]。
文章亦技尔，讵可枝叶续[⑥]。
穿杨有先中，未发猿拥木[⑦]。
词林君张舅，此理妙观烛[⑧]。
君从问轮扁，何用知圣读[⑨]。

① 文潜，即张耒。杨克一，生平不详。文与可，即文同。

② 胸中有成竹，苏轼《文与可画筼筜谷偃竹记》：“故画竹必先得成竹于胸中。”

③ 箨，笋壳，此代指新竹。

④ 管葛，齐桓公相管仲与蜀汉丞相诸葛亮，并古代名相。王霸，王业与霸业，代指治国谋略。此以治国为喻，谓谋略在各自心中，而非蹈袭前人，艺术亦当如此。

⑤ 遭时，犹逢时。见毫髮，谓其能洞察一切。

⑥ 文章，此用其广义，亦包括绘画艺术。讵可，岂可。枝叶续，一枝一叶地继承。

⑦ 穿杨，《战国策·西周策》：“楚有养由基者善射，去柳叶者百步而射之，百发百中。”先中，箭尚未发被射者已惊慑如被射中，因必被射中。未发猿拥木，《淮南子·说山》：“楚王有白猿，王自射之，则搏矢而熙。使养由基射之，始调弓矫矢，未发而猿拥柱号矣。有先中中者也。”此以射为喻，谓艺术亦当出神入化，有发必中，亦即须胸有成竹之意。

⑧ 观烛，明白洞澈。

⑨ 轮扁，《庄子·天道》：“桓公读书于堂上。轮扁斫轮于堂下，释椎凿而上，问桓公曰：‘敢问公之所读者何言耶？’公曰：‘圣人之言也。’曰：‘圣人在乎？’公曰：‘已死矣。’曰：‘然则君之所读者，古人之糟粕已夫！’桓公曰：‘寡人读书，轮人安得议乎！有说则可，无说则死。’轮扁曰：‘臣也以臣之事观之。斫轮，徐则甘而不固，疾则苦而不入，不徐不疾，得之于手而应于心，口不能言，有数存焉。于其间，臣不能以喻臣之子，臣之子亦不能受之于臣，是以行年七十而老斫轮。古之人与其不可传也死矣，然则君之所读者，古人之糟粕已夫！’”圣读，犹圣人之言。此处轮扁即喻指张文潜，谓君舅深通此理，可从而问之，而不要墨守前人之成规。

★赞扬文与可画竹，要在“胸中有成竹”。称许杨克一学艺，重在“神会久已熟”。皆切中肯綮。中段启发杨生。“王霸在心曲”，犹岳武穆所谓“运用之妙，存乎一心”。继承前人，必须领会神理，而不在一枝一叶的模仿；换言之即要通过实践，自己体会。东坡、山谷皆精通文艺，论艺之作甚多，其深刻精警亦无有过于无咎此篇者。全篇结构亦甚严密，实宋人艺论佳作。

吴松道中二首[①]

停舟傍河浒，四顾尽荒原。
日落狐鸣冢，天寒犬吠村。
系帆凌震泽，抢雨入盘门[②]。
怅望夫差事，吴山闷楚魂[③]。

晓路雨萧萧，江乡叶正飘。
天寒雁声急，岁晚客程遥。
鸟避征帆却，鱼惊荡桨跳[④]。
孤舟宿何许，霜月系枫桥[⑤]。

① 吴松，即吴淞江，源出太湖瓜泾口。下游称苏州河，至上海白渡桥注入黄浦江。

② 震泽，即太湖。盘门，苏州城西南门，水陆两门并列，据传最初为春秋吴伍子胥始建。

③ 夫差，春秋末吴国君，公元前四九五至前四七三年在位。曾打败越王勾践，拒绝伍子胥的一再谏阻，允许勾践求成，并放勾践回国。后被勾践打败，自杀，吴国灭亡。吴山，杭州西湖东南有吴山，伍子胥谏吴王，吴王不听，赐子胥死，浮尸江中，吴人为子胥立祠吴山，因此又名胥山。闷，幽闭。楚魂，伍子胥本楚人，故称楚魂。闷楚魂，谓子胥魂仍系于此。末二句诗人因过姑苏而"怅望夫差事"。然杭州吴山距姑苏甚远，此吴山似泛指吴地的山。

④ 跳，读如"逃"。

⑤ 枫桥，在苏州市西，因唐张继《枫桥夜泊》诗闻名。

自题画留春堂山水大屏

胸中正可吞云梦，盏里何妨对圣贤[①]。
有意清秋入衡霍，为君无尽写江天[②]。

① 胸中正可吞云梦，司马相如《子虚赋》写楚使子虚使于齐，向齐王夸耀楚国云梦之宏丽。齐乌有先生反称齐国之大，谓齐国“吞若云梦者八九于其胸中曾不蒂芥”。盏，酒器。圣贤，代指酒。《三国志·徐邈传》：“醉客谓酒清者为圣人，浊者为贤人。”

② 衡霍：衡山，在湖南省境；霍山，在安徽省境。二句实即有意入清秋衡霍，为君写无尽江天。

★毛晋《晁补之〈琴趣外篇〉跋》：“大观四年卒于泗州官舍。自画山水留春堂大屏上。题云‘胸中正可吞云梦’云云。又咏《洞仙歌》一阕，遂绝笔。”据此，则诗为补之临终前之作。然此系传说，未必可信。

张 耒

张耒（1054—1114），字文潜，号柯山，人称宛丘先生，楚州淮阴（今江苏淮阴）人。游学于陈，为学官苏辙所重，因得从苏轼游。神宗熙宁七年甲寅（1074）进士，历官至直龙图阁，知润州。坐蜀党，徙宣州，谪监黄州酒税。徽宗即位，起为太常少卿，出知颍州、汝州。在颍时，闻东坡讣至，为举哀行服，贬房州别驾，安置于黄。后五年得许自便，居于陈。徽宗大观政和间，苏、黄、秦、晁诸人已相继去世，惟耒尚存，益为士林所重。政和四年卒，年六十一。耒诗学白居易、张籍，平易通畅，亦自然雅致，然往往锤炼不精。有《宛丘集》。

感 春

春郊草木明，秀色如可揽。
雨馀尘埃少，信马不知远。
黄乱高柳轻，绿铺新麦短。
南山逼人来，涨洛清漫漫。
人家寒食近，桃李暖将绽。
年丰妇子乐，日出牛羊散。
携酒莫辞贫，东风花欲烂。

西华道中①

我行陈许郊，千里平若掌②。
居民杂荆榛，耕少地多旷。

野兔作跳奔，惊鸢或高飏。
乔林多疾风，寒涧有馀涨[③]。
棘篱蔽茅屋，鸡犬入村巷。
主人扫土塌，秣马具朝饷。
童儿汲土井，败饭堆瓦盎[④]。
勿悲为生陋，自足无他望。
嗟余走薄宦，奔走年将壮。
长抱羁旅愁，何时税归鞅[⑤]。

① 西华，今河南西华县。

② 陈许，唐代方镇之名，治许州（今河南许昌）。诗用旧称。西华在许州东。

③ 乔林，大树林。涨，水。

④ 瓦盎（àng），一种口小腹大的陶制盛器。

⑤ 税，解下。鞅（yàng），套马颈的皮带。税归鞅，解下回家以后的车驾，即不再外出。

离黄州[①]

扁舟发孤城，挥手谢送者。
山回地势卷，天豁江面泻。
中流望赤壁，石脚插水下[②]。
昏昏烟雾岭，历历渔樵舍。
居夷实三载，邻里通假借。
别之岂无情，老泪为一洒。
篙工起鸣鼓，轻橹健于马。
聊为过江宿，寂寂樊山夜[③]。

① 黄州，今湖北黄州。东坡、文潜，先后贬谪于此。

② 赤壁，在黄州城西，原濒临大江，今江边淤塞，石壁距江几一公里。

③ 樊山，在鄂城西大江南岸，与北岸黄州斜对。

夜　坐

庭户无人秋月明，夜霜欲落气先清。
梧桐直不甘衰谢，数叶迎风尚有声。

初见嵩山

年来鞍马困尘埃，赖有青山豁我怀。
日暮北风吹雨去，数峰清瘦出云来。

福昌官舍后绝句[①]

小园寒尽雪成泥，堂角方池水接溪。
梦觉隔窗残月尽，五更春鸟满山啼。

① 福昌，今河南宜阳县。

舟　行

天寒野店断人行，晚系孤舟浪未平。
半夜西风惊客梦，卧听寒雨到天明。

晁冲之

晁冲之，字叔用，初字用道，济州钜野（今山东巨野）人，晁补之从弟。少年豪华自放，游汴京，狎官妓李师师，声艳一时。曾举进士。哲宗绍圣初，党祸起，群从多被谪逐，遂栖遁具茨山下，号具茨先生。曾向陈师道学诗。据说冲之疾革时焚毁自己的著作，以为“是不足以成吾名”，所以传诗不多。有《具茨集》。

雪效柳子厚[①]

月落鸡声寒，晓色静茅屋。
开门惊不知，夜雪压修竹。
槎牙生新冰，鳞甲刻溪谷。
晶晶洲渚明，冽冽川原肃。
孤蹲雀不动，沉酣客犹宿。
呼童晨汲归，独漱寒泉玉。

① 柳子厚，即柳宗元。

都下追感往昔因成二首[①]

少年使酒走京华，纵步曾游小小家[②]。
看舞霓裳羽衣曲，听歌玉树后庭花[③]。
门侵杨柳垂珠箔，窗对樱桃卷碧纱。
坐客半惊随逝水，主人星散落天涯[④]。

春风踏月过章华，青鸟双邀阿母家⑤。
系马柳低当户叶，迎人桃出隔墙花。
鬓深钗暖云侵脸，臂薄衫寒玉映纱⑥。
莫作一生惆怅事，邻州不在海西涯⑦。

①《宋诗纪事》卷三十三作《追往昔二首示江子之》，并引《墨庄漫录》言晁叔用早年游京师，狎名妓李师师，酒船歌板，声艳一时。后再来京师，追怀往昔，作二诗以示江子之。江子之，即江端本，字子之，江端友之弟。

② 小小，指苏小小，传为南齐钱塘名妓，《乐府诗集》有《苏小小歌》。此代指李师师。

③ 霓裳羽衣曲，唐明皇所制舞曲名，此代指舞曲。玉树后庭花，陈后主所作诗名，此代指歌诗。

④ "坐客"二句，谓当年坐客半数已经过世，歌妓也大多散落天涯。

⑤ 章华，楚灵王所筑台名，见《左传》昭公七年（前 536），故址在今湖北潜江境内。此代指李师师居地。青鸟，传为西王母使者，后用作情人使者代称。阿母，李商隐《瑶池》"瑶池阿母绮窗开"，阿母指西王母，此亦代指师师。

⑥ 云，指云鬟。玉，指玉臂。

⑦ "莫作"二句，对江子之而言，谓不要当作一生惆怅事，邻州并不遥远，后会有期（末二句在全诗颇为游离，与前文结合不紧。或别有解，姑志于此，以俟识者）。

春　日

阴阴溪曲绿交加，小雨翻萍上浅沙。
鹅鸭不知春去尽，争随流水趁桃花。

潘大临

潘大临，字邠老，黄冈（今湖北黄冈）人。苏轼、张耒先后谪黄州皆与邠老游，与黄庭坚及其诸甥亦并有交谊。原有《柯山集》，已佚。

吴熙老所藏风雨图①

我游匡山夏将杪，赤日青天万山遶②。
忽然风雨动地来，震气乘雷离电绕③。
一川烟霭失东西，万里乾坤错昏晓。
香炉高峰危欲堕，石门细路人心剿④。
江翻那闻得计鱼，木拔岂有安巢鸟。
须臾云过雨脚收，依旧晴晖着丛篠⑤。
群山历历在眼前，恰似凭高日方晓。
谁将此景入画图，数幅生绡盘礴了⑥。
吴丞此画绝代无，张公此诗古来少。
读诗观画兴未穷，北窗风凉退自公⑦。
使君意消三伏中，未可鞭箠催青铜⑧。

①吴熙老，诗中称吴丞，注谓“熙老在罗田催科”，则吴为罗田县丞。诗中有“张公此诗古来少”可知此诗为和作。

②匡山，即庐山。遶，包围。

③“震气”句，《易》卦震为雷，故风雷称震气；离为火，故电光称离电。

④“香炉”二句，庐山有香炉峰、石门山。石门两峰如双阙，中有山谷细路。剿，扰乱，此处为惊怖之意。

⑤篠（xiǎo），竹。此泛指竹木。

⑥生绡，素绢，用以作画。盘礴，同“磅礴”，广大壮阔之貌。数幅生绡并不甚大，一作风雨图，便觉气势磅礴。

⑦北窗风凉，陶渊明《与子俨等疏》“尝言五六月中，北窗下卧，遇凉风暂至，自谓是羲皇上人”。退自公，自公府回家休息。语本《诗·召南·羔羊》“退食自公，委蛇委蛇”。

⑧使君，宋代称郡守为使君。青铜，铜钱，指公家赋税。作者原注：“熙老在罗田催科，不用鞭箠而办。”结末四句意谓使君在北窗凉风下读诗观画，意兴无穷，故虽三伏热天也意态安闲，心地宽厚，故催缴赋税不用鞭打百姓。由此推断，在一般情况下催科必用鞭箠，统治者之残酷可见一斑。

★诗写得明白通畅，颇有气势。且将艺术与政事关联，亦别出心裁。“江翻”二句用推断虚写，为篇中弱句。又，如此短篇，而两用“晓”韵，“逸、绕”二字，实亦相通，可知才力不继。

重阳断句

满城风雨近重阳。

★僧惠洪《冷斋夜话》：谢无逸尝作书问潘邠老近日有何新作。潘答书曰：“秋来景物，件件是佳句，恨为俗气蔽翳。昨日清卧，闻搅林风雨声，遂起题其壁曰：满城风雨近重阳。忽催租人至，遂败意，只此一句奉寄。”诗自然希望看到全璧，然佳句亦何尝不值得宝爱。潘邠老重阳诗虽仅此一句，实已意象完整，现存全部潘诗似无过此一句者。邠老去世后，谢无逸用此句足成绝句多首，后人亦有为此句补足成诗者，然后世读者依然只记得“满城风雨近重阳”。

谢 逸

谢逸（？—1113）字无逸，抚州临川（今江西抚州）人。屡举进士不第。诗文为黄山谷所赏识，与弟谢薖并称二谢。有《溪堂集》。

亡友潘邠老有“满城风雨近重阳”之句，今去重阳四日而风雨大作，遂用邠老之句广为三绝[①]

满城风雨近重阳，安得斯人共一觞。
欲问小冯今健否，云中孤雁不成行[②]。

① 潘邠老，即潘大临。三绝选一。
② 小冯，揣诗意必系邠老之妻或妾。

唐 庚

唐庚（1071—1121），字子西，眉州丹棱（今四川丹棱）人。哲宗绍圣中进士，为州县官。至大观，始入为博士。张商英荐，除提举京畿常平。商英罢相，唐庚坐贬惠州。后遇赦，复官承议郎，提举上清太平宫。徽宗宣和三年归蜀，病卒于道，年五十一。有《眉山唐先生文集》。

醉 眠

山静似太古，日长如小年。
馀花犹可醉，好鸟不妨眠。
世味门常掩，时光簟已便①。
梦中频得句，拈笔又忘筌②。

① 便（pián），安适。

② 筌（quán），捕鱼竹器。《庄子·外物》："筌者所以在鱼，得鱼而忘筌。蹄者所以在兔，得兔而忘蹄。言者所以在意，得意而忘言。"（蹄，蹄夹）前两者是比喻，言者是正意。得鱼得兔是目的，那工具是手段，目的达到了，工具就没有用了。表意是目的，语言是手段，意思表达了，语言也就没用了，这里实际上还包含着有些"意"只能领会，而无法用语言表达。语言是表达意思的工具，故称为"言筌"。"梦中频得句，拈笔又忘筌"，是说梦中常得好句，拿起笔又忘了表达的语言，实际也包括得到某种意象而无法用语言表达，即严羽《沧浪诗话》所谓"不落言筌"。

★"山静似太古，日长如小年"，写山深日静，语极独特。

栖禅暮归书所见二首①

雨在时时黑，春归处处青。
山深失小寺，湖尽得孤亭。

春着湖烟腻，晴摇野水光。
草青仍过雨，山紫更斜阳。

① 栖禅，山名，在惠州。

僧惠洪

僧惠洪（1071—1128），字觉范，俗姓彭[①]，筠州新昌（今江西宜丰）人。哲宗元祐四年（1089）试经于汴京天王寺，得度为僧，后入清凉寺。因与监察御史张商英、定武军节度使郭天信有交谊，徽宗政和元年（1111）张、郭得罪，惠洪坐配崖州，后遇赦还。高宗建炎二年卒。惠洪诗内涵深厚而颇为雄健，不落前人窠臼，为有宋诗僧之冠。有《石门文字禅》《冷斋夜话》。

①《五灯会元》以惠洪俗姓彭，《宋诗钞》谓俗姓喻，以《五灯会元》为非。《四库全书总目提要》，举惠与彭渊材为叔侄，证其姓彭。惠洪《寄彭景醇奉议》有“祭祀修家礼”，可证惠洪俗姓彭无疑。

谒狄梁公庙[①]

九江浪粘天，气势必东下。
万山勒回之，到此竟倾泻[②]。
如公廷诤时，一快那顾藉[③]。
君看洗日光，正色甚闲暇[④]。
使唐不敢周，谁复如公者[⑤]。
古祠苍烟根，碧草上屋瓦。
我来春雨馀，瞻叹香火罢。
一读老范碑，顿尘看奔马[⑥]。
斯文如贯珠，字字光照夜[⑦]。
整帆更迟留，风正不忍挂。

① 狄梁公，即狄仁杰，字怀英，太原人，唐武后时大臣。曾任地官侍郎同凤阁鸾台平章事，为来俊臣诬陷下狱，贬彭泽令，转任魏州刺史、幽州都督。神功元年（697）复相。后出任河北道行军副元帅、河北道安抚大使等职，曾率军抗击突厥。入为内史。狄仁杰以不畏权势、敢于正言直谏著称；曾反对武则天造大佛像，谏阻以武三思为太子，并推荐张柬之、桓彦范、敬晖、崔玄暐、袁恕己、姚元崇等数十人皆为名臣。狄封梁国公，故称狄梁公。由诗中“九江浪粘天”推测，狄梁公庙当在彭泽县。

② 九江，长江流经江西省北部一段。竟，尽。

③ 廷诤，在朝廷上直言谏诤。顾藉，顾忌、顾惜。

④ 洗日光，喻对君主进行谏诤。正色甚闲暇，态度严正而安详自在。

⑤ 使唐不敢周，使唐李不致成为武周。狄仁杰阻止了武三思继承皇位，又荐张柬之、敬晖、桓彦范、袁恕己等于朝。后神龙元年（705），武后病中，张柬之等发动政变，杀张易之、张昌宗兄弟，逼武后传位于中宗，恢复李唐王朝。

⑥ 老范碑，范仲淹所写狄庙碑文。顿尘，飞踏尘土。“顿尘”二字修饰奔马。此句形容范碑文字如骏马踏尘飞奔。

⑦ 贯珠，联贯如珠，形容文辞圆美流畅。《礼记·乐记》：“故歌者……累累乎端如贯珠。”

瑜上人自灵石来求鸣玉轩诗，会予断作语，复决堤作一首①

道人去我久，书问且不数②。
闻余窜南荒，惊悸日枯削③。
安知跨大海，往反如入郭④。
譬如人弄潮，覆却甚自若⑤。
旁多聚观者，缩头胆为落⑥。
僻居少过从，闲庭堕斗雀。
手倦失轻纨，扣门谁剥啄⑦。
开关忽见之，但觉瘦矍铄⑧。
立谈慰良苦，兀坐叙契阔⑨。

谁持稻田衣，包此剪翎鹤[10]。
远来殊可念，此意重山岳。
悃愊见无华，语论出棱角[11]。
为余三日留，颇觉解寂寞[12]。
忽然欲归去，破裓不容捉[13]。
想见历千峰，细路如遗索[14]。
相寻固自佳，乞诗亦不恶。
而余病多语，方以默为药[15]。
寄声灵石山，诗当替余作。
便觉鸣玉轩，跳波惊夜壑[16]。

① 瑜上人，惠洪之友。灵石，山名，在福州福清县西南。鸣玉轩，惠洪书室名。断作语，断不作诗。决堤，喻破例，破戒。

② 不数（shuò），不密，不多。

③ 窜南荒，指政和元年（1111）惠洪流窜到崖州（今海岛）。“惊悸”句，谓瑜上人担心惠洪，因惊悸而日枯瘦。

④ 郭，郭门。

⑤ “覆却”句，形容游水时俯仰自如。

⑥ 开篇十句，写流窜南荒，瑜上人为之忧虑，而自己处之泰然。

⑦ 纨，纨扇。剥啄，敲门声。

⑧ 瘦矍铄（jué shuò 矍，居药切；铄，书药切），清瘦而精神健朗。

⑨ 兀坐，犹危坐。叙契阔，叙阔别之情。

⑩ 稻田衣，有水田一样格子的袈裟。王维《能禅师碑》：“多绝膻腥，效桑门之食；悉弃网罟，袭稻田之衣。”剪翎鹤，形容瑜上人极清瘦。

⑪ 悃愊（kǔn bì），诚恳貌。

⑫ “僻居少过从”以下十六句，写瑜上人远来过访。

⑬ 裓（gé），衣襟，此泛指僧衣。

⑭ 遗索，形容山间小路如丢弃的绳索。

⑮ 病多语，以多语为患。多语，实指作诗。宋代往往因诗得罪，故有此语。

⑯ “忽然欲归去”以下十二句，写瑜上人欲归灵石，求为作诗。

临川康乐亭碾茶观女优拨琵琶，坐客索诗[①]

小槽横捧梳妆薄，绿罗绾带仍斜搭。
十指纤纤葱乍剥，紫燕飞翻初弄拨[②]。
梨园曲调皆品匝，敛容却复停时霎[③]。
日烘花底光似泼，娇莺得暖歌唇滑[④]。
圆吭相应啼恰恰，须臾急变花十八[⑤]。
玉盘蔌蔌珠玑撒，坐客渐欲身离榻[⑥]。
裂帛一声催合杀，玉容娇困拨仍插，
雪梅一枝初破腊[⑦]。

① 临川，今江西抚州。

② 葱乍剥，喻琵琶女手指的秀美。紫燕飞翻，形容拨琵琶手指的轻巧。

③ 梨园，唐玄宗教练宫廷歌舞的苑囿，后人称优伶团体为梨园。品，拨弄乐器叫品。匝，周遍。皆品匝，各种曲调都演奏一遍。敛容，收敛表情，庄重矜持之貌。停时霎，演奏时短暂的停顿。

④ "日烘"二句，形容琵琶声。

⑤ 圆吭，圆润的歌声。花十八，琵琶曲调名。欧阳修《玉楼春》词"贪看六幺花十八"。王灼《碧鸡漫志》卷三："六幺，一名绿腰。欧阳永叔云'贪看六幺花十八'，此曲内一叠名花十八，前后十八拍，又四花拍，共二十二拍。乐家者流所谓花拍，盖非其正也。曲节抑扬可喜，舞亦随之。"是曲中花十八，舞亦随之，故欧阳词曰"贪看"。

⑥ 玉盘蔌蔌珠玑撒，形容琵琶声像珠玑撒落在玉盘中。语本白居易《琵琶行》"大珠小珠落玉盘"。

⑦ "裂帛"句，琵琶拨头突然停住，像裂帛一样。白居易《琵琶行》："曲终收拨当心画，四弦一声如裂帛。"仍，乃也。"玉容娇困"句，直接描写女优娇困之状。腊，阴历十二月为腊月。"雪梅一枝"句，严寒腊月破雪而出的一枝梅花，比喻女优美丽的容态。

送僧游南岳

古寺闲关聊作招，夏秋归思漫迢迢。
枕中柔橹惊乡梦，门外秦淮涨夜潮。
想见旧房生薜荔，不堪疏雨滴芭蕉。
何时却理缘云策，同上峰头看石桥[①]。

① 缘云策，手杖。

秋　千

画架双裁翠络偏，佳人春戏小楼前。
飘扬血色裙拖地，断送玉容人上天。
花板润沾红杏雨，丝绳斜挂绿杨烟。
下来闲处从容立，疑是蟾宫谪降仙[①]。

① 蟾宫，月宫。

过湘江题慈云寺壁

慈云寺在古城隈，月阁风轩照水开。
独倚栏干秋雨后，青山相逐渡江来。

韩驹

韩驹（？—1135），字子苍，四川仙井监（今四川仁寿）人。尝在许下从苏辙游，苏辙称其诗似储光羲，由此知名。徽宗政和间以献颂补假将仕郎，召试，赐进士，除秘书省正字。寻坐苏氏党，谪知分宁。复召为著作郎，迁中书舍人。复坐乡党曲学，提举江州太平观。宋高宗绍兴五年卒于抚州。有《陵阳集》。

题湖南清绝图

故人来从天柱峰，手提石廪与祝融[①]。
两山坡陀几百里，安得置之行李中？
下有潇湘水清泻，平沙侧岸摇丹枫。
渔舟已入浦溆宿，客帆日暮犹争风[②]。
我方骑马大梁下，怪此物象不与常时同[③]。
故人谓我乃绢素，粉精墨妙烦良工[④]。
都将湖南万古愁，与我顷刻开心胸。
诗成画往默惆怅，老眼复厌京尘红[⑤]。

①天柱峰，衡山七十二峰之一，此处即代指衡山。石廪，祝融，并衡山峰名。

②浦溆，水边。以上八句除首句外皆描写画境。

③大梁，战国时魏都大梁，即北宋都城汴京，今河南开封。

④绢素，指作画的白绢。句仿黄庭坚《题郑防画夹》“惠崇烟雨归雁，坐我潇湘洞庭。欲唤扁舟归去，故人言是丹青”。

⑤ 画往，指画仍被友人带走。京城红，京城的红尘，包括尘俗的繁华与官场的倾轧。“京尘红”与“清绝图”相映衬。

夜泊宁陵[1]

汴水日驰三百里，扁舟东下更开帆。
旦辞杞国风微北，夜泊宁陵月正南[2]。
老树挟霜鸣窣窣，寒花垂露落毵毵[3]。
茫然不悟身何处，水色天光共蔚蓝。

① 宁陵，在河南省东部。

② 杞国，指河南杞县，古杞国所在。“旦辞杞国”，“夜泊宁陵”即首句所云“汴水日驰三百里”。

③ 窣窣（sū），风挠树枝发出的声响。毵毵（sān），形容花片垂垂下落。

为葛亚卿作二首[1]

君住江滨起画楼，妾居海角送潮头。
潮中有妾相思泪，流到楼前更不流。

妾愿为云逐画樯，君言十日看归航。
恐君回首高城隔，直倚江楼过夕阳[2]。

① 诗题原作《九绝为葛亚卿作》，选录二首。葛亚卿，即葛稚川，曾为海陵尉。胡仔《苕溪渔隐丛话》后集卷三十四：“子苍十绝为葛亚卿作，皆别离之词，必亚卿与妓别，子苍代赋此诗。徐师川跋云：十诗说尽人间事，付与风流葛稚川。”十绝，《宋诗钞》初集录九首，即《九绝为葛亚卿作》，续集收一首，诗题即作《代妓送葛亚卿》。

② 高城隔，唐欧阳詹《初发太原途中寄太原所思》诗：“高城已不见，况复城中人。”

洪 朋

洪朋，字龟父，南昌（今江西南昌）人。黄山谷之甥，与弟刍字驹父、炎字玉父、羽字鸿父，并有才名，称南昌四洪。

春 风

春风吹桃李，欻然满中园[①]。
群动不遑息，胡蝶纷飞翻[②]。
我亦感兹时，步屧绕林间。
颜色岂不好，持久良独难。
置酒休其下，聊复罄馀欢[③]。
君看桃与李，成蹊亦无言[④]。

① 欻（xū）然，犹忽然。

② 群动不遑息，各种动物都活动起来，不暇休息。句仿陶渊明《饮酒》诗“日入群动息，归鸟趋林鸣”而意相反。

③ 罄，尽。

④ 蹊，路。《史记·李将军列传》引谚曰：“桃李不言，下自成蹊。”桃李有花可赏，有果可食，虽不言语，人们自会前来观赏采摘，以至树下踩出路来。比喻人只要造诣高深，人们自会承认。诗用其意，以勉励自己。

李夫人偃竹歌[①]

袖中欻忽生丝竹，眼底鲜飚起寒绿[②]。
［健笔］谁能写此真，偃蹇一枝生气足[③]。

夫人故有林下风，岁寒落落此君同④。
映窗得意偶挥洒，写出筼筜郭里千秋之卧龙⑤。
夜来风雨吹倒屋，但恐踊跃变化入水渺无踪。

① 李夫人，黄山谷姨母，于龟父为姨外祖母。参见山谷《听崇德君鼓琴》诗注。偃竹，因风吹而斜卧的竹。

② 袖中，指画轴原在袖中。欻忽，突然。生丝竹，发出丝竹之音。比喻风吹竹叶的声音，又指画中偃竹由于非常生动，仿佛听到风鸣竹叶。鲜飔，清风。寒绿，指绿竹。二句意谓画轴在袖中，仿佛突然发出丝竹之音，展开一看，只见清风翻起寒绿。此种句法，深受山谷影响，颇嫌曲折。

③ 健笔，此处二字原缺，补此二字，以便诵谈。偃蹇，夭矫之貌。

④ 林下风，《世说新语·贤媛》："王夫人神情散朗，故有林下风气。"王夫人，谢安侄女谢道蕴，王凝之妻。此以李夫人比王夫人，称其人品，"林下风"又与偃竹关合。此君，即竹。《晋书·王徽之传》："尝寄居空宅中，便令种竹。或问其故，徽之但啸咏指竹曰：'何可一日无此君耶？'"后因以"此君"为竹之别称。

⑤ 筼筜，大竹。筼筜郭，疑当作筼筜谷，在陕西洋县，多大竹。文与可知洋州，爱其地，有诗寄东坡，东坡有和作。东坡有《文与可筼筜谷画偃竹记》。卧龙，喻偃竹。

★黄山谷《题李夫人偃竹》诗云："孤根偃蹇非傲世，劲节瘦枝万壑风。闺中白髮翰墨手，落笔乃与天同功。"龟父诗学黄山谷，此偃竹诗则青出于蓝，远较乃舅所作为胜。

洪　炎

洪炎，字玉父，南昌（今江西南昌）人。山谷外甥，洪朋三弟。宋哲宗元祐末登第，南渡后官秘书少监。有《西渡集》。

山中闻杜鹃①

山中二月闻杜鹃，百草争芳已消歇。
绿阴初不待熏风，啼鸟区区自流血。
北窗移灯欲三更，南山高林时一声。
言归汝亦无归处，何用多言伤我情。

① 杜鹃，鸟名，春夏间啼鸣，其声犹言“不如归去”，据传往往啼至流血。

徐 俯

徐俯（1075—1141），字师川，自号东湖居士，洪州分宁（今江西修水）人，黄山谷之甥。以父荫授通直郎。宋高宗绍兴二年（1132）赐同进士出身。历翰林学士、端明殿学士、签书枢密院事、权参知政事。

春游湖

双飞燕子几时回，夹岸桃花蘸水开。
春雨断桥人不度，小舟撑出柳阴来。

★南宋张炎写春水的《南浦》词中“荒桥断浦，柳阴撑出扁舟小”，即由此诗后二句蜕化而来。张炎该词极有名，其实，也就这两句好。

吴　涛

吴涛，字德劭，抚州崇仁（今江西崇仁）人。生平不详。所选绝句见于其弟吴沆《环溪诗话》。

绝　句

游子春衫已试单，桃花飞尽野梅酸。
怪来一夜蛙声歇，又作东风十日寒。

李冲元

李冲元，生平不详。

过姑孰作[①]

琉璃万顷碧如堆，画栋连云户牖开。
晴嶂势吞三楚尽，暮潮声带九江来[②]。
六朝寂寞惟流水，孤垒荒凉只旧台[③]。
惆怅骑鲸人已去，夜船空棹月明回[④]。

① 姑孰，今安徽当涂。

② 三楚，泛指长江中游地区。九江，泛指长江诸支流，汇合成为长江，因亦代指长江。

③ 旧台，当涂城北有凌敲台遗址，宋高祖刘裕所筑。

④ 骑鲸人，指李白。王琦《李太白年谱》引《二老堂杂志》："世传太白因醉溺江，故有捉月台。梅圣俞诗云：'采石月下逢谪仙，夜披锦衣坐钓船。醉中爱月江底悬，以手弄月身翻然。不应暴落饥蛟涎，便当骑鲸上青天。'盖信此而为之说也。"

赵 佶

赵佶（1082—1135），即宋徽宗，神宗第十一子，哲宗时封端王，元符三年（1100）哲宗去世后继位。在位二十六年，任用蔡京、童贯等主持国政，政治腐败。徽宗穷奢极欲，兴建宫殿，又崇奉道教，自称教主道君皇帝。宣和七年（1125）金兵南下，即传位与子赵桓即钦宗，自称太上皇。靖康二年（1127），被金兵俘虏北去，八年后死于五国城（今黑龙江依兰）。赵佶是杰出的艺术家，所作行书称瘦金书，绘画擅长花鸟。诗词亦有才华，但不幸做了皇帝，囿于宫廷生活，未得充分发挥，国家却弄得不可收拾。

在北题壁

彻夜西风撼破扉，萧条孤馆一灯微。
家山回首三千里，目断天南无雁飞。

★这是徽宗被虏北去题壁的诗。皇帝陛下当了俘虏，才晓得西风孤馆的滋味；较之“佑神珍观五云开，高倚层霄叠玉台”（《宫词》）的生活，风光自是不同。宋徽宗这首小诗可作为北宋诗与南宋诗的界石，从此抗敌的呼号充满了整个诗坛。“国家不幸诗家幸”，南宋偏安的可悲局面终未能改变，却成就了陆放翁、辛稼轩等伟大的诗人。

汪藻

汪藻（1079—1154），字彦章，饶州德兴（今江西德兴）人。宋徽宗崇宁进士。调婺州观察推官，迁著作佐郎。高宗时官至翰林学士。有《浮溪集》，原集已佚。清人自《永乐大典》辑出。

己酉乱后寄常州使君侄①

草草官军渡，悠悠敌骑旋②。
方尝勾践胆，已补女娲天③。
诸将争阴拱，苍生忍倒悬④？
乾坤满群盗，何日是归年⑤？

①己酉，宋高宗建炎三年（1129）。是年金兵过长江，陷建康，十二月攻常州，为岳飞所败，使偏安局面得以保全。

②草草，仓促貌。官军渡，指南宋官军匆忙渡江。悠悠，久貌。敌骑旋，指敌军长期来往骚扰。

③方尝勾践胆，春秋时越王勾践为吴国所败，归国后，决志报仇，“乃苦身焦思，置胆于坐，坐卧即仰胆，饮食即尝胆也”。欲以不忘败辱之耻。见《史记·越王勾践世家》。已补女娲天，神话说远古天崩地裂，女娲氏炼五色石以补天。见《淮南子·览冥》。二句谓宋高宗赵构建立南宋政权。

④阴拱，暗中拱手不动，袖手旁观。《汉书·英布传》：“今托万人之众，无一人渡淮者，阴拱而观其孰胜，夫托国于人者固若是乎？”倒悬，比喻处境痛苦而危急。《孟子·公孙丑上》：“民之悦之，犹解倒悬也。”

⑤“何日”句，李白《奔亡道中》：“万重关塞断，何日是归年！”

春 日

一春略无十日晴，处处浮云将雨行[①]。
野田春水碧于镜，人影渡傍鸥不惊。
桃花嫣然出篱笑，似开未开最有情。
茅茨烟暝客衣湿，破梦午鸡啼一声[②]。

① 将，送来，带来。
② 茅茨，茅屋。

即 事

燕子将雏语夏深，绿槐庭院不多阴[①]。
西窗一雨无人见，展尽芭蕉数尺心。

① 将，养也；谓燕子养了雏鸟。但理解为“与”更生动，谓燕子与其雏鸟语夏深。

王庭珪

王庭珪（1079—1171），字民瞻，安福（今江西安福）人。宋徽宗政和八年戊戌（1118）进士，调衡州茶陵县丞，去居卢溪，筑草堂，因号卢溪真逸。宋高宗绍兴十二年（1142），因送胡铨诗忤秦桧，坐长流辰州。绍兴二十五年（1157），秦桧死，始得召还。时已年近八十，除国子监主簿，主管台州崇道观。宋孝宗乾道七年卒，年九十三。有《卢溪集》。

舟次白沙[①]

朝发螺浦湄，暮宿白沙口[②]。
初为夜行计，有物应掣肘[③]。
山云四面起，风涛半江吼。
落帆危石矶，就枕不敢久。
林深鸣鹳鹊，村远闻鸡狗。
梦觉知月明，破蓬见牛斗。
起视天色清，解缆欲放溜。
浪头聒天响，掀簸入我牖。
蒲帆未及张，篙师复回首。
渡头有古祠，壁画杂怪丑。
舟人相与言，劝我酬神酒。
出处本细事，阴晴亦常有。
我固不问天，岂问土木偶。

① 舟次白沙，舟行至白沙。此绍兴十二年（1142）谪辰州途中所作。

② 湄，水滨。螺浦、白沙口、与下文危石矶，皆湖南沅水沿岸地名。

③ “有物”句，谓似有怪物刁难。应，也许。掣（chè）肘，牵制。

★“出处本细事，阴晴亦常有。我固不问天，岂问土木偶”。似是率意，实充分表现了王庭珪无所畏忌的傲气。

题宣和御画[1]

玉锁宫扉三十六，谁识连昌满宫竹[2]！
内苑寒梅欲放春，龙池水暖鸳鸯浴。
宣和殿后新雨晴，两鹊飞来东向鸣[3]。
当时妙手貌不成，君王笔下春风生。
长安老人眼曾见，万岁山头翠华转[4]。
恨臣不及宣政初，痛哭天涯观画图[5]。

① 宣和御画，宋徽宗赵佶所作画。

② 连昌，唐行宫名，在唐河南郡寿安县（今河南宜阳）。唐明皇与杨贵妃驾幸于此。安史之乱后唐王朝转入衰微，连昌宫也因而荒芜。元稹曾作《连昌宫词》抒发其兴衰之感。诗首二句云：“连昌宫中满宫竹，岁久无人森似束。”此以连昌竹喻汴京宫殿。

③ 宣和殿，在汴京。宋徽宗擅长花鸟，“内苑”以下四句写当日宫中景物，又是画中图景。

④ 长安，代指汴京。万岁山，一名艮岳，宋徽宗时由人工造的山，曾搜索江南各地名花异卉充实其间。翠华，指皇帝仪仗。

⑤ 宣政，宣和、政和，宋徽宗年号。

★宋徽宗擅长书画却荒于政治，终导致北宋之亡。王庭珪作此诗之时，宋徽宗早被金人俘虏而去，或已亡故，自是国家奇耻大辱，故诗中多痛愤之情，无谴责之意。元明时代题宋徽宗画作之诗甚多，则无不表现为对这位风流皇帝的嘲讽与批判。

送胡邦衡之新州贬所二首[1]

囊封初上九重关，是日清都虎豹闲[2]。
百辟动容观奏牍，几人回首愧朝班[3]？
名高北斗星辰上，身堕南州瘴海间[4]。
不待他年公议出，汉廷行召贾生还[5]。

大厦元非一木支，欲将独立拄倾危[6]。
痴儿不了公家事，男子要为天下奇[7]。
当日奸谀皆胆落，平生忠义只心知[8]。
端能饱吃新州饭，在处江山足护持[9]。

① 胡邦衡，即胡铨（1102–1180），字邦衡，号澹庵，庐陵（今江西吉安）人。宋高宗朝官枢密院编修。绍兴八年（1138），秦桧再入相，遣王伦为计议使，与金国议和。胡铨坚决反对，上书请斩秦桧、王伦、孙近。疏入，贬福州签判。绍兴十二年（1142）又予除名，送新州编管。王民瞻赋诗送行，亦因此得罪，被流放辰州。新州，今广东新兴县。

② 囊封，指胡铨所上“封事”，即奏疏。九重关，指朝廷。句仿韩愈诗“一封朝奏九重天”。清都，天帝所居的宫阙，此亦代指朝廷。虎豹，喻朝廷奸贼。闲，本指阑栅，此动词，抵御，引申为控制。句意谓此时朝廷为奸臣所控制。

③ 百辟，《汉书·韦贤传》“相维辟公”，颜师古注：“辟，百辟卿士也。”此即指朝廷大臣。动容，惊讶之意。二句意谓百官观胡铨奏疏都为之动容，但有几人能回想自己也在朝廷之上而感到愧颜。

④ 南州，指新州。瘴海，古人认为岭南多雾瘴，因称瘴海。柳宗元《柳州寄京中亲故》诗：“林邑心联瘴海秋，牂牁水向郡前流。”

⑤ 汉廷，代指南宋朝廷。贾生，即贾谊。贾谊被朝廷公卿排挤，贬长沙王太傅，后被汉文帝召回。二句安慰胡铨，谓不用等多长时间自会有公议出来，朝廷即将你召回。

⑥ 大厦元非一木支，王通《文中子·事君》：“大厦将倾，非一木所支也。”二句谓大厦将倾元非一木所能支住，而胡铨却要独立支撑国家的倾危大局。

⑦“痴儿不了公家事”句批判秦桧。痴儿，痴人。不了，未能处理好。仿黄庭坚《登快阁》“痴儿了却公家事”（参见该篇），都用“痴儿”，用意褒贬有别。黄诗中“痴儿”自指，言自己是笨拙痴人。王诗中“痴儿”，指秦桧奸贼，犹言笨贼，混蛋。岳柯《桯史》：“既而桧死，卢溪因读韩文公《猛虎行》，复作诗寓意曰：‘夜读文公猛虎诗，云何虎死忽悲啼。人生未省向来事，虎死方羞前所为。昨日犹能食熊豹，今朝无计奈狐狸。我曾道汝不了事，唤作痴儿果是痴。’”对这句诗，诗人自己作了解释。但王民瞻对秦桧的评判并不准确。秦桧干的是卖国祸民的勾当，不是“不了公家事”的问题，“唤作痴儿”也过于轻淡。如果诗人不自己说明，他人很难相信这是指责奸臣。“男子要为天下奇”句赞美胡铨。

⑧奸谀，指秦桧及其爪牙。谀，谄媚。

⑨饱吃新州饭，黄庭坚《跋子瞻和陶诗》：“饱吃惠州饭，细和渊明诗。”王诗套用。在处，犹处处，所在之处。护持，护卫支持。

辰州僻远，乙亥十二月方闻秦太师病，忽蒙恩自便，始知其死，作诗悲之①

辰州更在武陵西，每望长安信息稀②。
二十年兴缙绅祸，一朝终失相公威③。
外人初说哥奴病，远道俄闻逐客归④。
当日弄权谁敢指，如今忆得姓依稀。

①辰州，今湖南沅陵。乙亥，宋高宗绍兴二十五年（1155）。秦太师，即秦桧。自便，即解除羁管。秦桧死后，王民瞻即被召回。

②武陵，今湖南常德。长安，指南宋都城临安。

③缙绅，缙，同“搢”，插。绅，束腰的大带。古代大官插笏于带上，故称士大夫为缙绅。终失相公威，指秦桧死去。

④哥奴，唐玄宗权相李林甫小名。逐客，放逐的官员。

孙 觌

孙觌（1081—1169），字仲益，常州晋陵（今江苏常州）人。徽宗大观三年己丑（1109）进士，南宋高宗朝官至户部尚书，提举鸿庆官，因自号鸿庆居士。晚居太湖二十馀年。孝宗乾道五年卒，年八十九。孙觌于汴京破时，受金人女乐，为钦宗草拟降表。南渡后阿附汪伯彦、黄潜善，诋毁李纲，又阿奉万俟卨，毁谤岳飞。此公人品低下，诗倒写得不差。学东坡体，往往搬弄东坡词语。有《鸿庆居士集》。

吴门道中[①]

数间茅屋水边村，杨柳依依绿映门。
渡口唤船人独立，一蓑烟雨湿黄昏。

①吴门，即苏州。

梅二首

北风剪水玉花飞，翠袖凌寒不自持[①]。
脉脉含情无一语，水边篱落立多时。

纤纤萝蔓牵茅屋，细细苔花点石矼[②]。
梦断酒醒山月吐，一枝疏影卧东窗。

① 翠袖，代指少妇。杜甫《佳人》诗后六句云："侍婢卖珠回，牵萝补茅屋。摘花不插髮，采柏动盈掬。天寒翠袖薄，日暮倚修竹。"梅二首系假托佳人赏梅，诗中拆用杜诗词语。

② 苔花，指梅花花片。石矼（gāng），供人度越的水中石磩。

吕本中

吕本中（1084—1145），字居仁，学者称东莱先生，寿州（今安徽寿县）人。少以荫补承务郎。哲宗绍圣间，以元祐党人子弟免官。高宗绍兴六年（1136）赐同进士出身。官至中书舍人兼侍讲，权直学士院，又以忤秦桧罢官。吕居仁是黄山谷的崇拜者。曾作《江西诗社宗派图》，于南宋前期诗坛影响甚大。有《东莱先生诗集》。

兵乱后杂诗三首①

晚逢戎马际，处处聚兵时。
后死翻为累，偷生未有期。
积忧全少寐，经劫抱长饥。
欲逐范仔辈，同盟起义师②。

万事多翻复，萧兰不辨真。
汝为误国贼，我作破家人。
求饱羹无糁，浇愁爵有尘。
往来梁上燕，相顾却情亲。

蜗舍嗟芜没，孤城乱定初。
篱根留敝屩，屋角得残书。
云路惭高鸟，渊潜羡巨鱼。
客来缺佳致，亲为摘山蔬。

①《兵乱后杂诗》见方回《瀛奎律髓》卷三十二,《东莱先生诗集》失收。据方回说，原有二十九首，选录五首。兵乱，指钦宗靖康元年（1126），金兵攻下汴都。明年又掳徽、钦二帝北去，诗作于金兵退去以后。

② 逐，追逐，追随。作者自注：“近闻河北布衣范仔起义师。”

连州阳山归路[①]

稍离烟瘴近湘潭，疾病衰颓已不堪[②]。
儿女不知来避地，强言风物胜江南[③]。

① 连州，今广东连县。阳山，今广东阳山县。此吕居仁避地岭外，归返湖南途中作。

② 湘潭，此泛指湖南。

③ 避地，迁走远方以避祸患，实即避乱。

曾幾

曾幾（1084—1166），字吉甫，其先赣州（今江西赣州）人，后移洛阳。高宗绍兴初，历江西、浙西提刑。主张抗金，为秦桧所排斥，后侨居上饶茶山寺，因号茶山居士。桧死，召为秘书少监，官至敷文阁待制，以通奉大夫致仕。孝宗乾道二年卒，年八十三，谥文清。陆放翁曾从之学诗，赵庚夫（字仲白，莆田人）题其集云："清于月出初三夜，澹似汤烹第一泉。咄咄逼人门弟子，剑南已见一灯传。"有《茶山集》。

苏秀道中①

一夕骄阳转作霖，梦回凉冷润衣襟。
不愁屋漏床床湿，且喜溪流岸岸深②。
千里稻花应秀色，五更桐叶最佳音③。
无田似我犹欣舞，何况田间望岁心！

①苏，苏州，今江苏苏州。秀，秀州，今浙江嘉兴。原注："自七月二十五日夜大雨三日，秋苗以苏，喜而有作。"

②"不愁"句，活用杜甫《茅屋为秋风所破歌》"床头屋漏无干处"。"且喜"句，活用杜甫《春日江村》"春流岸岸深"。

③千里稻花应秀色，唐殷璠《喜雨》诗成句。

三衢道中[①]

梅子黄时日日晴，小溪泛尽却山行。
绿荫不减来时路，添得黄鹂四五声。

① 三衢，浙江衢州山名。

李清照

李清照（1084—1151？），号易安居士，济南（今山东济南）人。《洛阳名园记》作者李格非之女，适太学生赵明诚，夫妻感情甚笃。明诚知青州、莱州，易安皆从行。靖康之难后，明诚知江宁府，建炎三年（1129）罢，是年四月，宋高宗如江宁，诏赵明诚知湖州，八月明诚病卒，时易安年四十六岁。晚年流寓杭越金华间，卒于绍兴二十一年前后，年七十左右。李易安是中国词史上首屈一指的女词人，从残存的诗作知其诗艺亦颇有功力。惜所作多散佚。今人辑有《李清照集》。

乌　江[①]

生当作人杰，死亦为鬼雄[②]。
至今思项羽，不肯过江东[③]。

① 乌江，在今安徽和县。汉高祖五年（前202），项羽兵败垓下，突围至乌江自杀。

② 鬼雄，《楚辞·国殇》：“身既死兮神以灵，子魂魄兮为鬼雄！”

③ “至今”二句，项羽垓下败后，至乌江，乌江亭长劝项羽渡江，项羽笑曰：“天之亡我，我何渡为！且籍与江东子弟渡江而西，今无一人还，纵江东父兄怜而王我，我何面目见之。”以马赠乌江亭长，与汉追兵死战后自杀。见《史记·项羽本纪》。

★对“不肯过江东”的赞许，就是对赵构的批判，意不在项羽也。

咏 史

两汉本继绍，新室如赘疣①。
所以嵇中散，至死薄殷周②。

① 继绍，继承。新室，王莽所建新王朝。赘疣，多馀的累赘。二句意谓东汉是西汉的继承者，新莽王朝只是一个累赘。

② 嵇中散，即嵇康，曾为中散大夫。山涛为选曹郎，举嵇康自代。嵇康答书拒绝，书中备言自己不堪流俗，“又每非汤武而薄周孔”，为世教所不容。司马昭以为借口，杀害嵇康。

★对易安此诗，或赞美其识见魄力，或批判其以殷周比王莽为不伦。其实嵇康非薄汤武只是借以否定司马氏，并非真要否定殷周；易安用作典故，也不是要以汤武比拟王莽，实质在于肯定南宋的正统地位，而否定张邦昌、刘豫的傀儡政权，无需在词面上过于拘泥。

断 句

南渡衣冠少王导①，北来消息欠刘琨②。

① 南渡，西晋都于洛阳，怀帝、愍帝被匈奴刘曜俘虏，西晋灭亡，晋元帝司马睿渡江即位于建康（今南京），称为南渡。北宋都于汴梁，徽宗、钦宗被金人俘虏，北宋灭亡，宋高宗赵构建都于临安（今杭州），也称南渡。衣冠，代指朝廷士大夫。王导，字茂弘，琅琊临沂（今山东临沂）人。辅佐晋元帝建都建康，他发挥了很大作用。他任丞相，团结南北士族，稳定了东晋政权。被称为江左管夷吾。

② 刘琨，字越石，中山魏昌（今河北无极）人。西晋末任并州刺史，西晋亡后，他坚守并州，长期与刘聪、石勒作战，后为鲜卑段匹磾所害。

断 句

南来尚怯吴江冷①，北狩应悲易水寒②。

①南来，北宋亡后，宋室南迁；此既指诗人自身流寓南方，也指南宋君臣南渡。吴江，即吴淞江，此泛指南方。唐崔信明有“枫落吴江冷”句，此用其词语。

②北狩，指徽、钦二帝被虏北去。狩，本指皇帝冬猎，引申而指皇帝巡视，徽钦被俘而称“狩”是委婉言之。易水，在河北省境，战国时燕太子丹送荆轲入秦，荆轲歌有“风萧萧兮易水寒”句，此亦用其词语。

★断句两段，最能表现易安对南宋政局的系念，对国家命运的关切；诗艺亦颇具功力，语言通畅而内蕴丰饶，用典精切且不着痕迹。惜全诗不传，然和璧虽残仍不失为宝。

李　纲

李纲（1085—1140），字伯纪，邵武（今福建邵武）人。宋徽宗政和二年壬辰（1112）进士。宣和七年（1125）为太常少卿。靖康元年（1126）金兵围汴京，以尚书右丞为亲征行营使。坚持抗战，反对迁都。宋高宗即位，拜尚书右仆射兼中书侍郎，主张联合两河义军，恢复中原。在职仅七十馀日，即为黄潜善等所排斥。后历湖广宣抚使等职。为南北宋有名主战大臣。绍兴十年卒，年五十六。有《梁溪集》。

病　牛

耕犁千亩实千箱，力尽筋疲谁复伤[①]？
但得众生皆得饱，不辞羸病卧残阳[②]。

① 实，装满，指用粮食装满。箱，车箱，代指车。《诗·小雅·甫田》："乃求千斯仓，乃求万斯箱。"郑玄笺："求千仓以处之，万车以载之。"伤，哀伤。

② 羸病，衰弱老病。

朱 弁

朱弁（1085—1144），字少章，自号观如居士，徽州婺源（今江西婺源）人，官吉州团练使。高宗建炎元年（1127）冬出使金国，被扣留，他用锥刺伤自己的眼睛，以抗拒金人的任命，拘留金国十五年，绍兴十三年（1143）秋天才回到故国。他的诗部分保留在元好问编的《中州集》里。

客 怀①

兵气常时见，客怀何日开。
形骸病自瘦，鬓髮老相催。
已负秦庭哭，终期汉节回②。
风雷识我意，一雨洗氛埃。

① 客怀，实为扣留金国时的心情。所选朱弁诗全系留金时作。

② 秦庭哭，春秋时楚昭王十年（前506），吴军攻楚，入郢都，大夫申包胥至秦求救，哭于秦庭七日七夜。秦哀公为之赋《无衣》，乃出兵救楚，大败吴军。见《左传》定公四年（朱弁使金，与申包胥事不类，用典不甚确切）。汉节回，汉武帝天汉元年（前100）苏武出使匈奴，被扣留，苏武坚贞不屈，在北海持汉节牧羊，十九年后终得回归祖国。见《汉书·苏建传》。

寒 食

绝域年华久，衰颜泪点新。
每逢寒食节，频梦故乡春。

草绿唯供恨，花红只笑人。
南辕定何日，无地不风尘[1]。

①南辕，向南驾起车辕，意即南归。定，犹言究竟，到底。

送春

风烟节物眼中稀，三月人犹恋褚衣[1]。
结就客愁云片段，唤回乡梦雨霏微。
小桃山下花初见，弱柳沙头絮未飞。
把酒送春无别语，羡君才到便成归。

①褚衣，棉袄。

春阴

关河迢递绕黄沙，惨惨阴风塞柳斜。
花带露寒无戏蝶，草连云暗有藏鸦。
诗穷莫写愁如海，酒薄难将梦到家。
绝域东风竟何事，只应催我鬓边华！

李弥逊

李弥逊（1085—1153），字似之，自号筠溪翁，苏州吴县（今江苏苏州）人。宋徽宗大观三年己丑（1109）进士。高宗朝试中书舍人，再试户部侍郎。以反对议和忤秦桧，乞为田。晚年隐居连江（今属福建）西山。有《筠溪集》。

次韵春日即事

小雨丝丝欲网春，落花狼藉近黄昏[①]。
车尘不到张罗地，宿鸟声中自掩门[②]。

①“小雨”句，谓丝丝的小雨织成了一张网，仿佛欲将春天网住。狼藉，散乱之貌。

② 张罗，《史记·汲郑列传》：“下邽翟公有言，始翟公为廷尉，宾客阗门。及废，门外可设雀罗。”雀罗，捕鸟雀的网。句意谓官府贵人的车马不会来到这门可罗雀之地。

陈　东

陈东（1086—1127），字少阳，镇江丹阳（今江苏丹阳）人。宋代杰出的学生领袖，爱国志士。以贡入太学，钦宗即位，伏阙上书，请斩蔡京、梁师成、李彦、朱勔、王黼、童贯六贼。金兵围汴，李纲主战被罢官，东又率诸生上书请留李纲，军民从者数万。建炎元年（1127），高宗即位，会李纲罢相，东又上书请留李纲，罢黄潜善、汪伯彦，劝高宗亲征抗敌，为黄潜善所杀害，年四十二。

与士繇游金山翌日分袂

早别金山恰晓钟，离帆分破一江风。
瓜洲渡口波声远，后夜相思明月中。

陈与义

陈与义（1090—1139），字去非，号简斋，洛阳（今河南洛阳）人。徽宗政和三年癸巳（1113）登上舍甲科，历太学博士，擢符宝郎，谪监陈留酒税。靖康难后，避乱襄汉，辗转湖湘，远逾岭峤。宋高宗召为兵部员外郎，绍兴中累官翰林学士，知制诰，官至参知政事。绍兴九年卒，年五十。陈与义是南北宋之间的重要诗人，其诗学杜甫，特别是乱离之后，益得杜甫的精萃。宋末刘辰翁以陈与义与黄庭坚、陈师道为一脉相承。至元方回，倡“一祖三宗”之说，以陈与义为三宗之一。其实陈与义诗语言明畅而内涵深厚，前期确有黄庭坚影响，南渡以后，则与江西派分道扬镳。有《简斋集》。

夏日集葆真池上以“绿阴生昼静”赋诗得静字[1]

清池不受暑，幽讨起予病[2]。
长安车辙边，有此荷万柄[3]。
是身唯可懒，共寄无尽兴。
鱼游水底凉，鸟语林间静[4]。
谈馀日亭午，树影一时正[5]。
清风不负客，意重百金赠。
聊将两鬓蓬，起照千丈镜。
绿波喜摇人，小立待其定。
梁王今何许，柳色几衰盛[6]。

人生行乐耳，诗律已其剩[⑦]。
邂逅一尊酒，他年五君咏[⑧]。
重期踏月来，夜半啸烟艇。

① 葆真池，《诗说隽永》：“京师葆真宫，垂杨映沼，有山林趣。”绿阴生昼静，韦应物《游开元精舍》诗句。此五人共游，以韦应物诗句分韵赋诗。

② “清池”句，因其清故不受暑气侵袭。杜甫《陪李北海游历下亭》诗：“修竹不受暑。”幽讨，寻幽探胜。杜甫《赠李白》诗：“李侯金闺彦，脱身事幽讨。”起予病，使余病亦消除。

③ 长安，代指京师汴京。

④ “鸟语林间静”句，仿王籍《入若耶溪》诗“蝉噪林逾静，鸟鸣山更幽”。

⑤ 亭午，正午。树影一时正，刘禹锡《昼居池上亭独吟》诗：“日午树阴正，独吟池上亭。”

⑥ 梁王，魏王。胡稺《简斋诗注》：“汴都，故大梁也。魏惠王三十一年徙都大梁。世传葆真池即梁王故沼。”

⑦ 人生行乐耳，汉杨恽《报孙会宗书》：“人生行乐耳，须富贵何时！”诗律已其剩，犹言诗乃馀事。

⑧ 邂逅，偶然相会。五君咏，南朝宋颜延之有《五君咏》，分咏阮籍、嵇康、刘伶、阮咸、向秀。同游葆真池者五人，他年回首往事，或亦有《五君咏》。

试院书怀[①]

细读平安字，愁边失岁华[②]。
疏疏一帘雨，淡淡满枝花。
投老诗成癖，经春梦到家[③]。
茫茫十年事，倚仗数栖鸦[④]。

① 试院，考试院。宋徽宗宣和六年（1124）闰三月，陈与义除司勋员外郎，为省闱考官。

② 平安字，指家信。愁，亦指思乡之愁。失岁华，谓春光已过。

③ 投老，犹到老。陈与义是年三十五岁，并未为老。

④ 十年事，陈与义于政和三年（1113）应试，至此正十年。其间为上舍甲第，授羽林郎，都沉沦下僚。倚仗数栖鸦，状其无所聊赖。

雨

沙岸残春雨，茅檐古镇官[①]。
一时花带泪，万里客凭栏。
日晚蔷薇重，楼高燕子寒。
惜无陶谢手，尽力破忧端[②]。

① 官，官舍。

② 陶谢，陶渊明和谢灵运。杜甫《江上值水如海势聊短述》诗："安得思如陶谢手，令渠述作与同游。"

发商水道中[①]

商水西门语，东风动柳枝[②]。
年华入危涕，世事本前期。
草草檀公策，茫茫杜老诗[③]。
山川马前阔，不敢计归时。

① 商水，今河南商水县。靖康元年（1126）春，金人南下，陈与义自陈留南奔，经商水，此离商水时作。

② 语，疑当作"路"。

③ 檀公，南朝宋征南大将军檀道济。宋文帝元嘉八年（431），檀道济都督征讨诸军事，北略地，与魏军三十馀战皆捷，军至历城，因资粮运竭，被迫撤兵。见《宋书·檀道济传》。后王敬则讥谓"檀公三十六计，走为上计"。按檀道济颇有智谋，虽退兵并无损失。诗用王敬则语意以自嘲。杜老，杜甫。安史之乱后，杜甫诗多心系国家命运。陈与义本学杜甫，靖康之难后流离奔走，对杜诗有更深切的认识。杜甫《惜别行送刘仆射判官》诗云："九州兵革浩茫茫，三叹聚散当重阳。"上句言自己现在只有奔亡一途，下句言惟有像杜

甫一样用诗来抒写心曲。

感　事

丧乱那堪说，干戈竟未休。
公卿危左衽，江汉故东流[①]。
风断黄龙府，云移白鹭洲[②]。
云何舒国步，持底副君忧[③]？
世事非难料，吾生本自浮。
菊花纷四野，作意为谁秋！

① 危，恐惧。左衽，衣襟向左边开。《论语·宪问》孔子曰："微管仲，吾其披髮左衽矣。"句意谓公卿恐沦于夷狄。江汉故东流，时赵构在南京（今河南商丘）即位，旋又南奔建康，此句喻民心向宋。

② 黄龙府，辽置，在今吉林农安县，辽曾囚禁后晋出帝石重贵于此，此代指金囚禁徽、钦二帝的五国城。风断，犹言消息断绝。云移，古人认为天子之上常有云气。云移白鹭洲，建炎三年（1129）五月，高宗逃至江宁府，驻神霄宫，改府名建康。白鹭洲，在南京水西门外江中，此代指建康。

③ 云何，说什么。舒，纾解。持底，凭什么。副，分。二句谓如何纾解国步的艰难，凭什么为国君分忧。

均阳舟中夜赋[①]

游子不能寐，船头语轻波[②]。
开窗望两津，烟树何其多。
晴江涵万象，夜半光荡摩。
客愁弥世路，秋气入天河。
汝洛尘未销，几人不负戈[③]？
长吟宇宙内，激烈悲蹉跎。

① 均阳，今湖北丹江口市西北。高宗建炎二年（1128）陈与义南奔过均阳。

② 船头语轻波，轻波在船头絮语。

③ 汝洛，汝水和洛水，代指中原地区。尘未销，自建炎元年以后，金兵连续南犯，中原大地相继沦陷。

夜 赋

泊舟华容县，湖水终夜明[①]。
凄然不能寐，左右菰蒲声。
穷途事多违，胜处亦心惊。
三更萤火闹，万里天河横。
阿瞒狼狈地，山泽空峥嵘[②]。
强弱与兴衰，今古莽难平。
腐儒忧平世，况复值甲兵。
终然无寸策，白髮满头生。

① 华容县，在今湖南北部，北与湖北石首接界，东越洞庭湖即岳阳。

② 阿瞒，曹操小名。后汉建安十三年（208），曹操大败于赤壁，北归时取道华容。《三国志·魏书·武帝纪》裴松之注引《山阳公载记》：“公船舰为备所烧，引军从华容道步归，遇泥泞，道不通，天又大风，悉使羸兵负草填之，骑乃得过，羸兵为人马所蹈藉，陷泥中，死者甚众。”按，曹操所过为古华容道，在今湖北潜江县西南，简斋误以为即湖南华容；两地相距甚远。峥嵘，山高峻貌；此并山泽言之，则为清肃之意。

登岳阳楼[①]

洞庭之东江水西，帘旌不动夕阳迟。
登临吴蜀横分地，徙倚湖山欲暮时[②]。
万里来游还望远，三年多难更凭危[③]。
白头吊古风霜里，老木苍波无限悲。

① 岳阳楼，本岳阳西门城楼，下临洞庭，唐以来即为岳阳名胜。建炎二

年（1128）八月，陈与义离均阳，经高舍，度石城，到达岳阳。

② 吴蜀横分地，岳阳三国时为吴蜀分界。徙倚，犹徘徊。

③ 三年，陈与义自靖康元年（1125）春天自陈留南奔，至此已经三年。凭危，凭倚高楼。“望远”与“凭危”互文，即凭高望远。

巴丘书事[①]

三分书里识巴丘，临老避兵初一游[②]。
晚木声酣洞庭野，晴天影抱岳阳楼。
四年风露侵游子，十月江湖吐乱洲。
未必上流须鲁肃，腐儒空白九分头[③]。

① 巴丘，即岳阳。

② 三分书，即《三国志》。巴丘于三国时为吴蜀纷争要地。

③ 上流，巴丘相对东南说是上流。须，要。鲁肃，三国东吴名将，曾屯兵巴丘以拒蜀魏。

次韵尹潜感怀[①]

胡儿又看绕淮春，叹息犹为国有人[②]。
可使翠华周宇县？谁持白羽静风尘[③]？
五年天地无穷事，万里江湖见在身[④]。
共说金陵龙虎气，放臣迷路感烟津[⑤]。

① 尹潜，周莘，字尹潜。

② “胡儿”句，建炎三年（1129），金兵大举南下，连陷徐州、泗州、楚州，高宗逃至扬州，又继续南奔，仓皇渡江。犹为国有人，贾谊《治安策》有“犹为国有人乎”句，此引其成句入诗，系质问语气。

③ 翠华，翠鸟羽毛为饰的旗，系皇帝的仪仗，因代指皇帝。句意谓岂可使皇帝遍天下流亡。白羽扇，魏晋时人如诸葛亮、顾荣等常挥白羽指挥军队作战。

④ “五年”句，自宣和七年（1125）金灭辽攻宋，靖康元年（1126）围困

汴京，靖康二年，掳徽、钦北去，高宗赵构即位南京。建炎二年、三年（1128、1129）金人连续南侵，中原地区相继沦陷，高宗南奔扬州，旋又渡江，皆“五年天地无穷事”。“万里”句，指诗人自己奔窜湖湘，飘零万里。无穷事，国家战乱败亡之事；见（xiàn）在身，自己流离孤苦之身。

⑤ 金陵，今南京。诸葛亮曾说：“钟山龙蟠，石城虎踞，此帝王之宅。”时高宗南渡，究竟都于何地，尚属迷离，陈与义与当时主战派一样，主张定都金陵。但“放臣”流离道路，大局尚未可知。

伤　春①

庙堂无策可平戎，坐使甘泉照夕烽②。
初怪上都闻战马，岂知穷海看飞龙③。
孤臣霜鬓三千丈，每岁烟花一万重④。
稍喜长沙向延阁，疲兵敢犯虎狼锋⑤。

① 伤春，此建炎四年（1130）春，陈与义有感于时而作。建炎三年十一月，金兵渡江，攻破建康。高宗逃至明州（今浙江宁波）。四年正月，金兵破明州，高宗泛海逃至温州。时陈与义在邵阳（今湖南邵阳）。

② 庙堂，朝廷。坐，遂。甘泉，汉行宫名，故址在今陕西淳化。汉文帝时“胡骑入代句注边，烽火通于甘泉、长安”。见《汉书·匈奴传》。此喻金兵攻下建康。

③ 上都，京都。飞龙，代指皇帝。上都闻战马，指金兵进犯建康。穷海看飞龙，指高宗逃亡海峤。

④ “孤臣”二句：李白《秋浦歌》：“白髮三千丈，缘愁似个长。”杜甫《伤春》诗：“关塞三千里，烟花一万重。”

⑤ “稍喜”二句：向延阁，即向子諲，字伯恭，曾为直龙图阁学士。延阁，汉代内廷藏书之所，借指龙图阁。宋高宗建炎四年（1130）二月二日，金兵进犯潭州（即长沙），向子諲率军民固守。金兵围城八日，城陷，将吏王暕、刘价、赵聿之战死，向子諲夺南楚门突围。见《宋史·向子諲传》。按，这次保卫战终于失败，城破，金兵大掠并屠城。但向子諲毕竟能率疲兵死守抗敌，故陈与义加以赞扬。

怀天经智老因访之[①]

今年二月冻初融，睡起苕溪绿向东[②]。
客子光阴诗卷里，杏花消息雨声中。
西庵禅伯还多病，北栅儒先只固穷[③]。
忽忆轻舟寻二子，纶巾鹤氅试春风。

① 天经，叶懋，字天经。智老，僧大圆洪智。绍兴六年（1136）二月，陈与义以病免官，离开临安，移居青墩（今浙江桐乡县境）。时天经洪智居乌镇（今浙江湖州），与陈与义青墩隔苕溪相对。陈与义《与智老天经夜坐》诗云："残年不复徙他邦，长与两禅同夜釭。坐到更深都寂寂，雪花无数落天窗。"可知他们常相过从。

② 苕溪，源出浙江天目山，经杭州湖州注入太湖。

③ 西庵禅伯，即洪智，西庵为其禅寺。北栅儒先，即天经，北栅为其居地。固穷，安于穷困，用孔子"君子固穷"语。

江南春

雨后江上绿，客愁随眼新。
桃花十里影，摇荡一江春。

襄邑道中[①]

飞花两岸照船红，百里榆堤半日风。
卧看满天云不动，不知云与我俱东。

① 襄邑，今河南濮阳。

和张矩臣水墨梅四首[①]

巧画无盐丑不除，此花风韵更清姝[②]。
从教变白能为黑，桃李依然是仆奴[③]。

粲粲江南万玉妃，别来几度见春归[4]。
相逢京洛浑依旧，唯恨缁尘染素衣[5]。

含章檐下春风面，造化功成秋兔毫[6]。
意足不求颜色似，前身相马九方皋[7]。

自读西湖处士诗，年年临水看幽姿[8]。
晴窗画出横斜影，绝胜前村夜雪时[9]。

① 张矩臣，字符方。一作张规臣，字符东。二人皆陈与义表兄。

② 无盐，古地名，战国时齐邑，在今山东东平境。无盐有女钟离春，极丑，四十未嫁，自谒齐宣王，陈四殆之义，宣王纳以为后。见《列女传》《新序·杂事》。后因以无盐作丑女的代称。清姝，清秀美丽。

③ “从教”二句，正写水墨梅花，用黑色画白梅。桃李依然是仆奴，谓桃李艳丽，较之梅花，仍是仆奴。苏轼《和杨公济梅花》诗：“天教桃李与舆台”，与此意同。

④ 粲粲，鲜明貌。万玉妃，喻梅花。韩愈《辛卯年雪》诗：“白霓先启途，从以万玉妃。”（韩以指雪，与陈诗异）。

⑤ 缁尘染素衣，陆机《为顾彦先赠妇》诗：“京洛多风尘，素衣化为缁。”谢朓《酬王晋安德元》诗：“谁能久京洛，缁尘染素衣。”缁，黑色。

⑥ 含章殿，南朝宋宫殿名。唐韩鄂《岁华纪丽》：“宋武帝女寿阳公主卧含章殿檐下，梅花落额上，成五出花，拂之不去，皇后留之，自后有梅妆。”春风面，喻美丽的容貌。造化，自然化育。秋兔毫，即笔。

⑦ 九方皋，春秋时善相马者，能于牝牡骊黄之外看到马的神质。参见黄庭坚《过平舆怀李子先》诗注。

⑧ 西湖处士诗，即林逋《山园小梅》诗，详该诗注。

⑨ 前村夜雪，齐己《早梅》诗：“前村深雪里，昨夜一枝开。”

★胡稺《简斋先生年谱》：“简斋宣和五年（1123）任太学博士，徽宗见先生所赋《墨梅》诗，善之，亟命召对，有见晚之叹。”此简斋早期诗，可以概见山谷影响，后期诗朴质明净多矣。

中牟道中二首[①]

雨意欲成还未成，归云却作伴人行。
依然坏郭中牟县，千尺浮屠管送迎[②]。

杨柳招人不待媒，蜻蜓近马忽相猜。
如何得与凉风约，不共尘沙一并来。

① 中牟，今河南中牟县。
② 浮屠，宝塔。

春　寒

二月巴陵日日风，春寒未了怯园公。
海棠不惜胭脂色，独立濛濛细雨中。

★小诗末二句，人格海棠，颇有情致，为陈简斋名句。然首二句却嫌凑合。作者自注："借居小园，遂自号园公。"此处要用一东韵，实在不难，竟然还要临时取一个俗不可耐的别号来凑数，不解陈简斋何以至此。写诗不管是客观描写，还是主观抒发，都没有必要自称某某走了进去。唐人诗里固然也有自报家门走入诗里的苗头，但既不甚多又很自然，到了宋人诗里就泛滥起来，苏东坡尤大开这种坏习，处处自称"先生""使君"。陈简斋更是恶性发展，自称"贱子""腐儒"，年纪轻轻就称"老夫""病夫""龙钟客"，往往使好诗大煞风景，也严重损害了诗人自身的形象。"怯园公"三字尤是诗中败笔。

有感再赋[①]

忆得甲辰重九日，天恩曾预宴城东[②]。
龙沙此日西风冷，谁折黄花寿两宫[③]！

① 有感再赋，前有《重阳》诗，故云“再赋”。

② 甲辰，此指徽宗宣和六年（1124）。

③ 龙沙，《后汉书·班超传赞》“坦步葱雪，咫尺龙沙”，李贤注：“葱岭雪山，白龙堆沙漠也。”后以龙沙泛指边塞，此指幽禁徽、钦的金五国城。两宫，指被俘虏的徽钦二帝。

★诗表面上只是对徽钦的怀念。在特定的环境里，皇帝是国家民族的象征，皇帝被俘虏便是国家民族的奇耻大辱。另一方面，“谁折黄花寿两宫”，这一质问就是对苟且偷安的南宋朝廷的鞭笞。赵构、秦桧之流卖国求荣，不只使中原未能光复，而且导致宋王朝的最终覆亡，所以两百年后宋遗民诗人宋无仍然沉痛而又愤怒地谴责宋高宗君臣“恋着销金锅子暖，龙沙忘了两宫寒”！

元初仇远《读陈去非集》诗，很重视陈简斋的这首绝句。诗云：“简斋吟册是吾师，句法能参杜拾遗。宇宙无人同叫啸，公卿自古叹流离。穷途劫劫谁怜汝，遗恨茫茫不在诗。莫道墨梅曾遇主，黄花一绝更堪悲！”诗对简斋的人格诗品作了全面的评价。

牡 丹

一自边尘入汉关，十年伊洛路漫漫[①]。
青墩溪畔龙钟客，独立东风看牡丹[②]。

① 边尘入汉关，指金人南侵。十年，靖康二年（1126）金兵攻破汴京，至绍兴六年（1136）陈与义以病退居青墩，为时十年。伊洛，伊水和洛水，代指中原地区。

② 青墩，一名青镇，在浙江桐乡县境。龙钟，衰貌。牡丹为洛阳名花，洛阳为北宋西京，又是陈与义故乡，远在异乡看到，自会勾起无限情思。

早 行

露侵驼褐晓寒轻，星斗阑干分外明。
寂寞小桥和梦过，稻田深处草虫鸣。

★韦居安《梅涧诗话》引李元膺诗云："雾侵驼褐晓寒轻，星斗阑干野外明。寂寞小桥和梦过，稻田深处草虫鸣。"与简斋诗只两字不同。《南宋群贤小集》第十册张良臣《雪窗小集》有《晓行》诗云："千山万山星斗落，一声两声钟磬清。路入小桥和梦过，豆花深处草虫鸣。"后两句与简斋句亦极相似。据情判案，大概清早从那小桥上睡意朦胧"和梦过"的是陈简斋，他不知道李、张二人在后面跟着也跑了一趟。

张元干

张元干（1091—1170？），字仲宗，自号芦川居士，长乐（今福建长乐）人，曾为李纲行营属官，官至将作少监。绍兴中，以送胡铨及寄李纲两阕《贺新郎》词界断两宋词坛。诗作多散佚。有《芦川归来集》。

登垂虹亭①

一别三吴地，重来二十年②。
疮痍兵火后，花石稻粱先③。
山暗松江雨，波吞震泽天④。
扁舟莫浪发，蛟鳄正垂涎。

① 垂虹亭，垂虹桥在江苏吴江县东跨吴淞江上，桥上有亭即垂虹亭。

② 三吴，《水经注》以会稽、吴郡、吴兴为三吴，实泛指苏州、湖州一带。

③ 花石，宋徽宗为修艮岳，敕令江南各地采集奇花异石，运送花石的船队称为花石纲。

④ 松江，即吴松江。震泽，即太湖。

刘子翚

刘子翚（1101—1147），字彦冲，崇安（今福建武夷山市）人。以父荫授承务郎。父刘韐死靖康之难，子翚痛愤哀毁。服除，通判兴化军事。以疾归隐屏山，学者称屏山先生。刘子翚是理学家，朱熹的老师。其诗语言清畅，内容充实，无理学气。他与曾幾、韩驹、吕本中相过从，却能独自名家，并不受江西派影响。有《屏山集》。

早 行

村鸡已报晨，晓月渐无色。
行人马上去，残灯照空驿。

江 上

江上潮来浪薄天，隔江寒树晚生烟。
北风三日无人渡，寂寞沙头一簇船。

景阳钟①

景阳钟动晓寒清，度柳穿花隐隐声。
三十六宫梳洗罢，却吹残烛待天明。

① 景阳钟，南齐武帝萧赜以宫深不闻端门鼓漏声，置大钟于景阳楼上。宫人闻钟声即早起梳妆。故址在今南京玄武湖畔。参见《南齐书·武穆裴皇后传》。此宫词。

汴京纪事六首[①]

帝城王气杂妖氛，胡虏何知屡易君[②]。
犹有太平遗老在，时时洒泪向南云[③]。

联翩漕舸入神州，梁主经营授宋休[④]。
一自胡儿来饮马，春波惟见断冰流。

内苑珍林蔚绛霄，围城不复禁刍荛[⑤]。
舳舻岁岁衔清汴，才足都人几炬烧[⑥]？

空嗟覆鼎误前朝，骨朽人间骂未销[⑦]。
夜月池台王傅宅，春风杨柳太师桥[⑧]。

梁园歌舞足风流，美酒如刀解断愁[⑨]。
忆得少年多乐事，夜深灯火上樊楼[⑩]。

辇毂繁华事可伤，师师垂老过湖湘[⑪]。
缕衣檀板无颜色，一曲当时动帝王！

① 汴京，北宋首都，今河南开封。《汴京纪事》写靖康之难后汴京的惨象。原诗二十首，选六首。

② 胡虏，指金人。屡易君，靖康二年（1127）金人掳徽钦二帝北去，立汉奸张邦昌为楚帝，建炎四年（1130），又废张邦昌，立另一汉奸刘豫为齐帝。

③ 向南云，时赵构在江南建立南宋政权。

④ 联翩，接连不断。漕舸，给官家转运钱粮物资的船只。神州，指汴京。梁主，指后梁太祖朱温。梁太祖开平元年（907）升汴京为东都，以为都城。五代除后唐建都洛阳外，馀皆都于汴京，后周显德七年（960）转归宋太祖。

休，指靖康二年（1127）北宋灭亡。

⑤ 内苑，指宋徽宗的御花园的万岁山，一名艮岳。徽宗曾大兴土木，修建艮岳，并派朱勔等到江南各地劫掠奇花异石，运抵京师。蔚，掩蔽。绛霄，即艮岳中的绛霄楼，备极华丽。刍荛，柴草。御花园中自然禁止采割柴草。靖康元年（1126）十一月汴京被围，闰十二月被金人攻陷。人们拆取楼阁木材，砍伐艮岳树木，作为柴火。

⑥ 舳舻，大船。衔，衔接，一只接一只。“舳舻”句指当年从江南运来的奇异花木。

⑦ 覆鼎，《易·鼎》：“鼎折足，覆公餗。”比喻大臣误国。

⑧ 王傅，太傅楚国公王黼。太师鲁国公蔡京，并徽宗朝有名的权臣奸贼。

⑨ 梁园，一名梁苑，兔园，汉梁孝王刘武所建，极为富丽繁华，司马相如、枚乘、邹阳等都曾云集于此。梁孝王之梁园在今河南商丘，此借指汴京名园。

⑩ 樊楼，汴京有名的酒楼妓院。

⑪ 辇毂，指皇帝车驾，亦代指京师。师师，李师师，北宋末汴京著名妓女，名士周邦彦、晁冲之等多与往来，屡见于歌咏。宋徽宗亦常微服行走，相与狎昵。宋无名氏《李师师外传》，谓汴京破后，师师被张邦昌送与金人，师师不屈，吞金簪自尽。然宋张邦基《汴都平康记》、周密《浩然斋雅谈》皆谓靖康难后，师师流落湖湘。以屏山诗证之，当以后说为是。无名氏所记，系美化师师，其实师师流落，亦使人感慨系之。

★一代亡国痛史，屏山只用清丽的笔触轻轻勾勒，却寄寓着无限悲怆。诗中将繁华往事，随处对比，使丧乱后惨象益增凄楚。

曹勋

曹勋（1098—1174），字公晏，号松隐，阳翟（今河南禹县）人。宋徽宗宣和五年（1123）以荫补承信郎，特命赴廷试，赐进士甲科。绍兴中，官至昭信军节度使。孝宗朝，加太尉，提举皇城司。有《松隐文集》《北狩见闻录》。

入塞

仆持节朔庭，自燕山向北，部落以三分为率，南人居其二[1]。闻南使过，骈肩引颈，气哽不能语，但泣数行下，或以慨叹，仆每为挥涕惮见也。因作“出入塞”纪其事，用示有气节悯国难者云。

妾在靖康初，胡尘濛京师[2]。
城陷撞军入，掠去随胡儿。
忽闻南使过，羞顶羖羊皮[3]。
立向最高处，图见汉官仪[4]。
数日望回骑，荐至临风悲[5]。

出塞

闻道南使归，路从城中去。
岂如车上瓶，犹挂归去路[6]。
引首恐过尽，马疾忽无处。

吞声送百感，南望泪如雨。

① 持节朔庭，指出使金国。绍兴十一年（1141）至十二年，曹勋使金，迎高宗母韦太后回国。节，古代使臣所用的节杖。三分为率（lǜ），按三份计算。南人居其二，即汉人占三分之二。

② 靖康，宋钦宗年号，不到两年。靖康二年（1127）金兵陷汴京，俘徽、钦二帝北去。

③ 顶，戴。羖（gǔ）羊，公羊，此泛指羊。顶羖羊皮，洪皓《松漠纪闻》：金国“妇人以羔皮帽为饰”。

④ 图，想。汉官仪，更始元年（23）九月，刘秀（光武帝）为司隶校尉，率部入长安，三辅吏士东迎，“老吏或垂涕曰：‘不图今日复见汉官威仪！’”诗中代指南宋使臣。

⑤ 数日，计算日子。荐，再次。

⑥ 岂如，哪能如。车上瓶，挂在车上的油瓶，里面盛有润滑车轮的油膏。

★诗塑造一个被金兵掠去的妇人看到南宋使臣来往时的心理，表现广大身陷金人统治下汉人的思想感情，具有典型的性质。松隐题旨可嘉，诗艺平平。

望太行①

落月如老妇，苍苍无颜色②。
稍觉林影疏，已见东方白。
一生困尘土，半世走阡陌。
临老复兹游，喜见太行碧。

① 太行，太行山，斜亘于山西高原与河北平原间的大山脉。

② 苍苍，苍白貌。

★靖康二年，徽钦二帝被金人俘虏北去，松隐曾随行。而后南归。十五年后又出使金国，“临老复兹游”即指后者。此等行程，心情何等惨切。但曹勋才华有限，他的诗也似“落月如老妇，苍苍无颜色”。

岳　飞

岳飞（1103—1142），字鹏举，相州汤阴（今河南汤阴）人。南宋抗金名将。宣和四年（1122）应募投军，旋隶属宗泽留开封，甚得宗泽赏识。高宗时屡破金兵，以恢复为己任，反对和议。绍兴十年（1140）大败金兵于郾城，汴京收复在望，高宗以十二道金牌召回。秦桧以岳飞不死，则和议不成。绍兴十一年冬以“莫须有”罪名加以杀害，年仅四十岁。岳飞亦善诗词，两阕《满江红》词气吞河山，响彻千古，卓然为南宋名作。其诗朴实自然、自抒胸臆。

题池州翠微亭①

经年尘土满征衣，特特寻芳上翠微。
好水好山看不足，马蹄催趁月明归。

①池州，今安徽贵池。

题青泥市壁①

雄气堂堂贯斗牛，誓将真节报君仇②。
斩除顽恶还车驾，不问登坛万户侯③。

①青泥市，在今江西新淦县境。赵与时《宾退录》：“绍兴癸丑，岳武穆提兵平虔吉盗，道出新淦，题诗青市萧寺壁间。”

②堂堂，高显宏伟貌。斗牛，二十八宿中斗宿和牛宿。

③“斩除”句，谓消灭金人，迎还徽钦二宗车驾。

黄公度

黄公度（1109—1156），字师宪，莆田（今福建莆田）人。宋高宗绍兴八年戊午（1138）进士。任签书平海军节度判官，除秘书省正字。秦桧以其与丞相赵鼎相善，指使党徒加以陷害，罢官，使主管台州崇道观。后又加以罪名，迁通判肇庆府。秦桧死，召除尚书考功员外郎。绍兴二十六年卒，年四十八。有《知稼翁集》。

分水岭

呜咽流泉万仞峰，断肠从此各西东。
谁知不作多时别，依旧相逢沧海中。

★《肇庆府志》："黄公度为秘书省正字，贻书台省，言者谓其讥讪时政，罢为主管台州崇道观，过分水岭，有诗云云。及公归莆，赵丞相鼎谪居潮阳，谗者傅会其说，谓公此诗指赵而言，将不久复偕还都也。秦桧怒，令通判肇庆府。"赵鼎（1085—1147），字符镇，解州闻喜（今山西闻喜）人，绍兴初两任宰相，曾荐用岳飞。因忤秦桧谪居潮州，再移吉阳军，仍被秦桧胁迫，终不食而死。

乙亥岁除渔梁村①

年来似觉道途熟，老去空更岁月频②。
炮竹一声乡梦破，残灯永夜客愁新。

云容山意商量雪，柳眼桃腮领略春③。
想得在家小儿女，地炉相对说行人④。

① 乙亥岁，绍兴二十五年（1155）。是年十月，秦桧死，年底，黄公度得以奉召回京。行经闽北渔梁村，度过除夕。

② 更（gēng），经历。

③ 商量，宋代口语，有估计或准备、酝酿之义，随语气而含义稍有不同。赵长卿《蓦山溪》词“黄菊媚清秋，倚东篱商量开尽”，谓黄菊估计已经开尽。此处犹言“云容山意”正准备要下雪了，酝酿着要下雪了。领略，犹领会之意；言“柳眼桃腮”准备领会春光。

④“想得”二句，仿白居易《邯郸冬至夜思家》“想得家中深夜坐，还应说着远行人”。

郑汝谐

郑汝谐，字舜举，青田（今浙江青田）人。绍兴中进士，官吏部侍郎，徽猷阁待制。

题盱眙第一山[①]

忍耻包羞事北庭，奚奴得意管逢迎[②]。
燕山有石无人勒，却向都梁记姓名[③]。

① 盱眙，高宗建炎三年（1129）建盱眙军（今江苏盱眙），四年废，绍兴十三年（1143）复置，宋理宗绍定四年改招信军。第一山，即都梁山，在盱眙东南，北临洪泽湖。山有米芾书“第一山”刻石。绍兴十一年（1141）宋同金国订立丧权辱国的和约，割唐、邓二州与金，以淮水为两国的界河。盱眙在淮河南岸，是宋金分界线上的重要城镇，两国使节来往都在盱眙过境；金使来时，宋臣都在此迎送。周密《齐东野语》：“南北通和时，聘使往来，旁午于道。凡过盱眙，例游第一山，酌玻璃泉，题诗石壁，以纪岁月，遂成故事，镌刻题石几满。绍兴癸丑，国信使郑汝谐一诗，可谓知言矣。”“绍兴癸丑”疑有误，癸丑为绍兴三年（1133），郑氏题盱眙诗当在绍兴十一年以后。

② 忍耻包羞，用杜牧《题乌江亭》诗“包羞忍耻是男儿”句中词语。北庭，指金国。奚奴，奴仆。

③ 燕山，此指燕然山，即今蒙古杭爱山。东汉和帝永元元年（89），窦宪与耿秉击败北匈奴，登燕然山，令班固作铭，勒石记功。见《后汉书·窦宪传》。

★稍后于郑汝谐的蒋介有《第一山》诗云：“第一山前万里秋，野花衰草替人愁。中原好在平如掌，莫把长淮当白沟。”与郑诗同一感慨。蒋介，孝宗淳熙间进士。

林　升

林升，宋孝宗淳熙间士人。

题临安邸[①]

山外青山楼外楼，西湖歌舞几时休？
暖风熏得游人醉，直把杭州作汴州[②]！

① 临安，南宋都城，即今浙江杭州。邸，客舍旅店或驿馆。
② 汴州，北宋都城，今河南开封。

★《宋诗纪事》卷六十录高孝璹《临安西湖》诗云：“朱帘白舫乱湖光，隔岸龙舟舣夕阳。今日欢游复明日，便将京洛看钱塘！”和林升所题同样精彩。诗人们对南宋统治者耽于西湖歌舞，醉生梦死，浑忘却中原大地的无耻行径，进行了辛辣的嘲笑和讽刺。

元初李有《古杭杂记》记录了另一首同样发人深省的作品，“驿路有白塔桥，印卖朝京里程图，士大夫往临安，必买以披阅。有人题壁云：白塔桥边卖地经，长亭短驿甚分明。如何只说临安路，不较中原有几程？”“梦绕神州路”，是南宋爱国诗人共同的心声，统治者却被西湖的暖风熏得昏头昏脑，“直把杭州作汴州”，“不较中原有几程”了！

吴芾

吴芾（fú），字明可，自号湖山居士，台州仙居（今浙江仙居）人。宋高宗绍兴中进士，孝宗朝历官礼部侍郎，终龙图阁直学士，卒谥康肃。

北望二首

延福池台荆棘深，上皇无复更登临①。
寂寥崇观当年事，愁绝关河万里心。

漠漠黄云塞草稀，年年空说翠华归②。
孤臣泪尽仍尝胆，白首江湖雁北飞③！

①延福池台，必在汴京宫禁。上皇，指宋徽宗。此设想北宋灭亡之后，京城宫禁皆已荒芜。

②翠华，皇帝车驾。“漠漠”二句，谓徽钦二宗被金人俘虏北去，年年都说何日归来，都未能成为事实，只是“空说”。

③孤臣，诗人自指。尝胆，春秋时代，越王勾践被吴国打败。勾践回国，矢志报仇。“乃苦身焦思，置胆于坐，坐卧即仰胆，饮食亦尝胆也”。见《史记·越王勾践世家》。泪尽仍尝胆，谓不忘国耻，誓死报仇。白首江湖雁北飞，见雁往北飞，即寓“北望”之意。

陆 游

陆游（1125—1211），字务观，越州山阴（今浙江绍兴）人。童年即遭遇国难，辗转道路，间关兵间。宋高宗绍兴二十三年癸酉（1153）赴临安应试，明年又试于礼部，皆名列前茅，后因秦桧要录其孙子第一而被黜。绍兴二十八年（1158）始任宁德主簿，迁枢密院编修。隆兴元年（1163），孝宗召见，赐进士出身，出为镇江通判，旋为隆兴通判。张浚符离失败，陆游以“力说张浚用兵”被免职。乾道六年（1170）除夔州通判。八年（1172）应四川宣抚使王炎辟为干办公事，西上汉中。未几，王炎被召回临安。陆游调成都府路安抚司参议官。乾道九年（1173）权通判蜀州，摄嘉州事。淳熙元年（1174）冬，摄知荣州事，除成都府路参议官兼四川制置使参议官。淳熙二年（1175），范成大知成都府，权四川制置使。范、陆二人以文字交，甚为相得。陆游在蜀，“乐其风土，有终焉之志”，人讥其不拘礼法，恃酒颓放，因自号放翁。淳熙五年（1178）被召回临安，先后提举福建及江南西路茶盐公事。在江西时，因奏请拨义仓赈济灾民，于淳熙七年（1180）十二月免职，反归故乡山阴。淳熙十三年（1186）起权知严州，十五年（1188）除军器少监。明年光宗立，除朝议大夫礼部郎中，又奏陈时弊，力图恢复，年底即被劾去官，复回山阴。家居山阴二十年，于宁宗嘉定三年去世，年八十七①。

陆放翁一生创作极丰，现存诗尚多达九千三百首。其诗题材广泛，内容丰富，而最为突出的是对于神州沉陆宋室衰颓的忧叹与主张征战恢复中原的奋呼。其抗敌壮志，爱国热忱，见于行动，形诸梦寐，自垂髫童龀至于耄耋高龄，未曾一日忘怀。“亘古男儿一放翁”，乃成为文学史上无与伦比的爱国诗人。其诗豪宕感激，畅达明快，尤长于七古长歌与七言律诗，以其最能表达诗人充沛的感情与豪迈的气势故也。有《陆放翁全集》。

①《宋史·陆游传》谓陆游“嘉定二年卒，年八十五”。清钱大昕《陆放翁先生年谱》据陆《未题》诗“嘉定三年正月后，不知几度醉春风”，又据宋陈振孙《直斋书录解题》记陆“嘉定庚午年八十六”，定陆游卒于嘉定三年庚午（1210），年八十六。然陆游卒于十二月二十九日，已是公元一二一一年一月十五日。

山南行①

我行山南已三日，如绳大路东西出。
平川沃野望不尽，麦陇青青桑郁郁。
地近函秦气俗豪，秋千蹴鞠分朋曹②。
苜蓿连云马蹄健，杨柳夹道车声高。
古来历历兴亡处，举目山河尚如故③。
将军坛上冷云低，丞相祠前春日暮④。
国家四纪失中原，师出江淮未易吞⑤。
会看金鼓从天下，却用关中作本根⑥。

① 山南，终南山之南。宋孝宗乾道八年（1172）陆游任四川宣抚使王炎干办公事兼检法官，因事至山南。

② 函秦，今陕西南部，春秋战国时为秦国地，东有函谷关，故称函秦。蹴鞠，踢球。鞠，皮革制球，中塞毛羽等弹性物质，此古代足球。分朋曹，分队。

③ 举目山河，语本《世说新语·言语》周顗谓“风景不殊，正自有山河之异”。参见后《夜泊水村》诗注。

④ 将军坛，汉高祖拜韩信为大将军所筑坛，故址在陕西南郑城南。丞相祠，蜀相诸葛亮祠堂，在陕西沔县北。

⑤ 纪，一纪十二年。四纪失中原，靖康之难后，高宗南奔，中原相继失陷。自建炎元年（1127）到乾道八年（1172），计四十六年，将近四纪。

⑥“会看”二句，陆游主张以关中为根据地，反攻金国，恢复中原。其

《感事》诗云："鸡犬相闻三万里，迁都岂不有关中？广陵南幸雄图尽，泪眼山河夕照红！"认为宋高宗应在关中建都，不应南下扬州，至使国事不可收拾。

九月十六日夜梦驻军河外，遣使招降诸城，觉而有作①

杀气昏昏横塞上，东并黄河开玉帐。
昼飞羽檄下列城，夜脱貂裘抚降将②。
将军枥上汗血马，猛士腰间虎文韔③。
阶前白刃明如霜，门外长戟森相向。
朔风卷地吹急雪，转盼玉花深一丈。
谁言铁衣冷彻骨，感义怀恩如挟纩④。
腥臊窟穴一洗空，太行北岳原无恙⑤。
更呼斗酒作长歌，要遣天山健儿唱⑥。

① 孝宗乾道八年（1172），放翁任j成都安抚使参议官，乾道九年春通判蜀州，夏又摄嘉州府事，诗作于是年九月。河外，黄河以北。

② 羽檄，军用文书，插鸟羽以示急速。

③ 枥，马槽。汗血马，良马名。虎文韔（chàng），画有虎文的弓套。

④ 纩，丝绵。挟纩，着丝绵袄。《左传》宣公十二年：楚军围萧，天寒，"王巡三军，抚而勉之。三军之士，皆如挟纩。"

⑤ 太行，太行山在山西省东部。北岳，即恒山，在山西浑源县境。

⑥ 天山，在新疆境内，古代祁连山亦称天山。此用作边境的代替词。

三月十七日夜醉中作①

前年脍鲸东海上，白浪如山寄豪壮②。
去年射虎南山秋，夜归急雪满貂裘③。
今年摧颓最堪笑，华髮苍颜羞自照④。
谁知得酒尚能狂，脱帽向人时大叫。

逆胡未灭心未平，孤剑床头铿有声。
破驿梦回灯欲死，打窗风雨正三更。

① 乾道九年（1173）三月，陆游自蜀州返成都时作。

② 前年，犹昔年。脍鲸东海上，指宋高宗绍兴二十八年（1158）陆游为福建宁德县主簿，明年迁福州决曹。

③ 去年，指乾道八年任成都安抚司参议官。

④ 摧颓，衰败颓唐之貌。

晓 叹①

一鸦飞鸣窗已白，推枕欲起先叹息。
翠华东巡五十年，赤县神州满戎狄②。
主忧臣辱古所云，世间有粟吾得食③？
少年论兵实狂妄，谏书劾奏当窜殛④。
不为孤囚死岭海，君恩如天岂终极？
容身有禄愧满颜，灭贼无期泪横臆⑤。
未闻含桃荐宗庙，至今铜驼没荆棘⑥。
幽并从古多烈士，悒悒可令长失职⑦？
王师入秦驻一月，传檄足定河南北⑧。
安得扬鞭出散关，下令一变旌旗色⑨！

① 宋孝宗淳熙元年（1174）作，时陆游在蜀州通判任。

② 翠华，天子车盖以翠羽为饰，因而代指天子车驾。翠华东巡指宋高宗南渡都于临安。高宗建炎元年（1127）至陆游作此诗凡四十八年，五十年举其成数。赤县神州，战国时驺衍称中国为赤县神州。见《史记·孟子荀卿列传》。此指中原地区。

③ 主忧臣辱，君主有忧，臣下之辱。《史记·范雎传》："昭王临朝叹息，应侯进曰：'臣闻主忧臣辱，主辱臣死，今大王中朝而忧，臣敢请其罪。'"有粟吾得食，即使有粟吾岂得食。

④"少年"二句，孝宗乾道二年（1166），陆游为隆兴通判，极力支持张

浚北伐。北伐失败，言官劾陆游“交结台谏，鼓唱是非，力说张浚用兵”，被免职。

⑤ 臆，胸。泪横臆，犹泪满襟。

⑥ 含桃，樱桃。《礼记·月令》：仲夏之月，“是月也，天子乃以雏尝粟，羞以含桃先荐寝庙。”铜驼没荆棘，《晋书·索靖传》：“靖有先识远量，知天下将乱，指洛阳宫门铜驼叹曰：‘会见汝在荆棘中耳！’”“未闻”二句，谓南渡以后，中原长期沦陷，未能祭祀北宋诸帝宗庙，旧都汴京仍荒榛芜没。

⑦ 幽并：幽州，今河北和辽宁一带。并州，今山西北部和河北西部。悒悒，抑郁忧愁貌。

⑧“王师”二句，陆游主张从西部出兵恢复中原，认为宋军只要进入秦中，则大河南北可传檄而定。

⑨ 散关，即大散关，在陕西宝鸡县西南，大散岭上，为秦岭南北交通要冲，南宋西北边防重镇，宋与金西部以散关为界。

★明代郎瑛谓“陆放翁《晓叹》一篇，《书愤》一律，足见真情”。本篇确代表了放翁的抗敌思想和爱国精神，终诗人六十年的创作活动，无不贯串着这一主旋律。

关山月[①]

和戎诏下十五年，将军不战空临边[②]。
朱门沉沉按歌舞，厩马肥死弓断弦[③]。
戍楼刁斗催落月，三十从军今白髪[④]。
笛里谁知壮士心，沙头空照征人骨。
中原干戈古亦闻，岂有胡寇传子孙？
遗民忍死望恢复，几处今宵垂泪痕！

① 关山月，乐府篇名，《乐府诗集》属横吹曲辞。宋孝宗淳熙二年（1175）陆游任成都府安抚使参议官兼四川制置使参议官，淳熙三年被免职，仍留成都。此诗淳熙四年作。

②“和戎”句，隆兴二年（1164）张浚北伐失败，孝宗下诏与金议和，订立屈辱的和约，至陆游作此诗时已十四年，“十五年”概而言之。

③ 朱门，高官大宦之家。沉沉，深貌。

④刁斗，军事用具，铜质，有柄，白天用以作炊，夜晚击以巡更。今白髮，是年诗人五十三岁。

五月十一日夜且半，梦从大驾亲征，尽复汉唐故地，见城邑人物繁丽，云：西凉府也。喜甚，马上作长句，未终篇而觉，乃足成之[①]

天宝胡兵陷两京，北庭安西无汉营[②]。
五百年间置不问，圣主下诏初亲征[③]。
熊罴百万从銮驾，故地不劳传檄下。
筑城绝塞进新图，排仗行宫宣大赦。
冈峦极目汉山川，文书初用淳熙年。
驾前六军错锦绣，秋风鼓角声满天。
苜蓿峰前尽亭障，平安火在交河上[④]。
凉州女儿满高楼，梳头已学京都样。

①淳熙六年（1179）冬陆游去抚州任江南西路常平茶盐公事，诗作于淳熙七年。尽复汉唐故地，自唐中叶以后，西域诸地逐渐失去控制；至石敬瑭献燕云十六州于辽，迄隆宋未曾收复；靖康之难以后中原又全部沦丧，故放翁梦中希望“尽复汉唐故地”。西凉府，汉唐皆置凉州，北宋初以凉州为西凉府，后沦陷于西夏，府治在今甘肃武威。

②“天宝”二句，唐玄宗天宝十四载（755），安禄山反，连陷洛阳、长安两京。北庭安西，唐代北庭都护府在今新疆孚运，安西都护府在今新疆吐鲁番，两地都在唐德宗贞元时陷于吐蕃（bō）。放翁之意，谓唐自安史之乱而国势衰微，贞元之后失去西域，故将两事连在一起。

③五百年间，自天宝十四载（755）至淳熙七年（1180）凡四百二十六年，五百年概而言之。

④苜蓿峰，岑参诗中有“苜蓿峰前逢立春”句，放翁借用，并非实指其地。亭障，驻兵戍守之所。平安火，唐制，边塞每三十里置一烽候，每日初夜举烽燧以报平安。交河，在新疆吐鲁番西，此泛指边境。

送辛幼安殿撰造朝[①]

稼轩落笔凌鲍谢，退避声名称学稼[②]。
十年高卧不出门，参透南宗牧牛话[③]。
功名固是券内事，且葺园庐了婚嫁[④]。
千篇昌谷诗满囊，万卷邺侯书插架[⑤]。
忽然起冠东诸侯，黄旗皂纛从天下[⑥]。
圣朝仄席意未快，尺一东来烦促驾[⑦]。
大材小用古所叹，管仲萧何实流亚[⑧]。
天山挂旆或少须，先挽银河洗嵩华[⑨]。
中原麟凤争自奋，残虏犬羊何足吓[⑩]。
但令小试出绪馀，青史英豪可雄夸[⑪]。
古来立事戒轻发，往往谗夫出乘罅[⑫]。
深仇积愤在逆胡，不用追思灞亭夜[⑬]。

① 辛幼安，即辛弃疾，号稼轩，辛曾为右文殿、集英殿修撰，故称殿撰。宋宁宗嘉泰三年（1203），辛弃疾起知绍兴府兼浙东安抚使，明年春，应召赴临安，放翁赋诗送行。时放翁已八十高龄，稼轩亦六十有五。陆放翁、辛稼轩是南宋两位伟大的文学家，陆诗、辛词是屹立于江南大地的两座高峰，就其爱国篇章而论，在文学史上也是无独有偶；而本诗为表现两位诗人高谊的丰碑。

② 鲍谢，南朝宋代诗人鲍照和谢灵运。学稼，辛弃疾以稼名轩。

③ 十年高卧，辛弃疾于光宗绍熙五年（1194）免知福州兼福建安抚使，家居十年，至宁宗嘉泰三年（1203）才又被起用。参，佛家的一种修养方法，学习领悟之意。南宗，禅宗的一派。五祖弘忍以后分为两派，北宗为神秀所创，南宗以慧能为宗。牧牛话，《景德传灯录》：“慧藏禅师一日在厨作务次。[马]祖问曰：‘作什么？’曰：‘牧牛。’祖曰：‘作么生牧？’曰：‘一回入草去，便把鼻孔拽来。’祖曰：‘子真牧马师。’”佛家从拽住牛鼻比喻修炼能抓住放心。此指稼轩能安于闲退，不为外物所动。

④ 券，契约。券内事，谓如同订了契约，满有把握。了婚嫁，了却儿女的婚姻事务。后汉向长，字子平，隐居不仕，男女婚嫁既毕，即不再问家事。

⑤ 昌谷，在今河南宜阳县境，唐李贺曾住于此，因代指李贺。李商隐《李长吉小传》记李贺每出门，"恒从小奚奴，骑距驴，背一古破锦囊，遇有所得，即书投囊中"。邺侯，唐德宗宰相李泌封邺侯。韩愈《送诸葛觉往随州读书》诗："邺侯家多书，插架三万轴。"

⑥ 忽然起，指稼轩起知绍兴府兼浙东安抚使。黄旗皂纛，安抚使的仪仗。皂，青色。纛（dào），大旗。

⑦ 仄席，即侧席，侧身而坐。《后汉书·章帝纪》："朕思迟直士，侧席异闻。"李贤注："侧席，谓不正坐，所以待贤良也。"尺一，指皇帝诏书，以尺一长的木版书写。

⑧ 管仲，春秋时齐桓公卿。萧何，汉初名相。

⑨ 天山，代指极远的边疆。挂旆，树起大旗。少须，略等些时间，即放后一点。嵩华，嵩山、华山。先挽银河洗嵩华，意即收复中原，洗刷长期沦陷的污辱。

⑩ 中原麟凤，指中原的抗敌志士。吓，带威胁性的象声词。何足吓，指极其容易，不值得一吓。

⑪ 绪，思绪，指智谋。出绪馀，出智谋之馀，亦言其易。

⑫ 罅（xià），裂缝，空隙，比喻缺失。"古来"二句，谓立事需戒轻率，以免小人乘隙进谗。隆兴元年（1163）张浚北伐，因组织不密，内部不和，致有符离之败，之后谗人蜂起，极力攻击张浚，打击主战派。放翁无疑记忆犹新，故劝稼轩慎重从事。

⑬ 灞亭，在长安东。《史记·李将军列传》记李广被罪赎为庶人，家居蓝田数载。"尝夜从一骑出，从人田间饮。还至灞陵亭，灞陵尉醉，呵止广。广骑曰：'故李将军！'尉曰：'今将军尚不得夜行，何乃故也！'止广宿亭下"。后李广拜右北平太守，李广请霸陵尉同行，至军即斩之。放翁劝戒稼轩，要以大局为重，深仇积愤在外敌，不要计较小怨小愤。

闻武均州报已复西京[1]

白髮将军亦壮哉，西京昨夜捷书来。
人心敢作千年计，天意宁知一日回。
列圣仁恩深雨露，中兴赦令疾风雷。
悬知寒食朝陵使，驿路梨花处处开[2]。

①宋高宗绍兴三十一年（1161）九月，金主完颜亮南侵，大将虞允文破之于采石，十二月果州团练使知均州武钜收复西京。陆游时在临安，赋诗志庆。果州，今四川南充。均州，今湖北均县。西京，宋以洛阳为西京。

②陵，指北宋诸帝洛阳的陵墓。

游山西村①

莫笑农家腊酒浑，丰年留客足鸡豚。
山重水复疑无路，柳暗花明又一村。
箫鼓追随春社近，衣冠简朴古风存②。
从今若许闲乘月，拄杖无时夜扣门。

①宋孝宗乾道三年（1167），作于故乡山阴三山。山西村，山阴村名。

②春社，立春后第五个戊日为春社，祭社神以祈年。

★此诗好处，全在“山重水复疑无路，柳暗花明又一村”一联。突然出现又一重佳境，令人心神一振。人生遭际，亦常有此境界。《宋诗纪事》卷五十录溧阳丞强彦文断句云：“远山初见疑无路，曲径徐行渐有村。”不惟句法相似，意境亦不少逊。强氏绍兴间人，尚在放翁之前，非蹈袭放翁者，惜其全诗不传。

黄　州①

局促常悲类楚囚，迁流还叹学齐优②。
江声不尽英雄恨，天意无私草木秋。
万里羁愁添白髪，一帆寒日过黄州。
君看赤壁终陈迹，生子何须似仲谋③！

①黄州，今湖北黄冈。孝宗乾道五年（1169）十二月，陆游被任命为夔州通判，此乾道六年八月入蜀过黄州时作。

②局促，受拘束。楚囚，春秋时楚钟仪被郑军俘虏献于晋，晋定公问：“南冠而縶者谁也？”有司对曰：“郑人所献楚囚也。”迁流，迁逐流亡。按，

放翁此行并非迁逐，此激愤之辞。优，俳优，戏谑，指滑稽者流。齐优，指淳于髡，战国齐威王时人，滑稽多辩，常以戏谑隐语谏齐王。见《史记·滑稽列传》。放翁于乾道二年（1166）以“力说张浚用兵”免隆兴府事，至乾道五年（1169）十二月受命通判夔州，心中犹未免怏怏。

③ 赤壁，汉献帝建安十三年（208），曹操率大军南征，刘备、孙权联合，大败曹军于赤壁。其地在今湖北蒲圻长江南岸。唐宋诗人误以黄州赤鼻矶为赤壁战场，苏东坡于此作有词赋多篇，于此乃有黄州赤壁，放翁诗亦指此。“生子”句，建安十八年（213）正月，曹操与孙权相拒濡须。《三国志》裴松之注引《吴历》：曹操见孙权舟船军伍整肃，叹曰：“生子当如孙仲谋！”放翁反用曹操语意。

哀郢①

远接商周祚最长，北盟齐晋势争强②。
章华歌舞终萧瑟，云梦风烟旧莽苍③。
草合故宫惟雁起，盗穿荒冢有狐藏。
离骚未尽灵均恨，志士千秋泪满裳④。

① 哀郢，《楚辞·九章》有《哀郢》篇，诗用旧题以凭吊楚国。郢，楚国都城，故址在今湖北江陵县纪南城。此乾道六年（1170）九月入蜀过江陵时作。

② “远接商周”二句：据《史记·楚世家》，楚出颛顼高阳氏，其后裔鬻熊事周文王，鬻熊四传至熊绎，当周成王时，封于蛮夷，姓芈氏，居丹阳，此楚国之始。祚，国运。春秋前期以晋、楚、齐三国最强，楚常与齐、晋争胜。盟，春秋时代的一种外交活动。诸侯之间，相会协商大事，订立盟约。会盟由强国主持，常发生争执。

③ 章华，楚灵王所筑台名，故址在今湖北监利县西北。云梦，楚国薮泽名，在今湖北安陆以南、湖南华容以北地区。

④ 离骚，屈原所作伟大诗篇。灵均，即屈原。屈原因遭谗人中伤，被楚怀王疏弃，政治理想不能实现，故忧愁幽思而作《离骚》。

观长安城图[①]

许国虽坚鬓已斑，山南经岁望南山[②]。
横戈马上嗟心在，穿堑环城笑虏孱[③]。
日暮风烟传陇上，秋高刁斗落云间。
三秦父老应惆怅，不见王师出散关[④]！

① 长安，今陕西西安，系汉唐故都，时为金人统治。此孝宗淳熙元年（1174）陆游任蜀州通判时作。

② 山南，终南山之南。南山，终南山。山南经岁，指前年即乾道八年（1172）在南郑军中的经历。

③ 穿堑环城，原注："谍者言敌穿堑三重环长安城。"堑（qàn），濠沟。

④ 三秦，今陕西南部。秦末项羽封秦降将章邯为雍王，司马欣为塞王，董翳为翟王，三分秦地，因号三秦。宋高宗绍兴十一年（1141）与金议和，割淮河、大散关以北土地与金，大散关即成为宋、金的界关。

春　残[①]

石镜山前送落晖，春残回首倍依依[②]。
时平壮士无功老，乡远征人有梦归[③]。
苜蓿苗侵官道合，芜菁花入麦畦稀。
倦游自笑摧颓甚，谁记飞鹰醉打围[④]！

① 诗作于淳熙三年（1176）春暮。

② 石镜山，山名石镜者有多处，此石镜山必在蜀中。

③ "时平"句：其时国家正受金人威胁，诗人有去不得伸展，所谓"时平壮士无功老"是愤激之言。"乡远"句，怀想家乡山阴。

④ 摧颓，老迈颓唐之貌。

秋晚登城北门[①]

幅巾藜杖北城头，卷地西风满眼愁。
一点烽传散关信，两行雁带杜陵秋[②]。
山河兴废供搔首，身世安危入倚楼。
横槊赋诗非复昔，梦魂犹绕古梁州[③]。

① 北门，成都城北门。淳熙四年（1174），范成大已调回临安，陆游也罢制置司参议官事。诗作于是年九月。

② 烽传，古代于边境置烽火台，积薪草，夜间有警即燃火以传讯息。散关，见前《晓叹》诗注。杜陵，在陕西西安市东南。散关在汉中前沿，杜陵则在金人统治下。

③ 横槊赋诗，元稹《唐故检校工部员外郎杜君墓志铭并序》："曹氏父子鞍马间为文，往往横槊赋诗。"苏轼《赤壁赋》："方其破荆州，下江陵，旌旗蔽空，横槊赋诗，酾酒临江，固一世之雄也。"古梁州，魏晋时梁州州治南郑（今陕西汉中）。"横槊"二句，诗人回想在南郑军中一段经历，犹恋恋未能忘怀。

六月十四日宿东林寺[①]

看尽江湖千万峰，不嫌云梦芥吾胸[②]。
戏招西塞山前月，来听东林寺里钟[③]。
远客岂知今再到，老僧能记昔相逢。
虚窗熟睡谁惊觉，野碓无人夜自舂[④]。

① 东林寺，在庐山山麓，东晋时始建。淳熙五年（1178）正月，宋孝宗召陆游东归，自大江东下，六月到达九江，再游庐山。

② 芥，"芥蒂"之省。芥，小草；蒂，花或瓜果同枝茎相连的部分。芥蒂，比喻小小的堵塞物。芥蒂于胸，比喻梗在心中的疙瘩。《文选·司马相如〈子虚赋〉》：乌有先生谓齐"吞若云梦者八九，于其胸中，曾不蒂芥"。"看尽"二句，谓曾经看尽江湖千万峰，就不会把小小的云梦泽放在心里。比喻经历过千难万险，小小的挫折就无所谓了。写的既是具体的行程，又表现了当时的心

境。

③ 西塞山，在今湖北黄石市东，大江南岸。

④ 虚窗，敞开的窗。野碓，此指设在河溪旁用水力舂米的水碓。

登拟岘台[①]

层台缥缈压城闉，倚杖来观浩荡春[②]。
放尽樽前千里目，洗空衣上十年尘。
萦回水抱中和气，平远山如蕴藉人。
更喜机心无复在，沙边鸥鹭亦相亲[③]。

① 拟岘台，在抚州（今江西临川）。诗作于淳熙七年（1180）正月，时放翁在抚州任提举江南西路平茶盐公事。

② 层台，高台。城闉（yīn），城外层曲城。

③ 机心，机巧之心。《列子·黄帝篇》："海上之人有好沤鸟者，每旦去海上，从沤鸟游，沤鸟之至者百数而不止。其父曰：'吾闻沤鸟皆从汝游，汝取来，吾玩之。'明日之海上，沤鸟舞而不下也。"沤鸟，同鸥鸟。《三国志·魏书·高柔传》注引孙盛曰："机心内萌，则鸥鸟不下。"二句意谓我无机心，故鸥鹭亦相亲。

夜泊水村[①]

腰间羽箭久凋零，太息燕然未勒铭[②]。
老子犹堪绝大漠，诸君何至泣新亭[③]？
一身报国有万死，双鬓向人无再青。
记取江湖泊船处，卧闻新雁落寒汀[④]。

① 宋孝宗淳熙九年（1182）秋作，时放翁罢居故乡山阴。

② 腰间羽箭，语本杜甫《丹青引》"猛将腰间大羽箭"。燕然，东汉和帝永元八年（89），车骑将军窦宪北伐匈奴，至燕然山勒石纪功。参见郑汝谐《题盱眙第一山》诗注。二句意谓自己早离开了南郑从军的生涯，太息未能消灭敌人。

③ 绝，度越。绝大漠，汉武帝元狩四年（前119）大将军卫青、骠骑将

军霍去病率军北绝大漠，抗击匈奴。见《史记·卫将军骠骑列传》。新亭，在今南京城南。东晋初，北来诸人常聚会新亭。时中原沦陷，周顗中座而叹曰："风景不殊，正自有山河之异！"皆相与流涕。唯丞相王导曰："当共戮力王室，克复神州，何至作楚囚相对！"见《世说新语·言语》。

④ 卧闻新雁，因雁自北来，暗寓闻雁而远念中原之意。

感 愤[①]

今皇神武是周宣，谁赋南征北伐篇[②]？
四海一家天历数，两河百郡宋山川[③]。
诸公尚守和亲策，志士虚捐少壮年[④]。
京洛雪消春又动，永昌陵上草芊芊[⑤]！

① 孝宗淳熙十年（1183）作于山阴。

② 今皇，指宋孝宗赵昚。周宣，西周宣王姬靖（前828—前782在位），曾北伐猃狁，南征荆楚，东平淮夷，称为中兴之主。孝宗即位之初，也曾有志恢复，但一经失败，即屈从和议，谈不上中兴。南征北伐篇，今《诗经》中《六月》《采芑》《江汉》《常武》等篇，据传为歌颂宣王伐猃狁、征荆蛮之诗。此系泛指。孝宗时无此等功业，自亦无此等歌诗。

③ 历数，本指历法推算岁时节候的次序，古人将自然节候的顺序与帝王相继的次第联系起来，因而"历数"也指帝王的天命运数。《论语·尧曰》："咨，尔舜！天之历数在尔躬。"两河，黄河、淮河。百郡，宋代已没有郡的建置，此系泛指。

④ 和亲策，汉代以公主嫁给邻国（往往是敌国）的统治者以求和平，此指同金国的和议。高宗绍兴十一年（1141）与金议和，规定宋金以淮河为界，宋对金称臣，岁贡银绢各二十五万两匹，并割唐、邓二州及陕西馀地予金。孝宗隆兴二年（1164）又与金续议和约，议定宋金为侄叔之国，改"岁贡"为"岁币"，银绢各减五万。捐，抛弃。

⑤ 京洛，汴京和洛阳。永昌陵，宋太祖陵，在洛阳。芊芊，草盛貌。

病 起[①]

山村病起帽围宽，春尽江南尚薄寒。

志士凄凉闲处老，名花零落雨中看。
断香漠漠便支枕，芳草离离悔倚栏[②]。
收拾吟笺停酒碗，年来触事动忧端。

① 病起，患病初愈。孝宗淳熙十二年（1185）家居山阴作。

② 断香漠漠，炉香烧断，轻烟漠漠。漠漠，密布貌。便支枕，宜于支枕睡觉。便，读平声。离离，茂盛貌。因倚栏望远见芳草离离而触动忧端，故悔倚栏。

书　愤[①]

早岁那知世事艰，中原北望气如山。
楼船夜雪瓜洲渡，铁马秋风大散关[②]。
塞上长城空自许，镜中衰鬓已先斑[③]。
出师一表真名世，千载谁堪伯仲间[④]！

① 书愤，书写忧愤。淳熙十三年（1186）春在山阴作。《书愤》一律为放翁名作，《诗林万选》属之洪适（kuò），误。

② 楼船，指高大的战船。瓜洲，在江苏邗江县南，大运河入江处，与镇江斜对。大散关，在陕西宝鸡县西南。详《晓叹》诗注。二句诗人自述壮志，或自瓜洲渡江北伐金人，或出散关东向收复中原。

③ 塞上长城，喻边塞可靠的守卫者。南朝刘宋名将檀道济自称“塞上长城”。衰鬓先斑，时放翁已六十二岁。

④ 出师一表，指蜀汉丞相诸葛亮出师表。诸葛亮受蜀汉先主重托，坚持北伐曹魏，试图统一中国。建兴五年（227），诸葛亮进驻汉中，出师北伐，临行上表后主，即《出师表》。名世，名世之作。语本《孟子·公孙丑下》“五百年必有王者兴，其间必有名世者”。伯仲，长幼顺序，伯为长，仲为次。伯仲间，即数一数二，可以相比。杜甫咏诸葛亮诗有“伯仲之间见伊吕”句，放翁用词本此。《病起书怀》诗亦云：“出师一表通今古，夜半挑灯仔细看。”此感叹南宋朝廷未能出师北伐。

临安春雨初霁[①]

世味年来薄似纱，谁令骑马客京华。

小楼一夜听春雨，深巷明朝卖杏花。
矮纸斜行闲作草，晴窗细乳戏分茶。
素衣莫起风尘叹，犹及清明可到家[②]。

① 临安，即杭州，南宋首都。霁，雨止。淳熙十三年（1186），陆游除朝散大夫，权知严州，入奏行在，三月还家，七月始到严州。诗作于三月还家之前。

② “素衣”句，陆机《为顾彦先赠妇》诗：“京洛多风尘，素衣化为缁。”京洛风尘，喻京城社会的污浊。

夜登千峰榭[①]

夷甫诸人骨作尘，至今黄屋尚东巡[②]。
度兵大岘非无策，收泣新亭要有人[③]。
薄酿不浇胸垒块，壮图空负胆轮囷[④]。
危楼插斗山衔月，徙倚长歌一怆神！

① 淳熙十四年（1187）作于严州。千峰榭，在严州。

② 夷甫，即王衍，西晋时官至司徒，好尚清谈，贻误国事。后桓温北伐，过泗水，北望中原，慨然曰：“遂使神州陆沉，百年丘墟，王夷甫诸人不得不任其责！”此指北宋末误国诸臣。黄屋，皇帝车辇以黄缯为盖，称黄屋车。黄屋东巡，指南宋朝廷偏处临安。

③ 大岘，山名，在山东临朐东南，南朝刘裕度兵大岘，灭南燕慕容超。收泣新亭，见《夜泊水村》诗注。王导鼓励新亭流涕诸人“戮力王室，克复神州”，不作楚囚对泣。

④ 薄酿，薄酒。垒块，胸中郁积不平。《世说新语·任诞》：王忱尝谓“阮籍胸中垒块，故须以酒浇之”。轮囷，大貌。

枕上偶成[①]

放臣不复望修门，身寄江头黄叶村[②]。
酒渴喜闻疏雨滴，梦回愁对一灯昏[③]。
河潼形胜宁终弃，周汉规模要细论[④]。

自恨不如云际雁，南来犹得过中原！

① 宋宁宗庆元元年（1195）十月家居山阴时作。

② 放臣，放逐之臣。修门，楚郢都城南门。此代指南宋都城临安。诗人自以离开临安，犹屈原之去楚，故以为喻。

③ 疏雨滴，此指压酒。

④ 河潼，黄河潼关，代指中原地区。宁，岂。规模，指疆土的完整，朝廷的尊严。

书　愤[①]

白髮萧萧卧泽中，只凭天地鉴孤忠[②]。
厄穷苏武餐毡久，忧愤张巡嚼齿空[③]。
细雨春芜上林苑，颓垣夜月洛阳宫[④]。
壮心未与年俱老，死去犹能作鬼雄[⑤]！

① 诗作于宋宁宗庆元三年（1197），时放翁七十三岁。

② 泽中，陆游所居山阴，住近镜湖；之所以用“泽中”，系暗与屈原“行吟泽畔”联系起来。

③ 苏武餐毡，汉武帝天汉元年（前100）苏武出使匈奴，被匈奴扣留，迫使投降。“乃幽武置大窖中，绝不饮食。天雨雪，武卧啮雪与旃毛并咽之，数日不死”。后匈奴徙苏武北海牧羊。苏武留匈奴十九年，历尽艰难，始终坚贞不屈。见《汉书·苏武传》。张巡嚼齿，唐玄宗天宝十四载（755）安禄山造反，连陷河北诸郡，张巡与许远死守睢阳。肃宗至德二载（757）十月睢阳城陷，巡、远俱被执。贼将尹子奇问巡曰：“闻君每战皆裂齿碎，何也？”巡曰：“吾志吞逆贼，但力不能耳！”子奇以刀抉其口视之，所馀才三四。见《资治通鉴·唐纪三十六》。“厄穷”二句，谓自己一片孤忠，也能如苏武、张巡，坚贞报国。

④“细雨”二句：上林苑，洛阳宫，皆代指北京汴京宫苑，如今春芜细雨，夜月颓垣，都已荒废。

⑤ 鬼雄，《楚辞·国殇》：“身既死兮神以灵，魂魄毅兮为鬼雄！”句意谓自己即使死去，也将作鬼雄抗击敌人。

剑门道中遇微雨[①]

衣上征尘杂酒痕，远游无处不销魂。
此身合是诗人未？细雨骑驴入剑门。

① 剑门，即剑阁，在今四川剑阁县境。宋孝宗乾道八年（1172）十一月，陆游调任成都安抚使参议官，过剑门时作。

★唐代诗人多有骑驴故事，如相传李白华阴县骑驴、郑綮诗思在灞桥风雪中驴子背上等等，故有“此身合是诗人未”的联想。然此句实为凑合，在全诗中并不协调。放翁诗思固甚敏捷，然常有笔力不足之憾，往往得一佳句，即匆忙凑句成篇。如《小雨极凉，舟中熟睡至夕》诗云：“舟中一雨扫飞蝇，半脱纶巾卧翠藤。清梦初回窗日晚，数声柔橹下巴陵。”末二句清丽可喜，而首二句显系凑合，诗味索然。

楚　城[①]

江上荒城猿鸟悲，隔江便是屈原祠。
一千五百年间事，只有滩声似旧时[②]！

① 楚城，在今湖北秭归长江南岸，已荒芜。城北江滩名屈原沱，江北有屈原祠，亦已平毁。淳熙五年（1178）正月，孝宗召陆游东归，此东归过秭归时作。

② 一千五百年，放翁作此诗之前一千五百年当战国周威烈王、楚简王之时，秭归楚城实远早于此时，城是否楚筑亦为疑问。

闻　雁[①]

过尽梅花把酒稀，熏笼香冷换春衣。
秦关汉苑无消息，又在江南送雁归！

① 作于淳熙七年（1180）正月，时陆游在抚州。

寄题朱元晦武夷精舍①

身闲剩觉溪山好，心静尤知日月长。
天下苍生未苏息，忧公遂与世相忘②！

①朱元晦，即朱熹，见后朱氏小传。武夷精舍，朱氏晚年所筑住居。时淳熙十年（1183）秋，放翁在故乡山阴。

②“天下”句，用杜甫《建都十二韵》“苍生未苏息，胡马半乾坤”。

夜归怀故人独孤景略①

买醉村场半夜归，西山落月照柴扉。
刘琨死后无奇士，独听荒鸡泪满衣②！

①独孤景略，名策，河中（今山西永济蒲州镇）人，流寓蜀中。淳熙四年（1177）九月，陆游在蜀，于汉州（今四川广汉）初识独孤，小猎于新都弥牟间，有《猎罢夜饮示独孤生》诗。淳熙九年（1182）春，陆游家居山阴，闻独孤死，有诗题曰：“独孤生策，字景略，河中人。工文善射，喜击剑，一世奇士也。有自峡中来者，言其死于忠涪间，感涕赋诗。”诗曰：“忆昨骑驴入蜀关，旗亭邂逅一开颜。气冲太华中条秀，文在先秦两汉间。宝剑凭谁占斗气，名驹竟失养天闲。身今老病投空谷，回首东风涕自潸。”此诗作于光宗绍熙元年（1190）。

②刘琨，字越石，中山魏昌人。范阳祖逖年青时，与刘琨俱为司州主簿，情好绸缪，共被同寝，中夜闻荒鸡鸣，蹴琨觉曰：“此非恶声也！”因起舞。二人并有英气，后在抗击外敌中均有所建树，并皆以身殉。见《晋书·刘琨传》《祖逖传》。此以刘琨比独孤景略。

秋夜将晓出篱门迎凉有感①

三万里河东入海，五千仞岳上摩天②。
遗民泪尽胡尘里，南望王师又一年！

①光宗绍熙三年（1192）秋作于家乡山阴。

② 河，指黄河。岳，五岳中东岳泰山、北岳恒山、西岳华山、中岳嵩山，都在沦陷区内，然诗中专指华山。《太息》诗中“砥柱河流仙掌日”即此诗首二句的浓缩。此以黄河华岳概指中原的壮丽山河。

十一月四日风雨大作[①]

僵卧孤村不自哀，尚思为国戍轮台[②]。
夜阑卧听风吹雨，铁马冰河入梦来！

① 绍熙三年（1192）作于家乡山阴。

② 轮台，在新疆轮台县，此代指边塞。

小舟游近村，舍舟步归[①]

斜阳古柳赵家庄，负鼓盲翁正作场[②]。
死后是非谁管得，满村听说蔡中郎[③]。

① 宋宁宗庆元元年（1195）作于山阴。

② 作场，在某地演唱歌曲或表演游艺都叫作场，此指说书。

③ 蔡中郎，蔡邕，字伯喈，东汉陈留圉（今河南杞县）人。灵帝时为议郎，因上书论朝政得罪，被流放朔方，遇赦后又受宦官陷害，亡命江湖十馀年。董卓专政，被任为侍御史，官左中郎将。卓被诛后，邕被捕死于狱中。蔡邕是著名文学家和书法家，对祖国文化颇有贡献。宋元南戏有《赵贞女蔡二郎》剧目，写蔡伯喈不顾父母，背弃髮妻，后被暴雷震死。原本不传，剧目见明徐渭《南词叙录》。元末高明以此故事作《琵琶记》。写蔡伯喈赴京应试，妻赵五娘在家侍奉双亲。蔡中状元后被迫入赘牛相府，家中双亲饿死。赵五娘进京寻夫，得牛女之助，最终以一夫二妻团聚。高明将原故事对蔡的谴责变为同情，使全剧以大团圆收场。由放翁此诗，知故事在南宋即已在民间演唱。谣言令人憎恨，通常说谣言总会不攻自破，其实未必，有些谣言可能使人永远蒙受冤曲。而一个人死后历千百年因讹传亦可使之蒙冤，实亦极为可恶。蔡伯喈、赵五娘故事与东汉中郎将蔡邕无丝毫瓜葛，但在一个相当长的时期内，“蔡伯喈不认前妻”总和这位大文人沾点关系，故陆放翁感叹“死后是非谁管得”。应该为蔡邕彻底洗雪，《琵琶记》是纯民间故事，与蔡邕无任何关系。

太　息[①]

书生忠义与谁论，骨朽犹应此念存：
砥柱河流仙掌日，死前恨不见中原[②]！

① 宁宗庆元四年（1198）作于家乡山阴，时放翁已七十四岁。
② 砥柱，黄河三门峡有砥柱山。仙掌，华山东峰。此以黄河华岳概指中原壮丽山河。

沈园二首[①]

城上斜阳画角哀，沈园非复旧池台。
伤心桥下春波绿，曾是惊鸿照影来[②]！

梦断香销四十年，沈园柳老不吹绵[③]。
此身行作稽山土，犹吊遗踪一泫然[④]！

① 沈园，在会稽（今绍兴）禹迹寺南。此宁宗庆元五年（1199）为前妻唐氏作。
② 惊鸿，曹植《洛神赋》“翩若惊鸿”，李善注：“翩翩然若鸿雁之惊。”此喻唐氏。
③ 梦断香销四十年，陆游于高宗绍兴二十五年（1155）在沈园再遇唐氏至作诗时已四十五年，四十年当指唐氏之死至作诗之时。
④ 稽山，即会稽山，在绍兴城南。行作稽山土，谓自己年老，行将入土。泫然，流涕貌。

★陆放翁初娶唐婉，为其母夫人侄女，夫妻相得而为其母所恶，被迫离异。后唐婉改适同郡赵士程。高宗绍兴二十五年（1155），陆游春日出游，遇赵、唐夫妇于禹迹寺南沈氏园。唐以语赵，遣致酒肴。陆极为伤感，为题《钗头凤》词于壁，词云：

红酥手，黄滕酒，满城春色宫墙柳。东风恶，欢情薄。

一怀愁绪，几年离索。错！错！错！　　春如旧，人空瘦，泪痕红浥鲛绡透。桃花落，闲池阁。山盟虽在，锦书难托。莫！莫！莫！

时陆游三十一岁。唐婉见词，伤怀不已，为和作云：

世情薄，人情恶，雨送黄昏花易落。晓风干，泪痕残。欲笺心事，独语斜阑。难！难！难！　　人成各，今非昨，病魂常似秋千索。角声寒，夜阑珊。怕人寻问，咽泪装欢。瞒！瞒！瞒！

未几唐婉即抑郁以死。三十八年之后，即光宗绍熙三年（1192），陆复到沈园并赋诗，题为《禹迹寺南有沈氏小园，四十年前，尝题小词一阕壁间。偶复一到，而园已三易主，读之怅然》。诗云：

枫叶初丹槲叶黄，河阳愁鬓怯新霜。
林亭感旧初回首，泉路凭谁说断肠！
坏壁醉题尘漠漠，断云幽梦事茫茫。
年来妄念消除尽，回向蒲龛一炷香。

陆游晚岁，家居三山，每入城，必登寺眺望，不能胜情。宁宗庆元五年（1199）春，再到沈园，为赋《沈园》二绝，时陆已七十五岁。开禧元年（1205）十二月二日夜，梦游沈氏园亭，再赋两绝云：

路近城南已怕行，沈家园里更伤情。
香穿客袖梅花在，绿蘸寺桥春水生。

城南小陌又逢春，只见梅花不见人。
玉骨久成泉下土，墨痕犹锁壁间尘！

时诗人已八十一岁高龄，犹自情伤不已。一情所系，终身不渝。此种人生遭遇，亦惨苦，亦隽美；系诗人一生之贞节，贻后世千古之美谈。事见陈鹄《耆旧续闻》、周密《齐东野语》和《历代诗馀》引夸娥斋主人说。

梅花绝句[①]

闻道梅花坼晓风，雪堆遍满四山中[②]。

何方可化身千亿，一树梅花一放翁！

① 宁宗嘉泰二年（1202）正月在山阴作。
② 坼晓风，在晓风中开放。雪堆，即指梅花。

★柳宗元诗云："若为化得身千亿，散上峰头望故乡。"陆放翁则云："何方可化身千亿，一树梅花一放翁。"同一化也，柳化得悲苦，陆化得洒脱。

示 儿

死去元知万事空，但悲不见九州同。
王师北定中原日，家祭无忘告乃翁！

★宋宁宗嘉定三年（1210）十二月，陆放翁走完了他八十七年光辉的历程，《示儿》诗是他的绝笔，也是他的遗嘱，所谓有"三呼渡河之意"者也。千百年后读之，犹令人心魂悸动。诗人死后二十四年，宋和蒙古联师灭金。刘克庄《端嘉杂诗》云："不及生前见虏亡，放翁易箦愤堂堂。遥知小陆羞时荐，定告王师入洛阳。"然后又过四十二年，而元师灭宋。林景熙《书陆放翁诗卷后》云："青山一发愁濛濛，干戈况满天南东。来孙却见九州同，家祭如何告乃翁！"历史如此地富有戏剧性，白云苍狗，可胜慨然！宋金的故事成为过往的云烟，陆放翁的诗歌却永垂不朽！

范成大

范成大（1126—1193），字致能，号石湖，平江吴县（今江苏常州）人。宋高宗绍兴二十四年甲戌（1154）进士，授徽州司户参军，七年以后才至临安监太平惠民和济局，历圣政所检讨官、枢密院编修、秘书省正字、校书郎，迁著作佐郎。孝宗乾道二年（1166）除吏部员外郎，四年秋知处州，五年除礼部员外郎，国史院编修，升起居舍人兼实录院检讨。乾道六年（1170）以资政殿学士使金，迁中书舍人。八年出知广西静江府，除敷文阁待制，四川制置使。淳熙五年（1178）权吏部尚书，拜参知政事。因事免职奉祠禄。六年起知明州，除端明殿大学士帅金陵，以病回乡里。光宗绍熙四年卒，年六十八。

淳熙二年（1175）范成大帅蜀，以陆游为参议官，文字交情，建立了深厚的友谊。两人的诗风完全不同。陆诗豪放悲壮，范诗历练隽逸；两者的内容也有很大差异，放翁奔走呼号，鼓吹恢复，石湖的作品以山川行旅之作为多，也有不少作品反映民生疾苦。但奠定石湖在诗史上地位的是他的田园诗。范石湖是陶渊明之后真正的田园歌手，其诗风却不受陶诗约束，而是自成风格，真实地刻画了农村的风物，反映了农民的生活，成为全新的农村风俗画，前无古人，后世亦无来者。有《石湖诗集》。

催租行

输租得钞官更催，踉蹡里正敲门来[①]。

手持文书杂嗔喜："我亦来营醉归耳！"

床头悭囊大如拳，扑破正有三百钱[②]。
“不堪与君成一醉，聊复偿君草鞋费[③]。”

① 钞，户钞，宋代农民纳完田赋后官府发的收据。更，还。踉跄（liàng qiàng），行路跌跌跄跄。里正，乡里小官。

② 悭（qiān）囊，即扑满，一种简陋的储钱罐，陶制，有小孔可以投钱，聚少成多，以为积蓄，急用时击破取钱。

③ 草鞋，用稻草或别的草本植物茎叶编织的简易“鞋”，走路时穿在脚上，保护脚掌免受砂石伤害。从前农民普遍使用，尤其是山区。

后催租行

老父田荒秋雨里，旧时高岸今江水。
佣耕犹自抱长饥，的知无力输租米[①]。
自从乡官新上来，黄纸放尽白纸催[②]。
卖衣得钱都纳却，病骨虽寒聊免缚。
去年衣尽到家口，大女临歧两分首。
今年次女已行媒，亦复驱将换升斗[③]。
室中更有第三女，明年不怕催租苦！

① 佣耕，当雇工。的，确实。
② 黄纸，官府免租税的文书。白纸，官府催租税的文书。
③ 行媒，通过媒人许了亲事。

卖痴呆词[①]

除夕更阑人不睡，厌禳钝滞迎新岁[②]。
小儿呼叫走长街，云有痴呆召人买。
二物于人谁独无，就中吴侬乃有馀。
巷南巷北卖不得，相逢大笑相揶揄[③]。

栎翁块坐重帘下，独要买添令问价[④]。
儿云翁买不须钱，奉赊痴呆千百年。

①此石湖晚年所作《腊月村田乐府》十首之九。卖痴呆，一种玩笑性质的乡俗。引云："卖痴呆词，分岁罢，小儿绕街呼叫云：'卖汝痴，卖汝呆！'世传吴人多呆，故儿辈讳之，欲贾其馀。"又《平江纪事》："吴人自相呼为呆子，又谓之苏州呆。每岁除夕，群儿绕街呼叫云：'卖痴呆！千贯卖汝痴，万贯卖汝呆！见卖尽多送，要赊随我来！'盖以吴人多呆，儿辈戏谑之耳。"

②厌，同"压"。压禳，用迷信的办法来解除或镇伏不祥。钝滞，亦即痴呆。此句解释卖痴呆的目的。

③揶揄，嘲弄嘻笑。

④栎翁，石湖自指。《庄子·人间世》记"匠石之齐，至于曲辕，见栎社树，其大蔽数千牛，絜之百围"，观者如市，而匠石不顾。弟子问之，匠石曰："散木也，……是不材之木也，无所可用。"石湖作寿栎堂，即取"不材之木，无所可用"之意。此与痴呆正相应，故自称栎翁。

秋　日

碧芦青柳不宜霜，染作沧洲一带黄[①]。
莫把江山夸北客，冷云寒水更荒凉[②]。

①沧洲，近水一带地方，也泛指江南水乡。

②北客，当指金人。偏安局面实不足以骄人，诗意自在言外。

题山水横看[①]

霜入丹枫白苇林，横烟平远暮江深。
君看雁落帆飞处，知我秋风故国心。

①横看，横幅。

浙江小矶春日[1]

客里无人共一杯，故园桃李为谁开？
春潮不管天涯恨，更卷西兴暮雨来[2]。

①矶，由江岸突入江中的石岩。

②西兴，在浙江萧山县西北钱塘江畔，春秋时越国范蠡在此筑城，称固陵，又称西陵。

初夏二首

清晨出郭更登台，不见馀春只么回[1]。
桑叶露枝蚕向老，菜花成荚蝶犹来。

晴丝千尺挽韶光，百舌无声燕子忙[2]。
永日屋头槐影暗，微风扇里麦花香。

①只么，就这样。

②晴丝，虫类所吐的丝，常飘浮空中。百舌，鸟名，春日啼鸣，鸣声多变化，据说入夏即不再啼叫。

碧　瓦[1]

碧瓦楼头绣幕遮，赤栏桥外绿溪斜。
无风杨柳漫天絮，不雨棠梨满地花。

①碧瓦，此以句首二字为题，实即景诗。

横　塘[1]

南浦春来绿一川，石桥朱塔两依然。

年年送客横塘路，细雨垂杨系画船。

① 横塘，在苏州西南。

虞姬墓[①]

刘项家人总可怜，英雄无策庇婵娟[②]。
戚姬葬处君知否，不及虞兮有墓田[③]！

① 此孝宗乾道六年（1170）石湖北使金国时所作诗。原作共七十二首，集中别为一卷。选录四首，即《虞姬墓》《双庙》《宜春苑》《州桥》。虞姬，楚项羽爱姬。《史记·项羽本纪》载：汉五年，项羽被汉军困于垓下。“夜闻汉军四面皆楚歌。项王乃大惊曰：‘汉皆已得楚乎，是何楚人之多也！’项王则夜起，饮帐中。有美人名虞，常幸从。骏马名骓，常骑之。于是项王乃悲歌忼慨，自为诗曰：‘力拔山兮气盖世，时不利兮骓不逝！骓不逝兮可奈何！虞兮虞兮奈若何！’歌数阕，美人和之，项王泣数行下，左右皆泣，莫能仰视”。后项王率八百馀骑突围，至乌江自刎。项王败后，史书未交代虞姬下落。虞姬墓，原注：“在虹县下马铺北三十七里。”虹县，今安徽泗县。

② 婵娟，美好貌，代指美女。诗中即指戚姬与虞姬。

③ 戚姬，汉高祖刘邦爱姬，生子赵王如意，为吕后所疾害。刘邦死后，吕后先杀如意，囚戚夫人，“断戚夫人手足，去眼，煇耳，饮喑药，使居厕中，命曰人彘”，以此残害致死。见《史记·吕太后本纪》。

★成功的皇帝与失败的英雄都“无策庇婵娟”；然而虞姬自尽何等壮烈，而戚姬被害何其凄惨！两相对比，感慨良深。

双　庙[①]

平地孤城寇若林，两公犹解障妖祲[②]。
大梁襟带洪河险，谁遣神州陆地沉[③]！

① 双庙，原注：“在南京北门外，张巡许远庙也，世称双庙，南京人呼为双王庙。”北宋以宋州为南京，即今河南商丘。张巡，唐邓州南阳人，开元进

士，天宝时为真源令。许远，唐杭州盐官人，天宝末为睢阳太守。安禄山叛乱，二人合力守睢阳，坚持达十个月之久，粮尽援绝，犹据城坚守。牵制了叛军兵力，屏障了江淮大地。后城破被执，均不屈而死。

② 妖祲（jìn），犹妖氛，指敌人。

③ 大梁，即汴京。襟带，比喻有险要的地势可为屏障。洪河，指黄河。句意谓汴京襟带黄河，有险可守。遣，使。神州，即中国，此指中原地区。陆地沉，喻国土沦丧。参见陆游《夜登千峰榭》诗注。

★诗前两句对张巡、许远加以赞许，后两句是对徽钦朝廷的谴责。

宜春苑[①]

狐冢獾蹊满路隅，行人犹作御园呼。
连昌尚有花临砌，肠断宜春寸草无[②]！

① 宜春苑，原注："在旧宋门外，俗名东御园。"旧宋门，北宋汴京旧城东门，即丽景门，金改名宾曜门。

② 连昌，唐行宫名，在河南郡寿安县（今河南宜阳县）西，唐高宗显庆二年（657）置，安史之乱遭破坏因而荒废。元稹因作《连昌宫词》，词中有"上皇偏爱临砌花，依然御榻临阶斜"句。

州　桥[①]

州桥南北是天街，父老年年等驾回。
忍泪失声询使者：几时真有六军来[②]？

① 州桥即汴京天汉桥，横跨汴河。原注："南望朱雀门，北望宣德楼，皆旧御路也。"朱雀门，汴京正南门。宣德楼，北宋宫城正门楼，金改承天门。

② 六军，《周礼·夏官·司马》："凡制军，万有二千五百人为军。王六军，大国三军，次国二军，小国一军。"后以六军指朝廷的军队。

颜桥道中

村村篱落总新修，处处田畴尽有秋。
一段农家好风景：稻堆高出屋山头。

四时田园杂兴十六首

淳熙丙午，沉疴少纾，复至石湖旧隐，野外即事，辄书一绝，终岁得六十篇，号四时田园杂兴①。

土膏欲动雨频催，万草千花一饷开②。
舍后荒畦犹绿秀，邻家鞭笋过墙来。

高田二麦接山青，傍水低田绿未耕。
桃杏满村春似锦，踏歌椎鼓过清明。

骑吹东来里巷喧，行春车马闹如烟③。
系牛莫碍门前路，移系门西碌碡边④。

步屧寻春有好怀，雨馀蹄道水如杯⑤。
随人黄犬搀前去，去到溪边忽自回。

种园得果仅偿劳，不奈儿童鸟雀搔。
已插棘针樊笋径，更铺渔网盖樱桃⑥。

蝴蝶双双入菜花，日长无客到田家。
鸡飞过墙犬吠窦，知有行商来卖茶。

三旬蚕忌闭门中，邻曲都无步往踪[7]。
犹是晓晴风露下，采桑时节暂相逢。

乌鸟投林过客稀，前山烟暝到柴扉。
小童一棹舟如叶，独自编阑鸭阵归[8]。

梅子金黄杏子肥，麦花雪白菜花稀。
日长篱落无人过，惟有蜻蜓蛱蝶飞。

昼出耘田夜绩麻，村庄儿女各当家。
童孙未解供耕织，也傍桑阴学种瓜。

黄尘行客汗如浆，少住侬家漱井香。
借与门前盘石坐，柳阴亭午正风凉[9]。

朱门巧夕沸欢声，田舍黄昏静掩扃[10]。
男解牵牛女能织，不须徼福渡河星。

静看檐蛛结网低，无端妨碍小虫飞。
蜻蜓倒挂蜂儿窘，催唤山童为解围。

新筑场泥镜面平，家家打稻趁新晴。
笑歌声里轻雷动，一夜连枷响到明[11]。

松节燃膏当烛笼，凝烟如墨暗房栊。
晚来拭净南窗纸，便觉斜阳一倍红。

黄纸蠲租白纸催，皂衣旁午下乡来[12]。
“长官头脑冬烘甚”，“乞汝青钱买酒回[13]”。

① 淳熙丙午，宋孝宗淳熙十三年（1186），时石湖六十一岁。沉疴少纾，重病稍微好转。六十篇，选录十六篇。

② 土膏，肥沃的土地，此即指土地。《国语 · 周语一》：“阳气俱蒸，土膏其动。”

③ 骑吹，地方官出行的仪仗队伍。行春，地方官春日出巡。

④ 碌碡（lù zhòu），压平田地、碾脱谷粒的石磙。

⑤ 屧（xiè），木屐。杜甫诗：“步屧随春风，村村自花柳。”蹄道，牛马留下的蹄印。

⑥ 樊，篱笆，此动词，围护。《土膏》《高田》《骑吹》《步屧》《种园》五首，春日杂兴。

⑦ 蚕忌，吴地以夏历四月为蚕月，蚕眠时节禁忌往来。

⑧ 编阑，方言，指挥开路，左右挡拦，维持鸭群行列。《蝴蝶》《三旬》《乌鸟》三首，晚春杂兴。

⑨ 盘石，大石。亭午，正午。《梅子》《昼出》《黄尘》三首，夏日杂兴。

⑩ 朱门，富贵人家。巧夕，夏历七月七日，据传牛郎织女相会，妇女月下乞巧。扃，门。

⑪ 连枷，打稻打麦的农具。《朱门》《静看》《新筑》三首，秋日杂兴。

⑫ 蠲，免除。免租公文用黄纸，催租公文用白纸。皂衣，官府皂役穿黑衣。旁午，纷纭交错。

⑬ 冬烘，胡涂迂腐。长官头脑冬烘甚，是皂役对主人说的，意谓长官胡涂，要我们来催缴租税。言外之意，好歹在于我们左右，是讨好带威胁的话。话刚开头，主人即给钱打发他们走，说给你们钱去买酒喝吧。乞，给予。《催租行》中已写到此等情节。《松节》《黄纸》二首，冬日杂兴。

杨万里

杨万里（1127—1206），字廷秀，号诚斋，吉州吉水（今江西吉水）人。宋高宗绍兴二十四年甲戌（1154）进士，授赣州司户，调零陵县丞。隆兴元年（1163）孝宗即位，以张浚荐，除临安府教授，知隆兴府奉新县。乾道六年（1170）上《千虑策》，为枢密虞允文、宰相陈浚卿所重，荐为国子博士，迁太常博士，升太常丞，兼礼部右侍郎，转将作少监。淳熙元年（1174），出知常州，六年提举广东常平茶盐公事，升广东提点刑狱。其后历任吏部员外郎、枢密院检讨官兼太子侍读、秘书少监。淳熙十四年（1187）宋高宗卒，以力主张浚配享，忤孝宗，出知筠州。光宗受禅，复召为秘书监，以焕章阁学士为金国贺正旦使接伴使，兼实录院检讨官，出为江东转运副使。绍熙四年（1193），辞官归里。宁宗开禧二年卒，年八十。

杨万里早年学江西派，后又学王安石，学陈师道，转而学晚唐绝句。中年以后，摆脱前人，自成一体，当时号为“诚斋体”。杨万里擅于即景小诗。他观察细致，刻画真实，往往把眼前所见小景小事，捕捉入手即为好诗。作品语言浅显，生动活泼，许多诗用口语写成，易为一般读者所接受。但他写得太多，不少作品过于草率，甚至油滑，优点转化成了缺点。有《诚斋集》。

明发陈公径过摩舍那滩石峰下①

山转江亦转，江行山亦行。
风鬟照玉镜，素练萦青屏②。
我本山水客，澹无轩冕情③。

尘中悔一来，事外怀孤征。
忽乘沧浪舟，仰高俯深清[④]。
餐翠腹可饱，饮渌身须轻[⑤]。
鸱鸪不相识，还作故园声。

① 明发，早上启程。陈公径、摩舍那滩，其地未详。

② 鬟，妇女环形髮髻，喻山峰。玉镜，喻江水。素练，白绢，喻水。萦，回绕。青屏，喻山峰。

③ 轩冕，轩车和冕服，代指高官。

④ 仰高，仰看高山。俯深清，俯看清流。

⑤ 餐翠，承仰高。饮渌，承俯深。须，一定会。一作“顿”。

观太平寺画水长句[①]

太平古寺劫灰馀，夕阳惟照一塔孤。
得得来看还不乐，竹茎荒处破殿虚[②]。
偶逢老僧听僧话，道是壁间留古画。
徐生绝笔今百年，祖师相传妙天下。
壁如雪色一丈许，徐生画水才盈堵[③]。
横看侧看只么是，分明是画不是水[④]。
中有清济一线波，横贯万里浊浪之黄河[⑤]。
雷奔电卷尽渠猛，独清元自不随他[⑥]。
波痕尽处忽掀怒，搅动一河秋色暮。
分明是水不是画，老眼向来元自误[⑦]。
佛庐化作金柁楼，银山雪堆风打头[⑧]。
是身飘然在中流，夺得太一莲叶舟[⑨]。
僧言：“此画难再觅，官归江西却相忆[⑩]。
并州剪刀剪不得，鹅溪匹绢官莫惜，
貌取秋涛悬坐侧[⑪]。”

① 太平寺，在江苏常州。此淳熙元年（1174）杨万里知常州时作。费衮《梁溪漫志》:“吾州太平寺，郡人徐友画清济贯河，一笔纡绕，长数十丈不断。却立而观，涛澜汹涌，目为之眩。仰首近之，凛然若飞流之溅于面也。杨诚斋为太守，为赋长句。”戴复古亦有《毗陵太平寺画水呈王君保使君》诗。

② 得得，犹特特。

③ 一丈许，约一丈，当指壁的高度，因画“长数十丈不断”，壁自亦长数十丈。才，犹言几乎。才盈堵，几乎画满整个墙壁。

④ 只么是，只不过如此。“横看”二句顿一笔，初粗一看，只看到是画，不觉其为水。为下文蓄势。

⑤ 清济，指画中济水，此画为“清济贯河图”。济水，源出河南济源县王屋山，注入黄河。济水清，河水浊，故一线清波横贯黄河浊浪。

⑥ 渠，他，指济水。“独清”句，谓画中济水，注入黄河仍保持清流，不随之变色。

⑦“中有清济”以下八句，着力描写画面，清济黄河，涛澜汹涌，只见其为水，不再觉其为画。

⑧ 佛庐，指太平寺。柁楼，即船楼，代指大船。寺为金色，故称金柁楼。银山雪堆，均指画中的浪涛。

⑨ 太一莲叶舟，李公麟画有太乙真人图。太乙真人为道教中神仙，图绘真人仰卧大莲叶中。太乙又作太一，韩驹题诗有“太一真人莲叶舟”句。“佛庐”以下四句，极力形容看画时的感觉。站在画前，似觉佛寺也变成了大船，风浪直打到船上，自己也仿佛置身中流，伫立于一叶莲舟之上。

⑩ 官，寺僧称杨万里。归，指以后归去。江西，杨万里家乡吉州吉水属江南西路。“僧言”以下转述寺僧语。

⑪ 并州，今山西太原，古代并州以刀剪著名。剪不得，即剪不得水，也剪不得壁画。此句语本杜甫《戏题王宰画山水歌》“焉得并州快剪刀，剪取吴淞半江水”句。鹅溪，在四川盐亭县西北，以产绢著名，绢用以绘画。苏轼《文与可画筼筜谷偃竹记》记文与可诗有“拟将一段鹅溪绢，扫取寒梢万尺长”句。貌，描摹，即绘画。秋涛，指水。“并州”三句，言壁画既不可以剪取，因此需用鹅溪绢画此洪波以悬于坐侧。

★宋代大家特别是苏黄有不少题画名作，要在诸大家之后夺取一席，实为不易。苏黄所题画多为山水林木，较易描绘，而太平寺画纯然是水，着笔尤为困难。诚斋却有此魄力，更有此笔力，敢于染濡大笔，赋此鸿篇。诗亦跌宕顿挫，波涛起伏，足可与苏黄争胜。“清济”与“佛庐”两段，设想极为奇崛。

白纻歌舞四时词[①]

四月以后五月前，麦风槐雨黄梅天。
君王若道嫌五月，六月炎蒸又何说？
水精宫殿冰雪山，芙蕖衣裳菱芡盘。
老农背脊晒欲裂，君王犹道深宫热。

① 白纻，舞曲名，《乐府诗集》舞曲歌辞有《白纻舞歌诗》，梁沈约造《四时白纻歌》。诚斋所作四时词，所选为夏词。

寄陆放翁

君居东浙我江西，镜里新添几缕丝[①]？
花落六回疏信息，月明千里两相思。
不应李杜翻鲸海，更羡夔龙集凤池[②]。
道是樊川轻薄杀，犹将万户比千诗[③]。

① 东浙，陆放翁家乡越州山阴。江西，杨万里家在吉州吉水，属江南西路。几缕丝，指白髮。

② 李杜，李白、杜甫。翻鲸海，语本杜甫《戏为六绝句》“或看翡翠兰苕上，未掣鲸鱼碧海中”句，比喻在诗坛上大显身手。夔龙，传为虞舜二臣，夔为乐正，龙为谏官。《书·舜典》：“伯拜稽首，让于夔龙。”凤池，即凤凰池，魏晋时称中书省，掌朝廷机要。此即代指朝廷。

③ 樊川，即杜牧，牧有别墅在樊川，因名其集为《樊川文集》。杜牧《登池州九峰楼寄张祜》诗：“谁人得似张公子，千首诗轻万户侯。”句意谓杜牧以张祜尚且以千首诗可轻万户侯，陆放翁如此之大的成就，其价值自不待言。

★罗大经《鹤林玉露》：“放翁晚年为韩平原作《南园记》，除从官。杨诚斋寄诗云云，盖切磋之也。然《南园记》唯勉以忠献之事业，实无谀辞。”陆放翁志在恢复中原，自然也就希望置身台辅。诚斋诗意，谓放翁诗歌成就极为宏伟，没有必要更羡夔、龙，是对放翁的推崇和砥砺，并无

所谓“切磋”讽刺之意。诗反映了两位诗人崇高的友谊，人们不应妄加猜疑。“花落六回疏信息，月明千里两相思”，是诚斋集中词语秀逸而内蕴深厚最为典范的诗句。

过扬子江二首①

只有清霜冻太空，更无半点荻花风。
天开云雾东南碧，日射波涛上下红。
千载英雄鸿去外，六朝形胜雪晴中。
携瓶自汲江心水，要试煎茶第一功②。

天将天堑护吴天，不数崤函百二关③。
万里银河泻琼海，一双玉塔表金山④。
旌旗隔岸淮南近，鼓角吹霜塞北闲⑤。
多谢江神风色好，沧波千顷片时间⑥。

① 扬子江，长江在江苏扬州镇江附近的一段称扬子江。宋孝宗淳熙十六年（1189）十二月杨万里以焕章阁学士为金贺正旦使接伴使，过江至盱眙接伴金使，诗即作于此时。

② “携瓶”二句：陆游《入蜀记》：金山“绝顶有吞海亭，取气吞巨海之意，登望尤胜。每北使来聘，例延至此亭烹茶”。杨万里为接伴使，自亦当在此接金使烹茶。故渡江即“要试煎茶第一功”，是深有感慨的话。

③ 天堑（qiàn），天然的大濠堑，指长江。《南史·孔范传》：“隋师将济江，群臣请为备防。文庆沮坏之，后王未决。范奏曰：‘长江天堑，古来限隔，虏军岂能飞度！’”吴天，泛指江浙一带。崤函，崤山函谷关，古代秦地东边的要塞。百二关，《史记·高祖本纪》：“秦形胜之国，带河山之险，县隔千里，持戟百万，秦得百二焉。”《史记会注考证》引顾炎武说：二，倍也。秦得百二，即得百倍。句意谓吴地有长江可据，胜过了崤函百二重关。

④ 银河，指长江。泻，倾泻。表，标示，显示出。金山，在镇江西北，原在江中，后因沙涨遂与南岸相连。

⑤ 塞北，本指北方边塞，金兵南侵，宋金以淮河为界，淮河以北即成了

"塞北"。

⑥ 沧波千顷片时间，则渡江并不难，可知篇首所谓"天将天堑护吴天"并不可靠，语含深意。

题盱眙军东南第一山二首[①]

第一山头第一亭，闻名未到负平生。
不因王事略小出，那得高人同此行。
万里中原青未了，半篙淮水碧无情。
登高不觉风烟暮，肠断渔灯隔岸明！

建隆家业大于天，庆历春风一万年[②]。
廊庙谋谟出童蔡，笑谈京洛博幽燕[③]。
白沟旧在鸿沟外，易水今移淮水前[④]。
川后年来世情了，一波分护两涯船[⑤]！

① 盱眙军东南第一山，即都梁山。此亦淳熙十六年（1189）冬杨万里充金贺正旦使接伴使时作。接伴金使，例在都梁山迎送。下文"王事"即指此。参见郑汝谐《题盱眙第一山》诗注。

② 建隆，宋太祖年号。建隆家业，指宋太祖建立宋王朝，统一中国。庆历，宋仁宗年号。杨万里以仁宗庆历为北宋太平盛世，故云。春风，一作"风烟"。

③ 廊庙，指朝廷。谋谟，谋划国家大政。童蔡，童贯、蔡京。京洛，唐代指长安洛阳，北宋都于汴京，则指汴京洛阳；此重在京。博，取。幽燕，泛指今河北和辽宁南部地区，唐以前属幽州，战国时为燕国，诗中实指后晋石敬瑭割让给契丹的燕云十六州，地域较幽燕要宽。二句是对徽宗朝用人执政的批判。徽宗荒于政务，信用童蔡等权臣奸相，玩弄权柄，隳败国政。他们侈谈收复幽燕，而后来连中原都全部沦丧。

④ 白沟，五代至宋时，白沟自今河北定兴县西向东流，经今白沟河镇、霸县信安镇，直抵天津。宋辽以白沟为界，故又称界河（明初白沟改道，故道堙塞，今白沟河在河北新城县东，北向南流）。鸿沟，战国魏惠王时所开运河，故道自河南荥阳北引黄河水，东流经中牟、开封，折而南向至淮阳注入颍水。

楚汉相争时一度以鸿沟为界，沟以西归汉，沟以东属楚。宋辽或宋金边界都与鸿沟无涉，作者是为组成“巧对”才把鸿沟扯了进来，句意只是说明宋与北方邻国的界河本在遥远的北方。易水，在河北省西部，为大清河上源之一。元初郝经《白沟行》云：“易水南边是白沟，北人为界海东头。”可知易水同白沟一样是北宋北边的界河。自中原沦陷，宋室南迁，金宋界河一下南移千里到了淮河。

⑤ 川后，水神。淮水北属金人，南为宋国，水神也讲世情，迁就南北，两涯的船只都予维护。

★宋金的外交并不是平等的关系，接待敌国的使臣更不是轻松的任务。杨诚斋站在淮河南岸第一山头，遥望北方：“万里中原青未了，半篙淮水碧无情。登高不觉风烟暮，肠断渔灯隔岸明”，是一种怎样的心情！

初入淮河四绝句①

船离洪泽岸头沙，人到淮河意不佳②。
何必桑干方是远，中流以北即天涯③！

刘岳张韩宣国威，赵张二相筑皇基④。
长淮咫尺分南北，泪湿秋风却怨谁⑤！

两岸舟船各背驰，波痕交涉亦难为。
只馀鸥鹭无拘管，北去南来自在飞。

中原父老莫空谈，逢着王人诉不堪⑥。
却是归鸿不能语，一年一度到江南。

① 此亦宋孝宗淳熙十六年（1189）十二月接伴金使至淮河时作。

② 洪泽，江苏西部湖名，与淮河相通。绍兴十一年（1141），宋高宗和秦桧杀害岳飞，与金议和，割唐、邓二州与金，以淮水中流划分为两国疆界。五十年后，杨万里到淮河接待金使，望淮河北岸即为金统治区，感慨无限，故

云“人到淮河意不佳”，诗反复申述此意。

③ 桑干，河名，发源于山西朔县，东南流贯河北、北京，至天津入海。古代视为北方极远之地。清代改名永定河。

④ 刘岳张韩，刘锜、岳飞、张俊、韩世忠，并指南宋初抗金名将（其中张俊后来阿附秦桧，陷害岳飞，与其他三位不能并列）。赵张二相，赵鼎、张浚，并高宗时爱国名相，都受到秦桧排斥打击。

⑤“长淮”二句，南宋之初，有如此杰出的将相，完全可以抗击金人，收复国土，而今却“长淮咫尺分南北”，“却怨谁”的质问，即对宋高宗秦桧辈的谴责，不言自明。

⑥ 王人，指宋朝的使臣。“莫空谈”是针对“逢着王人诉不堪”说的，“诉不堪”也毫无作用，所以用不着说，莫浪费语言。

★诗人作为金贺正旦使接伴使，是一种屈辱性的差事，一到淮河，即为国界，使他感慨不尽。此行诗作甚多，是诚斋集中最具爱国精神的作品。

过百家渡三绝句①

园花落尽路花开，白白红红各自媒②。
莫问早行奇绝处，四方八面野香来。

柳子祠前春已残，新晴特地却春寒③。
疏篱不与花为护，只为蛛丝作网竿。

一晴一雨路干湿，半淡半浓山叠重。
远草平中见牛背，新秧疏处有人踪。

① 百家渡，在湖南零陵。宋孝宗隆兴元年（1163），杨万里为零陵县丞时作。原作“四绝句”，选录三首。

② 各自媒，各种花卉以不同色彩向行人自作介绍。

③ 柳子祠，柳宗元祠堂。

晚　风

晚风不许鉴清漪，却许重帘到地垂[1]。
平野无山遮落日，西窗红到月来时。

① 鉴，照。清漪，清清的水面。二句意谓，晚风吹来水面泛起波澜，但风不是太大，重帘可以垂架到地。

舟过谢潭[1]

碧酒时倾一两杯，船门才闭又还开。
好山万皱无人见，都被斜阳拈出来。

① 宋孝宗淳熙七年（1180），诚斋任提举广东常平茶盐公事，自家乡吉水溯赣江南上，越大庾岭赴广州。诗作于江行舟中。谢潭所在位置待考。

★诚斋七绝以才气颖悟取胜，善于抓取别致精彩的镜头。斜阳照见远山时，所有峰峦向阳的一侧光亮辉耀，背阳的一侧较为昏暗，界划分明，说“好山万皱无人见，都被斜阳拈出来”十分传神。小诗全为这两句而作，开头两句系勉强配搭，联系既不紧密，也缺乏诗味。诚斋不少绝句都未免此病。

小　池

泉眼无声惜细流，树阴照水爱晴柔。
小荷才露尖尖角，早有蜻蜓立上头。

新　柳

柳条百尺拂银塘，且莫深青只浅黄[1]。
未必柳条能蘸水，水中柳影引他长。

① 银塘，“银”状水面闪光的色彩。

闲居初夏午睡起

梅子留酸软齿牙，芭蕉分绿与窗纱。
日长睡起无情思，闲看儿童捉柳花。

上　巳

正是春光最盛时，桃花枝映李花枝。
秋千日暮人归尽，只有春风弄彩旗。

寒　雀

百千寒雀下空庭，小集梅梢话晚晴。
特地作团喧杀我，忽然惊散寂无声。

积雨小霁

雨足山云半欲开，新秧犹待小暄催。
一双百舌花梢语，四顾无人忽下来。

★小诗前二句与后二句联系不紧，甚至没有联系。诚斋此等诗大多是摄取一个有趣的镜头，成为佳句，然后凑两句放在前面。故结末两句生动活泼，而开头两句往往平淡。所谓诚斋体大多类此，巧妙之至而蕴涵却浅。

泉石轩初秋乘凉小荷池上

芙蕖落片自成船，吹泊高荷伞柄边。
泊了又离离又泊，看他走遍水中天。

晓出净慈送林子方[①]

毕竟西湖六月中，风光不与四时同。
接天莲叶无穷碧，映日荷花别样红。

①净慈，寺名，为杭州西湖南著名佛寺，全称净慈报恩光孝禅寺。《锦绣万花谷》后集卷三作苏轼诗，误。

过宝应县新开湖

天上云烟压水来，湖中波浪打云回。
中间不是平林树，水色天容拆不开。

桑茶坑道中[①]

晴明风日雨干时，草满花堤水满溪。
童子柳阴眠正着，一牛吃过柳阴西。

①桑茶坑，在安徽泾县境。

过松源晨炊漆公店

莫言下岭便无难，赚得行人错喜欢。
正入万山圈子里，一山放出一山拦。

尤　袤

尤袤（1127—1194），字延之，号遂初居士，无锡（今江苏无锡）人。宋高宗绍兴十八年戊辰（1148）进士。累官枢密院正兼左谕德，孝宗朝权礼部侍郎，直学士院。光宗朝除礼部尚书。尤延之在当时诗名甚大，至与三大家并称“尤杨范陆”，然现存作品诗艺平平。所著《梁溪集》已散佚，后人辑有《梁溪遗稿》。

题米元晖潇湘图二首[①]

万里江天杳霭，一村烟树微茫。
只欠孤篷听雨，恍如身在潇湘。

淡淡晓山横雾，茫茫远水平沙。
安得绿蓑青笠，往来泛宅浮家[②]。

① 米元晖，即米友仁，米芾之子，父子均著名书画家，称“大米、小米”。

② 泛宅浮家，即船上生活。《新唐书·隐逸传》：“[张志和]居江湖，自称烟波钓徒。……颜真卿为湖州刺史，志和来谒，真卿以舟敝漏请更之。志和曰：‘愿为浮家泛宅，往来苕霅间。’”

王　质

王质（1127—1189），字景文，号雪山，其先郓州（今山东东平）人，寓居兴国（今江西兴国）。宋高宗绍兴三十年庚辰（1160）进士。孝宗朝为枢密院编修官，出判荆南府。有《雪山集》。

有　感

北斗阑干外，浮云拄杖中。
天高千障立，月静一江空①。
宇宙横挥麈，乾坤落转蓬②。
浩歌聊举酒，无泪哭英雄。

①阑干，楼槛。障，指山峰。由前四句，知诗人正登楼远眺。

②麈，兽名，此指用麈尾作的拂尘。转蓬，蓬草根浅，秋后被风吹起，随风旋转。

朱　熹

朱熹（1130—1200），字元晦，一字仲晦，号晦庵，别称紫阳，徽州婺源（今江西婺源）人，侨居建阳（今福建建阳）。高宗绍兴十八年戊辰（1148）进士，任泉州同安县主簿。孝宗淳熙时知南康军，改提举浙东茶盐公事。光宗时，历知漳州，秘阁修撰。宁宗时，为焕章阁待制。宁宗庆元六年卒，年七十一。朱熹为杰出的教育家，先后主讲白鹿洞书院、岳麓书院。更是著名理学家，集宋代理学之大成。其诗浅出深入，明白晓畅，五言古诗有陶、韦风味，七绝多富于哲理，是理学家中的诗人。著述极丰，有《周易本义》《诗集传》《四书集注》《楚辞集注》及《晦庵先生朱文公文集》《朱子语类》等。

六月十五日诣水公庵雨作

云起欲为雨，中川分晦明①。
才惊横岭断，已觉疏林鸣②。
空际旱尘没，虚堂凉思生③。
颓檐滴沥馀，忽作流泉倾④。
况此高人居，地偏园景清。
芳馨杂峭茜，俯仰同鲜荣⑤。
我来偶兹适，中怀澹无营。
归路绿泱漭，因之想岩耕。

① 中川分晦明，雨云忽起，水上云遮之处晦暗，未遮之处清明。

②“才惊”二句，才惊诧阵雨横断山岭，旋即觉疏林响起雨声，写大雨来势迅急。

③“空际”二句，大雨一来，空中旱尘消失，虚堂也顿生凉意。

④“颓檐”二句，垂着的屋檐中瓦沟开始滴水，接着便如流泉倾泻。滴沥馀，此指雨刚下时瓦沟开始滴水，与通常用指雨停时的残滴者异。

⑤芳馨，芳香。峭茜（qiào qiàn），鲜明貌。左思《招隐》诗：“峭茜青葱间，竹柏得其真。”鲜荣，鲜丽茂盛。

石马斜川之集分韵赋诗得灯字[①]

改岁风日好，出门欣得朋。
复招里中彦，及此云间僧。
行行涉清波，斯亭一来登。
徙倚绿树荫，摩挲苍石棱。
遥瞻原野春，仰视天宇澄。
一水既纡郁，群山正崚嶒[②]。
时禽悦新阳，潜鱼跃轻冰。
却念去年日，俯仰愁予膺。
长吟斜川诗，日落寒烟凝[③]。
暝色变晴景，清尊照华灯[④]。
颓颜感川徂，稚齿欢年增[⑤]。
酒尽不能起，朱栏各深凭。

①石马、斜川，皆地名，在江西星子县境，陶渊明有《游斜川》诗。集，聚会。

②纡郁，潆洄貌。崚嶒（líng céng　崚，力膺切；嶒，疾崚切），高峻貌。

③斜川诗，当指陶渊明《游斜川》。

④“暝色”二句，实谓晴景变暝色，华灯照清尊。

⑤颓颜，年老者。川徂，犹逝水，喻年光逝去。稚齿，年青者。

春　日

胜日寻芳泗水滨，无边光景一时新[①]。
等闲识得东风面，万紫千红总是春[②]。

① 胜日，犹佳日，美日。泗水，在山东省中部，源出山东泗水蒙山东麓，四源并出，故名。经曲阜、兖州，折南至济宁东南鲁桥注入运河。古代泗水为淮河重要支流，故“淮泗”并称，金代泗水下游为黄河所夺，之后下游成为大运河的一段，从此只鲁桥以上称为泗水。

② 等闲，寻常，言甚容易。

★北宋理学家程颢《春日偶成》诗云：“云淡风轻近午天，傍花随柳过前川。时人不识余心乐，将谓偷闲学少年。”人们以此诗同朱熹《春日》诗相提并论。肯定者谓为时令诗的典范，《千家诗》即以二诗开篇；否定者则以之为理学家平庸作品的代表。二诗风格确乎相似，浅近清新，实质却大不一样。程诗只是一篇三家村作品，朱子诗若作为即事诗自甚平平，然诗人另有兴寄。“泗水滨”为孔子当年讲学之地，朱子平生所未到，诗人用此三字，即点出诗中画外之音。所谓“寻芳”者，喻求学问道，意谓只有游于圣人之境，自会有“无边光景”，“万紫千红”。《朱子语录》云：“天不生仲尼，万古长如夜。”谓世间生有孔子，乃有文明的白日，与诗言至于圣人之境乃能领略春光，喻意正同。朱子上承程氏之学，而程氏之诗与朱子则不可同日而语。

观书有感二首

半亩方塘一鉴开，天光云影共徘徊[①]。
问渠那得清如许，为有源头活水来[②]。

昨夜江边春水生，艨艟巨舰一毛轻[③]。
向来枉费推移力，此日中流自在行。

① 鉴，镜。
② 渠，他，指半亩方塘。
③ 艨艟，一作蒙冲，大型战船，与“巨舰”同义。

★这两首哲理诗较《春日》诗易于理解，因为诗人已标出“观书有感”，说的是读书治学的领会。要得渠“清”，为有“源头活水”；喻为学只有不断进益，乃得光景常新，一朝停滞，就会是一池死水。巨舰艨艟，推移不动，一旦春水勃发，乃能自在航行；喻治学需蓄积深厚，才得豁然贯通，进入自由王国。韩愈《答李翊书》云：“行之乎仁义之途，游之乎诗书之源；无迷其途，无绝其源。”“气，水也。言，浮物也。水大而物之浮者大小毕浮。气之与言犹是也，气盛则言之短长与声之高下者皆宜。”虽然韩愈与朱熹所说的内容不尽相同，而取喻非常相似。无迷其途，《春日》诗之旨；无绝其源，《观书》诗之义。水大而物之浮者大小毕浮，则犹春水之轻巨舰也。

偶题二首

擘开苍峡吼奔雷，万斛飞泉涌出来。
断梗枯槎无泊处，一川寒碧自萦回。

步随流水觅溪源，行到源头却惘然[①]。
始悟真源行不到，倚筇随处弄潺湲[②]。

① 惘然，失意貌。行到源头却惘然者，源头之上更有源头也。
② 筇，一种竹制手杖，也泛指手杖。潺湲，水流貌，代指流水。

★孔子曰：“逝者如斯夫，不舍昼夜！”孟子曰：“原泉混混，不舍昼夜，盈科而后进，放乎四海。”孔孟都对水赞赏不已，朱晦翁也继承了这种传统。本诗第一首赞美水所向无前的力量，推开一切“断梗枯槎”，而后显示出“一川寒碧”。第二首用寻觅水源比喻对真理的追求。寻得“真源”并不容易，但只要是在追求，便可以“随处弄潺湲”，意即只要努力

追，必然会有所得而受用不尽。此类诗作，貌似即事写景，而实为哲理诗。凡哲理诗，“理过其辞，淡乎寡味”，为哲理而哲理，是不成为诗的；只有用生动的形象表达出来，才成其为诗。

释志南

释志南，生平不详。

绝　句

古木阴中系短蓬，杖藜扶我过桥东[1]。
沾衣欲湿杏花雨，吹面不寒杨柳风。

① 杖藜，即藜杖，藜茎所作的杖。因后有“扶”字，故“杖”不能理解为动词。

★赵与虤《娱书堂诗话》载朱熹跋其诗卷，谓“南诗清丽有馀，格力闲暇，无蔬笋气。如云‘沾衣欲湿杏花雨，吹面不寒杨柳风’，每深爱之”。

张孝祥

张孝祥（1132—1170），字安国，号于湖居士，历阳乌江（今安徽和县）人。宋高宗绍兴二十四年甲戌（1154）进士。方及第，即上疏请为岳飞辨冤，为秦桧所恶。桧死，授秘书省正字，历秘书郎、著作郎、集英殿修撰、中书舍人，知抚州、平江。孝宗隆兴元年（1163），张浚北伐，任建康留守。北伐失败，因而落职。后复集英殿修撰，知静江、潭州，徙荆南安抚使。乾道六年卒，年三十九[①]。张于湖坚决主张抗战，反对妥协和议。当时虽以诗名，而词更胜于诗。所作豪雄奔放，慷慨激昂。一曲《六州歌头》，使张浚为之罢席。惜弃世太早，壮志未酬，其英华才气未得充分发挥。有《于湖居士集》。

① 诸多文学史著作标张于湖生卒为一一三二至一一六九，年三十八。按，《宋史》本传："请祠，以疾卒。孝宗惜之，有用才不尽之叹。进显谟直学士致仕，年三十八。"据《宣城张氏信谱》本传：言于湖"绍兴甲戌，廷试擢进士第一，时年二十有三。"甲戌为绍兴二十四年（1154），时年二十三，则生于绍兴二年（1132）。于湖《赠震山主》诗云："震公住山年，与我共壬子。"壬子正绍兴二年，知于湖生于是年无疑。传又言："庚寅冬，疾复作，遂卒。"庚寅为孝宗乾道九年（1170），则其年为三十九。《宋史》本传叙"疾终"于"致仕"之前，于理不合，字句当有错。原文当作"请祠，进显谟直学士致仕，年三十八。以疾卒，孝宗惜之，有用才不尽之叹"，年三十八为致仕之年，非卒年也。

朝谒南岳[①]

泰常嵩华拱神州，玉帛闲来四十秋[②]！

却到朱明回北首，忧时泪作九江流[③]。

①南岳，湖南衡山。

②泰，东岳泰山，在山东。常，即北岳恒山，在山西。汉代避文帝刘恒讳，改称常山；北朝仍称恒山，唐代避穆宗李恒讳又改常山；五代时复称恒山，宋代避真宗赵恒讳又改称常山。嵩，中岳嵩山，在河南。华（huà），西岳华山，在陕西（“华”字原作“岱”，据诗意改。此处必包括北方四岳，“岱、泰”不应重复，华山不应遗漏，故“岱”必系“华”字之误）。拱，护卫。玉帛，瑞玉和束帛，祭祀名山当献玉帛，此处即代指祭祀。闲，停顿。靖康之难以后，中原沦陷，四岳并在金人统治下，故祭祀礼缺。四十秋，于湖有《丙戌七夕入衡阳境》诗。同时所作《上封寺》诗有“七月十五夜，我在祝融峰”句，此诗亦必同时之作。丙戌为孝宗乾道二年（1166），上距靖康二年（1127）正四十年。

③朱明，《尔雅·释天》：“夏为朱明。”《尸子》：“南方为夏。”故朱明又代指南方，此指南岳。九江，泛指江河。五岳为华夏重镇，今四岳沦于金人，故诗人登南岳而忧时下泪。

题夏氏庄

平湖漠漠雨霏霏，压水人家燕子飞[①]。
欲向湖东问春色，杏花无数点征衣[②]。

①压水，靠近水边。

②征衣，一作“春衣”。“春衣”固佳，然字与上句“春色”犯复。

蔡勘

蔡勘，字定夫，莆田（今福建莆田）人，蔡襄之后。宋孝宗乾道二年丙戌（1166）进士。除秘书省正字，知江阴军。

题盱眙[①]

自古东南第一山，于今无异玉门关[②]。
乱云衰草苍茫外，赤县神州指顾间[③]。
击楫何人酬壮志，凭栏终日惨愁颜[④]。
中原父老应遗恨，只见毡车岁往还[⑤]！

① 盱眙，见郑汝谐《题盱眙第一山》、杨万里《过扬子江》《题盱眙东南第一山》诗注。

② 玉门关，在今甘肃敦煌西北，为古代通西域的边关，此用作边关的替代词。

③ 赤县神州，本指中国，此指中原地区。

④ 击楫，《晋书·祖逖传》：祖逖北伐，“仍将本流徙部曲百馀家渡江，中流击楫而誓曰：‘祖逖不能清中原而复济者，有如大江！’”

⑤ 毡车，毛毡作帷盖的车，代指金国使者。宋金订立和约后，金使者每年来临安，宋接伴使都在盱眙迎送。

陈　造

陈造（1133—1203），字唐卿，自号江湖长翁，高邮（今江苏高邮）人。孝宗淳熙二年乙未（1175）进士，为繁昌尉，改平江府教授，寻知定海县，授朝散郎，淮南西路安抚使司参议。有《江湖长翁文集》。

望夫山

亭亭碧玉椒，依约凝黛立①。
何年荡子妇，登此望行役②。
君行断音信，妾恨无终极。
坚诚不磨灭，化作山上石。
烟悲复云惨，仿佛见精魄。
野花徒自好，江月为谁白？
亦知江南与江北，红楼无处无倾国③。
妾身为石良不惜，君心为石那可得④！

① 亭亭，耸立貌。椒，山顶，此即指山。依约，隐约，依稀。凝黛，伫立不动的女子。黛，女子画眉用品，因代指女子。

② 荡子，外出的男子。《古诗十九首》："昔为倡家女，今为荡子妇。"行役，指行役在外的丈夫。

③ 倾国，美女。

④ "妾身为石"之为，成为。"君心为石"之为，如也。君心如石，谓君心如盘石坚定不移。

题赵秀才壁

日日危亭倚曲栏，几层苍翠拥烟鬟[①]。
连朝策马冲云去，尽是亭中望处山。

① 倚，一作“凭”。几层，一作“几山”。苍翠，指满山的绿树；烟鬟，喻云绕的峰峦。

张 栻

张栻（1133—1180），字敬夫，号南轩，汉州绵竹（今四川绵竹）人，后迁衡阳。高宗名相张浚之子。官至右文殿修撰。张南轩是著名理学家，与朱熹、吕祖谦称“东南三贤”。有《南轩集》。

立春偶成

律回岁晚冰霜少，春到人间草木知①。
便觉眼前生意满，东风吹水绿差差②。

①律，即律吕，音乐名词。古人将音律与历法联系起来。将十二律与十二月相配，故律回实即时令回转，指立春来到。

②生意，生机。差差（cī），不齐貌，此指波光闪动。

陈傅良

陈傅良（1137—1203），字君举，号止斋，温州瑞安（今浙江瑞安）人。宋孝宗乾道八年壬辰（1172）进士。止斋是理学家，却颇重视经世致用，在孝宗朝以直谏闻名。宁宗初除中书，与朱熹同朝，因疏留朱熹，为韩侂胄所忌，诋为学术不正，遂罢去。杜门居一室，曰止斋。“止斋”之号即出于此。嘉泰二年（1202）起知泉州，力辞，授宝谟阁待制。明年卒，年六十七。止斋诗远学杜甫，近受黄山谷影响，后人常以之与陈简斋并提，成就不如简斋。有《止斋集》。

寄题陈同甫抱膝亭①

稻粱不难谋，轩冕亦易得②。
胡为抱膝翁，恻恻复恻恻？
秋风堕碧梧，凤鸟去无迹③。
愁吟草际蛩，儿女泪盈臆④。
忽然一长啸，孤响起空寂。
令人识雅颂，一唱三叹息⑤。
室庐在路旁，耕凿在民籍⑥。
行人听笑语，稚子共眠食。
读书果何罪，须鬓又半白。
此意太劳劳，此身长抑抑⑦。
抱膝且不可，出门更何适？
但勿问门外，蓬蒿若干尺。

①陈同甫，陈亮（1143—1194），字同甫，婺州永康（今浙江金华）人。曾诣阙上书，反对与金议和，为当权者所忌，三度被诬入狱。所作词慷慨激昂，为辛稼轩重要词友。光宗绍熙四年癸丑（1193）进士，授签书建康府判官，未赴任即卒。抱膝亭，陈同甫所建亭名。《三国志·蜀志·诸葛亮传》裴松之注引《魏略》：诸葛亮在荆州“每晨夜从容，常抱膝长啸”，亭名于此取义。

②“稻粱”二句：稻粱谋谓维持生计，轩冕得指为官任职。

③“秋风”二句：堕，吹落。《诗·大雅·卷阿》：“凤凰鸣矣，于彼高岗；梧桐生矣，于彼朝阳。”郑玄笺：“凤凰鸣于山脊之上者，居高视下，观可集止，喻贤者待礼乃行，翔而后集。梧桐生者，犹明君出也。生于朝阳者，被温仁之气，亦君德也。凤凰之性，非梧桐不栖，非竹实不食。”诗言秋风吹落碧梧，凤鸟乃去无迹，喻朝廷不用贤者，故贤者栖遁不出。

④蛩（qióng），蟋蟀。

⑤雅颂，《诗经》有小雅、大雅和周颂、鲁颂、商颂，代指高雅的诗歌。一唱而三叹，《荀子·礼论篇》：“《清庙》之歌，一倡而三叹也。”

⑥耕凿，耕田而食，凿井而饮，指平民的生活。语本《帝王世纪》：帝尧之世，有老人击壤而歌：“日出而作，日入而息，凿井而饮，耕田而食，帝力何有于我哉！”民籍，户口册。

⑦劳劳，忧伤貌。抑抑，屈抑貌。

寄陈同甫

古来材大难为用，纳纳乾坤着几人①？
但把鸡豚燕同社，莫将鹅鸭恼比邻②。
世非文字将安托，身与儿孙竟孰亲③？
一语解纷吾岂敢，只应行道亦酸辛④。

①“古来”句，用杜甫《古柏行》“志士幽人莫怨嗟，古来材大难为用”成句。纳纳，广大包容貌。着，犹言容得下。杜甫《野望》诗：“纳纳乾坤大，行行郡国遥。”

②燕，宴请。同社，同里人，邻居。“莫将”句，用杜甫《将赴成都草堂途中有作》诗“不教鹅鸭恼比邻”句。

③世非文字，社会上否定经世的文章。身与儿孙竟孰亲，句仿《老子》“名与身孰亲，身与货孰多”。句意谓应爱重自身。

④解纷，战国时齐人鲁仲连好高节。赵孝成王时秦兵围赵，梁客将新垣衍令赵帝秦，鲁仲连说服新垣衍，使不帝秦，秦军为之退却。事后平原君欲重谢仲连，仲连笑曰："所贵于天下之士者，为人排患释难解纷乱而无所取也。"见《史记·鲁仲连列传》。行道，行道之人。二句意谓我无为君解除患难的能力，而你的境遇，行道之人亦应为之酸辛。陈同甫一生怀才不遇，而又屡罹祸患，止斋寄诗以表同情。

胡朝颖

胡朝颖，字达卿，淳安（今浙江淳安）人，宋孝宗乾道八年壬辰（1172）进士，官提刑。

旅夜书怀

十日春光九日阴，故关千里未归心。
遥怜儿女寒窗底，指点灯花语夜深[①]。

① 指点灯花，古人以灯花可以报喜，儿女们指点灯花，猜测亲人何日归来。

刘 过

刘过（1154—1206），字改之，号龙洲道人，吉州太和（今江西泰和）人。一生浪迹江湖，游踪遍江南诸地，与陆放翁、辛稼轩并有交谊，是江湖派中的爱国诗人，有《龙洲集》。

夜思中原

中原邈邈路何长，文物衣冠天一方①。
独有孤臣流血泪，更无奇杰叫天阊②。
关河夜月冰霜重，宫殿春风草木荒③。
犹耿孤忠思报主，插天剑气夜光芒。

①邈邈，远貌。文物，指典章制度。衣冠，专指士大夫的穿戴，因代指士大夫。

②天阊，天门，因亦代指天上，用以喻朝廷。语本《楚辞·离骚》“吾令帝阍开关兮，倚阊阖而望予”。

③宫殿，指汴京故宫。

登多景楼①

壮观东南二百州，景于多处最多愁。
江流千古英雄泪，山掩诸公富贵羞。
北固怀人频对酒，中原在望莫登楼②。
西风战舰成何事，空送年年使客舟③！

① 多景楼，在今江苏镇江北固山甘露寺内，为唐临江亭故址，北宋时郡守陈天麟建楼。北临大江，为镇江名胜。

② 北固，山名，在镇江市北。三面环水，形势险要。宋高宗建炎四年，韩世忠于此大败金兵。

③ “西风”二句：宋孝宗隆兴和议以后，金国使人年年来临安，镇江为迎送之地，宋廷使金使者亦于此北上中原。

★《宋诗纪事》卷八十三引《梅涧诗话》作赵善伦诗，前四句唯“最多愁”作“更多愁”，后四句作“北府如今唯有酒，中原在望忍登楼。西风战舰今何在，且办年年使客舟”。赵善伦，字季思，宋太宗七世孙，孝宗时人。

村 店

林深路转午鸡啼，知有人家住隔溪。
一坞闹红春欲动，酒帘正在杏花西。

挽张魏公①

背水未成韩信阵，明星已陨武侯军②。
平生一点不平气，化作祝融峰上云③。

① 张魏公，张浚（1097—1164），字德远，汉州绵竹（今四川绵竹）人。南宋主战派大臣。建炎三年（1129）知枢密院事，平苗傅、刘正彦之乱，力主抗金，建议经营川陕。建炎四年任川陕宣抚处置使。时金帅兀术威胁东南，浚自西北集军反攻，牵制全军。富平之役虽然失利，但东南大局得以稳定。后用吴玠、吴璘兄弟坚守秦岭北麓，保全西蜀。绍兴四年（1134）再任枢密，明年为宰相，重用岳飞、韩世忠，力图北伐。秦桧执政后，被排斥在外近二十年。绍兴八年与金议和，他在永州贬所连上五十疏极力反对。孝宗即位（1163），锐意恢复，被重新起用，封魏国公，主持北伐。因将领不和，大败于符离。被迫去职，第二年即去世。《宋诗纪事》卷五十八引《山房随笔》：此诗乃刘过应张浚之子张栻（号南轩）之请而作。刘过在辛稼轩浙东安抚使幕，“南轩邀至公廨，置酒语之曰：‘先君魏公，一生公忠为国，功厄于命，来挽者竟无一

章得此意，愿君有意为发幽潜。’改之即赋一绝，南轩为之堕泪”。刘过客于稼轩在宋宁宗嘉泰四年（1204），则此诗之作上距张浚之死已四十一年。

②“背水”句：汉高祖三年（前204），韩信将兵击赵，出井陉，令万人背水列阵，大败赵军，虏赵王歇。见《史记·淮阴侯列传》。句意谓张魏公尚未能背水一战，打败金军。“明星”句：蜀汉建兴十二年（234），诸葛亮伐魏，据武功五丈原，其年八月卒于军。见《三国志·诸葛亮传》。裴松之注引《晋阳秋》诸葛亮死时，“有星赤而芒角，自东北西南流，投于亮营，三投再还，往大还小。俄而亮卒。”武侯，即诸葛亮。句意谓张魏公壮志未酬而身已死。

③“平生”二句：符离败后，张浚被迫去职，南行病卒于道，临终手书付二子曰：“吾尝相国，不能恢复中原，雪祖宗之耻，即死，不当葬我先人墓左，葬我衡山下足矣！”见《宋史·张浚传》。祝融峰，衡山主峰。

姜　夔

姜夔（1155？—1221？），字尧章，号白石道人。鄱阳（今江西鄱阳）人。父姜噩，绍兴三十年庚辰（1160）进士，新喻丞，知汉阳县，卒于官。夔年青时在父官所，往来沔鄂近二十年。淳熙间，客湖南，识闽清萧德藻，为德藻所器重，以其侄女妻尧章，携之同寓湖州。宋宁宗庆元三年（1197），姜夔进大乐议与琴瑟考古图于朝，论当时乐器、乐曲、歌诗之失。书奏，诏付太常。时嫉其能，不获尽所议。五年，又上圣宋铙歌二十章，诏免解与试礼部，不第，遂以布衣终。晚年，依张俊后人张鉴（字平甫）近十年，鉴死之后，旅食浙东、嘉兴、金陵间，死于西湖。姜夔为南宋大词人，精通音乐，却也颇负诗名，为当时名诗人尤、萧、杨、范所推重。他的诗精思独造，自成一家，风格清新婉丽，和他的词风相近，而更为明畅自然。然反映生活面太窄，题材有限，但在陆、范、杨三家之外，却也是佼佼名家。后人辑有《白石诗词集》。

昔游诗七首

夔早岁孤贫，奔走川陆，数年以来，始获宁处。秋日无谓，追述旧游可喜可愕者，吟为五字古句。时欲展阅，自省生平，不足以为诗也。

洞庭八百里，玉盘盛水银[①]。
长虹忽照影，大哉五色轮。

我舟度其中，晃晃惊我神。
朝发黄陵祠，暮至赤沙曲。
借问此何处，沧湾三十六。
青芦望不尽，明月耿如烛。
湾湾无人家，只就芦边宿。

放舟龙阳县，洞庭包五河②。
汹汹不得道，茫茫将奈何！
篙师请小泊，石矴沉泥沙。
是中大无岸，强指苇与莎。
滞留三四晨，大浪山嵯峨。
同舟总下泪，自谓喂鼋鼍。
白水日以长，仅存青草芽。
转眄又已没，但见千顷波。
此时羡白鸟，飞入青山阿。

九山如马首，一一奔洞庭③。
小舟过其下，幸哉波浪平。
大风忽怒起，我舟如叶轻。
或升千丈坡，或落千丈坑。
回望九马山，政与大浪争。
如飞鹅车炮，乱打睢阳城④。
又如白狮子，下山跳狰狞。
须臾入别浦，万死得一生。
始知茵席湿，尽覆杯中羹。

我乘五板船，将入沌河口⑤。

大江风浪起，夜黑不见手。
同行子周子，渠胆大如斗。
长竿插芦席，船作野马走。
不知何所诣，生死付之偶。
忽闻入草声，灯火亦稍有。
杙船遂登岸，亟买野家酒⑥。

天寒白马渡，落日山阳村⑦。
是时无霜雪，万里风奔奔。
外旃吹已透，内纩冰不温⑧。
吹马马欲倒，吹笠任飞翻。
不见行路人，但见草木蕃。
忽看野烧起，大焰烧乾坤⑨。
声如震雷震，势若江湖吞。
虎豹走散乱，麋鹿不足言。
夜投野店宿，无壁亦无门。
此行值三厄，幸得躯命存。
明发见老姊，斗酒为招魂。

扬舲下大江，日日风雨雪⑩。
留滞鳌背洲，十日不得发。
岸冰一尺厚，刀剑触舟楫。
岸雪一丈深，屹如玉城堞。
同舟二三士，颇壮不恐慑。
蒙毡闭篷卧，波里任倾侧。

晨兴视毡上，积雪何皎洁。
欲上不得梯，欲留岸频裂。
攀援始得上，幸有人见接。
荒村两三家，寒苦衣食缺。
买猪祭波神，入市路已绝。
如今得安坐，闲对妻儿说。

濠梁四无山，陂陀亘长野⑪。
吾披紫茸毡，纵饮面无赭⑫。
自矜意气豪，敢骑雪中马。
行行逆风去，初亦略沾洒。
疾风吹大片，忽若乱飘瓦。
侧身当其冲，丝鞚袖中把⑬。
重围万箭急，驰突更叱咤。
酒力不支吾，数里进一斝。
燎茅烘湿衣，客有见留者。
徘徊望神州，沉痛英雄寡！

① 洞庭，湖南北部大湖，南纳湘资沅澧诸水，北与长江相通。

② 龙阳县，今湖南汉寿。五河，原注："澧、沅、资、湘、大江。"

③ 九山，当即下九马山，其地当在汉寿县境。

④ 睢阳城，今河南商丘，唐天宝末安禄山叛乱时，张巡许远坚守于此。至德元载三月，安禄山将令狐潮等率四万馀众攻雍丘，"设百炮环城，楼堞皆尽，张巡于城上立木栅以拒之"。见《资治通鉴·肃宗至德元载》。然所攻者为雍丘，非睢阳，或白石误记。

⑤ 沌河口，在汉阳西大江边。沌，音篆（zhuàn），与"混沌"之沌（dùn）形同音义并异。

⑥ 杙（yì），木桩。杙船，把船用绳拴在木桩上。

⑦ 山阳村，姜夔姊所居汉川村名。原注："汉阳县界。"

⑧ 旃，同“毡”。外旃，外面穿的皮裘。内纩，里面穿的丝棉袄。

⑨ 野烧，野火。

⑩ 舲，有篷窗的小船。扬舲，开船出发。

⑪ 濠梁，在安徽凤阳东北。

⑫ 赭，红色。面无赭，谓饮酒不红脸。

⑬ 鞚（kòng），马勒，此实指拉住马勒的缰绳。句意谓，因风大，在袖中紧紧地拉住马缰。

★《昔游诗》纯用白描手法，追述往事，历历如在目前。用极其流畅的语言，写五言古诗，如此形象地述说生动的旅途情节，在诗史上极为罕见。姜白石风流词客，于国运时艰，不甚萦怀，而于《昔游诗》后，结尾忽出“徘徊望神州，沉痛英雄寡”二句，仿佛南渡以后遍体疮痍的神州大地发出的一声浩叹。

送《朝天续集》归诚斋时在金陵[①]

翰墨场中老斫轮，真能一笔扫千军[②]。
年年花月无虚日，处处山河怕见君[③]。
箭在的中非尔力，风行水上自成文[④]。
先生只可三千首，回施江东日暮云[⑤]。

①《朝天续集》，杨万里诗集之一。诚斋，即杨万里。光宗绍熙二年（1191）夏，姜夔至金陵谒杨万里。时杨万里六十五岁，姜夔才三十有七。此姜夔借阅《朝天续集》，归还时赠以诗。

②“翰墨”句仿黄庭坚《病起荆江亭即事》“翰墨场中老伏波”。老斫轮，技艺精湛的斫轮老手，比喻造诣高深的行家。典出《庄子·天道》，参见晁补之《赠文潜甥杨克一学文与可画竹》诗注。一笔扫千军，杜甫《醉歌行》：“词源倒流三峡水，军阵独扫千人军。”

③“年年”二句，谓诚斋年年吟咏风月，故风月无虚，处处“捕捉”山河，故山河怕见。虚日，一作“闲日”。山河，一作“江山”。

④ 箭在的中，《孟子·万章下》：“射于百步之外也，其至，尔力也；其中，非尔力也。”风行水上，《易·涣》：“风行水上，涣。”二句均谓诚斋之诗得之自然，非雕琢所致。

⑤ 只可，犹只用，只需。欧阳修《赠王介甫》诗有“翰林风月三千首”句，翰林指李白，当时有以杨万里似李白之说。回施，其义未详。一作“回柁”，亦不好理解。疑当作“回首”“首施”连文，音近而误。江东日暮云，杜甫《春日怀李白》诗：“渭北春天树，江东日暮云。”

★此诗为杨诚斋所称赏。诚斋报之以诗云：“尤萧范陆四诗翁，此后谁当第一功？新拜南湖为上将，更推白石作先峰。可怜公等俱痴绝，不见词人到老穷。谢遣管城侬已晚，酒泉端欲乞移封。”南湖，即张镃，字功甫，有《南湖集》。诚斋此诗是对当时诗坛的总评，只是把自己除外。尤萧诗今所存不多，且诗艺平平，不知何以得如此大名。南湖称为上将，尤不足以当之。诚斋此诗实远不如白石原唱。

过湘阴寄千岩[①]

渺渺临风思美人，荻花枫叶带离声。
夜深吹笛移船去，三十六湾秋月明[②]。

① 湘阴，今属湖南，洞庭湖东。千岩，即萧德藻。
② 三十六湾，在洞庭湖东岸，即《昔游诗》所谓“沧湾三十六”。

三高祠[①]

越国霸来头已白，洛京归后梦犹惊[②]。
沉思只羡天随子，蓑笠寒江过一生[③]。

① 三高祠，在苏州吴江县，祀春秋范蠡、晋张翰、唐陆龟蒙。

② “越国”句，咏范蠡。范蠡，字少伯，楚国宛（今河南南阳）人，为越王勾践大夫，辅助勾践打败吴王夫差，灭亡吴国。平吴之后，范蠡以勾践可与共患难，不可与共安乐，去而之齐，定居于陶，号陶朱公，以经商致富。“洛京”句咏张翰。张翰，字季鹰，吴（今江苏苏州）人。齐王司马冏执政，翰为大司马东曹掾，知冏必败，因见秋风起，乃思吴中菰菜莼羹鲈鱼脍，曰：“人生贵得适志，何能羁宦数千里以要名爵乎！”遂命驾而归。俄而冏败，人皆谓其知机。

③“沉思”二句咏陆龟蒙。天随子，即陆龟蒙，字鲁望，长洲（今江苏吴县）人，曾任苏、湖二州从事，后隐居甫里，自号江湖散人、甫里先生，又号天随子，为晚唐著名诗人。姜夔以其本人生平与陆龟蒙较相近，故特别嘉许陆龟蒙，实亦自抒怀抱。其《除夜自石湖归苕溪》诗其五云“三生定是陆天随，只向吴淞作客归”，直以陆龟蒙自比。白石诗词成就实远高于陆龟蒙。

竹友为徐南卿作①

髮已星星带已宽，徐卿犹自客长安②。
家山竹好无由看，漫种庭前一两竿。

① 竹友，徐南卿轩名，取种竹为友之意。徐南卿，生平不详。

② 髮已星星，谓鬓髮斑白。带已宽，谓腰身瘦削。都说明渐趋衰老。长安，代指临安。

送范仲讷往合肥二首①

我家曾住赤阑桥，邻里相过不寂寥②。
君欲到时秋已半，西风门巷柳萧萧③。

小帘灯火屡题诗，回首青山失后期④。
未老刘郎定重到，烦君说与故人知⑤。

① 范仲讷，姜夔友人，生平不详。合肥，今安徽合肥。宋孝宗淳熙初年，姜夔年二十馀岁，游合肥，结识勾栏中姊妹二人，情好甚笃，别后常在诗词中抒发其思念之情，白石道人歌曲六十六首，近三分之一为思念合肥姊妹而作。本事见夏承焘《姜白石词编年笺校》所考“合肥词事”及拙著《词苑英华》姜夔词注。送范仲讷实亦寄语合肥所恋也。

② 赤阑桥，即合肥姊妹所在地。姜夔《淡黄柳》词序云：“客居合肥南城赤阑桥之西，巷陌凄凉，与江左异，惟柳色夹道，依依可怜。”然赤阑桥亦常指情人所在之地。顾况《题叶道士山房》诗：“水边杨柳赤阑桥，洞里仙人碧玉箫。”周邦彦《玉楼春》词：“当时相候赤阑桥，今日独寻黄叶路。”

③ 西风门巷柳萧萧，宋光宗绍熙二年（1191）姜夔再到合肥，所作《凄

凉犯》词序云："合肥巷陌皆种柳，秋风夕起骚骚然。"与诗句可以互证。

④ 回首青山失后期，绍熙二年告别合肥时所作《解连环》词下片云："西窗夜凉雨霁，叹幽欢未足，何事轻弃！问后约，空指蔷薇，算如此溪山，甚时重至？"诗中"后期"，与词中"后约"正相印。

⑤ 刘郎，诗人自指，用刘禹锡《再游玄都观》诗中"前度刘郎"词语，亦暗用刘晨、阮肇上天台山遇仙女故事。故人，即指合肥姊妹。

过垂虹[①]

自作新词韵最娇，小红低唱我吹箫[②]。
曲终过尽松陵路，回首烟波十四桥[③]。

① 垂虹，桥名，北宋时建，在吴江县东，跨吴淞江上，桥东西长千馀尺，前临太湖，为三吴名胜。光宗绍熙二年（1191）深冬，姜夔谒范成大于石湖。时范成大六十六岁，姜夔三十有七。

② 小红，元陆友《砚北杂志》："小红，顺阳公青衣也，有色艺。顺阳公之请老，姜尧章诣之。一日，授简征新声，尧章制《暗香》《疏影》二曲，公使二妓肄习之，音节清婉。姜尧章归吴兴，公寻以小红赠之。其夕，大雪过垂虹，赋诗云云。"顺阳公，即范成大。青衣，指家妓。

③ 松陵，吴江别称。

除夜自石湖归苕溪三首[①]

细草穿沙雪半消，吴宫烟冷水迢迢[②]。
梅花竹里无人见，一夜吹香过石桥。

黄帽传呼睡不成，投篙细细激流冰[③]。
分明旧泊江南岸，舟尾春风飐客灯[④]。

笠泽茫茫雁影微，玉峰重叠护云衣[⑤]。
长桥寂寞春寒夜，只有诗人一舸归。

①除夜，绍熙二年（1191）除夕。参见《过垂虹》诗注。石湖，在苏州和吴江之间，范成大别墅所在。苕溪，吴兴的别名，亦即湖州。

②吴宫，石湖地近苏州，即姑苏，春秋时吴国都城所在。迢迢，远貌。

③黄帽，指船夫，俗称黄头郎。

④飐（zhǎn）客灯，风吹得灯火摇晃不定。

⑤笠泽，太湖的别称。玉峰，冰封雪冻的山峰。护云衣，以云衣护之。

雪　中

曾泛扁舟访石湖，恍然坐我范宽图①。
天寒远挂一行雁，三十六峰生玉壶。

①曾泛扁舟访石湖，即指绍熙二年（1191）深冬访石湖事。范宽，北宋著名山水画家，善写秦陇间奇峰峻岭，亦擅画雪山。

★“挂”字妙不可言。

萧　山①

归心已逐晚云轻，又见越中长短亭。
十里水边山下路，桃花无数麦青青。

①萧山，今属浙江，在钱塘江南岸。

湖上寓居杂咏四首①

荷叶披披一浦凉，青芦奕奕夜吟商②。
平生最识江湖味，听得秋声忆故乡。

湖上风恬月淡时，卧看云影入玻璃③。
轻舟忽向窗边过，摇动青芦一两枝。

处处虚堂望眼宽，荷花荷叶过阑干。
游人去后无歌鼓，白水青山生晚寒。

苑墙曲曲柳冥冥，人静山空见一灯。
荷叶似云香不断，小船摇曳入西陵[④]。

① 湖，指杭州西湖。宋宁宗庆元二、三年（1196、1197）间姜夔定居西湖上孤山西泠。

② 商，五音之一。欧阳修《秋声赋》：“商声主西方之音。”吟商，即指秋声，此指秋风吹动芦叶发出的声音。

③ 玻璃，指水面。

④ 西陵，即西泠。《玉台新咏》卷十《钱塘苏小歌》：“何处结同心，西陵松柏下。”

朱淑真

朱淑真，号幽栖居士，杭州钱塘（今杭州）人，一说海宁（今浙江海宁）人。据传嫁为市井民妻，抑抑以没。是南宋仅次于李清照的女词人，亦能诗。有《断肠集》。

即 事

竹摇清影罩幽窗，两两时禽噪夕阳。
谢却海棠飞尽絮，困人天气日初长。

秋 夜

夜久无眠秋气清，烛花频剪欲三更。
铺床凉满梧桐月，月在梧桐缺处明。

戴 敏

戴敏，字敏才，号东皋子，黄岩（今浙江黄岩）人。戴复古之父。

初夏游张园

乳鸭池塘水浅深，熟梅天气半晴阴。
东园载酒西园醉，摘尽枇杷一树金。

徐玑

徐玑（1162—1214），字文渊，一字致中，又字灵渊，祖籍晋江（今福建晋江），其父移居永嘉（今浙江温州）。历官建安主簿，龙溪县丞，武当、长泰令。与同里徐照字灵晖、翁卷字灵舒、赵师秀字灵秀，称为永嘉四灵。四灵反对江西派“资书以为诗”，改易为“捐书以为诗”。所作尽量不用典故，即事素描。效法晚唐，尤尚姚合、贾岛。四灵一出，遂大开江湖派风气，至夺江西派之席而代之。但四灵诗廊庑太窄，根柢不深，虽间有灵气，而蕴涵肤浅，成就不大。徐玑有《二微亭集》。

新凉

水满田畴稻叶齐，日光穿树晓烟低。
黄莺也爱新凉好，飞过青山影里啼。

翁 卷

翁卷（生卒不详），字续古，一字灵舒，温州乐清（今浙江温州）人。宋孝宗淳熙十年（1183）登乡荐，以布衣终。永嘉四灵之一。据说因翁卷字灵舒，徐玑文渊才改字灵渊，徐道晖改字灵晖，赵师秀改字灵秀，乃有永嘉四灵之称。翁有《苇碧轩集》。

乡村四月

绿遍山原白满川，子规声里雨如烟。
乡村四月闲人少，才了蚕桑又插田。

★《宋诗纪事》卷五十二引《西溪丛话》作谢完壁诗。谢，绍兴间人，生平不详。《千家诗》又误作范成大诗，题为《村居即事》，非是。

山 雨

一夜满林霜月白，亦无云气亦无雷。
平明忽见溪流急，知是他山落雨来。

野 望

一天秋色冷晴湾，无数峰峦远近间。
闲上山来看野水，忽于水底见青山。

赵师秀

赵师秀（1170—1220），字紫芝，后改灵秀，温州永嘉（今浙江温州）人。宋太祖八世孙。光宗绍熙元年庚戌（1190）进士。曾任高安推官。永嘉四灵之一。有《清范斋集》。

数　日

数日秋风欺病夫，尽吹黄叶下庭芜。
林疏放得遥山出，又被云遮一半无。

有　约

黄梅时节家家雨，青草池塘处处蛙。
有约不来过夜半，闲敲棋子落灯花。

高　翥

高翥，字九万，号菊涧，宋孝宗时馀姚（今浙江余姚）人。有《信天巢遗稿》。

秋　日

庭草衔秋自短长，悲蛩传响答寒螿[①]。
豆花似解通邻好，引蔓殷勤远过墙。

① 蛩（qióng），蟋蟀。螿（jiāng），蝉。

叶绍翁

叶绍翁，字嗣宗，号靖逸，处州龙泉（今浙江龙泉）人。江湖派诗人，与真德秀友善。有《四朝闻见录》《靖逸小集》。

游园不值[1]

应怜屐齿印苍苔，十扣柴扉九不开[2]。
春色满园关不住，一枝红杏出墙来。

① 不值，不遇主人。
② 应怜，一作“应嫌”。十扣柴扉九不开，一作“小扣柴扉久不开”。

★唐吴融《途中见杏花》七律首二句云：“一枝红杏出墙头，墙外行人正独愁。”出墙红杏的画面为陆游所神往，整句揽入其《马上作》诗中，诗云：“平桥小陌雨初收，淡日穿云翠霭浮。杨柳不遮春色断，一枝红杏出墙头。”其后张良臣《偶题》诗云：“谁家池馆静萧萧，斜倚朱门不敢敲。一段好春藏不尽，粉墙斜露杏花梢。”叶绍翁把陆、张二诗中的好句，重加组合而青出于蓝；“春色满园关不住”，比遮不断，藏不尽，更活，更生动，遂使“一枝红杏出墙来”，也更为生气勃发，春意盎然。

夜书所见

萧萧梧叶送寒声，江上秋风动客情。
知有儿童挑促织，夜深篱落一灯明。

★“知有儿童挑促织，夜深篱落一灯明”，姜夔《齐天乐·蟋蟀》词“笑篱落呼灯，世间儿女”、张镃《满庭芳·促织》词“儿时曾记得，呼灯灌穴，敛步随音”，都写到这种境界。叶诗实并不完整，首二句颇嫌凑合。

吴惟信

吴惟信，字仲孚，霅川（今浙江吴兴）人，寓居吴中，有《菊潭诗集》。

苏堤清明即事

梨花风起正清明，游子寻春半出城。
日暮笙歌收拾去，万株杨柳属流莺。

葛天民

葛天民，字无怀，越州山阴（今浙江绍兴）人。曾祝髮为僧，更名义铦，字朴翁。后又还俗。与姜尧章、叶绍翁交好。有《无怀小集》。

迎燕

咫尺春三月，寻常百姓家[①]。
为迎新燕入，不下旧帘遮。
翅湿沾微雨，泥香带落花。
巢成雏长大，相伴过年华。

①“咫尺”句，言暮春将近。“寻常”句，用刘禹锡《乌云巷》诗“旧时王谢堂前燕，飞入寻常百姓家”词语。

华　岳

华岳，字子西，别号翠微，贵池（今安徽贵池）人。武学生。宋宁宗开禧元年（1205）上书请诛韩侂胄、苏师旦，被罪下建宁狱。韩侂胄诛后，始放还。登嘉定武科第一，为殿前司官属。又因谋去权相史弥远，被杖死东市。有《翠微南征录》。

江上双舟催发

前帆风饱江天阔，后帆半出疏林阙。
后帆招手呼前帆，画鼓轻敲点催发。
前帆雪浪惊飞湍，后帆舵尾披银山①。
前帆渐缓后帆急，相傍俱入芦花湾。
岛屿萦洄断还续，沙尾夕阳明属玉②。
望中醉眼昏欲花，误作闲窗小横轴。

① 飞湍、银山，均指浪花。
② 明，映照。属玉，鸟名，即沙鸥。

田家三首

老农锄水子收禾，老妇攀机女掷梭①。
苗绢已成空对喜，纳官还主外无多。

鸡唱三声天欲明，安排饭碗与茶瓶。

良人犹恐催耕早，自扯蓬窗看晓星。

拂晓呼儿去采樵，嘱妻早办午炊烧。
日斜枵腹归家看，尚有生枝炙未焦[②]。

①“老农”二句，“锄水”与“收禾”互文，“攀机”与“掷梭”互文。
②枵（xiāo）腹，空腹。

杜耒

杜耒（？—1225），字子野，号小山，盱江（今江西临川）人。曾为淮东安抚使许国幕客。宋理宗宝庆元年（1225）许国为忠义军首领李全所杀，杜耒亦死于乱军之中。见罗大经《鹤林玉露》。

寒夜

寒夜客来茶当酒，竹炉汤沸火初红①。
寻常一样窗前月，才有梅花便不同。

① 竹炉，一种火炉，用竹编作外壳，内筑粘土，中用铁栅隔断作为内镗。

戴复古

戴复古（1167—1246 以后），字式之，号石屏，台州黄岩（今浙江黄岩）人。一生不仕，游踪遍江淮万里。曾从陆游学诗，是江湖派重要的有代表性的作家之一。有《石屏集》。

频酌淮河水

有客游濠梁，频酌淮河水[①]。
东南水多咸，不如此水美。
春风吹绿波，郁郁中原气。
莫向北岸汲，中有英雄泪[②]。

①有客，实作者自指。濠梁，《庄子·秋水》“庄子与惠子游于濠梁之上”，据成玄英注，濠是水名，“石绝水为梁”，此系泛指。

②“莫向”二句：南宋与金以淮水为界，南宋统治者放弃中原后，中原人民不断反抗，遭到金统治者的残酷镇压；南人一到淮河，亦不胜愤慨。中有英雄泪，内涵极为丰富。

题董侍郎山园

行尽芙蓉径，寻秋扣竹关。
楼高纳万象，木落见群山。
平野水云际，画桥烟雨间。
红尘城下路，只隔一湖湾。

九　日[①]

今日知何日，他乡忆故乡。
黄花一杯酒，白髮几重阳？
日晚鸦争宿，天寒雁叫霜。
客中无此醉，何以敌凄凉！

① 九日，阴历九月九日，即重阳节。

湖南见真师[①]

致身虽自文章选，经世尤高政事科[②]。
以若所为即伊吕，使其不遇亦丘轲[③]。
长沙地窄儒衣阔，明月池干春水多[④]。
天以一贤私一路，其如四海九州何[⑤]！

① 真师，真德秀（1178—1235），字景元，后改景希，学者称西山先生。宋宁宗庆元五年己未（1199）进士。嘉定十五年（1222），以宝谟阁待制安抚使知潭州，以“廉仁公勤”四字勉励其士，颇有政绩。理宗绍定中拜参知政事，进资政殿直学士。见《宋史·真德秀传》。真德秀比戴复古小十一岁，戴尊重之，称之为师。

② 致身，犹立身，委身。语本《论语·学而》“事君能致其身”。经世，经营业务。政事，施政处事。孔门四科中有政事科，《论语·先进》：“政事：冉有、季路。”

③ 以若所为，以真德秀之所为。语本《孟子·梁惠王上》“以若所为求若所欲”，但仅取其词语。伊吕，伊尹和吕尚。丘轲，孔丘和孟轲。

④ 长沙地窄，《汉书·长沙定王传》注引应劭曰：“景帝后二年诸王来朝，有诏更前称寿歌舞。定王但张袖小举，左右笑其拙。上怪问之，对曰：‘臣国小地狭，不足回旋。’”诗反用其意，谓长沙地虽窄，而真师儒衣自阔。明月池，在湖南桃源县，沅水所经。

⑤ 路，宋代行政单位。湖南属荆湖南路。

★对真德秀的颂扬崇拜，至无以复加。“以若所为即伊吕，使其不遇亦丘轲”，真德秀何以当之！

江阴浮远堂[①]

横冈下瞰大江流，浮远堂前万里愁[②]。
最苦无山遮望眼，淮南极目尽神州！

① 江阴，今江苏江阴。浮远堂在江阴君山上，取苏轼“江远欲浮天”句命名，北临大江，为江阴胜境。

② 横冈，即指君山。一名瞰江山，在江阴城北，俯瞰大江故名。

★刘仙伦《题张仲隆快目楼壁》诗云：“天上张公百尺楼，眼高四海气横秋。只愁笑语惊阊阖，不管栏干犯斗牛。远水拍天迷钓艇，西风万里入貂裘。面前不着淮山碍，望到中原天尽头！”戴诗说苦于无淮山遮望眼，“淮南极目尽神州！”刘诗说要不是淮山遮望眼，“望到中原天尽头”！有山遮、无山遮说法相反，其心系万里神州的情感是完全一致的。刘仙伦，一名儗，字叔儗，庐陵（今江西吉安）人。江湖派诗人，有《招山小集》。

淮村兵后

小桃无主自开花，烟草茫茫带晚鸦。
几处败垣围故井，向来一一是人家！

盱眙北望

北望茫茫渺渺间，鸟飞不尽又飞还。
难禁满目中原泪，莫上都梁第一山[①]！

① 都梁，山名，在盱眙东，上有米芾书“第一山”，北瞰洪泽，南宋使臣例在此接待金使。参见郑汝谐《题盱眙第一山》诗注。

洪咨夔

洪咨夔（1176—1235），字舜俞，号平斋，临安於潜（今浙江临安西）人。宋宁宗嘉定元年戊辰（1208）进士。知龙州。理宗朝，累官刑部尚书，翰林学士，知制诰。有《平斋文集》。

促织二首[①]

一点光分草际萤，缲车未了纬车鸣[②]。
催科知要先期办，风露饥肠织到明。

水碧衫裙透骨鲜，飘遥机杼夜凉边。
隔林恐有人闻得，报县来拘土产钱。

① 促织，虫名，即蟋蟀。以其声似织机，故名促织。
② 缲车，缲丝工具。纬车，纺车。

王迈

王迈（1184—1248），字贯之，自号臞轩居士，仙游（今福建仙游）人。宋宁宗嘉定十年丁丑（1217）进士。调南外睦宗院教授，召试学士院，改通判漳州。理宗淳祐中，知邵武军。有《臞轩集》。

读渡江诸将传[1]

读到诸贤传，令人泪洒衣。
功高成怨府，权盛是危机[2]。
勇似彭韩有，心如廉蔺希[3]。
中原岂天上，尺土不能归？

① 渡江诸将，宋南渡诸将有宗泽、刘锜、刘光世、吴玠吴璘兄弟、韩世忠、岳飞等。其中不乏名将，皆因宋高宗和秦桧阻挠，抗金事业终归失败。

② 怨府，怨恨集中之所。《史记·赵世家》："毋为怨府，毋为祸梯。"

③ 彭韩，指汉初名将彭越、韩信。廉蔺，指战国时赵国廉颇、蔺相如。廉颇、蔺相如是古代将相宽洪大度"先国家之急而后私雠"的楷模。南宋初期根本的问题是坚持抗战与投降卖国的矛盾，不是一般的将相不能协调，因此评为"心如廉蔺希"并不完全确切。

刘克庄

刘克庄（1187—1269），字潜夫，号后村居士，莆田（今福建莆田）人。曾从学于真西山，以荫补入仕。为建阳令，有政声，“人言自有建阳无此宰”[①]。因作《落梅》诗，被诬为讪谤权臣，由此闲废十年[②]。后知袁州，历广东运判、江东提刑。宋理宗淳祐六年（1246），以将作监直华文阁，赐同进士出身。官至秘阁修撰，出为福建提刑，以龙图阁学士致仕。宋度宗咸淳五年卒，年八十三。刘后村年青时及与四灵相并，诗学晚唐，自称“苦吟不脱晚唐诗”（《自勉》）。刘后村是江湖派中成就最大的诗人。他极力反对和议，耽心国势倾危。是陆放翁以后诗中涉及这一主题最多的作者；其忧愤之心，恢复之志，亦不减放翁，但缺乏放翁诗的艺术力量。有《后村先生大全集》。

① 戴复古《访古田刘无竞》诗自注。

② 刘克庄为建阳令时，赋《落梅》诗云：“一片能教一断肠，可堪平砌更堆墙。飘如迁客来过岭，坠似骚人去赴湘。乱点莓苔多莫数，偶粘衣袖久犹香。东风谬掌花权柄，却忌孤高不主张。”言官李知孝等阿附权臣史弥远，以诗末二句为“讪谤当国”。刘后村由此坐废十年。这是宋代可与乌台诗案相比的落梅诗案。后刘克庄在《病后访梅》诗中说：“梦得因桃数左迁，长源为柳忤当权。幸然不识桃并柳，却被梅花累十年！”又在《贺新郎·宋庵访梅》词中说：“老子平生无他过，为梅花受取风流罪。”在其它诗作中亦多处提到。

筑城行[①]

万夫喧喧不停杵，杵声丁丁惊后土[②]。
遍村开田起窑灶，望青斫木作楼橹[③]。
天寒日短工役急，白棒诃责如风雨。

汉家丞相方忧边，筑城功高除美官④。
旧时广野无城处，而今烽火列屯戍。
君不见高城齾齾如鱼鳞，城中萧疏空无人⑤！

①《筑城行》等歌行十首，有类张籍的新题乐府，是后村集中反映现实最为深切的作品。选录七首，即《筑城行》《运粮行》《苦寒行》《军中乐》《寄衣曲》《朝陵行》《破阵曲》。

② 杵，筑土所用木棒。后土，大地，亦指土神。

③ 斫（zhuó），砍伐。楼橹，瞭望木楼，上无盖顶。

④ 除，拜官，封官。忧边是口号，除官是实意，故在不用修城的地方也修城，这与二十世纪七十年代“深挖洞”情况略同。

⑤ 齾齾（yà），参差貌。

运粮行

极边官军守战场，次边丁壮俱运粮。
县符旁午催调发，大车小车声轧轧①。
霜寒晷短路又滑，担夫肩穿牛蹄脱②。
呜呼汉军何日屯渭滨，营中子弟皆耕人③！

① 县符，县令发的文书。旁午，纷纭交错。

② 晷，测日仪器，此代指白日。

③ 渭滨，代指北疆前线。屯田渭滨，则不用南方运送军粮。又，南宋防守金人，边防只在淮水，渭滨尚相距千里，诗含刺意。

苦寒行

十月边头风色恶，官军身上衣裘薄。
押衣敕使来不来，夜长甲冷睡难着。
长安城中多热官，朱门日高未启关①。
重重帏箔施屏山，中酒不知屏外寒②。

① 热官，权势之热与生活之热双关。关，门。
② 帏箔，帘幕。屏山，屏风。中酒，醉酒。

军中乐

行营面面设刁斗，帐门深深万人守。
将军贵重不据鞍，夜夜发兵防隘口。
自言敌畏不敢犯，射麋捕鹿来行酒。
更阑酒醒山月落，彩缣百段支女乐。
谁知营中血战人，无钱得合金疮药！

寄衣曲

征夫去时着纻葛，征夫未回天雨雪。
夜呵刀尺制寒衣，儿小却倩人封题。
上有泪痕不教洗，征夫见时认针指。
殷勤着向边城里，莫遣寒风吹腠理[①]。
江南江北一水间，古人万里戍玉关。

① 殷勤，此处犹言小心在意。腠理，肌肤。

★诗前八句与唐宋人征妇诗、寄衣曲并无区别，唯结末“江南江北一水间，古人万里戍玉关”令人震颤。作安慰语，手法极其婉转。古人远戍玉关万里，今边疆仅一水相隔，征夫则所戍不远，于国家实为极大的耻辱与悲哀。

朝陵行

国家诸陵陷河北，盗发宝衣斧陵木[①]。
或言陵下往来人，夜闻翁仲草间哭[②]。

何年却遣朝陵官，含桃璀璨登金盘[3]。
悲哉人家坟墓各有主，谁修永昌一抔土[4]！

① 国家诸陵，指北宋诸帝陵墓。陷河北，北宋诸陵都在洛阳附近，“河北”只能理解为淮河以北。斧，砍。

② 翁仲，陵墓前的石人。

③ 含桃，樱桃。《礼记·月令》：仲夏之月，“以含桃先荐寝庙”。

④ 永昌，指永昌陵，宋太祖陵墓。

破阵曲

黄旗一片城头回，两河百郡送款来[1]。
至尊御殿受捷奏，六军张凯声如雷[2]。
元戎剑履云台上，麾下偏裨皆将相[3]。
腐儒笔力尚跌宕，燕山之铭高十丈[4]。

① 款，指诚心归附的文书。

② 张凯，大唱凯歌。

③ 元戎，主将。剑履，佩剑着履。云台，东汉宫中台名，汉明帝图中兴功臣二十八人于台上。此指胜利之后，朝廷将图画主要功臣以纪功勋。

④ 腐儒，诗人自指。跌宕，指文辞抑扬顿挫，能曲尽其情。燕山之铭，指燕然山铭，东汉和帝永元元年（89）大将军窦宪大败匈奴，登燕然山（今蒙古杭爱山），令班固作铭，勒石纪功。

★全诗所写，全作想象之辞。诗人设想有朝一日国家会大败敌人，收复两河百郡，统一祖国。此与陆放翁《九月十六日夜梦驻军河外》《五月十一日夜且半梦随大驾亲征》等诗同样深挚激切。诗人们念念不忘恢复中原，致形于梦寐，寄诸想象，千载而后读之，犹令人感奋。放翁此等诗重在呼喊抗战，反对和议，发为歌咏，往往豪宕感激；后村则参入揭露官僚腐败、谴责苛政扰民内容，盖宁宗、理宗之世，国家溃败，每况愈下，又已非孝宗、光宗之时矣！

北来人

试说东都事，添人白发多[①]。
寝园残石马，废殿泣铜驼[②]。
胡运占难久，边情听易讹[③]。
凄凉旧京女，妆髻尚宣和[④]。

① 东都，指北宋故都汴京，今河南开封。

② 寝园，指北宋帝王的陵园。废殿，指北宋的宫殿。铜驼，《晋书·索靖传》："靖有先识远量，知天下将乱，指洛阳宫门铜驼叹曰：'会见汝在荆棘中耳。'"

③ 胡运，指金人的国运。占，预测。

④ 宣和，宋徽宗年号。

冶　城[①]

断镞遗枪不可求，西风古意满原头。
孙刘数子如春梦，王谢千年有旧游[②]。
高塔不知何代作，暮笳似说昔人愁。
神州只在阑干北，度度来时怕上楼[③]。

① 冶城，在今南京城内朝天宫一带，传为孙吴冶铸之所。

② 孙刘，六朝都于金陵，其中敢于与北方强敌对抗者，前有孙权，赤壁之战打败曹操，后有刘裕，曾两度北伐，灭南燕、后秦。王谢，东晋建立后，王谢大族成为朝廷支柱。王导辅佐晋元帝稳定江东，谢安领导晋军打败苻坚。谢安曾和王羲之登冶城，悠然远想，有高世之志。

③ 神州，此指中原大地，时在金人统治下。

感　昔

先皇立国用文儒，奇士多为笔墨拘[①]。

澶水归来边奏少，熙河捷外战功无②。
生前上亦知强至，死后人方诔尹洙③。
蝼蚁小臣孤愤意，夜窗和泪看舆图④。

① "先皇立国"二句：宋太祖赵匡胤出身行伍，以点检而为天子，恐武将效尤，因此"杯酒释兵权"，朝廷重用儒臣，武将纵有职而无实权，使"将不知兵，兵不知将"，终有宋之世，军防贫弱，对待外敌，强盛之日也只消极防御，衰弱之时不惜称臣纳币。笔墨拘，拘于笔墨之间，即写诗作文。

② 澶水，指澶（chán）渊，湖泊之名，在今河南濮阳县西。宋真宗景德元年（1004），辽（契丹）军南侵，深入宋境，真宗恐惧，参知政事王钦若主南走金陵，知枢密院事陈尧叟议西迁成都，宰相寇准坚持真宗亲征。真宗勉强至澶州（今河南濮阳）。宋军连战皆捷，并射杀辽大将挞览。在宋军告捷、辽国请和的有利条件下，真宗仍遣曹利用赴辽军"议岁币"，并口谕"百万以下皆可许也。"又在寇准坚持下，终以岁币三十万、绢二十五万匹成约，史称"澶渊之盟"。见《宋史·寇准传》。熙河，即熙河路，治熙州（今甘肃临洮）。宋神宗熙宁元年（1068），王韶上《平戎策》，主张抵御西夏，当先复河湟，为神宗所赏识，以韶管干秦凤经略司机宜文字。韶因按边，说服吐蕃部俞龙珂率属十二万口内附。韶又建言开辟渭源至秦川土地，受到王安石的积极支持。神宗以韶知通远军（今甘肃陇西）军事。熙宁五年（1072），王韶大破羌兵，城武胜，建为镇洮军，复击吐蕃木征，降其部落二万。宋廷更镇洮为熙州，以熙、河、洮、岷、通远为一路（即熙河路），韶以龙图阁待制知熙州。熙宁六年取河州，大败木征，连拔宕、岷二州，叠、洮羌人皆以城附。军行五十有四日，涉千八百里，得州五。是北宋一代少有的胜利。王韶（1028—1079），字子纯，江州德安（今江西德安）人。韶用兵有机略，每战必捷。官至枢密副使，出知洪州、鄂州。元丰四年卒，年五十二。见《宋史·王韶传》。

③ 强至，字幾圣，杭州钱塘（今杭州）人，"以文学受知于韩琦，终祠部郎中。"见《宋史·强渊明传》（强渊明，强至之子。）。"生前上亦知强至"事待考。尹洙（1001—1047），字师鲁，河南（今河南洛阳）人。官至起居舍人直龙图阁。北宋古文家，其文多论西北军政。曾作《叙燕》《息戍》等论著，极力主张加强武备，充实兵力，抵御西夏的攻掠。"自元昊不庭，洙未尝不在兵间，故于西事尤练习。其为兵制之说，述战守胜败，尽当时利害。又欲训土兵代戍卒，以减边费，为御戎长久之策，皆未及施为"。见《宋史·尹洙传》。

④ 蝼蚁小臣，诗人自指。

★《感昔》一诗，是刘后村对有宋一代历史的反思。宋王朝之所以孱弱，在于一开始就有战略上的失误。国家不是没有有识之士，不是没有可征之将，然都不得伸展，即使在其隆盛之时，亦萎靡不振，面对强敌畏葸不前，终导致不可收拾，偏安江左，大局危殆，故后村面对舆图而忧恨绵绵！

凤凰台晚眺①

经月疏行台上路，秣陵城郭忽秋风②。
马嘶卫霍空营里，萤起齐梁废苑中③。
野寺旧曾开玉帐，翠华久不幸离宫④。
小儒记得隆兴事，闲对山僧说魏公⑤。

① 凤凰台，在今南京市南凤凰山上，南朝宋元嘉十四年（437）筑。

② 秣陵，即南宋建康府，今南京市。

③ 卫霍，西汉名将卫青、霍去病。建康与卫霍无涉，此代指南宋抗金将领。如韩世忠、虞允文、张浚等都曾沿江设防，于今防务废弛，故马嘶空营。齐梁废苑，南朝齐梁都以建康为都城。

④ 玉帐，军营。翠华，用翠鸟羽毛装饰的旗，为天子仪仗。离宫，天子行宫。建炎三年（1129）五月宋高宗南逃至江宁府，驻跸神霄宫，改府名建康。南宋主战派都主建都建康，以示北向，但高宗一味委曲求和，偏处临安。“翠华久不幸离宫”即暗寓谴责之意。

⑤ 小儒，诗人自指。隆兴，宋孝宗年号。魏公，即张浚。宋孝宗即位，张浚力求北伐。隆兴元年（1163）正月，张浚进枢密使，都督江淮东西路军马，积极组织北伐。四月，命邵宏渊师次盱眙，李显忠进驻定远。李显忠渡淮，攻克灵璧。邵宏渊攻虹县不下，李显忠使人招降之，二将因此不和。朝廷中主和派史浩以出兵前未预闻为借口，辞去相职，造成不良影响。李显忠与金人战于宿州，邵宏渊不援，殿前统制官张顺通等率先逃跑，动摇军心。五月宋军大溃于符离，北伐如此失败。隆兴事即指此。隆兴元年刘后村尚未出生，“小儒记得”的是前人述说的历史，而并非亲历目击。

题系年录[①]

炎绍诸贤虑未精，今追遗恨尚难平[②]。
区区王谢营南渡，草草江徐议北征[③]。
往日中丞甘结好，暮年都督始知兵[④]。
可怜白髮宗留守，力请銮舆幸旧京[⑤]。

① 系年录，即《建炎以来系年要录》，李心传著。李心传（1166—1243），字微之，井研（今四川井研）人。李氏学问渊博，长于史事，曾主修《中兴四朝帝纪》《十三朝会要》，对当时历史非常熟悉。所撰《建炎以来系年要录》，为高宗朝编年史，考证详实，条理精密。元修《宋史》未见此书，今本系从《永乐大典》中辑出。

② 炎绍，宋高宗建炎、绍兴。炎绍诸贤，指高宗朝执政大臣，其实主要是秦桧及其爪牙，以及宋高宗本人。虑未精，指对金统治者妥协投降，订立绍兴和议，使宋室从此未能振作，故至今遗恨尚难平。

③ 区区，小貌。王谢，指东晋王导、谢安等人，在晋室南渡之后，王导辅佐晋元帝稳定东晋政权，谢安于孝武帝时组织晋军抵御北方强敌。营，经营。草草，急遽草率。江徐，指南朝宋江湛、徐湛之，并受宋文帝信用，“世谓之江徐”。元嘉二十七年（450），“上（文帝）大举北伐，举朝为不可，唯湛赞成之。索虏至瓜步，领军将军刘遵考率军出江上，以湛兼领军，军事处分，一以委焉”。见《宋书·江湛传》。“索虏至瓜步，湛之领兵置佐，与皇太子分守石头”。见《宋书·徐湛之传》（索虏，南朝人对北朝的辱称，此指北魏太武帝拓跋焘）。王导、谢安虽有才干，获重名，然始终只能经营南渡，未能恢复中原，故曰“区区”。江湛、徐湛之赞襄宋文帝北伐，然计划不周，导致滑台惨败，故云“草草”。此以古喻今，实指炎绍诸人只图苟且江南，不图北进。

④ 中丞，指秦桧，秦桧于靖康元年除御史中丞。靖康二年，徽钦二宗被金人俘虏北去，桧相从至燕山。后被金人遣回，为高宗所宠信，在绍兴朝两任宰相，杀害名将岳飞，贬逐张浚、赵鼎等人，力主投降，向金称臣纳币。见《宋史·秦桧传》。甘结好，实谓甘于屈辱投降。都督，指张浚，南宋主战派大臣。参见刘过《挽张魏公》诗注。绍兴五年，张浚为宰相兼知枢密院事，都督诸路军马。后遭秦桧排斥，“浚去国几二十年，天下士无贤不肖，莫不倾心

慕之。武夫健将，言浚者必咨嗟叹息，至儿童妇女，亦知有张都督也”。见《宋史·张浚传》。按张浚一贯力主抗金，非暮年始知兵也。诗中“往日”、“暮年”似就宋高宗言之。张浚贬斥在外近二十年，绍兴三十一年高宗起浚为建康留守，三十二年高宗至建康，劳浚曰：“卿在此，朕无北顾忧矣。”“暮年都督始知兵”似指此。则“知”为主管、掌握之意。此二句注释未必有当，姑存疑以俟识者。

⑤ 宗留守，宗泽（1059—1128），字汝霖，婺州义乌（今浙江义乌）人。南宋抗金名将。元祐六年进士。靖康元年（1126）知磁州，募集义勇抗击金兵。康王赵构使金，泽劝王勿行。旋任副元帅，南下救援京师。康王即位于南京（今河南商丘），泽以李纲荐任东京留守，时已是七十高龄，泽招集各地义军，屡败金兵，坚决反对和议。前后上二十馀奏，力请高宗还都，都为投降派所阻。泽忧愤成疾，疽发于背。临终犹嘱诸将努力抗敌，诵杜甫名句“出师未捷身先死，长使英雄泪满襟”，并连呼“过河！过河！”而殁。遗表犹促高宗还京。见《宋史·宗泽传》。銮舆，皇帝车驾。旧京，指北宋汴京。

书 事①

人道山东入职方，书生胆小虑空长②。
遗民似蚁饥难给，侠士如鹰饱易扬③。
未见驰车修寝庙，先闻铸印拜侯王④。
青齐父老应流涕，何日鸾旗驻路旁⑤！

① 书事，金末，潍州北海（今山东潍坊）浪人李全，宋宁宗开禧二年（1206）韩侂胄北伐时曾招集军马，抢占潍州临朐一带地盘。嘉定十一年（1218）降宋，任京东路总管。嘉定十二年六月，金元帅张林以山东青、莒、密、登、潍、淄、滨、棣、宁海、济南十二州归宋。李全骗得张林信任，结为兄弟，表奉十二册版籍归宋以邀功，表辞有“举诸七十城之全齐，归我三百年之旧主”之语。后村所书之事即指此。然李全实无耻叛贼，不断兼并各地义军，扩展势力，之后又投降蒙古，攻击宋军。理宗绍定四年（1231）攻扬州，被宋军击毙。见《宋史·李全传》。后村写此诗时在李全叛降蒙古之前，已对其行为表示忧虑。

② 山东入职方，即指张林、李全以山东十二州归宋事。职方，官名，《周礼》夏官有职方氏，掌地方图籍与四方职贡，诗中即代指版籍。《瀛奎律髓》

误作“秘方”，致不可理解。书生，后村自指。诗人对李全来归事深表疑虑，故云“胆小虑空长”。

③ 给，供给。侠士，指李全等人。如鹰饱易扬，谓此等人实不可靠，如饿鹰饱食以后即会飞去。《三国志 · 吕布传》：吕布遣陈登见曹操，求为徐州牧，不得，布怒。陈登曰：“登见曹公，言‘待将军譬如养虎，当饱其肉，不饱则将噬人’。公曰‘不如卿言也，譬如养鹰，饥则为用，饱则扬去’。”

④ “未见”句，方朝廷未能趁机收复中原，驰车修复北宋诸帝陵庙。时史弥远为丞相，畏葸不前，既未利用机会抚定山东，更未采取措施防范后来。铸印拜侯王，李全来归后，即任京东总管，后官至招信军节度使。

⑤ 青齐，青州齐州，今山东省境。鸾旗，皇帝仪仗。

★“青齐父老应流涕，何日鸾旗驻路旁”，与陆游“遗民泪尽胡尘里，南望王师又一年”、范成大“忍泪失声询使者，几时真有六军来”为同一声音；这一沉痛的询问贯串整个南宋王朝，真是历史的悲哀！

梦丰宅之[①]

一别茫茫隔九京，梦中慷慨语如生[②]。
老犹奋笔排和议，病尚登陴募救兵[③]。
天夺伟人关气数，时无好汉共功名[④]。
残明仍在王师老，宝剑虽埋愤岂平[⑤]。

① 丰宅之，即丰有俊，字宅之，明州鄞（今浙江宁波）人，北宋徽宗时御史中丞丰稷四世孙，宋光宗绍熙进士。累官知扬州、镇江，所至有声。

② 九京，指坟墓。参见黄庭坚《送范德孺知庆州》诗注。隔九京，指丰宅之已死，死生相隔。

③ 陴（pí），城上女墙。

④ 气数，气运，命运。

⑤ 残明，《广雅 · 释诂》“明，类也”，则残明犹言残类。残明仍在，谓残敌犹存。王师老，师久驻兵疲曰老。宝剑虽埋愤岂平，喻丰宅之虽死，然国耻未雪，必悲愤未平。《晋书 · 张华传》载豫章人雷焕见斗牛之间有异气，知为宝剑之精。张华问在何郡，雷焕言在丰城。华因以焕为丰城令。焕至丰城，掘县狱屋基四丈馀，下果有宝剑，一曰龙泉，一曰太阿。是宝剑虽埋而

气未平出典。

★后村集中七律《梦丰宅之》诗、《沁园春·梦方孚若》词，是诗人笃于友情、感于忠义的双璧，遂使丰宅之、方孚若得以不朽。诗中云丰宅之“老犹奋笔排和议，病尚登陴募救兵”，诗其二又云“朝给赙钱方掩骨，家无馀帛可为衾”，则丰宅之不仅是爱国英杰，而且是清廉官吏，然其事绩不见于史册，能不令读者抚卷长叹！

寒食清明①

寂寂柴门村落里，也教插柳记年华。
禁烟不到粤人国，上冢亦携庞老家②。
汉寝唐陵无麦饭，山蹊野径有梨花。
一尊径藉青苔卧，莫管城头奏暮笳。

①寒食清明，清明前一日为寒食，旧俗此日不举火，故称寒食。《千家诗》作赵鼎诗，题为《寒食书事》。

②粤人国，今广东、广西地。庞老，庞德公，东汉末襄阳人，隐居岘山之南。《三国志·庞公传》注引《襄阳记》：“司马德操尝诣德公，值其渡沔上先人墓。”

戊辰即事①

诗人安得有青衫，今岁和戎百万缣②！
从此西湖休插柳，剩栽桑树养吴蚕③。

①戊辰，宋宁宗嘉定元年（1208）。先是开禧二年（1206），宁宗采纳枢密都承旨韩侂胄主张，出兵讨伐金国，遭到失败，被迫向金乞和。金人欲罪“首谋”，宋廷竟将韩侂胄诛杀，函首送往金廷。又一次同金国订立和约，每年向金增纳白银三十万两，细绢三十万匹。此即诗人所谓“戊辰即事”。

②青衫，唐宋时代低级官吏的衣衫。缣，细绢。

③剩，犹尽也。剩栽，犹言全部栽。

田舍即事二首

草草衣装挈自随，婿贫毕竟与齐眉①。
绝胜京洛倾城色，锁向侯门作侍儿②。

儿女相携看市优，纵谈楚汉割鸿沟③。
山河不暇为渠惜，听到虞姬直是愁④。

① 挈（qiè），提着。齐眉，《后汉书·梁鸿传》：梁鸿“至吴，依大家皋伯通，居庑下，为人赁舂。每归，妻为具食，不敢于鸿前仰视，举案齐眉”。后因以“齐眉”指夫妻相爱。

② 绝胜，远胜过。倾城色，美貌女子。诗意谓贫家女子草草衣装，提着衣物随丈夫回家，女婿虽贫，毕竟夫妻恩爱；远胜于京城美女，只能“锁向侯门作侍儿”。

③ 市优，市上说书或做戏的艺人。鸿沟，战国魏惠王时开凿，自河南荥阳北引黄河水东流经中牟至开封，南折经今通许、太康注入颍水。楚汉战争时一度以鸿沟为界，东归项羽，西属刘邦。此句是说艺人纵谈楚汉相争故事。

④ 虞姬，项羽爱姬。汉五年（前202），项羽被汉军围困垓下，夜闻汉军四面皆楚歌。项羽自知大势已去，夜起饮帐中，悲歌慷慨，自为歌曰：“力拔山兮气盖世，时不利兮骓不逝。骓不逝兮可奈何？虞兮虞兮奈若何？”于是突围出，至乌江自杀。见《史记·项羽本纪》。据传虞姬在垓下与项羽诀别，亦自杀。

湖南江西道中

贾生废宅草芊芊，路出长沙一怅然①。
今日洛阳归不得，招魂合在楚江边②。

① 贾生废宅，西汉贾谊年少即被汉文帝信用，后为故老大臣排挤，出为长沙王太傅。唐刘长卿有《长沙过贾谊宅》诗。

② “今日”二句：贾谊为洛阳人，而此时中原地区继金人之后又为蒙古军侵占，故有“今日洛阳归不得”的感叹。合在，只能在。

曾　极

曾极，字景建，宋理宗时临川（今江西抚州）布衣。据传以诗语获罪，贬谪道州。《鹤林玉露》："渡江以来，诗祸殆绝，惟宝绍间中兴。《江湖集》出，刘潜夫诗云：'东风谬掌花权柄，却忌孤高不主张。'敖器之云：'梧桐秋雨何王府，杨柳春风宰相桥。'曾景建诗云：'九十日春晴景少，一千年事乱时多。'当国者见而恶之，并行贬斥。景建布衣也，临川人，竟谪舂陵，死焉。"

新　亭①

青山四合绕天津，风景依然似洛滨。
江左于今成乐土，新亭垂泪亦无人！

① 曾极有《金陵百咏》，《宋诗纪事》卷六十七存二十九首，本篇与下一篇都在其中。新亭，原注："在城南十五里。《金陵览古》：在江宁县十里。洛阳四山围，伊洛瀍涧在中。建康亦四山围，秦淮直渎在中。故［东晋周顗］云'风景不殊，举目有山河之异'，李白云'山似洛阳多'，许浑云'只有青山似洛中'，谓此也。蔡嶷作天津桥，亦以此。"参见陆游《夜泊水村》诗注。

德庆堂字①

森然笔势聚干将，气轧钟王未肯降②。
惆怅当年铁钩锁，可能无意锁长江③！

① 德庆堂字，原注："李主所书，南唐但馀此物。李主笔法有铁钩锁。"李主，指南唐后主李煜。

② 干将，春秋时著名宝剑名，传为干将所铸。此指李后主书法劲健有力，如聚干将。钟王，三国魏钟繇和东晋王羲之，古代大书法家。意谓李后主书艺高超，于钟、王亦未肯降，暗示治国却无能，只能屈膝投降。

③"惆怅"二句，由李后主的铁钩锁笔法，联想到铁锁横江以抵御敌军。李后主只能在书艺中运用铁钩锁笔法，大概从来没有想到要锁住长江以抵御敌人。

周弼

周弼，字伯弼，阳谷（今山东阳谷）人，父周文璞为姜夔之友，其生活年代当在宋理宗时。

钓台[①]

晴江漾漾绿波来，惆怅君房去不回[②]。
秦苑山河归故国，越乡风雨闭荒台[③]。
春风一道江蓠长，落日千峰杜宇哀。
欲访钓台无处所，野花如雪满汀开。

① 钓台，在今浙江桐庐县西富春江畔，传为东汉严光垂钓之所。严光，字子陵，一名遵，会稽馀姚人。少与刘秀同游学，后刘秀为天子即光武帝，严光隐居不仕。

② 君房，侯霸，字君房，亦与严光有旧。光武帝征聘严光进京，时侯霸官至司徒，遣使奉书，要严光前往谒见。严光投札与之，曰："君房足下，位至鼎足，甚善。怀仁辅义天下悦，阿谀顺旨要领绝！"侯霸得书，封奏光武，光武笑曰："狂奴故态也。"见《后汉书·严光传》。诗句之意，谓使既阿谀又倨傲的侯君房惆怅者，严子陵一去不复回矣。诗意很好，表达不畅。

③ 秦苑山河，指河渭地区，西汉都城长安所在地。句意谓当年刘秀推翻王莽，恢复了汉王朝，"山河归故国"。越乡，指钓台所在的浙江，而今"风雨闭荒台"。

郑　会

郑会，字有极，号亦山。宋理宗时人。

题邸间壁①

酴醿香梦怯春寒，翠掩重门燕子闲②。
敲断玉钗红烛冷，计程应说到常山③。

① 邸，客舍，此旅途忆内之作。

② 酴醿（tú mí），观赏植物名，为落叶灌木，初夏开白色花朵，香气浓烈。

③ 常山，在今浙江常山县。此诗必题在常山邸间壁。

★可与白居易《邯郸冬至夜思家》诗媲美。白诗由自己客中的孤寂，想到家中深夜也在说着远行人，着笔已自感人。郑诗完全不写自己，只是悬想闺中情态，又复一番新意。

徐元杰

徐元杰，字仁伯，信州上饶（今江西上饶）人。宋理宗绍定五年壬辰（1232）进士。历著作佐郎，兼兵部郎官，进太常少卿，兼给事中，国子祭酒，卒谥忠愍。

湖　上

花开红树乱莺啼，草长平湖白鹭飞。
风物晴和人意好，夕阳箫鼓几船归。

方　岳

方岳（1198—1262），字巨山，号秋崖，歙州祁门（今安徽祁门）人。宋理宗绍定五年壬辰（1232）进士。历南康军及滁州教授、太学正、宗学博士。淳祐中知南康军，后知袁州。因触忤贾似道及丁大全，被劾罢官。有《秋崖集》。

清明日舟次吴门①

蓬窗恰受夕阳明，杨柳梨花半月程。
老去不知寒食近，一篙烟水载春行。

①吴门，今江苏苏州。

农谣三首

春雨初晴水拍堤，村南村北鹁鸪啼。
含风宿麦青相接，刺水柔秧绿未齐。

雨过一村桑柘烟，林梢日暮鸟声妍。
青裙老姥遥相语，今岁春寒蚕未眠。

漠漠馀香着草花，森森柔绿长桑麻。
池塘水满蛙成市，门巷春深燕作家。

罗与之

罗与之，字与甫，号雪坡，吉安（今江西吉安）人。宋理宗端平间累举不第，晚年潜心于性命之学。有《雪坡小稿》。

寄衣曲二首

忆郎赴边城，几个秋砧月。
若无鸿雁飞，生离即死别[①]。

此身倘长在，敢恨归无日[②]。
但愿郎防边，似妾缝衣密。

① 鸿雁飞，暗用鸿雁传书典故，实代指书信。二句意谓别后若无书信，则生离即为死别。

② 敢恨，岂敢恨，亦即不敢恨。二句意谓只要身长在，就不恨归期无日。

郑 震

郑震，后更名起，字叔起，号菊山，福州连江（今福建连江）人，郑所南之父。早年困于场屋，客临安三十馀年。历主於潜、诸暨、萧山县学，晚为安定和靖书院堂长。宋理宗淳祐七年（1247），郑清之再相，震登门骂曰："端平败相，何堪再坏天下！"被执下狱，郑罢相得免。诗有《倦游稿》，仇山村选四十首为《清隽集》。

荆南别贾制书东归①

来时秋雨满江楼，归日春风度客舟②。
回首荆南天一角，月明吹笛下扬州。

①荆南，今湖北江陵。贾制书，其人不详。制书是皇帝发出的一种文书，由中书舍人起草，因而代指中书舍人。

②"来时"二句，说明诗人先年秋日到来，年后春天归去。

乐雷发

乐雷发，字声远，舂陵（今湖南宁远）人。宝祐元年（1253）其门人姚勉登科，疏请让乐雷发，理宗下诏亲试，赐特科第一。授翰林，以病告归。

逃户

租帖名犹在，何人纳税钱[①]。
烧侵无主墓，地占没官田[②]。
边国干戈满，蛮州瘴疠遍[③]。
不知携老稚，何处就丰年！

①租帖，交租的名册。

②烧，火，指野火。官田，宋理宗时贾似道当权，推行“公田法”，用贱价收购民田。公田租税远高于私田，农民无法生存，被迫四处逃亡。地占没官田，即田地被占去没为官田。

③“边国”句，时蒙古兴起，不断南侵。蛮州，泛指南方，瘴疠，古代指南方山林湿热之地瘴气致人害病。遍，普遍。

雷 震

雷震，生平不详。

村 晚

草满池塘水满陂，山衔落日浸寒漪。
牧童归去横牛背，短笛无腔信口吹。

★刘宰《云边阻雨》诗云："蔷薇篱落送春阑，笋蕈园林早夏间。牛背牧儿酣午梦，不知风雨过前山。"刘宰的那个牧儿在牛背上睡觉，似不如雷震的这个牧童更有情趣。刘宰（1167—1240），字平国，号漫塘病叟，金坛（今浙江金坛）人，光宗绍熙元年（1190）进士。有《漫塘文集》。《千家诗》上收有一首题为《令牧童答钟弱翁》的诗，说是一个牧童作。诗云："草铺横野六七里，笛弄晚风三四声。归来饱饭黄昏后，不脱蓑衣卧月明。"这个牧童不太像一个牧童，不脱蓑衣卧月明也未必舒服。《全五代诗》又说是那个神仙吕岩作，诗题就叫做《牧童》。

吴锡畴

吴锡畴，字元伦，自号兰皋子，休宁（今安徽休宁）人。宋度宗咸淳（1265—1274）间南康守叶阊聘主白鹿洞书院，不赴。有《兰皋集》。

林和靖墓①

遗稿曾无封禅文，鹤归何处认孤坟②。
清风千载梅花共，说着梅花定说君③。

①林和靖，即林逋，隐于杭州西湖，终身不娶，种梅养鹤，称为“梅妻鹤子”。详林逋小传。和靖墓在西湖孤山北麓。

②“遗稿”句，林逋《自作寿堂因书一绝以志之》诗云：“茂陵他日求遗诏，犹喜曾无封禅书。”参见该篇注。

③“清风”二句，林逋好种梅，亦以梅花诗著名。

★吴锡畴终身不仕，歌颂林和靖的清风高节，实亦自抒怀抱。

严 羽

严羽，字丹丘，一字仪卿，号沧浪逋客，邵武（今福建邵武）人。南宋有名诗论家，论诗推崇盛唐，不满宋诗议论化、散文化之弊，对苏黄以及江湖派都有所不满。以禅理喻诗，强调“妙悟”和“兴趣”，对明清诗论特别是神韵派颇有影响。严羽的创作极力追摹唐音，诗中随处碰到唐人的词语和句法，诗人自身的个性不够突出。有《沧浪诗话》《沧浪集》。

山居即事

稍欣入林深，已觉烦虑屏[①]。
霜果垂秋山，归禽度风岭。
纷纷叶易积，漠漠云欲盛。
涧户寂无人，松萝窅然暝[②]。
唯闻山鸟啼，月上柴门静。
终岁寡持醪，延欢聊煮茗[③]。
群书北窗下，帙乱谁能整。

① 烦虑屏，烦恼思虑都已屏除。
② 窅然，幽深貌。
③ 醪（láo），浊；此泛指酒。茗，茶。

有感二首[①]

误喜残胡灭，那知患更长[②]。

黄云新战路，白骨旧沙场。
巴蜀连年哭，江淮几郡疮。
襄阳根本地，回首一悲伤。

闻道单于使，年来入国频③。
圣朝思息战，异域请和亲④。
今日唐虞际，群公社稷臣。
不妨盟墨诈，须戒覆车新。

① 宋理宗端平元年（1234）宋师会合蒙古灭金，对南宋的威胁立即由金转为蒙古。自端平二年至淳祐六年（1246）蒙古军南侵四川、湖北、安徽等地，理宗宝祐六年（1253）至开庆元年（1259）蒙古军继续向四川、湖北、湖南等地进攻。开庆元年，右丞相贾似道领兵救鄂州，私向蒙古乞和，答应宋向蒙古称臣纳币，兵退后诈称大胜，虚报军功。宋度宗咸淳三年（1267）蒙古军围襄阳，贾似道掩盖军情，不予援救。咸淳九年（1273）襄阳城陷，大局即不可收拾。不到三年，元军即直逼临安。诗中有"襄阳根本地，回首一悲伤"，即指襄阳陷落。

② 残胡灭，指端平元年（1234）金国灭亡。一作"干戈息"。患更长，指蒙古南进。

③ 单于使，代指蒙古使者。

④ 异域，指蒙古。和亲，自汉代开始，统治者以公主（多为宗室女）出嫁少数民族统治者，称为和亲；一般的和好也可称为和亲。此处指蒙古要求和议，实际是一种威胁。

★严羽《有感》是南宋杰出的时论诗之一。"误喜残胡灭，那知患更长"，是金国虽然灭亡、蒙古威胁更为严重这一历史现实最准确的反映。"不妨盟墨诈，须戒覆车新"，警告朝廷要防备敌人盟约的诈伪，吸取前车之戒。贾似道让宋廷向蒙古纳币称臣，与高宗、孝宗以至宁宗同金订立的投降性和约不仅毫无二致，而且境况更为危险。诗人不幸而言中，曾几何时，南宋朝廷的"车"就彻底覆了，而且覆得比绍兴、隆兴以至嘉定时代更惨。

访益上人兰若[1]

独寻青莲宇，行过白沙滩[2]。
一径入松雪，数峰生暮寒。
山僧喜客至，林阁借人看[3]。
吟罢拂衣去，钟声云外残。

① 益上人，僧人。兰若，即寺院。
② 青莲宇，僧寺。
③ 借，一作“供”。

临川逢郑遐之云梦[1]

天涯十载无穷恨，老泪灯前语罢垂。
明发又为千里别，相思应尽一生期。
洞庭波浪帆开晚，云梦蒹葭鸟去迟。
世乱音书到何日？关河一望不胜悲！

① 临川，今属江西。云梦，今属湖北。

将至浔阳途中寄诸昆弟[1]

渺渺孤帆去几程，悠悠天际望湓城[2]。
一身避乱辞乡国，千里相思隔弟兄。
猿叫匡庐寒暮色，雁过彭蠡带秋声[3]。
江湖此去多飘泊，肠断风尘远别情。

① 浔阳，今江西九江。
② 湓城，即湓口城，在浔阳北，此即指浔阳。
③ 匡庐，即庐山。彭蠡，湖名，即鄱阳湖。

送友人

黯黯离筵夕照收，江城无笛起边愁。
念君此去三千里，何处关山是楚州[①]。

①楚州，今江苏淮安。句仿孟浩然《渡浙江问舟中人》诗“何处青山是越中”。

严 仁

严仁，字次山，号樵溪，邵武（今福建邵武）人。

塞下曲

漠漠孤城落照间，黄榆白苇满关山。
千枝羌笛连云起，知是边方牧马还。

★唐代的边塞诗，其基调是将士的豪情："黄沙百战穿金甲，不破楼兰终不还！"宋代难得听到边塞的声音，偶尔传来一两声也是如此的信息："千枝羌笛连云起，知是边方牧马还！"

张 蕴

张蕴，字仁溥，宋度宗时扬州（今江苏扬州）人。

毗陵天庆观龙[1]

殿阴壁老怀仁笔，头角峥嵘春起蛰[2]。
有时麾斥惠山云，行雨归来半身湿[3]。

①毗陵，古地名，今江苏常州。《梁溪漫志》："吾州天庆观画龙，……姑苏道士李怀仁所画。怀仁者，酒豪不羁，尝呼龙松江之上，狎而观之，遂画龙，入神品。过毗陵天庆观，大醉，索墨浆数斗，曳苕帚，裂巾袂，濡墨号呼奋踯，斯须龙成，观者失声辟易，惧将搏也。怀仁后不知所终。"胡理（字德辉，晋陵人）、戴复古并有诗咏此壁画。

②峥嵘，特出之貌。起蛰，从蛰伏状态中兴起。

③麾斥，指挥。惠山，在江苏无锡西。

谢枋得

谢枋得（1226—1289），字君直，号叠山，信州弋阳（今江西弋阳）人。宋理宗宝祐四年丙辰（1256）与文天祥同榜进士。除抚州司户参军，旋弃去。曾为建康考官，命题以贾似道政事为问，遂被罢斥，谪居兴国军。德祐元年（1275）起为江东提刑、江西招谕使，知信州，起兵抗元。城陷后，流亡建阳，以教学卖卜为生。元世祖至元二十三年（1286）程文海荐宋臣二十二人，以枋得为首，坚辞不起。二十四年元世祖降旨召之，仍不赴。二十五年，降元的老师留梦炎复出举荐，枋得作《却聘书》绝之，终不肯行。后福建行台参政魏天佑胁迫至大都，乃绝食而死，年六十四。汴人私谥文节。原有集，已亡佚，后人辑有《叠山集》。

蚕妇吟

子规啼彻四更时，起视蚕稠怕叶稀。
不信楼头杨柳月，玉人歌舞未曾归①。

① 楼头杨柳月，用晏几道《鹧鸪天》词“舞低杨柳楼心月”词语。玉人，美人。

武夷山中①

十年无梦得还家，独立青峰野水涯。
天地寂寥山雨歇，几生修得到梅花！

①武夷山，在江西福建两省边界，主峰在福建崇安县境。

★“天地寂寥山雨歇”，所有抗元斗争都失败了，只有“梅花”耐得住严寒。谢叠山，他何等寂寞，又何等坚贞！

庆全庵桃花

寻得桃源好避秦，桃红又是一年春[①]。
花飞莫遣随流水，怕有渔郎来问津[②]。

①桃源，陶渊明作《桃花源记》，写晋太元中武陵渔人误入桃花源，其中人自言先世避秦时乱来此山中，遂与外人间隔。渔人出后，诣太守说如此，太守即遣人随其往，不复得路。是，一作“见”。

②津，渡口。

★这似是一首普通的高世之作，其实与一般咏桃花源作品完全不同。谢叠山“避秦”，既是躲避暴虐，更是一种对抗行为。那些“渔郎”可能是叛贼，可能是统治者的爪牙，他们来“问津”当然是可怕的。谢叠山终于未能躲过，“渔郎”还是来了，如此他乃以身殉。

北行别人[①]

雪中松柏愈青青，扶植纲常在此行[②]。
天下岂无龚胜洁，人间不独伯夷清[③]。
义高便觉生堪舍，礼重方知死甚轻[④]。
南八男儿终不屈，皇天上帝眼分明[⑤]！

①宋亡以后谢叠山流亡建阳，屡征不起。元世祖至元二十五年，降元的老师留梦炎又一次举荐，叠山终不肯行。福建行台参政魏天佑胁迫上道。此离家北上时告别亲朋之作。叠山已决计以身为殉，当时告别者中肯定有同样坚持大节的志士，为免于牵连他人，所以诗题只说“别人”，而不说所别者何人。

②纲常，即三纲五常。封建社会以君臣、父子、夫妻为三纲，仁、义、

礼、智、信为五常。此系泛说，实际是坚持民族大节，决不屈服于蒙古统治者。

③ 龚胜，字君宾，西汉末彭城人。三举孝廉，哀帝时为谏议大夫，数上书，议论朝政。后出为勃海太守，有善政。王莽专权，胜归隐乡里。王莽数遣使征召，拜上卿，胜坚辞不受。语门人高晖等曰："吾受汉家厚恩，亡以报。今年老矣，旦暮入地，谊岂以一身事二姓下见故主哉！"遂不复饮食，积十四日而死，死时年七十有九。见《汉书·两龚传》。伯夷，与弟叔齐，商末孤竹君之二子，兄弟让国，一起出逃。至周，周文王已死，周武王伐纣，伯夷、叔齐扣马谏阻。武王已平殷乱，天下宗周，伯夷、叔齐耻之，隐居首阳山，义不食周粟，采薇而食之，终饿而死。见《史记·伯夷列传》。伯夷清，孟子谓"伯夷圣之清者也"。

④ 义，指纲常大义。礼，《左传》昭公二十五年："礼，天之经也，地之义也，民之行也。"亦即天经地义。"义高"二句实同义，意即坚持纲常大节，远重于个人生命。

⑤ 南八，即南霁云，唐玄宗时张巡部将。天宝十四载（755）安禄山叛乱，连陷河北诸郡，张巡、许远死守睢阳。城破，张巡、南霁云等并被擒。张巡不屈，将斩之。又降霁云。巡呼云曰："南八，男儿死耳，不可为不义屈！"云笑曰："欲将以有为也，公有言，云敢不死！"即不屈，一起受死。见韩愈《张中丞传后叙》。二句诗人以南八自喻，表示决不屈服，皇天上帝可以为证。

★《北行别人》一诗，是谢叠山决心书，是绝命词，从容赴死，大义凛然。叠山与文天祥同榜进士，他比天祥年长十岁，晚于天祥六年以身殉国；他们的凛然大节，如双星并耀，照临于天地之间，永远值得后人钦敬！

周 密

周密（1232—1298），字公谨，号草窗，济南（今山东济南）人，后流寓吴兴，居弁山，自号弁阳啸翁。宋理宗淳祐中，曾为义乌令。周密是南宋后期格律派重要词人，与吴文英号梦窗并称“二窗”。著述甚多，有《草窗韵语》《草窗词》《武林旧事》《癸辛杂志》《齐东野语》《云烟过眼录》等书，编有《绝妙好词》。

野 步

麦陇风来翠浪斜，草根肥水噪新蛙。
羡他无事双蝴蝶，烂醉东风野草花。

文天祥

文天祥（1236—1283），字履善，又字宋瑞，号文山，庐陵（今江西吉安）人。宋理宗宝祐四年丙辰（1256）进士第一名，历任湖南提刑，移知赣州。宋恭帝德祐元年（1275）元兵渡江，逼近临安。文天祥在赣州起兵勤王，入卫临安。次年以右丞相兼枢密使出使元营，被扣留，至京口脱险逃回，复募集将士，进兵江西，艰难转战。帝昺祥兴元年（1278）在潮阳五岭坡战败，被元军俘虏，解送大都，坚贞不屈，于元世祖至元十九年十二月壮烈殉国，年四十八。文天祥是著名的抗元将领，他的诗不事雕镌，直抒胸臆，后期作品与抗元斗争紧密结合，慷慨悲壮，大义凛然，表现出卓绝的气节与昂扬的斗争意志，是亡宋之际最为宏伟的声音。有《文山先生全集》。

过零丁洋[①]

辛苦遭逢起一经，干戈落落四周星[②]。
山河破碎风飘絮，身世浮沉雨打萍。
惶恐滩头说惶恐，零丁洋里叹零丁[③]。
人生自古谁无死，留取丹心照汗青[④]！

① 零丁洋，在广东珠江口外。宋帝昺祥兴元年（1278）十二月，文天祥在潮阳五坡岭兵败被俘，第二年正月过零丁洋，此诗即作于其时。

② 经，指儒家经典。起一经，指他状元出身。干戈落落，战斗频繁。四周星，四年，文天祥于宋恭帝德祐元年（1275）正月起兵勤王，至帝昺祥兴元年（1278）十二月被俘，为时四年。

③ 惶恐滩，在今江西万安县赣江中，为赣江十八滩之一，水流湍急。景炎二年（1277）文天祥在空坑兵败，率兵过惶恐滩向汀州撤退。前一句回忆当年，后一句眼前现实。

④ 丹心，忠贞之心。汗青，古代在竹简上书写，竹简需先用火烤出汗，谓之汗青，因代指史册。

★文天祥被元军俘虏，元军元帅张弘范要天祥写信招降在海上坚持抵抗的宋将张世杰，一再逼迫，天祥即书此诗以明志节。“人生自古谁无死，留取丹心照汗青”，这样响彻苍穹的名句，不仅志士因而振奋，也使敌人为之震慑。文天祥以如此辉煌的篇章，在诗史上竖起永垂不朽的丰碑，永远成为后人尊崇的典范。

南安军①

梅花南北路，风雨湿征衣。
出岭谁同出？归乡如不归！
山河千古在，城郭一时非②。
饿死真吾志，梦中行采薇③。

① 南安军，在今江西大庾。祥兴元年十二月文天祥被俘后，明年（1279）五月北出大庾岭，过南安军。

② 城郭一时非，元军南下，江南各地城池相继陷落，且遭到严重破坏。

③“饿死”二句，用伯夷、叔齐典。周武王灭商，伯夷、叔齐义不食周粟，隐居首阳山，采薇而食，终于饿死。见《史记·伯夷世家》。

金陵驿①

草合离宫转夕晖，孤云飘泊复何依②！
山河风景原无异，城郭人民半已非③。
满地芦花和我老，旧家燕子傍谁飞④！
从今别却江南路，化作啼鹃带血归！

① 金陵，今南京。祥兴二年（1279）文天祥被俘北行过金陵驿作。

② 离宫，皇帝的行宫。南宋初，宋高宗过江南逃时曾在金陵停驻，自有行宫。孤云，作者用以自喻。

③ 山河风景原无异，翻用东晋初过江诸人新亭集会，周顗慨叹“风景不殊，举目有山河之异”语。参见陆游《夜泊水村》诗注。城郭人民半已非，词语化用《搜神后记》丁令威化鹤归辽东所作歌中“城郭如故人民非”词句。参见吴锡畴《林和靖墓》诗注。

④ “旧家燕子”句，用刘禹锡《乌衣巷》诗“旧时王谢堂前燕，飞入寻常百姓家”句意。

正气歌[①] 并序

余囚北庭，坐一土室。室广八尺，深可四寻。单扉低小，白间短窄，污下而幽暗[②]。当此夏日，诸气萃然：雨潦四集，浮动床几，时则为水气；涂泥半朝，蒸沤历澜，时则为土气；乍晴暴热，风道四塞，时则为日气；檐阴薪爨，助长炎虐，时则为火气；仓腐寄顿，陈陈逼人，时则为米气；骈肩杂遝，腥臊污垢，时则为人气；或圊溷浮尸，或腐鼠杂出，时则为秽气[③]。叠是数气，当侵沴鲜不为厉，而予以孱弱俯仰其间，于兹二年矣，无恙。是殆有养致然尔[④]。然尔亦安知所养何哉？孟子曰：“我善养吾浩然之气[⑤]。”彼气有七，吾气有一；以一敌七，吾何患焉！况浩然者，乃天地之正气也。作《正气歌》一首。

天地有正气，杂然赋流形[⑥]。
下则为河岳，上则为日星。
于人曰浩然，沛乎塞苍冥[⑦]。
皇路当清夷，含和吐明庭[⑧]。
时穷节乃见，一一垂丹青[⑨]：
在齐太史简，在晋董狐笔[⑩]，
在秦张良椎，在汉苏武节[⑪]；

为严将军头，为嵇侍中血[12]，
为张睢阳齿，为颜常山舌[13]；
或为辽东帽，清操厉冰雪[14]；
或为出师表，鬼神泣壮烈[15]；
或为渡江楫，慷慨吞胡羯[16]；
或为击贼笏，逆竖头破裂[17]。
是气所磅礴，凛烈万古存[18]。
当其贯日月，生死安足论。
地维赖以立，天柱赖以尊[19]。
三纲实系命，道义为之根[20]。
嗟余遘阳九，隶也实不力[21]。
楚囚缨其冠，传车送穷北[22]。
鼎镬甘如饴，求之不可得[23]。
阴房阒鬼火，春院閟天黑[24]。
牛骥同一皂，鸡栖凤凰食[25]。
一朝蒙雾露，分作沟中瘠[26]。
如此再寒暑，百沴自辟易[27]。
哀哉沮洳场，为我安乐国[28]。
岂有他谬巧，阴阳不能贼[29]。
顾此耿耿在，仰视浮云白[30]。
悠悠我心悲，苍天曷有极[31]！
哲人日已远，典刑在夙昔[32]。
风檐展书读，古道照颜色[33]。

① 宋帝昺祥兴元年（1278）十月，文天祥被元军俘虏，明年十月，解送大都（今北京）。诗作于被囚之后两年，即元世祖至元十八年（1281）夏天。十九年冬十二月，终壮烈殉国。其时上距德祐二年（1726）临安失陷宋王朝实际灭亡已过六年，距祥兴二年（1279）陆秀夫负帝昺厓山蹈海也过了三年。正

气，刚正之气，正义之气。

② 北庭，指大都。寻，长度单位，一寻八尺。扉，门。白间，窗户。

③ 萃，积聚。时，此。朝，当作“潮”。蒸沤，蒸发沤烂。历澜，双声联绵词，泥泞之貌。薪爨，燃薪作炊。仓腐，仓中腐烂的粮食。寄顿，存放。骈肩，肩靠肩，指各牢房囚犯甚多。杂遝，纷乱。圊溷，厕所。

④ 鲜不，很少不。厉，疾病。孱弱，衰弱之身。无恙，没有生病。是殆有养致然，这大概是有一种修养以至如此。

⑤ 孟子语见《孟子·公孙丑上》。孟子自言“吾善养吾浩然之气”。“其为气也，至大至刚，以直养而无害，则塞于天地之间。其为气也，配义与道，无是，馁也”。

⑥ 杂然，纷杂地。流形，各种品类，亦即世间万物。

⑦ 沛乎，盛大貌。塞苍冥，充塞宇内。

⑧ 皇路，犹言国运。清夷，清平。含和，平和，和畅。明廷，圣明之廷。

⑨ 时穷，时运艰危。节，操节。见（xiàn），表现出来。丹青，本指画像，如汉代麒麟阁图像之类，此代指史册。

⑩ 在齐太史简，齐大夫崔杼杀齐庄公，“太史书曰‘崔杼弑其君’，崔子杀之。其弟嗣书而死者二人，其弟又书，乃舍之。南史氏闻太史尽死，执简以往，闻既书矣，乃还”。见《左传》襄公二十五年。在晋董狐笔，赵穿杀晋灵公，“太史（董狐）书曰‘赵盾弑其君’，以示于朝。宣子（赵盾）曰‘不然’，对曰：‘子为正卿，亡不越境，返不讨贼，非子而谁？’宣子曰：‘乌呼！“我之怀矣，自诒伊戚”，其我之谓矣！’孔子曰：‘董狐，古之良史也，书法不隐。’”见《左传》宣公二年。

⑪ 在秦张良椎，张良先世相韩，秦灭韩，张良散家财，求客刺秦王为韩报仇，东见仓海君，得力士，以铁椎狙击秦始皇帝于博浪沙，误中副车。始皇下令大索天下，张良变姓名亡匿。后佐刘邦定天下。见《史记·留侯世家》。在汉苏武节，苏武奉汉武帝命出使匈奴，被匈奴扣留，苏武坚贞不屈，被放置北海。武在匈奴十九年，持汉节牧羊，节旄尽脱。见《汉书·苏建传》。

⑫ 为严将军头，东汉末严颜为刘璋守巴郡，刘备将张飞破巴郡，俘严颜，欲降之。严颜曰：“我州但有断头将军，无降将军！”见《三国志·蜀志·张飞传》。为嵇侍中血，嵇绍为晋惠帝侍中，永兴元年（304），从惠帝讨长沙王颖，战于汤阴，大败，飞矢雨集，绍以身蔽帝，死，血溅帝衣。事后，左右要取衣洗净，帝曰：“此嵇侍中血，勿去！”见《晋书·嵇绍传》。

⑬ 为张睢阳齿，唐天宝末安禄山叛乱，张巡守睢阳。“巡神气慷慨，每与贼战，大呼誓师，眦裂流血，齿牙皆碎”。“及城陷，尹子奇谓巡曰：‘闻君每

战，眦裂，嚼齿皆碎，何至此耶？'巡曰：'吾欲气吞逆贼，但力不遂耳！'子奇以大刀剔巡口，视其齿，存者不过三数"。见《旧唐书·张巡传》。为颜常山舌，颜杲卿，安禄山叛乱时为常山太守，起兵讨贼，城破被俘，械送洛阳。"禄山怒曰：'吾擢尔太守，何所负而反？'杲卿瞋目骂曰：'汝营州牧羊羯奴耳，窃荷恩宠，天子负汝何事而乃反乎？我世唐臣，守忠义，恨不斩汝以谢上，乃从尔反耶！'禄山不胜忿，缚之天津桥柱，节解，以肉啖之。詈不绝，贼钩断其舌，曰：'复能詈否？'杲卿含糊而绝"。见《新唐书·颜杲卿传》。

⑭"或为辽东帽"二句，管宁，字幼安，以汉末政治混乱，避居辽东，终身不仕。见《三国志·魏志·管宁传》。《太平御览》卷六百八十七："管宁在家，恒着皂帽。"皂帽，黑色布帽，平民所戴。

⑮"或为出师表"二句，蜀汉诸葛亮，感先主知遇之恩，悉心辅佐。后主建兴五年（227），出师伐魏，临行上表，自明心志，于内外事叮咛备至。见《三国志·蜀志·诸葛亮传》。

⑯"或为渡江楫"二句，祖逖于晋元帝时为奋威将军，豫州刺史，誓志收复中原。"统兵北伐，渡江，中流击楫而誓曰：'不能清中原而复济者，有如此江！'词气慷慨，闻者感动"。见《晋书·祖逖传》。

⑰"或为击贼笏"二句，段秀实，唐德宗时为泾原节度使，召为司农卿。朱泚谋反，欲引段秀实同谋，召与议事。"秀实戎服，与泚并膝。语至僭位，秀实勃然而起，执（源）休腕，夺其象笏，奋跃而前，唾泚面，大骂曰：'狂贼，吾恨不斩汝万段！我岂逐汝反耶！'遂击之。泚举臂自捍，才中其颡，流血匍匐而走。凶徒愕然"。秀实遂遇害。见《旧唐书·段秀实传》。笏，大臣所持用以记事的手板。

⑱是气，即正气。磅礴，充盈广被之貌。

⑲地维，古代传说大地四方，四角以大绳维系。天柱，传说以天如盖，周围以八柱相承。见《淮南子·天文》。

⑳三纲，《白虎通义》以"君为臣纲，父为子纲，夫为妻纲"，称为三纲。二句谓天地正气乃三纲所系，道义之根。——前段三十四句歌咏天地正气。

㉑遘阳九，遭逢厄运。古代术数家以四千六百一十七岁为一元，初入元一百零六岁，内有旱灾九年，称为阳九。见《汉书·律历志》。后因以"阳九"指灾难、厄运。《汉书·食货志上》王莽下诏曰："予遭阳九之厄，百六之会，枯旱霜蝗，饥馑荐臻。"隶，徒隶，作者自指。

㉒楚囚，作者自指。《左传》成公九年："晋侯观如军府，见钟仪，问之曰：'南冠而絷者，谁也？'有司对曰：'郑人所献楚囚也。'"缨，帽带，此动词。

㉓鼎镬（huò），古代用以烹人的大锅，此代指烹杀的酷刑。饴，糖。

㉔阒（qù），寂静。閟（bì），幽闭。杜甫《大云寺赞公房四首》其三："天黑閟春院，地清栖暗芳。"

㉕骥，骏马。皂，牲口的食槽。

㉖蒙雾露，为雾露所侵。喻蒙受灾难耻辱。分（fèn），本该。瘠，枯骨。

㉗百沴（lì），各种邪恶之气。辟易，退避。

㉘沮洳（jǔ rù）场，污秽卑湿之地。《诗·魏风·汾沮洳》："彼汾沮洳，言采其莫。"

㉙阴阳，此指各种灾妖。既指环境的恶劣，也包括敌人的虐待、威胁、利诱。贼，害。

㉚耿耿，光明貌，此指满腔正气。

㉛悠悠，长久貌，亦忧貌。曷有极，什么时候才是尽头。《诗·唐风·鸨羽》："悠悠苍天，曷其有极！"

㉜哲人，指前段所列古代的贤哲。典刑，即典型，模范。

㉝古道，指传统的道德风范，操守品格——后段二十六句，述说自己的遭遇和誓以身殉的决心。

★《正气歌》是文天祥一生精神境界的写真，诗也磅礴着浩然正气，表现了他无比坚贞的气节和死生不渝的信念。文天祥并不是才华特别突出的诗人，但他的诗是他心血的凝炼，句句从肺腑中流出，所以特别真挚感人。文天祥被害以后，他的衣带中留下一首真正用血写的绝命词："孔曰成仁，孟曰取义。唯其义尽，所以仁至。读圣贤书，所学何事？而今而后，庶几无愧！"可见其献身之时，心境何等地平静，又何等地自信。简洁的绝命词和波澜壮阔的《正气歌》，可以互相参证。千百年来，每当国家民族危难之际，文天祥及其诗作就会从历史上走出来，鼓舞了无数的志士仁人，勇敢地走向斗争的前线，甚至献出自己的生命。从前人们认为诵读《正气歌》可以避邪，可知对这篇不朽的作品何等崇敬。

文天祥的"正气"，源于孟子的"浩然之气"，本是人的一种主观修养，孟子所谓"其为气也，至大至刚，以直养而无害，则塞于天地之间"，只是一种夸张而形象的说法。文天祥把它衍化为"下则为河岳，上则为日星"，"地维赖以立，天柱赖以尊"，似乎成了一种支持世界的客观存在，和孟子的概念已有所不同，而略近于老子的"道"了。但文天祥并非道家，他说的仍然是一种精神力量，这些诗句我们仍应视为夸张的形象的表达，无非是说明天地正气之非同小可。

除　夜[①]

乾坤空落落，岁月去堂堂[②]。
末路惊风雨，客边饱雪霜。
命随年欲尽，身与世俱忘[③]。
无复屠苏梦，挑灯夜未央[④]！

① 此元世祖至元十八年（1281）除夜，文天祥作于大都狱中，明年十二月即英勇就义。

② 落落，空旷无边之貌。堂堂，浩荡无尽之貌。

③ 身与世俱忘，自身忘却人世，人世亦忘却自身。这是诗人身处绝境，感到孤独而又表示决断的话，非真“俱忘”也。语本鲍照《咏史》诗：“君平独寂寞，身世两相弃。”参见该诗注。

④ 屠苏，酒名。古代风俗元旦举家团聚，饮屠苏酒。而今诗人独处囹圄，故曰无复屠苏梦。未央，未尽。

汪元量

汪元量，字大有，号水云，钱塘（今浙江杭州）人。度宗时以善琴供奉内廷。德祐二年（1276）随三宫被虏北去，留大都十二年。曾谒文天祥于狱中，与昭仪王清惠有很深的友谊。南归时，宋在京诸臣及王清惠等二十九人赋诗送别。后往来匡庐、彭蠡间，不知所终。所作《醉歌》十首、《湖州歌》九十八首、《越州歌》二十首及其它诗作，以哀惋凄丽的篇章，抒其亡国之痛，去国之悲，流离道路之苦，是南宋灭亡惨痛的诗史。有《水云集》。

北征[①]

北师有严程，挽我投燕京[②]。
挟此万卷书，明发万里行。
出门隔山岳，未知死与生。
三宫锦帆张，粉阵吹鸾笙[③]。
遗氓拜路旁，号哭皆失声。
吴山何青青，吴水何泠泠？
山水岂有极，天地终无情。
回首叫重华，苍梧云正横[④]。

①北征，宋帝显德祐二年（1276）正月，元军进逼临安。时帝显年仅五岁，谢太皇太后临朝称制，朝廷闇弱，元军一到，即上表归降。二月，元军掳全太后、幼帝赵显、侍从诸臣及嫔妃宫女北上燕京，水云从行。所谓北征即指此。

② 严程，严厉的规定。燕京，指元都大都，即今北京。

③ 三宫，德祐二年二月元军掳帝显与全太后北行，时谢太皇太后因疾暂留临安。三宫系泛指。粉阵，指宫女嫔妃。

④ 重华，即虞舜。据传舜葬苍梧，即今湖南九嶷山。“回首”二句，袭用杜甫《同诸公登慈恩寺塔》诗“回首叫虞舜，苍梧云正愁”。杜诗以虞舜比拟唐太宗，汪诗系泛说，将虞舜作为民族精神上的象征。

醉歌四首[①]

淮襄州郡尽归降，鼙鼓喧天入古杭[②]。
国母已无心听政，书生空有泪成行[③]。

六宫宫女泪涟涟，事主谁知不尽年。
太后宣传许降国，伯颜丞相到帘前[④]。

乱点连声杀六更，荧荧庭燎待天明[⑤]。
侍臣已写归降表，臣妾签名谢道清[⑥]。

涌金门外雨晴初，多少红船上下趋[⑦]。
龙管凤笙无韵调，却挝战鼓下西湖[⑧]！

① 德祐二年（1276）正月元军进逼临安，谢太皇太后上表归降。汪元量《醉歌十首》即书其事。“醉歌”取众人皆醉之意。其《湖州歌》云“皋亭山下青烟起，宰执相看似醉酣”，可为“醉”字注脚。选录四首。

② 淮襄州郡尽归降：淮，淮河。襄，荆襄。宋度宗咸淳三年（1267），元军大举南下，直捣襄阳。襄阳守将吕文焕率军民奋力抵抗，坚守达六年之久，宰相贾似道隐瞒军情，不予救援。咸淳九年（1273）二月，襄阳城破，吕文焕投降。元世祖封吕文焕为襄汉大都督，命为前导，招降各地守军。如此江淮州郡，望风降顺，仅一年多时间，大江南北，即尽归元有。鼙鼓，军用鼓。古杭，杭州，即南宋都城临安。此指元军入杭。

③ 国母，指谢太皇太后，宋理宗皇后。参见后《太皇谢太后挽章》注。

书生，作者自指。成，一作“千”。

④ 宣传，一作“传宣”。伯颜，元军统帅，元世祖至元十一年（1274），拜中书左丞相，统兵伐宋，十三年陷临安，虏全太后、帝显等北归。《宋史》《元史》都无伯颜进入宋宫的记载，“伯颜丞相到帘前”是宫女想象之词。

⑤ 乱点连声，一作“花底传筹”。杀，收住。六更，《宋诗纪事》卷六十六引《愚见纪忘》：“宋时内楼，五更绝，梆鼓交作，谓之虾蟆更，禁门方开，百官随入，所谓六更也。”程大昌《演繁露》谓宋廷忌讳民谣中“寒在五更头”，故五更之后加打六更。荧荧，微光闪烁之貌。庭燎，宫廷火炬。句一作“风吹庭燎灭还明”。

⑥ 侍臣已写归降表，一作“侍臣奏罢降元表”。德祐二年（1276）正月十八日，元军进驻皋亭山，宋廷奉传国玺请降。伯颜要宰臣到元营议事。二十二日宋廷派吴坚、文天祥等去元营，伯颜扣留文天祥，以降表仍书宋号，派人复往易之，并勒索谢太后与幼帝招降未附州郡的手诏，谢太后被迫签名降顺。诗所写当为二十三日早朝事。

⑦ 涌金门，临安西城门，门外即西湖。上下趋，往来疾驶。

⑧ 挝（zhuā），敲击。西湖为南宋宫廷游乐之所，于今龙管凤笙都无韵调，只有元军敲着战鼓往来飞驰。

湖州歌十五首①

丙子正月十有三，挝鼙伐鼓下江南②。
皋亭山下青烟起，宰执相看似醉酣③。

万马如云在外间，玉阶仙仗罢趋班。
三宫北面议方定，遣使皋亭慰伯颜④。

殿上群臣嘿不言，伯颜丞相趣降笺⑤。
三宫共在珠帘下，万骑虬须绕殿前⑥。

谢了天恩出内门，驾前喝道上将军⑦。
白旄黄钺分行立，一点猩红似幼君⑧。

一匊吴山在眼中，楼台叠叠间青红[⑨]。
锦帆后夜烟江上，手抱琵琶忆故宫。

北望燕云不尽头，大江东去水悠悠。
夕阳一片寒鸦外，目断东南四百州[⑩]。

锦帆高揭绣帘开，鼍鼓声悲风管哀。
月子纤纤云里见，吴江不尽暮潮来。

一出宫门上画船，红红白白艳神仙。
山长水远愁无那，又见江南月上弦。

太湖风起浪头高，锦柁摇摇坐不牢。
靠着篷窗垂两目，船头船尾烂弓刀[⑪]。

受降城下草离离，寒食清明只自悲[⑫]。
汉寝秦陵何处在，莺花无主雨如丝[⑬]。

青天澹澹月荒荒，两岸淮田尽战场。
宫女不眠开眼坐，更听人唱哭襄阳[⑭]。

丞相催人急放舟，舟中儿女泪交流[⑮]。
淮南渐远波声小，犹见扬州望火楼[⑯]。

芦荻飕飕风乱吹，战场白骨暴沙泥。
淮南兵后人烟绝，新鬼啾啾旧鬼啼[⑰]。

篷窗倚坐酒微酣，淮水无波似蔚蓝。
双橹咿哑摇不住，望中犹自是江南。

日中转柁到河间，万里羁人强自宽[18]。
此夜此歌如此酒，长安月色好谁看[19]！

① 帝显德祐二年（1276）二月，元军掳全太后、幼帝越显、嫔妃宫女和侍从臣僚北去。汪元量《湖州歌》九十八首，写宋室君臣自临安出发沿运河北上至大都沿途情景，真实地记录南宋亡国这一段耻辱的历程。《越州歌》其十五云，“月夜湖歌歌正长”，湖歌即湖州歌，可知原是湖州的民歌，汪元量用以歌咏时事。选录十五首。

② 丙子，帝显德祐三年元世祖至元十三年（1276）。元军于是年正月进逼临安。

③ 皋亭山，在杭州城东北，伯颜围临安时驻军于此。

④ 三宫，指谢太皇太后、全太后和帝显。遣使皋亭，伯颜要宋廷当国者至元营议事，正月二十二日，谢后派吴坚、文天祥、谢堂、贾馀庆至元营。

⑤ 趣，催逼。

⑥ 虬须，指元军。

⑦ “谢了天恩”二句：宋投降后，三月十二，伯颜派阿答海向全太后、帝显传达元世祖诏书，召他们北上大都朝见皇帝，全太后对帝显说“荷天子圣恩活汝，宜拜谢”，拜谢后即出宫。伯颜派上将军为全太后和帝显“喝道”，实为武装押送。

⑧ 白旄黄钺，此天子仪仗，全太后、帝显出宫时仍用此仪仗。猩红，鲜红色。皇帝应着黄袍，此时赵显已是降君，换穿红色。幼君，帝显生于宋度宗咸淳六年（1270）九月，按传统算法，德祐二年（1276）时年七岁。投降时在正月，实际尚未满六周岁。

⑨ 吴山，一名胥山，在杭州城南，左带钱塘，右瞰西湖。此在俘虏舟中，回望临安宫阙，已只见一匊吴山和叠叠楼阁。《越州歌》其二云：“东南半壁日昏昏，万骑临轩趣幼君。三十六宫随辇去，不堪回首望吴云。”写得同样沉痛。

⑩ 东南，一作“东西”似误。

⑪ 烂弓刀，弓刀上闪光。此句谓船头船尾都有元军手执武器监运，只见弓刀闪亮。

⑫ 受降城，指临安。草离离，草盛貌。

⑬ 汉寝秦陵，代指宋室陵墓。

⑭ 哭襄阳，度宗咸淳三年（1267）元大军攻襄阳，襄阳坚守达六年之久，宋朝廷贾似道把持国政，坐视不救。襄阳失守后，江淮相继崩溃，国事就不可收拾。“哭襄阳”必是当时人们痛感襄阳沦亡的歌曲。

⑮ 儿女，指被掳宫女。

⑯ 淮南，指扬州，宋淮南东路制置使设扬州。扬州望火楼，扬州城楼。元军俘虏行舟过扬州时，扬州守将李庭芝、姜才，拟劫取太后和幼君，但未能成功，元军催舟疾发，渡过扬州。舟中俘虏，远望扬州城楼，深为失望。淮南渐远波声小，句袭李贺《金铜仙人辞汉歌》“渭城已远波声小”。

⑰ 此原第四十三首。新鬼啾啾旧鬼啼，一作“新雨灯前醉玉妃”。而其二十一首云：“扬子江头潮退迟，三宫船傍钓鱼矶。须臾风定过江去，新鬼啾啾旧鬼啼。”疑为后人将第二十一首末句移作第四十三首末句，但确比原作为好。又第四十九首云：“长淮风定浪涛宽，锦棹摇摇上下湾。兵后人烟绝稀少，可胜战骨白如山。”亦写淮南兵后荒凉景象。

⑱ 河间，北宋时置河间府，元至元二年（1265）改河间路，今河北河间县，北运河直贯境内。

⑲ 长安，代指临安。句袭杜甫《宿府》“中庭月色好谁看”。

★汪水云《醉歌》《湖州歌》与刘子翚《汴京纪事》诗后先晖映，并两宋亡国痛史。

太皇谢太后挽章二首[1]

大漠阴风起，羁孤血泪悬[2]。
忽闻天下母，已赴月中仙。
哀乐浮云外，荣枯逝水前[3]。
遗书乞骸骨，归葬越山边[4]。

羯鼓喧吴越，伤心国破时[5]。
雨阑花洒泪，烟苑柳颦眉。
事去千年速，愁来一死迟。

旧臣相吊后，寒月堕燕支⑥。

① 太皇谢太后（1210—1283），谢深甫孙女，名道清，宝庆三年（1227）十七岁为理宗贵妃，同年十二月册为皇后。景定五年（1264）理宗去世，度宗即位，尊为皇太后。咸淳十年（1274）度宗去世，帝显即位，尊为太皇太后，垂帘听政。德祐二年（1275）被迫降元。元军虏全太后、帝显北去，谢后以疾暂留杭州。八月至燕京，降封为寿春郡夫人。越七年终，年七十四。谢后人颇宽厚贤明，但她生不逢时，虽身由皇后而皇太后而太皇太后，但终于成为俘虏，成为赵宋王朝国破家亡的承受者，其生平实可哀怜。

② 大漠阴风起，字面貌似指地处北方，实喻蒙古从大漠兴起。羁孤，指幼帝成为俘囚。

③ 哀乐，荣枯，其为国母也乐而荣，其成为俘虏也枯而哀，而今都若浮云，若逝水。

④ “遗书”二句，必系谢后临终遗愿，祈求归葬越山，其事《宋史》失载。

⑤ “羯鼓”二句，指德祐二年元军渡过长江，进逼临安，谢后被迫投降，宋祚至此终结。

⑥ 燕支，山名，在甘肃省境，作为边塞的代称，此又代指燕京。

秋日酬王昭仪①

愁到浓时酒自斟，挑灯看剑泪痕深。
黄金台迥少知己，碧玉调高空好音②。
万叶秋风孤馆梦，一灯夜雨故乡心。
庭前昨夜梧桐语，劲气萧萧入短襟③。

① 王昭仪，名清惠，字冲华，善诗词，为宋度宗昭仪。德祐二年同宋宫室被掳北至燕京。在燕与汪水云多有诗歌往还，《宋诗纪事》卷八十四存清惠诗四首，并赠汪水云者。

② 黄金台，指燕京，据传燕照王曾筑台置千金于其上，以延天下贤士。碧玉，指碧玉琴柱。迥，一作“愧”。高，一作“将”。

③ 劲气，寒气。

潼　关①

蔽日乌云拨不开，昏昏勒马度关来。
绿芜径路人千里，黄叶邮亭酒一杯。
事去空垂悲国泪，愁来莫上望乡台。
桃林塞外秋风起，大漠天寒鬼哭哀②！

① 潼关，东汉始置，在今陕西潼关县黄河南岸。元世祖至元二十五年（1288）十月，汪元量送南宋被俘皇帝赵显到甘州出家，途经潼关。

② 桃林塞，即潼关。

金　陵①

只见空城不见台，客行搔首共徘徊。
风云旧日龙南渡，宇宙新秋雁北来②。
三国衣冠同草莽，六朝宫殿总尘埃③。
交游相见休相问，把手江头且一杯！

① 金陵，南宋建康府，今南京。此汪水云南归后重到建康时作。

② 风云旧日龙南渡：西晋亡后，琅玡王司马睿在建康建立东晋。《晋书·元帝纪》："太空之际，童谣云：'五马浮渡江，一马化为龙。'及永嘉中，……帝与西阳、汝南、南顿、彭城五王获济；而帝竟登大位焉。"诗中实指建炎元年（1127）宋高宗南奔建康，后在临安建立南宋政权。宇宙新秋雁北来，表面上只是写时令物候，实暗指元军南下，灭亡南宋。元初刘因《白雁行》云："北风初起易水寒，北风再起吹江干。北风三吹白雁来，寒气直薄朱崖山。乾坤噫气三百年，一风扫地无留残。万里江湖想潇洒，伫看春水雁来还。"诗中"白雁"与元军统帅伯颜偕音，刘因诗可作为"宇宙新秋雁北来"注脚。

③ "三国"二句：衣冠草莽，宫殿尘埃，实悲悼南宋之亡。句仿李白《登金凤凰台》诗"吴宫花草埋幽径，晋代衣冠成古丘"。

家铉翁

家铉翁（1213—1294以后），号则堂，眉州（今四川眉山）人。以荫补官。知常州，迁浙江提点刑狱。官至端明殿学士、签书枢密院事。元兵逼近至临安，丞相吴坚、贾馀庆檄天下守令以城降，铉翁不从。随吴坚使元被扣留，终不仕元，元成宗时放还。有《则堂集》。

寄江南故人[①]

曾向钱塘住，闻鹃忆蜀乡[②]。
不知今夕梦，到蜀到钱塘？

① 此羁留燕京寄江南故人者。

② 曾向钱塘住，实指曾长期在临安任职。铉翁在宋末朝廷官阶不小，时身为俘虏，故只含胡地说是曾向钱塘住。蜀乡，即其家乡眉山。

萧立之

萧立之，字斯立，号冰崖，宁都（今江西宁都）人。宋理宗淳祐十年庚戌（1250）进士。知南城县，历南昌推官、辰州通判。宋亡后隐居不仕。其子即《李白诗分类补注》的编者萧士赟。

茶陵道中[①]

山深迷落日，一径窅无涯[②]。
老屋茅生菌，饥年竹有花[③]。
西来无道路，南去亦尘沙[④]。
独立苍茫外，吾生何处家！

① 茶陵，今属湖南。

② 窅（yǎo），深貌。

③ 竹有花，《本草纲目》：竹花“白如枣花，结实如小麦，子无气味而涩，江浙人号为竹米，以为荒年之兆”。按竹常年不开花，偶一开花、花后竹多枯死。“结实如小麦”只是形似，竹米并不可食，与饥年也没有必然联系。

④ 无道路，亦尘沙，都是说无路可走，前去只是尘沙。此是诗人亡国后道途奔窜的感触。

第四桥[①]

自折孤樽擘蟹斟，荻花洲渚月平林[②]。
一江秋色无人管，柔橹风前语夜深[③]。

① 第四桥，即吴江之甘泉桥，姜白石《点绛唇·丁未冬过吴松作》词“第四桥边，拟共天随住”，即其地。此亦夜泊第四桥边作。

② 折，疑当作“把”。

③ 语夜深，谓柔橹自语也。

林景熙

林景熙（1242—1310），字德阳，号霁山，温州平阳（今浙江平阳）人。宋度宗咸淳七年（1271），以太学生授泉州教授，历礼部驾阁，转从政郎，宋亡不仕。困处山林近三十年，以操节自守。元武宗至大二年卒，年六十九。时上距临安失陷已三十五年。其诗学杜甫，虽无震铄一代的名作，但篇篇工稳。宋亡以后所作，多思怀故国，哀婉凄伤，是遗民诗中有代表性的作品。有《林霁山集》，又名《白石樵唱》。

商妇吟

良人沧海上，孤帆渺何之？
十年音信隔，安否不得知。
长忆相送处，缺月随我归。
月缺有圆夜，人去无回期。
回期倘终有，白首宁怨迟。
寒蛩苦相吊，青灯鉴孤帏。
妾身不出帏，妾梦万里驰。

★此宋亡之后思君之作，托为思妇之词。然作为一般思妇诗，亦不失为佳作。

酬谢皋父见寄①

入山采芝薇，豺虎据我丘。
入海寻蓬莱，鲸鲵掀我舟。
山海两有碍，独立凝远愁②。
美人渺天西，瑶音寄青羽③。
自言招客星，寒川钓烟雨④。
风雅一手提，学子屦满户⑤。
行行古台上，仰天哭所思。
馀哀散林木，此意谁能知⑥。
夜梦绕勾越，落日冬青枝⑦。

① 谢皋父，即谢翱，字皋羽。谢有《远游篇寄府教景熙》诗，林所酬当即是篇。

② 入山采芝薇，暗用伯夷、叔齐首阳山采薇典。入海寻蓬莱，亦影徐市入海求仙事。首六句实谓元朝统治者到处凶横，虽欲入山入海亦不可能。

③ 美人，指谢翱。渺，远。瑶音，书信或赠诗之美称。青羽，即青鸟。青鸟为西王母使者，见《汉武故事》。此代指传书使者。

④ 客星，指严光。东汉严光，字子陵，少与光武帝刘秀同游学。及光武即位，迎严光入洛阳。与严光共卧，“光以足加帝腹上，明日，太史奏客星犯御座甚急”。后隐于富春山，后人名其钓处为严陵濑。见《后汉书·严光传》。谢翱曾往来富春间，故诗云云。

⑤ “风雅”二句，谓谢翱垂教，独存风雅。屦，鞋。学子屦满户，语本《庄子·列御寇》“无几何而往，则户外之屦满矣”。原文谓至列御寇户外之人甚多。此言从谢翱之学子之多。

⑥ “行行”四句，指元至元二十七年（1290）谢翱登富春山西台哭祭文天祥事。参见谢翱《西台哭所思》诗注。

⑦ 勾越，即指越，犹吴之称勾吴。古越国都于会稽，即今浙江绍兴。冬青，南宋诸帝陵墓在会稽，陵上多植冬青，林景熙与谢翱等葬宋帝遗骨于越，其上亦种冬青。详见《梦中作》诗注。

书陆放翁诗卷后

天宝诗人诗有史，杜鹃再拜泪如水①。
龟堂一老旗鼓雄，劲气往往摩其垒②。
轻裘骏马成都花，冰瓯雪碗建溪茶③。
承平麾节半海宇，归来镜曲盟鸥沙④。
诗墨淋漓不负酒，但恨不饮月氏首⑤。
床头孤剑空有声，坐看中原落人手⑥。
青山一发愁濛濛，干戈况满天南东⑦。
来孙却见九州同，家祭如何告乃翁⑧！

① 天宝诗人，指杜甫。杜甫在安史之乱以后的诗作，反映社会丧乱，系心国家和人民的命运，被称为诗史。杜鹃，鸟名。据传周代末年，蜀国君主杜宇称帝，名曰望帝，后禅让退隐，死后魂化杜鹃。见《华阳国志·蜀志》。杜甫《杜鹃》诗云："杜鹃暮春至，哀哀叫其间。我见常再拜，重是古帝魂。"杜鹃再拜，含有眷怀君国之意。此用杜甫引出放翁。

② 龟堂一老，指陆游，龟堂为陆游在山阴所建堂名。摩其垒，逼近对方营垒。《左传》宣公十二年："摩垒而还。"二句谓放翁旗鼓雄壮，其劲气往往摩杜陵之垒。

③ "轻裘"句，指陆游淳熙初为成都府安抚司参议官。"冰瓯"句，指陆游淳熙中提举福建常平茶盐公事。建溪在福建北部，为闽江北源。

④ 麾节，地方大员的旌麾与符节，句谓陆游历官各地。镜曲，镜湖之曲，指陆游晚年家居山阴，在镜湖之滨（按镜湖在今浙江绍兴境，已淤塞成为农田）。

⑤ 月氏（zhī），又作月支，古部族名，游牧今甘肃西部。《史记·大宛传》《汉书·西域传》皆载，匈奴老上单于杀月氏王，以其头为饮器。此以月氏代指金统治者（饮器，原意为溺器，林景熙理解为饮酒之器）。

⑥ 床头孤剑空有声，用陆游《三月十七日夜醉中作》"敌人未灭心未平，孤剑床头铿有声"后一句而易一字。空有声，谓放翁空有满腔壮志，未能充分发挥。坐看中原落人手，指中原长期陷于金人。

⑦ "青山"二句，谓元军南下，东南相继沦陷。

⑧ 来孙，泛指陆氏裔孙。元军灭宋，上距陆游之死已六十六年，陆氏子孙当已到第四代。九州同，指元朝统一中国。放翁《示儿》诗云："死去元知万事空，但悲不见九州同。王师北定中原日，家祭无忘告乃翁。"陆氏临终，犹望恢复中原，统一祖国。而今宗国沦亡，连东南半壁山河也未能保住，整个国家全沦于异族，九州虽"同"，将何以告乃翁！笔落至此，何等沉痛！

★歌颂放翁，亦即勉励自己的操节；哀悼放翁，亦即痛心宗国的沦亡。林景熙诗，实陆放翁激昂慷慨的爱国诗章凄凉的馀响。白石樵唱，即使只此一章，亦足以作为宋代遗民诗歌的代表。

重过虎林①

漠漠江湖梦，萧萧禾黍秋②。
清笳吹落日，白髮过西州③。
池涸神龙逝，山空老凤愁④。
惟馀关外水，寂寞自东流⑤。

① 虎林，原注："虎林山，在钱塘旧治北半里，亦曰武林，今为郡称。"虎林山在杭州城西今灵隐寺所在山岭，城北亦有虎林山，按原注应指后者，此虎林山今已夷为平地。题为"重过虎林"，实伤悼南宋故都。

② 漠漠，寂静貌。萧萧，风声，亦萧条冷落之状。禾黍，《史记·宋微子世家》：殷商亡后，箕子朝周，过殷故墟，见宫室毁坏，尽生禾黍，伤而作《麦秀之诗》，有"麦秀渐渐兮，禾黍油油"之语。诗暗用其意。

③ 西州，东晋扬州刺史治所，因在台城西，故名。地在今南京城西。东晋谢安"虽受朝寄，然东山之志始末不渝，每形于言色。及镇新城，尽室而行，造泛海之装，欲须经略粗定，自江道还东。雅志未就，遂遇疾笃"。晋孝武帝"诏遣侍中慰劳，遂还都。闻当舆入西州门，自以本志不遂，深自慨失"。谢安死后，其甥羊昙"辍乐弥年，行不由西州路。尝因石头大醉，扶路唱乐。不觉至州门，左右白曰：'此西州门'。昙悲感不已，以马策扣扉，诵曹子建诗曰，'生存华屋处，零落归山丘'，恸哭而去"。见《晋书·谢安传》。诗中用以代指虎林（按，如此用典，过于曲折，且比拟不伦）。

④ 池涸神龙逝，喻宋室沦亡，君王已逝。老凤，诗人自喻。

⑤ 关外，城门之外。

寄别诸公

盍簪谈旧梦，持酒送馀春[①]。
天地绿阴雨，江湖白髮人。
时平销剑气，客久积衣尘。
又出重关北，斜阳独问津[②]。

① 盍，合也。盍簪，聚首。《易·豫》："勿疑，朋盍簪。"朋友见面相亲，髮簪亦相聚合，故"盍簪"为聚首之意。

② 津，渡口。《论语·微子》记孔子使子路问津。此处"问津"为寻问远方道路。斜阳独问津，有前路茫茫之感。

京口月夕书怀[①]

山风吹酒醒，秋入夜灯凉。
万事已华髮，百年多异乡。
远城江气白，高树月痕苍。
忽忆凭楼处，淮天雁叫霜[②]。

① 京口，今江苏镇江。

② 忽忆凭楼处，此言突然发觉，与首句"酒醒"相应。千里长淮，尽沦异族，酒醒之后，听霜天雁叫，无限凄怆。

溪　亭

清秋有馀思，日暮尚溪亭。
高树月初白，微风酒半醒。
独行穿落叶，闲坐数流萤。
何处渔歌起，孤灯隔远汀。

寄林编修[1]

大雅凋零尚此翁，醉乡一笑寄无功[2]。
衣冠洛社浮云散，弓剑桥山落照空[3]。
东鲁有书藏古壁，西湖无树挽春风[4]。
巾车莫过青华北，城角吹愁送暮鸿[5]。

① 林编修，原注："名千之，字能一，平阳人。"

② 大雅，指杰出人物。无功，唐初诗人王绩，字无功。此用以比林千之。

③ 洛社，白居易晚年居洛阳，与文士结洛社。此谓宋亡之后，朝士风流云散。桥山，据《史记·五帝本纪》，黄帝死葬桥山，在今陕西黄陵县。又《水经·河水注》：阳周县故城南桥山，山上有黄帝冢。"帝崩，惟弓剑存焉，故世称黄帝仙矣。"此指宋亡之后，宋皇室诸陵被番僧杨琏真伽发掘。详《梦中作》诗注。

④ "东鲁"句，《汉书·鲁恭王传》记鲁恭王刘馀好治宫室，坏孔子旧宅，于其壁中得古文经传。此谓宋室遗民，或有遗书藏匿。"西湖"句，西湖为南宋君臣娱游之所，元军破宋，西湖环境亦遭摧毁。

⑤ 巾车，有帷幕的车。青华，其地待考，然必指临安。

山窗新糊有故朝封事稿阅之有感[1]

偶伴孤云宿岭东，四山欲雪地炉红。
何人一纸防秋疏，却与山窗障北风[2]。

① 封事，臣子向皇帝密上的奏章。《后汉书·光武纪》：建武六年（30）诏"百僚并上封事，无有隐讳"。

② 防秋，古代外敌多在北方，每至秋天，边塞即可能受到侵袭，必须预为防范，谓之防秋，汉唐皆然。南宋先要防金，后需抗元，并在北方。疏，奏章。

★防秋疏，障北风，并有深意。当年半壁东南，朝臣尚能议论防范北疆。于今故国沦亡，往日防秋疏稿，只用作糊窗废纸。中原沉陆，何限凄凉！

天柱峰[①]

谁作孤峰紫翠颠，流泉一脉到宫前。
却怜千尺擎天柱，不拄东南半壁天[②]！

①天柱峰，中国名天柱峰甚多，由诗中有"流泉一脉到宫前"句，推知此峰必在杭州。

②"却怜"二句，借题发挥，痛南宋东南半壁江山，亦未能守住。

梦　回

梦回荒馆月笼秋，何处砧声唤客愁。
深夜无风莲叶响，水寒更有未眠鸥。

★"深夜无风莲叶响，水寒更有未眠鸥"，固是实景，然亦即诗人写照。

送　春

蜀魄声声诉绿阴，谁家门巷落花深[①]。
游丝不系春晖住，愁绝天涯寸草心[②]！

①蜀魄，指杜鹃，传为蜀帝杜宇魂魄所化，故名。

②"游丝"二句，用孟郊《游子吟》"可怜寸草心，报得三春晖"句意。

与邵德芳二首

聚散云萍亦偶然，十年曾此系秋船[①]。
当时别意芙蓉老，不道相逢又十年[②]！

年少同游古辟雍，文光万丈扫秋虹[③]。
不须旧事谈如梦，灯下相看亦梦中！

① 云萍，如流云，如浮萍。

② 芙蓉，即荷花。

③ 辟雍，西周天子所设大学之名，此即指太学。邵德芳必系林景熙太学同学。

梦中作二首[①]

珠亡忽震蛟龙睡，轩敝宁忘犬马情[②]。
亲拾寒琼出幽草，四山风雨鬼神惊[③]！

一抔自筑珠丘土，双匣犹传竺国经[④]。
独有春风知此意，年年杜宇泣冬青[⑤]！

① 元兵破宋，以西藏僧人杨琏真伽于杭置江淮诸路释都总统所，管辖诸路僧人，时号杨总统。此人外着释衣，凶横莫比，残害人民，无恶不作。至元二十一年，杨琏真伽与丞相桑哥表里为奸，发掘越上（今浙江绍兴）南宋诸帝并后妃陵墓一百馀座，骸骨尽弃草莽中。林景熙与唐珏、谢翱、郑宗仁等人痛愤之极，乃相率为采药者，以草囊收集遗骨。又闻宋理宗头骨被元军投湖水中，因以钱求渔人网取。乃盛以二匣，托言佛经，葬于会稽山中。又移宋殿冬青树植其上，以为标志。《梦中作》即咏其事，不敢明言，因以“梦中作”为题。原四首，录其一、二。周密《癸辛杂志》、陶宗仪《辍耕录》并以为唐珏所作，《宋诗钞》《四库全书总目提要》属之林景熙。唐珏，字玉潜，号菊山，会稽人（杨琏真伽，元人著作多如此译，《四库全书总目提要》译作札木杨喇勒智，《续资治通鉴》译为嘉木杨喇勒智）。

② 珠亡，指皇陵被发掘，殉葬珍宝被劫掠。震，惊动。蛟龙睡，指南宋诸帝死后长眠。轩，车。“轩敝”句谓车虽敝，随车犬马亦难忘情，况故国皇陵而被发掘能不痛愤。

③ 寒琼，指诸帝遗骨。

④ 一抔，一捧。《史记·张释之传》：“假令愚民取长陵一抔土，陛下何以加其法乎？”后常以“一抔土”指坟墓。珠丘，指埋葬诸帝遗骨的坟丘。竺国，天竺国，即印度。竺国经，佛经。不敢言是宋诸帝遗骨，故托言佛经。

⑤ 杜宇，传为蜀望帝魂魄所化。句意谓宋诸帝魂魄，将年年化为啼鸟归

来，泪洒冬青。

★《梦中作二首》诗艺并不高，由于特定的时代环境，诗句词语隐晦，不详加诠释，很难理解。但作品记述了特殊的历史事件，表达了宋末民族志士的良苦用心，故仍以之入选。

谢 翱

谢翱（1249—1295），字皋羽，自号晞髮子，福建长溪（今福建霞浦）人。举进士不第，落魄漳、泉二州间。宋端宗景炎元年（1276），元军南下，文天祥为枢密使，于南剑州开府聚兵，图谋恢复。谢翱变卖家产聚乡兵数百赴难，天祥以为谘议参军。兵败后隐处山林。文天祥殉国，谢翱年年哭祭。谢翱诗艺不高，偶学孟郊、李贺，亦只得其仿佛。晚年悼念文天祥诸作，深挚感人。有《晞髮集》。

西台哭所思①

残年哭知己，白日下荒台。
泪落吴江水，随潮到海回②。
故衣犹染碧，后土不怜才。
未老山中客，惟应赋八哀③。

① 西台，在浙江桐庐县西富春山，与东台相对，传为东汉严子陵垂钓处。文天祥于元世祖至元十九年（1282）十二月初九在大都殉国，谢翱每逢天祥忌日即设位哭祭。至元二十七年十二月初九，谢翱与吴思齐、冯桂芳等登西台哭悼，作《登西台恸哭记》记其事，时已是天祥殉国后第九年。诗即同时相应之作。所思，指文天祥。

② 吴江，指富春江。

③ 八哀，杜甫有《八哀》诗，哀悼王思礼、李光弼、严武、李琎、李邕、苏源明、郑虔和张九龄。

秋社寄山中故人

燕子来时人送客，不堪离别泪沾衣。
如今为客秋风里，更向人家送燕归。

黄超然

黄超然，字立道，号寿云，黄岩（今浙江黄岩）人。

秋　夜

秋近园林风露凉，虫声无数出颓墙。
前朝旧事过如梦，不抵清秋一夜长。

附：辽诗

辽太祖耶律阿保机于唐哀帝天祐四年（907）正月即位。是年四月，朱温篡唐，建立后梁。神册元年（916）阿保机称皇帝，国号契丹，营建皇都（今内蒙古巴林左旗南波罗城）。太宗耶律德光大同元年（后汉高祖天福元年，947）改国号为辽，皇都改称上京，雄踞北方，成为又一个北朝。至天祚帝耶律延禧保大五年（宋徽宗宣和七年，1125）亡于金。凡九帝有国二百十九年，大体和五代北宋相始终。辽亡以后，留下一个西辽还存在了八十八年（1124—1211）。辽拥有今东北至内蒙的广大地区。太宗时受石敬塘所献河北幽蓟十六州，立石敬塘为儿皇帝，势力深入中原腹地。宋太祖代周以后，辽一直成为北宋的威胁。但辽人沿古匈奴旧习，以游猎征战为务，文化落后，统治者甚至不许士人私藏文集，故诗苑荒凉，文坛寂寞。两辽相加长达三百年，为时之久，差不多是金源王朝的三倍，诗文成就却与有金不可同日而语。

赵延寿

赵延寿（？—948），五代常山（今河北正定）人。本姓刘，父刘邡为蓨令。后梁开平初，沧州节度使刘守文陷蓨，裨将赵德钧获刘邡妻种氏并其子即延寿，因养以为子，遂冒姓赵。及长，后唐明宗以女妻之，故与石敬瑭为僚婿，拜驸马都尉、枢密使，出为宣武军节度使。后唐末帝清泰三年（936）与父赵德钧降于契丹。明年德钧死，辽太宗以延寿为幽州节度使，封燕王。旋改幽州为南京，延寿留守。会同七年（944）授魏博等州节度使，封魏王。大同元年（947）以延寿为中京（镇州）留守。辽太宗原许灭石晋后以延寿为中原儿皇帝，是年晋灭，延寿因求为皇太子，太宗不许。四月，辽太宗去世，延寿引兵入恒州，自称受遗诏，权知南朝军国事。永康王耶律阮以密计召之，执回上京，明年即死去。这是一个一心想做天子却不惜给人做儿子的人物，与石敬瑭是非常相配的连襟。不过他没有石敬瑭幸运，儿皇帝没有做成就送了命。

失　题

黄沙风卷半空抛，云重阴山雪满郊①。
探水人回移帐就，射雕箭落着弓抄②。
鸟逢霜果饥还啄，马渡冰河渴自跑③。
占得高原肥草地，夜深生火折林梢④。

① 阴山，在内蒙古中部。

②回，一作“归”。抄，拨草探寻。

③跑（páo），马以足刨地。

④高原，一作“高阳”。

★诗并不佳，但通俗自然，颇能反映契丹风光习俗。《太平广记》录为赵延寿诗，仅此一首。延寿武人，于五代群丑纷争扰攘之际，也属无赖浑虫叛贼阴谋家之列，诗是否真出其手，未可知也。

萧观音

萧观音（1040—1075）[①]，辽圣宗钦哀皇后弟枢密使萧蕙之女，辽道宗耶律洪基皇后，太康元年为耶律乙辛诬害自杀。

① 辽后妃多出乙室、拔里二族。辽太祖耶律阿保机倾慕汉高祖刘邦，故耶律氏兼称刘氏，而以乙室、拔里比相国萧何，称萧氏，故辽后妃多姓萧。《杨家将》小说戏剧中辽国常有萧太后亦源于此，与中原萧姓实无任何血缘。

怀　古[①]

宫中只数赵家妆，败雨残云误汉王。
惟有知情一片月，曾窥飞燕入昭阳[②]。

① 怀古，此咏赵飞燕姊妹事。飞燕本长安宫人，属阳阿主家，入宫为婕妤，为成帝所宠幸，立为皇后，与妹赵昭仪，皆妖媚善歌舞，然皆无子。为了固宠，宫中妃嫔宫女生子皆以阴谋杀害。绥和二年（前 7）成帝暴死，民间归罪赵昭仪，昭仪自杀。哀帝立，飞燕姊妹杀皇帝后嗣罪被揭发。哀帝为太子曾得飞燕之助，故哀帝不竟其罪。六年后哀帝又死，平帝立，王莽复论赵氏罪，飞燕自杀。见《汉书·外戚传》。

② 昭阳，汉宫殿名，成帝时赵飞燕居于此。

★萧观音，辽钦哀皇后弟枢密使萧蕙之女，姿容冠绝，工诗能书，尤善音乐。辽道宗清宁元年（1055）册为皇后，时年方十六。二年八月，道宗猎秋山，后率嫔妃从行在所，至伏虎林，命后作诗。后应声曰：“威风万里压南邦，东去能翻鸭绿江。灵怪大千俱破胆，那教猛虎不投降！”道宗大喜，出示群臣曰：“皇后可谓女中才子。”清宁四年（1058）生太子耶律睿。辽俗君臣好猎，故有四时捺钵。道宗尤长弓马，往往国服先驱。所

乘马号飞电，瞬息百里，常驰入深林邃谷，扈从群臣追从不及。萧后患之，上疏谏猎秋山。道宗表面嘉纳，而心颇厌远。咸雍之末，希得幸御。后因作《回心院》词十首，被之管弦，以寓望幸之意，命伶官赵惟一演奏。北院枢密使耶律乙辛与后家争权，常欲伺机害后。宫婢单登与耶律乙辛有私，单登亦善筝及琵琶，每与惟一争能，怨后不知己。后乃召登与惟一对弹四旦二十八调，登皆不如，因益疾害。耶律乙辛命人作《十香》淫秽词，嘱单登给后书写。后果为之手书，并于纸尾书自作《怀古》诗即“宫中只数”云云。乙辛得书，命登及教坊朱顶鹤陈首，以《十香》词与《怀古》诗为证，诬后与惟一有奸。乙辛诡称“宫中只数赵家妆”、“惟有知情一片月”包“赵惟一”三字。道宗大怒，族诛赵惟一，敕后自尽。后无以自明，乞面可汗一面，不许，乃作《绝命词》，望帝所而拜，以白练自经。年仅三十六岁，时道宗太康元年（1075）。乙辛复诬谄太子耶律睿，道宗废太子为庶人，幽禁上京，旋亦为乙辛所害。二十五年之后，道宗去世，太孙亦即太子睿之子耶律延禧即位，是为天祚帝，尊后为宣懿皇后，合葬庆陵。时耶律乙辛已死，天祚发冢戮其尸。王鼎《焚椒录》述萧后事甚详，并为辨冤。王鼎，字虚中，涿州人，辽道宗清宁五年（1059）进士，仕至观书殿学士。

萧瑟瑟

萧瑟瑟（？—1121），幼选入宫，聪慧闲雅，天祚帝即位，册为文妃，妃常以诗讽谏，为天祚所恶，保大元年被谗赐死。《辽史》本传载其诗二首。

讽谏歌

勿嗟塞上兮暗红尘，
勿伤多难兮畏夷人，
不如塞奸邪之路兮选取贤臣。
直须卧薪而尝胆兮激壮士之捐身，
便可以朝清漠北兮夕枕燕云！

★天祚帝即位，时女真强大，辽国势危殆。天祚元妃之兄枢密使萧奉先专权，而天祚帝耽于游猎，疏斥忠良，瑟瑟甚忧之，作歌以讽。又作《咏史》诗云："丞相来朝兮剑佩鸣，千官侧目兮寂无声。养成外患兮嗟何及，祸尽忠臣兮罚不明（一作"谏不行"）。亲戚尽居兮藩屏位，私门潜畜兮爪牙兵。可怜往代兮秦天子，犹向宫中兮望太平！"天祚帝见而恶之，萧奉先乘机谗害，因被赐死。诗无异于面陈痛斥，无所讳饰，出于娇女子之手，实属难得。辽国诗坛岑寂，两位不幸后妃之作聊补空白。而器识才华，文妃或更高于宣后。文妃既死，五年之后，"天"不再"祚"，辽国也不复"延禧"，为金所灭，文妃不幸而言中。清人谢蕴山为赋诗云："瑟瑟

伤时闵直臣，燕云夕枕暗红尘。白头宫监谈遗事，芳草萋萋废苑春！”谢启昆，字蕴山，号苏潭，江西南康人，清高宗乾隆二十六年辛巳（1761）进士，官至广西巡抚。有《树经堂集》。

中华传世诗选

金诗

宋金诗卷

宇文虚中

宇文虚中（1079—1146），字叔通，成都华阳（今四川成都）人。宋徽宗大观三年己丑（1109）进士，官至资政殿大学士。宋高宗建炎二年（1128）出使金国，被留仕金，累官礼部尚书、翰林学士承旨，兼太常卿，封河内郡开国公。宋施彦执《北窗炙輠录》谓虚中“仕金为国师，遂得其柄，令南北讲和，大母获归，往往皆其力也”。又云虚中“欲行范蠡、曹沫事，欲挟渊圣（宋钦宗赵桓）以归。前五日为人告变，虚中觉有警，急发兵，直至北主帐下，北主几不能脱，遂为所擒下”。时年六十有八。《金史》谓“诸贵先被叔通嘲笑，积不平，必欲杀之”。又《金源纪事诗》引南宋车若水（字清臣）《脚气集》：“金诸大臣会于黑龙江柳林，议遣秦桧归国，言彼得志，我事可济。至，计果得行，废杀诸将，而南北之势定，金亦德之。誓书中必有不轻易相语，而桧亦发宇文虚中事以报之。”据此，则宇文虚中被害，实秦桧告密所致。宇文虚中虽被迫仕金，却心怀南国，处境犹庾信之在北朝。其诗艺在金，有开山发轫的作用。存诗仅五十多首，多思怀故国之作，郁悒凄怆而不乏慨慷俊爽之气。

己丑重阳在剑门梁山铺[①]

两年重九皆羁旅，万水千山厌远游。
白酒黄花聊度日，青萍绿绮共忘忧[②]。
却怜风雨梁山路，不似莼鲈楚泽秋[③]。
何必东皋是三径，此身天地一虚舟[④]。

① 己丑，宋徽宗大观三年（1109）。剑门，古县名，治所在今四川剑阁东北，因境内有剑门山得名。梁山，亦称剑门山、高梁山，在今四川梁平县东北。县旧亦名梁山，1952 年改称梁平。

② 黄花，菊花。陶渊明《九日闲居》诗序："余闲居爱重九之名，秋菊盈园，而持醪靡由。"诗云："酒能祛百虑，菊为制颓龄。"青萍，古宝剑名。绿绮，古琴名。

③ 莼（chún），水草名，其嫩叶可食。鲈，鱼名。《晋书·张翰传》："翰因见秋风起，乃思吴中菰菜莼羹鲈鱼脍，曰：'人生贵得适志，何能羁宦数千里，以要名爵乎？'遂命驾而归。"故古人常用"莼鲈之思"为思乡之情。

④ 皋，水边高地。东皋，泛指田野。陶渊明《归去来兮辞》："登东皋以舒啸。"三径，《归去来兮辞》："三径就荒，松菊犹存。"李善注引《三辅决录》：汉蒋诩隐居，"舍中三径，唯求仲羊仲从之游。""此身"句，仿杜甫《旅夜书怀》诗："飘飘何所似，天地一沙鸥。"

在金日作二首①

满腹诗书漫古今，频年流落易伤心。
南冠终日囚军府，北雁何时到上林②。
开口摧颓空抱朴，胁肩奔走尚腰金③。
莫邪利剑今安在，不斩奸邪恨最深④。

遥夜沉沉满幕霜，有时归梦到家乡。
传闻已筑西河馆，自许能肥北海羊⑤。
回首两朝俱草莽，驰心万里绝农桑⑥。
人生一死浑闲事，裂眦穿胸不汝忘⑦！

① 宋高宗建炎二年（1128）宇文虚中出使金国，被金扣留。诗是被留初期所作。

② 南冠，春秋时楚国钟仪随子重伐郑，诸侯救郑。钟仪被擒，郑献之于晋，晋人囚钟仪于军府。两年后，"晋侯（晋景公）观于军府，见钟仪，问之曰：'南冠而絷者谁也？'有司对曰：'郑人所献楚囚也。'"见《左传》成公七年、成公九年。后因称羁囚为南冠。句意谓自己被扣于官府。北雁，汉武

帝天汉元年（前 100）苏武出使匈奴，被匈奴扣留，远徙到北海牧羊。十九年后，匈奴与汉和亲，汉求苏武，匈奴诡言已死。后随苏武出使匈奴的成员常惠夜见汉使，“教使者谓单于，言天子射上林中，得雁，足有系帛书，言武等在某泽中。使者大喜，如惠语以让单于。单于视左右而惊，谢汉使曰：‘武等实在。’”苏武因此得以归汉。见《汉书·苏武传》（按，雁系帛书本是常惠编造的话，后世即以鸿雁传书即作为典故）。上林，即上林苑，汉武帝时所建供游猎的园林。诗人谓北雁何时能为我传书到达宋廷。

③ 摧颓，衰败颓唐，亦失意之貌。抱朴，谓守其本真。诗中“朴”包括本真、才智两方面的内涵。句意谓羁留异国，开口即摧颓失意，空抱有自己的本真和才质。胁肩，缩敛肩膀，是一种卑琐的姿态。《孟子·滕文公下》：“胁肩谄笑，病于夏畦。”腰金，腰悬金印，代指担任大官。句意谓那些谄谀奸佞奔走当权的人，身居高位。

④ 莫邪，宝剑之名。奸邪，当指宋廷秦桧等奸贼。

⑤ 西河馆，《左传》昭公十三年：盟于平丘，晋人执鲁行人（使臣）季孙意如。叔鱼见季孙曰：“鲋也闻诸吏，将为子除馆于西河，其若之何？”意思是说听说晋原拟长期扣留你。庾信《哀江南赋序》：“钟仪君子，入就南冠之囚；季孙行人，留守西河之馆。”此庾信自言被扣于西魏。北海羊，用苏武牧羊典。见前注。“传闻”二句，谓传闻将被金国扣留，自己决心将像苏武一样坚贞不屈。

⑥ 回首两朝，宇文虚中于南宋高宗建炎二年（1128）出使金国，两朝必指北宋徽、钦两代。俱草莽，谓北宋京城已经荒废。驰心万里绝农桑，谓遥思故国田园无法耕种。

⑦ 浑闲事，普通一般的事，微不足道。眦，眼眶。裂眦穿胸，眼眶裂开，胸膛穿透，愤怒拼死之状“人生”二句，谓人生一死微不足道，深仇大恨，即使穿胸裂眦也决不忘怀。

★此宇文叔通被金人强行扣留时所作诗章，其忧伤愤恨之情，几至不能控制。后来虽被迫任职，其心始终不能自已。金统治者岂能容忍，其终至杀身之祸也就不可避免。

又和九日[①]

老畏年光短，愁随秋色来。
一持旌节出，五见菊花开[②]。

强忍玄猿泪，聊浮绿蚁杯[③]。
不堪南向望，故国又丛台[④]！

① 和（hè），照他人所作同题赋诗。九日，夏历九月九日，即重阳节。古人于此日登高赏菊。

② 旌节，古代使者所持符节。《周礼·地官·掌节》：“道路用旌节。”诗人于建炎二年（1128）充祈请使使金被留，故知此诗当作于金太宗天会十一年（1133）。

③ 玄猿泪，猿声凄厉，故听猿声因而流涕。《水经注·江水》引《巴东三峡歌》：“巴东三峡巫峡长，猿鸣三声泪沾裳。巴东三峡猿鸣悲，猿鸣三声泪沾衣。”聊，姑且。绿蚁，古人酒不蒸馏，故酒中常有米糟泛起如蚁。白居易《问刘十九》诗：“绿蚁新醅酒，红泥小火炉。”

④ 不堪，难以忍受。故国，指南宋。丛台，台殿荆棘丛生。

中秋觅酒

今夜家家月，临筵照绮楼[①]。
那知孤馆客，独抱故乡愁。
感激时难遇，讴吟意未休[②]。
应分千斛酒，来洗百年忧[③]。

① 筵，酒筵。绮楼，楼之美称。绮，花纹。

② 感激，犹感慨。时，指太平盛世。讴吟，吟咏，指写诗抒发内心愤懑。

③ 分，犹言需要。斛（hú），容量单位，古代十斗为一斛，南宋末改为五斗。

春　日

北洹春事休嗟晚，三月尚寒花信风[①]。
遥忆东吴此时节，满江鸭绿弄残红[②]。

① 洹，水名，又名胡良河。在今河北省境内，源出房山县大安山，注入拒马河。花信风，应花期而来的风。古人认为自小寒至谷雨，五日一番风候，

梅花风最早，楝花风最后，凡二十四番，故又称“二十四番花信风”。见程大昌《演繁露·花信风》。

② 东吴，指长江下游地区。鸭绿，绿色。苏轼《清远舟中寄耘老》诗：“觉来满眼是湖山，鸭绿波摇凤凰影。”残红，指落花。

吴 激

吴激（？—1142），字彦高，自号东山，建州（今福建建瓯）人。宋宰臣吴栻之子，著名画家米芾之婿。使金被留，为翰林待制。金熙宗皇统二年（1142）出知深州，到官三日卒。吴激工诗能文，词作尤为时望所重，与蔡松年齐名，时称“吴蔡体”。书画得其岳父笔意。

长安怀古

佳气犹能想郁葱，云间双阙峙苍龙[①]。
春风十里霸陵树，晓月一声长乐钟[②]。
小苑花开红漠漠，曲江波涨碧溶溶[③]。
眼前叠嶂青如画，借问南山共几峰[④]？

① 佳气，象征祥瑞的光彩。班固《白虎通·封禅》：“德至八方则祥风至，佳气时喜。”郁葱，气盛貌。杨炯《和辅光入昊天观》诗：“天门开奕奕，佳气郁葱葱。”双阙，古代宫殿前的高建筑物，通常左右各一，建成高台，台上起楼观。以楼观之间有空缺，故名阙。峙，高耸。苍龙，东方七宿即角、亢、氐、房、心、尾、箕的总称。

② 霸陵，汉文帝墓地，在今陕西长安县东。长乐，汉宫名。故址在今陕西长安县西北。

③ 苑，畜养禽兽并种植林木的地方，多为帝王及贵族游玩和打猎的风景园林。漠漠，密布貌。曲江，即曲江池，在今陕西西安市东南。秦为宜春苑，汉为乐游原，有河水曲折流贯，故称曲江。唐末水涸池废。溶溶，水流动貌。

④ 叠嶂，重叠的山峰。南山，指终南山。在今陕西西安市南，属秦岭山脉。

秋　兴

后园杂树入云高，万里长风夜怒号。
忆向钱塘江上寺，松窗竹阁瞰秋涛[①]。

①钱塘江，即浙江，浙江省内最大河流。上游常山港发源于浙、赣、皖三省交界处之莲花尖，汇合江山港东北流注入杭州湾。其下游至闸口以下始称钱塘江，上游因地名或江形称为之江、富春江、桐江等。瞰，俯看。

题潇湘图[①]

江南春水碧于酒，客子往来船是家。
忽见画图疑是梦，而今鞍马老风沙[②]。

①潇湘，水名，指湘江。湘水流至零陵县境与潇水汇合，称潇湘。
②鞍马，指旅途飘泊。此指羁留异国他乡。

★留金诸人往往于图画诗词中寓其故国之思。吴氏《张戡北骑》诗云：“只今白首风沙里，忆向江南见画图。”亦即此诗旨意。

出散关断句

春风蜀栈青山尽，晓日秦川绿树平。

愈甫索水墨以诗寄之断句

烟拂云梢留淡白，云蒸山腹出深青。

三衢夜泊断句

山侵平野高低树，水接晴空上下星。

游南溪潭断句

竹院鸣钟疑物外，画桥流水似江南。

飞瀑岩断句

数树残花喜春在，一声啼鸟觉山深。

★《中州集》所录断句五段，皆极为警策，较集中诗作尤清新可诵，不解元好问何以不录全篇。

张斛

张斛，字德容，渔阳（今天津蓟县）人。仕宋为武陵守，金建国后北归。仕金为秘书省著作郎。善书画，工诗，甚得宇文虚中赏识。

卢台峭帆亭[1]

高秋客未还，何处望乡关[2]？
乔木苍烟外，孤亭落照间。
雨晴山觉近，潮满水如闲。
目断峒阳路，归云不可攀[3]。

① 卢台，疑即芦台镇，在今天津市宁河县南蓟运河东南。

② 高秋，《岁华纪丽》："九月曰高秋，亦曰暮秋。""何处"句：崔颢《黄鹤楼》诗："日暮乡关何处是，烟波江上使人愁。"

③ 峒阳，当为诗人故乡。《中州集》谓"渔阳有峒阳，故诗中多及之"。

访香林老

风雨无时浪蹴天，南浮舟楫信多艰[1]。
半生梦破寒江月，万里春回故国山[2]。
归客自伤青鬓改，高僧长共白云闲[3]。
诛茅借我溪西地，未厌相从水石间[4]。

① 蹴，踢。浪蹴天，犹浊浪排空之意。信，诚。

② 故国，指故土、故乡。诗人本北地人，为官南方，金建国后北归。

③ 青鬓，乌黑鬓发。归客，诗人自指。高僧，指香林老。

④ 诛茅，剪茅为屋。杜甫《楠树为风雨所拔叹》诗："诛茅卜居总为此。"句意谓借我溪西之地剪茅为屋。

南京遇马丈朝美[1]

浮云久与故山违，茅栋如存尚可依[2]。
行路相逢初似梦，旧游重到复疑非。
沧江万里悲南渡，白髪几人能北归[3]？
二十年前河上月，尊前还共惜清辉！

① 南京，指宋州（今河南商丘）。北宋景德三年（1006）升宋州为应天府，大中祥符七年（1014）建为南京。

② 浮云，诗人自喻。茅栋，茅草屋。

③ 沧江，指长江。马丈必系自江南北归者。北宋亡后，北方士人多逃往江南，故有"沧江万里悲南渡，白髪几人能北归"之叹。

小孤山[1]

天围秋涨阔，山背夕阳孤[2]。
岸树晴犹湿，汀烟近却无。

① 小孤山，一称小姑山，髻山，在安徽宿松县东南部。屹立江中，形势险要。山上有启秀寺、梳妆楼。石级盘绕，有"极顶观涛"之胜。

② 秋涨，秋天的大水。《庄子·秋水》："秋水时至，百川灌河，泾流之大，两涘渚崖之间，不辨牛马。"

★本篇《中州集》录为断句，不妨作为独立篇章看。韦应物《西塞山》诗云："势从千里奔，直入江中断。岚横秋塞雄，地束惊流满。"张氏此诗差与伯仲。

夜雨南山

雨夜宿山斋，夜深雨声息。
石室含馀清，风枝堕残滴。

将渡江

无数飞花委路尘，不堪重醉楚城春。
明朝回首江南岸，烟雨昏昏不见人。

高士谈

高士谈（？—1146），字子文，一字季默，先世燕人，宋韩武昭王高琼之后。宋徽宗宣和末年（1125）曾任忻州（今山西忻县）户曹。入金后仕为翰林直学士。金熙宗皇统六年宇文虚中系狱，金权贵以虚中家藏图书作为谋反物证，虚中因谓："死自吾分，至于图籍，南来士大夫家例有之。喻如高待制士谈图书尤多于我家，岂亦反邪！"士谈亦因此被害。

梨　花

中原节物正，梨花配寒食①。
黄昏一雨过，满地嗟狼籍②。
塞垣春已深，花事犹寂寂③。
朝来三月半，初见一枝白④。
烂漫雪有香，珑松玉仍刻⑤。
芳心点深紫，嫩叶裁轻碧。
懒慢不出门，双瓶贮春色。
般勤遮老眼，邂逅慰愁夕⑥。
一樽对花饮，况有风流客。
酒阑思故乡，相顾空叹息。

① 中原，指黄河中下游地区，此相对塞垣而言。节物，应时节的景物。寒食，节令名，清明前一天或前两天。

② 嗟，叹息。狼籍，纵横散乱。

③ 塞垣，边境地区。寂寂，冷清。

④ 朝，时日。

⑤ 烂漫（làn màn），色彩鲜丽。珑松（lóng sōng），玉色明澈貌。

⑥ 殷勤，情意恳切深厚。邂逅，不期而遇。

★写来毫不着力，而字里行间春意盎然。

村 行

墟落依林莽，茅庐出短墙[①]。
儿童避车马，父老馈壶浆[②]。
半湿田新雨，犹青枣未霜。
逢人问丰歉，一一叹声长[③]。

① 墟落，村落。林莽，草木深邃。

② 馈，赠送食物。壶浆，酒浆以壶盛之，故名。

③ 歉，谷物歉收。

不 眠

不眠披短褐，曳杖出门行[①]。
月近中秋白，风从半夜清。
乱离惊昨梦，漂泊念平生[②]。
泪眼依南斗，难忘故国情[③]。

① 短褐，古代平民所穿的粗布衣。短，裋（shù）之借字，非长短之短（duǎn）。曳杖，拖着手杖。

② 漂泊，随流漂荡无止，喻行止无定。

③ 依，依向。南斗，星名，即斗宿。南斗六星总称斗宿。故，《全金诗》作“去”。

刘 著

刘著，字鹏南，晚号玉照老人，舒州皖城（今安徽潜山）人。宋宣政间进士。入金后久任州县官，年六十馀始入翰林，充修撰。后出守武遂（今河北徐水），终于忻州（今山西忻县）刺史。刘著善为诗，常与吴激相酬答。

至 日[①]

乱离南国忽经年，一线愁添未死前。
心折灵台候云物，眼看东海变桑田[②]。
燕巢幕上终非计，雉畜樊中政可怜[③]。
安得绝云行九万，却骑鲸背上青天[④]。

① 至日，二十四节气中夏至、冬至都可称为至日。诗中“乱离南国忽经年”当指靖康之变。宋钦宗靖康二年（1127）四月，金兵将东京抢掠一空，之后虏徽钦二宗北去，北宋灭亡。事已“经年”，则此至日当是南宋高宗建炎二年（1128）夏至。

② 心折，犹心惊，心痛。灵台，星名。《晋书·天文志》：“明堂西三星曰灵台，观台也。主观云物，察符瑞，候灾变也。”东海变桑田，喻世事的重大变迁。《神仙传·王远》：“麻姑自说云：‘接侍以来，已见东海三为桑田。’”二句谓痛心发生如此巨大的灾难，国家遭受灭亡的变故。

③ 燕巢幕上，喻处境极为危险。《左传》襄公二十九年：“夫子之在此也，犹燕之巢于幕上。”雉，野鸡。畜，畜养，拘限。樊，指鸟笼。《庄子·养生主》：“泽雉十步一啄，百步一饮，不蕲畜乎樊中。神虽王，不善也。”二句写身陷金国，如燕巢幕上，雉畜樊中，自觉终然非计，实属可怜。

④ 绝云行九万，《庄子·逍遥游》：“有鸟焉，其名为鹏。抟扶摇羊角而

上者九万里，绝云气，负青天，然后图南，且适南冥也。”骑鲸，扬雄《羽猎赋》；“乘巨鳞，骑京鱼。”京鱼，同鲸鱼。梅尧臣采石矶诗云：“采石月下访谪仙，夜披锦袍坐钓船。醉中爱月江底悬，以手弄月身翻然。不应暴落饥蛟涎，便当骑鲸上青天。”这是梅尧臣误信李白在采石矶因醉入水中捉月而死的传说，并幻想诗人骑鲸直上青天。二句刘鹏南慨叹自己不能脱出困境，获得自由。

题御城寺壁①

一径埋云草树荒，石麟苍藓卧田桑②。
汉家陵阙今何在？洛水嵩山满夕阳③！

① 御城寺，寺当在洛阳城内。

② 石麟，石雕麒麟。麒麟，传说中的仁兽名。苍藓，青苔。

③ 陵阙，帝王陵墓前的建筑物。洛水，水名。源出陕西洛南县西北部，东入河南，至巩县洛口入黄河。嵩山，山名，为五岳之一，在今河南登封县北。

蔡松年

蔡松年（1107—1159），字伯坚，晚号萧闲老人，真定（今河北正定）人。宋徽宗宣和末，随其父蔡靖以燕山府降金。初为行台尚书省令史，升真定判官。官至尚书右丞相，加仪同三司，封卫国公。金主完颜亮正隆四年卒，年五十三。金代诗多学东坡，松年独取法黄山谷。亦善长短句，与吴激齐名。

庚申闰月从师还自颍上对新月独酌[①]

我家恒山阳，山光碧无赖[②]。
月窟荫风篁，十里泻澎湃[③]。
兹焉有乐地，不去欲谁待[④]！
自要尘网中，低眉受机械[⑤]！

① 庚申，金熙宗天眷三年，宋高宗绍兴十年（1140），是年闰六月。师，军队。时都元帅宗弼（金兀术）连年伐宋，蔡松年以行台刑部郎中总军中六部事。颍上，县名，金属颍州，居颍水下游，地即今安徽颍上县。本诗共十三首，选一。

② 恒山，山名，为五岳之一。在今河北曲阳西北与山西接壤处。阳，山的南面。碧无赖，碧绿得无可奈何，无以复加。

③ 月窟，晋挚虞《思游赋》："扰毚兔于月窟兮，诘姮娥于蓐收。"月窟指月亮之中，诗中即指月光。荫，掩映。风篁，竹林为风所动。句意谓竹林在月光掩映下摇曳多姿。澎湃，波涛冲击声，此指竹林风声。

④ 兹焉，此处。去，往。谁待，待谁。

⑤ 自要，自取。尘网，尘俗的束缚，指仕途。陶渊明《归田园居》诗："误落尘网中，一去三十年。"低眉，顺服貌。机械，此为束缚之意。

小饮邢岩夫家因次其韵[①]

东风初度野梅黄，醉我东山云雾窗。
只今相逢暮春月，夜床风雨翻寒江[②]。
人生离合几春事？霜雪行侵青鬓双[③]。
大梁一官且归去，酒肠云梦吞千缸[④]。

① 邢岩夫，邢具瞻，字岩夫。金太宗天会二年（1124）进士。仕至翰林待制，与吴激、蔡松年为文章友。次韵，又称步韵，即依所和诗的韵及其顺序写诗。

② “夜床”句，仿黄庭坚《六月十七日昼寝》诗：“梦成风雨浪翻江。”

③ 霜雪，喻白髮。行，且，将要。青鬓双，即双青鬓。

④ 大梁一官，诗人自指。大梁，战国时魏都，故址即今河南开封。北宋与金均都于此。酒肠云梦，酒肠似云梦。云梦，古大泽名。故地范围颇广，在今湖北江汉平原。

王　寂

王寂（1128—1194），字元老，蓟州玉田（今河北玉田）人。金主完颜亮天德三年辛未（1151）进士，历太原祁县令、真定少尹、户部侍郎。金世宗大定二十六年（1186），以救灾不力贬蔡州防御使。后以中都路转运使致仕。有《拙轩集》。

日暮倚仗水边

水国西风小摇落，撩人羁绪乱如丝①。
大夫泽畔行吟处，司马江头送别时②。
尔辈何伤吾道在，此心惟有彼苍知③。
苍颜华髮今如许，便挂衣冠已是迟④。

① 摇落，凋零之貌。《楚辞·宋玉〈九辩〉》："悲哉秋之为气也，萧瑟兮草木摇落而变衰！"庾信《拟咏怀》："摇落秋为气，凄凉多怨情。"羁绪，羁宦的愁绪。此王寂贬谪蔡州时所作，故有羁愁的情绪。

② 大夫泽畔，《楚辞·渔父》："屈原既放，游于江潭，行吟泽畔，颜色憔悴，形容枯槁。"司马江头，唐宪宗元和十年（815）白居易贬江州司马，明年秋，送客溢浦口，闻舟中夜弹琵琶者。问其人，乃长安倡女，流落江州。白居易以"同是天涯沦落人"，为之作《琵琶行》。

③ 尔辈，指谗言中伤他的人，何伤吾道，《史记·孔子世家》：孔子厄于陈蔡之野，绝粮。颜回入见，孔子曰："回，《诗》云：'匪兕匪虎，率彼旷野。'吾道非耶？吾何为于此？"颜回曰："夫子之道至大，故天下莫能容。虽然，夫子推而行之，不容何病，不容然后见君子。"彼苍，指天。句意谓此心惟有天知。

④ 挂衣冠，即辞官归隐。西汉末，逢萌到长安。"时王莽杀其子宇，萌谓

友人曰：‘三纲绝矣，不去，祸将及人。’即解冠挂东都城门，归，将家属浮海，客于辽东。”见《后汉书·逸民传》。“苍颜”二句，谓自己已经年老，即使辞官归去也已太迟。按，王寂贬官之时年五十九。

刘　瞻

刘瞻，字岩老，自号摎宁居士，亳州（今安徽亳县）人。金主完颜亮天德三年辛未（1151）进士，大定初召为史馆编修。卒于官。辛弃疾、党怀英、郦权等人皆曾从之学，在当时颇有声望。

春　郊

桑芽粒粒破春青，小叶迎风未展成①。
寒食归宁红袖女，外家纸上看蚕生②。

① 桑芽粒粒，指桑枝上刚刚冒出的如豆粒般的嫩叶。
② 归宁，已嫁女子回娘家探视父母。《诗·周南·葛覃》：“归宁父母。”外家，外祖家。上句“红袖女”指随母回外家的外孙女。

★无任何奇特之处，平实写来，却诗意盎然。生活，无处不有诗情。

无极道中①

银河淡淡泻秋光，缺月梢梢挂晚凉。
马上西风吹梦断，隔林烟火路苍茫②。

① 无极，县名，故地即今河北无极县。
② 苍茫，旷远迷茫之貌。

所　见

倾攲石片插涟漪，上有萧萧杨柳枝[①]。
藻荇半浮苔半湿，浣纱人去不多时[②]。

① 倾攲，倾斜。涟漪，细小的水波。
② 藻荇，两种水草。苔，青苔。浣，洗。

★那浣纱人并未看到，那浣纱人却永在诗中。刘岩老存诗仅此三首，都是生活素描，别有情致，真所谓以其少少许胜人多多许者。估计岩老诗作应该不少，可惜都已亡佚；使其数量能与范成大相埒，成就亦何减石湖。

刘　汲

刘汲，字伯深，自号西岩老人，浑源（今属山西）人。金主完颜亮天德三年辛未（1151）进士，出任庆州（今甘肃庆阳县）军事判官，入为翰林供奉。

高阳道中①

杏花开过野桃红，榆柳中间一径通。
禽鸟不呼村坞静，满川烟雨淡濛濛②。

①高阳，县名，今河北高阳。

②村坞，村落。坞，构筑在村落外围作为屏障的土堡，也叫庳城。川，平野。濛濛，迷蒙貌。

任　询

任询，字君谟，号南麓，易州（今河北易县）人。北宋宣和年间，其父宦游江浙，故君谟生于处州（今浙江丽水县西）。金主完颜亮正隆二年丁丑（1157）进士。历官省掾，大名总幕，益都都司判官，北京盐使，降泰州节厅。年六十四致仕，居乡里，卒年七十。君谟善书画，时人谓其画高于书，书高于诗，诗高于文。

浙江亭观潮[①]

海门东向沧溟阔，潮来怒卷千寻雪[②]。
浙江亭下击飞霆，蛟蜃争驰奋髯鬣。
钜鹿之战百万集，呼声响震坤轴立[③]。
昆阳夜出雨悬河，剑戟奔冲溃寻邑[④]。
吴侬稚时学弄潮，形色沮濡心胆豪[⑤]。
青旗出没波涛里，一掷性命轻鸿毛[⑥]。
须臾风送潮头息，乱山稠叠伤心碧。
西兴浦口又斜晖，相望会稽云半赤[⑦]。
诗家谁有坡仙笔，称与江山作劲敌[⑧]？
援毫三叫句不成，但觉云涛满胸臆。

① 浙江，即钱塘江。江口呈喇叭状，向内逐渐浅狭，致使海潮倒灌特为奇崛。潮来时波涛汹涌，潮头壁立，有如万马奔腾，为天下壮观，以每年夏历八月十五日涨潮为最著。

② 海门，指钱塘江口。沧溟，大海。雪，指海浪。

③ 钜鹿，秦之钜鹿在今河北平乡县境，今钜鹿县之南。秦二世三年（前207）秦军围赵钜鹿，项羽引兵救赵，破釜沉舟，大破秦军。为秦末抗秦著名战役。“当是时，楚兵冠诸侯。诸侯军，救钜鹿下者十馀壁，莫敢纵兵。及楚击秦，诸将皆从壁上观。楚战士无不一以当十。楚兵呼声动天，诸侯军无不人人惴恐。”见《史记·项羽本纪》。坤轴，地轴。诗人设想有地轴横于地下，因被震动而竖立。

④ 昆阳，在今河南叶县。新莽地皇四年（23），派大司徒王寻、大司空王邑“将兵百万，其甲士四十二万人”围攻昆阳起义军。时昆阳城中仅八九千人。王莽军围之数十重，列营百数，旗帜蔽野，埃尘连天，钲鼓之声闻数百里。刘秀乘莽军轻敌懈怠，率敢死者三千人突破敌人中坚，击杀王寻。城内守军亦鼓噪而出，震呼动天地。会大雷风，屋瓦皆飞，雨下如注，莽军溺死者以万数。光武因此大破敌军，歼灭了王莽主力。见《后汉书·光武帝纪》。

⑤ 吴侬，吴人，此指吴地弄潮青年。沮濡（jù rù），被水浸湿之貌。濡，《中州集》误作“懦”，此从《全金诗》。

⑥ 青旗，弄潮者手执青旗。“一掷”句，李白《结袜子》诗：“感君恩重许君命，太山一掷轻鸿毛。”此袭用其句。

⑦ 西兴，在萧山县北，地当钱塘江渡口，隔岸与杭州相对，是观潮胜地。会稽，今浙江绍兴。

⑧ 谁，《全金诗》作“唯”，此从《中州集》。坡仙，即苏轼，号东坡，后世称为坡仙。苏集中《望海楼晚景五绝》《八月十五日看潮五绝》等诗，都是写海潮名作。与，《全金诗》作“共”，此从《中州集》。

蔡珪

蔡珪（？—1174），字正甫，真定（今河北正定）人。蔡松年之子。金主完颜亮天德三年辛未（1151）进士。初为澄州军事判官、三河主簿。父卒，起为翰林修撰，同知制诰。八年后，改为户部员外郎兼太常丞。金世宗大定十四年，由礼部郎中出守潍州，卒于道。

蔡珪学问渊博，善识古文奇字，其金石著作甚有成就。诗文在当时声名藉甚，被认为是金代正宗。所作律度工整，词语雅正，多写生活闲情，内容实甚平庸。

出居庸①

乱石妨车毂，深沙困马蹄②。
天分斗南北，人问日东西③。
侧脚柴荆短，平头土舍低。
山花两三树，笑杀武陵溪④。

①居庸，即居庸关。旧称军都关，蓟门关。在今北京市昌平县西北部，为长城要口之一。

②车毂，车轮中心插轴的部件。此代指车轮。

③斗，此指北斗。天分斗南北，谓居庸上空北斗于此地分为南北，极言地势之高。

④武陵溪，陶渊明《桃花源记》："晋太元中，武陵人捕鱼为业，缘溪行，忘路之远近。忽逢桃花林，夹岸数百步，中无杂树，芳草鲜美，落英缤纷。"武陵，古郡县名，地在今湖南常德市境。

霫川道中①

扇底无残暑，西风日夕佳。
云山藏客路，烟树记人家。
小渡一声橹，断霞千点鸦。
诗成鞍马上，不觉在天涯。

①霫（xí）川，在今辽河上游，其地当在内蒙古境内，为古奚族居此得名。

高有邻

高有邻，字德卿，遂城（今河北徐水县）人。金世宗大定三年癸未（1163）进士。历州县为尚书省令史，迁安国军节度使。以工部尚书致仕。

马嵬[①]

事去君王不奈何，荒坟三尺马嵬坡[②]。
归来枉为香囊泣，不道生灵泪更多[③]。

① 马嵬（wéi），地名，今陕西兴平县马嵬镇。唐天宝十四载（755），安禄山反，次年引兵入关，玄宗仓皇奔蜀，途次马嵬驿，军士逼杨国忠自尽，玄宗被迫赐杨贵妃死，葬于马嵬坡。

② 事去，大事已去，指唐玄宗失国。陈鸿《长恨歌传》："潼关不守，翠华南幸，出咸阳，道次马嵬亭。六军徘徊，持戟不进。从官郎吏伏上马前，请诛错（借指杨国忠）以谢天下。国忠奉牦缨盘水死于道周。左右之意未快，上问之，当时敢言者，请以贵妃塞天下怒。上知不免，而不忍见其死，反袂掩面，使牵之而去。仓皇展转，竟就绝于尺组之下。"

③ 归来，指长安收复后，唐玄宗从蜀回京城长安。枉，徒然。香囊，盛香料的小袋，佩于身上或悬于帐中以为饰物。此谓睹物思人。生灵，生民，人民。

★高有邻存诗只此一首，然颇有新意。宋李觏《读长恨辞》云："蜀道如天夜雨淫，乱铃声里倍沾襟。当时更有军中死，自是君王不动心。"清袁枚《马嵬》诗云："莫唱当年长恨歌，人间亦是有银河。石壕村里夫妻别，泪比长生殿上多。"皆与高诗意近。

刘 迎

刘迎（？—1180），字无党，号无诤居士，东莱（今山东掖县）人。金世宗大定十四年甲午（1174）登进士第，任豳王府记室，改太子司经。大定二十年从驾凉陉，以疾卒。刘迎亦是金大定时重要作手，所作歌行较多地反映出当时的社会现实。

出八达岭①

山路略已出，弥望尽荒坡②。
风土日已殊，气象微沙陀③。
我老倦行役，驱车此经过。
时节春已夏，土寒地无禾。
行路不肯留，奈此居人何！
作诗无佳语，以代劳者歌④。

① 八达岭，山名。在今北京市西北延庆县南部，军都山峰之一，长城重要关口。

② 弥望，远望。

③ 微，近。沙陀，我国古代部落名，即西突厥别部，又号沙陀突厥。

④ 劳者歌，何休《春秋公羊传》宣公十五年解诂："饥者歌其食，劳者歌其事。"

河防行①

南州一雨六十日，所至川源皆泛溢②。

黄河适及秋水时，夜来决破陈河堤③。
河神凭陵雨师借，晚未及晴昏复下④。
传闻一百五十村，荡尽田园及庐舍。
我闻禹时播河为九河，一河既满还之他⑤。
川平地迥势随弱，安流是以无惊波⑥。
只今茫茫馀故迹，未易区区议疏辟⑦。
三山桥坏势益南，所过泥沙若山积。
大梁今世为陪京，财赋百万资甲兵⑧。
高谈泥古不须尔，且要筑堤三百里⑨。
郑为头，汴为尾，准备他时涨河水⑩。

① 河防，指筑堤防止黄河水患。行，诗歌的一种体裁。

② 南州，泛指黄河中游地区。

③ 适及，恰逢。《庄子·秋水》："秋水时至，百川灌河。"陈河堤，年久失修的堤防。

④ 河神，黄河之神。凭陵，亦作"冯陵"，侵陵，进逼。雨师，雨神。雨师借，雨师凭借其威势。

⑤ 禹，夏禹，奉舜命治理洪水，被舜选为继承人。舜死后，为有夏第一代君主。播，分布。《书·禹贡》："又北播九河，同为逆河，入于海。"九河，指黄河自孟津而北开凿的九条支流。其河道久已湮废。之，往。

⑥ 迥，远。势，地理形势。

⑦ 故迹，指九河古道。易，轻易。区区，亦轻易随便之意。疏辟，疏导，开浚。

⑧ 大梁，战国时魏都，即今河南开封。陪京，在国都以外另设的都城。金原都于中都（今北京），以汴京为南京。资，供养。甲兵，军队。

⑨ 泥古，拘泥于古代的成规和说法。不须尔，不必要。

⑩ 郑，指今河南郑州市。汴，今河南开封市。

题吴彦高诗集后①

片云踪迹任飘然，南北东西共一天。
万里山川悲故国，十年风雪老穷边②。

名高冀北无全马，诗到西江别是禅[③]。

颇忆米家书画否？梦魂应逐过江船[④]。

① 吴彦高，即吴激。

② 故国，故乡，吴激为福建建州人。穷边，荒远的边境。

③ 冀北，冀州北部，其地相当于今河北省境，古代以产良马著名。韩愈《送温处士赴河阳军序》："伯乐一过冀北之野而马群遂空。夫冀北马多于天下，伯乐虽善知马，安能空其群邪？解之者曰：吾所谓空，非无马也，无良马也。伯乐知马，遇其良，辄取之，群无留良焉。苟无留其良，虽谓无马，不为虚语矣。"名高冀北无全马，亦即马空冀北之意，喻吴彦高极为杰出。西江，指江西诗派。疑本作"江西"，"江西"与"冀北"正相对。北宋黄庭坚论诗崇尚瘦硬风格，要求字字有来历，并倡"夺胎换骨、点铁成金"之法，当时从之者甚众。北宋末吕本中作《江西诗社宗派图》，推黄庭坚为宗派之祖，以陈师道、潘大临等二十五人为其重要成员。别是禅，别是一种风格。禅，本为佛教用语，此借指诗之风格气韵。刘迎以吴彦高与江西诗派风格相近。

④ 米家，指米芾、米友仁父子，并宋代著名书画家。米芾（1051—1107），祖籍太原，迁襄阳（今湖北襄阳市），世称"米襄阳"，后定居润州（今江苏镇江）。宋徽宗召为书画博士，官至礼部员外郎。吴激岳父。米友仁（1074—1153），米芾长子，人称"小米"。南宋高宗时官至兵部侍郎、敷文阁直学士。过江船，指米家船。黄庭坚《赠米元章》诗："沧江静夜虹贯月，定是米家书画船。"

郦 权

郦权（？—1190），字符舆，安阳（今属河南）人。其父郦琼，于金开国初有功，仕至武宁军节度使。郦权以父荫仕宦而不达。金章宗明昌初，召为著作郎。未几卒。

闻 砧[①]

玉关消息到长安，处处砧声捣夜阑[②]。
想得月残哀响断，一灯清泪剪刀寒[③]。

① 砧，捣衣石。此处指捣衣声。古代妇女把布帛放置砧上，用杵捶击洗净后便于制衣。

② 玉关，关名，西汉时置。故址在今甘肃敦煌县西北小方盘城。六朝时关址东移至今甘肃安西县东双塔堡附近，而称汉玉门关为故玉门关。此泛指边关。长安，汉唐都城，即今陕西西安市。此代指金朝首都。夜阑，夜深。李白《子夜吴歌》：“长安一片月，万户捣衣声。秋风吹不尽，总是玉关情。”

③ 哀响，指捣衣声。

郊 行

溪桥纳纳马蹄轻，竹里人家犬吠声。
行尽滩光溪路黑，隔林灯火夜深明。

师 拓

师拓，字无忌，平凉（今属甘肃）人。举进士不第。金章宗明昌（1190—1196）中，有司荐其才，以嗜酒未得起用。存诗仅十二首，颇多郁塞不平之语。

冬 夜

云破月穿牖，夜严风号隙[①]。
客子寝不安，寒灯照空壁[②]。
默然不平事，起坐长太息[③]。
书但记姓名，剑本匹夫敌[④]。
追奔慕前哲，恢张济时策[⑤]。
何忆造物儿，重此稻粱役[⑥]。
兴酣气益振，孤愤远飘激[⑦]。
非无南山云，高卧养虚寂[⑧]。
茹芝酌悬流，啸吟展胸臆[⑨]。
圣达岂不念，且有不暖席[⑩]。
此抱谁与知，乾坤夜寥阒[⑪]。

① 牖，窗户。号（háo），呼啸。隙，空穴。

② 客子，旅居异地的人，诗人自指。

③ 默然，默默思想貌。

④ 书，指文字。匹夫，寻常的个人。《史记·项羽本纪》：项羽尝言，“书，足以记名姓而已。剑，一人敌，不足学。”

⑤ 前哲，前代圣哲。恢张，发扬，张大。济时策，匡时救世的策略。杜甫《遣兴五首》："岂无济时策，终竟畏罗罟。"

⑥ 何忆，如何想得到。造物儿，创造万物者。《庄子·大宗师》："伟哉夫造物者，将以予为此拘拘也。"稻粱役，指为生活而奔走。杜甫《同诸公登慈恩寺塔》诗："君看随阳雁，各有稻粱谋。"句意谓没想到上天如此看重这种为生活奔波的命运，愤激之语。

⑦ 兴酣，兴浓。气益振，豪气更加奋起。孤愤，耿直孤行，愤世嫉俗。《史记·韩非列传》索隐："孤愤，愤孤直不容于时也。"飘激，激烈飘扬。

⑧ 南山云，喻隐居之地。虚寂，虚空清静，无为无欲。

⑨ 茹，吃。芝，兰芝，香草名。《孔子家语·在厄》："且芝兰生于深林，不以无人而不芳；君子修道立德，不为穷困而败节。"酌，饮。悬流，瀑布。啸吟，歌吟。展，抒发。陶渊明《归去来兮辞》："登东皋以舒啸，临清流而赋诗。"

⑩ 圣达，圣人贤达。不暖席，圣贤为推行其道，每至一处，坐席未暖，又急起他去，不得安居。《淮南子·修务》："孔子无黔突，墨子无暖席。"班固《答宾戏》："是以圣哲之治，栖栖遑遑，孔席不暖，墨突不黔。"杜甫《发同谷县》："贤有不黔突，圣有不暖席。"句意谓岂不念圣人贤达，尚且席不暇暖。言外之意。谓自己亦有此大志。

⑪ 抱，怀抱。寥阒（qù），寂静。

和王逸宾繁台诗[①]

凭望怜台迥，长吟苦思荒[②]。
行云春郭暗，高鸟暮天苍。
草色伤心极，松风洒面凉。
故园兵革外，殊觉路途长[③]。

① 王逸宾，即王磵，字逸宾，汴梁人。明昌中官鹿邑主簿。繁台，在河南开封东南。传为春秋时师旷吹台，汉梁孝王增筑，亦曰平台。后有繁（pó）氏居其侧，因名繁台。

② 迥，高远。

③ 兵革，指战争。

许安仁

许安仁（1129—1205），字子靖，献州交河（今河北交河）人。金世宗大定七年丁亥（1167）进士。初为河间县主簿，迁太常博士兼国史院编修。累官礼部郎中兼左补阙、泽州刺史、同知河南府事、汾阳军节度使。金章宗泰和五年卒，年七十七。谥曰文简。

少室道中①

少室峰头晓月沉，千家城郭淡阴阴②。
五更鸡唱残星灭，马上看山过少林③。

① 少室，即少室山。在今河南偃师县东南、登封县西北。

② 阴阴，幽暗貌。

③ 少林，指少林寺。北魏太和十九年（495）建，在今河南登封县城西北，少室山北麓五乳峰下。为佛教禅宗与少林拳术发源地。

党怀英

党怀英（1134—1211），字世杰，号竹溪，原籍冯翊（今陕西大荔），因其父长期任职于泰安军，遂为奉符（今山东泰安）人。少与辛弃疾同学于亳州刘瞻，并称“辛党”。金世宗大定十年庚寅（1170）进士，调成阳军事判官、汝阴令，入为史馆编修，应奉翰林学士。后出为泰定军节度使，为政宽简，有政绩，召为翰林学士承旨，参与编修《辽史》。大定三年九月卒，年七十八。谥曰文献。

党怀英能诗文，兼工书法，继蔡珪之后为金代文坛领袖，然成就平平。

金　山①

我从渡淮涉高邮，雪风连日吹行舟②。
维扬地西闯夜色，星月隐见边城楼③。
晴光破晓射瓜步，照耀玉宇开琼洲④。
冯夷收威浪妥贴，容我一到金山头⑤。
金山胜概冠吴楚，万础磻峙江中流⑥。
平生梦寐不到处，乃以王事从私游。
钟山雨花落眼底，海门鹤崖波际浮⑦。
川开林阖望不极，但见远色明轻鸥⑧。
风烟渺漭异吾土，行役有程难久留⑨。
一杯未举帆影转，已看浙树稍旗旒⑩。

① 金山，本名氐父山，又名金鳌岭、浮玉山。唐代起通称金山。原在今江苏镇江市西北长江中，清道光时因江道变迁，金山始与南岸连接。揣诗意，此诗与《宿宣湾》、《奉使行高邮道中》皆党怀英出使南宋所作。诗写寒冬景象，金通常于每年十一月遣贺宋正旦使，党当系副职，故《金史》不著其名。

② 淮，水名，即淮河，源出河南桐柏山，东流经高邮湖至江都县三江营入长江。高邮，县名，今属江苏，为淮水流经之地。

③ 维扬，旧扬州府的别称，即今江苏扬州市。

④ 瓜步，镇名，在今江苏六合县东南，南临大江。玉宇，明净的天空。琼洲，洲之美称。洲，水中陆地，此指金山。

⑤ 冯夷，传说中黄河之神，此泛指水神。妥贴，安定、平静。

⑥ 胜概，胜景。冠吴楚，为吴楚之冠。础，石礅。磻，“盘”之借字。峙，大石耸立。

⑦ 钟山，即紫金山，在今南京市东，山势由东而西。雨花，即雨花台，在今南京市南聚宝山上。海门，县名，即今江苏海门县。其地有一角突出江海间，名料角觜。鹤崖，像鹤颈翘伸的崖岸。疑指料角觜。

⑧ 阖，关闭。川开林阖，谓于林莽中望见大川。极，尽。明，望见。

⑨ 渺漭，广大无涯际之貌。

⑩ 浙树，浙地的树。稍，微，隐隐显出。旗旒，旗帜。旒，旌旗下边垂吊的饰物。

★党怀英年青时与辛稼轩齐名，而后行踪各异。稼轩飞驰南渡而慷慨北顾，志在中原，南国山河更所恋恋。党怀英为女真“王事”南行，见江南风烟渺漭，乃如异国。在山泉水，出山清浊分流乃尔！

题春云出谷图

春云乍出山有无，春云已出春山孤[①]。
山光空濛不可写，正要云气相萦纡[②]。
山吞云吐变明晦，半与岩谷生朝晡[③]。
轻阴霏霏暗溪树，馀影漠漠开樵居[④]。
舟人舣棹并沙尾，坐看缥缈摇空虚[⑤]。
巧分天趣出画外，韵远不与丹青俱[⑥]。

今人重古不知画，但爱屋漏烟煤污[⑦]。
惜哉东坡不及见此本，诗中独有叠嶂烟江图[⑧]。

① 乍出，突然出现。

② 空濛，迷茫貌。苏轼《饮湖上初晴后雨》诗："水光潋滟晴方好，山色空濛雨亦奇。"萦纡，盘旋环绕。

③ 晡，字原作"脯"，据诗意改。申时为晡，日近黄昏。此处"朝晡"亦明晦之意。

④ 轻阴霏霏，原作"轻林萧萧"，《中州集》注："一作轻阴霏霏"，此从一作。霏霏，形容云气之盛。《楚辞·九叹》："云霏霏而陨集。"漠漠，密布貌。樵居，樵夫的庐舍。

⑤ 舣（yǐ）棹，附船着岸。缥缈，隐隐约约，若有若无貌。此指云气。摇空虚，在天空中飘荡。

⑥ 天趣，自然情趣。韵远，神韵高远。丹青，我国古代绘画常用颜色，此指《春云出谷图》画本。俱，相同。

⑦"今人"二句：谓今人并不真懂画艺，凡被屋水漏坏或烟煤污染者即当成古人珍品。

⑧ 东坡，即苏轼，有《书王定国所藏烟江叠嶂图》诗。句意惋惜苏轼未见《春云出谷图》，否则定有题咏名作。

★本系题画而写出活景，可知画图之妙，然可见诗艺亦高。

宿宣湾[①]

清颍去无极，悠悠楚甸深[②]。
人家半临水，村径曲穿林。
积雨犹行潦，荒烟易夕阴。
夜凉淮浦月，寂寞照边心[③]。

① 宣湾，地名，当在颍水岸畔。

② 颍，即颍水，淮河最大支流。流经河南省东部及安徽省西北部。甸，原野。悠悠，远貌。

③ 淮浦，淮水之滨。

奉使行高邮道中[①]

野雪来无际，风樯岸转迷[②]。
潮吞淮泽小，云抱楚天低。
镗鞳船鸣浪，联翩路牵泥[③]。
林乌亦惊起，夜半傍人啼。

① 高邮，见《金山》诗注。

② 风樯，风吹船帆。

③ 镗鞳（tāng tà），象声词，浪涛扑打船舷声。联翩，连续不断貌。牵，牵引。此处读去声。指行路时鞋后跟引起泥土。二句上写水运，下写陆行。

朐山道中[①]

二年三到水云乡，瘦马凌兢怯路长[②]。
野雪未干春未雨，落鸢飞起暗尘黄[③]。

① 朐（qú）山，县名，亦山名，金属海州，县治在今江苏连云港西南海州镇。《中州集》原作“煦山”。党另有《石曼卿》诗，题下注：“曼卿尝通守朐山，遣人以泥封桃李核弹之岩石中，其后花开满山。”查《宋史・石延年传》，延年字曼卿，尝“通判海州”。则“煦山”当作朐山无疑。

② 凌兢，恐惧貌。怯，惧怕。

③ 鸢（yuān），鸟名，亦称老鹰。

周 昂

周昂（1139？—1211），字德卿，真定（今河北正定）人。年二十四进士及第，任南和县主簿，有政绩，迁良乡令。入拜监察御史。谏官路铎（宣叔）以直言遭贬，周昂写诗赠别，坐谤讪谪居东海上十馀年。后复为龙州都军，以边功召入翰林。大安初，权行六部员外郎。大安三年，随宗室完颜承裕军至河北抗击蒙古军，失利后，承裕逃去。城陷，周昂与其侄同死于难。周昂诗文以杜甫、韩愈为法，在理论上亦多有独到之见。其外甥王若虚多承袭并发扬其说。

夜 步

击柝邻居静，开门宿鸟惊①。
西风秋半急，北斗夜深明②。
独立乾坤大，徐行杖履轻。
遥怜汉宫阙，重露湿金茎③。

①柝，旧时巡夜者击以报更的木梆。宿鸟，夜栖之鸟。

②北斗，即北斗七星，在北天排列成斗形。

③金茎，班固《西都赋》："抗仙掌以承露，擢双立之金茎。"李善注："金茎，铜柱也。"用以擎承露盘。

西城道中①

草路幽香不动尘，细蝉初向叶间闻。

溟濛小雨来无际，云与青山淡不分[②]。

① 西城，古县名，在今陕西安康县北。

② 溟濛，模糊不清貌。淡，混淡。

王庭筠

王庭筠（1156—1202），字子端，盖州熊岳（今辽宁盖平）人。一说河东人。爱天平黄华山水，因自号黄华山主。金世宗大定十六年丙申（1176）进士，历任恩州军事判官、翰林修撰。金章宗泰和二年卒，年四十七。书画学米芾，尤善山水、墨竹。诗亦精，《金史》本传称其“暮年诗律深严，七言长篇尤工险韵”。

邺南城注雨瓦沟[①]

邺城之南青雀来，五楼突兀肩三台[②]。
胡桃万瓦净如水，春阴不敢生莓苔。
檐雨阑干三百尺，多年雨啮空阶石[③]。
繁华已逐水东流，断甓时从耕者得[④]。
可怜此君落君手，爱之不博连城璧[⑤]。
锡花如雪错菱花，小字兴和犹可识[⑥]。
晴窗拂拭支桐君，上下一般蛇蚹纹[⑦]。
哀蝉遽止不成弄，千古雨声愁杀人[⑧]！

①邺，古都邑名，在今河北临漳县境。曹操为魏王，定都于此。十六国时后赵、前燕，北朝东魏、北齐皆都于此。曹操旧城为北城，东魏时筑南城。原并在漳水之南，后漳水南移，北城乃隔在漳水北边。注雨瓦沟，《鄣德志》引《邺中记》：“北齐起邺南城，屋瓦皆以胡桃油油之，光明不藓。筒瓦用在覆，故油其背；版瓦用在仰，故油其面。筒瓦长二尺阔一尺，版瓦之长如之，而其阔倍。今得其真者，当油处必有细纹，俗曰琴纹，有白花曰锡花。传言当

① 桃源，即桃花源。典出自陶渊明《桃花源记》。后桃花源遂成为人们向往的理想社会，历代诗人歌咏者甚多。

② 长城，秦始皇统一天下后，为防御匈奴南侵，使蒙恬将三十万众，在战国时燕、赵等国原有长城基础上加以连接修筑，西起临洮，东至辽东，成为万里长城。王安石《桃源行》："望夷宫中鹿为马，秦人半死长城下。"

③ 咸阳，秦首都，今陕西咸阳市。缯弋（yì），带有丝绳的箭。句意谓鸿鹄高飞，缯弋无法射到；比喻逃入桃花源的秦人，秦统治者的严刑峻法对他们已无可奈何。

④ 裘，皮衣。葛，葛衣；葛为一种藤蔓植物，其纤维可以织布。大朴，原始状态的淳朴。小国寡民，老子设想的理想社会，小小城堡，很少居民，保持原始的生活。《老子》第八十章："小国寡民：使有什伯之器而不用，使民重死而不远徙；虽有舟舆无所乘之，虽有甲兵无所陈之，使民复结绳而用之。甘其食，美其服，安其居，乐其俗；邻国相望，鸡犬之声相闻，民至老死不相往来。"

⑤ "昼永"二句：昼永，日长。陶渊明《归园田居》诗："狗吠深巷中，鸡鸣桑树颠。""榆柳荫后檐，桃李罗堂前。"

雨 后

十日山中雨，今朝见夕阳。
乾坤觉清旷，草棘有辉光。
竹影摇残滴，松声送晚凉。
南窗聊自适，无用说羲皇①。

① "南窗"二句：陶渊明《与子俨等疏》："尝言五六月中，北窗下卧，遇凉风暂至，自谓是羲皇上人。"聊，姑且。羲皇，即伏羲氏，传说中上古帝王。古人想象伏羲以前的人，无忧无虑，生活闲适。

张秦娥

张秦娥，女，生平不详，见于《中州集》刘昂传中。

远 山

秋水一抹碧，残霞几缕红。
水穷霞尽处，隐隐两三峰。

★《中州集》刘昂传："昂，字之昂，兴州人，大定十九年进士。……作诗得晚唐体，尤工绝句。……有张秦娥者，颇能小诗，其赋远山云……之昂赠诗云：'远山句好画难成，柳眼才多总是情。今日衰颜人不识，倚炉空听煮茶声。'又云：'二顷山田半欲芜，子孙零落一身孤。寒窗昨夜萧萧雨，红日花梢入梦无？'娥为之泣下。"从刘昂诗中，可以窥见女诗人老境凄凉的惨状。秦娥此诗确明丽如画。金诗妇女之作极少，录此一章，亦可小补。

萧 贡

萧贡（1158—1223），字真卿，咸阳（今属陕西）人。金世宗大定二十二年壬寅（1182）进士，历官泾州观察判官、监察御史、右司郎中，预修泰和律令；迁刑部侍郎，官至御史中丞，以户部尚书致仕，终年六十六，卒谥文简。萧贡在任刑部侍郎期间，曾制定死囚亦可由其家人申诉辩护的条律，并大量平反冤假错案，甚得人心。

临泉道中①

半世事行役，兹游初未经②。
峡门迷白昼，岭脊上青冥③。
涧曲莓苔滑，松盘雾雨溟④。
登危人局蹐，涉险马竛竮⑤。
落日留行客，投鞭得驿亭⑥。
短墙明积雪，破屋漏疏星。
羌笛谁三弄，羁怀强一听⑦。
葭芦知不远，河外数峰青⑧。

①临泉，县名，治所在今山西临县西。

②行役，旧时谓因服军役、劳役或公务而在外跋涉；此指因公务在外奔波。兹游，此行。

③岭脊，山岭背脊。青冥，青天。

④莓苔，青苔。松盘，盘环弯曲的松树。雾雨，《全金诗》作“烟雨”，

此从《中州集》。溟，昏暗迷蒙。

⑤ 登危，登高。局蹐，畏缩不安貌。竛竮（líng píng），危行之貌。

⑥ 驿亭，古代设在道途供旅客食宿的馆舍。

⑦ 羌笛，传自羌族的一种管乐器。羁怀，羁旅的情怀。

⑧ 河，黄河。临泉紧依黄河。钱起《湘灵鼓瑟》诗："曲终人不见，江上数峰青。"

后　赵①

拟伦人物指高光，可笑枭雏不自量②。
正使成名皆竖子，英雄也未到君行③。

① 后赵（319—351），东晋列国之一。羯族石勒灭匈奴族刘曜的赵王朝（前赵）称帝，都襄国（今河北邢台市西南），后迁邺（今河北临漳县西南），建号也称赵，史称后赵，以别于前赵。永和七年（351）为冉魏所灭。

② 拟伦，比拟。高光，汉高祖刘邦和光武帝刘秀。枭，鸟名，取其雄鸷，故引申而有骁勇豪雄之义。称曰"枭雏"，则意含轻蔑。后赵建立者石勒（274—333），骁勇而凶残，于中原文化破坏极为严重。称帝后，一次与群臣饮宴，酒酣，自比古之开基君主曰："朕若逢高皇，当北面而事之，与韩、彭竞鞭而争先耳。脱遇光武，当并驱于中原，未知鹿死谁手。""朕当在二刘之间耳。"见《晋书·石勒载记》。

③ 竖子，小子。汉魏时代对无赖人物的蔑称。阮籍尝登广武，观楚汉战处，叹曰："时无英雄，使竖子成名！"二句意谓虽世无英雄，使竖子成名，然论英雄也未必至于石勒之辈。此对石勒极为蔑视。

★李俊民《光武庙》诗："海内英雄待一呼，云龙际会入东都。羯奴不识真人事，徼幸中原与并驱。"持论与萧真卿同。

赵秉文

赵秉文（1159—1232），字周臣，号闲闲老人，磁州滏阳（今河北磁县）人。金世宗大定二十五年乙巳（1185）进士，应奉翰林文字。历户部主事，翰林修撰，翰林侍讲学士转侍读等职，终礼部尚书。金哀宗开兴元年卒，年七十四。

赵秉文为大定、明昌间诗文大家，与杨云翼齐名，时号“杨赵”，成就在云翼之上。盟主文坛近三十年，元好问即出其门。其学术思想主程朱理学，诗文崇尚欧阳修和苏轼。其诗诸体并工，不拘一格。有《闲闲老人滏水文集》。

杂拟

白日沦西汜，沧海无回波①。
四时更代谢，奈此迟暮何！
我欲制颓光，惜无鲁阳戈②。
凭高望八荒，睄眠迷山河③。
惊风振江海，山林无静柯④。
兽狂走四顾，旷野迷绁罗⑤。
西登广武山，北顾望三河⑥。
蓬蒿蔽极目，人少虎狼多。
喟然发长叹，拊剑徒悲歌⑦。

①沦，落。汜（sì），濛汜，传为日入之处。《楚辞·天问》：“出自汤谷，次于濛汜。”沧海，大海。陶渊明《杂诗》：“白日沦西阿，素月出东岭。”

② 颓光，指西沉的太阳。鲁阳，人名，战国时楚国的县公。《淮南子·览冥》："鲁阳公与韩构难，战酣，日暮，援戈而撝之，日为之反三舍。"撝，同挥。

③ 八荒，八方荒远之地。曭晄（shàng kuàng），迷茫貌。

④ 柯，树木。郭璞《幽思篇》断句："林无静树，川无停流。"

⑤ 罗，捕兽的网罗。絓（guà），悬结。

⑥ 广武山，山名。在今河南郑州市西北。楚汉战争时，刘邦项羽相拒于此。阮籍尝登广武战场，慨叹"时无英雄，使竖子成名！"三河，汉时称河南、河东、河内三郡为三河。相当今河南省北部、中部及山西南部地区。阮籍《咏怀》诗其五："驱马复来归，还顾望三河。"

⑦ 喟然，叹息貌。拊，拍击。

杂 拟

戚戚去故里，辛苦从军行①。
黄沙翳白骨，麟阁谁功名②？
西北秋风至，日暮愁云生。
火烧白草岗，水断黄河声。
天寒马屯缩，仰天为悲鸣③。
男儿贵死难，义重鸿毛轻④。
南登雕阴坂，北望骠骑营⑤。
注马千丈坡，射雕万里程⑥。

① 戚戚，依恋不舍貌。

② 翳，遮蔽。麟阁，即麒麟阁，汉武帝时所建，在未央宫内。一说萧何造。汉宣帝曾绘霍光等功臣十一人图像于阁上。

③ 马屯缩，即鲍照《代出自蓟北门行》诗中"马毛缩如猬"之意。

④ 难，指国难。曹植《白马篇》诗："捐躯赴国难，视死忽如归。"鸿毛轻，指生命。语出司马迁《报任安书》："人固有一死，或重于太山，或轻于鸿毛。"句意谓人生应舍生取义。《孟子·告子上》："孟子曰："生，亦我所欲也；义，亦我所欲也；二者不可得兼，舍生而取义者也。"

⑤ 雕阴，古郡名，治所在今陕西绥德县。坂，山坡。骠骑营，霍去病军

营。霍去病，西汉武帝时名将，曾六次出击匈奴，涉沙漠，远至狼居胥山，封冠军侯，为骠骑将军。见《史记·卫将军骠骑列传》。

⑥ 注，疑当作“驻”。雕，一种大型猛禽。

和渊明拟古[①]

停杯且勿饮，剑歌已三终[②]。
男儿重意气，结髮早从戎[③]。
生当为世豪，死当为鬼雄[④]。
惊沙射人面，日暮来悲风[⑤]。
空拳冒强敌，力向阴山穷[⑥]。
仍闻霍嫖姚，万骑出云中[⑦]。

① 和（hè），和诗，依别人诗题或诗意作诗。大致有限定和韵和不限和韵两种形式。陶渊明有《拟古》诗九首。

② 剑歌，舞剑而歌。三终，意谓已歌舞完三遍。

③ 意气，意志、勇气。结髮，犹束髮，指青春年少之时。从戎，从军。《史记·李将军列传》：广谓其麾下曰：“广结髮与匈奴大小七十馀战。”

④ “生当”二句，仿李清照《绝句》：“生当为人杰，死亦为鬼雄。”

⑤ 惊沙，惊风扬起的沙砾。鲍照《代出自蓟北门行》诗：“疾风冲塞起，沙砾自飘扬。”

⑥ 拳（quān），弩弓。冒，冲犯。《汉书·李陵传》：“矢尽道穷，士张空拳。”司马迁《报任安书》：“且李陵提步卒不满五千，深践戎马之地……转斗千里，矢尽道穷，救兵不至，士卒死伤如积。然陵一呼劳军，士无不起，躬自流涕，沬血饮泣，更张空拳，冒白刃，北向争死敌者。”阴山，山名。今河套以北、大漠以南诸山的统称。穷，尽。

⑦ 霍嫖姚，即霍去病。曾为嫖姚校尉，故称。云中，汉郡名，在今山西北部，汉代为北当匈奴边郡。《史记·卫将军骠骑列传》：“以冠军侯去病为骠骑将军，将万骑出陇西有功。”此诗以李陵史事为影，李陵提步卒不满五千，当匈奴十万之众，力尽被擒，武帝罪之。而嫖姚因宫闱裙带，乃得率领万骑，出于塞外。诗以此讽统治者之偏私不公。

★渊明诗自然沉着，内蕴深厚。此诗固亦笔力雄健，然锋芒外露，风格

与鲍明远相近，实与渊明不类。鲍照有《拟古》诗八首，疑诗题本和鲍诗。

送雷希颜赴泾州录事，李君美治中公廨南楼坐中作[1]

严霜枯百草，摇荡鸿鹄心[2]。
翩翩万里翼，随云落西南[3]。
泾水东流不到燕，送君落日孤云边[4]。
声名一日天下白，还作南楼坐中客[5]。
西州自古多豪英，作者凛凛气犹生[6]。
太尉清风迈万古，不劳折箠笞此虏[7]。
男儿生不功名死无益，莫言簿领卑凡职[8]。
君不见当时髯张一尉耳，至今双庙令人起[9]。

① 雷希颜，雷渊（1184—1231），字希颜，别字季默，应州浑源（今属山西）人。金宣宗贞祐元年（1213）进士，调泾州录事。见《金史·雷渊传》。泾州，金代泾州治所在长武县（今甘肃泾州县东）。录事，官名，掌总录众官署文簿，举弹善恶。李君美，李革（？—1218），字君美，河津（今属山西）人。金世宗大定二十五年（1185）进士，曾任大兴府治中，官至参知政事，代胥鼎为河东行省。金宣宗兴定二年十月，蒙古军围攻平阳，城破自杀。见《金史·李革传》。治中，官名，为州郡刺史助理。公廨，官署。

② 鸿鹄，鸟名。因善高飞，故常用来喻志向高远。《史记·陈涉世家》："陈涉太息曰：'嗟乎，燕雀安知鸿鹄之志哉！'"此句语意双关。

③ 翩翩，鸟飞貌。

④ 泾水，即泾河。在今陕西中部，渭河支流。源出今宁夏回族自治区南部六盘山东麓，东南流经甘肃，至陕西高陵县境入渭河。燕，古地名。其地相当今河北及辽宁一部分。

⑤ "声名"句：谓雷渊登进士第，有声名于天下。李贺《致酒行》诗："雄鸡一唱天下白。"

⑥ 西州，汉、晋时泛指凉州为西州。其地相当于今甘肃中部和西北部一带。作者，奋发的豪英。凛凛，可敬畏貌。

⑦ 太尉，指段秀实（719—783），字成公，汧阳人。唐代宗朝曾为泾州刺

史，泾州、原州、郑州、颍州节度使。守边数年，吐蕃不敢犯塞。柳宗元《段太尉逸事状》记其在泾州事甚详。箠，马鞭。笞（chī），鞭打。黄庭坚《送范德孺知庆州》：“智名勇功不入耳，可用折箠笞强胡！”

⑧ 功，成。簿领，掌管文书，此指录事。卑凡职，以品位低级为卑。

⑨ 髯张，即张巡（709—757），唐邓州南阳人。《新唐书·张巡传》：“巡长七尺，须髯每怒尽张。”曾为清河、真源县令。安禄山反，巡率兵与许远守睢阳，坚守数月，“大小四百战，斩将三百，卒十馀万”，终因援绝粮尽，城陷不屈被杀。双庙，指张巡、许远的祠庙。《新唐书》本传：天子下诏，为张巡许、远“皆立庙睢阳，岁时致祭”。“大中时，图巡、远、霁云像于凌烟阁。睢阳至今祠享，号‘双庙’云”。令人起，令人振奋。

游华山寄元裕之①

我从秦川来，遍历终南游②。
暮行华阴道，清快明双眸③。
东风一夜横作恶，尘埃咫尺迷岩幽。
山神戏人亦薄相，一杯未尽阴霾收④。
但见两崖巨壁插剑戟，流泉夹道鸣琳璆⑤。
希夷石室绿萝合，金仙鹤驾空悠悠⑥。
石门忽断一峰出，婆娑石上为迟留⑦。
上方可望不可到，崖倾路绝令人愁。
十盘九折羊角上，青柯平上得少休⑧。
三峰壁立五千仞，其下无址旁无俦⑨。
巨灵仙掌在霄汉，银河飞下青云头⑩。
或云奇胜在高顶，脚力未易供冥搜。
苍龙岭瘦莓苔滑，嵌空石磴谁雕锼⑪？
每怜风自四山而下不见底，惟闻松声万壑寒飕飗⑫。
扪参历井到绝顶，下视尘世区中囚⑬。
酒酣苍茫瞰无际，块视五岳芥九州⑭。
南望汉中山，碧玉簪乱抽⑮。

况复秦宫与汉阙，飘然聚散风中沤[16]。
上有明星玉女之洞天，二十八宿环且周[17]；
又有千岁之玉莲，花开十丈藕如舟[18]。
五鬣不朽之长松，流膏入地盘蛟虬[19]。
采根食实可羽化，方瞳绿髮三千秋[20]。
时闻笙箫明月夜，芝軿羽盖来瀛洲[21]。
乾坤不老青山色，日月万古无停辀[22]。
君且为我挽回六龙辔，我亦为君倒却黄河流[23]；
终期汗漫游八极，乘风更觅元丹丘[24]！

① 华（huà）山，在陕西省东部，北临渭河平原，属秦岭东段。主峰在华阴县南，为五岳之一，即西岳。山势陡峭，壁立千仞；有莲花、落雁、朝阳、玉女、五云诸峰。元裕之，即元好问。

② 秦川，泛指今陕西、甘肃秦岭以北渭水平原。终南，山名，在陕西西安市南，亦称南山，即狭义的秦岭。

③ 华阴，县名，今属陕西。双眸，双目。

④ 薄相，薄面，指不固执。阴霾（mái），阴沉的云雾。

⑤ 琳璆（qiú），皆美玉名。鸣琳璆，玉相击发出的声音。

⑥ 希夷，宋初道士陈抟（tuán），字图南，亳州真源（今河南鹿邑县）人。生于唐末，举进士不第，隐居华山，宋太宗赐号希夷先生。希夷石室，即陈抟隐居处。萝，女萝，此泛指藤蔓植物。鹤驾，相传仙人多骑鹤。悠悠，自在貌。崔颢《黄鹤楼》诗："黄鹤一去不复返，白云千载空悠悠。"

⑦ 忽，《中州集》作"划"，此从《滏水集》。婆娑，犹盘桓，徘徊。

⑧ 羊角上，盘旋而上。平，同"坪"。

⑨ 三峰，指莲花、玉女、明星三峰。《舆地广记》："太华石壁直上如削成，最著者曰莲花、玉女、明星三峰；而仙掌崖、日月岩、苍龙岭，皆奇境也。"崔颢《行经华阴》诗："岧峣太华俯咸京，天外三峰削不成。"址，基址。俦，伴。"其下"句，谓山峰陡绝，其下空荡似无基址，旁边也没有峰峦辅翼。

⑩ 巨灵仙掌，指仙掌崖。据传说，此地本一山当河，河神以手辟开其上，足蹈离其下，中分为两，以通河流。见《水经注·河水》。汉武帝观仙掌，于下立巨灵祠。银河，天河，此指华山瀑布。李白《望庐山瀑布》诗："飞流直下三千尺，疑是银河落九天。"

⑪ 莓苔，《中州集》作“苔藓”，此从《滏水集》。雕锼（sōu），刻镂。

⑫ 飕飗（sōu liú），风声。《中州集》作“飕飕”，此从《滏水集》。

⑬ 扪参历井，摸着参宿，经过井宿，极言登攀之高。李白《蜀道难》诗：“青泥何盘盘，百步九折萦岩峦。扪参历井仰胁息，以手抚膺坐长叹。”参、井，均星宿名。参（shēn）为蜀之分野，井为秦之分野（古人按二十八宿的视觉位置，划分地面相应的区域，谓之分野）。尘世，人世间。区中囚，寰区中的囚笼。

⑭ 苍茫，迷茫之貌。瞰，俯看。块，土块。芥，草。“块视”句，视五岳如土块，视九州如草地，极言其小。

⑮ 汉中，陕西南部。簪，插髮髻的首饰。韩愈《送桂州严大夫》诗：“江作青萝带，山如碧玉簪。”

⑯ 秦宫汉阙，秦都咸阳，西汉都长安，并在陕西，故诗中及之。聚散，或聚或散。沤，水泡。

⑰ 明星玉女，天帝神女。之，《滏水集》作“六”，疑误。此从《中州集》。洞天，神仙所居的洞府，谓洞中别有天地之意。二十八宿，环绕周天的二十八个星座。分为四组，即东方青龙七宿：角、亢、氐、房、心、尾、箕；南方朱鸟七宿：井、鬼、柳、星、张、翼、轸；西方白虎七宿：奎、娄、胃、昴、毕、觜、参；北方玄武七宿：斗、牛、女、虚、危、室、壁。

⑱ 花开，《滏水集》作“开花”，此从《中州集》。

⑲ 五鬣，指松针每族有五根。鬣，马颈毛，此指松针。

⑳ 羽化，道家称成仙飞升为羽化。

㉑ 芝軿，盖如芝形有帷幕的车。羽盖，羽毛为饰的车盖。瀛洲，传说中的仙山。《史记·秦始皇本纪》：“海中有三神山，名曰蓬莱、方丈、瀛洲，仙人居之。”

㉒ 辀（zhōu），小车中弯曲的车杠，此代指车。神话中谓日月皆御车而行。无停辀，谓日月运行，永无止息。

㉓ 六龙，神话中谓日御羲和驾六龙。辔，缰绳。挽回六龙辔，即阻止太阳前进。“君且”二句：仿李白《江夏赠韦南陵冰》诗：“我且为君槌碎黄鹤楼，君亦为吾倒却鹦鹉洲。”

㉔ 汗漫，假托的仙人名。《淮南子·道应》：卢敖周游各地，至蒙谷，遇一士，欲与之同游。其人笑曰：“吾与汗漫期于九垓之外，吾不可以久驻。”语毕，耸身遂入云中。“汗漫”为漫无际涯之貌。托以为人名。八极，八方极远之地。《滏水集》作“八表”，此从《中州集》。李白《庐山谣寄卢侍御虚舟》：“先期汗漫九垓上，愿接卢敖游太清。”元丹丘，唐玄宗时道士，李白好友，此与元裕之关合。

西陵[①]

霭霭西陵树，萧条歌吹声[②]。
客愁连断雁，地古更荒城。
山色娇新雨，河流怒不平。
浮云台上起，不尽古今情。

① 西陵，曹操陵墓，在今河南安阳市北。建安二十五年（220），曹操临终，遗令诸子“葬于邺之西冈上，与西门豹祠相近”，“汝等时时登铜雀台，望吾西陵墓田”。

② 霭霭，茂密之貌。萧条，寂寞冷落。曹操遗令婢妾伎人皆着铜雀台，“月旦十五日，自朝至午，辄向帐中施伎乐”。萧条歌吹声，谓古墓荒凉，于今已不再歌吹。二句仿谢朓《同谢谘议咏铜雀台》诗：“郁郁西陵树，讵闻歌吹声？”

★歌咏西陵诗，多感慨曹孟德事，此诗除“萧条歌吹声”句中稍微点出外，不多涉孟德故事。“娇”、“怒”二字极为生色。

寄陈正叔[①]

渺渺西风去翼轻，霜林枫叶动秋声[②]。
嵩邙竞秀容多可，河洛交流忌独清[③]。
广武山川迷故垒，成皋草木闷空城[④]。
凭高一掬英雄泪，寄与穷途阮步兵[⑤]。

① 陈正叔，陈规，字正叔，稷山（今属山西）人。金章宗明昌五年（1194）进士，仕至右司谏。

② 渺渺，微远貌。翼，鸟羽，此代指鸟。霜，《中州集》作“长”，此从《滏水集》。

③ 嵩邙，二山名。嵩为五岳之一。邙，在今河南省西部陇海铁路北。东西走向，西起三门峡市，东止郑州市北。容，容许。多可，多所肯定。嵇康《与山巨源绝交书》：“足下傍通，多可而少怪。”此处谓嵩邙岩壑不同，峰峦

各异，各种风光都要欣赏。容多可，《全金诗》作“容多病”，极误。河，黄河。洛，洛水。交流，洛水源出陕西洛南县西北部，东入河南，至偃师纳伊水后，到巩县洛口汇入黄河。交，《滏水集》作“争”，此从《中州集》。忌，忌讳。黄河水浊，洛河水清，河洛交流后两者混合，洛水不再独清。“独清”一词出《楚辞·渔父》：“举世皆浊我独清，众人皆醉我独醒。”容多可、忌独清，都是道家和光同尘，与世推移的思想，诗人用之于山水自然景物，颇具幽默意味，然亦有暗喻友人不必过于凝滞之意。

④ 广武，山名。在今河南郑州市西北。楚汉战争时，刘邦、项羽，“俱临广武而军”。项羽意欲与刘邦决战于此，并“相与临广武间而语”。见《史记·项羽本纪》。迷故垒，故垒迷离，模糊不清。故垒，旧时营垒。迷，《滏水集》作“留”，此从《中州集》。成皋，古县名。治所在今河南荥阳县西北汜水镇，广武山下。楚汉战争时，成皋争夺激烈。闷（bì），掩蔽。

⑤ 寄，《滏水集》作“付”，此从《中州集》。阮步兵，即阮籍。穷途，道路尽处。阮籍“时率意独驾，不由径路，车迹所穷，辄恸哭而返”。又尝登广武山，观楚汉战处，感叹“时无英雄，使竖子成名！”见《晋书·阮籍传》。此处阮籍借指陈正叔

春　游

烟外丝丝风柳斜，春光也自到天涯①。
太平有象村村酒，寒食无家处处花②。

① 天涯，天边。欧阳修《答丁元珍》诗：“春风疑不到天涯，二月山城未见花。”此处反用其意。

② 寒食，节令名，参见高士谈《梨花》诗注。韩翃《寒食》诗：“春城无处不飞花，寒食东风御柳斜。”

即　事

楼头不见暮山重，遥认青林雨意浓。
一阵风来忽吹散，断云还补两三峰。

★颇有诚斋风味。

杨云翼

杨云翼（1170—1228），字之美，乐平（今山西昔阳）人。金章宗明昌五年甲寅（1194）进士，特授承务郎应奉翰林文字。历官太学博士、吏部郎中、礼部侍郎等职，金宣宗兴定二年（1218）拜礼部尚书，转吏部尚书。金宣宗贞祐南渡后，与赵秉文同主文坛二十馀年。时金受蒙古威胁，杨云翼反对南侵宋朝，谓“不能外御北兵而取偿于宋，以天下为度者不如此也”。金宣宗未能采纳这一重大战略性的建议，加速了金王朝的覆灭。金哀宗正大五年八月终于翰林学士，年五十九。谥曰文献。

蔡村道中

水连深竹竹连沙，村落萧萧已暮鸦。
行尽画图三十里，青山影里见人家。

戴嵩画牛①

春草原头雨湿烟，夕阳渡口水吞天。
披图坐我风蓑底，一梦长林二十年②。

① 戴嵩，唐代著名画家。擅长描绘田家、川原景色，尤以画水牛著称。《唐朝名画录》谓“能穷其野性筋骨之妙”。与韩干画马，并称“韩马戴牛”。

② 披图，展开画纸。风蓑，用茅草编织的蓑衣。

刘　中

刘中，字正夫，渔阳（今天津市蓟县）人。金章宗明昌五年（1194）中词赋经义第。以省掾从军南下，改授应奉翰林文字，为主帅所重，常预秘谋，书檄布告，皆出其手。军还，授左司都事。刘中善古文，王若虚即出其门。

龙门石佛[①]

凿破苍崖已失真，又添行客眼中尘[②]。
请君看取他山石，不费工夫总法身[③]。

① 龙门，一名伊阙，在今河南洛阳市南龙门。北魏正光四年（523），白整受命为孝文帝及文昭高后凿二佛龛于此。此后历代加凿，成为著名佛像石窟。

② 苍崖，青黑色的石崖。真，自然本色。尘，佛教称色、声、香、味、触、法为六尘。此谓凿石为佛像，破坏自然，污染行人眼目。

③ 法身，佛教称佛法真身，此指自然形象。后二句谓他山岩石，未被破坏，不费雕凿工夫，保持了自然形象。

★此诗以佛学的外观而具有美学的内蕴。诗人谓山头岩石，百态千姿，本来很美，凿成佛像，反失本真，实系对自然美的破坏。笔者游西南多处岩洞，见洞中钟乳峥嵘，琳琅瑰丽；而往往见岩壁之上，人工塑造诸如龙女、仙娥之类参杂其间，便觉大煞风景，然后知刘中诗之为特见卓识。清代袁枚《烟景》诗云："天然烟景足清幽，底事齐梁闹不休？文士镌碑僧凿佛，万山无语一齐愁。"亦刘中"凿破苍崖已失真"之意。

李纯甫

李纯甫（1177—1223），字之纯，号屏山居士，弘州襄阴（今河北阳原）人。金章宗承安二年丁巳（1197）进士，曾入翰林，仕至尚书右司都事。时丞相高琪专权，李纯甫审其必败，以母老辞去。后起为京兆府判官，卒于汴京，年四十七。李屏山聪敏好学，于书无所不窥，尤爱《庄》《列》《左氏》《战国策》。中年以后遍读佛书，亦读道学著作。今存诗仅二十九首，好为雄豪奇谲之语，七言古诗较有特色。

雪　后

玉环晕月蟠长虹，飞沙卷土号阴风①。
黄云幂幂翳晴空，屋头唧唧鸣寒虫②。
天符夜下扶桑宫，玄冥震怒鞭鱼龙③。
鱼龙飞出沧海底，咄嗟如律愁神工④。
争麨北斗卷云汉，凌澌卷入天瓢中⑤。
椎璋碎璧纷破碎，六华剪出寒珑璁⑥。
翩翻作穗大如手，千奇万巧难形容⑦。
恍如堕我银沙界，清光缟夜寒朣胧⑧。
肝肠作祟耿无寐，试把往事闲追穷⑨：
男儿生须衔枚卷甲臂琱弓，径投虎穴策奇功⑩。
不然羊羔酒涨玻璃钟，侍儿醉脸潮春红⑪。
谁能蹇驴驼着灞陵东，骨相酸寒愁煞侬⑫！
屏山正吐黄齑气，笑倒坐间亡是公⑬。

① 玉环晕月，月光经过云层中冰晶折射而成的光环。

② 幂幂（mì），覆盖貌。翳（yì），遮蔽。唧唧，虫鸣声。

③ 天符，天帝下的符令。扶桑，神话中太阳栖息的神木，见《山海经·海外东经》。扶桑宫，诗人设想为玄冥的神宫。玄冥，神名。《左传》昭公二十九年谓“水正曰玄冥”，《风俗通》卷八谓“玄冥，雨师也”，诗中用作居于海底可以起海水播雨雪之神，实兼水神与雨师。

④ 咄嗟，叱咤声，此用为命令声。如律，照律令执行。道家遣神文书中常有“咄咄如律令”的用语。愁神工，使神工为之发愁。

⑤ 斞（jū），酌。北斗，即北斗七星。因七星呈斗杓状，故称斗。诗人设想北斗中必有水，故酌取以制造冰雪。云汉，天河。凌澌，冰凌。天瓢，诗人设想的大瓢。二句谓诸神奉命，酌取北斗，卷起天河，制成冰凌，搅入天瓢中，以便向下倾注冰雪。

⑥ 璋、璧均玉器，比喻冰雪。六华，即雪花，雪花都呈六角形花状。珑璁（lóng cōng），明洁貌。

⑦ 翩翾（piān xuān），飞貌。穗，此指雪花。

⑧ 银沙界，银沙世界，喻雪景。瞳胧（tóng lóng），寒光微茫之貌。

⑨ 作祟，作怪。胸中郁懑，积不能平，故曰“肝肠作祟”。耿，犹耿耿，忧闷不宁之貌。无寐，不能入睡。《诗·邶风·柏舟》：“耿耿不寐，如有隐忧。”

⑩ 枚，筷子状小木棒，急行军时战士衔于口中，以免发声。琱弓，弓之美称。衔枚卷甲，臂挽琱弓，都是为了急速行军。径投，径直奔人。虎穴，喻敌人巢穴。策奇功，建立奇功。东汉班超于汉明帝永平十六年（73）使西域，到鄯善。鄯善王初甚礼敬，后匈奴亦派使者来，班超发现鄯善王态度有变。班超谓其部属曰：“不入虎穴，不得虎子！”乃率吏士三十六人袭杀匈奴使者，使鄯善王惊服。后班超在西域数立奇功，封定远侯。见《后汉书·班超传》。诗中实影班超事。

⑪ 羊羔酒，酒名。《事物绀珠》：“羊羔酒出汾州，色白莹，饶风味。”《事文类聚》：陶穀得党进家姬，尝冬日取雪水煎茶。谓姬曰：“党家识此风味否？”姬曰：“彼粗人，安有此。但能销金帐底，浅斟低唱，饮羊羔美酒耳！”诗中亦影党进事。党进（929—979），朔州马邑人。宋太宗时官至忠武军节度使。

⑫ 蹇驴，跛驴。唐代多有诗人骑驴故事。杜甫《寄韦左丞丈》：“骑驴三十载，旅食京华春。”《唐诗纪事》卷四十：“（贾）岛赴举至京，骑驴赋诗。”又，卷六十五引《古今诗话》：相国郑棨善诗。或曰：“相国近有新诗否？”曰：“诗思在灞桥风雪中驴子上，此处何以得之！”蹇驴驼着灞陵东，写诗人的寒酸相。

⑬ 黄齑（jī），切碎的腌菜。黄齑气，亦即穷酸气，喻牢骚话。亡是公，司马相如在《子虚上林赋》中虚构的人物。亡，通无；亡是公即无此人。笑倒坐间亡是公，实谓诗人只是自发牢骚，并无人听取。

★诗颇富想象，造语亦瑰奇险怪。屏山诗学卢仝、李贺，此诗可作为代表。然有卢仝的诡谲，无李贺的深沉，立意正露出其“酸寒”骨相。

赠高仲常[①]

借问高书记，南征又北征[②]，
从军元自乐，游子若为情？
笔下三千牍，胸中百万兵[③]。
伤弓良小怯，弹铗竟何成[④]？
惨淡风尘际，悲凉鼓角声。
别家四十日，并塞两三程。
斗绝牛皮岭，荒寒燕赐城[⑤]。
吟边白鸟没，醉里暮云横。
感慨悲王粲，颠狂笑祢衡[⑥]；
虎贲多将种，底用两书生[⑦]！

① 高仲常，高宪，字仲常，辽东人，王庭筠外甥。金章宗泰和三年（1203）进士，曾任博州防御判官。

② 高书记，唐诗人高适曾为河西节度使哥舒翰书记，此指高仲常。

③ 牍，书板，此指公文。胸中百万兵，形容胸怀韬略。宋范仲淹任陕西经略副使，守延州，备西夏；训练士卒，巩固边防，夏人敬畏，称其“胸中自有数万甲兵”。

④ 伤弓，《战国策·楚策四》记，更羸不用箭，只虚发弓弦即射下一只雁。魏王问射何以至此，更羸解释说，因雁原有疮痛，惊心未去，闻弦声即迅急高飞，引发旧疮，所以掉落。《晋书·苻生载记》：“伤弓之鸟，落于虚发。”良，诚。怯，畏怯。弹铗，铗，剑。《战国策·齐策四》载，齐人冯谖客孟尝君，初不被重视，遂弹铗而歌曰：“长铗归来乎，食无鱼！”孟尝君使之食鱼。过

些时，又弹铗，歌曰："长铗归来乎，出无车！"孟尝君使为之驾车。过些时，又歌曰："长铗归来乎，无以为家！"孟尝君又为之养亲。

⑤ 斗绝，陡峭至极。牛皮岭，燕赐城，其地未详。

⑥ 王粲，汉末诗人，建安七子之一。曾流寓荆州，作《登楼赋》抒发其伤乱怀归之情。后归曹操。祢衡，汉末名士，性刚傲，被曹操遣送荆州刘表，刘表转送江夏太守黄祖。在江夏作《鹦鹉赋》，借鹦鹉的不幸抒发自己的愤懑。后为黄祖所杀。

⑦ 虎贲（bēn），勇士。贲，通"奔"，谓如虎之飞奔逐兽。《书·牧誓》："武王戎车三百两，虎贲三百人。"底用，何用。两书生，指王粲、祢衡，亦喻高仲常与诗人自己。

杂 诗

乾坤太聚落，今古小朝昏①。
诸子蝇钻纸，群雄虱处裈②。
一心还入道，万物自归根③。
却笑幽忧客，空招楚些魂④。

① 太，大。聚落，人们聚居之处。朝昏，早晚。

② 蝇钻纸，像苍蝇飞来飞去地在纸上钻营。虱处裈，像虱子居处在裤子里，裈（kūn），裤子。阮籍《大人先生传》："汝君子之处区内，亦何异夫虱之处裈中乎！"

③ 道，指老庄之道。根，本。按老子哲学，谓"天地万物生于有，有生于无"，而最终又归于无。《老子》第十六章："夫物芸芸，各复归其根。"

④ 幽忧客，过度忧劳的人。《史记·屈原列传》谓屈原"忧愁幽思而作《离骚》"。唐诗人卢照邻自号幽忧子。楚些，《楚辞·招魂》句尾皆有"些"字，为楚人习用语气词。些，《韵会》苏个切，读娑去声（suò）；现在湖南湘乡方言读如落（luò），更符合《楚辞》读音。辛弃疾《沁园春·戊申岁奏邸忽腾报谓余以病挂冠因赋此》："山中友，试高吟楚些，重与招魂！"

★李屏山诗参道佛，此首即为典型，虽不无警世之意，终属逃避现实，以虚无看待人生社会。此等诗原无深意，诗艺亦属平平，录此一首，聊备一格。

刘从益

刘从益（1179—1222），字云卿，浑源（今属山西）人。《归潜志》作者刘祁之父。金卫绍王大安元年己巳（1209）进士，拜监察御史。因查办当权者不法行为，得罪去官。后起为叶县令。修学励俗，轻减田租，甚得当地人民拥戴。未几被召，入授应奉翰林文字。逾月以疾卒，年四十四。

过尉氏怀阮籍①

朝来国门游，暮抵蓬池宿②。
有怀阮步兵，豪气无检束③。
啸歌陟高台，长风振林木④。
老眼何曾青，四海无一物⑤。
万古留诗名，九原销醉骨⑥。
居然方丈家，惜也微瑕玉⑦：
途穷道不穷，先生安用哭⑧！

① 阮籍（210—263），字嗣宗，陈留尉氏（今属河南）人。三国魏末文学家和思想家，曾为步兵校尉，世称阮步兵，“竹林七贤”之一。博学能文，尤好老庄，蔑视礼法，放荡不羁。常用醉酒佯狂以保全自己。见《晋书·阮籍传》。

② 国门，指汴梁城外，北宋都城，金宣宗贞祐二年以后亦都于此。即今河南开封市。蓬池，地名，战国时属魏，在大梁东北，为沼泽地。阮籍《咏怀》诗：“徘徊蓬池上，还顾望大梁。”

③ 检束，检点拘束。

④ 啸歌，《世说新语·简傲》："（阮籍）箕踞啸歌，酣放自若。"又《栖逸》：阮籍啸闻数百步，尝于苏门山中遇真人，籍对之长啸。后真人啸，"如数部鼓吹，林谷传响"。陟，登。

⑤ "老眼"二句：《阮籍传》："籍又能为青白眼，见礼俗之士，以白眼对之。""由是礼法之士，疾之若仇。"物，人。

⑥ "万古"二句：《阮籍传》谓阮籍"作《咏怀》诗八十馀篇，为世所重"。九原，晋卿大夫墓地。《国语·晋语》："赵文子与叔向游于九原曰：'死者若可作也。吾谁与归！'"此系泛指，犹言黄泉。

⑦ 居然，竟然。方丈家，精于道术之人，指阮籍。瑕，玉的疵病，喻人的缺点。作者以阮籍穷途恸哭为其疵点。

⑧ "途穷"二句：《阮籍传》："时率意独驾，不由径路，车迹所穷，辄恸哭而返。"

★阮嗣宗穷途恸哭，哭得尽情。刘从益责其莫哭，责之在理。哭者热烈，责者冷静，其实一也，责备实系推崇。

泛舟回澜亭坐中作

昔年醉回澜，犹恨身属官。
今年邂逅来，身与亭俱闲①。
洗心亭下水，照眼亭西山。
溪山如故人，喜我复来还。
有酒浇我胸，有花怡我颜②。
韝鹰乍脱臂，但觉天地宽③。
山阴忽回船，夜阑情未阑④。

① 邂逅，偶然之意。闲，闲适。

② 怡，喜悦。

③ 鹰，韝上之鹰。韝（bèi），革制的臂衣。古人打猎用鹰，立鹰于韝上。鲍照《代东武吟》："昔如韝上鹰。"乍，突然。脱臂，从臂衣上离去。此以鹰脱臂喻自己退出官场。

④ 山阴，即会稽，今浙江绍兴。《世说新语·任诞》："王子猷居山阴，

夜大雪，眠觉，开室命酌酒，四望皎然。忽忆戴安道，时戴在剡，即便夜乘小船就之。经宿方至，造门不前而返。人问其故，王曰：'吾本乘兴而来，兴尽而返，何必见戴。'”王子猷，即王徽之，王羲之之子。戴安道，即戴逵，东晋学者，著名雕刻家。阑，尽。

和渊明杂诗①

少为饥所驱，老为病所迫②。
人生能几何，东阡复南陌③。
急须沽酒来，一笑举太白④。
浩歌草木振，起舞天地窄。
同欢二三子，谁主复谁客？
浮沉大浪中，毕竟归真宅⑤。
岁月去何速，老炎变新凉⑥。
游子久不归，回首望大梁⑦。
风埃惨如此，何处真吾乡。
野菊明落日，林枫染飞霜。
劝我一杯酒，悠然秋兴长。

① 渊明，陶渊明，一名潜，字元亮，东晋诗人。有《杂诗》十二首。

② “少为”句：陶渊明《乞食》诗：“饥来驱我去。”

③ “人生”二句：“曹操《短歌行》：“对酒当歌，人生几何？”曹植《吁嗟篇》：“东西经七陌，南北越九阡。”阡、陌，皆为田间小路。东西曰陌，南北曰阡。

④ 沽酒，买酒。举太白，举一大杯。

⑤ 浮沉大浪，指浮沉人世。陶渊明《形影神》诗：“纵浪大化中，不喜亦不惧。”真宅，指死亡归于地下。《汉书·杨王孙传》：“千载之后，棺椁臭腐，乃得归土，就其真宅。”陶渊明《归园田居》诗：“人生似幻化，终当归空无。”

⑥ “岁月”句：《古诗十九首》：“四时更变化，岁暮一何速。”

⑦ 大梁，战国魏都，即今河南开封市。金宣宗时亦迁都于此。阮籍《咏怀诗》：“徘徊蓬池上，还顾望大梁。”

辛　愿

辛愿（？—1231），字敬之，福昌（今河南宜阳）人。居县西南女几山下，因自号女几山人。博极群书，亦颇豪爽。然一生偃蹇不遇，终穷愁潦倒，卒于金哀宗正大末年。元好问《中州集》称辛愿、李汾、李献甫为“三知己”，评价都甚高。

乱后

兵去人归日，花开雪霁天①。
川原荒宿草，墟落动新烟②。
困鼠鸣虚壁，饥乌啄废田③。
似闻人语乱，县吏已催钱。

① 霁，雪后天气放晴。
② 墟落，村落。
③ 虚壁，空壁。

赵　元

赵元，字宜之，自号愚轩，定襄（今山西忻县）人。经童出身，举进士不第，以年及调巩西主簿。未几失明。赵元于金章宗泰和（1201—1208）后有诗名，李纯甫曾作诗称之，名声益盛。失明后更专力于诗。赵秉文、雷渊、元好问等与之交往甚密。

修城去

甲戌岁，忻城陷，官复完治，途中闻哀叹声，感而有作①。

修城去，劳复劳，途中哀叹声嗷嗷②。
几年备外敌，筑城恐不高。
城高虑未固，城外重三壕③。
一锹复一杵，沥尽民脂膏④。
脂膏尽，犹不辞，本期有难牢护之⑤。
一朝敌至任椎击，外无强援中不支⑥。
倾城十万户，屠灭无移时⑦。
敌兵出境已逾月，风吹未干城下血。
百死之馀能几人，鞭背驱行补城缺⑧。
修城去，相对泣，一身赴役家无食。
城根运土到城头，补城残缺终何益！
君不见得一李勣贤长城，莫道世间无李勣⑨！

① 甲戌，金宣宗贞祐二年（1214）。是年蒙古军攻取西京（今山西大同），金宣宗迁都于汴。忻城，即忻州城，故址即今山西忻县。完治，修筑，整理。

② 嗷嗷，哀叹声。《诗·小雅·鸿雁》："鸿雁于飞，哀鸣嗷嗷。"

③ 壕，护城河。

④ 杵，筑土木杵。沥，流。脂膏，本指生物体中的油脂，比喻人民的血汗。

⑤ 期，希望。难，灾难，指战祸。

⑥ 椎击，用椎打击。椎，捶击工具。《全金诗》作"推"，似误。《金诗纪事》作"摧"。此从《中州集》。

⑦ 倾城，全城。

⑧ 鞭背驱行，用鞭子抽打着驱赶。

⑨ 李勣（jì）（594—669），字懋功，唐初名将。本姓徐，名世勣。曾参加瓦岗寨起义军，后降唐，赐姓李，因避太宗李世民讳，故单名勣。从李世民破王世充、窦建德、刘黑闼。又随李靖破东突厥，封英国公。守并州十六年，突厥不敢南向。太宗尝曰："炀帝不择人守边，劳中国筑长城以备虏。今我用勣守并，突厥不敢南，贤长城远矣！"见《新唐书·李勣传》。贤，胜过。

渡洛口①

一脉寒流两岸冰，断桥无力强支撑。
忘机羡杀沙鸥好，不省人间有战争。

① 洛口，洛水入黄河之口，在河南巩县东南。

秦略

秦略（1161？—1232？），字简夫，自号西溪老人，陵川（今属山西）人。举进士不第，遂致力于诗。作诗尚雕刻，而不见斧凿痕迹。年六十七岁卒。

拳秀峰

平滑石之俗，其俗资磨砻①；
磊丑石之秀，其秀在丑中②。
正如古丈夫，貌寝气质雄③。
又如圣人心，孔窍虚明通④。
大都一拳许，含蓄华与嵩⑤。
大巧本若拙，足见造化功⑥。
好处元更多，摹写不易工⑦。
君其善调护，抵击防儿童。

①资磨砻，资助磨擦物体。磨砻（lóng），磨擦。

②磊丑，指石头粗皱。

③貌寝气质雄，貌虽丑陋而气宇豪雄。

④孔窍虚明通，指内心空明通达，此与石有孔窍关合。

⑤大都，大约，大概。华，华山。嵩，嵩山。含蓄华与嵩，指丑石虽小，却蕴涵着山岳的气势。

⑥“大巧”句，《老子》四十五章：“大巧若拙。”造化，创造化育，指大自然。

⑦元，本来。摹写，依样描绘。

★拳秀峰为假山石，东坡称之为丑石。石以老、苍、奇、拙为美，即所谓“其秀在丑中”。诗写丑石，却联及对人何以为美的论述，重精神气质不重外貌，重思想品格不重虚文，追求的是一种崇高的美。诗有深意，咏物需如此方妙。惜结尾四句过于平弱。

谷靡靡，上党公府作[①]

谷靡靡，青割将来强半秕[②]。
急忙舂米送官仓，只恐秋风马尘起[③]。
官仓远在荞麦山，南梯直上青云间。
梯危一上八九里，之字百折萦回环[④]。
凭谁说向监仓使，斛面莫教高一指[⑤]。
请君沿路看担夫，汗颗多于所担米。

① 谷靡靡，谷禾倒伏相依貌。上党，县名。治所在今山西长治市地。

② 青割，尚未黄熟即收割。将来，拿来。秕，谷物不饱满的子实。强半秕，大半是空秕。

③ 秋风马尘起，指战争发生。

④ 危，高。“之字”句：意谓山路曲折像之字一样千回百转。萦回环，即回环萦绕。

⑤ 监仓使，监督收粮的官。斛，量器名，一斛二斗五升。量粮食时，用斗概荡平，斛面高一指，则多费粮食，官吏常以此剥削农民。

赴洛道中[①]

柔青初散垅头桑，村落人家布谷忙[②]。
一段芜青浑着角，叶间犹有几花黄[③]。

① 洛，指今河南洛阳市。

② 柔青，柔嫩青翠。垅头，田边。句意谓垅头桑叶刚刚退去柔嫩青翠的姿容，渐渐地变老了。

③芜青，一种蔬菜，十字花科，直根肥大，较萝卜细密，味甜。花黄色，种子与油菜相似。浑着角，指菜花将要落尽，刚刚结成角状果实。

★极平常事，人所不注意处，写来亦有情致。

完颜璹

完颜璹（shú 1172—1232），本名寿孙，字仲实，一字子瑜，晚年号樗轩居士，金世宗孙，越王长子。家富藏书，能诗善画，为金宗室中最善诗文者。为赵秉文、杨云翼、雷渊等人所推重。金哀宗天兴元年，蒙古军围汴京，以疾卒于围城中。

城　西①

雁带边声远，牛横废垅长②。
人居似河朔，冈势接荥阳③。
禾短新村墅，沙平古战场④。
悠然望西北，暮色起悲凉⑤。

① 城西，指汴京（今河南开封）城西。
② 垅，田埂。
③ 河朔，泛指黄河以北地带。冈，山脊。荥阳，县名，今属河南郑州。
④ 墅，田野草房。
⑤ 悠然，不经意貌。陶渊明《饮酒》诗：“采菊东篱下，悠然见南山。”

过胥相墓①

亭亭华表映朱门，始见征西宰相尊②。
下马读碑人不识，夷山高处望中原③。

① 胥相，胥鼎，字和之，金代名相，宣宗朝重臣。其在位日，长期领兵守御于外，尽职尽责，宣宗朝实赖以维持。

②亭亭，高耸貌。华表，古代设在宫殿、城垣或陵墓前的石柱。朱门，红漆大门。征西宰相，即指胥鼎。

③碑，碑文。当即雷渊为胥鼎所作的神道碑。夷山，山名，在今河南开封县城内东北隅。战国魏大梁有夷门，即因此山得名。胥鼎墓当在山上。

★“下马读碑人不识，夷山高处望中原”，既有斯人不在，莫我知也的不平，更有眼见中原即将沦陷的忧虑；苍茫独立，感慨良深。

麻九畴

麻九畴（1174—1232），字知幾，初名文纯，莫州（今河北任丘县）人，或曰易州（今河北易县）人。金哀宗正大三年（1226），因侯挚、赵秉文推荐，特赐进士第，授太祝、权太常博士、应奉翰林文字。未几称病辞去。天兴元年，蒙古军至河南，为兵士所得，驱至广平，病卒，年五十九。

许方村即事，联句体[①]

披热达许方，山巅青漫漫[②]。
野黄麦初割，畦绿蔬才灌[③]。
村篱苘叶深，巷树春花乱[④]。
烟长见新冶，风远闻清锻[⑤]。
濯衣女在溪，贩铁人栖馆[⑥]。
墙危垒破石，路黑沾遗炭。
山云顷刻雨，沙地须臾暵[⑦]。
铎鸣驾犊耕，罩密防鸡散[⑧]。
缫馀残茧挂，钓罢幺丝贯[⑨]。
沽酒有客赊，鬻李何人唤[⑩]？
扑惨官始威，牒烦民更玩[⑪]。
历险小车多，逢人赭衣半[⑫]。
县远肉难求，山近寇可逭[⑬]。
何当卜隐居，导我杖藜伴[⑭]。

①联句，两人或两人以上合作赋诗，此实诗人独作，只是联句体。六朝时联句系两人各赋四句，前后承接。唐人联句，通常各赋两句，交互相承，除首尾外，必用对偶。中唐以后逐步发展为前一人出奇句；后一人对偶句，再出奇句；前一人再对偶句，再出奇句；如此展转交接。后一种联句最难，宋元以后多用这种联法。《红楼梦》第七十六回，林黛玉、史湘云两人凹晶馆联诗，第五十回，大观园诸人芦雪亭联句，对这种联句方式作了精彩的描述。

②披热，冒着暑热。漫漫，无边无际貌。

③畦（qí），菜圃间划分的方形地块。

④苘（qǐng又读jiōng），麻类植物，麻杆皮可以搓绳、织布。

⑤新冶，新设的冶炼之所。清锻，清越的打铁声。

⑥濯衣，洗衣服。栖，居住。

⑦须臾，片刻，一会儿。暵（hàn），干旱。

⑧铎，古代乐器，形似铙、钲而有舌，是大铃的一种。此指挂在牛颈上的铃。罩，养鸡鸭的竹笼。

⑨缫（sāo），同缫，即缫丝。幺丝，细小的丝绳。贯，贯穿。幺丝贯，即用丝绳将鱼贯穿起来提着。

⑩沽酒，卖酒。赊，欠钱买货。鬻，卖。

⑪扑，打人木棍。此作动词，用木棍打人。牒，公文，指官府发布的各种律令。此句乃《老子》"法令滋彰，盗贼多有"之意。

⑫赭衣，古代囚犯所穿的赤褐色衣服。赭（zhě），或本作"黜"。

⑬逭（huàn），逃避。

⑭"何当"句，什么时候来此卜地隐居。杖藜，拄藜茎的手杖。藜，植物名，属草本。其茎至坚，可以为杖。杖藜伴，指志趣相同的人。

★绘风俗画，通常多用古体，麻知幾偏用联句排律，平实写来，属对工整而造语自然，使村中景物、居人、各种农商活动，道路见闻，一一如在目前，不加掩饰，不置褒贬，不假任何陶、韦词汇，亦颇意趣盎然，诚为写实佳作，在写乡村风物诗中独具一格。

冯延登

冯延登（1176—1233），字子骏，吉州（今江西吉安）人。金章宗承安二年（1197）进士。曾与赵秉文考论文义，相得甚欢。官至国子祭酒。金哀宗正大末，奉命出使蒙古被留，被割去须鬓，羁管丰州二年。放还后任礼部侍郎。金哀宗天兴二年，蒙古军攻陷京城，自投井死。时年五十八。

登封途中遇雨留僧舍①

湿云若烟低，飞雨如矢集。
近山衣已凉，薄寒复相袭。
霁景函草木，秋意满原隰②。
林红寒更殷，山翠晴更湿③。
不知高几许，但见苍壁立。
群峰谁暇数，庭笋纷戢戢④。
腾掷来眼中，左右疲顾揖⑤。

①登封，县名，今属河南。

②霁景，雨止天晴的景色。函，笼罩，此实指照耀。原隰，广平低湿之地。

③殷，重。

④庭笋，即指群峰，如挺立的竹笋。《尔雅·释诂》：“庭，直也。”纷，多貌。戢戢（jí），同“濈濈”，如角攒聚之貌。《诗·小雅·无羊》：“尔羊来思，其角濈濈。”

⑤腾掷，腾挪，不断变换。顾揖，顾看指点。

★此诗《中州集》引入小传中，并非完篇，然描写雨后山色，至为生动，实冯氏诗中佳作。

郾城道中[①]

北风惨淡扬沙尘，郾西三日无行人。
十村九村鸡犬静，高田下田狐兔驯[②]。
昨朝屏息过溪口，知有白额藏深榛[③]。
赤子弄兵更可恻，路旁僵尸衣血新[④]。
野叟伛偻行拾薪，欲语辟易如惊麇[⑤]。
瘦梅疏竹未慰眼，只有清泪沾衣巾。

① 郾城，县名，即今河南郾城县。

② 驯，驯养。此指狐兔处田中已习以为常。

③ 屏息，屏住呼吸，指心情紧张。白额，即老虎。榛，树丛。

④ 赤子，指老百姓。弄兵，摆弄兵器，此指荒年持兵行劫或格斗。恻，伤痛。

⑤ 野叟，乡村老者。伛偻，弯腰曲背。薪，柴火。辟易，惊退。麇（jūn），兽名，似鹿而小，无角，俗名獐子。

王若虚

王若虚（1174—1243），字从之，自号慵夫、滹南遗老。藁城（今河北保定市）人。金章宗承安二年丁巳（1197）进士。先后任管城、门山县令，有惠政。入国史院编修官，迁应奉翰林文字，著作佐郎，官至翰林直学士。金亡不仕，北归镇阳，隐居著述。宋理宗淳祐三年三月结伴东游，登泰山，道卒，年七十。

王若虚是金代著名诗人和诗歌理论家，著有《滹南诗话》。论文主张辞达理顺，“文章自得始为贵”，赞同“文章以意为主，以言语为役”。于诗反对模拟雕琢，反对追求时尚。推崇白居易、苏轼，反对黄庭坚，抨击江西诗派尤不遗馀力。有《滹南遗老集》。

题渊明归去来图[①]

得时草木竞欣荣，颇为行休惜此生[②]。
乘化乐天知浪语，看君于世未忘情[③]。

① 陶渊明曾为彭泽令，在官八十馀日，即解印去职，归隐故里，作《归去来兮辞》以述其志。

② “得时”句：本《归去来兮辞》：“木欣欣以向荣，泉涓涓而始流，善万物之得时，感吾生之行休。”行休，将要结束，指死亡。

③ 乘化，随顺自然变化。《归去来兮辞》：“聊乘化以归尽，乐乎天命复奚疑！”浪语，空话。未忘情，未曾忘却世情。

王渥

王渥（1186—1232），字仲泽，太原（今属山西）人。金宣宗兴定二年戊寅（1218）进士，调管州司候，不赴。因才留军中，连辟寿州、商州、武胜三府经历官。居军中凡十年。后举为宁陵令，有治绩，入朝为尚书省掾。金哀宗正大七年（1230）使宋，应对敏捷，宋人重之，誉为“中州豪士”。天兴元年，从赤盏合喜提兵出援武仙于郑州，与蒙古军遇，阵亡。

有寄

十年铁马暗京华，客子飘零处处家[①]。
征雁久疏河朔信，小梅重见汝南花[②]。
栖栖活计依檐雀，冉冉年光赴壑蛇[③]。
旧雨故人应念我，不来联句夜煎茶[④]？

① 铁马，指战争。

② 征雁，喻信使。西汉武帝时，苏武出使匈奴被扣留在北海牧羊。后匈奴与汉讲和，汉求苏武，匈奴诈言其死。苏武属吏常惠夜见汉使，教其诡言汉帝射上林中，得北来雁，雁足系有帛书，言武等在某泽中。使者如惠言以责单于，武因此得归。见《汉书·苏建传》。后因以雁喻书信。河朔，泛指黄河以北地区。汝南，泛指今河南鲁山县以东，宝丰县以南，叶县西北一带。

③ 栖栖，忙碌不安貌。活计，生计。檐，屋檐。冉冉，渐进貌。依檐雀，喻生活不安。赴壑蛇，喻年光迅速。

④ 旧雨故人，老友。杜甫《秋述》诗序：“常时车马之客，旧，雨来；今，雨不来。”（旧时宾客遇雨也来，而现在遇雨则不来。）不来，怎么不来。

宋九嘉

宋九嘉（1183？—1233），字飞卿，夏津（今属山东）人。从李纯甫学，为文有奇气。金宣宗贞祐元年癸酉（1213）进士，历官蓝田、高陵、扶风、三水县令，皆以能称。入朝为应奉翰林文字。金哀宗正大中因病去职。天兴二年四月，汴京沦陷，死于乱军中。

途中书事二首

幼稚扶轮妇挽辕，连颠翁媪抱诸孙[①]。
饥民羸卒如流水，掘尽原头野荠根[②]。

老稚扶携访熟乡，驿尘满路殣相望[③]。
终朝拾穗不盈把，只有流民如麦芒。

① 扶轮，扶翼车轮，在侧推进。挽辕，拉车。辕，车前驾牲口的直木。连颠，艰难行进之貌。翁媪（ǎo），老翁老妇。

② 羸卒，疲弱的士民。野荠（jì），野菜。

③ 访，寻求。熟乡，谷物收成好的地方。驿尘，道路扬起的尘土。殣（jǐn），饿死的人。望，读平声。

田　锡

田锡，字永锡，宛平（今北京市）人。金宣宗兴定五年（1221）进士。曾任新蔡主簿，后闲居南阳骥立山下。

牧牛图

干戈扰扰遍中州，挽粟车行似水流[①]。
何日承平如画里，短蓑长笛一川秋[②]！

① 干戈扰扰，战乱纷纷。扰扰，纷乱貌。中州，即古之豫州，处九州之中，故称。此泛指黄河中游地区。挽粟，输送粮食，此指军粮。

② 承平，太平。

张 建

张建，字吉甫，自号兰泉老人。蒲城（今属陕西）人。金章宗明昌（1190—1196）初举才行，授绛州教官，入朝为宫教、应奉翰林文字。因老请致仕。章宗爱其淳朴，乃授同知华州防御使。张建于诗论亦颇有造诣，认为“作诗不论长篇短韵，须要词理具足，不欠不馀，如荷上洒水，散为露珠，大者如豆，小者如粟，细者如尘，一一看之，无不圆成，始为尽善”。其诗虽不能尽如其言，然亦有所得。

拟古三首

枯桑依颓垣，摧折生理微①。
剥我枝间叶，备君身上衣。
叶尽谁复顾，栖鸟来亦稀②。
君看牡丹丛，日日笙歌围③！

青青河滨柳，柯叶柔且妍④。
一从智巧萌，戕贼为杯棬⑤。
器成岂不佳，天质失自然⑥。
争如河堤上，濯濯披春烟⑦。

庭前兰蕙窠，三年种不成⑧。
门外旱蒺藜，一旦还自生⑨。

第恐伤我足，锄去根与萌[⑩]。
如何一雨后，走蔓复纵横。

① 颓垣，崩塌的墙。生理，养生之理。微，弱。

② 栖鸟，栖息之鸟。

③ 笙歌围，形容歌舞之盛。笙，管乐器名。

④ 滨，水边。柯叶，即枝叶。柔且妍，柔润而鲜美。

⑤ 智巧，智慧和机巧。萌，发生。戕贼，残害。杯棬，亦作桮棬，或杯圈，先用枝条编成杯盘之形，再以漆加工制为杯盘。《孟子·告子上》："子能顺杞柳之性而以为桮棬乎？将戕贼杞柳而后以为桮棬也？"

⑥ 天质，自然本性。

⑦ 争如，怎如。濯濯，肥润鲜美貌。

⑧ 兰蕙，两种香草名。《离骚》："余既滋兰之九畹兮，又树蕙之百亩。"

⑨ 蒺藜，一种布地蔓生，果实有刺的草。亦称"白蒺藜"、"刺蒺藜"。其实可供药用。

⑩ 第恐，但恐。萌，植物的芽。

雷　琯

雷琯，字伯威，坊州（今陕西黄陵县）人。曾与李汾同供职于史馆。

阳夏怀古[①]

短衣匹马西北来，十年去国随风埃[②]。
解鞍呼酒歌一曲，玉鞭倒捉敲金罍[③]。
君不见项王台，昔时崔嵬今已颓[④]，
秋风萧瑟吹草莱。
又不见汉王城，昔时岧峣今已平[⑤]，
寒烟寂寞啼鼯鼪[⑥]。
牧童抬头学楚声，野老扶犁城上耕。
耕势不断楚声哀，行人欲去还徘徊，
刘项英雄安在哉？
人间俯仰易陈迹，闲身健在须衔杯。

① 阳夏（jiǎ），秦阳夏县，今河南太康县。汉五年，汉王刘邦追项羽至阳夏。项羽败走垓下，为刘邦所败，突围至乌江自杀。

② 短衣匹马，语本杜甫《曲江三章》“短衣匹马随李广”句。

③ 金罍（léi），酒器。

④ 项王，楚霸王项羽。崔嵬（cuī wéi），高耸貌。颓，崩，塌。

⑤ 汉王，汉高祖刘邦。岧峣（tiáo yáo），高峻貌。

⑥ 鼯鼪，两种动物名。鼯（wú），鼠名，即飞鼠。鼪（shēng），即黄鼠狼。

商歌十章

客有自关辅来，言秦民之东徙者，馀数十万口，携持负戴，络绎山谷间。昼飧无糗糒，夕休无室庐，饥羸暴露，滨死无几。间有为秦声写去国之情者，其始则历亮而宛转，若有所诉焉；少则幽抑而凄厉，若诉而怒焉；及其放也，呜呜焉，愔愔焉，极其情之所之，又若弗能任焉者。噫！秦，予父母国也。而客言如是，闻之悲不可禁。乃为作商歌十章，倚其声以纾予怀，且俾后之歌者，知秦风之所自焉①。

扶桑西距若华东，尽在天王职贡中②。
一自秦原有烽火，年年选将戍河潼③。

春明门前灞水滨，年年此地送行频④。
今年送客不复返，卷土东来避战尘。

尽室东行且未归，临行重自锁门扉。
为语画梁双燕子，春来秋去傍谁飞⑤？

灞水河边杨柳春，柔条折尽为行人。
只愁落日悲笳里，吹断东风不到秦⑥。

累累老稚自相携，侧耳西风听马嘶⑦。
百死才能到关下，仰看犹似上天梯⑧。

上得关来似得生，关头行客唱歌行。
虚岩远壑互相应，转见离乡去国情。

前歌未停后迭呼，歌词激烈声呜呜。
天下可能无健者，不挽天河洗八区[⑨]？

折来灞水桥边柳，尽向商於道上栽[⑩]。
明年三月花如雪，会有好风吹汝回。

行人十步九盘桓，岩壑萦回行路难。
忽到商颜最高处，一时挥泪望长安[⑪]。

西来迁客莫回首，一望令人一断魂。
正使长安近于日，烟尘满目北风昏[⑫]。

① 商歌，欧阳修《秋声赋》："其在乐也，商声主西方之音。……商，伤也，物既老而悲伤。"《金史·哀宗本纪》载：正大八年（1231）四月，"大元兵平凤翔府，两行省弃京兆（今陕西西安市），迁居民于河南"。诗当写于是时。诗人本关中人，咏关辅流民，自然情意悲切。名曰商歌，"西方之音"、"悲伤"之意，其义双关。关辅，关中与三辅的合称，相当今陕西关中地区。战国时属秦地。东徙，由西向东迁徙逃亡。馀，多至。携持负戴，提着，拿着，背着以及用头顶着各种生活用具。络绎，连绵不断貌。糗糒（qiǔ bèi），用米麦等谷物制成的干粮。羸，疲惫。暴露，置于露天之下，日晒露淋。滨死无几，谓流民迫近死亡所剩不多。间（jiān），近来。历亮，犹嘹亮。宛转，委婉含蓄。少，稍后。幽抑，深沉。凄厉，惨凄尖厉。放，奔放，指声调激越。呜呜，歌呼声。愔愔（yīn），深沉貌。弗能任，不能胜任其情。噫，感叹声。倚，依。俾，使。秦风，秦地民歌。

② 扶桑，神话中木名。《淮南子·天文》："日出于旸谷，浴于咸池，拂于扶桑，是谓晨明。"若华，即若木之华。若木，神话中谓日入处之树。《山海经·大荒北经》："大荒之中，有衡石山、九阴山、洞野之山，上有赤树，青叶赤华，名曰若木。"扶桑指东方极远之地，若华指西方极远之处。泛指整个天下。天王，春秋时期对周天子的称呼。泛指帝王。职贡，尽职进贡。职贡中，指管辖范围。

③ 烽火，指战争，戍，守卫。河潼，即潼关，在陕西潼关县北，为陕西、山西、河南三省要冲，历代皆为军事要地。

④ 春明门，唐代京都长安城东有三门，中曰春明。灞水，水名。本作霸水，为渭河支流，关中八川之一。频，频繁。

⑤ 为语，寄语。画梁，饰有花纹的屋梁。

⑥ 笳，管乐器名。

⑦ 累累，接连不断。

⑧ 关，指函谷关。战国秦置。故址在今河南灵宝县东北。

⑨ 健者，指英雄人物。挽天河洗八区，喻治平天下。

⑩ 商於（wū），古地名。故地在今陕西商南县河南淅川内乡一带。

⑪ 商颜，山名。《史记·河渠书》："自征引洛水至商颜山下。"

⑫ 正使，即使。长安近于日，《世说新语·夙惠》："晋明帝数岁，坐元帝膝上。有人从长安来……因问明帝：'汝意谓长安何如日远？'答曰：'日远，不闻人从日边来，居然可知。'"末二句谓回望长安并不太远，然而满目烟尘，北风凛冽。

李 汾

李汾（1192—1232），本名让，字敬之，后改长源。太原（今山西太原）人。为人旷达不羁，好为奇节自许。举进士不中，用荐书入史馆，仅得为抄书小吏，后罢去。一生困顿不遇。《归潜志》载李长源后客唐邓，恒山公武仙署为掌书记。金国将亡，长源劝武仙归宋，为武仙部下所杀，年四十一岁。

陕 州①

黄河城下水澄澄，送别秋风似洞庭②。
李白形骸虽放浪，并州豪杰未凋零③。
十年道路双蓬鬓，万里乾坤一草亭④。
八月崤陵霜树老，伤心休折柳条青⑤。

① 陕州，古州名，治所在陕县，即今河南三门峡市西的旧陕县。

② 澄澄，清澈貌。洞庭，湖名，在今湖南省北部长江南岸。《楚辞·九歌·湘夫人》："袅袅兮秋风，洞庭波兮木叶下。"

③ 李白，唐诗人，此为诗人自指。形骸，形体。放浪，放纵不受拘束。王羲之《兰亭集序》："或因寄所托，放浪形骸之外。"并州，汉置州名，其地相当于今内蒙古、山西大部分及河北之一部。治晋阳，今山西太原市。

④ 双蓬鬓，即双鬓蓬，两鬓像蓬草一样散乱。

⑤ 崤陵，指崤山。《左传》僖公三十二年："晋人御师必于崤，崤有二陵焉：其南陵，夏后皋之墓也；其北陵，文王之所辟风雨也。"地在今河南洛宁县北，西北接陕县，东接渑池界。

雪中过虎牢[1]

萧萧行李戛弓刀，踏雪行人过虎牢[2]。
广武山川哀阮籍，黄河襟带控成皋[3]。
身经戎马心逾壮，天入风霜气更豪。
横槊赋诗男子事，征西谁为谢诸曹[4]？

① 虎牢，关名，在今河南荥阳县汜水镇，萦带山阜，北临黄河，绝岸陡峭，至为险固，自古为军事重地。

② 萧萧，犹萧索。行李，使者，因公出差的人。《左传》僖公三十年："行李之往来。"杜预注："行李，使人。"又襄公八年："亦不使一个行李告于寡君。"杜预注："行李，行人也。"使人、行人，《左传》中均指外交使者。戛（jiá），敲击，指弓刀互相敲击。

③ 广武，山名，在河南郑州市西北，楚汉战争时刘邦、项羽曾对抗于此。阮籍尝登广武战场，感叹"时无英雄，使竖子成名！"参见萧贡《后赵》、刘从益《过尉氏怀阮籍》诗注。襟带，如襟如带，形容地势回互萦带。成皋，古邑名，即虎牢。

④ 槊（shuò），兵器名，即长矛。横槊赋诗，元稹《唐检校工部员外郎杜君墓志铭》："建安之后，天下文士遭罹兵战，曹氏父子鞍马间为文，往往横槊赋诗。"苏轼《赤壁赋》："方其破荆州，下江陵，舳舻千里，旌旗蔽空，酾酒临江，横槊赋诗，固一世之雄也。"征西，曹操《让县自明本志令》："后征为都尉，迁典军校尉，意遂更欲为国家讨贼立功，欲望封侯作征西将军，然后题墓道言'汉故征西将军曹侯之墓'，此其志也。"二句意谓横槊赋诗是男子事，试问而今谁能立志西征为国家讨贼立功？时金受蒙古威胁，故诗人有此感慨，亦自伤有志不得伸展之意。

望少室断句

圭影静涵秋气老，剑峰横倚斗杓寒。

再过长安断句

三辅楼台失归燕，上林花木怨啼鹃。

空馀一掬伤时泪，暗坠昭陵石马前！

★李长源以七律擅长，元好问称其诗“清壮磊落，有幽并豪侠歌谣慷慨之气”。《中州集》《归潜志》并录其断句，选录两段。亦可概见其风格特色。此等诗慷慨激烈而又蕴藉深厚，不仅远胜集中诸作，即元遗山亦无以过之。长源平生，流离道路，奔走狼狈，妻子凋丧，且终被迫害而死；而其佳作又多在兵火中失落，是其终身不幸之又大不幸也！

李献甫

李献甫（1195—1234），字钦用，河中（今山西永济县）人。金哀宗正大初，金廷派钦用随冯延登往夏议和，钦用以言折服夏使，获得成功。授庆阳总帅府经历官，辟长安令，入为尚书省掾，官至镇南军节度副使。天兴三年，死于蔡州之难，时年四十。

围　城①

碧树苍烟起暮云，长安陌上断行人②。
百年王气馀飞观，万里神州隔战尘。
身与孤云向双阙，愁随落日到咸秦。
山河大地分明在，莫为时危苦怆神。

① 围城，金哀宗天兴元年（1232），蒙古军围汴京，十二月，哀宗率军离京，次年正月，退走归德，诗必作于此时。由“百年王气馀飞观”推之，诗当作于哀宗出京以后。参见后元好问《壬辰十二月车驾东狩后即事》诗注。

② 长安，此代指汴京。

王元粹

王元粹（1194？—1243），字子正，初名元亮，后改名粹，平州（今河北卢龙县）人。金哀宗正大末，因门资叙，为南阳酒官。遭乱，流寓襄阳。蒙古军攻占襄阳，只身北归，寄食燕中，遂为道士。宋理宗淳祐三年九月病卒，年四十馀。

西山避乱三首[①]

苍山多回互，四望令人迷[②]。
过午日已暖，残雪融为泥。
路滑不可进，弱葛愁攀跻[③]。
老幼委沟壑，不如犬与鸡[④]。
嗷嗷同行子，手中各有携[⑤]。
汲涧为饮食，架木为岩栖。
夜半三四惊，翁媪禁儿啼。
念我长病母，乱离隔东西。

野宿不得晓，飞霜沾敝袍。
空山凝寒色，天边星月高。
忆昨离鄂城，数家同遁逃[⑥]。
穿林恐相失，前后闻呼号。
避乱但欲远，焉知登顿劳[⑦]。
俯临万仞壁，性命轻鸿毛[⑧]。

青青道边麦，知是谁家田？
山田固已薄，榛石复相连[⑨]。
旁有破茅屋，日入不见烟。
借问旧居者，闻乱已西迁。
平生苦沦薄，对此增慨然[⑩]。
甲兵暗宇宙，谁能安一廛[⑪]。
愁忧无从诉，仰面视苍天。
伐木南涧底，双鹿过我前。

① 西山，在今湖北鄂城。
② 回互，回环交错。
③ 弱葛，细嫩的葛藤。葛，藤蔓植物。跻，登。
④ 委，弃。
⑤ 嗷嗷，哀叹声。《诗·小雅·鸿雁》："鸿雁于飞，哀鸣嗷嗷。"
⑥ 鄂城，县名，今湖北鄂州市。遁逃，逃亡。
⑦ 登顿，不停的上下行走。
⑧ 性命轻鸿毛，性命比鸿毛还轻。司马迁《报任安书》："人固有一死，或重于泰山，或轻于鸿毛。"诗谓身临绝险，生命毫无保障，与司马迁含义不同。
⑨ 薄，土地贫瘠。榛，灌木丛。
⑩ 沦薄，流落，飘泊。慨然，悲愤貌。
⑪ 甲兵，指战争。廛，一家所居之地。

经废宅

谁家住宅北山隈，乱后逋人尚未回[①]。
惆怅门前是官道，临风一树杏花开[②]。

① 隈，山林曲处。逋人，逃亡的人。
② 惆怅，感伤之貌。

郝居中

郝居中，字仲纯，太原（今属山西）人。出身枢密院令史，曾为坊州（其地今属陕西）刺史。金哀宗正大末（1231）迁凤翔治中，南山安抚使。

题五丈原武侯庙[①]

筹笔无功事可哀，长星飞堕蜀山摧[②]。
三分岂是平生志？十倍宁论盖世才[③]？
坏壁丹青仍白羽，断碑文字只苍苔[④]。
夜深老木风声恶，尚想褒斜万马来[⑤]。

① 五丈原，地名，在今陕西眉县西南斜谷口西侧。《三国志·诸葛亮传》："（建兴）十二年春，亮悉大众由斜谷出，以流马运，据武功五丈原。"是年八月，逝世于此，时年五十四岁。武侯庙，诸葛亮祠庙。诸葛亮于建兴元年（223）封为武乡侯。

② 筹笔，筹画之意。今四川广元县有筹笔驿，相传亮出师，尝驻军筹划于此。长星，据传诸葛亮卒时有星堕于亮营。《三国志·诸葛亮传》裴松之注引《晋阳秋》："有星赤而芒角，自东北西南流，投于亮营。三投再还，往大还小。俄而亮卒。"蜀山摧，谓诸葛亮去世，蜀国亦将倾覆。

③ 三分，谓魏、蜀、吴三国鼎立。汉献帝建安十二年（207），刘备三顾诸葛亮于襄阳隆中。诸葛亮为之画策，谓曹操拥百万之众，挟天子以令诸侯，此诚不可与争锋；孙权据有江东，可以为援而不可图。劝刘备取荆州、益州为基地，与曹、吴鼎峙。此即隆中决策。见《诸葛亮传》。句意谓诸葛亮为刘备决策，天下三分，然志在统一中国，兴复汉室；三分非其志也。"十倍"句：刘备临终时属后事于亮曰："君才十倍曹丕，必能安国，终定大事。"宁，犹

何也。宁论，何需论证。

④丹青，古代绘画中常用颜色。此代指画像。白羽，即白羽纶巾的省称。白羽纶巾为魏晋时人常见装束，此指诸葛亮画像。白羽，白羽扇，亦用以指挥军事。纶巾，青丝带做的头巾。句意谓坏损的壁仍留着诸葛亮的遗像，断裂的石碑文字上铺满了苍苔。写古庙荒凉之状。

⑤褒斜，古通道名，也称褒斜谷。在今陕西省西南。建兴十二年（234）春，诸葛亮帅师由此道出，进驻五丈原。

★古今歌咏诸葛孔明诗不知凡几，绝唱自是少陵《蜀相》，而郝居中此诗差可比拟。“夜深老木风声恶，尚想褒斜万马来”，仿佛身临其境，令人心灵震骇。郝氏存诗仅此一首，真可谓一以当千。

李俊民

李俊民（1176—1260），字用章，自号鹤鸣道人。晋城（今属山西）人。金章宗承安五年（1200）进士，应奉翰林文字。不久弃官归里，授徒为生，从学者甚众。后隐居嵩山、西山。金亡不仕，忽必烈以安车召见，仍乞还山。卒谥庄靖先生。有《庄靖集》。

过云台①

夜半风吹霁色开，晓乘残月过云台②。
连山断处瞰平野，一线黄流掌上来③。

① 云台，山名，在今河南修武县。
② 霁色，雨后天晴的景色。
③ 瞰，俯视。黄流，指黄河。掌，《释名·释水》：“水泆出所为泽曰潒，水停处如手掌中也，今兖州人谓泽曰掌也。”按，“潒”，本形声字，乃方言，所谓“如手掌中”系望文生义。诗中实指平野低处。

即　事

铁马长驱汗血流，眼前戈甲几时休①。
谁能宰似陈平社，那免悲如宋玉秋②。
漠漠微凉风里殿，萧萧残夜水边楼③。
千村万落荒荆棘，何止山东二百州④！

①铁马，战马。戈甲，指战争。

②陈平，秦汉时人，佐刘邦灭秦亡楚定汉，文帝时位为丞相。少时，曾为社中宰，分肉甚均。父老称曰："善，陈孺子之为宰！"平曰："嗟乎，使平得宰天下，亦如是肉矣！"见《史记·陈丞相世家》。社，古代基层行政单位。《左传》昭公二十五年："请致千社。"杜预注："二十五家为社。"宋玉，稍后于屈原的楚国辞赋家。其传世之作《九辩》首句云："悲哉秋之为气也！"

③漠漠，寂静无声貌。萧萧，草木摇落声。

④落，村落。杜甫《兵车行》诗："君不闻汉家山东二百州，千村万落生荆杞。"

元好问

元好问（1190—1257），字裕之，号遗山山人，太原秀容（今山西忻县）人。祖系出北魏拓跋氏。少时作《箕山》《琴台》等诗，甚得赵秉文推重，遂名震京师。金宣宗兴定五年辛巳（1221）进士，于金哀宗朝历官镇平、内乡、南阳县令，为时都很短。金亡前，官左司都事。金亡不仕，隐居秀容，建野史亭，致力于金代史料的收集和金诗总集的编纂，编成《壬辰杂稿》（已佚）、《中州集》。

元好问是金代诗词文成就最高的作家。其诗风格淳厚自然，沉郁刚健，多感事伤时之作。词学苏辛，散文追步欧苏。作为诗歌理论家，元好问崇尚“天然”“真淳”，反对柔靡雕琢。强调诗人应立诚，不自欺，不伪饰。有《遗山先生全集》。

箕　山①

幽林转阴崖，鸟道人迹绝②。
许君栖隐地，唯有太古雪③。
人间黄屋贵，物外只自洁④。
尚厌一瓢喧，重负宁所屑⑤！
降衷均义禀，汩利忘智决⑥。
得陇又望蜀，有齐安用薛⑦。
干戈几蛮触，宇宙日流血⑧。
鲁连蹈东海，夷叔采薇蕨⑨。

至今阳城山，衡华皆丘垤[10]。
古人不可作，百念肝肺热[11]。
浩歌北风前，悠悠送孤月。

①箕山，一名崿岭，在今河南登封县东南。传为许由栖隐之地，故又名许由山。

②鸟道，谓山路高峻险绝，仅通飞鸟。李白《蜀道难》诗："西当太白有鸟道。"

③许君，即许由，相传为尧时高士。皇甫谧《高士传》："许由，字武仲。尧闻，致天下而让焉，乃退而遁于中岳颍水之阳，箕山之下隐。尧又召为九州长，由不欲闻之，洗耳于颍水滨。"

④黄屋，帝王所乘之车。因其车盖以黄缯为盖，故名。物外，世外，超脱于世事之外。

⑤尚厌一瓢喧，《逸士传》："许由手捧水饮，人遗一瓢，饮讫挂木上，风吹有声，由以为烦，去之。"重负，重大负担，指治理天下。宁，岂。屑，顾惜。句意谓许由连一瓢的喧响尚且厌烦，治理天下的重负岂屑一顾。

⑥降衷，降善。《尚书·汤诰》："惟皇上帝，降衷于下民。"孔颖达疏："是天降善于下民也。"均，等同。义，公正。禀，赐予。汩利，沉于势利，汩（gǔ），水急流貌，引申为急迫追逐之意。智决，理智地裁决。二句意谓上天降善于人总是公正地赐予，然沉沦于私利之人忽于理智的决断。忘，《全金诗》作"妄"。

⑦"得陇"句：《后汉书·岑彭传》：刘秀敕岑彭书："两城若下，便可将兵南击蜀虏。人苦不知足，既平陇，复望蜀。"后因以指贪心不足。李白《古风》其二十三："物苦不知足，得陇又望蜀。""有齐"句：《战国策·齐策》：靖郭君将城薛，齐有客谏曰："君长有齐阴，奚以薛为？"

⑧干戈，代指战争。蛮触，《庄子·则阳》："有国于蜗之左角者，曰触氏，有国于蜗之右角者，曰蛮氏。时相与争地而战，伏尸数万。"二句意谓统治者往往为了私利而争斗，使天下人民受祸。

⑨鲁连，即鲁仲连，战国齐人。高蹈不仕，但喜为人排难解纷。游于赵，会秦围邯郸，鲁连解之。其后又助齐收复聊城。齐王欲爵之，鲁连逃隐海上。见《战国策·赵策》《史记·鲁仲连邹阳列传》。夷叔，即伯夷和叔齐。传为商末孤竹君之子，谏止武王伐纣不听，"武王已平殷乱，天下宗周，而伯夷、叔齐耻之，义不食周粟，隐于首阳山，采薇而食之。"终饿死于首阳山。见

《史记·伯夷列传》。薇蕨，两种野生植物，其嫩苗可食。

⑩ 阳城山，在今河南登封县东北，箕山即其支脉，此实代指箕山。衡华，衡山和华山。丘垤，小土堆。此谓箕山虽小，因许由栖隐而名高天下，故衡、华二岳亦不足道。

⑪ 作，起。

濦 亭[①]

春物已清美，客怀自幽独[②]。
危亭一徘徊，翛然若新沐[③]。
宿云淡川野，元气浮草木[④]。
微茫尽楚尾，平远疑杜曲[⑤]。
生平远游赋，吟讽心自足。
竭来着世网，抑抑就边幅[⑥]。
人生要适情，无荣复何辱[⑦]。
乾坤入望眼，容我谢羁束[⑧]。
一笑白鸥前，春波动新绿[⑨]。

① 濦，水名，颍水的上源称濦水。濦亭，《宣和画谱》："郾城南有小亭，下临濦水，榜曰濦亭。南通淮蔡，北望箕颍，川原明秀，甚类江南风物。"

② 幽独，特别安闲。

③ 危，高。翛然，舒快貌。

④ 宿云，停云。

⑤ 楚尾，颍水在楚地之北，故称。杜曲，地名，在今陕西长安县韦曲镇东南。

⑥ 竭来，往来。着世网，谓被尘世网罗所羁束。抑抑，压抑貌。边幅，布帛广狭的尺度。就边幅，喻拘限于狭窄范围之内，不能有所逾越。

⑦ 适情，适意，顺心。

⑧ 谢，辞，摆脱。羁束，世俗的束缚。

⑨ 鸥，水鸟名。

颍亭留别

同李冶仁卿、张肃子敬、王元亮子正，分韵得画字[①]。

故人重分携，临流驻归驾[②]。
乾坤展清眺，万景若相借[③]。
北风三日雪，太素秉元化[④]。
九山郁峥嵘，了不受陵跨[⑤]。
寒波淡淡起，白鸟悠悠下[⑥]。
怀归人自急，物态本闲暇。
壶觞负吟啸，尘土足悲咤[⑦]。
回首亭中人，平林澹如画。

①颍亭，在今河南登封县颍水畔，唐陈宽有《颍亭记》。留别，留别送行者。李冶（1178—1265），字仁卿，真定栾城（今属河北）人。金哀宗正大末（1231）进士。金亡北渡，常与元遗山相唱和，世亦谓之“元李”。张肃，字子敬。王元亮，即王元粹，字子正。分韵，作诗方式之一。指作诗时先规定若干字为韵，各人分拈韵字，依韵作诗。

②分携，分手，离别。

③展清眺，舒张清亮之目向远望。

④太素，自然之质，《乾凿度》：“太初者，气之始也；太始者，形之始也；太素者，物之始也。”此借用其词，实即指雪。元化，自然造化。

⑤九山，指轘辕、颍谷、告成、少室、大箕、大陉、大熊、大茂、具茨等九山，皆在豫西。郁峥嵘，郁然高耸。了不，完全不会。陵跨，凌辱践踏。

⑥“寒波”句，语本陶渊明《咏荆轲》诗“淡淡寒波生”。淡淡，水动荡貌。悠悠，悠闲自得貌。

⑦负，恃也。句意谓饮酒有助吟咏。尘土，指道路的尘土，喻在尘世劳碌奔波。悲咤，悲伤慨叹。

★“寒波淡淡起，白鸟悠悠下”，诗中名句，极写风物悠闲之状，为王国维所激赏，与陶渊明“采菊东篱下，悠然见南山”并提，谓为“无我

之境”，亦即物我一体，“不知何者为我，何者为物”。全诗亦清雅可爱，非独句之为美也。

雁门道中书所见[1]

金城留旬浃，兀兀醉歌舞[2]。
出门览民风，惨惨愁肺腑[3]。
去年夏秋旱，七月黍穗吐。
一昔营幕来，天明但平土[4]。
调度急星火，逋负迫捶楚[5]。
网罗方高悬，乐国果何所[6]？
食禾有百螣，择肉非一虎[7]。
呼天天不闻，感讽复何补[8]！
单衣者谁子，贩籴就南府[9]。
倾身营一饱，岂乐远服贾[10]。
盘盘雁门道，雪涧深以阻[11]。
半路逢驱车，人牛一何苦！

① 雁门，雁门山在山西代县西北，自雁门以南谓之陉南，以北谓之陉北，东西山岩峭拔，中有路盘绕崎岖；绝顶置关，谓之西陉关，亦曰雁门关。

② 金城，辽金元的金城县，即今山西应县。旬浃，十天，浃（jiǎ），即浃日。《国语·楚语下》：“远不过三月，近不过浃日。”韦昭注：“浃日，十日也。”兀兀，昏沉貌。

③ 览，观察。民风，民间风尚。此指人民的生活境况。惨惨，心中忧愁貌。《诗·小雅·正月》：“忧心惨惨。”

④ 营幕，军营的帐幕。昔，通“夕”。

⑤ 调度，指征调赋税。逋负，拖欠赋税。迫捶楚，用杖刑相逼。

⑥ 网罗，喻繁密而残酷的法律。方，正。乐国，《诗·魏风·硕鼠》：“逝将去女，适彼乐国。乐国乐国，爰得我直。”

⑦ 螣（téng），食苗害虫。择肉，攫食人肉。《文选·东京赋》：“嬴氏搏翼，择肉西邑。”薛综注引《周书》曰：“无为虎搏翼，将飞入邑，择人而食也。

搏翼，谓著翼也。”（搏，音附 fú，附着，加上之意。与搏斗之“搏”，形同，音义并异。）

⑧ 感讽，有所感而讽谏。

⑨ 贩籴（dí），买粮食，此泛指经商。南府，泛指雁门关南州府。

⑩ 倾身，竭尽全力。营，求。服贾，做买卖。

⑪ 盘盘，曲折盘旋。雪涧，积雪的山涧。

虎害①

北山虎有穴，南山虎为群。
目光如电声如雷，倚荡起伏山之垠②。
百人一饱不留骨，败衣坠絮徒纷纷。
空谷绝樵声，长路无行尘。
呀呀垂涎口，眈眈阚城闉③。
天地岂不仁？社公岂不神④？
哀哀太山妇，叫断秋空云⑤。
可怜封使君，生不治民死食民⑥。
世上无复裴将军，北平太守今何人⑦！

① 据《金史·宣宗本纪》及《五行志》，元光二年（1223）有虎害，诗大约作于此时。诗人目睹当时暴政，故借虎害以寄托“苛政猛于虎”之意。

② 倚荡，擦擦靠靠。柳宗元《黔之驴》：“（虎）稍近益狎，荡倚冲冒。”垠，边际。

③ 呀呀，虎张牙舞爪发出呼叫声。涎，口中流出的津液。眈眈，垂目注视貌。《易·颐》：“虎视眈眈，其欲逐逐。”阚（kàn），俯视。闉（yīn），古代城门外层曲城。此泛指城门。

④ 社公，土地神。

⑤ 太山妇，孔子过泰山侧，有妇人哭于墓者而哀。使子路问之，而曰：“昔者吾舅死于虎，吾夫又死焉，今吾子又死焉。”问其何为不去，曰：“无苛政。”孔子慨然，谓其弟子曰：“小子识之，苛政猛于虎也。”见《礼记·檀弓》。

⑥ 可怜，可惜。封使君，传说汉宣城太守封邵，一日忽化为虎，食群民。

民呼曰“封使君”。时人语曰：“无作封使君，生不治民死食民。”见《述异记》。

⑦ 裴将军，即裴旻，唐朝人，善舞剑，与李白诗歌、张旭草书并称“三绝”。曾以龙华军使守北平。北平多虎，旻善射，一日毙虎三十一只。见《国史补》。北平，古代郡名，治所在今河北卢龙县。

继愚轩和党承旨雪诗二首[①]

今古几诗人，扰扰剧毛粟[②]。
吾爱陶与韦，泠然扣冰玉[③]。
大雅久不作，闻韶信忘肉[④]。
求音扣寂寞，一叹动邻屋。
水风清鹤梦，月露洗蝉腹。
白头两遗编，吟唱心自足[⑤]。
谁为起九原，寒泉荐芳菊[⑥]。

愚轩具诗眼，论文贵天然。
颇怪今时人，雕镌穷岁年。
君看陶集中，饮酒与归田。
此翁岂作诗，直写胸中天。
天然对雕饰，真赝殊相悬[⑦]。
乃知时世妆，粉绿徒争妍。
枯淡足自乐，勿为虚名牵。

① 愚轩，即赵元。党承旨，即党怀英。赵元有和党雪诗，元好问继作。

② 几，犹言多少。扰扰，纷乱貌。剧，甚，多。剧毛粟，比毛粟还多。

③ 陶与韦，陶渊明和韦应物。二人诗风皆以平淡醇厚著称。此亦影指党、赵。泠然，声音清越貌。扣，击。

④ “大雅”句，袭用李白《古风》其一“大雅久不作”成句。大雅，代指《诗经》，实指那些能深刻地反映现实，思想内容与艺术形式结合完美的诗。“闻韶”句，《论语·述而》：“子在齐闻《韶》，三月不知肉味，曰：‘不图为

乐之至于斯也。'"《韶》，传说为舜时的乐曲。此喻党、赵诗。信，诚。二句谓陶韦之后，久不见如此佳作，忽见党、赵之诗而不觉陶醉。

⑤ 两遗编，即指党怀英《雪诗》与赵元和作。

⑥ 九原，犹言黄泉，地下。参见刘从益《过尉氏怀阮籍》诗注。荐，献。苏轼《书林逋诗后》："一盏寒泉荐秋菊。"末二句谓谁为我起党、赵二公于地下，当以寒泉与芳菊荐之。

⑦ 天然对雕饰，语本李白《经乱离后天恩流夜郎忆旧游书怀赠江夏韦太守良宰》诗："清水出芙蓉，天然去雕饰。"真赝，真伪。

★名和雪诗，实全为诗论。"论文贵天然"，便是全篇大旨。

八月并州雁①

八月并州雁，清汾照旅群②。
一声惊晚笛，数点入秋云。
灭没楼中见，哀劳枕畔闻③。
南来还北去，无计得随君！

① 原注："三乡时作。"金宣宗贞祐四年（1216），蒙古军围太原，元好问携家流亡三乡，今河南宜阳县三乡镇。并州，今山西太原一带。此为诗人见鸿雁北来而怀念故乡。

② 汾，汾水，源出山西宁武县管涔山，经太原西南流，至河津县西入黄河，为黄河第二大支流。旅群，即指雁。

③ 哀劳，指雁鸣声。

横波亭，为青口帅赋①

孤亭突兀插飞流，气压元龙百尺楼②。
万里风涛接瀛海，千年豪杰壮山丘③。
疏星淡月鱼龙夜，老木清霜鸿雁秋。
倚剑长歌一杯酒，浮云西北是神州④！

① 横波亭，在江苏赣榆县南。青口，地名，在赣榆县东南。金将移剌粘合驻防于此。见《归潜志》。

② 突兀，高耸貌。元龙，陈登字。陈登为东汉末名士。同时许汜亦有名望。许汜在刘备面前曾责元龙对己不尽客主之意："久不相与语，自上大床卧，使客卧下床。"刘备曰："君有国士之名，今天下大乱，帝主失所，望君忧国忘家，有救世之意，而君求田问舍，言无可采。是元龙所讳也，何缘当与君语！如小人欲卧百尺楼上，卧君于地，何但上下床之间邪！"见《三国志·陈登传》。百尺楼本刘备语，后世用典却常与陈元龙联系在一起。此写横波亭的气势，喻青口帅以天下为己任的气概。

③ 瀛海，大海。横波亭靠近黄海。

④"浮云"句，谓被浮云笼罩的西北地区即是我大好河山。浮云，喻蒙古入侵者。

岐　阳[①]

百二关河草不横，十年戎马暗秦京[②]。
岐阳西望无来信，陇水东流闻哭声[③]。
野蔓有情萦战骨，残阳何意照空城[④]。
从谁细向苍苍问，争遣蚩尤作五兵[⑤]？

① 岐阳，即今陕西凤翔。金哀宗正大八年（1231）正月，蒙古军围凤翔，四月城破。见《金史·哀宗本纪》。

② 百二关河，指秦中地区。其地相当今陕西中部平原。《史记·高祖本纪》："秦，形胜之国，带山河之险，悬隔千里，持戟百万，秦得百二焉。"集解："苏林曰：得百中之二焉。秦地险固，二万人足当诸侯百万人也。"顾炎武《日知录·史记注》："古人谓倍为二，秦得百二，言百倍也；齐得十二，言十倍也。"十年，金宣宗兴定五年（1221），蒙古侵金，至此正十年。戎马，指战争。秦京，秦都咸阳，此泛指秦中地区，杜甫《愁》诗："十年戎马暗万国。"

③ 陇水，陇头水。《乐府诗集》引《三秦记》："其坂九回，上者七日乃越。上有清水四注下，所谓'陇头水'也。"陇头，指陇山，在今陕西陇县西北。《乐府诗集·陇头歌辞》："陇头流水，鸣声幽咽，遥望秦川，心肝断绝。"

④ 萦，缠绕，掩覆。江淹《恨赋》："试望平原，蔓草萦骨。"

⑤ 苍苍，苍天。争，怎。蚩尤，传说中的古代部落首领。《史记·五帝本

纪》："蚩尤作乱不用帝命，于是黄帝乃征师诸侯，与蚩尤战于涿鹿之野，遂禽杀蚩尤。"此借喻元朝统治者。五兵，五种兵器。《周礼·夏官·司兵》："掌五兵五盾。"注："郑司农云：五兵者，戈、殳、戟、酋矛、夷矛也。"作五兵，指发动战争。

壬辰十二月车驾东狩后即事三首①

惨澹龙蛇日斗争，干戈直欲尽生灵②。
高原水出山河改，战地风来草木腥。
精卫有冤填瀚海，包胥无泪哭秦庭③？
并州豪杰今谁在，莫拟分兵下井陉④？

郁郁围城度两年，愁肠饥火日相煎⑤。
焦头无客知移突，曳足何人与共船⑥？
白骨又多兵死鬼，青山元有地行仙⑦。
西南三月音书绝，落日孤云望眼穿。

万里荆襄入战尘，汴州门外即荆榛⑧。
蛟龙岂是池中物，虮虱空悲地上臣⑨。
乔木他年怀故国，野烟何处望行人⑩？
秋风不用吹华发，沧海横流要此身⑪。

① 壬辰，金哀宗天兴元年（1232）。这年正月，蒙古军围汴京，其后虽一度讲和，但汴京粮尽，事势危急。十二月，哀宗率兵离京，行抵黄河北岸，因军事失利，退走归德。见《金史·哀宗本纪》。时元好问任左司都事，居围城中。车驾，皇帝所乘车马。狩，本指君主冬天打猎，此借指哀宗败走。

② 惨澹，阴暗凄惨貌。龙蛇，喻相互对敌的军队。直欲，简直要。尽，残灭干净。生灵，百姓。

③ 精卫，神话中鸟名。《山海经·北山经》："是炎帝之少女，名曰女娃。女娃游于东海，溺而不返，故为精卫。常衔西山之木石，以堙于东海。"翰海，大海。陶渊明《读山海经》诗："精卫衔微木，将以填沧海。"包胥，即申包

胥，春秋时楚大夫。楚昭王十年（前 506），吴伐楚，五战入郢。申包胥如秦乞师遭拒，乃“立依于庭墙而哭，日夜不绝声，勺饮不入口，七日。”秦终出兵救楚。见《左传》定公四年及《史记·伍子胥列传》。

④ 并州，今山西省北部。井陉，关名，在今河北井陉山上。二句意在指斥金将无人计划收复失地。

⑤“郁郁围城”二句：史载汴京被围期间，百姓食尽，无以自生，米升直银二两。京城人相食，殍死者相望。加之大疫五十日，诸门出死者九十馀万人。见《金史·哀宗本纪》《归潜志·录大梁事》。郁郁，阴沉貌。两年，自天兴元年（1231）正月蒙古军围汴京城至天兴二年四月沦陷，近两年。

⑥ 焦头，头额被烧焦。突，炉灶烟囱。《汉书·霍光传》载：有客到主人家，见其灶上直突，傍有积薪，建议更为曲突，远徙其薪，以防火患。主人不听。不久主人家果然失火，邻里相救，幸而得息。主人遂杀牛置酒谢之。烧得焦头烂额者置为上宾，而未请建议更为曲突之客。曳足，拉足。《后汉书·马援传》载：马援进攻壶头，敌人居高守隘，船不得上。时马援病重，每闻敌军活动，便曳足以观。前一句谓金朝缺少远见的谋臣，于强敌未能及时防范。后一句谓危难之时又无人临危受命，抵御敌人。

⑦ 地行仙，原出佛书《楞严经》：“有十种仙，阿难，彼诸众生，坚固服饵而不休息，食道圆成，名地行仙。”用比喻闲散享乐无所事事之人。五代张筠居洛阳，以声色自娱，人称地仙。此指金朝将帅中贪生怕死和图安享乐之徒。金濒临灭亡之际，其将帅官吏或谋自安，或叛金降元者颇多。见《金史·哀宗本纪》。好问《台山杂咏》亦云：“大地嗷嗷困炎暑，山中多少地行仙！”

⑧ 荆襄，指荆州、襄阳地区，泛指湖北北部和河南南阳地区。汴州，即今河南开封市。荆榛，树木丛生，谓极其荒芜。

⑨ 蛟龙，《管子·形势》：“蛟龙，水虫之神者也。乘于水，则神立；失于水，则神废。”《三国志·周瑜传》：“刘备以枭雄之姿，而有关羽、张飞熊虎之将，必非久屈为人用者，……恐蛟龙得云雨，终非池中物也。”此指金哀宗。虮虱臣，诗人自喻。唐卢仝《月蚀诗》：“地上虮虱臣仝告愬帝天皇。”

⑩ 乔木，高大的树。《孟子·梁惠王》：“所谓故国者，非谓有乔木之谓也，有世臣之谓也。”“野烟”句，《旧唐书·昭宗纪》乾宁三年（896）七月，李茂贞犯京师，华州韩建迎昭宗至郡中。“帝与学士、亲王登齐云楼，西望长安，令乐工唱御制《菩萨蛮》词”。其词下阕为：“野烟生碧树，陌上行人去。安得有英雄，迎归大内中。”“奏毕，皆泣下沾襟。”诗人借用此事，意在希望有人能把哀宗迎回汴京城。

⑪ 华髪，黑白相间的头髮。沧海横流，喻时世动乱。范宁《春秋穀梁传序》："孔子睹沧海之横流，乃喟然而叹曰：'文王既没，文不在兹乎！'"《抱扑子·正郭》："虽在原陆，犹恐沧海横流，吾其鱼也。"《晋书·王尼传》言王尼避乱江夏，尝叹曰："沧海横流，处处不安也。"

癸巳四月二十九日出京①

塞外初捐宴赐金，当时南牧已骎骎②。
只知霸上真儿戏，谁谓神州遂陆沉③！
华表鹤来应有语，铜盘人去亦何心④！
兴亡谁识天公意，留着青城阅古今⑤。

① 癸巳，金哀宗天兴二年（1233）。时蒙古大军围攻汴京，哀宗已逃出京城。四月，汴京守将四面大元帅崔立发动兵变，打开城门投降。杀戮臣民，极其惨毒。四月二十日，崔立以宫车三十七辆，将金皇太后、中宫妃嫔宗族男女五百馀口送往蒙古。至青城，被蒙古大肆杀戮。后崔立被千户李伯渊刺杀。元刘祁《归潜志》详记其事。四月二十九日，金留守官员被蒙古军羁管出京，暂住青城，元好问即在其列。

② "塞外"二句：金国后期，胁于蒙古的威压，经常举行宴赐，赐给北方边陲各部族宴用金钱，想以此换取蒙古的和好以求得安宁。金章宗明昌二年（1191）开始，规定每五年宴赐一次，并派朝廷官员专程前往主持。见《金史·李愈传》。这种畏怯妥协的作法，只会滋长敌人的气焰。而其时蒙古已不断南侵，金廷却毫无防御的措施。南牧，指蒙古南侵。骎骎（qīn），马速行貌。南牧已骎骎，谓蒙古已加速南侵。

③ 霸上真儿戏，汉文帝时，为抵御匈奴，以宗正刘礼为将军，驻霸上；以祝兹侯徐厉为将军，驻棘门；以河内守周亚夫为将军，驻细柳。汉文帝亲往劳军。到霸上、棘门，驰马直入，将军皆下马迎送。最后到霸上，军中严阵以待，皇帝先行人员来到，不得入军门。即使皇帝也不得驰骋，必须"按辔徐行"。周亚夫以军礼见驾。文帝极为称赏，曰："嗟乎，此真将军矣！曩者霸上棘门军，若儿戏耳！其将固可袭而虏也；至于亚夫，可得而犯邪！"见《史记·绛侯周勃世家》。神州遂陆沉，晋桓温北伐。"过淮泗，践北境，与诸僚属登平乘楼，眺瞩中原，慨然曰：'遂使神州陆沉，百年丘墟，王夷甫诸人不得不任其责。'"二句意谓，金备御蒙古极不得力，如同儿戏，终使国家遭到

灭亡。

④ 华表鹤来，《搜神后记》："丁令威，本辽东人，学道于灵虚山。后化鹤归辽，集城门华表柱。时有少年举弓欲射之，鹤乃飞，徘徊空中而言曰：'有鸟有鸟丁令威，去家千年今始归。城郭如故人民非，何不学仙冢累累！'遂高上冲天。"铜盘人去，李贺《金铜仙人辞汉歌序》："魏明帝青龙元年八月，诏宫官辖车西取汉孝武帝捧露盘仙人，欲立置前殿。宫官既拆盘，仙人临载，乃潸然泪下。"二句意谓，国家已经灭亡，也许他年只能化鹤归来；而即使是"铜人"，如此离去该有怎样的心情！

⑤ 青城，在汴京城南五里。诗人原注："国初取宋，于青城受降。"靖康二年（1127），金军围汴。徽宗、钦宗到青城向金帅粘罕投降，被俘虏北去，北宋灭亡。一百〇六年之后即金哀宗天兴三年（1233），金汴京守将崔立胁迫金皇太后、妃嫔、宗室送青城向蒙古投降，并全被杀戮。诗人感叹，谁识天公的用意，让青城见证两朝的兴亡。

★元好问亲历宗国沦亡，自己也身为羁囚。回首百年，朝廷对北方强敌，长期消极妥协，而不是积极抵抗，终致亡国的惨祸。"兴亡谁识天公意，留着青城阅古今"，真是历史的讽刺。诗人反思提笔之时，心情是何等沉重！

羊肠坂①

浩荡云山直北看，凌兢羸马不胜鞍②。
老来行路先愁远，贫里辞家更觉难。
衣上风沙叹憔悴，梦中灯火忆团圞③。
凭谁为报东州信，今在羊肠百八盘④。

① 羊肠坂，即太行山坂道。其地有二，皆在今山西省内。据诗人《天井关》诗"依然直北有羊肠"及本诗"老来行路先愁远"等句推测，此当是壶关县东南一百六十里处的羊肠坂。

② 浩荡，广大貌。凌兢，战栗恐惧貌。羸马，瘦弱疲惫的马。

③ 憔悴，困顿萎靡貌。团圞（luán），全家团聚。

④ 东州，泛指河东，今山西省黄河东岸。此作者指其家乡秀容。百八盘，形容坂道曲折之多。黄庭坚《新喻道中寄元明》诗："一百八盘携手上，至今

犹梦绕羊肠。”

俳体雪香亭杂咏四首[①]

洛阳城阙变灰烟，暮虢朝虞只眼前[②]。
为向杏园双燕道，营巢何处过明年[③]？

落日青山一片愁，大河东注不还流。
若为长得熙春在，时上高层望宋州[④]。

琵琶心事曲中论，曾笑明妃负汉恩[⑤]。
明日天山山下路，不须回首望都门[⑥]！

暖日晴云锦树新，风吹雨打旋成尘。
宫园深闭无人到，自在流莺哭暮春。

① 俳体，游戏性诗文，元好问此诗实甚严肃。雪香亭，元好问原注：“亭在故汴宫仁安殿西。”《金史·地理志》：南京仁安殿，“仁安之次曰纯和殿，正寝也。纯和西曰雪香亭，雪香之北后妃位也”。天兴二年（1233）四月，金守将崔立以汴京降蒙古。国都沦落，金亡在旦夕。元好问入吊故宫，感物兴怀，作《俳体雪香亭杂咏》十五首，此选四首。

② 洛阳，代指汴京。暮虢朝虞，虢虞，并周代诸侯国名。春秋时，晋献公欲伐虞、虢，乃重赂虞公，假道以伐虢，灭虢后即回师灭虞。事见《左传》僖公二年至五年。此指宋助蒙古灭金而言，亦唇亡齿寒之意。

③ 杏园，本为唐代长安城内园名，此代指汴京园囿。

④ 熙春，阁名，宋徽宗所修，金代此阁尚存。宋州，即归德。金太宗天会八年（1130）改应天府为归德府。治所即今河南商丘县南。天兴元年（1232）十二月，哀宗率师离汴，行抵黄河北岸，兵败，退走归德。汴京沦陷时，哀宗正在归德。见《金史·哀宗本纪》。

⑤ 明妃，即王昭君。晋时因避司马昭讳，改称王明君，亦称明妃。昭君，名嫱，汉南郡秭归（今属湖北，昭君故里今属兴山县）人。汉元帝时，以“良

家子”被选入宫，不被宠幸。竟宁元年（前33），赐匈奴呼韩邪单于。琴曲中有《昭君怨》。杜甫《咏怀古迹》：“千载琵琶作胡语，分明怨恨曲中论。”此指崔立之变后，金人驱宋后妃宫女北行。诗意谓宫中往日笑明妃有负汉恩，如今被迫北行，已无可奈何。

⑥ 天山，此指燕然山，即今蒙古人民共和国境内杭爱山脉。

癸巳五月三日北渡三首①

道旁僵卧满累囚，过去旃车似水流②。
红粉哭随回鹘马，为谁一步一回头③。

随营木佛贱于柴，大乐编钟满市排④。
虏掠几何君莫问，大船浑载汴京来⑤。

白骨纵横似乱麻，几年桑梓变龙沙⑥。
只知河朔生灵尽，破屋疏烟却数家⑦。

① 癸巳，金哀宗天兴二年（1233）。是年蒙古军攻陷汴京，五月初三日，元好问被蒙古军羁管，从青城北渡聊城，在途中作此诗。诗中描绘出战后凄惨景象，揭露了蒙古军残暴的掠夺行为。

② 累囚，用绳索相连缀的囚徒。旃车，上有毡制篷盖的车。旃，同“毡”。

③ 红粉，指被蒙古军掳掠而去的中原妇女。回鹘，即回纥，古代散居在漠北地区的游牧民族。唐德宗时，回纥可汗请改回纥为回鹘。此指蒙古军。

④ 大乐，大乐署，金宫中掌雅乐之所。编钟，乐器名，成组编排的铜钟。此泛指各种乐器。据载元朝初年，曾大量搜括金朝乐器。见《元史·礼乐志》。

⑤ 几何，多少。浑载，满载。浑载汴京来，把整个汴京都载来了。

⑥ 桑梓，桑树、梓树，常植于村社家室旁。《诗·小雅·小弁》：“维桑与梓，必恭敬止。”后用以代指故乡。龙沙，《后汉书·班超传赞》：“定远慷慨，专功西遐。坦步葱雪，咫尺龙沙。”刘昭注：“葱岭雪山，白龙堆沙漠也。”诗后原注：“桑梓其剪为龙沙乎？郭璞语。”桑梓变龙沙，意谓家乡残破

成一片荒凉。

⑦ 河朔，黄河以北地区。

续小娘歌八首[①]

吴儿沿路唱歌行，十十五五和歌声。
唱得小娘相见曲，不解离乡去国情[②]。

北来游骑日纷纷，断岸长堤是阵云[③]。
万落千村藉不得，城池留着护官军[④]。

山无洞穴水无船，单骑驱人动数千[⑤]。
直使今年留得在，更教何处过明年？

雁雁相送过河来，人歌人哭雁声哀。
雁到秋来却南去，南人北渡几时回？

竹溪梅屋静无尘，二月江南烟水春。
伤心此日河平路，千里荆榛不见人[⑥]。

太平婚嫁不离乡，楚楚儿郎小小娘[⑦]。
三百年来涵养出，却将沙漠换牛羊[⑧]。

饥乌坐守草间人，青布犹存旧领巾[⑨]。
六月南风一万里，若为白骨便成尘！

黄河千里扼兵冲，虞虢分明在眼中[⑩]。
为向淮西诸将道，不须夸说蔡州功[⑪]。

① 小娘歌，当系当时民歌。据诗中“唱得小娘相见曲”看，可知当时已有小娘歌流传，故作者才有续作。蒙古军掠得男女北去，作为奴隶，组诗即写其事。诗原十首，选录八首。

② 吴儿，唱小娘歌何以称“吴儿”，其义不详，姑存疑，以俟识者。解，解释，释放。不解，未能释放。意谓虽唱歌行进，前后相和，却不能解释离乡去国的哀伤之情。

③ 北来游骑，指蒙古军队。阵云，即战云。

④ 藉，顾惜。杜甫《上后园山脚》诗：“志士惜白日，久客藉黄金。”藉，亦惜也。诗意谓蒙古军破坏居民住宅，万落千村都不能顾惜，只有城池留着以护官军。

⑤ 动，口语，犹言动不动。相当于“常常”。

⑥ 河平，县名，金世宗大定二十九年（1189）改共城县置。治所即今河南辉县。金章宗明昌二年（1191）改名苏门县。

⑦ 楚楚，整洁鲜明貌。

⑧ 三百年，金自建立到国亡计一百一十九年，如上溯至五代沙陀族在中原建立王朝至此，则为三百馀年。

⑨ 饥乌，饥饿的乌鸦。饥乌坐守草间人，是等待啄食死人腐肉。《乐府诗集·战城南》：“野死不葬乌可食。”

⑩ 扼，扼守。兵冲，军事要冲。虞虢，春秋时的两个相邻国名。公元前六五五年，晋献公再次假道于虞以伐虢。虞大夫宫之奇谏曰：“虢，虞之表也。虢亡，虞必从之。”“谚所谓‘辅车相依，唇亡齿寒’者，其虞、虢之谓也。”虞公不听。晋灭虢后，还师馆于虞，遂袭而灭之，执虞公。此喻宋、金两国。

⑪ 淮西诸将，指宋军将领。蔡州功，金天兴二年（1233）六月，哀宗入蔡州，九月蒙古军围之，三年（1234）正月，宋与蒙古军联合攻陷蔡州。哀宗自缢，末帝完颜承麟为乱兵所害，金亡。《金史·哀宗本纪》载：蔡州被围期间，哀宗曾使人与宋议和并借粮，曰：“大元灭国四十，以及西夏，夏亡及于我，我亡必及于宋。唇亡齿寒，自然之理。若与我连和，所以为我者亦为彼也。”宋人不听。元好问警告宋人，金与宋唇齿相依，金灭，宋也会随之灭亡。故曰“虞虢分明在眼中”，“不须夸说蔡州功。”四十年后，元军即灭宋，元好问的预言成为事实。

★宋亡以后，汪水云作《湖州歌》，写宋亡悲惨景象，哀婉凄切，而诗句流畅清新，与元好问《续小娘歌》风格极为相似，可谓南北呼应，都

为诗史。

同儿辈赋未开海棠

枝间新绿一重重，小蕾深藏数点红。
爱惜芳心莫轻吐，且教桃李闹春风。

★“爱惜芳心莫轻吐，且教桃李闹春风”，写的是未开海棠，又是对“儿辈”殷切的教育。诗紧扣题目，长者关切之情，溢于言表。

论 诗

晕碧裁红点缀匀，一回拈出一回新。
鸳鸯绣了从教看，莫把金针度与人[①]。

①莫把，不能把，没有办法把。“莫”字用法与李白《蜀道难》诗“一夫当关，万夫莫开”相同。

★《庄子·天道》轮扁曰：“斫轮徐则甘而不固，疾则苦而不入。不徐不疾，得之于手而应之于心，口不能言，有数存焉于其间，臣不能以喻臣之子，臣之子亦不能受之于臣。”莫把金针度与人，即轮扁“臣不能以喻臣之子，臣之子亦不能受之于臣”之意。诗全以刺绣为喻，谓个中三昧，需作者自行领会，人不能使之巧也。

自题《中州集》后[①]

平世何曾有稗官，乱来史笔亦摧残[②]。
百年遗稿天留在，抱向空山掩泪看[③]。

①《中州集》，元好问编纂的金代诗歌总集。十卷，附《中州乐府》（词）一卷。书成于宋理宗淳祐九年（1249），时金亡已十五年。选录除金显宗、章宗外凡二百四十九人的诗近两千篇，保存了有金一代的诗作。因金后朝迁都汴

京（今河南开封），地处九州之中，故名。后清人郭元釪以《中州集》为基础，补入金代若干诗集，编为《全金诗》。

② 平世，太平时世。稗官，《汉书·艺文志》："小说家者流，盖出于稗官。街谈巷议，道听途说者之所造也。"颜师古注："稗官，小官。"后用稗官作为小说野史的代称。史笔，历史记载，指正史。

③ 百年，金立国凡一百一十九年，百年举其成数。

论诗八首①

曹刘坐啸虎生风，四海无人角两雄②。
可惜并州刘越石，不教横槊建安中③。

① 原注："丁丑岁三乡作。"丁丑为金宣宗兴定元年（1217），时元好问二十八岁。诗共三十首，选录八首。

② 曹刘，曹植、刘桢。曹植（192—232），字子建，曹操之子，封陈王，汉末建安诗人。钟嵘《诗品》评曰："陈思为建安之杰。"其诗"骨气奇高，词彩华茂，情兼雅怨，体被文质。粲溢古今，卓尔不群"。刘桢（？—217），字公干，建安七子之一。其五言诗名重当时。《诗品》谓其诗："仗气爱奇，动多振绝，真骨凌霜，高风跨俗。但气过其文，彫润恨少。然自陈思已下，桢称独步。"虎生风，《易·乾》："云从龙，风从虎。"王褒《四子讲德论》："虎啸而风寥戾，龙起而致云气。"此借以形容曹刘诗歌的气概。角，斗，敌。两雄，即指曹植和刘桢。

③ 刘越石，刘琨（270—317），字越石，西晋末年诗人。曾任大将军，都督并州诸军事，力抗匈奴，后为段匹磾杀害。钟嵘评其诗曰："善为凄戾之词，自有清拔之气。"今仅存诗三首。横槊，元稹《唐检校工部员外郎杜君墓志铭》："建安之后，……曹氏父子鞍马间为文，往往横槊赋诗，故其遒文壮节，抑扬怨哀，悲离之作，尤极于古。"此借用其词，"横槊"是比喻，与上句"角两雄"呼应，谓刘越石诗悲壮激越，可与建安中曹、刘较量。可惜生不同时，不能与之同列。本篇表面上同时论述曹植、刘桢和刘琨，其实重在后者，指出刘琨诗直承建安风骨，给予了极高的评价。

其　二

邺下风流在晋多，壮怀犹见缺壶歌[①]。
风云若恨张华少，温李新声奈尔何[②]？

①邺下风流，指建安诗风。邺，在今河北省临漳县。汉献帝建安时，曹操据守邺城，招揽文士，形成了邺下文人集团。代表人物有“三曹”和“七子”。刘勰《文心雕龙·时序》：“观其时文，雅好慷慨，良由世积乱离，风衰俗怨，并志深而笔长，故梗概而多气也。”此言晋诗继承了建安遗风。缺壶歌，晋王敦每酒后辄咏魏武乐府“老骥伏枥，志在千里；烈士暮年，壮心不已”，以铁如意击唾壶为节，壶口尽缺。见《世说新语·豪爽》。

②风云，指诗歌的豪壮之气，慷慨之情。张华（232—300），晋初诗人，官至司空。其诗名重当时。然钟嵘《诗品》将其诗列入中品，曰“其体华艳，兴托不奇。巧用文字，务为妍冶。虽名高曩代，而疏亮之士，犹恨其儿女情多，风云气少”。何焯《义门读书记》亦云：“张公诗唯《励志》一篇，馀皆女郎诗也。”皆批评其诗过于华丽柔靡，温李，指晚唐诗人温庭筠、李商隐。其诗风绮丽，与段成式所作并称“三十六体”，故称为“新声”。句意谓若恨张华诗“儿女情多，风云气少”，则于“温李新声”将如之何？

其　三

一语天然万古新，豪华落尽见真淳[①]。
南窗白日羲皇上，未害渊明是晋人[②]。

①一语天然，朱熹《朱子语类》：“渊明诗平淡出于天然。”严羽《沧浪诗话》：“渊明之诗质而自然。”元好问《继愚轩和党承旨雪诗》：“愚轩具诗眼，论文贵天然。颇怪今时人，雕镌穷岁年。君看陶集中，饮酒与归田。此翁岂作诗，直写胸中天。天然对雕饰，真赝殊相悬。乃知时世妆，粉绿徒争妍。枯淡足自乐，勿为虚名牵。”可与此诗参看。豪华，指华丽的词藻。真淳，淳朴自然。葛立方《韵语阳秋》：“欲造平淡，当自组丽中来，落其华纷，然后可造平淡之境。”（组丽，华美之意。）苏轼《与苏辙书》：“渊明作诗不多，然其诗质而实绮，癯而实腴，自曹、刘、鲍、谢、李、杜诸人，皆莫及也。”

②“南窗”二句：陶渊明《与子俨等疏》：“常言五六月中，北窗下卧，

遇凉风暂至，自谓是羲皇上人。”羲皇，即伏羲，传说中的远古帝王。未害，不妨害，无干碍。诗意谓陶渊明诗风人格，真淳自然，虽是晋人，而其境界却可直造羲皇。

其　四

纵横诗笔见高情，何物能浇块磊平[①]。
老阮不狂谁会得，出门一笑大江横[②]。

①“纵横”句，谓阮籍诗歌纵横写来，情韵高雅。钟嵘《诗品》谓阮籍诗：“其源出于《小雅》，无雕虫之功。而《咏怀》之作，可以陶性灵，发幽思。言在耳目之内，情寄八荒之表。洋洋乎会于《风》《雅》，使人忘其鄙近，自致远大。颇多感慨之词，厥旨渊放，归趣难求。”严羽《沧浪诗话》亦云：“黄初之后，惟阮籍《咏怀》之作，极为高古，有建安风骨。”块磊，喻积郁在心中的愤懑。《世说新语·任诞》：“王孝伯（王恭）问王大（王忱）：‘阮籍何如司马相如？’王大曰：‘阮籍胸中垒块，故须酒浇之。’”磊，同“垒”。

②老阮，即阮籍。会得，理解，懂得。出门一笑，形容阮籍超然独得的气概。句用黄庭坚《王充道送水仙花五十枝欣然会心为之作咏》：“坐对真成被花恼，出门一笑大江横。”阮籍生当魏晋易代之际，司马氏集团阴险惨毒，籍心怀愤懑。《晋书》本传谓其“傲然独得，任性不羁”，他反对名教，蔑视礼法，致使“礼法之士，疾之若仇”。由此籍常饮酒沉醉，以避祸患。世人以阮籍为狂，元好问谓他其实不狂，只是无人理解。

其　五

慷慨歌谣绝不传，穹庐一曲本天然[①]。
中州万古英雄气，也到阴山敕勒川[②]。

①穹庐一曲，指北齐斛律金所唱《敕勒歌》：“敕勒川，阴山下。天似穹庐，笼盖四野。天苍苍，野茫茫，风吹草低见牛羊。”穹庐，俗谓之蒙古包。诗意谓北国人民所作慷慨歌谣，多未流传下来。唯有《敕勒歌》一曲，可见其天然风韵。

②中州，中原地区。阴山，山脉名，起于河套西北，绵亘于今内蒙古南境，和内兴安岭相接。敕勒川，在今山西翔县境内。

其　六

沈宋横驰翰墨场，风流初不废齐梁[①]。
论功若准平吴例，合着黄金铸子昂[②]。

①沈宋，沈佺期、宋之问，并初唐诗人。横驰，纵横驰骋。风流，此指诗歌的精神韵味。齐梁，指齐梁诗风。李谔《上隋文帝书》："江左齐、梁，其弊弥甚。……竞一韵之奇，争一字之巧。连篇累牍，不出月露之形；积案盈箱，唯是风云之状。"

②准，仿效。平吴例，春秋时越国范蠡辅助越王勾践灭吴，功成以后，辞官归隐，泛舟游于五湖。越王以良金铸范蠡像，置于座侧，时加礼拜。事见《国语·越语》和《吴越春秋》。合着，当用。子昂，陈子昂（661—702），字伯玉，初唐著名诗人。其《与东方左史虬修竹篇序》曰："文章道弊五百年矣。汉魏风骨，晋宋莫传，然而文献有可征者。仆尝暇时观齐梁间诗，彩丽竞繁，而兴寄都绝，每以永叹。思古人常恐逶迤颓靡，风雅不作。"杜甫《陈拾遗故宅》诗："公生扬马后，名与日月悬。"韩愈《荐士》："国朝盛文章，子昂始高蹈。"齐梁诗华丽绮靡，初唐沈、宋等人，犹承齐梁馀风，诗多轻绮，至陈子昂始大声疾呼，倡导汉魏风骨，开盛唐先河。元好问给予高度评价。诗中"平吴"既用范蠡典故，又与改变齐梁诗风关合，因齐梁亦在吴地，至为巧妙。

其　七

东野穷愁死不休，高天厚地一诗囚[①]。
江山万古潮阳笔，合在元龙百尺楼[②]。

①东野，孟郊（751—814），字东野，中唐诗人。一生穷愁贫困，然刻意吟诗，与贾岛皆以"苦吟"著称。欧阳修《六一诗话》："孟郊、贾岛，皆以诗穷至死，而平生尤自喜为穷苦之句。"高天厚地，《诗·小雅·正月》："谓天盖高，不敢不蹐；谓地盖厚，不敢不蹐。"孟郊《赠崔纯亮》诗："出门即有碍，谁言天地宽。"

②潮阳，唐郡名，治所在今广东潮阳县。唐元和十四年（819），韩愈上《谏迎佛骨表》，触犯唐宪宗，由吏部侍郎贬为潮州刺史。潮阳笔，谓韩愈诗文。黄庭坚《与王观复书》："韩退之自潮州还朝后文章，皆不烦绳削而自合

矣。”合在，应在。元龙百尺楼，见《横波亭，为青口帅赋》诗注。诗意谓孟郊诗寒苦干瘦，与韩愈不可比拟，故韩愈应高踞“百尺楼上”。

其　八

古雅难将子美亲，精纯全失义山真[①]。
论诗宁下涪翁拜，未作江西社里人[②]。

① 古雅，典雅。子美，杜甫，字子美。亲，亲近。义山，李商隐，字义山。精纯，精美纯厚。蔡居厚《蔡宽夫诗话》：“王荆公晚年亦喜义山诗，以为唐人知学老杜而得其藩篱，惟义山一人而已。”叶梦得《石林诗话》引王安石论诗云：“学诗者未可遽学老杜，当先学商隐。未有不能为商隐而能为老杜者。”宋人学杜诗，不少是从学李商隐入手。

② 涪翁，黄庭坚，字鲁直，曾贬官涪州（今四川涪陵）别驾，故号涪翁。江西社，即江西诗派。参见刘迎《题吴彦高诗集后》诗注。此诗论黄庭坚及江西派诗。黄庭坚为北宋大家，与苏轼并称“苏黄”，其诗瘦硬坚实，自辟蹊径。在北宋末及南宋影响甚大。吕本中作“江西诗社宗派图”，以黄庭坚为宗。江西社诗仿效黄庭坚而走向极端，有较为严重的形式主义倾向。论诗者反对江西派诗而伤及山谷，张戒《岁寒堂诗话》谓“鲁直学子美，但得其格律耳”。王若虚《滹南诗话》诋毁山谷不遗馀力。元好问则肯定山谷的成就，而反对江西社诗人。谓江西诸人，论“古雅”难与子美相亲，而论“精纯”已失义山真面，与黄山谷本人已不可同日而语。故曰“论诗宁下涪翁拜，未作江西社里人”。持论可谓公允。

山居杂诗

鹭影兼秋静，蝉声带晚凉。
陂长留积水，川阔尽斜阳。

麻革

麻革，字信之，虞乡（今山西永济）人。金哀宗正大（1224—1231）年间隐居内乡（今属河南）山中，教授生徒，人称贻溪先生。

阻雪华下①

爱山久成癖，得山真隽永②。
太华隔风尘，五年梦幽境③。
传闻十丈莲，拟扣玉仙井④。
雪花忽迷漫，苍颠堕昏暝⑤。
蹇余世缘深，方外久自屏⑥。
意是希夷君，俗驾疏造请⑦。
行行风撼林，稍稍云度岭。
云间三峰面，隐约露芒颖⑧。
初如滟滪堆，屹起势奔猛⑨。
渐如倚天剑，万仞铁花冷⑩。
烟霞半明灭，瞬息变光景⑪。
乃知造物心，相哀亦相警⑫。
归鞭晚匆匆，回首心耿耿⑬。
浩歌夜深寒，孤月挂峰顶。

① 华下，华山之下。华山，见赵秉文《游华山寄元裕之》诗注。

②癖，积久成习的嗜好。隽永，富有意味，引人入胜。

③太华，即华山。

④十丈莲，指华山莲花峰。玉仙井，亦华山地名。

⑤苍颠，青苍的山峰。堕昏暝，陷入昏暗，指被雪雾迷漫。

⑥蹇（jiǎn），句首助词。世缘，犹言俗务。方外，世俗之外。《庄子·大宗师》："孔子曰：彼游方之外者也，而丘游方之内者也。"屏，屏绝，隔离。

⑦意，想必是。希夷君，宋初道士陈抟称希夷先生，隐居华山。见赵秉文《游华山寄元裕之》诗注。此泛指华山上仙人。俗驾，诗人自指。造请，访问。句意谓怪我疏于拜访。

⑧芒颖，本为谷物外壳顶端的尖针。此喻山峰。

⑨滟滪堆，长江三峡瞿塘峡里峙立江中的石堆（今已炸掉）。屹起，屹立耸出。

⑩倚天剑，直插天穹的利剑。诗本《古文苑·宋玉〈大言赋〉》"长剑耿耿倚天外"。铁花，指剑放出的寒光。

⑪"烟霞"二句：烟霞时明时暗，变化无穷，瞬息之间，景象万千。

⑫造物，大自然。造物心，造物者的用意。二句谓乃知造物者对牵于琐利的碌碌人生，既示哀怜，亦相警戒。

⑬匆匆，《全金诗》作"忽忽"，此从《河汾诸老诗集》。耿耿，心不宁貌。

浩浩

浩浩春风里，悠悠倦客情①。
天寒花寂寞，冰泮水纵横②。
念远心将折，闻兵梦亦惊③。
江山憔悴久，倚杖叹馀生④！

①浩浩，盛大貌。悠悠，忧思貌。《诗·邶风·终风》："悠悠我思。"倦客，疲于羁旅的人。

②冰泮，冰融，解冻。《诗·邶风·匏有苦叶》："士如归妻，迨冰未泮。"

③折，摧折。江淹《别赋》："心折骨惊。"

④憔悴，枯槁貌。

卢山兵后得房希白书知弟谦消息[①]

闻道王师阻渭津，卢山以后陷兵尘[②]。
军行万里速如鬼，风惨一川愁煞人。
乱后仅知家弟在，书来疑与故人亲。
梦中亦觉长安远，回首关河泪满巾[③]。

① 卢山，疑即伏卢山，北周时曾置卢山县，隋废。故治在今山西中阳县西。此当指山西和陕西北部地区。房希白，即房皞。

② 王师，帝王的军队，此指金师。阻渭津，受阻于渭津。兵，《全金诗》作“风”，此从《河汾诸老诗集》。

③ 长安，汉唐都城，即今陕西西安市。关河，指秦中地区。《史记·苏秦列传》：“秦四塞之国，被山带渭，东有关河，西有汉中。”正义：“东有黄河，有函谷、蒲津、龙门、合河等关。”

晚步张巩田间

地入荒芜过客稀，村深门巷暮山围[①]。
悠悠独鸟穿云下，策策寒乌掠日飞[②]。
人事百年梧叶老，秋风万里稻花肥。
兵尘河朔迷归路，惆怅平沙送夕晖[③]。

① 荒芜，杂草丛生，田地不治。

② 悠悠，悠闲自在貌。策策，鸟飞声。

③ 河朔，泛指黄河以北地方。惆怅，失意貌。

过　陕[①]

万古茅津据上游，崤函西去接秦头[②]。
悲风鼓角重城暮，落日关河百战秋。
形胜古来须上策，尘埃岁晚只羁愁[③]。

豺狼满地荆榛合，目断中条是故丘④！

① 陕，指陕县。见李汾《陕州》诗注。

② 茅津，一名陕津，太阳津。在今河南三门峡市西黄河北岸。《左传》文公三年秦伯伐晋，“自茅津济”即此。《河汾诸老诗集》作“津茅”，此从《全金诗》。崤函，即崤山和函谷关。崤山在今河南洛宁县北，西北接陕县，东接渑池县界。古函谷关在今河南灵宝县东北，东自崤山，西至潼津，通称幽谷。汉武帝元鼎三年（前114）移至今河南新安东，去故关三百里。西去，向西而去，此指东西相连。

③ 形胜，地理形势优越。上策，最佳策略。《汉书·匈奴传》载：王莽欲大伐匈奴，莽将严尤曰：“匈奴为害，所从来久矣，未闻上世有必征之者也。后世三家周、秦、汉征之，然皆未有得上策者也。周得中策，汉得下策，秦无策焉。”严尤之意，乃谓对边境敌国，通过征伐取得胜利亦是中策，征伐而耗损自己，乃为下策。只有政治清明，国家强大，不用征伐而能与边境少数民族和平相处，才是上策。句意谓纵有地理形势，仍须有上策方能取胜。尘埃，因风扬起的尘土。《庄子·逍遥游》：“野马也，尘埃也，生物之以息相吹也。”

④ 荆榛，丛生的灌木。意谓战争给人民带来灾难，荆榛遍地，田园荒芜。中条，山名，在山西西南部。故丘，犹故乡。

陈　赓

陈赓（1190—1274），字子扬，临晋（今山西临猗）人。仕金为河东山西道行中书省参议。金亡隐居不出。

送李长源[①]

月下孤鸿枕上鸡，高城今日又分携[②]。
九秋云气崤陵底，万里河声砥柱西[③]。
饮罢关山秋寂寂，诗成风雨暮凄凄[④]。
千金善保并州器，要放昆仑入马蹄[⑤]。

① 李长源，即李汾。

② 分携，分离。

③ 崤陵，即崤山。《中州集》作“崤棱”，此从《全金诗》。参见李汾《陕州》诗注。砥柱，即三门山，在黄河中。因山见水中若柱，故名。今因修三门峡水库，山已不见。参见刘迎《河防行》诗注。

④ 凄凄，寒凉貌。

⑤ 并州，汉置州名，以善铸刀剑闻名。并州器，即千金宝剑，喻指李汾。昆仑，山名。要放昆仑入马蹄，即万里长征意。句意系劝李汾善自保重，未来尚大有可为。

陈　庚

陈庚，字子京，临晋（今山西临猗）人。陈赓之弟。曾任平阳提举。

蒲津晚渡[①]

中条山色照黄河，竞渡行人晚更多。
城上危楼倚霄汉，凭栏有客正悲歌。

① 蒲津，渡口名，一名蒲坂津。在今山西永济县蒲州镇与陕西大荔县朝邑镇之间黄河上。

舜殿熏风[①]

德化当年被海隅，熙熙物性尽昭苏[②]。
不知今日吾民愠，一听琴声解得无[③]？

① 舜，传说中的古帝王。熏风，和煦的南风。《孔子家语·辩乐》：昔者舜弹五弦之琴，造南风之诗。其诗曰："南风之熏兮，可以解吾民之愠兮；南风之时兮，可以阜吾民之财兮。"按，诗实系后人伪托。

② 德化，道德教化。被，覆盖。海隅，海边，代指天下。《书·益稷》："帝光天之下，至于海隅苍生，万邦黎献，共惟帝臣。"熙熙，和乐貌。昭苏，苏醒，恢复生机。昭，《河汾诸老诗集》作"照"，误，此从《全金诗》。

③ 愠，愤懑。解，消释。

房　皞

房皞（1192—？），字希白，自号白云子，临汾（今属山西）人。

题张济之览胜轩

谁言山色可忘忧？谁道澄江消客愁？
试倚阑干西北望，浮云依旧暗神州！

春日观菜

手种芜菁欲疗饥，春来颇怪发生迟。
东风贪长新桃李，未有功夫到菜畦。

段克己

段克己（1196—1254），字复之，号遁庵，又号菊庄，绛州稷山（今属山西）人。金末进士，入元不仕，时人称为“儒林标榜”。与从弟成己避龙门山中二十馀年。兄弟二人皆工文学，赵秉文赞为“二妙”。其诗词合集称《二妙集》。

乙巳清明游青阳峡[①]

东山气象太猛悍，万马骎骎来楚甸[②]。
中分不肯割鸿沟，锻砺戈矛期一战[③]。
西山折北如西汉，独馀绛灌奔而殿[④]。
谁为刘项决雌雄，赖有韩彭力相援[⑤]。
卢沟直下两水合，泯泯暗流通一线[⑥]。
突为瀑布出山口，流沫成轮浪成漩[⑦]。
前逾百步落石瓮，黛蓄膏渟哪敢眄[⑧]。
沉沉南去若白虹，为屿为坻互隐现[⑨]。
凿开浑沌几千秋，世俗虽见如不见[⑩]。
今人虽有笔如椽，为写佳名传宇县[⑪]。
人间佳节重清明，呼儿折简招诸彦[⑫]。
一生能着几量屐，佳处每欲经行遍[⑬]。
山灵着意劝游人，吞吐烟霞生万变[⑭]。
山阿玉女跪焚香，岩畔仙人一笑倩[⑮]。
居者俨若帝王尊，剑佩雍容侍闲宴[⑯]。

植者磊落如巨人，聚立广庭议封禅[17]。
拱者矫矫如勇夫，执戈夹陀著綦弁[18]。
平滩浅濑乍可揭，溪路曲随峰势转[19]。
葛屦偏宜苔藓滑，行襟时被蔷薇罥[20]。
当面烟岚舞翠蛟，出岫闲云飘素练[21]。
群行不复事拘检，眼正明时脚还倦[22]。
班荆共坐溪上石，粔籹浊醪具时馔[23]。
良辰无奈夕阳催，羽觞正要清歌荐[24]。
醒心况复有寒泉，玉池遍返成三咽[25]。
三分春色二分休，风外飞花时一片[26]。
古人行乐欲及时，半百之年犹掣电[27]。
惟有爱山缘未断，梦寐孱颜添健羡[28]。
一穷到骨不自治，虚负胸中书万卷[29]。
漫向山村老却人，生来不识荆州面[30]。
肝胆槎牙须酒浇，顾我非狂亦非狷[31]。
纷纷世无真是非，弃置从渠若秋扇[32]。
归来新月偃林梢，寂寞衡门掩深院[33]。

① 乙巳，宋理宗淳祐五年（1245），亦即蒙古乃马贞后四年。时金亡已过十一年，中原地区在蒙古统治下。青阳峡，诗人隐居地龙门山中的一处峡谷。

② 猛悍，威猛强悍。骎骎，马疾行貌。楚甸，楚郊，指项羽来自楚地，为叶韵称为楚甸。

③ 鸿沟，水名，故道在今河南荥阳县北。秦末项羽刘邦一度以鸿沟为界。《史记·项羽本纪》："项王乃与汉约，中分天下，割鸿沟以西者为汉，鸿沟而东者为楚。"锻砺，锻造磨砺。——"东山"四句，写青阳峡东边山势，仿佛项羽大军骎骎东来，不肯与刘邦中分天下，锻砺戈矛期待一场大战。

④ 绛灌，刘邦部下将军周勃、灌婴。殿，行军断后。《论语·雍也》："孟之反不伐，奔而殿。"

⑤ 韩彭，刘邦部下大将韩信、彭越。——"西山"四句，写青阳峡西边山形。大山折向北去，后面两面山峰，好像刘邦留下绛、灌断后；后面高大的

山峰，就像韩、彭准备与项羽一决雌雄。援，读去声，线韵。

⑥卢沟，水名，由两河溪汇合。泯泯，消失貌。泯泯暗流，实指沟壑甚深，远望见不到水流，只见到“一线”。

⑦沫，水泡。漩，旋涡。——“卢沟”四句，谓卢沟由两水汇合，悄无声息流通一线，突然成为瀑布倾泻而下，水泡如轮翻转，波浪卷成旋涡。四句写水由远处流来。漩，读去声。

⑧石瓮，喻深水石潭。黛，青黑色，也指青黑色颜料。蓄，蓄积。膏，液态的油脂。渟，水积聚。黛蓄膏渟，形容积水清幽深邃。眄，视。哪敢眄，由于水深令人不敢逼视。

⑨沉沉，水深貌。由于水深，流动也给人沉稳的感觉。若白虹，水流远去，反映天光故若白虹。屿，洲岛。坻（chí），小洲。——“前逾”四句，谓水流百步落入深潭，水面一望如“黛蓄膏渟”，缓缓地流向远方如一道白虹，远处的洲岛时隐时现。四句写水向前面流去。

⑩凿开浑沌几千秋，犹言开天辟地以来。

⑪椽，搭在檩子上的木条，此泛指木条。虽，《广雅·释诂四》：“虽，岂也”。笔如椽，犹言大手笔。《晋书·王导传》附王珣传：“珣梦人以大笔如椽与之，既觉，语人云：‘此当有大手笔事’。”宇县，犹言天下。《史记·秦始皇本纪》“宇县之中”，集解：“宇，宇宙。县，赤县”。——“凿开”以下四句，谓青阳峡如此奇观，几千年来，世俗虽常见却如不见，今人岂有大手笔为其佳名传天下。作者实有隐然自命之意。

自开篇至“为写佳名传宇县”二十句为第一大段，分三个层次，“东山”八句写山形，“卢沟”八句写水势，“凿开”四句谓如此奇观却不为世人所知，希望有大手笔写出为之传于天下。

⑫简，信札。彦，文士才人，指作者的友朋。

⑬屐，木屐。几量屐，《世说新语·雅量》：阮遥集（阮孚）好屐，“或有诣阮，见自吹火蜡屐，因叹曰：‘未知一生当着几量屐！’神色闲畅。”量，通“两”。几量屐，几双木屐。——“人间”二句，过渡到清明游。折简招集友人，准备行具出发。

⑭山灵，山神。

⑮山阿，山深曲处。玉女，仙人，皆峰峦或石崖肖形。玉女焚香，喻山阿升腾的云气。倩，笑美貌。《诗·卫风·硕人》：“巧笑倩兮。”一笑倩，指肖形岩石在烟霞中的形容。——“山灵”以下四句写山中烟霞万变。

⑯居者，峰峦岩石如坐者。俨，庄重。雍容，仪容端重。剑佩雍容，指剑佩雍容的卫士。闲宴，《国语·齐语》：“昔圣王之处士也，使就闲宴。”韦昭注：“闲宴，犹清净也。”（原字作“间燕”，通“闲宴”。）按，《庄子·知

北游》:“今日晏间，请问至道。”成玄英疏:“晏，安也。安居间暇而问至道也。”闲宴，亦即“晏间”(闲与间，宴与晏，皆相通)。有的峰峦石崖如尊严的帝王，剑佩雍容的卫士安闲地侍立两旁。

⑰ 植者，站立者。封禅，帝王祭祀天地的典礼。泰山上设坛祭天，叫封；泰山下辟场祀地，叫禅。有的峰峦石崖如众多高超的巨人，聚立在广庭讨论封禅大典。

⑱ 拱者，拱立者。矫矫，勇武貌。戺(shì)，堂前阶石的两端。綦弁，武士戴的皮冠。《尚书·顾命》:“四人綦弁，执戈上刃夹两阶戺。”有的峰峦石崖如威武的勇夫，手执戈戟戴着皮冠夹立两阶。——“居者”以下六句，形容青阳峡里峰峦石崖的各种形象。

⑲ 滩，水中多石急流处。濑，湍急的水。揭，提起下裳涉水。《诗·邶风·匏有苦叶》:“深则厉，浅则揭。”二句谓，平滩浅濑涉水而行，溪路随着峰势曲折。转，去声，线韵。

⑳ 葛屦，用葛藤编制的草鞋。《诗·魏风·葛屦》:“纠纠葛屦，可以履霜。”参见范成大《催租行》注。罥，挂碍，缠绕。二句谓葛屦恰好能防止苔藓路滑，行路衣襟常被野蔷薇挂住。

㉑ 岫，山谷。素练，白色丝娟。

㉒ 拘检，拘束。不复事拘检，即很随意，无拘无束。眼正明，因欣赏风光眼睛也感到清亮。——“平滩”以下八句，写溪路游赏。

㉓ 班荆，铺开柴草。粔籹(jù nǚ)，一种油炸面食。浊醪，浊酒。时馔，时新食物。

㉔ 羽觞，酒樽。荐，进献。

㉕ 醒心，清心，此指醒酒。玉池，即上句的寒泉。三咽，吃几口。《孟子·滕文公》:“井上有李，螬食实者过半矣，匍匐往，将食之。三咽，然后耳有闻，目有见。”

㉖ 三分春色二分休，谓时值春深。苏轼《水龙吟》词:“春色三分，二分尘土，一分流水。”风外飞花时一片，杜甫《曲江》诗:“一片花飞减却春，风飘万点正愁人。”——“班荆”以下八句，写游山后坐地饮宴，无奈夕阳催晚，也感春光将暮。

自“山灵着意”以下到“风外飞花”二十六句为第二大段写游青阳峡观山涉水饮宴的过程。

㉗ 半百之年，时诗人年已五十。犹掣电，谓时光迅速，如电光一闪。

㉘ 孱颜，通“巉岩”，山岩高峻貌。李华《含元殿赋》:“峥嵘孱颜，下视南山。”健羡，非常羡慕。元稹《遣病》诗:“忆昨孩雅初，健羡成人列。”二句谓只有爱山的情缘未断，梦寐之间对高峻的山也更加企羡。

㉙一穷到骨，谓极其穷困。

㉚不识荆州面，言不遇识者。李白《上韩荆州书》："生不愿封万户侯，但愿一识韩荆州。"

㉛槎牙，此用作撑拒梗塞之意。须酒浇，《世说新语·任诞》："阮籍胸中垒块，故须酒浇之。"狂、狷，《论语·子路》："不得中行而与之，必也狂狷乎！狂者进取，狷者有所不为也。"后世使用往往脱离原义，泛指狂直偏激之意。二句意谓自己胸中梗塞，但并不偏激狂直。之所以老处山林，就因为世无是非。前后句须连系理解。

㉜纷纷，混乱之貌。若秋扇，暑热用扇，秋凉即弃置不用。古乐府《怨歌行》写皎洁团扇，"常恐秋节至、凉飙夺炎热。弃捐箧笥中，恩情中道绝。"二句谓这个纷乱的社会，没有是非，不如弃置一旁，不去管它。

自"古人行乐"以下到"弃置从渠"十二句为第三大段，写自己隐处山林的感慨。

㉝偃，隐。新月偃林梢，指新月刚出，还隐在林梢。衡门，横木为门，指简陋的住居。《诗·陈风·衡门》："衡门之下，可以栖迟。"陶渊明《与从弟敬远》诗："寝迹衡门下，邈与世相违。"——最末两句，写傍晚归来，收结全篇。

★这是金诗少见的七古长篇，凡六十四句四百四十八言。段克己于金国沦亡之后，隐处山林，内心不无悒郁，诗既写山林游赏之趣，又表现其梗塞忧愤之情。全篇结构严谨，用楚汉相持与诸多人物比喻山势颇为独特。

楸　花①

楸树馨香见未曾，墙西碧盖耸孤棱②。
会须雨洗尘埃尽，看吐高花一万层③。

①楸，落叶乔木，高达十五米以上，树干端直，夏季开花。

②馨香，散布很远的香气。碧盖，指楸树繁枝茂叶遮蔽如盖。耸孤棱，孤零零地耸立。

③会须，犹言会当。

段成己

段成己（1199—1279），字诚之，号菊轩，绛州稷山（今属山西）人。金哀宗正大末进士，授宜阳主簿。入元不仕，与从兄克己避龙门山中。克己殁，徙居晋宁。

送冯资深归西山[①]

人间蛮触日干戈，暮四朝三都几何[②]？
归去莫忧瓶粟罄，西山雨足蕨薇多[③]。

① 西山，即首阳山，在今山西永济县南。相传伯夷、叔齐谏止武王伐纣不听，遂隐居于此。参见元好问《箕山》诗注。

② 蛮触，见元好问《箕山》诗注。暮四朝三，《庄子·齐物论》：“狙公赋芧曰：‘朝三暮四。’众狙皆怒。曰：‘然则朝四暮三。’众狙皆悦。”本意在说明是非无何区别，此指天下变化多端，反复无常。都，一作“能”。

③ 归，《全金诗》作“此”，注，一作归。此从一作。罄，尽。蕨薇多，谓有蕨薇可食，暗用伯夷、叔齐故事。参见元好问《箕山》诗注。

曹之谦

曹之谦，字益甫，云中应州（今山西应县）人。金宣宗兴定年间进士，与元好问同掾东曹，相与切磋文字，未尝少辍。金亡不仕，隐居平阳三十馀年，与诸生讲学。

秋夜闻笛

云净寒空月满楼，何人横玉叫清秋[①]？
梁州才罢伊州起，不尽关山此夜愁[②]。

① 横玉，横笛。
② 梁州、伊州，皆曲调名。唐天宝以后，乐曲常以地方命名，如凉州、伊州、甘州之类。

湖北省学术著作出版专项资金
Hubei Special Funds for Academic Publications

中华传世诗选

（二）唐诗卷

黄瑞云　注评

长江出版传媒
湖北人民出版社

光焰万丈的唐代诗歌

一、李唐王朝和唐太宗

历史的步履是艰难的。自东汉末年大乱以来，历三国两晋南北朝以至隋末，长期分裂割据，祸乱相寻，迄无宁日，灾难深重的神州大地，艰难地等待了整整四百年，盼望着一个承平的时代。这日子终于来到，隋炀帝大业十三年（617），年仅十八岁的李世民在太原起兵，进军关中，第二年就奉他父亲李渊在长安即位。历尽劫数的人间世，一旦到了转机，发展似乎也快，几年之间，李世民即扫荡群雄，莅平天下，长期的混乱即告结束，一个空前强大的李唐王朝倏地矗立于世界。

大唐王朝的出现，标志着中国的封建社会进入了全盛时期，也为中国文学特别是诗歌的发展开辟了一个全新的天地。时代给诗歌发展提供了土壤，于是唐诗就在汉魏六朝许多诗人耕耘的基础上得到了空前的发展，使唐代成为我国五七言诗歌最为光辉灿烂的时代。作为唐王朝实际创建者的唐太宗，不仅是唐初政治上的最高领袖，而且也是文明建设包括诗歌发展的中心人物。他武功烜赫，却锐意经籍。初建秦邸，即开文学馆，以待四方之士，立十八学士①，把天下的名流招集门下。即位以后，于处理国家大政之馀，仍与文士讨论典籍，不辍文咏。命房玄龄、魏徵等组织人力，修晋与南朝梁陈北朝齐周隋几代的史书，诏孔颖达等作《五经正义》，为有唐一代重视文化建设做出了榜样。唐太宗本人也是诗人，他的作品虽未能脱出梁陈浮艳的诗风，因为即使是唐太宗也不能超越他的时代，但他之所作毕竟与梁陈之作大不一样。唐太宗没有曹操那样的诗才，却有高出曹操的功业。他的诗没有曹操那样的慷慨悲凉之句，却同样表现出一种积极进取的精神。他有丰富的战争经历，有雄视天下的胸襟，作品虽不是太高明，但很有气势，充满了胜利的豪情。以成功的皇帝，写皇帝的成功，在诗史上极为罕见。诚然，由于时代的限制，唐太宗未能脱出宫廷诗的氛围，真正唐代的盛世之音，他无缘聆听。“风尘三尺剑，社稷一戎衣。翼亮贞文德，丕承戢武威”②，杜子美沉雄博雅的颂歌，他要躺进昭陵整整一百年之后才能听到。

二、初唐的宫廷诗

自唐高祖武德元年（618），历太宗、高宗、武后、中宗、睿宗，至玄宗先天元年（712），凡九十四年，是为初唐③。

没有哪一个朝代产生过像唐代初期那么多宫廷诗。从太宗到武后朝，八十年间，先后有过三批宫廷诗人。第一批代表人物是虞世南、褚亮和李百药，第二批主要有上官仪、李义府和许敬宗，第三批人数最多，最出名的有称为“文章四友”的李峤、苏味道、崔融和杜审言，有并称“沈宋”的沈佺期和宋之问。虞世南等是唐太宗的名臣，上官仪等人由太宗朝延续到高宗朝，李峤等人则全是武则天的文学侍臣。

宫廷诗唯一的主题是为统治者歌功颂德。历史地看，统治者只要确有功德，也未尝不可以歌颂。但在宫廷诗里，看不到具体的历史功勋，少有生动的艺术形象，而只是空泛的歌颂。试看上官仪《奉和过旧宅应制》：

石关清晚夏，璇舆御早秋。
神麾飏珠雨，仙吹响飞流。

沛水祥云泛，宛郊瑞气浮。
大风迎汉筑，丛烟入舜球。
翠梧临凤邸，滋兰带鹤舟。
偃伯歌玄化，扈跸颂王游。
遗簪谬昭奖，珥笔荷恩休。

作为宫廷诗，这篇作品非常典型。题目标出了“奉和”、“应制”，体制是堂皇端重的五言排律，诗中堆满了绮丽吉祥的词语，表面上错彩镂金，内容实际上非常空洞，只是对统治者进行泛泛的歌颂，结尾表示自己如何地感恩戴德。

宫廷诗基本上就是这种模式。前后三批宫廷诗人的作品，体制上略有差别；就内容而言，如果说太宗朝的宫廷诗多是歌功颂德，那么武后时的作品更堕落成为阿谀逢迎。“忠臣还捧日，圣后欲扪天”、“小臣持献寿，长此戴尧天”之类的谀词随处可见。在他们的诗里，典故总是那几个古代圣王，尧舜等人在他们的笔下辛苦奔忙，为他们支撑门面。诗里面充斥了“圣、御、睿、宸、龙、凤、金、玉”之类的词汇；他们描写的景物总是远离实际，所到之处，永远是祥云缭绕，瑞气氤氲，树是乔松高梧，草是芝兰杜蕙；他们描绘的世界，不是凡俗的人间，连普通的草木都看不见，更不用说普通人的生活了。

如果认为宫廷诗人都没有才华可就错了。在他们的集子里，并不是所有的人都没有好诗，只是那些较为可取的作品不是宫廷颂歌，而是另一种内容，另一种风格。其所以如此，是因为其中有些人除了供奉宫廷以外，还有另一种生活，另一种感受。虞世南、褚亮、李百药等人都经历了几个朝代的嬗变，经历过隋末的战乱，都在几家军阀的争战中折腾过，进入唐廷已是六十左右的人了。丧乱流离的经历，生死危亡的境遇，丰富了他们的人生体验，因此他们也写了一些刚健清新与宫廷应酬完全异趣的作品。如虞世南《从军行》《拟饮马长城窟》《结客少年场行》等，都以边塞生活为题材，是唐代最早的边塞诗。他写的小诗《咏萤》《蝉》等，体制短小，风格清新，虽梁陈题材而脱出了梁陈格调。褚亮《在陇头哭潘学士》、李百药《渡汉江》《秋晚登古城》等诗，都还清新可诵。这些人到了晚年仍能发挥作用，也与唐太宗有关。唐太宗是一个颇有胸襟气量的统治者，对来自前朝或与自己对立方面的人也一样信任。如果那些老诗人碰上的是一个残暴的独裁者，今天给你加一个罪名，明天给你算一笔老账，别说让他们的智慧放出光辉，连他们的生命也不知是怎样的下场。第二批宫廷诗人活动的年代，已是唐代较为安定的时候，基本上过的宫廷官府的生活。上官仪是一个平庸的宫廷诗人，李义府、许敬宗都是有名的阴谋家，靠"协赞"武则天取得高官厚禄。他们的生活离不开宫廷斗争，官场倾轧；他们的思想不外乎尔虞我诈，势利荣华。因此，在他们的集子里，除阿谀谄媚的作品以外，找不出有价值的诗篇。第三批宫廷诗人都是武则天的文学侍臣，大多阿附武则天的宠幸张易之兄弟。武则天这座冰山一倒，他们无例外地都走上了流窜的道路。这一变故对他们政治上是一次惩罚，就诗歌造诣来说却成全了他们，其中许多人的诗艺在贬逐的生涯中放出了难得的光辉。山巅水涯，穷阴岁暮，都引发他们的忧思离恨。崔融、杜审言、沈佺期、宋之问都写出了相当隽美的好诗。尤其是宋之问，他在贬谪以后写的许多五言律诗，格调清新，感情也较为真挚，在唐代五律中不失为第一流的作品。

宫廷诗承袭梁陈馀风，但与梁陈诗有着极大的不同。梁陈时代歌颂统治者糜烂生活的宫体，在初唐宫廷诗人的作品中虽未绝迹，但数量甚少。初唐宫廷诗集中歌颂统治者的功德威势，不管诗的格调如何，它毕竟反映了这个崭新时代的风貌。人们从这些诗里，可以看到这个王朝确实相当强大，感受到这个时代的升平景象。"大造乾坤辟，深恩雨露垂。昆蚑皆含养，驽骀亦驱驰”（韦承庆），虽系赞颂之诗，总还有一定的客观背景。“御气云霄近，乘高宇宙宽”、“花柳含丹日，山河入绮筵”、“谷暗千旗出，山鸣万乘来”、“先王定鼎山河固，宝命乘周万物新”（宋之问）、“汉家城阙疑天上，秦地山河似镜中”（沈佺期），这样的诗句，洋溢着一种盛世的气氛，它不大可能在中唐以后出现。

在诗歌体裁方面，宫廷诗锻炼了律诗的成熟。律诗在梁陈即已萌发，徐陵、庾信都有暗合五律规格的诗，但没有定型。到了初唐宫廷诗人手里，才得到认真的锻炼。宫廷诗人需要一种程式严谨的体裁，他们尽一切力量在词藻的华丽、韵律的谐调、对仗的精警方面下工夫，结果造就了定型的律诗。从三批宫廷诗人的作品，可以明显地看到律诗的发展脉络。开头人们写的五言八句大多不很严谨，然后逐步用定型的五言律，也逐渐出现了七言律。在现存作品中，虞世南、褚亮、李百药、杨师道的五律都不完全符合格律，杨师道、上官仪各有一首七律也不合规格。文章四友和沈宋的五言律则完全合格，尤其是杜审言和沈佺期、宋之问已用得圆转自如。在现存武则天时代的律诗中，李峤有七律四首，杜审言、宋之问各有三首合格的七律，沈佺期的七律多达十七首。久视元年（700）五月十九日，武则天游河南石淙，写了一首不完全合格的七律，群臣奉和，现存同题作者尚多达十六人，其中三分之一的作品符合格律④。尽管诗没有一首佳作，但这次唱和，无意中成了一次检验七律成熟程度的集会，却是颇有意义的。宫廷诗人，自然也还有其他作者，共同完成了律诗这一体裁，为繁荣的唐代诗歌提供了一种重要的样式，是一个重大的贡献。

宫廷诗是唐代特定历史的产物，其风气之盛，数量之丰，是空前而又绝后的。宫廷诗，论作品本身的价值并不大，但出现数量如此之大的宫廷诗这一事实的意义却是非常重大的。它是唐诗发展的一个阶段，是繁荣唐诗必不可少的前提之一。宫廷诗的中心人物，前是唐太宗，后是武则天。正是他们对诗歌的酷爱并大加倡导，才使得如此之多的诗人围着他们歌唱，才使得普天之下低吟高唱蔚为风气。不妨设想一下，如果唐太宗是一个秦始皇，而武则天是一位吕太后，唐代的诗歌就不可想象。朝廷之上君臣唱酬，有唐一代历久不衰。统治集团如此提倡歌咏，产生了极大的影响，每一个希图跻身政治舞台的士人，无不把诗歌当作晋身的工具，唐代科举以诗赋取士正是这种风尚发展的必然结果。

宫廷诗为初唐诗歌的组成部分，其实在盛唐亦即唐玄宗开元时代还泛起过一个高潮，苏颋、李义府是其中的代表人物，一代名臣张九龄、张说也都写了大量的宫廷诗；但在真正的盛唐诗人光芒逼射之下，如同白日下的萤火，看不见他们的闪光了。不过张九龄还写了一些好诗，他的《感遇》诗可以和陈子昂媲美，一些五律也不失为盛唐佳作。

三、从王绩、四杰到陈子昂

初唐诗坛，宫廷诗之外还有另外一支队伍，代表人物是王绩、四杰和陈子昂。 王绩虽较虞世南、褚亮为晚，但入唐之时也已届中年。他可以说是唐初有名诗人中站在宫廷之外的作手。王绩是隋代著名的大学者王通之弟，他在年青的时候，也未尝没有建功立业觅封侯的愿望，在隋代曾官秘书省正字，唐武德初，也曾待诏门下省。但他没有得到上进的机缘，又受不惯官场的约束，结果未能仰窥魏阙，如此就到山野里去了。他对这个统一而且相当强大的王朝并不怎么中意，常以阮籍、陶潜自比，自觉“才高位下，免责而已，天子不知，公卿不识，四十五十而无闻焉”（《自撰墓志铭》），那牢骚和不满可想而知。他的名句如平易自然的“树树皆秋色，山山唯落晖”，和对儒家大道颇为悖谬的“礼乐囚姬旦，诗书缚孔丘”，恰好代表了他的诗作的两个方面。王绩的成就有限，但他敢独立于苍山野水之间而与络绎如云的京华冠盖相抗，也足以使他在初唐时代光芒独具。

较王绩影响更大的是并称“初唐四杰”的王勃、杨炯、卢照邻和骆宾王。在各种唐诗选本中总少不了四杰，但入选的作品又总是寥寥数章；可见他们的成就也并不太大，却有着谁也不能忽视的地位，大诗人杜甫甚至誉之为“不废江河万古流”。其原因就在于他们在特定的历史条件下作出了特定的贡献。四杰时代宫廷诗的浓雾弥漫天下，而他们却不被笼罩。王杨卢骆都曾期望在蒸蒸日上的唐朝有所作为，但他们都只做了一些小官，而且都遭遇不幸。年轻的王勃刚露头角即遭贬逐，年仅二十八岁即溺海而死。杨炯曾为崇文馆学士，后左迁梓州司法参军，最终也只做个婺州盈川令。卢照邻的命运更惨，只做了个新都尉后即为病魔所苦，终不堪痛楚而自沉颍水。骆宾王曾名闻京国，无多时日即因事入狱，后随徐敬业讨伐武则天，作了有名的《讨武曌檄》，失败后不知所终。上升发展的时代，建功立业的雄图，与他们坎坷的遭际形成强烈的矛盾，造成他们创作内容独具的特色。他们的作品，仍受前朝绮丽诗风的影响，但无其浮艳的疵垢，而出以清新明畅的风格。他们通过自身艰难的实践，深深地认识到初唐诗风的纤弱。杨炯《王勃集序》说：“［勃］尝以龙朔初载，文场变体，争构纤微，竞为雕刻。糅之金玉龙凤，乱之朱紫青黄。影带以徇其功，假对以称其美。骨气都尽，刚健不闻。思革其弊，用光志业。”而经过他们的努力，才使“积年绮碎，一朝清廓”。他们所不满的，正是“以绮错婉媚为本”的宫廷诗。尽管他们的创作未必取得了“一朝清廓”的功效，但他们的声音，已是陈子昂诗论的前奏。当盛唐时代一些人訾议四杰的时候，杜甫为他们辩解说“王杨卢骆当时体”，实在是最公正的评价。

初唐七言古诗也有其独特的时代特色，其中以卢照邻《长安古意》、刘希夷《代悲白头翁》最为有名，稍后的张若虚虽已踏入盛唐，但他的名作《春江花月夜》仍具初唐风格。这些七言古诗，以清丽的词藻，清新的风格，或写繁华的帝城风物，或写明静的春江月夜，抒发其“昔时金阶白玉堂，即今唯见青松在”、“不知江月待何人，但见长江送流水”的人生感慨。诗人们以少量的篇章，在七言古诗的发展史上占了一席之地。

经过诗人们几十年的艰苦探索，诗风改革的高潮终于出现，于时陈子昂走出蜀国的重山进入了京师。

陈子昂于光宅元年（684）中进士。这一年，武则天先后废黜两个儿子皇帝，正式以武周取代李唐，成为中国历史上唯一的女皇帝。当时诗坛上尽管宫廷诗还在蓊郁弥漫，而王杨卢骆的清风已经吹起，云雾正在开始廓清。陈子昂虽也为武则天所赏识，擢为麟台正字，但他在朝廷这个低卑职位上并没有待多久，即远走边庭，历佐戎幕，对生活的认识远非宫廷诗人所可比拟。这种认识也影响到对诗的理解，如此他正式响起了改革的号角。他在《与东方左史虬修竹篇书》中说：

> 文章道敝五百年矣，汉魏风骨，晋宋莫传，然而文献有可征者。仆尝暇时观齐梁间诗，采丽竞繁，而兴寄都绝，每以永叹。窃思古人，常恐逶迤颓靡，风雅不作，以耿耿也。一昨于解三处见明公《咏孤桐篇》，骨气端翔，音情顿挫，光英朗练，有金石声。遂用洗心饰视，发挥幽郁。不图正始之音，复睹于兹，可使建安作者相视而笑。

中国古代的文艺理论，只能取其精神，撮其实质，不能斤斤于字面上追究。陈子昂这篇改革宣言，如果从字面上看，所谓“文章道敝五百年矣，汉魏风骨，晋宋莫传”的说法并不全面，两晋南北朝的诗歌同样是在发展的，同样有卓越的诗人，有精粹的诗作，不应一概斥之为“采丽竞繁，而兴寄都绝”。陈子昂实际是不满于初唐轻绮的诗风，而对内容空洞一味阿谀的宫廷诗是谁也不敢正面反对的，如此陈子昂只好打起反对齐梁绮靡、主张汉魏风骨的旗号，以期扭转当时的诗风。他要用内容刚健、语言质朴的创作取代词藻华丽而内容纤弱的诗歌，确实代表了时代的要求，代表了唐诗正确发展的趋向。陈子昂的创作是他的理论的实践，他的《感遇》诗，远祧阮籍《咏怀》、左思《咏史》的传统，反映了较为广阔的社会生活，抒发了自己的政治理想和人生感触。其《蓟丘览古》《登幽州台歌》等作悲壮苍凉，成为结束初唐开启盛唐最为刚健的声音。“公生扬马后，名与日月悬”，这是杜子美对陈子昂的称赞；“国朝盛文章，子昂始高蹈”，这是韩退之对陈子昂的推崇。陈子昂终身郁郁，壮年即被冤死，但他对唐诗发展所作的贡献，唐代大诗人给予了崇高的评价。

四、诗歌发展的黄金时代

自玄宗先天元年（712）至代宗大历五年（770）杜甫去世是为盛唐，凡五十八年。经过初唐九十年的艰苦经营，当李隆基登上舞台的时候，唐王朝开始走向极盛，而唐诗也相应地进入高潮，赤日中天的盛唐终于来到！

这是一个当时世界上最为强大的国家，三国两晋以至南北朝的长期混乱结束之后，经过唐代前期相对开明的治理，使开元时代出现空前繁荣的局面，社会安定，生产得到发展，全国交通方便，出现了许多相当繁华的城市。杜甫《忆昔》诗回忆开元时代的盛况，有道是“忆昔开元全盛日，小邑犹藏万家室。稻米流脂粟米白，公私仓廪俱丰实。九州道路无豺虎，远行不劳吉日出。齐纨鲁缟车班班，男耕女桑不相失”。当时诗人们走出自己的庭院，发现前面的天地清明而空廓。时代的承平，国力的强大，给了他们极大的鼓舞，激起了他们走向远方建立功业的愿望。经济的发展，给他们的活动提供了物质的保证。试看盛唐时代的许多诗人，在青壮年时代都有过长期的漫游。他们剑珮飘然，清狂裘马，历天下名山大川、通都大邑，扩展了他们的眼界，开阔了他们的胸襟，也得以结交豪杰，砥砺宏图。盛唐诗歌之所以大多雄浑苍劲，社会环境提供了坚实的基础。

盛世的统治者往往比较开明，李唐皇室又来自西北边境，挟河朔豪雄英拔之气，不似南朝统治者那样萎靡和狭隘。所以唐人较少禁忌，诗人们的笔得以自由挥洒，他们可以无所顾忌地倾吐自己的心声。太宗、高宗、武后以至玄宗都爱好文学，这对唐代诗歌的发展有极大的促进。唐代以诗赋取士，既是诗歌发展的结果，本身又促进了诗歌的发展。诗歌能使人们取得荣名地位，得以参与政权，所以唐代的士人很少有不能诗的。

大一统之后，南北的艺术风格得以融合，又经过长期的熔铸，如此北方的质朴刚健和南方的绮丽华赡，结合而形成南北兼美的盛唐风格。加以开元之际开发边疆，域外的文明得以传进内地，无论音乐舞蹈美术雕塑，都注入了新的激素，自然也影响到诗歌的内容和风格。盛唐时代，宗教也得到正常的发展。李唐王朝尊崇道家，但也不排斥佛门。道家向往自由，佛家追求清静，都对诗歌产生了一定的影响。

盛唐之所以达到诗的顶峰，还有诗艺自身发展的规律。五言诗自东汉末年臻于成熟，历魏晋六朝四百年间，掀起了一个一个的浪潮。经过许多杰出诗人的努力，开辟了诗的各个领域：诸如感时伤乱，咏怀咏史，纪行旅之艰辛，抒乱离之感慨，咏田园生活，写山水风光，乃至故乡亲友之思，家国沦亡之痛，无不可以用诗来表达。

七言古诗也萌发于汉魏，鲍明远更作出了突出的贡献，至初唐而名篇迭出。自南齐谢朓、沈约等人，将四声摄入诗律，成为近体诗诞生发展的基石，于是对仗日益精工，韵律更趋严谨，到徐陵、庾信等人的作品，已出现五律的雏形。进入初唐，又逐步发展而有七律。经过初唐诗人的锤炼，五七言律诗以及与之相连的绝句，皆已成熟。到此，五七言诗的各种样式皆已完备，为盛唐诗人的歌咏提供了载体。

一个诗歌的黄金时代如此来临！

五、群星丽天的盛唐诗坛

初唐宫廷诗最大的弱点，在于把诗禁锢在宫廷。诗是不能困处宫廷的，就像那些美丽的青春少女，一旦被幽闭在深宫，虽则披罗曳绮，摇金佩玉，却丧失了她们的天真和活泼，禁锢了她们的情感和性灵。初唐四杰与陈子昂等人的贡献，就在于把诗从宫廷里解放出来，放入了广阔的社会，如此写山水，写边塞，写社会人生，伤今吊古，感慨抒怀，使盛唐诗歌无比的丰富，空前的繁荣。下面，我们从盛唐第一颗大星孟浩然谈起。

孟浩然是首开盛唐风气的大诗人。他比王维、李白大十二岁，比杜甫大二十三岁。他于开元二十八年去世，是典型的开元诗人。他一生都在李唐最隆盛的时代度过，却以布衣终身。在他自己总未免郁郁不得志，“魏阙心常在，金门诏不忘”，“欲济无舟楫，端居耻圣明”，用世之心，总未忘怀。实际上终老园林，未必不是一种幸运，在盛唐的大诗人中，他是唯一没有受到安史之乱挫伤的人。孟浩然平生到过许多地方，在吴越闽湘等地漫游，四十多岁曾到洛阳长安谋取功名，无所收获，此外大部分时间都在家乡襄阳度过。所以他的诗基本上写的都是山水幽居和旅途生活，他的许多赠酬之作也和这两个方面密切联系。孟浩然是谢灵运之后写山水风光成就最大的诗人。从一些诗的题目如《登江中孤屿》《彭蠡湖中望庐山》等，可以明显看到谢灵运的影响。他总结了南朝谢朓、沈约等人的经验，把山水风光同社会人生结合起来，所以较谢灵运诗更为丰富而灵活。在他的笔下，既有“气蒸云梦泽，波撼岳阳城”、“照日秋云迥，浮天渤澥宽”那样壮阔的画面，而更多的是“荷风送香气，竹露滴清响”、“绿树村边合，青山郭外斜”这样平静的风光。盛唐许多诗人都擅长摹写风光景物，除李白、王维以外，似乎再没有超过孟浩然的。王维、李白的山水诗，总的成就都超过孟浩然，但他们主观色彩太浓，而真切自然，却成为孟浩然独具的特色。

山水诗派卓越的大师还是王维，“王孟”并称，王维的成就远过于孟。在唐代诗人中，能够同李白、杜甫差可鼎足的人应该说只有王维。王维在青壮年时代写过多种题材的作品。他的边塞诗数量不多，论诗艺并不在边塞名家之下。“十里一走马，五里一扬鞭。都护军书至，匈奴围酒泉。关山正飞雪，烽火断无烟”。寥寥数语，便觉气势凌厉。画面不过一个飞递军书的场面，读者立即感到千军万马在行动，军情万分紧急，这种笔力，不是一般作者所能有的。他的《陇头吟》《老将行》都写得纵横跌宕，气韵沉雄，老于行阵的将军形象跃然纸上，一种勃郁不平之气扑面而来。诸如《西施咏》《桃源行》《洛阳女儿行》都写得极有情致。但王维成就最大的还是山水诗。山水诗中有一部分也可以称为田园诗的，如《渭川田家》《春中田园作》《新晴野望》等作，描绘自然状态的农村生活，优美宁静，给人以桃花源式的感受。诗的艺术力量并不下于陶渊明，但和陶渊明仍有一个根本的差别：陶渊明生活在他的田园里，王维却是一个旁观者。陶渊明的诗里有着风雨的艰辛，稼穑的苦乐，而王维的作品只是一幅幅优美的风俗画。一走向山林幽处，王维才到了自己的世界，他的整个心灵都会融入进去。刻画清幽的林泉，抒写宁静的心境，王维真是前无古人，后无来者。王维是卓越的音乐家，精通音乐，他的诗也是一首首语言谱出的乐曲。王维更是杰出的画家，他的诗也是一幅幅语言绘就的图画。正如东坡所说，“味摩诘之诗，诗中有画；观摩诘之画，画中有诗”。王维奉佛，深通禅理。他把禅学的深微和对人生的领悟，参进他的诗里。他的作品，固然有“大漠孤烟直，长河落日圆”、“江流天地外，山色有无中”那样壮阔的景象，但更多的是安宁静谧的境界。“明月松间照，清泉石上流”、“松风吹解带，山月照弹琴”、“行到水穷处，坐看云起时”，一切都是那样地悠闲自在，一切都是那样地优美和谐，恍惚走进了梵天佛国，洗净了人间的尘垢。他的许多写景小诗，好像只是摄取了一个个纯客观的镜头，而表现了一种主观的境界，每一首都可以作为禅诗读。

要批评王维也是容易的。王维和李白同年，同样看到了天宝后期社会矛盾的激化和政局的危殆，但他的诗里绝无李白式的愤懑。他同杜甫一样经历了安史之乱，却完全没有杜甫那样对国运民生的关注。这确是王维的不足。但我们也不必强求一律，王维确乎引导人逃避现实，他给予人们的是另一种解脱。在无处不是矛盾倾轧祸患频仍的人间，也不妨有王维式的境界，让人们在优美的自然画图中去求得片刻的安宁。在繁华的闹市，到处喧呼扰攘，而在某个厅堂上挂上一幅幽静的山水画，也会使人留连忘返。这与我们需要王维诗，或许有一定相通的道理。

盛唐写山水田园诗的人很多，大多和王维有一定的情谊，其中丘为、祖咏、储光羲、裴迪等人都有可观。储光羲的成绩较为突出，虽不如王维、孟浩然那么深厚，却也清丽可喜，给人以春光明媚之感。

神州大地幅员广阔，万里边疆，民族成分复杂。自夏商以来，中原文化就很发达，而周边地区比较落后。在长期交往融合的过程中，自然有矛盾，有斗争，也就有边塞，在诗歌中就有边塞诗。五七言边塞诗可以追溯到建安时代曹操、陈琳、王粲等人的作品，晋代刘琨《扶风歌》也属这一类。尔后南朝诗人间有所作，《从军行》《出塞曲》成为乐府诗中重要的题目。隋代薛道衡、虞世基，初唐虞世南等人并有佳作。而自魏晋以来，国家分裂割据，北方更扰攘不堪。直到唐太宗出来，才伸张国威，抵御外侮，取得巨大的胜利。如此边塞诗也成为唐诗的重要组成部分，而盛唐也是边塞诗的全盛时期。

盛唐边塞诗第一大家是王昌龄。王昌龄年青时到过西北边境，对边庭生活有实地体验。他的边塞诗以气势取胜，所作多为七言绝句，以短制写宏篇。《从军行》《出塞》等篇，豪雄奔放，气薄云霄，描绘了边疆壮阔的风光，表现了战士们杀敌御侮的壮志；有的作品也倾吐了征人久戍思归的苦辛，《十五戍边城》简直是又一篇《十五从军征》。但他的作品总的情调激扬豪迈，是典型的盛唐之音。除边塞诗之外，王昌龄诗的另一个重要方面是表现各种妇女生活，尤以宫怨诗著名。《长信秋词》《西宫春怨》《西宫秋怨》等作，以深惋凄丽的笔触，写出了那些深宫妇女的遭遇和悲哀，曲尽她们的心态。前人以王昌龄的七绝，只有李太白可与相比。明胡应麟谓“李写景入神，王言情造极”，所论王诗是专指其写妇女诸作。王昌龄存诗仅一百八十多首，单就其绝句而论，确实可以同李太白并驾齐驱。

和王昌龄同时而略早的诗人李颀的边塞诗别具一格，写的多是古体诗，尤以几首写音乐的诗著名。唐代西北少数民族的乐器及其乐曲传入内地，在唐诗中得到大量反映，但以李颀的歌行描绘得最为具体。在盛唐诗人中李颀写音乐与杜甫写画图，可谓分场擅美。

盛唐边塞诗成就最大的是岑参。王昌龄的诗大气磅礴，如洪钟高扬，但以绝句名世，长篇较少，缺乏细致的场景描写，这一任务就由岑参来担当。岑参曾西出玉门，长期生活在边疆，熟悉大西北苍茫壮阔的风光，经历过疆场烽燧的生活。许多作者边塞诗中涉及的地名大多是泛的，岑参写的却很具体，敦煌玉门，火山热海，无一不是亲身经过的实地。“北风卷地白草折，胡天八月即飞雪。忽如一夜春风来，千树万树梨花开”。“君不见走马川行雪海边，平沙莽莽黄入天。轮台九月风夜吼，一川碎石大如斗，随风满地石乱走”。这种风光不是亲身经历是无法想象的。由于诗人久佐戎幕，因而所有这些风光景物的描绘都和军事行动联在一起。“上将拥旄西出征，平明吹笛大军行。四边伐鼓雪海涌，三军大呼阴山动”。奇丽的风光和紧张的战斗结合而相得益彰。他的七古长篇，音节高亢急骤，章法多有变化，在盛唐诗坛独树一帜。岑参在西北写的一些小诗，换了另外一种情调，多写久在边疆的心绪。“走马西来欲到天，辞家见月两回圆。今夜不知何处宿，平沙万里绝人烟”。“故园东望路漫漫，双袖龙钟泪不干。马上相逢无纸笔，凭君传语报平安”。写战士征戍的苦辛，思乡的哀怨，也是边塞诗的一个重要方面，而岑参写的是他的亲身感受，与他人又自不同。这些小诗真实生动，内容独特，在唐人绝句中别开生面。

文学史上论盛唐边塞诗，无不以高适和岑参并提，甚至还置高于岑上，称为“高岑”。高适比岑参年长，年青时也曾奔走道路，亲历边庭，因而也写了一些边塞诗，其成就实远不如岑参。他的名作仅一篇《燕歌行》蕴涵比较深厚，差不多涉及了边塞诗通常具有的各方面的内容，但全诗未免迷离，远不似岑参作品那样的自然明快。高适年青时颇历坎坷，中年以后官运亨通，竟至封渤海县侯。立功封侯是唐代知识分子追求的目标，盛唐著名诗人中只有高适达到了目的。《旧唐书》本传谓高适“年过五十，始留意诗什”是不确的。他的好诗都是五十以前写的，事实恰好是五十以后官位高升，诗艺早已下坡了。

盛唐不乏以很少篇章取胜的边塞诗人，王翰《凉州词》、王之涣《出塞曲》，他们的边塞诗仅存一篇作品，而竟然跻入王昌龄边塞七绝的行列，实在是他们的骄傲。

边塞诗是唐代诗歌一个组成部分，诗人们描绘了祖国边疆瑰奇壮丽的风光，歌颂了将士们抗敌御侮的豪情，也倾吐了征人思妇久别长离的哀怨，有些作品对统治者用人不当赏罚不明进行了揭露和谴责。诗人们既反对少数民族统治者侵扰边疆，也反对中原统治者侵掠外族，更主张以和平的方式处理民族矛盾。杜甫云：“君已富土境，开边一何多！”李白曰：“如何舞干戚，一使有苗平？”都代表了诗人们和广大人民的心声。

论山水诗，论边塞诗，是就那些诗人创作的主导面说的，其实他们创作的题材内容都是多方面的。还有许多诗人是不好归到哪一派的。盛唐有不少人往往以几篇甚至一篇佳作而名垂诗史。如张九龄《感遇》，朱斌、畅诸《登鹳雀楼》，以及崔国辅、常建等人的作品，无不浑厚高华，具有盛唐气象。

盛唐诗歌是任何时代都不可追攀者，还在于她拥有如日月经天、江河行地的大诗人李白和杜甫。

李白，字太白，他生于塞外，长在蜀中，二十五岁以后乃“仗剑去国，辞亲远游”。当他走出峡江一望，大江浩荡，楚天空阔，当时正值开元盛世，国家兴旺，社会清平，给了他极大的鼓舞。尔后二十多年间，他游遍了祖国的名山大川；大河上下，塞北江南，到处留下了他的足迹。他豪迈的歌声，讴歌了祖国的大好河山。王维诗里的境界多是宁静的，李白刻画的山水无不雄奇飞动。“连峰去天不盈尺，枯松倒挂倚绝壁。飞湍瀑流争喧豗，砯岩转石万壑雷”，这是“难于上青天”的蜀国雄山；“登高壮观天地间，大江茫茫去不还。黄云万里动风色，白波九道流雪山”，这是庐山下望浩浩奔流的大江。山形水态无不显现出诗人自身的形象。在李白的笔下，黄河是“黄河之水天上来，奔流到海不复回”！而长江是“孤帆远影碧空尽，惟见长江天际流”，江河也表现出不同的风貌和个性。

虽然李白热爱大自然，遍历名山胜水，但他的志愿还是“申管晏之谈，谋帝王之术，奋其智能，愿为辅弼，使寰区大定，海县清一”，在这个辉煌的时代建功立业。然而经过几十年的奔波，中间应玄宗之召到过长安，结果仍然是宝剑飘零，一无所获。经历了艰难挫折，使诗人对这个社会有了较为深刻的认识。统治者日益腐败，大唐王朝在繁荣的表象下已经危机四伏，他自己也毫无出路。他愤怒了，发出了怒吼：“大道如青天，我独不得出”，“停杯投箸不能食，投剑四顾心茫然。欲渡黄河冰塞川，将登太行雪满山”。他感到这个天地实在太窄了，窘得他无法呼吸。他一方面充满自信，自谓“天生我材必有用，千金散尽还复来”；同时又痛感“昭王白骨萦蔓草，谁人更扫黄金台”，没有人更问贤才。“羞逐长安社中儿，赤鸡白狗赌梨栗。弹剑作歌奏苦声，曳裾王门不称情”。他不能忍受世俗社会的束缚，如此他大呼“安能摧眉折腰事权贵，使我不得开心颜！”李白有浓厚的道家思想，他向往自由，追求解放，但同时又有建功立业的强烈愿望。一部李太白诗，就是体现着诗人追求自由解放和希图建功立业两种思想的交织与撞碰。他总想把两者统一起来，而现实恰好使两者都成为泡影。他在这种矛盾状态中发出的愤呼，使千百年后的读者也为之震撼。李太白诗想象丰富，构思奇特，风格豪雄奔放。如蜀山突兀，拔地千仞；如大河东注，波涛澎湃。他是屈原之后最伟大的浪漫主义诗人，后世更无有继者。李白诗诸体兼备，内容包罗万象。所作《古风》五十九首和《拟古》诸作，远祧阮籍、左思，近继陈子昂、张九龄，有不少干预现实的深切之作。他的旧题乐府，是汉乐府以后的最大成就，远祧鲍照而后来居上。《蜀道难》《将进酒》《行路难》和歌行《庐山谣》《梦游天姥吟留别》都是诗歌史上的丰碑。五言律诗独自名家。七言绝句只有王昌龄可与匹敌，而内容之富又过于昌龄。其整体成就，在诗史上能够与之比肩的只有一生对他景仰、系念、关切的朋友杜甫。

杜甫比王维、李白小十一岁，他们分别代表了盛唐的两个阶段。王维、李白在开元时代已名动天下，而反映天宝后期的社会面貌特别是安史之乱的则是杜甫。李白具有道家思想，王维深受佛学影响，杜甫却是典型的儒家信徒。杜甫无论生活和创作都非常严谨，现存杜甫诗开元时代没有几首，显然是他没有把自己的早期作品保存下来。他进入创作的旺盛时期，面对的已是一个繁荣表象下面充满矛盾的社会，他自己也结束了裘马清狂的漫游生活，走进满地红尘的长安城里，过着“朝扣富儿门，暮随肥马尘。残杯与冷炙，到处潜悲辛”的生涯。他的笔触远没有王维、李白那么轻松，一字一句落下来都是沉重的。天宝社会的逐步溃烂，在杜甫诗中已隐隐反映出来。“朱门酒肉臭，路有冻死骨”，社会矛盾已极端尖锐。《兵车行》《丽人行》《赴奉先咏怀》等诗中，处处透露出这个政权败坏的气息。危机终于爆发，安禄山的叛军，野蛮地摧毁了盛唐的壮丽繁华，两河州郡遭到蹂躏，长安洛阳化为丘墟；时代的乱离苦难把诗人杜甫“推”向了中国诗歌的峰顶。政治上的“盛唐”天宝十四载已在安禄山叛军的铁蹄下崩溃，诗歌的“盛唐”却在杜甫的支撑下延续了十多年之久。杜甫的许多名作，如五律《月夜》《春望》，七古《哀江头》《哀王孙》，五古《北征》与“三吏”“三别”等，都是安禄山叛乱发生以后的作品，如实地反映了这一场空前的浩劫，此即所谓“诗史”。

唐肃宗乾元二年（759）杜甫自华州弃官，走秦州，奔同谷，西入蜀中，开始了他后期颠沛流离的生活。晚年历尽艰难困苦，创作力却毫未少衰，写出了许多名篇。“晚节渐于诗律细”，五律七律都出现了更多的佳作。杜甫的作品，一个突出的特点，就是紧扣时代的脉搏，把自己的遭遇和祖国人民的命运联在一起，句句从肺腑中流出，真率自然，没有故作“主文而谲谏”的声明，不打“唯歌生民病，愿得天子知”的旗号。杜诗的风格，所谓沉郁顿挫，隽永深微。他的每一首诗都有其深刻的思想基础，经过认真的锤炼，即使是一般作品也经得起推敲。诗人一生追求“致君尧舜上，再使风俗淳”的理想是破灭了，而“读书破万卷，下笔如有神”则使他足以自豪。杜甫不太擅长绝句小诗，五律七律则有唐无有敌手，五古七古亦名篇叠起。中国古题乐府李白达到高峰，此后无有继者；新题乐府则由杜甫始创，至中唐白居易等人乃竖起新乐府的旗帜，形成了一个高潮。“李杜文章在，光焰万丈长”，大文学家韩愈作的这一断语，永远不可动摇。

代宗大历五年（770），杜甫和岑参同年去世，盛唐的歌坛到此落下帷幕。

六、中唐前期，大历才人的时代

自代宗大历五年（770）至宣宗大中十三年（859）为中唐，近九十年。

好像是造物主的有意安排，诗人们往往成批地到来，又成批地离去。开元盛世的诗人，李白卒于唐肃宗上元元年（761），王维卒于上元二年（762），高适卒于代宗永泰元年（765），杜甫、岑参代宗大历五年（770）相继逝世。十年之间，盛唐群星，零落尽净。紧相衔接，中唐诗人就联袂而来。代宗大历三年（768）韩愈、张籍出生，大历七年（772）白居易、刘禹锡降世，大历八年（773）柳宗元呱呱堕地，大历十四年（779）元稹也随之诞生。十年之间，他们也一齐来到。从杜甫、岑参之死到韩愈、白居易等人成长，这中间有大约二十年的空档，是大历才人和韦应物等人的时代。

文学史所谓“大历十才子”，其实不只十个人，而是一大群，主要有刘长卿、郎士元、钱起、皇甫冉、韩翃、戴叔伦、司空曙、李端、卢纶和李益⑤。大历才人大多数开元时代即已出生，天宝年间成为进士，受过盛唐文学的熏染。但在李白、杜甫、王维这些巨星照临之下，他们似乎放不出自己的光芒。等到他们驰骋诗坛的时候，毕竟来晚了一步，开元盛世已成为过去，遭受了安史之乱的大唐天下，已是山河憔悴，遍地疮痍。社会在他们面前已不是“开元全盛日”的辉煌，而是“处处蓬蒿满”的凄惨。时代的屯蹇制约着才人的诗笔，“城池百战后，耆旧几家存”，“白首相逢征战后，青春已过乱离中”，刘长卿的这些诗句是中唐社会逼真的写照。似是一种时代的风习，大历诗多为近体，五言律尤为这个时期代表性的诗体。他们对社会生活，不像盛唐诗人那样用长篇古风直接歌咏，而是通过抒情小诗间接反映出来。作品大多语言溜亮清圆，风格深婉清丽，调子比较低沉，缺乏盛唐时期那种深厚宏伟的气魄。

大历才人中刘长卿较为年长，他在天宝中登进士第，到上元宝应间才在诗坛上崭露头角。刘长卿个性正直耿介，“刚而犯上，两遭迁谪”[⑥]，半生都在东南半壁的道路上奔波，他的优秀诗篇大多是贬谪途中的作品。他是唐代写近体诗的名家，尤以五言律诗擅长，自己也以“五言长城”自许[⑦]，其实他的七言律也颇多佳作。他写的古体诗也带有近体的味道，从中抽出四句、八句，即可以成为独立的近体诗。他饱经战乱，又连遭贬谪，所以诗里充满了乱离摇落的感触，贬谪迁逐的悲哀，从一个侧面反映出大唐帝国江河日下的面貌。他的许多优秀之作，都写得音韵清圆，对仗精警，风格苍凉沉郁，很能激荡读者的心灵，其成就远在其他大历才人之上。

在大历十才子中，钱起、郎士元在当时很有名气，被称为“前有沈宋，后有钱郎”。沈宋在初唐对五言律有建树完善之功，非钱郎可比。就钱郎而论，则郎士元远不如钱起。钱起的五言律诗写得相当精警，其排律《省试湘灵鼓瑟》是唐代试帖诗的典范。钱起之外，他如皇甫冉、韩翃、戴叔伦、司空曙、李端、卢纶，都有作品清新可诵。其中戴叔伦又更为突出。他不仅近体诗足可与钱起相比，更有相当数量的七言古体直接反映社会生活，关切民生疾苦，是大历才人所少有的。

诸多记载中都把李益算作“大历十才子”之一，其实李益较其他人为晚，后于刘长卿、钱起等近三十年。李益写了许多边塞诗，是其他大历才子很少涉笔的领域。这些边塞绝句，有的高歌慷慨，唱出边疆战士为国赴死的壮志；有的情韵悠扬，反映边塞征人久戍思归的忧伤。不仅在大历诗人中绝无仅有，在有唐一代也是突出的，上可与王昌龄、岑参鼎足，只是缺乏王昌龄那种雄浑豪迈的力量。

中唐前期，有一位不入“大历十才子”营垒，其成就却超过所有大历才人的诗人，那就是韦应物。韦应物年轻时做过玄宗宫廷的三卫郎，他在诗中说自己“少事武皇帝，无赖恃恩私。身作里中横，家藏亡命儿。朝持樗蒲局，暮窃东邻姬。司隶不敢捕，立在白玉墀”（《逢杨开府》）。安史之乱以后才折节读书。由一个放纵不羁，甚至是近乎无赖的宫廷卫士，转变成一个整饬严肃的官吏，思深意远的诗人，这是文学史上非常少见的。

韦应物的诗以简远闲澹著称，后世常把他和陶渊明并称“陶韦”。其实韦应物的作品中，有一部分豪雄激越的篇章，并不都是那么简澹。在这部分作品里，他唱出“丈夫当为国，破敌如摧山”（《寄畅当》）的豪语，也歌颂“甘从锋刃毙，莫夺坚贞志”（《睢阳感怀》）的英雄。他所到之处，都有一些反映社会面貌，同情民生疾苦，表达激烈情怀的作品。读了这些诗，出现在我们面前的就不会是那个襟怀恬淡从容吟咏的韦应物，而是另一个酒酣拔剑慷慨高歌的韦应物了。

但话说回来，最具韦应物风格特色的毕竟还是那些闲澹简远的作品。他最善于用自然朴素的诗句，描绘出清幽美丽的画图。“杨柳散和风，青山澹吾虑”、“海上风雨至，逍遥池阁凉”、“微风送荷气，坐客散尘缨”、“寒雨暗深更，流萤度高阁”，诸如此类的名句，在韦应物集中所在多有。他善于写宁静淡远的景物，又喜爱自然界发生的变化；高斋夜静，风雨乍来，是他最爱描写的境界。韦应物的两类作品，表面上完全不同，其实是同一胸怀的两种面目，前者直接表述自己的思想，后者深沉的感触而以简淡出之，故能给人以更深刻的印象。韦应物中年以后喜欢和禅子打交道，禅理也渗入了他的创作。探究清净自然的禅理和他追求宁静恬淡的襟怀结合起来，更促成了他的简远的诗风。他又爱探索自然物理，从而也连及宇宙人生的奥秘。“水性自云静，石中本无声。如何两相激，雷转空山惊？”（《听嘉陵江水声寄源上人》）“丝桐本异质，音响合自然。吾观造化意，二物相因缘”（《赠李儋》）。这些诗虽述物理，而颇具形象，耐人寻味。韦应物集中有不少家人间情感的诗，大都写得真挚感人。

韦应物生活的前期，正是杜诗如日中天的时候，到他的后期已进入了张王元白的时代。他与大历才人并世同时，却在大历才人之外独树自己的旗帜。

中唐有一批和尚也很能作诗，如灵一、皎然、清江、灵澈，都是有名的诗僧。其中皎然尤为突出，其诗作产量甚丰，存诗达七卷之多，也以五律见长，是典型的大历诗风。皎然还是一位诗论家，以所著《诗式》闻名。其诗论重在自然平顺，有所谓二要：“要力全而不苦涩，要气足而不怒张。”有所谓六至：“至险而不僻，至奇而不差，至丽而自然，至苦而无迹，至近而意远，至放而不迂。”其诗论开神韵派的先河，为晚唐司空图《诗品》的前奏，而和稍后的白居易要求诗歌为时为事而作的主张则相对立。皎然自己的作品音韵浏亮，造语自然，是他的诗论的体现。据说皎然曾拟韦应物诗格晋谒韦应物，韦看了甚为疑惑。过了一天，皎然又将自己原来所作见韦，始被领略。韦对他说：“人各有长，盖自天分。子而为我，失故步矣。但以所谐，自名可也。”皎然甚为折服。皎然诗容易被人误为韦应物一类，其实是并不相同的：韦诗古淡，皎然圆润；韦诗于情感境界上见功夫，皎然诗在语言格调上见气力；反映生活的深度两者自不能相提并论。

七、中唐全盛时期，从张籍、王建到白居易

唐代以前，乐府诗在诗史上有过两度辉煌。第一段在汉魏，汉魏乐府现存作品虽然不算太多，但以朴质的语言真实地反映社会生活，成为后世乐府诗的典范。汉魏乐府还繁衍产生了五七言诗。第二段在东晋南北朝，清丽旎旖的南朝乐府与刚健质朴的北朝乐府，共同丰富了六朝的诗苑。隋朝结束以后，虞世南等人把北朝的诗风带进唐代，写过少量的乐府诗，随后诗坛就为宫廷诗所淹没，乐府的声音不再响亮。进入盛唐，李太白巍然崛起，用乐府写时事，抒心曲，把旧题乐府推向极际，成为最后耸起的高峰。杜子美很少用旧题乐府，他创作了“三吏”“三别”等名作，实际上是一种新型的乐府诗，成为新题乐府的先声。元稹《乐府古题序》谓“近代唯诗人杜甫《悲陈陶》《哀江头》《兵车》《丽人》等，凡所歌行，率皆即事名篇，无复依傍。余少时与友人白乐天、李公垂辈，谓是为当，遂不复拟赋古题”。可知中唐新乐府运动的诗人们，都是在杜甫的启发下创作新题乐府的。而元稹这一声明标志着乐府古题从此退出中国的诗坛，明代复古派那些赝品上不了台盘。

和杜甫大体同时的元结，继承儒家传统的诗论，极力反对“拘限声病，喜尚形似”，主张诗要道达性情，救世劝俗。“极帝王理乱之道，系古人规讽之流”（《二风诗论》），“可以上感于上，下化于下”（《系乐府序》）。他的创作是他的理论的实践，作《系乐府十二首》，为人民的疾苦大声疾呼。但元次山心有馀而力不足，对儒家的诗论过于拘泥，成不了太大的气候。

真正大有作为的是中唐的张籍和王建。张王都是贞元的进士，两人“年状皆齐”，又是要好的朋友，诗风也很相近，他们的乐府诗被称为“张王乐府”。他们虽也用了一些旧题，但更多的是“即事名篇”的新题，而且即使用旧题也反映现实生活，不受传统的限制。他们的语言都明白如话，这无异是诗歌史上的一场革命，给整个新乐府运动的诗人树立了楷模。张王乐府广泛而深刻地反映了中唐社会的现实：藩镇割据，外族侵凌，统治者内部倾轧，政治腐败，频繁的战争，无限制的徭役赋税，使劳动人民遭到残酷的剥削和奴役。他们满怀激情大声疾呼，深刻地反映了人民的悲酸和愿望。这是张王之前少能听到的声音。王建还有一些边塞题材的篇章，这些作品不再有盛唐边塞诗那种雄浑豪放的风格，充满了沙场的惨淡，征战的苦辛，色调暗淡低沉，时代只允许他有这样的格调。

张王乐府取得了很大的成功，白居易曾称赞张籍“尤工乐府诗，举代少其伦”。而只当白居易本人率领他的部队进场之后，才把新乐府运动推向高潮。据元稹的《古题乐府序》，我们知道白居易、李绅和元稹在年轻时候就在杜甫的启发下不再用乐府旧题，而采用“即事名篇，无复依傍”的乐府新题。白居易是这一运动的主帅，他既是创作者，又是理论家。他主张诗歌要反映社会现实，直接干预政治，即要歌咏民生疾苦，以讽谕最高统治者。他在《寄唐生》一诗中，说他自己的诗歌“篇篇无空文，句句必尽规。功高虞人箴，痛甚骚人辞。非求宫律高，不务文字奇。唯歌生民病，愿得天子知”。陈子昂把自己的文学主张概括为“兴寄”，白居易把目的标得更明确，叫做“讽谕”。唐宪宗元和初年，他初入仕途，随后担任了左拾遗。他以言官身份，对朝廷提出了许多建议，请降系囚，蠲租税，放宫人，绝进奉，禁止掠卖良人，以全副身心来竭尽自己的职责。就在这时，他写有不少反映现实的古体诗，特别是创作了五十篇《新乐府》和十首《秦中吟》。在《新乐府》序中宣布，他的这些诗“首句标其目，卒章显其志，诗三百之义也。其辞质而径，欲见之者易谕也。其言直而切，欲闻之者深诫也。其事覈而实，使采之者传信也。其体顺而肆，可以播于乐章歌曲也。总而言之，为君为臣为民为物为事而作，不为文而作也”。创作目的非常明确。这个时候白居易的政治热情和创作力量，真是锐不可当。“欲开壅蔽达人情，先向诗歌求讽刺”，在实现“讽谕”这一主张上，可以说是前无古人。在张籍、王建、李绅、元稹等人掀起的新乐府运动中，白居易这两组诗以及其他讽谕作品是其中最辉煌的成果。他的诗确实描绘了下层社会的苦难，吐出了广大人民的心声。唐宪宗元和十年（815），白居易被贬为江州司马，写了有名的《与元九书》，对他的讽谕诗作了全面的总结，认为诗应该上以“补察时政”，下以“泄导人情”，并把他的主张进一步概括为“文章合为时而著，歌诗合为事而作”，这是有唐一代最为杰出的诗论。元和时代，白居易才华横溢，是他创作的黄金岁月。除了新乐府讽谕诗之外，还写了大量风格清新、语言明畅的抒情诗。长篇歌行《长恨歌》《琵琶行》以其动人的故事，流丽的语言，深微的感慨，成为唐代有数的抒情叙事名篇，是诗史上划时代的作品，后世没有任何诗人诗作可与伦比。

白居易最密切的诗友元稹是新乐府运动中的重要角色，所作《古题乐府序》，认为用乐府古题，则必须“寓意古题，刺美时事”，但他更主张“即事名篇，无复依傍”的新题。这种诗论推动了重视社会现实、表现政治内容的新乐府运动的发展。但他的创作并未贯彻他的主张。他的古题乐府多取古代题材，内容怪诞不经，与“刺美时事”不相干涉。十二首新题乐府，自称“予遭理世而君盛圣，故直其词以示后，使夫后之人谓今日为不忌之时焉”，显系媚谀最高统治者，与白居易《新乐府序》不能相提并论。那些作品也上不了台盘。他的代表作《连昌宫词》也写得拖沓勉强，与白居易《长恨歌》相比，自有天上人间之别。元稹、白居易的“元和体”包括大量的唱和诗。这些应酬作品大多肤浅甚至油滑，佳作极少。元稹的近体诗值得一提的几首悼亡诗，写得深情沉挚，真切感人，同他集中写年轻时候男女风情的轻薄之作不是同一类型。元稹当年名气不小，和白居易齐称“元白”，其实他的人品和诗品都不能和白居易并驾，诗歌造诣更不可同日而语。

尽管新乐府运动、讽谕诗创作影响很大，白居易“文章合为时而著，歌诗合为事而作”成为千古名言。但应该指出，他们的诗论是有严重缺点的。在他们之前，元结对待儒家诗论就过于拘泥，他把如此辉煌的盛唐诗歌都一概斥之为“拘限声病，喜尚形似”。白居易更变本加厉，对秦汉以来一千多年的歌诗大加挞伐，于晋宋以还的歌咏更攻击得体无完肤。“至于梁陈间，率不过嘲风雪弄花草而已”；甚至说大诗人李白“索其风雅比兴，十无一焉”，对杜甫虽说是“贯穿古人”，“尽工尽善”，“然撮其《新安吏》《石壕吏》《潼关吏》《塞芦子》《留花门》之章，‘朱门酒肉臭，路有冻死骨’之句，亦不过三四十首”，好像杜子美还不如他白乐天似的！这种论调最致命的弱点在于否定诗的特质，不把诗作为抒写性灵表现真美的艺术，而把诗神紧紧地缚在封建统治者的宝座上，把诗艺为封建政治服务作为至高无上的目的。成为讽刺的是白居易把他的理论充分发表以后，他自己却再不实行。江州一贬，把他政治上的斗争锐气和创作上的讽谕主张一起“贬”掉了，其时他不过四十五岁，正当盛年。而他再入朝以后，就不再谔谔诤言，创作也不那么“讽谕”了，笔下充斥了“感伤”“闲适”之类的作品，“索其风雅比兴十无一焉”，“率不过嘲风雪弄花草而已”。我们要说，白居易的成功恰恰在于他并不完全实行自己的主张，因而写有许多优美的抒情之作；加以他确有才华，所以讽谕诗新乐府也写得很有文采。元结就太老实，以为《毛诗序》里的那一套真是不可逾越的戒律，他学着说了一通之后就照着办，结果使自己的作品大多拙涩枯干，他的仿古制品《二风诗》《补乐歌》比古人还古，味同嚼蜡。

八、中唐全盛时期，韩愈和柳宗元、刘禹锡

以白居易为主帅的新乐府运动，把乐府推向了一个新的阶段，其实也是最后一个高潮。他们的浅近明畅的风格，成为唐诗的转折。韩愈却竖起了另一面大旗，倡导了另一种雄伟壮阔而颇为硬涩的诗风，同样是唐诗转捩的一大关键。

韩愈是唐代首屈一指的散文家。他倡导的"古文"运动，上承先秦两汉的散文而加以"现代化"，取代六朝以来浮华绮丽的骈文，使文体得到解放，对后世有极为深远的影响。韩愈同时也是一位杰出的富有创造性的诗人。他的诗气象恢宏，想象丰富，敢于取重大题材，写壮阔场面。他的作品是以"芭蕉叶大栀子肥"的风度进入唐诗的百花园里的。他把写散文的特长带进诗里，纵横捭阖，操作自如。他善于在诗里长篇地叙事，许多曲折复杂的过程，他能在诗里叙述得井井有条。如《元和圣德诗》，以四言的形式，写出那样的长篇巨制，吞吐那么丰富那样复杂的内容，汪洋恣肆，纵横跌宕，不能不使人惊叹。他又喜欢在诗里大发议论。如《荐士》一诗，用简练的语言对历代的诗歌和唐代的作者都作出精当的评价，手段也极为高明。韩愈的语言具有鲜明的独创性，他把散文"词必己出"的原则用于诗歌创作。他称孟郊的诗"横空盘硬语，妥帖力排奡"，其实孟郊并不足以当之，而恰好可以用来形容他本人的语言风格。他特别喜欢描绘奇异壮丽的场景。"星如撒沙出，攒集争强雄"（《月蚀》），这是月蚀突然发生后的天空景象。"瞰临眇空阔，绿净不可唾"（《合江亭》），这是湘江上游清亮美丽的江上风光。"天跳地踔颠乾坤，赫赫上照穷崖垠"（《陆浑山火》），这是形容陆浑山上的大火。"轩然大波起，宇宙隘而妨"（《岳阳楼别窦司直》），这是描

写洞庭湖上的风涛。诸如此类的诗句，确是自铸伟词。司空图《题柳柳州集后》评韩诗云："韩吏部歌诗数百首……撑抉于天地之间，物状奇怪，不得不鼓舞而循其呼吸也。"这段话确实抓住了韩诗的特点。韩愈的古体诗大气磅礴，如《山石》《八月十五夜赠张功曹》《谒衡岳庙》等诗，笔力不减盛唐大家，风格却迥然不同。他也写了一些自然隽永的诗，晚年写的近体诗更趋于清畅明朗。

韩诗也自有他的缺点，叙事过长，议论太多，"以文为诗"，有些作品语言过于散文化。他又好用奇字险韵，许多长篇古诗往往一韵到底，故意在难中取巧，拗中见奇。如有名的《南山》诗，气魄确是雄伟，有些段落也相当精采。但一百零二韵的长诗，他偏要全用仄韵，就必然要用不少险韵僻字。其中用"或"字的诗句竟达五十一句，使人读起来很不轻松。

韩愈创意造境的奇崛，遣词造句的奇险，特别是"以文为诗"，在当时响应者并不太多，他的诗友孟郊、贾岛等人风格并不相同；他的诗风对两百年后的宋代却产生深远的影响，成为有宋一代诗风的重要源头。

孟郊是韩愈最为欣赏的诗人。他的文学主张和韩愈较为接近而走得更远，追求古拙奇峭，"务反近体"，所以他写的大多是五言古诗，即使写近体也不遵守格律，显得古朴拙涩。他创作态度严肃，认真锤炼，很少泛泛之作。孟郊一生穷愁潦倒，他的诗多是他悲苦生活的写照，逼真地反映了封建社会知识分子的窘境。元遗山诗云："东野穷愁死不休，高天厚地一诗囚。"是对他形象的如实写照。读孟郊的诗如食橄榄，要反复咀嚼才有点味道，而且还既苦且涩。晚于孟郊近三十年的贾岛，同样得到韩愈的高度赞许，有道是"孟郊死葬北邙山，从此风云得暂闲。天恐文章浑断绝，更生贾岛着人间"。他是一位苦吟诗人，有许多关于他诗思入僻的逸事，"推敲"就是有名的一例[⑧]。他以五律见长，很讲究琢字炼句，以凝炼的联语，写清幽的境界，颇有一些佳句。如“万水千山路，孤舟几月程”（《送耿处士》）、“孤烟寒色树，高雪夕阳山”（《送觑法师》）、“秋风生渭水，落叶满长安”（《忆江上吴处士》），上下句意相承，对偶精工优美，但完篇却很少。苏东坡称孟郊、贾岛诗为“郊寒岛瘦”，我们也不妨仿造一句曰“郊涩岛苦”。文学史家将韩愈、孟郊并称“韩孟”，孟郊自不足望韩愈项背，将孟郊、贾岛并称“郊岛”，则瘦岛远不如寒郊。

在韩愈赏识的人们中还有一个超郊越岛的短命诗人李贺。李贺的诗特别喜欢追求幽峭险怪的境界，词藻瑰丽，构思奇特。像《李凭箜篌引》《梦天》一类的作品，真正称得上异想天开，其想象力在诗史上也极为罕见。他的作品大多感慨人生，抒写愤懑。当他不过分地追求离奇怪诞，便能写出相当朴素明丽的作品。如《南园》《咏怀》等不失为好诗。可惜他太爱那种荒诞的事物，加上他的幽深冷涩的语言，诡谲变幻的手法，他的大多数作品使人读起来感到迷离恍惚。李贺和孟郊、贾岛一样，他们这派人都有无限的愁苦，无穷的忧愤，而且一滴不漏地注进他们的诗里。“长安有男儿，二十心已朽”（《赠陈商》），这是他的心境最彻底的表露。他特别喜欢用“幽、怨、愁、恨、梦、死、鬼、魄”之类的词汇，喜欢写鬼写神。翻开孟郊的集子，只听到一片呻吟啜泣之声；而打开李贺诗集，更听到处处鬼哭。如《苏小小墓》《神弦曲》等作品，简直是鬼气森森。因此，李贺的诗尽管很有特色，能够自辟营垒，但他的路子毕竟是狭窄的。刘禹锡七十二岁去世，他的创造力也许还正在发展；李贺二十七岁夭折，他的艺术生命似乎已到了尽头。

柳宗元是和韩愈齐名的大散文家，并称“韩柳”，同时也是杰出的诗人。就像他的散文和韩愈不同一样，柳诗也和韩诗风格迥异。韩诗雄浑，而柳诗清峻。柳宗元因参与“永贞革新”失败，被贬为永州司马，后又迁为柳州刺史，一生的政治抱负不得伸展，因而终身郁郁。他的好诗都是贬逐以后写的。他在南方一十五年，忠于吏职，关心民事，力所能及地为人民办了一些好事。这也反映在他的诗里。他在贬逐流离的生活里，从美丽的南国山河中得到安慰，他的诗清丽秀逸，也像湘水柳江一样晶莹秀澈。由于柳诗写的风光景物同韦应物有某些相似，前人因此将他们并称“韦柳”。其实他们的风格并不相同，韦诗简淡，柳诗深邃；韦诗如平远春山，柳诗如清溪幽谷，境界不尽相同而同样都是美的。

柳宗元的战友刘禹锡是贞元元和之际的重要诗人。他们两人是贞元九年（793）同榜进士，又都因参与“永贞革新”同日遭贬。柳宗元着重散文创作，刘禹锡则全力为诗。他性格倔强，不惜冒蒙受重大打击的危险，迭次用诗作为投向政敌的镖枪。他的优秀诗篇写得清新流畅而内容深厚。和柳诗不一样，柳子厚哀婉凄清，刘禹锡的诗秀朗明丽。“零落残魂倍黯然”，是柳子厚的心境；“横空一鹤排云上”，则是刘梦得的风神。刘禹锡还是唐代向民歌学习成绩卓著的作家，他写的《竹枝词》《浪淘沙》等许多成功之作，和白居易的同类作品，对词的产生发展有很大的影响。刘禹锡比柳宗元幸运，他没有在贬逐流离中死去，得以重回中土，并得高寿。后期与白居易唱和，并称“刘白”。他的古诗体不如白居易，近体诗则足当旗鼓，七绝尤多佳作。

中唐全盛时期在唐德宗、宪宗、穆宗之世，唐王朝国势虽然不振，但还没有露出危亡的端倪，中原地区与江淮流域还较为平静。由于白居易、韩愈、刘禹锡等诗人辈出，掀起唐诗第二个高潮，成就差可与开元天宝相比，在诗史上已是少有其俦。

九、中唐后期，杜牧和李商隐

我把中唐的下限推到宣宗大中之末（859），就是将杜牧、李商隐揽入中唐[9]。杜牧、李商隐时代即文宗、武宗、宣宗之世，唐王朝已经衰微，诗坛上却还保持着前一时期的兴盛气象，杜牧、李商隐仍是有唐一代杰出的诗人，张祜、许浑、温庭筠也是重要作家。

杜牧是出名的贵介公子，风流词客。祖父杜佑做过德宗朝的宰相，以善于理财著称；也是著名学者，撰写过流传千古的名著《通典》。历史上流传着不少杜牧的风情故事，但这只是诗人的一面，杜牧同时非常关心国家大局。“平生五色线，愿补舜衣裳。弦歌教燕赵，兰芷浴河湟”，他是有宏伟的政治抱负的。喜好谈兵论战，理赋均财，对安史之乱以后的国家政局有清醒的认识。所作《感怀诗》《李甘诗》《郡斋独酌》《华清宫三十韵》等作品都是很有深度的政治诗。杜牧特别关注遭受西北强敌侵凌的河湟地区，诗中多有反映。唐代边塞诗最为发达，但到了中唐特别是后期已没有写头，莫要说盛唐的豪壮，连李益描绘的塞外风光也不再有了。“羌笛何须怨杨柳，春风不度玉门关”已没有可能再去关切，“未收天子河湟地，不拟回头望故乡”（令狐楚诗）算是最有志气的了。到了杜牧，只能望着北来的飞雁，想象北方的景况。“牧羊驱马虽戎服，白髪丹心尽汉臣”，对沦入敌占区的人民表达深切的同情。国家未能继续强大到足以巩固边防，杜牧也就只能在诗里发他的感慨而已。杜牧写得最好的作品是抒情写景的近体诗，特别是七言绝句，寓深婉于清丽，出神韵于自然，成为中唐七绝的名家。他的咏史之作，寄兴深微，“商女不知亡国恨，隔江犹唱后庭花”，面对丝竹纷纷的秦淮夜色，诗人别有一番感触。“霓裳一曲千峰上，舞破中原始下来”，把唐玄宗的荒嬉同安史之乱联系起来，极其自然而又极其深刻。“舞破中原”四个字使人震颤。诗人所到之处，多有写景小诗，清新秀逸，每一首都是一幅优美的画图。翻开杜集，就会得到一种“千里江南绿映红”的享受。

杜牧之尽管未得展其抱负，毕竟还在京师或地方官任上盘桓，李商隐可没有这种幸运，年纪轻轻就在牛李党争的夹缝中倾轧，一生不得舒展，转来转去，都是作为地方官的幕僚。他的五七言古诗受杜甫的影响甚深。《行次西郊作一百韵》，反映民生疾苦，揭露朝政腐败，为安史之乱前后祸乱频仍的唐代社会作了一个诗的总结。这样的五古长篇，杜甫以后并不多见。七古《韩碑》为韩愈鸣不平，诗也正有韩诗苍劲雄浑的风格。李商隐以七言律诗擅长。唐代历练深沉的七律，杜子美之后就要算李义山了。由于李商隐的七律多反映当时的政治事件，表达得比较曲折，又使用了很多典故，因此读起来比杜诗艰涩，但是经得起咀嚼。李商隐的《无题》七律是他的创造。诗人把人生的坷坎，政治上的蹇滞，贯注这些爱情内容的诗里，使诗的内容特别地丰富、曲折而深沉，有一些甚至实际上就是寓意深微的政治诗，也不妨理解为一种永远没有止境也永远没有结果的人生追求。唯其没有止境，所以极其深挚，“春蚕到死丝方尽，蜡炬成灰泪始干”；唯其没有结果，所以极其凄惋，“春心莫共花争发，一寸相思一寸灰”！读义山的《无题》诗，令人想起元稹的《遣悲怀》。但元诗悼亡，内容单纯明白，李诗的蕴涵要复杂得多。李义山要表述内心的郁积，故回肠百结，幽渺深邃。北宋西昆派诗人命题作诗，刻意模仿义山，故作艰深，尽量在诗里填塞典故，堆垒词藻，做出来的自然都是纸扎的花朵，恹恹没有生气，与李商隐精神背道而驰。李商隐也是七绝名家。其咏史绝句是用诗写的史论，精警而深刻，在诗史上独辟蹊径。对历史的评说，常常是对现实的讽谕，不只是感慨兴亡而已。荒嬉误国，是其史论的重要的主题。但他绝不作泛泛的议论，往往用一个生动的场面形象地说明问题。同杜牧清明秀朗的风格不同，李商隐的绝句典重深沉，带着浓厚的感伤色彩。“茂陵秋雨病相如”，是李商隐描绘的自我形象，也可以象征他的诗品。读杜牧的诗，总感到他永远是一个年轻的浪漫才人；而读李商隐的作品，就觉得面对的是一个忧深虑患的长者，其实他写出许多佳作的时候还相当年轻，作《行次西郊作一百韵》之时年方二十有五，逝世的时候也仅四十七岁！

文学史上曾经同李商隐并提的温庭筠，其生平遭际连李商隐都不如。据说他出入歌楼妓馆，轻薄无行，又得罪了权贵，一生仕宦极不得意。温庭筠是第一个以词名家的作者，“能逐弦管之音，为侧艳之词”。其词集名为《香荃集》，秾艳华丽，香而且软。这种词风也影响到他的诗风，绮靡浮艳。诗中大量歌台舞馆酒绿灯红的题材，显然是与他的酒绿灯红歌台舞馆的生活相关的。但温庭筠毕竟还是写了不少好诗，颇有一些干预现实的作品。《侠客行》等诗写得相当健朗，咏史七律甚至可与李商隐争辉，五七言小诗亦有不少作品清新可诵。

诗到中唐后期，逐渐缺乏骨力，像杜牧、李商隐犹能作沉厚古诗的已不多见。而近体则尚有不少名家，张祜、许浑就是其中的佼佼作者。他们的作品语言清丽，格律严谨，并都有不少名作。

唐武宗会昌二年（842）刘禹锡去世，会昌六年（846）白居易寿终，宪宗大中六年（852）张祜、杜牧亡故，大中十二年（858）李商隐也离开了人世。也只有十多年时间，中唐时代的大星全部陨落。“红衣落尽渚莲愁”，尽管李唐王朝还远没有结束，哕哕煌煌的唐诗却从此唱到了尾声。

一〇、哀飒的晚唐诗歌

自懿宗咸通元年（大中十四年，860）至五代终结（960）为晚唐，整一百年。李唐王朝于哀帝天祐四年（907）天不再祐，为朱梁所篡夺，其后属于五代十国者五十三年。国家已四分五裂，不再是李唐的天下，文学史家却把这个时期的诗歌作为唐诗的尾声。

安史之乱以后，朝廷宦官肆虐，党派倾轧，地方藩镇割据，加上西北外敌侵扰，都成为李唐王朝无可药救的顽症。进入晚唐，这些的矛盾更为剧烈，发展到人民起来造反。唐懿宗咸通元年（860）浙东裘甫起义，咸通九年徐州发生兵变。僖宗乾符元年（874）爆发了王仙芝、黄巢大起义。广明元年十二月黄巢大军攻下长安，占领京师达两年之久。黄巢从起事到败死，前后持续十年，席卷了大半个中国，唐王朝从此一蹶不振。朱温、李克用乘机扩展势力，“妖气欲昏唐社稷”（韦庄诗），这个王朝也就最终覆灭，并造成五代十国长达半个世纪的混乱。诗歌就在这种社会环境里苟延残喘。

诗歌风气转移，与时代的气运密切相关，这在唐代最为显著。晚唐诗坛，作者并非不多，作品也并不太少，诗人们在水深火热之中呻吟，反映社会凋敝关切民生疾苦的篇章，揭露祸国虎狼害民蟊贼的诗什，较之前代有过之而无不及；有些作品甚至直接指斥天子，其锋芒之尖锐远非白居易可比。然而他们的诗却站不起来，格局狭小，萎弱不振，缺乏足够的艺术力量。语言明白如话也许是优点，但往往流于浅俗。自唐末以至五代，诗坛上没有大家，即使是有名的作者如皮日休、陆龟蒙、罗隐、聂夷中、杜荀鹤之属，佳作也寥寥无几。盛唐以至中唐那种气魄宏伟的长篇大作近乎绝迹，近体诗也大多松散肤廓，有清新明净之诗，无雄浑高华之作。有不少作品，间有佳句而无完篇。唐诗发展至此，像个衰弱的老人，在一条崎岖的小道上艰难地行进，而这种可怜的境况竟然拖了整整一百年！

晚唐诗人，能够拿得上台盘的不多。有些作者，论其作品内容实在不错，但诗艺却不高，如司马扎、于濆等人就是如此。《唐才子传》说于濆“患当时作诗者拘束声律而入轻浮，故作古风三十篇以矫时俗”。他的古风确能反映民生疾苦，有似中唐讽谕诗的馀响；但矫正时俗却不是他的力量所能办到。还有一位非常出格的和尚贯休，其人桀骜不驯，游食诸侯却不为所屈。贯休自创一种杂言古体，句式长短不齐，明白如话，形式有同禅偈，内容却颇为尖锐，是一种独特的讽刺诗，不落前人窠臼，很能深刻地揭露社会现实。但作品锻炼不够，读起来淡乎寡味。

皮日休、陆龟蒙、罗隐是晚唐名气较大的作家。他们都以小品文闻名，那些作品同韩柳汪洋恣肆的散文相比，有如小溪低阜之与高山大川；但它们短小精悍，幽默尖锐，暴露社会的黑暗，抨击统治者的腐朽残暴，又是韩柳之所不如。鲁迅曾给予高度的评价，说："唐末诗风衰落，而小品放了光辉。但罗隐的《谗书》几乎全部是抗争和愤激之谈。皮日休和陆龟蒙自以为隐士，别人也称之为隐士，而看他们在《皮子文薮》和《笠泽丛书》中的小品文，并没有忘记天下，正是一塌糊的涂泥塘里的光彩和锋芒。"（《小品文的危机》）但他们的诗歌，尽管作品很多，成就并不很大。皮日休集中有大量的文字游戏，并无多大价值。他同陆龟蒙唱和之作几乎占了他们全部作品的一半。由于这个缘故，他们两人因而并称"皮陆"。诗歌唱和，应该说是一种高雅交谊的表现，但元稹、白居易滥用这种形式，以此鸣高，以此逞能，就变成了一种歪风。皮日休、陆龟蒙更大击颓波，累牍连篇，粗滥庸俗，后来更发展成宋人的恶习。皮日休有《正乐府十篇》，其序云："乐府，盖古圣王采天下之诗，欲以知国之利病，民之休戚者也。""今之所谓乐府者，唯以魏晋之侈丽，陈梁之浮艳，谓之乐府诗，真不然矣。故尝有可悲可惧者，时宣于咏歌。总十篇，故命曰正乐府。"他的理论明显受白居易的影响。正乐府是皮诗中最有光辉的作品，是中唐新乐府运动的馀韵。陆龟蒙的好诗也不很多，少数小诗写得较有情致。罗隐写了大量的律诗，大多浅显平易，也很平庸。以口语入诗是晚唐的特点，罗隐诗尤为突出。咏牡丹云"若教解语能倾国，任是无情也动人"写蜜蜂曰"采得百花成蜜后，为谁辛苦为谁甜"，是罗诗中的名句，颇为传颂。但有些作品过于浅俗而流于油滑。如《自遣》诗"得即高歌失即休，多愁多恨亦悠悠。今朝有酒今朝醉，明日愁来明日愁"，就完全成了打油诗。罗集中有部分绝句，或讥刺时事，或咏叹古迹，是罗诗中的精华。

另一组重要的诗人是聂夷中、杜荀鹤。聂夷中长期“奋身草泽，备尝辛楚”，中进士后也只做过华阴县尉这样的小官。杜荀鹤出身寒微，四十六岁才考中进士，也曾历尽艰辛。他们的作品，反映唐末黄巢大乱前后的社会面貌，描述了劳动人民遭受的灾难和痛苦。聂夷中存诗不过三十来首，以一首《田家》诗使他在诗史上留下了踪迹。杜荀鹤存诗三百多首，为聂夷中的十倍，内容自然丰富得多。历来反映社会生活而语言浅易明白的作品大多是乐府或古诗，杜荀鹤却专用近体，这是荀鹤诗的一大特色。

祸乱相寻的晚唐社会，诗人们大多经历了奔走流离的生活，因而他们总能反映出时代的苦难。前面论及的作者都是如此。也有一类作者，情况较为复杂，他们固然也反映社会的屯蹇，另一方面却在繁华幻灭之后苟且偷安，写一些“嘲云戏月，刻红粘翠”的绮靡之作。韦庄、唐彦谦和韩偓是这类诗人的代表。

韦庄曾经目睹黄巢大军进入长安，写了有名的《秦妇吟》，为这出历史悲剧作了重要的记录。晚年在西蜀身居高位，成为西蜀杰出的词人。词的成就远过于诗，和温庭筠并称“温韦”。二人风格不同，温庭筠浓涂艳抹，韦庄淡雅清妆。他的诗在西蜀也是首屈一指，具有较高的艺术性，语言朴素，七言绝句尤多佳作。唐彦谦初学温庭筠，写了一些缠绵绮丽之作。后来学陶渊明，但他的《和陶贫士诗》过于质直，并不同于陶诗的真率。晚更学杜甫，《唐才子传》甚至说“唐人效甫者，惟彦谦一人而已”。那是把斥鷃当作大鹏，离谱实在太远了。韩偓曾在混乱不堪的昭宗朝很受信任，但最终无法立足，只得携家避地闽中。韩偓的诗大致可分为三类。第一类是他在朝写的“从猎”“侍宴”之作，在岌岌可危的晚唐王朝再来歌颂圣明未免滑稽。第二类是《香奁集》中闺情诗，虽不无个别清丽之作，但大多属于淫靡作品。另一类是感时伤乱之诗，围绕着个人遭遇，也间接反映了一些乱离社会的情景。韩偓并不缺乏才华，如《春尽》诗“细雨漾花归别浦，断云含雨入孤村”还算是佳句。韩偓是李商隐姨外甥，商隐赠诗有“雏凤清于老凤声”之句；这只雏凤之声“清”则“清”矣，其实与老凤相差甚远，好诗也就寥寥几首。

到李唐王朝濒近结束的时候，京师成为战乱之地，诗人们纷纷离散，韦庄僻处西蜀，韩偓远走东闽，徐铉、张泌仕于南唐，辉煌了三百年的诗城长安从此寂寞。残唐五代移都河南，五十多年间中原没有一个像样的诗人。而在僻远的西蜀和南唐却词人辈出，东西对峙成为两个词作的中心，诗坛则较为沉寂。整个唐诗的发展，如一年之有四季，初唐是葱茏的春日，盛唐似烜赫的炎夏，中唐同绚烂的秋天，晚唐则如萧瑟的寒冬。进入五代，诗坛索莫，中国诗歌的再度繁荣还要等一段相当长的时间。

一一、唐诗，光焰万丈

五七言诗从汉乐府演变发展而来，从汉初到清末绵延了两千一百多年，唐代是这二十多个世纪的正中，这种诗体完全成熟并发展到高潮，而盛唐中唐近一百五十年更是其间波涛澎湃的一段。明代七子派提出“诗必盛唐”，作一条戒律当然不对，盛唐诗歌并不能囊括全部优秀的诗作，盛唐风格并不能制约其他时代的诗风；但盛唐的成就又确是其他时代所不可企及。前清康熙时代辑的《全唐诗》作者多达二千二百馀人，作品四万八千九百多首，遗漏的还有不少。诗人之众，创作之丰，是唐以前任何一个时代所不可比拟。像李白、杜甫、王维、孟浩然、王昌龄、岑参、刘长卿、韦应物、韩愈、柳宗元、白居易、刘禹锡、杜牧、李商隐等大诗人或名诗人，阵容之壮，力量之强，前代无可比拟，后世也莫可追攀。

唐诗风格多姿多彩，或雄奇奔放，或沉郁苍凉，或清新秀逸，或典雅隽永，如万壑争流，百川赴海，汇成一种整体的风格，唐人的风格。盛唐是一个历史上少有的繁荣昌盛的时代，诗歌也体现出一种高华兴旺的气象，雄浑健朗的风神。太宗武后之世，唐代诗坛的巨星还没有出现，唐诗还处在“绿柳才黄半未匀”的时候，即表现出蓬勃的朝气。进入盛唐，唐人风格最具代表性。“黄河落天走东海，万里写入胸怀间”（李白）、“云里帝城双凤阙，雨中春树万人家”（王维），这样的诗句，可以作为盛唐诗风的象征。

有些论者认为，在封建社会不存在真正的盛世。李白有那么多愤懑的诗句，杜甫诗倾吐着那么多的悲辛，谈不上什么承平盛世的气象。其实不然，承平盛世是相对的，像开元、天宝那样的繁荣昌盛，不管它多么短促，也不论它里面潜伏着多少矛盾，在历史的长河中已是非常难得了。诚然，即使在开元天宝时代，社会不平，现实黑暗，人生的坷坎，人世的悲酸，同样是诗歌里面普遍存在的主题。但，所有这些仍未能否定唐诗特别是盛唐诗表现出兴盛的时代气象。不管诗歌里面表现出诗人多少的感慨、愤懑和忧伤，但它仍然勃郁着一种积极向上的精神，一种浑厚苍劲的力量。李太白的忧愤如雪积高岳，冰塞长川，但“长风破浪会有时，直挂云帆济沧海”，信心可一点没有削弱。杜子美的生活处处悲辛，然而“清夜沉沉动春酌，灯前细雨檐花落。但觉高歌有鬼神，焉知饿死填沟壑”，即使是这样深含愤慨的诗句，诗中的力量依然气势凌厉。

一种风格，一种潮流，形成之后就不会轻易消失。安史之乱，使李唐王朝一落千丈，开天盛世成为过眼烟云，繁华都尽，随后就是藩镇割据，外敌侵凌，朝廷政治腐败，人民又陷入乱离痛苦之中。但唐诗的风采并没有立即消歇，历大历、元和以至大和，延续了相当长的岁月。就像大海的潮汛，虽一圈一圈在逐步下落，但波声喧响，波光滟潋，仍令人心旷神怡。只有到晚唐，才洪涛消落，仅剩下馀波在荡漾了。

诗是具有音乐美的语言艺术，换言之，也可称为语言组成的乐曲。这在唐诗体现得最为典型。五七言诗经过汉魏六朝无数诗人的琢磨锻炼，特别是齐梁时代掌握了四声的规律，懂得了平仄协调；到了唐代，许多诗人掌握语言的音响，达到了玉润珠圆出神入化的境地。读优美的唐诗，有如登匡庐绝顶，“登高壮观天地间”，白波九道，万里黄云；有如入桃源胜境，“两岸桃花夹古津”，芳草鲜美，落英缤纷。这是任何别的时代的诗歌都无法与之媲美的。差可与唐诗后先济美的宋诗，语言音响之美，也远不如唐诗。读唐诗如历雄山胜水，读宋诗如入幽崖曲径，两者差别还是很大的。

任何事物都有发生发展的过程，发展到最高峰以后就会逐步下降。五七言诗的高峰就在唐代。论中国诗往往以“唐诗”为代表，历世千年，在读者中传颂得最多的也是唐诗。韩退之说“李杜文章在，光焰万丈长”；我们可以加以扩展，曰“唐代文章在，光焰万丈长”，她的璀灿的光辉永远不会黯淡。

丙子除夕二稿

① 十八学士，《旧唐书 · 褚亮传》：“始，太宗既平寇乱，留意儒学，乃于宫城西起文学馆，以待四方文士。于是，以属大行台司勋郎中杜如晦、记室考功郎中房玄龄及于志宁、军谘祭酒苏世长、天策府记室薛收、文学褚亮、姚思廉、太学博士陆德明、孔颖达、主簿李玄道、天策仓曹李守素、记室参军虞世南、参军事蔡允恭、颜相时、著作佐郎摄记室许敬宗、薛元敬、太学助教盖文达、军谘典签苏勖，并以本官兼文学馆学士。及薛收卒，复征东虞州录事参军刘孝孙入馆。”十八学士并当时名流，其中杜如晦、房玄龄为太宗朝名相，房玄龄曾主编《晋书》，姚思廉继承并完成其父姚察所撰《梁书》《陈书》；陆德明是大训诂学家，著《经典释文》；孔颖达为大经学家，著《五经正义》；虞世南是著名诗人；颜相时也是有名学者，大史学家颜师古之弟。

② 引诗见杜甫《重经昭陵》诗。诗作于肃宗至德二载（757），上距贞观

二十三年（649）太宗去世一百零八年。

③ 分唐诗为初、盛、中、晚，大体符合唐诗发展的实际。明高棅《唐诗品汇》以唐初到玄宗开元为初唐，开元至代宗大历为盛唐，大历到文宗大和为中唐，大和至唐末为晚唐。明徐师曾《文体明辨》初、盛与高说同，中唐则由大历至宪宗元和末年，晚唐由文宗开成初直至五代。但元和末至开成初，中间还有穆宗长庆、敬宗宝历、文宗大和，计十六年应属中唐，徐氏未包括在内——为叙述的方便，本帙为四段划出界线：

自唐初即高祖武德元年（618）至玄宗先天元年（712）为初唐，凡九十四年。以玄宗即位为初盛的界限。

先天元年至代宗大历五年（770）杜甫去世为盛唐，凡五十八年。杜甫之死即盛唐的结束。

代宗大历五年至宣宗大中十三年（859）为中唐，近九十年。

懿宗咸通元年（860）至五代结束（960）为晚唐，凡一百年。五代五十三年诗坛无甚成就，故附于唐代。

"初、盛、中、晚"，大体采取徐师曾的分法，只是将中唐自文宗开成元年（836）下推二十四年到宣宗大中十三年（859）。其主要特点是将杜牧、李商隐揽入中唐，以大中十二年（858）李商隐去世作为中唐结束的标志。其时上距白居易之死也只有十二年。武宗宣宗之世政治上虽已衰微混乱，但杜牧、李商隐等人的诗却还保持着中唐的气象。懿宗咸通以后的诗浅俗衰飒，再没有上一时期的气韵了。这样划分中晚两段诗风的区别最为明显。

④《全唐诗》所录《石淙》七律作者，武则天之外，尚有皇太子李显、相王李旦、武三思、狄仁杰、张易之、张昌宗、李峤、苏味道、姚元崇、阎朝隐、崔融、薛曜、徐彦伯、杨敬述、于季子和沈佺期。

⑤ 大历十才子，姚合《极玄集》《新唐书·卢纶传》记为卢纶、吉中孚、韩翃、钱起、司空曙、苗发、崔峒、耿湋、夏侯审、李端，计十人。计有功《唐诗纪事》卷三十李益条记为卢纶、钱起、郎士元、司空曙、李端、李益、苗发、皇甫曾、耿湋、李嘉祐。又云，吉顼、夏侯审亦是。又引或云，还有吉中孚。共十三人。管世铭《读雪山房唐诗钞》记为卢纶、韩翃、刘长卿、钱起、司空曙、郎士元、皇甫冉、皇甫曾、李嘉祐、李益、李端，为十一人。江邻幾《读书志》记为卢纶、吉中孚、钱起、司空曙、郎士元、苗发、耿湋、李嘉祐、皇甫曾、李益、李端，亦十一人。宋严羽《沧浪诗话》谓"冷朝阳在大历才子中为最下"，其名又出于上述记载之外。综合诸家所记，名曰大历十才子，成员却涉十八人。

⑥ 高仲武《中兴间气集》："长卿有吏才，刚而犯上，两遭迁谪。"

⑦ 权德舆《秦征君校书与刘随州唱和诗序》:“彼汉东守尝自以为五言长城。”

⑧ 胡仔《苕溪渔隐丛话前集》卷十九引《刘公嘉话》:“岛初赴举京师，一日于驴上得句云:‘鸟宿池边树，僧敲月下门。’始欲着‘推’字，又欲着‘敲’字，练之未定，遂于驴上吟哦，时时引手作推敲之势。时韩愈吏部权京兆，岛不觉冲至第三节。左右拥至尹前，岛具对所得诗句云云。愈立马良久，谓岛曰:‘用敲字佳矣。’”

⑨ 参见注 ③。

目录

唐诗

虞世南

虞世南（558—638），字伯施，虞世基弟，馀姚（今属浙江）人。年青时以文章婉缛，为徐陵所称誉。在隋官秘书郎。入唐，为秦王府记室参军，迁太子中舍人。太宗即位，历弘文馆学士，秘书鉴。贞观十二年卒，年八十一。虞世南是由隋入唐诗人的代表，诗承陈隋馀风，所写多为宫廷诗，其从军诸作较为刚健。曾辑《北堂书钞》，分类编排，供文人写诗选择辞藻之用。

从军行①

涂山烽候警，弭节度龙城②。
冀马楼阑将，燕犀上谷兵③。
剑寒花不落，弓晓月逾明④。
凛凛严霜节，冰壮黄河绝。
蔽日转征蓬，浮天散飞雪⑤。
全兵值月满，精骑乘胶折⑥。
结发早驱驰，辛苦事旌麾⑦。
马冻重关冷，轮摧九折危⑧。
独有西山将，年年属数奇⑨。

① 从军行，汉魏乐府旧题，《乐府诗集》属相和歌辞平调曲。

② 涂山，山名。《左传》哀公七年："禹合诸侯于涂山。"其地所在，古书所载不一。诗中所涉各地名，彼此相距遥远，都是边远绝域的代称，均非实指。烽候，即烽火台，古代边防用烽燧报警而建筑的高土台。《后汉书·光武帝

纪》“修烽燧”，李贤注：“《前书音义》曰：边方备警急，作高土台，台上作桔皋，桔皋头有兜零，以薪草置其中，常低之，有寇即燃火，举之以相告，曰烽。又多积薪，寇至即燔之，望其烟，曰燧。”（桔皋，可以牵引上下的木制机具。兜零，笼子。）警，报警。弭节，《楚辞·离骚》“吾令羲和弭节兮”，王逸注：“弭，按也，按节徐步也。”此处指按节徐行。龙城，古代匈奴祭天会合诸部之所。《汉书·匈奴传》：“五月，大会龙城。”此代指边境。二句意谓边庭军情紧急，将帅率军前往御敌。

③ 冀，古代冀州大体包括今山西、河北等地。楼阑，古西域国名，汉武帝元封三年归汉。后为匈奴反间，数遮杀汉使。元凤四年，大将军霍光遣平乐监傅介子杀其王安归，立其弟尉屠耆为王，改名鄯善。见《汉书·西域传》。故址在今新疆罗布泊西，今其古城遗址尚存。燕，古燕国在今北京和河北东北。犀，动物名，皮可制甲，此即指犀甲。上谷，郡名，战国燕置，秦汉因之，辖境在今河北北部。二句中楼阑、上谷均泛指边境，“冀马、燕犀”、“将、兵”均互文，句意谓边境上兵强将勇。

④ 花，霜花。晓，发亮。

⑤ 蓬，草本植物，菊科，秋后常被风连根拔起，随风旋转，故称转蓬。

⑥ 胶折，胶为制弓用料，宜干不宜湿。秋天空气干燥，胶劲而可折，因借指秋高气爽。《汉书·晁错传》“欲立威者，始于折胶”，注引苏林曰：“秋气至，胶可折，弓弩可用，匈奴常以为候而出军。”月满则宜于夜行，胶折则便于用兵。

⑦ 结髮，即束髮。古人年青时束髮，因以结髮代指年青之时。《史记·李将军列传》：“广结髮与匈奴大小七十馀战。”旌麾，古代军旗上束以羽毛，因而代指军事。事旌麾即从事军戎生活。

⑧ 九折，谓山路险峻曲折。

⑨ 数，命数，亦即命运。奇（jī），单数，与偶相对。古人以奇数不佳，故数奇即命运不好。《史记·李将军列传》，李广为汉武帝时名将，骁勇善射，多次为边郡太守，与匈奴接战，然终不得封侯。“大将军青亦阴受上诫，以为李广老，数奇，毋令当单于，恐不得所欲”。实系假用名义，使李广不得立大功。

★本诗前段十二句写将士的骁勇和军旅的艰辛。后段“结髮早驱驰”六句谓统治者赏罚不明，良将不得立功。虽影用李广事，然系用典，非实写李广。

蝉

垂緌饮清露，流响出疏桐[①]。
居高声自远，非自藉秋风。

① 緌（ruí），冠带结在颔下下垂的部分。此指蝉的吸管，成虫蝉不再吃食，嘴蜕化为吸管状，吸点露水维生。

褚 亮

褚亮（560—647），字希明，杭州钱塘（今浙江杭州）人。年轻时即为徐陵、江总所赏识，在陈为殿中侍郎，入隋为东宫学士、太常博士。隋末大乱曾为薛举黄门侍郎，薛举亡后入唐，授秦王文学，时已年近六十，与虞世南并为文学馆十八学士之一，进授员外散骑常侍，封阳翟县男，后进爵为侯。卒于贞观二十一年，年八十八。其子为高宗朝名臣褚遂良。

在陇头哭潘学士[①]

陇坻嗟长别，流襟一恸君。
何言幽咽所，更作死生分[②]！
转蓬飞不息，悲松断更闻。
谁能驻征马，回首望孤坟！

① 陇头，与诗中陇坻（dǐ），均指陇山，在陕西陇县西北，为六盘山南段，延伸于陕甘边境。潘学士，其人未详。

② 幽咽所，语本《乐府诗集·陇头歌辞》“陇头流水，鸣声幽咽”句。

魏徵

魏徵（580—643），字玄成，魏州曲城（今山东掖县北）人。隋末随李密起兵，为掌书檄。李密败后投奔李渊。初为太子洗马。太宗即位，拜谏议大夫，晋秘书监，封郑国公。贞观十七年卒，年六十四。魏徵是唐代名臣，以敢于直谏闻名。曾主修《隋书》《群书治要》。存诗三十多首，多为郊祀乐章和应诏奉和之作。

述怀①

中原初逐鹿，投笔事戎轩②。
纵横计不就，慷慨志犹存③。
杖策谒天子，驱马出关门④。
请缨系南越，凭轼下东藩⑤。
郁纡陟高岫，出没望平原⑥。
古木鸣寒鸟，空山啼夜猿。
既伤千里目，还惊九逝魂⑦。
岂不惮艰险，深怀国士恩⑧。
季布无二诺，侯嬴重一言。
人生感意气，功名谁复论⑨。

① 述怀，自抒怀抱。《旧唐书·魏徵传》：“徵从李密来京师，未知名，自请安辑山东，乃擢秘书丞，驰驿至黎阳。”诗即奉命出关时所作，诗题一作《出关》。

② 逐鹿，喻争夺天下。《汉书·蒯通传》：“秦失其鹿，天下共逐之。”颜

师古注："以鹿喻帝位。" 投笔事戎轩，谓弃文就武。《后汉书·班超传》："超佣书以供养，投笔叹曰：'大丈夫当效傅介子、张骞立功异域以取封侯，安能久事笔砚间乎！'" 后班超建功西域，封定远侯。戎轩，兵车，代指军事。

③ 纵横计，战国时代，苏秦倡齐楚等六国联合抗秦，曰合纵；张仪说六国事秦，曰连横。诗中喻为李密出谋划策。

④ 杖策，杖着马鞭。天子，指李渊。出关门，指出潼关自请安辑山东。

⑤ "请缨" 句，《汉书·终军传》："军自请愿受长缨，必羁南越王而致之阙下。" 缨，绳。"凭轼" 句，《汉书·郦食其传》：郦食其奉汉王命说齐王田广，"凭轼下齐七十馀城"。凭，靠着。轼，车前横木。下，降服。东藩，东方藩镇。

⑥ 郁纡（yù yū），迂回曲折。陟，登。岫，峰峦。

⑦ 伤千里目，《楚辞·招魂》："目极千里兮伤春心。" 惊九逝魂，《楚辞·抽思》："惟郢路之辽远兮，魂一夕而九逝。"

⑧ 惮，惧怕。国士恩，谓唐王以国士知遇之恩。春秋末晋豫让先事范氏及中行氏，智伯灭范氏、中行氏，豫让事智伯。后赵襄子与韩魏合谋灭智伯，豫让为智伯复仇，多次谋刺赵襄子。襄子责问豫让曰："子不尝事范、中行氏乎？智伯尽灭之，而子不为报雠，而反委质臣于智伯。智伯亦已死矣，而子独何以为之报雠之深也？" 豫让曰："臣事范、中行氏，范、中行氏皆众人遇我，我故众人报之。至于智伯，国士遇我，我故国士报之。" 见《史记·刺客列传》。国士，国中杰出之士。

⑨ 季布，秦末人，平生极重信义，楚人为之谚曰："得黄金百金，不如得季布一诺。" 见《史记·季布列传》。侯嬴，战国时魏之贤士，为大梁抱关吏，为信陵君所尊重。后为信陵君划策，窃魏王兵符救赵。事成之后，以自杀履行自己的诺言。见《史记·魏公子列传》。意气，情义志气。

王 绩

王绩（585—644），字无功，绛州龙门（今山西河津）人，文中子王通之弟。隋末，官秘书省正字，不乐在朝，求为六合丞，复还乡里。唐高祖武德初，以前官待诏门下省。后弃官回家乡东皋著书，自号东皋子。贞观十八年卒，年六十。有《东皋子集》。

唐初诗坛承陈隋馀习，诗风颓靡绮丽，内容大多是对统治者歌功颂德。王绩却用朴素的语言，写山居的生活，并抒发其“天子不知，公卿不识”的愤懑，因而在初唐诗坛独树一帜。

野 望

东皋薄暮望，徙倚欲何依[①]。
树树皆秋色，山山唯落晖。
牧人驱犊返，猎马带禽归[②]。
相顾无相识，长歌怀采薇[③]。

① 徙倚（xǐ yǐ），犹徘徊。

② 犊，小牛，此泛指牛。禽，猎物，包括鸟和兽。

③ 薇，蕨类植物，嫩苗可食。周武王灭商，伯夷叔齐隐居首阳山，义不食周粟，采薇充饥。见《史记·伯夷列传》。

赠程处士[①]

百年长扰扰，万事悉悠悠[②]。
日光随意落，河水任情流。

礼乐囚姬旦，诗书缚孔丘[③]。
不如高枕上，时取醉消愁。

① 程处士，《王无功集·答杜君书》有处士程融，当即其人。

② 扰扰，纷乱貌。悠悠，荒谬之貌。

③ 姬旦，即周公，周文王子、武王弟，周初政治家，据传周公制礼作乐。孔丘，即孔子。《史记·孔子世家》："孔子以诗书礼乐教。"

★刘希夷《故园置酒》诗"卒卒周姬旦，栖栖鲁孔丘。平生能几日，不及且遨游"，与王无功诗意相近。

题酒店壁

此日长昏饮，非关养性灵。
眼看人尽醉，何忍独为醒[①]。

① "眼看"二句，用《楚辞·渔父》"众人皆醉，何不餔其糟而歠其醨"句意而更为愤激。

崔信明

崔信明，青州益都（今山东益都）人。在隋为尧城令，唐贞观中应诏举，终秦川令。存诗仅一首和下面选的一句。

断　句

枫落吴江冷。

★《新唐书·崔信明传》："信明蹇亢，以门望自负，尝矜其文，谓过李百药，议者不许。扬州录事参军郑世翼者亦傲倨，数恌轻忤物。遇信明江中，为之曰：'闻公有"枫落吴江冷"，愿见其馀。'信明欣然，多出众篇。世翼览未终，曰：'所见不逮所闻！'投诸水，引舟去。"——由一句诗定高下是困难的，但"枫落吴江冷"一句确非李百药诗所可比拟。

郑世翼，一作郑翼（按，实即世翼，唐太宗即位后，凡臣民之名有"世"字者，为避讳省去，太子太师李世勣改名李勣，监察御史萧世翼改名萧翼，并与此同），荥阳（今河南荥阳）人。武德中，历万年丞、扬州录事参军。数以言辞忤物。贞观中，坐怨谤，流巂州卒。

马　周

马周（601—648），字宾王，清河茌平（今山东茌平）人。幼孤贫，初入关，寄居中郎将常何家。贞观五年代常何上书，所论二十馀事。常何武人，太宗怪之，何以实告。即日召见，授监察御史，累官至中书令。

凌朝浮江旅思[①]

太清上初日，春水送孤舟[②]。
山远疑无树，潮平似不流。
岸花开且落，江鸟没还浮[③]。
羁望伤千里，长歌遣客愁[④]。

① 凌朝，清晨。
② 太清，天空。一作“天晴”。
③ 开且落，一作“荣且落”。
④ 客愁，一作“四愁”，汉张衡有《四愁》诗。

★一作韦承庆诗。韦承庆（651—707），字延休，郑州阳武（今河南原阳）人。武后时官至凤阁侍郎，寻知政事。中宗神龙初以附张易之兄弟流岭表，起为秘书少监，授黄门侍郎，未拜即卒。

李世民

李世民（599—649）[①]，即唐太宗，高祖李渊次子，唐王朝的实际建立者。贞观元年（627）即位，在位二十三年。李世民是杰出的政治家，中国封建社会有数的英主，贞观之治是历史上为数无多的大治之世，奠定了强大繁荣的盛唐社会的基础。初封秦王，即开文学馆，置十八学士。即位以后，特置弘文馆，在朝常和朝臣讨论典籍，尤重文咏，对唐代文化的发展有巨大的贡献。

① 李世民生于隋开皇十八年（598）十二月戊午，即二十二日，阳历已是公元 599 年 1 月 23 日。

饮马长城窟行[①]

塞外悲风切，交河冰已结[②]。
瀚海百重波，阴山千里雪[③]。
迥戍危烽火，层峦引高节[④]。
悠悠卷旆旌，饮马出长城。
寒沙连骑迹，朔吹断边声[⑤]。
胡尘清玉塞，羌笛韵金钲。
绝漠干戈戢，车徒振原隰[⑥]。
都尉反龙堆，将军旋马邑[⑦]。
扬麾氛雾静，纪石功名立[⑧]。
荒裔一戎衣，云台凯歌入[⑨]。

① 饮马长城窟行，汉乐府旧题，《乐府诗集》属相和歌辞瑟调曲。

② 交河，古城名，汉代西域车师前国首府。《汉书·西域传》：“车师前国，王治交河城。河水交流绕城下，故号交河。”汉元帝初元元年在此设戊己校尉。北魏至唐为高昌首府。贞观十四年灭高昌，设交河县。故址在今新疆吐鲁番西北。诗中交河、瀚海、阴山等并泛指边境，非实指。

③ 瀚海，原作翰海。《史记·卫将军骠骑列传》：“封狼居胥山，禅于姑衍，登临翰海。”索隐引崔浩云：“北海名，群鸟之所解羽，故云翰海。”其地在今内蒙古境内。后世亦用以指戈壁沙漠。阴山，为内蒙古中部山系的总称。

④ 节，旌节。《周礼·地官·掌节》：“道路用旌节。”

⑤ 朔吹，北风。

⑥ 戢，收藏。《诗·周颂·时迈》：“载戢干戈，载橐弓矢。”干戈戢，谓战争胜利，收合兵器。车徒，兵车与步卒，泛指部队。

⑦ 龙堆，即白龙堆，沙漠之名。《汉书·匈奴传》扬雄谏书“岂为康居、乌孙能踰白龙堆而寇西边哉”，注引孟康曰：“龙堆形如土龙身，无头有尾，高大者二三丈，埤者丈馀，皆东北向相似也，在西域中。”马邑，地名，战国时赵地，秦置马邑县，汉属雁门郡。汉武帝元光二年，汉以马邑城诱匈奴单于，使大军伏马邑旁谷，匈奴觉之，汉军无功。见《史记·匈奴列传》。故地在今山西朔县境。龙堆马邑，均系泛指。句意谓战争胜利，将士自边境回师。

⑧ 纪石功名立，东汉窦宪破匈奴，登燕然山，勒石纪功，命班固作《燕然山铭》。见《后汉书·窦融传》附窦宪传。

⑨ 荒裔，荒凉边远之地。云台，《后汉书·马武传论》：“永平中，显宗追感前世功臣，乃图画二十八将于南宫云台。”一作“灵台”。《诗·大雅》有《灵台》篇，此处当以云台为是。

赐萧瑀①

疾风知劲草，板荡识诚臣②。
勇夫安识义，智者必怀仁。

① 萧瑀，字时文，南齐萧岿次子，仕隋历河池郡守，高祖入京师，以郡自归，封宋国公，历御史大夫，官至同中书门下三品。

② 板荡，《诗·大雅》有《板》《荡》二篇，皆写周厉王无道，后因以“板荡”指政治混乱，社会动荡不宁。鲍照《代出自蓟北门行》：“时危见臣节，世乱识忠良。”

★全诗平平，唯“疾风知劲草”为格言名句。

上官仪

上官仪（608？—664），字游韶，陕州陕县（今河南陕县）人。太宗贞观进士，授弘文馆直学士，迁秘书郎。太宗每属文，遣仪视稿。高宗嗣位，迁秘书少监，加银青光禄大夫、西台侍郎。高宗永徽时，见恶于武则天。麟德元年被告发与废太子忠通谋，遂下狱死，家口籍没。他的女儿就是极受武则天信任的上官婉儿。仪“工于五言诗，好以绮错婉媚为本”，时人效之，谓之“上官体”，为初唐宫廷诗代表作者之一。作品大多散佚，今存诗仅十多首。

入朝洛堤步月

脉脉广川流，驱马历长洲。
鹊飞山月曙，蝉噪野风秋。

★《唐诗纪事》卷六引《古今诗话》：“高宗承贞观之后，天下无事，仪独持国政。尝凌晨入朝，巡洛水堤步月，徐辔咏诗云云。音韵清亮，群公望之犹神仙焉。”

王 勃

王勃（649—676），字子安，原籍太原祁县，移居龙门（今山西稷山）。文中子王通之孙，王绩侄孙。年青及第，授朝散郎。沛王李贤闻其名，召署府修撰。诸王斗鸡，勃戏为檄文，讨英王鸡，激怒高宗，因被废逐。远客剑南。后补虢州参军，又因事除名。勃父王福畤，因勃故左迁交趾令。勃到交趾省父，渡海溺死，年仅二十八岁。有《王子安集》。

王勃与杨炯、卢照邻、骆宾王，并称“初唐四杰”。初唐诗承陈隋遗风，淫靡绮丽歌功颂德的宫廷诗泛滥无涯。四杰出，以及后期的杜审言、沈佺期、宋之问等，始以清新明快较有内容的作品，开始改变诗坛的风习，使唐诗逐步走上健康发展的道路。

滕王阁诗①

滕王高阁临江渚，佩玉鸣鸾罢歌舞。
画栋朝飞南浦云，珠帘暮卷西山雨②。
闲云潭影日悠悠，物换星移几度秋③。
阁中帝子今何在？槛外长江空自流④。

①滕王阁，在今江西南昌市赣江东岸。唐高祖子滕王李元婴为洪州刺史时始建。二十世纪五十年代重建新楼，为江南三大名楼之一。（另二楼为岳阳楼、黄鹤楼。）上元二年，阎伯屿为洪州牧，大宴群僚宾客于滕王阁，王勃省父路过，作《滕王阁序》，为唐代骈文名作。诗即系于序后。

②南浦，南边之浦；西山，西边之山，均系泛指。后世即由此诗演为具体地名。

③ 悠悠，久长貌。
④ 帝子，指滕王。长江，指赣江。

秋日别薛华[①]

送送多穷路，遑遑独问津。
悲凉千里道，凄断百年身。
心事同漂泊，生涯共苦辛。
无论去与住，俱是梦中人[②]。

① 薛华，一作薛升华。
② “俱是”句，为从今以后，彼此都只能在梦中相见。

送杜少府之任蜀州[①]

城阙俯三秦，风烟望五津[②]。
与君离别意，同是宦游人。
海内存知己，天涯若比邻。
无为在歧路，儿女共沾巾[③]。

① 少府，唐时称县尉。蜀州，今四川崇庆县。

② 俯，一作“辅”。三秦，项羽三分关中，封秦降将章邯为雍王，司马欣为塞王，董翳为翟王。见《史记·项羽本纪》。故关中称为三秦，此泛指长安附近。五津，四川岷江上的五个渡口，即白华津、万里津、江首津、涉头津、江南津，此亦泛指入蜀道路。

③ 儿女，年青女子。

江亭夜月送别

乱烟笼碧砌，飞月向南端。
寂寂离亭掩，江山此夜寒。

山 中

长江悲已滞，万里念将归。
况属高风晚，山山黄叶飞。

杨　炯

杨炯（650—700？），陕西华阴（今陕西华阴）人。年少举神童，授校书郎，为崇文馆学士，迁詹事司直。武后时，左转梓州司法参军。秩满，迁婺州盈川令，卒于官。有《盈川集》。

从军行

烽火照西京，心中自不平①。
牙璋辞凤阙，铁骑绕龙城②。
雪暗凋旗画，风多杂鼓声。
宁为百夫长，胜作一书生③。

①西京，即长安。

②牙璋，兵符，分两块，凹凸相嵌，分别掌握在朝廷与主将处，用作凭证。凤阙，汉宫阙名。《史记·孝武本纪》："于是作建章宫……其东则凤阙，高二十馀丈。"索隐："《三辅故事》云：北有圜阙，高二十丈，上有铜凤皇，故曰凤阙也。"此代指朝廷。龙城，代指敌人的要塞。参见虞世南《从军行》注。

③百夫长，统率百人的卒长，低级军官。

卢照邻

卢照邻（637—689？），字升之，范阳（今河北涿县）人。一生极不得意，仅作过新都尉。因染风疾辞官，服丹中毒，手足残废。后居阳翟具茨山中（今河南禹县北），疏颍水种园。心情忧抑，因自号幽忧子。终因不堪病苦，投颍水以死。

长安古意[①]

长安大道连狭斜，青牛白马七香车[②]。
玉辇纵横过主第，金鞭络绎向侯家[③]。
龙衔宝盖承朝日，凤吐流苏带晚霞[④]。
百丈游丝争绕树，一群娇鸟共啼花。
啼花戏蝶千门侧，碧树银台万种色。
复道交窗作合欢，双阙连甍垂凤翼[⑤]。
梁家画阁天中起，汉帝金茎云外直[⑥]。
楼前相望不相知，陌上相逢讵相识[⑦]。
借问吹箫向紫烟，曾经学舞度芳年[⑧]。
得成比目何辞死，愿作鸳鸯不羡仙。
比目鸳鸯真可羡，双去双来君不见。
生憎帐额绣孤鸾，好取门帘帖双燕[⑨]。
双燕双飞绕画梁，罗帏翠被郁金香[⑩]。
片片行云着蝉鬓，纤纤初月上鸦黄[⑪]。
鸦黄粉白车中出，含娇含态情非一[⑫]。

妖童宝马铁连钱，倡妇盘龙金屈膝[13]。
御史府中乌夜啼，廷尉门前雀欲栖[14]。
隐隐朱城临玉道，遥遥翠幰没金堤[15]。
挟弹飞鹰杜陵北，探丸借客渭桥西[16]。
俱邀侠客芙蓉剑，共宿倡家桃李蹊[17]。
倡家日暮紫罗裙，清歌一啭口氛氲[18]。
北堂夜夜人如月，南陌朝朝骑似云。
南陌北堂连北里，五剧三条控三市[19]。
弱柳青槐拂地垂，佳气红尘暗天起。
汉代金吾千骑来，翡翠屠苏鹦鹉杯。
罗襦宝带为君解，燕歌赵舞为君开[20]。
别有豪华称将相，转日回天不相让[21]。
意气由来排灌夫，专权判不容萧相[22]。
专权意气本豪雄，青虬紫燕坐春风[23]。
自言歌舞长千载，自谓骄奢凌五公[24]。
节物风光不相待，桑田碧海须臾改[25]。
昔时金阶白玉堂，即今唯见青松在[26]。
寂寂寥寥杨子居，年年岁岁一床书[27]。
独有南山桂花发，飞来飞去袭人裾[28]。

①长安，西汉首都，亦唐代首都，今西安市。题为古意，实借古讽今，通过描述汉代统治阶级的骄奢淫逸以讽刺当时的现实。

②狭斜，小巷。七香车，妇女所用豪华小车。梁简文帝萧纲《乌栖曲》："青牛丹毂七香车。"

③辇，由人挽行的车。主第，公主府第。

④龙、凤，指车上刻有龙凤形。宝盖，珍贵的车盖。流苏，用彩色羽毛或彩线制成的繐子，常用作车马、帷帐上的饰物。

⑤复道，楼阁间的通道。交窗，格子窗。合欢，即马樱花，羽状复叶，大叶由许多小叶组合而成，小叶到夜间即关合，故又名合昏或夜合。此指交窗上

的合欢图案。双阙，汉未央宫有东阙、西阙。甍（méng），屋脊。凤翼，双阙屋脊上的凤凰装饰。

⑥ 梁家，东汉顺帝、桓帝时外戚梁冀，权倾朝野，广建第宅苑囿，穷极奢侈。本诗所涉历史典实，均取西汉长安事，只有梁家一句事涉东汉洛阳。金茎，汉武帝好神仙，于宫中立铜柱，上置仙人承露盘。班固《西都赋》“抗仙掌以承露，擢双立之金茎”，李善注：“金茎，铜柱也。”

⑦ “楼前”二句，谓贵族相邻，士女来往，多不相识。讵，岂。

⑧ 吹箫向紫烟，据传秦穆公女弄玉爱吹箫，嫁善吹箫萧史，夫妻双双乘凤仙去。见《列仙传》。江淹《班婕妤咏扇》：“画作秦王女，乘鸾向烟雾。”古代士女团扇上多画弄玉吹箫，诗词中常见。

⑨ 生憎，最厌恶。帐额，即帐檐。鸾，传为凤的一种。毛羽五色而多赤者曰凤，五色而多青者曰鸾。

⑩ 郁金香，多年生草本植物，百合科，花美且香。句意谓罗帏翠被熏以郁金香。

⑪ 行云，指秀发，状其流荡如云。蝉鬓，薄如蝉翅的鬓发。崔豹《古今注·杂注》：“魏文帝宫人绝所爱者，有莫琼树……琼树乃制蝉鬓。缥缈如蝉，故曰蝉鬓。”初月，妇女额上涂的月形装饰。鸦黄，即妇女涂额的黄粉。梁简文帝萧纲《美女篇》：“约黄能效月，裁金巧作星。”虞世南《应诏嘲司花女》：“学画鸦黄半未成，垂肩亸袖太憨生。”

⑫ 鸦黄粉白，此代指各色。

⑬ 铁连钱，指马毛色斑驳，连缀如钱。盘龙，钗名，蟠曲作龙形。金屈膝，指蟠龙钗钩曲之状。——自开篇至“倡妇盘龙金屈膝”三十二句，写长安宫阙第宅的繁华和贵族豪门的奢侈。

⑭ “御史府”句，《汉书·朱博传》：“［御史］府中列柏树，常有野乌数千栖宿其上，晨去暮来，号曰朝夕乌。”“廷尉门”句，《史记·汲郑列传》：“始翟公为廷尉，宾客阗门。及废，门外可设雀罗。”二句意谓表面上社会太平，御史廷尉门庭无事。

⑮ 幰（xiǎn），车帷。

⑯ 杜陵，在长安东南，本名杜原，秦置杜县，汉宣帝建陵于此，改名杜陵，唐代为繁华贵游之地。探丸，《汉书·尹赏传》：汉成帝永始元延间，“长安中奸猾浸多，闾里少年群辈杀吏，受赇报仇，相与探丸为弹，得赤丸者斫武吏，得黑丸者斫文吏，白者主治丧。城中薄暮尘起，剽劫行者，死伤横道，枹鼓不绝”。借客，《汉书·朱云传》：朱云“少时通轻侠，借客报仇”。颜师古注：“借，助也。”借客犹助人。渭桥，在长安西北，跨渭水上。挟弹飞鹰，探

丸借客，都是游侠行为。

⑰ 芙蓉剑，剑名。蹊，道路。

⑱ 氛氲，气盛貌。

⑲ 北里，指长安城北门内平康里，为妓女聚居之地。五剧三条控三市：交错的道路谓之剧。《尔雅·释宫》“三达谓之剧”，郭璞注：“今南阳冠军乐乡数道交错，俗呼五剧乡。”通达的道路谓之条。班固《西都赋》：“披三条之广路。”繁荣的大街谓之市。左思《魏都赋》：“廓三市而开廛。”“南陌”二句谓长安城中道路纵横，街市繁华。南陌、北堂、北里、五剧、三条、三市，均系泛说。

⑳ 金吾，本指仪仗用的铜棒，转用为禁卫军的官名。《汉书·百官公卿表上》：“中尉，秦官，掌徼循京师，有两丞、候、司马、千人。武帝太初元年，更名执金吾。”注引应劭曰：“吾者，御也，掌执金革，以御非常。”师古曰：“金吾，鸟名也，主辟不祥。天子出行，职主先导，以御非常，故执此鸟之象，因以名官。”晋崔豹《古今注·舆服》：“汉朝执金吾，金吾亦棒也，以铜为之，黄金涂两末，谓为金吾。”唐置左右金吾卫，有金吾大将军。屠苏，酒名，翡翠状其颜色。——自“御史府中乌夜啼”至“燕歌赵舞为君开”二十句，写贵族公子、禁卫军官骄纵淫逸的生活。

㉑ 转日回天，形容其力量之大。

㉒ 灌夫，汉武帝时将军，好任侠使酒。见《史记·魏其武安侯列传》。萧相，汉高祖宰相萧何。判，决。灌夫好任侠使酒，而权门争夺，连灌夫亦被排挤。萧何为一代名相，而朝臣擅权，连萧相也决不相容。

㉓ 青虬，《楚辞·涉江》有“驾青虬兮骖白螭”句，因以代指骏马。紫燕，亦骏马名，见《尸子》。

㉔ 凌，超越。五公，班固《西都赋》“冠盖如云，七相五公”，李善注谓“公，御史大夫、将军通称也”，五公谓指张汤、杜周、萧望之、冯奉世和史丹，并有名权臣。

㉕ 桑田碧海，谓世事变幻无常。《神仙传》卷五：麻姑谓王方平曰：“接侍以来，已见东海三为桑田。”

㉖ 即今，而今。——自“别有豪华称将相”至“即今唯见青松在”十二句，写权臣的倾轧和骄横，并指出其危亡的后果。

㉗ 杨子，指扬雄，字子云，蜀郡成都人，汉代著名学者和赋家。《汉书·扬雄传》称其“清静亡为，少耆欲，不汲汲于富贵，不戚戚于贫贱，不修廉隅以徼名当世。家产不过十金，乏无儋石之储，晏如也。自有大度，非圣哲之书不好也；非其意，虽富贵不事也”。“哀帝时，丁、傅、董贤用事，诸附离之者或

起家至二千石。时雄方草《太玄》，有以自守，泊如也。”床，坐具。此诗人实以扬雄自况。

㉘南山，终南山。桂花，《楚辞·招隐士》有“桂树丛生兮山之幽”句，此以桂花喻其高洁，有避世隐身之意。裾，衣襟。——结尾四句以扬子的寂寥生活作结，与统治阶级的豪奢形成对比。

★假汉代名义，写唐代现实，成为唐人常用的手段，卢照邻《长安古意》实发其端。此诗藻绘轻绮，尚未脱尽梁陈馀习，结构亦颇散乱。然委婉顿挫，词语清新，杜甫所谓“清词丽句”者本篇最足以当之。诗具有批判现实的内容，为梁陈宫体所无法比拟，较之初唐大量的宫廷诗，亦有秀水明山与假山盆景之别。诗凡六十八句，为初唐第一七古名篇。

骆宾王

骆宾王（619—684？），婺州义乌（今浙江义乌）人。以所作《帝京篇》闻名于时。初为道王李元庆府属，历武功、长安主簿，入朝为侍御史。武后时，左迁临海丞。徐敬业起兵讨武则天，骆宾王为属吏，作《讨武曌檄》，使武则天为之惊讶。敬业败，骆宾王亡命不知所终。

在狱咏蝉①

西陆蝉声唱，南冠客思深②。
不堪玄鬓影，来对白头吟③：
露重飞难进，风多响易沉。
无人信高洁，谁为表予心④！

①在狱，高宗仪凤三年（678），骆宾王上书论政事，忤武后，被罪下狱。原有序云："余禁所禁垣西，是法厅事也。有古槐数株焉。虽生意可知，同殷仲文之枯树；而听讼斯在，即周召伯之甘棠。每至夕照低阴，秋蝉疏引，发声幽息，有切尝闻。岂人心异于曩时，将虫响悲乎前听！嗟乎，声以动容，德以象贤。故洁其身也，禀君子达人之高行；蜕其皮也，有仙都羽毛之灵姿。候时而来，顺阴阳之数；应节为变，审藏用之机。有目斯开，不以道昏而昧其视；有翼自薄，不以俗厚而易其真。吟乔树之微风，韵资天纵；饮高秋之坠露，清畏人知。仆失路艰虞，遭时徽纆。不哀伤而自怨，未摇落而先衰。闻蟪蛄之流声，悟平反之已奏；见螳螂之抱影，怯危机之未安。感而缀诗，贻诸知己。庶情沿物应，哀弱羽之飘零；道寄人知，悯馀声之寂寞。非谓文墨，取代幽忧云尔。"

② 西陆，秋天。《隋书 · 天文志》：“日循黄道东行，一日一夜行一度，三百六十五日有奇而周天；行东陆谓之春，行南陆谓之夏，行西陆谓之秋，行北陆谓之冬。”南冠。囚犯。《左传》成公九年：“晋侯观于军府，见钟仪，问之曰：‘南冠而絷者谁也？’有司对曰：‘郑人所献楚囚也。’”深，一作“侵”。

③ 玄鬓，指蝉。一般以蝉翅形容鬓发，此反以玄鬓指蝉。

④“露重”四句，即“来对白头吟”的内容。“无人信高洁，谁为表予心”，是蝉儿的幽怨，更是骆宾王的心声。

于易水送人[①]

此地别燕丹，壮士髮冲冠。
昔时人已没，今日水犹寒[②]。

① 易水，在河北省西部，大清河上源支流，有北、中、南三支，均源出易县境，汇合后入南拒马河。

② 战国末燕太子丹使荆轲刺秦王，荆轲出发，太子丹及宾客于易水送行。“既祖取道，高渐离击筑，荆轲和而歌，为变徵之声，士皆垂泪涕泣。又前而为歌曰：‘风萧萧兮易水寒，壮士一去兮不复还！’复为羽声忼慨，士皆瞋目，髮尽上指冠。于是荆轲就车而去，终已不顾”。见《史记 · 刺客列传》。

杜审言

杜审言（648？—708），字必简，襄阳（今湖北襄阳）人，移居河南巩县。善五言诗，亦工书。唐高宗咸亨元年庚午（670）进士。为隰城尉，转洛阳丞。坐事贬吉州司户参军。后免归，武后召见，授著作佐郎，迁膳部员外郎。神龙中（706），因附张易之兄弟，流峰州。后又起为国子监主簿，终修文馆直学士。景龙二年冬病卒，年六十馀。杜审言少与李峤、崔融、苏味道称为“文章四友”，基本上都是宫廷诗人。杜审言是四友中佼佼。其人狂妄诗诞，竟谓“吾文章合得屈宋作衙官，吾之书迹合得王羲之北面”。但他确写有一些好诗，于五言律的发展有所贡献。清王夫之曰：“近体，梁陈已有，至杜审言而始叶于度。”审言次子杜闲，闲子即大诗人杜甫。

妾薄命①

草绿长门闭，苔青永巷幽②。
宠移新爱夺，泣下故情留③。
啼鸟惊残梦，飞花搅独愁。
自怜春色罢，团扇复迎秋④。

①妾薄命，《乐府诗集》属杂曲歌辞。

②长门，汉宫名。汉武帝长皇后失宠，别居长门宫。永巷，汉宫中长巷，是幽禁失宠嫔妃、宫女之所。诗中“长门”、“永巷”指同一处所。

③泣下，泪落。下，一作“落”。

④ 团扇，《乐府诗集》相和歌辞有《怨歌行》云："新裂齐纨素，皎洁如霜雪，裁为合欢扇，团团似明月。出入君怀袖，动摇微风发。常恐秋节至，凉风夺炎热。弃捐箧笥中，恩情中道绝！"团扇复迎秋，实即感伤恩情中道绝。

和晋陵陆丞早春游望[①]

独有宦游人，偏惊物候新。
云霞出海曙，梅柳渡江春。
淑气催黄鸟，晴光转绿蘋[②]。
忽闻歌古调，归思欲沾巾。

① 晋陵，唐昆陵郡所属晋陵，为昆陵郡治，地即今江苏常州。陆丞，陆姓县丞。此诗一作韦应物诗，非是。

② 淑气，春天晴和温煦之气。

登襄阳城[①]

旅客三秋至，层城四望开。
楚山横地出，汉水接天回。
冠盖非新里，章华即旧台[②]。
习池风景异，归路满尘埃[③]。

① 襄阳，今湖北襄阳。

② 冠盖，本指高官大宦的冠冕与车盖，因代指官宦，诗中为里名。《水经注·沔水》："宜城县有太山，山下有庙。汉末多士，其中刺史、二千石、卿长数十人，朱轩华盖，同会于庙下。荆州刺史行部见之，雅叹其胜，号曰冠盖里。"章华，台名，春秋时楚灵王所筑，故址据传在今湖北监利县西北。按，登襄阳城不可能望见冠盖里、章华台，其故址也未必存在，诗人只是借此发其时移世易的感慨。

③ 习池，汉侍中习郁在襄阳岘山南作池养鱼，池中起钓台，池内满植芰荷，池旁夹种竹木，后人称为习家池。

夏日过郑七山斋

共有樽中好，言寻谷口来①。
薜萝山径入，荷芰水亭开。
日气含残雨，云阴送晚雷。
洛阳钟鼓至，车马系迟回②。

① 樽中好，爱喝酒。言，助词无义。谷口，汉县名，在今陕西礼泉县东。皇甫谧《高士传》："郑璞，字子真，谷口人也。修道静默，世服其清高。成帝之舅大将军王凤以礼聘之，遂不屈。扬雄或称其德曰：'谷口郑子真，耕于岩石之下，名振京师。'"作者因友人姓郑，故称其所居之地为谷口，亦暗喻其清高之意。

② 钟鼓至，言日暮。车马系，将车马系好。迟回，缓缓归来。

赠苏味道①

北地寒应苦，南庭戍未归②。
边声乱羌笛，朔气卷戎衣。
雨雪关山暗，风霜草木稀。
胡兵战欲尽，汉卒尚重围③。
云净妖星落，秋深塞马肥④。
据鞍雄剑动，插笔羽书飞⑤。
舆驾还京邑，朋游满帝畿。
方期来献凯，歌舞共春辉。

① 高宗调露元年（679）七月，吏部侍郎裴行俭率军征突厥，引苏味道为管记。诗必此后寄赠。

② 北地，汉郡名，地在今甘肃东南部和宁夏南部。南庭，唐代西突厥乙毗咄陆可汗建庭于镞曷山西，谓之北庭；乙毗沙钵罗叶护可汗建庭于睢合水北，谓之南庭。诗中北地泛说，南庭实指。

③ 汉卒尚重围，一作“虏骑猎犹肥”。

④“云净”二句，一作“雁塞何时入，龙城几度围”。

⑤ 雄剑，《搜神记》谓干将、莫邪夫妇为楚王铸雄雌二剑，雄曰干将，雌曰莫邪；此泛指宝剑。羽书，传报军情文书，上插羽毛，以示迅急，名曰羽书。

赠苏绾书记

知君书记本翩翩，为许从戎赴朔边①？
红粉楼中应计日，燕支山下莫经年②。

① 书记，主管文书的官员。翩翩，文采貌。曹丕《与吴质书》：“元瑜书记翩翩，致足乐也。”（元瑜，阮瑀字。）“苏绾书记”之“书记”是官名，“书记翩翩”之“书记”是文体，诗中关联极为巧妙。为许，为何。

② 红粉楼，指苏绾妻所居之所。燕支山，又作焉支山、胭脂山，在甘肃省永昌县西、山丹县东南，此代指从戎赴戍之地。《乐府诗集》卷八十四引《十道志》：“焉支、祁连二山，皆美水草，匈奴失之，乃作此歌。”歌曰：“失我焉支山，令我妇女无颜色。”诗中暗用燕支山歌，因燕支山而联及红粉楼。

渡湘江①

迟日园林悲昔游，今春花鸟作边愁②。
独怜京国人南窜，不似湘江水北流。

① 湘江，湖南主要河流，北流注入洞庭湖。此诗人流窜峰州经湖南时作。

② 迟日，春日。《诗·豳风·七月》：“春日迟迟。”悲，一作“非”。

李峤

李峤（645—714？），字巨山，赵州赞皇（今河北赞皇）人。登进士第，调安定尉。举制策甲科，武后时官凤阁舍人，迁鸾台侍郎，封赵国公。景龙中，以特进守兵部尚书、同中书门下三品。睿宗立，出刺怀州。玄宗时贬为滁州别驾，改庐州。诗多为奉诏应制之作。

汾阴行[①]

君不见昔日西京全盛时，汾阴后土帝亲祠[②]。
斋宫宿寝设储供，撞钟鸣鼓树羽旂[③]。
汉家五叶才且雄，宾延万灵朝九戎[④]。
柏梁赋诗高宴罢，诏书法驾幸河东[⑤]。
河东太守亲扫除，奉迎至尊导銮舆。
五营夹道列容卫，三河纵观空里闾。
回旌驻跸降灵场，焚香奠醑邀百祥。
金鼎发食正焜煌，灵祇炜烨摅景光。
埋玉陈牲礼神毕，举麾上马乘舆出。
彼汾之曲嘉可游，木兰为楫桂为舟。
櫂歌微吟綵鹢浮，箫鼓哀鸣白云秋[⑥]。
欢娱宴洽赐群后，家家复除户牛酒[⑦]。
声明动天乐无有，千秋万岁南山寿[⑧]。
自从天子向秦关，玉辇金车不复还[⑨]。

珠帘羽盖长寂寞，鼎湖龙髯安可攀[10]。
千龄人事一朝空，四海为家此路穷。
豪雄意气今何在，坛场宫馆尽蒿蓬[11]。
路逢故老长叹息，世事回环不可测。
昔时青楼对歌舞，今日黄埃聚荆棘。
山川满目泪沾衣，富贵荣华能几时？
不见只今汾水上，惟有年年秋雁飞！

①汾阴，西汉置县，在今山西万荣县西南，地在黄河以东，汾水之南，故名。《汉书·武帝纪》：元鼎四年冬十月，"东幸汾阴，十一月甲子，立后土祠于汾阴脽上"。（脽 shuí，土丘。）其后元封四年春三月，六年三月，太初二年三月，天汉元年三月，皆"幸河东祠后土"。诗即咏汉武帝幸河东祠后土事。

②西京，长安，代指西汉。帝亲祠，一作"亲祭祠"。

③羽旍，羽饰的旌旗。

④汉家五叶，西汉自高帝、惠帝、文帝、景帝至武帝，凡五世。此实指第五世，即汉武帝。五叶，一作"四世"，似非。宾延万灵，犹礼敬万神。朝九戎，九夷来朝。

⑤柏梁，汉武帝元鼎二年春起柏梁台。《古文苑》卷四有《柏梁台》诗，引《东方朔别传》，谓"孝武元封三年作柏梁台，诏群臣二千石有能为七言诗者，乃得上坐"。按，诗实后人伪托。法驾，皇帝车驾。

⑥"櫂歌"二句，《乐府诗集》有汉武帝《秋风辞》，引《汉武故事》曰："帝行幸河东，祠后土，顾视帝京，忻然中流，与群臣饮宴。帝欢甚，乃自作《秋风辞》。辞云：'秋风起兮白云飞，草木黄落兮雁南归。兰有秀兮菊有芳，怀佳人兮不能忘。泛楼船兮济汾河，横中流兮扬素波。箫鼓鸣兮发棹歌，欢乐极兮哀情多，少壮几时兮奈老何！'"《汉书·武帝纪》记武帝历次幸河东皆不在秋天，此辞写秋景，或纪有失载。鹢，鸟名，船头作鹢形，因代指船。

⑦群后，此指群臣。复除，免其赋税徭役。户牛酒，赐民户牛酒。

⑧声明，声乐与光辉。乐无有，犹乐无疆（"乐无有"一句，往昔在北京曾向一位前辈学者请教。蒙赐教曰：有，通右。此处"无右"用法与"无出其右"相同，即无有过之者；故"乐无有"犹乐无疆也。按，此语颇费解，估释如此）。

⑨"自从"二句，表面上谓天子回京，不再来河东，实谓武帝旋即去世，

由下二句可知。

⑩ 珠帘羽盖，指皇帝銮舆。鼎湖龙髯，《史记·封禅书》："黄帝采首山铜，铸鼎于荆山下。鼎既成，有龙垂胡髯下迎黄帝。黄帝上骑，群臣后宫从上者七十馀人，龙乃上去。馀小臣不得上，乃悉持龙髯，龙髯拔，堕，堕黄帝之弓。百姓仰望黄帝既上天，乃抱其弓与胡髯号。故后世因名其处曰鼎湖。"此言汉武帝去世。

⑪ 宫馆，一作"宫观"。

★《唐诗纪事》卷十："天宝末，明皇乘春登勤政楼，命梨园弟子歌数阕。有唱歌至'富贵荣华能几时'以下四句，帝春秋衰迈，问谁诗，或对李峤，因凄然涕下。遽起曰：'峤，真才子也！'及其年幸蜀，登白卫岭，览眺良久，又歌是词。复曰：'峤，诚才子也！'高力士以下挥涕久之。"《明皇传信记》亦载其事，内容大体相同。

崔　融

崔融（653—706）[1]，字安成，齐州全节（今山东章丘县西）人。中宗为太子时，融为侍读。武周长安中，授著作佐郎，进凤阁舍人。中宗复位，坐附张易之兄弟贬袁州刺史，后召回拜国子司业。神龙二年卒，年五十四。

① 唐末另有一崔融，昭宗时吴郡人。

关山月[1]

月生西海上，气逐边风壮。
万里度关山，苍茫非一状[2]。
汉兵开郡国，胡马窥亭障[3]。
夜夜闻悲笳，征人起南望。

① 关山月，乐府旧题，《乐府诗集》属横吹曲辞。
② 度关山，一作“照关山”。苍茫，旷远无边之貌。
③ 亭障，边塞上的堡垒。

吴中好风景

洛渚问吴潮，吴门想洛桥。
夕烟杨柳岸，春水木兰桡。
城邑高楼近，星辰北斗遥。
无因生羽翼，轻举托还飚。

苏味道

苏味道（648—705），赵州栾城（今河北赵县西北）人。弱冠擢进士第，累转咸阳尉。高宗调露元年七月，裴行俭征突厥，引苏味道为管记。武后延载元年（694），历凤阁舍人，检校侍郎。证圣元年（695），出为集州刺史，召拜天官侍郎。圣历初，迁凤阁侍郎同凤阁鸾台三品。苏味道处事圆滑，模棱两可，人称苏模棱。中宗神龙初，坐附张易之党贬眉州刺史，还为益州长史。中宗神龙元年卒，年五十八。

正月十五夜①

火树银花合，星桥铁锁开②。
暗尘随马去，明月逐人来。
游伎皆秾李，行歌尽落梅③。
金吾不禁夜，玉漏莫相催④。

① 正月十五夜，即元宵节，亦称上元节，诗题一作“上元”。元宵玩灯，故又称灯节。

② 火树银花，形容灯火灿烂辉煌。星桥，银河上的桥，此借指通向禁中的桥。

③ 秾李，形容女子的美丽。《诗·召南·何彼秾矣》：“何彼秾矣，华如桃李。”秾，盛貌。落梅，指梅花落，曲名。

④ 金吾，禁卫军。参见卢照邻《长安古意》诗注。玉漏，漏壶的美称，古代用漏壶计时。

★纯用白描，写出唐代京城元宵盛况，为古诗中咏元宵首屈一指的名作。

与苏味道同时而稍后的郭利贞亦有《上元》诗云：“九陌连灯影，千门度月华。倾城出宝骑，匝路转香车。烂熳唯愁晓，周游不问家。更逢清管发，处处落梅花。”诗亦有可观，惜五六句大弱。郭利贞，中宗神龙中（706）为吏部员外。存诗仅此一首。

刘希夷

刘希夷（651—680？），一名庭芝，汝州（今河南临汝）人。少有文华，落拓不羁，后为人所害。希夷擅长篇歌行，以抒写哀怨的闺情著名。名篇《代悲白头翁》为初唐歌行代表作品。

捣衣篇

秋天瑟瑟夜漫漫，夜白风清玉露漙[①]。
燕山游子衣裳薄，秦地佳人闺阁寒。
欲向楼中萦楚练，还来机上裂齐纨[②]。
揽红袖兮愁徙倚，盼青砧兮怅盘桓[③]。
盘桓徙倚夜已久，萤火双飞入窗牖。
西北风来吹细腰，东南月上浮纤手。
此时秋月可怜明，此时秋风别有情。
君看月下参差影，为听莎间断续声。
绛河转兮青云晓，飞鸟鸣兮行人少[④]。
攒眉缉缕思纷纷，对影穿针魂悄悄[⑤]。
闻道还家未有期，谁怜登陇不胜悲。
梦见形容亦旧日，为许裁缝改昔时[⑥]。
缄书远寄交河曲，须及明年春草绿[⑦]。
莫言衣上有斑斑，只为思君泪相续[⑧]。

①瑟瑟，风声。漫漫，久貌。夜漫漫，谓夜已深。漙（tuán），露多貌。

《诗·郑风·野有蔓草》："野有蔓草，零露漙兮。"

② 萦，卷。练，白色熟绢。纨，白色细绢。

③ 砧，捣衣垫石。古代捣衣砧形如石臼，用木杵直捣；后世用平板垫石，棒亦横击。详谢惠连《捣衣》诗注。

④ 绛河，天河。

⑤ 攒眉缉缕，攒紧眉头缉理缝衣的线。

⑥ 为许，为何。

⑦ 交河，代指边境。参见李世民《饮马长城窟行》注。

⑧ 斑斑，即指泪痕。

代悲白头翁①

洛阳城东桃李花，飞来飞去落谁家。
洛阳女儿惜颜色，行逢落花长叹息。
今年花落颜色改，明年花开复谁在！
已见松柏摧为薪，更闻桑田变成海②。
古人无复洛城东，今人还对落花风。
年年岁岁花相似，岁岁年年人不同。
寄言全盛红颜子，应怜半死白头翁。
此翁白头真可怜，伊昔红颜美少年。
公子王孙芳树下，清歌妙舞落花前。
光禄池台开锦绣，将军楼阁画神仙③。
一朝卧病无相识，三春行乐在谁边。
宛转蛾眉能几时，须臾鹤髪乱如丝。
但看古来歌舞地，惟有黄昏鸟雀悲。

① 代悲白头翁，一作"白头吟"。

② 桑田变成海，喻时光流逝，世事变幻迅速。参见卢照邻《长安古意》诗注。

③ 光禄，官名。秦郎中令，汉武帝改为光禄勋，南朝梁改为光禄卿。此泛

指文官。

★《全唐诗》录贾曾《有所思》一首，共十句，与本篇前十二句略同。诗云："洛阳城东桃李花，飞来飞去落谁家。幽闺女儿爱颜色，坐见落花长叹息：今岁花开君不待，明年花开复谁在？故人不共洛阳东，今来空对落花风。年年岁岁花相似，岁岁年年人不同。"贾曾（？—727），河南洛阳人。唐睿宗景云中为吏部员外郎。玄宗为太子，以曾为太子舍人。开元时拜中书舍人，与苏晋同掌制诰，并称"苏贾"。开元十五年卒。其子即肃宗中书舍人贾至。

乔知之

乔知之（？—697？），同州冯翊（今陕西高陵）人，武后时为右补阙，迁左司郎中。后为武承嗣所害。

绿珠篇[1]

石家金谷重新声，明珠十斛买娉婷[2]。
昔日可怜君自许，此时可喜得人情。
君家闺阁不曾关，常将歌舞借人看。
意气雄豪非分理，骄矜势力横相干。
辞君去君终不忍，徒劳掩袂伤铅粉。
百年离别在高楼，一旦红颜为君尽！

① 绿珠，晋石崇妓，美而艳，善吹笛，赵王司马伦爪牙孙秀欲夺之，石崇不与，秀谗于司马伦，乃矫诏收捕石崇。“崇正宴于楼上，介士到门。崇谓绿珠曰：‘我今为尔得罪！’绿珠泣曰：‘当效死于君前！’因自投于楼下而死”。秀乃杀石崇全家。见《晋书·石崇传》。

② 金谷，在河南洛阳城东，石崇别墅在此，备极奢靡。娉婷（pīng tíng），美貌，代指美人。诗只此二句叙事，三句以下全作绿珠语气。

★《唐诗纪事》卷六：“知之有宠婢曰碧玉，知之为之不婚，为武承嗣所夺。知之以此歌寄之。而末句云：‘百年离别在高楼，一旦红颜为君尽。’宠者结于衣带投井而死。承嗣见诗大恨，知之坐此陷亡。”《通鉴考异》云：“唐历及本纪，杀知之在天授元年（690）。据《陈子昂别传》云：‘武攸宜讨契丹，子昂知之为参谋。’尚在万岁通天元年（696）。子昂有《西还至散关答乔知之》诗云：‘昔君事胡马，余得奉戎旃。携手同沙塞，关河缅幽燕。叹此南归日，犹闻北戍边。’是时未罢也。疑知之死在神功年后（697），或天授初承嗣衔之，至是乃杀之耳。”——如果《纪事》属实，则《绿珠篇》乃乔知之痴情的结晶，且为之付出了生命。参见后沈佺期《古意呈补阙乔知之》诗星评。

武承嗣，武则天之侄，极力怂恿武则天夺取皇位，杀害李氏子孙，并唆使人上书请立他为太子，是武氏家族重要阴谋人物之一。

沈佺期

沈佺期（650？—714），字云卿，相州内黄（今河南内黄）人。武后长安中，屡迁通事舍人，预修《三教珠英》[①]，转考功郎给事中。坐交张易之兄弟流驩州，稍迁台州录事参军。不久召回，拜起居郎，修文馆直学士，历中书舍人，太子少詹事。卒于玄宗开元二年。

沈佺期与宋之问齐名，并称“沈宋”。沈宋和杜审言同时而略后，同样很负盛名，都做过宫廷诗人，阿附张易之兄弟，同样作过大量浮华艳丽的宫廷诗，又都因此流放远州。他们被罪以后，走出了宫廷，写了一些较为自然流畅、抒发道途感受的好诗。他们都在律诗的创作上下过工夫，讲究音韵流转，对仗工致，“回忌声病，约句准篇”，牢固地奠定了完整的律诗形式。近体诗从齐梁沈约等人开始，经过许多诗人的努力，再经初唐杜审言和沈宋等人的锤炼，才完全成熟。

①《三教珠英》，武后时修的大型类书，一千三百卷，《新唐书·艺文志》著录，书已佚。

杂　诗[①]

闻道黄龙戍，频年不解兵[②]。
可怜闺里月，偏照汉家营[③]。
少妇今春意，良人昨夜情。
谁能将旗鼓，一为取龙城[④]？

① 杂诗，实为征妇怀人之诗。

② 黄龙，指黄龙城，故址在今辽宁朝阳，十六国前燕慕容皝在此筑城，后燕慕容宝在此建都，后冯跋在此建立北燕，南朝宋称之为黄龙国。见《宋书·东夷高句丽国传》。黄龙戍代指防御外敌的戍所。

③ 偏照，一作“长在”。

④ 龙城，亦称龙庭，匈奴祭天大会诸部之地。见《汉书·匈奴传》。又，黄龙城亦称龙城。此代指外敌的都城。

铜雀妓[①]

金阁惜分香，铅华不重妆[②]。
空馀歌舞地，犹是为君王。
哀弦调已绝，艳曲亦何长[③]。
共看西陵暮，秋烟起白杨！

① 铜雀妓，《乐府诗集》属相和歌辞平调曲。汉献帝建安十五年，曹操于邺建铜雀台。建安二十五年，曹操临终遗令：“吾婢妾与伎人皆勤苦，使著铜雀台，善待之。于台堂上安六尺床，施繐帐，朝晡上脯糒之属。月旦十五日，自朝至午，辄向帐中作伎乐。汝等时时登铜雀台，望吾西陵墓田。”参见谢朓《同谢谘议铜雀台》诗注。

② 金阁，指魏宫。江淹《铜雀妓》：“武王去金阁，英威长寂寞。”分香，曹操遗令：“馀香可分与诸夫人。”铅华，搽脸之粉。铅华不重妆，即不梳妆打扮。

③ 亦何长，一作“不须长”。句意谓艳曲何须长长地演奏下去。

★齐梁旧题，诗亦齐梁风格。

夜宿七盘岭[①]

独游千里外，高卧七盘西。
山月临窗近，天河入户低。
芳春平仲绿，清夜子规啼[②]。
浮客空留听，褒城闻曙鸡[③]。

① 七盘岭，在今陕西勉县境，又名五盘岭。

② 平仲，木名，即银杏。子规，鸟名，即杜鹃。

③ 浮客，浮游在外的行客，作者自指。褒城，在今陕西南部。

古意呈补阙乔知之[①]

卢家少妇郁金堂，海燕双栖玳瑁梁[②]。
九月寒砧催木叶，十年征戍忆辽阳[③]。
白狼河北音书断，丹凤城南秋夜长[④]。
谁谓含愁独不见，更教明月照流黄[⑤]。

① 《乐府诗集》诗题作“独不见”。

② “卢家少妇”二句，《乐府诗集》杂歌谣辞《河中之水歌》：“河中之水向东流，洛阳女儿名莫愁。莫愁十三能织绮，十四采桑南陌头。十五嫁为卢家妇，十六生子字阿侯。卢家兰室桂为梁，中有郁金苏合香。”沈诗实以《河中之水歌》为影。卢家少妇，此代指征人妇。郁金，香草名。郁金堂，用郁金香泥涂饰堂屋。取其香气。一作“郁金香”。玳瑁梁，梁之美称。玳瑁，一种海龟，其角质龟板可为装饰品，颇珍贵。梁不会用玳瑁装饰，此极言其豪华。

③ 辽阳，今辽宁辽阳。

④ 白狼河，即今辽宁大凌河。丹凤城，皇城。

⑤ 谓，念。流黄，黄色丝绢。此指思妇织机上丝绢。末句一作“使妾明月对流黄”。

★《古意》是一首闺情诗，写闺中少妇怀念远戍辽阳的男人。诗之所以呈补阙乔知之则别有深意。据《唐诗纪事》，乔知之有宠婢曰碧玉，爱情甚笃，知之为之不婚。武后万岁通天元年，乔知之曾为武攸宜参谋讨契丹，碧玉远在京城。知之有《秋闺》诗，诗中有“窈窕九重闺，寂寞十年啼。纱窗白云宿，罗幌月光栖。云月隐微微，夜上流黄机”等句。诗必为碧玉作。故沈佺期作《古意》诗为赠。诗中地名“辽阳”、“白狼河北”、“丹凤城南”尽皆实指，并非泛说。“更教明月照流黄”与知之诗“云月隐微微，夜上流黄机”一致，全诗内容无不切合知之碧玉情事。后碧玉为武承嗣所

夺，碧玉殉情自尽，知之亦因此被武承嗣杀害。他们的爱情故事甚为惨烈，沈佺期《古意》与乔知之《绿珠篇》为这场悲剧留下了珍贵的记录。参见乔知之《绿珠篇》注。

宋之问

宋之问（650—712），一名少连，字延清，汾州（今山西汾阳附近）人。武后时累官尚方监丞，预修《三教珠英》。神龙元年（705），张柬之发动复唐政变，中宗即位，以宋之问阿附张易之兄弟，左迁泷州参军。武三思用事，起为鸿胪丞。景龙中，再转考功员外郎。时中宗增置修文馆学士，宋之问与薛稷、杜审言首先入选。后转越州刺史。景龙四年（710），李隆基杀韦后，睿宗即位，以宋之问阿护韦武集团，徙钦州，随后又赐死。

杜审言、沈佺期与宋之问并为初唐重要诗人，之问成就在杜、沈之上。

初至崖口①

崖口众山断，嶔崟耸天壁②。
气冲落日红，影入春潭碧。
锦缋织苔藓，丹青画松石。
水禽泛容与，岩花飞的皪③。
微路从此深，我来限于役。
怅惆情未已，群峰暗将夕。

① 崖口，一名水门，在今河南嵩县西南伊水之北。
② 嶔崟（qīn yín），山高貌。
③ 容与，双声联绵词，水波澹荡之貌。的皪，叠韵联绵词，鲜艳貌。

扈从登封途中作[①]

帐殿郁崔嵬，仙游实壮哉[②]！
晚云连幕卷，夜火杂星回。
谷暗千旗出，山鸣万乘来。
扈从良可赋，终乏掞天才[③]。

①扈从，随从皇帝出巡。登封，今河南登封。此万岁登封元年宋之问随从武后巡游嵩山时作。

②郁，盛貌。崔嵬，高耸貌。

③掞（shàn），抒发，歌颂。天，代指皇帝。

★宫廷诗多无可取，录此一篇，以见一斑。“谷暗千旗出，山鸣万乘来”，颇有气势，宫廷诗中名句。

陆浑山庄[①]

归来物外情，负杖阅岩耕。
源水看花入，幽林采药行。
野人相问姓，山鸟自呼名。
去去独吾乐，无然愧此生。

①陆浑山庄，宋之问别墅，地在今河南嵩县东北。嵩县唐时称陆浑县。

途中寒食题黄梅临江驿寄崔融[①]

马上逢寒食，愁中属暮春[②]。
可怜江浦望，不见洛阳人。
北极怀明主，南溟作逐臣。

故园肠断处，日夜柳条新。

① 黄梅，今湖北黄梅。此中宗神龙元年宋之问谪泷州时作。

② 寒食，清明前一日或二日为寒食节。为重要民俗节日。梁宗懔《荆楚岁时记》："去冬节一百五日，即有疾风甚雨，谓之寒食，禁火三日。"

题大庾岭北驿[①]

阳月南飞雁，传闻至此回[②]。
我行殊未已，何日复归来！
江静潮初落，林昏瘴不开。
明朝望乡处，应见陇头梅[③]。

① 大庾岭，五岭之一，又称梅岭，在今江西大庾、广东南雄二县之间。

② 阳月，阴历十月。

③ 陇头梅，大庾岭以梅花著称，又称梅岭。《六帖》："庾岭上梅花南枝已落，北枝方开，寒暖之候异也。"陇头，山岭高处。

新年作

乡心新岁切，天畔独潸然[①]。
老至居人下，春归在客先。
岭猿同旦暮，江柳共风烟。
已似长沙傅，从今又几年[②]。

① 潸然，泪流貌。

② 长沙傅，即贾谊。西汉贾谊年少即为汉文帝所信用，后为守旧大臣所谗，贬为长沙王太傅。

渡汉江

岭外音书绝，经冬复历春。
近乡情更怯，不敢问来人。

★长期流滞他乡，一旦归来，不知家乡有何等变故，亲朋生死如何，心中忐忑，故“近乡情更怯，不敢问来人”。经历大乱之后归来的人，这种心情尤为突出。汉乐府云：“十五从军征，八十始得归。道逢乡里人，‘家中有阿谁？’‘遥看是君家。松柏冢累累！’”试与此诗合读。乃知“近乡情更怯”为何如也！

《渡汉江》一作李频诗。李频（818？—876），字德新，睦州人，宣宗大中八年甲戌（854）进士，为南陵主簿，历武功令，擢侍御史，迁都官员外郎，终建州刺史。一生似无“岭外”经历。

李福业

李福业，调露二年庚辰（680）进士，登第后为侍御史。神龙元年（705），张柬之等发动政变，杀张昌宗、张易之，逼武则天交权，中宗复位，李福业亦与参谋。后张柬之被贬死，李福业流放番禺，逃匿志州参军敬元礼家，被捉获遇害。

岭外守岁①

冬去更筹尽，春随斗柄回②。
寒暄一夜隔，客鬓两年催。

① 除夕夜深相守，谓之守岁，表示一年将尽的惜别之意。此一作李德裕诗。

② 斗柄回，北斗星在天空中旋转，斗柄每个月指向不同的方位，故斗柄可以指示时令。

郭　震

郭震（656—713），字符振，魏州贵乡（今河北大名）人。以诗《宝剑篇》为武后所赏识，历仕武后、中宗、睿宗、玄宗四朝，景云、先天间两任宰相，封代国公。玄宗讲武骊山，以军容不整，流新州。开元元年，起为饶州司马，病卒于道。

塞　上[①]

塞外虏尘飞，频年出武威[②]。
死生随玉剑，辛苦向金微[③]。
久戍人将老，长征马不肥。
仍闻酒泉郡，已合数重围[④]。

①《乐府诗集》中凡出塞、入塞、塞上、塞下，皆边塞诗。

② 武威，今甘肃武威。

③ 金微，山名，又称金山，即今阿尔泰山。武威、金微两地相距甚远，诗中地名往往只是边塞的代称。

④ 酒泉郡，即今甘肃酒泉。酒泉置郡，始于西汉武帝元狩二年，隋开皇中废，唐天宝元年复置。郭震写诗时酒泉非郡，诗中系用历史名词。

东方虬

东方虬，武则天时为左史。陈子昂《寄东方左史〈修竹篇〉书》称其《咏孤桐篇》“骨气端翔，音情顿挫，光英朗练，有金石声。遂用洗心饰视，发挥幽郁。不图正始之音复睹于兹，可使建安作者相视而笑”。《咏孤桐篇》今不存，《全唐诗》录其诗仅五绝四首。

昭君怨①

汉道方全盛，朝廷足武臣。
何须薄命妾，辛苦事和亲？

① 昭君怨，《乐府诗集》属琴曲歌辞，然未收东方之作。昭君，名嫱，南郡秭归人（昭君故里今属湖北兴山县）。汉元帝初，以良家子选入掖庭。南匈奴呼韩邪单于来朝，元帝敕以宫女五人赐之。昭君入宫数岁，不得见御，积悲怨，乃请掖庭令求行。呼韩邪临辞大会，帝召五女以示之。昭君丰容靓饰，光明汉宫。帝见大惊，意欲留之，而难于失信，遂与匈奴。时在汉元帝竟宁元年。后呼韩邪死，昭君又从胡俗，再嫁呼韩邪大阏氏长子复株累单于雕陶莫皋。见《后汉书·南匈奴传》。

★诗仅二十字，对朝廷和亲政策谴责甚为严厉。

沈如筠

沈如筠，句容（今江苏句容）人，曾任横阳主簿。《全唐诗》录其诗仅四首。

闺 怨

雁尽书难寄，愁多梦不成①。
愿随孤月影，流照伏波营②。

①“雁尽”句，用鸿雁传书典故；鸿雁已经过尽，书信难以寄到边塞。
②伏波，东汉马援曾为伏波将军。伏波营，代指边塞军营。

★“月影”实即月光。《说文》无“影”字，“影”本字作“景”。“景”义为光，亦为影，此相对义同词。《列子·周穆王篇》：“光影所照，王目眩不能得视。”光影，即光景（晋葛洪《字苑》始于“景”字加“彡”乃有“影”字）。

陈子昂

陈子昂（661—702），字伯玉，梓州射洪（今四川射洪）人。睿宗文明元年甲申（684）进士，为武则天所赏识，擢麟台正字。武后垂拱二年（686），从左补阙乔知之护左豹韬卫将军刘敬同军，北征金微州都督仆固始，经居延海，次张掖河。长寿二年（693），擢右拾遗。万岁通天元年（696），任同州刺史建安王武攸宜参谋，随军东征，抵御契丹。曾向武攸宜建议，不被采纳，反受到武攸宜贬斥。子昂在朝十馀年，郁郁不得志，三十八岁便以父老为由，辞归乡里。后射洪县令酷吏段简受武三思指使，诬害下狱，死于狱中，年四十二。

唐初文坛沿袭齐梁馀波，虽经四杰等人努力尚未根本改变局面。陈子昂出来，大声疾呼，反对齐梁绮靡，主张汉魏风骨。他自己的作品则刚健宏深，遂开盛唐风气。有《陈伯玉集》。

感遇五首①

兰若生春夏

兰若生春夏，芊蔚何青青②。
幽独空林色，朱蕤冒紫茎③。
迟迟白日晚，袅袅秋风生④。
岁华尽摇落，芳意竟何成！

① 感遇，感于所遇。陈子昂《感遇》诗凡三十八首，选五首。

② 兰若，两种香草，兰指泽兰（非今之兰草），若即杜若。本诗实只咏兰，“兰若”复词偏义。芊蔚，茂盛貌。

③ 朱蕤，红花。冒，覆，指花在茎上。

④ 袅袅（niǎo），微风吹拂貌。《楚辞·九歌·湘夫人》：“袅袅兮秋风。”

苍苍丁零塞

苍苍丁零塞，今古缅荒途[①]。
亭堠何摧兀，暴骨无全躯[②]。
黄沙漠南起，白日隐西隅。
汉甲三十万，曾以事匈奴[③]。
但见沙场死，谁怜塞上孤！

① 苍苍，旷远迷茫之貌。丁零塞，边塞之名。缅荒，遥远荒凉。

② 亭堠，边境上监视敌情的工事。摧兀，摧败荒废。

③ 事，对付，指抵抗。

圣人不利己

圣人不利己，忧济在元元[①]。
黄屋非尧意，瑶台安可论[②]。
吾闻西方化，清净道弥敦[③]。
奈何穷金玉，雕刻以为尊[④]。
云构山林尽，瑶图珠翠烦[⑤]。
鬼工尚未可，人力安能存[⑥]。
夸愚适增累，矜智道愈昏[⑦]。

① 元元，平民百姓。《战国策·秦策一》：“制海内，子元元。”

② 黄屋，帝王车盖，以黄缯为盖里，故名。汉制，唯皇帝得用黄屋。瑶台，美玉砌成之台，极言其奢侈华丽。

③ 西方化，指佛教，佛教来自天竺（今印度），古代泛指为西方或西天。

清净，佛家以远离罪恶与烦恼为清净。《俱舍论》十六：“暂永远离一切恶行烦恼垢，故名为清净。”诗中指其心地清净，生活简朴。弥，更。敦，厚。

④“奈何”二句，指斥穷尽金玉来雕刻佛像。

⑤云构，如云的构筑。此指建设佛寺。瑶图，用珠玉制作图像。烦，烦多。

⑥“鬼工”二句，谓即使神鬼之工也未必能长久，人力制作怎么可能永世长存。

⑦“夸愚”二句，谓夸耀于愚昧恰恰只能增加烦劳，矜夸智能使大道更加昏暗。

★沈德潜释此诗云：“圣人有天下而不与，故卑宫室。即释氏之学，亦以无为寂灭为宗，奈何象教既设，徒取土木雕刻以为尊耶！”（《唐诗别裁》）

丁亥岁云暮

丁亥岁云暮，西山事甲兵①。
嬴粮匝邛道，荷戟争羌城②。
严冬阴风劲，穷岫泄云生③。
昏曀无昼夜，羽檄复相惊④。
拳跼竞万仞，崩危走九冥⑤。
籍籍峰壑里，哀哀冰雪行⑥。
圣人御宇宙，闻道泰阶平⑦。
肉食谋何失，藜藿缅纵横⑧。

①丁亥，武后垂拱三年（687）。是年朝廷议开凿蜀山道路，由雅州进攻羌人，进而袭击吐蕃。时陈子昂官麟台正字，曾上《谏雅州讨生羌书》，认为“乱生必由怨起，雅之边羌，自国初以来，未尝一日为盗，今一旦无罪受戮，其怨必甚”，反对妄开边衅。西山，在成都之西。

②嬴粮，裹粮，背着粮食。匝，绕。邛道，邛崃山道。争羌城，指进击羌人。

③穷岫，深山。泄，冒出。

④ 昏曀，昏暗。羽檄，紧急军事文书，上插羽毛，以示迅急。

⑤ 拳跼，同“拳局”，局促不得伸展，此指道路险峻，故行动局促。仞，长度单位，一仞八尺。万仞，极言其高。崩危，崩跌危险。冥，幽深，指幽深的山谷。九冥，极言其深。“万仞”与“九冥”互文。

⑥ 籍籍，纷扰貌。一作“寂寂”。

⑦ 御宇宙，统治天下。泰阶，星名，即三台，上台、中台、下台，共六星，两两并列而斜上如阶梯。古人认为泰阶星平则天下太平。《文选·左太冲〈魏都赋〉》“令斯民睹泰阶之平”，张载注：“泰阶者，天之三阶也……三阶平则阴阳和，风雨时，社稷神祇咸获其宜，……天下大安，是谓太平。”

⑧ 肉食，指统治者，朝廷大臣。《左传》庄公十年：“齐师伐我，公将战，曹刿请见。其乡人曰：‘肉食者谋之，又何间焉？’刿曰：‘肉食者鄙，未能远谋。’”藜藿，野菜名，此指以野菜为食的人民。缅，远。缅纵横，犹言到处流离奔走。二句意谓朝廷大臣的谋划何以如此失错，致使人民到处流离奔走（指征调兵士来开凿山道，参加战争）。

朝入云中郡

朝入云中郡，北望单于台①。
胡秦何密迩，沙朔气雄哉②！
籍籍天骄子，猖狂已复来③。
塞垣无名将，亭堠空崔嵬④。
咄嗟吾何叹？边人涂草莱⑤。

① 云中郡，战国赵武灵王置，秦时治云中县，今内蒙古托克托东北，东汉末废（唐天宝元年亦置云中郡，陈子昂诗中自是用古代地名）。单于台，故址在今内蒙古呼和浩特西，西汉元封元年武帝出长城，登单于台，即此。

② 胡，中国古代泛指北方与西域的民族。秦，今陕西地区。胡秦，代指外敌与中华。密迩，相距很近。沙朔，沙州与朔州。沙州今甘肃敦煌，朔州今山西朔县。此泛指边境。气雄哉，杀气旺盛，形势严峻。

③ 籍籍，纷扰貌，此言其多。天骄子，汉代用以指匈奴，此代指北方强敌。

④ 崔嵬（cuī wéi），高貌。二句意谓边境没有名将，亭堠筑得再高也是白费。

⑤ 涂草莱，谓战死血涂草莱。

登幽州台歌①

前不见古人，后不见来者；
念天地之悠悠，独怆然而涕下②！

① 幽州，地即今北京，古为燕国所在地。燕昭王为报齐国之仇，招贤纳士，常为后世文人称道（参见《燕昭王》诗注）。武后万岁通天元年（696），建安王武攸宜征讨契丹，陈子昂以右拾遗随军参谋。武攸宜不晓军务，子昂数为计划，不被采纳。子昂以此抑郁失意。卢藏用《陈氏别传》：子昂“自以官在近侍，又参预军谋，不可见危而惜身苟容。他日又进谏，言甚切至。建安谢绝之，乃署以军曹。子昂知不合，因箝默下列，但兼掌书记而已。因登蓟北楼，感昔乐生燕昭之事，赋诗数首，乃泫然流涕而歌曰‘前不见古人’云云，时人莫知之也”。

② 悠悠，久远。怆然，感伤貌。

★这首散文式的短诗是陈子昂的代表作。诗人当日，也许只是抒发一种怀才不遇而生的情绪，作品本身却是具有超越诗人作意而更为深厚的内涵。天地悠悠，生命短促，表达出无比深沉的人生感慨。法国十七世纪思想家帕斯卡尔（Pascal）的名句“这无限深邃的天空使我战栗”，备受西方学人的推崇，较之陈子昂的这首小诗实在是相形见绌的。陈子昂是收合初唐启导盛唐的诗人，而这首小诗正是结束初唐诗风掀开盛唐高格的界碑。

燕昭王①

南登碣石馆，遥望黄金台②。
丘陵尽乔木，昭王安在哉！
霸图怅已矣，驱马复归来。

① 此《蓟丘览古赠卢居士藏用七首》之一。诗序云：“丁酉岁，吾北征，出自蓟门。历观燕之旧都。其城池霸业，迹已芜没矣。乃慨然仰叹。忆昔乐生、

邹子，群贤之游盛矣。因登蓟丘，作七诗以志之。”丁酉岁，为武后万岁通天二年（697）。北征，即从武攸宜征讨契丹。蓟丘，蓟门，地均在今北京。燕昭王（？—前279），战国时燕王哙子，名平。燕为齐所破，燕王哙死，燕人立平为王。卑身厚币，招纳贤士，为郭隗筑宫而师事之，如此乐毅自魏往，邹衍自齐来，剧辛自赵至。昭王发奋图强，与百姓同甘苦。昭王二十八年（前284）以乐毅为上将军，与秦楚赵韩魏合力攻齐，下齐七十馀城，入其都城临淄。齐国除莒与即墨外，全被攻下。事见《战国策·燕策一》《史记·燕召公世家》。

② 碣石馆，《史记·孟子荀卿列传》载邹衍至燕，燕昭王为筑碣石馆，师事之。据传故地在今北京城西南。馆，一作“坂”。黄金台，又称金台、燕台。传为燕昭王所筑。然《燕策》《燕世家》并无燕昭王筑台事。《文选·孔文举〈论盛孝章书〉》谓“昭王筑台以尊郭隗”，亦未言台名黄金。至《文选·鲍明远〈放歌行〉》始云“岂伊白璧赐，将起黄金台”。李善注引《上谷郡图经》：“黄金台，易水东南十八里，燕昭王置千金于台上，以延天下之士。”

白帝城怀古①

日落沧江晚，停桡问土风②。
城临巴子国，台没汉王宫③。
荒服仍周甸，深山尚禹功④。
岩悬青壁断，地险碧流通。
古木生云际，孤帆出雾中。
川途去无限，客思坐何穷⑤。

① 白帝城，在今四川奉节县东白帝山上，东汉初公孙述所筑，述自号白帝，故名。城居高山，俯瞰瞿塘峡口，形势险要。三国时蜀汉以为防吴重镇。章武三年（222），刘备为吴将陆逊所败，退守此城，明年四月，死于城西之永安宫。

② 桡，桨。

③ 巴子国，即巴国，自商至战国有国于今四川东南部，都城在今四川重庆市北。《左传》昭公九年：“巴、濮、楚、邓，吾南土也。”汉王宫，即蜀汉先主刘备驻跸并死于此的永安宫。

④ 荒服，泛指天子辖治的荒远之地。古代王畿外圈，按距离远近划分五服：

五百里侯服，又五百里甸服，又五百里绥服，又五百里要服，又五百里荒服。见《尚书·禹贡》。服者，服其职业以事天子也。又《国语·周语上》："夫先王之制：邦内甸服，邦外侯服，侯卫宾服，蛮夷要服，夷狄荒服。"甸，天子治理之地。禹功，传夏禹曾治理洪水，疏导江河。

⑤川途，水路。客思，旅途的思绪。坐，遂，乃。何穷，犹无穷。

和陆明府赠将军重出塞

忽闻天上将，关塞重横行①。
始返楼兰国，还向朔方城②。
黄金装战马，白羽集神兵③。
星月开天阵，山川列地营。
晚风吹画角，春色耀飞旌。
宁知班定远，犹是一书生④！

①横行，纵横驰骋，所向无阻。《史记·季布列传》："上将军樊哙曰：'臣愿得十万众，横行匈奴中。'"

②楼兰，汉西域国名，在今新疆罗布泊西。参见虞世南《从军行》注。朔方，西汉元朔二年置朔方郡，治朔方，今内蒙古杭锦旗西北黄河南岸。诗中代指边境，非实指其地。

③白羽集神兵，谓用羽书迅速召集部队。

④宁知，岂知。班定远，即班超，年青时为人佣书，后立功西域，封定远侯。

度荆门望楚①

遥遥去巫峡，望望下章台②。
巴国山川尽，荆门烟雾开③。
城分苍野外，树断白云隈。
今日狂歌客，谁知入楚来。

① 荆门，三峡东口，即今宜昌南津关。

② 章台，即章华台，楚离宫名。《左传》昭公七年："楚子成章华之台。"杜预注："台在今华容城内。"据传故址在今湖北潜江县西南。此实代指楚。

③ 巴国，参见《白帝城怀古》诗注。

晚次乐乡县①

故乡杳无际，日暮且孤征。
川原迷旧国，道路入边城。
野戍荒烟断，深山古木平。
如何此时恨，噭噭夜猿鸣②。

① 次，到达，停留。乐乡县，今湖北钟祥县西。

② 噭噭（jiào），猿叫声。沈约《石塘濑听猿》诗："噭噭夜猿鸣，溶溶晨雾合。"

送魏大从军

匈奴犹未灭，魏绛复从戎①。
怅别三河道，言追六郡雄②。
雁山横代北，狐塞接云中③。
勿使燕然上，唯留汉将功④。

① "匈奴"句：《史记·卫将军骠骑列传》："天子为治第，令骠骑视之，对曰：'匈奴未灭，何以家为也！'"骠骑，霍去病。魏绛，春秋时晋国大夫，曾建议晋悼公"和戎"，悼公从其言，使"盟诸戎"。见《左传》襄公四年。诗中代指魏大。

② 三河，黄河流域中段平原地区。《史记·货殖列传》："昔唐人都河东，殷人都河内，周人都河南，夫三河在天下之中。若鼎足，王者所更居也。"言，助词。六郡，指汉代金城、陇西、天水、安定、北地、上郡。《汉书·赵充国传》："赵充国，字翁孙，陇西上邽人也。始为骑士，以六郡良家子，善骑射，补羽林。""为人沉勇有大略，少好将帅之节，而学兵法，通知四夷事。""武

帝时，以假司马从贰师将军击匈奴，官至后将军。”诗中六郡雄系泛指。

③ 雁山，即雁门山，在今山西代县西北。山上有雁门关。代北，泛指今山西恒山及河北小五台山以北地区。狐塞，即飞狐塞，又称飞狐口，在今河北涞源之北。云中，郡名，州治在今山西大同。

④ 燕然，山名，即今蒙古杭爱山。东汉和帝永元元年车骑将军窦宪北伐匈奴，大破北单于于稽落山，去塞三千馀里，登燕然山，刻石勒功，纪汉威德，令班固作铭。见《后汉书·窦宪传》。唯留汉将功，一作“独有汉臣功”。

春夜别友人

银烛吐青烟，金樽对绮筵。
离堂思琴瑟，别路绕山川。
明月隐高树，长河没晓天。
悠悠洛阳道，此会在何年！

张若虚

张若虚（660—720？），扬州（今江苏扬州）人，官兖州兵曹。与贺知章、张旭、包融，称为“吴中四士”。张若虚的时代已进入盛唐，却还保持着初唐华丽的诗风。存诗仅两首，但其中《春江花月夜》极负盛名。这首诗写得清新宛转，自然流畅，与刘希夷的《代悲白头翁》同一格调，而更臻上乘，其感伤怅惘的情调也正相同。

春江花月夜[①]

春江潮水连海平，海上明月共潮生。
滟滟随波千万里，何处春江无月明[②]？
江流宛转绕芳甸，月照花林皆似霰[③]。
空里流霜不觉飞，汀上白沙看不见[④]。
江天一色无纤尘，皎皎空中孤月轮[⑤]。
江畔何人初见月？江月何年初照人？
人生代代无穷已，江月年年只相似。
不知江月待何人，但见长江送流水[⑥]。
白云一片去悠悠，青枫浦上不胜愁。
谁家今夜扁舟子？何处相思明月楼[⑦]？
可怜楼上月徘徊，应照离人妆镜台。
玉户帘中卷不去，捣衣砧上拂还来。
此时相望不相闻，愿逐月华流照君。

鸿雁长飞光不度，鱼龙潜跃水成文⑧。
昨夜闲潭梦落花，可怜春半不还家。
江水流春去欲尽，江潭落月复西斜⑨。
斜月沉沉藏海雾，碣石潇湘无限路⑩。
不知乘月几人归，落月摇情满江树⑪。

①春江花月夜，《乐府诗集》属《清商歌曲·吴声歌》，传为陈后主所创。

②滟滟，波光闪动之貌。

③芳甸，花草芳香的原野。霰（xiàn），雪珠。

④空里流霜不觉飞，写空中的月光。汀上白沙看不见，写沙洲的月色。——“春江潮水”以下“平、生、明”三韵与“霰、见”两韵八句，从整体上写“春江花月夜”。

⑤皎皎，光明貌。

⑥但见，只见。——“江天一色”以下“尘、轮、人”三韵与“似、水”两韵八句，由江月年年、人生代代想到宇宙人生的无穷。

⑦“谁家”与“何处”、“今夜”与“相思”，皆互文。扁舟子，流连在江上的游子。明月楼，楼上有相思的少妇。

⑧光不度，犹言光无限。文，指波纹。“鸿雁”句写空中的月光。“鱼龙”句写江面的月色。

⑨“江水”二句实表现楼头少妇相思之久。——“白云一片”以下“悠、愁、楼、台、来”五韵与“君、文”、“家、斜”四韵十六句，写春江花月之夜人间男女的离别相思。着重描绘少妇相思的形象，夫君只在少妇的相思中显现。

⑩碣石，山名，今河北乐亭县西南。潇湘，水名，湘水上游有潇水，因之湘水亦通称潇湘。碣石潇湘，一在北，一在南，泛言相距极远之地。

⑪“落月”句，实际是树摇月影，偏写成落月摇情，以突出江月。——“斜月沉沉”以下“雾、路、树”三韵四句，以落月人归收结全篇。末句“落月摇情满江树”与开头“海上明月共潮生”呼应。

张说

张说（667—730），字道济，一字说之，洛阳（今河南洛阳）人。武后策贤良方正，张说所对第一，授左补阙，擢凤阁舍人，后忤旨流放钦州。中宗召还，累迁工部、兵部侍郎；睿宗拜中书侍郎，知政事；玄宗朝进中书令，封燕国公，终尚书左丞相。张说也属于名臣之列，文章与苏颋并称“燕许”，诗达九卷之多，大多是“奉和、应制”之作。

邺都引①

君不见魏武草创争天禄，群雄睚眦相驰逐②。
昼携壮士破坚阵，夜接词人赋华屋。
都邑缭绕西山阳，桑榆汗漫漳河曲③。
城郭为墟人代改，但有西园明月在。
邺傍高冢多贵臣，蛾眉曼睩共灰尘④。
试上铜台歌舞处，唯有秋风愁杀人⑤！

①邺都，今河北临漳西北邺镇，东汉末魏王曹操都城，诗即咏曹操事。引，本乐曲体裁的一种，后衍为诗体之名。

②魏武，即曹操，曹丕即位后，尊曹操为武帝。草创，开始创建，此指曹操于汉末争夺天下。天禄，天赐的福禄，实指帝王的统治权。《尚书·大禹谟》：“四海困穷，天禄永终。”陆机《汉高祖功臣颂》：“赫矣高祖，肇载天禄。”睚眦，怒目相向。

③桑榆，《太平御览》卷三引《淮南子》：“日西垂影在树端，谓之桑榆。”因以“桑榆”指日暮。亦以喻晚年，曹植《赠白马王彪》诗：“年在桑榆间，影

响不能追。”汗漫，散漫之貌。漳河，在河北河南边境，东南流入卫河。“桑榆”句与“都邑缭绕西山阳”相对，指桑榆遍布于漳河之曲。因“桑榆”可以喻晚年，则此句又可喻曹操晚年散漫优游于漳河曲。

④ 蛾眉曼睩，像蛾须一样秀美的眉毛，曼长流动的眼神，代指美人。语本《楚辞·招魂》：“蛾眉曼睩，目腾光些。”

⑤ 铜台，即铜雀台，曹操在邺都所建台名。

送梁六自洞庭山作

巴陵一望洞庭秋，日见孤峰水上浮①。
闻道神仙不可接，心随湖水共悠悠。

① 巴陵，今湖南岳阳。孤峰，指洞庭湖中的君山。

贺知章

贺知章（659—744），字季真，会稽永兴（今浙江萧山）人。少以文词知名，开元时历任太常少卿、礼部侍郎、集贤院学士、工部侍郎、秘书监等职。天宝初，请为道士还乡里，玄宗赋诗赠行。知章性情放旷，自号四明狂客。天宝三年卒，年八十六。

柳枝词

碧玉妆成一树高，万条垂下绿丝绦。
不知细叶谁裁出，二月春风似剪刀。

回乡偶书二首①

少小离家老大回，乡音难改鬓毛衰②。
儿童相见不相识，笑问客从何处来？

离别家乡岁月多，近来人事半销磨。
唯有门前镜湖水，春风不改旧时波。

① 回乡，贺知章于天宝三载请为道士还家乡会稽。玄宗令供帐长安东门外，亲制诗赠行，百僚祖饯于长乐坡，李适、李白等均作诗送别，今诗存者尚有三十七首。时知章已八十六岁，回乡未久即去世。

② 难改，选本多作“未改”，似更佳。

★第二首《全唐诗》卷七三四又作黄损诗，文字小异。“离别家乡”作

“一别人间”，“半”作“已”，镜湖作“鉴池”。注云：“苏轼云：虔州布衣赖仙芝言，损未老退归。一日忽遁去，莫知所在，子孙画像事之。凡三十三年乃归，书壁上云云，投笔而去。”此系传说，其事甚迷离，黄损诗是抄袭贺知章之作，改易数字而已。黄损，字益之，连州（今广东连县）人。后梁末帝龙德二年（922）进士，仕南汉刘龑（yǎn），官至尚书左仆射，退居永州。

张九龄

张九龄（678—740），字子寿，韶州曲江（今广东韶关南）人。他是唐玄宗的贤宰相之一，以敢于谏诤著名。后被李林甫排挤，贬荆州长史。九龄识安禄山必反，请诛，玄宗不许。后玄宗在蜀思其言，特遣使致祭，恤其家。张九龄的诗“奉和”之作不少，但也写了一些好诗；他的《感遇》诗风格朴实，可以继陈子昂后尘。

感遇三首[①]

兰叶春葳蕤

兰叶春葳蕤，桂华秋皎洁[②]。
欣欣似生意，自尔为佳节。
谁知林栖者，闻风坐相悦。
草木有本心，何求美人折[③]！

① 张九龄《感遇》十二首，选三首。
② 葳蕤（wēi ruí），草木茂盛貌。皎洁，鲜明貌。
③ 有本心，一作“本无心”。

孤鸿海上来

孤鸿海上来，池潢不敢顾[①]。
侧见双翠鸟，巢在三珠树[②]。
矫矫珍木巅，得无金丸惧[③]？

美服患人指，高明逼神恶[④]。
今我游冥冥，弋者何所慕[⑤]！

①池潢，潢亦池也。

②三珠树，《山海经·海外南经》："三株树，在厌火国北，生赤水上，其为树如柏，叶皆为珠。"

③矫矫，居高独立貌。金丸，金属制弹丸。

④高明，扬雄《解嘲》："高明之家，鬼瞰其室。"

⑤我，孤鸿自称。冥冥，高远的天空。弋者，射猎者。慕，求，指猎取。扬雄《法言·问明篇》："鸿飞冥冥，弋人何篡焉。"篡，取也。《后汉书·逸民传》引此文，李贤注："篡字，诸本或作慕。"

★此寓言诗。全诗皆孤鸿的感触。见翠鸟巢于珠树，觉得它们虽立于珍木之上，难道就没有金丸的忧惧。唯我孤鸣游于高远的天空，即使弋者也莫奈我何。

江南有丹橘

江南有丹橘，经冬犹绿林。
岂伊地气暖，自有岁寒心。
可以荐嘉客，奈何阻重深。
运命唯所遇，循环不可寻[①]。
徒言树桃李，此木岂无阴！

①循环，按着环形轨道旋转，周而复始。"运命"二句，谓命运在机遇，即使反复循环也无法寻求。如丹橘困在深山，却不被重视。

望月怀远

海上生明月，天涯共此时。
情人怨遥夜，竟夕起相思。

灭烛怜光满，披衣觉露滋。
不堪盈手赠，还寝梦佳期。

赋得自君之出矣[①]

自君之出矣，不复理残机[②]。
思君如满月，夜夜减清辉。

① 赋得，科举考试，主考官以古人诗句或某种事物为题使考生作五言排律，称为试帖。题目前例加“赋得”二字。后不是考试，用古人诗句或某种事物为题，也称“赋得”。建安诗人徐干有《室思》诗五章，其第三章云：“自君之出矣，明镜暗不治。思君如流水，无有穷已时。”自南朝至唐代，不少诗人即以“自君之出矣”为题，作品大多仿徐干原作的结构。今收入《乐府诗集》卷六十九杂曲歌词者即多达二十一篇，还有不少没有收入，包括张九龄本篇。

② 残机，指织机。

张　旭

张旭（675—757以后），苏州吴县人。李白《猛虎行》作于天宝十五载（757），诗中写到张旭，可知其时尚在。他是唐代有名的草书大师，据说他每醉后号呼奔走，然后下笔作书，有时用头濡墨书写，被称为“张颠”，书法称为狂草。唐文宗以李白诗歌、张旭草书、斐旻剑舞称为“三绝”。他的诗可一点不狂，写得平平实实。存诗仅六首。

桃花溪

隐隐飞桥隔野烟，石矶西畔问渔船。
桃花尽日随流水，洞在清溪何处边？

★由桃花溪名而联想到桃花源，因影用桃花源故事。参见后王维《桃源行》注。

王 翰

王翰（687—726），字子羽，晋阳（今山西太原）人。唐睿宗景云元年庚戌（710）进士，举直言极谏，调昌乐尉；复举超拔群类，召为秘书正字；擢通事舍人，驾部员外。出为汝州长史，改仙州别驾，日与文士豪侠饮乐游猎，坐贬道州司马。

凉州词①

葡萄美酒夜光杯，欲饮琵琶马上催②。
醉卧沙场君莫笑，古来征战几人回！

① 凉州，今甘肃武威。凉州词，《乐府诗集》属近代曲词，原为凉州歌曲，唐诗人多用以写边塞风光和战争情景。《旧唐书·礼乐志》：“天宝间乐曲，皆以边地为名，若凉州、甘州、伊州之类。”

② 夜光杯，一种黑夜可以放光的玉杯。

崔国辅

崔国辅（687—755），吴郡（今江苏苏州）人。开元中，应县令举，授许昌令，累迁集贤直学士，礼部员外郎，后坐事贬晋陵司马。崔国辅的诗在万木参天的盛唐诗林中谈不上有多高地位，却是一株颇具特色的栗木。他的五言小诗幽深隽永，但语言拙涩，又喜用仄韵。这种风格，为后来的韩、孟诗派透露了一点儿消息。

从军行

塞北胡霜下，营州索兵救[1]。
夜里偷道行，将军马亦瘦。
刀光照塞月，阵色明如昼。
传闻贼满山，已共前锋斗。

① 营州，在辽宁朝阳。

怨词二首

妾有罗衣裳，秦王在时作。
为舞春风多，秋来不堪着。

楼前桃李疏，池上芙蓉落，
织锦犹未成，蛩声入罗幕。

古 意

种棘遮蘼芜，畏人来采杀[1]。
比至狂夫还，看看几花发。

① 蘼芜，香草名，一名江蓠。

魏宫词

朝日点红妆，拟上铜雀台[1]。
画眉犹未了，魏帝使人催[2]。

① 点，妆点。铜雀台，曹操所建台名。《三国志·魏书·武帝纪》："建安十五年冬，作铜雀台。"故址在今河北临漳西南古邺城西北隅。

② 未了，《唐诗纪事》卷十五作"未竟"。

★曹操临终，遗令婢妾伎人着铜雀台，月旦十五日，自朝至午，向帐中作伎乐。沈德潜解此诗曰："魏帝指曹丕，见父死而彰秽德也。"沈氏认为，此写先帝宫人欲遵遗命，上铜雀台，而曹丕却使人催促入宫。如此推想作解，倒别具心裁。

朝日点红妆，《唐诗别裁》作"朝日照红妆"。这可能是沈德潜的改笔。大概是认为"朝日"来"点红妆"不好理解；然如此一改，严重地违背了诗人原意。"朝日点红妆"，是在朝日照耀下妆点红妆。红妆正在妆点，才与下文"拟上"相符，也与下句"画眉犹未了"一致。"朝日照红妆"，则红妆早已结束，与"拟上"还勉强说得过去，与"画眉犹未了"就绝相矛盾 。改动古人作品本来就不当，改动而损伤原意则尤为错误。

长信草[1]

长信宫中草，年年愁处生。

故侵珠履迹，不使玉阶行。

① 长信草，一作《长信宫》，一作“婕妤怨”。长信，汉宫名。《三辅黄图·长信宫》：“长信宫，汉太后常居之。后宫在西，秋之象也。秋主信，故宫殿皆以长信、长秋为名。”汉成帝班婕妤失宠，恐赵飞燕姊妹妒害，求供养太后长信宫。见《汉书·外戚传》。

湖南曲

湖南送君去，湖北忆君归。
湖里鸳鸯鸟，双双他自飞。

子夜冬歌[①]

寂寥抱冬心，裁罗又褧褧[②]。
夜久频挑灯，霜寒剪刀冷。

① 子夜冬歌，《乐府诗集》属清商曲辞。

② 褧（jiǒng），一种麻制罩衣。褧褧二字为动宾结构，缝制褧衣。

丽人曲

红颜称绝代，欲并真无侣。
独有镜中人，由来自相许。

★清毛奇龄《览镜词》“渐觉铅华尽，谁怜憔悴新？与余同下泪，只有镜中人”，即由“独有镜中人，由来自相许”脱出。然崔诗自相许，毛诗自相怜，情调高下有别。

古　意[①]

净扫黄金阶，飞霜皎如雪[②]。

下帘弹箜篌，不忍见秋月③。

①一作薛奇童诗，题作《吴声子夜歌》。薛奇童，又作薛奇章。又作刘商诗，题为《怨妇》。

②皎，一作“皓”，一作“厚”。

③下帘，放下帘子。箜篌，弦乐器名。

王之涣

王之涣（688—742），晋阳（今山西太原）人，后徙绛，官文安县尉。传诗仅五、七言绝句六首，其《凉州词》为七绝名作。

凉州词

黄沙直上白云间，一片孤城万仞山。
羌笛何须怨杨柳，春风不度玉门关[①]。

① 羌笛，笛出于羌，故称羌笛。杨柳，曲名，汉乐府横吹曲有"折杨柳"，唐衍为"杨柳枝"。玉门关，西汉置，原在今甘肃敦煌西北，六朝时关址东移至今甘肃安西县东双塔堡。诗中"春风"原作"春光"，此从《集异记》引诗。

★首句《乐府诗集》《唐诗纪事》并作"黄沙直上白云间"，《全唐诗》作"黄河远上白云间"。先师刘弘度先生以黄河距玉门关甚远，认为应以"黄沙直上"为是。按，诗题又作《听玉门吹笛》，高适且有和作，题作《和王七玉门关听吹笛》，则诗实作于玉门关，非泛用地名，尤可证"黄沙直上"为是。

薛用弱《集异记》："开元中，诗人王昌龄、高适、王涣之（应作王之涣）齐名。时风尘未偶，而游处略同。一日天寒微雪，三诗人共诣旗亭，贳酒小饮。忽有梨园伶官十数人登楼会宴，三诗人因避席隈映，拥炉火以观焉。俄有妙妓四辈，寻续而至……昌龄等私相约曰：'我辈各擅诗名，每不自定其甲乙，今者可以密观诸伶所讴，若诗入歌词之多者则为优矣。'俄而一伶附节而唱，乃曰：'寒雨连江夜入吴，平明送客楚山孤。洛阳亲友如相问，一片冰心在玉壶。'昌龄则引手画壁曰：'一绝句。'寻又一伶讴之曰：‘开箧泪沾臆，见君前日书。夜台何寂寞，犹是子云居。’适则引手画壁曰：‘一绝句。’寻又一伶讴之曰：‘奉帚平明金殿开，强将团扇共徘徊。玉颜不及寒鸦色，犹带昭阳日影来。’昌龄则又引手画壁曰：‘二绝句。’涣之自以得名已久……因指诸妓之中最佳者，曰：‘待此子所唱，如非我诗，吾即终身不敢与子争衡……。’须臾，次至双鬟发声，则曰：‘黄河远上白云间，一片孤城万仞山。羌笛何须怨杨柳，春风不度玉门关！’涣之即揶揄二子曰：‘田舍奴，我岂妄哉！’因大谐笑。……诸伶竞拜曰：‘俗眼不识神仙，乞降清重，俯就筵席。’三子从之，欢醉竟日。”王之涣、王昌龄、高适虽大体同时，然考其生平，三人似无缘相聚；且诸伶所歌，竟全是三人之作，这种可能性很小，因此故事所述未必可信。但也说明高王诸人的名作在当时广为传唱必为事实。尤为重要的是，可知自盛唐至中唐，伶人所唱多为绝句，到中唐白居易、刘禹锡等词作也多是绝句或由绝句稍加变化，可以看出曲子词产生发展的脉络。

薛用弱，中唐时人，唐穆宗长庆时曾为光州刺史。见《新唐书·艺文志》小说类。

朱　斌

朱斌，唐玄宗时人，《国秀集》称之为处士。

登鹳雀楼[①]

白日依山尽，黄河入海流。
欲穷千里目，更上一重楼。

①《国秀集》题为“登楼”，据司马光《温公续诗话》、沈括《梦溪笔谈》，知所登者为鹳雀楼，补“鹳雀”二字。雀，通鹊。殷尧藩《和赵相光登鹳鹊楼》诗自注：“楼在河中府，前瞻中条，下瞰黄河。”唐蒲州，开元八年改为河中府，今山西永济县。

★《登鹳雀楼》“白日依山尽”篇长期以来误作王之涣诗。此诗最早见于《国秀集》，作者为朱斌，不是王之涣。《国秀集》成书于唐玄宗天宝三年（744），芮挺章选录，楼颖作序。书中同时选有芮挺章、楼颖两人自己和朱斌、王之焕的作品。他们是同时代人，其著录应该可信。朱斌诗仅此一首，王之涣录有《凉州词》等三篇。谁诗谁作，两者是清清楚楚的。然宋司马光（1019—1086）《温公续诗话》云：“唐之中叶，文章特盛，其姓名湮没不传于世者甚众。如河中府鹳雀楼有王之美、畅诸诗。畅诗曰：‘迥临飞鸟上，高谢世人间。天势围平野，河流入断山。’王诗曰：‘白日依山尽，黄河入海流。欲穷千里目，更上一层楼。’二人者，皆当时贤士所不数，如后人擅诗名岂能及之哉！”又，沈括（1031—1095）云：“河中府鹳雀楼唐人留诗者甚多，唯李益、王文奂、畅诸三篇能状其景。”而到《文苑英华》中此诗作者却成了王之涣。《文苑英华》虽始编于北宋太宗时李昉

等人，错讹极多，且随意妄改，几经周折，到南宋孝宗时又命周必大等人重新校订，直到宁宗嘉定四年（1204）才刻板问世；上距《国秀集》成书已四百六十年，距司马光、沈括也已一百五六十年。清初修《全唐诗》，此诗同时收入朱斌、王之涣名下，诗末句朱诗作“更上一重楼”，王诗作“更上一层楼”。其后沈德潜编《唐诗别裁集》、孙洙选《唐诗三百首》，都把“白日依山尽”篇作为王之涣诗。由于这两部书特别是后者的广泛流传，这首诗当作王之涣的名作差不多家喻户晓。这种讹传始于《文苑英华》，强化于《唐诗别裁集》与《唐诗三百首》。以后选本无不以为王之涣诗。时至今日，此诗著作权应据《国秀集》归还朱斌。但司马光、沈括等人所记必经亲见目验，司马光并录了诗的原文，他们的记录也应该不误，我们可以这样推想，有个叫王之美或王文奂的人将诗题写于鹳鹊楼上，司马光、沈括等见之因而记录下来。究竟叫王之美还是叫王文奂，司马光或沈括，总有一人眼花看错了。推想不能作为根据，但正确与否，都不影响朱斌的著作权，因《国秀集》的可信度自远较晚几百年以后司马光、沈括等人的笔记更为可靠，何况他们谁也没有说是王之涣。

畅 诸

畅诸，汝州（今河南临汝）人，开元九年（721）拔萃科，官许昌尉。

登鹳雀楼

迥临飞鸟上，高出世尘间。
天势围平野，河流入断山。

★这首《登鹳雀楼》,《全唐诗》作畅当诗。《唐诗纪事》记畅当为畅诸之兄。畅当（743—787），河东人，代宗大历七年壬子（772）进士，德宗贞元初为太常博士，终果州刺史。然李翰《河中鹳鹊楼序》称“前辈畅诸题诗上头，名播前后，山川景物，备于一言”。李翰为李华宗子，天宝间举进士，官于肃宗朝，其年辈早于畅当，而称畅诸为“前辈”。《元和姓纂》谓“诗人畅诸，汝州人，许昌尉”。《文苑英华》谓“畅诸开元九年（721）拔萃科”。可知畅诸为盛唐诗人，“弟弟”绝不可能反而早于“兄长”畅当半个多世纪，两人年代、籍贯都不同，同姓畅而已。司马光《温公续诗话》、彭乘《墨客挥犀》、沈括《梦溪笔谈》均载鹳雀楼有畅诸诗，而不言畅当。1983 年，我在敦煌莫高窟查阅敦煌唐写本残卷，查到此诗，作者确系畅诸。原诗系五律，题作《观雀楼》，诗云：“城楼多峻极，列酌恣登攀。迥林飞鸟上，高榭代人间。天势围平野，河流入断山。今年菊花事，并是送君还。”——残卷别字甚多。“观”是“鹳”的形误。“列酌”义不可解，疑是“列岫”之音误。谢朓诗“窗中列远岫”当为所本，列岫以恣登攀，似亦勉强可通。“林”是“临”的音讹。“榭”亦“谢”之音误，《续诗话》

引诗即作"谢"。"代"当作"世"，抄录者避太宗讳改。写诗者与抄诗者并为唐人，何以写者不讳而抄者却讳呢？唐代凡通达之士"二名不偏讳"，即如"世民"二字，单用"世"字"民"字可以不避，唐太宗本人曾下诏明令不避。而冬烘先生则"二名"仍然偏讳。此抄诗者水平甚低，其头脑冬烘自无足怪。"人间"亦应为"尘间"，"高谢世人"固亦可通，然"高谢世人间"则不通。"世尘间"之成为"世人间"，或亦避讳所致。唐宣宗叫李忱，"忱"、"尘"同音，故避"尘"作"人"。唐人不避嫌名，即同音不避，然冬烘者同音亦避。韩愈《讳辩》于此事论之甚详。——诗中四句纠正误字，与《全唐诗》所录只一字不同，即"高出"与"高谢"之异。"高谢世尘间"亦可通，然此诗以客观描写取胜，故应以"高出"为佳。原诗首尾造语平庸，而拈出中间四句，则境界宽阔宏大，气势雄奇奔放，故选录仍从《全唐诗》，只用四句，便为杰作，足可与朱斌诗匹敌。朱诗以其哲理精警取胜，畅作则以客观描绘擅长。

鹳雀楼的名作，朱斌、畅诸之后，还有李益的《同崔邠登鹳雀楼》，沈括对此诗评作甚高。诗云："鹳雀楼西百尺墙，汀洲云树共茫茫。汉家箫鼓空流水，魏国山河半夕阳。事去千年犹恨速，愁来一日即为长。风烟并起思归望，远目非春亦自伤。"诗亦可诵，"汉家"一联甚佳，全诗则远不如朱畅之作。

孟浩然

孟浩然（689—740），襄阳（今湖北襄阳）人。居于襄阳之鹿门山。年四十游京师，颇得张九龄、王维等器重。但终无所遇，复回家乡。曾漫游湘楚闽越等地。开元二十八年病卒于家，年五十二。

孟浩然比李白、王维、高适、王昌龄都要年长，是出现在盛唐诗坛的第一颗大星。他的诗主要写田园山水的景物，叙幽居生活的情趣，“五言诗天下称其尽美”，与王维并称“王孟”。孟浩然以布衣终身，是陶渊明以后最大的隐逸诗人。其实他“魏阙心常在，金门诏不忘”，一生都抱有“坐观垂钓者，徒有羡鱼情”的遗憾。有《孟浩然集》。

秋登兰山寄张五①

北山白云里，隐者自怡悦。
相望试登高，心飞逐鸟灭②。
愁因薄暮起，兴是清秋发。
时见归村人，沙行渡头歇③。
天边树若荠，江畔洲如月。
何当载酒来，共醉重阳节④。

① 一作“九月九日岘山寄张子容”，一作“秋登万山寄张文”。
② 心飞逐鸟灭，一作“心随雁飞灭”。
③ 归村人，一作“村人归”。沙行，一作“沙平”，一作“平沙”。
④ 载酒，陶渊明嗜酒，“其亲朋好事，或载酒肴而往，潜亦无所辞焉”。见

《晋书·陶潜传》。陶有《九日闲居》诗，序曰："余闲居，爱重九之名。秋菊盈园，而持醪靡由。空服九华，寄怀于言。"

宿业师山房期丁大不至[①]

夕阳度西岭，群壑倏已暝。
松月生夜凉，风泉满清听。
樵人归欲尽，烟鸟栖初定。
之子期宿来，孤琴候萝径[②]。

①业师，即业禅师。浩然有《疾愈过龙泉寺精舍呈易业二上人》诗，业师当即业上人。丁大，浩然有《送丁大凤进士赴举呈张九龄》诗，知丁大名凤。

②宿，一作"未"。

夏日南亭怀辛大

山光忽西落，池月渐东上。
散髪乘夕凉，开轩卧闲敞。
荷风送香气，竹露滴清响。
欲取鸣琴弹，恨无知音赏。
感此怀故人，中宵劳梦想。

秋宵月下有怀

秋空明月悬，光彩露沾湿。
惊鹊栖未定，飞萤卷帘入。
庭槐寒影疏，邻杵夜声急。
佳期旷何许？望望空伫立。

南归阻雪[①]

我行滞宛许，日夕望京豫[②]。
旷野莽茫茫，乡山在何处。
孤烟村际起，归雁天边去。
积雪覆平皋，饥鹰捉寒兔。
少年弄文墨，属意在章句。
十上耻还家，徘徊守归路[③]。

① 一作“南阳北阻雪”。

② 滞，滞留。宛（yuān），今河南南阳。许，今河南许昌。京，唐代京师在长安，以洛阳为东京。豫，今河南。

③“十上”句：苏秦始以连横说秦，“说秦王书十上而说不行，黑貂之裘敝，黄金百斤尽，资用乏绝，去秦而归”。见《战国策·秦策一》。

与诸子登岘山[①]

人事有代谢，往来成古今。
江山留胜迹，我辈复登临。
水落鱼梁浅，天寒梦泽深[②]。
羊公碑尚在，读罢泪沾襟[③]。

① 诸子，指多位朋友。岘山，在湖北襄阳南。

② 鱼梁，一种捕鱼设施。用土石横截水流，留缺口，用鱼笱承接其下，鱼随水流入笱内，即被捕获。又，鱼梁洲，襄阳汉水中洲名。《水经注·沔水》：“沔水中有鱼梁洲，庞德公所居。”沔水，即汉水。梦泽，云梦泽。

③ 羊公碑，晋初羊祜，字叔子，以征南大将军驻襄阳。“祜乐山水，每风景，必造岘山，置酒言咏，终日不倦。尝慨然叹息，顾谓从事中郎邹湛等曰：‘自有宇宙，便有此山。由来贤达胜士，登此远望，如我与卿者多矣，皆湮没无闻，使人悲伤。如百岁后有知，魂魄犹应登此也。’湛曰：‘公德冠四海，道

嗣前哲，令闻令望，必与此山俱传。至若湛辈，乃当如公言耳。’”祜死之后，“襄阳百姓于岘山祜平生游憩之所建碑立庙，望其碑者莫不流涕，杜预因名为堕泪碑”。见《晋书·羊祜传》。

赴京途中逢雪

迢递秦京道，苍茫岁暮天①。
穷阴连晦朔，积雪满山川②。
落雁迷沙渚，饥乌集野田③。
客愁空伫立，不见有人烟。

①迢递（tiáo tì），远貌。秦京道，通向京师长安的大道。

②穷阴，深沉的阴天。晦，阴历月末。朔，阴历月初。连晦朔，即连续一整月。

③集，一作“噪”。

岁暮归南山①

北阙休上书，南山归敝庐②。
不才明主弃，多病故人疏。
白髮催年老，青阳逼岁除③。
永怀愁不寐，松月夜窗虚。

①诗题一作“归故园作”，一作“归终南山”。

②北阙，指朝廷。南山，终南山，在陕西西安南，即狭义的秦岭。唐代士人进京往往在终南山隐居以求仕进的机会，或孟浩然亦然。

③青阳，春天。《尔雅·释天》：“春为青阳。”立春以后即为入春，其时犹在岁暮，故曰青阳逼岁除。

秦中感秋寄远上人①

一丘常欲卧，三径苦无资②。

北土非吾愿，东林怀我师[③]。
黄金然桂尽，壮志逐年衰[④]。
日夕凉风至，闻蝉但益悲。

①秦中，指陕西，此浩然游长安时作。

②一丘，《汉书·叙传》："栖迟于一丘，则天下不易其乐。"三径，《三辅决录》卷一："蒋诩归乡里，荆棘塞门，舍中有三径。不出，唯求仲、羊仲从之游。"晋陶渊明尝谓亲友曰："聊欲弦歌，以为三径之资可乎？"执事者闻之，以为彭泽令。见《晋书·陶潜传》。

③北土，指秦中。一作"北上"，非是。东林，庐山东林寺，晋高僧慧远居此。《高僧传》："沙门慧永，居在西林，与远同门旧好，遂要远同上，永谓刺史桓伊曰：'远公方当弘道，今徒属已广，而来者方多，贫道所栖，褊狭不足相处，如何？'桓乃为远复于山东更立房殿，即东林是也。"此因远上人而用慧远典，慧远亦称远上人。

④黄金然桂尽，谓生活艰难。《战国策·楚策三》："楚国之食贵于玉，薪贵于桂。"

留别王侍御维

寂寂竟何待，朝朝空自归。
欲寻芳草去，惜与故人违。
当路谁相假，知音世所稀[①]。
只应守寂寞，还掩故园扉。

①当路，当权，执政。词本《孟子·公孙丑》"夫子当路于齐"。假，凭借，指援引。

临洞庭上张丞相[①]

八月湖水平，涵虚混太清[②]。
气蒸云梦泽，波撼岳阳城[③]。

欲济无舟楫，端居耻圣明。
坐观垂钓者，徒有羡鱼情。

① 诗题一作“临洞庭”，一作“望洞庭湖赠张丞相”。张丞相，即张九龄，参见张氏小传。

② 涵虚，涵容虚空。太清，天。

③ 云梦泽，古水泽名，在今江汉平原，南接湖南北部。

晚泊浔阳望庐山[①]

挂席几千里，名山都未逢[②]。
泊舟浔阳郭，始见香炉峰[③]。
尝读远公传，永怀尘外踪[④]。
东林精舍近，日暮空闻钟[⑤]。

① 浔阳，长江流经九江一段称浔阳江。庐山，在江西九江市南。

② 席，帆。名山都未逢，诗人自襄阳乘舟由汉水入大江，沿岸都无大山。

③ 浔阳郡，今江西九江。香炉峰，庐山峰名，此代指庐山。

④ 远公，东晋名僧慧远，俗姓贾，雁门楼烦人，师事名僧道安，晋孝武帝太元九年（384）入庐山，居东林寺。与宗炳、刘遗民、宗炳、慧永等结白莲社。在山三十馀年，净土宗推为初祖。尘外，尘俗之外。

⑤ 东林精舍，即东林寺，晋江州刺史为慧远建。

早寒江上有怀[①]

木落雁南度，北风江上寒。
我家襄水曲，遥隔楚云端[②]。
乡泪客中尽，孤帆天际看。
迷津欲有问，平海夕漫漫。

① 一作“江上思归”。

② 襄水，湖北襄阳附近汉水的一段。

题大禹寺义公禅房[①]

义公习禅处，结构依空林[②]。
户外一峰秀，阶前众壑深。
夕阳连雨足，空翠落庭阴[③]。
看取莲花净，方知不染心[④]。

① 大禹寺，在今浙江绍兴会稽山。义公，僧人，生平不详。

② 禅，梵语“禅那”之略称，意为“静虑”。习禅亦即修佛。习禅处，一作“习禅寂”。《维摩诘经》：“一心禅寂，摄诸乱恶。”结构，一作“结宇”。

③ 雨足，即俗语“雨脚”，句意谓雨脚刚停随即出现夕阳。空翠，雨后透明的翠绿。

④ 莲花净，《维摩诘经》：“目净修广如青莲。”佛家谓佛性净如莲花。

舟中晓望

挂席东南望，青山水国遥。
舳舻争利涉，来往接风潮[①]。
问我今何适，天台访石桥[②]。
坐看霞色晓，疑是赤城标[③]。

① 舳舻，船后舵叫舳，船头叫舻，此泛指船。利涉，顺利渡河，此指顺利行舟。

② 何适，何往。天台，山名。在浙江天台县北，为佛家天台宗发源地。石桥，是天台山自然景观。宋之问《灵隐寺》诗亦有“待入天台路，看余度石桥”句。

③ 赤城，山名，为天台山组成部分。山峰石色皆赤。标，指峰顶。

与颜钱塘登障楼望潮作[①]

百里雷声震，鸣弦暂辍弹[②]。

府中连骑出，江上待潮观。
照日秋空迥，浮天渤澥宽[③]。
惊涛来似雪，一坐凛生寒。

①颜钱塘，颜姓钱塘县令。障楼，一作“樟亭”。

②鸣弦，弹琴。《吕氏春秋·察贤》：“宓子贱治单父，弹鸣琴，身不下堂而单父治。”

③秋空，一作“秋云”。渤澥，即渤海，此泛指大海。

宿桐庐江寄广陵旧游[①]

山暝听猿愁，沧江急夜流。
风鸣两岸叶，月照一孤舟。
建德非吾土，维扬忆旧游[②]。
还将两行泪，遥寄海西头。

①桐庐江，浙江富春江在桐庐境内的一段。广陵，即扬州。

②建德，今浙江建德。维扬，即扬州。

过故人庄[①]

故人具鸡黍，邀我至田家[②]。
绿树村边合，青山郭外斜。
开轩面场圃，把酒话桑麻[③]。
待到重阳日，还来就菊花[④]。

①过，过访。

②鸡黍，《论语·微子》：“［丈人］止子路宿，杀鸡为黍而食之。”范云《赠张徐州稷》诗：“恨不具鸡黍，得与故人挥。”

③轩，窗，一作“筵”。场，禾场。圃，菜园。秋冬碾平为场，春夏耕种为圃。

④ 就，靠近欣赏。

★杨慎《升庵诗话》：“刻本脱一‘就’字。有拟补者，或作‘醉’，或作‘赏’，或作‘泛’，或作‘对’，皆不同。后得善本是‘就’字，乃见其妙。”

春　晓

春眠不觉晓，处处闻啼鸟。
夜来风雨声，花落知多少！

宿建德江[①]

移舟泊烟渚，日暮客愁新。
野旷天低树，江清月近人。

① 建德江，即富春江支流新安江，流经建德，故名。

凉州词

浑成紫檀金屑文，作得琵琶声入云[①]。
胡地迢迢三万里，那堪马上送明君[②]。

① 紫檀，木名，是名贵木料，此指紫檀制作的琵琶。金屑文，琵琶上面的花纹。

② 迢迢，远貌。明君，即王昭君，晋石崇作《王明君辞》，为避司马昭讳改称明君。昭君为汉南郡秭归人，名嫱，元帝时被选入宫。竟宁元年，匈奴呼韩邪单于入朝求和亲，昭君自请出嫁匈奴。参见东方虬《昭君怨》诗注。石崇《王明君辞》序称“昔公主嫁乌孙，令琵琶马上作乐，以慰其道路之思。其送明君，亦必尔也”。琵琶马上送明君，系石崇设想，后世即用作典实。

渡浙江问舟中人

潮落江平未有风，扁舟共济与君同。
时时引领望天末，何处青山是越中？

断　句

微云淡河汉，疏雨滴梧桐[1]。

① 王士源《孟浩然集序》："［浩然］五言诗天下称其尽善。间游秘省，秋月新霁，诸英联诗，次当浩然，句云云。举座嗟其清绝，咸以之阁笔，不复为缀。"

李 颀

李颀（qí，690—751？），家于河南颍阳（今河南登封西）。开元二十三年乙亥（735）进士，曾官新乡尉。长久不迁，晚年弃官归颍阳东川别业。李颀颇有才华而很不得志，和王维、王昌龄、高适等都有交往。李颀歌行，擅长客观描写。大笔淋漓，富有气势。几首写乐器演奏的诗，想象极为丰富奇丽，在唐人诗中颇具特色。

古 意

男儿事长征，少小幽燕客①。
赌胜马蹄下，由来轻七尺②。
杀人莫敢前，须如猬毛磔③。
黄云陇底白雪飞，未得报恩不得归。
辽东少妇年十五，惯弹琵琶解歌舞。
合为羌笛出塞声，使我三军泪如雨④。

①幽燕，今河北北京一带。古幽州在今河北北部，唐代幽州即今北京，古为燕国。

②七尺，一般人身高七尺，因以七尺代指生命。

③猬毛磔，《晋书·桓温传》：“温眼如紫石棱，须如猬毛磔，孙仲谋、晋宣王之流亚也。”猬，刺猬。磔（zhé），伸张。

④合，一作“今”。

古从军行

白日登山望烽火，黄昏饮马傍交河[①]。
行人刁斗风沙暗，公主琵琶幽怨多[②]。
野云万里无城郭，雨雪纷纷连大漠。
胡雁哀鸣夜夜飞，胡儿眼泪双双落。
闻道玉门犹被遮，应将性命逐轻车[③]。
年年战骨埋荒外，空见葡萄入汉家。

① 烽火，古代边疆在高台上置柴草，敌至则举火以报警。交河，在今新疆吐鲁番西北，河水分流绕城，故号交河。参见李世民《饮马长城窟行》注。

② 刁斗，古代军中用具，铜制，有柄，白天用来烧饭，夜间击以巡更。公主琵琶，晋石崇《王明君辞序》："昔公主嫁乌孙，令琵琶马上作乐，以慰其道路之思。其送明君，亦必尔也。"公主嫁乌孙，汉武帝元封中，以江都王建女细君为公主嫁乌孙王。

③ 玉门，关名，在今甘肃安西县东。参见王之涣《凉州词》注。被遮，被敌人阻断。轻车，《周礼·春官·车仆》"轻车之萃"，郑玄注："轻车，所用驰敌致师之车也。"逐轻车，即逐车以驰敌致师。一说，汉武帝时，李广从弟李蔡为轻车将军，逐轻车即随轻车将军以抗击敌人，亦通。然李蔡并非名将，似不足作为武将的代表。

琴　歌

主人有酒欢今夕，请奏鸣琴广陵客[①]。
月照城头乌半飞，霜凄万树风入衣。
铜炉华烛烛增辉，初弹渌水后楚妃[②]。
一声已动物皆静，四座无言星欲稀。
清淮奉使千馀里，敢告云山从此始。

① 广陵，今江苏扬州。此必送别去广陵者，由后"清淮奉使"可知。

②渌水、楚妃，并琴曲之名。《乐府诗集》属舞曲歌辞。王融《齐明王歌辞》七首有《渌水曲》。相和歌辞吟叹曲中有石崇《楚妃叹》。

听安万善吹觱篥歌

南山截竹为觱篥，此乐本自龟兹出[①]。
流传汉地曲转奇，凉州胡人为我吹。
傍邻闻者多叹息，远客思乡皆泪垂。
世人解听不解赏，长飙风中自来往。
枯桑老柏寒飕飗，九雏鸣凤乱啾啾[②]。
龙吟虎啸一时发，万籁百泉相与秋[③]。
忽然更作渔阳掺，黄云萧条白日暗[④]。
变调如闻杨柳春，上林繁花照眼新。
岁夜高堂列明烛，美酒一杯声一曲。

①觱篥（bì lì），簧管乐器，以竹为管，以芦为首，状类胡笳。龟兹（qiū cí），古西域国名，在今新疆库车一带。

②飕飗（sōu liú），风声，此指风穿枯桑老柏发出的声音。九雏鸣凤，《玉台新咏·古乐府》：“凤凰鸣啾啾，一母将九雏。”啾啾，鸟鸣声。

③籁（lài），风吹孔穴发出的声音，也泛指各种自然音响。

④渔阳掺，曲名。《后汉书·祢衡传》：曹操闻衡善击鼓，乃召为鼓吏。因大会宾客，阅试音节。“衡方为渔阳参挝，蹀躞而前，容态有异，声节悲壮，听者莫不慷慨”。称传渔阳参挝为鼓曲，诗中为觱篥曲。

听董大弹胡笳声兼寄语弄房给事[①]

蔡女昔造胡笳声，一弹一十有八拍[②]。
胡人落泪沾边草，汉使断肠对归客。
古戍苍苍烽火寒，大荒沉沉飞雪白。
先拂商弦后角羽，四郊秋叶声摵摵[③]。

董夫子，通神明，深山窃听来妖精。
言迟更速皆应手，将往复旋如有情。
空山百鸟散还合，万里浮云阴且晴。
嘶酸雏雁失群夜，断绝胡儿恋母声。
川为净其波，鸟亦罢其鸣；
乌孙部落家乡远，逻娑沙尘哀怨生④。
幽音变调忽飘洒，长风吹林雨堕瓦。
迸泉飒飒飞木末，野鹿呦呦走堂下。
长安城连东掖垣，凤凰池对青琐门⑤。
高才脱略名与利，日夕望君抱琴至⑥。

① 诗题一作“听董庭兰弹琴兼寄房给事”。董大，即董庭兰，唐代著名琴师，曾为房琯门客，极为房琯所赏识。弹胡笳声，指琴弹胡笳声。《旧唐书·音乐志》：“丝桐惟琴曲有胡笳声。”弄，戏也。房给事，房琯（697—763），字次律，洛阳人，天宝三年五月擢试给事中，天宝十五载随玄宗奔蜀，拜文部尚书，同中书门下平章事，奉册灵武，见肃宗，与参决机务。见《旧唐书·房琯传》。

② “蔡女”二句，蔡琰，字文姬，蔡邕之女，汉末为胡骑所虏，身陷匈奴十二年，后曹操遣使赎归。据传蔡琰在匈奴，“春日登胡殿，感笳之音，作胡笳十八拍，为琴曲以见志”。见《蔡琰别传》。所记未必可靠，现存《胡笳十八拍》系唐人拟作，非蔡琰作品。

③ 商弦后角羽：商、角、羽均音阶之名，中国古代五声音阶为宫、商、角、徵（zhǐ）、羽。摵摵（shè），落叶声。

④ 乌孙，古代西域部族名。逻娑，吐蕃（bō）的都城，即今西藏拉萨，诗中乌孙、逻娑泛指遥远的荒外，并非确指。

⑤ 长安，唐代的都城，今西安。掖垣，禁中墙垣。唐宫禁中有东西掖垣。凤凰池，皇城禁苑中池沼。魏晋时代设中书省于禁苑。掌管机要，故称中书省为凤凰池。唐代宰相称中书门下平章事，故诗文中以凤凰池代指宰相之位。青琐门，汉宫门名（宫门上镂刻的青色图纹叫青琐），此即代指宫门。

⑥ 脱略，洒脱不以为意。结尾四句切房给事。“长安城连东掖垣，凤凰池对青琐门”，表面上只是写宫禁的环境，实谓房给事能供职禁垣。高才即指房

给事。谓房给事虽官居显要，却脱略名利，故“日夕望君抱琴至”。

送陈章甫

四月南风大麦黄，枣花未落桐叶长。
青山朝别暮还见，嘶马出门思旧乡。
陈侯立身何坦荡，虬须虎眉仍大颡①。
腹中贮书一万卷，不肯低头在草莽。
东门沽酒饮我曹，心轻万事如鸿毛。
醉卧不知白日暮，有时空望孤云高。
长河浪头连天黑，津口停舟渡不得②。
郑国游人未及家，洛阳行子空叹息③。
闻道故园相识多，罢官昨日今如何？

① 坦荡，坦然大度之貌。虬须，形容卷曲的胡须。
② 津口，渡口。
③ 郑国游人，指陈章甫。洛阳行子，诗人自指。

送魏万之京①

朝闻游子唱离歌，昨夜微霜初渡河。
鸿雁不堪愁里听，云山况是客中过。
关城树色催寒近，御苑砧声向晚多。
莫见长安行乐处，空令岁月易蹉跎②。

① 魏万，曾隐居王屋山，号王屋山人。天宝末，慕李白之名，“自嵩宋沿吴相访，数千里不遇，乘兴游台越经永嘉，观谢公石门，后于广陵相见”。李白为作《送王屋山人魏万还王屋》诗，并尽出其文，命其为集。万后改名颢，于上元间登进士第。

② 莫见，《唐诗别裁》作“莫是”。是，在也。

王　湾

王湾（693—751？），洛阳人，登玄宗先天二年癸丑（713）进士第，开元初为荥阳主簿，终洛阳尉。

次北固山下①

客路青山下，行舟绿水前。
潮平两岸阔，风正一帆悬。
海日生残夜，江春入旧年。
乡书何处达？归雁洛阳边。

①北固山，在江苏镇江北，下临大江。

★王湾在当日颇有诗名，而此诗尤为名作。诗语言精炼，境界宽阔。张说曾手书“海日”两句于政事堂，以为作文楷式。郑谷《偶题》诗云：“一卷疏芜一百篇，名成未敢便忘筌。何如海日生残夜，一句能令万古传。”

《唐诗纪事》卷十五录此诗，题作《江南意》，诗云：“南国多新意，东行伺早天。潮平两岸失，风正数帆悬。海日生残夜，江春入旧年。从来观气象，唯向此中偏。”文字不如传本，唯“潮平两岸阔”作“潮平两岸失”，亦佳。

丘　为

丘为（694—789），苏州嘉兴（今浙江嘉兴）人。天宝进士，累官太子右庶子，致仕，给俸禄之半终身。与王维、刘长卿友善。终年九十六岁。

寻西山隐者不遇

绝顶一茅茨，直上三十里[①]。
扣关无童仆，窥室唯案几。
若非巾柴车，应是钓秋水[②]。
差池不相见，黾勉空仰止[③]。
草色新雨中，松声晚窗里。
及兹契幽绝，自足荡心耳[④]。
虽无宾主意，颇得清净理[⑤]。
兴尽方下山，何必待之子[⑥]。

① 茅茨，茅草，指茅屋。

② 巾，车帷。此用作动词。柴车，简朴的车。《韩诗外传》："驽马柴车，可得而乘也。"巾柴车，即张起车帷，驾柴车出行。陶渊明《归去来辞》："或命巾车，或棹孤舟。"钓秋水，钓于秋水。

③ 差池（chā chí），双声联绵词，不齐貌，此犹差错，指彼此错过。黾勉，勉力。仰止，景仰。语本《诗·小雅·车辖》"高山仰止，景行行止"。

④ 契幽绝，与幽绝的境界相契合。荡，激荡。

⑤ 清净，既指环境的清净，更指心境的清净。清净理，即隐居隔绝尘秽之理。

⑥ 兴尽，《世说新语·任诞》："王子猷居山阴，夜大雪，眠觉，开室命酌酒，四望皎然。因起仿徨，咏左思《招隐》诗。忽忆戴安道。时戴在剡，即便夜乘小船就之。经宿方至，造门不前而返。人问其故，王曰：'吾本乘兴而行，兴尽而返，何必见戴！'"待，一作"见"。之子，指西山隐者。

题农父庐舍

东风何时至，已绿湖上山。
湖上春既早，田家日不闲。
沟塍流水处，耒耜平芜间。
薄暮饭牛罢，归来还闭关。

登润州城[①]

天末江城晚。登临客望迷。
春潮平岛屿，残雨隔虹霓。
鸟与孤帆远，烟和独树低。
乡山何处是？ 目断广陵西。

① 一作江为诗，非是。润州，今江苏镇江。

张敬忠

张敬忠，唐中宗时为监察御史。神龙三年（707）张仁亶为朔方总管，奏请敬忠分判军事。玄宗开元中为平卢节度使。《全唐诗》录其诗仅两首。

边 词

五原春色旧来迟，二月垂杨未挂丝[1]。
即今河畔冰开日，正是长安花落时。

① 五原，汉郡名，在今内蒙境，治九原，今包头；此代指朔方边塞。

蒋维翰

蒋维翰，开元年间进士。

古 歌

美人闭红烛，独坐裁新锦[①]。
频放剪刀声，夜寒知未寝。

① 闭，掩蔽。句意谓，美人红烛在室内，为窗帷或门帘所掩。

王昌龄

王昌龄（698—757），字少伯，京兆长安（今西安）人。年轻时曾到过河陇玉门等地，对西北边境有实地体验。唐玄宗开元十五年丁卯（727）进士，补秘书郎；二十二年又中宏词科，调汜水尉。开元二十八年被谪为江宁丞，故世称王江宁；后又以“不护细行”的罪名被贬为龙标尉（龙标县在今湖南黔阳县境）。安史乱时北回乡里，被濠州刺史闾丘晓杀害。

王昌龄在当时有“诗家天子王江宁”的称誉，他的诗比较集中地反映了边疆战士的心绪和各种妇女的生活，极善于通过鲜明的形象，刻画人物的心理。他特别擅长写七言绝句，这些绝句诗有的气势纵横，笔酣墨畅；有的细腻含蓄，音韵悠扬。在这个领域内，只有他的朋友李白可以相比。明人辑有《王昌龄集》。

塞上曲二首[①]

蝉鸣空桑林，八月萧关道[②]。
出塞复入塞，处处黄芦草。
从来幽并客，皆向沙场老[③]。
莫学游侠儿，矜夸紫骝好。

饮马渡秋水，水寒风似刀。
平沙日未没，黯黯见临洮[④]。
昔日长城战，咸言意气高。
黄尘足今古，白骨乱蓬蒿。

① 塞上曲，一作塞下曲。《乐府诗集》属新乐府词，边塞诗常用题目。
② 萧关，在今宁夏固原东南，汉代常在此同匈奴作战。
③ 幽并，幽州在今北京和河北北部，并州在今山西太原。
④ 临洮，今甘肃岷县。

从军行①

秋草马蹄轻，角弓持弦急。
去为龙城战，正值胡兵袭②。
军气横大荒，战酣日将入。
长风金鼓动，白露铁衣湿。
四起愁边声，南庭时伫立③。
断蓬孤自转，寒雁飞相及。
万里云沙涨，平原冰霰涩④。
惟闻汉使还，独向刀环泣⑤。

① 从军行，一作杜颇诗。杜颇，开元十五年王昌龄同榜进士。
② 龙城，汉代匈奴地名，又作龙庭，为匈奴祭天与大会各部酋长之地。参见虞世南《从军行》注。战，一作“候”。
③ 南庭，一作“南辕”。
④ 平原，一作“平川”。
⑤ 环，与“还”同音，向刀环泣，泣不能还也。

十五役边地

十五役边地，三回讨楼兰①。
连年不解甲，积日无所餐。
将军降匈奴，国使没桑干②。
去时三十万，独自还长安。
不信沙场苦，君看刀箭瘢。

乡亲悉零落，冢墓亦摧残。
仰攀青松枝，恸绝伤心肝[③]！

① 边地，一作“边城”。楼兰，汉西域国名，在今新疆罗布泊西。参见虞世南《从军行》注。

② 桑干，水名，源出山西马邑桑干山，流经河北及北京郊外，下游注入大清河（今永定河）。

③ 仰攀青松枝，承上句“冢墓亦摧残”来。墓侧种有松树，冢墓已被摧残，故仰攀树枝而伤心悲恸。

★此诗是《代扶风主人答》诗中的一段，全诗略嫌冗赘，摘此一段颇为精彩，可以独立成篇，实在是又一篇《十五从军征》。

同从弟销南斋玩月忆山阴崔少府[①]

高卧南斋时，开帷月初吐。
清辉淡水木，演漾在窗户[②]。
冉冉几盈虚，澄澄变今古[③]。
美人清江畔，是夜越吟苦[④]。
千里其何如，微风吹兰杜[⑤]。

① 山阴，今浙江绍兴。少府，县尉。

② 清辉，清亮的月光。淡水木，谢混《游西池诗》“景昃鸣禽集，水木湛清华”。演漾，月光流荡貌。

③ 冉冉，渐进貌，形容月亮渐渐地运行。盈虚，指月亮时盈时亏。澄澄，月光清澈之貌。

④ 美人，指崔少府。越，指山阴。越吟苦，想象崔少府在月下吟咏。

⑤ 兰杜，泽兰杜若。

从军行四首

烽火城西百尺楼，黄昏独上海风秋。

更吹羌笛关山月，无那金闺万里愁。

琵琶起舞换新声，总是关山离别情。
撩乱边愁听不尽，高高秋月照长城。

青海长云暗雪山，孤城遥望玉门关。
黄沙百战穿金甲，不破楼兰终不还。

大漠风尘日色曛，红旗半卷出辕门。
前军夜战洮河北，已报生擒吐谷浑。[①]

① 洮河，在今甘肃西南，北流注入黄河。吐谷浑，古部族名，为鲜卑的一支，游牧于今辽宁西南部。西晋末，其首领吐谷浑率所部西迁今甘肃、青海间，再传至其孙叶延，乃以吐谷浑为姓氏。谷，音浴（yù）。

出　塞

秦时明月汉时关，万里长征人未还[①]。
但使龙城飞将在，不教胡马度阴山[②]！

①“秦时”句，秦时与汉时，明月与关，并互文。

② 龙城，见虞世南《从军行》注。飞将，汉李广善骑射，数为边郡太守，多次与匈奴接战，匈奴称为汉之飞将军。阴山，今内蒙古境内阴山山脉。

采莲曲

荷叶罗裙一色裁，芙蓉向脸两边开。
乱入池中看不见，闻歌始觉有人来。

闺　怨

闺中少妇不知愁，春日凝妆上翠楼①。
忽见陌头杨柳色，悔教夫婿觅封侯。

①不知，一作“不曾”。

春宫曲

昨夜风开露井桃，未央前殿月轮高①。
平阳歌舞新承宠，帘外春寒赐锦袍②。

①露井，没有覆盖的井。未央殿，汉宫殿名。汉高祖七年萧何所建。

②平阳歌舞，指卫子夫。诗以汉武帝陈皇后事为影。陈皇后为武帝姑长公主嫖之女。武帝立为太子，曾得长公主之力，后娶阿娇为妃，即位后立为皇后。后武帝过平阳主，悦平阳主家歌女卫子夫，乃赐平阳主金千斤，平阳主送子夫入宫。卫子夫得宠，陈皇后被废居长门宫。见《汉书·外戚传》。

长信秋词二首①

金井梧桐秋叶黄，珠帘不卷夜来霜。
熏笼玉枕无颜色，卧听南宫清漏长。

奉帚平明金殿开，且将团扇共徘徊②。
玉颜不及寒鸦色，犹带昭阳日影来③！

①长信，汉宫名，太后所居。参见崔国辅《长信草》诗注。

②团扇，汉成帝班婕妤失宠，自请供养太后长信宫。见《汉书·外戚传》。此以班婕妤事为影。古乐府《怨歌行》据传为班婕妤所作。诗云：“新制齐纨素，鲜洁如霜雪。裁为合欢扇，团团似明月。出入君怀袖，动摇微风发。常恐

秋节至，凉飚夺炎热。弃捐箧笥中，恩情中道绝。”

③ 昭阳，汉宫殿名。汉成帝宠幸赵飞燕，为婕妤，后又立为皇后。其女弟绝幸，为昭仪，居昭阳宫。姊弟专宠十馀年。见《汉书·外戚传》。

西宫春怨

西宫夜静百花香，欲卷珠帘春恨长。
斜抱云和深见月，朦胧树色隐昭阳[1]。

① 云和，本山名，以产弦乐器著名，因此琴瑟琵琶等乐器都可通称为云和。诗中指琵琶，由“斜抱”可知。昭阳，见《长信秋词》注。此亦以班婕妤事为影。唐代宫词，往往以汉宫史事为影，但表现的是宫廷普遍现象，并非即咏某事。

西宫秋怨

芙蓉不及美人妆，水殿风来珠翠香。
却恨含情掩秋扇，空悬明月待君王[1]。

① 含情掩秋扇，实暗用《怨歌行》辞意。参见前《长信秋词》注②。

寄穆侍御出幽州[1]

一从恩谴度潇湘，塞北江南万里长。
莫道蓟门书信少，雁飞犹得到衡阳[2]。

① 幽州，今北京。
② 蓟门，关名，故址在今北京德胜门外土门关。

送魏二

醉别江楼橘柚香，江风引雨入舟凉。

忆君遥在潇湘上，愁听清猿梦里长。

芙蓉楼送辛渐[1]

寒雨连天夜入湖，平明送客楚山孤[2]。
洛阳亲友如相问，一片冰心在玉壶[3]。

① 芙蓉楼，在江苏镇江西北隅。王昌龄曾谪龙标尉，龙标在今湖南黔阳境，今黔阳亦有芙蓉楼，为后人纪念诗人所建。

② 寒雨连天夜入湖，《唐诗别裁》作“寒雨连江夜入吴”。

③ 冰心在玉壶，清亮之极，比喻对任何处境，胸怀坦然。语本鲍照《白头吟》“直如朱丝绳，清如玉壶冰”。

祖 咏

祖咏（699—746？），洛阳人。开元十二年甲子（724）进士，与王维友善。

苏氏别业

别业居幽处，到来生隐心。
南山当户牖，沣水映园林①。
屋覆经冬雪，庭昏未夕阴②。
寥寥人境外，闲坐听春禽。

①南山，终南山。沣水，今西安城西渭水支流。
②屋，一作“竹”。

望蓟门

燕台一望客心惊，箫鼓喧喧汉将营①。
万里寒光生积雪，三边曙色动危旌②。
沙场烽火连胡月，海畔云山拥蓟城。
少小虽非投笔吏，论功还欲请长缨③。

①燕台，今北京。据传燕昭王曾筑黄金台以招贤士，故称燕台。参见陈子昂《燕昭王》诗注。

②三边，汉代幽州、并州、凉州，其地都在边境，称为三边。此泛指边塞。

③ 投笔吏，汉代班超年轻时到洛阳为官佣书以供养。久劳苦，尝辍业投笔叹曰："大丈夫无他志略，犹当效傅介子、张骞立功异域，以取封侯，安能久事笔研间乎！"后出使西域，建立功勋封定远侯。见《后汉书 · 班超传》。功，成效，指事业有成。请长缨，汉武帝遣终军使南越，说其王，欲令入朝，比内诸侯。军自请，"愿受长缨，必羁南越王而致之阙下"。见《汉书 · 终军传》。

终南望馀雪[①]

终南阴岭秀，积雪浮云端[②]。
林表明霁色，城中增暮寒。

① 终南，山名，又名南山，在陕西西安南。
② 阴岭，山的北面。

★《唐诗纪事》卷二十："有司试终南望馀雪，咏赋四句，即纳于有司，或诘之，咏曰：意尽。"试帖应作五言排律，通常需十二句或十六句，祖咏作四句即交卷，需冒着落第的危险，充分表现了他的自信。区区二十字，竟成咏积雪的名篇。清王士祯以"林表明霁色，城中增暮寒"，与陶渊明"倾耳无希声，在目皓已洁"、王维"洒空深巷静，积素广庭闲"，并为咏雪名句。

陶　翰

陶翰（701—754？），润州（今江苏镇江）人。开元十八年庚午（730）进士，官至礼部员外郎。

古塞下曲①

进军飞狐北，穷寇势将变②。
日落沙尘昏，背河更一战。
骏马黄金勒，雕弓白羽箭③。
射杀左贤王，归奏未央殿④。
欲言塞下事，天子不召见。
东出咸阳门，哀哀泪如霰。

①《河岳英灵集》《唐诗纪事》卷二十作陶翰诗，《纪事》卷二十六又作王季友诗。

② 飞狐，即飞狐口，在今河北蔚县东南。

③ 骏马，一作“骍马”。骍马，赤色马。

④ 左贤王，匈奴贵族封号，有左贤王、右贤王。未央殿，汉宫殿名。高祖七年，由萧何主持营造。

王 维

王维（701—761），字摩诘，太原祁（今山西祁县）人，父王处廉为汾州司马，徙居于蒲（今山西永济）。玄宗开元九年辛酉（721）进士，为大乐丞，因伶人舞黄狮子事，谪官济州司库参军。张九龄执政，擢为右拾遗。开元二十五年以监察御史出使塞上，在凉州河西节度副使崔希逸幕任判官。回京后于开元末为殿中侍御史，知南选，至襄阳。天宝时，历官左补阙、库部郎中、文部郎中。天宝十五载（肃宗至德元载）六月，安禄山攻陷长安，玄宗奔蜀，时王维为给事中，扈从不及，陷于贼军，被送往洛阳，强授给事中。至德二载两京恢复，肃宗回长安，凡任伪官者以六等定罪。王维因所作凝碧池诗为肃宗所嘉许[①]，又其弟王缙请削官为王维赎罪，因而得到宽恕，降为太子中允。后迁太子中庶子、中书舍人，复拜给事中，乾元二年转尚书右丞，故世称王右丞，同年去世，年六十一。

盛唐时代的大诗人如孟浩然、李白没有做过官，杜甫官位低卑且为时短暂，王维却一直在做官而且大部分时间在京师，但他身在魏阙而心在山林，而且很多时候身也在山林，先后在终南山和辋川口建别业，过着亦官亦隐的生活。“晚年长斋，不衣文彩，得宋之问蓝田别墅，在辋口。辋水周于舍下，别涨竹洲花坞，与道友裴迪浮舟往来，弹琴赋诗，啸咏终日”。大诗人李白崇奉道家，杜甫是典型的儒家，王维却信奉佛教。王维的母亲崔氏“师事大照禅师，三十馀岁，褐衣蔬食，持戒参禅”。王维受母亲影响，也信佛安禅，三十丧妻即不再娶，也无子嗣。这些生活和思想特点，对他的诗艺有极大的影响。王维早年写过一些关于边塞、游侠一类的诗篇，有些作品也愤慨于社会的不平，但其兴趣已倾向于自然景物。后期的作品大多描绘山水风光，寄寓自然情趣。他是陶渊明之后描绘田园山水最杰出的诗人，但陶诗主要抒发其田园生活的感受，王维则偏重于风光景物。他是画家，擅长山水境界，开南宗画派，故其诗亦有如画境。他长于音乐，故他的诗最能掌握语言的音响，其好诗都如美妙的乐曲。王维有少数作品宣扬佛理，自然无多诗味，但他把禅意参入自然景物，平静的心境通过幽美的画境表达出来，就成为绝妙的诗章。有《王右丞集》。

①天宝十五载秋，王维被安禄山拘禁在菩提寺，写了一首七绝，题为《菩提寺禁，裴迪来相看，说逆贼等凝碧池上作音乐，供奉人等举声便一时泪下，私成口号，诵示裴迪》，诗云："万户伤心生野烟，百官何日再朝天。秋槐叶落空宫里，凝碧池头奏管弦！"诗为肃宗所嘉许因而减罪。诗艺庸庸，凑合之迹甚明，且未必不是事后编造。

陇西行[①]

十里一走马，五里一扬鞭。
都护军书至，匈奴围酒泉[②]。
关山正飞雪，烽火断无烟[③]。

①陇西行，《乐府诗集》属相和歌辞瑟调曲。陇西，在今甘肃省境。

②都护，官名。汉代设西域都护，唐代设六大都护府统辖西域诸国。酒泉，郡名，今甘肃酒泉。

③烽火，古代边塞建有烽火台，上积柴草，有敌人入侵时，白天举烟谓之燧，晚上举火谓之烽。《乐府诗集》作"烽戍"。

陇头吟[①]

长安少年游侠客，夜上戍楼看太白[②]。
陇头明月迥临关，陇上行人夜吹笛。

关西老将不胜愁，驻马听之双泪流。
身经大小百馀战，麾下偏裨万户侯③。
苏武才为典属国，节旄空尽海西头④！

①陇头吟，《乐府诗集》属横吹曲辞。

②太白，金星。太白主兵象，看太白，实际期待战斗，以便建功立业。

③麾，用以指挥军队的旗帜。麾下，旌麾之下，代指部下。裨将，副将，代指诸多部属将官。“身经”二句，实影用李广事。李广自言：“自汉击匈奴，而广未尝不在其中，而诸部校尉以下，才能不及中人，然以击胡军功取侯者数十人；而广不为后人，然无尺寸之功以得封邑者。”见《史记·李将军列传》。身经百战的老将，与少年游侠心情迥异。

④“苏武”二句：汉武帝天汉元年，苏武从中郎将使持节使匈奴，被扣留，强令在北海（今贝加尔湖）牧羊，历尽艰难，始终坚贞不屈。在海上“杖汉节牧羊，卧起操持，节旄尽落”。在匈奴十九年，昭帝始元六年春始回长安，昭帝以为典属国。见《汉书·苏建传》附苏武传。才，仅仅。典属国，掌管臣服于汉的属国，职位不高。空尽，一作“落尽”，一作“零落”。

西施咏①

艳色天下重，西施宁久微。
朝为越溪女，暮作吴宫妃。
贱日岂殊众，贵来方悟稀。
要人傅香粉，不自着罗衣。
君宠益骄态，君怜无是非。
当时浣纱伴，莫得同车归②。
持谢邻家子，效颦安可希③？

①西施，春秋时越国美女。东汉赵晔《吴越春秋》：越王勾践欲报吴仇，“谓大夫种曰：‘孤闻吴王淫而好色，惑乱沉湎，不领政事，因此而谋，可乎？’种曰：‘可破。夫吴王淫而好色，宰嚭佞以曳心，往献美女，其必受之。惟王选择美女二人而进之。’越王曰：‘善。’乃使相者国中，得苎萝山鬻薪之女，

曰西施、郑旦，饰以罗縠，教以容步，习于土城，临于都巷，三年学服而献于吴。……吴王大悦。”按，先秦史籍如《左传》《国语》和汉代司马迁《史记》吴越世家都无西施其人。在《孟子》《管子》《尸子》《庄子》《荀子》等书中乃有西施，传为美人典型，但与吴越斗争无涉。东汉赵晔《吴越春秋》才有越国献西施于吴王故事，然亦甚简略。又到袁康《越绝书》、唐陆广微《吴地记》等书里才有吴王宠幸西施以至于亡国的许多内容，并传范蠡与西施本有恋情，灭吴之后，范蠡乃以舟载西施泛五湖而去。后世诗人歌咏西施以王维、李白为最早，明梁辰鱼更衍为传奇《浣纱记》，故事更为完整，西施乃定格为古代无与伦比的绝代佳人。其实吴王夫差的失败乃战略上的失误。夫差不顾自身的实力，大军远涉千里与中原争霸，而对强敌越国无所戒备，招致身亡国灭的惨剧，实与是否宠幸西施无关。

② 浣纱，传西施微时曾在苎萝山下溪边浣纱。见《太平寰宇记》。

③ “持谢”二句，《庄子·天运》：“西施病心而矉，其里之丑人见而美之，归亦捧心而矉，其里之富人见之，坚闭门而不出，贫人见之，挈妻子而去之走。彼知矉美，而不知矉之所以美。”矉，蹙额作愁容。两句字面上谓美态不可希求，亦暗含际遇亦不可希求之意。

老将行①

少年十五二十时，步行夺得胡马骑。
射杀山中白额虎，肯数邺下黄须儿②。
一身转战三千里，一剑曾当百万师。
汉兵奋迅如霹雳，虏骑崩腾畏蒺藜③。
卫青不败由天幸，李广无功缘数奇④。
自从弃置便衰朽，世事蹉跎成白首。
昔时飞箭无全目，今日垂杨生左肘⑤。
路傍时卖故侯瓜，门前学种先生柳⑥。
苍茫古木连穷巷，寥落寒山对虚牖。
誓令疏勒出飞泉，不似颍川空使酒⑦。
贺兰山下阵如云，羽檄交驰日夕闻⑧。
节使三河募年少，诏书五道出将军⑨。

试拂铁衣如雪色，聊持宝剑动星文⑩。
愿得燕弓射大将，耻令越甲鸣吾君⑪。
莫嫌旧日云中守，犹堪一战取功勋⑫。

① 老将行，《乐府诗集》属新乐府辞。

② 射杀山中白额虎，汉李广尝南山射虎，见《史记·李将军列传》。又，晋周处年青时膂力过人，纵情肆欲，州曲患之。处问父老何以不乐，父老谓南山白额猛兽，长桥下蛟，并处为三害，周处乃入山射杀白额，入水杀蛟，已亦励志好学，志存义烈。见《晋书·周处传》。此虽用典，然系泛指，全诗用典皆如此。邺，曹操都城，今河北临漳。黄须儿，曹操次子曹彰勇武刚强，须黄，曹操称之为黄须儿。见《三国志·任城威王传》。肯数，岂肯数。岂肯数邺下黄须儿，即邺下黄须儿也不在话下。

③ 蒺藜，植物名，其果实像菱角，三角刺人。古代军队用铁铸三角刺，用来刺坏敌方人脚和马蹄以阻碍行进，亦名蒺藜或铁蒺藜。

④ 卫青，汉武帝时大将军，曾多次率军伐匈奴。天幸，《史记·卫将军骠骑列传》："骠骑所将常选，然亦敢深入，常与壮骑先其大军，军亦有天幸，未尝困绝也。"此言霍去病事，诗移用于卫青。李广，汉武帝时名将，骁勇善战，但无功，未得封侯。汉武帝以李广"数奇"，嘱卫青不让当匈奴单于。见《史记·李将军列传》。数奇（jī），命数不好。

⑤ 飞箭，疑当作"飞雀"。语本《文选·鲍照〈拟古〉》"惊雀无全目"，李善注引《帝王世纪》："帝羿有穷氏与吴贺北游。贺使羿射雀，羿曰：'生之乎？杀之乎？'贺曰：'射其左目！'羿引弓射之，误中右目。羿仰首而愧，终身不忘。"垂杨生左肘，《庄子·至乐》："支离叔与滑介叔观于冥伯之丘，昆仑之虚，黄帝之所休，俄而柳生其左肘。"柳，"瘤"之借字，肉瘤。诗人又以"垂杨"代柳。垂杨生左肘，是久疏战阵之故。

⑥ 故侯瓜，秦东陵侯召平，于秦亡后为布衣，种瓜于长安城东。见《史记·萧相国世家》。先生柳，陶渊明作《五柳先生传》，谓"先生不知何许人，宅边有五柳树，因以为号焉"。五柳先生，实渊明自喻。

⑦ 疏勒，今新疆疏勒。东汉明帝永平十八年匈奴北单于攻车师，杀车师后王安得。汉戊己校尉耿恭屯后王部金蒲城，匈奴来攻。"恭以疏勒城傍有涧水可固，五月，乃引兵据之。七月，匈奴复来攻恭，恭募先登数千人直驰之，胡骑散走，匈奴遂于城下壅绝涧水。恭于城中穿井十五丈不得水，吏士渴乏，笮马粪汁而饮之。恭仰叹曰：'闻昔贰师将军拔佩刀刺山，飞泉涌出。今汉德神明，

岂有穷哉！’乃整衣服向井再拜，为吏士祷。有顷，水泉奔出，众皆称万岁。乃令吏士扬水以示虏。虏出不意，以为神明，遂引去。”见《后汉书·耿恭传》。颍川空使酒，汉武帝将军灌夫，得罪权相武安侯田蚡，尝使酒骂坐，为田蚡所害。见《史记·魏其武安侯列传》。灌夫家在颍川，故以颍川代指灌夫。

⑧ 贺兰山，在今甘肃贺兰县西。羽檄，军用文书，上插鸟羽，以示紧急。《汉书·高帝纪》“吾以羽檄征天下兵”，师古曰：“檄者，以木简为书，长尺二寸，用征召也，其有急事，则加以鸟羽插之，示速疾也。”

⑨ 节，符节。使臣持节以为信记，故称节使。三河，汉以河内、河南、河东为三河，今山西、河南一带。

⑩ 星文，指宝剑上镌刻的七星文，吴均《边城将》诗：“剑抱七星文。”

⑪ 燕弓，燕地产的弓。耻令越甲鸣吾君，《说苑·立节》：“越甲至齐，雍门子狄请死之。……曰：‘臣闻之，昔者王田于囿，左毂鸣，车右请死之。’而王曰：‘子何为死？’车右对曰：‘为其鸣吾君也。’……遂刎颈而死。……‘今越甲至，其鸣吾君也，岂左毂之下哉！车右可以死左毂，而臣独不可死越甲也？’遂刎颈而死。是日越人引甲而退七十里。”鸣，惊动。

⑫ 云中守，汉文帝时魏尚为云中守，防匈奴有功而被削职。后文帝叹息当时没有廉颇、李牧，冯唐曰：“臣窃闻魏尚为云中守，匈奴远避，不近云中之塞……坐上功首虏差六级。陛下下之吏，削其爵，罚作之。由此言之，陛下虽得廉颇、李牧弗能用也。”文帝悦，令冯唐持节赦魏尚，复以为云中守。见《史记·冯唐列传》。

桃源行[①]

渔舟逐水爱山春，两岸桃花夹古津。
坐看红树不知远，行尽青溪不见人[②]。
山口潜行始隈隩，山开旷望旋平陆[③]。
遥看一处攒云树，近入千家散花竹。
樵客初传汉姓名，居人未改秦衣服。
居人共住武陵源，还从物外起田园。
月明松下房栊静，日出云中鸡犬喧[④]。
惊闻俗客争来集，竞引还家问都邑。
平明闾巷扫花开，薄暮渔樵乘水入。

初因避地去人间，更问成仙遂不还[⑤]。
峡里谁知有人事，世中遥望空云山。
不疑灵境难闻见，尘心未尽思乡县。
出洞无论隔山水，辞家终拟长游衍[⑥]。
自谓经过旧不迷，安知峰壑今来变。
当时只记入山深，青溪几曲到云林。
春来遍是桃花水，不辨仙源何处寻。

①桃源行，《乐府诗集》属新乐府辞。陶渊明《桃花源记》，记晋太元中，武陵渔人误入桃花源。其中“土地平旷，屋舍俨然。有良田美池桑竹之属。阡陌交通，鸡犬相闻。其中往来种作男女，衣着悉如外人。黄髮垂髫，并怡然自乐”。“自云先世避秦时乱，率妻子邑人，来此绝境，不复出焉，遂与外人间隔。问今是何世，乃不知有汉，无论魏晋”。渔人停数日辞去。“此中人语云：不足为外人道也”。渔人出即诣郡下告太守说如此。太守即遣人随其往，寻向所志遂迷，不复得路。历代据陶文作桃花源诗者甚多，以摩诘此篇为最早，也最有名。

②行尽青溪不见人，选本多作“行尽青溪忽值人”。此系选者妄改，忽值人有违诗意。

③隈隩，深曲之处。平陆，宽阔之地。

④房栊，窗户。

⑤更问，一作“更闻”，一作“及至”。成仙，指秦人避乱入桃花源，其子孙远离尘世，有如神仙。

⑥游衍，随意游玩。语本《诗·大雅·板》“及尔游衍”。

洛阳女儿行[①]

洛阳女儿对门居，才可容颜十五馀[②]。
良人玉勒乘骢马，侍女金盘脍鲤鱼[③]。
画阁朱楼尽相望，红桃绿柳垂檐向。
罗帏送上七香车，宝扇迎归九华帐[④]。
狂夫富贵在青春，意气骄奢剧季伦[⑤]。

自怜碧玉亲教舞，不惜珊瑚持与人[6]。
春窗曙灭九微火，九微片片飞花琐[7]。
戏罢曾无理曲时，妆成只是熏香坐。
城中相识尽繁华，日夜经过赵李家[8]。
谁怜越女颜如玉，贫贱江头自浣纱[9]！

① 洛阳女儿行，《乐府诗集》属新乐府辞。梁武帝《河中之水歌》："洛阳女儿名莫愁。"

② "洛阳女儿"二句，语本《玉台新咏·东飞伯劳歌》："谁家女儿对门居，开颜发艳照里闾。"又，"女儿年几十五六，窈窕无双颜如玉。"

③ 良人，丈夫。玉勒，马络头的美称。骢马，青白色的马。金盘鲙鲤鱼，辛延年《羽林郎》："就我求珍肴，金盘鲙鲤鱼。"

④ 七香车，《古文苑》魏文帝《与太尉杨彪书》："谨赠足下四望通幰七香车二乘。"章樵注："七种香木为车。"九华帐，鲍照《行路难》："七彩芙蓉之羽帐，九华蒲萄之锦衾。"九华，言其花色之艳丽。

⑤ 意气，逞情使气。剧，超过。季伦，晋石崇，字季伦，以贪鄙奢侈闻名。尝以荆州刺史，劫掠商客，致成巨富。"财产丰积，室宇宏丽。后房百数，皆曳纨绣，珥金翠。丝竹尽当时之选，庖膳穷水陆之珍"。与贵戚王恺、羊琇之徒以奢靡相尚，备极豪华。晋武帝助王恺，尝以高三尺许珊瑚赐之，以为世所罕比。恺以示崇，崇以铁如意击碎。王恺声色方厉，崇曰："不足多恨，今还卿！"乃命左右悉取珊瑚树，有高三四尺者六七株，如王恺所有者甚多。见《晋书·石崇传》。

⑥ 碧玉，《乐府诗集》清商曲辞有《碧玉歌》，《乐苑》谓"《碧玉歌》者，宋汝南王所作也。碧玉，汝南王妾名，以宠爱之甚，所以歌之"。（按，宋无汝南王，晋有汝南王，字或有误。）梁元帝《采莲赋》："碧玉小家女，来嫁汝南王。"诗中碧玉即代指洛阳女儿。

⑦ 九微，灯名。《博物志》："汉武帝好仙道，……七月七日夜漏七刻，王母乘紫云车而至于殿西，南面东向……时设九微灯，帝东面西向。"何逊《七夕》诗："月映九微火。"琐，碎屑。飞花琐，指灯花碎屑。（具体情形不详）

⑧ 赵李，《汉书·谷永传》：成帝"数为微行，多近幸小臣，赵李从微贱专宠，皆皇太后与诸舅夙夜所常忧"。赵李指皇后赵飞燕和婕妤李平，其戚属皆富贵骄奢。后常以赵李代指权贵。阮籍《咏怀》诗："西游咸阳中，赵李相经过。"

⑨“谁怜”二句，西施微时常在苎萝山下溪边浣纱。参见《西施咏》注。

夷门歌①

七国雄雌犹未分，攻城杀将何纷纷！
秦兵益围邯郸急，魏王不救平原君。
公子为嬴停驷马，执辔愈恭意愈下②。
亥为屠肆鼓刀人，嬴乃夷门抱关者。
非但慷慨献良谋，意气兼将身命酬。
向风刎颈送公子，七十老翁何所求！

①夷门，战国魏都大梁东门。魏公子信陵君魏无忌养客好士。魏有隐士侯嬴，年七十，为夷门监者（守门人）。信陵君欲厚遗之，不肯受。信陵君乃大会宾客，自引车骑迎侯生，坐上座，尊为上客。侯生并引荐屠夫朱亥，信陵君亦数往请之。魏安釐（xī）王二十年，秦兵围赵邯郸，赵平原君夫人为信陵君姐，求救于魏。魏王遣将军晋鄙将十万众救赵，但畏秦，又令晋鄙驻军观望。信陵君乃与宾客约车骑百馀乘，欲赴秦军与赵俱死。侯生为之划谋，教信陵君请与之有恩的魏王所宠如姬，窃魏王兵符夺晋鄙军，又请以屠者朱亥从行。如姬果窃兵符与信陵君。侯生度信陵行至晋鄙军中之日，即自杀。信陵君至军，诈称魏王令代晋鄙领魏军，合符，晋鄙疑之，朱亥以铁椎击杀晋鄙。信陵君如此将魏军大败秦军，解邯郸之围。见《史记·魏公子列传》。

②“公子为嬴”二句，信陵自率车骑迎侯生。“侯生摄敝衣冠，直上载公子上坐，不让，欲以观公子，公子执辔愈恭”。见《魏公子列传》。

寒食城东即事①

清溪一道穿桃李，演漾绿蒲涵白芷②。
溪上人家凡几家，落花半落东流水。
蹴踘屡过飞鸟上，秋千竞出垂杨里③。
少年分日作遨游，不用清明兼上巳④。

① 寒食，清明前一日或二日为寒食节，习俗不举火，谓之寒食。《荆楚岁时记》："去冬至一百五日，即有疾风甚雨，谓之寒食。"

② 演漾，荡动。涵，浸染。

③ 蹴踘，踢球。踘，古代的球，用皮革制，内塞毛羽等弹性物质。

④ 分日，节令名，春分秋分并叫分日，此指春分。清明，二十四节气中春天第五个节气，阴历三月初，阳历在四月五日前后。上巳，古代以三月上旬巳日为上巳，魏晋以后定三月三日为上巳。"少年"二句，谓城中少年等不得清明上巳，春分开始即在郊外游玩。

★欧阳修《浣溪沙》词名句"绿杨楼外出秋千"，即由"秋千竟出垂杨里"句脱胎。

齐州送祖三①

相逢方一笑，相送还成泣。
祖帐已伤离，荒城复愁入②。
天寒远山净，日暮长河急。
解缆君已遥，望君犹伫立。

① 齐州，今山东历城。祖三，即祖咏。

② 祖帐，古人远行，设帷帐祭祀路神，谓之祖，亦兼为行人送别，后单为饯别亦称祖帐。

春夜竹亭赠钱少府归蓝田①

夜静群动息，时闻隔林犬②。
却忆山中时，人家涧西远。
羡君明发去，采蕨轻轩冕③。

① 少府，唐人称县令为明府，县尉为少府。钱起集中有《初黄绶赴蓝田县作》，可知钱少府即钱起。详后钱起小传。诗当作于天宝中钱起举进士之后。

② 群动息，所有物类活动都已静息。陶渊明《饮酒》诗："日入群动息，

归鸟趋林鸣。”

③ 明发，明日清晨。采蕨，暗用伯夷叔齐首阳山采薇事。《史记索隐》：“薇，蕨也。”轩冕，官宦的轩车和冕服，代指官宦。

送綦毋潜落第还乡[①]

圣代无隐者，英灵尽来归[②]。
遂令东山客，不得顾采薇[③]。
既至君门远，孰云吾道非[④]。
江淮度寒食，京洛缝春衣。
置酒临长道，同心与我违[⑤]。
行当浮桂棹，未几拂荆扉。
远树带行客，孤城当落晖[⑥]。
吾谋适不用，勿谓知音稀[⑦]！

① 綦毋潜（692—约749），字孝通，荆南（今湖北江陵）人。开元进士，官右拾遗，终著作郎。

② 英灵，英华灵秀所钟之人。

③ 东山客，晋谢安曾隐居会稽东山，因以东山客代指隐士。采薇，伯夷、叔齐耻食周粟，隐于首阳山采薇而食，因以采薇指隐居生活。

④ 君门，一作“金门”。金门，汉未央宫前金马门，汉武帝使学士们待诏于此。既至而君门遥远，言其落第。“吾道”之吾，就綦毋潜言之。吾道非，《史记·孔子世家》：鲁哀公四年，孔子厄于陈蔡，从者病，莫能兴。孔子召门弟子而问曰：“《诗》云：‘匪兕匪虎，率彼旷野。’吾道非耶？吾何为于此！”

⑤ 同心，犹知己。违，分离。

⑥ 带，引。当，对。

⑦ “吾谋”之吾，送者自言。用《左传》文公十三年秦绕朝谓士会语：“子毋谓秦无人，吾谋适不用也。”

奉寄韦太守陟[①]

荒城自萧索，万里山河空。

天高秋日迥，嘹唳闻归鸿[②]。
寒塘映衰草，高馆落疏桐[③]。
临此岁方晏，顾景咏悲翁[④]。
故人不可见，寂寞平林东。

①韦太守陟，韦陟，字殷卿，京兆万年（今西安市西北）人。曾为礼、吏二部尚书，为李林甫所忌，出为襄阳太守，先后为钟离、河东、吴郡太守。《旧唐书》有传。

②迥，寥远。嘹唳，雁鸣声。

③映衰草，（日光）照耀着衰草。

④岁方晏，岁将晚。景，通“影”。咏，吟咏。悲翁，《乐府诗集》汉铙歌有《思悲翁》篇。

送宇文太守赴宣城[①]

寥落云外山，迢递舟中赏[②]。
铙吹发西江，秋空多清响[③]。
地迥古城芜，月明寒潮广[④]。
时赛敬亭神，复解罟师网[⑤]。
何处寄相思，南风吹五两[⑥]。

①宇文太守，李白有《赠宣城宇文太守兼呈崔侍御》诗，又有《闻李太尉大举秦兵百万，出征东南，懦夫请缨，冀申一割之用，半道病还，留别金陵崔侍御》诗。后一首诗作于唐肃宗上元二年（761），宇文太守与金陵崔侍同时，则其官宣城当在安史之乱前后。宣城，今安徽宣城县。

②寥落，稀疏貌。此指山上秋深树木叶落，显得萧疏。迢递，远貌。

③铙吹，军乐，此指奏乐送行。西江，当指长江上游。

④迥，远。芜，荒芜。广，大，指显得宽阔。

⑤敬亭，山名，在宣城北。罟师，布网者。《史记·殷本纪》：“汤出，见野张网四面，祝曰：‘自天下四方皆入吾网。’汤曰：‘嘻，尽之矣！’乃去其三面，祝曰：‘欲左，左；欲右，右。不用命者，乃入吾网。’诸侯闻之，曰：

‘汤德至矣，及禽兽。’”沈约《梁鼓吹曲汉东流》：“至仁解网，穷鸟入怀。”解罟师网，比喻法令宽厚。

⑥ 五两，船上候风的设施，用羽毛制成，重五两，系于桅上，风来即飘动，故可以验风向。相当于后世的风向标。

青 溪

言入黄花川，每逐青溪水[①]。
随山将万转，趣途无百里[②]。
声喧乱石中，色静深松里。
漾漾泛菱荇，澄澄映葭苇。
我心素已闲，清川澹如此。
请留盘石上，垂钓将已矣。

① 言，发语词。言入，犹一入。黄花川，在今陕西凤县东北。

② 趣途，走的路程。无，犹得无，估量之词。无百里，莫不有上百里。

渭川田家[①]

斜阳照墟落，穷巷牛羊归[②]。
野老念牧童，倚杖候荆扉。
雉雊麦苗秀，蚕眠桑叶稀[③]。
田夫荷锄至，相见语依依。
即此羡闲逸，怅然吟式微[④]。

① 渭川，渭水。

② 斜阳，一本作“斜光”。墟落，村落。

③ 雉雊，野鸡叫。

④ 式微，《诗·邶风·式微》有“式微式微，胡不归”之句，此以“式微”表示见田家“闲逸”而思归之意。

春中田园作[①]

屋上春鸠鸣，村边杏花白。
持斧伐远扬，荷锄觇泉脉[②]。
归燕识故巢，旧人看新历。
临觞忽不御，惆怅远行客[③]。

①春中，即仲春，阴历二月。

②远扬，桑树上伸出的长条。语本《诗·豳风·七月》“蚕月条桑，取彼斧斨，以伐远扬”。觇，探视。

③觞，酒杯。不御，不进用，即不喝。

新晴野望

新晴原野旷，极目无氛垢。
郭门临渡头，村树连溪口。
白水明田外，碧峰出山后。
农月无闲人，倾家事南亩。

观别者

青青杨柳陌，陌上别离人[①]。
爱子游燕赵，高堂有老亲[②]。
不行无可养，行去百忧新。
切切委兄弟，依依向四邻[③]。
都门帐饮毕，从此谢亲宾[④]。
挥涕逐前侣，含悽动征轮。
车徒望不见，时见起行尘[⑤]。
余亦辞家久，看之泪满巾。

① 陌，道路。

② 燕、赵，战国时二国名，此指燕赵故地，今河北、山西等地。

③ 委，委托。

④ 都门，京都中里巷之门（与通常称京都城门为都门者不同）。

⑤ 车徒，车马徒众。

赠裴十迪[①]

风景日夕佳，与君赋新诗。
澹然望远空，如意方支颐[②]。
春风动百草，兰蕙生我篱。
暧暧日暖闺，田家来致词：
“欣欣春还皋，澹澹水生陂[③]。
桃李虽未开，荑萼满芳枝[④]。
请君理还策，敢告将农时[⑤]。”

① 裴十迪，裴迪，排行第十，王维好友。《唐诗品汇》：“裴迪，关中人。”《唐诗纪事》：“裴迪初与王维俱居终南。”

② 澹然，恬静貌。如意，器物名，用竹木等材料制成，柄端作手指状，长短不一，有搔痒、支颐等多种用途，故曰如意。颐，面颊。

③ 欣欣，生意旺盛之貌。皋，水边高地。澹澹，水波荡漾之貌。陂，池塘，亦泛指贮水之地。

④ 荑萼，花蕾。

⑤ 理还策，准备杖策回来，指回乡。句中暗用陶渊明《归去来辞》中“农人告余以春及，将有事于西畴”语意。

蓝田山石门精舍[①]

落日山水好，漾舟信归风[②]。
探奇不觉远，因以缘源穷[③]。
遥爱云木秀，初疑路不同。

安知清流转，偶与前山通。
舍舟理轻策，果然惬所适。
老僧四五人，逍遥荫松柏。
朝梵林未曙，夜禅山更寂④。
道心及牧童，世事问樵客。
暝宿长林下，焚香卧瑶席⑤。
涧芳袭人衣，山月映石壁。
再寻畏迷误，明发更登历⑥。
笑谢桃源人，花红复来觌⑦。

① 蓝田山，在陕西蓝田县。石门，在蓝田县西十里。精舍，佛寺。

② 漾舟，泛舟。

③ 缘源穷，犹《桃花源记》所谓“缘溪行……欲穷其林”。

④ 朝梵，早起念佛经。夜禅，夜静坐参禅。

⑤ 瑶席，瑶草编的席。

⑥ “再寻”二句：《桃花源记》写渔人再往，遂迷不复得路。二句谓恐像武陵渔人那样再寻时迷误道路，故第二天早起又登临游历。

⑦ 桃源，详后《桃源行》注。桃源人，代指石门精舍中人。觌（dí），相见。

观 猎

风劲角弓鸣，将军猎渭城①。
草枯鹰眼疾，雪尽马蹄轻②。
忽过新丰市，还归细柳营③。
回看射雕处，千里暮云平。

① 角弓，两端用角装饰的弓。渭城，在今陕西咸阳东。

② 鹰，猎鹰。

③ 新丰，今陕西新丰，汉初楚项羽曾驻军新丰。细柳，今陕西咸阳西渭河

北岸，汉文帝时周亚夫曾军于细柳。二句暗示这位将军非同一般，非真过新丰，归细柳。

过香积寺[①]

不知香积寺，数里入云峰。
古木无人径，深山何处钟。
泉声咽危石，日色冷青松。
薄暮空潭曲，安禅制毒龙[②]。

① 香积寺，在陕西长安县南神禾原上。

② 安禅，僧人入定。毒龙，《法苑珠林》："西方山中有池，毒龙居之。昔五百商人止宿池侧，龙怒，泛杀商人。槃陀王婆罗门咒，就池咒龙。龙悔过向王，王乃舍之。"制毒龙，言佛法威力之大，亦以喻妄心邪念。

送梓州李使君[①]

万壑树参天，千山响杜鹃。
山中一夜雨，树杪百重泉。
汉女输橦布，巴人讼芋田[②]。
文翁翻教授，不敢倚先贤[③]。

① 梓州，今四川三台。李使君，刺史称使君。杜甫亦有《送李梓州使君之任》诗。

② 输，缴纳。橦布，左思《蜀都赋》"布有橦华"，刘渊林注："橦华者，树名橦，其花柔毳可绩为布也。"疑即木棉。巴，古国名，地在今重庆市东部。讼芋田，当有典故，不详所出。

③ 文翁，西汉景帝时为蜀郡守，在蜀兴办学官，教育子弟，并选送有才者到京师受业，使蜀地文化比于齐鲁。见《汉书·循吏传》。翻，反复进行。不敢倚先贤，谓不敢只倚先贤，需要自己作为，超越前人。

送刘司直赴安西[①]

绝域阳关道，胡沙与塞尘[②]。
三春时有雁，万里少行人。
苜蓿随天马，葡萄逐汉臣[③]。
当令外国惧，不敢觅和亲[④]。

① 司直，官名。大理寺有司直六人。见《旧唐书·职官志》。安西，唐安西节度使抚宁西域，统龟兹、焉耆、于阗、疏勒四国。安西都护府治所在龟兹城内。见《旧唐书·地理志》。龟兹，在今新疆库车县境。

② 阳关，西汉置阳关，在今敦煌西南。

③ 苜蓿，豆科植物，汉武帝时张骞出使带回苜蓿种子，种以为马饲料。天马，《史记·大宛列传》："初，天子发书易云，神马当从西北来。得乌孙马好，名曰天马。及得大宛汗血马益壮，更名乌孙马曰西极，名大宛马曰天马云。"又，"宛左右以蒲桃为酒，富人藏酒至万馀石，久者数十岁不败。俗嗜酒，马嗜苜蓿。汉使取其实来，于是天子始种苜蓿、蒲桃肥饶地。及天马多，外国使来众，则离宫别观旁尽种蒲桃、苜蓿极望。"蒲桃，即葡萄。

④ 和亲，汉代以女子嫁西北少数民族首领以结和亲。《史记·刘敬列传》："上取家人子名为长公主，妻单于，使刘敬往结和亲约。"

使至塞上[①]

单车欲问边，属国过居延[②]。
征蓬出汉塞，归雁入胡天[③]。
大漠孤烟直，长河落日圆。
萧关逢候骑，都护在燕然[④]。

① 使，出使。玄宗开元二十五年（737）三月，河西节度副大使崔希逸在青海抵御吐蕃获胜，王维为监察御史，奉命出使宣慰。

② 属国，《汉书·武帝纪》："元狩二年秋，匈奴昆邪王杀休屠王，并将其众，合四万馀人来降，置五属国以处之。"颜师古注："凡言属国者，存其国号

而属汉朝，故曰属国。”居延，《续汉书·郡国志》凉州有张掖居延属国。地在今内蒙古额济纳旗东南，境内有居延海。按，居延唐代属凉州辖境，已无属国之称，诗系用汉代词语。又，首二句《文苑英华》作“衔命辞天阙，单车欲问边”，疑《英华》编者以原句不合音律，故为改作。此实自我作古，当依本集原文。

③ 征蓬，犹飞蓬。蓬草根浅，秋后连根拔起，随风旋转。

④ 萧关，在今宁夏固原东南。候骑，侦察兵，因骑马故称候骑。何逊《见征人分别》诗：“候骑出萧关”。都护，官名，汉代设置西域都护，唐代设六大都护府以统辖西域诸国，然诗中实系泛指。燕然，山名，即今蒙古境内杭爱山。后汉车骑将军窦宪北伐匈奴，大破北单于稽落山，去塞三千馀里，登燕然山，勒石纪功，令班固作铭。见《后汉书·窦融传》。王维使凉州，与燕然山不相涉，此系用典，谓大军已取得巨大胜利。

送邢桂州[①]

铙吹喧京口，风波下洞庭[②]。
赭圻将赤岸，击汰复扬舲[③]。
日落江湖白，潮来天地青。
明珠归合浦，应逐使臣星[④]。

① 邢桂州，邢济，肃宗时为桂州经略使。《新唐书·肃宗纪》上元元年（760），“西原蛮寇边，桂州经略使邢济败之。”

② 京口，今江苏镇江。洞庭，湖名，在湖南省北部。

③ 赭圻，城名，在今安徽繁昌县西。赤岸，地名。击汰，用桨划水。汰，水波。扬舲，开船。舲，有窗户的船。《楚辞·九章·涉江》：“乘舲船余上沅兮，齐吴榜以击汰。”

④ 明珠归合浦，后汉孟尝，字伯周，会稽上虞人。“迁合浦太守，郡不产谷实，而海出珠宝。……先时宰守并多贪秽，诡人采求，不知纪极，珠遂渐徙于交阯郡界。于是行旅不至，人物无资，贫者饿死于道。尝到官，革易前敝，求民病利。曾未踰岁，去珠复还”。见《后汉书·孟尝传》。使臣星，即使臣。后汉李郃，字孟节，汉中南郑人，善方术。“和帝即位，分遣使者，皆微服单行，各至州郡，观采风谣。使者二人当到益部，投郃候舍。时夏夕露坐，郃因仰观，问曰：‘二君发京师时，宁知朝廷遣二使邪？’二人默然，惊相视曰：‘不

闻也。’问何以知之，郃指星示云：‘有二使星向益州分野，故知之耳。’”见《后汉书·李郃传》。此指邢桂州。

汉江临泛[1]

楚塞三湘接，荆门九派通[2]。
江流天地外，山色有无中。
郡邑浮前浦，波澜动远空。
襄阳好风日，留醉与山公[3]。

①汉江，即汉水，源出陕西嶓冢山，名漾水，至褒城以下称汉水，东南流经襄樊、宜城、钟祥、潜江、沔阳，至汉口注入长江。泛，泛舟。《瀛奎律髓》作“眺”。

②楚塞，犹楚境。江淹《望荆山》诗：“奉义至江汉，始知楚塞长。”三湘，泛指湖南。荆门，山名，在今湖北宜昌西北长江南岸，与北岸虎牙山相对如门。九派，郭璞《江赋》：“流九派乎浔阳。”李善注：“水别流为派。应劭《汉书注》曰：‘江自庐江浔阳分为九也。’”九派，应指长江九条支流，然实系泛指。首二句概括今湖北境。

③山公，晋山简。《晋书·山简传》：简为征南将军，镇襄阳，唯酒是耽。诸习氏，荆土豪族，有佳园池。简每出嬉游，多之池上，置酒辄醉，名之曰高阳池。时有童儿歌曰：“山公出何许，往至高阳池。日夕倒载归，茗艼无所知。时时能骑马，倒着白接䍦。”一作“山翁”。

归嵩山作[1]

清川带长薄，车马去闲闲[2]。
流水如有意，暮云相与还。
荒城临古渡，落日满秋山。
迢递嵩高下，归来且闭关[3]。

①嵩山，即中岳，在河南登封县北。

②薄，草木丛生之地。带，绕。陆机《君子有所思行》：“清川带华薄。”

闲闲，从容之貌。

③ 迢递，远貌。

终南山[①]

太乙近天都，连山到海隅[②]。
白云回望合，青霭入看无。
分野中峰变，阴晴众壑殊[③]。
欲投人处宿，隔水问樵夫。

① 终南山，又名南山，秦山，为秦岭主峰，亦即狭义的秦岭，在陕西西安南，唐代为游览胜地。

② 太乙，即终南山。天都，天宇。《淮南子·泰族》："登泰山，履石封，以望八荒，视天都若盖，江河若带。"近天都，言其高。到海隅，言其远。

③ 分野，古代九州的划分和天上星座相对应，不同的星座下临不同的州，谓之分野。分野中峰变，谓中峰两侧即属不同的分野，极言终南之大。

终南别业

中岁颇好道，晚家南山陲。
兴来每独往，胜事空自知。
行到水穷处，坐看云起时。
偶然值林叟，谈笑无还期。

山居秋暝[①]

空山新雨后，天气晚来秋。
明月松间照，清泉石上流。
竹喧归浣女，莲动下渔舟。
随意春芳歇，王孙自可留[②]。

①暝，晚。

②王孙，贵族子弟，此系泛指。《楚辞·招隐士》："王孙兮归来，山中兮不可以久留。"诗反其意。

辋川闲居赠裴秀才迪[1]

寒山转苍翠，秋水日潺湲[2]。
倚杖柴门外，临风听暮蝉。
渡头馀落日，墟里上孤烟。
复值接舆醉，狂歌五柳前[3]。

①《新唐书·王维传》："维别墅在辋川，地奇胜……与裴迪游其中，赋诗相酬为乐。"《雍录》："辋川在蓝田县西南二十里，王维别墅在焉，本宋之问别圃也。"

②潺湲（chán yuán），水流貌。

③接舆，春秋末楚国隐士。《论语·微子》："楚狂接舆，歌而过孔子。"此用以喻裴迪。五柳，陶渊明《五柳先生传》，五柳先生实陶渊明自喻，此处"五柳前"王维用以代指其别墅。

登裴迪秀才小台作

端居不出户，满目望云山。
落日鸟边下，秋原人外闲。
遥知远林际，不见此檐间。
好客多乘月，应门莫上关。

冬晚对雪忆胡居士[1]

寒更传晓箭，清镜览衰颜[2]。
隔牖风惊竹，开门雪满山。
洒空深巷静，积素广庭间。

借问袁安舍，翛然尚闭关[③]。

①胡居士，其人不详。一作王劭诗，非是。王维另有《胡居士卧病遗米因赠》《与胡居士皆病寄此诗兼示学人二首》。又，司空曙《过胡居士睹王右丞遗文》诗，诗中“闭门唯有雪，看竹永无人”句即承王诗“隔牖”二句而来，知此为王维诗无疑。

②更，指更鼓。箭，古代以漏壶计时，壶中立箭，上刻度数。壶有小孔，水由孔漏出，壶水渐减，箭上表时度数以次显露。句意谓更鼓传达报晓之时。

③袁安，东汉汝南汝阳人。《后汉书·袁安传》注引《汝南先贤传》：“时大雪积地丈馀，洛阳令身出案行，见人家皆除雪出，有乞食者。至袁安门，无有行路，谓安已死。令人除雪入户，见安僵卧。问何以不出，安曰：‘大雪人皆饿，不宜干人。’令以为贤，举为孝廉。”翛（xiāo）然，自在貌。

酬张少府[①]

晚年唯好静，万事不关心。
自顾无长策，空知返旧林。
松风吹解带，山月照弹琴。
君问穷通理，渔歌入浦深[②]。

①少府，唐代称县尉为少府。张少府，其人不详。

②穷通，命运穷塞或通显。穷通理，指对待穷通之理。

出塞作[①]

居延城外猎天骄，白草连天野火烧[②]。
暮云空碛时驱马，秋日平原好射雕。
护羌校尉朝乘障，破虏将军夜度辽[③]。
玉靶角弓珠勒马，汉家将赐霍嫖姚[④]。

①出塞，原注：“时为御史监察塞上作。”指开元二十五年（737）出使河西，奉命宣慰河西副大使崔希逸。参见《使至塞上》诗注。

② 居延城，汉代居延属张掖郡，故址在今甘肃额济纳旗西北。参见《使至塞上》诗注。天骄，《汉书·匈奴传》："南有大汉，北有强胡。胡者，天之骄子也。"胡，指匈奴。诗中代指吐蕃。猎天骄，即天骄猎，指敌人在围猎。

③ 护羌校尉、破虏将军，皆唐代武官名。障，边境上戍守的堡寨。乘障是到障堡上侦察敌情。度辽，度过边境的河流，出击敌人。辽河在东北，此系泛指。

④ 靶，通"把"，柄。玉靶，指镶玉的剑把，代指宝剑。角弓，用角装饰的弓。珠勒，饰有珠的马勒，代指装备有珠勒的骏马。霍嫖姚，汉代嫖姚将军霍去病，代指唐将崔希逸。

奉和圣制从蓬莱向兴庆阁道中留春雨中春望之作应制①

渭水自萦秦塞曲，黄山旧绕汉宫斜②。
銮舆迥出千门柳，阁道回看上苑花③。
云里帝城双凤阙，雨中春树万人家④。
为乘阳气行时令，不是宸游玩物华⑤。

① 圣制，皇帝所作诗，此为玄宗之作。蓬莱，宫殿名。《雍录》："大明宫宫南端门名丹凤门……北三殿相沓皆在山上，至紫宸又北则为蓬莱殿。殿北有池，亦名蓬莱池，则在龙首山北平地矣。"兴庆，唐宫名，在皇城东南，为玄宗旧邸。阁道，宫殿之间所作复道。应制，奉皇帝命作诗。

② 渭水，源出甘肃鸟鼠山，东流横贯陕西中部，至潼关县注入黄河。萦，围绕，渭水绕过长安城北。黄山，陕西兴平县境有黄麓山，亦名黄山，汉惠帝时建有黄山宫。《汉书·扬雄传》："北绕黄山，濒渭而东。"

③ 銮舆，皇帝车驾。上苑，上林苑，皇家宫苑。

④ 凤阙，汉代宫阙之名。《太平御览》卷一七九引《阙中记》："建章宫圆阙临北道，凤在上，故号曰凤阙。"参见杨炯《从军行》注。此指唐宫阙。

⑤ 阳气，春天阳和之气。行时令，指朝廷研讨时令事务。《礼记·月令》："天子乃与公卿大夫共饬国政，论时令。"宸游，北极星所在为宸，因用作帝王的代称，帝王巡游称为宸游。

和贾至舍人早朝大明宫之作[①]

绛帻鸡人报晓筹，尚衣方进翠云裘[②]。
九天阊阖开宫殿，万国衣冠拜冕旒[③]。
日色才临仙掌动，香烟欲傍衮龙浮[④]。
朝罢须裁五色诏，佩声归到凤池头[⑤]。

①贾至舍人，见后贾氏小传。大明宫，唐宫名，太宗贞观八年建，称永安宫，九年改称大明宫。

②绛帻鸡人，头戴红巾的卫士，每日天将亮时在朱雀门外高声报晓，以警百官。取鸡声报晓之意，故称鸡人。晓筹，筹是夜间送进宫中报时的竹签，临晓送的称为晓筹。尚衣，掌管皇帝衣服的官员。翠云裘，绣有彩饰的皮裘。

③九天阊阖，皇帝宫殿的正门。《楚辞·离骚》："吾令帝阍开关兮，倚阊阖而望予。"阊阖是天门，移用于皇帝宫殿门。衣冠，代指文武官员，包括外国使臣，故称万国。冕旒，冕是皇帝的礼冠，冠顶有板，称为延，前高后低，延的前端，垂有组缨，穿挂玉珠，叫做旒。冕旒即代指皇帝。

④仙掌，形状如扇的仪仗，用于挡风遮日，实际是显示一种威仪。衮龙，皇帝的龙袍。

⑤五色诏，指皇帝的诏书。用五色绢帛书写，故曰"裁"。佩声，身上的玉佩发出的声响。凤池，凤凰池，中书省所在地。"朝罢"二句，是针对贾至而发。贾至时为中书舍人，职责是为皇帝草拟诏书，故说朝罢即须去中书省裁绢草诏，"佩声"状其行步匆忙，玉佩发出声响。贾至原作亦佳，可合读。

积雨辋川庄作

积雨空林烟火迟，蒸藜炊黍饷东菑[①]。
漠漠水田飞白鹭，阴阴夏木啭黄鹂。
山中习静观朝槿，松下清斋折露葵[②]。
野老与人争席罢，海鸥何事更相疑[③]？

①积雨，久雨。藜，一年草本植物，嫩叶可食。饷东菑，给田间送饭。菑

(zī)，垦植一年的田，此泛指田亩。

② 槿，木槿，一种落叶灌木，夏秋之交开花，朝开暮落。葵，一种野菜。

③ 野老，作者自指。争席，争夺席位，喻争夺功名地位。争席罢，即不再争席。“海鸥”句，《列子·黄帝篇》：“海上之人有好沤鸟者，每旦之海上从沤鸟游，沤鸟之至者百住而不止。其父曰：‘吾闻沤鸟皆从汝游，汝取来吾玩之。’明日之海上，沤鸟舞而不下也。”沤，同鸥。

★唐李肇《国史补》谓摩诘“漠漠”二句，系窃取李嘉祐“水田飞白鹭，夏木啭黄鹂”二语，而加叠词“漠漠、阴阴”。明李日华《紫桃轩杂缀》亦云：“李嘉祐‘水田飞白鹭，夏木啭黄鹂’，王摩诘但加‘漠漠’‘阴阴’四字，而气象陡生。”按，李嘉祐天宝七年进士，诗多与大历才人唱和，年辈后于摩诘。如李嘉祐确有此二语，亦系他裁取摩诘句，非摩诘窃取李诗也。今李嘉佑集中无此二语，李肇之言未必可信。

杂诗

君自故乡来，应知故乡事。
来日绮窗前，寒梅着花未？

相思

红豆生南国，春来发几枝①。
劝君休采撷，此物最相思。

① 红豆，一名相思子。《本草纲目》：“相思子生岭南，树高丈馀，白色，其叶似槐，其花似皂荚，其荚似扁豆，其子大如小豆，半截红色，半截黑色，彼人以嵌首饰。”

★劝君休采撷，一作“愿君多采撷”，两者并佳，然“休”更胜于“多”。相思是人生美事，然相思亦是人生苦事。愿君多采撷，则以为美事；而劝君休采撷，则以为美事而实苦事，故劝其慎勿陷入，意思更深一层。

息夫人[1]

莫以今时宠，能忘旧日恩。
看花满眼泪，不共楚王言。

①息夫人，《左传》庄公十四年："蔡哀侯为莘故，绳息妫以语楚子。楚子如息，以食入享，遂灭息。以息妫归，生堵敖及成王焉。未言。楚子问之，对曰：'吾一妇人而事二夫，纵弗能死，其又奚言！'"绳，"譝"之借字，称誉。楚子，楚文王。

★唐孟棨《本事诗》载："宁王宪贵盛，宠妓数十人，皆绝艺上色。宅左有卖饼者妻，纤白明媚，王一见属目，厚遗其夫，取之。宠惜逾等。岁馀，因问之：'汝复忆饼师否？'默然不对。王召饼师使见之。其妻注视，双泪垂颊，若不胜情。时王座客十馀人，皆当时文士，无不悽异。王命赋诗，王右丞维诗先成，云云。座客无敢继者。王乃归饼师，以终其志。"宁王，唐玄宗兄李宪。故事传闻，未必可信。

王士禛《渔洋诗话》："益都孙文定公（孙廷铨）咏息夫人云，'无言空有恨，儿女粲成行'，谐语令人解颐。杜牧之'至竟息亡缘底事，可怜金谷坠楼人'，则正言以大义责之。王摩诘'看花满眼泪，不共楚王言'，更不着判断一语，此盛唐所以为高。"

临高台送黎拾遗[1]

相送临高台，川原杳何极[2]。
日暮飞鸟还，行人去不息。

①临高台，《乐府诗集》属鼓吹曲辞。拾遗，谏官名，唐代设左右拾遗。黎拾遗，其人不详。

②杳，广漠貌。

山 中

荆溪白石出，天寒红叶稀[1]。
山路元无雨，空翠湿人衣。

①荆溪，一名浐水，源出陕西蓝田县秦岭山中，北流至长安东北注入霸水。

送 别

山中相送罢，日暮掩柴扉。
春草明年绿，王孙归不归[1]。

①“春草”二句，语本《楚辞·招隐士》“王孙游兮不归，春草生兮萋萋”。《楚辞》招隐士出山，此谓王孙归山，二意不同。明年绿，一作“年年绿”。

哭孟浩然

故人不可见，汉水日东流。
借问襄阳老，江山空蔡州[1]！

①借问，向人打听。襄阳老，指孟浩然。蔡州，汉水中洲名。原注：“岘山东南一里，有蔡州，蔡瑁居之，故名。”州，同“洲”。

鸟鸣涧[1]

人闲桂花落，夜静春山空[2]。
月出惊山鸟，时鸣春涧中。

①此《皇甫岳云溪杂题五首》之一。

② 桂花，桂有多种，此为春桂。春桂花黄色，夏历二三月间开放，花朵较秋桂为大。

鹿砦[①]

空山不见人，但闻人语响。
返景入深林，复照青苔上[②]。

①《鹿砦》与《木兰砦》《临湖亭》《白石滩》《竹里馆》《辛夷坞》并属组诗《辋川集》，集序云：“余别业在辋川山谷，其游止有孟城坳、华子冈、文杏馆、斤竹岭、鹿砦、木兰砦、茱萸沜、宫槐陌、临湖亭、南垞、攲湖、柳浪、栾家濑、金屑泉、白石滩、北垞、竹里馆、辛夷坞、漆园、椒园等，与裴迪闲暇各赋绝句云尔。”砦，同“寨”。

② 返景，夕阳。

木兰砦

秋山敛馀照，飞鸟逐前侣。
彩翠时分明，夕岚无处所。

临湖亭

轻舸迎上客，悠悠湖上来。
当轩对尊酒，四面芙蓉开[①]。

① 芙蓉，即荷花。

白石滩

清浅白石滩，绿蒲向堪把。
家住水东西，浣纱明月下。

竹里馆

独坐幽篁里，弹琴复长啸。
深林人不知，明月来相照。

辛夷坞[1]

木末芙蓉花，山中发红萼。
涧户寂无人，纷纷开且落。

①辛夷，一名木笔，落叶乔木，春天开花，有白紫红等色，白者称为玉兰。坞，四面高中间低凹之地。

九月九日忆山东兄弟[1]

独在异乡为异客，每逢佳节倍思亲。
遥知兄弟登高处，遍插茱萸少一人[2]。

①九月九日，即重阳节，古人于此日登高野游。山东，摩诘家居于蒲（今山西永济），此指华山以东。诗原注："时年十七。"

②茱萸，植物名，有浓烈香味，可入药，古代风俗，于重九登高，插茱萸以去邪避灾。《西京杂记》："汉武帝宫人贾佩兰，九月九日佩茱萸，食蓬饵，饮菊花酒，云令人长寿。相传自古，莫知其由。"《续齐谐记》："费长房谓桓景曰：'九月九日，汝家有灾，急令家人作绛囊盛茱萸系臂，登高，饮菊花酒。'"

少年行二首[1]

新丰美酒斗十千，咸阳游侠多少年[2]。
相逢意气为君饮，系马高楼垂柳边。

出身仕汉羽林郎，初随骠骑战渔阳[3]。

孰知不向边庭苦，纵死犹闻侠骨香。

① 少年行，《乐府诗集》属杂曲歌辞。

② 新丰，见《观猎》诗注，唐代新丰以美酒著名。咸阳，秦都咸阳，在今陕西咸阳县东，诗中常代指长安。

③ 羽林郎，官名，为皇帝护卫。骠骑，西汉名将霍去病为骠骑将军。渔阳，郡名，地在今河北境内。

伊州歌[①]

清风明月苦相思，荡子从军十载馀。
征人去日殷勤嘱，归雁来时数寄书。

① 伊州歌，曲调名。此歌又见于《乐府诗集·近代曲辞》，为《伊州歌第一》。唯“苦相思”作“独离居”。系编者将当时流传作品编入，有的著有作者，有的没有。

送元二使安西[①]

渭城朝雨浥轻尘，客舍青青柳色新[②]。
劝君更尽一杯酒，西出阳关无故人。

①《乐府诗集》题为《渭城曲》，属近代曲词。元二，其人不详。安西，《唐会要》：“贞观十四年，于西州置安西都护府，治交河城。显庆三年，移安西都护府于龟兹国。”龟兹，在今新疆库车县境。

② 浥，沾湿。

送沈子归江东[①]

杨柳渡头行客稀，罟师荡桨向临圻[②]。
唯有相思似春色，江南江北送君归。

① 沈子，其人未详。一作送沈子福之。

② 罟师，渔夫，这里借指船夫。圻，弯曲的河岸。

李　白

李白（701—762），字太白，其先于隋末以罪徙西域，神龙初遁还，客巴西，家于绵州（李白故居今属四川江油）。开元十三年（725）以“大丈夫必有四方之志，乃仗剑去国，辞亲远游”，出三峡，下江陵，“南穷苍梧，东涉溟海”，之后“酒隐安陆，蹉跎十年”，游踪遍历大江南北。天宝初，由道士吴筠荐，唐玄宗召李白进京，供奉翰林，故世称李翰林。李白志在“使寰区大定，海内清一”，而玄宗只是以之为侍从诗人。在京不到两年，即“赐金放还”。遇杜甫于东都，并同游梁宋，历齐鲁。天宝四载（745），杜甫西入长安，李白家于宋州梁苑（今河南商丘），自言“一朝去京国，十载客梁园”。与此同时，又家于鲁郡（今山东兖州）。“与鲁中诸生孔巢父、韩准、裴政、张叔明、陶沔等隐于徂徕山，酣歌纵酒，时号竹溪六逸”。大约在天宝八载，李白离鲁郡，南下广陵，遍历江东诸地。天定十载北上中原，远游幽蓟。十二载又自梁园南下宣城。天宝十四载（755）冬，安禄山叛乱。明年六月，潼关失守，玄宗奔蜀，途中命永王李璘为山南东道、岭南、黔中、江南西路四道节度使兼江陵大都督。七月肃宗即位灵武。十二月永王璘擅领舟师东下，过寻阳，辟李白为僚佐。至德二载（757）二月永王璘败，李白亡走彭泽，坐系寻阳狱。乾元元年（758）终以从永王罪长流夜郎。乾元二年（759）三月，于流放途中至巫山遇赦。遂放舟东下，过洞庭，游湖湘。上元元年（760）归至江夏，复回寻阳，东下金陵，寓家宣城。上元二年（761）秋，闻李光弼出镇临淮，乃决计北上，半道病还。岁暮至当涂，依县令李阳冰。代宗宝应元年冬十一月，病逝于当涂，年六十二。

李白是盛唐伟大诗人，只有杜甫能与之相比，在中国诗史上双星并耀。李白的诗豪雄奔放，纵横恣肆，反映了盛唐社会的面貌，歌颂了祖国壮丽的山河，即使是感伤愤激的作品，也具有爽朗的风格，高亢的气韵。李白具有道家思想，正式受过道箓，道家崇尚自然，使得他的山水诗别有生气。他的古题乐府在唐代首屈一指，成为中国诗史上古题乐府最后一个高峰，自后无有继者。其五言古诗、七言古诗、五言律诗，都独具一格，七言绝句在盛唐只有王昌龄差可相比。李白有大量的作品失传，现存九百多首是祖国文学宝库中的瑰宝。有《李太白全集》。

古风九首[①]

大雅久不作

大雅久不作，吾衰竟谁陈[②]？
王风委蔓草，战国多荆榛[③]。
龙虎相啖食，兵戈逮狂秦[④]。
正声何微茫，哀怨起骚人[⑤]。
扬马激颓波，开流荡无垠[⑥]。
废兴虽万变，宪章亦已沦[⑦]。
自从建安来，绮丽不足珍[⑧]。
圣代复元古，垂衣贵清真[⑨]。
群才属休明，乘运共跃鳞[⑩]。
文质相炳焕，众星罗秋旻[⑪]。
我志在删述，垂辉映千春[⑫]。
希圣如有立，绝笔于获麟[⑬]。

① 古风五十九首，选录九首。大雅久不作，五十九首其一。

② 大雅，《诗经》的一部分，多为西周政治诗，此即代指《诗经》。吾衰，语本《论语·述而》孔子自言“甚矣吾衰也”，此系李白自况。陈，陈诗。《礼记·王制》：“命太师陈诗以观民风。”句系假定语气，谓如果吾衰，谁复陈诗。一说，“吾衰”句谓孔子死后，无人更复陈诗。可供参考。

③ 王风，《诗序》：“关雎麟趾之化，王者之风。”此指《诗经》的传统，非指十五国风中的“王风”。委蔓草、多荆榛，均指诗的传统荒废。

④ 龙虎相啖食，指战国时代各国互相攻伐。班固《答宾戏》：“于是七雄虓阚，分裂诸夏，龙战而虎争。”逮，及，至。

⑤ 正声，雅正之声。骚人，指屈原、宋玉等人。二句谓正声寝寂，楚辞兴起。

⑥ 扬马，扬雄、司马相如。颓波，下流的水波，喻衰败的风气。无垠，没有涯际。二句谓楚辞之后，汉赋继之而起。

⑦ 宪章，指诗之法度。沦，沉沦。

⑧ 建安，汉献帝年号。建安时代，曹操父子与建安七子掀起第一个五言诗的高潮，诗风刚健。自从建安来，指建安以后魏晋至南北朝。绮丽，华丽，此取其贬义，谓其内容轻泛，风格萎靡。

⑨ 圣代，指唐代。元古，远古，上古。垂衣，《易·系辞下》：“黄帝尧舜垂衣裳而天下治。”贵清真，意即不事烦苛，任其自然。

⑩ 属，当，谓恰逢其时。休明，美好清明，指美好清明的时代。运，时运，气运。鳞，龙鳞，代指龙。王珪《咏汉高祖》诗：“汉祖起丰沛，乘运以跃鳞。”二句谓群才当政治清明之世，得以乘时而起。

⑪ 文质，指文学作品的形式与内容。炳焕，光辉焕发。语本《论语·雍也》“文质彬彬”与《宋书·谢灵运传》“以情纬文，以文被质”。秋旻，秋夜的天空。

⑫ 删述，《史记·孔子世家》谓《诗》三千馀篇，经孔子删订而为《诗》三百。又，《礼记·中庸》谓“仲尼祖述尧舜，宪章文武”。我志在删述，与“吾衰竟谁陈”呼应。二句实仿曹植《薤露行》：“孔氏删《诗》《书》，王业粲已分。骋我径寸翰，流藻垂华芬。”

⑬ 希圣，追踪圣人。有立，有所成就。绝笔于获麟，《史记·孔子世家》记鲁哀公十四年春西狩获麟，孔子以为麟出不得其时，所作《春秋》乃于是年绝笔。末二句谓我欲追踪圣人，如有所成，亦欲如孔子绝笔于获麟，此示其志在删述的决心。

★“大雅久不作”是古风五十九首的第一篇，可看作五十九首的总序，

甚至可以看作全部李白诗歌的总序，实在是李白的文学宣言。全篇结构严谨。开头“大雅久不作，吾衰竟谁陈”二句概括全篇旨意。“王风委蔓草”至“绮丽不足珍”申第一句意，是对自战国以至南北朝诗的批评。“圣代复元古”至篇末申第二句意，表明自己志在删述的决心。持论与陈子昂所谓“汉魏风骨，晋宋莫传”、“齐梁间诗采丽竞繁而兴寄都绝”完全一致。就其总的倾向而论，推崇诗经传统，肯定建安风骨，反对齐梁绮丽，代表了盛唐文论，是盛唐最健朗的声音。

但诗人用语，故作偏激。其实六朝是中国诗歌的一个重要阶段，没有六朝，也就没有唐代，不能简单地加以否定。何况魏晋六朝诗歌，并非“绮丽”一词所能笼盖。实际上太白本人对魏晋六朝诗人并不否定，他曾三拟《文选》，于前代诗人学习得非常认真，对阮籍、陶渊明、谢灵运、谢朓等人尤备极推崇。因此我们对他的宣言，只能取其精神，而对他的过激之词，不要信以为真。

秦王扫六合①

秦王扫六合，虎视何雄哉②！
挥剑决浮云，诸侯尽西来③。
明断自天启，大略驾群才④。
收兵铸金人，函谷正东开⑤。
铭功会稽岭，骋望琅邪台⑥。
刑徒七十万，起土骊山隈⑦。
尚采不死药，茫然使心哀。
连弩射海鱼，长鲸正崔嵬。
额鼻象五岳，扬波喷云雷。
鬐鬣蔽青天，何由睹蓬莱？
徐市载秦女，楼船几时回⑧？
但见三泉下，金棺葬寒灰⑨！

① 秦王扫六合，古风五十九首其三。

② 秦王，秦始皇。六合，上下四方。扫六合，扫平六合，即统一天下。虎视，喻其强盛。

③ 挥剑决浮云，《庄子·说剑》：“天子之剑，直之无前，举之无上，按之无下，运之无旁，上决浮云，下绝地纪。此剑一用，匡诸侯，天下服矣。”二句谓秦王所向无敌，六国尽皆降服。

④ 明断，英明决断。天启，天所开启，犹言天授。此句一作“雄图发英断”。大略，高超的谋略。

⑤ 收兵铸金人，收合兵器，铸为金属人像。《史记·秦始皇本纪》：始皇二十六年，“收天下兵，聚之咸阳，销以为钟鐻，金人十二，重各千石，置廷宫中”。古代以铜为兵器，所谓金人，实即铜人。函谷关，秦代函谷关在今河南灵宝县东北，战国之世，为秦东边重要关隘，设重兵把守以防御东方诸侯。统一之后，六国已灭，函谷乃东向开放。

⑥ “铭功”二句，《秦始皇本纪》：三十七年，始皇出游，“上会稽，祭大禹，望于南海，而立石刻，颂秦德”。会稽山，在今浙江绍兴。二十八年，始皇东行郡县，“南登琅邪，大乐之，留三月。乃徙黔首三万户琅邪台下，复十二岁，作琅邪台，立石刻，颂秦德，明得意”。骋望，纵目远望。琅邪山，在今山东诸城东南。

⑦ 刑徒，囚犯，秦法严酷，囚犯多受有各种刑罚。骊山，在今陕西临潼县东。隈，山曲。《秦始皇本纪》：三十五年，“隐宫徒刑者七十馀万人，乃分作阿房宫，或作骊山”。

⑧ “尚采不死药”十句，写秦始皇入海求神仙事。《秦始皇本纪》：始皇二十八年，“齐人徐市（fú）等上书，言海中有三神山，名曰蓬莱、方丈、瀛洲，仙人居之。请得斋戒，与童男女求之。于是遣徐市发童男女数千人，入海求仙人。”三十三年，“使韩终、侯公、石生求仙人不死之药”。三十七年，“方士徐市等入海求神药，数岁不得，费多，恐谴，乃诈曰：‘蓬莱药可得，然常为大鲛鱼所苦，故不得至，愿请善射与俱，见则以连弩射之。’……乃令入海者赍捕巨鱼具，而自以连弩候大鱼出射之。自琅邪北至荣成山，弗见。至芝罘，见巨鱼，射杀一鱼”。崔嵬（cuī wéi），高大貌。鬐鬣（qí liè），鱼翅。徐市，一作徐福，秦时方士。《史记正义》引《括地志》：“亶州在东海中。秦始皇使徐福将童男女入海求仙人，止在此州，其数万家，至今洲上人有至会稽市易者。吴人外国图云：亶洲去琅邪万里。”其地即今日本。

⑨ 三泉，指秦始皇坟墓，极言其深。寒灰，指秦始皇尸骨，年代久远化为土灰。

★前一段极写始皇功业之盛，气势蓬勃，后段揭露始皇妄图长生不死；而最终只是“但见三泉下，金棺葬寒灰！”感慨无尽，笔力万钧，直是一篇《过秦论》。

古风其四十八云：“秦皇按宝剑，赫怒震威神。逐日巡海右，驱石驾沧津。征卒空九宇，作桥伤万人。但求蓬岛药，岂思农扈春。力尽功不赡，千载为悲辛！”与其三同一主题而较为简短。

代马不思越[1]

代马不思越，越禽不恋燕[2]。
情性有所习，土风固其宜[3]。
昔别雁门关，今戍龙庭前[4]。
惊沙乱海日，飞雪迷胡天。
虮虱生虎鹖，心魂逐旌旃[5]。
苦战功不赏，忠诚难可宣。
谁怜李飞将，白首没三边[6]！

①代马不思越，古风五十九首其六。

②代马，代地所产之马。越禽，越地的鸟。

③土风，故土风情。张协《杂诗》：“土风安所习，由来有故然。”安，乃也。

④雁门关，在今山西代县雁门山上。龙庭，汉代匈奴祭天之所。班固《燕然山铭》：“蹑冒顿之区落，焚老上之龙庭。”雁门、龙庭，皆代指边塞。

⑤虎鹖，虎衣鹖冠，边塞将士所服，犹言甲胄。旌旃，旌旗。

⑥李飞将，汉名将李广，匈奴称之为汉之飞将军。骁勇善战，几度为边郡太守，与匈奴大小七十馀战，然不得封侯。元狩四年，从大将军卫青击匈奴，迷失道，被迫自杀。见《史记·李将军列传》。三边，汉代以幽州、并州、凉州为三边，以其都在北方边境故也。此泛指边塞。

胡关饶风沙[1]

胡关饶风沙，萧索竟终古[2]。
木落秋草黄，登高望戎虏。
荒城空大漠，边邑无遗堵[3]。
白骨横千霜，嵯峨蔽榛莽[4]。
借问谁凌虐，天骄毒威武[5]。
赫怒我圣皇，劳师事鼙鼓[6]。
阳和变杀气，发卒骚中土[7]。
三十六万人，哀哀泪如雨。
且悲就行役，安得营农圃。
不见征戍儿，岂知关山苦[8]。
李牧今不在，边人饲豺虎[9]！

① 胡关饶风沙，古风五十九首其十四。

② 胡关，王琦注："近胡地之关，若雁门、玉门、阳关之类。"终古，自古至今，至于永远。

③ 堵，墙垣五版为一堵。无遗堵，言城已完全荒废。

④ 霜，喻白骨的颜色。千霜，言其多。古乐府有"延年寿千霜"语，千霜犹千年，义与此异。嵯峨（cuó é），堆积耸峙貌。榛莽，丛生的草木。

⑤ 天骄，《汉书·匈奴传》："南有大汉，北有强胡。胡者，天之骄子也。"汉代用以指匈奴，后亦泛指北方强敌。

⑥ 赫怒，《诗·大雅·皇矣》："王赫斯怒，爰整其旅。"郑玄笺："赫，怒意。"鼙鼓，军用鼓，代指战争。

⑦ 阳和，春光温暖，喻生长爱护。骚，扰。

⑧ "岂知关山苦"以下，一本为"争锋徒死节，秉钺皆庸竖。战士涂蒿莱，将军获圭组"四句。秉，执。钺，一种大斧。古代主将执钺以指挥战争。秉钺，指执掌兵权的将军。语本《诗·商颂·长发》"武王载旆，有虔秉钺"。圭，古代帝王大臣举行典礼时拿的一种玉器。组，系印的丝织绶带。圭组，代指高的官位。

⑨ 李牧，战国时赵国名将，为赵守北边防御匈奴，曾大破匈奴十馀万骑，灭襜褴，破东胡，降林胡，使赵北边得到安定。

燕昭延郭隗[1]

燕昭延郭隗，遂筑黄金台。
剧辛方赵至，邹衍复齐来[2]。
奈何青云士，弃我如尘埃[3]。
珠玉买歌笑，糟糠养贤才。
方知黄鹤举，千里独徘徊[4]。

① 燕昭延郭隗，古风五十九首其十五。

② “燕昭延郭隗”四句：燕昭王，战国时燕国国君（前 311 年至前 279 年在位）。燕王哙八年，齐国趁燕内乱，袭破燕国。“燕昭王于破燕之后即位，卑身厚币以招贤者。谓郭隗曰：‘齐因孤之国乱而袭破燕，孤极知燕小力少，不足以报。然诚得贤士以共国，以雪先王之耻，孤之愿也。先生视可者，得身事之。’郭隗曰：‘王必欲致士，先从隗始，况贤于隗者，岂远千里哉！’于是昭王为隗改筑宫而事之。乐毅自魏往，邹衍自齐往，剧辛自赵往，士争趋燕。燕王吊死问孤，与百姓同甘苦。二十八年，燕国殷富，士卒乐轶轻战，于是遂以乐毅为上将军，与秦、楚、三晋合谋以伐齐”。大败齐师，入于临淄。见《史记·燕召公世家》。黄金台，相传燕昭王筑黄金台以延贤士。参见陈子昂《燕昭王》诗注。

③ 青云士，指在上位者。《史记·伯夷列传》：“闾巷之人，欲砥行立名者，非附青云之士，恶能施于后世哉！”

④ 黄鹤举，一作“黄鹄举”，喻高尚之士远走高飞。《韩诗外传》：“田饶事鲁哀公而不见察，谓哀公曰：‘臣将去君，黄鹄举矣！’”苏武诗：“黄鹄一远别，千里顾徘徊。”

★“燕昭延郭隗”四句，以燕昭王为喻，谓古之明君，爱重人才。“奈何青云士”四句，谓今之统治者，只图娱乐，不养贤才。末二句喻高尚之士高飞远走。全诗皆表现诗人自身的心曲。

天津三月时[①]

天津三月时，千门桃与李。
朝为断肠花，暮逐东流水。
前水复后水，古今相续流。
新人非旧人，年年桥上游。
鸡鸣海色动，谒帝罗公侯[②]。
月落西上阳，馀辉半城楼[③]。
衣冠照云日，朝下散皇州。
鞍马如飞龙，黄金络马头。
行人皆辟易，志气横嵩丘[④]。
入门上高堂，列鼎错珍羞[⑤]。
香风引赵舞，清管随齐讴。
七十紫鸳鸯，双双戏庭幽。
行乐争昼夜，自言度千秋。
功成身不退，自古多愆尤[⑥]。
黄犬空叹息，绿珠成衅雠[⑦]。
何如鸱夷子，散髪棹扁舟[⑧]！

① 天津三月时，古风五十九首其十八。天津，桥名，在洛阳西南洛水上。隋炀帝大业元年初建，唐太宗贞观十四年始建石礅。由《尔雅·释天》“箕斗之间天汉之津”得名。

② 海色动，指黎明天色，如海气萌动。

③ 西上阳，宫名。唐代东都有上阳宫，南临洛水，西拒穀水，上阳之西隔穀水有西上阳宫，有桥跨穀水相通。

④ 辟易，因惊惧而退避。嵩丘，嵩山。

⑤ 列，陈列。鼎，食器。错，错杂，言其多。珍羞，珍奇的食物。

⑥ 愆尤，罪过。

⑦ “黄犬”句，用李斯事。李斯辅佐秦始皇统一天下，始皇死，二世立，

赵高诬李斯谋反。二世二年七月，论腰斩咸阳市。“斯出狱，与其中子俱执，顾谓其中子曰：‘吾欲与若复牵黄犬俱出上蔡东门逐狡兔，岂可得乎！’遂父子相哭，而夷三族”。见《史记·李斯列传》。“绿珠”句，用石崇事。参见乔知之《绿珠篇》注。衅雠，犹雠隙。《左传》桓公八年：“雠有衅，不可失也。”

⑧鸱夷子，即范蠡。春秋末范蠡佐越王勾践灭亡吴国，功成之后，即退隐江湖。《史记·货殖列传》：“范蠡既雪会稽之耻……乃乘扁舟浮于江湖，变名易姓，适齐为鸱夷子皮。”棹，桨，此动词，荡。

大车扬飞尘[①]

大车扬飞尘，亭午暗阡陌[②]。
中贵多黄金，连云开甲宅[③]。
路逢斗鸡者，冠盖何辉赫[④]！
鼻息干虹蜺，行人皆怵惕[⑤]。
世无洗耳翁，谁知尧与跖[⑥]！

①大车扬飞尘，古风五十九首其二十四。

②亭午，正午。阡陌，道路。

③中贵，有权势的宦官。连云，形容其多。

④斗鸡者，以斗鸡为业之徒。

⑤干，冲犯。虹蜺，虹双出，浓者谓之虹，淡者谓之蜺。怵惕，惊诧恐惧。

⑥洗耳翁，《高士传》：“尧之让许由也，由以告巢父。巢父曰：‘汝何不隐汝形，藏汝光，若非吾友也。’击其膺而下之。由怅然不自得，乃过清冷之水洗其耳，曰：‘向闻贪言，负吾之友矣！’遂去终身不相见。”尧，传说中圣人。跖，传说中大盗。

★唐玄宗自开元中生活日渐奢靡，宦官势力昌炽。《新唐书·宦者传》：“开元天宝中，宦官黄衣以上三千员，衣朱紫者千馀人。其称旨者，辄拜三品将军，列戟于门。其在殿头供奉，委任华重，持节传命，光焰殷殷动四方。所至郡县奔走，献遗至万计。修功德，市禽鸟，一为之使，犹且数千缗。监军持权，节度反出其下。于是甲舍名园上腴之田，为中人所占者半京畿矣。”又，《高力士传》：“中人若黎敬仁、林昭隐、尹凤翔、韩庄、牛

仙童、刘奉廷、王承恩、张道斌、李大宜、朱光辉、郭全、边令诚等，并内供奉或外监节度军。修功德、市鸟禽，皆为之使，使还所裒获，动巨万计。京师甲第池园良田美产，占者十六宠，与力士略等。”玄宗时，贵族子弟，盛行斗鸡为乐。《新唐书·王鉷传》：“鉷子准为卫尉少卿，以斗鸡供奉禁中。李林甫子岫亦亲近。准骄甚，凌岫出其上。过驸马都尉王繇，以弹弹其巾，折玉簪为乐。既置酒，永穆公主亲视供具。万年尉韦黄裳、长安尉贾季邻等，候准经过，馔具倡乐必素办，无敢逆意。”陈鸿《东城老父传》，写玄宗本人即极好斗鸡，鸡坊养斗鸡以千数，选六军小儿五百人使驯养。如此王侯贵戚，斗鸡成风。长安宣阳里人贾昌，以善驯养斗鸡为玄宗所爱幸，为五百小儿长，权势烜赫。京师为之语曰：“生儿不用识文字，斗鸡走马胜读书。贾家小儿年十三，富贵荣华代不如。”天宝初李白在长安时就受到过斗鸡之徒的围困，当时年青的友人陆调曾奋力为之解围。十多年后陆调任扬州江阳县，李白在《叙旧赠江阳宰陆调》一诗中还特别提到这件往事：“我昔斗鸡徒，连延五陵豪。邀遮相组织，呵吓来煎熬。君开万丛人，鞍马皆辟易。告急清宪台，脱余北门厄。”诗人曾亲受其害，故对这般无赖特别愤恨。这首揭露宦官和斗鸡之徒的短诗，正可与《新唐书》所载史实互证，为开元社会风气败坏一角的剪影。

羽檄如流星①

羽檄如流星，虎符合专城②。
喧呼救边急，群鸟皆夜鸣。
白日曜紫微，三公运权衡③。
天地皆得一，澹然四海清④。
借问此何为？答言楚征兵⑤。
渡泸及五月，将赴云南征⑥。
怯卒非战士，炎方难远行。
长号别严亲，日月惨光晶。
泣尽继以血，心摧两无声。
困兽当猛虎，穷鱼饵奔鲸。

千去不一回，投躯岂全生！
如何舞干戚，一使有苗平⑦！

① 羽檄如流星，古风五十九首其三十四。

② 羽檄，军用文书，插鸟羽以示迅急。参见王维《老将行》注。虎符，兵符，朝廷征调军队的凭据。铜虎符用铜刻作虎形，分为两半，一半留朝廷，一半交州郡军事长官。征调军队时，以朝廷兵符与地方兵符验合，方能调遣。《汉书·文帝纪》：二年九月，“初为郡守为铜虎符、竹使符”。应劭曰：“铜虎符第一至第五，国家当发兵遣使者，至郡合符，符合乃听受之。竹使符皆以竹箭五枚，长五寸，镌刻篆书第一至第五。”专城，指州郡地方长官。

③ 紫微，星座名，古人认为下与帝王相应，因而代指朝廷。白日曜紫微，言朝廷政治清明。三公，唐代以太尉、司徒、司空为三公，为朝廷主要大臣。运权衡，掌管国家大政。

④ “天地”二句：《老子》：“天得一以清，地得一以宁。”老子原意，“一”是道的别称，亦即自然规律。此用喻国家政治清明，合于治道。澹然，清貌。“白日”四句表面上歌颂朝廷，实暗含刺意。

⑤ 楚征兵，指天宝十载杨国忠征兵讨南诏。详见星评。

⑥ 泸，水名，又名泸江水，今四川雅砻江下游和金沙江会合以后河段。渡泸及五月，既用诸葛亮“五月渡泸”典故，又同天宝十载唐军伐南诏时令符合。云南，南诏所在地，即今云南；南诏都城太和在今云南大理。

⑦ 干戚，盾牌与大斧，盾以防御，戚以攻击。有苗，古代南方部族名，当即苗族。《帝王世纪》：“有苗氏负固不服，禹请征之。舜曰：‘我德不厚而行武，非道也，吾前教由未也。’乃修教三年，执干戚而舞之。有苗请服。”末二句诗人提出，边境发生矛盾，应如何修教敷德，使少数民族心服。

★此诗所写为杨国忠讨南诏事。天宝十载，杨国忠荐阆州人鲜于仲通为益州长史，令率精兵八万讨南诏，全军陷没。杨国忠掩其败状，叙其战功，仍令鲜于仲通上表，请国忠兼领益州。唐玄宗以杨国忠权知蜀郡都督府长史充剑南节度副大使知节度事。杨国忠又使司马李宓率师七万再讨南诏，李宓渡泸水，为敌所诱，至太和城，不战而败，李宓死于阵。杨国忠又隐其败状，以捷书上闻。自鲜于仲通、李宓两讨南诏，先后举二十万众弃之死地，只轮不返，人衔冤毒，无敢言者。《资治通鉴》天宝十载：“夏四月

壬午，剑南节度使鲜于仲通讨南诏蛮，大败于泸南。”“制大募两京及河南北兵以击南诏。人闻云南多瘴疠，未战士卒死者十八九，莫肯应募。杨国忠遣御史分道捕人，连枷送诣军所……于是行者愁怨，父母妻子送之，所在哭声振野。”与李诗所记正相符合。

生者为过客[①]

生者为过客，死者为归人[②]。
天地一逆旅，同悲万古尘[③]。
月兔空捣药，扶桑已成薪[④]。
白骨寂无言，青松岂知春？
前后更叹息，浮荣何足珍？

① 生者为过客，拟古十二首其九。

② “生者”二句：《古诗》：“人生天地间，忽如远行客。”《列子·天瑞篇》：“古者谓死者为归人；夫言死人为归人，则生人为行人矣。”

③ 逆旅，《左传》僖公二年“今虢为不道，保于逆旅，以侵敝邑之南鄙”。杜预注：“逆旅，客舍也。”《庄子·山木》：“阳子之宋，宿于逆旅。”李白《春夜宴桃李园序》云：“夫天地者，万物之逆旅也；光阴者，百代之过客也。”

④ “月兔”二句：傅玄《拟天问》：“月中何有，白兔捣药。”《山海经·海外东经》：“汤谷上有扶桑，十日所浴。”《淮南子·天文》：“日出于旸谷，浴于咸池，拂于扶桑。”二句意谓，月兔捣药亦不可能长生，十日所在的扶桑也将摧折。《拟古》其八云“日月终销毁，天地同枯槁”，意更明白。

关山月[①]

明月出天山，苍茫云海间[②]。
长风几万里，吹度玉门关[③]。
汉下白登道，胡窥青海湾[④]。
由来征战地，不见有人还。
戍客望边邑，思归多苦颜。

高楼当此夜，叹息未应闲。

① 关山月，《乐府诗集》属鼓角横吹曲词。

② 天山，汉代指祁连山，“祁连”匈奴语即天之意。

③ 玉门关，在今甘肃敦煌西部。参见王之涣《凉州词》注。

④ 白登，山名，在今山西大同东。汉高祖曾被匈奴围困于此。青海，湖名，在今青海境内。诗中天山、玉门、白登、青海皆泛指边塞。

塞上曲①

大汉无中策，匈奴犯渭桥②。
五原秋草绿，胡马一何骄③。
命将征西极，横行阴山侧④。
燕支落汉家，妇女无花色⑤。
转战渡黄河，休兵乐事多。
萧条清万里，瀚海寂无波⑥。

①《乐府诗集》新乐府辞有塞上曲、塞下曲，皆写边塞情事。

② 大汉无中策，《汉书·匈奴传》：严尤谏王莽曰：“臣闻匈奴为害，所从来久矣，未闻上世有必征之者也。后世三家周、秦、汉征之，然皆未有得上策者也。周得中策，汉得下策，秦无策焉。当周宣王时，猃狁内侵，至于泾阳，命将征之，尽境而还。其视戎狄之侵，譬犹蚊虻之螫，驱之而已。故天下称明，是为中策。汉武帝选将练兵，约赍轻粮，深入远戍。虽有克获之功，胡辄报之，兵连祸结三十馀年，中国罢耗，匈奴亦创艾，而天下称武，是为下策。秦始皇不忍小耻而轻民力，筑长城之固，延袤万里，转输之行，起于负海，疆境既完，中国内竭，以丧社稷，是为无策。”无中策，即没有如西周轻易地抵御敌人之策。匈奴犯渭桥，王琦注以为指武德九年七月突厥颉利可汗率十万馀骑进犯武功，至于渭水便桥之北事，详星评。

③ 五原，西魏改大兴郡为五原郡，治所在今陕西定边，后改称丰州，隋开皇三年废。贞观二年复置盐州及五原县。天宝元年复置五原郡，乾元元年（758）又改丰州。诗中五原即指其地。

④ 阴山，在今内蒙境内。

⑤“燕支”二句，王琦注引《西河旧事》：“祁连燕支二山，在张掖酒泉二界上，东西二百馀里，南北百里，有松柏五木，美水草，冬温夏凉，宜畜牧。匈奴失二山，乃歌曰：‘失我祁连山，使我六畜不蕃息！失我燕支山，使我妇女无颜色！’”

⑥瀚海，《汉书·霍去病传》“登临翰海”，注引如淳曰：“翰海，北海名也。”

★《李太白集》王琦注：“此篇盖追美太宗武功之盛而作也。按《唐书·突厥传》言：颉利可汗嗣立，高祖以中原初定，不遑外略，每优容之，赐与不可胜计。颉利言辞悖傲，求请无厌。所谓‘大汉无中策’也。传言武德九年七月，颉利自率十万馀骑，进寇武功，京师戒严。癸未，颉利至于渭水便桥之北。太宗与侍中高士廉、中书令房玄龄，驰六骑幸渭水之上，与颉利隔津而语，责以负约。其酋帅大惊，皆下马罗拜。俄而众军继至，军容大盛。太宗独与颉利临水交言，麾诸军却而阵焉。颉利请和。乙酉幸城西，刑白马与颉利同盟于便桥之上，颉利引兵而退。所谓‘匈奴犯渭桥’之事也。传言颉利设牙直五原之北，承父兄之资，兵马强盛，有凭陵中国之志，所谓‘五原秋草绿，胡马一何骄’之事也。又，《李靖传》言：贞观三年，突厥诸部离叛，朝廷将图进取，以靖为代州道行军总管，率骁骑三千，自马邑出其不意，直趋恶阳岭以逼之。四年进击定襄，破之，可汗仅以身遁……自破定襄后，颉利大惧，退保铁山，遣使入朝谢罪，请举国内附。以靖为定襄道行军总管往迎颉利。颉利虽外请朝谒，而潜怀犹豫。靖选精骑一万，赍二十日粮，引兵自白道袭之，师至阴山，遇其斥堠千馀帐，皆俘以随军。将逼其牙帐十五里，虏始觉，颉利畏威先走，部众因而溃散。靖斩万馀级，俘男女十馀万。颉利乘千里马，走投吐谷浑。西道行军总管张宝相禽之以献。俄而突利可汗来奔，遂复定襄常安之地，斥土界自阴山北至于大漠。此诗所谓‘命将征西极，横行阴山侧’以下之事是也。或曰：此诗亦可定为泛咏边事，何以决其为耑美太宗武功欤？曰：两汉而下，匈奴犯边未有至于渭桥者，至唐武德年间始有此事，以此知之。”

塞下曲四首

五月天山雪，无花只有寒。
笛中闻折柳，春色未曾看[①]。
晓战随金鼓，宵眠抱玉鞍。
愿将腰下剑，直为斩楼兰[②]。

天兵下北荒，胡马欲南饮。
横戈从百战，直为衔恩甚。
握雪海上餐，拂沙陇头寝。
何当破月支，然后方高枕[③]。

骏马似风飙，鸣鞭出渭桥[④]。
弯弓辞汉月，插羽破天骄[⑤]。
阵解星芒尽，营空海雾消[⑥]。
功成画麟阁，独有霍嫖姚[⑦]！

塞虏乘秋下，天兵出汉家。
将军分虎竹，战士卧龙沙[⑧]。
边月随弓影，胡霜拂剑花。
玉关殊未入，少妇莫长嗟。

① 折柳，笛曲名，即折杨柳。

② 斩楼兰，详王昌龄《十五役边地》诗注。

③ 月支（ròu zhī），汉代西域国名，在今甘肃西部。见《汉书·西域传》。

④ 飙（biāo），狂风。渭桥，在咸阳城西渭水上。《雍录》：“秦、汉、唐架渭者凡三桥。在咸阳西十里者名便桥，汉武帝造。在咸阳东南二十二里者为中渭桥，秦始皇造。在万年县东四十里者为东渭桥，东渭桥也，不知始于何世。”

诗中指中渭桥。

⑤ 羽，箭。箭杆尾部嵌有鸟羽，故称羽箭。天骄，汉时称匈奴为天之骄子，见《汉书·匈奴传》，此即代指强敌。

⑥ 阵解、营空，均谓战争结束。星芒，古人迷信客星有芒则主战争。《后汉书·天文志》：顺帝永建六年，“十二月壬申，客星芒气长二尺馀，西南指，色苍白，在牵牛六度。客星芒气白为兵”（平时不见，偶而出现的星称客星）。星芒尽，海雾消，均表示战争结束。杨素《出塞》诗：“兵寝星芒落，战解月轮空。”

⑦ 麟阁，即麒麟阁。《三辅黄图》：“麒麟阁，萧何造。”汉宣帝为表彰功臣，图画霍光等十一人于麒麟阁上。见《汉书·苏建传》。霍嫖姚，即霍去病，汉武帝名将。霍去病并未被图像于麒麟阁。诗人并非写史，故笔势所及，不泥史实。王琦按：“弯弓以上三句状出师之景，插羽以下三句状战胜之景，末言功成奏凯图形麟阁者止上将一人，不能遍及血战之士。太白用一独字，盖有感乎其中欤，其言又何婉而多风也！”

⑧ 虎竹，铜虎符与竹使节，朝廷调遣军队的凭据。详《羽檄如流星》诗注。龙沙，《后汉书·班超传赞》“坦步葱雪，咫尺龙沙”注：“葱岭雪山，白龙堆沙漠也。”此泛指边地。

春 思

燕草如碧丝，秦桑低绿枝①。
当君怀归日，是妾断肠时。
春风不相识，何事入罗帏？

①“燕草”二句：燕，征夫远戍之所；秦，思妇怀人之地。燕草方生之日，已为秦桑低绿之时。

秋 思

燕支黄叶落，妾望白登台①。
海上碧云断，单于秋色来②。
胡兵沙塞合，汉使玉关回。

征客无归日，空悲蕙草摧！

①燕支，山名，即焉支山，在陕西张掖境。详《塞上曲》注。白登台，在山西大同东。详《关山月》注。燕支、白登，并代指边塞。

②单于，即单于都护府，亦代指边塞。《旧唐书·地理志》："单于都护府，秦汉时云中郡城也。唐龙朔三年置云中都护府，麟德元年改为单于大都护府。"

子夜秋歌[①]

长安一片月，万户捣衣声。
秋风吹不尽，总是玉关情。
何日平胡虏，良人罢远征？

①《旧唐书·乐志》："子夜歌者，晋曲也。晋有女子名子夜造此声，声过哀苦。"后人更造子夜四时歌。并属清商曲辞。

子夜冬歌

明朝驿使发，一夜絮征袍[①]。
素手抽针冷，那堪把剪刀。
裁缝寄远道，几日到临洮[②]？

①絮，丝绵。此动词，在征袍内铺丝绵。

②临洮，在今甘肃省境，唐代属陇右道，为防御吐蕃的边境。

独不见[①]

白马黄金塞，云沙绕梦思[②]。
那堪愁苦节，远忆边城儿！
萤飞秋窗满，月度霜闺迟。
摧残梧桐叶，萧飒沙棠枝[③]。

无时独不见，泪流空自知。

① 本篇太白集原作《塞下曲》其四。按，梁柳恽作乐府《独不见》，有“奉帚长信宫，谁知独不见”，萧士赟曰：“唐人拟者多用独不见三字。”今《乐府诗集》杂曲歌辞所收沈佺期、杨巨源、戴叔伦所拟，并有“独不见”三字。太白《塞下曲》前选四首并写边塞士卒生活，本篇独写征妇思怀，篇末亦有“无时独不见”语，应为《独不见》，非《塞下曲》。太白另有《独不见》，格调与本篇极为相似，末二句云“终然独不见，流泪空自知”，与本篇结句基本相同，疑为一诗二稿。

② 黄金塞，王琦注：“边上地名，未详所在。”

③ 萧飒，犹萧索，此动词，亦摧杀之意。沙棠，果木名。

妾薄命①

汉帝重阿娇，贮之黄金屋②。
咳唾落九天，随风生珠玉③。
宠极爱还歇，妒深情却疏④。
长门一步地，不肯暂回车⑤。
雨落不上天，水覆难再收。
君情与妾意，各自东西流。
昔日芙蓉花，今成断根草。
以色事他人，能得几时好！

① 妾薄命，《乐府诗集》属杂曲歌辞。本篇咏汉武帝陈皇后事。

② “汉帝”二句：汉武帝年数岁时，长公主问曰：“儿欲得妇否？”曰：“欲得。”指女问：“阿娇好否？”笑曰：“若得阿娇，当作金屋贮之。”见《汉武故事》。长公主为武帝姑母，阿娇为武帝表姊妹。武帝得立为太子，长公主起了很大的作用。武帝即位，立阿娇为皇后，极受宠爱。重，谓宠爱；一本即作“宠”。

③ “咳唾”二句，极言阿娇为武帝宠幸时之骄贵烜赫。

④ “宠极”二句，阿娇立为皇后，擅宠骄贵十馀年而无子。后卫子夫得幸，

阿娇妒甚，“几死者数焉”。与女子楚服为巫蛊诅咒。元光五年（前 130）武帝穷治其事，楚服被枭首于市，相连坐诛者三百馀人。阿娇被废，退居长门宫。见《汉书·外戚传》。

⑤暂，言时间极短。二句谓长门宫虽近在一步之地，武帝哪怕短时间也不肯回车一顾。

★“以色事他人，能得几时好”，这是所有“妾薄命”的症结所在。单就汉武帝几位传奇皇后的命运就可见一斑。陈皇后是要以“金屋贮之”的，后来金屋就变成了长门。“长门怨”成为唐代诗人笔下常见的题目。争陈皇后宠的是卫子夫。卫子夫在宫中几起几落，最辉煌的时候，所生男立为太子；弟卫青封长平侯，官至大司马大将军，姨甥霍去病为冠军侯，官至大司马骠骑将军；舅甥二人成为威震天下的名将。到后来卫子夫也色衰爱弛。卫子夫成为皇后三十八年之后因宫廷内部矛盾，与太子皆自杀。武帝另一位死后才尊为“孝武皇后”的李夫人，是历史上有名的“一顾倾人城，再顾倾人国”的绝代佳人。李夫人最幸运的是她很年青就死了，倒让汉武帝怀思不已，特为她作赋伤悼。死之前武帝去看她，她用被蒙着头坚决不让武帝看到。她的姊妹责备她，她说：“我以容貌之好，得从微贱爱幸于上。夫以色事人者，色衰而爱弛，爱弛则恩绝。上所以挛挛顾念我者，乃以平生容貌也。今见我毁坏，颜色非故，必畏恶吐弃我。”李夫人以亲身体会说的这段话，是“以色事他人，能得几时好”的最好解读，实在比诗句更令人震颤。

大堤曲①

汉水临襄阳，花开大堤暖②。
佳期大堤下，泪向南云满。
春风复无情，吹我梦魂乱③。
不见眼中人，天长音信断。

①大堤曲，《乐府诗集》属清商曲辞。

②临，《才调集》作“横”。

③ 乱，本集作“散”，《乐府诗集》作“断”，此从《才调集》。

长干行[①]

妾髪初覆额，折花门前剧[②]。
郎骑竹马来，绕床弄青梅。
同居长干里，两小无嫌猜。
十四为君妇，羞颜未尝开。
低头向暗壁，千唤不一回。
十五始展眉，愿同尘与灰。
常存抱柱信，岂上望夫台[③]。
十六君远行，瞿塘滟滪堆[④]。
五月不可触，猿声天上哀。
门前迟行迹，一一生绿苔[⑤]。
苔深不能扫，落叶秋风早。
八月蝴蝶黄，双飞西园草。
感此伤妾心，坐愁红颜老。
早晚下三巴，预将书报家[⑥]。
相迎不道远，直至长风沙[⑦]。

① 长干行，《乐府诗集》属杂曲歌辞。长干，地名。刘逵《吴都赋》注：“建业南五里有山岗，其间平地，吏民杂居，号长干。中有大长干、小长干，皆相连。”

② 剧，游戏。

③ 抱柱信，谓宁死不失信约。《庄子·盗跖》：“尾生与女子期于梁下，女子不来，水至不去，抱梁柱而死。”梁，桥。望夫台，在四川忠县南。据传有女子在此望夫至死。

④ 瞿塘，三峡之一，西起奉节白帝城，东至巫山大宁河口。滟滪堆，瞿塘峡口江中巨石，舟行至此极其危险。古谚云：“滟滪大如马，瞿塘不可下。滟滪大如襆，瞿塘不可触。滟滪大如龟，瞿塘不可窥。滟滪大如鳖，瞿塘行舟绝。”

见《太平寰宇记》。（1951 年滟滪堆被炸掉。）

⑤ 迟，一作“旧”，一作“送”。

⑥ 三巴，巴郡、巴东、巴西，称为三巴，并在四川东部。下三巴，实即出三峡。

⑦ 长风沙，沙洲名，在今安徽怀宁县东长江边。——长干里是诗中情侣少小同居之地，郎君远行上“瞿塘滟滪堆”系西上巴蜀，祈望归来必“下三巴”，相迎则“直至长风沙”。

江夏行①

忆昔娇小姿，春心亦自持。
为言嫁夫婿，得免长相思。
谁知嫁商贾，令人却愁苦。
自从为夫妻，何曾在乡土。
去年下扬州，相送黄鹤楼②。
眼看帆去远，心逐江水流。
只言期一载，谁谓历三秋。
使妾肠欲断，恨君情悠悠。
东家西舍同时发，北去南来不逾月。
未知行李游何方，作个音书能断绝③。
适来往南浦，欲问西江船。
正见当垆女，红妆二八年。
一种为人妻，独自多悲凄。
对镜便垂泪，逢人只欲啼。
不如轻薄儿，旦暮长相随④。
悔作商人妇，青春长别离。
如今正好同欢乐，君去容华谁得知！

① 江夏行，《乐府诗集》作新乐府辞。江夏，今湖北武汉武昌。

② 扬州，三国吴置扬州，治建邺（后改名建康），今江苏南京市。康高祖武德九年（626）移治江都县，今江苏扬州市。故南朝诗歌中扬州指今南京市，庚武德以后诗中扬州，指今江苏扬州。黄鹤楼，三国孙吴时始建，历史上几经兴废清末又被焚毁。故址在今武汉大桥武昌桥头，二十世纪五十年代长江大桥修建后南移蛇山上。

③ 行李，《左传》僖公三十年“行李之往来”，行李指行人、使臣，后世行李指行装，此指其丈夫。

④ 相随，一作“追随”。

经下邳圯桥怀张子房[①]

子房未虎啸，破产不为家[②]。
沧海得壮士，椎秦博浪沙[③]。
报韩虽不成，天地皆振动。
潜匿游下邳，岂曰非智勇？
我来圯桥上，怀古钦英风。
唯见碧流水，曾无黄石公。
叹息此人去，萧条徐泗空[④]！

① 张子房，即张良。《史记·留侯世家》：“留侯张良者，其先韩人也……秦灭韩……良年少……悉以家财求客刺秦王，为韩报仇……良尝学礼淮阳，东见仓海君，得力士，为铁锥重百二十斤。秦皇帝东游，良与客狙击秦皇帝博浪沙中，误中副车。秦皇帝大怒，大索天下……良乃更名姓，亡匿下邳。良尝间从容步游下邳圯上。有一老父衣褐至良所，直堕其履圯下，顾谓良曰：‘孺子下取履！’良愕然，欲殴之，为其老，强忍，下取履。父曰：‘履我！’良业为取履，因长跪履之。父以足受，笑而去……父去里所，复还，曰：‘孺子可教矣，后五日平明与我会此。’良因怪之，跪曰：‘诺！’五日平明，良往，父已先在。怒曰：‘与老人期，后，何也？去！’曰：‘后五日早会！’五日鸡鸣，良往，父又先在。复怒曰：‘后，何也？去！’曰：‘后五日复早来！’五日，良夜未半往，有顷父亦来。喜曰：‘当如是。’出一编书曰：‘读此则为王者师矣！后十年兴，十三年，孺子见我，济北谷城山下黄石即我矣！’遂去无他言，不复见。旦日视其书，乃《太公兵法》也。良因异之，常习诵读之。”后张良佐汉高祖定天下，

封留侯。“后十三年从高帝过济北，果见谷城山下黄石，取而葆祠之”。后人因称老人为黄石公。下邳，今江苏睢宁县西北古邳镇。圯（yí）桥，当时下邳人称桥为圯，后人乃将两词组合称为圯桥。

② 未虎啸，谓尚未发挥重大作用。陆机《汉高祖功臣颂》：“龙兴泗滨，虎啸丰谷。”

③ 博浪沙，在今河南原阳县东南。

④ 徐泗，徐州泗州。泗亦可指泗水。《水经注》：“沂水于下邳县北西流分为二水……一水迳城东，屈从县南亦注泗，谓之小沂水。水上有桥，徐泗间以为圯。昔张子房遇黄石公，即此处也。”

月下独酌

花间一壶酒，独酌无相亲。
举杯邀明月，对影成三人。
月既不解饮，影徒随我身。
暂伴月将影，行乐须及春[①]。
我歌月徘徊，我舞影零乱[②]。
醒时同交欢，醉后各分散。
永结无情游，相期邈云汉[③]。

① 将，与也。月将影，即月与影。
② “歌”与“舞”互文。二句谓我歌舞月徘徊，影零乱。
③ 无情，忘情，指忘却世俗之情。邈，远。相期邈云汉，谓相期于世俗之外。

下终南山过斛斯山人宿置酒[①]

暮从碧山下，山月随人归。
却顾所来径，苍苍横翠微。
相携及田家，童稚开荆扉。
绿竹入幽径，青萝拂行衣。
欢言得所憩，美酒聊共挥。

长歌吟松风，曲尽河星稀[2]。
我醉君复乐，陶然共忘机[3]。

① 终南山，见王维《终南山》诗注。斛斯，复姓，其人不详。
② 河星稀，谓夜已深。
③ 陶然，欢乐之貌。忘机，谓消除一切机心，回归一种浑然澹泊的境界。

赠何七判官昌浩[1]

有时忽惆怅，匡坐至夜分[2]。
平明空啸咤，思欲解世纷[3]。
心随长风去，吹散万里云。
羞作济南生，九十诵古文[4]。
不然拂剑起，沙漠收奇勋[5]。
老死阡陌间，何因扬清芬。
夫子今管乐，英才冠三军[6]。
终与同出处，岂将沮溺群[7]！

① 判官，节度使、观察使的属官。

② 惆怅（chóu chàng），失意貌。匡坐，正坐。夜分，夜半。

③ 解世纷，为世解除纷争。《史记·鲁仲连列传》鲁仲连曰："所贵于天下之士者，为人排患释难解纷乱而无取也。"

④ 济南生，西汉伏生，故为秦博士，汉初教《尚书》于齐鲁之间，汉文帝欲召之，时已年九十馀，不能行，文帝乃使晁错往受之，传今文《尚书》。见《汉书·儒林传》。诗中济南生以伏生为影，实系泛指。

⑤ 沙漠收奇勋，即立功异域，如汉代傅介子、班超之类。

⑥ 管乐，管仲、乐毅，管仲为齐桓公相，辅佐桓公建立霸业。乐毅为燕昭王亚卿，曾率军伐齐，下齐七十馀城。

⑦ 出处，出仕与隐居，此处实偏重在出。将，与。沮溺，长沮、桀溺，春秋末的两个隐士，孔子路遇，使子路问津，他们不赞成孔子积极从政的态度。见《论语·微子》。

翰林读书言怀呈集贤诸学士[①]

晨趋紫禁中，夕待金门诏[②]。
观书散遗帙，探古穷至妙[③]。
片言苟会心，掩卷忽而笑[④]。
青蝇易相点，白雪难同调[⑤]。
本是疏散人，屡贻褊促诮[⑥]。
云天属清朗，林壑忆游眺[⑦]。
或时清风来，闲倚栏下啸[⑧]。
严光桐庐溪，谢客临海峤[⑨]。
功成谢人间，从此一投钓[⑩]。

①天宝初，因吴筠荐，玄宗召李白进京，供奉翰林。翰林，指翰林学士院。集贤，指集贤殿学院。两院成员皆称学士，供皇帝草拟诏诰或侍读。

②紫禁，指皇帝宫殿。金门，即金马门。《史记·滑稽列传》补东方朔传："金马门者，宦［者］署门也。门傍有铜马，故谓之曰金马门。"简称金门。李白以金马门代指翰林院；待诏翰林院，故曰"待诏金门"。

③散，解开。帙（zhì），书套，代指书籍。遗帙，前人留下的书籍。散遗帙，王琦注："解散其书外所裹之帙而翻阅之也。"《文选·谢灵运〈酬从弟惠连〉》"散帙问所知"，刘良注："散帙，谓开书帙也。"探古，探索古书要义。

④苟会心，苟会于心，如果心中有所领会。——前六句写翰林读书之乐。

⑤青蝇易相点，陈子昂《宴胡楚真禁所》诗："青蝇一相点，白璧遂成冤。"谓青蝇遗粪在白璧上，致使白璧沾上污垢。比喻小人用谗言恶意中伤。白雪，即阳春白雪，系高雅的曲调。《文选·宋玉〈对楚王问〉》："客有歌于郢中者，其始曰《下里巴人》，国中属而和者数千人；其为《阳阿薤露》，国中属而和者数百人；其为《阳春白雪》，国中属而和者不过数十人。""是其曲弥高，其和弥寡。"白雪难同调，喻高超的人格，庸人难以了解。

⑥疏散，疏宕闲散，指爱好自由，不受拘束。贻，招致。褊促，偏激狭隘。诮，讽刺责难。句意谓每每受到被认为偏激狭隘的责难。——"青蝇"以下四句，写自己的格调受到小人中伤和责难。

⑦属，正当。两句调换读意思明白，林壑忆游眺，云天属清朗。

⑧ 或时，有时。——“云天”四句回忆起山林放浪的生活。

⑨ 桐庐，今浙江桐庐县，县南富春江畔有汉严光钓鱼台。桐庐溪，即指富春江。谢客，即谢灵运。临海，今浙江临海县。谢灵运有《登临海峤》诗。峤，尖而高的山。

⑩ 谢，辞谢。——末四句表示功成身退的意思。

★本篇反映了诗人在长安的生活和心境。应召进京，供奉翰林，似乎受到玄宗的信任。然与李白的心期相距甚远。诗人志在“奋其智能，愿为辅弼。使寰区大定，海县清一”。而玄宗只是把他当作文学侍臣。即使在翰林也并不愉快。他的豪纵放浪的性格，也受不了官场的拘束，何况还受到小人的中伤。如此他回忆起云天清朗、林壑游眺的生活。“功成谢人间，从此一投钓”，功成身退，这是他一贯的人生理想；同时也敬告那些讥诮攻击他的人；我不会在这儿待多久！如此公开表示，实际就无法再待下去。不待“功成”，就只有“赐金放还”了。

长相思[①]

长相思，在长安。
络纬秋啼金井阑，微霜凄凄簟色寒[②]。
孤灯不眠思欲绝，卷帷望月空长叹。
美人如花隔云端，上有青冥之高天，
下有渌水之波澜。
天长路远魂飞苦，梦魂不到关山难。
长相思，摧心肝！

① 长相思，《乐府诗集》，属杂曲歌辞。
② 络纬，虫名，即蟋蟀。金井，井之美称。

长相思

日色欲尽花含烟，月明如素愁不眠。

赵瑟初停凤凰柱，蜀琴欲奏鸳鸯弦。
此曲有意无人传，愿随春风寄燕然。
忆君迢迢隔青天。
昔时横波目，今作流泪泉。
不信妾肠断，归来看取明镜前。

思　边

去年何时君别妾，南园绿草飞蝴蝶。
今岁何时妾忆君，西山白雪暗秦云。
玉关去此三千里，欲寄音书那可闻！

荆州歌[①]

白帝城边足风波，瞿塘五月谁敢过[②]？
荆州麦熟茧成蛾，缫丝忆君头绪多[③]，
布谷飞鸣奈妾何！

① 荆州歌，《乐府诗集》，属杂曲歌辞。荆州，今湖北江陵。

② 白帝城，在四川奉节县东白帝山上，下临大江，东汉初公孙述所筑。瞿塘，长江三峡之一，西起白帝城，东至巫山大宁河口，江路极为险急。

③ “缫丝忆君”句，“丝”与“思”谐音双关，“丝”的头绪同“思”的头绪连在一起，两者头绪都多。

把酒问月

青天有月来几时，我今停杯一问之。
人攀明月不可得，月行却与人相随。
皎如明镜临丹阙，绿烟灭尽清辉发[①]。
但见宵从海上来，宁知晓向云间没。

白兔捣药秋复春，嫦娥孤栖与谁邻②。
今人不见古时月，今月曾经照古人。
古人今人若流水，共看明月皆如此。
唯愿当歌对酒时，月光长照金樽里③。

① 皎，明亮。丹阙，红色宫阙。绿烟，月初出时，似有烟雾蒙住（这是诗人当时的感觉）。

② 白兔捣药，傅玄《拟天问》：“月中何有？白兔捣药。”嫦娥，《汉书·天文志》注：“羿请无死之药于西王母，姮娥窃之以奔月。”姮娥，即嫦娥，传为后羿之妻。

③ 当歌对酒，曹操《短歌行》：“对酒当歌，人生几何！”当，亦对也。

日出入行①

日出东方隈，似从地底来②。
历天又复入西海，六龙所舍安在哉③？
其始与终古不息，人非元气安得与之久徘徊④！
草不谢荣于春风，木不怨落于秋天⑤。
谁挥鞭策驱四运，万物兴歇皆自然⑥。
羲和羲和！汝奚汩没于荒淫之波⑦？
鲁阳何德，驻景挥戈？
逆道违天，矫诬实多⑧。
吾将囊括大块，浩然与溟涬同科⑨。

① 日出入行，《乐府诗集·郊庙歌辞》有《日出入》篇。

② 隈，隅。“日出”二句，犹言日出东方那边，似从地底出来，诗人似意识到太阳绕过了地底。

③ 历天，经过整个天空。六龙，《初学记》：“《淮南子》云：‘爰止羲和，爰息六螭，是谓悬车。’注曰：‘日乘车，驾以六龙，羲和御之。日至此而薄于虞泉。’”舍，止宿，止息。“历天”二句，谓太阳每天经过天空又落入西海，御日的六龙停息在何处。

④ 古，久也，犹言永久、永远。《书·尧典》“曰若稽古”，孙星衍注疏：“古，犹久也。”《诗·大雅·緜》“古公亶父”，毛传：“古，言久也。”元气，天地未分之前浑蒙之气，亦即天地万物之原始之气。《论衡·谈天》：“元气未分，浑沌为一。”又《言毒》：“万物之生，皆禀元气。”“其始与终”二句，谓太阳运行自始至终永远没有止息，人非元气怎能与之永远周旋。

⑤ “草不”二句，谓草不感谢春风使它生长繁荣，木不怨恨秋天使它落寞萧索。因为“荣”与“落”皆出于自然，也就无需“谢”也无需“怨”。

⑥ 四运，春夏秋冬四季的运行。“谁挥”二句，谓是谁挥起鞭策驱使四季运行，谁也不是，万物的发兴和歇落皆出于自然。

⑦ 羲和，太阳的御者，此实指太阳。《楚辞·离骚》“吾令羲和弭节兮”，王逸注：“羲和，日御也。”奚，为何。汩没，沉入。荒淫，浩瀚而又幽深之意。汝奚汩没于荒淫之波，意为问汝为何沉入那浩瀚幽深的海波之中。

⑧ “鲁阳”四句：《淮南子·览冥》：“鲁阳公与韩搆难，战酣，日暮，援戈而撝之，日为之反三舍。”撝，通“挥”。四句意谓鲁阳有何德行，挥戈竟能阻住太阳。这是逆自然之道的（完全没有可能），是虚假欺诈之言。“逆道”与“违天”是一个意思：“道”是自然之道，“天”即自然之意。

⑨ 囊括，包罗，此处是与之融合之意。浩然，犹浩浩然，气势磅礴之貌。溟涬，自然元气。同科，犹同类。“吾将”二句，谓吾将融入宇宙，浩浩然与自然元气混而为一。

★《日出入行》是一篇生动而深刻的哲理诗。李白是道家中人，这首诗生动而深刻地表达了道家的宇宙观、自然观。老子曰：“天地不仁，以万物为刍狗。”所谓“不仁”，就是任其自然，“万物作焉而不辞，生而不有，为而不恃”。河上公解释说：“天地施化，不以仁恩，任其自然。”天地之于万物，一切自然，生非吾仁之，死非吾虐之。万物之于天地，也就“荣”不用“谢”，“落”也无需“怨”。诗人用酣畅淋漓的诗句“草不谢荣于春风，木不怨落于秋天；谁挥鞭策驱四运，万物兴歇皆自然”，把这个道理说得极其清楚明白。

捣衣篇

闺里佳人年十馀，颦蛾对影恨离居[①]。
忽逢江上春归燕，衔得云中尺素书。

玉手开缄长叹息，狂夫犹戍交河北[②]。
万里交河水北流，愿为双鸟泛中洲。
君边云拥青丝骑，妾处苔生红粉楼。
楼上春风日将歇，谁能揽镜看愁鬓。
晓吹员管随落花，夜捣戎衣向明月[③]。
明月高高刻漏长，真珠帘箔掩兰堂[④]。
横垂宝幄同心结，半拂琼筵苏合香[⑤]。
琼筵宝幄连枝锦，灯烛荧荧照孤寝。
有使凭将金剪刀，为君留下相思枕。
摘尽庭兰不见君，红巾拭泪生氤氲[⑥]。
明年若更征边塞，愿作阳台一段云[⑦]。

① 颦蛾，皱眉。
② 交河，故城在今新疆吐鲁番西北，此代指边境。
③ 员（yún）管，一作“筼管”，管乐器名，即箫。
④ 刻漏，见《乌栖曲》注。
⑤ 宝幄，帐幔。苏合香，香料名，传为大秦国（古罗马）所进。
⑥ 氤氲（yīn yūn），烟雾弥漫貌，此指泪眼模糊。
⑦ 阳台一段云，宋玉《高唐赋》写楚王游于高唐，梦与神女相遇，临去自云“妾在巫山之阳，高丘之阻，旦为朝云，暮为行雨，朝朝暮暮，阳台之下”。

江上吟

木兰之枻沙棠舟，玉箫金管坐两头[①]。
美酒尊中置千斛，载妓随波任去留。
仙人有待乘黄鹤，海客无心随白鸥[②]。
屈平词赋悬日月，楚王台榭空山丘。
兴酣落笔摇五岳，诗成笑傲凌沧洲[③]。
功名富贵若长在，汉水亦应西北流！

①枻（yì），桨。木兰、沙棠、玉、金，都系美词，状其名贵。

②“仙人”句：《南齐书·州郡志》：“仙人子安，乘黄鹤过此。”《一统志》：“黄鹤楼在武昌府城西黄鹤矶上。世传仙人子安乘黄鹤过此。”又云：“费文袆登仙，驾黄鹤返憩于此。”王琦注：“唐阎伯理作记，以文袆为信。或者又引《述异记》，谓驾鹤之宾是荀叔伟，后人误作费文袆。今按《述异记》：‘荀瓌，字叔伟，尝东游憩江夏黄鹤楼上，望西南有物，飘然降自霄汉，俄顷已至，乃驾鹤之宾也。鹤止户侧，仙者就席，羽衣虹裳，宾主欢对。已而辞去，跨鹤腾空而灭。’是言叔伟于此遇驾鹤之仙，非谓驾鹤之仙即叔伟也。”可知仙人乘鹤之传说不一。“海客”句：《列子·黄帝篇》：“海上之人有好沤鸟者，每旦之海上从沤鸟游，沤鸟之至者百住而不止。”参见王维《积雨辋川庄作》诗注。

③笑傲，一作“啸傲”。

襄阳歌[①]

落日欲没岘山西，倒著接䍦花下迷[②]。
襄阳小儿齐拍手，拦街争唱白铜鞮[③]。
旁人借问笑何事，笑杀山公醉似泥[④]。
鸬鹚杓，鹦鹉杯[⑤]；
百年三万六千日，一日须倾三百杯。
遥看汉水鸭头绿，恰似葡萄初酦醅[⑥]。
此江若变作春酒，垒麹便筑糟丘台[⑦]。
千金骏马换小妾，醉坐雕鞍歌落梅[⑧]。
车傍侧挂一壶酒，凤笙龙管行相催[⑨]。
咸阳市中叹黄犬，何如月下倾金罍[⑩]？
君不见晋朝羊公一片石，龟头剥落生莓苔[⑪]。
泪亦不能为之堕，心亦不能为之哀。
清风明月不用一钱买，玉山自倒非人推[⑫]。
舒州杓，力士铛，李白与尔同死生[⑬]。
襄王云雨今安在？江水东流猿夜声[⑭]！

① 襄阳，今湖北襄阳。

② 岘山，在襄阳南。倒著，倒着戴。接䍦（lí），一种白帽。《世说新语·任诞》："山季伦为荆州，时出酣畅。人为之歌曰：'山公时一醉，径造高阳池。日暮倒载归，茗艼无所知。复能乘骏马，倒著白接䍦。举手问葛彊，何如并州儿。'"山季伦，山简，字季伦。晋怀帝永嘉三年，为征南将军，镇襄阳。

③ 白铜鞮，南齐末萧衍行雍州府事，镇襄阳。时有童谣云："襄阳白铜蹄，反缚扬州儿。"白铜蹄，白色铜马蹄，代指马。见《隋书·音乐志》。白铜蹄，唐人诗中皆作"白铜鞮"。

④ 山公，指山简。醉似泥，形容醉态。

⑤ 鸬鹚杓，形似鸬鹚长颈的酒杓。鹦鹉杯，以鹦鹉螺制成的酒杯。

⑥ 汉水，长江最长支流，源出陕西东南，流经襄阳，东南流至武汉汇入长江。鸭头绿，一种染料的名称，因绿头鸭绿色毛羽得名；此用以形容汉水的清澈。葡萄，指葡萄酒。酦醅（pō pēi）没有过滤重酿的酒。

⑦ 麴，酒母，酿酒用来发酵。糟丘台，王充《论衡·语增》："纣沉湎于酒，以糟为丘，以酒为池。"句意谓用许多酒麴酿酒，酒糟多得堆成糟丘台。

⑧ 千金骏马换小妾，千金骏马换以小妾，即以小妾换价值千金的骏马。王琦注引《独异志》："曹彰性倜傥，偶逢骏马，爱之。其主所惜也，彰曰：'予有美妾可换，惟君所选。'马主因指一妓，彰遂换之。"《乐府诗集·杂曲歌辞》有《爱妾换马》篇。落梅，即《梅花落》，笛曲名，见《乐府诗集·横吹曲辞》。

⑨ 凤笙龙管，如凤鸣龙吟的笙与笛，实笙与笛的美称。

⑩ 咸阳市中叹黄犬，秦李斯辅佐秦始皇统一天下，为丞相。始皇死后，在赵高胁迫下，立二世为皇帝。最终为赵高所害。"二世二年七月，具斯五刑，论腰斩咸阳市。斯出狱，与其中子俱执。顾谓其中子曰：'吾欲与若复牵黄犬俱出上蔡东门逐狡兔，岂可得乎！'遂父子相哭，而夷三族"。见《史记·李斯列传》。金罍，酒器。

⑪ 晋朝羊公一片石，羊公，即羊祜，字叔子。晋初为中军海军，都督荆州诸事，镇襄阳。"祜乐山水，每风景，必造岘山，置酒言咏，终日不倦。尝慨然叹息，顾谓从事中郎邹等曰：'自有宇宙，便有此山，由来贤达胜士，登此远望，如我与卿者多矣，皆湮灭无闻，使人悲伤。如百岁后有知，魂魄犹应登此也。'"羊祜死后，"襄阳百姓于岘山祜平生游憩之所建碑立庙，岁时飨祭焉。望其碑者莫不流涕。杜预因名为堕泪碑"。见《晋书·羊祜传》。龟头，负碑的赑屃（bì xì）形状像龟。

⑫ 玉山自倒，嵇康风姿特秀，山简曰："嵇叔夜之为人也，岩岩若孤松之

独立。其醉也，傀俄若玉山之将崩。”见《世说新语·容止》。

⑬ 舒州杓，舒州出产的酒杓。力士铛（chēng），唐代豫章出产的一种叫力士的酒器。

⑭ 襄王云雨，《文选·宋玉〈高唐赋〉》写楚襄王游于云梦之台，望高唐之观。宋玉告知襄王：“昔者先王游于高唐，怠而昼寝，梦见一妇人，曰：‘妾巫山之女也，为高唐之客。闻君游高唐，愿荐枕席。’去而辞曰：‘妾在巫山之阳，高丘之岨。旦为朝云，暮为行雨；朝朝暮暮，阳台之下。’”又，《神女赋》：“楚襄王与宋玉游于云梦之浦，使玉赋高台之事。其夜王寝，果梦与神女遇，其状甚丽。”

★《襄阳歌》当是李白酒隐安陆之时游襄阳作。诗前段自开头至“凤笙龙管行相催”十八句，用了山简倒著接䍦烂醉如泥、曹彰爱妾换马的典故，写的是自己豪纵放任的生活。当然不是说他真有类似的事实，无非是借用这些故事故作夸诞的豪语。后段十二句写自己的人生感悟。功大如李斯只落得腰斩咸阳的结局，德高如羊祜也早成为过去；还不如充分地享受人生，过着自由自在的生活。其实李白的思想充满了矛盾，他有强烈的建功立业的欲望，“奋其智谋，愿为辅弼”，“使寰区大定，海县清一”，才是他的第一志愿。同时又极力追求放任自由的生活。他的一生都在这种矛盾的心态下度过。《襄阳歌》表现的是后者。对于我们后世的读者来说，“一日须倾三百杯”的生活当然不可取；但把功名利禄看淡一些，自在地看待人生，仍可以从诗中得到启发。

庐山谣寄卢侍御虚舟①

我本楚狂人，凤歌笑孔丘②。
手持绿玉杖，朝别黄鹤楼。
五岳寻仙不辞远，一生好入名山游。
庐山秀出南斗旁，屏风九叠云锦张③，
影落明湖青黛光。
金阙前开二峰长，银河倒挂三石梁④。
香炉瀑布遥相望，回崖沓嶂凌苍苍⑤。

翠影红霞映朝日，鸟飞不到吴天长。
登高壮观天地间，大江茫茫去不还。
黄云万里动风色，白波九道流雪山[⑥]。
好为庐山谣，兴因庐山发。
闲窥石镜清我心，谢公行处苍苔没[⑦]。
早服还丹无世情，琴心三叠道初成[⑧]。
遥见仙人彩云里，手把芙蓉朝玉京[⑨]。
先期汗漫九垓上，愿接卢敖游太清[⑩]。

① 庐山，在江西省北部，介于鄱阳湖与长江之间，风景秀丽。卢侍御虚舟，王琦注："李华《三贤论》：'范阳卢虚舟幼真，质方而清。'贾至有《授卢虚舟殿中侍御史制》云：'敕大理司直卢虚舟，闲邪存诚，遁世颐养，操持有清廉之誉，在公推干蛊之才，可殿中侍御史'云云，殆其人也。"

② "我本"二句，《论语·微子》："楚狂接舆歌而过孔子曰：'凤兮凤兮，何德之衰？往者不可谏，来者犹可追。已而已而，今之从政者殆而！'孔子下，欲与之言。趋而辟之，不得与之言。"楚狂歌又见《庄子·人间世》，内容更为丰富，是取《论语》所载而更创造者。

③ 秀出，犹言耸立。《广雅·释诂》："秀，出也。"南斗，星名，即二十八宿中的斗宿。屏风九叠，庐山有屏风叠，山峰形如屏风。云锦，指云霞。

④ 金阙，晋慧远《庐山记》："西南有石门山，其形似双阙，壁立千馀仞，而瀑布流焉。"银河，指瀑布。倒挂，一作"倒泻"。三石梁，王琦注引《寻阳记》："庐山上有三石梁，长数十丈，广不盈尺，杳然无底。"又谓："查悔馀（查慎行）曰：元李洞言三石梁在开先寺西，黎𠠇言在五老峰上。或云在简寂观及上霄紫霄二峰间。桑乔《庐山记事》则竟以为无，如竹林之幻境。众说纷然，莫知所指。今三叠泉在九叠屏之左，水势三折而下，如银河之挂石梁，与太白诗句正相吻合，非此外别有三石梁也。后人必欲求其地以实之，失之凿矣。"可知这句诗并未得其解，连三石梁是否存在尚成问题。查慎行谓"银河倒挂三石梁"即指今庐山三叠泉亦属猜测，三叠泉与"银河倒挂"或"银河倒泻"都相距太远。

⑤ 香炉，峰名。参见后《望庐山瀑布》诗。回崖，回环的山崖。沓嶂，层层的峰嶂。苍苍，指天空。

⑥ 白波九道，指长江。《尚书·禹贡》："九江孔殷。"孔传："江于此州，

界分为九道。”指鄱阳入江的许多支流。郭璞《江赋》：“流九派于寻阳。”

⑦ 石镜，《太平寰宇记》：“石镜在东山悬崖之上，其状团圆，近之则照见形影。”谢公，即谢灵运。谢《入彭蠡湖口》诗有“攀崖照石镜”句。谢又有《登庐山绝顶望诸峤》诗。“谢公”句一作“绿萝开处悬明月”。

⑧ 还丹，道家所炼丹名，以九转丹再炼，化为还丹，据称服之可以成仙。见《抱朴子》。琴心三叠，王琦注引《黄庭内景经》“琴心三叠舞胎仙”，梁丘子注：“琴，和也。叠，积也。存三丹田，使和积如一。”

⑨ 芙蓉，即荷花。玉京，王琦注引《枕中书》：“元始天王在中心之上名曰玉京山；山中宫殿，并金玉饰之。”

⑩ “先期”二句，《淮南子·道应》：卢敖游于北海，见一士焉，欲从之游。若士笑曰：“吾与汗漫期于九垓之外，吾不可以久驻。”举臂而竦身，遂入云中。期，约定。汗漫，无边无际之貌。与汗漫游，犹言与造物游。九垓，九天之外。太清，太空。诗寄卢侍御，故用卢敖典故。

★《庐山谣》与《蜀道难》《梦游天姥吟留别》是李白三大七古名篇，是浪漫主义诗苑的代表作。此诗境界开阔，豪放不羁，自古写庐山诗无出其右者。“登高壮观天地间，大江茫茫去不还。黄云万里动风色，白波九道流雪山”。这样的诗句，简直让庐山都要为之震动。欧阳修于所作《庐山高》颇为自负，实远不足以望其项背。

金陵城西楼月下吟[①]

金陵夜寂凉风发，独上高楼望吴越。
白云映水摇空城，白露垂珠滴秋月。
月下沉吟久不归，古来相接眼中稀。
解道澄江净如练，令人长忆谢玄晖[②]。

① 金陵，今南京，楚威王七年（前333）灭越，置金陵邑，后因用作南京的别称。

② 谢玄晖，即谢朓，南齐诗人，其《晚登三山还望京邑》诗云：“馀霞散成绮，澄江净如练。”

★太白诗有许多异文，本诗尤为突出，一本“夜寂”作“夜静”，“高楼”作“西楼”，“白云映水摇空城”作“白云映水摇秋光”，“白露垂珠滴秋月”作“白露如珠滴秋月”，又作“白露沾衣湿秋月”，“沉吟”作“长吟”，“古来”作“古今”，“长忆”作“却忆”。太白才华横溢，天姿英纵，他有不少作品确乎是一气呵成，文不加点；然而他的许多名作实际上都经过反复锤炼，这些异文决非传写的错误，而是诗人自己不断修改的结果。太白一生，有据可查的就有三次把他的诗集委托给友人保存。现存太白诗之所以有许多异文，甚至完全不同的两种稿本，肯定是他把诗集交给别人之后，自己又把留在手边的原稿加以修改，可见他对创作多么严肃。研究太白诗的异文，很能给后人创作以深刻的教育和启发。

送祝八之江东赋得浣纱石

西施越溪女，明艳光云海[①]。
未入吴王宫殿时，浣纱古石今犹在[②]。
桃李新开映古查，昌蒲犹短出平沙[③]。
昔时红粉照流水，今日青苔覆落花。
君去西秦适东越，碧山清江几超忽[④]。
若到天涯思故人，浣纱石上窥明月。

① 西施，越王勾践欲报吴，欲求美女以迷惑吴王夫差，得诸暨苎萝山卖薪者之女西施以献。参见王维《西施咏》注。

② 浣纱古石，《太平寰宇记》：“诸暨县有苎萝山，山下有石迹，云是西施浣纱之所，浣纱石犹在。”

③ 古查，查，同楂。《广韵》：“楂，水中浮木也。”

④ 超忽，远貌。几超忽，犹言多么遥远。

同王昌龄送族弟襄归桂阳[①]

尔家何在潇湘川，青莎白石长江边[②]。

昨梦江花照江日，几枝正发东窗前。
觉来欲往心悠然，魂随越鸟飞南天。
秦云连山海相接，桂水横烟不可涉[③]。
送君此去令人愁，风帆茫茫隔河洲。
春潭琼草绿可折，西寄长安明月楼。

①桂阳，在湖南南部。

②潇湘，湘水上游有潇水，合称潇湘，潇湘亦泛指湖南。长江，此指湘江。

③秦云，送别之地在长安，故言秦云。桂水，在桂阳县境，北流注入耒水，再北流注入湘水。

蜀道难[①]

噫吁戏，危乎高哉！蜀道之难难于上青天[②]！
蚕丛及鱼凫，开国何茫然[③]！
尔来四万八千岁，不与秦塞通人烟。
西当太白有鸟道，可以横绝峨眉颠[④]。
地崩山摧壮士死，然后天梯石栈相钩连[⑤]。
上有六龙回日之高标，下有冲波逆折之回川[⑥]。
黄鹤之飞尚不得过，猿猱欲度愁攀援。
青泥何盘盘，百步九折萦岩峦[⑦]。
扪参历井仰胁息，以手抚膺坐长叹[⑧]。
问君西游何时还，畏途巉岩不可攀。
但见悲鸟号古木，雄飞雌从绕林间。
又闻子规啼夜月，愁空山。
蜀道之难难于上青天，使人听此凋朱颜！
连峰去天不盈尺，枯松倒挂倚绝壁。
飞湍瀑流争喧豗，砯岩转石万壑雷[⑨]。
其险也若此，嗟尔远道之人胡为乎来哉？

剑阁峥嵘而崔嵬，一夫当关，万夫莫开⑩；
所守或匪亲，化为狼与豺。
朝避猛虎，夕避长蛇，
磨牙吮血，杀人如麻。
锦城虽云乐，不如早还家⑪。
蜀道之难难于上青天，侧身西望长咨嗟！

①蜀道难，《乐府诗集》属相和歌辞瑟调曲。

②噫吁戏，惊叹之辞。

③蚕从及鱼凫，传为古代蜀国的两个国王。《文选·左思〈蜀都赋〉》刘逵注引扬雄《蜀王本纪》："蜀王之先，名蚕丛、柏灌、鱼凫、蒲泽、开明。""从开明上至蚕丛，积三万四千岁。

④太白，山名，在陕西周至县西南，秦岭主峰之山。《名山记》谓"关中诸山，莫高于此。其山巅高寒，不生草木，常有积雪不消，盛夏视之犹烂然，故以太白名。"鸟道，谓山甚高峻，惟鸟可飞越。横绝，横度。峨眉，山名，在四川峨眉县西南。

⑤"地崩"二句，《华阳国志·蜀志》："秦惠王知蜀王好色，许嫁五女于蜀。蜀遣五丁迎之。还到梓潼，见一大蛇入穴中。一人揽其尾掣之，不禁，至五人相助，大呼拽蛇，山崩，时压杀五人及秦五女并将，从而山分为五岭。"壮士，指五丁。天梯，指险峻的山路。石栈，指栈道。

⑥六龙回日，神话谓日御驾六龙飞行天上。《楚辞·离骚》洪兴祖补注引《淮南子》云："爰止羲和，爰息六螭，是谓悬车。"注云："日乘车，驾以六龙，羲和御之。日至而薄于虞渊，羲和至此而回六螭。"高标，高峰。标，本指木末，借指峰巅。句意谓山势极高，日御六龙亦须回转。《文选·蜀都赋》："羲和假道于峻岐，阳乌回翼乎高标。"

⑦青泥，山岭名，在甘肃徽县南，为入蜀要道。杜甫《青泥岭》诗："朝行青泥上，暮在青泥中。"萦，绕。

⑧参、井，二星宿名。参（shēn）为蜀之分野，井为秦之分野。扪参历井，极言山之高，可以上摩参井。胁息，气促两胁张落以助呼吸。膺，胸。

⑨湍，激流。喧豗（huī），哄闹声。砯（pīng）岩，水击岩石。

⑩剑阁，在四川剑阁县北，道极险峻。峥嵘、崔嵬，并高峻貌。《蜀都赋》："一人守隘，万夫莫向。"张载《剑阁铭》："一人荷戟，万夫趑趄。形胜之地，

匪亲勿居。”匪，非。

⑪ 锦城，即成都。

★《蜀道难》是李太白的名作。自古诗人写蜀道之险，山河之壮，无有过于此篇者，孟棨《本事诗》记太白初到京师，贺知章首访之，读《蜀道难》，惊叹不已，称之为天上谪仙人。宋人对这篇诗的作意有各式各样的猜测。范摅《云溪友议》谓严武据西蜀，欲害房琯和杜甫，太白作《蜀道难》，乃为房杜危之也。又传李集缪本题下注“为章仇兼琼作”。按，章仇兼琼为剑南节度。在天宝之初，时天下太平，且章仇非跋扈之辈，在蜀颇有善政，太白何至无中生有。严武守蜀在至德以后，上拒天宝为时甚远，何况杜甫与严武交谊甚深，有杜诗可证。此等猜测不仅毫无根据，且系恶意中伤。萧士赟又谓为安禄山之乱玄宗幸蜀而作。直到二十世纪五十年代俞平伯还著长文作详尽的考证，句句与玄宗幸蜀经历坐实，说得煞有介事。然《蜀道难》收入了殷璠《河岳英灵集》，该书编于天宝十二载，太白安得预知天宝以后事。是皆捕风捉影之说。顾炎武《日知录》曰：“《蜀道难》之作当在开元天宝间，时人共言锦城之乐，而不知畏途之险，异地之虞，即事成篇，别无寓意。”顾氏之说，最为有见。但别无寓意亦不尽然，写蜀中道路如此险峻，实人生社会之写照，非全出客观描绘。然只可以感受，不可以指实，此正诗人比兴之义。试看太白《剑阁赋》，同样写蜀地山河，则只见其雄伟奇崛，而不觉其险恶，显系旨意不同。情因景发，景随情迁，诗人笔墨之变化莫测，于是可见。

乌栖曲①

姑苏台上乌栖时，吴王宫里醉西施②。
吴歌楚舞欢未毕，青山欲衔半壁日。
银箭金壶漏水多，起看秋月坠江波③。
东方渐高奈乐何！

① 乌栖曲，《乐府诗集》属清商曲辞西曲歌。

② 姑苏台，故址在今苏州西南姑苏山上，春秋时吴王阖闾始建，吴王夫差增筑。《述异记》："吴王夫差筑姑苏之台，三年乃成，周旋诘屈，横亘五里，崇饰土木，殚耗人力，宫妓数千人，上别立春宵宫，为长夜之饮，造千石酒钟。夫差作天池，池中造青龙舟，舟中盛陈妓乐，日与西施为水嬉。"西施，传为越王勾践献与吴王夫差的美人，为夫差所宠爱。详见王维《西施咏》注。

③ 银箭金壶，古代以漏壶计时，上面的壶底部有小孔，水由小孔滴入下壶，下壶设浮标，浮标箭上刻有度数标示时辰，水逐渐上升，箭即逐箭伸出，露出刻度，以此计时。

★孟棨《本事诗》谓太白初至京师，贺知章既赞赏《蜀道难》，"又见其《乌栖曲》，叹赏苦吟，曰：'此诗可以泣鬼神矣！'或言是《乌夜啼》，二篇未知孰是。"此以吴王为影，实讽刺当时统治者的荒淫。

乌夜啼[①]

黄云城边乌欲栖，归飞哑哑枝上啼。
机中织锦秦川女，碧纱如烟隔窗语[②]。
停梭怅然忆远人，独宿孤房泪如雨。

① 乌夜啼，《乐府诗集》属清商曲辞西曲歌。

② 织锦秦川女，《晋书·列女传》："窦滔妻苏氏，始平人也，名蕙，字若兰。滔，苻坚时为秦州刺史，被徙流沙，苏氏思之，织锦为回文旋图诗以赠滔，宛转循环以读之，词甚凄惋。"庾信《乌夜啼》诗："弹琴蜀郡卓家女，织锦秦川窦氏妻。"

将进酒[①]

君不见黄河之水天上来，奔流到海不复回！
君不见高堂明镜悲白髮，朝如青丝暮成雪！
人生得意须尽欢，莫使金樽空对月。
天生我材必有用，千金散尽还复来。
烹羊宰牛且为乐，会须一饮三百杯[②]。

岑夫子，丹丘生，将进酒，杯莫停[3]。
与君歌一曲，请君为我倾耳听：
钟鼓馔玉不足贵，但愿长醉不用醒[4]。
古来圣贤皆寂寞，惟有饮者留其名。
陈王昔时宴平乐，斗酒十千恣欢谑[5]。
主人何为言少钱，径须沽取对君酌。
五花马，千金裘，呼儿将出换美酒[6]。
与尔同销万古愁。

① 将进酒，《乐府诗集》，属鼓吹曲辞。

② 烹羊宰牛，曹植《箜篌引》："中厨办丰膳，烹羊宰肥牛。"会须，一定要。

③ 岑夫子，丹丘生，即岑勋与元丹丘，皆太白好友，诗中多处涉及。

④ 钟鼓，古代富贵之家设钟鼓，宴饮时演奏。馔玉，形容肴馔精美。

⑤ 陈王，即曹植，曾封陈思王。平乐，汉代观名，在洛阳城西。曹植《名都篇》："归来宴平乐，美酒斗十千。"按，曹诗系揭露贵族子弟的豪奢，太白直以陈王自己宴平乐，诗人用典，不拘原意。

⑥ 五花马，王琦注："谓马之毛色作五花文者。"或谓系剪马鬣为五花瓣。将出，拿出。

行路难三首[1]

金樽清酒斗十千，玉盘珍羞直万钱。
停杯投箸不能食，拔剑四顾心茫然[2]。
欲渡黄河冰塞川，将登太行雪满山[3]。
闲来垂钓碧溪上，忽复乘舟梦日边[4]。
行路难，行路难，多歧路，今安在？
长风破浪会有时，直挂云帆济沧海[5]。

① 行路难，《乐府诗集》，属杂曲歌辞。《乐府古题要解》："行路难，备言

世路艰难及离别悲伤之意。多以‘君不见’为首。”今存作品以鲍照《行路难》十八首为最早。

②“停杯”二句，鲍照《行路难》：“对案不能食，拔剑击柱长叹息。”

③“欲渡”二句：太行山，在山西、河北、河南、北京四省、市边境。鲍照《舞鹤赋》：“冰塞长川，雪满群山。”雪满山，一作“雪暗天”。

④垂钓碧溪，《史记·齐太公世家》：“吕尚盖尝穷困，年老矣，以渔钓奸周西伯。”“周西伯猎，果遇太公于渭之阳。”《说苑》谓“吕望年七十钓于渭渚”。乘舟梦日边，王琦注引《宋书》：“伊挚将应汤命，梦乘船过日月之旁。”诗句表现了诗人积极用世，其用典在若有若无之间，不能过于泥实遂谓诗人以吕尚、伊尹自命。

⑤长风破浪，《宋书·宗悫传》：悫少时，叔父炳问其志。悫曰：“愿乘长风破万里浪。”济，渡。太白《梁园吟》云：“东山高卧时起来，欲济苍生未应晚。”与此意同。

其二

大道如青天，我独不得出。
羞逐长安社中儿，赤鸡白狗赌梨栗①。
弹剑作歌奏苦声，曳裾王门不称情②。
淮阴市井笑韩信，汉朝公卿忌贾生③。
君不见昔时燕家重郭隗，拥篲折节无嫌猜。
剧辛乐毅感恩分，输肝剖胆效英才④。
昭王白骨萦蔓草，谁人更扫黄金台⑤。
行路难，归去来！

①长安，唐代首都，今陕西西安。赤鸡白狗，玄宗天宝时，长安城中有不少贵族子弟和市井无赖，斗鸡走狗，为非作歹。

②弹剑作歌，《战国策·齐策》载齐人冯谖（《史记》作冯驩）客于孟尝君，初不被重视，冯谖乃弹剑而歌曰：“长铗归来乎，食无鱼！”孟尝君使食之比门下之客。又歌曰：“长铗归来乎，出无车！”孟尝君使为之驾，比门下之车客。后又歌曰：“长铗归来乎，无以为家！”孟尝君又使人养其老母。裾，衣襟。

③“淮阴”句，韩信，淮阴人，年少时家贫，无以为生，屠中少年有侮信

者，令信俯出其胯下，一市人皆笑以为怯。见《史记·淮阴侯列传》。“汉朝”句，贾生即贾谊，洛阳人，年二十馀，受知于汉文帝，一岁中超迁至太中大夫。“天子议以为贾生任公卿之位，绛（周勃）灌（灌婴）东阳侯（张相如）冯敬之属尽害之。乃短贾生曰：‘洛阳之人，年少初学，专欲擅权，纷乱诸事。’于是天子后亦疏之。”见《史记·贾生列传》。

④“君不见”四句：燕昭王欲报齐国之仇，卑身厚币以招贤者。遂师事郭隗，于此剧辛乐毅皆争来燕国。参见《古风五十九首·燕昭延郭隗》诗注。拥篲折节，《史记·孟子荀卿列传》载，邹衍如燕，“昭王拥彗先驱，请列弟子之座而受业。筑碣石宫，身亲往师之”。“彗”，通“篲”。索隐：“彗，帚也。谓为之扫地，以衣袂拥帚而却行，恐尘埃之及长者，所以为敬也。”

⑤黄金台，据传燕昭王筑黄金台以招贤者。参见陈子昂《燕昭王》诗注。

其　三

有耳莫洗颍川水，有口莫食首阳蕨①；
含光混世贵无名，何用孤高比云月②！
吾观自古贤达人，功成不退皆殒身：
子胥既弃吴江上，屈原终投湘水滨③；
陆机雄才岂自保，李斯税驾苦不早；
华亭鹤唳讵可闻，上蔡苍鹰何足道④！
吴中张翰称达生，秋风忽忆江东行。
且乐生前一杯酒，何须身后千载名⑤！

①“有耳”二句：《高士传》：“许由耕于中岳颍水之阳，箕山之下。尧召为九州长，由不欲闻之，洗耳于颍水滨。”颍川，即颍水，发源河南嵩山，东南流经河南许昌、临颍、周口、项城，安徽界首、阜阳、颍上等地，注入淮河。《史记·伯夷列传》：伯夷、叔齐曾谏阻周武王伐纣。“武王已平殷乱，天下宗周，而伯夷、叔齐耻之，义不食周粟，隐于首阳山，采薇而食之”。终饿死于首阳山。薇，蕨也。首阳山，传说中有多处，一在今山西永济县西南，一在今河南偃师县西北，并传为夷齐采薇处。

②含光，掩抑光芒。此句即《老子》“和光同尘”之意。

③子胥，伍员，字子胥，曾佐吴王夫差打败越国，谏阻吴王与越行成，不

听。夫差赐子胥属镂之剑，使自杀。“子胥伏剑而死，吴王取其尸，盛以鸱夷之器，投之于江中”。见《吴越春秋》。屈原曾被放逐于沅湘。见《史记·屈原列传》。

④陆机，字士衡，三国末吴人。吴亡以后，闭门读书十年。晋太康末，与弟陆云入洛阳。后卷入八王之乱。成都王司马颖，任机为河北大都督讨长沙王司马乂，大败，被谗害。临终叹曰：“华亭鹤唳，岂可复闻乎！”见《晋书·陆机传》。李斯，上蔡人，佐秦始皇定天下，为丞相。后被二世赵高杀害。当其极盛之时，曾感叹“物极则衰，吾未知所税驾也！”税驾，即解下车驾。“二世二年七月，具斯五刑，论腰斩咸阳市。斯出狱，与其中子俱执，顾谓其中子曰：‘吾欲与若复牵黄犬俱出上蔡东门逐狡兔，岂可得乎！’遂父子相哭，而夷三族”。

⑤张翰，吴人，吴亡后入洛阳，齐王司马冏辟为大司马东曹掾。“因秋风起，乃思吴中菰菜、莼羹、鲈鱼脍，曰：‘人生贵得适志，何能羁宦数千里，以要名爵乎！’遂命驾而归。俄而冏败，人皆谓之见机。翰任心自适，不求当世。或谓之曰：‘卿乃可纵适一时，独不为身后名耶？’答曰：‘使我有身后名，不如即时一杯酒。’时人贵其旷达。”见《晋书·张翰传》。末二句诗人借张翰语以自言志。

★《行路难》三首，将对社会压抑的愤懑，怀才不遇的愤慨，与对自由适志的追求，表达得淋漓尽致，是李太白思想最典型的表述。

战城南①

去年战，桑干源；今年战，葱河道②。
洗兵条支海上波，放马天山雪中草③。
万里长征战，三军尽衰老。
匈奴以杀戮为耕作，古来惟见白骨黄沙田④。
秦家筑城备胡处，汉家还有烽火然⑤。
烽火然不息，征战无已时。
野战格斗死，败马号鸣向天悲⑥。
乌鸢啄人肠，衔飞上挂枯树枝⑦。
士卒涂草莽，将军空尔为。

乃知兵者是凶器，圣人不得已而用之[8]。

①战城南，《乐府诗集》，属鼓吹曲辞。

②桑干，河名，源出山西管涔山，即今河北永定河上游。葱河，即葱岭河。有南北两河，南名叶尔羌河，北名喀什噶尔河，并在新疆境内。按，唐玄宗天宝元年，王忠嗣与奚怒皆战于桑干河。天宝六载，高仙芝西征吐蕃。是诗之今年似指天宝六载，或天宝五载桑干河有过战事。但去年今年云云，或亦极言征战频繁，东征西讨，不必确指。

③条支，西域国名。天山，在今新疆境。古代祁连山亦谓之天山，“祁连”即蒙古语天之意。

④“匈奴”二句，王褒《四子讲德论》：“匈奴者，百蛮之最强者也……其耒耜则弓矢鞍马，播种则捍弦掌拊，收秋则奔狐驰兔，获刈则颠倒殪仆。”诗中“匈奴以杀戮为耕作”二句本此。

⑤秦家筑城，指秦筑万里长城。烽火，古代边境告警的方法，作高土台，上积柴草，发现敌情，即举火报警，因代指战争。

⑥“野战”二句，语本汉乐府《战城南》“枭骑战斗死，驽马徘徊鸣”。

⑦“乌鸢”二句，语本汉乐府《战城南》“野死不葬乌可食”。

⑧“乃知兵者”二句，语本《老子》“兵者不祥之器，非君子之器，不得已而用之”。兵，武器，用兵即进行战争。

北风行[1]

烛龙栖寒门，光耀犹旦开[2]。
日月照之何不及此？惟有北风号怒天上来。
燕山雪花大如席，片片吹落轩辕台[3]。
幽州思妇十二月，停歌罢笑双蛾摧[4]。
倚门望行人，念君长城苦寒良可哀。
别时提剑救边去，遗此虎文金鞞靫[5]。
中有一双白羽箭，蜘蛛结网生尘埃。
箭空在，人今战死不复回。
不忍见此物，焚之已成灰。

黄河捧土尚可塞，北风雨雪恨难裁！

① 北风行，《乐府诗集》，属杂曲歌辞。

② “烛龙”二句：《淮南子 · 地形》：“烛龙在雁门，北蔽于委羽之山，不见日。其神人面龙身而无足。”高诱注：“龙衔烛以照太阴，盖长千里，视为昼，瞑为夜，吹为冬，呼为夏。”又，《地形》：“北方曰北极之山，曰寒门。”高诱注：“积寒所在，故曰寒门。”

③ 燕山，在河北蓟县境。轩辕台，遗址在今河北怀来县乔山。

④ 幽州，唐郡名，在今河北北部和北京一带。双蛾，即双眉。

⑤ 鞞靫（bǐng chāi），箭袋。

灞陵行送别①

送君灞陵亭，灞水流浩浩②。
上有无花之古树，下有伤心之春草。
我向秦人问路歧，云是王粲南登之古道③。
古道连绵走西京，紫阙落日浮云生④。
正当今夕断肠处，骊歌愁绝不忍听⑤。

① 灞陵，汉文帝陵墓，在今西安市东北。

② 灞水，渭河支流。河上灞桥，是隋唐时代行人送别之地。浩浩，水大貌。

③ 王粲，建安七子之一。汉末长安大乱，王粲离京东奔荆州。其《七哀》诗云：“南登灞陵岸，回首望长安。”

④ 西京，唐以长安为西京。紫阙，指皇帝所居之宫殿。落日浮云，喻朝廷中小人当道，掩蔽君主。太白《古风》其三十七：“浮云蔽紫闼，白日难回光。”《登金陵凤凰台》：“总为浮云能蔽日，长安不见使人愁。”作意都同。

⑤ 骊歌，别离之歌。《汉书 · 王式传》：“客歌《骊驹》，主人歌《客毋庸归》。”服虔曰：“逸诗篇名也，见《大戴礼》。客欲去歌之。”文颖曰：“其辞云：‘骊驹在门，仆夫具存。骊驹在路，仆夫整驾也。’”

梦游天姥吟留别[①]

海客谈瀛洲，烟涛微茫信难求[②]；
越人语天姥，云霞明灭或可睹。
天姥连天向天横，势拔五岳掩赤城[③]。
天台四万八千丈，对此欲倒东南倾[④]。
我欲因之梦吴越，一夜飞度镜湖月[⑤]。
湖月照我影，送我至剡溪[⑥]。
谢公宿处今尚在，渌水荡漾青猿啼[⑦]。
脚着谢公屐，身登青云梯[⑧]。
半壁见海日，空中闻天鸡[⑨]。
千岩万转路不定，迷花倚石忽已暝[⑩]。
熊咆龙吟殷岩泉，慄深林兮惊层巅[⑪]。
云青青兮欲雨，水澹澹兮生烟[⑫]。
列缺霹雳，丘峦崩摧[⑬]。
洞天石扉，訇然中开[⑭]。
青冥浩荡不见底，日月照耀金银台[⑮]。
霓为衣兮风为马，云之君兮纷纷而来下[⑯]。
虎鼓瑟兮鸾回车，仙之人兮列如麻[⑰]。
忽魂悸以魄动，恍惊起而长嗟。
惟觉时之枕席，失向来之烟霞。
世间行乐亦如此，古来万事东流水。
别君去兮何时还，且放白鹿青崖间，
须行即骑访名山。
安能摧眉折腰事权贵，使我不得开心颜！

① 天姥，王琦注引《后吴录》：“剡县有天姥山，传闻登者闻天姥歌谣之

响。”《一统志》：“天姥峰，在台州天台县西北，与天台相对，其峰孤峭，下临剡县，仰望如在天表。”天姥山，在今浙江新昌县东南。系小山，远不足与天台相并，太白系梦游，所写皆为梦境，并非实景。

②瀛洲，传为海上仙山。战国时齐威王、齐宣王、燕昭王和后来秦始皇都派人入海求蓬莱、方丈、瀛洲三神山，均无所得。微茫，一作“弥漫”。

③拔，超拔。赤城，山名，在浙江天台县北。

④天台，山名，在浙江天台县北。

⑤镜湖，即鉴湖，在浙江绍兴县会稽山北麓，自汉至唐为当地名胜，至宋代已淤塞。

⑥剡溪，在浙江嵊县西，即曹娥江上游。

⑦谢公，南朝宋诗人谢灵运。好游山，寻山陟岭，必造幽峻。岩嶂数十重，莫不备登。于浙东诸山，诗作甚多。

⑧谢公屐，谢灵运游山，着一种特制木屐，上山时去其前齿，下山时去其后齿。青云梯，形容山岭高峻，如上青云，谢灵运诗有“共登青云梯”句。

⑨半壁，一边，指山的一边。天鸡，《述异记》：“东南有桃都山，上有大树，曰桃都，枝相去三千里。上有天鸡，日初出照此木，天鸡则鸣，天下鸡皆随之鸣。”

⑩暝，夜。

⑪殷，震动。

⑫澹澹，水波摇动貌。

⑬列缺，电光。霹雳，震雷。

⑭洞天，道家称神仙所居之地。石扉，石门。扉，一作“扇”。訇（hōng），象声词。

⑮青冥，本指天空，此指洞天景象。金银台，郭璞《游仙诗》：“神仙排云出，但见金银台。”

⑯“霓为衣”句，仿傅玄《吴楚歌》“云为车兮风为马”。云之君，云中的神人。

⑰“虎鼓瑟”句，张衡《西京赋》：“总会仙倡，戏豹舞罴。白虎鼓瑟，苍龙吹篪。”

宣州谢朓楼饯别校书叔云①

弃我去者昨日之日不可留，
乱我心者今日之日多烦忧。

长风万里送秋雁，对此可以酣高楼。
蓬莱文章建安骨，中间小谢又清发[②]。
俱怀逸兴壮思飞，欲上青天览明月[③]。
抽刀断水水更流，举杯销愁愁更愁。
人生在世不称意，明朝散髮弄扁舟。

①宣州，今安徽宣城。谢朓楼，在宣州郡治之后，谢朓为宣城太守时之高斋，一名北楼。校书，官名。李云，唐高祖李渊子道王李元庆曾孙，袭敷城郡公。诗题又作《陪侍御叔华登楼歌》，李华，曾为监察御史，散文家。

②蓬莱文章，《后汉书·窦章传》："学者称东观为老氏藏室，道家蓬莱山。"章怀太子注："言东观经籍多也。蓬莱，海中神山，为仙府，幽经秘录，皆在焉。"建安，即东汉末建安时代，曹操父子，建安七子，所作诗文清新刚健，称为建安风骨。小谢，即谢朓。清发，清新秀发。诗中以蓬莱代指汉代。诗意谓我辈读汉代文章建安诗，还有小谢清发之作。因在谢朓楼，故特别提到小谢。

③逸兴，高逸之兴。览，通"揽"，抓取。

渡荆门送别[①]

渡远荆门外，来从楚国游。
山随平野尽，江入大荒流。
月下飞天镜，云生结海楼。
仍怜故乡水，万里送行舟[②]。

①荆门，在湖北宜都县西长江南岸，与北岸虎山相对，形势险要，如同门户。

②故乡水，江自蜀来，太白蜀人，故称故乡水。

送友人

青山横北郭，白水绕东城。

此地一为别，孤蓬万里征。
浮云游子意，落日故人情。
挥手自兹去，萧萧班马鸣[1]。

① 萧萧，马鸣声。《诗·小雅·车攻》："萧萧马鸣，悠悠旆旌。"班，分别。王琦注："主客之马将分道而萧萧长鸣，亦若有离群之感。畜犹如此，人何以堪。"

赠孟浩然[1]

吾爱孟夫子，风流天下闻[2]。
红颜弃轩冕，白首卧松云[3]。
醉月频中圣，迷花不事君[4]。
高山安可仰，徒此揖清芬[5]！

① 孟浩然，见本书孟氏小传。

② 风流，风度，标格，指不平凡的人格。

③ 轩冕，轩车冕服，高官的标志，因代指高官。《新唐书·孟浩然传》："隐鹿门山，年四十乃游京师。尝于太学赋诗，一座嗟伏，无敢抗。张九龄、王维雅称道之。维私邀入内署。俄而玄宗至，浩然匿床下，维以实对。帝喜曰：'朕闻其人而未见也，何惧而匿！'诏浩然出。帝问其诗，浩然再拜，自诵所为。至'不才明主弃'之句，帝曰：'卿不求仕，而朕未尝弃卿，奈何诬我！'因放还。采访使韩朝宗约浩然偕至京师，欲荐诸朝。会故人至，剧饮欢甚。或曰：'君与韩公有期？'浩然曰：'业已饮，遑恤他。'卒不赴。朝宗怒，辞行，浩然不悔也。"这些故事属于传闻，未必可靠。但孟浩然终身未仕则是事实。

④ 中圣，醉酒。《三国志·徐邈传》：徐邈"为尚书郎，时科禁酒，而邈私饮，至于沉醉。校事赵达问以曹事，邈曰：'中圣人。'达白之太祖，太祖甚怒。度辽将军鲜于辅进曰：'平日醉客谓酒清者为圣人，浊者为贤人，邈性修慎，偶醉言耳。'"

⑤"高山"句，《诗·小雅·车辖》："高山仰止，景行行止。"后世以高山代指高明伟大，仰止高山表示对高明的崇敬。清芬，清高的品格，清隽的仪表。

夜泊牛渚怀古①

牛渚西江夜，青天无片云。
登舟望秋月，空忆谢将军。
余亦能高咏，斯人不可闻。
明朝挂帆席，枫叶落纷纷！

① 牛渚，矶名，即采石矶，在安徽省当涂长江南岸，石矶突入江中，势极险要。原注："此地即谢尚闻袁宏咏史处。"《世说新语·文学》："袁虎少贫，尝为人佣载运租。谢镇西经船行，其夜清风朗月，闻江渚间估客船上有咏诗声，甚有情致；所诵五言，又其所未尝闻，叹美不能已。即遣委曲讯问，乃是袁自咏其所作《咏史》诗。因此相要，大相赏得。"刘孝标注引《续晋阳秋》，记谢尚闻袁宏咏诗处即在牛渚矶，时谢尚为镇西将军驻牛渚。袁宏，字彦伯，小字虎，陈郡扶乐人，后为谢尚安西参军。其《咏史》诗今存。

★《夜泊牛渚怀古》是李白五律代表作之一。诗系五律，而无对偶，然律度工整，和谐自然，集中别具一格。严羽《沧浪诗话》："律诗有彻首尾不对者，盛唐诸公有此体。如孟浩然诗：'挂席东南望，青山水国遥。舳舻争利涉，来往接风潮。问我今何适，天台访石桥。坐看霞色晚，疑是赤城标。'又'水国无边际'之篇，又太白'牛渚西江夜'之篇，皆文从字顺，音韵铿锵，八句皆无对偶。"

金　陵①

六代兴亡国，三杯为尔歌②。
苑方秦地少，山似洛阳多③。
古殿吴花草，深宫晋绮罗。
并随人事灭，东逝与沧波！

① 金陵，今南京。楚威王七年灭越置金陵邑，秦始皇三十七年改称秣陵，东汉建安十七年孙权自京口徙治于此，改名建业，吴黄龙元年自武昌（今湖北

鄂州）迁都至此。晋武帝太康元年灭吴复改称秣陵，三年分淮水（秦淮河）南为秣陵，北为建业，并改业为邺。晋愍帝建兴元年为避愍帝司马邺讳改称建康。三国吴、东晋、南朝宋、齐、梁、陈并都于此，史称六朝。东晋王导尝言："建康，古之金陵。"

② 六代，即六朝。

③ 秦地，指秦汉都城咸阳、长安。《三辅黄图》："汉上林苑即秦之旧苑也。"洛阳，东汉与魏晋都城。王琦注引《景定建康志》："洛阳四山围，伊洛瀍涧在中；建康亦四山围，秦淮直渎在中，故云'风景不殊，举目有山河之异'。李白云'山似洛阳多'，许浑云'只有青山似洛中'，谓此也。"

送友人入蜀

见说蚕丛路，崎岖不易行[①]。
山从人面起，云傍马头生。
芳树笼秦栈，春流绕蜀城。
升沉应已定，不必问君平[②]。

① 蚕丛，传为蜀中古国，因代指蜀地。参见《蜀道难》注。

② 升沉，指政治升平与沉沦。君平，《高士传》："严遵，字君平，蜀人也。隐居不仕，尝卖卜于成都市，日得百钱以自给。卜讫则闭肆下帘，以著书为事。"

太原早秋[①]

岁落众芳歇，时当大火流[②]。
霜威出塞早，云色渡河秋。
梦绕边城月，心飞故国楼。
思归若汾水，无日不悠悠[③]。

① 太原，今山西太原。

② 大火，星名，即二十八宿之星宿。夏历七月黄昏，大火出现在西方天空，逐日下流。《诗·豳风·七月》："七月流火。"

③ 汾水，源出山西宁武西南管涔山，南流经太原，又西南流至稷山注入黄河。悠悠，水流长貌，亦忧思长貌。

鲁郡东石门送杜二甫[①]

醉别复几日，登临遍池台。
何时石门路，重有金尊开？
秋波落泗水，海色明徂徕[②]。
飞蓬各自远，且尽手中杯[③]！

① 鲁郡，今山东兖州，天宝中李白曾家于此。天宝三载（744），李白识杜甫于洛阳，后同游梁宋，四载（745）在兖州重会。后杜甫西去长安，李白在鲁郡东石门送别。

② 泗水，源出山东泗水县陪尾山，西流过曲阜、兖州，再东南流注入南阳湖。徂徕，山名，在山东泰安东。

③ 蓬，草名，秋后常被风连根拔起，随风飘转，故称卷蓬或飞蓬：用以喻人生流转不定。

沙丘城下寄杜甫[①]

我来竟何事，高卧沙丘城。
城边有古树，日夕连秋声。
鲁酒不可醉，齐歌空复情。
思君若汶水，浩荡寄南征[②]。

① 沙丘城，应在汶水岸畔。此天宝四载（745）与杜甫别后所作。

② 汶水，今称大汶河，为大清河上游。发源于山东莱芜，西南流注入东平湖。

听蜀僧濬弹琴[①]

蜀僧抱绿绮，西下峨眉峰[②]。

为我一挥手，如听万壑松。
客心洗流水，遗响入霜钟[③]。
不觉碧山暮，秋云暗几重。

① 濬，僧名。李白有《赠宣州灵源寺仲濬公》诗，仲濬疑即其人。

② 绿绮，司马相如琴名，此泛指琴。峨眉峰，在四川峨眉县西南为佛教名山。

③ 流水，形容琴声之美。《列子·汤问篇》："伯牙善鼓琴，钟子期善听。伯牙鼓琴，志在高山。子期曰：'善哉，峨峨兮若泰山！'志在流水，子期曰：'善哉，洋洋兮若江河！'"霜钟，《山海经》："丰山有九钟焉，是知霜鸣。"郭璞注："霜降则钟鸣，故言知也。"

秋登宣城谢朓北楼[①]

江山如画里，山晚望晴空。
两水夹明镜，双桥落彩虹[②]。
人烟寒橘柚，秋色老梧桐。
谁念北楼上，临风怀谢公？

① 宣城谢朓北楼，见《宣州谢朓楼饯别校书叔云》诗注。

② 两水，指宣州城下宛溪、句溪。宛溪在宣城东，源出县东南峄山，至县东北与句溪合。句溪在县东，溪流回曲，形如句字。双桥，宛溪上有凤凰桥、济川桥。

谢公亭[①]

谢公离别处，风景每生愁。
客散青天月，山空碧水流。
池花春映日，窗竹夜鸣秋。
今古一相接，长歌怀旧游。

① 谢公亭，在宣州城北，谢朓曾在此送别友人范云。

过崔八丈水亭

高阁横秀气，清幽并在君。
檐飞宛溪水，窗落敬亭云①。
猿啸风中断，渔歌月里闻。
闲随白鸥去，沙上自为群。

① 敬亭，山名，在宣城北。

奔亡道中四首①

苏武天山上，田横海岛边②。
万重关塞断，何日是归年！

谈笑三军却，交游七贵疏③。
仍留一支箭，未射鲁连书④。

函谷如玉关，几时可生还⑤？
洛川为易水，嵩岳是燕山⑥。
俗变羌胡语，人多沙塞颜。
申包惟恸哭，七日鬓毛斑⑦。

淼淼望湖水，青青芦叶齐。
归心落何处，日没大江西。
歇马傍春草，欲行远道迷。
谁忍子规鸟，连声向我啼！

① 至德元载（756），李白入永王李璘幕府。明年二月，永王失败，李白因此获罪，此即永王败后奔亡途中所作。

② 苏武，汉武帝天汉元年出使匈奴，为匈奴所扣留，坚贞不屈，被放至北海牧羊，历尽艰辛，留十九年始得回汉。见《汉书 · 苏建传》。天山，在新疆境，与苏武使匈奴地域相距甚远，此只用作极远之地的代称。田横，秦末与兄田荣、从兄田儋起兵反秦，田儋败死，田荣继为齐王。荣亡，横立荣子田广，自为相国；后广为汉将韩信所擒，横自立为齐王。汉王刘邦灭项羽，田横与其徒五百人逃亡海岛。刘邦使人招之，田横被迫前往洛阳，于途中自杀，海岛五百人闻田横死，亦皆自杀。见《史记 · 田儋列传》。按诗人奔亡，与苏武、田横事皆不类，虽太白用典，亦间有不当。

③ 谈笑三军却，鲁仲连谈笑之间使秦军退却五十里。参见《齐有倜傥生》诗注。七贵，潘岳《西征赋》“窥七贵于汉庭”，李善注：“七贵，谓吕、霍、上官、赵、丁、傅、王也。”七贵都是汉代的外戚，此泛指权贵。上句言自身才智的卓异，下句言目前处境的孤危。

④ “仍留”二句，燕惠王遣将攻下聊城，聊城人或谗之燕，燕将惧诛，因保守聊城不敢归。齐将田单攻聊城岁馀，士卒多死而聊城不下，鲁仲连乃作书，用箭射入城中遗燕将，说以燕将处境之危。燕将得书，进退无据，乃自杀。见《史记 · 鲁仲连列传》。诗意谓己虽奔亡，仍有策可以破敌。

⑤ 函谷，关名，秦代在今河南灵宝县西南，汉武帝时移至今新安县东北。玉关，玉门关，在今甘肃敦煌县西。

⑥ 洛川，即河南洛水。易水，在河北省北部。嵩岳，即中岳嵩山，在河南登封县境。燕山，在河北省北部。诗中玉关、易水、燕山，皆代指遥远的边塞。时安禄山已临长安，函谷、洛川、嵩岳等地尽皆沦陷，都仿佛成了边塞。

⑦ 申包，即申包胥。楚昭王十年，伍子胥引吴军攻破楚国，郢都失陷。申包胥求救于秦，秦王不许。“包胥立于秦廷，昼夜哭，七日七夜不绝其声”。秦哀公为之感动，乃发兵救楚。见《史记 · 伍子胥列传》。此诗人以申包胥自比。

鹦鹉洲①

鹦鹉来过吴江水，江上洲传鹦鹉名②。
鹦鹉西飞陇山去，芳洲之树何青青③。
烟开兰叶香风暖，岸夹桃花锦浪生。
迁客此时徒极目，长洲孤月向谁明④！

① 鹦鹉洲，在武汉市汉阳江边。古代洲在江中，汉末祢衡在江夏作《鹦鹉赋》，后祢衡被黄祖杀害，葬于洲上，因称为鹦鹉洲。王琦注谓“明季为水冲没，遂不可见”，然今汉阳江边仍有鹦鹉洲。

② 吴江，此指长江。

③ 陇山，在今甘肃陕西两省界，据传鹦鹉出于陇山。

④ 迁客，李白自称。

登金陵凤凰台[①]

凤凰台上凤凰游，凤去台空江自流。
吴宫花草埋幽径，晋代衣冠成古丘[②]。
三山半落青天外，二水中分白鹭洲[③]。
总为浮云能蔽日，长安不见使人愁[④]！

① 凤凰台，在南京。《江南通志》：“凤凰台在江宁府城内之西南隅，犹有陂陀，尚可登览。宋元嘉十六年，有三鸟翔集山间，文彩五色，状如孔雀，音乐谐和，众鸟群附，时人谓之凤凰。起台于山，谓之凤凰台，里曰凤凰里。”

② 吴宫，三国孙吴所建宫殿。晋代衣冠，东晋亦都于建康，衣冠代指当时人物。二句可与《金陵》诗“古殿吴花草，深宫晋绮罗”合读。

③ 三山，在南京城西南江边，三峰并列，故名。陆游《入蜀记》：“三山自石头及凤凰台望之，杳杳有无中耳。及过其下，则距金陵才五十馀里。”二水，王琦注引史正志《二水亭记》：“秦淮源出句容溧水两山，自方山合流至建业，贯城中而西以达于江，有洲横截其间，李太白所谓二水中分白鹭洲是也。”

④ 浮云蔽日，喻奸邪掩蔽君王。陆贾《新语》：“邪臣之蔽贤，犹浮云之障日月也。”长安，唐代都城，今陕西西安。

★据传李白见崔颢《黄鹤楼》诗，叹服之至，有道是“眼前有景道不得，崔颢题诗在上头”。其所作《鹦鹉洲》诗，亦步亦趋，全学崔诗，未免面目太似。其作《登金陵凤凰台》诗，仍学崔诗，而将崔诗前四句章法，收为两句，而以三四怀古，五六写景，七八以感慨抒情收结，层次井然，格调高远，内容亦更丰富。太白英才豪迈，凌轹千古，而其服善如此。李白

《鲁郡尧祠送窦明府薄华还西京》诗中有句云："君不见绿珠潭水流东海，绿珠红粉沉光彩，绿珠楼下花满园，今日曾无一枝在！"词语回环复沓，句式亦极相似，用于古体，尤见活泼自然。

寄崔侍御①

宛溪霜馆听猿愁，去国长如不系舟②。
独怜一雁飞南海，却羡双溪解北流③。
高人屡解陈蕃榻，过客难登谢朓楼④。
此处别离同落叶，明朝分散敬亭秋⑤。

① 崔侍御，即崔成甫，时官金陵。天宝后期，李白往来于金陵宣城间，与崔成甫过从甚密，集中有赠崔诗多首。

② 宛溪，在安徽宣州城东。去国，离开乡国。不系舟，语本贾谊《鹏鸟赋》"泛乎若不系之舟"。

③ 双溪，即宛溪、句溪，环绕宣州城北去。一雁南飞，诗人以此自喻；双溪北去，崔所去的方向。

④ 陈蕃榻，《后汉书·徐稚传》："陈蕃为太守，以礼请署功曹，稚不就之，既谒而退。蕃在郡不接宾客，唯稚来特设一榻，去则县之。"宣城宇文太守，与崔侍御甚有交谊，时相过从。高人屡解陈蕃榻当指崔侍御客于宇文而言。过客难登，则系诗人自指，因崔欲别，所以"难登"。谢朓楼，见《宣州谢朓楼送校书叔云》诗注。

⑤ 敬亭，山名，在宣城县北，南俯城闉，东临宛句二水。由"此处别离"、"明朝分散"语意推断，此当是临别赠诗而不是别后所"寄"。

静夜思①

床前明月光，疑是地上霜。
举头望明月，低头思故乡。

① 静夜思，《乐府诗集》属新乐府辞。

★此唐人五绝名作，写客途乡思，朴素无华，最能引起旅途共鸣。由于有了这篇作品，千百年来，人们觉得故乡的明月也更为美丽。《李太白集》原作“床前看月光，疑是地上霜。举头望山月，低头思故乡”。清王士祯《唐人万首绝句选》、沈德潜《唐诗别裁》首句乃作“床前明月光”，《唐诗三百首》第三句作“举头望明月”，皆不知所据。然两处都用“明月”，似确比原作更佳，故亦从之。

渌水曲①

渌水明秋日，南湖采白蘋。
荷花娇欲语，愁杀荡舟人。

① 渌水曲，《乐府诗集》属琴曲歌辞。

玉阶怨①

玉阶生白露，夜久侵罗袜。
却下水精帘，玲珑望秋月②。

① 玉阶怨，《乐府诗集》属相和歌辞楚调曲。玉阶，阶之美称。
② 玲珑，明彻貌。

秋浦歌①

白发三千丈，缘愁似个长。
不知明镜里，何处得秋霜！

① 秋浦，今安徽贵池。

送陆判官往琵琶峡[①]

水国秋风夜，殊非远别时。
长安如梦里，何日是归期？

①琵琶峡，《方舆胜览》："琵琶峡在巫山对蜀江之南，形如琵琶，此乡妇女皆晓音律。"

陪侍郎叔游洞庭醉后[①]

刬却君山好，平铺湘水流[②]。
巴陵无限酒，醉杀洞庭秋[③]。

①侍郎叔，即《陪族叔侍郎晔及中书舍人至游洞庭》诗中李晔，曾为刑部侍郎，乾元二年（759）四月贬岭下尉。此乾元二年秋李白遇赦东归时作。

②君山，在洞庭湖中。

③巴陵，今湖南岳阳。

独坐敬亭山

众鸟高飞尽，孤云独去闲。
相看两不厌，只有敬亭山。

峨眉山月歌[①]

峨眉山月半轮秋，影入平羌江水流[②]。
夜发清溪向三峡，思君不见下渝州[③]。

①峨眉山，在四川峨眉县西南，是佛教名山。此开元十三年（725）李白离开家乡东行时所作。由末句"思君不见"，知为江行寄友人者。

②峨眉山月半轮秋，即峨眉山半轮秋月。平羌江，即青衣江，源出芦山县，

东南流至乐山注入岷江。

③ 清溪，地名，即清溪驿，其地在青衣江畔。渝州，今重庆市。

★本诗之作，诗人正在秋夜平羌江行舟中，舟行甚速，故月影也随江水奔流。其实当时诗人未必看到峨眉山，只是半轮秋月在峨眉那边空际，因而称之为峨眉山月。出发之地清溪驿早抛在后头，而三峡渝州都还在遥遥的远方。诗人想象飞驰，因此诗也显示出不可阻遏的气势。而“思君”之情也在这飞腾气势中表现出来。这是大诗人出峡之前第一通豪唱，从此行踪与歌咏皆一发不可复收。

早发白帝城[①]

朝辞白帝彩云间，千里江陵一日还[②]。
两岸猿声啼不住，轻舟已过万重山。

① 白帝城，在重庆奉节县白帝山上，东汉初公孙述自称白帝，筑城于此。其地形势险峻，其下即瞿塘峡口。诗题一作“白帝下江陵”。

② 江陵，今湖北江陵。一日还，一日到达。

★《水经注·江水》云：“自三峡七百里中，两岸连山，略无阙处。重岩叠嶂，隐天蔽日，自非亭午夜分，不见曦月。至于夏水襄陵，沿溯阻绝。或王命急宣，有时朝发白帝，暮到江陵，其间千二百里，虽乘奔御风，不以疾也。”“每至晴初霜旦，林寒涧肃，常有高猿长啸，属引凄异，空谷传响，哀转久绝。故渔者歌曰：巴东三峡巫峡长，猿鸣三声泪沾裳。”李白此诗，用语命意全从江水注出，而自然不见痕迹，遂成千古绝唱。

此李白初出峡时之作。其时春秋鼎盛，豪气纵横，故其诗亦英气勃发，力量万钧。近人多系此诗于乾元二年长流夜郎遇赦东还之时，盖因诗中有“千里江陵一日还”也。按，“还”字在唐人诗中有“前往”“到达”义，不只作回还讲。此“还”字应作到达讲，非回还也。《汉书·地理志下》“饮食还给”，颜师古注：“还，及也。”《逸周书·周祝》“故时之还也”，孔晁注：“还。至也。”及、至，都有到达义。“一日还”即一日到达。乾元二年李白长流夜郎到巫山下遇赦东归，李白自己在诗中有多次明确交代。巫山离白帝城尚有一百多里路程。李白平生初出夔门之后，再没有第二次“早发白帝”。故《早发白帝城》诗断为开元十三年出峡东游之时所作。温庭筠《送人东游》“荒戍落黄叶，浩然离故关”，“江上几人在，天涯孤棹还”，“还”亦为前往之意。

秋下荆门[①]

霜落荆门江树空，布帆无恙挂秋风[②]。
此行不为鲈鱼脍，自爱名山入剡中[③]。

① 敦煌写本残卷作“初下荆门”。荆门，见《渡荆门送别》诗注。

② 布帆无恙，《晋书·顾恺之传》：顾恺之为殷仲堪参军。“仲堪在荆门，恺之尝因假还，仲堪特以布帆借之。至破冢遭风大败。恺之与仲堪笺曰：‘地名破冢，直破冢而出。行人安稳，布帆无恙。’”

③ 鲈鱼脍，用张翰在洛阳见秋风起因思吴中菰菜、莼羹、鲈鱼脍事，详见《行路难》其三注。剡，今浙江嵊县，其地多名山。

黄鹤楼送孟浩然之广陵[①]

故人西辞黄鹤楼，烟花三月下扬州。
孤帆远影碧空尽，惟见长江天际流。

① 黄鹤楼，故址在今武汉武昌江岸，二十世纪五十年代长江大桥建成后，黄鹤楼重建在蛇山上。参见《江夏行》注。广陵，今江苏扬州。

★《江夏行》云：“去年下扬州，相送黄鹤楼。眼看帆去远，心逐江水流。”诗境与送孟浩然七绝完全相同。相送之后，犹不忍别，久立江边，才有“孤帆远影碧空尽，惟见长江天际流”的感受，此正“眼看帆去远，心逐江水流”也。《江夏行》系妻子送别丈夫，故不妨直陈；此诗系送朋友，自以描绘画面为佳。诗各极其妙，由此可见李白诗艺之不可企及。然以画

面表达情感，尤足感人，是送孟浩然七绝之所以卓绝千古也。

望庐山瀑布

日照香炉生紫烟，遥看瀑布挂前川[①]。
飞流直下三千尺，疑是银河落九天[②]。

①香炉，庐山上峰名。紫烟，实指山上的晨雾，因峰名香炉，故称之为紫烟。瀑布，从悬岩上倾泻而下的水流。

②银河，天河。九天，指天空。

★诗人另有《望庐山瀑布》五古云："西登香炉峰，南见瀑布水。挂流三百丈，喷壑数十里。欻如飞电来，隐若白虹起。初惊河汉落，半洒云天里。仰观势转雄，壮哉造化功！海风吹不断，江月照还空。空中乱潨射，左右洗青壁。飞珠散轻霞，流沫沸穹石。而我乐名山，对之心益闲。无论漱琼液，且得洗尘颜。且谐宿所好，永愿辞人间。"诗对瀑布的描写，尽妍极态，古来描绘瀑布诗无有过此者。但结尾较平，而七绝仅用一个比喻，简捷明畅，气势逼人，更能给人以深刻的印象。

望天门山

天门中断楚江开，碧水东流至此回[①]。
两岸青山相对出，孤帆一片日边来[②]。

①天门山，在安徽当涂县西南，西山隔江对峙，东曰博望山，西曰梁山。楚江，指长江。至此，一作"至北"，一作"直北"。

②"两岸青山"二句：天门山系两山隔江相对，从大江舟中向东望或在采石矶上向西望，都可以看到"两岸青山相对出"。由下句"孤帆一片日边来"，知诗所写必系自大江舟中向东望景象。

★好诗必须通体完整，无凑字，无弱句，方为上乘。唐人佳作，多能达到此种理想，但亦不无白璧而有微瑕者。此诗"两岸青山相对出，孤帆一片日边来"，绘出一幅境界开阔、气象恢宏的画图，而又最能表现天门山实景。我曾东下当涂，于江上舟中望天门山，惊叹太白诗的准确精工，此后写天门山诗者绝对无法越过。但诗中“碧水东流至此回”却是一个凑合的弱句。李白许多诗篇都经过反复修改，集中不少诗作留有修改的痕迹。《望天门山》诗中“至此回”，一作“直北回”，一作“至北回”，不一定是后人误抄所致，而很可能是太白本人的改笔，可惜无一理想者，“碧水东流至此回”也确甚勉强，不知太白当年是否感到遗憾！

苏台览古[①]

旧苑荒台杨柳新，菱歌清唱不胜春。
只今惟有西江月，曾照吴王宫里人[②]。

① 苏台，即姑苏台，春秋时吴王所筑。详见《乌栖曲》注。

② 吴王宫里人，《乌栖曲》云：“姑苏台上乌栖时，吴王宫里醉西施。”此诗中“宫里人”实亦指西施。

越中览古[①]

越王勾践破吴归，义士还家尽锦衣[②]。
宫女如花满春殿，只今惟有鹧鸪飞！

① 越中，指会稽，今浙江绍兴，春秋战国时越国都城。

② “越王”句：越王勾践三年，吴王夫差败越于夫椒，勾践求和于吴，夫差许之。越王勾践卧薪尝胆，发愤图强，经过二十二年的艰苦努力，终于打败吴国，夫差自杀，吴乃灭亡。见《史记·越王勾践世家》与《吴越春秋》。

★苏台览古、越中览古必前后之作，两诗作意也相同，艺术表现却采取了迥不相同的手法。苏台览古由现在追索当年，面对无限的春光想到往日的繁华已成为过去；越中览古极力渲染当年的盛况，最后一句突然跌到现在的荒芜，具有极大的艺术力量。大手笔写小诗，仍然大笔纵横，气势磅礴。

从军行[①]

百战沙场碎铁衣，城南已合数重围。
突营射杀呼延将，犹领残兵千骑归[②]。

①从军行，《乐府诗集》属相和歌辞平调曲。

②呼延，《晋书·匈奴传》其四姓有呼延氏、卜氏、兰氏、乔氏，而呼延氏最贵。此以呼延将代指敌方贵族首领。

春夜洛城闻笛

谁家玉笛暗飞声，散入春风满洛城。
此夜曲中闻折柳，何人不起故园情[①]！

①折柳，即折杨柳，笛曲名。

清平调词三首[①]

云想衣裳花想容，春风拂槛露华浓。
若非群玉山头见，会向瑶台月下逢[②]。

一枝红艳露凝香，云雨巫山枉断肠[③]。
借问汉宫谁得似？可怜飞燕倚新妆[④]。

名花倾国两相欢，长得君王带笑看[⑤]。
解释春风无限恨，沉香亭北倚阑干[⑥]。

①清平调，《乐府诗集》属近代曲词。王琦注引《松窗录》曰："开元中，禁中重木芍药……会花方繁开，上乘照夜白，妃以步辇从……李龟年以歌擅一

时之名。上曰：‘赏名花，对妃子，焉用旧乐为哉！’遂命李白作《清平调词》三章，令梨园弟子略抚丝竹以促歌，帝自调玉笛以倚曲。”

② 群玉山，《山海经·西山经》：“西三百五十里曰玉山，是西王母所居也。”郭璞注：“《穆天子传》谓之群玉之山。”瑶台，《离骚》：“望瑶台之偃蹇兮，见有娀之佚女。”此以瑶台为有娀国美女帝喾之妃简狄所居之台。《太平御览》引《登真隐诀》：“昆仑瑶台，是西王母之宫。”此以瑶台为西王母所居之地。

③ 红艳，一作“秾艳”。云雨巫山，宋玉《高唐赋》写楚王游于高唐，梦遇巫山神女，临去自云：“妾在巫山之阳，高丘之阻，旦为朝云，暮为行雨，朝朝暮暮，阳台之下。”枉断肠，意谓楚王之于神女，梦寐而已，徒令楚王断肠，不似对妃子赏名花之为现实。

④ 飞燕，赵飞燕，本长安宫人，善歌舞，属阳阿主家，汉成帝召入宫，极受宠幸，为婕妤，后立为皇后。见《汉书·外戚传》。倚新妆，状其娇态。

⑤ 倾国，李延年欲进其女弟于汉武帝，因侍上，歌曰：“北方有佳人，绝世而独立。一顾倾人城，再顾倾人国。宁不知倾城与倾国，佳人难再得！”见《汉书·外戚传》。后因以倾国代指绝代美人，此指杨贵妃。

⑥ 解释，消除，消释。沉香亭，亭名，在兴庆宫图龙池东。

★云想衣裳花想容，谓只有云能想象她的衣裳，只有花能想象她的容貌。句中“想”字，奇妙之极，却又非常自然，练字可谓精绝。我在武大读书时，曾问先师黄耀先先生，这“想”字如何理解？耀老笑道：“这‘想’字亏他想呀！”耀老的回答颇具机锋，他不再作解释。又，可怜飞燕倚新妆，“倚”字也用得很妙。耀老说：“有点弱不胜衣，但，是形容她的娇娜，不要理解为她的瘦弱。”

长门怨[①]

桂殿长愁不记春，黄金四屋起秋尘[②]。
夜悬明镜青天上，独照长门宫里人。

① 长门怨，《乐府诗集》属相和歌辞楚调曲。《乐府解题》：“长门怨者，为陈皇后作也。”陈皇后，小字阿娇，长公主嫖之女。汉武帝立为太子，取主女为妃，及帝即位，立为皇后，擅宠娇贵十馀年。后卫子夫得宠，陈后罢，废居

长门宫。见《汉书·外戚传》。参见《妾薄命》注。

② 黄金四屋，汉武帝幼时，长公主嫖抱置膝上，问："儿欲得妇否？"曰："欲得。"指其女问曰："阿娇好否？"曰："若得阿娇为妇，当作金屋贮之。"见《汉武故事》。

客中作

兰陵美酒郁金香，玉碗盛来琥珀光①，
但使主人能醉客，不知何处是他乡。

① 兰陵，今山东枣庄。郁金香，一种香草，用以浸酒。琥珀，一种树脂化石。琥珀光，即浸郁金花酒呈琥珀的金黄光泽。

闻王昌龄左迁龙标尉遥有此寄①

杨花落尽子规啼，闻道龙标过五溪②。
我寄愁心与明月，随风直到夜郎西③。

① 左迁，贬谪。王昌龄贬龙标尉在天宝后期，参见王昌龄传。龙标，在今湖南黔阳县境。

② 杨花落尽，一作"杨州花落"。五溪，《水经注》谓为雄溪、樠溪、西溪、潕溪、辰溪。《通典》谓即辰溪、酉溪、巫溪、武溪、潕溪。并在湘西。

③ 夜郎，唐代曾在几个地方置夜郎县，其中贞观中所置，在今湖南芷江县境。王昌龄贬龙标，诗中夜郎 唯此处切合。然天宝元年此处已改为峨山县，李诗只是泛说而已，未必确指。至于李白乾元元年流夜郎则在今贵州正安县，靠近四川南部，故李白取道三峡。

永王东巡歌四首①

永王正月东出师，天子遥分龙虎旗②。
楼船一举风波静，江汉翻为雁鹜池③。

三川北虏乱如麻，四海南奔似永嘉[④]。
但用东山谢安石，为君谈笑静胡沙[⑤]。

二帝巡游俱未回，五陵松柏使人哀[⑥]。
诸侯不救河南地，更喜贤王远道来[⑦]。

试借君王玉马鞭，指挥戎虏坐琼筵[⑧]。
南风一扫胡尘静，西入长安到日边[⑨]。

① 永王，唐玄宗第十六子李璘。天宝十四载（755）十月，安禄山反于范阳，连陷山东诸郡，潼关不守。十五载六月玄宗奔蜀，至汉中，诏令李璘为山南东路岭南黔中江南西路四道节度采访使、江陵大都督。七月李璘至襄阳，九月至江陵，召募士将数万人。时李亨即位灵武，是为肃宗，诏令李璘入蜀觐见玄宗，实际解除职权。李璘不从，至德元载（756）擅引舟师东下。兵过浔阳，时李白在庐山，因入李璘幕府。永王东巡歌即作于其时。后李璘失败，李白因此获罪，被长流夜郎。

② 正月，指至德二载（757）正月。天子，此指玄宗。龙虎旗，绣有龙虎的旗帜。句意谓玄宗授与永王职务权力。

③ 楼船，指水军船舰。雁鹜池，雁鹜游水的池沼。句意谓永王大军一举，江汉即风平浪静，喻永王能平定天下。

④ 三川，秦郡名，今河南北部黄河两岸地区，其地有黄河、洛水、伊水。北虏，指安禄山叛军。永嘉，晋怀帝年号。永嘉五年，前赵刘曜攻陷洛阳，中原人相率南奔，避乱江左。诗用以喻安禄山之乱。

⑤ 东山谢安石，即谢安，字安石，曾隐居会稽东山。东晋孝武帝太元八年，前秦苻坚率大军南进，谢安任大都督，指挥晋军大败苻坚于淝水，挽救了晋室的危亡。谈笑静胡沙，谓谈笑之间从容不迫地平定叛乱。此诗人隐然以谢安自比。

⑥ 二帝巡游，指玄宗逃奔入蜀，肃宗尚在灵武。五陵，指唐高祖献陵、太宗昭陵、高宗乾陵、中宗定陵、睿宗桥陵，并在长安附近。

⑦ 诸侯，指各地唐军。河南地，指洛阳一带。贤王，指永王。

⑧“试借”句，意即希望永王授予指挥权。指挥戎虏，实际应是指挥平定戎虏。坐琼筵，犹言杯酒之间。句意与“谈笑静胡沙”意思相同。

⑨南风一扫，喻永王军在南方向北方抗战。胡尘静，即叛乱平定，与“静胡沙”同意。二句意谓平定叛乱，回返长安。日边，喻皇帝左右。

与史郎中钦听黄鹤楼上吹笛

一为迁客去长沙，西望长安不见家[①]。
黄鹤楼中吹玉笛，江城五月落梅花[②]。

①迁客，乾元元年（758），李白因参加永王李璘幕府事长流夜郎。去长沙，用贾谊谪长沙事。

②落梅花，笛曲有《梅花落》。

薛 据

薛据（702—？），河中宝鼎（今山西万荣）人，开元十九年辛未（731）进士，官涉县令。历司议郎，终水部郎中。薛据与杜甫、高适等友善，高适赠诗称其“隐轸经济具，纵横建安作”。其诗多散佚，现存仅十一首，与高适的颂扬很不相称。

古 兴[①]

日中望双阙，轩盖扬飞尘[②]。
鸣佩初罢朝，自言皆近臣。
光华满道路，意气安可亲！
归来宴高堂，广筵罗八珍。
仆妾尽绮纨，歌舞夜达晨。
四时固相代，谁能久要津[③]。
已看覆前车，未见易后轮[④]。
丈夫须兼济，岂能乐一身[⑤]。
君今皆得志，肯顾憔悴人！

① 古兴，犹古意，实为感遇诗。

② 双阙，宫殿前左右两侧的楼观，下筑台，上建楼，两阙之间有空缺，故名阙。左右合称双阙。徐锴《说文解字系传》：“为二台于门外，人君作楼观于上，上员下方。以其阙然为道，谓之阙，以其上可以远观，谓之观，以其县法谓之象魏。”诗中用为宫门的代称。轩盖，高高的车盖，代指达官贵人。

③ “四时”二句，谓时令有暑有寒，喻人事有盛有衰，任何人也不可能长

驻当权的地位。要津，喻显位。

④“已看”二句，前面的车已经翻了，后面的车本应吸取教训，然未见改易行车方式。轮，代指车。《荀子·成相篇》：“前车已覆，后未知更何觉时？”

⑤兼济，救助整个社会。语本《孟子·尽心上》“穷则独善其身，达则兼善天下”，兼济犹兼善。

★此诗题材与思想内容都与李白古风《天津三月时》相同，但结尾格调低卑，与太白诗不可比拟。

崔 曙

崔曙（704？—739），宋州（今河南商丘）人，开元二十六年戊寅（738）进士。他以《奉试明堂火珠》诗得名，其中“夜来双月满，曙后一星孤”被称为佳句。

九日登望仙台呈刘明府容[①]

汉文皇帝有高台，此日登临曙色开。
三晋云山皆北向，二陵风雨自东来[②]。
关门令尹谁能识，河上仙翁去不回[③]。
且欲近寻彭泽宰，陶然共醉菊花杯[④]。

① 九日，夏历九月九日，重阳节。望仙台，汉文帝所筑，故址在今河南陕县西南。明府，唐人称县令。

② 三晋，战国初韩赵魏三分晋国，称为三晋，今山西境。二陵，《左传》僖公三十二年：“晋人御师必于崤。崤有二陵焉：其南陵夏后皋之墓也，其北陵文王之所避风雨也。”此即指崤山。

③ 关门令尹，《史记·老子列传》：老子“居周久之，见周之衰，乃遂去。至关，关令尹喜曰：‘子将隐矣，强为我著书。’于是老子乃著书上下篇”。关，指函谷关。河上仙翁，传为汉文帝时人，结草庵于河上。“授汉文《老子》而失所在，帝于西山筑台望之”。见《神仙传》。

④ 彭泽宰，陶渊明曾为彭泽令，此代指刘明府。

刘眘虚

刘眘虚（704—745？），江东人，开元十一年癸亥（723）进士，调洛阳尉，迁夏县令。

阙　题

道由白云尽，春与青溪长。
时有落花至，远随流水香。
闲门向山路，深柳读书堂。
幽映每白日，清辉照衣裳①。

①每，虽。

高 适

高适（704—765），字达夫，渤海蓨县（今河北景县）人。开元间西游长安，后居宋州（今河南商丘）。曾北上幽蓟，出卢龙塞，复回宋州。天宝四载（745）与李白、杜甫同游梁宋。天宝八载（749）得宋州刺史张九皋荐，举有道科，授封丘尉，不久即弃去。游河西，河西节度使哥舒翰表为左骁卫兵曹，充掌书记。天宝十四载（755）十二月安禄山乱起，由哥舒翰荐，拜左拾遗，时年已五十二岁。从哥舒翰守潼关。十五载六月潼关失守，玄宗西走，适自间道西驰谒见玄宗，迁侍御史。从玄宗至蜀，拜谏议大夫。是年十二月，肃宗以适兼御史大夫、扬州大都督府长史、淮南节度使，参与讨伐永王李璘。乾元元年（758），贬为太子少詹事，明年五月，出为彭州刺史，转蜀州刺史。代宗广德元年（763）为剑南西川节度使。明年正月召还长安，为刑部侍郎，转左散骑常侍，加银青光禄大夫，封渤海县侯。永泰元年卒，年六十二。高适在盛唐诗人中以边塞诗闻名，与岑参并称“高岑”，其成就实远不如岑。有《高常侍集》。

塞 上

东出卢龙塞，浩然客思孤[①]。
亭堠列万里，汉兵犹备胡[②]。
边尘涨北海，虏骑正南驱[③]。
转斗岂长策，和亲非远图[④]。
惟昔李将军，按节出皇都[⑤]。

总戎扫大漠，一战擒单于[⑥]。
常怀感激心，愿效纵横谟[⑦]。
倚剑欲谁语，关河空郁纡！

①卢龙塞，在今河北喜峰口附近一带，古有塞道，为河北平原通向东北的交通要道。开元十九年（731），高适曾北游幽蓟，出卢龙塞。浩然，《孟子·公孙丑》"予然后浩然有归志"，赵岐注："心浩浩然有远志也。"

②亭堠，伺候望敌的设施。

③涨北海，一作"满北溟"。虏骑，一作"塞马"。

④转斗，辗转战斗，即长期作战。和亲，汉代常以女子嫁匈奴以连和。

⑤惟，想到。李将军，汉武帝时名将李广，以骁勇善战著名，多次为边郡太守。战国时赵国名将李牧，亦可称李将军。李牧曾大破匈奴，灭襜褴，降林胡，使匈奴不敢近赵边城。下二句称"总戎扫大漠，一战擒单于"，则以指李牧更适合。

⑥总戎，总领大军。单于，匈奴首领。

⑦效，贡献。谟，谋略。

燕歌行[①] 并序

开元二十六年，客有从元戎出塞而还者[②]，作《燕歌行》以示适，感征戍之事，因而和焉。

汉家烟尘在东北，汉将辞家破残贼[③]。
男儿本自重横行，天子非常赐颜色[④]。
摐金伐鼓下榆关，旌旆逶迤碣石间[⑤]。
校尉羽书飞瀚海，单于猎火照狼山[⑥]。
山川萧条极边土，胡骑凭陵杂风雨[⑦]。
战士军前半死生，美人帐下犹歌舞。
大漠穷秋塞草腓，孤城落日斗兵稀[⑧]。
身当恩遇恒轻敌，力尽关山未解围。

铁衣远戍辛勤久，玉箸应啼别离后[9]。
少妇城南欲断肠，征人蓟北空回首[10]。
边庭飘摇那可度，绝域苍茫更何有[11]。
杀气三时作阵云，寒声一夜传刁斗。
相看白刃血纷纷，死节从来岂顾勋。
君不见沙场征战苦，至今犹忆李将军[12]。

① 燕歌行，《乐府诗集》属相和歌辞平调曲。

② 元戎，一作“御史大夫张公”。御史大夫张公，指营州都督、河北节度副使张守珪，张开元二十三年拜辅国大将军、右羽林大将军，兼御史大夫。“开元二十六年，守珪裨将赵堪、白真陀罗等假以守珪之命，逼平卢军使乌知义，令率骑邀叛奚馀众于湟水之北。……及逢贼，初胜后败。守珪隐其败状，而妄奏克获之功”。见《旧唐书·张守珪传》。

③ “汉家烟尘”二句：开元十八年五月，契丹族可突干杀其王李绍固，胁迫奚族叛唐降突厥，自后唐和奚、契丹战争连年不断。开元二十二年六月张守珪大破契丹，斩其首领屈剌及衙官可突干，但其馀党不久又叛。残贼即指此。

④ 横行，谓率军驰骋扫荡敌人。《汉书·季布传》樊哙言“臣愿得十万众横行匈奴中”。赐，一作“借”。

⑤ 摐（chuāng）金伐鼓，指行军时撞金击鼓。榆关，即山海关。逶迤（wēi yí），连绵不断貌。碣石，山名，在河北昌黎县北，此泛指东北海滨。

⑥ 校尉，汉代武职名，此泛指将军。羽书，紧急军用文书。即羽檄。《汉书·高帝纪》注：“檄者，以木简为书，长尺二寸，用征召也。其有急事，则加以鸟羽插之，示速疾也。”瀚海，汉代是海名。《史记·骠骑列传》索隐引崔浩云：“北海名，群鸟之所解羽，故云瀚海。”汉以后称沙漠为瀚海。此泛指边塞。单于，汉代匈奴首领称单于，此用以指奚、契丹的首领。狼山，《旧唐书·地理志》：“居庸关北有狼山。”在今怀来县西。二句写军情紧急。

⑦ 凭陵，犹侵凌。

⑧ 腓，病，指枯萎。一作“衰”。

⑨ 玉箸，眼泪。

⑩ 蓟北，蓟州以北，在河北北部。

⑪ 边庭，一作“边风”。

⑫ 李将军，似亦应指李牧。参见《塞上》诗注。

★此诗述征战之事，虽以张守珪与奚、契丹之战为影，然非全为张守珪也。诗反映边地生活，将帅骄矜，不顾士卒生命。而志士长年征戍，血战疆场，壮烈而惨酷。诗末乃叹惜将领不得其人，致使边庭战伐不休，即所以“感征戍之事”也。

送李少府贬峡中王少府贬长沙[①]

嗟君此别意何如？驻马衔杯问谪居。
巫峡猿啼数行泪，衡阳归雁几封书[②]。
青枫江上秋天远，白帝城边古木疏[③]。
圣代即今多雨露，暂时分手莫踌躇。

① 峡中，指夔州巫山县。

② “巫峡”句，巫峡为长江三峡第二峡，古代峡中常有猿啼。《巴东三峡歌》：“巴东三峡巫峡长，猿啼三声泪沾裳。”“衡阳”句，衡阳有回雁峰，据传南归鸿雁至此不过，遇春而回。归雁几封书，汉武帝时苏武出使匈奴被扣留。后匈奴与汉和亲，汉求苏武，匈奴诡言苏武已死。原随苏武至匈奴假吏常惠夜见汉使，教使者谓单于，言天子射上林中，得雁，足有系帛书，言武在某泽中。单于乃承认苏武实在，苏武因得以归汉。见《汉书·苏武传》。后演为鸿雁传书的典故。

③ 青枫江，旧注谓江在长沙。白帝城，西汉末公孙述所筑，在今重庆奉节。“青枫江上”承第四句，“白帝城边”承第三句，参差承接，关照峡中、长沙两地。秋天远，选本多作“秋帆远”，似更好。

塞上听吹笛[①]

云净胡天牧马还，月明吹笛戍楼间。
借问梅花何处落，风吹一夜满关山[②]。

① 此诗诸本不同，此从《高常侍集》。《河岳英灵集》题为《塞上闻笛》

曰："胡人羌笛戍楼间，楼上萧条明月闲。借问梅花何处落，风吹一夜满关山。"《国秀集》题作《和王七玉门关听吹笛》云："胡人吹笛戍楼间，楼上萧条海月闲。借问落梅凡几曲，从风一夜满关山。"岑仲勉《唐人行第录》以此诗与王之涣《凉州词》同用"间、山"韵，推定王七即王之涣。王之涣诗题一作《听玉门关吹笛》，与高诗亦正相应。一作宋济诗，非是。宋济，德宗时人。

② 梅花何处落，笛曲有《梅花落》，诗句活用曲名。"梅花"实代指笛声。

别董大

十里黄云白日曛，北风吹雁雪纷纷。
莫愁前路无知己，天下谁人不识君。

除夜作

旅馆寒灯独不眠，客心何事转凄然。
故乡今夜思千里，霜鬓明朝又一年！

崔 颢

崔颢（704？—754），汴州（今河南开封）人。开元十一年癸亥（723）进士，累官司勋员外郎。天宝十三载卒。

行经华阴[①]

岧峣太华俯咸京，天外三峰削不成[②]。
武帝祠前云欲散，仙人掌上雨初晴[③]。
河山北枕秦关险，驿树西连汉畤平[④]。
借问路旁名利客，何如此处学长生？

① 华阴，今陕西华阴。山北曰阴，因在华山之北，故曰华阴。

② 岧峣（tiáo yáo），高峻貌。太华，即华山。咸京，唐代京师长安。《旧唐书·地理志》："京师，秦之咸阳，汉之长安也。"三峰，指华山的莲花峰、玉女峰、明星峰，皆险峻如峭。

③ 武帝祠，指汉武帝所建巨灵祠。《华山志》："巨灵，九元祖也。武帝观仙掌，特立巨灵祠。"仙人掌，华山名胜之一。《述征记》："华山对河东首阳山，黄河流于二山之间。古语云：此本一山当河，河水过之而曲行，河神巨灵以手擘开其上，以足蹈离其下，中分为两，以通河流。手足之形，于今尚在。"

④ 秦关，指函谷关。畤，祭天地五帝的神祠。秦作畤祭白帝、青帝、黄帝、炎帝，汉高祖二年作北畤祠黑帝。见《史记·封禅书》。

黄鹤楼[①]

昔人已乘黄鹤去，此地空馀黄鹤楼。

黄鹤一去不复返，白云千载空悠悠！
晴川历历汉阳树，芳草萋萋鹦鹉洲②。
日暮乡关何处是？烟波江上使人愁！

①黄鹤楼，原在今湖北武汉长江南岸黄鹄矶头，始建于三国吴黄武二年（223），历代屡毁屡建，故址在今武汉长江大桥武昌桥头，长江大桥修建后建新楼于蛇山。古代传有仙人曾乘黄鹤过此，其传说不一。《一统志》："黄鹤楼在武昌府黄鹤矶上，世传仙人子安乘黄鹤过此。"又云："费文祎登仙，驾黄鹤返憩于此。"《述异记》："荀瓌，字叔伟，事母孝，好属文及道术，潜栖却粒。尝东游憩江夏黄鹤楼上，望西南有物，飘然降自霄汉，俄顷已至，乃驾鹤之宾也。鹤止户侧，仙者就席，羽衣虹裳，宾主欢对，已而辞去，跨鹤腾空而没。"

②汉阳，与武昌隔江相对。鹦鹉洲，在汉阳江边。汉末祢衡曾在江夏作《鹦鹉赋》，后为黄祖所杀，葬于汉阳江边洲上，因名其地为鹦鹉洲。

★崔颢《黄鹤楼》七律，为李白所折服。《唐才子传》谓李白登黄鹤楼见崔颢此诗，为之敛手，有道是"眼前有景道不得，崔颢题诗在上头"。此或系传说，然李白叹服却是事实，其所作《鹦鹉洲》诗，着意模仿崔作，而后作《登金陵凤凰台》诗，于句法有所发展，显有意与崔诗争胜。

长干曲四首①

君家何处住？妾住在横塘②。
停船暂借问，或恐是同乡。

家临九江水，来去九江侧③。
同是长干人，自小不相识。

下渚多风浪，莲舟渐觉稀④。
那能不相待，独自逆潮归？

三江潮水急，五湖风浪涌。
由来花性轻，莫畏莲舟重[⑤]。

① 长干曲，《乐府诗集》属杂曲歌辞。长干，在南京城南。参见李白《长干行》注。《长干曲》古辞云："逆浪故相邀，菱舟不怕摇。妾家扬子住，便弄广陵潮。"古辞是女子口吻，崔作四首是女问男答。

② 横塘，在南京秦淮河南。

③ 九江，古代九江一说在湖北省境，一说在江西北部。此诗女说"妾住在横塘"。男说"同是长干人"，其家必都在南京，九江系泛指长江。

④ 莲舟，舟之美称，此泛指舟。

⑤ 三江、五湖，皆系泛指。第三首之莲舟指他人之舟。女谓下渚多风浪，而行舟渐少，意谓如有急难无人相助，希望男方相待同往。第四首之莲舟指女子之舟。莲舟重则航行迟缓，男方开玩笑，谓"由来花性轻，莫畏莲舟重"，即你的舟不会重，自会航行得快，不用我相待。

丁仙芝

丁仙芝（705—？），曲阿（今江苏丹阳）人，登开元进士第，为馀杭尉。

江南曲二首

长干斜路北，近浦是儿家。
有意来相访，明朝出浣纱[1]。

发向横塘口，船开值急流。
知郎旧时意，且请拢船头。

① 二句意谓，如果你“有意来相访”，则我“明朝出浣纱”，以便相会。

沈如筠

沈如筠，句容（今江苏句容）人，曾任横阳主簿，存诗仅四首。其中有《寄天台司马道士》诗，司马道士当即司马承祯，则沈为玄宗时人。

闺 怨

雁尽书难寄，愁多梦不成①。
愿随孤月影，流照伏波营②。

①“雁尽”句，用鸿雁传书典故；鸿雁已经过尽，书信难以寄到边塞。

②月影，即月光。《说文》无“影”字，“影”本字作“景”。景，光也，亦影也；此相对义同词之例。故“影”亦有光义；故“月影”亦即月光。伏波，东汉马援曾为伏波将军。伏波营，代指边塞军营。

储光羲

储光羲（707—759？），润州延陵（今江苏丹阳）人[①]。玄宗开元十四年丙寅（726）进士，曾官监察御史。天宝十五载（756）安禄山陷长安，陷贼受职，西京收复后谪岭南。储光羲曾与王维、裴迪唱和，集中有少量写田园风光的诗，颇清丽可喜。

① 储光羲籍贯《全唐诗》谓为兖州人。殷璠《丹阳集》则说“润州延陵有包融、储光羲”。其《游茅山诗》云：“十年别乡县，西去入皇州”，“北洛反初路，东江还故丘”。茅山在江苏南部，则其为延陵无疑。

田家杂兴

众人耻贫贱，相与尚膏腴[①]。
我情既浩荡，所乐在畋渔[②]。
山泽时晦暝，归家暂闲居。
满园植葵藿，绕屋树桑榆[③]。
禽雀知我闲，翔集依我庐。
所愿在优游，州县莫相呼。
日与南山老，兀然倾一壶[④]。

① 膏腴，肥脂，指肉类食物，喻优裕生活。

② 浩荡，广阔壮大貌，此处为胸怀开阔之意。

③ 绕屋树桑榆，句仿陶渊明《归田园居》“绕屋树扶疏”。

④ 南山老，扬雄《解嘲》：“四皓采荼于南山。”兀然，醉貌。刘伶《酒德颂》：“兀然而醉。”

洛阳道

洛水春冰开，洛城春树绿。
朝看大道上，落花乱马足。

钓鱼湾

垂钓绿湾春，春深杏花乱。
潭清疑水浅，荷动知鱼散。
日暮待情人，维舟绿杨岸。

江南曲二首

逐流牵荇叶，缘岸摘芦苗。
为惜鸳鸯鸟，轻轻动画桡[①]。

日暮长江里，相邀归渡头。
落花如有意，来去逐船流。

① 桡，桨，代指船；画桡即画船，船之美称。

关山月

一雁过连营，繁霜覆古城。
胡笳在何处，半夜起边声。

同武平一员外游湖

朦胧竹影蔽岩扉，淡荡荷风飘舞衣。
舟寻绿水宵将半，月隐青林人未归。

常　建

常建（708—765？），开元十五年丁卯（727）与王昌龄同榜进士，大历中，为盱眙尉。后隐居于武昌（今湖北鄂州）。其诗以五律七绝擅长，颇多佳句，亦是盛唐名家。有《常建集》。

题破山寺后禅院①

清晨入古寺，初日照高林。
曲径通幽处，禅房花木深②。
山光悦鸟性，潭影空人心。
万籁此俱寂，但馀钟磬音③。

① 破山寺，即兴福寺，在今江苏常熟市虞山北麓。

② 曲径，一作“竹径”，一作“一径”。

③ 籁，箫，亦指箫声。用于“万籁”则引申为大自然的各种声音。语本《庄子·齐物论》。俱，一作“都”。

★常建五律常以散句用于颈联，而自然妥帖。“曲径通幽处，禅房花木深”二句尤为典型。二语为欧阳修所倾倒，自言“欲效其语作一联，久不可得，乃知造意者难工也”。（《题青州山斋》）果有好句，不强求对偶，此真得诗家三昧者。“通幽处”欧阳修《诗话》与吴可《藏海诗话》并作“遇幽处”。“通”字较“遇”字为胜。

宿王昌龄隐居

清溪深不测，隐处唯孤云[①]。
松际露微月，清光犹为君。
茅亭宿花影，药院滋苔纹。
余亦谢时去，西山鸾鹤群[②]。

①清溪，在今安徽含山县境内，王昌龄曾隐居于此。不测，一作“不极”。
②西山，在湖北鄂城。句意谓与西山鸾鹤为群。

泊舟盱眙[①]

泊舟淮水次，霜降夕流清。
夜久潮侵岸，天寒月近城。
平沙依雁宿，候馆听鸡鸣[②]。
乡国云霄外，谁堪羁旅情！

①盱眙，今江苏盱眙。《唐诗纪事》卷二十四作韦建诗。
②候馆，接待宾客的馆舍。

三日寻李九庄[①]

雨歇杨林东渡头，永和三日荡轻舟[②]。
故人家在桃花岸，直到门前溪水流。

①三日，夏历三月三日，称为“三日”，犹九月九日重阳节之称为“九日”。

②永和三日，东晋穆帝永和九年夏历三月三日，谢安、孙绰、王羲之等四十一人会于会稽山阴之兰亭，饮酒赋诗，王羲之因之作《兰亭集序》。序云：“永和九年，岁在癸丑，暮春之初，会于会稽山阴之兰亭，修禊事也。”古代以

三月第一个巳日为上巳，人们是日踏青赏春，祓除不祥，称为修禊。永和九年上巳在三月四日，谢安等提前了一天，后因即以三月三日为踏青节日，即使并非巳日亦称上巳。吴自牧《梦粱录》：“三月三日上巳之辰，曲水流觞故事，起于晋时。唐朝赐宴曲江，倾都修禊饮踏青。”杜甫《丽人行》“三月三日天气新，长安水边多丽人”，即因是日游春故也。永和三日，即指永和三月三日。

塞下曲二首

玉帛朝回望帝乡，乌孙归去不称王①。
天涯静处无征战，兵气销为日月光。

北海阴风动地来，明君祠上望龙堆②。
髑髅皆是长城卒，日暮沙场飞作灰！

① 玉帛，诸侯或属国朝聘的礼品。此代指朝聘的使者。乌孙，汉代西域国名。汉武帝时曾两次以宗室女妻乌孙昆莫，长期保持和平友好的关系。

② 明君，即王昭君，汉元帝时出嫁南匈奴呼韩邪单于。参见东方虬《昭君怨》诗注。昭君墓在内蒙古呼和浩特，其地或有祠。龙堆，即白龙堆，西域沙漠名。《汉书·匈奴传》：“岂为康居、乌孙能逾白龙堆而寇西边哉。”按，龙堆与明君祠相距极远，此代指边塞。

金昌绪

金昌绪，馀杭（今浙江杭州）人。刘长卿有《送金昌宗归钱塘》诗，昌绪疑其兄弟行。存诗仅一首。

春　怨①

打起黄莺儿，莫教枝上啼。
啼时惊妾梦，不得到辽西。

① 春怨，《全唐诗》作《伊州歌》，此从《唐诗纪事》卷十五。打起，一作“打却”。啼时，一作“几回”。

朱　绛

朱绛，生平不详。《唐诗纪事》卷二十八置于刘方平之前，存诗仅一首。

春女怨

独坐纱窗刺绣迟，紫荆花下啭黄鹂。
欲知无限伤春意，尽在停针不语时。

刘方平

刘方平（710—？），河南人，隐居颍阳，与元德秀交善。善画山水，皇甫冉称其“墨妙无前”。

秋夜泛舟

林塘夜发舟，虫响荻飕飕。
万影皆因月，千声各为秋。
岁华空复晚，乡思不堪愁。
西北浮云外，伊川何处流[1]！

① 伊川，河南水名，发源于伏牛山北麓，东北流至偃师注入洛水。

夜　月

更深月色半人家，北斗阑干南斗斜[1]。
今夜偏知春气暖，虫声新透绿窗纱。

① 半，此处是动词，指月光斜照，照见人家的半面。北斗，即北斗七星，亦即大熊星座。阑干，横斜貌。南斗，即南斗六星，亦即人马星座，与北斗南北相对。“阑干”与“斜”交互使用。

春　怨

纱窗日落渐黄昏，金屋无人见泪痕[1]。

寂寞空庭春又晚，梨花满地不开门。

① 金屋，汉武帝年幼时，其姑长公主问欲以阿娇（长公主之女）为妇好否，对曰："若得阿娇作妇，当作金屋贮之也。"见《汉武故事》。此代指深闺。

杜 甫

杜甫（712—770），字子美，杜审言之孙。原籍襄阳（今湖北襄阳），生于河南巩县。年轻时遍游吴越齐楚。天宝三载（744）识李白于东都，与同游梁宋，历齐鲁。天宝五载（746）赴长安。明年，唐玄宗诏天下有一艺者到京应试，李林甫疾贤，命尚书省皆下之，杜甫也落此骗局。在长安十载，“朝扣富儿门，暮随肥马尘。残杯与冷炙，处处潜悲辛”。天宝十四载（755）授河西尉，不拜，改右卫率府胄曹参军。是年冬安禄山叛乱，洛阳失陷。杜甫自奉先携家往白水，后又寄寓鄜州。至德元载（756）六月长安失陷，玄宗西奔。八月，杜甫闻肃宗即位灵武，自鄜州奔赴行在，为贼军所获，陷身长安。至德二载（757）四月，从间道逃归凤翔，谒见肃宗，拜左拾遗。因疏救房琯，得罪肃宗，赖张镐救得免。乾元元年（758）六月，出为华州司功参军。明年七月，因关辅饥荒，遂弃官西去，度陇山，客秦州，寓同谷，十二月入蜀至成都。上元元年（760），卜居成都浣花溪。时严武节度剑南，得以相依。代宗宝应元年（762）七月，严武还朝。未几，西川兵马使徐知道反，杜甫因避难梓州。广德二年（764）严武再镇剑南，杜甫复得还成都，严武表为节度参谋、检校工部员外郎——故世称杜工部——永泰元年（765）四月，严武卒。五月杜甫遂离蜀南下，自戎州至渝州，经忠州，寓居夔州。在夔两年。大历三年（768）离夔州，出三峡，至江陵，移公安，冬晚至岳州。大历四年（769）自岳州至潭州。明年四月避难入衡州，欲往郴州依舅氏崔伟，秋，病逝于耒阳舟中，年五十九。

杜甫是盛唐伟大诗人，与李白齐名，并称“李杜”。杜甫诗沉郁深挚，藏豪放于深厚之中，较李诗更为切入现实。他的作品着重反映安史之乱唐代社会前后的社会现实，称为诗史。杜甫怀着“致君尧舜上，再使风俗淳”的壮志，希图按照儒家的思想来施展他的政治抱负。他一生奔走道路，潦倒穷愁，但他始终系念着国家民族的命运，这种精神境界使他的诗具有极为深厚的蕴涵。杜甫前期的名篇多为古诗，《咏怀》《北征》、三吏三别，都是不朽之作。“晚节渐于诗律细”，后期则律诗名作特多。杜甫创作态度极为严肃，虽在艰难竭蹶之中不忘歌咏，一字一句，锻练工致，即使一般作品也决不草率。杜甫的诗对后世有极大的影响，哺育了唐以后历代的诗人。有《杜工部集》。

奉赠韦左丞丈二十二韵①

纨袴不饿死，儒冠多误身②。
丈人试静听，贱子请具陈③。
甫昔少年日，早充观国宾④。
读书破万卷，下笔如有神。
赋料扬雄敌，诗看子建亲⑤。
李邕求识面，王翰愿卜邻⑥。
自谓颇挺出，立登要路津⑦。
致君尧舜上，再使风俗淳。
此意竟萧条，行歌非隐沦⑧。
骑驴三十载，旅食京华春⑨。
朝扣富儿门，暮随肥马尘。
残杯与冷炙，到处潜悲辛⑩。
主上顷见征，欻然欲求伸⑪。
青冥却垂翅，蹭蹬无纵鳞⑫。
甚愧丈人厚，甚知丈人真。

每于百僚上，猥诵佳句新[13]。
窃效贡公喜，难甘原宪贫[14]。
焉能心怏怏，只是走踆踆[15]。
今欲东入海，即将西去秦。
尚怜终南山，回首清渭滨[16]。
常拟报一饭，况怀辞大臣[17]。
白鸥没浩荡，万里谁能驯[18]!

①韦左丞丈，即韦济，天宝七载（748）为河南尹，迁尚书左丞。天宝六载杜甫至长安应试，李林甫欺骗玄宗，不取一人。此天宝七载杜甫拟离京去东都，行前呈韦济之作。

②纨，细绢。纨袴为贵戚子弟所着，因代指贵戚子弟。

③丈人，对长者的尊称，此指韦济。贱子，杜甫自称。

④观国宾，《易·观》：“观国之光，利用宾于王。”杜甫二十三岁时曾到洛阳应试，故自称观国宾。

⑤料，度也。扬雄，西汉赋家。子建，即曹植，曹魏诗人。

⑥李邕，唐代大书法家，亦诗人。王翰，盛唐诗人。

⑦挺出，突出。要路津，喻做官当权。古诗：“何不策高足，先据要路津。”

⑧萧条，此处为空虚之意，犹言落空。非隐沦，言自己虽不得志，然并非隐沦之士。

⑨三十载，一作“十三载”，仇兆鳌《杜诗详注》：“公两至长安，初自开元二十三年赴京兆之贡，后以应诏到京在天宝六载，为十三载也。他本作三十载，断误。”然杜诗诸本大多作“三十载”，天宝七载，杜甫三十七岁，三十载约略言其成年之时，未必“断误”。旅食，旅居寄食。

⑩残杯与冷炙，《颜氏家训》：“残杯冷炙之辱，戴安道犹遭之，况尔曹乎！”

⑪主上顷见征，指天宝六载玄宗诏天下有一艺者诣长安应诏，结果李林甫命尚书省全部落选。欻然，犹忽然。

⑫青冥，天空。垂翅，以鸟为喻，垂翅不得飞翔。蹭蹬（cèng dèng），失势难进之貌。无纵鳞，以鱼为喻，不能畅意纵游。

⑬猥，辱蒙，谦词。

⑭ 贡公，西汉贡禹，与王吉为友，世称“王阳在位，贡禹弹冠”。见《汉书·王吉传》。原宪，孔子弟子，家极贫寒。《庄子·让王》：原宪居鲁，子贡“往见原宪，原宪华冠縰履，杖藜而应门。子贡曰：‘嘻，先生何病？’原宪应之曰：‘宪闻之，无财谓之贫，学道而不能行谓之病。今宪，贫也，非病也。’子贡逡巡而有愧色”。

⑮ 怏怏，不平貌。踆踆（cūn），艰难行走之貌。

⑯ “今欲”四句，谓自己蹭蹬不遇，将欲离开长安，然犹有所留恋。

⑰ 常拟报一饭，《后汉书·李固传》“窃感古人一饭之报”，注：“谓灵辄也。”灵辄，春秋时晋人。赵盾到首山打猎，见灵辄卧倒在桑树下，赵盾给他吃的，还给了一些食物带给他母亲。后晋灵公欲杀赵盾，灵公卫士中有一人倒戟以御灵公的武士，救出赵盾。赵盾问他为什么相救，他回答我“翳桑之饿人也”。见《左传》宣公二年。按，“一饭之恩必报”实系成语，韩信亦曾报漂母一饭之恩。

⑱ 浩荡，风波浩渺。驯，驯服。

★“致君尧舜上，再使风俗淳”，是杜甫一生抱负，然未得实现，如此成就了千秋诗业。不幸，亦幸也。

同诸公登慈恩寺塔①

高标跨苍穹，烈风无时休②。
自非旷士怀，登兹翻百忧。
方知象教力，足可追冥搜③。
仰穿龙蛇窟，始出枝撑幽④。
七星在北户，河汉声西流⑤。
羲和鞭白日，少昊行清秋⑥。
秦山忽破碎，泾渭不可求⑦。
俯视但一气，焉能辨皇州。
回首叫虞舜，苍梧云正愁⑧。
惜哉瑶池饮，日晏昆仑丘⑨。
黄鹄去不息，哀鸣何所投⑩？

君看随阳雁，各有稻粱谋[11]。

① 天宝十一载（752）秋日，杜甫与高适、岑参、薛据、储光羲登长安东南进昌坊慈恩寺塔。诗原注："时高适、薛据先有作。"五人并有诗作，薛据诗失传，馀四人诗并存。慈恩寺，唐太宗贞观二十一年太子李治（即高宗）为母文德皇后建。高宗永徽三年，玄奘在寺中建塔，共六级，武后长安元年改建，增高为七级，即今西安大雁塔。

② 标，原为标记之意。高标即指高塔。跨，凌跨。苍穹，一作"苍天"。

③ 象教，即佛教。设形象以教人，故称象教。

④ 龙蛇窟，指塔中屈曲的巷道。枝撑，指塔中的交木。

⑤ 七星，北斗七星。河汉，天河。二句极言其高。

⑥ 羲和，太阳的御者。少昊，司秋之神。《礼记·月令》："孟秋之月，其帝少昊。"

⑦ 秦山，泛指终南诸山。忽破碎，自上望下，见群山大小错杂，故觉破碎。泾渭，二水均在长安北。

⑧ 虞舜，代指唐太宗。唐高祖号神尧皇帝，故以虞舜比太宗。苍梧，舜葬于苍梧之野，地在今湖南九疑山，此代指唐太宗昭陵。

⑨ 瑶池，传为西王母所在之地。《列子·周穆王篇》：穆王"升于昆仑之丘，以观皇帝之宫，而封之以诏后世，遂宾于西王母，觞于瑶池之上"。此以瑶池昆仑代指骊山，时玄宗宠幸杨贵妃，常在骊山饮宴作乐。

⑩ 黄鹄，鸟名。《韩诗外传》：田饶谓鲁哀公曰："夫黄鹄一举千里，止君园池，食君鱼鳖，啄君稻粱，君犹贵之，以其所从来者远也。故臣将去君，黄鹄举矣！"此以黄鹄自比。谓将离开长安。

⑪ 随阳雁，喻附势贪禄之辈。

后出塞五首[1]

男儿生世间，及壮当封侯[2]。
战伐有功业，焉能守旧丘？
召募赴蓟门，军动不可留[3]。
千金买马鞍，百金装刀头。
闾里送我行，亲戚拥道周。

斑白居上列，酒酣进庶羞。
少年别有赠，含笑看吴钩[④]。

朝进东门营，暮上河阳桥[⑤]。
落日照大旗，马鸣风萧萧。
平沙列万幕，部伍各见招。
中天悬明月，令严夜寂寥。
悲笳数声动，壮士惨不骄。
借问大将谁，恐是霍嫖姚[⑥]。

古人重守边，今人重高勋。
岂知英雄主，出师亘长云[⑦]。
六合已一家，四夷且孤军。
遂使貔虎士，奋身勇所闻。
拔剑击大荒，日收胡马群[⑧]。
誓开玄冥北，持以奉吾君[⑨]。

献凯日继踵，两蕃静无虞[⑩]。
渔阳豪侠地，击鼓吹笙竽[⑪]。
云帆转辽海，粳稻来东吴[⑫]。
越罗与楚练，昭耀舆台躯[⑬]。
主将位益崇，气骄凌上都[⑭]。
边人不敢议，议者死路衢。

我本良家子，出师亦多门。
将骄益愁思，身贵不足论。
跃马二十年，恐辜明主恩。

坐见幽州骑，长驱河洛昏[15]。
中夜间道归，故里但空村。
恶名幸脱免，穷老无儿孙。

① 后出塞，集已有《前出塞》，故此称为《后出塞》。

② 及壮当封侯，《后汉书·班超传》："家贫，常为官佣书以供养，久劳苦，尝辍业投笔叹曰：'大丈夫无他志略，犹当效傅介子、张骞立功异域，以取封侯，安能久事笔研间乎！'"

③ 蓟门，故址在今北京德胜门外土门关。唐属幽州范阳郡。天宝末，安禄山身兼范阳、平卢、河东三镇节度使，深得玄宗宠信，时为之征调军队，运送物资。

④ 吴钩，传为吴王阖闾宝刀之名，此泛指宝刀。

⑤ 东门营，洛阳城东门军营。河阳桥，黄河上河阳的浮桥。河阳即古孟津，今河南孟县。

⑥ 霍嫖姚，汉武帝时霍去病曾为嫖姚校尉。恐是霍嫖姚，即恐是皇帝亲信，语含刺意。

⑦ 亘长云，如长云绵亘，形容其多。

⑧ 日收胡马群，安禄山为扩展势力，壮大军队，大量畜养战马。《安禄山事迹》："禄山包藏祸心，畜单于护真大马习战斗者数万匹，已八九年矣。"

⑨ 玄冥，北方之神，即代指北方。

⑩ 献凯日继踵，献俘告捷日日接踵而至。两蕃，指奚与契丹。《新唐书·安禄山传》："天宝四载，奚契丹杀公主以叛禄山。八月，禄山给契丹诸酋，大置酒，毒焉，既酣，悉斩其首，献馘阙下。"据《资治通鉴》：天宝十三载，禄山奏击奚，破之，虏其王李日越。十四载，奏破奚契丹。

⑪ 渔阳，唐开元中分幽州三县置蓟州、蓟州渔阳郡在今河北蓟县。

⑫ "云帆转辽海"二句，谓由海路将东吴粮食转运幽蓟以支持安禄山。辽海，辽东南临渤海，故称。

⑬ 舆台，执贱役的奴仆。《左传》昭公七年："人有十等……王臣公，公臣大夫，大夫臣士，士臣皂，皂臣舆，舆臣隶，隶臣僚，僚臣仆，仆臣台。""越罗"二句，谓安禄山部下执贱役的臣仆都身着绫罗，即提任官职。天宝十三载，安禄山奏前后立功将士，请超三资告身。于是超授将军五百馀人，中郎将三千馀人。

⑭ 主将位益崇，天宝七载，赐安禄山铁券，封柳城郡公。九载，进爵东平

郡王。十三载，除三镇节度使加授左仆射。上都，指首都长安。

⑮“坐见幽州骑”二句，指天宝十四载冬安禄山反于范阳，连陷河北诸郡，十二月陷东都洛阳。

★《后出塞》五章，通过一个守边战士二十年的经历，反映出唐明皇出于开边的欲望，纵容安禄山扩展势力，膨胀野心，进而起兵造反，遂使河洛尘昏，河山破碎，乃至唐王朝一蹶不振，不可收拾，此即所谓诗史。

诗深受汉乐府的影响，内容情节全用战士叙述的口吻，把战士个人的遭遇和国家的命运密切结合。战士本身由年轻时立功封侯的壮志到穷老无儿孙的惨局，亦勾勒出一个时代的变迁。

自京赴奉先县咏怀五百字[①]

杜陵有布衣，老大意转拙[②]。
许身一何愚，窃比稷与契[③]。
居然成濩落，白首甘契阔[④]。
盖棺事则已，此志常觊豁[⑤]。
穷年忧黎元，叹息肠内热[⑥]。
取笑同学翁，浩歌弥激烈。
非无江海志，萧洒送日月。
生逢尧舜君，不忍便永诀。
当今廊庙具，构厦岂云缺[⑦]。
葵藿倾太阳，物性固难夺[⑧]。
顾惟蝼蚁辈，但自求其穴[⑨]。
胡为慕大鲸，辄拟偃溟渤[⑩]。
以兹悟生理，独耻事干谒[⑪]。
兀兀遂至今，忍为尘埃没[⑫]。
终愧巢与由，未能易其节[⑬]。
沉饮聊自遣，放歌颇愁绝[⑭]。

岁暮百草零，疾风高冈裂。
天衢阴峥嵘，客子中夜发[15]。
霜严衣带断，指直不能结。
凌晨过骊山，御榻在嵽嵲[16]。
蚩尤塞寒空，蹴踏崖谷滑[17]。
瑶池气郁律，羽林相摩戛[18]。
君臣留欢娱，乐动殷樛葛[19]。
赐浴皆长缨，与宴非短褐[20]。
彤庭所分帛，本自寒女出[21]。
鞭挞其夫家，聚敛贡城阙。
圣人筐篚恩，实欲邦国活[22]。
臣如忽至理，君岂弃此物？
多士盈朝廷，仁者宜战栗。
况闻内金盘，尽在卫霍室[23]。
中堂有神仙，烟雾蒙玉质[24]。
暖客貂鼠裘，悲管逐清瑟[25]。
劝客驼蹄羹，霜橙压香橘。
朱门酒肉臭，路有冻死骨。
荣枯咫尺异，惆怅难再述[26]。
北辕就泾渭，官渡又改辙[27]。
群水从西下，极目高崒兀[28]。
疑是崆峒来，恐触天柱折[29]。
河梁幸未坼，枝撑声窸窣[30]。
行李相攀援，川广不可越[31]。
老妻寄异县，十口隔风雪[32]。
谁能久不顾，庶往共饥渴。
入门闻号咷，幼子饿已卒[33]。

吾宁舍一哀，里巷亦呜咽。
所愧为人父，无食致夭折。
岂知秋禾登，贫窭有仓卒㉞。
生常免租税，名不隶征伐。
抚迹犹酸辛，平人固骚屑㉟。
默思失业徒，因念远戍卒。
忧端齐终南，澒洞不可掇㊱。

① 京，长安。奉先，今陕西蒲城。杜甫自天宝五载（746）到长安，旅食京华，蹉跎十载，直至天宝十四载（755），才得为右卫率府胄曹参军。其家寄寓奉先，十一月初赴奉先探望。是年冬十月，玄宗偕贵妃幸骊山华清宫，杜甫路过骊山，故诗中言骊山欢宴特详。十一月九日，安禄山反书至长安，杜甫写诗时尚未得知。

② 杜陵，在长安城南五十里，传为古杜伯国，汉宣帝葬此，因号杜陵。杜陵东南十馀里，又有一陵差小，许后所葬，谓之少陵。少陵东为杜曲，陵西有子美旧宅。杜甫出襄阳杜氏，其远祖杜预为京兆杜陵人。故杜甫自称杜陵布衣或少陵野老。

③ 稷，即后稷，名弃，尧之农师，传为周之始祖。契（xiè），佐禹治水有功，舜任为司徒，传为商之始祖。

④ 濩落（huò luò），空廓无用。契阔，勤苦。

⑤ 盖棺事则已，即除死方休之意。《韩诗外传》：孔子曰："学而不已，阖棺乃定。"觊豁，希望达到。

⑥ 穷年，一年到头。黎元，老百姓。

⑦ 廊庙具，为朝廷担负重任的栋梁之材具备。

⑧ 葵藿倾太阳，喻自己倾心于君王。曹植《求通亲亲表》："若葵藿之倾叶，太阳虽不为之回光，然终向之者，诚也。"难，一作"莫"。

⑨ 惟，念。

⑩ 偃，游息。溟渤，大海。

⑪ 以兹悟生理，谓从蝼蚁与大鲸的差别领悟到人生之理。悟，一作"误"，非。

⑫ 兀兀，穷困之貌。

⑬ 巢与由，巢父与许由，传为尧时之高士，隐居不仕。

⑭ 自开篇至“放歌颇愁绝”三十二句自述平生志愿。

⑮ 天衢（qú），指京城的街巷。峥嵘，高貌。衢本指大路，此就两旁建筑言之，中夜天黑，故觉其阴而峥嵘。中夜，半夜。

⑯ 骊山，在陕西临潼东南，中有温泉，自秦汉以来即为帝王游幸之地。唐玄宗更广筑宫殿，大加侈丽，与杨氏姐妹玩乐其中。天宝十四载冬，杜甫赴奉先经过骊山，玄宗杨妃正宴乐于此。嵽嵲（dié niè），山高貌。

⑰ 蚩尤，据传蚩尤作雾，此即以代指大雾。

⑱ 瑶池，神话中西王母所在之地，此代指骊山华清池。郁律，盛貌。羽林，皇家禁卫军。摩戛，兵卫众多，兵仗相摩，言其森严。

⑲ 殷，象声词。《诗·召南》有《殷其雷》篇，毛传：“殷，雷声也。”此指乐声。樛葛，旷远深貌。

⑳ 长缨，代指皇亲贵戚。短褐，代指平民百姓。

㉑ 彤庭，指朝廷。彤，朱红色，宫廷多用朱红涂饰，故称。

㉒ 圣人，指皇帝。筐篚（fěi），并竹器，古代统治者以筐篚盛币帛赏赐群臣。

㉓ 卫霍，卫青、霍去病，并汉武帝外戚。二句指玄宗将内宫珍宝器用滥赐杨国忠兄妹。

㉔ 神仙，指美人。有，一作“舞”。

㉕ 悲，清，并形容音乐之美。

㉖ “岁暮百草零”至“惆怅难再述”三十八句写途经骊山时的感触，揭露玄宗之荒淫奢靡。“朱门酒肉臭，路有冻死骨”，成为揭示富贵与贫贱对立的千古名句。

㉗ 辕，车辕，代指车。杜甫此行，并无车驾，“北辕”实即北向而行之意。自长安东行至万年县渡浐水，至临潼，距京六十里。骊山在临潼东南二里。泾渭交会于临潼北面，杜甫至此北渡前往奉先，奉先距京二百四十里。官渡，官修渡口。

㉘ 兀，高貌。

㉙ 崆峒，山名，在甘肃省境。天柱折，《淮南子·天文》：共工“怒而触不周之山，天柱折，地维绝”。

㉚ 梁，桥。枝撑，架桥交木。窸窣（xī sū），指木桥摇动的声音。

㉛ 行李，行人，一作“行旅”。

㉜ 异县，指奉先。

㉝ 号咷，痛哭。饿，一作“饥”。

㉞ 秋禾登，一作“秋未登”。贫窭，贫困。仓卒，急剧貌。

㉟ 迹，指面临的一切情况。犹，一作“独”。平人，一般人。骚屑，骚动不安。

㊱ 齐，一作“际”。澒洞，浩大貌。掇，抓住。“北辕就泾渭”至结末三十句叙道途的经历与到家的境况。

★自京赴奉先，从中夜出发，途过骊山，北辕泾渭，抵达奉先，叙事历历有条，然所用诗句并不多，全篇实重在议论感慨，首申自己怀抱，中论明皇奢靡，末述忧思无已，故题曰“述怀”也，诗中所经所历，所议所论，无不系心于国家命运，民人生计，乃至“入门闻号咷，幼子饿已卒”，如此惨象，而一心仍在“默思失业徒，因念远戍卒”，此何等胸怀，是少陵之所以千古独绝也。

羌村三首[①]

峥嵘赤云西，日脚下平地[②]。
柴门鸟雀噪，归客千里至。
妻孥怪我在，惊定还拭泪[③]。
世乱遭飘荡，生还偶然遂。
邻人满墙头，感叹亦歔欷。
夜阑更秉烛，相对如梦寐。

晚岁迫偷生，还家少欢趣。
娇儿不离膝，畏我复却去。
忆昔好追凉，故绕池边树。
萧萧北风劲，抚事煎百虑。
赖知禾黍收，已觉糟床注[④]。
如今足斟酌，且用慰迟暮。

群鸡正乱叫，客至鸡斗争。

驱鸡上树木，始闻扣柴荆。
父老四五人，问我久远行[5]。
手中各有携，倾榼浊复清[6]。
“莫辞酒味薄，黍地无人耕，
兵革既未息，儿童尽东征[7]。”
请为父老歌，艰难愧深情。
歌罢仰天叹，四座泪纵横。

① 天宝十五载（756）元月，时安禄山已陷洛阳，长安岌岌可危。杜甫自奉先往白水依舅氏崔少府。六月，又自白水移家鄜州。羌村，即寓居鄜州的村名。八月，闻肃宗即位灵武，杜甫自鄜州奔赴灵武，为安禄山叛军所获，陷身长安。至德二载（757）四月，逃出长安，至凤翔谒见肃宗，授左拾遗。因疏救房琯，得罪肃宗，赖宰相张镐救得免。闰八月，得放还鄜州省家，此即回家时作。鄜（fū）州，今陕西富县。

② 峥嵘，高貌，此形容云峰耸峙。

③ 妻孥，妻子儿女，诗中只指妻子。

④ 糟床，榨酒之具。注，指酒液流注。

⑤ 问，慰劳。

⑥ 榼，此指盛酒之器。浊复清，古代酒不蒸馏，与糟相混，故有浊有清。

⑦ “莫辞”四句，转述父老之言。

北　征[1]

皇帝二载秋，闰八月初吉。
杜子将北征，苍茫问家室[2]。
维时遭艰虞，朝野少暇日。
顾惭恩私被，诏许归蓬荜。
拜辞诣阙下，怵惕久未出。
虽乏谏诤姿，恐君有遗失。
君诚中兴主，经纬固密勿[3]。

东胡反未已，臣甫愤所切。
挥泪恋行在，道途犹恍惚。
乾坤含疮痍，忧虞何时毕[④]。
靡靡逾阡陌，人烟眇萧瑟[⑤]。
所遇多被伤，呻吟更流血。
回首凤翔县，旌旗晚明灭。
前登寒山重，屡得饮马窟。
邠郊入地底，泾水中荡潏[⑥]。
猛虎立我前，苍崖吼时裂。
菊垂今秋花，石戴古车辙。
青云动高兴，幽事亦可悦。
山果多琐细，罗生杂橡栗。
或红如丹砂，或黑如点漆。
雨露之所濡，甘苦齐结实。
缅思桃源内，益叹身世拙[⑦]。
坡陀望鄜畤，岩谷互出没[⑧]。
我行已水滨，我仆犹木末。
鸱鸮鸣黄桑，野鼠拱乱穴。
夜深经战场，寒月照白骨。
潼关百万师，往者散何卒[⑨]。
遂令半秦民，残害为异物[⑩]。
况我堕胡尘，及归尽华发[⑪]。
经年至茅屋，妻子衣百结。
恸哭松声回，悲泉共幽咽。
平生所娇儿，颜色白胜雪。
见爷背面啼，垢腻脚不袜。
床前两小女，补绽才过膝。

海图拆波涛，旧绣移曲折。
天吴及紫凤，颠倒在短褐[12]。
老夫情怀恶，数日卧呕泄。
那无囊中帛，救汝寒凛栗[13]。
粉黛亦解包，衾裯稍罗列[14]。
瘦妻面复光，痴女头自栉。
学母无不为，晓妆随手抹。
移时施朱铅，狼藉画眉阔。
生还对童稚，似欲忘饥渴。
问事竞挽须，谁能即嗔喝。
翻思在贼愁，甘受杂乱聒。
新归且慰意，生理焉能说[15]。
至尊尚蒙尘，几日休练卒[16]？
仰观天色改，坐觉妖氛豁[17]。
阴风西北来，惨澹随回纥[18]。
其王愿助顺，其俗善驰突。
送兵五千人，驱马一万匹。
此辈少为贵，四方服勇决。
所用皆鹰腾，破敌过箭疾。
圣心颇虚伫，时议气欲夺[19]。
伊洛指掌收，西京不足拔[20]。
官军请深入，蓄锐可俱发。
此举开青徐，旋瞻略恒碣[21]。
昊天积霜露，正气有肃杀[22]。
祸转亡胡岁，势成擒胡月。
胡命其能久，皇纲未宜绝[23]。
忆昔狼狈初，事与古先别。

奸臣竟菹醢，同恶随荡析㉔。
不闻夏殷衰，中自诛褒妲㉕。
周汉获再兴，宣光果明哲㉖。
桓桓陈将军，仗钺奋忠烈㉗。
微尔人尽非，于今国犹活。
凄凉大同殿，寂寞白兽闼㉘。
都人望翠华，佳气向金阙㉙。
园陵固有神，扫洒数不缺。
煌煌太宗业，树立甚宏达㉚。

① 此与羌村三首为同时之作。至德二载（757）闰八月杜甫自凤翔回鄜州省家，鄜州在凤翔北，故以《北征》命篇。此行作诗多首，《北征》则为总结之作。

② 苍茫，犹仓皇。问，探问。

③ 经纬，织物纵线叫经，横线叫纬，比喻条理周密地处理事物，此指处理军国大事。密勿，劳心勉力。

④ 乾坤，实指整个国家。疮痍，伤痛。形容国家处于大乱之中。开头至“忧虞何时毕”二十句写得假探家，辞别行在时忧切国事的心情。

⑤靡靡，犹迟迟。逾，度越。阡陌，小路，南北曰阡，东西曰陌。

⑥ 邠（bīn），唐邠州在今陕西彬县，泾水流经境内。荡潏（yù），水流貌。

⑦ 缅思，远想。桃源，陶渊明《桃花源记》，描写了一个与世隔绝而生活安乐的世界。参见王维《桃源行》注。身世拙，指身世艰难。

⑧ 坡陀，地势高低不平。鄜畤，即鄜州。畤，祭天的神坛，春秋时秦文公在鄜邑设畤祭祀白帝，故称。见《史记·封禅书》。

⑨“潼关”二句：天宝十四载，安禄山反，十二月洛阳失陷。玄宗命哥舒翰率大军二十万扼守潼关。十五载六月，杨国忠促令出战，为安禄山部将崔乾祐所诱，大败于灵宝，士卒死伤溃散。百万师，概而言之。卒，仓卒。

⑩ 异物，指死亡。“靡靡逾阡陌”至“残害为异物”三十六句，叙述自凤翔经邠州至鄜州的经历和感想。

⑪ 堕胡尘，指先年八月为安禄山所获陷身长安。

⑫“海图”四句，写小女所穿的衣服，系旧衣补缀而成。旧衣上绣的波涛

图案被重新剪接，曲折的线条被胡乱移动，天吴紫凤图像均被颠倒。天吴，神话中的水怪。短（shù）褐，粗布衣服。短为“裋”之借字，一本即作“裋”，音义并同。

⑬那，奈。

⑭粉黛，代指其妻。衾裯，被帐。妻子因丈夫回来，室中被帐，稍事张罗。

⑮生理，犹言生活问题。“况我堕胡尘”至“生理焉能说”三十六句写归家且悲且喜的情况。

⑯至尊，皇帝。蒙尘，皇帝受难，指奔亡被虏之类，此指奔走在外。休练卒，即停止战争。

⑰坐觉，犹遂觉。妖氛豁，妖气散开，喻叛军将被平定。

⑱惨澹，暗然无色。回纥，部族，亦国名，唐代在今内蒙古境，后逐渐西移，入今新疆境，元代称为畏吾儿，今称维吾尔。至德元载（756）九月，回纥遣其太子叶护率兵四千，助唐讨贼，肃宗宴赐甚厚，命广平王与叶护约为兄弟。

⑲虚伫，虚心期待。当时肃宗颇依赖回纥，朝臣不以为然，故曰“时议气欲夺”。

⑳伊洛，伊水、洛水，指今河南境。西京，长安。指掌收，不足拔，均谓收复非常容易。

㉑青徐，青州、徐州，今山东与江苏北部。旋，紧接着。恒，恒山，在今山西。碣，碣石，在今河北东北。

㉒昊天，秋天，亦即指天。霜露，此重在霜。《汉郊祀歌》：“西颢沆荡，秋气肃杀。”“昊天”二句，谓昊天降霜，有肃杀之气。古人认为春降雨露，使万物生长，秋有风霜，使草木凋零，是自然之理。诗既切合秋令，又喻时机成熟，当消灭叛贼。故下句即云“祸转亡胡岁”。

㉓皇纲，指唐王朝的统治。——“至尊尚蒙尘”至“皇纲未宜绝”二十八句议论大局，亟望收复两京，平定叛乱。

㉔奸臣，指杨国忠。菹醢（zū hǎi），砍成肉酱。同恶，指杨氏姊妹。荡析，荡灭离散。马嵬之变，韩国夫人、秦国夫人当即被杀，虢国夫人逃到陈仓亦被处死。

㉕“不闻”二句：古人以三代亡国，皆有女祸，夏桀以妹喜，殷纣以妲己，周幽以褒姒。上句举“夏殷”而省周，下句言“褒妲”而该妹，参错互见，概括三代。

㉖“周汉”二句，周宣王中兴周室，汉光武再建汉朝，用以比喻肃宗。

㉗桓桓，威武貌。陈将军，陈玄礼。天宝十五载六月，唐玄宗率杨贵妃姊

妹奔蜀，左龙武大将军陈玄礼，整比六军以从。至马嵬驿，六军不发。陈玄礼以祸由杨国忠，欲诛之。命吐蕃使者遮国忠马，诉以无食。国忠未及对，军士呼曰："国忠与胡虏谋反！"遂杀之，以枪揭其首。玄宗出驿门，慰劳军士，令收队。军士不应，使高力士问之。玄礼对曰："国忠谋反，贵妃不宜供奉，愿陛下割恩正法。"玄宗不得已，令力士引贵妃于佛堂缢杀之。见《资治通鉴》肃宗至德元载。

㉘ 大同殿，唐宫殿名。长安唐宫南内，兴庆宫勤政楼之北曰大同门，其内为大同殿。白兽闼，唐宫门名。时长安尚未收复，故曰凄凉、寂寞。

㉙ 翠华，指皇帝仪仗。因大旗上多用翠羽装饰，故称。

㉚ 煌煌，光辉之貌。太宗业，唐王朝实由太宗建立，故云。"忆昔狼狈初"至"树立甚宏达"二十句，回顾马嵬驿之变，肯定陈玄礼与军士的行动，并相信国家终将得到中兴。

★《北征》为《自京赴奉先县咏怀五百字》姐妹篇，其规模结构亦颇相似，而《北征》更宏大。诗叙辞阙情怀，道途闻见，写归家琐事，虑国家大计，无不驰骋自由，无所窒碍。然看似随意挥洒，然无不以国家命运为怀，此等篇章，唐代少有，后世更不可企及。

《哀江头》诗云："明眸皓齿今何在，血污游魂归不得！清渭东流剑阁深，去住彼此无消息。人生有情泪沾臆，江水江花岂终极！"盖时身陷贼中，于贵妃之死，玄宗之亡，深表同情。至《北征》中云："奸臣竟菹醢，同恶随荡析。不闻夏殷衰，中自诛褒妲。"此事过之后，公论所向，以杨家姊妹，确有罪过，是以云尔。处境不同，心情亦异，笔亦随之。

"菊垂今秋花，石戴古车辙。青云动高兴，幽事亦可悦。山果多琐细，罗生杂橡栗。或红如丹砂，或黑如点漆。雨露之所濡，甘苦齐结实。缅思桃源内，益叹身世拙"。经历了一番尘世的磨难，突然面对这样一个清净的境界，此种心情感受，却用如此平易的诗句写出，只有少陵有此手段。这实在是杜甫古诗中最深切亦最优美的段落。

彭衙行①

忆昔避贼初，北走经险艰。
夜深彭衙道，月照白水山。

尽室久徒步，逢人多厚颜。
参差谷鸟鸣，不见游子还②。
痴女饥咬我，啼畏虎狼闻。
怀中掩其口，反侧声愈嗔。
小儿强解事，故索苦李餐。
一旬半雷雨，泥泞相牵攀。
既无御雨备，径滑衣又寒。
有时经契阔，竟日数里间③。
野果充糇粮，卑枝成屋椽。
早行石上水，暮宿天边烟。
少留同家洼，欲出芦子关④。
故人有孙宰，高义薄曾云⑤。
延客已曛黑，张灯启重门。
暖汤濯我足，剪纸招我魂⑥。
从此出妻孥，相视涕阑干⑦。
众雏烂熳睡，唤起沾盘餐。
誓将与夫子，永结为弟昆⑧。
遂空所坐堂，安居奉我欢。
谁肯艰难际，豁达露心肝。
别来岁月周，胡羯仍构患⑨。
何当有翅翎，飞去堕尔前！

①天宝十五载（756）六月，杜甫自白水携家北走，一路极为狼狈，途经彭衙同家洼，得到故人孙宰的接待，其后移家鄜州。此至德二载（757）追怀往事寄赠孙宰者。彭衙，在白水县东北六十里，为汉彭衙县地。

②不见游子还，指其地荒凉，人多逃亡。

③契阔，困苦艰难之意。

④同家洼（wā），一作周家洼。芦子关，在唐延州境内，今陕西安塞西北。

杜甫流亡至此，未知所向，还拟北出芦子关，后乃寄寓鄜州。

⑤孙宰，杜甫称为故人，当系旧交。其人仅此一见。薄，迫近。曾云，高云。

⑥“剪纸”句，剪纸为远人招魂，为当时习俗。

⑦涕阑干，泪纵横。

⑧“誓将”二句，明王嗣奭《杜臆》谓此“乃代述孙宰语，所谓露心肝于艰难之际者”。夫子，指杜甫。

⑨胡羯，指安庆绪、史思明叛军。构患，作乱。“患”字读平声。

赠卫八处士①

人生不相见，动如参与商②。
今夕是何夕，共此灯烛光。
少壮能几时，鬓发各已苍。
访旧半为鬼，惊呼热中肠。
焉知二十载，重上君子堂。
昔别君未婚，男女忽成行③。
怡然敬父执，问我来何方④。
问答未及已，儿女罗酒浆⑤。
夜雨剪春韭，新炊间黄粱。
主称会面难，一举累十觞。
十觞亦不醉，感子故意长。
明日隔山岳，世事两茫茫！

①卫八处士，其人不详。处士，未官者之称。乾元元年（758）杜甫由左拾遗出为华州司功参军，诗作于二年春在华州。

②参与商，二星名，参（shēn）在西，商在东，此出彼没，永不得相见。

③男女，一作“儿女”。

④父执，父亲的朋友。执，志同道合之友。

⑤未及已，一作“乃未已”。儿女，一作“驱儿”。

新安吏[1]

客行新安道，喧呼闻点兵。
借问新安吏："县小更无丁！"
"府帖昨夜下，次选中男行[2]。"
中男绝短小，何以守王城！
肥男有母送，瘦男独伶俜[3]。
白水暮东流，青山犹哭声。
莫自使眼枯，收汝泪纵横。
眼枯即见骨，天地终无情。
我军取相州，日夕望其平。
岂意贼难料，归军星散营[4]。
就粮近故垒，练卒依旧京。
掘壕不到水，牧马役亦轻。
况乃王师顺，抚养甚分明。
送行勿泣血，仆射如父兄[5]。

①原注："收京后作。虽收两京，贼犹充斥。"此注就三吏三别言之，非只涉《新安吏》。诗中多涉乾元二年（759）三月相州之败，自当在是年三月以后。时杜甫自华州至东都。诗作于自东都回华州途中。新安，今河南新安。

②府帖，州郡下发的征兵文书。丁指成年男子，中男指未成年者。《通典·食货志》："大唐武德七年定令，男女始生为黄，四岁为小，十六为中，二十一为丁，六十为老。玄宗天宝三载十二月制，自今以后，百姓宜以十八以上为中男，二十三岁以上成丁。"

③伶俜（líng pīng），孤零貌。

④"我军取相州"四句：相州，天宝元年改为邺郡，乾元元年复为相州，今河南安阳。乾元元年九月，命朔方节度郭子仪、河东节度李光弼、关内潞州节度王思礼、淮西襄阳节度鲁炅、兴平节度李奂、滑濮节度许叔冀，平卢兵马使董秦、北庭行营节度使李嗣业、郑蔡节度使季广琛等九节度，围安庆绪于相

州，不设元帅，以宦官鱼朝恩为观军容使，九节度互不相属。史思明自魏州引兵来救。乾元二年三月，九节度之师溃败。郭子仪退守河阳，以保东都。见《旧唐书·肃宗纪》。河阳，今河南孟县。

⑤仆射（yè），指郭子仪，至德二载五月郭子仪由司徒降为左仆射。乾元初已进位中书令，此仍称其旧官。“就粮近故垒”以下八句为送行作宽慰之辞。

潼关吏[①]

士卒何草草，筑城潼关道[②]。
大城铁不如，小城万丈馀。
借问潼关吏，“修城还备胡？”
要我下马行，为我指山隅。
“连云列战格，飞鸟不能逾[③]。
胡来但自守，岂复忧西都。
丈人视要处，窄狭容单车。
艰难奋长戟，千古用一夫[④]。”
哀哉桃林战，百万化为鱼[⑤]。
请嘱防关将，慎勿学哥舒！

①潼关，在今陕西潼关县东北黄河南岸。

②草草，急剧貌。此因相州大败，故急修潼关以为防备。

③战格，战栅，用以拒敌。

④千古，一作“万古”。二句语本张载《剑阁铭》：“一夫荷戟，万夫趑趄。”“连云列战格”以下为修城者的答辞。

⑤桃林，即桃林塞，潼关古称。百万化为鱼，指天宝十五载哥舒翰二十万大军败于灵宝，潼关失陷。哥舒翰败时，堕黄河死者数万人，故云“化为鱼”。《北征》诗亦云：“潼关百万师，往者散何卒！”“哀哉桃林战”以下四句为嘱咐守吏之辞。

石壕吏

暮投石壕村，有吏夜捉人[①]。
老翁逾墙走，老妇出门看。
吏呼一何怒，妇啼一何苦！
听妇前致辞："三男邺城戍。
一男附书至，二男新战死。
存者且偷生，死者长已矣[②]。
室中更无人，惟有乳下孙。
有孙母未去，出入无完裙[③]。
老妪力虽衰，请从吏夜归。
急应河阳役，犹得备晨炊[④]。"
夜久语声绝，如闻泣幽咽。
天明登前途，独与老翁别。

① 石壕村，在今河南陕县东。

② "三男邺城戍"以下五句，老妇所述，即指乾元二年相州之败，士卒死亡惨重。

③ "有孙母未去"二句，一作"孙母未便出，见吏无完裙"。

④ 河阳役，郭子仪相州败后，退守河阳，形势紧迫。

★仇兆鳌按："古者有兄弟，始遣一人从军。今驱尽壮丁，及于老弱。诗云：三男戍，二男死，孙方乳，媳无裙，翁逾墙，妇夜往，一家之中父子兄弟，祖孙姑媳，惨酷至此，民不聊生极矣，当时唐祚亦岌岌乎危哉！"后世评《石壕》诗者多矣，未有如仇沧柱之简切翔实而深刻。袁枚《马嵬》诗云："莫唱当年长恨歌，人间亦自有天河。石壕村里夫妻别，泪比长生殿上多。"后世咏《马嵬》诗多矣，袁子才以之同石壕村联系起来，亦可谓独出心裁。

新婚别

兔丝附蓬麻，引蔓故不长①。
嫁女与征夫，不如弃路旁。
结发为妻子，席不暖君床②。
暮婚晨告别，无乃太匆忙。
君行虽不远，守边赴河阳③。
妾身未分明，何以拜姑嫜④。
父母养我时，日夜令我藏。
生女有所归，鸡狗亦得将。
君今生死地，沉痛迫中肠。
誓欲随君去，形势反苍黄⑤。
勿为新婚念，努力事戎行。
妇人在军中，兵气恐不扬⑥。
自嗟贫家女，久致罗襦裳⑦。
罗襦不复施，对君洗红妆。
仰视百鸟飞，大小必双翔。
人事多错迕，与君永相望⑧。

①兔丝、蓬麻，并植物名。兔丝附生于其他植物上，蓬麻太矮，故引蔓不长。句仿《古诗十九首》“与君为新婚，兔丝附女萝”。

②妻子，一作“君妻”。

③赴河阳，即赴郭子仪军中，防史思明西进。

④姑，夫之母。嫜，夫之父。《释名·释亲属》：“夫之父曰舅，俗或谓舅曰章。”

⑤苍黄，同“仓黄”，匆忙尴尬之意。

⑥“妇人”二句，谓妇人在军中，恐影响士气。扬，振作。西汉李陵引兵伐匈奴，战败。李陵曰：“我士气少衰而鼓不起者何也，军中岂有女子乎？”搜得皆斩之。见《汉书·李陵传》。

⑦ 襦，短衣。裳，裙。

⑧ 错迕，错杂交迕。全诗均作新婚女之辞。

垂老别

四郊未宁静，垂老不得安。
子孙阵亡尽，焉用身独完。
投杖出门去，同行为辛酸。
幸有牙齿存，所悲骨髓干。
男儿既介胄，长揖别上官。
老妻卧路啼，岁暮衣裳单。
孰知是死别，且复伤其寒。
此去必不归，还闻劝加餐。
土门壁甚坚，杏园度亦难①。
势异邺城下，纵死时犹宽②。
人生有离合，岂择衰老端。
忆昔少壮日，迟回竟长叹③。
万国尽征戍，烽火被冈峦。
积尸草木腥，流血川原丹。
何乡为乐土，安敢尚盘桓。
弃绝蓬室居，塌然摧肺肝④。

① 土门、杏园，必河阳附近地名。二句谓河阳地险，贼军进攻不易。

② “势异”二句，谓河阳形势与邺城不同，纵会战死也不致那样紧急。“土门”以下四句，宽慰老妇之词。

③ 衰老，一作“衰盛”。迟回，犹豫不定貌。“人生”以下四句，自作宽慰之词。

④ 塌然，伤貌。全诗均老人之辞。

无家别

寂寞天宝后，园庐但蒿藜。
我里百馀家，世乱各东西。
存者无消息，死者为尘泥。
贱子因阵败，归来寻旧蹊[①]。
久行见空巷，日瘦气惨凄。
但对狐与狸，竖毛怒我啼。
四邻何所有，一二老寡妻。
宿鸟恋本枝，安辞且穷栖。
方春独荷锄，日暮还灌畦。
县吏知我至，召令习鼓鞞[②]。
虽从本州役，内顾无所携[③]。
近行止一身，远去终转迷。
家乡既荡尽，远近理亦齐。
永痛长病母，五年委沟溪。
生我不得力，终身两酸嘶。
人生无家别，何以为蒸黎[④]！

① 阵败，指九节度邺城之败。

② 鞞，同“鼙”，军用鼓。习鼓鼙，即操练。

③ 携，离别。

④ 蒸，众也。蒸黎，黎民百姓。全诗均败阵归来老卒的自述。“三吏”中诗人亲自出面参与对话，“三别”则全是诗中人物的独白。

★“三吏”“三别”，不仅是少陵名作，在中国诗史上也有其特定的地位。村落至无丁可点，民人至阵亡殆尽，新婚远别，垂老无家，此成何世界！一组作品，最真实地反映了安禄山叛乱以后唐代社会的惨象。开元、

天宝是有唐的极盛，全国人口多达五千馀万，乱离之后，人口丧失了三分之二。这种可怕的历史性灾难，从“三吏”“三别”即得到了具体的印证。“目击成诗，遂下千年之泪”，此真所谓诗史。“三吏”“三别”直接继承了汉乐府的传统，贯注了诗人深切的感受。白居易最先给予这一组诗以极高的评价，就在于组诗其实是新乐府运动的先声。

佳　人

绝代有佳人，幽居在空谷①。
自云良家子，零落依草木。
关中昔丧乱，兄弟遭杀戮②。
官高何足论，不得收骨肉。
世情恶衰歇，万事随转烛。
夫婿轻薄儿，新人美如玉。
合昏尚知时，鸳鸯不独宿③。
但见新人笑，那闻旧人哭。
在山泉水清，出山泉水浊。
侍婢卖珠回，牵萝补茅屋。
摘花不插髮，采柏动盈掬。
天寒翠袖薄，日暮倚修竹。

①绝代有佳人，语本李延年《佳人歌》“北方有佳人，绝世而独立”。

②关中，函谷关以西。关中昔丧乱，指天宝十五载六月安禄山叛军攻陷长安。

③合昏，植物名。鸳鸯，鸟名，雌雄相随不分离。

梦李白二首①

死别已吞声，生别常恻恻。
江南瘴疠地，逐客无消息。

故人入我梦，明我长相忆。
恐非平生魂，路远不可测。
魂来枫林青，魂返关塞黑[②]。
君今在罗网，何以有羽翼。
落月满屋梁，犹疑照颜色。
水深波浪阔，无使蛟龙得。

浮云终日行，游子久不至[③]。
三夜频梦君，情亲见君意。
告归常局促，苦道来不易[④]。
江湖多风波，舟楫恐失坠。
出门搔白首，若负平生志。
冠盖满京华，斯人独憔悴[⑤]。
孰云网恢恢，将老身反累[⑥]。
千秋万岁名，寂寞身后事。

① 至德元载（756）李白入永王李璘幕府，明年二月，永王失败，李白因此获罪，乾元元年（758）被长流夜郎。诗作于李白流放以后。

② 枫林青，《楚辞·招魂》："湛湛江水兮上有枫，目极千里兮伤春心，魂兮归来哀江南。"

③ "浮云"二句，语本《古诗》"浮云蔽白日，游子不顾反"。

④ 局促，不安貌。

⑤ 冠盖，冠服和车盖，达官贵人的用物，因而代指达官贵人。斯人，指李白。

⑥ 网恢恢，宽广貌。诗意谓谁说天网宽宏，而李白却以年老之身陷于罗网。

成都府[①]

翳翳桑榆日，照我征衣裳[②]。

我行山川异，忽在天一方。
但逢新人民，未卜见故乡[3]。
大江东流去，游子日月长[4]。
曾城填华屋，季冬树木苍[5]。
喧然名都会，吹箫间笙簧。
信美无与适，侧身望川梁[6]。
鸟雀夜各归，中原杳茫茫。
初月出不高，众星尚争光。
自古有羁旅，我何苦哀伤。

① 成都府，今四川成都。杜甫于乾元二年（759）七月自华州弃官西去秦州，十月往同谷，十二月入蜀至成都，自此不再返中原。

② 翳翳，茂树浓荫貌。桑榆，《太平御览》卷三引《淮南子》："日西垂影在树端，谓之桑榆。"因代指日暮。

③ 未卜见故乡，远离故乡，未卜何时可以归去。

④ 大江，指岷江。日月长，一作"去日长"。

⑤ 曾，同"层"。层城，犹重城。填，满也。季冬，十二月。

⑥ 信美，诚然美好。王粲《登楼赋》："虽信美而非吾土兮，曾何足以少留。"无与适，因系他乡，觉无可适意。

送陵州路使君之任[1]

王室比多难，高官皆武臣[2]。
幽燕通使者，岳牧用词人[3]。
国待贤良急，君当拔擢新。
佩刀成气象，行盖出风尘[4]。
战伐乾坤破，疮痍府库贫。
众僚宜洁白，万役但平均。
霄汉瞻佳士，泥涂任此身。

秋天正摇落，回首大江滨！

① 杜甫自乾元二年（759）十二月至成都，即寓居于此。代宗宝应元年（762）秋，西川兵马使徐知道反，杜甫因避地梓州，此广德元年（763）秋作于梓州。陵州，今四川仁寿。使君，刺史之称。之任，一作“赴任”。

② 比，近来。多难，指安史之乱，安史乱平以后，各地叛乱也经常发生。高官皆武臣，时各地皆屯有军旅，多以武将兼领刺史。

③ 幽燕，即河北。通使者，谓史朝义自缢后，河北诸郡即归降。其实仍形成地方割据，“通使者”用词极有分寸。岳牧，传尧舜时有四岳十二牧，后因称州郡长官为岳牧。

④ 佩刀、行盖，指刺史服饰仪仗。《晋书·王祥传》：“初，吕虔有佩刀，工相之，以为必登三公，可服此刀。虔谓祥曰：‘苟非其人，刀或为害。卿有公辅之量，故以相与。’祥固辞，强之乃受。”佩刀成气象，实暗含此典。

兵车行①

车辚辚，马萧萧，行人弓箭各在腰②。
耶娘妻子走相送，尘埃不见咸阳桥③。
牵衣顿足拦道哭，哭声直上干云霄。
道旁过者问行人，行人但云点行频④。
或从十五北防河，便至四十西营田⑤。
去时里正与裹头，归来头白还戍边⑥。
边庭流血成海水，武皇开边意未已⑦。
君不闻汉家山东二百州，千村万落生荆杞⑧。
纵有健妇把锄犁，禾生陇亩无东西⑨。
况复秦兵耐苦战，被驱不异犬与鸡⑩。
长者虽有问，役夫敢伸恨？
且如今年冬，未休关西卒⑪。
县官急索租，租税从何出⑫？
信知生男恶，反是生女好。

生女犹得嫁比邻，生男埋没随百草⑬。
君不见青海头，古来白骨无人收⑭。
新鬼烦冤旧鬼哭，天阴雨湿声啾啾！

①《资治通鉴》唐三十二：天宝八载（749）六月，陇右节度使哥舒翰攻吐蕃石堡城，唐士卒死者数万。九载冬十二月，关西游奕使王难得击吐蕃，与诗中“且如今年冬，未休关西卒”合。时杜甫在长安，诗当作于此时。行，歌行，乐府曲名。

② 辚辚，车行声。《诗·秦风·车邻》：“有车邻邻。”萧萧，马鸣声。《诗·小雅·车攻》：“萧萧马鸣。”

③ 咸阳桥，《一统志》：“西渭桥在长安城西，唐时名咸阳桥。”

④ 点行，征点出行服役。频，言其频繁。

⑤ 防河，唐代吐蕃常侵扰边境，因要征兵戍守河西。河西，黄河以西，今甘肃省境。营田，垦田驻守。

⑥ 里，乡村行政单位。唐制，百户为一里。里正，即里的头领。

⑦ 武皇，汉武帝，实代指唐玄宗。一本作“我皇”，非是。

⑧ 山东，华山以东。

⑨ 无东西，阡陌混乱，分不清东西。

⑩ 秦兵，关中之兵，注家均谓即指眼前征用之兵。

⑪ 关西卒，即指秦兵。《资治通鉴》：“天宝九载冬十二月，关西游奕使王难得击吐蕃，克五城，拔树敦城。”

⑫ 县官，即指国家，犹言政府。《史记·绛侯世家》“盗买县官器”，索隐：“县官，谓天子也。所以谓国家为县官者，《夏官》王畿内县即国都也。王者官天下，故曰县官也。”

⑬“信知”四句：《水经注·河水》引杨泉《物理论》：“秦始皇使蒙恬筑长城，死者相属。民歌曰：生男慎勿举，生女哺用铺。不见长城下，尸骸相支拄。”杜诗实受秦民歌启发。

⑭ 青海，唐代长期和吐蕃在青海作战，死伤惨重。

★盛唐两大诗人，李白以旧题乐府擅长，杜甫更创新题乐，为中唐新乐府运动先声，以“三吏”“三别”为其代表，《兵车行》则集中第一篇也。

丽人行

三月三日天气新，长安水边多丽人[①]。
态浓意远淑且真，肌理细腻骨肉匀[②]。
绣罗衣裳照暮春，蹙金孔雀银麒麟[③]。
头上何所有？翠微匐叶垂鬓唇[④]。
背后何所见？珠压腰衱稳称身[⑤]。
就中云幕椒房亲，赐名大国虢与秦[⑥]。
紫驼之峰出翠釜，水精之盘行素鳞[⑦]。
犀箸厌饫久未下，鸾刀缕切空纷纶[⑧]。
黄门飞鞚不动尘，御厨络绎送八珍[⑨]。
箫鼓哀吟感鬼神，宾从杂遝实要津[⑩]。
后来鞍马何逡巡，当轩下马入锦茵[⑪]。
杨花雪落覆白蘋，青鸟飞去衔红巾[⑫]。
炙手可热势绝伦，慎莫近前丞相嗔[⑬]！

① 三月三日，古人游春节日。汉以前以三月第一个巳日为上巳节，魏以后固定在三月三日。长安水边，指长安东南曲江、芙蓉苑等地。丽人，泛指一般贵族妇女，由后文知主要指杨家姊妹。

② 态，仪态。意，情意。淑，美好。真，真实、真挚。“淑”与“态浓”相应，“真”与“意远”相应。细腻，细嫩腻滑。骨肉匀，仇兆鳌注：“肥瘠相宜也。《神女赋》‘秾不短，纤不长’，即骨肉匀也。”

③ 蹙金，金线的一种针法。蹙金孔雀，金线绣孔雀。银麒麟，银线绣的麒麟。

④ 翠，青绿色。匐（è）叶，妇女髪髻上的花叶饰物。翠微匐叶，青翠微薄的匐叶。鬓唇，鬓边。一作“翠为匐叶”，翠玉做的匐叶。

⑤ 腰衱（jié），裙带。珠压腰衱，珍珠缀在裙带上，压定使之下垂。前段十句写游春丽人艳丽奢靡的体态着装。

⑥ 就中，这群“丽人”之中。云幕，画有云气的帐幕。椒房，用椒粉和泥

涂饰的房间，专指后妃的宫殿；汉未央宫有椒房殿。云幕椒房亲，指杨贵妃的姊妹。虢（guó）与秦，杨贵妃的姊妹并封国夫人，大姊封韩国夫人，三姨封虢国夫人，八姨封秦国夫人。三姊妹中，韩国年长，虢国、秦国特别风流，虢国尤为突出，甚至与杨国忠也关系暧昧；故诗中只提“虢与秦”。二句点出杨家姊妹。

⑦ 紫驼之峰，驼峰肉为珍贵美味。釜，烹饪器。翠釜当是翠玉釜状菜盘。素鳞，鱼。

⑧ 犀箸，犀牛角制筷子。厌饫（yù），吃腻了。厌，通“餍”。銮刀，带有小铃的菜刀。缕切，一缕缕细切。纷纶，繁忙之貌。句意谓如此之好的美馔，杨家人却吃厌了，厨工们空忙了一阵。

⑨ 黄门，宦官。飞鞚，飞扬着马勒，形容飞马快跑。不动尘，快马飞驰似不着地，故不动尘。御厨，皇帝厨房。络绎，接连不断。八珍，多种珍馐美食。

⑩ 宾从，宾客随从。实要津，都是占据重要职位的人物。“紫驼”以下八句写杨家姊妹春郊的豪宴。

⑪ 后来，后来者逡巡（qūn xún），欲行又止；此形容来人迟迟慢慢，故作姿态。轩，一种贵族乘坐的车。《左传》闵公二年“鹤有乘轩者”，注：“轩，大夫车。”此当指杨氏姊妹停放的车。锦茵，锦绣地毯。郊外春游，在地上铺着地毯以备休息。“后来”二句写杨国忠到来的架势。杨国忠，本名钊，为杨贵妃从兄，玄宗赐名国忠。天宝十一载（752），李林甫死，以国忠为右相兼吏部尚书，独揽朝政。杜甫此诗之作当在天宝十二载春末。

⑫ 杨花：北魏将杨华容貌雄伟，胡太后逼与私通，杨华恐惧，乃率部降梁。胡太后追思不已，乃作《杨白华歌辞》。见《梁书·杨华传》。今《乐府诗集·杂曲歌辞》有无名氏《杨白花》辞，曰：“阳春二三月，杨柳齐作花。春风一夜入闺闼，杨花飘荡落南家。含情出户脚无力，拾得杨花泪沾臆。秋去春还双燕子，愿衔杨花入窠里。”杨华本名白花，入梁后改名杨华。青鸟，神话中西王母的使者。红巾，妇女用手帕。“杨花”二句，用隐语讽刺杨国忠和虢国夫人的暧昧关系。

⑬ 炙手可热，热得烫手，形容权势烜赫之极。势绝伦，权势无可比拟。丞相，指杨国忠。嗔，怒。末二句写杨国忠到来时的气焰。

★《旧唐书·杨贵妃传》：“玄宗每年十月，幸华清宫，国忠姊妹五家扈从。每家为一队，着一色衣，五家合队，照映如百花之焕发。而遗钿坠舄，瑟瑟珠翠，璨瓓芳馥于路。而国忠私于虢国，而不避雄狐之刺。”乐史

《杨太真外传》："虢国又与国忠乱焉，略无仪检。每入朝谒，国忠与韩虢连辔，挥鞭骤马，以为谐谑。"这些记载，正可以作为《丽人行》的注脚。杜子美在当时敢于对气焰熏天的皇家权要进行如此辛辣的揭露和讽刺，足见这位儒雅诗人的胆略。不过话说回来，唐王朝的统治者对文化人是相当宽容的。如果杜子美生活在一个残暴政权时代，他敢放出"炙手可热势绝伦，慎莫近前丞相嗔"这样胆大包天的诗句！

醉时歌赠广文馆博士郑虔①

诸公衮衮登台省，广文先生官独冷②；
甲第纷纷厌粱肉，广文先生饭不足③。
先生有道出羲皇，先生有才过屈宋④。
德尊一代常坎轲，名垂万古知何用⑤！
杜陵野客人更嗤，被褐短窄鬓如丝⑥。
日籴太仓五升米，时赴郑老同襟期⑦。
得钱即相觅，沽酒不复疑。
忘形到尔汝，痛饮真吾师⑧。
清夜沉沉动春酌，灯前细雨檐花落。
但觉高歌有鬼神，焉知饿死填沟壑！
相如逸才亲涤器，子云识字终投阁⑨。
先生早赋归去来，石田茅屋荒苍苔⑩。
儒术于我何有哉？孔丘盗跖俱尘埃⑪。
不须闻此意惨怆，生前相遇且衔杯！

①郑虔，字弱齐，郑州荥阳（今河南荥阳）人。玄宗开元二十五年（737）官广文馆博士。尝自写其诗并画献玄宗，玄宗署其尾曰"三绝"。诗作于天宝十三载（754）春。

②衮衮，连续众多。台，御史台。省，中书省、尚书省、门下省。皆朝廷重要部门。

③ 甲第，王侯第宅，因有甲乙次第，故曰甲第。厌，饱足。

④ 羲皇，伏羲氏，传说中的有道之君。屈宋，屈原、宋玉。

⑤ 坎轲，车失利貌，喻艰难失意。

⑥ 被褐，穿着粗布短衣。贫苦人的衣着。

⑦ 太仓，国家仓库。天宝十二载八月，京城霖雨，米贵，出太仓米十万石，减价粜与贫人。襟期，怀抱希冀。

⑧ 忘形，随意不拘形式。尔汝，随便亦亲昵地称呼。

⑨ 相如，西汉赋家司马相如，尝在临邛酤酒，妻卓文君当垆，相如亲着犊鼻裈，涤器于市中。子云，汉扬雄，字子云，博学多识奇字，尝校书天禄阁。其弟子刘棻被王莽治罪，雄受株连，治狱使者前来收捕，雄自阁投下，几死。

⑩ 赋归去来，陶渊明为彭泽令，解印绶去职，赋《归去来兮辞》。

⑪ 孔丘，孔子，儒家圣人。盗跖，传为春秋时大盗。《庄子》有《盗跖》篇。

★天宝十五载亦即肃宗至德元载（756）五月，玄宗奔蜀，郑虔扈从不及；六月，安禄山叛军攻陷长安，郑虔被叛军劫持到洛阳，授水部郎中伪职，虔托病不出。至德二载（757）两京收复，十二月“从贼”官员以六等定罪，郑虔在次三等，贬台州司户参军。杜甫有《送郑十八虔贬台州司户，伤其临老陷贼之故，阙为面别，情见于诗》。诗云：“郑公樗散鬓成丝，酒后常称老画师。万里伤心严谴日，百年垂死中兴时。苍惶已就长途往，邂逅无端出饯迟。便与先生应永诀，九重泉路尽交期！”杜甫落魄长安之日，郑虔是难得的知交，两人境况也大体相同，故彼此惺惺相惜，“忘形到尔汝，痛饮真吾师”。今不幸遭此“严谴”，远谪台州（今浙江临海），心知后会无期，已是生离死别，诗句句从心底流出，写得极为沉痛。郑虔比杜甫年长，杜甫称之为“郑老”，去台州后，忧愤交加，不久即在那儿逝世。

奉先刘少府新画山水障歌①

堂上不合生枫树，怪底江山起烟雾②。
闻君扫却赤县图，乘兴遣画沧洲趣③。
画师亦无数，好手不可遇。
对此融心神，知君重毫素④。

岂但祁岳与郑虔，笔迹远过杨契丹[⑤]。
得非玄圃裂，毋乃潇湘翻[⑥]？
悄然坐我天姥下，耳边已似闻清猿[⑦]。
反思前夜风雨急，乃是蒲城鬼神入[⑧]。
元气淋漓障犹湿，真宰上诉天应泣[⑨]。
野亭春还杂花远，渔翁暝踏孤舟立。
沧浪水深青溟阔，欹岸侧岛秋毫末。
不见湘妃鼓瑟时，至今斑竹临江活[⑩]。
刘侯天机精，爱画入骨髓。
自有两儿郎，挥洒亦莫比。
大儿聪明到，能添老树巅崖里；
小儿心孔开，貌得山僧及童子[⑪]。
若耶溪，云门寺，吾独胡为在泥滓[⑫]，
青鞋布袜从此始。

①奉先，今陕西蒲城。少府，唐代称县尉为少府。《文苑英华》题作“新画山水歌奉先尉刘单宅作”。山水障，画有山水的屏障。天宝十三载（754）杜甫因长安米贵，将妻小寄居奉先，奉先杨县令为杜甫近亲，诗当作于其时。

②底，何以，唐代方言。

③赤县图，是刘少府另一幅画，遣画沧洲趣，即指山水障。

④毫素，挥毫于素绢。

⑤祁岳、郑虔，并当时著名画家。杨契丹，隋代画家。

⑥玄圃，同县圃，神话中昆仑之巅，神仙所居。《楚辞·离骚》：“朝发轫于苍梧兮，夕余至乎县圃。”潇湘，潇水至零陵与湘水合，称潇湘。二句画中远景。

⑦天姥，山名，在浙江新昌县东南。杜甫《壮游》诗“归帆拂天姥”，盖旧游之地，故联想及之。二句画中近景。

⑧乃是，一作“恐是”。

⑨元气，天地造化原始之气。真宰，自然之神。因画夺造化，故天应泣，极言画艺之出神入化。

⑩ 湘妃，传为帝尧之女，虞舜之妃。《博物志》：舜崩于苍梧，“二妃啼，以泪挥竹，竹尽斑”。《楚辞·远游》：“使湘灵鼓瑟兮，令海若舞冯夷。”

⑪ 貌，描绘。

⑫ 若耶溪，在浙江绍兴南若耶山下。云门寺，在绍兴南若耶溪畔。泥滓，污泥浊水。胡为在泥滓，喻胡为在尘俗中奔波。语本《诗·邶风·式微》“式微式微，胡不归？微君之躬，胡为乎泥中”，诗亦含有“胡不归”之意，故下句云“青鞋布袜从此始”，因观画境而想到从此放浪山水。

悲陈陶[1]

孟冬十郡良家子，血作陈陶泽中水[2]。
野旷天清无战声，四万义军同日死。
群胡归来血洗箭，仍唱胡歌饮都市[3]。
都人回面向北啼，日夜更望官军至。

① 陈陶，即陈陶斜。《通鉴》注：“陈陶斜，在咸阳县东。斜者山泽之名，故又曰陈陶泽。”天宝十四载（755）十月安禄山反，十二月洛阳失陷。明年五月，哥舒翰二十万大军败于潼关。六月，玄宗弃长安西走。七月肃宗即位灵武。十月进至彭原（今甘肃宁县）。宰相房琯自请收复两京。分兵三路，命杨希文将南军，自宜寿（今陕西周至）进兵；刘贵哲将中军，自武功（今陕西武功）进兵；李光进将北军，自奉天（今陕西乾县）进兵。琯自将中军为前锋。十月二十一日辛丑，中军、北军与叛军安守忠大战于陈陶斜。房琯是迂腐书生，不懂军务，采用古代车战，被叛军纵火焚烧，军阵大乱，招致惨败。二十三日癸卯，房琯以南军再战，又败。士卒死四万多人，几至全军覆没。时杜甫陷长安城中，痛心作此短章。

② 孟冬，阴历十月。十郡良家，安禄山叛乱，唐军接连失败，潼关一役，丧失殆尽。房琯军皆新招义军，至此又遭惨败。

③ 群胡，指安禄山叛军。都市，指长安，时为叛军占领。

哀江头[1]

少陵野老吞声哭，春日潜行曲江曲[2]。
江头宫殿锁千门，细柳新蒲为谁绿？

忆昔霓旌下南苑，苑中万物生颜色[③]。
昭阳殿里第一人，同辇随君侍君侧[④]。
辇前才人带弓箭，白马嚼啮黄金勒[⑤]。
翻身向天仰射云，一箭正坠双飞翼。
明眸皓齿今何在？ 血污游魂归不得[⑥]。
清渭东流剑阁深，去住彼此无消息[⑦]。
人生有情泪沾臆，江水江花岂终极！
黄昏胡骑尘满城，欲往城南望城北[⑧]。

① 至德二载（757）元月，杜甫自奉先往白水依舅氏崔少府。六月，又自白水往鄜州。八月，闻肃宗即位灵武，自鄜州奔赴行在，为贼军所获，身陷长安。此至德二载（757）春在长安时作。

② 少陵野老，杜甫自称。杜甫时年四十五岁。详《自京赴奉先咏怀》诗注。曲江，在长安东南，有流水屈曲，故称曲江。此地在秦为宜春苑，在汉为乐游园，开元中益加疏凿，遂成胜境，为都人乐游之地。其南有紫云楼、芙容苑，其西有杏园、慈恩寺等胜景。

③ 霓旌，皇帝仪仗中的旌旗。

④ 昭阳殿，汉宫名。汉成帝立赵飞燕为皇后，女弟绝幸，居昭阳殿。第一人，指杨贵妃。辇，皇帝御车。

⑤ 才人，宫中女官名。

⑥ 明眸皓齿，代指美人，此指杨贵妃。血污游魂，指贵妃之死。天宝十五载（756）六月，玄宗携贵妃逃出长安，至马嵬驿兵变，杀杨国忠。军士犹不散，玄宗被迫缢死杨贵妃。

⑦ 清渭，贵妃死处。剑阁，玄宗入蜀所经。

⑧ 胡骑，指安禄山的叛军。

瘦马行[①]

东郊瘦马使我伤，骨骼硉兀如堵墙[②]。
绊之欲动转欹侧，此岂有意仍腾骧。
细看六印带官字，众道三军遗路旁[③]。

皮干剥落杂泥滓，毛暗萧条连雪霜。
去岁奔波逐馀寇，骅骝不惯不得将④。
士卒多骑内厩马，惆怅恐是病乘黄⑤。
当时历块误一蹶，委弃非汝能周防⑥。
见人惨淡若哀诉，失主错莫无晶光⑦。
天寒远放雁为伴，日暮不收乌啄疮。
谁家且养愿终惠，更试明年春草长⑧。

① 至德二载（757）四月杜甫逃出长安，至凤翔谒见肃宗，授左拾遗，因疏救房琯激怒肃宗。乾元元年（758）六月出为华州司功参军。古代注家或谓此诗为房琯罢相而作，或谓乃杜甫自伤贬官华州而作。然诗人随书所见，抒其感慨，不用硬加附会。

② 硉兀（lù wù），瘦硬之状。

③ 六印，唐代内厩马都打有官印。三军一作“官军”。

④ 骅骝，良马，此泛指马。不惯，指未经训练。

⑤ 惆怅，失意貌，此指其病容。乘黄，传说中的千里马。“去岁”四句谓，去年逐寇，士卒因马未经调习，不能骑乘，就用内厩之马，碰巧这匹良马却正患病。这是杜甫揣度之词。

⑥ 历块，走过土块。误一蹶，因系病马，故失误跌倒。语本王褒《圣主得贤臣颂》“过都越国，蹶如历块”。原意是说千里马飞越都城，如跳过土块，言其疾速，“蹶”是跳跃之意，诗中用其蹉跌之义。

⑦ 惨淡，凄苦之貌。错莫，失神貌。晶光，一作“睛光”。

⑧ 且养愿终惠，语本颜延之《赭白马赋》“愿终惠养，荫本支兮”。二句谓谁家愿意惠养，明年犹可一试。

戏题王宰画山水图歌①

十日画一水，五日画一石。
能事不受相促迫，王宰始肯留真迹。
壮哉昆仑方壶图，挂君高堂之素壁②。
巴陵洞庭日本东，赤岸水与银河通③，
中有云气随飞龙。

舟人渔子入浦溆，山木尽亚洪涛风[④]。
尤工远势古莫比，咫尺应须论万里[⑤]。
焉得并州快剪刀，翦取吴淞半江水[⑥]。

① 乾元二年（759）七月杜甫自华州弃官西去，客秦州，经同谷入蜀，上元元年（760）卜居成都浣花溪，诗即作于成都。王宰，张彦远《名画记》："王宰，蜀中人，多画蜀山，玲珑嵌空，巉嵳巧峭。"

② 昆仑，横亘于新疆西藏之间东延至青海的大山脉。方壶，传说中的海上仙山。《拾遗记》："三壶，海中三山也。一曰方壶，则方丈也；二曰蓬壶，则蓬莱也；三曰瀛壶，则瀛洲也。"

③ 巴陵，今湖南岳阳。洞庭，湖名，日本，今日本国。诗中山水地名，诗中据画境信手拈来，不必拘泥。

④ 浦溆，水滨。亚，同"压"。

⑤ "咫尺"句，仇注引蔡絛《西清诗话》："梁萧文奂能书善画，于扇上画山水，咫尺之内，便觉万里为遥。"

⑥ 并州，今上西太原，古代以产刀剪有名。吴淞，今上海吴淞江。王嗣奭《杜臆》引邵宝说：索靖见顾恺之画，倾倒欲绝，曰："恨不带并州快剪刀来，剪淞江半幅丝纹归去！"邵说不知所据，然所引必有误。索靖（239—303）为西晋初人，顾恺之（约345—406）为东晋人，后于索靖一百年，索靖安能见顾恺之画！

茅屋为秋风所破歌[①]

八月秋高风怒号，卷我屋上三重茅。
茅飞度江洒江郊，高者挂罥长林梢，
下者飘转沉塘坳[②]。
南村群童欺我老无力，忍能对面为盗贼。
公然抱茅入竹去，唇焦口燥呼不得，
归来倚杖自叹息。
俄顷风定云墨色，秋天漠漠向昏黑。
布衾多年冷似铁，骄儿恶卧踏里裂。

床头屋漏无干处，雨脚如麻未断绝。
自经丧乱少睡眠，长夜沾湿何由彻[3]？
安得广厦千万间，大庇天下寒士俱欢颜，
风雨不动安如山？
呜呼！何时眼前突兀见此屋，吾庐独破受冻死亦足[4]！

① 上元二年（761）秋作于成都。
② 罥（juàn），结也。坳（yào），低洼处。
③ 彻，指天晓。
④ 突兀，高耸貌。

丹青引赠曹将军霸[1]

将军魏武之子孙，于今为庶为清门[2]。
英雄割据虽已矣，文彩风流今尚存。
学书初学卫夫人，但恨无过王右军[3]。
丹青不知老将至，富贵于我如浮云[4]。
开元之中常引见，承恩数上南熏殿[5]。
凌烟功臣少颜色，将军下笔开生面[6]。
良相头上进贤冠，猛将腰间大羽箭[7]。
褒公鄂公毛发动，英姿飒爽来酣战[8]。
先帝御马玉花骢，画工如山貌不同[9]。
是日牵来赤墀下，迥立阊阖生长风[10]。
诏谓将军拂绢素，意匠惨淡经营中[11]。
须臾九重真龙出，一洗万古凡马空[12]。
玉花却在御榻上，榻上庭前屹相向[13]。
至尊含笑催赐金，圉人太仆皆惆怅[14]。
弟子韩干早入室，亦能画马穷殊相[15]。

干惟画肉不画骨，忍使骅骝气凋丧[16]。
将军善画盖有神，偶逢佳士亦写真。
即今飘泊干戈际，屡貌寻常行路人[17]。
途穷反遭俗眼白，世上未有如公贫。
但看古来盛名下，终日坎壈缠其身[18]。

① 丹青，图画的两种颜色，因代指图画。引，诗歌体裁的一种。曹将军霸，《名画记》："曹霸，魏曹髦之后。髦画称于魏代。霸在开元中已得名，天宝末每诏画御马及功臣，官至左武卫将军。"诗广德二年（764）作于成都，时曹霸必亦流浪入蜀。

② 魏武，即曹操。曹髦为操曾孙。

③ 卫夫人，张怀瓘《书断》："卫夫人，名铄，字茂猗，廷尉展之女弟，恒之从女，汝阴太守李矩之妻也。隶书尤善，规矩钟公……右军少尝师之。永和五年卒，年七十八。子克为中书郎，亦工书。"王右军，即王羲之。《书史会要》："王旷，导从弟，与卫世为中表，故得蔡邕书法于卫夫人，以授羲之。"羲之，字逸少，晋代大书法家，曾为右军将军，世称王右军。

④ 不知老将至，语本《论语·述而》孔子自谓"发愤忘食，乐以忘忧，不知老之将至云尔"。"富贵"句，语亦本《述而》孔子自谓"不义而富且贵，于我如浮云"。

⑤ 南熏殿，唐宫殿名， 在南内兴庆宫内。

⑥ 凌烟，唐宫中阁名。太宗贞观十七年二月图功臣李靖等二十四人于凌烟阁。开生面，谓画像极逼真面貌如生。据杜甫此诗，知太宗时凌烟阁画像，玄宗曾令曹霸重绘。

⑦ 进贤冠，唐代朝臣所戴冠名。

⑧ 褒公鄂公，段志元封褒国公，尉迟敬德封鄂国公，皆凌烟功臣。飒爽，豪迈飞动貌。

⑨ 先帝，指唐玄宗。玉花骢，玄宗所乘马名。貌，模写，描绘。下"屡貌寻常"句"貌"字同。不同，指画不像，指其他画工所画马不同于真马。

⑩ 赤墀，宫殿台阶，色红。阊阖，天门，此指宫门。

⑪ 意匠，构思制作。惨淡，艰苦貌。

⑫ 须臾（xū yú），片刻。一作"斯须"。九重，宫廷。《楚辞·九辩》："君之门以九重。"真龙，骏马，此指曹霸所画马。

⑬ 玉花，即玉花骢，此指画的玉花骢。榻上庭前屹相向，榻上的画马与庭

前的真马屹立相向。

⑭ 圉人，养马的人。太仆，主管车马的官。惆怅，失意貌，此指咨嗟惊叹之状。

⑮ 韩干，《名画记》：“韩干，大梁人，官至太府寺丞。善写貌人物，尤工鞍马。初师霸，后独自擅。玄宗好大马，西域大宛岁有来献，命干悉图其骏。时岐、薛、申、宁王厩中皆有善马，干并图之，遂为古今独步。”

⑯ 骅骝，骏马。

⑰ 貌，描绘。句意谓曹霸穷途失意，为寻常行路之人画像以维持生活。

⑱ 坎壈，困穷失意。

★写曹将军家世、品格、生平、画艺，以及落魄飘零，跌宕起伏，无不周到，直是一篇人物传，又是一篇人物赞。而自身流落沧桑之感，亦暗寓其中。“褒公鄂公毛发动，英姿飒爽来酣战”。人物呼之欲出；“须臾九重真龙出，一洗万古凡马空”，骏马凌轹万古。曹将军画艺，得少陵而永放光辉。

韦讽录事宅观曹将军画马图①

国初已来画鞍马，神妙独数江都王②。
将军得名三十载，人间又见真乘黄③。
曾貌先帝照夜白，龙池十日飞霹雳④。
内府殷红玛瑙盘，婕妤传诏才人索⑤。
盘赐将军拜舞归，轻纨细绮相追飞⑥。
贵戚权门得笔迹，始觉屏障生光辉。
昔日太宗拳毛䯄，近时郭家狮子花⑦。
今之画图有二马，复令识者久叹嗟。
此皆骑战一敌万，缟素漠漠开风沙。
其馀七匹亦殊绝，迥若寒空动烟雪。
霜蹄蹴踏长楸间，马官厮养森成列。
可怜九马争神骏，顾视清高气深稳。

借问苦心爱者谁，后有韦讽前支遁[⑧]。
忆昔巡幸新丰宫，翠华拂天来向东[⑨]。
腾骧磊落三万匹，皆与此图筋骨同[⑩]。
自从献宝朝河宗，无复射蛟江水中[⑪]。
君不见金粟堆前松柏里，龙媒去尽鸟呼风[⑫]！

① 韦讽，阆州录事，有家在成都。此题韦讽所藏曹霸九马图，广德二年（764）作于成都。

② 江都王，《历代名画记》卷十："江都王绪，霍王元轨之子，太宗皇帝犹子也。多才艺，善书画，鞍马擅名。垂拱中官至金州刺史。"先写江都王以陪衬曹将军。

③ 乘黄，传说中骏马，此指曹霸所画马。

④ 先帝，指唐玄宗。照夜白，玄宗马名，曹霸曾为之写真。龙池，唐玄宗所辟池名，开元、天宝间成为都城名胜。《唐六典》卷七"兴庆宫在皇城之东南"，原注："即今上（玄宗）龙潜旧宅也。初，上居此第，其里名协圣讳。所居宅之东有旧井，忽涌为小池，周袤才数尺，常有云气，或见黄龙出其中，至景龙中潜复出水，其沼浸广，时即连合为一，未半岁而里中人悉移居，遂鸿洞为龙池焉。"句意谓画马逼真如龙马，故感动池中真龙飞起霹雳。

⑤ 内府，指宫中。玛瑙，美石之名。婕妤、才人，皆宫中女官。

⑥ "盘赐"二句，谓曹将军拜赐而归，贵戚求画者轻纨细绮相追而至。

⑦ 拳毛騧，太宗所骑名马。狮子花，代宗所赐郭子仪马名。

⑧ 支遁，字道林，俗姓关，陈留人，东晋名僧，好谈玄理，尝与谢安、王羲之等交往。《世说新语·言语》："支道林常养数匹马，或言道人畜马不韵。支曰：贫道重其神骏。"此以支遁陪衬韦讽。

⑨ 新丰宫，即骊山华清宫。骊山本属新丰，天宝三载析置会昌县，七载更名昭应县，诗用其旧名。翠华，皇帝仪仗。

⑩ 腾骧，腾跃之貌。磊落，雄壮之貌。

⑪ 献宝，《旧唐书·肃宗纪》："上元二年建巳月壬子，楚州刺史崔侁献定国宝玉十三枚。表云：楚州寺尼真如者，恍惚上升见天帝，帝授以十三宝，曰：中国有灾，宜以第二宝镇之。甲寅，太上至道皇天帝崩于西内神龙殿。"朝河宗，《水经注》引《穆天子传》："天子西征，至阳纡之山，河伯冯夷之所都居，是惟河宗氏。天子沉璧礼焉。"此以朝河宗言天子远行，喻玄宗之死。射蛟江水中，《汉书·武帝纪》："元封五年冬行南巡狩，自寻阳浮江，亲射蛟江中，获

之。”二句谓上元二年楚州献宝，得到上天的垂示，之后玄宗去世，不再外出巡行。此种句法用典太曲，是杜诗中偶或有之的疵病。

⑫ 金粟堆，指玄宗墓泰陵。《旧唐书·宗守纪》：“上元二年四月甲寅，崩于神龙殿，时年七十八……初，上皇亲拜五陵，至桥陵，见金粟山冈有龙盘凤翥之势，复近先茔，谓侍臣曰：‘吾千秋后宜葬此地，得奉先陵，不忘孝敬矣。’至是追奉先旨，以创寝园，以广德元年三月辛酉，葬于泰陵。”龙媒，骏马。《汉书·礼乐志》载《郊祀歌》：“天马来，龙之媒。”

古柏行①

孔明庙前有老柏，柯如青铜根如石。
霜皮溜雨四十围，黛色参天二千尺②。
云来气接巫峡长，月出寒通雪山白③。
君臣已与时际会，树木犹为人爱惜④。
忆昨路绕锦亭东，先主武侯同閟宫⑤。
崔嵬枝干郊原古，窈窕丹青户牖空⑥。
落落盘踞虽得地，冥冥孤高多烈风⑦。
扶持自是神明力，正直原因造化功。
大厦如倾要梁栋，万牛回首丘山重⑧。
不露文章世已惊，未辞剪伐谁能送⑨？
苦心岂免容蝼蚁，香叶终经宿鸾凤。
志士幽人莫怨嗟，古来材大难为用。

① 代宗永泰元年（765）正月，杜甫辞去剑南节度幕府。四月严武去世。五月杜甫遂离开成都，自戎州至渝州，六月至忠州，秋至云安。大历元年（766）春，又自云安至夔州。此至夔州后，咏孔明庙前古柏也。

② 霜皮，一作“苍皮”。

③ 巫峡，长江三峡第二峡，与夔州尚隔瞿塘峡，杜甫诗中常以巫峡泛指三峡。雪山，指岷山。

④ 君臣，指刘备与诸葛亮，夔州有先主庙、武侯庙。一本此二句在“云来”二句之前，此从仇本。

⑤ 锦亭，即锦江亭。一作“锦城”。閟宫，神庙。成都武侯祠附于先主庙。

⑥ 崔嵬（cuī wéi），高貌。此由夔州武侯祠前大柏而联及成都武侯祠前大柏。窈窕，好貌，指武侯祠壁上的图画。

⑦ 落落，独立貌。杜笃《首阳山赋》：“长松落落。”得地，得其地势。沈约《高松赋》：“郁彼高松，栖根得地。”冥冥，孤高貌。

⑧ “大厦”句谓大柏可为梁栋。“万牛”句谓木重不易运载。

⑨ 不露文章，谓柏树没有鲜艳的花朵。

观公孙大娘弟子舞剑器行[①] 并序

大历二年十月十九日，夔州别驾元持宅见临颍李十二娘舞剑器，壮其蔚跂，问其所师。曰：“余公孙大娘弟子也。”开元三载，余尚童稚，记于郾城观公孙氏舞剑器浑脱，浏漓顿挫，独出冠时。自高头宜春梨园二伎坊内人洎外供奉舞女，晓是舞者，圣文神武皇帝初公孙一人而已。玉貌锦衣，况余白首。今兹弟子，亦匪盛颜。既辨其由来，知波澜莫二。抚事慷慨，聊为《剑器行》。昔者吴人张旭善草书书帖，数尝于邺县见公孙大娘舞西河剑器，自此草书长进，豪荡感激，即公孙可知矣[②]。

昔有佳人公孙氏，一舞剑器动四方。
观者如山色沮丧，天地为之久低昂。
㸌如羿射九日落，矫如群帝骖龙翔[③]。
来如雷电收震怒，罢如江海凝青光。
绛唇珠袖两寂寞，晚有弟子传芬芳[④]。
临颍美人在白帝，妙舞此曲神扬扬。
与予问答既有以，感时抚事增惋伤。
先帝侍女八千人，公孙剑器初第一。
五十年间似反掌，风尘澒洞昏王室[⑤]。

梨园弟子散如烟，女乐馀姿映寒日。
金粟堆南木已拱，瞿塘石城草萧瑟[⑥]。
玳筵急管曲复终，乐极哀来月东出。
老夫不知其所往，足茧荒山转愁疾[⑦]。

①代宗永泰元年（765）正月，杜甫辞去剑南节度幕府。四月严武去世。五月杜甫即离开成都，经戎州至渝州，六月至忠州，秋至云安。大历元年（766）春，又自云安至夔州。

②壮其蔚跂，赞赏其高明的舞艺。开元三载，时杜甫四岁。一作“五载”，则年六岁。剑器、浑脱，皆武舞名。高头，指皇帝面前，犹言上面。伎坊，一作“教坊”，宜春、梨园，皆教坊之名，为教习歌舞之所。妓女入教坊，谓之内人。玄宗亲自教之，谓之皇帝梨园弟子。圣文神武皇帝，即玄宗。玉貌锦衣，指公孙大娘。此处句法有跳跃，谓玉貌锦衣早已寂寞，况余亦已白首。波澜莫二，谓彼此都经历了共同的时代风波。张旭，唐代草书大师，详见张氏小传。

③㸌（huò），闪烁。羿，传说中的神射手。《淮南子·本经》谓尧时十日并出，尧命羿射落九日。矫，飞动矫捷。仇注引夏侯玄赋：“又如东方群帝兮，腾龙驾而翱翔。”

④绛唇珠袖，唇谓其歌，袖谓其舞。

⑤五十年间，自开元三载（715）至大历二年（767）凡五十二年。五十举其成数。若作开元五载（717），则至大历二年，正五十年。澒洞（hòng tòng），弥漫无际之貌。风尘澒洞，指安史之乱。

⑥金粟堆，指玄宗泰陵，在蒲城东北之金粟山。参见《韦讽录事宅观曹将军画马图》诗注。拱，树干用两手合围，谓之一拱。

⑦茧，胝，脚板因行走多而生厚皮。

望　岳[①]

岱宗夫如何，齐鲁青未了[②]。
造化钟神秀，阴阳割昏晓[③]。
荡胸生层云，决眦入归鸟[④]。
会当凌绝顶，一览众山小[⑤]。

①岳，指东岳泰山。此开元二十四年（736）间杜甫游齐鲁时作。

②岱宗，即泰山，古人以为泰山为众山之宗，故称。齐鲁，泰山之南为古鲁国境，北为古齐国境，并在今山东省。《史记·货殖列传》："泰山之阳则鲁，其阴则齐。"

③造化，创造化育，指天地自然。钟，专注。句意谓大自然以其神秀专注于泰山。"阴阳"句，言泰山之大，山后为阴，日照不易故昏；山前为阳，日光先到故晓。

④曾，同"层"。眦，眼眶。荡胸决眦，并就山言，荡山之胸生层云，决山之眦入归鸟。注家往往就登临者为解，甚误。

⑤会当，当也，表将然语气。句意谓什么时候当登上绝顶。《孟子·尽心上》："孔子登泰山而小天下。"

★全诗无一句不在一个"望"字。注家将"荡胸""决眦"二句以登临者为解者，皆忽视了杜陵只是在"望"。

房兵曹胡马①

胡马大宛名，锋棱瘦骨成②。
竹批双耳峻，风入四蹄轻③。
所向无空阔，真堪托死生。
骁腾有如此，万里可横行④。

①兵曹，军事小官，房兵曹，其人不详。

②大宛（yuǎn），古西域国名，以产汗血马著名。《史记·大宛列传》："初天子得乌孙马，号曰天马。及得大宛汗血马，益壮，更名乌孙马曰西极马，宛马曰天马。"锋棱，马骨瘦健如锋棱。

③竹批，贾思勰《齐民要术》："马耳欲得小而促，状如斩竹筒。"

④骁腾，马健壮快捷貌。

春日忆李白[①]

白也诗无敌，飘然思不群。
清新庾开府，俊逸鲍参军[②]。
渭北春天树，江东日暮云[③]。
何时一樽酒，重与细论文？

① 天宝三载（744）杜甫在洛阳始遇李白，与同游梁宋，四载春，又同至齐鲁。秋，杜甫西往长安，李白在鲁郡东石门送别，有《鲁郡东石门送杜二甫》诗。二人从此未再见面。此诗或作于天宝五载（746）春日。

② 庾开府，即庾信，在北周朝官至骠骑大将军、开府仪同三司。鲍参军，即鲍照，曾任荆州前军参军。

③ 渭北，时杜甫在长安，渭水在长安北。江东，时李白正南下江东。

月　夜

今夜鄜州月，闺中只独看[①]。
遥怜小儿女，未解忆长安。
香雾云鬟湿，清辉玉臂寒。
何时倚虚幌，双照泪痕干[②]？

① 至德元载（756）八月，杜甫闻肃宗即位灵武，自鄜（fū）州奔赴行在，为贼军所获，身陷长安。此在长安怀念妻子之作。鄜州，今陕西富县。

② 幌，窗帷。虚幌，因月照故觉其虚，紧扣月夜。

★古典诗歌园苑中，爱情作品如春花烂漫，遍地芳菲。然男性诗人写给妻子的却并不太多。忠厚诚朴的诗圣杜甫这首《月夜》是为自己同生共死的爱妻而作的。一字一句，感情何等深厚，何等诚挚！他们的情感，他们的命运，紧紧地联系着乱离的时世，实在是爱情诗中最为神圣的篇章！

春望[①]

国破山河在，城春草木深。
感时花溅泪，恨别鸟惊心[②]。
烽火连三月，家书抵万金[③]。
白头搔更短，浑欲不胜簪[④]。

①至德二载（757）春作于长安，时犹陷贼中。

②“感时”二句：因感时见花而溅泪，恨别闻鸟也惊心。主语是人，非花鸟也。

③烽火连三月：至德二载春，李光弼抵御史思明、蔡希德于太原，郭子仪自鄜州出击崔乾祐于河东，贼军安守忠出长安西寇武功，各方战事紧张。杜甫身陷贼中而家在鄜州，家书难得。

④簪（侧吟切，侵韵），插髮长针。

自京窜至凤翔喜达行在所三首[①]

西忆岐阳信，无人遂却回[②]。
眼穿当落日，心死着寒灰。
茂树行相引，连山望忽开。
所亲惊老瘦，辛苦贼中来。

愁思胡笳夕，凄凉汉苑春[③]。
生还今日事，间道暂时人[④]。
司隶章初睹，南阳气已新[⑤]。
喜心翻倒极，呜咽泪沾巾。

死去凭谁报，归来始自怜。
犹瞻太白雪，喜遇武功天[⑥]。

影静千官里，心苏七校前[⑦]。
今朝汉社稷，新数中兴年。

① 至德二载（757），肃宗自彭原到达凤翔，四月，杜甫逃出长安至凤翔。行在所，皇帝临时驻地。

② 岐阳，即凤翔，在长安之西，故云西忆。

③ “愁思”二句，叙京师陷贼时事。

④ 间道，潜行小道，伺其间隙而行。

⑤ 司隶，光武帝刘秀起兵反王莽，“更始将北都洛阳，以光武行司隶校尉，使前整修官府。于是置僚属，作文移，从事司察，一如旧章”。见《后汉书·光武纪》。傅亮《进宋元帝诏》：“东京父老，重睹司隶之章。”南阳，光武帝为南阳人（光武故里在今湖北枣阳，汉属南阳郡）。“望气者苏伯阿为王莽使，至南阳，遥望见舂陵郭。唶曰：‘气佳哉，郁郁葱葱！’”此以光武喻肃宗。

⑥ 太白，山名，西去长安三百里。武功，山名。二山并在凤翔郡境。《三秦纪》：“武功太白，去天三百。”二句谓重见天日。

⑦ 千官，《荀子》：“古者天子千官。”七校，汉代有南北军屯，武帝平百越，内增七校。二句是立朝班时的感受。

春宿左省[①]

花隐掖垣暮，啾啾栖鸟过。
星临万户动，月傍九霄多。
不寝听金钥，因风想玉珂[②]。
明朝有封事，数问夜如何[③]。

① 至德二载（757）四月，杜甫自长安逃归凤翔，谒见肃宗，拜左拾遗，诗作于乾元元年（758）。左拾遗属门下省，在东，故称左省，亦曰左掖。是年杜甫四十六岁。拾遗补阙，是装点门面的闲职，实际上起不了多大作用。这是杜甫一生仅有的一段官于朝廷的经历，为时不过一年，乾元元年（758）六月即因疏救房琯落职。

② 玉珂，车马饰物。张华《轻薄篇》：“乘马鸣玉珂。”《通俗文》：“马勒饰曰珂。”又，《新唐书·车服志》：“凡车之制……三品以上珂九子，四品七

子，五品五子。”二句春宿省待朝情状。

③ 封事，上给皇帝的表章。《诗·小雅·庭燎》：“夜如何其，夜未央。”

至德二载，甫自京金光门出，间道归凤翔。乾元初，从左拾遗移华州掾，与亲故别，因出此门，有悲往事[①]

此道昔归顺，西郊胡正繁[②]。
至今犹破胆，应有未招魂。
近侍归京邑，移官岂至尊[③]。
无才日衰老，驻马望千门。

① 至德二载（757）十月，杜甫从肃宗自凤翔还长安。曾因疏救房琯，为肃宗所恶。乾元元年五月，房琯贬邠州刺史；六月，杜甫亦出为华州司功参军。出金光门时，回忆先年四月逃出长安时境况，如今被无端斥逐，不禁无限感慨。金光门，长安城西面三门，北开远，中金光，南延平。华州，今陕西华县。华州在长安东，离京应出东门，之所以出金光门，即追念先年由金光门出间道归凤翔，故特由此门出。

② 归顺，谓赴凤翔朝见肃宗。

③ 近侍归京邑，指先年十月扈从肃宗回长安。

★杜甫自天宝四五载间来长安，旅食京华，又经战乱，出生入死，奔走道途，至乾元元年六月出为华州司功，凡十二年；而任左拾遗仅一年多，还因直言获罪，斥逐出京，从此不复再至长安，“致君尧舜上，再使风俗淳”的梦想亦从此幻灭。当其临歧回首，“驻马望千门”，感慨当何如哉！

秦州杂诗二首[①]

满目悲生事，因人作远游[②]。
迟回度陇怯，浩荡及关愁[③]。
水落鱼龙夜，山空鸟鼠秋[④]。

西征问烽火，心折此淹留[⑤]。

莽莽万重山，孤城山谷间。
无风云出塞，不夜月临关。
属国归何晚，楼兰斩未还[⑥]。
烟尘一长望，衰飒正摧颜。

① 乾元二年（759）杜甫在华州，七月关辅大饥，杜甫乃弃官西去，度陇山，客秦州。秦州，今甘肃天水。诗共二十首，选二首。

② 悲生事，因关辅饥荒，生事艰极。

③ 迟回，屯蹇难行之貌。陇，陇山，亦名陇阪，绵亘于陕西宝鸡、陇县及甘肃清水、天水、秦安等地。浩荡，广大貌。关，指陇关，在陕西陇山下。

④ 鱼龙，水名，号鱼龙川，源出陇县西北，南流注入汧水。鸟鼠，山名，在今甘肃渭源县，渭水发源于此。

⑤ 心折，心惊之意。语出江淹《别赋》“心折骨惊”。

⑥ 属国，附属之国，指边境少数民族政权。一说，指典属国。汉武帝时苏武出使匈奴，被扣留匈奴十九年，至昭帝时始回，拜典属国。见《汉书·苏武传》。楼兰，汉代西域国名。汉昭帝时楼兰通匈奴，傅介子至楼兰，斩其王，持首还。见《汉书·西域传》。二句必有所指。

月夜忆舍弟[①]

戍鼓断人行，边秋一雁声。
露从今夜白，月是故乡明[②]。
有弟皆分散，无家问死生。
寄书长不达，况乃未休兵。

① 乾元二年（759）秋作于秦州。

② 露从今夜白，王嗣奭《杜臆》：“又逢白露节候也。”按，乾元二年八月十一日（阳历九月六日）白露。诗当作于十日夜间。

天末怀李白①

凉风起天末，君子意如何?
鸿雁几时到，江湖秋水多。
文章憎命达，魑魅喜人过②。
应共冤魂语，投诗赠汨罗③。

① 乾元二年（759）秋作于秦州。是年三月，李白西行至巫山下，遇赦东归。杜甫尚未得消息，以为仍在流放途中。

② 文章憎命达，犹言诗能穷人。魑魅（chī mèi），山精水怪。

③ 冤魂，指屈原。屈原被放逐，衔冤莫白，遂自投汨罗以死。汉文帝时，贾谊谪长沙，至湘水，作《吊屈原赋》。见《史记·屈原贾生列传》。诗谓李白流放途中，亦应投诗以吊屈原。

捣　衣①

亦知戍不返，秋至拭清砧②。
已近苦寒月，况经长别心。
宁辞捣衣倦，一寄塞垣深③。
用尽闺中力，君听空外音④。

① 捣衣，《字林》:“直舂曰捣。古人捣衣，两女子对立，执一杵如舂米然。今易作卧杵，对坐捣之，取其便也。”按，六朝时捣衣，“执一杵如舂米然”，系捣绢帛用以制衣。谢惠连《捣衣》诗云:“纨素既以成，君子行未归。裁用笥中刀，缝为万里衣。”所述甚明。至唐代“易作卧杵”，则直捣衣也。本诗黄鹤注:“是时安史未息，又备吐蕃，当属乾元二年作。”

② 砧，捣衣石。

③ 塞垣，仇注引蔡邕疏:“秦筑长城，汉筑塞垣。”长城与塞垣互文，塞垣亦即长城。

④ 全诗皆征妇语气，“用尽”二句：谓我用尽力气，愿君听到远空之外传来的捣衣之声。

野　望[①]

清秋望不极，迢递起层阴[②]。
远水兼天净，孤城隐雾深。
叶稀风更落，山迥日初沉。
独鹤归何晚，昏鸦已满林。

① 乾元二年（759）秋作于秦州。

② 迢递，远貌。

春夜喜雨[①]

好雨知时节，当春乃发生。
随风潜入夜，润物细无声。
野径云俱黑，江船火独明。
晓看红湿处，花重锦官城[②]。

① 乾元二年（759）杜甫离秦州西入成都，此上元二年（761）春在成都作。

② 锦官城，蜀地产锦，蜀汉管理织锦之官驻地称锦城，亦曰锦官城，后人即用以指今四川成都。

水槛遣心[①]

去郭轩楹敞，无村眺望赊。
澄江平少岸，幽树晚多花。
细雨鱼儿出，微风燕子斜。
城中十万户，此地两三家。

① 水槛，草堂水亭之槛。上元二年（761）春作于成都。

不　见[①]

不见李生久，佯狂真可哀！
世人皆欲杀，吾意独怜才。
敏捷诗千首，飘零酒一杯。
匡山读书处，头白好归来[②]！

① 原注："近无李白消息。"诗作于上元二年（761），时李白已遇赦东下，徘徊于当涂、宣城间，杜甫在蜀中，不得消息。

② 匡山，四川彰明有大小匡山，据传大匡山有李白读书堂。

奉济驿重送严公四韵[①]

远送从此别，青山空复情。
几时杯重把，昨夜月同行。
列郡讴歌惜，三朝出入荣[②]。
江村独归处，寂寞养残生。

① 严公，即严武，见严氏小传。肃宗上元二年（761），以京兆尹兼御史中丞出绵州刺史，迁剑南东川节度使。杜甫与严武情谊甚深。代宗宝应元年（762）夏，严武被召进京，杜甫送至绵州奉济驿，赋诗送别。因前已有诗，故此云"重送"。

② 三朝，指玄宗、肃宗、代宗三代。

别房太尉墓[①]

他乡复行役，驻马别孤坟。
近泪无干土，低空有断云。
对棋陪谢傅，把剑觅徐君[②]。

惟见林花落，莺啼送客闻。

① 房太尉，房琯，字次律，洛阳人，为卢氏令。天宝十五载（756），扈从玄宗入蜀，拜吏部尚书，同平章事。使奉宝册至灵武，见肃宗。自请将兵收复两京，肃宗许之。琯不谙军务，是年十月大败于陈涛斜。至德二载（757）罢为太子少师。时杜甫为左拾遗，上疏为房琯辩护，激怒肃宗，诏三司推问，赖宰相张镐救得免。乾元元年（758）五月房琯贬邠州刺史，六月杜甫亦出为华州司功参军。上元元年（760）四月房琯改礼部尚书，出为晋州刺史。代宗宝应二年（763）四月拜特进刑部尚书，在路染疾，广德元年（763）八月卒于阆州僧舍，赠太尉。此广德二年（764）春杜甫在阆州过房墓时所作。杜甫与房琯有命运相同之感，故凭吊诗极沉痛。

② 对棋陪谢傅，东晋谢安死后赠太傅。谢安好围棋，王羲之等常与对弈。把剑觅徐君，春秋时吴公子季札聘晋，过徐，徐君爱其宝剑而不言。季札知之，以出聘未便献之。及还，徐君已死，季札解剑系其墓树而去。见《说苑》。“对棋”句忆其生前，“把剑”句吊其死后。

旅夜书怀①

细草微风岸，危樯独夜舟。
星垂平野阔，月涌大江流。
名岂文章著，官应老病休。
飘飘何所似，天地一沙鸥。

① 杜甫于肃宗乾元二年（759）冬入蜀，饱经波折。代宗广德二年（764）严武再尹成都，六月表杜甫为节度参谋、检校工部员外郎。永泰元年（765）正月辞去幕府。四月严武卒。五月即离蜀南下，自戎州至渝州。诗即在岷江舟中作。

孤　雁①

孤雁不饮啄，飞鸣声念群。
谁怜一片影，相失万重云！

望断似犹见，哀多如更闻[②]。
野鸦无意绪，鸣噪自纷纷。

① 代宗永泰元年（765）杜甫离成都，大历元年（766）至夔州，诗作于夔州。

② 断，一作“尽”。

★写孤雁之孤，重在“飞鸣声念群”。“谁怜”以下六句，全在念群上立意。望尽而似犹见，哀多尚如更闻，均就孤雁言之。然孤雁亦即杜陵，漂泊天南，无所归宿，谁复念之！惟其身世之感，流浪之悲，故下笔特深。

日　暮[①]

牛羊下来久，各已闭柴门[②]。
风月自清夜，江山非故园。
石泉流暗壁，草露滴秋根。
头白灯明里，何须花烬繁[③]。

① 大历二年（767）秋作于夔州瀼西东屯。

② “牛羊”句，语本《诗·王风·君子于役》“日之夕矣，羊牛下来”。

③ 烬，物体燃烧后剩馀的部分，此指灯花。古人以为灯花报喜，如今异乡流寓，前路茫茫，灯花有何喜可报，故云头白灯明里，何须花烬繁！

江　汉[①]

江汉思归客，乾坤一腐儒。
片云天共远，永夜月同孤。
落日心犹壮，秋风病欲苏。
古来存老马，不必取长途[②]。

① 江汉，以篇首二字为题。杜甫于永泰元年（765）离成都，大历元年（766）至夔州，大历三年（768）出峡，三月至江陵。此出峡以后之作。

② 存老马，《韩诗外传》："田子方出见老马于道，喟然叹曰：'少尽其力，老弃其身，仁者不为也。'束帛赎之。"此自伤年老不见收恤。

登岳阳楼[①]

昔闻洞庭水，今上岳阳楼。
吴楚东南坼，乾坤日夜浮。
亲朋无一字，老病有孤舟。
戎马关山北，凭轩涕泗流[②]。

① 岳阳楼，湖南岳阳城西门城楼，下瞰洞庭湖。大历三年（768）秋，杜甫离江陵东下，在公安稍住，冬晚到达岳阳。

② "戎马"二句，自安禄山乱起，中原地区战伐连年，无有宁日。大历三年，郭子仪将兵五万屯奉天，以备吐蕃，白元光、李抱玉各出兵击之，是戎马关山北也。

★此诗气象闳阔，涵蓄深远，自古登岳阳楼诗，绝无可与匹敌者。"吴楚东南坼，乾坤日夜浮"，面对此空旷无边境界，益觉自身之飘零孤寂，故五六云"亲朋无一字，老病有孤舟"，衔接极为自然。湖光景色与自身处境形成鲜明的对比。诗写至此，必须有足够的后劲方能压住。"戎马关山北"一语，诗人的系念立即由自身艰难困顿，转向国家的命运，那凭轩的涕泪才具有无比高尚的价值，庸庸者自无法望其项背。宋范仲淹作《岳阳楼记》，为散文名作，后亦无有继者。清代有人题一联于楼上云："仲淹来时方有记，少陵去后已无诗。"一文一诗，他人自只能望楼束手；联语亦可称绝对。

九日蓝田崔氏庄[①]

老去悲秋强自宽，兴来今日尽君欢[②]。
羞将短鬓还吹帽，笑倩旁人为正冠[③]。

蓝水远从千涧落，玉山高并两峰寒[④]。
明年此会知谁健，醉把茱萸仔细看[⑤]。

① 九日，九月九日重阳节。蓝田，今陕西蓝田县。此当乾元元年（758）为华州司功至蓝田作。

② 悲秋，语本《楚辞·九辩》“悲哉秋之为气也”。

③ 吹帽，孟嘉为桓温参军，“九月九日，温燕龙山，僚佐毕集。时佐吏并着戎服，有风至吹嘉帽堕落，嘉不之觉。温使左右勿言，欲观其举止。嘉良久如厕，温令取还之，命孙盛作文嘲嘉，着嘉坐处。嘉还见，即答之，其文甚美，四坐嗟叹”。见《晋书·孟嘉传》。

④ 蓝水，蓝田水名。玉山，蓝田出玉，故山名玉山。

⑤ 茱萸，香草名，古人于九月九日佩茱萸。参见王维《九月九日忆山东兄弟》诗注。

蜀　相[①]

丞相祠堂何处寻，锦官城外柏森森[②]。
映阶碧草自春色，隔叶黄鹂空好音。
三顾频烦天下计，两朝开济老臣心[③]。
出师未捷身先死，长使英雄泪满襟！

① 蜀相，指蜀汉丞相诸葛亮。亮，字孔明，琅玡阳都（今山东沂南）人。东汉末隐居南阳隆中（其地在今湖北襄阳）。建安十二年，刘备三顾草庐，请他出山辅佐，成为刘备的主要谋士。蜀汉政权建立，他任丞相。刘备死后，他全力辅佐后主，励精图治，东联孙吴，北伐曹魏。建兴十二年与魏司马懿在渭南相拒，病逝于军中。古代对诸葛亮的歌咏自杜甫本篇始，诸葛亮也愈益为后人所崇敬。诗作于上元元年（760）。

② 锦官城，见《春夜喜雨》诗注。柏森森，成都武侯祠前有大柏，传为诸葛亮手植。森森，茂盛貌。

③ 频烦，一作“频繁”。开济，开创大业，匡济危时。

恨别

洛城一别四千里，胡骑长驱五六年[①]。
草木变衰行剑外，兵戈阻绝老江边[②]。
思家步月清宵立，忆弟看云白日眠。
闻道河阳近乘胜，司徒急为破幽燕[③]。

①洛城一别，杜甫于乾元二年（759）春自东都洛阳回华州，客秦州，寓同谷，到成都，奔走四千馀里。所到之处，席不暇暖，又复离别，故恨别也。胡骑长驱，安禄山于天宝十四载（755）冬天发动叛乱，诗作于乾元三年即上元元年（760）深秋，相距已五年多。

②剑外，即指成都，按长安方位在剑门关外。江边，成都濒临锦江。

③河阳近乘胜，乾元二年冬十月，李光弼赴河阳，大破贼军。上元元年（760）三月破贼将安太清于怀州城下，夏四月又败史思明于河阳西渚。河阳，今河南孟县。司徒，至德二载（757）加李光弼检校司徒。幽燕，指河北安禄山、史思明老巢。燕，读平声。

客至[①]

舍南舍北皆春水，但见群鸥日日来。
花径不曾缘客扫，蓬门今始为君开。
盘飧市远无兼味，樽酒家贫只旧醅[②]。
肯与邻翁相对饮，隔篱呼取尽馀杯[③]。

①原注："喜崔明府相过。"诗作上元二年（761）在成都。

②飧（sūn），熟食。醅，未漉之酒。

③肯，愿。

野望[①]

西山白雪三城戍，南浦清江万里桥[②]。

海内风尘诸弟隔，天涯涕泪一身遥。
惟将迟暮供多病，未有涓埃答圣朝[③]。
跨马出郊时极目，不堪人事日萧条！

① 代宗宝应元年（762）作于成都。

② 西山，指岷山。三城，即松（今四川松潘）、维（今四川理县）、堡（今理县新保关西北）三城，时边境受吐蕃（bō）侵扰。清江，指锦江。万里桥，在今四川成都南走马河上。

③ 迟暮，老年。涓埃，涓是小水，埃是轻尘，喻微末小物，此指极小的贡献。

闻官军收河南河北[①]

剑外忽传收蓟北，初闻涕泪满衣裳[②]。
却看妻子愁何在，漫卷诗书喜欲狂。
白日放歌须纵酒，青春作伴好还乡。
即从巴峡穿巫峡，便下襄阳向洛阳[③]。

① 代宗宝应元年（762）冬十月，唐军收复东京，明年即广德元年春，史朝义逃至广阳自缢，其将田承嗣以莫州降，李怀仙以幽州降，历时八年的安史之乱至此才得平定。此广德元年（763）春作，时在梓州。

② 剑外，蜀地相对长安而言在剑门关之外，故称。蓟北，指幽州。

③ 巴峡，即瞿塘峡。杜甫先世为襄阳，祖杜依艺为巩县令徙居河南，父杜闲为奉天令，再徙杜陵，尚有田园在洛阳。

送路六侍御入朝[①]

童稚情亲四十年，中间消息两茫然。
更为后会知何地，忽漫相逢是别筵。
不分桃花红似锦，生憎柳絮白于绵[②]。
剑南春色还无赖，触忤愁人到酒边。

①广德元年（763）春作于梓州。

②不分（fèn），不合，不应。生憎，甚憎。

登　楼[1]

花近高楼伤客心，万方多难此登临。
锦江春色来天地，玉垒浮云变古今[2]。
北极朝廷终不改，西山寇盗莫相侵[3]。
可怜后主还祠庙，日暮聊为《梁甫吟》[4]。

①代宗广德二年（764）春自阆州回成都后作。

②锦江，水名，即今成都走马河。自灌县岷江分出，流经成都，复注入岷江。玉垒，山名，在灌县西。

③北极，代指朝廷。广德元年十月，吐蕃陷长安，立广武郡王承宏为帝。郭子仪收复京师，代宗反正。所谓朝廷终不改也，是年十二月，吐蕃又陷松、维、堡三州，所谓西山寇盗也。

④后主，蜀汉后主刘禅。吴曾《能改斋漫录》："蜀先主庙，在成都锦官门外，西挟即武侯祠，东挟即后主祠。"《梁甫吟》，乐府题名，据传诸葛亮躬耕南阳，好为《梁甫吟》。二句亦就登楼所见而抒其感慨也，谓后主如此阘弱，尚有祠庙，伤时无诸葛也。

宿　府[1]

清秋幕府井梧寒，独宿江城蜡烛残。
永夜角声悲自语，中天月色好谁看？
风尘荏苒音书绝，关塞萧条行路难[2]。
已忍伶俜十年事，强移栖息一枝安[3]。

①杜甫自肃宗乾元二年（759）冬十二月入蜀，卜筑成都浣花溪。时严武在成都，得有所依。代宗宝应元年（762）七月严武应召赴长安，西川兵马使徐知道反，杜甫因避地梓州，间往汉州阆州。广德二年（764）春严武再至成都，任剑南节度使，杜甫复回成都。六月，武表为节度参谋，检校工部员外郎——

此即“杜工部”之名所由来——诗即广德二年秋在严武幕府作。

② 荏苒（rěn rǎn），时光渐渐流逝。

③ 十年事，自天宝十四载（755）安禄山乱起至此已十年。栖息一枝，《庄子·逍遥游》：“鹪鹩巢于深林，不过一枝。”“强移”句谓勉强入幕暂时栖息。实无可奈何之语，故明年正月即辞去。

秋兴八首[①]

玉露凋伤枫树林，巫山巫峡气萧森[②]。
江间波浪兼天涌，塞上风云接地阴。
丛菊两开他日泪，孤舟一系故园心[③]。
寒衣处处催刀尺，白帝城高急暮砧[④]。

夔府孤城落日斜，每依北斗望京华[⑤]。
听猿实下三声泪，奉使虚随八月槎[⑥]。
画省香炉违伏枕，山楼粉堞隐悲笳[⑦]。
请看石上藤萝月，已映洲前芦荻花[⑧]。

千家山郭静朝晖，日日江楼坐翠微[⑨]。
信宿渔人还泛泛，清秋燕子故飞飞[⑩]。
匡衡抗疏功名薄，刘向传经心事违[⑪]。
同学少年多不贱，五陵衣马自轻肥[⑫]。

闻道长安似弈棋，百年世事不胜悲[⑬]。
王侯第宅皆新主，文武衣冠异昔时。
直北关山金鼓振，征西车马羽书驰[⑭]。
鱼龙寂寞秋江冷，故国平居有所思[⑮]。

蓬莱高阙对南山，承露金茎霄汉间[16]。
西望瑶池降王母，东来紫气满函关[17]。
云移雉尾开宫扇，日绕龙鳞识圣颜[18]。
一卧沧江惊岁晚，几回青琐点朝班[19]。

瞿塘峡口曲江头，万里风烟接素秋[20]。
花萼夹城通御气，芙蓉小苑入边愁[21]。
珠帘绣柱围黄鹄，锦缆牙樯起白鸥[22]。
回首可怜歌舞地，秦中自古帝王州[23]。

昆明池水汉时功，武帝旌旗在眼中[24]。
织女机丝虚夜月，石鲸鳞甲动秋风[25]。
波漂菰米沉云黑，露冷莲房坠粉红[26]。
关塞极天惟鸟道，江湖满地一渔翁[27]。

昆吾御宿自逶迤，紫阁峰阴入渼陂[28]。
香稻啄馀鹦鹉粒，碧梧栖老凤皇枝[29]。
佳人拾翠春相问，仙侣同舟晚更移[30]。
彩笔昔曾干气象，白头吟望苦低垂[31]。

① 代宗永泰元年（765）正月杜甫辞去剑南节度幕府。四月严武去世。五月杜甫遂离开成都，道戎州，过渝州，经忠州，至云安。大历元年（766）春，到达夔州（今重庆奉节）。是年秋在夔州作《秋兴八首》。

② 巫山，在重庆、湖北两省市边境，长江穿切而过，成为三峡。巫峡，三峡中间一峡，诗中实概指三峡。

③ 丛菊两开，杜甫于永泰元年秋至云安，明年春至夔州，诗作于秋日，故见丛菊两开。他日，往日也，与“故园”相对。

④ 白帝城，在今重庆奉节东白帝山上，唐代夔州州治所在。——第一首写峡中秋天景物和自己客中感受。

⑤ 夔府，贞观十四年置夔州都督府，天宝元年改为云安郡，乾元元年复为夔州。长安在北，故依北斗而望之。

⑥“听猿”句，《水经注》：“每至晴初霜旦，林寒涧肃，常有高猿长啸，属引凄异，空谷传响，哀转久绝。故渔者歌曰：巴东三峡巫峡长，猿鸣三声泪沾裳。”“奉使”句，《博物志》：“近世有人居海滨者，见年年八月有浮槎去来，不失期。人有奇志，乘槎而去，十馀日至一处，有城郭状，宫中有织妇，见一丈夫牵牛渚次饮之。……因问此是何处，答曰：‘访严君平则知之。’因还。至蜀，问君平。曰：‘某年某月，有客星犯牵牛宿。’计其年月，正是此人到天河时也。”《荆楚岁时记》将故事移用于张骞，谓汉武帝令张骞使大夏，寻河源，乘槎经月而至一处。下与《博物志》同。杜甫参用此二典。仇兆鳌注：“严武为节度使，公曾入幕参谋，故有奉使虚随句。”仇氏之意，谓杜甫虽参严武幕，后严武去世，而杜甫滞留蜀中，未得还京，故曰虚随。此句较费解，姑从仇注。

⑦ 画省，据《汉官仪》，尚书省用胡粉涂壁，画古列士像，故称画省。尚书郎入直，有侍女史二人执香炉烧香从入。此句含意不详。粉堞，城上矮墙。

⑧ 石上藤萝月，长满藤萝的石上的月色。——第二首写夔府孤城的暮景和自身的处境。

⑨ 翠微，《尔雅疏》：“山气青缥色曰翠微，凡山远望则翠，近之则翠渐微。”

⑩ 信宿，再宿。泛泛，舟飘荡之貌。故，仍。

⑪ 匡衡，西汉时人，元帝问以得失，衡上疏陈便宜，迁光禄大夫，太子少傅。刘向，西汉学者，成帝诏令领校五经秘书。二句谓欲如匡衡抗疏而功名薄，欲如刘向传经亦不如愿。

⑫ 五陵，即汉高祖长陵、惠帝安陵、景帝阳陵、武帝茂陵、昭帝平陵。自汉至唐，五陵附近为贵戚豪侠所聚之地。衣马自轻肥，衣则轻，马则肥，皆豪贵所用。句意谓往日的同学少年如今都成了显贵；亦即下一首“王侯第宅皆新主，文武衣冠异昔时”之意。——第三首前四句写夔州的朝景，后四句写自己的心情。

⑬ 长安似弈棋，谓屡经乱离，翻覆无定。十多年间，长安一破于禄山，再陷于吐蕃，内部斗争，更层出不穷。不胜，犹不堪。胜，读平声。

⑭“直北”句，谓北有回纥侵扰。“征西”句，谓西有吐蕃寇掠。

⑮ 鱼龙寂寞，秋江平静，觉鱼龙寂寞。“故国”句，心怀故国，虽身居僻远亦有所深思。——第四首心系长安而深为忧虑。仇注引朱鹤龄曰：“前三章俱主夔州，后五章乃及长安事。”又引陈廷敬曰：“前三章详夔州而略长安，后五章详长安而略夔州。”

⑯ 蓬莱，指蓬莱宫。高阙，一作“宫阙”。长安大明宫，唐高宗龙朔三年号曰蓬莱宫。南山，终南山，在长安城南。承露金茎，《三辅黄图》：“神明台，武帝造，上有承露盘，有铜仙人舒掌捧铜盘玉杯以承云表之露，以露和玉屑服之，以求仙道。”金茎，指铜柱。班固《西都赋》：“抗仙掌以承露，擢双立之金茎。”茎，户耕切（hēng），耕韵，读平声。霄汉间，极言其高。按，唐代长安并没有承露金茎，此借用汉代事比拟唐宫阙之巍峨。

⑰ 瑶池，传为西王母所在之地。《汉武内传》：“七月七日，上斋居承华殿，忽青鸟从西来，集殿前。上问东方朔，朔曰：‘此西王母欲来也’。”东来紫气，仇注引《关尹内传》：“关令尹喜常登楼望，见东极有紫气西迈。曰：‘应有圣人经过京邑。’乃斋戒。其日果见老君乘青牛车来过。”函关，即函谷关。传老子西行过函谷关入秦。仇注引钱谦益笺：“天宝元年，田同秀见老君降于永昌街，云有灵符在函谷关尹喜宅傍，上发使求得之。”仇注：“或以瑶池王母，喻贵妃之册为太真；紫气函关，讥玄元之降于永昌。如此说，是追数先皇之失，非回忆前期之盛矣。”又引陈廷敬注：“唐公主如金仙玉真之类多为道士，筑观京师。西望瑶池，盖言道观之盛。”

⑱ 雉尾开宫扇，《仪卫志》：“唐制有雉尾障扇。”《唐会要》：“开元中萧嵩奏：每日朔望，皇帝受朝于宣政殿，宸仪肃穆，升降俯仰，众人不合得而见之。请备羽扇，上将出，扇合，坐定，乃去扇。唯宸仪不欲令人见，故必俟扇开日绕，始得望见圣颜。”云移，形容宫扇缓缓分开，如云之移动。龙鳞，指皇帝衮衣绣龙上的纹章。

⑲ 青琐，汉未央宫宫门，门窗上刻镂连环纹饰，涂以青色。后泛指宫门。青琐点朝班，在宫门外听点早朝班列。杜甫在肃宗收复长安后任左拾遗，曾参与入朝班列。如今一卧沧江，又惊岁晚，回忆起当年入朝情景。——第五首回忆长安京阙及当年早朝盛况。

⑳ 瞿塘峡，三峡西边第一峡，夔州即在瞿塘峡口。曲江，即曲江池，在长安城南，为都人游赏胜地。瞿塘峡口与曲江相距万里，而秋来风烟相接，想象之词。

㉑ 花萼夹城，《旧唐书》：“南内曰兴庆宫，……宫之西南隅有花萼相辉，勤政务本之楼。开元二十六年六月，遣范安及于长安广花萼楼，筑夹城，至芙蓉苑。”芙蓉苑，即芙蓉园，在曲江。御气，皇家宫苑的风光。芙蓉小苑，即芙蓉苑。仇注引钱谦益笺：“禄山反报至，帝欲迁幸，登兴庆宫花萼楼置酒，四顾凄怆，所谓‘小苑入边愁’也。”

㉒ 珠帘绣柱，织珠的帘幕，锦绣的柱头，形容富丽的宫院。锦缆牙樯，丝采的缆绳，象牙般的桅杆，形容豪华的游船。二句承“入边愁”而来，谓往日

富丽堂皇的宫殿，大乱后只有黄鹄飞翔；从前游船来往的池沼，而今只有白鸥惊起。

㉓ 秦中，指长安。汉唐京城都在长安，故曰“自古帝王州”。——第六首回忆长江曲江胜地。首两句驰骋想象将瞿塘峡口和曲江联在一起，中四句回忆曲江宫苑的盛衰，末两句抒发自己的感慨。

㉔ 昆明池，在长安城西二十里，汉武帝元狩三年开凿，为征伐滇与南越，在此训练水军。武帝，指汉武帝，也喻唐玄宗。旌旗在眼中，是汉时功，也是唐代的景象。

㉕ 织女，仇注引曹毗《志怪》：“昆明池作二石人，东西相望，象牵牛织女。”机丝，因织女而联及机丝。石鲸，《西京杂记》：“昆明池刻玉石为鲸，每至雷雨常鸣吼，鬐尾皆动。”虚夜月，动秋风，皆状其冷落。

㉖ 菰，水生禾本科植物，嫩芽像笋，叫茭白，可作菜吃，秋天结实，叫菰米，色黑，可作饭，称雕胡饭。莲房，莲蓬。二句谓昆明池中波漂菰米，露冷莲房。沉云黑，象其多而黑。坠粉红，指莲花落尽。

㉗ 关塞极天，谓夔州至长安，关塞迢遥，惟鸟道可通，而自身在此有如江湖漂泊的渔翁。——第七首想望长安昆明池。前六句设想昆明池清秋的景况，后两句回顾自身，峡中岁暮，漂泊江湖。

㉘ 昆吾，御宿，皆汉代上林苑中地名，亦唐代胜游之地，在长安东南，方圆三百里。逶迤，形容道路宛转曲折，绵延不断。紫阁峰，终南山峰名。渼陂，水名，在陕西鄠县西五里，水源出终南山。紫阁峰阴入渼陂，谓紫阁倒影浸入渼陂。杜甫《渼陂行》亦有“半陂以南纯浸山”之句。

㉙“香稻”二句，谓渼陂之香稻是往昔鹦鹉啄馀的米粒，碧梧是从前凤凰栖老的枝条。

㉚ 佳人，指郊游的妇女。拾翠，曹植《洛神赋》有“或采明珠，或拾翠羽”句，翠羽指翠鸟的羽毛；此处可泛指采拾花草。问，《诗·郑风·女曰鸡鸣》“杂佩以问之”，毛传：“问，遗也。”相问，相互馈赠。仙侣，同游的伴侣。晚更移，虽天色已晚，还移棹远游，乐而忘返。

㉛ 彩笔，五彩笔，实笔之美称。低垂，低首垂思。谓自己的彩笔往昔曾干预京城盛世胜游的气象，而今白头吟望，凄苦低垂。——第八首回首长安胜境，往日胜游，叹息而今老境凄怆，感慨无限。最后两句，实秋兴八章总的收结。

★《秋兴》八首是杜甫在夔州精心造作的组诗。诗人自乾元二年（759）离开长安，西行入蜀，已过了七个年头，奔走万里，历尽坎坷。如今漂泊西南，沧江岁晚，犹念念不忘长安故国。往日的艰辛，乱离的时世，点点

滴滴，汇聚心头。况而今直北关山，征西车马，内忧外患，迄无宁日，看不到战乱的尽头，望不到清平的时日。老诗人总把自己的境遇，同国家的命运联系起来，未免无限的感叹、无穷的遗恨。所有这一切通通在沉郁顿挫的诗章里表现出来。“故国平居有所思”，“白头吟望苦低垂”，诗人写来心情是何等的沉重！

《秋兴》八首，历代评论家给予了极高的评价。明代张綖曰：“《秋兴》八首，皆雄浑丰丽，沉着痛快，其有感于长安者，但极摹其盛，而所感自寓于中。徐而味之，则凡怀乡恋阙之情，慨往伤今之意，与夫外夷乱华，小人病国，风俗之非旧，盛衰之相寻，所谓不胜其悲者，固已不出乎意言之表矣。卓哉一家之言，敻然百世之上，此杜子所以为诗人之宗仰也。”又，陈继儒曰：“云霞满空，回翔万状，天风吹海，怒涛飞涌，可喻老杜《秋兴》诸篇。”古人对《秋兴》之赞誉，张、陈两家之说可作为代表，已达于极际。

杜甫的律诗在唐代自名列前茅，历代也罕有其匹。作品大多深厚沉着，而又自然流畅，但《秋兴》八首却颇为独特。因为杜甫的崇高地位，很少有人指斥其中的瑕疵。杜甫自言“时节渐于诗律细”，《秋兴》八首正是“诗律细”的典型，未免“细”过了头，颇露雕琢痕迹，有些诗句已偏于晦涩，用典也过于曲折。若“奉使虚随八月槎”、“画省香炉违伏枕”，与诗人的经历、现实的生活，实在相距太远，很不好理解。如“西望瑶池降王母，东来紫气满函关”，注家的解说往往只是捉摸猜测，未能作通达明畅的解释。八首整体上远不如诗人其他七律那样通顺明畅。元代方回推崇江西诗派，有“一祖三宗”之说，所谓“一祖”就是杜甫，作为江西派的远源。就整个杜诗而论这种说法未必准确。若只就《秋兴》八首而言，作为江西的源头则庶几近之。

阁　夜[①]

岁暮阴阳催短景，天涯霜雪霁寒宵[②]。
五更鼓角声悲壮，三峡星河影动摇。
野哭千家闻战伐，夷歌几处起渔樵。

卧龙跃马终黄土，人事音书漫寂寥[3]。

①阁，指夔州西阁。大历元年（766）杜甫在夔州，居于夔州西阁，诗作于是年岁暮。

②阴阳，指时令。景，同“影”。短景，指冬天日短。霁，照亮。

③卧龙，即诸葛亮，时人称为卧龙。跃马，《蜀都赋》有“公孙跃马而称帝”句，因以“跃马”指公孙述。西汉末年，公孙述据蜀称帝。述自号白帝，筑白帝城。

登　高[1]

风急天高猿啸哀，渚清沙白鸟飞回。
无边落木萧萧下，不尽长江滚滚来。
万里悲秋常作客，百年多病独登台。
艰难苦恨繁霜鬓，潦倒新停浊酒杯[2]。

①大历二年（767）在夔州九日登高之作。

②新停浊酒杯，杜甫因肺病戒酒。

咏怀古迹五首[1]

支离东北风尘际，漂泊西南天地间[2]。
三峡楼台淹日月，五溪衣服共云山[3]。
羯胡事主终无赖，词客哀时且未还[4]。
庾信生平最萧瑟，暮年诗赋动江关[5]。

摇落深知宋玉悲，风流儒雅亦吾师[6]。
怅望千秋一洒泪，萧条异代不同时。
江山故宅空文藻，云雨荒台岂梦思[7]。
最是楚宫俱泯灭，舟人指点到今疑。

群山万壑赴荆门，生长明妃尚有村[⑧]。
一去紫台连朔漠，独留青冢向黄昏[⑨]。
画图省识春风面，环佩空归月夜魂[⑩]。
千载琵琶作胡语，分明怨恨曲中论[⑪]。

蜀主窥吴幸三峡，崩年亦在永安宫[⑫]。
翠华想象空山里，玉殿虚无野寺中[⑬]。
古庙杉松巢水鹤，岁时伏腊走村翁[⑭]。
武侯祠屋常邻近，一体君臣祭祀同[⑮]。

诸葛大名垂宇宙，宗臣遗像肃清高[⑯]。
三分割据纡筹策，万古云霄一羽毛[⑰]。
伯仲之间见伊吕，指挥若定失萧曹[⑱]。
运移汉祚终难复，志决身歼军务劳[⑲]。

① 所述古迹，有夔州先主庙武侯祠、归州昭君村、江陵宋玉宅。杜甫于大历元年（766）至夔州，大历三年（768）正月出峡，三月至江陵。诗第一首写自身遭遇，为组诗发端，末二句点出庾信，据传荆州有庾信宅，同“古迹”挂点勾，实亦以自况。二至五首，先宋玉，次昭君，再次先主武侯，按时代先后排列。组诗必至江陵始完稿，旧谱次于大历元年，非是。

② 支离，犹流离。东北风尘，指安禄山叛乱。二句言自己流离于幽蓟风尘之际，漂泊于巴蜀天地之间。

③ 淹日月，久留岁月。杜甫自至夔州到此，已先后三年。五溪，在湖南西部，参见李白《闻王昌龄左迁龙标尉》诗注。诗人用以代指三峡地区。衣服，指当地人所著，因代指当地各族居民。

④ 羯胡，指安禄山，安本出羯族。无赖，狡诈无聊。词客，诗人自指。

⑤“庾信”二句：梁太清二年（548），侯景叛乱，台城陷后，庾信逃奔江陵。承圣三年（554），奉梁元帝命聘于西魏。未及南归，江陵即被魏军攻陷，信从此流寓北方。信在北方，感慨平生，思怀乡国，所作《哀江南赋》《拟咏怀诗》等诗赋，沉忧深切。诗人实以庾信自况，且江陵有庾信故宅，与“古迹”

亦有关联。

⑥ 摇落，犹零落。宋玉，楚国继屈原之后的大辞人，其《九辩》云："悲哉秋之为气也，萧瑟兮草木摇落而变衰！"江陵有宋玉故宅。亦，乃也。

⑦ "云雨"句：宋玉《高唐赋》，写楚王尝游高唐，梦见一妇人，王因幸之。去而辞曰："妾在巫山之阳，高丘之阻，旦为朝云，暮为行雨。朝朝暮暮，阳台之下。"意谓宋玉或有讽意，岂是梦思。

⑧ 荆门，山名，在湖北宜昌东，两山夹江相对如门。明妃，即王嫱，字昭君，晋人避司马昭讳以改称明君，亦称明妃。秭归人，为汉元帝宫人，竟宁元年出嫁匈奴呼韩邪单于。据《一统志》，归州有昭君村。今兴山县境有昭君故里，距峡江甚远，未知即杜诗中昭君村否。

⑨ 紫台，即紫宫，为汉宫名。青冢，昭君墓，在今内蒙古呼和浩特。《归州图经》："边地多白草，昭君冢独青。"

⑩ "画图"二句：《西京杂记》："元帝后宫既多，不得常见，使画工图形，按图召幸之。诸宫人皆赂画工，……独王嫱不肯，遂不得见。后匈奴入朝，求美人为阏氏。于是上案图以昭君行。及去召见，貌为后宫第一，善应对，举止娴雅。帝悔之，而名籍已定，帝重信于外国，故不复更人。乃穷按其事，画工皆弃市。"按，此小说家言，杜甫用之，后世即以为典实。省识，约略地看到。春风面，谓其美貌。环佩，指昭君的佩玉，因代指其人，此又代指其魂。

⑪ "千载"二句，石崇《明君词序》："昔公主嫁乌孙，令琵琶马上作乐，以慰其道路之思，其送明君亦必尔也。"昭君以琵琶寄其哀思，系石崇想象之词，后世亦引以为典。《琴操》有《昭君怨》。

⑫ 蜀主，蜀先主刘备。章武元年七月，先主为关羽报仇，亲帅军伐吴。明年六月，大败于夷陵猇亭。三年四月死于白帝城永安宫。

⑬ 翠华，皇帝仪仗。详《北征》诗注。

⑭ 伏腊，祭名，伏在夏六月，腊在冬十二月。

⑮ 长，一作"常"。

⑯ 宗臣，众所尊仰的大臣。

⑰ 三分割据，刘备三顾茅庐，诸葛亮于隆中对策，即定天下三分的策略，纡，屈也，谓反复筹画。一羽毛，梁简文帝《与刘孝仪令》有"威凤一毛"语，此谓诸葛亮如凌霄鸾凤。

⑱ 伯仲之间，谓可与相比，如同伯仲。伊吕，伊尹、吕尚。萧曹，萧何、曹参。二句谓诸葛亮之才之德在伊尹、吕尚伯仲之间，萧何曹参亦未免失色。

⑲ 运移汉祚，时运改变了蜀汉的统治，谓蜀汉终于灭亡。志决身歼，其志则坚定不移，命则以身殉职。即鞠躬尽瘁死而后已之意。

八阵图[①]

功盖三分国，名成八阵图[②]。
江流石不转，遗恨失吞吴[③]。

① 八阵图，《太平寰宇记》："八阵图，在奉节县西南七里。"仇注引《荆州图副》："永安宫南一里，渚下平碛上，有孔明八阵图，聚细石为之，各高五尺，广十围，历然棋布，纵横相当，中间相去九尺，正中开南北巷，悉广五尺，凡六十四聚。或为人散乱，及为夏水所没，冬时水退，复依然如故。"奉节，今重庆奉节县。此代宗大历元年（766）杜甫初到夔州时作。

② 三分国，指魏蜀吴。

③ 遗恨失吞吴，汉献帝建安二十四年（219）东吴袭杀关羽，夺取荆州。蜀汉章武二年（222）即帝位不久的先主刘备急于为关羽报仇，兴兵伐吴，大败于猇亭，严重地损伤蜀汉的元气。诸葛亮一贯主张东联孙吴，北伐曹操，伐吴不符合诸葛亮的战略。杜甫之意，谓诸葛亮的遗恨是蜀汉失计在于"吞吴"。

★《东坡志林》曰："尝梦子美谓仆：'世人多误会吾《八阵图》诗，以为先主武侯欲与关公报仇，故恨不能灭吴，非也。吾意本谓吴蜀唇齿之国，不当相图。晋之能取蜀者，以蜀有吞吴之志，以此为恨耳。'"失吞吴，失之于吞吴也。这应是东坡本人的解释；东坡也爱装神弄鬼，偏要从梦中搬出一个杜子美来。

戏为六绝句[①]

庾信文章老更成，凌云健笔意纵横[②]。
今人嗤点流传赋，不觉前贤畏后生[③]。

王杨卢骆当时体，轻薄为文哂未休[④]。
尔曹身与名俱灭，不废江河万古流。

纵使卢王操翰墨，劣于汉魏近风骚⑤。
龙文虎脊皆君驭，历块过都见尔曹⑥！

才力应难跨数公，凡今谁是出群雄⑦？
或看翡翠兰苕上，未掣鲸鱼碧海中⑧。

不薄今人爱古人，清词丽句必为邻。
窃攀屈宋宜方驾，恐与齐梁作后尘⑨。

未及前贤更勿疑，递相祖述复先谁？
别裁伪体亲风雅，转益多师是汝师⑩。

① 上元二年（761）或其后作于成都。

② 庾信，北朝诗人，详见《咏怀古迹》诗注。

③ 畏后生，诗用《论语·子罕》孔子语“后生可畏，焉知来者之不如今也”，然用意不同，实含讽刺。

④ 王杨卢骆，指初唐四杰王勃、杨炯、卢照邻、骆宾王。

⑤ 卢王，字面只有卢王，实亦概括杨骆。风骚，指《诗经》《楚辞》。

⑥ 龙文虎脊，都是骏马。《汉书·西域传》“蒲梢、龙文、鱼目、汗血之马”，注：“四骏马名也。”历块过都，王褒《圣主得贤臣颂》：“过都越国，蹶若历块。”谓骏马越过都城如跳过土块，极言其轻捷、疾速。“君”与“尔曹”指同一对象，即“轻薄为文哂未休”者。四句谓纵使四杰之作不如汉魏诗之近于风骚（你们的情况又复如何呢？），你们都驾驭着龙文虎脊，那就看看你们历块过都的本事吧。

⑦ 数公，即庾信与四杰。

⑧ 或看，犹试看。翡翠，鸟名，体形较麻雀略大，羽毛翠绿有光彩，嘴尖，常栖息于河溪岸畔芦苇或树枝上，窥伺水面以捕捉小鱼。兰苕，植物名。郭璞《游仙诗》：“翡翠戏兰苕，容色更相鲜。”掣，攫取。历来解此诗者，囿于郭璞诗的原意，都以“翡翠兰苕”比喻秾丽纤巧的诗，“鲸鱼碧海”比喻雄健宏伟之作，二者喻诗歌创作的两种境界。实误。杜甫只用郭璞诗句的词语，并非取“容色相鲜”的原意。意谓试看翡翠只是在兰苕上（窥伺小鱼），未能掣鲸鱼于

碧海之中，比喻“凡今”作者只能写出小巧适观的作品，未能创作深厚宏伟的杰构。

⑨ 屈宋，屈原、宋玉。方驾，并驾。后尘，车行必扬起尘土，故“后尘”即在人之后。诗意谓，不薄今人，更爱古人，庾信、四杰等清辞丽句亦必与为邻。然自己的志愿，则窃攀屈宋以方驾，要不然恐与齐梁作后尘。

⑩ 别裁，区别而裁汰之。诗意谓，未及前贤，勿用怀疑，如果仅仅递相祖述，则愈趋愈下，还能超过谁呢？只有裁汰伪体，远亲风雅，转益多师，乃能有所大成。转益多师，亦即“不薄今人爱古人”，广泛学习，不只是“递相祖述”而已。

★陈子昂、李太白等人力矫齐梁之弊，之后人才辈出，掀起盛唐诗歌的高潮。当时必有轻诋庾信、四杰等清丽之作者，少陵作六绝句，前四首批判轻薄之辈，谓庾信文章老而更成，而王杨卢骆为当时之体，皆不应轻易否定。后二首言作诗之道，谓取法宜仰攀屈宋，远亲风雅，不应是递相祖述，尤须转益多师。以绝句论诗，乃少陵首创。后世效之者甚多，以元遗山论诗三十首最为突出。然遗山重在系统地评价古人，少陵则针对现状，并直陈师法之道，二者立意不同。

赠花卿[①]

锦城丝管日纷纷，半入江风半入云。
此曲只应天上有，人间能得几回闻。

① 花卿，即花敬定。上元二年（761）四月，梓州刺史段子璋反，自称梁王，改元黄龙，以绵州为龙安府。成都府尹崔光远率四川牙将花敬定攻拔绵州，斩段子璋。花敬定恃勇，诛子璋后，大掠东蜀。肃宗怒光远不能约束，罢之。见《旧唐书·肃宗纪》。诗作于上元二年。

漫　成[①]

江月去人只数尺，风灯照夜欲三更。
沙头宿鹭联拳静，船尾跳鱼泼刺鸣[②]。

① 代宗大历元年（766）春晚自云安发船下夔州时作。

② 联拳，鹭宿时一足立定，一足蜷缩如拳。谢庄《玩月》诗："水鹭足联拳。"泼刺，鱼跳水声。

江南逢李龟年[①]

岐王宅里寻常见，崔九堂前几度闻[②]。
正是江南好风景，落花时节又逢君！

① 大历四年（769）正月，杜甫自岳州之潭州。是四年或五年春暮在潭州（今湖南长沙）赠李龟年者。李龟年，玄宗时著名歌手。《明皇杂录》："天宝中，上命宫中女子数百人为梨园弟子，皆居宜春院北。上素晓音律，时有马仙期、李龟年、贺怀智，皆洞知律度……而龟年特承恩遇。其后流落江南，每遇良辰胜景，常为人歌数阕。座上闻之，莫不掩泣罢酒。"

② 岐王，睿宗子岐王李范，好学工书，雅爱文章之士。开元十四年（726）卒。崔九，原注："即殿中监崔涤，中书令湜之弟。"涤与玄宗款密，用为秘书监，常出入禁中。涤亦开元十四年卒。黄鹤注："开元十四年，公止十五岁，其时未有梨园弟子。公见李龟年，必在天宝十载后。诗云岐王，当指嗣岐王珍。据此，则所云崔九堂前者，亦当指崔氏旧堂耳。不然，岐王崔九并卒于开元十四年，安得与龟年同游耶！"一说，杜甫见李龟年系少年时在洛阳，或洛阳亦有岐王宅、崔九堂，李龟年在入梨园之前已必以擅歌闻名。

★这是杜甫的最后一篇名作，也是杜甫最好的一首绝句。以繁华风景衬悲凉心境，盛衰之感，倍觉黯然。

李 华

李华（715—766），字遐叔，赞皇（今河北元氏）人。开元进士。累官监察御史，右补阙。天宝十五载（756），安禄山陷长安，李华陷贼受伪署，贬杭州司户，后起官至检校吏部员外郎。李华与萧颖士、柳冕等是韩愈古文运动的先驱，散文创作有一定成绩。所写《杂诗》《咏史》，继承陈子昂《感遇》诗传统，主张任用贤能，反对统治者奢侈腐化、求仙问道等荒唐行径，有一定积极意义。后人辑有《李遐叔文集》。

春行寄兴

宜阳城下草萋萋，涧水东流复向西[1]。
芳树无人花自落，春山一路鸟空啼。

①宜阳，今河南宜阳县西福昌镇，唐武德元年已改福昌，诗中仍用旧名。

岑 参

岑参（715—770），江陵（今湖北江陵）人，祖籍南阳。天宝三载甲申（744）进士，为率府兵曹参军。天宝八载（749）随高仙芝到安西，不得意，不久即回长安。天宝十三载（754）再次出塞，任安西节度使封常清判官。安禄山乱起，岑参自酒泉到凤翔朝见肃宗，由杜甫、房琯推荐，任右补阙，出为虢州刺史，复入为太子中允。大历元年（766）杜鸿渐作剑南节度使，岑参被任为嘉州刺史。后罢官，五十六岁客死于成都。

岑参是唐代边塞诗成就最大的诗人。他久佐戎幕，长期在边境驱驰征战，所以他能够真实地刻画出平沙万顷、风雪千重的塞外风光，抒写出长征将士们的豪情和欢乐、乡思与哀愁。内容丰富多采，声调高亢激越，具有独特的艺术风格，使他成为唐代边塞诗人的杰出代表。有《岑嘉州集》。

与高适薛据登慈恩寺浮图①

塔势如涌出，孤高耸天宫。
登临出世界，磴道盘虚空。
突兀压神州，峥嵘如鬼工。
四角碍白日，七层摩苍穹。
下窥指高鸟，俯听闻惊风。
连山若波涛，奔走似朝东。
青槐夹驰道，宫館何玲珑②。

秋色从西来，苍然满关中。
五陵北原上，万古青蒙蒙[③]。
净理了可悟，胜因夙所宗[④]。
誓将挂冠去，觉道资无穷[⑤]。

① 天宝十一载（752）秋，岑参与杜甫、高适、薛据、储光羲登慈恩寺塔，五人并有诗作，薛据诗失传，馀人诗并存。诗题疑有误。杜、高、储诗并题《同诸公登慈恩寺塔》，岑题固可以有异，但同登者四人，题中似不应只有高薛而无杜储。浮图，即佛塔梵文的音译。馀详杜甫《同诸公登慈恩寺塔》诗注。

② 青槐，一作"青松"。宫馆，一作"宫观"。

③ 五陵，指汉代高帝长陵、惠帝安陵、景帝阳陵、武帝茂陵、昭帝平陵，均在渭水北岸咸阳附近。陵墓附近松柏青苍，故有"万古青蒙蒙"之感；然亦暗寓帝王之尊，亦只馀一片蒙蒙之意，故下句即云"净理了可悟"。

④ 净理，清净之理，即了却一切欲念。胜因，善因，即积善修德之意，与"恶业"相反。

⑤ 誓，犹言决心，挂冠，即弃官。觉道，大觉之道，即指佛理。因登佛塔，故结尾联系佛理。

潼关使院怀王七季友[①]

王生今才子，时辈咸所仰。
何当见颜色，终日劳梦想。
驱车到关下，欲往阻河广。
满目徒春华，思君罢心赏。
开门见太华，朝日映高掌[②]。
忽觉莲花峰，别来更如长[③]。
无心顾微禄，有意在独往[④]。
不负林中期，终当出尘网。

① 潼关，在今陕西潼关县东北黄河南岸，东汉时建关。使院，官吏来往的

住所。王七季友，河南人，家贫以卖履为生。与沈千运、于逖、孟云卿、张彪、赵征明、元季川为诗友，后季川兄元结将七人诗编为《箧中集》。

② 太华，即华山。高掌，指华山仙人掌。参见崔颢《行经华阴》诗注。

③ 莲花峰，华山峰名。

④ 独往，意即归隐山林。

白雪歌送武判官归京①

北风卷地白草折，胡天八月即飞雪。
忽然一夜春风来，千树万树梨花开②。
散入珠帘湿罗幕，狐裘不暖锦衾薄。
将军角弓不得控，都护铁衣冷犹着③。
瀚海阑干百丈冰，愁云惨淡万里凝④。
中军置酒饮归客，胡琴琵琶与羌笛。
纷纷暮雪下辕门，风掣红旗冻不翻⑤。
轮台东门送君去，去时雪满天山路⑥。
山回路转不见君，雪上空留马行处。

① 判官，节度使、观察使的属官。

② 忽然，选本多作“忽如”。

③ 角弓，以角饰两端的弓。控，开弓。都护，官名，意即总监。汉宣帝时始设西域都护。唐代先后设有安西、安北、单于、北庭等六大都护府，府有大都护、副大都护，总管边境事务。

④ 瀚海，本海名，唐人诗多用以指沙漠。详李世民《饮马长城窟行》注。阑干，犹纵横。

⑤ 辕门，古代军队宿营时，用兵车列成屏障，出入处，仰起两部兵车，用两车的车辕组合为门，称辕门，后亦用以指将领的营门。

⑥ 轮台，今新疆米泉县。天山，今新疆天山。

轮台歌奉送封大夫出师西征[1]

轮台城头夜吹角，轮台城北旄头落[2]。
羽书昨夜过渠犁，单于已在金山西[3]。
戍楼西望烟尘黑，汉兵屯在轮台北。
上将拥旄西出征，平明吹笛大军行。
四边伐鼓雪海涌，三军大呼阴山动[4]。
虏塞兵气连云屯，战场白骨缠草根。
剑河风急雪片阔，沙口石冻马蹄脱[5]。
亚相勤王甘苦辛，誓将报主静边尘[6]。
古来青史谁不见，今见功名胜古人。

① 封大夫，封常清，蒲州猗氏人。天宝十一载（752），为安西副大都护，摄御史中丞，持节充安西四镇节度经略支度营田副大使，知节度事。十三载入朝，摄御史大夫，俄权知北庭都护，持节充伊西节度等使。

② 角，军用乐器，用以发信号，如同后世军号。旄头，星名。《史记·天官书》："昴为髦头，胡星也。"《晋书·天文志》作旄头。

③ 羽书，紧急军用文书。参见王维《老将行》"羽檄"注。渠犁，在今新疆轮台县东。金山，即阿尔泰山。

④ 阴山，岑参边塞诗地名多真实，本诗亦然。然今内蒙古境内阴山距西域轮台甚远。其《首秋轮台》诗亦有"异域阴山外，孤城雪海边"，或西域另有山名阴山。

⑤ 剑河、沙口，必皆当地地名。

⑥ 亚相，指御史大夫封常清。《汉书·百官公卿表》："御史大夫位上卿，掌副丞相。"勤王，尽力于王事。

走马川行奉送封大夫出师西征[1]

君不见走马川行雪海边，平沙莽莽黄入天。
轮台九月风夜吼，一川碎石大如斗，

随风满地石乱走。
匈奴草黄马正肥，金山西见烟尘飞，
汉家大将西出师。
将军金甲夜不脱，半夜军行戈相拨，
风头如刀面如割。
马毛带雪汗气蒸，五花连钱旋作冰[②]，
幕中草檄砚冰凝。
虏骑闻之应胆慑，料知短兵不敢接，
车师西门伫献捷[③]。

① 走马川，又名左末河，今新疆东尔成河。

② 五花连钱，马的一种毛色。《尔雅·释畜》“青骊驎曰驒”，郭璞注：“色有深浅，斑驳隐粼，今之连钱骢。”

③ 车师，唐安西都护府所在地，在今新疆吐鲁番境。

送杨瑗尉南海[①]

不择南州尉，高堂有老亲[②]。
楼台重蜃气，邑里杂鲛人[③]。
海暗三山雨，花明五岭春[④]。
此乡多宝玉，慎莫厌清贫[⑤]。

① 杨瑗，一作“张子”。尉，县尉，此动词。南海，在岭南。

② “不择”二句，东汉庐江毛义家贫，以孝行称，府檄以之为守令，义奉檄喜动颜色。因“家贫亲老，不择官而仕”，及其母死，乃去官行服，举贤良，公车征亦不至。见《后汉书》列传第二十九。

③ 楼台重蜃气，指海市蜃楼。由于光线的折射，把远处景物显示在空中，有时出现街市楼台景象，古人传说以为是蜃吐气而成。鲛人，传说中一种人鱼。刘逵《吴都赋》注：“鲛人水底居，从水中出，寄寓人家卖绡，临去，从主人索器，泣而出珠满盘。”

④ 三山，指番山、禺山、尧山。又，罗浮山总名三山。在广东省境。五岭，即越城岭、都庞岭、萌渚岭、骑田崎、大庾岭，组成横贯广东广西与湖南边界的大山脉，即南岭。

⑤“此乡”二句：晋吴隐之为广州刺史。广州山海多出珍宝，前后刺史多贪取掠夺。州有贪泉，据云饮此泉水即生贪欲。吴隐之乃至泉所，酌而饮之。赋诗曰：“古人云此水，一歃怀千金。试使夷齐饮，终当不易心。”见《晋书·吴隐之传》。唐南海县即在广州，诗中实暗寓吴隐之典，提醒友人保持廉洁。厌，嫌弃。

发临洮将赴北庭留别[①]

闻说轮台路，年年见雪飞。
春风曾不到，汉使亦应稀。
白草通疏勒，青山过武威[②]。
勤王敢道远，私向梦中归。

① 临洮，今甘肃岷县北庭，武后长安二年置北庭都护府，治金满，今新疆吉木萨尔北破城子。

② 疏勒，汉代西域国名，今新疆喀什。又，甘肃西部有疏勒河。诗指后者。武威，今甘肃武威。

寄左省杜拾遗[①]

联步趋丹陛，分曹限紫微[②]。
晓随天仗入，暮惹御香归[③]。
白髪悲花落，青云羡鸟飞[④]。
圣朝无阙事，自觉谏书稀[⑤]。

① 左省杜拾遗，即杜甫。肃宗至德二载（757）至乾元元年（758）年初，杜甫任左拾遗，属门下省，居左署，故称左省。时岑参任右补阙，属中书省，居右署。参见杜甫《春宿左省》诗注。拾遗、补阙，意思相同，都是谏官。诗云“白髪悲花落”，当作于乾元元年春暮。

② 丹陛，朝廷红色台阶。分曹，分别职司行列。紫微，《初学记》：唐改中书省曰紫微省。杜甫在门下省，岑参在中书省，同为谏官，所在官署不同，故曰“限”，限隔之意。

③ 天仗，皇帝仪仗。御香，朝堂设有香炉，散发香气。

④ 白髮，谓年老。是年杜甫四十七岁，岑参年四十又四，都未为老。

⑤ 阙事，应做而未做的事。

★前代评论家，或谓杜诗云“明朝有封事，数问夜如何”，参诗云“圣朝无阙事，自觉谏书稀”，同为谏官，态度却如此不同，由此可见两家高下。用一两句诗定高下本来就不科学。说杜甫勤于政事是确实的，对岑诗的否定却是极大的误解。岑诗云，“晓随天仗入，暮惹御香归”，好像岑参对当了这名补阙感到十分荣耀。其实完全不然，随天仗入，惹御香归，当名补阙不过如此而已，别无实际意义。如果他真的感到荣耀，他就没有必要“白髮悲花落，青云羡鸟飞”。悲花落者，悲年华易逝；羡鸟飞者，羡自由高举；他何尝有荣耀之感！杜甫忠厚，他勤勤恳恳于自己的“封事”。岑参却更为清醒，封建帝王设立谏官，只是装点门面，何尝真正纳谏！圣朝无阙事，貌似歌颂，其实全是反话。

和贾至舍人早朝大明宫之作①

鸡鸣紫陌曙光寒，莺啭皇州春色阑②。
金阙晓钟开万户，玉阶仙仗拥千官③。
花迎剑佩星初落，柳拂旌旗露未干。
独有凤凰池上客，阳春一曲和皆难④。

① 和贾至舍人早朝大明宫之作，参见王维同题之作。

② 紫陌，皇都的道路。春色阑，时已春暮。

③ 金阙，指宫阙。玉阶，宫殿中石砌台阶。仙仗，朝廷仪仗。

④ 凤凰池，中书省所在地。凤凰池上客，指贾至舍人。阳春一曲，指贾至原唱。

题平阳郡汾桥边柳树①

此地曾居住，今来宛似归。
可怜汾上柳，相见也依依。

①平阳郡，今山西临汾。汾，水名，源出山西宁武管涔山，西南流贯山西中部，至河津注入黄河，为黄河第二大支流。

西过渭州见渭水思秦川①

渭水东流去，何时到雍州②。
凭添两行泪，寄向故园流。

①渭州，即陇西，今甘肃陇西东南。渭水发源于甘肃渭源，流经陇西，东向秦川，故见渭水而思秦川。秦川指陕西秦岭以北平原，诗中实指长安，亦即诗次句的雍州。

②雍州，东汉置雍州，原治姑臧（今甘肃武威），汉末移治长安，唐玄宗开元初改为京兆府，诗用其旧称。

行军九日思长安故园①

强欲登高去，无人送酒来②。
遥怜故园菊，应傍战场开。

①原注："时未收长安。"按，天宝十五载（756）即至德元载六月长安失陷，至德二载九月二十八日收复长安，诗应作于二载（757）九月九日。

②登高，重九登高为古来风俗。送酒，《艺文类聚·草部》引《续晋阳秋》："陶潜无酒，坐宅边菊丛中，采摘盈把，望见王弘遣送酒，即便就酌。"王弘时为豫章刺史。

山房春事

梁园日暮乱飞鸦，极目萧条三两家[①]。
庭树不知人去尽，春来还发旧时花！

①梁园，又名梁苑、兔园，西汉梁孝王刘武所筑，在今河南商丘。

春　梦

洞房昨夜春风起，遥忆美人湘江水[①]。
枕上片时春梦中，行尽江南数千里。

①洞房，一作“洞庭”，疑误。遥忆美人，一作“故人尚隔”。

赴北庭度陇思家[①]

西向轮台万里馀，也知乡信日应疏。
陇山鹦鹉能言语，为报家人数寄书[②]。

①陇，指陇山，在陕西陇县西北。
②数（shuò），频繁。

玉关寄长安李主簿[①]

东去长安万里馀，故人何惜一行书？
玉关西望堪肠断，况复明朝是岁除。

①玉关，即玉门关，在甘肃敦煌西。

送崔子还京

匹马西从天外归，扬鞭只共鸟争飞。
送君九月交河北，雪里题诗泪满衣[①]。

①交河，在今新疆吐鲁番西。

逢入京使

故园东望路漫漫，双袖龙钟泪不干[①]。
马上相逢无纸笔，凭君传语报平安。

①漫漫，远貌。龙钟，犹泷冻，泪流貌。

过　碛[①]

黄沙碛里客行迷，四望云天直下低。
为言地尽天还尽，行到安西更向西[②]。

①碛（qì），沙漠。

②安西，即安西都护府，太宗贞观时治西州，今新疆吐鲁番境，高宗显庆时移治龟兹，今新疆库车县境。

碛中作

走马西来欲到天，辞家见月两回圆。
今夜不知何处宿，平沙万里绝人烟。

虢州后亭送李判官使赴晋绛[①]

西原驿路挂城头，客散江亭雨未收[②]。

君去试看汾水上，白云犹似汉时秋[3]。

①虢州，治弘农，今河南灵宝。晋，晋州，今山西临汾。绛，绛州，今山西绛县。

②西原，在灵宝西，天宝十五载（756）哥舒翰大败于灵宝西原，即此。

③汾水，黄河第二大支流，自东北向西南流贯山西省境，在河津县西注入黄河。汉武帝曾行幸河东，祀后土，作《秋风辞》，曰："秋风起兮白云飞，草木黄落兮雁南归。"又曰："泛楼船兮济汾河，横中流兮扬素波。"白云犹似汉时秋，即对汉武帝《秋风辞》而发。

裴 迪

裴迪（716—？），关中（今陕西）人。初与王维、崔兴宗居终南，往来唱和。天宝后为蜀州刺史，与杜甫、李颀友善，尝为尚书省郎。

孟城坳[1]

结庐古城下，时登古城上。
古城非畴昔，今人自来往。

① 此与下一首并与王维唱和的《辋川集二十首》中诗。

华子冈

落日松风起，还家草露晞。
云光侵履迹，山翠拂人衣。

崔九欲往南山马上口号与别

归山深浅去，须尽丘壑美。
莫学武陵人，暂游桃源里[1]。

① 武陵人，陶渊明《桃花源记》，写武陵渔人误入桃花源，停数日即离去。参见王维《桃源行》注。

贾　至

贾至（718—772），字幼邻，洛阳（今河南洛阳）人。天宝中，明经擢第，为单父尉，拜起居舍人，知制诰。肃宗擢为中书舍人，曾与杜甫、王维等诗歌唱和。后出为汝州刺史。肃宗乾元二年（759）三月九节度之师溃于滏水，贾至逃奔襄邓，坐贬岳州司马。宝应初召复故官，除尚书左丞。大历初，封信都县伯。

岳阳楼宴王员外贬长沙

极浦三春草，高楼万里心。
楚山晴霭碧，湘水暮流深。
忽与朝中旧，同为泽畔吟。
停杯试北望，还欲泪沾襟。

早朝大明宫[①]

银烛朝天紫陌长，禁城春色晓苍苍[②]。
千条弱柳垂青琐，百啭流莺绕建章[③]。
剑佩声随玉墀步，衣冠身惹御炉香[④]。
共沐恩波凤池里，朝朝染翰侍君王[⑤]。

① 大明宫，唐宫殿。参见王维、岑参和作。

② 银烛，大臣上朝天亮前即需入宫，故燃烛上路。“银”字状其光亮。紫陌，皇都的道路。禁城，宫城。苍苍，深深青色。

③ 青琐，宫门上镂刻的青色图纹，代指宫门。建章，汉宫名，代指唐宫。

④ 玉墀，宫殿中石砌的台阶。

⑤ 凤池，凤凰池。中书省所在地。染翰，用笔濡墨书写。时贾至为中书舍人，职责为皇帝草拟诏诰。

★此诗王维、杜甫、岑参并有和作。王、岑和作已入选。杜诗云："五夜漏声催晓箭，九重春色醉仙桃。旌旗日暖龙蛇动，宫殿风微燕雀高。朝罢香烟携满袖，诗成珠玉在挥毫。欲知世掌经纶美，池上于今有凤毛。"因贾志父贾曾开元中曾为中书舍人，故杜甫称其"世掌经纶美"。

送李侍郎赴常州[①]

雪晴云散北风寒，楚水吴山道路难。
今日送君须尽醉，明朝相忆路漫漫。

① 常州，今江苏常州。

洞庭送李十二赴零陵[①]

今日相逢落叶前，洞庭秋水远连天。
共说京华旧游处，回看北斗欲潸然！

① 李十二，即李白。肃宗乾元二年（759）三月李白遇赦东归，过岳阳，与贾至游洞庭。李白《巴陵赠贾舍人至》诗云："贾生西望忆京华，湘浦南迁莫怨嗟。圣主恩深汉文帝，怜君不遣到长沙。"

元 结

元结（719—772），字次山，自号漫叟，鲁山（今河南鲁山）人。年轻时从学于从兄元德秀。天宝十二载癸巳（753）登进士第。安禄山乱起，长安失陷，元结率全家逃奔江南。乾元二年（759）冬，由国子司业苏源明推荐，肃宗召见，授右金吾兵曹参军摄监察御史，充山南东道节度使史翙参谋，在唐、邓、汝、蔡一带招集义军，镇压叛乱，阻遏了史思明叛军南侵，保全了十五座城池。明年，史翙被部将杀死，来瑱继任，元结又充来瑱参谋。九月，调充荆南节度使吕湮判官。吕湮病死，元结曾一度代摄节度事。宝应元年（762），辞官去职，家于武昌（今湖北鄂州）之樊上。明年即广德元年，又起为道州刺史。曾一度罢官，永泰二年（766），再次任道州刺史。两年以后调任容州刺史，加授容州都督充本管经略使。大历四年（769）因母丧辞官。大历七年（772）奉诏进京，病逝于长安，年五十四。

元结持性耿介执拗，是一个严肃的地方官，也具有一定能力，治军能阻遏敌人，为政能安抚百姓。作为诗人的元结，他反对浮华绮靡的文风，因而有“风雅不兴”、“文章道丧”的感慨。他在《刘侍御湾月夜宴会诗序》中说：“於戏，文章道丧盖久矣！时之作者，烦杂过多，歌儿舞女，且相喜爱，系之风雅，谁道是耶？”在《箧中集序》中也说：“风雅不兴，几及千岁。……近世作者，更相沿袭，拘限声病，喜尚形似。且以流易为辞，不知丧于雅正。然哉彼则指咏时物，会谐丝竹，与歌儿舞女生污惑之声于私室可矣；若令方直之士，大雅君子，听而诵之，则未见其可矣。”这似乎是又一篇《修竹篇序》。他极力反对吟风弄月，反对声病格律，主张文学的任务要"道达情性"(《刘侍御湾月夜宴会诗序》),"救时劝俗"(《文编序》),要能"极帝王理乱之道,系古人规讽之流"(《二风诗论》),"可以上感于上,下化于下"(《系乐府序》)。他自己的创作就是这些理论的实践。他的诗文都能较为深刻而直接地反映安史之乱后的社会现实,对乱离人民的困苦表示同情。杜甫对元结的政绩和诗作都给予很高的评价,在《同元使君春陵行序》中说他"当天子分忧之地,效汉官良吏之目。今盗贼未息,知民疾苦,得结辈十数公落落然参错天下为邦伯,万物吐气,天下少安可待矣!"并赞美他的两诗是"两章对秋月,一字偕华星"。但是元结的文艺观有很大的缺陷,过分强调规讽感化,"其意必欲劝之忠孝,诱以仁惠,急于公直,守其节分"(《文编序》),让文艺成为纯粹宣扬封建意识的工具,而否定文艺的特质。陈子昂的《修竹篇序》针对初唐文风感叹"文章道弊",其进步意义远较上引元结二序为大,元结在盛唐之际而有"文章道丧"的喟叹,固有其反对浮靡的一面,但它否定包括李白、杜甫在内的盛唐文坛的成就,而拘泥于风雅规讽,就未免荒诞。在这种认识指导下,他的作品往往缺乏声华词采,写得朴拙质直,甚至干瘪枯燥。由于他反对声律,因而绝对不作律诗,诗中也很少有生动的描写。至于他那些模仿《诗经》、古曲写的风诗乐歌,内容既未免迂腐,艺术形式更是开历史的倒车,是一种落后现象。

与瀼溪邻里[①] 并序

乾元元年,元子将家自全于瀼溪。上元二年,领荆南之兵镇于九江。方在军旅,与瀼溪邻里,不得如往时相见游。又知瀼溪之人,日转穷困,故作诗与之。

昔年苦逆乱,举族来南奔。
日行几十里,爱君此山村。

峰谷呀回映，谁家无泉源。
修竹多夹路，扁舟皆到门。
瀼溪中曲滨，其阳有闲园[②]。
邻里昔赠我，许之及子孙。
我尝有匮乏，邻里能相分。
我尝有不安，邻里能相存[③]。
斯人转贫弱，力役非无冤。
终以瀼滨讼，无令天下论[④]。

① 瀼溪，源出江西瑞昌西北大瀼山、小瀼山之间，东南流入湓水。安禄山之乱后，元结率家逃难至此。序称肃宗乾元元年（758）到瀼溪，上元二年（761）即“领荆南之兵”。则元结家居瀼溪不到三年。

② 阳，水北曰阳。

③ 存，存问关照。

④ 讼，申诉。

★元结诗感情真挚而语言朴质，此篇最为典型。“修竹多夹路，扁舟皆到门”，为苏东坡所激赏，是元诗中难得有的写景佳句。

春陵行[①] 并序

癸卯岁，漫叟授道州刺史[②]。道州旧四万馀户，经贼以来，不满四千，大半不胜赋税。到官未五十日，承诸使征求符牒二百馀封，皆曰：“失其限者，罪至贬削。”於戏！若悉应其命，则州县破乱，刺史欲焉逃罪？若不应命，又即获罪戾。必不免也，吾将守官，静以安人，待罪而已。此州是春陵故地，故作春陵行以达下情。

军国多所需，切责在有司[③]。

有司临郡县，刑法竞欲施。
供给岂不忧，征敛又可悲。
州小经乱亡，遗人实困疲。
大乡无十家，大族命单羸。
朝餐是草根，暮食仍木皮。
出言气欲绝，意速行步迟。
追呼尚不忍，况乃鞭挞之。
邮亭传急符，来往迹相追④。
更无宽大恩，但是迫促期。
欲令鬻儿女，言发恐乱随；
悉使索其家，而又无生资。
听彼道路言，怨伤谁复知：
去冬山贼来，杀夺几无遗。
所愿见王官，抚养以惠慈。
奈何重驱逐，不使存活为！
安人天子命，符节我所持。
州县忽乱亡，得罪复是谁？
逋缓违诏令，蒙责固其宜。
前贤重守分，恶以祸福移？
亦云贵守官，不爱能适时。
顾惟孱弱者，正直当不亏⑤。
何人采国风，吾欲献此辞⑥。

① 春陵，汉侯国名，在今湖南宁远县境。
② 癸卯岁，代宗宝应二年亦即广德元年（763）。道州，今湖南道县。
③ 有司，有所职掌的官吏。此指地方长官。
④ 邮亭，官府传递文书的驿站。急符，紧急文书。
⑤ 顾惟，顾念。孱弱者，指疲困的人民。

⑥ 采国风，据传古代朝廷派行人出外采诗以了解民情。《汉书·食货志》："孟春之月，群居者将散，行人振木铎以徇于路以采诗，献之太师，比其音律，以闻于天子。"

贼退示官吏并序

癸卯岁，西原贼入道州[①]，焚烧杀掠，几尽而去。明年，贼又攻永破邵[②]，不犯此州边鄙而退。岂力能制敌与，盖蒙其伤怜而已。诸使何为忍苦征敛？故作诗一篇，以示官吏。

昔岁逢太平，山林二十年[③]。
泉源在庭户，洞壑当门前。
井税有常期，日晏犹得眠[④]。
忽然遭世变，数岁亲戎旃[⑤]。
今来典斯郡，山夷又纷然。
城小贼不屠，人贫伤可怜。
是以陷邻境，此州独见全。
使臣将王命，岂不如贼焉？
今彼征敛者，迫之如火煎。
谁能绝人命，以作时世贤[⑥]？
思欲委符节，引竿自刺船[⑦]。
将家就鱼麦，归老江湖边。

① 西原贼，当时湘南的少数民族，称西原蛮。

② 永，永州，今湖南零陵。邵，邵州，今湖南邵阳。

③ "昔岁"二句，指开元、天宝时代。

④ 井税，即田税。有常期，有一定的期限，有一定数量。

⑤ "忽然"二句，指安史之乱以后，战乱频仍。

⑥ "谁能"二句，谁能绝人之命，以作时世之贤。时世贤是讽刺语，实即通过掠夺压迫人民以取得高官厚禄者。

⑦ 委符节，即弃官。刺船，撑船。二句谓自己思欲弃官归去。

欸乃曲[①]

千里枫林烟雨深，无朝无暮有猿吟。
停桡静听曲中意，好是云山韶濩音[②]。

① 欸乃曲，元结所创，原有序云："大历丁未（767）中，漫叟结为道州刺史，以军事诣都，使还州，逢春水，舟行不进，作欸乃五首，令舟子唱之，盖欲取适道路耳。"选一首。欸乃，黄山谷云："欸，音媪（ǎo），乃，音霭（ǎi）。湘中棹歌声。"山谷注音甚确。实为打桨时，桨磨擦桨橛发出的声音。山谷谓为"棹歌声"，系误解了元结序文之意，元结盖取打桨声为题，欸乃曲犹言荡桨曲，"欸乃"本身非棹歌也。

② 韶濩（huò），古乐名。《左传》襄公二十九年"见舞韶濩"，杜预注："殷汤乐。"

张谓

张谓（721—780？），字正言，河内（今河南沁阳）人。天宝二年癸未（743）进士。《唐才子传》称其“自矜奇骨，必谈笑封侯。二十四受辟，从戎营朔十载，亭障间稍立功勋。以将军得罪，流滞蓟门”。乾元中为尚书郎，大历间官至礼部侍郎，三典贡举，出为潭州刺史。张谓诗“格度严密，语致精深”，风格内容和刘长卿相近。

读后汉逸人传①

子陵没已久，读史思其贤。
谁谓颍阳人，千秋如比肩②。
尝闻汉皇帝，曾是旷周旋③。
名位苟无心，对君犹可眠。
东过富春渚，乐此佳山川。
夜卧松下月，朝看江上烟。
钓时如有待，钓罢应忘筌④。
生事在林壑，悠悠经暮年。
于今七里濑，遗迹尚依然⑤。
高台竟寂寞，流水空潺湲！

①后汉逸人传，即《后汉书·逸民列传》，唐人避太宗李世民讳，改称逸人传。列传中有严光传，略曰：严光，字子陵，一名遵，会稽馀姚人。少有高

名，与光武同游学。及光武即位，乃变姓名，隐身不见。后光武访得，遣使聘之，三反而后至，论道旧故，相对累日。因共偃卧，光以足加帝腹上。明日，太史奏客星犯御座甚急。帝笑曰："朕与故人严子陵共卧耳。"除谏议大夫，不屈，乃耕于富春山，后人名其钓处为严陵濑。

② 颍阳人，即许由，传为尧时高士。尧欲以天下让之，"乃退而遁于中岳颍水之阳、箕山之下隐。尧又召为九州长，由不欲闻之，洗耳于颍水滨"。见皇甫谧《高士传》。

③ 汉皇帝，指光武帝。

④ 忘筌，《庄子·外物》："荃者所以在鱼，得鱼而忘荃。"筌，捕鱼竹器。二句谓严子陵垂钓，意在高隐而不在鱼。

⑤ 七里濑，顾野王《舆地志》："七里濑在东阳江下，与严陵濑相接，有严山。桐庐县南有严子陵渔钓处，石上平，可坐十人，名为钓台。"

送裴侍御归上都[①]

楚地劳行役，秦城罢鼓鼙。
舟移洞庭岸，路出武陵溪。
江月随人影，山花趁马蹄。
离魂将别梦，先已到关西。

① 上都，指京师长安。

同王征君湘中有怀[①]

八月洞庭秋，潇湘水北流。
还家万里梦，为客五更愁。
不用开书帙，偏宜上酒楼。
故人京洛满，何日复同游！

① 湘中，指湖南。此一作严维诗，非是。

送卢举使河源[①]

故人行役向边州，匹马今朝不少留。
长路关山何日尽，满堂丝竹为君愁。

① 河源，唐武后仪凤二年（677）置河源军，地在今青海西宁。代宗宝应元年（762）地入吐蕃，诗必作于宝应之前。

顾 况

顾况（725—814），字逋翁，苏州海盐（今浙江海盐）人。善为诗歌，工画山水。至德二载丁酉（757）进士，初为韩滉江南判官。与柳浑、李泌友善。柳浑辅政，荐为秘书郎。李泌入相，迁著作郎。李泌死后，况受到权贵排斥，为《海鸥咏》云："万里飞来为客鸟，曾蒙丹凤借枝柯。一朝凤去梧桐死，满目鸱鸢奈尔何！"况因此得罪，贬饶州司户参军。未几即弃官，归隐茅山以终。顾况的诗能反映一定的社会现实，喜用口语入诗，不避俚俗，但许多作品过于粗率。

江 上

江清白鸟斜，荡桨罥苹花[①]。
听唱菱歌晚，回塘月照沙。

①罥（juàn），挂住，缠绕。

忆鄱阳旧游[①]

悠悠南国思，夜向江南泊。
楚客断肠时，月明枫子落。

①鄱阳，今江西波阳。

宫词

玉楼天半起笙歌，风送宫嫔笑语和。
月殿影开闻夜漏，水精帘卷近秋河。

宿昭应[①]

武帝祈灵太乙坛，新丰树色绕千官[②]。
那知今夜长生殿，独闭空山月影寒。

①昭应，县名，天宝七载（748）由会昌县改，地即今陕西临潼。境内骊山为唐玄宗避暑胜地。天宝六载（747）建华清宫，宫内有长生殿，玄宗与杨贵妃常游幸于此。安史之乱以后，骊山亦已冷落。

②武帝，代指唐玄宗。太乙坛，道教神坛，亦在骊山华清宫内。新丰，县名，在今临潼县东北新丰镇。天宝七载县废，其地仍称为新丰。树色绕千官，树色如千官环绕。

★耿湋有《晚次昭应》诗云："落日向林路，东风吹麦垅。藤草蔓古渠，牛羊下荒冢。骊宫户久闭，温谷泉长涌。为问全盛时，何人最荣宠？"立意与顾诗同，不如顾作深婉。

囝

囝，哀闽也[①]。

囝生闽方。
闽吏得之，乃绝其阳[②]。
为臧为获，致金满屋。
为髡为钳，如视草木[③]。
天道无知，我罹其毒[④]。
神道无知，彼受其福[⑤]。

郎罢别囝，吾悔生汝。
及汝既生，人劝不举。
不从人言，果获是苦⑥。
囝别郎罢，心摧血下。
隔地绝天，及至黄泉。
不得在郎罢前⑦！

① 囝，原注："囝，音蹇（jiǎn），闽俗呼子为囝，父为郎罢。"闽，今福建。

② 绝，割掉。阳，男性生殖器。

③ 臧，获，对奴婢的贱称。《方言》："荆淮海岱，杂齐之间，骂奴曰臧，骂婢曰获。"诗中泛指奴隶。髡，剃去头发。钳，脖颈套上铁圈。两者都是奴隶的标志。"为臧"四句，谓闽吏使囝为臧为获，以取得满屋黄金（铜）。让他们受髡受钳，视他们如草木。

④ 我，囝自指。罹，遭受。毒，毒害。

⑤ 彼，指闽吏。福，好处。

⑥ 不举，不要养着，生下来就弄死。是苦，指"绝其阳"，"为臧为获"。"郎罢别囝"六句，郎罢诉苦之言。

⑦ 摧，摧伤。隔地绝天，谓如地天隔绝。及至黄泉，即一直到死。"囝别郎罢"五句，囝诉苦之言。

★《囝》是一篇"闽吏"残害穷苦人家儿童的实录，是对这种伤天害理的罪恶行径饱含血泪的控诉。

严　武

严武（726—765），字季鹰，华州（今陕西华县）人。两任剑南节度使，以破吐蕃功，进检校吏部尚书，封郑国公。杜甫在蜀，与严武交谊甚深。武存诗仅六首即有三首是与杜甫酬赠的。

军城早秋①

昨夜秋风入汉关，朔云边雪满西山。
更催飞将追骄虏，莫遣沙场匹马还。

①代宗广德二年（764）严武再任剑南节度使，九月，以崔旰为汉州刺史，使将兵击吐蕃于西山，拔当狗城，收复盐州。诗即歌咏其事。

张　继

张继，字懿孙，襄州（今湖北襄阳）人，天宝十二载癸巳（753）进士。尝佐镇戎军幕府，又为盐铁判官。大历末，为检校祠部郎中，与皇甫冉交厚。

枫桥夜泊①

月落乌啼霜满天，江枫渔火对愁眠②。
姑苏城外寒山寺，夜半钟声到客船。

① 枫桥，在江苏苏州城西。诗中寒山寺亦在苏州城西，两者相距不远。
② 渔火，夜深渔船灯火。一作“渔父”，非是。

★张继这首七绝极为有名。月落乌啼，江枫渔火，这种景境哪儿都有，寒山寺的钟声同其他寺庙的晚钟也并无两样，诗何以如此感人？关键在于诗人写出了独特境界中独特的心境。远客他乡，孤舟独守，于乌啼月落之夜，忽听到远寺的钟声。此刻诗人面对霜天旷野，从悠悠的钟声中，也许会勾起无边的愁思，也许会领悟到不可名状的人生。妙在诗人只将境界写出，于自身感受，不着一字，给读者留下无限省察体味的空间。杜甫《游龙门奉先寺》诗“欲觉闻晨钟，令人发深省”，恰好可以启发读者理解此诗的深意。读此诗者，随着不同的人生体验，其领会自亦不同。听说日本的唐诗爱好者曾组织过“寒山寺听夜半钟声代表团”，专程来苏州听寒山寺夜半钟声。脱离了特定的心境，那些远道而来的日本客人可能一无所获，寒山寺的钟声和日本寺院的钟声不会有什么差别。

“江枫渔火对愁眠”，愁，是羁人孤寂中的情绪，句法比较独特。白居易诗“黄河水白黄云秋，行人河边相对愁”；宋欧阳修诗“身行南雁不到处，山与北人相对愁”。白、欧的诗句有助于我们对张继诗句的理解，张诗只是多一重“眠”的内容。后世某些注家硬指“愁眠”是山名，江枫渔火对着愁眠山，横使这句好诗变得意味索然。同对诗没有感觉的人是无法谈诗的。或曰，其地确有愁眠山该如何解释？曰：其地确有愁眠山正是后人附会的结果；不是先有此山名而后有此诗句，而是有此诗句之后才附会出山名，二者后先不可倒置。

金谷园①

彩楼歌馆正融融，一骑星飞锦帐空②。
老尽名花春不管，年年啼鸟怨东风。

①金谷园，晋石崇所筑别墅，备极奢靡，故址在河南洛阳东金谷涧。石崇性极贪鄙，为荆州刺史时，劫掠客商，遂成巨富。崇有宠妓绿珠，赵王司马伦亲信孙秀欲夺之，石崇不与。孙秀遂矫诏收崇。“崇正宴于楼上，介士到门，崇谓绿珠曰：‘我今为尔得罪。’绿珠泣曰：‘当效死于官前！’遂自投于楼下而死”。崇全家皆被害。见《晋书·石崇传》。

②一骑星飞，指收捕使者到来。锦帐，石崇豪奢，曾作锦步障五十里，锦帐指此。

严 维

严维（713—？），字正文，越州山阴（今浙江绍兴）人。至德二载丁酉（757）进士，授诸暨尉，辟河南幕府，历秘书省校书郎，迁馀姚令，终右补阙，与刘长卿友善。集中几首较好的诗都是他人作品混入者。

酬刘员外见寄[①]

苏耽佐郡时，近出白云司[②]。
药补清羸疾，窗吟绝妙词。
柳塘春水漫，花坞夕阳迟。
欲识怀君意，明朝访楫师[③]。

① 刘员外，即刘长卿。

② 苏耽，《水经·耒水注》谓苏耽为汉末郴县人，事母至孝，后成仙，人见其乘白马回山中，百姓为之立祠，因名其山为马岭山。又，《神仙传》谓苏耽为桂阳人。一日，有白鹤数十降于门，耽遂升云汉而去。后又化鹤归来，止郡城东北楼上。苏耽佐郡，其事未详。

③ 楫，桨。楫师，船夫。访楫师，似用王子猷（王微之）雪夜访戴故事。“王子猷居山阴，夜大雪，忽忆戴安道（戴逵）。时戴在剡，即便夜乘小舟就之。经宿方至，造门不前而返。人问其故。王曰：‘吾本乘兴而行，兴尽而返，何必见戴。’”见《世说新语·任诞》。诗意谓怀君乘船来访，亦兴尽而返，怀君之意，明朝问船夫便知。姑如是解，未必正确，仅供参考。

★“柳塘春水漫，花坞夕阳迟”，二句清丽可喜，全诗平平。

丹阳送韦参军[①]

丹阳郭里送行舟，一别心知两地秋。
日晚江南望江北，寒鸦飞尽水悠悠！

① 丹阳，天宝元年（742）改曲阿县为丹阳县，即今江苏丹阳县。天宝元年改润州为丹阳郡，治丹徒。诗言“江南望江北”，则送别之地在丹徒，今江苏镇江。

孟云卿

孟云卿（726—？），河南（今河南洛阳）人。第进士，为校书郎。与杜甫、元结友善。杜甫《解闷十二首》述孟云卿自言“李陵苏武是吾师”，今存孟云卿诗确有学“苏李”的痕迹。韦应物《广陵遇孟九云卿》诗云：“高文激颓波，四海靡不传。西施且一笑，众女安得妍。”推许甚高。元结将云卿与同时人沈千运、王季友、于逖、张彪、赵微明及其弟元季川七人诗编为《箧中集》。他们的诗风和诗论与元结大体相同，都反对藻饰，不写律诗，语言较为朴拙。诗的格局都很小，恰好如在“箧中”，还只有孟云卿几首诗可读。

古别离

朝日上高台，离人怨秋草。
但见万里天，不见万里道。
君行本迢远，苦乐良难保。
宿昔梦同衾，忧心常颠倒。
含酸欲谁诉，展转伤怀抱。
结髮年已迟，征行去何早。
寒暄有时谢，憔悴难再好。
人皆算年寿，死者何曾老？
少壮无会期，水深风浩浩！

宋郊[1]

徘徊宋郊上，不睹平生亲。
独立正伤心，悲风来孟津[2]。
大方载群物，生死有常伦[3]。
虎豹不相食，哀哉人食人。
岂知逢世运，天道亮云云[4]！

①宋，今河南商丘。诗题一作《伤时》。

②孟津，今河南孟津县东北，古代黄河重要渡口。

③大方，大地。有常伦，有一定的规律。

④岂知，一作“岂伊”。逢世运，指逢此多难的世运。亮，信也。云云，犹言如此。天道亮云云，言天道原来真是如此。亮亦可训为明，谓天道之明原来如此。愤激之语。

苦雨断句[1]

安知浮云外，日月不运行。

①断句见张为《主客图》。另有《感怀》断句“群物归大化，六龙颓西荒”，亦佳。

刘长卿

刘长卿（725？—786以后），字文房，诗中自言其旧居在嵩阳（今河南登封）。唐玄宗开元二十一年癸酉（733）进士。肃宗至德间为监察御史，以检校祠部员外郎为转运使判官，知淮南鄂岳转运留后。为鄂岳观察使吴仲孺诬害，贬潘州南巴尉。除睦州司马，终随州刺史，世称刘随州。

刘长卿诗以五言律诗擅长，自许为“五言长城”。诗格律谨严，风格清劲，成就远在其他大历才子之上。有《刘随州集》。

送李中丞归汉阳别业①

流落征南将，曾驱十万师。
罢归无旧业，老去恋明时。
独立三边静，轻生一剑知②。
茫茫江汉上，日暮欲何之！

①中丞，即御史中丞，为御史台长官。诗题一作“送李中丞之襄州”。
②三边，汉代以幽州并州凉州为三边，此泛指边境。

穆陵关北逢人归渔阳①

逢君穆陵路，匹马向桑干②。
楚国苍山古，幽州白日寒③。
城池百战后，耆旧几家残。

处处蓬蒿遍，归人掩泪看。

① 穆陵关，在湖北麻城北与河南新县接界处。渔阳，今河北蓟县。

② 桑干，水名，即河北永定河上游。

③ 幽州，今北京地区。

却赴南邑留别苏台知己[①]

又过梅岭上，岁岁北枝寒[②]。
落日孤舟去，青山万里看。
猿声湘水静，草色洞庭宽。
已料生涯事，唯应把钓竿。

① 南邑，指南巴，刘长卿乾元初贬南巴尉，在今广东电白。苏台，即姑苏台，代指苏州。

② 梅岭，即大庾岭，以梅花著名，故又称梅岭。参见宋之问《题大庾岭北驿》诗注。

秋杪江亭有作

寂寞江亭下，江枫秋气斑[①]。
世情何处淡，湘水向人闲。
寒渚一孤雁，夕阳千万山。
扁舟如落叶，此去未知还。

① 斑，《广韵·删韵》:“斑，驳也，文也。”江枫秋气斑，谓江枫秋日色彩斑斓。

新年作

乡心新岁切，天畔独潸然。

老至居人下，春归在客先。
岭猿同旦暮，江柳共风烟。
已似长沙傅，从今又几年[①]！

① 长沙傅，即贾谊，曾为长沙王太傅。详见后《长沙过贾谊宅》诗注。

秋日登吴公台上寺远眺[①]

古台摇落后，秋日望乡心。
野寺来人少，云峰隔水深。
夕阳依旧垒，寒磬满空林。
惆怅南朝事，长江独至今[②]！

① 吴公台上寺，原注："寺即陈将吴明彻战场。"《一统志》："扬州府城北，刘宋沈庆之所筑弩台也。陈将吴明彻增筑，故名。"

② 南朝，宋齐梁陈皆都于建康，史称南朝。吴公台涉自宋至陈史事，故云"惆怅南朝事"。诗意谓南朝事都成为过去，只有长江独流至今。

经漂母墓[①]

昔贤怀一饭，兹事已千秋[②]。
古墓樵人识，前朝楚水流。
渚蘋行客荐，山木杜鹃愁[③]。
春草茫茫绿，王孙旧此游[④]。

① 漂母，韩信少时贫困，钓于淮阴城下。诸母漂，有一母见信饥，饭信，竟漂数十日。信喜，谓漂母曰："吾必有以重报母。"母怒曰："吾哀王孙而进食，岂望报乎！"汉五年，信为楚王，至国，召所从食漂母赐千金。见《史记·淮阴侯列传》。

② 昔贤怀一饭，语本《后汉书·李固传》"窃感古人一饭之报"。详见杜甫《奉赠韦左丞丈》诗注。此即指韩信。

③ 蘋，草本植物，古人用以供祭祀。荐，进也，指献祭。《左传》隐公三年：“涧溪沼沚之毛，蘋蘩薀藻之菜，……可荐于鬼神，可羞于王公。”

④ “春草”二句，《楚辞·招隐士》：“王孙游兮不归，春草生兮萋萋！”诗中王孙即指韩信，谓韩信旧曾游此，而今亦永不归来。

寻常山南溪道士隐居①

一路经行处，莓苔见履痕②。
白云依静渚，春草闭闲门。
过雨看松色，随山到水源。
溪花与禅意，相对亦忘言③。

① 诗题一作《寻南溪常山道人隐居》。常山，在浙江常山县东。

② 履，一作“屐”。

③ 禅意，佛家指清静的心境。忘言，无声的领悟。语本《庄子·外物》：“言者所以在意，得意而忘言。”

饯别王十一南游

望君烟水阔，挥手泪沾巾。
飞鸟没何处，青山空向人。
长江一帆远，落日五湖春①。
谁见汀洲上，相思愁白蘋②。

① 五湖，一说为五个湖，所指不一，一说单指太湖。此系泛指。

② “谁见”二句，用梁柳恽《江南曲》诗意。诗云：“汀洲采白蘋，落日江南春。洞庭有归客，潇湘逢故人。故人何不返，春花复应晚。不道新知乐，只言行路难。”

松江独宿[①]

洞庭初下叶，孤客不胜愁[②]。
明月天涯夜，青山江上秋。
一官成白首，万里寄沧洲。
久被浮名系，能无愧海鸥[③]！

①松江，即吴淞江，源出太湖，经苏州东向流，至上海注入长江。一作周贺诗，题作《秋宿洞庭》。

②洞庭初下叶，语本《楚辞·九歌·湘夫人》“洞庭波兮木叶下”。然此与洞庭湖无关，太湖有洞庭山，因而连及。

③“久被”二句，人被浮名所系，愧不如海鸥之自在。暗用《列子·黄帝篇》海上鸥鸟故事，参见李白《江上吟》注。

江州重别薛六柳八二员外[①]

生涯岂料承优诏，世事空知学醉歌。
江上月明胡雁过，淮南木落楚山多。
寄身且喜沧洲近，顾影无如白发何！
今日龙钟人共老，愧君犹遣慎风波[②]。

①江州，今江西九江。重别，前有别薛柳二员外五律，故此云重别。员外，定额以外的官员，并无实职。

②龙钟，老态衰疲之状，亦潦倒失意之貌，此处两义兼有。人共老，一作“人共弃”。遣，送，指送行时关照。

★其《江州留别薛六柳八二员外》五律亦佳，诗云：“江海相逢少，东南别处长。独行风嫋嫋，相去水茫茫。白首辞同舍，青山背故乡。离心与潮信，每日到浔阳。”

吴中赠别严士元[1]

春风倚棹阖闾城，水国春寒阴复晴[2]。
细雨湿衣看不见，闲花落地听无声。
日斜江上孤帆影，草绿湖南万里情。
东道若逢相识问，青袍今已误儒生[3]。

①诗题《中兴间气集》作《送郎士元》，《文苑英华》作《送严员外》，《唐诗纪事》作《送严士元》。《全唐诗》一作李嘉祐诗，题作《送严员外》。

②阖闾城，即苏州，由吴王阖闾得名。

③东道，一作“君去”。青袍，唐贞观四年规定八品九品官服青袍，上元元年又规定八品服深青，九品服浅青。

登馀干古县城[1]

孤城上与白云齐，万古荒凉楚水西[2]。
官舍已空秋草绿，女墙犹有夜乌啼。
平江渺渺来人远，落日亭亭向客低。
沙鸟不知陵谷变，朝飞暮去弋阳溪[3]。

①馀干，今江西馀干。

②上与白云齐，一作“迢递楚云齐”。

③弋阳溪，信江上游称弋阳江，此即指信江，馀干在信江北岸。

长沙过贾谊宅[1]

三年谪宦此栖迟，万古惟留楚客悲。
秋草独寻人去后，寒林空见日斜时[2]。
汉文有道恩犹薄，湘水无情吊岂知[3]！
寂寂江山摇落处，怜君何事到天涯。

① 贾谊，西汉洛阳人，年二十馀即为汉文帝所赏识，召为博士，一岁之中超迁至太中大夫，于朝政多所建议。文帝议以贾谊任公卿之位，为故老大臣所阻，出为长沙王太傅。见《史记·屈原贾生列传》。

② “人去后”、“日斜时”，暗用贾谊《鹏鸟赋》中“庚子日斜”，“主人将去”词语。

③ “湘水”句，贾谊谪长沙，意不自得，过湘水，作赋以吊屈原。

自夏口至鹦鹉洲夕望岳阳寄元中丞[①]

汀洲无浪复无烟，楚客相思益渺然。
汉口夕阳斜渡鸟，洞庭秋水远连天。
孤城背岭寒吹角，独戍临江夜泊船。
贾谊上书忧汉室，长沙谪去古今怜[②]。

① 夏口，即湖北汉口。古代夏水自江陵从大江分出，东流经江汉平原与汉水会合，故出口既称汉口，又曰夏口。鹦鹉洲，在汉阳江边，参见崔颢《黄鹤楼》诗注。

② 贾谊，见前诗注。忧汉室，贾谊数上疏陈政事，多所匡建，以为当时形势，“可为痛哭者一，可为流涕者二，可为长叹息者六。若其他背理而伤道者，难遍以疏举。”见《汉书·贾谊传》。

送李录事兄归襄邓[①]

十年多难与君同，几处移家逐转蓬。
白首相逢征战后，青春已过乱离中。
行人杳杳看西月，归马萧萧向北风。
汉水楚云千万里，天涯此别恨无穷。

① 襄，今湖北襄阳。邓，今河南南阳。

送耿拾遗归上都[①]

若为天畔独归秦，对水看山欲暮春[②]。
穷海别离无限路，隔河征战几归人？
长安万里传双泪，建德千峰寄一身。
想到邮亭愁驻马，不堪西望见风尘。

①上都，长安。诗中有“建德千峰寄一身”句，建德为睦州州治，可知此诗大历十二年前后作于睦州。

②若为，何为。

逢雪宿芙蓉山主人

日暮苍山远，天寒白屋贫。
柴门闻犬吠，风雪夜归人。

瓜洲道中送李端公南渡后归扬州道中寄[①]

片帆何处去，匹马独归迟。
惆怅江南北，青山欲暮时。

①瓜洲，在今扬州市南长江北岸。端公，唐代称侍御史。《通典·职官六》：侍御史“台内之事悉主之，号为台端，他人称之曰端公”。

听弹琴

泠泠七弦上，静听松风寒。
古调虽自爱，今人多不弹。

送方外上人

孤云将野鹤，岂向人间住？
莫买沃洲山，时人已知处[①]。

① 沃洲山，在今浙江新昌县东。

送灵澈上人[①]

苍苍竹林寺，杳杳钟声晚。
荷笠带夕阳，青山独归远。

① 灵澈，本姓汤，字澄源，会稽人。为中唐诗僧，《唐才子传》谓其有集十卷，今存仅十六首。

七里滩重送[①]

秋江渺渺水空波，越客孤舟欲榜歌。
手折衰杨悲老大，故人零落已无多。

① 七里滩，在浙江桐庐县西南富春江边。此首一作严维诗，非是。严维有《答刘长卿七里滩重送》诗，则此必为刘作。

重送裴郎中贬吉州[①]

猿啼客散暮江头，人自伤心水自流。
同作逐臣君更远，青山万里一孤舟。

① 吉州，今江西吉水。

送李判官之润州行营[①]

万里辞家事鼓鼙，金陵驿路楚云西[②]。
春江不肯留行客，草色青青送马蹄。

① 润州，今江苏镇江。

② 鼙，军用鼓。事鼓鼙，即参军。金陵，今南京。

李　冶

李冶，字秀兰，吴兴（今浙江吴兴）人，女道士。集中有《湖上卧病喜陆鸿渐至》诗，陆鸿渐即陆羽（733—804），《茶经》作者，可知李冶生平当在唐代宗、德宗之世。《全唐诗》录其诗十六首。

寄校书七兄①

无事乌程县，蹉跎岁月馀②。
不知芸阁吏，寂寞竟何如③。
远水浮仙棹，寒星伴使车④。
因过大雷岸，莫忘几行书⑤。

① 校书，即校书郎，掌校雠典籍的官，唐代朝廷设置八人。

② 乌程县，亦即吴兴。蹉跎（cuō tuó），耽误，虚度光阴。馀，饶也，多也（非多馀之义）。

③ 芸阁，藏书之所，即秘书省。芸阁吏，即校书郎。据诗意，这位七兄原在乌程县担任某种闲官，后调任校书郎。诗必寄七兄在赴任途中者。前四句谓你前在乌程县虚度了如此之多的岁月。现在去任校书郎，也好不到哪儿去，还不知寂寞得如何。是一种调侃的语气。

④ 仙棹，代指船。“远水”二句想象其赴任途中景况，前一句写水上舟行，后一句写旱路车往。

⑤ 大雷，水名，称大雷水，亦即雷池，在安徽望江县南。鲍照有《登大雷岸与妹书》。书开头一段说：“吾自发寒雨，全行日少。加秋潦浩汗，山溪猥至。渡泝无边，险径游历。栈石星饭，结荷水宿。旅客贫辛，波路壮阔。始以今日食时，仅及大雷。涂登千里，日踰十晨。严霜惨节，悲风断肌。去亲为客，如何如何！”用鲍照与妹书故事，切合作者与七兄关系。

相思怨

人道海水深，不抵相思半。
海水尚有涯，相思渺无畔[①]。
携琴上高楼，楼虚月华满[②]。
弹著相思曲，弦肠一时断。

①涯、畔，都是边际之意。
②虚，空。

★作为女道士，竟然写了好几首闺情诗，而且写得不错，或是中年以后才为道士者，甚至是因为爱情生活不得意而成为道士。集中有一首极为别致的《四至》诗曰：“至近至远东西，至深至浅清溪。至高至明日月，至亲至疏夫妻。”夫妻“至亲”而又“至疏”，其感受非同一般。

李嘉祐

李嘉祐，字从一，赵州（今河北赵县）人。唐玄宗天宝七载戊子（748）进士。曾为秘书省正字。坐事贬鄱江令，调江阴，入为中台卿。肃宗上元中出为台州刺史。德宗大历中，又为袁州刺史。李嘉祐为大历十才子之一，论诗艺不是大历诗坛的中坚。

送王收往吉州谒王使君叔

细草绿汀洲，王孙耐薄游。
年华初冠带，文体旧弓裘[①]。
野渡花争发，春塘水乱流。
使君矜小阮，应念倚门愁[②]。

① 初冠带，谓其年轻。旧弓裘，谓其能继承世业。《礼记·学记》："良冶之子必学为裘，良弓之子必学为箕。"良冶善于锤炼铁片补合破器，其子弟习见熟悉，乃能仿照用兽皮补合皮裘。良弓善于屈挠铁条或竹为弓，其子弟习见熟悉，乃能仿效屈挠柳条为箕。后以"箕裘"或"弓裘"喻克承祖先事业。

② 小阮，晋初竹林七贤中，阮籍与阮咸为叔侄，故以小阮代指侄。矜，一作"怜"。

自苏台至望亭驿人家尽空春物增思怅然有作因寄从弟纾[①]

南浦菰蒲覆白蘋，东吴黎庶逐黄巾[②]。
野棠自发空临水，江燕初归不见人。

远树依依如送客，平田渺渺独伤春。

那堪回首长洲苑，烽火年年报虏尘。

①苏台，姑苏台，代指苏州。望亭驿，在今江苏吴县西北。从弟纾，李纾，字仲舒，大历初为左补阙，历中书舍人，德宗时终吏部侍郎。《唐诗纪事》卷五十作郭良骥诗，非是。

②黎庶，平民百姓。黄巾，东汉末年张角领导的农民起义军，以黄巾裹头，被称为黄巾军。唐代安史之乱以后，北方藩镇割据，南方亦不断发生叛乱与起义。代宗宝应、广德年间，袁晁领导的起义军攻陷台州，连陷浙东、浙西、苏南州县。诗中黄巾指此。逐黄巾，被逐于黄巾。（近人有解释为平民百姓追随黄巾者，甚误。）

郎士元

郎士元（720—780？），字君胄，中山（今河北定县）人。唐玄宗天宝十五载丙申（756）进士。代宗宝应初，选京畿县官。诏试政事中书，补渭南尉，历左拾遗，出为郢州刺史。郎士元为大历十才子之一，与钱起齐名。有《郎士元集》。

送李将军赴定州[①]

双旌汉飞将，万里独横戈[②]。
春色临边尽，黄云出塞多。
鼓鼙悲绝漠，烽火隔长河。
莫断阴山路，天骄已请和[③]。

①定州，今河北定县。一作《送彭将军》。
②汉飞将，匈奴称李广为汉飞将军，此与李将军关合。
③阴山，在今内蒙古境内。天骄，汉代匈奴自称天之骄子。见《汉书·匈奴传》。

柏林寺南望[①]

溪上遥闻精舍钟，泊舟微径度深松[②]。
青山霁后云犹在，画出东南四五峰。

①柏林寺，在今河北省赵县境。
②精舍，即僧寺。“泊舟”句：闻钟“泊舟”，登岸走上“微径”，“度”越

“深松”山路。语句辞不达意，乃诗中病句。

★“画出东南四五峰”，由霁后浓云自行“画”出。四五峰，四五云峰也。读者还可以想象云峰霁色。小诗境界，全在此一句。

钱　起

钱起（722—780），字仲文，吴兴（今浙江吴兴）人。天宝十载辛卯（751）登进士第，官秘书省校书郎，终尚书考功郎中。大历十才子之一。钱起在大历才人中颇有名气。《唐诗纪事》谓与郎士元齐名，时语曰："前有沈宋，后有钱郎。"有《钱考功集》。

省试湘灵鼓瑟①

善鼓云和瑟，常闻帝子灵②。
冯夷空自舞，楚客不堪听③。
苦调凄金石，清音入杳冥④。
苍梧来怨慕，白芷动芳馨⑤。
流水传湘浦，悲风过洞庭⑥。
曲终人不见，江上数峰青。

① 省试，州县贡士到尚书省由礼部主试。主考官命题，题目多由古籍中摘取词句。"湘灵鼓瑟"即由《楚辞·远游》"使湘灵鼓瑟兮，令海若舞冯夷"句来。湘灵，洪兴祖补注："上言二女，则此湘灵乃湘水之神，非湘夫人也。"洪氏所注指《远游》中之湘灵，钱诗中称湘灵为帝子，显系由《九歌·湘夫人》"帝子降兮北渚"中帝子而来，其为湘夫人甚明。——《九歌》中湘君湘夫人，旧注皆以为帝尧之二女，帝舜之二妃。然《楚辞》中湘君湘夫人为配偶神，无任何尧女舜妃痕迹。传说本多歧异，无用拘泥古注。于钱诗，只理解其为尧女舜妃湘水之神即可，以保持其形象的完整。

② 云和瑟，瑟名。语本《周礼·春官·大司乐》"云和之琴瑟"。

③ 冯夷，王逸注："水仙人。"洪兴祖补注："河伯也。"

④ 杳冥，杳远无穷尽之貌，指苍穹。

⑤ 苍梧，舜葬于苍梧之野，此即以苍梧代指舜灵。怨慕，思念之极。句意谓闻瑟声而增其思慕。诗中以“苍梧”与“白芷”相对，系取其词面，内容实不相类。

⑥ 湘浦，一作“潇浦”。

★试帖诗之要义，在于风格典雅，对仗工致，词语安排妥帖，钱氏本篇即颇为典范。然此等诗往往貌似充盈而内实空泛。钱氏本篇却甚有工力，与诗题密合，且有境界。结语“曲终人不见，江上数峰青”，可与白居易“东船西舫悄无言，唯见江心秋月白”媲美。

题苏公林亭[①]

平津东阁在，别是竹林期[②]。
万叶秋声里，千家落照时。
门随深巷静，窗过远钟迟。
客住苔生处，依然又赋诗[③]。

① 一作韩翃诗。诗题一作《题苏许公林亭》，知苏公即苏颋。苏颋（670—722），字廷硕，京兆武功（今陕西武功县）人。武后朝进士，袭封许国公。玄宗开元中进同紫微黄门平章事，与宋璟同当国。颋以又章显，与燕国公张说并称“燕许大手笔”。

② 平津，其地未详，必苏公林亭所在地。竹林，魏嵇康、阮籍、山涛、向秀、阮咸、王戎、刘伶，游于竹林，称竹林七贤。期，会合，谓会合之地。二句意谓在平津东阁，是另一个群贤会合之所。

③ 此题苏公旧居，“客住”二句，谓当日宾客住处如今已长莓苔，犹仿佛苏公又在赋诗。客住，一作“客舍”，一作“客位”。依然，一作“依依”。

谷口书斋寄杨补阙[①]

泉壑带茅茨，云霞生薜帷[②]。
竹怜新雨后，山爱夕阳时。

闲鹭栖常早，秋花落更迟。
家童扫萝径，昨与故人期。

① 谷口，地名，在陕西醴泉东北。
② 带，围绕。茅茨，茅草屋。

送僧归日本[①]

上国随缘住，东途若梦行[②]。
浮天沧海远，去世法舟轻[③]。
水月通禅观，鱼龙听梵声[④]。
惟怜一灯影，万里眼中明[⑤]。

① 日本，今日本国。

② 上国，指中国。随缘，佛家语，谓外界事物皆自体感触，谓之缘，应其缘而动作，称随缘。《金光明最胜王经》卷五："随缘所在觉群迷。"东途，选本多作"来途"，非是。

③ 浮天，木华《海赋》："浮天无岸。"法舟，《宋书·天竺迦毗黎国传》："无上法船，济诸沉溺。"

④ 禅观，佛家谓静观一切，实即参禅。梵声，佛家诵经声。《法华经》："梵音海潮音，胜彼世间音。"

⑤ 一灯，《维摩诘经》："譬一灯燃百千灯，冥者皆明，明终不尽。"佛家以智慧引导喻之为灯，此又与海行船上用灯关合。

阙下赠裴舍人[①]

二月黄鹂飞上林，春城紫禁晓阴阴[②]。
长乐钟声花外尽，龙池柳色雨中深[③]。
阳和不散穷途恨，霄汉长悬捧日心[④]。
献赋十年犹未遇，羞将白发对华簪[⑤]。

① 阙下，宫阙之下，即京师。

② 上林，汉武帝御苑称上林苑，司马相如为作《上林赋》，后泛指皇家宫苑。紫禁，即宫禁。

③ 长乐，汉宫名，代指唐宫。龙池，唐玄宗为太子时所辟池沼名。

④ 阳和，春天阳气和暖。《史记·秦始皇本纪》："时在中春，阳和方起。"喻时代清明。穷途，喻处境困顿。语出《晋书·阮籍传》："时率意独驾，不由径路，车迹所穷，辄恸哭而反。"句意谓虽时代清明，却未能消释自己穷途落魄之恨。捧日，《三国志·魏志·程昱传》注引《魏书》："昱少时常梦上泰山，两手捧日，昱私异之，以语荀彧。及兖州平，乃赖昱得完三城，于是彧以昱梦白太祖（曹操）。太祖曰：'卿当终为吾腹心。'昱本名立，太祖乃加其上日更名昱。"句意谓愿为朝廷效力。

⑤ 献赋，司马相如曾向汉武帝献赋。簪，侧吟切，侵韵。

归雁

潇湘何事等闲回，水碧沙明两岸苔①？
二十五弦弹夜月，不胜清怨却飞来②。

① 潇湘，潇水与湘水至零陵会合，称潇湘。据传北雁南飞，至衡阳即回。回，指北归。

② 二十五弦，古瑟二十五弦。二十五弦弹夜月，是中亦有湘灵鼓瑟意。谓大雁不胜湘灵鼓瑟的"清怨"故从潇湘江上飞来。参见《省试湘灵鼓瑟》。

皇甫冉

皇甫冉（723—767），字茂政，安定（今甘肃泾川县北）人，寓居润州丹阳，唐玄宗天宝十五载丙申（756）进士，调无锡尉，营别墅阳羡山中。代宗大历初，王缙为河南节度，辟掌书记，后入为左金吾卫兵曹参军，终右补阙。大历十才子之一。

送李录事赴饶州①

北人南去雪纷纷，雁叫汀洲不可闻。
积水长天随远客，荒城极浦足寒云②。
山从建业千峰出，江到浔阳九派分③。
借问督邮才弱冠，府中年少不如君④。

① 录事，唐代刺史属吏。饶州，在今江西波阳县。

② 浦，水滨。极浦，犹言远浦。

③ 建业，今南京市。送别之地必在建业附近。浔阳，今江西九江。九派，泛指浔阳附近长江支流。《汉书·地理志》：“浔阳，《禹贡》九江在南，皆东合为大江。”九派即指九江。郭璞《江赋》：“流九派乎浔阳。”九数系虚指，无需一一考实。此句写李录事到达之地。

④ 督邮，汉代官名，为郡守佐吏。此用以喻李录事。弱冠，《礼记·曲礼上》：“二十曰弱，冠（guàn）。”古男子二十行冠礼，故二十称弱冠。李录事必甚年轻。督邮才弱冠必用典，汉尹翁归、晋陶侃皆年少为督邮，但传中均不言弱冠。不知是否另有典故。

同温丹徒登万岁楼[①]

高楼独上思依依，极浦遥山合翠微[②]。
江客不堪频北望，塞鸿何事复南飞。
丹阳古渡寒烟积，瓜步空洲远树稀[③]。
闻道王师犹转战，谁能谈笑解重围[④]？

① 同，和诗。丹徒，今江苏镇江。

② 合，犹言掩霭，笼罩。翠微，原野山间青翠之气。

③ 丹阳，位于江南。瓜步，位于江北。

④ 王师犹转战，时安史之乱尚未平息。谈笑解重围，战国赵孝成王时，秦兵围赵邯郸，魏将新垣衍欲赵尊秦为帝，鲁仲连斥责新垣衍，制止帝秦。解围以后，赵欲封赐鲁仲连。仲连笑而谢之。李白《永王东巡歌》："但用东山谢安石，为君谈笑静胡沙。"末二句写登楼北望，因而念及中原战乱，与"江客不堪频北望"二句呼应。

春　思[①]

莺啼燕语报新年，马邑龙堆路几千[②]？
家住层城邻汉苑，心随明月到胡天[③]。
机中锦字论长恨，楼上花枝笑独眠[④]。
为问元戎窦车骑，何时返旆勒燕然[⑤]？

① 春思，春思秋思之类均闺情诗，此写少妇思念征夫。

② 马邑，秦置马邑县，隋为马邑郡，治所均在今山西朔县。龙堆，即白龙堆，地在今新疆罗布泊东，为古代西域要地，见《汉书·西域传》。马邑、龙堆均泛指西北边境。

③ 层城，神话中以昆仑山之最上层曰层城，见《水经注·河水》。此用以代指京师。汉，唐诗中每以汉代唐。

④ 机中锦字，传前秦窦滔因罪远戍流沙，其妻苏蕙思念不已，织锦为回文诗以寄之。见《晋书·列女传》。论，犹述说。

⑤ 元戎，主将。窦车骑，东汉窦宪为车骑将军。旆，大旗。返旆，意即胜利回师。勒，刻。燕然，山名，即今蒙古杭爱山。汉和帝永元元年（89）窦宪率大军击败匈奴，追至燕然山，勒石纪功。见《后汉书·窦融传》。

夜发沅江寄李颍川刘侍御①

半夜回舟入楚乡，月明山水共苍苍②。
孤猿更发秋风里，不是愁人亦断肠。

① 沅江，在今湖南省境，发源于贵州云雾山，东北流经湖南西部，至汉寿县注入洞庭湖。亦县名，今湖南沅江。夜发沅江，双关，既发自沅江县，又航行沅水中。

② 苍苍，深青色。

远　山

少室尽西峰，鸣皋隐南面①。
柴门纵复关，终日窗中见。

① 少室，山名，在河南登封县北，为嵩山之西部，主峰玉寨山为嵩山最高峰。鸣皋，山名，在河南嵩县东北。句中“尽”谓全都显露，“隐”谓隐约可见。

韩 翃

韩翃，字君平，南阳（今河南南阳）人，唐玄宗天宝十三载甲午（754）进士。侯希逸表佐淄青幕府。之后闲居十年，李勉又辟入宣武幕府。大历十才子之一。以《寒食》诗受知于唐德宗，除驾部郎中，知制诰，终中书舍人。有《韩君平集》。

酬程延秋夜即事见赠

长簟迎风早，空城澹月华。
星河秋一雁，砧杵夜千家。
节候看应晚，心期卧正赊[①]。
向来吟秀句，不觉已鸣鸦[②]。

① 心期，犹言怀思。赊，远。
② 向来，适来。秀句，指程延赠诗。

同题仙游观[①]

仙台初见五城楼，风物凄凄宿雨收[②]。
山色遥连秦树晚，砧声近报汉宫秋。
疏松影落空坛静，细草香闲小洞幽[③]。
何用别寻方外去，人间亦自有丹丘[④]。

① 仙游观，陕西周至县西南秦岭主峰太白山上有仙游寺，疑即其地。

②五城楼，传说中神仙居住之地，此即指仙游观。《史记·孝武本纪》："方士有言：黄帝时为五城十二楼，以候神人于执期，命曰迎年。"初见，一作"下见"。

③闲，一作"开"，选本作"生"。

④方外，尘俗之外。语本《庄子·大宗师》孔子曰"彼游方之外者也"。丹丘，神仙之地。《楚辞·远游》："仍羽人于丹丘兮，留不死之旧乡。"注："丹丘，常明之处也。"

寒　食①

春城无处不飞花，寒食东风御柳斜。
日暮汉宫传蜡烛，轻烟散入五侯家②。

①寒食，风俗节日，清明前一日或二日，俗于是日不举火，食物均寒食。《荆楚岁时记》："去冬至一百五日，即有疾风甚雨，谓之寒食，禁火三日。"

②五侯，周代公侯伯子男五级爵位称为"五侯"。《左传》僖公四年管仲对楚使曰："昔召康公命我先君太公曰：五侯九伯，汝实征之，以夹辅周室。"又西汉成帝河平二年封舅王谭等五人同日为侯，东汉梁冀亲属五人皆封为侯，桓帝封宦官单超等五人为侯，时人皆谓之"五侯"。此泛指贵戚权臣。

戴叔伦

戴叔伦（732—789），字幼公，一作次公，润州金坛（今江苏金坛）人，萧颖士门生。大历十才子之一。刘晏管盐铁，表戴叔伦主运湖南，旋佐湖南、江西幕府。领抚州刺史，迁容管经略使。勤于政务，所至有善政。戴叔伦亦擅长五律，还有一部分古体诗，能较为深刻地反映现实，是其他大历才子所没有的。有集已佚，明人集有《戴叔伦集》。

女耕田行

乳燕入巢笋成竹，谁家二女种新谷？
无人无牛不及犁，持刀斫地翻作泥。
自言家贫母年老，长兄从军未娶嫂。
去年灾疫牛囤空，截绢买刀都市中。
头巾掩面畏人识，以刀代牛谁与同？
姊妹相携心正苦，不见路人唯见土。
疏通畦陇防乱苗，整顿沟塍待时雨。
日正南冈下饷归，可怜朝雉扰惊飞。
东邻西舍花发尽，共惜馀芳泪满衣。

屯田词[①]

春来耕田遍沙碛，老稚欣欣种禾麦。
麦苗渐长天苦晴，土干确确锄不得[②]。

新禾未熟飞蝗至，青苗食尽馀枯茎。
捕蝗归来守空屋，囊无寸帛瓶无粟。
十月移屯来向城，官教去伐南山木[3]。
驱牛驾车入山去，霜重草枯牛冻死。
艰辛历尽谁得知，望断天涯泪如雨！

①屯田，古代利用驻军兵士或召募农民垦种荒地，称为屯田。由驻军屯田者称军屯；召募农民垦种者称民屯，农民被称为屯田客。诗中所写当为民屯。

②确确，坚硬貌。

③向城，今河南南召。

除夜宿石头驿[1]

旅馆谁相问，寒灯独可亲。
一年将尽夜，万里未归人。
寥落悲前事，支离笑此身。
愁颜与衰鬓，明日又逢春！

①除夜，夏历年终最后一晚。石头驿，在今湖北嘉鱼县西南。

江乡故人偶集客舍

天秋月又满，城阙夜千重。
还作江南会，翻疑梦里逢。
风枝惊暗雀，露草覆寒蛩。
羁旅长堪醉，相留畏晓钟。

过贾谊宅[1]

一谪长沙地，三年叹逐臣。

上书忧汉室，作赋吊灵均[②]。
旧宅秋荒草，西风客荐蘋。
凄凉回首处，不见洛阳人[③]。

① 贾谊，详见刘长卿《长沙过贾谊宅》诗注。
② 灵均，即屈原。贾谊谪长沙，过湘水，曾作赋以吊屈原。
③ 洛阳人，即贾谊。

过申州[①]

万人曾战死，几处见休兵！
井邑初安堵，儿童未长成。
凉风吹古木，野火入残营。
牢落千馀里，山空水复清[②]。

① 申州，今河南信阳。
② 牢落（láo luò），荒凉貌。

寄司空曙

细雨柴门生远愁，向来诗句若为酬。
林花落处频中酒，海燕飞时独倚楼。
北郭晚晴山更远，南塘春尽水争流。
可能相别还相忆，莫遣杨花笑白头。

关山月

一雁过连营，繁霜覆古城。
胡笳在何处，半夜起边声？

画　蝉

饮露身何洁，吟风韵更长。
斜阳千万树，无处避螳螂[①]！

① 无处避螳螂，刘向《说苑·正谏》："园中有树，其上有蝉，蝉高居悲鸣饮露，不知螳螂在其后也。"诗中暗用此典。

三闾庙[①]

沅湘流不尽，屈子怨何深！
日暮秋风起，萧萧枫树林。

① 三闾庙，即屈原庙，据传屈原曾为三闾大夫。

昭君祠[①]

汉家宫阙梦中归，几度毡房泪湿衣。
惆怅不如边雁影，秋风犹得向南飞。

① 昭君，王昭君，详见东方虬《昭君怨》诗注。

塞上曲

汉家旌帜满阴山，不遣胡儿匹马还。
愿得此身长报国，何须生入玉门关[①]！

①"何须"句，与李益《塞下曲》"定远何须生入关"句意同，参见该诗注。

闺 怨

看花无语泪如倾，多少春风怨别情。
不识玉门关外路，梦中昨夜到边城。

旅次寄湖南张郎中

闭门茅底偶为邻，北阮那怜南阮贫[①]！
却是梅花无世态，隔墙分送一枝春。

①“北阮”句，《晋书·阮籍传》：“（阮）咸与籍居道南，诸阮居道北，北阮富而南阮贫。”

题稚川山水

松下茅亭五月凉，汀沙云树暗苍苍。
行人无限秋风思，隔水青山似故乡。

忆原上人[①]

一两棕鞋八尺藤，广陵行遍又金陵[②]。
不知竹雨竹风夜，吟对秋山那寺灯？

① 原上人，僧人。
② 一两，犹一双。藤，指藤杖。广陵，扬州。金陵，南京。

苏溪亭

苏溪亭上草漫漫，谁倚东风十二阑？
燕子不归春事晚，一汀烟雨杏花寒。

★此诗后二句颇有特色。清万树《词律》卷一载有《小秦王》词一阕，词云：“柳条金嫩不胜鸦，青粉墙头道韫家。燕子不来春寂寂，小窗和雨梦梨花。”并引《苕溪渔隐丛话》云：“唐初歌辞，多是五七言诗，后渐变为长短句，今止存《瑞鹧鸪》《小秦王》二阕。”以《小秦王》为唐初作品，恐未必然。元人赵孟頫《绝句》“燕子不来花又落，一庭风雨自黄昏”，仿作之迹甚为明显。到了明代，仿作尤多。参见元诗赵孟頫《绝句》星评。

耿　湋

耿湋（734—？），字洪源，河东（今山西永济）人。宝应元年壬寅（762）进士。初为大理司法，充括图书使来江淮，穷山水之胜。终右拾遗。大历十才子之一。

秋　日

返照入闾巷，忧来与谁语。
古道无人行，秋风动禾黍。

司空曙

司空曙（740—790？），字文明，广平（今河北永年）人。韦皋节度剑南，招致幕府。登进士第，授洛阳主簿，迁长林县丞。唐德宗贞元中，为水部郎中，终虞部郎中。大历十才子之一。有《司空文明集》。

贼平后送人北归

世乱同南去，时清独北还。
他乡生白髮，旧国见青山。
晓月过残垒，繁星宿故关。
寒禽与衰草，处处伴愁颜。

★《唐诗纪事》卷二十九柳郴条："郴与李端卢纶友善。有《贼平后送客还乡》诗云'他乡生白髮，旧国有青山'，最有思致。"据此，则此诗一作柳郴诗。

云阳馆与韩绅［卿］宿别[①]

故人江海别，几度隔山川。
乍见翻疑梦，相悲各问年。
孤灯寒照雨，湿竹暗浮烟。
更有明朝恨，离杯惜共传。

① 云阳，今陕西泾阳。韩绅，一作韩升卿。当作韩绅卿，韩愈之叔。岑仲勉《读全唐诗杂记》："李端有《送韩绅卿》，又《戏赠韩判官绅》，此当夺'卿'字。绅卿，愈之叔，《新表》三上有升卿，洪氏《韩谱》以为误。"

喜外弟卢纶见宿

静夜四无邻，荒居旧业贫。
雨中黄叶树，灯下白头人。
以我独沉久，愧君相见频。
平生自有分，况是蔡家亲[①]。

① 自有分，一作"有深分"。分，情分。蔡家亲，东汉末羊祜为蔡邕外孙，"祜当讨吴贼有功，将进爵土，乞以赐舅子蔡袭。"见《晋书·羊祜传》。此以卢纶比羊祜。可以推知卢纶为司空曙姑表。一作"霍家亲"。

寒　塘

晓髮梳临水，寒塘坐见秋。
乡心正无限，一雁度南楼。

江村即事

钓罢归来不系船，江村月落正堪眠。
纵然一夜风吹去，只在芦花浅水边。

李 端

李端（743—782？），字正己，赵郡（今河北赵县）人，李嘉祐之侄。唐代宗大历五年庚戌（770）进士，授秘书省校书郎，以多病辞官。起为杭州司马，亦未久任，即移家衡山。大历十才子之一。有《李端诗集》。

瘦马行

城旁牧马驱未过，一马徘徊起还卧。
眼中有泪皮有疮，骨毛焦瘦令人伤。
朝朝放在儿童手，谁觉举头看故乡。
往时汉地相驰逐，如雨如风过平陆。
岂意今朝驱不前，蚊蚋满身泥上腹。
路人识是名马儿，畴昔三军不得骑。
玉勒金鞍既已远，追奔获兽有谁知。
终身枥上食君草，遂与驽骀一时老。
倘借长鸣陇上风，犹期一战安西道。

★不减少陵。

芜 城

风吹城上树，草没城边路。
城里月明时，精灵自来去。

拜新月

开帘见新月，即便下阶拜。
细语人不闻，北风吹罗带。

听　筝①

鸣筝金粟柱，素手玉房前②。
欲得周郎顾，时时误拂弦③。

① 筝，拨弦乐器名。

② 金粟柱，饰有金星的筝柱。

③ “欲得”二句：三国吴周瑜，吴中呼为周郎，少精音乐，虽三爵之后，有误必知，时人语曰：“曲有误，周郎顾。”见《三国志·吴书·周瑜传》。

卢　纶

卢纶（748—799），字允言，河中蒲（今山西永济县）人。举进士不第，由元载引进，补阌乡尉，累迁至监察御史。后遭贬谪，遂辞官家居。浑瑊镇河中，起为元帅判官，卒于军中。大历十才子之一。有《卢纶集》。

送李端

故关衰草遍，离别自堪悲。
路出寒云外，人归暮雪时。
少孤为客早，多难识君迟。
掩泪空相向，风尘何处期？

晚次鄂州①

云开远见汉阳城，犹是孤帆一日程。
估客昼眠知浪静，舟人夜语觉潮生。
三湘愁鬓逢秋色，万里归心对月明。
旧业已随征战尽，更堪江上鼓鼙声②！

①次，旅途停留。鄂州，今湖北武昌。原注：“至德中作。”当作于至德二载（757）。

②“旧业”二句，时安禄山叛乱，战争破坏了一切，而且还无有已时。

塞下曲四首

鹫翎金仆姑，燕尾绣蝥弧[①]。
独立扬新令，千营共一呼。

林暗草惊风，将军夜引弓。
平明寻白羽，没在石棱中[②]。

月黑雁飞高，单于夜遁逃[③]。
欲将轻骑逐，大雪满弓刀。

野幕敞琼筵，羌戎贺劳旋[④]。
醉和金甲舞，雷鼓动山川。

①鹫，鸷鸟名。鹫翎，指用鹫的羽毛作为箭羽。金仆姑，箭名。《左传》庄公十年“乘丘之役，公以金仆姑射南宫长万”，杜预注：“金仆姑，矢名。”燕尾，《尔雅·释天》“继旐曰旆”，郭璞注：“帛续旐为燕尾者。”可知燕尾为旗边沿的饰物。蝥弧，《左传》隐公十一年“颍考叔取郑伯之旗蝥弧以先登”，杜预注：“蝥弧，旗名。”鹫羽是真鹫之羽，燕尾是燕尾之形，配对甚妙。

②“林暗”四句：《史记·李将军列传》：“广居右北平，出猎，见草中石，以为虎而射之，中石没羽，视之，石也。因复更射之，终不能复入石矣。”诗以李广事为影，但写的仍然是“将军”，而不能认定是李广。《新序》楚熊渠亦有类似故事。

③单于，匈奴最高统治者，此泛指敌方首领。

④贺劳，祝贺慰劳。“劳”字去声。旋，凯旋。

★唐人边塞诗中上乘，小诗而写出如此气势，几欲与王少伯、岑嘉州争席。

李　益

李益（748—827），字君虞，甘肃姑臧（今甘肃武威）人。唐代宗大历四年己酉（769）进士，授郑县尉。久不升迁，遂弃官北游燕赵。幽州节度使刘济辟为从事。滞留河朔达十年之久，对边庭生活有深切了解，集中佳作多写于边庭。诗传入禁中，宪宗闻其名，召为秘书监、集贤殿学士。为朝士所疾，谏官摘取其《赠刘湾》诗中"感恩知有地，不上望京楼"句进行诬陷，降为散秩。后又起为秘书监，迁太子宾客、右散骑常侍。唐文宗大和初以礼部尚书致仕。李益在大历十才子中以绝句擅长。尤其是边塞七绝，在中唐首屈一指。有《李益集》。

夜上西城听梁州①

行人夜上西城宿，听唱梁州双管逐。
此时秋月满关山，何处关山无此曲。
鸿雁新从北地来，闻声一半却飞回。
金河戍客肠应断，更在秋风百尺台②。

① 西城，在今新疆和田县境。梁州，曲名。一本分为绝句二首，疑非。
② 金河，在今内蒙古和林格尔镇，此泛指边塞。一作"交河"。

喜见外弟又言别

十年离乱后，长大一相逢①。

问姓惊初见，称名忆旧容。
别来沧海事，语罢暮天钟。
明日巴陵道，秋山又几重[②]！

① 十年离乱，指安史之乱。自玄宗天宝十四载（755）冬安禄山在范阳起兵叛乱，至代宗广德元年（763）史朝义穷蹙自尽，历时近八年；“十年”概而言之。

② 巴陵，今湖南岳阳。

江南曲

嫁得瞿塘贾，朝朝误妾期。
早知潮有信，嫁与弄潮儿。

从军北征

天山雪后海风寒，横笛偏吹行路难[①]。
碛里征人三十万，一时回首月明看[②]。

① 行路难，曲名。

② 回首，一作“回向”。月明，一作“月中”。

塞北行次度破讷沙

破讷沙头雁正飞，鸊鹈泉上战初归[①]。
平明日出东南地，满碛寒光生铁衣。

① 破讷沙，鸊鹈泉，地在今内蒙古河套境内。

夜上受降城闻笛①

回乐峰前沙似雪，受降城外月如霜②。
不知何处吹芦管，一夜征人尽望乡。

①受降城，唐中宗景龙二年张仁愿主持筑三受降城以防突厥，并在今内蒙古境。笛，此指芦笛。

②峰，《唐诗纪事》卷三十作“烽”，注：“烽，烽火台也。”

塞下曲

伏波惟愿裹尸还，定远何须生入关①。
莫遣只轮归海窟，仍留一箭射天山②。

①伏波，东汉马援封伏波将军，尝言“男儿要当死于边野，以马革裹尸还葬耳，何能卧床上在儿女子手中耶！”见《后汉书·马援传》。定远，东汉班超定西域，为西域都护，封定远侯，年老思归，上疏曰：“臣不敢望到酒泉郡，但愿生入玉门关。”见《后汉书·班超传》。

②海窟，指敌人巢穴，词未详所出。句意谓必须彻底消灭敌人，使之只轮不返。一箭射天山，唐薛仁贵领兵击九姓突厥于天山，敌数十人来挑战，仁贵发三矢，射杀三人，馀敌皆下马请降。军中歌曰：“将军三矢定天山，战士长歌入汉关。”见《旧唐书·薛仁贵传》。天山，此指祁连山。

宫 怨

露湿晴花春殿香，月明歌吹在昭阳①。
似将海水添宫漏，共滴长门一夜长②。

①昭阳，汉宫殿名。汉成帝宠幸赵飞燕为皇后，妹为昭仪，居昭阳殿，贵倾后宫。

②漏，即漏壶，古代计时器。上壶盛水，逐渐滴入下壶。下壶设浮标，标

上刻度计时。下壶水逐步加多，浮标逐步上升，升出壶外，升出的刻度上即标示时间。长门，亦汉宫名。汉武帝陈皇后，擅宠而无子，后卫子夫得宠，后退居长门宫。诗以昭阳代指热宠之地，而以长门喻冷宫。

★唐代宫怨诗，凡涉飞燕昭阳者，系用班婕妤自请供奉太后长信宫事，凡涉长门者，系用汉武帝陈皇后失宠废居长门宫事。李益本篇兼用两典，属一般宫怨诗，不拘泥于史实；但毕竟是一种缺陷。

汴河曲①

汴水东流无限春，隋家宫苑尽成尘②。
行人莫上长堤望，风起杨花愁杀人③！

① 汴河，大业元年，隋炀帝开通济渠。西段取道洛阳，由洛水入黄河。东段自河南荥阳北引黄河水东行古汴河故道，至开封别汴水折而东南流，至商丘东南行蕲水故道，复东南流斜贯今安徽北部，至江苏泗洪注入淮河。是炀帝所开运河重要的一段。通济渠东段，唐人仍称之为汴河（宋以后逐渐湮塞，故汴河之名亦不再出现于地图上）。

② 隋家宫苑，大业元年隋炀帝同时重开古邗沟，自扬州南沟通长江，北过高邮，直抵淮安，与淮河通（即今淮安至扬州段大运河）。炀帝开通济渠，发河南诸郡男女百馀万，日夜开工。又发民工二十万，自长安至江都（扬州），沿途造离宫四十馀所，备极奢侈。自大业元年八月至十二年，炀帝三“幸”江都，天下骚动。农民起义遍及全国。大业十四年炀帝被臣下宇文化及等缢杀，隋王朝亦随之灭亡，沿河宫殿自亦被摧毁。宫苑，一作“宫阙”。

③ 杨花，炀帝开运河，沿河遍种杨柳。

上汝州郡楼①

黄昏鼓角似边州，三十年前上此楼。
今日山川对垂泪，伤心不独为悲秋！

① 汝州，今河南临汝。

窦叔向

窦叔向，字遗直，京兆（今陕西西安）人。唐代宗大历初登第。少与常衮相善，时常衮为相，引为左拾遗；常衮贬官，亦出为溧水令。今存诗仅九首。五子窦常、窦牟、窦群、窦庠、窦巩并能诗。

夏夜宿表兄话旧[①]

夜合花开香满庭，夜深微雨醉初醒[②]。
远书珍重何曾达，旧事凄凉不可听。
去日儿童皆长大，昔年亲友半凋零。
明朝又是孤舟别，愁见河桥酒幔青[③]。

① 宿表兄，宿于表兄之家。此多年久别，重来话旧之作。

② 夜合花，疑即夜来香，多年生藤本植物。夏秋开花，香气甚浓，夜间尤甚，故名夜来香。

③ 幔，帐幕。酒幔，饯行的帐幕。

窦　牟

窦牟，字贻周，窦叔向次子，唐德宗贞元中进士。历佐从事，后为留守判官，检校尚书都官郎中，出为泽州刺史，改国子司业。

奉诚园闻笛[①]

曾绝朱缨吐锦茵，欲披荒草访遗尘[②]。
秋风忽洒西园泪，满目山阳笛里人[③]！

① 奉诚园，马燧故居，在长安安邑坊内。马燧，字洵美，郏城（今河南郏县）人。唐大历、建中间名将。先后破李灵耀、田悦，平李怀光，进同中书门下平章事，以功封北平郡王，图形凌烟阁，卒谥庄武。但后期实为德宗猜忌。身后，其家屡遭中官及豪强侵扰。其子马畅惧祸献其园于德宗，改名奉诚园。

② 绝朱缨：据传战国楚庄王夜宴群臣，灯烛忽灭，有人引美人之衣。美人暗绝其冠缨，向庄王告发，命促上火，欲得绝缨之人。王不从，命左右曰："今日与寡人饮，不绝冠缨者不欢。"人人皆绝缨而后上火，尽欢而罢。后二年，晋与楚战，有楚将奋死赴敌，卒胜晋国。王问其人，对曰："往者醉失态，王隐忍不加诛……臣乃夜绝缨者也。"事见刘向《说苑·复恩》。吐锦茵：西汉丙吉，为丞相。驭吏（车夫）因酒醉吐车茵上，吏欲逐之。吉曰："以醉饱之失去士，使此人将何所容？"此驭吏为边郡人，后以敌入边郡军情向丙吉建议立功。见《汉书·丙吉传》。诗人必与马燧关系密切。"曾绝"句，或诗人曾有偶然失态事为马氏所原宥。"欲披"句，写此日重来访问却只有荒草遗尘。

③ 西园泪：曹丕《芙蓉池作》："乘辇夜行游，逍遥步西园。"曹植《公宴》诗："清夜游西园，飞盖相追随。"刘桢《赠徐干诗》："步出北寺门，遥望西苑园。""乖人易感动，泪下与衿连"。西园是建安诗人游宴之所。用以代指奉诚园。山阳笛：三国魏嵇康被司马昭杀害，后其友人向秀经嵇康山阳旧居，闻邻人吹笛，不胜凄怆，因作《思旧赋》，表示对故友的怀思。

张 潮

张潮，曲阿（今江苏丹阳）人，《唐诗纪事》称之为大历时处士。其诗见于殷璠编《丹阳集》，存诗仅五首，诗题材全写民间女子，具有浓厚的生活气息。

长干行[①]

忆昔深闺里，烟尘不曾识。
嫁与长干人，沙头候风色。
五月南风兴，思君下巴陵；
八月西风起，想君发扬子[②]。
去来悲如何，见少别离多。
湘潭几日到？妾梦越风波[③]。
昨夜狂风度，吹折江头树。
淼淼暗无边，行人在何处[④]？
好乘浮云骢，佳期兰渚东[⑤]。
鸳鸯绿浦上，翡翠锦屏中[⑥]。
自怜十五馀，颜色桃花红；
那作商人妇，愁水复愁风[⑦]！

① 长干行，参见李白《长干行》注。《李太白集》收有《长干行》二首，此其二，系误收。黄山谷谓为李益诗，此从《唐诗纪事》卷二十七。潮另有《江风行》诗，风格句式，均与此诗相似，当系潮诗。

② 巴陵，今湖南岳阳。扬子，指扬子津，在今江苏扬州南，古代濒临长江，与南岸京口（镇江）相对，为南北重要渡口。

③ 湘潭，指湖南湘江。

④ 淼淼，水波浩大之貌。

⑤ 浮云骢，良马名。《西京杂记》："文帝自代还，有良马九匹，皆天下之骏马也。一名浮云。"佳期，设想相会之期。渚，水边。兰渚，渚之美称。

⑥ 鸳鸯，鸟名，雌雄相游相伴，总不分离。浦，水边。翡翠，鸟名，雄赤曰翡，雌青曰翠。鸳鸯游于绿浦上，翡翠却是画在锦屏中。对仗工整，内容却不同类。"好乘"四句，设想丈夫归来前往迎接的情形。乘上快马，相迎兰渚。夫妻见面，犹鸳鸯相会于绿浦；一起回家，若翡翠聚合于锦屏。

⑦ 那作，奈何作。

★长干地在建业，唐诗凡涉长干多为商妇诗，所涉地域总在长江沿岸。张潮《长干行》是差可与李白同题诗媲美之作，其实还是不如的。李诗通体流畅，自然清顺。张诗前一句刚说"下巴陵"，后一句一下跳到了"发扬子"，而后文又到了"湘潭"，前后地方交错；全诗也远没有李诗顺畅。虽同称名作，毕竟高下有别。

采莲词

朝出沙头日正红，晚来云起半江中。
赖逢邻女曾相识，并著莲舟不畏风。

江南行

茨菰叶烂别西湾，莲子花开犹未还①。
妾梦不离江水上，人传郎在凤凰山②。

① 茨菰，即慈菇，草本植物。叶烂，叶片葱嫩有光泽。茨菰叶烂在春天，莲子花开在夏日。

② 凤凰山，山名凤凰者甚多，此系泛指。

灵 一

灵一（727—762），俗姓吴，广陵人（今江苏扬州人，《唐才子传》作“剡中人”），居馀杭宜丰寺，与皇甫冉、皇甫曾、严维、张继等人友善。

酬皇甫冉西陵见寄①

西陵潮信满，岛屿没中流。
越客依风水，相思南渡头。
寒光生极浦，落日映沧洲。
何事扬帆去，空惊海上鸥②。

① 西陵，今浙江萧山西北西兴镇，为观潮胜地。
② 海上鸥，暗用《列子·黄帝篇》海上鸥鸟故事。参见李白《江上吟》注。

宿静林寺①

山寺门前多古松，溪行欲到已闻钟②。
中宵引领寻高顶，月照云峰凡几重。

① 灵一《静林精舍》诗注：“寺即梁武帝未达时所居，寺中有钟磬，皆古物，时时有声。在安吉州。”安吉州在今浙江吴兴，南宋理宗宝庆元年以湖州改名，可知此注系后人所加。

② 欲到，作“未到”更佳。

皎 然

皎然（730—799），又名清昼，俗姓谢，宋谢灵运十世孙，长城（今浙江长兴）人。居杼山，为颜真卿、韦应物所重。皎然是唐代诗僧中较为重要的作者，存诗达七卷之多，而且是一位诗的理论家，以所著《诗式》闻名。

寻陆鸿渐不遇①

移家虽带郭，野径入桑麻。
近种篱边菊，秋来未著花。
扣门无犬吠，欲去问西家。
报道山中去，归来每日斜。

① 陆鸿渐，即陆羽，竟陵（今湖北天门）人，《茶经》作者。

宿吴匡山破寺①

双峰百战后，真界满尘埃。
蔓草缘空壁，悲风起故台。
野花寒更发，山月暝还来；
何事池中水，东流独不回？

① 集别有《题馀不溪废寺诗》：“武原离乱后，真界积尘埃。残月生秋水，悲风起故台。居人今已尽，栖鸽暝还来。不到无生理，应堪赋七哀。”馀不溪，

即今浙江德清北苕溪。二诗大同小异，未知所题为同一地否。

冬日梅溪送裴方舟宣州①

平明匹马上村桥，花发梅溪雪未消。
日短天寒愁送客，楚山无限路迢迢。

①一作贾岛诗，题为《冬夜送人》，首句“匹马”作“走马”。

清　江

清江，会稽（今浙江绍兴）人。大历、贞元间诗僧，与清昼并称“会稽二清”。

送婆罗门[①]

雪岭金河独向东，吴山楚泽意无穷。
如今白首乡心尽，万里归程在梦中！

① 婆罗门，印度古代僧侣。一作可止诗。可止，俗姓马，号大智大师，范阳房山（今河北平山）人。唐昭宗乾宁中赐紫，后唐明宗令住持洛阳长寿寺。

韦应物

韦应物（737—793？），京兆长安人。十五岁入玄宗宫廷为“三卫郎”，有过一段无赖恣横的生活。大乱以后“更折节读书”，走上正式的仕途。代宗广德元年（763），为洛阳丞。大历中任京兆功曹，摄高陵宰。大历十三年（778）为鄠县令。十四年（779）自鄠令制除栎阳令，以疾辞不就。德宗建中二年（781），拜尚书比部员外郎，出为滁州刺史，后调江州刺史，回京任左司郎中，复出为苏州刺史。世称“韦江州”或“韦苏州”。

韦应物与“大历十才子”同时，其诗却不入大历才人营垒，他以五言诗擅长，风格简澹闲远，在诗坛上独树一帜；上与陶渊明呼应，称为“陶韦”，下与柳宗元比肩，谓之“韦柳”。其实陶韦柳各有家数，风格略近而并不相同。有《韦苏州集》。

杂　体

春罗双鸳鸯，出自寒夜女。
心精烟雾色，指历千万绪。
长安贵豪家，妖艳不可数。
裁此百日功，唯将一朝舞。
舞罢复裁新，岂思劳者苦！

★与白居易《缭绫》同一题材，用意亦正相同。

寄畅当[①]

寇贼起东山，英俊方未闲。
闻君新应募，籍籍动京关。
出身文翰场，高步不可攀。
青袍未及解，白羽插腰间[②]。
昔为琼树枝，今有风霜颜。
秋郊细柳道，走马一夕还。
丈夫当为国，破敌如摧山。
何必事州府，坐使鬓毛斑！

① 畅当，河东（今山西永济）人。代宗大历七年（772）进士。德宗贞元初为太常博士，终果州刺史。题下原注："闻以子弟被召从军。"此诗人寄诗予以鼓励。

② 青袍，唐代八品、九品官员的服色。白羽，指箭。

经函谷关[①]

洪河绝山根，单轨出其侧[②]。
万古为要枢，往来何时息。
秦皇既恃险，海内被吞食。
及嗣同覆颠，咽喉莫能塞[③]。
炎灵讵西驾，娄子非经国[④]。
徒欲扼诸侯，不知恢至德[⑤]。
圣朝及天宝，豺虎起东北[⑥]。
下沉战死魂，上结穷冤色[⑦]。
古今虽共守，成败良可识：
藩屏无俊贤，金汤独何力[⑧]！

驻车一登眺，感慨中自恻。

① 函谷关，战国秦置，在今河南灵宝东北，为秦东向重要关隘；汉武帝元鼎三年徙置今河南新安东，西去故关三百里。由诗所涉史事，知所指为故关。

② 洪河，指黄河。轨，代指车。句意谓关甚险要，道路甚窄。

③ 秦皇，指秦始皇帝。嗣，指秦二世及子婴。咽喉，指函谷关。“秦皇”四句，谓秦始皇凭恃山河险峻，吞灭了天下诸侯。其后嗣同样据有险要，却颠覆灭亡，函谷关未能塞住。

④ 炎灵，指汉高祖刘邦，《史记·高祖本纪》谓高祖为炎帝子。讵，岂。西驾，车驾西行，指刘邦建都长安。娄子，即娄敬。汉高祖五年，娄敬戍陇西，过洛阳，时刘邦在洛阳，拟在洛阳建都。娄敬劝刘邦建都长安。谓“秦地被山带河，四塞以为固，卒然有急，百万之众可具也。因秦之故，资甚美膏腴之地，此所谓天府者也。陛下入关而都之，山东虽乱，秦之故地可全而有也。夫与人斗，不扼其亢，拊其背，未能全其胜也。今陛下入关而都，案秦之故地，此亦扼天下之亢而拊其背也”。刘邦遂建都长安。见《史记·刘敬列传》（刘邦赐娄敬姓刘，因称刘敬）。二句实为娄子非经国，炎灵讵西驾，谓如果不是娄敬经过洛阳，劝说刘邦，刘邦哪会西行建都长安。

⑤ 扼，掐住。诸侯，此处代指天下。扼诸侯，即娄敬所谓“扼天下之亢”，即控制天下的咽喉，亦即守住函谷关。恢，恢宏，发扬。二句谓娄敬徒知控制天下的咽喉，却不知道恢宏德政。

⑥ 圣朝，唐朝。豺虎起东北，指安禄山范阳叛乱。

⑦ “下沉”二句，天宝十五载五月，哥舒翰在潼关被迫出战，大败于灵宝西原，二十万众全军覆没。灵宝西原距函谷关不远。上结穷冤色，谓天郁结着冤气。

⑧ “藩屏”二句，谓藩屏守将若无贤良，单靠山河形势无济于事。金汤，金城汤池，即险固的城池。

观田家

微雨众卉新，一雷惊蛰始[①]。
田家几日闲，耕种从此起。
丁壮俱在野，场圃亦就理[②]。
归来景常晏，饮犊西涧水[③]。
饥劬不自苦，膏泽且为喜[④]。

仓廪无宿储，徭役犹未已[⑤]。
方惭不耕者，禄食出闾里[⑥]。

①卉，草木。惊蛰，二十四节气之一，每年三月六日前后，时天气转暖，一切蛰伏者都惊醒，故名。

②场圃，农家秋用禾场，到春天耕种为圃，秋冬为场，春夏为圃。此重在“圃”。理，治理。

③景，阳光，此指晚阳。景晏即日暮。犊，牛。

④饥劬，饥饿劳苦。膏泽，滋润土壤的雨水。

⑤徭役，国家强迫人民从事的各种劳役。

⑥不耕者，诗人自指。

东　郊

吏舍跼终年，出郊旷清曙[①]。
杨柳散和风，青山澹吾虑[②]。
依丛适自憩，缘涧还复去[③]。
微雨霭芳原，春鸠鸣何处。
乐幽心屡止，遵事迹犹遽[④]。
终罢斯结庐，慕陶真可庶[⑤]。

①跼，局促，拘束。旷，开朗，散荡。清曙，犹清朗。旷清曙，在清朗的大自然中开怀散心。

②澹，恬静，此动词。青山澹吾虑，谓青山静化我之心境。

③丛，树丛。

④“乐幽”二句，乐于幽静的环境，心总在此停留，而立即从事隐居，行动偏觉匆遽。

⑤斯，在此。一作“期”，期望。结庐，构屋以居。慕陶，追慕陶渊明。

幽居

贵贱虽异等，出门皆有营。
独无外物牵，遂此幽居情[①]。
微雨夜来过，不知春草生。
青山忽已曙，鸟雀绕舍鸣。
时与道人偶，或随樵者行。
自当安蹇劣，谁谓薄世荣[②]。

① 外物，身外之物，名利之类。
② 蹇劣，跛足拙劣，喻无能。一作“蹇拙”。

同德寺雨后寄元侍御李博士[①]

川上风雨来，须臾满城阙。
岧峣青莲界，萧条孤兴发[②]。
前山遽已净，阴霭夜来歇。
乔木生夏凉，流云吐华月。
严城自有限，一水非难越。
相望曙河远，高斋坐超忽[③]。

① 同德寺，在河南洛阳，代宗广德至大历初韦应物为洛阳丞寓居于此。
② 青莲界，指佛寺，一作“青莲宇”。
③ 曙河，犹明河，即天河。河，一作“何”，非是。远，高远。坐，遂。超忽，精神高逸之貌。

伤　逝[1]

染白一为黑，焚木尽成灰[2]；
念我室中人，逝去亦不回！
结髪二十载，宾敬如始来。
提携属时屯，契阔忧患灾[3]。
柔素亮为表，礼章夙所该[4]。
仕公不及私，百事委令才。
一旦入闺门，四屋满尘埃。
斯人既已矣，触物但伤摧。
单居移时节，泣涕抚婴孩。
知妄谓当遣，临感要难裁[5]。
梦想忽如睹，惊起复徘徊。
此心良无已，绕屋生蒿莱！

①原注："此后十九首，尽同德精舍旧居伤怀时所作。"此注为后来编集者所加。同德精舍，即同德寺。韦应物为洛阳丞时及其后一段时间寓居于此。十九首并悼念其亡妻之作。以下《往富平伤怀》《送终》即十九首中诗。韦应物与其妻感情甚笃，悼念亡妻诗不止十九首。

②"染白"二句：染白为黑再不能白，焚木成灰再不成木，喻人死不能复生。

③提携，相互帮助。屯，艰难。契阔，勤苦。

④柔素，纯洁。亮，诚。表，仪范。礼章，犹礼仪。夙，早。该，具备。

⑤"知妄"二句，谓人已死去，明知思怀伤悼皆为虚妄，应当遣散，但一有感触，仍然难以控制。

往富平伤怀[1]

晨起凌严霜，恸哭临素帷[2]。

驾言百里途，恻怆复何为？
昨者仕公府，属城常载驰[③]。
出门无所忧，返室亦熙熙[④]。
今者掩筠扉，但闻童稚悲。
丈夫须出入，顾尔内无依。
衔恨已酸骨，何况苦寒时。
单车路萧条，回首长逶迟[⑤]。
飘风忽截野，嘹唳雁起飞。
昔时同往路，独往今讵知[⑥]！

①富平，唐代富平县即今陕西富平，河南孟县西南有富平津。诗中自家至富平才百里，似指后者。韦应物或有亲属在富平，往时曾与其妻“同往”，而今“独往”，故感慨伤怀。

②素帷，指灵帷。

③昨者，犹往日。属，通“瞩”，望。载驰，驱车快跑。

④熙熙，欢乐之貌。

⑤逶迟，本为道路迂回曲折之貌，此为迟疑眷恋之意。

⑥讵，岂。

送　终[①]

奄忽逾时节，日月获其良[②]。
萧萧车马悲，祖载发中堂[③]。
生平同此居，一旦异存亡。
斯须亦何益，终复委山冈。
行出国南门，南望郁苍苍。
日入乃云造，恸哭宿风霜[④]。
晨迁俯玄庐，临诀但遑遑[⑤]。
方当永潜翳，仰视白日光[⑥]。

俯仰遽终毕，封树已荒凉⑦。
独留不得还，欲去结中肠。
童稚知所失，啼号捉我裳。
即事犹仓卒，岁月始难忘⑧。

①送终，人死之后，停柩在家，过若干时日，然后发送上山埋葬。此葬其妻。

②奄忽，迅速。日月获其良，谓拣择吉日。

③祖载，祭奠灵车。

④日入乃云造，日暮才到达葬地。宿风霜，宿于风霜之中。

⑤玄庐，墓穴。

⑥方当，即将。永潜翳，永远潜藏，指埋葬。

⑦封树，堆土为坟，植树以为标志。

⑧即事，指送终埋葬。始难忘，永远难忘。

送杨氏女①

永日方戚戚，出门复悠悠②。
女子今有行，大江溯轻舟。
尔辈况无恃，抚念益慈柔③。
幼为长所育，两别泣不休④。
对此结中肠，义往难复留。
自小阙内训，事姑贻我忧⑤。
赖兹托令门，仁恤庶无尤。
贫俭诚所尚，资从岂待周。
孝恭遵妇道，容止顺其猷⑥。
别离在今晨，见尔当何秋？
居闲始自遣，临感复难收。
归来视幼女，零泪缘缨流。

① 杨氏女，韦应物长女，适杨氏。唐德宗建中四年（783），韦应物出任滁州刺史，在滁州三年，诗作于滁州。

② 永日，长日。蹙蹙、悠悠，并忧思之貌。

③ 无恃，指其母早丧。《诗·小雅·蓼莪》："无父何怙，无母何恃。"

④ 幼为长所育，原注："幼女为杨氏所抚育。"韦应物妻死之后，家中由长女抚育小女。

⑤ 阙内训，原注："言早无恃。"即没有母亲教育。

⑥ 容止，仪容举止，猷，规范。

寺居独夜寄崔主簿

幽人寂不寐，木叶纷纷落。
寒雨暗深更，流萤度高阁。
坐使青灯晓，还伤夏衣薄。
宁知岁方晏，离居更萧索。

秋　夜

暗窗凉叶动，秋斋寝席单。
忧人半夜起，明月在林端。
一与清景遇，每忆平生欢。
如何方恻怆，披衣露更寒。

长安遇冯著[①]

客从东方来，衣上灞陵雨[②]。
问客何为来，采山因买斧。
冥冥花正开，飏飏燕新乳[③]。
昨别今已春，鬓丝生几缕？

①冯著，韦应物有四首赠冯著诗，知其人住长安东，后受李广州署为录事。亦能诗，今存诗四首。

②灞陵，汉文帝陵，在今西安东北。

③冥冥，深貌。飏飏，飞貌。乳，哺养雏鸟。

寄全椒山中道士①

今朝郡斋冷，忽念山中客。
涧底束荆薪，归来煮白石②。
欲持一瓢酒，远慰风雨夕。
落叶满空山，何处寻行迹？

①全椒，今安徽全椒。诗作于韦应物为滁州刺史时。

②煮白石，道家一种养生方法，将薤白、芝麻、蜂蜜等和白石并煮。见《云笈七签》卷七十四。又，《神仙传》："白石先生者，中黄丈人弟子也。尝煮白石为粮，因就白石山居，时人故号曰白石先生。"

示全真元常①

余辞郡符去，尔为外事牵②。
宁知风雪夜，复此对床眠。
始话南池饮，更咏西楼篇。
无将一会易，岁月坐推迁。

①全真，即道士。元常疑即全椒山中道士。

②辞郡符，离开郡守职位。似指德宗贞元元年（785）罢滁州刺史任。

★"宁知风雪夜，复此对床眠"，极为宋人尤其是苏东坡兄弟所推崇。但在苏氏兄弟诗中，"风雪"变成了"风雨"，"风雨对床"成了他们兄弟诗中常见的境界。仔细品味，"风雨"确比"风雪"为佳。

淮上即事寄广陵亲故

前舟已渺渺，欲渡谁相待？
秋山起暮钟，楚雨连沧海。
风波离思满，宿昔容鬓改[①]。
独鸟下东南，广陵何处在？

①宿昔，早晚。

夕次盱眙县[①]

落帆逗淮镇，停舫临孤驿。
浩浩风起波，冥冥日沉夕[②]。
人归山郭暗，雁下芦洲白。
独夜忆秦关，听钟未眠客。

①次，旅途到达。盱眙，今江苏盱眙。
②浩浩，广阔貌。冥冥，昏暗貌。

初发扬子寄元大校书[①]

凄凄去亲爱，泛泛入烟雾。
归棹洛阳人，残钟广陵树。
今朝此为别，何处还相遇。
世事波上舟，沿洄安得住[②]！

①扬子，指扬子津，在江苏扬州南，此诗人由此离扬子乘舟西回洛阳。
②沿洄，顺水而下曰沿，逆水而上曰洄，沿洄谓奔忙不定。

淮上喜会梁川故人[①]

江汉曾为客，相逢每醉还。
浮云一别后，流水十年间。
欢笑情如旧，萧疏鬓已斑。
何因不归去？淮上有秋山。

①梁川，一作梁州。梁州即汉中郡，今陕西南部，汉水上游。

赋得暮雨送李胄[①]

楚江微雨里，建业暮钟时。
漠漠帆来重，冥冥鸟去迟[②]。
海门深不见，浦树远含滋[③]。
相送情无限，沾襟比散丝[④]。

①李胄，一作李曹。
②漠漠，迷蒙貌。冥冥，深远貌。
③海门，指江流所向。滋，湿润，此处犹言迷濛的水气。
④沾襟，泪沾衣襟。散丝，张协《杂诗》："密雨如散丝。"此又以"散丝"喻如雨的泪水。

★漠漠，冥冥，深不见，远含滋，以至相送时"沾襟比散丝"，无不与微雨关合。貌似简淡，而如此缜密，实非常人所敢仰望。

燕李录事[①]

与君十五侍皇闱，晓拂炉烟上赤墀[②]。
花开汉苑经过处，雪下骊山沐浴时。
近臣零落今犹在，仙驾飘摇不可期[③]。

此日相逢思旧日，一杯成喜亦成悲。

①燕，宴饮。
②十五侍皇闱，指少以三卫郎侍唐明皇。
③仙驾飘摇，指唐明皇已经不在。

自巩洛舟行入黄河即事寄府县僚友[①]

夹水苍山路向东，东南山豁大河通。
寒树依微远天外，夕阳明灭乱流中。
孤村几岁临伊岸，一雁初晴下朔风[②]。
为报洛桥游宦侣，扁舟不系与心同。

①巩洛，河南巩县、洛阳。唐德宗建中四年，韦应物由尚书比部员外郎出为滁州刺史。此途经洛阳，舟行东下时，寄原为洛阳丞时僚友。

②伊，伊水。朔风，北风。孤村几岁，指当年曾住。一雁初晴，喻此日东行。

寄李儋元锡[①]

去年花里逢君别，今日花开又一年。
世事茫茫难自料，春愁黯黯独成眠。
身多疾病思田里，邑有流亡愧俸钱。
闻道欲来相问讯，西楼望月几回圆。

①李儋，字元锡。韦有《赠李儋侍御》诗，知李儋曾为侍御史。诗作于德宗兴元中任滁州刺史时。

秋夜寄丘二十二员外

怀君属秋夜，散步咏凉天。

山空松子落，幽人应未眠。

登　楼

兹楼日登眺，流岁暗蹉跎。
坐厌淮南守，秋山红树多①。

①坐，聊也，且也。厌（yàn），满足。淮南守，指其为滁州刺史。二句意谓且满足于淮南守，因一望可见秋山红树多。与《淮上喜会梁川故人》诗“何因不归去，淮上有秋山”意同。皆聊以自慰之辞。

西塞山

势从千里奔，直入江中断。
岚横秋塞雄，地束惊流满。

★西塞山，湖北黄石东有西塞山，山由长江南岸直插江中，形势险峻。《大冶县志》以韦应物所咏即此西塞山。然北岸系平野，与诗中“地束”不甚切合。陆游《排闷》诗云：“西塞山前吹笛声，曲终已过洛阳城。”诗中西塞山必在洛阳（陆游平生未到洛阳，此系驰想之词，排闷而已）。金赵秉文《滏水集》有《拟和韦苏州二十首》，其中《和西塞山龙门》诗云：“双阙耸岹峣，神斧忽中断。一水从中来，千龛道旁满。”和诗明言地在龙门。韦应物《龙门游眺》诗亦有“中断若天辟”，与“直入江中断”、“神斧忽中断”皆合。可知龙门所在之山亦名西塞山。此诗所咏正龙门所在之山，非黄石之西塞山也。

登楼寄王卿

踏阁攀林恨不同，楚云沧海思无穷。
数家砧杵秋山下，一郡荆榛寒雨中。

寒食寄京师诸弟

雨中禁火空斋冷，江上流莺独坐听。
把酒看花想诸弟，杜陵寒食草青青。

休暇日访王侍御不遇

九日驱驰一日闲，寻君不遇又空还。
怪来诗思清人骨，门对寒流雪满山。

滁州西涧

独怜幽草涧边行，上有黄鹂深树鸣。
春潮带雨晚来急，野渡无人舟自横。

★《滁州西涧》是韦应物的七绝名作，要在末二句写出了一种境界。然首二句原作“独怜幽草涧边生，上有黄鹂深树鸣”，总未免有凑合之感。杨慎《升庵全集》卷五七云：“韦苏州诗‘独怜幽草涧边生’，古本‘生’作‘行’，‘行’字胜‘生’字十倍。”沈德潜《唐诗别裁》引何良俊曰：“《大清楼帖》中刻有韦公手书，‘涧边行’，非‘生’也，‘尚有’，非‘上’也。其为传刻之讹无疑。”“幽草涧边生”，主语是幽草；作“涧边行”，主体是人。下二句亦人在涧边观望野渡春潮，前后联系较为紧密，“行”字确较“生”字要好。“上”、“尚”可以通用，用“上”字更平易明白。如此订正，这篇名作才严谨完美。

于良史

于良史，徐州张建封从事。

春山夜月

春山多胜事，赏玩夜忘归。
掬水月在手，弄花香满衣。
兴来无远近，欲去惜芳菲。
南望鸣钟处，楼台深翠微。

冬日野望寄李赞府[①]

地际朝阳满，天边宿雾收。
风兼残雪起，河带断冰流。
北阙驰心极，南图尚旅游。
登临思不已，何处得销忧！

① 赞府，官名，唐代称县承为赞府。

戎 昱

戎昱（744—787？），荆南（今湖北江陵）人。少举进士，但并不得意，南游湖湘，卫伯玉镇荆南，辟为从事。桂林观察使李昌巙延为幕宾，待之甚厚。唐德宗建中四年（783）为辰州刺史。戎昱的诗能够较深地反映社会现实，题材颇为广泛，很关心国家大局。“天涯忧国泪，无日不沾襟”（《辰州建中四年多怀》）。这样的声音在大历诗人中很难听到。他曾亲历戎行，坚决主张抵抗外敌。其弟即战死边疆。《苦哉行》五首对安史乱后统治者引入外族造成祸患作了形象的总结。

苦哉行四首①

彼鼠侵我厨，纵狸授粱肉。
鼠虽为君却，狸食自须足②。
冀雪大国耻，翻是大国辱。
膻腥逼绮罗，砖瓦杂珠玉。
登楼非骋望，目笑是心哭。
何意天乐中，至今奏胡曲！

官军收洛阳，家住洛阳里。
夫婿与兄弟，目前见伤死。
吞声不许哭，还遣衣罗绮。
上马随匈奴，数秋黄尘里③。

生为名家女，死作塞垣鬼。
乡国无还期，天津哭流水[4]！

妾家清河边，七叶承貂蝉[5]。
身为最小女，偏得浑家怜[6]。
亲戚不相识，幽闺十五年。
有时最远出，只到中门前。
前年狂胡来，惧死翻生全。
今秋官军至，岂意遭戈鋋。
匈奴为先锋，长鼻黄髪拳。
弯弓猎生人，百步牛羊膻。
脱身落虎口，不及归黄泉。
苦哉难重陈，暗哭苍苍天。

可汗奉亲诏，今月归燕山[7]。
忽如乱刀剑，搅妾心肠间。
出户望北荒，迢迢玉门关。
生人为死别，有去无时还。
汉月割妾心，胡风凋妾颜。
去去断绝魂，叫天天不闻。

① 苦哉行，原注：“宝应中过滑州、洛阳后同王季友作。”至德二载（757）肃宗征回纥兵助击安禄山军，回纥怀仁可汗遣其子叶护及将军帝德等率四千馀众至凤翔，肃宗命广平王李俶与叶护约为兄弟，“宴劳饮食，惟其所欲”。肃宗与回纥约曰：“克城之日，土地士庶归唐，金帛子女皆归回纥。”（见《资治通鉴》肃宗至德二载）是年冬，收复东京等地，回纥纵兵抢掠，城室为空，戎诗即咏其事。诗作于宝应二年（763）。原五首，录四首。

②“彼鼠”四句，鼠比安史叛军，狸比回纥。

③ 匈奴，喻回纥。

④ 天津，指洛阳天津桥。

⑤ 七叶，七代。貂蝉，汉代侍从官员帽上饰物。七叶承貂蝉，谓出身名门贵族。左思《咏史》诗："金张藉旧业，七叶珥汉貂。"

⑥ 浑家，全家。

⑦ 可汗，匈奴最高统治者，此指回纥首领。燕山，古代诗中燕山常指燕然山，即今蒙古杭爱山，为东汉窦宪伐匈奴勒石纪功处。诗中代指边塞。下文玉门关同。

咏　史

汉家青史上，计拙是和亲[①]。
社稷依明主，安危托妇人[②]。
岂能将玉貌，便拟静胡尘[③]。
地下千年骨，谁为辅佐臣[④]？

① 和亲，汉初娄敬向汉高祖献策，以公主嫁匈奴单于以结和亲，为高祖所采纳。见《史记·刘敬列传》。汉武帝时，刘细君嫁乌孙昆莫、元帝时王昭君嫁南匈奴呼韩邪单于是和亲的典型事例。

② 依，《唐诗纪事》卷二十八作"因"。

③ 拟，《唐诗纪事》卷二十八作"欲"。胡尘，一作"烟尘"。

④ 地下千年骨，所指不甚明白。二句似谓历来英明能干的辅佐之臣太少。

桂州腊夜[①]

坐到三更尽，归仍万里赊。
雪声偏傍竹，寒梦不离家。
晓角分残漏，孤灯落碎花。
二年随骠骑，辛苦向天涯[②]。

① 桂州，今广西桂林。腊夜，即除夕。

② 骠骑，汉霍去病曾为骠骑将军，此用以指桂州观察使李昌巙。

塞下曲

汉将归来虏塞空，旌旗初下玉关东。
高蹄战马三千匹，落日平原秋草中。

移家别湖上亭

好去春风湖上亭，柳条藤蔓系离情[①]。
黄莺久住浑相识，欲别频啼四五声。

①去，一作“是”。

朱 放

朱放，字长通，襄州（今湖北襄阳）人。隐于剡溪。唐德宗建中三年（782）嗣曹王李皋镇江西，辟为节度参谋。贞元元年（785），召为拾遗，不就。

乱后经淮阴岸[①]

荒村古岸谁家在，野水浮云处处愁。
唯有河边衰柳树，蝉声相送到扬州。

① 淮阴，今江苏淮阴县。

刘 商

刘商，字子夏，彭城（今江苏徐州）人。登大历进士第，官至检校礼部郎中，汴州观察判官。他以拟“蔡琰”胡笳十八拍闻名。

注：收入《乐府诗集》的《胡笳十八拍》实亦唐人作品，并非蔡琰所作。参见拙著《胡笳十八拍的作者问题》。

铜雀妓①

魏主矜蛾眉，美人美于玉②。
高台无昼夜，歌舞竟未足。
盛色如转圜，夕阳落深谷③。
仍令身殁后，尚纵平生欲。
红粉泪纵横，调弦向空屋。
举头君不在，惟见西陵木。
玉辇岂再来，娇鬟为谁绿。
那堪秋风里，更舞阳春曲！
曲罢情不胜，凭阑向西哭。
台边生野草，来去罥罗縠。
况复陵寝间，双双见麋鹿！

①铜雀台，曹操所建，故址在今河北临漳县西南。建安二十五年，曹操去世，临终遗令：“吾婢妾与伎人皆勤苦，使著铜雀台，善待之。于台堂上安六尺床，施繐帐，朝晡上脯糒之属。月旦十五日，自朝至午，辄向帐中作伎乐。汝等时时登铜雀台，望吾西陵墓田。”

②魏主，指曹操。矜，爱。蛾眉，代指美女。

③盛色，壮年兴盛之时。转圜，喻事物有盛有衰，如圜相转。夕阳落深谷，喻曹操死亡。

★历来作《铜雀台》诗者，基本上都持续着封建主义的思维模式，写幽居在铜雀台上的“婢妾伎人”怀思那位过世君王，表现她们何等的忧伤；却忽略了问题的另一面，更为本质的一面。曹操的遗令不应该理解为这一代奸雄那么多情，而是反映了这个封建统治者极端的自私和无聊。生前把那么多青春少女幽闭深宫，供他奢靡纵欲；临死仍要把她们禁闭在铜雀台上，守着他的幽灵。在他的卑劣的意识里，以为他仍可以享受她们。刘商的这首《铜雀台》虽未能完全脱出陈旧的思维，但他认识到了“仍令身殁后，尚纵平生欲”，总算接触到了事情的本质；单这一点就高人一着。

柳中庸

柳中庸，名淡，以字行，河东（今山西永济）人，为柳宗元族人；仕为洪府户曹。

征人怨

岁岁金河复玉关，朝朝马策与刀环①。
三春白雪归青冢，万里黄河绕黑山②。

① 金河，在今内蒙古和林格尔镇。玉关，玉门关在今甘肃敦煌西。马策，马鞭。刀环，刀头的环，实即指刀。

② 青冢，传为王昭君墓，在今内蒙古呼和浩特。黑山，在今内蒙古包头西北。诗中所涉各地，彼此相距遥远，都系泛指边塞，不能拘泥实地。

于 鹄

于鹄（745—804？），大历、贞元间人。隐居汉阳，尝为诸府从事。

江南曲

闲向江边采白蘋，还随女伴赛江神①。
众中不敢分明语，暗掷金钱卜远人。

①闲，一作“偶”。还，一作“常”。

★本篇韦庄《又玄集》卷中列为于鹄《江南曲》；《历朝名媛诗词》《词谱》并作刘采春《啰唝曲》。按，于鹄年辈先于刘采春，应为于鹄之作。

刘　皂

刘皂，贞元间人，《全唐诗》录其诗仅五首，还有一首和贾岛相混，一首同刘媛交错。

旅次朔方[①]

客舍并州已十霜，归心日夜忆咸阳[②]。
无端又渡桑干水，却望并州似故乡[③]。

① 朔方，此泛指北方。此又作贾岛诗，题作《渡桑干》，似非。贾岛范阳人，其生平无并州十载踪迹。令狐楚《元和御览诗集》作刘皂诗，从之。

② 并州，今山西太原。已，一作“数”。咸阳，今陕西咸阳。

③ 桑干水，即桑干河，源出山西北部管涔山，东北流进入河北，今注入官厅水库。似，一作“是”。

李宣远

李宣远，澧阳人，贞元进士。

并州路[①]

秋日并州路，黄榆落故关。
孤城吹角罢，数骑射雕还。
帐幕遥临水，牛羊自下山。
征人正垂泪，烽火起云间。

① 并州，今山西太原。录自令狐楚编《御览诗》。《全唐诗》补遗作杨达诗，非是。

孟 郊

孟郊（751—814），字东野，湖州武康（今浙江武康县）人。屡试不第，与僧皎然等在湖州组织诗会，刻意吟诗。四十六岁始中进士，五十岁任溧阳尉。在任不事公务，终日行吟，县令另任假尉代行职务，并分其半俸，孟郊就辞官家居。郑馀庆为东都留守，署为水陆转运判官。郑馀庆为兴元节度使，又招为参谋，行至阌乡暴卒，年六十四。郑馀庆给予营葬，并赡养其妻子。死后张籍私谥为贞曜先生。有《孟东野集》。

孟郊是韩门诗歌方面的重要成员，韩愈给予极高的评价。孟郊一生穷困，反映在诗里也极其凄苦。集中充满了“自叹”、“独愁”、“夜忧”、“惜苦”之类的题目，连自然景物在他笔下也变得惨淡凄凉。他有一首《苦寒吟》云：“天色寒青苍，北风叫枯桑。厚冰无裂纹，短日有冷光。敲石不得火，壮阴夺正阳。苦调竟何言，冻吟成此章。”这首诗是他创作情况的真实描写，也可以作为他诗歌风格的确切象征。他的作品就很有点“敲石不得火，壮阴夺正阳”，他一生也都在“苦寒吟”。加以他的语言特别地幽峭奇涩，更加强了其诗作的阴冷气氛。其《赠别崔纯亮》诗云：“食荠肠亦苦，强歌声无欢。出门即有碍，谁谓天地宽。”这个世界在他面前是太狭窄了，简直动弹不得。孟郊的创作态度极端严肃，每一篇作品都经过千锤万凿，只是锤过了火，凿过了头，弄得斧凿斑斑。他写的大都是乐府和古诗，其中有少数感情真挚而较为朴素的作品。

列女操[①]

梧桐相待老，鸳鸯会双死。
贞女贵徇夫，舍生亦如此[②]。
波澜誓不起，妾心井中水。

① 操，本琴曲的一种，转而为诗体之名。
② 徇，以身相从。

游子吟

慈母手中线，游子身上衣。
临行密密缝，意恐迟迟归。
谁言寸草心，报得三春晖[①]！

① 谁言，一作“难将”。

闻　砧

杜鹃声不哀，断猿啼不切。
月下谁家砧，一声肠一绝。
杵声不为客，客闻髮自白。
杵声不为衣，欲令游子归。

古怨别

飒飒秋风生，愁人怨离别。
含情两相向，欲语气先咽。
心曲千万端，悲来却难说。

别后唯所思，天涯共明月。

古别离

欲别牵郎衣，郎今到何处？
不恨归来迟，莫向临邛去[①]。

①临邛，今四川邛崃。汉司马相如家贫无以自业。客游临邛，于临邛富人卓王孙座鼓琴。卓王孙有女文君新寡，好音，相如故以琴心挑之。文君窃从户窥相如，心悦而好之，乃夜亡奔相如。见《汉书·司马相如传》。

洛桥晚望[①]

天津桥下冰初结，洛阳陌上人行绝。
榆柳萧疏楼阁闲，月明直见嵩山雪。

①洛桥，即天津桥，在洛阳西南洛水上。

★孟郊四十六岁中进士，写了一首《登科后》诗云：“昔日龌龊不足夸，今朝放荡思无涯。春风得意马蹄疾，一日看尽洛阳花。”龌龊，拘束，不自在，这是说他穷困时的表现。放荡，与龌龊正相反，自在，无拘无束，是得意时的感觉。孟郊诗大多严谨有馀，灵动不足，这首小诗却自由畅达，充分表现其春风得意之状，因而留下了“春风得意”的成语。然而诗的思想境界实在不高。苏东坡称孟郊、贾岛诗为“郊寒岛瘦”，这首小诗不寒也不瘦，却庸俗得可观。

陈 羽

陈羽（753—？），江东人，唐德宗贞元八年壬申（792）进士，仕历东宫卫佐。

吴城览古①

吴王旧国水烟空，香径无人兰叶红②。
春色似怜歌舞地，年年先发馆娃宫③。

① 吴城，春秋时吴国故城姑苏，今江苏苏州。据传吴王夫差宠爱西施，荒于政务，后被越王勾践攻灭。参见王维《西施咏》注。

② 香径，即采香径。传为吴王美人采香之处。

③ 馆娃宫，传为吴王夫差为西施所筑之宫。故址在今苏州灵岩山。

宿淮阴作①

秋灯点点淮阴市，楚客联樯宿淮水。
夜深风起鱼鳖腥，韩信祠堂明月里。

① 淮阴，今江苏淮阴。韩信为淮阴人，故其地有淮阴祠。

★“秋灯点点” 是远望淮阴市，“韩信祠堂明月里”是泊舟处近邻韩信祠堂；两相对照，更显出祠堂的寂寞凄清。一代叱咤风云的名将，而今亦如此冷落。纯用客观描述，无一感慨词语，感慨之情自见。

武元衡

武元衡（758—815），字伯苍，河南缑氏（今河南偃师）人。唐德宗建中四年癸亥（783）进士。宪宗元和二年（807），拜门下侍郎同平章事，出为剑南节度使。元和八年（813）征还秉政，元和十年平卢节度使李师道派人将其刺杀。

酬裴起居西亭留赠

艳歌能起关山恨，红烛偏凝边塞情。
况是池塘风雨夜，不堪弦管尽离声。

★欧阳修《别滁》诗云："我亦只如常日醉，莫教弦管作离声。"实袭用武元衡句而略翻其意。

权德舆

权德舆（759—818），字载之，天水略阳（今甘肃秦安）人，历仕德宗、顺宗、宪宗三朝，元和五年（810），拜礼部尚书同平章事。权德舆存诗达十卷之多，基本上都是官场应酬加一部分文字游戏。

馀干赠别张二十二侍御

芜城陌上春风别，干越亭前岁暮逢[①]。
驱车又怆南北路，返照寒江千万峰。

① 芜城，即广陵，因鲍照《芜城赋》得名。干越亭，在今江西余干县境。

舟行夜泊

萧萧落叶送残秋，寂寞寒波急暝流。
今夜不知何处泊，断猿晴月引孤舟。

★“今夜”二句，仿用岑参诗“今夜不知何处宿，平沙万里绝人烟”。

王　涯

王涯（764—835），字广津，太原（今山西太原）人。唐德宗贞元八年壬申（792）进士。文宗时官至吏部尚书同中书门下平章事，大和九年甘露之变时被宦官杀害。

秋夜曲

桂魄初生秋露微，轻罗已薄未更衣。
银筝夜久殷勤弄，心怯空房不忍归。

春江曲

摇荡越江春，相将采白蘋。
归时不觉夜，出浦月随人。

令狐楚

令狐楚（766—837），字殼士，宜州华原（今陕西耀县）人。唐德宗贞元七年辛未（791）进士，由太原掌书记至判官，德宗召为右拾遗。皇甫镈荐为翰林学士，迁中书舍人。宪宗元和十三年（818），皇甫镈为相，复荐楚为中书侍郎同平章事。

长相思

绮席春眠觉，纱窗晓望迷。
朦胧残梦里，犹自在辽西。

从军行

胡风千里惊，汉月五更明。
纵有还家梦，犹闻出塞声。

塞下曲①

弓背霞明剑照霜，秋风走马出咸阳。
未收天子河湟地，不拟回头望故乡②。

① 诗题一作“少年行”。

② 河湟，黄河湟水流域。湟水，源出青海海晏县包呼图山，东南流经西宁市，与大同河汇合，至甘肃兰州西注入黄河。《新唐书·吐蕃传》：“湟水出蒙谷。抵龙泉与河合。……故世举西戎地曰河湟。”安史之乱以后，河湟地区长期受吐蕃侵扰占领，成为唐王朝西部的严重边患。

韩 愈

韩愈（768—824），字退之，河南河阳（今河南孟县）人。唐德宗贞元八年壬申（792）进士。董晋表署宣武节度使推官。汴州军乱，韩愈到徐州依张建封，辟府推官，迁监察御史。贞元十九年（803）关中饥馑，上疏请宽徭役，贬阳山令。二十一年移江陵法曹参军。宪宗元和中为国子博士，改比部郎中，进中书舍人。元和十二年（817），请为行军司马，随裴度平定淮西藩镇吴元济之乱，以功迁刑部侍郎。十四年因谏迎佛骨，贬潮州刺史，量移袁州。穆宗长庆元年，召拜国子祭酒、兵部侍郎。镇州兵变，奉命前往宣抚，升吏部侍郎，故世称韩吏部。长庆四年卒，年五十七。

韩愈是伟大的散文家，倡导古文运动，改变一代文风，其创作成绩居唐宋古文大家之首。韩愈同时也是杰出的诗人，他以宏伟雄奇的风格，健朗而稍嫌硬涩的语言，在中唐独树一帜，创作了不少纵横跌宕气势磅礴的长篇古诗，也写了许多自然清隽的近体。韩愈好用奇字险韵，“以文为诗”，使唐诗的语言风格发生了转折性变化。韩愈的诗同他的散文一样，对宋代有很大的影响。有《昌黎先生集》。

韩愈对盛唐大诗人的评价极具卓见。《荐士》诗说，“国朝盛文章，子昂始高蹈”，肯定了陈子昂改变初唐文风开辟盛唐诗坛的重大作用。韩愈多次把李白与杜甫并提，有道是“李杜文章在，光焰万丈长”，给予了极高的评价。又云“少陵无人谪仙死，才薄将奈石鼓何”，表示自愧不如，这与白居易在《与元九书》中对李杜加以菲薄，形成鲜明的对比。

秋怀诗

窗前两好树，众叶光薿薿[1]。
秋风一拂披，策策鸣不已[2]。
微灯照空床，夜半偏入耳。
愁忧无端来，感叹成坐起。
天明视颜色，与故不相似。
羲和驱日月，疾急不可恃[3]。
浮生虽多途，趋死惟一轨。
胡为浪自苦，得酒且欢喜。

① 薿薿（nǐ），茂盛貌。

② 拂披，一作“披拂”，吹拂，披开。《庄子·天运》：“风起北方，一西一东，有上彷徨。熟嘘吸是？孰居无事而披拂是？”策策，风吹树叶声。

③ 羲和，神话中为太阳御车者。《楚辞·离骚》：“吾令羲和弭节兮，望崦嵫而勿迫。”王逸注：“羲和，日御也。”

调张籍[1]

李杜文章在，光焰万丈长。
不知群儿愚，那用故谤伤。
蚍蜉撼大树，可笑不自量[2]。
伊我生其后，举颈遥相望[3]。
夜梦多见之，昼思反微茫。
徒观斧凿痕，不瞩治水航。
想当施手时，巨刃摩天扬。
垠崖划崩豁，乾坤摆雷硠[4]。
惟此两夫子，家居率荒凉[5]。

帝欲长吟哦，故遣起且僵⑥。
剪翎送笼中，使看百鸟翔⑦。
平生千万篇，金薤垂琳琅⑧。
仙官敕六丁，雷电下取将。
流落人间者，太山一毫芒⑨。
我愿生两翅，捕逐出八荒⑩。
精诚忽交通，百怪入我肠。
刺手拔鲸牙，举瓢酌天浆⑪。
腾身跨汗漫，不着织女襄⑫。
顾语地上友，经营无太忙⑬。
乞君飞霞佩，与我高颉颃⑭。

①调，调弄、调戏之意。诗本严肃的评论并与友人共勉，却用一个含义较轻的词加以表述。诗作于宪宗元和十年（815）、十一年（816）间。

②蚍蜉，一种蚂蚁。撼，动摇。

③伊，犹“而”。

④斧凿痕，开山凿岩的痕迹。瞩，见。治水航，《史记·夏本纪》谓夏禹治水，“陆行乘车，水行乘船”。治水航即治水乘船。垠崖，高崖。摆，摇动。雷硠，如雷的碰撞声。“徒观”以下六句，以夏禹开山治水比喻李白、杜甫伟大的创造。谓只看到高山峡谷间斧凿的痕迹，看不到当年治水的行船。想见当时大禹施展身手时，巨刃摩天扬起，高崖划然崩开，天摇地动发出如雷的响声。韩愈用此比喻，极力歌颂李杜创作之宏伟。

⑤率荒凉，犹言皆萧索，指李白、杜甫都坎坷贫困。

⑥帝，天帝。起且僵，起而又倒。二句意谓天帝需要诗歌，故意使李白、杜甫起而又倒，处于困顿，乃能发为歌唱。

⑦剪翎，祢衡《鹦鹉赋》：“闭以雕笼，剪其翅羽。”二句以鹦鹉为喻，剪去翅翎，闭入笼中，使看百鸟飞翔，以引发其不平之鸣。

⑧薤，植物名，即藠头，茎叶美观有光泽。金薤，指倒薤书，一种小篆字体，笔画如薤叶倒披。琳琅，美玉。句意李杜之诗用金字书于美玉之上，言其珍贵。

⑨仙官，天帝所遣之官。敕，敕命。六丁，神将。取将，取去。“仙官”

以下四句，谓天帝命令神将，驾着雷电，下到人间，将李杜诗篇取去。致使李杜诗流落人间者甚少，如太山之一毫芒。按，李白一生，漂流不定，多次将自己的诗稿托付给他的友人。但所托都不是很得力的人物，未能很好地整理保存，因此散失的肯定很多。杜甫平生虽也坷坎，但每到一地都相对稳定，他对自己的诗作极为珍惜，故杜诗可以编年，散失可能较少。——自开篇至“太山一毫芒”二十八句皆对李白、杜甫的歌颂，“我愿生两翅”句转入自身的追求。

⑩ 八荒，八方。

⑪ 刺手，犹伸手，刺言其速。“刺手”句由杜甫《戏为六绝句》中“未掣鲸鱼碧海中”句联想而来，“举瓢”句由李白《短歌行》“北斗酌美酒”句申发而得。入海则拔鲸牙，上天则酌天浆，设想可谓豪雄。

⑫ 汗漫，《淮南子·道应》：卢敖游于北海，见一士焉，欲从之游。若士笑曰：“吾与汗漫期于九垓之外，吾不可以久驻。”举臂而竦身，遂入云中。汗漫为广大无边际之貌，《淮南》用作化名，韩诗用以代指天宇。意谓腾身即跨入无边的天宇。织女，星名。《诗·小雅·大东》“跂彼织女，终日七襄”，七襄之义未详，韩诗似理解为所织的锦绣。

⑬ 地上友，指张籍，自亦可指其他朋友。

⑭ 乞，给予。飞霞佩，必系一种能飞的佩物。出处未详。颉颃，语本《诗·邶风·燕燕》“燕燕于飞，颉之颃之”，为上下翻飞之貌。二句意谓与君飞霞之佩，同我一起高飞。

★这是一篇李白、杜甫的赞歌。高如李杜，当时亦有谤伤之者，自韩公之论一出，一扫普天阴翳，李杜的光焰愈益辉耀于天下，李杜齐名遂成千古定论。伟大也需要伟大的发现者。后世对李杜高评盛赞之作，岂止千百，然绝无以过退之此篇者。白居易在《与元九书》中发表否定李白、杜甫的言论，与韩文公相比，两者不只是认识的高下，更是品格的差距。

听颖师弹琴[①]

昵昵儿女语，恩怨相尔汝[②]。
划然变轩昂，勇士赴敌场[③]。
浮云柳絮无根蒂，天地阔远随飞扬[④]。
喧啾百鸟群，忽见孤凤凰[⑤]。

跻攀分寸不可上，失势一落千丈强[⑥]。
嗟余有两耳，未省听丝篁[⑦]。
自闻颖师弹，起坐在一旁[⑧]。
推手遽止之，湿衣泪滂滂：
颖乎尔诚能，无以冰炭置我肠[⑨]。

①颖师，僧名。李贺亦有《听颖师弹琴歌》。元和十一年（816）作。

②昵昵，亲昵貌。恩怨，实重在恩。相尔汝，亲昵则不用敬称，直称“尔汝”。杜甫《醉时歌》：“忘形到尔汝。”二句写琴声宛转轻柔，如女孩亲昵相语。

③“划然”二句，谓琴声划然昂扬，如勇士之赴战场。

④“浮云”二句，形容琴声如浮云柳絮，在空阔天地间飞扬。

⑤喧啾，群鸟喧啼声。二句谓琴声忽如百鸟喧啼，而其中又有孤凤长鸣。

⑥跻攀，上升攀登。二句形容琴声上升高至无法攀登，突然又一落千丈。前十句均写琴声变化的奇妙，全用形象来表现声音。

⑦未省，不懂得。丝篁，弦乐器和管乐器，代指音乐。

⑧起坐在一旁，即在一旁时起时坐，激动得难以自制。

⑨冰炭，冰极凉而炭极热，形容心情随着琴声的变化而激烈变化。无以冰炭置我肠，即不要让这种激烈的矛盾变化使我内心难以忍受，极言琴声感染力之强。

雉带箭[①]

原头火烧静兀兀，野雉畏鹰出复没[②]。
将军欲以巧伏人，盘马弯弓惜不发[③]。
地形渐窄观者多，雉惊弓满劲箭加。
冲人决起百馀尺，红翎白镞相倾斜[④]。
将军仰笑军吏贺，五色离披马前堕[⑤]。

①德宗贞元十五年（799）韩愈入徐州张建封幕，此在徐州观张建封射猎作。雉，野鸡。

② 兀兀，静貌。猎火熊熊，猎者伫候猎物，故静兀兀。鹰，猎鹰。

③ 发，射出。

④ 红翎，指雉。白镞，指射在雉身的箭。

⑤ 五色，指雉，羽毛色彩艳丽。离披，散乱貌。因雉已被射中，突然冲起，又自空中坠下，故羽毛散乱。

山　石①

山石荦确行径微，黄昏到寺蝙蝠飞②。
升堂坐阶新雨足，芭蕉叶大栀子肥。
僧言古壁佛画好，以火来照所见稀。
铺床拂席置羹饭，疏粝亦足饱我饥③。
夜深静卧百虫绝，清月出岭光入扉。
天明独去无道路，出入高下穷烟霏。
山红涧碧纷烂漫，时见松枥皆十围④。
当流赤足踏涧石，水声激激风吹衣。
人生如此自可乐，岂必局束为人鞿⑤！
嗟哉吾党二三子，安得至老不更归⑥！

① 山石，取篇首二字为题。此德宗贞元十七年（801）七月二十二日游洛北惠林寺作。

② 荦确（luò què，荦，吕角切；确，胡角切），险峻貌。

③ 疏粝，小菜粗饭。

④ 围，两手掌合围量树，左右拇指与拇指相抵，中指与中指相抵为一围，十围系估量之词。

⑤ 局束，局促，受拘束。鞿，马衔口。为人鞿，受他人约束。

⑥ 不更归，犹不再归，意即享此自由，不再去受人羁束。

八月十五夜赠张功曹①

纤云四卷天无河，清风吹空月舒波。

沙平水息声影绝，一杯相属君当歌。
君歌声酸辞且苦，不能听终泪如雨。
“洞庭连天九疑高，蛟龙出没猩鼯号。
十生九死到官所，幽居默默如藏逃。
下床畏蛇食畏药，海气湿蛰熏腥臊[②]。
昨者州前槌大鼓，嗣皇继圣登夔皋[③]。
赦书一日行万里，罪从大辟皆除死[④]。
迁者追回流者还，涤瑕荡垢清朝班。
州家申名使家抑，坎坷只得移荆蛮[⑤]。
判司卑官不堪说，未免捶楚尘埃间[⑥]。
同时辈流多上道，天路幽险难追攀[⑦]。”
君歌且休听我歌，我歌今与君殊科[⑧]。
一年明月今宵多，人生由命非由他，
有酒不饮奈明何[⑨]!

① 张功曹，即张署，河间（今河北河间）人。官监察御史。贞元十九年（803）冬，韩愈因谏宫市，触怒德宗，与张署同时被贬。韩愈贬阳山令，张署贬临武令。贞元二十一年春，德宗去世，顺宗即位，改元永贞，大赦天下，韩张并量移江陵府，愈为法曹参军，署为功曹参军。八月，顺宗退为太上皇，宪宗即位。赦“天下死罪降从流，流以下递减一等”。时韩愈、张署北上到达郴州待命，未得新命，故诗中抒其感慨。

② 食畏药，食恐中毒。湿蛰，迭韵连绵词，潮湿之意。《洛阳伽蓝记》：“地多湿蛰，攒育虫蚁。”海气则熏，湿蛰则腥臊。

③ 嗣皇继圣，指宪宗即位。夔，尧时贤臣；皋，皋陶，舜时贤臣。登夔皋，即任用贤臣。

④ 大辟，死刑。

⑤ 州家，指刺史。使家，指观察使。坎坷，遭遇不平。移荆蛮，指量移江陵府。二句意谓当地州官为韩张申请还朝，却被湖南观察使压下，结果仍只得量移江陵府。

⑥ 判司，即判官，指法曹参军、功曹参军。捶楚，杖刑。位卑官小，有过

未免鞭笞。

⑦ 天路，喻进京入朝。“洞庭连天”以下十八句拟为张功曹之歌。

⑧ 殊科，不同类，即不作声酸辞苦之歌。句一作“我今与君岂殊科”，则谓我今与君同是受屈失意者。

⑨ 奈明何，即奈月明何，亦即不要辜负月明之意。末三句作自慰语。声酸辞且苦的是韩愈，举杯对月明的也是韩愈，用不同的歌声表述的其实是同一愤慨。

谒衡岳庙遂宿岳寺题门楼[①]

五岳祭秩皆三公，四方环镇嵩当中[②]。
火维地荒足妖怪，天假神柄专其雄[③]。
喷云泄雾藏半腹，虽有绝顶谁能穷。
我来正逢秋雨节，阴气晦昧无清风。
潜心默祷若有应，岂非正直能感通[④]。
须臾静扫众峰出，仰见突兀撑青空[⑤]。
紫盖连延接天柱，石廪腾掷堆祝融[⑥]。
森然魄动下马拜，松柏一径通灵宫[⑦]。
粉墙丹柱动光彩，鬼物图画填青红。
升阶伛偻荐脯酒，欲以菲薄明其衷[⑧]。
庙令老人识神意，睢盱侦伺能鞠躬[⑨]。
手持杯珓导我掷，云此最吉馀难同[⑩]。
窜逐蛮荒幸不死，衣食才足甘长终。
侯王将相望久绝，神纵欲福难为功[⑪]。
夜投佛寺上高阁，星月掩映云朣胧[⑫]。
猿鸣钟动不知曙，杲杲寒日生于东[⑬]。

① 衡岳，南岳衡山，在湖南衡山县境。此亦永贞元年（805）秋天北回途中所作。

② 五岳，即东岳泰山、西岳华山、北岳恒山、南岳衡山与中岳嵩山。祭

秩，祭祀典礼。三公，周代以太师、太傅、太保为三公，汉代以司马、司徒、司空为三公。句谓祭祀五岳，礼同三公。《礼记·王制》："天子祭天下名山大川，五岳视三公，四渎视诸侯。"镇，峙立一方的大山为镇。《书·舜典》"封十二山"，传："每州之名山殊大者，以为其州之镇。"四方环镇，即四方环绕大山以为镇。嵩当中，嵩岳当其中。

③ 火维，火代指南方，火维即南方的边疆。二句谓南方地荒多妖怪，上天乃授权衡岳之神雄镇南荒。

④ 正直能感通，谓自身正直乃能感通神明。下文"须臾静扫众峰出"，即默祷有应的表现。苏轼《潮州韩文公庙碑》谓"公之精诚能开衡山之云"即据此诗意。

⑤ 突兀，高耸貌。

⑥ 紫盖、天柱、石廪、祝融，皆衡山峰名。

⑦ 森然，恭肃地。通，一作"趋"。

⑧ 伛偻，弯腰，表示恭敬。荐，进献。

⑨ 庙令，管庙的官。一作"庙内"。睢（suī），仰目。盱，张目。两义实同。侦伺，指侦伺神意。能，乃。鞠躬，弯腰行礼。"睢盱"句写庙令装作的神态。

⑩ 杯珓（jiào），卜卦用具，湖南叫卦，共两片，古代用小蚌壳，后用竹木制成，仍保持蚌壳形状。求神者祷告之后即随手抛掷地下，两片都仰叫阳卦，两片都覆叫阴卦，一仰一覆叫胜卦，根据祷祝要求以卜吉凶。云此最吉，庙令告诉韩愈，他得的卦最吉。庙令掷卦四句引出下文"窜逐蛮荒"四句。

⑪ 窜逐蛮荒，指前年贬为阳山令。福，保佑。四句借卜卦抒发牢骚。

⑫ 朣胧，犹朦胧，不明貌。

⑬ 杲杲（gǎo），早日上升光辉之貌。《诗·卫风·伯兮》："其雨其雨，杲杲出日。"

★诗借纪游以抒其愤慨。"潜心默祷若有应，岂非正直能感通"，韩愈不是不知道云气消散与他默祷无关；"侯王将相望久绝，神纵欲福难为功"，韩愈也不是不知道庙令卜卦并无意义；之所以写出这些细节无非是抒发牢骚，表现其倔强不屈的精神。后来苏东坡学这种手法最为到家。韩愈往往过于质直，东坡此等诗则较为委婉而更为幽默，有青出于蓝之妙。

杏花[①]

居邻北郭古寺空，杏花两株能白红[②]。
曲江满园不可到，看此宁避雨与风[③]。
二年流窜出岭外，所见草木多异同[④]。
冬寒不严地恒泄，阳气发乱无全功[⑤]。
浮花浪蕊镇长有，才开还落瘴雾中[⑥]。
山榴踯躅少意思，照耀黄紫徒为丛[⑦]。
鹧鸪钩辀猿叫歇，杳杳深谷攒青枫[⑧]。
岂如此树一来玩，若在京国情何穷。
今旦胡为忽惆怅，万片飘泊随西风。
明年更发应更好，道人莫忘邻家翁[⑨]。

① 宪宗元和元年（806）作于江陵。时为江陵法曹参军。

② 邻，邻近。能，如此。

③ 曲江，在长安城东南，为京师胜游之地。参见杜甫《哀江头》诗注。

④ 异同，不同。

⑤ 地恒泄，地气泄出，亦即下句的“阳气发乱”。无全功，语本《列子·天瑞篇》“天地无功”。意指阳气发乱，故草木芜杂。

⑥ 镇，犹总是。

⑦ 山榴、踯躅，两者都是花名，踯躅即杜鹃花。

⑧ 钩辀（gōu zhōu），鹧鸪鸣声。杳杳，幽深貌。

⑨ 道人，有道之人，此指古寺僧人。邻家翁，韩愈自指。结句与首句照应。

★写杏花全在抒发感慨。后欧阳修《啼鸟》、苏东坡《定惠院海棠》等诗即学此。南方山水之美并不亚于北方，而草木花卉之茂更远过北国，韩愈生于中原，而贬谪生涯又心怀抑郁，故对南方风光景物多怀偏见。柳宗元谪南方，发现南方山水之奇丽；苏东坡逐海南，发现海南风物之峻茂。他们用欣赏大自然并藉以自慰的态度来写南方之美，作品的审美价值也就更

高于韩愈。

祖席得秋字[①]

淮南悲木落，而我亦伤秋[②]。
况与故人别，那堪羁宦愁。
荣华今异路，风雨昔同忧[③]。
莫以宜春远，江山多胜游[④]。

① 祖席，饯行酒宴。秋字，此系分韵赋诗，韩愈得“前”字“秋”字，此第二首。系元和三年（808）秋送王涯徙袁州刺史作。《旧唐书·王涯传》：“元和三年，为宰相李吉甫所怒，罢学士，守都官员外郎，再贬虢州司马。”《新唐书·王涯传》：“元和初，会其甥皇甫湜以贤良方正对策异等，忤宰相，涯坐不避嫌，罢学士，再贬虢州司马，徙袁州刺史。”前一首云“祖席洛桥边”，知诗作于洛阳，时愈为国子博士分司东都。

② 淮南悲木落，《淮南子·说山》：“桑叶落而长年悲。”庾信《枯树赋》引作《淮南子》曰：“木叶落，长年悲。”

③ 荣华，草木发花，《尔雅·释草》：“木谓之华，草谓之荣。”又用喻富贵显达之意。荣华异路，即指淮南木落，又喻王涯遭到贬逐。

④ 宜春，即袁州治所，今江西宜春。

答张十一[①]

山净江空水见沙，哀猿啼处两三家。
筼筜竞长纤纤笋，踯躅闲开艳艳花[②]。
未报恩波知死所，莫令炎瘴送生涯。
吟君诗罢看双鬓，斗觉霜毛一半加。

① 张十一，即张署，德宗贞元十九年（803）与韩愈同时被贬。韩愈贬阳山令，张署贬临武令。贞元二十年春，署以诗寄韩愈，韩愈答以此诗。

② 筼筜，竹名。踯躅，即杜鹃花。

★张署《赠韩退之》诗云："九疑峰畔二江前，恋阙思乡日抵年。白简趋朝曾并命，苍梧左宦亦联翩。鲛人远泛渔舟火，鹏鸟闲飞雾里天。涣汗几时流率土，扁舟西下共归田。"

左迁至蓝关示侄孙湘[①]

一封朝奏九重天，夕贬潮州路八千[②]。
欲为圣朝除弊事，肯将衰朽惜残年[③]？
云横秦岭家何在，雪拥蓝关马不前。
知汝远来应有意，好收吾骨瘴江边。

① 左迁，贬谪。蓝关，在今陕西商县西北。为秦峣关故址。湘，字北渚，韩愈侄十二郎老成之子。元和十四年（819）正月，宪宗遣使至凤翔迎佛骨入禁中，韩愈上表谏阻，贬潮州（今广东潮州）刺史。此贬谪途中至蓝关示侄孙湘者。

② 潮州，一作"潮阳"。

③ 肯，岂肯。

渚　亭[①]

自有人知处，那无步往踪。
莫教安四壁，面面看芙蓉[②]。

① 渚亭，渚上建亭。此元和九年（814）《奉和虢州刘给事使君三堂新题二十一咏》之一。刘给事，名伯刍，字素芝，元和八年以给事中出任虢州（今河南灵宝）刺史。

② 芙容，荷花。

晚　春[①]

草树知春不久归，百般红紫斗芳菲。

杨花榆荚无才思，惟解漫天作雪飞[②]。

① 此与《楸树》并《游城南十六首》中作品。
② 思（sì），读去声。

楸 树[①]

几岁生成为大树，一朝缠绕困长藤。
谁人与脱青罗帔，看吐高花万万层。[②]

① 楸树，乔木名，高可达三十米，夏季开白色花朵。
② 帔，披肩。青罗帔，即指缠绕在树上的长藤。

过鸿沟[①]

龙疲虎困割川原，亿万苍生性命存。
谁劝君王回马首，真成一掷赌乾坤[②]。

① 鸿沟，战国魏惠王时开凿，自今河南荥阳县北引黄河水东行，经中牟县北，至开封南折而南流，经今许通县东、太康县西，至淮阳县东南注入颍水。汉四年，项羽与刘邦约，中分天下，割鸿沟以西为汉，鸿沟以东为楚。

② 君王，指项羽。项羽与汉王约后，“乃引兵解而东归”。诗人认为项羽没有都于咸阳，并及时消灭刘邦，是战略上的失误，因而终于失败。

次潼关先寄张十二阁老使君[①]

荆山已去华山来，日出潼关四扇开[②]。
刺史莫辞迎候远，相公新破蔡州回[③]。

① 宪宗元和九年（814）吴元济反于淮西，与朝廷对抗达三年之久，宰相裴度与韩愈力主讨伐。十二年（817）八月裴度率军讨贼，以韩愈为行军司马。十一月唐将李愬雪夜破蔡州，生擒吴元济。大军班师回朝，至潼关，韩愈以此

诗寄华州刺史张贾。张十二，即张贾。张贾曾为门下省给事中，唐代中书、门下省官员称阁老。使君，唐代对刺史的尊称。

② 荆山，又名覆釜山，在河南灵宝境内。华山，在陕西华阴县南。潼关，在陕西潼关县北黄河南岸。四扇，指潼关城门，东西两面，一面两扇，两面四扇对开。

③ 相公，指裴度。蔡州，今河南汝南。

题楚昭王庙[①]

丘坟满目衣冠尽，城阙连云草树荒。
犹有国人怀旧德，一间茅屋祭昭王。

① 原注："襄州宜城县驿东北有井，传是昭王井，井东北数十步，有昭王庙。"楚昭王，楚平王太子熊珍。平王暴虐，杀伍奢及其长子伍尚，奢少子伍员奔吴。昭王十年，伍员引吴军伐楚，攻下郢都，昭王奔随。后秦师救楚，打败吴军。昭王徙都于鄀（今湖北钟祥西北）。昭王在位二十七年，于楚国有所发展。襄州宜城，今湖北宜城县境，在昭王都城鄀境内，故有昭王庙。

晚次宣溪[①]

韶州南去接宣溪，云水苍茫日向西。
客泪数行先自落，鹧鸪休傍耳边啼。

① 宣溪，在广东韶州南部。此元和十四年（819）贬潮州南行过韶州作。

同水部张员外籍曲江春游寄白二十二舍人[①]

漠漠轻阴晚自开，青天白日映楼台。
曲江水满花千树，有底忙时不肯来[②]？

① 水部张员外籍，张籍时为水部员外郎。曲江，在长安城东南，为京师胜游之地。白二十二舍人，即白居易，长庆元年十月为中书舍人，诗作于长庆二

年（822）春。

②底，何。

早春呈水部张十八员外

天街小雨润如酥，草色遥看近却无[①]。
最是一年春好处，绝胜烟柳满皇都[②]。

①天街，京城的街。酥，酥油。

②“最是”二句，谓早春烟雨是一年春好之时，胜过烟柳全盛之时。

张籍

张籍（768—830），字文昌，和州乌江（今属安徽和县）人。唐德宗贞元十五年己卯（799）进士。宪宗元和初年，任太常寺太祝，十年不迁。后由韩愈荐为国子博士，迁水部员外郎，文宗太和二年任国子司业；世称张水部或张司业。有《张司业集》。

张籍和王建是中唐新乐府运动的重要先行者。张籍曾得到韩愈的举荐，他们的关系极为密切。张籍自己说：“公文为时帅，我亦有微声；而后之学者，或号为韩张。”韩愈死时，张籍曾临床送终，《祭退之》为张集中最长的五言古诗，他称赞韩愈“如彼天有斗，人可为信常；如彼岁有春，物宜得华昌”，颂扬崇敬，无以复加。张籍和韩愈集团的孟郊、贾岛也都有较深的友谊。但张籍的创作却别树一帜，他的主要成就在乐府诗，作品感情诚挚深切，语言明白晓畅，较为深刻地反映了中唐社会的面貌。白居易曾称赞张籍“尤工乐府诗，举代少其伦”。宋代欧阳修、王安石都给予他很高的评价。张籍的七绝也有不少好诗。

陇头行①

陇头路断人不行，胡骑夜入凉州城②。
汉兵处处格斗死，一朝尽没陇西地。
驱我边人胡中去，散放牛羊食禾黍。
去年中国养子孙，今着毡裘学胡语。
谁能更使李轻车，重取凉州属汉家③。

①陇头，今甘肃陇山，又称陇阪，在今甘肃陕西边境，陇头亦指其地，王维有《陇头吟》。

②凉州，今甘肃武威。时为吐蕃侵占，诗中汉家实指唐家。

③李轻车，汉李广从弟李蔡，曾为轻车将军，击匈奴有功。鲍照《东武吟》："后逐李轻车，追虏出塞垣。"按，李蔡并非名将，此处为叶韵需要而用李轻车，只是用来作为名将的代称。

废宅行

胡马崩腾满阡陌，都人避乱唯空宅。
宅边青桑垂宛宛，野蚕食叶还成茧。
黄雀衔草入燕窠，啧啧啾啾白日晚。
去时禾黍埋地中，饥兵掘土翻重重。
鸱枭养子庭树上，曲墙空屋多旋风。
乱定几人还本土，唯有官家重作主。

征妇怨

九月匈奴杀边将，汉军全没辽水上。
万里无人收白骨，家家城下招魂葬。
妇人依倚子与夫，同居贫贱心亦舒。
夫死战场子在腹，妾身虽存如昼烛！

山农词

老农家贫在山住，耕种山田三四亩。
苗疏税多不得食，输入官仓化为土。
岁暮锄犁傍空室，呼儿登山收橡实。
西江贾客珠百斛，船中养犬长食肉！

寄衣曲

织素缝衣独苦辛，远因回使寄征人。
官家亦自寄衣去，贵从妾手着君身。
高堂姑老无侍子，不得自到边城里。
殷勤为看初着时，征夫身上宜不宜。

送远曲

戏马台南山簇簇，山边饮酒歌别曲。
行人醉后起登车，席上回尊劝僮仆。
青天漫漫覆长路，远游无家安得住！
愿君到处自题名，他日知君从此去。

筑城词

筑城处，千人万人齐把杵。
重重土坚试行锥，军吏执鞭催作迟。
来时一年深碛里，尽着短衣渴无水。
力尽不得抛杵声，杵声未尽人皆死。
家家养男当门户，今日作君城下土！

节妇吟寄东平李司空师道①

君知妾有夫，赠妾双明珠。
感君缠绵意，系在红罗襦。
妾家高楼连苑起，良人执戟明光里②。
知君用心如日月，事夫誓拟同生死。
还君明珠双泪垂，何不相逢未嫁时！

① 李师道，时为平卢淄青节度使，为中唐割据一方的藩镇之一。唐宪宗元和十一年（816）加司空，故称李司空。此必李师道企图拉拢张籍，张籍以诗委婉拒之。

② 明光，汉官名。

关山月

秋月朗朗关山上，山中行人马蹄响。
关山秋来雨雪多，行人见月唱边歌。
海边茫茫天气白，胡儿夜度黄龙碛。
军中探骑暮出城，伏兵暗处低旌戟。
沙碛连天霜草平，野驼寻水碛中鸣。
陇头风急雁不下，沙场苦战多流星。
可怜万里关山道，年年战骨多秋草。

望行人

秋风窗下起，旅雁又南飞。
日日出门望，家家行客归。
无因见边使，空待寄寒衣。
独倚青楼暮，烟深鸟雀稀。

没蕃故人

前年伐月支，城下没全师[①]。
蕃汉断消息，死生长别离。
无人收废帐，归马识残旗。
欲祭疑君在，天涯哭此时。

① 伐，一作“戍”。月支，唐龙朔元年置月支都督府，地在今阿富汗东北。

句若作“伐月支”，则月支代指敌人；若作“戍月支”，则月支代指边境。

送蜀客

蜀客南行祭碧鸡，木绵花发锦江西。
山桥日晚行人少，时见猩猩树上啼。

哭孟寂[1]

曲江院里题名处，十九人中最少年。
今日春光君不见，杏花零落寺门前。

① 孟寂，《唐进士登科记》：“孟寂乃中书舍人高郢所取第十六名，其年进士十七人，博学宏词二人，故诗云十九人。”

秋　思

洛阳城里见秋风，欲作家书意万重。
复恐匆匆说不尽，行人临发又开封。

王 建

王建（768？—？），字仲初，颍川（今河南许昌）人。唐德宗贞元中进士，为渭南尉，调昭应县丞，累迁太府寺丞、秘书丞、侍御史。文宗大和中出为陕州司马，从军塞上，有一段“弓箭不离身”的边塞生活。晚年卜居咸阳原上。卒年不详。他有一首《自伤》七律，概括了一生的境遇：“衰门海内几多人，满眼公卿总不亲。四授官资元七品，再经婚娶尚单身。图书亦为频移尽，兄弟还因数散贫。独自在家常似客，黄昏哭向野田春！”一生潦乱，身世凄凉。有《王司马集》。

王建与张籍齐名，诗风也很相近，所作乐府诗并称为“张王乐府”。为中唐新乐府运动主要组成部分。张籍赠王建诗有“今体诗中偏出格”的话，他们想为近体诗也开辟一条新路，用浅近的语言来写严谨的律诗。但不很成功。他们的律诗不是境界平庸，就是语言不够精炼。王建在当时以宫词百首闻名，但这组诗偏离了他创作的总的方向。宫词百首是了解唐代宫廷生活绝妙的资料，却不是绝妙的诗篇，它不无生动的描写，却缺乏批判的锋芒。集中批判性较强的几首，还是别人混在里面的，如“奉帚平明”是王昌龄的《长信宫》，“泪湿罗巾”是白居易的《后宫词》。

望夫石

望夫处，江悠悠；化为石，不回头。
山头日日风复雨，行人归来石应语。

★陈师道《后山诗话》：“望夫石，在处有之。古今诗人，共享一律。

惟刘梦得云：‘望来已是几千载，只似当年初望时。’语虽拙而意工。黄叔达，鲁直之弟也，以顾况为第一云：‘山头日日风和雨，行人归来石应语。’语意皆工。江南有望夫石，每过其下，不风即雨，疑况得句处也。”黄叔达以此为顾况诗，或本系顾作，或黄氏记误。

孟郊《望夫石》诗云：“望夫石，夫不来兮江水碧。行人悠悠朝与暮，千年万年色如故。”刘禹锡《望夫石》诗云：“终日望夫夫不归，化为孤石苦相思。望来已是几千载，只似当年初望时。”注：“山正对和州郡楼。”诸诗所咏疑为同一象形石，诗艺则各有千秋。

渡辽水

渡辽水，此去咸阳五千里。
来时父母知隔生，重着衣裳如送死。
亦有白骨归咸阳，营家各与题本乡。
身在应无回渡日，驻马相看辽水傍。

当窗织

叹息复叹息，园中有枣行人食。
贫家女为富家织，翁母隔墙不得力。
水寒手涩丝脆断，续来续去心肠烂。
草虫促促机下啼，两日催成一匹半。
输官上头有零落，姑未得衣身不着。
当窗却羡青楼娼，十指不动衣盈箱。

关山月

关山月，营开道白前军发。
冻轮当碛光悠悠，照见三堆两堆骨。
边风割面天欲明，金沙岭西看看没。

水夫谣

苦哉生长当驿边，官家使我牵驿船[①]。
辛苦日多乐日少，水宿沙行如海鸟。
逆风上水万斛重，前驿迢迢后淼淼。
半夜缘堤雪和雨，受他驱遣还复去。
夜寒衣湿披短蓑，臆穿足裂忍痛何[②]。
到明辛苦无处说，齐声腾踏牵船出[③]。
一间茆屋何所值，父母之乡去不得。
我愿此水作平田，长使水夫不怨天。

① 驿，此指水边驿站。牵驿船，为官家的驿船拉纤。
② 臆，胸。臆穿，纤绳擦破了胸口。
③ 无，一作“何”。出，一作“歌”。

田家行

男声欣欣女颜悦，人家不怨言语别。
五月虽热麦风清，檐头索索缫车鸣。
野蚕作茧人不取，叶间扑扑秋蛾生。
麦收上场绢在轴，的知输得官家足。
不望入口复上身，且免向城卖黄犊。
田家衣食无厚薄，不见县门身即乐。

行见月

月初生，居人见月一月行。
月行一年十二月，强半马上看盈缺。
百年欢乐能几何，在家见少行见多。

不缘衣食相驱遣，此身谁愿长奔波。
箧中有帛仓有粟，岂向天涯走碌碌。
家人见月望我归，正是道上思家时。

羽林行[①]

长安恶少出名字，楼下劫商楼上醉。
天明下直明光宫，散入五陵松柏中[②]。
百回杀人身合死，赦书尚有收城功。
九衢一日消息定，乡吏籍中重改姓[③]。
出来依旧属羽林，立在殿前射飞禽。

① 羽林，即羽林军，皇帝的禁卫军。

② 明光宫，汉宫名。五陵，汉高帝长陵、惠帝安陵、景帝阳陵、武帝茂陵、昭帝平陵，后为贵戚聚居之地。

③ 九衢，京城的大街，代指京城。

捣衣曲[①]

月明中庭捣衣石，掩帷下堂来捣帛。
妇姑相对初力生，双揎白腕调杵声[②]。
高楼敲玉节会成，家家不睡皆起听。
秋天丁丁复冻冻，玉钗低昂衣带动。
夜深月落冷如刀，湿着一双纤手痛。
回编易裂看生熟，鸳鸯纹成水波曲。
重烧熨斗帖两头，与郎裁作迎寒裘。

① 捣衣，古代捣衣，一是捣帛以制衣，帛经煮后置石臼中，妇女两人持长杵对捣如舂米状，都在室内或庭院进行。王建此诗所写犹是如此。一是捣洗衣裳，用横杵于石砧上捣之，溪边河畔，随处可捣。

② 初，《全唐诗》作“神”，此从《乐府诗集》。

寄上韩愈侍郎

重登太学领儒流，学浪词锋压九州[①]。
不以雄名疏野贱，唯将直气折王侯。
咏伤松桂青山瘦，取尽珠玑碧海愁。
叙述异篇经总核，鞭驱险句物先投[②]。
碑文合遣贞魂谢，史笔应令谄骨羞。
清俸探将还酒债，黄金旋得起书楼。
参来拟设官人礼，朝退多逢月阁游[③]。
见向云泉求住处，若无知荐一生休[④]。

① 重登太学，指穆宗长庆元年（821），韩愈召为国子祭酒。韩愈于元和中曾为国子博士，故曰重登。

② 核，考究其实，经总核，谓韩愈诗虽奇异然与经义总相符。一作“经总别”，意为与经义别，似非。一作“诗总别”，意为诗与他人不同，亦非，因“诗”与“异篇”犯复。物先投，似谓韩愈险句中最先运用各种事物，语意不甚畅达。一作“总先投”。

③ 参来，一作“客来”。月阁，一作“月下”。

④ 见向，一作“见说”。

★诗前段颇能曲尽韩愈的诗风与人品，惜后段太弱，“若无知荐一生休”，境界尤卑。

新嫁娘词

三日入厨内，洗手作羹汤[①]。
未谙姑食性，先遣小姑尝。

① 内，一作“下”。

园 果

雨中梨果病，每树无数个。
小儿出入看，一半鸟啄破。

荒 园

朝日满园霜，牛冲篱落坏。
扫掠黄叶中，时时一窠薤。

宫人斜①

未央墙西青草路，宫人斜里红妆墓②。
一边载出一边来，更衣不减寻常数③。

① 宫人斜，宫人坟地。

② 未央，汉宫名，代指唐宫。

③ 更衣，更换衣服。常用于酒宴时离席婉托之词，如厕亦婉言更衣。此用以代指服侍皇帝。

★“一边载出一边来，更衣不减寻常数”，平平道出，实无限沉痛，亦无限愤慨。

秋 夕

银烛秋光冷画屏，轻罗小扇捕流萤。
天阶夜色凉如水，卧看牵牛织女星。

★宋周紫芝《竹坡诗话》：“此一诗，杜牧之王建集中皆有之，不知其谁所作也。以余观之，当是建诗耳。盖二子之诗，其流婉大略相似，而牧多险侧，建多工丽，此诗盖清而平者也。”以风格判作者亦难，且杜牧诗未

必都险侧。如为王建诗，作宫词看甚佳，“卧看牵牛织女星”，极平淡而实深婉。

薛 涛

薛涛（768—831？），字洪度。唐代有名女诗人，身世却颇为不幸，本长安良家女，流落蜀中，居成都浣花里，成为乐妓，出入镇蜀幕府，与元稹、王建、胡曾等均有交情。

送友人

水国蒹葭夜有霜，月寒山色共苍苍。
谁言千里自今夕，离梦杳如关塞长。

★胡曾《赠薛涛》诗云："万里桥边女校书，枇杷花下闭门居。扫眉才子知多少，管领春风总不如。"此一作王建诗，词语小有不同。王集诗云："万里桥边女校书，枇杷花里作闲居。扫眉才子而今少，管领春风总不如。"远不如胡集所录。"校书"是唐代对伎女的雅称。又，伎女固然身处下层，但与后世卖淫女有别。

刘 媛

刘媛，生平不详。存诗三首，为唐代女子诗人较为杰出者。

长门怨[①]

雨滴梧桐秋夜长，愁心和雨到昭阳[②]。
泪痕不共君恩断，拭却千行更万行[③]。

① 长门怨，乐府旧题。汉武帝陈皇后擅宠十馀年，后卫子夫得幸，废居长门宫。诗人以之作宫怨诗题材，写失宠后妃的幽怨，不必都为陈皇后作也。参见李白《长门怨》注。

② 梧桐，一作“长门”。昭阳，汉宫名。汉成帝宠幸赵飞燕，为皇后，女弟赵昭仪受宠尤幸，居昭阳殿。

③ 不共，不同于。

★本篇《唐诗纪事》卷三十六作刘皂诗，非是。《乐府诗集》卷四十二《长门怨》题下此篇作刘媛诗。别有刘皂诗云：“宫殿沉沉月欲分，昭阳更漏不堪闻。珊瑚枕上千行泪，不是思君是恨君。”二人诗分别明白，感情表达大不相同。

唐人宫怨诗，凡涉长门者系咏汉武帝陈皇后事或以陈皇后事为影，凡涉飞燕昭阳者系咏汉成帝班婕妤事或以班婕妤事为影。刘媛此诗题为“长门怨”而又涉昭阳宫，诗人似作一般宫怨诗，不拘泥于史事。若此，不题为“长门怨”，而就题为“宫怨”更好。

胡　曾

胡曾，邵阳（今湖南邵阳）人，一说长沙人。懿宗咸通中举进士不第，尝为汉南节度从事。胡曾以专写《咏史诗》知名。“咏史”必须为了“感时”，借古人的事迹，发当时的感慨，才有意义。又，咏史诗立意须新颖，造语须独到，才能感人。胡曾的咏史诗，为咏史而咏史，写平平的诗句，发泛泛的感叹，并不能动人心弦。他虽然写了一百五十首，但却没有一首可望李商隐诗的项背。

垓　下[①]

拔山力尽霸图隳，倚剑空歌不逝骓。
明月满营天似水，那堪回首别虞姬！

① 垓下，在今安徽灵壁县东南。汉五年，楚项羽被汉军围困于垓下，夜闻汉军四面皆楚歌，项羽知大势已去，夜与美人虞饮帐中，悲歌慷慨，自为诗曰：“力拔山兮气盖世，时不利兮骓不逝。骓不逝兮可奈何，虞兮虞兮奈若何！”连夜溃围南走，至乌江自杀。见《史记·项羽本纪》。

居　延[①]

漠漠平沙际碧天，问人云此是居延。
停骖一顾犹魂断，苏武争禁十九年[②]！

① 居延，湖泊名，即居延海，在今内蒙古额济纳旗北境，弱水汇聚而成。

② 骖，本指旁边驾车之马，此即代指马。争禁，怎禁。汉武帝时苏武使匈奴，被扣留，武坚贞不屈，便放到北海牧羊，十九年后始得回汉。北海在何处，史籍失载，胡曾据居人传说，以为即居延海。

张仲素

张仲素（769—831），字绘之，河间（今河北河间）人。唐德宗贞元十四年（798）进士。宪宗时为翰林学士，终中书舍人。

春闺思

袅袅城边柳，青青陌上桑。
提笼忘采叶，昨夜梦渔阳[①]。

①渔阳，在今河北蓟县。唐代为东北边防要地，安禄山曾据此造反。

秋　思

碧窗斜月蔼深晖，愁听寒螀泪湿衣[①]。
梦里分明见关塞，不知何路向金微[②]。

①蔼，照映。《文选·江淹〈杂体诗三十首〉》“羽卫蔼流景”，张铣注：“蔼，映也。”寒螀（jiāng），寒蝉。

②金微，山名，在今蒙古境，此代指边塞。

秋夜曲

桂魄初生秋露微，轻罗已薄未更衣[①]。
银筝夜久殷勤弄，心怯空房不忍归。

①桂魄，月亮。

杨巨源

杨巨源（770—？），字景山，河中蒲（今山西永济）人。唐德宗贞元五年己巳（789）进士。历官太常博士、国子祭酒，文宗大和中为河中少尹，入拜礼部郎中。杨巨源的古体诗偏于雕琢，绝句较为自然清隽。生动新颖的细节描写，在当时别开生面，读来很容易让人想起宋代的杨万里。

城东早春[①]

诗家清景在新春，绿柳才黄半未匀。
若待上林花似锦，出门俱是看花人[②]。

① 城，指长安城。

② 上林，即上林苑，在长安城西，始建于秦代，汉武帝时加以扩充。后亦泛指皇家园林。

折杨柳

水边杨柳曲尘丝，立马烦君折一枝[①]。
惟有春风最相惜，殷勤更向手中吹。

① 曲（qū），酒曲。曲尘，曲上所生淡黄色菌，此处即代指淡黄色。

马 逢

马逢（770—？），生平不详。

宫 词[①]

玉楼天半起笙歌，风送宫人笑语和。
月影殿开闻晓漏，水晶帘卷近秋河。

① 录自令狐楚《御览诗》。一作顾况诗，非。

柳宗元

柳宗元（773—819），字子厚，河东（今山西永济县）人。唐德宗贞元九年癸酉（793）进士。贞元十九年，自蓝田尉迁监察御史里行，后又为尚书礼部员外郎。顺宗即位（805），王叔文等执政，力图改革朝政，打击豪族地主集团和宦官藩镇势力，史称“永贞革新”。但改革只进行了一百四十多天，宦官俱文珍等拥立宪宗，顺宗“内禅”，革新派遭到残酷打击，王叔文被贬斥，旋即遇害；柳宗元与刘禹锡等八人被贬为远州司马，史称“八司马”，柳为永州司马。元和十年（815），奉召回京，又出为柳州刺史；四年以后死于柳州，年仅四十七岁。有《河东先生集》。

柳宗元是唐代杰出的散文家，与韩愈并称“韩柳”，擅长政治论著与山水游记，所写传记与寓言也很有名。柳宗元的诗内深沉而外疏淡，与韦应物并称“韦柳”。他的好诗都是贬斥以后写的，大多抒发迁逐生活的凄苦和愤懑，叙友情则深厚真挚，写景物则清丽隽永，具有很强的感染力。

田家二首

蓐食徇所务，驱牛向东阡①。
鸡鸣村巷白，夜色归暮田。
札札耒耜声，飞飞来乌鸢②。
竭兹筋力事，持用穷岁年。
尽输助徭役，聊就空舍眠③。
子孙日以长，世世还复然！

①蓐（rù），草席。蓐食，清早在草席上吃饭。《左传》文公七年“秣马蓐食，潜师夜起”，杜预注：“蓐食，早食于寝蓐也。”徇，从事。所务，指耕种。

②札札，耒耜发出的声音。耒耜，耕地的农具。乌鸢，乌鸦。

③输，输送，交纳，指交纳租赋。徭役，为官府服的各种劳役。

其　二

篱落隔烟火，农谈四邻夕。
庭际秋虫鸣，疏麻方寂历[①]。
蚕丝尽输税，机杼空倚壁[②]。
里胥夜经过，鸡黍事筵席[③]。
各言“官长峻，文字多督责[④]。
东乡后租期，车毂陷泥泽。
公门少推恕，鞭朴恣狼藉[⑤]。
努力慎经营，肌肤真可惜。
迎新在此岁，唯恐踵前迹[⑥]”。

①疏麻，麻名，南方有些地方用麻当篱笆。寂历，寂静。

②机杼（zhù），织布用具。

③里胥，乡里小官，也指差役。

④各言，来的不是一人，故用各言，“言”的都是下文这些内容。峻，严厉。

⑤少推恕，很少酌情宽恕。鞭朴，鞭子和木棒，此动词，即鞭打。恣，肆意。狼藉，散乱貌，此指被打得血肉模糊。

⑥迎新，指新一度交纳赋税。踵前迹，踏着前人的路，指也像东乡人一样遭到鞭打。“各言”以下是照录里胥的话，说的既是事实，反映了官府的残酷，又是里胥以关怀的语气对农民的威胁。

南涧中题[①]

秋气集南涧，独游亭午时[②]。
回风一萧瑟，林影久参差。
始至若有得，稍深遂忘疲。
羁禽响幽谷，寒藻舞沦漪[③]。
去国魂已远，怀人泪空垂[④]。
孤生易为感，失路少所宜[⑤]。
索寞竟何事，徘徊只自知。
谁为后来者？ 当与此心期。

① 南涧，即永州八记中之石涧。

② 亭午，正午。

③ 羁禽，深秋候鸟均已飞去，此为羁留在山的鸟。沦漪，水波，此即指流水。《诗·魏风·伐檀》：“河水清且沦漪。”“羁禽”句写山谷，“寒藻”句写水中。

④ 魂已远，犹言魂已逝。《方言》：“邈，离也，楚或谓之远。”

⑤“孤生”二句，孤独则易生感触，失路则少有所宜。

中夜起望西园值月上[①]

觉闻繁露坠，开户临西园。
寒月上东岭，泠泠疏竹根[②]。
石泉远愈响，山鸟时一喧。
倚楹遂至旦，寂寞将何言[③]。

① 西园，指在永州居住之西园。

② 寒月，本诗的时令在“繁露”可坠之夏夜，“寒月”之寒是清凉之夜的感觉。泠泠，清凉貌。

③ 楹，房柱。

感遇[①]

旭日照寒夜，鸒斯起蒿莱[②]。
啁啾有馀乐，飞舞西陵隈[③]。
回风旦夕至，零叶委陈荄[④]。
所栖不足恃，鹰隼纵横来[⑤]！

① 感遇，感于所遇。此借物寓怀之作，全诗皆就遇“鸒斯”立意。原注：“永州作。”

② 鸒斯，小鸟名。《诗·小雅·小弁》：“弁彼鸒斯，归飞提提。”蒿莱，杂草。

③ 啁啾（zhōu jiū），象声词，鸟鸣声。西陵，西边的山陵。

④ 回风，旋风，指寒冬的风。《楚辞·九章·悲回风》：“悲回风之摇蕙兮，心冤结而内伤。”《古风十九首》之十二：“回风动地起，秋草萋以绿。”

⑤ 鹰隼，两种凶猛的鸷鸟。

溪居

久为簪组累，幸此南夷谪[①]。
闲依农圃邻，偶似山林客。
晓耕翻露草，夜榜响溪石[②]。
来往不逢人，长歌楚天碧。

① 簪组，官吏的冠饰。簪组累，受做官的牵累。南夷谪，指永贞元年（805）谪为永州司马。

② 榜，船桨，此指行船。

渔翁

渔翁夜傍西岩宿，晓汲清湘然楚竹。
烟销日出不见人，欸乃一声山水绿[①]。

回看天际下中流，岩上无心云相逐。

① 欸乃（ǎo ài），摇桨声。参见元结《欸乃曲》注。

★苏东坡对《渔翁》一诗极为赞赏，谓“熟味此诗有奇趣”，但认为末二句没有“亦可”。

衡阳与梦得分路赠别①

十年憔悴到秦京，谁料翻为岭外行！
伏波故道风烟在，翁仲遗墟草树平②。
直以慵疏招物议，休将文字占时名③。
今朝不用临河别，垂泪千行便濯缨。

① 永贞元年，柳宗元贬永州司马，元和十年（815）二月奉诏回京，三月又出为柳州刺史，与刘禹锡一道南行，至衡阳分手，赠以此诗。刘禹锡有酬作，参见该篇。

② 伏波故道，西汉武帝时，南越吕嘉反，遣伏波将军路博德出桂阳，下湟水。东汉光武帝时，马援亦号伏波将军，南征交趾，道路亦同，都可称为伏波故道。翁仲，《淮南子·汜论》秦“铸金人”，高诱注：“秦皇帝二十六年，初兼天下，有长人见于临洮，其高五丈，足迹六尺，放写其形，铸金人以象之，翁仲君何是也。”此指墓前石人。二句为分路处景物。

③ 慵疏，懒散疏略。物议，他人议论。“直以”句愤懑之语，遭贬逐非为慵疏。“休将”句惩戒之词，因文字容易招祸。

★元和十年柳宗元奉诏进京时，有《诏追赴都二月至灞亭上》诗云：“十一年前南渡客，四千里外北归人。诏书许逐阳和至，驿路花开处处新。”当时诗人何等兴奋，驿路花开，人也心花怒放。然而坐席未温，又复南徙柳州。“十年憔悴到秦京，谁料翻为岭外行”，失望之情，怨愤之意，溢于言表。

登柳州城楼寄漳汀封连四州[①]

城上高楼接大荒，海天愁思正茫茫。
惊风乱飐芙蓉水，密雨斜侵薜荔墙[②]。
岭树重遮千里目，江流曲似九回肠。
共来百越文身地，犹自音书滞一乡[③]。

①永贞元年，柳宗元与韩泰、韩晔、刘禹锡、陈谏、凌准、程异、韦执谊，同时被贬，号八司马。凌准、韦执谊卒于贬所，程异得起用。馀五人元和十年皆例召至京师，又皆出官外州，柳宗元为柳州刺史，韩泰漳州刺史、韩晔汀州刺史、刘禹锡连州刺史、陈谏封州刺史。柳宗元于元和十年六月到达柳州，诗作于十一年（816）夏。

②飐（zhǎn），风吹动物。芙蓉，荷花。薜荔，藤类植物。

③百越，古代我国南方的少数民族，统称百越。文身，在身上刺花纹。《庄子·逍遥游》："越人断髪文身。"

别舍弟宗一[①]

零落残魂倍黯然，双垂别泪越江边[②]。
一身去国六千里，万死投荒十二年[③]。
桂岭瘴来云似墨，洞庭春尽水如天[④]。
欲知此后相思梦，长在荆门郢树烟[⑤]。

①宗一，柳宗元从弟。

②残魂，一作"残红"。越江，即粤江，此指柳江。

③十二年，柳宗元自永贞元年（805）贬永州，至元和十一年（816）。

④桂岭，送别之地。洞庭，北行所经。

⑤荆门郢树，指宗一所去之江陵。

江　雪

千山鸟飞绝，万径人踪灭。
孤舟蓑笠翁，独钓寒江雪。

★此亦谪永州时作。诗诚清绝，其孤独寂寞之感亦绝。

再上湘江[①]

好在湘江水，今朝又上来。
不知从此去，更遣几时回？

①湘江，自南向北流纵贯湖南的大河，注入洞庭湖。元和十年（815）二月柳宗元奉召进京，三月又出为柳州刺史，故再上湘江。

长沙驿前南楼感旧[①]

海鹤一为别，存亡三十秋[②]。
今来数行泪，独上驿南楼！

①长沙，今湖南长沙市。驿，驿站，古代供官员来往休息的馆舍。此亦元和十年（815）赴柳州南行至长沙时作。原注："昔与德公别于此。"德公，疑为僧人。

②海鹤，喻德公。存亡，谓此身尚存，而德公已故。三十秋，三十年。元和十年（815）柳宗元四十三岁。上朔三十年为贞元元年（785），时柳宗元才十三岁。宗元父柳镇唐德宗时曾任鄂岳沔都团练判官，其时宗元必随父到过长沙，与德公曾"别于此"。"感旧"即感念德公。

与浩初上人同看山寄京华亲故[①]

海畔尖山似剑铓，秋来处处割愁肠。

若为化得身千亿，散上峰头望故乡②？

① 浩初上人，僧名，潭州人，自临贺至柳州看望柳宗元。
② 若为，怎么才能。

柳州二月榕叶落尽偶题

宦情羁思共凄凄，春半如秋意转迷。
山城过雨百花尽，榕叶满庭莺乱啼。

酬曹侍御过象县见寄①

破额山前碧玉流，骚人遥驻木兰舟②。
春风无限潇湘意，欲采蘋花不自由③。

① 象县，在柳州东北。

② 破额山，当在象县。碧玉，指碧绿的江水，指柳江。木兰舟，舟之美称。

③ 意，一作“忆”。欲采蘋花，柳恽《江南春》诗：“汀洲采白蘋，日暮江南春。洞庭有归客，潇湘逢故人。”欲采蘋花以相赠，然不得自由也。

刘禹锡

刘禹锡（772—842），字梦得，洛阳（今河南洛阳）人。唐德宗贞元九年癸酉（793）与柳宗元同榜进士，后又中博学鸿词科。从事淮南幕府，入为监察御史。他也是“永贞革新”的积极参加者，革新失败，贬连州刺史，在道再贬朗州司马。宪宗元和十年召还京师。以题玄都观诗得罪权贵，复出为连州刺史，历夔州、和州刺史，入为主客郎中。又以重游玄都观诗得罪，分司东都。裴度荐为礼部郎中，集贤殿学士。裴度罢相，出为苏州刺史，迁太子宾客。武宗会昌二年卒，年七十一。有《刘梦得文集》，一名《刘宾客集》。

刘禹锡是柳宗元政治上的战友；在文学创作上宗元着重于散文，刘禹锡则着力于诗歌，是中唐重要诗人之一。他的优秀诗篇都写得清新流畅而内容深厚。和柳诗不一样，柳诗调子哀惋凄清，刘禹锡的诗却是明丽秀朗的。律诗绝句都有许多名作。晚年和白居易酬唱，并称“刘白”。刘禹锡是唐代向民歌学习成效最著的作者，所作《竹枝词》《浪淘沙》等都学自民歌，有许多成功的作品，对词的产生发展也有相当的影响。

百花行

长安百花时，风景宜轻薄①。
无人不沽酒，何处不闻乐。
春风连夜动，微雨凌晓濯。
红焰出墙头，雪光映楼角②。
繁紫韵松竹，远黄绕篱落③。

临路不胜愁，轻烟去何托。
满庭荡魂魄，照庑成丹渥[④]。
烂熳簇颠狂，飘零劝行乐[⑤]。
时节易晼晚，清阴覆池阁[⑥]。
唯有安石榴，当轩慰寂寞。

①轻薄，轻狂游荡之意，此处并非贬义。阮藉《咏怀》诗："平生少年时，轻薄好弦歌。"

②红焰，喻杏花。雪光，喻李花。

③繁紫、远黄，并指花，所指不明。韵，风韵，标格。韵松竹，具有松竹的标格。

④"满庭"二句，满庭的花使人魂摇魄荡，照着廊庑形成红色的光辉。

⑤烂熳，鲜艳貌，指花盛开。簇，聚集。颠狂，放荡不羁。飘零，指花零落。二句谓花盛开时使游赏者丛集游荡，花零落时似劝人及时行乐。第四句"闻乐"之乐（yuè），音乐。此句"行乐"之乐（lè），娱乐。音义并异。

⑥晼晚，日暮，此喻春暮。清阴，指花已落去，绿叶成阴。

蜀先主庙[①]

天地英雄气，千秋尚凛然[②]。
势分三足鼎，业复五铢钱[③]。
得相能开国，生儿不象贤[④]。
凄凉蜀故妓，来舞魏宫前[⑤]。

①蜀先主，即刘备。夔州有先主庙，此唐穆宗长庆元年（821）刘禹锡刺夔州时所作。

②天地，一作"天下"。曹操尝谓刘备曰："今天下英雄，惟使君与操耳。"见《三国志·蜀志·先主传》。

③五铢钱，西汉钱币之名。原注："汉末谣：黄牛白腹，五铢当复。"

④相，指诸葛亮。儿，即后主刘禅。不象贤，谓后主不能象乃父之贤。《书·微子之命》："殷王元子，惟稽古，崇德象贤。"

⑤“凄凉”二句，蜀炎兴元年，邓艾军入蜀，后主出降，被俘至洛阳。《蜀志·后主传》裴松之注引《汉晋春秋》：“司马文王（司马昭）与禅宴，为之作故蜀技，旁人皆为之感怆，而禅喜笑自若。”

金陵怀古①

潮满台城渚，日斜征虏亭②。
蔡洲新草绿，幕府旧烟青③。
兴废由人事，山川空地形④。
后庭花一曲，幽怨不堪听⑤！

① 金陵，今南京。本楚金陵邑，三国吴在此建都，东晋、宋、齐、梁、陈并都于此，史称“六朝”。参见李白《金陵》诗注。穆宗长庆四年（824）刘禹锡自夔州调任和州刺史，此诗敬宗宝历中作于和州。和州，今安徽和县。

② 台城，故址在今南京鸡鸣山南，本吴后苑，晋宋时为朝廷禁省所在地。参见后《台城》诗注。一作“冶城”。冶城为吴鼓铸之地，故址在今南京朝天宫附近。征虏亭，亭名。《世说新语·雅量》注引《丹阳记》：“太安中，征虏将军谢安立此亭，因此为名。”故址在今南京方山南。

③ 蔡洲，故址在今南京西南。《元和郡县志》卷二五润州上元县：“蔡洲在县西十二里江中。晋卢循作乱，战士十馀万，舟舰数百里，连旗而下。宋高祖登石头以望循军。初，循引向新亭，公顾左右，失色。既而回泊蔡洲，公曰：‘此成擒耳！’俄而循大败而走。”幕府，山名，在南京城北长江南岸。《舆地纪胜》卷一七建康府：“晋琅琊王初过江，宰相王导建幕府于其上，故名。”

④ 地形，南京自古以其地势雄壮险要。《天中记》卷七谓诸葛亮至金陵，谓孙权曰：“秣陵地形，钟山龙蟠，石城虎踞，真帝王之所都也。”

⑤ 后庭花，即《玉树后庭花》，陈后主所作艳曲之名，有“玉树后庭花，花开不复久”之句，为亡国之音。见《隋书·五行志》。

★自晋室南迁，偏安建业，尔后宋、齐、梁、陈并都于此。刘禹锡此诗前四句，分别写东西南北四方，描绘出整个金陵山川形胜；并用江潮、斜日、新草、旧烟，烘托出一种感慨兴亡的氛围。然后在五、六两句中点出怀古的本意：金陵空有龙蟠虎踞的地形，而东晋南朝二百七十二年间，政

权像走马灯似的变换，而始终萎靡不振，都不免于衰亡，兴废固由人事也！感慨何等深沉！“后庭花一曲，幽怨不堪听”，不单为陈后主发也。

再授连州至衡阳酬柳柳州赠别[①]

去国十年同赴召，渡湘千里又分歧[②]。
重临事异黄丞相，三黜名惭柳士师[③]。
归目并随回雁尽，愁肠正遇断猿时[④]。
桂江东过连山下，相望长吟有所思[⑤]！

① 再授连州，刘禹锡于永贞元年（805）贬为连州刺史，在道贬为朗州司马。元和十年（815）奉召进京，三月复出为连州刺史，故云“再授”。连州，今广东连县。其时柳宗元亦出为柳州刺史，联袂南行，至衡阳分手。柳宗元乘舟西走，禹锡转陆路南行。柳有《衡阳与梦得分路赠别》诗，此刘禹锡酬作。

② 国，指都城。湘，湘水。

③ 重临，指再授连州，重来湘水。黄丞相，指汉代黄霸。黄霸曾为颍川太守，“以外宽内明得吏民心，户口岁增，治为天下第一。征守京兆尹，秩二千石”。后以坐发民治驰道不先以闻，“连贬秩，有诏归颍州太守官，以八百石居治如其前。前后八年，郡中愈治”。黄霸虽任颍州太守，而地近中原，且得“治为天下一”的盛誉，而刘禹锡再授连州，系重大打击，远放边州，故曰事异黄丞相。三黜，三遭贬黜。柳士师，即柳下惠。春秋时鲁国大夫展禽，食邑柳下，谥惠，故称柳下惠。《论语·微子》：“柳下惠为士师，三黜。人曰：‘子未可以去乎？’曰：‘直道而事人，焉往而不三黜；枉道而事人，何必去父母之邦！’”士师，周代狱官。《孟子·万章下》：“柳下惠不羞污君，不卑小官。进不隐贤，必以其道。”刘禹锡自以不如柳下惠“不羞汙君，不卑小官”，故曰名惭柳士师。此酬柳宗元之作，柳士师也有影喻宗元之意。

④ 回雁，衡山有回雁峰，《方舆胜览》卷二四，谓“雁至此不过，遇春而回”。

⑤ 桂江，即漓江，为西江上源之一。连山，山名，在连州境。按柳宗元西行必过桂江，然桂江东距连州甚远，并不经过连山下，此诗人设想之辞。相望，谓与柳宗元东西相望。刘柳相酬，表现了他们之间的患难交情。四年之后，柳宗元即在柳州逝世，两位知交竟未能再会！

★元和十年（815），刘禹锡与柳宗元一道南行，至衡阳分手，赋诗告别。元和十五年（820）春，刘禹锡丁母忧北归，重到衡阳当年与柳宗元分襟处，时柳宗元已于先一年在柳州逝世。禹锡不胜伤感，作《重至衡阳伤柳仪曹》诗，并引云："元和乙未岁，与故人柳子厚临湘水为别。柳浮舟适柳州，余登陆赴连州。后五年，余从故道出桂岭，至前别处，而君殁于南中，因赋诗以投吊。"诗云："忆昨与故人，湘江岸头别。我马映林嘶，君帆转山灭；马嘶循古道，帆灭如流电。千里江蓠春，故人今不见！"（仪曹，即礼部，柳宗元曾为礼部员外部，故称。）这些诗作表现了两位诗友志同道合又同罹患难而生死不渝的千秋高谊。

西塞山怀古①

王濬楼船下益州，金陵王气黯然收②。
千寻铁锁沉江底，一片降幡出石头③。
人世几回伤往事，山形依旧枕寒流。
今逢四海为家日，故垒萧萧芦荻秋！

①西塞山，长江上山名。

②王濬，字士治，为晋益州刺史。武帝谋伐吴，濬造大船连舫。太康元年正月，自成都率水师沿大江东下，直捣金陵。

③"千寻"二句，王濬率大军伐吴，"吴人于江险碛要害之处，并以铁锁横截之。又作铁锥，长丈馀，暗置江中，以逆距船。濬乃作大筏数十……令善水者以筏先行。筏遇铁锥，锥辄着筏去。又作火炬长十馀丈，大数十围，灌以麻油，在船前，遇锁燃炬烧之，须臾融液断绝，于是船无所碍……濬自发蜀，兵不血刃，攻无坚城，顺流鼓棹，径造三山。"濬入石头，孙皓出降。见《晋书·王濬传》。

★铁锁横江，或系传说，此等设施破坏比设置容易得多，绝没有横铁锁而可以阻挡大船者。王濬传中也只说吴人"于江险碛要害之处"，并没有指实在何处。今湖北黄石市东有西塞山，自大江南岸直入江中，形势险要。

后世注家大多谓此地即刘禹锡《西塞山怀古》诗中所谓铁锁横江之西塞山。也有学者认为，黄石之西塞，南岸山岩陡峭，而北岸系平地，古代甚至是水泽，铁索无从落脚。按，《水经注·江水》："荆门虎牙，楚之西塞也。"虎牙山在今宜昌东南江中，两岸山岩相对如门，江面宽不过几丈，铁索横江才有可能。如果吴人真设铁锁横江，则当在此处，非黄石之西塞也。

酬乐天扬州初逢席上见赠

巴山楚水凄凉地，二十三年弃置身①。
怀旧空吟闻笛赋，到乡翻似烂柯人②。
沉舟侧畔千帆过，病树前头万木春。
今日听君歌一曲，暂凭杯酒长精神。

①二十三年，永贞元年（805）刘禹锡贬朗州司马，元和十年召回京师，复出为连州刺史，历夔州、和州。至文宗大和元年（827）凡二十三年，时在和州刺史任上。

②闻笛赋，向秀与嵇康、吕安为友，后嵇康、吕安为司马昭杀害。向秀经嵇康山阳旧庐，闻邻人吹笛，不胜凄惋，因怀念故人，作《思旧赋》。烂柯人，传说晋王质入山伐木，见童子数人奕棋而歌，质置斧听之。后童子催归，质起，视其斧柯已烂尽。既归，去家已数十年。见《述异记》。柯，斧柄。

★"沈舟侧畔千帆过，病树前头万木春"，为刘随州名句。此针对白居易赠诗中"举眼风光长寂寞，满朝官职独蹉跎"二句，随州乃以"沉舟、病树"自喻，而以"千帆、万木"喻新贵，实为感慨之辞。后世引用，常以"千帆过、万木春"喻新兴发展之事物，而以"沉舟、病树"喻没落腐朽之事物。断句取义，固无不可，然并非诗中原意。

始闻秋风

昔看黄菊与君别，今听玄蝉我却回①。
五夜飕飗枕前觉，一年颜状镜中来②。

马思边草卷毛动，雕眄青云睡眼开。
天地肃清堪四望，为君扶病上高台。

① 诗中两“君”字并指秋风。
② 飕飗（sōu liú），风声。

元和甲午岁诏书尽征江湘逐客，余自武陵赴京，宿于都亭，有怀续来诸君子[1]

雷雨江湖起卧龙，武陵樵客蹑仙踪。
十年楚水枫林下，今夜初闻长乐钟[2]。

① 甲午，唐宪宗元和九年（814）。永贞元年（805）刘禹锡贬朗州司马，元和九年有诏召回，实到京师已是元和十年。同时召回者有八司马中的柳宗元、韩泰、韩晔、陈谏，并永贞革新的战友。武陵，即朗州，今湖南常德。
② 长乐，汉宫名，唐代亦有长乐宫。

元和十一年自朗州召至京戏赠看花诸君子

紫陌红尘扑面来，无人不道看花回。
玄都观里桃千树，尽是刘郎去后栽[1]。

① 玄都观，长安道观名。

★诗盖有所讽刺。紫陌红尘，喻京城之扰攘；桃千树，喻新贵之张扬。诗出，为当政者所忌，刘禹锡因此复出为连州刺史。

伤愚溪二首并引

故人柳子厚之谪永州，得胜地，结茅树蔬，为沼沚，为台榭，目曰愚溪。柳子没三年，有僧游零陵，告余曰：“愚溪无复曩时矣！”一闻僧言，悲不能自胜，遂以所闻为七言以寄恨[1]。

溪水悠悠春自来，草堂无主燕飞回。
隔帘惟见中庭草，一树山榴依旧开。

柳门竹巷依依在，野草青苔日日多。
纵有邻人解吹笛，山阳旧侣更谁过[2]！

① 愚溪，在湖南零陵，原名冉溪或染溪，柳宗元谪永州，居溪上，名为愚溪，为作《愚溪诗》。柳宗元卒于宪宗元和十四年（819），“柳子没三年”，则诗作于穆宗长庆二年（822）。

② 山阳，今河南修武。山阳旧侣，用向秀过嵇康旧居作《思旧赋》事。详见《酬乐天扬州初逢席上见赠》诗注。

再游玄都观并引

余贞元二十一年为屯田员外郎时，此观未有花。是岁出牧连州，寻贬朗州司马。居十年，召至京师，人人皆言有道士手植仙桃，满观如红霞，遂有前篇以志一时之事，旋又出牧。今十有四年，复为主客郎中，重游玄都观，荡然无复一树，唯兔葵、燕麦动摇于春风耳。因再题二十八字，以俟后游。时大和二年三月[1]。

百亩庭中半是苔，桃花净尽菜花开。
种桃道士归何处，前度刘郎今又来！

① 贞元二十一年，亦即永贞元年（805）。是年正月德宗去世，顺宗即位，改元永贞。王叔文执政，锐意革新，刘禹锡、柳宗元均预其事。八月，顺宗内禅，宪宗即位，王叔文等均被贬逐，刘禹锡贬朗州司马。十年后召回京师，以

题玄都观诗，复出为连州刺史。转夔州，和州刺史。历十四年，即文宗大和二年（828）复召为主客郎中，禹锡又题此诗。

听旧宫中乐人穆氏唱歌

曾随织女渡天河，记得云间第一歌[①]。
休唱贞元供奉曲，当时朝士已无多[②]！

①“曾随”二句，以随织女渡天河为喻，谓穆氏因机缘入宫唱歌。

②贞元，唐德宗年号。供奉曲，指供奉皇帝时的歌曲。禹锡于贞元中为监察御史，并于贞元末与王叔文等革新朝政。柳宗元等人并在朝为官。革新失败以后，同时被贬的八司马，有的已经去世，有的犹在外州，“当时朝士已无多”，盖深有感慨。

与歌者何戡

二十馀年别帝京，重闻天乐不胜情[①]。
旧人惟有何戡在，更与殷勤唱渭城[②]。

①二十馀年，刘禹锡于永贞元年（805）贬朗州司马，时年三十四岁。元和十年（815）回京，复出为连州刺史。历夔州、和州，至文宗大和二年（828）入为主客郎中，已二十四年，时年已五十有八。

②渭城，指王维的《渭城曲》，又名《送元二使西安》。诗末句为“西出阳关无故人”，刘禹锡必因此句而引起多少故人之思。

和乐天春词

新妆粉面下朱楼，深锁春光一院愁。
行到中庭数花朵，蜻蜓飞上玉搔头[①]。

①玉搔头，即玉簪，因亦用以搔头，故名。

秋 词

自古逢秋悲寂寥，我言秋日胜春朝。
横空一鹤排云上，便引诗情到碧霄[①]。

① 横，一作“晴”。

石头城[①]

山围故国周遭在，潮打空城寂寞回[②]。
淮水东边旧时月，夜深还过女墙来[③]。

① 石头城，今江苏南京城西清凉山，本楚金陵邑，孙权重筑，改名石头城。此首与下《乌衣巷》《台城》并《金陵五题》中的三首。

② 周遭，周围。

③ 淮水，即秦淮河。女墙，城上矮墙。

乌衣巷[①]

朱雀桥边野草花，乌衣巷口夕阳斜[②]。
旧时王谢堂前燕，飞入寻常百姓家。

① 乌衣巷，在南京秦淮河南，去朱雀桥不远。三国吴于此建乌衣营，士卒皆着乌衣，以此得名。东晋王导自卜乌衣宅，后王谢大族多居于此。

② 朱雀桥，东晋咸康二年作朱雀门，又作朱雀浮桥，南渡秦淮。

台 城[①]

台城六代竞豪华，结绮临春事最奢。
万户千门成野草，只缘一曲后庭花[②]。

① 台城，故址在今南京鸡鸣山南，本三国孙吴后苑，东晋成帝改建，称为台城。南朝梁侯景之乱，梁武帝饿死于此。陈祯明三年，隋兵南下过江，攻占台城，陈后主闻兵至，与贵嫔张丽华匿于景阳井中，为隋军所执。

② 六代，即六朝，指孙吴、东晋、宋、齐、梁、陈，并都于金陵。结绮、临春，并陈后主所建阁名，穷极奢华，后主与张丽华分居之。后庭花，即《玉树后庭花》，陈后主所作艳曲名，歌辞云："玉树后庭花，花开不复久。"见《隋书·五行志》。陈后主另有七言《玉树后庭花》，辞云："丽宇芳林对高阁，新妆艳质本倾城。映户凝娇乍不进，出帷含态笑相迎。妖姬脸似花含露，玉树流光照后庭。"见《乐府诗集》。

堤上行三首[①]

酒旗相望大堤头，堤下连樯堤上楼[②]。
日暮行人争渡急，桨声幽轧满中流[③]。

江南江北望烟波，入夜行人相应歌[④]。
桃叶传情竹枝怨，水流无限月明多[⑤]。

春堤缭绕水徘徊，酒舍旗亭次第开[⑥]。
日晚上楼招估客，轲峨大艑落帆来[⑦]。

① 堤上行，《乐府诗集》卷九四："《古今乐录》曰：'清商乐曲《襄阳乐》云：朝发襄阳城，暮至大堤宿。大堤诸女儿，花艳惊郎目。梁简文帝由是有《大堤曲》。'《堤上行》又因《大堤曲》而作也。"此诗人元和中在朗州时作。

② 连樯，相连的桅杆，指堤泊船甚多。

③ 幽轧，象声词，指桨声。

④ 江，指沅江。朗州濒临沅江。相应，互相呼应。

⑤ 桃叶，《乐府诗集》第四五："《古今乐录》曰：'《桃叶歌》者，晋王子敬之所作也。桃叶，子敬妾名，缘于笃爱，所以歌之。'《隋书·五行志》曰：'陈时江南盛歌王献之《桃叶》词云：桃叶复桃叶，渡江不用楫。但渡何所苦，我自迎接汝。'"竹枝，巴渝地方民歌。参见后《竹枝词》注。此以"桃叶""竹枝"代指当地情歌。水流无限月明多，此句既写实景，又有情意深长的比兴

意义。

⑥酒舍，酒店。旗亭，酒楼。次第，依次。

⑦估客，贩买货物的行商。轲峨，高大貌。大艑，大船。

竹枝词五首并引[①]

四方之歌，异音而同乐。岁正月，余来建平[②]，里中儿联歌《竹枝》，吹短笛，击鼓以赴节。歌者扬袂睢舞，以曲多为贤。聆其音，中黄钟之羽，卒章激讦如吴声。虽伧佇不可分，而含思宛转，有淇澳之艳音[③]。昔屈原居沅湘间，其民迎神，词多鄙陋，乃为作《九歌》[④]，到于今荆楚歌舞之。故余亦作《竹枝》九篇，俾善歌者扬之，附于末，后之聆巴歈知变风之自焉[⑤]。

山桃红花满上头，蜀江春水拍山流[⑥]。
花红易衰似郎意，水流无限似侬愁。

日出三竿春雾消，江头蜀客驻兰桡[⑦]。
凭寄狂夫书一纸，家住成都万里桥[⑧]。

瞿塘嘈嘈十二滩，此中道路古来难[⑨]。
长恨人心不如水，等闲平地起波澜。

巫峡苍苍烟雨时，清猿啼在最高枝[⑩]。
个里愁人肠自断，由来不是此声悲。

山上层层桃李花，云间烟火是人家。
银钏金钗来负水，长刀短笠去烧畬[⑪]。

① 竹枝词，原巴渝一带民歌，刘禹锡长庆元年（821）任夔州刺史时最先仿作，引言中已说明原委。

② 岁正月，即长庆元年正月。建平，唐代夔州，三国吴属建平郡境。

③ 扬袂睢舞，挥扬衣袂，仰目欢舞。睢，仰目视貌。黄钟之羽，黄钟为古乐十二律之一。羽，五音中的羽声。激讦（jié），激切。吴声，吴地民歌，乐府清商曲辞有吴声歌。伧佇，村俗粗鄙。淇澳，古代卫国水名，其地民歌多涉男女恋情。

④ 九歌，《楚辞·九歌》凡十一篇。王逸注："《九歌》者，屈原之所作也。昔楚国南郢之邑，沅湘之间其俗信鬼而好祠。其祠必作歌乐鼓舞，……因为作《九歌》之曲，……托之以讽谏国。"

⑤ 俾，使。扬，传扬。巴歈，巴地的民歌。变风，古代说诗者以《诗经》中《周南》《召南》自《关雎》至《驺虞》二十五篇为正风，《邶风》至《豳风》一百三十五篇为变风。刘禹锡虽借用其词，在于说明《竹枝词》九篇是巴歈民歌的改作，与解说《诗经》中变风含义有别。九篇选录五篇。

⑥ 蜀江，长江自四川至三峡一段。

⑦ 兰桡，桨之美称，此代指船。

⑧ 万里桥，《元和郡县志·成都府成都县》："万里桥，架大江水，在县南八里。蜀使费祎聘吴，诸葛亮祖之，祎叹曰：'万里之路，始于此桥。'因以为名。"

⑨ 瞿塘，峡名，长江三峡第一峡，西起四川奉节，东至巫山大宁河口中，以滩多峡险著称。嘈嘈，险滩水流声。

⑩ 巫峡，长江三峡第二峡，西起巫山大宁河口，东至巴东官渡口，是三峡最长的一峡。《水经注·江水》："巴东三峡巫峡长，猿啼三声泪沾裳。"

⑪ 银钏金钗，皆妇女妆饰，代指妇女。长刀短笠，男人持长刀戴短笠，代指男人。烧畬（shé），烧山开荒。火耕地曰畬。

★刘禹锡学习巴歈民歌《竹枝词》，反映当地的风土人情，清新明快，风格内容与他的抒情绝句都大不相同，较之白居易成绩更为突出。他在引言以屈原作《九歌》自比。长庆四年秋天诗人离开夔州，调任和州，作《别夔州官吏》诗云："三年楚国巴城守，一去扬州扬子津。""惟有九歌词数首，里中留与赛蛮神。"可见他自己对这九篇《竹枝词》多么重视。

竹枝词

杨柳青青江水平，闻郎江上唱歌声。
东边日出西边雨，道是无晴却有晴①。

①晴，与“情”音义双关。

杨柳枝四首①

塞北梅花羌笛吹，淮南桂树小山词②。
请君莫奏前朝曲，听唱新翻杨柳枝③。

金谷园中莺乱飞，铜驼陌上好风吹④。
城中桃李须臾尽，争似垂杨无限时。

炀帝行宫汴水滨，数株残柳不胜春⑤。
晚来风起花如雪，飞入宫墙不见人。

城外春风吹酒旗，行人挥袂日西时⑥。
长安陌上无穷树，唯有垂杨管别离。

①《乐府诗集》横吹曲辞有《折杨柳》，白居易、刘禹锡翻为《杨柳枝》，二人所作今各存十二首。刘作选录四首。

②“塞北梅花”句：汉乐府横吹曲有《梅花落》曲，用笛吹奏。羌笛即笛，先为羌人所用故称羌笛。“淮南桂树”句：《楚辞》有淮南小山所作《招隐士》篇，首句云，“桂树丛生兮山之幽”。小山词即指《招隐士》。

③新翻杨柳枝：第一首有序曲的作用，白居易所作亦云：“六幺水调家家唱，白雪梅花处处吹。古歌旧曲君休听，听取新翻杨柳枝。”都说明《杨柳枝》是刘白“新翻”的歌曲。句中的“君”自互指对方，然亦可指演奏者与听众。

④ 金谷园，晋代石崇所筑园名，在洛阳东北，备极豪华，石崇败后，其园亦废。铜驼，晋索靖有先识远量，知天下将乱，指洛阳宫门铜驼，叹曰：“会见汝在荆棘中耳！”二句谓繁华之地皆已荒凉。

⑤ 炀帝，即杨广，隋代皇帝，曾开运河，游江都，沿途都有行宫。汴水，古代黄河自荥阳分出狼汤渠至开封一段称汴水，隋开通济渠，由原汴水南移直达淮河，仍称汴水。

⑥ 袂，衣袖。挥袂，挥袂分手。

柳枝词

春江一曲柳千条，二十年前旧板桥。
曾与美人桥上别，恨无消息到今朝！

浪淘沙三首

日照澄洲江雾开，淘金女伴满江隈。
美人首饰侯王印，尽是沙中浪底来。

八月涛声吼地来，头高数丈触山回。
须臾却入海门去，卷起沙堆似雪堆。

莫道谗言如浪深，莫言迁客似沙沉。
千淘万漉虽辛苦，吹尽狂沙始到金。

李　绅

李绅（772—844），字公垂，润州无锡（今江苏无锡）人，唐宪宗元和元年丙戌（806）进士，补国子助教，不就。李锜辟掌书记，后李锜割据抗命，李绅拒绝为他草表，几为所害。穆宗召为右拾遗，翰林学士，与李德裕、元稹号为“三俊”。历中书舍人、御史中丞、户部侍郎。为李逢吉所构害，贬端州司马，徙江州长史，迁滁、寿三州刺史，以太子宾客分司东都。文宗大和中擢浙东观察使，迁河南尹，宣武节度使。武宗即位，拜中书侍郎平章事，进尚书右仆射，封赵郡公。武宗会昌四年卒，年七十三。

李绅是新乐府运动的发起人。元稹《和李校书新题乐府二十首序》：“予友李公垂，贶余乐府新题二十首，雅有所谓，不虚为文。”可见是李绅最先树起新乐府的旗帜。可惜他只有《追昔游诗》三卷、杂诗一卷传世，新乐府诗却失传了。他留有两首悯农诗，足可以胜人十百。

悯农二首

春种一粒粟，秋收万颗子；
四海无闲田，农夫犹饿死！

锄禾日当午，汗滴禾下土。
谁知盘中餐，粒粒皆辛苦！①

①“锄禾”一首，一作聂夷中诗。

白居易

白居易（772—846），字乐天，原籍太原，祖上迁居下邽（今陕西渭南县），为下邽人。童年时因中原兵乱，避地越中。唐德宗贞元十六年庚辰（800）进士擢第，补校书郎。宪宗元和初，对策入等，调盩厔尉，寻召为翰林学士，任左拾遗，拜赞善大夫。白居易因先反对宦官掌握兵权得罪宪宗；元和十年宰相武元衡被平卢节度使李师道派人刺死，白居易又上疏“急请捕贼，以雪国耻”，统治者恶他僭越言事，贬江州司马。元和十三年，升任忠州刺史。穆宗即位，征为主客郎中。时李宗闵和李德裕党争倾轧，白居易自乞外任，出为杭州刺史，转苏州刺史。文宗立，以秘书监召，迁刑部侍郎。后除太子宾客分司东都，拜河南尹。文宗开成初，拜太子少傅。武宗会昌时以刑部尚书致仕。居于洛阳，自号香山居士。会昌六年卒，年七十五。诗集称为《白氏长庆集》。

白居易发扬了我国古代诗歌的优良传统，以继承陈子昂、杜甫开辟的诗风为己任，主张“文章合为时而著，歌诗合为事而作”，即诗要反映社会现实，直接干预政治。他写了许多讽谕诗，创作了组诗《新乐府》和《秦中吟》，成为中唐新乐府运动的主角。白居易还写了大量的抒情诗，特别是叙事而又抒情的长诗《长恨歌》和《琵琶行》，是唐代有数的名篇。他的作品自然流畅。无论古体和近体，都力求写得明白如话，而又音韵铿锵，圆美流转。这种诗风，对后世有极大的影响。

观刈麦[①]

田家少闲月，五月人倍忙。

夜来南风起，小麦覆陇黄。
妇姑荷箪食，童稚携壶浆[②]。
相随饷田去，丁壮在南冈[③]。
足蒸暑土气，背灼炎天光。
力尽不知热，但惜夏日长[④]。
复有贫妇人，抱子在其旁。
右手秉遗穗，左臂悬敝筐。
听其相顾言，闻者为悲伤：
“家田输税尽，拾此充饥肠。”
今我何功德，曾不事农桑；
吏禄三百石，岁晏有馀粮[⑤]。
念此私自愧，尽日不能忘。

① 原注：“时为盩厔县尉。”白居易为盩厔县尉在宪宗元和元年（806），诗作于元和二年（807）。盩厔，今陕西周至县。

② 箪（dān），竹编食筒。浆，水。《孟子·梁惠王》：“箪食壶浆，以迎王师。”

③ 饷田，到田间送饭。

④ 惜，爱惜。

⑤ 三百石，唐制：从九品月俸三十石，一年三百六十石，“三百石”约略言之。岁晏，年终。

宿紫阁山北村[①]

晨游紫阁峰，暮宿山下村。
村老见余喜，为余开一尊。
举杯未及饮，暴卒来入门。
紫衣挟刀斧，草草十馀人。
夺我席上酒，掣我盘中飧[②]。

主人退后立，敛手反如宾。
中庭有奇树，种来三十春。
主人惜不得，持斧断其根。
口称采造家，身属神策军③。
主人慎勿语：中尉正承恩！

①紫阁山，终南山峰名。诗作于元和四年（809）。

②飧（sūn），熟食。

③采造家，朝廷采集建筑材料的官员。神策军，贞元时置神策军，以太监为护军中尉，极端横暴。

村居苦寒

八年十二月，五日雪纷纷①。
竹柏皆冻死，况彼无衣民！
回观村闾间，十室八九贫。
北风利如剑，布絮不蔽身。
唯烧蒿棘火，愁坐夜待晨。
乃知大寒岁，农者尤苦辛。
顾我当此日，草堂深掩门。
褐裘覆絁被，坐卧有馀温②。
幸免饥冻苦，又无垅亩勤。
念彼深可愧，自问是何人！

①八年，宪宗元和八年（813）。

②褐裘，粗布皮裘。絁（shī），粗丝织品。馀，饶也。

秦中吟四首[①]

重　赋

厚地植桑麻，所要济生民。
生民理布帛，所求活一身。
身外充征赋，上以奉君亲。
国家定两税，本意在忧人[②]。
厥初防其淫，明敕内外臣：
税外加一物，皆以枉法论[③]。
奈何岁月久，贪吏得因循[④]。
浚我以求宠，敛索无冬春[⑤]。
织绢未成匹，缫丝未盈斤。
里胥迫我纳，不许暂逡巡[⑥]。
岁暮天地闭，阴风生破村。
夜深烟火尽，霰雪白纷纷。
幼者形不蔽，老者体无温。
悲喘与寒气，并入鼻中辛。
昨日输残税，因窥官库门：
缯帛如山积，丝絮似云屯；
号为羡馀物，随月献至尊[⑦]。
夺我身上暖，买尔眼前恩；
进入琼林库，岁久化为尘[⑧]！

① 组诗《秦中吟》共十首，序云：“贞元、元和之际，予在长安，闻见之间，有足悲者，因直歌其事，命为秦中吟。”十首选四，即《重赋》《轻肥》《歌舞》《买花》。

② 两税，唐德宗时宰相杨炎定两税法，以钱输税，分夏秋两季交纳。

③ “厥初”四句，《旧唐书·德宗纪》：德宗建中元年春正月，“大赦天下。自艰难以来，征赋名目颇多，今后除两税外，辄率一钱，以枉法论”（此必为德宗诏勅中语，原文交代不清）。诗用其语。

④ 因循，因袭旧的作法。

⑤ 浚，煎，引申为压榨。语本《国语·晋语》“浚我之脂膏”。

⑥ 逡巡（qūn xún），徘徊，此处为迟疑之意。

⑦ 羡馀物，官吏掠夺人民巧立的名目。《文献通考》“土贡”条：“德宗既平朱泚之后，属意聚敛，藩镇常赋之外，进奉不已。剑南西川节度使韦皋有日进，江南观察使李兼有月进，他如杜亚、刘赞、王纬、李锜、皆徼射恩泽，以常赋入贡，名为羡馀，至代易又有进奉。户部财物，所在州府及巡院，皆得擅留，或矫密旨加敛，或减刻吏禄，或鬻蔬果，往往私自入，所进才十二三，无敢问者。刺史及幕僚以至进奉得迁官。”

⑧ 琼林库，唐德宗在奉天行在置琼林、大盈二库，以聚敛财物。

轻　肥[①]

意气骄满路，鞍马光照尘。
借问何为者？人称是内臣[②]。
朱绂皆大夫，紫绶悉将军[③]。
夸赴军中宴，走马去如云。
尊罍溢九酝，水陆罗八珍[④]。
果擘洞庭桔，脍切天池鳞。
食饱心自若，酒酣气益振。
是岁江南旱，衢州人食人[⑤]！

① 轻肥，轻车肥马，代指烜赫的车骑。

② 内臣，宦官。

③ 朱绂，紫绶，系官印或佩玉的丝带。级别高者用朱紫。

④ 九酝，酒名。水陆，指水生陆产的食物。八珍，八种珍贵美食。

⑤ 衢州，今浙江衢县。元和三年，江淮发生严重旱灾。

歌 舞

秦中岁云暮，大雪满皇州。
雪中退朝者，朱紫尽公侯。
贵有风雪兴，富无饥寒忧。
所营唯第宅，所务在追游。
朱门车马客，红烛歌舞楼。
欢酣促密坐，醉暖脱重裘。
秋官为主人，廷尉居上头[①]。
日中为乐饮，夜半不能休。
岂知阌乡狱，中有冻死囚[②]！

① 秋官，周置六官，以司寇为秋官，武后时改刑部为秋官，中宗时复旧。廷尉，秦官名，掌刑狱。按，此泛指刑狱官员。

② 阌（wén）乡，县名，唐属河南陕州。

买 花

帝城春欲暮，喧喧车马度。
共道牡丹时，相随买花去。
贵贱无常价，酬值看花数。
灼灼百朵红，戋戋五束素。
上张幄幕庇，旁织巴篱护。
水洒复泥封，移来色如故。
家家习为俗，人人迷不悟。
有一田舍翁，偶来买花处。
低头独长叹，此叹无人谕：
一丛深色花，十户中人赋！

新乐府六首[①]

上阳人[②]

上阳人，上阳人，红颜暗老白髮新。
绿衣监使守宫门，一闭上阳多少春！
玄宗末岁初选入，入时十六今六十。
同时采择百馀人，零落年深残此身。
忆昔吞悲别亲族，扶入车中不教哭。
皆云入内便承恩，脸似芙蓉胸似玉。
未容君王得见面，已被杨妃遥侧目。
妒令潜配上阳宫，一生遂向空房宿。
宿空房，秋夜长，夜长无寐天不明；
耿耿残灯背壁影，萧萧暗雨打窗声。
春日迟，日迟独坐天难暮。
宫莺百啭愁厌闻，梁燕双栖老休妒。
莺归燕去长悄然，春往秋来不记年。
唯向深宫望明月，东西四五百回圆。
今日宫中年最老，大家遥赐尚书号[③]。
小头鞋样窄衣裳，青黛点眉眉细长。
外人不见见应笑，天宝末年时世妆。
上阳人，苦最多：
少亦苦，老亦苦，少苦老苦两如何！
君不见昔时吕向美人赋，又不见今日上阳宫人白髮歌[④]！

①《新乐府》凡五十篇。序曰："凡九千二百五十二言，断为五十篇。篇

无定句，句无定字，系于意不系于文。首句标其目，卒章显其志，诗三百之意也。其辞质而径，欲见之者易喻也；其言直而切，欲闻之者深诫也；其事覈而实，使采之者传信也；其体顺而律，可以播于乐章歌曲也。总而言之：为君为臣为民为物为事而作，不为文而作也。”原注：“元和四年，为左拾遗时作。”选录六篇：《上阳人》《折臂翁》《红线毯》《杜陵叟》《缭绫》《卖炭翁》。

② 上阳，唐洛阳宫名。题下原注：“愍怨旷也。”题下注明诗的作意，系模仿毛《诗》的小序。愍（mǐn），悲怜。怨旷，指宫人长期关闭深宫。原注：“天宝五载以后，杨贵妃专宠，后宫人无复进幸矣。六宫有美色者，辄置别所，上阳是其一也。贞元中尚存焉。”

③ 大家，宫中称皇帝为大家。尚书，宫中女官名，与尚衣、尚食之类同。

④ 吕向，字子回，开元十年召入翰林，兼集贤校理。原注：“天宝末，有密采女色者，当时号花鸟使，吕向献《美人赋》以讽之。”吕向献赋当在开元年间，白氏或误。吕向，一作吕尚。

★诗云：“未容君王得见面，已被杨妃遥侧目。”又注云：“天宝五载以后，杨贵妃专宠，后宫人无复进幸矣。”最高统治者禁闭数以千计的“后宫人”，即使没有杨妃也未必个个“进幸”，而即使“蒙恩进幸”也未必是她们值得庆幸的命运。把矛头指向个别受宠的妃子是荒谬的，未能揭示问题的本质。诗人高扬着讽谕的旗号，其实是不敢开罪皇帝陛下的，更未能触及体制的根本。

折臂翁①

新丰老翁八十八，头鬓眉须皆似雪。
玄孙扶向店前行，左臂凭肩右臂折。
问翁臂折来几年？兼问致折何因缘？
翁云贯属新丰县，生逢圣代无征战。
惯听梨园歌管声，不识旗枪与弓箭。
无何天宝大征兵，户有三丁点一丁。
点得驱将何处去？五月万里云南行。
闻道云南有泸水，椒花落时瘴烟起。

大军徒涉水如汤，未过十人二三死。
村南村北哭声哀，儿别爷娘夫别妻。
皆云前后征蛮者，千万人行无一回[②]。
是时翁年二十四，兵部牒中有名字。
夜深不敢使人知，偷将大石槌折臂。
张弓簸旗俱不堪，从兹始免征云南。
骨碎筋伤非不苦，且图拣退归乡土。
此臂折来六十年，一肢虽废一身全。
至今风雨阴寒夜，直到天明痛不眠。
痛不眠，终不悔，且喜老身今独在。
不然当时泸水头，身死魂孤骨不收[③]。
应作云南望乡鬼，万人冢上哭呦呦[④]。”
老人言，君听取：
君不闻开元宰相宋开府，不赏边功防黩武[⑤]？
又不闻天宝宰相杨国忠，欲求恩幸立边功[⑥]？
边功未立生人怨，请问新丰折臂翁。

① 题下原注：“戒边功也。”

② “翁云”所述一段，为天宝十载事。十载四月，杨国忠命剑南节度使鲜于仲通征南诏，大败于西洱河。杨国忠隐瞒军情，大募两京及河南北兵，遣御史分道捕人，连枷送诣军所。使司马李宓率军再讨南诏，又大败，全军覆没。前后丧师二十万人，只轮不返。参见李白《羽檄如流星》诗注。

③ 泸水，即金沙江。

④ 万人冢，原注：“云南有万人冢，即鲜于仲通李宓曾覆军之所也。”

⑤ 宋开府，即宋璟，开元时授开府仪同三司。原注：“开元初，突厥数寇边。时天武军牙将郝灵佺出使，因引特勒回鹘部落斩突厥默啜，献首于阙下，自谓有不世之功。时宋璟为相，以天子年少好武，恐徼功者生心，痛抑其党。逾年始授郎将。灵佺遂痛哭呕血而死。”事在开元三年，见《旧唐书·突厥传》。

⑥ “又不闻天宝宰相”二句，原注：“天宝末，杨国忠为相，重构阁罗凤之

役，募人讨之，前后发二十馀万众，发去无返者。又捉人连枷赴役，天下怨哭，人不聊生。故禄山得乘人心而盗天下。元和初，而折臂翁犹存，因备歌之。”

红线毯[①]

红线毯，
择茧缫丝清水煮，拣丝练线红蓝染。
染为红线红于花，织作披香殿上毯。
披香殿广十丈馀，红线织成可殿铺[②]。
彩丝茸茸香拂拂，线软花虚不胜物。
美人蹋上歌舞来，罗袜绣鞋随步没。
太原毯涩毳缕硬，蜀都褥薄锦花冷；
不如此毯温且柔，年年十月来宣州。
宣州太守加样织，自谓为臣能竭力[③]。
百夫同担进宫中，线厚丝多卷不得。
宣州太守知不知，一丈毯，千两丝，
地不知寒人要暖，少夺人衣作地衣！

① 题下原注：“忧蚕桑之费也。”
② 披香殿，汉宫殿名。唐高祖也建有披香殿。
③ “宣州太守”句，原注：“贞元中宣州进开样加丝毯。”

杜陵叟[①]

杜陵叟，杜陵居，岁种薄田一顷馀。
三月无雨旱风起，麦苗不秀多黄死。
九月降霜秋早寒，禾黍未熟皆青干。
长吏明知不申破，急敛暴征求考课。
曲桑卖地纳官租，明年衣食将何如？
剥我身上帛，夺我口中食；

虐人害物即豺狼，何必钩爪锯牙食人肉！
不知何人奏皇帝，帝心恻隐知人弊：
白麻纸上书德音，京畿尽放今年税[②]。
昨日里胥方到门，手持尺牒榜乡村[③]。
十家租税九家毕，虚受吾君蠲免恩！

① 题下原注："伤农夫之困也。"

② "不知"四句：《资治通鉴》宪宗纪："（元和四年）上以久旱，欲降德音。翰林学士李绛白居易上言，以为欲令实惠及人，无如减其租税。"可与诗中所述参阅。

③ 榜，公告。

缭绫[①]

缭绫缭绫何所似，不似罗绡与纨绮[②]。
应似天台山上月明前，四十五尺瀑布泉[③]。
中有文章又奇绝，地铺白烟花簇雪。
织者何人衣者谁？越溪寒女汉宫姬。
去年中使宣口敕，天上取样人间织。
织为云外秋雁行，染作江南春水色。
广裁衫袖长制裙，金斗熨波刀剪纹。
异彩奇文相隐映，转侧看花花不定。
昭阳舞人恩正深，春衣一对直千金[④]。
汗沾粉污不再着，曳土踏泥无惜心。
缭绫织成费功绩，莫比寻常缯与帛。
丝细缲多女手疼，扎扎千声不盈尺。
昭阳殿里歌舞人，若见织时应也惜！

① 题下原注："念女工之劳也。"

② 缭绫，一种珍贵丝织品。罗绡，生丝织品。纨绮，有花纹的熟丝织品。

③ 天台山，在浙江天台县北。

④ 昭阳，汉宫名，汉成帝后赵飞燕居此，赵飞燕以善舞闻名。此代指唐宫。

卖炭翁[1]

卖炭翁，伐薪烧炭南山中。
满面尘灰烟火色，两鬓苍苍十指黑。
卖炭得钱何所营？身上衣裳口中食。
可怜身上衣正单，心忧炭贱愿天寒。
夜来城外一尺雪，晓驾炭车辗冰辙。
牛困人饥日已高，市南门外泥中歇。
两骑翩翩来是谁？黄衣使者白衫儿[2]。
手把文书口称敕，回车叱牛牵向北。
一车炭，千馀斤，宫使驱将惜不得。
半匹红纱一丈绫，系向牛头充炭直！

① 题下原注："苦宫市也。"宫市，宫中需用物品，由宦官外出购置，往往用低价强买，甚至干脆抢劫。

② 黄衣使者，指宦官。白衫儿，宦官的爪牙。

长恨歌[1]

汉皇重色思倾国，御宇多年求不得[2]。
杨家有女初长成，养在深闺人未识[3]。
天生丽质难自弃，一朝选在君王侧。
回眸一笑百媚生，六宫粉黛无颜色[4]。
春寒赐浴华清池，温泉水滑洗凝脂[5]。
侍儿扶起娇无力，始是新承恩泽时。
云鬓花颜金步摇，芙蓉帐暖度春宵[6]。

春宵苦短日高起，从此君王不早朝。
承欢侍宴无闲暇，春从春游夜专夜。
后宫佳丽三千人，三千宠爱在一身。
金屋妆成娇侍夜，玉楼宴罢醉和春⑦。
姊妹兄弟皆列土，可怜光彩生门户⑧。
遂令天下父母心，不重生男重生女。
骊宫高处入青云，仙乐风飘处处闻。
缓歌慢舞凝丝竹，尽日君王看不足。
渔阳鼙鼓动地来，惊破霓裳羽衣曲⑨。
九重城阙烟尘生，千乘万骑西南行⑩。
翠华摇摇行复止，西出都门百馀里。
六军不发无奈何，宛转蛾眉马前死。
花钿委地无人收，翠翘金雀玉搔头。
君王掩面救不得，回看血泪相和流⑪。
黄埃散漫风萧索，云栈萦纡登剑阁⑫。
峨嵋山下少人行，旌旗无光日色薄⑬。
蜀江水碧蜀山青，圣主朝朝暮暮情；
行宫见月伤心色，夜雨闻铃肠断声⑭。
天旋日转回龙驭，到此踌躇不能去。
马嵬坡下泥土中，不见玉颜空死处⑮！
君臣相顾尽沾衣，东望都门信马归。
归来池苑皆依旧，太液芙蓉未央柳⑯。
芙蓉如面柳如眉，对此如何不泪垂！
春风桃李花开日，秋雨梧桐叶落时。
西宫南内多秋草，落叶满阶红不扫⑰。
梨园弟子白髮新，椒房阿监青娥老⑱。
夕殿萤飞思悄然，孤灯挑尽未成眠；

迟迟钟鼓初长夜，耿耿星河欲曙天。
鸳鸯瓦冷霜华重，翡翠衾寒谁与共？
悠悠生死别经年，魂魄不曾来入梦[19]。
临邛道士鸿都客，能以精诚致魂魄[20]。
为感君王展转思，遂教方士殷勤觅。
排云驭气奔如电，升天入地求之遍；
上穷碧落下黄泉，两处茫茫皆不见。
忽闻海上有仙山，山在虚无缥渺间。
楼阁玲珑五云起，其中绰约多仙子[21]。
中有一人字太真，雪肤花貌参差是。
金阙西厢叩玉扃，转教小玉报双成[22]。
闻道汉家天子使，九华帐里梦魂惊。
揽衣推枕起徘徊，珠箔银屏迤逦开。
云鬓半偏新睡觉，花冠不整下堂来。
风吹仙袂飘飘举，犹似霓裳羽衣舞。
玉容寂寞泪阑干，梨花一枝春带雨。
含情凝睇谢君王：一别音容两渺茫；
昭阳殿里恩爱绝，蓬莱宫中日月长[23]。
回头下望人寰处，不见长安见尘雾。
唯将旧物表深情，钿合金钗寄将去。
钗留一股合一扇，钗擘黄金合分钿[24]。
但教心似金钿坚，天上人间会相见。
临别殷勤重寄词，词中有誓两心知。
七月七日长生殿，夜半无人私语时[25]。
在天愿为比翼鸟，在地愿为连理枝。
天长地久有时尽，此恨绵绵无尽期[26]！

① 长恨歌，咏唐玄宗杨贵妃事。杨贵妃（719—756），蒲州永乐（今山西永济）人，小字玉环，姿质艳丽，善歌舞，通音律。开元二十三年（735），册为玄宗第十八子寿王李瑁妃。二十八年（740）十月，玄宗度杨玉环为女道士，号太真。天宝四载册为贵妃，极得玄宗宠幸。三姊并封国夫人。再从兄杨国忠天宝十二载为右相兼吏部尚书，玩弄国柄，权倾天下。天宝十四载冬安禄山反于范阳，以讨杨国忠为由。十五载五月潼关失守，六月玄宗率贵妃姊妹并卫军仓皇奔蜀，至马嵬驿兵变，杀杨国忠，玄宗被迫缢杀贵妃，时年三十八岁。陈鸿《长恨歌传》云："开元中，泰阶平，四海无事。明皇在位岁久，倦于旰食宵衣，政无小大，始委于右丞相，深居游宴，以声色自娱。先是元献皇后、武淑妃皆有宠，相次即世。宫中虽良家子千数，无可悦目者，上心忽忽不乐。时每岁十月，驾幸华清宫，内外命妇，熠耀景从。浴日馀波，赐以汤沐，春风灵液，澹荡其间，上心油然，若有顾遇。左右前后，粉色如土。诏高力士潜搜外宫，得弘农杨玄琰女于寿邸。既笄矣，鬒髮腻理，纤秾中度，举止闲冶，如汉武帝李夫人。别疏汤泉，诏赐澡莹。既出水，体弱力微，若不任罗绮，光彩焕发，转动照人。上甚悦，进见之日，奏霓裳羽衣曲以导之；定情之夕，授金钗钿合以固之。又命戴步摇，垂金珰。明年册为贵妃，半后服用。由是冶其容，敏其词，婉娈万态，以中上意，上益嬖焉，时省风九州，泥金五岳，骊山雪夜，上阳春朝，与上行同室，宴专席，寝专房。虽有三夫人、九嫔、二十七世妇、八十一御妻，暨后宫才人、乐府伎女，使天子无顾盼意，自是六宫无复进幸者。非徒殊艳尤态致是，盖才智明慧，善巧便佞，先意希旨，有不可形容者。叔父昆弟，皆列在清贯，爵为通侯。姊妹封国夫人，富埒王室，车服邸第，与大长公主侔，而恩泽势力则又过之。出入禁门不问，京师长吏为侧目。故当时谣咏有云：'生女勿悲酸，生男勿喜欢。'又曰：'男不封侯女作妃，看女却为门上楣。'其人心羡慕如此。天宝末，兄国忠盗丞相位，愚弄国柄。及安禄山引兵向阙，以讨杨氏为辞。潼关不守，翠华南幸。出咸阳，道次马嵬亭，六军徘徊，持戟不进。从官郎吏伏上马前，请诛错以谢天下。国忠奉氂缨盘水，死于道周。左右之意未快。上问之，当时敢言者，请以贵妃塞天下怒。上知不免，而不忍见其死，反袂掩面，使牵之而去。苍黄展转，竟就绝于尺组之下。既而明皇狩成都，肃宗受禅灵武。明年，大赦改元，大驾还都，尊明皇为太上皇，就养南宫，迁于西内。时移事去，乐尽悲来。每至春之日，冬之夜，池莲夏开，宫槐秋落，梨园弟子，玉管发声，闻霓裳羽衣一声，则天颜不怡，左右歔欷。三载一意，其念不衰。求之魂梦，杳不能得。适有道士自蜀来，知上皇心念杨妃如是，自言有李少君之术。明皇大喜，命致其神。方士乃竭其术以索之，不至，又能游神驭气，出天界没地府以求之，不见。又旁求四虚上下，东极大海，跨蓬壶，

见最高仙山，上多楼阙，西厢下有洞户，东向，阖其门，署曰‘玉妃太真院’。方士抽簪扣扉，有双鬟童女出应门。方士造次未及言，而双鬟复入。俄有碧衣侍女又至，诘其所从。方士因称唐天子使者，且致其命。碧衣云：‘玉妃方寝，请少待之。’于时云海沉沉，洞天日晚，琼户重阖，悄然无声。方士屏息敛足，拱手门下。久之，而碧衣延入。且曰：‘玉妃出。’见一人冠金莲，披紫绡，佩红玉，曳凤舄。左右侍者七八人，揖方士，问‘皇帝安否’，次问天宝十四年已还事。言讫悯默。指碧衣取金钗钿合，各析其半。授使者曰：‘为谢太上皇，谨献是物，寻旧好也。’方士受辞与信。将行，色有不足，玉妃固征其意。复前跪致词，请当时一事，不为他人闻者，验于太上皇。不然，恐钿合金钗负新垣平之诈也。玉妃茫然退立，若有所思。徐而言之曰：‘昔天宝十载，侍辇避暑骊山宫。秋七月，牵牛织女相见之夕。秦人风俗，是夜张锦绣，陈饮食，树瓜果，焚香于庭，号为乞巧。宫掖间尤尚之。夜殆半，休侍卫于东西厢，独侍上。上凭肩而立，因仰天感牛女事，密相誓心，愿世世为夫妇。言毕，执手各呜咽，此独君王知之耳。’因自悲曰：‘由此一念，又不得居此复堕下界，且结后缘，或为天，或为人，决再相见，好合如旧。’因言：‘太上皇亦不久人间，幸唯自安，无自苦耳。’使者还，奏太上皇。皇心震悼，日日不豫。其年夏四月，南宫晏驾。元和元年冬十二月，太原白乐天自校书郎尉于盩厔。鸿与琅邪王质夫家于是邑。暇日相携游仙游寺，话及此事，相与感叹。质夫举酒于乐天前曰：‘夫希代之事，非遇出世之才润色之，则与时消没，不闻于世。乐天深于诗多于情者也，试为歌之，如何？’乐天因为《长恨歌》。意者不但感其事，亦欲惩尤物，窒乱阶，垂于将来也。歌既成，使鸿传焉。世所不闻者，予非开元遗民，不得知；世所知者，有《明皇本纪》在，今但传《长恨歌》云尔。”

② 汉皇，汉武帝。唐人诗中每以武帝喻唐玄宗。倾国，犹言绝代佳人。语本《汉书·外戚传》李延年歌：“北方有佳人，绝世而独立。一顾倾人城，再顾倾人国。宁不知倾城与倾国，佳人难再得！”御宇，统治天下。

③ “杨家有女”二句，杨玉环本为寿王妃，所谓“养在深闺人未识”系讳言其事，亦保持形象的完美。

④ 六宫，天子六宫。粉黛，两者皆妇女化妆品，粉以敷面，黛以画眉，用以代指妇女，此指六宫妃嫔。

⑤ 华清池，即骊山温泉。开元十一年建温泉宫，天宝六载改名华清宫。

⑥ 金步摇，妇女头饰。黄金制成，上垂珠，行则摇晃，故名。

⑦ 金屋，指华贵的宫殿。汉武帝幼时，姑长公主问欲以女阿娇为其妇好否，答曰：“若得阿娇作妇，当作金屋贮之。”见《汉武故事》。

⑧ 列土，即列土封侯，此指玄宗封赠贵妃父杨玄琰为太尉、齐国公，任叔

父杨玄珪为光禄卿，姊三人分别封为韩国夫人、虢国夫人、秦国夫人，再从兄杨铦为鸿胪卿、杨锜侍御史、杨钊监察御史。杨钊后改名杨国忠。

⑨ 渔阳，开元十八年分幽州置蓟州，天宝元年改为渔阳郡，今河北蓟县。天宝十四载安禄山反于范阳，渔阳属范阳节度。诗用渔阳，暗用东汉彭宠据渔阳反汉故事。鼙鼓，军用小鼓。王翰《饮马长城窟行》："遥闻鼙鼓动地来，传道单于夜犹战。"霓裳羽衣曲，舞曲之名，唐玄宗所作。——自开篇至此三十二句，叙杨贵妃擅宠，末二句引出下文。

⑩ "九重"二句，指天宝十四载六月唐玄宗率贵妃姊妹侍从及卫军仓皇出逃。

⑪ "翠华"八句，叙马嵬兵变，玄宗被迫缢死杨妃。

⑫ 云栈，高入云中的栈道。萦纡，犹回环，指栈道随山势环绕。剑阁，今四川剑阁。

⑬ 峨嵋山，在四川峨嵋县境。玄宗入蜀不过峨嵋，诗中地名，不可泥实。

⑭ 夜雨闻铃，《明皇杂录》："明皇既幸蜀，西南行，初入斜谷，属霖雨涉旬，于栈道雨中闻铃音与山相应，上既悼念贵妃，采其声为《雨霖铃曲》以寄恨焉。"——"九重"以下十八句叙马嵬之变与玄宗奔蜀。

⑮ "天旋"四句，至德二载（757），郭子仪等收复长安，十二月玄宗自蜀回都，重过马嵬驿。

⑯ 太液，池名。《三辅黄图》："太液池在长安故城西，建章宫北。"未央，汉宫名，此代指唐宫。

⑰ 西宫南内，皇宫称为大内。唐代以大明宫为东内，兴庆宫为南内，太极宫为西内。玄宗回长安后即住南内，南内玄宗为太子时即住于此。上元元年，宦官李辅国挑拨玄宗父子关系，迁玄宗于西内。

⑱ 梨园，唐教坊之名。唐玄宗晓音律，选教坊子弟三百人和宫女数百人，亲教乐曲，称皇帝梨园弟子。椒房，后妃所居宫室用椒粉和泥涂墙壁，称为椒房。阿监，宫内女官。青娥，秀眉。

⑲ 悠悠，久长貌。——"天旋"以下二十四句，叙玄宗回京后思念杨妃。"魂魄不曾来入梦"引出临邛道士上天入地求杨妃魂魄一段。

⑳ 临邛，今四川邛崃。鸿都，犹言仙都，出处待考。

㉑ 绰约，美貌。

㉒ 小玉，原注："吴王夫差女名。"双成，《汉武名内传》："西王母命玉女董双成吹云和之笙。"诗中用作太真侍女之名。

㉓ 昭阳殿，汉宫殿名，代指唐宫。蓬莱宫，神仙所住之宫。

㉔ 钿合、金钗，皆妇女首饰。钿由两扇合成。太真将金钗擘断，钿合分开，

各以一半带给玄宗作为信物。

㉕长生殿，唐宫殿名。《唐会要》："华清宫，天宝元年十月造长生殿，名为集灵台以祀神。"

㉖绵绵，长貌。无尽期，一作"无绝期"。——"临邛"以下四十六句叙方士到海上仙山寻觅太真魂魄，结尾点出"长恨"。

★白居易《长恨歌》是诗史上继《孔雀东南飞》之后难得有的叙事长诗，以流利的语言，写哀婉的故事，情节曲折宛转，而歌词一气舒卷。不仅是乐天名作，唐诗中也绝无仅有，后世更无继者。末段方士上天入地寻求太真魂魄，事虽虚诞而倍添情致。诗人动笔之初，谓"汉皇重色思倾国，御宇多年求不得"，谓"春宵苦短日高起，从此君王不早朝"，谓"姊妹兄弟皆列土，可怜光彩生门户"都蕴涵讽刺。随着故事的深入，诗人被自己叙述的故事所感动，完全由微讽转为同情，遂使读者亦为之感染。末段太真"临别殷勤"之后，点出"绵绵长恨"即收束全篇，不写方士复命上皇震悼之类，最为卓绝，启人无限思绪。

琵琶行并序

元和十年，予左迁九江郡司马。明年秋，送客湓浦口，闻舟中夜弹琵琶者，听其音铮铮然有京都声。问其人，本长安倡女，尝学琵琶于穆曹二善才，年长色衰，委身为贾人妇。遂命酒，使快弹数曲。曲罢悯然自叙少小时欢乐事，今漂沦憔悴，转徙于江湖间。予出官二年，恬然自安；感斯人言，是夕始觉有迁谪意。因为长句，歌以赠之。凡六百一十二言，命曰琵琶行[①]。

浔阳江头夜送客，枫叶荻花秋瑟瑟[②]。
主人下马客在船，举酒欲饮无管弦。
醉不成欢惨将别，别时茫茫江浸月。
忽闻水上琵琶声，主人忘归客不发。

寻声暗问弹者谁，琵琶声停欲语迟。
移船相近邀相见，添酒回灯重开宴。
千呼万唤始出来，犹抱琵琶半遮面。
转轴拨弦三两声，未成曲调先有情。
弦弦掩抑声声思，似诉平生不得志。
低眉信手续续弹，说尽心中无限事。
轻拢慢捻抹复挑，初为霓裳后六幺③。
大弦嘈嘈如急雨，小弦切切如私语；
嘈嘈切切错杂弹，大珠小珠落玉盘。
间关莺语花底滑，幽咽泉流冰下难④。
冰泉冷涩弦凝绝，凝绝不通声暂歇。
别有幽愁暗恨生，此时无声胜有声。
银瓶乍破水浆迸，铁骑突出刀枪鸣。
曲终收拨当心画，四弦一声如裂帛。
东船西舫悄无言，唯见江心秋月白。
沉吟收拨插弦中，整顿衣裳起敛容。
自言本是京城女，家在虾蟆陵下住⑤。
十三学得琵琶成，名属教坊第一部⑥。
曲罢曾教善才服，妆成每被秋娘妒⑦。
五陵年少争缠头，一曲红绡不知数⑧。
钿头银篦击节碎，血色罗裙翻酒污。
今年欢笑复明年，秋月春风等闲度。
弟走从军阿姨死，朝去暮来颜色故。
门前冷落车马稀，老大嫁作商人妇。
商人重利轻别离，前月浮梁买茶去⑨。
去来江口守空船，绕船月明江水寒。
夜深忽梦少年事，梦啼妆泪红阑干。

我闻琵琶已叹息，又闻此语重唧唧。
同是天涯沦落人，相逢何必曾相识！
我从去年辞帝京，谪居卧病浔阳城。
浔阳地僻无音乐，终岁不闻丝竹声。
住近湓江地低湿，黄芦苦竹绕宅生。
其间旦暮闻何物，杜鹃啼血猿哀鸣。
春江花朝秋月夜，往往取酒还独倾。
岂无山歌与村笛，呕哑嘲哳难为听。
今夜闻君琵琶语，如听仙乐耳暂明。
莫辞更坐弹一曲，为君翻作琵琶行。
感我此言良久立，却坐促弦弦转急；
凄凄不似向前声，满坐重闻皆掩泣。
坐中泣下谁最多，江州司马青衫湿⑩。

① 左迁，即贬官。《汉书·周昌传》颜师古注："是时尊右而卑左，故谓贬秩位为左迁。"九江，今江西九江。湓浦口，九江湓水入大江处。元和九年，白居易授太子左赞善大夫。盗杀宰相武元衡，居易上疏请急捕盗。宰相以宫官非谏职不当先谏官言事。有人中伤白居易，谓其母看花堕井而死，而居易作《赏花》及《新井》诗，甚伤名教，贬江州刺史。中书舍人王涯言居易所犯不宜治郡，改授江州司马。诗作于元和十一年（816）。六百一十二言，诗实有六百一十六字。又，诗题原作《琵琶引》，小序又明言"命曰《琵琶行》"选从小序。

② 浔阳江，长江流经浔阳（今九江）一段。

③ 霓裳、六幺，均琵琶曲名。

④ 间关，鸟鸣声。冰下难，《全唐诗》作"水下滩"。"水"字下注"一作冰"。"滩"字下注"一作难"。段玉裁《经韵楼集·与阮芸台书》："白乐天'间关莺语花底滑，幽咽泉流水下滩''泉流水下滩'不成语，且何以与上句属对？昔年曾谓当作'泉流冰下难'，故下文接以'冰泉冷涩'，难与滑对；难者，滑之反也。莺语花底，泉流冰下，形容涩滑二境，工绝。"

⑤ 虾蟆陵，在长安城南曲江附近。《国史补》卷下："旧说董仲舒墓，门人过皆下马，故谓之下马陵。后人语讹为虾蟆陵。"

⑥ 教坊，唐代官设教习歌舞技艺之所。宫内的歌舞伎称内人，宫外临时传唤入宫者称外供奉。商人妇长安倡女，当属后者。

⑦ 善才，教坊中的琵琶师。秋娘，长安的名倡。白居易《和元九与吕二同宿话旧感赠》诗云："闻道秋娘犹且在，至今时复问微之。"

⑧ 五陵，汉代五个皇帝的陵墓，即高帝长陵、惠帝安陵、景帝阳陵、武帝茂陵、昭帝平陵，并在长安城北，为豪贵聚居之地。缠头，赏给歌舞者的丝织品。

⑨ 浮梁，今江西浮梁。

⑩ 青衫，唐代从九官服青衫。

赋得古原草送别[①]

离离原上草，一岁一枯荣[②]。
野火烧不尽，春风吹又生。
远芳侵古道，晴翠接荒城。
又送王孙去，萋萋满别情[③]。

① 赋得，限题作诗。

② 离离，草叶长貌。

③ 王孙，本指贵族后代，此系泛指。萋萋，草盛貌。语本《楚辞·招隐士》："王孙游兮不归，春草生兮萋萋。"

★唐张固《幽闲鼓吹》："白尚书应举，初至京，以诗谒著作顾况，顾睹姓名，熟视白公，曰：'米价方贵，居亦弗易。'乃披卷首篇曰'离离原上草，一岁一枯荣。野火烧不尽，春风吹又生。'即嗟赏曰：'道得个语，居即易矣。'因为之延誉，声名大振。"《全唐诗话》亦记其事。白居易入长安在贞元三年（787），时年才十六。此是白居易名作，以其语浅而意深。

自河南经乱，关内阻饥，兄弟离散，各在一处，因望月有感，聊书所怀，寄上浮梁大兄、于潜七兄、乌江十五兄，兼示符离及下邽弟妹[1]

时难年荒世业空，弟兄羁旅各西东。
田园寥落干戈后，骨肉流离道路中。
吊影分为千里雁，辞根散作九秋蓬[2]。
共看明月应垂泪，一夜乡心五处同。

① 河南经乱，贞元十五年二月宣武节度使董晋死，部下举兵叛乱；三月彰武节度使吴少诚又叛。关内阻饥，贞元十四年冬十五年夏关内相继发生饥荒。浮梁大兄，居易长兄幼文为浮梁主簿。于潜七兄，居易堂兄，于潜县尉。乌江十五兄，居易堂兄，乌江主簿。符离，为徐州属县，居易父白季庚作徐州别驾，寓家于此。下邽，居易家乡。诗当作于贞元十五年（799）秋。

② 蓬，草名，菊科植物，至秋往往被风吹起，随风飘转。

欲与元八卜邻先有是赠[1]

平生心迹最相亲，欲隐墙东不为身[2]。
明月好同三径夜，绿杨宜作两家春[3]。
每因暂出犹思伴，岂得安居不择邻。
何独终身数相见，子孙长作隔墙人。

① 元八，元宗简，字居敬，河南人，历官侍御史、京兆少尹。卜邻，相约结邻。《左传》昭公三年："非宅是卜，惟邻是卜。"

② 欲隐墙东，王莽时王君公遭乱，"侩牛自隐，时人为之论曰：'避世墙东王君公。'"见《后汉书·逸民列传》。

③ 三径，《三辅决录》："蒋诩，字符卿，舍中竹下开三径，唯求仲、羊仲从之游。"绿杨，《南史·陆慧晓传》：陆慧晓"与张融并宅，其间有池，池上有二株杨柳。点叹曰：'此池便是醴泉，此木便是交让。'"

★“明月好同三径夜，绿杨宜作两家春”，为咏结邻秀句，用典而不着痕迹。

钱塘湖春行[1]

孤山寺北贾亭西，水面初平云脚低[2]。
几处早莺争暖树，谁家新燕啄春泥。
乱花渐欲迷人眼，浅草才能没马蹄。
最爱湖东行不足，绿杨阴里白沙堤。

① 钱塘湖，即杭州西湖。长庆二年（822）七月白居易以中书舍人除杭州刺史，十月到任，诗作于三年春。

② 孤山，在西湖中。贾亭，贞元中贾全作杭州刺史，在西湖所建亭。

★友人吴江莼曰：诗写得春气盎然。“几处”若作“处处”，“谁家”如作“家家”，于情更切，春意亦更浓。

问刘十九[1]

绿蚁新醅酒，红泥小火垆[2]。
晚来天欲雪，能饮一杯无[3]!

① 刘十九，刘轲，隐居庐山，白居易为江州司马时友人。诗作于元和十一年（816）。

② 绿蚁，米酒中浮起的米糟。醅酒，未经过滤的酒。

③ 无（mú），疑问助词，同现代词“吗”。

王昭君二首[1]

满面胡沙满鬓风，眉销残黛脸销红。

愁苦辛勤憔悴尽，如今却似画图中[②]。

汉使却回凭寄语：“黄金何日赎蛾眉。
君王若问妾颜色，莫道不如宫里时。”

① 王昭君，秭归人，汉元帝宫人，竟宁元年出嫁匈奴呼韩邪单于。原注：“时年十七。”则作于德宗贞元四年（788）。

② 画图，传汉元帝使画工图画宫人形象，宫人皆赂画工，昭君自恃貌美，不肯贿赂，画工遂丑图之。参见杜甫《咏怀古迹》诗注。

邯郸冬至夜思家[①]

邯郸驿里逢冬至，抱膝灯前影伴身。
想得家中夜深坐，还应说着远行人。

① 邯郸，今河北邯郸。冬至，节气名，在阳历十二月二十二日或二十三日。作于贞元二十年或二十一年（805）。

同李十一醉忆元九[①]

花时同醉破春愁，醉折花枝当酒筹。
忽忆故人天际去，计程今日到梁州[②]。

① 李十一，李建，字杓直。元九，元稹。宪宗元和四年（809）三月七日以监察御史赴东川审案。其后白居易、李建与白行简游曲江，白居易作此诗。据元稹《梁州梦》诗序，元稹果于是日到达梁州汉川驿，并梦与白居易等同游曲江兼入慈恩寺诸院。诗云：“梦君同绕曲江头，也向慈恩院里游。亭吏呼人排去马，忽惊身在古梁州。”

② 梁州，今陕西南郑一带。

醉后却寄元九[①]

蒲池村里匆匆别，沣水桥边兀兀回[②]。
行到城门残酒醒，万重离恨一时来！

①元和十年（815）三月，元稹左迁通州司马，二十九日白居易于鄠东蒲池村送别，别后作此诗。

②沣水，西安市西渭水支流。兀兀，昏沉貌。

燕子楼三首并序

徐州故张尚书有爱妓曰盼盼，善歌舞，雅多风态。予为校书郎时，游徐、泗间。张尚书宴予，酒酣，出盼盼以佐欢，欢甚。予因赠诗云："醉娇胜不得，风嫋牡丹花。"尽欢而去，尔后绝不相闻，迨兹仅一纪矣。昨日司勋员外郎张仲素绘之访予，因吟新诗，有《燕子楼》三首，词甚婉丽，诘其由，为盼盼作也。绘之从事武宁军累年，颇知盼盼始末。云：尚书既殁，归葬东洛，而彭城有张氏私第，第中有小楼名燕子。盼盼念旧爱而不嫁，居是楼十馀年，幽独块然，于今尚在。余爱绘之新咏，感彭城旧游，因同其题，作三绝句[①]。

满床明月满帘霜，被冷灯残拂卧床。
燕子楼中霜月夜，秋来只为一人长[②]。

钿晕罗衫色似烟，几回欲著即潸然[③]。
自从不舞霓裳曲，叠在空箱十一年[④]。

今春有客洛阳回，曾到尚书墓上来[⑤]。

见说白杨堪作柱，争教红粉不成灰[⑥]！

①徐州故张尚书，指唐德宗时徐泗濠节度使张建封之子、徐州刺史张愔。张愔于德宗贞元十四年（798）官于徐州，在徐州七年，甚有政绩，宪宗元和初（806）召为武宁军节度使、检校工部尚书，未逾境即卒。盼盼，张愔歌妓。白居易这组诗是和张仲素《燕子楼》作，张诗一作《关盼盼诗》，知盼盼姓关。迨兹，到而今。仅，近。一纪，古代以十二年为一纪。按，白居易为校书郎在德宗贞元十九年（803）至宪宗元和元年（806），正张愔官于徐州之时。张愔于元和元年（806）去世，张诗说盼盼“红袖香销已十年”，则作诗之时当在元和十年（815）。自贞元十九年（803）白居易和张愔游宴到元和十年（815），与序称“尽欢而去”，“迨兹仅一纪”正合。元和十年春张白二人同在长安，得以相互倡和。是年秋，白居易被贬赴江州司马任，就无缘同张仲素倡和了。彭城，即徐州。块然，孤独之貌。

②一人，指盼盼。

③钿，金花。晕，光泽。钿晕罗衫，印有金花光泽的罗衫。色似烟，形容其轻薄如烟。

④霓裳曲，唐玄宗时的著名舞曲。叠，指将罗衫折叠。

⑤洛阳，序云张愔“归葬东洛”。

⑥见说，听说。白杨，植在墓畔的树。争教，怎教。红粉，代指盼盼。红粉成灰，形容其伤悲若死。

★张仲素《燕子楼》原作亦佳。其一云：“楼上残灯伴晓霜，独眠人起合欢床。相思一夜情多少，地角天涯未是长。”其二云：“北邙松柏锁愁烟，燕子楼中思悄然。自埋剑履歌尘散，红袖香销已十年！”其三云：“适看鸿雁岳阳回，又睹玄禽逼社来。瑶瑟玉箫无意绪，任从蛛网任从灰！”

后宫词

泪湿罗巾梦不成，夜深前殿按歌声。
红颜未老恩先断，斜倚熏笼坐到明。

竹枝词二首[①]

瞿塘峡口水烟低，白帝城头月向西；

唱到竹枝声咽处，寒猿暗鸟一时啼。

竹枝苦怨怨何人？夜静山空歇又闻。
蛮儿巴女齐声唱，愁杀江楼病使君。

① 作于元和十四年（819），时为忠州刺史。

村　夜

霜草苍苍虫切切，村南村北行人绝。
独出门前望野田，月明荞麦花如雪。

元 稹

元稹（779—831），字微之，河南（今河南洛阳）人。举德宗贞元九年（793）明经科，十九年（803）书判拔萃科。早年为监察御史，和白居易同宦官作过一定的斗争，失败以后，被贬为江陵士曹参军，移通州司马。后依附宦官势力，得逐次迁升，穆宗长庆二年和裴度同时拜相。妒疾裴度的军功，与宦官崔弘简阴谋破坏。裴度上书参奏，出为同州刺史，后转越州刺史兼浙东观察使。文宗时官武昌节度使，大和五年死于任上，年五十三。诗集称为《元氏长庆集》。

元稹是新乐府运动倡导者之一。其《乐府古题序》云："自风雅至于乐流，莫非讽兴当时之事，以贻后代之人。沿袭古题，唱和重复，于文或有短长，于义咸为赘剩。尚不如寓意古题，刺美见事，犹有诗人引古以讽之义焉。曹刘沈鲍之徒，时得如此，亦复稀少。近代唯诗人杜甫《悲陈陶》《哀江头》《兵车》《丽人》等，凡所歌行，率皆即事名篇，无复倚傍。予少时与友人白乐天、李公垂辈，谓是为当，遂不复拟赋古题。"这是新乐府运动一个概括性的说明。但元稹自己的创作并未能贯彻这种主张。所作乐府诗，大多立意平庸，无多可取。古体诗注目社会的作品不多，其中《连昌宫词》较为有名。近体风格与白居易相近，同称为"元和体"，浅易流丽，有的流于肤廓，内容偏于琐屑。元稹在当时名声颇大。与白居易并称"元白"，其成就实远不能与白居易比肩。

遣悲怀三首[①]

谢公最小偏怜女，自嫁黔娄百事乖[②]。
顾我无衣搜荩箧，泥他沽酒拔金钗[③]。
野蔬充膳甘长藿，落叶添薪仰古槐。
今日俸钱过十万，与君营奠复营斋。

昔日戏言身后意，今朝都到眼前来。
衣裳已施行看尽，针线犹存未忍开。
尚想旧情怜婢仆，也曾因梦送钱财。
诚知此恨人人有，贫贱夫妻百事哀。

闲坐悲君亦自悲，百年都是几多时。
邓攸无子寻知命，潘岳悼亡犹费词[④]。
同穴窅冥何所望，他生缘会更难期[⑤]。
唯将终夜长开眼，报答平生未展眉。

①此元稹悼亡妻韦氏之作。韦氏名丛，字黄丛，太子少保韦夏卿幼女，年二十嫁元稹，元和四年（809）七月去世，年二十七，时元稹年三十一。

②谢公最小偏怜女，指东晋谢安侄谢道蕴，以才华著称，喻韦氏。自嫁，一作“嫁与”。黔娄，战国时齐国贫士，隐居不仕。《汉书·艺文志》著录《黔娄子》四篇。乖，不顺遂。

③荩箧，竹草编的箱子。荩，一作“画”，似非。泥，软缠。

④邓攸，字伯道，西晋人，官河东太守。永嘉末年在乱离途中，邓攸舍子保侄，后终无子。见《晋书·邓攸传》。元稹韦氏无子，元稹死时有子曰道护，才三岁，系后妻所生。潘岳，西晋诗人，妻杨氏早卒，潘作《悼亡诗》三首。

⑤窅（yǎo）冥，深暗貌。

行　宫[①]

寥落古行宫，宫花寂寞红。
白头宫女在，闲坐说玄宗。

① 行宫，京城以外供帝王住的宫殿。此诗又见王建集。

嘉陵驿[①]

嘉陵驿上空床客，一夜嘉陵江水声。
仍对墙南满山树，野花撩乱月胧明。

① 嘉陵驿，在今四川广元西嘉陵江畔。

闻乐天授江州司马[①]

残灯无焰影幢幢，此夕闻君谪九江[②]。
垂死病中惊坐起，暗风吹雨入寒窗。

① 乐天，即白居易。唐宪宗元和十年（815）白居易贬江州司马，参见《琵琶行》注。

② 幢幢（tóng），晃动摇曳之貌。《元氏长庆集》作“憧憧”（chōng），义同。

★只写闻讯惊起之状，并写出当时光景，除此更不置一词。对友人遭遇不幸时惊诧担心，关切的心情便跃然纸上，于此可见语言的力量。

刘采春

刘采春，歌女，《历朝名媛诗词》谓“元微之廉问浙东，见刘采春所作《啰唝曲》，赠诗叹赏”，知采春与元微之同时或略后。

啰唝曲二首

不喜秦淮水，生憎江上船。
载儿夫婿去，经岁又经年①。

莫作商人妇，金钗当卜钱②。
朝朝江口望，错认几人船。

① 经岁又经年，犹言一年又一年。
② 金钗当卜钱，本用金钱卜卦，没有钱时即用头上金钗代替。

★于鹄《江南曲》，《词谱》与《历代名媛诗词》亦以为刘采春作，参见该篇注。

马　戴

马戴（775—？），字虞臣，曲阳（今江苏东海境）人。唐武宗会昌四年甲子（844）进士。宣宗大中初，在太原幕府任掌书记，以直言贬龙阳尉。懿宗咸通末，佐大同军幕，终太学博士。

楚江怀古

露气寒光集，微阳下楚丘。
猿啼洞庭树，人在木兰舟。
广泽生明月，苍山夹乱流[①]。
云中君不见，竟夕自悲秋[②]。

① 苍山，一作"苍葭"。

② 云中君，《楚辞·九歌》有云中君。悲秋，宋玉《九辩》："悲哉秋之为气也，萧瑟兮草木摇落而变衰。憭慄兮若在远行，登山临水兮送将归。"

灞上秋居[①]

灞原风雨定，晚见雁行频。
落叶他乡树，寒灯独夜人。
空园白露滴，孤壁野僧邻。
寄卧郊扉久，何门致此身[②]？

① 灞上，灞水之上。灞水为渭河支流，源出蓝田县秦岭北麓，流经西安东，

河上灞桥为唐代东出京师送别之所。

② 何门，选本多作“何年”。

落日怅望

孤云与归鸟，千里片时间。
念我何留滞，辞家久未还。
微阳下乔木，远烧隐秋山[1]。
临水不敢照，恐惊平昔颜。

① 微阳，指落日。远烧，野火，用以比喻落日馀霞。

★“微阳下乔木，远烧隐秋山”。马戴名句。远烧，《全唐诗》作“远色”，《唐诗品汇》注：一作“远烧”。烧（shào），火也。此名动同词例。诗中指山上野火，实际上是用以比喻晚霞，极为真切俊美。妄人不解，改作“远色”，诗味索然。

姚　合

姚合（775—855？），陕州陕石（今河南陕县境）人，开元名相姚崇曾孙。唐宪宗元和十一年丙申（816）进士，授武功主簿，调富平、万年尉。敬宗宝历中除监察御史、户部员外郎，出为荆、杭二州刺史。后召入拜刑部郎中、给事中等职，终秘书监。姚合与贾岛齐名，并称“姚贾”。和贾岛艰涩冷峭的诗风相反，姚合的诗却甚平易，甚至可以说清新流畅。但内容基本上都是官场关系的应酬与闲适生活的咏歌，境界不高。他曾选王维、祖咏等十八家诗为《极玄集》，序称王维等为“诗家射雕手”。这也可以窥见其意趣所在。但他自己是没有射到雕的，充其量射到几个麻雀。姚合在中唐诗坛谈不上有多高的地位，但极受南宋江湖派、四灵派的尊崇。四灵中的赵师秀所选的《二妙集》，所谓“二妙”就是姚合和贾岛。姚合诗必有不少失传，《画苑》记其“天遥来雁小，江阔去帆孤”断句，郭熙曾取诗意作画。诗句极佳，惜佚其全篇。有《姚少监诗集》。

山中述怀

为客久未归，寒山独掩扉。
晓来山鸟闹，雨过杏花稀①。
天远云空积，溪深水自微。
此情对春色，尽醉欲忘机。

① 闹，原作“散”，此从欧阳修《六一诗话》引句。“闹”字远较“散”字

为佳。

★“晓来山鸟闹，雨过杏花稀”，为诗中名句，全诗不称。欧阳修《六一诗话》：“唐之晚年，无复李杜豪放之格，然亦务以精意相高。如周朴者，构思尤艰，每有所得，必极其雕琢。故时人称朴诗月锻季炼，未及成篇已播人口，其名重当时如此，而今不复传矣。余少时犹见其集，其句有云：‘风暖鸟声碎，日高花影重。’又云：‘晓来山鸟闹，雨过杏花稀。’诚佳句也。”据此，则此又作周朴诗。

霁后登楼

高楼初霁后，远望思无穷。
雨洗青山净，春蒸大野融。
碧池舒暖景，弱柳亸和风[①]。
为有登临兴，独吟落照中。

① 亸（duǒ），下垂，此指杨柳在和风中摆动。

送薛二十三郎中赴婺州[①]

我住浙江西，君去浙江东。
日日心来往，不畏浙江风。

① 婺州，今浙江金华。

贾 岛

贾岛（779—843），字阆仙，范阳（今北京附近）人。曾为僧，号无本。后以诗谒韩愈，很得韩愈赏识，劝其还俗。仕途又不得意，生活亦甚贫困。《新唐书》说他“累举不中第，文宗时坐飞谤贬长江主簿”（长江，今四川蓬溪），其时已五十九岁。六十二岁时改为普州（今四川安岳）司仓参军，三年后卒于普州官舍。有《长江集》。

贾岛是有名的苦吟诗人，与孟郊并称“郊岛”，成就远不如孟郊。贾岛擅长五言诗。他的五言律常在中联炼字琢句，结末却草草收场。贾岛喜爱描写清苦幽僻的境界，形象往往显得枯干，因此得到“清”或“瘦”的评价。他流传的名句如“鸟宿池边树，僧敲月下门”（《题李凝幽居》）、“独行潭底影，数息树边身”（《送无可上人》），也没有多少诗意。他在“独行”二句后自题一首五绝：“二句三年得，一吟双泪流。知音如不赏，归卧故山秋。”我们不是他的“知音”，并不怎么赏识。但贾岛是有知音的，生前曾得到韩愈的大力赞许，晚唐时代更得到李洞、曹松等人的崇拜，受到像教主一样的礼敬，南宋“四灵派”诗人对他也备极推崇，被称为“二妙”中的一妙。但他的诗毕竟太“瘦”，瘦得站不起来，南宋以后就没有多少“知音”了。

忆江上吴处士

闽国扬帆去，蟾蜍亏复圆[1]。
秋风吹渭水，落叶满长安。

此地聚会夕，当时雷雨寒。
兰桡殊未返，消息海云端[2]。

①闽国，今福建地。蟾蜍，《后汉书·天文志》:“羿请不死之药于西王母，姮娥窃之以奔月，是为蟾蜍。”此代指月。亏复园，即已过一月。

②兰桡，桨之美称，此代指船。

剑　客

十年磨一剑，霜刃未曾试。
今日把示君，谁有不平事[1]？

①示，一作“似”，义同。

寻隐者不遇[1]

松下问童子，言师采药去。
只在此山中，云深不知处。

①一作孙革诗，题为《访羊尊师》。孙革，宪宗时监察御史。《全唐诗》录孙诗仅此一首。

杜 秋

杜秋（784—833 以后），杜牧《杜秋娘诗》序：“杜秋，金陵女也。年十五，为李锜妾，后锜叛灭，籍之入宫，有宠于景陵（宪宗）。穆宗即位，命秋为皇子傅姆。皇子壮，封漳王。郑注用事，诬丞相欲去已者，指王为根。王被罪废削。秋因赐归故乡。予过金陵，感其穷且老，为之赋诗。”德宗贞元十五年（799）二月李锜为润州刺史。如果杜秋此年即为李锜妾，时“年十五”，则杜秋生于德宗兴元元年（784）。宪宗元和二年（807），李锜反，失败被杀，杜秋被籍入宫，时年二十三，有宠于宪宗。穆宗长庆元年（821）即位，命杜秋为皇子李凑傅姆，李凑封漳王。文宗大和五年（831）被冤废削，杜秋被放归故乡。大和七年（833）杜牧“过金陵”见到杜秋。时杜秋已年近五十，既穷且老。

金缕衣①

劝君莫惜金缕衣，劝君须惜少年时②。
花开堪折直须折，莫待无花空折枝。

① 诗见于杜牧《杜秋娘诗》“与唱金缕衣”原注，并谓“李锜长唱此辞”。辞作者实不甚明，唱金缕衣，并不等于作金镂衣，后世选本多以为杜秋所作，姑从之。

② 金缕衣，饰以金缕的舞衣。须惜，《金唐诗》卷七百八十五作“惜取”。

李德裕

李德裕（785—849），字文饶，赵郡人，宰相李吉甫之子，以荫补校书郎，拜监察御史。他是中唐牛李党争中李党的代表人物，在官场几经起伏，历仕穆、敬、文、武四朝，两任宰相，威名重于当时。宣宗即位，罢为荆南节度使。为白敏中、令狐綯构陷，贬崖州司户参军，死于贬所，年六十五。

忆平泉杂咏二首[①]

忆晚眺

伊川新雨霁，原上见春山[②]。
缑岭暗虹断，龙门宿鸟还[③]。
牛羊平野外，桑柘夕烟间。
不及乡园叟，悠悠尽日闲。

忆春耕

郊外杏花拆，林间布谷鸣。
原田春雨后，溪水夕流平。
野老荷蓑至，和风吹草轻。
无因共沮溺，相与事岩耕[④]。

①平泉，庄名，在洛阳，为李德裕别墅。《旧唐书·李德裕传》："东都于

伊阙南置平泉别墅，清流翠篠，树石幽奇。初未仕时，讲学其中。及从官藩服，出将入相，三十年不复重游，而题寄歌诗，皆铭之于石。”李德裕集中怀念平泉诗作近五十首。

② 伊川，水名，为洛水支流。

③ 缑（gōu）岭，山名，在河南偃师南。龙门，又名伊阙，在洛阳南，龙门山和香山隔伊水夹峙如门，故名。

④ 沮溺，即长沮、桀溺，春秋时楚国隐士。《论语·微子》：“长沮、桀溺耦而耕，孔子过之，使子路问津焉。”

登崖州城作 ①

独上高楼望帝京，鸟飞犹是半年程。
青山似欲留人住，百匝千遭绕郡城。

① 崖州，在今海南岛琼山县。唐宣宗大中二年（848）贬崖州司户，明年冬即病卒于此。

李 涉

李涉，洛阳人，自号清溪子。早年避乱隐居庐山，养一白鹿，甚为驯狎，因名所居为白鹿洞。白鹿洞因而成为庐山名胜。后应陈许辟为行军从事。宪宗时为太子通事舍人，未几即以罪贬夷陵。李涉长年迁逐，又罹重病，生活并不比孟郊好多少，但他的诗却朴素明朗，毫无凄凉酸楚之态。他长于绝句，每以兴寄中杂以诙谐。只是提炼不够，写得不够精警。

送魏简能东游

献赋论兵命未通，却乘羸马出关东。
灞陵原上重回首，十载长安似梦中。

再宿武关[1]

远别秦城万里游，乱山高下出商州[2]。
关门不锁寒溪水，一夜潺湲送客愁。

① 武关，在今陕西丹凤县东，秦末刘邦于此进入关中。
② 商州，今陕西商县。

李 贺

李贺（790—816），字长吉，河南福昌（今河南宜阳）人。唐皇室远宗。年幼时即以奇才出名，为韩愈、皇甫湜所欣赏。以其父名“晋肃”，避讳不得举进士，韩愈为作《讳辩》以解之，然终未应试，曾做奉礼郎小官，生活穷困，卒时年仅二十七岁。有《李长吉歌诗》。

李贺也算韩派诗人。其诗想象丰富，构思奇特，词藻瑰丽，喜爱追求奇峭怪诞凄厉幽深的境界，被人称为“鬼才”。集中也有少数朴素明丽之作。

咏 怀[①]

长卿怀茂陵，绿草垂石井[②]。
弹琴看文君，春风吹鬓影。
梁王与武帝，弃之如断梗[③]。
惟留一简书，金泥泰山顶[④]。

① 咏怀，诗咏司马相如事以抒其感慨。司马相如，字长卿，成都人。事汉景帝为武骑常侍。梁孝王来朝，从游说之士邹阳、枚乘、庄忌之徒，相如见而悦之，因病免遂游梁，为梁孝王之客。孝王卒，相如归成都。素与临邛令王吉善，乃如临邛。临邛富人卓王孙宴相如，酒酣，请相如鼓琴。时王孙有女卓文君新寡，相如乃以琴挑文君，文君夜奔相如。汉武帝好辞赋，读相如《子虚赋》而善之，恨不得与相如同时。时蜀人杨得意为狗监，因言相如乃其乡人。武帝乃召相如，相如为作《上林赋》，赋奏，武帝以为郎。相如口吃而善著书，其进仕宦，未尝肯预公卿国家之事，常称病闲居，不慕官爵。既病免，家居茂陵。

天子曰："司马相如病甚，可往从悉取其书，若不然，后失之矣！"使者往，而相如已死，留一卷书，言封禅之事。相如既卒五岁，天子始祭后土。八年，乃东封泰山。见《史记·司马相如列传》。

② 怀，爱。

③ 梁王，指梁孝王刘武，汉景帝同母弟，筑梁园养客，以好辞赋著称。

④ 一简书，指司马相如言封禅之书。金泥，以水和金泥，用以封玉牒。《汉书》：武帝元封元年，"登封泰山"，孟康曰："王者功成治定，告成功于天。刻石纪号，有金策石函、金泥玉检之封。"

雁门太守行[①]

黑云压城城欲摧，甲光向日金鳞开。
角声满天秋色里，塞上燕脂凝夜紫[②]。
半卷红旗临易水，霜重鼓声寒不起[③]。
报君黄金台上意，提携玉龙为君死[④]。

① 雁门太守行，《乐府诗集》属相和歌辞瑟调曲，今存歌辞系歌颂洛阳令王涣，不涉及雁门太守，梁简文帝所作言边城征战之思。雁门，在今山西北部。

② 角，军用号角。燕脂凝夜紫，王琦注："当作暮色解，犹王勃所谓'烟光凝而暮山紫'。"（王注引语见《滕王阁序》）

③ 易水，源出河北易县，东流与滹沱河合。鼓声寒不起，一作"鼓寒声不起"。谓天寒霜重，鼓角低抑。

④ 黄金台，据传为燕昭王所筑，置千金于台上以延天下之士。参见陈子昂《燕昭王》诗注。玉龙，指剑。

★李贺集王琦注曰："此篇盖咏中夜出兵，乘间捣敌之事。'黑云压城城欲摧'，甚言寒云浓密，至云开处逗露月光与甲光相射，有似金鳞。此言初出兵之时，语气甚雄壮。角声满天，写军中之所闻；塞上燕脂，写军中之所见。半卷红旗，见轻兵夜进之捷；霜重鼓寒，写冒寒将战之景。末复设为誓死之词，以答君上恩礼之隆，所以明封疆臣子之志也。"王琦所析，颇能发此诗之旨。宋以后对此诗误解贬斥之说甚多，得王琦而一一廓清。全诗写出师的一个场面，馀并留给了读者。

梦　天

老兔寒蟾泣天色，云楼半开壁斜白[①]。
玉轮轧露湿团光，鸾佩相逢桂香陌[②]。
黄尘清水三山下，更变千年如走马[③]。
遥望齐州九点烟，一泓海水杯中泻[④]。

①老兔寒蟾，传说谓月中有玉兔捣药，旁有蟾蜍。《艺文类聚》卷一引《五经通义》：“月中有兔与蟾蜍。”

②玉轮，指月。轧，碾也。鸾佩，美人的佩饰，代指美人，月中当指嫦娥。桂，传月中有桂树。李长吉梦天，其立足之处乃在月上。

③黄尘，指陆地。清水，指水域。三山，指海上三神山蓬莱方丈瀛洲。更变千年，谓黄尘与清水，千年之间，交相变换。《神仙传》：麻姑曰：“接侍以来，见东海三为桑田。向到蓬莱，水又浅于往者会时略半也，岂将复还为陵陆乎。”

④齐州，《尔雅·释地》“齐州以南”，邢昺疏：“齐，中也。”则齐州犹言中州，指中国。《列子·汤问篇》：“汤又问曰：‘四海之外奚有？’革曰：‘犹齐州也。’”九州之大，沧海之阔，天下视之犹烟尘九点，杯中水泻。王琦注曰：“梦中之游真豪矣！”

秋　来[①]

桐风惊心壮士苦，衰灯络纬啼寒素[②]。
谁看青简一编书，不遣花虫粉空蠹[③]？
思牵今夜肠应直，雨冷香魂吊书客[④]。
秋坟鬼唱鲍家诗，恨血千年土中碧[⑤]。

①秋来，诗写萧索秋天的思绪。

②“桐风”句，王琦注：“秋风至则桐叶落，壮士闻而心惊，悲年岁之不我与也。”络纬，虫名，即蟋蟀。寒素，同寒索，寒冷而萧索。

③青简，即竹简，古代书写于竹简之上。竹简岁久即为虫蛀。句意谓呕血

著书亦无意思，徒供蠹虫蛀蚀耳。

④“思牵”二句，谓今夜思之，曲肠亦为之直。然秋风冷雨之中，乃有香魂来吊著书之客。

⑤鲍家诗，不知是否鲍照诗。王琦云：“若秋坟之鬼，有唱鲍家诗者，我知其恨血入土，必不泯灭，历千年之久，而化为碧玉者矣。鬼唱鲍家诗，或古有其事，唐宋以后失传。”恨血千年土中碧，极言人生愤恨之深。《庄子·外物》：“苌弘死于蜀，藏其血，三年而化为碧。”

李凭箜篌引①

吴丝蜀桐张高秋，空山凝云颓不流②。
湘娥啼竹素女愁，李凭中国弹箜篌③。
昆山玉碎凤皇叫，芙蓉泣露香兰笑④。
十二门前融冷光，二十三弦动紫皇⑤。
女娲炼石补天处，石破天惊逗秋雨⑥。
梦入神山教神妪，老鱼跳波瘦蛟舞⑦。
吴质不眠倚桂树，露脚斜飞湿寒兔⑧。

①李凭，杨巨源《听李凭弹箜篌》诗云：“听奏繁弦玉殿清，风传曲度禁林明。君王听乐黎园暖，翻到云门第几声。”知李凭为梨园弹箜篌者。箜篌，弦乐器名。二十三弦，竖抱于怀中，两手弹奏。

②吴丝蜀桐，代指箜篌，以吴地之丝为弦，蜀中桐木为器。颓，落也，此指凝注。句谓箜篌之声使云亦凝而不流。

③湘娥啼竹，《博物志》：“舜之二妃曰湘夫人，舜崩，二妃啼，以涕挥竹，竹尽斑。”素女，仙女名。《汉书·郊祀志》：“泰帝使素女鼓五十弦瑟，悲，帝禁不止，故破其瑟为二十五弦。”中国，国中，亦即城中。

④“昆山玉碎”二句，言其声如碎玉之清脆，如凤凰之和鸣，使芙蓉为之泣，幽兰为之笑。

⑤十二门，长安城四面十二门。融冷光，谓乐声使冷光亦为之融化。紫皇，《太平御览》引《秘要经》：“太清九宫，其最高者，称太皇，紫皇、玉皇。”

⑥女娲，女神名。《淮南子·览冥》：“女娲炼五色石以补苍天。”逗，通“投”，下也。谓箜篌之声，石为之破，天为之惊，秋雨淅淅而下。

⑦ 神妪，《搜神记》："永嘉中，有神见兖州，自称樊道基，有妪号成夫人。夫人好音乐，能弹箜篌，闻人弦歌，辄便起舞。"此言李凭艺高，梦教神妪。"老鱼"句，谓乐声之美，使老鱼为之跳，瘦蛟为之舞。

⑧ 吴质，疑当作"吴刚"，月中伐桂仙人。段成式《酉阳杂俎·天咫》："月桂高五百丈，下有一人常斫之，树创随合，人姓吴名刚，西河人，学仙有过，谪令伐树。"吴刚在月中听箜篌，致倚桂树而不眠。（三国吴质，史传无记其与音乐相涉者。桂树寒兔，并月中物，此吴质为吴刚无疑。或吴刚又称吴质，史传失载。）

浩　歌[1]

南风吹山作平地，帝遣天吴移海水[2]。
王母桃花千遍红，彭祖巫咸几回死[3]。
青毛骢马参差钱，娇春杨柳含缃烟[4]。
筝人劝我金屈卮，神血未凝身问谁[5]？
不须浪饮丁都护，世上英雄本无主[6]。
买丝绣作平原君，有酒惟浇赵州土[7]。
漏催水咽玉蟾蜍，卫娘发薄不胜梳[8]。
羞见秋眉换新绿，二十男儿那刺促[9]！

① 浩歌，犹言长歌。此写天地久长，人生迅速而抒其怀才不遇的愤慨。《楚辞·九歌·少司命》："临风怳兮浩歌。"

② 天吴，水怪之名。

③ "王母"句，《汉武内传》："王母仙桃三千年一开花，三千年一结实。"彭祖，《列仙传》："彭祖者，殷大夫也，姓籛名铿，帝颛顼之孙，陆终氏之中子，历夏至殷末八百馀岁。"巫咸，《楚辞·离骚》王逸注："巫咸，古神巫也。"——"南风"四句，言宇宙之间山川变换，不知经历几千万岁，实感慨人生短促。

④ 骢马，马之青白色者。参差钱，指马毛的花纹。缃，嫩黄色。

⑤ 金屈卮，酒器。神血未凝，精神血肉未能凝聚长生于世，不知此身属谁。

⑥ 丁都护，乐府曲名。二句谓即或在《丁都护》侑酒声中亦不须浪饮，因

世上英雄本来无主。

⑦平原君，战国赵国公子赵胜。赵州土，指平原君坟墓。平原君以知人养士闻名，买丝绣作平原君，有酒惟浇赵州土，实感叹世无知己。

⑧漏，古代计时器。以铜壶贮水，作龙头吐出，下作蟾蜍张口承水。漏水多少以计时刻。漏催水咽玉蟾蜍，亦言光阴迅速。卫娘，必系美人之名，出处不详。髪薄不胜梳，指其年老。

⑨秋眉，指远山。换新绿，谓秋去春来。那，同“奈”。促，拘束，窘迫。那刺促，奈何如此窘迫。

金铜仙人辞汉歌[①] 并序

魏明帝青龙元年八月，诏宫官辖车西取汉孝武捧露盘仙人[②]，欲立置前殿。宫官既拆盘，仙人临载，乃潸然泪下。唐诸王孙李长吉遂作金铜仙人辞汉歌。

茂陵刘郎秋风客，夜闻马嘶晓无迹[③]。
画栏桂树悬秋香，三十六宫土花碧[④]。
魏官辖车指千里，东关酸风射眸子[⑤]。
空将汉月出宫门，忆君清泪如铅水。
衰兰送客咸阳道，天若有情天亦老[⑥]。
携盘独出月荒凉，渭城已远波声小[⑦]！

①金铜仙人，《三辅黄图》：“神明台，武帝造，上有承露盘，有铜仙人舒掌捧铜盘玉杯以承云表之露，以露和玉屑服之，以求仙道。”

②青龙元年，《三国志·魏书·明帝纪》裴松之注引《魏书》：明帝诏改“青龙五年三月为景初元年四月。”又引《魏略》：“是岁，徙长安诸钟簴、骆驼、铜人、承露盘。”则“青龙元年”应作“景初元年”。辖车，驾车。辖为车轴上固定车轮的零件，轮套上车轴，插上辖，车即可用。字原作舝，为“辖”之异体。《说文·舛部》：“舝，车轴耑键也。”又，《说文·殳部》段玉裁注：“辖，亦舝字，车轴耑键也。”后人误认作“牽”（今简作“牵”）。此误由来久矣，故不少李贺集多将“舝车”误作“牵车”。

③ 茂陵刘郎，指汉武帝。武帝葬于茂陵。秋风客，秋风中之过客，言其亦不长久。汉武帝曾作《秋风辞》，故连想及之。

④ 桂树悬秋香，谓桂树花开。三十六宫，张衡《西京赋》：“离宫别馆三十六所。”土花，苔藓。二句谓汉室已亡，山河易主，桂树徒芳，而宫室荒芜。

⑤ 东关，铜人自咸阳东走出关。眸子，眼中瞳仁。

⑥ 衰兰，咸阳道旁的衰草。客，指铜人。

⑦ 渭城，亦指咸阳，在渭水之北。

致酒行

零落栖迟一杯酒，主人奉觞客长寿。
主父西游困不归，家人折断门前柳①。
吾闻马周昔作新丰客，天荒地老无人识②。
空将笺上两行书，直犯龙颜请恩泽③。
我有迷魂招不得，雄鸡一声天下白。
少年心事当拏云，谁念幽寒坐呜呃！

① 主父，主父偃，汉临淄人。家贫，北游燕赵中山皆无所遇。汉武帝元光元年，西入关见卫将军，卫将军数言于汉武帝，武帝不召。资用乏，留久，诸侯宾客多厌之。见《史记·主父列传》。折断门前柳，攀树以望其归，致树为之断折。

② 马周，唐茌平人。西游长安，宿于新丰，逆旅主人唯供诸商贩而不顾待马周，周遂命酒一斗八升，悠然独酌。见《旧唐书·马周传》。

③ “空将”二句：主父偃后上书汉武帝，“朝奏，暮召入见。所言九事，其八事为律令”。拜为郎中，一岁四迁。马周至长安，舍于中郎将常何家。贞观五年，太宗令百僚上书言得失，马周为常何陈二十馀事，太宗怪其能，常何曰：“此非臣所能，家客马周具草也。”太宗即日召之，令直门下省，明年即授监察御史。此皆以“笺上两行书”请恩泽也。

马诗三首

此马非凡马，房星本是星①。

向前敲瘦骨，犹自带铜声。

大漠沙如雪，燕山月似钩。
何当金络脑，快走踏清秋。

催榜渡乌江，神骓泣向风：
“君王今解剑，何处逐英雄[2]？”

① 房星，星名，《瑞应图》：“马为房星之精。”吴正子《李长吉歌诗笺注》谓“本是星”当作“本是精”。按，字未必错，疑“本是星”当作“是本星”。

② 榜，桨。此咏项羽马。项羽有马名骓。汉五年，项羽被汉王刘邦困于垓下，自作歌曰：“力拔山兮气盖世，时不利兮骓不逝！骓不逝兮可奈何，虞兮虞兮奈若何！”夜突围南走。至乌江，乌江亭长舣船待，劝项羽渡江，项羽不肯，谓亭长曰：“吾知公长者，吾骑此马五岁，所当无敌，常一日行千里，不忍杀之，以赐公！”乃解剑自刎而死。见《史记·项羽本纪》。末二句代马立言，最为奇崛；骓，真是项王知己！“君王”一作“吾王”，“吾”为马自称，代马之意更明。

南园三首

花枝草蔓眼中开，小白长红越女腮。
可怜日暮嫣香落，嫁与东风不用媒。

男儿何不带吴钩，收取关山五十州[1]？
请君暂上凌烟阁，若个书生万户侯[2]？

寻章摘句老雕虫，晓月当帘挂玉弓[3]。
不见年年辽海上，文章何处哭秋风[4]。

① 吴钩，兵器名。关山五十州，《资治通鉴》宪宗元和七年：李绛曰：“今

法令所不能制者，河南北五十馀州。”安史之乱以后，河南河北藩镇割据，常据地反叛。

②凌烟阁，贞观十七年唐太宗图画开国功臣长孙无忌等二十四人于凌烟阁，太宗亲自为赞。暂，犹言立即。若个，哪一个。

③寻章摘句，指从事写作或注解经书。雕虫，杨雄《法言》：或问“吾子少而好赋？”曰：“然，童子雕虫篆刻。”俄而，曰：“技，壮夫不为也。”玉弓，指弦月。

④辽海，指辽河一带。二句意谓边境用兵之地，文章无所用之。

昌谷北园新笋①

斫取青光写楚辞，腻香春粉黑离离②。
无情有恨何人见，露压烟啼千万枝！

①昌谷，即福昌，李贺家居于此。

②青光，指新竹。楚辞，借指自作歌诗。黑离离，言写字甚多。

庄南杰

庄南杰，工乐府杂歌，曾从贾岛受学，诗的风格却酷似李贺。李贺幽涩奇诡的诗风，也曾形成一个小小的流派，刘言史、庄南杰、张碧是其中的代表。开创者的道路本来就不宽，后继也就不会有多大前途，他们的作品值得一读的不多。

晓　歌

鹍鸡哭树星河转，海上金乌翅如电①。
嫦娥敛鬓绾云头，玉女舒霞织天面②。
九土厨烟满城邑，商洛陇头车马急③。
魏宫钟动绣窗明，梦娥惊对残灯立④。

①鹍鸡，鸟名。《楚辞·九辩》："鹍鸡啁哳而悲鸣。"又作"鶤鸡"，《尔雅·释畜》："鸡高三尺为鶤。"金乌，代指太阳。二句谓鸡鸣高树，星河宛转，宇内天明，海上日出。

②嫦娥，代指月亮。敛鬓绾头，谓其退去。玉女，天上神女。舒霞织天，谓晓霞布满天面。

③九土，九州大地。商洛，《史记·殷本纪》："（契）封于商"。索隐引《括地志》："商州东八十里商洛县，本商邑，古之商国。"今陕西商洛。陇头，陇山，在今陕西陇县境。

④魏宫，高大巍峨的宫殿。梦娥，梦醒的宫人。

春草歌

漠漠绵绵几多思，无言领得春风意①。
花裁小锦绣晴空，叶抽碧簟铺平地②。
含芳吊影争芬敷，绕云恨起山蘼芜③。
离人不忍到此处，泪娥滴尽双真珠④。

① 漠漠，密布貌。绵绵，小而绵延之貌。思，情思；又与草细如丝的“丝”双关。

② “花裁”二句，谓草开花则如小锦绣丽晴空，抽叶则如绿簟铺满平地。

③ 含芳，指草含香气。芬敷，犹言芳香满地。绕云，指山上草如云绕。蘼芜，草名。乐府有“上山采蘼芜”篇。

④ 泪娥，含泪的女子。真珠，代指泪珠。

张 碧

张碧，字太碧，贞元间人。他慕李白之风，故名字也有点李白的形式。孟郊《读张碧集》诗云：“天宝太白没，六义已消歇。大哉国风本，丧而王泽竭。先生今复生，斯文信难缺。下笔证兴亡，陈辞备风骨。高秋数奏琴，澄潭一轮月。”以张碧比李白，未免扪虱作虎，其诗风亦不类太白，而与孟郊、李贺相近。

野田行

风昏昼色飞斜雨，冤骨千堆髑髅语①：
“八纮牢落人物稀，尽是田园荒废主②。
悲嗟自古争天下，几度乾坤复如此。
秦皇矻矻筑长城，汉祖区区白蛇死③。
野田之骨兮又成尘，楼阁风烟兮还复新。
愿得华山之下长归马，野田无复堆冤者④。”

① 髑髅，枯骨。

② 八纮，犹言八极，指整个大地。《淮南子·地形》：“九州之外，乃有八殡。”“八殡之外，而有八纮。”牢落，寥落荒凉。

③ 秦皇，秦始皇。矻矻（wù），勤苦貌。汉祖，汉高祖。区区，小貌。白蛇死，汉高祖斩白蛇起事。

④ 华山之下长归马，周武王克殷纣，平定天下，“纵马于华山之阳，牧牛于桃林之虚，偃息干戈，振兵释旅，示天下不复用也”。见《史记·周本纪》。华山放马，意即天下太平，不再有战争。

许 浑

许浑（791—854？），字用晦，润州丹阳（今江苏丹阳）人。唐文宗大和六年壬子（832）进士，为当涂、太平二县令，以病免官，后起为润州司马。宣宗大中三年为监察御史，历虞部员外郎，睦、郢二州刺史。润州有丁卯桥，浑退居于此，因名所著为《丁卯集》。

许用晦是中唐近体名家，存诗五百四十一首，全是近体，六分之五是律诗，计五律二百三十三首，七律二百二十二首。诗风清丽，有不少名作。

早 秋

遥夜泛清瑟，西风生翠萝①。
残萤委玉露，早雁拂银河②。
高树晓还密，远山晴更多。
淮南一叶下，自觉老烟波③。

①清瑟，清泛的瑟声，实即指西风生翠萝。

②银河，一作“金河”。

③淮南一叶下，《淮南子·说山》：“见一叶落而知岁之将暮。”句中“淮南”双关，既用《淮南子》典，又实指淮南其地。

秋日赴阙题潼关驿楼

红叶晚萧萧，长亭酒一瓢。

残云归太华，疏雨过中条[①]。
树色随关迥，河声入海遥。
帝乡明日到，犹自梦渔樵。

① 太华，西岳华山，在陕西华阴县南。中条，山名，在山西西南部。

★《全唐诗》补遗许浑有《夜行次东关逢魏扶东归》诗云：“南北断蓬漂，长亭酒一瓢。残云归太华，疏雨过中条。树色随关迥，河声入海遥。劳歌此分手，风急马萧萧。”必是先有题驿楼诗，后遇魏扶，敷衍改作以为应酬，斧凿之迹显然。

金陵怀古

玉树歌残王气终，景阳兵合画楼空[①]。
松楸远近千官冢，禾黍高低六代宫[②]。
石燕拂云晴亦雨，江豚吹浪夜还风[③]。
英雄一去豪华尽，惟有青山似洛中[④]。

① 玉树，陈后主荒于国政，只图淫乐，曾作《玉树后庭花》艳曲。景阳，陈宫名。隋文帝开皇九年（589），隋军攻下建康，围景阳宫，陈后主偕张丽华、孔贵嫔逃匿景阳宫井中，终被俘虏。陈亡，六朝到此结束。画楼，一作“戍楼”，非是。

② 松楸，指坟墓旁的树木。一作“楸梧”。禾黍，据传殷亡之后，“箕子朝周，过故殷墟，感宫室毁坏生禾黍，箕子伤之”。乃作《麦秀之诗》。见《史记·宋微子世家》。又，《诗·王风·黍离序》：“周大夫行役至于宗周，过故宗庙宫室，尽为禾黍。闵周室之颠覆，彷徨不忍去，而作此诗也。”六代，即六朝。

③ 石燕，《初学记》卷二引《湘州记》：“零陵山有石燕，遇风雨即飞，止还为石。”此即指燕。江豚，一名江猪，长江中多有。

④ 青山似洛中，建业群山环绕，古代人们认为风光有似洛阳。实际原因是西晋都于洛阳，西晋灭亡以后，士大夫流落江南，见到建业群山，总未免引起

故国之思，乃有山似洛阳的感觉。故周颉慨叹“风景不殊，举目有山河之异”。李白《金陵》诗：“山似洛阳多。”

咸阳城西楼晚眺[①]

一上高城万里愁，蒹葭杨柳似汀洲。
溪云初起日沉阁，山雨欲来风满楼[②]。
鸟下绿芜秦苑夕，蝉鸣黄叶汉宫秋。
行人莫问当年事，故国东来渭水流[③]。

①咸阳，今陕西咸阳，秦都于此。诗题一作《咸阳城东楼》。

②“溪云”句原注：“南近磻溪，西对慈福寺阁。”

③当年，一作“前朝”。故国东来渭水流，一作“渭水寒声昼夜流”。

卧　病[①]

寒窗灯尽月斜晖，佩马朝天独掩扉[②]。
清露已凋秦塞柳，白云空长越山薇。
病中送客难为别，梦里还家不当归。
惟有寄书书未得，卧闻燕雁向南飞[③]。

①原注：“时在京都。”

②佩，玉佩。句意谓黎明之前朝臣佩玉骑马前往早朝，自己因卧病故“独掩扉”。

③燕雁，燕（yān）地之雁，犹言北雁。

塞　下

夜战桑干北，秦兵半不归[①]。
朝来有乡信，犹自寄征衣！

① 桑干，河名，即永定河上游，在河北西北部。

谢亭送别[①]

劳歌一曲解行舟，红树青山水急流。
日暮酒醒人已远，满天风雨下西楼。

① 谢亭，即宣州城北谢公亭，为谢朓送别范云处。

楚宫怨

十二山晴花尽开，楚宫双阙对阳台[①]。
细腰起舞君王醉，白日秦兵天上来[②]。

① 十二山，指巫山十二峰。阳台，宋玉《高唐赋》，写楚王游高唐，梦见一妇人，自言巫山之女，王因幸之。去而辞曰："妾在巫山之阳，高丘之阻，旦为朝云，暮为行雨。朝朝暮暮，阳台之下。"

② 细腰，《韩非子·二柄》谓"楚灵王爱细腰"。诗中代指美人。

★"细腰"二句，与李商隐"小怜玉体横陈夜，已报周师入晋阳"同一手法。诗一作李涉《竹枝词》，末二句作"细腰争舞君沉醉，白日秦兵天下来"。

客有卜居不遂薄游汧陇因题[①]

海燕西飞白日斜，天门遥望五侯家[②]。
楼台深锁无人到，落尽东风第一花。

① 汧陇，汧山陇山，在今陕西陇县境。

② 天门，代指京师长安。五侯，喻权贵。参见韩翃《寒食》诗注。

三十六湾[①]

缥渺临风思美人，荻花枫叶带离声。
夜深吹笛移船去，三十六湾秋月明。

① 三十六湾，在湖南湘阴洞庭湖畔。岸有湘妃庙，集中《过湘妃庙》诗必为同时之作。诗中“思美人”实暗用《楚辞》篇名。

张 祜

张祜（792—852？），字承吉，南阳（今河南南阳）人，寓居姑苏。白居易为杭州刺史，张祜与会稽徐凝同往晋谒。徐凝对白居易曲意逢迎，张祜却“甚若疏诞”。白居易让他们赋诗比赛，以徐凝为先，张祜不服，遂棹船而去。令狐楚镇天平，以张诗三百首进献穆宗，自为表荐。穆宗问元稹：“张诗词翰如何?”元稹说：“张祜雕虫小巧，壮夫不为。若奖激太过，恐变陛下风教。”遂不予录用，平生由此偃蹇。张诗主要是近体，多为抒情写景之作，状景模情，清丽精警，张祜平生不得意于元白，诗风也和元白不类。白居易由于不朽的讽谕诗和《长恨》《琵琶》二篇他人不可企及，单就近体小诗而论，未必胜过张祜。至于元稹则远在张祜之下，他对张祜的菲薄甚是无聊，他这个“壮夫”不正是卖弄“雕虫小巧”并不高明的作手！同样不满于元白诗风的杜牧则对张祜评价甚高，称赞他“何人得似张公子，千首诗轻万户侯”，同情他“可怜故国三千里，虚唱歌词满六宫”。有《张处士诗集》。

西江行[①]

日下西塞山，南来洞庭客[②]。
晴空一鸟渡，万里秋江碧。
惆怅异乡人，偶言空脉脉。

① 西江，此指长江。

② 西塞山，在今湖北黄石东，山崖陡峭，自南岸直插江心，形势险峻。

观徐州李司空猎

晓出郡城东，分围浅草中。
红旗开向日，白马骤迎风。
背手抽金镞，翻身控角弓。
万人齐指处，一雁落寒空。

墙头花二首[1]

蟋蟀鸣洞房，梧桐落金井[2]。
为君裁舞衣，天寒剪刀冷。

妾有罗衣裳，秦王在时作[3]。
为舞春风多，秋来不堪着。

① 墙头花，舞曲之名。
② 金井，施有雕栏之井。
③ 秦王，唐太宗李世民于武德元年封秦王，诗中无需指实。

宫　词

故国三千里，深宫二十年[1]。
一声《何满子》，双泪落君前[2]。

① 故国，故乡。

②《何满子》，舞曲名。《乐府诗集》卷八十引白居易曰：“何满子，开元中沧州歌者，临刑进此曲以赎死，竟不得免。”《杜阳杂编》：“文宗时宫人沈阿翘为帝舞《何满子》，调辞风态，率皆宛畅。”白居易、元稹都有《何满子》。亦名《河满子》。张祜《孟才人叹》诗序云：“武宗皇帝疾笃，迁便殿。孟才人以歌笙获宠者，密侍其右。上目之曰：‘吾当不讳，尔何为哉？’指笙囊泣曰：

‘请以此就缢。’上悯然。复曰：‘妾尝艺歌，请对上歌一曲以泄其愤。’上以恳，许之。乃歌一声《河满子》，气亟立殒。上命医候之，曰：‘脉尚温而肠已绝。’”《宫词》即咏孟才人事。

昭君怨①

万里边城戍，千山行路难。
举头唯见日，何处是长安②。

① 昭君怨，《乐府诗集》琴曲歌辞三有汉王嫱《昭君怨》（实后人拟作）。《乐府解题》引《琴操》，以王嫱为齐国王穰之女，年十七献之元帝，后远嫁匈奴单于，与《汉书·匈奴传》异，应以《汉书》为准。参见杜甫《咏怀古迹》诗注。

② “举头”二句：晋明帝司马绍幼年聪慧，数岁，父元帝问：“汝意谓长安何如日远？”答曰：“日远，不闻人从日边来，居然可知。”元帝异之。明日，集群臣宴会告以此意，更重问之，乃答曰：“日近。”元帝失色，曰：“尔何故异昨日之言耶？”答曰：“举头见日，不见长安。”见《世说新语·夙惠》。诗用典中词语。日，《乐府诗集》作“月”，非是。

松江怀古①

碧树吴洲远，青山震泽深②。
无人踪范蠡，烟水暮沉沉③。

① 松江，即吴淞江，西出太湖，东流今称苏州河，至上海注入长江。

② 吴洲，指今江苏苏州，古代吴国所在地。震泽，即太湖。

③ 范蠡，春秋时越国大夫，辅佐越王勾践打败吴王夫差，灭亡吴国。功成之后，即泛舟游五湖。据传由松江出太湖。

集灵台二首①

日光斜照集灵台，红树迎风晓露开。

昨夜上皇新授箓，太真含笑入帘来[②]。

虢国夫人承主恩，平门骑马入宫门[③]。
却嫌脂粉污颜色，淡扫蛾眉朝至尊。

① 集灵台，《元和郡县志》："京兆府昭应县：华清宫在骊山上，开元十一年初置温泉宫，天宝六年改为华清宫，又造长生殿及集灵台，以祀神。"

② 箓，道家符箓。《隋书·经籍志》："其受道之法，初受五千文箓，次受三洞箓，次受洞玄箓，次受上清箓。"杨贵妃本玄宗子寿王李瑁妃，玄宗欲夺而取之，先引为女道士，号太真。为道士则需受箓。杨为女道士只是遮人耳目，未必真受箓，诗人故意言之。才新受箓，又含笑入帘来，其讽刺之意甚明。（至德元载，肃宗即位灵武，尊玄宗为太上皇。"太真含笑"之日，玄宗不得称为上皇。诗人用语固不必拘泥，然毕竟是一种瑕疵。）

③ 虢国夫人，杨贵妃姊。贵妃三姊，并封国夫人，其中虢国最为夭媚，亦最为骄横。她本早已嫁与裴家，却与杨国忠乱伦。安禄山叛乱，唐玄宗西奔，至马嵬驿发生兵变，杨国忠投水自尽，杨贵妃被迫自缢。虢国夫人同她的儿子裴微逃至陈仓，被县令薛景仙捕杀。

雨霖铃[①]

雨霖铃夜却归秦，犹是张徽一曲新。
长说上皇和泪教，月明南内更无人[②]！

① 雨霖铃，《乐府诗集》卷八十引《明皇杂录》："帝幸蜀，南入斜谷，属霖雨弥旬，于栈道雨中闻铃声，与山相应。帝既悼念杨妃，因采其声为《雨霖铃》曲以寄恨焉。时独梨园善觱栗乐工张徽从至蜀，帝以其曲授之。洎至德中，复幸华清宫，从官嫔御皆非旧人。帝于望京楼命张徽奏《雨霖铃》曲，不觉凄怆流涕。其曲后入法部。"宋王灼《碧溪漫志》谓明皇入蜀不经斜谷。此重在栈道雨中闻铃声，其在何处栈道，不必拘泥。

② 南内，即兴庆宫，明皇为太子时所居，后自蜀归来复居于此。后权宦李辅国强令迁入西内。"长说"二句为张徽语。

赠内人[1]

禁门宫树月痕过，媚眼惟看宿鹭窝。
斜拔玉钗灯影畔，剔开红焰救飞蛾。

① 内人，选入宫中宜春苑的歌舞伎。

题金陵渡[1]

金陵津渡小山楼，一宿行人自可愁。
潮落夜江斜月里，两三星火是瓜洲。

① 金陵渡，金陵过江向扬州的渡口，对江即是瓜洲。

纵游淮南[1]

十里长街市井连，月明桥上看神仙[2]。
人生只合扬州死，禅智山光好墓田[3]。

① 淮南，唐代淮南道，治扬州，此实指扬州。
② 神仙，代指美人。
③ 禅智山，在扬州城东，又名蜀冈。

徐　凝

徐凝，睦州（今浙江建德）人，唐宪宗元和中官至侍郎。

忆扬州

萧娘脸薄难胜泪，桃叶眉长易得愁①。
天下三分明月夜，二分无赖是扬州②。

① 萧娘，泛指所恋的女子。桃叶，南朝陈时，江南盛传王献之《桃叶》之词曰："桃叶复桃叶，渡江不用楫。但度无所苦，我自迎接汝。"见《隋书·五行志上》。桃叶，王献之妾。诗中亦泛指美人。

② 无赖，犹无奈。"天下"二句，极言扬州月色之美，如果说天下有三分明月，二分即在扬州。

★本诗前二句写难以忘怀的扬州的恋人、美人，后二句写扬州的明月，两者有一种内在的联系。扬州明月之所以美，正是因为有难以忘怀的美人，而美人在扬州的月下更显其娇娜，两者相得而益彰。张祜扬州诗"月明桥上看神仙"正可以用来加深对本诗的理解。

裴夷直

裴夷直，字礼卿，吴人。唐宪宗元和十年乙未（815）进士。仕中书舍人。武宗立，以罪贬州司户。宣宗时为江、华二州刺史，终散骑常侍。

席上夜别张主簿

红烛剪还明，绿尊添又满。
不愁前路长，只畏今宵短。

发交州日留题解炼师房[①]

久喜房廊接，今成道路赊。
明朝回首处，此地是天涯。

①交州，今越南河内。

朱床馀

朱庆馀（797—？），名可久，以字行，闽中人。唐敬宗宝历二年丙午（826）进士，授秘书省校书。受知于张籍，近体诗风亦颇相似。

宫　词

寂寂花时闭院门，美人相并立琼轩。
含情欲说宫中事，鹦鹉前头不敢言。

近试上张水部闺意[①]

洞房昨夜停红烛，待晓堂前拜舅姑[②]。
妆罢低声问夫婿，画眉深浅入时无？

① 张水部，即水部郎中张籍。
② 舅姑，公公婆婆。

★《全唐诗话》：“庆馀遇水部郎中张籍知音，索庆馀新旧篇什，择二十六章置之怀袖而推赞之。时人以籍重名，皆缮录讽咏，遂登科。庆馀作《闺意》一篇以献。……籍酬之曰：‘越女新妆出镜心，自知明艳更沉吟。齐纨未足人间贵，一曲菱歌敌万金。’由是朱之诗名流于海内矣。”

杜　牧

杜牧（803—852），字牧之，京兆万年（今陕西西安）人，德宗朝宰相杜佑之孙。唐文宗大和二年戊申（828）进士，授弘文馆校书郎，试左武卫兵曹参军，江西观察使沈传师辟为江西团练判官。大和四年沈传师迁宣歙观察使，杜牧从至宣州。大和七年，淮南节度使牛僧孺辟为淮南节度推官，转掌书记。大和九年转直监察御史，七月分司东都。开成二年（837）复至宣州，为团练判官。开成四年至京师官左补阙、史馆修撰，转膳部、比部员外郎。武宗会昌二年（842）出为黄州刺史，历池州、睦州刺史。宣宗大中二年（848）升司勋员外郎，史馆修撰。大中四年出为湖州刺史，五年升考功郎中，知制诰。六年拜中书舍人，是年冬病卒，年五十。

杜牧之是中唐后期杰出诗人。他主张文章应“以意为主，以气为辅，以辞采章句为之兵卫”（《答庄充书》）。认为诗文形式应服从内容。他的创作大体贯彻了他的主张，诗和辞赋都有较多关心国计民生之作，尤关注西北边防。他的古体诗中有不少涉及重大政治内容之作，但名作多为近体。牧之才华横溢，平生行迹遍历江南各地，所到之处都有歌咏，且都有名篇。风格清新明快，七言绝句尤为有唐重要家数。有《樊川文集》。

村　行

春半南阳西，柔桑过村坞[①]。
袅袅垂柳风，点点回塘雨。
蓑唱牧牛儿，篱窥茜裙女[②]。

半湿解征衫，主人馈鸡黍[3]。

① 南阳，今河南南阳。过，一作“遍”。

② 茜，用茜草根制的染料，红色。

③ 鸡黍，杀鸡煮黍。《论语·微子》：子路遇荷蓧丈人，“止子路宿，杀鸡为黍而食之”。

扬　州

炀帝雷塘土，迷藏有旧楼[1]。
谁家唱水调，明月满扬州[2]。
骏马宜闲出，千金好暗投[3]。
喧阗醉年少，半脱紫茸裘。

① 雷塘，在今江苏扬州城北，隋炀帝在此造迷楼，幽房曲室，互相连属，据传人误入者，终日不能出。炀帝在此纵情淫乐。炀帝死后，即葬于雷塘。

② 水调，原注：“炀帝凿汴渠成，自造水调。”明月满扬州，徐凝《忆扬州》：“天下三分明月夜，二分无赖是扬州。”

③ 千金好暗投，汉邹阳《狱中上梁王书》：“臣闻明月之珠，夜光之璧，以暗投人于道，众莫不按剑相眄者，何则？无因而至前也。”此用其词面。似谓贵游子弟月明之夜任意挥霍。

题扬州禅智寺[1]

雨过一蝉噪，飘萧松桂秋。
青苔满阶砌，白鸟故迟留。
暮霭生深树，斜阳下小楼。
谁知竹西路，歌吹是扬州[2]。

① 禅智寺，在扬州城东。

② 竹西，原系即景，后人于禅智寺前河北岸，取杜牧诗意作竹西寺。

过骊山作[①]

始皇东游出周鼎，刘项纵观皆引颈[②]。
削平天下实辛勤，却为道旁穷百姓[③]。
黔首不愚汝益愚，千里函关囚独夫[④]。
牧童火入九泉底，烧作灰时犹未枯[⑤]。

① 骊山，在今陕西临潼县东，秦始皇帝陵墓所在。《史记·秦始皇本纪》："始皇初即位，穿治郦山。及并天下，天下徒送诣七十馀万人，穿三泉，下铜而致椁，宫观百官奇器珍怪徙藏满之。令匠作机弩矢，有所穿近者辄射之。以水银为百川江河大海，机相灌输，上具天文，下具地理，以人鱼膏为烛，度不灭者久之。"

② 东巡出周鼎，始皇二十八年东巡，还过彭城，据传有一只周鼎沉于泗水，使千人没水求之，不得。见《秦始皇本纪》。刘项纵观，《史记·项羽本纪》："秦始皇游会稽，渡浙江，梁与籍俱观。籍曰：'彼可取而代也！'"又，《高祖本纪》："高祖尝繇咸阳，纵观，观秦皇帝，喟然太息曰：'嗟乎，大丈夫当如此也！'"

③ 为，使。穷百姓，使百姓困穷。

④ 黔首，秦始皇更命民曰黔首。函关，秦置函谷关在今河南灵宝县东北，为秦东向门户（西汉移置今河南新安县东，西去故关三百里）。独夫，残暴无道，为广大人民所疾恨的统治者。《书·泰誓下》："独夫受（商纣王）洪惟作威，乃汝世仇。"《孟子·梁惠王下》："贼仁者谓之贼，贼义者谓之残；残贼之人，谓之一夫。"一夫，即独夫。贾谊《过秦论》："独夫之心，日益骄固。"

⑤ "牧童"二句：秦始皇葬于骊山，项羽入咸阳，被发掘。"其后牧儿亡羊，羊入其凿。牧者持火照求羊，失火烧其藏椁"。见《汉书·刘向传》。

★"千里函关囚独夫"，为一切独裁者写照，非独秦始皇也。"千里函关"与"囚独夫"，形成巨大反差，至为精警。

题宣州开元寺水阁[①]

六朝文物草连空，天澹云闲今古同。

鸟去鸟来山色里，人歌人哭水声中。
深秋帘幕千家雨，落日楼头一笛风。
惆怅无因见范蠡，参差烟树五湖东[②]。

① 宣州，今安徽宣城。题下原注："阁下宛溪夹溪居人。"唐文宗开成二年（837）牧之为宣州团练判官，诗作于是年深秋。

② 范蠡，春秋时越国大夫。参见张祜《松江怀古》诗注。

早　雁[①]

金河秋半虏弦开，云外惊飞四散哀[②]。
仙掌月明孤影过，长门灯暗数声来[③]。
须知胡骑纷纷在，岂逐春风一一回。
莫厌潇湘少人处，水多菰米岸莓苔。

① 唐武宗会昌二年（842）回鹘南侵，牧之借咏雁以寄意。

② 金河，在今内蒙古呼和浩特南。此泛指边塞。

③ 仙掌，西汉长安建章宫置仙人舒掌擎承露盘以承露水。参见李贺《金铜仙人辞汉歌》注。长门，汉宫名，汉武帝陈皇后失宠后，退居长门宫。此泛指深宫。

河　湟[①]

元载相公曾借箸，宪宗皇帝亦留神[②]。
旋见衣冠就东市，忽遗弓剑不西巡[③]。
牧羊驱马虽戎服，白发丹心尽汉臣[④]。
惟有凉州歌舞曲，流传天下乐闲人[⑤]！

① 河湟，指黄河湟水流域。安史之乱以后河湟长期受吐蕃（bō）侵占，成为唐王朝边患。参见令狐楚《塞下曲》注。

② 元载，字公辅，凤翔岐山人，自肃宗之末至代宗大历十二年在相位十五

年。然为人贪鄙，先后勾结宦官李辅国、董秀，得以窃踞高位，权倾天下，贿赂公行。大历十二年赐死。见《旧唐书·元载传》。载尝为西州刺史，熟悉河西陇右要害，大历八年曾向代宗建议巩固西陲边防，以御吐蕃。后未得执行。借箸，筹划之意。《史记·留侯世家》：汉三年，项羽围汉王刘邦荥阳，郦食其建议刘邦复立六国之后以挠楚。张良从外来，汉王以郦食其之计告之。汉王方食，张良曰："臣请藉前箸为大王筹之。"藉，《汉书》作"借"。箸，筷。"宪宗"句，《新唐书·吐蕃传》："宪宗常览天下图，见河湟旧封，赫然思经略之，未暇也。"

③ 衣冠就东市，指赐元载死。《史记·袁盎晁错列传》：吴楚反以诛晁错为借口，汉景信袁盎谗言，"令晁错衣朝衣斩东市"。弓剑不西巡，指元和十四年正月宪宗去世。《水经注·河水》："阳周县桥山有黄帝冢。帝崩，惟弓剑存焉。故世称黄帝仙矣。"

④"牧羊"二句，谓吐蕃占领区人民虽牧羊驱马，身着戎服，然白髮丹心，尽系汉臣。

⑤ 凉州，乐曲之名。唐天宝以后，吸收西陲音乐，故乐曲多以边地命名，如凉州、伊州、甘州之类。至德以后，凉州等地皆陷于吐蕃。

九日齐山登高[1]

江涵秋影雁初飞，与客携壶上翠微。
尘世难逢开口笑，菊花须插满头归。
但将酩酊酬佳节，不用登临恨落晖。
古往今来只如此，牛山何必独沾衣[2]。

① 九日，阴历九月九日重阳节，俗于此日登高。齐山，在贵池县境。唐武宗会昌四年（844）九月牧之由黄州刺史迁池州刺史。

② 牛山，在山东临淄南。春秋时齐景公登牛山，北望齐国，叹曰："美哉国乎！使古而无死者，则寡人将去此而何之？"于此泣下沾襟。见《韩诗外传》。又见《晏子春秋·谏上》《列子·力命篇》。此由齐山而联及齐之牛山。

酬张祜处士寄长句四韵[1]

七子论诗谁似公，曹刘须在指挥中[2]。

荐衡昔日推文举，乞火无人作蒯通[③]。
北极楼台长挂梦，西江波浪远吞空[④]。
可怜故国三千里，虚唱歌辞满六宫[⑤]。

① 张祜，见张氏小传。张祜平生见疏于白居易，受阻于元稹，终身不遇。杜牧之素不悦元白诗风，认为他们“韵体舛杂”，也许更不悦他们的人风，而对张祜评价甚高。会昌四年（844）牧之守池州，与张祜交好，诗酒往来，对张祜更深表同情。

② 七子，建安七子，此实泛指。曹刘，建安诗人曹植、刘桢。

③ 荐衡，东汉孔融曾上疏举荐祢衡。孔融，字文举。杜牧原注：“令狐相公曾表荐处士。”乞火：汉初齐处士东郭先生、梁石君，强从田荣，及田荣败，二人隐居深山。有客请蒯通进二人于相国曹参。通曰：“诺。臣之里妇，与里之诸母相善也。里妇夜亡肉，姑以为盗，怒而逐之。妇晨去，过所善诸母，语以事而谢之。里母曰：‘女安行，我今令而家追女矣。’即束缊请火于亡肉家。曰：‘昨暮夜，犬得肉争斗相杀，请火治之。’亡肉家遽追呼其妇。故里母非谈说之士也，束缊乞火非还妇之道也，然物有相感，事有适可，臣请乞火于曹相国。”蒯通果说服曹参，礼东、梁二君为上宾。二句意谓，张祜曾受到令狐楚的表荐，然朝廷却无人提供援手，实际是谴责元稹的阻挠。

④ 北极，星名，喻指朝廷。西江，此指长江。“北极”二句，谓张祜虽长挂念朝廷，然而却只能飘泊江湖。

⑤ 故国三千里，详张祜《何满子》诗注。二句谓张祜歌辞为宫中所传唱，其人却不见用，故曰“虚唱”。

登九峰楼寄张祜[①]

百感衷来不自由，角声孤起夕阳楼[②]。
碧山终日思无尽，芳草何年恨即休[③]。
睫在眼前长不见，道非身外更何求[④]。
谁人得似张公子，千首诗轻万户侯[⑤]！

① 九峰楼，一作“九华楼”。《大清一统志》：“九华楼，在贵池县九华门上，唐建。”

②“百感”二句，谓夕阳楼上听到角声孤起，“百感”不由自主地从内心发出。

③“碧山”二句，写对友人的怀思。李白《山中问答》：“问余何事栖碧山，笑而不答心自闲。桃花流水窅然去，别有天地非人间。”《楚辞·九章·思美人》：“惜吾不及古之人兮，吾谁与玩此芳草！”

④睫在眼前长不见，喻眼前的事物不为人所认识。诗中谓张祜不为人所知，暗指白居易、元稹对张祜的菲薄和阻挠。道，犹言真理；诗中指自己的信仰、理想、修养。道非身外更何求，赞赏张祜自有“道”在，不用他求；亦有鼓励之意。下文“千首诗轻万户侯”实即张祜的“道”。

⑤张公子，指张祜。计有功《唐诗纪事》：“杜牧之守秋浦，与祜游。酷吟其宫词，亦知乐天有非之之论。乃为诗曰：‘睫在眼前长不见，道非身外更何求。谁人得似张公子，千首诗轻万户侯！’”

长安秋望

楼倚霜树外，镜天无一毫[①]。
南山与秋色，气势两相高[②]。

①镜天，明净如镜的天空。无一毫，指一毫云影。
②南山，终南山。秋色，指寥廓的秋空景色。

题敬爱寺楼[①]

暮景千山雪，春寒百尺楼。
独登还独下，谁会我悠悠[②]。

①敬爱寺，在洛阳怀仁坊。
②悠悠，忧思貌。

江南春

千里莺啼绿映红，水村山郭酒旗风。

南朝四百八十寺，多少楼台烟雨中。

★杨慎《升庵诗话》："千里莺啼，谁人听得？千里绿映红，谁人见得？若作十里，则莺啼绿红之景，村郭楼台，僧寺酒旗，皆在其中矣。"其实十里也未必听到，未必见到。杨升庵要求倒是严格，如果派他测量地界，一定合适，实不足以谈诗。

念昔游

十载飘然绳检外，樽前自献自为酬[①]。
秋山春雨闲吟处，倚遍江南寺寺楼。

①飘然，飘荡貌。绳检，拘束，约束之意。飘然绳检外，即自由飘泊，无所拘束。

赠别二首[①]

娉娉袅袅十三馀，豆蔻梢头二月初[②]。
春风十里扬州路，卷上珠帘总不如。

多情却是总无情，惟觉樽前笑不成。
蜡烛有心还惜别，替人垂泪到天明。

①唐文宗大和九年（835）杜牧由淮南节度府掌书记升监察御史，此扬州赠别妓女之作。

②娉娉，美好貌。袅袅，苗条柔美之貌。豆蔻花，淡红鲜艳，二月份刚开花。

齐安郡中偶题二首[①]

两竿落日溪桥上，半缕轻烟柳影中。

多少绿荷相倚恨，一时回首背西风。

秋声无不揽离心，梦泽蒹葭楚雨深。
自滴阶前大梧叶，干君何事动哀吟！

① 齐安，即黄州，今湖北黄冈。唐武宗会昌二年（842）春，杜牧出为黄州刺史。

题齐安城楼

呜轧江楼角一声，微阳潋潋落寒汀[①]。
不用凭栏苦回首，故乡七十五长亭[②]。

① 呜轧，象声词。一作“呜咽”。潋潋，犹冉冉，迟缓之貌。
② 七十五长亭，古代三十里一驿，驿有亭，黄州离杜牧故乡长安二千二百五十五里，正七十五驿。

齐安郡后池绝句

菱透浮萍绿锦池，夏莺千啭弄蔷薇。
尽日无人看微雨，鸳鸯相对浴红衣。

赤　壁[①]

折戟沉沙铁未销，自将磨洗认前朝。
东风不与周郎便，铜雀春深锁二乔[②]。

① 赤壁，三国孙曹赤壁之战的战场在今湖北赤壁长江南岸，唐宋人多误以黄冈赤鼻矶即赤壁，此牧之会昌二年守黄州时作。
② 周郎，即周瑜，字公瑾，赤壁之战中吴军主将。汉建安十三年曹操率三十馀万大军南下，军力远出孙权、刘备之上。周瑜用黄盖诈降之计，用快船

满载柴薪引火之物，趁江上东南风发，飞驶入曹军，烧毁曹军船舰，曹因此大败。不与，假定之词，即如果不与。铜雀，曹操在邺所建台名。二乔，吴乔玄二女，大乔为孙策之妻，小乔为周瑜之室。见《三国志·周瑜传》。牧之诗意，谓赤壁之战如果战败，孙周将家国不保，二乔亦将为曹操所虏。曹操南征，欲夺取江东二乔，或系当时有此传说，牧之用以为典。《三国演义》第四十四回，诸葛亮欲激怒周瑜抗曹，说："曹操本好色之徒，久闻江东乔公有二女，长曰大乔，次曰小乔。操曾发誓曰：'吾一愿扫平四海，以成帝业；一愿得江东二乔，以乐晚年，虽死无恨矣。'今虽引百万之众，虎视江南，其实为此二女也。"周瑜听罢，勃然大怒，表示与曹贼誓不两立。赤壁一战，使曹操全军覆灭。小说家言，或即受杜牧之诗启发。

秋浦途中[①]

萧萧山路穷秋雨，淅淅溪风一岸蒲。
为问寒沙新到雁，来时还下杜陵无[②]？

① 秋浦，唐池州州治，今安徽贵池。会昌四年（844）杜牧由黄州刺史移池州。

② 杜陵，在陕西长安县西北，为杜牧故乡。

题乌江亭[①]

胜败兵家事不期，包羞忍耻是男儿。
江东子弟多才俊，卷土重来未可知。

① 乌江亭，在安徽和县东北乌江浦，传为项羽兵败自刎之地。汉五年，项羽垓下失败，突围至乌江。乌江亭长劝项羽渡江。曰："江东虽小，地方千里，众数十万人，亦足王也。愿大王急渡。"项王笑曰："天之亡我，我何渡为！且籍与江东子弟八千人渡江而西，今无一人还，纵江东父兄怜而王我，我何面目见之！"乃下马步行，与汉追兵死战后自刎。见《史记·项羽本纪》。杜牧官池州过乌江时作。

★项羽如果渡江，再王江东，成功的可能性很小。但诗人主张即使失

败了也不要沮丧，“包羞忍耻是男儿”的精神是可取的。

过华清宫绝句三首①

长安回望绣成堆，山顶千门次第开。
一骑红尘妃子笑，无人知是荔枝来②。

万国笙歌醉太平，倚天楼殿月分明。
云中乱拍禄山舞，风过重峦下笑声③。

新丰绿树起黄埃，数骑渔阳探使回④。
霓裳一曲千峰上，舞破中原始下来！

①华清宫，在骊山上，开元十一年初建温泉宫，天宝六载改名华清宫，唐玄宗常携杨贵妃及亲贵宠幸来此游乐。

②“一骑”二句：杨贵妃爱吃荔枝，由涪州贡进，所过州县邮传，以快马递次走送，到长安荔枝色香不变。传送人马僵毙，相望于道。

③禄山，唐营州柳城胡人，因战功任平卢兵马使、营州都督，为玄宗所信任，兼任平卢、范阳、河东节度使。天宝十四年（755）起兵反，攻陷洛阳、长安，使中原广大地区陷入灾难，唐王朝因此由盛入衰。据《旧唐书·安禄山传》载：禄山“晚年益肥壮，腹垂过膝，重三百三十斤，每行以肩膊左右抬挽其身，方能移步。至玄宗前作胡旋舞，疾如风焉”。

④新丰，今陕西临潼新丰镇，在骊山东。原注：“帝使中使辅璆琳探禄山反否，璆琳受禄山金，言禄山不反。”《新唐书·安禄山传》：“皇太子及宰相屡言禄山反，帝不信。十三载来谒华清宫。明年，国忠谋授禄山同中书门下平章事，召还朝。帝使中官辅璆琳赐大柑，因察非常，禄山厚赂之。还言无它，遂不召。”是年冬，安禄山即反于范阳。

★李商隐《华清宫》诗云：“朝元阁迥羽衣新，首按昭阳第一人。当日不来高处舞，可能天下有胡尘？”揭露批判不可谓不尖锐，然未免直白。“霓裳一曲千峰上，舞破中原始下来”，同样深刻而极为形象。“舞破中原”

四字，至为精警。

登乐游原[①]

长空澹澹孤鸟没，万古销沉向此中。
看取汉家何事业，五陵无树起秋风[②]！

① 乐游原，在长安南，地势高起，四望开敞，为唐代登临游赏之地。

② 五陵，西汉皇帝陵墓，即高祖长陵，惠帝安陵，景帝阳陵，武帝茂陵，昭帝平陵。汉末兵乱，陵墓多被发掘。

★孤鸟没，牧之原作如此，明代杨慎《升庵诗话》伪托善本，改为“没孤鸿”，实无必要，且不应该。何事业，一作“何似业”，亦非。

将赴吴兴登乐游原一绝[①]

清时有味是无能，闲爱孤云静爱僧。
欲把一麾江海去，乐游原上望昭陵[②]。

① 吴兴，即湖州，今浙江吴兴。唐宣宗大中四年（850）秋，收之将离长安赴湖州刺史任登乐游原作。

② 一麾，颜延之《五君咏·阮始平》诗：“屡荐不入官，一麾乃出守。”一麾即一挥，杜牧用作旌麾之意。昭陵，唐太宗陵墓。唐太宗广揽人才，莅平天下；于今诗人远离京国，回望昭陵实无限感慨。

泊秦淮[①]

烟笼寒水月笼沙，夜泊秦淮近酒家。
商女不知亡国恨，隔江犹唱后庭花[②]。

① 秦淮，南京秦淮河。

② 后庭花，即《玉树后庭花》，陈后主所作艳曲。陈后主纵情声色，荒于国政，终为隋所灭。

金谷园[①]

繁华事散逐香尘，流水无情草自春。
日暮东风怨啼鸟，落花犹似堕楼人。

① 金谷园，晋石崇别墅，故址在河南洛阳西北。石崇，字季伦，因谋伐吴有功，封安阳县侯。其人性贪鄙。为荆州刺史时劫掠商客，成为巨富。在金谷置别墅，备极豪华。崇有妓曰绿珠，美而艳，善吹笛。赵王司马伦亲信孙秀使人索取绿珠，石崇不与。孙秀遂矫诏收崇。介士到门，崇正宴于楼上。崇谓绿珠曰："我今为尔得罪！"绿珠泣曰："当效死于官前！"因自投楼下而死。石崇遂被杀。见《晋书·石崇传》。

山　行

远上寒山石径斜，白云生处有人家。
停车坐爱枫林晚，霜叶红于二月花[①]。

① 坐，因。

寄扬州韩绰判官

青山隐隐水迢迢，秋尽江南草未凋[①]。
二十四桥明月夜，玉人何处教吹箫[②]？

① 草未凋，一作"草木凋"，似非。
② 二十四桥，宋沈括《梦溪笔谈》谓唐时扬州最为富盛，可统者有二十四桥。沈氏并详列桥名。

题桃花夫人庙[①]

细腰宫里露桃新，脉脉无言度几春[②]。
至竟息亡缘底事，可怜金谷坠楼人[③]。

① 桃花夫人，原注："即息夫人。"息夫人，即息妫，春秋时息侯夫人。楚文王灭息，以息妫归，生堵敖及成王而不言。文王问之，对曰："吾一妇人而事二夫，纵弗能死，其又奚言？"见《左传》庄公十四年。

② 细腰，《后汉书·马廖传》："楚王好细腰，宫中多饿死。"细腰宫即代指楚宫。脉脉，凝视貌。《古诗十九首》："盈盈一水间，脉脉不得语。"

③ 底事，何事。金谷坠楼人，见《金谷园》诗注。

题木兰庙①

弯弓征战作男儿，梦里曾经学画眉②。
几度思归还把酒，拂云堆上祝明妃③。

① 木兰，《乐府诗集》梁鼓角横吹曲中有《木兰辞》歌颂的女英雄，曾女扮男装，代父从军。

② 曾经学画眉，《樊川集》作"曾经与画眉"，此从宋魏泰《临汝隐居诗话》引诗。

③ 思归，《樊川集》作"思家"，此从《临汝隐居诗话》。拂云堆，《元和郡县志》："朔方军北与突厥以河为界，河北岸有拂云堆神祠。"地在今宁夏灵武境。诗中不必实指。明妃，即王昭君。

★宋人编《千家诗》有杜牧《清明》诗。诗云："清明时节雨纷纷，路上行人欲断魂。借问酒家何处有，牧童遥指杏花村。"明代谢榛《四溟诗话》云："杜牧之《清明》诗曰：'借问酒家何处有，牧童遥指杏花村。'此作宛然入画，但气格不高。"然《樊川诗集》《樊川别集》《樊川外集》皆无此诗。故清初编《全唐诗》杜牧集不收此诗。此诗虽流传极广，实甚浅俗，疑非牧之诗。

雍　陶

雍陶（805—？），字国钧，成都人。唐文宗大和八年甲寅（834）进士，宣宗大中六年授国子毛诗博士。后为简州刺史。

天津桥望春[①]

津桥春水浸红霞，烟柳风丝拂岸斜。
翠辇不来金殿闭，宫莺衔出上阳花[②]。

①天津桥，故址在今河南洛阳西南洛水上，隋炀帝大业元年始建，用铁锁接连大船，南北夹路对起四楼。隋末被李密焚毁。唐太宗贞观十四年累石重建成为石础桥。

②翠辇，皇帝后妃的车驾。此特指唐明皇杨贵妃的车驾。洛阳是唐代东都，明皇杨妃常幸于此。上阳，唐洛阳宫名。参见白居易《上阳人》诗注。

薛　逢

薛逢（806—876？），字陶臣，蒲州河东（今山西永济）人。唐武宗会昌元年辛酉（841）进士，调万年尉，直弘文馆，历仕御史、尚书郎，出为巴州刺史，历蓬州、绵州，终秘书监。

宫　词

十二楼中尽晓妆，望仙楼上望君王[①]。
锁衔金兽连环冷，水滴铜龙昼漏长[②]。
云髻罢梳还对镜，罗衣欲换更添香。
遥窥正殿帘开处，袍袴宫人扫御床[③]。

① 望仙楼，唐武宗会昌五年建望仙楼于神策军。十二楼，望仙楼，皆泛指后妃的住处。

② 金兽连环，宫门锁以金兽头口衔连环。铜龙昼漏，漏壶以铜龙吐水计时。

③ 袍袴宫人，皇帝身边着袍袴的宫人。

李商隐

李商隐（812—858），字义山，号玉溪生，怀州河内（今河南沁阳）人。李商隐投足社会之日，正牛僧孺、李德裕党争正炽之时。十七岁以文谒牛党令狐楚，为令狐楚所赏识，署为幕府巡官。唐文宗开成二年（837），又得令狐楚之子令狐绹奖誉成进士。第二年李党王茂元镇河阳，表商隐掌书记，并以其女嫁之。王茂元死，商隐依桂林总管郑亚为判官。郑亚坐李党贬循州刺史，商隐从至循州。时李德裕已被贬逐，朝政由牛党白敏中令狐绹操纵。令狐绹以商隐“忘家恩”，诬其“放利苟合”，“诡薄无行”。商隐回京，令狐绹拒不接待。京兆尹卢弘正表为府参军，弘正镇徐州，又表为掌书记。府罢，商隐入朝，再次干谒令狐绹，补太常博士。柳仲郢节度剑南，辟商隐为判官，检校工部员外郎。府罢东归。宣宗大中十二年客死于荥阳，年仅四十六岁。

李义山与杜牧之齐名，为中唐后期诗坛双璧。义山诗工力深厚，诸体兼备，颇受杜甫影响，对中唐后期政治动荡社会凋敝均有所反映。其七律严谨深沉，为杜甫以后重要作手。以《无题》写爱情而寓其政治蹉跎的感慨，人生失意的悲凉，更为义山所独创。七言绝句亦足以同杜牧之比肩，牧诗清新，隐诗沉郁，风格不同。论史绝句为有唐第一，后世亦莫能与之媲美。唐宣宗大中末杜牧之、李义山相继去世之后，唐代诗坛再无大家。有《玉溪生诗集》。

韩　碑①

元和天子神武姿，彼何人哉轩与羲②。

誓将上雪列圣耻，坐法宫中朝四夷[③]。
淮西有贼五十载，封狼生貙貙生罴[④]。
不据山河据平地，长戈利矛日可麾[⑤]。
帝得圣相相曰度，贼斫不死神扶持。
腰悬相印作都统，阴风惨澹天王旗[⑥]。
愬武古通作牙爪，仪曹外郎载笔随。
行军司马智且勇，十四万众犹虎貔[⑦]。
入蔡缚贼献太庙，功无与让恩不訾[⑧]。
帝曰"汝度功第一，汝从事愈宜为辞"。
愈拜稽首蹈且舞，"金石刻画臣能为"。
古者世称大手笔，此事不系于职司[⑨]。
当仁自古有不让，言讫屡颔天子颐[⑩]。
公退斋戒坐小阁，濡染大笔何淋漓。
点窜尧典舜典字，涂改清庙生民诗[⑪]。
文成破体书在纸，清晨再拜铺丹墀[⑫]。
表曰"臣愈昧死上"，咏神圣功书之碑。
碑高三丈字如斗，负以灵鳌蟠以螭[⑬]。
句奇语重喻者少，谗之天子言其私。
长绳百尺拽碑倒，粗砂大石相磨治[⑭]。
公之斯文若元气，先时已入人肝脾。
汤盘孔鼎有述作，今无其器存其辞[⑮]。
呜呼圣皇及圣相，相与烜赫流淳熙[⑯]。
公之斯文不示后，曷与三五相攀追[⑰]？
愿书万本颂万过，口角流沫右手胝。
传之七十有二代，以为封禅玉检明堂基[⑱]。

① 韩碑，《旧唐书·韩愈传》："元和十二年八月，宰臣裴度为淮西宣慰处

置使，请愈为行军司马。淮蔡平，十二月随度还朝，以功授刑部侍郎，仍诏撰平淮西碑。碑辞多叙裴度事。时先入蔡州擒吴元济，李愬功第一。愬不平之。愬妻出入禁中，因诉碑辞不实。诏令磨愈文，宪宗命翰林学士段文昌重撰碑文勒石。”李愬妻为顺宗女唐安公主之女，故得出入禁中。

② 元和天子，唐宪宗。平淮之役，宪宗态度坚决，排除朝臣罢兵之议，全力支持裴度，起了决断的作用。轩与羲，轩辕氏与伏羲氏，举轩羲以概三皇五帝。

③ 上雪列圣耻，安史之乱以后，唐廷孱弱，藩镇多不听命。

④ 淮西有贼五十载，代宗大历末，李希烈节度淮南，德宗建中十三年僭称建兴王。德宗贞元三年，其将陈仙奇毒杀李希烈，朝廷授仙奇淮西节度。未几，李希烈将吴少诚杀陈仙奇，朝廷又授吴少诚节度。吴少诚死，养弟吴少阳杀其子，自称留后，据蔡州（今河南汝南）。宪宗元和九年，吴少阳死，其子吴元济擅领军政，与朝廷对抗。自大历末至元和十二年，计四十馀年，“五十载”概而言之。《平淮西碑》：“蔡帅之不廷授，于今五十年。”封狼，大狼。貙（chū）、罴（pí），并恶兽名。

⑤ 日可麾，谓其对抗朝廷，似日亦可指麾。——自开篇至“长戈利矛日可麾”八句，写宪宗平淮的决心，因淮西藩镇长期跋扈猖獗。

⑥“帝得圣相”以下四句：裴度，字中立，河东闻喜人，德宗贞元五年进士。宪宗元和九年以御史中丞兼刑部侍郎。元和十年六月，成德镇王承宗及淄青镇李师道遣刺客杀宰相武元衡。又击裴度，裴度戴毡帽，头部受轻伤，得以不死。宪宗任度为中书侍郎、同平章事。元和十二年七月裴度自请督战，宪宗以度兼蔡州刺史、充彰义军节度使、淮西宣慰招讨处置使，率军讨吴元济。天宝以后，大臣总领诸道兵马，称为都统。裴度名虽宣慰，实行元帅事，故曰“腰悬相印作都统”。天王旗，皇帝的旗帜。元和十二年八月三日，度赴淮西，宪宗诏以神策军三百骑卫丛，亲至通化门送行慰勉。

⑦“愬武古通”以下四句：愬，李愬。元和十一年，命李愬为随唐邓节度使，讨吴元济。武，宣武节度使韩弘之子韩公武。韩弘实亦不听命于朝廷。元和十年九月，被任为淮西诸军行营都统，韩弘仅派其子率军三千隶李光颜军。古，李道古。元和十一年以道古为鄂岳蕲黄团练使。通，李文通。元和十年以文通为寿州团练使，讨吴元济。仪曹外郎，礼部员外郎李宗闵。裴度出征，以李宗闵为书记，故曰“载笔随”。行军司马，裴度以韩愈为行军司马。虎貔（pí），皆猛兽，喻勇猛的军队。

⑧“入蔡”二句：元和十二年十月十五日，李愬雪夜袭蔡州。十七日，生擒吴元济，槛送长安，献于太庙。訾（zī），量。恩不訾，恩不可量。元和十二

年十二月，以裴度平淮西功，加金紫光禄大夫、弘文馆大学士、上柱国，封晋国公。——“帝得圣相”以下十句，写裴度率军平蔡。

⑨ 职司，指朝廷专掌文辞的官吏。唐代以翰林学士负责撰写重要文辞。诗意谓写平淮碑文需大手笔，非一般翰林学士所能。

⑩ 当仁自古有不让，语本《论语·卫灵公》“当仁不让于师”。颔（hàn），下巴颏。此动词，颔颐，即点头赞许。

⑪ 尧典、舜典，《尚书》篇名。清庙、生民，《诗经》篇名。句意谓韩愈追摹经典文辞。

⑫ 破体，唐张怀瓘《书断》谓“王献之变右军行书，号曰破体书”。此实指行书。丹墀（chí），宫殿前红色台阶。

⑬ 鳌（āo），一种海龟，此指负碑（碑座）的石龟。蟠，盘绕。螭，一种无角龙。蟠以螭，指碑上雕刻的螭龙纹。——“帝曰”以下十八句写韩愈奉命撰碑刻石。

⑭ 谗之天子，李愬妻出入禁中，诉碑文不实。李愬将石孝忠愤韩碑不叙李愬功，推碑几仆，并向宪宗面诉不平。宪宗遂命拽倒石碑，磨去韩文，召翰林学士段文昌重撰碑文。

⑮ 汤盘，商代青铜器有汤盘，上刻铭文“苟日新，日日新，又日新”。孔鼎，指正考父鼎，上亦有铭文。正考父为孔子七世祖，故称其鼎为孔鼎。句意言汤盘孔鼎虽不存，而其铭文流传后世。喻韩碑虽被推倒，然韩文必将流传。——“句奇语重”以下四句，写因谗言间入，韩碑磨灭，但韩文仍将不朽。

⑯ 赫，声威昭著。淳熙，淳大光明。

⑰ 三五，三皇五帝，与开头“彼何人哉轩与羲”呼应。二句意谓如果韩文不传于后世，宪宗功业怎能同三皇五帝媲美。

⑱ 七十有二代，《史记·封禅书》：“管仲曰：古代封泰山禅梁父者七十二家。”七十二是虚数，谓传之久远。封禅，古代在泰山上筑坛祭天，报天之功，曰封；在梁父（泰山下小山）辟基祭地，报地之功，曰禅。玉检，封禅所用玉牒，以水银和泥封之。明堂，赵岐《孟子注》：“泰山下明堂，本周天子东巡狩朝诸侯处也。”句意谓韩文可以传之永远，垂范后来。——“呜呼”以下八句歌颂宪宗和裴度，并谓韩文可以传之于后世。

★平淮之役，朝臣如翰林学士钱徽、萧俛，宰相李逢吉、王涯等人皆极力反对，裴度力排众议，坚决主张征讨，并亲自率军督战，韩愈归功裴度是公正的。且韩文于李愬之功亦充分肯定，碑云：“十月壬申，愬用所得贼将，自文城因天大雪，疾驰百二十里，用夜半到蔡，破其门，取元济

以献，尽得其属人卒。”叙愬功甚为具体。其碑虽被推倒，其文并未泯灭。宋代陈珦复磨去段文，重立韩碑。今汝南裴晋公祠仍存《平淮西碑》，或系后人所立。苏东坡《临江驿》诗云：“淮西功业冠吾唐，吏部文章日月光。千载断碑人脍炙，不知世有段文昌。”（《宋诗纪事》卷三十三引《庚溪诗话》，属此诗于江端友，题作《韩碑》，诗题于诗意更为切合。）充分肯定裴度功业的丰烈和韩愈碑文的辉煌。中唐自白居易韩愈以后，七古少有杰作。义山本篇，颂韩文即学韩诗，警拔劲挺，虽缺乏盛唐雄浑清畅的风力，中唐以后已属难得。本帙亦以为唐代七古殿后的杰构。

蝉

本以高难饱，徒劳恨费声。
五更疏欲断，一树碧无情。
薄宦梗犹泛，故园芜已平[①]。
烦君最相警，我亦举家清。

①薄宦，犹言微官。梗犹泛，《战国策·秦策》：“有土偶人与桃梗相与语。桃梗谓土偶人曰：‘子，西岸之土也，埏子以为人。至岁八月，降雨下，淄水至，则汝残矣。’土偶曰：‘不然，吾西岸之土也，吾残则复西岸耳。今子，东国之桃梗也，刻削子以为人。降雨下，淄水至，流子而去，则子漂漂者将何如耳！’”泛，漂流。故园芜已平，卢思道《听鸣蝉篇》：“故园已迢忽，空庭正芜没。”

★骆宾王《在狱咏蝉》与李义山《蝉》为唐代咏蝉五律名篇，诗艺正相颉颃。

落　花

高阁客竟去，小园花乱飞。
参差连曲陌，迢递送斜晖。
肠断未忍扫，眼穿仍欲归[①]。

芳心向春尽，所得是沾衣。

①归，一作“稀”。

北青萝[①]

残阳西入崦，茅屋访孤僧[②]。
落叶人何在？寒云路几层？
独敲初夜磬，闲倚一枝藤[③]。
世界微尘里，吾宁爱与憎[④]？

①北青萝，疑为地名，诗内容为茅屋访孤僧。

②崦（yān），《山海经·西山经》有崦嵫之山，传为日没入之山。此代指山。

③藤，藤杖。

④世界微尘，佛家以世界如微尘。

风　雨

凄凉宝剑篇，羁泊欲穷年[①]。
黄叶仍风雨，青楼自管弦。
新知遭薄俗，旧好隔良缘[②]。
心断新丰酒，销愁斗几千[③]！

①宝剑篇，初唐郭震有《古剑篇》，一作《宝剑篇》，写宝剑被中路埋没。结末四句云：“何言中路遭弃捐，零落漂沦古狱边。虽复沉埋无所用，犹能夜夜气冲天。”诗为武则天所叹赏。

②“新知”二句，开成二年李商隐被王茂元辟为掌书记，并婚于王氏，为令狐绹所鄙弃。

③新丰酒，初唐马周西游长安，宿新丰（今陕西临潼新丰镇）为逆旅主人所冷落。周命酒一斗八升，悠然独酌，后至京师，舍于中郎将常何家，为何陈

便宜二十馀事。为太宗所赏识，即日召见，授监察御史。曹植《名都篇》："归来宴平乐，美酒斗十千。"王维《少年行》："新丰美酒斗十千。"

安定城楼①

迢递高城百尺楼，绿杨枝外尽汀洲②。
贾生年少虚垂涕，王粲春来更远游③。
永忆江湖归白髮，欲回天地入扁舟④。
不知腐鼠成滋味，猜意鹓雏竟未休⑤。

①安定，即泾州（今甘肃泾川）。唐文宗开成三年（838）泾原节度使王茂元辟商隐为掌书记，并以其女妻之。诗作于其时。

②迢递，绵长貌。汀洲，水边洲渚。

③贾生，指西汉贾谊。贾谊《陈政事疏》，谓当时形势"可为痛哭者一，可为流涕者二，可为长太息者六"。王粲，建安诗人。董卓之乱，粲离开长安，走荆州依刘表。曾作《登楼赋》以写其流寓之悲。诗人以贾生、王粲自况。开成三年（838）商隐才三十七岁，曾赴京应博学鸿词科失利，重返泾州。"虚垂涕"，"更远游"，正是自身生活的现实，

④永忆，犹长想，总想。江湖归白髮，实即白髮归江湖。二句意谓长想待将来白髮之时归老江湖，但希望干一番回天转地的事业而后以扁舟远去。春秋时范蠡佐越王勾践灭亡吴国，功成之后，泛扁舟游五湖。诗中暗用此典。

⑤"不知"二句，《庄子·秋水》："惠子相梁，庄子往见之。或谓惠子曰：'庄子来，欲代子相。'于是惠子恐，搜于国中三日三夜。庄子往见之，曰：'南方有鸟，其名鹓雏，发于南海，而飞于北海，非梧桐不止，非练实不食，非醴泉不饮。于是鸱得腐鼠，鹓雏过之，仰而视之曰：吓！今子欲以子之梁国而吓我耶？'"鹓雏，鸾凤一类的鸟。鸱，即猫头鹰。吓（hè），恐吓声。句意谓自己遭到排摈是党争中那些贪图权位者"不知腐鼠成滋味"，对他的"猜意"中伤的结果。

隋宫①

紫泉宫殿锁烟霞，欲取芜城作帝家②。
玉玺不缘归日角，锦帆应是到天涯③。

于今腐草无萤火，终古垂杨有暮鸦[④]。
地下若逢陈后主，岂宜重问后庭花[⑤]！

①隋宫，隋炀帝在江都所建宫殿。炀帝欲南游，自长安至江都沿途修建离宫四十馀所。

②紫泉，司马相如《上林赋》写长安形胜，谓“丹水更其南，紫渊径其北”，因以紫渊代指长安。唐人避高祖李渊讳，改称紫泉。芜城，隋代江都旧称广陵，刘宋时因历经兵燹而荒芜，鲍照为作《芜城赋》，因以芜城代指江都。二句谓隋炀帝让长安宫殿空锁烟霞，却欲以江都作为帝家。

③玉玺，皇帝印信。日角，指额角饱满如日。隋末唐俭劝李渊举事，谓渊“日角龙庭，天下属望”。见《旧唐书·唐俭传》。此即代指李渊。锦帆，隋炀帝南游，其龙舟风帆皆用宫锦制成，此即代指龙舟。大业十二年七月，隋炀帝三游江都。十三年五月，唐公李渊起兵太原，十一月入长安。明年三月，宇文化及杀炀帝于江都 。二句意谓如果李渊不入长安夺取帝位，炀帝龙舟还将游遍天涯。（以“日角”代指李渊，用典过于怪僻。）

④腐草无萤火：大业十二年五月，炀帝在东都景华宫征求萤火数斛，夜出游山放之，光遍山谷。杜牧《扬州》诗：“秋风放萤苑，春草斗鸡台。”或在扬州亦有放萤事。古人以腐草化为萤，诗谓“腐草无萤火”，言宫苑荒凉，连萤火亦无有。终古，久远之意。垂杨有暮鸦，隋炀帝开通济渠，引瀔水洛水入黄河，又自板渚引河水入汴河，引汴水入泗水，达淮河，又开邗沟至扬子入江，河岸皆筑御道，沿途栽种垂杨。于今垂杨衰老，空有暮鸦。

⑤“地下”二句，《隋遗录》：“炀帝在江都，昏湎滋深。尝游吴公宅鸡台，恍忽间与陈后主相遇，尚唤帝为殿下。后主舞女数十，中一人迥美，帝屡目之。后主曰：‘此丽华也。’因请丽华舞《玉树后庭花》。丽华徐起，舞一曲。后主问帝曰：‘龙舟之游乐乎？始谓殿下致治在尧舜之上，今日复此逸游，曩时何见罪之深耶？’帝忽悟，叱之，恍然不见。”

筹笔驿[①]

猿鸟犹疑畏简书，风云常为护储胥[②]。
徒令上将挥神笔，终见降王走传车[③]。
管乐有才真不忝，关张无命欲何如[④]！

他年锦里经祠庙，《梁父吟》成恨有馀[5]！

①筹笔驿，故址在今四川广元县北，传诸葛亮出师伐魏，在此筹画军事。

②猿鸟，一作“鱼鸟”，似非。简书，指诸葛亮军用文书，古代书于竹简。储胥，防卫军营的木栅。

③将，指诸葛亮。降王，指蜀后主刘禅。魏元帝景元四年，司马昭派邓艾伐蜀，后主出降，被传送洛阳。

④管乐，管仲和乐毅。管仲辅佐齐恒公成霸业，乐毅为燕昭王将伐齐，下齐七十馀城。诸葛亮隐居南阳时，尝自比管乐。忝，惭愧。关张，关羽与张飞，并为蜀汉大将。关羽镇荆州，为孙吴所败被杀，后张飞亦被部下害杀。

⑤锦里，在四川成都南，有武侯祠。《梁父吟》，古乐府篇名。诸葛亮隐居南阳时，好为《梁父吟》。二句意谓诸葛亮魂魄归来，重经祠庙，吟成《梁父》，叹功业不成，必长恨有馀。

马嵬[1]

海外徒闻更九州，他生未卜此生休[2]。
空闻虎旅鸣宵柝，无复鸡人报晓筹[3]。
此日六军同驻马，当时七夕笑牵牛[4]。
如何四纪为天子，不及卢家有莫愁[5]。

①马嵬，驿名，地在今陕西兴平西。天宝十五载安禄山反，六月潼关失守，玄宗率杨贵妃西逃，至马嵬驿，兵变，杨国忠盘水死于道周，玄宗被迫缢杀贵妃。参见白居易《长恨歌》注。

②徒闻，空闻。九州，原注：“邹衍云：九州之外，复有九州。”玄宗痴信方士之说，谓海上有仙山，可以找到贵妃魂魄。诗意谓玄宗空闻海外更有九州，实无法追寻，欲再与杨妃相见，他生未卜，此生已休。

③虎旅，指禁军。鸣，一作“传”。柝，夜间巡逻时敲的梆子，用以报时。鸡人，宫内负责报晓的人。《周礼·春官》：鸡人，“夜呼旦以叫百官”。二句追写玄宗西奔，夜间只听到禁军鸣柝，再没有鸡人报晓。

④六军同驻马，指玄宗行至马嵬驿，六军徘徊，持戟不进，请诛杨国忠以谢天下。七夕笑牵牛，《长恨歌传》写方士到海上仙山，见玉妃，玉妃因言：

"昔天宝十载，侍辇避暑骊山宫。牵牛织女相见之夕，独侍上，因仰天感牛女事，密相誓心，愿世世为夫妇。"诗活用传说材料。

⑤ 四纪为天子：十二年为一纪，玄宗自先天元年（712）即位至天宝十五载（756），凡四十五年，四纪约而言之。卢家有莫愁，梁武帝《河中之水歌》："河中之水向东流，洛阳女儿名莫愁。……十五嫁作卢家妇，十六生儿似阿侯。"句意谓玄宗四纪为天子，还不如卢家莫愁得以夫妇相聚。

锦瑟[①]

锦瑟无端五十弦，一弦一柱思华年[②]。
庄生晓梦迷蝴蝶，望帝春心托杜鹃[③]。
沧海月明珠有泪，蓝田日暖玉生烟[④]。
此情可待成追忆，只是当时已惘然[⑤]！

① 锦瑟，此以开篇二字为题，实同无题诗，并非咏锦瑟。

② 五十弦，《汉书·郊祀志》："泰帝使素女鼓五十弦瑟，悲，帝禁不止，故破为二十五弦。"诗中五十弦系泛说，数字不必拘泥。柱，支弦的小木。句写听锦瑟而思年华。

③ "庄生"句，《庄子·齐物论》："昔者庄周梦为胡蝶，栩栩然胡蝶也，自喻适志与，不知周也。俄然觉，则蘧蘧然周也。不知周之梦为胡蝶与，胡蝶之梦为周与！""望帝"句，《文选·蜀都赋》"鸟生杜宇之魄"，刘渊林注引《蜀记》："杜宇王蜀，号曰望帝。宇死，俗说云：宇化为子规。蜀人闻子规鸣，皆曰望帝也。"二句即思华年之意，谓人生如梦，若庄周之为蝴蝶；遗恨无穷，如望帝之托杜鹃。

④ 蓝田，山名，在今陕西蓝田，以产玉著名。月明珠有泪，日暖玉生烟，表现一种难以忘怀的情感和不可泯灭的精神。

⑤ 惘然，失意伤怀之貌。二句谓此情岂待追忆，即在当时即已惘然。

★《锦瑟》是李义山代表作之一，以难解著称。诗写人生之恨，"思华年"即全诗之旨。迷蝴蝶者，谓人生如梦；托杜鹃者，叹遗恨无穷；珠有泪者，感伤之情；玉生烟者，不泯之志。诗用比兴，不可字字泥实。前人解说者夥矣，或谓为悼亡之作，或谓锦瑟乃令狐楚青衣之名。此皆刻意求深或竟捕风捉影，尽力索解而愈不可解。

无 题

昨夜星辰昨夜风，画楼西畔桂堂东[①]。
身无彩凤双飞翼，心有灵犀一点通[②]。
隔座送钩春酒暖，分曹射覆蜡灯红[③]。
嗟予五鼓应官去，走马兰台类转蓬[④]。

① 画楼，一作“画堂”。

② 灵犀，犀指犀角，古人认为犀角有灵感，喻人两心相通。一说，犀角中有白钱贯通，用以为喻，似非。

③ 送钩，一种游戏。周处《风土记》：“义阳腊日饮祭之后，叟妪儿童为藏钩之戏。分为二曹，以校胜负。”分曹，分队。射覆，也是一种游戏，以巾盂等覆盖物品令人猜射。

④ 应官，犹言上班点卯。兰台，汉代藏图书秘籍之所。唐高宗龙朔初改秘书省为兰台。文宗开成四年（839）李商隐为秘书省校书郎，为时甚短。武宗会昌二年（842）入为秘书省正字，后以母丧居家。会昌五年（845）冬终丧后复官秘书省正字。类转蓬，如随风旋转的蓬草。

★李商隐的《无题》诗很多，直接标出《无题》的即多达十七首。其他另标题目如《锦瑟》《春雨》之类实与《无题》无异者还有多首。诸多《无题》诗内容相当复杂，即主角是男抑是女也各不相同。本篇中“予”必是诗人自己。写的是“昨夜”与意中人在公众场合相聚，却无缘私下交通，因而思念不已。诗原两首。另一首为七绝，诗曰：“闻道阊门萼绿华，昔年相望抵天涯。岂知一夜秦楼客，偷看吴王苑内花。”第二首正可为第一首注解。他对这位“萼绿华”昔年即已“相望”，只是如隔“天涯”。他作为“秦楼客”昨夜有机会相聚，却也只能“偷看”而已。说是“吴王苑内花”，这位意中人必是某家显贵的姬妾。

无 题

来是空言去绝踪，月斜楼上五更钟[①]。

梦为远别啼难唤，书被催成墨未浓。
蜡照半笼金翡翠，麝熏微度绣芙蓉[②]。
刘郎已恨蓬山远，更隔蓬山一万重[③]！

① 来是空言去绝踪，此写梦境。月斜楼上五更钟，乃梦醒以后的光景。

② 金翡翠、绣芙蓉，均指被褥上的图案。《楚辞·招魂》：“翡翠珠被，烂齐光些！”杜甫《李监宅》：“屏开金孔雀，褥隐绣芙蓉。”蜡照半笼，光犹可见。麝熏微度，香亦可闻，然人已杳。

③ 刘郎，指汉武帝刘彻。汉武求神仙，恨蓬莱山远；而所思之人，似隔蓬山更有万重。

无　题

飒飒东风细雨来，芙蓉塘上有轻雷[①]。
金蟾啮锁烧香入，玉虎牵丝汲井回[②]。
贾氏窥帘韩掾少，宓妃留枕魏王才[③]。
春心莫共花争发，一寸相思一寸灰。

① 飒飒，风声。芙蓉，荷花。

② 金蟾，燃香之器。啮锁，指香器上之盖钮。玉虎，井上辘轳。室中见金蟾吐香，户外闻辘轳汲水，尽是愁人不眠的感受。一说，金蟾指锁饰。

③ 贾氏窥帘，《世说新语·惑溺》：“韩寿美姿容，贾充辟以为掾。充每聚会，贾女于青琐中看，见寿，悦之，恒怀存想，发于吟咏。后婢往寿家，具述如此，并言女光丽。寿闻之心动，遂请婢潜修音问，及期往宿。寿蹻捷绝人，逾墙而入，家中莫知。自是充觉女盛自拂拭，说畅有异于常。后会诸吏，闻寿有奇香之气，是外国所贡，一着人则历月不歇。充计武帝唯赐己及陈骞，馀家无此香，疑寿与女通。充乃取女左右婢考问，即以状对。充秘之，以女妻寿。”宓妃，《文选·曹植〈洛神赋〉》：“黄初三年，余朝京师，还济洛川。古人有言，斯水之神，名曰宓妃。”《文选》曹子建名下附“记曰：魏东阿王求甄逸女，不遂，太祖回与五官中郎将，植殊不平。黄初中入朝，帝示甄后玉镂金带枕，植见之，不觉泣。时已为郭后谗死。帝乃以枕赉植。植还，度轘辕，将息洛水上，忽见女子来。自云：‘托心君王，其心不遂。此枕是我在家时从嫁，前与五官中

郎将，今与君王，遂用荐枕席。’遂作感甄赋。后明帝见之，改为《洛神赋》”。五官中郎将，即曹丕。按《三国志·后妃传》：文帝甄皇后，甄逸女，本袁绍中子袁熙之妻，曹操破袁绍，文帝纳以为后，生魏明帝。为郭后所谗，赐死。无遗枕与东阿王事。《文选》此记不知何人所作，乃小说家言，义山用以为典，则唐代已有之。诗中魏王指东阿王曹植。贾氏窥帘，写往日约会之事；宓妃留枕，喻后来思念之情。

无 题

相见时难别亦难，东风无力百花残。
春蚕到死丝方尽，蜡炬成灰泪始干[①]。
晓镜但愁云鬓改，夜吟应觉月光寒。
蓬山此去无多路，青鸟殷勤为探看[②]。

①“春蚕”二句，喻刻骨的相思，除死方休。丝，与“思”谐音。

②蓬山，蓬莱山，神仙所居，喻伊人所在之地。青鸟，传为西王母 之使，后用作传情者的代称。

悼伤后赴东蜀辟至散关遇雪[①]

剑外从军远，无家与寄衣。
散关三尺雪，回梦旧鸳机[②]。

①悼伤，指其妻王氏之卒。文宗开成三年（838），李商隐入泾原节度使王茂元幕，娶王氏女，时年二十六岁。夫妻感情甚笃，政治上却引起风波。宣宗大中五年（851）夏秋间王氏病卒，夫妻仅十三年。是年冬，商隐应柳仲郢辟，入东川幕。此入蜀途中至散关悼念王氏之作。

②鸳机，刺绣工具。商隐《即日》诗有“含泪坐鸳机”句，回梦旧鸳机，即回梦亡妻往日“含泪坐鸳机”，如今妻已不在，“无家与寄衣”矣。

★小诗语言平易而实深沉。义山深于情者也，迎面散关三尺雪，回想妻氏平生，其伤悼心情痛何如哉！区区二十字，胜过万语千言。

乐游原[1]

向晚意不适，驱车上古原。
夕阳无限好，只是近黄昏！

① 乐游原，在长安东南，地势高敞，可以远望长安，为唐代京师胜游之地。

★“夕阳无限好，只是近黄昏”，似是李唐王朝的哀歌。诗人固未必有意为之，然偶然得之更反映出时代的气运。据传朱自清先生逝世前曾赋诗云，“但得夕阳无限好，何须久怅待黄昏”，先生或真得人生的解悟。

宿骆氏亭寄怀崔雍崔衮[1]

竹坞无尘水槛清，相思迢递隔重城。
秋阴不散霜飞晚，留得枯荷听雨声。

① 骆氏亭，当在长安附近。崔雍崔衮，崔戎子，李商隐从表兄弟。

★《红楼梦》第四十回林黛玉道：“我最不喜欢李义山的诗，只喜他这一句，留得枯荷听雨声。”李义山诗多感伤，与林妹妹心境应该合拍，不解这位多情的小姐何以竟不喜欢。大概由于李义山的诗需要一定的人生经历才能充分理解，林黛玉当时毕竟还太年轻，所以曹雪芹让她如此轻易地说话。如果曹雪芹或者高鹗使她多活十年，就不至于让她这样看待李诗了。

寄令狐郎中[1]

嵩云秦树久离居，双鲤迢迢一纸书[2]。
休问梁园旧宾客，茂陵秋雨病相如[3]。

①令狐郎中，即令狐绹，武宗会昌三、四年间为右司郎中。

②嵩云秦树，会昌五年（845），李商隐回家葬母后居于洛阳，令狐绹在长安。嵩指嵩山，秦指长安。双鲤，汉乐府《饮马长城窟行》：“客从远方来，遗我双鲤鱼。呼童烹鲤鱼，中有尺素书。”古人信函，用木制成鱼形，两片合成，置信其中，故以“双鲤”代指书信。迢迢，远貌。一纸书，《晋书·刘弘传》：“弘每有兴废，手书守相，丁宁款密，所以人皆咸悦，争赴之。咸曰：‘得刘公一纸书，贤于十部从事。’”此必令狐绹先有书寄商隐，商隐作诗答之。

③梁园，汉梁孝王刘武园名，故址在今河南商丘。司马相如曾为梁孝王客，后为孝文园令，因病免，家居茂陵。见《史记·司马相如列传》。李商隐受知于令狐楚令狐绹父子，故自称旧宾客。

杜司勋①

高楼风雨感斯文，短翼差池不及群②。
刻意伤春复伤别，人间唯有杜司勋③。

①杜司勋，即杜牧。唐宣宗大中二年（848）杜牧升司勋员外郎。大中五年（851）李商隐即入东川节度使柳仲郢幕，离开长安，此诗之作当在大中三、四年间（849–850）。

②斯文，指杜牧诗文。差池（chā chí），鸟飞上下不齐之貌。《诗·邶风·燕燕》：“燕燕于飞，差池其羽。”“短翼”句，比喻自己才力低微。字面上说“不及群”，实指赶不上杜牧。

③伤春复伤别，即首句“感斯文”的内涵。伤春伤别，实包含着对时世的忧思。二句表现出诗人对杜牧的倾倒，其实李商隐同样是“刻意伤春复伤别”，正因为他们同声相应，感受才更加深刻。

夜雨寄北①

君问归期未有期，巴山夜雨涨秋池②。
何当共剪西窗烛，却话巴山夜雨时！

①唐宣宗大中五年（851）李商隐入东川节度使柳仲郢幕，在蜀达五年之久，诗即作于其时。《万首唐人绝句》诗题作“夜雨寄内”，以诗为寄妻子王氏

者。然王氏在李商隐入蜀之前去世，有《悼伤后赴东蜀辟至散关遇雪》诗可证，知诗非“寄内”者。

② 巴山，即大巴山，为绵亘四川东北与陕西湖北接界的大山脉。

为 有[1]

为有云屏无限娇，凤城寒尽怕春宵[2]。
无端嫁得金龟婿，辜负香衾事早朝[3]。

① 为有，以首句开头二字为题，实为闺情诗。

② 云屏，云母屏风，常陈设于卧室，此实指卧室。无限娇，此处“娇”字为温馨美好之意。凤城，丹凤城，代指京师。春宵为美好之时，因要早朝，所以说“怕”，由下文可知。

③ 金龟，朝臣的佩饰。《新唐书·东服志》：“天授二年，改佩鱼皆为龟。其后三品以上龟袋饰以金。”金龟婿，佩金龟的夫婿，是职别很高的朝臣。因清早即要上朝，故辜负香衾。

常 娥[1]

云母屏风烛影深，长河渐落晓星沉。
常娥应悔偷灵药，碧海青天夜夜心。

① 常娥，月神。《淮南子·览冥》：“羿请不死之药于西王母，姮娥窃以奔月。”高诱注：“姮娥，羿妻。羿请不死之药于西王母，未及服之，姮娥盗食之，得仙，奔入月中，为月精。”姮娥，姮与恒同音，汉代避汉文帝刘恒讳，唐代避唐穆宗李恒讳，改称常娥。

霜 月

初闻征雁已无蝉，百尺楼南水接天[1]。
青女素娥俱耐冷，月中霜里斗婵娟[2]。

①楼南，一作“楼台”。

②青女，霜雪之神。《淮南子·天文》：“秋三月，青女乃出，以降霜雪。”素娥，即常娥，月神。婵娟，美貌。

瑶　池

瑶池阿母绮窗开，黄竹歌声动地哀[①]。
八骏日行三万里，穆王何事不重来[②]？

①瑶池，神话中王母所居之地。《穆天子传》卷三：“天子宾于西王母。天子觞西王母于瑶池之上。西王母为天子谣曰：‘白云在天，山陵自出。道里悠远，山川间之。将子无死，尚能复来！’天子答之曰：‘予归东土，和治诸夏。万民平均，吾顾见汝。比及三年。将复而野。’”阿母，指西王母。绮窗，雕饰华丽的窗户。黄竹歌声，《穆天子传》卷五：“丙辰，天子游黄台之丘，猎于平泽，有降雨，天子乃休。日中大寒，有冻人。天子作诗三章。”诗中有“我徂黄竹，囗员闷寒”之句。徂。往，到。黄竹，地名。“瑶池”二句，谓王母在瑶池楼上打开窗户，只听到当年黄竹的歌声动地哀，穆王却不能再来。

②八骏，《穆天子传》卷一：“天子之骏：赤骥、盗骊、白义、逾轮、山子、渠黄、华骝、绿耳。天子主车，造父为御。”

贾　生[①]

宣室求贤访逐臣，贾生才调更无伦[②]。
可怜夜半虚前席，不问苍生问鬼神！

①贾生，即贾谊。详见刘长卿《长沙过贾谊宅》诗注。

②宣室，在长安未央殿北。贾生谪长沙，后召回。“孝文帝方受厘，坐宣室，上因感鬼神事，而问鬼神之本。贾生因具道所以然之状。至夜半，文帝前席。既罢，曰：‘吾久不见贾生，自以为过之，今不及也。’”见《史记·屈原贾生列传》。虚，空也，徒也。文帝前席，文帝向前移动坐席，以便靠近贾生。

汉宫词

青雀西飞竟未回，君王长在集灵台[①]。
侍臣最有相如渴，不赐金茎露一杯[②]。

①青雀，即青鸟，西王母使者。《汉武故事》：“七月七日，上于承华殿斋。忽青鸟从西来。东方朔曰：‘西王母欲来。’有顷，王母至。”青雀西飞，亦即王母西去。集灵台，《三辅黄图》：“集灵台、集仙宫、存仙殿、望仙台，皆武帝宫观名，在华阳县界。”（唐玄宗亦在骊山华清宫筑集灵台，此用汉事。）句意谓汉武帝求仙，见西王母，而西王母一去不回，武帝却长在集灵台空自等候。

②相如渴，司马相如患消渴疾，与口渴无关，诗取其词面（据说消渴疾即糖尿病）。金茎露，《三辅黄图》：“建章宫有神明台，武帝造，祭仙人处。上有承露台，有铜仙人舒掌捧铜盘玉杯，以承云表之露，和玉屑服之。”金茎即指铜仙人掌。茎，《广韵》户耕切（héng），今音京（jīng）。诗意谓汉武帝追慕神仙而并无结果，对贤才却毫不重视。

齐宫词

永寿兵来夜不扃，金莲无复印中庭[①]。
梁台歌管三更罢，犹自风摇九子铃[②]。

①“永寿”二句：南齐废帝东昏侯萧宝卷荒淫奢靡，宠幸潘贵妃，为起神仙、永寿、玉寿三殿，锦幔珠帘，穷极绮丽。凿金为莲花以贴地，令潘妃行其上，曰：“此步步生莲花也。”永元三年十二月，萧衍率军入建康，卫尉张稷、北徐州刺史王珍国为内应，夜开云龙门，勒兵入殿。是夜帝在含德殿，吹笙歌作《女儿子》，卧未熟，闻兵入，趋出，直后张齐斩其首送萧衍。衍并杀潘妃。见《南史·齐本纪》。

②“梁台”二句：晋宋以后以朝廷禁省为台，故称禁城为台城。《南史·齐本纪》：东昏侯为潘妃大建宫殿，尽取京城寺庙诸物。“庄严寺有玉九子玲，外国寺佛面有光相，禅灵寺塔诸宝珥，皆剥取以施潘妃殿饰”。梁武帝萧衍代齐以后，亦极奢靡。侯景之乱，武帝饿死台城，其子孙尤为糜烂。诗意谓新主欢歌，九子铃犹自摇亡朝旧响，新主不之觉也，故败亡相续。

北齐二首[①]

一笑相倾国便亡，何劳荆棘始堪伤[②]。
小怜玉体横陈夜，已报周师入晋阳[③]。

巧笑知堪敌万机，倾城最在着戎衣。
晋阳已陷休回顾，更请君王猎一围[④]。

① 北齐，东魏孝静帝武定八年，高欢之子高洋代东魏称帝，建都于邺，史称北齐。二十七年之后为周所灭。

② 一笑相倾，用李延年歌“北方有佳人，绝世而独立。一顾倾人城，再顾倾人国”句意。荆棘始堪伤，晋索靖知晋室将乱，谓洛阳殿前铜驼曰：“会见汝在荆棘中耳！”句意谓冯淑妃受宠之日，便是北齐亡国之时，不必待殿前荆棘而始堪伤也。

③ 小怜：北齐后主高纬所宠冯淑妃，名小怜，本大穆后从婢。穆后爱衰，以五月五日进之，号曰续命。慧黠，能弹琵琶，工歌舞。后主惑之，坐则同席，出则并马。愿得生死一处。见《北史·后妃传》。齐后主武平七年十二月，周武帝来救晋州，齐师大败，后主弃军先还，入晋阳。留安德王延宗等守晋阳，帝走入邺。延宗与周师战于晋阳，大败，为所虏。晋阳遂失陷。见《北史·齐本纪》。晋阳为北齐根本，晋阳既破，北齐即不保。玉体，《古文苑·宋玉〈讽赋〉》：“主人之女又为臣歌曰：内怵惕兮徂玉床，横自陈兮君之旁。”（此后人伪托，非宋玉之作。）《楞严经》：“我无欲心应汝行事，于横陈时味如嚼蜡。”释德洪《楞严合论》引司马相如《好色赋》：“花容自献，玉体横陈。”（司马相如亦无此赋。）

④ “晋阳”二句：冯淑妃好游猎。“周师之取晋阳，帝猎于三堆。晋州亟告急，帝将还，淑妃请更杀一围，帝从其言。”见《北史·后妃传》。晋阳陷后，后主禅位皇太子即幼主高恒，时年八岁。第二年，后主携冯妃逃亡青州，为周师所获，执送长安。后主向周武帝乞淑妃，周武帝即以赐之。不到一年，后主被杀，周武帝以冯淑妃赐代王宇文达，后亦被迫自杀。

隋宫[①]

乘兴南游不戒严，九重谁省谏书函[②]。
春风举国裁宫锦，半作障泥半作帆[③]。

①隋宫，隋炀帝南游江都所建行宫。参见七律《隋宫》注。题一作“隋堤”。

②“乘兴南游”二句：大业十二年炀帝三游江都，奉信郎崔民信以盗贼充斥，谏不宜巡幸。炀帝大怒，先解其颐，然后斩之。车驾至汜水，奉信郎王爱仁又谏，炀帝怒，斩之而行。自后无人敢谏。两年后炀帝即在江都被杀，隋亡。见《隋书·炀帝纪》。九重，指皇宫，亦即朝廷。

③宫锦，按宫廷规定的格式织的锦缎。障泥，马鞍两旁下垂用以障蔽泥水的部件。炀帝南游，造龙舟、楼船数百艘，水陆并进，障泥船帆皆用宫锦制作。

龙池

龙池赐酒敞云屏，羯鼓声高众乐停[①]。
夜半宴归宫漏永，薛王沉醉寿王醒[②]。

①龙池，开元二年唐玄宗以兴庆里旧邸为兴庆宫，内有龙池。赐酒，指玄宗赐其诸子宴饮。敞云屏，敞开云母屏风，使妃嫔亦得与诸王相见。羯鼓，一种来自羯中的鼓，鼓身如漆桶，两杖敲击，故又名两杖鼓。南卓《羯鼓录》：“其音焦杀鸣烈，尤意急曲促破，又宜高楼晓引，破空透远，特异众乐。明皇极爱之。尝听琴未及毕，叱琴者出，曰：‘速召花奴将羯鼓来，为我解秽！’花奴，汝阳王琎小名也。”

②宫漏，宫中计时的漏壶。永，长，久。宫漏永，谓夜深。薛王，玄宗弟李业封薛王，开元二十二年卒，此指其嗣王李琄。寿王，玄宗第十八子李瑁。杨玉环与开元二十三年（735）册封为寿王妃，玄宗欲夺之，度为女道士，号太真，纳入宫中，天宝三载册为贵妃。诗中“薛王沉醉”只是用作陪衬，重在“寿王醒”。造语幽默，甚至有点刻薄。

温庭筠

温庭筠（812—870？），字飞卿，本名岐，太原祁（今山西祁县）人，宰相温彦博之孙。少敏悟，长于诗赋音乐，“能逐弦吹之音，为侧艳之词”；然行无检束，生活放荡。曾为令狐绹宾客。宣宗爱听菩萨蛮新曲，令狐绹叫温庭筠代作，温向外人泄露，又曾讥刺令狐绹不读书，由此为令狐绹所疏远。徐商镇襄阳，署为巡官，不得志去，远游江东。后徐商为相，用为国子助教。徐商罢，贬方城尉，迁随县尉，卒。

温飞卿是第一个以词名家的作者，以风格秾艳著称。这种词风也影响他的歌诗，散发出绮罗香泽的气味。少数作品效法李贺，常将李贺词汇摄入诗中。但温也有好诗，七言古诗能反映一定的社会现实，五七言律与李商隐风格相近。描写风光景物，抒写抑郁情怀，能给人以真切的感受。其诗集已佚，后人辑有《温庭筠诗集》。其词集名《金荃集》。

遐水谣

天兵九月渡遐水，马踏沙鸣惊雁起[①]。
杀气空高万里情，塞寒如箭伤眸子[②]。
狼烟堡上霜漫漫，枯叶号风天地干[③]。
犀带鼠裘无暖色，清光炯冷黄金鞍。
虏尘如雾昏亭障，陇首年年汉飞将[④]。
麟阁无名期未归，楼中思妇徒相望[⑤]。

① 遐水，其地未详。

② 塞寒，塞上寒风。

③ 狼烟堡，地亦未详。号风，一作“飘风”。

④ 亭障，边塞上的堡垒。陇首，犹陇右。汉飞将，李广尝为陇西、北地、雁门、代郡、云中等地边郡太守，以力战闻名，匈奴称之为汉之飞将军。见《史记·李将军列传》。此系泛指。

⑤ 麟阁，即麒麟阁，在未央宫中，汉宣帝曾图霍光等功臣像于阁上。见《汉书·苏建传》。徒，空。

塞寒行

燕弓弦劲霜封瓦，朴簌寒雕睇平野[1]。
一点黄尘起雁喧，白龙堆上千蹄马[2]。
河源怒激风如刀，剪断朔云天更高[3]。
晚出榆关逐征北，惊沙飞迸冲貂袍[4]。
心许凌烟名不灭，年年锦字伤离别[5]。
彩毫一画竟何荣，长使青楼泪成血[6]。

① 朴簌（pù sù），与《木兰辞》中“扑朔”同意，此处当作跃起高飞之貌。雕，鸷鸟。睇，凝视。

② 白龙堆，《后汉书·班超传赞》“坦步葱雪，咫尺龙沙”，李贤注：“葱岭雪山，白龙堆沙漠也。”

③ 河源，黄河之源。怒激，指波涛迅急。

④ 榆关，即山海关。一作“榆林”，在今内蒙古准格尔旗境。逐征北，追随征北将军。征北，出处待考。

⑤ 凌烟，即凌烟阁。唐太宗贞观十七年图画开国功臣长孙无忌等二十四人于阁上。锦字，前秦窦滔以罪徙沙漠，其妻苏蕙织锦为回文诗以寄之。参见皇甫冉《春思》诗注。

⑥ 彩毫一画，即指图像于凌烟阁。

★诗中所涉边塞诸地，白龙堆、河源、榆关或榆林，彼此相距遥远，都只作为边塞代称。可知作者只是命题作诗，地名可以随意拉差，与盛唐岑

参等人的边塞作品，不可同日而语。

侠客行

欲出鸿都门，阴云蔽城阙[①]。
宝剑黯如水，微红湿馀血[②]。
白马夜频嘶，三更霸陵雪[③]。

① 鸿都门，东汉洛阳城门。然此系泛指，下文霸陵在长安。
② 黯，深隐也。黯如水，指宝剑深黯而澄亮如水。
③ 嘶，一作“惊”。霸陵，在长安城东。

送人东游

荒戍落黄叶，浩然离故关。
高风汉阳渡，初日郢门山[①]。
江上几人在，天涯孤棹还[②]。
何当重相见，尊酒慰离颜！

① 汉阳，今湖北武汉市西。汉阳渡泛指江边渡口。郢门山，即荆门山，在湖北宜昌东南，南北两山夹江对峙。汉阳与郢门相距甚远，且先郢门而后汉阳，诗中只是概指湖北境内沿江要地。
② 还，往也。

商山早行[①]

晨起动征铎，客行悲故乡[②]。
鸡声茅店月，人迹板桥霜。
槲叶落山路，枳花明驿墙。
因思杜陵梦，凫雁满回塘[③]。

① 商山，在陕西商县境。

② 征铎，车马的铃铛。

③ 杜陵，在长安城东，汉宣帝陵所在。

利州南渡[①]

澹然空水对斜晖，曲岛苍茫接翠微。
波上马嘶看棹去，柳边人歇待船归[②]。
数丛沙草群鸥散，万顷江天一鹭飞。
谁解乘舟寻范蠡，五湖烟水独忘机[③]。

① 利州，今四川广元县。

② 波，一作“坡”。按，“波”字不误，马亦乘舟过渡，故嘶鸣看棹。

③ 范蠡，春秋时越国大夫，辅佐越王勾践报吴国之仇，灭吴之后，即泛舟游五湖。见《吴越春秋》。

苏武庙

苏武魂销汉使前，古祠高树两茫然[①]。
云边雁断胡天月，陇上羊归塞草烟。
回日楼台非甲帐，去时冠剑是丁年[②]。
茂陵不见封侯印，空向秋波哭逝川[③]！

① 苏武，字子卿，汉武帝天汉元年使匈奴，被扣留逼降，武坚贞不屈。匈奴乃徙武至北海牧羊。武既至海上，掘野鼠所藏草实为食，杖汉节牧羊，卧起操持，节旄尽落。历十九年之后，至昭帝时匈奴与汉和亲，武始得回汉。见《汉书·苏武传》。汉使，一作“汉史”。

② 甲帐，《汉武故事》：汉武求神仙，“以琉璃珠玉、明月夜光，错杂天下珍宝为甲帐，其次为乙帐。甲以居神，乙以自居”。丁年，犹壮年。《文选·李陵〈答苏武书〉》：“丁年奉使，皓首而归。”（按，《答苏武书》实南朝人伪托。）苏武始以壮出，及还，须鬓尽白。上句谓回时武帝已死，下句谓苏武年华已逝。

③ 茂陵，汉武帝陵墓，代指汉武。苏武于昭帝始元六年还京师，时武帝已

去世六年。昭帝“诏武奉一太牢谒武帝园庙，拜为典属国，秩中二千石，赐钱二百万，宅一区”。逝川，喻逝去的年光。

★苏武忠于故国，出使不辱使命，受匈奴凌逼，坚贞不屈，在北海牧羊十九年，诚千古所难。飞卿《苏武庙》亦为自来咏苏武诗中杰作。然诗谓“茂陵不见封侯印，空向秋波哭逝川”，造语虽工，评说并不恰当。苏武回国之时，武帝已逝世六年，封侯与否，已与“茂陵”无涉。昭帝拜为典属国，因苏武为出使之臣，故使之主管属国之事，还是恰当的。几年之后昭帝去世，苏武参预谋立宣帝，“赐爵关内侯，食邑三百户”。“以武著节老臣，令朝朔望，号称祭酒，甚优宠之”。特别是苏武死后，宣帝图画其像于麒麟阁，置于霍光等功臣之列。汉廷报苏武者不薄，“空向秋波哭逝川”的是温飞卿，而不是苏子卿。

过陈琳墓①

曾于青史见遗文，今日飘蓬过此坟。
词客有灵应识我，霸才无主始怜君②。
石麟埋没藏春草，铜雀荒凉对暮云③。
莫怪临风倍惆怅，欲将书剑学从军④。

①陈琳，字孔璋，建安诗人。参见魏诗陈琳小传。
②词客，指陈琳。霸才，既指陈琳，亦指诗人自己。
③石麟，指陈琳墓上石兽。铜雀，曹操所建台名。
④欲将书剑学从军，叹息文章无用，故欲学从军。

过五丈原①

铁马云雕共绝尘，柳营高压汉宫春②。
天清杀气屯关右，夜半妖星照渭滨③。
下国卧龙空寤主，中原得鹿不由人④。
象床宝帐无言语，从此谯周是老臣⑤。

① 五丈原，在陕西眉县西南斜谷口西侧。蜀汉建兴十二年，诸葛亮率军出斜谷，据五丈原，与魏将司马懿对峙于渭南，分兵屯田，为久驻之基。是年八月，病卒于军。见《三国志·诸葛亮传》。

② 骓（zhuī），毛色苍白相杂的马，此泛指骏马。字一作“雕”，似非。共，一作“久”。绝尘，形容奔驰极为迅速。柳营，西汉名将周亚夫屯兵细柳，以军纪严明著称。此代指诸葛亮营。汉宫春，代指关中长安等地。二句意谓诸葛亮大军威震中原。

③ 关右，指陕西关中平原。杀气屯关右，指蜀魏大军对抗渭南。妖星，《诸葛亮传》裴松之注引《晋阳秋》：“有星赤而芒角，自东北西南流，投于亮营，三投再还，往大还小。俄而亮卒。”

④ 下国，指蜀国。卧龙，即诸葛亮，人称卧龙。寤，晓也，明也。空寤主，谓诸葛亮为刘备所知，然终未能成功。中原得鹿，语本《汉书·蒯通传》：“秦失其鹿，天下共逐之。”句意谓争夺天下，是否成功，并不由人。

⑤ 象床宝帐，指诸葛亮神龛的陈设。谯周，字允南，巴西人，蜀汉末为光禄大夫。景耀六年冬，邓艾军克江油，度阴平，谯周力劝后主投降。谓“若陛下降魏，魏不裂土以封陛下者，周请身诣京都，以古义争之”。后主遂降，蜀汉亡。谯周以功封阳城亭侯。诗意谓诸葛亮既死，不再言语，蜀汉朝廷就只有谯周这样的“老臣”。讽刺深刻而且幽默。

★罗隐《筹笔驿》诗云：“抛掷南阳为主忧，北征东讨尽良筹。时来天地皆同力，运去英雄不自由。千里山河轻孺子，两朝冠剑恨谯周。唯馀岩下多情水，犹解年年傍驿流。”议论多与飞卿同，诗艺亦差可比肩。

碧涧驿晓思

孤灯伴残梦，楚国在天涯。
月落子规歇，满庭山杏花。

弹筝人

天宝年中事玉皇，曾将新曲教宁王[①]。
钿蝉金凤皆零落，一曲伊州泪万行[②]。

① 玉皇，指唐明皇。宁王，睿宗长子李宪，以弟隆基（即明皇）功大，固让储位。兄弟感情甚笃。开元二十九年卒，谥曰让皇帝。见《旧唐书·睿宗诸子传》。宁王亦善音乐。

② 钿蝉金凤，皆妇女首饰。凤，一作“雁”。伊州，曲名，以来自伊州故名。

瑶瑟怨[1]

冰簟银床梦不成，碧天如水夜云轻。
雁声远过潇湘去，十二楼中月自明[2]。

① 瑶瑟，瑟之美称。此实为闺情诗。

② 十二楼，《史记·封禅书》：“方士有言黄帝时，为五城十二楼以候神人。”《孝武本纪》集解引应劭曰：“昆仑县圃五城十二楼，仙人之所常居也。”诗中系泛指。

过分水岭

溪水无情似有情，入山三日得同行。
岭头便是分头处，惜别潺湲一夜声。

杨柳枝三首

宜春苑外最长条，闲袅春风伴舞腰[1]。
正是玉人肠断处，一渠春水赤阑桥。

馆娃宫外邺城西，远映征帆近拂堤[2]。
系得王孙归意切，不关春草绿萋萋[3]。

织锦机边莺语频，停梭垂泪忆征人。
塞门二月犹萧索，纵有垂杨未觉春。

① 宜春苑，唐玄宗教坊名。

② 馆娃宫，传为吴王夫差为西施所筑宫名，故址在今苏州灵岩山上。邺城，今河北临漳，曹操都城。

③ “系得”二句，语本《楚辞·招隐士》：“王孙游兮不归，春草生兮萋萋。”诗反用其意。

李群玉

李群玉（813—860？），字文山，澧州（今湖南澧县）人。《唐才子传》说他“清才旷逸，不乐仕进，以吟咏自适”。裴休观察湖南，延至郡中。唐宣宗大中八年（854）进京，自晋诗三百篇。时裴休为相，荐授弘文馆校书郎，未几即乞假归。李群玉诗风朴质而凝炼，但才力似嫌不够，有些诗开头写得可以，往往后劲不足。有《李群玉集》。

黄陵庙①

小姑洲北浦云边，二女明妆共俨然②。
野庙向江春寂寂，古碑无字草芊芊。
风回日暮吹芳芷，月落山深哭杜鹃。
犹似含颦望巡狩，九疑如黛隔湘川③！

① 黄陵庙，在湖南湘阴北，祀舜二妃娥皇女英。据传虞舜南巡死于苍梧，二女从之不及，死于湘江，后人为之立庙。见《水经注》。

② 小姑洲，一作“小孤洲”，《唐诗纪事》卷五十四作“小袁洲”。二女，即二妃。明妆，一作“容华”。共，一作“自”。俨然，犹宛然，谓生动如像真的。

③ 颦，愁貌。巡狩，指巡狩苍梧的虞舜。九疑，山名，在湖南道县境，传舜葬于此。如黛，一作“愁绝”。湘川，湖南湘水。

鸂　鶒①

锦羽相呼暮沙曲，波上双声戛哀玉。

霞明川净极望中，一时飞灭青山绿。

① 鸂鶒，水鸟名。体形大于鸳鸯，羽毛多为紫色，常成对游于水上，故称为紫鸳鸯。

江上渔者

倚棹汀洲沙日晚，江鲜野菜桃花饭。
长歌一曲烟霭深，归去沧江绿波远。

李善夷

李善夷，与李群玉同时，谪官于澧阳。

大堤曲

酒旗相望大堤头，堤下连樯堤上楼。
日暮行人争渡急，桨声幽轧满中流[1]。

① 幽轧，即桨声。

皇甫松

皇甫松，睦州新安（今浙江建德）人，皇甫湜之子。存诗仅十三首，其佳作颇具民歌风味。

采莲子二首

菡萏香连十顷陂，小姑贪戏采莲迟。
晚来弄水船头湿，更脱红裙裹鸭儿①。

船动湖光滟滟秋，贪看年少信船流。
无端隔水抛莲子，遥被人知半日羞②。

①鸭儿，即鸭头状船首。《太平御览》卷七七。晋周处《风土记》："晨凫即青铜大船名，诸葛恪所作鸭头船也。"

②知，见也。

浪淘沙

滩头细草接疏林，浪恶罾船半欲沉①。
宿鹭眠鸥非旧浦，去年沙嘴是江心②。

①罾船，张网捕鱼的船。

②去年沙嘴是江心，因河水冲击改变洲渚地形，去年沙嘴，今年却是江心。

赵 嘏

赵嘏（gǔ，815—860？），字承佑，山阳（今江苏淮安）人。唐武宗会昌二年（842）进士。大中中，仕为渭南尉。赵嘏擅长七律，存诗二百六十二首，七律即占九十首。有《渭南集》。

长安晚秋

云物凄清拂曙流，汉家宫阙动高秋。
残星几点雁横塞，长笛一声人倚楼。
紫艳半开篱菊静，红衣落尽渚莲愁。
鲈鱼正美不归去，空戴南冠学楚囚①。

①鲈鱼正美，《晋书·张翰传》：张翰在洛阳，“见秋风起，乃思吴中菰菜、莼羹、鲈鱼脍，曰：‘人生贵得适志，何能羁宦数千里以邀名爵乎！’遂命驾而归。”空戴南冠，《左传》成公七年：“楚子重伐郑，师于汜。诸侯救郑。郑共仲侯羽军楚师，囚郧公钟仪，献诸晋……晋人以钟仪归，囚诸军府。”成公九年：“晋侯观于军府，见钟仪，问之曰：‘南冠而絷者谁也？’有司对曰：‘郑人所献楚囚也。’”

★王定保《唐摭言》卷七：“杜紫薇览赵渭南卷早秋诗云：‘残星几点雁横塞，长笛一声人倚楼。’吟味不已，因目嘏为赵倚楼。”杜紫薇，即杜牧。

寒 塘

晓发梳临水，寒塘坐见秋[①]。
乡心正无限，一雁度南楼。

①坐，遂。

江楼感怀

独上江楼思渺然，月光如水水如天。
同来望月人何处，风景依稀似去年。

经汾阳旧宅[①]

门前不改旧山河，破虏曾轻马伏波[②]。
今日独经歌舞地，古槐疏冷夕阳多！

①汾阳，即郭子仪，华州郑县（今陕西华县）人。以武举累官至天德军兼九原太守。安禄山叛乱，时任朔方节度使，在河北击败史思明。肃宗即位，任关内河东副元帅，收复长安洛阳。肃宗尝言："虽吾之家国，实由卿再造。"因功升中书令，封汾阳郡王。代宗时仆固怀恩叛变，纠合回纥吐蕃攻唐。子仪亲至回纥营，说服回纥共拒吐蕃。新旧《唐书》并有传。

②破虏，指郭子仪。马伏波，东汉初名将马援，封伏波将军。

钱塘断句

一千里色中秋月，十万军声半夜潮。

★咏钱塘夜半潮之诗甚多，精彩无有过赵承佑此两句者。惜佚其全篇，极为遗憾。

韩 氏

韩氏，唐宣宗时宫人，后为士人卢渥之妻。

题红叶

流水何太急，深宫尽日闲。
殷勤谢红叶，好去到人间！

★唐范摅《云溪友议》记载：唐宣宗时士人卢渥赴京应举，偶临御沟，拾得红叶，上题诗云云。后宣宗放出部分宫人，许从百官司吏。渥得韩氏，竟即题诗叶上者。

《云溪友议》记述的是一个风情旎旖的故事。历代封建统治者为了他们无穷无尽的欲望，往往把数以千计的青春佳丽禁闭“深宫”，使她们终身见不到天日，剥夺她们人生的情感享受。这种极端残忍的体制，是大量宫怨诗产生的背景，其中有许多优秀的作品。但那些作品绝大多数是诗人们代为设想的创作，这首题红叶诗却是宫人写自己亲身的感受。作品语言似甚平易而实深婉真切。御沟的流水如此迅急地流出宫外，而她却只能困处“深宫”。“长门深比墓门深”，一个轻轻淡淡的“闲”中包涵着多少的幽怨。把红叶题上内心的怨情，也寄托着微茫的希望。实在是一首艺术性很高的宫怨诗。

然故事尚有别的版本。宋刘斧《青琐高议》前集中《流红记》所载，谓在御沟拾得红叶者是唐僖宗时人于祐，诗与范摅所记全同。后于在河中娶得遣放宫人韩氏，正是题诗者。——红叶题诗当实有其事，版本不同属于传闻异辞。《云溪友议》作者范摅是唐僖宗时人，离韩氏卢渥不过几十年；

而宋人刘斧上距僖宗之世约两百年，自当以范摅所记为是。

唐孟棨《本事诗》还记有另一则梧叶题诗故事。谓玄宗天宝中从洛阳宫苑御沟流出梧叶上有诗云：“一入深宫里，年年不见春。聊题一片叶，寄与有情人。”诗在民间流传，诗人顾况和诗云：“愁见莺啼柳絮飞，上阳宫女断肠时。君恩不闭东流水，叶上题诗寄与谁？”过了十几天，御沟又流出梧叶，上有诗云：“一叶题诗出禁城，谁人酬和独含情。自嗟不及波中叶，荡漾乘春取次行！”故事的创作性质甚为明显，“一入深宫里”云云，相对浅露，远不如韩氏所作含蓄雅致而又深婉。

曹 邺

曹邺（816—875？），字邺之，阳朔（今广西阳朔）人。唐宣宗大中四年庚午（850）进士，由天平幕府迁太常博士，历祠部郎中、洋州刺史。曹邺来自边陲，曾累举不第，滞留长安达十年之久，颇历艰辛，对社会现实有所了解，故能用诗控诉社会不平。其诗纯用口语，如同民间歌谣。但过于质直，无回旋馀地。有《曹祠部集》。

捕鱼谣

天子好征战，百姓不种桑①。
天子好年少，无人荐冯唐②。
天子好美女，夫妇不成双。

① 不种桑，谓人皆征戍，不能种桑。
② 冯唐，西汉安陵人，事汉文帝，年老犹自为郎。见《史记·冯唐列传》。

★结体全仿汉《城中谣》。谣云："城中好高髻，四方高一尺。城中好广眉，四方且半额。城中好大袖，四方全匹帛。"汉谣全用比兴，曹诗只是直述，是所不同。诗艺并不高，为其敢直斥天子，所以难得。唐代此等声音，允许尽情吐露，至宋以后则不可想象。

官仓鼠

官仓老鼠大如斗，见人开仓亦不走。
健儿无粮百姓饥，谁遣朝朝入君口？

李山甫

李山甫（820—？），唐懿宗，咸通中累举不第，落魄不羁，后流寓河朔，依乐彦祯为魏博幕府从事。

项羽庙[①]

为虏为王尽偶然，有何羞见汉江船[②]？
停分天下犹嫌少，可要行人赠纸钱[③]？

① 项羽，秦末下相（今江苏宿迁西南）人，楚将项燕之后，秦二世元年，从叔父项梁起兵反秦，项梁死后代领其军。骁勇善战，成为反秦主力。秦亡后，分封诸侯，自立为西楚霸王。与刘邦争天下失败，汉五年自垓下突围到乌江，自杀。见《史记·项羽本纪》。

② 有何羞见汉江船，项羽垓下失败，突围至乌江。“乌江亭长舣船待。谓项王曰：‘江东虽小，地方千里，众数十万人，亦足王也。愿大王急渡！今独臣有船，汉军至，无以渡。’项羽笑曰：‘天之亡我，我何渡为！且籍与江东子弟八千渡江而西，今无一人还，纵江东父兄怜而王我，我何面目见之！’”遂力战自杀。见《项羽本纪》。项羽自杀之地乌江在今安徽和县东北，不知何以称为汉江。唐宋人将湖北境内长江段称为汉江，下游亦不称汉江。汉江船，疑当作“渡江船”。

③ 停分，平分。

代崇徽公主意[①]

金钗坠地鬓堆云，自别昭阳帝岂闻[②]？
遣妾一身安社稷，不知何处用将军！

①崇徽公主，仆固怀恩女，唐代宗大历四年五月远嫁回鹘可汗。

②昭阳，汉宫名，代指唐宫。

★胡曾《汉宫》诗云："明妃远嫁泣西风，玉箸双垂出汉宫。何事将军封万户，却令红粉为和戎？"与山甫诗旨意相近。

顾　云

顾云（？—894），字垂象，池州（今安徽贵池）人，与杜荀鹤、殷文圭友善。唐懿宗咸通十五年甲午（874）进士，为高骈淮南从事。避师铎之乱，退居霅川，杜门著书。昭宗大顺中，参与修宣、懿、僖三朝实录，书成，加虞部员外郎。存诗仅八首。

苏君厅观韩干马障歌①

杜甫歌诗吟不足，可怜曹霸丹青曲②。
直言弟子韩干画，画马无骨但有肉③。
今日披图见笔迹，始知甫也真凡目。
秦王学士居武功，六印名家声价雄④。
乃孙屈迹宁百里，好奇学古有祖风⑤。
竹厅斜日弈棋散，延我直入书斋中。
屹然六幅古屏上，欻见胡人牵入天厩之神龙。
麟鬐凤臆真相似，秋竹惨惨披两耳⑥。
轻匀杏蕊糁皮毛，细捻银丝插鬃尾⑦。
思量动步应千里，谁见初离渥洼水⑧。
眼前只欠燕雪飞，蹄下如闻朔风起。
朱崖谪掾从亡殁，更有何人鉴奇物⑨。
当时若遇燕昭王，肯把千金买马骨⑩？

①韩干，玄宗时画家，擅长画马。详杜甫《丹青引赠曹将军霸》注。障，

屏风。

② 曹霸，玄宗时画家 。丹青曲，即《丹青引》。

③“直言”二句，翻杜甫《丹青引》“干惟画肉不画骨，忍使骅骝气凋丧”句意。

④ 秦王学士，唐太宗李世民初封秦王，起文学馆，以杜如晦等十八人以本官兼文学馆学士。见《旧唐书·褚亮传》。十八学士中有军谘祭酒苏世长、军谘典签苏勖，并武功人。诗中苏君必二苏中一苏之后。六印名家，即苏家，《史记·苏秦列传》谓苏秦佩六国相印。

⑤ 百里，一县之地百里。诗意谓苏君屈才为县令。

⑥ 麟鬐凤臆，如麟之鬐，如凤之臆。臆，胸。“秋竹”句，骏马耳锐如披竹。杜甫《房兵曹胡马》诗：“竹披双耳峻。”

⑦“轻匀”二句，写马的画技。

⑧ 渥洼，水名，在今甘肃安西县，党河支流。《史记·乐书》谓汉武帝“得龙马渥洼水中”。

⑨ 朱崖谪掾，似指李德裕。李德裕于宣宗大中元年秋贬潮州司马，旋又贬潮州司户，二年冬至潮阳，又贬崖州司户。三年正月到达珠崖，十二月即卒于此。见《旧唐书·李德裕传》。李德裕或善鉴奇物。

⑩“当时”二句：《战国策·燕策一》：燕昭王欲致贤才，问于郭隗。郭隗对曰：“臣闻古之君人有以千金求千里马者，三年不能得。涓人言于君曰：‘请求之。’君遣之。三月得千里马，马已死，买其骨五百金，反以报君。君大怒曰：‘所求者生马，安事死马而捐五百金！’涓人对曰：‘死马且买之五百金，况生马乎！天下必以王为能市马，马今至矣！’于是不能期年，千里马之至者三。今王诚欲致士，先从隗始；隗且见事，况贤于隗者乎！”此本郭隗所说寓言，后人用作燕昭王典实，且演五百金买马首为千金买马骨。

★不在少陵名下束手，敢翻少陵评说，单此一着即属不凡；诗亦敢步少陵后尘。

张　乔

张乔，池州（今安徽贵池）人。唐懿宗咸通中进士。隐居九华山。存诗两卷，颇有些绝句新丽可诵。

书边事

调角断清秋，征人倚戍楼①。
春风对青冢，白日落梁州②。
大漠无兵阻，穷边有客游。
蕃情似此水，长愿向南流③。

①角，军用乐器名。

②青冢，王昭君，在今内蒙古呼和浩特南。据传秋冬塞草枯黄，昭君墓草独青。梁州，在今陕西汉中。

③蕃情，在蕃地的征人之情。二句谓征人总望南归之意。

宴边将

一曲梁州金石清，边风萧飒动江城①。
座中有老沙场客，横笛休吹塞上声！

①梁州，曲名。

河湟旧卒[①]

少年随将讨河湟，头白时清返故乡。
十万汉军零落尽，独吹边曲向残阳！

① 河湟，黄河湟水流域。至德以后，河湟地区长期受吐蕃侵扰，多次发生战争。参见杜牧《河湟》诗注。

九华楼晴望[①]

一夜江潭风雨后，九华晴望倚天秋。
重来此地知何日，欲别殷勤更上楼。

① 九华楼，其地不详。

曹 唐

曹唐，字尧宾，桂州（今广西桂林）人，与罗隐同时。初为道士，工文赋诗，懿宗咸通中为诸府从事。曹唐以游仙诗著名，现存《小游仙诗》九十八首，据说还写有《大游仙诗》五十篇，今存十馀篇。晋郭璞的游仙诗实为隐逸诗，曹唐表现的才是真想做神仙。汉武帝求神仙，是想既做皇帝又成神仙；曹唐是山野小民，皇帝与他无分，他就写同仙子的恋情，既做神仙，又有美人，当然称意。不过读他的大作不能使人飘飘有凌云之气，只会感到无聊。

题武陵洞[①]

溪口回舟日已昏，却听鸡犬隔前村。
殷勤重与秦人别，莫使桃花闭洞门。

① 武陵洞，此以陶渊明《桃花源记》为依托。详见王维《桃源行》注。

罗 邺

罗邺（825—？），馀杭（今浙江杭州）人。唐懿宗咸通中累举不第，后郁郁不得志。

芳 草

芳草和烟暖更青，闲门要路一时生。
年年点检人间事，唯有春风不世情。

雁[①]

暮天新雁起汀洲，红蓼花开水国愁。
想得故园今夜月，几人相忆在江楼。

① 一作杜荀鹤诗，题为《题新雁》，唯第二句作“红蓼花疏水国秋”。

李 洞

李洞，字才江，京兆（今陕西西安）人。唐昭宗时屡举不第，一生贫困。李洞崇拜贾岛，以至铸贾岛像，奉之有如教主。歌颂贾岛“位卑终蜀士，诗绝占唐朝”（《贾岛》），夸大到丧失理智。其诗风自然也像贾岛，幽峭僻涩，间有新颖之句，完篇甚少。

送僧清演归山

毛褐斜肩背负经，晓思吟入窦山青。
峰前野水横官道，踏着秋天三四星。

曹 松

曹松（828—901），字梦徵，舒州（今安徽潜山）人。尝避乱洪都西山，后依建州李频，频死后漂流各地。《唐才子传》记昭宗光化四年（901），松与王希羽、刘象、柯崇、郑希颜同榜登第，年皆七十馀，时号五老榜。特授校书郎卒。曹松也是贾岛的崇拜者，诗风亦相似，炼字炼句，冥索苦吟，自言“平生五字句，一夕满头丝。把向侯门去，侯门未可知！”（《崇义里言怀》）集中不无好句，如“野火风吹阔，春冰鹤啄穿”（《钟陵野步》）、“时平无探骑，秋静见盘雕”（《送左协律京西从事》），写得相当精采，但全篇舒展不开。贾岛派诗人都爱苦吟。与曹松同时有范阳卢延让，字子善，光化三年进士。所作《苦吟》诗云：“吟安一个字，捻断数茎须。险觅天应闷，狂搜海亦枯。”其诗实无可取，唯吟则足与贾岛、曹松比苦。

己亥岁[①]

泽国江山入战图，生民何计乐樵渔。
凭君莫话封侯事，一将功成万骨枯。

①题下原注：“僖宗广明元年。”广明元年岁次庚子（880）。诗题与注必有一误。广明前一年为乾符六年己亥（879）。是年五月，黄巢军陷广州，十月北度大庾岭，进入湖南。广明元年春自衡永直下潭州，进荆襄，旋东下江淮。诗中“泽国江山入战图”即指黄巢军事。诗原二首，其二云：“传闻一战百神愁，两岸强兵过未休。谁道沧江总无事，近来长共血争流。”

★己亥岁黄巢军横行南国，北进中原，唐军连连惨败，无“一将功成”之事，黄巢军更算不得“功成”，有点无的放矢。“凭君莫话封侯事，一将功成万骨枯”，诗句相当警策，因而极为有名。但成什么样的“功”却要分析，不能一概而论。如果是抵抗外敌侵略，保卫祖国，战士们英雄牺牲，纵然是暴骨沙场也是迫不得已，永远值得后人纪念和钦敬。反之，如果是侵略者发动战争，或者是野心家发动叛乱，使无数的士卒成为枯骨，则应该坚决反对。不分青红皂白，一概“莫话”是没有道理的。

司马扎

司马扎，《唐诗品汇》作司马礼。宣宗懿宗时人。他是诗史上最受冷落的作者，《唐才子传》殷文奎传后提到他，恰恰是为了否定他，说其诗“气格卑下”，“强名为诗”，实在是一种偏见。晚唐人多写近体，他却以古体取胜。存诗仅三十九首，很能反映现实，在晚唐应该说是格高气上的。

古边卒思归

有田不得耕，身卧辽阳城①。
梦中稻花香，觉后战血腥。
汉武在深殿，唯思廓寰瀛②。
中原半烽火，比屋皆点行③。
边土无膏腴，闲地何必争？
徒令执耒者，刀下死纵横！

① 辽阳，汉代辽阳在今辽宁省境，此用古地名。
② 廓寰瀛，扩展疆土。
③ 点行，官兵服役。

蚕　女

养蚕先养桑，蚕老人亦衰。
苟无园中叶，安得机上丝。

妾家非豪门，官赋日相追。
鸣梭夜达晓，犹恐不及时。
但忧蚕与桑，敢问结髮期。
东邻女新嫁，照镜弄蛾眉。

宿寿安甘棠馆[①]

行人方倦役，到此似还乡。
流水来关外，青山近洛阳。
溪云归洞鹤，松月半轩霜。
坐恐晨钟动，天涯道路长。

① 寿安，隋仁寿四年改甘棠县置寿安县，今河南宜阳县。

于　濆

于濆（832—？），字子漪，唐懿宗咸通二年辛巳（861）进士，终泗州判官。于濆诗平实朴质，能较为深刻地反映社会现实和民生疾苦。

边游录戍卒言

二十属卢龙，三十防沙漠[①]。
平生爱功业，不觉从军恶。
今来客鬓改，知学弯弓错。
赤肉痛金疮，他人成卫霍[②]。
目断望君门，君门苦寥廓[③]！

① 卢龙，唐方镇名，治幽州（今北京）。亦关塞名，卢龙塞在今河北喜峰口。此用作边塞代称。

② 卫霍，卫青、霍去病，西汉名将。

③ 寥廓，高远貌。

戍卒伤春

连年戍边塞，过却芳菲节。
东风气力尽，不减阴山雪。
萧条柳一株，南枝叶微发。
为带故乡情，依依藉攀折。

晚风吹碛砂，夜泪啼乡月。

凌烟阁上人，未必皆忠烈①！

①凌烟阁，唐太宗贞观十七年图画开国功臣长孙无忌等二十四人于凌烟阁。此指冒功边将，非真指凌烟阁上人。

贯 休

贯休（832—912），字德隐，俗姓姜，婺州兰溪（今浙江兰溪）人，七岁出家。昭宗时钱镠拜镇东军节度使，称吴越王。贯休居灵隐，投诗往贺，诗中有“满堂花醉三千客，一剑霜寒十四州”句，钱镠要求改“十四州”为“四十州”才与相见。贯休回答：“州亦难添，诗亦难改，余孤云野鹤，何天不可飞！”拂袖而去。后谒荆州成汭。成汭要他传授书法，贯休回答：“此事须登坛可授，安得草草！”成汭怒，递放入黔。唐昭宗天复中入益州，为王建所礼遇，号禅月大师，遂终于蜀。所著称《西岳集》，吴融为之序，极为推崇，其弟子昙域更名《宝月集》。全集三十卷已亡，今存诗犹有七百多首。晚唐人多写近体，贯休自创杂言古体，明白如话，活泼自如，有同佛偈，却能干预现实，对统治者的腐朽有所揭露和讽刺，在唐代僧人作者中是唯一的。所作近体诗也具有这种佛偈风格，然未免流于油滑。

胡无人①

霍嫖姚，赵充国，天子将之平朔漠②。
肉胡之肉，烬胡帐幄。千里万里，唯留胡之空壳③。
边风萧萧，榆叶初落。杀气昼赤，枯骨夜哭。
将军既立殊功，遂有胡无人曲。
我闻之天子富有四海，德被无垠。
但令一物得所，八表来宾，亦何必令彼胡无人④！

① 胡无人，一作“胡无人行”。《乐府诗集》属相和歌辞。

② 霍嫖姚，汉武帝名将霍去病，六次出击匈奴，曾为嫖姚校尉、骠骑将军，封冠军侯。赵充国，汉武帝昭帝时任后将军，反击匈奴侵扰，宣帝时封营平侯。将之，使之为将。

③ “肉胡”之肉，啮食。烬，烧毁。

④ 一物得所，使每一个人得其所。八表，八方。宾，臣服。

★前人所作《胡无人行》，大多歌颂将帅的英勇，以能歼灭敌人为能事，贯休却主张“但令一物得所，八表来宾，亦何必令彼胡无人”，表现出仁者的胸怀，发前人之所未发。

苦寒行[①]

北风北风，职何严毒！摧壮士心，缩金乌足[②]。
冻云嚣嚣，碍雪一片下不得[③]。
声绕枯桑，根在沙塞。黄河彻底，顽直到海[④]。
一气抟束，万物无态。唯吾庭前杉松树枝，枝枝健在！

① 苦寒行，《乐府诗集》属相和歌辞，曹操首唱。

② 职，主司其事。金乌，传太阳中有金乌。

③ 嚣嚣（xiāo），聚积貌。

④ “黄河”二句，言黄河彻底冰冻，故顽直到海。

富贵曲二首

有金张族，骄奢相续[①]。
琼树玉堂，雕墙绣毂。纨绮杂杂，钟鼓合合。
美人如白牡丹花，半日只舞得一曲。
乐不乐，足不足，争教他爱山青水绿[②]？

如神若仙，似兰同雪。乐戒于极，胡不知辍[③]？

只欲更缀上落花，恨不能把住明月。
太山肉尽，东海酒竭。佳人醉唱，敲玉钗折。
宁知耘田车水翁，日日日炙背欲裂！

① 金张族：西汉金日磾家，自武帝至平帝，七世为内侍；张安世家，自宣帝元帝以来，为侍中、中常侍者十馀人。此代指豪门大族。

② 争教，怎能教。

③ 乐戒于极，寻欢作乐需警戒走向极端，即不要太过分。辍，停止。

皮日休

皮日休（833—883），字袭美，又字逸少，自号醉吟先生，闲气布衣，襄阳（今湖北襄阳）人。出身农家，唐懿宗咸通八年丁亥（867）进士。明年至苏州，为苏州刺史崔璞军事判官，与陆龟蒙唱和。僖宗乾符四年进京为著作，迁太常博士。广明元年，出为毘陵副使，离长安南下途中卷入黄巢军。黄巢入长安，以皮日休为翰林学士。据传因作谶文为黄巢所杀。

皮日休著有《皮子文薮》。所写小品文，暴露封建社会的黑暗，抨击统治者腐朽残暴，相当尖锐。指出"古之取天下也以民心，今之取天下也以民命！"（《读司马法》）"古之置吏也将以逐盗，今之置吏也将以为盗"（《鹿门隐书》）。揭发可谓彻底。在《原谤》中更公开号召对统治者进行惩罚。"呜呼！尧舜大圣也，民且谤之；后之王天下，有不为尧舜之行者，则民扼其吭，捽其首，辱而逐之，折而族之，不为甚矣"。这种反叛声音在封建文人中极难听到。作为诗人的皮日休成就并不足观。皮氏是唐代最大的以文字为游戏的诗人。现存皮诗四百二十七首，准文字游戏如《太湖诗二十章》《渔具二十咏》《樵人十咏》《酒中十咏》《茶中十咏》之类达一百三十首，纯文字游戏如"回文""离合""叠韵"之类近四十首。皮诗约有一半是和陆龟蒙唱和之作，诗中标出"鲁望"者即达一百八十五首。如此写作自不会有好诗。皮日休有《正乐府十章》，系模仿白居易《秦中吟》《新乐府》者，是皮诗的精华。另有少数讽刺小诗亦有可取。

橡媪叹[①]

秋深橡子熟，散落榛芜冈。
伛偻黄发媪，拾之践晨霜。
移时始盈掬，尽日方满筐。
几曝复几蒸，用作三冬粮。
山前有熟稻，紫穗袭人香。
细获又精舂，粒粒如玉珰[②]。
持之纳于官，私室无仓箱。
为何一石馀，只作五斗量？
狡吏不畏刑，贪官不避赃。
农时作私债，农毕归官仓[③]。
自冬及于春，橡实诳饥肠。
吾闻田成子，诈仁犹自王[④]。
吁嗟逢橡媪，不觉泪沾裳。

① 皮日休《正乐府十篇》，选录《橡媪叹》《哀陇民》二篇。橡，即栎树，又称橡栗。果实即橡子，又称栎子，味苦，饥民用以充饥。媪（ǎo），老妇。

② 玉珰，玉制饰物。

③ “农时”二句：农忙季节，官吏用官粮私放高利贷，秋收以后将本粮回归官仓。

④ 田成子，春秋时陈大夫陈完奔齐，改姓田氏，其六世孙田常即田成子“以大斗出贷，以小斗收”，收买民心。之后杀齐简公，立平公，齐国之政尽归田氏。其曾孙田和夺齐政权，姜齐由此嬗变为田齐。见《史记·田敬仲完世家》。

哀陇民

陇山千万仞，鹦鹉巢其颠[①]。

穷危又极险，其山犹不全②。
蚩蚩陇之民，悬度如登天③。
空中觇其巢，堕者争纷然。
百禽不得一，十人九死焉。
陇川有戍卒，戍卒亦不闲。
将命提雕笼，直到金堂前④。
彼毛不自珍，彼舌不自言；
胡为轻人命，奉此玩好端？
吾闻古圣王，珍禽皆舍旃。
今此陇民属，每岁啼涟涟。

① 陇山，在陕西陇县、宝鸡与甘肃清水之间。

② 其山犹不全，指山崖并不牢固，攀爬者容易摔下。故下文言“堕者争纷然”，“十人九死焉”。

③ 蚩蚩，扰攘奔忙之貌。悬度，在山崖之间用绳索牵引度过。此指用绳索牵引攀登山崖去捕捉鹦鹉。

④ 将命，奉命。金堂，达官贵人的居屋。“陇川有戍卒”四句：陇川戍卒本是戍守边疆的，于今却“亦不闲”，奉命提着关鹦鹉的雕笼，远送统治者的堂屋。

陆龟蒙

陆龟蒙（？—881），字鲁望，长兴（今浙江长兴）人。为唐末有名“高士”，居于松江甫里，因号甫里先生，又号天随子、江湖散人。陆氏小品文可与皮日休、罗隐鼎足。诗与皮日休齐名，并称“皮陆”。存诗近六百首，同皮日唱酬之作将近一半，诗题中标出“袭美”者即达二百六十八首。有《甫里集》。

白莲

素蘤多蒙别艳欺，此花端合在瑶池①。
还应有恨无人觉，月晓风清欲堕时②。

①蘤（wěi），花。端合，一作“真合”。瑶池，神话中西王母所居之地。参见李商隐《瑶池》诗注。

②“还应”句，一作“无情有恨何人见”。

★王士禛《渔洋诗话》：“余谓陆鲁望‘无情有恨何人见，月白风清欲堕时’，二语恰是咏白莲诗，移用不得。而俗人议之，以为咏白牡丹、白芍药亦可，此真盲人道黑白。”

怀宛陵旧游①

陵阳佳地昔年游，谢朓青山李白楼②。
唯有日斜溪上思，酒旗风影落春流。

① 宛陵，安徽宣城古称宛陵。

② 陵阳，山名，在宣城北。南齐诗人谢朓曾为宣城太守，李白曾家于宣城，后人建有李白读书楼。

罗 隐

罗隐（833—909），字昭谏，馀杭（今浙江杭州）人。本名横，举进士十上不第，遂改名隐，自号江东生。唐僖宗广明中（881），遇乱回乡里。时钱鏐镇钱塘，以为掌书记，累官节度判官、盐铁发运副使、著作佐郎，转司勋郎中。《唐才子传》云："隐恃才忽睨，众颇憎忌。自以当得大用，而一第落落，传食诸侯，因人成事，深怨唐室。诗文多以讥刺为主，虽荒祠木偶，莫能免者。"其小品文与皮日休、陆龟蒙齐名。诗浅显平易，多用口语。律诗甚多而诗艺平平，部分"以讽刺为主"的七绝小诗为集中佳作，咏史诸作尤为出色。清人辑有《罗昭谏集》。

绵谷回寄蔡氏昆仲[①]

一年两度锦江游，前值东风后值秋[②]。
芳草有情皆碍马，好云无处不遮楼。
山将别恨和心断，水带离声入梦流。
今日因君试回首，淡烟乔木隔绵州[③]。

①绵谷，今四川广元。

②锦江，一作"锦城"，今四川成都。

③因君试回首，一作"不堪回首望"。绵州，今四川绵阳。诗人离成都经绵阳至广元，诗系自广元回寄蔡氏昆仲者。

雪

尽道丰年瑞，丰年事若何？
长安有贫者，为瑞不宜多！

西施

家国兴亡自有时，吴人何苦怨西施。
西施若解倾吴国，越国亡来又是谁？

★西施故事其实只是传说，未必有历史根据。（参见王维《西施咏》注。）但故事动人，是极好的诗料，所以李白、王维之后，历代诗人都有不少歌咏，大多将吴国之亡归罪于吴王夫差宠幸西施。皮日休《馆娃宫》诗云："越王大有堪羞处，只把西施赚得吴。"宋郑獬《西施》诗云："若论沼吴功第一，黄金只合铸西施。"都认为是西施促成了吴国的覆灭。近代有些作品将西施写得似乎在吴国作内应，如此西施由宠物一变而为奸细。其实夫差之败在于战略上的失误和思想上的麻痹，与西施无关，假定有西施其人且被宠幸的话。"西施若解倾吴国，越国亡来又是谁？"罗昭谏这一问，很为苎罗山这位绝代佳人吐了气，驳斥了加在她身上的诬蔑不实之词。

炀帝陵①

入郭登桥出郭船，红楼日日柳年年。
君王忍把平陈业，只博雷塘数亩田②！

① 炀帝陵，大业十二年隋炀帝游江都，十四年为宇文化及缢杀，葬吴公台下。唐平江南，改葬雷塘。

② 平陈业，隋文帝开皇九年，隋军下建康，虏陈后主，南北统一。二十八年之后隋朝又复灭亡。博，一作"换"。数亩田，指其坟地。

鹦鹉

莫恨雕笼翠羽残，江南地暖陇西寒[①]。
劝君不用分明语，语得分明出转难[②]。

① 陇西，陇山以西，今甘肃东南部。古人以鹦鹉产于陇西。
② 出，指放出雕笼。

蜂

不论平地与山尖，无限风光尽被占。
采得百花成蜜后，为谁辛苦为谁甜？

韦　庄

韦庄（836？—910），字端己，京兆杜陵（今陕西西安）人。天宝宰相韦见素之后。唐僖宗广明元年（880）韦庄入长安应试，适黄巢军攻陷长安。中和三年（883），作长篇叙事诗《秦妇吟》，被称为“秦妇吟秀才”。此后飘泊江南，遍历吴越、江西、湖南等地。唐昭宗乾宁元年（894）进士，授校书郎。李珣宣谕西川，举庄为起居郎，王建表留之。王建称帝，以庄为吏部侍郎同平章事。王建武成三年卒，年约七十五。

韦庄是唐末杰出词人，与温庭筠并称“温韦”。温词秾艳，韦作较为疏朗自然，为蜀中词坛巨擘。其小诗风格清新，音韵浏亮，有较高的艺术性。在五代诗人中，韦庄算是佼佼者。韦庄的名作《秦妇吟》凡二百三十八句一千六百六十六字，为有唐第一叙事长诗。作品通过在乱离中挣扎的秦妇之口，反映了唐代都城长安在黄巢军攻陷以后的惨象。长诗既揭露了黄巢军的残暴，也控诉了官军的暴虐，没有哪一篇作品比这首长诗更可以称为诗史的了。后来韦庄仕于西蜀，西蜀统治者王建和他的大臣如晋恽、李师泰辈都是原唐王朝镇压黄巢时的将领，韦庄自有所讳忌，故其弟韦蔼编韦庄《浣花集》时没有收录《秦妇吟》，致使宋元明清一千多年间这篇长诗不见于著录。直到二十世纪初在敦煌石窟中发现它的上十种写本，这篇罕见的杰作才得以重见天日。但《秦妇吟》叙事拖沓，艺术上不算上乘，故本帙未予选录。

章台夜思[①]

清瑟怨遥夜，绕弦风雨哀[②]。

孤灯闻楚角，残月下章台。
芳草已云暮，故人殊未来。
乡书不可寄，秋雁又南回。

① 章台，汉代有章台在长安城内，春秋时楚国章华台在今湖北潜江境亦简称章台，诗中有“孤灯闻楚角”语，则似指后者。

② 风雨哀，即指瑟声。

古离别

晴烟漠漠柳毵毵，不那离情酒半酣[①]。
更把玉鞭云外指，断肠春色在江南。

① 漠漠，密布貌。毵毵，枝条下垂之貌。不那，犹无奈。

台　城[①]

江雨霏霏江草齐，六朝如梦鸟空啼[②]。
无情最是台城柳，依旧烟笼十里堤。

① 台城，南朝城名。本三国吴后苑城，东晋成帝时改建，为东晋南朝台省和宫殿所在地，故名。梁大清二年侯景之乱，梁武帝饿死于此。

② 霏霏，细雨迷蒙之貌。

春　愁

自有春愁正断魂，不堪芳草思王孙[①]。
落花寂寂黄昏雨，深院无人独倚门。

① 芳草思王孙，语本《楚辞·招隐士》“王孙游兮不归，春草生兮萋萋”。

高 蟾

高蟾，河朔间人。唐僖宗乾符三年丙申（876）进士，官至御史中丞。

下第后上永崇高侍郎[①]

天上碧桃和露种，日边红杏倚云栽。
芙蓉生长秋江上，不向东风怨未开。

①永崇，长安坊名。

★《唐才子传》谓高蟾“初累举不上，题省墙间曰：‘冰柱数条搘白日，天门几扇锁明时。阳春发处无根蒂，凭仗东风次第吹。’怨而切。是年人论不公，又下第，上马侍郎云云”。此揭露科场不公，有所凭恃者得中，并非以才学为准。“芙蓉生长秋江上，不向东风怨未开”，其实怨恨之极，只是表示其傲岸不屈而已。

章碣

章碣（837—？），钱塘（今浙江杭州）人，章孝标之子。唐僖宗乾符进士。

焚书坑[1]

竹帛烟销帝业虚，关河空锁祖龙居[2]。
坑灰未冷山东乱，刘项原来不读书[3]。

① 焚书，《史记·秦始皇本纪》三十四年，丞相李斯议："臣请史官非秦记皆烧之。非博士官所职，天下敢有藏《诗》《书》百家语者，悉诣守、尉杂烧之。有敢偶语《诗》《书》者弃市，以古非今者族。吏见知不举者与同罪。令下三十日不烧，黥为城旦。所不去者，医药卜筮种树之书。若欲有学法令，以吏为师。"制曰："可。"焚书坑在陕西临潼骊山上。实系附会，《诗》《书》"悉诣守、尉杂烧之"，天下皆然，不必一处。

② 竹帛，即指书，古代书写于竹简和丝帛上。关河，函谷关与黄河。祖龙，《秦始皇本纪》：三十六年，有使者从关东夜过华阴平舒道，有人言曰："明年祖龙死。"祖龙，即指始皇。

③ 山东，崤山函谷关以东，亦即秦所灭韩赵魏齐楚燕六国地。刘项，刘邦项羽。

★"坑灰未冷山东乱"，可见不管残暴的统治者用多么极端的手段大革文化命，都是不能遏制人民的反抗的。议论极为精辟，又符合历史事实。

《唐诗纪事》卷六十一："邵安石，连州人。高湘侍郎南迁归阙，途次连江，安石以所业投献，遂挈至辇下。湘主文，安石擢第。章碣赋《东都望幸》诗刺之曰：'懒修珠翠上高台，眉月连娟恨不开。纵使东巡也无益，君王自领美人来。'"作为宫怨诗已颇具特色，用于讽刺更滑稽幽默。

秦韬玉

秦韬玉，字仲明，京兆（今陕西西安）人。唐僖宗中和二年壬寅（882）赐进士及第。谄事宦官田令孜，官至工部侍郎。秦氏人品不佳，诗倒有几首颇为可取。

贫 女

蓬门未识绮罗香，拟托良媒益自伤。
谁爱风流高格调，共怜时世俭梳妆。
敢将十指夸针巧，不把双眉斗画长①。
苦恨年年压金线，为他人作嫁衣裳！

①敢，岂敢。针巧，指用针缝制衣服，为了生活，迫不得已，非敢夸耀自己针指的技巧。一作“纤巧”。

司空图

司空图（837—908），字表圣，虞乡（今山西虞乡）人。唐懿宗咸通五年甲午（874）进士。主司王凝为宣歙观察使，辟置幕府。卢携为相，召拜礼部员外郎，迁郎中。黄巢军入长安，僖宗奔凤翔，以司空图为中书舍人，知制诰。时唐王朝国势衰微，司空图遂隐居中条山王官谷，自号知非子、耐辱居士。昭宗乾宁间以户兵二部侍郎召，不赴。朱温迫昭宗迁都洛阳，柳灿希朱温旨意，诏司空图入朝，图佯堕笏乞归。天祐五年，闻朱温弑哀帝，乃绝食而死。

司空图以《诗品》著名，按诗风格分为“雄浑”“冲淡”“自然”“含蓄”等为二十四品，每品成四言诗一首，全用比喻表述，词语优美，为诗论造作一种体例。主张诗贵含蓄，要“超以象外，得其环中”，“不着一字，尽得风流”，开神韵说先河。后人辑有《司空表圣集》。

赠日本鉴禅师

故国无心度海潮，老禅方丈倚中条。
夜深雨绝松堂静，一点飞萤照寂寥。

崔道融

崔道融（？—900？），荆州（今湖北荆州）人，自号东瓯散人。与司空图为诗友。以征辟为永嘉令，累官右补阙。后避地入闽。有《申唐集》。

梅　花

数萼初含雪，孤标画本难。
香中别有韵，清极不知寒。
横笛和愁听，斜枝倚病看。
朔风如解意，容易莫摧残。

★涉笔梅花诗佳作不少，专作梅花诗佳作不多，崔道融此首即颇为杰出。“香中别有韵，清极不知寒”，尤得梅花神理。“朔风如解意，容易莫摧残”，又别有深意。

铜雀妓[①]

歌咽新翻曲，香销旧赐衣。
陵园风雨暗，不见六龙归[②]。

① 铜雀妓，乐府篇名，属相和歌辞。铜雀，曹操所建台名。汉献帝建安二十五年，曹操去世，临终遗令：“吾婢妾伎人皆勤苦，使著铜雀台，善待之。于台堂上安六尺床，施繐帐，朝晡上脯糒之属。月旦十五日，自朝至午，辄向帐中作伎乐。”

② 六龙，指皇帝车驾。《易·乾》："时乘六龙以御天。"

寄　人①

澹澹长江水，悠悠远客情。
落花相与恨，到地一无声。

① 一作韦承庆诗。韦承庆，见马周《凌朝浮江旅思》星评。

崔橹

崔橹，唐宣宗大中时进士，仕棣州司马。

华清宫二首[1]

草遮回磴绝鸣鸾，云树深深碧殿寒[2]。
明月自来还自去，更无人倚玉阑干！

障掩金鸡蓄祸机，翠华西拂蜀云飞[3]。
珠帘一闭朝元阁，不见人归见燕归[4]。

①华清宫，骊山上宫名，唐玄宗和杨贵妃避暑行宫。见杜牧《过华清宫三绝句》注。

②磴，石级。

③障掩金鸡，郑嵎《津阳门诗》“禄山此时侍御侧，金鸡画障当罘罳”自注：“上每坐及宴会，必令禄山坐于御座侧，而以金鸡障隔之，赐其箕踞。”古人坐于席上双膝着地。若臀部着地，两膝撑开，称为箕踞，坐姿不雅。安禄山粗野，又胖，不会安坐，唐玄宗特允其箕踞，而设金鸡障于其前以遮其丑态。翠华，皇帝仪仗。西拂蜀云，指安禄山乱后玄宗西奔入蜀。

④朝元阁，骊山上阁名。

陈 陶

陈陶，字嵩伯，剑浦（今福建南平）人。唐宣宗大中时游学长安。南唐时隐居洪州西山，学神仙导引之术。后不知所终。

陇西行

誓扫匈奴不顾身，五千貂锦丧胡尘[①]。
可怜无定河边骨，犹是春闺梦里人[②]。

① 誓扫匈奴，汉代长期与匈奴作战，故托以为言。貂锦，汉代羽林军着貂裘锦衣，此泛指精锐部队。

② 无定河，今陕西北部黄河支流。

聂夷中

聂夷中（837—？），字坦之，河东（今山西永济）人。唐懿宗咸通十二年辛卯（871）进士。曾为华容尉。存诗仅三十七首，其中还有五首和孟郊相混，一首和李绅交错。《田家》一首为晚唐名作。

田　家①

父耕原上田，子斸山下荒②。
六月禾未秀，官家已修仓③。
二月卖新丝，五月粜新谷④。
医得眼前疮，剜却心头肉。
我愿君王心，化作光明烛：
不照绮罗筵，只照逃亡屋。

① 诗题一作“伤田家”。

② 斸（zhǔ），挖。

③ 秀，抽穗扬花。一本前四句单一首。也许本系另一首，而下有缺文。

④ “二月”二句：二月新丝未缫，五月新谷未熟，农民迫于饥荒，提前以贱价出售。故下二句云“医得眼前疮，剜却心头肉”。

唐彦谦

唐彦谦（839—？），字茂业，并州（今山西太原）人。唐懿宗咸通二年辛巳（861）进士。僖宗乾符末（879），携家避地汉南。中和中，王重荣镇河中，辟为从事，历节度副使，晋、绛二州刺史。王重荣遇害，彦谦贬汉中掾。兴元节度使杨守亮留署判官，寻迁副使，终阆州刺史。彦谦近体诗学温庭筠，多为浮艳之作，部分古诗模仿杜甫。有《鹿门集》。

唐彦谦集中混有不少他人之作。如《忆孟浩然》《过浩然先生墓》《赠孟德茂》等。彦谦晚于孟浩然一百多年，无由忆孟浩然，赠孟浩然之子孟德茂亦不可能。

宿田家

落日下遥峰，荒村倦行履。
停车息茅店，安寝正鼾睡。
忽闻敲门急，云是下乡隶。
公文捧花柙，鹰隼驾声势①。
良民惧官府，听之肝胆碎。
阿母出搪塞，老脚走颠踬。
小心事延款，仓馀粮复匮②。
东邻借种鸡，西舍觅芳醑。
再饮不厌饱，一饮直呼醉。
明朝怯见官，苦苦灯前跪。

使我不成眠，为渠滴清泪。
民膏日已瘠，民力日愈弊。
空怀伊尹心，何补尧舜治[③]！

① 柙，通“匣”。
② “仓”字《全唐诗》缺，此从《全五代诗》。
③ 伊尹，商汤贤臣。

★此诗可以看到杜甫《石壕吏》的影迹。《唐才子传》谓“唐人效甫者，惟彦谦一人而已”，效杜甫即指此类。刻鹄类鹜，奋飞终隔云霄。

采桑女

春风吹蚕细如蚁，桑芽才努青鸦嘴。
侵晨探采谁家女，手挽长条泪如雨。
去岁初眠当此时，今岁春寒叶放迟。
愁听门外催里胥，官家二月收新丝。

仲　山[①]

千载遗踪寄薜萝，沛中乡里旧山河。
长陵亦是闲丘垅，异日谁知与仲多[②]！

① 仲山，原注：“高祖兄仲隐居之所。”
② “长陵”二句，《史记·高祖本纪》：汉九年，“未央宫成，高祖大朝诸侯群臣，置酒未央前殿。高祖捧玉卮，起为太上皇寿，曰：‘始大人常以臣无赖，不能治产业，不如仲力。今某之业所就孰与仲多？’”太上皇，汉高祖父。长陵，汉高祖陵墓。

咏　马

峻嶒高耸骨如山，远放春郊苜蓿间①。
百战沙场汗流血，梦魂犹在玉门关。

①峻嶒（léng céng），高峻突兀貌，形容马瘦。苜蓿（mù xù），草名，宜作牛马饲料。

无题十首

细草铺茵绿满堤，燕飞晴日正迟迟①。
寻芳陌上花如锦，折得东风第一枝。

锦筝银甲响鹍弦，勾引春声上绮筵。
醉倚阑干花下月，犀梳斜亸鬓云边②。

楚云湘雨会阳台，锦帐芙蓉向夜开③。
吹罢玉箫春似海，一双彩凤忽飞来。

春江新水促归航，惜别花前酒漫觞。
倒尽银瓶浑不醉，却怜和泪入愁肠。

谁知别易会应难，目断青鸾信渺漫④。
情似蓝桥桥下水，年来流恨几时干⑤？

漏滴铜龙夜已深，柳梢斜月弄疏阴。
满园芳草年年恨，剔尽灯花夜夜心。

夜合庭前花正开，轻罗小扇为谁裁！
多情惊起双蝴蝶，飞入巫山梦里来。

忆别悠悠岁月长，酒兵无计敌愁肠。
柔丝漫折长亭柳，绾得同心欲寄将。

杨柳青青映画楼，翠眉终日锁离愁。
杜鹃啼落枝头月，多为伤春恨不休。

云色鲛绡拭泪颜，一帘春雨杏花寒⑥。
几时重会鸳鸯侣，月下吹箫和彩鸾⑦。

① 茵，垫子，褥子。细草如茵，形容春天草长的葱郁。

② 锦筝，筝的美称，拨弦乐器。银甲，银制的套在手指上用以拨弦的指甲。亸（duǒ），斜垂。

③ 楚云湘雨，宋玉《高唐赋》写楚王梦与巫山神女相遇。神女自言："妾在巫山之阳，高丘之阻。旦为行云，暮为行雨，朝朝暮暮，阳台之下。"此用以隐喻与情人幽会。

④ 青鸾，传说中神鸟。见王嘉《拾遗记》。此用同青鸟，代指情人信使。

⑤ 蓝桥，在陕西蓝田。传说唐代裴航在此遇仙女云英。见《太平广记》五十。

⑥ 鲛绡，传说鲛人所织的丝绢，此代指手帕。

⑦ 月下吹箫，暗用《列仙传·萧史》故事。传秦穆公时人萧史，善吹箫。穆公女弄玉好之，公遂以女嫁萧史，日教弄玉吹箫，引得凤凰来，夫妇骑凤凰仙去。

★无题诗实系情诗。《无题十首》为联章之作，诗写一段风流故事。全诗从女子一方立意。第一首"折得东风第一枝"，比喻"寻春"遇见情人。第二首写他们最初相会，"勾引春声上绮筵"。第三首"楚云湘雨"隐喻当年幽会。第四首春水归航，写情郎归去。第五首写送别之后，感到别易会难。第六首以下都写女子别后心情。无论是“满园芳草年年恨，剔尽灯花夜夜心”，还是“忆别悠悠岁月长，酒兵无计敌愁肠”，每一首都写得缠绵悱恻，无限相思。最后以“几时重会鸳鸯侣，月下吹箫和彩鸾”作结，期待与伊人重聚，然而希望渺茫。——唐彦谦与韦端己同时，他的无题诗写韦词同样的题材，发出同样的爱情缱绻的声音。

郑谷

郑谷（842—910？），字守愚，袁州宜春（今江西宜春）人。唐僖宗光启三年丁未（887）进士，授京兆鄠县尉，迁右拾遗。昭宗乾宁四年为都官郎中。郑谷作律诗甚多，爱玩弄回环词语游戏。如“帆去帆来风浩渺，花开花落春悲凉”（《石城》），“后车宁见前车覆，今日难忘昨日忧”（《渭阳楼闲望》）、“谁知野性真天性，不扣权门扣道门”（《自遣》）、“朝醉暮醉雪开霁，一枝两枝梅探春”（《巴江》）。花样尽管翻新，诗意却甚平庸。

鹧鸪①

暖戏烟芜锦翼齐，品流应得近山鸡②。
雨昏青草湖边过，花落黄陵庙里啼③。
游子乍闻征袖湿，佳人才唱翠眉低。
相呼相应湘江曲，苦竹丛深春日西④。

①鹧鸪，鸟名，分布于我国南部。其鸣声沉重，古人以为仿佛说“行不得也哥哥”。郑谷以此诗得名，被称为“郑鹧鸪”。

②锦翼，美丽的翅膀。品流，犹品级、流别。山鸡，鸟名。

③青草湖，洞庭湖靠近湘阴的部分。黄陵庙，在湖南湘阴县北，祀舜二妃娥皇、女英。

④湘江曲，湘江岸畔深隐之处。

席上贻歌者

花月楼台近九衢，清歌一曲倒金壶[①]。
座中亦有江南客，莫向春风唱鹧鸪[②]。

① 九衢（qú），指京师的大道。

② “座中”二句，仿张乔《宴边将》“座中有老沙场客，横笛休吹塞上声”。亦有，一作“半是”。歌者所唱当即郑氏《鹧鸪》辞。

淮上与友人别

扬子江头杨柳春，杨花愁杀渡江人。
数声风笛离亭晚，君向潇湘我向秦。

杜荀鹤

杜荀鹤（846—907），字彦之，池州石埭（今安徽石埭）人。《唐才子传》记其出生逸事："荀鹤有诗名，号九华山人，牧之微子也。牧之会昌末自齐安移守秋浦，时妾有娠，出嫁长林乡正杜筠而生荀鹤。"荀鹤出身寒微，唐昭宗大顺二年辛亥（891）进士，时年已四十六岁。曾为杨行密部将田頵从事。朱温篡唐，以荀鹤为翰林学士，才五日即去世。

杜荀鹤是晚唐重要诗人，诗作多为近体，浅近平易，颇能反映民生疾苦。有《唐风集》。

山中寡妇

夫因兵死守蓬茅，麻苎衣衫鬓髮焦。
桑柘废来犹纳税，田园荒尽尚征苗。
时挑野菜和根煮，旋斫生柴带叶烧。
任是深山更深处，也应无计避征徭！

乱后逢村叟

经乱衰翁居破村，村中何事不伤魂[1]。
因供寨木无桑柘，为点乡兵绝子孙。
还似平宁征赋税，未尝州县略安存。
至今鸡犬皆星散，日落西山独倚门。

① 首二句一作“八十老翁住破村，村中牢落不堪论”。

再经胡城县[①]

去岁曾经此县城，县民无口不冤声。
今来县宰加朱绂，便是生灵血染成[②]。

① 胡城县，在今陕西城固县西。
② 朱绂（fú），系印的红色丝带。加朱绂即升官。

周　朴

周朴，字太朴，吴兴（今浙江吴兴）人。一说长乐（今福建长乐）人。与贯休友善，唐昭宗时避地福州，寄食乌石山寺。黄巢军入闽，被杀。

春宫怨

早被婵娟误，欲妆临镜慵①。
承恩不在貌，教妾若为容②？
风暖鸟声碎，日高花影重。
年年越溪女，相忆采芙蓉③。

①婵娟，美好貌。慵，懒散。

②若，如何。一作“苦”。陈沈后（陈叔宝后）诗：“情知不肯住，教我若为留？”

③越溪女，据传西施家住苎萝山若耶溪畔，此代指故乡女伴。

★此诗又见杜荀鹤《唐风集》，且列第一，作为荀鹤诗压卷。诗中“风暖鸟声碎，日高花影重”一联甚为有名，胡仔《苕溪渔隐丛话》引《幕府燕闲录》誉为“杜诗三百首，惟在一联中”。欧阳修《六一诗话》谓少时曾见周朴诗集，其句有云“风暖鸟声碎，日高花影重”。是欧阳修所见为周朴诗。杜荀鹤诗通俗平易，此诗极典雅绮丽，似以属周朴为是。

韩 偓

韩偓（844—923），字致尧[①]，京兆万年（今陕西西安）人。李商隐连襟韩瞻之子。童年能诗，李商隐赠诗有“雏凤清于老凤声”之句。唐昭宗龙纪元年己酉（889）进士，历仕翰林学士、中书舍人、兵部侍郎等职，颇得昭宗信任，尝参与诛杀宦官刘季述。天复三年因不附朱温贬濮州司马。后梁开平三年（909）召为学士，偓不敢入朝，挈其族入闽依王审知。后梁末帝龙德三年卒，年八十。韩偓写有大量“从猎”“侍宴”之作，也是绮丽闺情诗的作者，间亦有反映丧乱之诗，诗风清丽。

① 韩偓，《唐书》本传谓字致光，计有功《唐诗纪事》谓字致尧，胡仔《苕溪渔隐丛话》谓字致元。按，《列仙传》有仙人曰偓佺，帝尧曾从问道。名字相应，韩偓，字致尧准确；作“致光”“致元”者皆误。

寒食夜

恻恻轻寒剪剪风，杏花飘雪小桃红。
夜深斜搭秋千索，楼阁朦胧细雨中。

已 凉

碧阑干外绣帘垂，猩色屏风画折枝[①]。
八尺龙须方锦褥，已凉天气未寒时[②]。

① 猩色，猩红色，一作“猩血”。折枝，一种花卉画，不画全株，只画一枝。

②龙须，草名，此指龙须席。

★此《香奁集》中代表作。只写一个温馨的环境，主人公心态自可想见。李清照词“佳节又重阳，玉枕纱厨，半夜凉初透”，境界似之。

自沙县抵龙溪县，值泉州军过后，村落皆空，因有一绝[①]

水自潺湲日自斜，尽无鸡犬有鸣鸦[②]。
千村万落如寒食，不见人烟空见花。

①沙县、龙溪县、泉州，并在今福建境。此唐亡之后，韩偓于后梁开平四年（910）流亡入闽所作。

②潺湲（chán yuán），水流貌。

王　驾

王驾（851—？），字大用，河中（今山西永济西南蒲州镇）人。唐昭宗大顺元年庚戌（890）进士，仕至礼部员外郎。自号守素先生。与郑谷、司空图为友，司空图给予很高评价。然存诗仅六首，尚有两首与他人相混。

社　日[①]

鹅湖山下稻粱肥，豚栅鸡栖对掩扉。
桑柘影斜春社散，家家扶得醉人归。

①社，土神。春秋祭祀社神之日即社日。春社在立春后第五个戊日。《荆楚岁时记》："社日，四邻并结宗会社宰牲牢，为屋于树下，先祭神，然后享其胙。"此一作张演诗，《全唐诗补遗》又作张蠙诗。

雨　晴

雨前初见花间蕊，雨后兼无叶里花。
蛱蝶飞来过墙去，却疑春色在邻家。

★"蛱蝶飞来过墙去，却疑春色在邻家"，已开南宋江湖派诗风气。

陈玉兰

陈玉兰，王驾妻。传诗仅《寄夫》一绝，又作王驾诗，题为《古意》。

寄　夫

夫戍萧关妾在吴，西风吹妾妾忧夫[①]。
一行书信千行泪，寒到君边衣到无？

①萧关，在今宁夏固原东南。一作“边关”。

崔　涂

崔涂（854—？），字礼山，江南人。唐僖宗光启四年戊申（888）进士。《唐才子传》称其“亦穷年羁旅，壮岁上巴蜀，老大游陇山；家寄江南，每多离怨之作”。作诗崇尚贾岛、方干，但较贾方流丽。

孤　雁

几行归去尽，念尔独何之[①]？
暮雨相呼失，寒塘独下迟。
渚云低暗度，关月冷遥随。
未必逢矰缴，孤飞自可疑[②]。

①归去，一作“归塞”。念尔，一作“片影”。

②矰缴（zhuò），短箭末系有丝绳者。鸟如被射中，即使带箭飞走，丝绳会把它系在栖息的树枝上 。疑，恐也，惧也。二句谓尽管未必逢矰缴，但孤飞总是可怕的。

巴山道中除夜书怀[①]

迢递三巴路，羁危万里身[②]。
乱山残雪夜，孤烛异乡人[③]。
渐与骨肉远，转于僮仆亲。
那堪正飘泊，明日岁华新！

① 一作孟浩然诗，非是。巴山，即大巴山，绵亘于四川与陕西湖北边界。

② 迢递，远貌。三巴，东汉末益州牧刘璋分巴郡为巴、巴东、巴西三郡，称为三巴；后泛指四川东部。羁危，羁旅孤危。

③ 异乡人，一作“异乡春”。

春夕旅怀

水流花谢两无情，送尽东风过楚城。
蝴蝶梦中家万里，杜鹃枝上月三更[1]。
故园书动经年绝，华发春唯两鬓生。
自是不归归便得，五湖烟景有谁争？

①“蝴蝶”二句，详见李商隐《锦瑟》诗注。

感 花

绣轭香鞯夜不归，少年争惜最红枝[1]。
东风一阵黄昏雨，又到繁华梦觉时！

① 轭（è），马具，形如人字，驾车时套在马颈部。鞯（jiān），鞍垫。

★“东风一阵黄昏雨，又到繁华梦觉时”，颇具禅意，非但指花而已。

齐 己

齐己（861—940？）[1]，名得生，俗姓胡，益阳（今湖南益阳）人。七岁出家大沩山同庆寺，复栖衡岳东林，自号衡岳沙门。与宜春郑谷为诗友。后欲入蜀，经江陵，高从晦留为僧正，居之龙兴寺。有《白莲集》十卷，存诗八百一十多首，为唐代僧人存诗之冠（次贯休七百一十多首，再次皎然四百八十多首），多为近体。

①齐己，字得生，得生乃有己；或作齐已者非。

登祝融峰[1]

猿鸟共不到，我来身欲浮。
四边空碧落，绝顶正清秋。
宇宙知何极，华夷见细流。
坛西独立久，白日转神州。

①祝融峰，衡山主峰。

早　梅

万木冻欲折，孤根暖独回[1]。
前村深雪里，昨夜一枝开。
风递幽香出，禽窥素艳来。
明年如应律，先发望春台[2]。

①孤根，指梅树。

②应律，古乐十二调，称为十二律。《吕氏春秋》将律与历附会，以十二律应十二月，律尽则春回。梅花发于腊尽春回之时，诗意谓明年梅花若依时令应律而发，应放于望春之台。

★《唐才子传》："齐己携诗卷来袁谒谷（郑谷）。《早梅》云：'前村深雪里，昨夜数枝开。'谷曰："数枝，非早也，未若一枝佳。'己不觉设拜，曰：'我一字师也。'"此系艺林佳话。诗实仅此二句佳，全诗不称。齐氏五律，此类甚多。如《老将》："破虏与平戎，曾居第一功。明时不用武，白首向秋风。马病霜飞草，弓闲雁过空。儿孙已成立，胆气亦英雄。""明时"一联亦属佳句，而整体平平。

沈 彬

沈彬，字子文，高安（今江西高安）人，与僧虚中、齐己为诗友。事吴为秘书郎，以吏部郎中致仕。年八十馀，南唐中主李璟以旧恩召见，赐予粟帛。

吊边人

杀声沉后野风悲，汉月高时望不归。
白骨已枯沙上草，家人犹自寄寒衣！

★差可与陈陶《陇西行》媲美，读之令人心情沉重。

张 泌

张泌（930—？），字子澄，淮南（今江苏扬州）人，一说常州人。仕南唐为句容县尉。

寄 人

别梦依依到谢家，小廊回合曲阑斜。
多情只有春庭月，犹为离人照落花。

★张泌《洞庭阻风》诗云："空江浩荡景萧然，尽日菰蒲泊钓船。青草浪高三月渡，绿杨花扑一溪烟。情多莫举伤春目，愁极兼无买酒钱。犹有渔人数家住，不成村落夕阳边。"粗粗一看，诗亦清新可诵。其中"绿杨花扑一溪烟"尤为晚唐名句。然细加分析，则全诗颇多疵病。明著"洞庭"是为湖也；又曰"空江"，江毕竟非湖。而"花扑一溪"，已是小溪，既非湖畔，亦不在江边。"青草浪高三月渡"，可见风涛汹涌，与"绿杨花扑一溪烟"，境界全然不类。既系旅途"阻风"，自是行舟，安得谓之"钓船"？况三月浪高，也不宜于垂钓。且波涛浩荡，杨花飞扑，风景也不得谓之"萧然"。瑕疵累累，为有句无篇的典型诗例，实在浪费了一行好句。

王梦周

王梦周，生平不详。

故白岩禅师院

能师还世名还在，空闭禅堂满院苔①。
花树不随人寂寞，数枝犹自出墙来②。

①还世，犹去世。“还世”之还，户关切（huán）；“还在”之还，户来切（hái）。

②数枝，原作“数株”，据诗意改。

★“花树”二句，可与岑参佳句“庭树不知人去尽，春来还发旧时花”媲美。

佚　名

杂　诗

近寒食雨草萋萋，着麦苗风柳映堤。
等是有家归未得，杜鹃休向耳边啼。

★《全五代诗》收后蜀韦縠《杂诗》八首，此其一。然此诗见于《才调集》，作无名氏诗；《才调集》即韦縠所编，则诗非韦縠之作甚明。

佚 名

杨柳枝

万里长江一带开，岸边杨柳几千栽[①]。
锦帆未落西风起，惆怅龙舟去不回[②]。

① 长江，指运河。杨柳，隋代开大运河，沿河皆种杨柳。

② 此咏隋炀帝诗。隋炀帝南游江都，龙舟风帆皆用宫锦制成。西风起，喻隋末四方兵起，炀帝被杀，隋王朝亦以灭亡。参见李商隐《隋宫》诗注。

湖北省学术著作出版专项资金
Hubei Special Funds for Academic Publications

中华传世诗选

（五）
清诗卷

黄瑞云　注评

长江出版传媒
湖北人民出版社

清诗，五七言诗的最后一度芳菲

一、时代进入清王朝

明代诗歌在一条曲折的道路上前进，到公安、竟陵出现之后，似乎已走到了尽头。事实却完全不然，在明清之际天翻地覆的大动荡到来之前，这片神奇的大地忽然生机焕发，诞生了无数的英才。仿佛龙虎山上放出了一群天罡地煞，他们可不是来扰乱这个世界的，而是到这个扰乱的世界里来经历劫难，也显耀了各自的神通。

明代至万历后期已腐败不堪，明思宗继位不久，即爆发了李自成等的大起义，席卷了大半个中国，推垮了明王朝统治的根基。崇祯十七年（1644）李自成攻陷北京，思宗自缢，随后吴三桂引清兵入关，建立了中国历史上继元朝之后第二个由少数民族统治的全国性王朝。这一场历史巨变，从李自成起事到永历帝覆灭、三藩之乱平定，风尘澒洞，战火弥漫，持续五十馀年。明末清初的诗人们就在这样的历史环境中翻腾颠簸，也在这样的环境中或者勇往直前或者徘徊踯躅地施展各自的才华。

按照诗人们的政治分野，可以分成两类。一类是忠于明室，始终不屈服于清统治者的遗民诗人，以顾炎武、吴嘉纪、屈大均、陈恭尹为代表，总函可、沈钦圻、方以智、徐夜、杜浚之属，合钱秉镫、陈瑚、陆圻、毛先舒、魏禧等人；人数之众，作品之丰，历史上任何一个王朝结束之后都未曾有过。他们以坚贞不二的品格，不为威屈，不为利诱，永远成为后世的楷模。在他们的作品里，故国沧桑之感，秋风禾黍之思，也使后人感慨系之。笔者在论述明代诗歌时即已说明：遗民诗人有很长一段时间深入清代，他们的作品本属清诗的一部分。但他们是明室遗民，作为特例，把他们纳入明诗，作为明诗的殿后。

另一类是出仕清朝的诗人，情况则相当复杂。有些人唯荣名利禄是务，无人格操守可言，龚鼎孳就是这样的代表。李自成进京他伏地称臣，清兵入关他称臣伏地，在哪儿他都可以身居高位。有些人骨头酥软，既抵不住威势的凌逼，也抵不住荣名的诱惑，钱谦益就是这样的典型。清兵一到他率先投降，晚年又暗地和抗清志士联系。有些人在早年也不无祖上先朝之思，一旦为新朝皇上垂青即受宠若惊，过往的一切全置诸脑后，朱彝尊就是这样的类型。有些人被迫出仕，而后终身悔恨，吴伟业是其中最突出的一位。还有不少人在明清易代之际不在其位，后来应试出仕，和上述诸人都不相同。清初诗人情况之复杂，在历史上激起波澜之壮阔激烈，也是任何一个王朝开始之时所没有的。到了康熙后期以至雍正时代活跃在诗坛的成员，有的入清之时年龄尚幼，甚或入清以后才出生，他们没有上一代人的经历和感受，也就自然而然地成为承平盛世的歌手，王士禛是其中最突出的人物。

二、清初三大诗人

顺治、康熙、雍正三朝，是清代诗歌最繁荣的时期。盛唐、隆宋都在开国七八十年之后才出现；明诗的早春虽在洪武初年，但为时短暂，彬彬之盛也远不如清初。清诗一开始即进入全盛，为时长达九十馀年，而且风行波及到整个清代。

清初诗坛前后的盟主是三大诗人：钱谦益、吴伟业和王士禛。

钱谦益出明入清之时已六十三岁，早已名满天下，处于四海宗盟的地位。但在这场历史大动荡中，他经不起考验。他在崇祯朝曾因东林党魁被劾革职，到了弘光朝却谄事马士英、阮大铖，为阉党翻案。清兵下南京，又以礼部尚书的大衔头迎降。入仕清廷不过半年即以疾告辞，晚年又和东南抗清志士互通声气，甚至为之谋划。但他永远洗不掉一身的污秽，既为许多明末遗民所訾议，也为清统治者所鄙弃。钱谦益即在晚年，也常为平生遭遇忧愤不已，却仍有心情在歌筵酒席同妓女们厮混。这一代才人学问太丰富而心肝太肮脏，使后代文学史家不能不为之浩叹。

但钱谦益的学识仍不愧为一代大师。他涉猎广泛，学识渊博。早年犹及和后七子相接，而和公安竟陵诗人同时，故他了解明诗的经纬，也深知明诗的流弊，最有资格总结有明一代诗，《列朝诗集》的集录就是总结的成果。他在《列朝诗集》的传论以及为友朋所作的书序里，充分发表了他的诗学见解。对复古派的抨击不遗馀力，认为他们“牵率模拟剽贼于声句字之间，如婴儿之学语”（《列朝诗集小传丙集·李副使梦阳》），“终身焉为古人之隶人而不知也”（《瑞芝山房诗集序》）。他说：“近代之学诗者，知空同（李梦阳）、元美（王世贞）而已矣。其哆口称汉魏、称盛唐，所知空同、元美之汉魏、盛唐而已矣。”（《黄子羽诗序》）钱谦益当然不会反对汉魏、盛唐，他反对的是李梦阳、王世贞的模拟。他特别推崇杜甫“别裁伪体亲风雅，转益多师是汝师”，他主张不只是师法汉魏、盛唐，也要向盛唐以后的优秀诗人学习；认为诗歌艺术是发展的，“运世迁流，风雅代替”，不会停滞不前。他说：“天地之运会，人世之景物，新新不停，生生相续，而必曰汉后无文，唐后无诗，此数百年之宇宙日月尽皆缺陷晦蒙，直待献吉（李梦阳）而洪荒再辟乎？”（《列朝诗集小传丙集·李副使梦阳》）其对复古派的批驳是相当有力的。对浅薄油滑的公安派和幽峭枯干的竟陵派，钱谦益同样持批判的态度。不过对公安和竟陵，有如牛刀之向鸡鹜，是无需花太大的力气的。钱谦益主张诗歌应有为而作。在《题吴大雍初集》一文中，钱谦益说："古人之诗文，必有为而作，或托古以讽刺，或指事而申写，精神志气，抑塞磊落，皆森森发作于行墨之间，故其诗文必传，传而可久。"这种见解，继承了杜甫、白居易等人的传统。反对模拟剽窃，也反对肤浅或枯涩，主张"别裁伪体，转益多师"（《曾仲房诗序》），肯定艺术上的"新新不停，生生相续"，主张"有为而作"，构成钱谦益诗论的整体。

钱谦益本人的创作能够在广宽的层面上继承前人的传统，能揉合唐宋，承杜甫、韩愈、李商隐、苏轼、黄庭坚而一之；特别能比较深刻地切入现实，形成自己的风格，开有清一代诗风。入清之前，钱谦益已在诗坛驰骋四十馀年，他最好的诗是崇祯之末反映社会动乱、自身荣辱之作，而入清以后，经历沧桑，他降清而又反清，处境艰危，矛盾激烈，他的诗艺也因而更进一竿。或沉郁苍凉，或奇博宏肆，经历乱离之作，得力于杜诗者尤为突出。钱诗诸体兼备，而以七律最为擅长。晚年所写七绝小诗，语言洗炼而意象深沉，故国丘墟，残秋禾黍，"悲中夏之沉沦，与犬羊之俶扰，未尝不有馀哀也"（章太炎《訄书·别录甲》）。但钱谦益毕竟不能和前贤相比，人品的歉仄影响了他的诗艺。晚年行动诡秘，心怀惭恨，其诗作亦不无隐晦幽暗，有些典故也用得勉强，又好步韵叠作，影响内容的集中表述。他固然不能像顾炎武那样大义凛然，也不如吴伟业那样坦诚倾吐；品格之牵累才华，钱牧斋是文学史上十分突出的典型。

吴伟业在明代既无钱谦益那样高的官阶，也未经钱谦益那么多的波折；他的文章却得过崇祯皇帝所作"正大博雅，足式诡靡"的评价，这在封建社会是莫大的荣耀。他也曾进入弘光王朝，但认识到马士英、阮大铖的奸谲，及时引退。明亡之后他和友人相约隐居林下。但后来被迫进京，在翰林院里待了三年。自觉出仕异姓，造成终身的遗憾。

钱谦益兼取唐宋，而于专崇盛唐的的明代复古派诋斥甚力，吴伟业却崇尚唐音，对后七子巨擘也是他的同乡前辈王世贞甚为推崇。与云间陈子龙极为友好，自亦互通声气。其《致孚社诸子书》云："弇州先生专主盛唐，力还大雅，其诗学之雄乎！云间诸子，继弇州而作者也。风雅一道，舍开元、大历，其将谁归？"当然，他也反对模拟，他自己的诗作虽唐意盎然，而自具个性。吴伟业是清初最有才华的诗人，诸体都有名作，七言歌行尤为突出。吴伟业入清时三十五岁，正当盛年，创作精力旺盛。他亲历明室覆亡这场天翻地覆的变故，将所历所闻的事和人，写成精彩的叙事长诗。所作《松山哀》《临江参军》《雁门尚书行》《楚两生行》《听女道士卞玉京弹琴歌》《永和宫词》《鸳湖曲》，特别是名作《圆圆曲》等篇，成为明清易代之际的诗史。自唐宋以来，叙事长诗不很发达，只有白居易的《长恨歌》《琵琶行》成为辉耀古今的名作。吴伟业的叙事诗继承了白居易的传统。但白诗很少用典，语言也自然朴素，吴伟业却大量用典，而且词采绮丽。这种特色又源于初唐。袁子才谓"梅村七古，用元、白叙事之体，拟王、骆用事之法，调既流转，语复奇丽"，很能概括吴诗的特色。唐宋以来的七古长篇讲究散行散句，以古朴为佳，有意地回避律句，大多一韵到底，换韵也没有一定的规律；吴伟业却大量使用律句，华词丽藻，络绎连翩；用韵大多四句一换，平仄相间，读起来纡回宛转，令人荡气回肠。这些特色，构成吴伟业叙事长诗独有的风格，被称为"梅村体"。《四库全书总目提要》谓梅村体"格律本乎四杰而情韵为深，叙述类乎香山而风华为胜；韵协宫商，感均顽艳，一时尤称绝调"。梅村体一出，清人模仿者多，而神似者少。吴伟业的近体诗语言流畅，而蕴藉深厚，后期所作，抒发其故国沉沦之感，自身悔恨之情；以绮丽之辞，写哀惋之思，亦颇足感人。梅村虽亦曾出仕清廷，然终与钱谦益、龚鼎孳辈有别。

康熙六年（1667）顾有孝、赵沄合辑《江左三大家诗钞》，龚鼎孳因其政治地位被抬进钱牧斋、吴梅村的行列，合称“江左三大家”。这是一组龙虎狗的配搭，龚鼎孳远不足与钱吴相提并论。

因我已把顾炎武纳入明诗，则在有清前期能够与钱、吴并称大家的只有王士禛。他们不是同时鼎足，而是先后相承。钱谦益长吴伟业二十七岁，吴伟业大王士禛二十五岁，构成间隔大体均匀的三个阶梯。年龄的差距也代表了不同的三个时期。钱谦益明亡之前即卷进了政治旋涡，南京失陷又投降清军；吴伟业到顺治十年（1653）被迫应召，个人遭遇才发生激变；王士禛入清之时才十一岁，明清易代对他来说只是童年往事，故国情怀已十分淡漠。等到王士禛驰骋文坛之日已进入康熙时代，他的歌咏已是盛世新声，与钱谦益、吴伟业的禾黍怀伤迥不相同。钱谦益如面对急流飞瀑，吴伟业犹是峡水汹汹，到王士禛面前已是波平水软了。

王士禛的从祖王象春和钱谦益同榜进士，士禛年青时受到钱谦益的奖掖，后来王士禛称之为“平生第一知己”。士禛一生相对平静，没受过钱、吴那样的大波大折，官至刑部尚书。钱谦益卒于康熙三年（1664），七年之后吴伟业也相继谢世，从此王士禛盟主诗坛达四十年之久。由于是承平之世，加以久处京师，因之声威甚至超过了钱牧斋和吴梅村。

王士禛崇敬钱谦益，但他没有沿着钱诗的路走。他幼年即从长兄王士禄研习王维、孟浩然、韦应物、柳宗元诸家诗集。顺治十五年（1658）举进士后选扬州推官，即选编《唐诗七言律神韵集》，标举“神韵”的旗号，晚年选《唐贤三昧集》更充分体现这种诗论。所谓“神韵”，原于司空图的“自然”、“冲淡”和宋严羽的“妙悟”、“兴趣”。王士禛说：“汾阳孔文谷云：诗以达性，然须清远为尚。薛西原论诗，独取谢康乐、王摩诘、孟浩然、韦应物，言‘白云抱幽石，绿筱媚清涟’，清也；‘表灵物莫赏，蕴真谁为传’，远也；‘何必丝与竹，山水有清音’，‘景昃鸣禽集，水木湛清华’，清远兼之也[①]。

总其妙在神韵矣。‘神韵’二字，予向论诗，首为学人拈出，不知先见于此。”（《池北偶谈》卷十八）又说：“昔司空表圣作《诗品》，凡二十四。有谓‘冲淡’者，曰‘遇之匪深，即之愈希’；有谓‘自然’者，曰‘俯拾即是，不取诸邻’；有谓‘清奇’者，曰‘神出古异，淡不可收’。是三者，品之最上。”（《鬲津草堂诗集序》）而于严羽之说，王士禛更为神往。其言曰：“严沧浪论诗，特拈‘妙悟’二字，及所云‘不涉理路，不落言筌’，以‘镜中之象，水中之月；羚羊挂角，无迹可寻’云云，皆发前人之所未发。”（《分甘馀话》）这种理论是相当偏颇的。即以司空图而论，他的诗品是全面的，王士禛却偏取“冲淡”“自然”“清奇”，列为品之最上；未必二十四诗品中“雄浑”、“沉着”、“豪放”、“飘逸”之类就都低下！当然，王士禛标举的是他自己的美学观，也和他所处相对温润平和的时代相适应。艺苑千花万卉，也不妨有王士禛一家。

王士禛的创作淋漓尽致地实践了他的理论。他的创作，无论长篇巨制，状景抒情，大都和美流丽，秀逸清新。加以时际承平，道途安稳，士禛足迹遍及大江南北，秦蜀吴楚，他把所到之处的秀水明山，晴光烟景，全都写入诗里。钱谦益吴伟业多写内心感受，王士祯诗大量摄入自然风光。他的诗近体优于古体，绝句又胜于律诗；往往一绝小诗，就是一幅优美的图画。读陈子龙、顾炎武之作，令人肃然起敬，慷慨唏嘘；读钱谦益、吴伟业之诗，也使人感慨无限；而读王士禛则只令人愉悦。有温顺平易之趣，无崎岖坷坎之险；固才情有异，亦时代使然也。

把王士禛列入三大诗人，未必得通人首肯。王士禛曾受到多种批评。他的甥婿赵执信在他生前即进行激烈的攻击。吴乔讥刺他“清秀李于麟”，袁枚鄙薄他“大师才力薄”。他的作品刚健不足，缺乏风骨，许多典故重复使用；他所到之处都写诗，有些作品缺乏真情实感。这些缺点都是事实。尽管如此，他仍然是一代大师，有清一代很少有人写了他那么多脍炙人口的诗篇。固远不足与李、杜、韩、苏等巨星比论，但在清代则当之无愧。袁枚又说："阮亭先生自是一代名家。惜誉之者既过其实，而毁之者亦损其真。须知先生才本清雅，气少排奡，为王、孟、韦、柳则有馀，为李、杜、韩、苏则不足也。"（《随园诗活》卷二）"为王、孟、韦、柳则有馀"未免言过其实，但总的说来，这话较为公允。在王士禛那里，没有巍峨的华岱，没有浩瀚的江河，但见芳草鲜美，落英缤纷，亦足以徘徊流连，赏心悦目。

三、江南三家与其他名家

王士禛《池北偶谈》谓"康熙以来，诗人无出南施北宋之右"。为其出于王士禛之口，"南施北宋"就成为定论。朱庭珍《筱园诗话》说："顺治中，海内诗家称南施北宋。康熙中，称南朱北王。谓南人则宣城施愚山、秀水朱竹垞，北人则新城王阮亭、莱阳宋荔裳也。继又南取海盐查初白，北取益都赵秋谷益之，号六大家。后人因有《六家诗选》之刻。"其实这三组六家并不平衡。南施北宋，宋琬不足与施闰章并驾；南朱北王，王士禛应入三大家行列，而不与朱彝尊比肩。南查北赵，则查慎行高于赵执信。只有江南三家大体相当：即宣城施闰章，秀水朱彝尊，海盐查慎行。

施闰章，字尚白，号愚山。入清之时施闰章已二十七岁，他的同辈人那种故国之思在他似乎并不存在。清世祖顺治六年（1649）举进士。中间虽裁缺家居，到康熙十八年（1679）又举博学鸿词，一生相对平顺。他的诗倒也有不少反映清军暴虐、民生疾苦之作。那是作为一般廉正官员的态度，对清统治者施闰章是竭诚效忠的，这在清初名诗人中颇为独特。施闰章的佳作大多是围绕他自身经历的抒情五言诗。施氏现存三千多首诗中，五言古诗占了五分之一，而五言律诗约占三分之一，其成就在当时即为人称道。道光时人张裕钊编《国朝三家诗钞》，以施闰章五言律作为清代五律的代表。施闰章诗风平实严谨。王士禛的门生洪昇问诗法于闰章，闰章回答："子师言诗，如华严楼阁，弹指即现，又如仙人五城十二楼，缥缈俱在天际。余即不然，譬作室者，瓴甓木石，一一须就平地筑起。"施闰章对王士禛实有所讥评，无异说王诗浮泛，而他自己则朴实严谨。但王士禛认可这种说法，还把它写入了《渔洋诗话》。当时王士禛声望甚高，但他对这位比自己年长十六岁的南方诗人备极推崇。称赞施闰章五言诗，"爱其温柔敦厚，一唱三叹，有风人之旨；其章法之妙，如天衣无缝"。"至于清词丽句，叠见层出"。王士禛撰《感旧》《山水》二集，选施闰章诗特多。又摘施氏五言律中佳句为《摘句图》，认为可与谢灵运"池塘生春草"、谢朓"澄江静如练"、何逊"露湿寒塘草，月映清淮流"等名句相比（见《带经堂诗话》卷十二）。摘句达八十多联。王士禛取录的诗句，如"野桥沙际滑，山坞雪中深"、"泉闻深树里，山响乱流间"、"水绿澄湘浦，天青入洞庭"、"乱山成野戍，黄叶自江村"、"孤城春水岸，归鸟夕阳村"之类，其标准是敦厚温柔，清词丽句，实际也符合他自己的"神韵"风格。可知康熙盛世的歌咏，施愚山已在王士禛之前先走一步。

施闰章后的另一江南名家是朱彝尊。朱彝尊入清时十六岁，远较施闰章为小。由于祖上与亡明的关系，故对先朝情犹眷眷，早年甚至参与了抗清斗争。失败之后，被迫奔走道路，游幕四方。这段时间长达三十馀年。朱彝尊写了大量登览怀古诗什，哀吊亡明宗社，缅怀前代英烈，不无秋风禾黍之悲。也写了不少反映民生的篇章。清圣祖康熙十八年（1679）朱彝尊举博学鸿词，时已年过五十，授翰林院检讨，充日讲官，知起居注，之后典试江南，寻入值南书房。朱彝尊一反年青时常态，写了大量歌功颂德纪恩应诏之作。得到了皇帝陛下的青睐，把往日的思怀斗志全忘得干干净净。现在我们读朱彝尊在京官任上所作的《腾笑集》，只看到朱彝尊在宫廷之上又腾又笑，谈不上什么诗了。身在朝廷，写些官场应酬，在所难免，但总得保持自己的人格和个性。作为一个曾经反清的斗士，一下变得俯首贴耳，就未免卑下。朱彝尊享有八十一岁的高龄，但他的创作生涯到五十岁就基本结束。晚年虽偶有好诗，已是潮汛馀波。朱彝尊《答胡司臬书》云："仆之于文，不先立格，惟抒己之所欲言，辞苟足以达而止。"这话说得还是诚朴的，朱彝尊并不傍人门户，能够独自名家。早年受云间、西泠派影响，诗学盛唐。其律诗尤其是排律，可以看到杜诗踪迹。查慎行《曝书亭集序》称："其称诗以少陵为宗，上追汉魏，而泛滥于昌黎、樊川，句酌字斟，务归典雅，不屑随俗披靡，落宋人浅易蹊径。故其长篇短什，无体不备，且无微不臻。"查氏评论只能说大体准确。他还说了违心的话，谓宋人"浅易"，他自己是一个宋诗派，内心是不会认为宋人"浅易"的。朱彝尊本人明确宣布，他不尚宋诗，尤不喜黄庭坚。在《题王给事又旦过岭诗集》云："迩来诗格乖正始，学宋体制嗤唐风。江西宗派各流别，吾先无取黄涪翁。"其实不然，这首诗本身就具有宋诗的涩味。朱氏所作，实际上逐渐由唐入宋。宋荦准确地看到了这一点。在《跋朱竹垞和论画绝句》一文中说："先生平日论诗，颇不满涪翁。今诸什大段学杜，而高老生硬之致，正得涪翁三昧。"朱彝尊也许不自觉地阑入了宋诗。明末清初倡导宋诗的大学者黄宗羲光照浙东，朱彝尊亦受其影响。彝尊又在他的小同乡另一宋诗倡导者曹溶幕府有年。故其诗自唐入宋自有渊源，实际上他成了清代多尚宋韵的浙派诗的远源。不过朱彝尊诗的宋派特点还不突出，突出的宋派角色要由他的表弟查慎行来充当了。论诗的成就朱彝尊差逊于王士禛，但他是著名学者，尤其是杰出词人，是清代前期四大词人之一（另三位是陈维崧、顾贞观和纳兰性德），在有清文学史上占有重要的席位。

查慎行，本名查嗣琏，字夏重，屡试进士不第，入都为太学生，曾馆于太傅明珠家，教其子揆叙读书。康熙二十八年（1689）受洪昇在佟皇后"国恤"期间演唱《长生殿》案牵连，被除籍。查嗣琏吓得魂不附体，赶忙改名慎行，改字悔馀。四十一年（1702）十月在山东德州为清圣祖接见，入值南书房，时年已五十有三。查氏小于表兄朱彝尊二十二岁，满族入主中原以后才出生，与故明王朝已无多瓜葛。除此之外，其经历与朱彝尊颇为相似。查慎行的诗作，以山水纪游为主。自康熙十八年（1679）西入黔阳幕府，时年二十九岁，至雍正五年（1727）七月二十四日《枕上偶占》，四十九年之间吟咏不断，诗作竟达五十八集之多，存诗五千馀首。他所到之处，都有吟咏。刻划山川景物，风俗民情，亦间有议论。读他的全集，既是一部平生传记，也是一部旅游纪程。中间受清圣祖赏识，入值南书房，又赐进士出身。同朱彝尊一样，也写了不少歌功颂德阿谀逢迎之作。其《连日恩赐鲜鱼恭纪》诗"笠檐蓑袂平生梦，臣本烟波一钓徒"两句，受到统治者赏识而感激涕零[②]。其实这两句诗既不真实，诗艺亦甚平庸。查慎行早年从钱澄之、黄宗羲受学，因而趋向宋诗。平生倾倒苏东坡，曾《补注东坡编年诗》五十卷。也学陆放翁的恢宏恣肆。自言不喜江西派，然集中有用黄山谷韵者，律诗句法亦有酷似黄诗者。可知查慎行不喜江西派，不是否定黄山谷。朱庭珍《筱园诗话》曰："查初白诗宗苏陆，以白描为主，气求条畅，词贵清新，工于比喻，善于形容；意婉而能曲达，笔超而能空行；入深出浅，时见巧妙，卓然成一家言。"评论很能抓住查诗特色。只是查氏写作太滥，许多诗草草成篇，无多诗味。祧唐祖宋，是清初大家关注的问题。钱谦益兼采唐宋，自辟新境，吴伟业、王士禛基本宗唐，朱彝尊由唐转宋；查慎行是崇尚宋诗的大家，其成就大大超过曹溶、宋荦，后来以宋诗名家的厉鹗、钱载也远不足以方驾。

江南三家之外，康熙时代的著名诗人中宋琬、龚鼎孳、唐孙华、赵执信亦颇为突出。

宋琬，字玉叔。自明入清的诗人大多困于故国新朝的矛盾，宋琬入清时年过三十，他对明王朝似无所眷恋，顺治四年（1647）即率先举进士。但出仕的道路并不平坦，几次蒙冤入狱，性命濒于不保。晚年得以起用，又遭三藩之乱。后半生的岁月就在这种幽忧愤懑中度过，并最终在沉忧痛苦中死去。王士禛以宋琬和施闰章并提，两人遭际不同，诗风亦异。施诗平顺，宋诗激烈；闰章多写平常生活的感受，欣赏自然的清趣，宋琬多为幽思愁苦感时伤世之作，于反映社会人生或较闰章深刻；论总体成就，宋琬不如闰章。

龚鼎孳，龚芝麓同钱牧斋属于同一类型，他还较牧斋多一重投降李自成的“资历”。作为降顺之臣，钱牧斋是失败者，而他是“成功”者，官至礼部尚书，死后还得到一个“端毅”的谥号。既降李闯，又顺清朝，垂绅正笏于三姓庙堂之上，既“端”又“毅”，谥法确乎恰当不过！龚鼎孳诗作极多，数量甚至超过了钱、吴，大多是官场应酬，他打起学杜甫的旗号，不少作品用杜诗的原韵，恰好暴露其模拟的踪迹。但即使是龚鼎孳，也没有泯灭对先朝故国的怀思，没有忘却连续迎降的愧赧，集中涉及到这一主题，也写了一些感人的诗作，可与钱牧斋、吴梅村同类作品合读。正是这一类诗，使得龚芝麓在有清诗史中占了一席之地。

唐孙华，唐实君在康熙之世并非没有来头，他是吴梅村的同乡后辈，著名学者徐乾学的门生，与比他年轻十六岁的查慎行甚有交谊。但在前人的评论中有点默默无闻。其实他是很有成就的。唐孙华论诗反对模拟，主张自出性情；学习古人，要在丰富自己，而不是为了依傍。他说：“莫读唐诗便赋诗，拾来竹马不堪骑。水流花落春禽语，总是当前绝妙词。”“休将剽窃作生涯，酝酿诗书气自华。譬似游蜂采花去，蜜成何处更成花？”（《双凤友人数举诗会戏示四绝句》）这些浅显的语言，贴切的比喻，把他的主张展示得非常明白。他的学生撰叙《东江诗钞序》云：“先生于此授予为诗之旨，以为学问性灵，不可缺一。有学问以发摅性灵，有性灵以融洽学问，而诗可庶几也。”这段论述仿佛为下一个时代所谓学问诗、性灵诗的争论提前作了总结。唐孙华与查慎行甚相推重，诗歌内容却大不一样：查慎行很怕涉及现实，唐孙华质直敢言，写了相当多的反映民生疾苦之作，这在康熙诗人中最为难得。

赵执信，赵秋谷是一个很有个性的诗人。康熙二十八年（1689）与查嗣琏皆因洪昇在佟皇后丧期演《长生殿》案牵连被除籍革职。查氏立即更名改字，又是“悔馀”，又是“慎行”，赵执信既不悔，也不慎，竟坐此放废五十馀年。有此遭遇，因之诗中常怀愤懑。集中少数揭露官府的作品，如《后纪蝗》《氓入城》之类，相当尖锐。秋谷为王渔洋甥婿而见解不合。这本是正常现象，而秋谷常有攻击之词，胸怀未免褊狭。其所著《谈龙录》中，强调“诗以言志”，“诗之中须有人在”，“诗之外尚有事在”；又谓“文以意为主，以言语为役；主强而役弱，则无令不从”。虽有些话暗中指向王士禛，但作为通论还是正确的。《四库全书总目提要》云：“王以神韵缥渺为宗，赵以思路劖刻为主。王之规模阔于赵，而流弊伤于肤廓；赵之才力锐于王，而末流病于纤小。使两家互救其短，乃可以各见所长；正不必论甘而忌辛，好丹而非素也。”评论可谓公允。但王士禛、赵执信相比，毕竟有大小巫之别。

康熙诗人除了上述诸家，还大有人在。若汪琬，汪尧峰以古文名家，诗亦有可观。诗风承复古派馀绪，集中佳作具有唐人风格。若宋荦，宋牧仲是远在查慎行之前即崇尚苏诗，当时也声名藉甚，致与王渔洋合刻《王宋二家诗》。成就虽不太大，少数作品亦颇有新意。若吴兆骞，吴汉槎年青之时即为吴梅村所赏识，科场案受祸之后，深得友人顾贞观、徐乾学、纳兰性德的同情与援助，名闻天下。吴氏流放东北二十三年，故其诗多写塞外风光与流放生活。东北宁古塔其地是清代无数文人因各种案由被祸放逐之地，因吴兆骞而使这一方悲惨的土地留下诗的记录。遗憾的是集中并无震撼人心之作，与诗人的声名并不相称。若潘耒，潘次耕虽被迫应博学鸿词试，实应属遗民之列，其大节高风，为人所称道。他不屑于出仕清廷，故一生以“游”为事，放纵于天下名山大川。诗多古体，平铺直叙，朴实醇厚。沈归愚谓“诗笔直达所见，浩气空行，韵语可作古文读”，亦是一大特色。若纳兰性德，这位太平公子，绮丽词人，其所作近体诗芊绵清丽，然五言古诗饶有六朝风韵，语言尤自然流畅。读纳兰诗，如入花源绿野，日丽风和，大有太平景象。但他总在禁垣翰苑，生活面太窄，加以英年早逝，不得尽其才华。

以上所举，犹是荦荦大者。他如张文光、周亮工、宋征舆之俦，吴绮、尤侗、毛奇龄等辈，词人如陈维崧，画家如恽寿平，戏剧家洪昇、孔尚任，经学家惠周惕等人，以及其他有文集问世并间有佳章者更不胜枚举。这里论及的还只是非遗民的一翼，遗民的一翼尚不在内；两翼腾飞，诗人之众，诗作之丰，为任何一个王朝开国之初所未曾有。

蒙古灭亡南宋之前，南宋经受了一百五十年偏安局面，忍受过长期称臣纳贡的侮辱，士大夫早已麻木者甚多；而明朝之亡，一个大王朝溘然崩溃，人们对突然沦为异族的奴隶缺乏“精神准备”，思想麻木还来不及，斗争也就极其激烈。“一代文星有难”，明末清初的诗人无例外地卷入了这一场巨变的漩涡。有的奋起反抗，甚至壮烈殉国；有的忝颜事敌，有的被迫应召；有的反抗过后又出仕，有的迎降之后又反抗。文人们带着不同的心态，用不同的表演，登上这个时代的舞台，把各种复杂的感情注入他们的诗里，使得这个时代的诗歌内容特别地复杂。哪怕是入清以后才出生的人，也或多或少受到易代变迁的影响。因之清代前期的诗歌，无论是遗民诗人的慷慨悲歌，抑或降顺之臣的幽忧悔恨；不管是直白地表述其故国之思，还是曲折地表现其沧桑之感；兴怀无限，感慨万端，凡发自内心的声音都足以感人。唯其如此，故清初诗歌，虽五音繁会，众乐杂陈，无不统一于时代的潮流而顺理成章。

朱彝尊于康熙四十八年（1709）、王士禛于康熙五十年（1711）先后去世，其时上距钱谦益、吴伟业故世已四五十年。查慎行卒于雍正六年（1728），上距朱彝尊、王士禛之卒又近二十年。到雍正王朝结束（1735），除赵执信以八十高龄进入乾隆时代以外，清代前期的大星都已陨落。而乾隆改元之时，沈德潜已六十四岁，厉鹗已四十五岁，袁枚已二十一岁，赵翼已十一岁；从此诗国的天空属于下一代群星了。

四、格调派与性灵派

乾隆嘉庆的八十五年间（1736—1820）是清朝较为承平的时代，社会矛盾不像前期那样血火交迸，诗歌也相对平顺地发展。

清高宗乾隆四年（1739）四月殿试录进士三百二十八人，内有两名特殊的人物：一是年长的沈德潜，时已六十有七；一是年轻的袁枚，才二十四岁。两位年辈相悬若祖孙的“同年”，成为乾隆诗坛两个主要营垒格调派与性灵派的魁首。沈德潜，字确士，号归愚。他生于康熙十二年（1673），与王士禛并世达三十八年之久。但他远在江南，年青时无缘与王士禛相见，却是士禛门人叶燮的学生。叶燮是杰出的诗论家。他比王士禛年长七岁，却自认“门人”，可见其对王士禛的倾倒。所作《原诗》，论“数千年诗之正变盛衰之所以然”，主张诗随时代而发展变化。以为“诗之为道，未有一日不相续相禅而或息者也。但就一时而论，有盛必有衰；综千古而论，则盛而必至于衰，又必自衰而复盛；非在前者之必居于盛，后者之必居于衰也”，“古今世运气数，递变迁以相禅。古云天道十年而一度，此理也，亦势也。无事无物不然，宁独诗之一道胶固而不变乎”。主张诗应理、事、情，三者无缺，曰，“此三言者足以穷尽万有之变态”；才、胆、识、力，四者必具，曰，“此四言者所以穷尽此心之神明”。主张诗无分唐宋，尤推崇杜甫、韩愈、苏轼。谓“杜甫之诗，包源流，综正变，自甫以前如汉魏之浑朴古雅，六朝之藻丽秾纤，澹远韶秀，甫诗无一不备。然出于甫，皆甫之诗，无一字句为前人之诗也”。“韩愈为唐诗之一大变，其力大，其思雄，崛起特为鼻祖，宋之苏、梅、欧、苏、王、黄皆愈为之发其端”。“苏轼之诗，其境界皆开辟古今之所未有，天地万物，喜笑怒骂，无不鼓舞于笔端，而适其意之所欲出，此韩愈后之一大变也”（并见《原诗》）。然虽曰无分唐宋，叶氏本人创作实有较强的宋诗倾向。清人凡崇尚宋诗者必推重杜甫、韩愈。沈归愚谓：“先生论诗，一曰生，一曰新，一曰深，凡一切庸熟陈旧浮浅语须扫而空之。”（《清诗别裁》）这正是崇尚宋诗者的特点。

叶燮敬仰王士禛，论诗却不同于王士禛。沈德潜受业于叶燮，论诗又大异于叶燮。沈氏强调“温柔敦厚”的诗教，追求所谓“体格声调”，被称为“格调派”。其论诗曰：“诗之为道，可以理性情，善伦物，感鬼神，设教邦国，应对诸侯，用如此其重也。秦汉以来，乐府代兴，六代继之，流衍靡曼，至有唐而声律日工，托兴渐失，徒视为嘲风雪，弄花草，游历燕衎之具，而诗教远矣。学者但知尊唐而不上穷其源，犹望海者指鱼背为海岸，而不自悟其见之小也。今虽不能竟越三唐之格，然必优柔渐渍，仰溯风雅，诗道始尊。”（《说诗晬语》）又曰：“至于诗教之尊，可以和性情，厚人伦，匡政治，感神明；以及作诗之先审宗指，继论体裁，继论音节，继论神韵，而一归于中正和平。”（《重订唐诗别裁集序》）这种调子实全是儒家传统理论，沈氏云云，只是《诗序》和白居易《与元九书》中所说在清代的重复，而和叶燮的发展观截然不同。儒家诗论重视教化的功效，而忽视诗抒发性情、反映生活、表现真美的特质。这种理论再现于封建末世，就更加显得保守。沈德潜早在康熙、雍正之世即在江南教授生徒，弘扬诗教。他选辑《古诗源》《唐诗别裁》《明诗别裁》《国朝诗别裁》，用作品示范来体现他的诗论。在《重订唐诗别裁集序》中说："新城王阮亭尚书选《唐贤三昧集》，取司空表圣'不着一字，尽得风流'，严沧浪'羚羊挂角，无迹可求'之意，盖味在盐酸外也。而于杜少陵所云'鲸鱼碧海'，韩昌黎所云'巨刃摩天'者，或未之及。余因取杜、韩语意定《唐诗别裁》，而新城所取，亦兼及焉。"这是明显地不以王士禛为然。现在我们将《唐贤三昧》与《唐诗别裁》比较，无疑沈选要全面允当得多。王豫《群雅集》论沈德潜曰："文悫为诸生，品端行完。论诗上溯三百、屈骚、汉晋、三唐，下迄明代，以和平敦厚得性情之正为宗。截断众流，别裁伪体，如老鹤一鸣，喧啾俱寂；瑶琴一鼓，瓦缶无声。自来选家，未克臻斯诣也。王文简谓横山门下，尚有诗人，已为宗匠所期许如此。海内之士尊之若山斗，奉之为圭臬，翕然无异辞。"这当然是追随者的颂扬。而与沈德潜年辈悬殊的同年袁枚出来，高举性灵的旗帜，和沈氏差不多针锋相对。

袁枚，字子才，号简斋，寓居金陵之随园，因亦称随园。袁枚提倡诗写性灵，被称为"性灵派"。沈德潜倡格调之说，需要到古代经籍中去寻找根据，袁枚则干干脆脆，振笔疾书。一而曰："诗难得其真也，有性情而后真。"（《随园诗话》卷七）再而曰："提笔先须问性情，风裁休划宋元明。"（《答曾南村论诗》）性灵并非什么新发明，前人早有论述，但袁枚提得最为响亮，在其诗文诗话中，所在皆是。《随园诗话》卷一云："杨诚斋曰：'从来天分低拙之人，好谈格调而不解风趣。何也？格调是空架子，有腔口易描；风趣专写性灵，非天分不办。'余深爱其言。须知有性情便有格律，格律不在性情外。"这是抨击沈德潜的格调说。《诗话》卷五云："人有满腔书卷，无处张皇，当为考据之学，自成一家。其次则骈体文，尽可铺排，何必借诗为卖弄！自三百篇以至今日，凡诗之传者，都是性灵，不关堆垛。”此则针砭翁方纲的肌理说。袁枚主张诗中有我，反对模拟剽窃。曰：“但须有我在，不可事剽窃。”（《书所见》）其《答沈大宗伯论诗书》曰：“至于性情遭遇，人人有我在焉。不可貌古人而袭之，畏古人而拘之也。”甚至对儒家尊崇的六经也大为不敬，竟至说：“六经尽糟粕，大哉此言欤！”（《偶然作》）“六经虽读不全信，勘断姬孔追微茫。”（《子才子歌示庄念农》）如此放意肆言，表现出一种冲破传统的精神，令人耳目一新。

其实性灵说，明末袁宏道兄弟曾大张旗鼓宣扬过。袁宏道谓“夫代有升降，而法不相沿，各极其变，各穷其趣，原不可以优劣论也”。因此他提出“独抒性灵，不拘格套，非从自己胸臆流出，不肯下笔”（《叙小修诗》）。袁枚之说，并没有超越袁宏道的范围，只是袁枚宣传得更为有力。袁宏道的性灵说，对于反对复古派起了很大的作用。但他的理论是有缺陷的。所谓性灵，无非是性情、情感之谓。有各式各样的性情，各式各样的情感，其价值也各不相同。袁宏道所抒发的性灵，基本上是封建文人的感受情趣，幽思牢骚。特别他把“不拘格套”衍为“信心而出，信口而谈”，所写的作品草率浮泛，甚至油滑。袁枚接过这个口号，发扬了他的冲破传统的精神，却同时继承了他的缺点。袁枚秉性狂妄，他是不会承认祖师的发现权的。其人恃才傲物，妄自尊大，竟然说“但看十七史，逊我者大半”（《偶然作》）；“仆诗兼众体，而下笔标新，似可代雄”（《答程鱼门书》）。一部《随园诗话》，内容固甚庞杂，论其核心，不外两条，一曰鼓吹性灵，一曰标榜自我。话中自吹自擂之后，还通过他人之口，见神见鬼，说梦说缘，甚至说他的书是前世读的；以此来美化自身，神化自我。章学诚对袁枚的作风深恶痛绝，在其《书坊刻诗话后》一文中说：“其叙述贵显钜公与声望名宿种种倾佩纳交之事，半属子虚亡是之言，读者幸勿为所愚也。”乾隆二十四年（1759）袁枚作

《子才子歌示庄念农》云："发言要教玉皇笑，摇笔能使风雷忙。出世天马来西极，入山麒麟下大荒。生如此人不传后，定知此意非穹苍。就使仲尼来东鲁，大禹出西羌，必不呼子才子为今之狂。既自歌，还自赠，终不知千秋万世后，与李杜苏黄谁颉颃，大书一纸问蒙庄！"这就不只是狂妄，而完全成了梦呓。近人对袁枚宣扬男女之情特别称道，常见引用的是袁枚《答蕺园论诗书》中的一段话："且夫诗者，由情生者也。有必不可解之情，而后有必不可朽之诗。情所最先，莫如男女。"宣扬男女之情无所不可，但袁枚缺乏高尚的情操，他鼓吹的男女之情是一种低下的追求。家居姬妾成群，纵欲无度，尚且出入狭邪，花酒连朝。对他看到的女子未能得到而感到惆怅，或者他送给别人的女子再送回来时已经怀孕而自觉索然，这样题材的"歌咏"屡见于集中。"千金尽买群花笑"，女性在袁枚看来是一种可以买卖的玩物。为其如此，所以他不要女儿。在《二月初八日生一女》诗中说："坠地无人贺，遥知瓦在床。为谁添健妇，懒去报高堂。妄想能招弟，佯欢且慰娘。江干好黄竹，打惯女儿箱。"写出如此卑下无聊的诗句，不知袁子才有何脸识面对自己亲生的女儿。他写的许多涉及妇女的作品，轻薄无聊。"分明共枕又齐肩，梦醒兰衾冷半边。急起挑灯探消息，儿夫私抱阿谁眠？"（《闺怨》）这样的闺情诗哪有丝毫的美可言！惟其如此，所以袁枚鼓吹的性灵是浪荡文人的性灵。基于这样的认识来创作，所以他的诗作往往空滑肤浅，缺乏蕴藉深厚的内涵。

表面上看，沈德潜和袁枚的诗论水火不能相容，论其实质却是同一社会背景下的产物。康熙、雍正以后，清初那种激烈的对抗已成过去，武装的反清势力被彻底镇压，社会已恢复平静，进入了清人引以为荣的乾隆盛世。清高宗登上宝座，一方面采取措施，进行了一些文化建设。另一方面大施淫威，对人们思想钳制不仅没有放松，而且变本加厉，频频发生的文字狱空前残酷。一案发生，对活着的人斩杀无遗，死去的人剖棺戮尸；特别是往往使无数无辜的人株连受祸，动辄成千上万，关外流放的人群不辍于路。像王士禛这样公认的对盛世承平驯顺的诗人，纯系年青时候显示才华的《秋柳》诗，也被一些嗅觉特别的警犬嗅出了诗中凭吊“亡明”的气味。事情发生在乾隆五十二年（1787），上距王士禛之卒已近八十年，差点给王士禛带来与沈德潜身后同样的惨祸，甚至还牵连到朱彝尊、查慎行和词人吴绮。幸亏管世铭等人巧妙地回护，才使这场惨案得以避免[③]。所以乾隆之世虽号升平，同时却弥漫着一种恐怖气氛，知识分子不得不寻找避灾远祸的窝场。大多数人沉溺于时文制艺通过科举去猎取功名，藉此消弭精力和才华。有许多人就去钻研典籍，皓首穷经，对社会事务钳口不言；如此号称乾嘉学派的文字音韵训诂考据之学空前地发展起来。体现在诗歌上就是格调派和性灵派的迭兴。沈德潜的格调说，讲究温柔敦厚，中正和平，无疑符合封建统治者的政治要求。而袁枚作为一个风流浪子富贵闲人，他的富贵闲人风流浪子的性灵说，统治者同样能够容忍。因此无论先前王士禛的神韵说，还是现时沈德潜的格调说与袁枚的性灵说，以及后来翁方纲的肌理说和出现在文坛上的桐城派与更后出现在词坛上的常州派，同盛极一时的朴学，都是在统治者的温室棚里，适应同样的政治气温条件下生长的文化蘑菇。品色虽各不相同，论内在自有其相通之处。

钱泳《履园丛话》卷八曰：“沈归愚宗伯与袁简斋太史论诗判若水火，宗伯专讲格律，太史专取性灵。自宗伯三种别裁集出，诗人日渐日少；自太史《随园诗话》出，诗人日渐日多。然格律太严固不可，性灵太露亦是病也。”这话貌似不偏不倚，实则左袒袁枚。沈德潜讲格律，自有他的内涵，哪怕是传统的或保守的内涵，并非“专讲格律”。至于对当时后世的作用和影响，则各有一定的范围，也各有一定的限度。出于沈德潜门下的王昶、王鸣盛、钱大昕、吴泰来，出于袁枚门下的孙星衍、孙原湘等，都是当时有相当成就的诗人；其中王鸣盛、钱大昕、孙星衍又都是深有造诣的学者。袁子才诚然名噪一时，然而盛名之下，其实难副，并非真有多么广大的神通。在乾隆时代，与袁枚相先后，出了许多杰出的诗人，如与袁诗风格相近的赵翼，与袁诗风格相异的蒋士铨，长于袁枚的郑燮，小于袁枚的黄景仁，出于岭外的宋湘，生于西蜀的张问陶，都能独立门户，自抒情性。这是一种时代风尚，一种历史潮流，袁枚也只是其中的一员，不存在袁枚的诗话出来就产生了那么多诗人的神话。张问陶于袁枚是后辈，对袁枚也极为崇敬，不少人把他作为袁枚的同派甚至继承者。但张问陶本人却明确申明："诗成何必问渊源，放笔刚如所欲言。汉魏晋唐犹不学，谁能有意学随园！"至于同袁枚年辈相若的诗人，与袁枚处于对等的地位，抒发性灵，独立自主，是当时卓越的诗人们共有的精神。

也曾经小成气候的翁方纲，比袁枚小十七岁，较为后起。他的所谓"肌理说"曾和"格调"、"性灵"并提，本文也应有所交代。"肌理"一词，出杜甫《丽人行》"肌理细腻骨肉匀"句，指美人肌肤纹理，翁方纲借用作为比喻以论诗歌。内容包括文理和义理。谓义理需符合儒家经术，文理须合于诗法准绳。翁方纲说："士生今日经学昌明之际，皆知以通经学古为本务，而考订训诂之事与词章未可判为二途。"（《蛾术集序》）又说："士生今日，经籍之光盈溢于世宙，为学必以考证为准，为诗必以肌理为准。""义理之理，即文理之理，即肌理之理也。"（《志言集序》）这是典型的考据兴隆时代的声音。翁方纲把文学艺术作为经学考据的附庸，从根本上违背了文学艺术的本质。翁氏大张学人的旗帜，提出"由性情而合之学问"（《徐昌谷诗论》）。他的诗多达五千馀首，在诗中大谈学问，大作考据。把翁方纲看成一个会用韵语写金石考据的学者也许相当杰出，把他看成一个诗人却令人失望。翁方纲的肌理中不乏学问的细胞，却很少有诗的基因。朱庭珍《筱园诗话》至谓其“以考据为诗，饾饤书卷，死气满纸，了无性情，最为可厌”。翁方纲在乾嘉以后一直到清末都有影响，凡是以学问为诗者都可以在翁氏的“肌理”中找到血脉的源头。

五、济济跄跄的乾嘉诗坛

乾隆、嘉庆时代没有大家，没有顾亭林，也没有钱牧斋、吴梅村和王渔洋，和顺治、康熙时代相比显得平庸。但名家济济，艺苑还是茂盛的。沈归愚和袁子才在理论上各树营垒，其创作成就并未超过其他家数，故将他们的创作和其他名家一道叙述。

沈德潜的诗论偏于保守，在四十多年的落拓生涯中，其创作尚能关注社会民生。像《制府来》一诗，虽系模仿汉乐府，算是成功之作，可称有清第一乐府。他写的山水诗，也能真切入微，不作迷蒙夸诞之语。其七言律诗深厚沉着，气韵沉雄。如“隔岸潮声凭槛听，过江山色卷帘看”（《观音阁》）、“峰颠片石留三国，槛外长江咽六朝”（《甘露寺》）“和议有人增岁币，偏安无诏复神州”（《吴山怀古》），这些诗句都很有分量。但沈德潜才力不够，每诗结尾往往缺乏气力，故完璧不多。到他以六十岁高龄登第受到高宗的赏识之时，实际已是强弩之末。诗人是不能进入庙堂的，到了庙堂艺术生命即告结束。故沈德潜虽成名于乾隆之世，工夫却下在康、雍之时。他编的《国朝诗别裁集》选录相当公允（虽然也有缺点），以致引起高宗的不满。他的门生王昶编的《湖海诗传》，与沈选相形见绌。现代学者多推崇袁枚而贬抑沈德潜，这些贬抑者还不如袁枚本人对沈德潜的理解，袁氏《同年沈文悫公挽词》云：“诗律长城在，群儿莫诋诃！”他对这位老同年最终还是肯定的。

晚于沈德潜的厉鹗在浙江独树一帜。厉鹗和钱载、袁枚、严遂成、王又曾、吴锡麒称“浙西六家”，六家中除袁枚外，其他五家都有宋诗倾向，厉鹗是其中的佼佼者，他是清代继查慎行之后较为杰出的宋派诗人。他可以说是一个西湖的歌手，在他的笔下处处闪耀着西湖的水色山光。厉氏的五古、七古并有名作。清人尚宋诗者往往艰涩拗折，厉诗却是清幽然而顺畅的。

袁枚应该说是颇有才华的，他少年高第，名重当时。集中写得比较好的一些诗，确能显出一点灵气，而且常以幽默出之，这是他人难以办到的。袁枚的骈文也写得很好，生动活泼，只是严肃之作不多。如果袁枚不那么轻狂，也向他的前辈“同年”学一点锻炼工夫，他会写出更好的诗。但他只像他的本家前辈袁宏道一样“信心而出，信口而谈”，故诗多率易浮薄。集中许多被人们赞扬的“警句”，如《古意》“不惯离别情，回身向空抱”，如《独秀峰》“青山尚且直如弦，人生孤立何伤焉”，如《遣兴》“阿婆还似初笄女，头未梳成不许看”，如《卓笔峰》“绝地通天一枝笔，请看依傍是何人”，实际都浮浅而拙劣。

袁枚真正的同派是赵翼，他们交谊也很好。赵翼也主张抒写性灵，自云：“力欲争上游，性灵乃其要。”（《书怀》）他特别强调诗歌的发展，诗歌的时代性，他说：“诗文随世运，无日不趋新。”（《论诗》）特别强调诗歌的独创，他说：“不创前未有，焉传后无穷！”（《读杜诗》）他认为任何伟大的诗人都有一定的限度，他说：“李杜诗篇万口传，至今已觉不新鲜。”（《论诗》）认为任何新颖的作品最终都是要陈旧的，他说：“预支五百年新意，到了千年又觉陈。”（《论诗》）但他并不自卑，他说：“江山代有才人出，各领风骚五百年。”（《论诗》）当然，由于他和袁枚性格感情都极为投合，相互影响，也写了不少浮滑率易的作品，有些甚至很低级。像老年时喝女人的奶，年老丧失了性能力，都写入“诗”里，极其无聊。但赵云崧和袁枚还是有极大的不同，袁枚嘲笑别人做学问，赵云崧却是杰出的史学家，他的好诗也带有治史的严肃性。特别是他从军西南一段，写云贵间江山景象风土人情，使用客观的描写，真切而翔实。他擅长用平实的语言写奇崛的形胜，而不借重生僻幽涩的词语来故作艰深，也很少用典故，却写得生动逼真。唐人边塞诗多写大西北，故大西北雄浑壮阔的风光多留在唐人的诗里。东北和西南则前人涉笔较少。吴兆骞当时大名鼎鼎，他在东北二十三年，东北的风光却并未在他的诗里放出多大的光辉。赵云崧在西南前后不过五年，而且调动频繁，大西南却在他的笔下得到精彩的描绘。赵云崧的近体诗也有特色，对仗严谨而造语自然，纵然用典也不艰涩。袁枚《论诗》绝句有一首是写赵云崧的："云崧自负第三人，除却随园服蒋君。"把友人的客气话公然引出来自居第一，其实论创作成就，赵云崧远高于袁子才。

江西蒋士铨与袁枚、赵翼并称"乾隆三大家"，然三大家的说法本来就不当，蒋士铨和袁、赵更完全不同。袁枚说："蒋苕生与余互相推许，惟论诗不合者。余不喜黄山谷而喜杨诚斋，蒋不喜杨而喜黄，可谓和而不同。"（《随园诗话》）杨诚斋率意为诗，与袁枚容易投合；黄山谷锻炼淬厉，同蒋士铨比较接近。蒋苕生是严谨的诗人，论格调倒和沈德潜相通，不过沈崇尚汉魏盛唐，蒋苕生推崇杜甫，且有宋诗倾向。蒋诗的内容最突出的是表彰忠孝节义。对前代忠臣义士，如文天祥、史可法等人，颂扬之不遗馀力。对下层的贞女节妇也多有歌颂，这部分作品自然瑕瑜互见，有的值得歌颂，有的则宣扬了封建观念，处在他那个时代也在所难免。蒋士铨还写了不少深切同情穷苦人民的诗，如《京师乐府十六首》《三善诗三首》等等，就在九重辇毂之下，竟有那样悲惨的情事，敢于笔之于书就不容易。蒋士铨往往用朴实的语言，平平写出，却感人至深。诚然蒋士铨也写了一些矜才使性的诗篇，甚至游戏之作，这对于一个诗人实在是一种浪费，无益反损。

古文家姚鼐也是诗人。姚鼐继承并发展其同乡前辈方苞、刘大櫆及其伯父姚范的传统，成为桐城派古文的主帅。他提出“义理、考据、词章”三者缺一不可之说，成为一种简明扼要而又相当完整的理论；这种理论是与当时经学、史学、考据学高度发展相适应的。不过桐城派古文号称上承唐宋，其整体水平并不很高。姚鼐的诗名为文名所掩，其实他的诗在乾嘉之世倒足以自成一家。他总结诗歌风格上的“阳刚”、“阴柔”之说，是足可以和明代张綖提出词学上“豪放”、“婉约”之分相比的美学建树。对诗歌，姚鼐主张“熔铸唐宋”，清人自钱谦益、朱彝尊等的创作即可以说熔铸唐宋，但姚鼐从理论上提得最为明确。乾嘉以后，凡是主张熔铸唐宋的人，或多或少都有宋诗倾向，姚鼐正是如此。姚鼐的创作以七古和七律见长。他以他的古文章法来写七言古诗，甚至比写古文更为严谨。其诗将李白、苏轼的豪纵和黄庭坚的拗涩合在一起。七言律诗尤为有名，抒情状景，境界开阔，气象恢宏。张裕钊《国朝三家诗钞》以之为清代七律的代表，当然赏誉太过。尽管姚氏七律写得不错，也不至于超越顾炎武、钱谦益、吴伟业、朱彝尊、查慎行等人。那是因为姚鼐为曾国藩所推崇，而张裕钊又是曾的门徒，故将姚鼐七律拔到有清第一的高度。

乾隆后期杰出的诗人是黄景仁。乾隆时代有清前期那种激烈的斗争已没有了，诗人们高低遇合虽各不相同，道路毕竟较为平坦，在有名诗人中黄景仁却是一个例外，他一生不蹶于政争而厄于贫困。他五应江南乡试，三考顺天举人，场场失利，不得不糊口四方，寄人篱下。一生仕宦仅做过短时间的武英殿书签官。借债捐资想做个县丞，还来不及铨授，即为债家所逼，抱病出京，病卒解州，年仅三十五岁。在黄景仁诸多师长中，声望最高的莫过于王昶。王昶学诗于沈德潜，故黄景仁为沈氏再传弟子。但黄景仁没有沿着祖师的路子走，而是骋其才华，自成风格。王昶对此甚为赏识，称赞他“至其为诗，上至汉魏，下逮唐宋，刻琢沉挚，不以蹈袭剽窃为能”（《黄仲则墓志铭》）。仲则年青时写的七古长篇，追慕李白，如《观潮行》《后观潮行》《太白墓》等，写得豪纵恣肆，很有气魄。当然这些长篇也有其不足，间或也用一些生僻的词语，发些无谓的议论，读起来感到枯涩。黄景仁写这些作品时，年仅二十二三岁，还不够成熟。有些论者说黄景仁染指昌谷，大概就是那些生僻词句引起的，其实黄景仁同李贺完全不同。黄景仁自己说他“好作幽苦语”（《自叙》），是出于生活上的“幽苦”，并非模仿李贺诗风上的幽涩。写幽苦语也需有时代感，像寒号鸟一样不断地悲鸣，未必就能成为好诗。贾岛式的苦吟，叹老嗟卑，能够动人心弦的作品并不多。黄景仁也写了不少这样的诗篇，啼饥号寒，诗艺并不高。贫病交加的生活，不仅摧毁了黄景仁的生命，也折损了他的才华。所幸黄景仁的许多好诗，还是有很强的时代感的，不完全是个人的悲叹。“全家都在风声里，九月衣裳未剪裁”这是“都门”的秋思，一般穷苦人的生活可想而知。“十有九人堪白眼，百无一用是书生”，如此率直的吐露，诗人对这个不公正的社会的憎恨何其深刻。“悄立市桥人不识，一星如月看多时”，看似平平淡淡，其孤独寂寞之状，耿介独立之意，实表现得极为深刻。“七十二川流合处，一条清颍不曾浑”，纯乎写景，而举世皆浊我独清的寓意非常明白。这一类诗是黄景仁最具个性的作品。这些作品的意义还在于反映了“乾隆盛世”衰败的一个侧面。黄仲则的恋情诗写得真刻诚挚。不少评论者指出李商隐同类题材诗对黄景仁的影响。影响当然是有的，体裁也大多是七律，有些句法也颇相似。实质上不同时代的这两位诗人的作品，无论内涵和风格都有很大的不同。李商隐的爱情诗，或者准确地说“无题诗”，将爱情和政治遭遇结合在一起，两者密不可分。为其如此，所以他的作品深隐幽微，成为一种独特的“李商隐诗”，后人无从模仿。黄景仁的诗固然也同他的不幸身世紧密关联，但毕竟是一种单纯的明朗的令人销魂落魄的爱情诗。这里说的是个性风格的差别，不是说诗艺的高下。论历史地位，黄仲则还是无法仰李商隐的项背。黄景仁的好友洪亮吉，当时并称为“洪黄”，论成就洪远不如黄。洪亮吉写了大量的山水诗，少数作品也清新可诵。但写得太滥，佳作不多。

由乾隆进入嘉庆的名家是四川张问陶。华中师范大学图书馆藏扫叶山房《船山诗草》有“吴越王孙”中书君的一段批语：“予尝谓乾嘉三家当为袁、赵、张而去藏园。非有轩轾，良以笙磬同音，薰莸异器，谈艺者宜以风格分类，不可取出处形迹之密迩与否也。”这位“吴越王孙”必是钱钟书。倒不必重排一个乾嘉三家，但谓张问陶与袁枚、赵翼风格比较相近确是事实，他们的见解也多相同。张诗云：“诗中无我不如删，万卷堆床亦等闲。莫学近来糊壁画，图成刚道仿荆关。”（《论文八首》之七）“文章体制本天生，只让通才有性情。模宋规唐徒自苦，古人已死不须争。”（《论诗十二绝句》其十）这些论调与袁、赵如出一辙。个别词句未免过激，“荆关”仿一仿也未尝不可，只要不把“仿”当作目的就行。任何才智都是有等差的，不能说只有“通才”才有性情。但从整体看，反对摸拟，主张情性，总是正确的。张问陶以近体诗取胜，七言律很有功力。“湘南春水思骚客，颍上秋风忆霸才“（《樗栎》）、“举世不逢孙伯乐，一生惟哭贾长沙“（《春日感怀》），这些对句工整而流畅，运用典故，随手拈来毫不费力。他和黄景仁一样是早熟的天才，写这些诗在二十岁前后。张问陶的七绝尤为突出，纯用白描，清峭拔俗，语言也极为明快。他是主张诗中有我的，诗中的“我”往往在明丽的风光中表现出来，存在而不着形迹。张问陶以才华取胜而严谨不足，用典间有舛错，造语亦偶有疵病。其《论诗》绝句谓“百炼功纯始自然”，而其诗作的不足恰好在于“炼”未必“百”，“功”也就不“纯”。有些作品相当粗糙。如《醉后口占》：“锦衣玉带雪中眠，醉后诗魂欲上天。十二万年无此乐，大呼前辈李青莲！”直是叫喊狂嘶，不成其为诗。张问陶小于袁枚近半个世纪，对这位性灵派前辈极为倾倒，甚至将自己的诗集称为“推袁集”。袁枚也称许他“沉郁空灵，为清代蜀中诗人之冠”。袁枚这一赞语，成了后来对张问陶的定评。张维屏《听松庐诗话》云：“船山诗生气涌出，生趣飞来，古体中时有叫嚣剽滑之病。当时随园名盛，以游戏为诗，船山亦未免染其习气。至近体则极空灵，亦极沉郁；能刻入，亦能清超。”听松庐对张问陶有褒有贬。其褒语实来自袁枚，而把张问陶的缺点归罪袁枚则无必要，风会所及，各人自己负责。张问陶虽服膺袁枚，但他的见解风格却是独立的。

沈厉袁赵，蒋姚黄张，可称之为“乾嘉八俊”，清代中期诗人济济，成就无超出此八家者。八家而外当时卓有成就的诗人还大有人在。如黄任，他十九岁中了举人，但到此为止，官也只做过四会知县，还被人弹劾“纵情诗酒”免职。他没有出色的长篇大作，但绝句写得很有生气。数量没有王士禛多，总的成就也不如，但有一个字胜过王士禛：真。又如著名书画家郑燮，虽然他得过“三绝诗书画”的美誉，毕竟重在书画而不在诗，存诗也仅有二百四十多首加上一些题画作品。他对自己要求很严，自云“余诗格卑卑”，“不过一骚坛词客尔”；并且严肃地申明：“板桥诗刻止于此矣，死后如有托名翻板，将平日无聊应酬之作改窜烂入，吾必为厉鬼以击其脑！”他从不宣扬自己，也不故弄玄虚，诗多清新可诵，有真情实感，偶有议论也很得体。他的题画诗不像有些画家一样只是一种装点，而有实在内容。一般不外三个方面：一是相当于咏物诗，而实际是一种人格的表现。一是歌颂他崇敬的前辈，把他们作为自己的楷模。更难得的一种是情不自禁地表达他对人民的关切：“衙斋卧听萧萧竹，疑是民间疾苦声。些小吾曹州县吏，一枝一叶总关情。”如此朴实的诗句，实足以使诗人垂之不朽。又如著名学者汪中，刘台拱题其诗集，说他“早岁善为诗，后绝不复作，旧稿多散失”。今存诗仅一百一十多首，比郑板桥还少，较之清人动辄几千首者不可比拟。汪中是王昶的弟子，自亦沈归愚的再传；故其诗著力于汉魏盛唐，典雅深厚。然王昶竟然说他“诗非所长”。这位老师不了解他的学生，在如此少的存诗中能录出相当可观的佳作，在清代诗人中实属罕见，其成就实在乃师王昶本人之上。

还有两个重要的地方诗派不容疏忽：一是钱载及其秀水派，一是岭南黎简和宋湘。

钱载生平同沈德潜多少有些相似，登进士第已四十五岁，同样官至礼部侍郎。在朝受高宗尊宠之隆可能不及沈德潜，但作为侍从之臣的时间为沈的三倍，长达三十年。钱载的诗约可分为三类。一类追崇韩愈、黄庭坚，但去其生僻幽涩，而于句法拗折上着力。《晚晴簃诗话》云：“萚石论诗，取法西江，去其粗豪而出之以拗折，用意必深微，用笔必拗折，用字必古艳，力追险涩，绝去笔墨畦径。”陈衍《石遗室诗话》云：“萚石斋诗，造语盘崛，专于章句上争奇，而罕用僻字僻典；盖学韩而力求变化者。”这一类作品是钱诗的主导。造句如“新燕子翻上下渡，小桃花发东西楼”（《北流水上作》）、“村南北绿鸟呼酒，陌东西阴人饷餐”（《有怀故园亲戚》）、“树有杉槐松柏槲，人多男女子孙曾”（《观祭归》）。此等诗句追求拗折新奇，容易流为文字游戏。第二类是在高宗朝所作的歌功颂德的作品，为附和高宗诗风，诗淡白如话，且多散文句法。第三类是诗人自抒胸臆之作，语言较为平易自然。这一类作品是诗人费力最小，却是钱诗中最有价值的部分。其中涉及家人骨肉之情，多能深切感人。钱萚石是浙江秀水人。由曹溶、朱彝尊始原的秀水派，钱载是这一派的重要诗人。继之而起的尚有万光泰、金德瑛、王又曾、祝维诰和钱仪吉、钱泰吉兄弟，一直发展到晚清沈曾植等人。人数众多，源源不断。不过济济群才中，没有一个人能追上朱彝尊。

乾嘉时代岭南诗人以黎简、宋湘为最，是继清初岭南三家屈大均、陈恭尹、梁佩兰之后较有成就的诗人。黎诗幽深曲折，艰涩奇峭；宋诗雄浑奔放，流畅自然，两家风格绝然不类。

黎简近于一位平民诗人，一生以作塾师和卖画为生。他为诗走的是一条险仄的道路。他自己说："余幼好长吉，非长吉诗不读，且学为之，甚肖也。"又说："作诗须从难处落手，不嫌酷肖，到此时生出面目来。"（《批点长吉集题记》）如此追踪李贺，达到非李贺不读的地步，路子未免太窄。黄培芳《香山诗话》谓其诗"初学李昌谷，后学黄山谷，深觉于二家为近。"黎简作诗态度极严，乾嘉后期许多人的诗锤炼不够，他却锤过了头。张维屏《听松庐诗话》云："二樵力破平熟，斧凿太过，遂有初稿极佳之诗，经屡改而致坏者。"黎简平生佩服钱载，他的作品拗折险怪比钱载走得更远，苦心孤诣，刻意新颖，纵是好诗也被他"锤"得伤痕累累。二樵诗中只有少数清顺之作还算可读，就其整体而言，同他的声名很不相称。李遐龄《吊黎二樵》诗云："胸中万卷全无尘，二谷二樵前后身。"其实他既赶不及李昌谷，更攀不上黄山谷；如果他不掉进"谷"里，也到杨柳和风的溪边走走，也许就不至那样气闷了。

宋湘同黎简完全相反，他是不走那条幽僻的路的。宋湘比张问陶年长七岁，中进士反后张问陶九年。他们的诗论非常相似，好像隔岭呼应似的。宋湘《说诗》云："三百诗人岂有师，都成绝唱沁心脾。今人不讲源头水，只问支流派是谁。""学韩学杜学髯苏，自是排场与众殊。若使自家无曲子，等闲铙鼓与笙竽。"其自抒情性，不事模拟，旗帜非常鲜明。作诗不讲家数，律度较为自由，写律诗亦如口语，而这种诗正是他的强着。"从古异才无达命，惜君多难不低头"（《鹦鹉洲》）、"四面青山三面水，两湖明月一湖秋"（《西湖棹歌》），读起来流畅自如，这是以往钱谦益、朱彝尊、查慎行、姚鼐诸人的七律所没有的。宋湘诗中还有部分关心社会民生的作品，相当深刻，是张问陶诗中所少见的。宋诗的不足也与张问陶相似，有些诗锻炼不够，流于浅易。

乾隆、嘉庆时代诗苑虽甚繁荣，名家辈出，但整体成就远不如顺治、康熙，没有人能够与钱谦益、吴伟业、王士禛相比，能与施闰章、朱彝尊、查慎行抗衡的人也不多。就地域而论，乾嘉著名诗人中只有张问陶是蜀人，其他多在东南，尤集中于江浙。江浙自元明以来即为文人渊薮，穿贯整个清朝，绵延至于现代，是中国文化最发达的地区。就诗歌倾向而论，格律严谨的沈德潜是乾隆前期的代表；厉鹗、钱载的宋派诗继之而起，但影响较小。乾隆后期和嘉庆时代，袁枚、赵翼、黄景仁、张问陶、宋湘等人前赴后继，摇笔自抒情性，不着力于追慕古人，语言平易流丽，风格秀逸清拔，成为这一时期总的趋势。这一后先相继东西呼应的群体，大多饶有才华，却缺乏骨力，内容不够深厚。这一派诗发展到王昙的粗犷，舒位的肤浅，陈文述的浮艳，就走到了末路穷途④。时代在变迁，诗歌也在发展，新的诗人又在东南崛起。当陈文述还在浅斟低唱的时候，龚自珍已在东南冲破万马齐喑的局面，慷慨高歌了。

六、清代后期，灾难性的时代

清代后期，包括宣宗（道光）、文宗（咸丰）、穆宗（同治）、德宗（光绪），最后那个儿童皇帝溥仪（宣统）也只好搭上去，五朝共九十一年。

清王朝到乾隆后期就开始下坡。“外头看来虽是烈烈轰轰，内里的底子实已经空了”。嘉庆再拖二十五年，这幢王朝大厦更是栋蛀榱空。中国所有的王朝莫不如此，通过残酷的争战，血腥的镇压，使天下归于相对承平。然旧的矛盾来不及清理，新的矛盾又紊乱如麻，曾几何时，又是一塌糊涂，王朝也随之倾败。无论汉唐，莫不如此，“乱世长而化世短”，真是历史的悲哀！相对而言，清王朝的

"盛世"还算比较长的。自道光以降，统治集团愈益腐败，对人民的压迫和剥削有增无已，人民如此起而反抗。自嘉庆至道光，白莲教起义连绵不断。道光二十五年（1845）至同治七年（1868），捻军起义持续二十馀年。太平天国自道光三十年（1850）广西桂平金田村起义，到同治三年（1864）天京陷落，战斗达十四年之久，席卷大半个中国，使清王朝受到沉重的打击。晚清时期的中国，突然遭遇到一个历史上从未有过的祸患，即西方和东方资本主义列强的侵略。清朝长期的闭关锁国，对外部世界一无所知，还自命天朝上国，以为自己的国门是铜墙铁壁，不知道早已是朽木陈泥，被敌人用新式的枪炮稍一轰击就破败不堪。清宣宗道光二十年（1840）鸦片战争爆发，英国强盗率先侵入。中国人民奋起抵抗，掀开了同外国侵略者斗争的序幕。随后文宗咸丰六年（1856）英法联军入侵，德宗光绪十年（1884）法国占领越南，发生中法战争；光绪二十年（1894）日本入侵朝鲜，发生甲午战争；光绪二十六年（1900）八国联军攻陷北京。每一场战争下来，侵略者频频得手，中国则连连惨败，割地赔款，赔款割地，使神州大地受尽凌辱，给中国人民带来无穷无尽的灾难。而清统治者，越是孱弱，却越是腐朽，也更加凶恶。单是那个愚蠢而又毒辣的女人那拉氏自咸丰之末至光绪之终，顽固地控制清廷大政垂五十年，几至把中国拖进了绝境。但无边的苦难中也酝酿着生机，中国人从封建社会的漫漫长夜中逐渐觉醒，由洋务运动，到戊戌变法，终于发展到辛亥革命；国步艰难，总算一步一步在痛苦地前进，苦难的行程差不多走了一百年！晚清的诗歌就在这样的历史背景下发展。这一时期的诗歌，它的最大特色，就是和国家民族的命运紧密地联系在一起，歌声中透出战斗的节奏，同乾嘉时代那种平淡的歌唱完全不同。"九州生气恃风雷"，龚自珍第一个发出了奋呼！

七、龚自珍和道咸诗坛

所谓性灵，情性，意思大体相同，都是人们对社会人生的感受。自明至清，不少诗人都曾论及，只是没有袁宏道、袁枚那样号角响亮。抒发性灵，这是一条普遍的原则，抒什么样的性灵却是非常具体的，不同的内容其价值也大不相同。乾嘉之际，袁枚、赵翼、黄景仁、张问陶等人自抒情性，使诗歌得到一定的解放，虽也反映了一定的社会生活，但大多围绕诗人自身的生活进行歌咏。而龚自珍却更为突出地把他的创作和社会国家联在一起，脱出乾嘉的平庸境界，开拓晚清百年的诗风。

龚自珍是著名文字学家段玉裁的外孙，家世和乾嘉学派的许多学者都有交谊，但他从沉溺于故纸堆的学风中脱颖而出。他写的许多经世致用的文章，关涉到当时国家的大计。尽管他一生沉潜下僚，却希图对国家有所建树，有所革新。他首先是一个启蒙思想家，而后才是一个诗人。

龚自珍有一篇著名的散文《病梅馆记》，说江南植梅，以攲斜曲折为美，养梅者如此"斫其正，养其旁条；删其密，夭其稚枝；锄其直，遏其生气，以求重价；而江浙之梅皆病"。诗人自购三百盆，伤梅之病，"既泣之三日，乃誓疗之，纵之，顺之，毁其盆，悉埋于地，解其棕缚，以五年为期，必复之，全之"。篇末诗人叹息，安得穷一生之光阴以疗天下之梅！这是一篇无韵的诗，仅二百馀字，没有一个字涉及政治，实无异是一篇政治论著；没有一个字涉及文学，也无异是一篇文学宣言。悲梅之病，而欲"疗之，纵之，顺之"，那种追求解放向往自由的精神跃然纸上，这与定庵揭露政治腐败，愤慨人才受到压制之类的革新精神是完全一致的。定庵的诗，就是这种精神的体现。龚诗的主题，有的是直白的表述。如"避席畏闻文字狱，著书都为稻粱谋”，将乾嘉以来士人的心理刻画无遗。“国赋三升民一斗，屠牛那不胜栽禾”，揭露贪官污吏对人民剥削之重非常明白。有的诗则采用象征的手法，而这类诗涉及的范围更广，意义更为深刻，而艺术性也更为高超。“凭君且莫登高望，忽忽中原暮霭生！”一种封建末世的预感，较之李商隐“夕阳无限好，只是近黄昏”更为深切。“九州生气恃风雷，万马齐喑究可哀！”那种时代感尤为强烈，“万马齐喑”是当时中国的如实写照。诗人呼唤“风雷”，希望挣脱封建的枷锁，希望冲开时代的阴霾，这是当时最为壮烈的声音。读定庵的诗，一种英伟雄横之气扑面而来，感到那压抑不住的力量在诗中磅礴而出。定庵的诗，语言犀利，词采瑰丽，感情尤为强烈，创造了一种合豪放沉郁而一之的艺术境界。他自云“但开风气不为师”，晚清一代的诗风确由定庵开创。

中国没有欧洲式的由文艺复兴而逐渐发展的民主思想，明末清初王夫之即揭露君主专制的荒谬，但经过清朝两百年的思想禁锢，民主思想的萌芽也被扼杀。龚自珍、魏源等人也只是揭露封建统治的种种弊端，未能进一步揭开封建社会的腐朽本质，启蒙思想家本身也还是“蒙”的，他们认识到“自古及今，法无不改”；但怎么改法，却没有明确的方向。他们仍然还处在漫漫长夜的深处，黎明的曙光还要经历一段黑暗痛苦的时间才能出现。龚自珍的诗也有其不足，乾嘉后期浅露率易的风气对他也有影响。“我欲补谥法，曰冲暨曰淳。持此当谥谁，夏璜钱塘人”。“我生有朋友，十六识君始。我壮之四年，君五十一死！”（《夏进士诗》）这样的诗内容未必不佳，就是没有诗味。被认为是龚氏名作的《能令公少年行》，诚能摆脱束缚，信笔挥洒。但内容零乱，且不乏叫喊之声，明显地可以感到袁枚《子才子歌》的阴影。因此晚清偏于保守的评论家往往否定龚自珍。谭献《复堂日记》谓定庵“诗佚宕旷邈，而毫不就律，终非当家”。李慈铭《越缦堂诗话》说“定庵文笔横霸”，“诗亦以霸才行之而不能成家，又好为释家语，每似偈赞，其下者竟成公安派矣。”否定龚诗主流当然不对，点出的龚诗缺点却是事实。徐世昌《晚晴簃诗话》云：“定庵天分肫挚，学出外家，龚魏齐名，能开风气。光绪甲午以后，其诗盛行，家置一编，竞事模拟。自尚宋诗，群遂厌弃。平心论之，定庵博通群籍，馀事为诗，天骥蹑云，终殊凡马。”评论较为公允。

龚自珍过世太早，没有看到鸦片战争的惨痛结局，因之反映抵抗外敌侵略、维护国家的主权和尊严这一前所未有的主题，就只能由他的朋友和其他诗人来承担了。龚自珍的好友“横海拜将军”的林则徐，在鸦片战争中尽到了责任。他失败了，但留下了爱国精神的不朽遗产。他不以诗名，也创作了可取的诗作。在鸦片战争中，一大批诗人，魏源、陆嵩、朱琦、姚燮、鲁一同、贝青乔等，创作了大量的诗作，歌颂了中国人民抗击外敌侵略的英勇斗争，揭露敌人的罪行，谴责投降派的卖国行径。特别是张维屏的《三元里》、朱琦的《关将军挽歌》，加上后来黄遵宪的《冯将军歌》，三篇七古长歌，成为近代中国人民抗击外敌侵略、歌颂人民英雄丰碑式的作品。中国五七言诗中，叙事诗或者说故事诗很不发达，有清一代，吴梅村之后更缺乏名作。寥寥几篇，如施闰章的《浮萍兔丝篇》、胡天游《烈女李三行》、姚燮《双鸩篇》、金和《兰陵女儿行》《烈女行记黄婉梨事》等，大多写得啰唆拖沓，缺乏诗歌情韵。这些作品如果写成散文故事，也许更受读者欢迎。至于王甲荣、樊增祥分别写的《彩云曲》，拜倒在妓女赛金花的裙下，尤近于无聊。相形之下，张维屏、朱琦、黄遵宪这三曲壮歌就更加光彩夺目，在整个中国五七言诗史上，它们都是辉煌的作品。然而诗人们面对这一亘古未有的奇变，似乎感到无从措手。他们到古代典籍中去搜索典故词汇，同新的现实似对不上号，写起来感到棘手，因之诗作虽然不少，真正脍炙人口、经得起时间淘洗的名作却不多。龚自珍的挚友魏源，是这一时期有名的诗人，尽管他写了不少表现抵抗侵略的诗歌，而他的优秀之作却是山水诗，自称“一丘一壑不让人”，“应笑十诗九山水”。其诗蹊径独辟，自成风格，在湘山楚水之间独张一帜。

道咸诗坛除以龚自珍为先导的革新派以外，还有另一支队伍——宋诗派。

陈衍《石遗室诗话》一再论及道咸宋派。陈氏云：“有清一代，诗宗杜韩者，嘉道以前推一钱萚石侍郎。嘉道以来，则程春海侍郎、祁春圃相国。而何子贞编修、郑子尹大令皆出程侍郎之门，益之以莫子偲大令、曾涤笙相国诸公，率以开元天宝、元和、元祐诸大家为职志，不规规于王文简之标举神韵、沈文悫之主持温柔敦厚，盖合学人诗人之诗二而一之也。”又云：程春海“侍郎诗私淑昌黎、双井，在有清诗人中几欲方驾萚石斋。天不假年，而子尹与道州从而光大之。寿阳、湘乡又相先后其间，为道咸以来诗家一变局”。陈氏所述道咸间宋派诗虽脉络清楚，但需要稍加评析。其一，所谓“诗宗杜韩”，其实就是宋派诗。因为宋派诗总要追原韩愈，远祧少陵。学习黄庭坚者尤其如此。其二，陈氏谓嘉道以前推一钱萚石（钱载），至少还应加上姚鼐。姚鼐实比钱载成就要大，影响也更深，如曾国藩尤推重姚氏。其三，谓程祁一派不规规于王士禛之标举神韵确乎如此，谓不规规于沈德潜之主持温柔敦厚则不尽然，他们并不反对沈德潜，尽管有崇尚汉魏盛唐和杜韩苏黄的区别。“不规规于王文举”，“不规规于沈文悫”，这话的要义在于没有说出的那一部分，其实质在于否定袁枚一派，在陈衍和晚清宋派诗人，是不屑于说一句“不规规于袁简斋之鼓吹性灵”的。其四，陈衍谓程恩泽“天不假年”是一句回护的话，程恩泽活了五十三岁，不算短命，“天不假年”无非是说他成就不大。至于所谓“率以开元天宝、元和、元祐诸大家为职志”，“合学人诗人之诗二而一之也”，是宣扬他的“三元说”和“学人诗人之诗合一说”，是为同光体张目。简而言之，道咸宋派诗，程恩泽、祁寯藻倡导于前，上承钱载、姚鼐，下启何绍基、郑珍、曾国藩、莫友芝。其中郑珍成就较大，作为一个来自贵州的诗人，尤其值得重视。郑子尹沉潜下僚，能关注民生疾苦，集中许多涉及家人骨肉之作，写得朴实真挚。在追步黄庭坚的诗人中，曾国藩最为突出。陈衍《石遗室诗话》："山谷则江西宗派外，千百年寂寂无颂声，湘乡出而诗字皆宗涪翁。"施山《薑露盦杂记》谓："曾涤生相国学韩而嗜黄，风尚一变，大江南北，黄诗价重，部直千金。"曾国藩虽力追山谷，实亦参学东坡，故其佳作有山谷之厉炼精工，而较为清顺流畅。钱仲联《梦苕庵诗话》云："自姚姬传喜为山谷诗，而曾求阙祖其说，遂开清末西江一派。"说清了从道咸宋派到清末同光体之间的渊源。

八、诗界革命和革命诗界，清诗之最后一振

外国侵略者疯狂掠夺，内部统治者愈益腐败，有识之士终于起而谋划挽救祖国的命运。先是戊戌变法，后是辛亥革命，是晚清最后二十年间由改良到革命划时代的两步。诗界革命即与政治变革同步产生；政治革新终于嬗变成为民主革命，诗界革命也发展而为革命诗歌。

诗界革命继承并发展了龚自珍开创的诗风，写古人未写之事物，辟古人未辟的境界，反映了戊戌变法前后的社会现状和政治风云，开辟了清代诗歌一个全新的阶段。理论来源于实践，诗界革命是先由黄遵宪、康有为、谭嗣同等人取得了重大的实绩，之后才由梁启超等来加以总结并大力提倡的，并由此推进诗歌革命的发展；梁启超是诗界革命的重要理论家。

梁启超对古典诗歌的造诣并不深厚，对清诗更有许多错误的认识。在《清代学术概论》一书中，梁氏论述清诗云："以言夫诗，真

可谓衰落已极。吴伟业之靡曼，王士禛之脆薄，号为开国宗匠！乾隆全盛时，所谓袁（枚）、蒋（士铨）、赵（执信）三大家者，臭腐殆不可向迩。诸经师及诸古文家，集中多亦有诗，则极拙劣之砌韵文耳。嘉道间，龚自珍、王昙、舒位号称新体，则粗犷浅薄。咸同间，竞宗宋诗，只益生硬，更无馀味。其稍可观者，反在生长僻壤之黎简、郑珍辈，而中原更无闻焉。直至末叶，始有金和、黄遵宪、康有为，元气淋漓，卓然称大家。"如此全面否定清诗，连吴伟业、王士禛也一棒打杀；甚至将赵翼误为赵执信，两赵的诗他是否认真读过恐怕都成问题。龚自珍实际是晚清诗界革命的启导者，梁氏也不承认。梁氏如此否定清代杰出的诗人，而将一个肤浅的金和捧为"卓然称大家"，以之和黄、康并列更属荒唐之极。

话说回来，尽管梁任公对清诗的认识如此偏颇荒诞，他仍然为晚清诗歌作出了很大贡献，仍然是诗界革命卓越的理论家。

戊戌变法失败的下一年（1899），梁启超在《汗漫录》（《夏威夷游记》）中对诗的改革作过如此浪漫的设想："今日不作诗则已，若作诗，必为诗界之哥仑布、玛赛郎然后可。"⑤"欲为诗界之哥仑布、玛赛郎，不可不备三长：第一要新意境，第二要新语句，而又须以古人之风格入之，然后成其为诗。""若三者具备，则可以为二十世纪支那之诗王矣。"光绪二十八年（1902），梁启超开始发表《饮冰室诗话》，系统地提出改革诗歌的见解。诗话之作，历时五年，内容颇为丰富，其主要贡献约为四个方面。

首先，梁氏公开打出了"诗界革命"的旗帜；并且明确申言，诗界革命是与政治革命联在一起的。他说："过渡时代，必有革命。然革命者，当革其精神，非革其形式。吾党近好言诗界革命；虽然，若以满纸新名词为革命，是又满洲政府变法维新之类也。能以旧风格含新意境，斯可以举革命之实矣。"（《诗话》第六十三则）这种语言我们仿佛听到了新文化运动的胎音。当然，梁启超只走到"革其精神非革其形式”，“以旧风格含新意境”的阶段，时代只允许他走这么远。“旧风格含新意境”概括了诗界革命最基本的内涵，也是他们创作的特点。

其次，梁启超极力反对厚古薄今，倡言今胜于古。他说：“中国结习，薄今爱古，无论学问文章事业，皆以古人为不可几及。余平生最恶闻此言。窃谓自今以往，其进步之远轶前代，固不待蓍龟，即并世人物，亦何遽让于古所云哉！”（《诗话》第八则）梁氏写作《诗话》之时，改良派已经彻底失败，革命的风潮已经喧响，“过渡时期，必有革命”，梁氏已预感到一场空前的巨变即将到来，其进步必“远轶前代”，自会有伟人出来旋转乾坤，所以他敢于作出如此革命的论断。就诗歌而论，梁氏也推重今人。“若作诗必为诗界之哥仑布、玛赛郎”，他自己就曾尝试过一番。光绪二十五年（1899）所作之《二十世纪太平洋歌》，长达一百七十句一千六百馀字，为罕见的煌煌巨制，恣肆汪洋，气魄宏伟，无论时间、空间都非常广阔，只是颇嫌杂沓。梁氏大概全身五脏六腑亿万个细胞的力量都使上来了，然而“诗界之哥仑布、玛赛郎”仍然没有做成，但这种尝试的努力还是可嘉的。

第三，秉着并世人物决不让于古人的认识，梁启超为诗界革命的主倡人物黄遵宪、康有为、谭嗣同等大声疾呼，宣传他们的成就，使他们的作品大张于天下。他认为，黄遵宪、康有为“元气淋漓，卓然称大家”。他说：“近世诗人能镕铸新理想以入旧风格者，当推黄公度。”（《诗话》第四则）认为黄的五古长诗为“有诗以来所未有”，他说：“谭浏阳志节学行思想，为我中国二十世纪开幕第一人。”（《诗话》第二则）这些评论虽然推许过分，但为推进诗界革命也就势所必然。

第四，尽管梁氏主张“革其精神非革其形式”，实际上他对新形式也作过一些尝试，试图用口语创作新体诗，如《爱国歌》《黄帝歌》之类。作品虽不成功，尝试是可贵的，为五四时期的白话诗开了先河。

有此四端，梁启超对诗界革命的贡献即可以不朽，他为中国诗的改革发展走出了可贵的一步。

诗界革命创作成就最为突出的诗人多是参与戊戌变法的人物。第一号作者如梁启超所说“首推黄公度”。黄遵宪称自己的作品为“新派诗”。他在《人境庐诗草序》中说：“仆尝以为诗之外有事，诗之中有人。今之世异于古，今之人亦何必与古人同。尝于胸中设一诗境：一曰复古人比兴之体；一曰以单行之神运排偶之体；一曰取离骚乐府之神理而不袭其貌；一曰用古文家伸缩离合之法以入诗。其取材也，自群经三史逮周、秦诸子之书，许、郑诸家之注，凡事名、物名切于今者皆采取而假借之；其述事也，举今日之官书会典、方言俗谚、以及古人未有之物、未辟之境，耳目所历，皆笔而书之；其炼格也，自曹、鲍、陶、谢、李、杜、韩、苏讫于晚近小家，不名一格，不专一体，要不失乎为我之诗。”黄遵宪这篇创作纲领，其实并不新颖，而且甚为驳杂。黄遵宪诗的价值不在于他的理论，而在于他的实践；不在于他自己所设的“诗境”，而在于他把自己的创作同国家的命运联在一起。当外国侵略者接连不断地入侵中国，黄遵宪不管在不在位，都忧愤填膺，焦虑如焚；这种爱国情怀都摄入了他的诗里。对抗击外国侵略者的英雄，他以满腔的热情进行歌颂，《冯将军歌》是其代表性的篇章。由于长期的外交生涯，黄遵宪比别的诗人较深地认识外部的世界。他是第一个把欧美、日本资本主义的事物包括科学和民主用诗歌带进中国的诗人。欧美、日本的侵略者长期入侵中国，因此大多数中国人只看到侵略者穷凶极恶的嘴脸，黄遵宪却深入它的内部看到它进步的一面，发现那些国家不只有它的邪恶，也有它的真美。黄氏自云“儒生不出门，勿论当世事。识时贵知今，通情贵阅世”（《感怀》），他是有亲身体会的。康有为自称“新世瑰奇异境生，更搜欧亚造新声”（《与菽园论诗》），其实把这两句诗赠送给黄公度更为适合。黄氏能面向世界，所以他的诗内容新颖，境界开阔，气象雄伟。用长篇七古来写太平洋月夜的壮阔景色，黄公度无疑是第一位中国诗人。他的七古名作，力横气壮，为前人所未有。梁启超提出诗界革命的关键在于“新境界”，黄遵宪诗最能体现出来。黄诗的语言如他所说要将经史百子中的词语和方言俗语结合使用，集中固有结合得好的篇章，也有勉强凑合的次品。他也试写了一些新体诗如《出军歌》《军中歌》等等，梁启超为之雀跃欢呼，称道“其精神之雄壮活泼沉浑深远不必论，即文藻亦二千年所未有也，诗界革命之能事，至斯而极矣”。其实这类作品只是一种可贵的尝试，并不成功，“诗界革命之能事”不是“至斯而极矣”，很可能是“至斯而败矣”。

诗界革命的另一主将也是戊戌变法的主帅康有为。梁启超《饮冰室诗话》谓：“南海先生不以诗名，然其诗固有非寻常作者所能及者，盖发于真性情，故诗外常有人也。”梁启超既说康有为在清代“卓然成大家”，又说他“不以诗名”，不知其何以如此自相矛盾。康有为是能以诗名的，也许是清代首屈一指的豪放派诗人。他在戊戌变法前后写的诗，纵横跌宕，大气磅礴，汩汩滔滔，如大河东注，有一种不可阻挡的气势。他的七律是陆放翁以来最为豪雄奔放的篇章。政治改革家的气魄，在才华横溢的诗中充分表现出来。“立马长城第一峰”，可以作为康有为的诗品。但豪放派诗人大多没有李太白那样的才气，做多了往往“豪放”过头而沦为粗犷“嚎叫”，缺乏深沉蕴藉之致。康有为情况正是如此。其《与菽园论诗》云：“意境几于无李杜，目中何处着元明。飞腾作势风云起，奇变见犹神鬼惊。扫除近代新诗话，惝恍诸天闻乐声。兹事混茫与微妙，感人千载妙音生。”这种喊叫，就未免得意忘形。康有为秉性疏狂，作为一个政治家有严重缺点。戊戌变法的失败，固然由于德宗的孱弱，反动势力的凶横，但举事草率，对那拉氏为首的顽固派毫无防范，康有为是有责任的。这种政治上的轻率与诗歌艺术的狂放，也许还要加上学术上的空疏，体现在康有为身上是完全一致的。

戊戌六君子中林旭、刘光第、谭嗣同都善诗，而以谭嗣同最为杰出。谭嗣同是这个革新集团中的奇才；不仅才华出众，而且品格高尚。他与梁启超为挚友，一起参与了政治革新，又一起商讨了诗界革命。他们还相约一夫一妻，不逛妓纳妾。这本是为人应有的品格，但在封建社会却非常难得。年青时登衡山祝融峰高唱“身高殊不觉，四顾乃无峰”，气概非同凡响，可作为谭嗣同人品的象征，也可作其诗品的表现。其《报刘淞芙书》自叙平生学诗感受云：“嗣同于韵语，初亦从长吉、飞卿入手，旋转而太白，又转而昌黎，又转而六朝，近又欲从事玉溪，特苦不能丰腴。大抵能浮而不能沉，能辟而不能翕。拔起千仞，高唱入云，瑕隙尚不易见；迨至转调旋宫，陡然入破，便绷弦欲绝，吹竹欲裂，卒迫卞隘，不能自举其声，不得已而强之，则血涌筋粗，百脉腾沸，岌岌乎无以为继。此中得失，惟自己知之最审，道之最切。”谭嗣同青年才俊，而自述学诗艰苦，绝无袁子才、康有为辈那种狂放语气。他作过如此辛勤的努力，进行广泛的学习，他的诗却自成风格，无模拟痕迹。书中诚挚地剖析自己的缺欠，不作任何矜持夸诞之语。康有为的好诗大多紧扣自己的政治抱负，谭诗内容较为广阔，写有不少来自生活，刻画山水景物的作品，清新俊逸，而且内蕴深厚。如果反动统治者不摧折他的生命，谭嗣同是大有可为的。陈衍《石遗室诗话》云：“湖外诗非汉魏、六朝、盛唐不道，复生年少异才，不为所囿，惜存稿不多耳。”陈衍是诗界革命的对立派，连他也深以为可惜。

光绪后期在诗界革命群体之外却仍然可算入诗界革命体系的杰出诗人是丘逢甲。丘逢甲是爱国志士，抗敌英雄。他祖籍广东，出生在台湾，是台湾自古至今最为卓越的诗人。丘逢甲的生命和艺术都和台湾联在一起。丘逢甲的诗，沉雄顿挫，悲壮苍凉，故乡亲友之思，敌忾同仇之志，执干戈以卫社稷之概，无不淋漓纸上，气薄风云，是最好的爱国主义教材。丘逢甲的诗，有明显的唐诗风韵，清顺流畅，深刻地切入现实，发自内心，能独具一格。尤其珍贵的是，丘逢甲在败归大陆以后，沉潜达十六年之久，虽悲愤填膺，却从不悲观失望，读他的作品，总会使人振奋。丘逢甲能够同时代前进，他不像戊戌革新派和同光体的诗人在辛亥革命后大多成了遗民。他加入了同盟会，以满腔的热情迎来了辛亥革命。可惜胜利之后他即离开了人世，年仅四十九岁。辛亥革命后诗坛委靡，丘逢甲的过早逝世是一个极大的损失。

在清末抗击外国侵略者的斗争中，蒋智由、丁惠康、吴葆初等人，也都有精湛的诗篇，汇入诗界革命的合唱。

侵略者的侵凌和反动派的压迫，使中国人民终于觉醒，孙中山和他的同志们奔走呼号，发动了一次又一次的武装斗争，掀起了一场历史上空前的革命。辛亥革命的成功，结束了两千多年封建王朝的统治，开辟了中国历史的新纪元。这时期的诗坛上，不同于以黄、康为代表的诗界革命，而是自觉的革命诗歌。两者自有一定的血缘，但毕竟有质的不同，前者为革新伴唱，后者为革命歌呼。

革命诗人首推鉴湖女侠秋瑾。秋瑾作为一个出身封建社会的女子，敢于冲决樊篱，只身赴日本留学，这种胆略就非一般人所能企及。而且很快就投身革命队伍，以横空出世的姿态出现在诗坛上。到光绪后期，黄遵宪已经过世，康有为走向保守，杰出的诗人只剩下丘逢甲，而秋瑾的声音甚至比丘逢甲更为响亮。她的诗奔放豪雄，慨慷悲壮。“危局如斯敢惜身，愿将生命作牺牲。可怜大好神明胄，忍把江山付别人！”“天下英才数使君，据鞍把剑气纵横。好将十万头颅血，一洗膻腥祖国尘！”（《赠蒋鹿删先生言志》）“驰驱戎马中原梦，破碎河山故国羞。领海无权悲索寞，磨刀有日快恩仇。”（《黄海舟中感怀》）“浊酒不销忧国泪，救时应仗出群才。拼将十万头颅血，须把乾坤力挽回！”（《黄海舟中日人索句并见日俄战争地图》）这种豪情，这种气概，不仅当时无人可比，就是中国历史上也极为罕见。秋瑾是浙江绍兴人，陆放翁的同乡，读她的豪气纵横的诗句，仿佛山阴陆放翁又到人间。秋瑾号呼推翻清朝腐败政府，抗击外敌侵略，态度都是明朗坚决的。诚然，秋瑾的根基并不深厚，功力或有未到，然其才气纵横，气势磅礴，如狂飚突起，如雷霆怒发，对反动派和侵略者的仇恨，对祖国命运的关切，不仅“合学人诗人之诗而一之”的同光体诗人莫敢望其项背，即后来南社诗人亦未能与之相埒。

秋瑾还来不及充分舒展才华，就被反动政府杀害，年仅三十一岁。敌人杀害的不仅是一位革命志士，而且是一位超群拔萃的诗人，杀一万个那拉氏也不足以赎这个腐败政府杀害秋璿卿的罪恶！

秋瑾被害之后两年，即宣统元年（1909），陈去病、高旭、柳亚子等一群年青诗人，在苏州组织南社。社名取“操南音不忘其旧”之意。这是中国历史上第一个革命的诗歌集团。早期参加者大多为同盟会员。南社诗歌仍然是以旧形式写新内容，但那内容与诗界革命完全不同。他们有明确的目的，用诗歌鼓吹革命，奋呼推翻清政府。高旭《愿无尽庐诗话》云：“世界日新，文界诗界当造出一新天地。”口号是十分响亮的。他们造出的“天地”虽不算太高，但确是“新”的，在当时起过相当大的鼓动作用。其成果汇集于《南社丛刊》，共出二十二集。诗人的成就以陈去病、柳亚子较为突出。南社最初虎丘会集仅十七人，其后迅速发展，社员曾多达一千馀人，成员太多，品类也就庞杂。辛亥革命之后，中国并没有出现一个强大而稳定的革命政权，南社后来也无所适从，到民国十六年（1927）停止活动，诗人们按照各自发展的方向各奔前程。

九、同光时代的其他诗派

就像道咸时代有一支宋派诗队伍一样，同光时代诗界革命之外还有不少别的派别，比较突出的有王闿运模拟汉魏六朝的湖湘派、张之洞“将宋意入唐格”的唐宋派和陈衍鼓吹的“同光体”派，后者是一个庞大但松散的诗歌群体，在晚清后期具有沉霾大地雾暗苍穹的势头。

湖湘派主要有王闿运、邓辅纶，前者尤为主角。王闿运曾入曾国藩幕，但他的诗歌不走曾国藩一路。曾国藩追崇黄山谷，王闿运模拟汉魏六朝。王诗语言典雅清顺，声韵铿锵，在掌握语言音响上，晚清罕有其匹。其致命的缺陷在于模拟。无论眼前景物，内怀情感，他首先想到的是古人的篇章词藻，古人现成的词语甚至整句，即使写出好诗也蒙上一层模拟的尘雾。陈衍《石遗室诗话》说：“湘绮五言古沉酣于汉魏六朝者至深，杂之古人集中直莫能辨。正惟其莫能辨，不必其为湘绮之诗矣。”“盖其墨守古法不随时代风气为转移，虽明之前后七子无以过之也。”同治十年（1871）王闿运写了篇幅不短的《圆明园词》。咸丰十年（1860）英法联军火烧圆明园之后，一提到这座名园，中国人民对侵略者的罪行会愤恨填膺。诗人既然在写圆明园，人们会想到必定会对敌人进行咬牙髮指的控诉。但读了这篇作品却令人沮丧。全诗长达一百二十六句，历叙名园从始建到焚毁因而荒废的全过程，堆进去大量的典故。通过冗长的叙述，固然有揭露几代清朝皇帝耗费大量财赋、追求游乐享受的内容，有些句子还颇为尖锐，指出正是统治者的奢侈无度，终至酿成厝火燃薪的灾难。即使是这些内容，也写得极其艰涩隐晦，不详加注释很难读懂。而涉及到英法强盗焚毁这座万园之园的诗句，仅有“上东门开胡雏过，正有王公班道左。敌兵未爇雍门荻，牧童已见骊山火”

几句不痛不痒的话。上东门，雍门荻，牧童骊山火，这些典故都用得莫名其妙。时距英法联军的滔天大罪不过十年，长诗竟没有一句激烈谴责的话，实在令人惊讶。王闿运亲历鸦片战争到清末历次外敌入侵，正是中国人民灾难深重斗争严酷的岁月，他的诗虽也偶涉现实，但总是心地平和，无多激动，这位象牙塔里诗人的灵魂似是完全麻木。

张之洞是著名的洋务派领袖，并有所建树，他开办的汉阳铁厂等厂矿，是中国现代工业的始基。他在《劝学篇》里提出“旧学为体，新学为用”，总算是一种进步。不能指望体仁阁大学士会否定旧学，能“新学为用”就不错了。张之洞于诗主张“融宋意入唐格”。盖宋诗贴近现实，而唐诗较空灵；宋诗语言较艰涩，而唐诗尚流畅。张之洞重视宋诗尚实的精神，而追求唐诗的浑厚流丽。张之洞以政治实干家的精神去观察现实生活，好在诗中发议论，长篇大作尤其如此。单是赞赏在艰苦环境中更能发挥人的作用而山川形胜并不足恃这一主题，就在诗中多次抒发过。他的诗写得还是很有气派的。张之洞不喜欢李昌谷，也不喜欢黄山谷，就是嫌其拗涩之故。谭献、樊增祥、易顺鼎并出张之洞之门。谭献是词人，诗则樊、易成就较大。他们的诗风都与张之洞大不相同。张之洞是政治家而成为诗人，樊、易则只是诗人。樊增祥诗清新映丽，甚至写了不少侧艳之作。易顺鼎以山水诗见长，风格多样，颇有一些佳作。

晚清诗歌群体足以和诗界革命派抗衡，甚至比诗界革命派阵容更大的是所谓“同光体”派。

从理论上宣扬同光体的是陈衍，他编有《宋诗精华录》《近代诗钞》《石遗室诗话》，对晚清诗坛颇有影响。同光体之有陈衍，如诗界革命之有梁启超。陈衍在《沈乙庵诗序》中说：“同光体者，苏堪（即大汉奸郑孝胥）与余戏称同光以来诗人之不墨守盛唐者。”又在《石遗室诗话》中说：“同光体者，余与苏堪戏目同光以来诗人不专宗盛唐者也。”在这两段话中，陈衍给同光体下了定义，而且说明他们曾经过长期酝酿。

前文曾引用陈衍论述“嘉道以来”宋派诗发展的一段话，谓程恩泽、祁隽藻倡导于前，何绍基、郑珍、曾国藩、莫友芝继之于后，“率以开元天宝、元和、元祐诸大家为职志”，“盖合学人诗人之诗二而一之也。”在《近代诗钞叙》中再次重述：“文端（祁隽藻）学有根柢，与程春海侍郎，为杜、为韩、为苏黄，辅以曾文正、何子贞、郑子尹、莫子偲之伦，而后学人之言与诗人之言合。”这些话虽是对道咸宋诗派的论述，却也是同光体的主要理论，而且也说明同光体与道咸以来宋诗派的渊源。

陈衍这些论述有许多含胡之处。

首先，既称为同光体，照说应该是活跃在同治、光绪时代的诗人，然而同光体台上的角色基本上都是“光”而不“同”的。同治的最末一年（1874）沈曾植二十四岁，陈三立二十二岁，陈衍十九岁，郑孝胥十五岁，他们在同治时代还不能主宰乾坤，他们现存的诗也极少有同治时代的作品，根本就“同”不起来，称为“同光体”名不符实。谓同光体指同光以来“不专宗”或“不墨守”盛唐者，其说亦甚离奇。同光时代，无论湖湘派、唐宋派、诗界革命派，都不“专宗”或“墨守”盛唐，照说都应属于同光体，然而陈衍把他们通通排斥在外，他所谓的“同光体”专指偏重宋诗的一派；而且陈衍实际上隐然以诗界革命派为敌国。

陈衍说：“诗莫盛于三元，上元开元，中元元和，下元元祐。”（《石遗室诗话》）所谓“三元”实代指盛唐、中唐和隆宋。用“三元”概括这三个时代并不准确。盛唐诗歌开元之后还应包括天宝，并越至德、乾元，而延伸到大历之初；中唐全盛时期上及贞元，下逮长庆，不只是元和而已；而隆宋诗歌欧、王、苏、黄时代纵贯仁宗、英宗、神宗、哲宗之世，垂八十年，不是元祐短短的八年所能包括。再说，这三个时期确是中国古代五、七言诗的“盛”时，但不能说此前此后就都不“盛”，如建安时代、晋宋之际和南宋陆、范时期何尝不“盛”？与陈衍同时，沈曾植又提出“三关”。沈《与金潜庐太守论诗书》云：“吾尝谓诗有元祐、元和、元嘉三关。”沈氏怎么把诗的顶峰开元、天宝给放过了呢？他没有放过。所谓“关”指诗风的巨变。元嘉之变，即所谓“庄老告退而山水方滋”；元和之变，即由盛唐变而为中唐；而元祐之变即由唐诗变而为宋诗。“三元说”和“三关说”实质是相通的：三元由开元向下推，以元祐为落点；三关从元祐出发，溯有唐而上承颜、谢。重点实际上都在元祐，都是推重宋诗，作为同光体的依皈。

至于“合学人诗人之诗二而一之”，这是翁方纲“由性情而合之学问”的翻版，是乾嘉朴学兴起以后的概念。“合学人诗人之诗二而一之”，其重点还在学人之诗，他们认为自己就先是学人而后才是诗人。其实同光体诗人，虽有一定的学问，但也不都是真有多么博大精深的人物，“合学人诗人之诗二而一之”只是一种标榜。

同光体队伍庞大，涉及地域也颇广阔，主要可分为三派。

其一为闽派，有陈宝琛、沈瑜庆、严复、陈衍、林旭诸人；陈衍是其中的代表。陈衍非常强调诗人的学问。在《沈乙庵诗序》中，针对宋人严羽的“诗有别才，非关学也”，提出“诗也者，有别才而又关学者也”。他说明了一个不用说明的问题。严羽的话应理解为“诗有别才”，不完全取决于学问，严羽不至愚昧得认为诗人不要学问。闽派诗人大多溯源韩、孟，着力学习隆宋诸人；虽所学重点各不相同，或偏重王安石、梅尧臣，或偏重黄庭坚、陈师道，其追慕宋诗是一致的。陈衍所编《现代诗钞》一书，选录道、咸、同光作者三百六十九人，以祁寯藻开篇，全书明显地可以看出从道咸宋诗派到同光体的脉络。虽也选录了黄遵宪、康有为的作品，但凡强烈地表现出革新精神的诗篇多被排除，诗坛巨擘丘逢甲的诗连一篇也没有。同光体诗人学黄山谷者多，陈衍比较崇尚梅尧臣、王安石，其诗多明白流畅，不像其他人那样深折奥涩。前期怀古游览之作尚清新可诵，后期尽是唱酬题赠。论诗的诗不少，可惜本身都不成其为诗。总的成就在同光体诗人中也不算突出。

其二为赣派，有陈三立和夏敬观等人。赣派多是江西人，远承黄庭坚也就很自然。陈三立《黄山谷》诗云："驼坐虫语窗，私我涪翁诗。镵刻造化手，初不用意为。"这是他对黄山谷的认识，也是他自己创作的径途。杨声昭《读散原诗漫记》谓："姚惜抱谓山谷兀傲磊落之气，足与古今作俗诗者澡濯胸胃。散原树义高古，扫除凡猥，不肯作一犹人语，盖原本山谷家法，特意境奇创，有非前贤所能囿耳。"陈三立着力学黄山谷，但有其独立的意境，自家的语言，造语硬塞幽峭，但经得起咀嚼。他的好诗都作于新政失败被革职以后，故诗中总蕴含着一种勃郁不平之气。

其三是浙派，有沈曾植、袁昶、金蓉镜等人，沈曾植是主角。陈三立《海日楼诗集跋》云："寐叟于学，无所不窥，道箓梵笈，并皆究习。故其诗沉博奥邃，陆离斑驳。如列古鼎彝法物，对之气敛而神肃，盖硕师魁儒之绪馀，一弄狡狯耳，疑不必以派别正变之说求之也。"汪国垣《光宣诗坛点将录》云："寐叟诗初学涪皤，陈石遗在武昌，劝其诵法宛陵，诗境益拓。劬书嗜古，淹博绝伦。晚年出入杜、韩、梅、王、黄、苏间，不名一家，沉博深厚，斯其独到也。惟喜用僻典，间取佛书，使人知其宝而莫名其器。"沈曾植在同光体诗人中颇著声望，但即使是极力歌颂他的人对他用僻典取佛书也有所疵议。黄山谷好禅学，只是作为一种修养，体现在诗里则是一种境界，并不在诗中侈谈禅理，更非满口禅偈。严羽以禅说诗，只是取其色相空灵，发展而为王渔洋的神韵。沈曾植以禅说诗比他们要诡秘得多。当然，并不说明里面真有多么神奇，实在只是炫耀他的深奥。不管是诗和散文，都要参入禅说。如《瞿文慎公止庵诗集叙》云："昔者曾植与涛园论诗于公，植标举谢文靖'讦谟定命，远猷辰告'，所谓雅人深致者，为诗家第一义谛；而车骑所称'昔我往矣，杨柳依依'者为胜义谛；匪独以是正宋明论诗者之祖师禅而已，有圣证焉。"下文就大发挥其所谓"圣证"。一个简单的意思，到了沈曾植笔下就会说得玄之又玄，深不可测。沈曾植在同光体派是公认的最有资格称为"学人诗人合一"的角色，也未曾留下若何传世的佳作。诗中不仅喜用僻典，喜参禅说，用字也多生僻；他圈子里的人也许为之惊诧不已，圈子外的人则只会望而生畏，或者恰当地说望而生厌。

闽、赣、浙三派之外，也还有和他们同声相和的作者，范当世、俞明震是其中的佼佼者，都尚宋诗，也属同光体诗人。

同光体诗人各自师法虽不尽相同，各自的风格也有异，崇尚宋诗则一，仿效黄山谷者尤多。诗风大多深沉奥涩，与诗界革命派的豪纵自如大相径庭，在诗艺流派上两者是对立的。诗界革命派的歌咏和国家民族的命运维系在一起，一诗传出，往往不胫而走，使闻者为之振奋；同光体的诗则只在他们的圈子内酬唱，纵然涉及现实，也比较隐微。但有一个同光体也是好事，他们毕竟也有一些好诗，丰富了诗歌的宝藏，不使一个时代的声音过于单调。

同光体诗人的政治态度则较为复杂，林旭、陈三立、沈曾植、陈衍都或深或浅参与了戊戌变法；陈三立因此断送了前程，林旭还为之付出了生命。辛亥革命之后这一群诗人大多成了遗民，若郑孝胥更堕落成为汉奸。大浪淘沙，时代往往会把本在前沿的人抛向后边，前期诗界革命的人后来走向保守的也不少。

晚清两位和尚释敬安（黄寄禅）与苏曼殊很值得一提。两僧并世名家，出处却大不一样。敬安土生土长，功夫全从沉潜于古籍中得来；曼殊就学东洋，有很深的海外渊源。曼殊倾向革命，参加同盟会，加入南社。敬安多与湖湘派、同光体诗人来往，政治上偏于保守。论诗艺则无论内容和风格都迥不相同。曼殊根柢不深，以才气为诗，只工于清丽的七绝，好诗就那么几首。敬安刻苦自励，功力深厚，以五言律诗擅场，所作雅近大历，是晚清的“五言长城”。自清初以至清末，诗人们尊唐尚宋，畛域分争，但即使是尊唐的人也不完全否定宋诗，敬安却是个极端的唐诗派。《诗僧八指头陀遗事》（长沙开善寺所藏手抄件）记其诗论：“或问唐宋诗分别处，则曰：唐人诗纯，宋人诗薄；唐人诗活，宋人诗滞；唐诗自然，宋诗费力；唐诗缜密，宋诗疏漏；唐诗铿锵，宋诗散漫；唐诗温润，宋诗枯燥。”今人毛泽东说：“宋人多数不懂诗是要用形象思维的，一反唐人规律，所以味同嚼蜡。”这两个倔强的湘潭人褒唐抑宋，竟如出一辙，也同样说得过于绝对。

一〇、五七言诗的最后一度芳菲

清朝入主中原，一方面使用野蛮手段，对中原特别是南国人民残酷地镇压，并从思想上进行钳制。另一方面又采取了许多重大措施，发展中国传统的文化。清圣祖康熙时代，组织士人，编写《康熙字典》《佩文韵府》，辑录《全唐诗》，开博学鸿词考试，纂修《明史》。到高宗乾隆朝，开四库全书馆、三通馆，编辑《四库全书》，继续编写“三通”，贡献是相当大的。这不应简单地称之为笼络知识分子，他们发展传统文化还是真心诚意的。举一个简单的例子，清统治者要求朝廷仕宦学习满文，但他们要求满洲王公贵族学习汉文却更为积极。在短短的几十年间，满人中产生了许多汉文诗人和学者。清代前期的皇帝都酷爱文学，工诗善文，不经过艰苦的学习是不可能的。统治者固然是从“马上取天下不可以马上治”的目的出发，但继承并发扬了汉文化还是事实。

清代是中国最后一个封建王朝，对中国封建社会的文化可以说起了总结的作用。无论哲学、文学都有可观的成绩，特别是经学、史学、诸子学和小学（文字训诂音韵）更获得了空前的发展。这种发展虽与清廷禁锢思想、知识分子因而专心钻研古籍有关，但成绩本身是应该肯定的。文学方面，以《桃花扇》《长生殿》为代表的戏剧，以《红楼梦》《儒林外史》《聊斋志异》为代表的小说，都达到了空前的高度。传统的散文也有一定的成绩。长短句的成就次于五代和两宋而远过于元明。

中国的五七言诗，大体上与中国统一的封建王朝相始终。由秦汉的楚歌、乐府发展而为五七言古诗，历魏晋六朝而出现近体。唐代是中国封建社会的极盛，五七言诗也发展而达顶峰。以后宋、元、明几个大王朝蝉联交替，诗歌也随之延续，段落分明。清代是最后一个王朝，清诗也成为五七言诗最后的也是非常重要的收结。近代有些著名人物否定清诗，颇令人惊异。文廷式说：国朝诗学，“未逮元明，无论唐宋”（《闻尘偶记》）。梁启超说：“以言夫诗，真可谓衰落已极。”鲁迅、闻一多说得更加极端，鲁迅说：“我以为一切好诗，到唐已被做完。”（《致杨霁云》）闻一多说：“诗的发展到北宋实际也就完了，南宋的诗已经是强弩之末。就诗的本身说，连尤、杨、范、陆和稍后的元遗山似乎都是多馀的，重复的，以后的就更不必提了。”（《文学的历史动向》）不解这些并非浅薄的学者何以作出如此粗率甚至荒谬的结论。清诗固然比不上唐宋，较之元明远为超过而无不及，总的成就还是相当辉煌的。

清代诗歌，一开始即出现遗民诗人和仕清诗人两大阵营，旗鼓相当，成为劲敌。游移于两者之间的作者还大有人在。出仕清廷的阵营中，钱谦益、吴伟业、王士禛和施闰章、朱彝尊、查慎行，以及其他诗人，都能各树营垒，彬彬之盛，远过元明。乾隆嘉庆之时，格调派、性灵派后先相继，两派之外还有宋诗派及其他诗人。进入晚清，则出现由革新到革命和由宋诗派到同光体，又是两大体系，自然还有其他旁支。清人生活在汉魏六朝唐宋元明之后，既有借鉴前人的方便，又有必须突过前人的艰辛。历代所有大家，都可以在清代听到回响。但在有名诗人中，除极个别如王闿运等摹拟痕迹较重以外，大多既学习古人又能脱出古人窠臼而独自名家。

清诗另一重大特点是和国家社会政治变迁紧密联结。笔者在论述宋诗时曾说，宋代著名诗人多是官宦（江湖派例外），因此大多卷入政治斗争，宋诗也就多与政争相联系。清代的情况更远过于宋代。清初遗民诗人，坚持操守，不畏艰辛，终身奋战不止。顾炎武诗云：“寄语故人多自爱，但辞青紫即神仙。”这些“神仙”们不为威惧，不为利诱，他们的品格自会体现在他们的诗里，永远成为后世的楷模。而出仕的诗人总是心神忐忑，他们的诗歌既要为了生存而作苦涩的应酬，而故国沧桑之感，内怀愧赧之情，总流露于字里行间。这个时期，许多作者更有大量的诗篇，揭露清军的暴行，反映民生的疾苦。文字狱科场案对知识分子的迫害，诗中也有曲折的表现。到了乾嘉之世，改朝换代的波澜已经远去，而思想钳制又极为严酷，诗坛表面上也就风烟都净，水波不兴，如此一般抒情状景怀古伤今之作大量出现，山水诗也以这个时期较为突出。道光以后，旧的樊篱被逐步冲破，思想开始解放，抨击封建统治，抵抗外敌侵略，成为诗坛的主流。诗界革命派的许多佳作，一声高唱，使整个民族山河大地都为之震颤。“四万万人齐下泪，天涯何处是神州！”“拚将十万头颅血，须把乾坤力挽回！”这样的声音是以往任何一个时代也没有听到过的。有清三百年诗风的迁变，无不与政治风云息息相关。

清诗的语言呈现出极其矛盾复杂的现象。清代的口语与现代汉语已相差不大，有《红楼梦》和《儒林外史》可资明证。而诗仍是传统的语言。清初钱谦益反对模拟，但他的诗曲折隐晦，喜用僻典，造语亦多深沉。吴伟业古体诗秀逸清畅，但也喜欢排比典故。清初诗歌，一般较为凝重。乾嘉以后，凡无所依傍自抒情性的诗歌，一直到晚清革命派的作品，大都明白如话。而凡宋派诗语言大多奥涩，同光体尤其如此，他们的语言往往比唐宋诗还要艰深。陈衍谓“前清诗学，道光以来一大关捩，略别两派。一派为清苍幽峭”。“一派为生涩奥衍”（《石遗室诗话》）。他的说法只适于宋派诗，不能包括“道光以来”所有的诗人。他以宋派诗同光体作为晚清的主流才作这样的概括。诗界革命派的诗歌既不“清苍幽峭”，也不“生涩奥衍”。这种语言风格的对立，到清朝临近结束而愈益突出。这是中国诗歌走到了一场重大变革前夕的征兆。

清诗虽然繁荣，但已是绵延了两千多年的五七言诗的殿军，是五七言诗的最后一度芳菲。辛亥革命之后八年，发生了“五四”新文化运动，就像辛亥革命结束封建帝制成为新旧社会的交点一样，五四运动也给新旧文化竖起了一块界碑。五七言诗走到这块界碑下面也会旁皇踯躅很难前进了；尽管越过界碑它还会蹒跚着走一段路，但辉煌的时代已成为过去，它不再可能在艺文的阵地独领风骚。

旧的诗歌形式已难以反映新的社会现实。特别是语言的变化发展，旧体诗词已无法适应。散文已不再“古”，很快地白话化了。而诗词仍用旧的格式，旧的词汇，使用前人已经用过千万遍了的典故，就无论如何适应不了飞速发展的时代，表达不了日新月异的事物。

鸦片战争以来，许多爱国诗人写了大量的诗歌，表达他们对外国侵略者的愤怒，对祖国命运的焦虑。因为他们用的是旧的体裁，语言格讷，形式僵硬，时过境迁之后，这些作品就丧失了它们的美学价值。举鲁一同的《辛丑重有感》为例，很能说明问题。诗云：“张公苦意绝天骄，忽报呼韩款圣朝。便遣频阳老王翦，岂宜绝域弃班超。跕鸢事业心纡折，射虎河山气寂寥。珍重玉关天万里，西风大树日萧萧！”这诗内容实在是好，诗人写时大概也煞费苦心。但如果不详加诠释，一般读者很难想象它是愤于英人的侵略，清廷的腐败，又是热情地歌颂林则徐的。姚燮有一首著名的五言古诗，写他在镇海城中救他陷敌的儿子途遇英军的情状。诗云："穷奔百里馀，抚足懦垂败。自非甚所危，断难鼓之再。嗟余纤鸟愚，恋嬉不识铩。利斧摧乱棒，乌从索其在！缚骭怀饼粮，循阡蹴芜菜。荒壕多陷沙，纡路断津碍。日惨墟不青，地已等荒外。手扶予季肩，略振气颓惫。铁砦当严关，险于陇西塞。哀角嘶饿鸱，捎云飒蛇旝。红衣九地魑，蒙首虚皮缋。钢刀三棱铦，密布数重械。漆肤跳裸熊，悬竿鼓旁擂。缚人搜帽裳，睒睒目如晦。白昼吹赤燐，射影作妖孛。抱堞张网罝，欲来竟无懈。"（《闻皋儿在城中阻夷军不得出同弟向长春门冒刃入城》）这是长诗的一段，他写得艰难，我们读得痛苦，谁去读完这首长达八十二句的五古，恐怕谁都会心衰力竭，心脏不够健康的人千万不要去读它。晚清有不少反映国家民族苦难的诗作，本帙选录时不得不忍痛割爱，实在令人遗憾又无可奈何。

当黄遵宪、谭嗣同、梁启超等人提倡诗界革命时，他们立即就碰到了语言这个难题。梁启超说："今欲为新歌，适教利用，大非容易。盖文太雅则不适，太俗则无味，斟酌两者之间，使合儿童讽诵之程度，而又不失祖国文学之精神，真非易也。"（《饮冰室诗话》）"若以堆积满纸新名词为革命，是又满洲政府变法维新之类也。"（同上）所以他们最终只能"镕铸新理想以入旧风格"，"以旧风格含新意境"，未能改变诗的语言形式。黄遵宪宣布"我手写我口"，其实他的手并未能写他的口，用的仍然是旧的词汇故实，甚至截用了不少古人的陈句。黄遵宪集中被梁启超极力赞赏的那些五古长篇，今天已没有多大读头。同光体诗人不满乾嘉、道咸以来性灵派诗空滑粗率的缺陷，他们到古人那里去寻求解救，用古奥深涩的语言来创作，这种努力也无可非议，结果却只是道咸宋派诗的回光反照。

自辛亥革命之后一直到今天，五七言诗仍然有许多人在写作，今后也还会持续相当长的时间，间或也会出现一些好诗。但它们主宰诗坛的地位风光不再。就像“诗经体”诗春秋之末即已结束，而千百年来偶尔仍有回响；楚辞实际上宋玉之后即已终结，然而汉人的仿作论数量甚至超过楚人，但却苍白空洞，没有生命力了。五七言诗（还有长短句）可能绵延更长的时间，但它们业已衰微的命运是无可挽回的了。

我的论断肯定会为热爱旧体诗词的人们所反对，那也无可如何。要说热爱旧体诗词，大概无过于我本人，要不然我就不必耗费几十载的光阴去研读几千年的诗词典籍，我所说的无非是揭示历史的必然。不管人们多么眷恋，旧体诗词毕竟气数已尽，无可挽回了。

有人说，五四以来的新诗，从胡适“尝试”开始，至今已历七八十年，而成绩并不理想，不少为新诗作过努力的人，如朱自清、闻一多、郭沫若等后来也转攻旧体，甚至对传统诗词并不内行的臧克家、姚雪垠辈有时也不伦不类地凑几句。正因为新诗不振，所以世纪末旧体诗词才再度繁荣。其实不然，繁荣与否，不能以人数多少为准。郎平率领的姑娘们使中国女排高度繁荣，如果让我这样的排球手哪怕十万人上阵也只能称之为衰落。当前写旧体诗词的人成千上万，上十万，上百万，但获得人们公认的佳作实在寥寥，社会上汗牛充栋堆山填海式的四言八句绝大多数都是垃圾。至于新诗从五四至今仍然不成熟并不奇怪。一种诗体的成熟需要一个相当长的时间。由楚歌到汉乐府再逐渐发展而为五言诗，一直到古诗十九首和建安诗歌才成熟，费时近三百年。而自建安五言行世，逐渐演变而有近体诗，到初唐才完全成熟，其间相距四个多世纪。词在天宝之世即已萌发，到温、韦以词名家，其间也花了一百五十年。因之近代新体诗从开始提倡至今七八十年并不算太长。尽管新诗至今尚未成熟，而且不断受到各种怪诞诡秘的所谓诗派的干扰，使之不能平顺正常地发展；但我还是相信，一种用现代汉语创作的，优美动听，像唐诗宋词一样成为语言乐曲的新体诗一定会出现！

二十世纪是中国诗歌新旧交替的过渡时期，到下一个世纪，新体诗噌吰镗鞳的洪音一定会响彻神州大地，光耀整个世界！

一九九九年十月十七日风雨重阳

于湖北师范学院

①“白云抱幽石，绿筱媚清涟”，谢灵运《过始宁墅诗》句。“表灵物莫赏，蕴真谁为传”，谢灵运《登江中孤屿诗》句。“何必丝与竹，山水有清音”，左思《招隐诗》句。“景仄鸣禽集，水木湛清华”，谢混《游西池诗》句。

②查慎行癸未六月《连日恩赐鲜鱼恭纪》诗有“笠檐蓑袂平生梦，臣本烟波一钓徒”之句。几天之后又作《十八日驾幸钓台召臣等随行赐膳钓鱼恭纪七言绝句八首》其四注云：“午后奉旨翰林诸臣赴皇太子行幄钓鱼，臣前谢赐鱼诗有‘臣本烟波一钓徒’之句，东宫举以示近侍，并记以志愧。”诗云：“烟蓑雨笠寻常句，惭愧犹蒙记忆中。”集中此等阿谀之作，多不胜举。

③陈颙《颙园诗话》：“悔翁尝注王渔洋《秋柳》诗，泥‘白下’‘洛阳’‘子孙’等字，拟为凭吊亡明。某大宗伯竟摭拾王渔洋、朱竹垞、查他山三家诗及吴园次长短句语疵，奏请禁毁。下机庭集议。韫山适内值，但请将《曝书亭集·寿李清》七言古诗一首，事在禁前，照例抽毁。其渔洋《秋柳》七律、他山《宫中草》绝句及园次词，语意均无违碍。当路颇韪其议，奏上报可。故（韫山）有《追纪旧事》诗绝句云：‘诗无达诂最宜详，咏物怀人取断章。穿凿一篇秋柳注，几令耳食祸渔洋。’‘语关新故禁销宜，平地吹毛赖护持。辨雪仍登天禄阁，三家诗草一家词。’”韫山即管世铭，字缄若，号韫山，江苏武进人。乾隆四十三年戊戌（1778）进士，官至御史。有《韫山堂诗文集》。《清朝野史大观》亦载渔洋《秋柳》案，谓“乾隆丁未春，礼部尚书某，摭掎王渔洋、朱竹垞、查他山三家诗及吴园次长短句内语疵”云云。丁未为乾隆五十二年（1787）。查乾隆五十二年礼部尚书为王杰，字伟人，陕西韩城人，乾隆二十六年辛巳（1761）进士。他任礼部尚书在乾隆五十一年十二月。如果“乾隆丁未春”提出渔洋、竹垞等诗词内语多违碍的真是这位王伟人，当时他上任才一个多月就试图制造这样一场大文字狱，真是有清前期最合格的礼部尚书，也不愧为一代“伟人”！

④王昙（1760—1817），又名良士，字仲瞿，浙江秀水（今嘉兴）人。乾隆五十九年（1794）举人。卒于嘉庆二十二年。有《烟霞万古楼集》。其被各种选本选录的代表作《住谷城之明日谨以斗酒牛膏合琵琶三十二弦致祭于西楚霸王之墓》诗云：“江东馀子老王郎，来抱琵琶哭大王。如我文章遭鬼击，嗟

渠身手竟天亡。”简直已是狂喊。舒位、陈文述，并见正文中小传。

⑤哥仑布（Crisoforo Colombo　约1451—1506），意大利航海家。1492年率西班牙船队横渡大西洋，发现美洲大陆。玛赛郎，梁氏又译麦寨郎，今通译麦哲伦（Fernaode Maalaes　约1480—1521），葡萄牙航海家。1519年率西班牙船队横渡大西洋，沿巴西海岸南下，经南美大陆与火地岛之间的海峡（后即命名麦哲伦海峡），进入太平洋，并继续西航，于1521年3月到达菲律宾，为当地居民所杀。1522年9月船队中的维多利亚号终回到西班牙，这是有史以来第一次环绕地球一周。

目录

清诗

钱谦益

钱谦益（1582—1664），字受之，号牧斋，晚号蒙叟、东涧老人，学者称虞山先生，江苏常熟人。明神宗万历三十八年庚戌（1610）进士，援翰林院编修。旋丁父忧南归，家居十一年。光宗泰昌元年（1620）进京。熹宗天启元年（1621）典试浙江，被人告发闱中舞弊，因称疾归里。次年还朝。天启五年（1625）五月，又以东林党魁罪名被劾革职。明思宗崇祯元年（1628）七月应召赴京，擢礼部右侍郎。十一月为温体仁陷害，再次削籍南归。崇祯七年（1634）又有人揭发其乡居不法数十事，被逮下刑部狱，在狱一年多，花重金获释。清兵进北京，南京弘光政权建立，钱谦益谄事马士英、阮大铖，为阉党雪冤，用为礼部尚书。清世祖顺治三年（1646），清兵渡江，又率先迎降，并将弘光诏选的美女献与清军，清廷授与礼部右侍郎管秘书院事充修纂《明史》副总裁，时年已六十四岁，任职仅半年即告病辞归。顺治四年（1647）四月因黄毓祺反清案牵连入狱，历四十馀日，再次以重贿获释。晚年隐居乡里，与瞿式耜、郑成功等抗清志士联系，甚至为之筹谋画策。清圣祖康熙三年卒，年八十三。《清史列传》列其名于《贰臣传》。

钱牧斋学问宏富，功力深厚。编《列朝诗集》，总结有明一代诗。论诗不满前后七子模拟形似，也反对公安的油滑，竟陵的拗涩。所作奥博沉郁，自成一家，在清初诗坛处于四海宗盟的地位。牧斋自知大节有亏，故诗中不无惭恨愧恧之情，但表现较为隐晦。诗作有《初学集》《有学集》《投笔集》《苦海集》等。乾隆二十五年（1760）沈德潜编《国朝诗别裁集》，列牧斋于卷首。乾隆三十四年（1769），高宗以牧斋书中“多诋谤语”，下令查禁，销毁刻板。

时距谦益之卒已一百零五年，其书流布已广，虽禁不绝。

题宋徽宗杏花村图[①]

宜春小苑春风香，宣和秘殿春昼长[②]。
帝所神霄换新诰，江南花石催头纲[③]。
至尊盘礴自游艺，宛是前身画师制[④]。
岁时婚嫁杏花村，桑麻鸡犬桃源世[⑤]。
杏花村中花冥冥，纥干山雀群飞鸣[⑥]。
巾车挈箧去何所，无乃负担趋青城[⑦]。
君不见杏花寒食钱塘路，鬼燐灯檠风雨暮。
麦饭何人浇一盂，孤臣哭断冬青树[⑧]！

① 宋徽宗，赵佶，宋神宗第十一子，元符三年（1100）哲宗死后即位，任用权奸蔡京、童贯等主持国政，政治腐败。又穷奢极欲，兴建宫殿。在位凡二十六年。宣和七年（1125）金兵南下，即传位其子赵桓，自称太上皇。靖康二年（1127），父子并被金兵俘虏北去，八年后死于五国城。宋徽宗是一个糟糕的皇帝，却是一位杰出的艺术家，所作行书称瘦金书，绘画擅长花卉翎毛。

② 宜春，北宋汴京宫苑名。宣和，宋徽宗年号，宣和秘殿即指徽宗宫殿。

③ 神霄，宋徽宗信道教，自称教主道君皇帝，建神霄宫。江南花石，宋徽宗在汴京建艮岳，又称万岁山，使朱勔主持苏杭应奉局，搜括江南民间奇花异石，自大运河运往东京。运送花石的船队称花石纲。花石纲给江南人民带来极大灾难，官吏又趁机敲诈勒索，成为方腊起义的导火线。

④ 盘礴，力量充盈之貌。宛是，仿佛是。

⑤ “岁时”二句写画境，画中的优美景象，如同桃花源。

⑥ 冥冥，深貌。韦应物《长安遇冯著》诗：“冥冥花正开，飏飏燕新乳。”纥干山，在今山西大同东。纥干山终年积雪，鸟雀往往冻死。故人语曰：“纥干山头冻死雀，何不飞去生处乐！”见《太平寰宇记》卷五一“朔州鄯阳县”引《冀州图》。唐末朱全忠遣寇彦卿迫昭宗东迁洛阳，昭宗与左右皆哭，亦引此语。见《新五代史·寇彦卿传》。诗中“杏花村”句写画中表现的太平景象，“纥干山”句则暗喻徽宗被虏北去，两者形成对比。纥干山代指北方。

⑦ 巾车，有帷幕的车。挈，提。箧，箱。青城，有二处：一在南薰门外，为祭天斋宫，称北青城；一在封丘门外，为祭地斋宫，称南青城。靖康二年，金人围汴，金帅粘没喝屯兵南青城，强令徽、钦二宗赴青城投降，旋俘虏北去。二句将画境与联想巧妙结合，形成深刻讽刺。

⑧ “君不见”四句：北宋灭亡以后，宋高宗南逃建立南宋，都于临安（今杭州）。南宋诸帝并后妃陵墓多在越中（今绍兴）。一百五十年后，南宋又为元朝所灭。西域僧人杨琏真伽为江淮诸路释都总统，于元世祖至元二十一年（1284），尽发宋诸帝并后妃陵墓，夺其珠宝，骸骨都弃草莽中。宋遗民唐珏、林景熙、谢翱、郑宗仁等，化装成采药者，收集被弃遗骨。宋理宗头骨被元人投湖水中，唐珏等求渔人网取。乃盛以二匣，托言佛经，瘗于会稽山中。又自故宋宫殿移冬青树一株植于其上，作为标志。周密《癸辛杂志》、陶宗仪《辍耕录》并记其事。林景熙为赋《梦中作》诗（一作唐珏作），诗中有“独有春风知此意，年年寒食哭冬青”之句。又据明陶宗仪《辍耕录》记载：徽宗、钦宗相继死于金五国城，六七年后金人方允将其灵柩还宋。梓宫入境，只加外椁，不复开棺改殓。后杨琏真伽发掘二帝陵墓，发现棺中并无尸骨，徽宗棺中只朽木一段，钦宗棺中惟木灯檠一架。盖当二帝梓宫南来时，宋廷已预料棺中未必真有遗骸，故不加改敛，徽、钦尸骨实早已弃置五国城外荒野，未曾南归。诗中“鬼燐灯檠”即指此事。麦饭一盂，五代北汉高祖遣郭从义入京师，杀后唐明宗淑妃王氏母子，妃临死呼曰：“吾家母子何罪！何不留吾儿，使每岁寒食，捧一盂饭，洒明宗坟上！”见《新五代史·唐明宗家人传》。——诗由杏花联系到寒食，由杏花寒食联系到南宋帝后陵墓的荒凉，溯其祸源，则在于宋徽宗之荒于政治。脉络分明，内涵亦颇为深厚。诗作于崇祯十一年（1638）春。

彭城道中寄怀里中游好，次坡公在徐州寄邦直子由之韵①

料峭西风汴泗间，江东应念裌衣单②。
软红三尺新闺梦，嫩绿千章旧钓滩③。
拂水莺花春寂寂，彭城风雨夜漫漫④。
情知五百年间事，铜狄摩挲不忍看⑤！

① 彭城，今江苏徐州。苏轼于宋神宗熙宁十年（1077）任徐州太守，有

《次韵答邦直子由》诗，钱诗即步其韵。邦直，即李清臣，东坡友人。子由，东坡弟苏辙。明神宗四十八年亦即光宗泰昌元年（1620）九月钱谦益进京过徐州时作。诗原四首，此其三。

② 料峭（liào qiào），微寒之貌。汴泗，古汴水在徐州境汇入泗水，今皆已淤塞。

③ 软红，苏轼《从驾景灵宫》诗“软红犹恋属车尘”自注：“前辈戏语，西湖风月，不如东华软红香土。”东坡诗中指京城尘土，钱诗借指红色罗帐。嫩绿千章，指树木。

④ 拂水，钱谦益故乡虞山有拂水岩。《常昭合志·山形志》：“虞山居邑境中央，西南即拂水岩，上有拂水禅院。”彭城风雨，苏辙《逍遥堂会宿》诗：“逍遥堂后千章木，长送中宵风雨声。误喜对床寻旧约，不知漂泊在彭城。”

⑤ 五百年，苏轼熙宁十年（1077）至元丰二年（1079）守徐州，至钱谦益过境已五百四十年，五百年概而言之。铜狄，即铜人。《后汉书·方术传·蓟子训传》：“时有百岁翁，自说童儿时见子训卖药于会稽市，颜色不异于今。后人复于长安东霸城见之，与一老公共摩挲铜人相谓曰：‘适见铸此，已近五百岁矣！’”李贤注引《水经注》：“魏文帝黄初元年，徙长安金狄，重不可致，因留霸城南。”狄为少数民族之名，汉代宫庙或陵墓置铜人，多取狄人形象，故称铜狄或金狄。

天启乙丑五月，奉诏削籍南归，自潞河登舟，两月方达京口，途中衔恩感事，杂然成咏[①]

破帽青衫出禁城，主恩容易许归耕。
趁朝龙尾还如梦，稳卧牛衣得此生[②]。
门外天涯迁客路，桥边风雪蹇驴情。
汉家中叶方全盛，五噫何劳叹不平[③]！

① 天启乙丑，明熹宗天启五年（1625）。是年钱谦益以东林党魁罪被削籍南归，时年四十四岁。诗共十首，此其一。

② 龙尾，宋敏求《长安志》：“又有钟楼鼓楼殿左右，有砌道盘上，谓之龙尾道。”李上交《近事会元》：“（含元殿）侧有龙尾道，自平阶至地，凡诘曲七转，曰丹凤门，北望宛如龙尾下垂于地焉。”白居易《戊申岁暮咏怀》诗：“龙

尾趁朝无气力，牛头参道有心期。”牛衣，为牛遮雨御寒的牛蓑衣。《汉书·王章传》：王章贫困，“为诸生，学长安，独与妻居。章疾病，无被，卧牛衣中”。

③五噫：东汉梁鸿过洛阳，见宫室壮丽，作《五噫歌》曰：“陟彼北芒兮，噫！顾览帝京兮，噫！宫室崔嵬兮，噫！人之劬劳兮，噫！辽辽未央兮，噫！”汉章帝闻之不快，鸿乃变姓名与妻子隐居齐鲁之间。见《后汉书·梁鸿传》。时明室已甚衰败，末二句实深含刺意。

十一月初六日召对文华殿，旋奉严旨革职待罪，感恩述事[①]

孤生半世饱艰辛，敢恨虞翻骨相屯[②]。
吾道非与何至此？臣今老矣不如人[③]！
养成枳棘难为橘，刈尽椒兰不作薪[④]。
每诵韩公晚香句，整襟时一慰沉沦[⑤]。

①明思宗崇祯元年（1628）七月钱谦益奉命赴京，授礼部右侍郎。十一月初三日廷臣推举阁员（即入阁为大学士），钱谦益入选。礼部尚书温体仁讦浙江试闱旧事，反对钱谦益参预。初六日召对文华殿，廷臣曲附温体仁，钱谦益被“革职待罪”，时年四十七。诗共二十首，此其六。

②虞翻骨相屯，《三国志·吴书·虞翻传》裴松之注引《虞翻别传》：“翻放弃南方，云：‘自恨疏节，骨体不媚，犯上获罪，当长没海隅，生无可与语，死以青蝇为吊客。使天下一人知己者，足以不恨。’”韩愈《韶州离别张使君》诗：“久钦江总文章妙，自叹虞翻骨相屯。”屯，艰难。骨相屯，谓骨相决定命苦。

③吾道非与，《史记·孔子世家》载：鲁哀公四年，孔子厄于陈、蔡之间，绝粮，从者病，莫能兴。孔子召诸弟子问曰：“《诗》云：‘匪兕匪虎，率彼旷野。’吾道非邪，吾何为于此？”臣今老矣，《左传》僖公三十年：秦晋围郑。“佚之狐言于郑伯曰：‘国危矣，若使烛之武见秦君，师必退。’公从之。辞曰：‘臣之壮也，犹不如人，今老矣，无能为也已！’”

④“养成枳棘”句，《晏子春秋·内篇杂下》：“橘生淮南则为橘，生于淮北则为枳。叶徒相似，其实味不同。所以然者何？水土异也。”“刈尽椒兰”句，《楚辞·离骚》：“余以兰为可恃兮，羌无实而容长。委厥美以从俗兮，苟得列乎众芳。椒专佞以慢慆兮，樧又充乎佩帏。”诗取其语而活用之。二句意谓自己如养成枳棘难成为橘，砍尽椒兰不用作薪。所说全系反话，愤激之词。

⑤ 韩公，北宋诗人韩琦。《事实类苑·韩魏公》：“韩魏公在北门，重阳燕诸曹于后园，有诗一联云：‘不羞老圃秋容淡，且看寒花晚节香。’公居尝谓保初节易，保晚节难。故晚节事功著效，所立特完。”诗句见韩氏《安阳集》，题为《九日水阁》，句作“虽惭老圃秋容淡，且看寒花晚节香”。整襟，一种整饬的动作。《后汉书·崔骃传》：“躐缨整襟，规矩其步。”有时也是一种掩饰的动作。陈傅良《止斋即事》诗：“教子时开卷，逢人强整襟。”诗中二义兼而有之。

题淮阴侯庙①

淮水城南寄食徒，真王大将在斯须②。
岂知隆准如长颈，终见鹰扬死雉姁③。
落日井陉旗尚赤，春风钟室草常朱④。
东西冢墓今安在，好为英雄奠一盂⑤。

① 淮阴侯，即韩信，秦末淮阴（今江苏淮阴）人。初从项梁，后又属项羽，羽不能用，乃归汉。刘邦用萧何谋，拜信为大将。先后率军伐魏，举赵，降燕，破楚相龙且于潍水，定齐地。汉五年（前202），与汉军会师垓下，打败项羽。以功封楚王。汉六年，有人告信谋反，刘邦伪游云梦，执之，降为淮阴侯。十一年为吕后所杀。见《史记·淮阴侯列传》。庙在淮阴。此诗崇祯二年（1629）七月钱谦益被再次削籍南归过淮阴时作。

② 寄食徒，韩信少时贫贱，“常从人寄食饮，人多厌之者”。信钓于淮阴城下，“诸母漂，有一母见信饥，饭信，竟漂数十日。”真王大将，秦亡后，汉王刘邦与项羽争天下，从萧何计，拜韩信为大将。汉四年，韩信平齐，使人言汉王曰：“齐伪诈多变，反覆之国也，南边楚，不为假王以镇之，其势不定。愿为假王，便。”时项羽围汉王于荥阳，信使者至，发书，汉王大怒，骂曰：“吾困于此，旦暮望若来佐我，乃欲自立为王！”张良、陈平蹑汉王足，汉王悟，复骂曰：“大丈夫定诸侯，即为真王耳，何以假为！”乃遣张良往立信为齐王。在斯须，言为时甚短，前者方为寄食徒，曾几何时即为大将，为真王。

③ 隆准，高鼻，指刘邦。《史记·高祖本纪》：“高祖为人，隆准而龙颜。”长颈，指越王勾践。《史记·越王勾践世家》：范蠡、文种佐勾践灭吴。功成之后，范蠡即去，自齐遗文种书曰：“蜚鸟尽，良弓藏；狡兔死，走狗烹。越王为人，长颈鸟喙，可与共患难，不可与共乐，子何不去？”文种不听，后果为

勾践所杀。汉六年，有人上书告韩信谋反，刘邦伪游云梦，擒韩信。韩信曰：“果若人言：狡兔死，良狗亨；高鸟尽，良弓藏；敌国破，谋臣亡。天下已定，我固当亨！”（亨，通烹。）后为吕后所杀。诗意谓勾践杀功臣文种，刘邦亦杀韩信等，与勾践无异。鹰扬，《三国志·吕布传》：吕布使陈登诣曹操，求为徐州牧，不得，布怒，陈登喻之曰：“登见曹公言，待将军譬如养虎，当饱其肉，不饱则将噬人。公曰，不如卿言也。譬如养鹰，饥则为用，饱则扬去。”此代指韩信。死雉姁，汉高祖吕后名雉，字娥姁（xǔ）。刘邦降韩信为淮阴侯，软禁于长安。汉十年（前197），刘邦率军讨陈豨，人告韩信谋反。“吕后使武士缚信，斩之长乐钟室”。

④井陉旗尚赤：汉二年，韩信击赵成安君陈馀。陈馀聚兵井陉口。韩信至，伏兵山下，佯败走，赵军空壁逐韩信。“信所出奇兵二千骑，共候赵空壁逐利，则驰入赵壁，皆拔赵旗，立汉赤帜二千。赵军已不胜，不能得信等，欲还归壁，壁皆汉赤帜而大惊，以为汉皆已得赵王将矣。兵遂乱。遁走，赵将虽斩之，不能禁也。于是汉兵夹击，大破虏赵军，斩成安君。”井陉，关名，在河北井陉县西井陉山上，为太行山进入华北平原重要隘口。钟室草常朱：史叔成《挂角编》：“未央殿东北二里许，钟室故处也。有隙地丈馀，草色皆殷赤，相传吕后杀韩淮阴血渍而然。”

⑤东西冢墓，《水经·淮水注》：淮阴“城东有两冢，西者即漂母冢也……东一陵即信母冢也”。钱谦益自注：“信母墓为东冢，漂母墓在西冢。”据诗意，二母冢并不存，自注即据《水经注》。本系传说，未必真有墓在也。

秋夕燕誉堂话旧事有感①

东虏游魂三十年，老夫双鬓更皤然②。
追思贯酒论兵日，恰是凉风细雨前③。
埋没英雄芳草地，耗磨岁序夕阳天。
洞房清夜秋灯里，共检庄周说剑篇④。

①燕誉堂，钱谦益堂名。诗作于明思宗崇祯十四年辛巳（1641）。

②东虏，指满族。时努尔哈赤崛起东北，统一满洲诸部，于明神宗万历四十四年（1616）称帝，建元天命，国号大金。万历四十六年兴师伐明，围抚顺，降守将李永芳，夷其城而还，是犯明之始。自万历四十四年至钱谦益崇祯十四年作此诗，凡二十六年，“三十年”概而言之，也可由努尔哈赤起事算起，

则已过三十年。皤（pó）然，鬓白貌，钱谦益是年六十，故两鬓皤然。

③贳酒论兵，钱谦益壮岁颇好谈兵。其《谢象三五十寿序》云："君初为举子，余在长安，东事方殷，海内士大夫自负才略，好谭兵事者，往往集余邸中，相与清夜置酒，明灯促坐，扼腕奋臂，谈犁庭扫穴之举。"又，《题费所中山中咏古诗》云："余少壮而好论兵，抵掌白山黑水间。"此皆所谓"贳酒论兵"也。明熹宗天启元年（1621）钱谦益主浙江分试，所作乡试程录中序文及策文第五问，即论东事及兵法。

④检，查阅。说剑篇见《庄子》杂篇，记庄子与赵文王说剑事。诗中取其"说剑"而已，与原书内容并无关系。《冬至后京江舟中感怀八首》其三云："懒养丹砂回鬓发，闲凭青镜记流年。百金哪得封侯药，悔读蒙庄说剑篇。"悔读与共检词语有异，用意实同。钱谦益于是年夏六月纳柳如是为妾，号柳如是为河东君，洞房清夜，即与柳如是共话平生。（《说剑篇》见《庄子》杂篇，并非庄周所作，篇中"庄子"乃侠客之徒，纵横家者流，与庄周毫无关系。牧斋误以此篇为庄子所作。）

冬至后京江舟中感怀①

柁楼尊酒指吴关，画角声飘江北还。
月下旌旗看铁瓮，风前桴鼓忆金山②。
馀香坠粉英雄气，剩水残山俛仰间③。
他日灵岩访碑版，麒麟高冢共跻扳④。

①崇祯十四年（1641）冬至牧斋偕柳如是游京江，作感怀八首，此其七。京江，今江苏镇江市北长江一段。

②铁瓮，镇江城子城，传为吴大帝孙权所建，内外皆甃以甓，坚固如金城，号铁瓮城。见宋程大昌《演繁露·铁瓮城》。此即代指镇江。桴，鼓槌；桴鼓，即击鼓。金山，在镇江西北江中。宋高宗建炎四年（1130），韩世忠大破金兵于镇江黄天荡，夫人梁红玉于金山亲执桴鼓，指挥战斗。见《宋史·韩世忠传》。

③残山，《初学集》作"残云"，此从《韩蕲王墓碑记》引文。俛仰，同"俯仰"。

④灵岩，在苏州。山西麓有韩世忠、梁红玉墓，宋孝宗为题"中兴佐命定国元勋之碑"。麒麟高冢，杜甫《曲江》诗有"苑边高冢卧麒麟"句，此指韩梁墓。

★钱牧斋《韩蕲王墓碑记》："宋蕲国韩忠武王世忠墓，在吴县灵岩山下。丰碑岿然，赑屃屈盘。礼部尚书赵雄奉诏撰也。""辛巳长至日，余与河东君泊舟京江，指顾金、焦二山，想见兀术穷蹙打话，蕲王夫人佩金凤瓶传酒纵饮，桴鼓之声殷殷江流濆沸中。遂赋诗云：'馀香坠粉英雄气，剩水残山俛仰间。'相与感慨叹息久之。甲申二月观梅邓尉，还过灵岩山下，扫积叶，剔苍藓，肃拜酹酒而去。"甲申为崇祯十七年（1644），上距牧斋、柳如是游京江已过三年，终践"灵岩访碑版"之愿。据传梁红玉本京口娼女，后归韩世忠，封扬国夫人。梁氏身世低微，侠骨豪情，在牧斋念中，柳如是颇为相似，故诗中特见赞扬，殆有以也。

和盛集陶落叶①

秋老钟山万木稀，凋伤总属劫尘飞。
不知玉露凉风急，只道金陵王气非②。
倚月素娥徒有树，履霜青女正无衣③。
华林惨淡如沙漠，万里寒空一雁归。

①盛集陶，盛斯唐，字集陶，安徽桐城人，清初寓居南京。诗作于清世祖顺治五年（1648）。

②玉露凉风急，暗用杜甫《秋兴八首》"玉露凋伤枫树林"句。金陵王气非，亦用刘禹锡《西塞山怀古》"金陵王气黯然收"句。

③素娥，月神，即嫦娥。青女，主霜雪之神。

己丑岁暮，宴集连宵，于是豪客远来，乐府骈集，纵饮失日，追欢忘老，即事感怀，慨然有作①

风雪填门噪晚鸦，翛翛书剑到天涯②。
何当错比杨雄宅，恰似相逢剧孟家③。
夜半壮心回起舞，酒阑清泪落悲笳④。

流年遒尽那堪饯，却喜飞腾暮影斜[⑤]。

①己丑，清世祖顺治六年（1649）。

②翛翛（xiāo），犹萧萧，萧条索莫之意。

③何当，犹言合当。杨雄，西汉末大赋家，著名学者。杜甫《堂成》诗："时人错比杨雄宅，懒惰无心作解嘲。"剧孟，汉景帝时洛阳人，"以任侠显诸侯"。见《史记·游侠列传》。钱起《逢侠者》诗："燕赵悲歌士，相逢剧孟家。"

④"夜半"句，暗用祖逖、刘琨故事。《晋书·祖逖传》："与司空刘琨俱为司州主簿，情好绸缪，共被同寝。中夜闻荒鸡鸣，蹴琨觉曰：'此非恶声也！'因起舞。""酒阑"句，用苏轼《是日至下马碛憩于北山僧舍》诗："客来空吊古，清泪落悲笳。"

⑤流年，流水似的年光。遒，迫近。飞腾，犹飞升，此处亦迅速之意。暮影，晚日。上句感叹"年光遒尽"，下句却说"却喜飞腾暮影斜"，意即反正年光也快完了。表面上着一"喜"字，实际是感伤的话。

★钱牧斋博闻强记，能把前人诗句随手牵来，纳入自己的诗中，弥合得天衣无缝。但偶一为之则可，使用太多，未免形同剽窃，故不足为范。

西湖杂感[①]

建业馀杭古帝丘，六朝南渡尽风流[②]。
白公妓可如安石？苏小湖应并莫愁[③]。
戎马南来皆故国，江山北望总神州。
行都宫阙荒烟里，禾黍丛残似石头[④]。

①序云："庚寅夏五，憩湖舫凡六日，得诗二十首，是月晦日记于塘栖道中。"此其十六。庚寅，清世祖顺治七年（1650）。原注："有人问建业，云：'吴宫晋殿，亦是宋行都矣！'感而赋此。"

②建业，即南京，孙吴时称建业，六朝并都于此。馀杭，即杭州，南宋都于此，号临安。南渡，即指南宋。"六朝"与上句建业相应，"南渡"与上句馀杭相应。"尽风流"系讽刺之辞。

③ 白公妓，白居易曾为杭州太守，蓄有家妓。安石，东晋谢安。安石旧隐会稽东山，后官于建康，仍筑土山以象之，也称东山，常在此携妓游集。白居易《候仙亭同诸客醉作》诗云："谢安山下空携妓，柳恽洲边只赋诗。争及湖亭今日会，嘲花咏水赠娥眉。"苏小湖，指杭州西湖，南齐名妓苏小小居此，故名。莫愁，指南京莫愁湖。并，相比。

④ 行都，即注中"宋行都"临安。禾黍，《史记·宋微子世家》：商亡之后，周武王封箕子于朝鲜。"其后箕子朝周，过故殷虚，感宫室毁坏，生禾黍，箕子伤之，欲哭则不可，欲泣为其近妇人，乃作《麦秀之诗》以歌咏之。"又，《诗·王风·黍离》序："周大夫行役至于宗周，过故宗庙宫室，尽为禾黍。闵周室之颠覆，彷徨不忍去，而作是诗也。"《禾黍》诗未必与周大夫闵宗周有关，诗序作者受箕子伤殷启发附会为说，后人据以为典。石头，城名，在南京西清凉山，此代指南京。

★诗以"建业馀杭"开头，全诗句句与二地关合，结构极其缜密周全，此自牧斋手段。题下自注极为重要，"有人问建业，云'吴宫晋殿，亦是宋行都矣！'感而赋此。"牧斋作此诗，上距孙吴、东晋已隔千载，"有人问建业"决不会问及一千馀年前之建业，所问者无疑是明代的南京。再说使钱牧斋感叹"禾黍丛残"的也决不是"吴宫晋殿"，诗中隐隐有一前明在。吴梅村过南京，写有不少感慨前朝的诗，其中也大多是七律，意旨无不清楚明白，而牧斋诗却如此隐晦迷离。固是两家诗风的不同，实亦二人品格的差别。

后秋兴①

海角厓山一线斜，从今也不属中华②。
更无鱼腹捐躯地，况有龙涎泛海槎③。
望断关河非汉帜，吹残日月是胡笳④。
嫦娥老大无归处，独倚银轮哭桂花⑤。

① 钱谦益服膺杜甫，杜甫《秋兴八首》，钱先作《金陵秋兴八首，次草堂韵》，反复步韵，凡十三叠。此《后秋兴之十三》其二。题下原注："自壬寅七月至癸卯五月，讹言繁兴，鼠忧泣血，感恸而作，犹冀其言之或诬也。"壬寅

为康熙元年（1662）。先年即顺治十八年（1661）十二月，吴三桂执永历帝于缅甸，康熙元年（1662）四月杀之于昆明。消息陆续传至大江南北，注即指其事。

②厓山，在广东新会大海中，南宋末，陆秀夫、张世杰奉帝昺据守于此，抵抗元军。兵败，陆秀夫负帝昺蹈海而死。钱谦益用以比喻桂王之败。

③鱼腹捐躯，《楚辞·渔父》：屈原自谓“宁赴湘流，葬于江鱼之腹中”。诗意谓于今国土尽丧，故葬身鱼腹亦无地捐躯。龙涎泛海，《星槎胜览》：“龙涎屿，望之峙南巫里洋中海面。至春闲群龙来集于上，交戏而遗涎沫，番人驾独木舟，登此采归。”槎，即指独木舟。句意谓清军占领全部海域，四出掠夺，残明已最后灭亡，更无馀地。

④汉帜，代指朱明旗帜，于今已彻底消灭。胡笳，指清军号角。“日月”合成“明”字，句意谓胡笳声里，残明已经灭亡。

⑤嫦娥，传为后羿之妻，窃服不死之药飞升入月而为月神。见《淮南子·览冥》。银轮，代指月亮。桂花，传月中有桂树。见《酉阳杂俎·天咫》。罗隐《咏月》诗：“嫦娥老大应惆怅，独倚苍苍桂一轮。”钱谦益袭用其语。以嫦娥老大自喻，时谦益已年过八十。

★秋兴诗在牧斋集中颇为重要，此首可作为代表，为其能表露牧斋晚年心境。然用典过僻过曲，龙涎、海槎之类读者很难理解。末二句由念中桂王而联及桂花，由桂花而联及月里嫦娥。然以嫦娥自喻，实在不伦不类。固因特定的原由不得不有所隐晦，而如此曲晦，于诗艺实为疵病。

丙戌南还，赠别故侯家妓人冬哥二首①

绣岭灰飞金谷残，内人红袖泪阑干②。
临觞莫恨青娥老，两见仙人泣露盘③。

天乐荒凉禁苑倾，教坊凄断旧歌声④。
临歧只合懵腾去，不忍听他唱渭城⑤。

①丙戌南还，顺治三年（1646）钱谦益降仕清廷，才半年即“以疾辞官”，驰驿南归。故侯，指刘泽清，字鹤洲，山东巢县人。本乡里无赖，从军积功至

总兵官。崇祯十六年赴河南，与李自成作战时拔营南遁。南明弘光帝封为东平伯，驻庐州，为南明四镇之一。清军南下，扬州告急，刘泽清降清。顺治二年（1645）以谋叛伏诛。冬哥，又名冬儿，善南歌，初入外戚田宏遇家。宏遇卒，为刘泽清所得。刘泽清被杀时，姬妾四十馀人皆坐死，冬哥以原为平康妓得免。

②绣岭，唐代宫名，故址在今河南陕县。此代指明宫。金谷，晋石崇所筑园名，在洛阳金谷涧。此代指侯家园囿。内人，宫中伎人。崔令钦《教坊记》："伎女入宜春院，谓之内人。"泪阑干，眼泪纵横。

③临觞莫恨，《清诗别裁》作"临歧莫怅"。青娥，秀眉。青娥老亦即容颜老。白居易《长恨歌》："椒房阿监青娥老。"仙人泣露盘，汉武帝筑神明台，上有铜铸仙人承露盘，承云表之露和玉屑服之以求长生。见《三辅黄图》。魏明帝青龙元年（233），诏宫官取捧露盘仙人，欲立置洛阳前殿，仙人临载，乃潸然泪下。唐李贺为作《金铜仙人辞汉歌》。仙人泣露盘喻国家之亡。崇祯十七年甲申（1644）李自成入北京，明思宗自缢，旋清兵入关；顺治二年乙酉（1645）清兵下南京，南明倾覆，故云"两见"。

④天乐，指宫中乐。禁苑，皇家园苑。教坊，唐代掌管女乐的官署，至明代仍有教坊司。据诗意，似冬哥曾入教坊。

⑤懵腾，装糊涂。听，读平声。渭城，指王维《渭城曲》，喻冬哥所唱别离歌曲。

★顺治八年辛卯（1651）春暮，伶人王稼北上京师，钱牧斋作十四绝句送别，有五首系寄冬哥者。其中有二首云："凭将红泪裹相思，多恐冬哥没见期。相见只烦传一语，江南五度落花时。""江南才子杜秋诗，垂老心情故国思。金缕歌残休怅恨，铜人泪下已多时。"自丙戌至辛卯，落花五度，牧斋于冬哥迄未忘情。参见龚鼎孳《赠歌者王郎南归和牧斋宗伯韵》注。

金陵后观棋绝句二首[①]

寂寞枯枰响泬漻，秦淮秋老咽寒潮[②]。
白头灯影凉宵里，一局残棋见六朝[③]。

飞角侵边劫正阑，当场黑白尚漫漫[④]。
老夫袖手支颐看，残局分明一着难。

① 钱谦益原有《观棋绝句六首》，后又作六首，称《金陵后观棋绝句》，选二首。

② 枰（píng），棋盘。泬漻（xuè liáo），空旷萧条貌。秦淮，河名，流经南京城西南注入长江。城中秦淮两岸，自六朝以来即为歌舞繁华之地。咽（yè），声音梗塞。

③ 六朝，自三国吴、东晋、南朝宋、齐、梁、陈并都于金陵，史称六朝。

④ “飞角”句：围棋盘面分角地、边地、腹地。飞角，夺取角地。侵边，抢占边地。劫，围棋术语，轮番提取被包围的棋子。阑，尽也。劫正阑，即战斗进入最后阶段。钱谦益好以弈棋为喻，集中多论及此。如《清调用闽帅议》云：“譬之弈棋，下一子于边角，而全局皆可以照应，则下子之胜者也。天下事已如棋之残局矣，诚有意收拾，则满盘全局着子之当下者尚多，而恐当局者措手之未易也，姑先以救一着言之。”与此二句正可合读。

★李自成攻陷北京，崇祯自缢，随后清兵入关，清政权建立。弘光帝在南京建立短命的王朝，仅一年即崩溃。“一局残棋见六朝”，即暗寓南明残局。诗作于顺治四年（1647），上距弘光倾覆仅两年。“老夫袖手支颐看，残局分明一着难”，貌似神闲气定，内怀实无限激荡。为南明残局，下一着难！为个人出处，下一着难！前者确难以为力，后者则在乎其人：陈子龙不难，毅然以身殉国；顾炎武不难，终身战斗不止。在钱谦益则非常之难，一着犯错，终身惭恨。早在崇祯初再次“奉严旨革职待罪”时他就在诗中写道：“事到抽身悔已迟，每于败局算残棋。”两句诗成了他一生的写照。吴伟业词云：“脱屣妻孥非易事，竟一钱不值何须说！”梅村敢于诚挚地表明自己的悔恨，钱谦益则永远遮遮掩掩，欲吐还吞。

留题秦淮丁家水阁二首[1]

舞榭歌台罗绮丛，都无人迹有春风。
踏青无限伤心事，并入南朝落照中。

苑外杨花待暮潮，隔溪桃叶限红桥[2]。
夕阳凝望春如水，丁字帘前是六朝[3]！

① 诗题原作“丙申春就医秦淮，寓丁家水阁，浃两月，临行作绝句三十首。”选二首。丙申，顺治十三年（1656）。丁家水阁，钱谦益友人丁继之秦淮河房。浃，整。

② 桃叶，渡名，传为晋王献之送妾桃叶处。限，隔。

③ 丁字帘，门帘作丁字形，又与丁家水阁关合。

★春光旖旎，凝望却是一派衰飒景象，自是人主观情感。此借六朝往事，实伤南明之亡。

故宫人，答孙鲁山①

汉宫遗事剪灯论，共指青衫认泪痕②。
今夕惊沙满蓬鬓，方知永巷是君恩③。

① 诗题原作“霞老累夕置酒，彩生先别，口占十绝句，纪事兼订西山看梅之约”，此其六。霞老，即许誉卿，字公实，号霞城，华亭人，万历进士，明熹宗天启间官吏科给事中，刚直敢言，明亡后为僧。彩生，淞江妓女，姓王。然此诗内容实与霞城、彩生皆无关。诗后原注：“鲁山赠诗有‘千金不买相如赋’之句，伤先朝遗事也。”知在座尚有鲁山，诗为答鲁山之作。鲁山即孙晋，字明卿，号鲁山，桐城人，明熹宗天启五年（1625）进士。崇祯时官工科给事中，以疏劾大学士温体仁被谪。体仁败，复起为给谏，迁大理寺卿，特疏出刘宗周于狱，荐史可法于吏部，释黄得功使镇凤阳。后以疾乞归，明亡后遁隐仙居。见马其昶《桐城耆旧传》。顺治十三年（1656）冬，钱谦益至松江，诗即作于其时。孙鲁山诗中“千金不买相如赋”用汉武帝、陈皇后故事。据传陈皇后失宠，以千金求司马相如作《长门赋》以求复幸。（此实传说，赋系后人创作。）孙鲁山用以表明自己昔年迁逐，决不苟且屈节（诗句袭用辛弃疾《摸鱼儿》词“千金纵买相如赋”句）。钱谦益诗即因鲁山诗而发，全诗以流浪宫人为喻，伤悼彼此天涯沦落。钱谦益前此有《霞城丈置酒同鲁山彩生夜集醉后作》诗云：“沧江秋老夜何其，促膝行杯但数迟。丧乱天涯红粉在，友朋心事白头知。朔风凄紧吹歌扇，参井微茫拂酒旗。今日且谋千日酒，西园明月与君期。”“丧乱天涯红粉在”，为彩生作；“友朋心事白头知”，则正可为此诗注脚。沈德潜《清诗别裁》选录此诗，改题为“故宫人”，似诗所写为流落的明代宫人，与内容虽

似甚切合，却泯灭了钱谦益原有的丰富而曲折的内涵。因原题相当累赘，诗又与霞老彩生无关，故用沈氏所改诗题，加“答孙鲁山”字样以表明作者原意。

② 青衫认泪痕，用白居易《琵琶行》“座中泣下谁最多，江州司马青衫湿”词语。白诗中有“同是天涯沦落人”句，诗亦含此意。钱谦益自谓与孙鲁山同是天涯沦落，故云“共指”。

③ 惊沙满蓬鬓，白居易《王昭君》诗：“满面胡沙满鬓风，眉销残黛脸销红。”永巷，汉代宫中囚禁失宠妃嫔或宫女之所。

村庄红豆花诗①

金尊檀板落花天，乐府新翻红豆篇②。
取次江南好风景，莫教肠断李龟年③！

① 虞山白茆港钱谦益别墅芙蓉庄胎仙阁有红豆树，故又名红豆山庄。树大合抱，据传数十年始一花，其色白，结实如皂荚，子赤如樱桃，即所谓相思豆。顺治十八年辛丑（1661）五月花开，钱谦益族孙钱曾（字遵王）等为赋诗，谦益亦和作八首。诗原题“遵王敕先共赋胎仙阁红豆花诗吟叹之馀走笔属和八首”，此其六。沈德潜《国朝诗别裁》录此诗改题“村庄红豆花诗”。是年九月九日钱谦益八十生辰，柳如是探枝得红豆一枚以为寿，谦益“夸为己瑞”，又作十绝句，属友朋和作。

② 金尊，金杯，实杯之美称。檀板，歌唱时击节响板。宋刘子翚《汴京纪事》写李师师：“辇毂繁华事可伤，师师垂老过湖湘。缕衣檀板无颜色，一曲当时动帝王。”红豆篇，指遵王、敕先红豆花诗。

③ 取次，犹寻常。取次江南好风景，即江南风景和常年一样。李龟年，唐玄宗天宝年间著名歌手，安史之乱后流落江南。杜甫年青时在长安听过李龟年歌唱，代宗大历五年（770）在潭洲相遇，感慨今昔，为作《江南逢李龟年》诗：“岐王宅里寻常见，崔九堂前几度闻。正是江南好风景，落花时节又逢君！”

吴伟业

吴伟业（1609—1672），字骏公，号梅村，江苏太仓人。少受学于同乡张溥，成为复社少年成员，明思宗崇祯四年辛未（1631）进士。时有人检举试闱有弊，主考将试卷呈请御览，思宗于卷上亲批“正大博雅，足式诡靡”八字，并给假回家完娶。授翰林院编修，典湖广乡试，历东宫讲读官，迁南京国子监司业，晋左中允转左谕德。后清兵入关，京师失陷，福王在南京建南明王朝，吴伟业为少詹事，与权奸马士英不合，辞官归里。第二年，清兵渡江，弘光朝覆灭。清世祖顺治十年（1653），吴伟业被迫应召进京，授秘书院侍讲、转国子监祭酒。十三年（1656）冬借母丧辞官，不复出仕。梅村以明思宗有知遇之恩，自以出仕新朝，终身悔恨。清圣祖康熙十年卒，年六十四。临终遗命敛以僧装，墓碑只题“诗人吴梅村之墓”。

梅村为清初杰出诗人，与钱谦益并称“钱吴”。其诗尚唐音。早期所作绮丽清新，后经乱离，多感慨苍凉之作。诸体并工，七言歌行尤具特色，称“梅村体”。有《梅村家藏稿》。

① 吴伟业卒于康熙十年（1671）阴历十二月二十四日，阳历已是一六七二年一月二十三日。

鸳湖曲①

鸳鸯湖畔草粘天，二月春深好放船。
柳叶乱翻千尺雨，桃花斜带一溪烟。
烟雨迷离不知处，旧堤却认门前树。

树上流莺三两声，十年此地扁舟住②。
主人爱客锦筵开，水阁风吹笑语来。
画鼓队催桃叶伎，玉箫声出柘枝台③。
轻靴窄袖娇妆束，脆管繁弦竞追逐。
云鬟子弟按霓裳，雪面参军舞鸜鹆④。
酒尽移船曲榭西，满湖灯火醉人归。
朝来别奏新翻曲，更出红妆向柳堤。
欢乐朝朝兼暮暮，七贵三公何足数⑤。
十幅蒲帆几尺风，吹君直上长安路⑥。
长安富贵玉骢骄，侍女薰香护早朝⑦。
分付南湖旧花柳，好留烟月伴归桡。
那知转眼浮生梦，萧萧日影悲风动。
中散弹琴竟未终，山公启事成何用⑧！
东市朝衣一旦休，北邙抔土亦难留⑨。
白杨尚作他人树，红粉知非旧日楼⑩。
烽火名园窜狐兔，画阁偷窥老兵怒。
宁使当时没县官，不堪朝市都非故⑪。
我来倚棹向湖边，烟雨台空倍惘然⑫。
芳草乍疑歌扇绿，落英错认舞衣鲜。
人生苦乐皆陈迹，年去年来堪痛惜。
闻笛休嗟石季伦，衔杯且效陶彭泽⑬。
君不见白浪掀天一叶危，收竿还怕转船迟。
世人无限风波苦，输与江湖钓叟知！

①鸳湖，即鸳鸯湖，在浙江嘉兴城南，又名南湖。明末佞臣吴昌时家住于此。原注：“为竹亭作。”竹亭即吴昌时，字来之，号竹亭。初敷衍东林以窃时誉，后投奔权相周延儒，擢吏部文选郎。结交宦官，把持朝政，又纵情声色，

骄奢淫佚。后周延儒获罪，削籍自杀，吴昌时亦处斩。见《明史·周延儒传》。

② “十年”句，实谓十年前曾客鸳湖。诗语辞不达意。

③ 桃叶伎，晋王献之有妾名桃叶，乐府有《桃叶歌》，此即指歌伎。柘枝，舞曲名，乐府有《柘枝词》。台，指其场所。

④ 云鬟，妇女髪型。云鬟子弟，指旦角。霓裳，指《霓裳羽衣曲》，唐代宫廷舞曲名。此代指歌曲。雪面，面敷白粉。参军，戏曲中的角色，唐宋都有参军戏。鸜鹆（qú yù），鸟名，亦舞名。晋谢尚“善音乐，博综众艺，司徒王导深器之”。“谓曰：‘闻君能作鸲鹆舞，一座倾想，宁有此理不？’尚曰：‘佳。’便着衣帻而舞。导令坐者抚掌击节，尚俯仰在中，傍若无人”。见《晋书·谢尚传》。此代指舞。

⑤ 七贵，《文选·潘安仁〈西征赋〉》“窥七贵于汉庭”注：“七姓，谓吕、霍、上官、赵、丁、傅、王也。”三公，周以太师、太傅、太保为三公，西汉以大司马、大司徒、大司空为三公。此泛指权贵。

⑥ 直上长安路，指吴昌时进京。

⑦ 玉骢，青白色骏马。侍女薰香，《汉官仪》：“［尚书郎］入直台中，给女侍史二人，皆选端正，指使从直。女侍史执香炉烧薰从入台护衣。”

⑧ 中散，嵇康尝为中散大夫，后被司马昭杀害。临刑“康顾视日影，索琴弹之。曰：‘昔袁孝尼尝从吾学《广陵散》，吾每靳固之，《广陵散》于今绝矣！’”见《晋书·嵇康传》。山公，晋山涛，居选职十馀年，“所奏甄拔人物，各为题目，时称山公启事。”见《晋书·山涛传》。山涛尝举嵇康代己。

⑨ “东市”句，西汉晁错衣朝衣冠斩于东市。见《汉书·晁错传》。此指吴昌时被杀。北邙，山名，在洛阳城北，自汉代以来即成为坟地。抔土，一捧土，代指坟墓。亦难留，指吴昌时死无葬身之地。

⑩ “白杨”二句，唐宁武军节度使检校工部尚书张愔有爱妾张盼盼，张愔死后，盼盼念旧爱而不嫁，居彭城燕子楼。张仲素、白居易并有《燕子楼》诗纪其事。白诗有“见说白杨堪作柱，争教红粉不成灰”句。诗反其意而用之，谓吴昌时斩后，其婢妾必已四散。

⑪ 宁使，犹言岂只是。二句意谓岂只是吴昌时当时被朝廷籍没，于今朝代也已改变。

⑫ 烟雨台，即烟雨楼，在南湖中。

⑬ 闻笛，嵇康被司马昭杀害，后向秀经其山阳旧居，闻邻人吹笛，发音寥亮，因追思昔日宴游之好，感念不已，乃作《思旧赋》。石季伦，即石崇，为赵王司马伦所杀。按，闻笛为嵇康、向秀事，诗移用于石崇，实属不伦。陶彭泽，即陶渊明，曾为彭泽令。

★梅村《鸳湖感旧》诗序云："予曾过吴来之竹亭湖墅，出家乐张饮。后来之以事见法，重游感赋此诗。"诗云："落日晴湖放棹回，故人曾此共登台。风流顿尽溪山改，富贵何常箫管哀。燕去妓堂荒蔓合，雨侵铃阁野棠开。停桡却望烟深处，记得当年载酒来！"这是一篇压缩的《鸳湖曲》。吴昌时为佞臣奸贼，死不足惜。梅村囿于私谊，对其人缺乏认识，诗满是伤悼之词，兴亡之感，讽刺之意甚微。诗中以嵇康、晁错为比更属不伦。但全诗清新流畅而又纡徐宛转，为梅村歌行代表作之一。虽内容无多可取，仍以之入选。

沈归愚有《汉将行》七古，伤年羹尧之死，是沈集中颇具胆略之作，诗艺受梅村影响，然高下悬殊。其末四句云："君不见波浪滔天舸舰危，使帆全在转帆时。功成早辨藏弓意，输与江湖钓客知。"差不多近乎抄袭。乾隆时人李天英《阻风燕子矶游永济寺口号》云："莫向江神问险夷，一江风浪过来知。人间尽有平安路，只在收帆转柁时。"诗意亦由梅村诗句得来。李天英，字药庵，四川永川人。乾隆二十一年丙子（1756）举人，官贵筑知县。

圆圆曲[①]

鼎湖当日弃人间，破敌收京下玉关[②]。
恸哭六军俱缟素，冲冠一怒为红颜[③]。
红颜流落非吾恋，逆贼天亡自荒宴[④]。
电扫黄巾定黑山，哭罢君亲再相见[⑤]。
相见初经田窦家，侯门歌舞出如花。
许将戚里箜篌伎，等取将军油壁车[⑥]。
家本姑苏浣花里，圆圆小字娇罗绮[⑦]。
梦向夫差苑里游，宫娥拥入君王起[⑧]。
前身合是采莲人，门前一片横塘水[⑨]。
横塘双桨去如飞，何处豪家强载归[⑩]！

此际岂知非薄命，此时只有泪沾衣。
熏天意气连宫掖，明眸皓齿无人惜[11]。
夺归永巷闭良家，教就新声倾坐客[12]。
坐客飞觞红日暮，一曲哀弦向谁诉？
白皙通侯最少年，拣取花枝屡回顾[13]。
早携娇鸟出樊笼，待得银河几时渡[14]。
恨杀军书抵死催，苦留后约将人误[15]。
相约恩深相见难，一朝蚁贼满长安[16]。
可怜思妇楼头柳，认作天边粉絮看。
遍索绿珠围内第，强呼绛树出雕栏[17]。
若非壮士全师胜，争得蛾眉匹马还。
蛾眉马上传呼进，云鬟不整惊魂定。
蜡炬迎来在战场，啼妆满面残红印[18]。
专征箫鼓向秦川，金牛道上车千乘。
斜谷云深起画楼，散关月落开妆镜[19]。
传来消息满江乡，乌桕红经十度霜。
教曲伎师怜尚在，浣纱女伴忆同行。
旧巢共是衔泥燕，飞上枝头变凤皇。
长向尊前悲老大，有人夫婿擅侯王[20]。
当时只受声名累，贵戚名豪竞延致。
一斛明珠万斛愁，关山飘泊腰肢细[21]。
错怨狂风飏落花，无边春色来天地[22]。
尝闻倾国与倾城，翻使周郎受重名[23]。
妻子岂应关大计，英雄无奈是多情。
全家白骨成灰土，一代红妆照汗青[24]。
君不见馆娃初起鸳鸯宿，越女如花看不足。
香径尘生鸟自啼，屟廊人去苔空绿[25]。

换羽移宫万里愁，珠歌翠舞古梁州[26]。
为君别唱吴宫曲，汉水东南日夜流[27]。

①陆次云《圆圆传》:“圆圆陈姓，玉峰歌妓也，声甲天下之声，色甲天下之色。崇祯癸未岁，总兵吴三桂慕其名，赍千金往聘之，已先为田畹所得……田畹者，怀宗妃之父也。甲申春流贼大炽，怀宗忧废寝食，妃谋所以解帝忧者于父，畹乃以圆圆进。圆圆扫眉而入，冀邀一顾，帝穆然也，旋命归畹第。时闯贼将逼畿辅矣，帝亟召三桂，对平台，赐蟒玉，赐上方，托重寄，命守山海关。三桂亦慷慨受命。而寇深矣，畹忧甚。圆圆曰：‘当世乱而公无所依，曷不缔交于吴将军？吴慕公家歌舞有年矣，以此请必来。’畹从之。吴故却也，强而后可。至则戎服临筵，毅然有不可犯之色。酒甫行，即欲去。畹屡易席，至邃室，群姬调丝竹，皆殊秀。一淡妆者统诸美而先众音，情艳意娇，三桂不觉其神移心荡也。遽命解戎服，易轻裘，顾谓畹曰：‘此非所谓圆圆耶？洵足倾人城矣，公宁勿畏而拥此乎！’畹不知其所答，命圆圆行酒。圆圆至席，吴语曰：‘卿乐甚？’圆圆小语曰：‘红拂尚不乐越公，矧不逮越公者耶！’吴颔之。酣酒间，警报踵至。畹前席曰：‘寇至矣，将奈何？’吴遽曰：‘能以圆圆见赠，吾保公家先于保国也。’畹勉许之。吴即命圆圆拜辞畹，择细马驮之去，畹爽然无如何也。帝促三桂出关。三桂父督理御营名骧者恐帝闻，留圆圆府第勿令往。三桂去而闯贼旋拔城矣，怀宗死社稷。是时骧方降闯，闯即索圆圆，且籍其家，而命其作书以招子也。三桂得父书，欣然受命矣。而一侦者至，曰：‘吾家无恙耶？’曰：‘为闯籍矣！’曰：‘吾至当自还也。’又一侦者至，曰：‘吾父无恙耶？’曰：‘为闯拘絷矣！’曰：‘吾至当即释也。’又一侦者至，曰：‘陈夫人无恙耶？’曰：‘为闯得之矣！’三桂拔剑砍案曰：‘果有是吾从若邪！’因作书答父，略曰：‘儿以父荫，待罪戎行，以为李闯猖狂，不久即当扑灭。不意我国无人，望风而靡。侧望圣主晏驾，不胜眦裂。犹意吾父奋椎一击，誓不俱生，不则刎颈以殉国难，何乃隐忍偷生，训以非义。既无孝宽御寇之才，复愧平原骂贼之勇。父既不能为忠臣，儿安得为孝子乎？儿与父诀，不早图贼，虽置父鼎俎旁以诱三桂不顾也。’遂乞王师，先败之于一片石。自成怒，戮吴骧并其家三十馀口。欲杀圆圆，圆圆曰：‘闻吴将军卷甲来归矣，徒以妾故，又复兴兵。杀妾何足惜，恐其为王死敌不利也。’自成欲挈圆圆去，圆圆曰：‘妾既事大王矣，岂不欲从，恐吴将军以妾故而穷追不已也。王图之，度能破敌，妾即裹裳跨征骑。为大王计，宜留妾缓敌，当说彼不追以报王之恩遇也。’自成如此弃圆圆，狼狈西行。三桂既得圆圆，相与抱持，喜泣交集。旋受王封，建苏

台郿坞于滇南，专房之宠，数十年如一日。”陈维崧《妇人集》，圆圆字畹芬。李自成破京师，圆圆为闯将刘宗敏所得，而非闯王本人。陆氏所记，间有传闻异辞者。田妃教其父以美人进以“解帝忧”之举，闯王既得圆圆而听圆圆留京以“缓敌”之说，皆不合情理。钮琇《觚賸》，谓圆圆本姓邢，其养姥曰陈，故从陈姓。又谓圆圆初为怀宗后父周奎自苏州购得，周奎欲以分田贵妃之宠，因献与怀宗。怀宗方宠田妃，又以国事方殷，未暇多顾。因出永巷宫人，贵妃遂窜田妃名籍中，出付妃父田畹。其说似较合理。按，崇祯末圆圆为周奎或田畹所得，必方当妙龄十五六之时。后吴三桂进军山西、陕西，入四川，下云南，圆圆皆相从。至康熙十六年丁巳（1677）吴三桂败亡，年已五十左右。吴三桂（1612—1678），字长白，武举出身，任辽东总兵，封平西伯，驻防山海关。李自成入北京，吴引清兵入关，击败闯军，封平西王，镇压川陕等地义军。旋进军云南贵州，杀明永历帝。康熙十二年（1673）吴举兵叛清，十七年在衡州称帝，不久病死。孙世璠继位，为清军所灭。

② 鼎湖，《史记·封禅书》：“黄帝采首山铜，铸鼎于荆山下。鼎既成，有龙垂胡髯，下迎黄帝。黄帝上骑，群臣后宫从上者七十馀人，龙乃上去。”“后世因名其处曰鼎湖。”此句言怀宗殉国。“破敌”句言吴三桂引清兵入关，败李自成军，进入北京。

③ “恸哭”二句：六军，古称天子六军。句意谓六军为明思宗缟素恸哭，吴三桂却是为红颜冲冠一怒。

④ 红颜流落非吾恋，此用吴三桂口气自为辩解。

⑤ 电扫，语本《后汉书·吴汉传赞》“电扫群孽”。黄巾，东汉末张角领导的起义军皆着黄巾，称为黄巾军。黑山，在今河南浚县西北，东汉末褚燕（后改名张燕）聚众于此，被称为黑山贼。均代指李自成军。“红颜”四句假用吴三桂语气，以揭示其虚伪面孔。

⑥ 田窦，汉武帝时外戚田蚡、窦婴，代指田贵妃父田畹。箜篌，一种弦乐器。箜篌妓，代指圆圆。油壁车，油漆彩饰的小车。“相见”四句倒叙吴三桂在田畹歌席上初见圆圆，田将圆圆赠送吴三桂。

⑦ 姑苏，即苏州，春秋时吴国都于此。浣花里，在四川成都，唐名妓薛涛居于此，代指圆圆所居之地。既曰姑苏，又曰浣花里，则浣花里只是借用其词，以与美人刷色。娇罗绮，娇如罗绮。“家本”以下直到“散关月落开妆镜”三十八句，从圆圆的出身写到随吴三桂西入川陕的过程，是圆圆故事的全貌。

⑧ 夫差，春秋吴国国王，据传因宠幸西施，后为越王勾践所灭。因圆圆家在姑苏，故梦入吴王苑里，为后文圆圆发迹作铺垫。

⑨ 采莲人，指西施。横塘，在吴县西南，其地风光秀丽。

⑩ 豪家强载，指圆圆被权贵强载入京。

⑪ 宫掖，宫室掖庭，嫔妃所居之地。二句写圆圆曾献与怀宗，却不为顾惜。

⑫ 永巷，汉代宫中长巷，幽闭失宠宫人妃妾之所。二句写怀宗将圆圆归田畹，田使之歌舞娱宾。

⑬ 白皙通侯，指平西伯吴三桂。最少年，是年吴三桂三十二岁。二句写吴三桂在田畹席间属意圆圆。

⑭ 娇鸟，指圆圆。二句写吴三桂携圆圆出田家，圆圆希望与吴三桂相聚。

⑮ “恨杀”二句，写怀宗命吴三桂赴山海关，圆圆与三桂“苦留后约”。

⑯ “相约”二句，写圆圆未得与吴三桂相见，李自成军已进入北京。

⑰ 绿珠，晋石崇爱妾。绛树，三国魏歌女，见曹丕《与繁钦书》。“遍索”二句，写李自成军搜取圆圆。

⑱ 争得，怎能。蛾眉，指圆圆。“若非”以下七句，写吴三桂引清军入关，打败李自成，夺回圆圆。

⑲ 秦川，陕西平原。金牛道，从陕西沔县入四川的道路。斜谷，在陕西眉县西南。散关，即大散关，在陕西宝鸡西南大散岭上。“专征”以下四句，写圆圆随吴三桂军进入陕西。

⑳ 江乡，指圆圆的家乡。十度霜，即已过十年。教曲伎师，指原先教圆圆唱曲的伎师。浣纱女伴，指圆圆昔日的同伴。王维《西施咏》：“昔时浣纱伴，莫得同车归。”有人，即指圆圆。“传来消息”以下八句，写圆圆家乡人的感叹。

㉑ 一斛明珠，言圆圆的身价。宋人传奇《梅妃传》：杨贵妃进御，梅妃失宠，因而有怨，玄宗命封珍珠一斛赐妃。妃不受，以诗谢之，有“长门自此无梳洗，何必珍珠慰寂寥”句。十斗为一斛。“当时”以下四句，写圆圆自身的感受。

㉒ 错怨狂风飏落花，喻圆圆前一段遭受的凌辱。无边春色来天地，喻庆幸和吴三桂重新聚首。句仿杜甫《登楼》诗“锦江春色来天地”。

㉓ 倾国与倾城，《汉书·外戚传》：李延年侍汉武帝，起舞，歌曰：“北方有佳人，绝世而独立。一顾倾人城，再顾倾人国。宁不知倾城与倾国，佳人难再得！”周郎，三国吴周瑜。《三国志·吴书·周瑜传》注引《江表传》：“操公复书与权曰：‘赤壁之役，值有疾疫，孤烧船自退，横使周瑜虚得此名。’”此言吴三桂为圆圆而乞清师打败李自成，却由此获得为明复仇的重名。此实语含讥刺。然以周郎喻吴三桂，拟于不伦。

㉔ 全家白骨成灰土，指李自成杀吴家三十馀口。一代红妆照汗青，谓圆圆

却光照史册。汗青，古代用竹简记事，先火之使汗以便书写，故曰汗青；代指史册。

㉕ 馆娃，传为吴王夫差为西施所建宫名，故址在苏州灵岩山上。香径，采香径。屧廊，响屧廊。并传为西施遗迹。“君不见”四句，谓吴王夫差当日宠幸西施，后来吴国灭亡，宫殿荒凉。暗示圆圆未来的可悲结局。因圆圆是苏州人，故诗中多用西施故事。

㉖ 羽、宫，都属五音之一。古梁州，在陕西南部，治南郑。换羽移宫，词面上写吴三桂与圆圆歌舞享乐，暗喻世事沧桑。

㉗“尝闻”以下十四句，是作者的感喟和议论。吴三桂在南郑开藩，南郑濒临汉水上源。“为君别唱吴宫曲，汉水东南日夜流”，暗示事情正在发展，结局尚未可知。据孙旭《吴三桂始末》，谓清军下云南，圆圆自缢，印证了梅村预料的可悲结局。

★陈圆圆的命运，牵涉到明末清初的政局，虽然不是决定性的，但如果没有圆圆这一层周折，则清兵之入，李自成之败，将是另一种境况，另一个过程。而圆圆的身世又极富有戏剧性，因而当时许多文人，或文或诗，都写到她的故事，而以吴梅村此篇最为成功。如此吴梅村与《圆圆曲》也就成为一体，有如白居易之与《长恨歌》《琵琶行》，人与诗已不可分割。

陈圆圆的身世实极为可悲，作为绝代佳人，却只是姑苏“名妓”，而又为豪家“强载”；被献与宫廷，又夺归“永巷”，再闭“良家”；赠送给吴三桂之后，又只得“苦留后约”；之后又为闯强夺，直到清军进京，才与三桂重逢，后随大军西进川陕，颠簸道途。这只“娇鸟”实历尽折腾。吴梅村将这一代红颜的可悲遭遇，表现得淋漓尽致。而对吴三桂反复无常，为一女子不惜出卖家国引狼入室的可耻行径，进行了委婉而深刻的讽刺和鞭挞。

吴梅村是清代最具才华的诗人，《圆圆曲》是梅村的代表作。诗把这一极为曲折的故事，采取多种手法，倒叙插叙，且叙且评，议论深至，感慨万端，表现得无不得心应手。诗人多处采用顶针形式，平仄换韵，将前后内容勾连起来，结构既富于变化又甚严密，成为清初少有的七古名篇。“恸哭六军俱缟素，冲冠一怒为红颜”，更为普遍传诵的名句。

《圆圆曲》大约作于顺治八九年间，其时吴三桂还气焰熏天。如果过于指斥吴三桂，又怕惹恼清统治者，诗人不得不有所避忌，因而典故使用过多，表达亦不无隐讳，成为本诗的严重缺点。文学史家喜将《圆圆曲》与白居易《长恨歌》相比。其实《长恨歌》通体明白顺畅，即使不读《长恨歌传》，理解也无阻隔；而《圆圆曲》如果不将本事一一查对，就会处处障碍。因而两者仍远不能相提并论。

梅村《杂感》其十八云："武安席上见双鬟，血泪青娥陷贼还。本为君亲来故国，岂因女子下雄关？取兵辽海哥舒翰，得妇江南谢阿蛮。快马健儿无限恨，天教红粉定燕山！"（哥舒翰，唐玄宗武将，突厥人。《唐书》有传。谢阿蛮，唐天宝时舞妓。见《太真外传》。）沈德潜选之入《清诗别裁》，并注云："此《圆圆曲》缩本也。原本叙事拖沓，因取此篇。"沈德潜之说甚为荒诞。《圆圆曲》内容丰满，宛转回环，曲尽圆圆情事；而此所谓"缩本"极其简略，几至不知所云。《圆圆曲》为千古名篇，这个"缩本"微不足道；两者相形，不啻天渊之别。

悲歌赠吴季子[1]

人生千里与万里，黯然销魂别而已[2]，
君独何为至于此？
山非山兮水非水，生非生兮死非死！
十三学经并学史，生在江南长纨绮[3]。
词赋翩翩众莫比，白璧青蝇见排抵[4]。
一朝束缚去，上书难自理；
绝塞千山断行李[5]。
送吏泪不止，流人复何倚！
彼尚愁不归，我行定已矣。
八月龙沙雪花起，橐驼垂腰马没耳[6]。
白骨皑皑经战垒，黑河无船渡者几？
前伏猛虎后苍兕，土穴偷生若蝼蚁[7]。
大鱼如山不见尾，张鳍为风沫为雨。
日月倒行入海底，白昼相逢半人鬼。

嘻嘻乎悲哉，生男聪明慎勿喜[⑧]。
仓颉夜哭良有以，受患只从读书始[⑨]；
君不见，吴季子！

① 吴季子，即吴兆骞。清世祖顺治十六年己亥（1659）因科场案遣送宁古塔（今黑龙江宁安县），梅村赋诗送行。参见后吴氏小传。

② 黯然销魂别而已，语本江淹《别赋》“黯然销魂者，唯别而已矣”。

③ 纨绮，两种丝织品。长纨绮，生长于富贵人家。

④ 词赋翩翩，语本曹丕《与吴质书》“元瑜书记翩翩”，“仲宣长于辞赋”。翩翩，文采貌。白璧青蝇，喻清白而遭谗言诬害。语本陈子昂《宴胡楚真禁所》诗“青蝇一相点，白璧遂成冤”。

⑤ 行李，本意为使者。语出《左传》僖公三十年“行李之往来”。此用为行人、行客之意。

⑥ 龙沙，白龙堆沙漠，在今新疆境。《汉书·班超传赞》：“坦步葱雪，咫尺龙沙。”此代指黑龙江边境。八月飞雪，用岑参《白雪歌》“胡天八月即飞雪”句意。

⑦ 苍兕，野牛。土穴，周辉《南烬纪闻》：“北土极寒，必掘地作穴以居，深五七尺，昼夜伏其中。”

⑧ 生男聪明慎勿喜，语本《史记·外戚世家》褚先生曰：卫子夫立为皇后，天下歌之曰：“生男无喜，生女无怨。”

⑨ 仓颉，传为文字的发明者。《淮南子·本经》：“仓颉作书而天雨粟，鬼夜哭。”（仓颉作书而鬼夜哭，诗中简作“仓颉夜哭”辞不达意。）良有以，确有道理。以，因由，缘故。忧患只从读书始，语本苏轼《石苍舒醉墨堂》诗“人生识字忧患始”。

★孟森《心史丛刊·丁酉科场案》：“丁酉科场案，向来以吴兆骞之名而脍炙于世人之口。兆骞固才士，然《秋笳集》亦非有绝特足以不朽者在。其时以文字为吴增重者，实缘梅村一诗、顾梁汾两词耳。梅村于科场案中，赠陆庆曾有诗，赠孙承恩而及其弟旸亦有诗，顾皆不及其《悲歌赠吴季子》一首尤为绝唱。”吴兆骞因科场案受害而名重当时，然其成就实极为有限，孟森的评判作了非常正确的结论。

座主李太虚师从燕都间道北归，寻以南昌兵变，避乱广陵，赋呈二首[①]

风雪间关路，江山故国天。
还家苏武节，浮海管宁船[②]。
妻子惊还在，交朋泪泫然。
两京消息断，离别早经年[③]。

海内论知己，天涯复几人。
关山思会面，戎马涕沾巾。
宾客侯嬴老，诸生原宪贫[④]。
相看同失路，握手话艰辛。

① 座主，主考官。李太虚，即李明睿，字虚中，号太虚，南昌人。明万历末，李明睿与梅村生父吴琨字蕴玉同为太仓王屿云诸子塾师。时梅村尚在龆龄，亦随从受课，为李明睿所赏识。后李与王家因小隙争执，李负气出走，吴蕴玉追送十金以为归赀，附商船回南昌。明熹宗天启二年（1622），李明睿登进士第。几年之后，重过吴门，急询吴先生近状。时梅村已中乡试，明睿乃携以北上，为延誉京师。崇祯四年（1631），梅村即因明睿举荐，登进士第一，时年仅二十三岁。有人检举试闱有弊，即因李、吴原有师生之谊。幸遇思宗欣赏梅村，师生得以免祸。明亡后，李太虚流离险阻，浮海南归，隐居乡里。顺治二年（1645）四月，明左良玉病死九江，部将金声桓降清。顺治五年（1648）三月，金声桓又率部反清，占领南昌。李太虚避乱扬州，诗即作于其时。原作八首，选二首。

② 苏武节，汉武帝天汉二年（前99），苏武出使匈奴，被扣留。苏武坚贞不屈，在北海持汉节牧羊，艰苦卓绝，历十九年始得还汉。见《汉书·苏建传》。此以苏武比李太虚不肯仕清。馀详星评。管宁，字幼安，北海朱虚人，东汉末中原大乱，率家人渡海避乱辽东，在辽三十馀年。见《三国志·魏书·管宁传》。此以管宁喻李太虚泛海归来。

③ 两京，北京和南京。

④ 侯嬴，信陵君客。原宪，孔子学生。皆梅村自比。

★“还家苏武节”，李太虚与苏武完全不同，比拟已属不伦。十年之后，即顺治十五年，太虚又复出仕，官至礼部侍郎，“苏武节”云云更成“虚”话；李太虚，实有负这位天才弟子的颂扬。

野　望[①]

京江流自急，客思竟何依[②]。
白骨新开垒，青山几合围。
危楼帆雨过，孤塔阵云归。
日暮悲笳起，寒鸦漠漠飞。

① 顺治五年戊子（1648）作于镇江。
② 京江，长江流经镇江一段。

过韩蕲王墓[①]

丘垄今芜没，江山竟寂寥。
松风吹北固，碑雨洗南朝。
细路牛羊上，荒冈草木凋。
肯容樵竖扰，遗恨在金焦[②]！

① 韩蕲王，即韩世忠，字良臣，绥德（今陕西绥德）人。南宋抗金名将。先在河北抗击金军，后随宋高宗南下，升浙江制置使。建炎四年（1130），大败金兵于黄天荡，几陷金兀术于绝境。绍兴四年（1134），又在大仪重创金与伪齐联军。六年任京东淮东路宣抚处置使，开府楚州（今江苏淮安），力图恢复。因上疏反对和议，绍兴十一年被召回临安，授枢密使，解除兵权。曾以岳飞冤案面诘秦桧，所言都不被采纳，乃自请解职，闭门谢客。绍兴二十一年去世。孝宗时追封蕲王，谥忠武。见《宋史·韩世忠传》。韩蕲王墓在江苏吴县灵岩山西麓。

② 肯容，岂肯容。金焦，金山、焦山，并在镇江城北江中。宋高宗建炎四年，韩世忠驻守镇江。金兀术南侵，韩世忠伏兵金山，截断金军归路，围困金兀术于黄天荡。韩夫人梁红玉在金山上擂鼓督战，大败金兵。后因宋军配合有误，兀术得以脱逃。“遗恨”即在于此。

过吴江有感①

落日松陵道，堤长欲抱城②。
塔盘湖势动，桥引月痕生③。
市静人逃赋，江宽客避兵。
廿年交旧散，把酒叹浮名④！

① 吴江，在江苏南部，面临太湖。诗作于康熙七年（1668）。

② 松陵，陈沂《南畿志》：“吴江，本吴县之松陵镇，后析吴江县。”堤，《大清一统志》：“长堤在吴江县东，宋庆历二年以松江风涛，漕运多败船，遂起松陵长堤，界于江湖之间。明万历十三年重筑，长八十三里。”

③ 塔，吴江东门外方塔，高七级十三丈。宋元祐时建。桥，松江上垂虹桥，凡七十二孔，长百馀丈。

④ 廿（niàn），二十。

★“廿年交旧散，把酒叹浮名”，清兵南下至梅村作此诗凡二十三年，其间梅村的老友，或以身殉国，或奔走四方，或隐伏山林，“散”字内涵丰富。而梅村为“浮名”所误，出仕清廷，诗中实深表惭恨。诗作于康熙七年（1668），时梅村已年近花甲。

梅　村①

枳篱茅舍掩苍苔，乞竹分花手自栽。
不好诣人贪客过，惯迟作答盼书来②。
闲窗听雨摊诗卷，独树看云上啸台。
桑落酒香卢橘美，钓船斜系草堂开③。

① 梅村，在太仓县东，本明吏部侍郎王士骐贲园，吴伟业拓而新之，改名梅村，并自以为号。诗作于崇祯十七年（1644），未几而明亡。

② 盼，一作“爱”。

③ 桑落，酒名。杜甫《九日杨奉先会白水崔明府》诗：“坐开桑落酒，来把菊花枝。”卢橘，即枇杷。

追 悼①

秋风萧索响空帏，酒醒更残泪满衣。
辛苦共尝偏早去，乱离知否得同归②？
君亲有愧吾还在，生死无端事总非③。
最是伤心看稚女，一窗灯火照鸣机④！

① 追悼，此梅村悼亡妻郁氏之作。

② 同归，谓“死则同穴”之意。句意谓乱离瘼矣，未知身死何方，“同归”与否，亦未可知。

③ “君亲有愧”二句，谓宗国沦亡，自己未能死节，有愧君亲。而今君不在，亲不在，妻子也倏然离去，只馀一己尚存；生死无端，觉人生事事皆非。

④ 鸣机，指妻子用过的织机。织机使用时发出响声，故称鸣机。

★明思宗崇祯四年（1631），梅村应会试第一，思宗亲自批阅考卷，并特赐归里完娶。自是梅村平生最大恩荣。梅村夫妻情笃，生活和谐美满。随后经历国变，夫妇逃亡流窜，颇历艰辛。顺治四年（1647）郁氏不幸去世，夫妇濡沫相依一十六年。梅村悼诗，固深怀孤鸿失侣之悲，更寄寓无限君国沦亡之痛。

自 叹①

误尽平生是一官，弃家容易变名难②。
松筠敢厌风霜苦，鱼鸟犹思天地宽。

鼓枻有心逃甫里，推车何事出长干[③]。
旁人休笑陶弘景，神武当年早挂冠[④]。

①顺治十年（1653）四月，由江南总督马国柱与吴氏姻亲陈之遴交章推荐，清廷召梅村赴京。梅村被迫应召，诗即作于其时，自写其无可奈何的心曲。

②误尽平生是一官，意谓如果不因为做过官得到声名，就不至有征召之事。故下句云“弃家容易变名难”。

③甫里，今江苏吴县角（lù）直镇。晚唐诗人陆龟蒙隐居于此，自号甫里先生。推车，《易林》：“推车上山，高仰重难。”梅村被迫北上，正有“高仰重难”之感。长干，即长干里，在今南京中华门外。此代指南京，梅村应召自南京北上。

④陶弘景，字通明，丹阳秣陵人。齐高帝引为诸王侍读，除奉朝请。齐武帝永明十年（492）脱朝服挂神武门，上表辞禄，隐居句容茅山，自号华阳隐居。后梁武帝每有吉凶征讨大事，仍派人前往咨询，时人号为山中宰相。《南齐书》《南史》并有传。诗意谓陶弘景虽深处山中仍过问世事，但毕竟已挂冠归隐。自己却被迫应召，较之陶弘景亦深愧不如。

台　城[①]

形胜当年百战收，子孙容易失神州[②]。
金川事去家还在，玉树歌残恨未休[③]。
徐邓功勋谁甲第，方黄骸骨总荒丘[④]。
可怜一片秦淮月，曾照降幡出石头[⑤]！

①台城，三国吴后苑城，东晋成帝时改建名建康宫，为皇宫和台省所在地，故址在今南京鸡鸣山南乾河沿北。洪迈《容斋随笔》：“晋宋后朝廷禁省为台，故称禁城为台城。”南京为明太祖都城，明成祖夺取政权后移都北京，南京仍留有一套机构，称为留都。李自成陷北京思宗自缢后，朱由崧又在南京建立短命的弘光朝。顺治十年（1653）梅村赴京前曾到南京，此诗与《功臣庙》《秣陵口号》皆作于其时。

②“形胜”二句，谓明太祖当年经艰难百战取得政权，建都南京，子孙却轻易失掉。崇祯十七年李自成陷北京，明朝灭亡。顺治二年清兵攻占南京，南

明弘光朝亦告覆灭。

③金川，金川门，南京城北门，北临大江，形势险要。洪武三十一年（1398）明太祖去世，长孙朱允炆即位，是为建文帝。建文四年（1402）燕王朱棣兴“靖难”师，由金川门攻陷京师，夺取帝位，是为明成祖。句意谓金川门虽被攻陷，但明王朝仍在。玉树，南朝陈后主纵情声色，曾作《玉树后庭花》曲，荒于国政，终致灭亡。此以陈朝之亡喻南明倾覆。未，一作“怎”。

④徐邓，徐达、邓愈。徐达，明初名将，明太祖攻灭张士诚，北上灭元，以之为大将军。洪武元年攻克大都，平定北方。官至中书右丞相，封魏国公，死后追封中山王。邓愈，明初功臣，抵御并攻灭陈友谅，卓著功勋。累官江西行省参政。洪武初进位右柱国，封卫国公。死后封宁河王。方黄，方孝孺、黄子澄。方孝孺为惠帝侍讲学士。燕王攻陷南京，命方孝孺草登基诏书，方坚决抗拒，被杀害，葬南京中华门外聚宝山。黄子澄为惠帝太常寺卿，向惠帝进削藩建议，后亦为明成祖所杀，葬江苏昆山县马鞍山。

⑤石头，即石头城，在南京清凉山上。降幡出石头，晋武帝太康元年（280），命龙骧将军王濬伐吴，攻下建业，吴主孙皓出降。刘禹锡《西塞山怀古》诗：“千寻铁锁沉江底，一片降幡出石头。”此实指南明之亡。顺治二年五月，清军攻下南京，弘光帝出走，勋戚大臣皆迎降。

功臣庙[①]

画壁精灵间气豪，鄂公羽箭卫公刀[②]。
丹青赐额丰碑壮，棨戟传家甲第高[③]。
鹿走三山争楚汉，鸡鸣十庙失萧曹[④]。
英雄转战当年事，采石悲风起怒涛[⑤]！

①功臣庙，惠栋《渔洋精华录训纂》：“洪武二年乙酉，立功臣庙于鸡鸣山，论功列祀二十一人。命死者塑其像，生者虚其位。”所祀功臣，正殿为魏国公徐达，后追封中山王；鄂国公常遇春，后追封开平王；曹国公李文忠，后追封岐阳王；卫国公邓愈，后追封宁河王；中山侯汤和，后追封东瓯王；西平侯沐英，后追封黔宁王。西序为越国武庄公胡大海、梁国公赵德胜、巢国武壮公华高、虢国忠烈公俞通海、江国襄烈公吴良、安国忠烈公曹良臣、黔国威毅公吴复、燕山忠愍侯孙兴祖；东序为郢国公冯国用、西海武庄公耿再成、济国公丁德兴、蔡国忠毅公张德胜、海国襄毅公吴桢、蕲国武义公康茂才、东海郡

公茅成。

② 精灵，犹神灵，指壁画功臣像。间（jiàn）气，天地之间的灵气，诗中用为气概之意。《太平御览》卷三百六十引《春秋演孔图》："正气为帝，间气为臣。"鄂公，即常遇春，初封鄂国公。卫公，即邓愈，初封卫国公。取二人形象作为功臣像的代表。句仿杜甫《丹青引》"凌烟功臣少颜色，将军下笔开生面。良相头上进贤冠，猛将腰间大羽箭。褒公鄂公毛发动，英姿飒爽来酣战"。

③ 丹青赐额，明太祖曾为徐达"治甲第，表其坊曰大功"。见《明史·徐达传》。棨戟，指仪仗。

④ 鹿走三山，此由逐鹿中原引发。典出《汉书·蒯通传》"秦失其鹿，天下共逐之"。三山，在南京西南，代指南京。元至正二十年（1360）正月，陈友谅称帝，国号汉，约张士诚合攻集庆（南京）。朱元璋大败陈友谅，为后来胜利奠定基础。争楚汉，楚项羽与汉刘邦争夺天下，代指元末群雄争战。鸡鸣十庙，明初南京鸡鸣山（又名鸡笼山）下原立十庙，祀北极真武祖师、道林真觉普济禅师宝誌、都城隍、祠山广惠张王渤、五显灵顺；汉秣陵尉忠烈公蒋子文、晋咸阳忠贞公卞壶、宋济阳武惠王曹彬、南唐忠肃王刘仁瞻、元卫国忠肃公福寿（所祀极为混乱，既有民间传说的神、又有古代的和尚和不尽相同的历史人物）。加上明功臣庙为十一庙。诗中"鸡鸣十庙"实指功臣庙。失萧曹，谓明初诸臣功业超过汉初萧何、曹参。语本杜甫《咏怀古迹》诗"指挥若定失萧曹"（杜诗"指挥若定失萧曹"文从字顺，"鸡鸣十庙失萧曹"则不甚顺畅）。

⑤ 采石，矶名，在安徽当涂西长江东岸，地势险要。元至正十五年（1355）六月，朱元璋率军自采石渡江。元军据险顽抗。船靠近矶石，常遇春一跃而上，挥戈奋战，大败元军。

秣陵口号[①]

车马垂杨十字街，河桥灯火旧秦淮[②]。
放衙非复通侯第，废圃谁知博士斋[③]？
易饼市傍王殿瓦，换鱼江上孝陵柴[④]。
无端射取原头鹿，收得长生苑内牌[⑤]。

① 秣陵，南京别称，秦改楚金陵邑为秣陵。

② 河桥，指南京城内镇淮桥，横跨秦淮河，两岸为南京繁华之地。

③ 通侯第，原注："中山赐宅改作公署。"中山赐宅，明太祖赐中山王徐

达第宅。博士斋，指国子监。梅村于崇祯十二年（1639）曾任国子监司业。

④ 孝陵，明太祖陵，在南京钟山南麓。二句谓人们以王殿之瓦、孝陵之柴易饼换鱼。

⑤ 长生苑，即明孝陵鹿苑。鹿颈挂有银牌，不得猎杀。陈文述《秣陵集》记载："孝陵之建，有松十万株，长生鹿千；今则林木仅有存者，鹿亦杳不可见，陵户间有收得银牌者耳。"

江城别幼弟孚令①

野色沧江思不穷，登临杰阁倚虚空。
云山两岸伤心里，雨雪孤城泪眼中。
病后生涯同落木，乱来身计逐飘蓬。
天涯兄弟分携苦，明日扁舟听晓风！

① 顺治十年（1653）梅村晋京，秋天到达镇江，其三弟吴伟光字孚令送别于镇江城北之北固楼，梅村赋诗留别，渡江北上。

扬　州①

叠鼓鸣笳发棹讴，榜人高唱广陵秋。
官河杨柳谁新种，御苑莺花岂旧游？
十载西风空白骨，廿桥明月自朱楼②。
南朝枉作迎銮镇，难博雷塘土一丘③！

① 此亦顺治十年梅村北上过扬州时作。

② 十载：顺治二年（1645）五月，史可法死守扬州，清兵破城后大肆屠杀，"扬州十日"，杀数十万人，扬州为之一空。梅村经过时上距扬州屠城将近十年，空城凄惨，白骨累累。廿四桥：扬州二十四桥最为名胜，杜牧有"二十四桥明月夜"之句。

③ 南朝，代指南明弘光朝。迎銮镇，《十国春秋·吴睿帝本纪》：顺义四年十月，吴王（杨溥）"如白沙观楼船，太学博士王縠上书请改白沙为迎銮……王命更其名曰迎銮镇"。地即今江苏仪征真州镇。明崇祯十七年即顺治元年（1644）

三月李自成入北京，思宗自缢。四月，凤阳总督马士英伙同黄得功、刘良佐发兵送福王至仪真（今仪征），史可法被迫迎立，建立南明，是为弘光帝。明代仪真属扬州府。雷塘，在今江苏江都县北。隋炀帝游江都，后为禁军将领宇文化及所缢杀，葬于雷塘。顺治二年（1645）五月，清军下南京，弘光帝西逃芜湖，旋被清军俘获，至北京被杀。隋炀帝无道，还得葬身雷塘。罗隐《炀帝陵》诗云："君王忍把平陈业，只换雷塘数亩田。"南明空有迎銮一举，弘光帝被虏北去，连隋炀帝也不如。

过淮阴有感①

登高怅望八公山，琪树丹崖未可攀②。
莫想阴符遇黄石，好将鸿宝驻朱颜③。
浮生所欠只一死，尘世无由识九还④。
我本淮王旧鸡犬，不随仙去落人间⑤。

① 淮阴，本诗以淮南王故事为依托，诗中又明言"望八公山"，淮南王刘安都于寿春邑，在安徽寿县，八公山在寿县城北五里，因之"淮阴"应为淮水之阴，而非指江苏淮阴。

② 八公山，据传淮南王有客八公，能炼丹化金，后随刘安白日登天，见《水经·淝水注》。八公山上有淮南王庙。琪树，玉树。孙绰《游天台山赋》："琪树璀璨而垂珠。"丹崖，《晋书·宋纤传》："丹崖千丈，青壁千寻。"

③ 阴符，《阴符经》，兵书名。遇黄石，秦末张良游下邳圯上，遇一老父授以《太公兵法》，曰："读此则为王者师矣。后十年兴。十三年孺子见我济北，谷城山下黄石即我矣。"见《史记·留侯世家》。后人因称此老父为黄石公。句中阴符即代指黄石所授兵法。鸿宝，淮南王有《枕中鸿宝苑秘书》，言神仙之术。见《汉书·刘向传》。

④ 九还，道家有九转还丹，据传要还炼九次方能成丹。

⑤ 淮王旧鸡犬，《神仙传》："淮南王好道，白日升天。时药置庭下，鸡犬舐之，尽得升天。"（按，西汉刘安袭父爵为淮南王，崇尚道家，招致宾客方术之士，著《淮南子》。汉武帝元狩元年（前122）谋反，事发被迫自杀。见《汉书·淮南王传》。《神仙传》云云，只是传说，实属无稽。）

★吴梅村与淮南王故事无任何关系，"我本淮王旧鸡犬"只是因地起兴，

由鸡犬随淮南王升天引起联想，淮南也就成了朱明王朝或崇祯皇帝的托喻。梅村深痛自己未能死节，又被迫忝颜应召。诗中充分表现了这种悔恨莫名的心境。其《病中》诗云："忍死偷生廿载馀，而今罪孽怎消除？受恩欠债须填补，纵比鸿毛也不如！"可以作为"浮生所欠只一死"最好的注脚。

怀古兼吊侯朝宗①

河洛风烟万里昏，百年心事向夷门②。
气倾市侠收奇用，策动宫娥报旧恩③。
多见摄衣称上客，几人刎颈送王孙④？
死生总负侯嬴诺，欲滴椒浆泪满樽⑤！

① 怀古，此借凭吊侯嬴以抒感慨。侯朝宗，即侯方域（1618—1655），字朝宗，少与方以智、陈贞慧、冒襄齐名，称"明季四公子"，为复社中坚人物，颇著声望。明亡后方以智遁迹佛门，陈贞慧、冒襄皆隐居不仕，朝宗却于顺治九年（1652）应河南乡试，中副榜，大节不终。侯朝宗与侯嬴同姓，侯嬴为战国时大梁夷门监者。大梁在今开封。侯朝宗为河南商丘人，商丘在西汉亦称为梁，故梅村将两者联系起来，凭吊侯嬴而兼吊侯朝宗。

② 夷门，魏都大梁城东门。战国时魏信陵君"仁而下士，士无贤不肖，皆谦而礼交之"。魏有隐士曰侯嬴，年七十，家贫，为大梁夷门监者。信陵君知其贤，大会宾客，亲往迎侯嬴，执礼甚恭。魏安釐（xī）王二十年，秦军围赵邯郸。信陵君姐为赵平原君夫人，平原君求救于魏。魏安釐王使将军晋鄙率十万大军屯邺，观望不前。侯嬴为信陵君画策，以信陵君有恩于安釐王所幸如姬，请如姬于王卧内盗得兵符。信陵君持符如晋鄙军。侯嬴又荐隐于市中屠者朱亥，若晋鄙不肯让信陵君领军，则使朱亥击杀之，然后率军救赵。信陵君从其计，盗得兵符，以朱亥随行。侯嬴送别信陵君，相与约定，度信陵君至军，即"北向刎颈，以送公子"。见《史记·信陵君列传》。

③ 气倾市侠，信陵君往迎侯嬴，入市，"侯生下见其客朱亥，俾倪故久立，与其客语，微察公子"。后朱亥为击杀晋鄙，夺取魏军，为"收奇用"。策动宫娥，指请如姬盗窃兵符。

④ 摄衣，提起衣襟。信陵君"自迎夷门侯生，侯生摄敝衣冠，直上载公子上坐，不让，欲以观公子，公子执辔愈恭"。刎颈，侯嬴送信陵君后刎颈自杀。

"多见"二句虽仍用侯嬴故事，然已切入现实，谓如今摄衣为上客者多，而如侯嬴刎颈信守诺言者少；指当时许多士人已变节投降。

⑤"死生"二句，梅村自注："朝宗，归德人，贻书约终隐不出，余为世所逼，有负宿诺，故及之。"死，指侯朝宗；生，作者自指。侯朝宗曾致书吴伟业，劝其不仕清朝，相约终隐不出。但顺治九年（1652），朝宗本人却应河南乡试，明年梅村也应召赴京。两年后朝宗终抑郁以死，时梅村尚在京师，自觉死者生者都有负往日诺言，不胜伤悲感慨。梅村自注只提自己"有负宿诺"，诗中实兼死者、生者并言之。

★将怀古与悼念友人揉合在一起，对故友的怀思与微讽，自身的愧赧和惭恨，思绪如此之纷繁复杂，而表达又恁般委婉称情，诚不愧大家手笔。情感只要真挚，纵然是悔恨亦弥足感人。

采石矶①

石壁千寻险，江流一矢争。
曾闻飞将上，落日吊开平。

①采石矶，在安徽当涂西长江东岸。原名牛渚矶，三国吴更名采石矶。明初开国名将常遇春曾于此大破元军。《明史·常遇春传》："兵薄牛渚矶，元兵陈矶上，舟距岸且三丈馀，莫能登。遇春飞舸至，太祖麾之前，遇春应声奋戈直前，敌接其戈，乘势跃而上，大呼跳荡，元军披靡；诸将乘之，遂拔采石，进取太平。"常遇春，字伯仁，安徽怀远人。善射，有勇力。元末入朱元璋军。朱元璋灭张士诚，北上灭元，遇春为副将军，与大将军徐达共同领军，多立战功。自言能以十万众横行天下，军中号称常十万。洪武二年（1369）与李文忠攻克开平（今内蒙古境），还师时暴病身亡。年仅四十。后追封开平王。

萧　何①

萧相营私第，他年畏势家②。
岂知未央殿，壮丽只栖鸦③！

① 萧何，汉高祖刘邦主要辅佐大臣，佐刘邦灭秦定天下，为历史上有数的名相。见《史记·萧相国世家》。

② “萧相”二句，《萧相国世家》：“何置田宅必居穷处，为家不治垣屋。曰：‘后世贤，师吾俭；不贤，毋为势家所夺。’”

③ 未央殿，西汉长安主要宫殿，汉高祖八年（前 199）萧何主持修建。故址在今西安西北郊，汉长安故城西南隅。《史记·高祖本纪》：“萧丞相营作未央宫，立东阙、北阙、前殿、武库、太仓。高祖还，见宫阙壮甚，怒，谓萧何曰：‘天下匈匈苦战数岁，成败未可知，是何治宫室过度也？’萧何曰：‘天下方未定，故可因遂就宫室。且夫天子以四海为家，非壮丽无以重威，且无令后世有以加也。’高祖乃说。”

临清大雪[①]

白头风雪上长安，裋褐疲驴帽带宽[②]。
辜负故园梅树好，南枝开放北枝寒[③]！

① 临清，今属山东。顺治十年（1653）冬，梅村应清廷召晋京北过临清。

② 白头，是年吴梅村四十四岁，实尚未白头。长安，代指北京。裋褐（shù hè），粗陋布衣。

③ “南枝”句，《六帖》：“庾岭上梅花，南枝已落，北枝方开，寒暖之侯异也。”此用其语。吴梅村家乡不涉庾岭，也不存在南枝开放北枝寒的事实，此用以寓其恋恋南方不愿北行之意。

阻　雪

关山虽胜路难堪，才上征鞍又解骖[①]。
十丈黄尘千尺雪，可知俱不似江南[②]！

① 骖，古代驾车两旁的马曰骖，此即指马。

② 可知，犹言谁可知。是感叹语气，有点出乎意外之感。

★此与《临清大雪》为同时之作，实比前一首更为深微。诗似全系白描，其实全诗皆是象征。路难堪者，非特道路之难，此行迫于奉命之难也。

"才上征鞍又解骖"，可见其犹豫之状。隐伏江南，则可保全名节，而今马首北行，"十丈黄尘千尺雪"，前路实甚艰危，一生操节声名，从此沦入深渊；"可知俱不似江南"，实怀伤无限，非平常泛泛语也。

送友人出塞①

鱼海萧条万里霜，西风一哭断人肠②。
劝君休望令支塞，木叶山头是故乡③！

①友人，梅村自注："吴兹受，松陵人。"吴兹受，即吴晋锡，明思宗崇祯十三年（1640）进士，曾任永州推官。晋锡为吴兆骞之父。顺治十六年（1659）吴兆骞因科场案遣戍宁古塔，晋锡亦株连受祸，一道流放塞外。

②鱼海，即今中蒙交界处之贝尔湖。西风一哭；面对西风一哭。

③令支塞，在今河北滦县境。木叶山，在今辽宁西北西拉木伦河与老哈河汇合处。

古　意

玉颜憔悴几经秋，薄命无言只泪流①。
手把定情金合子，九原相见尚低头②。

①薄命无言，《左传》庄公十四年：楚文王闻息妫美，"遂灭息，以息妫归，生堵敖及成王焉。未言，楚子问之。对曰：'吾一妇人而事二夫，纵弗能死，其又奚言！'"

②九原，犹言地下，指死后。语本《礼记·檀弓》"赵文子与叔誉观乎九原"。九原，晋国卿大夫墓地。顾炎武《日知录》："九京，即九原也。指其冢之高则曰京，指其地之广则曰原。"

★古意六首，此其四。张尔田《遁堪书题》谓"为世祖废后博尔济克氏作。后于顺治十年八月降静妃，改居侧室"。裘毓磨《清代轶闻》谓为清世祖董鄂妃作，又传董鄂妃实即冒辟疆妾董小宛；并指实"手把定情金合子，九原相见尚低头"，盖谓妃自伤改节，愧对辟疆也。李慈铭《越缦堂诗

话》言“或谓为摄政王（多尔衮）取肃武亲王妃而作”。但李慈铭并不相信，故接着说，“然诗旨不似言朱邸也。疑章皇（清世祖）崩后嫔御有出嫁之事。年代已远，国史又讳之，莫得而详。后来世俗悠谬之谈，遂从此出，君子所不道焉。”——梅村诗肯定有本事，但梅村没有说明，猜测就没有意义。本篇用息夫人故事，即作咏息夫人诗甚为精采。

伍员[1]

投金濑畔敢安居，覆楚奔吴数上书[2]。
手把属镂思往事，九原归去愧包胥[3]。

①伍员，字子胥，春秋楚人。父伍奢及兄伍尚为楚平王所杀，子胥奔吴，帮助吴公子光杀吴王僚。公子光立，是为吴王阖闾，以伍员为行人，与谋国事。阖闾九年，伍员与孙武率吴军伐楚，大败楚军，入郢。时楚平王已死，子昭王立。伍员掘楚平王墓，鞭其尸三百以泄愤。后秦兵救楚，吴军乃归。阖闾十九年伐越，为越王勾践所败，受伤致死。子吴王夫差立。夫差二年伐越，败越于夫椒。越王勾践请和，夫差许之，伍员多次谏争，不许越和，夫差不听。后夫差听信谗言，赐伍员属镂之剑，逼令自杀。见《史记·伍子胥列传》。

②投金濑，伍子胥奔吴，乞食溧阳。“见一女子击絮于濑水之中。子胥曰：‘岂可得托食乎？’女子曰：‘诺。’即发箪饭，清其壶浆而食之。子胥食已而去，谓女子曰：‘掩尔壶浆，勿令之露。’子胥行五步，还顾，女子自纵于濑水之中而死。”后子胥思所以报女，乃投金于濑。其地因名投金濑。见《越绝书》。覆楚，谓倾覆楚国。数上书，指为使吴王夫差戒备越王而多次谏争（奔吴在前，覆楚在后，与数上书更非一事。诗语表达有严重疵病。“奔吴”一作“亡吴”，与“数上书”联系较紧，表达亦不确切。且史称子胥数谏吴王，未有数上书之事，此想当然耳）。

③属镂，剑名，夫差赐子胥属镂之剑令自杀。包胥，申包胥，楚人，与伍员为友。伍员出亡，谓包胥曰：“我必覆楚。”包胥曰：“我必存之。”及伍员领吴军入郢，掘楚平王墓。申包胥乃求救于秦，秦不许。包胥立秦廷，昼夜哭，七日七夜不绝。秦哀公怜之，乃发兵救楚。见《伍子胥列传》。愧，一作“遇”，非是。愧包胥者，有愧于包胥也。

★“敢安居”、“数上书”，都有拼凑之嫌。“手把定情金合子，九原相

见尚低头”与“手把属镂思往事，九原归去愧包胥”，表现手法相同。大诗人手段亦自有限。

一舸[①]

霸越亡吴计已行，论功也合赏倾城[②]。
西施亦有弓藏惧，不独鸱夷变姓名[③]。

① 梅村有《戏题仕女图》十二首，《一舸》与下一篇《出塞》为其中二首。舸，船。此题西施与范蠡泛舟图。词语取自杜牧《杜秋娘诗》“西子下姑苏，一舸逐鸱夷”。西施传为春秋时越国美人。《左传》《国语》和《史记》吴越世家皆无西施其人，在《孟子》《管子》《尸子》《庄子》《荀子》等书中乃有西施，传为美人典型，但与吴越斗争无涉。到东汉赵晔《吴越春秋》才有越国献西施于吴王故事，然亦甚简略。又到袁康《越绝书》、唐陆广微《吴地记》乃有范蠡辅佐越王勾践欲报吴国之仇，将苎萝山美女西施献与吴王夫差。夫差宠幸西施，荒于国政，越王勾践得乘隙灭吴。吴亡之后，范蠡携西施泛舟五湖而去。

② 倾城，指美人。参见《圆圆曲》注。也合，一作“何物”似非。

③ 弓藏惧，范蠡与文种共同辅佐越王勾践，使越灭吴称霸。功成之后，范蠡遂去。自齐遗文种书曰：“飞鸟尽，良弓藏；狡兔死，走狗烹。越王为人长颈鸟喙，可与共患难，不可与共乐，子何不去？”文种不听，后勾践果杀文种。见《史记·越王勾践世家》。鸱夷，范蠡去越以后“乃乘扁舟，浮于江湖，变名易姓，适齐，为鸱夷子皮”。诗意谓勾践灭吴，西施亦有功，若不出逃，恐亦为勾践所忌。

出塞[①]

玉关秋尽雁连天，碛里明驼路几千[②]？
夜半李陵台上月，可能还似汉宫圆[③]？

① 出塞，此题昭君出塞图。《后汉书·南匈奴列传》：“昭君，字嫱，南郡人也。初，元帝时，以良家子选入掖庭。时呼韩邪来朝，帝敕以宫女五人赐之。昭君入宫数岁，不得见御，积悲怨，乃请掖庭令求行。呼韩邪临辞大会，帝召五女以示之。昭君丰容靓饰，光明汉宫，顾景裴回，竦动左右。帝见大惊，意

欲留之，而难于失信，遂与匈奴。”昭君远嫁南匈奴，为呼韩邪单于稽侯珊之阏氏，时在汉元帝竟宁元年。呼韩邪单于死，又从胡俗，再嫁呼韩邪大阏氏长子复株累单于雕陶莫皋。

② 玉关，玉门关，在今甘肃西部。昭君所嫁之南匈奴在今山西、内蒙古，与玉关相距甚远。诗中代指边塞。碛（qì），沙漠。

③ 李陵台，《旧唐书·地理志》：“云中都护府燕然山有李陵台。”李陵，李广之孙，为骑都尉，汉武帝天汉二年（前99）率兵击匈奴，兵败投降。见《史记·李将军列传》。可能，岂可能，怎可能。月亮之圆在哪儿都是一样的，而李陵台上月“可能还似汉宫圆”，纯是一种主观感觉：李陵投降敌国，有失臣节；昭君远适异域，或亦有失身之感。实委婉地反映出诗人自身的心态。

李雯

李雯（1608—1647），字舒章，江南华亭（今上海）人，明末诸生。清世祖顺治初，留滞京师，龚鼎孳等荐其才可用，授中书舍人。舒章诗文词俱佳，多尔衮致史可法书即出其手。少与陈子龙、宋征舆齐名，称“云间三子”，倡几社，以古学相砥砺。陈、李先合刻《陈李倡和集》，清初宋征舆又参入汇刻《云间三子合编》，因称云间派。云间诗承明七子派馀绪，推崇盛唐，以陈子龙为巨擘，李、宋为其羽翼。顺治四年五月，陈子龙壮烈殉国，时舒章刚治父丧后北行，忧愧交加，至京师亦卒，年四十。有《蓼斋集》。

旅思

家国今何在？飘零事日非①。
依人羁马肆，乡梦忆牛衣②。
有泪吟庄舄，无书寄陆机③。
鹧鸪真羡尔，羽翼向南飞④。

① 家国今何在，句仿杜甫《春望》诗“国破山河在”。

② 羁马肆，萧统《陶渊明传》：“刺史檀韶苦请续之出州，与学士祖企、谢景夷三人共在城北讲礼，加以雠校。所住公廨，近于马队。”陶渊明《示周续之、祖企、谢景夷三郎，时三人共在城北讲礼校书》诗：“马队非讲肆，校书亦以勤。”忆牛衣，《汉书·王章传》：“初，章为诸生，学长安，独与妻居。章疾病，无被，卧牛衣中；与妻诀，涕泣。”王先谦补注引《演繁露》：“牛衣，编草使暖，以被牛体，盖蓑衣之类。”

③ 吟庄舄（xì），《史记·张仪列传》：“越人庄舄，仕楚执珪，有顷而病。

楚王曰：'舄，故楚之鄙细人也，今仕楚执珪，贵富矣，亦思越不？'中谢对曰：'凡人之思故，在其病也，彼思越则越声，不思越则楚声。'使人往听之，犹尚越声也。"陆机，三国吴丞相陆逊之孙、大司马陆抗之子，吴亡之后，与弟云闭门读书十年，后一起入洛阳。"羁寓京师，久无家问"。尝笑问其犬曰："我家绝无书信，汝能赍书取消息不？"犬摇尾作声。机乃为书，以竹筒盛之，而系其颈。犬寻路南走，遂至其家，得报还洛。见《晋书·陆机传》。"吟、寄"二字皆谓语前置。二句意谓有泪如庄舄之吟楚声，却不能如陆机之寄家信。此种句法实古诗中偶有之疵病。

④"鹧鸪"二句，原注："怀南之鸟，初出必南飞也。"

★李舒章早岁与陈子龙齐名，清朝入主中原，子龙坚持抵抗，而舒章忝颜出仕，衷怀悔恨。诗似是羁旅之思，实深怀家国之恨。顺治四年（1647），陈子龙壮烈殉国，舒章亦衔恨去世；同一死也，而有泰山鸿毛之异。据说李舒章降清后，请假南归过淮上，故人万寿祺着僧服见。舒章望之泣曰："李陵之罪，上通于天矣！"同时人吴骐《书李舒章诗后》云："胡笳曲就声多怨，破镜诗成意自惭。庾信文章真健笔，可怜江北望江南！""庾信文章真健笔"，李舒章不够资格；"可怜江北望江南"，确道着了舒章心事。

冒 襄

冒襄（1611—1693），字辟疆，号巢民，又号朴巢，江苏如皋人。明崇祯十五年壬午（1642）副贡。与桐城方以智、阳羡陈贞慧、商丘侯方域参加复社，称“明季四公子”。明亡居如皋水绘园，时与江南文士作诗酒之会。康熙三十二年卒，年八十三。有《水绘园诗文集》。

赠柳敬亭①

忆昔孤军鄂渚秋，武昌城外战云愁②。
如今衰白谁相问，独对西风哭故侯③。

①柳敬亭，本姓曹，名逢春，以避仇变姓名，维扬（今扬州）人。明末著名说书艺人。曾入武昌左良玉幕，明亡后流落江南，以说书糊口。与唱曲家苏昆生齐名，吴梅村为作《楚两生行》。孔尚任以苏、柳作为具有民族气节的艺人写入《桃花扇》。

②鄂渚，即指武昌。

③故侯，指左良玉。左良玉（1599—1645），字昆山，明末山东临清人。初在辽东与清军作战，后在镇压农民军战争中升为大帅，封宁南伯，进侯爵，驻武昌。南明弘光政权建立，马士英等执政，朝政腐败。弘光元年（1645），左良玉以“清君侧”为名，率军东进，至九江病逝，大军溃散。子左梦庚率残部降清。诗赠柳敬亭，并吊左良玉，实不胜故国沧桑之感。

张文光

张文光，字谯明，河南祥符（今开封）人。明思宗崇祯元年戊辰（1628）进士。入清官至按察副使。有《斗斋诗》。

登汴城角楼[1]

落日下层城，苍然远树平。
乱云连岳碧，野火隔江明。
狐兔盘深窟，蒹葭冷旧京。
中原形胜地，画角起边声！

① 汴城，今河南开封，为五代梁、晋、汉、周、北宋与金都城。

送吴六益诗人南归

尽此一杯酒，悠悠无限情。
秋匀千树色，日落大河声。
天地留风雅，衣冠老杜蘅[1]。
前途谁共语，孤剑自长鸣。

① 风雅，风流儒雅。杜蘅，香草名。《楚辞·离骚》："畦留夷与揭车兮，杂杜蘅与芳芷。"此代指高士隐居的草野。虽是草野，却甚芳香，实寓赞扬之意。二句谓天地间尚留此风雅之士，然仍是平民，且年华老去。

怀李龙衮

天高野戍雁声长，月满边城海雾黄。
别后几时双涕泪，殊方经岁半冰霜[①]。
自甘白髮为迁客，谁道青山非故乡。
迢递梦魂千万里，思君一夜到龙荒[②]。

①经岁半冰霜，一年中有半年为冰霜气候。
②龙荒，汉代匈奴祭天之所曰龙庭，其地荒漠。《汉书·叙传》："龙荒幕朔，莫不来朝。"

★李龙衮必系流放东北边境，全诗皆从边地着笔，"野戍"、"边城"、"龙荒"并指流放之地。

清淮晓发

老鬓萧条逐客程，秋风瑟瑟唤愁生。
五更月照他乡树，万里河流故国声。
落拓人当疑慢世，浮沉吾亦厌虚名[①]。
何时归去衡门下，竹杖芒鞋傍鹤行[②]？

①落拓，放浪不羁。慢世，轻视世俗。
②衡门，横木为门，喻简陋房屋。《诗·陈风·衡门》："衡门之下，可以栖迟。"

周亮工

周亮工（1612—1672），字元亮，一字栎园，号减斋，原籍祥符（今河南开封），生于南京。明思宗崇祯十三年庚辰（1640）进士，选潍县知县。崇祯十七年（1644）三月行取浙江道试御史，未十日而李自成陷京师，思宗自缢。亮工奔南京。清兵下江南，亮工迎降。在清历任两淮盐运使、福建按察使、布政使，擢户部右侍郎、吏部左侍郎。世祖顺治末被劾下狱，质讯多年，谪戍宁古塔。世祖临终诏赦在狱诸人，得免远徙。后起用为青州海防道，再擢江南督粮道，代理安徽布政。圣祖康熙八年己酉（1669）又被劾去职。康熙十一年去世，年六十一。周亮工笃于友情，遗民诗人林古度穷饿而死，亮工为之营葬。吴嘉纪、王猷定等人的集子均赖亮工为之刻版行世。亮工著述甚多，五十九岁时尽取所著书版并藏书百种焚之，因书多有刊行，得以不全部毁灭。著作大部分原已收入《四库全书》，复查时发现其《读画录》中“语有违碍”，因被抽出焚毁。其诗文收入《赖古堂集》。

雪苑不寐①

万感来清夜，萧然秋已成。
残灯摇远梦，细雨数寒更。
江国书难寄，中原寇未平。
多情南去雁，频唤度孤城。

① 雪苑，汉梁孝王筑梁园，又称梁苑。南朝宋谢惠连作《雪赋》，拟梁王

游梁苑赏雪，命司马相如作赋，故亦称雪苑。地在归德府，今河南商丘。

寄苏武子都门

江南归不易，忆尔泪沾巾。
雨雪深穷巷，风尘老故人。
青衫依帝里，白眼傲群伦[①]。
空负燕台约，梁园寂寂春[②]。

① 青衫，低级官员的服色，指地位卑微。白眼，阮籍“能为青白眼，见礼俗之士，以白眼对之”。见《晋书·阮籍传》。

② 燕台，古传燕昭王筑黄金台以延贤士，后因以燕台代指北京。梁园，见前诗注。

江行杂感[①]

逐客江干夜寂寥，无端铁笛起中宵。
深秋梁苑新沙碛，明月清溪旧板桥[②]。
万里梦回千嶂雨，一帆风动五更潮。
草堂空有农书在，桑柘如今尽已凋。

① 明崇祯十七年（1644）三月，周亮工授浙江道试御史，到任未十日而李自成下北京，亮工间道回南京。时马士英拥立弘光帝。锦衣尉冯可宗诬亮工从“贼”，罗织下狱，审讯无左验。马士英、阮大铖要亮工诬谄刘宗周，乃可补官，亮工不从，遂奉双亲隐居牛首山（即江宁县西南牛头山）。诗即作于其时，故诗中自称“逐客”。

② 梁苑，代指开封。明崇祯十五年（1642）三月，李自成再围开封，持久不下。明守将高名衡拟决黄河大堤灌闯营。李自成发觉，反决河灌城。《明史·庄烈帝本纪》：十五年“九月壬午，贼决河灌开封。癸未城圮，士民溺死者数十万人”。邵长蘅《汴堤溃》诗自注：“贼前后三攻汴，折伤士卒甚众。十五年三月再攻汴，遂起长围，期必拔。城中食尽，人相食。时贼营直薄大堤，有计决河灌贼营。援师方凿朱家寨口，贼觉之，反决马家口灌城。会大雨经旬，

九月十五日，两口一时并决，黄流直冲汴城，其声如雷，水沸郁数十丈。周王露次七日，督师以舟师迎，王与世子后宫三十馀人，止于河北柳圈坊。居民八十万户，从而济者不及二万。”汴城淹没，周亮工亲故大多罹难。“梁苑新沙碛”即言开封已荒废成为沙碛。清溪，发源于钟山西南。三国吴赤乌四年就溪开东渠，曲折流入金陵城区，注入秦淮河，称为九曲清溪。五代吴以后清溪逐渐湮废，仅存秦淮一段。此即代指秦淮。板桥为明代游乐繁华之地。

舟中与胡元润谈秦淮盛时事，次元润韵①

红儿家住古青溪，作意相寻路已迷②。
渡口桃花新燕语，门前杨柳旧乌啼③。
画船人过湘帘缓，翠幔歌轻纨扇低④。
明月欲寻流水去，箫声只在板桥西⑤。

① 胡元润，即胡玉昆，字元润，一字褐公，南京画家。南京城内秦淮河自南朝以来即为歌舞繁华之地，明末尤盛。南明弘光朝崩溃后，清军入城，在战乱中曾一度荒废。此纪其盛时事。查为仁《莲坡诗话》：“周栎园司农移家白下，驻节清溪。桃叶烟波，莫愁佳丽，间访殆遍。尝于舟中与胡元润谈秦淮盛事，读之几欲作《望江南》也。”

② 红儿，唐代罗虬为雕阴官妓杜红儿作《比红儿诗》百首，此以红儿代指歌妓。青溪，即清溪，见前诗注。

③ 渡口桃花，秦淮河畔有桃叶渡，传为王献之送妾桃叶处，王献之为之作《桃叶歌》。见《乐府诗集》卷四十五。门前杨柳，《乐府诗集》卷四十六《读曲歌》：“暂出白门前，杨柳可藏乌。欢作沉水香，侬作博山炉。”诗用其意。

④ 湘帘，用湘竹编织的窗帘。又，湘，通“缃”，浅黄色。缃帘，浅黄色窗帘。亦通。并指画船上窗帘。翠幔，翠绿色帷幕。前一句有“湘帘”，后一句有“翠幔”，写前后游船。此二句《清诗别裁》作“画船人过帘波动，翠幔歌轻扇影低”。

⑤ 板桥，秦淮河畔妓家集中之所。余怀作《板桥杂记》记其盛衰佚事。“明月”句，《莲坡诗话》引作“明月欲随流水去”。

曹溶

曹溶（1613—1685），字洁躬，号秋岳，浙江秀水（今嘉兴）人。明思宗崇祯十年丁丑（1637）进士，曾官御史。入清后授原官，历户部侍郎，迁广东布政使，降山西按察副使。与龚鼎孳交厚，诗风亦较相近，以古诗取胜。秋岳曾大量搜集宋人诗集，对清代宗宋诗风有较大影响。有《粤游草》《静惕堂诗集》。

答顾宁人[①]

北鄙寡同俦，中情正枯槁[②]。
谬蓄四方略，救溺甚援嫂[③]。
束缚无所施，空堂对衰草。
有美三吴杰，险要动深讨[④]。
良马碧玉鞍，兴到踏丰镐[⑤]。
熯土既经时，行李湿秋潦[⑥]。
西南征调繁，万里赋纳稾[⑦]。
囊有本务书，利病满怀抱[⑧]。
采掇及细流，访我平城道[⑨]。
艰辛戈戟间，匡坐说苍昊[⑩]。
撞钟得洪音，太朴去纤缟[⑪]。
汲古沃其根，枝叶倍姣好[⑫]。
下视班张徒，炫目但虚藻[⑬]。
是月凉露零，长边静杲杲[⑭]。

旨酒共话言，愁绪惄如捣[15]。
我性本浮游，悠忽将终老[16]。
外物丧本真，进德未能早[17]。
蒙君下针砭，宿疾期一扫[18]。
自知良独难，人鉴庶为宝[19]。

①顾宁人，即顾炎武。康熙元年（1662）顾炎武多次上山西。诗云“兴到踏丰镐”，“访我平城道”，顾氏于康熙二年八月至西安，而后出关入山西，北上大同，诗必作于其时。时曹溶为山西按察副使。诗题《答顾宁人》，现存《亭林诗集》中没有与曹溶诗。

②北鄙，北方边远地方，指山西大同。

③溺，淹水，喻陷于灾难。援嫂，《孟子·离娄上》：“（淳于髡）曰：‘嫂溺则援之以手乎？’曰：‘嫂溺不援，是豺狼也。男女授受不亲，礼也；嫂溺援之以手者，权也。’曰：‘今天下溺矣，夫子之不援，何也？’曰：‘天下溺，援之以道；嫂溺，援之以手。子欲手援天下乎？’”句意谓救援天下苦难人民，比救援溺水的嫂子更迫切。（然如此用典实甚勉强。）

④三吴，泛指吴地。三吴杰，指顾炎武。“险要”句，谓顾氏深入险要之地以探求天下形势。

⑤丰镐，西周都城。周文王建丰，在陕西长安丰水之西；周武王建镐，在丰水之东。此泛指关中。

⑥熯（hàn），用火烘。熯土，指天旱。行李，《左传》僖公三十年“行李之往来”，本指使臣及其随从，后用作外出携带的行装。诗中既指行人也指行装。秋潦，秋雨。二句谓顾氏北来，既经久旱酷热，继又连绵秋雨。

⑦征调繁，部队征调繁忙。赋纳稾，征收粮草。清初镇压南明永历政权，长期用兵西南，作诗之时，永历帝虽已于康熙元年被消灭，但征调仍在进行。诗意谓由于长期用兵西南，征调频烦，给人民带来灾难。但秋岳不敢触犯清统治者，故只稍稍提及，欲言又止。

⑧本务书，研究国计民生根本问题的著作。顾氏著有《天下郡国利病书》。

⑨细流，小水流，喻学问浅薄。自谦之词。语本李斯《上秦王书》：“太山不让土壤，故能成其大；河海不择细流，故能就其深。”平城，古平城在今山西大同境。

⑩“艰辛”句，谓顾氏奔走于兵戎戈戟之间。匡坐，正坐。苍昊（hào），苍天，此喻天下时势。

⑪“撞钟”二句，谓顾氏学问文章，博大宏深，如撞大钟发洪大之音，如巨大璞玉无纤微之瑕。（古字璞皆作樸，简作朴。）

⑫“汲古”二句，亦谓顾氏学问，如培植树木，汲取古人的知识源泉以浇灌根株，故枝叶倍加姣好。

⑬班张，班固、张衡。班固有《两都赋》，张衡有《西京赋》《东京赋》《南都赋》，以规模宏大、词藻华赡著称。

⑭杲杲（gǎo），光明沉静之貌。

⑮旨酒，美酒。惄（nì），忧思貌。《诗·小雅·小弁》：“我心忧伤，惄焉如捣。”

⑯浮游，不踏实，不深入。悠忽，轻忽放逸之貌，指轻忽地消磨岁月。

⑰外物，外在之物，如名利诱惑之类。本真，指善的本性。进德，进修德业。《易·乾》：“君子进德修业，欲及时也。”

⑱针砭，以石针刺穴治病，喻规劝告戒。

⑲人鉴，以人为鉴。指以他人为榜样，得受教益。

宋　琬

宋琬（1614—1673），字玉叔，号荔裳，山东莱阳人。清世祖顺治四年丁亥（1647）进士。授户部主事，累迁吏部郎中。顺治七年，山东于七起义，琬被族人告发与于七交通，下狱，释放后长期闲置。顺治十八年任浙江按察使，又被人诬告，满门逮解北京，系狱三年，因证据不足获释，再次放废回乡。清圣祖康熙十一年（1672）起赴四川按察使。次年进京，值三藩叛乱，四川失守，全家远陷蜀中，不胜沉忧而卒，时年六十。

王士禛《池北偶谈》谓“康熙以来诗人，无出南施北宋之右”。论成就，宋琬实远不如施闰章。有《安雅堂集》。

放歌行赠马羲徵①

画花如欲语，画鸟如欲飞。
徐黄已往不可作，近数淮南马布衣②。
蹇驴箬笠来燕市，五侯屏障生光辉③。
尤善苍鹰及鸿雁，枫林飒飒芦花稀。
霜拳未下狐兔走，碧波群唼荇藻肥④。
我从陇首来，携得一鹦鹉⑤。
顾影辄哀鸣，交交念俦伍。
君绘其一桐花阴，素壁雕笼相向舞。
雪衣化去委苍苔，丹青尚尔留风雨⑥。
高士从来信不羁，云林迂绝虎头痴⑦。

狂歌白眼每惊座，醉卧青楼醒画眉[8]。
鹔鹴典后复何有，但言贳遍卢龙酒[9]。
只今八月雁来时，袖中秃笔还如帚，
一幅吴绡酤一斗[10]。

① 马羲徵，清初画家，淮南人。

② 徐黄，五代末北宋初画家徐熙与黄筌，并以花鸟著名。徐熙，江宁人，为南唐李后主所重，入宋后宋太宗亦甚赏识。黄筌，成都人，事前蜀王衍为待诏，后蜀孟昶广政中为如京副使。蜀亡后入宋，与徐熙同隶汴京图画院。

③ 蹇驴，驽弱的驴。燕市，指北京。五侯，周代公侯伯子男五等爵位泛称五侯。《左传》僖公四年："五侯九伯，女实征之。"西汉成帝封舅王谭等五人同日为侯，东汉桓帝封宦官单超等五人为侯，时人皆谓之五侯。此泛指朝廷权贵。

④ 霜拳，指鹰爪。"霜拳"句写苍鹰，"碧波"句写鸿雁。

⑤ 陇首，即陇山，在陕西甘肃边境，其地产鹦鹉。宋琬曾蓄一鹦鹉，作《鹦鹉》诗曰："雕笼万里托征鞍，辛苦何辞行路难。幽阁恰添娇女伴，方音犹作部民看。且分薄俸供粳稻，莫遣春风瘁羽翰。流水陇头相忆否，朔云边月不胜寒。"

⑥ 雪衣，指白鹦鹉。唐天宝中，岭南献白鹦鹉，养于宫中，玄宗及贵妃皆呼为雪衣女，左右呼雪衣娘。见唐郑处诲《明皇杂录》。"雪衣"句言真鹦鹉已死，"丹青"句谓画中鹦鹉尚存。

⑦ 云林，元代画家倪瓒，字云林，性迂执，人称倪迂。虎头，晋代画家顾恺之，小字虎头。时人称其三绝：才绝，画绝，痴绝。句中"绝"字贯通前后，谓马氏如云林迂绝，虎头痴绝。

⑧ 白眼，对人表示鄙薄厌恶的眼神。参见周亮工《寄苏武子都门》诗注。青楼，妓院。

⑨ 鹔鹴，指鹔鹴裘，用鹔鹴羽所制。《西京杂记》："司马相如初与卓文君还成都，居贫愁懑，以所着鹔鹴裘就市人阳昌贳酒与文君为欢。"卢龙，古代卢龙郡在今河北省东北，以酿酒著名。此实代指北京。

⑩ 吴绡，吴地出产的丝绸，此指吴绡上作的画。

雪夜蘋园听何山人弹琴歌[①]

残雪峨峨照金罍，主人置酒临高台[②]。
座中有客操绿绮，使我徒御皆心哀[③]。
寒风萧瑟空堂里，一曲未终栖鸦起。
忽疑空山雷雨过，倒挂飞流声齿齿。
又如班马之群鸣，千骑万骑行复止[④]。
山人本自雍门客，长裾耻向王侯宅[⑤]。
结友偏多侠少场，贫来独有丹青癖[⑥]。
醉时携得虎头笔，满壁云烟峰削戍[⑦]。
生绡高卷洞庭云，彩毫孤映蓬莱日[⑧]。
丝桐笔墨各有神，琴理真从图绘出。
水仙海上雾濛濛，广陵绝调随春风[⑨]。
弦际何由识今古，胸无丘壑难为工[⑩]。
伊余自叹婴尘鞅，五岳空怀何日往[⑪]？
烦君为鼓一再行，能令宗炳群山响[⑫]。
赵郎善手写金徽，更为变徵泪沾衣[⑬]。
明月疏钟两摇落，满城清霜鸿雁飞。

① 何山人，生平不详。其人既善弹琴，又工图绘。

② 峨峨，高峻貌。残雪峨峨，犹言高高山上的残雪。金罍，酒杯。

③ 绿绮，琴名。傅玄《琴赋序》："司马相如有琴曰绿绮。"徒御，本指挽车者和驾车者，此指随从人员。李颀《临别送张湮入蜀》诗："出门便为客，惘然悲徒御。"徒御皆心哀，自身之哀可知。

④ "忽疑"以下四句，雷雨空山，飞流齿齿，班马群鸣，皆状琴声。

⑤ 雍门，汉刘向《说苑·善说》：雍门周以琴见孟尝君。孟尝君曰："先生鼓琴亦能令文悲乎？"周引琴而鼓，于此孟尝君涕泣增哀，下而就之曰："先生之鼓琴，令文若破国亡邑之人也。"雍门为齐城门，其人居于雍门，因称雍门周。雍门客，指其善于弹琴。文，孟尝君田文。长裾，古代衣服的大襟。李白

《行路难》："弹剑作歌奏苦声，曳裾王门不称情。"

⑥ 丹青，两种绘画颜色，代指绘画。

⑦ 虎头，晋代大画家顾恺之，字长康，小字虎头。削戌，李白《上云乐》："巉岩容仪，戌削风骨。"瘦削之貌，此用以形容山峰陡峭。又为叶韵而倒作"削戌"。

⑧ 生绡，彩毫，皆绘画材料，亦代指绘画。

⑨ 水仙，琴曲有《水仙操》。广陵绝调，三国魏嵇康善弹琴，后为司马昭杀害。临刑顾视日影，索琴弹之。曰："昔袁孝尼尝从吾学《广陵散》，吾每靳固之，《广陵散》于今绝矣！"见《晋书·嵇康传》。

⑩ 胸无丘壑，用黄庭坚《题子瞻枯木》诗"胸中元自有丘壑，故作老木蟠风霜"句意。

⑪ 婴，遭受。鞅，套在马颈上用以负轭的皮带。婴尘鞅，喻受世俗事务的束缚。

⑫ 宗炳，南朝宋南阳涅阳人，著名书画家，尝将所历山水，绘于室中。亦善弹琴。

⑬ 赵郎，未详。元赵孟頫既善弹琴，又工书画，但比拟何山人不伦，恐亦非是。元人诗中也无有称赵孟頫为赵郎者。上句说"烦君为鼓"，下句必指何山人，而突然用"赵郎"作替代词，手法实不可取。金徽，金制的琴徽。南朝梁萧绎（元帝）《咏秋夜》诗："金徽调玉轸，兹夜抚离鸿。"写金徽，即调弦再弹。变徵（zhǐ），徵为五音之一。变徵，其声激越。《史记·刺客列传》：燕太子丹送荆轲入秦，"至易水之上，既祖，取道，高渐离击筑，荆轲和而歌，为变徵之声，士皆垂泪涕泣"。

春夜吟[①]

白日欲落不肯落，高墉传箭收鱼钥[②]。
隔户啾啾啸且啼，人耶鬼耶然疑作[③]。
谁云此地夜如年，攲斜之屋七九椽。
官家许住不取值，日高犹枕墙砖眠。
独不记，为郎时，盎中无米恒苦饥。
羸马东风可吹倒，平明跨出犹恐迟[④]。

① 顺治十八年（1661）宋琬任浙江按察使，重又被人诬告交通于七，被逮解北京，系狱三年，诗即作于狱中。

② 墉，墙。箭，古代以漏壶记时，壶中有浮箭指示时刻。鱼钥，鱼形的门锁。

③ “隔户”句，写隔壁牢房囚犯叫喊啼哭。然疑，似是事实又似可怀疑，犹言似真似幻。句仿《楚辞·九歌·山鬼》：“君思我兮然疑作。”

④ “官家”以下六句，谓坐牢“日高犹枕墙砖眠”，相当安逸，为官反比坐牢艰难辛苦。诗语滑稽幽默，实为愤激而又傲岸之辞。

九日同姜如农王西樵程穆倩诸君登慧光阁，饮于竹圃分韵①

塞鸿犹未到芜城，载酒登楼雨乍晴②。
山色浅深随夕照，江流日夜变秋声。
上方钟磬疏林满，十里笙歌画舫明。
空负黄花羞短鬓，寒衣三浣客心惊③。

① 九日，阴历九月九日重阳节。姜如农，姜埰，字如农，山东莱阳人，与弟姜垓称二姜。王西樵，王士禛长兄王士禄，号西樵。程穆倩，程邃，字穆倩，安徽歙县人，画家。

② 芜城，扬州别称，因鲍照《芜城赋》得名。

③ 浣，洗。唐制，官吏十日一休沐，沐即洗濯。三浣，谓客中已过三旬。

★“山色浅深随夕照，江流日夜变秋声”，荔裳七律中秀句，较之王渔洋“吴楚青苍分极浦，江山平远入新秋”，有过之而无不及。

狱中对月①

疏星耿耿逼人寒，清漏丁丁画角残②。
客泪久从愁外尽，月明犹许醉中看。
栖乌绕树冰霜苦，哀雁横天关塞难③。

料得故园今夜梦，随风应已到长安[4]。

①狱中，即顺治十八年（1661）被捕入诏狱。

②耿耿，明亮貌。丁丁，漏声。

③栖乌绕树，曹操《短歌行》："月明星稀，乌鹊南飞。绕树三匝，无枝可依。"关塞难，杜甫《宿府》诗："关塞萧条行路难。"

④"料得"二句，设想妻子在家乡一定怀念自己。长安，代指北京。

春日田家

野田黄雀自为群，山叟相过话旧闻。
夜半饭牛呼妇起，明朝种树是春分[1]。

①春分，节气名，每年三月二十一日前后。

渡黄河

倒泻银河事有无，掀天浊浪只须臾。
人间更有风涛险，翻说黄河是畏途。

★汪尧峰《连遇大风舟行甚速》诗云："怊怅篙师色似灰，数重雪浪竞欢豗。老夫别有惊心处，新自风波宦海回！"两琬心境，何其相似。

舟中见猎犬有感

秋水芦花一片明，难同鹰隼共功名。
樯边饱饭垂头睡，也似英雄髀肉生[1]。

①樯，桅杆。髀（bì）肉，股内侧肉。《三国志·蜀书·先主传》裴松之注引《九州春秋》："备住荆州数年，尝于表座起至厕，见髀里肉生，慨然流涕。还坐，表怪问备。备曰：'吾常身不离鞍，髀肉皆消，今不复骑，髀肉复生。日月若驰，老将至矣，而功业不建，是以悲耳。'"

龚鼎孳

龚鼎孳（1615—1673），字孝升，号芝麓，安徽合肥人。明思宗崇祯七年甲戌（1634）进士，官兵科给事中。李自成入北京，鼎孳迎降，授直指使。清兵进京，又降于清，授吏科给事中，迁太常少卿，先后任刑部、兵部、礼部尚书，以疾致仕。康熙十二年卒，年五十九。其诗学杜甫，颇著模仿痕迹。康熙六年（1667）顾有孝、赵沄合辑《江左三大家诗钞》，龚鼎孳因其政治地位得以跻入钱牧斋、吴梅村之列，称为"江左三大家"，成就远不足与钱、吴鼎足。有《定山堂集》。

岁暮行①

天寒鼓柁生悲风，残年白头高浪中。
地经江徼饱焚掠，夜夜防贼弯长弓②。
荒村哀哀寡妇哭，山田瘦尽无耕农。
男逃女窜迫兵火，十年不见旌旗空。
昨夜少府下急牒，军兴无策宽飞鸿③。
新粮旧税同立限，入不及格书驽庸④。
有司累累罪贬削，缗钱难铸山为铜⑤。
朝廷宽大重生息，群公固合哀愚蒙⑥。
揭竿扶杖尽赤子，休兵薄敛恩须终⑦。

①原注："用少陵韵"。杜甫有《岁晏行》，诗用其韵，诗题亦系仿用。

② 江徼（jiào），江边偏远之处。饱焚掠，盗贼出入，江边村落遭抢劫焚烧。

③ 少府，指县尉。急牒，紧急公文。飞鸿，《诗·小雅·鸿雁》，诗序谓为周宣王安辑流民之诗。诗中有“鸿雁于飞，哀鸣嗷嗷”句，后因以“鸿雁”代指流民。龚诗又因凑韵而改称“飞鸿”。句意谓由于军兴无法宽饶的民众，亦即仍得征税。造语过于曲折，又为凑韵改词，实属诗中败笔。

④ 驽庸，材能低下。句意谓征收不及格者评为材能低下。

⑤ 缗钱，用绳穿连成串的钱，此泛指钱。

⑥ 重生息，重视人民的生长繁息。愚蒙，群蒙百姓。

⑦ 揭竿扶杖，拿起竹竿木棍起来造反，代指造反的人民。二句谓起来造反者都是老百姓，因此休息兵革、薄敛赋税的恩惠应该有始有终。

★“用少陵某诗韵”，“用东坡某诗韵”，如此等等，自是清人恶习，是创作中的懒惰行为。诗写性灵，预定用某诗韵，就必然因韵凑句，违背创作的基本原则。凡此等诗本皆不应选录，本帙偶录一二，以示一斑。

龚鼎孳打起学杜甫的旗号，诗中常用杜诗的词语韵脚，恰好表现其因袭模拟的窘态。龚氏诗艺固不足望杜甫的项背，人品更没有资格踏杜甫的门坎。《岁暮行》算是集中步韵诗较好的一首。

如农将反真州，以诗见贻，和答[①]

天涯羁鸟共晨风，送客愁多较送穷[②]。
黄叶梦寒如塞北，黑头人在愧江东[③]。
九关豺豹今何往？一别河山事不同[④]。
执手小桥君记否，几年衰草暮云中[⑤]？

① 如农，即姜埰，明思宗崇祯四年辛未（1631）进士，官礼部给事中，因直言忤旨，廷杖系诏狱，备受拷掠。崇祯十七年正月遣戍宣州。在赴戍途中，李自成下北京，思宗自缢，明亡，如农仍坚持赴戍。后着僧装，与弟姜垓卜居江苏。姜埰系狱时，龚鼎孳曾三次上书相救。明亡后，龚鼎孳降清，姜埰坚持气节，二人仍保持着友谊。真州，今江苏仪征。

② 羁鸟，陶渊明《归田园居》诗：“羁鸟恋旧林，池鱼思故渊。”晨风，鸟

名。《诗·秦风·晨风》毛传："晨风，鹯也。"《乐府诗集》杂曲歌辞《晨风行》，题解引《益部耆旧传》："后汉杨终，徙于北地望松县，而母于蜀物故。终自伤被罪充边，乃作《晨风》之诗以舒其愤也。"送穷，韩愈有《送穷文》。句意谓送客之愁比送穷还多。

③ 黑头，杜甫《晚行口号》："远愧梁江总，还家尚黑头。"江总在梁遇侯景之乱，流寓会稽，远走广东，至陈文帝天嘉四年（563）始应召回建康，时尚年青。龚诗作于顺治之初，芝麓才三十多岁，故自称黑头人。愧江东，楚项羽垓下兵败，突围至乌江，为汉军追及。乌江亭长劝羽渡江。羽曰："且籍与江东子弟八千人渡江而西，今无一人还。纵江东父兄怜而王我，我何面目见之。纵彼不言，籍独不愧于心乎！"遂战死。见《史记·项羽本纪》。此芝麓自愧之词。在，一作"不"。则黑头人指姜如农，不愧江东系赞许之词。然如此句法过于拙劣，恐非是。

④ 九关豺豹，《楚辞·招魂》："虎豹九关，啄害下人些！"此用以指崇祯朝廷的奸贼。一别河山事不同，姜如农遣戍之时，芝麓曾为之送行，一别未几，明朝即亡。

⑤ 执手小桥，指前度送别。

百嘉村见梅花①

天涯疏影伴黄昏，玉笛高楼自掩门②。
梦醒忽惊身是客，一船寒月到江村③。

① 百嘉村，在江西万安县南，赣江西岸。

② 疏影伴黄昏，活用林和靖《山园小梅》诗"疏影横斜水清线，暗香浮动月黄昏"句。玉笛高楼，暗用李白《与史郎中钦听黄鹤楼上吹笛》诗"黄鹤楼中吹玉笛，江城五月落梅花"句。

③ 梦醒忽惊，一作"梦转乍惊"。

上巳将过金陵①

倚槛春风玉树飘，空江铁锁野烟销②。
兴怀何限兰亭感，流水青山送六朝③。

① 上巳，夏历三月上旬巳日为上巳，魏晋开始固定在三月三日，为游春修禊的节日。

② 春风玉树飘，南朝陈后主荒淫腐败，不恤国政，曾作《玉树后庭花》曲，有“妖姬脸似花含露，玉树流光照后庭”句。见《隋书·乐志》。又作新歌词，有“玉树后庭花，花开不复久”句。陈旋为隋所灭。见《隋书·五行志》。空江铁锁，晋武帝谋伐吴，“吴人于江险碛要害之处，并以铁锁横截”，以拒晋军水师。晋将王濬以大筏先行，用火烧断铁锁，大军下建业，吴主孙皓投降。见《晋书·王濬传》。陈为六朝之终，吴为六朝之始，举吴、陈以概括六朝。

③“兴怀”句：晋穆帝永和九年上巳，谢安、王羲之、孙绰等于会稽兰亭修禊，饮酒赋诗。王羲之为作《兰亭集序》，感叹人生短暂，谓“向之所欣，俯仰之间，已为陈迹，犹不能不以之兴怀”。流水青山送六朝，与开头二句呼应。

★“流水青山送六朝”，在诗人的潜台词中，自有南明亡国的感慨在。

赠歌者王郎南归，和牧斋宗伯韵①

长恨飘零入洛身，相看憔悴掩罗巾②。
后庭花落肠应断，也是陈隋失路人③！

① 王郎，徐珂《清稗类钞·优伶类》：“王稼，字紫稼，一作子玠，又作子嘉，明末之吴伶也。风流儇巧，明慧善歌。顺治辛卯，年三十矣，从龚芝麓入京师。先至常熟，告别于钱牧斋，牧斋乃作送行十四绝句，以当折柳。盖于赠别之外，杂有寄托，谐诙无端，讔谜间出也。”“甲午（1654）春尽，紫稼南归，芝麓和牧斋韵以送之”。参见钱谦益《丙戌南还赠别故侯家妓人冬哥》诗注。

② 入洛，晋初陆机、陆云兄弟为吴大司马陆抗之子，吴亡之后，在江东读书十年，终不甘寂寞，于太康末联袂入洛阳。见《晋书·陆机陆云传》。此以拟歌者进入北京。

③ 后庭花落，喻朱明之亡。参见《上巳将过金陵》诗注。也是，芝麓自言我也是。失路，迷失道路，婉言其忝仕清朝。

题绛雪吴君画册[1]

卖珠补屋意高闲，万叠烟霞拥玉颜[2]。
想象乱峰晴雪里，自临眉黛写青山[3]。

① 吴绛雪，女画家。
② 卖珠补屋，杜甫《佳人》诗："侍婢卖珠回，牵萝补茅屋。"
③ 晴雪，与"绛雪"之名关合。

顾 媚

顾媚，即顾横波，字眉生，上元（今南京）人。明末秦淮名妓，后为龚鼎孳妾。顾氏善书画，亦能诗。有《柳花阁集》。

自题桃花杨柳图

郎道花红如妾面，妾言柳绿似郎衣。
何时得化鹣鹣鸟，拂叶穿花一处飞[①]。

① 鹣鹣，传说中鸟名，又名比翼鸟。《尔雅·释地》："南方有比翼鸟焉，不比不飞，其名谓之鹣鹣。"

宋征舆

宋征舆（1618—1667），字直方，一字辕文，松江华亭（今上海）人。为诸生时与陈子龙、李雯倡几社，称“云间三子”。清世祖顺治四年丁亥（1647），陈子龙殉国，李雯病卒，辕文于是年举进士。后督学闽中，官至都察院左副都御史。圣祖康熙六年卒，年五十，时陈、李已下世二十年。有《林屋诗文稿》。

下　滩

孤舟泻石滩，双桨下云端。
浪涌分花落，涛惊溅雪寒[①]。
乱山皆曲向，飞渡却回看。
千里无诸国，天南自郁盘[②]。

① 分花落、溅雪寒，都形容飞舟两边的波浪。

② 无诸国，秦末越王勾践后人无诸率越人助汉。“汉五年，复立无诸为闽越王，王闽中故地，都东冶”。见《史记·东越列传》。东冶即今福建福州，知诗所写为舟下闽江。郁盘，高峻而又幽深之貌。

古　意

碧玉堂西红粉楼，楼中思妇忆凉州[①]。
咸阳桥上三年梦，回乐峰前万里愁[②]。
秦地烟花明月夜，胡天沙草白云秋。

离魂不识金微路，愿逐交河水北流[3]。

① 凉州，今甘肃武威，唐代为西陲重镇，进入西域必经之地。凉州与回乐峰、金微、交河诸地相距都很远，诗中均代指边塞，无需坐实。

② 咸阳桥，即中渭桥，在长安城北。唐代大军西征必出咸阳桥。杜甫《兵车行》有“尘埃不见咸阳桥”句。回乐峰，李益《夜上受降城闻笛》诗有“回乐峰前沙似雪”句。

③ 金微，山名，即阿尔泰山。交河，在新疆吐鲁番境。戴叔伦《闺怨》诗：“不识玉门关外路，梦中昨夜到边城。”张仲素《秋思》诗：“梦里分明见关塞，不知何路向金微。”

★此诗属对工整，遣词妥帖，语句典雅流畅，中二联闺中边塞两两相对，诗艺可谓娴熟。然实为仿古制品，内容肤廓，缺乏真情实感，为明代复古派馀波。沈德潜说“酷似杨升庵《塞垣鹧鸪词》”，所见甚确。然沈用作褒语，我取为贬词，《塞垣鹧鸪词》正仿古肤廓代表作品。取以入选，聊备一格而已。

施闰章

施闰章（1618—1683），字尚白，号愚山，安徽宣城人。清世祖顺治六年己丑（1649）进士，官江西布政司参议。圣祖康熙六年（1667）以裁缺归里，家居著述十三年。康熙十八年己未举博学鸿词，授翰林院侍讲[①]，充《明史》纂修官，典河南乡试。二十二年转侍读，不久即去世，年六十六。

施愚山为官廉正，关心民瘼。其诗艺与宋琬并称“南施北宋”，成就实远过于宋。有《学馀堂文集》《学馀堂诗集》等。

① 清圣祖康熙十八年为修《明史》，诏试博学鸿词，内外举荐一百四十三人应试。取一等彭孙遹等二十人，其中包括李因笃、陈维崧、汪楫、朱彝尊、汤斌、汪琬等人；二等李来泰等三十人，其中包括潘耒、施闰章、黄与坚、徐釚、尤侗、毛奇龄、严绳孙等人。俱授翰林官。

过泰和县

日落泰和县，津吏不我迎[①]。
城下猛虎迹，城上啼乌声。
此地贼如猬，人家荆棘生[②]。
县官入高砦，饥卒守空城。
贼来卒亦走，迅疾如流星。
宁持使臣节，叹息泪沾缨[③]。

① 泰和县，今属江西省。津吏，管理渡口桥梁之类的官吏。
② 猬，刺猬，背上丛生毛刺。如猬，实谓如猬的毛刺，形容其多。

③宁，竟也，乃也。使臣，时愚山为江西布政司参议。句意谓我竟为使臣节，却无能为力，故叹息泪沾缨。

泾川桃园[1]

褰裳陵乱流，理策遵修渚[2]。
岩梅尚馀花，溪桃红半吐。
飞霞散平畴，锦浪生别浦[3]。
杂卉既婵娟，危亭亦森举[4]。
林豁见僧寺，鸟喧作人语。
昔来纷彦会，事往馀榛莽[5]。
流目览众妍，登高当孤屿[6]。
抚物观在兹，仙源在何许[7]？

①泾川，今称徽水，在安徽泾县境。

②褰裳，提起衣裳，免被水沾湿。《诗·郑风·褰裳》："子惠思我，褰裳涉溱。"陵，越过。理策，用手杖。遵，沿。修渚，犹长洲。

③"锦浪"句，化用李白《鹦鹉洲》诗"岸夹桃花锦浪生"句。

④卉，花。婵娟，美貌。危，高。森举，耸立。

⑤"昔来"句，原注："旧有水西书院，学者甚盛。"水西书院，在水西寺。纷彦，众多才智之士。

⑥妍，美，指美景。当孤屿，登上峰顶如登上孤屿。谢灵运有《登江中孤屿》诗。

⑦仙源，因地名桃源，故联想到桃花源。

迷楼旧址[1]

蜀冈何迢递，宫观还缥缈[2]。
一人娱耳目，百祀伤怀抱[3]。
复阁改招提，摘星剩废沼[4]。
土花蚀宝番，玉树翳荒筱[5]。

重城蹀血馀，万户吹箫少[⑥]。
当时耸金屋，飞甍碍高鸟。
妍卉无冬春，酣歌昧昏晓。
山川无故物，往者迹已扫。
迷离萤火飞，萧瑟垂杨道[⑦]。

①迷楼，隋大业末，隋炀帝在扬州所建，回环四合，上下金碧，工巧弘丽，自古所无。费用金玉，帑库为之一空。人误入者，虽终日不得出。炀帝曰："使真仙游其中，亦当自迷也，可目之曰迷楼。"见《说郛》录《迷楼记》。杜牧《扬州》诗："炀帝雷塘上，迷藏有旧楼。"题下注："今为寺阁。阁前有沼，相传即摘星楼处。"摘星楼，亦炀帝所建。第六句"摘星剩废沼"即用杜牧注。

②蜀冈，山名，在扬州城西北。

③祀，殷商称年曰祀。《书·伊训》"惟元祀十有二月"，注："祀，年也。夏曰岁，商曰祀，周曰年，唐虞曰载。"诗中"百祀"，犹言百代。

④招提，僧寺。

⑤宝靥（yè），妇女颊辅上的装饰物，此泛指妇女首饰。玉树，泛指珍贵树木。筱（xiǎo），丛竹。翳，笼罩掩蔽。

⑥蹀血，杀人流血，踏血而行。"重城"二句，假吊古之名，实涉笔现实。大业至清初已过千年，不会再有隋末乱离痕迹。顺治二年（1645）清兵下扬州，屠城十日，扬州人民杀戮净尽，居屋毁坏无馀。"重城蹀血"实指其事。

⑦迷离萤火飞，《隋书·炀帝纪》："大业十二年五月，于景华宫征求萤火，得数斛，夜出游山放之，光遍岩谷。"是年七月，炀帝南游江都。炀帝放萤火本在东都洛阳，因杜牧《扬州》诗有"秋风放萤苑"句，如此放萤竟成为扬州故实。垂杨道，隋炀帝开运河，沿河堤都种杨柳。

赴京道中作

四野浩茫茫，千里无异壤[①]。
心与逝景下，目送归云往[②]。
霖雨不终朝，潢汙已泱漭[③]。
轨迹乱纵横，城馆何板荡[④]。
嗷嗷归雁吟，迟迟春草长[⑤]。

青阳无惠风，长霄皆厉响[⑥]。
砂砾一飞扬，白日失清朗。
征夫易感触，怅望绝心赏。
嗟尔当途子，游宦忘鞅掌[⑦]。

①浩茫茫，辽阔无边之貌。壤，地。千里无异壤，言北方平原广阔。

②逝景（yǐng），夕阳。

③霖雨，大雨。终朝，一早上。《老子》："飘风不终朝，骤雨不终日。"潢汙，洼地积水。《左传·隐公三年》"潢汙行潦之水"，杜预注："潢汙，停水。"孔颖达疏："停水，水不流也。"引服虔云："畜小水谓之潢，水不流谓之汙。"泱漭，水漫之貌。

④板荡，《诗·大雅》有《板》《荡》二篇，讥刺周厉王无道，败坏国家。后以"板荡"指国家动荡不宁，诗中用作混乱之意。

⑤嗷嗷（áo），声音嘈杂。《诗·小雅·鸿雁》："鸿雁于飞，哀鸣嗷嗷。"

⑥青阳，春天。《尔雅·释天》："春为青阳。"惠风，和风。厉响，猛烈的风声。

⑦当途子，追求仕宦之人，此实诗人自指。鞅掌（yāng zhǎng），烦苦辛劳。语出《诗·小雅·北山》"或王事鞅掌"。

竹亭短歌赠王贻上[①]

丈夫成名何必万钟粟，
但得绕屋扶疏万竿竹，三月不肉意亦足[②]。
不尔伐竹结为庐，差抵潇湘远尘俗[③]。
使君佐郡广陵城，高斋远听寒涛声[④]。
却构竹亭如箬笠，琅玕四壁青霞生[⑤]。
亭中斗酒书千卷，对此仿佛凌绝巘[⑥]。
南轩老槐遮白日，东篱黄菊照苍藓。
别君此去惜离群，几度论诗到夜分。
眼前万事难开眼，还须种竹高拂云。
君不见君家子猷傲舍亦尔尔，何可一日无此君[⑦]。

① 王贻上，即王士禛，见王氏小传。竹亭即王氏所建。

② 扶疏（fú shū），树木茂盛错落有致之貌。陶渊明《读山海经》诗："孟夏草木长，绕屋树扶疏。"三月不肉，《论语·述而》："子在齐闻韶，三月不知肉味。"苏轼《於潜僧绿筠轩》诗："可使食无肉，不可居无竹；无肉令人瘦，无竹令人俗。"

③ 不尔，要不然。潇湘，湖南二水名，以生长美竹闻名。

④ 广陵，即扬州。王士禛于顺治十五年（1658）中进士后选扬州推官。

⑤ 琅玕，本美石之名，杜甫《郑附马宅宴洞中》诗有"留客夏簟青琅玕"句，称竹为青琅玕。

⑥ 巘（yǎn），高峻的山峰。

⑦ 君家子猷，王徽之，字子猷，王羲之之子，性卓荦不羁，爱竹。"尝寄居空宅中，便令种竹。或问其故，徽之但啸咏，指竹曰：'何可一日无此君邪？'"见《晋书·王徽之传》。僦，租赁住居。尔尔，如此。

燕子矶①

绝壁寒云外，孤亭落照间②。
六朝流水急，终古白鸥闲。
树暗江城雨，天青吴楚山。
矶头谁把钓，向夕未知还。

① 燕子矶，在南京城东北长江边，三面悬绝，形势险峻。

② 孤亭，指燕子矶上观音阁。

★施闰章以五言律擅长，存诗三千馀首，五律占三分之一，每多佳句。王士禛《带经堂诗话》作摘句图，摘其佳句多至八十二联，极倾倒之至。然诗需通体完整，句句充实，方为完美。愚山五律佳句虽多，完篇却少。即如本篇前六句隽永工整，结束二句却敷衍凑合。集中五律多有此病。

乱后和刘文伯郊行

斜日照荒野，乱山横白云。

到家成远客，访旧指新坟。
战地冤魂语，空村画角闻。
相看皆堕泪，风叶自纷纷。

真定道中[1]

白日孤城闭，黄沙古道迷。
风鸣关塞北，云断海天西。
归路看烽火，生涯信马蹄。
故园杨柳绿，几处早莺啼。

① 真定，今河北正定。

雪中望岱岳[1]

碧海烟归尽，晴峰雪半残。
冰泉悬众壑，云路郁千盘。
影落齐燕白，光连天地寒[2]。
秦碑凌绝壁，杖策好谁看[3]？

① 岱岳，东岳泰山。

② 齐燕，山东河北。

③ 秦碑，秦始皇二十八年（前219）东行郡县，“遂上泰山，立石封祠祀”。见《史记·秦始皇本纪》。碑后世称为“泰山刻石”，亦号“封泰山碑”，内容系歌颂秦始皇统一中国的功绩。石碑四面环刻。前三面系始皇时刻，第四面为二世元年（前209）东行郡县时所刻的诏书与从臣姓名。字形工整，笔画圆健，是秦统一文字后的标准字体，即小篆，传为李斯所书，为秦代传世主要书艺。碑石至明代只存二十九字。清乾隆五年（1740）遭火，石毁。嘉庆二十年（1815）于玉女池中发现残石二方，仅存烬馀四行十字。传世有明安国旧藏北宋时全石拓本，一百六十五字。诗作于康熙时，故犹得见残碑。凌，指立于其上。杖策好谁看，句仿杜甫《宿府》诗“中天月色好谁看”。好谁看，意谓好同谁看。

历下送梅子翔归里[①]

朔风一夜至，庭树叶皆飞。
孤宦百忧集，故人千里归。
岱云寒不散，江雁去还稀[②]。
迟暮兼离别，愁君雪满衣[③]。

① 历下，山东济南，为战国时齐历下邑。
② 岱，东岳泰山。一作“岳”。
③ 迟暮，谓年终岁暮，亦喻年华老大。

★首二句一作“秋风一夕起，庭树叶皆飞”，比较自然。然后面有“岱云寒不散”、“愁君雪满衣”等句，明是寒冬景象，故仍取“朔风一夜至”。但无论取哪一句都有所不足。此诗为王士禛所激赏，以风格与王诗相近故也，然总有惜非完璧之憾。

泊樵舍[①]

涨减水愈急，秋阴未夕昏[②]。
乱山成野戍，黄叶自江村。
带雨疏星见，回风绝岸喧。
经过多战舰，茅屋几家存！

① 樵舍，地名，在江西吴城县赣江岸畔。
② 涨减，潮落。

过湖北山家[①]

路回临石岸，树老出墙根。
野水合诸涧，桃花成一村。

呼鸡过篱栅，行酒命儿孙[②]。
去矣吾将隐，前峰恰对门[③]。

① 湖，或即今宣城东面南漪湖。愚山《谒湖北先墓》诗有“四世荒坟在”句。湖北必系在湖之北得名，集中涉湖北诗有多首。

② 命，《清诗别裁》作“尽”，非是。

③ 去，《清诗别裁》作“老”，亦非，与第二句中“老”字犯复。

钱塘观潮[①]

海色雨中开，涛飞江上台[②]。
声驱千骑疾，气卷万山来。
绝岸愁倾覆，轻舟故溯洄。
鸱夷有遗恨，终古使人哀[③]。

① 钱塘，钱塘江即浙江，江口潮水最为壮观。

② 台，指海宁观潮台。

③ 鸱夷，皮囊，代指伍子胥。《史记·伍子胥列传》：伍子胥谏吴王夫差防范越王勾践，勿北上伐齐。夫差怒，逼伍子胥自杀。“乃取子胥尸盛以鸱夷革，浮之江中”。据传，伍子胥死为潮水之神，常素车白马，驰骋于潮头之上。

顾宁人关中书至[①]

卜居从汗漫，作客古长安[②]。
抗志遗民在，论交直道难[③]。
辋川园里住，华岳掌边看[④]。
尚有家山梦，应知关塞寒。

① 顾宁人，即顾炎武。关中，今陕西南部。就秦地言，地在函谷关以内，故称关中。

② 汗漫，《淮南子·俶真》：“至德之世，甘暝于溷澖之域，而徙倚于汗漫

之宇。”又，《道应》：卢敖游于北海，见一士焉。曰：“吾与汗漫期于九垓之外，吾不可以久驻。”本漫无边际之意，后人因淮南之语衍为仙人之名。句意谓顾氏漫游四方，居无定所。古长安，指西安。顾氏康熙二年（1663）西游关中，历西安各地，晚年卜居华阴。

③ 抗志，坚持志节。

④ 辋川，在陕西蓝田县境，唐代王维有别业于此。华岳，西岳华山。掌，华山有仙人掌峰。

至南旺 ①

客倦南来路，河分向北流。
明朝望乡泪，流不到江头。

① 南旺，在今山东汶上县西南，地有南旺湖。此地水与大运河相通。大运河水可南流远达长江，而“河分向北流”，则“流不到江头”。

山　行

野寺分晴树，山亭过晚霞。
春深无客到，一路落松花。

漆树叹

斫取凝脂似泪珠，青柯才好叶先枯。
一生膏血供人尽，涓滴还留自润无？

★漆树的树汁就是漆。将树皮割开，漆汁即从裂口流出。诗咏漆树，自是取以为喻，民脂民膏，被统治者压干榨尽，何尝不是“一生膏血供人尽，涓滴还留自润无”！

邓汉仪

邓汉仪（1618—1689），字孝威，原籍南阳，后迁苏州。明亡后隐居江苏泰州。清圣祖康熙十八年（1679）被迫应博学鸿词试，故意违例落第。仍被授予内阁中书，汉仪坚持不就史馆，不久即回泰州，晚年与孔尚任为忘年交。卒于康熙二十八年，年七十二。有《淮阴集》《过岭集》《被征集》等。

题息夫人庙①

楚宫慵扫黛眉新，只自无言对暮春。
千古艰难惟一死，伤心岂独息夫人！

①息夫人，春秋时息侯夫人，妫姓。楚文王闻息妫美，遂灭息，以息妫归。息妫为楚文王生二子，自以耻事二夫而不与楚王言语。参见吴伟业《古意》诗注。息夫人庙又称桃花夫人庙。杜牧有《题桃花夫人庙》诗，此诗即步其韵。

★明代之亡，大量具有民族气节的士人，或奋起抵抗，以身殉国；或隐遁山林，矢志不仕。也有不少人屈辱投降。这些人虽然保住了性命，甚至取得一定的官职，但内心未尝不感到出仕异族的惭恨，终以不能死节为耻。吴梅村词云："脱屣妻孥非易事，更一钱不值何堪说！"即代表了这种悔恨无穷的心声。邓汉仪"千古艰难惟一死，伤心岂独息夫人"，正是针对这种心态而发的。康发祥《伯山诗话》云："旧传此诗在龚合肥（龚鼎孳）座中作，合肥为之色沮罢会。"在清初"息夫人"比比皆是，伤心岂独龚合肥！

尤侗

尤侗（1618—1704），字同人，更字展成，号悔庵，又号艮斋，晚号西堂老人，江苏长洲（今苏州）人。清圣祖康熙十八年（1679）召试博学鸿词，所擢五十人中以尤侗年最长，时已六十二岁。授翰林院检讨，参与纂修《明史》。三年告归。康熙四十三年卒，年八十七。尤西堂是著名戏曲家，作有杂剧多种，亦善骈文。有《西堂全集》。

煮粥行①

去年散米数千人，今年煮粥才数百。
去年领米有完衣，今年啜粥见皮骨。
去年人壮今年老，去年人众今年少②。
“爷娘饿死葬荒郊，妻儿卖去辽阳道。
小人原有数亩田，前岁尽被满洲圈③。
身与庄头为客作，里长尚索人丁钱④。
庄头水涝家亦苦，驱逐佣工出门户。
今朝有粥且充饥，那得年年靠官府。
商量欲向异乡投，携男抱女无车牛⑤。
纵然跋涉经千里，恐是逃人不肯收。”

①尤侗《悔庵年谱》：“顺治十二年乙未，年三十八岁。岁暮苦潦，民多饿死。予督州县设粥厂饲之。作《煮粥行》。”是年尤侗为永平（今河北卢龙）推

官。

② 开头六句概述今年领粥情况，今年人比去年少，说明人民多已饿死或逃亡。“爷娘饿死”以下直至篇末假用一领粥男子叙述一家的悲惨境况。

③ 满洲圈，清军入关以后，用圈地的方式掠夺土地，以“绳”为单位谓之“绳圈”，每绳四十二亩。清世祖顺治元年至二年，顺治四年和圣祖康熙八年，在“近京五百里内州县”三次大规模圈地，设置皇庄、王庄及八旗官兵庄田；同时强迫汉人依附满洲贵族，称为“投充”。直到康熙二十四年，圈地才告停止。

④ 庄头，清朝统治者圈地以后，于各地设置田庄，由庄头负责管理。客作，被迫为田庄劳动的佣工。《红楼梦》第五十三回写黑山村庄头乌进孝年终向宁国府缴纳货物，为清初统治者剥削庄户农民提供了一个生动的例证。

⑤ 车牛，晋代王尼避乱江夏，无居宅，仅驾一牛车，暮则与子共宿车上。常叹曰：“沧海横流，处处不安也！”见《晋书·王尼传》。无车牛，一作“充车牛”。

★尤展成骈体文流丽俊逸，诗亦有沉郁之作。而作此等歌行明白如话，虽白乐天新乐府无以过之。

“前岁尽被满洲圈”，为清代罪恶的圈地政策留下了难得的诗的记录，最为珍贵。一本作“前年尽被豪强圈”，显系后来编者慑于文字狱的暴虐而作的改动。

题韩蕲王庙[①]

忠孝勋名百战回，西湖跨蹇且衔杯[②]。
英雄短气莫须有，明哲保身归去来[③]。
夜月灵旗摇铁瓮，秋风石马上琴台[④]。
千年遗庙还香火，杜宇冬青正可哀[⑤]！

① 韩蕲王，即南宋抗金名将韩世忠。详吴伟业《过韩蕲王墓》诗注。韩蕲王庙，在镇江。《镇江府志》：“旌忠庙，在通吴门外，祀宋韩蕲王世忠。”

② 蹇，《楚辞·七谏》有“驾蹇驴而无策”句，蹇驴为疲跛之驴，此即代指驴。韩世忠被迫引退后，“自此杜门谢客，绝口不言兵，时跨驴携酒，从一二

奚童，纵游西湖以自乐”。见《宋史·韩世忠传》。

③ 莫须有，也许有，宋代口语。秦桧陷害岳飞，韩世忠不平，质问秦桧。桧曰：“飞子云与张宪书虽不明，其事体莫须有。”世忠曰：“莫须有三字，何以服天下？”见《宋史·岳飞传》。句意谓莫须有这样的罪名使英雄气短。明哲保身，语出《诗·大雅·烝民》“既明且哲，以保其身”。归去来，陶渊明辞彭泽令后，赋《归去来兮辞》。

④ 灵旗，指庙中之旗。铁瓮，指镇江城。《镇江府志》：“吴大帝所筑，内外甃以甓，号铁瓮城。”石马，《天宝遗事》：“潼关之战，禄山将崔乾祐领白旗军左右驰突。又见黄旗军数百队，官军潜谓是贼，不敢逼之。须臾见与乾祐军斗，黄旗军不胜，退而又战者不一，俄不知所在。后昭陵奏，是日灵宫前石人马汗流。”琴台，在苏州灵岩山西北绝顶。韩世忠墓在灵岩山西，距琴台不远。二句意谓韩蕲王似仍在指挥战斗。

⑤ 杜宇，传为古代蜀国国君，于周末称帝，曰望帝。死后其魂化为杜鹃。见《华阳国志·蜀志》。冬青，元初西域僧人杨琏真伽尽发会稽宋诸帝及后妃陵墓，骨骸均遗散草野。宋遗民唐珏、林景熙等收其遗骸重新埋葬，于宋故宫移一冬青树植于坟上。参见宋林景熙《梦中作》诗注与钱谦益《题宋徽宗杏花村图》诗注。末二句谓韩蕲王遗庙尚有香火，宋室皇陵却只馀杜宇冬青，可哀也已。

★乾隆时人杨潪《韩忠武王墓》诗云：“古碑崒嵂倚荒丘，宋室危亡仗运筹。十万敌军来假道，八千骁骑截中流。为惭南国输金辱，聊向西湖纵酒游。埋骨青山遗恨在，寒风落日战松楸。”诗亦工整平实。杨潪，字瞻衡，江苏昆山人。

吴汉槎自塞外归喜赠[①]

二十三年梦见稀，管宁无恙复来归[②]。
馀生尚喜形容在，故国翻疑城郭非[③]。
燕市和歌宜纵酒，山阳闻笛定沾衣[④]。
西风紫塞重回首，不断龙沙哀雁飞[⑤]。

① 吴汉槎，即吴兆骞。见吴氏小传。

②二十三年，吴汉槎于顺治十六年（1659）遣戍宁古塔，至康熙二十年（1681）归来，凡二十三年。刘禹锡《酬乐天杨州初逢席上见赠》诗："巴山楚水凄凉地，二十三年弃置身。"管宁，字幼安，三国魏北海朱虚人。汉末避乱居辽东，聚徒讲学，以清节著称。三十七年始归。魏文帝拜为大中大夫，明帝拜为光禄勋，皆辞不就。

③"故国"句，用丁令威故事。丁令威，汉辽东人，在灵虚山学道成仙。后化鹤归来，落城门华表上。有少年欲射之，鹤乃飞鸣作人言："有鸟有鸟丁令威，去家千年今始归。城郭如昨人民非，何不学仙冢累累。"见《搜神后记》。

④燕市和歌，《史记·刺客列传》："荆轲既至燕，爱燕之狗屠及善击筑者高渐离。荆轲嗜酒，日与狗屠及高渐离饮于燕市。酒酣以往，高渐离击筑，荆轲和而歌于市中，相乐也。"山阳闻笛，三国魏向秀与嵇康、吕安为友，嵇、吕并被司马昭杀害。后向秀经嵇康山阳旧居，闻邻人有吹笛者，发音寥亮，向秀追念往昔游宴之好，因作《思旧赋》。山阳，今河南修武县。尤侗原注："感念故人闻夏。"

⑤紫塞，指长城。崔豹《古今注》："秦筑长城，土色皆紫，汉塞亦然，故称紫塞焉。"龙沙，《后汉书·班超传赞》"坦步葱雪，咫尺龙沙"，李贤注："葱岭雪山，白龙堆沙漠也。"后以"龙沙"代指边塞。

岁暮口号二首

三年无奈两头荒，最苦吴田半水乡。
任是水多留不住，县官白水要征粮①。

低田水草尽荒芜，谁料高田谷亦无。
一石还租五斗债，更留何物饱妻孥？

①留不住，宾语是下句的"粮"。二句意谓任是水多仍然留不住家里的粮食，因为县官白水也要征粮。

吴 绮

吴绮（1619—1694），字园次，一作茵次，号丰南，时称红豆词人。江都（今扬州）人，寄居歙县。清世祖顺治十一年甲午（1654）荐授秘书院中书舍人，官至湖州知府，园次工诗词古文，骈体与陈维崧齐名。编有《宋金元诗选》。有《林蕙堂集》。

督亢陂[①]

荆卿西入秦，手持督亢图。
雪耻用盗术，托智无乃愚。
不知壮士意，成败匪所虞[②]。
杀身表不平，要以明区区[③]。
匕首一得力，六国无丘墟[④]。
英气振天地，博浪心相符[⑤]。
谁云荆高侣，落魄但酒徒[⑥]！

①督亢陂，古地名，先秦燕国富饶地区，地在今河北涿县东南，跨有今涿县、固安、新城等县界。战国末太子丹为质于秦，受秦王凌辱，遂逃归燕国，阴养死士欲以刺杀秦王。得燕之处士田光，田光自以年老，乃举荐荆轲。荆轲，卫人。至燕，爱燕之狗屠及善击筑者高渐离，日相与饮酒高歌于市，为田光所赏识，荐之于太子丹。太子丹以荆轲为上卿，敬礼甚恭，恣其所欲以顺适其意。及秦已破赵，燕国危急。太子丹乃遣荆轲携督亢地图入秦，以献地为名，伺机刺秦王。卷匕首于督亢地图中，向秦王展示时，图穷而匕首见。荆轲即以匕首刺秦王，不中，反为秦王所杀。秦王怒，遣王翦率军灭燕，斩太子丹。事见《战国策·燕策三》。

②匪，非。虞，考虑。

③区区，犹言微忱，心意。

④匕首，一种短剑。二句意谓如果荆轲匕首刺中秦王，则六国不致灭亡成为丘墟。

⑤博浪，指博浪沙，在今河南原阳县东南。秦灭韩，张良以大父、父五世相韩故，悉以家财求客刺秦王，为韩报仇。“秦皇帝东游，良与客狙击秦皇帝博浪沙中，误中副车”。见《史记·留侯世家》。句意谓张良博浪沙狙击秦始皇帝与荆轲刺秦王心实相符。

⑥荆高，荆轲、高渐离。二句谓谁说荆高只是落魄酒徒，其实他们是英雄豪杰。

芜城歌赠送屈翁山①

芜城十月霜飞早，游子相逢惜秋草。
镂管争从月下吟，瑶觞竞向花前倒②。
忽闻屈子天际来，座中众客欢如雷。
共言意气为君发，共言怀抱为君开。
闻君平生不得志，读尽奇书有奇事。
万里麻鞋讯故人，千金宝剑留深意③。
踏遍人间古战场，掉头不肯事侯王。
弹琴独看文君鬓，典酒频销陆贾装④。
几年漂泊人难测，憔悴兰成归未得⑤。
八月槎浮桂海潮，六朝山爱斜阳色⑥。
偶然乘兴来观涛，明月同寻廿四桥⑦。
只有客怜词客赋，更无人听广陵箫⑧。
竹西握手天将雪，满路西风打黄叶⑨。
送君又上白门舡，秋尽垂杨不堪折⑩。
杜牧凄凉梦懒成，狂歌一曲别离情⑪。
西园宾客皆云散，独听寒江暮雨声⑫！

① 芜城，扬州别称。屈翁山，即屈大均。见明诗屈氏小传。

② 镂管，箫笛之类。瑶觞，玉杯。

③ 麻鞋，用麻织的草鞋。讯，访问。

④ “弹琴”句，李贺《咏怀》诗：“弹琴看文君，春风吹鬓影。”“典酒”句，陆贾秦末楚人，从刘邦定天下。出使南越，南越王尉佗“赐陆生橐中装值千金”。汉惠帝时，陆生病免家居。“有五男，乃出所使越得橐中装卖千金，分其子，子二百金”。谓其子曰：“与汝约，过汝，汝给吾人马酒食。”见《史记·陆贾列传》。装，指囊中财宝珠玉。

⑤ 兰成，庾信《哀江南赋》有“兰成射策之年”句，注家以兰成为庾信小字。庾信于梁元帝时聘于西魏，梁王朝旋即灭亡，信因羁留长安，仕于西魏、北周。按，屈大均于明亡之后坚持抗清，失败后一度削髮为僧，后还俗隐居，与庾子山事完全不类，诗语实甚勉强。

⑥ 八月槎，杜甫《秋兴八首》其二：“听猿实下三声泪，奉使虚随八月槎。”槎（chá），筏。桂海，即南海。《文选·江文通〈杂体诗·袁太尉〉》“文轸薄桂海”，李善注：“南海有桂，故曰桂海。”此代指广东。六朝山，指南京一带的山。

⑦ 观涛，古代大江入海处逼近广陵（扬州），故广陵可以观涛。枚乘《七发》：“将以八月之望，与诸侯远方交游兄弟，并往观涛广陵之曲江。”诗中“观涛”指观涛处，代指扬州。廿四桥，即二十四桥，在扬州。

⑧ 词客赋，指鲍照《芜城赋》。玉人，美人。杜牧《寄扬州韩绰判官》诗：“二十四桥明月夜，玉人何处教吹箫？”顺治二年（1645）清军攻破扬州，进行了残酷的大屠杀，史称“扬州十日”，扬州遭到严重破坏。二句暗示扬州尚荒凉残破。

⑨ 竹西，杜牧《题扬州禅智寺》诗：“谁知竹西路，歌吹是扬州。”后人因其地建竹西亭。此代指扬州。

⑩ 白门，南朝称建康城正南门宣阳门为白门。后用作南京别称。舡（xiāng又读 chuán），船。

⑪ “杜牧”句，唐文宗大和七、八年间，杜牧在淮南节度使牛僧孺幕，常游狭邪，有《遣怀》诗云：“落魄江湖载酒行，楚腰纤细掌中轻。十年一觉扬州梦，赢得青楼薄倖名。”此诗人自言扬州破败，“凄凉梦破”。

⑫ 西园，汴京王诜园名。王诜好文学之士，苏轼、黄庭坚、秦观、张耒、晁补之等皆相过从，哲宗元祐年间常集西园饮宴。李伯时为作《西园雅集图》。后苏轼等皆被谪外出，宾客散逸。诗结尾诗人自述境况。

★吴园次七言歌行，极似吴梅村。其《青山下望黄将军墓道》尤与梅村相近。

归云庵夜泛，同愚山、阮怀诸子[①]

山晚离城远，寒新怯暮游。
乱峰争落日，一径入深秋。
清兴因官懒，诗名借客留。
何时能解绂，终夕对沧洲[②]？

① 愚山，即施闰章。阮怀，待查。
② 绂（fú），系印的丝带。解绂即辞官。

丁 澎

丁澎（1622—1686？），字飞涛，号药园，浙江仁和（今杭州）人。明末与陆圻、柴绍炳、毛先舒等十人，于杭州结西泠诗社，称“西泠十子”。清世祖顺治十二年乙未（1655）进士，官刑部主事。十五年充河南乡试副考官，升礼部郎中。十七年因事谪靖安，居五年乃得归。卒于康熙二十五年前后。丁澎是西泠十子中唯一在清应试入仕者。论诗艺，十子中陆圻之后以丁澎较优。有《扶荔堂集》。

送刘石生之秦①

万里咸阳道，三年复此行②。
雁声寒渭水，秋色上蒲城③。
日蚀秦碑断，天空汉畤平④。
尚留双剑在，风雨试长鸣⑤。

① 秦，陕西，古为秦国地。

② 咸阳，秦都咸阳在今陕西咸阳市东北。

③ 渭水，黄河最大支流，源出甘肃渭源鸟鼠山，东流横贯陕西中部渭河平原，至潼关县注入黄河。蒲城，在陕西渭河平原东北。

④ 畤，古代祭祀天地神灵之所。《括地志》：“汉武帝畤，在岐州雍县南。”唐崔颢《行经华阴》诗：“河山北枕秦关险，驿路西连汉畤平。”

⑤ 双剑，晋张华使雷焕在丰城得双剑。见《晋书·张华传》。诗中系泛指。

送王山长还楚南

地尽三巴接，将归南雍州[①]。
天空一雁断，何处岳阳楼。
橘树侵寒雨，猿声入暮秋。
仲宣仍作客，更切望乡愁[②]。

① 三巴，东汉末益州牧刘璋分巴郡为永宁、固陵、巴三郡；后又称巴东、巴西、巴为三巴。南雍州，东晋侨置雍州于襄阳，称南雍州。诗中泛指楚地。

② 仲宣，东汉末王粲避难荆州，诗中借指王山长。

报宋荔裳观察[①]

风起卢龙急雁行，几年归梦度渔阳[②]。
髡钳季布藏车下，钩党符融泣路旁[③]。
马怯危桥流汩汩，鹳鸣横岭月苍苍[④]。
榆黄霜白惊秋晚，不敢逢人问故乡[⑤]。

① 宋荔裳观察，即宋琬，见宋氏小传。此丁澎谪放靖安时所作。

② 卢龙，指卢龙塞，在今河北喜峰口附近，古有塞道，为河北平原通往东北的交通要道。渔阳，秦汉渔阳郡在今北京密云西南，隋唐渔阳郡在今河北蓟县。

③ 髡钳，一种刑罚。剃去头髮叫髡，用铁圈束颈叫钳。季布，秦末楚人，为项羽将，数窘汉王刘邦。及项羽灭，刘邦购求季布千金，敢舍匿者罪及三族。季布匿濮阳周氏。周氏乃髡钳季布，衣褐衣，置广柳车中，至鲁朱家所卖之。见《史记·季布列传》。钩党，相牵连为同类。东汉桓帝时宦官专权，李膺等名士予以抨击。延熹九年（166），宦官指使人上书诬告李膺等“共为部党，诽讪朝廷，疑乱风俗”。辞连二百馀人，并被“禁锢终身”。灵帝建宁二年（169），宦官侯览、曹节挟持灵帝，收捕李膺、杜密等百馀人处死，并陆续杀害、流徙达七百人。史称“党锢之祸”。《后汉书》特辟《党锢列传》。符融，字伟明，陈留浚仪人。师事少府李膺，由此知名。“会有党事，亦遭禁锢”。见《后汉

书·符融传》。

④汩汩（gǔ），流水声。苍苍，犹“沧沧”，寒凉之貌。

⑤榆黄霜白，一作“乾葵棘急”。

听旧宫人弹筝

银甲斜抛雁柱飞，玉熙宫里尚依稀[①]。
不须弹到回波曲，说着先皇泪满衣[②]。

①银甲，银制的假指甲，套在指上，用以弹奏弦乐器，亦称拨。雁柱，筝柱斜列如雁行，故名。玉熙宫，疑为明宫殿名。出处未详。

②回波曲，唐教坊曲有《回波乐》。

望天寿山[①]

高峰突兀散流霞，天外钟声一径斜。
认道前朝功德寺，老僧还着旧袈裟[②]。

①天寿山，在北京昌平县，明十三陵在山南麓。

②前朝功德寺，明代朝廷在天寿山麓修建的寺庙。

★《听旧宫人弹筝》《望天寿山》为丁飞涛集中佳作。此等绝句可与钱谦益、龚鼎孳同类诗合读。丁飞涛虽出仕于清，然于前明故国实未能忘情。“说着先皇泪满衣”者岂只是旧宫人！然应试登第，授官入仕，曾几何时即无端获罪，流放靖安，历尽道途艰苦，塞外冰霜。早知仕路如此艰辛，又何需多此一举！

毛奇龄

毛奇龄（1623—1716），原名甡，字大可，号初晴，以郡望称毛西河，浙江萧山人。年轻时曾参与抗清活动，亡命江湖，十馀年乃得归里。清圣祖康熙十八年己未（1679）召试博学鸿词，时年已五十七岁，授翰林院检讨，充《明史》修纂官。六年后引疾归里。康熙五十五年卒，年九十四。西河治经史、音韵并有成就，著述颇多。有《西河合集》。

览镜词

渐觉铅华尽，谁怜憔悴新[①]。
与余同下泪，只有镜中人！

①铅华，搽脸的粉。铅华尽，指青春老去。

★此诗全仿崔国辅《丽人曲》："红颜称绝代，欲并真无侣。独有镜中人，由来自相许。"崔诗自赏，毛诗自怜，临本终究不如原帖。

长门怨[①]

玉殿金缸晚色新，殿前少使绣麒麟[②]。
夜来恐索长门锦，要赐平阳歌舞人[③]。

①长门怨，汉武帝陈皇后，擅宠娇贵十馀年而无子。后武帝过平阳主，悦平阳主歌女卫子夫，赐平阳主金千斤，载子夫入宫。陈皇后闻卫子夫得宠，几

死者数。武帝怒，罢居长门宫。见《汉书·外戚传》。《乐府诗集》有《长门怨》咏陈皇后事。

② 金釭（gāng），金灯。少使，《西河文集》校者姜兆熊注："汉内职有少使之号。"

③ 平阳歌舞人，即卫子夫。二句由王昌龄《春宫怨》"平阳歌舞新承宠，帘外春寒赐锦袍"演化而来。

吴 山

吴山，女，字岩子，安徽当涂人，太平县丞卞琳之妻。于国破家亡之后，与二女穷居守志，以诗文名当代垂四十年。邓汉仪题其集云："江南萍梗乱离身，破砚单衫相对贫。今日一灯花雨外，青山自署女遗民。"有《青山集》。

姑苏棹歌二首

水色连山青欲流，渔人终日棹轻舟。
一条古路分吴越，直到钱塘古渡头①。

水转枫桥径转幽，人家绿树映高楼②。
木犀秋满山塘上，一路清香到虎丘③。

① 古渡头，一作"江岸头"。
② 枫桥，在苏州城西，因唐张继《枫桥夜泊》诗闻名。
③ 木犀，即桂花。虎丘，在苏州城西北，传吴王阖闾葬于此，为苏州名胜。

清 明

而今何处觅桃源，风雨清明且闭门。
春草萋萋归不得，江南多少未招魂！

蒋超

蒋超（1624—1673），字虎臣，号华阳山人，江苏金坛人。清世祖顺治四年丁亥（1647）进士，官翰林院编修。有《绥庵诗稿》。

金陵旧院①

锦袖歌残翠黛尘，楼台塌尽曲池湮②。
荒园一种瓠儿菜，独占秦淮旧日春。

①金陵旧院，余怀《板桥杂记》："旧院，人称曲中，前门对武定桥，后门在沙库街。妓院鳞次比屋而居，屋宇清洁，花木萧疏。"板桥旧院为南京妓家集中之所，出过许多名妓，多与文士往来；风流文采，盛极一时。《桃花扇》中李贞丽、李香君（本名李香）、卞玉京、寇白门、郑妥娘等皆旧院名姝。南明福王即位南京，一时难得有众多美女，弘光二年（1646）正月阮大铖大搜旧院妓女入宫。五月弘光朝崩溃，又经清兵掳掠，旧院因而荒废。

②锦袖，一作"锦绣"。塌尽，一作"已尽"。湮，填没。

★沈德潜评此诗云："极浓丽地，偏写得荒凉如许，感慨系之。"全祖望《旧院》诗云："澹心居士真耆旧，头白操觚话板桥。岂以平康忘庙社，正从子夜哭宗祧。葛姬大节成鸾凤，顿老游魂寄黍苗。名士美人双寂寞，荒江斜日逐渔樵。"全谢山上距余怀、蒋超已七八十年，面对荒凉的板桥旧院，犹如此感慨，清初部分士大夫对亡明故国的怀伤，由此可见一斑。

朱厚章《秦淮绝句》云："风花无力扑帘波，佳节偏从客里过。听说儿童挑荠菜，青青只有故宫多。"明故宫的荠菜青青和旧院的瓠儿菜，一样反映出人世的兴亡。朱诗固不如蒋诗精警，旧院的瓠儿菜也更使人情伤。朱厚章，字以载，江苏昆山人。

汪琬

汪琬（1624—1690），字苕文，号钝庵，晚居尧峰，因以为号，江苏长洲（今苏州）人。清世祖顺治十二年乙未（1655）进士，授户部主事，升刑部郎中。十八年以奏销案去官[①]。圣祖康熙十八年己未（1679）举博学鸿词，授翰林院编修，仅六十日即以疾乞归。康熙二十九年卒，年六十七。琬以古文名家，与魏禧、侯方域齐名，称"清初三家"；宋荦尝合刻其文以行世。有《尧峰文钞》。

①顺治十八年（1661）江南巡抚朱国治揭发，江南苏、松、常、镇四府乡绅与衙役勾结，拖欠钱粮数十万。朱氏造册上报，凡乡绅一万三千五百馀人，衙役二百四十人，被分别革去功名，给予惩处，史称奏销案。事发虽在世祖顺治十八年，然正月世祖去世，实际已入圣祖康熙之初。

王龙标昌龄塞上[①]

黄榆生悲风，落叶满边徼。
日暮望平原，黯黯伤怀抱。
屡对将军簿，不闻天子召[②]。
功成其奈何，痛哭萧关道[③]。

①王龙标昌龄，盛唐诗人王昌龄，曾贬龙标尉，故称王龙标。

②"屡对"句：簿，汉代军中对犯事人员讯问谓之对簿。《史记·李将军列传》：李广行军失道，"大将军（卫青）使长史急责广之幕府对簿"，李广被迫自杀。诗以李广事为影，实系泛说，非咏李广。

③萧关，古关名，故址在今宁夏固原东南。汉文帝时匈奴自萧关入，烧回中宫；武帝时通回中道，北出萧关。时萧关为关中通向塞外交通要冲，常有争战。

★尧峰拟作唐人诗八首，此拟王龙标塞上诗。虽缺乏龙标气势，亦庶几近之。

送吴处士

木落雁南飞，秋深每忆归。
那堪一尊酒，重与故人违。
野戍连平楚，江城闭夕晖。
绵绵往来道，遥望欲沾衣。

送再从侄处默

又向长安别，凄然动客愁[①]。
秋风吹远道，落日在孤舟。
雁逐江烟下，潮冲楚树流。
何时更相见，与续竹林游[②]。

① 长安，代指京师北京。

② 竹林，《三国志·魏书·嵇康传》裴松之注引《魏氏春秋》：稽康“与陈留阮籍、河内山涛、河南向秀、籍兄子咸、琅邪王戎、沛人刘伶，相与友善，游于竹林，号为七贤”。阮咸为阮籍之侄，诗送从侄，故用竹林典故。

计甫草至寓斋[①]

门巷何萧索，惟君步屧频[②]。
青云几故旧，白首尚风尘[③]。
身受才名误，文从患难真。
耦耕知未遂，相顾倍伤神[④]。

①计甫草，计东（1625—1676），字甫草，江苏吴江人。顺治十四年丁酉（1657）举乡试，也因奏销案除名。

②屧（xiè），木屐，泛指鞋履。

③青云，喻志意高尚。《三国志·魏书·荀攸贾诩传赞》："张子房青云之士，诚非陈平之伦。"

④耦耕，古代一种耕作方法，两人各执一耜，共同操作。《论语·微子》："长沮、桀溺耦而耕。"喻一道隐居。

玉钩斜①

月观凄凉罢歌舞，三千艳质埋荒楚②。
宝钿罗帔半随身，蹋作吴公台下土③。
春江如故锦帆非，露叶风条积渐稀④。
萧娘行雨知何处，惟见横塘蛱蝶飞⑤！

①玉钩斜，又称宫人斜。《广陵志》："府治西北有玉钩斜，隋炀帝葬宫人处。"

②月观，《扬州府志》："宋徐湛之为南兖州刺史，以广陵城北多陂津，水物丰盛，乃建风亭、月观、吹台、琴台，竹木繁茂，花药成行。"《拾遗记》："隋大业十年，炀帝至江都，选殿脚女吴绛仙等，使给事月观，帝常月夜幸之。"艳质，指美人。荒楚，荒芜榛莽之中。

③钿，一种妇女首饰。罗帔（pèi），丝织披肩。吴公台，在扬州城西北，南朝宋沈庆之始建，陈吴明彻增筑，故名。

④锦帆，隋炀帝由大运河游江都，所有风帆均用宫锦制作。李商隐《隋宫》："春风举国裁宫锦，半作障泥半作帆。"露叶风条，指杨柳。隋开大运河，河堤皆种杨柳。

⑤萧娘，隋炀帝萧皇后，梁明帝萧岿之女。宇文化及杀炀帝，掠萧后至聊城。宇文化及败，没于窦建德。突厥处罗可汗遣使者迎后于洺州，建德不敢留，遂入突厥。唐贞观四年（630），李靖破突厥，又获萧后至长安。见《隋书·后妃传》。行雨，《文选·宋玉〈高唐赋〉》写楚王游高唐，梦遇巫山神女，神女自言"妾在巫山之阳，高丘之岨，旦为朝云，暮为行雨"。隋炀帝荒淫无耻，使数以千计的宫女蒙受苦难，虚度年华，并丧失生命；而萧后亦如此颠沛，成为历史上折腾最惨的亡国之君的皇后。横塘，江苏名横塘之地有多处，此必在扬

州，或系泛指。塘，堤也。

寄赠吴门故人[1]

遥羡风流顾恺之，爱翻新曲覆残棋[2]。
家临绿水长洲苑，人在青山短簿祠[3]。
芳草渐逢归燕后，落花已过浴蚕时[4]。
一春不得陪游赏，苦恨蹉跎满鬓丝。

① 吴门，今江苏苏州。故人，尧峰友人顾苓，字云美，苏州人，明亡后隐居不仕。

② 顾恺之，东晋无锡人，著名画家，亦善诗。诗人喻指顾苓。

③ 长洲苑，在苏州西南，为春秋时吴王阖闾游猎之所。短簿祠，《吴郡志》："短簿祠在虎丘云岩寺。寺本东晋王珣及其弟王珉宅。珣居桓温征西幕府，时号短主簿，俗因以名其祠。"

④ 浴蚕，《农政全书》："二月十二日浴蚕，以菜花、野菜花、韭花、桃花、白豆花，揉之水中而浴之。"

陆次云

陆次云，字云士，浙江钱塘（今杭州）人。清圣祖康熙十八年己未（1679）召试博学鸿词，报罢。官河南郏县知县，以丁忧归，后复起官江阴知县。工诗文，所作《圆圆传》颇有名。有《澄江集》《玉山词》《北墅绪言》等。

出门二首

堂上有慈亲，身外无昆季。
承欢赖妻贤，委之以为弟。
弱女方四龄，初知离别意。
恐其牵袂啼，深伤游子绪。
乘彼睡未醒，温存加絮被。
拜母不能言，揖妻交重寄。
此际心若摧，出门方陨涕。

回首望家山，渐远山渐低。
侧听岸旁语，乡音已渐稀。
放舟入大河，烟水无端倪。
偶逢相识人，遥呼心依依。
无如交行舟，倏忽已远离。

咏　史

儒冠儒服委丘墟，文采风流化土苴[①]。
尚有陆生坑不尽，留他马上说《诗》《书》[②]。

①“儒冠”二句：秦始皇三十四年（前 213），用李斯计，下令焚天下诗书。三十五年，坑杀儒生四百六十馀人。见《史记·秦始皇本纪》。土苴（jū），泥土和枯草。

②陆生，陆贾，从汉高祖定天下。“陆生时时前说称《诗》《书》。高帝骂之曰：‘乃公居马上而得之，安事《诗》《书》！’陆生曰：‘居马上得之，宁可以马上治之乎？’”见《史记·陆贾列传》。

潘 高

潘高（1625—1678？），字孟升，号鹤江，江苏金坛人。《清诗纪事初编》卷一谓其“早岁受知钱谦益，后与龚鼎孳、昆山三徐交游”。有《南村诗稿》。

秦淮晓渡

潮涨波平岸，乌啼月满街。
一声孤棹响，残梦落清淮。

★据传南村与金陵诗社诸名流咸赋秦淮晓渡，争胜者多长篇累幅。南村曰：“我年老才竭，只二十字也。”出示众人，皆敛手服，甚有袖诗不出者。

春 感

江水悠悠泛画桡，东风何处不魂销。
春归万里无消息，又过垂杨旧板桥①。

①板桥，在南京城西，明代为繁华游冶之地，清初遭战乱因而凋残。参见蒋超《金陵旧院》诗注。

陈维崧

陈维崧（1625—1682），字其年，号迦陵，江苏宜兴人。父陈贞慧，明末以气节称。清圣祖康熙十八年己未（1679）试博学鸿词，授翰林院检讨，预修《明史》，时年已五十有五。三年后即去世。陈维崧是有清第一豪放派词人，风格飞扬腾越，气势纵横，与朱彝尊并称朱陈，曾合刻《朱陈村词》。骈文亦极有名。有《迦陵文集》《湖海楼诗集》《迦陵词》。

荥　阳①

勒马横鞭问，中原古战场。
北风连夜吼，白日冷荥阳。
绝壁龙形陡，崩崖虎气藏。
欲寻刘项垒，衰草浩茫茫。

①荥（xíng）阳，今属河南，为楚汉相争时有名的战场，项羽、刘邦曾长期相持于此。

喜汉槎入关，和健庵先生原韵①

当时彩笔撼江关，数子声名天地间②。
讵料文章遭贝锦，偏教冰雪炼朱颜③。
廿年苦语三更尽，万里流人二月还④。
不信蛾眉真见赎，感恩我亦泪潺湲⑤。

①汉槎，即吴兆骞。健庵，即徐乾学（1631—1694），字原一，号健庵，昆山人，顾炎武外甥。康熙九年庚戌（1670）进士，授编修，官至刑部尚书，充《明史》总裁官，纂修《大清一统志》及《清会典》，又与何焯汇集唐宋元明解经著作为《通志堂经解》。著有《憺园集》。

②数子，指吴兆骞、彭师度等人，实际还包括陈维崧本人。蒋景祁《陈检讨其年先生全集序》："吴梅村有江左三凤凰之目，先生其一也，时未弱冠。其二谓吴江吴兆骞、云间彭古晋。"陈维崧《五哀诗》："娄东吴梅村，斯世之纪纲。常与宾客言，江左三凤凰：阳羡有陈生（陈维崧），云间有彭郎（彭师度），松陵吴兆骞，才若云锦翔。"彭师度，字古晋，号省庐，华亭人，有《彭省庐诗文集》。"三凤凰"中以陈维崧成就最大。

③贝锦，《诗·小雅·巷伯》："萋兮斐兮，成是贝锦。"郑玄笺："喻谗人集作己过以成于罪，犹女工之集采以成锦文。"锦文如贝，故称贝锦。

④廿年，吴汉槎于顺治十五年（1658）流放宁古塔，至康熙二十年（1681）放归，在塞外二十四年，廿年概而言之。

⑤蛾眉真见赎：东汉蔡琰被虏至南匈奴，后曹操怜蔡邕无后，以金璧赎回。白居易《王昭君》诗："汉使却回凭寄语，黄金何日赎娥眉？"陈维崧原注："颂一时代赎诸先生也。"吴汉槎长期远戍，除顾贞观、纳兰性德等人为之奔走外，徐乾学并筹银代赎才得以放还。

春日吴阊杂诗[①]

春欲寒时雨正浓，小楼残烛话重重。
关山兄弟飘零后，同听吴江晓寺钟[②]。

①吴阊，犹吴门，今江苏苏州。

②原注："夜与宏人同宿。"苏州城外有寒山寺。唐张继《枫桥夜泊》诗云："孤苏城外寒山寺，夜半钟声到客船。"吴江晓寺钟，当即寒山寺钟声。

缪彤

缪彤（1627—1697），字歌起，长洲（今江苏苏州）人。清圣祖康熙六年丁未（1667）赐进士第一，授修撰，官至侍讲。有《双泉堂集》。

渡江

凉月漾中流，金山隐隐浮。
尚馀残醉在，和梦到扬州。

★与潘高《秦淮晓渡》诗不可轩轻。

梁佩兰

梁佩兰（1629—1705），字芝五，号药亭，广东南海人。与屈大均、陈恭尹并称“岭南三大家”。屈、陈坚持反清斗争，梁则于清世祖顺治十四年丁酉（1657）应乡试，此后屡试不中，至圣祖二十七年戊辰（1688）方登进士第，时已年垂六十，选庶吉士。梁在当时颇有诗名，但成就远在屈、陈之下。有《六莹堂集》。

秋夜宿陈元孝独漉堂，读其先大司马遗集感赋①

大节平生事，文章复不刊②。
墨痕犹似渍，碧血几曾干③。
自得乾坤正，谁知事势难④。
草堂灯一点，霜气逼人寒⑤。

①陈元孝，即陈恭尹，参见明代陈氏小传。独漉堂，陈恭尹堂名。古乐府《独漉篇》：“独漉独漉，水深泥浊。泥浊尚可，水深杀我。”“刀鸣箾中，倚床无施。父冤不报，欲活何为？”恭尹以杀父灭国的大仇未报，故取以名堂。大司马，恭尹父陈邦彦，字会纷，号岩野，广东顺德人。乙酉（1645）举人。时虽已是顺治二年，广东尚属南明。永历帝朱由榔即位肇庆，任陈邦彦为兵科给事中。永历元年丁亥（1647）春陈邦彦联合陈子壮、张家玉，起兵抗清，兵败被执，皆不屈而死，时号“广东三忠”。永历帝追赠陈邦彦兵部尚书。兵部尚书相当于古大司马，故明清别称为大司马。遗集，陈邦彦著有《雪声堂诗文集》。

②不刊，不可刊改，言其坚贞。

③渍（zì），染上。句即墨痕犹新之意。碧血，《庄子·外物》：“苌弘死于蜀，藏其血，三年化而为碧。”碧，碧玉。碧血未干，即精神不死之意。

④ 得乾坤正，得天地之正气。
⑤ 霜气，点出时令，又与陈邦彦的肃然正气关合。

粤　曲

春风试上粤王台，锦绣山河四面开[1]。
今古兴亡犹在眼，大江潮去复潮来。

① 粤王台，在广州越秀山上，传为汉南越王赵佗所建。

朱彝尊

朱彝尊（1629—1709），字锡鬯，号竹垞，别号金风亭长、小长芦钓鱼师，浙江秀水（今嘉兴）人。曾祖朱国祚，于明泰昌、天启间官至礼部尚书兼武英殿大学士。彝尊年轻时曾参与抗清，失败后避祸走永嘉，上山西，东西奔走，游幕四方。清圣祖康熙十八年乙未（1679）应试博学鸿词，时已年过五十。授翰林院检讨，寻入值南书房，出典江南省试。康熙二十三年以携仆入内廷抄录四方经进书，被劾降级。二十九年起复故官。三十一年（1692）罢归田里，殚心著述。康熙四十八年卒，年八十一。

竹垞学问博洽，著有《经义考》《日下旧闻》多种，并编有《词综》《明诗综》。其创作笔涉多方，是康熙时著名词人，宗尚姜夔、张炎，风格醇雅清空，为浙西词派开创者；与陈维崧齐名，曾合刻《朱陈村词》。诗宗杜甫韩愈，对有清一代浙派诗人都有影响。与王渔洋齐名，称为“南朱北王”，成就不如渔洋。其诗集晚年删定为《曝书亭集》。

岳忠武王墓[1]

宋室偏安日，真忘帝业艰。
但愁诸将在，不计两宫还[2]。
鄂国英雄士，淮阴伯仲间[3]。
策名先部曲，薄伐自江关[4]。
赤县期全复，黄河渡几湾[5]。
龙庭生马角，雪窖视刀环[6]。

城下盟何急，师中诏已颁[7]。
盈庭尊狱吏，橐木谢朝班[8]。
相狡妻兼煽，和成主愈孱[9]。
长城隳道济，大勇丧成覸[10]。
旧井银瓶失，高坟石虎闲[11]。
铭功存版碣，铸像列神奸[12]。
旷世心犹感，经过泪独潸。
传闻从父老，流恨满湖山。
朔骑频来牧，南枝尚可攀[13]。
墓门人寂寞，江树鸟缗蛮[14]。
宿草经时绿，秋花满目斑。
依然潭水月，终古照潺湲[15]。

①岳忠武王，即岳飞，字鹏举，相州汤阴人。出身行伍，宋室南渡时，从宗泽留守开封。泽死，从杜充南下。宋高宗建炎三年，金兀术渡江南侵，岳飞移军广德宜兴，坚持抵抗。次年金军北撤，飞攻击金军后队，收复建康。绍兴五年（1135）驻军鄂州（今武昌），派人联络太行山义军，力主大军北进，收复中原。绍兴十年，金兀术犯河南，岳飞出兵反击，大败金兵于郾城，收复郑州、洛阳等地，两河义军纷起响应。时高宗、秦桧欲尽弃淮北地以“求和”，恐诸将不服，欲收诸将兵权。岳飞主战最力，屡上表请收复两河及燕云等地。高宗乃一日降十二道金牌召回岳飞。秦桧又诬飞谋反，下狱。绍兴十一年十二月二十九日，以“莫须有”罪名将岳飞杀害。后宋孝宗为之平反，谥武穆。宁宗时追封鄂王。见《宋史·岳飞传》。岳飞墓在杭州西湖栖霞岭。诗作于顺治十二年乙未（1655），时朱彝尊二十七岁。

②两宫，指被俘的徽、钦二宗。二句谓宋高宗只愁诸将妨碍“求和”，而不考虑徽、钦二宗回还。

③鄂国，即岳飞。淮阴，汉初名将韩信，淮阴人，后又封淮阴侯。韩信帮助汉高祖扫平天下，消灭项羽。功成之后，即被杀害。伯仲间，语本杜甫《咏怀古迹》诗“伯仲之间见伊吕”。

④策名，指出仕。《左传》僖公二十三年“策名委质”，孔颖达疏：“策，简策也。质，形体也。古之仕者，于所臣之人书己名于策，以明系属之也。”犹后

世登记入册。先部曲，指岳飞出身行伍。薄伐，征伐。薄字系发语词。《诗·小雅·出车》："赫赫南仲，薄伐西戎。"自江关，指建炎四年（1130）岳飞追击金军后队，收复建康。

⑤ 赤县，指中国。二句意谓岳飞志在北渡黄河，恢复中原。

⑥ 龙庭，汉代匈奴单于祭祀之所。班固《封燕然山铭》："蹑冒顿之区落，焚老上之龙庭。"此代指金国。生马角，《史记·刺客列传赞》司马贞索隐引《燕丹子》：燕太子丹质于秦，"求归，秦王曰：'乌头白，马生角，乃许尔归。'"马生角为决不可能之事。句意谓岳飞北伐，将使徽、钦二宗得以南归，不可能之事乃成为可能。雪窖，汉苏武使匈奴被留。"幽武置大窖中，绝不饮食。天雨雪，武卧啮雪与旃毛并咽之，数日不死"。见《汉书·苏建传》。此指徽、钦二宗囚禁在金。视刀环，汉李陵兵败降匈奴。昭帝时遣陵故人任立政使匈奴。李陵在座。"立政等见陵，未得私语，即目视陵，而数数自循其刀环，握其足，阴谕之，言可还归汉也"。见《汉书·李广传》。"环"与"还"同音，任立政循刀环，暗示李陵还汉。句亦谓岳飞北伐，二帝可望回还。

⑦ 城下盟，本指强敌兵临城下被迫订盟，实即投降。《左传》桓公十二年：楚军伐绞，"大败之，为城下之盟而还"。宋高宗、秦桧降金订盟，并非迫不得已，却急于投降，故曰城下盟何急。师中诏已颁，指宋高宗下诏召回岳飞。

⑧ 盈庭尊狱吏，指秦桧命万俟卨诬害岳飞，朝廷诸臣随之附和，使飞衔冤而死（其实当时为岳飞鸣冤的人很多，同为秦桧陷害）。《史记·绛侯周勃世家》：周勃诛诸吕而立汉文帝。后有人上书告勃谋反，被捕下廷尉。"吏稍侵辱之，勃以千金与狱吏。"后得释，曰："吾尝将百万军，然安知狱吏之贵乎！"囊木，用木枷钳住囚犯手脚。《后汉书·范滂传》："滂等皆以三木囊头，暴于阶下。"李贤注："三木，项及手足皆有械，更以物蒙覆其头也。"谢朝班，告别朝班，成为囚犯。

⑨ 相狡妻兼煽，北宋亡后秦桧等仍留汴京。建炎四年十月与妻王氏航海南归。《秦桧传》谓"盖桧在金庭首倡和议，故挞懒纵之使归也"。宋元间传说，谓秦桧妻王氏狠毒，曾与秦桧于东窗之下谋划陷害岳飞。见元张昱《咏何立事》诗注、明田汝成《西湖游览志馀》卷四。

⑩ 长城隳道济：南朝宋大将檀道济，东晋末从刘裕征伐后秦，为前锋，收复洛阳。宋文帝元嘉八年（431）伐魏，粮尽退兵，敌不敢追。未几进司空，镇寻阳。后为文帝所忌，遇害。临刑，愤怒投帻于地，曰："乃坏汝万里长城！"见《宋书·檀道济传》。成覸，《孟子·滕文公上》：成覸谓齐景公曰："彼，丈夫也，我，丈夫也，吾何畏彼哉！"丧成覸，未详所出。

⑪ 旧井银瓶失：银瓶井，据传在杭州岳飞故宅旁。元王逢《银瓶娘子辞》，

据传说，谓岳飞幼女银瓶闻父被害，遂挟银瓶投井自尽。后因名此井为银瓶井（按，岳飞之孙岳珂《忠武行实》仅言岳飞有女安娘，嫁高祚，无幼女。南宋末杭人已有庙祀岳飞，并祀银瓶娘子）。石虎，指岳坟石雕。

⑫ 铭功存版碣，指岳坟铭功碑刻。铸像列神奸，“神奸”，奸诈狡猾之人，指岳坟前有铁铸秦桧夫妇和万俟卨等奸贼跪像。

⑬ 朔骑，北来敌骑。南宋亡于蒙古，南明又亡于满洲，皆朔骑来牧。南枝，据传岳坟前松柏皆南向。

⑭ 缗蛮，鸟鸣声。字又作绵蛮。《诗·小雅·绵蛮》：“绵蛮黄鸟，止于丘隅。”

⑮ 终古，犹言永远。

★朱彝尊祖上为明室大臣，年轻时值明室倾颓，故宗社故国之思，常萦怀抱，每每形诸歌咏。此诗作于顺治十二年（1655），于岳忠武情特眷眷。“旷世心犹感，经过泪独潸。传闻从父老，流恨满湖山。朔骑频来牧，南枝尚可攀”，此等诗句，不只是情伤武穆，实深涵自家身世之悲。二十年之后，朱彝尊得授翰林检讨，入值南书房，侍奉大清皇帝。这个时候朱彝尊感谢天恩尚惟恐不及，再不会为前朝的抗敌英雄“经过泪独潸”了，此等诗篇也就从笔下绝迹。

雁门关①

南登雁门道，骋望勾注巅②。
山冈郁参错，石栈纷钩连。
度岭风渐微，入关寒未捐③。
层冰如玉龙，万丈来蜿蜒。
飞光一相射，我马忽不前。
抗迹怀古人，行载诚多贤④。
郅都守长城，烽火静居延⑤。
刘琨发广莫，吟啸扶风篇⑥。
伟哉广与牧，勇略天下传⑦。
时来英雄奋，事去陵谷迁。

古人不可期，劳歌为谁宣[⑧]。
嗷嗷中泽鸿，聆我慷慨言[⑨]。

①雁门关，在山西代县北部。晋代置关在今山西代县北雁门山上，至元代已废圮。明代东移至今雁门关。康熙三年（1664）朱彝尊至大同谒山西按察副使同乡前辈曹溶，诗作于四年春月。

②南登，作者自大同南至雁门，故曰“南登”。《清诗别裁》作“白登”，非是，白登尚在大同东北，方位相反。勾注，雁门山别称。

③寒未捐，《清诗别裁》作“寒凛然”。

④抗迹，高迹。诚多贤，《清诗别裁》作“多豪贤”。

⑤郅都，西汉河东大阳人。汉景帝拜都为雁门太守。“匈奴素闻郅都节，举边为引兵去，竟都死不近雁门。匈奴至为偶人象郅都，令骑驰射莫能中，其见惮如此”。见《汉书·酷吏传》。居延，西汉置居延县，地在今内蒙额齐纳旗东。诗中代指边塞。

⑥刘琨，西晋中山魏昌人。晋怀帝永嘉元年任并州刺史，抵御匈奴。于路作《扶风歌》，以纪其艰难与忧愤。广莫，晋洛阳城北门名。《扶风歌》有“朝发广莫门”句。

⑦广与牧，西汉名将李广与战国赵将李牧。二人都曾驻守雁门，抵抗匈奴侵扰。

⑧古人，集作“数子”，此从《清诗别裁》。

⑨嗷嗷，雁鸣声。《诗·小雅·鸿雁》二章云：“鸿雁于飞，集于中泽。”三章云：“鸿雁于飞，哀鸣嗷嗷。”后常以鸿雁嗷嗷比喻流离失所的人民的哀鸣，诗中人雁双关。《晚次崞县》为同时作品，末二句“流移嗟雁户，生计各西东”，以雁比流民之意更明。

度大庾岭[①]

雄关直上岭云孤，驿路梅花岁月徂[②]。
丞相祠堂虚寂寞，越王城阙总荒芜[③]。
自来北至无鸿雁，从此南飞有鹧鸪[④]。
乡国不堪重伫望，乱山落日满长途。

① 大庾岭，五岭之一，在江西大庾和广东南雄边境，是江西入广东通道。顺治十三年（1656），朱彝尊应广东高要知县杨雍聘赴广东，经大庾岭。

② 雄关，即梅关。《读史方舆纪要》：梅关“雄杰险固，为南北之襟要”。“有驿路在石壁间，相传唐开元中张九龄所凿；宋嘉祐中，复广修之。旧时岭上多梅，故庾岭亦曰梅岭，关曰梅关，今梅废而关名如故”。徂，往。岁月徂，谓年代久远。

③ 丞相祠堂，《一统志》：“张文献祠在大庾岭云封寺前，祀唐宰相张九龄。”越王城阙，《一统志》：“赵佗城在广州府城西二十七里，即佗都城也。”

④ 北至，从北方至。无鸿雁，据传鸿雁南飞不过庾岭。宋之问《题大庾岭北驿》诗：“阳月南飞雁，传闻至此回。”南飞有鹧鸪，《南越志》：“鹧鸪，其名自呼，飞必南向。虽东西回翔，然开翅之始，必先南翥。”

土木堡[①]

平芜一篑狼山下，九月驱车白雾昏[②]。
到眼关河成故迹，伤心土木但空屯。
元戎苦战翻回跸，诸将论功首夺门[③]。
早遣金缯和社稷，祠官谁奉裕陵园[④]？

① 土木堡，在河北怀来东南。明英宗正统十四年（1449）秋，瓦剌也先侵犯大同，太监王振挟持英宗朱祁镇率五十万大军“亲征”。至土木堡被瓦剌军包围，明军大败，“死者数十万”，英宗被瓦剌俘虏，京师震动。史称“土木堡之变”。事变之后，翰林侍讲徐有贞主张迁都南京。兵部侍郎于谦力排众议，坚决主战。谓：“京师天下根本，一动则大事去矣，独不见宋南渡事乎！”如此拥立英宗弟朱祁钰，是为代宗，遥尊英宗为太上皇。于谦被任命为兵部尚书，肩负保卫京师重任，调集兵力，整顿军备，制订防守之策，士气大振。十月，瓦剌军挟持英宗东进，破紫荆关，直犯北京。于谦率众将统领二十万明军在北京九条城门严阵以待。于谦亲自督军，正面迎敌。经过五天激战，瓦剌军损失惨重，被迫撤退，京师转危为安，明室得以保存。明年即景泰元年（1450）八月，瓦剌放回英宗，居于南宫。七年之后，代宗患病，总兵石亨、徐有贞和原王振名下太监曹吉祥夺门入宫，拥英宗登奉天殿复辟，废景泰帝，杀害于谦。史称“夺门之变”。见《明史·英宗前纪》《景帝纪》与《于谦传》。康熙三年（1664）朱彝尊赴山西，途经土木堡，诗作于其时。

②平芜，草木荒芜的原野。篑，装土竹器。平芜一篑，此词原于《书·旅獒》“为山九仞，功亏一篑”与《论语·子罕》“譬如为山，未成一篑；止，吾止也”。然此处与“功亏一篑”、“未成一篑”都不相涉，只指山形不大；用词实甚勉强。

③元戎，指于谦。跸（bì），帝王车驾外出，开路清道，禁止通行；因亦代指帝王车驾。二句意谓正是于谦坚决抵抗打败瓦剌才使英宗得以返回京师，而英宗却以参与夺门复辟的诸将为功。

④裕陵，英宗陵墓。二句意谓倘使景泰、于谦也像宋高宗、秦桧那样以金缯和戎，而不是抵抗，则英宗也无法回来，裕陵也就不存在。末二句是全诗的警策，也是精辟的史论。早，一作“倘”。

★于忠肃识见功勋，并不下于岳武穆，而被冤杀也与武穆相同，故清人歌咏甚多。竹垞另有五言排律《于忠肃公祠》，对忠肃高义，三致意焉。他人咏于忠肃者佳作亦不少。其最著者，竹垞同时人有孙蕙、孟亮揆之作。

孙蕙《于忠肃公祠》诗云：“出狩天王竟北征，烽烟已逼凤凰城。有君定国真长策，奇货难居始罢兵。南内邀功争复辟，西曹枉杀患无名？最怜一事公遗恨，不使前星羽翼成。”孙蕙，字树百，山东淄川人。清世祖顺治十八年辛丑（1661）进士，官给谏。有《笠阳诗草》。

孟亮揆《于忠肃墓》诗云：“曾从青史吊孤忠，今见荒丘岳墓东。冤血九原应化碧，阴磷千载自沉红。有君已定还銮策，不杀难邀复辟功。意欲岂殊三字狱，英雄遗恨总相同。”于忠肃墓与岳墓并在杭州西湖，故诗亦以忠肃与武穆相并。孟亮揆，字绎来，江苏长洲（今苏州）人。清圣祖康熙九年（1670）进士，官翰林侍讲。

又，乾隆时袁枚与清末周寿昌之作亦佳。

袁枚《景泰陵》诗云：“两帝当年一曲阑，西山藁葬草漫漫。目夷守国才何大，叔武迎君事本难。金锁门高星象动，玉连环小泪珠干。阿兄南内如嫌冷，五国城中雪更寒。”景泰陵，明景泰帝陵墓。英宗复辟后，景泰帝含冤去世，被草草埋葬。十八年之后，即成化十一年（1475），宪宗为景泰帝恢复帝号，上尊谥，修缮陵墓。目夷守国：目夷，字子鱼，宋襄公庶兄。襄公立，以目夷为相。宋襄公十二年冬，与楚成王会于盂。楚劫襄公伐宋。目夷归，率军守国以御敌。楚人谓宋人曰：“子不与我国，我将杀子君矣！”宋人应之曰：“吾赖社稷之神灵，吾国已有君矣。”楚人知即使杀宋襄公，也不能得到宋国，于是释放襄公。襄公走之卫。目夷曰：“国为君守之，君曷为不入？”乃迎襄公回国。事见《公羊传》僖公二十一年。叔武迎君：叔武是卫成公之弟。卫成公得罪晋文公。晋君伐卫，成公结好于楚。晋楚城濮之战，楚国失败。成公闻楚师败，出奔陈国，使大夫元咺奉叔武守国。后成公反国，随从成公的大夫宁武子与守国大臣盟于濮。说：“不有居者，谁守社稷；不有行者，谁扞牧圉。”肯定守国大臣的功绩。叔武闻成公回来，“将沐，闻公至，喜，捉髮走出，前驱射而杀之。公知其无罪也，枕之股而哭之”。事见《左传》僖公二十八年。《公羊传》亦载其事，结局与《左传》所记不同，谓卫成公以叔武有意篡位，执而杀之。——目夷守国，叔武迎君，都与景泰帝情况相似；诗肯定景泰帝的功绩，同情他的冤屈。南内，唐玄宗为藩王时所居兴庆宫。安史之乱后，肃宗即位，尊玄宗为太上皇，仍居兴庆宫，称南内。此代指英宗自瓦剌回京师后入居之南宫。五国城，在今黑龙江依兰。宋徽宗被金人俘虏，囚死于此。此代指英宗被俘于瓦剌。“阿兄”二句，造语甚为幽默。

周寿昌《谒于忠肃公墓》诗云：“怀愍徽钦事忍论，幾闻北狩返南辕？朔方不假汾阳节，蜀道终悲望帝魂。岂是夷吾仇里克，翻因叔武恨元咺。绝怜转地旋天业，止替他人办夺门！”“朔方”二句：汾阳，即郭子仪。唐安禄山叛乱，玄宗奔蜀，太子李亨即位灵武，是为唐肃宗。肃宗任命朔方节度使郭子仪等平定叛乱，玄宗得以回返长安。诗意谓如果唐肃宗不任命郭子仪讨平叛乱，唐玄宗就只能客死蜀中；于忠肃不击败瓦剌，英宗也不可能回京。“岂是”二句：春秋晋献公先有子申生、重耳、夷吾；申生为太子。后献公伐骊戎，得骊姬姊妹，生子奚齐、卓子。献公欲废太子申生，立奚齐，使大夫荀息辅佐奚齐。大夫里克忠于申生兄弟。晋献公死，荀息立奚齐。申生自杀，重耳、夷吾出奔。里克先后杀奚齐、卓子，荀息死之。里克欲迎立重耳，重耳谢绝，请里克“更立他子”。里克乃迎立夷吾，是为晋惠公。惠公由里克得立为君，却畏里克权重，逼令自杀。事见《左传》僖公九年、十年。“叔武元咺”事见前注。

云中至日[①]

去岁山川缙云岭，今年雨雪白登台[②]。
可怜日至长为客，何意天涯数举杯。
城晚角声通雁塞，关寒马色上龙堆[③]。
故园望断江村里，愁说梅花细细开。

①云中，今山西大同。此亦康熙三年（1664）至山西大同谒山西按察使曹溶时作。至日，指是年冬至。

②缙云岭，在浙江缙云。锡鬯先年曾客永嘉，过缙云岭。白登台，在大同东北白登山。

③雁塞，指雁门关，在山西代县北。马色，马之行色，骑马行进之意。龙堆，在今新疆罗布泊东南，为戈壁沙漠。大同南距雁门三百馀里，“晚角声通”犹可驰骋想象；龙堆更远隔在新疆，“马色龙堆”则纯系泛说。如此滥用词语实不足取。

酬洪昇

金台酒坐擘红笺，云散星离又十年[①]。
海内诗家洪玉父，禁中乐府柳屯田[②]。
梧桐夜雨词凄绝，薏苡明珠谤偶然[③]。
白髮相逢岂容易，津头且缆下河船[④]。

①金台，北京别称。擘红笺，指分笺赋诗。诗写于康熙四十年辛巳（1701），上距康熙二十八年（1689）洪昇因演《长生殿》案被革去太学生籍离京已过十二年。十年取其成数。

②洪玉父，宋代诗人洪炎字玉父，黄庭坚外甥。洪玉父并非名诗人，因同姓而代指洪昇。柳屯田，北宋词人柳永，官屯田员外郎。《能改斋漫录》：“（柳永）尝有《鹤冲天》词云：‘忍把浮名，换了浅斟低唱。’及临轩放榜，（宋仁宗）特落之，曰：‘此人风前月下，好去浅斟低唱，何要浮名，且填词去！’三变由此自称奉旨填词。”洪昇被朝廷革职，故用以为比。

③ 梧桐夜雨，白居易《长恨歌》有“秋雨梧桐叶落时”句，元白朴作唐明皇杨贵妃杂剧因名《唐明皇秋夜梧桐雨》，故诗用“梧桐夜雨”代指洪昇所写唐明皇传奇《长生殿》。薏苡，禾本科植物，其种仁可食。《后汉书·马援传》：“初，援在交趾，常饵薏苡实，用能轻身省欲，以胜瘴气。南方薏苡实大，援欲以为种。军还，载之一车。时人以为南土珍怪，权贵皆望之。援时方有宠，故莫以闻。及卒后，有上书谮之者，以为前所载还皆明珠文犀。”后用以指违背事实的毁谤。

④ 白髮相逢，时朱彝尊七十三岁，洪昇年五十有七。津头，渡头。缆，系住。意谓相逢不易，且缆住行舟，稍延时日。

来青轩[①]

天书稠叠此山亭，往事犹传翠辇经[②]。
莫倚危栏频北望，十三陵树幾曾青[③]？

① 来青轩，在北京西山香山寺内，明神宗万历年间始建，登此可以眺望十三陵。此康熙十年（1671）朱彝尊游北京西山时作。

② 天书，指明代历朝皇帝在香山寺内所题“来青”、“郁秀”、“清雅”、“望都”等扁额。翠辇（niǎn），指明代皇帝的车驾。

③ “莫倚”句，化用李商隐《登北楼》“此楼堪北望，轻命倚危栏”二句。危栏，很高的栏杆。十三陵，明代自成祖至思宗除景帝外十三个皇帝的陵墓，即成祖长陵、仁宗献陵、宣宗景陵、英宗裕陵、宪宗茂陵、孝宗泰陵、武宗康陵、世宗永陵、穆宗昭陵、神宗定陵、光宗庆陵、熹宗德陵、恩宗思陵，在北京昌平天寿山下。轩名“来青”，来天寿之青也。明亡之后，陵园树木遭到砍伐，无复青青。诗人伤之，故曰十三陵树幾曾青。

鸳鸯湖棹歌五首[①]

樯燕樯乌绕楫师，树头树底挽船丝[②]。
村边处处围桑叶，水上家家养鸭儿。

穆湖莲叶小于钱，卧柳虽多不碍船[③]。

两岸新苗才过雨，夕阳沟水响溪田。

西水驿前津鼓声，原田角角野鸡鸣。
苕心菜甲桃花里，未到天明棹入城[4]。

风樯水槛尽飞花，一曲春波潋滟斜。
北斗阑干郎记取，七星桥下是儿家[5]。

屋上鸠鸣谷雨开，横塘游女荡舟回[6]。
桃花落后蚕齐浴，竹笋抽时燕便来[7]。

① 鸳鸯湖，在浙江嘉兴南，一名南湖。棹歌，即船夫曲。原注："甲寅岁，旅食潞河，言归未遂，爰忆土风，成绝句百首。语无论次，以其多言舟楫之事，题曰鸳鸯湖棹歌，聊比竹枝浪淘沙之调，冀同里诸君子见而和之云尔。"甲寅为康熙十三年（1674），时朱彝尊五十六岁。潞河，今河北通县以下白河。此朱彝尊远在北方回忆家乡之作。

② 船丝，系船的绳索。

③ 穆湖，在嘉兴东北，也叫穆溪。

④ 原注："西水驿在城西。桃花里，人多种菜为业。"

⑤ 原注："春波、七星，二桥名。"

⑥ 鸠鸣，预示天晴。《埤雅》："鹁鸠，阴则屏逐其妇，晴则呼之。"

⑦ 蚕齐浴，蚕子将出时以桃花等各色花水浴之。燕便来，原注："俗名笋之早者曰燕来。"按，亦实指春时燕子归来。

吴兆骞

吴兆骞(1631—1684),字汉槎,江苏吴江人。曾为复社盟主。年青时即为吴梅村所赏识,与彭师度、陈维崧被称为“江左三凤凰”。清世祖顺治十四年丁酉(1657)举人。不久即因科场案于顺治十六年(1659)遣戍宁古塔(今黑龙江宁安县)①。边庭风雪,颇历艰辛。其友人顾贞观、徐乾学等极力营救,至清圣祖康熙二十年(1681)始得入塞归来。南归不到三年即下世,年五十四。兆骞在宁古塔二十三年,故其诗多写塞外风光与流放生活。有《秋笳集》。

①顺治十四年丁酉乡试,给事中任克溥揭发顺天中试举人陆其贤用银三千两贿赂主考官李振邺、张我朴,考讯得实。自是弹劾科场者大起,清廷严加追究;凡被劾主考官和考生多被斩首、抄没或连家人流放边陲。其中以顺天、江南杀罚最烈,其次为河南、山东、山西。作弊为必有之事实,牵连受祸者则多属无辜。史称科场案。吴兆骞为牵连受害者的代表人物。

出 关①

边楼回首削嶙峋,筚篥喧喧驿骑尘②。
敢望馀生还故国,独怜多难累衰亲。
云阴不散黄龙雪,柳色初开紫塞春③。
姜女石前频驻马,傍关犹是汉家人④。

①出关,此顺治十六年(1659)遣戍宁古塔北出山海关时所作。

②嶙峋(lín xún),山崖陡峭貌。筚篥(bì lì),簧管乐器,古代边疆常用作为信号。

③黄龙，辽金重镇，在今吉林农安。岳飞曾有“直抵黄龙府，与诸君痛饮”的豪语。紫塞，指长城。崔豹《古今注》：“秦筑长城，土色皆紫，汉塞亦然，故称紫塞焉。”诗中皆泛指边塞。

④姜女，原注：“关前有姜女望夫石。”孟姜女，传为秦代人，丈夫范喜郎被迫筑长城，孟姜女万里往送寒衣，而喜郎已死。女恸哭于城下，长城为之崩裂。宋代于山海关前立姜女庙。

同诸公登中后所戍楼①

若为荒戍驻征轺，纵目烽楼野色遥②。
万里川原迷大漠，百年亭堠识前朝③。
平沙暮卷山头树，落日晴翻海上潮。
倚堞却寻南首路，汉关迢递已云霄④。

①中后所，前屯卫中后千户所的简称，明置，在辽宁绥中县治。清初济尔哈朗、阿济格曾与明军大战于此。

②若为，犹何为。轺，车。

③亭堠，即岗亭，用以侦察瞭望的军事设施。

④却寻，犹回看。汉关，指山海关。迢递（tiáo dì），远貌，亦高貌。“已云霄”不辞，“已”字似当作“入”。

夜　行

惊沙莽莽飒风飙，赤烧连天夜气遥①。
雪岭三更人尚猎，冰河四月冻初消。
客同属国思传雁，地是阴山学射雕②。
忽忆吴趋歌吹地，杨花楼阁玉骢骄③。

①赤烧，指山火。

②属国，指苏武。苏武于汉武帝天汉元年（前100）出使匈奴，被扣留，使到北海牧羊，在匈奴十九年。汉昭帝即位，匈奴与汉和亲。汉求苏武，匈奴诡言苏武已死。苏武原随行吏常惠夜见汉使，言苏武尚在。“教使者谓单于，

言天子射上林中，得雁，足有系帛书，言武等在某泽中”。使者以此责问单于，单于大惊，言武实在。苏武乃得归汉。昭帝命为典属国。见《汉书·苏建传》。阴山，在今内蒙古境，同宁古塔相距甚远，此系泛指。

③ 吴趋，《东府诗集》杂曲歌辞有《吴趋行》。崔豹《古今注》：“吴趋行，吴人以歌其地。”乐府大曲最后一段曰趋。此处即指吴歌。末二句遥想家乡的春光。

帐 夜

穹帐连山落月斜，梦回孤客尚天涯。
雁飞白草年年雪，人老黄榆夜夜笳。
驿路幾通南国使，风云不断北庭沙。
春衣少妇空相寄，五月边庭未著花。

寄怀陈子长①

毡帐风连曙，长河雪过春。
一年频卧疾，万里独怀人。
世事文章贱，交情患难真。
茫茫穷塞外，愁记别离辰。

① 陈子长，陈直方字子长，海宁陈之遴之子。陈之遴明崇祯时官中允，入清累官弘文院大学士，加少保。坐结党营私发配辽阳，寻召还，又以贿内监吴良辅论斩，免死流徙，卒于徙所。吴兆骞是吴梅村得意门生，陈之遴为梅村好友，其子陈子长系梅村女夫。兆骞原在吴中即与子长密切。顺治十五年（1658）兆骞与陈子遴同系京师刑部狱。兆骞北戍，时子长随父徙辽阳，十六年夏相会于沈阳。兆骞集中赠陈子长诗甚多。康熙十七年（1678）兆骞《寄顾舍人》书云：“弟患难之交，陈子长最笃，但隔在辽海，不得相见。此君风流文采，不减华峰，意气亦复相类。惜其无命，流落而死。为之痛心。”知其时陈子长已卒于徙所。

七 夕①

摇落逢佳节，空庭片月流。
玉绳低拂树，银汉迥涵秋②。
客泪他乡酒，羁心故国楼。
凄然望牛女，万里独含愁。

① 七夕，阴历七月七日，传为牛郎织女相会之夕。

② 玉绳，星名。《文选·张衡〈西京赋〉》：“上飞闼而仰眺，正睹瑶光与玉绳。”李善注引《春秋元命苞》：“玉衡北两星为玉绳。”句仿谢朓《暂使下都夜发新林至京邑》诗“玉绳低建章”句。

★吴兆骞顺治十六年（1659）遣戍宁古塔，家人犹在江南，故每当七夕，感触尤深。《辛丑七夕》诗云：“塞外频惊七夕来，闺中应忆三年别。”辛丑为顺治十八年（1661）。此诗作于康熙元年壬寅（1662）七夕。康熙二年癸卯（1663）春，兆骞之妻携子女到达戍所，夫妻得在塞外相聚。

九日同德惟雁群两同年西山登高①

落日一尊酒，长云万仞台。
寒声随雁去，秋色傍雕来。
烽火乡书隔，冰霜旅鬓催。
故园丛菊在，零落为谁开②！

① 德惟雁群，钱德惟与陈雁群，都因科场案流放宁古塔者，故称同年。

② “故园”二句，仿江总《于长安归还扬州，九月九日行薇山亭赋韵》诗“故乡篱下菊，今日几花开”。

★吴兆骞在当时甚有诗名，为其遭遇不幸，时辈愈为推重，兆骞亦颇自负。其实才力极为有限，在东北边庭二十三年，并未能将白山黑水独特风光摄入诗内，集中无一完篇。入选诸诗已是兆骞佳作，然都有疵病可摘。如“筚篥喧喧驿骑尘”、“汉关迢递已云霄”、“惊沙莽莽飒风飙，赤烧连天夜气遥”、“风云不断北庭沙”、“长河雪过春”，词句都不甚顺畅。此诗“故园丛菊在，零落为谁开”全袭江总诗句；然江诗“故乡篱下菊，今日幾花开”自然清爽；经吴兆骞一改便觉梗塞，“零落”之后复用“开”字就欠工稳。吴梅村曾称吴兆骞为“江左凤凰”，吴兆骞实有负尊师的期许，这只凤凰并未能高入云天，最终只是一只翱翔蓬蒿之间的尺鷃。

刘素素题虎丘寺壁四首①

一身飘泊到江湄，泪落连珠那可挥。
薄命不如春燕子，年年犹傍旧巢飞②。

深深芳草葬红颜，满地飞花染泪斑。
莫道贞娘多薄命，犹胜青冢在燕山③。

江行曾见豫章人，欲寄家书泪满巾④。
我欲南行君北去，相逢空说故乡春⑤。

对酒难禁红泪垂，天涯何日是归期。
愁心却是春江水，日日东流无尽时⑥。

① 此吴兆骞年轻时托名豫章女子刘素素，自称遭北兵虏掠，遂陷穹庐，后从人南下，舟过阊门，因夜题绝句二十首于虎丘寺壁。诗哀怨凄绝，似真有其事者。当时文士见之，尽皆惊异，以为真闺阁中彩笔，一时和者甚众。如此作戏，似恍惚后来谪戍边疆预兆。选录四首，题目为选者所加。

② 此二十首其四。

③ 贞娘，唐代苏州妓女，时人比之苏小小。唐陆广微《吴地记》：虎丘山，“咸和二年，舍山宅为东西二寺，立祠于山。寺侧有贞娘墓，吴国之佳丽也。词客才子多题诗墓上”。贞娘，一作“真娘”；白居易有《真娘墓》诗。诗题于虎

丘寺壁，贞娘墓即在其侧，故连及贞娘。青冢，传为王昭君墓，在今内蒙古呼和浩特。此二十首其十四。

④ 豫章，古代豫章指江北淮南广大地区，汉以后移其名于江南。诗中反正是随意拉差，并非实指。

⑤ 此二十首其十九。

⑥ 此二十首其二十。

王倩娘驿壁题诗二首[①]

忆昔雕窗锁玉人，盘龙明镜画眉新[②]。
如今流落关山道，红粉空娇塞上春。

毡帐沉沉夜气寒，满庭霜月浸阑干。
明朝又向渔阳去，白草黄沙马上看[③]。

① 顺治十六年吴兆骞遣戍北行，又托名金陵女子王倩娘题诗于驿壁。其“忆昔雕窗”一首即往昔托名刘素素题虎丘寺壁绝句二十首之十六。徐釚《本事诗后集》：“汉槎惊才绝艳，数奇沦落，万里投荒，驱车北上时，尝托名金陵王倩娘题诗驿壁，以自寓哀怨云云。两河三辅间多有和者，故计改亭诗云：‘最是倩娘题壁句，吴郎绝塞不胜情。’”

② 盘龙明镜，背面有盘龙浮雕的明镜。

③ 渔阳，春秋时代渔阳县在今北京密云县西南，隋唐渔阳郡在今天津蓟县。唐人诗中以渔阳为极远之地，而吴兆骞北戍宁古塔过渔阳尚有千里之遥，故诗中“渔阳”只是使用唐人诗中的概念，作为北方边塞的代称。唐代乾元以后行政区划中已没有渔阳。

★吴兆骞好故弄玄虚，年轻时托名刘素素题诗虎丘寺壁，遣戍途中又托名王倩娘题诗驿壁；游戏之笔，似较后来写自身流放生活更为真切感人。

董 俞

董俞（1631—？），字苍水，号樗亭，又号莼乡钓客，江南华亭（今上海松江）人。清世祖顺治十七年庚子（1660）举人。康熙初江南奏销案起，董俞也被除名。有《浮湘》《度岭》诸稿。

和王南州听杨太常弹琴诗①

雅乐沦江海，先皇旧赐琴②。
曲终常变徵，愁绝不关音③。
风雨孤臣泪，乾坤逐客心。
可怜家万里，西望白云深。

①杨太常，原注："太常名沂，明思陵时以琴进御者。"

②"雅乐"句，指杨太常于明亡后沦落江海。先皇，指明思宗。

③徵（zhǐ），五音之一。变徵，战国末燕太子丹遣荆轲入秦刺秦王。"太子及宾客知其事者，皆白衣冠以送之，至易水之上。既祖，取道，高渐离击筑，荆轲和而歌，为变徵之声，士皆垂泪涕泣"。见《史记·刺客列传》。

彭孙遹

彭孙遹（1631—1700），字骏孙，号羡门，又号金粟山人。海盐（今属浙江）人。清世祖顺治十六年己亥（1659）进士。圣祖康熙十八年己未（1679）召试博学鸿词，以第一人授编修[①]。历官礼部侍郎，迁吏部侍郎，兼翰林院掌院学士。康熙三十六年告归，越三年卒，年七十。骏孙和王渔洋甚有交谊，唱和甚多。渔洋谓其诗“刘文房、郎君胄无以过”。沈归愚也说他“最近大历十子，在十子中最近文房”。其实彭孙遹诗比大历才人还差得远。同刘文房更不可比拟。大历才人清新灵秀，而彭诗浮浅拼凑。他以写艳词闻名，诗中艳体也不少。有《松桂堂集》。

①清圣祖康熙十八年为修明史诏试博学鸿词，取一等二十人中彭孙遹名列第一，时年四十有九。作诗寄内云：“小叠红笺寄语频，横云初破远山颦。玉宸昨夜亲传诏，夫婿承恩第一人。”其春风得意之状，溢于言表。其实无论才华学问，彭孙遹在诸人中都只是中等，可知考试名次之不足为准。参见施闰章传后注。

张都尉画马歌[①]

汗血不出世，但闻西极来[②]。
披图忽见渥洼产，蹑云逐电相萦回[③]。
立者骧首欲一鸣，障泥未解犹徘徊[④]。
走者势如风雨至，驰骤百里无纤埃[⑤]。
其馀数匹饮或龁，一一神骏非凡材[⑥]。
问谁擅此化工技，逸足天闲妙无比[⑦]。

只今都尉最得名，不让当年韩与李[8]。
都尉生平本将家，前朝曾领上轻车[9]。
身经百战竟何益，白头归种东陵瓜[10]。
早岁壮怀时吐露，伏枥雄心见毫素[11]。
平沙漠漠落日黄，马首犹然蓄馀怒[12]。
呜呼黄金之台高突兀，冀北之良恣超忽[13]。
龙媒当世岂合无，昭王已往九方没[14]。
惟看阪上服盐车，谁向图中求骏骨[15]！

① 都尉，武官名。张都尉其人不详，据诗意，为明代武将而善画马，明亡后生活潦倒，可能以卖画为生。

② 汗血，骏马名。西极，西域极远之地。《汉书 · 武帝纪》："贰师将军（李）广利斩大宛王首，获汗血马来，作西极天马之歌。"

③ 渥洼，水名，即渥洼池，在今甘肃敦煌西南，今名南湖（旧说以为即敦煌月牙湖，非是。其实南湖应恢复渥洼池原名，具有历史意义）。《史记 · 乐书》："又尝得神马渥洼水中，复次以为太一之歌。"蹑，踏也。《汉书 · 礼乐志》："志俶傥，精权奇，蹑浮云，晻上驰。"蹑云逐电，言其神速。萦回，回旋绕转。

④ 骧（xiāng）首，昂首。汉邹阳《上书吴王》："臣闻蛟龙骧首奋翼。"障泥，马鞍两侧垂于马腹的遮蔽物，用以遮挡尘土泥水。《世说新语 · 术解》："王武子善解马性。尝乘一马，着连钱障泥，前有水，终日不肯渡。王云：'此必惜障泥。'使人解去，马径渡。"王武子，王济。

⑤ 驰骤万里无纤埃，言马奔跑极其迅速，足不沾尘。

⑥ 龁（hé），咬，此指吃草。杜甫《题壁上韦偃画马歌》："一匹龁草一匹嘶，坐看千里当霜蹄。"

⑦ 逸足，快跑，亦代指快马。傅毅《舞赋》："良骏逸足，跄捍凌越。"天闲，皇家马厩。

⑧ 韩与李，唐代画家韩干与李绪，并以画马著称。韩干系名画家曹霸弟子。杜甫《丹青引赠曹将军霸》诗："弟子韩干早入室，亦能画马穷殊相。"又，同时韩滉亦善画马，与韩干齐名。李绪，唐太宗之侄，霍王李元轨之子，封江都王。杜甫《韦讽录事宅曹将军画马图》诗："国初已来画鞍马，神妙独数江都王。"

⑨ 前朝，指明代。上轻车，汉代有轻车将军，南北朝有轻车都尉，为勋官之名，用以奖励战功。唐及明代有上轻车都尉、轻车都尉等。可知张为上轻车都尉，为正二品官。

⑩ 东陵瓜，秦召平封东陵侯，秦亡后种瓜于长安城东，瓜味甜美，人称东陵瓜。

⑪ 伏枥雄心，曹操《步出夏门行》："老骥伏枥，志在千里。烈士暮年，壮心不已。"毫素，画笔和素绢，代指画。

⑫ 怒，威武。

⑬ 黄金之台，《文选·鲍照〈代放歌行〉》"将起黄金台"，李善注引《上谷图经》："黄金台，易水东南八十里，燕昭王置千金于台上，以延天下之士。"冀北，今河北北部，出产良马。冀北之良，即良马。韩愈《送温处士赴河阳军序》："伯乐一过冀北之野，而马群遂空。"突兀，高耸貌。恣，放任。超忽，腾跃。

⑭ 龙媒，良马。《汉书·礼乐志》："天马徕兮龙之媒。"杜甫《韦讽录事宅观曹将军画马图》诗："君不见金粟堆前松柏里，龙媒去尽鸟呼风。"昭王，燕国国君，以任用贤才闻名。九方，古之善相马者九方皋，伯乐曾荐为秦穆公相马。见《列子·说符篇》。"呜呼"以下四句，谓黄金之台空自高耸，冀北骏马任其腾跃；当今之世并非没有良马，无奈燕昭王已成过去，九方皋也不存在。

⑮ 阪上服盐车，《战马策·楚策四》："夫骥之齿至矣，服盐车而上太行。蹄申膝折，尾湛胕溃，漉汁洒地，白汗交流，外阪迁延，负棘而不能上。"太行阪上是最险峻的道路，运盐之车是最笨重的负载，千里马不得驰骋疆场，却让它阪上服盐车，是极不公正的使用。骏骨，骏马之骨。《战国策·燕策一》：郭隗谓燕昭王曰："臣闻古之君人，有以千金求千里马者，三年不能得。涓人言于君曰：'请求之。'君遣之。三月得千里马，马已死，买其首五百金，反以报君。君大怒曰：'所求者生马，安事死马而捐五百金？'涓人对曰：'死马且买之五百金，况生马乎！天下必以君为能市马，马今至矣！'于是不能期年，千里之马至者三。"故事中言涓人以五百金买马首，后衍为千金买马骨。《文选·孔融〈论盛孝章书〉》："燕君市骏马之骨，非欲以骋道里，乃当以招绝足也。"

★本篇前十四句描绘画中骏马，到"只今都尉最得名，不让当年韩与李"引出画家其人。后十四句述说都尉的身世，同情他的不幸遭遇，仍与马紧密关合，结构相当完美，在《松桂堂集》中为上乘之作。张都尉的境况显因明亡之后而沦落，并非贤才不见任用。作者却尽就后者大加渲染，而于其故国之情，沧桑之感，诗中除"白头归种东陵瓜"轻微点出之外，再

不敢涉及。此固由于清统治者的思想钳制，然亦可见诗人本身之庸懦。

鱼梁滩下泊[①]

暝色起何处，忽然云水昏。
春烧如新月，远挂山一痕[②]。
寒禽呼木杪，暗虫沸草根。
遥见冥际火，知有林外村[③]。
孤舟欲栖泊，石溜浓云奔。
羁旅一无托，菀结难自论[④]。
矫首眺天末，踯躅劳心魂。

① 鱼梁滩，江西万安县赣水边有鱼梁城，鱼梁滩疑亦在其地。
② 烧，指山上的野火。
③ 冥际，远方暗处。
④ 菀（yù）结，同“郁结”，愁闷。

登湖口县城[①]

一望烟波万顷明，女垣高与石根平[②]。
湖光尽日依楼堞，山色终朝满县城。
寒岭无人孤鸟下，秋林欲雨数蝉鸣。
何当便作移家计，终卧沧洲寄此生。

① 湖口，县名，在江西鄱阳湖北，湖水在境内注入长江。
② 女垣，城上矮墙。石根，不详所指。

孙 旸

孙旸，字赤岸，江南常熟人。清世祖顺治十四年丁酉（1657）举人。因科场案遣戍辽阳，后遇赦放归。

春日北行夜泊江口

泛泛桃花水，春风路几千。
月明寒食夜，人在广陵船。
极浦迷乡树，孤篷接远天。
黄昏何处笛，吹绿一江烟。

高　塞

高塞（1631？—1670），姓爱新觉罗，自号敬一主人，清太宗（皇太极）第六子，世祖（顺治帝）之兄。初封辅国公，圣祖康熙八年（1669）进镇国公，明年即去世，年在四十左右。清初皇室内部争夺激烈，高塞却淡于权位，居盛京，读书医无闾山，弹琴赋诗，亦善画，仿倪云林淡远山水。对流放东北士人深为同情。孙旸戍辽阳，高塞留居邸中，直至孙遇赦南归。与遗民诗人函可亦甚有交谊，函可去世，高塞赋诗悼念。有《恭寿堂集》。

戊申春日行次蓟门登独乐寺阁[①]

春雨湿归鞅，行色藉以沐[②]。
落日投蓟门，遂寄禅宫宿。
谁为初地功，高楼倚空筑。
梯云历层楹，聊纵千里目。
回飙递晓钟，薄雾笼寒竹[③]。
芳草丽郊原，新林变川陆。
岂意路道人，复此慰幽独。
临风思近睽，倚槛恣遥瞩[④]。
渤海杳漭沆，盘山亘纡曲[⑤]。
安期驻秦銮，广成降帝屋[⑥]。
圣哲既已往，陈迹遗岩谷。
空同与沧溟，烟波恒断续[⑦]。

① 戊申，康熙七年（1668）。蓟门，今天津蓟县。独乐寺，在今蓟县城内，始建于唐代，辽统元二年重建。

② 鞅（旧读 yǎng 今读 yāng），套马颈的皮带，代指车马。行色，犹言风尘。

③ 回飙，山谷回风。递，送。

④ 近睽（kuí），近来违别的朋友。遥瞩，遥望远处的风光。

⑤ 渤海，辽宁河北山东间的内海，北面辽东半岛与南面山东半岛隔海峡相望。杳，远。漭沆（mǎng hàng），水广大貌。盘山，在蓟县西北。"渤海"句东望写水，"盘山"句西眺写山。

⑥ 安期，即安期生。秦汉传说中仙人或方士。《史记·封禅书》记汉武帝时方士李少君言"安期生通蓬莱中"。武帝乃"遣方士入海求蓬莱安期生之属"。秦銮，秦皇的銮驾。秦始皇亦曾遣人入海求神仙，似与安期无涉。广成，即广成子，传说中黄帝时人。《庄子·在宥》载"黄帝立为天子。十九年令行天下，闻广成子在于空同之上"，故往见之而问至道。"安期驻秦銮，广成降帝屋"，或系当地有其传说，故下句云"圣哲既已往，陈迹遗岩谷"。

⑦ 空同，与上"广成降帝屋"相应，广成子在于空同之上。沧溟，与上"安期驻秦銮"相承，安期在海上蓬莱之中。

宿香岩寺绝顶

雨霁空山夕，寻幽入杳冥①。
云封千涧白，露湿万峰青。
飞鸟依檐宿，流泉伏枕听。
朦胧空翠里，孤月自亭亭②。

① 杳冥，幽远貌。

② 亭亭，高洁之貌。

恽寿平

恽寿平（1633—1690），本名格，字寿平，后以字行，改字正叔，另有云溪外史、白云外史诸别号，晚又号南田。江苏武进（常州）人。画家恽日初之子，清初著名画家。初工山水，后与王翚交往，便多作花鸟。与王时敏、王鉴、王翚、王原祁、吴历合称“清初六家”。画家多亦能诗，寿平尤为突出，风格清丽秀逸。康熙二十九年卒，年五十八。有《瓯香馆集》。

闻砧[①]

夜久砧偏急，风高听渐稀。
千声霜欲下，万树叶惊飞[②]。
已减别时带，难裁去后衣[③]。
于今征戍近，无梦到金微[④]。

①砧（zhēn），捣衣石，代指捣衣声。
②万树叶惊飞，一作“万里雁初飞”。
③已，一作“应”。
④金微，山名，即阿尔泰山。东汉和帝永元三年（91），耿夔、任尚等破北匈奴于此。唐张仲素《秋闺思》：“梦里分明见关塞，不知何路向金微。”

秋日湖上访旧不遇

望湖亭畔听吹箫，画舫烟波十二桥[①]。
忆自孤篷飘瘴海，至今双剑各云霄[②]。

关山夜月离樽满，水国秋风别梦遥。
回首昔时分手地，千林落木正萧萧。

①望湖亭，亭名望湖者甚多，不详所指。

②孤篷，孤帆，代指船。瘴海，南方有瘴雾的海域。双剑，晋张华望见斗牛之间常有紫气，问豫章人雷焕。焕告之曰：此宝剑之精上彻于天，其地在豫章丰城。张华因以焕为丰城令。焕到丰城得双剑，一曰龙泉，一曰太阿。焕以一剑与张华，一剑留以自佩。张华报焕书曰："详观剑文，乃干将也，莫邪何复不至？虽然，天生神物，终当合耳。"见《晋书·张华传》。双剑各云霄，喻与友人远隔。

晓　起

连夜深山雨，春光应未多。
晓看洲上草，绿到洞庭波。

题红林秋浦

只爱菱洲蟹舍边，千林红叶一溪烟。
夕阳柳岸收渔网，秋水芦花放鸭船。

题杨柳二首

乌啼江月正昏黄，风袅残烟翠带长[①]。
最是笛中听不得，白门花落旧宫墙[②]。

弱缕风前未送寒，和烟和雨上阑干[③]。
当年歌舞销魂地，深院沉沉独自看。

①乌啼江月，张继《枫桥夜泊》诗"月落乌啼霜满天"写深夜，此写黄昏。翠带长，杜甫《曲江对雨》诗"水荇牵风翠带长"写水荇，此写柳丝。

② 笛中听不得，笛曲有《折杨柳》。白门，南朝建康城正南宣阳门称白门，后用为南京别称。

③ 弱缕，指柳条。“未送寒”三字凑合，了无诗意。

★清初诗中凡涉白门杨柳多有故国沧桑之感。吴嘉纪《送吴仁趾》诗“汝送扁舟去怀古，白门秋柳正萧萧”，王士禛《秋柳》诗“秋来何处最销魂，残照西风白下门”，莫不如此。恽氏此诗“最是笛中听不得，白门花落旧宫墙”，“当年歌舞销魂地，深院沉沉独自看”，用意更加明显。

寄虞山王石谷[①]

东望停云结暮愁，千林黄叶剑门秋[②]。

最怜霜月怀人夜，鸿雁声中独倚楼。

① 原题甚长，有同小序。谓康熙甲子岁秋，作者将游虎林。与王石谷相别一载，去虞山一百馀里，而音问悬隔。“嗟我怀人，有如饥渴”，因作此奉寄。甲子为康熙二十三年（1684）。虎林，山名，又名武林山，在杭州城西，因代指杭州。诗原五首，选一首。王石谷，即王翚（1632—1717），字石谷，江苏常熟人，清初著名画家。虞山在常熟西北，代指常熟，王翚画派称虞山派。恽寿平本工山水，后见王翚，“耻为天下第二手”，乃让翚独步，而改攻花卉翎毛，并称绝艺。寿平与王翚友情甚笃，《瓯香馆集》中涉王翚诗不下百首，题跋中提及王翚者更不胜枚举。

② 停云，陶渊明有《停云》诗，序云：“停云，思亲友也。”剑门，在虞山，因两壁山岩陡峭如剑得名。

曹贞吉

曹贞吉（1634—？），字迪清，一字升六，又字升阶，号实庵，山东安邱人。清圣祖康熙三年甲辰（1664）进士，官礼部员外郎。有《珂雪集》《朝天集》等。

文殊院观［云］铺海歌[1]

蓬莱阁外海作山，文殊院外山为海[2]。
神物由来不易逢，天为吾徒浇块磊[3]。
白云一片涌空濛，眼底千峰皆杳霭[4]。
只疑天一生水开穷荒，江汉朝宗此间汇[5]。
鳌身一抹映天黑，鲸波万里连渤澥[6]。
天都直可作员峤，莲蕊莲花馀蓓蕾[7]。
须臾长风吹散碧琉璃，湫渎茫洋竟何在[8]？
仙人游戏太神奇，我欲直上高空问真宰[9]。

① 文殊院，在黄山天都、莲花两峰间。为黄山观云海绝胜处。云铺海，原作“铺海”，据诗意补“云”字，白云铺开如海。云海为黄山奇观。

② 蓬莱阁，在山东蓬莱县丹崖山上，北临渤海海峡。曹实庵山东人，由黄山观云而连及家乡蓬莱观海。

③ 块磊，比喻积在胸中的郁懑。《世说新语·任诞》：“阮籍胸中垒块，故须酒浇之。”垒块，同块磊。诗意谓天以云海奇观解除吾徒胸中郁懑。

④ 杳霭，深远迷濛之貌。

⑤ 天一生水，《易·系辞》郑玄注：“天一生水于北，地二生火于南。”江汉朝宗，《书·禹贡》：“江汉朝宗于海。”二句一作“只疑浑沌开穷荒，或有风

雷泣真宰”。下多“澒洞得无忧怀襄，帆樯似欲歌欸乃”二句。

⑥ 鳌身，指黄山鳌鱼峰，因为云铺，故只见鳌身一抹。

⑦ 天都，峰名，为黄山最高峰。员峤，传说中海上仙山。见《列子·汤问篇》。莲蕊莲花，指黄山莲花峰。峰下铺云，故只见莲花蓓蕾。一本下多“似宜腾掷走蛟龙，讵容细琐藏蚌蟹”二句。

⑧ 琉璃，一种半透明的矿石材料。碧琉璃，指碧绿的山。句意谓长风吹散白云，露出碧绿的山峰。浟湙（yóu yì），水波流荡貌。《文选·木华〈海赋〉》：“尔其为状也，则乃浟湙潋滟，浮天无岸。”茫洋，犹汪洋，水大貌。

⑨ 真宰，犹言造物，宇宙的主宰。语出《庄子·齐物论》。末四句一本作“过眼一洗碧琉璃，惊风狂浪惊何在？仙人作剧太神奇，顿还旧观那足骇”。

花朝得家弟过江消息[①]

使者乘秋泛画桡，重来不觉斗回杓[②]。
花明故国初啼鸟，人渡空江欲暮潮。
万里山川供笔札，一天风雨过金焦[③]。
孤帆摇曳垂杨里，知在芜城第几桥[④]？

① 花朝，俗以阴历二月十五日百花生日，称为花朝。

② 使者，即指其弟。揣诗意，其弟去岁“乘秋”南去，今春过江“重来”。斗，北斗星。杓（biāo），斗柄。北斗星形如斗，其五、六、七颗星连成斗柄。斗柄四时所指方位不同，斗回杓即指时令变化。

③ 山川供笔札，谓山川壮丽，供诗人歌咏。金焦，金山、焦山，并在镇江北大江南岸。

④ 芜城，扬州别称。揣诗意，其弟自镇江北渡，乘舟沿运河来扬州。

张笃庆

张笃庆，字历友，号厚斋，山东淄川人。清圣祖康熙二十五年丙寅（1686）拔贡。有《昆仑山房集》。

杖头钱[1]

富莫富于杖头钱，贫莫贫于严道之铜山。
铜山铸钱万万千，到头不得名一钱[2]！
杖头百钱真我有，取自杖头且沽酒。
今日百钱今日醉，得钱沽酒常酣睡。
君不见何曾一日食万钱，便欲下箸心茫然[3]。
洛阳离乱救不得，纵饶沽酒无颜色[4]。
眼看荆棘埋铜驼，钱乎钱乎奈若何[5]！

①杖头钱，《晋书·阮修传》："常步行，以百钱挂杖头，至酒店便独酣畅，虽当世富贵而不肯顾。家无儋石之储，晏如也。"王绩《戏题卜铺壁》："不应长卖卜，须得杖头钱。"

②严道，汉县名，今四川荥经县。县东北铜山，传为汉文帝赐邓通铸钱处。汉文帝宠幸邓通，尝使善相者相通，曰："当贫饿死。"文帝曰："能富通者在我，何说贫！"乃赐通蜀中严道铜山，得自铸钱，邓氏钱布天下。邓通为太子所恶，文帝死，太子立，是为景帝。邓通免官，又被人告发盗出外铸钱，钱皆入官。竟不名一钱，寄死人家。见《汉书·邓通传》。名，占有。

③何曾，魏末晋初人。曾助司马炎篡魏，拜太尉，进爵为公，后又进位太傅。曾性豪奢，"帷帐车服，穷极绮丽。厨膳滋味，过于王者"。"食日万钱，犹云无下箸处"。见《晋书·何曾传》。

④“洛阳离乱”二句，何曾死于晋武帝咸宁四年（278），其时洛阳尚未离乱。十多年后，八王之乱发生。何曾子何劭迁司徒，为太宰，委迤于赵王伦与诸王之间，此所谓“洛阳离乱救不得”。何劭亦极骄奢，“食必尽四方珍异，一日之供以钱二万为限。时论以为太官御膳，无以加之”。

⑤荆棘埋铜驼，谓八王乱后，洛阳荒废。《晋书·索靖传》：“靖有先识，知天下将乱，指洛阳宫门铜驼，叹曰：‘会见汝在荆棘中耳！’”

张实居

张实居，字宾公，山东邹平人。王士禛内兄。有《萧亭诗选》。

雨　后

雨歇山欲暝，夕阳在鸟背。
孤亭淡清秋，花木有馀态。
凉风四面吹，长空荡残霭。
更望西南峰，窈窕秀如黛。
山树互幽映，流泉舂云碓[①]。
独坐酌芳卮，明月来相对。

① 碓（duì），舂米的设备。此指用泉水作动力的水碓。因在山高处，故称云碓。

桃花谷

小径穿深树，临崖四五家。
泉声天半落，满涧溅桃花。

王士禛

王士禛（1634—1711），字子真，一字贻上，号阮亭，别号渔洋山人。死后避清世宗胤禛讳改称士正，后高宗命改称士祯。山东新城（今山东桓台）人。清世祖顺治十五年戊戌（1658）进士，选扬州推官。在扬州五年，“昼了公事，夜接词人”。调京由礼部主事累迁少詹事，官至刑部尚书。清圣祖康熙五十年卒，年七十八，谥文简。

渔洋幼承家学，年少即为钱牧斋所称赏，康熙时继钱牧斋之后盟主诗坛。清初诗人钱牧斋吴梅村之后，惟渔洋可与鼎足。论诗倡神韵说。早年所作，风格清新秀逸，中年以后转为苍劲。诸体并工，尤以七绝擅长。有《带经堂集》。

蠡勺亭观海[①]

登高丘而望远海，坐见万里之波涛[②]。
长天寥廓云景异，春阴偃蹇鱼龙高[③]。
怒潮乘风立千丈，虎蛟水兕纷腾逃[④]。
群灵潜结万蜃气，一痕未没三山椒[⑤]。
须臾势尽潮亦止，波淡天清静如绮。
菱苔沉绿纷塘坳，螺蚌摇光散沙汭[⑥]。
参差岛屿罗殊域，纷如星宿秋天里[⑦]。
击我剑，听君歌，有酒不饮当奈何！
日主祠前水萧瑟，仙人台上云嵯峨[⑧]。

羡门高誓不可见，秦皇汉武空经过[⑨]。
只今指顾伤怀抱，黄腄惤缾尽荒草[⑩]。
人生快意无几时，明镜朱颜岂长好?
吾将避世女姑山，不然垂钓蜉蝣岛[⑪]。

①蠡勺亭，山东莱州（今东掖）名胜，北临渤海。顺治十二年（1655）士禛兄王士禄任莱州府学教授，明年五月，士禛赴莱州省兄，同游蠡勺亭。

②“登高丘”句，李白有《登高丘而望远海》诗，首句即“登高丘，望远海”。

③寥廓，空洞貌。偃蹇（yǎn jiǎn），高貌，此指波涛汹涌。士禛《蠡勺亭观海》五律云：“春浪护鱼龙，惊涛与汉通。”

④虎蛟，传说中的水中动物。见《山海经·南山经》。水兕，疑指海牛。二者实泛指海中各种水怪。

⑤蜃，大蛤。海上的云霞景象，古人以为是蜃气所致，称海市蜃楼。三山，《史记·秦始皇本纪》，徐市言“海中有三神山，名曰蓬莱、方丈、瀛洲，仙人居之”。此泛指远处海岛。椒，山颠。海潮高涨，海岛山颠只剩一痕未没。——“长天”以下六句写潮起。

⑥塘坳，海滩上的洼地。汭（ruì），水曲处。

⑦纷，多貌。——“须臾”以下六句写潮落。

⑧日主，太阳神。《汉书·郊祀志》：“八神……七曰日主，祠盛山。盛山斗入海，最居齐东北阳，以迎日出云。”颜注引韦昭曰：“盛山在东莱不夜县。”

⑨羡门、高誓，皆古仙人名。《史记·秦始皇本纪》：“三十二年，始皇之碣石，使燕人卢生求羡门高誓。”

⑩黄、腄（chuí）、惤（xián）、缾（píng），四县名，汉代属东莱郡。《史记·秦始皇本纪》：二十八年，始皇东行郡县，至渤海以东，“过黄腄，穷成山，登之罘，立石颂秦德焉。”《汉书·地理志》：东莱郡十七县中有腄、黄、惤，琅邪郡五十一县中有缾。

⑪女姑山，在山东即墨。蜉蝣岛，在掖县西北海中，又名遥望岛。

宣和御墨枇杷图歌[①]

卢橘苍苍横干起，故印依稀识天水[②]。

风枝雨叶不关愁，惨淡如披靖康史[③]。
宣和文物剧风流，绣褫锦赙穷千秋[④]。
画学岁收五岳观，图书尽识太清楼[⑤]。
盛衰转瞬如飞电，牟驼冈上纷刀箭[⑥]。
紫筠花木摧为薪，西风落日青城殿[⑦]。
此本流离出禁庭，过江千载叹飘零。
昔日兴亡如在眼，还同麦饭哭冬青[⑧]。

① 宣和，宋徽宗年号。宣和御墨即宋徽宗画。参见钱谦益《题宋徽宗杏花村图》诗注。

② 卢橘，枇杷别名。天水，赵姓的郡望。宋徽宗有“天水赵氏”小玺。

③ 靖康，宋钦宗年号，仅两年，时受金人威胁，国势倾危。靖康二年（1127）五月徽、钦二宗即被金兵俘虏，北宋灭亡。

④ 绣褫（chǐ）锦赙（dàn），画轴精美的装璜。书画覆首称襟褫，卷首贴绫叫赙。

⑤ 画学，画家。邓椿《画继》：“徽宗始建五岳观，大集天下名手，应诏者数百人。”识，通“志”。太清楼，徽宗禁苑楼名。徽宗诏以御府所藏真迹，重刊于太清楼。

⑥ 牟驼冈，在汴京城西北，为牧马之所，靖康元年，金兵围汴，驻军冈上。

⑦ 紫筠，堂名。靖康元年冬，金兵围汴，大雪严寒，艮岳中树木全被砍伐为柴薪，宫观台榭亦被拆毁。青城殿，见钱谦益《题宋徽宗杏花村图》诗注。二句言北宋之亡。

⑧ 麦饭哭冬青，亦见钱谦益诗注。

南将军庙行[①]

范阳战鼓如轰雷，东都已破潼关开[②]。
山东大半为贼守，常山平原安在哉[③]！
睢阳独遏江淮势，义激诸军动天地[④]。
时危战苦阵云深，裂眦不见官军至[⑤]。

谁与健者南将军，包胥一哭通风云[⑥]。
抽矢誓雠已慷慨，拔剑堕指何嶙峋[⑦]！
贺兰未灭将军死，呜呼南八真男子！
中丞侍郎同日亡，碧血斓斑照青史[⑧]。
淮山峨峨淮水深，庙门遥对青枫林[⑨]。
行人下马拜秋色，一曲淋铃万古心[⑩]。

① 南将军，南霁云，顿丘（今河北清丰县）人。少为人操舟，后为张巡部将，骁勇善战。唐玄宗天宝十四载（755）十一月，安禄山在范阳起兵叛乱，连陷河北诸郡，下洛阳，破潼关，长安失陷。真源令张巡守雍丘，抵抗叛军。至德二载（757）移守睢阳（今河南商丘），与太守许远共同对敌。叛将尹子奇率十万众围睢阳，张巡出奇计，屡败叛军。南霁云并射伤尹子奇，中其左目。守城数月，城中食尽粮绝，救援不至。韩愈《张中丞传后叙》记张巡命南霁云突围向河南节度使贺兰进明求救。“贺兰嫉巡、远之声威功绩出己上，不肯出师救。爱霁云之勇且壮，不听其语，强留之。具食与乐，延霁云坐。霁云慷慨语曰：‘云来时，睢阳之人不食月馀日矣。云虽欲独食，义不忍，虽食，且不下咽！’因拔所佩刀断一指，血淋漓以示贺兰。一座大惊，皆感激为云泣下。云知贺兰终无为云出师意，即驰去。将出城，抽矢射佛寺浮图，矢着其上砖半箭。曰：‘吾归破贼，必灭贺兰，此矢所以志也！’”后睢阳城破，张巡、南霁云并被俘。“贼以刃胁降巡，巡不屈，即牵去，将斩之。又降霁云，云未应，巡呼云曰：‘南八！男儿死耳，不可为不义屈！’云笑曰：‘欲将以有为也，公有言，云敢不死！’即不屈。”南将军庙，诗人自注：“在泗州，南公霁云乞师处。”泗州，江苏盱眙县西北淮水西岸（原泗州城于清康熙十九年陷入洪泽湖）。

② 范阳战鼓，指安禄山在范阳起兵叛乱。范阳，今北京市。东都已破，天宝十四年十二月，叛军攻陷东都洛阳。潼关开，玄宗命哥舒翰驻守潼关。天宝十五载六月，潼关失守，哥舒翰降贼。

③ 山东，古代崤山、华山以东皆称山东。常山，郡名，郡治今河北省正定县。天宝十五载正月，常山城陷，太守颜杲卿死节。平原，郡名，今山东省平原县。天宝十五载十月，平原失守。

④ 睢阳独遏江淮势，谓张巡、许远拒守睢阳，阻挡了叛军南侵江淮。《张中丞传后叙》谓张巡、许远“守一城，捍天下，以千百就尽之卒，战百万日滋之师，蔽遮江淮，沮遏其势”。遏，阻止。

⑤ 裂眦，睁大眼睛盼望。眦，眼眶。

⑥ 谁与健者南将军，健者是谁，就是南将军。与，助词，读平声。包胥一哭，《左传》定公四年：吴军入楚，攻陷郢都，楚大夫申包胥赴秦求救，立于秦庭，日夜哭泣七日，秦哀公被感动，出兵救楚。诗用以比喻南霁云求救于贺兰进明。

⑦ 抽矢誓雠，指贺兰进明不肯发兵，南霁云出城时，"抽矢射佛寺浮图"，发誓"吾归破赋，必灭贺兰"。拔剑堕指，指南霁云在贺兰进明坐拔刀断指。嶙峋（lín xún），山石突兀之貌，借用以形容南霁云气势激昂。

⑧ 中丞，张巡守睢阳，唐廷诏拜御史中丞。侍郎，诗人自注："姚公闇也。"姚闇，姚崇从孙，与张巡交好。天宝末为城父令，后从张巡守睢阳，并一道殉难。

⑨ 峨峨，山高貌。

⑩ 一曲淋铃，《乐府诗集》卷八十引《明皇杂录》："帝幸蜀，南入斜谷，霖雨弥旬，于栈道雨中闻铃声，与山相应。帝既悼念贵妃，因采其声为《雨霖铃》曲以寄恨焉。"杜牧《华清宫》："行云不下朝元阁，一曲淋铃泪数行。"按，此诗不涉及明皇《雨霖铃》曲，诗人似借以喻歌咏南霁云的诗章。然如此用词，似甚勉强。

采石太白楼观萧尺木画壁歌①

落帆向牛渚，直上太白楼②。
锦袍乌帽太潇洒，回看四壁风飕飕③。
萧生何年画此雪色壁，峰峦出没烟岚稠。
元气淋漓真宰妒，江湖澒洞蛟龙愁④。
吴观越观上海日，苍烟九点横齐州⑤。
祝融诸峰配朱鸟，潇湘洞庭放远游⑥。
峨嵋雪照巫峡水，匡庐瀑下彭湖流⑦。
须臾使我行万里，瞥如怒隼凌清秋⑧。
我生海隅近岱畎，西游曾上瞿塘舟⑨。
昨登五老弄瀑布，却临三峡窥龙湫⑩。
七十二峰身未到，苍梧已略天南头⑪。

太白游踪遍四海，晚爱青山采石聊淹留[12]。
丈夫当为黄鹄举，下视燕雀徒啁啾[13]。

①采石太白楼，在安徽当涂长江南岸采石矶畔，中有萧云从所作壁画。萧云从（1596—1673），字尺木，号默思，又号无闷道人、钟山老人等，安徽芜湖人。明崇祯副贡，入清不仕。徐珂《清稗类钞·艺术类》："芜湖萧云从，字尺木，工画山水人物，具有北宋人遗轨。闭门著述，品格亦高峻。"所作《太平山水图》《离骚图》，多见于清人题咏。亦能诗，有《梅花园遗稿》。

②牛渚，采石矶又名牛渚矶。

③锦袍乌帽，指楼中李太白像。太，甚。潇洒，洒脱，无拘束之貌（此句写太白像过于突然，而且表述不清，缺乏必要的交代，是塑像还是画像也不清楚）。

④元气，自然原始之气。真宰，犹言造物，宇宙主宰。语本《庄子·齐物论》。杜甫《奉先刘少府所画山水障歌》："元气淋漓障犹湿，真宰上诉天应泣。"澒洞，弥漫无际涯之貌。

⑤吴观越观，并泰山峰名。苍烟九点，指九州。齐州，齐列诸州，指整个中国。语本李贺《梦天》诗："遥望齐州九点烟，一泓海水杯中泻。"

⑥祝融，衡山最高峰。朱鸟，二十八宿中南方七宿组成鸟象。语本杜甫《望岳》诗"南方配朱鸟"。潇湘，湖南二水名，北流至零陵汇合称为潇湘。

⑦巫峡，三峡之一，代指长江三峡。匡庐，即庐山。彭湖，彭蠡湖，亦即鄱阳湖。"吴观"以下六句，写壁画中四座名山，依次是泰岳、衡山、峨嵋和匡庐。萧氏所画实无衡山，而有华岳。康熙时人陈琰《旷园杂志》谓萧尺木年七十馀，"画匡庐，峨眉、泰岱、衡岳四大名山，凡七日而就，遂绝笔"。乾隆时芜湖人韦谦恒《萧尺木先生画壁歌》题下自注："壁画泰岱、华岳、峨眉、匡庐，渔阳先生误华为衡，盖踵《旷园杂志》之误也。"蒋士铨《萧尺木画壁》诗云："萧生昔画楼下壁，左岱右华峰历历。匡庐峨眉更相对，墙拆泥倾青尚滴。"《李太白集》中有《游太山诗》六首、《西岳云台歌》一首、《登峨嵋山》等诗二首和《庐山谣》等诗五首，萧尺木盖据太白诗画四大名山。

⑧瞥，一眼扫过。隼（sǔn），鸷鸟名。

⑨我生海隅，渔阳为山东新城人。岱畎，即泰山。畎（quǎn），山谷。"泰畎"一词出《书·禹贡》。瞿塘，三峡之一，亦代指长江三峡。

⑩五老，庐山五老峰。三峡，此指庐山三峡涧。龙湫，三峡涧中有龙潭。湫（qiū），水潭。

⑪七十二峰，衡山有七十二峰。苍梧，山名，即九疑山。已略，犹言已尽。“我生”以下六句，叙述自己的游踪，依次为岱岳、峨眉、匡庐和未曾到的衡山，与上文画境相应。

⑫青山，在当涂境。李白晚年往返于金陵与宣城间，青山采石为常游之地。代宗宝应元年（762）依当涂令李阳冰，病卒于此，葬于青山。采石太白祠，青山李白墓，至今尚存。

⑬黄鹄，鸟名，天鹅的一种。举，高飞。啁啾（zhōu jiū），鸟鸣声。《史记·陈涉世家》：“燕雀安知鸿鹄之志哉！”末二句赞扬李白，但与全诗扣得不紧。

★萧云从采石太白祠山水壁画，清人题咏甚多，渔洋所作最为有名，然他人歌咏者亦不乏佳作。渔洋友人宋荦《谪仙楼观萧尺木画壁歌》云：“谪仙楼外长江流，谪仙楼内烟云浮。悬岩峭壁欲崩落，虬松怪树风飕飗。泉声山色宛然在，渔翁樵子纷遨游。细观始知是图画，扪壁惝恍凌沧洲。古来画手倾王侯，笔墨恒令鬼神愁。每入胜地亦挥洒，元气直向空墙流。呜呼维摩真迹不可得，通泉群鹤无颜色。当今画笔数何人，鸠兹萧叟称奇特。前年挂帆牛渚来，登楼一望胸怀开。解衣盘礴使其气，倏忽四壁腾风雷。画出青莲游赏处，千年魂魄应来去。匡庐云海泰山松，华岳三峰点秋树。朦胧细景不知数，一一生成出毫素。杂花窈窕秋涧深，野水逶迤洲渚露。危桥坏磴荒村连，多少林峦莽回互。横涂乱抹总精神，河伯山灵不敢怒。我闻画苑有本源，北宋董巨品格尊。后来大痴与黄鹤，气韵超脱同法门。叟也涉笔非徒尔，黄王如在称弟昆。此画此楼并不朽，残山剩水奚足言。我家赐画旧满箱，年来卷轴多沦亡。每与名流讲绘事，辄思鸿宝为彷徨。今也见此心飞扬，众山皆响殊寻常。不用并州快刀剪秋水，但愿十日寝食坐卧留其旁。”维摩，唐王维，字摩诘，为有名画家。然称王维为维摩却甚不辞。通泉，唐县名，在今四川射洪东南。通泉群鹤，杜甫《通泉县署屋壁后薛少保画鹤》诗：“薛公十一鹤，皆写青田真。”（薛公，薛稷）无颜色，谓年久失色甚或已经不在。鸠兹，春秋时吴国邑名，在今安徽芜湖县东。萧云从芜湖人，故称鸠兹萧叟。董巨，五代南唐画家董源，其后僧巨然师法董源，合称“董巨”。大痴，元代画家黄公望，字子久，别号大痴道人。黄鹤，元代画家王蒙，字叔明，别号黄鹤山樵。黄王，即黄公望与

王蒙。萧云从所画为泰山、华岳、峨嵋与匡庐，宋荦少举一山，未及峨嵋。宋诗前段较渔洋所作更为生动，“我闻画苑”以后稍嫌拖沓，少数词语典故过于生僻。

也是渔洋同代人田雯《登采石矶太白楼观萧尺木画壁歌》云：“太白楼上秋风寒，采石矶下波连山。长康不作僧繇死，何人攫弄秋毫端。力挽万牛啸两虎，袒衣跋扈青冥间。四壁四山拔地起，直从十指生烟峦。峨眉匡庐两对峙，西华东岱同跻攀。巨灵夸娥日月走，坤位乾窦神鬼盘。屋角雷雨势飞动，墙根涧壑声潺湲。牛渚白沙如蚁蛭，天光破碎沧溟宽。蓝陈萧恽称大手，前追董巨凌荆关。尺木老人更奇绝，身驾大海骑虬鸾。秋来放眼忘远涉，凭陵万里开心颜。寺径蒙蒙松杉雨，芦花漠漠鼋鼍滩。顾盼无人相娱赏，高呼太白骑鲸还。”田雯，字纶霞，号山薑，山东德州人。清世祖顺治十六年己亥（1659）进士，官至户部侍郎。有《古欢堂集》。

清高宗乾隆时祝维诰《牛渚矶登太白楼》诗云：“太白没已久，太白楼尚传。登楼豁达开江天，云帆雪浪飞槛前。我生不见高歌痛饮之狂态，但见锦袍乌帽奕奕真神仙。矶头明月常依然，骑鲸一去何时还？山鬼来窥猿狖啸，冯夷不怒蛟龙眠。青山小谢宅安在？镜湖贺监归何年？谁来共此玩风景，江边酒瓮空满船！余既不能酌一斗，亦不能吟百篇，独有烟霞痼疾可以相周旋。君不见萧尺木，四壁图名山，朝暮供养惟云烟。峨嵋雪，匡庐泉，鸡鸣日观泰岱颠，明星玉女华顶连。苍茫元气窥无端，恍然置身万里间。当年太白爱游涉，指点虚无应遍识。焉能鞭白日兮御清风，拍肩挹袂群仙中？逍遥八极任来往，真与此楼今古同。”诗艺不算很高，但纯用口语，写得活泼自由，也是其特色。祝维诰，详见后祝氏小传。

又，清宣宗道光时人石绳簳（gǎn）《太白楼观萧尺木画壁歌》云：“杰阁枕江插天出，万流訇湃吞赤日。锦袍学士忽骑白龙去，一千年后冷煞仙人笔。满屋倏尔飞风沙，苍松赤石蟠龙蛇。生平梦游十洲三岛不得到，天风缥渺蓬莱槎。陡觉岱华匡庐峨眉起方寸，万峰突出天之涯。阴晴云日幻古壁，是谁笔底奇气凌烟霞。得无荆关绘飞瀑，不然道子嘉陵山水图一幅，那知腾掷造化割阴阳，竟有芜湖画手萧尺木！呜呼萧君意气何壮哉，得毋抱此模山范水之雄才，狂呼谪仙借酒杯，胸中块垒一洗生面开，香炉瀑水剑阁楼台齐烟九点玉女三台一齐飞落毫端来！青莲老去山无色，谁与凿破扶舆灵气留遗墨？青天咫尺须弥存，虎啼猿啸峰崭崱。当年太白芒鞋踏破万山处，一一绘出天地仄。振衣千仞登江楼，四壁苍苍悬岩流。岚气湿裾光入杯，五岳震荡心夷犹。奇花异石逞光怪，奔崖绝壑声飕飗。吁嗟乎男儿不得挂剑万里搏封侯，也须东插泰山日观脚，西登太华落雁最高头，眉山风雪饱囊橐，匡之君兮骖鸾而来游，安能低眉俯首徒将心血穷雕锼！忽尔山灵真面都从壁上出，墨花淋漓元气遒。江风浩浩生两腋，会须骑鲸仙子云中争唱酬。大叫画手尺木子，一聚仙楼同千秋！”石氏生当龚定庵解放诗体之后，笔端豪气纵横，横放杰出，定庵影响甚为明显。石绳簳，字竹侯，安徽宿松人。清宣宗道光二十三年癸卯（1843）举人，官内阁中书，上距渔洋已两百年。有《惜绿轩遗稿》。

题栈道飞雪图送曾道扶之汉中[①]

西指褒斜路，凄然送远心[②]。
千峰盘雪栈，数骑出云林。
蜀道连天起，秦关入望深。
今宵图画里，如听暝猿吟。

① 曾道扶，名王孙，浙江嘉兴人，顺治进士，时赴汉中府推官任。汉中，今陕西汉中。

② 褒斜路，自今陕西眉县沿斜水及其上源石头河，经今太白县，循褒水及其上源白云河至汉中，为秦岭南北交道要道，称褒斜道。

晓雨复登燕子矶绝顶[①]

岷涛万里望中收，振策危矶最上头[②]。
吴楚青苍分极浦，江山平远入新秋。
永嘉南渡人皆尽，建业西风水自流[③]。
洒酒重悲天堑险，浴凫飞鹭满汀洲[④]。

①燕子矶，见施闰章《燕子矶》诗注。

②岷涛，指长江。岷江在四川省境，古人以为长江正源。

③永嘉，晋怀帝年号。时中原大乱，匈奴刘聪、石勒南侵。永嘉五年（311），刘聪遣石勒大败晋军，俘杀太尉王衍等；又遣刘曜破洛阳，俘怀帝北去。时琅邪王司马睿，用王导计，渡江镇建业，北方士人民众大量南迁。史称“永嘉南渡”。建兴四年，刘曜又俘虏愍帝北去。司马睿乃在建业称帝，建立东晋。建业，今南京。吴孙权改秣陵为建业。晋灭吴，改称建邺。建兴元年（313）为避愍帝司马邺讳，改称建康。

④天堑（qiàn），天然壕沟。南朝陈后主祯明三年（589），隋师已至大江北岸，都官尚书孔范犹奏曰：“长江天堑，古来限隔，虏军岂能飞度！”不久隋军即下建康，陈朝旋即灭亡。顺治二年（1645）五月八日，清军已抵北岸，马士英犹说长江天堑可恃，十一日南京即被攻陷。重悲天堑险，实有感于南明之亡。

★此诗三、四两句，渔洋自己极为得意，作为他神韵诗的范句。《分甘馀话》云：“律句有神韵天然不可凑泊者，如高季迪‘白下有山皆绕郭，清明无客不思家’，曹能始‘春光白下无多日，夜月黄河第几湾’，李太虚‘节过白露犹馀热，秋到黄州始解凉’，程孟阳‘瓜步江空微有树，秣陵天远不宜秋’是也。余登燕子矶有句云，‘吴楚青苍分极浦，江山平远入新秋’，或庶几尔。”

此诗施闰章有和作，亦清新可诵。诗云：“矶头一望一含情，吴楚风帆入掌平。山寺楼台衔岸出，江村烟火杂云生。东南极目真天堑，鼓角连声动石城。今古销沉馀钓艇，断肠还听暮潮声。”

和徐健庵宫赞喜吴汉槎入关之作[①]

丁零绝塞鬓毛班，雪窖招魂再入关[②]。
万古穷荒生马角，几人乐府唱刀环[③]。
天边魑魅愁迁客，江上莼鲈忆故山[④]。
太息梅村今宿草，不留老眼待君还[⑤]！

①和徐健庵，详见陈维崧《喜吴汉槎入关和徐健庵先生原韵》诗注。宫赞，

徐乾学官宫赞善。

② 丁零，汉代匈奴的一支。丁零绝塞，代指吴汉槎放逐于宁古塔边塞。雪窖，汉苏武在匈奴被留，曾囚于大窖中。见《汉书·苏建传》。又《宋书·朱弁传》："王伦还朝……以弁奉送徽宗大行之文为献，其辞有曰：'叹马角之未生，魂消雪窖。'"

③ 生马角，王充《论衡·虚惑》："燕太子丹朝于秦，不得去，从秦王求归。秦王执留之，与之誓曰：'使日再中，天雨粟，令乌白头，马生角，厨门木象生肉足，乃得归！'"参见朱彝尊《岳忠武王墓》诗注。谓马生角乃得归实即永不得归。今汉槎得以归，犹马竟生角。刀环，《汉书·李广传》：李陵降匈奴，昭帝立，霍光上官桀遣陵故人任立政等至匈奴。"立政等见陵，未得私语，即目视陵，而数数自循其刀环，握其足，阴谕之，言可还归汉也"。"环"与"还"同音，暗示其还也。又，《玉台新咏·古绝句》："何当大刀头，破镜飞上天。"吴竞《乐府古题要解》："何当大刀头，刀头有环，问夫何时当还也。"

④ "天边"句，用杜甫《天末怀李白》诗"文章憎命达，魑魅喜人过"句意。魑魅（chī mèi），鬼怪之类。"莼鲈"句，《晋书·张翰传》：张翰在洛阳，"见秋风起，乃思吴中菰菜莼羹鲈鱼脍，曰：'人生贵得适志，何能羁宦数千里，以要名爵乎！'遂命驾而归。"

⑤ 梅村，即吴伟业。梅村甚赏识吴汉槎，汉槎谪戍时，曾作《悲歌赠吴季子》送别。宿草，隔年的草。《礼记·檀弓上》："朋友之墓，有宿草而不哭焉。"今宿草，谓梅村已过世。汉槎于康熙二十年（1681）放归，已是梅村下世十年之后。

雪后怀家兄西樵 ①

竹林上斜照，陋巷无车辙。
千里暮相思，独对空庭雪。

① 西樵，渔洋长兄王士禄，字子底，号西樵。清世祖顺治十二年乙未（1655）进士，亦工诗。

余澹心寄金陵咏怀古迹诗却寄 ①

千古秦淮水，东流绕旧京 ②。

江南戎马后，愁煞庾兰成[③]。

① 余澹心，即余怀，字澹心，莆田人。著有《板桥杂记》，记秦淮板桥旧事，亦寄其明亡后的感慨。

② 旧京，指南京。

③ 庾兰成，即庾信，字子山，小字兰成。本梁臣，出使西魏，被留。魏亡，又仕北周，官至骠骑大将军，开府仪同三司。子山在北，虽身居高位，然不忘故国，作《哀江南赋》，伤萧梁之亡。此以子山比拟余怀。不言南明亡国，而曰“江南戎马后”，系委婉之辞。

初春济南作

山郡逢春复乍晴，陂塘分出几泉清？
郭边万户皆临水，雪后千峰半入城。

① 陂（bēi）塘，池塘。济南多名泉，有泉城之称。

高邮夜泊[①]

寒雨秦邮夜泊船，南湖新涨水连天[②]。
风流不见秦淮海，寂寞人间五百年[③]。

① 高邮，今江苏高邮县。北宋大词人秦观是高邮人。此渔洋于顺治十七年（1660）赴扬州推官任泊舟高邮湖忆秦观作。

② 秦邮，即高邮。《方舆胜览》：“高邮，一名秦邮。秦因置邮传为高邮亭。”

③ 秦淮海，秦观别称淮海居士。五百年，秦观卒于宋哲宗元符三年（1100），至渔洋作此诗时已五百六十年，“五百年”概而言之。

再过露筋祠[①]

翠羽明珰尚俨然，湖云祠树碧于烟[②]。

行人系缆月初堕，门外野风开白莲[3]。

①露筋祠，在江苏高邮城南。

②翠羽明珰，妇女首饰，此指庙中神像。珰，玉制耳饰。俨然，宛然像是真的。唐李群玉《黄陵庙》诗："小姑洲北浦云边，二女容华自俨然。"

③"行人"二句，用陆龟蒙《白莲》诗意。

★王象之《舆地纪胜》：露筋庙"去（高邮）城三十里。旧传有女夜过此，天阴蚊盛，有耕夫田舍在焉。其嫂止宿，姑曰：'吾宁处死，不可失节。'遂以蚊死，其筋见焉"。袁枚《随园诗话》卷七："高邮露筋祠，说部有四解：或云鹿筋梁，地名也。有鹿为蚊所啮，露筋而死，故名。或云路金者，五代时将军，战死于此，故名。或云有远商二人，分金于此，一人忿争不已，一人悉以赠之。其人大惭，置金路上而去。后人义之，以其金为之立祠，故名路金。所云姑嫂避蚊者乃俗传一说耳。"传说不一，由来已久，故查慎行《过露筋祠下》诗云："旧是鹿筋梁，何年祀女郎。至今留庙貌，考古实荒唐。"可知祠名由来并不清楚，女子蚊咬露筋说尤为荒诞，即祠名亦甚可厌。由于地当要道，所祀又是女郎，故清人题露筋祠者甚多。渔洋诗颇清丽，不涉传说内容，翠羽明珰只写神像外貌，不言其为谁何。

陆以湉《冷庐杂志》卷一："王阮亭尚书《题露筋祠》诗，论者推为此题绝唱。按米襄阳《露筋祠碑》云：'神姓萧，名荷花'诗不即不离，天然入妙，故后之作者皆莫之及。"渔洋自己对此诗也很得意。《渔洋诗话》卷上："余谓陆鲁望（陆龟蒙）'无情有恨何人见，月白风清欲堕时'二语，恰是咏白莲诗，移用不得；而俗人议之，以为咏白牡丹白芍药亦可，此真盲人道黑白。在广陵有题露筋祠绝句，正拟其意。""门外野风开白莲"系即目写景，亦与神女名荷花暗中关合。

江　上

吴头楚尾路如何，烟雨秋深暗白波[1]。
晚趁寒潮渡江去，满林黄叶雁声多。

① 吴头楚尾，春秋时代大江流域西为楚，东为吴，交尾之处称为吴头楚尾。《方舆胜览》："豫章之地为吴头楚尾。"今江西北部。诗人使用则甚泛，自湖北东部到江苏西部，随处都可指称。

夜雨题寒山寺寄西樵礼吉①

枫叶萧条水驿空，离居千里怅难同。
十年旧约江南梦，独听寒山夜半钟。

① 寒山寺，在苏州阊门外，以张继《枫桥夜泊》诗"姑苏城外寒山寺，夜半钟声到客船"句闻名。西樵，渔洋长兄王士禄。礼吉，仲兄王士禧，字礼吉。

秦淮杂诗四首①

年来肠断秣陵舟，梦绕秦淮水上楼②。
十日雨丝风片里，浓春烟景似残秋③。

结绮临春尽已墟，琼枝璧月怨何如④？
惟馀一片青溪水，犹傍南朝江令居⑤。

当年赐第有辉光，开国中山异姓王⑥。
莫问万春园旧事，朱门草没大功坊⑦。

新歌细字写冰纨，小部君王带笑看⑧。
千载秦淮呜咽水，不应仍恨孔都官⑨。

① 顺治十八年辛丑（1661），渔洋以扬州推官至南京，诗作于其时。原十四首，录四首。

② 秣陵，即南京，秦改楚金陵邑为秣陵。

③ 雨丝风片，汤显祖《牡丹亭·惊梦》："朝飞暮卷，云霞翠轩，雨丝风片，烟波画船，锦屏人忒看的这韶光贱。"

④ 结绮临春，南朝陈后主至德二年（584），于光昭殿前起临春、结绮、望仙三阁，穷极奢华，后主自居临春阁，张贵嫔居结绮阁，龚、孔二贵嫔居望仙阁，并复道交相往来。琼枝璧月，后主使诸贵人及女学士与狎客为艳诗，有"璧月夜夜满，琼树朝朝新"之句。并见《陈书·张贵妃传》后魏徵考记。

⑤ 青溪，水名，发源于钟山西南，屈曲流经南京城区，注入秦淮河。江令，南朝诗人江总，字总持，历仕梁、陈、隋三朝，在陈官至尚书令，为陈后主所宠信，日与后主及陈暄、孔范等游宴后庭，写作艳诗，称为狎客。陈亡入隋，拜上开府。《陈书》《南史》并有传。

⑥ 中山异姓王，明初开国名将徐达，死后封中山王。

⑦ 万春园，南朝建康宫城门，东曰万春。万春园疑为徐达园门。明太祖以吴王时旧邸赐徐达，表其坊曰大功。

⑧ "新歌"二句，原注："弘光时，阮司马以吴绫作朱丝阑，书《燕子笺》诸剧进宫中。"小部，唐玄宗于梨园中选十五岁以下子弟组成小部，此代指戏班。君王，指南明弘光帝。

⑨ 孔都官，南朝陈都官尚书孔范，与江总等并为陈后主狎客。祯明三年（589），隋军已至大江北岸，群臣请为备防。范奏曰："长江天堑，古来限隔，虏军岂能飞度？"不久隋军渡江攻下金陵，陈亡，孔范随后主俱入长安。见《南史·孔范传》。陈朝之亡，已事隔千载，而南明之亡，实咎由自取，故曰不应仍恨孔都官。

送胡耑孩①

青草湖边秋水长，黄陵庙口暮烟苍②。
布帆安稳西风里，一路看山到岳阳③。

① 胡耑孩，胡景曾，字耑孩。耑（duān），端古字；又音专（zhuān），即专之异体。

② 青草湖，洞庭湖东部别称青草湖。黄陵庙，有多处，此黄陵庙在湖南湘阴县北，祠舜二妃娥皇、女英。

③ 布帆安稳，《晋书·顾恺之传》：顾恺之为殷仲堪参军。"仲堪在荆州，恺之尝因假还，仲堪特以布帆借之。至破冢，遭风大败。恺之与仲堪笺曰：'地名破冢，真破冢而出。行人安稳，布帆无恙。'"李白《秋下荆门》诗："霜落

荆门水国空，布帆无恙挂秋风。”

★渔洋七绝每首单看，都清新可诵，唯其写作太滥，故词语句子结构，往往重复落套。《樊圻画》诗云：“芦荻无花秋水长，澹云微雨似潇湘。雁声摇落孤舟远，何处青山是岳阳？”多与《送胡耑孩》诗犯复，且颇嫌凑合。又爱袭用唐人句式词汇，如“布帆”句因袭李白“布帆无恙挂秋风”，“何处”句套用孟浩然“何处青山是越中”。如此等处，皆不足为范。

寄陈伯玑金陵[①]

东风作意吹杨柳，绿到芜城第几桥[②]。
欲折一枝寄相忆，隔江残笛雨潇潇。

①陈伯玑，名允衡，号玉渊，江西南城人。王士禛为扬州推官时，陈曾数次过访。

②芜城，扬州别称。诗系自扬州寄金陵者。

★王士禛爱用的词汇，诗中往往重复出现。《夜雨题寒山寺寄西樵礼吉》诗其二云：“日暮东塘正落潮，孤篷泊处雨潇潇。疏钟夜火寒山寺，记过吴枫第几桥？”“潇潇”固然美听，不断地“潇潇”也未免嘈杂。王士禛走过的桥肯定很多，但他总记不得是“第几桥”，实在也是一个缺点。

真州绝句二首[①]

江干多是钓人居，柳陌菱塘一带疏。
好是日斜风定后，半江红树卖鲈鱼。

江乡春事最堪怜，寒食清明欲禁烟。
残月晓风仙掌路，何人为吊柳屯田[②]？

①真州，今江苏仪征。

② 残月晓风，柳永《雨霖铃》词："今宵酒醒何处？杨柳岸，晓风残月。"柳屯田，柳永曾官屯田员外郎。原注："柳耆卿墓在城西仙人掌。"

★王渔洋《池北偶谈》："仪真县西地名仙人掌，有柳耆卿墓。按《避暑录》：柳死，旅殡润州僧寺，王平甫为守，出钱葬之。真润地接，或即平甫所卜兆也。予真州诗云：残月晓风仙掌路，何人为吊柳屯田？"渔洋所引为宋叶梦得《避暑录话》，文字小有出入。原文云："永终屯田员外郎，死，旅殡润州僧寺，王和甫为守时，求其后不得，乃为出钱葬之。"据此，知葬耆卿者为王安礼和甫，非王安国平甫。虽皆王安石介甫弟，毕竟不应互换。又，吴骞《拜经楼诗话》谓仪真并无仙人掌其地，自亦无耆卿墓，渔洋或系据传闻而云然。渔洋后作《真州杂咏》云，"古墓已迷仙掌路，昏鸦尚吊柳屯田"，看来他自己也并不清楚。宋曾敏行《独醒杂志》卷四："柳耆卿风流俊迈，闻于一时。既死，葬于枣阳花山。远近之人，每遇清明日，多载酒肴饮于耆卿墓侧，谓之吊柳会。"宋祝穆《方舆胜览》：柳耆卿"流落不偶，卒于襄阳。死之日，家无馀财，群妓合金葬之于建安南门外。每春日上冢，谓之吊柳七"。同样说得有眉有目。这位大词人葬身何处实成了一桩疑案。然《避暑录话》所说最为具体，距柳耆卿王和甫时间亦较近，柳墓当在润州。

雨中度故关①

危栈飞流万仞山，戍楼遥指暮云间。
西风忽送萧萧雨，满路槐花出故关。

① 故关，即井陉关。参见顾大申《故关》诗注。康熙十一年（1672）渔洋奉命典四川乡试入蜀，行经故关。

灞桥寄内①

太华终南万里遥，西来无处不魂销。
闺中欲问金钱卜，秋雨秋风过灞桥。

①灞桥，在今西安城东。

嘉陵江上忆家[1]

自入秦关岁月迟，栈云陇树苦相思。
嘉陵驿路三千里，处处春山叫画眉[2]。

①嘉陵江，源出陕西凤县嘉陵谷，向南流贯四川东部，至重庆注入长江。

②画眉，鸟名，常群栖于绿萝灌木间，鸣声清丽。由画眉鸟而联想到闺中画眉。“叫画眉”语意双关。

自沙河至唐婆岭即事[1]

皖公山色望迢遥，皖水清泠不上潮[2]。
青笠红衫风雪里，一林枫柏马萧萧。

①沙河，在安徽太湖县西南。唐婆岭，在安徽潜山县境。诗题又作“大雪行潜山唐婆岭即事”。

②皖公山，一名皖山，在安徽潜山、怀宁二县西。皖水，在潜山、怀宁县境，东南流至安庆注入长江。“不上潮”三字凑合。

清流关[1]

萧萧寒雨渡清流，苦竹云阴特地愁。
回首南唐风景异，青山无数绕滁州[2]。

①清流关，在安徽滁州城西，地势险峻。

②“回首”二句：后周显德三年（956）二月，殿前都虞候赵匡胤袭击清流关，大败南唐军，生擒其将皇甫晖、姚凤，遂克滁州。见《资治通鉴·后周纪三》。欧阳修《丰乐亭记》：“滁于五代干戈之际，用武之地也。昔太祖皇帝尝以周师破李璟兵十五万于清流山下，生擒其将皇甫晖、姚凤于滁东门之外，

遂以平滁。修尝考其山川，按其图记，升高以望清流之关，欲求晖、凤就擒之所，而故老皆无在者，盖天下之平久矣。”诗实用其意。青山无数绕滁州，亦用欧阳修《醉翁亭记》“环滁皆山也”句意。

江上看晚霞

彭泽县前风倒吹，三朝休怨峭帆迟[①]。
馀霞散绮澄江练，满眼青山小谢诗[②]。

①彭泽县，在江西省北部，长江南岸。峭帆，高帆。康熙二十四年（1685）春，渔洋抵广州祭告南海神庙。四月北返京师，船行过江西彭泽，江上阻风，故在此停留三日。

②“馀霞”句，化用谢朓《晚登三山还望京邑》诗“馀霞散成绮，澄江净如练”句意。青山小谢，即谢朓。

★陆龟蒙《怀宛陵旧游》诗云，“陵阳佳地昔年游，谢眺青山李白楼”，渔洋称之为“青山小谢”即原于此，系灵活使用。末句“满眼”所见的是“青山小谢诗”，即上句的“馀霞散绮澄江练”。若理解为“满眼”所见者为“青山”则与上句脱节，与全诗内容不符。

蟂矶灵泽夫人祠[①]

霸气江东久寂寥，永安宫殿莽萧萧[②]。
都将家国无穷恨，分付浔阳上下潮[③]。

①蟂矶，在安徽芜湖西面江中，后沙涨遂与大江西岸相连。灵泽夫人，蜀先主刘备孙夫人，吴主孙权之妹，汉献帝建安十四年（209），刘备领荆州牧。“权稍畏之，进妹固好。先主至京见权，绸缪恩纪”。见《三国志·蜀书·先主传》。十九年，“先主既定益州，而孙夫人还吴”。见《三国志·蜀书·二主妃子传》。可知这场政治婚姻为时短暂，孙夫人只是两国政治斗争的牺牲品。《三国演义》根据传说，谓刘备虓亭战败，讹传已死于军中，孙夫人乃驱车至江边，西望号哭，投江而死。后人为立庙江边，号曰枭姬祠，则“蟂矶”之名，实由

枭姬而来。周瑜称刘备为天下枭雄，后人称孙夫人为枭姬必由于此。这一称呼滑稽而又亵渎。

②“霸气”句谓孙吴早亡国，江东寂寥。“永安”句谓刘备当年病殁，宫殿萧条。永安宫，在夔州白帝城，先主章武三年（223）四月，病殁于此。

③家国，家则东吴，承上“霸气江东”句；国则蜀汉，承上“永安宫殿”句。浔阳，大江经浔阳一段称浔阳江，此即指大江。浔阳以上为蜀，以下为吴。

★昔人题孙夫人祠联云：“思亲泪落吴江冷，望帝魂归蜀道难。”切合孙夫人身世，天然绝妙。

戏书蒲生《聊斋志异》卷后[①]

姑妄言之妄听之，豆棚瓜架雨如丝[②]。
料应厌作人间语，爱听秋坟鬼唱诗[③]。

①蒲生，即蒲松龄。详蒲氏小传。

②姑妄言之妄听之，《庄子·齐物论》：“予尝为女妄言之，女亦以妄听之奚。”女，通“汝”。妄，虚妄。因《聊斋志异》多系狐鬼故事，故云。

③秋坟鬼唱诗，用李贺《秋来》诗“秋坟鬼唱鲍家诗”句。

★蒲松龄有《次韵答王司寇阮亭先生见赠》诗。诗云：“《志异》书成共笑之，布袍萧索鬓如丝。十年颇得黄州梦，冷雨寒灯夜话时。”“黄州梦”用苏轼《念奴桥》词“人生如梦”句意。苏词作于黄州，故称黄州梦。王蒲赠答于康熙二十八年己巳（1689），时渔洋五十六岁，蒲氏年亦五十。渔洋仅年长六岁，称之为蒲生者，以蒲氏无功名官职故也；称呼中级别森然。

宋 荦

宋荦（1634—1713），字牧仲，号漫堂，又号西陂、绵津山人，河南商丘人。父宋权，明思宗崇祯十七年（1644）三月为顺天巡抚，到任三日李自成陷北京，权率部降清，在清官至内翰林国史院大学士。清世祖顺治四年丁亥（1647）荦以大臣之子列侍卫，历江西、苏州巡抚，官至吏部尚书加太子少师。康熙五十二年卒，年八十。其诗宗苏轼，尝绘苏轼像而貌己侍立其侧，幕僚邵蘅将其诗与王士禛合刻为《王宋二家诗》，成就实远不如士禛。初刻《绵津山人诗集》，晚年汇其全集为《西陂类稿》。

早过东村

凌晨发逸兴，策马背荒城。
平原何妩妩，秋色殊空明[①]。
疏雨夜来过，林壑被馀清。
茅茨相因依，荟蔚藏柴荆[②]。
已喜尘鞅隔，况闻好鸟鸣[③]。
披襟话野老，愉悦荡心情。
攘攘市廛内，无乃丧吾生[④]。
缅怀桃花源，永言美躬耕[⑤]。

① 妩妩（wǔ），土地肥沃。《诗 · 大雅 · 绵》：“周原妩妩，堇荼如饴。”

② 相因依，相互依靠。荟蔚（huì wèi），草木繁茂之貌，此指繁茂的草木。柴荆，指柴荆搭的简陋房门。

③ 鞅，套马颈的皮带。尘鞅，喻世俗事务的束缚。

④ 丧吾生，丧失自己的自然本性。

⑤ 桃花源，因陶渊明《桃花源记》幻想的世外乐土，因用以指远离世俗的优美环境。永言，长久。“言”字助词无义。

登废城

荒城亘数里，形势自森布①。
秋草碧参差，闲云莽回互②。
停车陟其颠，披榛得徐步。
白日忽西驰，乾坤入薄暮③。
行潦接洪流，归人喧野渡④。
远村早稷收，近岸寒鸦聚。
纵览感孤怀，含凄倚独树。
往者全盛日，兹城称虎踞⑤。
城中十万家，歌舞不知数。
狂寇来纵横，蹂躏失险固⑥。
燐火照郊原，通衢走狐兔。
遗镞樵夫拾，废堡山僧住。
回头市井间，人烟已非故。
凄凉二十年，小康犹未赋⑦。
暂此息鼓鼙，遥天看飞鹜⑧。

① 亘，横贯，接连。森布，森然列布。

② 回互，回环流转。

③ 忽，匆促。薄暮，黄昏时候。

④ 行潦，沟中积水。洪流，河中大水。

⑤ 虎踞，言其形势险要。

⑥ 蹂躏（róu lìn），践踏摧残。

⑦ 小康，稍微安定。《诗·大雅·民劳》：“民亦劳止，汔可小康。”郑玄

笺："汔，幾也。康，安也。"

⑧ 鼙（pí），军用鼓。鼓鼙，代指战争。

★明末清初，先由于农民起义，明军与起义军长期交战，不少城市受到破坏。随后清兵入关，大军南下，许多繁华的城市遭到更严重的摧残。诗作于康熙之初，诗人看到的景象仍然是"燐火照郊原，通衢走狐兔"，荒凉满目，摧败之惨可想而知。登临某城，照说是具体明确的，但宋牧仲不敢开罪清廷，故含糊地题曰"登废城"，而不言所登何地；诗中更有"狂寇来纵横"一语，表明破坏者是起义民军，以避免罗织取祸。若果系民军，一定会说明某地。不明言实已明言，蹂躏此城致如此荒废者必系清军无疑。

和子湘春雪后夜坐效韦左司[①]

梅花半将开，媚此雪后月。
空亭耐春寒，坐到昏钟歇。
池光明檐楹，鹤唳激林樾[②]。
幽人默相对，诗思清到骨[③]。

① 子湘，即邵长蘅，参见邵氏小传。韦左司，唐诗人韦应物，曾官左司郎中。

② 林樾，树林浓密之处。

③ 诗思清到骨，此赞赏邵长蘅所作。词语本韦应物《休假日访王侍御不遇》诗"怪来诗思清人骨，门对寒流雪满山"。

★邵长蘅《春雪后夜坐效韦左司》诗云："池上明残雪，檐端得新月。寒釭闪疏棂，街鼓坐来歇。冻竹响梢梢，饥鹤唳歆歆。新节搅乡思，山窗早梅发。"歆歆（wā 乌没切，入声黠韵），鹤鸣声。宋诗有韦诗韵味，邵诗略嫌牵合，和作胜于原唱。

乌 江[①]

落日乌江系小船，拔山气势想当年。
一间古庙荒烟外，野鼠衔髭上几筵。

① 乌江，在安徽和县东北。汉五年（前 202），项羽在垓下战败，突围到乌江被汉军追及，经苦战后自刎。此乌江项王庙诗。

邯郸道上[①]

邯郸道上起秋声，古木荒祠野潦清。
多少往来名利客，满身尘土拜卢生。

① 邯郸，今属河北省。唐沈既济《枕中记》，写卢生在邯郸旅店遇吕翁，自叹贫困，吕翁因与一枕，使枕之入睡。时店主正煮黄粱。卢生梦中娶崔氏女，中进士，取高官，位至宰相，历尽富贵荣华，醒来黄粱尚未煮熟。

★黄粱梦传奇就在于表现荣华名利的虚幻，而往来奔走的名利客，却偏要“满身尘土拜卢生”，令人捧腹，亦令人感叹。

腊月十六夜虎丘看月[①]

钟磬不闻僧闭关，池光树影共萧闲。
扫尽笙歌与罗绮，而今真识虎丘山。

① 虎丘，山名，在江苏苏州西北，为苏州名胜。

唐孙华

唐孙华（1634—1713），字实君，别号东江，江苏太仓人。清圣祖康熙二十七年戊辰（1688）进士，时年已五十五岁。六年后始授朝邑知县。以大臣荐得圣祖召见，留任仪曹，寻由礼部主事改吏部。康熙三十五年（1696）被诬降职，仕宦仅两年有馀。唐孙华为徐乾学门生，又尝应大学士明珠聘，教授其子揆方、揆叙。时徐乾学与明珠各自树党，唐两不依附。后揆叙贵幸用事，屡劝唐再出，皆不应。里居二十馀年，康熙五十二年卒，年八十。唐孙华与查慎行交谊甚深，其诗为查氏所推重。有《东江诗钞》。

燕台怀古①

燕昭昔好士，高筑黄金台②。
乐毅偕剧辛，结辔连翩来③。
千金买骏骨，入厩皆龙媒④。
价高徕绝足，礼重招贤才⑤。
疾下七十城，势若驱风雷。
奈何后主暗，二城致嫌猜⑥。
当世无伯乐，骐骥委尘埃⑦。
盐车困上驷，枣脯肥驽骀⑧。
食牛与牧豕，岂曰无英材⑨。
乐生固常有，昭王安在哉？
欲吊望诸君，荒丘没蒿莱⑩！

①燕台，传说中的黄金台在河北易县东南，又称燕台。古代燕国都城在今北京，诗词中也称北京为燕台。战国时燕王哙十年（前311），燕国内乱，齐湣王乘机入侵，劫掠燕国。燕太子平立，是为昭王。“燕昭王于破燕之后即位，卑身厚币以招贤者”，师事郭隗。于是“乐毅自魏往，邹衍自齐往，剧辛自赵往，士争趋燕。燕王吊死问孤，与百姓同甘苦”。历二十八年，燕国殷富，遂以乐毅为上将军，联秦、楚、三晋合谋伐齐，大败齐军，下齐七十馀城，直入临淄。齐国仅莒与即墨二城不下。燕军占领齐国达五年之久。燕昭王卒，子惠王立。惠王自为太子即与乐毅有隙，及即位，齐将田单行反间于燕，谓乐毅不下莒与即墨二城，盖欲连兵自为齐王。燕惠王乃使骑劫代乐毅为将，乐毅奔赵。田单击败燕军，杀骑劫，尽复齐七十馀城。见《史记·燕召公世家》《乐毅列传》。

②高筑黄金台，传说谓燕昭王筑黄金台以招贤者。参见彭孙遹《张都尉画马歌》注。

③剧辛，战国时赵人。燕昭王招贤，剧辛自赵入燕，与乐毅谋划伐齐。燕王喜时率军攻赵，为赵将庞煖所杀。见《战国策·燕策一》。

④千金买骏骨，《战国策·燕策一》中，郭隗为燕昭王说古之君人买千里马故事。涓人得千里马，而马已死，乃以五百金买其马首。君怒，涓人曰：“死马且买之五百金，况生马乎？天下必以王为能市马，马今至矣。”不期年果得千里马三。参见彭孙遹《张都尉画马歌》注。厩（jiù），马圈。龙媒，骏马。

⑤绝足，喻千里马。孔融《论盛孝章书》：“燕君市骏马之骨，非欲以骋道里，乃当以招绝足也。”

⑥后主，指燕惠王。暗，昏庸不明。二城致嫌猜，指田单行反间计，谓乐毅欲与莒与即墨连兵自为齐王，引起惠王对乐毅的猜疑。

⑦当世，当代。伯乐，春秋时善相马者。《庄子·马蹄》释文：“伯乐姓孙名阳，善驭马。”屈原《九章·怀沙》：“伯乐既没，骥焉程兮。”骐骥，骏马。

⑧盐车，《战国策·楚策四》：“夫骥之齿至矣，服盐车而上太行。蹄申膝折，尾湛胕溃，漉汁洒地，白汗交流。中阪迁延，负辕而不能上。”上驷，上等良马。枣脯，最好的饲料，肥，养肥。驽骀，劣马。

⑨食，同“饲”。食牛，春秋时宁戚曾于商旅车下喂牛，后为齐桓公上卿。见《吕氏春秋·举难》。牧豕，西汉公孙弘少时家贫，牧豕于海上。见《汉书·公孙弘传》。东汉吴祐年二十丧父，常牧豕于长垣泽中。见《后汉书·吴祐传》。又，承宫少孤，年八岁为人牧豕。见《后汉书·承宫传》。

⑩望诸君，乐毅自燕奔赵，赵封之于观津，号望诸君。

题芦雁图

木叶始脱天微霜，汀洲葭菼秋苍苍[①]。
野岸无人断舟楫，惟看旅雁群飞翔。
羡尔微禽好生活，嬉游共啄芦花雪。
一粒浮生天地宽，半篙新涨江湖阔。
风急飞高易失群，何如长占蓼花村。
朱门纵有馀粮在，莫漫贪他豢养恩。

① 葭（jiā），初生芦苇。菼（tǎn），初生的荻。句中均泛指芦荻。

侯门妓

吴娃十四好腰身，纤白娉婷结束新[①]。
父母相矜指奇货，许聘当须予贵人[②]。
红颜误尽为黄金，轻车北送侯门深。
便如嫁女与河伯，不是波涛亦陆沉[③]。
侯门锁闭教歌舞，日久飘零配厮竖[④]。
纵令玉骨飏为尘，尘飞不到江南土。
死别生离远乡井，音书长断飞鸿影。
不如嫁与比邻儿，时餽爷娘一筥饼。

① 吴娃，吴地少女。纤白，纤指其腰细，白指其肤白，与上句“腰身”相应。娉婷（pīng tíng），姿态美好貌。结束，装扮。

② 矜（jīn），既有怜惜之意，又有持以夸许之意。奇货，珍贵之物。

③ 嫁女与河伯，战国魏文侯时，邺地三老、廷掾，勾结女巫，赋敛百姓钱财，每年择取民间女子，沉入漳水，谓为河伯娶妇。后西门豹为邺令，投三老、女巫于河，其恶俗得以革除。见《史记·滑稽列传》。句意谓将女子送入侯门，无异于嫁与河伯。

④ 断竖，奴仆。

发粟行

去年丁亥逢旱灾，良田坼裂成荒莱①。
芋羹豆饭苦不给，纷纷填壑真堪哀②。
圣慈蠲赈恩迈古，诏下欢涌声如雷③。
江南岁漕减半额，我州得留三万石④。
假令给散尽饥民，何难立起沟中瘠⑤。
无如鼠雀会分肥，官吏交通恣侵食⑥。
胥徒里长喜扬扬，挨户排门写饥册。
青钱入手始书名，大半空名点鬼簿⑦。
官符火急催租忙，鞭笞流血尽成疮。
大斛征收小斛出，强半已是归私囊。
村民持票踏城阙，扶携百里支官粮。
十日五日不得发，忍饥垂橐仍还乡。
空使黔娄尽僵路，谁如汲黯便开仓⑧。
即有穷民沾斗粟，克减馀存无好谷⑨。
官侵逾万吏累千，无限奸豪各满欲。
尽夺饥民糊口饘，饱充若辈然脐腹⑩。
可怜赈富不赈贫，官吏欢呼穷户哭。
初闻恩命尽欣欣，千载遭逢尧舜君。
竟使官胥饫饕餮，诏书挂壁徒空文⑪。
呜呼茕民有苦向谁诉，天门詄荡何由闻⑫！

① 丁亥，清圣祖康熙四十六年（1707）。
② 不给，不足。填壑，饥饿而死填于沟壑。
③ 圣慈，皇帝慈悲。蠲（juān），减免租税。赈（zhèn），救济灾民。

④ 漕，水道运粮。历代京城多在北方，要由大运河从南方运粮供应，因之漕也就代指赋税征收的粮食。我州，指作者家乡太仓。

⑤ 沟中瘠，倒在沟中饿死的人。《荀子·荣辱篇》："是其所以不免于冻饿操瓢囊为沟壑中瘠者也。"（贫瘠的瘠音寄 jì，秦昔切；沟瘠的瘠音自 zì，疾智切）。

⑥ 鼠雀，喻贪官污吏。恣，放肆。

⑦ 点鬼簿，指名册上的是死人。里胥登记饥民收了钱才登记，而册上登的实际大多是死人。

⑧ 黔娄，战国时齐国隐士，家贫不求仕进，终穷饿而死。见刘向《列女传》。此代指贫民。汲黯，汉武帝时人，为谒者，过河南，见贫人伤水旱万馀家，黯便宜行事，发河南仓粟以赈饥民。见《史记·汲黯列传》。

⑨ 即有，纵然有。

⑩ 饘（zhān），粥。然脐腹，东汉末董卓官至太师，极端残暴，无恶不作，后王允设谋杀之。"尸卓于市，天时始热，卓素充肥，脂流于地。守尸吏然火置卓脐中，光明达曙，如此积日"。见《后汉书·董卓传》。然通燃。

⑪ 糈（xǔ），粮食。饫（yù），喂饱。饕餮（tāo tiè），本恶兽之名，后用以指贪残凶恶的人。《左传》文公十八年："缙云氏有不才子，贪于饮食，冒于货贿，侵欲崇侈，不可盈厌；聚敛积实，不知纪极。不分孤寡，不恤穷匮。天下之民以比三凶，谓之饕餮。"

⑫ 茕（qióng）民，孤独穷困之民。天门，喻君门。詄荡（dié dàng），旷远之貌。《汉书·礼乐志》："天门开，詄荡荡。"

★唐孙华另有《官米行》，为本诗姊妹篇，揭露官吏贪暴亦极尖锐。诗曰："去年霪潦岁不熟，惵惵穷民在沟渎。诏书亟下有明恩，蠲减田租兼发粟。高樯大船载米来，胥徒里正欢相逐。先时注册报饥民，乌有虚名登记录。至竟无从辨阿谁，盈车满担归私屋。官米犹嫌饭有沙，市上公然恣贩鬻。石米七百青铜钱，贫户无钱但瞪目。得钱饮博竞歌呼，穷乡寡妇哀哀哭。官家本意活茕嫠，徒使汝曹餍酒肉。汝夺饥民口内餐，燃脐应照填脂腹！"

东山即事

熟梅天气雨霏霏，柳幔低垂拂钓矶[①]。

乳燕已飞孙竹长，浴蚕将罢女桑稀[②]。
鹓饥未肯因鸱吓，鹤瘦犹当胜雀肥[③]。
毕竟人间宁作我，书堆投老未全非[④]。

① 柳幔，柳线低垂有如低幔。

② 孙竹，新生的竹。浴蚕，一种育蚕选种的方法。将蚕浸于盐水拌和着菜花、桃花、韭花、豆花制成的液体中，弱者即被汰除，强者即选取之。女桑，矮桑。

③ “鹓饥”句，《庄子·秋水》：“鹓雏发于南海而飞于北海，非梧桐不止，非练实不食，非醴泉不饮。于是鸱得腐鼠，鹓雏过之，仰而视之，曰：吓！”句意谓鹓雏不肯食腐鼠并非因为鸱的威胁，即使没有鸱吓它也不会食。“鹤瘦”句，意谓鹤虽然瘦也胜过肥雀，因为它高洁。

④ 宁作我，《世说新语·品藻》：“桓公少与殷侯齐名，常有竞心。桓问殷：‘卿何如我？’殷云：‘我与我，周旋久，宁作我。’”桓公，桓温。殷侯，殷浩。

磻　溪[①]

尚父精神老更遒，一竿唾手取神州[②]。
诸侯八百皆贪饵，只有夷齐不上钩[③]。

① 磻（pán）溪，在今陕西宝鸡东南，北流注入渭水。据传姜太公（吕尚）曾垂钓于此，得遇周文王。

② 尚父，即吕尚，周武王称之为尚父。

③ 诸侯八百，周武王伐纣，师尚父左杖黄钺，右把白旄以誓。“遂至盟津，诸侯不期而会者八百。”见《史记·齐太公世家》。夷齐，伯夷、叔齐，曾谏阻周武王伐纣。商亡，伯夷、叔齐耻食周粟，隐居首阳山，采薇而食，终饥饿而死。见《史记·伯夷列传》。

顾 湄

顾湄，字伊人，江南太仓人。清初著名学者顾梦麟长子。“太仓十子”之一。有《乡水集》。

注：吴梅村以顾湄字伊人，与周肇字子俶、王揆字端士、许旭字九日、黄与坚字庭表、王撰字异公、王摅字虹友、王昊字惟夏、王抃字怿民、王曜昇字次谷，称为“太仓十子”（又称“娄东十子”，娄江在境内东流注入大江，故太仓别称娄东）。有《娄东十子诗》。

阅江楼

万里长江一望收，高皇亲建阅江楼①。
云开蓬岛星河曙，月出卢龙天地秋②。
碧草自生宫寝路，青山仍绕帝王州。
凭君莫问当年事，禾黍同归六代愁③。

① 高皇，代指明太祖朱元璋。阅江楼，原注：“楼在狮子山，又名卢龙山，明高皇有诗，又命宋濂作记。”狮子山在南京城西，朱元璋曾于此大败陈友谅。

② “云开”二句：蓬岛虚说，指海上蓬莱仙岛；卢龙实指，即狮子山。

③ 禾黍，据传商亡之后，“箕子朝周，过故殷虚，感宫室毁坏，生禾黍，箕子伤之”，乃作《麦秀》之诗。参见钱谦益《西湖杂感》诗注。六代，即六朝。六朝皆都金陵，先后亡国；南明王朝瞬息即逝，故诗云“禾黍同归六代愁”。

★诗实为朱明之亡而作。其《感怀》诗云：“石城笳鼓不堪听，烈士天涯散晓星。伏阙陈东还痛哭，登楼王粲独飘零。奔涛夜立鱼龙怒，战血春回草木腥。莫说长江限南北，建康原是小朝廷！”对亡明的哀伤，对弘光君臣的谴责，更为明显。

黄与坚

黄与坚，字庭表，江苏太仓人。清世祖顺治十六年己亥（1659）进士，圣祖康熙十八年己未（1679）召试博学鸿词，官詹事府赞善。太仓十子之一。有《忍庵诗集》。

闻砧[1]

万井西风下，城高一叶飞。
可怜今夜月，重捣去年衣。
听乱情交切，声疏力渐稀。
异乡刀尺冷，多少客思归！

①砧（zhēn），捣衣石，亦代指捣衣声。

王 摅

王摅（1636—1699），字虹友，号汲园。吴梅村所称太仓十子中王氏兄弟王揆、王撰、王抃、王摅即占了四人，诗艺以王摅较为突出。有《芦中集》。

至白门①

白下旧山川，萧条又一年②。
秋风经战乱，野哭满江天。
草木馀兵气，村墟少爨烟。
空闻呜咽水，滚滚石头前③。

① 白门，南朝建康正南宣阳门，世称白门，后用以作南京别称。

② 白下，东晋成帝咸和三年（328），陶侃讨苏峻，筑白石垒，后以为城。唐高祖武德九年（626），更金陵为白下。故白下亦为南京别称。

③ 石头，指石头城，在南京城西清凉山，本楚威王所置金陵邑。东汉建安十七年，孙权重筑，改称石头城。其城负山面江，控扼险要，南临秦淮河口。唐以后原城渐废。

谒伍相国祠①

萧条古堞树栖乌，载拜祠门落日孤②。
报父有心终覆楚，杀身无计可存吴③。
英雄寂寞留陈迹，山水苍茫失霸图④。
回首荒凉麋鹿地，属镂遗恨满姑苏⑤。

①伍相国，即伍员。详吴伟业《伍员》诗注。伍员祠故址在江苏吴县西南香山。按《史记·伍子胥列传》，伍员在吴为行人，并非吴相，吴亦无相国之称，“伍相国”是后人随意的称呼。

②堞，城上短墙，此即代指城。载拜，同再拜。

③“报父”四句，谓伍员为报父仇，终率吴军攻破楚国；后谏吴王夫差备越，却为夫差所杀，吴亦终为越所灭（报父之仇简作“报父”甚为不辞）。

④寂寞留陈迹，《清诗别裁》作“忠义留天壤”，疑为沈德潜改笔，实远不如原作。

⑤荒凉麋鹿地，《史记·淮南王列传》载伍被谏淮南王曰：“臣闻子胥谏吴王，吴王不用，乃曰：‘今臣见麋鹿游姑苏之台也。’今臣亦见宫中生荆棘，露沾衣也。”

王庭诏

王庭诏，字宣子，四川夹江人。清圣祖康熙九年庚戌（1670）进士。有《耕馀集》。

寄家书①

一函游子泪痕封，寄去云山幾万重。
君到鹤洲江上望，数椽茅屋幾株松②。

①寄，托也。寄家书，托人带家书，与今邮寄不同。
②君，指托带家书的人。鹤洲，在四川夹江县境江滨。

徐倬

徐倬，字方虎，浙江德清人。清圣祖康熙十二年癸丑（1673）进士。授翰林院编修，官至礼部侍郎。有《应制集》《蘋村集》。

项王祠[①]

莫问鸿沟事若何，独留祠宇枕黄河[②]。
故乡香火情何限，三户英雄气已多[③]。
零落绣衣生土藓，攲斜骏马络藤萝[④]。
到今吞岸涛声壮，呜咽如闻垓下歌[⑤]。

①项王，即西楚霸王项羽，名籍，楚将项燕孙，秦末起兵反秦，成为亡秦主力。秦亡后乃分天下，立诸将为侯王，自称西楚霸王，都彭城。汉王刘邦与项羽争天下。汉五年（前202），项羽在垓下战败，突围至乌江，被汉军追及，自杀。见《史记·项羽本纪》。项羽下相人，今江苏宿迁。此项王祠即在宿迁。

②鸿沟，战国魏惠王时开凿的运河，自今河南荥阳北引黄河水，东流经中牟县北至开封南折经今通许东，太康西，至今淮阳东南注入颍水。汉四年九月，项羽与刘邦约，“中分天下，割鸿沟以西者为汉，鸿沟而东者为楚”。见《项羽本纪》。项羽缺乏谋略，以为和约可信，引兵东归。刘邦用张良、陈平计，联合诸侯，东击项羽，项羽因此败亡。枕黄河，金章宗明昌五年黄河改道夺淮河入海，流经宿迁（清咸丰五年黄河又改道北流，即今黄河河道）。

③三户英雄，秦灭楚后，楚人怨秦。“楚南公曰：楚虽三户，亡秦必楚也。”见《项羽本纪》。秦末天下反秦英雄，如陈胜、吴广、项羽、刘邦、萧何、韩信等，都是楚人。

④绣衣，项羽入咸阳，灭秦，见秦宫室皆已烧毁，又心怀思欲东归，曰：“富贵不归故乡，如衣绣夜行，谁知之者！”见《项羽本纪》。绣衣生土藓，谓

塑像绣衣皆生土藓，实与项羽“如衣绣夜行”语关联。骏马，项羽坐骑曰骓，项羽至乌江，自杀前将坐骑送与乌江亭长。项羽祠中并塑此骏马。

⑤ 垓下歌，项羽垓下被围时，夜闻汉军四面皆楚歌。乃大惊，起饮帐中，慷慨悲歌。自为诗曰：“力拔山兮气盖世，时不利兮骓不逝。骓不逝兮可奈何？虞兮虞兮奈若何！”

舟中戏题

雪后微风卷浪迟，缓摇柔橹怕鸥知。
舟中倦客闲凭几，不见舟移见岸移。

邵长蘅

邵长蘅（1637—1204），一名衡，字子湘，号青门山人，武进人。十岁补弟子员，后为奏销案绁误，终身不得仕进，曾为宋荦幕僚。清圣祖康熙四十三年卒，年六十八。早年推崇明七子派，曾选何景明、李孟阳、王世贞、李攀龙四家诗。晚岁入宋荦幕后，诗风受宋荦影响而转向苏、黄、范、陆。编宋荦、王士禛诗为《二家诗钞》，借以抬高宋氏。有《青门集》。

浔阳舟中作①

羁心零雨悲，水宿风潮倦②。
兹晨廓澄霁，沿流惬佳玩③。
绿英媚芳洲，杂花覆春岸④。
青天镜中流，浴凫沙际乱。
落日碎江光，林峦采馀绚⑤。
靡靡远烟生，霏霏夕晖眩⑥。
苍然望庐山，山霭旦暮变⑦。
绛霞晨干霄，岚气夕幂巘⑧。
近峦或浮黛，远瀑如萦练。
赏奇得新欢，览物有馀恋。
山水憺娱人，客怀为一遣⑨。

①浔阳，今江西九江。

② 羁心，客旅之心。零雨，断续不止的雨。《诗·豳风·东山》：“我来自东，零雨其濛。”

③ 廓，开，指天晴。澄霁，清朗明净。惬，快意。

④ 绿英媚芳洲，仿谢灵运《过始宁墅诗》“绿筱媚清涟”句。杂花覆春岸，仿谢朓《晚登三山还望京邑诗》“杂英满芳甸”句。

⑤ 采，光采，此处是动词，犹言显耀。馀绚，指晚霞。

⑥ 靡靡，徐缓貌。霏霏，犹霏微，淡微之貌。昡，通“炫”，辉耀。

⑦ 山霭，山间云气。

⑧ 绛霞，红色朝霞。幂（mì），笼罩。巘（yàn），山峰。

⑨ 憺（dàn），安，乐。《楚辞·九歌·东君》：“羌声色兮娱人，观者憺兮忘归。”王逸注：“憺，安也。”谢灵运《石壁精舍还湖中作诗》：“清辉能娱人，游子憺忘归。”

★邵长蘅此等诗着意追慕六朝，特别是谢灵运。全篇对仗工整，词藻华丽。描绘景物，力求色泽绚烂。虽未免费力，总还算成功之作。

榆树行

勾容城边古道旁，榆树千株万株白[①]。
枯榦仅存皮剥尽，饥民慊慊舂作屑[②]。
杂以慷秕半和土，食之喉涩肠腹结。
此事传闻五十年，即今眼见增叹息。
去年大水波涛空，桑麻委折洪涛风。
今年大旱魃为虐，龟坼千里生蒿蓬[③]。
告灾颇遭县官怒，鞭挞不顾苍黎穷。
煌煌诏书屡宽恤，上下一辙仍相蒙。
十年四海风尘起，跛扈飞扬犹未已[④]。
巴蜀荆南急鼓鼙，东吴西浙成疮痏[⑤]。
往时民贫鬻儿女，今年儿女鬻无处。
老翁路旁卧不起，乞得一钱泪如雨。

高天漠漠寒云横，怆恻吞声策马去。

①勾容，县名，在江苏省西南部，北临长江。

②慊慊（qiàn），不安貌。曹丕《燕歌行》“慊慊思归恋故乡”，张铣注：“慊慊，心不足貌。”

③魃（bá），旱鬼。《诗·大雅·云汉》：“旱魃为虐，如惔如焚。”龟（jūn）坼，土地干旱开裂。

④十年四海风尘起，此诗作于康熙十七年戊午（1678），正值三藩叛乱之时，吴三桂在衡州称帝即在这一年，故下句云“跋扈飞扬犹未已”。跋扈飞扬，意气骄横，行动越轨。《北史·齐高祖纪》：“景专制河南十四年矣，常有飞扬跋扈志。”（景，侯景。）

⑤巴蜀荆南急鼓鼙，指吴三桂攻陷四川、湖南。东吴西浙成疮痏，指耿精忠攻入浙江、江西。疮痏（wěi），伤痕累累。

徐州汉高祖庙①

沙丘车上腥鲍鱼，咸阳宫中迷鹿马②。
山东群盗如猬毛，篝火狐鸣丛祠下③。
是时真人起芒砀，百战雌雄判刘项④。
此地曾经旧战场，千年遗庙黄河旁⑤。
黄河南望戏马台，呜呼项羽真雄才⑥。
拉摧秦兵若枯荄，指挥王侯提婴孩⑦。
彭城形势亦壮哉，沐猴衣绣空见猜⑧。
土人伏腊走巫觋，不祀重瞳祀隆准⑨。
成败论人自古然，真使英雄气凄咽⑩。
君不见风尘澒洞逐鹿时，高才捷足偶得之，
呜呼高才捷足偶得之⑪！

①徐州，即秦置彭城县，项羽曾都于此。今属江苏。

②沙丘，在今河北广宗县西北。秦始皇三十七年（前210）东巡患病，七

月死于沙丘平台。李斯秘不发丧，棺载辒凉车中。“会暑，上辒车臭，乃诏令从官令车载一石鲍鱼以乱其臭。”见《史记·秦始皇本纪》。鲍鱼，盐腌臭鱼。咸阳宫，秦宫。秦始皇死后，二世即位。二世三年（前207），赵高为丞相，杀害李斯。“八月己亥，赵高欲为乱，恐群臣不听，乃先设验，持鹿献于二世，曰：‘马也。’二世笑曰：‘丞相误耶，谓鹿为马？’问左右，左右或默，或言马以阿顺赵高，或言鹿者，高因阴中诸言鹿者以法。后群臣皆畏高”。见《秦始皇本纪》。

③ 山东，崤山以东。山东群盗，指秦末反秦豪杰。如猬毛，言其多。篝火狐鸣丛祠下，“二世元年七月，发闾左适戍渔阳九百人，屯大泽乡，陈胜、吴广皆次当行，为屯长。会天大雨，道不通，度已失期。失期，法皆斩。”陈胜、吴广乃谋反秦。“令吴广之次近所旁丛祠中，夜篝火，狐鸣呼曰：‘大楚兴，陈胜王！’卒皆夜惊恐”。乃共起反秦。见《史记·陈涉世家》。

④ 真人，指刘邦。芒砀，芒山、砀山，皆在今河南永城东北。《史记·高祖本纪》：“秦始皇帝常曰‘东南有天子气’，于是因东游以厌之。高祖即自疑，亡匿，隐于芒砀山泽岩石之间。”“百战”句，言历经百战乃分判刘项胜败：刘邦取胜，项羽败亡。

⑤ 此地，指徐州，秦汉时称为彭城，项羽曾都于此。汉二年（前205），汉王刘邦入彭城，时项羽方北击齐，闻汉王入彭城，“乃引兵去齐，从鲁出胡陵至萧，与汉大战彭城灵璧东睢水上，大破汉军，多杀士卒，睢水为之不流。”见《高祖本纪》。

⑥ 戏马台，传为项羽所筑，项羽曾戏马于此。

⑦“拉摧”二句，在反秦斗争中，项羽最为主力。秦二世三年，项羽引兵救赵，大败秦军于巨鹿，威镇诸侯。又连破秦军，降秦将章邯。秦亡乃成定局。

⑧“彭城”二句：汉元年十月，项羽引兵西屠咸阳，烧秦宫室。人或说项羽曰：“关中阻山河四塞，地肥饶，可都以霸。”项羽思欲东归，曰：“富贵不归故乡，如衣绣夜行，谁知之者！”说者曰：“人言楚人沐猴而冠耳，果然！”之后项羽乃分天下，立诸侯为侯王。自立为西楚霸王，王九郡，都彭城。见《项羽本纪》。诗人之意谓彭城形势亦佳，建都于此未必有错，沐猴绣衣之说只是猜测。

⑨ 伏腊，伏祭与腊祭。伏祭在阴历六月，腊祭在阴历十二月。巫觋（wū xí），祭祀鬼神的迷信职业者，女为巫，男为觋。此句仿杜甫《咏怀古迹》诗“岁时伏腊走村翁”句。重瞳，眼中有两个瞳仁。《项羽本纪赞》：“吾闻之周生曰舜目盖重瞳子，又闻项羽亦重瞳子。”隆准，高鼻梁。《高祖本纪》：“高祖为

人，隆准而龙颜。”

⑩“成败”二句，诗意谓项羽都于彭城，在彭城不祀项羽而祀刘邦，也是以成败论人。

⑪澒洞（hòng tòng），无边际之貌。风尘澒洞，指战乱接连不断。杜甫《观公孙大娘弟子舞剑器行》：“五十年间似反掌，风尘澒洞昏王室。”逐鹿，《史记·淮阴侯列传》载蒯通语：“秦失其鹿，天下共逐之，于是高材疾足者先得焉。”诗意谓刘邦获胜，不过是“偶得之”而已。

★徐州即古彭城，项羽曾都于此。照说应建项王祠，却为刘邦立庙，此实成败论人。诗人之意，谓项羽才是真英雄，刘邦成功，不过是高才捷足，偶然得之而已。

彭城怀古

落日秋风古战场，河流无恙霸图荒。
寒风几处依残垒，山郭千家动夕阳。
戏马台空衰草白，歌风迹在断碑黄[①]。
沐猴逐鹿俱遗事，夜夜啼乌上女墙[②]。

①戏马台，见前诗注。歌风迹，指歌风台，传为汉高祖回乡唱《大风歌》处，故址在江苏沛县。详见顾大申《雪后登歌风台示沛会》诗注。

②沐猴逐鹿，亦见前诗注。女墙，城上呈凹凸形的矮墙。

丹阳别恽正叔[①]

北风索索雪毵毵，野店离杯饮不酣。
惆怅明朝过江去，数峰横翠是江南。

①丹阳，今属江苏。恽正叔，即恽寿平。

顾贞观

顾贞观（1637—1714），字华峰，号梁汾，江苏无锡人。清圣祖康熙十一年壬子（1672）顺天举人，授国史院典籍。以父丧归。康熙十五年（1676）再度入京，馆纳兰相国家，与相国长子纳兰性德交厚。其求助纳兰父子援救好友吴汉槎，为千古文坛佳话。康熙二十三年（1684）还乡里，构积书岩，读书写作凡三十年。康熙五十三年卒，年七十八。顾氏是清初杰出词人，所作历练凝重，感情深挚。有《纻塘集》《弹指词》等。

雨止纻塘书舍抵暮无一人过桥上者[1]

山浅雨亦深，烟光暮如积。
窅然清池上，暂与尘土隔[2]。
倚杖玩浮沤，凭阑数归翼[3]。
无生复奚灭，有动随所息[4]。
磬响时一来，怀哉岩岫客[5]。
愿言依此境，共对香灯夕。

① 纻塘，梁汾书舍所在。

② 窅（yǎo）然，深远貌。

③ 浮沤，水泡。归翼，归鸟。

④ “无生”二句，言无生也就无灭，有动终有所息，这是诗人在静境中对生灭动息的感受。

⑤ 岩岫客，隐居者。句意谓闻磬响一来，引起岩岫者的思怀。

陈廷敬

陈廷敬（1638—1712），字子端，号说岩，山西泽州（今晋城）人。清世祖顺治十五年戊戌（1658）进士，改庶吉士，授翰林院检讨。官至文渊阁大学士兼吏部尚书。曾为《康熙字典》总阅官。圣祖康熙五十一年卒，年七十五。陈廷敬与王士禛甚有交谊，而论诗“不与之合”。《四库全书总目提要》谓陈氏“膺受非常之知遇，出入禁闼几四十年”，“其著作大抵和平深厚”。正是这种长期的“禁闼”生涯，消磨了他的才华，限制了他的成就；当其稍能发挥，亦间有佳作。有《午亭文编》。

书湘北秋水渔父图[1]

吾闻潇湘洞庭烟尘中，沧洲不合容渔翁。
今之画图尚复尔，孤舟渺渺寒林东[2]。
远峰青冥水云白，秋树苍莽枫叶赤。
草木曾无战伐愁，溪山欲老菰芦客。
李生雅好江海奇，张帆鼓楫游何时？
且当结束事鞍马，与子射猎南山陲[3]。

①湘北，李天馥，字湘北，号容斋，合肥人。陈廷敬同榜进士，授翰林院检讨，官至武英殿大学士兼吏部尚书。有《容斋集》。

②“吾闻”四句：不合，不应该，不可能。“沧洲”句，仿杜甫《奉先刘少府新画山水障歌》“堂上不合生枫树”，但作意不同。作此诗时吴三桂正据湖南，诗意谓潇湘洞庭尚在战争烟尘中，沧洲不可能容渔翁自在；而图画却仍可

作秋水孤舟境界。下文“草木曾无战伐愁，溪山欲老菰芦客”，也是指与现实迥异的画境。

③ 结束，装束，做好准备。射猎南山，汉武帝元光六年（前 129），李广以卫尉为将军，兵败当斩，赎为庶人，家居数岁，屏居蓝田南山中射猎。见《史记·李将军列传》。杜甫《曲江》三章：“自断此生休问天，杜曲幸有桑麻田，故将移住南山边。短衣匹马随李广，看射猛虎终残年。”

邯郸道上

炊熟黄粱已是迟，海山归路几人知①？
却怜朝市纷纷客，怕说卢生梦醒时②。

① 海山，《清诗别裁》作“海门”，似非。陈存懋《卢生祠题壁》诗有“海上蓬山路杳然”句，可为“海山”注脚（陈存懋，字竹香，赣县人。清穆宗同治十三年甲戌（1874）进士。历官浙江知府）。

② 梦醒时，《午亭文编》作“出梦时”，此从《清诗别裁》。

★可与宋荦之作比美。漫堂诗重在讽刺，午亭要在警悟。“却怜朝市纷纷客，怕说卢生梦醒时”，沈德潜谓“此等语可当禅家棒喝”。清末李元度《邯郸庙题壁》诗云：“邯郸道上吕仙祠，门外纵横宦辙驰。热客到来应猛省，世间好梦有醒时！”与午亭创意略近，不如午亭含蓄。李元度（1821—1887），字次青，晚号天岳山樵，湖南平江人。清宣宗道光二十三年癸卯（1843）举人。曾入曾国藩幕，官至两浙按察使。有《天岳山馆诗存》。

蒲松龄

蒲松龄（1640—1715），字留仙，别号柳泉居士，山东淄川（今淄博）人。屡试不第，清圣祖康熙四十九年庚寅（1710）七十一岁始成贡生。一生除中年短时间在宝应作过幕客外，都在家乡教授私塾度日。清圣祖康熙五十四年卒，年七十六。所作文言短篇小说《聊斋志异》为文学名著。亦善诗词俚曲。今人路大荒编有《蒲松龄集》[①]。

① 民国二十五年（1936）广益书局出版《聊斋全集》，多有他人之作掺入。路大荒谓其中《曹大妄先生小传》等文六篇、诗二百六十二首、词二十六首均属伪作。

喜雨口号

一夜松风撼远潮，满庭疏雨响潇潇。
陇头禾黍知何似，槛外新抽几叶蕉？

送孙广文先生景夏[①]

野店梅花绿酒浓，劝君莫惜饮千钟。
明朝此际还相忆，知在云山第幾重！

① 路大荒《蒲柳泉先生年谱》康熙十五年："是年，淄川县教谕孙瑚景夏升任鳌山卫教授，先生赋七绝六首送之。"此其三。

张玉书

张玉书（1642—1711），字素存，江苏丹徒人。清世祖顺治十八年辛丑（1661）进士，授编修。官至文华殿大学士兼户部尚书。《清史稿》本传谓其“历官五十年，为太平宰相二十年，风度凝然，得大臣体”。所作古文辞春容典雅。曾任《康熙字典》总阅官。康熙五十年卒，年七十。有《张文贞集》。

谒项王庙[①]

项王祠枕长河水，拔山气沸惊涛起。
阴森白昼啼鼪鼯，萧瑟西风黯菰米[②]。
座旁乌骓伏不鸣，馀怒犹欲乘云腾。
想象悲歌出垓下，可怜遗恨迷阴陵。
英雄坎壈识无意，失路东归亦何济！
万户轻身赠故人，一死何颜见义帝[③]！
往事东流逝不回，雌雄壁垒空尘埃。
君不见下相城头望丰沛，樵歌墓上歌风台[④]！

①项王，即西楚霸王项羽。项王庙，原注：“宿迁县。”宿迁今属江苏，秦汉称为下相，为项羽故乡。此家乡人为其立庙，即徐倬所咏之项王祠。汉五年，汉与诸侯军围项王于垓下。项王夜闻汉军四面皆楚歌，乃大惊。“夜起，饮帐中。有美人名虞，常幸从，骏马名骓，常骑之”。于是项王乃悲歌慷慨。连夜率麾下壮士八百人突围。至阴陵迷失道路，陷大泽中，为汉兵追及，项王复引兵至东城，仅馀二十八骑。至乌江，乌江亭长檥船待，劝项王急渡。项王笑曰：

“天之亡我，我何渡为？且籍与江东子弟八千人渡江而西，今无一人还，纵江东父兄怜而王我，我何面目见之？”乃以乌骓赠亭长，复与汉军死战，杀数百人，项王亦身被十馀创。顾见汉骑司马吕马童，曰：“若非吾故人乎？”马童面之，指王翳曰：“此项王也。”项王乃曰：“吾闻汉购我头千金，邑万户，吾为若德！”遂自刎而死。见《史记·项羽本纪》。诗中多用史事。参见徐倬诗注。

② 鼪（shēng），黄鼠狼。鼯（wú），鼯鼠。菰，一种水生植物，其果实称菰米。

③ 义帝，项氏起兵时立楚怀王孙心以为号召，亦称楚怀王。秦亡后，项羽尊怀王为义帝，徙居长沙郴县，又阴令衡山王吴芮、临江王共敖击杀之于江中。

④“君不见”二句：下相为项羽故乡，丰沛为汉高祖刘邦故乡。歌风台，见顾大申《雪后登歌风台》诗注。宿迁距丰沛几三百里，下相城头望丰沛，系诗人想象之词。

吴雯

吴雯（1644—1704），字天章，本辽阳人，其父为蒲州学正，卒于官，遂流寓蒲州。清圣祖康熙十八年己未（1679）试博学鸿词，不遇，遂游食南北，足迹幾遍天下。康熙四十三年卒，年六十一。其诗为王渔洋所称赏。有《莲洋集》。

明妃①

不把黄金买画工，进身羞与自媒同②。
始知绝代佳人意，即有千秋国士风③。
环佩幾曾归夜月，琵琶惟许托宾鸿④。
天心特为留青冢，春草年年似汉宫⑤。

① 明妃，即王昭君，晋人避司马昭讳，改称王明君，亦称明妃。于汉元帝建昭元年（前 38）远嫁南匈奴呼韩邪单于。详见吴伟业《出塞》诗注。

② 不把黄金买画工，《西京杂记》："元帝后宫既多，不得常见，乃使画工图形，按图召幸之。诸宫人皆赂画工，多者十万，少者亦不减五万。独王嫱不肯，遂不得见。后匈奴入朝，求美人为阏氏，于是上案图以昭君行。及去召见，貌为后宫第一，善应对，举止闲雅。帝悔之，而名籍已定，帝重信于外国，故不复更人。乃穷案其事，画工皆弃市，籍其家资皆巨万。画工有杜陵毛延寿，为人形，丑好老少必得其真，……同日弃市。"此系传说，后世即据以为典。

③ 国士，国中杰出之士。《史记·刺客列传》：豫让言"智伯国士遇我，我故国士报之"。

④ 环佩，妇女身上饰物。翻用杜甫《咏怀古迹》诗"环佩空归月夜魂"句意。琵琶，弦乐器名。石崇《明君词序》："昔公主嫁乌孙，令琵琶马上作乐以

慰其道路之思，其送明君亦必尔也。”明君以琵琶寄其哀思，系石崇设想，后世亦以为典。宾鸿，南归鸿雁。语本《礼记·月令》“鸿雁来宾”。

⑤青冢，昭君墓，在内蒙古呼和浩特。《归州图经》：“边地多白草，昭君冢独青。”

西 溪

西溪清浅流，洄洄杂菱荇。
白鸟忽飞来，萍开见山影。

洪 昇

洪昇（1645—1704），字昉思，号稗畦，浙江钱塘（今杭州）人。在国子监二十年。所作传奇《长生殿》为清代戏曲名著，因与孔尚任并称“南洪北孔”。清圣祖康熙二十八年（1689）在京演出《长生殿》，适在康熙佟皇后丧葬期间，触犯禁忌，被革除国学生籍，同案牵连查嗣琏、赵执信等近五十人，并被革职[①]。洪昇回到家乡，为生计奔走各地。康熙四十三年夏末在浙江乌镇落水去世，年六十。有《稗畦集》《稗畦续集》。

① 洪昇因演《长生殿》革职，并使许多朋友一道被罪，而《长生殿》却很受清宫欣赏，演出不辍。朱元英《赠洪昉思》诗云：“只因一曲长生殿，流落江湖二十年。至竟伶人还演习，红牙檀板御筵前。”朱元英，字师晦，江苏上元（今南京）人。康熙二十八年亦因看演《长生殿》革职，赠诗是向他人敬酒自己也得一醉。但他比洪昉思幸运，“流落江湖二十年”之后即康熙四十八年得中进士。

京东杂感

雾隐前山烧，林开小市灯[①]。
软沙平受月，春水细流冰。
远望穷高下，孤怀感废兴。
白头遗老在，指点十三陵[②]。

① 烧（shào），野火。

② 十三陵，北京昌平天寿山南麓明代成祖以下十三个皇帝的陵墓。详见朱彝尊《来青轩》诗注。

寒 食[1]

七度逢寒食，何曾扫墓田[2]。
他乡长儿女，故国隔山川。
明月飞乌鹊，空山叫杜鹃。
高堂添白髮，朝夕泪如泉[3]。

①寒食，清明前一日或二日为寒食节，俗于是日不举火。

②扫墓田，寒食清明为先人扫墓。一作“拜墓前”。

③高堂添白髮，语本李白《将进酒》：“君不见高堂明镜悲白髮，朝如青丝暮成雪。”然李诗高堂指厅堂，洪诗高堂指父母；李诗自悲白髮，洪诗悲父母年老。词语则同，含义有别。

晚 泊

空江烟雨晚模糊，越峤吴峰定有无[1]？
宿鹭连拳鱼泼刺，败芦深处一灯孤[2]。

①峤（qiáo），尖而高的山。定有无，到底有还是无，即上句“晚模糊”造成若有若无的视觉。

②连拳，鹭鸶停宿时一足踡曲。泼刺，鱼跃水声。

燕 姬

燕姬生小习原野，春草茸茸猎城下。
身轻不许健儿扶，捉鞭自上桃花马。

钓 台[1]

逃却高名远俗尘，披裘泽畔独垂纶。

千秋一个刘文叔，记得微时有故人[②]。

① 钓台，在浙江桐庐富春江畔，传为东汉严光隐居垂钓之所。严光，字子陵，一名遵，会稽馀姚人。少与光武帝刘秀同学，及光武即位，乃变姓名隐身不见。光武访求之，有人言："有一男子，披羊裘钓泽中。"光武遣使聘之，三反而后至。光武与之论道旧故，并与同卧。除为谏议大夫，不屈，乃耕于富春山，后人名其钓处为严陵濑。见《后汉书·遗民传》。

② 刘文叔，即光武帝刘秀，字文叔。

潘 耒

潘耒（1646—1708），字次耕，号稼堂，江苏吴江人，兄潘柽章因《明史》案被害[①]，时次耕年十七，生计艰难，仍发愤读书。清圣祖康熙十八年己未（1679），以布衣召试博学鸿词，官翰林院检讨，参与纂修《明史》，后以事免职。次耕曾师事徐枋（字昭法）、顾炎武。徐、顾于明末清初以凛然大节著称。次耕为徐枋抚育孤孙，为顾炎武刻印《日知录》及诗文集，竭尽全力，极为人所称道。次耕免职后，乃遍游天下名山，江河南北，远至岭外，无不历览；故其诗多以"游"命集，如"少游"、"梦游"、"江岭游"、"海岱游"、"台荡游"、"闽游"、黄庐游"、"楚粤游"、"豫游"，甚至"卧游"诸草；述志抒怀，友朋酬赠，亦见工力。有《遂初堂集》。

① 明熹宗朝归安相国朱国桢著《明史》，已刊行，未刊者为《列朝诸臣传》。明亡后，朱氏家道中落，以稿本质千金于湖州庄廷鑨。庄廷鑨重加编辑，补崇祯一朝史事，称努尔哈赤为建州都督，用南明隆武、永历等年号。康熙二年癸卯（1663），归安知县吴之荣罢官，谋以告讦为功，借以起复，遂揭发其事。时庄廷鑨已死，掘墓戮尸，杀其弟庄廷钺。庄氏家属及为书作序、校阅、买书、卖书、刻版，印刷者并被处斩者七十馀人，家属及其他牵连受祸者皆远戍边塞。原礼部侍郎李令哲亦因为作序被斩，并及其四子。其幼子年十六，法司示意供小一岁可以免死充军。对曰："我父兄皆死，不忍独生。"拒绝改供赴死。序中称"旧史朱氏"，本指朱国桢，吴之荣嫁祸南浔朱佑明，朱佑明全家亦因此被害。吴之荣则成功地用他人的鲜血染红了自己的顶子，终以讦发功得以起用，并获得了朱佑明被籍没的全部家产，官至右佥都御史，诚"识时务英杰"也！是为"庄廷鑨《明史》案"。参见印鸾章《清鉴纲目·圣祖仁皇帝》。

度关曲[①]

齐讴且莫唱，越调且莫喧[②]。
四座且寂听，听我歌度关。
关门巍巍半天起，左扼狼山右辽水[③]。
西连秦王所筑之长城，崩亭破障一万里。
春风自古吹不到，天荒地老白日死。
江南迁客辞燕京，客心夜夜边风惊[④]，
一时徒侣皆涕零。
本家江南衣冠族，金鞍宝马人如玉。
朝游北里暮南邻，何当远戍辽河曲[⑤]。
辽阳三十六屯卫，处处天清闻鬼哭[⑥]。
乌飞一去无还期，况乃身无羽翼见拘束。
只今犹是中土人，明宵知复何处宿！
鸡鸣笳鼓喧，吏人催度关。
度关犹自可，却望愁杀我。
故乡何遥遥，万里凝愁云。
挥手谢送者，相看泪盈巾。
犹闻附书归，各自贻六亲。
那知亲戚复荡尽，可怜寄书与何人？
边人向夕吹哀笳，哀笳三声雪作花。
雪花莫没关前路，梦魂从此时还家！

①关，指山海关。次耕兄潘柽章，字力田，明亡后弃举子业，与友人吴炎共撰明史。书未及成，庄廷鑨《明史》案发，参阅者有柽章名，因被杀害，妻沈氏并二幼儿流放东北。时次耕年十七，徒步四千里护送寡嫂幼侄前往边塞。途中沈氏仰药自杀，次耕又领孤儿护柩南归。次耕有《恸哭七十韵》《隔谷歌》

《度关曲》诸篇详述其事，备极惨凄。《恸哭七十韵》尤为沉痛，以略嫌其长未录。

②讴，歌。

③巍巍，高貌。狼山，山海关西部山名。辽水，疑指辽河，然距山海关甚远，或系泛指。

④燕京，即北京，古为燕国都城。

⑤辽河，辽宁境内大河，自北向南流，直贯辽宁中部，至盘山注入渤海。

⑥辽阳，今辽宁辽阳。屯卫，边塞驻防之所。

天都峰①

黄山千百峰，兹何独称长②？
大巧不炫奇，尊严故无两③。
中天开帝廷，万灵此朝飨④。
肃穆垂冕旒，森严排甲仗⑤。
梯空一万重，拔地九千丈⑥。
烟云升及腰，日月行在掌。
群山自言尊，对之失气象。
譬如见真人，群雄自头抢⑦。
苍苍百里外，孤标已瞻仰⑧。
即之如可亲，攀之莫能上。
石阙望峨峨，天桥瞩朗朗⑨。
载肉无由升，徒然结遐想⑩。

①天都峰，黄山峰名，以险峻闻名。

②黄山，在安徽南部，跨歙、黟、太平、休宁四县。本名黟山，唐天宝时改名黄山，亦称黄岳。风景峻峭奇丽，以奇松、怪石、云海、温泉闻名，有“五岳归来不看山，黄山归来不看岳”之称。兹，指天都峰。

③大巧不炫奇，语本《老子》“大直若屈，大巧若拙”。

④“中天”二句，谓天都高耸，如天中开天帝之廷，万千神灵都来朝觐祭拜。此由天都峰名联想而来。朝飨，朝拜祭献。

⑤ 冕旒，古代帝王的礼冠。其制玄表朱里。顶上有板，后高前下，其形若俯，谓之冕。其顶上之板谓之綖。綖前后有组缨下垂，谓之旒。天子之冕十有二旒。甲仗，身披铠甲手执兵器的卫队。

⑥ 梯空，如阶梯升上天空。

⑦ 真人，犹言真命天子。自头抢（qiǎng），以头抢地，表示降服。

⑧ 孤标，指高峰。

⑨ 石阙、天桥，皆指峰上岩石的肖形。峨峨，山高貌。朗朗，明貌。

⑩ 载肉，指身体太沉，山太陡峭，无由上升。遐想，遥想。

韶州至清远道中杂诗[①]

浈阳峡百里，两崖状如门[②]。
江流日漱啮，崩剥露危根。
空中颐溜削，骨立龙虎蹲[③]。
孤舟出其下，凛然凄心魂。
石戴万篙眼，壁萦千牵痕[④]。
溯流行良难，下峡如星奔。
滩急波易驶，林深景常昏[⑤]。
奇峰递迎送，百千互卑尊[⑥]。
或肖天榜挂，或疑铁骑屯[⑦]。
心赏不暇接，目眩难具论。
古来投荒人，郁结声长吞。
壮观有如此，何必非君恩[⑧]。

① 韶州，今广东韶关。清远，今广东清远。由韶州至清远，水行沿北江南下，沿途滩险水急，两岸连山，多峭壁悬岩，风光奇丽。

② 浈阳峡，北江峡名，在广东英德境内。

③ 颐，下颔，俗称下巴。溜，屋檐。颐溜，形容山崖的形状。削，指其峻峭。骨立，本指人形容瘦削，此指山形陡峭。龙虎蹲，山崖肖形如龙虎盘踞。

④ 牵，同“纤”。

⑤ 景，日光。

⑥递迎送，船行江中，群峰掠过，当面而来，觉山峰如迎，掠过以后如送；群峰递相迎送。互卑尊，看近处峰高，远处峰低，船不断行进，觉诸峰高低亦不断变换，互有尊卑。

⑦天榜挂，如天挂的扁额。铁骑，披甲的马，也代指骑兵。铁骑屯，谓崇岩如铁骑屯集。

⑧“古来”四句，谓自古以来遭到贬谪窜逐荒远的人，总是抑郁吞声；其实遭到贬逐却能欣赏到如此壮观的风光景物，何必认为这不是一种“君恩”。

画松歌为梅瞿山作[①]

画松不难与松似，贵得寒空磊落意[②]。
一片梢云拂雪姿，巍峨迥与凡柯异[③]。
梅君都官之后人，才华标格都绝尘[④]。
善画尤工作松树，寸管貌出千龙鳞。
孤根直干势奇矫，烟涛漠漠开清晓[⑤]。
一气淋漓入化工，千寻错落抒怀抱。
毕宏韦偃不可追，粉本岂是人工为[⑥]？
十年看松甫落笔，黄山万松为君师。
黄山之松信奇绝，太古以来无斩伐。
十步蟠拏九步折，行空偃地无罅缺[⑦]，
撑撑岩崖碍日月。
嗟我不得掉臂行游于其间，尘沙日夕凋壮颜。
徒对慈仁两秃干，朝行婆娑暮忘还[⑧]。
梅君何当访尔就茅屋，抱琴醉枕松根宿，
看君作画题诗老亦足。

①梅瞿山，即梅清，字渊公，号瞿山，宣城人。顺治举人，工书画，尤擅画松。亦能诗，有《天空阁集》。

②磊落，伟岸杰出之貌。

③梢，树枝，此动词，用树枝扫。凡柯，普通树木。

④都官，北宋诗人梅尧臣，曾官屯田都官员外郎，称梅都官。

⑤一本此下尚有"直如白虹亘晴霄，怒如苍龙作鳞爪，端如岩廊坐伟人，高如深林出遗老"四句。

⑥毕宏韦偃，并唐代画家。杜甫《戏韦偃为双松图歌》："天下几人画古松，毕宏已死韦偃少。"

⑦蟠拏，松枝盘曲作攫拿之状。行空偃地，或伸向空中，或偃伏地面。罅（xià）缺，裂缝空缺。

⑧慈仁，寺名，在北京宣武门外二里许，始建于元代，名报国寺，明成化间重修，改名慈仁。明末蒋德璟记寺中双松云："双松偃盖，皆数百年物，东者高可三四丈，有三层；西则仅高二丈许，而枝柯盘屈，低亚横斜，其荫数亩，虬角龙髯，披拂鳞皴。"见清孙承泽《春明梦馀录》卷六十六。清人题咏甚多。两秃干，即指双松。婆娑，犹盘桓。

韩蕲王墓碑歌[①]

灵岩山前冢累累，荒烟野蔓不足悲。
巨石崚嶒戛松际，旁人云是韩王碑[②]。
韩王蜕去五百载，当年英名至今在[③]。
弯弓夜月射奔鲸，拔剑寒沙清瀚海。
一朝雄姿为枯骨，麒麟高冢营山窟[④]。
黄肠便房天府出，守冢万家拜百笏[⑤]。
岁久但见蒿与藜，豺狼入穴狐兔啼。
惟留一片石，千古灵岩西[⑥]。
灵岩峰高入云霓，韩王勋名与之齐。
惟王勋名震千古，手奠坤维揭天柱[⑦]。
麾日之戈射潮弩，半壁江山留宋土[⑧]。
可怜后此竟何人，忍使铜仙泪如雨[⑨]。
梅花落尽梨花开，游人络绎灵岩来。
但上琴台寻响屧，何人山麓披蒿莱[⑩]！
碑高三丈字如掌，帝制鸿文盛褒奖[⑪]。

纵使碑刓墓尽平，盖世功名在天壤[12]。
君不见钱塘饮马江不流，凤山宫阙为荒丘[13]。
张王秦相墓何在，六陵萧飒冬青愁[14]！

①韩蕲王，南宋抗金名将韩世忠。韩墓在江苏吴县灵岩山西麓。详见吴伟业《过韩蕲王墓》诗注。

②崚嶒（líng céng 崚，力英切；嶒，疾英切），高峻貌。戛（jiá），耸立。

③蜕去五百载，韩世忠卒于宋高宗绍兴二十一年（1151），至作诗之时已五百三十馀年，“五百载”取其成数。

④麒麟（qí lín），指墓旁的石兽。杜甫《曲江》诗：“江上小堂巢翡翠，苑边高冢卧麒麟。”

⑤黄肠，黄心柏木制的外棺。便房，墓中供吊祭用小室。西汉霍光死，朝廷“赐便房黄肠题凑，各一具”。见《汉书·霍光传》。天府，指朝廷。笏，古代大臣朝会时拿的手板。百笏，代指百官。拜百笏，指前来祭拜的高官很多。

⑥一片石，指墓碑。

⑦奠，安定。坤维，即地维，神话中系住大地的绳索。揭，举，引伸为扶住。天柱，神话中支撑天的大柱。《淮南子·天文》：“昔者共工与颛顼争为帝，怒而触不周之山，天柱折，地维绝。”文天祥《正气歌》：“地维赖以立，天柱赖以尊。”“手奠”句，谓韩世忠力能安定天下。

⑧麾日之戈，《淮南子·览冥》：“鲁阳公与韩构难，战酣，日暮，援戈而撝之，日为之反三舍。”射潮弩，据传五代吴越王钱镠筑捍海塘，怒潮汹涌，乃命水犀军驾强弩五百以射潮。见宋孙光宪《北梦琐言》。苏轼《八月十五日看潮》诗：“安得夫差水犀手，三千强弩射潮低。”自注：“吴越王尝以弓弩射潮头，与海神战，自尔水不近城。”（苏轼以夫差代指吴越王，用典不当。）二句意谓宋室半壁江山赖韩蕲王奋力苦战得以保全。

⑨铜仙泪如雨，汉武帝筑神明台，上有金铜仙人承露盘，后被魏明帝使人拆下，铜仙竟潸然泪下。参见钱谦益《丙戌南还赠别故侯家妓人冬哥》诗注。铜仙泪如雨，谓南宋终于灭亡。

⑩琴台，在灵岩山上。响屧，即响屧廊，在灵岩山寺。并传为吴王夫差与西施遗迹。见《吴郡志》。二句谓游人但寻西施遗迹，少有人过访韩蕲王墓。

⑪“碑高”句，仿李商隐《韩碑》诗“碑高三丈字如斗”句。帝制鸿文，疑韩蕲王墓碑文为宋孝宗所制，然未知所据。

⑫刓（wán），削掉。

⑬ 钱塘饮马，指南宋末蒙古军攻下临安，灭亡南宋。凤山，即凤凰山，在杭州城南，南宋宫殿建在山上。

⑭ 张王，指张俊，与岳飞、韩世忠同时将领。宋高宗绍兴初年任江淮路招讨使。绍兴十一年（1141），附和秦桧，首请解除兵权，授枢密使，又制造伪证，诬害岳飞。晚年封清河郡王。秦相，即秦桧，北宋末任御史中丞，被金军俘虏投降，成为金太宗弟挞赖亲信。被遣归南宋，又为宋高宗信任，两任宰相，前后执政十九年，杀害岳飞，贬逐张浚、赵鼎等抗金将相。为历史上有名奸贼。六陵，指南宋皇帝在会稽的陵墓，元初被西域僧人杨琏真伽尽皆发掘，尸骨弃草莽中。宋遗民唐珏、林景熙、谢翱、郑宗仁等收集诸帝骸骨，瘗于会稽山中，并自故宫移冬青一株植于其上。详见钱谦益《题宋徽宗杏花村图》诗注。

广 武①

盖世英雄项与刘，曹奸马谲实堪羞②。
阮生一掬西风泪，不为前朝楚汉流③。

① 广武，在河南荥阳东北广武山上有东西二城，相距约二百步，中隔广武涧。楚汉相争时，刘邦屯西城，项羽屯东城，对峙达数月之久。项羽、刘邦相与临广武涧对话，项羽向刘邦挑战，刘邦数项羽十大罪状，项羽大怒，伏弩射伤刘邦。见《史记·高祖本纪》。

② 曹奸马谲（jué），谓曹操父子与司马懿父子皆奸诈诡谲。

③ 阮生，阮籍。《晋书·阮籍传》：“尝登广武，观楚汉战处，叹曰：‘时无英雄，使竖子成名！’”阮籍生当魏晋之际，司马氏阴险奸诈，阮籍对之既愤恨又藐视，“时无英雄”，谓时无刘邦、项羽式的英雄，乃使司马氏竖子成名。这句妙语被古来许多人误解，以为阮籍谓楚汉之时无英雄，乃至以刘、项为竖子。李白《登广武古战场怀古》诗云：“拨乱属豪圣，俗儒安可通。沉湎呼竖子，狂言非至公。”连这位伟大诗人，都误解了阮嗣宗的慨叹。苏轼《东坡志林》云：“昔先友史经臣彦辅谓余阮籍登广武而叹曰‘时无英雄，使竖子成名’，岂谓沛公竖子乎？予曰：‘非也’。伤时无刘、项也，竖子指魏晋间人耳。……今日读李白《广武古战场》诗：‘沉湎呼竖子，狂言非至公。’乃知太白亦误认嗣宗语。与先友之意无异也。嗣宗虽放荡，本有志于世，以魏晋间多故，故一放于酒，何至以沛公为竖子乎！”潘次耕与东坡之见一致，乃用隽永的诗句特别表明：阮生一掬西风泪，不为前朝楚汉流。

傅昂霄

傅昂霄，字龙翰，吴县（今江苏苏州）人。清圣祖康熙八年己酉（1669）举人。

凉州词[①]

九月霜高塞草腓，征鸿无数向南飞[②]。
深闺莫道秋砧冷，夜夜寒光满铁衣。

①凉州，汉置，地在今甘肃武威陇县一带。《乐府诗集》近代曲辞有“凉州词”，多用以写西北边塞风光与战争情景。此征人辞，征人远在北方边塞，秋末冬初，见鸿雁自北向南飞而想念家中妻子。

②腓（fēi），草木枯萎貌。《诗·小雅·生民》：“百卉具腓。”

江　行

白云明月漾微澜，空外秋声落远滩。
燕子矶头中夜起，一天星斗大江寒[①]。

①燕子矶，在南京东北长江南岸，危矶耸入大江，为南京名胜。中夜，半夜。

★诗必须字字稳妥，句句实在，无凑字，无凑句，方为完璧。本篇“燕子矶头中夜起，一天星斗大江寒”极有境界，不失为清诗名句。然首二句却颇嫌凑合。所谓“秋声落远滩”，当指鸿雁夜落江滩。然只能推想，表述

并不明确。又题为“江行”，应是江上行舟；然诗所写乃在燕子矶头，夜深起望大江光景，两者内容不相符合。“燕子矶头”两句如此精警，而诗却非完篇，实在令人遗憾。

刘献廷

刘献廷（1648—1695），字君贤，一字继庄，别号广阳子。河北大兴（今北京）人，寓居江苏吴县三十年。继庄学有多门，涉猎广泛，通天文、地理、农田、水利、刑名、钱谷之学。康熙三十四年卒，年四十八。著有《广阳杂记》《广阳诗集》。

王昭君①

汉主曾闻杀画师，画师何足定妍媸。
宫中多少如花女，不嫁单于君不知。

① 王昭君，即王嫱，汉元帝宫人，后远嫁匈奴。参见吴伟业《出塞》诗注。据传元帝后宫既多，不得常见，乃使画工图其形貌，案图召见。诸宫人都贿赂画工，昭君不肯行贿，画工乃丑图之。后南匈奴呼韩邪单于来求亲，元帝以昭君与之。临行召见，貌为后宫第一。元帝悔之，而名籍已定，不复更人。乃穷案其事，画工皆弃市。参见吴雯《明妃》诗注。

★“宫中多少如花女，不嫁单于君不知”，感慨良深，非为王昭君发也。

孔尚任

孔尚任（1648—1718），字聘之，又字季重，别号东塘、岸堂、云亭山人，山东曲阜人，孔子第六十四代孙。初隐居石门山，清圣祖康熙二十三年（1684）东巡曲阜，尚任被召讲经，破格受国子监博士。康熙二十五年到淮扬参预疏浚黄河入海口，二十九年回到北京，迁户部主事，三十六年授承德郎。尚任前后花三十馀年，三易其稿，完成巨著《桃花扇》传奇。康熙三十九年（1700）再迁户部员外郎，但几天之后即罢官，可能即因《桃花扇》得祸。孔尚任回归故里，于康熙五十七年逝世，年七十一。孔尚任是清代伟大的戏曲作家，《桃花扇》为我国戏曲史上有数的杰构。与洪昇并称“南洪北孔”，成就远在洪昇之上。诗集有《湖海集》《岸堂稿》《长留集》等，近人汪蔚林汇编为《孔尚任诗文集》。

秣陵秋[①]

陈隋烟月恨茫茫，井带胭脂土带香[②]。
骀荡柳绵沾客鬓，叮咛莺舌恼人肠[③]。
中兴朝市繁华续，遗孽儿孙气焰张[④]。
只劝楼台追后主，不愁弓矢下残唐[⑤]。
蛾眉越女才承选，燕子吴歈早擅场[⑥]。
力士签名搜笛步，龟年协律奉椒房[⑦]。
西昆词赋新温李，乌巷冠裳旧谢王[⑧]。
院院宫妆金翠镜，朝朝楚梦雨云床[⑨]。

五侯阃外空狼燧，二水洲边自雀舫[⑩]。
指马谁攻秦相诈，入林都畏阮生狂[⑪]。
春灯已错从头认，社党重钩无缝藏[⑫]。
借手杀雠长乐老，胁肩媚贵半闲堂[⑬]。
龙钟阁部啼梅岭，跋扈将军噪武昌[⑭]。
九曲河流晴唤渡，千寻江岸夜移防[⑮]。
琼花劫到雕栏损，玉树歌终画殿凉[⑯]。
沧海迷家龙寂寞，风尘失伴凤旁皇[⑰]。
青衣衔壁何年返，碧血溅沙此地亡[⑱]。
南内汤池仍蔓草，东陵辇路又斜阳[⑲]。
全开锁钥淮扬泗，难整乾坤左史黄[⑳]。
建帝飘零烈帝惨，英宗困顿武宗荒[㉑]。
那知还有福王一，临去秋波泪数行[㉒]！

① 秣陵秋，此《桃花扇》续四十出馀韵中柳敬亭唱的弹词。秦改楚金陵邑为秣陵，故秣陵成为南京别称。《桃花扇》以明末侯方域与秦淮名妓李香君的爱情故事为线索，交织着阉党阮大铖和东林名士、朝廷上奸贼马士英和忠烈之士的斗争，反映南明弘光帝一朝史实。“借离合之情，写兴亡之感”。马士英欲强抢李香君与亲戚淮扬巡抚田仰，香君以撞死相抗，鲜血溅上侯方域所赠扇上。杨文骢就血渍点染成为桃花，故名《桃花扇》。馀韵是全剧演完之后加的一出感慨兴亡的尾声。

② 陈隋烟月：南朝最后一个君主陈后主在建康以荒淫亡国。隋炀帝亦荒淫无度，大业十四年（618）为臣下所杀，时在江都，不在建康，此因陈而及隋。井带胭脂，陈后主祯明三年（589）正月，隋军陷建康，后主闻兵至，带张贵妃、孔贵嫔匿于景阳宫井中。见《南史·陈本纪》。后人称其井为胭脂井。

③ 骀荡，轻盈飘散貌。叮咛，此用以状莺声。

④ 中兴朝市，指南明弘光政权。

⑤ 后主，指陈后主。残唐，指南唐，亦都于金陵。宋太祖开宝八年（975）十月，宋将曹彬下江南，南唐李后主出降。二句谓马士英、阮大铖等只劝诱弘光帝效仿陈后主建造楼台，贪图享乐，完全不顾清兵南下，危亡在即。

⑥“蛾眉”二句：弘光帝即位，不考虑如何抵御清兵，只贪图女色。弘光元年（1645）正月，阮大铖搜秦淮旧院妓女入宫。四月礼部尚书钱谦益又请选取淑女。燕子，指阮大铖所著传奇《燕子笺》。吴歈，指昆曲，《燕子笺》以昆曲演唱。

⑦力士，唐明皇内监高力士。笛步，南京地名，为教坊所在之地。龟年，唐天宝时代有名歌手李龟年。椒房，后妃所居宫室。二句指阮大铖按名单大搜旧院妓女，教习歌唱。

⑧西昆，北宋杨亿、刘筠、钱惟演等模仿李商隐所作诗歌，结集称为《西昆酬唱集》。温李，唐代诗人温庭筠、李商隐。乌巷，南京乌衣巷，东晋王、谢大族聚居于此。二句谓马、阮把持朝廷，不思振兴大业，热衷于仿作淫艳的词曲，建设豪华的第宅。

⑨楚梦雨云，宋玉《高唐赋》写楚王尝游高唐，梦遇巫山神女，自言“妾在巫山之阳，高丘之岨，旦为朝云，暮为行雨。朝朝暮暮，阳台之下”。二句谓弘光帝只在宫中朝夕淫乐。

⑩五侯，《左传》僖公四年有“五侯九伯”语，系泛指诸侯，此用以指镇守在外的将军。阃外，都城以外。狼燧，即狼烟，代指军情紧急。二水洲边，指南京城外白鹭洲的两边。李白《登金陵凤凰台》诗有“二水中分白鹭洲”句。雀舫，即朱雀舫，一种游船。二句谓南明君臣不顾外地守将告急的军情，仍在京城肆意游乐。

⑪“指马”句，秦末赵高欲为乱，指鹿为马以验群臣是否附从。详见邵长蘅《徐州汉高祖庙》诗注。此句言马士英奸诈专权。“入林”句，谓正直之士都畏惧阮大铖而逃入山林。

⑫“春灯”二句：阮大铖曾阿附阉宦魏忠贤，陷害东林党人。后作《春灯谜》传奇中写《十错认》，间接表示悔恨之意。弘光即位后，本性不改，又阿附马士英，继续迫害东林复社士人。

⑬长乐老，五代时人冯道，在后唐、后晋两朝任宰相，契丹灭后晋，又附契丹任太师，而后又在后汉、后周仍任太师、中书令。递嬗五朝皆作高官，自号长乐老。半闲堂，南宋权奸贾似道，于理宗、度宗时把持朝政，私向蒙古“议和”，促使南宋政权崩溃。二句揭露马士英、阮大铖阴险卑劣。

⑭龙钟，此处为衰竭悲怆之貌。阁部，指史可法（1602—1645），字宪之，号道邻，祥符（今河南开封）人。崇祯进士，初任西安府推官，累迁右佥都御史，升任南京兵部尚书。李自成陷北京，思宗自缢，可法在南京拥立福王，加内阁大学士，故称史阁部。马士英专政，被排挤出京，奉命督师扬州。弘光元年四月清兵渡淮，可法在扬州梅花岭誓师，死守扬州。城陷，可法以身殉国。

跋扈，强横貌。跋扈将军指左良玉。左良玉领兵驻武昌，不满马士英把持朝政，弘光元年四月传檄欲“清君侧”，率军东下。马士英调庐州镇将黄得功堵截左军。途中左良玉病逝，大军在九江溃散。

⑮“九曲”二句，指马士英调兵移防江岸，堵截左军，北方防务已经空虚。

⑯琼花劫到，民间传说隋炀帝为看琼花游江都，后在江都被杀。此指扬州被清军攻陷。玉树歌终，陈后主曾作《玉树后庭花》曲，歌词有“玉树后庭花，花开不复久”句，不久即亡国。此指弘光朝覆灭。

⑰龙寂寞，凤旁皇，谓朱明皇室从此“旁皇”、“寂寞”。

⑱青衣，《晋书·怀帝纪》：晋怀帝被匈奴刘聪俘虏，永嘉七年（313）“春正月，刘聪大会，使帝着青衣行酒”以辱之，旋加以杀害。衔璧，《左传》僖公六年秋，楚人围许。“冬，蔡穆侯将许僖公以见楚子于武城，许男面缚衔璧”。此指弘光帝被清军俘虏。碧血溅沙，清兵渡江时黄得功兵驻芜湖，弘光帝逃入其营，黄得功率部决战，中箭身亡。

⑲南内，指南京明宫。汤池，指宫内温泉。东陵，指南京城东明孝陵。辇路，皇帝车驾经行之路。

⑳“全开锁钥”句，谓淮阴、扬州，泗阳全部失守。“难整乾坤”句，谓左良玉、史可法、黄得功尽皆失败。

㉑建帝飘零，明太祖孙朱允炆，于洪武三十一年（1398）闰五月即位，即建文帝。建文四年（1402）六月，燕王朱棣攻陷南京，建文不知所终。烈帝惨，烈帝即明思宗，崇祯十七年（1644）三月，李自成攻陷北京，思宗自缢于煤山。英宗困顿，正统十四年（1449）瓦剌入侵，英宗率军“亲征”，至土木堡明军大败，英宗被瓦剌俘虏。武宗荒，明武宗宠信宦官刘瑾，荒于朝政。

㉒福王一，崇祯十七年五月，马士英等拥立福王朱由崧于南京，仅一年即倾覆。应喜臣《青燐屑》：“思宗御极之元年，五凤楼前获一黄袱，内袭小画一卷，题云：‘天启七，崇祯十七，还有福王一。’”自是时人附会传说。

★《秣陵秋》是孔尚任借剧中人物为明王朝唱的一曲哀歌，更是为南明弘光政权的倾覆作一个诗的总结。诗中对马士英、阮大铖的奸险，弘光帝的荒淫，进行了尖锐的揭露和遣责，而对史可法等忠贞之士进行了歌颂。长诗感情深挚，激楚苍凉，不尽兴亡之感。诗中排比了大量的典故，而语言仍清顺流畅，声韵铿锵，酷似吴梅村的歌行。剧中借老赞礼的话说：“虽是几句弹词，竟似吴梅村一首长歌。”可知诗人是有意模仿梅村体。吴梅村

本人作有传奇《秣陵秋》，写南唐亡国时，浪迹金陵的士人徐适与黄展娘的爱情故事，借南唐以寓南明，同样是借离合之情，写兴亡之感。可知这首弹词之所以称为《秣陵秋》，也源于吴梅村的作品。在孔尚任的《湖海集》并没有《秣陵秋》这种风格的篇章，这篇弹词是模仿吴梅村的特例。作山则岧峣万丈，为水则千顷汪洋，诗人才力真不可估量。

桃花扇馀韵[①]

渔樵同话旧繁华，短梦寥寥记不差[②]。
曾恨红笺衔燕子，偏怜素扇染桃花[③]。
笙歌西第留何客？烟雨南朝换几家？
传得伤心临去语，年年寒食哭天涯！

① 此《桃花扇》续四十出“馀韵”后的收场诗，诗题即借用本出题目。

② 渔樵，“馀韵”写南明亡后，苏昆生隐居栖霞山采樵维生，柳敬亭在江边买只小船捕鱼为业。“馀韵”即苏柳与老赞礼在一起闲话前朝。

③ “曾恨”句写阮大铖所作《燕子笺》，“偏怜”句即指《桃花扇》。

★赵廷枢《阅〈桃花扇〉传奇感南朝事》诗云：“钟阜依然不断青，可堪时事几飘零。贤奸门户争场歇，酒色乾坤大梦醒。南部烟花供乐府，小朝史笔付云亭。都将家国兴亡恨，谱入渔樵话里听。”诗亦感慨深沉，表达了对孔氏传奇的认识和赞扬。以史笔许云亭山人洵为高识。赵廷枢，字仲垣，号所园，云南大和人。清高宗乾隆四十二年丁酉（1777）拔贡，官江西安仁、安福知县。晚于孔尚任一个世纪。

淮上有感[①]

皇华亭下使臣舟，冠盖逢迎羡壮游。
萧鼓欲沉淮市月，帆樯直蔽海门秋。
九重图画筹难定，七邑耕桑户未收[②]。

为问琼筵诸水部，金尊倒尽可消愁[③]？

① 康熙二十五年（1686）七月孔尚任随工部右侍郎孙在丰出京治理黄淮。尚任先行到淮河了解水情，八月渡过黄河（当时的黄河系金章宗明昌五年夺淮入海的河道，清代咸丰以后成为废黄河），到达清江浦（今江苏清江）江南河道总督驻节地，受到当地官员的接待。诗人有感于灾情严重而官场宴会豪奢，诗用心良苦。

② 九重，指朝廷。明清圣祖重视治河，但朝臣意见不一，故曰筹难定。七邑，指高邮、宝应、兴化、盐城、山阳（今淮安）、江都、泰州。当时江淮水患七邑最为严重。

③ 诸水部，指江南河道总督治下官员。

游平山堂[①]

庆历遗堂见旧颜，晴空栏槛俯邗关[②]。
密疏堤上千丝柳，深浅江南一带山。
文酒犹传居士意，烟花总待使君闲[③]。
行吟记取松林路，每度春风放艇还。

① 平山堂，在扬州城西北。宋仁宗庆历八年（1048），欧阳修知扬州时所建，叶梦得《避暑录话》："欧阳文忠公在扬州作平山堂，壮丽为淮南第一。堂据蜀冈，下临江南数百里，真、润、金陵三州，隐隐若可见。"

② 颜，扁额。晴空栏槛，欧阳修《朝中措·平山堂》词："平山栏槛倚晴空，山色有无中。"邗（hán）关，春秋末吴王夫差自今扬州城南引长江水北流，过高邮，淮安入淮河，称邗沟，亦称邗江，其主要河段后为大运河。邗关即邗沟入江口。

③ 居士、使君，并指欧阳修。

北固山看大江[①]

孤城铁瓮四山围，绝顶高秋坐落晖[②]。
眼见长江趋大海，青天却似向西飞。

① 北固山，在江苏镇江城北长江南岸，临江崖壁陡峭，山上有甘露寺、北固楼等名胜。

② 孤城铁瓮，镇江子城相传为吴大帝孙权所筑，内外皆甃以甓，坚固如铁，故号铁瓮城。

寒食得花字[1]

逃亡屋破夕阳斜，社燕归来不见家[2]。

旧日踏青芳草路，纷纷白骨衬飞花！

① 寒食，节令名，在清明前一日，旧时此日不举火，故称寒食。原注："时大饥，流殍载道。"康熙四十三年（1704）春山东饥荒。得花字，指诗用"花"字韵。

② 社燕，燕子以春社前后北飞中原，秋社前后南归岭外，故称社燕。

孔传铎

孔传铎，字振路，山东曲阜人，袭封第六十八代衍圣公。有《申椒集》。

山 中

山居尽日无膏沐，侍女牵萝补茅屋[1]。
芳草春时深闭门，月明自伴梅花宿。

①“侍女”句，语本杜甫《佳人》诗“侍婢卖珠回，牵萝补茅屋”句。

★全诗系杜甫《佳人》诗的再创造。题曰“山中”，实仍是一首“佳人”诗。末句“月明自伴梅花宿”颇有境界。但“芳草春时”已没有梅花可伴。这位衍圣公似疏忽了时令的差异。

陈于王

陈于王，字健夫，一字榆村，辽宁铁岭人。孔尚任好友。孔尚任《长留集·燕台杂兴四十首》写陈氏云：“西山夕照满柴门，送老吟诗步履尊。二十年前游侠客，于今宅是浣花村。”注：“宛平陈健夫名于王，侠士也。今卜居西城，闭户吟诗，如一野老。”查为仁《莲坡诗话》称“铁岭陈于王”，宛平盖其卜居之地。

题孔东塘《桃花扇》传奇三首①

玉树歌残迹已陈，南朝宫殿柳条新②。
福王少小风流惯，不爱江山爱美人③。

江流滚滚抱金陵，雪鹭霜鸥讵可凭④？
不见满城飞炮火，深宫犹自赏春灯⑤！

青楼侠气触公卿，珠翠全抛党祸成⑥。
门外乌啼乌桕树，桃花扇底送侯生。

① 孔东塘，即孔尚任。

② 玉树，指陈后主所作《玉树后庭花》。陈后主荒淫昏懦，沉湎酒色，祯明三年（589）为隋军俘虏，陈亡。此以南朝代指南明弘光朝。

③ 福王，即朱由崧，明宗室常洵子，崇祯十六年（1643）袭封福王。十七年李自成攻陷北京思宗自缢后，福王自洛阳避兵至淮安，凤阳总督马士英迎立于南京，建立南明，是为弘光帝。福王腐朽昏庸，重用奸佞马士英和魏阉馀孽

阮大铖，排斥忠良，陈子龙、吴伟业等皆因此离去，史可法被命出守扬州。时清军正大举南下，南明君臣却一味荒淫享乐，搜选民间淑女。残局维持仅一年，清军渡江，南明即告倾覆。福王逃至芜湖被俘，明年被杀于北京。清初有传说，谓南明弘光帝实系一无赖冒充，并非真福王朱由崧。马士英等并不认识福王，仅凭一流浪人所持福王印信，即信以为真。或马士英阴谋自身权柄，姑以假乱真。故弘光即位后，福王故妃童氏来南京，弘光帝拒不相认，童氏只求一见亦不允许，必置童氏于死地，即恐童氏揭破其冒充真相。参见本书明诗卷沈钦圻《咏史二首》诗注。

④ 讵，岂。句意谓大江毫不设防，江上鸥鹭岂可凭以拒敌。

⑤ 春灯，阮大铖作有传奇《燕子笺》《春灯谜》。

⑥ 青楼侠气，指李香君。香君为秦淮名妓，与名士侯朝宗相恋。阮大铖为拉拢侯方域，代办贵重妆奁。香君发觉，当即严辞拒绝，拔簪脱衣，委掷于地。后马士英逼香君改嫁漕抚田仰，香君以头撞地，血溅诗扇，宁死不肯受辱。阮大铖为弘光帝征歌选优，强迫香君排演歌舞，香君置生死于不顾，痛斥误国权奸。党祸，阮大铖为魏阉馀孽，受到复社名士陈贞慧、吴应箕等人严厉谴责。后阮大铖巴结马士英，东山再起，立即以东林馀党陷害陈、吴，连及侯朝宗。香君劝朝宗出逃避祸，朝宗留恋香君，香君厉辞正色给予批评，朝宗乃仓皇远走扬州，投奔史可法。

★不爱江山爱美人，如果是在正常情况下，不贪图权位，属意于专一的爱情，不失为一种独特的人生品格。而这个“福王”于国家民族危亡之际，不负责任，胡作非为，一味渔猎女色，则是无赖无聊无耻无人格可言的罪恶行径！

张　远

张远（1648—1722），字超然，福建侯官（今福州）人。年轻时流浪吴楚，远至滇粤，曾入曹溶幕。清圣祖康熙三十八年己卯（1699）举人，时已年过五十。年近七十始官云南禄丰县。康熙六十一年卒于官，年七十五[①]。有《无闷堂集》。

① 邓之诚《清诗纪事初编》谓“生于顺治五年戊子（1648），至己卯乡举，年五十二”。杨仲羲《雪桥诗话续集》：“年五十，领己卯乡荐第一，出吾乡阿云举之门。年六十八令滇之禄丰。年七十五卒于官。”《雪桥诗话》谓己卯“年五十”，当系概数，应为五十二。又，清初另有萧山张远（1632—？），字迩可，康熙二十年辛酉（1681）拔贡，官缙云教谕。

下建溪诸滩[①]

无诸拓闽疆，山川贾馀霸[②]。
乱石斗雷霆，终古不可罢。
轻航一鸟疾，砰湃千转下[③]。
前舟欻然没，初见各惊诧。
须臾出白浪，回旋去如射。
生命寄柁师，与石争一罅[④]。
在险魂屡飞，过后舌频咋。
造物产湖海，至此穷变化。
若匪众盘涡，闽溪高可泻。
仙霞插霄汉，天险此其亚[⑤]。
所有纵横徒，一丸每频借[⑥]。

吾闻天下雄，以德不以诈⑦。
闽中如井底，未足供叱咤⑧。
安得常治平，弦歌出桑柘⑨！

① 建溪，福建省北部崇阳溪、南浦溪、松溪，至建瓯汇合而为建溪，南流至南平注入闽江，以多险滩闻名。

② 无诸：春秋末季，越王勾践灭吴，称霸于越。秦末勾践后裔无诸率越人助汉，汉高祖立无诸为闽越王，王闽中故地。参见宋征舆《下滩》诗注。贾（gǔ），出售，此处为显耀之意。句意谓无诸凭借山川的险峻以显耀其剩馀的霸业。

③ 一，如同。砰湃（pēng pài），水石相击声。

④ 罅（xià），裂缝。句意谓生命悬于柁师之手，在急流中争从乱石裂缝中穿越。

⑤ 仙霞，山岭之名，在闽浙边界，建溪发源于此。

⑥ 纵横徒，指割据一方的野心家。一丸，东汉初隗嚣将王元说嚣背汉割据，曰："元请以一丸泥为大王东封函谷关。"见《东观汉记·隗嚣载记》。原意言函谷关极险固易守。诗意谓各种野心家往往凭借险峻山川以图割据。

⑦ 天下雄，天下英雄，与纵横徒相对。诈，权术。

⑧ 叱咤，怒喝。楚项羽威武莫当，"喑恶叱咤，千人皆废"。见《史记·淮阴侯列传》。此代指称霸。言闽中地窄，未足称霸。与开头"山川贾馀霸"呼应。

⑨ 弦歌，《论语·阳货》："子之武城，闻弦歌之声。"孔子的学生言偃（字子游）为武城宰，弦歌而治。后以弦歌代指清明的治理。弦歌出桑柘，为清明政治下的太平景象。

★山川形胜极难描摹，若勉力为之，往往又伤于艰涩。张远此诗描画逼真，又流畅自如，举重若轻。写险滩而用险韵，节奏急骤，亦若险象环生。诗不停留在对山川景物的刻画，而与人事关联，指山川险峻并不足恃，归结到"吾闻天下雄，以德不以诈"，使模山范水的作品而具有远非写景状物的内涵。如此写山水方见出个中高手。

查慎行

查慎行（1650—1727），初名嗣琏，字夏重，浙江海宁人。清圣祖康熙十八年己未（1679）曾入黔阳巡抚杨建雍幕，参与平吴三桂之乱。二十一年出湘，二十三年入都为太学诸生，馆于相国明珠家，屡试不第。康熙二十八年（1689）因受洪昇在佟皇后“国恤”期间演唱《长生殿》案牵连，被除籍，时年已四十。后改名慎行，字悔馀，号他山；晚取东坡诗“身行万里半天下，僧卧一庵初白头”句意，拟筑初白庵。因又号初白。康熙三十二年癸酉（1693）举顺天乡试，自言“年逾四十，始举于乡；三上礼闱，未成一第”。四十一年（1702）十月在山东德州为清圣祖召见，入值南书房，明年赐进士出身，授翰林院庶吉士，时年五十四岁。晋编修，为文学侍臣达十一年之久。康熙五十三年辞官归里。世宗雍正四年（1726）受其弟查嗣庭文字狱牵连①，全家被逮北上，次年赦归后即病卒于家，年七十八。

初白少从钱澄之、黄宗羲受学，又与朱彝尊为表兄弟，亦受其影响。其诗学苏轼、陆游。曾补注苏诗五十卷，是清代崇尚苏诗成就较大的诗人。其诗集名多达五十八种。清圣祖曾为书“敬业堂”，故汇编为《敬业堂集》。

①查嗣庭，字润木，号横浦，清圣祖康熙四十五年丙戌（1706）进士，官至内阁学士兼礼部侍郎。世宗雍正四年（1726）主考江西，所出试题用诗“维民所止”句，被人讦发，谓“维止”二字是“雍正”去其头。世宗大怒，命抄其寓所，抄出日记两本，将其中语句深文罗织，认为“悖乱荒唐怨诽捏造之语甚多”。当即下查嗣庭狱。查嗣庭瘐毙狱中，仍被戮尸示众，儿子坐死，家属并被流放。次兄查嗣瑮谪戍陕西，惟慎行得放归。邓之诚《清诗纪事初编》谓雍正四年查嗣庭主考江西试题并非“维民所止”，此系后来传说。查嗣庭之所以

获罪，实另有原因。世宗依靠乃舅隆科多玩弄阴谋夺取帝位。雍正三年世宗借故革隆科多职衔。查嗣庭由隆科多荐得为内阁学士，故世宗借文字罪杀之。雍正五年世宗又下隆科多狱，永远禁锢，终死于禁所。

中秋夜洞庭对月歌①

长风霾云莽千里，云气蓬蓬天冒水②。
风收云散波乍平，倒转青天作湖底。
初看落日澄波红，素月欲升天敛容。
舟人回首尽东望，吞吐故在冯夷宫③。
须臾忽自波心上，镜面横开十馀丈。
月光浸水水浸天，一派空明互回荡。
此时骊龙潜最深，目眩不得衔珠吟。
巨鱼无知作腾踔，鳞甲一动千黄金④。
人间此境知难必，快意翻从偶然得。
遥闻渔父唱歌来，始觉中秋是今夕。

① 康熙二十一年（1682）查慎行自黔阳东归过洞庭作。

② 霾云，犹阴云。《清诗别裁》作“驱云”。莽，犹莽莽，无际涯之貌。蓬蓬，云气升腾之貌。冒，覆盖。

③ 冯夷，水神。“吞吐”句，月出之时，只见波腾吞吐。

④ 骊龙，黑龙，其颔下衔珠。见《庄子·列御寇》。诗意系即兴所得，与原典无关。腾踔（chuō），跳跃。

★首句《清诗别裁》作“长风驱云几千里”，“月光”句《清诗别裁》作“月光射水水射天”，疑为沈德潜改笔，或沈所据本不同。似皆不如原作，将两“浸”字改作“射”字则甚为拙劣。

挂帆行①

船头船尾收铁锚，三尺五尺堆银涛。

弓张帆腹机射箭，原树却走如奔逃[②]。
西山已没烟雾里，初日欲吐春云高。
须臾倏达直沽岸，风势未已犹飕飕。
当前有关敢飞渡，又向津头卸帆住[③]。

① 康熙二十七年（1688）查慎行滞京师四年之后，护送岳丈陆射山南归，诗作于南北运河交汇处直沽（今天津市西）岸畔。

② 机，指支帆的撑竿。帆如弓张，故撑竿如箭。却走，向后退走。

③ 关，指天津关。敢，岂敢。

夹马营[①]

枥马惊嘶嘶不止，红光夜半熊熊起[②]。
男儿堕地称英雄，检校回朝作天子[③]。
陈桥草草被冕旒，版籍不登十六州[④]。
却将玉斧画大渡，肯遣金戈逾白沟[⑤]！
隔河便是辽家地，乡社枌榆委边鄙[⑥]。
当时已少廓清功，莫怪孱孙主和议[⑦]。
君不见蛇分鹿死辟西京，丰沛归来燕代平[⑧]。
至今芒砀连云气，不似萧萧夹马营[⑨]！

① 夹马营，在河南洛阳东北。宋太祖赵匡胤出生于此，宋真宗在此建应天寺，后改称发祥寺。此与下一首《闸口观罩鱼者》亦康熙二十七年（1688）南行所作。

② “枥马”二句，《宋史·太祖本纪》：“太祖，讳匡胤，姓赵氏，涿郡人也。”“后唐天成二年，生于洛阳夹马营，赤光绕室，异香经宿不散。”枥马惊嘶，亦传说中宋太祖出生时异兆。

③ “检校”句：五代至宋初，有殿前都点检、副都点检，掌侍卫扈从之事，为禁军首领。周世宗时，张永德为殿前都点检。世宗尝于文书囊中，得木长三尺馀，上题“点检作天子”。世宗疑张永德，乃以赵匡胤代为都点检。恭帝立，

加匡胤检校太尉衔，加衔例高于正官，实仍为都点检。见《宋史·太祖本纪》。

④ 陈桥，驿名，在今河南开封东南二十里。冕旒，皇帝的礼冠。参见潘耒《天都峰》诗注。被冕旒，即被拥戴为天子。后周显德七年（960），北汉勾结契丹入寇，命殿前都点检赵匡胤率军抵御。次陈桥驿，兵变，宣言策点检为天子，以黄袍加赵匡胤身，众皆罗拜，呼万岁。复回京师，即皇帝位。见《宋史·太祖本纪》。版籍，领土，疆域。十六州，五代石敬瑭将燕云十六州献与契丹，借契丹立自己为皇帝，建立后晋。十六州为幽、蓟、瀛、莫、涿、檀、顺、新、妫、儒、武、云、应、寰、朔、蔚。地域当今山西、河北两省北部。宋太祖代周，十六州仍未能收复。《宋史·地理志序》："至是天下既一，疆理几复汉唐之旧，其未入职方氏者，唯燕云十六州而已。"终有宋之世，十六州先后在契丹、金源与蒙古统治之下，直至明太祖才统一。

⑤ 玉斧画大渡：大渡河在四川西部，上游即大金川，纳小金川后称大渡河，南流至石棉县折向东流，至乐山纳青衣江后注入岷江。宋太祖曾按视舆图，以玉斧划大渡河曰："此外非吾有也。"白沟，水名，五代至宋时，白沟自今河北定县西向东流，经白沟河镇霸县信安镇，直抵天津。宋辽以此为界，故又称界河（明初白沟改道，原来河道堙塞。今白沟河在河北新城县东，北向南流）。诗意谓宋太祖本无大志，大渡河以南土地，玉斧一挥被宣布"此外非吾有"，怎肯派遣军队逾越白沟去收复燕云十六州！

⑥ 隔河，即隔白沟。辽，契丹耶律阿保机于神册元年（后梁末帝贞明二年，916）建国，建都皇都（故址在今内蒙古巴林左旗南波罗城）。耶律阮天禄元年（后汉高祖天福十二年，947）改国号为辽。直至天祚帝天会五年（宋徽宗宣和七年，1125）为金所灭。凡有国二百一十年，长期成为北宋的威胁。社，土神。乡社即家乡。枌榆，《汉书·郊祀志上》："高祖祷丰枌榆社。"丰，邑名。枌榆，乡名，汉高祖故乡。后因称乡里为枌榆。赵匡胤故乡涿郡靠近白沟，故云乡社枌榆委边鄙。

⑦ 廓清功，肃清天下的功业。陆贽《李晟凤翔陇右节度使兼泾原副元帅制》："一鼓而凶徒慑北，再驾而京邑廓清。"孱孙主和议，宋太祖孱弱的子孙，如北宋诸帝之向辽，南宋诸帝之于金，皆称臣纳币；主和议实际是辱国投降。

⑧ 蛇分，汉高祖刘邦为泗水亭长，尝夜行泽中，"行前者还报曰：'前有大蛇当径，愿还'。高祖醉，曰：'壮士行，何畏！'乃前，拔剑击斩蛇。蛇遂分为两，径开。"见《史记·高祖本纪》。鹿死，蒯通尝言："秦失其鹿，天下共逐之。"见《史记·淮阴侯列传》。西京，即长安，汉高祖建都于此。丰沛，汉高祖为沛丰邑人。燕代平，汉五年（前202）十月。"燕王臧荼反，攻下代地，高祖自将击之，得燕王臧荼"。使樊哙将兵攻代。汉十年八月，"赵相国陈豨反

代地。……九月，上自东往击之”。汉十二年十月，汉高祖击淮南王黥布。“还归过沛，留，置酒沛宫，悉召故人父老子弟纵酒。发沛中儿得百二十人，教之歌。酒酣，高祖击筑，自为歌诗曰：‘大风起兮云飞扬，威加海内兮归故乡，安得猛士兮守四方！’”见《高祖本纪》。诗意谓汉高祖回丰沛时燕代都已平定。此以汉高祖刘邦与宋太祖赵匡胤对比。汉之燕代，其地即宋之燕云十六州。汉高祖能作到“丰沛归来燕代平”。而宋太祖却“乡社枌榆委边鄙”，可见刘邦是英雄而赵匡胤是孱头。

⑨芒砀，芒山与砀山。汉高祖尝“隐于芒砀山泽岩石之间，吕后与人俱求，常得之。高祖怪问之。吕后曰：‘季所居上常有云气，故从往常得季。’”季，刘邦字。

★宋太祖赵昌胤并不似刘邦李世民那样经过多年血战夺得江山，仅仅玩一个荒诞的阴谋即登上“天子”的宝座。宋代始终未能收回燕云十六州，玉斧一挥即置西南大地于不顾。作为开国皇帝尚如此孱弱，难怪“孱孙主和议”，终至沦亡于异族。诗写宋太祖的出生地夹马营，实是对赵匡胤以致宋王朝的批判。

高斯亿为予画竹以诗报之①

画竹原从草书出，眼中孰是张芝笔②？
高生善书久绝伦，馀技兼为竹写真。
自言亦用狂草法，颇觉游戏能通神。
无诸城中少修竹，客舍连旬苦炎毒③。
赖君妙手补化工，为我一挥终十幅。
幅终掷笔风雨来，野人疏爽心颜开。
须臾雨止墨光湿，润入纸背生苍苔。
老龙蜕骨瘦崛强，翠凤掉尾纷毰毸④。
魄雄气大腕力壮，尽扫筱簜皆凡材⑤。
忽然幻作铁钩锁，世有诚悬应识我⑥。
渭川千亩胸郁蟠，放纵精微无不可⑦。

文湖州派继者谁，后来独推王孟端[⑧]。
人间多画风中柳，珍重萧郎十五竿[⑨]！

① 高斯亿，康熙时书画家。康熙三十七年（1698）夏，查慎行与表兄朱彝尊作闽南之行，诗即是年六月作于福州。

② 张芝，字伯英，敦煌酒泉（今甘肃酒泉）人，东汉书法家，善章草，并为今草的创始者。

③ 无诸城，《史记·东越列传》："汉五年，复立无诸为闽越王，王闽中故地，都东冶。"无诸，越王勾践之后。参见宋征舆《下滩》诗注。东冶，即今福建福州。

④ 毰毸（péi sāi，毰，薄回切；毸，素回切），羽毛张开之貌。"老龙"句写竹竿，"翠凤"句写竹尾。

⑤ 筱（xiǎo），小竹。簜（dàng），大竹。《尚书·禹贡》："筱簜既敷"。

⑥ 铁钩锁，画竹竿的一种技法。原注："江南李主作竹，自根至梢极小者一一钩勒成，谓之铁钩锁。自云惟公权有此笔法。"李主，南唐后主李煜。诚悬，即柳公权，字诚悬，唐代杰出书法家。我，代高斯亿自指。

⑦ 渭川，今陕西渭水流域，即秦中平原。《史记·货殖列传》有"渭川千亩竹"语，故"渭川千亩"即指竹。渭川千亩胸郁蟠，语本苏轼《文与可画筼筜谷偃竹记》"渭川千亩在胸中"，亦即胸有成竹之意。

⑧ 文湖州，文同，字与可，梓州永泰（今中川盐亭）人，苏轼表兄，北宋著名画家，尤善画竹。宋神宗元丰初出知湖州，故称文湖州。王孟端，王绂，字孟端，无锡人，明初书画家，亦工诗，永乐初以荐供奉文渊阁。

⑨ 风中柳，原注："东坡题文与可墨竹诗：那将春蚓笔，画作风中柳。"萧郎，唐萧悦，官协律郎，以善画竹闻名。白居易《画竹歌引》："协律郎萧悦善画竹，举时无伦。萧亦甚自秘重，有终岁求其一竿一枝而不得者。知予天与好事，忽写一十五竿，惠然见投。"白诗有"举头忽看不似画，低耳静听疑有声"之句。原注："斯亿墨竹甚秘重，故用萧悦事为比。"

三闾祠[①]

平远江山极目回，古祠漠漠背城开[②]。
莫嫌举世无知己，未有庸人不忌才[③]。
放逐肯消亡国恨？岁时犹动楚人哀[④]。

湘兰沅芷年年绿，想见吟魂自去来[⑤]。

①三闾祠，即屈原祠。《楚辞·渔父》称屈为三闾大夫，故后世为建三闾祠。祠在朗州，今湖南常德。康熙十九年（1680），查慎行自蓟州赴贵州，途经朗州。

②漠漠，荒凉貌。

③举世无知己，屈原在《离骚》中慨叹“国无人莫我知兮，又何怀乎故都！”

④放逐，屈原曾放逐至于今湖南溆浦，道亦经沅水西南行。肯消，岂能消。

⑤湘、沅，湖南二水名。

重过齐天坡[①]

十月初寒瘴已轻，万峰湿翠雨初晴。
人来天末斜阳影，马蹈云中落叶声。
杼轴谁怜民力尽，邮亭遥数戍烟生[②]。
年年游迹愁重到，何计云山慰客情？

①齐天坡，在湖南麻阳东南。此亦康熙十九年作。

②杼轴，织布机上的两个部件，即梭子和滚筒。《诗·小雅·大东》：“小东大东，杼轴其空。”后以杼轴其空指赋税繁重。《三国志·吴书·贺邵传》：“百姓罹杼轴之困，黎民罢无已之求。”邮亭，设在官道上的旅舍。

黔阳元日喜晴[①]

曙色晴光一片明，乱峰衔雪照孤城。
未吹北笛梅先落，才及东风柳便轻[②]。
万里烟霜回绿鬓，十年兵甲误苍生[③]。
眼前可少丰年兆，野老多时望太平。

①黔阳，在湖南西部，当沅水上游。诗作于康熙二十一年（1682）元日。

②“未吹”句，笛曲有《梅花落》。

③十年兵甲，康熙十二年（1673）吴三桂在云南叛乱。至二十年（1681）九月吴世璠自杀，云南平定。二十一年（1682）杀耿精忠。三藩之乱，前后十年。

留守瞿相国春晖园[①]

不知颓废自何年，一片伤心到目前。
战后河山非故国，记中花石尚平泉[②]。
烟埋平碧迷芳草，血染春红化杜鹃[③]。
狼藉南云凭槛外，愁看白日下虞渊[④]！

①留守瞿相国，瞿式耜（1590—1650），字起田，号稼轩，苏州常熟人。明神宗万历四十四年（1616）进士。初擢户科给事中，坐事罢官。南明福王立，起右佥都御史，巡抚广西。隆武二年（清顺治三年，1646）八月，隆武帝在汀州遇害，十月，瞿式耜与两广总督丁魁楚奉桂王监国于肇庆，旋即帝位，以明年为永历元年（清顺治四年，1647）。进东阁大学士，兼掌吏部。桂王奔全州，式耜自请留守桂林，封临桂伯。永历四年（清顺治七年，1650），清军下桂林，式耜与总督张同敞并壮烈殉国。春晖园为瞿式耜常熟旧居。诗作于康熙三十二年（1693）三月，上距瞿式耜殉国已四十三年。

②平泉，唐李德裕在洛阳城东建平泉庄，草木台榭，极为华丽。此代指春晖园。

③化杜鹃，据传古蜀帝杜宇，死后魂化为杜鹃。见《华阳国志·蜀志》。此谓瞿式耜精神不死（魂化杜鹃为帝王故实，然李商隐诗“望帝春心托杜鹃”即不用于帝王，故不必指永历帝也）。

④狼藉，散乱貌。虞渊。神话中日落之所。《淮南子·天文》：“日入于虞渊之汜。”向秀《思旧赋》：“于时日薄虞渊，寒冰凄然。”

次实君溪边步月韵[①]

雨过园林暑气偏，繁星多上晚来天。
渐沉远翠峰峰澹，初长繁阴树树圆。

萤火幾星沿岸草，蛙声十里出山泉。
新诗未必能谐俗，解事人稀莫浪传。

① 实君，即唐孙华。康熙三十二年（1693）春查慎行第三次进北京，在京与唐孙华唱和甚多。诗作于是年夏日。

★诗写夏日园林晚景甚为真切，“蛙声十里出山泉”尤为名句。惜末二句凑合成篇，了无诗味。

汴梁杂诗①

巩洛东来地势洼，一条清汴走长蛇②。
霸图难画鸿沟界，恨事空椎博浪沙③。
衰草平原秋放牧，西风古堞暮栖鸦④。
灵光一寺岿然在，留取伽蓝记梦华⑤。

① 汴梁，今河南开封。此《汴梁杂诗》之二，作于康熙三十四年（1695）。

② 巩洛，巩县、洛阳，并在汴梁西面，地势较汴梁为高。洼，低下之地。汴，汴河。上游古称荥渎，又曰南济，首受黄河：经荥阳曰蒗荡渠，东流曰官渡水，又东流经大梁，北曰阴沟，曰汴水，在大梁城南分流者曰鸿沟。今皆已湮没。

③“霸图”两句：汉四年（前203）九月，项羽与刘邦“中分天下，割鸿沟以西者为汉，鸿沟而东者为楚”。见《史记·项羽本纪》。天下争夺，和约是不足凭的。项羽以为和约可信，引兵东归。几个月之后即被围垓下，为刘邦所败。博浪沙，在今河南原阳东南。秦末张良为韩报仇，“东见仓海君，得力士，为铁椎重百二十斤。秦皇帝东游，良与客狙击秦皇帝博浪沙中，误中副车”。见《史记·留侯世家》。“霸图难画”句，为项羽惋惜；“恨事空椎”句，为张良遗憾。

④ 堞，城上矮墙。许浑《澄洛阳故城》诗：“鸦噪暮云归古堞，雁迷寒雨下空壕。”

⑤ 灵光，殿名，汉景帝子鲁恭王所建。王延寿《鲁灵光殿赋》序：“西京未央建章之殿，皆见隳坏，而灵光岿然独存。”此代指汴梁大相国寺。原注：“大

相国寺踞地最高，壬午之祸，独不为沙土所埋，汴中楼阁存者，惟此而已。”壬午之祸，指明思宗崇祯十五年（1642）李自成围攻汴梁，明军与闯军决开黄河大堤，使汴城八十多万居民化为鱼鳖的惨祸。详见周亮工《江行杂感》诗注。伽蓝，梵语音译，义为众比丘之园，中国用作佛寺的别称。此即指大相国寺。梦华，孟元老《东京孟华录》序：“古人有梦游华胥之国其乐无涯者，仆今追思，回首怅然，岂非华胥之梦觉哉！名之曰梦华录。”

秦邮道中即目①

不知淫潦啮城根，但看泥沙记水痕②。
去郭几家犹傍柳，边淮一带已无村。
长堤冻裂功难就，浊浪侵南势易奔③。
贱买河鱼还废箸，此中多少未招魂④！

①秦邮，即高邮，在江苏省，康熙三十五年（1696）十月，查慎行自九江北上京师，途经高邮。

②淫潦，积水，此指河中上涨的水。

③侵南，一作“横侵”。

④贱买，因水涨鱼多，故价钱便宜。废箸，放下筷子。谓水中多有淹死者，葬身鱼腹，故贱买河鱼而不忍食用。

度仙霞关题天雨庵壁①

虎啸猿啼万壑哀，北风吹雨过山来。
人从井底盘旋上，天向关门豁达开②。
地险昔曾资剧贼，时平谁敢说雄才③？
一茶好领闲僧意，知是芒鞋到几回④。

①仙霞关，在浙江江山县南仙霞岭上，是由浙江入闽的关口。天雨庵在仙霞关北。康熙三十七年（1698）夏查慎行与朱彝尊客闽南，秋复回浙江，再经仙霞关。

②井底，原注：“岭下有龙井。”谓山势四围，谷底如在井中，非水井也。

豁达，开阔之貌。

③ 资剧贼，康熙十三年甲寅（1674）耿精忠在闽中叛乱，曾藉仙霞关阻拒清军。

④“一茶”二句，谓寺僧认识，以茶相待。末二句结尾凑合，缺乏力量。

自湘东驿遵陆至芦溪[1]

黄花古渡接芦溪，行过萍乡路渐低。
吠犬鸡鸣村远近，乳鹅新鸭岸东西。
丝缫细雨沾衣润，刀剪良苗出水齐[2]。
犹与湖南风土近，春深无处不耕犁。

① 湘东驿，在江西萍乡境，邻近湖南醴陵。遵陆，循陆路走。芦溪，亦在萍乡县境。康熙五十六年（1717）冬十月查慎行游粤，明年四月北归，途经湖南。

② 丝缫细雨，谓细雨如丝缫。刀剪良苗，谓秧苗如刀剪。

重泊秦淮[1]

市楼南北酒帘青，市上游人半醉醒。
何暇管他亡国事，更将闲泪洒新亭[2]！

① 康熙三十一年（1692）九月客金陵作。

② 新亭，故址在今南京市南，东晋南朝为士人游赏之所。《世说新语·言语》：“过江诸人，每至美日，辄相邀新亭，藉卉饮宴。周侯中坐而叹曰：‘风景不殊，正自有山河之异！’皆相视流泪。”周侯，周颛。

★秦淮历来为歌舞繁华之地，明代尤甚。顺治二年（1645）清军陷南京，南明弘光朝覆灭，南京迭经兵燹，歌楼舞榭因而凋零，故钱谦益、龚鼎孳辈莫不以之发兴亡之叹。到查慎行来金陵已是四十八年之后，时移世易，人们已逐渐麻木，秦淮又慢慢繁华，“何暇管他亡国事”，没有人再去洒新亭之泪了。

早过淇县[①]

高登桥下水汤汤，朝涉河边露气凉[②]。
行过淇园天未晓，一痕残月杏花香[③]。

①淇县，在河南北部。康熙四十七年（1708）查慎行北上过淇县。
②原注："高登桥，朝涉河，皆在城南。"汤汤（shāng），大水急流貌。
③淇园，在淇县北。

晓过鸳湖[①]

晓风催我挂帆行，绿涨春芜岸欲平。
长水塘南三日雨，菜花香过秀州城[②]。

①鸳湖，即鸳鸯湖，亦即浙江嘉兴南湖。诗作于康熙五十三年（1714）。
②长水塘，在嘉兴城南，发源于杭州、海宁诸山，注入鸳湖。秀州，即嘉兴。

陈梦雷

陈梦雷（1650—1741），字则震，号省斋，福建侯官（今福州）人。清圣祖康熙九年庚戌（1670）进士，选庶吉士，授编修，时年方弱冠。康熙十三年（1674）三藩乱起，耿精忠据福建，梦雷适回籍省亲，被耿精忠逼授官职。时梦雷同榜进士李光地也回籍福州。二人合谋，探得耿军情报，向清廷进蜡丸密疏，梦雷留福州作内应，李光地携蜡丸潜回北京。李光地至京，独上密疏，隐去合谋情节，据蜡丸事为己功。三藩乱平，梦雷以从逆论斩，幸得徐乾学为之宛转开脱，康熙二十一年（1682）减死谪戍尚阳堡。三十七年（1698）圣祖东巡沈阳，陈梦雷献赋称旨，得以“赐环”，并命为圣祖第三子诚隐郡王胤祉侍读。梦雷为胤祉搜集古今图书，纂修汇编，经五年艰苦辛劳，编成万卷大型类书《古今图书集成》[①]。圣祖对梦雷亦颇为眷宠，赐宅城北，并手书“松高枝叶茂，鹤老羽毛新”一联赐之。梦雷因以“松鹤”名斋，并自号松鹤老人。康熙六十一年（1722）圣祖病逝，世宗即位，立即残害与之争夺皇位诸兄弟，胤祉因被禁锢。七十三岁的陈梦雷又以依附胤祉罪再次谪戍黑龙江。十九年后即高宗乾隆六年病卒于戍所，年九十二。陈梦雷一生饱受冤屈，两遭严谴，中进士后的七十二年间，竟有三十五年在戍所度过，还有几年坐在监狱里，故其诗多感伤愤激。有《闲止堂集钞》《松鹤山房诗文集》。

①《古今图书集成》本陈梦雷编撰，初名《汇编》，康熙四十五年（1706），书即编就。胤祉被禁锢后，世宗命蒋廷锡等重新编校，抹去胤祉、陈梦雷等名字，书定名为《古今图书集成》。

西郊杂咏三首

岁乙卯季冬[①]，为先曾祖营葬于西郊。岁云暮矣，苦雨凄风，荒坟蔓草，触事兴怀，遂多感慨。漫笔成章，无复伦次。昔阮籍《咏怀》、渊明《饮酒》，寄情遐远，词旨超迈。何敢追踪昔贤，亦各抒情愫而已。

驱车西郊外，极目碧天际。
寒日惨无光，朔风何凛厉。
百草委严霜，枯树徒纷翳[②]。
返眷南山冈，挺生有丛桂[③]。
孤芳独未歇，凌空自摇曳。
策杖往幽寻，心伤遂掩袂。

晨兴四顾望，列冢何崔嵬。
残碑沉蔓草，石几卧青苔。
昔时闽越王，宫阙列高台[④]。
今日重泉下，玉椁化寒灰[⑤]。
贵贱同丘垅，豪强安在哉！
逐逐今世人，悠悠使我哀。

昼欢常苦短，夜愁常苦长。
披衣出户视，列宿纷成行。
烂烂天狼光，谁云弧矢张[⑥]？
南箕北有斗，终古永相望[⑦]。
天道已如此，我思何茫茫！

感愤不能寐，涕下沾衣裳。

① 乙卯，康熙十四年（1675）。诗是梦雷任编修后回籍省亲时作，时年二十五岁。西郊，福州西郊。诗共二十首，录三首。

② 翳（yì），通“殪”，树木枯萎，此指寒冬树叶凋零。《诗·大雅·皇矣》：“作之屏之，其菑其翳。”毛传：“自毙为翳。”翳，韩诗作“殪”。

③ 返眷，反顾，回看。

④ 闽越王，汉高祖封越王勾践后无诸为闽越王，至武帝时国灭，其民皆徙居江淮间。见《史记·东越列传》。

⑤ “今日”二句，仿李白《古风》其三“但见三泉下，金棺葬寒灰”。

⑥ 天狼，星名。《楚辞·九歌·东君》：“青云衣兮白霓裳，举长矢兮射天狼。”《晋书·天文志》：“狼一星在东井东南，狼为野将，主侵掠。”谁云弧矢张，弧矢张则可以射天狼，时耿精忠叛乱，故见天狼而即景生情。

⑦ “南箕”二句：箕、斗，皆星名。《诗·小雅·大东》：“维南有箕，不可以簸扬；维北有斗，不可以挹酒浆。”《古诗十九首·明月皎夜光》：“南箕北有斗，牵牛不负轭。”诗意与《大东》和《明月皎夜光》原意都无关。“烂烂天狼光，谁云弧矢张”，感叹战乱长期不休。“南箕北有斗，终古永相望”，似谓天道永恒，非人力所可改易。故下二句云：“天道已如此，我思何茫茫！”

题友人墨竹

许生磊落多英特，兴到狂呼泼墨汁①。
巧夺潇湘倒影来，淋漓元气毫端集②。
排石穿云势倾侧，乱叶栖栖神鬼泣③。
劲节离披犹倔强，森然老干如山立④。
声吼九天雷雨寒，枝横千尺龙蛇蛰⑤。
鹘落兔起不可状，满堂苍翠风习习⑥。
伶伦已往嶰谷空，对此令人空叹息⑦。
知君最重岁寒姿，好把画图深处袭⑧。

① 许生，画家，其人不详。

② 潇湘，湖南二水名，北流至零陵汇合称为潇湘。潇湘两岸绿竹出名，此即代指竹。淋漓，盛貌。元气，天地造化原始之气。杜甫《奉先刘少府新画山水障歌》：“元气淋漓障犹湿，真宰上诉天应泣。”

③ 排石穿云，画中墨竹排开岩石穿入云霄。

④ 劲节，竹劲挺的枝干。黄庭坚《题李夫人偃竹》诗：“孤根偃蹇非傲世，劲节瘦枝万壑风。”离披，分散貌。

⑤ “声吼”句，谓从画中如听到风吹入竹的声音。“枝横”句，谓画竹千尺如龙蛇蛰伏。

⑥ 鹘落兔起，苏轼《文与可画筼筜谷偃竹记》：“画竹必先得成竹于胸中，执笔熟视，乃见其所欲画者，急起从之，振笔直遂，以追其所见，兔起鹘落，少纵即逝矣。”

⑦ 伶伦，传为黄帝时乐官。嶰谷，传在昆仑山北，产竹。《吕氏春秋·古乐》：“昔黄帝伶伦作为律。”《汉书·律历志上》谓黄帝命伶伦取嶰谷之竹制为管乐器以定律。句意谓取竹定律的伶伦不在了，嶰谷也空了，言外之意，只剩下画中的墨竹了。

⑧ 岁寒姿，指墨竹。袭，珍藏。

丙辰春日登凌霄①

独立高冈上，苍茫眺远天。
河山非故物，花鸟入新年。
衰垅馀荒草，空江冷暮烟②。
春光浑不觉，惆怅自伤怜。

① 丙辰，康熙十五年（1676）。凌霄，山名，当在福州境内。此亦梦雷身陷耿精忠处时所作。

② 衰垅，先人坟墓。《西郊杂咏》序中“荒坟蔓草”可为此句注脚。

崇明渡海①

危樯乘雨雾，破浪逐长风②。
排荡开怀壮，浑茫入望穷。

乾坤归一气，日月浸虚空。
屐齿登临遍，何如此擅雄[③]？

① 崇明，长江口外岛名，在上海北部。此指崇明海域。

② 危樯，高高的桅杆。桅杆挂帆，因亦代指风帆。“破浪”句，《宋书·宗悫传》：宗悫少时，尝言“愿乘长风破万里浪”。

③ 屐齿，谢灵运“常着木屐，上山则去其前齿，下山则去其后齿”。见《宋书·谢灵运传》。句意谓纵然登群山，也不如海上雄奇。

★“排荡开怀壮，浑茫入望穷。乾坤归一气，日月浸虚空”，四句写渡海气象恢宏。惜末二句系凑合成篇，缺乏力量。

宝应道中[①]

千里长淮道，萧然晓夜行。
鱼龙依积水，星月伴孤城。
天际危樯静，烟中远树平。
仆夫初作客，对此不胜情。

① 宝应，在江苏中部。

★陈梦雷略有李太白气韵，这在清初甚为少见。但稍有其豪放而远无其飘逸，且未免粗浅。其五七言律诗常有佳句，但末二句往往草草收结，无一首例外，故诗少完篇。即如本篇“天际危樯静，烟中远树平”，颇有唐人气象。末二句又系凑合，毕竟才力有限。含冤负屈之后，所作多怨辞恨语。如《作书友人投笔志恨》二首云：“我志原何许，逢人却乞怜。是非留竹简，方寸付苍天。耻作书空叹，宁寻买赋钱？盖棺他日事，一息恨绵绵！”“天意困英雄，常投错节中。风霜都可受，忠孝岂堪穷？未死留残局，生存耻转蓬。悲伤巾帼气，翘首问苍穹！”几至裂眦顿足，愤恨莫名。其志固可哀怜，诗艺则嫌于浮浅。

陈梦雷既有才华，又有学问，一生却极为不幸。先由“挚友”的出卖而意外罹难，后又卷入统治集团内部的倾轧而无端获罪，是清代不幸文人遭受祸殃最为奇特的一个。但他也有两位难得的知己：一是曾经营救过吴汉槎的杰出学者徐乾学，由于他的周旋使陈梦雷得免于死。一是自称“受恩旧仆”的杨昭。他为陈梦雷号呼冤屈，为陈梦雷收存并编辑《闲止堂集钞》，还用骈文写了一篇词藻清丽的跋语。这个“仆人”才是陈梦雷在这个世界上真正的挚友，真正的知心；李光地、爱新觉罗·胤祉辈与之相比未免如同粪土。李光地后官至文渊阁大学士。

纳兰性德

纳兰性德（1655—1685），字容若，号楞伽山人，满洲正黄旗人，大学士明珠长子。清圣祖康熙十二年癸丑（1673）进士，时年方十九岁，官一等侍卫。容若为清初著名词人，与当时词坛俊彦多有交谊。词宗五代、北宋，多感伤情调，间亦有雄豪之作。与陈维崧、朱彝尊、顾贞观为康熙时代四大词人。他们的成就在有清一代无人越过。容若曾与徐乾学编刻唐宋元明解经诸书为《通志堂经解》。康熙二十四年卒，年仅三十一岁。有《通志堂集》《纳兰词》。

平原过汉樊侯墓①

云龙会影响，驾驭从豁达②。
樊侯鼓刀人，时来遂挥喝③。
一撞重瞳营，再排隆准闼④。
良平信美好，对此气应夺⑤。
斯人在层泉，犹胜懦夫活⑥。

① 平原，今山东平原县。樊侯，西汉樊哙，沛人，以屠狗为生。因与刘邦同乡，从刘邦起事，屡立战功，任左承相，封舞阳侯。妻吕须为吕后妹，故特见信任。见《史记·樊郦滕灌列传》。

② 云龙，《易·乾》：“云从龙，风从虎。”此以云龙喻君臣，如形之与影，声之与响。驾驭，指樊哙曾为刘邦参乘。豁达，指刘邦。《史记·高祖本纪》谓刘邦“豁达大度”。

③ 鼓刀人，指樊哙曾为狗屠。挥喝，指挥吆喝，指樊哙为将军。

④一撞重瞳营，汉元年（前206），刘邦会项羽于鸿门。范增欲杀刘邦。“樊哙在营外，闻事急，乃持铁盾入，到营，营卫止哙，哙直撞入，立帐下。项羽目之，问为谁。张良曰：‘沛公参乘樊哙。’项羽曰：‘壮士！’赐之卮酒彘肩。哙既饮酒，拔剑切肉食，尽之。项羽曰：‘能复饮乎？’哙曰：‘臣死且不避，岂特卮酒乎！且沛公先入定咸阳，暴师霸上以待大王。大王今日至，听小人之言，与沛公有隙。臣恐天下解，心疑大王也。’项羽默然。沛公如厕，麾樊哙去。”沛公乘机得脱。重瞳，代指项羽，据传项羽重瞳。再排隆准闼，“黥布反时，高祖尝病甚，恶见人，卧禁中，诏户者无得入群臣。群臣绛、灌等莫敢入。十馀日，哙乃排闼直入，大臣随之，上独枕一宦者卧。哙等见上流涕曰：‘始陛下与臣等起丰沛，定天下，何其壮也！今天下已定，又何惫也！且陛下病甚，大臣震恐，不见臣等计事，顾独与一宦者绝乎？且陛下独不见赵高之事乎？’高帝笑而起。”隆准，指刘邦，据传刘邦隆准，即高鼻。引文并见《史记》樊哙传。

⑤良平，张良、陈平，汉高祖刘邦重要谋臣。

⑥层泉，重泉，指地下。

桑榆堡同梁汾夜望[①]

朝市竞初日，幽栖闲夕阳[②]。
登楼一纵目，远近青茫茫。
众鸟归已尽，烟中下牛羊。
不知何年寺，钟梵相低昂[③]。
无月见村火，有时闻天香[④]。
一花露中坠，始觉单衣裳。
置酒当前檐，酒若清露凉。
百忧兹暂豁，与子各尽觞[⑤]。
丝竹在东山，怀哉讵能忘[⑥]！

①桑榆堡，其地未详。梁汾，即顾贞观，纳兰挚友。

②“朝市”二句：在朝市早日初上即进入争竞，幽栖到夕阳西下亦甚悠闲。

③梵，此指梵呗，僧人诵经赞佛。钟梵相低昂，钟声与梵呗齐起，相互低

昂。

④ 天香，佛国自然的香气，此实指寺院焚香。

⑤ 暂豁，暂时放开。

⑥ 丝竹在东山，东晋谢安曾隐于会稽东山。谢安好音乐，故云丝竹在东山。怀哉，令人怀想。讵，岂。

暮春别严四荪友[①]

高云媚春日，坐觉鱼鸟亲[②]。
可怜暮春候，病中别故人。
莺啼花乱落，风吹成锦茵。
君去一何速，到家垂柳新。
芙蓉湖上月，照君垂长纶[③]。

① 严四荪友，严绳孙，字荪友，号藕渔，江苏无锡人。清圣祖康熙十八年乙未（1679）召试博学鸿词，授检讨，历官中允。有《秋水集》。

② 媚，爱。坐，遂。

③ 芙蓉湖，在无锡、常州、江阴之间，又称无锡湖，古代为一万五千顷大湖，到明代即已淤塞。纳兰并未到过，写诗之时，湖实已不存。纶，钓丝。

寄朱锡鬯[①]

萍梗忽南北，相聚忽相离[②]。
去年一相见，正值落花时。
秋风苦催归，转眼岁已期[③]。
淅淅秋叶落，绵绵秋夜迟。
开户见残月，道远有所思。
丈夫故慷慨，此别何凄其？
明发揽尘镜，新寒生鬓丝[④]。

① 朱锡鬯，即朱彝尊。

②萍梗，浮萍断梗，随水飘流。

③岁已期，已过一年。

④明发，犹明日。寒，天寒则有霜雪，此处即代指霜雪，霜雪又比喻白髮。

送梁汾

西窗凉雨过，一灯乍明灭。
沉忧从中来，绵绵不可绝。
如何此际心，更当与君别！
南北三千里，同心不得说。
秋风吹蓼花，清泪忽成血。

★纳兰容若对汉魏六朝古诗下过很深工夫，集中有不少拟古之作。作品本身价值不大，但对锻炼他的诗艺很有好处。其自己独立作品，深厚沉着，朴实自然。其诗笔与词笔一样，皆大有可为，惜辞世过早，未得尽其才华，诚憾事也！

秣陵怀古[①]

山色江声共寂寥，十三陵树晚萧萧[②]。
中原事业如江左，芳草何须怨六朝[③]？

①秣陵，楚金陵邑，秦改秣陵，今南京。

②十三陵，明代成祖至思宗十三个皇帝的陵墓，在北京昌平天寿山麓，参见朱彝尊《来青轩》诗注。“山色江声”句写南京，明太祖建都于此，如今江山寂寥。“十三陵”句写北京，成祖移都所至，而今亦陵树萧萧。

③“中原”二句：远而言之，建立在中原的政权如金、元先后覆灭，江左政权若六朝也都亡国，近而言之，明朝既已灭亡，南明也随之倾覆。意重在后者。

记征人语二首[①]

列幕平沙夜寂寥，楚云燕月两迢迢[②]。
征人自是无归梦，却枕兜鍪听晚潮。

一曲金笳客泪垂，铁衣闲却卧斜晖。
衡阳十月南来雁，不待征人尽北归。

① 清圣祖康熙十二年（1673）吴三桂反清，自称周王。清军长期在湖南与吴三桂军作战。纳兰《记征人语》十三首，即记述清军在战斗中的生活。选录二首。

② “列幕”二句，化用杜甫《后出塞》中“平沙列万幕，部伍各见招。中天悬明月，令严夜寂寥”句意。楚，征人所至的江南。燕，家人所居的北国。

★“列幕平沙夜寂寥”用杜诗句意，杜诗写的是出塞，军在塞外，故有平沙万幕；清军在湖南，并无列幕的平沙。纳兰用杜诗却忽视了方位。如果“列沙万幕”又哪有潮水可听？纳兰又忽视了诗中前后的矛盾。他“记征人语”只记其大意再加想象，并非亲身经历，以至发生这样的疏忽。

塞垣却寄二首[①]

千重烟水路茫茫，不许征人不望乡。
况是月明无睡夜，尽将前事细思量。

碎虫零叶共秋声，诉出龙沙万里情。
遥想碧窗红烛畔，玉纤时为数归程[②]。

① 塞垣却寄，此在塞外寄其妻子。

② 玉纤，纤纤玉手。

玄 烨

玄烨（1654—1722），姓爱新觉罗，清世祖第三子，即清圣祖。顺治十八年（1661）即位，时年八岁，明年改元康熙。在位期间，平定三藩叛乱，收复台湾，驱逐黑龙江流域沙俄侵略军，平定准噶尔部叛乱，加强了国家的统一。内政方面亦多所建树，并重视文化建设。康熙十八年乙未（1679）开博学鸿词科，招揽文士修纂《明史》，编辑《全唐诗》《康熙字典》和《佩文韵府》等书。玄烨在位六十一年，励精图治，使国家臻于承平，文治武功，是中国历史上可与秦始皇、汉武帝、唐太宗相与比肩的皇帝。玄烨爱好歌咏，朝廷形成风气，对清诗发展有一定的影响。

瀚 海①

四月天山路，今朝瀚海行②。
积沙流绝塞，落日度连营。
战伐因声罪，驰驱为息兵③。
敢云黄屋重，辛苦事长征④。

① 瀚海，汉魏六朝时代本为海名，又作翰海。《史记·匈奴列传》谓骠骑将军霍去病伐匈奴，出代二千馀里，“封于狼居胥山，禅姑衍，临翰海而还”。集解引如淳曰：“翰海，北海名。”海逐步变为沙漠，唐代以后即成为沙漠的代称。蒙古准噶尔部噶尔丹勾结沙俄，于康熙二十九年（1690）发动叛乱。玄烨于二十九年、三十五年、三十六年三次率军亲征，终于平定叛乱，巩固边防。此诗作于第二次亲征时。

② 天山，横亘新疆境内的大山。古代亦指祁连山。诗中泛指北部大山。

③声罪，声讨罪恶。

④黄屋，皇帝所乘的车，以黄缯为车盖，称为黄屋。黄屋重，即帝王之尊。

水淀杂诗二首

轻舟十里五里，垂杨千丝万丝。
忽听农歌起处，满村红杏开时。

春水行船天上，泛风雨过田家[①]。
深树几声布谷，晚晴千缕明霞。

①“春水”句，用杜甫《小寒食舟中作》诗“春水船如天上坐”句。

★清词丽句，仿佛读储光羲之作，出自九重皇帝笔下，亦自出奇见异。

曹 寅

曹寅（1659—1712），字子清，号荔轩，又号楝亭，满洲正白旗人，大文学家曹雪芹祖父。母孙氏为清圣祖乳母，故深得圣祖信任。康熙二十九年（1690）以郎中继父曹玺主管江宁织造，连任二十年之久，后期兼巡视两淮盐漕监察御史。寅能诗词，亦擅戏曲，聚书甚多。有《楝亭集》。

古北口中秋①

山苍水白卧牛城，三尺黄旗万马鸣②。
夜半檀州看秋月，河山表里更分明③。

①古北口，在北京密云县东，为京师东北长城要隘。

②卧牛城，即古北口。

③檀州，唐代檀州即今密云，明初已废，仍用作密云别称。一作“澶州”，误。

徐　兰

徐兰（1660？—1730？），字芬若，亦字芝仙，江苏常熟人。康熙时入京为国子监生。后为清宗室安郡王幕僚，康熙三十五年（1696）随安郡王出塞，由居庸关至归化城。雍正初，又随年羹尧征青海。有《出塞诗》。

出　关[①]

凭山俯海古边州，旆影风翻见戍楼。
马后桃花马前雪，出关争得不回头！

① 此即康熙三十五年随安郡王出居庸关时所作。

★《出塞诗》原题《出居庸关》，首二句作“将军此去必封侯，士卒何心肯逗留”，查为仁《莲坡诗话》所录相同，格调甚俗。《清诗别裁》诗题作《出关》，诗句即本帙所录。诗又见于陈玉齐《有情味集》，诗题与词句均与《清诗别裁》相同。徐兰题作居庸关，居庸关固然“凭山”，并不“俯海”，“凭山俯海”之关只能是山海关。——疑诗原本徐兰出居庸关之作，陈玉齐用于山海关而改前二句。沈德潜录入《清诗别裁》时将著作权归还徐兰，而诗题与词句却用陈玉齐改笔。陈玉齐，字在之，亦常熟人，略后于徐兰。

朱柔则

朱柔则，字道珠，浙江钱塘人，沈用济之妻。善诗，兼善书画。有《嗣音轩诗钞》《绣帙馀吟》。

钱塘观潮歌[①]

候潮门外人如蚁，午后狂风刮地起。
三浙江流滚滚来，惊涛打入天门里。
天门惨淡风云变，远嶂重重看不见。
初疑出海数片云，又讶横江一匹练[②]。
银海齐倾雪山白，訇若雷鼓盘空碧[③]。
危樯大舸簸不停，劲弩强弓谁敢射[④]。
夕阳烟翠罢登楼，尚有馀波不断流。
素车白马归何处，一曲沧江万里秋[⑤]。

① 钱塘观潮，钱塘江潮为天下壮观，每年八月十五、十六尤为盛大。

② 练，白绢。横江一匹练，语本谢朓“澄江净如练”。

③ 訇，象声词。

④ 危樯，高高的桅杆。大舸，大船。劲弩强弓谁敢射，据传五代吴越王钱镠曾命射手架强弩射潮。苏轼《八月十五日看潮》：“安得夫差水犀手，三千强弩射潮低。”自注：“吴越王尝以弓弩射潮头，与海神战，自尔水不近城。”（苏诗以吴王夫差代指吴越王。）

⑤ 素车白马，枚乘《七发》写广陵潮水，“浩浩溰溰，如素车白马帷盖之张”。据传吴王夫差杀伍子胥，后越王勾践杀大夫文种。子胥、文种并为海潮之神。每当潮水兴越，子胥前，文种后，素车白马，并驰潮头之上。见《述异

记》。诗以“素车白马”代指潮水。

寄远曲四首[1]

恨少垂杨柳，殷勤系玉鞍。
夕阳鸦背暖，春雪马蹄寒。
入世逢迎拙，依人去住难。
痴儿啼向我，昨夜梦长安[2]？

猎猎风初劲，沉沉雨未阑[3]。
因怜儿被薄，转忆客衣单[4]。
栖燕将雏苦，征鸿失侣寒[5]。
居家与行路，同是一艰难[6]。

辛苦长安客，栖栖叹此行[7]。
故乡空自阻，逆旅亦何营。
取友防轻薄，持躬问老成。
寄言白君子，努力事身名。

闻说燕台路，生涯亦可怜[8]。
耻弹门下铗，谁乞广文钱[9]。
久客非长策，归耕有薄田。
一棺痛慈母，急为卜牛眠[10]。

① 寄远，此寄与远在京师之丈夫沈用济。
② 长安，代指北京。
③ 雨未阑，久雨未尽。
④ 客，指远在京师的丈夫。
⑤ 栖燕将雏，喻自己在家抚养儿女。征鸿失侣，喻丈夫孤身在外。

⑥ 居家，承“栖燕将雏”句。行路，承“征鸿失侣”句。

⑦ 栖栖，辛苦不安之貌。

⑧ 燕台，亦指北京。

⑨ 铗，剑柄。耻弹门下铗，战国时冯谖客孟尝君之门，开初不被重视，冯谖多次弹铗作歌，以引起孟尝君的注意。见《战国策·齐策四》。乞，给予。谁乞广文钱，杜甫《戏简郑广文兼呈苏司业》：“赖有苏司业，时时乞酒钱。”

⑩ 卜，选定。牛眠，指坟地。《晋书·周访传》：“陶侃微时，丁艰，将葬，家中忽失牛而不知所在。遇一老父，谓曰：‘前冈见一牛眠山汙中，其地若葬，位极人臣矣。’”后因以牛眠地为最吉坟地。末二句所述，是沈用济离家赴京之后，老母在家亡故，停柩未葬，等待沈用济归来卜选坟地。

方舟庐先姑墓感赋①

寝苫枕块空山里，却望松楸泪泫然②。
纵使慈乌能反哺，可能飞得到重泉③？

① 方舟，即沈用济。先姑，已故婆婆，即方舟亡母。庐先姑墓，在亡母坟前筑庐守孝。

② 苫，草垫。块，土块。寝苫枕块，守孝期间，寝卧于草垫之上，以土块为枕。《墨子·节葬下》：“哭泣不秩声翁，缞绖垂涕，处倚庐，寝苫枕块。”松楸，植于坟墓旁的两种树木。泫然，流泪貌。

③ 反哺，据传乌雏长大后，衔食反哺母鸟，常用以比喻子女报答亲恩。《初学记》引晋成公绥《乌赋》：“雏既壮而能飞兮，乃衔食而反哺。”重泉，犹言地下。二句谓即使乌雏能反哺，也无法飞到地下去。比喻孝子无法到另一世界去报答父母之恩。

张凌仙

张凌仙，女，字学㠀，江苏吴县人。夫死，以苦节闻。

岁暮感怀

灯前课子诵芸编，百事萦心逼岁阑[①]。
泉路十年音信断，空山风雪一家寒[②]！

①课，考查；课子即教子之意。芸编，芸是香草之名，古人用以夹置书中以避蠹虫；芸编即代指书籍。岁阑，岁末。

②泉路，黄泉路上，犹言地下，代指去世的丈夫。

★寒苦凄凉，令人不忍卒读。

赵执信

赵执信（1662—1744），字伸符，号秋谷，晚号饴山老人，山东益都（今淄博市）人。清圣祖康熙十八年己未（1679）进士，时年方十八。选庶吉士，晋编修。康熙二十三年主山西乡试，升左春坊左赞善兼翰林院检讨。康熙二十八年因在佟皇后丧服期间观演洪昇《长生殿》被革职[①]。从此放废江湖五十馀年。曾漫游各地，行踪所及，遍历江河南北。清高宗乾隆九年卒，年八十三。

赵秋谷为王渔洋甥婿（秋谷夫人孙氏为渔洋甥女），持论与渔洋相左。在其所著《谈龙录》中激烈攻击渔洋，不无偏颇之论[②]。又因长期困顿，颇多愤世疾俗之诗，亦有同情民生疾苦之作。论者以其诗思路巉刻，风格深沉峻峭。有《饴山堂集》，晚年又手定集中诗稿为《因园集》。

① 秋谷与诸多友人因观演洪昇《长生殿》革职，孙勷寄秋谷诗云："秋谷才华迥绝俦，少年科第尽风流。可怜一曲长生殿，断送功名到白头！"功名，一作"宫坊"，似非。孙勷，字子未，号莪山，山东德州人。康熙二十四年乙丑（1685）进士，官至大理寺少卿。

②《谈龙录》系以龙作为诗歌形象的比喻。其言曰："钱塘洪昉思久于新城之门矣，与余友。一日，并在司寇宅论诗。昉思疾时俗之无章也，曰：'诗如龙然，首、尾、爪、角、鳞、鬣一不具，非龙也。'司寇哂之，曰：'诗如神龙，见其首不见其尾，或云中露一爪一鳞而已，安得全体，是雕塑绘画者耳。'余曰：'神龙者屈伸变化，固无定体，恍惚望见者第指其一鳞一爪，而龙之首尾完好，故宛然在也。若拘于所见，以为龙具在是，雕绘者反有辞矣。'昉思乃服。此事颇传于时。司寇以告后生而遗余语，闻者遂以洪语斥余，而仍侈司寇往说以相难，惜哉！今出余指，彼将知龙。"比喻只是比喻，谓"首、尾、爪、角、鳞、鬣一不具，非龙也"，无非是说要有整体观念，不等于说任何作品都要首、尾、爪、角、鳞、鬣毕具；谓"诗如神龙，见其首不见其尾"，也是说通过云

中露一爪一鳞而知其全体，并非其整体不存在。两者充其量只是表现形式或风格上的差异，并无实质上的不同，赵执信的解释并没有增加什么卓见。美学观点本可以各抒所见，却意气用事，大做文章，并无意义。袁枚《随园诗话》卷五说：“相传（秋谷）所著《谈龙录》痛诋阮亭，余索观之，亦无甚牴牾。”其见甚是。

督亢怀古[①]

燕丹昔逃秦，身免怨未雪。
千金求死士，快意期一决。
徒逞匹夫愤，焉知霸王烈[②]。
我闻燕先王，筑台市骏骨。
晚得昌国君，雄心一朝豁。
全齐七十城，纷如槁叶脱[③]。
但隆郭隗里，不洒田光血[④]。
岂有熊罴臣，轻试虎狼穴[⑤]？
可怜易水上，壮士冲冠髮[⑥]。
事败国旋亡，寂寞名未灭[⑦]。

①督亢，古地名。参见吴绮《督亢陂》诗注。

②“燕丹”六句，写燕太子丹遣荆轲刺秦王事。谓太子丹徒知逞匹夫之愤，不知树立霸王的威烈。亦见吴绮诗注。

③“我闻”六句，写燕昭王事。燕王哙三年，燕国内乱，齐愍王乘机伐燕，大败燕师，燕王哙死。国人立太子平，是为燕昭王。昭王欲报齐仇，问计于郭隗，郭隗劝昭王礼遇贤士。昭王问谁是贤士，郭隗因讲述古之君人欲以千金求千里马故事。涓人为王求马，得千里马，而马已死。涓人以五百金买其马首，告王曰：“死马且买之五百金，况生马乎，天下必以王能市马，马今至矣！”于是不期年而千里马之至者三。郭隗曰：“今王诚欲致士，先从隗始。隗且见事，况贤于隗者乎？”昭王筑宫师事郭隗，于是乐毅等贤士奔凑燕国。后以乐毅为上将军，与秦、楚、三晋之师伐齐，大败齐军，下齐七十馀城。昭王封乐毅为昌国君。见《战国策·燕策一》。筑台市骏骨，按《战国策》只云五百金买马

首，后世衍为燕昭王千金市马骨，筑黄金台以招贤者故事。参见彭孙遹《张都尉画马歌》注。

④ 田光血：田光为燕豪侠之士。太子丹见田光，田光自以年老，举荐荆轲。太子嘱咐田光："丹所报先生所言者，国之大事也，愿先生勿泄也。"田光为免太子丹疑其外泄，以太子丹之意告知荆轲后即自刭而死。诗意谓抵御强敌只应如昭王那样礼遇贤士，而不能像太子丹那样求助于刺客。

⑤ 熊罴臣，喻勇武的将军。虎狼穴，指秦都。句意谓像荆轲那样轻身入秦行刺，真正勇武的将军不会如此行事。

⑥"可怜"二句：《燕策三》谓荆轲入秦，燕太子丹及宾客知其事者皆白衣冠送之，至易水上，既祖，取道，高渐离击筑，荆轲和而歌。士皆瞋目，髮尽上指冠。于是荆轲乃就车而去。

⑦"事败"二句，谓荆轲行刺失败，燕国旋即灭亡，寂寞的青史上只留下刺客的声名而已。

★诗咏荆轲，以左思、陶渊明为最早。特别是陶渊明歌颂荆轲"君子死知己"的英雄行为，所以后世咏荆轲赞美者多。到唐以后人们慢慢明白，刺客行为并不可取。此后咏荆轲者分为两派：或肯定其侠义行为之可嘉，吴绮《督亢陂》即属此类；或批判其刺杀行动之非计，赵执信此篇甚为典型。从战略高度看，赵秋谷无疑是正确的，行刺是无法改变历史进程的。论诗艺则各有千秋，园次并不逊于秋谷。

沁水使院望石楼山雪[1]

孤峰压城头，雪色落屋瓦。
高堂收众阴，目极天四下。
空烟寒欲开，晚云散如泻。
远见群山来，莽莽乱奔马。
长松分岩谷，猛虎凭城社[2]。
入夜风怒号，居人畏中野。
行役良苦辛，山川自萧洒。
怅望听深更，踌躇引杯斝[3]。

① 沁水，在山西南部。石楼山，山西石楼县境有石楼山，然距沁水甚远；此石楼山必在沁水县境。

② 凭，凭陵，侵扰。

③ 踌躇，犹豫貌，此处有无聊赖之意。杯斝（jiǎ），酒器。

微山湖舟中作[①]

舟前湖泱漭，湖上山横斜[②]。
湖中何所有，千顷秋荷花。
山雨飒然来，风香浩无涯。
移舟青红端，飘若凌绮霞[③]。
林光村远近，楼影帆交加。
疑是桃花源，参差出人家。
流览情所喜，避地想更佳[④]。
何必博望侯，虚无乘海槎[⑤]。

① 微山湖，在山东、江苏交界处，运河自湖中穿贯南北。

② 泱漭（yāng mǎng），水广阔貌。

③ 青红，指荷叶与荷花。

④ 避地，避离尘俗，隐居山野。《后汉书・许劭传》："王室将乱，吾欲避地淮海，以全老幼。"

⑤ 博望侯，西汉张骞通西域，以功封博望侯。乘海槎，乘渡海的木筏。梁宗懔《荆楚岁时记》："汉武帝令张骞使大夏，寻河源。乘槎经月馀至一处，有城郭状，宫中有织妇，见一丈夫牵牛渚次饮之。因问此是何处，答曰："访严君平则知之。'因还，至蜀，问君平。曰，'某年月日，有客星犯牵牛宿。'计其年月，正骞到天河时也。"（此与《博物志》所载有人居海滨，乘槎至天河传说同。）

冯文毅公别业古柏①

公今游戏仙人乡，手折若木攀扶桑②。
却挥龙骑返故里，碧鬣苍鳞欲飞起。
化为老树当庭蹲，排突云窟盘山根。
要将直干留天地，岂为清阴覆子孙③。
我来俯仰三叹息，何必新甫之颠锦官侧④。
吁嗟乎门前几日不霜风，君看万柳何颜色⑤！

①冯文毅公，冯溥（？—1692），字孔博，山东益都人。清世祖顺治四年丁亥（1647）进士，官至文华殿大学士兼吏部尚书。卒谥文毅。康熙十八年赵执信中进士，冯为主考。此别业在冯氏故乡益都。

②游戏仙人乡，谓冯已死。若木，神话中日入之处的神木。《楚辞·离骚》："折若木以拂日兮，聊逍遥以相羊。"王逸注："若木在昆仑西极，其华光照下地。"扶桑，日浴处神木。《山海经·海外北经》："汤谷上有扶桑，十日所浴。"《离骚》："饮余马于咸池兮，总余辔乎扶桑。"王逸注："扶桑，日所拂木也。"

③"要将"二句，按文意应为"岂为清阴覆子孙，要将直干留天地"，为叶韵倒置。

④新甫，山名，在山东新泰莱芜境。《诗·鲁颂·閟宫》："徂徕之松，新甫之柏。"锦官，即四川成都。杜甫《蜀相》诗："丞相祠堂何处寻，锦官城外柏森森。"

⑤"门前"二句，就词句看，谓霜风一来，万柳皆枯黄叶落，而老柏却苍然如故，象征冯公的坚贞凛冽。然冯氏在京有万柳堂，"万柳何颜色"实影喻冯氏门生故吏多未能操节自守，望风而靡。赵执信《过郡城故座主冯文毅公宅》诗云："回首春明万杨柳，几多飞叶赴东流！"用意亦同。

赠山阳程远复①

程生意气倾四海，骑虎攀龙一身在②。
半生宾客散如云，可怜谁绣平原君③。
黄金百万随手尽，犹倚雄豪不解贫④。

前年酌我潍水上，一石鲸吞不相让⑤。
今年过我阖庐城，笑谈欲尽今古情⑥。
丈夫方寸纳五岳，那得人间无不平⑦。
我行虽迫白日暮，西望槃散作徐步⑧。
阆风缥缈弱水深，想象飙车引前路⑨。
君才与年俱莫当，且复敛颖囊中藏⑩。
斗牛紫气常浮动，定有张雷识剑光⑪。

① 山阳程远复，名光奎，淮安人。淮安即古山阳县。

② 骑虎攀龙，李白《留别广陵诸公》诗："骑虎不敢下，攀龙忽堕天。"句意谓程一生意气纵横，却一无所得，骑虎攀龙，只一身在。

③ 平原君，战国时赵国公子赵胜，以养士闻名。李贺《浩歌》："买丝绣作平原君，有酒唯浇赵州土。"诗意谓程生爱客好士，却无人感激。

④ 不解贫，不理会贫穷。

⑤ 潍水上，潍河，今山东东部。石，容量单位，十斗为一石。《史记·滑稽列传》：淳于髡曰："臣饮一斗亦醉，一石亦醉。"石，今音读如担（dàn），古音读如十（shí）。鲸吞，如鲸吞食，形容其豪饮。

⑥ 阖庐，同"阖闾"。阖闾城，即苏州，因吴王阖闾得名。

⑦ 方寸，指心。《三国志·蜀书·诸葛亮传》："庶辞先主而指其心曰：'本欲与将军共图王霸之业者，以此方寸之地也；今已失老母，方寸乱矣，无益于事，请从此别。'"纳五岳，言其胸怀广宽。那，同"哪"。

⑧ 槃散，同"盘跚"（pán shān），行不平貌。

⑨ 阆风，《楚辞·离骚》："朝吾将济于白水兮，登阆风而绁马。"王逸注："阆风，山名，在昆仑之上。"弱水，《山海经·海内西经》："弱水青水，出（昆仑之虚）西南隅。"飙车，暴风驾御之车。"我行"四句，诗人自谓年老，白日已暮，前路杳茫。

⑩ 敛颖囊中，《史记·平原君列传》：秦兵围赵，平原君赴楚求救，约门下食客二十人同往。得十九人。毛遂自请行。平原君曰："夫贤士之处世也，譬若锥之处囊中，其末立见，今先生处胜之门下三年于此矣，左右未有所称诵，胜未有所闻，是先生无所有也。先生不能，先生留！"毛遂曰："臣乃今日请处囊中耳。使遂早得处囊中，乃颖脱而出，非特其末见而已。"诗反用其意，劝程收敛锋芒。

⑪“斗牛”二句：晋初张华见斗牛之间常有紫气，以问豫章人雷焕。焕曰：“宝剑之精，上彻于天耳。”问在何郡，焕曰：“在豫章丰城。”即补焕为丰城令。焕到县，掘狱屋基，入地四丈馀，中有双剑，一曰龙泉，一曰太阿。见《晋书·张华传》。诗意谓程系人才，如剑光闪射，终有人能发现。

出　都①

事往浑如梦，忧来岂有端。
罢官怜酒失，去国却天寒。
北阙烟中远，西山马首宽②。
十年一挥手，今日别长安③！

①出都，赵执信因观演洪昇《长生殿》案被革职，离开北京。

②北阙，古代宫殿前的楼观，两观之间有空阙，故称阙。古代宫殿坐北朝南，故称北阙。常代指朝廷或京城。西山，周初伯夷、叔齐于殷亡之后隐居首阳山，作歌曰：“登彼西山兮，采其薇矣！”见《史记·伯夷列传》。诗中系泛指，暗寓将隐居之意。马首宽，谓前路广阔。

③十年，赵执信于康熙十八年（1679）晋京举进士，至二十八年革职离京，整十年。长安，代指北京。

赠朱竹垞①

失喜君犹健，明灯语夜阑②。
禅枯容客久，势热托交难③。
诗已穷无敌，天教老未安④。
才贤满江上，憔悴此相看⑤。

①朱竹垞，即朱彝尊。竹垞长秋谷三十四岁，为忘年交。原注：“时寓居慧庆寺三年矣。”寺在苏州，诗作于康熙四十三年（1704）。时竹垞年七十有六，秋谷年四十三岁。

②失喜，喜不自禁。

③禅枯，如禅心枯寂，指已淡于世务，又与寓居寺内切合。

④ 诗已穷无敌，语本欧阳修“诗穷而后工”句。

⑤ “才贤”二句，谓江湖满地憔悴的贤才多在此地相会。

夏日移居山庄

南风吹好雨，与我忽同来。
野色一时活，岚光四面开。
林花争浥露，园笋乍抽雷[①]。
谁访清凉国，平分顿逊杯[②]。

① 浥露，滋润于露水。抽雷，在雷声中抽出。

② 顿逊杯，《南州异物志》载：顿逊国有树似安石榴，取花汁为酒，极美而醉人。

即　目

烟外风翻数点鸦，板墙攲处夕阳斜[①]。
空庭客去闭门晚，零落一堆红豆花。

① 攲（qī），倾斜，此指垣墙缺处。

汤右曾

汤右曾，字西厓，浙江仁和（今杭州）人。清圣祖康熙二十七年戊辰（1688）进士，改庶吉士，官至吏部右侍郎兼翰林院掌院学士。右曾为王士禛弟子，后使事入黔，体制一变而自成风格，亦浙西名家。有《怀清堂集》。

山海关[①]

东西谁界绝，封此一泥丸[②]。
地接长城险，天浮渤海宽。
连山趋碣石，积水见辰韩[③]。
吹角关门出，边风马首寒。

① 山海关，在河北秦皇岛东北，北倚角山，南临渤海，为万里长城起点，华北至东北要隘，有“天下第一关”之称。明末吴三桂在此防拒清军，后反引清兵入关，明朝遂亡。

② 封此一泥丸，谓关口形势险要，似以一泥丸即可封住。语本《后汉书·隗嚣传》，隗嚣将王元曰：“元请以一丸泥东封函谷关。”

③ 碣石，古山名，在河北昌黎县境。辰韩，《后汉书·东夷列传》：“韩有三种：一曰马韩，二曰辰韩，三曰弁韩。”“辰韩耆老自言秦之亡人，避苦役，适韩国，马韩割东界地与之。”此泛指朝鲜半岛。

惠周惕

惠周惕，原名恕，字元龙，一字砚溪，江苏吴县人。清圣祖康熙三十年辛未（1691）进士，官密云知县。著名经学家，子惠士奇（1671—1741）传其学，孙惠栋（1697—1758）更发扬光大，成为经学吴派大师。沈归愚谓“砚溪先生受业于尧峰汪氏，故诗格每兼唐宋。然皆自出新意，风神转佳，不似他人摭拾宋人字面以为能事也”。是清代朴学大师而能诗者。有《砚溪先生全集》。

夜坐有怀

青天如澄江，片月初洗出。
草光露离离，树影风瑟瑟①。
寒更夜点疏，惊羽孤飞疾②。
惆怅不成眠，怀人坐终夕。

① 离离，历历分明之貌。瑟瑟，风声。
② 惊羽，惊飞之鸟。

同诸君兴圣寺看杏花

谁剪明霞散山曲，千枝万枝红簌簌①。
五家合队丽人行，杜老瞢腾看不足②。
聊凭杯酒添春酣，乌帽攲斜尚可簪。
客路心情似春雨，晚来和我梦江南③。

① 簌簌（sù），盛貌。

② “五家”二句：《旧唐书·杨贵妃传》：“玄宗每年十月幸华清宫，国忠姊妹五家扈从。每家为一队，着一色衣，五家合队照映，如百花之焕发。而遗簪坠舄，瑟瑟珠翠，灿烂芳馥于路。”杜老，即杜甫，甫曾作《丽人行》写杨家姊妹春游盛况。瞢腾，模糊，指看得眼花撩乱。此以“丽人行”比喻杏花，取其“照映”“焕发”，“灿烂芳馥”。杜甫《丽人行》写的是人，讽刺杨家姊妹骄奢淫佚；诗中的“杜老”看的是花，与杜诗内容实不相涉。

③ “客路”二句，用元虞集诗“忽听春雨忆江南”句意。

再赋一首示耑木及同游诸子[①]

西勾之西花为国，晕碧裁红斗颜色[②]。
杏花今岁开独迟，不共棠梨作寒食。
嫣然一笑破寺中，恰似诗人在迁谪[③]。
嬉春宝马空当当，尽是看红不看白。
杨郎爱惜携酒过，花栏日底相婆娑[④]。
清香泥人着裀席，酒鳞泻影摇红波。
花如有情解留客，到手莫负金叵罗[⑤]。
春风去矣绿阴合，明日花老君如何！

① 再赋一首，前已赋同诸君看杏花诗，故此称再赋。耑木，杨中讷，字耑木，浙江海宁人。惠周惕同榜进士，官右春坊右中允。

② 西勾，其地当在北京西郊，地点不详。晕碧裁红，元好问《春日》诗：“里社春盘巧欲争，裁红晕碧助春情。”元氏自注：“欧阳詹《春盘赋》‘裁红晕碧，巧助春情’为韵。”元好问“裁红晕碧”描写春盘（一种食品），惠诗用以写杏花，晕碧写绿色的花托，裁红写花。

③ “嫣然”句，袭用苏轼海棠诗“嫣然一笑竹篱间”。

④ 嬉春，游春。看红不看白，原注：“看红看白，遗山语。”婆娑，犹徘徊。

⑤ 金叵罗，酒杯名。

汪 绎

汪绎，字玉轮，号东山，常熟人。清圣祖康熙三十九年庚辰（1700）进士，授修撰。有《秋影楼诗集》。

田家乐

短篱矮屋板桥西，十亩桑阴接稻畦。
满眼儿孙满檐日，饭香时节午鸡啼。

★诗很一般，描绘的生活画图也很平常，却反映了一种太平景象。普通百姓的要求并不高，能得到温饱安宁就满足了。然而青史悠悠，这样平安的生活有过几天！

汪东山中一甲一名进士，胪唱之日，马上口占云："归计未谋千顷竹，浮生只办十年官。"后奉母归田，不再出仕。斯人有斯志，方可欣赏平静的乡村生活。

毕海珖

毕海珖，字昆郎，号涧堂，淄川人。有《涧堂诗草》。

清明山游

路折村桥一径赊，绿杨轻飏酒帘斜。
暖风细雨催寒食，开遍青山郁李花。

屈 复

屈复（1668—？），字见心，号悔翁，晚号金粟山人，陕西蒲城人。清高宗乾隆初举博学鸿词[1]，不赴。著有《楚辞新注》《玉溪生诗意》。诗文集号《弱水集》。

①清高宗乾隆元年（1736）仿圣祖开博学鸿词试，内外举荐一百七十六人应试，仅取十五名。规模与取录成员水平都与圣祖康熙十八年考试不能相比。康熙所取五十人中有许多杰出的学者和诗人，乾隆此次所录只有杭世骏、齐召南较为有名。清代博学鸿词试仅此两次。参见施闰章、彭孙遹传后注。

偶然作

百金买骏马，千金买美人，
万金买高爵；何处买青春？

★林昌彝《古意》诗云："千金买美妾，万金买园廛，十万买高爵；无钱买少年！"结构立意与屈诗完全相同，似并非因袭。然林诗不如屈作精警。

惠士奇

惠士奇（1671—1741），字天牧，一字仲孺，晚号半农人，江苏吴县人。清圣祖康熙四十八己丑（1709）进士，官编修。曾典试湖南，督学广东，官至翰林院侍读学士。传父惠周惕之学，著有《易说》《礼说》《春秋说》等书。子惠栋更发扬光大，父子并成为吴派经学大师。士奇亦工诗，有《半农人诗》。

坐月酬郑钛见怀之作[①]

明月上西轩，流光照积雪。
开轩一长望，皎皎千里洁。
佳人怨遥夜，起坐弹金屑[②]。
为我操孤鸾，怅然感离别[③]。
相思报瑶华，无使音尘绝[④]。

①郑钛，江苏人，著有《枯湖小稿》。

②佳人怨遥夜，张九龄《望月怀远》诗："情人怨遥夜，竟夕起相思。"金屑，孟浩然《凉州词》："浑成紫檀金屑文，作得琵琶声入云。"孟诗原意是紫檀木制琵琶上有金屑的花纹，惠诗即以金屑代指琵琶。

③孤鸾，曲名。陶渊明《拟古》诗："知我故来意，取琴为我弹。上弦惊别鹤，下弦操孤鸾。"

④瑶华，美玉，喻美意。谢朓《郡内高斋闲望答吕法曹》诗："惠而能好我，问以瑶华音。"音尘，声音远可以听到，扬尘远可以望见，用以代指音信。《乐府诗集·琴曲歌辞·胡笳十八拍》："故乡隔兮音尘绝，哭无声兮气将咽。"李白《忆秦娥》词："乐游原上清秋节，咸阳古道音尘绝。"

纪迈宜

纪迈宜，字偲亭，直隶文安人。清圣祖康熙五十三年甲午（1714）举人。官泰安知县。有《俭重堂集》。

柏林寺殿壁吴道子画水[①]

赵州画水天下闻，波涛汹汹如崩云。
起伏有势壁若动，世上摹本徒纷纷。
反覆斜正看愈活，胸中万顷倾溟渤[②]。
艨艟挂席不敢前，蛟龙夜半争出没[③]。
想当苍茫落笔时，星精睗睒来相窥[④]。
奋笔一扫风雨疾，至今元气犹淋漓[⑤]。
殿宇屡易壁不易，屹然怒浪如山立[⑥]。
微损谁能补化工，常完呵护知神力。
柏林古寺振宗风，金碧巍峨矗半空。
画旨通禅方入圣，照耀千古无终穷。
僧繇之龙久飞去，虎头金粟今何处[⑦]？
风尘鞅掌得奇观，如过瞿塘惊滟滪[⑧]。

① 柏林寺，在河北赵县城东。吴道子，唐代大画家，阳翟（今河南禹县）人。曾在唐太宗宫廷作画，擅画人物，也工山水。

② 溟渤，大海。

③ 艨艟（méng chōng），大船。

④ 星精，星宿之精。睗睒（shì shǎn），疾视。

⑤元气，造化原始之气。淋漓，充盈之貌。杜甫《奉先刘少府新画山水障歌》："元气淋漓障犹湿，真宰上诉天应泣。"

⑥殿宇屡易壁不易，殿宇改建之时，为了不损坏壁画，特让壁保持原貌。故下句云，如果壁画略有损坏，谁也无法补作。

⑦僧繇（yóu），即张僧繇，南朝梁大画家，擅画人物及佛像，尤善画龙。唐张彦远《历代名画记》："（梁）武帝饰佛寺，多命僧繇画之。""金陵安乐寺四白龙，不点眼睛。每云：'点睛即飞去。'人以为妄诞，固请点之，须臾雷电破壁，两龙乘云腾去上天。两龙未点眼者见在。"虎头，即顾恺之，字长康，小字虎头，东晋大画家。金粟，佛名，即维摩诘大士，称金粟如来，顾恺之曾绘金粟如来像。

⑧鞅掌（yāng zhǎng），烦忧劳苦。瞿塘，峡名，长江三峡之一，起四川奉节白帝城下，东至巫山大宁河口。瞿塘峡口有滟滪堆，为耸立江中的岩石，舟行至此最为惊险。一九五一年堆石已被炸毁。

沈绍姬

沈绍姬，字香岩，浙江钱塘（今杭州）人。

寄家人[①]

归来偕隐计犹虚，垂老他乡叹索居[②]。
别久乍疑前劫事，路歧才得去年书。
梦如柳絮飞无定，愁似芭蕉卷未舒。
记得小园亲手植，一栏红药近何如？

①家人，指其妻。

②“归来”二句，揣诗意，沈绍姬外出谋事，约以归来后一道隐居。而绍姬谋事不成，致流落他乡，垂老不归。

淮阴侯[①]

鼎足才堪角两雄，当年应悔灭重瞳[②]。
分羹父子恩犹薄，推食君臣谊岂终[③]！
独有千金酬漂母，更无一语感滕公[④]。
名成自古身当退，没齿休论战伐功[⑤]。

①淮阴侯，即韩信。汉高祖刘邦拜为大将，项羽灭后封为楚王，汉六年（前201）降为淮阴侯，后为吕后所杀。参见钱谦益《题淮阴侯庙》诗注。

②“鼎足”句：楚汉相争时，齐谋士蒯通劝韩信据齐自立。曰：“足下为汉则汉胜，与楚则楚胜。……诚能听臣之计，莫若两利而俱存之，参分天下，

鼎足而居。”韩信不听。见《史记·淮阴侯列传》。角两雄，与两雄较量。两雄指刘邦、项羽。重瞳，即项羽，据传项羽重瞳。

③“分羹”句：汉二年，项羽大破汉军于彭城，虏刘邦父母妻子。后项羽与刘邦相持广武。项羽为高俎，置刘邦父太公于其上，告汉王曰：“今不急下，吾烹太公！”刘邦曰：“吾与项羽俱北面受命怀王，曰：约为兄弟。吾翁即若翁，必欲烹而翁，则幸分我一杯羹！”见《史记·项羽本纪》。“推食”句：汉三年，韩信破楚军于潍水，杀楚将龙且。项羽使盱眙人武涉说韩信，要韩信与楚连和，“参分天下王之”。韩信曰：“臣事项王，官不过郎中，位不过执戟，言不听，画不用，故倍楚而归汉。汉王授我上将军印，予我数万众，解衣衣我，推食食我，言听计用，故吾得以至此。夫人深亲信我，我倍之不祥，虽死不易。”然项羽灭后，韩信却被杀害。见《淮阴侯列传》。

④“独有”句：韩信少时贫困，钓于淮阴城下。“诸母漂，有一母见信饥，饭信，竟漂数十日。信喜，谓漂母曰：‘吾必有以重报母。’母怒曰：‘大丈夫不能自食，吾哀王孙而进食，岂望报乎？’”后韩信为齐王。“信至国，召所从食漂母，赐千金”。“更无”句：“韩信亡楚归汉，未得知名，为连敖。坐法当斩。其辈十三人皆已斩，次至信，信乃仰视，适见滕公，曰：‘上不欲就天下乎，何为斩壮士？’滕公奇其言，壮其貌，释而不斩。与语，大说之。言于上，上拜以为治粟都尉。”并见《淮阴侯列传》。

⑤名成自古身当退，《老子》：“功遂身退，天之道。”没齿，犹言至死。

蚊

斗室何来豹脚蚊，殷如雷鼓聚如云①。
无多一点英雄血，闲到衰年忍付君②！

①豹脚蚊，一种长脚蚊。殷，象声词，此指蚊群飞之声。语本《诗·召南·殷其雷》“殷其雷”。《汉书·中山靖王传》：“夫众煦漂山，聚蚊成雷。”

②忍付君，岂忍付与你们。君，指蚊。

★沈德潜《清诗别裁》谓“香岩羁迹淮右，垂老不归，浙中诗坛亦罕数其人者”。可知沈香岩终身偃蹇，流滞他乡，故这首小诗也写得如许酸楚。在幽默的口吻中，既蕴涵着早已荒废的壮志，更吐露出一生失意的悲哀。这位落魄才人，诗却写得相当精警。他的诗集可能都已散失，沈归愚

也是“偶于清江于氏得手钞一册，亟采入之”。今所见者，仅沈氏采入的寥寥十一首，不知人间尚存其遗作否！所选三首，皆结体严谨，语言流畅，思维深切；香岩一生不幸，而诗作流失，更是不幸中之大不幸！

范 姝

范姝，女，字绛仙，江苏如皋人。《清诗别裁》谓为诸生李延公妻。康熙时人。

闻蟋蟀

秋声听不得，况尔发哀吟[①]。
游子他乡泪，空闺此夜心。
已怜妆阁静，还虑塞垣深。
萧瑟西风紧，行看霜雪侵。

① 秋声，秋天的各种声音，如秋风落叶之类。尔，指蟋蟀。

汪应铨

汪应铨，字杜林，江苏常熟人。清圣祖康熙五十七年戊戌(1718)赐进士第一，官翰林院修撰。罢归后主讲钟山书院。有《容安斋诗》。

题读书楼

人生何谓富，山水绕吾庐。
人生何谓贵，闭户读我书[①]。
君构读书楼，楼与山水居。
藏书数千卷，任君畋且渔[②]。
山水契动静，读书友轩虞[③]。
眺望连近远，梦寐俱恬愉。
此身置太古，此心游太虚[④]。
回视尘世间，富贵吾土苴[⑤]。

①“人生”四句，陶渊明《读山海经》诗：“孟夏草木长，绕屋树扶疏。众鸟欣有托，吾亦爱吾庐。既耕亦已种，时还读我书。”诗用其中词语。

②畋且渔，山可以畋，水可以渔，又比喻在书中游骋；此以书与山水双关言之。

③契，契合。山水契动静，山静而水动，句意谓山水与人的行动心境相契合。轩虞，轩辕与虞舜，代指淳朴的古人。

④太古，远古。太虚，深玄的境界。《庄子·知北游》“不过乎昆仑，不游乎太虚”，成玄英疏：“昆仑是高远之山，太虚是深玄之理。”二句谓此身如置太古，此心如游太虚。

⑤ 土苴（jū），泥土和枯草。《庄子·让王》："道之真以治身，其馀绪以为国家，其土苴以治天下。"诗用其词语，意谓视富贵如土苴。

邹升恒

邹升恒，字泰和，江苏无锡人。清圣祖康熙五十七年戊戌（1718）进士。官侍讲学士。有《借柳轩诗》。

分赋得采香径送沈归愚太史暂假归里[1]

吴宫花草今何处，岩畔犹馀采香路。
当年越女颜如花，莲舟荡漾双桨斜[2]。
后宫罗绮照野水，鸳鸯作队随溪沙。
六千君子一朝起，台上佳人委流水[3]。
相逐鸱夷泛五湖，羞见荷花守红死[4]。
千年遗迹想依稀，过客唯应吊落晖[5]。
诗人家傍采香径，不采秾香采紫芝[6]。
老入承明亲禁掖，暂辞钔砌还山泽[7]。
洗砚池边访旧踪，樵翁溪友还相识[8]。
自怜软土滞年年，何时同泛香溪船[9]！

① 采香径，《吴郡志》：“采香泾在香山之傍，小溪也。吴王种香于香山，使美人泛舟于溪以采香。”地在今苏州灵岩山下，传为春秋时吴王夫差与西施遗迹。江苏南部称沟溪曰泾，故原作采香泾，后泾误作径，故诗中称为采香路。沈归愚“暂假归里”，沈为苏州人，翰苑诸人分别以苏州名胜为题赋诗送行，邹分赋得采香径。

② 越女，指西施。西施为越苎萝山美女，越王勾践献与吴王夫差。见《吴越春秋》。

③ 六千君子，指越军。越王勾践十五年，吴王夫差率精兵伐齐，北会诸侯于黄池，国内空虚，越王乘机伐吴。“乃发习流二千，教士四万人，君子六千人，诸御千人伐吴”，大败吴师。其后九年，终灭吴国。见《史记·越王勾践世家》。

④ 鸱夷，指范蠡。范蠡事越王勾践，苦身戮力，谋二十馀年灭亡吴国。功成之后，乃泛海而去，变姓名，号鸱夷子皮。见《史记·越王勾践世家》。东汉赵晔《吴越春秋》谓范蠡“乃乘扁舟，出三江，入五湖，人莫知其所适”。唐陆广微《吴地记》更谓范蠡于灭吴之后，载西施泛五湖而去。此本系传说，后人即据以为典实。

⑤ 诗前十句咏采香径，“千年遗迹”二句收结前段，下文“诗人家傍”转入送沈归愚。

⑥ 诗人，指沈归愚。采紫芝，《高士传》谓秦代四皓见秦政暴虐，乃入蓝田山，作歌曰：“莫莫高山，深谷逶迤。晔晔紫芝，可以疗饥。”后隐于商洛，称商山四皓。

⑦ 老入承明，沈归愚于乾隆四年登第，年已六十有七。钔砌，《文选·班孟坚〈西都赋〉》“于是玄墀钔砌，玉阶彤庭”，注：“钔砌，以玉饰物也。”赋中钔砌犹言玉阶，诗中代指朝廷。

⑧ 洗砚池，据传浙江绍关有王羲之洗砚池，诗中移用于苏州（苏州是否另有洗砚池，不详）。

⑨ 软土，软红尘土，指繁华之地，此实指官宦场中。苏轼《次韵蒋颖叔钱穆父从驾景灵宫》诗“软红犹恋属车尘”，自注：“前辈戏语，有西湖风月，不如东华软红香土。”末二句作者自言，“何时同泛香溪船”，与前段采香径呼应。

顾我锜

顾我锜（？—1736），字湘南，江苏吴江人。清世宗雍正元年癸卯（1723）鄂尔泰为江苏布政使，以古学试士，得五十三人，以顾我锜为冠。乾隆元年七月鄂尔泰荐举博学鸿词，而顾已殁。

海山亭观落日歌①

羲和鞭日声隆隆，朱轮丹毂双碾空②。
途穷猝入大瀛海，回光倒烛深潭龙③。
海水忽涌沸，银涛如屋相撞舂。
欲吞不吞吐不吐，但见万里镕红铜。
阳侯惊诧海若笑，幻出万象真无穷④。
夭矫一金蛇，独卧洪波中⑤。
连蜷袅窕千万丈，小蛇蜿蜿来相从⑥。
熠然变火光，倾泻玻璃宫⑦。
浮光照耀际穷发，馀光溢出难为容⑧。
飘飘海山亭，结构当海冲。
我来露顶坐其上，放眼顿觉开心胸。
霞收景灭忽不见，皎皎玉镜升天东⑨。

① 海山亭，其地西望可以见海，所在待考。

② 羲和，传说中为太阳御车的神。《楚辞·离骚》“吾令羲和弭节兮”，王逸注：“羲和，日御。”毂，车轮中央套车轴之处。朱轮丹毂，红色的太阳车。

③ 途穷，道路尽头。烛，照。

④ 阳侯，水神。《淮南子·览冥》：“武王伐纣，渡于孟津。阳侯之波，逆流而击。”海若，海神。《楚辞·远游》：“使湘灵鼓瑟兮，令海若舞冯夷。”王逸注：“海若，海神名。”

⑤ 夭矫（yāo jiǎo），伸屈自如貌。

⑥ 连蜷，蜷曲之貌。袅窕（niǎo tiǎo），动摇不定之貌。杜甫《溪陂行》：“半陂以南纯浸山，动影袅窕冲融间。”

⑦ 玻璃宫，水府，实即指水面。

⑧ 际，边沿到达。穷发，《庄子·逍遥游》：“穷发之北，有冥海者，天池也。”

⑨ 皎皎，洁白光明。玉镜，指月亮。日落之后，月亮东昇。

九日登缥渺峰①

太湖湖水平如油，南临吴兴北常州②。
云涛澒洞千万顷，天遣峭石支中流③。
奇峰罗列七十二，意象卓崿穷雕锼④。
青螺势绵延，支联脉缀相沉浮⑤。
就中一峰起天半，孤撑杰卓无朋仇⑥。
有如端拱坐清殿，奔走万国朝群侯⑦。
置身峰巅断尘土，缥渺云烟袅孤柱⑧。
微波一曲辨荆溪，顽石数拳窥顾渚⑨。
未知大地竟安穷，但觉长空浩无主。
孤舟远泛若停桡，断雁低飞如铩羽⑩。
是时秋空方泬寥，丹枫黄叶山之椒⑪。
彭泽把盏正采菊，中山摇笔还题糕⑫。
我贫无物作重九，凭仗两脚升青霄。
指挥云物作几案，呼叱嵽嵲同儿曹⑬。
吴山箫鼓真一笑，苦向平地夸登高⑭。

① 九日，即重阳节，阴历九月九日。缥渺峰，在江苏太湖湖中，为洞庭西山最高峰。

② 太湖，在江苏南部，浙江之北。古称震泽、具区、笠泽，为我国第三大淡水湖。湖中有岛屿数十。以洞庭西山为最大。湖西南纳苕溪、荆溪诸水，东由浏河、吴淞江、黄浦江泄入长江。吴兴，即湖州，在太湖之南，浙江省北部。常州，属江苏省，太湖北为无锡，当时在常州辖区之内。

③ 澒洞，无际涯之貌。峭石，指陡峭的石峰。

④ 奇峰七十二，太湖中有西洞庭山、东洞庭山，奇峰峻峭，七十二实为虚数。意象，指山峰的各种意境与形象。卓崿（zhuó è），山高貌。雕镂，雕刻。

⑤ 青螺，刘禹锡《望洞庭》诗："遥望洞庭山水翠，白银盘里一青螺。"以青螺喻洞庭山，即君山；此用以借指太湖洞庭山。

⑥ 就中一峰，指缥渺峰。"朋仇"是联合结构；仇，同"逑"，匹也。无朋仇，无可相比。

⑦ 端拱，端坐拱手。二句谓缥渺高耸群峰之上，如帝王端拱而朝万国诸侯。

⑧ 峰巅断尘土，指峰巅尽是岩石，也与远离尘世双关。缥渺，隐约飘荡之貌。袅，围绕飘动。孤柱，指缥渺峰。

⑨ 荆溪，江苏宜兴县有荆溪，东流注入太湖。浙江长兴县西南亦有荆溪，东北流注入苕溪。顾渚，山名，在浙江长兴县西北。荆溪顾渚均在太湖西南，从缥渺峰远眺隐约可见。

⑩ 铩羽，羽毛摧落。二句意谓，从峰顶俯瞰，远泛的孤舟如停桨未动，低飞的雁子如铩羽停飞。

⑪ 泬寥，空旷貌。椒，山顶，此泛指山上。

⑫ 彭泽，指陶渊明，曾为彭泽令。陶渊明《九日闲居》诗序云："余闲居爱重九之名，秋菊盈园，而持醪靡由，空服九华，寄怀于言。"萧统《陶渊明传》："尝九月九日，出宅边菊丛中坐，久之，满手把菊。忽值弘送酒至，即便就酌，醉而归。"（弘，江州刺史王弘。）中山，唐刘禹锡，彭城人，自言系出于中山，故以中山代指刘禹锡。题糕，刘禹锡尝作九日诗，欲用"糕"字，以五经中无此字，遂不敢用。宋宋祁不以为然，尝九日食糕，特作诗云："刘郎不敢题糕字，虚负诗中一代豪。"见邵博《闻见录》。

⑬ 嵽嵲（dié niè），高峻的山。

⑭ 吴山，指苏州灵岩山。城中人九日上灵岩山，亦谓之登高。

沈德潜

沈德潜（1673—1769），字确士，号归愚，江苏长洲（今苏州）人。清高宗乾隆四年己未（1739）进士，时年已六十有七。为高宗所尊宠，由翰林院编修累官至礼部侍郎。乾隆十四年（1749）辞官归里，赠礼部尚书加太子太傅，又赠太子太师。高宗赐诗有“玉皇案吏今仙客，天子门生是故人”之句。乾隆三十四年卒，年九十七，谥文悫。被袁枚称为“高寿隆遇，从古诗人所未有”。讵料十年之后，有人告发他代高宗所作诗收入自己集中，其《咏黑牡丹》诗有“夺朱非正色，异种也称王”之句，被削去官衔谥号，竟至剖棺戮尸，成为有清文字狱最为滑稽的一幕[①]。

归愚少受知于《原诗》作者叶燮，为王渔洋再传弟子[②]。但归愚论诗全不同于叶燮，也与王渔洋有别。渔洋倡神韵说，归愚崇尚盛唐，倡格调说，宣扬“温柔敦厚”的诗教，要求诗歌创作“一归于中正和平”。先后选编《古诗源》《唐诗别裁》《明诗别裁》《国朝诗别裁》（即《清诗别裁》），对当时和后世影响甚大。著有《说诗晬语》《沈归愚诗文全集》。

① 清高宗酷爱作诗，个人所作约五万首，在诗史上创造了记录。其中有些诗由侍臣代为捉刀，沈归愚即代作者之一。归愚死后，高宗微闻其以代作一事语人，因恨之入骨。乾隆四十三年（1778），有人告发江苏东台县已故举人徐述夔《一柱楼诗集》中有“清风不识字，何得乱翻书”、“明朝期振翮，一举去清都”等句，高宗大怒，诏戮其尸，子孙亦全被处死。沈归愚曾为徐述夔作传，高宗借此发作，诏毁其御赐祭葬碑，革去职衔，夺其谥号，并撤出贤良祠。后复查其遗稿，发现其《咏黑牡丹》诗句，以为诽谤，诏发其墓，剖棺戮尸。

② 叶燮（1627—1703），字星期，号已畦，江苏吴江人。清圣祖康熙九年庚戌（1670）进士，官宝应知县。因伉直忤巡抚慕天颜，被参落职。晚居吴之

横山，学者称横山先生。叶氏论诗，以杜甫、韩愈、苏轼为宗，所著《原诗》为清代重要诗论著作。有《已畦文集》《已畦诗集》。

制府来

客述制府始末甚详，因成乐府四解，志往事，儆后来也。[①]

制府来，势炎赫。
上者罪监司，下者罪二千石。
属吏驱使如牛羊，千里辇重来奔忙[②]，
鞠跽上寿登公堂[③]。
制府赐颜色，属吏贴席眠。
破得百家产，博得制府欢。
制府之乐千万年！（一解）[④]

扬旌旗，麾三军。
制府航海靖海氛，声名所到步步生风云。
居者阖户，行者侧足。
但称制府来，小儿不敢哭[⑤]。
军中队队唱凯还，内实百货装楼船。
文武郊迎，次且不得近前[⑥]。
制府之乐千万年！（二解）[⑦]

制府第，神仙宅。
夜光锦，披墙壁。
明月珠，饰履舄[⑧]。
猫儿睛，鸦鹘石，儿童戏弄当路掷[⑨]。
平头奴子珊瑚鞭，妖姬日夕舞绮筵。

赏赐百万黄金钱，天长地久雨露遍。
制府之乐千万年！（三解）⑩

太阳照，冰山倾⑪。
黄纸收制府，片刻不得暂停⑫。
轺车一两，千里无人送迎⑬。
妇女戟手詈，童稚呼其名。
爰书定，在旦夕，求为厮养，厮养不可得⑭。
盘水加剑请室间，从前荣盛如云烟⑮。
制府之乐千万年！（四解）⑯

① 制府，清代对总督的尊称，也称制台。制府始末：噶礼，姓栋鄂氏，满洲正红旗人，何和里四世孙。康熙三十八年（1699）任山西巡抚，贪污纳贿，搜括民财白银四十馀万两。四十八年（1709）升江南江西总督，伙同考官赵晋等，科场作弊，得赃银十万两。纵吏虐民，无恶不作。康熙五十年（1711），江苏巡抚张伯行弹劾科场案，由于朝廷有人包庇，仅予夺职。五十三年（1714），其母叩阍告其置毒害母，圣祖赐令自尽。解，汉代乐府演奏一段称为一解，后世沿用指乐府诗一段。儆，警戒。

② 辇重，《说文》："辇，挽车也。"《左传》宣公十二年"楚重至于邲"，杜预注："重，辎车也。"《左传》襄公十年"孟氏之臣秦堇父辇重如役"，孔颖达疏："重者，车名也。载物必重，谓之重。人挽之以行谓之辇。"诗中泛指车辆。

③ 鞠跽，躬身长跪。上寿，凡奉献祝颂皆曰上寿，此实指贿赂进献。

④ 制府之乐千万年，汉魏乐府往往于演奏一解之后即带一句祝颂或感叹之语，如曹操《步出夏门行》每解后面的"幸甚至哉，歌以咏志"，与正文内容不一定有直接联系。沈氏仿作，成为一句幽默的讽刺语。一解写制府的气焰嚣张，作威作福，藉以贪污纳贿。

⑤ 小儿不敢哭：东晋十六国后赵石勒将麻秋，胡人，凶残好杀，人皆畏惧，里有儿啼，母即恐之曰："麻胡来！"儿啼即止。见《太平广记》卷二六七引《朝野佥载》。又，隋炀帝将麻祜性亦残暴，奉命疏河，百姓恐惧，也用"麻祜来"止小儿啼哭。见《大业拾遗记》。麻祜音同麻胡。诗中暗用此典。

⑥ 次且（zī jū），同“趑趄”，小步不敢前行之貌。

⑦ 二解写制府借“靖海”之名敛聚财富，欺压百姓。

⑧“明月”二句：《史记·春申君列传》：“春申君客三千馀人，其上客皆蹑珠履。”

⑨ 猫儿睛、鸦鹘石，皆宝石之名。

⑩ 三解写制府奢侈无度的生活。

⑪“太阳”二句：王仁裕《开元天宝遗事》：有人劝张彖谒杨国忠。彖曰：“尔辈以谓杨公之势，倚靠如泰山；以吾所见，乃冰山也，或皎日大明之际，则此山当误人耳。”又见《资治通鉴》唐玄宗天宝十一载。后安禄山叛乱，杨国忠随唐玄宗西逃，至马嵬驿，发生兵变，即被杀。

⑫ 黄纸，指皇帝诏书。

⑬ 轺车，驾一马的轻车，此实指囚车。

⑭ 爰书，判决书。厮养，奴隶。

⑮“盘水”句，贾谊《陈政事疏》：“故其在大谴大何之域者，闻谴何则白冠氂缨，盘水加剑，造请室而请罪耳。”盘水，表示执法公平。加剑，有罪则以剑自刭。请室，请罪之室，实即监狱。

⑯ 四解写制府的可耻下场。

★此模仿汉乐府而又为事而作，嬉笑怒骂，酣畅淋漓，在有清一代此等作品已属难得。然稍一揣摩，知沈德潜批判锋芒，实极为有限。因制府已经垮台，故诗人敢于揭诸笔端。使其仍在台上，虽明知其罪恶滔天，沈德潜恐怕也是“次且不得近前”、钳口不敢言的。近代对“四人帮”的情况何尝不是如此，我们没有必要苛责古人！

晓经平江路

晓经平江路，相遇逃亡民①。
非人亦非鬼，匍匐泥涂间。
老翁拄竹杖，老妻相牵攀。
病妇布裹头，双足亦不缠②。
儿女盛竹筐，其父担道边。
行李芦叶席，坐卧无冬春③。

十十与五五，邻里兼姻亲。
问从何方来，云是衢州人[4]。
“比年遭大水，畎亩连通津[5]。
秋成乏籽粒，正课不得完[6]。
天高官长酷，已令骨髓干。
苟能免征求，岂辞行路难？
去住总一死，宁作他乡魂[7]！”
闻之黯然悲，此邦亦无年。
昨者罹水灾，蔀屋少炊烟[8]。
强梁肆攫夺，礼让徒云云。
今岁滋多雨，复恐伤平田。
公门贵仁恕，扑抶岂所先[9]。
勿使怀乡民，胥效轻转迁[10]。
此意竟谁陈，气结不能言[11]。

①平江，宋置平江府，元改平江路，明清改为苏州府，辖今苏州、吴县、常熟、昆山、吴江、嘉定等地。

②双足亦不缠，清代妇女小脚缠足，走路本已不便，不缠足走路就更加困难。

③“行李”二句，谓行李中仅有芦叶席，没有被褥，无论冬春都在芦席上睡觉。

④衢州，今属浙江，辖衢县、常山、江山、开化。

⑤比年，连年。畎亩，田地。连通津，大水使田地与河道连成一片。

⑥正课，国家规定的赋税。旧时官吏贪鄙，正课之外，往往还外加苛捐杂税。

⑦宁作，岂作，没想到要作。

⑧罹（lí），遭受。蔀屋，穷人住的草屋。

⑨扑抶（chì），鞭打。

⑩胥效，相互仿效。

⑪气结不能言，曹植《送应氏》诗中成句。

泛碧浪湖泊道场山下[①]

泛泛碧浪湖，乍离岘山亭[②]。
荷蒲无故色，寒林有馀青。
惊鳞潜水草，沙鸟立云汀。
但怜空翠过，几忘舟楫行。
青山与白塔，隐隐如相迎。
已觇墟落近，渐识炊烟生。
野叟作吴语，相顾殊有情。
凉月谁共对，村酤易为醒。
明发入云去，遥寻清磬声。

① 碧浪湖，在浙江吴兴县南，群山四围，诸水汇聚。因在岘山前，故又名岘山漾。道场山，在吴兴县南，碧浪湖畔。

② 岘山，在吴兴县南。本名显山，晋吴兴太守殷康建显山亭，唐代避中宗李显讳，改名岘山亭。

喜晤张子永夫

钟鸣群动息，明月出峦岭[①]。
疏林散浮烟，平莽接馀景。
并坐玩清光，虑澹无可屏[②]。
人生几会合，况此良夜静。
因思后面难，转惜前别永[③]。
坐久风露寒，空山孤鹤警。

① 钟鸣，此指晚钟鸣响。“钟鸣”句仿陶渊明《饮酒》诗“日入群动息”，“明月”句亦仿陶渊明《杂诗》“素月出东岭”。

② 虑澹无可屏，思虑澹泊，没有什么杂念需要排除。

③ 后面难，后来会面很难。前别永，前此分别太久。

景阳钟歌[①]

老龙鬌鬌蟠秋草，草根蟪蛄吊昏晓[②]。
摩挲犹识永明年，银泥幾见乾坤老[③]。
端门鼓漏隔宫闱，梦软香浓晓不知[④]。
殿角星残声乍响，景阳楼上画眉时[⑤]。
云龙门开移庙主，从此蒲牢卧绀宇[⑥]。
何似铜仙辞汉宫，回望咸阳泪如雨[⑦]！

① 景阳钟，《南齐书·武穆裴皇后传》："旧显阳、昭阳二殿，太后、皇后所居也。永明中无太后、皇后，羊贵嫔居昭阳殿西，范贵妃居昭阳殿东；宠姬荀昭华居凤华柏殿。""上（齐武帝萧赜）数游幸诸苑囿，载宫人从后车。宫内深隐，不闻端门鼓漏声，置钟于景阳楼上，宫人闻钟声，早起装饰。至今此钟唯应五鼓及三鼓也。"

② 老龙，景阳钟上有蟠龙雕饰，即代指钟。鬌鬌（yí），角锐利之貌。蟪蛄，昆虫名。二句写钟掷卧草中。

③ 永明，齐武帝年号，凡十一年（483—493）。银泥，用胶水和银粉作为钟上装饰。元宋无《玉津园弃景钟歌》："蜗涎鸟篆银泥剥，乌啄蒲牢戏左角。"幾见乾坤老，谓其经过了多少年月。

④ 端门，宫殿南面正门。鼓漏，更鼓和漏声。

⑤ 景阳楼，故址在南京玄武湖侧。齐武帝因宫中听不到端门的更鼓和漏声，才在景阳楼建大钟，五鼓钟鸣，宫人乃早起饰妆。

⑥ 云龙门，齐宫门。永明十一年（493）齐武帝死时，文惠太子早卒，皇太孙郁林王萧昭业继位。郁林王荒淫挥霍，大将军西昌侯萧鸾定谋废帝。隆昌元年（494）七月，使萧谌率军入云龙门，杀郁林王，立海陵王萧昭文。不久又废海陵王，萧鸾即位，即齐明帝。一年之间，帝位三移。齐朝从此祸乱相循。自齐明帝建武元年（494）中经东昏侯萧宝卷至齐和帝中兴二年（502），不到十年即"禅位"梁王萧衍。移庙主，指帝位不断改移终至灭亡。蒲牢，传说中兽名。《文选·班固〈东都赋〉》"于是发鲸鱼，铿华钟"，李善注引薛综曰："海中有大鱼曰鲸，海边又有兽名蒲牢。蒲牢素畏鲸，鲸鱼击蒲牢，辄大鸣。凡钟

欲令声大者，故作蒲牢于上。所以撞之者为鲸鱼。”后世钟上作兽纽即是蒲牢的形象，诗中即代指景阳大钟。绀宇，即佛寺。此谓齐亡之后，宫殿成为佛寺，故景阳大钟卧于佛寺之内。

⑦ 铜仙辞汉官，汉武帝建神明台，铸金铜仙人擎铜盘以承云表之露，见《三辅黄图》。李贺《金铜仙人辞汉歌》序：“魏明帝青龙元年八月，诏宫官辖车取汉孝武捧露盘仙人，欲立置前殿。宫官既拆盘，仙人临载，乃潸然泪下。”歌中有“空将汉月出宫门，忆君清泪如铅水。衰兰送客咸阳道，天若有情天亦老”句。

岳鄂王墓二首①

今古含冤地，孤臣旧死忠。
已成三字狱，竟废十年功②。
匡复凭诸将，沉沦念故宫。
六陵残毁后，泉壤泣英雄③！

大将回戈日，中原陷敌时④。
朝廷输币帛，父老望威仪⑤。
天意竟如此，神灵俨在兹⑥。
千秋见孤愤，认取向南枝⑦。

① 岳鄂王，即岳飞，南宋抗金名将，被宋高宗、秦桧以“莫须有”罪名杀害。宋孝宗为之平反昭雪，改葬于西湖栖霞岭。宋宁宗时追封鄂王。详见朱彝尊《岳忠武王墓》诗注。

② 三字狱，《宋史·岳飞传》：“狱之将上也，韩世忠不平，诣桧诘其实。桧曰：‘飞子云与张宪书虽不明，其事体莫须有。’世忠曰：‘莫须有三字，何以服天下！’”莫须有，当时口语，说不定有。十年功，绍兴十年（1140），岳飞大败金兀术于朱仙镇，方指日渡河，秦桧乞令班师。“一日奉十二金字牌，飞愤惋泣下，东向再拜曰：‘十年之力，废于一旦！’飞班师，民遮马恸哭……飞亦悲泣，取诏示之曰：‘吾不得擅留。’哭声震野”。

③ 六陵，南宋高宗、孝宗、光宗、宁宗、理宗、度宗陵墓。元世祖至元二十一年，西域僧人杨琏真伽发掘越中南宋诸帝后妃陵墓，骸骨尽弃草野。参

见钱谦益《题宋徽宗杏花村图》诗注。英雄，指岳飞。二句谓六陵遭到残毁，岳飞在泉壤仍会为之哭泣。

④ 回戈，指岳飞被迫班师。

⑤ 朝廷输币帛，宋高宗绍兴十一年，南宋与金“议和”，向金称臣，放弃淮河以北广大地区，东以淮河西以大散关为宋金边界，宋每年向金贡纳银二十五万两，绢二十五万匹，称为“岁贡”。是为绍兴和议。宋孝宗隆兴二年（1164），与金续订和约，议定宋金为叔侄之国，改“岁贡”为“岁币”，银绢各减五万。是为隆兴和议。父老望威仪，《后汉书·光武帝纪》：更始元年，刘秀为司隶校尉，入长安。“老吏或垂涕曰：‘不图今日复见汉官威仪！’”《晋书·桓温传》：东晋穆帝永和十年（354），桓温北伐。大军进至霸上，耆老感泣曰：“不图今日复见官军！”句意谓统治者只顾向敌人称臣纳贡，中原父老却希望能见到宋军。

⑥ 俨，庄严貌。

⑦ 孤愤，孤行愤恨。陆机《辨亡论》有“忠臣孤愤”语。向南枝，据传岳坟松柏枝皆南向。二句谓试看岳坟松柏树枝南向，即可见岳王的千秋孤愤。

★此诗归愚弟子顾诒禄有和作云：“大将星芒落，沉冤向此中。十年劳战伐，三字泣英雄。复见神州陷，虚期漠北空。钱唐司马在，相对泣孤忠。”论工整则弟子不让于师，只是“十年”二句与沈作辞意犯复，为唱和诗作之忌。诗中钱唐司马指明代抗敌英雄于谦，其墓与岳墓相邻。于谦曾为兵部尚书，古代大司马掌管军事，故明清用作兵部尚书的别称。

春日村行

果腹竟何事，萧然曳杖行[①]。
闲共白云往，步寻流水声。
墟烟凝雨重，耕犊负犁轻。
独立板桥望，春山面面横。

① 果腹，饱腹。

平靖关[1]

荆豫分疆处，天然屹此关[2]。
断崖通一线，绝顶控千山。
地险风云壮，时清戍守闲。
当年龙战日，飞鸟尚难还[3]。

①平靖关，在今河南信阳县西南桐柏山上，与湖北应山县邻界。其地贯通南北，形势险要。西魏大统十七年（551）设关，驻兵防守。

②荆，荆州，指今湖北省。豫，豫州，指今河南省。平靖关南为湖北，北为河南。

③龙战，《易·坤》："龙战于野，其血玄黄。"后用以指群雄争战。

★诗前六句雄浑谨严，惜收句乏力，遂使全诗告败。

观音阁[1]

厜㕒峭壁耸云端，高阁千寻俯激湍[2]。
隔岸潮声凭槛听，过江山色卷帘看。
雕盘寥廓秋风急，帆入空濛夕照残。
极目长天杳无际，楚云漠漠不胜寒。

①观音阁，在南京城北观音山上，北临大江，峭壁陡绝，其下即燕子矶。

②厜㕒（zuī wéi），高峻貌。

夜月渡江[1]

万里金波照眼明，布帆十幅破空行。
微茫欲没三山影，浩荡还流六代声[2]。
水底鱼龙惊静夜，天边牛斗转深更[3]。

长风瞬息过京口，楚尾吴头无限情[④]。

① 渡江，似是由南京过江至瓜洲前往扬州。

② 三山，在南京市西长江东岸。六代，即三国吴、东晋、南朝宋、齐、梁、陈，并建都金陵，今南京。

③ 牛斗，二十八宿中的二宿，上半夜出现在东南天空。

④ 京口，即镇江。楚尾吴头，见王士禛《江上》诗注。古人诗中，自湖北黄石至江西九江、安徽安庆等地，多处被称为吴头楚尾；南京镇江已纯属吴地，仍称为吴头楚尾甚为不妥。

吴山怀古[①]

夫差曾报阖闾仇，宋室南迁事竟休[②]。
和议有人增岁币，偏安无诏复神州[③]。
中朝已洒苌弘血，塞北空闻杜宇愁[④]。
莫上凤凰山上望，冬青谁认旧陵丘[⑤]！

① 吴山，在杭州城南，左带钱塘，右瞰西湖，为杭州名胜。

② “夫差”二句：春秋时代吴王阖闾在槜李为越王勾践所败，伤趾而死。后其子夫差打败越国，报槜李之仇。北宋靖康二年（1127），金人陷汴京，虏徽、钦二帝北去，徽宗第九子康王赵构南奔即位，即宋高宗，都于临安（今杭州），苟且偏安，始终未能雪靖康之耻。

③ “和议”二句，详前《岳鄂王墓》诗注。

④ 苌弘，春秋时周敬王大夫，忠而被杀。见《国语·周语》。又，《庄子·外物》：“苌弘死于蜀，藏其血，三年化而为碧。”此用以比喻岳飞被害。杜宇，鸟名，传为蜀帝杜宇之魂所化。此指徽、钦二宗先后死于金国。

⑤ 凤凰山，在杭州城南，南宋宫廷所在。“冬青”句，谓宋亡之后，宋皇陵都被发掘。唐珏、林景熙等收诸帝后遗骨葬于会稽山中，树冬青一株于其上以为标志。详见钱谦益《题宋徽宗杏花村图》诗注。

晓　起

疏星淡已无，纤月犹木杪[①]。
天末明霞生，烟中散群鸟。

① 纤月，此阴历月底，天明时残月犹在木杪。

过许州[①]

到处陂塘决决流，垂杨百里罨平畴[②]。
行人便觉须眉绿，一路蝉声过许州。

① 许州，今河南许昌。
② 决决，流水声。罨（yǎn），掩覆。

雨泊话旧

寒雨萧萧夜打篷，篷窗相对一灯红。
十年无限存亡感，并入空江夜雨中。

裘曰修

裘曰修，字叔度，号诺皋，江西新建人。清高宗乾隆元年丙辰（1736）荐举博学鸿词，四年己未（1739）成进士。官至工部尚书，加太子少傅，谥文达。

题陆包山仿王叔明高士听泉图①

老龙夜吼涛声起，近听却在松风里。
鈚铮淅沥和者谁，流泉一派清入耳②。
洞庭毋乃仙乐张，细叶宫商调角徵③。
广陵散绝经千年，儿女筝琶徒靡靡④。
幽人意态畴为传，披图云是包山子⑤。
有元巨手数黄鹤，旷代高情工写此。
横斜落纸远逼真，毫芒底用求形似⑥。
莫言不见并不闻，有声悟得无声旨⑦。
万籁俱息山空空，溅玉跳珠鸣不已⑧。
何当谱入无弦琴，志在高山在流水⑨？

①陆包山，明末清初画家陆治，字叔平，吴县人；居包山，因号包山子，后又隐居支硎山。工画山水。王叔明，即王蒙，元末画家，字叔明，湖州人，赵孟頫外孙。隐居临平黄鹤山，因号黄鹤山樵。明初任泰安知州，受胡惟庸案牵连，死于狱中。与黄公望、吴镇、倪瓒，合称元四家。

②鈚铮、淅沥，皆象声词，词并出欧阳修《秋声赋》，写秋声，此用以状泉声。“老龙”二句写风声，引出“鈚铮”二句，写泉声。

③“洞庭”句，《庄子·天运》：“帝张咸池之乐于洞庭之野。”《庄子》书中洞庭为广漠之意，与湖南洞庭无关。“细叶”句：中国古代五音为宫、商、角、徵（zhǐ）、羽，诗中为叶韵只说宫商角徵。

④广陵散，琴曲名。三国魏末嵇康为司马昭所杀。临刑，“康顾视日影，索琴弹之，曰：昔袁孝尼尝从吾学《广陵散》，吾每靳固之，《广陵散》于今绝矣！”见《晋书·嵇康传》。儿女，此指一般乐伎。筝琶，泛指弦乐器。句意谓美妙的泉声，也许《广陵散》可以相比，而《广陵散》绝响千年，一般筝琶之音皆不足听。“洞庭”以下四句，写从画中“聆听”到的流泉之声。

⑤幽人意态，指高士听泉的意态。畴，谁。

⑥横斜落纸，指画家的笔势。底用，何用。

⑦不见并不闻，指从画中既看不到真正的流泉，也听不到声音。有声悟得无声旨，似应作“无声悟得有声旨”，即从无声的图画中悟得有声流泉的旨趣。

⑧万籁，指各种声音。溅玉跳珠，指流泉激起的水珠，也指其仿佛发出的声音。

⑨无弦琴，萧统《陶渊明传》：“渊明不解音律，而蓄无弦琴一张，每酒适，辄抚弄以寄其意。”志在高山在流水，《列子·汤问篇》：“伯牙善鼓琴，钟子期善听。伯牙鼓琴，志在高山，钟子期曰：‘善哉，峨峨兮若泰山！’志在流水，钟子期曰：“善哉，洋洋兮若江河！’”

盛 锦

盛锦，字庭坚，吴县人，诸生。沈归愚弟子。有《青楼诗钞》。

登忠山谒武侯祠①

瘴烟开晓雾，振策上忠山。
霸气馀三国，江声走百蛮。
悬崖祠屋古，划地阵图闲②。
桧柏阴风起，疑提铁骑还③。

①武侯祠，蜀汉诸葛亮庙。忠山，由诗中“江声”、“阵图”、“桧柏”等推知，此武侯祠当即杜甫《古柏行》所咏之孔明庙，在夔州（今四川奉节）江岸山上，山即名忠山。

②悬崖祠屋古，仿杜甫《山寺》诗“悬崖置屋牢”句。阵图，传为诸葛亮所布八阵图，故址在夔州永安宫前江畔，聚石成堆，纵横棋布，夏天水涨淹没，冬日水退又复出现。

③“桧柏”二句，与金郝居中《题五丈原武侯庙》“夜深老木风声恶，尚想褒斜万马来”创意相同，无其气势。

周准

周准（？—1756），字钦莱，号迂村，浙江钱塘（今杭州）人，长洲籍诸生。曾受业于沈归愚，并与沈氏及翁照共辑《国朝诗别裁集》（即《清诗别裁》）。乾隆二十一年丙子卒。有《迂村漫稿》。

宿灵隐寺香阁晓起眺望[①]

晚从冷泉游，遂止招提境[②]。
入门闻清钟，孤阁夜方永。
倾耳听泉声，声喧意弥静。
朝来小雨过，宿雾散高岭。
凭窗见层峰，涧壑殊清迥。
不知晓云过，但觉衣裳冷。
清飙动林薄，初日照山影[③]。
行当访韬光，直上松云顶[④]。

① 灵隐寺，在杭州西北灵隐山麓，东晋咸和间始建。

② 冷泉，在杭州飞来峰下。招提，佛寺。

③ 清飙，清风。林薄，林木丛生。

④ 韬光，庵名，在灵隐山北高峰上，寺楼正对钱塘江，江尽处即见大海，为韬光观海胜景。

缘天都峰趾度云巢洞上升仙梯遂憩文殊院[①]

天都信岧峣，特立若翠屏。
取径过其趾，俯仰皆奥境[②]。
松石俱象形，岩峦类盘绠[③]。
将陟目屡眩，恐坠心更警。
行经阴洞中，恍惚陷深井[④]。
须臾从井出，冉冉首露顶。
睥盼多创遘，不类人世景[⑤]。
境断缘梯升，气逼毛骨冷[⑥]。
意坚斯有获，出险真自幸。
向晚憩禅扉，一灯照孤影[⑦]。

① 天都峰，安徽黄山最高峰，云巢洞，升仙梯，文殊院，皆上天都胜景。
② 取径过其趾，写缘天都峰脚上山。
③ 绠，汲水器上的绳索。句意谓层层的岩峦像盘着绳索。
④ 行经阴洞中，写度云巢洞。
⑤ 睥，斜视。
⑥ 境断缘梯升，写出云巢洞上升仙梯。
⑦ 向晚憩禅扉，写晚憩文殊院。

行经拂水山庄[①]

扁舟泛泛越南沙，倚杖愁临涧路斜。
孝穆荒斋犹竹石，总持故宅尚莺花[②]。
名高那许遗缨绂，情重难教弃室家[③]。
太息百年同逝水，凄凉还为惜才华。

① 拂水山庄，在江苏常熟虞山，钱谦益庄园。

② 孝穆，南朝徐陵，字孝穆，在梁官东宫学士，入陈历尚书左仆射，丹阳尹，中书监。其诗《山斋》云："山寒微有雪，石路本无尘。竹径蒙笼巧，茅斋结构新。"总持，南朝江总，字总持，仕梁官太子中舍人，在陈官至祠部尚书、尚书仆射，授尚书令；陈亡又入隋。其诗《南还寻草市宅》云："见桐犹识井，看柳尚知门。花落空难遍，莺啼静易喧。"徐陵、江总都是官于前朝而又入新朝者，诗中并以喻钱谦益。按，徐陵、江总与陈霸先在梁朝实系同僚，梁太平二年（557）即陈永定元年陈霸先"受禅"建陈，徐、江亦随之官于新朝，不存在投降的问题。到陈后主降隋，江总亦相从入隋。情况都与钱谦益降清大不相同。清朝以军事手段灭掉明朝，对中原人民尤其是对江南人民进行了残酷的大屠杀，钱谦益作为明朝的礼部尚书率先投降，觍颜事敌，是极其卑鄙无耻的行为。

③ 缨绂，冠缨和印绶，代指官宦。

★钱谦益学问文章，在明末清初处于"四海宗盟"的地位，而骨格卑下，明亡之后降顺清朝，却并不得意。诗中给予委婉的批判，而又不无惋惜。沈德潜评此诗云："咏此题者，不免过于发露。作者婉约出之，不知微言讽谕过于显斥也。此诗品高下之分。"

顾诒禄《虞山经拂水山庄》诗，实与周准唱酬之作。诗云："平泉竹石久凋零，寂寞空山户尽扃。啼鸟尚来江令宅，苍苔欲没子云亭。生前名字传钩党，身后文章见典型。输与东皋瞿给事，千秋汗简自垂青。"瞿给事，即瞿式耜，明崇祯时擢户科给事中。后奉桂王于桂林，永历四年（1650），壮烈殉国。式耜与钱谦益同乡，甚有交谊，后来结果却大不相同。顾诒禄与周准同出于沈归愚之门，故诗风亦相近。顾诒禄，字禄百，长洲（今苏州）人。有《吹万阁诗钞》。

陈 魁

陈魁，字经邦，长洲（今苏州）人。诸生，亦沈归愚弟子。

月夜闻笛

裂竹苍龙吼，飞声入暮林①。
谁将折柳曲，吹我故园心②。
风雨有时作，江湖此夕深。
倚楼人不见，规月吐遥岑③。

①苍龙吼，喻笛声。

②“谁将”二句，用李白《春夜洛阳闻笛》诗“此夜曲中闻折柳，何人不起故园情”句意。

③倚楼人，指吹笛人。规月，圆月。

访沈石田旧居①

故里荒祠在，乡邻尚典型②。
浮云看富贵，介石寄丹青③。
世路怜皆浊，吾生任独醒④。
弋人何所慕，鸿渐久冥冥⑤。

①沈石田，明代书画家沈周，字启南，号石田，江苏长洲（今苏州）人。其画师董源、巨然，与唐寅、文征明、仇英并称明代四大家。

②尚，崇仰。典型，《诗·大雅·荡》：“虽无老成人，尚有典型。”典型原

意犹成法，引申为典范，模范。

③ 浮云看富贵，《论语 · 述而》子曰：“不义而富且贵，于我如浮云。”介石，坚确的石头。《易 · 豫》：“介如石，不终日。”后用于喻坚贞的操守。范仲淹《和谢希深学士见寄》诗：“心焉介如石，可裂不可夺。”

④ “世路”二句，语本《楚辞 · 渔父》：“屈原曰：‘举世皆浊我独清，众人皆醉我独醒，是以见放。”

⑤ 弋，带有小绳的箭。弋人，射鸟的人。鸿渐，鸿愈飞愈高。词语原于《易 · 渐》“鸿渐于干”。冥冥，高远的天空。扬雄《法言 · 问明》：“鸿飞冥冥，弋人何篡焉。”篡（cuàn），夺取。《后汉书 · 逸民传》引此文，李贤注：“篡，或作慕。”慕，想得到。张九龄《感遇》诗：“今我游冥冥，弋者何所慕。”

翁 照

翁照（1677—1755），字朗夫，号霁堂，江苏江阴人。清高宗乾隆元年丙辰（1736）荐举博学鸿词，不赴，终身只做过大学士高晋、嵇洪的幕僚。

涵秋亭小憩怀师十五南塘

疏林过微雨，返照明残滴。
独立野亭中，萧然起寒色。
澄湖落雁斜，古渡啼鸦寂。
不见远归人，楚天淡秋碧。

梅花坞坐月

静坐月明中，孤吟破清冷。
隔溪老鹤来，踏碎梅花影。

朱受新

朱受新（？—1756），字念祖，江苏吴县人。诸生。有《木鸢诗稿》。

独处怨

月中自顾娉婷影，镜里谁怜憔悴容[①]。
永夜制衣金剪冷，秋风万里度卢龙[②]。

① 娉婷，体态美貌。

② 永夜，长夜，深夜。卢龙，关塞之名，在今河北喜峰口一带。此泛指边塞。深夜为丈夫裁制寒衣，因念遥远的边塞已是秋风万里。

仓央嘉措

罗布藏·仓央嘉措（1683—1706？），即六世达赖喇嘛，西藏山南错那门隅人，出身牧民家庭。康熙三十六年（1697）被西藏第巴桑结嘉措选定为六世达赖喇嘛。照藏传佛教，通常在达赖去世后，即寻找转世灵童，但康熙二十二年（1683）五世达赖死后，第巴桑结嘉措秘不发丧，十五年后才确定六世达赖。仓央嘉措进入布达拉宫，不惯于僧侣生活，常微服外出，与民间女子爱恋。第巴桑结嘉措与蒙古拉藏汗长期争夺权力，康熙四十四年（1705）发生战争，桑结嘉措失败被杀，拉藏汗另立傀儡第巴隆素，并上奏清廷，以仓央嘉措“耽于酒色，不守清规”，不是真达赖灵童。清圣祖恐仓央嘉措被拉藏汗和第巴隆素杀害，诏令解送京师。康熙四十五年仓央嘉措行至青海湖滨神秘去世，年仅二十四岁。后来有各种传说，谓仓央嘉措实未曾死，从青海湖边逃出，易姓名云游各地，后终于山西五台山。仓央嘉措是西藏历史上杰出诗人，所作尽是情歌，有《仓央嘉措情歌集》。二十世纪六十年代上海作家尚丁创作诗剧《仓央嘉错》，甚为精彩。

情歌四首①

醴泉甘露和流霞，不是寻常卖酒家。
空女当垆亲赐饮，醉乡开出吉祥花②。

“情到浓时起致辞，可能长作玉交枝？”
“除非死后当分散，不遣生前有别离③！”

曾虑多情损梵行，入山又恐别倾城。
世间安得双全法，不负如来不负卿[④]！

但曾相见便相知，相见何如不见时？
安得与君相诀绝，免教辛苦作相思。

① 选自《仓央嘉措情歌全集》，文化艺术出版社 2010 年版。原作系藏文，选文为曾缄译作。情歌凡六十六首，所选为其中第二十、第二十三、第二十四、第六十六首。

② 空女，曾缄原注："空行女是诸佛眷属，能福人。"

③ "情到浓时"一首，曾缄原注："前二句是问词，后二句是答词。"按，前二句女问男，后二句男答女。

④ 梵行，犹言佛家规范。如来，佛祖释迦牟尼。

★曾缄（1892—1968），字慎言，四川叙永人，民国六年（1917）毕业于北京大学中文系，曾在蒙藏委员会任职，搜集整理仓央嘉措情歌，译为汉文，编为《六世达赖仓央嘉措情歌全集》。曾缄并有咏仓央嘉措七古长歌《布达拉宫词》传世。

黄 任

黄任（1683—1768），字莘田，号十砚老人，福建永福（今福建永泰）人。清圣祖康熙四十一年壬午（1702）举人。雍正二年甲辰（1724）官四会知县，兼摄高要县事。被人劾以“纵情诗酒”，“懒漫不亲政”，罢归乡里。乾隆三十三年卒，年八十六。诗学杜牧、李商隐，清新俊逸，以绝句擅长。有《秋江集》《香草斋诗钞》。

西湖杂诗四首①

珍重游人入画图，楼台绣错与茵铺②。
宋家万里中原土，换得钱塘十顷湖③。

画罗纨扇总如云，细草新泥簇蝶裙④。
孤愤何关儿女事，踏青争上岳王坟⑤！

梅花亦作黍离看，野水荒坟绕一湾⑥。
肠断黄金台上客，更传天语到孤山⑦。

珠襦玉匣出昭陵，杜宇斜阳不可听⑧。
千树桃花万条柳，六桥无地种冬青⑨！

① 西湖，杭州西湖，自唐代以来即为风景胜地。大诗人白居易、苏轼都曾为杭州太守，由于他们的歌咏使西湖名闻天下。南宋都于临安以后，西湖山水

园林更大为发展，不啻成为皇家苑囿。统治者在此嬉游宴乐，醉生梦死，不仅未能恢复中原，最后连半壁江山也未能守住。诗写西湖，实感叹南宋时事。

② 茵，车垫，也指褥子，喻绿草。《湖山胜概》："堤间桃柳，芳草铺茵。"与，《广雅》："与，如也。"一作"似"。

③ "宋家"二句，谓南宋统治者丢弃中原，却沉溺于十顷西湖的享乐。

④ "画罗"二句，写年青妇女游春的景象。

⑤ 孤愤，陆机《辨亡论》："忠臣孤愤。"谓忠贞而不被理解因而忧愤，诗中指岳飞精忠报国却衔冤被害之恨。儿女，年青女子。争，怎么。岳王坟，岳飞坟墓。南宋抗金名将岳飞，曾大败金兵，恢复中原在望。宋高宗赵构与奸相秦桧为取悦金人，以十二道金牌召回岳飞，并以"莫须有"罪名加以杀害。死后葬西湖栖霞岭下。

⑥ 黍离，《诗·王风》篇名。诗序云："黍离，闵宗周也。周大夫行役至于宗周，过故宗庙宫室，尽为禾黍，闵周室之颠覆，彷徨去而作此诗也。"后常以"黍离"指对故国的哀思。荒坟，指林和靖墓。林和靖，北宋诗人，爱梅因以咏梅诗著称。死葬西湖孤山。

⑦ 黄金台，代指燕京，即元代大都。宋恭帝赵显德祐二年（1276）被元军俘虏北去，时年仅六岁，在大都十二年，后被送往甘州出家。在大都时曾作诗云："寄语林和靖，梅花几度开？黄金台下客，应是不归来！"赵显想到孤山的梅花亦引起对故国的哀思，故首句云"梅花亦作黍离看"。林和靖自然只有坟墓在，故次句云"野水荒坟绕一湾"。

⑧ 珠襦玉匣，即金缕玉衣，帝王的殉葬物。《西京杂记》："汉帝送死，皆珠襦玉匣。"昭陵，唐太宗陵墓，此代指南宋诸帝陵。元至元二十一年（1284），元僧杨琏真伽尽发越中南宋诸帝陵墓，掠其珠宝，暴其遗骸。"珠襦玉匣出昭陵"即指此。

⑨ 六桥，西湖六座名桥，代指西湖。冬青，宋诸帝陵墓被挖掘后，白骨抛散。宋遗民唐珏、谢翱、林景熙、郑宗仁等，收其遗骨，瘗于会稽山中，并自宋故宫移种冬青一株于其上以为标志。详见钱谦益《题宋徽宗杏花村图》诗注。六桥无地种冬青，谓西湖胜地，竟无南宋诸帝埋骨之所。

题　画

桃花灼灼水潺潺，隔断千山与万山。

生怕渔郎漏消息，不流一片到人间[①]。

① 桃花流水画境，诗人即幻想为桃花源，故诗全用桃花源故事。陶渊明《桃花源记》写武陵渔人误入桃花源，其中人自言先世避秦时乱来此绝境，遂与外人间隔。渔人出后，诣太守说如此，太守即遣人随其往，不复得路。

彭城道中二首[①]

天子依然归故乡，大风歌罢转苍茫[②]。
当时何不怜功狗，留取韩彭守四方[③]？

戏马台南日又残，名骓欲返故乡难[④]。
江东父老空惆怅，不得君王昼锦看[⑤]！

① 彭城，今江苏徐州，楚项羽都于此。楚汉相争时彭城多次发生激战。刘邦家乡沛县丰邑（今江苏沛县）与彭城亦邻近。

② “天子”二句：汉十二年（前 195）十月，汉高祖击鲸布还归过沛，置酒沛宫，悉召故人父老子弟纵酒酣饮。自为歌诗曰：“大风起兮云飞扬，威加海内兮归故乡，安得猛士兮守四方！”歌罢慷慨伤怀，泣数行下。见《史记·高祖本纪》。

③ 功狗，汉五年，刘邦大封功臣，以萧何功最盛。群臣问之，刘邦解释说：“夫猎，追杀兽兔者狗也，而发踪指示兽处者人也。今诸君徒能得走兽耳，功狗也；至如萧何，发踪指示，功人也。”见《史记·萧相国世家》。此处“功狗”即指韩彭。韩信、彭越，皆汉初名将，后皆为刘邦所杀。功狗一作“弓狗”。《史记·淮阴侯列传》：汉六年，人有上书告楚王韩信谋反，刘邦乃伪游云梦，擒韩信。信曰：“果若人言：狡兔死，走狗烹；高鸟尽，良弓藏；敌国破，谋臣亡。天下已定，我固当烹！”作“弓狗”亦通，但“功狗”讽刺意味更浓。

④ 戏马台，在徐州，为项羽遗迹。日又残，指日暮，亦喻项羽失败。骓（zhuī），项羽坐骑之名。汉五年，项羽垓下被围时作歌，有“时不利兮骓不逝”之句。参见徐倬《项王祠》诗注。

⑤ “江东”二句：秦亡之后，有人劝项羽都于关中。项羽心怀思欲东归，曰：“富贵不归故乡，如衣绣夜行，谁知之者！”因东归都于彭城。五年之后，与刘邦争天下失败，自垓下突围至乌江，乌江亭长劝项羽急渡，项羽自以无面目见江东父老，乃与汉军死战后自杀。见《史记·项羽本纪》。

华希闵

华希闵，字豫原，无锡人。清圣祖康熙五十九年庚子（1720）举人。有《延绿阁集》。

山居月夜

苍翠落虚牖，坐对龙山峰[①]。
忽看峰际月，已挂溪头松。
月高淡星汉，倒影溪流中。
境静尘俗屏，人闲眺听空。
泯心欲忘我，如游上皇风[②]。
此时何所有，云外闻疏钟。

①龙山，中国名龙山者甚多，此未详所指。

②泯心，泯灭思虑。忘我，《庄子·齐物论》，南郭子綦自言“今者吾丧我”，郭象注：“吾丧我，我自忘矣。我自忘矣，天下有何物足识哉。故都忘外内，然后超然俱得。”上皇风，远古淳朴之境。陶渊明《与子俨等疏》：“尝言五六月中北窗下卧，遇凉风暂至，自谓是羲皇上人。”

许廷鑅

许廷鑅，字子逊，江苏长洲（今苏州）人。清圣祖康熙五十九年庚子（1720）举人，官武平知县。有《竹素园诗》。

芜城感旧二首[①]

雷塘春尽草如烟，落拓江湖又一年[②]。
吟遍吹箫桥畔路，无人知有杜樊川[③]！

三千殿脚总如花，断粉零香散暮霞[④]。
唯有离宫旧明月，夜深还上玉钩斜[⑤]。

① 芜城，即广陵，今江苏扬州。因鲍照《芜城赋》而别称芜城。

② 雷塘，在今扬州城北。唐高祖武德五年（622）改葬隋炀帝于此。杜牧《扬州》诗："炀帝雷塘上，迷藏有旧楼。"落拓，穷困放浪。杜牧《遣怀》诗有"落魄江湖载酒行"句。落魄，同"落拓"。

③ 吹箫桥畔，杜牧《寄扬州韩绰判官》诗："二十四桥明月夜，玉人何处教吹箫？"杜樊川，即杜牧，此诗人自比。

④ 殿脚，隋炀帝游江都，所乘龙舟，上设正殿、内殿，浮景九艘，皆水殿；又有漾彩、朱鸟、苍螭、白虎等数千艘随行，征用挽船民工八万馀人；其挽漾彩以上者九千馀人，谓之殿脚。见《隋书·食货志》。又征民间十五六岁女子五百人，为之牵挽，谓之殿脚女。见《开河记》。此指殿脚女。

⑤ 离宫，皇帝临时居住的宫殿。玉钩斜，隋炀帝在扬州葬宫人之处。二句仿刘禹锡《石头城》诗"淮水东边旧时月，夜深还过女墙来"。

移居别池上桃花

萧萧竹树绕亭斜，镇日关门但看花。
苦为小红添别思，不知身尚在天涯[①]。

① 小红，宋光宗绍兴十年（1140）姜夔谒范成大于石湖，范成大以青衣小红为赠。姜夔归过垂虹，作诗有“小红低唱我吹箫”之句。此指桃花，称为小红，是有意将花人格化以添情趣。

重过东园别墅感旧作[①]

午桥庄闭少追游，树色波光带雨愁[②]。
今日羊昙头白尽，尚零衰泪过西州[③]！

① 东园别墅，待考，此必于子逊有恩的师长故居。

② 午桥庄，唐裴度别墅，故址在今河南洛阳南。

③ “今日”二句：晋孝武帝太元十年（385），谢安疾笃，自新城还都。“闻当舆入西州门，自以本志不遂，深自慨失”。回京不久即去世。“羊昙者，太山人，知名士也，为安所爱重。安薨后，辍乐弥年，行不由西州路。尝因石头大醉，扶路唱乐，不觉至州门。左右白曰：‘此西州门。’昙悲感不已，以马策扣扉，诵曹子建诗曰：‘生存华屋处，零落归山丘！’恸哭而去”。见《晋书·谢安传》。按，羊昙为谢安外甥。西州门，故城在今南京台城西。

戴　亨

戴亨，字通乾，号遂堂，辽阳人。清圣祖康熙六十年辛丑（1721）进士，官齐河知县。有《庆芝堂诗》。

雨过山斋

山斋雨乍晴，新月照茅屋。
万籁寂不喧，残声滴疏竹。

马曰琯

马曰琯（1686—1755）[①]，字秋玉，号嶰谷，安徽祁门人。与弟马曰璐于扬州建小玲珑山馆，以藏书极富闻名。同沈德潜、厉鹗、杭世骏等并有交谊。有《沙河逸老小稿》。

① 马曰琯《寿高西堂五十》诗云："十五论交今五十，与君同调复同庚。"诗作于乾隆二年丁巳（1737），上推五十年，则生于康熙二十五年丙寅（1686）。其《哭高西堂》诗首二句云："垂髫交契失高贤，傲岸夷犹七十年。"末二句云："同调同庚留我在，临风那得不潸然。"诗作于乾隆十八年癸酉（1753），上推七十年，则生于康熙二十一年壬戌（1682）。两证不同，相差四年。按，寿五十为的五十，夷犹七十举其成数，应以前证为准，生于康熙二十五年丙寅（1686）。又，陈章《沙河逸老小稿序》作于乾隆二十二年丁丑（1757）三月，称"前年嶰谷下世"，前年为乾隆二十年乙亥（1755）。马曰璐有《乾隆癸酉季夏，同人集小漪南观荷，先兄嶰谷有"老却凭阑几许人"之句。阅二年，先兄及园主人先后下世》诗。癸酉为乾隆十八年（1753）。阅二年亦乾隆二十年乙亥（1755）。嶰谷于是年去世。

春江渔父词同半查作

五湖三泖烟波宅，燕子来时春水碧[①]。
莼丝采罢荇徐牵，隔岸桃花红欲滴[②]。
蓑笠由来是水仙，鸬鹚鸂鶒伴闲眠[③]。
青山倒影低昂见，潮落潮生不计年。
篷窗沽酒空濛里，一声渔笛沧浪起。
纶竿收得寂无人，明月烟江照千里[④]。

① 五湖，《国语·越语下》“战于五湖”，即今江苏太湖。三泖，湖名，在江苏松江县西。原与太湖相通，今已淤塞。

② 莼、荇，两种水生植物。

③ 蓑笠，蓑衣与笠，渔夫常用雨具，此代指渔父。鸬鹚（lú cí），即鱼鹰，湖区常饲养用以捕鱼。鸂鶒（xī chì），又名紫鸳鸯。两种皆太湖常见水鸟。

④ 纶，钓丝。纶竿，钓鱼竿。

金　农

金农（1689—1763），字寿门，又字司农，号冬心先生、曲江外史等，浙江钱塘（今杭州）人。清高宗乾隆元年丙辰（1736）荐举博学鸿词，赴京未就而返。工金石书画，久客扬州，与郑燮、汪士慎、黄慎、李鱓、李方膺、高翔、罗聘，称“扬州八怪”。有《冬心先生集》。

题瘦马图

古战场边数箭瘢，悲凉老马忆桑干①。
而今衰草斜阳里，人作牛羊一例看！

①数箭瘢，指老马身上的箭伤，图中老马必为战马。桑干，河名，自山西北部流入河北省西北，下游即永定河。李白《战城南》诗：“去年战，桑干源；今年战，葱河道。”此泛指边塞。

★穷年老境，往事阑珊，“人作牛羊一例看”，英雄落魄，何限凄凉！

咏秋荷

渚宫水殿客依稀，不信人间秋渐非①。
连日败荷伤夜雨，暗销青盖落红衣②。

①渚宫，先秦楚国宫名，故址在今湖北江陵县境。
②青盖，指荷叶。红衣，指荷花。赵嘏《长安秋望》诗有“红衣落尽渚莲愁”句。

厉　鹗

厉鹗（1692—1752），字太鸿，又字雄飞，号樊榭，浙江钱塘（今杭州）人。清圣祖康熙五十九年庚子（1720）举人，明年试进士不第。高宗乾隆元年丙辰（1736）荐举博学鸿词，以试卷违反程式被黜，时年四十有五。十二年后依例选县令，应铨入都，行至天津，查为仁留同撰周密《绝妙好词笺》，遂不进京。后馆于扬州马曰琯马曰璐小玲珑山馆有年。乾隆十七年卒，年六十一。

厉樊榭是继朱彝尊查慎行之后浙派诗词主要作手，格局较朱、查狭窄，宗宋倾向更为突出。其诗风格清雅幽峭，以模写浙江杭州一带风光景物擅场。所辑《宋诗纪事》，为清代发扬宋诗著作之一。有《樊榭山房全集》。

灵隐寺月夜①

夜寒香界白，涧曲寺门通②。
月在众峰顶，泉流乱叶中。
一灯群动息，孤磬四天空③。
归路畏逢虎，况闻岩下风④。

①灵隐寺，在杭州西湖灵隐山麓。始建于东晋咸和年间。诗作于康熙五十五年丙申（1716）。

②香界，佛地，泛指寺院。白，指月光。

③群动息，各种物类活动都已静息。语本陶渊明《饮酒》诗“日入群动息”。磬，佛寺中乐器名。四天，佛家四禅天的简称，此泛指天空。

④“归路”二句：《易·乾》：“云从龙，风从虎。”佛家故事多与虎联系，

故闻岩下风即疑有虎。

晓登韬光绝顶[①]

入山已三日，登顿遂真赏[②]。
霜蹬滑难践，阳崖曦乍晃[③]。
穿漏深竹光，冷翠引孤往[④]。
冥搜灭众闻，百泉同一响[⑤]。
蔽谷境尽幽，跻颠瞩始爽[⑥]。
小阁俯江湖，目极但莽苍[⑦]。
坐深香出院，青霭落池上[⑧]。
永怀白侍郎，愿言脱尘鞅[⑨]。

① 韬光，寺名，在杭州北高峰上，传唐僧人韬光卓锡于此，故名。寺楼可远眺钱塘江，江尽处即大海，称韬光观海。此与《灵隐寺月夜》为同时之作。

② 登顿，上下，行止。谢灵运《过始宁墅》诗："山行穷登顿，水涉尽洄沿。"遂，成，实现，达到。真赏，本意为真正赏识。《梁书·王筠传》："知音者希，真赏殆绝。"诗中犹言最美的赏玩。

③ 曦，阳光。乍晃，刚刚出现。晃，明也。

④ 孤往，独自前往。陶渊明《归去来兮辞》："怀良辰以孤往。"

⑤ 冥搜，暗中搜索。孙绰《天台山赋》："非夫远寄冥搜笃信通神者，何肯遥想而存之。"众闻，各种声响。

⑥ 跻颠，登上山顶。瞩，望。

⑦ 莽苍，空旷迷蒙貌。

⑧ 坐深，坐久。青霭，青色云气。江淹《秋夕纳凉》诗："虚堂起青霭，崦嵫生暮霞。"

⑨ 白侍郎，即白居易，曾为刑部侍郎。白为杭州太守时，尝与韬光唱和。愿言，希望，但愿。"言"字助词无义。鞅（旧读 yǎng 今读 yāng），套在马颈马腹的皮带，代指车驾。脱尘鞅，即解脱世务。

晓至湖上[①]

出郭晓色微，临水人意静。
水上寒雾生，弥漫与天永[②]。
折苇动有声，遥山淡无影。
稍见初日开，三两列舴艋[③]。
安能学野凫，泛泛逐清景[④]。

① 湖，杭州西湖。诗作于康熙五十七年戊戌（1718）。

② 永，长也，远也。

③ 舴艋（zé měng），一种小船。

④ 野凫，野鸭。泛泛，浮游之貌。《楚辞·卜居》："将泛泛若水中之凫与波上下偷以全吾躯乎？"

游摄山栖霞寺[①]

初为栖霞宿，孤月似留客。
裴回出东峰，已觉林际白。
共坐疏松阴，满地横画格[②]。
山深风早寒，诸天去咫尺[③]。
倚杖闻微钟，瘦影写岩石。
默数清境最，迥与下界隔。
长啸猿鸟惊，今夕是何夕[④]！

① 摄山，即栖霞山，在南京城东，上有栖霞寺，为南京名刹。乾隆八年癸亥（1743）樊榭与客游栖霞。诗全名为《游摄山栖霞寺留止三宿得诗三首》，此其二。

② 横画格，指地上月光照出松枝影象。开头六句均写月。

③ 诸天，佛家谓三界共有三十三天，总谓之诸天；此即指天。

④ 今夕是何夕，张孝祥《念奴娇·过洞庭》词："扣舷独笑，不知今夕何

夕？”

开平王孙种菜歌

常延龄，字乔若，号苍谷，开平王遇春十二世孙，袭封怀远侯，官南京锦衣卫指挥使，有贤行，曾疏劾马、阮。鼎革后与夫人徐氏中山上公之爱女，种菜于金陵湖墅。裔孙执桓乞诗①。

高皇初定江南日，采石矶头功第一②。
横行十万常将军，带砺河山永无失③。
沧桑抱节有贤孙，钟阜秋青入泪痕④。
飘零大树不复见，憔悴故侯安足论⑤。
中山同志深闺妇，曲折天吴移旧绣⑥。
谁知偕隐灌园人，俱为异姓分茅后⑦。
幾棱荒畦非赐田，晚菘早韭资寒泉⑧。
可怜一纸锄奸疏，却裹长街买菜钱⑨。
归来偃仰栖衡宇，犹胜貂蝉舆皂伍⑩。
凤台园里鬼迷花，鸡鸣庙前狐啸雨⑪。
漫向金陵吊夕曛，百年寂寂但孤坟⑫。
篱边尚发东风菜，一任空原野火焚⑬！

① 开平王，常遇春，明初名将。朱元璋灭张士诚，北上灭元，遇春皆为副将军，与大将军徐达共同领兵。洪武二年（1369），与李文忠攻克开平（今内蒙正蓝旗境），还师时暴病身亡。追封开平王。参见吴伟业《采石矶》诗注。锦衣卫，明代禁卫军。疏劾马、阮，常延龄在南明弘光朝上疏弹劾权奸马士英、阮大铖。鼎革，《易》六十四卦中的两卦。《易·杂卦》：“革，去故也；鼎，取新也。”后用“革故鼎新”或“鼎革”指改朝换代，此指明朝灭亡。中山上公，中山王徐达之后。徐达（1332—1385），字天德，濠州（今安徽凤阳）人，明初

大将，封魏国公，死后追封中山王。种菜于金陵湖墅，钱秉镫《湖熟种菜歌》云："金陵城南湖熟村，中有隐者开平孙。""湖墅"疑即"湖熟"，为村名。《明史·常遇春传》后附及常延龄事，言"崇祯十六年全楚沦陷，延龄请统京兵赴九江协守；又言江都有地名常家沙，族丁数千皆其始祖远裔，请鼓以忠义，练为亲兵。帝嘉之，不果行。南都诸勋戚多恣睢自肆，独延龄以守职称。国亡，身自灌园，萧然布衣终老"。钱秉镫《湖熟种菜歌》，郑燮《种菜歌》《后种菜歌》并咏常延龄事。

② 高皇，指明太祖朱元璋。采石矶，在安徽马鞍山市长江东岸，矶头崖壁陡峭。元至正十五年（1355）六月朱元璋起兵南征，渡江取采石。常遇春为前锋，元军阵矶上，舟距岸犹三丈馀，常遇春挥戈大呼，一跃而上，大败元军，建立头功。

③ 横行十万，汉初樊哙自请"臣愿得十万众，横行匈奴中"。见《史记·季布列传》。常遇春亦自谓能以十万众横行天下，军中称为"常十万"。带砺河山，《史记·高祖功臣侯者年表》："封爵之誓曰：使河如带，泰山若砺，国以永宁，爰及苗裔。"意谓即使山河变化，使黄河变得如衣带，泰山变小如砺石，国犹永存。

④ 沧桑，葛洪《神仙传》："麻姑自说云：'接待以来，已见东海三为桑田。'"后以沧海桑田喻世事变幻。钟阜，南京钟山。

⑤ 大树，东汉初冯异谦退有大度，"每所止舍，诸将并坐论功，异常独屏树下，军中号曰大树将军"。见《后汉书·冯异传》。庾信《哀江南赋》："将军一去，大树飘零。"此指常遇春建功立业已成为过去。憔悴故侯，指常延龄。

⑥ 中山同志，常延龄之妻为中山王徐达后人。天吴，海怪之名。化用杜甫《北征》诗句"海图拆波涛，旧绣移曲折。天吴及紫凤，颠倒在短褐。"因家境贫困，乃将往日绣衣拼凑补绽以御寒。

⑦ 偕隐灌园，夫妻一起隐居，灌园种菜。异姓，即异姓王。杜甫《欢喜口号》："神灵汉代中兴主，功业汾阳异姓王。"分茅，古代天子分封诸侯，按所封方位取社祭坛上土，以茅包之，给受封者在封国立社。《文选·李少卿〈答苏武书〉》"陵谓足下当享茅土之荐"，李善注引《尚书纬》："天子社，东方青，南方赤，西方白，北方黑，上冒以黄土。分封诸侯，各取方土，苴以白茅，以为社。"异姓分茅后，即异姓王侯之后。

⑧ 菘、韭，两种蔬菜。《南史·周颙传》：周颙"清贫寡欲，终日长蔬"。文惠太子问菜食何味最胜。颙曰："春初早韭，秋末晚菘。"资寒泉，《诗·邶风·凯风》："爰有寒泉，在浚之下。"此谓以寒泉浇灌菜蔬。

⑨ 锄奸疏，序中谓常延龄"曾疏劾马、阮"，此即指其疏稿。

⑩ 偃仰，俯仰。衡宇，横木为门的简陋房屋。《诗·陈风·衡门》："衡门之下，可以栖迟。"陶渊明《归去来兮辞》："乃瞻衡宇，载欣载奔。"貂蝉，古代达官显宦的帽饰，因代指达官显宦。舆皂，奴隶差役，低贱人员。

⑪ 凤台，凤凰台，在南京城南凤凰山上。鸡鸣庙，明太祖洪武二年立功臣庙于鸡鸣山，论功列祀二十一人。参见吴伟业《功臣庙》诗注。

⑫ 百年寂寂，常延龄种菜是清初事，樊榭诗是乾隆十三年戊辰（1748）冬自天津南还过金陵时应常延龄裔孙常执桓之请而作，上距清初已过百年。

⑬ 东风菜，菜名，然不作菜名讲亦通。

★常延龄，功臣之后，眷怀故国，清节自守，赢得当时人们的尊敬。钱秉镫《湖熟种菜歌》叙其境况甚详，亦颇凄楚，诗较为散漫。厉樊榭诗厚朴深沉，尤为佳作。郑板桥《种菜歌》云："买田种菜作生涯，泪落春风迸野花。懒寻旧第乌衣巷，怕看钟山日暮霞。荷锄负担为佣保，菜羹粝食随荒草。时供麦饭孝陵前，一声长哭松楸倒。"郑较厉诗更为沉痛，但全篇终不如厉作。

渡　河①

北来始作泛槎游，晚色苍苍望里收②。
一线黄流奔禹甸，两涯残雪接徐州③。
古今沉璧知无限，天地浮萍各有谋④。
明日轻装又驴背，风前惭愧白沙鸥。

① 康熙五十九年庚子（1720）樊榭北上京师，过黄河。

② 槎，筏。泛槎，指行舟。暗用浮槎上天河故实，参见赵执信《微山湖》诗注。

③ 禹甸，指中原地区。徐州，今属江苏。

④ 沉璧，《史记·河渠书》：汉武帝元封二年（109）塞瓠子，"沉白马、玉璧于河"。沉白马、玉璧以祭祀河神。

月夜渡江[①]

露荻风林隐戍楼，宵分月下动行舟。
凌云仿佛三山意，濯足空明万里流[②]。
北府兵厨谁与载？南朝词客肯同游[③]？
人间奇绝成孤赏，唤起鱼龙一笛秋。

①诗作于雍正五年丁未（1727）秋日，此由镇江北渡去扬州。

②三山，镇江城北北固山、金山、焦山，亦称三山。此又幻想为海上蓬莱、方丈、瀛洲三神山，故云“仿佛三山意”。海上三神山见《史记·秦始皇本纪》。“濯足”句，语本左思《咏史》诗“濯足万里流”句。

③北府兵厨，原注：“北府兵厨，宋时镇江酒名。”东晋谢玄所组建的精锐部队称北府兵，“北府兵厨”必由此得名。

悼亡姬三首[①]

无端风信到梅边，谁道蛾眉不复全[②]！
双桨来时人似玉，一奁空去月如烟[③]。
第三自比青溪妹，最小相逢白石仙[④]。
十二碧阑重倚遍，那堪肠断数华年！

一场短梦七年过，往事分明触绪多[⑤]。
搦管自称诗弟子，散花相伴病维摩[⑥]。
半屏凉影颓低髻，幽径春风曳薄罗。
今日书堂觅行迹，不禁双鬓为伊皤[⑦]。

旧隐南湖渌水旁，稳双栖处转思量[⑧]。
收灯门巷忺微雨，汲井帘栊泥早凉[⑨]。

故扇也应尘漠漠，遗钿何在月苍苍。
当时见惯惊鸿影，才隔重泉便渺茫[⑩]！

① 亡姬，诗原有序，姬姓朱，乌程人，雍正十三年乙卯（1735）归樊榭，时年十七，樊榭字之曰月上。乾隆七年壬戌（1742）正月病殁，年仅二十四岁。樊榭甚为伤感，作悼亡诗十二首。选录三首。又据王述庵《蒲褐山房诗话》，知月上名满娘。

② 风信到梅边，古代称应花期而来的风为花信风，从小寒到谷雨八个节气，凡二十四番花信。见焦竑《焦氏笔乘》。小寒第一候花信为梅花。月上卒于阴历正月初三（1742.2.7），时令已过立春，花信应为迎春，不是梅花。或樊榭另有所据。

③ 双桨来时，诗序云："以［雍正乙卯］中秋之夕，舟迎于碧浪湖口，同载而归。"暗用南朝乐府《莫愁乐》"艇子打两桨，催送莫愁来"词语。"双桨"句写月上来时，"一奁"句写月上去世。

④ "第三"句，钟山有蒋侯祠，据传祀汉末秣陵尉蒋子文。乐府《青溪小姑曲》题解引《异苑》："青溪小姑，蒋侯第三妹也。"乐府《神弦歌》十八首，五曰《白石郎曲》，六曰《青溪小姑曲》，此由青溪小姑而联想到白石仙。又，宋姜夔字白石，有爱姬曰小红。此樊榭暗以姜白石自比，而以月上比小红。

⑤ 短梦七年，樊榭雍正十三年得月上，乾隆七年正月月上病故，前后七年。

⑥ 诗弟子，诗序谓月上"针管之外，喜近笔砚。影拓书格，略有楷法"。"予授唐人绝句二百馀首，背诵皆上口，颇识其意"。散花，《维摩诘经》中谓"维摩诘室有一天女，闻所说法，便显其身，即以天花散落菩萨大弟子上"。病维摩，《维摩诘经》中大乘居士维摩诘，尝称病，向释迦派来问讯的舍利佛和文殊师利宣扬大乘教义，辩才无碍。李商隐《酬崔八早梅有赠兼示之作》："维摩一室虽多病，亦要天花作道场。"自以天女比月上，而自比维摩诘。

⑦ 皤（pó），鬓髮白。

⑧ 南湖，樊榭《雨后南湖晚眺》诗自注："南湖，杭人名白洋池。叶绍翁《四朝闻见录》云：白洋池在田家桥号，号小水晶宫。"程松逸《为樊榭山人画南湖花隐便面题诗》跋："樊榭先生家居武林之南湖。"按，实即西湖之南部。

⑨ 忺（xiān），欣喜。泥（nì），感染，感受。

⑩ 惊鸿，曹植《洛神赋》："其神也，翩若惊鸿，宛若游龙。"陆游《沈园》诗："伤心桥下春波绿，曾是惊鸿照影来。"

中秋夜感旧[①]

疏帘仿佛见明姿，碧浪湖头月上时[②]。
正泬寥天无处觅，最团圆夜似来迟[③]。
钟陵甲帐沦前谪，鱼岭遗衫断后期[④]。
折得秋花香在手，鬓云犹记一枝垂[⑤]。

① 此亦乾隆七年（1742）中秋之夜怀念月上之作。

② “疏帘”二句实即“碧浪湖头月上时，疏帘仿佛见明姿”，谓中秋之夜湖头月上之时，仿佛见伊人明丽的风姿。姬名“月上”，见湖头月上，更容易见景生情。

③ 泬寥，月下空旷之貌。最团圆夜，即中秋之夜。

④ “钟陵”句：唐裴硎《传奇》：“钟陵西山有游帷观每至中秋车马喧阗。……有书生文箫往观，睹一姝甚丽，相盼不去，复为歌曰：‘若能相伴陟仙坛，应得文箫驾彩鸾。自有绣襦并甲帐，瑶台不怕雪霜寒。’生意其神仙，植足不去。姝亦相盼，……扪石冒险而升。生蹑其踪，姝曰：‘莫是文箫取？’相引至绝顶。坦然之地忽风雨，裂帷覆几，俄有仙童持天判曰：‘吴彩鸾以私欲泄天机，谪为民妻一纪。’姝乃与生下山归钟陵。”“鱼岭”句：鱼岭遗衫，《艺文类聚》卷三十二《人部·闺情》，引陈伏知道《为王宽与妇义安主书》：“昔鱼岭逢车，芝田息驾；虽见妖淫，终成挥忽。”所用必同一典故。揣其内容，乃故事主人公在鱼岭逢车上有一丽人，或系仙女。相互爱慕。然只“遗衫”相赠，是后即未再相见。其原始出处待考。二句谓月上或系仙女贬谪人间，一去之后再无后会之期。

⑤ “折得”二句，回忆月上往时形象。

湖楼题壁

水落山寒处，盈盈记踏春。
朱阑今已朽，何况倚阑人！

★此亦怀念月上之诗。樊榭悼念月上诸作，皆情深意切，感念畴昔，睹物思人，不胜凄怆。厉樊榭诗感人最深切者两个内容：于地则游赏西湖，于人则怀思月上。

秋夜宿葛岭涵青精舍[①]

书灯佛火影清凉，夜上层楼看海光。
蕉飐暗廊虫吊月，无人知是半闲堂[②]！

① 葛岭，在杭州西湖栖霞岭东。诗作于康熙五十三年甲午（1714），时樊榭二十三岁。

② 蕉飐（zhǎn），蕉叶在风中摇动。半闲堂，南宋权相贾似道堂名。贾似道，字师宪，台州人。宋理宗时因其姊为贵妃，累官左丞相兼枢密使。端平初，蒙古兵次鄂州，军汉阳。贾似道私向蒙古乞和，答应称臣纳币，兵退后诈称大胜。度宗立，贾似道愈益专权，晋太师，同平章军国事，封魏国公。赐第于西湖葛岭，有养乐园、集芳御园等，穷极奢侈。半闲堂即在养乐园中。度宗咸淳三年（1267），蒙古大军围攻襄阳，襄阳守将吕文焕率领军民坚守达六年之久。贾似道隐瞒军情，不予支援。咸淳九年，襄阳失守，江淮相继沦陷。帝显德祐元年（1275），元军进逼建康，似道被迫出兵，大败于鲁港。群臣交章弹劾，谪高州团练使，循州安置，途中被监送县尉郑虎臣杀于福建漳州木棉庵。事见《宋史·奸臣传》。

★樊榭作此诗时年仅二十三岁，冷峭幽涩的诗风即已成型。乾隆五十五年丙申（1716）作《宝莲山是韩平原故宅》诗云：“雾阁云窗付渺茫，平原事往径全荒。居人不识太师竹，风叶几枝摇夕阳。”与此诗同一感慨。

春　寒[①]

漫脱春衣浣酒红，江南三月最多风。
梨花雪后酴醿雪，人在重帘浅梦中。

① 诗作于雍正元年癸卯（1723）。

★袁枚《永公子竹岩吴门花烛》诗云："海棠红雨酴醾雪，人在浓香浅梦中。"这位浪荡才人幾至全抄樊榭的诗句。然原作自然清丽，抄袭者秾艳却装作。

南湖雨中①

夹竹夭桃蘸小红，水高鱼沪没芦丛②。
南湖春物无人管，都付斜风细雨中。

① 南湖，在杭州南，实西湖之南端。参见《悼亡姬》诗注。自雍正十年壬子（1732）至乾隆五年庚申（1740），樊榭寓居于此，自号南湖花隐。诗作于雍正十年春日。

② 夹竹夭桃，指桃花夹在竹林中，非指今之夹竹桃。蘸（zhàn），点染。句意谓桃花夹在竹林中，只见点点春红。鱼沪，捕鱼用竹栅，又称鱼簖。

淮城使风暮抵扬州①

西风作意送行舟，帆饱清淮碧玉流。
三百里程消一日，芦花吹雪到邗沟②。

① 淮城，今江苏淮安。乾隆十三年戊辰（1748）秋，樊榭自天津南归，经淮安，过扬州。自后不再北上，四年后即下世。

② 邗（hán）沟，春秋时吴王夫差所开运河，自扬州引江水北过高邮、淮安，流入淮河。

郑 燮

郑燮（1693—1766），字克柔，号板桥，江苏兴化人。清高宗乾隆元年丙辰（1736）进士。乾隆六年官范县知县，十一年调潍县，甚有善政。以岁饥为民请命，忤大吏，遂乞病归。后在扬州卖画为生。乾隆三十年卒，年七十四[①]。

郑板桥诗、书、画并佳，有郑氏“三绝”之称[②]。书画皆独具一格，其诗真率自然，关心民瘼，类其为人。有《郑板桥集》。

① 郑板桥卒于乾隆三十年乙酉（1765）十二月十二日，年七十四。其时已是公元一七六六年一月二十二日。

② 郑氏三绝，唐诗人郑虔尝自写其诗并画，献与玄宗，玄宗为题“郑虔三绝”。见《新唐书·郑虔传》。乾隆十三年（1768）郑板桥去潍县之日，里人赠送一联。板桥适与友人饯饮，展其上联云：“三绝诗书画。”席间共思一对句，久不能得，乃展下联，云：“一官归去来！”合座鼓掌，称为绝构。一时传为佳话，实亦对板桥一生最好的颂赞。

逃荒行

十日卖一儿，五日卖一妇。
来日剩一身，茫茫即长路。
长路迂以远，关山杂豺虎[①]。
天荒虎不饥，盱人伺岩阻[②]。
嗟予皮髮焦，骨断折腰膂。
不堪充虎腹，虎亦弃不取。
道旁见遗婴，怜拾置担釜。

卖尽自家儿，反为他人抚。
咽咽怀中声，咿咿口中语。
似欲呼爷娘，言笑令人楚。
万事不可言，临风泪如注。

①迂，曲折，可引申为艰险。
②天荒，犹天灾。虎不饥，因饿死人多，所以虎不饥荒。盱，张目。

★板桥写有多首反映乱离的诗，如《还家行》《思妇行》等。《逃荒行》一首尤为凄楚。原作六十二句，较为拖沓，节录此二十二句，结构完整，感情深挚，人物个性极为突出，虽杜子美“三别”、白居易“新乐府”无以过之。

钜鹿之战[①]

怀王入关自聋瞽，楚人太拙秦人虎。
杀人八万取汉中，江边鬼哭酸风雨[②]。
项羽提戈来救赵，暴雷惊电连天扫。
臣报君仇子报父，杀尽秦兵如杀草。
战酣气盛声喧呼，诸侯壁上惊魂逋[③]。
项王何必为天子，只此快战千古无。
千奸万黠藏凶戾，曹操朱温尽称帝[④]。
何似英雄骏马与美人，乌江过者皆流涕[⑤]！

①钜鹿之战：秦二世元年（前209）陈胜、吴广在大泽乡起兵反秦。天下豪杰并起，楚将项燕之孙项羽，从季父项梁起兵江东，立楚怀王孙心为义帝，仍称之为楚怀王，渡江击秦。项梁为秦将章邯所败。死，项羽继领楚军。秦二世三年，秦将章邯围赵钜鹿，义帝以宋义为上将军，项羽为次将，引兵救赵。宋义行至安阳，留四十六日不进。项羽杀宋义，自将救赵。“乃悉引兵渡河，皆沉船，破釜甑，烧庐舍，持三日粮，以示士卒必死，无一还心。于是至则围王

离，与秦军遇。九战，绝其甬道，大破之，杀苏角，虏王离，涉间不降楚，自烧杀。当是时，楚军冠诸侯。诸侯军救赵者十馀壁，莫敢纵兵。及楚击秦，诸将皆从壁上观。楚战士无不一以当十，楚军呼声动天，诸侯军无不人人惴恐。项羽由是始为诸侯上将军，诸侯皆属焉。”见《史记·项羽本纪》。

②“怀王”四句：战国末楚怀王（熊槐）受张仪欺骗，十七年（前 312）春兴师伐秦。秦发兵击之，战于丹阳，大败楚军，斩甲士八万，虏楚大将军屈匄、裨将逢侯丑等七十馀人，遂取楚之汉中地。楚怀王大怒，悉发国中兵复袭秦，战于蓝田，又大败。见《史记·楚世家》。诗意谓楚怀王伐秦系盲目行动，遂招致大败。丹阳、蓝田之败，是楚国由盛入衰的转折。

③“项羽提戈”六句正面写钜鹿之战。臣报君仇子报父，谓楚兵钜鹿战中所以英勇杀敌，乃报丹阳、蓝田并最终灭楚之仇。

④曹操朱温尽称帝：曹操封魏王，死后其子曹丕始代汉称帝，尊之为魏武帝。朱温，唐末宋州砀山人。本黄巢部下，降唐后与李克用一起镇压黄巢军，后与李克用混战多年，建后梁，称帝，即后梁太祖。

⑤“何似”二句：汉五年，项羽被汉军困于垓下，兵少食尽，汉与诸侯军围之数重。夜闻汉军四面皆楚歌，项羽大惊，乃夜起饮帐中。“有美人名虞，常幸从；骏马名骓，常骑之。”项王乃悲歌慷慨，自为诗曰：“力拔山兮气盖世，时不利兮骓不逝。骓不逝兮可奈何，虞兮虞兮奈若何！”美人和之，左右皆泣。如此夜突围南走。至乌江，被汉军追及。项羽以马赠乌江亭长，步行与汉军死战后自杀。“何似”二句要联系前二句理解，谓历史上千奸万黠皆藏凶戾，曹操、朱温之辈尽称王称帝（皆为后人所唾骂），何如项羽英雄骏马与美人却赢得后人的同情，乌江过者皆流涕。

项　羽

已破章邯势莫当，八千子弟赴咸阳。
新安何苦坑秦卒，霸上焉能杀汉王①？
玉帐深宵悲战马，楚歌四面促红妆②。
乌江水冷秋风急，寂寞野花开战场③！

①“新安”二句：项羽率楚军大败秦军于钜鹿，威镇诸侯。又连败章邯，章邯降。诸侯吏卒折辱秦卒，秦卒多有窃言。项羽乃使楚军夜坑杀秦军二十万于新安城南（新安，今河南渑池县东）。军次函谷关，刘邦已破咸阳，秦子婴

降。项羽破函谷，四十万大军进驻新丰鸿门。刘邦亲至鸿门，与项羽相会。范增欲项羽杀刘邦，项羽不听，刘邦得以脱逃。见《史记·项羽本纪》。

②“玉帐”二句，见前篇注⑤。

③乌江，在今安徽和县东北。秦置乌江亭，汉五年，项羽战败自杀于此。

★板桥另有《咏史》二首，亦咏项羽。其一云：“云里关门六扇开，天边太华鸟飞回。汉家安受秦家业，项羽东归只废才！”其二云：“已背齐盟强自雄，便应割据守关中。如何宴罢鸿门去，却觅彭城小附庸？”《钜鹿之战》只就大战之酣言之，《项羽》则作整体评价，有赞扬亦有批判。《咏史》二首更重在批判。板桥实甚爱项羽，故不惜反复歌咏。酣战钜鹿，所向披靡，项羽是英雄；放弃关中，东归彭城，废才而已，盖深惜之也。

扬州

画舫乘春破晓烟，满城丝管拂榆钱。
千家养女先教曲，十里栽花算种田。
雨过隋堤原不湿，风吹红袖欲登仙[①]。
词人久已伤头白，酒暖香温倍悄然。

①隋堤，隋代开大运河，自洛阳直达扬州，沿河筑堤，种植杨柳，称为隋堤。红袖，指游女。

喜雨

宵来风雨撼柴扉，早起巡檐点滴稀。
一径烟云蒸日出，满船新绿买秧归。
田中水浅天光净，陌上泥融燕子飞。
共说今年秋稼好，碧湖红稻鲤鱼肥。

由兴化迂曲至高邮二首

百六十里荷花田，几千万家鱼鸭边。
舟子搦篙撑不得，红粉照人娇可怜。

烟蓑雨笠水云居，鞋样船儿蜗样庐。
卖取青钱沽酒得，乱摊荷叶摆鲜鱼。

渔家

卖得鲜鱼百二钱，籴粮炊饭放归船。
拔来湿苇烧难着，晒在垂杨古岸边。

绍兴[①]

丞相纷纷诏敕多，绍兴天子只酣歌[②]。
金人欲送徽钦返，其奈中原不要何[③]！

① 绍兴，南宋高宗年号。靖康二年（1127），金兵陷汴京，虏徽、钦二帝北去。徽宗第九子康王赵构在南京（今河南商丘）即位，一路南逃，自扬州而建康，最后建都临安（今杭州），是为宋高宗。在位期间，任用奸相秦桧，杀害抗敌名将岳飞，与金订立绍兴和约，以图苟安。

② 丞相，指秦桧。诏敕，皇帝专用文告。丞相纷纷诏敕多，可知权不在皇帝而在权臣，绍兴天子只酣歌而已。

③ 中原，本指黄河中游地区，也代指中国。南宋时中原已在金人统治下，用词虽不甚准确，但亦无伤于诗意。

★文征明《满江红》词云："岂不念，封疆蹙；岂不念，徽钦辱！念徽钦既返，此身何属？千载休谈南渡错，当时自怕中原复。笑区区一桧亦何能，逢其欲！"与板桥诗都是指向赵构的诛心之论。文征明词以质直取胜，

板桥以幽默语出之，有异曲同工之妙。

题团冠霞画山楼[①]

竖幅横披总画山，满楼空翠滴烟鬟。
明朝买棹清江上，却在君家图画间。

① 团冠霞，画家。

★宋陈造《题赵秀才壁》诗云："连朝策马冲云去，尽是亭中望处山。"句法相似，虚实不同而并臻佳境。

题屈翁山诗札石涛石谿八大山人山水小幅并白丁墨兰共一卷[①]

国破家亡鬓总皤，一囊诗画作头陀[②]。
横涂竖抹千千幅，墨点无多泪点多！

① 屈翁山（1630—1696），即诗人屈大均，曾一度为僧，名今种，字一灵。石涛（1641—1718），法名原济，字石涛，又号苦瓜和尚、大涤子、清道人等。俗姓朱，名若极，广西全州人。本朱明皇室后裔，入清后为僧。石谿（1612—？），法名髡残，字石谿，号白先、残道人等，与石涛并称"二石"。俗姓刘，湖南武陵（今常德）人。八大山人（1626—1705？），即朱耷，明宗室，南昌人。白丁，俗姓朱，明藩王之后，云南人。皆明遗民，石涛等四位皆清初著名画家。

② 皤（pó），鬓发白。头陀，梵文 Dhūta 的音译，本印度僧侣的一种行为，为行脚乞食等苦行，后用以指行脚乞食的僧侣。屈翁山等五人，或为僧，或近似于僧，故笼统地称之为头陀。

潍县署中画竹呈年伯包大中丞括[①]

衙斋卧听萧萧竹，疑是民间疾苦声。

些小吾曹州县吏，一枝一叶总关情。

① 潍县，今属山东，板桥于乾隆十一年、十二年为潍县令。年伯，同榜登科者称同年，同年之父或父之同年称年伯。包括，杭州人，曾任山东布政使，署理巡抚。

严遂成

严遂成（1694—？），字崧瞻，又字海珊，浙江乌程（今吴兴）人。清世宗雍正二年甲辰（1724）进士，官嵩明州知州。有《海珊诗钞》。

常山旅夜[①]

江馆云阴合，青灯耿夜阑[②]。
橹声离岸小，山气压城寒。
树老鸦栖稳，泉枯鹿饮干。
草坪明月路，细雨湿征鞍[③]。

① 常山，山名，亦县名，在浙江省西部。
② 耿，明，照。
③ 草坪，地名。原注："离常山四十里，与玉山交界。"

曲峪镇远眺[①]

地近边秋杀气生，朔风猎猎马悲鸣。
雕盘大漠寒无影，冰裂长河夜有声。
白草衰如征鬓短，黄沙积与阵云平。
洗兵一雨红灯湿，羊角鱿鱼堠火明[②]。

① 曲峪镇，在山西河曲县，晋陕内蒙古交界处，南临黄河。原注："时西陲方用兵。"

② 洗兵，《说苑》：“武王伐纣……风霁，而乘以大雨，水平地而啬。散宜生谏曰：‘此其妖欤？’王曰：‘非也，天洒兵也。’”洒兵，犹洗兵。梁萧纲（简文帝）《陇西行》：“洗兵逢骤雨，送阵出黄云。”红灯，原注：“前明边堠，挂红灯其上，以魫鱼皮为之，胶以羊角，雨湿不坏。”魫（shěn）鱼，鱼名。堠（hòu），边塞上瞭望的土堡。

三垂冈①

英雄立马起沙陀，奈此朱梁跋扈何②！
只手难扶唐社稷，连城且拥晋山河③。
风云帐下奇儿在，鼓角灯前老泪多④。
萧瑟三垂冈畔路，至今人唱百年歌⑤。

① 三垂冈，在山西省屯留县东南。《新五代史·唐纪》：“（李）存勗，克用长子也。初，克用破孟方立于邢州。还军上党，置酒三垂冈。伶人奏《百年歌》，至于衰老之际，声辞甚悲，坐上皆悽怆。时存勗在侧，方五岁，克用慨然，捋须指而笑曰：‘吾行老矣，此奇儿也。后二十年，其能代我战于此乎！’”二十年后，即唐哀帝天祐五年（908）五月，李存勗大败朱梁军于三垂冈（按，唐哀帝在天祐四年即已灭亡，李克用仍天祐年号。天祐五年已是朱梁开平二年）。

② 英雄，指李克用，沙陀人。黄巢在长安称帝，时李克用为代州刺史，率沙陀兵收复长安，被任为河东节度使，进封晋王。长期与朱梁作战。天祐五年正月，李克用病卒，李存勗继位。梁末帝龙德三年（92），李存勗灭梁，建立后唐。沙陀，部落名，为西突厥别部，称为沙陀突厥。唐懿宗时，沙陀首领朱耶赤心，帮助朝廷讨贼有功，赐姓李，名国昌；李克用即李国昌之子。朱梁，指朱温，宋州砀山（今属安徽）人。唐僖宗乾符四年（877）参加黄巢叛军，中和二年（882）投降唐军，被任为河中行营副使，赐名全忠。次年，为宣武节度使，与李克用一道镇压黄巢，后进封梁王。唐哀帝天祐四年（907）灭唐称帝，国号梁，史称后梁。跋扈，专横暴戾。

③ 唐社稷，指唐王朝。李克用、李存勗父子长期与朱温争战，未能阻住朱温灭唐称帝。晋山河，李克用封晋王，晋山河指李克用统治的地域，包括今山西境。

④ 奇儿，指李存勗。参见注①。

⑤ 百年歌，亦见注①。

桑调元

桑调元（1695—1771），字伊佐，一字弢甫，自号独往生、五岳诗人，浙江钱塘（今杭州）人。清世宗雍正十一年癸丑（1733）进士，官工部主事。辞官后曾主讲濂溪书院。有《桑弢甫集》《五岳集》。

五人墓[①]

吴下无斯墓，要离冢亦孤[②]。
义声嘘侠烈，悲吊有屠沽[③]。
阘冗朝廷党，峥嵘里巷夫[④]。
田横岛中士，足敌五人无[⑤]？

① 五人墓，在苏州。吴县人周顺昌，万历进士，授福州推官，历文选员外郎。其人刚正有清节，忤宦官魏忠贤，因乞假归。明熹宗天启七年丁卯（1627）三月，阉党应天巡抚毛一鹭逮捕周顺昌，吴民激于义愤，群起抗争。遭官军镇压，领导者颜佩韦、杨念如、马杰、沈扬、周文元被杀害；周顺昌亦死于狱中。崇祯即位，放逐魏忠贤，为周顺昌平反。吴人乃改葬五人于魏阉废祠。张溥为作《五人墓碑记》。

② 要离（yāo lí），春秋时吴国刺客。吴公子光刺杀吴王僚，王僚子庆忌出奔。庆忌极其英勇，公子光患之。要离献谋，要公子光断其右臂，杀其妻子，诈作负罪逃亡，见庆忌于卫，诈称欲与庆忌夺回吴国。庆忌信以为真，与之渡江欲归吴。要离乘其无备，于中流刺中庆忌要害。庆忌死前仍让要离还吴，“以旌其忠”。要离南渡至江陵，亦自杀。见《吴越春秋·阖闾内传》（公子光即位，即吴王阖闾。）要离墓亦在苏州。要离被古人当作侠义之士的典型，故诗人以

为衬托。其实要离的行为品格，极为残忍，极其恶劣，古人对要离的称誉谬误殊甚。

③ 嘘，犹言喧传。屠沽，概指一般平民。

④ 阘冗，同阘茸，卑劣貌。贾谊《吊屈原文》：“阘茸尊显兮，谗谀得志。”朝廷党，明熹宗的朝廷大臣，上自内阁六部，外至四方督抚，大多阿附魏忠贤，成为阉党，有所谓五虎、五彪、十狗、十孩儿、四十孙等名目，厚颜无耻，至呼为父祖，为立生祠，是历史上盘踞朝廷最肮脏的一伙。吴县魏忠贤生祠即巡抚毛一鹭所建。峥嵘，高峻貌，此象其品格高尚。里巷夫，五人为普通市民。

⑤ 田横，战国齐田氏之后。秦末随从兄田儋、兄田荣起兵。田儋自立为齐王，秦将章邯杀田儋，兄田荣、田荣子田广相继为王，田横为相。及韩信破齐，田广死，横自为王，与其徒属五百馀人逃入海岛。汉高祖刘邦使人召之，田横乃与客二人乘传诣洛阳，未至洛阳三十里自杀。其二客亦自刭于田横冢畔。海岛五百人闻田横死，亦皆自杀。见《史记·田儋列传》。

胡天游

胡天游（1696—1758），一名骙，字云持，一字稚威，浙江山阴（今绍兴）人。清世宗雍正七年己酉（1729）副贡。居京师十馀年而无所遇。乾隆二十三年正月客死蒲州，年六十三。胡天游诗学韩愈、孟郊，追求奇崛拗涩。甚为袁枚所称许，诗风实与袁枚异趣。有《石笥山房集》。

咏谏果[①]

苦口众所挥，馀甘幾人赏[②]？
所嗟梨柚美，抱性遂难枉[③]。
殷勤万里来，徒然贮盘盎。
置蜜锟铻端，或者如舐掌[④]。

①谏果，即橄榄，味道苦涩，食后有回甘，有如忠言逆耳，但觉有益，故名谏果。宋赵蕃《倪秀才惠橄榄》诗："直道堪嗟故不容，更持谏味欲谁从？"

②挥，挥手斥去。

③抱性遂难枉，谓谏果秉性不移，难以枉屈。

④锟铻，锋利的剑。舐（shì），舔。

晓　行

梦阑莺唤穆陵西，驿吏催时雨拂衣。
行客落花心事别，无端俱趁晓风飞。

刘大櫆

刘大櫆（1698—1779），字才甫，一字耕南，号海峰，安徽桐城（今枞阳）人。清世宗雍正七年己酉（1729）、十年壬子（1732）两举副贡，乾隆二十六年（1761）才得为黟县教谕，时年四十六岁。乾隆四十四年卒，年八十二。海峰以古文辞名世，上承方苞，下开姚鼐，成为桐城派的重要阶梯。有《海峰文集》《海峰诗集》。

西　山

西山过雨染朝岚，千尺平冈百顷潭。
啼鸟数声深树里，屏风十幅写江南①。

①“屏风”句，指山色如屏风十幅。

姚 范

姚范（1702—1771），字南菁，号姜坞，安徽桐城（今枞阳）人。古文大家姚鼐伯父。乾隆七年壬戌（1742）进士，官翰林院编修。与刘大櫆友善，其文论对姚鼐颇有影响。有《援鹑堂集》。

晓发荻港[①]

萧寺晨钟歇，残星犹向曙。
凉风吹我襟，萧条橹声去。
沙禽拍浪飞，渔父烟中语。
回首数峰青，不见泊舟处。

① 荻港，在今安徽繁昌县西北，荻港河由此注入长江。

过虞姬墓[①]

帐下歌残萎玉枝，红颜何计恋乌骓[②]！
君王事去惟怜妾，竖子名成欲问谁[③]？
夜雨江空神女梦，春兰香歇杜鹃悲[④]。
凄凉一种芳魂草，犹傍婵娟学舞时[⑤]。

① 虞姬，《史记·项羽本纪》：汉五年（前202）冬，项羽垓下被围，夜闻汉军四面皆楚歌。“项王则夜起，饮帐中。有美人名虞，常幸从。骏马名骓，常骑之。于是项王乃悲歌忼慨，自为诗曰：‘力拔山兮气盖世，时不利兮骓不逝！

骓不逝兮可奈何？虞兮虞兮奈若何？’歌数阕，美人和之。项王泣数行下，左右皆泣，莫能仰视”。项羽夜突围南出，至乌江，被汉军追及，项羽与汉军死战后自杀。虞美人事，仅见于此。后人称之为虞姬。《史记正义》引《楚汉春秋》载虞姬和歌云：“汉兵已略地，四方楚歌声。大王意气尽，贱妾何聊生！”《史记》未交代虞姬结局，后世传说谓垓下悲歌之后，虞姬伏剑自杀。《括地志》谓“虞姬墓在濠州定远县东六十里，长老传云项羽美人冢也”。定远县今属安徽。

② 红颜，指虞姬。乌骓，项羽坐骑。项羽败走乌江，汉军追及。乌江亭长劝项羽渡江，项羽谢绝，以乌骓赠乌江亭长，曰：“吾骑此马五岁，所当无敌，尝一日行千里，不忍杀之，以赐公！”见《项羽本纪》。红颜何计恋乌骓，表意不明。

③ “君王事去”句，项羽垓下歌云“虞兮虞兮奈若何”，是自知大势已去，不忍弃虞姬也。“竖子名成”句，魏末阮籍至广武楚汉战场，叹曰：“时无英雄，使竖子成名！”姚范误以“竖子”指刘、项。参见潘耒《广武》诗注。

④ 神女，指虞姬之魂。杜鹃，传为古蜀帝杜宇所化，此暗喻项羽。

⑤ 芳魂草，一种草名虞美人，传为虞姬芳魂所化。傍，疑当作“似”。婵娟，美貌，代指虞姬。

★姚范另有《过项王庙》诗云：“中原逐鹿竟归刘，霸上从教一战休。龙虎早成天子气，侯王尚待故人头。河山有地封屠狗，子弟无乡望沐猴。日暮江东何处是，满天风雨不胜愁！”诗亦颇工整，但不如《过虞姬墓》较有情致。

山 行

百道飞泉喷雨珠，春风窈窕绿蘼芜。
山田水满秧针出，一路斜阳听鹧鸪。

晚 泊

折叠烟篷住画桡，秣陵城下雨萧萧[①]。
神鸦满树江祠晚，正值东风上暮潮。

① 烟篷，船篷，用竹编制。画桡，桨之美称。秣陵，南京别称。

舒 瞻

舒瞻，字云亭，满洲旗人，清高宗乾隆四年己未（1739）进士，官平湖知县。有《三藻堂集》。

为朱蕴千题题杏花春雨图

浅深春色幾枝含，翠影红香半欲酣。
帘外轻阴人未起，卖花声里梦江南。

高景芳

高景芳，女，陕西人，居于江宁，世袭靖逆侯张宗元之妻。有《红雪轩诗文集》。

观米海岳山水[1]

乱峰高下拥云鬟，烟树迷离水郭间。
记得舟从京口过，雨中细认米家山[2]。

① 米海岳，北宋书画家米芾，字元章，号襄阳漫士、海岳外史，太原人，迁居襄阳，后又定居润州。徽宗召为书画博士，曾官礼部员外郎。山水多用水墨点染，自成一家。

② 京口，今江苏镇江。古代润州亦即镇江，米元章曾居润州，故过京口而“细认米家山”。

★诗得米家山水神韵。其《题董文敏画卷》诗云：“青山叠叠水溶溶，远树微茫近树浓。曾在东佘山下见，并刀亲手剪吴淞。”手法相似，诗艺微逊。

全祖望

全祖望（1705—1755），字绍衣，号榭山，浙江鄞县人。清高宗乾隆元年丙辰（1736）进士，入庶常馆，为权贵所排斥，明年即解组南归，不再出仕。榭山专心著述，治学严谨，曾用十年的心力，续修黄宗羲《宋元学案》，编成百卷，又曾七校郦道元《水经注》，三笺王应麟《困学纪闻》。全氏于明末忠臣义士，多所表彰。所作《梅花岭记》，颂扬史可法矢忠尽节，大义凛然，为清代散文名作。有《鲒埼亭集》。

虞美人词[①]

鸿沟既割归太公，旋复背之非英雄[②]。
美人临死何从容，有此差足慰重瞳[③]。
英布周殷愧入地，蒙面何以见江东[④]？
芳魂至今舞春风，其与项庄拔剑之意将无同[⑤]？
啼鹃集之血泪红！
吁嗟乎，野鸡虽复位宫闱，生玷辟阳死赤眉[⑥]，
刘季楚歌空自悲[⑦]！
美人泉下目未瞑，为告愤王应齿冷[⑧]，
青燐婆娑助清影[⑨]。

①虞美人，项羽爱姬之名；又草名虞美人，传为虞姬芳魂所化。参见姚范《过虞姬墓》诗注。

②“鸿沟”二句：汉二年（前205），项羽大败汉军于彭城，虏汉王刘邦

父母妻子。汉四年，项羽与汉王约："中分天下，割鸿沟而西者为汉，鸿沟而东者为楚。项王归汉王父母妻子。""项王解而东归，汉王欲引兵而西归，用留侯、陈平计，乃进兵追项羽。"见《史记·高祖本纪》。参见徐倬《项王祠》诗注。归，归还。太公，刘邦之父。

③ 美人临死，《史记》未写虞姬之死；虞姬以死报项羽，并促使项羽突围，乃后来传说，但符合当时情理。重瞳，指项羽，传项羽重瞳。

④ 英布，秦末六人，为项羽骁将，功冠诸侯，封九江王。汉三年，英布背楚归汉，汉立为淮南王，与共灭项羽。汉十一年杀韩信、彭越后，并灭英布。周殷，为项羽大司马。后反楚归汉，举九江兵与汉共击楚，破之垓下。并见《史记·黥布列传》与《项羽本纪》。蒙面，犹言羞耻。全榭山《过石斋先生正命处诗以吊之》，亦有"降臣蒙面终无赖"句，亦可羞可耻之意。何以见江东，项羽自垓下突围，至乌江，乌江亭长劝项羽渡江。项羽笑曰："天之亡我，我何渡为？且籍与江东子弟八千人渡江而西，今无一人还。纵江东父兄怜而王我，我何面目见之！"见《项羽本纪》。此用项羽事，而说的是英布、周殷，谓英布、周殷背楚归汉，即死后也无面目见江东父老，实也无面目见项王。

⑤ 芳魂至今舞春风，谓美人魂所化之草犹舞东风。项庄拔剑，鸿门会上，项羽不忍杀刘邦，项庄奉范增命，拔剑起舞，欲于座上击杀刘邦。项羽季父项伯保护刘邦，刘邦得以不死。见《项羽本纪》。将无同，莫不是相同，也许相同。此魏晋间口语。《世说新语·文学》："阮宣子有令闻，太尉王夷甫见问曰：'老庄与圣教同异？'对曰：'将无同。'"（阮宣子，阮脩。王夷甫，王衍。）诗意谓虞美人魂化为草，犹舞东风，将无与项庄舞剑之意相同，欲为项羽杀敌以泄其愤恨之情。

⑥ 野鸡，刘邦之妻姓吕名雉，雉即野鸡。吕雉刚毅跋扈，好弄权势。生玷辟阳，审食其在刘邦生前即与吕后关系暧昧。汉高祖死后，惠帝即位，吕后擅权。惠帝早死，吕后称制，封审食其为辟阳侯，任左丞相。"左丞相不治事，令监宫中，如郎中令。食其故得幸太后，常用事，公卿皆因而决事"。见《史记·吕太后本纪》。死赤眉，谓死后受辱于赤眉。赤眉军陷长安，发掘吕后陵墓，辱其尸体。

⑦ 刘季，即刘邦。楚歌空自悲，刘邦宠定陶戚姬，生子如意，欲废太子刘盈以如意为太子。刘邦慑于吕后，终未废太子。戚姬向刘邦哭泣，刘邦无可奈何，曰："为我楚舞，吾为若楚歌！"歌曰："鸿雁高飞，一举千里。羽翮已就，横绝四海。横绝四海，当可奈何？虽有矰缴，尚安所施！"刘邦死后，吕后即虐杀戚姬母子。见《史记·吕太后本纪》与《留侯世家》。

⑧ 愤王，指项羽。齿冷，耻笑，笑必张口，张口故齿冷。

⑨青燐，燐火，由上句“泉下”而联想到坟墓间的燐火。婆娑，犹盘旋。清影，指虞美人草。

钱　载

钱载（1708—1793），字坤一，号萚石，又号瓠尊，晚号万松居士，浙江秀水（今嘉兴）人。清高宗乾隆十七年壬申（1752）进士，授翰林院编修，官至礼部左侍郎，在朝达三十年之久。乾隆四十八年（1783）辞官归里，五十八年卒，年八十六。萚石诗从韩愈、黄庭坚入手，追求拗折险怪，瘦硬生新，以文为诗倾向甚为突出。萚石是朱彝尊同乡，继朱彝尊之后成为秀水派重要诗人。有《萚石斋文集》《萚石斋诗集》。

王贞女行

湛湛吴江水，有鸟名鸳鸯[①]。
君家与妾家，隔水遥相望。
十五以许君，妾即罹亲丧[②]。
悠悠经二闰，于飞时正当[③]。
媒氏命再通，吉日复辰良[④]。
理我玳瑁簪，缀我明月珰[⑤]。
虚窗对朝日，自作嫁衣裳[⑥]。
何为宵梦恶，君耗来踉跄[⑦]。
委我玳瑁簪，捐我明月珰[⑧]。
虚窗对斜日，忍顾嫁衣裳[⑨]。
鬈髻归君门，泪血上君堂[⑩]。
抚棺棺不开，白日天茫茫。

强起奉公姥，独侍不成行。
入室披君帷，披帷坐君床。
许君是君妇，君妇为君孀[11]。
雄者殒朝露，雌者守夕霜。
江流无时绝，孤鸟永悲伤[12]！

①湛湛（zhàn），深貌。《楚辞·招魂》："湛湛江水兮上有枫。"吴江，即吴淞江。开篇二句，以江水鸳鸯起兴。

②罹亲丧，遭遇父母亡故。

③悠悠，久貌。二闰，阴历三年一闰，五年再闰，可知已过五年，贞女已二十岁。于飞，《诗·邶风·燕燕》："燕燕于飞，差池其羽。之子于归，远送于野。"此以"于飞"表示男女婚配。

④"吉日"句，语本《楚辞·九歌·东皇太一》"吉日兮辰良"。

⑤玳瑁（dài mào），一种海龟，甲壳可制装饰品。缀，连也。明月，珠名。珰，玉制的耳饰。句仿《孔雀东南飞》"腰若流纨素，耳着明月珰"。

⑥自作嫁衣裳，秦韬玉《贫女》诗："苦恨年年压针线，为他人作嫁女裳。"此指自作嫁衣裳。

⑦耗，坏消息，指夫婿暴卒。踉跄（liàng qiàng），急遽貌。

⑧委、捐，皆丢弃之意。

⑨忍顾，岂忍看。"何为"以下六句，与上"媒氏"以下六句相应。"理我、缀我"与"委我、捐我"，"朝日"与"斜日"，皆一一相对应。

⑩髽（zhuā）髻，妇女丧髻，以麻束髮。

⑪孀，寡妇。

⑫"雄者"以下结束四句，与开头四句照应。

★《王贞女行》写的是中国封建社会一种特有的婚姻悲剧。焦仲卿与刘兰芝，梁山伯与祝英台，都是主人公受封建势力的压迫而壮烈殉情，王贞女却是无端成为封建礼教的牺牲。王贞女的命运值得同情，这种牺牲却不值得提倡。但王贞女的悲剧在封建社会有它的代表性、典型性，本诗的价值也正在于此。

到家作

久失东墙绿萼梅，西墙双桂一风摧[①]。
儿时我母教儿地，母若知儿望母来。
三十四年何限罪，百千万念不如灰。
曝襜破袄犹藏箧，明日焚黄只益哀[②]。

①一，一作“被”。

②曝，通“暴”。襜（chān），裙。暴襜，破裙。焚黄，将朝廷所赐黄色封诰焚于墓前。

★萚石母朱孺人于乾隆六年（1741）去世，时萚石三十四岁。十一年后萚石中进士，入仕途。乾隆三十九年（1774）萚石自江西进京，中途回家省墓。自钱母之死至此又三十四年，时萚石年六十有七，已入暮年，于慈母犹无限依依，不胜悲戚。萚石诗学江西，不取其僻典奥字，而师其句法拗折！此诗有一定的代表性。不追求典雅雍容，不追求律度工整，直白将哀情吐出，怨慕情深，含泣悲诉，故能真切感人，诗亦别开生面。

葑门口号[①]

灭渡桥回柳映塘，南风吹郭不胜香[②]。
湖田半种紫芒稻，麦笠时遮青苎娘[③]。

①葑门，苏州城东门。

②灭渡桥，在葑门外，又名接渡桥。

③青苎，青色夏布衣。

弘 历

弘历（1711—1799），姓爱新觉罗，即清高宗，清世宗第四子。雍正十三年八月世宗去世，弘历继位，以明年（1736）为乾隆元年。在位期间，平定准噶尔部，消灭天山南路大小和卓木分裂势力；开博学鸿词试，访求天下书籍，完成《明史》；设四库全书馆和三通馆，编成《四库全书》和《续通典》《续通志》《续文献通考》等书。对文化颇有建树。另一方面大兴文字狱，加强思想钳制。统治后期奢靡无度，到处巡游，重用大贪污犯和珅长达二十年，政治更加腐败，成为清代由极盛转向衰微的开始。在位六十年（1736—1795），嘉庆元年（1796）禅位仁宗，自称太上皇帝。嘉庆四年去世，年八十九。高宗好吟咏，有《乐善堂集》、《御制诗》初集、二集、三集、四集、五集、馀集。

楼 松[①]

盘山之侧双株松，拏空森竦翠色浓[②]。
落落不改四时色，萧萧独韵三秋风[③]。
幾年驱车蓟州路，摩挲古榦不能去[④]。
高耸浮图带野烟，平飞画栋凌云雾[⑤]。
品题曾记抱朴子，楼松郁郁差相似。
梢振寒声卷浪涛，根蟠巨石叠阶戺[⑥]。
当时铜雀已成尘，此楼独占千年春[⑦]。
婀娜何曾贮歌舞，幽秘或可栖仙人[⑧]。

可怜路旁桃李枝，阳和发育争参差[⑨]。
西风摇落无颜色，空令独树含清悲。
安得韦偃写直榦，倩伊图入鹅溪绢[⑩]。
挂壁凉飔镇日秋，坐卧青云眄银汉。

① 楼松，原注："即偃盖松也，见《抱朴子》。"《抱朴子》，东晋葛洪著。

② 盘山，在今天津蓟县西北。盘山双松极有名，清人多有歌咏。森竦，森然高竦。

③ 落落，高超不凡之貌。汉杜笃《首阳山赋》："长松落落，卉木蒙蒙。"萧萧，风声。

④ 不能去，不愿离开。

⑤ 浮图，即佛塔。浮图、画栋，皆用以比喻古松。

⑥ 戺（shì），台阶两旁斜石。阶戺，即指台阶。

⑦ 铜雀，曹操在邺城（今河北临漳）漳水旁所建台名。此用以和楼松对比。

⑧ 婀娜，美貌。此二句由楼松之名又和铜雀对比联想而来，谓称之为"楼"何曾贮有美妙的歌舞，清阴幽秘或有仙人栖息。

⑨ 阳和，春天温暖的气候。争参差，争着或高或低地生长。

⑩ 韦偃，唐代画家，京兆人，以画马画松著名。杜甫《戏韦偃为双松图歌》："天下几人画古松，毕宏已老韦偃少。"又，"韦侯韦侯数相见，我有一匹好东绢，重之不减锦绣段，已令拂拭光凌乱，请公放笔为直榦。"

题郎世宁画马[①]

伯乐今难遇，谁空冀北群[②]？
横风嘶逸响，意气欲凌云。

① 郎世宁，意大利人，耶稣会修士，为乾隆宫廷画家，擅肖像花鸟走兽，尤工画马。

② 伯乐，古善相马者，春秋秦穆公时人。韩愈《送温处士赴河阳序》："伯乐一过冀北之野，而马群遂空。夫冀北马多于天下，伯乐虽善知马，安能空其群邪？解之者曰：吾所谓空，非无马也，无良马也。伯乐知马，遇其良辄取之，

群无留良焉。”

★清代前期皇帝皆善诗，并有作品传世，自以清高宗最为突出。清高宗《御制诗》凡五集四百三十四卷四万一千八百首，登位前《乐善堂集》与归政后馀集尚不在内。一人之作数量之多与今存《全唐诗》相埒。在位六十年，平均年作诗近七百首，创世界之最。其中固有词臣代笔之作，基本上还是他自己作的。清高宗应该说颇有才情，读书也不少。他的诗明白如话，大概同写日记一样，摇笔即来，故数量如此之多。皇帝好吟咏，对清诗的发展自有较大的影响；而粗制滥造，乾嘉诗风之所以走向油滑与之也不无关系。清高宗得天独厚，生当有清盛世；使之不幸，是很有可能成为梁武帝、唐明皇的。录此两章，以不负他一生创作的苦心，真所谓窥豹一斑犹不足以形容。

据传清高宗游孔林，见墓门翁仲，问随行某翰林“此为何物”，答曰“名为仲翁”。高宗只是一笑。第二天贬此翰林为江南通判，并“赐诗”一首曰：“翁仲如何说仲翁，十年窗下少夫工。从今不许为林翰，贬尔江南作判通！”此等游戏文字固不足以言诗，但亦可见高宗文思之敏捷，所作亦颇幽默。

弘 瞻

弘瞻（？—1765），号经畲道人，清世宗第六子，高宗之弟，出为十七叔父果毅亲王允礼后。乾隆三十年卒。

秋 晚

斜日大荒西，晴沙散马啼[①]。
旗翻千帐静，木落万山低。
远塞看鸿雁，连营绝鼓鼙。
关河渺长望，衰草尚萋萋。

① 散，放开。曹植《白马篇》：“仰首接飞猱，俯身散马蹄。”

德　普

德普，字子元，一字脩庵，号香松道人，郑献亲王济尔哈朗曾孙，庄亲王允禄之子，袭封辅国公，官宗人府右宗人。

途中作

目尽盘山树，天边雁数行。
客心愁岁暮，风雪过渔阳[①]。

① 渔阳，古代渔阳在今天津蓟县，盘山在蓟县西北。

曹雪芹

曹雪芹（1715？—1764）①，名霑，字梦阮，号雪芹，又号芹圃、芹溪。祖曹寅曾为江宁织造，为清圣祖所信任。雍正初，雪芹之父在清廷内部斗争中受牵连，被免职，家业亦被抄查。雪芹晚居北京西郊，生活贫困，以极大毅力创作长篇小说《红楼梦》。乾隆二十八年癸未除夕（1764.2.1）逝世，年尚不到五十。

① 红学家于曹雪芹生年有两说。一据敦诚甲申年（1764）《挽曹雪芹》诗“四十年华付杳冥”句推算，得雪芹生于雍正二年甲辰（1724）。一据张宜泉《伤芹溪居士》诗原注“年未五旬而卒”，“年未五旬”若为四十九岁，则生于康熙五十四年乙未（1715）。两说都无法推出准确的生年：“四十年华”系概而言之，未必即整四十。“年未五旬”亦未必为四十有九，小于四十九岁亦未尝不可。其生年在康熙五十四年乙未至雍正二年甲辰之间。

葬花辞

花谢花飞飞满天，红消香断有谁怜？
游丝软系飘香榭，落絮轻沾扑绣帘。
闺中女儿惜春暮，愁绪满怀无着处。
手把花锄出绣帘，忍踏落花来复去！
柳丝榆荚自芳菲，不管桃飘与李飞。
桃李明年能再发，明年闺中知有谁？
三月香巢初垒成，梁间燕子太无情。
明年花发虽可啄，却不道人去梁空巢已倾！
一年三百六十日，风刀霜剑严相逼。

明媚鲜妍能幾时，一朝飘泊难寻觅。
花开易见落难寻，阶前愁杀葬花人。
独把花锄偷洒泪，洒上空枝见血痕。
杜鹃无语正黄昏，荷锄归去掩重门。
青灯照壁人初睡，冷雨敲窗被未温。
怪侬底事倍伤神，半为怜春半恼春：
怜春忽至恼忽去，至又无言去不闻。
昨宵庭外悲歌发，知是花魂与鸟魂？
花魂鸟魂总难留，鸟自无言花自羞。
愿侬此日生双翼，随风飞到天尽头。
天尽头，何处有香丘？
未若锦囊收艳骨，一抔净土掩风流。
质本洁来还洁去，不教污淖陷渠沟。
尔今死去侬收葬，未卜侬身何日丧。
侬今葬花人笑痴，他年葬侬知是谁？
试看春残花渐落，便是红颜老死时。
一朝春尽红颜老，花落人亡两不知！

★《葬花辞》是《红楼梦》第二十七回写林黛玉葬花时所作。

秋窗风雨夕

秋花惨淡秋草黄，耿耿秋灯秋夜长。
已觉秋窗秋不尽，那堪风雨助凄凉！
助秋风雨来何速，惊破秋窗秋梦续。
抱得秋情不忍眠，自向秋窗挑泪烛。
泪烛摇摇爇短檠，牵愁照恨动离情[①]。
谁家秋院无风入？何处秋窗无雨声？

罗衾不奈秋风力，残漏声催秋雨急。
连宵脉脉复飕飕，灯前似伴离人泣[2]。
寒烟小院转萧条，疏竹虚窗时滴沥。
不知风雨幾时休，已教泪洒纱窗湿。

①爇（ruò），点燃。短檠，灯柱。爇短檠，指烛在灯柱上燃着。
②脉脉，写雨，指雨滴连续不断。飕飕，写风，指风声。

★《秋窗风雨夕》，《红楼梦》第四十五回写林黛玉仿唐人《春江花月夜》作。

西　施[1]

一代倾城逐浪花，吴宫空自忆儿家。
效颦莫笑东村女，头白溪边尚浣纱[2]。

①《西施》与后《虞姬》《明妃》，是《红楼梦》第六十四回写林黛玉所作《五美吟》中的三首。西施，传为越国美女，被越王勾践献与吴王夫差。参见吴伟业《一舸》诗注。

②“效颦”句，《庄子·天运》：“西施病心而颦，其里之丑人见而美之，归亦捧心而颦，其里之富人见之，坚闭门而不出；贫人见之，挈妻子而去之走。彼知美颦，而不知颦之所以美。”颦，同“矉”，皱眉。《庄子》寓言并未说效颦者为谁，宋代人始演化为东施。诗意谓西施在吴宫怀念家乡，认为莫要笑东村效颦之女，直到头白犹能在家乡的溪边浣纱，不似自身远羁吴国。

虞　姬[1]

肠断乌骓夜啸风，虞兮幽恨对重瞳[2]。
黥彭甘受他年醢，饮剑何如楚帐中[3]？

①虞姬，项羽所爱美人。详见姚范《过虞姬墓》诗注。

② 乌骓，项羽所骑骏马。亦详姚范诗注。重瞳，指项羽。

③ 黥彭，黥布（即英布）与彭越。皆汉初名将，楚汉战争中，黥、彭配合刘邦灭项羽，项羽灭后先后为刘邦所杀。见《史记·黥布列传》《彭越列传》。醢（hǎi），制成肉酱。汉高祖十一年（前196），“夏，汉诛梁王彭越，盛其醢以遍赐诸侯”。饮剑，以剑自刎。《史记》没有交代虞姬下落，后世戏剧谓垓下被围时，虞姬伏剑自杀，以促使项羽突围，使项、虞故事更为壮烈。诗意谓黥、彭背叛项王，倒向刘邦，终于免不了他年被杀，何如虞姬伏剑于楚帐之中以尽其忠贞（按，黥布原属项羽，后归刘邦；彭越本属刘邦，无背楚归汉事；而彭越被醢，黥布无被醢事。诗人用典，不泥着于原文）。

明 妃[①]

绝艳惊人出汉宫，红颜命薄古今同。
君王纵使轻颜色，予夺权何畀画工[②]？

① 明妃，即王昭君。见吴伟业《出塞》诗、胡天游《明妃》诗注。

② “君王”二句，《西京杂记》传汉元帝后宫既多，不得常见，乃使画工图其形容，案图幸之。诸宫人皆赂画工，独昭君自恃容貌，不肯贿赂，遂不得见。后昭君远嫁匈奴，临行召见，貌为后宫第一。为立信于外国，不复更人。乃穷案其事，画工皆弃市。参见吴雯《明妃》诗注。轻颜色，轻率对待美人。予夺权，本义为或予或夺之权，此指决定命运的权力。畀（bì），交给。

★《红楼梦》中有许多诗词作品，是曹雪芹为书中人物拟作的，或工或拙，或雅或俗，无不与书中人物的身份个性相符。为黛玉代拟的作品尤灌注了诗人的心血，其中《葬花辞》《秋窗风雨夕》最为突出地抓住了人物的性格特点，并紧密地结合了人物的命运，充分显示了雪芹塑造人物的本领。诗是“林黛玉”的，自是林黛玉风格，并非曹雪芹本人的风格。雪芹“诗追李昌谷”（敦诚句），现存诗作，除代拟书中人物的作品外，仅有题敦诚《白香山琵琶行》传奇诗的末两句，“白傅诗灵应喜甚，定教蛮素鬼排场”，确有李贺风神，同《红楼梦》中为人物代拟的作品绝然不类。但代林姑娘拟的作品，虽系表现这位多愁善感的小姐的情感，但仍曲折地反映了诗人的心态。《五美吟》中三章，虽仍具黛玉特色，亦未尝不是雪芹本意，作为一般咏怀古迹诗亦属佳作。

敦　敏

敦敏（1729—1796），字子明，清太祖努尔哈赤第十二子英亲王阿济格五世孙，与弟敦诚并就读于右翼宗学，得以结识曹雪芹。清高宗乾隆二十二年（1757），父瑚玐管理山海关税务，敦敏亦在锦州为税务官，翌年即辞官回京。其后历任右翼宗学副管、总管，乾隆四十八年因病辞官。仁宗嘉庆元年卒，年六十八。有《懋斋诗抄》。

赠芹圃①

碧水青山曲径遐，薜萝门巷足烟霞②。
寻诗人去留僧舍，卖画钱来付酒家。
燕市哭歌悲遇合，秦淮风月忆繁华③。
新愁旧恨知多少，一醉酕醄白眼斜④。

①芹圃，即曹雪芹，乾隆二十六年（1761）秋，敦敏、敦诚兄弟访曹雪芹于京郊，兄弟并赠以诗。

②遐，远。

③燕，北京。《史记·刺客列传》："荆轲既至燕，爱燕之狗屠及善击筑者高渐离。荆轲嗜酒，日与狗屠及高渐离饮于燕市。酒酣以往，高渐离击筑，荆轲和而歌于市中，相乐也，已而相泣，旁若无人者。"秦淮，南京秦淮河。忆繁华，回忆曹雪芹年青时随父在南京的生活。敦敏《芹圃曹君沾别来已一载馀矣，偶过明君琳养石轩，隔院闻高谈声，疑是曹君，急就相访，惊喜意外，因呼酒话旧事，感成长句》诗亦云："秦淮旧梦人犹在，燕市悲歌酒易醺。"二句一作"燕市狂歌悲遇合，秦淮残梦忆繁华"。

④酕醄（máo táo），酒醉貌。白眼，傲慢看人之貌。《晋书·阮籍传》：阮籍“能为青白眼，见礼俗之士，以白眼对之”。

访曹雪芹不值

野浦冻云深，柴扉晚烟薄。
山村不见人，夕阳寒欲落。

敦诚

敦诚（1734—1791），字敬亭，号松堂，敦敏之弟。清高宗乾隆二十二年（1575）受父命分管喜峰口松亭关税务。三十一年补入宗人府笔帖式，旋授太庙献爵，三十八年丁祖母忧去官。五十六年卒，年五十八。有《四松堂集》。

寄怀曹雪芹

少陵昔赠曹将军，曾曰魏武之子孙①。
君又无乃将军后，于今环堵蓬蒿屯②。
扬州旧梦久已觉，且著临邛犊鼻裈③。
爱君诗笔有奇气，直追昌谷破篱樊④。
当时虎门数晨夕，西窗剪烛风雨昏⑤。
接䍦倒着容君傲，高谈雄辩虱手扪⑥。
感时思君不相见，蓟门落日松亭尊⑦。
劝君莫弹食客铗，劝君莫扣富儿门⑧。
残杯冷炙有德色，不如著书黄叶村⑨。

① 少陵，即杜甫。杜甫《丹青引赠曹将军霸》："将军魏武之子孙，于今为庶为清门。英雄割据虽已矣，文彩风流今尚存。"

② 无乃，莫不是，揣度之词。环堵，犹言四壁。陶渊明《五柳先生传》："环堵萧然，不蔽风雨。"

③ 扬州旧梦，原注："雪芹曾随其先祖寅织造之任。"曹雪芹祖辈先后为江宁织造六十年，雪芹童年随其祖父曹寅在江宁（南京）度过。后遭受变故，繁

华梦碎。“扬州旧梦”用杜牧《遣怀》诗“十年一觉扬州梦”典。临邛，今属四川。汉司马相如，蜀郡成都人。为梁孝王客。梁孝王卒，相如归成都，家贫无以自业。后至临邛，以琴挑临邛富人卓王孙女文君，文君夜奔相如。相如乃于临邛“买一酒舍酤酒，而令文君当垆，相如身自着犊鼻裈，与保庸杂作，涤器于市中”。见《史记·司马相如传》。犊鼻裈（kūn），一种劳动服，形如犊鼻，据说即围裙。

④ 昌谷，即李贺，因居于昌谷得名。破篱樊，突破框框，不受束缚。

⑤ 虎门，周代王视朝于路寝，门外画虎，以象威仪，因曰虎门。《周礼·地官·师氏》：“居虎门之左，司王朝，掌国中失之事以教国子弟，凡国之贵游子弟学焉。”此指清宗室子弟所上之宗学。《八旗文经·允礼〈宗学记〉》：“念我宗室子弟，尤教育所宜先。特谕立东西二学于禁城之左右。自王公庶位，以及凡有属籍者，其子弟愿学则入焉，即《周官》立学于虎门之外以教国子弟之义也。”敦氏兄弟在右翼宗学结识曹雪芹。数晨夕，犹言多少晨夕，概略之词。西窗剪烛，语本李商隐《夜雨寄北》诗“何当共剪西窗烛”句。

⑥ 接䍦（lí），头巾名。《晋书·山简传》：山简镇襄阳，常游习氏高阳池，置酒即醉。儿童歌曰：“山公出何许，往至高阳池。日夕倒载归，酩酊无所知。时时能骑马，倒着白接䍦。”高谈雄辩，杜甫《饮中八仙歌》：“焦遂五斗方卓然，高谈雄辩惊四筵。”虱手扪，《晋书·王猛传》：“桓温入关，猛被褐而诣之，一面谈当世之事，扪虱而言，旁若无人。”

⑦ 蓟门，蓟门关遗址在北京德胜门西。松亭，指喜峰口松亭关。原注：“时余在喜峰口。”蓟门，雪芹所居处。松亭，敦诚所在之地。

⑧ 弹食客铗，战国时齐人冯谖为孟尝君食客，开始不被重视。冯谖三次弹铗而歌曰：“长铗归来乎，食无鱼！”“长铗归来乎，出无舆！”“长铗归来乎，无以为家！”见《战国策·齐策》。扣富儿门，杜甫《奉赠韦左丞文》诗：“骑驴三十载，旅食京华春。朝扣富儿门，暮随肥马尘。残杯与冷炙，到处潜悲辛！”

⑨ 有德色，谓富儿们给予人残杯冷炙，自以为有德于人。一说，德，得也，谓受人残杯冷具，不以为耻而有自得之色。

赠曹雪芹①

满径蓬蒿老不华，举家食粥酒常赊。
衡门僻巷愁今雨，废馆颓楼梦旧家。
司业青钱留客醉，步兵白眼向人斜②。

何人肯与猪肝食，日暮西山餐暮霞[③]。

①此与敦敏《赠芹圃》为同时之作。

②司业青钱，杜甫《戏简郑广文兼呈苏司业》："才名三十年，坐客寒无毡。赖有苏司业，时时乞酒钱。"句意谓雪芹贫困，生活费用受他人周济。步兵，指晋阮籍，籍尝为步兵校尉。步兵白眼，《晋书·阮籍传》："籍又能为青白眼，见礼俗之士，以白眼对之。"此用以比雪芹，谓雪芹秉性傲岸。

③猪肝食，《后汉书·闵仲叔传》："太原闵仲叔者，世称节士。……客居安邑，老病家贫，不能得肉，日买猪肝一片，屠者或不肯与。安邑令闻，敕吏常给焉。仲叔怪而问之，乃叹曰：'闵仲叔岂以口腹累安邑邪！'遂去。"西山，指北京西山。

★曹雪芹生平材料甚少，赖敦氏兄弟诗，可以窥见其穷困潦倒之状，尤能见其傲岸倔强的个性，诗亦华赡深致，颇见功力。

挽曹雪芹二首

四十年华付杳冥，哀旌一片阿谁铭[①]？
孤儿渺漠魂应逐，新妇飘零目岂瞑[②]？
牛鬼遗文悲李贺，鹿车荷锸葬刘伶[③]。
故人惟有青山泪，絮酒生刍上旧坰[④]。

开箧犹存冰雪文，故交零落散如云[⑤]。
三年下第曾怜我，一病无医竟负君[⑥]。
邺下才人应有恨，山阳残笛不堪闻[⑦]。
他时瘦马西州路，宿草寒烟对落曛[⑧]！

①四十年华，曹雪芹于乾隆二十八年癸未除夕（1764.2.1）逝世，年在四十以上，"四十年华"概而言之。

②"孤儿"句，原注："前数月伊子殇，因感伤成疾。"新妇，曹雪芹后妻。

③“牛鬼”句，杜牧《李长吉歌诗叙》：“鲸呿鳌掷，牛鬼蛇神，不足为其虚荒诞幻也。”曹雪芹诗风似李贺。“鹿车”句，《晋书·刘伶传》：“常乘鹿车，携一壶酒，使人荷锸而随之，谓曰：‘死便埋我！’”

④絮酒，《后汉书·徐稺传》注引谢承《书》：“稺前后为诸公所征虽不就，有死丧负笈赴吊。尝于家豫炙鸡一只，以一两绵丝渍酒中，暴干以裹鸡，径到所赴冢队外，以水渍绵使有酒气，斗米饭，白茅为藉，以鸡置前，酹酒毕，留谒而去，不见丧主。”生刍，新鲜草。《徐稺传》：郭林宗“有母忧，稺往吊之，置生刍一束于庐前而去。众怪，不知其故。林宗曰：‘此必南州高士徐孺子也。《诗》不云乎，“生刍一束，其人如玉”，吾无德以堪之。’”坰，郊野，此指雪芹坟地。

⑤箧，箱。

⑥三年下第，自述当年考试失利，得雪芹同情。一病无医，必是雪芹因贫困贻误了医治。

⑦邺，汉末曹操为魏王都于邺，今河北南漳。邺下才人，指建安七子等人。建安二十二年（217）洛阳大疫，徐干、陈琳、应玚、刘桢相继谢世。曹丕《与吴质书》：“昔年疾疫，亲故多离其灾。徐陈应刘，一时俱逝，痛可言邪！”山阳，今河南修武。山阳旧笛，向秀与嵇康、吕安友善，后嵇、吕并被司马昭杀害。向秀经嵇康山阳旧居，闻邻人吹笛，无限怀伤，因作《思旧赋》。

⑧瘦马西州路，用晋羊昙醉过西州路怀念谢安故事。见许廷鑅《重过东园别墅感旧作》诗注。宿草，《礼记·檀弓》：“朋友之墓，有宿草而不哭焉。”

★挽诗第一首有两稿。初稿云：“四十萧然太瘦生，晓风昨日送铭旌。肠回故垅孤儿泣，泪迸荒天寡妇声。牛鬼遗文悲李贺，鹿车荷锸葬刘伶。故人欲有生刍吊，何处招魂赋楚蘅？”两稿文字差别甚大，惟“牛鬼遗文”一联保持原貌。此联切合雪芹性格特点，确乎不可移易。改定稿注明“甲申”，为乾隆二十九年（1764），盖雪芹卒于癸未除夕，挽诗作于年后。

敦敏、敦诚集中诗以涉雪芹之作最为上乘，也最有价值。敦氏兄弟得亏有雪芹，使之得附骥尾而垂于不朽；雪芹也得亏有敦氏兄弟，使其坎坷平生亦有知音；后世读者也得亏敦氏诗作，可以稍微窥见雪芹萧条境况及其傲岸精神，谓之诗传可，谓之诗史亦无不可。

过十三陵[①]

巩华城北风烟合，天寿山前云树层[②]。
立马平原闲指点，晚烟残照十三陵！

① 十三陵，即明十三陵，在北京昌平天寿山南麓。参见朱彝尊《来青轩》诗注。

② 巩华城，疑即昌平城。层，重叠。

袁 枚

袁枚（1716—1798），字子才，号简斋，浙江钱塘（今杭州）人。清高宗乾隆四年己未（1739）与沈德潜同榜进士，然较沈年轻四十三岁，授翰林院庶吉士，出官江南，曾为溧水、江浦、沭阳、江宁知县。乾隆十四年（1749）辞官家居。十七年“再起，发陕西；甫及陕，遭父丧归[①]。”时年未四十，从此不再出仕。居于江宁小仓山之随园，世称随园先生，亦号仓山居士。居随园近五十年。仁宗嘉庆二年卒[②]，年八十二。

随园倡“性灵说”，与沈归愚“格调说”相抗。主张诗要抒写人之情性，反对依傍前人。在清中叶影响甚大，对后来亦有启发。惟随园生活放荡，其轻薄浮荡习气亦贯注诗中，故虽有才情而品位不高。有《小仓山房诗文集》《随园诗话》等。

① 引语见姚鼐《袁随园君墓志铭》。

② 姚鼐《袁随园君墓志铭》：“君卒于嘉庆二年十一月十七日，年八十二。”嘉庆二年为公历一七九七，然十一月十七日已是一七九八年一月三日。

夜过瓜洲[①]

霜雁一声语，烟江两岸秋。
芦花三十里，吹雪满船头。
我欲乘潮去，孤帆夜不收。
苍茫云树外，明月出瓜洲。

① 瓜洲，在今江苏邗江县，大运河于此注入长江。

★此等五律，遵守韵律，却不讲对仗，一气而下，自然流畅。始于李白《夜泊牛渚怀古》，宋人间亦有之，然名作不多。随园用之，还算得心应手。

题史阁部遗像二首[①]

每过梅花岭，思公泪欲零[②]。
高山空仰止，到眼忽丹青[③]。
胜国衣冠古，孤臣鬓髮星[④]。
宛然文信国，独立小朝廷[⑤]。

已断长淮臂，难挥落日戈[⑥]。
风云方惨淡，天子正笙歌[⑦]。
四镇调停苦，三军涕泪多[⑧]。
至今图画上，如盼旧山河。

① 史阁部，即史可法，参见孔尚任《秣陵秋》注。

② 梅花岭，在江苏扬州城广储门外，史可法誓师之地。顺治二年（1645），清军南下，扬州城破，史可法以身殉国。事后其养子史德威以其衣冠葬于梅花岭。

③ “高山”二句，《诗·小雅·车辖》：“高山仰止，景行行止。”后世以“高山仰止”比喻对伟人的崇敬。丹青，指画像。

④ 胜国，前朝，指明王朝。《周礼·地官·媒氏》：“凡男女之阴讼，听之于胜国之社。”郑玄注：“胜国，亡国也。”史可法是明臣，故其画像着明代衣冠。孤臣，指史可法。鬓髮星，指画中的史可法鬓髮花白。

⑤ 文信国，宋末抗元英雄文天祥，宋端宗景炎元年（1276）拜右丞相，封信国公。

⑥ 已断长淮臂，弘光元年（清顺治二年）四月，清兵南下，淮南告急，亳州、盱眙、泗州相继失守，南明已断长淮一臂。难挥落日戈，谓史可法难以挽回大局。《淮南子·览冥》：“鲁阳公与韩构难，战酣，日暮，援戈而抐之，日

为之反三舍。”

⑦“风云”二句谓国家大局风云惨淡，而弘光帝却仍然荒淫享乐。

⑧“四镇”二句：南明分江北为四镇：命刘泽清辖淮海，驻淮北，经理山东一路；高杰辖徐泗，驻泗水，经理开归一路；刘良佐辖凤寿，驻临淮，经理陈杞一路；黄得功辖滁和，驻庐州，经理光固一路。晋得功靖南侯，封高杰兴平伯，刘泽清东平伯，刘良佐广昌伯。黄得功、刘泽清、高杰争欲驻扬州。高杰先至。欲进城，扬州不接纳，高杰攻城甚急，劫掠城厢妇女财物。刘泽清亦大掠淮上。福王命史可法出京调停，黄得功、刘良佐、刘泽清皆听命。可法诣高杰。杰素惮可法，夜掘坑千百，埋瘗尸骸。明日谒可法帐中，词色俱变。可法坦怀待之，高杰大喜过望，然亦自此轻易可法，愈益跋扈。终弘光之世，始终未能统一对敌。

谢太傅祠①

一笑翩然载酒行，东山女妓亦苍生②。
能支江左偏安局，难遣中年以后情③。
花下残棋儿破敌，灯前老泪客纵横④。
荒祠隔叶黄鹂语，犹似当时丝竹声⑤。

①谢太傅，东晋谢安，字安石，陈郡阳夏（今河南太康）人，寓居会稽东山，累辟不就，年四十馀始出仕。晋孝武帝时为宰相。太元八年（383），前秦苻坚率九十万大军南侵，谢安使弟谢石、侄谢玄等率八万北府兵迎敌，大破秦军于淝水，并乘机收复洛阳及青、兖、徐、豫等州。后会稽王司马道子执政，排挤谢氏，谢安乃出镇广陵。太元十年病逝。赠太傅，封庐陵郡公。见《晋书·谢安传》。

②翩然，轻快之貌。女妓，《谢安传》：“安虽放情丘壑，然每游赏，必以妓女从。”苍生，指百姓。《谢安传》：“征西大将军桓温请为司马，将发新亭，朝士咸送。中丞高崧戏之曰：‘卿累违朝旨，高卧东山。诸人每相与言：安石不肯出，将如天下苍生何？苍生今亦将如卿何？’安甚有愧色。”如天下苍生何，是当时人对谢安的期望；谢安爱以妓女随从游赏。这本是两码事，袁枚对“以妓女从”最有兴趣，故曰“东山女妓亦苍生”。

③“能支”句，谢安当国之日，晋室偏安，外有强敌侵凌，内有权臣跋扈，谢安和辑上下，朝廷赖以安定。“难遣”句，《世说新语·言语》：“谢太傅语王

右军曰：‘中年伤于哀乐，与亲友别，辄作数日恶。’王曰：‘年在桑榆，自然至此，正赖丝竹陶写，恒恐儿辈觉，损欣乐之趣。’”王右军，王羲之。

④“花下残棋”句，《谢安传》：淝水之战，谢玄等在前线大破秦军。“有驿书至，安方对客围棋，看书既竟，便摄放床上，了无喜色，棋如故。客问之，徐答曰：‘小儿辈遂已破贼。’”“灯前老泪”句，《晋书·桓伊传》：孝武帝末年，司马道子执政，忌刻谢安。帝召桓伊宴饮，谢安侍坐。“伊便抚筝而歌怨诗曰：‘为君既不易，为臣良独难。忠信事不显，乃有见疑患。周旦佐文武，金縢功不刊。推心辅王政，二叔反流言！’声节慷慨，俯仰可观。安泣下沾衿，乃越席而就之，捋其须曰：‘使君于此不凡！’帝甚有愧色。”

⑤隔叶黄鹂，用杜甫《蜀相》诗“隔叶黄鹂空好音”句中词语。

澶渊①

路出澶河水最清，当年照影见亲征。
满朝白面三迁议，一角黄旗万岁声②。
金币无多民已困，燕云不取祸终生③。
行人立马秋风里，懊恼孱王早罢兵④。

①澶渊，古湖泊名，在今河南濮阳县西。此实指澶州，因澶州又称澶渊郡。宋真宗景德元年（1004），辽萧太后与圣宗率军大举南侵，真宗畏怯，王钦若、陈尧叟等大臣主张迁都南逃，宰相寇准力排众议，主张坚决抵抗，并亲自督战，奉真宗“亲征”。至澶州（今河南濮阳）城下打败辽军，射杀辽大将萧挞览。辽军背后城镇仍有宋军坚守。辽恐腹背受敌，提出与宋议和。真宗本甚畏怯，当即通过降辽旧将王继忠先通关节，然后派曹利用赴辽营谈判。于是年十二月与辽订立和约。宋方本处于胜利之后的有利形势，和约却议定宋每年输辽岁币银十万两，绢二十万匹。史称“澶渊之盟”。

②白面，《宋书·沈庆之传》，沈庆之谓宋文帝曰：“陛下今欲伐国，而与白面书生辈谋之，事何由济！”白面书生，指见识浅薄的文士，诗中指王钦若、陈尧叟等人。黄旗，指宋真宗的旗帜。《宋史·寇准传》：“（高琼）即麾卫士进辇，帝遂渡河，御北城门楼，远近望见御盖，踊跃欢呼，声闻数十里。契丹相视惊愕，不能成列。”二句意谓满朝怯弱无能的朝臣主张迁都逃跑，而人民百姓是希望坚决抗敌的，故一见真宗旗帜，即踊跃欢呼。

③“金币无多”句：宋军本已胜利，却仍然向敌人输送从老百姓那里剥削

得来的“金币”。“金币无多”句，谓国家储备本来就不多，却年年输送敌国，使人民更加穷困。“燕云不取”句：后晋石敬塘将燕云十六州献与契丹，借契丹兵力，消灭后唐，登上帝位。燕云十六州即幽、蓟、瀛、莫、涿、檀、顺、新、妫、儒、武、云、应、寰、朔、蔚，地域在今山西、河北两省北部广大地区。终有宋之世燕云十六州始终未能收复，北宋末，女真政权金国南侵，攻陷汴京，虏徽、钦二宗北去，北宋灭亡，所以说“祸终生”。

④ 孱王，指宋真宗。宋军本可乘胜追击，但真宗孱弱怯敌，结果仍订立屈辱的和议，遗后来严重的祸患。

秦中杂感[①]

百战风云一望收，龙蛇白骨几堆愁[②]。
旌旗影没南山在，歌舞台空渭水流[③]。
天近易回三辅雁，地高先得九州秋[④]。
扶风豪士能怜我，应是当年马少游[⑤]。

① 秦中，陕西中部，此实指西安，为汉唐等朝政治中心。

② 龙蛇，喻贤者和不贤者，统治者和被统治者，杰出人物和凡庸人物。

③ 南山，终南山，在西安之南。渭水，黄河支流，自西向东流贯陕西平原，经西安至此。

④ 三辅，西汉于京畿设京兆尹、左冯翊、右扶风，合称三辅，后世仍用以指秦中地区。九州，《尚书·禹贡》分天下为九州，此概指整个中国。

⑤ 扶风豪士，李白《扶风豪士歌》：“扶风豪士天下奇，意气相倾山可移。”马少游，东汉初扶风人，伏波将军马援从弟。建武十八年（42），马援南征交趾，胜利后，谓官属曰：“吾从弟少游常哀吾慷慨多大志，曰：‘士生一世，但取衣食裁足，乘下泽车，御款段马，为郡掾吏，守坟墓，乡里称善人，斯可矣。致求盈馀，但自苦耳。’当吾在浪泊西里间，虏未灭之时，下潦上雾，毒气熏蒸，仰视飞鸢跕跕堕水中，卧念少游平生时语，何可得也！”见《后汉书·马援传》。诗意谓能怜我之扶风豪士，应是当年马少游，此表示自己无意久为官宦，宁愿归居乡里。乾隆十七年（1752）袁枚赴陕西，未幾即因父丧南归金陵，诗中已微露退隐之意。

谒岳王墓作[①]

江山也要伟人扶，神化丹青即画图。
赖有岳于双少保，人间才觉重西湖[②]。

① 岳王墓，即岳飞墓，在杭州西湖栖霞岭下。

② 岳于双少保，宋代岳飞和明代于谦，皆著名将领，皆曾官加少保。于谦墓亦在西湖。

★“赖有岳于双少保，人间才觉重西湖”，用极简易的语言，把“江山也要伟人扶”的意思表达得极为精辟，对岳、于二公的颂扬也自在言中。但“神化丹青即画图”一句不好理解。丹青应指祠中的画像，与画图似是一个概念。古人常将优美的自然景观比为画图。白居易《春题湖上》诗“湖上春来似画图”，即写杭州西湖。此处似谓岳、于二公之神化作祠中的画像即成为西湖的景观。然如此解释，甚觉勉强。

沙　沟[①]

沙沟日影渐朦胧，隐隐黄河出树中。
刚卷车帘还放下，太阳力薄不胜风。

① 沙沟，本诗前一首为《东阿道中》，清代东阿在今山东平阴县西南黄河东岸，沙沟当相距不远，“隐隐”可见黄河。

寄聪娘[①]

一枝花对足风流，何事人间万户侯[②]？
生把黄金买离别，是侬薄幸是侬愁[③]。

① 聪娘，姓方，苏州人，袁枚于乾隆十三年（1748）纳为妾。诗是乾隆

十七年袁枚赴陕西后所作。

② 一枝花，喻指聪娘。何事，何必从事，何用追求。解作何必事奉亦通，《易·蛊》有“不事王侯”语，于训诂亦有据；然理解为何必从事更好。

③ 生把，犹硬把。黄金买离别，谓为了做官花却许多费用，并无意思，只买得和爱妾离别而已。侬，我。薄幸，薄情，负心。杜牧《遣怀》诗：“十年一觉扬州梦，赢得青楼薄幸名。”句意谓薄幸离别的是我，而今相思愁苦的也是我。

★人不必都是“大丈夫有志四方，小女子之离情别意，收拾须臾可耳”的英雄，痴情男女亦未尝不可。关键在于感情是否真挚。即如此诗，表现的如果是一种专注的爱情，写得实在不错。可惜袁枚拥有的不只是一枝花，而是一丛花，一堆花，家花，野花，所在多有；联系诗人的人格，作品就未免减价。方聪娘那枝“花”收读此诗也许非常兴奋，别的“花”该有何感触！何况袁枚还有结髮嫡妻在。其《病中赠内》诗云：“千金尽买群花笑，一病才征结髮情。”原来袁枚对于“花”的态度也是一种买卖，这首赠内诗自然算不得情诗，也难说是忏悔，而是一种招供。

马 嵬①

莫唱当年长恨歌，人间亦自有银河②。
石壕村里夫妻别，泪比长生殿上多③！

① 马嵬，驿名，又叫马嵬坡，在陕西兴平县西。天宝十五载（756），安禄山叛乱，六月潼关失守，唐玄宗逃出长安，西行至马嵬驿，发生兵变，杀扬国忠，玄宗被迫缢杀杨贵妃。

② 长恨歌，白居易名作，写唐玄宗杨贵妃的悲剧。

③ 石壕村里夫妻别，杜甫《石壕吏》写石壕村中一对老年夫妇，三个儿子都已入军，其中两个已经战死，官吏仍连夜捉人，老妇被迫随吏前去。长生殿，在骊山华清宫内。洪昇《长生殿》传奇即写唐玄宗、杨贵妃故事。

★宋李觏《读长恨辞》诗云：“蜀道如天夜雨淫，乱铃声里倍沾襟。当时更有军中死，自是君王不动心！”与袁枚诗旨相近。但李诗针对唐玄宗而

不把矛头指向《长恨歌》的作者，比袁枚更高一筹。

佟法海《浔阳楼》诗云："琵琶一曲断肠声，触拨当筵谪宦情。为语江州白司马，留将眼泪哭苍生！"这种批评就更为过分。"苍生"要哭，"谪宦情"也未尝不可以抒发。佟法海又用多少眼泪去哭过苍生呢？恐怕还没有资格去一窥江州司马的门墙吧！佟法海，字渊若，辽阳人。清圣祖康熙三十三年甲戌（1694）进士，早于袁枚半个世纪。

山居绝句

青芦叶叶动春潮，堤上杨花带雪飘。
满地月明仙鹤语，碧天如水一枝箫。

偶　题

春归未归雨复晴，竹西窗户风泠泠。
野蔷薇喜没人到，雪白小花开一庭。

★袁枚诗以才情取胜，往往不甚严谨。即如《山居绝句》《偶题》二诗，后两句都很精彩，前两句却系凑合。前一首中"青芦叶叶"、"堤上杨花"写的只能是白天，后面"满地月明"、"碧天如水"却是夜晚，两者时间完全不同，作者却把它胡乱拉在一起。"杨花带雪飘"，"雪"即指杨花，又怎能说"带雪飘"呢？诗句实有严重语病。后一首"春归未归"二句了无诗味，也系勉强凑合。

山行杂咏

十里崎岖半里平，一峰才送一峰迎。
春山似茧将人裹，不信前头有路行。

★袁枚喜杨诚斋，此等七绝全仿诚斋体，"一峰才送一峰迎"更是从诚斋诗"一山放过一山拦"翻印得来。

黄 达

黄达，字上之，江南华亭（今上海）人。清高宗乾隆十七年壬申（1752）进士，官淮安教授。

秦山望海歌[①]

祖龙雄心控八极，车辙欲穷神禹迹[②]。
驱山直到海东头，千载犹传驰道直[③]。
一卷矗立张溪滨，登临咤叱惊鬼神[④]。
阿房已烬陵隧毁，至今山姓犹称秦[⑤]。
我来正值秋风发，万里沧波坐超忽[⑥]。
扶桑若木望依稀，鳌掷鲸呿纷出没[⑦]。
古今何事无变迁，幾回海水成桑田[⑧]。
高三过五竟安在，惟有寒潮去复还[⑨]！

① 秦山，在江苏赣榆县东海中，今称秦山岛。相传秦始皇帝尝登此，并勒石颂德。西南水底有“神路”三十里，阔仅数尺，亦传为秦始皇所筑。

② 祖龙，即秦始皇。《史记·秦始皇本纪》：三十六年（前211），“秋，使者从关东夜过华阴平舒道，有人持璧遮使者曰：‘为我遗滈池君！’因言曰：‘今年祖龙死！’使者问其故，因忽不见，置其璧去。”集解引苏林曰：“祖，始也。龙，人君象。谓始皇也。”八极，八方极远之地。《淮南子·地形》：“天地之间，九州八极。”神禹，夏禹。禹平水土，奠定山河。神禹迹，泛指全国。

③ 驱山，传说秦始皇作石桥欲至日出之处，时有神人鞭石下海，石行不速，神辄鞭之。见《太平寰宇记》卷二十引《济略纪》。后更演为秦始皇可以鞭石驱山。诗意谓秦山仿佛秦始皇驱入海中者。驰道，秦始皇为便于巡游，修驰道。

④ 卷，通“拳”。一拳，言山不大。张溪，不详。溪，疑当作“海”。张海，犹鲍照《芜城赋》所称“涨海”，此指东海。

⑤ 阿房，秦始皇所筑宫名，未及峻工而秦灭亡。项羽入关，“引兵西屠咸阳，杀秦降王子婴，烧秦宫室，火三月不灭”。见《史记·项羽本纪》。烬，烧为灰烬。陵隧毁，秦始皇的陵墓隧道亦被焚毁。《汉书·楚元王传》载刘向谏营昌陵疏：“秦始皇帝葬于骊山之阿，下锢三泉，上崇山坟，其高五十馀丈，周回五里有馀。石椁为游馆，人膏为灯烛，水银为江海，黄金为凫雁。珍宝之藏，机械之变，棺椁之丽，宫馆之盛，不可胜原。又多杀宫人，生埋工匠，计以万数。天下苦其役而反之。骊山之作未成，而周章百万之师至其下矣。项籍燔其宫室营宇，往者咸见发掘。其后牧儿亡羊，羊入其凿，牧者持火照求羊，失火烧其臧椁。自古至今，葬未有盛如始皇者也，数年之间，外被项籍之灾，内离牧竖之祸，岂不哀哉！”山姓犹称秦，谓山即因秦始皇得名。

⑥ 坐，乃，遂。超忽，遥远貌。坐超忽，犹言如此遥远。

⑦ 扶桑、若木，皆神话中木名。《山海经·海外东经》：“汤谷上有扶桑，十日所浴。”《楚辞·离骚》：“折若木以拂日兮，聊逍遥以相羊。”此或代指海中岛屿。鳌，传说中海中大龟。掷，腾跃。鲸，鲸鱼。呿，张口，指张口喷水。

⑧ 事，物也。何事无变迁，有什么东西不发生变化，意即一切都会变迁。海水成桑田，《神仙传》：“麻姑自说云：接侍以来，已见东海三为桑田。”

⑨ 高三过五，谓秦始皇帝自以为功业高过三皇五帝。中国古代最高统治者称为“皇帝”，始于秦始皇帝，即有高三皇、过五帝之意。

王鸣盛

王鸣盛（1722—1797），字凤喈，号礼堂，又号西庄，晚年又号西沚，江苏嘉定（属今上海市）人。清高宗乾隆十九年甲戌（1754）进士，授编修。历官内阁学士兼礼部侍郎。典试闽中，以多用驿马，降光禄寺卿。仁宗嘉庆二年卒，年七十六。王鸣盛为沈德潜高足之一，诗宗汉魏盛唐。乾隆十八年沈德潜选王鸣盛与吴泰来竹屿、王昶兰泉、黄文莲星槎，赵文哲璞庵、钱大昕竹汀、曹仁虎习庵，为吴中七子诗。七子中以吴泰来、钱大昕、王鸣盛成就较大。王鸣盛是著名经学家、史学家，所著《尚书后案》《十七史商榷》皆为名著。有《耕养斋诗文集》《西沚居士集》等。

天　门①

白浪天门断，千崖杳莫攀。
登舻一长啸，遥见谢公山②。
我欲浮湘去，行吟楚泽南③。
今宵对明月，把酒慰离颜。

① 天门，安徽当涂县东梁山与和县西梁山夹大江对峙如门，合称天门山。李白有《天门山》诗。

② 舻，船头。谢公山，即当涂城西青山，因南齐谢朓曾游于此得名。

③ 湘，湖南湘水。行吟楚泽，《楚辞·渔父》：“屈原既放，游于江潭，行吟泽畔。”诗人其时有湘楚之行。

西湖葛岭有嘲[1]

忙里能闲号半闲，相公胸次本来宽[2]。
襄樊失守成何事，不抵秋虫胜负看[3]。

① 葛岭，在西湖栖霞山东麓。参见厉鹗《秋夜宿葛岭涵青精舍》诗注。

② 半闲，南宋权相贾似道堂名。相公，即指贾似道。

③ “襄樊”二句：宋度宗咸淳三年（1267），蒙古大军围襄阳，守将吕文焕率领军民坚守达六年之久，多次向朝廷求援，贾似道隐匿军情，坐视不救，仍荒嬉无度，日与姬妾宾僚嬉戏，并斗蟋蟀取乐。致使襄樊失守，江淮相继陷落，国事遂不可收拾，宋室因此灭亡。

纪 昀

纪昀（1724—1805），字晓岚，一字春帆，号石云，直隶献县（今属河北）人。清高宗乾隆十九年甲戌（1754）进士，授庶吉士，迁侍读学士。乾隆三十四年（1769）因姻亲两淮盐运使卢见曾盐务案牵连，谪戍乌鲁木齐，在疆两年。释还，复授编修。官至礼部尚书、协办大学士，加太子太保。三十八年开四库全书馆，为总纂官。每进一书，作“提要”冠诸卷首，溯源竟委，抉奥提纲，至为精审。仁宗嘉庆十年卒，年八十二。纪晓岚于《四库全书》的编辑，贡献巨大，其诗却系侍臣之作，多歌功颂德，庸庸无奇。又著《阅微草堂笔记》，志怪述异，略仿《聊斋志异》，成就相距天壤。有《纪文达公遗集》。

书赠毛副戎

雄心老去渐颓唐，醉卧将军古战场。
半夜醒来吹铁笛，满天明月满林霜。

★《阅微草堂笔记》：“余从军西域时，一日，功加毛副戎自述平生，怅怀今昔，偶为赋一绝句云云。毛不解诗，余亦不复存稿。”毛副戎，其人不详。纪晓岚在西疆作《乌鲁木齐杂诗》一百六十首，纪西陲风物人情，有同用韵语写风土笔记，可作地方史料看，大多缺乏诗味，远不如赠毛副戎一绝之有风致。这是诗人“不复存稿”的率意之作，实在比他认真“存稿”数以百计的作品要好。

题秋海棠

憔悴幽花剧可怜，斜阳院落晚晴天。
词人老大风情减，犹对残红一怅然！

★此诗作于乾隆三十八年（1771）九月，时纪氏年四十八。据《阅微草堂笔记》，纪氏四叔母季安人拟以婢文鸾为晓岚侍史，为文鸾之父所阻，文鸾郁郁以死。二十年后忽然梦见，询其葬处，则丘垅已平，荒榛蔓草，不可识矣。纪氏云："余题秋海棠诗，宛如为斯人咏也。"

富春至严陵山水甚佳二首①

沿江无数好山迎，才出杭州眼便明。
两岸濛濛空翠合，琉璃镜里一帆行。

浓似春云淡似烟，参差绿到大江边。
斜阳流水推篷坐，翠色随人欲上船。

① 富春，今浙江富阳古称，钱塘江自萧山至桐庐一段称富春江，沿江风光秀丽。严陵，桐庐县西南富春山又称严陵山，为东汉严子陵垂钓处，山下有严陵滩。

★"浓似春云淡似烟"，本集如此，写江畔山岚，亦即下文的翠色。选本或作"山色空濛淡似烟"，必系他人改笔，严重违背作者原意。"山色空濛"全袭东坡词语，须知东坡"山色空濛雨亦奇"系写雨景，并不"淡"。又，原作有"浓"有"淡"，下文乃有"参差绿到大江边"，与之呼应。若只有"淡"而无"浓"，有何"参差"之可言？且末句"翠色随人欲上船"，其翠绿可知，若"山色空濛淡似烟"，又何来如此浓翠？前人作品本来就不该改动，而改动又谈何容易！

王　昶

王昶（1724—1806），字德甫，号兰泉，又号述庵，青浦（今上海青浦）人。清高宗乾隆十九年甲戌（1754）进士。二十二年丁丑（1757）高宗南巡召试，赐内阁中书。官至刑部侍郎。乾隆五十八年致仕，年已七十。嘉庆十一年卒，年八十三。王昶曾参与纂修《大清一统志》，辑录《明词综》《国朝词综》《湖海诗传》《湖海文传》。著有《春融堂诗文集》。

皇甫林吊陈黄门子龙故居①

湘真遗阁久凋零，细柳新蒲满夕汀②。
正则怀沙魂未散，苌弘藏血墓谁铭③？
东吴宾客开坛坫，北地文章有典型④。
所惜玉樊俱泯灭，云旗风马共扬灵⑤。

① 陈黄门，即陈子龙（1608—1647），字卧子，号大樽，松江华亭人，明思宗崇祯十年（1637）进士。清军破南京，子龙在松江起兵，失败后避匿山中。清顺治四年（1647）五月在苏州被捕，乘间投水自尽。陈子龙不仅是抗清志士，且是晚明杰出诗人。古代有给事黄门侍郎，陈子龙曾在南明弘光朝任兵科给事中，故称陈黄门。

② 湘真，陈子龙故居有湘真阁，其诗集称《湘真草》。细柳新蒲，杜甫《哀江头》诗有“细柳新蒲为谁绿”句。

③ 正则，即屈原。《楚辞·离骚》：“皇览揆余于初度兮，肇锡余以嘉名：名余曰正则兮，字余曰灵均。”屈原被楚王放逐，后作《怀沙》之赋，遂怀石自沉于汨罗。苌弘，《庄子·外物》：“苌弘死于蜀，藏其血三年化而为碧。”注：

“苌弘放归蜀，自恨忠而遭谮，刳肠而死。蜀人感之，以匮盛其血，三年而化为碧玉。”《国语·周语下》、《左传》哀公三年，均谓苌弘为周敬王大夫。又，王嘉《拾遗记》谓苌弘为周灵王时人。

④“东吴”句：陈子龙少与李雯、宋征舆称“云间三子”，又与夏允彝等组几社，其诗为东南巨擘，被称为“殿残明一代诗，当首屈一指”。“北地”句：子龙诗承明七子遗绪，宗尚盛唐。北地即前七子首领李梦阳，庆阳人，庆阳秦汉时为北地郡，故称李北地。但后来陈子龙起兵抗清，大节凛然，其时所作，悲壮苍凉，成就超越七子诸人。

⑤玉樊，指夏完淳。完淳为陈子龙弟子，十四岁随父夏允彝、师陈子龙起兵抗清，殉国时年仅十七岁。完淳有《玉樊堂集》。云旗风马，《楚辞·离骚》：“驾八龙之婉婉兮，载云旗之委蛇。”李白《梦游天姥吟留别》：“霓为衣兮风为马，云之君兮纷纷而来下。”

塞上曲

绝塞秋高万马霜，边城寒色晓苍苍。
夜深明月横沧海，独上高台望故乡。

过吴江

烟村一路鹧鸪啼，油菜花残豆荚齐。
几日东风微雨过，春芜绿遍画桥西。

★沈德潜的弟子们以亲受指点为荣，故王昶在《蒲褐山房诗话》中特别说明：“沈文悫门下承其指授者，以盛青嵝（盛锦）、周迂村（周准）、顾禄百（顾贻禄）、陈经邦（陈魁）为最；其后则王凤喈（王鸣盛）、钱晓征（钱大昕）、曹来殷（曹仁虎）、褚左峨（褚廷璋）、赵损之（赵文哲）、张策时（张纯熙）及予（王昶）。后有考诗学源流为接武羽翼之说者，不可不知。若企晋（吴泰来）虽曾亲风旨，要未尝有瓣香之奉也。”沈德潜在长达六十馀年的教授生涯中，门生弟子甚众，在吴中影响尤大。其中王鸣盛、钱大昕后来主要不以诗名而成为杰出的学者。被王昶点名排斥的吴泰来，沈德潜曾将其编入吴中七子，其成就实远在王昶本人之上，谓其“未尝有瓣

香之奉”系王昶的偏见。王昶诗格律严谨，但少灵气。他宦游滇贵，历奇山异水，而所作滇贵诗无一可取，较之赵云崧悬隔千里。王昶所辑《湖海诗传》，意在上承沈德潜《国朝诗别裁》，而远没有沈氏客观精审，其中赠送王昶本人、歌咏其三泖幽居之作，连篇累什录入集中，自我标榜之意极为明显。

周映清

周映清，女，字皖湄，归安（今浙江吴兴）人，同县叶佩荪之妻。叶佩荪，清高宗乾隆十九年甲戌（1754）进士，官至湖南布政使。其女叶令仪，字淑君；叶令嘉，字淡宜；叶令昭，字蘋渚；子妇陈长生，字嫦笙，钱塘人；周星薇，乌程人；皆能诗。满门风雅，蜚誉江南，而以皖湄为最。有《梅笑集》。

梅　花

古梅生疏香，幽致邈难写。
临风濯寒秀，相对足闲雅。
琼姿妙天然，未许粉黛假①。
譬如歌阳春，曲高和者寡②。
开轩涵明月，顾影自潇洒。
惟应翠袖人，亭亭伴林下③。

①粉黛，妇女用化妆品，粉以傅面，黛以画眉。此以美人为喻，天然之美，非修饰所能代替。

②阳春，乐曲名，其格调甚高。宋玉《对楚王问》："客有歌于郢中者，其始曰下里巴人，国中属而和者数千人。其为阳阿薤露，国中属而和者数百人。其为阳春白雪，国中属而和者不过数十人。""是其曲弥高，其和弥寡。"此以音乐为喻，格调高则知音少。

③翠袖人，指美人。亭亭，高洁独立之貌。杜甫《佳人》诗："绝代有佳人，幽居在空谷。""天寒翠袖薄，日暮倚修竹。"

将入都门别南楼感赋二首

飞花下浅渚，岸柳催行舟。
再拜别高堂，雪涕辞南楼①。
兹楼廿年住，纵目娱清幽。
一旦舍之去，揽裾事远游。
青天见黄鹄，振羽翔高秋。
岂不恋旧巢，恋亦不能留。

辞家竟何之，驾言赴京国②。
道路阻且长，渺渺异南北。
我家沿长溪，菰城近咫尺③。
朝往夕可还，尚虑烟水隔。
何为远行迈，千里动尘迹。
北斗挂层霄，望望不可即。

①雪涕，洒泪。
②驾言，驾车出行。言字助词无义。
③菰城，浙江乌程县别称。乌程与归安为邻县，民国元年（1912）合为吴兴，即今湖州。

渡扬子江望金山①

江天淡荡朝霞红，澄波万顷流瀜瀜②。
舟人解缆渡江去，渐觉帆脚生微风。
苍茫远树失京口，举头忽现青芙蓉③。
奔流直下走东海，金山突兀当其中。
楼台明灭晃金碧，有如蜃海浮琳宫④。

晴烟缥缈飞鸟绝，但见古塔撑青空。
我闻此水贯楚蜀，北江下注连南东。
天留片石作屏障，直与砥柱争穹窿[⑤]。
坐揽奇景豁胸臆，敢然犀角窥蛟龙[⑥]？
收帆瓜步一回首，江南千里青濛濛[⑦]。

① 扬子江，古代长江流江经江苏仪征、扬州一段称扬子江，近代常用作长江下游的别称。诗写自京口（镇江）过长江。金山，在镇江西北，原在江中，近代由泥沙淤积已与南岸相连，为镇江名胜。

② 瀜瀜，平远水波荡漾之貌。

③ 京口，即镇江。青芙蓉，指金山。

④ 蜃海，由蜃楼海市衍生的词，指海的幻景。琳宫，犹言仙宫。

⑤ 砥柱，即黄河三门山。穹窿（qióng lóng），天空。诗人凭想象以为砥柱甚高，故用以为衬。其实砥柱不高，不足与金山相比。

⑥ 然犀角，《晋书·温峤传》：温峤平苏峻反，“至牛渚矶，水深不可测。世云其下多怪物。峤遂毁犀角而照之。须臾见水族覆火，奇形异状，或乘马车着赤衣者”。

⑦ 爪步，指瓜步洲，亦即瓜洲，在扬州南邗江入长江处，与京口隔江相对（江苏六合县南滁河东岸之瓜埠亦称瓜步镇，与瓜步洲相距甚远）。

王石谷山水[①]

清泉百丈飞幽壑，茅屋人家隔丛薄[②]。
白云在水树在空，漠漠晴烟下寥廓。
断鸿几点去无迹，黄叶一林寒欲落。
斜阳何处认前村，隐见危桥傍山郭。
先生画笔冠当代，八尺生绡气磅礴。
不须平远袭倪黄，能以清空见镵削[③]。
秋窗对此足清胜，瑟瑟轻空生绣箔[④]。
掩图不敢挂虚堂，恐有红尘一分著。

① 王石谷，即王翚（1632—1717），清初山水画家。参见恽寿平《寄虞山王石谷》诗注。

② 丛薄，丛生的草木。

③ 倪黄，倪瓒与黄公望，并元末著名画家。巉削，陡峭险峻貌。

④ 绣箔，绣帘。

李含章

李含章，女，字兰贞，云南晋宁人。侍郎李因培之女。周映清去世，叶佩荪娶李含章为继室。叶佩荪本人并不以诗名，却与诗有缘，前妻周映清善诗，继室含章诗才不减周氏。有《繁香诗草》。

秋夜读韦诗[①]

山城足秋阴，凉意入深屋。
黄昏疏雨过，帘溜断复续。
霁色开遥岑，帘际映寒绿。
微云淡落月，馀光入修竹。
深更人未寝，青灯照幽独。
爱此五字诗，静对黄花读。

① 韦诗，韦应物诗。

★题曰“读韦诗”，然篇中除“爱此五字诗”一句，并未涉及韦诗。韦诗简淡闲远，诗即慕其风格。

即　景

斜月映疏帘，夜色起寒暝。
行过曲廊西，衣上梨花影。

叶令仪

叶令仪，女，字淑君，叶佩荪与周映清长女。有《花南吟榭遗草》。

硖石旅次[①]

石屋依危峰，三更坐清绝。
人语悄不闻，开门四山月。

① 硖石，疑即今海宁县城硖石镇。

沈纕

沈纕，女，字蕙孙，号散花女史，吴县教授沈起凤之女。

田家杂兴和林屋山人作

东风昨夜来，不知草木长。
晓起荷锄出，眺此平原广。
墙头桑叶白，屋后春泉响。
节序时迭更，风光正骀荡。
野老散鸡豚，相逢时倚杖。

题赵承旨画兰①

可怜王者香零落，憔悴潇湘第一枝②。
空向新朝夸画笔，难为骚客写愁思。
故宫落日悲荆棘，周道秋风怨黍离③。
何处托根犹故土，淡烟细雨伴江蓠④。

① 赵承旨，即赵孟頫（1254—1322），字子昂，为赵宋王室后裔。元世祖至元二十三年，侍御史程钜夫引孟頫入大都，为元世祖所赞赏。官至翰林学士承旨。

② 王者香，即兰花。《乐府诗集》琴曲歌辞有《猗兰操》，题解引《琴操》曰："《猗兰操》，孔子所作。孔子自聘诸侯，诸侯莫能任，自卫反鲁，隐谷之中，见香兰独茂，喟然叹曰：'兰当为王者香，今乃独茂，与众草为伍！'乃止车，援琴鼓之，自伤不逢时，托辞于香兰云。"（此后人伪托，与孔子实无涉。）

③“故宫”二句，谓赵宋王朝已经灭亡，故宫荆棘，“周道”荒凉。荆棘，西晋末索靖知天下将乱，谓洛阳宫门铜驼曰：“会见汝在荆棘中耳！”见《晋书·索靖传》。黍离，《诗·王风》有《黍离》篇，诗序谓西周亡后，“周大夫行役至于宗周，过故宗庙宫室，尽为禾黍。闵周室之颠覆，彷徨不忍去，而作是诗也”。

④托根犹故土，南宋末画家郑思肖，善画兰。宋亡之后，隐居苏州，所画兰花叶萧疏，不画根土，谓故国沦亡，无土可托。而赵孟頫仕于元朝，托根犹故土，与郑思肖形成鲜明的对比。江蓠，一种普通的草。《楚辞·离骚》：“览察椒兰其若兹兮，又况揭车与江离。”（江蓠，同江离。）“托根”异族，而犹故土，淡烟细雨，而与江离为伴，处境实甚可悲。

★赵孟頫是元代最有才华的诗人，也是杰出的书画名家。因他以赵宋王孙而出仕元朝，乃为当时和后世所诟病。但他决未能想到在他离开这个世界近四百年之后，会受到这位女诗人如此凌厉的批判。诗紧扣着兰花的遭际与作者的生平，关合得天衣无缝，笔锋到处，酣畅淋漓，使赵孟頫复生，恐怕也不得不为之汗颜。

郭庭翕

郭庭翕，字虞受，山东即墨人。清高宗乾隆举人，官江西南城知县。有《西南行草》。

警捕人之虐

流民便作贼，迫于不得已[①]。
捕人亦作贼，何说以处此？
世上流民尚可数，捕人林林遍官府[②]，
捕人安乐流民苦！
捕人养贼如养鼠，县官养捕如养虎[③]。
虎掠食人官不识，知而故纵虎而翼。
鼠兮鼠兮何足道，有虎有虎当道立！

① 便作贼，即使作贼。

② 林林，多貌。

③ 捕人养贼，指捕人或捕或不捕，故意放纵，是亦养贼。县，《广雅·释诂》："县，国也。"汉人说"县官"多指朝廷，也泛指官府。此处也应泛指官府，非指县令。

★流民如鼠，捕人如虎；自古如斯，可胜浩叹！一首短短的小诗，就其思想深刻而言，胜过白居易的全部新乐府。

李秉礼

李秉礼，字敬之，号松圆，江西临川人，官刑部郎中。有《韦庐诗内集》《外集》。

月夜池上

商飙入梧桐，凉月侵虚幌[①]。
西斋掩书坐，落叶时一响。
揽衣出前楹，信步成独往。
圆水涵空净，孤烟逗丛莽。
梵钟何处来，悠然淡尘想[②]。

① 商飙，西风。
② 梵钟，佛寺钟声。悠然，自然超脱之貌。

湘江晓发[①]

轧轧鸣柔橹，行行感暮秋。
晓鸡催短梦，残月在孤舟。
炎岳云中出，碧湘天外流[②]。
一声南去雁，惆怅故园愁。

① 湘江，湖南最大河流，源出广西灵山县，东北流贯湖南东部，经零陵、衡阳、长沙等地，至湘阴芦林潭注入洞庭湖。

② 炎岳，南岳衡山。

早发襄阳

云树渺天际，江流日夜长。
猿声初到枕，客梦未离乡。
古戍吹残角，孤城接大荒。
鹿门何处是，回首但茫茫[①]。

① 鹿门，山名，在襄阳东南，孟浩然曾隐居于此。

夏夜池上纳凉

披襟坐池上，日夕淡忘归。
明月忽在水，荷香生我衣。
夜凉群动息，风定远钟微。
因念尘中客，翛然似此稀。

★李秉礼酷爱韦诗，其所居亦称韦庐，是清人学韦诗颇有成就的一家。间有佳作，置于左司集中幾可乱真。而其缺点恰好在于太似，所作诗意境词汇，无不追步苏州，故终未免模拟之嫌。

汪启淑

汪启淑，字讱庵，号秀峰，安徽歙县人。官兵部主事。有《漆园吟》《瓯江游草》。

桐江晓发[①]

篙师蓐食兴，捩舵天犹昧[②]。
横空白雨来，潇潇响篷背[③]。
遥指桐君庐，云深迷所在[④]。
石尤挟银涛，怒激孤舟退[⑤]。
起看山作围，坐爱鸥成队。
江柳袅繁丝，岸草拖轻黛。
眠餐困客途，林泉发胜概。
朗诵谢客诗，清游倘能逮[⑥]。

①桐江，钱塘江自建德至桐庐一段别称桐江，有著名的七里泷峡谷，以风景秀丽著称。

②篙师，船工。蓐食，清晨在寝席上进餐。《左传》文公七年："训卒利兵，秣马蓐食，潜师夜起。"捩（liè）舵，转动船舵，即开船。

③白雨，雨从空际飞来，与青山相衬，显得明亮。篷，船篷。

④桐君，相传黄帝时医师，结庐于桐树下，成为神，桐庐即因此得名。

⑤石尤，逆风之名。宋孝武帝《丁督护歌》："愿作石尤风，四面断行旅。"元伊世珍《琅环记》引《江湖纪闻》："石尤风者，传闻石氏女嫁为尤郎妇，情好甚笃。尤为商远行，妻阻之不从。尤出不归，妻忆之，病。临亡长叹曰：'吾恨不能阻其行，以至于此！今凡有商旅远行，吾当作大风，为天下妇人阻之！'

自后商旅发船，值打头逆风，则曰：‘此石尤风！’遂止不行。”

⑥ 谢客，南朝宋诗人谢灵运。倘，犹言也许。逮，及，达到。

金德舆

金德舆，字云庄，号鄂岩，浙江桐乡人。官刑部主事。有《桐华馆吟稿》。

响铃坟[①]

南渡诸陵草木空，一抔犹得瘗蒿蓬[②]。
荒丘白骨魂休怨，去国青衣恨未穷[③]。
泪尽铜仙非汉阙，歌残玉树忆陈宫[④]。
夜乌啼歇秋虫死，剩有铃声咽晓风！

① 响铃坟，杭州南宋宫人坟地，上建有塔，风吹铃响，因号响铃坟。其地当在凤凰山南宋故宫遗址附近。

② "南渡"句：南宋诸帝陵墓都在越中，元初被西域僧人杨琏真伽尽皆发掘。参见钱谦益《题宋徽宗杏花村图》诗注。一抔，即一抔土，指坟墓。瘗蒿蓬，葬于蓬蒿之中。二句以诸帝陵与宫人坟对比，谓南宋诸陵都已荒废，而宫人坟地犹瘗蓬蒿。

③ 荒丘白骨，指坟墓中宫人遗骨。去国青衣：西晋永嘉五年（311）六月，晋怀帝为刘曜俘虏，被执至晋阳。永嘉七年正月，"刘聪大会，使帝着青衣行酒。侍中庾珉号哭，聪恶之"。怀帝旋被杀害。见《晋书·孝怀帝纪》。北宋靖康二年（1127），金兵围汴。李若水扈从钦宗至金营见金帅粘罕。金人"逼帝易服。若水抱持而哭，诋金人为狗辈。金人曳出，击之败面，气结仆地"。见《宋史·李若水传》。钦宗被俘受金人污辱，实与晋怀帝事相同。南宋帝㬎德祐二年（1276）二元军虏全太后、幼帝赵显北去，是又一度"去国青衣"。二句以荒丘白骨与去国青衣对比。

④ 泪尽铜仙，汉武帝作金铜仙人承露盘，魏明帝青龙元年（233）诏取捧

露盘仙人欲立置洛阳前殿，仙人临载，乃潸然泪下。参见钱谦益《丙戌南还赠别故侯家妓人冬哥》诗注。歌残玉树，陈后主腐败荒淫，不理国政，作《玉树后庭花》曲，有“玉树后庭花，花开不复久”之句，旋为隋所灭。参见龚鼎孳《上巳将过金陵》诗注。“泪尽铜仙”、“歌残玉树”，并以喻南宋之亡。

曹仁虎

曹仁虎，字来殷，号习庵，嘉定（今属上海）人。清高宗乾隆二十二年丁丑（1757）召试，赐内阁中书；二十六年辛巳（1761）成进士，改庶吉士，官至侍讲学士。有《委宛山房集》《蓉镜堂文稿》。

晚过尚湖①

濛濛湿云昏，冉冉凉月吐。
扁舟向湖波，前途渺何处？
疏钟来远山，野火出深树。
宾鸿下蒹葭，飒沓秋风暮②。
沙寒不见人，柔橹烟中去③。

① 尚湖，在江苏常熟县西南。

② 宾鸿，即鸿雁，《礼记·月令》有“鸿雁来宾”语，故称宾鸿。飒沓，众盛之貌，作者似用作象声词，状风声。

③ 沙寒，字疑有误，“沙寒”与“不见人”联系甚为勉强。

枫桥夜泊①

枫落东塘路，星河澹碧天。
残钟烟际寺，远火月中船。
古驿啼乌后，寒山断雁边。

忽闻歌水调，萧瑟不成眠。

① 枫桥，在江苏苏州城西，以唐张继《枫桥夜泊》诗闻名。

赵文哲

赵文哲（？—1773），字升之，又字损之，上海人。清高宗乾隆二十七年壬午（1762）南巡召试，赐举人，授内阁中书，历官户部主事。乾隆三十七年随将军温福征金川，三十八年至木果木失败，与温福同死。恤赠光禄寺少卿。

京江晓发[①]

梦醒江月斜，隐隐数柔橹。
舟人觉潮生，挂帆逐前侣。
霏霏水气滋，霭霭露华聚[②]。
偶因白鹭飞，烟中辨洲溆。
须臾散初阳，已见瓜洲树[③]。
汀花何溟濛，隔江夜来雨。
山回露碓床，岸回隐渔鼓。
微风来炊烟，人家渺无所。
羁心信多感，景物纷如许。
三叹即长途，劳生念终古。

① 京江，指京口大江。
② 霏霏，水汽蒸腾之貌。滋，滋生，升起。霭霭，露浓之貌。
③ 爪洲在长江北岸，与南岸京口相对。

鸬鹚滩[1]

远闻水鸣滩，近闻云点墨。
真如千鸬鹚，出没浪花白。
立如怒将飞，拳如倦且息[2]。
踏沙去迟迟，嬉水来拍拍。
散布整复斜，群居双或只[3]。
一片清瑶流，蹴踏成碎碧。
因之生怒涛，横空大如席。
扁舟簸其间，一波有三磔[4]。
大滩苦浩淼，小滩苦偪仄[5]。
兹鸟又何知，矧乃水中石[6]。
安得并州剪，剪此蔽江翼[7]！

① 鸬鹚滩，湖南沅水上滩名，以滩石像鸬鹚得名。鸬鹚，鸟名，大如雁，渔家常畜养用以捕鱼。

② 拳，指鸬鹚等水鸟休息时一足踡缩。

③ “立如”以下六句写滩上鸬鹚肖形石的各种姿态：或立如怒将飞起，或静如拳足休息；或如踏沙迟迟行走，或如嬉水拍拍飞动；排列或整或斜，群居或双或只。

④ 磔（zhé），汉字书法中的捺。此形容小舟簸动，接连出现的波纹。

⑤ “大滩”二句，原注：“有大鸬鹚、小鸬鹚，二滩相连。”

⑥ 矧，况。

⑦ 并州剪，快剪刀；并州以产剪刀著名，故称。翼，翅膀，代指鸟，此又代指江中像鸬鹚的石头。

★写江滩极有特色，形象既是鸬鹚，实又是像鸬鹚的滩石，描写生动逼真。

王贞仪

王贞仪，女，字德卿，宣化太守王者辅女孙。胡思敬《十朝新语外编》：“者辅以知府戍吉林，贞仪从其父出塞省视，学射于蒙古阿将军之夫人，发必中的，跨马如飞。兼精壬遁星象，最嗜梅氏天算之学，夜观天星，言晴雨丰歉必验。且知医，诗文皆质实，说事理不为藻彩。于浮屠学辟之甚力。适宣城詹枚，年甫三十而卒，嘉定钱大昕重其学，以为班昭以后一人而已。”诗文集有《德风亭集》《绣馀笺》。

太湖罛船[①]

十五小姑能趠风，舵梢帆脚露裙红[②]。
一声鼓打千舟出，急橹争摇白浪中。

① 罛（gū），鱼网。罛船即渔船。
② 趠（zhuó），腾跃，在风浪中飞驰。

蒋士铨

蒋士铨（1725—1785），字心馀，一字苕生，号清容，又号藏园，江西船山人。清高宗乾隆二十二年丁丑（1757）进士，改庶吉士，授翰林院编修。乾隆二十七年（1762）充顺天乡试同考官，不久即以养母乞归。中间做过短时间的记名御史，以病乞休。晚年寓居南京，曾主讲绍兴蕺山书院。乾隆五十年卒，年六十一。

蒋士铨虽与袁枚、赵翼并称“江右三大家”，或称“乾隆三大家”，也赞同诗写性情，同袁、赵亦并有交谊，但诗风与袁、赵不同。他有许多篇章表彰忠孝节义，对前代忠臣义士如文天祥、史可法等歌颂不遗馀力，也有部分作品关切下层人民的生活。其诗取法少陵、山谷，较为瘦硬健朗，与袁、赵的平易诗风有异。蒋士铨还是著名戏曲家，作有杂剧传奇十六种，其中《临川梦》等九种称为《藏园九种曲》。其作品多收入《忠雅堂全集》。

鸡毛房[①]

冰天雪地风如虎，裸而泣者无栖所。
黄昏万语乞三钱，鸡毛房中买一眠。
牛宫豕栅略相似，禾秆黍秸谁与致？
鸡毛作茵厚铺地，还用鸡毛织成被。
从横枕藉鼾齁满，秽气熏蒸人气暖。
安神同梦比闺房，挟纩帷毡过燠馆。
腹背生羽不可翱，向风脱落肌粟高。

天明出街寒虫号，自恨不如鸡有毛。
吁嗟乎今夜三钱乞不得，明日官来布恩德，
柳木棺中长寝息！

① 鸡毛房，京城为流浪穷人设置的临时度夜的简陋房间，里面铺上鸡毛，实与畜圈无异。

岁暮到家①

爱子心无尽，归家喜及辰②。
寒衣针线密，家信墨痕新③。
见面怜清瘦，呼儿问苦辛。
低回愧人子，不敢叹风尘。

① 此蒋士铨乾隆十一年（1746）岁暮到家时作，时年二十二。

② 及辰，及时。

③ 寒衣针线密，用孟郊《游子吟》“慈母手中线，游子身上衣。临行密密缝，意恐迟迟归”诗意。

梅花岭吊史阁部①

号令难安四镇强，甘同马革自沉湘②。
生无君相兴南国，死有衣冠葬北邙③。
碧血自封心更赤，梅花人拜土俱香④。
九原若遇左忠毅，相向留都哭战场⑤。

① 梅花岭，在江苏扬州广储门外。史阁部，即史可法。参见孔尚任《秣陵秋》诗注。

② 四镇，见袁枚《题史阁部遗像二首》注。马革，东汉初马援尝言“男儿要当死于边野，以马革裹尸还葬耳”。见《后汉书·马援传》。沉湘，屈原被放逐，自言“宁赴湘流，葬于江鱼之腹中”。见《楚辞·渔父》。后自投汨罗以

死。句中“甘同”连贯两个典故，即甘同马革裹尸，甘同屈原自沉湘。顺治二年（1645），清兵下扬州，史可法以身殉国，死于扬州南门外。见全祖望《梅花岭记》。全氏又引或曰：“城之破也，有亲见忠烈青衣乌帽，乘白马出天宁门投江死者。”《桃花扇》“沉江”一折即写其事。自沉湘，亦暗指史公可能系投江而死。

③“生无”句：详星评。“死有”句：史可法殉国后，人们以其衣冠葬于梅花岭。北邙，在洛阳城东北，后汉以来多为王侯贵戚茔葬之地，此代指梅花岭。

④碧血，《庄子·外物》：“苌弘死于蜀，藏其血，三年化而为碧。”后以碧血指忠烈之士为国牺牲。

⑤九原，犹言地下。参见吴伟业《古意》诗注。左忠毅，左光斗，字遗直，桐城人，明神宗万历进士。明熹宗天启四年（1624）任左佥都御史，弹劾魏忠贤三十二斩罪，被诬陷入狱，备受酷刑，终被虐杀狱中。崇祯时谥忠毅。史可法年青时赴京应试，为左光斗所赏识。考试“呈卷，即面署第一。召入使拜夫人，曰：‘吾诸儿碌碌，他日继吾志事，惟此生耳。’”史可法终身感激。后左光斗下厂狱，受炮烙酷刑，“面额焦烂不可辨，左膝以下，筋骨尽脱矣”。史可法买通狱吏，冒险入狱中探望。左公怒曰：“庸奴！此何地也，而汝来前！国家之事糜烂至此，老夫已矣，汝复轻身而昧大义，天下事谁可支柱者！不速去，无俟奸人构陷，吾今即扑杀汝！”这种责骂，其实是极大的关切、期望和信任。史可法自然衷心理解和感激。“后常流涕述其事以语人，曰：‘吾师肺肝，皆铁石所铸造也！’”后来史可法忠心为国，历尽艰难，尝曰：“吾上恐负朝廷，下恐愧吾师也！”并最终以身殉国。方苞《左忠毅公逸事》详记其事。留都，即南京。明成祖迁都北京，以南京为留都。

★生无君相兴南国，一般解释为南明福王昏聩荒淫，大臣马士英、阮大铖朋比为奸，使小朝廷很快覆亡；诗句意谓国家无有为的君相来振兴南国。然这样理解，“生”字就用得没有道理。“生无”“死有”的内容不相对应。按，王引之《经传释词》卷十：“无，非也。”“无，未也。”诗人之意，谓倘使史公能为君之相臣则能兴复大明；不幸受到奸人排挤，未能发挥其保卫国家的志愿。生未能为君相以振兴南国，死但有衣冠葬于北邙；“生无”“死有”并就史公言之。如此理解，更合诗意。

蒋士铨扬州梅花岭史公墓联极为有名，与此诗正可合谈。联语云：“心痛鼎湖龙，一寸山河双血泪；魂归华表鹤，二分明月万梅花！”非常切合史公生平志节，又很有情致。鼎湖龙，古代传说，黄帝在鼎湖乘龙升天。见《史记·封禅书》。用以喻明思宗殉国，明朝灭亡。华表鹤，用丁令威学道成仙，化鹤归来立城门华表典故。

乌江项王庙①

喑呜独灭虎狼秦，绝世英雄自有真②。
俎上肯贻天下笑，座中唯有沛公亲③。
等闲割地分强敌，慷慨将头赠故人④。
如此杀身犹洒落，怜他功狗与功臣⑤。

① 乌江，在安徽和县东北，秦置乌江亭。汉五年（前202）冬，项羽自垓下突围，至乌江被汉军追及，经苦战后自杀。

② 喑呜，怒喝。《史记·淮阴侯列传》："项王喑呜叱咤，千人皆废。"秦末群雄并起，项羽实为反秦主力。

③ "俎上"句：刘邦父太公为项王俘获。汉四年，项羽与刘邦相持于广武，项羽为高俎，威胁要烹杀太公。刘邦曰："吾与项羽俱北面受命怀王，曰，约为兄弟。吾翁即若翁，必欲烹而翁，则幸分我一杯羹！"参见沈绍祖《淮阴侯》诗注。肯贻，岂肯贻。句意谓项羽毕竟未杀太公，不肯贻天下笑。"座中"句：秦二世三年（前207），刘邦先入咸阳，降秦王子婴。项羽怒，欲进兵攻关。刘邦亲到鸿门与项羽相见。宴会上范增劝项羽杀刘邦，项羽不从。

④ 等闲，犹言轻易。割地分强敌，灭秦之后，项羽大封诸将为侯王。"立沛公为汉王，王巴蜀汉中，都南郑"。将头赠故人，汉五年十二月项羽在乌江被汉军围困。"项王身亦被十馀创，顾见汉骑司马吕马童曰：'若非吾故人乎？'马童面之，指王翳曰：'此项王也！'项王乃曰：'吾闻汉购我头千金，邑万户，吾为若德！'乃自刎而死"。见《史记·项羽本纪》。

⑤ 洒落，犹洒脱。功狗与功臣：项羽灭后，刘邦大封功臣，以萧何功最盛，封为酂侯，所食邑多。诸将不解，刘邦曰："夫猎，追杀兽兔者狗也，而发踪指示兽处者人也。今诸君徒能得走兽耳，功狗也。至于萧何，发踪指示，功人也。"见《史记·萧相国世家》。

★题项之庙诗者多矣，蒋心馀此篇颇为突出。称之为"绝世英雄"，惋

惜颂扬，至于极际。“如此杀身犹洒落，怜他功狗与功臣”，尤为名句，他人多以韩信、彭越为比，蒋心馀连成功诸将尽皆贬落。项王失败，犹是英雄，汉将功成，无非皆是狗，能不令人感慨万千。普通词语，使用得恰到好处便十分生色。“慷慨将头赠故人”，赠字妙不可言。“怜他功狗与功臣”，怜字一下，便觉功臣、功狗，何等卑微！

黄仲则《乌江项王庙》诗云：‘美人骏马甫沾襟，遍使江东阻壮心。子弟重来无一骑，头颅将去值千金。谁言刘季真君敌，毕竟诸公负汝深。莫向寒潮作悲怒，歌风台址久消沉。”谈艺亦不减心馀。

极　目[①]

江山奇胜总偏安，天堑茫茫固守难[②]。
史册事随春梦去，皖公青入酒杯间[③]。

①极目，犹远望，此为望皖公山作。皖公山，在安徽潜山县境。宋太祖建隆二年（961）春，南唐中主李璟割让江北之地与宋，以金陵不易据守，迁都洪州（今江西南昌）。龙舟溯长江西上。“至赵屯，举酒望皖公山曰：‘好青峭数峰，不知何名。’［李］家明对曰：‘此舒州皖公山也。’因献诗曰：‘皖公山纵好，不落御觞中。’”见陆游《南唐书》卷十七。中主至洪州，常遥望金陵，郁郁不乐，是年六月即去世。后主继位，复回都于金陵，十五年后亡于宋。乾隆三十年（1765）蒋士铨自南京回江西，江上望皖公山，有感于南唐史事。

②天堑（qiàn），天然濠沟，言其险要。南朝陈后主荒于国政。祯明三年（589），隋军南下，即将渡江，群臣请为防备。佞臣孔范曰：“长江天堑，古来限隔，虏军岂能飞度！”遂不设防。隋军渡江，后主与范俱被俘入长安。见《南史·孔范传》。南唐之亡与陈代略同。

③“皖公”句，言皖公青影不落中主御觞，却可入诗人酒杯。句颇恢谐，感慨不露痕迹。

题王石谷画册玉簪[①]

低丛大叶翠离离，白玉搔头放几枝[②]。
分付凉风勤约束，不宜开到十分时。

①王石谷，即王翚。参见恽寿平《寄虞山王石谷》诗注。玉簪，花名，夏秋间开花，色白如玉。花蕊如玉簪，故名。

②离离，繁花貌。白玉搔头，玉簪别名。簪用来插定髮髻，又用以搔头，故又名搔头。

★玉簪花含苞待放时朵朵向上，最显得生气勃勃。不宜开到十分时，既符合玉簪花实际，又富含哲理。

题画

不写晴山写雨山，似呵明镜照烟鬟[①]。
人间万象模糊好，风马云车便往还[②]。

①呵明镜，向明镜上哈气，镜面就会模糊。烟鬟，云雾中的峰峦。晴山明析，摹写固然不易；雨山模糊，图画尤为困难。李唐《题画》诗云："看来容易画来难，雨里村庄雾里山。"

②"风马"句：神人风马云车，正是在迷蒙状态中任意往还。用语本傅玄《吴楚歌》"云为车兮风为马"。

★"人间万象模糊好"，同样以阐发人生哲理取胜。

赵 翼

赵翼（1727—1814），字云崧，一字耘崧，号瓯北，江苏阳湖（今武进）人。清高宗乾隆二十六年辛巳（1761）进士，援翰林院编修，典顺天乡试。乾隆三十一年（1766），出任广西镇安知府，曾奉调云南，参与对缅甸的军事行动；三十五年任广西知府，升任贵州分巡贵西兵备道。三十七年（1772）底因广州谳狱旧案受弹劾，遂以母老为辞回归乡里，隐居著书，时年四十七岁。后数度主讲扬州安定书院。清仁宗嘉庆十九年卒，年八十八。

赵翼与袁枚同调，主张抒写性灵，认为诗文需随世转移，与日俱新。但赵氏较袁枚经历丰富，创作态度也相对严肃，因之成就远过于袁枚。赵翼还是著名史学家，所著《廿二史劄记》与钱大昕《廿二史考异》、王鸣盛《十七史商榷》为清代三大史考名著。有《瓯北全集》。

杂 题

每夕见明月，我已与熟识。
问月可识我，月谓不记忆[①]。
茫茫此世界，众生奚啻亿[②]！
除是大英豪，或稍为目拭[③]。
有如公等辈，未见露奇特。
若欲一一认，安得许眼力？
神龙行空中，蝼蚁对之揖。

礼数虽则多，未必遂鉴及[④]。

① “不记忆”以下至终篇，皆明月语。

② 奚啻（chì），何止。

③ 拭目，擦拭眼睛看一看。

④ “礼数”二句，谓蝼蚁对神龙尽管礼数很多，神龙未必就能看到。“神龙”以下四句是比喻，颇为滑稽幽默。

杂　题

秦皇筑长城，万里恢边墙[①]。
西起临洮郡，东至辽海旁[②]。
隋帝发兵夫，开渠自汴梁[③]。
通淮达扬子，由江达馀杭[④]。
当其兴大役，天下皆痍疮[⑤]。
以之召祸乱，不旋踵灭亡[⑥]。
岂知易代后，功及万世长[⑦]。
周防巩区夏，利涉通舟航[⑧]。
作者虽大愚，贻休实无疆[⑨]。
如何千载下，徒知詈骄荒[⑩]！

① 秦皇，秦始皇帝。筑长城，修筑万里长城。恢，扩大。

② 临洮，秦代临洮县，今甘肃岷县。辽海，泛指今辽河流域。秦筑长城，西起临洮，东至辽东。“秦皇筑长城”至“东至辽海旁”四句写秦筑长城。

③ 隋帝，指隋炀帝。汴梁，今河南开封。

④ 淮，淮河。扬子，指扬子津，在今扬州市南，古代濒临长江，大运河由此入江。馀杭，隋大业三年（607）改杭州为馀杭郡，即今浙江杭州。“隋帝发兵夫”至“由江达馀杭”四句写隋开运河。隋代开大运河自汴京南过淮河到达扬子津，过大江直达馀杭。

⑤ 兴大役，兴起重大的劳役。痍疮，疮伤。

⑥ 召祸乱，招到灾祸动乱。不旋踵，来不及转动脚跟，言时间极短。不旋

踵即灭亡。“当其兴大役”二句兼秦隋二代言之；秦统一后仅十五年即破灭，隋炀帝即位后十四年亦亡国。

⑦ 易代，改朝换代。

⑧ 周防，周严的城防。区夏，指中国。利涉，便利的水运。“周防巩区夏”二句写长城与运河对后世发挥的作用。

⑨ 贻休，留下的好处。

⑩ 詈（lì），责骂。骄荒，骄奢荒淫。

★此诗对我国古代两项巨大的工程进行了评判。赵翼是史学家，诗也具有史评的性质。认为修长城、开运河，当时虽给人民带来重大灾难，也加速了两个朝代自身的灭亡，但对后世却发挥了极大的作用；见解甚为独到。但诗人的结论还需要分析。长城的修建和大运河的开凿，对秦隋的迅速灭亡也许有一定加速的因素，但不是主要的，关键还在于他们统治的残暴，修城开河并不是决定性的原因。至于对后世的作用，两项工程并不相同。大运河对水运交通南北的作用是确实的，这种作用至今仍在发挥。万里长城的情况完全不同。在某些特定的战役中，长城或许多少有点作用。从战略上考量，修建如此浩大的工程则是完全错误的。统治者政治清明，国家实力强大，任用贤能的将帅，可以抵御任何强大的敌人。赵国用一个李牧，匈奴即不敢南侵。一旦政治腐败，国家孱弱，修筑再坚固的长城也是毫无用处的，劳民伤财而已。金赵元诗云，“君不见得一李勣贤长城，莫道人间无李勣”，见解更为精辟。

树海歌

自下雷州至云南开化府，凡与交趾连界处，八百里皆大箐，望之如海，爰作歌纪之①。

洪荒距今几万载，人间尚有草昧在②。
我行远到交趾边，放眼忽惊看树海。
山深谷邃无田畴，人烟断绝林木稠③。
禹刊益焚所不到，剩作丛箐森遐陬④。

托根石罅瘠且钝，十年犹难长一寸。
径皆盈尺高百寻，此功岂可岁月论。
始知生自盘古初，汉柏秦松犹觉嫩。
支离天矫非一形，尔雅笺疏无其名[⑤]。
肩排枝不得旁出，株株挤作长身撑。
大都瘦硬幹如铁，斧劈不入其声铿[⑥]。
苍髯猬磔烈霜杀，老鳞虬脱雄雷轰[⑦]。
五层之楼七层塔，但得半截堪为楹。
惜哉路险运难出，仅与社栎同全生[⑧]。
亦有年深自枯死，白骨僵立将成精。
文梓为牛枫变叟，空山白昼百怪惊。
绿荫连天空无缝，那辨乔峰与深洞？
但见高低千百层，并作一片碧云冻。
有时风撼万叶翻，恍惚诸山爪甲动。
冥蒙一气茫无边，森沉终古不见天。
赤日当空烈于火，下乃窈黑霏寒烟。
积阴所生靡不有，猛兽牙角虺蛇涎。
呼群猿鹤叫凄栗，啸涛魈魅行翩跹。
虫远禽数罔两窟，胎孙卵子不记年[⑨]。
我行万里半天下，中原尺土皆耕稼。
到此奇观得未曾，榆塞邓林讵足亚[⑩]。
邓尉香雪黄山云，犹以海名巧相借[⑪]。
况兹荟翳径千里，何啻澎湃重溟泻[⑫]。
怒籁吼作崩涛鸣，浓翠涌成碧浪驾。
忽移渤澥到山颠，此事直教髡衍诧[⑬]。
乘篮便抵泛舟行，支筇略比刺篙射[⑭]。
归田他日得雄夸，说与吴侬望洋怕[⑮]。

① 下雷州，今广西大新县西北下雷。开化府，今云南文山。交趾，汉代交趾郡在今越南北部，此即指越南。大箐（qīng），本指大竹林，此移用于大森林。爰，乃。乾隆三十三年（1768）五月，赵翼奉调云南参与对缅甸的军事行动。诗自广西赴云南途中所作。

② 洪荒，远古荒莽之世。草昧，指远古原始状态。《易·屯》“天造草昧”，孔颖达疏：“草谓草创，昧谓冥昧，言天造万物于草创之始，如在冥昧之时也。”

③ 邃，幽深。

④ 禹刊益焚，禹平水土，砍伐森林，益焚山泽，驱除野兽。《尚书·益稷》禹曰：“予乘四载，随山刊木。”刊，砍伐。《孟子·滕文公上》：“舜使益掌火，益烈山泽而焚之，禽兽逃匿。”森，茂密丛生。遐陬，边远之地。

⑤ 支离，散乱貌。夭矫，屈曲貌。尔雅，我国最早的一部词典，成书于西汉。笺疏，注释，疏解。十三经注疏本《尔雅》为郭璞注、邢昺疏。

⑥ 铿（kēng），象声词。

⑦ 髯，面颊长须。猬磔，如猬毛伸张。《晋书·桓温传》：“温眼如紫石棱，须如猬毛磔。”苍髯猬磔，喻松杉一类的树叶。虬，无角龙。老鳞虬脱，喻老树脱裂的树皮。二句谓老树长期经受霜冻雷轰。

⑧ 社，土地神祠。社栎（lì），古代社前常用栎树，因是神树，不被砍伐。《庄子·人间世》：“匠石之齐，至乎曲辕，见栎社树。其大蔽数千牛，絜之百围。其高临山。”

⑨《清诗汇》选录无“冥蒙一气茫无边”至“胎孙卵子不记年”十句，疑为选录删落。

⑩ 榆塞，《汉书·韩安国传》：“累石为城，树榆为塞。”邓林，《山海经·海外北经》：夸父“弃其杖，化为邓林”。讵足亚，岂足以相比。

⑪ 邓尉，山名，在江苏吴县西。邓尉多梅，蔚为大观，宋荦称之为香雪海。黄山，在安徽省南部，黄山云最为壮阔，翻腾澎湃，称为云海。

⑫ 荟翳，荟萃繁茂。重溟，大海。

⑬ 渤澥，渤海，亦泛指大海。髡衍，淳于髡与邹衍，皆战国齐人，以见闻广博著称。见《史记·孟子荀卿列传》。诧，惊异。

⑭ 篮，篮舆，即竹桥。筇，竹杖。

⑮ 吴侬，犹吴人。云崧为江苏人，吴侬也就是他家乡人。望洋，词本《庄子·秋水》“望洋向若而叹”，叠韵联绵词，仰视惊讶之貌。又望文生义，谓望着大洋而惊恐害怕。

高黎贡山歌[①]

巨灵开荒划世界，奇山驱出中原外[②]。
听他豪距蛮徼中，负地掀天逞雄怪[③]。
高黎贡山怒江畔，万仞孱颜插穹汉[④]。
我行起趁鸡初啼，行至日午山未半。
回视飞鸟但见背，俯瞰众峰已在骭[⑤]。
雪经烈日晒不消，瀑作怒雷吼不断。
每上一层冷一层，夹衣旋把重裘换。
无端岚气蒸蕴隆，幻出白雾粥面浓[⑥]。
手伸十指看不见，何许厚翳将眼封[⑦]。
浩如骑鲸入烟海，身在万里迷茫中。
又如盲人乘瞎马，脚下坑堑知几重。
少焉罡风来一扫，了了仍露青芙蓉[⑧]。
五十三参更难上，线路盘旋践榛莽[⑨]。
面真对壁何所参，头恐触天不敢仰[⑩]。
危崖石裂藤络缚，老树皮皴虎磨痒[⑪]。
有时栖鹘戛长啸，是处啼猿发哀响[⑫]。
自非人马结队行，贲育亦怯独来往[⑬]。
何哉设险有此形，得非天以限边庭。
岂知气运有开辟，形胜不得相关扃[⑭]。
至今但成康庄坦，早有结屋层椒青[⑮]。
层椒青青日西下，借问下山尚三舍[⑯]。
解鞍且就茅店眠，惊看繁星比瓜大。

①高黎贡山，在云南怒江以西与缅甸接壤处，北南走向，海拔四千米左右，山势险峻，除北段部分在云南贡山境内，馀均为中缅界山。

②巨灵，古代神话中分开华山之神，见《水经·河水注》。此系泛指。

③距，通“踞”。豪距，犹言雄踞。徼（jiào），边远之地。蛮徼，犹言蛮荒。

④怒江，源出青藏边境唐古拉山南麓，斜贯西藏东部，入云南省境折向南流，经贡山、福贡、泸水、保山等县，至潞西南部进入缅甸，缅甸段称萨尔温江，注入印度洋。全长三千二百公里，在我国境内部分长一千五百多公里。沿江多深谷险峡，水流湍急。孱颜，通“巉岩”（chán yán），高峻貌。穹汉，犹霄汉。

⑤骭（gàn），小腿。句意谓山下众峰只到高峰的山脚。

⑥岚气，山中的雾气。蕴隆，热气薰蒸。语本《诗·大雅·云汉》“旱既大甚，蕴隆虫虫”。粥面，形容某种液体呈稀粥状态，此指浓雾骤然冷却仿佛成了稀粥状液体。

⑦翳（yì），眼睛上的障蔽物。

⑧罡（gāng）风，高空的大风。了了，清明貌。青芙蓉，指山峰。

⑨五十三参，山上地段之名。

⑩面真对壁，山路极陡，上山时面直对岩壁。参，佛家面壁参禅，据传菩提达摩曾在嵩山少林寺面壁默坐。见《景灯传灯录》。诗中系幽默语，谓佛家面壁参禅，而上山者何所参呢。此由地名“五十三参”联想而来。

⑪罅（xià），裂缝。皴（cūn），皮肤冻裂，此指树皮破裂。

⑫鹘（hú），鸷鸟之名。戛（jiá），此指鹘鸣声。是处，犹处处。

⑬贲育，孟贲（bēn）与夏育，古代著名勇士。宋玉《高唐赋》：“贲育之断，不能为勇。”《战国策·秦策三》：“乌获之力焉而死。贲育之勇焉而死。”

⑭关扃，关门。“何哉”四句，意谓自然设此险峻的山形，似有意设置边疆的界限，但而今时运变化，奇险的形胜也不再成为封闭的关隘。

⑮康庄坦，通行的大路。《尔雅·释宫》：“五达谓之康，六达谓之庄。”层椒，重要叠叠的峰顶。层椒青，即青峰顶。

⑯三舍，舍本为休息之地。古代大军行进，一日行三十里即休息。《左传》庄公三年：“凡师一宿为舍。”孔颖达疏：“舍者，军行一日止而舍息也。”引申而成为路程的距离。《左传》僖公二十三年：“晋楚治兵，遇于中原，其避君三舍。”一舍三十里，三舍即九十里。诗中系概而言之。

夜行大箐中记所见

月黑山深路颠顿，瘴雾郁蒸胸膈闷[1]。

暗箐阴森不知里，马上凌兢不敢困[②]。
怪鸱声如鬼叫号，山魈影与人揖逊[③]。
忽然一阵腥风来，万木齐哮作涛喷[④]。
腰间抚剑聊自壮，背已汗流短衣褪[⑤]。
平明出寻旅店餐，虎爪攫门深数寸。

①颠顿，高低不平。

②凌兢，惊恐警觉之貌。

③鸱（chī），猫头鹰。夜出觅食，其叫声尖厉。山魈（xiāo），山鬼。

④一阵腥风来，此写山中有虎，但并未看见故只写当时的情状。

⑤褪（tùn），脱卸。短衣褪，词面意思应为脱下短衣，但不符合当时紧张情况。赵翼词语常有独特用法，此处意谓因汗湿而感到短衣紧贴。

同璞函游杜鹃园作歌[①]

腾越之花多杜鹃，杜鹃园更花骈阗[②]。
我来戎幕暂无事，况有胜友同流连。
相邀联骑看花去，城东十里地最偏。
沿池环列十万树，无一杂树参其间。
低昂相映出浩态，烂漫不怕春风颠。
窈红浓紫色不一，浅深乃有六十馀种相争妍[③]。
不暇细分别，一一索笑嫣。
但觉花光高出花头四五尺，照人不觉红两颧。
满园艳彩晃不定，乃在无花之处烘云烟。
此即徐熙妙手亦难写，蘸笔徒费胭脂钱[④]。
一队吴娃肉阵拥，三千隋女锦缆牵[⑤]。
笑他空谷佳人渺独立，未免寒饿空婵娟。
天寒倚翠袖，何似衮衣炫服相新鲜[⑥]。
不意绝徼中，有此巨丽观[⑦]。

兹园若量移得占中土地一阡，何减邓尉之梅雪成海，
武陵之桃花为源[⑧]！
我为作歌使之传，毋令长此埋没南荒天。

① 璞函，作者在云南军中友人。

② 腾越，州名，地即今云南腾冲县。骈阗（pián tián），紧密相连。

③ 窈红，深红。

④ 徐熙，五代南唐画家，画花卉极有名。

⑤ 吴娃，吴地女娃。肉阵，指女娃排列成阵。唐玄宗时，杨国忠荒淫至极，冬月选体肥妃妾列前以遮风，称为肉阵。见五代王仁裕《开元天宝遗事》。三千隋女，隋炀帝南游江都，曾选民间女子牵挽龙舟。参见许廷鑅《芜城感旧》诗注。

⑥ 空谷佳人，天寒翠袖，用杜甫《佳人》诗“绝代有诗人，幽居在空谷。自云良家子，零落依草木”、“天寒翠袖薄，日暮倚修竹”等句中词语。婵娟，美好貌。衮（gǔn）衣，古代天子或上公穿的衣服。《诗·豳风·九罭》：“我觏之子，衮衣绣裳。”此泛指华美的衣服。炫服，光采闪耀的衣服（“一队吴娃”以下六句，并以美人为比。然此六句实甚俗气。删去这六句于全诗更好）。

⑦ 绝徼，极其边远之地。

⑧ 邓尉之梅，邓尉山梅花称为香雪海。参见《树海歌》诗注。武陵之桃，陶渊明《桃花源记》写桃花林“夹岸数百步，中无杂树，芳草鲜美，落英缤纷”。

土　歌[①]

春三二月墟场好，蛮女红装趁墟嬲[②]。
长裙阔袖结束新，不睹弓鞋三寸小[③]。
谁家年少来唱歌，不必与侬是中表[④]。
但看郎面似桃花，郎唱侬酬歌不了[⑤]。
一声声带柔情流，轻如游丝向空袅[⑥]。
有时被风忽吹断，曳过前山又袅袅[⑦]。
可怜歌阕脸波横，与郎相约月华皎[⑧]。

曲调多言红豆思，风光罕赋青梅摽[9]。
世间真有无碍禅，似入华胥梦缥缈[10]。
始知礼法本后起，怀葛之民固未晓[11]。
君不见双双粉蝶作对飞，也无媒妁订萝茑[12]。

①土歌，指广西少数民族青年男女对歌。乾隆三十四年（1769）赵翼自云南前线返回广西镇安，诗即作于其时。

②墟场，集市。趁墟，赶集。诗中墟场是对歌的场地。嬲（niǎo），男女相嬉。

③不睹弓鞋三寸小，清代中原地区妇女裹脚，脚小穿三寸弓鞋。西南边远地区少数民族妇女不裹脚，自然看不到三寸弓鞋小。

④不必与侬是中表，对歌谁都可以参加，不需要原来是亲戚。

⑤郎面似桃花，唐武则天宠幸张易之、张昌宗兄弟，张昌宗称为六郎。銮台侍郎杨再思阿谀张昌宗，曰："人言六郎面似莲花，非也，正谓莲花似六郎耳。"见《新唐书·杨再思传》。诗语仿用典故中语。歌不了，不断歌唱。

⑥游丝袅，游丝缭绕飘浮貌。此用以形容歌飘荡。

⑦曳，指歌声摇曳。袅袅，悠扬宛转之貌。

⑧阕（què），一曲终了。

⑨红豆，一种植物子实，古人用作爱情的信物，称为相思豆。王维《红豆》诗："红豆生南国，春来发几枝。愿君休采撷，此物最相思。"（休，一作多。）曲调多为红豆思，谓所唱都是爱情歌。青梅摽，《诗·召南·摽有梅》："摽有梅，其实七兮。求我庶士，迨其吉兮！"摽，落。有，虚词无义。诗以落梅起兴，要情人抓紧时间成就婚姻。罕赋青梅摽，谓少数民族少女纯朴率真，她们的歌唱直接表白爱情，不像《摽有梅》诗那样委婉地期盼。

⑩禅，梵语音译，息虑静修之意，通常即指佛家修养。无碍禅，指自在通达、无所障碍的修养。《维摩经·佛国品》："心常安住，无碍解脱。"诗中借以比喻少数民族男女放任真挚的爱情，没有中原地区许多礼法的拘束。华胥，《列子·黄帝篇》写黄帝梦游华胥氏之国。华胥氏之国，一切任其自然。

⑪怀葛，无怀氏与葛天氏，传说中的远古首领。陶渊明《五柳先生传》谓五柳先生"无怀氏之民欤？葛天氏之民欤？"《路史·禅通记》：无怀氏之民，"甘其食，乐其俗，安其居，而重其生意"。葛天氏之民，"其为治也，不言而自信，不化而自行"。诗意谓远古人民淳朴，无需礼法羁束，礼法是后起的。少数民族保持着远古的淳朴，不知有礼法而能任其真情。

⑫ 萝茑，两种藤蔓植物，常攀附其他植物生长。《诗·小雅·頍弁》：“茑与女萝，施于松柏。”《古诗十九首》：“与君为新婚，菟丝附女萝。”诗人把萝茑比作男女双方。订萝茑，喻成婚姻。

★赵云崧在云贵首尾七年，创作了相当可观的诗作，刻画了祖国西南的山川形胜，地方风物；吴兆骞留居黑龙江二十三年，却没有这样的成绩。单此一着，即可见两者的诗歌造诣不可同日而语。

将至朗州作[①]

滇黔天为山所械，万山围在青天外[②]。
今朝眼界豁然开，出得山来天始大。
经年坐守深山幽，岂知山乃尽朗州[③]。
万山送我却私笑，此人去竟不回头。
独嫌山尽水复壮，前途又狎稽天浪。
洞庭湖阔汉江深，一叶扁舟两枝桨[④]。
已遍天南万里行，归途翻更切心旌[⑤]。
山平水软江南路，屈指还须一月程。

① 朗州，今湖南常德，清时称为常德府，朗州乃隋唐时州名，此用作常德的别称。乾隆三十七年（1772）赵翼辞贵西兵备道，取道常德回江南。

② 滇黔，云南贵州。械，束住。

③ 山乃尽朗州，湘西为山区，至常德进入洞庭湖平原。

④ 洞庭湖阔，自常德由沅水东行进入洞庭湖。汉江，指长江经湖北境内一段，非指汉水。

⑤ 切心旌，心神不定。《战国策·楚策一》：“寡人卧不安席，食不甘味，心摇摇然如悬旌，而无所终薄。”

★诗中用字，既平易自然，又精彩独到，最为难得。水软，谁不知道，“山平水软江南路”，下一“软”字，却发人之所未发，特别生色。

出古北口①

锁钥凭天险，因山戍垒成②。
千盘蛇阵势，十万马蹄声③。
隘比函关扼，危如剑阁行④。
时清无警备，不用怯长征。

① 古北口，在北京密云东北，长城要口之一。关口两旁山势陡峭，极为险要。乾隆二十一年（1756）赵翼入军机处行走，随清高宗出塞至木兰，出古北口。

② 锁阴，喻关口。垒成，屯戍的壁垒即指长城关口。

③ 蛇阵势，《孙子·九地篇》：“善用兵者，譬如率然。率然者，常山之蛇也，击其首则尾至，击其尾则首至，击其中则首尾俱至。”此以蛇阵势指盘回曲折的山路。

④ 函关，函谷关，在河南新安县东，古代为中原入秦的重要关扼。剑阁，即剑门关，在四川剑阁县东。

再出古北口①

紫塞秋风紧，凌寒踏晓霜②。
潦馀沙尽白，关外柳先黄。
饮马长城窟，呼鹰古战场③。
平生登览兴，敢惜鬓毛苍④。

① 乾隆二十三年（1758），赵翼以军机中书身份随清高宗再出古北口。

② 紫塞，崔豹《古今注》：“秦筑长城，土色皆紫，汉塞亦然，故称紫塞焉。”此即代指长城。

③ 饮马长城窟，陈琳《饮马长城窟行》：“饮马长城窟，水寒伤马骨。”

④ 鬓毛苍，时赵翼年方三十二岁，尚不至于鬓毛苍。此系凑韵，并不真实。

西湖咏古二首

桂子荷花色色幽，偏安定后足清游①。
直教宫亦移长乐，从此湖应号莫愁②。
三竺峰峦非艮岳，两堤灯火似樊楼③。
空馀芳草孤山路，老将骑驴感白头④。

选胜楼台傍稚川，相公富贵又神仙⑤。
襄城炮已三年打，葛岭灯犹五夜燃⑥。
蟋蟀戏收残局罢，虾蟆更促六宫迁⑦。
可怜几代冬青树，只换漳州一木棉⑧！

①诗原六首，此其四，咏南宋高宗事。偏安定后：北宋钦宗靖康二年（1127）金人破汴京，虏徽、钦二宗北去。康王赵构在商丘即位，即南宋高宗，辗转南逃，南至绍兴二年（1132）才在临安（杭州）立足，苟且偷安，开始其荒嬉无度纸醉金迷的生活，任用秦桧，杀害岳飞，订立绍兴和议，向金主屈辱投降，称臣纳贡。

②长乐，西汉长安宫名。莫愁，湖名，此指南京莫愁湖。长乐、莫愁，此取其词面，谓宋高宗更无忧国复仇之心，故宫亦移长乐，湖应号莫愁。

③三竺，杭州西湖天竺山分上中下三峰，称为三天竺。艮岳，宋徽宗在汴京东北隅所建御苑，备极奢华。两堤，指西湖白堤苏堤，实代指西湖。樊楼，北宋汴京著名酒楼。

④孤山，在杭州西湖。老将，指韩世忠。岳飞被害以后，韩世忠亦被解除兵权，废置不用，常骑驴携酒，至西湖闲逛，以释其忧闷。见《宋史·韩世忠传》。

⑤第二首原其六，咏宋末权相贾似道。稚川，东晋葛洪字稚川，曾在葛岭炼丹。贾似道在葛岭建半闲堂，大兴土木，作亭台楼阁，奢靡享乐。参见厉鹗《秋夜宿葛岭涵青精舍》诗注。

⑥“襄城”二句：宋度宗咸淳三年（1267），蒙古军围困襄阳，宋将吕文焕坚守达六年之久，贾似道隐匿军情，坐视不救；仍然在葛岭府中寻欢作乐。参见王鸣盛《西湖葛岭有嘲》诗注。三年，吕文焕坚守六年，诗为平仄需要，

改用三年，三用作多数，可以理解为多年。五夜，一夜分为甲夜、乙夜、丙夜、丁夜、戊夜，实即通夜。

⑦ 蟋蟀戏，贾似道身为相国，却常与群妾踞地斗蟋蟀为戏。虾蟆更，宋代宫中，五更之外还打一更，称为六更，又称虾蟆更，响声似虾蟆叫声。宋周遵道《豹隐纪谈》："盖内楼五更绝，梆鼓交作，谓之虾蟆更，禁门方开，百官随入，所谓六更者也。"六宫迁，宋帝显德祐二年（1276）元军攻陷临安，太皇太后谢道清被迫投降，元军虏全太后、帝显并宫嫔妃妾北去。宋汪元量《醉歌》："乱点连声杀六更，荧荧庭燎待天明。侍臣已写归降表，臣妾签名谢道清。"赵翼实受此诗启发。

⑧ "可怜"二句：冬青树是宋宫中风景树。贾似道历仕宋理宗、度宗、恭宗三朝，如冬青常绿不凋。恭宗德祐元年（1275）贾似道贬为高州团练使，行至漳州木棉庵，被县尉郑虎臣处决。此由木棉庵联想到木棉，由木棉联想到作为比喻的冬青树。

晚泊京口①

浩浩江头沸市声，戢篙暂候晚潮生②。
大风白浪平吞岸，落日青山半入城。
地险南徐犹作镇，时清北府漫谈兵③。
一编丁卯诗人集，留伴孤舟对月明④。

① 京口，今江苏镇江。

② 戢篙，收篙，即泊船。晚潮，京口离海近，故江潮甚大，下句"大风白浪平吞岸"即写晚潮。

③ 南徐，东晋侨置徐州于京口，南朝宋文帝元嘉八年改称南徐州。北府，《世说新语·排调》"郄司空拜北府"注引《南徐州记》："旧徐州都督以东为称。晋氏南迁，徐州刺史王舒加北中郎将。北府之号，自此起也。"是东晋以徐州即京口为北府。《晋书·刘牢之传》："太元初，谢玄北镇广陵，时苻坚方盛，玄多募劲勇……以牢之为参军，领精锐为前锋，百战百胜，号为北府兵，敌人畏之。"谢玄先为兖州刺史，领广陵相，后又加领徐州刺史。诗意谓而今时代清平毋用论兵。

④ 丁卯诗人集，唐许浑润州人，唐代润州治丹徒，亦即京口。许浑集名《丁卯集》。

淝　水[1]

淝河百丈水汤汤，千古南朝诧战场。
空国而来骄必败，背城能战弱为强[2]。
枋头桓武惭勋伐，江左夷吾尚庙堂[3]。
赢得淮山闲草木，也同旌旆气飞扬[4]。

①淝水，亦称淝河，自河南鹿邑境流至淝河口进入安徽，东南流至凤台注入淮水。东晋孝武帝太元八年（383），前秦苻坚率九十万大军南侵，企图一举灭晋。晋相谢安领导抵御，命谢玄等率北府兵八万，大败秦军于淝水，使晋室转危为安。是历史上有名的以少胜多的战例。见《资治通鉴》卷一百五。

②“空国”二句：苻坚空国而来，恃军势强大，骄矜已甚，自以投鞭可以断流，晋军不堪一击，此所谓骄兵必败。背城能战，语本《左传》成公二年：鞌之战，齐师败绩。齐使宾媚人向晋求和，晋人条件苛刻。宾媚人曰：“唯是先君之敝器土地不敢爱，子又不许。请收合馀烬，背城借一。”意谓若晋人不许，齐师将于城下决一死战。诗意谓东晋虽弱，但群情激愤，奋勇杀敌，故能转弱为强。

③枋头，地名，在今河南浚县境。桓武，即桓温，谥宣武侯，东晋废帝太和四年（369）桓温率大军北伐，至枋头，为慕容垂所败。勋伐，功劳。句意谓桓温的功勋比之谢安也相对惭颜。夷吾，齐桓公相管仲，佐齐桓公称霸。东晋初，王导辅佐晋元帝稳定江南被称为江左夷吾。见《晋书·王导传》。句意谓被称为江左夷吾的王导，其功业尚只在庙堂之上，未能兴师北伐强敌。一说，此以江左夷吾移用于谢安，言淝水至今犹庙祀谢安。

④淮山闲草木，苻坚自恃强大，以为晋军不堪一击。军次寿阳，“登寿阳城望之，见晋军部阵严整；又望八公山上草木皆以为晋兵，顾谓融曰：‘此亦劲敌，何谓弱也？’怃然始有惧色”。诗用其意。闲草木，普通草木。闲，一作“闻”，非是。

题元遗山集[1]

身阅兴亡浩劫空，两朝文献一衰翁[2]。
无官未害餐周粟，有史深愁失楚弓[3]。

行殿幽兰悲夜火，故都乔木泣秋风[④]。
国家不幸诗家幸，赋到沧桑句便工[⑤]。

①元遗山，即元好问，金代杰出诗人，其反映金末危亡的诗篇，为遗山集中最有价值的作品。

②两朝，元遗山于金亡之时四十二岁，入元又生活了二十五年。文献，文指典籍，献指熟悉典籍的贤者，此即指遗山。

③不害，不妨碍。餐周粟，伯夷、叔齐于商亡之后不食周粟，饿死于首阳山。见《史记·伯夷列传》。失楚弓，刘向《说苑·至公》："楚共王出猎而遗其弓，左右请求之。共王曰：'止！楚人遗弓，楚人得之，又何求焉。'"诗意谓元遗山无官，不防碍他作为遗民生存；而纂辑国史，乃深愁故国之沦亡。遗山于金亡之后，以全力收集金代史料编为《壬辰杂编》，后来成为编纂《金史》的材料；又辑录金代诗歌为《中州集》，使金诗得以保存。"深愁失楚弓"用典甚为勉强。

④幽兰，金汴都轩名。赵翼《汴京杂诗》亦咏金亡事，有"幽兰轩已火光红"句。乔木，元遗山《壬辰十二月车驾东狩后即事五首》有"乔木他年怀故国"句。

⑤沧桑，喻激烈变化，指金源亡国。赵翼《瓯北诗话》谓元好问"值金源亡国，以宗社丘墟之感，发为慷慨悲歌，有不求工而自工者"，可为末二句注脚。

和沈倬其同年看花绝句

蓟门霜冷见春迟，吹透东风了不知。
忽漫一枝红杏出，累人墙外立多时。

论　诗

李杜诗篇万口传，至今已觉不新鲜。
江山代有才人出，各领风骚五百年[①]。

①风骚，概指《诗经》和《楚辞》，诗中代指诗歌创作的声望。五百年，

泛指一个历史阶段。《孟子·公孙丑下》："五百年必有王者兴，其间必有名世者。"五，一作"数"。

游金陵杂诗

兴亡局似去来潮，南部烟花尚未消[①]。
丁字帘前一条水，河房灯火见前朝[②]。

① 南部烟花，《大业拾遗记》（撰人不详，托为唐颜师古撰）原名《南部烟花录》，记隋炀帝游江都恣纵淫乐故事。清人诗中常以南部烟花指南明弘光帝的荒嬉生活。南京秦淮河明代为青楼妓馆集中之所，统治者在此嬉游无度。明末大乱一度零落，至乾隆时代，往日那种纸醉金迷的现象又重新恢复。尚未消，意谓往日的浮华似尚未消亡。

② 丁字帘，见钱谦益《留题秦淮丁家水阁二首》注。河房灯火，恍惚见前朝景象，不无兴亡之感。

钱大昕

钱大昕（1728—1804），字晓征，一字辛楣，号竹汀，江苏嘉定（今属上海）人。清高宗乾隆十九年甲戌（1754）进士，授翰林院编修，官至少詹事。乾隆四十年（1775）以后主讲钟山、娄东、紫阳等书院二十馀年。清仁宗嘉庆九年卒，年七十七。钱大昕为王鸣盛妹婿，郎舅皆沈归愚高足，乾隆甲戌同榜进士，又并为著名学者。大昕通音韵训诂之学，多有创见，亦精史学，所著《廿二史考异》为清代史学考据名著。有《潜研堂诗文集》。

咏荆轲①

匕首怀中出，诸郎殿下看②。
燕丹心未死，赵政胆先寒③。
成败论人易，从容舍命难④。
千秋犹洒泪，易水共汍澜⑤。

①荆轲，战国末卫国人，为燕太子丹入秦刺秦王，失败被杀。参见赵执信《督亢怀古》诗注。

②“匕首”二句：荆轲携燕督亢地图入秦，诈称欲献与秦王。秦王发图，图穷而匕首见。荆轲持匕首逐秦王，秦王环柱而走，群臣惊愕。按秦法，群臣侍殿上者不得持尺寸之兵，诸郎中执兵皆陈殿下，非有诏召不得上，以故不得击荆轲。后侍医夏无且以药囊击轲，秦王自拔剑断荆轲左股。荆轲以匕首掷秦王，不中，秦王复击轲，身被八创，乃被杀。见《史记·刺客列传》。

③燕丹，即燕子丹。赵政，即秦王，生于赵，称赵政，统一中国后称始皇帝。

④“成败论人”二句，谓以成败论人是容易的，荆轲刺秦王有赞扬者，有批判者；但不管怎样评判，其从容舍命还是极为难得。

⑤易水，在河北省西部，为大清河上源支流。荆轲入秦，燕太子丹与宾客于易水祖饯。“高渐离击筑。荆轲和而歌，为变徵之声，士皆垂泪涕泣。又前而为歌曰：‘风萧萧兮易水寒，壮士一去兮不复还！’”见《刺客列传》。汍澜（wán lán），泪流貌。

村中记所见

小小茅檐曲曲篱，墙攲聊借石头支①。
日高编箔烘烟叶，雨歇携枷打豆箕②。
香稻已催千顷割，残荷犹见几枝垂。
由来气侯山中别，试补豳风七月篇③。

①墙攲（qī），墙坏倾斜。支，支撑。

②箔，用竹片或芦竿编织的席箔。烘烟叶，烘干烟叶。中国人吸烟的嗜好明代后期才自国外传入。诗中涉及烟叶制作似仅见于此。枷，一种打豆箕麦之类的农具。

③气候，指景观风习，与现在指天气特征者不同。《豳风·七月》是诗三百中，反映周代农事的诗篇。

葛岭咏古①

集芳园里贮蛾眉，灯火西湖此一奇②。
六载襄阳围不解，相公却有半闲时③！

①葛岭，在杭州西湖栖霞山东麓。南宋权相贾似道于宋理宗、度宗朝专权。度宗赐第于葛岭，有集芳御园、养乐园等建筑，穷极奢侈。参见厉鹗《秋夜宿葛岭涵青精舍》、王鸣盛《西湖葛岭有嘲》诗注。

②蛾眉，美女的眉毛如蛾子的眉须纤细秀美，因代指美女。

③六载襄阳，宋度宗咸淳三年（1267），蒙古大军进攻襄阳，长期围困，宋将吕文焕坚守达六年之久，贾似道不予支援。半闲，贾似道养乐园中有半闲

堂。

红 桥[1]

竹西十里路迢迢，槛外江南翠黛遥[2]。
剪剪绿杨风絮晚，半帆春水过红桥[3]。

① 红桥，扬州城西小秦淮河上，为扬州名胜。

② 竹西，杜牧《题扬州禅智寺》诗“谁知竹西路，歌吹是扬州”句，后人因于禅智寺左建竹西亭。竹西亦用作扬州代称。槛，指桥上栏干。

③ 剪剪，轻风吹貌。半帆，为减缓船速，拉半帆。

毕 沅

毕沅（1730—1797），字纕蘅，一字秋帆，号灵岩山人，江苏镇洋（今太仓）人。清高宗乾隆二十五年庚辰（1760）进士，仕至兵部尚书、湖广总督。清仁宗嘉庆二年卒，年六十八。毕秋帆学涉多方，由经史而旁及小学、金石、地理，著述甚多。其诗文多有关心民瘼之作。有《灵岩山人文集》《灵岩山人诗集》。

春仲东行安会道中感时述事寄兰州当事诸公三首[①]

解渴争泥水，充饥啮草根。
四年三遇旱，十室九关门。
流徙儿孙绝，萧条垄墓存。
更谁携麦饭，烧纸酹孤魂！

卖儿偿一饭，鬻妇索千钱。
长别宁堪此，生存亦偶然。
吞声知泪尽，分手尚衣牵。
决绝真无计，斯须立道边。

奇荒今至此，草草议难支[②]。
郑监图难绘，春陵句可思[③]。
尽心臣下责，惜命上天慈。

牢补羊亡后，经营莫更迟④。

① 安会，当在兰州境内，其地待考。

② 草草议难支，需要认真对待，采取具体措施，草草议论不解决问题。

③ 郑监，唐郑虔，字弱斋，荥阳人，曾为国子监广文馆博士，故称郑监。郑虔能诗善画，曾为流民图。舂陵，地名，在今湖南宁远道县境。唐元结为道州刺史，作《舂陵行》，写大乱后人民疾苦。毕沅此诗，其精神实质与元诗相似。

④ 牢补，《战国策·楚策四》："亡羊而补牢，未为迟也。"牢，牲口圈。羊已亡而补牢，是为了以后不再亡羊；比喻吸取教训，防范未来。

王文治

王文治（1730—1822），字禹卿，号梦楼，江苏丹徒人。清高宗乾隆二十五年庚辰（1760）进士，授编修。二十九年甲申（1764）除云南临安知府。三十二年丁亥（1767）循例告归，时年三十八岁。宣宗道光二年卒，年九十三。王文治与姚鼐为挚友，而诗风不同：姚氏宗宋诗，而王尚唐音。王为乾隆时代著名书法家，与翁方纲、刘墉、梁同书齐名。存《王梦楼诗集》。

春耕图

和风被四野，原隰千里平。
微雨夜来歇，布谷催春耕。
农人理良耜，晨起露华明。
陇上负锄侣，水边驱犊声①。
入春才几时，春草亦已生。
霭霭杨柳树，喈喈鸣仓庚②。
四体苟不勤，百室何由盈③。
稼穑诚艰难，王业以此成。
缅想豳风图，遐哉忠爱情④。

① 陇上，田陇之上。犊，小牛，此泛指牛。
② 霭霭，深貌，此指绿阴深盛。喈喈，鸟鸣声。仓庚，鸟名，即黄鹂。
③ 四体，手足四肢。
④ 豳风图，《诗·豳风》有《七月》篇，为农事诗，诗序谓为“陈王业”

之作。逷，浓远。

★王梦楼为书法家，集中题画之作特多，大多肤廓无真感情。此篇模拟陶诗，境界优美，为集中佳作。

游顾龙山①

偶然慕丘壑，出郭遵溪隩。
行行不知远，遂以穷山谷。
山色荒逾秀，水容寒更渌。
高松堕残雪，冻雨洒幽竹②。
古殿闭苔深，孤塔留云宿。
日暮红霞起，晴光泛波縠。
渔舟天末归，凫雁相与逐。
怅怅羁旅人，怀古伤幽独。

① 顾龙山，其地未详。此诗收入《放下斋所存稿》，该稿编于乾隆十九年甲戌（1754）选贡入京之时。时梦楼年二十五。

② 堕，一作"坠"。

烟雨楼①

西水驿前春水流，小桃花下系兰舟。
月明故国一千里，独上嘉兴烟雨楼。

① 烟雨楼，在今浙江嘉兴南湖。

自富阳抵衢州舟中口号①

远水平粘芳草碧，密林深透夕阳红。

舟行九曲八盘里，人在千岩万壑中②。

① 富阳，在杭州西南，富春江流贯境内。衢州，在浙江西部，常山港江山港交汇于此成为衢江，即富春江上游。

② 千岩万壑，《世说新语·言语》：“顾长康从会稽还，人问山川之美。顾云：‘千岩竞秀，万壑争流，草木蒙笼其上，若云兴霞蔚也。’”顾长康，即顾恺之。

吴泰来

吴泰来，字企晋，号竹屿，江苏长洲（今苏州）人。清高宗乾隆二十五年庚辰（1760）进士。二十七年壬午召试，赐内阁中书。毕沅巡抚陕西，招主关中书院，后又随至开封。有《净名轩集》。

晚过中峰古公禅院

松门空翠滴，竹坞夕阳迟①。
偶爱东林路，言寻慧远师②。
风泉发清响，山月照华池。
回首重来径，苍苍白露滋③。

① 竹坞，用竹林作屏障的院落。句袭用严维《酬刘员外见寄》诗“花坞夕阳迟”。

② 东林，郡庐山东林寺。慧远，东晋高僧，本姓贾，雁门楼烦（今山西宁武）人。晋孝武帝太元六年（381）入庐山，居东林寺，曾与陶渊明等共结莲社。庐山有中峰，诗中用庐山中峰典故，然此中峰系苏州灵岩山中锋，非庐山也。

③ “回首”二句，仿李白《下终南山过斛斯山人宿置酒》诗“却顾所来径，苍苍横翠微”。

谷口送念亭上人归中峰

虎溪分手罢，隐隐望中峰①。
石路留残照，枫林度远峰。

遥怜清夜月，独倚碧溪松。
静境谁同赏，空怀物外踪。

① 虎溪，在庐山东林寺前。《庐山记》："惠远居庐山东林寺，送客不过溪。一日与陶渊明、道士陆静修共话，不觉逾之，虎辄骤鸣，三人大笑而别。"此诗也用庐山中峰典故，实指灵岩山中峰。

送沙斗初渡江[①]

经年离别楚天遥，重向河梁折柳条[②]。
八月凉风吹早雁，一江秋雨送寒潮。
西津云树帆初落，南部烟花恨未消[③]。
想到芜城怀古地，愁人无那广陵箫[④]。

① 沙斗初，郡沙维杓，见沙氏小传。

② 河梁，因《文选·李陵〈与苏武诗〉》有"携手上河梁，游子暮何之"之句，河梁乃成为送别之地的代称。

③ 西津，镇江城北长江津渡之名。王恽《润州》诗："望空北顾无双寺，行入西津第一州。"朱德润《送郝道》诗："长江日夜向东流，送子西津晓渡头。"南部烟花，《大业拾遗记》写隋炀帝游江都荒淫故事，书又名《南部烟花录》。参见赵翼《游金陵杂诗》注。被送的人前往扬州，故用扬州故实。隋代江都即今扬州。

④ 芜城，广陵别称，亦即扬州，因鲍照《芜城赋》得名。

姚鼐

姚鼐（nài 1731—1815），字姬传，一字梦穀，安徽桐城人。清高宗乾隆二十八年癸未（1763）进士，官至刑部郎中，记名御史，不久因在四库馆与同人意见不合辞官，后历主扬州、江宁等地书院凡四十年。仁宗嘉庆二十年卒，年八十五。桐城方苞、刘大櫆、姚鼐递相师承，组成清代最大的古文派别桐城派，倡义理、考据、词章三者缺一不可之说。所选《古文辞类纂》，流传颇广。论诗亦承刘大櫆及其伯父姚范之法，虽曰兼采唐采，实偏于宋诗，对晚清宋诗派颇有影响。曾选《五七言今体诗钞》《山谷诗钞》。其室名惜抱轩，其诗文集亦名《惜抱轩集》。

酬胡君业宏

我如游云出庐霍，千里飘飘向京洛①。
黄山西畔初别君，溪流饮马桃花落②。
江南花落几春风，羁思渔阳飞塞鸿③。
今年乘舟玩海月，片帆淮甸摇晴空④。
西寻庐阜彭蠡侧，拂袖千峰万峰碧⑤。
仙人一去白云秋，明月无心照石壁。
远公东林寺，徐孺南昌宅⑥。
寒草苍烟昏似积，我对青天空太息。
丹枫十月凋南州，雨声寒抱章江楼⑦。
登高把酒忽相遇，昔君颇料如今不？

明月寒胎耀当代，楚望沉沦媚幽彩[⑧]。
人间得失似浮云，且对江山吾辈在[⑨]。
清诗一唱碧霄间，五色馀霞散湖海。
湖海西风万里吹，酒阑明日各天涯。
青山挂席余将去，嗟尔尘埃玉树姿[⑩]！

① 庐霍，庐山霍山。庐山在江西九江境，霍山在安徽霍山县南。京洛，唐代指长安、洛阳，此代指北京。

② 黄山，在安徽南部，跨歙县、黟县、太平、休宁四县。

③ 渔阳，唐代渔阳郡治在今天津蓟县，此实指北京。

④ 淮甸，淮河流域，此即指淮河。

⑤ 庐阜，即庐山。彭蠡，鄱阳湖别称。

⑥ 远公，东晋高僧慧远，居庐山东林寺。参见吴泰来《晚过中峰古公禅院》诗注。徐孺，后汉徐稺，字孺子，南昌人。家贫，躬耕而食，不应征辟。太守陈蕃不接宾客，惟稺来特设一榻，去则悬之。时称南州高士。

⑦ 南州，即指南昌。章江楼，章水在江西南部，为赣水西源，此即指赣江。章江楼其地不详，或以为即指滕王阁。

⑧ 寒胎，其义不详，疑即指明月。耀，照。当代，犹言此时。楚望，古代望日月星辰山川而祭，称为望祭，引申而指名山大川。《左传》哀公六年："江汉雎漳，楚之望也。"颜延之《始安郡还与张湘州登巴陵城楼》诗："江汉分楚望，衡巫奠南服。"诗中即指赣江。沉沦，本沉没之意，此为沉浸之义。媚幽彩，指江水媚明月之幽彩。媚，爱也。

⑨ 似浮云，《论语·述而》子曰："不义而富且贵，于我如浮云。"

⑩ 玉树，喻优秀人才。尘埃玉树姿，以玉树之姿而困于尘埃之中。此同情胡业宏之语。《世说新语·伤逝》："庾文康亡，何扬州临葬云：'埋玉树著土中，使人情何能已！'"（庾文康，庾亮。何扬州，何充。）

★此诗如天马行空，颇为缥缈。自述行踪，则如游云出庐霍，飘飘向京洛；今乘舟玩海月，片帆挂淮甸；又西寻庐阜，驰骋南州。与胡业宏离合，只在黄山初别，而后相遇南州，此其线索也。姚姬传诗兼唐宋，而此等七古实追踪李白，对寥廓江山，指挥如意，置之太白集中，亦不多让。

唐伯虎匡庐瀑布图[①]

江南万重山，匡庐乃出万重上。
人言秋晴万里峨嵋颠，青山一点东南望[②]。
连峰苍苍不见顶，日出彩烟生半岭。
玉堂石室藏其中，纵有天风吹不冷。
群岩环峙不可名，岩端霞气升空行。
石梁忽贯青霞落，倒海流云走空壑[③]。
万谷钧天广乐鸣，思鸟哀猿一时作[④]。
石门百仞当空开，吴越江帆千里来[⑤]。
仰首见吴越，俯首闻风雷。
何人携杖凌倒景，萧条六合谁友哉[⑥]？
林岑藤茑相撑拒，骖鸾过处原无路[⑦]。
世间惟有银河数派通，溅珠飞玉流平处[⑧]。
我昨乘小艇，正出宫亭湖[⑨]。
湖心黯黕沉黛色，夕阳一半开菰蒲[⑩]。
是时初冬水不落，悬知崆峣巨壑轰千车[⑪]。
倾崖曲岪天长雨，山鬼幽篁人见无[⑫]？
咫尺未登疑有命，评画看山定谁胜[⑬]？
烟云绝境自人间，文采风流隔嘉靖[⑭]。
流落当年惜异才，江山尺绢今残剩[⑮]。
人生衰老来无时，五岳求仙不辞敻[⑯]。

①唐伯虎，即唐寅（1470—1523），字伯虎，一字子畏，号六如居士，江苏吴县人。明代著名画家，与沈周、文征明、仇英，并称明四家。匡庐，即江西庐山。

②峨嵋，四川峨嵋山。东南望，参见《酬胡君业宏》诗注。望可以指名山

大川，此即指庐山。二句意谓从峨嵋山顶远眺，只见青山一点就是东南之望，亦即庐山。自然全是想象之词。

③ 石梁，本指天然似桥梁的巨石。此处“石梁忽贯青霞落”，喻悬空而下的瀑布。李白《庐山谣》：“金阙前开二峰长，银河倒挂三石梁。”倒海流云，指山壑的云海。

④ 钧天广乐，神话中天上音乐。《列子·周穆王篇》：“清都紫薇，钧天广乐，帝之所居。”《史记·赵世家》：“居二日半，简子寤，语大夫曰：‘我之帝所甚乐，与百神游于钧天，广乐九奏万舞，不类三代之乐，其声动人心。’”此指瀑布下落的响声引起山谷的共鸣。“思鸟”句，仿白居易《竹枝词》“寒猿晴鸟一时啼”。

⑤ 石门，东晋慧远《庐山记》：“西南有石门山，其形似双阙，壁立千馀仞，而瀑布流焉。”二句写双峰如石门，自石门望去，远见大江来自吴越的风帆。按，诗中所写是画中的石门，不必是慧远所见的石门实地。

⑥ 何人，指画中的人。六合，上下四方，即整个宇宙。

⑦ 岑，小而高的山，此即指山峰。藤茑，泛指各种青藤、萝茑之类的植物。骖，驾乘。江淹《别赋》：“驾鹤上汉，骖鸾上天。”驾与骖同义。骖鸾，仙人乘鸾飞行。此设想匡庐群峰只有仙人乘鸾可以度越。

⑧ 银河，代指画中的瀑布。自“连峰苍苍”以下二十句描述匡庐画境。

⑨ 宫亭湖，江西鄱阳湖南部别称宫亭湖。见《寰宇记》。亦代指鄱阳湖。《水经注》：“庐山下又有神庙号曰宫亭庙，故彭湖亦有宫亭之称焉。”此即指鄱阳湖。

⑩ 黯黮（àn dǎn），犹暗淡。黛色，青黑色。句意亦原于《庐山谣》“屏风九叠云锦张，影落明湖青黛光”。“夕阳”句，谓湖中菰蒲空处照见夕阳。

⑪ “是时”二句，设想庐山瀑布的情形。从湖中看不到瀑布，故只能“悬知”。崆峣（现代辞书均音 kōng yáng；按，此叠韵，崆，苦江切；峣，王江切。峣以“兇”表声，应音 kōng xiōng），山石高峻貌，此代指高崖。崆峣巨壑，即高崖巨壑。轰千车（jū），如千车轰响。

⑫ 倾崖，倾侧的山崖。曲岪（fò），山势曲折貌。《楚辞·招隐士》：“块兮轧，山曲岪。”山鬼幽篁，《楚辞·九歌·山鬼》：“余处幽篁兮终不见天，路险难兮独后来。”山鬼，山中女神。幽篁，幽深茂密的竹林，亦泛指深林。人见无，人能见到吗。

⑬ “咫尺”二句，言湖上到庐山近在咫尺却未能攀登，似有命运，不知评画看山究竟何者更胜。

⑭ 嘉靖，明世宗年号（1522—1566）。隔嘉靖，谓远隔嘉靖之前，唐伯虎

于嘉靖二年（1523）即去世。至姚鼐写此诗时相距约二百五十年。

⑮江山尺绢，即指匡庐瀑布图。

⑯“五岳”句，套用李白《庐山谣》“五岳寻仙不辞远”。敻（xiòng），义通“迥”，远也。

★姚姬传七古极讲章法，此诗即为典型。本写唐伯虎匡庐瀑布图，先从匡庐写起，特别是设想自峨嵋山远望庐山，以突出庐山的高峻。自“连峰苍苍不见顶”直至“溅珠飞玉流平处”凡二十句，描绘庐山，似真写庐山，而实际是写画图。画是静境，偏写得云山若活；画本无声，却写得声闻轰动。二十句中用了十八句写匡庐其山，然“石梁忽贯”、“万谷钧天”实际已暗写瀑布；直到最后“世间惟有银河数派通”二句才正面点出瀑布。此为前段。“我昨乘小艇”以下八句用自己行经鄱阳却未上庐山来反衬画图，然后提出“评画看山定谁胜”，将画与山联在一起。最后仅用“烟云绝境自人间”四句才与唐伯虎挂勾，而且将当年的“异才”和而今的“残剩”相对评说。最后两句写自己的感受，套用一句李白诗又与庐山联系起来。构思奇特缜密，匠心独具。因写的是画里庐山，诗中明明暗暗与李白的《庐山谣》相联系，而其章法结构却来自黄山谷。此诗亦有其不足，过于曲折拗涩，远不似读李白诗那样感到豪放开阔而自然流畅。姚氏诗学黄山谷：而这正是黄诗的特色。

天门山①

万里江流断，双崖地脉通②。
冥冥浮积气，漠漠送长风③。
沧海孤帆外，神州落照中④。
人生如鸟迹，独上俯鸿蒙⑤。

①天门山，在安徽当涂，东梁山与和县西梁山夹江相对，合称天门山。李白有《望天门山》诗。

②“万里”二句，谓大江流断天门，而双崖地脉相通。

③冥冥、漠漠，皆弥漫之貌。积气，《列子·天端篇》：“天，积气耳。”此

指天上混濛之气。漠漠送长风，实谓弥漫的雾气被长风吹送，亦即“长风送漠漠”。

④“沧海”二句，谓大海在孤帆之外，神州在落照之中。上句写东方，下句写西面。

⑤人生如鸟迹，用苏轼《和子由渑池怀旧》诗“人生到处知何似，恰似飞鸿踏雪泥。泥上偶然留指爪，鸿飞那复计东西”句意。鸿蒙，广阔无边之意，又指自然元气，此指空阔的大野。

金陵晓发

湖海茫茫晓未分，风烟漠漠棹还闻。
连霄雪压横江水，半壁山腾建业云①。
春气卧龙将跋浪，寒天断雁不成群。
乘潮鼓楫离淮口，击剑悲歌下海渍②。

①横江，即横江浦，在安徽和县东南，与南岸采石矶相对。李白《横江词》：“人道横江好，侬道横江恶，一风三日吹倒山，白浪高于瓦官阁。”此借指金陵大江。“半壁”句，写大江南岸的群山。建业，即南京，西晋愍帝建兴元年（313）为避愍帝改建邺为建业。

②鼓楫，打桨。淮口，秦淮河口。海渍，海滨，实即指海。

夜起岳阳楼见月①

高楼深夜静秋空，荡荡江湖积气通②。
万顷波平天四面，九霄风定月当中。
云间朱鸟峰何处，水上苍龙瑟未终③。
便欲拂衣琼岛外，止留清啸落湘东④。

①岳阳楼，湖南岳阳城西门城楼，下临洞庭，远对君山；与黄鹤楼、滕王阁并称江南三大名楼。

②荡荡，动荡之貌。江湖，洞庭湖南纳湘、资、沅、澧四水，北与大江相通。

③朱鸟，二十八宿中南方七宿组成朱鸟形象。朱鸟又为南方之神，亦代指衡岳。瑟未终，李贺《湘妃》诗："凉夜波间吟古龙。"《楚辞·远游》："使湘灵鼓瑟兮，令海若舞冯夷。"将两者牵合为"苍龙瑟未终"，实甚不辞。

④琼岛，通常指海上仙岛。

山　行

布谷飞飞劝早耕，舂锄扑扑趁春晴[①]。
千层石树通行路，一带山田放水声。

①舂锄，鸟名，即白鹭。

出池州[①]

桃花雾绕碧溪头，春水才通杨叶洲[②]。
四面青山花万点，缓风摇橹出池州。

①池州，今安徽贵池。
②杨叶洲，在贵池西北江中。

细　雨

细雨馀春尚薄寒，绿窗风定蕙香残。
七年同种阶前树，独坐花间掩泪看。

★细雨，以开句二字为题，此悼亡诗，非写细雨。

王嵩高

王嵩高，字海善，号少林，江苏宝应人。清高宗乾隆二十八年癸未（1763）进士。官平乐知府，有《小楼诗集》。

宿　迁[1]

莽莽英雄国，千秋惜霸才。
风云通井邑，书剑隐蒿莱。
古木寒鸦噪，空城晓角哀。
惟馀东逝水，长绕楚王台。

① 宿迁，在江苏北部，地即秦汉时下相县，为楚霸王项羽故乡。

大梁怀古[1]

金明池水上河通，宋帝诸陵白露中[2]。
花石南来军国病，翠华北狩寝园空[3]。
烟寒桑柘连秋社，雨后蘼芜满故宫。
莫问樊楼旧灯火，东京遗事梦华同[4]。

① 大梁，今河南开封，五代梁、晋、汉、周与北宋和金建都于此，称为汴京（金代贞元以后称为南京），也称东京。

② 金明池，在今开封西旧郑门外，五代周世宗显德四年（957）开掘，周围九里馀，练习水战，以伐南唐。北宋太平兴国七年（982）太宗于此阅习水战。

③ 花石南来，宋徽宗在汴京建寿山艮岳。崇宁四年（1105）使朱勔开苏杭应奉局，采奇花异石由大运河运送汴京。运送的船队称为花石纲。凡民间有一木一石可用者，即直入其家，破墙拆屋，进行劫取。给人民带来极大灾难，成为方腊起义的直接导因。翠华，皇帝的仪仗。狩，本指君主冬天打猎。《左传》隐公五年：“故春蒐、夏苗、秋狝、冬狩，皆于农隙以讲事也。”后帝王出巡也叫狩。帝王败落当了俘虏，讳言其事，仍称为狩。北狩，指靖康二年（1127）徽、钦二宗被金人俘虏北去。

④ 樊楼，汴京著名酒楼。宋刘子翚《汴京纪事》诗：“记得少年多乐事，夜深灯火上樊楼。”东京，即汴京。南宋孟元老撰《东京梦华录》，记汴京风物。时在靖康之难以后，汴京已遭到严重破坏，北宋繁华，有如春梦，故称“梦华录”。

翁方纲

翁方纲（1733—1818），字正三，号覃溪，直隶大兴（今北京大兴）人。清高宗乾隆十七年壬申（1752）进士，授翰林院编修。历典江西、湖北、顺天乡试，督广东、江西、山东学政，累官至内阁学士。清仁宗嘉庆二十三年卒，年八十六。

翁方纲早年学诗于王士禛弟子黄叔琳，为渔洋再传，论诗与渔洋异趣。翁氏倡肌理说。所谓“肌理”包括义理和文理，谓义理需符合儒家经术，文理需合乎诗法准绳。翁氏博学多闻，尤精金石书画之学。他主张所谓学人之诗，诗中往往夹以考据，缺乏诗味，袁子才讥之为“错把抄书当作诗”，话虽刻薄，确也击中要害。有《复初斋文集》《复初斋诗集》《石洲诗话》等。

韩庄闸[①]

秋浸空明月一湾，数椽茅屋枕江关。
微山湖水如磨镜，照出江南江北山[②]。

①韩庄，位于山东枣庄南，微山湖东岸。韩庄南有运河，西出微山湖，东流向台儿庄后南行至江苏邳县与大运河相通；闸即在运河上。

②微山湖，在山东南部微山县西南，北与南阳湖、独山湖、昭阳湖连成一体，大运河直贯四湖，以风光绮丽著称。

★翁氏论诗，乾隆时代也算一家。然翁氏简直无诗可选，后录《清诗汇》选入的一首以补空白。

近人选翁方纲诗，多以《望罗浮》为代表。诗云：“只有濛濛意，人家与钓矶。寺门钟乍起，樵客径犹非。四百层泉落，三千丈翠飞。与谁参画理，半面尽斜晖。”此诗实只“四百”一联较有气势，句法亦有创新，“翠”字甚为生色；全诗并不相称。即如“四百层泉落，三千丈翠飞”这样的句式也不宜多用，多用便觉格讷。如《黄楼》诗：“去元丰戊午，闰七月重阳”，便令人生厌。翁氏还大量以散文入诗，如《文信国琴歌》“呜呼此琴逢此年，福安五月初改元。月之下旬公至福，此题盖在未至前”，这比江湖郎中草头歌诀还不如，又何足以言诗！

程晋芳

程晋芳，初名廷鐄，字鱼门，号蕺园，歙县人。清高宗乾隆二十七壬午（1762）召试，赐内阁中书。三十六年辛卯（1771）成进士，官吏部主事。以校勘四库全书，改翰林院编修。有《蕺园全集》。

送舍弟述先之广陵[①]

河桥一分手，碧柳未成丝[②]。
春水方生夜，孤帆独去时。
岸荒人语少，雨急雁飞迟。
亦识前期近，其如怆别离[③]！

① 广陵，今江苏扬州。

② 河桥一分手，《文选·李少卿〈与苏武诗〉》：“携手上河梁，游子暮何之？”河梁，即河桥。

③ 前期，后会之期。

彭　淑

彭淑，字谷脩，号秋潭，湖北长阳人。清高宗乾隆三十五年庚寅（1770）举人，官吉水知县。

［过］黄州忆章门诸子[①]

大江春水拍天流，万顷波中一叶舟。
南浦故人相忆否，斜风细雨过黄州？

① 黄州，在湖北东部长江北岸。题目据诗意补“过”字。章门，未详。

高 鹗

高鹗（约1738—约1815），字兰墅，号红楼外史，汉军镶黄旗人。清高宗乾隆六十年乙卯（1795）进士，官翰林院侍读。曹雪芹作《红楼梦》，未及完成即去世，高鹗为续完后四十回，虽未必尽如雪芹原意，但使这部巨著归于完整。其诗词亦有功力。有《高兰墅集》《月小山房遗稿》《砚香词》等。

重订《红楼梦》小说既竣题①

老去风情减昔年，万花丛里日高眠。
昨宵偶抱嫦娥月，悟得光明自在禅②。

① 由"重订"二字推断，《红楼梦》后四十回必有雪芹部分未定稿，非全由高氏续作。既竣，完工。据程伟元、高鹗《红楼梦引言》，小说脱稿于乾隆五十七年"花朝后一日"即夏历二月十五日（1792.3.6），上距雪芹逝世已二十八年。

② 嫦娥月，神话谓后羿请不死之药于西王母，嫦娥窃以奔月。见《淮南子·览冥》。此即指月。禅，佛家指清静寂定之意。光明自在，由顿悟到解脱的境界。

★曹雪芹为《红楼梦》倾注了一生心血，表现了他人世沉沦沧桑历尽的感触。高兰墅"昨宵偶抱嫦娥月，悟得光明自在禅"，大有红尘顿悟之概。可知高氏重订《红楼梦》，实与雪芹一点灵犀，两心相会，非只艺术上为之完满而已。

汪 中

汪中（1745—1794），字容甫，江苏江都（今扬州）人。清高宗乾隆四十二年丁酉（1777）拔贡，时已三十三岁，自后不复应试。乾隆五十九年卒，年五十。

汪容甫为著名学者，尤精史学，著有《广陵通典》《述学》内外篇。其《墨子序》肯定墨子为先秦显学，《荀卿子通论》谓荀卿之学出于孔氏；见解都颇卓异。工骈文，所作《哀盐船文》颇有名。容甫实亦工诗，惟存诗不多，集中诗作仅一百多首，然其诗甚有功底，着力于汉魏盛唐，典雅深厚。有《容甫先生遗诗》。

静 夜

夕雨秋气清，凄风入户静[①]。
啼蛩怀苦心，衰草露华冷。
空床生夜寒，梦回知漏永。
倚枕听钟鸣，昏灯照孤影[②]。

① 清，一作“阴”，一作“凉”。凄风入户静，一作“木落户庭静”。
② 倚枕，一作“展转”，一作“独宿”。

杂 诗

鹤胫不可断，凫胫不可续[①]。
物性有自然，何为苦羁束。

云泉自高下，鱼鸟翩相逐[②]。
本无百年命，安危同所欲[③]。
栖游非一途，微生各自足[④]。

①“鹤胫”二句：《庄子·骈拇》：“长者不为有馀，短者不为不足。是故凫胫虽短，续之则忧；鹤胫虽长，断之则悲。”

②“云泉”二句：云在天空，鸟各相逐；泉在地下，鱼自相游。翩，连翩。

③安危同所欲，求安去危，所欲相同。

④栖游，鸟则栖，鱼则游。微生，微小的生命，指鱼鸟之类。

白门感旧[①]

秋来无处不销魂，箧里春衫半有痕。
到眼云山随处好，伤心耆旧几人存。
扁舟夜雨时闻笛，落叶西风独掩门[②]。
十载江湖生白鬓，华年如水不堪论[③]！

①白门，六朝时建康城正南门宣阳门，世称白门，后用作南京别称。

②闻笛，向秀好友嵇康被司马昭杀害，后向秀过嵇康山阳旧居，闻邻人吹笛，因思念故人，不胜怀伤，乃作《思旧赋》。诗暗用其事。

③十载江湖，容甫童年丧父，家道艰难，不得不为生计奔走江湖。诗作于乾隆四十一年丙申（1776），白鬓早生，时年才三十二岁。

★王渔洋《秋柳》诗云：“秋来何处最销魂，残照西风白下门。他日差池春燕影，只今憔悴晚烟痕。愁生陌上黄骢曲，梦远江南乌夜村。莫听临风三弄笛，玉关哀怨总难论。”汪诗实受王诗影响，句式词语用韵多有承袭。然王诗咏物，汪诗抒情，两者迥然有别。王诗虽极有名，然未免空泛，汪诗句句质实，自是集中佳作。

梅　花

孤馆寒梅发，春风款款来。
故园花落尽，江上一枝开①。

①江上，一作“江树”。

宫　怨

高树明河隐殿阑，风帘不下夜灯残。
玉阶秋草无行迹，坐对三更白露寒。

白秋海棠

润眼啼烟似有情，翩翩粉蝶趁秋晴。
三更露下凉如许，苔院无人月自明。

★《宫怨》《白秋海棠》之类，含蓄深沉，唐人诗中高格。

吴锡麒

吴锡麒（1746—1818），字圣征，号穀人，浙江钱塘（今杭州）人。清高宗乾隆四十年乙未（1775）进士，官至国子监祭酒，以亲老乞养归乡里。清仁宗嘉庆二十三年卒，年七十三。吴为浙西六家之一，亦善骈文。存《有正味斋集》。

月夜过泖湖[①]

沙鸥熟眠不可呼，明月欲出秋满湖。
烟中划桨有人去，但闻幽响生菰蒲。
天空岸阔望无际，倒浸几点星模糊。
征衣飒飒风渐紧，凉宇荡荡云先逋[②]。
银盘涌上浪花顶，万顷尽化琉璃铺[③]。
虚涵荇藻透空洞，净洗耳目生清娱。
暗潮呜咽蚓窍细，远树蒙密牛毛粗[④]。
乘流东指海门近，咫尺身似凌蓬壶[⑤]。
冯夷惝恍弭遥节，鲛女倏忽驰明珠[⑥]。
珠光水气荡摩久，夜阑变灭随须臾。
僧钟远听发山寺，林鹘惊起盘浮图[⑦]。
留人旅梦归不得，渔火一痕汀外孤。

① 泖湖，故址在今上海松江县西，现已淤塞。
② 凉宇，清凉的天宇。逋，散逸。

③ 银盘，指圆月。

④ 蚓窍细，古人认为蚯蚓能发声，此用以形容暗潮声音细微。此二句中蚓窍、牛毛比喻都甚勉强。

⑤ 蓬壶，泛指海上仙山。王嘉《拾遗记》："海上有三山，其形如壶，方丈曰方壶，蓬莱曰蓬壶，瀛洲曰瀛壶。"

⑥ 冯夷，水神。惝恍（chǎng huǎng），模糊之貌。弭遥节，远远地控制车节。鲛女，神话中美人鱼。任昉《述异记》："南海中有鲛人室，水居如鱼，不废机织，其眼泣则出珠。"此二句写湖面上水波荡漾，月光闪烁。意思表述不甚明畅。

⑦ "林鹘"句，仿苏轼《腊月游孤山访惠勒惠思二首》"但见野鹘盘浮图"。鹘（hú），鸟名。浮图，佛塔。

观夜潮①

高楼极目大江宽，为待潮生夜倚阑。
隔岸忽沉灯数点，如山涌到雪千盘。
鱼龙卷地秋风壮，星斗摇天海气寒。
明月渐低声已歇，一枝塔影卧微澜。

① 此观钱塘江夜潮。

读放翁集①

铁马金戈梦不成，熏炉茗碗寄馀情②。
苏黄以外无其匹，梁益之间老此生③。
击贼未忘垂钓日，临终如喝渡河声④。
长吟直与精灵接，千亿梅花坐月明⑤。

① 放翁，南宋诗人陆游，号放翁。

② "铁马"句，陆游《十一月四日夜风雨大作》诗："夜阑卧听风吹雨，铁马冰河入梦来。""熏炉"句，陆游《遣兴》诗："汤嫩雪涛翻茗碗，火温香缕上衣篝。"

③苏黄，北宋诗人苏轼、黄庭坚。吴锡麒以陆游在宋代仅次于苏、黄而位列第三，符合宋诗实际。但陆游诗以其高度的爱国精神，其价值更在苏、黄以上。梁益，梁州和益州，今陕西与四川。陆游自宋孝宗乾道八年（1172）至淳熙五年（1178）官于梁、益，先为四川宣抚使王炎干办公事，后为四川制置使范成大参议官，历蜀州通判。梁、益间一段生活，对陆游一生的思想和创作有重大影响，诗人晚年也念念不忘。但陆游在梁、益总共不到七年，淳熙五年被召回临安时年五十四岁，东归后还颠簸浮沉了三十二年才以八十六岁高龄去世。故“梁益之间老此生”与事实不符。

④“击贼”句，谓陆游在主张抵抗敌人收复失地时也未忘却隐居垂钓。此句较弱，如果真临阵“击贼”而“未忘垂钓”并不妥当（陆游一生未得机会真正临阵击贼）。“临终”句，谓诗人至死仍希望北渡黄河恢复中原。渡河，南宋名将宗泽，任东京留守，一直想渡河北伐，并多次上书请高宗还都，为投降派所阻，忧愤成疾，临终犹大呼“渡河”者三。见《宋史·宗泽传》。放翁临终示儿诗云：“死去元知万事空，但悲不见九州同。王师北定中原日，家祭无忘告乃翁。”亦犹宗留守大呼“渡河”之意。

⑤长吟，点出题中“读”字。精灵，犹魂灵。句意谓读陆放翁集如与放翁魂灵相接。千亿梅花，陆游《梅花绝句》：“何当化作身千亿，一树梅花一放翁。”

★这是吴锡麒比较成功之作，全篇紧扣陆放翁的思想、生平及其创作，无异给诗人一生作一总评。大多数诗句来自放翁的作品，运用生动灵活，结构亦甚紧密。“苏黄以外无其匹，梁益之间老此生”，宋派诗的句式特点甚为突出。

洪亮吉

洪亮吉（1746—1809），原名礼吉，字君直，一字稚存，号北江，江苏阳湖（今常州）人。清高宗乾隆五十五年庚戌（1790）进士，授翰林院编修，督学贵州。仁宗嘉庆四年（1799）八月上书言事，有“群小荧惑，视朝稍宴”之语，革职发配伊犁。明年放还，到达伊犁仅百日。东归后，乃自号更生居士。嘉庆十四年卒，年六十四。洪北江精经史地理，工诗及骈文。与黄景仁并称“洪黄”，又与孙星衍并称“孙洪”；但其诗歌成就不如黄，学术成就不如孙。有《洪北江诗文集》。

自临清关渡运河晓行①

晓星未落催客程，梦闻雨声醒复晴。
车轮安稳陌尘软，如乘越舫烟中行。
河流东渡树如荠，一线中流日华起。
行人马上亦壮观，开阖中原几千里②。

① 临清关，在今山东临清县，运河纵贯县境。（非指河南新乡东北之临清关，新乡距运河甚远。）乾隆四十四年（1779）洪北江北上京师过临清。

② 开阖，行人在马上望远，受路上障碍物影响，远方景物时开时阖。

将出都门留别黄二①

抛得白云溪畔宅，苦来燕市历风尘②。
才人命薄如君少，贫过中年病却春！

①将出都门，洪亮吉于乾隆四十六年（1781）离京赴西安，留别黄景仁。黄二，即黄景仁，见后黄氏小传。

②“抛得”二句，指黄景仁于乾隆四十年（1775）离家乡常州来到北京。燕市，即指北京。

★洪北江与黄仲则为同乡挚友，江左齐名。北江笃于情谊，乾隆四十八年，黄仲则客死解州，北江素车千里，奔赴其丧。集中与仲则唱酬甚多，但诗艺不高，即如此诗，亦甚平平，但表现了诗人对黄仲则的同情，也反映了黄仲则人生的坷坎。

黄景仁

黄景仁（1749—1783），字汉镛，一字仲则，号鹿菲子，江苏武进人。几次应江南乡试皆不中，为谋生计，被迫奔走四方。清高宗乾隆四十年乙未（1775）晋京，明年应高宗东巡召试，取二等，充武英殿书签官，将家眷接到北京。生计艰难，三年后不得已又送回家乡。捐资为候补县丞，尚未铨授，四十八年为债家所逼，衣裘典尽，窘迫无从，乃抱病出京前往西安。病卒于解州河东盐运使沈业富署中，年仅三十五岁。黄仲则与洪北江为至交，诗亦齐名，成就远过于洪。仲则一生穷愁潦倒，其诗写自身的艰难苦恨，多为愤世嫉俗之作，为乾隆后期重要诗人。有《两当轩全集》。

太白墓[①]

束髪读君诗，今来展君墓[②]。
清风江上洒然来，我欲因之寄微慕[③]。
呜呼有才如君不免死，我固知君死非死[④]。
长星落地三千年，此是昆明劫灰耳[⑤]。
高冠岌岌佩陆离，纵横击剑胸中奇[⑥]。
陶熔屈宋入大雅，挥洒日月成瑰词[⑦]。
当时有君无著处，即今遗蹻犹相思[⑧]。
醒时兀兀醉千首，应是鸿蒙借君手[⑨]。
乾坤无事入怀抱，只有求仙与饮酒。
一生低首惟宣城，墓门正对青山青[⑩]。

风流辉映今犹昔，更有灞桥驴背客[11]。
此间地下真可观，怪底江山总生色。
江山终古月明里，醉魄沉沉呼不起。
锦袍画舫寂无人，隐隐歌声绕江水[12]。
残膏剩粉洒六合，犹作人间万馀子[13]。
与君同时杜拾遗，窆石却在潇湘湄[14]。
我昔南行曾访之，衡云惨惨通九疑[15]。
即论身后归骨地，俨与诗境同分驰[16]。
终嫌此老太愤激，我所师者非公谁。
人生百年要行乐，一日千杯苦不足[17]。
笑看樵牧语斜阳，死当埋我兹山麓。

① 太白，唐代大诗人李白。墓在安徽当涂青山西麓。乾隆三十六年（1771）黄仲则至太平（即当涂）入学使朱筠（笥河）幕，诗即作于其时。

② 展，瞻仰。

③ “我欲”句，仿李白《梦游天姥吟留别》“我欲因之梦吴越”句。

④ 知君死非死，谓太白诗卷留在人间，精神永在，故虽死犹未死。

⑤ 长星，即太白星，一名长庚。李阳冰《草堂集序》：“惊姜之夕，长庚入梦，故生而名白，以太白字之，世称太白之精得之矣。”（按，李白名字，取“白”而不宜“太白”，表现一种有所制约的辩证精神，与张碧字太碧、郑愚字太愚、鲁直字太直之类的取名方式完全相同。所谓长庚入梦故名白字太白纯系附会。李白本人为了神化自己也张扬其说，与名字本意并无联系。）昆明劫灰，《高僧传·竺法兰》：“昔汉武穿昆明池底，得黑灰，以问东方朔，朔云：‘不解，可问西域胡僧。’后法兰既至，众人追以问之。兰云：‘世界终尽，劫火洞烧，此灰是也。’”诗意谓李白是长星遭受劫煞，下到人间。

⑥ “高冠”句，《楚辞·离骚》：“高余冠之岌岌兮，长余佩之陆离。”岌岌，高貌。陆离，长貌。“纵横”句，李白《上韩荆州书》：“白陇西布衣，流落楚汉。十五好剑术，遍干诸侯。三十成文章，历抵卿相。虽长不满七尺，而心雄万夫。”

⑦ 屈宋，屈原、宋玉。瑰词，奇伟之词。

⑧ 遗躅（zhú），遗迹。

⑨兀兀（wù），昏沉貌。醉千首，杜甫《饮中八仙歌》有“李白斗酒诗百篇”句。鸿蒙，自然元始之气，此代指宇宙或大自然。参见《观潮行》注。

⑩宣城，南齐诗人谢朓曾为宣城太守。李白《宣城谢朓楼饯别校书叔云》：“蓬莱文章建安骨，中间小谢又清发。”又，《金陵城西楼月下吟》：“解道澄江净如练，令人长忆谢玄晖。”王士禛《论诗绝句》：“青莲才笔九州横，六代淫哇总废声。白纻青山魂魄在，一生低首谢宣城。”青山，在当涂县东南，谢朓曾筑室于此，李白墓在山下。

⑪灞桥驴背客，胡仔《苕溪渔隐丛话前集》引《刘公嘉话》记有贾岛驴背赋诗故事。又，《唐诗纪事》记唐郑綮自言“诗思在灞桥风雪中驴子背上”。诗将二事合在一起，用以均作贾岛事。原注：“贾岛墓亦在侧。”按，此实有误，详见星评。

⑫锦袍画舫，《新唐书·李白传》：“白浮游四方，尝乘舟与崔宗之自采石之金陵，着宫锦袍坐舟中，旁若无人。”按，此亦传说，崔宗之无与李白同游采石事。

⑬残膏剩粉，《新唐书·杜甫传》：“至甫，浑涵汪茫，千汇万状，兼古今而有之，他人不足，甫乃厌馀，残膏剩馥，沾丐后人多矣。”诗中移用于李白。六合，上下四方。

⑭杜拾遗，即杜甫，曾为左拾遗。窆（biǎn）石，引棺下墓之石，此代指坟墓。潇湘湄，实指耒水之湄。湄，水边。唐代宗大历五年（770）夏，杜甫至耒阳。秋天复沿湘江北上。元稹《杜君墓系铭》谓杜甫“竟以寓葬，旅殡岳阳”。唐宪宗元和八年（813），其孙杜嗣业迁其柩归葬偃师。《旧唐书·杜甫传》根据讹传，谓杜甫“啗牛肉白酒，一夕而卒于耒阳”。后人于耒阳亦建杜甫墓。黄仲则有《耒阳杜子美墓》诗，谓“得饱死何憾，孤坟尚水滨”，乃误信《旧唐书》之说。

⑮衡云，衡山之云。九疑，山名，在湖南宁远县南。

⑯“即论”二句，谓李白葬于青山，杜甫葬于耒阳，东西相对，似两大诗人诗境分驰两地。

⑰“人生”二句，语本李白《梁园吟》“人生达命岂暇愁，且饮美酒登高楼”，《襄阳歌》“百年三万六千日，一日须倾三百杯”等句。

★清人歌颂杜甫者多，黄仲则却酷爱李白。诗对李白的人生态度、诗歌成就作了高度的评价。清人颂李白者此诗较为突出。时仲则年方二十三岁。郁达夫作小说《采石矶》写黄仲则倾慕李白，即以此诗为基础。

黄仲则谓贾岛墓在当涂李白墓侧，系误信当地传说。一九五七年春我到当涂谒青山李白墓。距青山数里水田中有墓，当地人说墓主为贾岛。墓前原有贾岛墓碑，不知何时所立，但碑因修水库被挖走，搜求之不可得。此实系讹传，墓碑亦系据讹传竖立。唐郑谷有《吊水部贾员外嵩》诗云：“八韵与五字，俱为时所先。幽魂应自慰，李白墓相连。”是当涂贾墓为贾嵩墓，非贾岛墓。因同姓贾，时间一久，贾嵩墓便为贾岛大名所夺。贾岛曾为长江县（今四川蓬溪）主簿，死即葬长江。郑谷恰好另有《长江县经贾岛墓》诗，是贾岛墓在长江不在当涂甚明。

春 感

亦有春消息，其如雨更风①。
替愁双泪烛，对语独归鸿②。
宫阙自天上，家山只梦中③。
东君最无赖，不放小桃红④。

①其如，犹言奈何。

②双泪烛，语本杜牧《赠别》诗：“蜡烛有心还惜别，替人垂泪到天明。”但与杜牧诗原意无关。二句写自己的孤独之感，替愁的只有流泪的蜡烛，可与对话的只有独归的鸿雁。

③“宫阙”二句，写自己虽身在北京，然君门甚远，故云宫阙自天上；而欲归不得，家山只在梦中。

④东君，司春之神。

秋 夕①

桂堂寂寂漏声迟，一种秋怀两地知②。
美尔女牛逢隔岁，为谁风露立多时③。
心如莲子常含苦，愁似春蚕未断丝④。
判逐幽兰共颓化，此生无分了相思⑤！

①秋夕，即七夕，阴历七月七日之夜。乾隆三十年（1765）黄仲则在宜兴

氿里读书，有过一段恋情，时年十七。《秋夕》与《感旧》都是怀念伊人之作。

② 桂堂，堂之美称。李商隐《无题》诗："昨夜星辰昨夜风，画堂西畔桂堂东。"漏，古人以漏壶滴水计时。

③ 女牛，织女星和牵牛星。《文选·曹子建〈洛神赋〉》注引《九咏》注："牵牛为夫，织女为妇。织女牵牛之星各处一旁，七月七日乃得一会。"梁宗懔《荆楚岁时记》，谓织女为天帝孙女，长年织造云锦，嫁与河西牛郎，织乃不勤。天帝怒，责令与牛郎分离，隔天河相望，每年七夕始得一会。

④ 莲子常含苦，莲子中胚芽味苦，比喻思心之苦。春蚕未断丝，语本李商隐《无题》诗"春蚕到死丝方尽"。

⑤ 判，犹拚。判逐，拼着追逐。幽兰，喻美好的爱情。

感旧四首

大道青楼望不遮，年时系马醉流霞①。
风前带是同心结，杯底人如解语花②。
下杜城边南北路，上阑门外去来车③。
匆匆觉得扬州梦，检点闲愁在鬓华④。

唤起窗前尚宿酲，啼鹃催去又声声⑤。
丹青旧誓相如札，禅榻经时杜牧情⑥。
别后相思空一水，重来回首已三生⑦。
云阶月地依然在，细逐空香百遍行⑧。

遮莫临行念我频，竹枝留涴泪痕新⑨。
多缘刺史无坚约，岂视萧郎作路人⑩。
望里彩云疑冉冉，愁边春水故粼粼。
珊瑚百尺珠千斛，难换罗敷未嫁身⑪。

从此音尘各悄然，春山如黛草如烟⑫。
泪添吴苑三更雨，恨惹邮亭一夜眠⑬。

讵有青乌缄别句，聊将锦瑟记流年⑭。
他时脱便微之过，百转千回只自怜⑮。

① 大道青楼，曹植《美女篇》："青楼临大路，高门结重关。"年时，指当时。流霞，指酒，《抱朴子·祛惑》："仙人但以流霞一杯，与我饮之。"

② 同心结，梁武帝萧衍《有所思》篇："腰中双绮带，梦为同心结。"解语花，王仁裕《开元天宝遗事·解语花》："秋八月，太液池有千叶白莲数枝盛开，帝与贵戚宴赏焉。左右皆叹羡，久之，帝指贵妃示于左右曰：'争如我解语花？'"

③ 下杜、上阑，皆长安城西地名，此处借指。

④ 扬州梦，杜牧《遣怀》诗："落魄江湖载酒行，楚腰纤细掌中轻。十年一觉扬州梦，赢得青楼薄幸名。"——"大道"一首写当时相恋。

⑤ 唤起窗前，韩愈《赠同游》诗："唤起窗全曙，催归日未西。"

⑥ 丹青，丹砂与青雘，两种可制颜料的矿物。丹青鲜明不易退色，故用以比喻光明正大，坚贞不渝。扬雄《法言·吾子》："君子之言，炳若丹青。"阮籍《咏怀》诗："愿为双飞鸟，比翼共翱翔。丹青著明誓，永世不相忘。"相如札，《史记·司马相如列传》："相如之临邛，从车骑，雍容闲雅甚都。及饮卓氏，弄琴，文君窃从户窥之，心悦而好之，恐不得当也。既罢，相如乃使人重赐文君侍者，通殷勤。文君夜亡奔相如。"丹青明誓为阮籍诗，相如故事中无书札事，诗人将两者牵合，想或然也。"禅榻"句，杜牧《醉后题僧院》诗："今日鬓丝禅榻畔，茶烟轻飏落花风。"

⑦ 三生，佛家语，谓前生、今生、来生。此处回首已三生，犹言恍如隔世。

⑧ 云阶月地，杜牧《七夕》诗："云阶月地一相过，未抵经年别恨多。"——"唤起"一首写别后相思。

⑨ 遮莫，方言词，犹言莫要。涴（wò），染浸，沾染。"竹枝"句，《述异记》："昔舜南巡而葬于苍梧之野，尧之二女娥皇、女英追之不及，相与恸哭，泪下沾竹，竹文上为之斑斑然。"刘禹锡《长相思》词："斑竹枝，斑竹枝，泪痕点点寄相思。"

⑩ 刺史无坚约：大和末，杜牧佐沈传师幕，游湖州，见一美女，才十馀岁，因以重币结之，曰："吾十年必为此郡，若不来，乃从所适。"大中三年（849）移湖州刺史，与所约之期已超过四年，女已嫁三年，生二子焉。因赋诗云："自恨寻春到已迟，往年曾见未开时。如今风摆花狼籍，绿叶成阴子满枝。"见《樊

川诗集》附《丽情集》。《太平广记》卷二七三所记略同，唯诗作“自是寻春去较迟，不须惆怅怨芳时。狂风落尽深红色，绿叶成阴子满枝。”萧郎作路人，唐崔郊居汉上，其姑有婢端丽，郊惑之。姑卖其婢与连帅于公頔。郊思慕不已。其婢寒食出游遇郊于野，郊赠诗云：“公子王孙逐后尘，绿珠垂泪滴罗巾。侯门一入深如海，从此萧郎是路人。”见唐范摅《云溪友议》。

⑪ 罗敷，汉代女子常用名。汉乐府《陌上桑》：“秦氏有好女，自名为罗敷。”未嫁身，张籍《节妇吟》：“还君明珠双泪流，恨不相逢未嫁时。”——“遮莫”一首写女子已嫁与他人。

⑫ 从此音尘，韦庄《荷叶杯》词：“惆怅晓莺残月，相别。从此隔音尘。如今俱是异乡人，相见更无因。”

⑬ 邮亭，驿站，馆舍。陶谷《风光好》词：“好姻缘，恶姻缘，只得邮亭一夜眠。”

⑭ 讵有，岂有，哪有。青鸟，《艺文类聚》卷九十一引《汉武故事》中，西王母以青鸟为使。后因以青鸟为传递情书使者的代称。此处为迁就平仄改为青乌。锦瑟记流年，李商隐《锦瑟》诗：“锦瑟无端五十弦，一弦一柱思华年。”

⑮ “他时”二句：脱便，倘使。元稹《会真记》记张生与崔莺莺相恋，后张生中举遗弃莺莺，莺莺乃改适他人。后张生过其居，莺莺寄诗云：“自从消瘦减容光，百转千回懒下床。不为旁人羞不起，为郎憔悴却羞郎。”元稹，字微之。《会真记》的男主人公是张生，诗中直作微之本人。又，百转千回，原作乃莺莺表述情状，诗中系诗人自抒心绪。——“从此”一首写现时思念。

★《秋夕》《感旧》之外，黄仲则诗词中涉恋情者甚多。如《减字木兰花·中秋夜感旧》词云：“露浓烟重，一阵衣香何处送。倚遍回廊，九曲阑干九曲肠。□□去年今夕，木樨花底曾相识。此夜灯前，只有清光似去年！”其最著者，自无过“飘蓬十年”之后的《绮怀》七律十六首。其一云：“楚楚腰肢掌上轻，得人怜处最分明。千围步幛难藏艳，百合葳蕤不锁情。朱鸟窗前眉欲语，紫姑乩畔目将成。玉钩初放钗初堕，第一销魂是此声。”其二云：“妙语谐谑擅心灵，不用千呼出画屏。敛袖擪成弦杂拉，隔窗掺碎鼓丁宁。湔裙斗草春多事，六博弹棋夜未停。记得酒阑人散后，共搴珠箔数春星。”其七云：“自送云軿别玉容，泥愁如梦未惺忪。仙人北烛空凝盼，太岁东方已绝踪。检点相思灰一寸，抛离密约锦千重。何须更说蓬山远，一角屏山便不逢。”其十五云：“几回花下坐吹箫，银汉红墙入望遥。从此星辰非昨夜，为谁风露立中宵。缠绵思尽抽残茧，宛转心伤剥后

蕉。三五年时三五月，可怜杯酒不曾消。”所写都是往日的恋情。蓬岛虚无，徒剩得庄生晓梦；天台渺邈，只空馀望帝春心。若词若诗，无不回肠荡气，凄惋若绝。若与李商隐《无题》相比，艳丽乃有馀，深厚则不足。

杂　感

仙佛茫茫两未成，只知独夜不平鸣[①]。
风蓬飘尽悲歌气，泥絮沾来薄幸名[②]。
十有九人堪白眼，百无一用是书生[③]。
莫因诗卷愁成谶，春鸟秋虫自作声[④]。

① 不平鸣，韩愈《送孟东野序》：“大凡物不得其平则鸣。”“人之于言也亦然，有不得已者而后言。”

② 风蓬，风吹蓬草，飘忽不定。泥絮沾来，宋参寥诗：“禅心已作沾泥絮，不逐东风上下狂。”薄幸名，薄情负心之名。杜牧《遣怀》诗：“十年一觉扬州梦，赢得青楼薄幸名。”

③ 白眼，对人鄙薄或厌恶的眼神。阮籍能为青白眼，见礼俗之士则以白眼对之。参见周亮工《寄苏武子都门》诗注。

④ 谶（chèn），谶语，无意中的语言或诗句，涉及某种情况，后来竟为事实所应验。通常指不祥的情况。春鸟秋虫，韩愈《送孟东野序》：“维天之于时也亦然，择其善鸣者而假之鸣。是故以鸟鸣春，以雷鸣夏，以虫鸣秋，以风鸣冬；四时之相推敓，其必有不得其平者乎！”此指自己赋诗以鸣不平。仲则自注：“或戒以吟苦非福，谢之而已。”

都门秋思二首[①]

四年书剑滞燕京，更值秋来百感并。
台上何人延郭隗，市中无处访荆卿[②]。
云浮万里伤心色，风送千秋变徵声[③]。
我自欲歌歌不得，好寻驺卒话平生[④]。

五剧车声隐若雷，北邙惟见冢千堆[5]。
夕阳劝客登楼去，山色将秋绕郭来。
寒甚更无修竹倚，愁多思买白杨栽[6]。
全家都在风声里，九月衣裳未剪裁[7]。

①都，指北京。仲则于乾隆四十年（1775）游京师，四十二年接家室至京，然无所遇合，又为家计所累，贫窭不堪。诗作于四十三年秋九月。

②“台上”二句，谓燕京如今无有如燕昭王之敬重贤才，亦无如荆卿之豪士可访。郭隗事，见彭孙遹《张都尉画马歌》注。荆卿事，详赵执信《督亢怀古》诗注。

③变徵声，《战国策·燕策三》记荆轲入秦，太子丹及宾客白衣冠送之易水之上。“高渐离击筑，荆轲和而歌，为变徵之声，士皆垂泪涕泣”。徵（zhǐ）为五音之一，其声激越。此处系借用以状风声。

④驺卒，官署管车马的隶役。《梁书·谢幾卿传》：“性通脱，会意便行，不拘朝宪，尝预乐游苑宴，不得醉而还，因诣道边酒垆，停车褰幔，与车前三驺对饮。时观者如堵，幾卿处之自若。”

⑤五剧，纵横交错的道路。卢照邻《长安古意》：“南陌北堂连北里，五剧三条控三市。”隐，隐隐，象车声。《文选·司马相如〈长门赋〉》：“雷殷殷而响起兮，声象君之车音。”殷殷，同隐隐。北邙，在洛阳城北，古代为洛阳墓葬之所，此处借指北京城外坟地。

⑥修竹倚，杜甫《佳人》诗：“天寒翠袖薄，日暮倚修竹。”白杨栽，《宋书·萧惠开传》：“惠开素刚，至此益不得志。寺内所住斋前，有向种花草甚美，惠开悉划除，列种白杨树。每谓人曰：‘人生不得行胸怀，虽寿百岁，犹为夭也。’”古人墓地多栽白杨。古诗：“白杨多悲风，萧萧愁杀人。”

⑦九月衣裳，《诗·豳风·七月》：“七月流火，九月授衣。”

稚存归索家书[1]

只有平安字，因君一语传[2]。
马头无历日，好记雁来天。

①稚存，即洪亮吉。

②“只有”二句，岑参《逢入京使》：“马上相逢无纸笔，凭君传语报平安。”

新安滩[①]

一滩复一滩，一滩高十丈。
三百六十滩，新安在天上。

①新安滩，新安江源出安徽祁门、休宁，东南流入浙江淳安、建德，注入富春江，江多急流险滩。今建有新安江水库。

少年行

男儿作健向沙场，自爱登台不望乡[①]。
太白高高天尺五，宝刀明月共辉光[②]。

①作健，振作奋发之意。《乐府诗集·梁鼓角横吹曲·企喻歌》：“男儿欲作健，结伴不须多。”

②“太白”句，《三秦记》载古谣谚：“武功太白，去天三百。”“城南韦杜，去天尺五。”原谣谚中太白指太白山，诗中指太白星，即金星。天尺五，言离天似甚近，亦与原谚无关，皆借用其词语。

癸巳除夕偶成二首[①]

千家笑语漏迟迟，忧患潜从物外知[②]。
悄立市桥人不识，一星如月看多时。

年年此夕费吟呻，儿女灯前窃笑频。
汝辈何知吾自悔，枉抛心力作诗人！

①癸巳，乾隆三十八年（1773），时仲则二十五岁，在杭州。

② 漏，漏壶，古代计时器，此代指时光。潜从物外知，逐渐从时光流逝外物变迁中感受到。

★陆祁生《合肥学舍杂记》："黄仲则诗有云，'悄立市桥人不识，一星如月看多时'，向来平平阅过。顷吴大令山锡语余，此诗题癸巳除夕，乾隆三十八年也。其明年有寿张之乱，金星先期骤明，作作有芒角，作者盖深忧之，非流连光景之作也。余嗟赏其言，以为读古人诗，皆当具此手眼。"所谓寿张之乱，指乾隆三十九年山东寿张王伦起义，旋被镇压。"悄立市桥人不识，一星如月看多时"，是黄仲则的名句，写其孤独寂寞之状，亦微有耿介独立之意，却用平平的语气道出。那位吴大令的话绝属无稽之谈，三家村冬烘迂腐不足以论文。如果评论家们都"具此手眼"，则只能虐杀天下好诗！

过马氏宫址[①]

长驱红粉出荆关，旧日承恩数阿蛮[②]。
老大飘零人不识，月明低唱念家山[③]。

① 马氏，五代马殷（852—930），唐末随龙骧指挥使刘建锋入湖南，据潭州（今长沙）。唐昭宗乾宁五年（898），刘建锋为部下所杀，马殷被推为主，昭宗授殷潭州刺史，进武安军节度使。后梁开平元年（907），梁太祖朱晃以殷"劝进功"封楚王，都潭州。后唐明宗天成五年（930）马殷死，马氏诸子争夺激烈，战乱频仍，迄无宁日。后周广顺元年即南唐中主保大九年（951），南唐湖南安抚使边镐入潭州，执楚王马希萼至金陵，楚遂亡。凡有国五十七年。马氏宫址，指楚故宫。

② 出荆关，即出湖南。南唐保大九年（951）十一月，尽迁马氏家族出湖南，东下金陵。"悲恸登舟，送者皆号泣，响振山谷"。红粉，指妃嫔宫女。阿蛮，唐玄宗天宝时舞妓谢阿蛮。见《太真外传》。

③ 念家山，歌曲名。

★此诗所写为马氏亡国时事。诗中主人公"旧日承恩数阿蛮"，楚亡国之后"老大飘零人不识"，必系马氏后来流落的某一妃妾或歌女。诗只是客

观叙述，而感慨自深；诗艺不减宋代朱敦孺、刘子翚歌咏李师师之作。

江 行

江花江草故乡行，两岸青山夹镜明。
一夜雨丝风片里，轻舟已过秣陵城。

雨后写望

瀰空水气自魂魂，雨过长淮已到门①。
七十二川流合处，一条清颍不曾浑②。

①瀰空，瀰漫于空中。魂魂，水雾蒸腾之貌。《山海经·西山经》："南望昆仑，其光熊熊，其气魂魂。"长淮，指淮河。句意谓因雨过水涨所以水到门前。

②七十二川，泛言支流之多。清颍，颍水，发源于河南登封嵩山西南，汇合沙河、贾鲁河、泉河等众多支流，到安徽寿县正阳关注入淮河。乾隆四十年（1775）夏黄仲则应邀至寿州主讲正阳书院，书院正对颍水入淮处。时年二十七岁。

李宪噩

李宪噩，字怀民，以字行，号十桐，山东高密人，诸生。有《十桐诗草》。宪噩为雍正、乾隆间御史李元直之子，与弟李宪暠、李宪乔并致力于诗，依张为《主客图》例，搜集唐元和以后五言诗，推张籍、贾岛为主，朱庆馀、李洞以下诸人为客，名曰《重订晚唐诗人主客图》，一时在青、徐间也成为气候，号“高密诗派”。所取的标准既不高，自身的成就更有限。当时推崇者谓李氏兄弟，可与王渔洋、赵秋谷鼎足，自是过甚之词。

喜雨

沉云滞轻雨，迍邅不肯下①。
倏尔飘菊丛，殷然响瓜架②。
稍繁独起听，才密遽云罢。
冥冥疑有凭，斟酌向中夜。
田父携斗酒，日入会茅舍。
好雨虽不多，聊足润䆉䆉③。
明朝好种麦，东田叱双驾④。

① 迍邅（zhūn zhán），此处为迟疑之意。
② 殷然，象声词。
③ 䆉䆉（bà yà），稻摇摆貌，此代指稻。
④ 驾，驾牛或驾马耕田。北方耕田有驾两匹马者，故称双驾。

李宪乔

李宪乔，字少鹤，一字义堂，李宪噩三弟。清高宗乾隆四十一年丙申（1776）召试举人，官归顺知州。少鹤是高密诗人成就较高者。据说袁枚游粤见少鹤诗，目为今之东坡，不解高视不可一世的袁子才何以推崇至此。有《少鹤诗钞》。

将去归顺和乐天杭州诗[①]

三年为刺史，白公当内移。
三年为刺史，李子去复来。
前后三年中，问我何施为？
催科不敢拙，那得抚字慈[②]。
弭盗苦无术，遑问道拾遗[③]。
惟民不我恶，我不民鄙夷[④]。
以此两相得，未免情依依。
愧无西湖水，为汝溉田陂[⑤]。
亦无天竺石，为我压舟资[⑥]。
因我好吟咏，多投送行诗。
山野黄髮叟，里巷垂髫儿。
伛偻各拜献，婉娈相扳追[⑦]。
肫意良可念，奈多虚泛词[⑧]。
恩德竟何有，吾犹自知之。
若系倩人作，尤不应我欺。

老者劝餐饭，幼者得携持。
不言已可乐，待我再来时。

①归顺，今广西靖西县。乐天，即白居易，为杭州刺史，离杭作二诗留别。据诗意，李宪乔两为归顺知州，前后共三年。此第二次离任时所作。原题“和乐天杭州二诗”，录其二。

②“催科”二句，谓催促老百姓缴纳赋税不敢迟延，哪里来得及抚爱百姓。

③弭盗，防范消除盗贼。遑，何暇。政治清明，人民安乐，就会道不拾遗。二句意谓消弭盗贼尚苦无办法，哪里来得及过问道路拾遗不拾遗的事。

④“惟民”二句意谓，谈不上有什么善政，只是老百姓尚不厌恶我，我也不轻视他们。

⑤“愧无”二句，白居易为杭州守时，曾于西湖筑提，引西湖水灌溉民田，所筑田后称为白堤。其《别州民》诗云：“税重多贫户，农饥足旱田。唯留一湖水，与汝救凶年。”自注：“今春增筑钱唐湖堤，贮水以防天旱。故云。”

⑥天竺石，杭州西湖天竺山上的石头。白居易离开杭州时，只取天竺石两片，别无他物。其《三年为刺史》诗云：“三年为刺史，饮冰复食檗。唯向天竺山，取得两片石。此抵有千金，无乃伤清白。”

⑦婉娈（wǎn luán），眷恋之貌。

⑧肫（zhūn）意，诚恳之意。

★如果普天下“民之父母”或者叫做“公仆”者，多有几个李宪乔，能够清醒地承认自己并无“恩德”，不制造为自己捞取政治资本的“政绩”，而且不乐意听到恭维，这个国家就多少有些希望。青史悠悠，缁尘扰扰，如李宪乔者几人哉！

沈云尊

沈云尊，字青上，号若汀，元和（今江苏苏州）人。清高宗乾隆四十五年庚子（1780）举人，官元城知县。有《若汀自定草》。

捕蝗谣

急捕蝗，令如火。
事关官黜陟，小民焉敢惰[①]。
东村西村办酒浆，胥隶杂遝来捕蝗[②]。
蝗兮蝗兮驱不去，禾稼转受蹂躏伤。
我闻古人语，螟螣蟊贼各有主[③]，
吏治贪残实自取。
胡为罚弗及吏反及民，嗟我妇子罹苦辛[④]？
官今报蝗不为害，大府交章荐治最[⑤]！

①黜，罢官。陟，升官。

②杂遝（zá tà），人多拥挤之貌。

③螟（míng）螣（tè）蟊（máo）贼，食禾苗害虫。《诗·小雅·大田》："去其螟螣，及其蟊贼，无害我田穉。"毛传："食心曰螟，食叶曰螣，食根曰蟊，食节曰贼。"

④嗟我妇子，用《诗·豳风·七月》成句。罹（lí），遭受。

⑤治最，政绩最佳。

蒋耕堂

蒋耕堂，字砚畬（yú），江苏长洲（今苏州）人，诸生。

郭外晚眺

初晴携杖去，郭外望斜晖。
野旷寒山出，天晴远树微。
晚烟依水聚，归鸟背云飞。
寂寞江村暮，人家早掩扉。

★袁枚《随园诗话补遗》："长洲秀才蒋砚畬耕堂，少有才名，惜不永年而卒。临终以诗稿三册付其门人陈竹士，中多佳句。"袁枚引诗二首。本篇之外，另有《欲雪》绝句云："昨夜风高振林薄，萧萧飒飒涛声作。晓来饥雀啄空檐，寒云一片松梢落。"二诗均可诵，不知其诗稿三册尚在人间否！

黎 简

黎简（1747—1799），字简民，因爱东樵（罗浮）、西樵山水，因号二樵。人以其狂，故有自署狂简，又字未裁[①]。广东顺德人。年青时曾西游云贵，北上湘鄂，遍历广东诸地。清高宗乾隆五十四年已酉（1789）入选拔贡，时年已四十三岁，此后未再应试，“足不逾岭”，终身以作塾师、卖文卖画为生。仁宗嘉庆四年卒，年五十三。黎简善诗，亦善书画，有南州“三绝”之称。其诗在当时名气很大，以奇峭幽深取胜，清顺之作甚少。据说东樵四百三十二峰，西樵七十二峰，因号其所居为五百四峰堂，其集亦名《五百四峰堂诗钞》。

①狂简，字未裁，取《论语·公冶长》子曰“吾党之小子狂简，斐然成章，不知所以裁之”之意。

村 饮

村饮家家醵酒钱，竹枝篱外野棠边[①]。
谷丝久倍寻常价，父老休谈少壮年[②]。
细雨人归芳草晚，东风牛藉落花眠。
秧苗已长桑芽短，忙甚春分寒食天[③]。

①醵（jù），凑钱聚饮。

②谷丝，稻谷与蚕丝。

③春分，春季节气，在阳历三月二十一日前后。寒食，在清明前一日。清明在阳历四月五日前后。

★屈向邦《粤东诗话》："二樵诗或过于精细，流入幽涩，几令读者气为之窒。'黄昏闭门睡，鸟鼠皆鬼趣'，则直是长吉鬼才。然此特集中之一体耳。试读《村饮》一类作品，又觉工丽绝伦，深类晚唐名作。"工丽绝伦谈不上，较为清顺而已，且此类在二樵集中为数不多。张维屏《国朝诗人征略》论黎二樵诗云："其诗由长吉入杜，而取炼于大谢，取劲于昌黎，取幽于长吉，取艳于玉溪，取瘦于东野，取僻于阆仙；锤凿锻炼，自成一家。锤焉凿焉，雕焉琢焉，于是成其为二樵之诗。"按张维屏的说法，似乎黎二樵作诗，像江湖郎中上山采最苦的草药，晒干碾碎，熬成苦涩的百味汤；这样的汤药不知有什么喝头，疗效如何就更值得怀疑了。二樵诗实在锻炼过度，伤害自然。其《夜酌》诗云："馀花袅幽风，病香暗无影。寒空破纤月，怨禽齐作警。离心对愁怀，安得不独醒。绿苔入户湿，凉露在畔冷。春去如云飞，一夜人间静。"此等诗竟然被称为名作，作者写得艰难，人们读来也不轻松，实在"令读者气为之窒"。

寄上元朱征君照邻①

石城归客怆南朝，不见秦淮旧板桥②。
白首新莺春下泪，碧山残月夜吹箫。
吴趋歌者谁相识，楚些魂兮不待招③。
记否耆卿少年事，瘴天风雨柳飘萧④！

① 上元，今南京。征君，《后汉书·黄宪传》："宪初举孝廉，又辟公府，友人劝其仕，宪亦不拒之，暂到京师而还，竟无所就，年四十八终。天下号曰征君。"后因称曾受朝聘而不受职者为征君，然亦有并未征聘也尊称为征君者。朱照邻，上元歌手，善词曲。

② 石城，指石头城。本楚金陵邑，东汉末孙权重筑改名石头城。此用以代指南京。秦淮旧板桥，明代南京风月繁华之地。参见蒋超《金陵旧院》诗注。

③ 吴趋，西晋崔豹《古今注》："吴趋曲，吴人所歌其地也。"吴趋歌者，指朱照邻。楚些魂，《楚辞·招魂》句末多用助词"些"（suò，又读 luò）如"魂兮归来，入修门些！""魂兮归来，反故居些！"吴趋歌者谁相识，为朱照邻鸣

不平，言外之意只有我能相识。楚些魂指诗人自己。此句从朱照邻一方说，谓我的魂则不待招，永远在你身边。诗意表达比较曲折。

④耆卿，北宋大词人柳永字耆卿，一生潦倒。作者用以自况。原注："朱善词曲，予所谱曲，尝为点定焉。"苏文擢《黎简先生年谱》："说者谓二樵少时居雍州有所眷恋，托为本事，遂以《芙蓉亭》名其书。按之曲中情词缠绵悱恻，或可信也。"黎简年青时曾作戏曲《芙蓉亭》，芙蓉乃雍州（广西南宁）村名。《芙蓉亭》中多写柳，或与所恋有关。"瘴天风雨柳飘萧"，即谓年华已逝，郁柳飘萧，或者伊人已经逝去。柳，又与"耆卿"若隐若现地关合。

★李文泰《海山诗屋诗话》："二樵诗多好奇崛，其《寄上元朱征君照邻》诗，通体效王渔洋，自是集中变格。"集中变格则是矣，也只是略微清顺而已，"通体效王渔洋"则无从谈起。

李骥元

李骥元，字凫塘，四川罗江人。清高宗乾隆四十九年甲辰（1784）进士，改庶吉士，散馆授编修。历官左中允。有《云栈诗稿》。兄李调元（1734—？），字羹堂，又字鹤洲，号雨村。乾隆二十八年癸未（1763）进士，改庶吉士。历官广东提学使，直隶通永兵备道。有《童山诗集》《雨村诗话》。李鼎元，字味堂，号墨庄。乾隆四十三年戊戌（1778）进士，官宗人府主事。有《师竹斋集》。

卖女行

西安饥，鬻女者以斤计值，一斤十钱，百斤每斤减两钱①。

秦女饥馑时，贱同石与瓦。
一斤鬻十钱，百斤价还下。
老翁怒儿肥，持杈泪盈把②。
老妇不忍离，娇儿呼平野。
虎猛子不食，鸠慈子难舍。
骨肉奚无情，岁俭衣食寡③。
却窥大吏们，珠玉别真假。
十金买奇花，百金买良马。

① 鬻（yù），卖。一斤十钱，重达百斤者每斤还要减价两钱。即一百斤的

女孩卖出所得的钱与重八十斤者钱数相等。

② 权，秤锤。

③ 奚无情，何以无情或哪会无情。岁俭，荒年。

★“文革”后期我在华中师范学院（今华中师范大学）讲函授，有一年到枣阳，见买卖鸡者，重达三斤以上的老公鸡，比“年轻”的鸡价格低贱。公鸡本身大概不会计较自己的身价，那养鸡者实在合不来。没想到人类世界还出现过肥女孩价低于瘦女孩的惨况。不过我还见过更惨者。“三年困难时期”，在湖南某地，看到有人将自己的女儿送给他人，“分文不取”，临行还把手中仅有的一块糌粑塞给号哭不愿离开的孩子。“人生到此，天理宁论！”

孙星衍

孙星衍（1753—1818），字渊如，号季逑，一号薇隐，江苏阳湖（今武进）人。清高宗乾隆五十二年丁未（1787）进士，官山东督粮道。仁宗嘉庆二十三年卒，年六十六。袁枚尝谓“近代诗人，清才易得，奇才难得”，而以奇才许渊如。后渊如致力于经史考据，袁子才致书相责。渊如潜心经史，涉猎百家。著有《尚书今古文注疏》《周易集解》《寰宇访碑录》等书。其诗学青莲、昌吉，以奇逸胜，晚年乃趋于冲淡。有《孙渊如诗文集》，其诗集又名《芳茂山人诗录》。夫人王采薇亦善诗，有《长离阁集》。夫妻感情甚笃。采薇二十四岁即华年早逝，渊如终身不继室，以嘉偶难再得。清节高风，亦人间罕有。

秋夜曲

海棠向夕愁清寒，桂花摇风飞满栏。
幽魂初醒梦不返，恍惚凝睇青云端。
青天冥冥雁声苦，君今不归何处所①？
云虽来兮不可攀，月虽明兮不能语。
寒灯霏微背罗帏，照见壁上蟏蛸丝②。
书来字字有离别，此恨不诉君当知。

①冥冥，遥空深远之貌。

②霏微，此处为光微弱之貌。蟏蛸（xiāo shāo），蜘蛛的一类。《诗·豳风·东山》：“蟏蛸在户。”

倚松靠石图为张转运映玑作

一卷之石三两松，恍与奇士披心胸[1]。
此中独坐意幽绝，要比松高石坚洁。
有时白眼看冰山，多少繁华共磨灭[2]。
君家东住泰岱云，松五大夫峰丈人[3]。
一丘一壑几时别，江左苍生要君出[4]。
好携长剑倚空行，足底笑视松涛声。

①一卷，通“一拳”，指石不大。

②白眼，横目露白，表示鄙薄的眼神。冰山，喻不足以为依靠的权贵。《资治通鉴》天宝十一载：“或劝陕郡进士张彖谒杨国忠。曰：‘见之富贵立可图。’彖曰：‘君辈倚杨右相若泰山，吾以为冰山耳。若皎日既出，君辈得无失所恃乎！’”（杨国忠为杨贵妃堂兄，因贵妃得宠为唐玄宗所信用，继李林甫为右相。其人狡诈弄权，而实无能。安禄山叛乱发生，玄宗西逃，至马嵬驿兵变，杨国忠当即丧命。果如张彖所料。）

③泰岱，即泰山。松五大夫，秦始皇二十八年东行郡县，上泰山。“下，风雨暴至，休于树下，因封其树为五大夫。”见《史记·秦始皇本纪》。原文不言为何树，《艺文类聚》卷八十八引《汉官仪》曰：“秦始皇上封泰山，逢疾风暴雨，赖得松树，因復其道，封为大夫松也。”此传为秦始皇所封为松树之始。五大夫，爵名，秦二十级爵第九级。（《汉官仪》谓始皇封松树为“大夫”，亦误。）峰丈人，泰山有丈人峰。所居泰山之“松五大夫峰丈人”与图中“一卷之石三两松”相映衬。

④苍生，本指草木，借指天下百姓。东晋谢安高卧会稽东山，当时人谓“安石不肯出，如天下苍生何！”参见袁枚《谢太傅祠》诗注。

胡雒君环山小隐图[1]

曲曲青溪忆钓游，萧萧丛桂足淹留[2]。
旁人问讯陶潜宅，千仞山围万卷楼[3]。

① 胡雒君，胡虔，字雒（luò）君。

② 丛桂足淹留，《楚辞·招隐士》：“桂树丛生兮山之幽。”又，“攀援桂枝兮聊淹留。”

③ 陶潜，即陶渊明。

题东山丝竹图[①]

一局残棋似敌兵，拂衣何必待功成[②]。
陶情丝竹中年后，已被苍生误半生[③]！

① 此咏谢安诗。丝竹，代指弦乐器和管乐器。谢安性好音乐，东山丝竹图必写谢安游赏之图。参见袁枚《谢太傅祠》诗注。

② 一局残棋：谢安好围棋，晋孝武帝太元八年（383），前秦苻坚率九十万大军南侵，谢安命谢玄等率八万晋军迎敌，众寡悬殊。“玄入问计，安夷然无惧色。”“遂命驾出山墅，亲朋毕集，方与玄围棋赌别墅。安常棋劣于玄，是日玄惧，便为敌手而又不胜。”两军在淝水对阵，谢玄等大破秦军，驿书送达谢安。“安方对客围棋，看书既竟，便摄放床上，了无喜色，棋如故。”见《晋书·谢安传》。拂衣，代指退隐。谢灵运《述祖德诗》：“高揖七州外，拂衣五湖里。”谢安虽身受朝寄，位至宰相，但总想归隐会稽，“东山之志始末不渝，每形于言色”。然雅志未就，遂以疾卒。

③ “陶情”句：《世说新语·言语》：“谢太傅语王右军曰：‘中年伤于哀乐，与亲友别，辄作数日恶。’王曰：‘年在桑榆，自然至此，正赖丝竹陶写，恒恐儿辈觉，损欣乐之趣。’”苍生，见前诗注。

★为天下苍生，是古代士大夫得意事。诗却云“已被苍生误半生”，此诗人辞官后借谢安事以自抒感慨，宦海波汹，恨抽身不早，非真以为苍生误。

宋 湘

宋湘（1757—1826）[①]，字焕襄，号芷湾，嘉应州（今广东梅县）人。清仁宗嘉庆四年己未（1799）进士，选庶吉士，授翰林院编修。典试川贵，曾知云南曲靖县，终湖北督粮道。道光六年卒，年七十。宋湘与黎简并为嘉道间岭南重要诗人。宋诗尚自然，黎较为雕琢。有《红杏山房集》。

① 宋湘生于乾隆二十一年丙子（1756）十一月二十五日，阳历已是下一年（1757）一月十四日。

河南道中书事感怀二首[①]

十日河南路，年荒不忍看。
青苗收稿易，黄土葬人难[②]。
不雨自何日，有田同一叹。
草根能幾把，过客亦登盘！
亦知死不远，且复望生逃。
道踣无人哭，春犁有梦操[③]。
乞钱中妇踞，贱卖小儿号[④]。
恨不冥闻见，人间竟尔曹[⑤]！

① 嘉庆十八年（1813）由翰林院编修出为云南曲靖县知府，出京南下，途经河南。

② 稿，谷类植物的茎秆。

③ 踣（bó），倒毙。

④ 跽（jì），长跪，双膝跪地，直起上身。

⑤ 冥闻见，不闻不见。

鹦鹉洲①

两日停桡鹦鹉洲，接天波浪打江楼。
灵风尚带三挝怒，芳草难消一赋愁②。
从古异才无达命，惜君多难不低头。
秋坟莫厌村醪薄，何处曹黄土一丘③！

① 鹦鹉洲，在武汉汉阳长江北岸。此凭吊祢衡之作。祢衡，字正平，平原般（今山东乐陵）人。少有才名，秉性刚毅。孔融荐之曹操。操欲见之，衡以轻疾不肯往。曹操由此怀忿，乃大会宾客，召衡为鼓吏以辱之。衡为渔阳三挝，声节悲壮，听者莫不慷慨。曹操因衡有才名，不愿蒙害贤之名，乃送与荆州刘表。衡至荆州慢侮刘表。表耻不能容，复送与江夏太守黄祖。祖长子黄射敬重祢衡。时大会宾客，人有献鹦鹉者，衡因为作《鹦鹉赋》。后又忤黄祖，为黄祖所杀，年仅二十六岁。见《后汉书·文苑列传》。祢衡葬于汉阳江边洲上，因名其洲为鹦鹉洲。清乾隆时，汉阳江岸淤出新洲，仍名鹦鹉洲，并重建祢衡墓。五十年前，我曾过访其地，祢墓犹存，荒垄一抔而已。今洲已入市区，不知尚有遗迹否。

② 三挝怒，指祢衡击渔阳三挝，此衡自作鼓曲。一赋愁，指祢衡所作《鹦鹉赋》，衡实借鹦鹉以自悲身世，极为悲壮，为汉赋抒情名作。“芳草”句，暗用崔颢《黄鹤楼》诗“芳草萋萋鹦鹉洲”句。

③ 村醪，村酿薄酒。二句意谓祢衡尚有秋坟一垄，得人们村醑献荐，而往日侮辱祢衡的曹操、杀害祢衡的黄祖，哪里有他们的一丘荒土？

入洞庭①

客自长江入洞庭，长江回首已冥冥②。
湖中之水大何许，湖上君山终古青③。
深夜有神觞正则，孤舟无酒酹湘灵④。
灯前欲读悲秋赋，又怕鱼龙跋浪听⑤。

①入洞庭，洞庭湖水自岳阳城北城陵矶汇入长江。诗人自北南行，故自江入湖。

②冥冥，深远貌。

③君山，在洞庭湖中，东向与岳阳楼相对。终古，自古至今，又自今以往。

④正则，即屈原。《楚辞·离骚》："皇览揆余初度兮，肇锡余以嘉名。名余曰正则兮，字余曰灵均。"湘灵，湘水之神。《楚辞·九歌》有《湘君》《湘夫人》二篇。

⑤悲秋赋，指宋玉《九辩》，开篇有"悲哉秋之为气也"句。跋浪，翻卷波浪。清张锦麟《京口》诗："何处吹横笛，鱼龙跋浪听。"

西湖棹歌二首①

大西门外是苏堤，堤坏堤成柳又齐②。
穿过堤桥折堤柳，六如亭子在堤西③。

簇新亭子近书楼，新种梅花一百头④。
四面青山三面水，两湖明月一湖秋⑤。

①西湖，在广东惠州，由丰湖鳄湖连成一湖。

②大西门，惠州城西门。苏堤，宋哲宗绍圣元年（1094），苏轼谪居惠州，在丰湖左岸筑堤，故惠州西湖亦有苏堤。

③六如亭，宋哲宗绍圣三年七月，苏轼妾朝云病卒，葬于湖西孤山。朝云临终，诵《金刚经》偈云："一切有 为法，如梦幻泡影，如露亦如电，应作如是观。"见苏轼《悼朝云诗引》。后人构亭墓上，名六如亭。六如者，即朝云所诵偈中如梦、如幻、如泡、如影、如露、如电。

④簇新，最新。

⑤两湖，丰湖、鳄湖，合成一湖。

骡夫夜唱[①]

骡夫夜唱绝堪听，霜月初高酒满瓶。
消得客愁添得泪，他乡水绿故山青[②]。

①题下原注："适闻其唱云：'青山绿水，故乡来到他乡。'风致乃尔。"
②"他乡"句，他乡与故乡皆水绿山青。前后词语互文。

孙原湘

孙原湘（1760—1829），字子潇，又字长真，号心青，昭文（今江苏常熟）人。清仁宗嘉庆十年乙丑（1805）进士，改庶吉士，充武英殿协修，时年已五十六岁；假归后称病不出。清宣宗道光九年卒，年七十。孙原湘与其妻席佩兰并袁枚弟子。有《天真阁集》。

征妇怨

荷锄畏官去荷戈，虎符下调征交河①。
经年不睹云中雁，夜夜空闺恶梦多②。
朝来惨报全军没，寸骨不归归辫髪③。
结髪恩深剪纸幡，葬君遗髪招君魂④。
魂兮莫怨沙场死，战死沙场尠余罪⑤：
东家阿父死官粮，官府下乡械妻子⑥！

① 虎符，古代调发军队的凭信，作虎形。交河，在今新疆吐鲁番西北。乾隆五十六年（1791），新疆喀尔喀发生叛乱，清廷派福康安前往征讨，“征交河”或指其事。

② 云中雁：汉武帝时苏武出使匈奴，遭到匈奴的威逼。苏武坚贞不屈，匈奴强令到北海牧羊，历十九年。后汉与匈奴连和，汉使至匈奴求问苏武，匈奴诡言已死。前随苏武至匈奴假吏常惠夜见汉使，“教使者谓单于，言天子射上林中，得雁，足有系帛书，言武等在某泽中”。匈奴大惊，苏武因此得还。见《汉书·苏建传》。鸿雁传书后世就成为典故。诗中既指真实的云中雁，又暗含传书故事，代指音讯。

③ 归辫髪，清代男子留长髪辫，故死在边塞可留髪辫作为遗念。

④结髮，古人年青时束髮，亦即结髮。《文选》载“苏武”诗：“结髮为夫妇，恩爱两不疑。”后因指年青时结为夫妇称为结髮夫妻。

⑤尠，通“鲜”（xiǎn），少。此处为减少之意。征妇为何丈夫战死沙场自己即少受罪？后两句即是说明。

⑥械，枷锁。此动词，扣上枷锁。东家阿父（即东家的男人）因完不成官粮而致死，官府却枷锁他的妻子。征妇丈夫已战死沙场，得以免受枷锁之罪。——诗句内容深刻，表达不很顺畅。

太湖舟中①

只有天围住，清光万顷圆。
四无云障碍，一气水澄鲜。
日映鹭皆雪，风吹帆欲仙。
莲花波上立，知是莫厘颠②。

①太湖，在江苏南部，古称震泽、具区、笠泽，为我国第三大淡水湖。西纳苕溪、荆溪诸水，东由浏河、吴淞江、黄浦江泄入长江。湖上风光绮丽。岛屿罗布，其中以东洞庭山、西洞庭山最为有名。

②莲花，指湖中山形如莲花。莫厘，峰名，东洞庭山最高处，传隋代将军莫厘居此而得名，又名胥母山。

歌风台①

韩彭戮尽淮南反，泣下龙颜慷慨歌②。
一代大风从此起，四方猛士已无多③。
英雄得志犹情累，富贵还乡奈老何！
此去关中莫回首，只应魂魄恋山河④！

①歌风台，传为汉高祖刘邦回乡唱《大风歌》之地，故址在今江苏沛县东泗水西岸。详见顾大申《雪后登歌风台示沛令》诗注。

②“韩彭”二句：汉十一年（前196）春，吕后杀韩信；夏，又杀彭越。秋七月，淮南王黥布反，高祖自往击之。十二年十月，高祖征黥布回归过沛，

召故人父老纵酒，自击筑唱《大风歌》。歌罢慷慨伤情，泣数行下。谓沛父兄曰：“游子悲故乡，吾虽王关中，万岁后吾魂魄犹乐思沛！”详见顾大申诗注。

③ 四方猛士已无多，刘邦《大风歌》中感叹“安得猛士兮守四方”，而其时韩信、彭越等“猛士”皆已被杀戮。元张昱《过歌风台》诗“韩彭受诛黥布戮，且喜壮士今无多”，句意略同。

④“此去”二句，言此去关中莫要回首，言外之意谓从此再不能回返丰沛，今后大概只有魂魄留恋故乡了。

席佩兰

席佩兰，女，字道华，号浣云，昭文（今江苏常熟）人。孙原湘之妻。夫妻唱酬甚多。其诗集《长真阁稿》，附于孙原湘《天真阁集》。

送外入都

打叠轻装一月迟，今朝真是送行时。
风花有句凭谁赏，寒暖无人要自知。
情重料应非久别，名成翻恐误归期。
养亲课子君休念，若寄家书只寄诗。

★有风雅情致，无离别凄伤。闺中有此诗侣，实人生难得之幸。

南归日题上党郡署壁①

雨后梨花片片残，飞来如露湿阑干②。
一花一木寻常见，到得离时却耐看③。

① 上党，今山西长治县。乾隆四十七年（1782）孙原湘父孙镐由奉天擢守上党，命原湘携眷自江南赴晋。四十九年（1784）四月，孙镐左迁成都别驾，原湘夫妇奉母南归。此离上党郡署时题壁。

② 湿阑干，《长真阁稿》作“湿粘阑”，此从《晚晴簃诗汇》所录。

③ 离时，《随园诗话》引作“别时”。

★“一花一木寻常见，到得离时却耐看”，可与宋人尤袤《寄友人》断句“胸中襞积千般事，到得相逢一语无”媲美。把一种人人都会有却很难表现的心情，毫不费力地表达出来。

归懋仪

归懋仪，女，字佩珊，号兰皋，常熟人，巡道归朝煦之女，丈夫为上海李学璜。与孙原湘、席佩兰夫妇为诗友，常相唱和。其诗颇负盛名，往来江浙为闺中塾师数十年，由此可见当时东南诗学之盛。有《绣馀诗草》。

感　怀

欹枕梦频惊，残釭暗复明①。
愁多天地窄，情重死生轻。
浮世原知幻，诸魔未易平②。
秋虫尔何苦，断续和悲鸣！

①残釭，残灯。

②诸魔，指各种情感。二句意谓明知浮生皆幻，心中各种情感却不易平复。

暮秋忆弟妹

城角秋笳起暮愁，一天凉月照南楼。
西风雁影人千里，黄菊清尊又晚秋。

骆绮兰

骆绮兰，女，字佩香，号秋亭，江苏句容人。丈夫龚世治。骆有《听秋轩诗集》。

登木末楼[①]

载酒独登楼，凭阑四望收。
江光初过雨，山意欲成秋。
霸业随流水，孤城起暮愁[②]。
微茫烟树外，帆影落瓜洲[③]。

① 木末楼，在江苏镇江北固山上，北临大江。

② 霸业，镇江古称京口，是三国吴孙权、晋末刘裕等雄踞之地。

③ 瓜洲，在扬州南大江北岸，与镇江隔江相望。

游西湖[①]

渺渺平湖漠漠烟，酒楼斜倚绿杨前。
南屏五百西方佛，散尽天花总是莲[②]。

① 西湖，杭州西湖。

② 南屏，山名，因峰如屏障得名，在西湖之南。峰旁有罗汉洞，洞壁镂有十六大士像。峰麓有净慈寺，寺前湖上夏日荷花盛开，杨万里《净慈寺荷花》诗有“接天莲叶无穷碧，映日荷花别样红”之句。散尽天花，《维摩诘经·观众生品》记天女散花试菩萨和声闻居士弟子道行。此由湖上莲花联想到天女散花。

张问陶

张问陶（1764—1814），字仲冶，号船山，为清世宗朝大学士张鹏翮曾孙，四川遂宁人。清高宗乾隆五十五年庚戌（1790）进士，选庶吉士，授翰林院检讨。仁宗嘉庆五年（1800）分校顺天乡试，十年官江南道御史，擢吏部郎中。嘉庆十五年（1810）七月选莱州知府。因赈灾与上宪大吏不合，乃愤而辞官，在莱仅一年又四个月。退居苏州虎丘。嘉庆十九年卒，年五十一。为诗主张抒写性情，反对模拟。袁枚称其“为清代蜀中诗人之冠”。有《船山诗草》。

船山续弦妻林佩环亦工诗，其《答外》诗云：“爱君诗笔有烟霞，自拔金钗付酒家。修到人间才子妇，不辞清瘦似梅花。”情诗而真有情韵。

五月初二夜贼入飞鸿延年之室，尽卷壁上书画去，作诗纪事①

平生有天幸，遇贼亦不俗。
留我杖头钱，舍我瓶中粟②，
翛然如采东篱菊，篆隶丹青三五幅③。
虽取不伤廉，虽多不为虐。
是为盗之圣，高风羞跖蹻④。
席卷奇材入囊橐，文章福命何曾薄。
吁嗟乎不重泉刀慕风雅，悠悠谁是知君者⑤？

我愧管夷吾，君真可人也[⑥]。
胡为乎入不言兮出不辞，英雄失路甘喑哑[⑦]。
我有一斛酒，可以销长夏。
酌以鸬鹚勺，覆以秦汉瓦，一樽黑夜堪同把[⑧]。
倘肯重来细论文，不妨大家痛饮西窗下[⑨]。

① 诗作于乾隆五十九年（1794）五月，时船山任翰林院检讨。飞鸿延年，室名。

② 杖头钱，言钱不多。详见张笃庆《杖头钱》诗注。

③ 翛然，自在无拘束之貌。篆隶丹青，指书画。

④ 跖蹻，盗跖与庄蹻。盗跖，传为春秋末人，见于《孟子》《庄子》《荀子》诸书。庄蹻，战国楚人，楚庄王之后。顷襄王使庄蹻率军略巴蜀黔中以西地，直到滇池。欲归报，因秦夺巴蜀黔中，道路阻塞，遂以其众王滇。见《史记·西南夷传》。古人常以跖、蹻作为盗的典型。贾谊《吊屈原文》："谓随夷溷兮，谓跖蹻廉。"桓宽《盐铁论·世务》："故君仁莫不仁，君义莫不义，世安得跖蹻而亲之乎？"

⑤ 泉刀，钱币。《汉书·食货志》："故货，宝于金，利于刀，流于泉。"

⑥ 管夷吾，即管仲，春秋齐桓公相。《史记·管晏列传》管仲曰："吾始困时，尝与鲍叔贾。分财利多自与，鲍叔不以我为贪，知我贫也。"诗中"管夷吾"，似应为"鲍叔牙"。

⑦ 入不言兮出不辞，《楚辞·九歌·少司命》中成句。

⑧ 鸬鹚勺，形如鸬鹚头的长柄酒勺。李白《襄阳歌》："鸬鹚杓，鹦鹉杯，百年三万六千日，一日须倾三百杯。"秦汉瓦，指酒器的瓦盖。

⑨ 细论文，杜甫《春日忆李白》诗："何时一樽酒，重与细论文。"

★这个贼未必像张船山想象的那么风雅，船山先生似乎不知道书画也可以卖钱，偷的或许就是翰苑内部的人。这个贼的真正贡献是引出了张船山这首题材独特的诗作。

愕栎[①]

曾向中原策马来，苍茫舟楫入荆台[②]。

湘南春水思骚客，颍上秋风忆霸才[③]。
四海无家长作客，百年如梦且衔杯。
亦知天地容樗栎，敢说空山老大材[④]？

①樗（chū）栎，两种木名，被认为是不材之木。《庄子·逍遥游》："吾有大树，人谓之樗。其大本臃肿而不中绳墨，其小枝卷曲而不中规矩。立之涂，匠者不顾，"又，《人间世》："匠石之齐，至乎曲辕，见栎社树。其大蔽牛，絜之百围，其高临山，十仞而后有枝，其可以为舟者旁十数。"匠石曰："……是不材之木也，无所可用，故能若是之寿。"诗作于乾隆四十六年（1781），时船山年仅十八，南游江汉。

②荆，泛指湖北地区。楚古有章华台，故以"荆台"代指楚地。

③湘南，泛指湖南。骚客，指屈原。颍上，颍水之上，今安徽西部。霸才，指管仲。《史记·管晏列传》："管夷吾者，颍上人也。"

④敢说，岂敢说。

春日感怀[①]

怪来何事寄天涯，逝水流光感岁华。
举世不逢孙伯乐，一生惟哭贾长沙[②]。
剧怜烟月人人客，只合壶浆处处家。
回首先畴丘陇废，到今无地问桑麻。

①诗作于乾隆四十九年（1784），时年二十一。

②孙伯乐，春秋时人，以善相马闻名。贾长沙，即贾谊，曾谪为长沙王太傅。

发西安[①]

终南云物送征鞍，回首西京路渺漫[②]。
驴背小诗吟杜曲，酒边短烛话长安[③]。
百年上策还乡好，万里浮名行路难。

此际故园应忆我，荒鸡残月五更寒。

① 乾隆五十三年戊申（1788）张问陶进京，明年己酉下第西归成都，途经西安。

② 终南，山名，在西安南。西京，即西安，东汉都洛阳，乃称西汉都城长安为西京。

③ 杜曲，在陕西长安县境。杜甫《曲江》诗：“自断此生休问天，杜曲幸有桑麻田。”吟杜曲，吟于杜曲。话长安，话于长安。“驴背”句写早上出发，“酒边”句回忆昨晚情景。

常州怀苏文忠公[①]

坡仙缥缈隔红尘，想像名禅偶见身[②]。
忠孝真诚宁放逐，文章嬉笑亦经纶[③]。
买田阳羡青山老，沽酒兰陵玉碗新[④]。
回首大峨天万里，此中曾有未归人[⑤]。

① 嘉庆十七年（1812）张问陶罢莱州知府，南游吴中，时年四十九岁。常州，在江苏南部。苏文忠公，即苏轼。宋徽宗建中靖国元年（1101）七月苏轼遇赦北归，至常州病逝。

② 禅（chán），佛家指清净寂定的境界，此实指僧人。名禅偶见（xiàn）身，是设想东坡是某位名僧转世现身。

③ 宁放逐，竟然放逐。宋哲宗绍圣元年（1094），宣仁太后“崩驾”，哲宗亲政，起用“新”派章惇、蔡京等人，打击元祐旧人。苏轼以“谤讪”罪降为宁远军节度副使，安置惠州。四年（1097）复以琼州别驾安置昌化，复谪儋州。至元符三年（1100）始遇赦北还。嬉笑亦经纶，黄庭坚《东坡先生真赞》：“东坡之酒，赤壁之笛；嬉笑怒骂，皆成文章。”经纶，本指理丝，丝绪为经，编丝成绳为纶。借指治理国家大事。《易·屯》：“云雷屯，君子以经纶。”

④ 阳羡，今江苏宜兴。苏轼《菩萨蛮》词：“买田阳羡吾将老，从来只为溪山好。”其《与千之侄信》云：“叔舟行几一年，近于阳羡买得少田，意欲老焉。”兰陵，今山东峄县。李白《客中作》：“兰陵美酒郁金香，玉碗盛来琥珀光。”

⑤大峨，指峨嵋山。苏轼眉州眉山人，张问陶四川遂宁人。此中曾有未归人，既指东坡当时情事，也表现船山此日心情。两年之后，船山即病逝于虎丘寓楼。

★叶廷琯《鸥波诗话》："船山太守自莱州引疾，客游吴中。未及三载，以甲戌三月卒于虎丘山塘寓楼，即所谓乐天天随邻屋者。说者谓其过常州舣舟亭句云，'回首大峨天万里，此中曾有未归人'，皆诗谶也。"乐天天随邻居，船山苏州寓馆之名。乐天，唐白居易，字乐天，唐敬宗宝历元年（825）除苏州刺史。天随，唐陆龟蒙，自号天随子，苏州人。船山皆引以为邻。

咸阳怀古①

鄠杜莺花负好春，武皇遗迹已成陈②。
通天台观连云起，莫指阿房独过秦③。

①咸阳，今陕西咸阳东北。秦都于此。此乾隆五十四年（1789）船山下第西归过咸阳，与《发西安》为同时之作。

②鄠（hù）杜，鄠县杜陵，唐诗中常用以泛指长安郊外。秦都咸阳，西汉都长安，相距不远，诗人怀古常将秦汉连在一起。武皇，汉武帝。

③通天台，汉武帝台名，故址在今陕西淳化甘泉山上。此处应"通天台观"连读，详星评。阿房，秦宫名，备极侈丽，未及竣工而秦已亡，项羽入关将阿房焚毁。唐杜牧为作《阿房宫赋》。

★怀古其实是针对现实的。"武皇遗迹"既"已成陈"，则"连云起"的"通天台观"，实指作者当时所见的豪宅，非指汉代宫观，诗是对统治者奢侈生活的谴责。

出栈①

马嘶人语乱斜阳，漠漠连阡水稻香。
送险亭边一回首，万峰飞舞下陈仓②。

①出栈，乾隆五十四年（1789）船山自京师西归成都，此指自栈道西出陈仓。古陈仓栈道北起陈仓（今陕西宝鸡县东渭水北岸），西南出散关，沿河谷抵今陕西凤县，折东南入褒谷，至汉中。

②送险亭，在陈仓栈道西口。

★徐宗干《题宝鸡旅壁》诗云："云程今始下崔嵬，稳步康庄道路开。风劲雪消马蹄疾，一鞭飞出万山来。"气象与船山颇相似，行程方向正相反，船山自陈仓西出，宗干自宝鸡东行。徐宗干，字树人，江苏南通人。清仁宗嘉庆二十五年庚辰（1820）进士，晚于船山三十年。官至福建巡抚。

读《桃花扇》传奇偶题二首[①]

竟指秦淮作战场，美人扇上写兴亡[②]。
两朝应举侯公子，忍对桃花说李香[③]？

一声檀板当悲歌，笔墨工于阅历多。
几点桃花儿女泪，洒来红遍旧山河[④]！

①《桃花扇》，孔尚任所著传奇，写侯朝宗李香君爱情故事，借儿女之情，寓兴亡之感。参见孔尚任《秣陵秋》注。诗作乾隆五十六年（1791）春。原绝句十首，录二。

②"竟指"二句：南明政权于国家倾败危亡之际，马士英、阮大铖等却在南京争权夺利，排斥异己，陷害复社名士。战场不在黄河淮水之间，而热中于朝中倾轧。侯方域于国难之时，偏恋平康花柳。竟指秦淮作战场，语意双关。美人，指李香君。美丽而坚贞的李香君，追慕幸福的爱情，却在国家兴亡之际历尽波折。

③两朝应举，侯方域曾在明代应试不第，南明弘光之时与复社诸人同阉党阮大铖对立，到清顺治八年（1651）却又出应顺天乡试。李香，李香君本名，孔尚任在《桃花扇》称之为李香君。词面上"李香"正与"桃花"相对。

④儿女，即女儿，指李香君。侯方域"梳栊"李香君，以宫扇定情。后马士英同党田仰强夺香君，香君誓死抗拒，以头撞地，血溅于宫扇之上。杨文骢

就血痕点染成桃花。此即《桃花扇》剧名来由。

★“两朝应举侯公子，忍对桃花说李香”，两句系讽刺语，谴责语。侯朝宗“两朝应举”，岂忍对桃花说李香！语颇尖锐。

“几点桃花儿女泪”，“泪”应作“血”，才切合剧情，与下句“红遍”也更相应。然遍检船山本集与诸多选本，无有作“血”字者，不知是作者粗率还是原刻有误，甚为遗憾。

嘉定舟中[①]

平羌江水绿迢遥，梦冷峨嵋雪未消[②]。
爱看汉嘉山万叠，一山奇处一停桡[③]。

① 嘉定，今四川乐山。乾隆五十七年（1792）十一月，船山携妻小自成都行舟南下，出三峡，北上京师。

② 平羌江，即青衣江，源出四川芦山，东流至乐山汇入岷江。自成都由岷江航行到嘉定，在嘉定三江（岷江、青衣江、大渡河）汇合处也只见到青衣江口。峨嵋山在嘉定西一百馀里。

③ 汉嘉，即嘉定。桡，桨。

归州同亥白兄作[①]

秭归城下秭归啼，江出夔巫水渐低[②]。
莫上柁楼高处望，乡山都在夕阳西！

① 归州，今湖北秭归。亥白，船山长兄张问安，字亥白。乾隆五十八年（1793）春初，兄弟东行舟抵秭归。

② 秭归啼，即子规啼（按，子规并无秭归的别称，作者为了使两个名词关联起来而权宜使用）。夔，指瞿塘峡，西起四川奉节白帝城下，东到巫山大宁河口。巫，巫峡，西起大宁河口，东到湖北巴东官渡口。秭归已在西陵峡段。“水渐低”三字颇嫌凑合。

出峡泊宜昌府[①]

万山回首太崚嶒，此日馀生问最能[②]。
送尽奇峰双眼豁，江天空阔看彝陵[③]。

① 宜昌府，今湖北宜昌。乾隆五十八年（1793）春，船山出峡到达宜昌。

② 崚嶒（líng céng 崚，力承切；嶒，疾承切），山高峻貌。最能，杜甫《最能行》"归州长年行最能"，原意谓长年（即艄工）最有能耐。王嗣奭《杜臆》引宋刘辰翁（须溪）之说，谓"最能"为水手之称，诗中即指水手。按，刘辰翁之说纯属臆测，如此解释则杜句不辞。张诗"问最能"更甚拙劣。

③ 彝陵，宜昌古称。

论诗绝句[①]

跃跃诗情在眼前，聚如风雨散如烟。
敢为常语谈何易，百炼功纯始自然。

① 诗作于乾隆五十九年（1794），时任翰林院检讨。

★"敢为常语"其实还是容易的，为常语而成为佳句成为好诗才不容易。诗句只能意会，加以苛求则造语并不严谨。

阳湖道中[①]

风回五两月逢三，双桨平拖水蔚蓝[②]。
百分桃花千分柳，冶红妖翠画江南[③]。

① 阳湖，今江苏常州。诗作于嘉庆十八年（1813）春。时船山南游吴中，明年即下世。

② 五两，候风装置，用羽毛扎成，系于樯桅以测风力。

③ 分，读去声（fèn）。

★凑句是诗中败笔，唐人名作很少凑句，宋以后即使名作也往往有之。张问陶《出峡泊宜昌府》诗，“送尽奇峰双眼豁，江天空阔看彝陵”，颇能写出游人出峡时的感觉。而其中“此日馀生问最能”，为了凑一个韵脚而造一个如此蹩脚的句子，用这个“最能”就未免低能。《阳湖道中》诗“百分桃花千分柳，冶红妖翠画江南”，用一种概括的手法写南国的春光，也给人以“千里江南绿映红”的美感。“冶红妖翠”似是俗词，用在这里一点不俗，十分生色。“画”字也极为形象。而首句“风回五两”与“月逢三”则纯系凑合，两者构不成相对的关系，均属诗中败笔。船山诗以才气取胜而严谨不足，用典常有舛错，造语亦间有不当，勉强凑合，即使名作亦常有之。读好诗而碰上败笔，有如品尝乳酪而发现其中泡死一个苍蝇，未免为才人丧气。“百炼功纯始自然”话说的非常正确，张船山很有才气，他的缺点恰好在于“功”未曾“百炼”因而往往不“纯”。

舒 位

舒位（1765—1816）[①]，字立人，号铁云，河北大兴人。清高宗乾隆五十三年戊申（1788）举人。尔后上试礼部场场失利，“九上春官，卒不得遇”。后游幕西南，浪迹吴越，终其一生贫困潦倒。于嘉庆二十年除夕去世，年五十二。有《瓶水斋诗集》。

①舒位卒于嘉庆二十年乙亥除夕，阳历已是一八一六年一月二十八日。

澧州道中[①]

月出空江白玉盘，数峰了了青云端。
分明一样山河影，难得才从雨后看。

①澧州，今湖南澧县。

牛　坤

牛坤，字次原，天津人。清仁宗嘉庆四年己未（1779）进士，官云南学政。

临清即事[①]

几树垂杨官道斜，不成村落野人家。
偶从三尺竹墙里，时露一枝山杏花。
昼永人稀初叱犊，陇深麦浅不藏鸦。
仲春天气寒犹峭，情得江南摘早茶[②]。

①临清，今山东临清县。
②情，诚也。情得，犹言正好得。

★"偶从三尺竹墙里，时露一枝山杏花"，用流水对而不露痕迹，画面亦甚生动，可称佳句。牛诗见钱咏《履园丛话》，仅此一首。如果只剩半首就更好，删掉后四句，更为完美。

吴嵩梁

吴嵩梁（1767—？），字子山，号兰雪，江西东乡人。清仁宗嘉庆五年庚申（1800）举人，由内阁中书历官黔西知州。有《香苏山馆诗集》。

题西湖饯春图[1]

遥山湿微雨，苍翠不能画。
一榻祇树林，湖光上虚榭[2]。
我来春已深，扁舟系亭下。
寺门交绿阴，晴雪数枝亚[3]。
时鸟弄新音，孤芳感先谢。
文字欢有馀，湖光况无价。
故人幸可招，名园许相借。
典衣沽十千，为君结春社[4]。

① 郭麐《灵芬馆诗话》："戊午春尽日，曼生、梦华、兰雪同集西泠舟中，遇雨留宿葛林园，各有诗以纪，而余为之序。时铁生期而未至，越日为余作《西湖饯春图》，并为书各人之作于册。"戊午为嘉庆三年（1798），诗系记述是年春尽与郭麐等西湖葛林园雅集，铁生为作《西湖饯春图》，诗即题于图上。郭麐，字祥伯，号频伽，吴江人。诸生。有《灵芬馆集》。

② 祇（qí）树林，古印度憍萨罗国祇陀太子园林，给孤独长者须达与祇陀在此建祇园精舍，迎释迦如来居此说法。见法显《佛国记》、玄奘《大唐西域记》。后世用以泛指寺院。李颀《题璿公山池》诗："远公遁迹庐山岑，开士幽居祇树林。"此即指葛林园。

③ 晴雪，古人诗中用以代指白色花絮，所指不一。梁元帝萧绎《登江州百花亭》诗“柳絮飘晴雪”，杜甫《谒真谛寺禅师》诗“晴雪落长松”；前者指柳絮，后者指松花。诗中写春尽晴雪“数枝亚”，似指梨花。亚，通“压”。

④ 典衣沽十千，典当衣服得十千钱以沽酒。杜甫《曲江》诗：“朝回日日典春衣，每日江头尽醉归。”李白《行路难》：“金尊清酒斗十千。”

陈文述

陈文述（1771—1843），字隽甫，号云伯，又号退庵，钱塘（今杭州）人。清仁宗嘉庆五年庚申（1800）举人，官昭文、全椒知县。有《碧城仙馆诗钞》《颐道堂集》《秣陵集》《西泠怀古集》等。

谢太傅故宅[①]

围棋赌墅兴纵横，千载犹传太傅名[②]。
江左风流推宰相，中年哀乐为苍生[③]。
老夫自著东山屐，儿辈能驱北府兵[④]。
留得南朝遗宅在，广陵风雨夜钟声[⑤]。

① 谢太傅，东晋谢安。见袁枚《谢太傅祠》诗注。

② 围棋赌墅，晋孝武帝太元八年（383），前秦苻坚率九十万大军南侵，谢安命谢玄等率八万晋军迎敌。两军相持于淝水。“玄入问计，安夷然无惧色”。“遂命驾出山墅，亲朋毕集，方与玄围棋赌别墅。安常棋劣于玄，是日玄惧，便为敌手而又不胜。安顾谓其甥羊昙曰：‘以墅乞汝！’安遂游陟，至夜乃还。指授将帅，各当其任”。

③ 中年哀乐，《世说新语·言语》：“谢太傅语王右军曰：‘中年伤于哀乐，与亲友别，辄作数日恶。’王曰：‘年在桑榆，自然至此，正赖丝竹陶写，恒恐儿辈觉，损欣乐之趣。’”

④ 东山，谢安尝隐会稽东山。屐，木屐。儿辈能驱，淝水之战，谢玄等大破秦军。“有驿书至，安方对客围棋，看书既竟，便摄放床上，了无喜色，棋如故。客问之，徐答云：‘小儿辈遂已破贼。’既罢，还内，过户限，心喜甚，不

觉屐齿之折，其矫情镇物如此。”见《谢安传》。北府兵，谢玄等创建的部队。《晋书·刘牢之传》：“谢玄北镇广陵，时苻坚方盛，玄多募劲勇，牢之与东海何谦、琅琊诸葛侃、乐安高衡、东平刘轨、西河田洛及晋陵孙无终等以骁猛应选。玄以牢之为参军，领精锐为前锋，百战百胜，号为北府兵。”淝水之战，北府兵即为主力。

⑤广陵，今江苏扬州。谢安晚年，因司马道子专权，受到排挤，乃出镇广陵。

★诗用袁枚《谢太傅祠》韵，当系袁诗的和作，内容风格都相近。评价古人，或褒或贬，可以出奇制胜，各抒己见，但不能违背事实。谢安“中年伤于哀乐”，他自己说得明白，是“与亲友别，辄作数日恶”；王羲之理解也很正确，“年在桑榆，自然至此”。都与苍生无干。“江左风流推宰相”，评许准确；“中年哀乐为苍生”则违背事实，谢安石没有达到这个高度。

夏日杂诗

水窗低傍画栏开，枕簟萧疏玉漏催。
一夜雨声惊到梦，万荷叶上送秋来。

★陈文述在嘉道间亦颇有诗名，王昙甚至吹捧为有清百八十年诗之大成，其实无异于驱鸦作凤，陈氏模仿南朝艳体诗，内容浅薄空虚，风格浮艳靡丽。其《春词》云：“春水绿苔矶，春风花荡衣。樱桃西舍熟，蝴蝶南园飞。金徽别调苦，玉关宵梦非。坐看红襟燕，池上衔泥归。”《咏美人》云：“美人如明月，三五光徘徊。露下玉阶湿，风飏罗帏开。丽华桂枝曲，嫦娥明镜台。珍重慰寂寞，流照上青苔。”使其生在梁陈，可为陈叔宝狎客。

张心渊

张心渊，字达泉，嘉善人。清仁宗嘉庆十五年庚午（1810）举人。历官邳州知州。

横塘曲[①]

妾家生小住横塘，柳映茅檐竹靠墙。
郎若船来轻荡桨，水边时宿两鸳鸯。

① 横塘，地名。南京城西南、江苏吴县西南都有横塘。崔颢《长干曲》："君家何处住，妾住在横塘。"

黎 恂

黎恂，字迪九，号雪楼，又号拙叟，贵州遵义人。清仁宗嘉庆九年甲戌（1814）进士，由知县历官云南巧家厅同知。有《蛉石斋诗集》。

郑子尹婿生日作长句示之[①]

郑子有才不可羁，卓立天骨矜权奇[②]。
郑子能文苦不遇，即今三十已虚度[③]。
少年曾读等身书，寻常咳唾皆成珠[④]。
饥来一字不堪煮，吁嗟吾道其非欤[⑤]？
小住京华歇行脚，依旧归心殊落落[⑥]。
如入宝山空手回，江湖与我同飘泊[⑦]。
买鱼沽酒向沙津，一醉东风桃李春[⑧]。
英雄未必无知己，相尔岂是蓬蒿人[⑨]。

① 郑子尹，即郑珍，黎雪楼女婿。见后郑氏小传。

② 卓立天骨，即天骨卓立，谓其骨相不凡。权奇，高超，奇异。《汉书·礼乐志》载《天马歌》："志俶傥，精权奇。"王先谦补注："权奇者，奇谲非常之意。"

③ 三十，郑珍生于嘉庆十年（1805），三十生日则为道光十五年（1835）。

④ 咳唾皆成珠：赵壹《刺世疾邪赋》："势家多所宜，咳唾自成珠。"此用于贬义。《晋书·夏侯湛传》："咳唾成珠玉，挥袂出风云。"此转为褒义，喻出口即为佳句。

⑤ 吾道其非欤，《史记·孔子世家》：鲁哀公四年，孔子厄于陈蔡之间，绝

粮，从者病。孔子曰："吾道非邪？吾何为至于此？"此设为郑子尹口气。

⑥ 落落，孤独无所遇合之貌。

⑦ 宝山空手回，《大乘本生心地观经·离世间品》："如人无手，虽至宝山，终无所得。"

⑧ 沙津，原注："时泊舟沙洋。"

⑨ 蓬蒿人，草野穷人。李白《南陵别儿童入京》诗："仰天大笑出门去，我辈岂是蓬蒿人。"

★马克·吐温向他的女友家求婚，女友的父亲要马克·吐温的朋友用书信的形式给予绍介。有几个朋友去了信。但那些信中提到的优点和缺点总是相互抵消。女友的父亲看了那些信后说道："看来这个世界上你似乎没有朋友！"马克·吐温无可奈何地说："很可能是这样！"那位未来的丈人说："那么我来作你的朋友吧，我同意了。"诗人郑子尹很幸运也有这样一位朋友丈人。"英雄未必无知己"，真正的知己就是这位丈人。"相尔岂是蓬蒿人"却多少有点落空。子尹一生偃蹇，官也只做了个荔波县训导，离"蓬蒿人"还是相差不远。但他在诗歌上的成就却没有辜负他的知己丈人的期望。

舟过武昌县，遥望西山樊口，松桧参天，林壑隐秀，以不得游览为憾[①]

不羡钓台鱼，不羡西门柳[②]。
但愿青鞋布袜一枝藤，踏遍寒溪西山与樊口[③]。
樊口佳绝临江天，松竹蔚茂鸣风泉[④]。
漫翁家住石臼在，东坡先生留五年[⑤]。
名贤流寓亦偶尔，至今草木犹青妍。
我来二月风涛壮，叶叶蒲帆破春浪。
如此山川不少留，惊闻猿鹤空惆怅[⑥]。
万松岭，九曲亭，意想幽景无人行[⑦]。
何时飞步蹑云峤，一听黄州鼓角声[⑧]。

① 武昌县，今湖北鄂城。西山，在鄂城西，北临长江，隔江与黄州斜对。樊口，在西山西，梁子湖水由樊口泄入长江，今建有樊口水闸。

② 钓台，在鄂城北江边。据传孙权尝饮酒观鱼于此。鱼，武昌（鄂州）鱼甚有名。三国吴时童谣："宁饮建业水，不食武昌鱼。"西门柳，李白《早春寄王汉阳》诗："昨夜东风入武昌，陌头杨柳黄金色。"

③ 青鞋布袜，杜甫《奉先刘少府新画山水障歌》："吾独胡为在泥滓，青鞋布袜从此始。"一枝藤，藤杖。寒溪，在西山南。

④ 鸣风泉，黄庭坚《松风阁》诗："风鸣娲皇五十弦，洗耳不须菩萨泉。"

⑤ 漫翁，唐诗人元结，字次山，号漫郎，因称漫翁，曾家于武昌（鄂州）樊口。东坡先生，即苏轼。宋神宗元丰二年（1079）底苏轼贬黄州团练副使，下一年到达黄州，元丰七年移汝州，四月离黄州；在黄州四年多，五年举其成数。黄州隔江与西山斜对。苏轼《书王定国所藏烟江叠嶂图》诗："君不见武昌樊口幽绝处，东坡先生留五年。"

⑥ 猿鹤，孔稚珪《北山移文》："蕙帐空兮夜鹤怨，山人去兮晓猿惊。"

⑦ 万松岭，九曲亭，皆西山景点。

⑧ 蹑，登。峤，小而尖的山。云峤犹言云山、云峰。黄州鼓角声，元丰七年四月，苏轼离黄州，过江到武昌（鄂州），作《过江夜行武昌山上闻黄州鼓角》诗云："黄州鼓角亦多情，送我南来不辞远。"宋费衮《梁溪漫志》："东坡去黄，夜行武昌，回望东坡，闻黄州鼓角，凄然泣下。"

李皭嫫

李皭嫫，女，字陶吟，河间（今河北河间县）人。武安霍州知州白昶继室。有《剑芝阁诗钞》。

励　志

弱龄授诗书，钻研忘早晏[①]。
既长读文史，篇帙苦浩瀚。
旁搜及百家，茫乎若河汉[②]。
迩来二十年，奥义时一见。
欣然欲起舞，得失已过半。
圣人垂著述，游夏终莫赞[③]。
岂余庸陋姿，所得望津岸。
偃鼠走饮河，未动腹已满[④]。
蚍蜉不自量，乃欲抱树撼[⑤]。
掩卷发深思，浩然起长叹。

① 弱龄，少年时代。

② 百家，指先秦诸子百家，也泛指经书以外的著作。茫乎，旷远，广阔。河汉，指天河。《庄子·逍遥游》："肩吾问于连叔曰：'吾闻言于接舆，大而无当，往而不返；吾惊怖其言，犹河汉而无极也。'"成玄英疏："犹如上天河汉，略无穷极也。"二句意谓旁搜百家典籍，感到内容深厚广阔，如河汉之无边无际。

③ 圣人，指孔子。游夏，孔子弟子子游，即言偃；子夏，即卜商。赞，助

也，参预也。《史记·孔子世家》：孔子“为《春秋》，笔则笔，削则削，子夏之徒不能赞一辞”。《文选·曹子建〈与杨德祖书〉》：孔子“制《春秋》，游夏之徒乃不能措一辞”。

④偃鼠，即鼹鼠，田鼠。《庄子·逍遥游》：“偃鼠饮河，不过满腹。”

⑤蚍蜉，一种蚂蚁。撼，摇动。韩愈《调张籍》诗：“蚍蜉撼大树，可笑不自量。”

望太行山[1]

太行天下脊，形胜孰能齐[2]。
一线盘空上，三霄入望低[3]。
杂花薰巘崿，怪石碎轮蹄[4]。
千古孙阳顾，何人解骏嘶[5]？

①太行山，界于山西高原与河北平原之间的大山，北起拒马河谷，南至晋豫边界黄河沿岸。西面平缓，东向陡峭，凡河流切割之处，即为山西河北交道孔道。

②太行天下脊，言太行之高，仿佛天下之脊。杜牧《东兵长句十韵》“上党争为天下脊”句，冯集梧注引《河图括地象》：“太行，天下之脊。”

③三霄，犹三天，此泛指天空。李商隐《和友人戏赠》诗：“仙人掌冷三霄露，玉女窗虚五夜风。”

④巘（yǎn），大小相邻的山峰。崿（è），山崖。

⑤孙阳，即伯乐，古之善相马者。骏嘶，骏马嘶鸣。《战国策·楚策四》：“夫骥之齿至矣，服盐车而上太行，蹄申膝折，尾湛胕溃，漉汁洒地，白汗交流。外阪迁延，负辕而不能上。伯乐遭之，下车攀而哭之，解纻衣以幂之，骥于是俛而喷，仰而鸣，声达于天，若出金石声者何也？彼见伯乐之知己也。”

梦中作

从来志士易悲秋，驾鹤真为汗漫游[1]。
醉上昆仑山顶望，苍烟九点是齐州[2]。

① 悲秋，宋玉《九辩》："悲哉秋之为气也，萧瑟兮草木摇落而变衰，憭慄兮若在远行登山临水兮送将归。"汗漫，叠韵联绵词，无边无际的天宇。《淮南子·俶真》："至德之世，甘瞑于溷澖之域，而徙倚于汗漫之宇。"

② 昆仑，横贯于新疆与西藏青海之间的大山脉。齐州，《尔雅·释地》邢昺疏："齐，中也。中州，犹言中国也。"李贺《梦天》诗："遥望齐州九点烟，一泓海水杯中泻。"

★清代女诗人甚多，迈越前古，风格以清雅秀逸者居多，李勷媖之作却极为豪迈。选录三首，可以见其风概。他如七古《述怀》云："胸中峥嵘千仞山，眼前寥廓百道泉。光芒直彻万古上，兴酣携卷叫紫烟。箕踞嫚骂吾不取，苏子亦说刘伶颠。名士但当痛饮耳，此语便已亏天全。望之不鄙士行正，诗豪酒圣空称贤。迩来慷慨动君子，愿谒兰陵舞秋水。平生意气今几何，玉具拄颐聊尔尔。达人清节贵磨礲，精金讵受纤尘滓。后者瓦砾前秕糠，文士相轻尽如此。愤极冲天欲一鸣，畏人嗔怒还须已。"七律《纵笔书怀》云："忆从总角事篇章，坐拥书城乐未央。磨盾才雄空激烈，雕虫技小爱论量。侧身便欲无前古，披髮真思下大荒。俯视万殊同一芥，迢迢天路姿翱翔。"读此等诗，感到诗人如雄杰豪士，气势纵横，封建社会闺阁中极为罕见。惜稍欠沉着，内容亦不够深厚。

张维屏

张维屏（1780—1859），字子树，号南山，别号松心子，广东番禺（pān yú今广州）人。清宣宗道光二年壬午（1822）进士，时年已四十二岁。曾官湖北长阳、黄梅、广济及江西太和知县，袁州府同知，吉州府通判。道光十六年（1836）辞官归里。文宗咸丰九年卒，年八十。南山早期诗多写个人生活，风格清新婉丽，与林则徐、龚自珍等组织宣南诗社。晚年亲历鸦片战争，目睹英国侵略者的暴行，激发爱国热情，诗风为之一变，所作激昂慷慨，气势磅礴。《三元里》一诗成为近代反帝斗争的第一声春雷。有《听松庐诗钞》《松心诗录》《国朝诗人征略》等。后人编有《张南山全集》。

侠客行

贵人赫赫权如山，
门前鹰犬十百，一日不得闲[①]。（一解）
高堂华屋，大酒肥肉。
粉白黛绿，哀丝豪竹，贵人不足[②]。（二解）
贵人不足，鹰犬仆仆，天阴鬼哭。（三解）
鬼哭声啾啾，怪树啼鸺鹠[③]。
客从何方来，下马直上酒家楼。（四解）
寒风如刀雪如水，酒家楼头剑光起，
明日喧传贵人死。（五解）

① 首三句一作“贵人煊赫门如水，门前鹰犬，日日不得闲”。

② 粉白黛绿，两种妇女化妆品，代指贵人家妖艳的姬妾。哀丝，指弦乐器。豪竹，指管乐器。

③ 鸺鹠（xiū liú），俗称猫头鹰。夜间啼叫，其声凄厉，古人以为不祥。

★屈向邦《粤东诗话》：“张南山诗纡馀为妍，少幽并气。《侠客行》一首则不然，《听松庐诗钞》中杰作也。诗云云。沉雄凄厉，百年来无此作也。官僚政治下之贵人，实丛恶之府，人愈贵则罪愈大，而人莫奈之何，安得经侠客一一芟除之！”清人乐府诗佳作甚少，其最佳者前则沈归愚《制府来》，后则张南山《侠客行》，并惩处权贵，主题亦近似。

三元里[①]

三元里前声若雷，千众万众同时来。
因义生愤愤生勇，乡民合力强徒摧。
家室田庐须保卫，不待鼓声群作气[②]。
妇女齐心亦健儿，犁锄在手皆兵器。
乡分远近旗斑烂，什队百队沿溪山。
众夷相视忽变色，黑旗死仗难生还[③]。
夷兵所恃惟枪炮，人心合处天心到：
晴空骤雨忽倾盆，凶夷无所施其暴。
岂特火器无所施，夷足不惯行滑泥。
下者田塍苦踯躅，高者岗阜愁颠挤[④]。
中有夷酋貌尤丑，象皮作甲裹身厚。
一戈已揕长狄喉，十日犹悬郅支首[⑤]。
纷然欲遁无双翅，歼厥渠魁真易事[⑥]。
不解何由巨网开，枯鱼竟得攸然逝[⑦]！
魏绛和戎且解忧，风人慷慨赋同仇[⑧]。
如何全盛金瓯日，却类金缯岁币谋[⑨]？

① 三元里，在广东广州城北。道光二十一年（1841），清政府撤林则徐职务，英军旋进入广州，靖逆将军奕山投降。英军四出虏掠，四月初，一支英军窜至三元里。广州城北一百零三乡民众自动组织起来，高举“平英团”大旗，将侵略军团团围往，予以痛击。英军头领义律率军往援，亦被围困。义律危急，派汉奸混出重围，向广州知府余保纯求救。奕山闻讯大骇，急令余保纯出城，强迫民众解散，并保护义律逃回海上。

② “不待”句，《左传》庄公十年：“夫战，勇气也，一鼓作气。”句意谓群情激愤，不待鼓声而勇气自发。

③ “黑旗”句，原注：“夷打死仗则用黑旗，适有执神庙七星旗者，夷惊曰：‘打死仗者至矣！’”

④ 踯躅，小步不前。此指泥泞路滑，英人行走艰难。颠挤，倾跌拥挤。

⑤ 摏（chōng），冲刺。长狄，春秋时北狄的一支，以其身长，故称长狄。《左传》文公十一年：“冬十月甲午，［鲁］败狄于鹹，获长狄侨如。富父终甥摏其喉，以戈杀之。”郅支，汉匈奴呼韩邪单于之兄呼都吾斯，自立为郅支骨都侯单于，西破呼偈、坚昆、丁令，兼三国而都之。元帝初元四年（前45），郅支杀汉使谷吉，西奔康居。建昭三年（前36），西域都护骑都尉甘延寿与副校尉陈汤，斩郅支于都赖水上，传首京师，悬头槀街十日。见《汉书·匈奴传》与《甘延寿陈汤传》。在三元里斗争中，农民颜浩长刺杀英侵略军军官毕霞，枭首示众。

⑥ 厥，其。渠魁，首领，指义律。

⑦ “不解”二句，指奕山派余保纯强迫民众解散，保护义律脱出重围。不便直接指斥，故曰“不解”。枯鱼，指被围困的英国侵略军。语出《庄子·外物》“早索我于枯鱼之肆”。攸然逝，迅速逃走。语出《孟子·万章下》“少则洋洋焉，攸然而逝”。

⑧ 魏绛和戎：晋悼公时，山戎无终子嘉父纳虎豹之皮于晋以请和。魏绛言和戎五利。悼公乃使魏绛“盟诸戎，修民事，田以时”。见《左传》襄公四年。清统治者向外敌投降与魏绛和戎完全不类，语含刺意。风人，诗人。赋同仇，《诗·秦风·无衣》：“王于兴师，修我戈矛，与子同仇。”句意谓统治者要投降，人民却同仇敌忾，欲与敌人战斗。

⑨ 金瓯，黄金制盆盂，喻疆土完整国力强大。语出《南史·朱异传》“我国家犹若金瓯，无一伤缺”。金缯岁币，南宋统治者与金订立“和约”，年年向金进贡金银丝帛，谓之岁币。道光二十一年（1841）五月二十六日，奕山和英人签订休战条款，规定给英军赎城金六百万元。道光二十二年（1842）八月，

清政府与英侵略者签订《南京条约》，赔款竟达二千一百万银元，割让香港，开放广州、福州、厦门、宁波、上海五口通商，极尽丧权辱国之能事。句意谓方今国家强大完整，如何竟干投降事敌的勾当。

★三元里抗敌是中国人民自发抵抗帝国主义侵略的第一场斗争，是近代反帝斗争史上中华民族的第一通怒吼，与林则徐虎门焚烟具有同等伟大的意义；显示了中国人民不可侮的斗争精神。张维屏的这首诗是三元里斗争的诗史，成为晚清以诗歌反映时代的诗界革命的先声，应该用金字镶嵌在三元里的历史丰碑上。

张维屏《三元里》与朱琦《关将军挽歌》、黄遵宪《冯将军歌》，是晚清反映中国人民反抗外国侵略的三篇七古名作。

新　雷

造物无言却有情，每于寒尽觉春生①。
千红万紫安排着，只待新雷第一声！

①造物，万物创造者，实即大自然。觉，《说文》：“悟也，一曰发也。”觉春生，把春天唤醒。

夜　行

风里村舂未肯停，隔林灯火远逾青。
野田月落路能辨，荞麦一畦花似星。

陈沆

陈沆（1785—1826），字太初，号秋舫，湖北蕲水（今浠水）人。清仁宗嘉庆二十四年乙卯（1819）进士，官翰林院修撰、四川道监察御史，典广东乡试。清宣宗道光六年卒，年仅四十二岁。陈秋舫诗品冲淡真朴，是嘉道间比较关心民瘼的诗人。有《简学斋诗存》《诗比兴笺》。

出都[①]

朝见太行青，暮见太行碧[②]。
行人无时休，山意去不息。
立马望中原，纵横见城邑。
去雁无定声，垂云可怜色。
战馀草木荒，岁晚风沙直[③]。
万事信冥冥，我行徒恻恻[④]。
不有霜雪威，讵知阳春德？

①出都，嘉庆十九年（1814）出京南下。

②太行，斜贯山西河北边界的大山脉。参见李歔媖《望太行山》诗注。

③“战馀”二句，嘉庆十八年（1813）九月，河南滑县天理教起义，为清军镇压，其首领李文成败死。清军所到之处，城乡残破，故草木荒凉。

④信，诚。冥冥，幽暗不可知。恻恻，心惨伤貌。

卖儿女[1]

河南一片荒荒土，满眼流离风又雨。
年荒父母竟无恩，卖尽田园卖儿女。
可怜父与母，泪落心内苦。
岂不恋所生，留汝难活汝。
往年生儿如得田，今年生儿不值钱。
卖女可得青蚨千，卖儿不足供一餐[2]。
大车小车牛马走，儿啼呼父女呼母。
役夫努目刀在手，百口吞声面色朽。
此时父母死更生，食尽还增骨肉情。
月黑风寒新鬼哭，饥魂一路唤儿声。

①此亦嘉庆十九年（1814）南下时作。时河南在清军镇压天理教之后，破坏严重，加上灾害，人民流离失所，痛苦不堪。陈沆作《河南道上乐府四章》，描述沿途所见惨状。本篇与下篇《狗食人》即其一、二两章。

②青蚨，虫名，又名鱼伯。《搜神记》卷十三："（青蚨）生子必依草叶，大如蚕子，取其子，母即飞来，不以远近。虽潜取其子，母必知处。以母血涂钱八十一文，以子血涂钱八十一文。每市物，或先用母钱，或先用子钱，皆复飞归，轮转无已。"《太平御览》卷九百五十引《淮南毕万术》有"青蚨还钱"之说，与上文略同。此本无稽之谈，后人用青蚨代指钱。青蚨千，即一千文。

狗食人

汝南人瘦万狗肥，前有饿者狗后随[1]。
忽然坠落沟中泥，狗来食人啮人衣。
顷刻血肉无留遗，残魂化作风与灰。
狗饱狗去摇尾嬉，馀者尚充鸦雀饥。
我行见之心骨悲，徒有恻怆无能为。

大官北来何光辉，清道翼以双绣旗[②]。
从者飞语里卒知：为我亟去道旁尸[③]，
毋使不祥触公威！

① 汝南，在河南南部。
② 翼，辅翼。翼以双绣旗，双绣旗夹道而行。
③ 亟，立即，尽快。

扬州城楼[①]

涛声寒泊一城孤，万瓦霜中听雁呼。
曾是绿杨千树好，只今明月一分无[②]。
穷商日夜荒歌舞，乐岁东南困转输[③]。
道谊既轻功利重，临风还忆董江都[④]。

① 诗作于嘉庆二十三年（1818）。

② 绿杨，王士禛《浣溪沙》词："北郭清溪一带流，红桥风物眼中秋，绿杨城郭是扬州。"明月，徐凝《忆扬州》诗："天下三分明月夜，二分无赖在扬州。"明月一分无，写的实景，或其时正逢晦朔；又用以喻景况暗淡萧条。

③ "穷商"二句：穷商犹日夜荒歌舞，富商之奢靡可知；乐岁东南困转输，荒年自更不堪设想。

④ "道谊"二句：汉董仲舒《对贤良策》："仁人者，正其谊不谋其利，明其道不计其功。"道谊既轻功利重，与董氏之说正相反。董仲舒曾为江都王相，故称董江都。

程恩泽

程恩泽（1785—1837），字芸芳，号春海，安徽歙县人。清仁宗嘉庆十六年辛未（1811）进士，改庶吉士，授翰林院编修。官至户部右侍郎。清宣宗道光十七年卒，年五十三。程氏学问广博，“天算、地志、六书、训诂、金石，皆精究之”。诗学昌黎、山谷，为晚清宋诗派先导。与祁寯藻极友好。诗风亦相近。郑珍、何绍箕皆出其门下。有《程侍郎遗集》。

春　寒①

电光灼冰冰欲热，疾雷驱下五更雪②。
奇寒中肤布衾铁，马毛猬缩马蹄折。
石鱼山头晓风起，涟水波纹蹙成绮③。
只道冷云无好春，谁知开落半山李④。
行人犹披青鼠裘，居人拥垆酒新篘⑤。
可怜十日不见日，白昼然灯坐漆室。

① 道光六年丙戌（1826）程恩泽由侍讲学士调湖南学政，此诗作于道光七年。

② “电光”二句，下雪而有疾雷闪电极为少见，诗人所写必系特殊现象。

③ 石鱼山，其地待考，必在湖南邵阳、湘乡境内。涟水，源出涟源县西北，流经娄底、湘乡、湘潭注入湘江。

④ 开落半山李，指雪花满树，有如李花。

⑤ 篘（chōu），竹篾编成的滤酒器，也指用篘滤酒。苏轼《江城子》词：“今夜巫山真个好，花未落，酒新篘。”（清代湖南酒早已使用蒸馏，不用竹滤酒。

“酒新篘”不过是袭用东坡的词语。陈陈相因地搬用古人的词语，而不管客观事物早已发生了变化，是明清时代迂腐的诗人们最没有道理的修辞。）

易水感田光事[①]

漏言污却田生耳，田生到颈徇公子[②]。
岂容客复知其事，更聚白衣送易水。
奚啻扬言告秦矣，呜呼始谋不臧乃若此[③]！
寒风萧萧，筑声哀哀[④]。
白虹贯日，苍鹰徘徊[⑤]。
荆卿一足废，武阳如死灰[⑥]，
开门坐待秦师来[⑦]！
何如乌头不白马不角，匕首不入国不削，
再访高贤比剧乐[⑧]！

① 易水，在河北省西部，为大清河上源支流。战国末燕王喜二十八年（前227），荆轲入秦谋刺秦王，太子丹与宾客于易水送行。田光，燕人。荆轲至燕，田光知其非庸人，善待之。太子丹欲报秦仇，谋于田光，田光以自己年老，为荐荆轲。太子丹曰：“丹所报先生所言者，国之大事也，愿先生勿泄也。”田光荐荆轲后，谓荆轲曰：“太子告光曰：‘所言者国之大事也，愿先生勿泄。’是太子疑光也。夫为行而使人疑之，非节侠也。”遂自刎而死。见《战国策·燕策三》。太子丹谓田光“愿先生勿泄”，是对田光的侮辱，故曰“污却田生耳”。

② 漏言，泄漏密谋之言，指太子丹嘱田光“勿泄”其言。徇，宣示。句意谓太子丹嘱田光不要“漏言”，田光刎颈自杀是向太子丹宣示他不会“漏言”。

③ 白衣送易水：荆轲入秦，“太子及宾客知其事者，皆白衣冠以送之至易水之上。”奚啻，何以异。不臧，不善。“岂容”四句，谓太子丹既要田光勿泄其言，又何以让宾客知其事，至易水送行。这无异是扬言告知秦国。其开始谋划不善乃至如此。

④ 寒风萧萧，用荆轲易水歌“风萧萧兮易水寒”句。筑声哀哀，易水饯行时，高渐离击筑，荆轲和而歌。

⑤ 白虹贯日，《史记·邹阳传》：“昔者荆轲慕燕丹之义，白虹贯日，太子畏之。”苍鹰徘徊，出典未详。

⑥ 一足废，荆轲至秦廷，刺秦王不中。秦王拔剑以击荆轲，先断其左股，复击之，轲身被八创，乃被杀。武阳如死灰，荆轲入秦，太子丹以勇士秦武阳为副。至秦廷，“秦舞阳色变振恐，群臣怪之。荆轲顾笑舞阳，前谢曰：‘北蕃蛮夷之鄙人，未尝见天子，故振慑。’”

⑦ “寒风萧萧”以下七句，谓太子丹送荆轲入秦，萧萧的场景，哀哀的筑声，白虹为之贯日，苍鹰为之徘徊，使荆轲、舞阳都送掉性命；所有这一切，无非是开门坐待秦师来。

⑧ 乌头不白马不角：《史记·刺客列传》索隐引《燕丹子》：燕太子丹为质于秦，“丹求归，秦王曰：‘乌头白，马生角，乃许耳！’丹乃仰天叹，乌头即白，马亦生角”。匕首，荆轲欲入秦，“太子预求天下之利匕首，得赵人徐夫人匕首，取之百金，使工以药淬之，以试人，血濡缕，人无不立死者。乃为装遣荆轲”。剧乐，剧辛、乐毅，皆燕昭王求贤所得俊杰，曾帮助昭王大败齐师，振兴燕国。诗意谓燕丹谋划错误，还不如即使乌头不白，马不生角（耐心等待时机），不遣刺客入秦，像燕昭王一样访求剧辛、乐毅式的“高贤”强大燕国，抵抗秦军。

邓廷桢

邓廷桢（1775-1846），字嶰筠，江苏江宁（今南京）人。清仁宗嘉庆六年辛酉（1801）进士。道光六年（1826）任安徽巡抚，十五年(1835)升两广总督。道光十八年(1838)林则徐奉命至广州查禁鸦片，邓廷桢与林则徐同心协力，收缴英美烟商鸦片二百三十余万斤，焚毁于虎门。英政府借机侵略中国，邓廷桢坚决抵抗，屡败英军，终其任英军未得入虎门。道光十九年（1939）邓廷桢任闽浙总督，又挫败北进英军于厦门。是年九月，被清廷革职。道光二十一年（1841）五月，与林则徐同遣戍伊犁。后召回，起为甘肃布政使、陕西巡抚。道光二十六年卒，年七十二。有《双砚斋诗抄》《双砚斋词话》与《双砚斋词》。

壬寅伊江中秋①

今年绝域看冰轮，往事追思一怆神②。
天半悲风波万里，杯中明月影三人③。
英雄竟污游魂血，枯朽空馀后死身④。
独念高阳旧徒侣，单车正逐玉关尘⑤。

① 壬寅，道光二十二年（1842）。伊江，伊犁河。时邓廷桢遣戍伊犁，诗作于是年阴历八月十五日中秋之夜。

② 冰轮，指圆月。往事，道光十九年（1939）六月邓廷桢与林则徐通力合作，在虎门焚毁英商鸦片，并挫败英军。是年中秋，廷桢与林则徐、关天培登沙角炮台赏月，实亦观察敌情。廷桢作《月华清》词，其小序云："中秋月夜，偕少穆、滋圃登沙角炮台绝顶晾楼。西风泠然，玉轮涌上，海天一色，极其大

观，辄成此解。”（少穆，林则徐字。滋圃，关天培字。）其时三人同心，抗战英军，满怀胜利信心。是年十二月，邓廷桢被调任闽浙。其后鸦片战争失败，关天培殉国，邓、林同被遣戍。“往事”即追思当年欢聚，以及后来惨局。

③ 天半悲风波万里，即《月华清》词序所说“西风泠然，玉轮涌上，海天一色”。此回忆往事，感觉自与当时不同。杯中明月影三人，词面上用李白《月上独酌》诗“花中一壶酒，独酌无相亲。举杯邀明月，对影成三人”。诗中三人实指林、关与诗人自己。

④ 英雄竟污游魂血，指关天培牺牲。关天培（1780–1841），字仲因，号滋圃，江苏山阳（今淮安）人。道光十四年（1834）任广东水师提督，十九年（1839）支持林则徐禁烟，多次击退英国侵略军。明年二月，英军进攻虎门，天培在靖远炮台孤军奋战，英勇牺牲。枯朽，诗人自指。

⑤ 高阳旧徒侣，汉初沛公刘邦引兵过陈留，高阳儒生郦食其求见，使者入通，刘邦曰：“为我谢之，言我方以天下为事，未暇见儒人也。”使者出以告，郦生瞋目按剑叱使者曰：“走！复入言沛公，吾高阳酒徒也，非儒人也。”见《史记·郦生列传》。此指林则徐。单车正逐玉关尘，谓林则徐被遣戍正在西行路上。玉关，玉门关。

林则徐

林则徐（1785—1850），字元抚，一字少穆，福建侯官（今福州）人。清仁宗嘉庆十六年辛未（1811）进士。与龚自珍、黄爵滋、魏源等人提倡经世致用之学。历任江苏巡抚、湖广总督。时英国侵略者向中国倾销鸦片，为害甚剧。林则徐向宣宗上疏，主张严厉查禁。道光十九年（1839）奉命赴广东查禁鸦片，严令英国烟商缴出鸦片二百三十七万斤，在虎门海滩销毁。道光二十年（1840）一月任两广总督，组织军民，打退英国侵略军。因受投降派诬害革职，旋又充军伊犁，鸦片战争因而惨败。道光二十五年（1845）起用为陕甘总督，二十六年为陕甘巡抚，二十七年调云贵总督。道光三十年（1850）六月，洪秀全起义广西，清廷以林则徐为钦差大臣兼广西巡抚，驰赴征讨。十一月道卒于潮州，年六十六。林则徐是中国人民反对帝国主义第一位卓越的领导者，鸦片战争成为中国近代反帝斗争的开始。林氏亦能诗文。有《林文忠公政书》《云左山房诗钞》等。

即　目[①]

万笏尖中路渐成，远看如削近还平[②]。
不知身与诸天接，却讶云从下界生。
飞瀑正施千嶂雨，斜阳先放一峰青。
眼前直觉群山小，罗列儿孙未得名[③]。

① 嘉庆二十四年（1819）林则徐主考云南乡试，此途经贵州时作。

② 笏，古代大臣朝见君主时所执的手板。万笏，喻耸立的群山。

③ 直觉群山小，语本杜甫《望岳》（泰山）诗“会当凌绝顶，一览众山小”。罗列儿孙，语出杜甫另一首《望岳》（华山）诗“西岳崚嶒竦处尊，诸峰罗立如儿孙”。

汤阴谒岳忠武祠[①]

不为君王忌两宫，权臣敢挠将臣功[②]？
黄龙未饮心徒赤，白马难遮血已红[③]。
尺土临安高枕计，大军河朔撼山空[④]。
灵旗故土归来后，祠庙犹严草木风。

① 汤阴，在河南北部，岳飞故里。岳忠武，见朱彝尊《岳忠武王墓》诗注。

② 为，因。君王，指宋高宗。两宫，指被金人俘虏的徽、钦二宗。权臣，指奸相秦桧。挠，阻挠。将臣，指岳飞。二句意谓如果不因为宋高宗畏忌徽、钦二宗回国，权臣秦桧岂敢阻挠岳飞抗金的事业。

③ 黄龙未饮：岳飞志在恢复中原，直抵金国都城。尝语其下曰：“直抵黄龙府，与诸君痛饮耳！”黄龙府，在今吉林农安。白马难遮：绍兴十年（1140），宋高宗以一日十二道金牌召岳飞回师。“飞班师，民遮马恸哭，飞亦悲泣，哭声震野”。血已红，谓岳飞旋被杀害。并见《宋史·岳飞传》。

④ 尺土：建炎三年（1129），杜充弃汴京南还。岳飞曰：“中原地尺寸不可弃！今一举足，此地非我有，他日欲复取之，非数十万众不可！”河朔，泛指黄河以北地区。撼山，摇动山岳。岳飞所部宋军，战无不胜，坚不可摧。“故敌为之语曰：‘撼山易，撼岳家军难！’”二句意谓中原尺土不能丢失是为了临安的安全，（一旦放弃，）再要收复即使大军有撼山的力量也落空了！（诗句表意不甚明畅。）

出嘉峪关感赋[①]

严关百尺界天西，万里征人驻马蹄。
飞阁遥连秦树直，缭垣斜压陇云低[②]。

天山巉削摩肩立，瀚海苍茫入望迷。
谁道崤函千古险，回看只见一丸泥[③]。

①嘉峪关，甘肃河西走廊西部重镇，万里长城终点。道光二十一年（1841）林则徐充军伊犁，明年十月道过嘉峪关。

②秦，陕西。陇，甘肃东部，诗中皆泛指。

③崤函，崤山和函谷关，此实指函谷关。一丸泥，东汉初王元说隗嚣曰："元请以一丸泥为大王东封函谷关。"见《后汉书·隗嚣传》。原意谓函谷关地势险要。诗用其词面，谓与嘉峪关相比，函谷关极其狭小。

将出玉关得嶰筠前辈自伊犁来书赋此却寄[①]

与公踪迹靳从骖，绝塞仍期促膝谈[②]。
他日韩非惭共传，即今弥勒笑同龛[③]。
扬沙瀚海行犹滞，啮雪穹庐味早谙[④]。
知是旷怀能作达，只愁烽火照江南[⑤]？

①玉关，即玉门关。汉代玉门关在今甘肃敦煌西，六朝时东移至安西双塔堡附近，古代为进疆要塞。嶰筠前辈，即邓廷桢。道光十九年九月，与林则徐同被革职，遣戍伊犁。较林则徐先期到达戍所，一年后又先林则徐"赐环"。邓廷桢比林则徐年长十岁，在抗英斗争中能和衷共济，共御强敌，遣戍途中也诗词唱酬，相互鼓励，保持着崇高的友谊。

②踪迹，指作为、活动。靳（jìn）从骖，《左传》定公九年"吾从子如骖之靳"，杜预注："靳，车中马也。"古代战车四马，中间夹辕两马套胸的皮带叫靳，靳因此也作夹辕两马的代称，亦即服马。两旁的马叫骖。骖马配合服马（靳）前进。"如骖之靳"意即如骖之于靳。林则徐用骖与靳比喻自己和邓廷桢的关系，照理应是"骖从靳"，即骖马跟随服马。为迁就韵脚写作"靳从骖"，则"从"不作跟随讲，而须读如《史记·魏公子列传》"公子从车骑"之"从"，作带领讲；"靳从骖"即服马带领骖马。作带领讲本应读去声似用切（zòng），然而此处为平仄需要仍读平声疾容切（cóng）。

③韩非惭共传，《史记》韩非与老子同传，此以邓廷桢比老子而自比韩非。弥勒，佛名。弥勒与谁同龛，出处未详。（此两句都比拟不伦。）

④ 穹庐，北方少数民族的毡帐，此代指边塞。啮雪，汉苏武使匈奴，单于逼欲降之。“乃幽武置大窖中，绝不饮食。天雨雪，武卧啮雪与旃毛并咽之”。见《汉书·苏建传》。

⑤ 烽火照江南，时鸦片战争尚在进行，英国侵略者正猖狂进犯。

★“知是旷怀能作达，只愁烽火照江南”，是对邓廷桢的颂赞，也是自身心迹的表达。林、邓二公一心为国，在流放途中也不以个人遭际介怀，仍然心系万里之外的江南烽火。此等境界，何等崇高！征途酬酢，论诗艺并非全美，少穆人中豪杰，民族英雄，不必作诗人观也。

塞外杂咏二首[①]

雄关楼堞倚云开，驻马边墙首重回[②]。
风雨满城人出塞，黄花真笑逐臣来[③]。

天山万笏耸琼瑶，导我西行伴寂寥[④]。
我与山灵相对笑，满头晴雪共难消[⑤]。

① 此亦道光二十一年（1841）充军伊犁途中所作。

② 雄关，指嘉峪关，在甘肃省西部，万里长城终点。

③“风雨满城”句，原注：“重阳前一日出关。”句用宋潘大临“满城风雨近重阳”断句。“黄花真笑”句原注：“黄花笑逐臣，太白流夜郎句也。”李白《九日龙山饮》诗：“九日龙山饮，黄花笑逐臣。”

④ 天山，横贯新疆中部的大山脉。笏，古代大臣朝见君主的手板，多用象牙制作，亦有用竹木制者。万笏，比喻山峰很多。琼瑶，美玉，喻天山峰顶的积雪。

⑤ 满头晴雪，指天山积雪与自己头上的白髪。是年诗人五十七岁，即已“满头晴雪”。

陆嵩

陆嵩（1791—1860），字希孙，号方山，江苏元和（今吴县）人。清宣宗道光八年戊子（1828）以贡生赴顺天乡试，不中，此后游幕皖、浙。道光十九年（1839）任镇江府学训导。诗颇能反映鸦片战争时期的社会现实。有《意苕山馆诗稿》。

金陵

崔巍雉堞尚前朝，形胜东南第一标[①]。
惊见羽书传昨夜，忽闻和议出崇朝[②]。
秦淮花柳添憔悴，玄武旌旗空寂寥[③]。
往事何人更愤切，不堪呜咽独江潮！

① 崔巍，高峻貌。雉堞，城上矮墙。

② 羽书，古代征调军队的文书，上插鸟羽，以示迅速紧急。和议，指与英国侵略者订立《南京条约》。崇朝，终朝，一个早上。

③ 秦淮，南京城西秦淮河。玄武，指玄武湖，在南京城内。

★此愤于《南京条约》而作。当鸦片战争开始之初，清宣宗（道光）也曾气偾脉张，一再谕示要“痛歼夷逆”；一旦战事失利，立即气急败坏，撤除林则徐职务，派耆英、伊里布与英国侵略者璞鼎查议和，于道光二十二年（1842）八月签订丧权辱国的《南京条约》，割让香港，开五口通商，赔款二千一百万银元等等。这是帝国主义强加给中国的第一个不平等条约，是中华民族的奇耻大辱。全国人民无不痛心疾首，义愤填膺。“秦淮花柳添憔悴，玄武旌旗空寂寥。往事何人更愤切，不堪呜咽独江潮！”陆方山的诗吐

出了亿万人民的悲愤。在整个抗英战争中，方山写有诗歌多篇，歌颂抗敌将领的爱国精神，揭露英国侵略军的罪恶和清廷投降派的腐败，《金陵》一诗则是这一时期总结性的作品。

望雨

空听朝朝戽水声，脂膏已竭痛民生①。
何人手把经纶挽，不使云雷万里行②！

① 戽水，用戽斗或水车汲水。脂膏，油脂。脂膏已竭，谓老百姓为抗旱已竭尽膏血。

② 经纶，本意是整理丝缕，理出丝绪叫经，编织成绳叫纶；引申为主持谋划之意。《易·屯》象曰："云雷，屯，君子以经纶。"意谓云雷未畅，时世艰难，有待君子来治理（按，象语解释纷纭，姑如此理解）。诗意谓是谁操纵大权，不使云雷畅通，以致天下人民受害。

★诗表面上只是说老百姓为抗旱已精疲力竭，指斥天公何以不云行雷震，作霖雨以拯救苍生。诗人却给一自然灾害赋予了更深的内涵，暗喻民脂民膏都已枯竭，统治者却操纵大权，使吾民陷于困境；比一般即事较为深厚。

龚自珍

龚自珍（1792—1841），字璱人，号定庵，浙江仁和（今杭州）人。嘉庆二十三年戊寅（1818）举人，官内阁中书。道光九年己丑（1829）进士，升宗人府主事，寻改礼部。道光十九年辞官南归，时年四十八岁，寓居昆山羽玲山馆，往来于吴越之间。道光二十年（1840）鸦片战争爆发，积极支持林则徐抵抗英国侵略者。明年八月，暴卒于丹阳，年仅五十。

龚定庵为朴学大师段玉裁外孙，家学渊源，通经学、小学，精西北舆地，讲求经世致用。其诗词多表现对黑暗现实的抗拒与对美好理想的追求，所作瑰奇诡异，不受前人羁束，开晚清一代诗风。定庵与魏源为至交，卒后魏源为编《定庵文录》十二卷，为之序。后人辑有《龚自珍全集》。

西郊落花歌

出丰宜门一里，海棠大十围者八九十本。花时车马太盛，未尝过也。三月二十六日大风，明日风少定，则偕金礼部应城、汪孝廉潭、朱上舍祖毂、家弟自穀，出城饮，而有此作[①]。

西郊落花天下奇，古来但赋伤春诗。
西郊车马一朝尽，定庵先生沽酒来赏之。
先生探春人不觉，先生送春人又嗤。
呼朋亦得三四子，出城失色神皆痴：

如钱塘潮夜澎湃，如昆阳战晨披靡[②]；
如八万四千天女洗脸罢，齐向此地倾胭脂。
奇龙怪凤爱漂泊，琴高之鲤何反欲上天为[③]？
玉皇宫中空若洗，三十六界无一青蛾眉[④]。
又如先生平生之忧患，恍惚怪诞百出难穷期。
先生读书尽三藏，最喜维摩卷里多清词[⑤]。
又闻净土落花深四寸，瞑目观想尤神驰[⑥]。
西方净国未可到，下笔绮语何漓漓[⑦]！
安得树有不尽之花更雨新好者，
三百六十日长是落花时[⑧]！

①丰宜门，金中都南面有三门，靠西一门即丰宜门，至清代尚用其名。金礼部应城，汪孝廉潭字印三，并浙江钱塘（杭州）人。孝廉，举人别称。朱上舍祖毂，监生别称上舍。家弟龚自穀，自珍族弟。诗作于道光七年（1829）。

②昆阳战，新莽地皇四年（23），王莽派大司徒王寻，大司空王邑，将兵百万、甲士四十二万人，围义军王凤、刘秀等于昆阳（今河南叶县）。昆阳城才八九千人。刘秀出城南门，于外收兵。六月，刘秀趁王莽军轻敌，“与敢死者三千人，从城西水上冲其中坚，寻邑阵乱，乘锐崩之，遂杀王寻。城中亦鼓噪而出，中外合势，震呼动天地，莽兵大溃，走者相腾践，奔殪百馀里间。会大雷风，屋瓦皆飞，雨下如注，滍川盛溢，虎豹皆股战，士卒争赴，溺死者以万数，水为不流”。见《后汉书·光武帝纪》。

③琴高，传说中仙人，于泾北山岩，修炼得道，乘赤鲤上天。见唐陆广微《吴地记》。梅圣俞《宣州杂诗》：“古有琴高者，骑鱼上碧天。”二句中“奇龙怪凤爱漂泊”也是形容落花的各种形象，琴高之鲤上天只是作为反衬。

④三十六界，即三十六天，道家谓玉皇宫与人世相隔三十六重天。青蛾眉，喻天上仙女。无一青蛾眉，谓仙女皆已下凡，喻满地落花。

⑤三藏，佛教典籍经藏、律藏、论藏的总称。维摩卷，指《维摩诘所说经》。经中有天女散花故事。

⑥净土，佛家理想的没有尘垢污染的清净世界。《魏书·释老志》：“伽蓝净土，理绝嚣尘。”

⑦漓漓，水流盛貌，喻文词流畅。

⑧ 雨，如雨下落。更雨新好者，更落下新鲜美好的花。

咏史[①]

金粉东南十五州，万重恩怨属名流[②]。
牢盆狎客操全算，团扇才人踞上游[③]。
避席畏闻文字狱，著书都为稻粱谋[④]。
田横五百人安在，难道归来尽列侯[⑤]？

① 题为"咏史"，实揭露社会现实，诗作于道光五年乙酉（1825）。

② 金粉，妇女化妆用品，用作繁华绮丽之意。孔尚任《桃花扇》第一出"偏是江山胜处，酒卖斜阳，勾引游人醉赏，学金粉南朝模样"，用法相同。十五州，泛指江浙一带。万重恩怨，指统治者之间错综复杂的斗争。"属名流"实语含刺意。

③ 牢盆，煮盐器。《史记·平准书》："愿募民自给费，因官器作煮盐，官与牢盆。"牢盆狎客，代指盐商，此处实指主管盐务的官僚。操全算，指掌握经济命脉。团扇才人，指只会空谈的政客。《古今乐录》："晋中书令王珉，捉白团扇，与嫂谢芳姿有爱，情好甚笃。"王珉为王导之孙，颇有才艺，与王献之齐名。此借用其词面，并非以王珉为喻。踞上游，指占据高位。

④ 避席，离开坐席，此用作设法回避之意。文字狱，反动统治者迫害知识分子，以文字犯忌，罗织罪名。雍正、乾隆时代，屡兴文字狱，受祸者极多。稻粱谋，只考虑维持生计。杜甫《同诸公登慈恩寺塔》诗："君看随阳雁，各有稻粱谋。""避席"二句是乾嘉之世知识分子情况的如实写照。

⑤ 田横五百人：秦末田横从兄田儋、田荣起兵反秦，失败后与其徒属五百人逃入海岛。汉高祖刘邦召田横入京，田横乘传至洛阳，未至洛阳三十里，自杀。海岛五百人闻田横死，亦全部自杀。详见桑调元《五人墓》诗注。列侯，秦代二十级爵，其最高一级称彻侯。汉承秦制，至武帝时为避武帝刘彻讳改称通侯，又叫列侯。句意谓田横五百士即使归来降顺刘邦，也未必个个封侯，他们敢以身殉者在于气节，而不在有无爵位。一说，此二句针对起义抗清者而言，暗示降顺清廷，也不会有好结局，因此只有坚持战斗。诗写于道光之世，此说恐未必然，龚定庵的步履还走不到这么远。

★《咏史》为定庵名作，佚名《定庵诗评》云："此惜曾宾谷中丞燠之

罢官也。忠州李芋仙言：'曾为盐政时，有孝廉某谒之，冀五百金不得。某恚，授以诗曰：破格用人明主事，暮年行乐老臣心。上句谓其谄和珅得进，下句谓其日事荒谯。言官以上诗上闻，曾遂得罪永废。'"谓诗为曾宾谷作，纯属无稽之谈，定庵诗与上述故事即使牵强附会也没有一句牵扯得上。查《清史·曾燠传》，曾燠于道光二年任两淮盐政，在任四年，道光六年四月被召回京；而龚诗作于道光五年，尚在曾燠离任之前。《咏史》诗之要在揭露统治者的高压、士大夫的消沉和整个社会的沉沉死气。附会于曾某一个人的官场起落，既违背客观事实，更严重地歪曲了诗的深刻意义。

"避席畏闻文字狱，著书都为稻粱谋"，是当时文化界的普遍现实。有些评论家谓此两句表现的是诗人自身的心态，如此理解，同样严重地损害了诗的批判意义。

秋　心①

秋心如海复如潮，但有秋魂不可招②。
漠漠郁金香在臂，亭亭古玉佩当腰③。
气寒西北何人剑？声满东南几处箫④？
斗大明星烂无数，长天一月坠林梢⑤。

① 秋心，秋天的思绪。诗作于道光六年丙戌（1826）。

② 秋魂不可招，句本李贺《致酒行》"我有迷魂招不得"。

③ "漠漠"二句，以郁金在臂、玉佩当腰象征其操守高洁。原于《楚辞·离骚》以芝兰佩饰象其情操。

④ "气寒"二句：定庵以剑气箫声自状其才情器宇。其《湘月》词云："怨去吹箫，狂来说剑，两样销魂味。"诗意谓气寒西北，问何人仗剑报国？声满东南，恨同心知音太少。

⑤ "斗大"二句，既是秋夜实景，又暗寓如《淮南·说林》所谓"百星之明，不如一月之光"，今明星无数，而皓月却已坠林梢。

题陶然亭壁[①]

楼阁差参未上灯，菰芦深处有人行。
凭君且莫登高望，忽忽中原暮霭生[②]！

①此《杂诗，己卯自春徂夏在京师作》十四首之一，原注“题陶然亭壁”，即以为题。陶然亭，在北京城南永定门西侧，现为陶然亭公园。己卯，嘉庆二十四年（1819）。

②忽忽，迷濛之貌。

梦中作

黄金华髮两飘萧，六九童心尚未消[①]。
叱起海红帘底月，四厢花影怒于潮[②]。

①“黄金”句，犹言床头金尽，青春老去。六九童心，泛指几岁时的童心。诗作于道光七年（1827）。原注：“十月十三日夜也。”时定庵三十六岁。

②海红，橘红色。四厢，犹四面。

★“四厢花影怒于潮”系袭用孙星衍妻王采薇《春夕》诗“一院露光团作雨，四山花影下如潮”句。王采薇句甚为出名，袁枚曾摘入《随园诗话》卷五。孙原湘《落花和仲瞿》诗袭用改作“满天红影下如潮”，较原句大为逊色。定庵易“怒”字则境界迥异，生气勃勃。王采薇孙原湘写的是实在的花影，龚诗写于阴历十月十三日（1827.12.1），已不会有花影如潮。题为“梦中作”，是梦中所见六九童年事也。

己亥杂诗七首[①]

浩荡离愁白日斜，吟鞭东指即天涯[②]。
落红不是无情物，化作春泥更护花。

只筹一缆十夫多，细算千艘渡此河[3]。
我亦曾糜太仓粟，夜闻邪许泪滂沱[4]。

故人横海拜将军，侧立南天未蒇勋[5]。
我有阴符三百字，蜡丸难寄惜雄文[6]。

河汾房杜有人疑，名位千秋处士卑[7]。
一事平生无龁龁，但开风气不为师[8]。

不论盐铁不筹河，独倚东南涕泪多[9]。
国赋三升民一斗，屠牛那不胜栽禾[10]。

九州生气恃风雷，万马齐喑究可哀。
我劝天公重抖擞，不拘一格降人材[11]。

陶潜酷似卧龙豪，万古浔阳松竹高[12]。
莫信诗人竟平淡，二分梁甫一分骚[13]。

①己亥，道光十九年（1839）。是年四月，定庵自北京辞官南归，九月又自杭州北上接家属南返。沿途作绝句三百十五首，总题《己亥杂诗》。诗皆即目书写，前后不相联属，故称为“杂”。

②浩荡，广大无际涯之貌。吟鞭东指，实指离京南下。

③筹，算。缆，纤索。旧时上水或平水行船，用纤索系住船桅，由船夫在岸上背着拉船行进。一缆十夫犹多，千艘该有多少纤夫在挣扎背拉。

④糜，耗费。太仓，朝廷的粮仓。邪许（yē hǔ），《淮南子·道应》：“今夫举大木者，前呼邪许，后亦应之，此举重劝力之歌也。”此指纤夫的号子。诗末作者原注：“五月十二月抵淮浦作。”淮浦，今江苏清江浦，为淮河与大运河交汇处。诗人舟行至此，夜闻纤夫呼号之声，想到船中装载是江南输送京师的

粮食，而自己也曾耗费人民辛苦漕运的粮食，不觉涕泪滂沱。多少官吏榨干民众的膏脂而麻木不仁，自在言外。

⑤故人，指林则徐。横海拜将军，《史记·卫将军骠骑列传》附韩说传："元鼎六年以待诏为横海将军，击东越有功，为按道侯。"诗用其词面，非以韩说为比。清宣宗道光十八年十一月（1839.1），以林则徐为钦差大臣兵部尚书都察院右都御史到广州查禁鸦片。蒇（chǎn）勋，完成功业。林则徐离京时，定庵作《送钦差大臣侯官林公序》以送别，支持林则徐坚决禁烟，并估计到敌人可能武装入侵，因嘱其"宜以重兵自随"。诗作于道光十九年（1839）五月，时正在禁烟高潮，战争尚未发生。

⑥阴符，即《阴符经》，一卷，托为黄帝撰，有太公、范蠡、鬼谷子、张良、诸葛亮、李筌六家注，据传实李筌伪托。为道家兵书，提出"阴阳相胜之术"，认为"治国之术百数，其要在清净自化；用兵之术百数，其要在奇正权谋"（这些话貌似精警，其实甚为空泛）。蜡丸，特殊信件用蜡裹制成丸，便于保密传送。定庵以用兵自任，诗暗含没有机会发挥效力的慨叹。明年，鸦片战争爆发，英国侵略军封锁广东海口，北上侵占浙江定海，直犯天津，威胁北京。九月林则徐即被解职。又明年（1841）八月，英军尚在猖狂进攻；其时定庵却突然含恨逝世，曾看到后来可悲的结局。

⑦河汾房杜：王通，字仲淹，绛州龙门人。任隋蜀郡司户书佐。"大业末弃官归，以著书讲学为业。依《春秋》体例，自获麟后历秦汉至于后魏，著纪年之书，谓之《元经》。又依《孔子家语》、扬雄《法言》例，为客主对答之说，号曰《中说》。皆为儒士所称。义宁元年卒，门人薛收等相与议谥曰文中子"。见《旧唐书·王勃传》。河汾，黄河、汾水之间。房杜，唐初名相房玄龄、杜如晦。据传王通讲学河汾，房玄龄、杜如晦皆其门生，称为"河汾门下"。但《中说》书中多隋唐将相名臣请益之语，或疑系其子王福畤（王勃之父）依傍附益而成，因而房、杜是否其门生亦属可疑。名位千秋，谓房、杜等皆得高位，有重名于后世。处士卑，谓王通为处士，名位不显。二句即说明下文自己"但开风气不为师"的原因。

⑧"一事"二句，原注："予生平不蓄门弟子。"龄龁（yǐ hé），嚼咬，引申为议论毁谤。无龄龁，犹俗语没有话给人家嚼舌头。

⑨"不论"二句：古代盐铁关系到国家经济命脉，由国家专卖。筹河，谋划治河工程。两事代指国家大事。二句意谓自己未能参预国家大计，只能独倚东南涕泪多。

⑩"国赋"二句：由于贪官污吏苛捐重敛，中饱私囊，即使国家征收的赋税只有三升，老百姓却要交纳一斗。老百姓无法承受，还不如宰杀耕牛，不再

种田生产。实在不忍心看到农民遭受如此残酷的压榨，是使诗人涕泪滂沱的原因。

⑪“九州”一首，原注：“过镇江，见赛玉皇及风神、雷神者，祷祠万数，道士乞撰青词。”祷祠，祷祠者，即祈祷的人们。青词，道士祈祷文。诗系就其事发表议论，非谓此诗即是青词。

⑫陶潜，东晋诗人陶渊明。卧龙，蜀汉丞相诸葛亮。浔阳，陶渊明家乡，今江西九江。

⑬梁甫，乐府篇名。《三国志·诸葛亮传》谓诸葛亮“躬耕陇亩，好为梁甫吟”。陆机《梁甫吟》云：“哀吟梁甫巅，慷慨独抚膺。”可知《梁甫吟》必属感于世事，慷慨苍凉之作。诸葛亮所吟今不传。骚，指屈原《离骚》。诗以“三”为完整之数，二分梁甫一分骚，即概括了全部内涵。定庵之意，谓渊明诗，貌似平淡，其内涵实感慨良深。原注：“语意本辛弃疾。”辛弃疾《贺新郎》词云：“把酒长亭说，看渊明，风流酷似，卧龙诸葛。”宋人对陶渊明多有深刻的认识，不只一位辛稼轩。如黄庭坚《宿旧彭泽怀陶令》诗云：“潜鱼愿深眇，渊明无由逃。彭泽当此时，沉冥一世豪。司马寒如灰，礼乐卯金刀。岁晚以字行，更始号元亮。凄其望诸葛，骯髒犹汉相。时无益州牧，指挥用诸将。”又如朱熹《清邃阁论诗》云：“陶渊明诗，人皆说是平淡。据某看，他自豪放，但豪放来得不觉耳。其露出本相者，是《咏荆轲》一篇。平淡底人，如何说得这样言语出来。”黄庭坚诗生僻格讷，然见解实甚高明。朱熹之说则清楚明白。他们都认识到“陶潜酷似卧龙豪”。龚诗“莫信诗人竟平淡”，语意即来自朱熹。

魏 源

魏源（1794—1857），字默深，一作默生，湖南邵阳人。清宣宗道光二十五年乙巳（1845）进士，时年已五十二。官高邮知州。魏源与龚自珍齐名，并称“龚魏”，同属经世致用的今文学派。鸦片战争时入两江总督裕谦幕，坚决主张抵抗侵略，亲自参与抗击英军。愤于国势孱弱，力图改革，提出“师夷之长技以制夷”，建议制造枪炮器械，加强海防，抵御外敌。其诗多感慨国事，刻画山川，风格清苍遒劲。咸丰七年卒，年六十四。曾编《皇朝经世文编》，著有《元史新编》《圣武记》《海国图志》，诗文称《古微堂集》。

北上杂诗①

客行梁宋道，言访梁宋迹②。
欲寻史上踪，十九无一获。
浊河决千里，一淤辄寻尺③。
屈指三千年，几决几淤积。
每有浚濠人，十仞逢甍脊④。
沙覆中天台，尘掩兔园宅⑤。
当年歌舞馆，下隔黄泉百。
当年龙战垒，上有河声湷⑥。
陵谷复陵谷，太息重太息⑦！

① 嘉庆十九年甲戌（1814），魏源随父魏邦鲁同新化邓显鹤（号湘皋）北

上京师，途经河南，作《北上杂诗》七首，此其二，系和邓湘皋之作，时年二十一岁。

② 梁宋，战国梁在今河南开封（古称大梁，魏国迁都至此，国亦称梁），西汉梁国在今河南商丘，三国魏改称梁郡。西周宋国都城在今河南商丘，其地隋称为宋州，也称宋城。诗中梁宋道泛指开封一带。

③“浊河”二句：黄河多次溃堤，造成巨大灾祸。既有天灾，也有人祸。人祸最著者如战国末魏王假三年（前225），秦将王翦代魏，决黄河水灌大梁，魏都人民少有生者，魏国因此灭亡，明思宗崇祯十五年（1642）李自成围开封，明军决河灌闯营，闯军决河灌城内，开封八十万人成为鱼鳖。古代的大梁城、宋代的汴京城都埋入地下。

④ 甍（méng），屋脊。“甍脊”词义重复。

⑤ 中天台，古代天文观测之所。康有为题开封龙亭联语有“中天台观高寒，但见白日悠悠，黄流滚滚”之句。具体位置不详，未必即在龙亭。兔园，汉梁孝王所筑梁园，又称兔园，故址在今河南商丘。一说，在开封，恐非。诗人写的只是用典，并未实考其地。

⑥ 濩（huò），波涛冲击声。

⑦ 陵，山陵；谷，深谷。陵谷复陵谷，意谓世事沧桑，山陵成为深谷，深谷又为山陵，不断反复变迁。

湘江舟行[①]

乱山吞行舟，前樯忽然没。
谁知曲折处，万竹锁屋闼[②]。
全身浸绿云，清峰慰吾渴。
人咳鸥鹭起，净碧上眉髪。
近水山倒青，湘山青独活。
无云翠蒙蒙，烟林尽如泼。
遥青一峰显，近青一峰灭[③]。
眼底青甫过，意中青郁勃。
汇作无底潭，遥空蔚蓝阔。
十载画潇湘，不称潇湘月[④]。

今朝船窗底，饱览千崷崒[⑤]。
他年载画船，鸥鹭无汝缺。

①湘江，纵贯湖南东部大河，自南向北流，注入洞庭湖。湖南重要城市零陵、衡阳、株州、湘潭、长沙、湘阴，都在湘江沿岸。

②闼（tà），门。

③“遥青”二句，谓远看一青峰显露，靠近时江流回转，青峰旋即隐灭。

④潇湘，通常以潇湘指湘水，然魏源考证，潇湘本指资水，而湘水为蒸湘（见后《蒸湘》诗注）。然此处实仍指湘水。“不称潇湘月”，句意甚不好理解。

⑤崷崒（qiú zú），高峻貌，代指高峻的山峰。

★“遥青一峰显，近青一峰灭。眼底青甫过，意中青郁勃”，这种词语反复回旋的句法，偶一用之，亦精警别致。但魏默深用得太滥，集中所在皆是。如“泉温使人温，泉瀑使人愁”、“陇山自此终，南山自此始”、“明月忽在右，明月忽在左”、“山势日以高，日气日以横”、“物空始有山，山空始有谷”、“峡内险在山，峡外险在滩”、“上山瀑在前，下山瀑在后”、“上山月在前，下山月随屐”、“江间浪如山，江上山如浪”，如此枯燥拙劣的句式，形成了一种简单的套路，一溜即来，反复出现，读来使人生厌。

蒸　湘[①]

溪山雨后湘烟起，杨柳愁杀鹭鸥喜。
棹歌一声天地绿，回首浯溪已十里[②]。
雨前方恨湘水平，雨后又嫌湘水奔。
浓于酒更碧于云，熨不能平剪不分。
水复山重行未尽，压来七十二峰影[③]。
篙篙打碎碧玉屏，家家汲得桃花井。

①蒸湘，此《三湘棹歌》之二。序云：“楚水入洞庭者三，曰蒸湘，曰资湘，曰沅湘，故有三湘之名。洞庭即湘水之尾，故君山曰湘山也。资湘亦名潇湘，今资江发源武冈上游之夫夷水，土人尚曰潇溪，其地曰萧地。见《宝庆府

志》。《水经注》不言潇水。而柳宗元别指永州一水为潇，遂以蒸湘为潇湘，而三湘仅存其二矣。予生长三湘，溯洄云水，爰为棹歌三章以正其失，且寄湖山乡国之思。”诗人据他自己的考证，潇湘本指资水，而湘水名为蒸湘（按，此是魏氏一说而已，且未必正确。武冈有条潇溪，并不排斥发源于萌渚岭北流经道县注入湘水之水亦称为潇水，且武冈之潇溪比之道县之潇水微不足道。又，湘水汇合潇水后称为潇湘，也不排斥湘水至衡阳北接纳蒸水后又称为蒸湘）。

② 棹歌，打桨行船所唱之歌。句仿柳宗元《渔翁》诗“欸乃一声山水绿”。浯溪，在祁阳西南，东北流注入湘水。

③ 七十二峰，传衡山有七十二峰。

沅 湘①

是落叶耶是红雨，萧萧瑟瑟打窗户②。
一更二更三更雨，如听《离骚》二十五③。
渔翁家住桃源曲，江水一年香一度。
江碧不如村酒绿，女儿每被桃花妒。
东风飘出五溪里，流到湖边舟不止④，
隔溪呼人问矶沚⑤。
洞庭春涨水连天，远岸青山欲上船，
江空月落舟茫然。

① 沅湘，即沅水，湖南第三大河，发源于贵州云雾山，东北流贯湖南西部，至汉寿注入洞庭湖。此《三湘棹歌》之三。

② 红雨，指飞花。李贺《将进酒》诗“桃花乱落如红雨”。萧萧瑟瑟，象声词。

③《离骚》二十五，据《楚辞章句》，屈原作品二十五篇，并叫《离骚》。韩愈《感春》诗：“屈原离骚二十五，不肯铺啜糟与醨。”（其实二十五篇并非全是屈原所作。）

④ 五溪，《水经注》卷三十七载武陵有五溪，即雄溪、樠溪、酉溪、潕溪、辰溪。并在湘西，注入沅水。

⑤ 矶，岸边石崖。沚，水中小洲。矶沚乃可以泊舟。

祁寯藻

祁寯藻（1793—1863），字叔颖，一字淳甫，后避清穆宗讳改实甫，又号春圃，晚又号观斋，山西寿阳人。清仁宗嘉庆十九年甲戌（1814）进士，累官至体仁阁大学士、太子太保。同治二年卒，年七十一，谥文端。春圃治学，主张通训诂，明义理，调和汉学与宋学。诗学杜、韩、苏轼，与程恩泽并为晚清倡导宋诗的代表人物。有《䜩䜭亭集》。

打粥妇

贫民领粥，俗谓之打粥。有少妇怀垂死儿打粥者，闻而悲之，故为此诗也。

长椿寺前打粥妇，儿生六月娘十九。
官家施粥但计口，有口不论年长幼。
儿食娘乳娘食粥，一日两盂免枵腹①。
朝风餐，夕露宿；儿在双，儿亡独。
儿病断乳妇泪续②。
"儿且勿死，今日为娘趁一粥③！"
掩怀拭泪不敢哭。

① 枵（xiāo），空。枵腹，空腹，即饿饭。
② "儿病"句，谓儿病正需要乳，而乳汁却断了（长期饥饿自然没有乳

汁），娘自然以眼泪相续。

③趁，犹言赶。

★何等辛酸，不堪卒读！

朱景素

朱景素，女，字菊如，一作淡如。江苏上元（今南京）人。南河县丞朱桂荣之女，江西巡检单洪皓之妻。有《絮雪吟》。

樵夫词

白云堆里拾青槐，惯入深林鸟不猜。
无意带将花数朵，竟挑蝴蝶下山来。

王锡九

王锡九，字兰史，原籍山西汾阳，居浙江山阴。清宣宗道光十三年癸巳（1833）进士。历官嘉定、昭文、元和、青浦、吴县知县，所至有声。

霍 山①

作镇雄三晋，苍茫最上头②。
千寻开巨嶂，一气拱神州。
雨蚀残碑古，苔荒故垒秋。
山形依旧在，霸业付东流③。

① 霍山，又名霍太山，在山西省中部。《书·禹贡》称为太岳。

② 镇，《周礼·夏官·职方氏》“其山镇曰会稽”，郑玄注：“镇，名山安地德者也。”作镇，成为名山。三晋，战国周安王二十六年（前376）韩、赵、魏三分晋国，因称三晋，后用以泛指山西。苍茫，通苍莽，此用以形容山形高大。

③ 霸业，晋文公继齐桓公之后成为霸主。

张际亮

张际亮（1799—1843），字亨甫，福建建宁人。清宣宗道光十六年丙申（1836）举人。一生未曾为官。道光二十三年卒，年四十五。其诗颇能反映社会现实，同情人民疾苦。有《张亨甫全集》。

石亭①

朝晴夕雨霁，天道谁能知！
数家成聚落，烟火柴门倚。
主人意何勤，拙野多言辞：
“娶妇始三日，客舍陋未治②。
酒薄且尽醉，风寒年岁饥。”
坐久导入室，土墙悬蛛丝。
小户正面灶，夜昏时见炊。
驯犬走我旁，绕床复嗅衣。
黠鼠伺我侧，乍去旋来窥。
中宵听母女，艰难话所私。
鸡鸣起操作，愧我方无为。
况闻夏秋交，疫疠成疮痍。
苦旱坏禾稼，食糠固不肥。
谁能罪真宰，蒿目空嗟咨③。

① 石亭，原注：“在南丰东北十五里，未至县也。”道光十二年（1832）张

亨甫自北京归闽，途经江西南丰。

② 娶妇，指娶儿媳，此系年长者口吻。

③ 真宰，犹造物主。语出《庄子·齐物论》："若有真宰，而特不得其朕。"句本杜甫《剑门》诗"吾将罪真宰，意欲铲叠嶂"。蒿目，语出《庄子·骈拇》"今世之仁人蒿目而忧世之患"。通常解为极目远望之意。

宿东馆[①]

客行如旅燕，常傍故巢栖。
月皎天光定，山平夜气低。
荒年饥驿卒，野戍冻灾黎[②]。
敢叹频飘泊，东南半鼓鼙[③]。

① 题下原注："去岁十二月廿四夜宿此，属临川。"临川，今江西抚州。东馆在抚州东南。

② 灾黎，受灾的百姓。

③ 东南半，犹言东南半壁。鼓鼙，诗作于道光二十二年（1842），时鸦片战争正在进行。

何绍基

何绍基（1799—1874），字子贞，号东洲，晚号蝯叟，湖南道州（今道县）人。清宣宗道光十六年丙申（1836）进士，历官翰林院编修，国史馆和武英殿协修、纂修、总纂，四川学政。因条陈时事，被清廷斥为“肆意妄言”，降官调职，因不再出仕。后主讲山东、湖南等地书院。穆宗同治十三年卒，年七十六。何子贞是晚清著名书法家，出于颜体而自成一家。与郑珍同出于晚清宋诗倡导者程恩泽之门，为道咸间宋诗派代表作者之一。有《东洲草堂诗钞》。

耒阳谒杜工部祠①

我从夔府寻茅屋，又向成都叩草堂②。
孤塔长安曾望雪，古亭历下屡飞觞③。
沅湘归梦生怀抱，屈贾遗风未渺茫④。
今夜孤灯千载思，一江风月吊诗王⑤。

① 耒阳，在湖南东南部。杜工部，即杜甫。唐代宗大历五年（770）夏，杜甫欲往郴州依舅氏崔伟，到达耒阳。秋又沿湘水北上，病卒旅途。因后世曾有杜甫病卒耒阳的传说，故耒阳有杜甫墓、工部祠。参见黄仲则《太白墓》诗注。

② 夔府，唐代夔州，今四川奉节。大历元年（766）春，杜甫去成都东行到达夔州结茅暂住，至大历三年正月出峡，寓居夔州首尾三年。草堂，指成都杜甫草堂。唐肃宗乾元二年（759）杜甫自华州弃官西去，道秦州同谷，十二月到达成都。明年即上元元年在浣花溪畔营建草堂。至代宗永泰元年（765）五月

离蜀南下，前后居草堂长达六年。

③ 孤塔，指今西安大雁塔，唐代称慈恩寺塔。杜甫有《同诸公登慈恩寺塔》诗。杜甫自唐玄宗天宝五载（746）到达长安，中经安史之乱，历尽艰难，至唐肃宗乾元元年（758）六月由左拾遗出为华州司功，出入长安凡十二年。古亭历下，指齐州（今山东济南）历下亭。唐玄宗开元二十五年（737）杜甫东游齐赵，天宝四载（745）再到齐州。有《陪李北海宴历下亭》等诗。

④ 沅湘，湖南有沅水和湘水。杜甫曾溯湘水南行，实未到过沅水，此复词偏义，泛指湖南。杜甫于唐代宗大历三年（768）离夔州，出三峡，下江陵，年底到达岳州（今湖南岳阳）。明年自岳州之潭州（今长沙），入衡州。大历五年欲往郴州，到达耒阳，后又北返岳州，病卒于道。四年之间，颠连道路，漂泊江湖，北望中原，只馀归梦而已。屈贾，屈原贾谊。屈原放逐江南，自沉于汨罗。后贾谊贬谪长沙，作《吊屈原赋》。杜甫南来，境况实与屈、贾无异，而诗艺更是屈、贾遗风的承继。

⑤ 千载，此诗作于同治二年癸亥（1863），上距杜甫大历五年（770）客死湖湘计一千又九十三年。诗王，指杜甫。

★此诗结构颇有特色。诗前四句记述自己追踪杜甫的行程，由夔府茅屋而成都草堂，而长安孤塔，而齐州历下，以逆叙的方式回顾杜甫流离漂泊的一生。五六两句才写到杜甫浪迹湖湘的心境和他辉煌的诗艺。最后才归到“今夜孤灯千载思，一江风月吊诗王”，神驰万里，思怀千载，极其真切，亦极为深厚。“诗王”一词对杜甫作了无与伦比的崇高评价。

晓发看月①

梦魂飞越度重关，千里长安半夜还②。
明月不知归路熟，十分圆与照江山③。

① 道光元年（1821）何子贞自京师南归故乡，秋后又北返京师。此诗是年十二月作于河南北上道中。

② 长安，代指北京。

③ 归路，北归京师之路。时当月望，故明月“十分圆”。

★“明月不知归路熟”，中间省去兼语“我”字，诗句实辞不达意。好

诗而又如此严重缺陷，不知诗人亦感遗憾否！

慈仁寺荷花池①

坐看倒影浸天河，风过阑干水不波。
想见夜深人散后，满湖萤火比星多。

① 慈仁寺，在北京宣武门外二里许。始建于元代，名报国寺，明成化间重修，改名慈仁。诗作于道光十九年（1839）。

顺　风

晴雨无端不可猜，蒲帆齐待顺风开。
春江化作莺花海，水面翩翩万蝶来①。

① 万蝶，指顺风飞来的花片。

朱 琦

朱琦（1803—1861），字濂甫，号伯韩，广西临桂（今桂林）人。清宣宗道光十五年乙未（1835）进士，选庶吉士，授编修，改御史。鸦片战争期间，朱伯韩写了不少叙事诗，内容真实，意在以诗存史。清文宗咸丰十一年，太平军攻杭州，伯韩参与守城，战死，年五十九。有《怡志堂诗初稿》。

关将军挽歌[①]

飓风昼卷阴云昏，巨舶如山驱火轮。
番儿船头擂大鼓，碧眼鬼奴出杀人。
粤关守吏走相告，防海夜遣关将军。
将军料敌有胆略，楼橹万艘屯虎门[②]。
虎门粤咽喉，险要无比伦。
峭壁束两峡，下临不测渊。
涛泷阻绝八万里，彼虏深入孤无援[③]。
鹿角相犄断归路，漏网欲脱愁鲸鲲[④]。
惜哉大府畏懦坐失策，犬羊自古终难驯[⑤]。
海波沸涌黯落日，群鬼叫啸气益振。
我军虽众无斗志，荷戈却立不敢前。
赣兵昔时号骁勇，今胡望风同溃奔！
将军徒手犹搏战，自言力竭孤国恩。
可怜裹尸无马革，巨炮一震成烟尘[⑥]。

臣有老母年九十，眼下一孙未成立，
诏书哀痛为雨泣[⑦]。
吾闻父子死贼更有陈连升，炳炳大节同崚嶒[⑧]。
猿鹤幻化那忍论，我为剪纸招忠魂[⑨]。

① 关将军，关天培（1780—1841），字仲因，号滋圃，江苏山阳（今淮安）人。行伍出身。道光十四年（1834）任广东水师提督。鸦片战争时支持林则徐禁烟，积极训练水师，修筑炮台，多次击退英国侵略军的进攻。英军在广州无隙可乘，就转攻厦门，被闽浙总督邓廷桢率军击退。英军攻占定海，又北上进犯大沽。道光帝将林则徐、邓廷桢革职，派琦善到广州与英军议和。道光二十年十二月十五日（1841.1.7），英军二十多艘炮舰，进攻虎门。虎门外沙角和大角炮台遭到猛攻。三江口副将陈连升同儿子陈长鹏率兵六百迎敌，因众寡不敌，弹尽援绝，全部壮烈牺牲。英军接着进攻虎门。关天培率军奋勇战斗，琦善竟拒发援兵。天培与全部守军壮烈殉国。

② 虎门，在广东番禺东南珠江出海处，东江水由此注入伶仃洋，为广州门户。有大虎山、小虎山对峙如门，故名。

③ 涛泷，波涛汹涌湍急。八万里，指英国到中国的海程。彼虏，指英国侵略军。

④ 鹿角相犄（jī），《左传》襄公十四年："譬如捕鹿，晋人角之，诸戎犄之。"孔颖达疏："角之，谓执其角也；犄之，言戾其足也。""涛泷阻绝"四句，意谓英国侵略者远离本土，孤军深入，中国军队只要前后配合，断其归路，英军就难以脱逃。按，朱伯韩分析极为的当，并提出了正确的防御战略。鸦片战争中也有有识之士，提出过诱敌深入，加以围困，进行长期抗战，但不为清统治者所接受。

⑤ 大府，指两广总督琦善。犬羊，是对琦善等昏庸统治者的詈骂。

⑥ 裹尸无马革，东汉初名将马援尝言："男儿要当死于边野，以马革裹尸还葬耳，何能卧床上在儿女子手中邪！"见《后汉书·马援传》。二句意谓关将军受到英军巨炮轰击牺牲，连马革裹尸都没有可能。

⑦"诏书"句，关天培殉国后，清廷下诏，谥忠节，赠世袭骑都尉。

⑧"吾闻"二句，歌颂关天培而兼及陈连升。陈连升，湖北鹤峰人，鸦片战争时为广东三江口副将，父子同时殉国。炳炳，辉煌貌。崚嶒，山高峻貌，此用以形容陈连升的凛然大节。

⑨ 猿鹤幻化，《艺文类聚》卷九十五引《抱朴子》："周穆王南征，一军尽化，君子为猿为鹤，小人为虫为沙。"

林昌彝

林昌彝（1803—1876），字蕙常，又字薌谿，别号茶叟、五虎山人，福建侯官（今福州）人，林则徐族弟。清宣宗道光十九年己亥（1839）举人。文宗咸丰三年（1853）进呈所著《三礼通释》，得官建宁、邵武教授。其后往来闽粤间。光绪二年卒，年七十四。林昌彝治经著作极丰，诗文则有《衣讔山房诗集》《小石渠阁文集》《射鹰楼诗话》《海天琴思录》等。

刘坑夜泊怀刘三炯甫①

今夜建州月，苍茫起客愁②。
一轮天上镜，万里海门秋。
峰影澹欲远，溪云凝不流。
因风想之子，此际独登楼。

① 刘坑，据诗意，地必在福州闽江岸畔。刘三，刘存仁，字炯甫，行三，诗人同乡好友。

② 建州，唐武德元年（618）改建宁府为建州，地在今福建福州，后仍以建州为福州别称。

维扬怀古二首①

胭脂旧井长青苔，那信隋宫又劫灰②。
亡国不关春草恨，年年绿上斗鸡台③。

西风落尽广陵花，处处垂杨有暮鸦[④]。
萧瑟飞萤金粉地，青芜寒雨玉钩斜[⑤]。

① 维扬，即江苏扬州。

② 胭脂旧井，南朝陈后主荒淫腐败，建临春、结绮、望仙三阁，备极侈丽，后主与宠妃张丽华、孔贵嫔各居其一。祯明三年（589），隋军攻下建康，陈后主束手无策，遂与张丽华、孔贵嫔缒入景阳宫井中，终被隋军擒获。后人戏称其井为胭脂井。见葛立方《韵语阳秋》。然曾几何时，隋王朝继位的又是一个荒淫放诞的统治者隋炀帝，大业十四年（618）三月在扬州被杀，隋王朝也随之灭亡，上距陈代之亡不到三十年。

③ 斗鸡台，《大业拾遗记》："炀帝……尝游吴公宅鸡台，恍惚间与陈后主相遇。"《一统志》引《拾遗记》作"斗鸡台"。后杜牧《扬州》诗有"秋风放萤苑，春草斗鸡台"句，诗即化用杜牧诗，实未必真有其地。

④ 广陵，即扬州。民间传说，隋炀帝游江都（即扬州）观琼花，见于《说唐》等小说。诗中暗含此意。垂杨，隋代开大运河，沿堤遍栽杨柳。李商隐《隋宫》诗："于今腐草无萤火，终古垂杨有暮鸦。"

⑤ 飞萤，《隋书 · 炀帝纪》："壬午，上于景华宫征求萤火，得数斛，夜出游山放之，光遍岩谷。"放萤事在洛阳，因杜牧诗"秋风放萤苑"句，后人因于扬州附会出一处放萤苑。金粉，本妇女化妆用品，喻风流繁会之地。玉钩斜，扬州地名，传为隋炀帝葬宫人之处。

鲁一同

鲁一同（1805—1863），字通甫，一字兰岑，江苏山阳（今淮安）人。清宣宗道光十五年乙未（1835）举人，古文家。有《通甫类稿》《通甫诗存》等。

卖耕牛①

卖耕牛，耕牛鸣何哀！
原头草尽不得食，牵牛蹢躅屠门来②。
牛不能言但呜咽，屠人磨刀向牛说：
“有田可耕汝当活，农夫死尽汝命绝！”
旁观老子有幅巾，戒人食牛人怒嗔③：
“不见前村人食人④！”

①《卖耕牛》与下二篇《缚孤儿》《小车辚辚》皆组诗《荒年谣》五首中作品。原序云：“饥沴洊叠，疮痏日甚，闻见之际，愍焉伤怀。爰次其事，命为《荒年谣》。事皆征实，言通里俗。敢云言之无罪，然所陈者十之二三而已。”饥沴（lì），饥荒灾害。洊（jiàn），再。洊叠，多次重复，连续出现。疮痏（wěi），疮伤。

② 蹢躅，同“踯躅”（zhí zhú），迟疑不进。

③ 幅巾，男子头上束缚头髪的布帛。旁观老子有幅巾，似为有幅巾的老人在旁观。（句甚不通顺。）怒嗔，联合词组，嗔，亦怒也。

④“不见”句：上句“旁观老子”以牛为人耕田劳苦，劝诫人不要杀牛为食。杀牛的人怒嗔回答，你“不见前村人食人！”饥荒人尚且食人，杀牛有何不可！

缚孤儿

缚孤儿，孤儿缚急啼声悲。
主人出门呵阿母，阿母垂涕洟：
“已经三日不得食，安用以子殉母为？
不如弃儿去，或有人怜取。”
主人闻言泪如雨，家中亦有三龄女，
前日弃去无处所！

小车辚辚[①]

小车辚辚，女吟男呻。
竹头木屑载零星，呕呀啁哳行不停[②]，
破釜堕地灰痕青。
路逢相识人，劝言不可行：
“南走五日道路断，县官驱人如驱蝇[③]。
同去十人九人死，黄河东流卷哭声！”
车辚辚，难为听！

① 辚辚（lín），车轮声。
② 呕呀啁哳（ōu yā zhāo zhā），象声词，表杂乱的声音。
③ 县官，泛指官府。

黄燮清

黄燮清（1805—1864），字韵甫，号韵珊，浙江海盐人。清宣宗道光十五年乙未（1835）举人。一生不得志，晚年官湖北宜都、松滋县令。穆宗同治三年卒，年六十。有《倚晴楼诗集》。

广陵吊史阁部[1]

沿江烽火怒涛惊，半壁青天一柱撑。
群小已隳南渡局，孤臣尚抗北来兵[2]。
宫中玉树征歌舞，阵上靴刀决死生[3]。
留得岁寒真气在，梅花如雪照芜城[4]。

① 广陵，即扬州。史阁部，即史可法。详孔尚任《秣陵秋》诗注。

② 群小，指弘光帝、马士英、阮大铖一伙。隳，毁坏。南渡局，指南明弘光王朝。

③ 玉树，南朝陈后主荒淫腐败，不恤国政，曾作艳曲《玉树后庭花》，不久为隋所灭。此借指弘光帝。征歌舞，弘光帝立，时大军压境，国家危在旦夕。弘光与马士英等却忙于在民间搜集美女，歌舞享乐。靴刀，唐代名将李光弼平定安史之乱时，常纳短刀于靴中，以示决死之志。见《旧唐书·李光弼传》。此指史可法誓死抗敌。

④ 梅花如雪，史可法殉国后，部属寻觅其遗体不得，乃以其衣冠葬于梅花岭。芜城，扬州别称，由鲍照《芜城赋》得名。

长水竹枝词[1]

杏花村前流水斜，杏花村后是侬家[2]。

夕阳走马村前后，料是郎来看杏花。

① 长水，乡名，在浙江海盐城县境。

② 杏花村，原注："城之东南隅，多杏树，号杏花村。"

郑　珍

郑珍（1806—1864），字子尹，晚号柴翁，又号巢经巢主，贵州遵义人。清宣宗道光十七年丁酉（1837）举人，官荔波县训导。穆宗同治三年卒，年五十九。珍通经学、小学，与何绍基并出程恩泽之门，而风格各异。部分作品反映人民遭受官府剥削之苦，相当深刻。有《巢经巢全集》。

望乡吟①

一滩高五尺，十滩高五丈。
行尽铜溪四百滩，铜崖应当白云上②。
崖上还有千万山，一重高出一重颠。
待到铜崖望乡国，始似从此看云间。
山高如梯水如箭，到家早晚樱桃绽。
心随飞鸟去悠悠，白髮红绷眼中见③。
万里真成一梦游，茗山重认雨中舟④。
桐花落尽春风老，杜宇催人坐白头⑤。

① 道光十五年乙未（1835）春，郑子尹自北京南归，越洞庭，溯沅水西上回贵州，舟次铜溪所作。

② 铜溪，沅水支流辰水上游。铜崖，在贵州铜仁县西，辰水上游大小铜仁江合流处，高崖耸峙，其下称双江渡。

③ 白髮红绷，指老人与小孩。绷（bēng），小儿包被，即襁褓。

④ 茗山，中国茗山有多处，此茗山必在贵州境内。

⑤ 杜宇，即杜鹃。坐，遂也。

经死哀[①]

虎卒已去虎隶来，催纳捐欠声如雷。
雷声不住哭声起，走报其翁已经死。
长官切齿目怒瞋："吾不要命只要银！
若图作鬼即宽减，恐此一县无生人！"
促呼捉子来，且与杖一百：
"陷父不义罪何极，欲解父悬速足陌[②]！"
呜呼北城卖屋虫出户，南城又报缢三五[③]！

① 经死，上吊而死。

② 解父悬，解下其父上吊的尸体。陌，百钱为陌。此处足陌指缴足欠捐，不指百钱。

③ 虫出户，官不让解下尸体，致尸体腐烂，蛆虫爬出户外。《史记·齐太公世家》：齐桓公死，五公子争立，互相攻击。"桓公尸在床上六十七日，尸虫出于户"。

闲　眺

雨过桑麻长，晴光满绿田。
人行蚕豆外，蝶度菜花前。
台笠家家饷，比邻处处烟[①]。
欢声同好语，针水晒秧天[②]。

① 台笠，草编斗笠。饷（xiǎng），田间送饭。

② 针水，秧针出水。

晚望

向晚古原上，悠然太古春。
碧云收去鸟，翠稻出行人。
水色秋前净，山容雨后新。
独怜溪左右，十室九家贫。

邯郸[1]

尽说邯郸歌舞场，客车停处草遮墙。
少年老去才人嫁，独对春城看夕阳[2]。

① 邯郸，在河北西南部，战国时赵国都城。

② 才人，古代宫中女官，亦泛指美人，此是后者。谢朓有《邯郸才人嫁为厮养卒妇》诗。

贝青乔

贝青乔（1810—1863），字子木，江苏吴县（今苏州）人。清宣宗道光二十一年辛丑（1841）投军扬威将军奕经幕，参加抗英战争，亲上前线，转战宁波、镇海等地。失败后，游历西南云贵，依人作客，郁郁以卒。在奕经军中，写有一百一十七首绝句组成的《咄咄吟》，取“咄咄怪事”之意，记述英军暴行和清官吏腐败之状。另有《半行庵诗存稿》。

赤津岭[1]

日落无人境，停鞭借一椽[2]。
滩流明月碎，峰黑裹松圆。
凄绝猿声里，凉生虎气边。
残黎家荡尽，何处哭苍烟[3]？

① 赤津岭，在浙江遂昌县北。

② 椽（chuán），指房屋间数。借一椽，借间屋住。

③ 残黎，残剩的百姓。哭苍烟，语本杜甫《送樊二十三侍御赴汉中判官》诗“恸哭苍烟根，山门万重闭”。

辛丑正月感事[1]

登坛授钺壮南征，不信和戎早定盟[2]。
海上鲸鲵犹跋浪，帐前戈甲自销兵[3]。
羌酋唾手成三窟，壮士弯弓望四明[4]。

独有筹边楼上客，偏教万里坏长城⑤！

① 辛丑，道光二十一年（1841）。是年正月初三，钦差大臣琦善擅自与英国侵略者查理·义律订立《穿鼻草约》，割让香港。清宣宗下令对英宣战，派皇侄奕山为靖逆将军，驰赴广东。时林则徐、邓廷桢已于上年九月被革职。

② “登坛”句：钺（yuè），大斧。古代遣大将出征，登坛授钺。汉高祖曾“择良日，斋戒，设坛场，具礼”，拜韩信为大将。见《史记·淮阴侯列传》。周武王伐纣，“师行，师尚父左杖黄钺，右把白旄以誓”。见《史记·齐太公世家》。此指清宣宗派奕山为靖逆将军，南下广州。诗意谓朝廷方遣将南征，岂会相信琦善竟已与敌人议和。

③ 鲸鲵，喻英侵略军。二句意谓侵略军尚在海上猖狂，清军却自己放下了武器。

④ 羌酋，指英国侵略军头目。唾手，言其轻而易举。三窟，“狡兔有三窟”，见《战国策·齐策四》。“羌酋”句，谓英军一方面进攻广州，又攻占定海，北犯大沽，同时迫使琦善与之订约，处处得手。四明，山名，在宁波西南。句意似谓英军攻占定海，清军却未能抵抗，只能弯弓望着四明山（此对句系勉强凑合）。

⑤ 筹边楼上客，指林则徐。林则徐于道光二十年被革职，尚留在广州，故称楼上客。万里坏长城，即坏万里长城。南朝宋文帝杀名将檀道济。“道济见收，愤怒气盛，目光如炬，俄而间引饮一斛。乃脱帻投地曰：‘乃坏汝万里长城！’”句意谓清廷革林则徐职，乃自坏万里长城。

曾国藩

曾国藩（1811—1872），字涤生，号伯函，湖南湘乡人（曾氏故乡现属双丰）。清宣宗道光十八年戊戌（1838）进士。授翰林院检讨。文宗咸丰初擢吏部侍郎，丁忧回湖南。太平军起，奉命在湖南督办团练，后扩展为湘军，成为镇压太平军主力。咸丰十年（1860）升任两江总督，节制浙、苏、皖、赣四省军务。穆宗同治三年（1864）攻下南京。明年调任钦差大臣，对捻军作战，失败去职。同治七年授武英殿大学士，调直隶总督，后调任两江总督。同治十一年卒，年六十二。赠太傅，谥文正。曾氏论文，承桐城遗说，谓考据、义理、词章缺一不可。诗亦上承姚鼐，宗尚黄庭坚，为晚清宋诗运动倡导者之一。有《曾文正公全集》。

柴关岭雪①

我行度柴关，山光惊我马。
密雪方未阑，飞花浩如泻。
万岭堆水银，乾坤一大冶。
走兽交横奔，冻禽窜荒野。
挥手舞岩巅，吾生此潇洒。
忽忆少年时，牵狗从猎者。
射虎层冰中，穷追绝壁下。
几岁驰虚名，业多用逾寡。
久逸筋力颓，回头泪盈把。

① 柴关岭，在陕西留坝西北，山下有柴关，道通凤县，是秦岭陈仓道上重要关口。道光二十四年（1844）曾国藩为四川乡试副考官，自京入蜀，途经柴关岭。

题平谷山庄图[①]

十年京国踏朝鼓，九陌黄尘塞肝腑[②]，
已分喧嚣侪市估[③]。
忽梦归去钓湘烟，洞庭八月水如天[④]，
沙鸥与我抵足眠。
醒来依旧马嘶枥，车声隆隆震墙壁，
始知樊笼困羽翼。
开图对此好溪山，万重云水一僧闲，
清辉照我尘里颜。
何日飘然靸芒屦，往寻盘山松下路[⑤]，
买邻来傍羊求住[⑥]。

① 平谷山庄图，杨钟羲《雪桥诗话》："游盘山者，立中盘定光塔后，北望自来峰外，则平谷县城如在几席。李寄云侍御墓田在平谷，三写《平谷山庄图》，合为一卷。"平谷，今属北京市。

② 踏朝鼓，大臣每日听鼓声入京早朝。九陌，京城中大路。《三辅黄图》谓汉长安城中有八街九陌。

③ 分（fèn），料想。侪（chái），同类，此动词，与之同类。句谓自己料想已同于喧嚣中市估一类人。

④ 钓湘烟，钓于湘烟中。诗人是湖南人，故梦钓湘烟，洞庭水满。

⑤ 靸（sǎ，又读 tā），脚着（拖鞋）。芒屦（jù），草鞋。盘山，在平谷县东南，蓟县西北。

⑥ 羊求，羊仲与求仲。汉赵岐《三辅决录》："蒋诩字元卿，舍中三径，唯羊仲、求仲从之游。二仲皆雅廉逃名之士。"见《初学记》卷十八。陶渊明《与子俨等疏》："但恨邻靡二仲，室无莱妇，抱兹苦心，良独罔罔。"

岁暮杂感[①]

芒鞋镇日踏春还，残腊将更却等闲。
三百六旬同逝水，四千馀里说家山[②]。
缁尘已自沾京洛，羌笛何须怨玉关[③]。
为报南来新雁到，故乡消息在云间。

①《岁暮杂感》共十首，其六有“我到人间廿五秋”，则作于道光十五年乙未（1835），时年二十五岁。

② 三百六旬，为时十年，或即外出从学至是年的时间，但只是概而言之。四千馀里，指家乡湖南至北京的里程。

③“缁尘”句，陆机《为顾彦先赠妇诗》：“京洛多风尘，素衣化为缁。”京洛，此代指北京。“羌笛”句，王之涣《出塞》诗：“羌笛何须怨杨柳，春风不度玉门关。”

早发沔县遇雨[①]

此身病起百无忧，敢为艰难一怨尤？
晓雾忽飞千嶂雨，西风已作十分秋。
近知地利真堪恃，早信人谋不自由[②]。
昨日定军山下过，苍天一望故悠悠[③]。

① 沔县，今陕西勉县，自汉至隋称为沔阳。

②“近知”，沔县位于汉中西南，地势险要，谓“近知地利真堪恃”是诗人亲历汉中险峻的山川而发的感叹的话，其实任何地利都不是绝对可恃的。“早信”句，三国时诸葛亮伐魏，曾屯兵汉中，然终未能成功。陈寿论之谓“盖天命有归，不可以智力争也”。“早信人谋不自由”即由此而发。

③ 定军山，在沔县南，诸葛亮葬于山麓。

初入四川境喜晴

万里关山睡梦中，今朝始洗眼朦胧[①]。
云头齐拥剑门上，峰势欲随江水东[②]。
楚客初来询物俗，蜀人从古是英雄[③]。
卧龙跃马今安在，极目天边意未穷[④]。

① 睡梦中，谓如睡梦中，指雨雾中的感觉。始洗眼朦胧，谓天已放晴，洗却朦胧。

② 剑门，在四川剑阁县北，极为险峻。

③ 楚客，曾氏湖南人，故称楚客。“楚客”二句，仿苏轼《石鼻城》诗“北客初来试新险，蜀人从此送残山”句法。

④ 卧龙，指诸葛亮。徐庶尝谓刘备曰：“诸葛孔明，卧龙也。”见《三国志・诸葛亮传》。跃马，指公孙述。左思《蜀都赋》有“公孙跃马而称帝”句，因以“跃马”代指公孙述。公孙述，字子阳，扶风茂陵人。王莽时为导江卒正，更始立，述恃蜀中地险众附，遂自立为蜀王，都成都，后又自称天子。光武帝数劝其降，不从，遂以败亡。见《后汉书・公孙述传》。杜甫《阁夜》诗：“卧龙跃马终黄土，人事音书漫寂寥。”

酬九弟[①]

杜韩不作苏黄逝，今我说诗将附谁[②]？
手似五丁开石壁，心如六合一游丝[③]。
神斤事业无凡赏，春草池塘有梦思[④]。
何日联床对灯火，为君烂醉舞傞傲[⑤]。

① 九弟，即曾国荃（1824—1890），字沅浦，行九，清文宗咸丰二年壬子（1852）贡生。曾国藩治湘军，镇压太平天国，国荃为嫡系将领。咸丰十一年（1861）攻陷安庆，旋率军东下，明年即清穆宗同治元年（1862）五月进围天京（南京）。同治三年七月攻陷天京。官至两江总督。

② 杜韩，杜甫、韩愈。苏黄，苏轼、黄庭坚。宋诗的远源是杜甫，而宋诗

的最大启导者是韩愈，故清人崇宋诗者必远追杜、韩。诗句即仿韩愈《石鼓歌》“少陵无人谪仙死，才薄将奈石鼓何！”

③ 五丁开石壁，传说秦惠王欲伐蜀，造五石牛，扬言石牛能屙金以欺蜀王负力。负力信以为真，派五丁往取石牛，为秦开入蜀的道路，因名为石牛道。见《水经·沔水注》。一说，秦惠王以五女许嫁蜀王，蜀王派五丁迎接。到梓潼见一大蛇入石穴中，五丁掣其尾大呼拽之，山崩压杀五丁及五女，山分而为五岭。见晋常璩《华阳国志·蜀志》。李白《蜀道难》：“地崩山摧壮士死，然后天梯石栈方钩连。”六合，上下四方，即宇宙之内。二句谓行需勇猛而心需虚静。

④ 神斤事业，喻非常事业。《庄子·徐无鬼》：“郢人垩漫其鼻端，若蝇翼，使匠石斫之。匠石运斤成风，听而斫之，尽垩而鼻不伤。郢人立不失容。”春草池塘，宋谢惠连，甚为族兄谢灵运所赏识。《诗品》宋谢惠连条引《谢氏家录》云：“康乐每对惠连，辄得佳语。后在永嘉西堂，思诗竟日不就，寤寐间忽见惠连，即成‘池塘生春草’。故常云：‘此语有神助，非我语也。’”“池塘生春草”，灵运《登池上楼》诗句。

⑤ 僊僛（xiān qī），舞貌。语本《诗·小雅·宾之初筵》“舍其坐迁，屡舞僊僊”、“乱我笾豆，屡舞僛僛”。

送梅伯言归金陵 ①

文笔昌黎百世师，桐城诸老实宗之 ②。
方姚以后无孤诣，嘉道之间又一奇 ③。
碧海鳌呿鲸掣候，青山花放水流时 ④；
两般境界知音寡，它日曹溪付与谁 ⑤？

① 梅曾亮（1786—1856），字伯言，江苏上元（今南京）人。清宣宗道光二年壬午（1822）进士，官户部郎中。

② 昌黎，即韩愈。桐城诸老，指桐城派古文家方苞、姚范、刘大櫆、姚鼐等人。句意桐城派古文源于韩愈。

③“方姚”二句：梅曾亮为姚鼐高足，姚鼐死后，天下言古文者如江苏许宗衡、山阳鲁一同、仁和邵懿辰、临桂龙启瑞、朱琦和曾国藩本人都推崇梅曾亮。诗意谓方苞、姚鼐之后无人达到梅的造诣，故称嘉道之间又一奇。

④ 鳌、鲸，皆海中大鱼。呿（qū），张口。“碧海”句虽原于杜甫《戏为六绝句》中“未掣鲸鱼碧海中”，语意已完全不同。杜诗“掣鲸鱼”是拽住鲸鱼，

"掣"为拽住之意；此诗"鲸掣"指鲸鱼运行，"掣"引申为翻腾跃动之意。候，情状。"花放水流"词语虽原于司空图《诗品·缜密》中"水流花开，清露未晞"，但也与司空图原意无关。"鳌呿鲸掣"为豪雄壮阔之象，"花放水流"为清丽平和之景，即下文所谓的"两般境界"。

⑤ 曹溪，在广东韶关，乃禅宗六祖慧能卓锡传法之地。慧能为南宗的开派，此用以喻桐城派的文章传统。

次韵何廉昉太守感怀述事二首①

域中哀怨广场开，屈宋而还第二回②。
幻想更无天可问，牢愁宁有地能埋③？
秦瓜钩带何人种？社栎支离几日培④？
大冶最憎金踊跃，那容世界有奇材⑤！

惨淡兵戎春复秋，浊醪谁信遣千忧⑥？
战场故鬼招新鬼，世事前沤散后沤⑦。
驰逐几同秦失鹿，劬劳只愧鲁无鸠⑧。
何时浩荡轻鸥去，一舸鸱夷得少休⑨！

① 次韵，步韵和诗。何廉昉太守，何栻，字廉昉，号悔馀，江苏江阴人。清宣宗道光二十一年辛丑（1841）进士，官至建昌知府。

② 域中，犹言国内。哀怨，李白《古风五十九首》其一："正声何微茫，哀怨起骚人。"屈宋，屈原、宋玉。

③ "幻想"句：屈原有《天问》篇，王逸谓为屈原放逐"以泄愤懑，舒泻愁思"之作。牢愁，犹牢骚。汉仲长统《述志诗》："寄愁天上，埋忧地下。"陆游《江楼醉中作》："天上但闻星主酒，人间宁有地埋忧。"

④ 秦瓜钩带，秦东陵侯召平，秦亡后家贫，种瓜长安城东，瓜美，时人称为东陵瓜。见《史记·萧相国世家》。阮籍《咏怀》诗："昔闻东陵瓜，近在青门外。连畛距阡陌，子母相钩带。"社栎，古代立社（土神）多种栎树以为标志。《庄子·人间世》："匠石之齐，至乎曲辕，见栎社树。其大蔽数千牛，絜之百围。"支离，衰败折损。培，培育。二句意谓王侯落魄，只能退隐田园；而国家破碎，靠何人支撑？

⑤“大冶”二句：《庄子·大宗师》：“今大冶铸金，金踊跃曰：‘我且必为镆铘！’大冶必以为不祥之金。”冶金之人，如果发现被冶之金踊跃而起，自言将为镆铘（宝剑之名），则必以为不祥。其比喻意义即在下一句“那容世界有奇材”。那，同哪。

⑥“惨淡”句，诗人自言长期进行战争。曾国藩咸丰之初组建湘军，到同治三年（1864）攻下天京，约十馀年。浊醪，浑浊的酒。

⑦故鬼招新鬼，《左传》文公二年：“吾见新鬼大，故鬼小。”句意谓战争中前后死亡惨重，故战场故鬼招新鬼。沤（ōu），水上气泡。句意谓世事变化不定，一一幻灭，如前沤散后沤也。

⑧秦失鹿，《史记·淮阴侯列传》：“秦失其鹿，天下共逐之。”原意秦政暴虐，政权动摇，天下豪杰都来争夺。句意谓太平天国起义，天下动摇，有如秦代末年。劬劳，辛劳困苦。《左传》襄公十六年：鲁穆叔如晋，“见范宣子，赋《鸿雁》之卒章。宣子曰：‘匄在此，敢使鲁无鸠乎？’”杜预注：“鸠，集也。”《国语·晋语九》韦昭注：“鸠，安。”无鸠，不能安集，犹言流离失所。《诗·小雅·鸿雁》第四章：“鸿雁于飞，哀鸣嗷嗷。维此哲人，谓我劬劳。”《左传》原文，谓鲁穆叔到晋国求援，见晋大夫范宣子，赋诗示意，言鲁国忧困，人民嗷嗷如鸿雁之失所。范宣子表示，我范匄（宣子之名）在，岂敢让鲁国人民不得安居。诗意谓人民困苦，自愧未能使之安居。

⑨浩荡轻鸥去，杜甫《奉赠韦左丞丈》诗：“白鸥没浩荡，万里谁能驯？”一舸鸱夷，春秋末范蠡佐越王勾践灭吴，功成之后，“乃乘扁舟，浮于江湖，变名易姓，适齐，为鸱夷子皮”。参见吴伟业《一舸》诗注。诗人自觉于国事无能为力，未能解除人民困苦，感叹不知何时能如轻鸥高飞远去，如范蠡一舸鸱夷游于江河，自己也得以稍微休息。

★曾国藩镇压太平天国，十年征战，同治三年攻下天京，对清朝功劳之大，无异郭子仪在唐代之乾坤再造。何廉昉曾歌颂他“十年满志见清澄，次第收功到秣陵。伊吕之间斯论定，汉唐以下几人存！”（《金陵克复后寄颂湘乡师》）然作为一个汉人功盖朝廷，他自己知道意味着什么，当时谗毁者恐亦不少。所以他不是踌躇满志，而颇有临深履薄之感。“幻想更无天可问，牢愁宁有地能埋”，“大冶最憎金踊跃，那容世界有奇材！”其恐惧之状，忧虞之情，溢于言表。然晚清思想钳制之严，文字罗网之密，毕竟已不似有清前期，使曾涤生早生一百年，在雍乾之世，此等诗已足可置之于死地。

莫友芝

莫友芝（1811—1871），字子偲，号郘亭，晚号眲（nè）叟，贵州独山人。清宣宗道光十一年辛卯（1831）举人。晚客曾国藩幕。友芝通小学、精版本目录之学，亦善书法。为晚清宋派诗人，与郑珍齐名而成就不逮。有《郘亭诗钞》《郘亭遗诗》《黔诗纪略》等。

桃源舟中[1]

一片琉璃境，时闻欸乃声[2]。
舟辞清浪稳，山过绿萝平。
远树浮天去，澄江抱日行。
花源何处问，桑竹绕春城[3]。

① 桃源，在湖南省境，沅水北岸。
② 琉璃，玻璃，形容水面明净。欸乃（ǎi nǎi），打桨声。
③ 花源，即桃花源。桃源即因陶渊明《桃花源记》得名。

公安县[1]

频年虚井税，结网当春耕。
天地此洼县，江湖非吕营[2]。
北风吹野水，寒日下孤城。
莽莽无人径，萧萧芦荻声。

① 公安县，在湖北南部，长江南岸。

② 吕营，三国吴吕蒙曾驻军公安。

周寿昌

周寿昌（1814—1884），字应甫，一字荇农，晚号自庵，湖南长沙人。清宣宗道光二十五年乙巳（1845）进士，改庶吉士，授翰林院编修，官至侍读学士。德宗光绪四年（1878）以内阁学士兼礼部侍郎致仕。光绪十年卒，年七十一。有《思益堂诗集》。

拂水山庄[①]

几树残阳故国春，沧桑回首劫灰新[②]。
褚渊旧日原名士，危素兴朝自老臣[③]。
末路艰难同有死，清流朋党愧斯人[④]。
绛云莫更寻旧址，欲遣西风荡庾尘[⑤]！

① 拂水山庄，在江苏常熟虞山，钱谦益故居。参见钱谦益小传。

② 沧桑，喻世事变化，指明代灭亡，清朝建立。参见厉鹗《开平王孙种菜歌》。劫灰，劫火馀下的灰烬。参见黄景仁《太白墓》诗句。二句谓钱谦益经历了巨大的历史变迁。

③ 褚渊，字彦回，宋武帝外孙，尚宋文帝女南郡献公主，宋明帝时尤见信任，官至吏部尚书、散骑常侍。明帝临终，遗命辅佐幼主。后参与萧道成夺取刘宋政权，进司徒，加尚书令，封南康郡公。危素，字太朴。曾仕于元，为翰林学士承旨。入明为翰林侍讲学士。尝在明太祖前自称“老臣”，为太祖所恶，谪和州，使守余阙庙。岁馀即忧恨而死。

④ 末路艰难，指明末同钱谦益交往的友朋，同辈如陈子龙、黄道周，弟子如瞿式耜、郑成功，大多壮烈殉国。清流朋党，钱谦益在明末曾因以东林党魁首被劾革职，后东林党人大多能坚持操守，谦益却忝颜事敌。斯人，指钱谦益。

愧斯人，使斯人愧赧。

⑤绛云，钱谦益藏书楼，因失火被焚。庾尘，《世说新语·轻诋》：“庾公权重，足倾王公。庾在石头，王在冶城坐。大风扬尘，王以扇拂尘曰：‘元规尘污人。’”庾公，庾亮，字元规，曾为中书令，专朝政。王公，王导。王导恶庾亮权势，故云其尘污人。钱谦益并无权势，“庾尘”取其尘“污人”之义。

晒旧衣感赋

卅载绨袍检尚存，领襟虽破却馀温[①]。
重缝不忍轻移拆，上有慈亲旧线痕。

①卅（sà），三十。

★慈母手中线，游子身上衣！

张金镛

张金镛，字海门，平湖（今属浙江）人。清宣宗道光二十一年辛丑（1841）进士，改庶吉士，授编修。历官侍讲。有《躬厚堂诗录》。

书吴祭酒集二首[①]

世事茫茫一局棋，沧桑阅尽鬓添丝。
可怜地老天荒后，正是河清海宴时[②]。
词赋江关留庾信，才名宫禁重微之[③]。
十三陵树苍茫甚，残月西风寄所思[④]。

合肥司马虞山叟，鼎足声名莫共论[⑤]。
初愿岂殊陶隐士，义心终胜赵王孙[⑥]。
馀人白髮悲歧路，故国青山有泪痕[⑦]。
肠断龟年谈往事，宫槐秋雨最销魂[⑧]！

① 吴祭酒，即吴伟业。顺治十年被召进京，为国子监祭酒。

② 地老天荒，指明末大乱，清兵入关，明宗社灭亡。河清海宴时，谓清王朝平定天下，成为盛世。后一句敷衍清王朝。

③ 庾信，本南朝梁臣，出使西魏被留，诗赋中每有乡关故国之思。杜甫《咏怀古迹》诗："庾信平生最萧瑟，暮年诗赋动江关。"微之，唐诗人元稹，字微之，才名为当时朝廷所重。

④ 十三陵，明代十三位皇帝陵墓，在北京昌平天寿山下。参见朱彝尊《来

青轩》诗注。

⑤合肥司马，即龚鼎孳。虞山叟，即钱谦益。康熙时顾有孝、赵沄辑《江左三大家诗钞》以钱、吴、龚为三大家。张金镛认为钱、龚都不应与吴伟业相提并论。

⑥陶隐士，指陶渊明。谓吴伟业本心确不愿出仕，与陶渊明无异。赵王孙，指赵孟頫，本宋皇室后裔却入仕于元。谓吴伟业虽被迫出仕，终与赵孟頫不同。

⑦悲歧路，指吴伟业被迫出仕，终身为之悲恨。

⑧龟年，唐玄宗时著名歌手李龟年，安史之乱后流浪湖湘，代宗大历年间与杜甫相遇于潭州，杜甫为作《江南逢李龟年》诗。吴伟业《口占赠苏昆生》诗云："楼船诸将碧油幢，一片降旗出九江。独有龟年卧出笛，暗潮打枕泣篷窗！"集中《遇南厢园叟感赋》《听女道士下玉京弹琴》等诗，都寓有同样的故国沧桑之感。

★清人凭吊与评论吴梅村的诗作甚多，以张金镛二律最为典型，准确地表述了梅村的心态并给予公正的评价。张金镛上距梅村两百年，中华大地将又是一番"地老天荒后"，可不再是"河清海宴时"。梅村地下有灵，身后竟有一位人间知己，亦足以少慰。诗亦差可与梅村肩随。

周士健

周士健，字仲建，浙江嘉善人。清宣宗道光二十九年己酉（1849）举人。历官凤邠盐法道。有《师竹居集》。

题邯郸卢生庙二首[1]

三十曾提十万兵，同袍队里最年轻[2]。
而今更比先生早，未到封侯梦已醒[3]。

旧时部曲渐阑珊，身到寒时梦亦寒[4]。
夜半酒酣频按剑，尚思飞梦斩楼阑[5]。

① 邯郸卢生庙，见宋荦《邯郸道上》诗注。

② 同袍队里，部队战友。《诗·秦风·无衣》：“岂曰无衣，与子同袍。”

③ 先生，指《枕中记》中卢生。卢生在枕中历尽荣华，富贵封侯，一觉醒来，原是黄粱一梦。句意谓卢生在梦里封侯，而我未到封侯即梦已醒。

④ 阑珊（lán shān），衰落貌，将残将尽之意；此处犹言分散零落。

⑤ 楼阑，古西域国名，在今新疆罗布泊西。汉武帝元封元年（前110）傅介子出使西域，杀其王安归，立尉屠耆为王，改名鄯善。此代指外国强敌。

★卢生梦到自己曾飞黄腾达，历尽荣华，而终归幻灭，一切皆空。自《枕中记》原著，到《黄粱梦》传奇，以及后来诸多题咏，无不寓警悟人生之意。周士健偏出新意，纯系自抒心曲。本系牢骚而以豪气出之。“旧时部曲”一首则是一篇老将行，若竟题作“老将行”更切合诗意。戴文选《吟林缀语》：“方伯以孝廉从戎，出入锋镝，累建奇功，洊擢道员，加布政衔，

赐孔雀翎，自镌印章，有‘三十曾提十万师’之句，可想见其风采。”盖诗人本系将才，故诗雄奇豪迈若此。

绝句诗字词不宜重出，此诗“阑、梦、寒”三字皆重出却无碍。“阑珊”之阑系联绵词，与“楼阑”之阑义不相关，同形而已。“身到寒时梦亦寒”，“尚思飞梦斩楼阑”，前后对照，重得正妙。

彭玉麟

彭玉麟（1816—1890），字雪琴，湖南衡阳人。清文宗咸丰三年（1853）随曾国藩创办湘军水师。次年北上武昌，沿江东下与太平军作战，屡立战功。官至兵部尚书。有《彭刚直公诗集》。

攻克彭泽夺回小姑山戏题二十八字于崖壁[①]

书生笑领大军来，江上旌旗耀日开。
十万健儿齐拍手，彭郎夺得小姑回[②]。

①彭泽，在江西省北部长江南岸。小姑山，一名小孤山，在安徽省宿松县东南，危峰峭拔，屹立中流。太平军据小姑山阻截湘军，同治元年（1862）被湘军攻克。

②“彭郎”句：小姑山对岸有彭郎矶。苏轼《李思训画长江绝岛图》诗：“舟中贾客莫漫狂，小姑前年嫁彭郎。”作者恰好又姓彭，从苏诗得到启发，巧用地名，诗句颇为恢谐。

★彭玉麟此诗在我家乡广为流传，诗句即本帖所录。然诸书所载文字多有异同。《彭刚直公诗集》首句作“书生笑率战舰来”，第三句作“十万貔貅齐奏凯”，陈琰《艺苑丛话》引作“十万大军齐奏凯”，又一作“十万舟师齐奏凯”，都不如传抄本生动。或传抄者为之修订亦未可知。陈冰如《鞠偭盦诗话》摘录后两句，则与传抄本同。

然涉及本诗有两个严重问题。一是诗写得如此轻快，然彭玉麟当时屠杀太平军守城军民极为残酷。其《攻克九江屠城》诗公然炫耀“直教殄灭无遗种，尸拥长江水不流！”并作自注：“城破，数万贼犹巷战于烈风雷雨之中。我军用命悉歼之，鸡犬不存。”杀戮之惨，令人咋舌。二是“夺得小姑”者可能并非“彭郎”，有冒功之嫌。《艺苑丛话》载某提督语人曰：“可惜我不会做诗，更可惜我不姓彭，其实我收复小姑山三日，彭雪琴尚未到呢！”“某提督”就是另一湘军将领杨岳斌。陈三立《江上杂诗》“彭郎夺得传佳话”句自注：“昔年攻复九江诸郡县，杨公岳斌功最多。自彭公有‘彭郎夺得小姑回’之句，世遂专以推彭。而杨公尝笑语人曰：‘雪琴解赋诗，因得独专其名。’”彭玉麟谥刚直公，这种冒功行径却很不“刚直”。

杨岳斌

杨岳斌，原名载福，字厚庵，湖南善化人。湘军将领，官至陕甘总督。有《杨勇悫公遗集》。

偕彭雪琴洞庭泛月[1]

良宵同泛浩无边，八百平湖浪接天。
兰桨划开湘浦月，蒲帆衝破楚江烟。
枕戈南望心弥壮，击楫中流志更坚[2]。
迅扫妖氛清海宇，征袍抛却好归田[3]。

① 彭雪琴，即彭玉麟。

② 枕戈，《世说新语·赏誉》“刘琨称祖车骑”，注引虞预《晋书》：“刘琨与亲旧书曰：‘吾枕戈待旦，志枭逆虏，常恐祖生先着鞭耳。’”击楫，《晋书·祖逖传》：“仍将本流徙部曲百馀家渡江，中流击楫而誓曰：‘祖逖不能清中原而复济者，有如大江！’”

③ 迅扫妖氛，指消灭太平天国。

金　和

金和（1818—1885），字弓叔，号亚匏，江苏上元（今南京）人。曾亲历鸦片战争和太平天国，写了大量反映当时现实的诗。道光二十二年（1842）英军进犯南京，金和作有《围城纪事六咏》。咸丰三年癸丑（1853）太平军下南京，金和正处城中，谋为清军内应，不为清军所信任，事遂不成。其揭露太平军之诗作甚多，也记述了不少围城中事，对清政府的腐败也有所揭发。梁启超论清代诗，以为“衰落已极”，而独许金和。谓“其格律无一不轨于古，而意境气象魄力，求诸有清一代未睹其偶”，推为“清代第一诗人”。此极端偏至之论。其实金和诗格调不高，文词芜杂。所作《兰陵女儿行》《烈女行纪黄婉梨事》其事非不壮烈，但无诗歌情韵，宜写成散文故事而不宜作为诗。其诗集初名《来云阁诗稿》，后梁启超“校读既竟，辄以意有所删选”，改称《秋蟪吟馆诗钞》。

雨后泛青溪[①]

青溪雨过湿濛濛，画舫轻移似碧空。
芳草生时江水绿，春山明处夕阳红。
桥边帘影低迎月，楼上箫声暗坠风。
最是乱莺啼歇后，卷帘人在柳花中。

① 青溪，三国吴在建业城东南凿东渠，称为青溪，亦号清溪。发源于钟山西南，曲折穿贯建业城区，称为九曲青溪。今大部分已堙没，仅存入秦淮一段。

★清溪岸畔是南京歌楼妓馆集中之所。束永泰《金文学小传》谓金氏“终其身好声色，狎妓纵酒”，故清溪是他向往流连之所。诗是太平军进入南京以前所作，格调虽轻淡，尚有清平景象。太平军进南京后，金和陷城中，逃城外，饱经战乱，此等诗不再出现于集中。湘军下南京，天国覆亡之后，金和重反旧京，面对城郭荒凉，繁华消逝，所作诗多悲苦悽怆，无限伤怀。

诗可与清初周亮工《舟中与胡元润谈秦淮盛时事》诗合读。三百年间，秦淮起落，与天下盛衰相一致。李格非尝云，观洛阳之盛衰，知天下之兴亡，秦淮亦未尝不是如此。

饲蚕词

阿娘辛苦养蚕天，娇女陪娘瞋不眠①。
含笑许缝新袜裤，待娘五月卖丝钱。

①瞋（chēn），张目，此指女孩很想睡觉，却强睁眼睛。

秦淮杂诗

桃叶渡头春不归，重来风景更全非①。
琵琶商妇皆黄土，剩有年年燕子飞②。

①桃叶渡，在南京城南秦淮河与青溪合流处。《乐府诗集》卷四十五引《古今乐录》谓晋王献之送爱妾桃叶至此，作《桃叶歌》，后因名其地为桃叶渡。重来，指太平军战乱后重来。

②琵琶商妇，白居易《琵琶行》“闻舟中夜弹琵琶者”，“问其人，本长安倡女”。又，杜牧《泊秦淮》诗“商女不知亡国恨，隔江犹唱后庭花”。年年燕子飞，刘禹锡《乌衣巷》诗“旧时王谢堂前燕，飞入寻常百姓家”。南京秦淮河两岸自古为游乐繁华之地，太平军乱之时严重破坏，青楼妓女亦多遭到蹂躏死亡，故曰“琵琶商妇皆黄土”。

舟中见燐有作[①]

江湖满地剩干戈，处处青燐照绿萝[②]。
不信夜台如许火，十年新鬼比人多[③]。

① 燐，指燐火。人和动物尸体腐烂后分解出磷化氢，夜间在野地偶尔看到磷化氢发出的白色带蓝绿色光焰，在坟地最为常见，即为燐火。舟中见燐，指在舟中见到野岸的燐火。

② 剩，犹尽也。

③ 不信，此处犹言想不到。夜台，坟墓。十年，指与太平军战斗的年代。

吴淞访友

秋雨吴江访故知，白杨新冢已累累。
九泉插脚应安稳，不似人间有乱离。

★据金和《然灰集》弁言，金在咸丰三年癸丑（1853）即有诗二千首。癸丑逃出南京，“仅以身免”，诗作尽皆流失，后就记忆所及，所得无多。故金和存诗，主要为癸丑以后所作，大多记述太平天国时社会现实，有时甚至是按日纪事，“半同日记，不足言诗”。诗艺并不足取，但作为历史记录，还是有其价值。梁启超把金和推到“有清第一诗人”的高度，章士钊在《论近代诗家绝句》中，以挖苦的口气，说梁启超“收取声名四十载，怪他低首拜金和”。梁任公地下有知，不知作何感想。——金和乱离中诗大多冗长拉杂，这三首绝句算写得较为简截，也相当深刻。

杨 岘

杨岘（1819—1896），字见山，号庸斋，晚号藐翁，浙江归安（今湖州）人。清文宗咸丰五年乙卯（1855）举人。官江苏松江（今属上海）候补知府。有《迟鸿轩诗弃》。

草

闺中一掬泪，滴作草斑斑。
春风又春雨，绿到玉门关。

★此闺情诗。思妇的眼泪，滋润着绿草。玉门关，代指边塞。绿到玉门关也者，谓春草带着征妇的思情绿到征人所在的边塞。

李长霞

李长霞，女，字德霄，山东掖县人。道光咸丰时人。其五言沉郁淡雅，在晚清不失为名家。所作《辛酉纪事一百韵》，叙事谨严，造语沉着，其得力于少陵甚明。有《锜斋诗集》。长霞夫柯蘅，字佩韦，亦工诗，成就远不如长霞。有《春雨堂诗选》。

南留店[①]

烈烈北风凉，摇摇灯烛光。
旅愁不能寐，耿耿寒夜长[②]。
小女衣裳薄，辗转依我旁。
问我今何之，去去将何方。
闻此感予怀，泪下忽沾裳。
往昔忆慈亲，恨不居共乡。
今日行且近，反觉意徬徨。
有家知怀土，无家将焉伤[③]！
起看月在户，回视月在床。
松楸日云远，何以慰蒸尝[④]？

①揣诗意，是长霞远道归来，而慈亲早已不在。临近故乡，愈益伤怀。南留店，必在掖县境内，离其家不远。

②耿耿，不安之貌。《诗·邶风·柏舟》："耿耿不寐，如有隐忧。"

③怀土，怀念故土。王粲《登楼赋》："人情同于怀土兮，岂穷达而异心。"伤，怀思。《诗·周南·卷耳》："维以不永怀"，"维以不永伤"；怀亦伤也，伤

亦怀也。

④ 松楸，松树、楸树，常植于墓旁，因代指坟墓。蒸尝，冬祭曰蒸，秋祭曰尝，也泛指祭祀。二句谓家里已没有慈亲，只有遥远的坟墓，纵然祭祀也何以为慰。

途次齐河县过黄河[①]

湛湛清济水，忽入浊河流[②]。
川渎有迁移，人事将谁尤[③]。
遥趋铁门关，南北划齐州[④]。
我非壮士怀，大波怯阳侯[⑤]。
舟子轻洪澜，理楫发长讴。
孤舟何逦迤，危樯风飕飗[⑥]。
泛泛沙岸边，榜人维予舟[⑦]。
回首瞻岱色，浮云天际愁[⑧]。
俯仰念乡邑，山川阻且修[⑨]。
怀土亦天性，不见狐首丘[⑩]！

① 齐河县，今属山东，在济南西北，旧齐河县城濒临黄河。

② 湛湛，澄清貌。浊河，指黄河。济水清，河水浊。

③ 渎，《尔雅 · 释水》："江、淮、河、济为四渎。四渎者，发源注海者也。"古代济水分黄河南北两段，水大面宽，致与江、淮、河并称，后世变迁极大。

④ 铁门关，必在齐河境内，为河上关口。

⑤ 阳侯，波神，此即指波涛。句中"大波"与"阳侯"指同一对象。

⑥ 逦迤（lǐ yǐ），绵延，此指小舟在波涛上起伏颠簸之状。飕飗（sōu liú），风声。

⑦ 榜人，舟子。维，系住。

⑧ 岱，泰山。

⑨ 阻，阻隔。修，长，远。

⑩ 狐首丘，据说狐死总向着原来的山丘。《楚辞 · 哀郢》："鸟飞反故乡兮，狐死必首丘。"

看桃花

村南村北桃作花，绿芜尽处明春霞。
我来看时雨初歇，野烟淡淡花未遮。
侧蕊傍花纷婀娜，长枝短干交横斜[1]。
南者盛开北者蕊，一株气候间有差。
似留馀美戒先尽，含采不复相矜夸。
我因避乱去乡邑，花时怅望归路遐[2]。
他乡春色忽烂熳，故园花好将焉加？
符山之峰出花外，石骨皴绿无土沙[3]。
点染纵无灼灼华，此邦已觉清且嘉。
况有武陵在人世，有田可买吾将家[4]。

① 婀娜，娇美貌。

② 去，离开。遐，远。

③ 符山，一名程符山，又名浮山，在山东潍县西南。柯蘅有《游程符山》诗，长霞有《赴潍县》诗，是柯蘅官于潍县时作。皴（cūn），山水画的一种技法，用以表现山石的纹理。此指峰上绿色植物。用词甚妙。

④ 况有，如果有。武陵，代指桃花源。买，原作“卖”，据诗意改。

宿山驿闻雨

言投山驿宿，岩壑暮阴重。
径僻穿芳草，门闲闭乱松。
疏灯深夜雨，倚枕隔溪钟。
明日下山路，云迷处处峰。

雪 后

目极川原阔，登楼时倚栏。
高风一雁远，晴雪万家寒。
景短残年逼，时荒善政难[①]。
流离怜老弱，辽海路漫漫[②]。

① 景短，指岁暮剩下时间不多。
② 辽海，泛指辽河流域。

黄道让

黄道让，字岐农，湖南安福（今临澧）人。清文宗咸丰十年庚申（1860）进士，官工部主事。有《雪竹楼诗集》。

重登岳麓①

万壑风来雨乍晴，登高一览最忪惺②。
西南云气开衡岳，日夜江声下洞庭。
我髪实从近年白，此山犹似旧时青。
读书老友今何在，古木秋深爱晚亭③。

①岳麓，山名，在长沙城西，湘江西岸。

②忪惺（sōng xīng），通常用“惺忪”，为叶韵倒置，苏醒貌，引申为清爽、豁朗之意。

③爱晚亭，在岳麓山下，四周多枫树，取杜牧诗“停车坐爱枫林晚”句意。

★此诗整体平平，惟有“西南”一联好句，囊括了湖南全景，境界开阔，对仗精工，自来题岳麓山者无以过之。诗碑刻于岳麓寺，二句即作“西南云气开衡岳，日夜江声下洞庭”。六十年前我到山上云麓庵，见取此二句作楹联，“开”字作“来”，《晚晴簃诗汇》所录亦作“来”。显系后人妄改，极为错误。“开”字远胜于“来”字。云气来衡岳，衡岳仅表方位，所见者为云气；云气开衡岳，则衡岳巍然现在，境界全出。高青丘诗“华岳云开立马看”，当为岐农所本。

杨昌濬

杨昌濬（？—1897），字石泉，湖南湘乡人，秀才。清文宗咸丰三年（1853）从罗泽南办团练，镇压太平军。同治元年（1862）入左宗棠幕，以功擢浙江巡抚，后以事免。光绪元年（1875）左宗棠督办新疆军务，被重新起用，官至陕甘总督。光绪二十三年卒。

塞上曲呈恪靖左公[①]

大将西征尚未还，湖湘子弟满天山[②]。
新栽杨柳三千里，引得春风度玉关[③]。

① 恪靖左公，即左宗棠（1812—1885），字季高，湖南湘阴人。举人。初入湖南巡抚骆秉章幕。咸丰十年（1860），由曾国藩荐引入湘军，参预镇压太平天国，任浙江巡抚，升闽浙总督。同治三年（1866）封恪靖伯。同治五年任陕甘总督。时中亚浩汗国侵略者阿古柏，在英、俄怂恿下入侵新疆，建立哲德沙尔汗国。光绪元年（1875）左宗棠率军进疆，讨伐阿古柏汗，收复乌鲁木齐、和田等地，阻遏了英、俄的侵略阴谋。左宗棠经营甘、新达十三年之久，对维护国家的领土完整、开发西北，作出了重大贡献。

② 湖湘子弟，左宗棠所率为湘军。湘军长驻新疆，至今新疆有不少湘人后裔。

③ 新栽杨柳，左宗棠经营新、甘，沿河西走廊直至新疆，栽种杨柳十万株。左宗棠颇有政治远见，在新甘领导军民兴修水利，开发农田，并大量植树造林；沿途种柳即是重大举措之一。据湘人隆无誉《西笑日觚》记载：“左恪靖命自泾州以西至玉门，夹道种柳，连绵数千里，绿如帷幄。”后人称为“左公柳”，至今尚有存者。末二句翻用王之涣《出塞》诗“羌笛何须怨杨柳，春风不度玉门关”句意。

★杨昌濬此诗在我家乡亦即诗人故乡广为传诵，诗题与词句即本帙所录。然《河海昆仑录》题为《恭颂左公西行甘棠》，首二句作“上相筹边未肯还，湖湘子弟遍天山”。字句差逊。“恭颂左公西行甘棠”，文辞不通，甘棠一典虽与植树切合，然犯左宗棠名讳。左宗棠于光绪七年（1881）始任军机大臣，诗作于光绪五年（1879），尚不得称为“上相”。“上相筹边”也不如“大将西征”更有气势。左军进疆本是征讨，不只是一般的“筹边”而已。“未肯还”于理不合。“遍”字也不如“满”字响亮。故本帙即从传抄本。诗气魄宏伟，有清一代，边塞诗多为赝品，杨公此诗虽翻用唐人名句，却是真诗，敢与唐人争席者或仅此一篇而已。

李慈铭

李慈铭（1830—1894），字爱伯，号莼客，浙江会稽（今绍兴）人。清德宗光绪六年庚辰（1880）进士，官至山西道监察御史。其室名越缦堂，以所著《越缦堂日记》闻名，内容涉及诸史百子及时事。有《白华绛柎阁诗》《杏花香雪斋诗》《越缦堂词录》《湖塘林馆骈体文》等。

庚午书事①

孤愤千秋在，狂呼一击中②。
夷酋方丧魄，廷议急和戎③。
歼敌诚非易，要盟岂有终④。
宋金殷鉴近，幸莫恃成功⑤！

① 庚午，清穆宗同治九年（1870）。是年发生天津教案。外国天主教堂拐骗人口，天津人民群集教堂抗议。法国驻天津领事丰大业往见通商大臣崇厚，竟向崇厚和天津知县刘杰开枪，打死随从一人。群众忍无可忍，击毙丰大业，焚毁教堂。事发后直隶总督曾国藩向法国大使乞怜，归罪天津群众，杀二十人，充军二十五人，赔款白银四十六万两。诗即感此事而作。

② 孤愤，《韩非子》有《孤愤》篇，为耿直孤行愤世嫉俗之意，此用为愤恨之义。一击，指天津群众击毙丰大业。

③ 夷酋，指法国天主教会中的头目。

④ 要（yāo）盟，胁迫订盟。《史记·孔子世家》：孔子过蒲，蒲人止孔子。谓孔子曰："苟毋适卫。吾出子。"与之盟，出孔子东门。孔子遂适卫。子贡曰："盟可负邪？"孔子曰："要盟也，神不听。"句意谓外国侵略者要挟订立不平

等和约一旦得逞，岂有终期。

⑤ 宋金殷鉴，宋代向金国屈辱订约的教训。殷鉴，《诗·大雅·荡》："殷鉴不远，在夏后之世。"

★诗虽针对天津教案而发，实表现了对此前此后整个晚清屈辱外交的忧愤。

乐毅墓[①]

生合奇兵五国来，死犹埋骨傍金台[②]。
能军世尽推骑劫，爱士人惟礼郭隗[③]。
终使客卿沦异地，空传诗语感奇才[④]。
望诸莫表将军墓，知为昭王首重回[⑤]。

① 乐毅，战国魏人。燕昭王欲报齐国之仇，招慕贤者，乐毅至燕。昭王二十八年（前284），"以乐毅为上将军，与秦、楚、三晋合谋以伐齐"。下齐七十馀城，进入临淄，齐愍王出奔，齐国唯莒与即墨不下。六年之后，燕昭王去世，惠王即位。惠王听信谗言，使骑劫代将，乐毅亡走赵。齐田单自即墨反击燕军，杀骑劫。参见唐孙华《燕台怀古》诗注。

② 五国：燕昭王问伐齐大计，乐毅对曰："齐，霸国之馀业也，地大人众，未易独攻也。王必欲伐之，莫如与赵及楚魏。"于是乐毅联合赵、楚、韩、魏，总领五国之兵以伐齐（按，《史记·燕昭公世家》谓昭王二十八年"以乐毅为上将军，与秦、楚、三晋合谋以伐齐"。《六国年表》所记同。《乐毅列传》则谓"乐毅于是并护赵、楚、韩、魏、燕之兵以伐齐"。据《燕昭公世家》，五国者燕国之外再加秦、楚、三晋五国；据《乐毅列传》，则连燕国在内再加赵、楚、韩、魏共五国，秦国未参预）。金台，据传燕昭王筑黄金台以招贤者，后用作北京的别称。埋骨傍金台，似乐毅墓在北京附近。然《史记·乐毅列传》集解引张华曰："望诸君墓在邯郸西数里。"

③ 骑劫，燕将，燕惠王使代乐毅，上任即被齐田单打败，身死名裂。郭隗，燕国谋士。燕昭王欲招贤士，郭隗曰："王必欲致士，先从隗始；况贤于隗者，岂远千里哉！"昭王乃为隗筑宫而师事之。见《史记·燕昭公世家》。能军推骑劫，实为荒诞；爱士礼郭隗，亦甚滑稽。

④ 客卿，指乐毅。沦异地，燕惠王以骑劫代乐毅，乐毅亡走赵国。空传诗

语，历代感燕昭、乐毅之诗甚多，陈子昂《燕昭王》、李白《燕昭延郭隗》等诗最为有名。

⑤ 望诸，乐毅奔赵，赵封于观津，号望诸君。望诸为地名。

鉴湖柳枝词[①]

家家门巷正啼莺，取次轻阴间嫩晴[②]。
满院杨花人不到，秋千撩乱作清明。

① 鉴湖，即镜湖，在绍兴城南。古代极有名，今已淤塞。

② 取次，自然随意。

★李慈铭诗选取数首，亦有可观，有一定的气魄，其关心国家命运的诗作尤为可贵。然李慈铭总的成就并不高。李慈铭生性狂妄，目空一切，对同时代诗人，多所否定，甚至对古代如苏东坡、元遗山都不在话下。别人对他虽尽力吹捧犹以为未足。自言其诗“不名一家，不专一代”，“虽苏、李复生，陶、谢可作，不能过也”。“以诗而论，世无仲尼，不当在弟子之列”。樊增祥叙其诗，谓“国朝二百年诗家坛席，先生专之矣。先生莞尔曰：‘吾门有赐，可与言诗。’”公然以孔子自居。叙中又引李尝语樊曰：“今作者虽多，皆仅有一体，倘杂试十题，鲜有不缩手噤口者。若夫精深华妙，八面受敌而为大家，则吾与子未敢多让。”樊增祥本李慈铭弟子，彼此相互吹嘘，无所不用其极。后樊依附张之洞，而李慈铭极恶香涛，因亦诋斥樊氏。

翁同龢

翁同龢（1830—1904），字叔平，一字声甫，号松禅，晚号瓶庐，江苏常熟人。清文宗咸丰六年丙辰（1856）进士，授修撰。先后为穆宗、德宗师傅，官工部尚书，充军机大臣，调户部尚书。德宗光绪二十一年（1895）在总理各国事务衙门行走，支持康有为变法维新。二十三年（1897）以户部尚书协办大学士。二十四年六月被那拉氏罢官。戊戌政变后，那拉氏又下令革职，永不叙用，交地方官严加管束。光绪三十年去世，年七十五。翁氏以书法名世，亦工诗文，有《瓶庐诗文稿》。

临终口占

六十年中事，凄凉到盖棺①。
不将两行泪，轻向汝曹弹！

①凄凉，一作“伤心”。

★这是光绪三十年甲辰（1904）五月二十日翁瓶庐临终绝笔。作为诗，可能不那么温柔敦厚，宛转舒徐，但很可能比翁氏全部经心之作更能激动人心。戊戌变法的失败，使翁瓶庐忧愤填膺。区区二十字，充分反映了翁氏对国事的沉重，也表现了诗人刚强耿介的个性。

王闿运

王闿运（1833—1916），字壬秋，一字壬父，湖南湘潭人。清文宗咸丰五年乙卯（1855）举人。镇压太平天国时，曾入曾国藩幕，后讲学四川、湖南等地。辛亥革命后任清史馆馆长、参议院参议。王闿运古诗模拟汉魏六朝，或亦具初唐风格，律诗学杜甫、李商隐，为晚清湖湘派首领。有《湘绮楼全集》。

春思寄妇二首

门外青青草，云低一半阴。
不知春已暮，惟向雨中深。
远道劳相忆，高楼见此心。
分明碧潭外，微路可重寻？

近来离别惯，归梦不能多。
每听流莺语，知君敛翠娥。
春生杨柳外，江隔洞庭波。
思与落花去，浮沉可奈何！

春社日往邵阳道中[1]

乍别忘归梦，初醒似在家。
雨灯寒照壁，木柮夜温茶[2]。
过社仍招燕，愁眠惯听鸦。

道旁春点点，闲落野梨花。

①春社，立春后第五个戊日祭社（土神），称为春社。邵阳，在湖南中部偏西南，濒临资水。

②木柮（duò），木柴。

晓上空舲峡[1]

猎猎南风拂驿亭，五更牵缆上空舲。
惯行不解愁风水，瀑布滩雷只卧听。

①空舲峡，三峡中峡名，在湖北秭归县东。

张之洞

张之洞（1837—1909），字孝达，一字香涛，号壶公，督两广时创广雅书院，故又称广雅，晚号抱冰，直隶南皮（今河北南皮）人。清穆宗同治二年癸亥（1863）进士，历官湖广总督、两江总督、体仁阁大学士、军机大臣。清末洋务运动重要领袖之一。光绪十五年（1889）任湖广总督时，开办汉阳铁厂和湖北枪炮厂，对近代钢铁工业的发展颇有影响。广雅论诗，谓“能将宋意入唐格”，称“北宋清奇是雅音”，惟不喜江西派。所作典雅宏丽，在晚清独树一帜。谭献、樊增祥、易顺鼎、袁昶并出其门，梁鼎芬、陈衍皆其幕客。有《广雅堂诗集》。

蜀葵花歌①

兰论畹，蕙论亩，荷华菡萏泽陂有②。
看花满眼意始快，艰苦骄矜何足取③。
世俗贵耳斗奢华，洛花道好蜀花丑④。
十千一窠且难得，不赏园林赏罂缶⑤。
可怜光采弄顷刻，愁阳愁雨劳逻守⑥。
田间野客爱蜀葵，谓是易生兼耐久。
娟若芙蓉斗秋霜，直如枲麻出蓬莠⑦。
烂然千朵应时发，粪溉岂出园奴手⑧。
美锦难比缣利用，河豚岂如鲤适口⑨。
广庭廓落无雕饰，萝薜挂墙一尺厚。

花光喷溢充虚堂，最好旭初及雨后。
我若表微张此花，为集嘉客倾美酒[10]。
此花虽贱君子贵，君子为谁司马君实号迂叟[11]。

① 蜀葵花，又名一丈红，锦葵科，二年生草本，茎直立，高达两米，叶呈掌状，夏季开花，花腋生。自下向上顺次开放，有红、紫、黄、白诸色。陈三立《峙庐墙侧有蜀葵数株》诗注："抱冰尚书极赏蜀葵，官廨隙地，列植殆遍。"诗云"抱冰居士今迂叟，更表兹花费制裁"，即指此篇。

② "兰论"二句，《楚辞·离骚》："余既滋兰之九畹兮，又树蕙之百亩。"畹（wǎn），一畹三十亩。菡萏（hàn dàn），即荷花。《诗·陈风·泽陂》："有泽之陂，有蒲菡萏。"

③ 艰苦骄矜：种之不易，故云艰苦；得来艰苦，故引以骄矜。

④ 贵耳，不是亲身感受，而听人言，如都说牡丹华贵，遂争相赞美。《文选·张平子〈东京赋〉》："若客，所谓末学肤受，贵耳而贱目者也。"颜之推《颜氏家训·慕贤》："世人多蔽，贵耳贱目。"洛花，指牡丹，洛阳牡丹闻名。蜀花，指蜀葵。一作"蜀葵"。

⑤ 罂缶，陶制容器。按，牡丹不能用罂缶种植，此代指陶缸、陶钵之类。

⑥ 光采弄顷刻，指牡丹花期短暂（按，花期久暂是相对而言，牡丹花期长达二三十天，较之桃、李、樱、杏，不算太短）。

⑦ 娟，美好。芙蓉，此指木芙蓉，秋日开花，其花形与蜀葵略近。枲（xǐ）麻，又称大麻，其茎直上与蜀葵相似。蓬莠（yǒu），蓬蒿杂草。

⑧ 烂然，花开烂熳。粪溉，施肥浇水。

⑨ 锦，有花纹的丝织品。缣，双丝织的细绢。河豚，一名江猪，肉味鲜美，但内脏有剧毒。美锦比缣珍贵，不如缣实用；河豚固是珍馐，不如鲤便食。喻牡丹之类固然华贵，但培植不易，不如蜀葵朴实雅致，随处可种。

⑩ 表微，表彰低微之物。《礼记·檀弓下》："君子表微。"

⑪ 司马君实，宋司马光，字君实，号迂叟。原注："温公《蜀葵》诗：'白若缯初断，红如颜若酡。坐凝仙驾俨，幢节纷骈罗。物性有常好，人情轻所多。菖蒲倘日秀，弃掷不吾过。'"

宿宁羌州[1]

岁晏单车独北征，风催槁叶下边城。

一家骨肉同萍梗，四海亲朋半死生[②]。
杼轴山中犹急税，旌旗江上未休兵[③]。
忧来无寐披衣起，霜月横天枥马鸣！

① 宁羌州，今陕西宁强县。诗作于咸丰五年（1855），时年十九。

② “一家”句原注：“时家大人督兵办贼，贼急饷缺，艰苦已极。伯仲叔三兄北行在路。”“四海”句原注：“五弟小潭以癸丑秋殁。笠樵从兄亦以是秋殁于粤。粤方有红匪之乱，从侄冒难奔丧，今无耗。业师童云达、洪南陔两先生皆陷贼流离，生死未卜。石氏、鹿氏诸戚时在都匀府围城中，兵警危甚。”

③ 杼轴，织布机上的两个部件。杼，即梭子。轴，卷纱的滚筒。代指纺织。《诗·小雅·大东》：“小东大东，杼轴其空。”江上未休兵，时清军与太平军正激烈战斗。

人日游草堂寺[①]

人日残梅作雪飘，出城携酒碧溪遥。
无端杜老同心事，四海风尘万里桥[②]。

① 人日，阴历正月初七。草堂寺，杜甫成都草堂故居。杜甫自唐肃宗上元元年（760）至代宗永泰元年（765），首尾六年卜居于此。

② 杜老，即杜甫。上元二年，高适为蜀州刺史，有《人日寄杜二拾遗》诗。大历五年（770）正月杜甫流寓潭州，作《追酬故高蜀州人日见寄》诗，诗中有“东西南北更谁论，白首扁舟病独存。遥拱北辰缠寇盗，欲倾东海洗乾坤。边塞西羌最充斥，衣冠南渡多崩奔”之句。时在安史之乱以后，唐室已委靡不振，内忧外患，叠见错出，诗人乃有“四海风尘”之感。万里桥，在成都西郊，杜甫草堂即在万里桥西。张之洞生于清末，面对外敌频繁入侵，内部斗争不断，清室亦已风雨飘摇，故自有杜老当年“心事”。

★同时所作《杜工部祠》七律云：“少乞残杯道已孤，老官检校亦穷途。荣名敢望李供奉，晚遇难齐高达夫。凭仗诗篇垂宇宙，发挥忠爱在江湖。堂堂仆射三持节，那识流传借腐儒。”注：“今严郑公诗三首附刻杜集。”诗亦历练工整，对杜甫评论公允，五六两句尤为精萃。

樊增祥

樊增祥（1846—1931），字嘉父，号云门，一号樊山，湖北恩施人。清德宗光绪三年丁丑（1877）进士。出补陕西渭南知县。清末官至江宁布政使，护理两江总督。与易顺鼎并出张之洞门下，并称“樊易”。诗多至万馀首，多侧艳之作。有《樊山集》《樊山续集》。

井 陉[1]

涧复山重严建瓴，身骑龙背陟青冥[2]。
河东豪俊无相识，独立高冈看井陉[3]。

①井陉，在河北省西南，山名，亦关名，是太行山重要关隘。陉（xíng），山脉中断之处。

②建瓴，“高屋建瓴”的简缩，高屋瓦沟之水向下倾泻，比喻居高临下，势不可当。《史记·高祖本纪》：“（秦中）地势便利，其以下兵于诸侯，譬犹居高屋之上建瓴水也。”瓴，瓦沟。龙背，喻山脊。陟青冥，上青天。

③河东，黄河在陕西、山西界北向南流，河以东地区称为河东，泛指山西、河北境。

八月六日过灞桥口占[1]

柳色黄于陌上尘，秋来长是翠眉颦[2]。
一弯月更黄于柳，愁煞桥南系马人[3]。

① 灞桥，在陕西长安县东灞水上。古代自长安东出，送行者往往至灞桥折柳赠别。

② 柳色，一作“残柳”。翠眉，喻柳叶。颦，因愁闷而皱眉之状。词语取自杜甫《江月》诗“烛灭翠眉颦”。

③ 一弯月，指黄昏之时的上弦月。“翠眉颦”、“一弯月”，都引发对爱人的怀思，故“愁煞桥南系马人”。系马人，即诗人自己。

★谭嗣同《论艺绝句》：“意思幽深节奏谐，朱弦寥落久成灰。灞桥两岸萧萧柳，曾听贞元乐府来。”自注：“往见灞桥旅壁尘封，隐然若有墨迹，拂试谛辨，其辞云云。读竟狂喜，以谓所见新乐府，斯为第一。而未署名，不知谁氏，至今恨恨。”使谭复生如此“狂喜”的就是樊山的这首《过灞桥口占》。陈衍《石遗室诗话篇》引缫蘅挽樊山亦有“魂销灞岸千条柳”之句。在樊山为数过万的诗中，这首小诗只是旅途率意之作，何以引得评论家如此之高的赞誉？诗表面上只是白描写景，而实际上表现其旅途萧索且寓思远怀人之意。诗中不径直写出，并非故作婉曲，而是兴到神会，自然独到，所以高出一般刻意雕镂之作。

冬日山行绝句

牧儿生小住山家，冬学闲时乐事赊[①]。
雪后不知溪路断，倒骑牛背看梅花。

① 赊，多也。

中秋夜无月

亘古清光彻九州，只今烟雾锁琼楼。
莫愁遮断山河影，照出山河影更愁。

★曹楝亭诗云：“夜半檀州看秋月，河山表里更分明。”自是康熙盛世光景。樊樊山云：“莫愁遮断山河影，照出山河影更愁！”时至晚清，山河凄暗。

易顺鼎

易顺鼎（1858—1920），字实甫，一字中硕，号哭庵，湖南龙阳（今汉寿）人。清德宗光绪元年乙亥（1875）举人，官至广东钦廉道。辛亥革命后，袁世凯称帝，任代理印铸局局长。民国九年卒，年六十三。诗与樊增祥齐名。平生行迹遍天下，所到之处，作诗成集，随地命名，所以集名甚多。后编为《琴志楼编年诗集》。

西施曲[①]

西施未嫁谁云冶，春风不到蓬门下[②]。
若耶溪上浣纱人，诸暨村中卖薪者[③]。
朝从波底羡鸳鸯，暮入云中栖凤凰。
一身偏受恩千百，万口争言艳寡双。
富贵居然一朝有，香名藉甚千秋后。
故国飞残茂苑花，行人忆杀苏台柳[④]。
从来贫贱几人传，宝剑沉埋珠弃捐。
越溪尚有如花女，不遇吴王空自怜！

① 西施，传为春秋时越国人。越王勾践败于会稽，命范蠡访得苎萝山美女西施，献与吴王夫差，为夫差所宠爱，夫差乃许越行成（求和）。后勾践卧薪尝胆，发愤图强，终于灭亡吴国。西施随范蠡泛舟游五湖而去。按，西施事不见于先秦《国语》《左传》等书，也不见于《史记》吴越世家。在先秦《孟子》《庄子》《荀子》等书中，西施为美人的典型，然与吴越斗争无干。故事见于东汉赵晔《吴越春秋》、袁康《越绝书》和唐陆广微《吴地记》。

② 冶，美。

③ 若耶溪，源出浙江绍兴南若耶山，北流入运河。传西施曾在溪畔浣纱。诸暨，县名，在浙江省中部。浣纱人、卖薪者，均指西施。

④ 茂苑，指吴宫苑囿。苏台，即姑苏台，传为吴王夫差为西施所筑。

白帝城怀古①

缥缈江楼听鼓笳，荒城日落望三巴②。
汉朝未改黄皇室，蜀士终成赤帝家③。
飞鸟啼猿争绝巘，卧龙跃马共寒沙④。
凄凉独有东屯老，玉殿空山想翠华⑤。

① 白帝城，在今四川奉节白帝山下。东汉初公孙述据蜀，自称白帝，改原巴郡鱼复城为白帝城。三国蜀先主刘备章武二年（222）猇亭战败，退居白帝城。明年病笃，托孤丞相诸葛亮，夏四月卒于白帝城之永安宫。

② 缥缈，高远貌。缥缈江楼，用杜甫《白帝城最高楼》诗“独立缥缈之高楼”句意。笳，一种管乐器。三巴，东汉末益州牧刘璋分巴郡为永宁、固宁、巴三郡，后又改为巴、巴东、巴西，称为三巴。此泛指四川东部。

③ 黄皇室，指王莽。《汉书·王莽传》：王莽自称出自黄帝，称黄帝为“皇初祖”。元寿二年（前70）汉哀帝卒，王莽立平帝，时年九岁。王莽专权，以女为平帝皇后。元始五年，平帝又卒，王莽立孺子婴，年仅两岁。王莽摄政，称其女即平帝后为太后，其时才十五岁。三年后，王莽篡汉，以孺子婴为定安公，改其女为定安公太后。王莽始建国二年，又“改定安太后号曰黄皇室主，绝之于汉也”，即表示黄皇代汉皇之意。诗中即以“黄皇室”代指新莽。赤帝家，指汉王朝。《史记·高祖本纪》称刘邦为“赤帝子”，故以赤帝家代指汉王朝。二句意谓汉王朝虽经历大乱，终未改为“黄皇”天下，而蜀土也终归汉室。按，新莽政权实存在十五年，略与秦代相等，封建史家以东汉直承西汉，否认新莽政权的存在，故易顺鼎也说“汉朝未改黄皇室”，又以刘备为西汉中山靖王之后，仍是“赤帝子”的后裔，所以说“蜀土终归赤帝家”。

④ 巘（yàn），大小相连的山峰，此系泛指。绝巘，险峻的山峰。卧龙，指诸葛亮。《三国志·蜀书·诸葛亮传》：“徐庶见先主，先主器之。谓先主曰：‘诸葛孔明，卧龙也，将军岂愿见之乎？’”跃马，指公孔述。左思《蜀都赋》称“公孙跃马而称帝”。诗句袭用杜甫《阁夜》诗“卧龙跃马终黄土”句。

⑤东屯老，指杜甫。唐代宗大历元年（766）春，杜甫东行到达夔州白帝城，是年秋居于东屯。杜甫在夔一年，现存《杜少陵集》中夔州所作诗多达三百多首，其中包括《古柏行》《诸将五首》《秋兴八首》《昔游》《壮游》《阁夜》《同元使君春陵行》《观公孙大娘弟子舞剑器行》等名作，是杜甫创作最旺的时期之一。玉殿，指蜀先主"驾崩"的永安宫，后改为卧龙寺。翠华，天子车旗，以翡翠、羽毛为饰，因代指天子仪仗。句本杜甫《咏怀古迹》诗"翠华想像空山里，玉殿虚无野寺中"。

三峡竹枝词二首[①]

峡山遮月月难来，溪女踏歌歌莫哀[②]。
郎似西陵峡中月，一生相见不多回。

香溪人去几时归，万里龙沙雪打围[③]。
溪上老翁愁欲绝，女儿生得似明妃[④]。

①竹枝词，原为三峡的民歌，唐刘禹锡、白居易等加以仿作，成为绝句的一体，仍保持民歌风味。

②莫哀，词本杜甫《短歌行赠王郎司直》"王郎拔剑斫地歌莫哀"，原意为莫要哀伤之意，诗中似用为歌曲之名。

③香溪，发源于大巴山神农架，南流经兴山至秭归城南注入长江。香溪人，指王昭君。龙沙，白龙堆沙漠。见《后汉书·班超传赞》。此泛指边塞沙漠之地。

④明妃，即王昭君，西汉南郡秭归人。昭君故里今属兴山县。汉元帝时被选入宫，竟宁元年（前33）出嫁匈奴呼韩邪单于。参见吴雯《明妃》诗注。

题嘉陵驿[①]

春风如梦草萋萋，万里巴山更向西。
不许行人头不白，嘉陵江上杜鹃啼。

①嘉陵驿，四川嘉陵江畔的驿站。

司马相如[①]

赋笔徒闻冠两京，朱弦才识倦游情[②]。
梁园雪与文园雨，便为相如送一生[③]。

① 司马相如，字长卿，西汉大赋家，蜀郡成都人。事汉景帝为武骑常侍。景帝不好辞赋，梁孝王来朝，相如见而悦之，遂从梁孝王客游于梁。梁孝王卒，相如归成都，家贫无以自业。客于临邛富人卓王孙家。相如酒酣鼓琴，时卓王孙有女文君新寡，好音，相如故以琴心挑之，文君夜亡奔相如，与同归成都。后汉武帝读相如《子虚赋》而善之，乃召见相如。相如为作《上林赋》，武帝以为郎。后拜中郎将，持节奉使西南。相如后为孝文园令，以病免，家居茂陵。见《史记・司马相如列传》。

② 两京，西汉都长安，东汉都洛阳，两京即代指两汉。汉代大赋繁兴，而以司马相如为首，故云“冠两京”。然司马相如并不被重用，故云“徒闻”。朱弦，代指琴。倦游，倦于游宦。二句谓司马相如赋笔冠绝一代，然游梁回蜀而无所遇，只有琴声能表达其倦游心情。

③ 梁园，一名梁苑，梁孝王刘武所筑，故址在今河南商丘。梁孝王好辞赋，司马相如、枚乘、邹阳等皆曾延居园中。南朝宋谢惠连作《雪赋》，托为梁王命司马相如所作。“梁园雪”即原于此。文园，汉文帝陵园。司马相如晚年为文园令。李商隐《寄令狐郎中》诗有“休问梁园旧宾客，茂陵秋雨病相如”句，“文园雨”实原于此，但改茂陵为文园。

十二月二十四日雪中游邓尉[①]

湖天光景入空濛，海立云垂暝望中。
记取僧楼听雪夜，万山如墨一灯红。

① 诗作于光绪十二年丙戌（1886）。邓尉，山名，在江苏苏州城西六十里。传东汉邓禹曾居于此，禹官至太尉，因称邓尉。其地以梅花著称。

冯煦

冯煦（1842—1927），字梦华，号蒿庵，江苏金坛人。清德宗光绪十二年丙戌（1886）进士，官至安徽巡抚。曾编纂《江南通志》。其诗以清丽小诗见长，仿佛渔洋七绝的馀响。有《蒿庵类稿》。

瓜步[①]

瓜步荒烟上远墟，金焦南望赋归欤[②]。
乱鸦正掠斜帆过，寒柳黄于二月初[③]。

① 瓜步，在江苏六合县南，长江北岸。南与镇江相对。

② 金焦，二山名。金山在江苏镇江西北濒临长江。焦山在江中与金山相对，相距约十里。赋归欤，《论语·公冶长》谓孔子在陈，有“归欤！归欤！”之叹。

③ “寒柳”句，仿杜牧《山行》诗“霜叶红于二月花”。

剑州闻蝉[①]

列柏西台寂不鸣，九天风露特凄清[②]。
剑南雨过延新爽，始得疏林第一声。

① 剑州，今四川剑阁县。

② 列柏西台，即御史台。汉御史台列植柏树，见《汉书·朱博传》。后因称御史台为柏台。又，唐代中书省别称西台，亦称西御史台。风露特凄清，语本苏轼《予以事系御史狱》诗“柏台霜气夜凄凄”。

送研孙归湘中二首[①]

阴阴霁色赴遥岚，携手荒城思不堪。
为语离人莫回首，乱鸦残照是江南。

横笛吹残断雁秋，旧时云物此淹留。
黄陵暮雨孤帆远，楚竹湘烟一望愁[②]。

① 研孙，何维栋，字研孙，湖南道州（今道县）人。光绪九年癸未（1883）进士，官刑部主事。

② 黄陵，在湖南湘阴县北洞庭湖畔，传为湘妃葬地。

袁 昶

袁昶（1846—1900），字重黎，号爽秋，别号芳郭钝叟，浙江桐庐人。清德宗光绪二年丙子（1876）进士。官至太常寺卿。光绪二十六年与吏部左侍郎许景澄上疏反对信用义和团。六月，八国联军攻陷天津，袁、许“冒死力争”，反对围攻各国使馆。七月四日，二人并被那拉氏杀害。袁昶与沈曾植同为同光体闽派代表。有《渐西村人初集》《于湖小集》《金陵杂事诗》《安般簃集》等。

送人游蜀

一年同饮桑乾水，何日重寻桑落樽①？
此去疲驴剑门道，丹枫夹道听啼猿②。
雪晴瓦屋千重见，霜涨芦沟几尺浑③。
莫厌清贫橘官务，山深俗朴道弥尊④。

① 桑乾水，源出山西北部管涔山，东南流进河北省，为永定河上游。永定河流经北京，故云同饮桑乾水。桑乾水今注入官厅水库。桑落，酒名。

② 疲驴剑门道，用陆游《剑门道中遇微雨》诗“细雨骑驴入剑门”句意。

③ 瓦屋，山名。芦沟，水名，即永定河，流经北京城西南有著名的芦沟桥。

④ 橘官，汉代于产橘地置橘官。《汉书·地理志》载巴郡有橘官。清代无橘官，因所送之人入蜀，其人必系小官，故以橘官称之。唐人豁达，如李白、杜甫诗中所涉交往不乏平民百姓，同样著其姓名（偶有非所肯定的人例外）。明清不少诗人世故，如所交为达官贵人，必著其官衔姓氏，若系小官往往以“人”“客”之类的词代替，不愿露其名姓。此诗之所称送“人”入蜀，即属此

种官场俗气。且称为“橘官”，明著其官甚小。虽说“山深俗朴道弥尊”，实世故之至。

江　上

江上撑空千叠山，江风吹度暝帆还。

浪淘人物前朝去，虎踞龙盘只等闲[1]！

①“浪淘”句，用苏轼《念奴娇·赤壁怀古》词“大江东去，浪淘尽千古风流人物”句意。虎踞龙盘，形容南京形势雄伟险要。《太平御览》卷一五六引晋张勃《吴录》，诸葛亮尝谓孙权曰：“秣陵地形，钟山龙盘，石城虎踞，此帝王之宅。”句意谓地势形胜并不可恃。晚清末季，外国强盗频烦入侵，东南历经战祸，故诗人有“浪淘人物前朝去，虎踞龙盘只等闲”之叹。

陈宝琛

陈宝琛（1848—1935），字伯潜，号弢庵，又号橘隐，福建闽县（今闽侯）人。清穆宗同治七年戊辰（1868）进士，改庶吉士，授翰林院编修，历内阁学士、礼部侍郎。德宗光绪十七年（1891）被那拉氏废黜，回籍赋闲二十馀年。宣统帝立，起为溥仪师傅，并任弼德院顾问大臣。辛亥革命后成为清室遗老，并妄图复辟清室。民国二十四年卒，年八十八。陈宝琛崇尚宋诗，兼学苏、黄，为同光体闽派诗人。有《沧趣楼诗集》。

山 居

数竿竹外无多地，半属梅花半属兰。
留客便盘圆石坐，借书惯就绿阴摊。
空阶驯雀寻常下，小沼潜鱼自在宽。
有酒不应成独饮，墙头还泥好烟峦[①]。

① 泥，读如元稹诗“泥他沽酒拔金钗”之泥，软求，软缠。

★录自陈衍《近代诗钞》，题即《山居》。《石遗室诗话》谓弢庵“所居螺江，有沧翠楼，梅竹深秀，公诗所云‘留客便盘圆石坐，借书惯就绿阴摊’者也。面楼奇峰五摺，叠若屏风，矗立千仞，视匡庐五老香炉诸峰，殆有过之，诗境亦复相似”。然本集题作“宿灌畲山居”，不知两者何以不同。诗所写内容切合自家山居，故题目仍从陈选。这是陈氏集中最为清畅之作，在一般写山居作品中也属上乘。灌畲（yú），陈氏友人，集中另有《听水斋喜灌畲夜至》诗。

释敬安

释敬安（1851—1912），字寄禅，俗姓黄，名读山，湖南湘潭人。年幼父母双亡，孤苦无依，为人放牛为生。十八岁在湘阴法华寺出家，曾在阿育王寺烧残二指，故别号八指头陀。二十五岁以后云游天下，历主衡阳罗汉寺、衡山上封寺、大善寺、宁乡沩山寺、长沙神鼎寺、上林寺。光绪二十八年壬寅（1902）住持宁波天童寺。辛亥革命后中华佛教总会成立，任第一任会长。民国元年圆寂，年六十二。敬安是近代著名诗僧，雅尚唐音而诋斥宋诗，五言律为晚清第一。与王闿运、王先谦、樊增祥、易顺鼎、俞明震、陈三立等并有交谊。有《八指头陀诗集》。

祝髮示弟[①]

人间火宅不可住，我生不辰泪如雨[②]。
母死我方年七岁，我弟当时犹哺乳[③]。
抚棺寻母哭失声，我父以言相慰抚：
道母已逝犹有父，有父自能为汝怙[④]。
那堪一旦父亦逝，惟弟与我共荒宇[⑤]。
悠悠悲恨久难伸，搔首问天天不语。
窃思有弟继宗支，我学浮屠弟其许[⑥]。
岂为无家乃出家，叹息人生如寄旅[⑦]。
此情告弟弟勿悲，我行我法弟绳武[⑧]。

①祝髮，即剃髮，指剃髮为僧。寄禅于同治七年戊辰（1868）投湘阴法华寺出家，拜东林长老为师，时年十八，敬安寄禅名字即东林长老所赐。诗系同治十二年癸酉（1873）补作。

②火宅，佛家指多灾多难的尘世。《法华经·譬喻品》："三界无安，犹如火宅。"不辰，生不逢时。《诗·大雅·桑柔》："我生不辰，逢天僤怒。"

③母死，寄禅母胡氏咸丰七年（1857）去世，时寄禅年仅七岁。

④汝，单称复指，你们，指寄禅兄弟。怙（hù），依靠。《诗·小雅·蓼莪》："无父何怙，无母何恃！"

⑤父亦逝，寄禅父于同治元年（1862）去世，时寄禅年十二。荒宇，犹言荒凉的世界。

⑥宗支，祖宗后代。浮屠，梵语音译，即佛，也指僧人。

⑦人生如寄旅，李白《春夜宴桃李园序》："夫天地者，万物之逆旅也。"

⑧法，指佛法。绳武，继承祖先的事业，此指继承香火，传宗接代。《诗·大雅·下武》："昭兹来许，绳其祖武。"朱熹传："绳，继。武，迹也。"

乞何诗荪舍人画吴越山水歌①

何郎书画天下奇，书法乃祖画法黄大痴②。
求书差比求画易，求画往往不与经年时。
偶逢佳士留真迹，陡觉茅茨石壁生光辉。
我有久藏越人所遗藤十幅，请君乘醉染毫时一挥③。
或写天台石梁雁荡龙湫之瀑布，
或写太湖洞庭风帆来往沙鸥出没万顷之琉璃④。
最好八月十六钱塘江上千军万马争拥雪山银涛排空来，
尤爱庐山真面香炉五老九叠屏风开⑤。
倘能为我一一皆图画，我当烧笋煨芋酬以美酒盈金罍⑥。
何郎何郎甚勿十日一山五日水，使我拄杖敲门频相催⑦。

①何诗荪，湖南道县人，大书法家何绍基之孙。诗作于光绪十五年（1893），时在南岳。

②乃祖，即何绍基。黄大痴，字子久，别号大痴道人。元代山水画家，与

吴镇、倪瓒、王蒙称“元四家”。

③ 藤，指一种书画纸。毫，笔。

④ 天台石梁，在浙江天台山。雁荡龙湫，在浙江雁荡山之马鞍岭。太湖，在江苏南部，湖中有东洞庭山、西洞庭山。琉璃，一种石质半透明体材料，此用以喻湖面。

⑤ 钱塘江，八月十五、十六潮水最盛，成为奇观。庐山真面，词本苏轼《题西林壁》诗“不见庐山真面目”句。香炉、五老，皆庐山峰名。九叠屏风，李白《庐山谣》：“屏风九叠云锦张，影落明湖青黛光。”

⑥ 金罍，酒器。

⑦ 十日一山五日水，杜甫《戏题王宰画山水图歌》：“十日画一水，五日画一石。能事不受相促迫，王宰始肯留真迹。”

★古体诗结尾内容必须宕开，不宜在原处泥着，方有馀韵。此诗长句排比连翩，活泼自如，饶有风趣；惜结语过于平淡，便觉力量不足。其实不要最后两句，也许更好。

秋日登伏龙山[1]

鹫岭郁崔嵬，登临亦壮哉[2]。
秋声生远树，落叶掩荒台。
海阔孤帆度，天空一雁来。
故山不可见，愁绝暮猿哀。

① 诗作于光绪四年（1878）秋。伏龙山，在浙江镇海县西北。

② 鹫岭，一名灵鹫山，在中印度，为佛说法之地。此借指伏龙山。

与淡云和尚夜话[1]

十年俱老大，一见一伤神。
白髪几人在，青山入梦频。
两行灯下泪，三载病中身。
何日岳云里，与君还结邻[2]？

① 淡云和尚，衡岳僧名。诗作于光绪十三年（1887）。诗中称“白髮几人在”，其实当时寄禅才三十七岁。

② 岳，此指南岳衡山。

★光绪十三年寄禅主衡山上封寺，但时出云游。是年所作五律佳构甚多。如《送友人入蜀》：“草绿长沙渚，凄然送汝行。微官休自耻，万里且孤征。日落黄牛峡，江流白帝城。到时应有泪，不独异乡情。”（此首结末二句太弱。）如《喜黄芷舲至》：“故人久不至，相见一开颜。脱略形骸外，啸歌天地间。移琴临绿水，把酒对青山。惆怅日云暮，烟斜送客还。”如《赠饶文卿》：“老作诸侯客，高怀与众殊。随身一剑在，对酒片云孤。白社归何晚，青山看欲无。年来翻爱静，时与道人俱。”如《送谌笠之粤》：“之子忽言别，征帆指粤东。关山成独往，身世信飘蓬。古驿蛮烟外，秋涛野寺中。衡阳无过雁，乡信若为通？”诗皆清新可诵。陈三立《沪上遇八指头陀》诗谓“行卷讶非苔石气，贪收郊岛入新诗”。八指头陀诗雅近大历，与郊、岛完全不类，不解散原何以言此。八指头陀是有清季末的五言长城，整个同光体派无一人敢与比肩。

陈曼秋还湘赋赠[①]

日暮千门静，天空一雁飞。
那堪异乡客，复送故人归。
建业孤帆远，楚江秋雨微。
禅心本无住，何事欲沾衣[②]？

① 诗作于光绪十五年（1889），时在南京。

② 无住，佛家谓一切皆空，不泥着某个事物，也不眷恋某个地方。

咏白梅[①]

了与人境界，寒山也自荣。

孤烟淡将夕，微月照还明。
空际若无影，香中如有情。
素心正宜此，聊用慰平生。

① 诗作于光绪二十三年（1897）。

梅痴子乞陈师曾为白梅写影属赞[①]

寒雪一以霁，浮尘了不生。
偶从溪上过，忽见竹边明。
花冷方能洁，香多不损清。
谁堪宣净理，应感道人情[②]。

① 梅痴子，李瑞清（1867—1920），字仲麟，号梅庵，江西临川人，诗中称为“临川太史”、“李二翰林”、“梅庵学使”。辛亥革命后李瑞清出家为道士，称清道人。梅庵之诗，有《清道人遗集》。陈师曾，即陈衡恪，字师曾，号槐堂，江西义宁（今修水）人，陈三立长子，著名画家。此诗作于光绪二十四年（1898）。

② 净理，佛家清静之理。

★寄禅爱白梅，现存咏白梅诗凡十首，有“白梅和尚”之称。“偶从溪上过，忽见竹边明。花冷方能洁，香多不损清”，最得白梅神理。

梦洞庭[①]

昨梦汲洞庭，君山青入瓶[②]。
倒之煮团月，还以浴繁星。
一鹤从受戒，群龙来听经。
何人忽吹笛，呼我松间醒。

① 洞庭，湖名，在湖南北部，南纳湘、资、沅、澧四水，北受长江松滋、太平、藕溪、调弦四口汛期洪水，在岳阳城陵矶汇入长江。岳阳城西君山为湖上名胜。诗作于宣统元年（1909）。

② 君山青入瓶，此句或受苏轼《汲江煎茶》诗“大瓢贮月归春瓮，小杓分江入夜瓶”句启发。

★《梦洞庭》诗驰骋幻想，梦境奇特，在寄禅五律中别具一格。光绪二十二年（1896）所作《梦洞庭作》亦佳。诗云：“洞庭汇众壑，云梦气能吞。吴楚星辰湿，风涛日月翻。遥看青草浪，混作碧天痕。莫恃重湖阔，终须到海门。”

雪 归[①]

万木萧森鸟绝飞，四山风雪一僧归。
途中不畏寒侵骨，赢得梅花香满衣。

① 诗作于同治十二年（1873）。

重过江畬[①]

莺啼花落故园春，一样风光独怆神。
多少故交零落尽，归来翻似异乡人！

① 江畬（shē），湘潭县西小镇。光绪十一年（1885）春暮，寄禅回乡省墓。

沈曾植

沈曾植（1851—1922），字子培，号乙庵，晚号寐叟，浙江嘉兴人。清德宗光绪六年庚辰（1880）进士。曾与康有为等组织强学会，参与变法维新。官至安徽布政使，护理安徽巡抚。辛亥革命后寓居上海。沈曾植上承朱彝尊、钱载秀水派传统，诗学谢灵运、韩愈、李商隐、黄庭坚诸家，风格艰涩奇奥，力避平庸，又喜用僻典，为同光体闽派主要作手。有《海日楼诗集》。

题唐子畏《雪景》①

虚室夜生白，千岩静天光②。
嵯峨泬寥极，视听咸茫茫③。
逸士卧敝庐，枯禅老是乡④。
宁知天地闭，肝膈森清凉⑤。
爱此万法俱，了无一丘当⑥。
所怀竟云何？非圣焉知狂⑦。

① 此光绪十六年（1890）题丹徒丁立钧所藏唐寅雪景图。唐子畏，明代著名画家唐寅，字伯虎，一字子畏。作者《恪守庐日记》曾记其事，谓此“拟东坡《题王晋卿着色山水》诗，超超玄著，固非常人胸臆所有”。（超超，高超。玄著，深妙。《晋书·王戎传》：“王戎谈子房、季札之间，超然玄著。”）

② 虚室夜生白，《庄子·人间世》：“虚室生白，吉祥止止。”司马彪曰：“室，比喻心。心能空虚，则纯白独生也。”庄子原意用“虚室生白”，比喻心境光明澄澈，诗又反过来用以形容雪光照映下室内的光明景象。

③ 嵯峨，高貌。泬寥，空旷貌。二句写雪天空旷寥廓。

④逸士，犹言高人、隐士。枯禅，老僧。

⑤天地闭，《礼记·月令》："孟冬之月，天地不通，闭塞而成冬。"

⑥万法，《维摩诘所说经》："万法即真如，由不变故；真如是万法，由随缘故。"意谓永恒常在，不生不灭。"诗意谓画中雪景，永恒静穆，尘世却了无一丘可以相当。

⑦非圣焉知狂，《书·多方》："惟圣罔念作狂，惟狂克念作圣。"原意是说圣明者如果不念善会变为狂人，狂人如果能念善会变得圣明。诗反其意，不是圣人谁能理解狂放不羁之士。

题赵吴兴《鸥波亭图》[①]

鸥波亭上佳公子，绝代丹青写清思[②]。
渊源不到宋遗民，大雅能窥唐画史[③]。
苕渚蘋洲满意春，管公楼对比肩人[④]。
还将平远溪山意，消取沧桑异代身[⑤]。

①赵吴兴，元初赵孟頫（1254—1322），字子昂，浙江吴兴（今胡州）人。鸥波亭，《大清一统志》"鸥波亭在湖州府治扬子汇上，元赵孟頫游息之所也。"诗作于光绪十六年（1890），题画赠友人丁叔衡。

②佳公子，指赵孟頫。赵孟頫《题所画梅竹赠石民瞻》诗自注："伯幾有诗见寄云：'寄声雪上佳公子，飞尽梅花不见春。'"

③"渊源"句，谓赵孟頫论艺术渊源达不到宋遗民的境界。宋亡后遗民画家郑思肖、龚开等坚持民族气节，而赵孟頫以宋室宗亲而出仕于元。"大雅"句，谓赵孟頫的艺术水平却可窥唐代的画家。画史，即画家，见《庄子·田子方》。按，遗民画家重在写意，表现其个性骨气，而唐人作品或富丽繁茂，或清奇秀逸。赵孟頫自没有逸民的风格，而更接近于唐画。诗实对赵孟頫微有贬刺，非单论画艺。

④苕渚蘋洲，罗隐《送灵洲郑员外》诗："歌听苕坞春山暖，诗咏蘋洲暮鸟飞。"管公楼，赵孟頫岳父管伸，字直夫，无子。女道昇归赵后，就其故居建祠，称管公楼。见赵孟頫《管公楼孝思道院记》。比肩人，指赵管夫妇。语本元林坤《诚意杂记》："海盐陈东美妻朱氏，有容止，夫妻相重，寸步不相离，时人号为比肩人。"

⑤"还将"二句，谓赵孟頫用平远溪山的画境，借以消磨其沧桑异代之身。取，助词无义。

陈玉树

陈玉树（1853—1906），又名玉澍，字惕庵，江苏盐城人。有《后乐堂集》。

秋晚野望

馀霞红映暮云边，村北村南少夕烟。
远树捧高沧海月，乱鸦点碎夕阳天。
野人乞食扃蓬户，渔父施罛入稻田[①]。
满地哀鸿听不得，江淮何处是丰年[②]？

① 罛（gū），渔网。施罛稻田，说明稻田淹水。

② 哀鸿，《诗·小雅·鸿雁》：“鸿雁于飞，哀鸣嗷嗷。”后用哀鸿喻人民流离失所。

严 复

严复（1853—1921），字又陵，一字幾道，晚号瘉壄老人，福建侯官（今福州）人。十四岁就读福州船政学堂，清德宗光绪三年丁丑（1877）入英国海军学校留学，回国后先后在福州船政学堂、天津北京水师学堂任教二十馀年。甲午之战，中国惨败，严复乃积极宣传变法维新，坚决主张抵抗外敌侵略。其后历任北京京师大学堂译局总办、上海复旦大学、安徽高等师范学堂校长。辛亥革命后出任由京师大学堂改名的北京大学第一任校长。晚年思想趋于保守，甚至列名筹安会，鼓吹袁世凯称帝。民国十年去世，年六十九。严又陵是晚清卓越的政治思想家，翻译了大量西方名著，是第一个较为系统地把西方自由民主和科学的思想介绍到中国的学者。他概括“西学”的基本内涵为“于学术则黜伪而存真，于刑政则屈私以为公”，主张开发民智，发展科学。时至今日，仍有其现实意义。其诗属同光体闽派，具有宋诗倾向。有《瘉壄堂诗集》《严幾道诗文钞》。其译著八种（赫胥黎《天演论》、斯宾塞尔《群学肆言》、亚当·斯密《原富》、约翰·穆勒《群己权界论》、甄克思《社会通诠》、孟德斯鸠《法意》、约翰·穆勒《名学》、耶芳思《名学浅说》），汇编为《严译名著丛刊》。

戊戌八月感事[①]

求治翻为罪，明时误爱才[②]。
伏尸名士贱，称疾诏书哀[③]。
燕市天如晦，宣南雨又来[④]。

临河鸣犊叹，莫遣寸心灰[⑤]。

①戊戌，光绪二十四年（1898）。是年六月，康有为等在德宗支持下实行变法维新。八月初六（9.21）那拉氏发动政变，囚禁德宗，捕杀谭嗣同、林旭、杨锐、杨深秀、刘光第、康广仁，通缉康有为、梁启超，罢黜支持维新官员。史称“戊戌政变”。严复拥护新政，先一年在天津办《国闻报》，鼓吹变法维新。变法之际，作《拟上皇帝书》刊于《国闻报》，受到德宗接见。不久政变发生，大学士王文韶密示严复离京，严复旋赴天津，诗即作于离京逃难之际。

②“求治”二句，就德宗言。

③“伏尸”句，指六君子遇害。“称疾”，那拉氏强迫德宗下诏称病，请太后再度垂帘听政。

④“燕市”句指光绪帝被囚。“宣南”句指谭嗣同等六君子被杀于宣武门南菜市口。

⑤“临河”句，《史记·孔子世家》：“孔子既不得用于卫，将西见赵简子。至于河而闻窦鸣犊、舜华之死也，临河而叹曰：‘美哉水，洋洋乎！丘之不济此，命也夫！’”窦鸣犊、舜华为晋之贤大夫，为赵简子所杀。严复离京，自有“临河”之叹。

社燕[①]

一夕西风动玉钩，画梁如听语啁啾[②]。
似言华屋原堪恋，无那高巢易得秋。
来日园林还昔主，旧时沧海见横流[③]。
寻常百姓家家是，王谢堂前认得不[④]！

①社燕，燕子春社前后北来，秋社前后南归，故称社燕（立春后五戊为春社，立秋后五戊为秋社）。此指秋社即将南归之燕。原注：“癸未冬间作。”癸未为清德宗光绪九年（1883）。

②玉钩，玉制的帘钩。

③“来日”二句，谓来的时候园林还是旧日的主人，到回归的时候发现世事正发生激烈的变化。

④“寻常”二句，语本刘禹锡《乌衣巷》诗“旧时王谢堂前燕，飞入寻常百姓家”，但用意不同。刘诗感慨兴亡，谓往昔豪贵繁华之地，于今成了寻常

百姓之家；严诗揭示现实，指许多维新人士遭到迫害，旧居已属他人。

送沈涛园备兵维扬二首[①]

去年六月船南下，直北关山未解围[②]。
沧海狂奔横莽莽，晨光前路远微微[③]。
相看白髮盈头出，长恐青山与愿违[④]。
垂涕为君通一语，华亭千载鹤孤飞[⑤]！

尚忆垂髫十五时，一篇大孝论能奇[⑥]。
谁言后死无穷感，惭负先生远到期[⑦]。
得志当为天下雨，流年已到手中蓍[⑧]。
春申浦口春无际，独对繁花有所思[⑨]。

① 沈涛园，即沈瑜庆，字爱苍，别号涛园，福建侯官（今福州）人，两江总督沈葆桢之子。清德宗光绪十一年乙酉（1885）举人，官至贵州巡抚。涛园为同光体闽派诗人。又陵少受知于沈葆桢，与涛园交谊甚厚。光绪二十七年（1901）三月，沈涛园补维扬海兵备道，又陵赋诗送别。

② 去年六月船南下，光绪二十六年在义和团反帝高潮之际，严又陵自天津仓皇南奔上海。直北关山未解围，时八国联军进攻津京，形势紧迫。句仿杜甫《秋兴八首》"直北关山金鼓震"。

③ 沧海狂奔，范宁《穀梁传序》："孔子睹沧海之横流，乃喟然而叹。"《晋书·王尼传》："洛阳陷，（王尼）避乱江夏。时王澄为荆州刺史，遇之厚。尼早丧妇，止有一子。无居宅，惟畜露车，有牛一头，每行，辄使子御之，暮则共宿车上。常叹曰：沧海横流，处处不安也！"晨光前路，语本陶渊明《归去来兮辞》："问征夫以前路，恨晨光之熹微。"陶渊明系写实，此用作为象征。二句意谓时代正发生急剧的变化，然前路渺茫，光明极为微弱。

④"相看"二句，语本黄庭坚《次韵裴仲谋同年》诗："白髮齐生如有种，青山好去坐无钱。"

⑤ 华亭千载，《晋书·陆机传》载，陆机被害时，叹曰："华亭鹤唳，岂可复闻乎？"苏轼《宿州次韵刘泾》诗："为君垂涕君知否，千古华亭鹤自飞！"末二句悼念林旭，林旭与严又陵同乡，沈瑜庆女婿，戊戌政变时被那拉氏杀害，

为六君子之一。

⑥"尚忆"二句，原注："同治丙寅，侯官文肃公开船厂，招子弟肄业，试题《大孝终身慕父母》，不肖适丁外艰，成论数百言以进，公见之，冠诸其曹。"丙寅为同治五年（1866），严复考入福州船厂船政学堂，为沈葆桢所赏识。沈葆桢为洋务派主要人物之一，时主福建船厂。能奇，岂能奇。意谓文章本甚肤浅，岂能算奇，而竟被赞许。

⑦后死，又陵自指。语本《论语·子罕》子曰："天之将丧斯文也，后死者不得与于斯文也。"远到，《晋书·陶侃传》：黄庆尝谓陶侃"此子终当远到，复何疑也"。期，期望，期许。二句意谓谁能说得出我后死者的无穷伤感，实在是惭负先生对自己前程远大的期望。

⑧天下雨，《公羊传》僖公三十一年："触石而出，肤寸而合，不崇朝而偏雨乎天下者，唯泰山尔。"比喻惠泽天下。手中蓍，古人用蓍草卜卦。卜卦时取蓍草茎五十，先去其一，手执四十九茎，按一定程序占卜。《易·系辞》："大衍之数五十，其用四十有九。"苏轼《次韵曹九章见赠》诗："蘧瑗知非我所师，流年已似手中蓍。"此句言自己已四十九岁。

⑨春申浦，即上海，黄浦江口传为楚春申君黄歇疏浚，故称春申浦，又称黄歇浦，简作黄浦。繁花，点出春天时令。

★严又陵为我国近代翻译界先驱，于传播西方政治思想与科学知识起过重要作用。而其诗作又如此沉郁。几于句句用典，而又针线绵密，缝合熨贴，足见其功力之深。然用典毕竟太多，表达过于曲折，亦是一病。且思想深沉悲戚，缺乏黄遵宪、康有为那种纵横荡决的气魄。

民国初建政府未立严子乃为此诗[①]

灯影回疏棂，风声过檐隙。
美人期不来，乌啼蜃窗白[②]。

①民国初建，指辛亥革命以后国民政府成立前夕。

②蜃，大蚌蛤。蜃窗，镂成蚌蛤形窗格的窗户。

★全诗都是比兴。略去题目，作为即事诗看，写终夜待人直至黎明的境界，亦真切有趣。

陈三立

陈三立（1853—1937），字伯严，号散原，江西义宁（今修水）人。清德宗光绪十二年丙戌（1886）进士，授吏部主事。维新运动时，曾协助其父湖南巡抚陈宝箴在长沙推行新政，提倡新学，支持康梁变法。光绪二十四年（1898）变法失败，父子均被革职，退居南昌西山。后移居南京，不复出仕，常往来于南京、南昌间。民国二十六年卒，年八十五。陈三立诗学黄庭坚，风格清奇拗涩，间亦有清顺之作，为同光体赣派首领。有《散原精舍诗集》。

过徐中山王墓①

游车满溅残阳色，下踏广场扫榛棘。
穹碑剥落粗可读，开国功臣知第一②。
弦管兵戈五百年，虎踞江山尸盗贼③。
欲呼魂魄起鞭箠，宵骑石马收八极④，
荒荒只对孤云泣！

①徐中山王，即徐达（1332—1385），字天德，濠洲（今安徽凤阳）人。明初大将，朱元璋攻灭张士诚，北上灭元，徐皆任大将军。洪武元年（1368）攻克大都，略定北方各地。以功封魏国公，死后追封中山王。

②穹碑，高碑。

③弦管，代指太平时日。兵戈，则指战乱之时。五百年，自洪武开国（1368）至作诗之民国七年（1918），凡五百五十年。虎踞江山，指南京。尸，占踞。虎踞江山尸盗贼，表现了陈氏对辛亥革命后南京政府的敌视态度。

④八极，八方极远之地，指全中国。

夜舟泊吴城[①]

夜气冥冥白，烟丝窈窈青[②]。
孤篷寒上月，微浪稳移星。
灯火喧渔港，沧桑换独醒[③]。
犹怀中兴略，听角望湖亭。

①吴城，镇名，在江西新建县北，当赣江入鄱阳湖口。诗中望湖亭即在岸边。诗作于光绪二十七年（1901）。

②夜气，指雾气。冥冥，弥漫之貌。窈窈，幽暗貌。

③沧桑，喻世事变迁。参见厉鹗《开平王孙种菜歌》注。独醒，《楚辞·渔父》："众人皆醉我独醒。"句意谓世事的变迁只换得诗人独自的清醒。

★戊戌变法失败，接踵而来的是八国联军的侵略，"沧桑换独醒"，无疑是诗人对国事的感受。惟我"独醒"换言之即"众人皆醉"。其实倒不然，统治者的凶残，侵略者的猖獗，中国人终于"醒"了，起来革命。陈三立并不支持革命，作诗之时已临近清朝末日，他仍然怀着过时的"中兴略"，自然无所作为，只能在望湖亭上对着冥冥的夜气听听角声了。

人　日[①]

寻常节物已心惊，渐乱春愁不可名。
煮茗焚香数人日，断笳哀角满江城。
江湖意绪兼衰病，墙壁公卿问死生[②]。
倦触屏风梦乡国，逢迎千里鹧鸪声[③]。

①人日，旧俗以阴历正月初七为人日。诗作于光绪二十七年，时在南京。

②墙壁，犹言邻居。

③梦乡国，先年三立父陈宝箴去世，时三立正拟回江西省墓。鹧鸪声，其鸣声似言"行不得也哥哥"。

★义和团本由白莲教发展而来，清政府一贯残酷镇压。光绪二十六年（1900）义和团愤于外敌侵凌，转而竖起“扶清灭洋”的旗号，山东巡抚毓贤予以鼓励。那拉氏企图利用义民以御外敌，端王载漪、庄王载勋及大学士徐桐、直督总督裕禄等皆怂恿那拉氏利用拳力以逐外人。方是时，凡反对义和团者多被杀害贬斥。及八国联军入寇，连陷大沽、天津，直逼京师。那拉氏挟光绪帝仓皇逃窜，派奕劻、李鸿章与联军“议和”，全盘接受联军提出的“和议大纲”。那拉氏为推卸责任，并在侵略者的压力下，下诏严惩“肇祸诸臣”。光绪二十七年正月初三，赐为祸大臣载勋自尽，初四日毓贤处斩，初六日赞襄义和团抗外的英年、赵舒翘等并被赐死。血腥屠杀充斥朝廷，恐怖气氛遍及全国。这年正月的人日就在这样的氛围中来到，诗所谓“寻常节物已心惊”实非比“寻常”。当北方战事方酣之时，刘坤一、张之洞与各国驻上海领事订立东南保护条约，沿海沿江实亦相当紧张，故“断笳哀角满江城”断非虚语。“墙壁公卿问死生”既震惊于朝廷公卿多被惨杀，凡原来参预变法的臣僚随时皆有被那拉氏迁怒迫害的可能，“问死生”一语也就非同小可。难怪诗人即在倦梦中也有“行不得也”的惊恐心情！这一个“人日”实在是非人之日！

二月十日还南昌西山上冢取城北驰道至下关待船作①

向夕云霞袅袅生，独携哀泪出春城。
连陂丛竹高桥暗，十里垂杨大道晴。
早晚楼船寒海气，东南形胜怒江声。
乡心直与夜潮上，白石青松喻此情。

① 二月十日，光绪二十七年（1901）阳历三月二十九日。三立父陈宝箴于先年去世，三立回南昌扫墓。

晓抵九江作[1]

藏舟夜半负之去，摇兀江湖便可怜[2]。
合眼风涛移枕上，抚膺家国逼灯前[3]。
鼾声邻榻添雷吼，曙色孤篷漏日妍。
咫尺琵琶亭畔客，起看啼雁万峰颠[4]。

① 九江，今江西北部，濒临长江。光绪二十七年（1901）十二月三立第二次回乡省墓，此第二年春自南昌回南京，舟过九江时作。

② “藏舟”句，《庄子 · 大宗师》：“夫藏舟于壑，藏山于泽，谓之固矣；然而夜半有力者负之而走，昧者不知也。”此用以状连夜行舟。（用典太僻，而且并不确切。）摇兀，摇荡。

③ 抚膺，捶胸，悲愤之状。戊戌变法失败，诗人父子均被革职，乃父又于前一年去世。光绪二十六年（1900）八国联军攻陷北京，明年订立《辛丑条约》，丧权辱国。诗人身处江湖，故有“抚膺家国”之痛。

④ 琵琶亭，在九江市西长江南岸，因白居易《琵琶行》得名。

★散原诗贴近现实，自抒心曲，内容厚重深沉。但喜用生僻词语，表达过于曲折，影响艺术感染力；晚清宋派诗大多有此缺憾。所选数首是集中较为清顺之作，读来仍觉干涩。

范当世

范当世（1854—1905），初名铸，字无错，号肯堂，通州（今南通）人。“初闻《艺概》于兴化刘熙载，已而受诗古文法于武昌张裕钊，北游冀州，复从吴汝纶研求文学”。曾为李鸿章幕僚。光绪三十一年卒，年五十二。范氏诗法苏、黄，与马其昶、陈三立为戚属，交谊甚深，亦同光体诗人。有《范伯子诗文集》。

大桥墓下[①]

草草征夫往月归，今来墓下一沾衣[②]。
百年土穴何须共，三载秋坟且汝违[③]。
树木有生还自长，草根无泪不能肥。
泱泱河水东城暮，伫与何人守落晖[④]！

① 大桥，在通州城东十五里小河上，然亦范当世前妻之名。范前妻吴大桥为同里人，夫妻感情甚笃。光绪九年（1882）范当世应聘赴武昌参预修《湖北通志》。四月二十二日离家去上海，二十八日乘船西上，二十九日过狼山，大桥却于是时去世。范氏在《湖北通志局闻妻丧，于时方修列女志，稍整齐而后行，悲哀之馀，犹翻故纸，停笔写哀，遂成四绝》其一云：“耗至惊看吾父笔，行行老泪写哀词。如何薄命无妻日，正是过门不入时！”其四云：“迢迢江汉泪滂沱，秉烛修书且奈何。读罢五千嫠妇传，可知男子负心多。”以自责的诗句写其哀思。诗不算好，但感情真挚。六月，范当世自武昌回通州，哭奠亡人，而后有冀州之行。光绪十二年十月，范自冀州南归，吊大桥墓下，时距大桥之卒已过三年。

② 草草，劳碌奔波之貌。语本《诗·小雅·巷伯》“劳人草草”。往月，前

一月。

③ 土穴，坟墓。《诗·王风·大车》："榖则异室，死则同穴。"（榖，生也。）

④ 泱泱，水盛之貌。

★大桥之逝，当世思之甚哀。当时无遗照，范氏于百美图中选其形似大桥者悬于斋中，又请友人文右泉图画大桥居地以为纪念。其《大桥遗照诗》序云："此所谓大桥，乃吾居通州城郭之东偏十五里许有所谓新地者，有水桥一区，类如斯图，而亡妻实产于是，其父母因以桥名之。桥之殁而余不获诀，念欲图其貌而无以为画工言也。文君右泉，游楚不得意，吾携以归。而右泉善画，吾因之棹舟至新地，观于亡妻之故居，而属为之图斯桥，并图其地，以谓此存我亡妻云尔。"后二年经吴汝纶为介，续娶桐城姚蕴素。蕴素善诗，夫妻亦相得。

姚倚云

姚倚云（1865—1930？）女，字蕴素，桐城姚范裔孙，范当世后妻。蕴素善诗，夫妻唱和甚多。光绪三十一年（1905）范氏去世，蕴素录其遗文。所作《蕴素轩诗稿》，附于《范伯子集》后。

奉题先姊大桥遗照[1]

初生月魄挂庭木，窗外莎鸡噪深绿[2]。
卷帘风定妙香来，使我清绝忘荣辱。
堂高室净多天籁，灯火青荧秋肃肃[3]。
清夜沉沉诵楚辞，慷慨悲歌忘检束。
停悲掩卷起徘徊，聊尔披图豁双目。
嗟哉此图所绘谁，万柳凄迷图其幅。
人间结境有许哀，从来此事伤心目。
纸上传心不传真，大桥魂魄今何属？
义为一体不相亲，蘋蘩自愧为君续[4]。
甘贫乐贱非我谋，不期富贵从君淑[5]。
天意并许归斯人，纷华安得移素欲。
揽图援笔百感并，写我凄凉致我情。
人生泡影安足瞬，徒尔哀哀清泪横。
他日黄泉会相见，眼前人事归吾营。
会须凭吊苍烟处，慰尔穷愁老父兄[6]。

①先姊，指范当世前妻吴氏。大桥遗照，即范当世请文右泉所绘大桥图。参见《大桥墓下》诗。

②莎鸡，虫名，又名纺织娘。

③天籁，自然音响。词出《庄子·齐物论》。

④蘋蘩，两种水草，古人用以供祭祀。《诗·召南·采蘋》："于以采蘋，南涧之滨；于以采藻，于彼行潦。"郑玄笺："古者妇人先嫁三月，祖庙未毁，教于公宫；祖庙既毁，教于宗室。教以妇德、妇言、妇容、妇功，教成之祭，牲用鱼，芼之以蘋藻，所以成妇顺也。"又，《采蘩》毛传："公侯夫人，执蘩菜以助祭。"后用蘋蘩代指婚仪。句意谓自己继大桥为范当世后妻。

⑤"甘贫"二句原注："遗诗有'惟应作贤者，富贵不相期'之语。"引诗是大桥勖励丈夫范当世之句。淑，善。二句意谓，我虽不能做如诗所云甘贫乐贱，但不期富贵还是会学习你的美德。

⑥苍烟处，图画所绘，即大桥故居所在。老父兄，指大桥的父兄。

★这是一篇独特的悼念诗，诗史上绝没有第二篇。因为悼念的对象是丈夫的前妻，这种作品实人间少见。范当世在妻子故世五年之后续弦姚氏。姚氏生活在一个文化修养很高的家庭，婚后夫妻恩爱。他们不像一般男女一样"怕对生妻谈死妇"，当世怀念前妻，得到姚家上下的理解和同情，他的岳丈和内弟都有题大桥遗照诗，蕴素这首尤为突出。诗人并没有见过这位"先姊"，她只是受丈夫情谊的感染而共鸣。诗写得颇为真挚，措词得体；论词章，论情意，都是绝尘脱俗的佳作。

姚蕴素极有才情，囿于封建社会妇女生活范围的狭窄，他的诗自不如范当世所作内容丰富，视野广阔；但凡是夫妻同题作诗，即如《题大桥遗照》《登滕王阁》，蕴素所作都比范当世为优。夫妻共度了十五年鱼水情深的日子，忧患与共，奔走相随。当世去世之后，蕴素写有《哀诗》二十首，有"遗文剩稿犹横案，触目凄凉不忍看"、"兔毫莫写吾心恸，此痛绵绵到死休"之句。她按照丈夫的遗愿，安葬当世于大桥墓侧，爱抚丈夫前妻的子女，整理丈夫的遗著。蕴素，真人间难得好女子！蕴素晚年在南京杭州等地教学为生，她活了六十多岁，于民国二十年前后去世。

随夫子登滕王阁[①]

我离滕下悲不释，况复阻风三四日。
章江门外阁腾空，乃是滕王古遗迹。
夫子慰我携登临，快览凭高爽心目。
春云渺渺压檐低，杨柳依依当户绿。
临高下视尘寰小，万里苍茫入怀抱。
朱颜绿鬓不常好，文采风流乃为宝。
当年胜事安能讨，只今寥落馀文藻[②]。
离愁涤尽消烦恼，从君共返家山道。
回舟酌酒但高歌，试听长江声浩浩[③]。

①夫子，丈夫范当世。光绪十六年（1890）十月范当世再至江西安福，十七年正月携蕴素东行，有《守风不行而船得泊岸，蒲仙去安福，内人触动悲怀，余无以慰之，乃携之游滕王阁，各为长诗一篇》。姚氏所作即本篇。蒲仙，蕴素之弟，送姊至南昌后回返安福。滕王阁，在江西南昌章江门外，唐高祖子滕王李元婴始建。唐高宗时洪州阎都督伯屿宴宾僚于阁下，时王勃省亲过此，写有名作《滕王阁序》。

②当年胜事，即指阎伯屿宴会滕王阁，王勃为作序。

③长江，此指赣江。王勃《滕王阁》诗："阁中帝子今何在，槛外长江空自流。"

陈 衍

陈衍（1856—1937），字叔伊，号石遗，福建侯官（今福州）人。清德宗光绪八年壬午（1882）举人，官学部主事。久在湖广总督张之洞幕，任民报局总编纂。后历任京师大学堂教习、无锡国学专修学校教授。晚年寓居苏州，与章炳麟、金天羽等组织国学会。民国二十六年卒，年八十二。石遗是晚清“同光体”闽派主要诗人和评论家，主张“合学人诗人之诗二而一之”，是与诗界革命派相对立的代表人物。著有《石遗室诗集》《石遗室诗话》，选著有《宋诗精华录》《近代诗钞》等。

咏史四首

汉高逐秦鹿，百折志不磨[①]。
岂徒王入关，带山而砺河[②]。
义帝苟不死，竖子将奈何[③]。
假手为驱除，项王功实多。
复与讨贼名，俾之挥天戈[④]。

汉高畏吕后，本无易储志[⑤]。
无以谢戚姬，留侯窥其意。
四皓乃赝鼎，优孟有故智[⑥]。
须眉皓白人，何处不可致[⑦]。

昭烈谓孔明，不可辅自取[8]。
虽云禅不才，知子莫若父[9]。
然非中怀疑，何必出此语？
可怜鱼水情，犹未间肺腑[10]。
何怪纪年说，伊益无死所[11]。

山涛昔荐康，康与绝交书。
寓意薄汤武，磊落一丈夫。
当其临刑日，身命尽须臾。
乃顾谓其子，涛在汝不孤[12]。
可怜舐犊念，志士空欷歔[13]！

① 逐秦鹿，《史记·淮阴侯列传》蒯通曰："秦失其鹿，天下共逐之，于是高材疾足者先得焉。"蒯通以鹿喻天下的统治权，谓秦朝丧失民心，于是天下反秦，争夺对全国的统治。句意谓汉高参预争夺政权，百折不磨。

② 入关，秦二世三年（前207），刘邦率先攻入关中，秦子婴投降。带山而砺河，应作"砺山而带河"（诗人故意颠倒词语）。《史记·高祖功臣侯年表》："封爵之誓曰：'使黄河如带，泰山若厉，国以永宁，爰及苗裔。'"带，衣带。厉，同砺，磨石。谓即使世界变迁，黄河变得如衣带，泰山小到如磨石，国也永远存在。二句意谓刘邦岂只是想王于关中，意在建立巩固的全国政权。

③ 竖子，古代对人的鄙称，犹言小子、混蛋。（带有轻蔑甚至辱骂性质，现代汉语没有相当的词。）《晋书·阮籍传》："尝登广武，观楚汉战处。叹曰：'时无英雄，使竖子成名！'"阮籍此语，是针对司马氏而发的；有人误以为指项羽、刘邦。石遗也沿袭其误，诗中指刘邦，带有揶揄调侃语气。

④"义帝"以下六句：秦二世元年，天下反秦，项梁用范增谋，借重楚国的声望，求楚怀王孙心于民间，立以为王，也称楚怀王。名义上项羽、刘邦都是怀王之臣。亡秦之后，项羽大封诸将为侯王，尊怀王为义帝。汉元年（前206）四月，项羽迁义帝于长沙郴县，又阴令衡山王吴芮、临江王共敖杀义帝于江上。刘邦闻讯，为义帝发丧，发使者告诸侯曰："天下共立义帝，北面事之。今项羽放杀义帝于江南，大逆无道。寡人亲为发丧，诸侯皆缟素。悉发关内兵，收三河士，南浮江汉以下，愿从诸侯王击楚之杀义帝者！"见《史记·项羽本纪》

与《高祖本纪》。陈衍之意，谓如果义帝不死，刘邦也不好办。项羽杀了义帝，刘邦可以放手夺取天下，还找到了讨伐项羽的借口；因此项羽杀了义帝，实际上为刘邦立了大功。

⑤ 储，继位的人，即太子。诗中指刘邦太子刘盈。

⑥ 赝鼎，伪造品。《韩非子·说林下》："齐伐鲁，索谗鼎，鲁以其赝往。"优孟，春秋时楚庄王的优伶，曾模仿楚相孙叔敖去感悟楚庄王。见《史记·滑稽列传》。

⑦ "汉高"以下八句：汉高祖刘邦后吕雉，"为人刚毅"，为刘邦所畏惮。吕后生子刘盈，立为太子，后刘邦得定陶戚姬，爱幸，生赵隐王如意。戚姬欲刘邦废刘盈，更立如意为太子。吕后求计于张良。张良教太子迎"义不为汉臣"的四贤人。汉十二年，太子刘盈侍刘邦饮宴。"四人从太子，年皆八十有馀，须眉皓白，衣冠甚伟。上怪之，问曰：'彼何为者？'四人前对，各言名姓，曰东园公、角里先生、绮里季、夏黄公。上乃大惊，曰：'吾求公数岁，公辟逃我，今公何自从吾儿游乎？'四人皆曰：'陛下轻士善骂，臣等义不受辱，故恐而亡匿。窃闻太子为人仁孝，恭敬爱士，天下莫不延颈欲为太子死者，故臣等来耳。'"刘邦因谓戚夫人曰："我欲易之，彼四人辅之，羽翼已成，难动矣！"刘盈因此得以不废，后即位，是为惠帝。见《史记·留侯世家》。传中称东园公等为"逃匿山中"的四人，后《汉书·张良传》颜师古注称四人为"所谓商山四皓也"。陈衍之意谓刘邦畏惮吕后，本无废易太子之意。传中太子侍刘邦饮宴，四人从太子一幕是张良导演的戏剧，所谓"年皆八十有馀，须眉皓白，衣冠甚伟"的四人是扮演的，并无所谓商山四皓。

⑧ 昭烈，蜀汉先生刘备。

⑨ 禅，刘备之子刘禅，后为蜀汉后主。

⑩ "昭烈"以下八句：刘备三顾隆中得诸葛亮，自言"孤之有孔明，犹鱼之得水也"。章武三年（223）春，刘备在白帝城病笃，托孤于诸葛亮，谓曰："君才十倍曹丕，必能安国，终定大事。若嗣子可辅，辅之；如其不才，君可自取。"亮涕泣曰："臣敢竭股肱之力，效忠贞之节，继之以死。"见《三国志·蜀书·诸葛亮传》。陈衍之意，谓刘禅不才，刘备心中是清楚的，不存在"如其不才"的问题。临终托诸葛亮"嗣子可辅，辅之；如其不才，君可自取"之语，表面上是对诸葛亮的极端信任，实际上恰好是对他的"怀疑"；如果没有怀疑，就不会说这样的话。间（jiàn），在中间。间肺腑，犹言深入肺腑。"可怜"二句，谓刘备与诸葛亮虽说如鱼水之情，犹未深入肺腑，终有所怀疑。

⑪ 伊益，商之伊尹，夏之伯益。《竹书纪年》谓伯益、伊尹都不得善终，伯益被夏启囚禁，伊尹为商太甲所杀，与《史记》等书所说不同。

⑫“山涛”以下八句：山涛，字巨源。嵇康，字叔夜。并是魏末“竹林七贤”中人物。魏景元中，山涛为选曹郎，举嵇康自代，嵇康写了著名的《与山巨源绝交书》，书中云：“人伦有礼，朝廷有法，自惟至熟，有必不堪者七，甚不可者二。”“又每非汤武而薄周孔，在人间不止，此事会显世教所不容，此甚不可一也。刚肠疾恶，轻肆直言，遇事便发，此甚不可二也。”司马昭、钟会借口嵇康“言论放荡，非毁典谟”，加以杀害。临刑，谓其子嵇绍曰：“巨源在，汝不孤矣！”事见《三国志·嵇康传》《晋书·山涛传》与《文选·嵇叔夜〈与山巨源绝交书〉》。可知嵇康绝交书中激烈的言词，意在邈视礼法，鄙薄司马氏，而内心终以山涛为知己。

⑬舐（shì）犊，母牛舔小牛，喻爱子之情。《后汉书·杨彪传》：“子修为曹操所杀。操见彪问曰：‘公何瘦之甚？’对曰：‘愧无日磾先见之明，犹怀老牛舐犊之爱。’”

★咏史诗内涵不外三种：一是因史事抒发感慨，二是借史事影射现实，三是就史事发表评论。陈衍咏史属第三种。评论史事，不能故意作荒诞离奇之语，也不能无端作牵强附会之说，而需确有新意，发人之所未发。陈氏诗中谓项羽杀义帝不仅给刘邦提供了借口而且为刘邦统一天下清除了障碍，谓四皓故事系张良导演的戏剧而恰好是迎合了刘邦的本意，谓刘备托孤实际上对诸葛亮有所疑忌，谓嵇康用激烈的言辞与山巨源绝交而内心仍引为知己。都很有新意，不牵强也不荒诞。四皓是赝品，刘备疑孔明，前人已有过如此见解，但陈衍仍出自己意，并非因袭他人。

陈衍咏史，语言简朴，而内容深刻，见解独到。读李商隐咏史诗，可以引领长吟，使人感慨无限；读陈衍诗，则需仔细琢磨，深入体会，而后自然首肯，令人叹服。

张广雅督部电召来鄂①

昔岁沅湘单舸还，苍茫风雪下江关②。
路从郢树荆门转，梦落郎官大别间③。
一卧忽惊天醉甚，万牛欲挽陆沉艰④。
上游形胜看如昨，要拱中原控百蛮⑤。

①张广雅，即张之洞，时为湖广总督。参见张氏小传。光绪二十一年（1895）入张之洞幕。二十四年（1898）晋京，赞襄维新变法。八月变法失败，又应张之洞召，重来武昌。

②“昔岁”二句回顾第一次入张幕府时事。

③郢树荆门，柳宗元《别舍弟宗一》诗：“欲知此后相思梦，长在荆门郢树烟。”陈衍自湖湘到武昌，不由郢树荆门转，此泛指湖北。郎官，汉阳湖名。唐肃宗乾元元年（758）李白流夜郎，西行至沔州（今汉阳）遇尚书郎张谓，宴于江城之南湖，李白名其湖为郎官湖。作有《泛沔州城南郎官湖》诗。大别，山名，即武汉市汉阳之龟山，非指界于河南、湖北间的大别山脉。首四句回顾光绪二十一年初入张之洞幕。

④一卧，言为时不久。杜甫《秋兴》八首：“一卧沧江惊岁晚，几回青琐点朝班。”天醉，李商隐《咸阳》诗：“自是当时天帝醉，不关秦地有山河。”万牛欲挽，杜甫《古柏行》：“大厦如倾要梁栋，万牛回首丘山重。”陆沉，《晋书·桓温传》：“与诸僚属登平乘楼，眺瞩中原，慨然曰：‘遂使神州陆沉，百年丘墟，王夷甫诸人不得不任其责。’”本指国土沉沦，此用喻局势危殆。“一卧”句谓政治昏暗，“万牛”句谓时局艰危。

⑤上游，指长江上游。拱，护卫。百蛮，泛指外敌。班固《东都赋》：“内抚诸夏，外绥百蛮。”末二句是对张之洞的颂扬和激励。

杨 锐

杨锐（1857—1898），字叔峤，又字钝叔，四川绵竹人。清德宗光绪二年（1876）举人，授内阁中书。光绪二十四年（1898），以陈宝箴荐，加四品卿衔，参与新政。变法失败，被杀害，为“戊戌六君子”之一。有《说经堂诗草》。

腊月十五夜望月[1]

锦官城里未停鞍，红粉楼头独倚阑[2]。
一十二回明月夜，可怜都向客中看[3]。

① 腊月，阴历十二月。

② 锦官城，即四川成都。三国蜀汉时管理织锦之官驻于城南，称锦官城；后用作成都别称。红粉楼，指诗人绵竹故居。“锦官”二句，前一句写诗人自己尚在成都奔走，后一句想到故乡妻子必在楼头伫望。

③ 一十二回明月夜，可知夫妻已离别一年。

俞明震

俞明震（1860—1918），字恪士，号觚斋，晚称觚庵，浙江山阴人，寄籍顺天宛平（今属北京）。清德宗光绪十六年庚寅（1890）进士。授刑部主事。光绪二十一年乙未（1895）清廷割让台湾与日本，俞明震在台湾参预抗击日本侵略军，任台湾民主国内务大臣。宣统末任甘肃提学使。民国七年卒，年五十九。有《觚庵诗存》。

宿新安县示子言[①]

我从洛阳来，坦途无百里。
峨峨见城阙，崤陵列屏几[②]。
车马乱流渡，隐隐如浮蚁。
莫吊古战场，中原事未已[③]。
风起远天黄，落日淡如水。
况为行路人，茫茫谁遣此？
须臾日西匿，回光射成紫。
幻影逐明生，饥乌投暗止[④]。
此是古今情，悠悠吾与子。

① 新安，在洛阳西。陈诗，字子言，号鹤紫，安徽庐江人。著有《皖雅》《尊瓠室诗话》《庐江诗苑》《庐江诗隽》等。宣统三年（1911）春，俞明震赴甘肃提学使任，邀陈诗同行，途经新安。所选五首，皆是年所作。

② 峨峨，高貌。崤陵，即崤山，在河南西部，秦岭东段支脉，主峰干山在灵宝东南。《左传》襄公三十二年：蹇叔曰："崤有二陵焉。其南陵夏后皋之墓

也，其北陵文王之所辟风雨也。”故称峭陵。列屏几，谓山形如屏几陈列。

③古战场，《左传》僖公三十三年，晋大败秦军于峭山。秦二世三年（前207），秦将章邯战败投降项羽，项羽坑杀秦军二十万于新安。

④饥乌投暗止，傍晚乌鸦飞向暗淡的远方栖息。上句“幻影逐明生”即指飞鸦的影子在晚霞中显现。

阌乡宿黄河堤岸①

柳阴见黄河，日暮愁客心。
极目但尘沙，不知春已深。
麦陇叠成梯，层层如划簪。
其颠平如掌，山态不可寻。
方舟压奔溜，榜歌杂秦音②。
遭时苦踯躅，十年江海滨③。
沉忧斗靡丽，厌作东南人④。
此行入苍莽，翻觉眼底新。
冈陵郁雄厚，风物含萧森。
河声去不息，来日愁因循⑤。
对此真茫茫，吾衰复何任？
一鸟意超忽，万里天阴沉⑥。
心境各殊态，劳者徒酸辛。

①阌（wén）乡，在河南西部，今并入灵宝县。

②方舟，两舟并行，指泛指舟。奔溜，流水。榜歌，舟子所鸣。

③踯躅（zhí zhú），徘徊不进之貌，此处为颠簸之意。

④靡丽，奢侈虚华。

⑤因循，苟且疲沓。此二句写看到河水的奔流，想到人生也不应苟且。此即“逝者如斯夫，不舍昼夜”之意。

⑥超忽，旷远貌。

月夜登兰州城楼望黄河隔岸诸山[1]

月中望黄河，满目金波碎。
沙堤不受月，因水得明晦[2]。
城影落山腰，雁声出云背。
三更天宇高，七月残暑退。
树动风无声，坐久得秋态。
心知寒讯早，预作雪山对。
暂与解烦忧，清露入肝肺。
忽闻伊凉歌，河声助慷慨[3]。
河流去不回，明月年年在。
斟酌古今情，几人临绝塞！

① 兰州，在甘肃南部，为中原通往西北要冲。

② “沙堤”二句，水反映月光呈亮色，堤不受月故晦暗。

③ 伊凉，古代伊州在今新疆东部，凉州在今甘肃武威。伊凉歌泛指甘肃苍凉而高亢的民歌。

宿凉州[1]

云与雪山连，不知山向背。
残日在寒沙，婉娈得月态[2]。
群羊去如水，远色倏明昧[3]。
此景夙未历，垂老临绝塞。
地远古愁多，草枯残垒在。
天山一线脉，盘旋走关内[4]。
流泉满驰道，千里有灌溉。
巍然古重镇，四郊如拥戴。

风吹大月来，南山忽沉晦。
莽莽天无垠，静与长城对。

① 凉州，在甘肃中部。
② 婉娈（wǎn luán），宛转貌。地势高低曲折，月色随形作态。
③ 倏明昧，忽明或暗。
④ 天山，此指祁连山，西北东南走向，斜贯于青海甘肃之间。“祁连”蒙语即天之意。

大雪登乌鞘岭[①]

古浪河西流，庄浪河东注[②]。
两水各西东，中央此天柱。
昨夜雪嵯峨，长城万峰聚[③]。
眩光鸟雀静，构相龙虎踞[④]。
巑岏露空隙，是水湍行处[⑤]。
东水奔黄河，西水穿沙去。
群峰列玉屏，神工施斧锯。
不见马牙山，呼风作哮怒。

① 乌鞘岭，在甘肃天祝县境，属祁连山脉，为陇中高原与河西走廊天然界山。
② 古浪河，发源于乌鞘岭西麓，西北流入古浪、武威境。庄浪河，在乌鞘岭南，东南流经永登至兰州注入黄河。
③ 嵯峨，高峻貌。
④ 构相龙虎踞，大雪中的山峰构成龙蟠虎踞的形相。
⑤ 巑岏（cuán wán），山高锐之貌，此即指高耸的山峰。

★俞明震为陈三立妻舅，亦同光体浙派诗人。赴甘肃任时，年五十二，受甘陇雄浑的自然风光熏染，“此行入苍莽，翻觉眼底新”，诗风为之一变，清顺朴质，为觚庵集中佳作。

黄遵宪

黄遵宪（1848—1905），字公度，广东嘉应州（今梅县）人。清德宗光绪二年丙子（1876）举人。明年为驻日使馆参赞。光绪八年（1882）调任美国旧金山总领事，十一年回国，撰写《日本国志》。十六年出任驻英使馆参赞，第二年调任新加坡总领事。在外交官任上，遍历日本和欧美诸国，接触了日本明治维新和西方政治制度。光绪二十年甲午（1894）中日战争爆发，奉调回国，主持洋务局。二十二年（1896）参加上海强学会，创办《时务报》。奉德宗召晋京，出任湖南长宝盐法道，署湖南按察使，与湖南巡抚陈宝箴协力举办新政，成为康梁变法的重要支持者。光绪二十四年（1898）六月，奉命以三品京堂出使日本，途经上海。八月，戊戌政变发生，变法失败，被免职，明年五十一岁。自后回归故里，忧抑家居。光绪三十四年去世，年五十八。

黄公度是晚清倡导诗界革命的代表人物，成就也较突出；是用传统诗歌反映近代重大历史事件、涵容世界新事物的杰出诗人，与康有为、丘逢甲为晚清诗坛巨擘。有《人境庐诗草》。

杂　感

大块凿混沌，浑浑旋大圜①。
隶首不能算，知有几万年②？
羲轩造书契，今始岁五千③。
以我视后人，若居三代先④。
俗儒好遵古，日日故纸研。

六经字所无，不敢入诗篇[⑤]。
古人弃糟粕，见之口流涎[⑥]。
沿习甘剽盗，妄造丛罪愆[⑦]。
黄土同抟人，今古何愚贤[⑧]？
即今忽已古，断自何代前？
明窗敞流离，高炉爇香烟[⑨]。
左陈端溪砚，右列雪涛笺[⑩]。
我手写我口，古岂能拘牵。
即今流俗语，我若登简编。
五千年后人，惊为古斓斑[⑪]。

① 大块，地。《庄子·大宗师》："夫大块载我以形。"混沌，指天地未辟的原始状态。浑浑，亦指天地未分的元始之气。大圜（yuán），天。《管子·内业》："乃能戴大圜而履大方。"二句指天地开辟之初。

② 隶首，传为黄帝之臣。《史记·历书》"盖黄帝考定星历"，司马贞索隐谓"隶首作算数"。张衡《西京赋》："隶首不能纪。"二句紧承上二句，谓天地开辟以来，不知经历了多少万年，无法计算。

③ 羲轩，伏羲氏和轩辕氏。书契，文字。契，在甲骨上刻文字的刀具，因亦代指甲骨文。《书序》："古者伏羲氏之王天下也，始画八卦，造书契。"王嘉《拾遗记》："轩辕始造书契。"

④ 三代，夏、商、周。二句意谓，三代于我们是遥远的往古，将来后人来看我们，同样是遥远的古人。

⑤ 六经，战国时代以《诗》《书》《易》《礼》《春秋》外加《乐》为六经（然自来并无《乐》经），此泛指儒家经典。邵博《邵氏闻见后录》："刘梦得作九日诗，欲用糕字，以五经中无之，辍不复为。"韦绚《刘宾客嘉话录》亦载其事，作"欲押一糕字，寻思六经未有糕字，不敢为之"。

⑥ 糟粕，酒糟。喻废弃无用之物。《庄子·天道》："桓公读书于堂上，轮扁斫轮于堂下。释椎凿而上，问桓公曰：'敢问公之所读为何言邪？'公曰：'圣人之言也。'曰：'圣人在乎？'公曰：'已死矣。'曰：'然则公之所读者，古人之糟魄已夫。'"糟魄，同糟粕。

⑦ 沿习甘剽盗，语本韩愈《荐士》诗"沿袭伤剽盗"。

⑧ 黄土同抟人，《太平御览》卷八七引《风俗通》："俗说天地开辟，未有人民。女娲抟黄土作人，剧务，力不暇供，乃引绳于縆泥中，举以为人。故富贵者，黄土人也，贫贱者，縆人也。"

⑨ 流离，同"琉璃"，实指玻璃。高炉，指燃香的博山炉，置香料于其中，燃之以取香气。

⑩ 端溪，在广东肇庆，以产砚著名。雪涛笺，唐代蜀中女诗人薛涛写诗用小笺，蜀中才士仿之，称雪涛笺。此代指美观的稿纸。

⑪ 斓斑，色彩错杂美丽之貌。

★这是黄公度有名的诗论，认为时代是不断发展的，诗艺亦应随之发展，主张"我手写我口"，反对剽窃古人，认为流俗语亦可入诗。而今日之流俗语，五千年后同样会"惊为古斓斑"。诗作于同治七年（1868），其时年仅二十一岁。虽然只是从语言文字立论，而且他自己后来也未能完全实践他的主张，但毕竟反映了革新诗艺的时代要求，为晚清的诗界革命吹响了第一通号角。

冯将军歌[①]

冯将军，英名天下闻。
将军少小能杀贼，一出旌旗云变色。
江南十载战功高，黄褂色映花翎飘[②]。
中原荡清更无事，每日摩挲腰下刀[③]。
何物岛夷横割地，更索黄金要岁币[④]。
北门管钥赖将军，虎节重臣亲拜疏[⑤]。
将军剑光方出匣，将军谤书忽盈箧[⑥]：
"将军卤莽不好谋，小敌虽勇大敌怯。"
将军气涌高于山，看我长驱出玉关[⑦]。
平生蓄养敢死士，不斩楼兰今不还[⑧]。
手执蛇矛长丈八，谈笑欲吸匈奴血[⑨]。
左右横排断后刀，有进无退退则杀。

奋梃大呼从如云，同拼一死随将军[10]。
“将军报国期死君，我辈忍孤将军恩！
将军威严若天神，将军有令敢不遵，
负将军者诛及身[11]！”
将军一叱人马惊，从而往者五千人[12]。
五千人马排墙进，绵绵延延相击应。
轰雷巨炮欲发声，既戟交胸刀在颈[13]。
敌军披靡鼓声死，万头窜窜纷如蚁。
十荡十决无当前，一日横驰三百里。
吁嗟乎！马江一败军心慑，龙州夔地贼氛压[14]。
闪闪龙旗天上翻，道咸以来无此捷[15]。
得如将军十数人，制梃能挞虎狼秦[16]。
能兴灭国柔强邻，呜呼安得如将军[17]！

① 冯将军，冯子材（1818—1903），字南干，号萃亭，一作翠亭，广东钦州（今广西钦州）人。行伍出身，早年曾随张国梁镇压太平军，升至提督。光绪八年（1882）退职。光绪九年法军侵略越南，逼越南签订《顺化条约》，变越南为法国殖民地。光绪十年四月，侵越法军继续北进，直抵中国边境。时冯子材为广东高雷钦廉四府团练督办。是年八月，法国军舰袭击福建马尾海军，清会办海疆大臣张佩纶仓皇失措，使福建水师全军覆灭。光绪十一年（1885）二月，法军攻占镇南关（今友谊关）。两广总督张之洞疏请冯子材为前敌主帅迎战法军。时冯子材已近七十高龄，率军赶赴镇南关。三月，法军分三路进犯，冯子材亲率部队奋勇抗击，大败法军。冯军乘胜追击，连克文渊、谅山等地。镇南关大捷是鸦片战争以后中国反侵略战争罕有的胜利，一吐全国人民积年的愤懑。

② “江南”句，指冯子材在镇压太平军战争中立功。黄褂，即黄马褂，清代的一种官服，皇帝的高级侍卫和守卫紫禁城的将官服用，也常特赐有功文武官员。花翎，清代官员的帽饰，用孔雀翎毛制成，以翎眼多少为等差，通常一眼，多者二至三眼。冯子材于咸丰元年（1851）“以征剿有功”，赏戴蓝翎，又换花翎。同治初，擢广西提督，赏黄马褂，予世职。

③“中原荡清”二句，光绪元年，冯子材赴贵州提督任，七年还广西，明年称疾归。

④岛夷，南北朝时，北朝人称南朝为岛夷，清末诗文中常用以指称英法等侵略者，此即指法国侵略者。岁币，宋代朝廷向契丹、西夏、金源等屈辱交纳金银，称为岁币。光绪十年（1884）八月，法军舰进犯基隆，为清守军击退。法国驻北京代理公使谢满禄借机扩大事态，向清政府发出最后通牒，无理要求赔款八千万法郎。要岁币指此。

⑤北门管钥，据守重要关塞的重任。《左传》僖公三十二年：“杞子自郑使告于秦曰：‘郑人使我掌其北门之管，若潜师以来，国可得也。’”《宋史·寇准传》：“北门锁钥，非准不可。”明代称八达岭关口为北门锁钥。虎节，古代最高统治者发给领兵将领的符信，又称虎符，铜铸虎形。清代已不用虎符，此用古代词语。虎节重臣指张之洞。光绪十年张之洞上疏保荐冯子材。

⑥谤书忽盈箧，《战国策·秦策二》：“魏文侯令乐羊将而伐中山，三年而拔之。乐羊返而论功，文侯示之谤书一箧。”张之洞保荐冯子材，为一些官僚所反对。下文“将军卤莽”二句即诽谤冯子材的话。

⑦玉关，玉门关，在甘肃敦煌西北。此代指镇南关。

⑧楼兰，汉代西域国名。汉武帝通西域，为楼兰所阻。昭帝元凤四年（前77），傅介子斩其王安归，立尉屠耆为王，改名鄯善。楼兰遗址在今新疆罗布泊西。王昌龄《从军行》：“黄沙百战穿金甲，不破楼兰终不还。”此代指敌军。

⑨蛇矛长丈八，《晋书·载记》载《陇上歌》，歌唱陇上壮士陈安“丈八蛇矛左右盘，十荡十决无当前”。欲吸匈奴血，岳飞《满江红》词：“壮志饥餐胡虏肉，笑谈渴饮匈奴血。”此以匈奴代指法军。

⑩“奋梃”句，苏轼《表忠观碑》：“奋梃大呼，从者如云。”梃，木棍。冯子材在镇南关内十里处形势险要隘口筑长三里墙，率众拒守。三月二十四日，法军进至墙下，冯子材大喝一声跃出墙外，手挺长矛冲进敌阵。全军感奋，一涌而出，同敌军肉搏。法军措手不及，纷纷败退。

⑪“将军报国”以下五句，述将士语。

⑫一叱人马惊，《史记·项羽本纪》：“赤泉侯为骑将，追项王。项王瞋目叱之，赤泉侯人马俱惊，辟易数里。”

⑬“轰雷”二句，言敌军刚要发炮，冯军逼近，戟已交胸，刀已在颈。既，已。

⑭马江一败，即指光绪十年马尾之败。龙州，乾隆五十六年（1791）置龙舟厅，今广西龙州。蹙（cù）地，缩减土地指被敌人侵占，语本《诗·大雅·召旻》“今也日蹙国百里”。光绪十年八月，马尾失败后，广西巡抚潘鼎新十分恐

惧。侵越法军向北进犯，潘鼎新一味退缩，致使法军更加猖狂。光绪十一年二月占领镇南关。

⑮ 龙旗，清代国旗。道咸，道光（1821—1850）至咸丰（1851—1861）。道光咸丰间先后发生第一次鸦片战争、第二次鸦片战争（英法联军）等，中国连遭失败。冯子材抗法之役是唯一的胜利。《清史·冯子材传》："法越之役，克镇南，复谅山，实为中西战争第一大捷。"

⑯ "制梃"句，《孟子·梁惠王上》："可使制梃以挞秦楚之坚甲利兵矣。"虎狼秦，战国时代东方诸国常称秦为虎狼之国。此代指外国侵略者。

⑰ 兴灭国，语出《论语·尧曰》。恢复被灭亡的国家。法国侵略越南，使之成为法国殖民地。如果当时中国军队乘胜追击，即可使越南得到解放。柔强邻，怀柔强邻。有坚强的军事力量作后盾，即可以和平的方式与邻国相处。

★冯子材大败法国侵略军，克复镇南谅山，是鸦片战争以后难得有的一次胜利，大大振奋了国人的士气。冯子材欲乘胜追击，以那拉氏为首的腐败清政府却急于求和，下令冯子材回军，并派英人金登干为代表在巴黎与法国秘密谈判，订立停战协定。光绪十一年（1885）六月由李鸿章与法国公使巴特纳订立《中法新约》，竟承认法国占领越南，从此越南、柬埔寨沦为法国殖民地；致使镇南关谅山大捷成为"中国不败而败，法国不胜而胜"的离奇结局。黄公度的诗似是胜利之后所写，故诗中没有涉及李巴订立的条约；或者诗人有意只写冯将军，故不涉战后屈辱求和之事。

《冯将军歌》是黄公度的代表作之一。以饱满的热情，歌颂冯将军英勇抗战的爱国精神。长诗一气呵成，笔酣墨畅。"将军"一词接连出现十六次，如闻不断在呼喊；不仅使诗歌气势充畅，更表现了诗人对冯将军的敬仰之情。

时至晚清，时代急剧变化，出现了许多新事物，诗界革命一开始就面对如何用传统诗歌反映新事物的问题，特别是语言词语的使用。黄公度提出"我手写我口"，初步意识到用现代汉语创作的必要性。但实践起来却并不容易，写传统诗歌总免不了使用旧的词语典故。《冯将军歌》最是成功之作，语言较为通俗，所用典故也并不生僻。但用"北门管钥""玉关"来代指镇南关，用"楼阑""匈奴""虎狼秦"来指称来自海上的侵略者，读起来仍觉不是滋味，可见诗词的语言改革何其艰难！

八月十五夜太平洋舟中望月作歌[①]

茫茫东海波连天，天边大月光团圆。
送人夜夜照船尾，今夕倍放清光妍。
一舟而外无寸地，上者青天下黑水。
登程见月四回明，归舟已历三千里。
大千世界共此月，世人不共中秋节[②]。
泰西纪历二千年，只作寻常数圆缺[③]。
舟师捧盘登舵楼，船与天汉同西流[④]。
虬髯高歌碧眼醉，异方乐只增人愁。
此外同舟下床客，梦中暂免供人役。
沉沉千蚁趋黑甜，交臂横肱睡狼藉[⑤]。
鱼龙悄悄夜三更，波平如镜风无声。
一轮悬空一轮转，徘徊独作巡檐行[⑥]。
我随船去月随身，月不离我情倍亲。
汪洋东海不知几万里，今夕之夕惟我与尔对影成三人[⑦]。
举头西指云深处，下有人家亿万户。
几家儿女怨别离，几处楼台作歌舞。
悲欢离合虽不同，四亿万众同秋中。
岂知赤县神州外，美洲以西日本东[⑧]，
独有一客欹孤篷。
此客出门今十载，月光渐照鬓毛改[⑨]。
观日曾到三神山，乘风竟渡大瀛海[⑩]。
举头只见故乡月，月不同时地各别。
即今吾家隔海遥相望，彼乍东升此西没[⑪]。
嗟我身世犹转蓬，纵游所至如凿空[⑫]。

禹迹不到夏时变，我游所历殊未穷⑬。
九州脚底大球背，天胡置我于此中⑭？
异时汗漫安所抵，搔头我欲问苍穹⑮。
倚栏不寐心憧憧，月影渐变朝霞红⑯。
朦胧晓日生于东⑰。

① 光绪八年壬午（1882）春天，黄公度由大清驻日使馆参赞调任美国旧金山总领事。十一年乙酉（1885）八月回国。诗作于太平洋舟中。

② 大千世界，佛家谓宇宙有三千大世界。见《大智度论》。此即指整个世界。中秋节是中国的习俗，故曰世人不共中秋节。

③ 泰西，清末对欧美的泛称。纪历二千年，其时为一八八五年，二千年概而言之。数（shuò），屡。

④ 盘，罗盘，内有磁针以定方向。天汉，银河。

⑤ 千蚁，唐李公佐《南柯记》，写淳于棼梦入大槐安国，醒后发现大槐树下有蚁穴，所梦入者即此蚁国。此代指下床酣睡的人众。黑甜，宋惠洪《冷斋夜话》："南人谓睡美为黑甜。故东坡诗曰：'一枕黑甜馀。'"

⑥ 一轮悬空，指月亮。一轮转，指机轮（按，月轮与机轮对照，实属不伦）。

⑦ "今夕"句，李白《月下独酌》诗："花间一壶酒，独酌无相亲。举杯邀明月，对影成三人。"

⑧ 赤县神州，指中国。外，一作"地"，疑非。

⑨ 今十载，黄公度于光绪二年（1876）中举，被任命为驻日使馆参赞。光绪三年赴日，时为光绪十一年。十载约略言之。

⑩ 三神山，《史记·秦始皇本纪》："齐人徐市等上书，言海上有三神山，名曰蓬莱、方丈、瀛洲，仙人居之。"此代指日本。大瀛海，《史记·孟子荀卿列传》：齐人邹衍言中国名曰赤县神州，中国外如赤县神洲者九。"乃有大瀛海环其外，天地之际焉"。此指太平洋。

⑪ 彼乍东升此西没，从中国见圆月东升，太平洋西望则月将西落。

⑫ 犹转蓬，如飞蓬旋转。凿空，《史记·大宛列传》："于是西北国始通于汉矣，然张骞凿空。"凿，开。空，孔也。意谓开辟通道。然"凿空"还有一义，凭空牵强附会，也叫凿空。纵游所至如凿空，如讲作我纵游所至之处，在别人听来，如凭空造作，亦可通。

⑬ 禹迹不到，谓欧美大禹行迹之所不到。夏时，即夏历；夏时变，谓国外

历法也不同。

⑭“九州”二句，谓美洲在地球的另一边。

⑮汗漫，《淮南子·道应》：卢敖游于北海，见一士，欲与为友。若士言“吾与汗漫期于九垓之外。”李白《庐山谣》：“先期汗漫九垓上，愿接卢敖游太清。”汗漫似是仙人化名，实即无边无际之意。异时汗漫安所抵，意即将来在这个无边无际的世界还不知会到达何处。

⑯憧憧（chōng），心神不定貌。

⑰“朦胧”句，谓晨光微茫中晓日出于东方。句仿韩愈《山石》诗“杲杲寒日生于东”。

★绝好题材，绝好境界，古人无缘涉笔。诗写得亦具体真实，层次井然。然拉得过长，主题不够集中，太平洋上的月色并未得到充分的描绘，格调也未免低沉。论气魄之宏伟，境界之开阔，还不如梁启超《二十世纪太平洋歌》，但梁氏所作过于庞杂拖沓，论诗艺终逊黄公度一筹。

度辽将军歌①

闻鸡夜半投袂起，檄告东人我来矣②！
此行领取万户侯，岂谓区区不余畀③。
将军慷慨来度辽，挥鞭跃马夸人豪。
平时搜集得汉印，今作将印悬在腰④。
将军乡者曾乘传，高下句丽踪迹遍⑤。
铜柱铭功白马盟，邻国传闻犹胆颤⑥。
自从弭节驻鸡林，所部精兵皆百炼⑦。
人言骨相应封侯，恨不遇时逢一战⑧。
雄关巍峨高插天，雪花如掌春风颠⑨。
岁朝大会召诸将，铜炉银烛围红毡⑩；
酒酣举白再行酒，拔刀亲割生彘肩⑪。
自言平生习枪法，炼目炼臂十五年；
目光紫电闪不动，袒臂示客如铁坚⑫。

淮河将帅巾帼耳，萧娘吕姥殊可怜[13]；
看余上马快杀贼，左盘右辟谁当前！
鸭绿之江碧蹄馆，坐令万里销烽烟[14]。
坐中黄曾大手笔，为我勒碑铭燕然[15]。
幺幺鼠子乃敢尔，是何鸡狗何虫豸[16]？
会逢天幸遽贪功，它它籍籍来赴死[17]；
能降免死跪此牌，敢抗颜行聊一试[18]！
待彼三战三北馀，试我七纵七擒计[19]。
两军相接战甫交，纷纷鸟散空营逃[20]。
弃冠脱剑无人惜，只幸腰间印未失[21]。
将军终是察吏才，湘中一官复归来[22]。
八千子弟半摧折，白衣迎拜悲风哀[23]。
幕僚步卒皆云散，将军归来犹善饭[24]。
平章古玉图鼎钟，搜箧价犹值千万[25]。
闻道铜山东向倾，愿以区区当芹献[26]。
借充岁币少补偿，毁家报国臣所愿[27]。
燕云北望忧愤多，时出汉印三摩挲[28]。
忽忆辽东浪死歌，印兮印兮奈尔何[29]！

①吴大澂（1835—1902），字清卿，号恒轩，又别号窸斋，江苏吴县人。同治七年戊辰（1868）进士。光绪十八年（1892），吴大澂任湖南巡抚。吴系金石学家，平时酷爱金石书画。在湖南购得一枚汉印，其文为“度辽将军”。西汉元凤三年（前78）冬，辽东乌桓反，汉昭帝以中郎将范明友为度辽将军，赴辽东镇压叛乱。此印是否范明友故物无法确证，但吴大澂得此极为兴奋，以为自己万里封侯之兆。光绪二十年甲午（1894），中日战争爆发。日本侵略军占领朝鲜，越过鸭绿江侵入东北，吴大澂自请率湘军出关迎战。吴大澂本系书生，不谙军务，却好出大言，又痴信得印之兆。一遇日军，立即溃败，不过十日，日本侵略军连陷牛庄、营口等地，战事遂不可收拾。光绪二十四年（1898）吴大澂被清廷革职，永不叙用。本诗是黄公度革职以后，家居补作。吴大澂因购得

“度辽将军”印而自请出师，事甚荒诞滑稽，故题为“度辽将军歌”。

② 闻鸡，用祖逖、刘琨闻鸡起舞故事。参见钱谦益《己丑岁暮宴集连宵》诗注。投袂，挥袖而起，《左传》宣公十四年：“楚子闻之，投袂而起。”东人，指日本侵略军。二句写吴大澂奋发而起，对敌表示蔑视的态度。

③ 万户侯，《史记·李将军列传》汉文帝谓李广曰：“如令子当高帝时，万户侯岂足道哉！”《南史·王镇恶传》：“若遭遇明主，要取万户侯。”区区，小貌。畀（bì），给。不余畀，《左传》昭公十三年：“灵王卜曰‘余尚得天下’，不吉。投龟诟天而呼：‘是区区者，而不余畀！’”二句写吴大澂盲目自信，认行一定可取得万户侯，意谓难道一个小小的万户侯也不给我吗。

④ 汉印，即指“度辽将军”印，吴常系在腰上。

⑤ 乡，同“向”，以前。乘传，乘坐驿车。高下句丽，即朝鲜，西汉时名高句丽，王莽改称下句丽。诗称“高下句丽”是故意使用语显得滑稽。光绪十年甲申（1884），吴大澂迁左副都御史，曾随军到过朝鲜，参与击败朝鲜国内金玉均发动的政变。

⑥“铜柱”句，《清史稿·吴大澂传》：“光绪十一年（1885）诏赴吉林，会同副都统伊克唐阿与俄使勘侵界，即所侵珲春黑顶子地也。遂援咸丰十一年（1861）旧界图，立碑五座，建铜柱。自篆铭曰：‘疆域有表国有维，此柱可立不可移。’于是侵界复归中国，而船之出入图门江者，亦卒以通航无阻。”白马盟，《战国策·魏策》：“今天下之将相相与会于洹水之上，通质刑百马以盟之。”诗中“铜柱铭”是实事，“白马盟”是用典。

⑦ 弭节，控制车节缓行。《楚辞·离骚》：“吾令羲和弭节兮，望崦嵫而勿迫。”此处犹言驻节。鸡林，古代指新罗，即朝鲜，后世因与吉林音近而指吉林。《吴县志·吴大澂传》：“光绪六年（1880），晋三品卿衔，命赴吉林防边。既抵防所，创设机器局，筑炮垒于三姓珲春，练巩、卫、绥、安四军，编制训练，悉有法度。”

⑧ 骨相，骨格相貌。汉王充《论衡》有《骨相》篇。古人认为骨相关系着人的命运。恨不遇时逢一战：吴大澂自以为骨相可以立功封侯，因而参与战争。光绪二十年甲午（1894）六月中日战争即将爆发，吴大澂正任湖南巡抚，自请视师，获清廷允准，八月只身抵达天津，奉命驻防山海关。九十月间，湘军魏光焘、余虎恩、刘树元等各营将领率军陆续到达。十二月二十日电请督师出关获准，二十一日即整队出发。

⑨ 雄关，指山海关。二句描写雄关风光壮丽，衬托吴大澂当时意气昂扬。

⑩ 岁朝，农历元旦聚会。诸将，指吴大澂部下李光久、魏光焘等将领。

⑪ 举白，举杯告尽，即已干杯。生彘肩，生的猪腿。《史记·项羽本纪》

记鸿门宴上，项羽见樊哙，“曰：‘壮士！赐之卮酒！’则与斗卮酒。哙拜谢，起，立而饮之。项王曰：‘赐之彘肩！’则与一生彘肩。樊哙覆其盾于地，加彘肩上，拔剑切而啗之”。

⑫ 目光紫电，形容目光锐利。

⑬ 淮河将帅，指淮军将领叶志超、卫汝贵等。巾帼，妇女的头巾和髪饰，因代指妇女。萧娘吕姥，《南史·临川静惠王宏传》：“武帝诏宏都督诸军侵魏……军次洛口，前军克梁城……诸将欲乘胜深入，宏闻魏援近，畏懦不敢进，召诸将欲议旋师。吕僧珍曰：‘知难而退，不亦善乎！’宏曰：‘我亦以为然。’……魏人知其不武，遗以巾帼。北军歌曰：‘不畏萧娘与吕姥，但畏合肥有韦武。’武谓韦叡也。”萧娘，即指梁武帝弟临川王萧宏。吕姥，指吕僧珍。吴大澂率领湘军，轻视淮军，讥刺淮军将领懦怯如妇女。

⑭ 鸭绿之江，中国与朝鲜的界河。碧蹄馆，朝鲜地名。

⑮ 黄曾，吴大澂幕僚中有文士王同愈，苏丹人，曾炳章，常熟人，为军中草拟文稿。“黄曾”疑为“王曾”之误。大毛笔，文章高手。勒，刻。燕然，山名，即今蒙古杭爱山。东汉和帝永元元年（89），窦宪率汉军大败北匈奴，“登燕然山，去塞三千馀里，刻石勒功，纪汉威德，令班固作铭。”见《后汉书·窦宪传》。吴大澂以为胜利在握，也准备勒石纪功。

⑯ 幺么，小貌。鼠子，喻日本侵略军。

⑰ 天幸，犹侥幸。贪功，贪功劳。它它籍籍，杂乱貌。时日本侵略军已占领朝鲜，入侵东北。吴大澂认为他们不过是偶然天幸就以为功，而现在他们乱七八糟只是来送死。

⑱ 能降免死，据《清朝野史大观》：“吴大澂请命出征，兵抵旅顺，首出劝降告示，晓日人以大义，言词可泣可歌。”颜行，犹前列，前锋。《管子·轻重甲》：“若此则士争前战，为颜行。”二句谓如果敌人能投降则免其一死，让他们跪在告示牌前，若敢于抗拒前锋那就试一试吧。

⑲ 三战三北，多次打仗多次失败。《史记·刺客列传》：“曹沫为鲁将，与齐战，三败北。”北，失败。七纵七擒，诸葛亮南征孟获，七擒七纵。吴大澂讨日檄文中有“待该夷人三战三北之馀，看本大臣七纵七擒之计”之句，诗用其语。——自开篇至此四十二句，写吴大澂自请出征的过程，详叙其购得汉印自以为万里封侯之兆，因而盲目自信，妄自尊大的可笑行径。

⑳ 战甫交，两军接战刚开始交锋。

㉑ 脱，脱落丢弃。——“两军相接”以下四句，写吴大澂惨败。《清史稿·德宗纪》：“二月庚戌，日军陷牛庄，吴大澂退走。丙辰，日兵陷田庄台，吴大澂奔锦州。”罗惇曧《中日兵事本末》：“魏光焘败于牛庄，李光久弃军逃，

死二千馀人，虏八百馀人，军械甚富。吴大澂弃田庄台，夜奔入关，将士从风而靡。”

㉒ 复归来，吴大澂惨败之后，革职留用，四月仍回湘担任湖南巡抚。“察吏”即考察官吏，是巡抚的职责。“将军终是察吏才”是讽刺语。

㉓ 八千子弟：汉五年（前202）楚项羽垓下兵败，突围至乌江，又被汉军追及。乌江亭长劝项羽渡江。项羽笑曰：“天之亡我，我何渡为！且籍与江东子弟八千人渡江而西，今无一人还。纵江东父兄怜而王我，我何面目见之？”见《史记·项羽本纪》。白衣，丧服，代指湘军阵亡者的亲属。二句言吴大澂率领的湘军子弟大半在战场牺牲，他们的家属前来迎接气氛也极为悲哀。

㉔ 善饭，战国时赵国名将廉颇被赵孝成王罢黜，居于梁。后孝成想起用廉颇，派使者前往视廉颇尚可用否。使者还报曰：“廉将军虽老，尚善饭；然与臣坐，顷之，三遗矢矣。”见《史记·廉颇蔺相如列传》。谓吴大澂犹善饭，深怀刺意。

㉕ 平章，品评。吴大澂是金石专家，著有《愙斋集古录》《恒轩吉金录》《古玉图考》等书。愙，同“恪”（kè）。

㉖ 铜山，汉代开掘铜山用以铸钱。《汉书·食货志》：“从建元以来用少，县官往往即多铜山而铸钱。”此代指钱财。铜山东倾，指甲午战败后日本侵略者强迫清廷付巨额赔款。《清史稿·邦交志》：“二十一年（1895），以李鸿章为全权使至日本，订约十一款，认朝鲜独立，割辽南及台湾，赔款二万万。”二万万为二万万两白银。芹献，《列子·杨朱篇》：“昔人有美戎菽、甘枲茎、芹萍子者，对乡豪称之。乡豪取而尝之，蜇于口，惨于腹。众哂而怨之，其人大惭。”此犹言微薄的贡献。

㉗ 岁币，指付给敌人的赔款。参见《冯将军歌》注。少，稍。“闻道”四句，言吴大澂看到战败后国家付出如此巨大的赔款，表示愿意献出自己的家财。

㉘ 燕云，燕即幽州，云即云州，指河北山西等地。摩挲，抚摸。

㉙ 辽东浪死歌，隋炀帝曾不自量力，发大军远征辽东、高丽，伤亡惨重。山东人王薄起义，作《无向辽东浪死歌》以发动群众。奈尔何，能对你怎么样；言外之意是说你应该是使我封侯的征兆，现在却造成如此悲惨的局面。吴大澂想到如此之多的湘中子弟惨死辽东，却感叹那颗汉印孤负了他的梦想。——“将军终是察吏才”以下到结尾十六句写吴大澂战败后回到湖南巡抚任上的境况。三年以后吴大澂才被清廷革职。

★吴大澂其人虚浮夸诞，不务实际，要他去摆弄一下金石书画自然可以，要这样的人去指挥战争本身就十分荒唐。“度辽”一战，对国家民族来

说是一场惨痛的悲剧，而对吴大澂个人来说却是一出滑稽可笑的喜剧。黄公度把这两者结合在一起表现得淋漓尽致。诗人用了全诗三分之二以上的篇幅来描绘吴大澂狂妄自大得意忘形的表演。由于他偶然得到了一颗文为"度辽将军"的古印就盲目自信。诗中写他大会诸将时场面豪华，生割彘肩时豪气迸发，"目光紫电"，"袒臂示客"，本系书生而夸耀枪法，未经战阵就准备勒铭燕然，对兄弟部队讽刺揶揄，对敌人更完全不在话下：所有这一切无不显得滑稽可笑；其惨败的结局谁都可以看出是必然的了。所以接着写他的失败就只有寥寥的四句。就像肥皂泡上升时可以看到它豪光闪亮，五彩斑斓，一碰也就完了。末段写吴大澂重返湖南以后虽然也想对国家有所补偿，也不无忧愤，却依然滑稽可笑。

全诗以吴大澂购得"度辽将军"汉印为线索，"汉印悬在腰"时使他得意忘形，毫无根据地认为胜利在握。结果一触即溃，丢冠脱剑，鸟散营空，将军却"只幸腰间印未失"。回到湖南后已是狼狈不堪，忧愤交加，仍然"时出汉印三摩挲"，感叹"印兮印兮奈尔何"！一颗无知的古印成了塑造这个荒诞滑稽的形象有趣的导具。

吴大澂不谙军务，就他自己说是不自量力，诗人准确地把握住这个角色，充分刻划了这个丑角的荒唐与滑稽。就国家而言则尤为可悲。诗人通过这个形象的塑造，也间接揭露了清政府用人是何等的昏聩，给国家和人民带来多么严重的灾难。诗人的生花妙笔会使读者捧腹大笑，他自己捉笔落纸时心情却肯定是极其沉重的。

香港感怀

岂欲珠崖弃，其如城下盟[①]！
帆樯通万国，壁垒逼三城[②]。
虎穴人雄据，鸿沟界未明[③]。
传闻哀痛诏，犹洒泪纵横[④]。

① 珠崖弃，汉武帝元封元年（前 110）置珠崖郡（地在今海南琼山县），其后不断发生变乱，汉元帝时贾捐之认为"弃之不足惜"。见《汉书·贾捐之

传》。此代指香港。城下盟，《左传》桓公十二年："楚伐绞，……大败之，为城下之盟而还。"后用以指敌军兵临城下胁迫订立的盟约。鸦片战争中国惨败，清宣宗道光二十二年壬寅（1842）七月，英国侵略军进围南京，强迫清政府签订《南京条约》，割让香港。从此香港宝岛为英国统治。诗作于同治九年庚午（1870），上距南京签约已二十八年。句意谓中国岂愿意放弃香港，其奈英国侵略军大军压境，被迫订立城下之盟。

② 三城，指广州。广州原为三城。二句谓香港航运交通万国，又是广州的屏障。

③ 人，指敌人，即英国侵略者。鸿沟，古渠名，故道在今河南贾鲁河东，由荥阳北引黄河水曲折东流至淮阳入颍水。汉初项羽与刘邦约定中分天下，以鸿沟为楚汉界河，东归项羽，西属刘邦。后以"鸿沟"代指分界线。原注："割地以后，每以海界争论。"英国占领香港后，常借海疆分界挑起事端。

④"传闻"二句原注："宣庙遗诏，深以弃香港为耻。"宣庙，清宣宗旻宁，即道光帝。

★一九九七年香港在沦失一百五十六年之后终回归祖国，一洗鸦片战争之耻。黄公度地下有灵，当亦可少慰诗魂！

舟中骤雨[①]

极天唯海水，水际忽云横。
云气随风走，风声挟雨行。
鹏垂天欲堕，龙吼海齐鸣[②]。
忽出风围外，沧波万里平。

① 此亦光绪十一年（1885）黄公度自美回国作于太平洋舟中。参见《八月十五夜太平洋舟中望月作歌》注。

② 鹏垂，指遮天的乌云。《庄子·逍遥游》："有鸟焉，其名为鹏，背若泰山，翼若垂天之云。"原文以垂天之云比鹏翼，诗翻以鹏垂比天上之云。

书　愤

一自珠崖弃，纷纷各效尤[①]。

瓜分惟客听，薪尽向予求[②]。
秦楚纵横日，幽燕十六州[③]；
未闻南北海，处处扼咽喉[④]。

①珠崖弃，原注："胶州。"此以珠崖代指胶州湾。光绪二十三年（1897）十月，山东曹州府巨野民众忿于德国传教士为非作恶，杀传教士二人。德国侵略者以此为借口，派兵舰占领胶州湾。清政府被迫接受德国无理要求，罢免山东巡抚李秉衡。德国进而要求"租借"胶州湾。二十四年二月，清政府被迫同德国签订《中德胶奥租界条约》，"租借"胶州湾为德国军港。纷纷各效尤，原注："旅顺、大连湾、威海卫、广州湾。"德国强占胶州湾后，光绪二十三年十一月，俄国亦派军舰占领旅顺、大连湾。光绪二十四年（1898）五月英国强租威海卫，法国也强租广州湾。诗即作于二十四年。

②瓜分，《史记·平原君虞卿列传》："天下将因秦之强怒，乘赵之敝瓜分之。"惟客听，《左传》成公二年，晋败齐师于鞌，齐侯使宾媚人致赂于晋，并嘱咐"不可，则听客之所为"。此借用其词语。谓列强瓜分中国，清政府惟敌人之命是听。薪尽，应璩《与韦仲将书》："薪刍既尽，旧谷亦倾。"句意谓列强肆意向我勒索。

③"秦楚"句谓战国时大国争霸。"幽燕"句指契丹要挟石敬瑭割让幽、燕十六州。参见查慎行《夹马营》诗注。

④扼咽喉，喻扼其要害，欲置于死地。语本《三国志·魏书·荀彧传》"扼其喉而不得进"。

雁[①]

汝亦惊弦者，来归过我庐[②]。
可能沧海外，代寄故人书[③]？
四面犹张网，孤飞未定居[④]。
匆匆还不暇，他莫问何如[⑤]！

①原注："时以党狱，自上海放归。"光绪二十四年（1898），黄公度免湖南按察使任，以三品京堂候补出使日本，因病滞留上海，是年八月，那拉氏发动政变，维新变法失败，康、梁出逃，六君子遇害。上海道蔡钧以两百兵围黄

公度寓所，旋革使务，放归回乡。

② 惊弦，曾经被射，故闻弦声而心惊。《楚国策·楚策四》记更赢为魏王射雁，引弓虚发而下之。魏王问其故，更赢告以此雁有故疮，闻弦声，心惊而高飞，故疮发作而陨落。

③“可能”二句，犹言鸿雁难道是从海外代寄故人书信。暗用鸿雁传书故事。此怀念康、梁逃亡国外，恨无消息。

④“四面”二句，既切鸿雁，又切故人。

⑤ 匆匆，东汉张芝，字伯英，善草书，每与人书却云：“匆匆不暇草书。”见《书苑精华》。此用其词语，谓故人匆匆不暇作书，其他境况可想而知；与三、四两句呼应。

夜　起

千声檐铁百淋铃，雨横风狂暂一停①。
正望鸡鸣天下白，又惊鹅击海东青②。
沉阴曀曀何多日，残月晖晖尚幾星③。
斗室苍茫吾独立，万家酣梦幾人醒④！

① 檐铁，即铁马，金属制成，悬于屋角檐下，风来有声。淋铃，本指僧寺或宫殿屋角上挂的风铃，因风吹雨淋而发声。古代蜀中栈道上亦有风铃，据传唐明皇入蜀，于栈道雨中闻铃声而引起哀思，因制《雨霖铃》曲。见《乐府诗集》卷八十引《明皇别录》。檐铁风铃造形不同，作用不同，诗中实指同一物，“千声檐铁”与“百淋铃”是一个意思。雨横风狂暂一停，既是即目写实，又暗喻光绪二十六年（1900）八国联军硝烟刚落。

② 鸡鸣天下白，词面用李贺《致酒行》“雄鸡一唱天下白”。句意谓正希黑暗的局面能有所改变，使天下光明。鹅击海东青，原注：“元杨允孚《滦京杂记》‘新腔翻得凉州曲，弹出天鹅避海青’，自注曰：‘海青击天鹅，新声也。海东青者，出于女真，辽极重之。’”海东青为鸟名。诗中“鹅”与“俄”谐音，指俄国。海东青喻我国东北。光绪二十六年七月，俄国侵略者趁八国联军（俄也是八国之一）攻陷北京之机，调集十五万大军分六路侵入东北。八月，黑龙江、吉林失陷。闰八月，俄军进入沈阳。到十月，东北主要城市全被占领，烧杀虏掠，无恶不作。

③ 曀曀（yì），天阴沉貌。语本《诗·邶风·终风》“曀曀其阴”。何多日，

亦本《诗·邶风·旄丘》“叔兮伯兮，何多日也”，只是取其词语。残月晖晖，韩愈《东方半明》（一作《东方未明》）诗：“残月晖晖，太白睒睒。”

④苍茫吾独立，杜甫《乐游园歌》：“此身饮罢无归处，独立苍茫自咏诗。”万家酣梦几人醒，诗意与《楚辞·渔父》“众人皆醉我独醒”略同。

★黄公度参与百日维新，戊戌政变后被革职家居，时清政府更加腐败，外国侵略者愈益猖獗。光绪二十六年（1900）发生了震惊世界的八国联军，世界上幾家凶恶的强盗合伙侵略中国，连陷天津北京，铁蹄所及，北至山海关，西入山西境，强迫清政府订立《辛丑条约》，国家民族遭受奇耻大辱。俄国不仅参预联军，又趁机单独夺取东北诸地。时黄公度虽已被废弃，目睹国势倾危，忧愤填膺，写了不少系心国家命运的诗篇，《夜起》是其中的代表作。尽管诗人只能“斗室苍茫”，但胸怀天下。诗写得非常凝练，一字一句都饱含激情。帝国主义群盗正在着手瓜分中国，而神州大地却仍是睡梦深酣。“万家酣梦几人醒”，准确地反映了当时中国的现实，何等悲哀，又何等沉重！

“又惊鹈击海东青”，表达过于曲折，如果作者不自加注解，别人根本无法读懂，经过半天索解已觉诗味索然。此等诗句，尽管用意良深，毕竟不足为范。

山歌二首①

人人要结后生缘，侬只今生结目前。
一十二时不离别，郎行郎坐总随肩②。

一家女儿做新娘，十家女儿看镜光③。
街头铜鼓声声打，打着中心只说郎④。

①原注：“土俗好为歌，男女赠答，颇有《子夜》《读曲》遗意，采其能笔于书者，得数首。”可知此系黄公度所记录润色的民歌。

②一十二时，从前用子、丑、寅、卯、辰、巳、午、未、申、酉、戌、亥十二辰纪时；故“一十二时”即整日整夜，相当于现在二十四小时。

③ 镜光，犹光景。

④ 郎，与铜鼓声“鎯”谐音。

★袁枚《温州坐筵词》亦有句云：“一家女儿迎新郎，千家女儿对镜光。”与黄公度所记基本相同，可知亦系采自民歌。

康有为

康有为（1858—1927），字广厦，号长素，广东南海人。自清德宗光绪十四年（1888）起，多次上书朝廷，要求变法维新。光绪二十年甲午（1894）发生中日战争，中国惨败。次年清政府派李鸿章与日本签订《马关条约》。康有为拟联合各省在京会试举人“公车上书”①，提出拒签和约，迁都抗战，变法图强三项主张。是年康有为中进士，授工部主事。光绪二十四年戊戌（1898）六月，与弟子梁启超等辅佐德宗进行变法。进行仅一百零三天，那拉氏发动政变，囚禁德宗，杀谭嗣同等六君子。康、梁亡命日本，史称“百日维新”、“戊戌政变”。逮孙中山领导革命，主张推翻帝制，创建共和，康有为仍坚持君主立宪，反对民主革命。辛亥以后组织孔教会，提出“定孔教为国教”。民国六年（1917）参加张勋复辟。民国十六年去世，年七十。其诗多紧扣时事，富于想象，大气磅礴。有《南海先生诗集》。

① 姜鸣《被调整的目光》（上海人民出版社 1999 年出版）一书中说：关于“公车上书”，通常采用的是康南海所撰《康南海自编年谱》中的说法。依据康说，康有为获悉《马关条约》消息后，邀约在京会试举人一千二百馀人至松筠庵集会，商定联名上书，与会者在康有为起草的万言书上签名。光绪二十一年（1895）五月二日签名者排着里许长队伍向都察院呈递，都察院借口皇帝已在和约上盖玺而拒绝接收。但上书打破了清政府“士人不许干政”的禁令，提出了维新改良的纲领，在全国迅速流传。作者指出，《马关条约》签订以后，首先起来反对的并非康有为，而是各省封疆大吏。四月十六日消息传开，钦差大臣刘坤一立即驰电反对。随后山东巡抚李秉衡、署理两江总督张之洞、河南巡抚刘树棠、湖北巡抚谭继洵（谭嗣同之父）、署理台湾巡抚唐景崧、江西巡抚德馨、广西巡抚张桂联、福州将军庆裕、福建巡抚边宝泉、陕甘总督杨昌濬、陕

西巡抚鹿传麟、署理山西巡抚胡聘之、广东巡抚马丕瑶、盛京将军裕禄、吉林海军长顺、黑龙江将军依克唐阿等，接连上奏，反对签约。京官中反对签约宗室及二品以上大员有十馀人，二品以下有奏事权的官员有五十馀人次，低级官员多达五百七十五人。在这些官员的影响下，各地举人激于爱国热情也纷纷上书。早在康有为组织反对签约之前，自四月三十日，大批举人通过都察院代奏的多达好几百人。作者指出，康有为发起的“公车上书”实际上于五月二日就胎死腹中。夭折的原因，是在京的举人们认为“大局已定，不复可救”。另一原因是会试于五月二日晚上发榜，这一天康有为和其他举人都在紧张的期盼，举人们不可能去松筠庵集会签名。康有为此次考取第五名，中式的贡士马上要准备复试即殿试以成为进士，共同上书根本不可能。又，五月二日都察院还为湖北、江苏、河南、浙江、顺天、山东、四川七省的举人共八批三百一十一人转递了反对签约的上书，这种转递到五月八日才结束。康有为谓都察院五月二日拒绝接收上书不是事实。而且皇帝到五月三日才在《马关条约》上盖印，因此不存在都察院五月二日即以皇帝已经盖印为由拒收。基于上述理由，作者认为，所谓“公车上书”并不存在，是康有为为了自身的政治目的对历史进行的欺骗。此系新说，但言之有据，谨录于此，以供参考。

秋登越王台①

秋风立马越王台，混混龙蛇最可哀②。
十七史从何说起，三千劫历几轮回③？
腐儒心事呼天问，大地山河跨海来④。
临睨飞云横八表，岂无倚剑叹雄才⑤！

① 越王台，故址在今广州越秀山上，传为汉初南越王赵佗所筑。

② 混混龙蛇，犹言龙蛇混杂，比喻芸芸众生，愚智相混。《佛印语录》：“凡圣同居，鱼龙混杂。”

③ 十七史，宋代以《史记》《汉书》《后汉书》《三国志》《晋书》《宋书》《南齐书》《梁书》《陈书》《后魏书》《北齐书》《周书》《隋书》《南史》《北史》《新唐书》《新五代史》为十七史。明世宗嘉靖校刻史书，于十七史外加上《宋史》《辽史》《金史》《元史》已有二十一史。清高宗乾隆时《明史》成，已为“二十二史”。诏增《旧唐书》，又从《永乐大典》辑出《旧五代史》，合称“二十四史”。诗仍称“十七史”系用文天祥典故。文天祥被俘，元人要他说天

下兴亡灭替事，天祥回答："一部十七史从何处说起！"见薛应旂《宋元通鉴》。劫，梵语"劫波"（kalpa）的略语，谓世界形成历千万年毁灭为一劫，而后反覆轮回。三千劫极言其多。

④天问，《楚辞》有《天问》篇。王逸谓是屈原放逐，忧心憔悴而作，"以泄愤懑，舒写愁思"。大地山河跨海来，句意不明。

⑤临睨，向下俯瞰，《楚辞·离骚》："陟陞皇之赫戏兮，忽临睨夫旧乡。"八表，八方极远之地。倚剑，宋玉《大言赋》："方地为车，圆天为盖，长剑耿耿倚天外。"辛弃疾《水龙吟·登南剑双溪楼》词："举头西北浮云，倚天万里须长剑。"岂无倚剑叹雄才，感慨发问，实隐然自命。

★诗作于光绪四年（1878），南海方当弱冠，少年气盛，诗诚才气纵横，颇有揽辔澄清之概。梁启超《饮冰室诗话》："先生最嗜杜诗，能诵全杜集，一字不遗。故其诗虽非刻意有所学，然一见殆与杜乱楮叶。"康有为"能诵全杜集，一字不遗"，所谓"诵"，可以是诵读，也可以是背诵；既说"一字不遗"，自然是背诵。然是否确实，不得而知。然谓康诗"殆与杜乱楮叶"则大谬不然。康诗虽大气磅礴，吐纳风云，但才华外露，豪气有馀而沉着不足，与沉郁深厚的杜诗完全不类。此系少作，固不应苛求，综其平生所作，终未免此病。故南海于清末不失为俊杰，论诗艺与唐宋大家则不可比拟。梁任公泥于私谊，过作誉美之辞，所论甚为不当。

律诗对句，必须工谨，偶用散句，只要平仄无误，亦可别具一格。既非散句，又在似对非对之间，则为律诗败句。"大地山河跨海来"，不仅含意不明，就对句论，也是诗中败笔。

过昌平城望居庸关[①]

城堞逶迤万柳红，西山岧嵽霁明虹[②]。
云垂大野鹰盘势，地展平原骏走风。
永夜驼铃传塞上，极天树影递关东。
时平堡堠生春草，欲出军都吊鬼雄[③]！

①光绪十四年（1888）夏历五日，康有为再到北京应顺天乡试不第，八月

游明十三陵，出居庸关，登长城，出八达岭，作诗甚多，此首与下一首《登万里长城》即作于其时。

② 岧嵽，同“迢递”，高远貌。

③ 堡堠，碉堡。军都，居庸关别称。鬼雄，似指古代边塞为国牺牲者。《楚辞·九歌·国殇》：“子魂魄兮为鬼雄。”

登万里长城

汉时关塞重卢龙，立马长城第一峰[①]。
日暮长河盘大漠，天晴外部数强封[②]。
清时堡堠传烽静，出塞山河作势雄。
百万控弦嗟往事，一鞭冷月踏居庸[③]。

① 卢龙，关塞之名，在今河北喜峰口一带，古有塞通，自今天津蓟县东北经遵化，循滦河河谷，折东趋大凌河流域，古代为河北平原通向东北的交通要道。康有为所登实际为八达岭长城。古卢龙塞在北京东，八达岭在北京西北，相距甚远。如此用词，甚不严谨。

② 强封，重要边塞。

③ 控弦，开弓，代指控弦之士，即边防士卒。李商隐《行次西郊一百韵》：“控弦二十万，长臂皆如猿。”句意谓古代率领大军保边疆的名将已成为过去。

出都留别诸公二首[①]

天龙作骑万灵从，独立飞来缥缈峰[②]。
怀抱芳馨兰一握，纵横宙合雾千重[③]。
眼中战国成争鹿，海内人才孰卧龙[④]！
抚剑长号归去也，千山风雨啸青锋[⑤]！

两载京华久滞留，无终从此老田畴[⑥]。
安排行集成千卷，料理芒鞋出九州[⑦]。
天下英雄输问舍，地中山海遍登楼[⑧]。

只愁莽莽乾坤大，无处沧浪着钓舟[⑨]！

① 原注："吾以诸生上书请变法，开国未有，群疑交集，乃行。"光绪十四年（1888），康有为再上京师，时当马江战败，外侮频临。乃上书光绪帝，陈请变法图强，未能上达。有为乃于次年九月出京，赋诗留别。五首录二。

② "天龙"二句，以天龙作为坐骑，成万神灵随后跟从。骑（jì），坐骑。

③ 怀抱芳馨，比喻胸怀高远的志趣。宙合，犹宇宙。《管子·宙合》："宙合之意，上通于天之上，下泉于地之下，外出于四海之外，合络天地，以为一裹。"纵横宙合，犹言遍布宇宙。

④ 战国，指世界列强争夺。成争鹿，《史记·淮阴侯列传》蒯通谓"秦失其鹿，天下共逐之"。句意谓帝国主义列强把中国作为侵略宰割的对象。卧龙，《三国志·蜀书·诸葛亮传》徐庶称"诸葛孔明者，卧龙也"。喻杰出的政治家，诗人实隐然自命。

⑤ 青锋，指剑锋。

⑥ 两载，康有为于光绪十四年夏历五月进京，明年八月出都，实际在京时间一年又三个月，前后两年。无终，古县名，今天津蓟县。田畴，字子泰，东汉末右北平无终人，董卓乱时率宗族及附从者数百人入徐无山中，躬耕以养父母，百姓归之者多达五千馀家。见《三国志·魏书·田畴传》。

⑦ "安排"二句，仿龚自珍《己亥杂诗》"安排写集三千卷，料理看山五十年"句而略加变化。

⑧ 天下英雄，曹操尝谓刘备曰："今天下英雄，唯使君与操耳。"见《三国志·蜀书·先主传》。问舍，刘备尝指责许汜："君有国士之名，今天下大乱，帝主失所，望君忧国忘家，有救世之意；而君求田问舍，言无可采。"见《三国志·魏书·陈登传》。登楼，东汉末王粲流浪荆州，怀念中原，感时伤乱，登荆州城楼，作《登楼赋》。"地中山海遍登楼"，语句极不顺畅，辞不达意。

⑨ 沧浪着钓舟，语本杜甫《将赴荆南寄别李剑州》诗"天入沧浪一钓舟"句。

★前一首（原列第二）开篇四句全用象征。"天龙作骑万灵从"，犹《离骚》之驾飞龙从百神；"独立飞来缥缈峰"，句虽仿杜甫《白帝城最高楼》诗"独立缥缈之飞楼"，实亦犹《离骚》之登昆仑上悬圃；怀抱芳馨，犹《离骚》之佩芳草纫兰蕙也。"纵横宙合雾千重"则言当时局势犹弥天雾暗。诗句虽未免迷离，其放眼九州澄清天下之志，自跃然纸上。五、六两

句切入现实。结尾点出“归去”之意，而“千山风雨啸青锋”仍用象征手法。诗如果都这样写，虽气势纵横，终未免空泛。故其他诸篇则逼写现实，后一首（原列第四）即是如此。

庚子八月五日阅报录京变事①

五凤楼前再拜辞，前年此日出京师②。
忽惊烽火生褒姒，空有波涛泣子胥③。
中国陆沉谁致此？逋臣漂泊更安之④？
西山一角青青在，北望凭栏有所思⑤！

①庚子八月五日，德宗光绪二十六年（1900）阳历八月二十九日。是年六月，英国、美国、德国、法国、俄国、日本、意大利和奥地利，组成八国联军，借口义和团排外，大举入侵中国。阳历六月十七日攻占大沽炮台，七月十四日攻陷天津，八月二日集结兵力两万人自天津沿运河两岸进发，十四日攻陷北京，大肆掠夺，屠杀人民。那拉氏挟光绪帝和亲贵大臣逃往西安。半个月后，逃亡在马来西亚槟榔屿的康有为，从报上知此劫难，忧愤填膺而作此诗。

②五凤楼，唐代洛阳有五凤楼，清代北京紫禁城午门上城楼俗亦称五凤楼。此代指北京。光绪二十四年（1898）德宗预感政变即将发生，阴历八月二日密令康有为“迅速出外”，以图后事。八月五日康有为连夜出京，南奔上海。第二天那拉氏即发动政变，变法彻底失败，康有为旋即逃亡国外。

③褒姒，西周幽王后。幽王嬖爱褒姒，废申后并太子宜臼，以褒姒所生子伯服为太子。褒姒不好笑，幽王欲其笑万方，故不笑。幽王为举烽火，诸侯悉至，至则无寇，褒姒乃大笑。幽王悦之，为数举烽火。西夷犬戎攻幽王，幽王举烽火，诸侯兵不至。犬戎杀幽王，虏褒姒，尽取周赂而去。见《史记·周本纪》。康有为以那拉氏欲废德宗，又纵义和团“灭洋”，致八国联军侵入北京（那拉氏与褒姒完全不类，用典实属不伦）。子胥，即伍员。伍子胥谏阻吴王伐齐，防越兵袭吴。夫差不听，赐子胥自尽。子胥临终告其舍人曰：“必树吾墓上以梓，令可以为器；而抉吾眼县吴东门之上，以观越寇之入灭吴也！”吴王闻之大怒，乃取子胥尸盛以鸱夷革，浮之江中。见《史记·伍子胥列传》。以康有为以子胥自比（康有为事也与伍子胥不同）。

④陆沉，喻国土沦丧。东晋桓温尝言：“遂使神州陆沉，王夷甫诸人不得不任其责！”此句谴责那拉氏。逋臣，逃亡在外之臣。此诗人自指。

⑤ 西山，指北京西山。

戊戌八月国变记事[①]

历历维新梦，分明百日中[②]。
庄严对宣室，哀痛起桐宫[③]。
祸水滔中夏，尧台悼圣躬[④]。
小臣东海泪，望帝杜鹃红[⑤]！

① 戊戌八月国变，即光绪二十四年（1898）八月六日（9.21）那拉氏发动政变，摧毁维新变法。参见严复《戊戌八月感事》诗注。

② 百日，戊戌变法自四月二十三日（6.11）德宗颁布明定国是上谕开始，至八月六日（9.21）失败计一百零三天，史称“百日维新”。

③ 宣室，西汉未央室前正室。汉文帝曾在宣室召见贾谊。见《史记·贾生列传》。此用以喻康有为受德宗召见。桐宫，商宫名。伊尹曾放殷王太甲于桐宫。见《史记·殷本纪》。此用以喻那拉氏囚禁德宗于颐和圆瀛台（比拟实为不伦）。

④ 祸水，喻那拉氏。滔，泛滥淹没。尧台，代指瀛台。李白《远别离》：“或云尧幽囚，舜野死。”王琦注引《竹书》云：“昔尧德衰，为舜所囚也。”圣躬，指德宗。

⑤ 小臣，康有为自指。东海，指自己流亡海外，也暗用精卫故事。望帝，传为蜀帝，死后魂魄化为杜鹃。

自杭入苏[①]

溇泖菰蒲秋水生，扁舟载酒数邮程[②]。
不堪去国怀乡梦，夜夜孤篷听雨声[③]。

① 光绪八年（1882），康有为出京南归途中游历杭州苏州。

② 溇（lóu），河沟。泖（mǎo），湖荡。菰蒲，两种水草。邮，驿站。

③ 去国怀乡，离开京国，怀念家乡。范仲淹《岳阳楼记》：“则有去国怀乡，忧谗畏讥，满目萧然，感极而悲者矣。”

过虎门[①]

粤海重关二虎蹲，万龙轰斗事何存[②]？
至今遗垒馀残石，白浪如山过虎门[③]。

①虎门，在广东珠江出海口外，为广州门户，有大虎山、小虎山对峙如门，故名。道光二十年（1840）林则徐在虎门海滩焚毁缴获英商鸦片二百三十馀万斤，并多次击退英国侵略军。明年二月，水师提督关天培在此与英军奋战，弹尽援绝，天培与官兵四百馀人壮烈殉国。参见朱琦《关将军挽歌》注。康有为于光绪十三年（1887）舟行过虎门，上距鸦片战争已四十七年。

②万龙轰斗，指鸦片战争中林则徐、关天培等奋勇抵抗英国侵略军。

③遗垒，指虎门炮台及其他防御工事，鸦片战争后遭到破坏。

九月二十四日夜至马关，泊船二日，即李相国议和立约遇刺地也，有指相国驻节处者，伤怀久之[①]

碧海沉沉岛屿环，万家灯火夹青山。
有人遥指旌旗处，千古伤心过马关！

①马关，又称下关，在日本国本州岛西端。光绪二十年（1894）甲午之战中国惨败，清廷派李鸿章为全权大臣于二十一年春出使日本。三月与日方伊藤博文等在马关春帆楼谈判，订立丧权辱国的《马关条约》。李鸿章在此遇刺，弹伤面部。光绪二十五年（1899）阴历九月二十四日，康有为自美洲回国，舟过马关，时距马关订约已过五年。

谭嗣同

谭嗣同（1865—1898），字复生，号壮飞，湖南浏阳人。湖北巡抚谭继洵之子。甲午战后，国势倾危，康有为等力主变法维新，谭嗣同成为湖南中坚。清德宗光绪二十四年戊戌（1898）晋京，授四品军机章京，参预变法。八月初六（9.21）那拉氏发动政变，幽禁德宗，废除新法，康有为、梁启超逃亡日本，八月十三日（9.28）谭嗣同与杨深秀、杨锐、林旭、刘光第、康广仁，同时被害，史称“戊戌六君子”。政变发生后，谭嗣同力劝梁启超出逃，而自己坐以待捕，曰：“不有行者，无以图将来；不有死者，无以酬圣主。”幽燕大侠王正谊（大刀王五）愿护之出奔。嗣同曰：“各国变法无不从流血而成，我中国未闻有因变法而流血者，此国之所以不昌也。有之，请自嗣同始！”遂慷慨就义，临刑大呼：“有心杀贼，无力回天。死得其所，快哉快哉！”年仅三十四岁。梁启超《饮冰室诗话》称“谭浏阳志节学行思想为我中国二十世纪开幕第一人，其诗亦独辟新界而渊含古声”。然过世太早，未能充分发挥。有《谭嗣同全集》。

晨登衡岳祝融峰[1]

身高殊不觉，四顾乃无峰。
但有浮云度，时时一荡胸[2]。
地沉星尽没，天跃日初熔。
半勺洞庭水，秋寒欲起龙。

① 祝融峰，湖南衡山最高峰。

② “但有”二句，语本杜甫《望岳》“荡胸生层云”。然杜诗指云荡山之胸，谭诗则谓山上浮云荡人之胸。词同意异。

★此诗三、四句不对，为五言律中别格。诗轩翥开阔，俊逸清新，在晚清五律中最为上乘。梁启超以此诗与康有为《己丑出都作》七律并提，备极推崇。其言曰：“‘身高殊不觉，四顾乃无峰’‘高峰突出诸山妒’，此何等自负语！先时之人物，其气魄固当尔尔。”其实两者并不相同。“身高殊不觉，四顾乃无峰”，系实境实感，豁朗自然，自亦寓两间独立之意。“高山突出诸山妒”只是比喻，且未免褊狭。

潼关[1]

终古高云簇此城，秋风吹散马蹄声。
河流大野犹嫌束，山入潼关不解平。

① 潼关，在陕西潼关县境，当陕西、河南、山西三省要冲，北临黄河，形势险要。

邠州[1]

棠梨树下鸟呼风，桃李蹊边白复红。
一百里间春似海，孤城掩映万花中。

① 邠州，即古代豳州。唐玄宗开元十三年（725）以其字形近幽，改称邠州。今陕西邠县。

井陉关[1]

平生慷慨悲歌士，今日驱车燕赵间。
无限苍茫怀古意，题诗独上井陉关。

① 井陉关，在河北井陉县西北井陉山上，形势险要，为太行八陉之一。是山西出河北重要孔道。古代为兵争要隘，汉初韩信大破赵军于井陉关外。陉（xíng），山脉中断处。

甘肃布政使署憩园秋日[①]

小楼人影倚高空，目尽疏林夕照中。
为问西风竟何着，轻轻吹上雁来红[②]。

① 甘肃布政使署，谭嗣同父谭继洵任所。憩园，署中园名。
② 雁来红，观赏植物。李时珍《本草纲目》："雁来红，茎叶穗子，并与鸡冠同。其叶九月鲜红，望之如花，故名。"

有感一章

世间无物抵春愁，合向苍冥一哭休[①]。
四万万人齐下泪，天涯何处是神州[②]！

① 合向，当向，只有向。苍冥，苍天。
② 四万万人，清末中国人口约四万万。

★诗写于光绪二十二年丙申（1896）春日。先年夏，清政府因甲午惨败，与日本订立《马关条约》，丧权辱国，全国人民无不愤慨。"有感"即因此而发，故诗有"四万万人齐下泪，天涯何处是神州"的沉痛之句。诗人正是痛感邦国倾危，才积极参与变法，两年后即为国捐躯。

狱中题壁[①]

望门投止思张俭，忍死须臾待杜根[②]。
拔剑长歌仰天笑，去留肝胆两昆仑[③]！

① 光绪二十四年（1898）八月六日（阳历九月二十一）那拉氏发动政变，“百日维新”失败，康有为、梁启超被迫逃亡，谭嗣同等六人被捕，谭在狱中题此诗，旋被杀害。

② “望门”句：张俭，字元节，东汉山阳高平人。汉桓帝延熹八年（165）为东部都邮，揭发宦官侯览横行乡里，残害百姓。侯览扣压表章，由此结仇。俭乡人朱并，秉承侯览意志，上书告发张俭与同郡二十四人为党，朝廷派兵捕讨。俭被迫亡命。“困迫遁走，望门投止，莫不重其名行，破家相容”。“其所经历，伏重诛者以十数，宗族并殄灭，郡县为之残破”。俭在外流亡近二十年。直至灵帝中平元年（184），“党事解，乃还乡里”。见《后汉书·张俭传》。望门投止，指窘迫之际，见有人家即往投宿，无法考虑安危。此惦念康有为、梁启超，祈望他们能像张俭一样转危为安。“忍死”句：杜根，字伯坚，东汉颍川定陵人。安帝“永初元年，举孝廉，为郎中。时和熹邓后临朝，权在外戚。根以安帝年长，宜亲政事，乃与同时郎上书直谏。太后大怒，收执根等，令盛以缣囊，于殿上扑杀之。执法者以根知名，私语行事人使不加力。既而载出城外，根得苏。太后使人检视，根遂诈死，三日，目中生蛆，因得逃窜，为宜城山中酒家保。积十五年，酒家知其贤，厚敬待之”。安帝建光元年（121），邓太后卒，邓氏败落。“左右皆言根等之忠”，杜根乃得“征诣公车，拜侍御史”。顺帝时官至济阴太守。见《后汉书·杜根传》。此句希望被捕入狱诸人能像杜根一样虽经磨难而幸免于死，以图将来。

③ “拔剑”句，诸书所引多作“我自横刀向天笑”，此从郭则沄《十朝诗乘》。“去留”句：去者指康有为、梁启超，留者指被捕诸人。句意谓无论去者、留者，都肝胆昭然，豪雄磊落。详见星评。

★“去留肝胆两昆仑”句，诸书诠释不一。

梁启超《饮冰室诗话》：“谭浏阳狱中绝笔诗，各报多登之，日本人至谱为乐歌，海宇传颂，不待述矣。然诗中所指之人，或未能知之。今录原文，略加案语。诗云云。所谓‘两昆仑’者，其一指南海，其一乃侠客大刀王五，浏阳作《吴铁樵传》中所称王正谊者是也。王五为幽燕大侠，以保镖为业。其势力范围，北及山海关，南及清江浦，生平专以锄强扶弱为事。浏阳少年尝从之受剑术，以道义相期许。戊戌之变，浏阳与谋夺门迎辟，事未就而浏阳被逮。王五怀此志不衰。庚子八月，有所布画，忽为义和团所戕，赍志以殁。呜呼，王五真男儿，不负浏阳矣！”

郭则沄《十朝诗乘》："方事急，大侠王五愿护复生出走。复生对之曰：'天下岂有无父之国哉！'时复生尊人方抚鄂，虑累及老父，故云。其诗有云：'拔剑长歌仰天笑，去留肝胆两昆仑。'或谓两昆仑，一为长素，一即王五。"按，此即梁启超说。

《谭嗣同全集》中《致胡理臣罗升书》其一："我在此毫不受苦，尔等不必见面，必须王五爷花钱才能进来。惟王五爷当能进来，并托其赶快通融饭食等事。"其二云："速往顺源标局王子斌五爷处，告知我在南所头监，请其设法通融招扶。"原书编者注："胡理臣、罗升，两仆人。谭训聪说：'去留肝胆两昆仑'句，系指两仆，盖昆仑奴之称也。"按，谭训聪之说见其所著《谭嗣同狱中遗札注》。唐代豪门以南海国人为奴，称昆仑奴。见《太平广记》卷一〇四。

左舜生《万竹楼随笔·我眼中的梁启超》附录《释谭嗣同狱中题壁诗》："近人陶菊隐著有《新语林》一书，则谓除王五外，另有胡七其人，亦任侠者流，与王同与谭友善。谭入狱后胡曾百计营救，终未得间。其所习武术与王五同属所谓昆仑派云。是则两昆仑为指王、胡，而与康无与。此又一说也。"

以上诸书，均谓"两昆仑"指两人，其说凡三：一曰指康有为与大刀王五，二曰指胡理臣与罗升两仆，三曰指王五与胡七两侠。三说有共同的缺陷：都属猜测，并无可信的根据或合理的解释。尤其严重的是，都不顾"两昆仑"与上文"去留肝胆"的联系。康有为是"去"者，大刀王五不能称为"留"者；至于两仆、两侠，更无所谓"去留"。

按，韩愈《赠别元十八协律》诗："穷途致感激，肝胆还轮囷。"陆游《诗酒》诗："齿髮益衰歇，肝胆犹轮囷。""肝胆轮囷"乃成为成语。"昆、仑、轮、囷"，四字叠韵，"昆仑、轮囷"为文字不同的同一联绵词，两词读音顺序颠倒无改其词义，"肝胆昆仑"即"肝胆轮囷"，皆胸怀磊落之意。如此理解，则全篇旨意豁然贯通。"望门投止思张俭"，挂念康有为、梁启超等"去"者，祈望他们能平安脱险以图将来。"忍死须臾待杜根"，想到自己与一道被捕的"留"者，冀望能像杜根一样历尽磨难而幸免于死，终将有所作为。结语谓无论"去"者、"留"者，都肝胆轮囷，豪雄磊落。诗表现了诗人大义凛然的慷慨豪情。如此诠释，语言顺畅，含义豁然明白，诸多歧解皆可判然冰释。

丘逢甲

丘逢甲（1864—1912），字仙根，号蛰仙，别号仓海君，原籍广东镇平（今广东蕉岭），祖上移居台湾苗栗。清德宗光绪十五年己丑（1889）进士，授工部主事，旋返回台湾。光绪二十年甲午（1894）日本侵入朝鲜，进而侵略中国，发生甲午之战，中国惨败。明年三月清政府与日本订立《马关条约》，在丧权辱国的条款中包括割让辽东半岛、台湾与澎湖列岛与日本。丘逢甲与唐景崧等人，领导台湾人民组织义军，奋起反抗，保卫台湾。逢甲被推为大将军，同日本侵略军进行了艰苦的战斗。但大陆不予支援，义军力量单薄。新竹一役，义军浴血苦战二十馀昼夜，终因弹尽援绝而失败。丘逢甲被迫离台内渡，归居镇平祖籍，从事教育事业。后加入同盟会。辛亥革命胜利，被任命为广东军政府教育部长，并被推为组织中央政府的广东代表。中华民国元年（1912）选为中华民国临时参议院参议员。因积劳成疾，是年二月在家乡镇平逝世，年仅四十九岁。丘逢甲是清末伟大的爱国诗人，其诗风格豪荡感激，流畅自然，主要内容都关联着台湾的命运。有《柏庄诗草》《岭云海日楼诗钞》。

送颂臣之台湾①

亲友如相问，吾庐榜念台②。
全输非定局，已溺有燃灰③。
弃地原非策，呼天倘见哀④。
十年如未死，卷土定重来⑤！

①颂臣，谢颂臣，名道隆，台湾台中人，廪生。台湾抗日时曾为义军壮字营统领，参帷幕。失败后，劝丘逢甲暂回大陆，遂一起离台内渡。光绪二十二年丙申（1896）初夏重返台湾，图谋再举。丘逢甲赋诗送行。诗原八首，此其六。

②念台，丘逢甲回大陆老家，榜其庐名曰“念台”，以示不忘台湾。

③“全输”句：唐杜光庭《虬髯客传》，写道士与刘文静奕棋，李世民（唐太宗）至，道士惨然曰：“此局全输矣！”诗意谓台湾抗日虽然失败，然未必全输，尚非定局。“已溺”句：《史记·韩长孺列传》：韩安国坐法抵罪，狱吏田甲辱安国。安国曰：“死灰独不复然乎？”田甲曰：“然即溺之！”溺之，撒尿淋熄。然，通燃。诗意谓即使已溺，灰仍可以复燃。与“全输非定局”意同。

④弃地，指清廷割弃台湾与日本。倘，或许。

⑤卷土定重来，用杜牧《题乌江亭》“江东子弟多才俊，卷土重来未可知”句中词语。

往　事

往事何堪说，征衫血泪斑①。
龙归天外雨，鳌没海中山②。
银烛鏖诗罢，牙旗校猎还③。
不知成异域，夜夜梦台湾④！

①往事，指光绪二十一年（1895）台湾抗战失败，终被日本侵占。诗作于台湾沦丧之明年。

②龙，清代国旗为黄龙旗。鳌，代指台湾。“龙归”二句似指清政府放弃台湾。

③鏖诗，诗歌唱酬，相互争胜。牙旗，军中大旗。《文选·张衡〈东京赋〉》：“戈矛若林，牙旗缤纷。”薛综注：“牙旗者，将军之旌。谓古者天子出建大牙旗，竿上以象牙饰之，故云牙旗。”校猎，在专用的场地上打猎。《汉书·司马相如传》：“背秋涉冬，天子校猎。”颜师古注：“校猎者，以木相贯穿，总为阑校，遮止禽兽而猎取之。”“银烛”二句写梦中重现往日在台湾的生活，即末句“夜夜梦台湾”的内容。

④不知成异域，梦中不知道台湾已成了敌人统治的“异域”。

对月书感[①]

明月出沧海，我家沧海东。
独怜今夜见，犹与故乡同。
丧乱山河改，流亡邑里空[②]。
相思只垂泪，顾影愧归鸿！

① 诗作于光绪二十四年戊戌（1898）秋。

② 丧乱山河改，指台湾沦亡；流亡邑里空，谓人民流散。

秋　怀

古戍斜阳断角哀，望乡何处筑高台！
没蕃亲故无消息，失路英雄有酒杯[①]。
入海江声流梦去，抱城山色送秋来。
天涯自洒看花泪，丛菊于今已两开[②]。

① 没蕃亲故，唐张籍《没藩故人》诗：“前年戍月支，城下没全师。蕃汉断消息，死生长别离。”诗用其语，指陷于日本统治下的台湾亲故。

② “天涯”二句，语本杜甫《秋兴》诗“丛菊两开他日泪”。诗作于光绪二十二年丙申（1896），诗人离台已两度秋天。

广州晤刘葆真[①]

漠漠连天海气昏，越王台上望中原[②]。
何人更下新亭泪，有客同倾浊酒樽[③]。
月旦汝南逢许劭，人材江左数刘琨[④]。
与君欲作闻鸡舞，夜半寒涛撼虎门[⑤]。

①刘葆真，名可敬，清德宗光绪十八年壬辰（1892）会元。

②越王台，在广州越秀山上。参见康有为《越王台》诗注。

③新亭，在南京城南。东晋时北方士人过江避难，相聚新亭，周顗曾感叹"风景不殊，正自有山河之异！"参见查慎行《重泊秦淮》诗注。客，指刘葆真。二句谓而今谁更下新亭之泪，也表示只有挚友与自己关心祖国的命运。

④月旦，《后汉书·许劭传》："初，劭与靖俱有高名，好共核论乡党人物，每月辄更其品题，故汝南俗有月旦评焉。"靖，许劭从兄。刘琨，字越石，晋中山魏昌人。晋愍帝时任大将军，都督并、冀、幽三州诸军事。晋室南渡，长期坚守并州，与石勒、刘曜作战。后为鲜卑段匹磾杀害。是晋室南渡之际少有的俊杰，也是杰出的诗人。江左，代指东晋政权。刘琨是拥立晋元帝的重要人物之一。

⑤闻鸡舞，晋祖逖少与刘琨情好绸缪，同被共寝，中夜闻鸡起舞。参见钱谦益《己丑岁暮宴集连宵》诗注。虎门，见康有为《过虎门》诗注。

愁　云[①]

愁云极目昼成阴，飞鸟犹知恋故林[②]。
破碎山河收战气，飘零身世损春心。
封侯未遂空投笔，结客无成枉散金[③]。
梦里陈书仍痛哭，纵横残泪枕痕深。

①愁云，以开头二字为题，诗作于光绪二十二年（1896）。

②愁云极目，即极目愁云，远望满目都是愁云。昼成阴，白天也感觉成为阴暗。飞鸟犹知恋故林，人怎能不怀念故乡。

③投笔，《后汉书·班超传》："（班超）家贫，常为官佣书以供养。久劳苦，尝辍业投笔叹曰：'大丈夫无他志略，犹当效傅介子、张骞立功异域，以取封侯，安能久视笔研间乎！'"封侯未遂空投笔，意谓功业未成，当年投笔从戎落空。散金，诗人曾捐家资组织义军抵抗日本侵略者。然而抗敌失败，事业不成，故曰结客无成枉散金。

得颂臣台湾书却寄[①]

故人消息隔乡关，花发春城客思闲。

一纸平安天外信，三年梦寐海中山[②]。
波涛道险鱼难寄，城郭人非鹤未还[③]。
去日儿童今渐长，灯前都解问台湾[④]。

① 此光绪二十四年戊戌（1898）得谢颂臣书时所作。

② 三年，丘逢甲光绪二十一年（1895）被迫离开台湾，至此已过三年。

③ 鱼，代指书信。古乐府《饮马长城窟行》："客从远方来，遗我双鲤鱼。呼儿烹鲤鱼，中有尺素书。""城郭"句，《搜神后记》记丁令威学道仙去，后化鹤回故乡辽东城门华表上，感叹城郭虽是人民非。参见尤侗《吴汉槎自塞外归喜赠》诗注。

④ 去日儿童，句本唐窦叔向《夏夜宿表兄话旧》诗"去日儿童皆长大"。

离台三首[①]

宰相有权能割地，孤臣无力可回天[②]。
扁舟去作鸱夷子，回首河山意黯然[③]。

卷土重来未可知，江山亦要伟人持[④]。
成名竖子知多少，海上谁来建义旗[⑤]？

从此中原恐陆沉，东周积弱又于今[⑥]。
入山冷眼观时局，荆棘铜驼感慨深[⑦]！

① 光绪二十一年（1895）七月，新竹战败，丘逢甲被迫奉父母离台内渡，作《离台》诗六章，付妹丈张晓峰。选三章。诗原有前记云："将行矣，草此数章，聊写积愤。妹倩张君请珍藏之。十年之后，有心人重若拱璧矣。海东遗民草。"

② 宰相，指李鸿章，主持签订《马关条约》，割让辽东半岛、台湾等地。

③ 鸱夷子，春秋末越国大夫范蠡辅佐越王勾践打败吴国，功成之后乘扁舟泛五湖而去，称为鸱夷子皮。见《史记·越王句践世家》。

④ 卷土重来，杜牧《题乌江亭》诗："胜败兵家事不期，包羞忍耻是男儿。

江东子弟多才俊，卷土重来未可知。”江山亦要伟人持，袁枚《谒岳王墓》诗：“江山也要伟人扶。”

⑤成名竖子，《晋书·阮籍传》：“（籍）尝登广武，观楚汉战处，叹曰：‘时无英雄，使竖子成名！’”阮籍所谓竖子指魏晋时代的统治者。

⑥陆沉，喻国土沦丧。东周积弱，周代自平王东迁，王室孱弱；此以东周比清政府统治下的中国。

⑦荆棘铜驼，《晋书·索靖传》：“靖有先识远量，知天下将乱，指洛阳宫门铜驼叹曰：‘会见汝在荆棘中耳！’”

春　愁

春愁难遣强看山，往事惊心泪欲潸。
四百万人同一哭，去年今日割台湾①！

①四百万人，原注：“台湾人口合闽粤籍，约四百万人也。”

★《春愁》是诗人用血泪凝成的名作，就是《马关条约》订立一年之后的阴历三月二十三日这个国耻日写的。于今事隔一个世纪，我在写这几行字的时候，正碰上诗人创作此诗一百周年纪念日——一九九六年阴历三月二十三日——犹仿佛听到诗人当日的哭声，仍免不了心神震悼。自台湾失守之后，台湾，就永远成为诗人魂牵梦绕之地，成为诗人歌唱中的第一主题。“已分生离与死别，不堪挥泪说台湾”（《天涯》）、“不知成异域，夜夜梦台湾”（《往事》）、“看到六鳌仙有泪，神山沦没已三年”（《元夕无月》）、“相逢欲洒青衫泪，已割蓬莱十四年”（《席上作》）；这些“字字写来皆是血”的篇章，是最好的爱国主义教材。今天，我们作为后来者，绝对有责任保卫祖国的每一寸领土，完成统一祖国的大业，以告慰诗人和无数先烈在天之灵！

去岁初抵鮀江，今仍客游至此，思之怃然①

沦落天涯气自豪，故山东望海云高。
西风一掬哀时泪，流向秋江作怒涛。

①去岁，光绪二十一年乙未（1895），台湾斗争失败后来大陆。鮀江，广东汕头。怃然，茫然自失之貌。诗作于二十二年（1896）秋。

元夕无月[①]

满城灯火荡春烟，宝月沉沉隔海天。
看到六鳌仙有泪，神山沦没已三年[②]！

①元夕，光绪二十四年戊戌（1898）正月十五。

②六鳌，元夕彩灯扎成海鳌状。诗人由鳌联想到海，由海联想到海上神山。神山，指台湾。光绪二十一年（1895）台湾被日本侵占，至此已有三年。

饶平杂诗[①]

海云南护六龙奔，凄绝辞郎酒满尊[②]。
一曲平元万行泪，红螺洲上望厓门[③]。

①饶平，在广东省东端，邻近福建。

②六龙，《易·乾》："时乘六龙以御天。"古代天子之车驾六马，因用"六龙"代指天子车驾。南护六龙奔，指南宋末临安失陷元军虏帝㬎北去以后，张世杰、陆秀夫等拥益王赵昰、卫王赵昺南奔。

③"一曲"二句，原注："红螺洲，即辞郎洲，为邑人张都统达妻陈璧娘送夫率义军勤王处。平元曲，璧娘作。"南宋德祐二年（1276），元军陷临安，虏宋恭帝赵㬎北去。宋臣张世杰、陆秀夫拥益王赵昰、卫王赵昺沿海南走。立赵昰为帝，是为端宗。端宗景炎三年（1278），赵昰死，又立赵昺，退至厓山。次年，元将张弘范率军进逼，张世杰等孤军奋战，终于失败，陆秀夫负帝昺蹈海而死。张世杰残军遇巨风覆舟，并壮烈殉国。南宋至此最终灭亡。诗中所写张都统达为饶平人，率义军勤王，妻陈璧娘于红螺洲上唱《平元曲》送别，洲名因此改名辞郎洲。"红螺洲上望厓门"，知张都统参预了厓门战役，必已殉国无疑。厓门在广东新会之南，东距红螺洲五百多公里。红螺洲上望厓门只是表现一种遥盼的心情。

★故事极为悲壮，赖丘仓海诗章得以永远流传。

山村即目

一角西峰夕照中，断云东岭雨濛濛。
林枫欲老柿将熟，秋在万山深处红。

★丘仓海极喜用“一角”，也极善用“一角”。“一角孤城山影里，趁墟人散夕阳多”、“寒芜漠漠江村夕，一角斜阳尺隐庵”、“一角寒风照碧波，园亭无限废兴何”、“沧洲东望昼冥冥，一角荒山仗佛灵”、“斜阳一角明玉虹，满袖白云下山去”、“英雄愧说郑延平，目断残山一角青”、“群峰叠翠倚楼间，一角颓阳夕照殷”、“梦觉游仙天欲明，东窗一角白初生”、“一角青山世外天，家邻让水与廉泉”、“何时着我山溪间，一角南天开世业”。只要哪里有一角景观，哪一角就被诗人抓住，其中不乏名句，成为丘诗中一个别有特色的词汇。

舟中望茶盘山[①]

沧波天际夕阳红，孤屿苍茫大海中。
水墨痕浓云脚矮，茶盘山外雨濛濛。

①茶盘山，在南海中。光绪二十六年庚子（1900）二月，丘逢甲下南洋，经西贡至新加坡，诗作于南海舟中。

韩江有感[①]

道是南风竞北风，敢将蹭蹬怨天公[②]。
男儿要展回天策，都在千盘百折中。

①韩江，在广东东部，自闽南流入，穿阴那山，经潮州至澄海入海，因唐

代大文学家韩愈得名。

② 南风竟北风，《左传》襄公十八年："晋人闻有楚师。师旷曰：'不害。吾骤歌北风，又歌南风，南风不竞，多死声，楚必无功。'"诗用其词语。蹭蹬（cèng dèng），行艰难貌。

★诗表面上似是即目写景，说是南风竟然又刮起北风；其实是随目所见，抒发内心的感触。诗写于光绪三十三年丁未（1907），时孙中山领导的同盟会已发动多次起义，均遭失败。诗中南风喻革命，北风喻清政府反动势力。诗意谓革命已经兴起，而反动统治者却依然凶狠。诗人认为事物发展中的艰难挫折是必然现象，无需埋怨天公。所以下面接着说，男儿要斡转乾坤，都必须经过千盘百折。这是对革命者的鼓励，诗意表述得深微而独特。诗人对革命事业已充满信心，知道尽管要经过艰难曲折，最后必然胜利，故不久即加入同盟会，投身革命。韩江岸畔瞬间的感触，启发了诗人的思绪，诗要写的实际并不在韩江。

席上作

儿女英雄海上缘，东风吹散化青烟[①]。
相逢欲洒青衫泪，已割蓬莱十四年[②]！

① "儿女"二句，揣诗意，所赠必台湾抗敌女友。

② 青衫泪，语本白居易《琵琶行》"座中泣下谁最多，江州司马青衫湿"。蓬莱，借指台湾。诗作于光绪三十四年戊申（1908），上距光绪二十一年乙未（1895）已十四年。

谒明孝陵[①]

郁郁钟山紫气腾，中华民族此重兴。
江山一统都新定，大纛鸣笳谒孝陵[②]。

① 明孝陵，明太祖朱元璋陵墓，在南京钟山南麓。《岭云海日楼诗钞》原编者注："谒明孝陵时革命军初定南京，正整军北伐，故公谒明孝陵而作诗。"

② 都新定，辛亥革命后临时政府决定南京为首都。

★宣统三年辛亥（1911）十月十日，武昌起义胜利，各省纷纷响应。十二月二日，江浙联军攻克南京，南京被定为临时政府所在地。丘逢甲是广东代表，应邀赴南京参预组织政府，被选为参议院议员，首倡祭告孝陵。诗即作于其时。明年二月诗人即下世。自台湾抗日失败，丘逢甲被迫退居内地，十六年来矢志不忘台湾，为祖国深受外敌欺凌而悲愤填膺。他终于看到了辛亥革命的成功，在此期间的诗作，一洗往日的沉霾，充溢着革命的激情。诗人奋斗了一生，总算等到了这一天，他怀着胜利的喜悦和对祖国复兴的希望离开了这个世界。但他决没有想到，未来的祖国仍然如此灾难重重！

屠寄

屠寄（1856—1921），字敬山，一作竟山，江苏武进人。清德宗光绪十八年壬辰（1892）进士，改庶吉士，授浙江淳安知县。有《给一官诗略》。

独雁

关塞凉风起，萧条独雁过。
中原饥馑后，何处稻粱多。
顾影思俦匹，低飞畏网罗。
芦花秋万里，好去宿烟波。

李希圣

李希圣（1864—1905），字亦元，号卧公，湖南长沙人。清德宗光绪十七年辛卯（1891）举人，十八年进士，官刑部主事。光绪后期任京师大学堂提督。义和团起事，八国联军入侵，希圣在北京，作《庚子传信录》，述大乱中见闻。有《雁影斋诗存》。

以菊花饷恽薇孙学士，薇孙诗来，用渊明自拟，作此答之五首[①]

喑咤风生戏马台，坐中诗笔斗清裁[②]。
王宏谢晦皆开府，独向东篱采菊回[③]。

菊花天地寄遗芳，局促江山气不强[④]。
我见寄奴应北面，三擒天子到咸阳[⑤]。

葵麦摇春有底忙，牡丹谢后菊花黄。
只消几度东轩醉，已见齐台起建康[⑥]。

半壁膻腥事已休，眼中沧海更横流[⑦]。
相从惠远庐山日，谁识眉攒万国愁[⑧]。

易水萧萧白日寒，单车西去报燕丹[⑨]。

诗人未必真平淡，寄语钟嵘仔细看[10]。

①恽薇孙，江苏阳湖人。恽诗以陶渊明自拟，李希圣亦以陶渊明自拟答之。诗原二十首，录五首。

②喑咤，大声怒喝。《史记·淮阴侯列传》："项王喑恶叱咤，千人皆废。"戏马台，在江苏徐州城南，传为项羽遗迹。坐中诗笔：晋安帝义熙十四年（418）九月九日，宋公刘裕饯尚书令孔靖于徐州戏马台，百僚赋诗。今收入《文选》者有谢瞻、谢灵运《九日从宋公戏马台集送孔令诗》。

③王宏，当作王弘，字休元，王导曾孙。刘裕为镇军，召补谘议参军，领彭城太守。宋武帝永初元年（420），加散骑常侍，以佐命功封华容县公；三年进号卫将军，开府仪同三司。见《宋书·王弘传》。谢晦，谢瞻之弟，字宣明。宋初为右卫将军，加侍中，以佐命功封武昌县公。宋武帝死，少帝即位，进中书令，与徐羡之、傅亮同辅政。少帝废，徐羡之以晦领荆州刺史。文帝立，进号卫将军，加散骑常侍，进封建平郡公。见《晋书·谢晦传》。开府，汉代三公、大将军等成立府署，自选僚属，称为"开府"。魏晋以后开府逐渐增多，称"开府仪同三司"。东篱采菊，陶渊明《饮酒》诗："采菊东篱下，悠然见南山。"——"喑咤"一首，谓晋宋之际，原晋室诸臣，多依附刘裕，或逞才藻，或以"功勋"，获取高位；陶渊明独"采菊东篱"，不慕荣利。

④局促江山，东晋南朝皆僻居江左，国势衰微，故云"气不强"。

⑤我，拟陶渊明自称。寄奴，刘裕，即宋武帝，字德舆，小字寄奴，彭城（今江苏徐州）人，迁居京口。幼年贫穷，后为东晋北府兵将领，从刘牢之镇压孙恩起义，多立战功。晋安帝义熙元年（405），击败桓玄，掌握晋室大权。后封宋王，晋恭帝元熙二年（420），代晋称帝，国号宋。见《宋书·武帝纪》。北面，古代统治者南面而朝，臣下北面朝拜。北面即表示臣服敬佩之意。三擒天子：义熙四年刘裕北伐，六年灭南燕，擒慕容超至建康斩之。义熙九年，遣朱龄石平蜀，斩蜀王谯纵，传首京师。义熙十二年北伐后秦，收复洛阳，十三年长安克复，擒姚泓至建康斩之。到咸阳，义熙十三年九月，刘裕灭后秦至长安。诗中咸阳实指长安。——"菊花"一首赞赏刘裕。晋室南渡，江左孱弱，桓温之后，只有刘裕两度北伐取得重大胜利。

⑥几度东轩醉，陶渊明《饮酒》诗："啸傲东轩下，聊复得此生。"齐台起建康，刘裕建宋，有国五十九年，又为齐高帝萧道成所取代。按，陶渊明卒于宋文帝元嘉四年（427），萧道成即位已是陶渊明过世五十二年之后，他来不及"见齐台起建康"了。——"葵麦"一首，感叹世事沧桑，变迁迅疾；还不如任他春去秋来，我自东轩沉醉。

⑦ 半壁膻腥，谓北方半壁江山被少数民族政权统治。膻腥，牛羊的臊气。二句意谓北方半壁江山沦于异族已没有办法，而南方更混乱不堪，无有宁日。

⑧ 惠远，一作慧远，东晋高僧，雁门楼烦人，晋孝武帝太元中入居庐山东林寺，陶渊明曾从之游。——“半壁”一首，谓晋宋之际，南北分割，世积乱离，陶渊明虽退隐田园，从惠远游，实际上并未忘世事，“为万国愁”。

⑨ “易水”二句，简述荆轲故事。参见吴绮《督亢陂》、赵执信《督亢怀古》诗注。陶渊明有《咏荆轲》诗，称赞荆轲“君子死知己，提剑出燕京”，“其人虽已没，千载有馀情”。

⑩ 诗人未必真平淡，与龚自珍《己亥杂诗》“莫信诗人竟平淡”意同，详见该诗注。陶渊明是古代伟大诗人之一，在魏晋南北朝时代更无出其右者。钟嵘《诗品》列于中品，只称其为“古今隐逸诗人之宗”。这是对陶渊明缺乏认识。——“易水”一首，就陶渊明对荆轲的歌咏，说明他“未必真平淡”。

★“用渊明自拟”，全是对陶渊明的评论，而实际是抒写自家的心曲。晚清诗坛，诗界革命派和同光体派形成两大阵营，阵营之外还有湖湘、唐宋等派；李希圣却专学西昆体，独辟一小小的营垒。这些绝句却写得语言明净，旨意明白，没有西昆气。

吴沃尧

吴沃尧（1866—1910），字小允，又字茧人，后改趼人，广东南海人。因住佛山镇，因常署我佛山人。寓居上海，编《月月小说》。所著《二十年目睹之怪现状》，揭露官场腐败，针砭社会恶习，为清末著名谴责小说。

题苏武牧羊图[①]

雪地冰天且耐寒，头颅虽白寸心丹。
眼前多少匈奴辈，等作牛羊一例看。

① 苏武，西汉杜陵人。汉武帝天汉元年（前100）出使匈奴，被扣留，不为威胁利诱，拒不投降。后被放到北海牧羊，历十九年始得回汉。见《汉书·苏建传》。

★诗结语对少数民族颇为不敬，但诗作于清朝末季，自有其特定意义。

王允皙

王允皙（1867—1929），字又点，号碧栖，福建长乐人。清德宗光绪十一年乙酉（1885）举人。先后入奉天将军依克唐阿和北洋海军幕府，辛亥革命后官安徽婺源县知事。有《碧栖诗》。

于役所见①

几树萧条远见天，一溪寒冷自生烟②。
惠崇小景无人买，挂在荒村不计年③。

①于役，服役在外。语本《诗·王风·君子于役》。
②几树萧条远见天，意即近见萧条几树远见天。
③惠崇，北宋诗僧，建阳人。尤善画，工山水小景。

★以风光比画者多矣，妙在“挂在荒村”而且“无人买”，“不计年”；状宁静境界，可谓独出心裁。

吴保初

吴保初（1869—1913），字彦复，一字君遂，号瘿公，安徽庐江人。荫生，官刑部主事。有《北山楼集》。

夜梦故人朱曼君感怆赋此[①]

青天碧海骑鲸去，小别千秋返夜台[②]。
季重旧游成鬼录，谪仙词赋岂凡才[③]！
天荆地棘归魂惨，月黑枫青入梦来[④]。
欲挈只鸡向何许，山阳笛里不胜哀[⑤]！

① 朱曼君，其人不详。

② 骑鲸去，扬雄《羽猎赋》："乘巨鳞，骑京鱼。"后以"骑鲸"代指隐遁或死亡。苏轼《次韵张安道读杜诗》："骑鲸遁沧海，捋虎得绲袍。"又，五代王定保《唐摭言》："李白着宫锦袍游采石江中，傲然自得，旁若无人，因醉入水中捉月而死。"按，此系传说，也有人信以为真。梅尧臣《采石月下赠功甫》云："采石月下逢谪仙，夜披锦袍坐钓船。醉中爱月江底悬，以手弄月身翻然。不应暴落饥蛟涎，便当骑鲸上青天。"夜台，犹地下、黄泉。

③ 季重，三国魏吴质，字季重。曹丕《与吴质书》："昔年疾疫，亲故多离其灾。徐、陈、应、刘，一时俱逝，痛可言邪！""何图数年之间，零落略尽，言之伤心！顷撰其遗文，都为一集，观其姓名，已为鬼录。"（曹丕作书与吴季重，论及往日同游亲故，已入鬼录，写作"季重旧游成鬼录"，实辞不达意。）谪仙，贺知章曾称李白为"天上谪仙人"。

④ 天荆地棘，形容环境极其险恶。明刘永锡《行路难》："云漫漫兮白日寒，天荆地棘行路难！"月黑枫青，杜甫《梦李白》诗："魂来枫林青，魂返关塞黑。"枫，原作"风"，据诗意改。

⑤ 挈（qiè），提。只鸡，曹操《祀故太尉桥玄文》："又承从容约誓之言：殂没之后，路有经由，不以斗酒只鸡过相沃酹，车过三步，腹痛勿怪。"山阳笛，嵇康被司马昭杀害，其挚友向秀经其山阳旧居，闻邻人吹笛，发音寥亮，"追思曩昔游宴之好"，不胜哀思，因作《思旧赋》。

过马关春帆楼[①]

万顷云涛玄海滩，天风浩荡白鸥闲。
舟人那识伤心地，遥指前程是马关[②]！

① 马关春帆楼，光绪二十一年乙未（1895）李鸿章与日本伊藤博文签订《马关条约》处。参见康有为《九月二十四日夜至马关》诗注。诗题又作"乙巳游日本感赋"。乙巳为光绪三十一年（1905），上距马关签约已过十年。诗题又作"玄海滩"。

② 伤心地，吴汝纶曾榜"伤心之地"四字于春帆楼。

徐锡麟

徐锡麟（1873—1907），字伯荪，浙江山阴（今绍兴）人。清德宗光绪二十九年癸卯（1903）游日本，归国后加入光复会，在绍兴创办大通学堂。为在清政府内部进行革命活动，光绪三十二年（1906）捐资为道员，分发安徽，任巡警处会办兼巡警学堂监督。明年，与秋瑾约定在徽浙两省同时起义。七月六日在安庆刺杀巡抚恩铭，率巡警学堂学员攻占军械局，失败后英勇就义。

出塞

军歌应唱大刀环，誓灭胡奴出玉关①。
只解沙场为国死，何须马革裹尸还②！

①大刀环，"环"与"还"谐音，寓回还之意。玉关，玉门关，代指边塞。

②马革裹尸，《后汉书·马援传》马援尝言："男儿要当死于边野，以马革裹尸还葬耳！"

梁启超

梁启超（1873—1929），字卓如，号任公，别署饮冰室主人，广东新会人。清德宗光绪十五年己丑（1889）举人。与老师康有为倡导维新变法，并称“康梁”。光绪二十一年乙未（1895）赴北京会试，随康有为发动“公车上书”。后在上海主编《时务报》，鼓吹变法。光绪二十四年戊戌（1898）再度进京，参预“百日维新”，失败之后流亡日本。在继续宣传变法维新的同时，提倡诗界革命，是近代新文化运动的先驱。辛亥革命后出任袁世凯政府司法总长，后策动蔡锷组织护国军反袁。其后又出任段祺瑞政府财政总长。中华民国六年（1917）参加马厂誓师，讨伐张勋复辟。晚年主讲清华大学。民国十八年去世，年五十七。任公是诗界革命的理论家，对推进诗歌改革起过很大的作用。早年所作诗形式较为自由，属于晚清新体诗。著作甚丰，但诗歌创作成就不很突出。有《饮冰室全集》。

东归感怀①

极目中原暮色深，蹉跎负尽百年心②。
那将涕泪三千斛，换得头颅十万金③。
鹃拜故林魂寂寞，鹤归华表气萧森④。
恩仇稠叠盈怀抱，抚髀空为《梁父吟》⑤！

①光绪二十六年（1900）六月，梁启超自夏威夷回到上海，时八国联军攻陷北京，而唐才常在武汉起义又已失败，“感怀”即因此而发。居沪才十日，又

南走新加坡。

② 中原暮色深，喻国势衰微。龚自珍《题陶然亭壁》："凭君且莫登高望，忽忽中原暮霭生！"蹉跎，颠连挫折。

③ 涕泪三千斛，极言其多。头颅十万金，戊戌变法失败，康、梁远走国外，清廷悬赏金十万两通缉追捕。

④ 鹃拜故林，实为拜鹃于故林。杜甫《杜鹃》诗："有竹一顷馀，乔木上参天。杜鹃暮春至，哀哀叫其间。我见常再拜，重是古帝魂。"杜鹃传为蜀帝杜宇之魂。此以比光绪帝，时被那拉氏幽禁。鹤归华表，《搜神后记》传辽东丁令威学道成仙，后化鹤归来立城门华表上，感叹"城郭虽是人民非"。参见尤侗《吴汉槎自塞外归喜赠》诗注。萧森，衰飒之意。

⑤ 恩仇，君恩国仇。稠叠，多而重叠。抚髀，《三国志·蜀书·先主传》注引《九州春秋》："（备）住荆州数年，尝于表座起至厕，见髀里肉生，慨然流涕。还坐，表怪问备。备曰：'吾尝身不离鞍，髀肉皆消，今不复骑，髀里肉生。日月若驰，老将至矣，而功业不建，是以悲耳！'"髀（bì），大腿。《梁父吟》，乐府篇名，据传诸葛亮好为《梁父吟》。后用以喻远大抱负。杜甫《登楼》诗："可怜后主还祠庙，日暮聊为《梁父吟》。"此叹国家多难，而年华虚度，壮志不遂。

庚戌岁暮感怀四首①

岁云暮矣夜冥冥，自照寒灯问影形②。
万种恨埋无量劫，有情天老一周星③。
催人鬓雪摇摇白，撩梦家山历历青。
今古兹辰同一概，只应长醉不成醒。

鼎湖鸡犬不能仙，一恸龙髯岁再迁④。
禹域大同劳昨梦，尧台深恨闷重泉⑤。
斧声烛影由来事，马角乌头不计年⑥。
忍望海西长白路，崇陵草劲雪漫天⑦。

故园岁暮足悲风，吹入千门万户中。

是处无衣搜杼轴，几人鬻子算租庸[⑧]。
近闻诛敛空罗雀，傥肯哀鸣念泽鸿[⑨]。
金穴如山非国富，流民休亦怨天公[⑩]。

入骨酸风尽日吹，那堪念乱更伤离。
九州无地容伸脚，一盏和花且祭诗[⑪]。
运化细推知有味，痴顽未卖漫从时[⑫]。
劳人歌哭为昏晓，明镜明朝知我谁[⑬]！

① 庚戌，宣统二年（1910）。时梁启超尚流亡日本。诗原六首，选一、二、四、六。其三云“梦短鸡鸣第一声，明朝冠盖盛春明”，故岁暮实指除夕，时已是一九一一年元月。

② 冥冥，昏暗貌。问影形，犹言形影相吊。

③ 劫，梵语“劫波”的略语，佛家指世界周期性的生灭过程。无量劫，无穷的劫数。有情天老，用李贺《金铜仙人辞汉歌》“天若有情天亦老”句意。一周星，古代以岁星纪年，岁星运行一周为十二年。庚戌（1910）上距戊戌（1898）变法已十二年。

④ 鼎湖，传说黄帝铸鼎之所。《史记·封禅书》：“黄帝采首山铜，铸鼎于荆山下。鼎既成，有龙垂胡髯下迎黄帝。黄帝上骑，群臣后宫从上者七十馀人，龙乃上去。馀小臣不得上，乃悉持龙髯，龙髯拔堕，堕黄帝之弓。百姓仰望黄帝既上天，乃抱其弓与胡髯号。”后用此典称皇帝之死。此指德宗去世。鸡犬不能仙，《神仙传》谓淮南王好道，白日飞升，鸡犬随之升天。详见吴伟业《过淮阴有感》诗注。二句言德宗去世，自己未能从死。岁再迁，指两年。德宗死于光绪三十四年戊申（1908），诗作于庚戌年底。

⑤ 禹域，指中国。大同，古人理想中天下为公的太平盛世。《礼记·礼运》：“大道之行也，天下为公，选贤与能，讲信修睦。故人不独亲其亲，不独子其子；使老有所终，壮有所用，幼有所长，矜寡孤独废疾者皆有所养；男有分，女有归；货恶其弃于地也，不必藏于己，力恶其不出于身也，不必为己。是故谋闭而不兴，盗窃乱贼而不作；故外户而不闭。是谓大同。”康有为对大同世界作了新的解释，他把古代较稳定的时代说成“皆小康之世”，即“升平世”，而社会最终要进至“太平世”，其时“无邦国，无帝王，人人平等，天下为公”，成为“大同世界”。而变法维新就是追求这种“大同世界”的步骤。但变法失

败，所以说“劳昨梦”。尧台，指幽禁德宗的瀛台。闷（bì），关闭。重泉，犹黄泉，指德宗之死。

⑥ 斧声烛影，宋释文莹《续湘山野录》：“［太祖］召开封王，即太宗也。延入大寝，酌酒对饮，宦官宫妾悉屏之。但遥见烛影下，太宗时或避席，有不可胜之状。饮讫，禁漏三鼓，殿雪已数寸。帝引柱斧戳雪，顾太宗曰：‘好做！好做！’遂解带就寝，鼻息如雷霆。是夕，太宗留宿禁内。将五鼓，周庐者寂无所闻，帝已崩矣。”此系传说，谓宋太宗谋杀太祖，夺取帝位。光绪三十四年（1908）那拉氏死之前夕，德宗先行“崩驾”。诗暗示德宗系那拉氏谋杀。（按，“戊戌政变”以后，那拉氏幽禁德宗。那拉氏担心自己死后德宗会重启变法，故定要在她死前害死德宗；德宗系那拉氏谋杀决无可疑。）马角乌头，战国时燕太子丹为质于秦，求归燕国。秦王曰：“乌头白，马生角，乃许耳！”意即永远没有希望。参见朱彝尊《岳忠武王墓》诗注。此自伤流亡生活没有尽头。

⑦ 海西，其时梁启超在日本，海西即指中国。长白，长白山，在东北境，为满族发祥之地。崇陵，清德宗与孝定皇后陵墓，在河北易县清西陵内。

⑧ 是处，犹处处。杼轴，织布机上的梭子与滚筒。《诗·小雅·大东》：“小东大东，杼轴其空。”几人，多少人。鬻，卖。算，筹谋。租庸，赋税，唐代有租庸调。杜甫《岁晏行》：“况闻处处鬻男女，割慈忍爱还租庸。”

⑨ 诛敛，勒取搜刮。傥，或然之词，此处是一种推测语气，傥肯犹言肯不肯。泽鸿，《诗·小雅·鸿雁》：“鸿雁于飞，集于中泽。”“鸿雁于飞，哀鸣嗷嗷。”后常用哀鸿代指流民。哀鸣念泽鸿，即念泽鸿哀鸣。

⑩ 金穴，指大量聚敛财富的豪强权贵之家。《后汉书·皇后纪》：光武帝郭皇后弟郭况封阳安侯，“迁在鸿胪，帝数幸其第，会公卿诸侯亲家饮燕，赏赐金钱缣帛，丰盛莫比，京师号况家为金穴。”怨天公，《晋书·五行志》百姓谣云：“昔年食白饭，今年食麦麸。天公诛谪汝，教汝捻咙喉。”诗反用其意。二句意谓金穴如山只属于少数统治者，国之贫穷，民之困苦，罪不在“天公”。

⑪ 九州，古代中国划分为九州。见《书·禹贡》。此指整个中国。祭诗，唐诗人贾岛每当岁暮，即设酒祭诗，谓“劳吾精神，以是补之”。

⑫ 运化，人类社会运行变化的规律。痴顽未卖，古代习俗，除夕小儿叫卖痴呆。范成大《卖痴呆词》：“除夕更阑人不睡，厌禳钝滞迎新岁。小儿呼叫走长街，云有痴呆召人卖。”

⑬ 劳人，忧苦的人。《诗·小雅·巷伯》：“骄人好好，劳人草草。”此作者自指。

寄内二首[①]

一缕柔情不可支，西风南雁别卿时。
年华锦瑟蹉跎甚，又见荼蘼花满枝[②]。

三年两度客京华，纤手扶携上月槎[③]。
今日关河怨摇落，千城残照动悲笳[④]。

①梁启超妻李蕙仙，贵州人，清礼部尚书李端棻之妹。光绪十七年（1891）完婚于北京。明年夏回广东。二十年春夫妻又同上北京。是年六月，中日战争爆发，蕙仙归宁贵州。十月，梁启超亦回广州。诗作于二十一年（1895）春暮。原四首，录二首。

②年华锦瑟，李商隐《锦瑟》诗："锦瑟无端五十弦，一弦一柱思华年。"蹉跎，颠连挫折，年华虚度。荼蘼，蔷薇科落叶灌木，春暮开花，为观赏植物。

③三年两度，光绪十七年冬梁启超在京与蕙仙完婚，明年二月应顺天乡试不第，乃携蕙仙南归。二十年二月又一道进京应试。旧时科举登第称为蟾宫折桂，句意谓妻子相送进京应试，犹相扶送上月宫。槎，木筏。

④摇落，凋残之貌。笳，管乐器名。中日甲午战争于二月结束，中国惨败，故诗有关河摇落残动悲笳之语。

读陆放翁集二首[①]

诗界千年靡靡风，兵魂销尽国魂空[②]。
集中什九从军乐，亘古男儿一放翁[③]。

辜负胸中十万兵，百无聊赖以诗鸣[④]。
谁怜爱国千行泪，说到胡尘意不平[⑤]。

①陆放翁，南宋爱国诗人陆游。

②靡靡，委靡不振。《史记·殷本纪》："使师涓作新淫声，北里之舞，靡

靡之乐。”梁启超《饮冰室诗话》：“中国人无尚武精神，其原因甚多，而音乐靡曼亦其一端。”

③从军乐，原注：“中国诗家无不言从军苦者，惟放翁则慕为国殇，至老不衰。”

④胸中十万兵，宋范仲淹有谋略，守延州，西夏畏之，谓“无以延州为意，今小范老子腹中自有数万兵甲”。见张唐英《宋名臣传·文正公传》。陆游《弋阳道中遇大雪》诗：“夜听簌簌窗纸鸣，恰似铁马相磨声。起倾斗酒歌出塞，弹压胸中十万兵。”

⑤胡尘，原注：“放翁集中胡尘等字凡数十见，盖南渡之音也。”

★《读陆放翁集二首》，对伟大的陆放翁作了崇高的评价，间接也表现了诗人自身的壮志豪情；诗也写得纵横跌宕，颇有气势。但谓“诗界千年靡靡风，兵魂销尽国魂空”，否定祖国古代无比辉煌的诗歌成就却极其荒谬。梁任公对宣传晚清诗界革命作了巨大的贡献，但任公古典古学的造诣并不深厚，因而对古代诗艺的评说每多错误。

太平洋遇雨[①]

一雨纵横亘二洲，浪淘天地入东流[②]。
劫馀人物淘难尽，又挟风雷作远游[③]。

①光绪二十五年（1899）戊戌政变失败，梁启超逃亡日本，再横渡太平洋，前往美国檀香山。

②亘二洲，绵亘亚洲美洲。（浪淘天地入东流，语意不顺。）

③“劫馀”句，用苏轼《念奴娇》词“浪淘尽千古风流人物”句而反其意。

纪事二首[①]

鸾飘凤泊总无家，惭愧西风两鬓华[②]。
万里海槎一知己，应无遗恨到天涯[③]。

猛忆中原事可哀，苍黄天地入蒿莱[④]。

何心更作喁喁语，起趁鸡声舞一回[⑤]。

① 纪事，光绪二十六年（1900）寄檀香山女友何蕙珍《纪事二十四首》，此末二首。

② 鸾飘凤泊，喻飘零离散。龚自珍《金缕曲》词：“我又南行矣，笑今年，鸾飘凤泊，情怀何似？”

③ 槎，木筏，代指船，此又代指在外飘泊。

④ 苍黄，混乱貌。蒿莱，取其荒凉之意。

⑤ 喁喁（yóng）语，亲密细语。鸡声，用祖逖刘琨闻鸡起舞事。参见钱谦益《己丑岁暮宴集连宵》诗注。

★光绪二十六年（1900）梁启超流亡檀香山。其时在戊戌变法失败之后，梁氏名满天下。檀香山一何姓商人宴请梁启超。“座有西国缙绅名士及妇女十数人”，请梁启超发表演说，由主人女何蕙珍翻译。“蕙珍年二十，通西文，尤善操西语，全檀埠男子无能及之者。学问见识皆好，喜谈国事，有丈夫气”，对梁启超极为倾慕。戊戌政变以后，清政府为破坏康、梁在国外的活动，命令驻外领事在西方发表文章诋毁康、梁。梁启超发现国外报刊有文章为之辩护，“而不著其名”。认识何蕙珍以后，蕙珍拿出原稿，才知道驳难清领事文章者，就是这位何蕙珍。其时梁启超二十八岁，风华正茂，在流亡途中，得此红颜知己，自恋恋不能忘情。后友人向梁绍介以蕙珍为婚。但梁启超曾与谭嗣同相约，改革封建陋习，坚持一夫一妻，乃婉言谢绝，而心不能自已，乃作《纪事二十四首》寄与蕙珍，表达其极为相慕却不能相婚之意。尤为难得的是，梁启超把整个与蕙珍相识过程并极为爱慕之情，写长信如实告知妻李蕙仙——评中引文即录自《与蕙仙书》——蕙仙回信说：“君非女子，不必从一而终。”梁启超立即回复：“此实无理，吾辈向来倡男女平权之论，不应作此语。与君相居十年，分携之日，十居八九，彼此一样。我可以对卿无愧；虽自今以后，学大禹之八年在外三过其门而不入，卿亦必能谅我。”梁启超于诗并非所长，即如此情诗亦非上乘，但诗意是纯正的。梁启超自言“任公血性男子”，作为一个封建社会的知识分子，能如此约束自己，确不愧为杰出改革家，其坦白襟怀，崇高风格，值得后人钦敬。

黄节

黄节（1873—1935），又名晦闻，字玉昆，号纯熙，广东顺德人。少孤，母氏抚养成长。清德宗光绪二十八年壬寅（1902）赴洛阳应顺天乡试，不遇。三十一年（1905）与章炳麟、邓实、马叙伦、刘师培、陈去病、诸宗元等人创办国学保存会，办《国粹学报》，阐扬国学传统，宣传反清思想。宣统元年（1909）在香港舟中加入中国同盟会。辛亥革命后，拥护革命政府，反对袁世凯称帝。曾设法营救被袁世凯拘禁的章炳麟，谴责拥护帝制的刘师培。后长期任北京大学教授。民国二十三年去世，年六十三①。学术著作甚多，诗集有《蒹葭楼集》。

①黄节卒于民国二十三年甲戌农历十二月二十四日，阳历已是一九三五年一月二十日。

宴集桃李花下，兴言边患，夜分不寐①

春色满中原，东风忽吹至②。
繄彼桃李花，笑知酒阑意③。
古人秉烛游，吾今独何志④？
草堂来故人，为我道时事⑤。
坐花且开筵，芳菲拂剑鼻⑥。
草木犹春荣，世运何太异！
东望春可怜，千里碧血渍⑦。
山高风鹤哀，将军死无地⑧。
泱泱东海雄，一旦委地利⑨。

岂无鸦儿军，不可收指臂⑩？
兵事三十年，嗟嗟阃外帅⑪。
丈夫拊髀惊，冲冠裂目眦⑫。
我少学兵法，亦明古武备。
何必怯舟师，何必畏利器？
苟得死士心，无敌有大义⑬。
天下岂无人，苍苍果谁寄⑭？
边风吹虫沙，霾雾走魑魅⑮。
壮士怀关东，举酒问天醉⑯。
花落竟何言，奈何夜不寐⑰。

①边患：光绪二十年甲午（1894）发生中日战争，中国惨败。先是中国政府应朝鲜国王请求，是年四月派兵至牙山。时日军已占领汉城，劫持朝鲜国王。七月二十五日，日本海军袭击为中国运兵的英国轮船。八月一日，中国被迫对日宣战。九月一日陆军在平壤战败；十七日海军在大东沟与日本舰队海战，击沉日舰西京丸，击毁扶桑、清田，中国损失致远、经远、扬威、超勇诸舰。十月下旬，日军进攻辽东。十一月二十二日攻陷旅顺。明年一月三十一日陷威海卫，北洋海军困守刘公岛。二月十一日海军提督丁汝昌自杀，北洋海军全军覆没。清廷派李鸿章赴日求和，签订丧权辱国的《马关条约》。夜分，夜半。诗作于二十一年（1895）春日。

②中原，原野。

③繄（yī），发语词。酒阑，酒宴将尽。

④古人秉烛游，《古诗十九首》："生年不满百，常怀千岁忧。昼短苦夜长，何不秉烛游？为乐当及时，何能待来兹！"李白《春夜宴桃李园序》："古人秉烛夜游，良有以也。况阳春召我以烟景，大块假我以文章。会桃李之芳园，序天伦之乐事。"

⑤草堂，是年黄节从学于同县名儒简朝亮简岸草堂，诗即作于此。据作者自注，诗曾呈简岸先生，并经先生评定。道时事，即道中日战争惨败事。

⑥剑鼻，剑柄末端系丝绦之处。

⑦千里碧血渍，指中国军队在朝鲜、辽东和东海战败，伤亡惨重。碧血，《庄子·外物》："苌弘死于蜀，藏其血，三年化而为碧。"渍（zì），浸染。

⑧ 风鹤哀，东晋孝武帝太元八年（383）前秦苻坚率百万大军南侵。至寿春，“与苻融登城而望王师，见部阵齐整，将士精锐，又北望八公山上草木皆类人形。顾谓融曰：‘此亦劲敌也，何谓少乎！’”淝水战败，秦军溃退，“闻风声鹤唳，皆谓晋师之至。”见《晋书·苻坚载记》。此形容清军失败惨状。将军死无地，指清军将领因战败而死，葬身无地。如陆军左宝贵于光绪二十年九月保卫平壤之战中临城督战，中炮身亡；海军致远舰管带邓世昌在黄海海战中壮烈殉国，海军提督丁汝昌被迫自杀。

⑨ 泱泱，弘大貌。《左传》襄公二十九年：季札于鲁观乐。“为之歌齐，曰：‘美哉，泱泱乎，大风也哉！表东海者，其太公乎！’”此以东海代指东海海滨有利地势尽皆丧失。

⑩ 鸦儿军，五代唐李克用所率沙陀兵骁勇善战，因尽着黑衣，称鸦儿军。此代指精锐部队。收指臂，收使指使臂之效，喻指挥如意。语本贾谊《陈政事疏》“身之使臂，臂之使指”。

⑪ 嗟嗟，叹惋之词。阃外帅，在外掌握兵权的将领。《史记·张释之冯唐列传》：“上古王者之遣将也，跪而推毂曰：‘阃以内者寡人制之，阃以外者将军制之。’”阃，城门槛。此指丁汝昌。丁于同治十三年（1874）隶长江水师，参预对捻军作战，后被派往英国购买军舰，归国后管领水师，至光绪二十年（1894）甲午战败，前后二十年。三十年兼同治、光绪概而言之。

⑫ 拊，拍击。髀，大腿。冲冠裂目眦，头髮上冲冠，眼睁似欲裂开，形容愤激之状。《史记·廉颇蔺相如列传》：“相如因持璧却立，倚柱，怒髮上冲冠。”《史记·项羽本纪》：鸿门会上，樊哙持盾撞入帐中，“披帷西向立，瞋目视项王，头髮上指，目眦尽裂。”

⑬ 苟，诚。二句谓诚得死士之心，共有凛然大义，则所向无敌。无敌有大义，即有大义无敌。

⑭ 苍苍，指苍天。

⑮ 虫沙，指战死壮士的尸骨。《艺文类聚》卷九十五引《抱朴子》：“周穆王南征，一军皆化，君子为猿为鹤，小人为虫为沙。”魑魅（chī mèi），山林鬼怪。指日本侵略军。

⑯ 关东，山海关以东，指东北地区。时湖南巡抚吴大澂率湘军在山海关外抵抗日军。至是年三月七日（阳历二月十三日）战败崩溃。作诗之时未有溃败消息。天醉，喻统治者昏乱。李商隐《咸阳》诗：“自是当时天帝醉，不关秦地有山河。”

⑰ 花落，写眼前景物，也暗喻国势凋零。结构上与开篇呼应。

★此诗写于甲午战争之次年。时尚在马关签约之前，故诗中不涉辱国条约。诗人系心国事，眷怀忠烈，亦有议论，亦有激情，耿耿不寐，如有隐忧。时年仅二十二岁。诗人后成为卓越学者，存诗四百馀首，若论感情激越，动人心魂，集中似无过此篇者。

报宾虹寄画①

青山忽飞来，置我几席间②。
如何所思人，梦寐空往还。
苍波淡将夕，木叶秋渐阑。
孤松郁奇姿，远峰修秃鬟③。
知非貌云林，意复高荆关④。
万事托笔端，于世真闲闲⑤。
迩来我为诗，视子尤辛艰。
朝扣少陵扉，夕抗昌黎颜⑥。
念枯每微嗢，意拙宁多删⑦。
一艺恐无成，区区固所叹⑧。

①宾虹，黄质（1885—1955），字朴存，号宾虹，后以字行，祖籍安徽歙县，出生浙江金华。近代杰出山水画家，亦南社诗人。宣统二年（1910），黄节曾写诗向黄宾虹索画，此第二年收到画后答诗。

②青山忽飞来，言宾虹画已收到。

③阑，木叶凋落已尽。“苍波”四句描写画境。

④貌，摹写。云林，元代山水画家倪瓒，字云林。荆，唐末画家荆浩。关，五代画家关仝，关仝为荆浩弟子，并称“荆关”。

⑤闲闲，自得之貌。

⑥少陵，即杜甫。扉，门。昌黎，即韩愈。颜，“颜行”的省文。《汉书·严助传》：“如使越人蒙死徼幸，以逆执事之颜行。”颜师古注引文颖曰：“颜行犹雁行，在前行，故曰颜也。”王先谦补注谓“颜、雁一声之转”。抗颜即与之并驾。

⑦ 念枯，灵感枯竭。喟，叹。意拙，旨意肤浅。

⑧ 叹，读平声。

庚子重九登镇海楼[①]

东南佳气郁高楼，天到沧溟地陡收。
万舶青烟瀛海晚，千山红树越台秋[②]。
曾闻栗里归陶令，谁作新亭泣楚囚[③]？
凭眺莫遗桓武恨，陆沉何日起神州[④]！

① 庚子，光绪二十六年（1900），是年八国联军攻陷北京，列强合伙入侵，国势愈益危殆。镇海楼，在广州越秀山畔。

② 万舶，停泊海上的船舰。青烟，指傍晚的薄雾。越台，越王台，汉初南越王赵佗所筑，故址在越秀山上，此即代指越秀山。

③ 栗里，在江西星子县境，陶渊明故乡。陶渊明因官场黑暗，掷官归里。新亭，在建康城南，东晋初北来士人尝于美日饮于新亭，周顗感叹“风景不殊，正自有山河之异”，皆相视流泪。参见查慎行《重游秦淮》诗注。

④“凭眺”二句：《世说新语·轻诋》：桓温北伐，“与诸僚佐登平乘楼眺瞩中原，慨然曰：‘遂使神州陆沉，百年丘墟，王夷甫诸人不得不任其责！’”桓武，即桓温，谥宣武，为音节简省作桓武。句意莫遗留桓宣武的慨叹，还不知何日能推翻清朝，恢复神州！

黄　兴

黄兴（1874—1916），原名轸，字廑午，后改名兴，字克强，湖南善化（今长沙）人。光绪二十八年（1902）赴日本留学。三十年（1904）与陈天华、宋教仁等组织华兴会，策划长沙起义未成。次年在日本拥护孙中山组成中国同盟会。光绪末年，先后参与或指挥钦廉防城起义、镇南关起义、钦廉上思起义、云南河口起义和广州新军起义。宣统三年（1911）与赵声领导广州起义（黄花岗之役）。武昌起义后从香港赶至武昌，被推为革命军总司令，在汉口、汉阳抗击清军。上海、苏、杭相继光复，到上海被推为副元帅，主持南北议和。中华民国元年（1912）南京临时政府成立，任陆军总长。临时政府北迁，任南京留守。民国二年讨伐袁世凯任总司令，失败后流亡日本。民国五年病逝于上海，年四十三。黄克强是伟大革命家，偶作诗词，直抒胸臆，亦颇气魄宏伟。有《黄兴集》。

咏　鹰

独立雄无敌，长空万里风。
可怜此豪杰，岂可困樊笼。
一去渡沧海，高扬摩碧空。
秋深霜气肃，木落万山空。

陈去病

陈去病（1874—1933），字佩忍，号巢南，江苏吴江人。早年赞同变法维新。清德宗光绪二十九年癸卯（1903）东渡日本，第二年回国在上海任《警钟日报》主笔。光绪三十二年（1906）参加同盟会，鼓吹革命。宣统元年（1909）与柳亚子、高旭、庞树柏等在苏州组织“南社”。辛亥革命后曾任江苏革命博物馆馆长、东南大学教授。民国二十二年卒，年六十。有《浩歌堂诗钞》。

重九歇浦，示侯官林獬、仪真刘光汉①

惨淡风云入九秋，海天寥廓独登楼。
凄迷鸾凤同罹网，浩荡沧瀛阻远游②。
三十年华空梦幻，几行血泪付泉流③。
国仇私怨终难了，哭尽苍生白尽头！

① 重九，指光绪二十九年（1903）重阳节。歇浦，黄歇浦，因楚春申君黄歇得名，即上海。林獬，即林万里，福建福州人。刘光汉，即刘师培，江苏仪真人。二人与陈去病同为《警钟日报》主笔。

② 鸾凤，贾谊《吊屈原文》：“鸾凤伏窜兮鸱鸮翱翔。”时清政府大肆逮捕迫害革命党人，故有“鸾凤同罹网”之叹。

③ 泉流，实谓水流，因迁就平仄，改用“泉流”。

辑《陆沉丛书》初集竟题一首①

胡马嘶风蹀躞来，江花江草尽堪哀②。

寒潮欲上凄还咽，残月孤明冷似灰。
誓死肯从穷发国？舍身齐上断头台[③]。
如今挥泪搜遗迹，野史零星土一抔[④]！

①《陆沉丛书》，陈去病所辑明末清初主要史料，多记述清军屠杀汉族人民的罪行，其中包括《扬州十日记》《嘉定屠城记》，用以鼓动人民起来推翻清政府。诗亦作于光绪二十九年（1903）。

② 胡马，指清军，此就明亡之时而言。蹀躞（dié xiè），本小步之貌，此处用作迅速奔驰之意。江花江草，杜甫《哀江头》诗："人生有情泪沾臆，江草江花岂终极。"《陆沉丛书》中记大江南北被清军蹂躏的事特多，故云"江花江草尽堪哀"。

③ 肯从、岂肯从，即不肯从。穷发国，《庄子·逍遥游》有"穷发之北"语，犹言不毛之地。此代指清廷。"穷发"又暗与清人剃发关合。明人束发，满人剃发留辫。顺治元年（1644）十月，清世祖入北京，为稳定明降臣，从大学士洪承畴议，诏文臣衣冠暂从明制。顺治二年（1645）六月，清兵既下南京，遂下剃发令："限旬日以内尽行剃发。其有仍存明制，不随本朝制度者，杀无赦！"此故意侮辱广大汉人，激起汉人反抗，清兵镇压，杀戮甚惨，甚有"留头不留发，留发不留头"之语，江阴、嘉定等地屠城尤为惨剧。句意谓当时人民誓死不肯剃发，致被清军大量屠杀。中国无断头台，"断头台"系用外国名词。

④"如今"二句，谓如今搜寻遗迹，只有零星的野史和留下的坟墓。其实事隔二百五十馀年，当时被害者留下的坟墓也很少。全诗前六句都记述清初历史，末二句才以编辑丛书作结。

中元节自黄浦出吴淞泛海[①]

舵楼高唱大江东，万里苍茫一望空。
海上波涛回荡极，眼前洲渚有无中。
云磨雨洗天如碧，日炙风翻水泛红[②]。
惟有胥涛若银练，素车白马战秋风[③]。

① 中元节，阴历七月十五日。光绪三十四年（1908）中元节，陈去病离上

海自黄浦出吴淞泛海去广东。

②“云磨”句原注：“烈日中忽遇阵雨。”碧，碧玉。

③“惟有”二句：胥涛，指潮水。据传伍子胥死为潮神。参见施闰章《钱塘观潮》诗注。《太平广记》卷二九一伍子胥条：吴王杀伍子胥，投之江中。“自是，自海门山潮头汹高数百尺”。“时有见子胥乘素车白马在潮头之中”。枚乘《七发》：“其少进也，浩浩溰溰，如素车白马帷盖之张。”

秋　瑾

秋瑾（1877—1907），女，字璿卿，号竞雄，别号鉴湖女侠，浙江绍兴人。年十八，由家庭包办，嫁与湖南湘乡人王廷钧。光绪二十八年壬寅（1902）随王进京。目睹清廷腐败，国家危急，立志革命。光绪三十年甲辰（1904）三月，冲破家庭枷锁，东渡日本。三十一年六月回国筹措学费，由徐锡麟绍介加入光复会，再渡日本。明年回国，在上海创办《中国女报》，参预革命活动。主张“光复汉族”，“大振民权”。三十三年（1907）春回绍兴主持大通学校，与徐锡麟相约在浙江安徽同时起义。七月，徐锡麟在安庆失败，秋瑾也在绍兴被捕。虽经严刑酷审，终坚贞不屈，遂被害于绍兴古轩亭口，年仅三十一岁[①]。女友徐自华、吴芝瑛葬之于西湖西泠桥畔。

秋瑾是中华民族的女中豪杰，其才华器宇，在历史上亦属罕见。其诗感情奔放，豪气纵横，多为忧国伤时之作。中华书局辑有《秋瑾集》。

① 陶成章《秋瑾传》谓“瑾死时年三十一”。然徐自华《鉴湖女侠秋君墓表》作“年仅三十有三”。徐自华虽为秋瑾挚友，然所作墓表，述秋瑾事时间多笼统，陶成章识秋瑾于日本，并为光复会同志，叙秋瑾生平，年月均具体明确，应较徐自华所记更可信。又，秋瑾于光绪三十年（1904）东渡日本，《泛东海歌》云“愧我年廿七”。自光绪三十年逆推二十七年，则生于光绪三年丁丑（1877）。光绪三年至秋瑾光绪三十三年（1907）被害，虚算正年三十一无疑。

黄海舟中感怀二首[①]

片帆高挂渡沧溟，回首河山一髮青[②]。

四壁波涛旋大地，一天星斗拱黄庭[③]。
千年劫烬灰全死，十载淘馀水尚腥[④]。
海上神山渺何处，天涯涕泪一身零[⑤]！

闻道当年鏖战地，至今犹带血痕流[⑥]。
驰驱戎马中原梦，破碎河山故国羞。
领海无权悲索寞，磨刀有日快恩仇。
天风吹面泠然过，十万烟云眼底收[⑦]。

① 光绪三十年（1904）初，秋瑾赴日本留学，作于黄海舟中。

② “片帆”句，一作“片帆破浪涉沧溟”。一髮青，海上回望祖国大陆，只馀青青一髮。苏轼《澄迈驿通潮阁》诗：“青山一髮是中原。”

③ 四壁，四周。黄庭，天空。《云笈七签》十一：“黄者中央之色也，庭者四方之中也。”

④ “千年”句：佛家以天地形成至毁灭为一劫。南朝梁慧皎《高僧传·竺法兰》：“昔汉武穿昆明池底，得黑灰，以问东方朔。朔云：‘不委，可问西域人。’后法兰既至，众人追以问之。兰云：‘世界终尽，劫灰洞烧，此灰是也。’”千年系泛指。千年劫尽，谓中国长期的封建社会，历尽劫煞，“全死”则又当新生。“十载”句，光绪二十年（1894）中日战争，中国惨败，至秋瑾东渡，已过十年。

⑤ 神山，《史记·秦始皇本纪》：“齐人徐市等上书，言海中有三神山，名曰蓬莱、方丈、瀛洲，仙人居之。”天涯涕泪一身零，句仿杜甫《野望》诗“天涯涕泪一身遥”。

⑥ 当年鏖战，即指甲午海战。

⑦ 泠然，清凉貌。

黄海舟中日人索句并见日俄战争地图[①]

万里乘风去复来，只身东海挟春雷。
忍看图画移颜色？肯使江山付劫灰[②]？
浊酒不销忧国泪，救时应仗出群才[③]。

拼将十万头颅血，须把乾坤力挽回④！

①黄海舟中，光绪三十一年（1905）六月，秋瑾自日本回国筹措学费，之后再赴日本，诗作于再次赴日途中。这期间发生了日俄战争。这是日本和俄国分割中国东北和朝鲜的帝国主义争夺。战场主要在中国境内。光绪三十年（1904）二月八日日军袭击俄国在中国旅顺口舰队。十日日俄宣战。三十一年（1905）初日军攻陷旅顺口。二月又在沈阳城外击溃俄陆军主力。五月俄从波罗的海调来增援舰队，也在对马海峡被日军击溃。之后日俄签订《朴次茅斯和约》。从此日本取代俄国成为侵略中国的主角。战争系日俄争夺在中国的侵略权，又在中国境行进行，而清政府竟然宣布中立。

②忍看，不忍看。图画，指地图。图画移颜色，地图上不同的国家用不同的颜色，此指祖国江山被他人侵占。肯使，岂肯使。劫灰，见前篇注。肯使江山付劫灰，谓岂肯使江山被强敌灭亡。

③不销，一作“难销”。“救时”句，语本杜甫《诸将》诗“安危须仗出群才”。

④须，一定要。

柬志群三首①

飘泊天涯无限感，有生如此复何欢！
伤心铁铸九州错，棘手棋争一着难②。
大好河山供醉梦，催人岁月易温寒。
陆沉危局凭谁挽，莫向东风倚断栏③。

危局如斯百感生，论交抚案泪纵横。
苍天有意磨英骨，青眼何人识使君④？
叹息风云多变幻，存亡家国总关情。
英雄身世飘零惯，惆怅龙泉夜夜鸣⑤。

河山破碎尽生哀，太息神州几霸才！

牧马久经侵禹域，蛰龙无术起风雷[⑥]。
头颅肯使闲中老，祖国宁甘劫后灰？
无限伤心家国恨，长歌慷慨莫徘徊。

① 志群，陈志群，一名以益，江苏人，《神州女报》记者。这组诗刊发时陈志群附志：“右诗系女侠于五月初七日自绍兴寄记者。”诗原四首，不知何故第四首只有“回首神州堪一恸，中华偌大竟无人”两句。五月初七，即光绪三十三年（1907）阳历六月十七日。

② 铁铸九州错：唐魏博节度使罗绍威以本府牙军骄横不可制，因引入朱全忠兵尽杀牙军，但朱军长期不走，耗尽魏博积蓄，魏兵亦自此衰弱。罗绍威悔谓人曰：“合六州四十三县铁，不能为此错也！”见《资治通鉴·唐纪》昭宣帝天祐三年。错。是一种钱币的名称。诗中铸错似指清廷对外政策的错误，由后“陆沉危局”可以推知。

③ 陆沉，指国土沦丧。外国列强不断入侵中国，清政府每战必败，诗人视为陆沉危局。

④ 青眼，犹言看重。参见周亮工《见苏武子都门》诗注。识使君，曹操尝谓刘备曰：“今天下英雄，唯使君与操耳。”

⑤ 龙泉，宝剑名。

⑥ “牧马”句，谓清朝长期统治中国。禹域，代指中国。蛰龙，潜伏的龙。苏轼《王复秀才所居双桧》诗：“根到九原无曲处，世间惟有蛰龙知。”

临行留别寄尘小淑二首[①]

莽莽神州破碎时，天涯回首岂堪思。
填胸万斛汪洋泪，不到伤心总不垂。

此别深愁再见难，临歧握手嘱加餐。
从今莫把罗衣浣，留取行行别泪看。

① 寄尘，徐自华，字寄尘，号忏慧，浙江石门（今桐乡）人，浔溪女校校长。光绪三十二年（1906）二月，秋瑾经褚辅成介绍来浔溪任教，自此与徐成为挚友。小淑，徐自华之妹徐蕴，秋瑾学生。秋瑾在浔溪仅两月，校董金子羽

畏其思想激进，讽其辞职，秋瑾愤而离去。光绪三十三年（1907），秋瑾在石门组织光复军。五月十二日赴石门访徐自华，告以军饷匮乏，自华姊妹倾奁相助，洒泪而别。临行秋瑾赋七绝五首，此其中二首。是年七月，秋瑾即在绍兴殉难。徐自华为之收敛，营葬于杭州西湖。

★秋瑾《柬徐寄尘》二首，其一云："祖国沦亡已若斯，家庭苦恋太情痴。只愁转眼瓜分惨，百首空成花蕊词。"其二云："何人慷慨赋同仇，谁识当年郭解流。时局如斯危已甚，闺装愿尔挂吴钩。"诗较为粗浅，用典亦有不切之处，但祖国危亡之感，一心报国之志，跃然纸上，的是女中豪侠语。

断　句

秋雨秋风愁煞人！

★此秋瑾绝笔。陈去病《鉴湖女侠秋瑾传》：绍兴知府贵福"遣兵捕之，君用不免。逾日，杀之古轩亭口，时六月六日黎明也。有见之者，谓初终无所供，惟于刑庭书'秋雨秋风愁杀人'句而已"。杀，一作"煞"。

吕 湘

吕湘，女，字惠如，安徽旌德人。清末山西学政吕瑞田女，与妹吕清扬字眉生、吕兰清字碧城，都善诗词，称“淮南三吕”。有《吕氏三姊妹集》。

庚子书愤[1]

中原何日履康庄，从此强邻日益张。
四百兆民愁海共，百千亿数辱金偿[2]。
迂儒未解维时局，毅魄谁期作国殇[3]！
寄语同胞须梦醒，江山满眼近斜阳！

① 庚子，清德宗二十六年（1900），八国联军大举入侵中国，八月北京失陷。那拉氏挟德宗仓皇西逃，派奕劻和李鸿章为全权大臣乞和。九月，德国陆军元帅瓦德西被推为联军总司令来华，侵略军陆续增至十万，由京津出发，分道入侵山海关、保定、正定，西入山西。在此期间，俄国又调集十七万人，分六路入侵东北，妄图吞并东三省。十二月联军提出议和大纲，清政府全部接受。光绪二十七年辛丑九月，签订《辛丑条约》。条约共十二款，附件十九件，内容包括中国赔款白银四亿五千万两，拆毁大沽及京师至海通道之各处炮台，东交民巷划为使馆界，界内由各国驻兵等，丧权辱国，帝国主义进一步加深对中国的侵略。

② 四百兆，百万为兆，四百兆即四亿，当时中国人口。百千亿，是概数，《辛丑条约》共赔款四亿五千万两，全国人民每人得付一两多。

③ 毅魄，《楚辞 · 九歌 · 国殇》：“诚既勇兮又以武，终刚强兮不可凌。身既死兮神以灵，魂魄毅兮为鬼雄！”

王国维

王国维（1877—1927），字静安，一字伯隅，号观堂，浙江海宁人。清德宗光绪二十七年辛丑（1901）赴日本留学，越年即归。历任南通、苏州等地师范学堂教习。三十四年戊申（1908）随罗振玉进京，任学部总务司行走。辛亥革命后避居日本，从事学术研究。回国后，先后任教于上海圣明智大学、北京清华研究院。自民国十一年（1922）起供职于清废帝南书房。十六年夏自沉于颐和园昆明湖，时年五十一岁。王国维是清末民初杰出学者，在中国戏曲史、词曲、甲骨金文和古代史考订等方面都有卓越的成就。王国维也是极有个性的词人，为词史上最后一位婉约派大师，所著《人间词话》为晚清杰出的词论著作。其诗早期风格清朗，晚从沈曾植游，诗风亦受其影响。平生著作凡六十二种，汇编为《海宁王静安先生遗书》与《观堂集林》。

六月二十七日宿硖石[①]

新秋一夜蚊如市，唤起劳人使自思[②]。
试问何乡堪著我，欲求大道况多歧[③]。
人生过处唯存悔，知识增时只益疑。
欲语此怀谁与共，鼾声四起斗离离[④]。

① 光绪二十八年（1902）旅日归来，六月二十七日（阳历七月三十一日）宿于硖石。硖石，今浙江海宁县城硖石镇。

② 劳人，忧劳之人，诗人自指。

③ 大道歧，喻真理渺茫难以追索。《列子·说篇》："杨子之邻人亡羊，既率其党，又请杨子之竖追之。杨子曰：'嘻，亡一羊，何追之者之众！'邻人曰：'多歧路。'既反，问：'获羊乎？'曰：'亡之矣！'曰：'奚亡之？'曰：'歧路之中又有歧焉，吾不知所之，所以反也。'杨子戚然变容，不言者移时，不笑者竟日。"门人都不解其意。"心都子曰：'大道以多歧亡羊，学者以多方丧生。学非本不同，非本不一，而末异若是。'"

④ 斗，星斗。离离，犹历历，分明之貌。末二句言黑夜沉沉，众人皆睡，举世无可言者。

★王国维的词情意缠绵，寄寓其人生之恨，诗则偏重于理性。"试问何乡堪著我，欲求大道况多歧。人生过处唯存悔，知识增时只益疑"，吐尽哲人的痛苦与彷徨。惟其思深感重，故直白亦自感人。如此老成凝重，而其时诗人不过二十五岁。

天 寒

天寒木落冻云铺，万点城头未定乌。
只合杨朱叹歧路，不应阮籍哭穷途[①]。
穷途回驾元非失，歧路亡羊信可吁[②]。
驾得灵槎三十丈，空携片石访成都[③]！

① 杨朱叹歧路，见《六月二十七日宿硖石》诗注。阮籍哭穷途，《世说新语·栖逸》注引《魏氏春秋》：阮籍"尝率意独驾，不由径路，车迹所穷，辄恸哭而返"。

② "穷途"二句：故事中的"穷途"象征着人生道路的艰难挫折，纵遇穷途，犹可回车。寓言中的"羊"则比喻真理，愈是探索而愈觉渺茫，故信可吁嗟。

③ 灵槎，神奇的木筏。张华《博物志》："旧说天河与海通。近世有人居海渚者，年年八月有浮槎去来不失期。人有奇志，立飞阁于槎上，多赍粮，乘槎而去。十余月至一处，有城廓状，屋舍甚严。遥望宫中有织妇，见一丈夫牵牛渚次饮之。牵牛人乃惊问曰：'何由至此？'此人为说来意，拜问：'此是何处？'答曰：'君还，至蜀访严君平则知之。'竟不及登岸，因还，至蜀问君平，

曰：‘某年月有客星犯牵牛宿。’计其年月，正是此人到天河时也。”《蜀中广记》《天中记》将故事移用于张骞，《天中记》载携石问东方朔，东方朔曰：“此织女机石。”参见赵执信《微山湖舟中作》诗注。成都，严君平为蜀人，访成都即问君平。二句谓自己曾远渡重洋，求学日本，然“知识增时只益疑”，不知真理究在何方，人生有何意义。

★浮士德在他的高斋里精研尽世间的一切学问，仍找不到人生的真谛。王静安先生正有同样的苦恼。“穷途回驾元非失”，还可以四处追求：“歧路亡羊信可吁”，人生的迷惘可无从解脱。他没有浮士德幸运，既没有魔非斯特斯使他满足尘世的欲望，更没有天使把他引上天堂，他终身在歧路上徘徊，永未能从“天寒”的境况中解脱，最终只好在昆明湖里“自沉清冷水”，一了残生！

宋教仁

宋教仁（1882—1913），字遁初，又作钝初，湖南桃源人，因自号桃源渔父。光绪三十年（1904）与黄兴、陈天华等在长沙组织华兴会，策动武装起义未成，流亡日本，参加同盟会，任《民报》撰述，宣传革命。武昌起义成功，积极促成上海、江苏等地起义，筹建临时政府。民国元年（1912）任南京临时政府法制院总裁，参与南北议和，领导改组同盟会为中国国民党，任代理理事长，极力主张成立政党内阁。民国二年三月，被袁世凯派歹徒刺杀于上海，年仅三十二岁。后人编有《宋教仁集》。

晚泊梁子湖①

日落浦风急，天低野树昏。
孤舟依浅渚，秋月照征人。
家国嗟何在？乾坤渺一身。
夜阑不成寐，抚剑独怆神！

① 梁子湖，在湖北武汉市东南，介于纸坊、鄂城之间，湖水由鄂城樊口泄入长江。诗作于光绪三十年（1904）。

★不胜英雄落落之感，而其时年才二十三岁。

秋　晓

旅夜难成寐，起坐独旁皇。

月落千山晓，鸡鸣万瓦霜。
思家嫌梦短，苦病觉更长。
徒有枕戈志，飘零只自伤①！

① 枕戈，《晋书·刘琨传》刘琨与亲故书曰：“吾枕戈待旦，志枭逆虏。”

庞树柏

庞树柏（1884—1916），字檗子，号芑庵，江苏常熟人。宣统元年（1909）十月参加首次南社集会。三年（1911）主讲上海圣约翰大学，和宋教仁等参与上海光复。九月常熟响应，树柏是主要筹划者。民国五年卒，年仅三十三岁。有《庞檗子遗集》。

夜泊刘神庙前大风雨

湖气夜冥冥，孤篷此暂停。
风雷趋大壑，山雨泻前汀。
古庙神弦寂，幽篁鬼火青。
船窗灯早灭，水面有龙腥。

自题携笠图

长啸青霞间，危坐碧峰外。
茫茫俯九州，何如一笠大！

苏曼殊

苏曼殊（1884—1918），名戬，字子穀，后更名元瑛，广东香山（今中山）人。母为日本女子，曼殊出生于日本。光绪十五年（1889）随父回国，后又到日本留学，并参加留日学生革命活动。光绪二十九年（1903）回国，不久在惠州剃发为僧，法名博经，号曼殊，仍与革命党人来往，从事文学活动，并参加南社。国家命运，个人身世，都使他忧郁伤怀。诗以七绝擅场，风格清丽，多感伤情调。民国七年卒，年仅三十五岁。有《苏曼殊全集》。

以诗并画留别汤国顿①

海天龙战血玄黄，披发长歌览大荒②。
易水萧萧人去也，一天明月白如霜③。

①留别，光绪二十九年（1903）曼殊自日本回国，留别友人汤国顿。汤国顿，一名觉顿，广东人，康有为弟子。

②龙战血玄黄，《易·坤》：“龙战于野，其血玄黄。”句意谓中国不断为抵抗帝国主义侵略而进行战争。“披发”句，语本苏轼《潮州韩文公庙记》“翩然披发下大荒”，谓自己东来日本。

③易水萧萧，用《易水歌》“风萧萧兮易水寒，壮士一去兮不复还”句意，谓自己将回国参加革命。

春　雨①

春雨楼头尺八箫，何时归看浙江潮②。

芒鞋破钵无人识，踏过樱花第几桥？

① 光绪二十九年（1903）曼殊自日本回国，深感国事日非，生计亦困难，乃于是年冬在广东惠州削髮为僧。旋再次东渡。宣统元年（1909）在日本作《本事诗》十章，此其九。《本事诗》为其日本恋人百助眉史作，但此首可独立自成一篇，与百助无关。苏曼殊《燕子龛随笔》称“余题春雨绝句云云”，故即以《春雨》为题。

② 尺八，原注：“日本尺八与汉土洞箫少异，其曲有名《春雨》，殊凄惘。日僧有专吹尺八行乞者。”诗中“春雨”词义双关，既指春雨，又指曲名。注语又见于《燕子龛随笔》，后多“闻传自金人”一句。按，唐代吕才制尺八，共十二管，长短不同，以合音律。见《旧唐书·吕才传》。后称箫为尺八，以长为唐代尺八得名。《文献通考·竹之属》：“尺八管，一名竖笛。”尺八之名，清人诗中常见。袁枚《夜过金贤村明府即席有作》诗云：“我本龙门同会客，爱吹尺八谪人间。”樊增祥《八月十六夜城上望月》诗云：“尺八横吹缥缈音，满身风露此登临。”邓实《海上春怀》诗云：“尺八红箫尺五天，人生能几此华年？”盖传入日本后，日本乃以“尺八”为专名。曼殊谓“与汉土洞箫少异”者，或曼殊不知尺八原系“汉土”传入，且中国箫笛亦有多种。

★《春雨》一诗清丽空灵，为曼殊代表作。郑逸梅《南社丛谈》记有朱大可者批评此诗谓：“诗有语病，既在楼头吹箫，何以又托钵过桥？且第二句提及浙江潮，三、四两句不从此着想，衡以诗法，也太疏忽。”这属于无端寻衅，不是严肃的批评。“春雨楼头尺八箫”，是诗人在楼外听到楼头的箫声，并非他自己在楼头吹箫，尺八箫声引得诗人回忆起往日故国行途中某种类似的境界，故接着说“何时归看浙江潮”。下面两句写他现在的行踪，身在异乡，远离故国，“芒鞋破钵无人识，踏过樱花第几桥”，句虽清雅，而孤独寂寞之感自在言中。结构如此缜密，何得谓之疏忽？连这样明畅的诗都读不懂，这位大可先生，大不可也！

淀江道中口占[①]

孤村隐隐起微烟，处处秧歌竞插田。
羸马未须愁远道，桃花红欲上吟鞭[②]。

① 淀江，即日本淀川，源出琵琶湖，西南流注入大阪湾。诗作于宣统元年（1909）。

② 羸（léi）马，瘦马。

过蒲田[①]

柳阴深处马蹄骄，无限银沙逐退潮。
茅店冰旗知市近，满山红树女郎樵[②]。

① 蒲田，日本本州地名，在东京都大田内，面临东京湾。诗作于宣统元年（1909）。

② 冰旗，冷饮店招旗，相当于中国的酒旗。

★潮水退落时仿佛沙在追逐潮水，“逐”字用得很活。

题拜仑集[①]

秋风海上已黄昏，独向遗篇吊拜伦。
词客飘蓬君与我，可能异域为招魂？

① 拜伦（George Gordon Byron 1788—1824），英国浪漫主义诗人，其诗慷慨激昂，纵横豪宕，反对封建专制，向往自由民主。曾两度飘流国外，足迹遍及西班牙、希腊、土耳其等地。1823 年投身希腊民族独立战争，次年病逝于米索朗基，年仅三十六岁。著有长诗《恰尔德·哈罗德游记》《青铜时代》《唐璜》和大量抒情短诗。苏曼殊译有《拜伦诗集》，是拜伦诗最早的中译。诗原有序：“西班牙雪鸿女诗人过存病榻，亲持玉照一幅，拜伦遗集一卷，曼陀罗花共含羞草一束见贻，且殷殷勗以归计。嗟夫！予早岁披剃，学道无成，思维身世，有难言之恫！爰扶病书二十八字于拜伦卷首，此意惟雪鸿大家心知之耳。”其时在宣统元年（1909）。

吴门依易生韵二首[①]

碧海云峰百万重，中原何处托孤踪[②]？
春泥细雨吴趋地，又听寒山夜半钟[③]。

水驿山程尽可哀，梦中衰草凤凰台[④]。
春色总怜歌舞地，万花撩乱为谁开？

① 吴门，苏州别称。易生，沈一梅，字燕谋，号易生，江苏南通人，曼殊好友。诗作于民国二年（1913）。

② 碧海云峰，谓又经碧海，又历云峰。中原，此处泛指全国。

③ 吴趋，《乐府诗集·杂曲歌辞》有《吴趋行》，题解引崔豹《古今注》："吴趋行，吴人以歌其地也。"寒山，苏州寒山寺。语本唐张继《枫桥夜泊》诗"姑苏城外寒山寺，夜半钟声到客船"。

④ 凤凰台，在南京城南凤凰山上。李白《登金陵凤凰台》诗："凤凰台上凤凰游，凤去台空江自流。"

郁 华

郁华（1884—1939），原名庆云，别署曼陀，浙江富阳人，郁达夫之兄。早年留学日本，先后肄业于早稻田大学和法政大学。回国在沈阳任最高法院东北分院刑庭庭长。民国二十年（1931）日本侵略军发动“九一八”事变，沈阳沦陷，遂潜回北京。后在上海任江苏二分院刑庭庭长，因惩办汉奸，为敌伪所恨，民国二十八年被暗杀。郁华为南社成员，能诗善画。有《静远堂诗画集》。

宿箱根仙石屋①

高楼天半倚危阑，竹露松风酿晓寒。
海日五更窗底出，万山飞瀑卷帘看。

①箱根，在日本神奈川县西南部，东京西约四百里，溪流飞瀑，风景优美，为避暑胜地。诗作于光绪三十一年（1905）。又编入《东京杂事诗》，首二句作“旅行西去路漫漫，地入函根夏亦寒”。函根，即箱根。

柳亚子

柳亚子（1886—1958），名弃疾，字安如，改字亚子，并以字行，江苏吴县（今属苏州）人。诸生。清德宗光绪三十二年丙午（1906）参加同盟会。宣统元年（1909），与陈去病、高旭等创立南社，担任主任。辛亥革命后，曾任孙中山总统府秘书，中国国民党监察委员。“四一二”政变后逃往日本。民国十七年（1928）回国参加民主抗日活动。一九四九年中华人民共和国成立后，曾任中央人民政府委员，全国人民代表大会常务委员会委员。一九五八年去世，年七十三。有《磨剑室诗集·词集·文集》《柳亚子诗词选》。

吊鉴湖秋女士二首①

饮刃匆匆别鉴湖，秋风秋雨血模糊②。
填平沧湖怜精卫，啼断空山泣鹧鸪③。
马革裹尸原不负，蛾眉短命竟何如④？
凭君莫把沉冤说，十日扬州抵得无⑤？

漫说天飞六月霜，珠沉玉碎不须伤⑥。
已拼侠骨成孤注，赢得英名震万方⑦。
碧血摧残酬祖国，怒潮呜咽怨钱塘⑧。
于祠岳庙中间路，留取荒坟葬女郎⑨！

① 鉴湖秋女士，即秋瑾。光绪三十三年（1907）七月，秋瑾在绍兴殉难，柳亚子赋诗吊唁。诗原四首，选二首。

② 饮刃，指被杀。鉴湖，在浙江绍兴南，秋瑾为绍兴人，自号鉴湖女侠。秋风秋雨，用秋瑾绝命断句“秋雨秋风愁煞人”。

③ 精卫，神话中鸟名。《山海经·北山经》：“炎帝之少女，名曰女娃。女娃游于东海，溺而不返，故为精卫，常衔西山之木石，以堙于东海。”

④ 马革裹尸，东汉马援尝言：“男儿要当死于边野，以马革裹尸还葬耳！”见《后汉书·马援传》。蛾眉，喻女子的秀眉，代指女子，此指秋瑾。

⑤ 十日扬州，顺治二年（1645）清军南下，史可法坚守扬州，领导军民奋勇抵抗。阴历四月二十五日城破，清军屠城十日，杀戮惨剧。王秀楚作《扬州十日记》记其事。

⑥ 天飞六月霜，《文选·江淹〈诣建平王上书〉》“昔者贱臣叩心，飞霜击于燕地”，李善注引《淮南子》：“邹衍尽忠于燕惠王，惠王信谮而系之。邹子仰天而哭，正夏而天为之降霜。”（今本《淮南子》无此文）王充《论衡·感虚》：“传书言：邹衍无罪，见拘于燕，当夏五月，仰天而叹，天为陨霜。”张说《狱箴》：“匹夫结愤，六月飞霜。”珠沉玉碎不须伤，言秋瑾死得壮烈，不用哀伤。何以“不须伤”，下文“赢得英名震万方”即为解答。

⑦ 孤注，原指赌博时拼命投最后一注。语出《宋史·寇准传》：寇准力劝宋真宗到澶州督战，抵抗辽军，之后订立澶渊之盟。后王钦若向真宗进谗说：“陛下闻博乎？博者输钱欲尽，乃罄所有出之，谓之孤注。陛下寇准之孤注也，斯亦危矣！”诗语谓秋瑾以性命相拼。（按，如此用典，嫌于不伦。）

⑧ 碧血，《庄子·外物》：“苌弘死于蜀，藏其血，三年化而为碧。”后用以代指壮烈牺牲者的生命。怒潮，据传伍子胥谏吴王夫差，夫差怒，赐子胥死，以鸱夷（革囊）盛其尸投于钱塘江，子胥魂为潮神，常掀起钱塘江潮。

⑨ 于祠岳庙，南宋岳飞、明代于谦坟墓都在西湖，墓前都有祠庙。秋瑾遇害以后，其挚友徐自华在陈去病等协助下，自绍兴移其棺至杭州，亦葬于西湖。

寄题西湖岳王冢同天梅作①

自坏长城奈汝何，黄龙有约恨蹉跎②。
无愁天子朝廷小，痛哭遗民涕泪多③。
草木不欣胡日月，风云犹壮汉山河。

秋坟一例沉冤狱，可许长松附女萝[④]。

① 岳王冢，岳飞坟墓。天梅，即高旭（1877—1925），字天梅，一字慧云，江苏金山人。早年留学日本，加入同盟会。宣统元年（1909）与柳亚子、陈去病创立南社。有《天梅遗集》。

② 自坏长城，南朝宋名将檀道济，屡立战功，为宋文帝所忌，元嘉十三年（436）被杀。"初，道济见收，脱帻投地曰：'乃复坏汝万里之长城！'"见《宋书·檀道济传》。诗中喻宋高宗杀害岳飞。黄龙有约，岳飞矢志收复中原，曾与诸将约曰："直抵黄龙府，与诸君痛饮耳！"见《宋史·岳飞传》。黄龙府为金人重镇，在今吉林农安。蹉跎，颠踬不平，诗中有受到阻碍，虚度时光之意。

③ 无愁天子，《北齐书·幼主纪》：北齐后主高纬"遂自以策无遗算，乃益骄纵，盛为无愁之曲，帝自弹胡琵琶而唱之，侍和之者以百数。人间谓之无愁天子"。诗中指宋高宗赵构。"痛哭"句，用陆游"遗民泪尽胡尘里"句意。

④ 秋坟，秋瑾墓距岳坟不远。长松附女萝，《诗·小雅·頍弁》："茑与女萝，施于松柏。"此以长松喻岳飞，以女萝喻秋瑾。（按，比拟也嫌不伦。）

题张苍水集二首[①]

北望中原涕泪多，胡尘惨淡汉山河。
盲风晦雨凄其夜，起读先生正气歌[②]。

廿年横海汉将军，大业蹉跎怨北征[③]。
一笑素车东浙路，英雄岂独郑延平[④]。

① 张苍水（1620—1664），即张煌言，字玄著，号苍水，浙江鄞县人。明崇祯十五年（1642）举人。明亡之后，与钱肃乐起兵抗清。奉鲁王监国，以浙东山地和沿海岛屿为根据地，坚持抗战。十九年间，三渡闽海，四进长江。南明桂王永历十三年（1659）与郑成功合兵，围攻南京。苍水率军进至芜湖，攻下四府三州二十四县。因郑成功兵败，被迫撤退。康熙三年（1664）见大势已去，无奈解散馀部，隐匿海岛，被清军俘获，在杭州慷慨就义。后人辑有《张苍水集》。诗作于光绪三十年（1904）。柳亚子在辛亥革命之前，写有大量诗篇，歌颂明末抗清英雄，以激发人民对清政府的反抗。

② 盲风晦雨，形容风雨昏暗。凄其，犹凄凄，寒凉之貌。文天祥有《正气歌》，此指《张苍水集》。

③ 廿年，苍水坚持抗清十九年。横海汉将军，汉武帝时韩说为横海将军。参见龚自珍《己亥杂诗》注。此代指张苍水。蹉跎，颠踬，此处即指失败。怨北征，实际意思是恨北征失败，表述辞不达意。

④ 素车东浙路，据传伍子胥为潮神，常素车白马驰骋于潮头之上。详见陈去病《中元节自黄浦出吴淞泛海》诗注。张苍水《甲辰八月辞故里》诗："他日素车东浙路，怒涛岂必属鸱夷！"柳亚子袭用张诗句意。郑延平，即郑成功（1624—1662），南明唐王隆武二年（1646）反对其父郑芝龙降清，坚持抗战。桂王封为延平郡王。永历十三年率军入长江，围攻南京，失败后退回海岛。永历十五年（1661）收复台湾。明年在台湾逝世。

★柳亚子是南社领袖。清末革命诗人，秋瑾之后即推亚子。所作诗慷慨激昂，忠义愤发。诗吊秋瑾之时，年方二十一二；主持南社之日，亦仅二十四岁，脱颖才华，势不可当。他有幸活到了中华人民共和国成立之后。本帙只选他辛亥之前所作，亚子诗歌也以这个时期质量最高。后来写作虽多，诗艺迟暮不如少壮。一九四九年自香港乘海船至天津来北京。途中赋七绝云，"六十三龄万里程，此行真喜见光明。乘风破浪平生志，席卷南溟下北溟！"自是暮年绝唱，此后更无佳作。

孙 文

孙文（1866—1925），字逸仙，号中山，广东香山（今中山）人。早年即立志推翻清朝。清德宗光绪二十年（1894）在檀香山组织兴中会，在国内组织多次起义，均遭失败。光绪三十一年（1905）在日本领导兴中会联合华兴会、光复会组成中国同盟会，提出民族、民权、民生“三民主义”，宣传革命。宣统三年辛亥（1911）十月十日武昌起义成功，被推为中华民国临时大总统。中华民国元年（1912）一月一日在南京建立中华民国临时政府。随后因袁世凯及其党徒北洋军阀在北方猖獗，南方革命党人内部矛盾复杂，孙中山仍不断遭受失败。民国六年（1917）组织护法政府，被选为大元帅；九年（1920）出任非常大总统。几起几落，历尽险艰，始终坚持革命，百折不挠。民国十二年（1923）驱走叛徒陈炯明后，在广州重建大元帅府。十三年（1924）元月，召开中国国民党第一次全国代表大会，当选总理。同年十一月应邀北上讨论国是。十四年（1925）三月十二日在北京逝世，终年六十岁。葬于南京中山陵。孙中山是中国近代伟大的革命家，领导中国人民推翻了腐败的清朝政府，结束了绵延两千多年的封建帝制，对中国人民的思想解放，汇入世界潮流，具有划时代的开创意义。孙中山在二十世纪中华民族伟人中永远名列榜首。遗著有《中山全书》或称《总理全集》。

挽刘道一①

半壁东南三楚雄，刘郎死去霸图空②。
尚馀遗业艰难甚，谁与斯人慷慨同③？

塞上秋风嘶战马，神州落日泣哀鸿[④]。
几时痛饮黄龙酒，横揽江流一奠公[⑤]！

① 刘道一（1884—1907），字炳生，湖南衡山人，迁居湘谭。光绪三十一年（1905）在日本加入同盟会，三十二年（1906）回国，在湖南组织武装起义。同年十二月，萍乡、浏阳、醴陵等地相继爆发革命，刘在长沙负责与东京同盟会总部联系，被清政府逮捕。光绪三十三年一月英勇就义，年仅二十四岁。挽诗载《中国革命记》第十五册。

② 三楚，汉初分战国楚地为西楚、南楚、东楚，称为三楚；此泛指南方，当时起义都在南方爆发。

③ 遗业，一作“遗策”，非是。

④ 嘶战马，谓战马激烈艰难。嘶，一作“悲”。泣哀鸿，喻民生困苦。《诗·小雅·鸿雁》：“鸿雁于飞，哀鸣嗷嗷。”

⑤ 黄龙府，辽代重镇，后为金所占，在今吉林农安。南宋岳飞常激励部下曰：“直抵黄龙府，与诸君痛饮耳！”见《宋史·岳飞传》。此喻推翻清政府，革命胜利。

★孙中山《挽刘道一》，为哀挽诗，为英雄曲，为革命歌；既情深义重，又哀而不伤，并充分表现了伟大革命家顽强的斗志和必胜的信心。本帙选录五七言诗，起西汉之始，讫有清之终，以项羽、刘邦开篇，以中山孙公奏雅，人则中华民族伟大之英杰，诗则神州大地壮烈的豪歌。

本书完稿之日，当二〇〇〇年三月，正中山先生逝世七十五周年，谨赋七言律以志纪念：弓剑桥山久绝尘，至今人仰翠亨村。大同未遂平生志，地下能安烈士魂？燕市星沉天惨淡，钟陵树老气萧森。百年回首论英杰，毕竟唯公第一人！

后 记

小时候在乡间上私塾，读过少量的唐诗，深被那些优美的诗章所吸引。但先生教导，读书要以经书和古文为主，经书、古文是学问的根柢，而诗词是枝上的花朵；根柢不深，则花开不茂。道理当然是对的，但诗总具有更大的诱惑。后来时断时续读了几年新学，课馀之隙，总还是找点诗读，恨不得穷尽天下的好诗。地方偏僻，苦于找不到书籍，也难得有人指点。后来这样的学也上不成了，只好回去当农民。

一九四九年秋天，家乡新政权建立，我参加了工作，当了农村基层干部，也教过小学。但上学的梦想始终萦绕心头。经过几番周折，一九五一年又重新走进了学校，并在一九五四年考进武汉大学中国语言文学系。这里有学识渊博的老师，有相当丰富的藏书，读书学习真是如饥似渴。当时我就想编一部纵贯古今的五七言诗选。其实我的志趣在于研究历史，并想从事文学创作；编选一部诗集，只是为了探索一下中国古典诗歌的全貌，录出其中最精萃的作品作为自己诵习之用。

然而好景不常，一九五七年“反右”的劫数，使我所在的班集体彻底崩溃，差不多全军覆没，在高等学校创造了全国第一：班上一半同学成了“右派”，不是右派的也多是“中右”，全班仅剩“两个半左派”。我作为班长自然“罪”不容辞。但我可能受到某种保护，没有框上右派的帽子，只是荣居中右之首。即使在这样的境况下，对于编选一部古典诗集仍眷眷未能忘情。一九五八年九月十一日之夜，最后几名同学茶会话别的时候，我还谈到想用十年的业馀时间了却这宗小小的心愿，然后再去做自己想做的事情。然而十年之后，陷入了“文化大革命”，我总算有点“文化”，自然在被“革命”之列。莫要说去编一部诗集，连人身自由也丧失了，被长期关押牛棚，十多年间积累起来的两百多万字科研手稿，包括若干诗词抄录，连同一些文学习作和整整二十年的日记，被彻底抄没。当时我在湖北教育学院。

自一九五八年离开武大到一九七八年拨乱反正的二十年间，我的命运并不比那些右派同学美妙，甚至更为悲惨。二十年间，一有运动我就不能幸免，而运动又总是接连不断；我虽在工作，却言必获罪，动辄得咎。长期孤身在外，家人也得不到照顾。“三年困难时期”，饥饿夺走了许多亲人的生命，其中包括我的两个女儿，夫妻更长期不能团聚；二十年间，我前后有四年待在中学，断续有五年在农村“劳动锻炼”，还在牛棚里关了三年。妻子在人民公社里劳动所得，永远买不回口粮，孩子们嗷嗷待哺，我无力救助他们，暌离千里，九死一生，现在回头想来，不知当时是怎么活过来的。

多少有些幸运的是，阴差阳错，“文化大革命”后期我就进入了华中师范学院。华师中文系倒也没有歧视我，但叫我做的事是繁杂的，编辑刊物，教学函授，凡有外差必然有我，单跑印刷就走遍了湖北、江西、湖南许多地方。直到后来“复课闹革命”，我才率先登上古典文学的讲台。工作紧张烦琐，但我仍未忘怀编选那本诗集。我利用华师的藏书，外出也随身带着书本。工厂旅店，车站码头，都是我读书写作的场地。现在稿中汉魏六朝、唐代和明代三个部分的初选就是在华师完成的。把好诗录出，并随即对每一家写出简要的评论。

“文化大革命”终于结束，当“小平你好”的横幅在天安门前打出的时候，预兆着我们许多人的命运也会有所好转。但我从噩梦中醒来之后，不得不考虑远在农村的妻子，“结褵”三十多年，我们一直千里悬隔。大儿子没有文化，年龄也大了，只好留在农村。六十年代出生的儿女，我再不能不管他们。反复折腾，华师人事部门不肯提供帮助。当我走投无路的时候，湖北师范学院对我表示了欢迎。一九八〇年春节前夕，我站在敞篷车上，冒着刺骨的寒风，挈妇将雏，来到了黄石，开始了我人生旅途的又一段征程。

感谢湖北师范学院领导和黄石市人民的信任，交给了我许多重要的工作，但负担是沉重的，教学，编务，科研，行政，诸事丛集；还有许多社会兼职，总是摆脱不了。生活也仍然艰苦，微薄的工资要支撑一家六口的生活，赡养远在家乡年迈的母亲，间或还要“支援”其他困难的亲属。我拼命地工作，一年三百六十五日无所谓休息，从来没有节假日，夜里也睡得很晚，连躺在医院里也仍在做事。由于工作的需要，读书研究的内容也常有变迁。训解诗经章句，探究汉字源流，研读老、庄、论、孟，辑录历代辞赋，都耗费了大量的时间。加之兴之所至，文学创作也分散了部分精力。选录古诗虽常系心头，但不能连贯地进行，只能是见缝插针。选录的规模并不算大，如果只是综合他人的选著，抄录现成的诗歌并加以注释也不太难，但要通读所有的原著，了解历代诗歌的全貌，理清各个时期发展的脉络，就谈何容易。汉魏六朝到隋唐的全部诗歌要读到还不太困难，宋元两代难度就很大，一到明清就只能望洋兴叹。但读过的书还是相当可观，入选的作品较之读过的诗歌，无异于在恒河滩上沙里淘金。

编写这部选著，确也历尽艰难。为查阅资料，跑遍北京、武汉几家大图书馆。回到学校，基本上只能在晚上工作，青灯午夜，煞费苦心。断断续续历时二十馀年，总算把中国自汉初至清末两千多年间五七言诗的精华，集诗史、诗选、诗注、诗评于一书。如前所述，编选部诗集的初衷，只是为了自己诵习之用，到而今年华老去，这方面的意义已经不大。如果这本书对未来同样热爱古典诗歌的人们多少有所帮助，我就感到满足了。书中肯定有不少错误，我祈望学者通人给予指正。

黄瑞云

一九九九年十二月三十日

于黄石长梦潇湘夜雨楼